（增订本）

白门柳

第一部 夕阳芳草

刘斯奋 著

中国青年出版社

图书在版编目（CIP）数据

白门柳/刘斯奋著.—增订本.—北京：中国青年出版社，2022.3（2024.2 重印）
ISBN 978-7-5153-6555-8

Ⅰ.①白… Ⅱ.①刘… Ⅲ.①长篇历史小说–中国–当代 Ⅳ.①I247.5

中国版本图书馆 CIP 数据核字（2022）第 005400 号

白门柳（增订本）

作　　者：刘斯奋

责任编辑：侯群雄
书籍设计：刘红刚　李平
出版发行：中国青年出版社
社　　址：北京市东城区东四十二条 21 号
网　　址：www.cyp.com.cn
编辑中心：010-57350401
营销中心：010-57350370
经　　销：新华书店
印　　刷：三河市君旺印务有限公司
规　　格：880×1230mm　1/32
印　　张：54.875
字　　数：1376 千字
版　　次：2022 年 3 月北京第 1 版
印　　次：2024 年 2 月河北第 3 次印刷
定　　价：118.00 元（全三部）

本图书如有印装质量问题，请凭购书发票与质检部联系调换
联系电话：010-57350337

踏莎行 题《白门柳》付梓之际

钟阜斜阳。秦淮别浦。薰风醉醲花无数。一丛声鼓渡江来漫天翮作鸳红舞。秃管争晨。孤烟尊暮。华年心力甘今付妍媸异代末招魂。踉跄一曲凭谁诉。

刘斯奋

作者为《白门柳》付梓赋词《踏莎行》

红日又西沉，白浪长东去。
——辛弃疾《生查子·题京口郡治尘表亭》

时缤纷其变易兮，又何可以淹留！
兰芷变而不芳兮，荃蕙化而为茅。
——屈原《离骚》

主要人物表

钱谦益	字受之，号牧斋，东林党后期领袖，曾任礼部右侍郎
柳如是	名是，字如是，号河东君，明末盛泽名妓，钱谦益之宠妾
陈夫人	钱谦益之妻
钱孙爱	钱谦益之子
陈在竹	钱谦益妻舅
钱　曾	字遵王，明末诸生，复社成员，钱谦益族孙兼学生
顾　苓	字云美，明末诸生，复社成员，钱谦益学生
冯　班	字定远，明末诸生，复社成员，钱谦益学生
瞿式耜	字起田，号稼轩，东林派官员，曾任户科给事中，钱谦益之门生
冒　襄	字辟疆，明末诸生，复社四公子之一
董小宛	名白，字小宛，明末秦淮名妓
冒起宗	时任衡、永兵备使者，冒襄之父
董子将	青楼篾片，董小宛之父
张明弼	字公亮，时任浙江按察司照磨，复社成员，冒襄之盟兄
刘履丁	字渔仲，明末贡生，复社成员，冒襄之盟兄
黄宗羲	字太冲，明末诸生，东林党人黄尊素之子，复社成员
陈贞慧	字定生，明末诸生，复社四公子之一
吴应箕	字次尾，明末诸生，复社重要成员
侯方域	字朝宗，明末诸生，复社四公子之一
方以智	字密之，时任翰林院编修，复社四公子之一
梅朗中	字朗三，明末诸生，复社成员
顾　杲	字子方，明末诸生，东林党领袖顾宪成之侄孙，复社成员

周　钟	字介生，明末诸生，复社成员
余　怀	字淡心，明末诸生，复社成员
张　岱	字宗子，明末诸生，复社成员
郑元勋	字超宗，明末诸生，后中进士，复社扬州地区社长
熊明遇	字良孺，东林派官员，时任南京兵部尚书
史可法	字道邻，东林派官员，时任漕运总督兼凤阳、淮安、扬州巡抚
周　镳	字仲驭，东林派官员，曾任南京礼部主事
徐石麒	字宝摩，东林派官员，时任刑部左侍郎
冯元飙	字尔弢，东林派官员，时任兵部左侍郎
吴伟业	字骏公，号梅村，复社成员，时任詹事府谕德
龚鼎孳	字孝升，号芝麓，复社成员，时任兵科给事中
周延儒	字玉绳，时任内阁首辅
马士英	字瑶草，曾任宣府巡抚
阮大铖	字集之，号圆海，魏忠贤阉党余孽，曾任光禄寺卿
顾　眉	字眉生，明末秦淮名妓
李十娘	名湘真，字雪衣，明末秦淮名妓
徐青君	明中山王徐达后裔，南京巨富
计　成	字无否，明末著名园林建筑师
李　宝	钱谦益亲随仆人
冒　成	冒襄亲随仆人
黄　安	黄宗羲亲随仆人
毕石湖	浙东帮商人头领
陆卖婆	女帮闲
张　秀	苏州土豪
郝思平	苏州讼棍

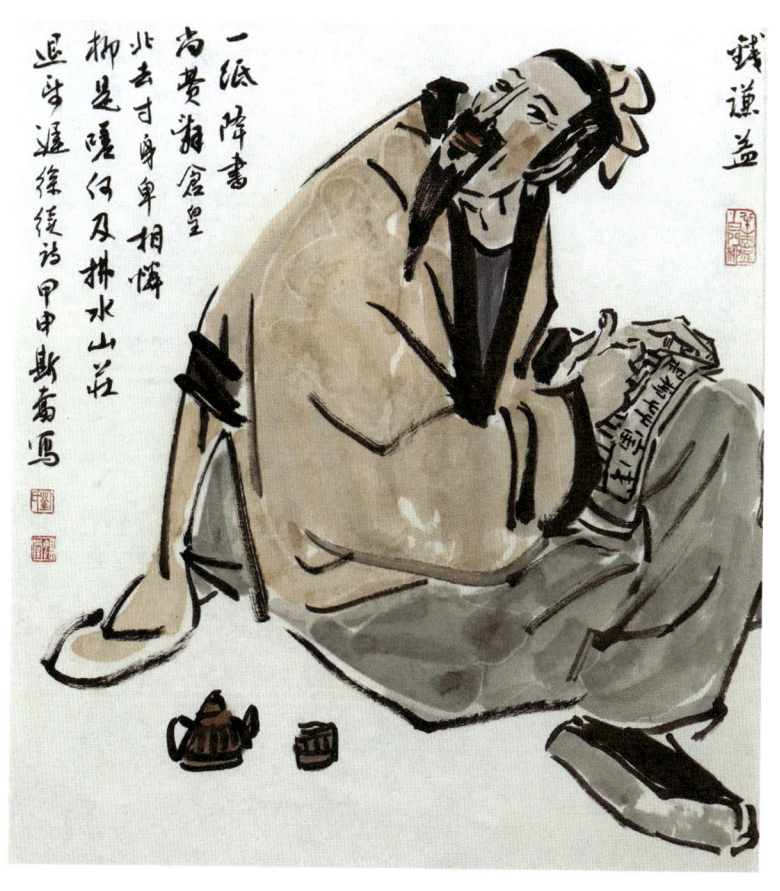

钱谦益

一纸降书尚费辞,仓皇北去寸身卑。
相怜柳是嗟何及?拂水山庄退步迟。

注:本书插图为刘斯奋所绘,题诗为徐续所作。

柳如是　　迫人奇气杂衣香，变服来登半野堂。
至竟国亡悲士节，盈盈池水凛于霜。

冒　襄

秣陵兵气此潜藏，载得名姬亦可伤。
头白故园风雨夜，尚疑飘泊在钱塘。

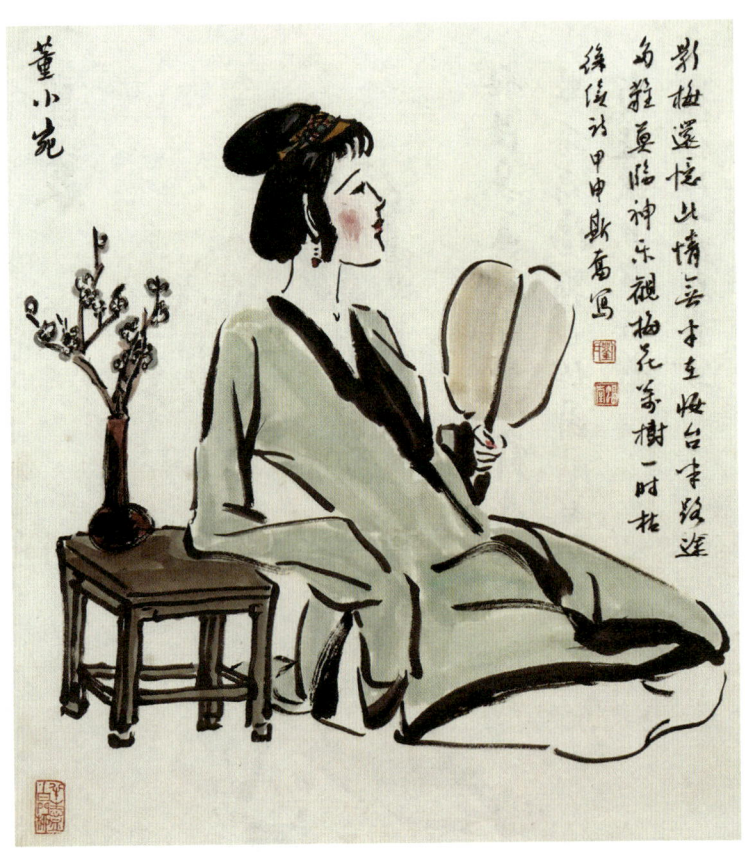

董小宛

影梅还忆此情无？半在妆台半路途。
多难莫临神乐观，梅花万树一时枯。

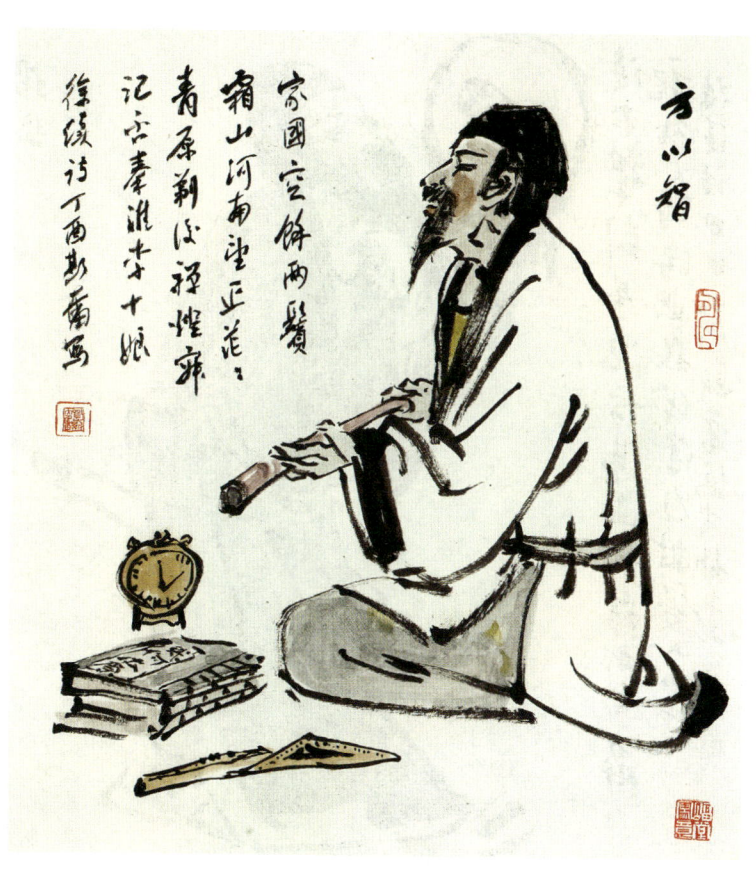

方以智

家国空余两鬓霜,山河南望正茫茫。
青原剃后禅灯寂,记否秦淮李十娘。

张 岱

读书击剑费沉吟,佛迹仙踪那可寻。
观战钱塘悲杀伐,佯狂披发入山深。

瞿式耜

评书品画仰高轩,凤昔谈锋久不存。
一自桂林完大节,故家常熟剩荒园。

目录

001　引子

007　第一章
　　　谋复出贿通首辅，巧机变宠夺专房

043　第二章
　　　冒公子求援尚书府，众社友纷争寒秀斋

085　第三章
　　　顾眉娘妙曲钓金龟，阮大铖无聊排新剧

132　第四章
　　　遇淫威宛娘惊虎口，激义愤书生斥牙行

184　第五章
　　　争名位兄弟阋墙，辩正邪师生反目

235　第六章
　　　痴情女梦迷病榻，失意人夜访半塘

| 268 | 第七章
钱谦益心灰意冷，柳如是妇唱夫随

| 315 | 第八章
游金山泪承谑吻，走尸林悲动长吟

| 361 | 第九章
惜遗才深忧重虑，应乡试意马心猿

| 408 | 第十章
借戏班小计赚胡子，斥阉孽私语动侯生

| 437 | 第十一章
乱象纷呈上书碰壁，奇器迭出传教有方

| 478 | 第十二章
施援手三招制恶，谈时局一夜惊魂

引 子

在幽深的山谷里，有一株被人遗忘的梅树。

这株山南常见的红梅，是在一个雷电交加的暴风雨之夜，被猝然暴发的山洪冲到谷底来的。同它一块冲下来的其他梅树，都压在坍塌的岩层底下了。只有这一株，因为长得特别粗大硕壮，侥幸地活了下来。不过，它受到的伤残是如此厉害，以至整个躯干像从当中挨了一斧头似的，可怕地劈裂开来。伤口的部位，结痂累累，永远无法重合了。它的半爿已经死掉，剩下黝黑朽烂的一段木橛，另外半爿艰难地扭曲着，又挣扎着坐了起来，却再也直不起身子。于是，它就这么弓着腰，坐着，过了一年又一年……

渐渐它变得很衰老了，连南方吹来的熏风，也不能使它恢复一点活力。一年到头似乎都沉浸在冥思默想当中——它在想什么呢？是回忆无忧无虑的儿时光景？是重温辛酸而甜蜜的少年春梦？还是追抚凌霜傲雪的壮岁情怀？这些都无从知道。只是，它的枝干一天天地干枯下去，它的花朵和叶子也一年比一年稀少了。

有一阵子，它好像已经死掉。不过，冬至过后，山南的梅花纷纷开放，它那粗糙僵硬的枝丫上，冷不丁又开出一朵憔悴的小花。看上去，就像一个奄奄待毙的老人，忽然睁开了一只发红的、黏滞的眼睛……

当年洪水滔天、山崩地裂的可怕一幕，想必还时时浮现在它的眼前。它无法理解，那一场埋葬了它的理想、青春和最优秀伙伴的奇祸巨变，是受着什么样一种力量主宰？又为什么偏偏降临在自己的头上？！这终古难平的怨愤，像利爪揪扯着它的心。每逢风雨之夜，它就会转侧难眠，巍巍颤颤地抖动着那只瘦骨嶙嶙的独臂，发出凄厉的呼啸，咒骂命运的不公和天地的无情……

有一天，一位踽踽独行的旅人经过这里，这株悲惨的老梅树引起了他的惊异。他绕着它反复端详了半天，最后坐下来，抚摸着老梅巨大而支离的躯干，默默地用心声同它交谈了很久、很久。直到红日西沉，徐徐升起的暮霭使山谷变得一片苍茫，他才站起来，抖一抖衣服上的泥土，背起行囊，大步走去。

自此之后，老梅树安静了，它更加沉默。有好几年，它不再开花，也不再长叶，仿佛打算就此长眠下去……可是，一种缓慢的转机终于来临——那已经死掉、铁石般坚韧的表皮，有如一领沉重的护甲，本来紧紧地裹住老梅树的躯体，竟无声地坼裂了。开始是不显眼的一道缝，不久，裂缝扩大了，接着又出现了第二道、第三道……看来，老梅树正从身体内部拼命向外挤迫。它在力图摆脱老死的皮层对于剩余生命的窒息，摧毁与生俱来的这一部分身体对另一部分身体的横蛮禁锢！这真是一场惊心动魄、悲壮绝伦的自我搏杀。夜深人静时，山谷里老远就听见那发自心肺的沉重喘息和含泪的嘶喊。最后，老梅树被自己弄得皮开肉绽，遍体鳞伤。有一次，它偶然在月光下看见自己丑恶不堪的影子，竟害怕得浑身发起抖来。

终于，又硬又厚的坚甲瓦解了，剥落了！

而它，这梅树，仍旧是蜷曲受苦的姿态，仍旧是残缺支离的躯体，可它已经获得了新生。几年后，它出乎意料地抽出数十丫粗壮碧绿的新枝，接着，小骨朵儿似的蓓蕾就密密麻麻地爬满了枝头。在一个凄清微冷的冬晨，它终于开出了满树璀璨的繁花。

瞧，它如今有多美啊！山南的梅花浓艳如火，山北的梅花晶莹如雪，它呢？既不是红色，也不是白色，而是一种恬静柔和的绿色。无疑这绿很轻，很淡，骤眼一看，你会错认这是一株白梅，须得把它同真正的白梅放在一起，才会分明显出它其实是绿的。

更为特别的是，阳光下看，它还不怎样，而当天色昏暗，或是在夜里，它的每一片花瓣，都会幽幽地发出光来。这时，它仿佛不是一株梅花，而是一位美丽的精灵。轻风吹过，微光颤颤，它便轻盈地舞蹈起来……它的香气也不寻常，细细的，凉凉的。在满山红梅浓烈的香气包围中，仿佛一下子就消失了。可是，你仔细嗅嗅，那凉凉的香气又冒出来，愈久，愈烈，愈鲜明。末了，你就只嗅到这一种凉凉的细香了。

消息很快传扬开去。人们成群结队来观看这株幽谷奇葩。荒凉寂静的山谷顿时热闹起来。丛生的杂草之间，不久便踏出一条一条的路径。风雅之士们甚至在花下排开筵席，疏疏地点上几盏灯烛，作长夜之赏。它成了诗中的佳题，画中的尤物，以至香闺中的腻友。人们经常地提起它，再三地宣扬它，把它说得出类拔萃，超凡绝俗，神而又神……

可怜的梅树是多么激动呀！它吃惊，怀疑，不知所措，终于快活得哭起来了。

从此，它变得十分辛苦忙碌。络绎不绝的来客令它简直应接不暇。为着不使每一个人失望，它一天到晚殷勤地微笑着，尽量舒展开繁密的新枝，毫不吝惜地把异彩和奇香奉献给四方八面。只怕不够表达自己的感激和热诚，第一次花朵凋落后，它紧接着又开出了第二次繁花。这下，引起的轰动更大。游客们纷纷去而复来，都要躬逢这梅开二度的难得盛事。山谷里愈加熙来攘往，挨挤不开。各式各样的茶寮、货摊、食担、杂耍乃至戏棚，都竞相出现，热闹的景象赛过盛大的庙会。到后来，连远近的达官贵人们也不惜降贵纡尊，携眷而至，说是"与民同乐"。于是，又有人竭力凑兴，悬出厚赏，为梅花征求名号品题。据说，由于争议纷纭，始终悬而未决……

花团锦簇的日子过得飞快。渐渐，梅树又感到了一种寂寞，一种美中不足。不知为什么，它越来越经常地想起了过去，想起它走过的那一条苦难的、坎坷的道路。它忽然觉得，它有好多好多故事，准备向人们述说。这些故事无疑并不美丽，甚至也不动听，但一个一个都那样真实，那样亲切，那样重要！与眼前的一切相比，似乎实在得多，也有意思得多。梅树很奇怪自己竟会把它忘却了这么长久。现在每回想一次，它都止不住心头发颤，热泪盈盈。啊，应当向人们一一讲出来，讲出来！

于是，它这样做了。但人们的反应却如此冷淡！他们一个劲儿地盯着美丽的花朵，露出不胜倾倒的神情，然后，以突然爆发的喝彩，打断了梅树用微弱、发抖的声音说开了头的故事……

梅树又一次地吃惊、迷惑，无可奈何地沉默了。但没有灰心，它忍耐着，等待着，年复一年地开出更盛更美的花朵。它的名气传得更远了，慕名者从千百里外不绝涌来，以一瞻风采引为毕生幸事。然而看客如云，流年似水，它所期待的、愿意倾听它的心声的知音者，却始终没有出现……

哦，也许这样的人是有的？也许他只是不了解梅树的心思？也许他混杂在众多的围观者当中，梅树没能辨认出来？也许他根本挤不进密密层层的人墙，只好站在远处看上几眼，就走了……谁知道呢！

梅树明显地憔悴了。它变得心灰意冷，闷闷不乐，一天到晚像失魂落魄似的，连一年一度的花期，也没有心思料理了。

在又一个冬天来临的时候，它静悄悄地死了。

震惊的游客深为失望，痛惜不已！他们流连凭吊了许久，依依不舍地散去，从此不再来。

古老的山谷渐渐又恢复了昔日的荒凉冷寂。待到游人踏出的路径重新长起离离的芳草，梅树的遗骸也朽败、霉烂，化为尘土之后，一切便像从来没有发生过，也没有存在过一样。

然而，心上的痕迹是不容易抹平的。慢慢地，在当地居民中间，传出了一种说法——

那株梅树其实还在。只要遇上天阴下雨的时节，或者月色朦胧的夜晚，山谷中迟归的樵夫和狩猎的山民常常会看见，那株梅树忽然又在老地方出现了。他们甚至看得清枝头上淡绿的花朵，嗅得着那凉凉的幽香。当他们试着走近去，一切便像烟雾似的消逝了。

　　于是，当地的人们说：这是那株梅树的影子，是它的灵魂。它不肯死心，还在守候着，要将它的故事告诉一个愿意把它写下来的人……

第一章
谋复出贿通首辅,巧机变宠夺专房

二妾争宠

偏西的早春阳光,透过窗外竹树丛的间隙,把斑斑驳驳的影子,铺洒在梅花暖帘上。每当轻风摇动翠竹,那一帘碎影,便像溪水般来回流淌。地板上厚厚的红氍毹①,衬托着褐色的雕花窗棂和紫檀木桌椅,使这房间的基本色调显得十分和谐;而华美的泥金描花草围屏,映衬着大铜火盆里通红的炭火,又增加了寝室的温暖和宁帖;粉壁上那帧独一无二的北宋院画人物,颇有分量地暗示出主人的趣味和家世;在画的下面,还摆着一张式样素雅的古琴,两架收拾得纤尘不染的线装书;一只装饰着走兽图形的景泰蓝博山炉,正袅袅地吐出沉檀的烟缕,淡薄的、若有若无的幽香在房间里浮荡……这间小小的、整洁舒适的闺房,虽然是用绫罗锦绣和金玉器皿布置起来,显得奢华而富丽,却依然保持着高雅的气息。这里看不见一样多余的摆设,也没有一样是可以缺少的,即便是一根雀翎、几片绿叶,都经过精心的挑选,反复的比较,被安插到最恰当的位置上。

躺在悬着流苏锦帐的月洞式门罩架子床上的柳如是,靠着白缎红花软枕,斜瞅着那一帘竹影,渐渐觉得目眩起来。她重新把眼睛闭上一会儿,从大红云缎被底下,慢慢地伸出来一只雪白的胳膊,然后,又伸出另外一只,悠悠地舒展了一下身子。

---

① 氍毹:一种织有花纹图案的毛毯,古代产于西域。

十四岁的丫环红情,听见响动,踮着小脚儿从围屏后面转出来。她长着一张苹果样的小圆脸,和一双灵活的眼睛。看见女主人打算起床,她就走近前去,轻轻地把柳如是扶起来,又从暖笼上取下一件绿绒女衣,替女主人披在身上;然后,走到靠门内侧的一张八仙桌旁,用一只仿成化斗彩葡萄纹茶盅,细细地沏了一杯酽茶,送到柳如是手中,含笑请安道:

"夫人,您醒了,睡得可好?"

柳如是没有回答。她远远地瞟着窗前的一张紫檀木书案。那上面不知什么时候放了一张诗笺。她心不在焉地揭开茶盅的盖子,凑在嘴边轻轻地吹着热气,问道:

"老爷——又作诗了?"

"啊,老爷又作了两首七律,真好!早一阵子着人送进来的。婢子见夫人正睡着,没敢惊动,就搁在书案上了——夫人您这就看?"

柳如是摇摇头,啜了一口茶。这是她平日爱喝的兰雪茶,泡冲时又加进一点松萝茶叶,使茉莉的香味稍煞,而茶味更酽。她含着茶,就在红情捧来的唾壶中漱了口,抱着膝盖,又出了一会子神,终于掀开锦被,把两条腿儿垂落在床沿上。等红情服侍她穿好衣裳,裹好了脚,又把一双瘦才半指的红绣鞋儿替她套上之后,她就扶着红情的肩膀,踩着花梨木脚踏,款款地走下地来。

她是一个二十五岁的标致女人,因为长得娇小玲珑,看上去还要年轻一点——一头又黑又亮、缎子似的丰厚柔软的长发,椭圆形的、异常白净细嫩的脸蛋,一双顾盼含情的细长眼睛,在远山般弯曲的眉毛下,流动着美妙动人的波光。光洁平整的前额,使她的脸容显得高雅;微微张开的鼻翼和紧闭的小巧的嘴唇,又使她有一种果决的、桀骜不驯的神情。她生性耐冷,虽然正是春寒料峭的天气,也只穿了一身薄薄的暗花紫绒衣裙,越发见得轻盈俏丽。去冬以来,她一直都在闹病,举止之间,时时显出娇弱不胜的样子。

她不慌不忙地走到窗下的紫檀木书案前,拿起了那页诗笺,看见上面写着:

献岁书怀二首

香车帘阁思葱茏,旋喜新年乐事同。
兰叶俏将回淑气,柳条刚欲泛春风。
封题酒瓮拈重碧,嘱累花幡护小红。
几树官梅禁冷蕊,待君佳句发芳丛。

香残漏永梦依稀,网户疏窗待汝归。
四壁图书谁料理?满庭兰蕙欲芳菲。
梅花曲里催游骑,杨柳风前试夹衣。
传语雕笼好鹦鹉,莫随啁哳羡群飞。

诗后有一则附注:

辛巳冬,河东君赴姑苏疗疾,越岁未归,不胜蒹葭之思。诗以促之。越三日,谦益舣舟姑苏,迎返常熟。眷眷此情,耿耿是心,河东君当能察之也。

下署:谦益,崇祯十五年壬午元旦

柳如是的目光在最后几句附注上逗留着,终于哼了一声,把诗笺放在一边,随即在书案前坐了下来。她先歪着脑袋,对镜子端详一下自己的影子,特别仔细地察看了眼角和嘴边。直到证实这些地方依旧滑嫩光洁,并没有出现哪怕一丝皱纹,她才放下心来,伸出两根纤长的手指,在脸上的一小块枕衾压出来的嫣红痕迹上轻轻揉搓着,一边转动着脖颈,使自己的面影以各种不同的角度和表情，反映在镜子里。末了，她似乎被自己依然娇艳动人的风韵逗弄得快活起来，便把头一仰，对红情说：

"嗯，来吧！"

红情起初听见女主人"哼"的一声，止不住心头一跳，捉摸不透是吉是凶，正有点惴惴不安。这会儿她连忙答应一声，把几上一只镶嵌着螺钿和玛瑙的梳妆匣子移过来，开始动手替女主人把睡乱了的发髻拆散，小心翼翼地把瀑布般倾泻下来的丰厚长发捧在怀里，然后拣起一把象牙大梳，梳理起来。她生怕把女主人扯痛了，下梳很轻，很慢，一边梳，一边笑着说：

"不是婢子又爱说嘴，夫人这头头发，真是越来越漂亮好看了，又黑、又密、又匀净。梳子下去，像到了水里似的，自自然然就顺溜了，半点儿劲也不费。婢子见的人也不少，可从来没见过夫人这样的好头发！"

说着，她偷眼觑了觑镜子，发现女主人半眯着眼睛，像在沉思，对她的恭维讨好似乎根本没有留意。红情于是揣摩刚才那一声冷笑，大约不是冲自己来的。她暗暗松了一口气，闭嘴不说了。

然而，当她打算移开眼睛，却忽然发现，女主人威严的目光，正从镜子里怀疑地盯着她。

"嗯，你做什么？"柳如是问。

红情的脸顿时涨红了，"没、没做什么呀！"她惊慌地说。

"刚才，你说什么来着？"

"刚才？哦，刚才婢子是说，夫人这头头发……好看……"于是，她把刚才的话，连忙又重述一遍。

柳如是默默地听着，脸色这才渐渐平和下来。可是只一忽儿，她又重新皱起眉毛。

"嗯，这也罢了。"她说，"我问你，我叫你去打听的事，你去了么？"

"啊，婢子已经打听回来了，正要向夫人禀告。"红情赶紧说道。

"怎么样？"

"听说朱姨太还在闹，今儿吃罢午饭，她就把少爷叫到后楼上去，又哭又叫的，骂了许多难听的话，还摔了好些家伙。"

"她都骂些什么？"

"这……婢子可就、可就不知道了。"

"哼！"柳如是眼睛一瞪，猛地回过头，却不提防带动了头发，慌得红情连忙跟着踉跄了一步。不过，当她重新站稳之后，柳如是已经把自己控制住了。她醒悟到，朱姨太骂她的话，其实不用问也可想而知是些什么内容，难怪红情不敢当她的面复述出来。

"那么，还有其他的人呢？他们怎么说？"她悻悻然问道。

红情惊魂初定，她生怕女主人责怪，不敢再隐讳，便把打听到的消息一五一十都禀报出来。她说，由于最近柳如是同三房朱姨太的争宠愈演愈烈，特别是前些日子，柳如是到姑苏"治病"期间，向老爷——前礼部右侍郎、现罢官在家的钱谦益——提出一定要把朱姨太驱逐出府之后，钱府上下，如今已经分成了两派。一派支持朱姨太，一派支持柳如是；此外，谁也不帮，站在一旁瞧热闹的也还不少。自然，老爷是一心护着柳如是的，老爷的那班子门客，以及府里那些同朱氏有仇怨的人也一样。不过由于朱姨太进府的日子长，人熟地熟，加上又是钱家唯一的少爷的生母，所以总的来说，眼下还是支持她的人居多。像大总管何思虞两口子、侄孙少爷钱曾、大丫环月容这些人，都是朱派。大太太陈氏，表面上不偏不倚，据说也是支持朱氏的。在她的影响下，陈家的那一伙亲戚，也都成了朱派。正因为有这些倚仗，朱姨太才敢扯破脸皮大吵大闹。此外，还有消息说，常熟城里那些同钱谦益一向有矛盾，而对钱谦益与柳如是的结合尤其不以为然的乡绅，如今都在盯着钱府内的这一场争斗，扬言倘若钱谦益敢驱逐朱氏，他们就要联名写状，声讨钱谦益伤风败俗，不顾廉耻，把他弄个名声扫地……

在红情这一次述说的当儿，柳如是始终静静地听着，再也没有打断她。不过，她仍然不止一次竖起了眉毛，瞪大了眼睛，脸蛋也一次一次因发怒而憋得通红。直到红情说完了好一会儿，她仍然咬着牙，现出恶狠狠的神色。

看见女主人这样子，红情又害怕起来。她十分清楚女主人脾气急躁，担心会迁怒自己，正想说上几句赔小心的话。然而，没等她说出口，柳如是已猛地站了起来。这一次，红情有了准备，等柳如是使劲夺回头发时，她就连忙松了手。

柳如是把头发紧紧攥在手里，开始像一只被困在笼子里的野兽似的，急速地走来走去，嘴里愤愤地问：

"那么老爷呢？老爷他怎么样？"

"哦，老爷，老爷……"

"算了！"红情讷讷的样子，愈加激起柳如是的怒火。她咬牙切齿地说，"什么'眷眷此情，耿耿是心'，哼，说得好听！亏他还有脸写在纸上，巴巴地送来给我！也不打听打听，老娘是什么人，会信这一套！去——"她一把抓起案上那张诗笺，用力朝地下一摔，"把这破纸片儿给他退回去，就说本夫人不要！"

"是！"红情连忙答应，但是却迟疑着。

"去呀！"柳如是瞪大眼睛喝叫。

红情哆嗦了一下，不敢再违拗。她赶紧捡起诗笺，急急忙忙地向外走去。

红情穿过花木扶疏的庭院，刚走到月洞门前，却意外地发现钱孙爱少爷——一个十四岁的少年，不知为什么没有人跟随，正独自一人探头探脑地朝里张望。一见红情，他那焦急的脸上顿时现出获救的神情。

"哎，柳太太——起来了么？"他急匆匆地问。

这位钱孙爱少爷，是柳如是的对头朱姨太所生，也是钱家唯一的少爷。平日锦衣玉食，百般宝爱自不必说。按理，他应当长得又肥又壮；但是偏不，这位少爷自幼便羸弱多病，长大后，那张还算清秀的脸上，总是血气不足，一双肩膀又窄又小，身子还仿佛有点佝偻。不知为什么，每当瞧见他那又细又长的脖子上，支着一个晃晃悠悠的小脑袋，红情就忍不住想笑。不过，她此刻却没有这种心情。

"咦，少爷，你怎么还敢到这儿来？你不怕朱姨太知道？"红情站住脚，吃惊地问。她很清楚朱姨太对于儿子到我闻室来，是多么地深恶痛绝，更何况是眼前这种时候。

"你别管！"钱孙爱摇一摇头，"我只问你，柳太太起来没有？"

"嗯，你要见她？"

钱孙爱点一点头。

"干什么哩？"

"有事！"钱孙爱不耐烦地说。

要在往常，红情就替他通报了。可是今天她看见钱孙爱身边没有人跟着，胆子就大起来：

"先告诉我！"

"不！"

"那我不给你报！"红情傲然地把手中的诗笺一扬，"夫人派我去干事哩！"

"哎，别，你别……"看见红情要走，钱孙爱慌了，连忙拦住她，随即低下头去，犹疑了一阵，终于低声说：

"我、我想求她，别、别把我娘赶出去……"

红情本来已经摆出一副捉弄人的样子，听了这话，神情顿时变了。她怔怔地瞅着钱孙爱，半天，轻轻地叹一口气，说："只怕、只怕她不会答应。"

"啊，为什么？"

红情动了动嘴巴，但临时又改变了主意。"好吧，我替你去报！"她说，转身向里走去。

钱孙爱呆呆地目送着,渐渐又变得紧张起来。他大瞪着眼睛,脸色也更加苍白;随后,就开始神经质地来回走动……

好大一会儿,从那间垂着梅花暖帘的闺房里传出了柳如是可怕的吼声:

"不见,不见!谁也不见,让他滚!"

钱孙爱浑身一抖,像一只受惊的兔子似的呆住了。他那双圆溜溜的眼睛渐渐现出一种恐惧的神色。突然,他抱着脑袋,逃也似的跑了开去。

书房训子

钱孙爱急急忙忙地走着,出了东偏院的门,向左一拐,走进备弄里来。直到我闻室那边的声响完全听不见了,他才如释重负,舒了一口气,放慢脚步。

长长的备弄从后楼一直伸向前门,两边都是高出屋脊的黑瓦白粉墙,把宅第的正院同右边的一片院落分隔开来。墙上每隔几步就有一个漏窗,漏窗外,正院的高堂华屋和左院的亭轩花树历历可见。这宅子又大又深,尽管住着老幼尊卑数十口人,仍旧十分幽静。特别是这条备弄,主要是供夜间巡逻和防火用的,白天走的人本来就不多,这会儿更是连个人影也看不见。钱孙爱听着自己的足音在青石板上橐橐地回响着,不由得害怕起来。他赶快从最近的那个侧门往里一钻,回到正院里头。

刚才在我闻室所受的惊吓,一直不曾消失,而且愈来愈变得像一团破布似的堵塞在心头。这使钱孙爱感到伤心、困惑,摆脱不开。说实在话,这一次,他虽然是为朱氏求情而来,而作为生母,朱氏对儿子也一向极其钟爱,百般纵容,但奇怪的是,他对朱姨太却始终缺乏亲近之感。而且,朱姨太越是把他当成心头肉、掌上珠,她在儿子心目中的地位反而越低。特别是当孙爱逐渐懂事之后，朱氏的专横、鄙俗、愚蠢和唠叨，都叫他感到受不了。仅仅由于纲常礼教的训诲和约束，才使他从理智上觉得应当尊敬她、维护她，站在她的一边。

诚然，钱孙爱还有另外一位看着他长大的女人，那就是大太太陈夫人。陈氏对于钱家的这位唯一的少爷，自然也十分疼爱。按照钱氏的家规，陈夫人才是钱孙爱名正言顺的"母亲"。不过，这位老太太是个秉性懦弱的女人。她过去受二房的王姨太欺负，王姨太被朱姨太逼回娘家之后，她又受朱姨太的欺负。无可奈何之余，陈夫人迷信上了佛法，一心一意地埋头诵经、吃素，还招了一个名叫解空的老尼姑来家里住着，一天到晚讲经参禅，对家里的事情不闻不问，同钱孙爱也慢慢疏远了。今年元旦过后，陈夫人知道钱谦益到苏州去把柳如是接回常熟来，她就领着解空回娘家去，说是打算在那边多住些日子——已经走了好几天了。

如果说对这两位母亲，钱孙爱都缺乏强烈的亲近感的话，那么，他对于住在我闻室的这一位"母亲"柳如是，却怀有一种莫名其妙的好感。尽管柳如是蛮横地要把朱姨太赶出府去，刚才又是那样粗暴地对待他，但是钱孙爱仍然感到对她恨不起来，这一点使他十分苦恼。这位柳如是，听说本是苏州府盛泽镇一位很有名的妓女，半年前，才由他的父亲把她娶回家里来。钱孙爱清楚记得，当他第一次看见这位新母亲时，她的年轻，她的美丽，她笑眯眯地瞧着他时那种又高傲又挖苦的神情，都叫他害臊得不得了，以至赶忙低下头去，不敢再看她。几天之后，他在好奇心的驱使之下，到东偏院那一幢小小的、特地为柳如是新盖的我闻室去，想再看一看这位美丽而又神秘的女人。柳如是仍旧用那种又高傲又挖苦的神气瞅他，还不客气地说他像个小痨病鬼。可是，当钱孙爱又害臊又生气，打算立即逃出去时，柳如是却笑眯眯地捉住他的手，态度又变得十分亲昵，并把他留下来玩耍。在随后的一个多月里，钱孙爱在柳如是那儿学会了许许多多有趣的玩意儿——射覆啦，投壶啦，猜枚啦，掷骰子啦，唱小曲啦，用墨把脸抹黑跳胡旋舞啦，钱孙爱又惊又喜，越玩越着迷。从此，只要父亲不在家，他就跑到我闻室去，缠着柳如是玩这玩那。由于笨拙和怯懦，他常常遭到柳如是的嘲骂和捉弄，还挨过她打。但是，钱孙爱毫不怨恨，他怕的是柳如是不理睬他，把他赶出去，不准他再来。事实上，很快地，钱孙爱就被禁止到我闻室去了。不过并不是柳如是这样做，而是他的亲娘朱姨太。当朱姨太发现她的宝贝儿子竟然也被那骚狐狸"迷"上了，登时又惊又气。她立即率领仆婢气势汹汹地赶到我闻室，把钱孙爱"抢"了出来，还同柳如是大吵大闹了一场。不用说，自从那一次之后，钱孙爱的快活日子便宣告结束了。

　　钱孙爱叹了一口气，他弄不明白，在他看来应当和睦相处的这两个女人，何以竟会变得像仇人冤家似的势不两立，一天到晚争吵不休，恨不得把对方一口吞下去。如果不是这样，该有多好！不过，他明白这是不可能的。他从朱姨太的口中知道，柳如是现在正千方百计要把他亲娘挤出去，她已经向父亲声言，要是朱氏不走，她宁可重回盛泽！钱孙爱为这事忧心忡忡，焦虑不已。刚才他摆脱了身边的跟随，私下去求见柳如是，谁知却碰了一鼻子灰！钱孙爱觉得，凭着朱氏是自己的生母这一点，父亲最终大概不会把她驱逐出府，也不会放柳如是走；但是指望这两个女人和好起来，只怕是比登天还难了。

　　钱孙爱感到了一种悲哀，如同被人遗弃了似的，没有一个人关心他、明白他。他心头一酸，几乎掉下泪来。他停住脚步，站在悬着"半野堂"横匾的大厅前，瞅着屋檐上啁啾营巢的一双燕子，怔了半天，终于没精打采地折回来，朝西偏院走去。

　　通往西院的门影里，坐着几个上了年纪的妇人，她们是些看守门户的女仆，也有个把寄食的穷亲戚。她们闲日没事，照例坐到这地方来，一边摆弄着手里的活计，一边喊喊喳喳地起劲谈论着什么。看见钱孙爱走来,这伙人都一齐住了口,纷纷站起,向小主人亲热地问好。钱孙爱心里正烦恼,低着头只管走过去。

钱孙爱一踏进西院,就听见有人叫他。抬头一看,原来钱谦益的贴身仆人李宝,还有自己的书童张卉儿正沿着复廊急急地朝他走过来。

"少爷,你上哪儿去了?找得小人好苦——老爷叫你去呢!"李宝一边说,一边站住行礼。

听说父亲传唤,钱孙爱有点意外。不过他也懒得打听,点点头,一声不响地跟着李宝走。

当钱孙爱登上荣木楼的二楼,来到他父亲的书房——匪斋里的时候,钱谦益正低着头,在看一封信。他用威严的鼻音"唔、唔"地答应着儿子的问安,随手指一指靠窗的几张花梨木椅子,让他坐下,眼睛始终没有离开手里的信件。

这是钱谦益的妻舅陈在竹从京师带回来的一封信。信的内容是如此重要,如此令钱谦益错愕为难,以至他已经反复看过四遍,仍旧拿不定主意该怎么办。这会儿他又仔细地从头再看一遍。

信是一位正在朝廷做官的朋友写来的。一个多月前,钱谦益派陈在竹带了七千两银子到北京活动,希望能获得复官起用的机会。陈在竹找到这位朋友,承他帮忙,与内阁首辅周延儒搭上了线。陈在竹把银子花了个干干净净,最后就带回来这样一封信。

在明朝后期,人们写信的习惯,除了一份正文之外,还有所谓"副启"。副启是一种不具名的信,用以请托办事或谈机密事宜。本来只通行于官场,后来就成为一种繁文缛节,不管有没有特别的话要说,一律都要有副启,否则就会被认为不恭、不厚,副启甚至有多至三四封的。现在钱谦益手里的这封信,也有三封副启。不过,这一次倒不是那位做官的朋友故意多礼,而是因为他要谈的事情确实涉及许多机密,不可告人,也不便署名的缘故。

信的正文照例是些寒温起居的客套话,钱谦益也懒得再看。

他拿起了第一份副启。

　　这上面的内容，谈的是关于明王朝当时抵御"建虏"——山海关外清兵的进攻，以及对"流寇"——李自成、张献忠等部的农民起义军作战的一些最新消息。大意是说：自从山海关外的门户重镇锦州遭到清军的大举围攻，朝廷派蓟辽总督洪承畴率八总兵步骑十三万出关拒敌，于松山至杳山一线大败，几乎全军覆没以来，洪承畴率残兵万余退守松山城内，被清军重重围困已达三月有余，形势日见危殆。现在唯一的希望是前往救援的军队能够尽快突破重围。否则松山一失，锦州亦势难支撑，如果锦州也落入清军之手，那么山海关的形势就岌岌可危了。

　　钱谦益看到这里，不由得冷笑一声，心里说道："做梦！"驰援的军队开赴松山已有一两个月，他们的将领徘徊不前、畏敌如虎的情况，钱谦益屡有所闻。如果真能突破重围，也不会拖到今天了。他算定松山的陷落只不过是早晚的事。于是，他不由得大为感慨地想起，早在两个月前，他曾经上书当道，建议从援军当中分出一半兵力，乘船从海路分进合击，形势就会不同。可惜竟不能用！

　　信中接下去谈到南方流寇日益猖獗，朝廷自去年督师杨嗣昌畏罪自杀，总督傅宗龙战死，剿寇军事一再受挫。继福王、襄王死难之后，唐王也于南阳殉国。李自成连陷许州、禹州等十余城，再度进围开封。幸而最近朝廷重新起用孙传庭为兵部侍郎，令他督京师军驰援开封，保定总督杨文岳亦发兵会剿，闯贼大败，死伤过半，现已溃散南窜，相信不日可望剿平云云。

　　钱谦益又不禁摇摇头，他根本不相信李自成会很快被"剿平"。据他所得的消息，李自成主动解围后，已南克襄城，复攻西华，正包围左良玉于郾城。想到这些在朝大臣，竟然如此盲目乐观，轻信前方送去的虚假捷报，钱谦益不禁又好气又好笑。他丢下这份副启，拿起下面一封。

这一封写得比较简略，主要是说，自从周延儒重新进入内阁，当上首辅之后，颇思振作有为，举措处事，能够顺从众意，对于东林党旧人，也想捐弃前嫌，倾心相结。现在他位高权重，很受皇上信用。

信到此便终止了，但友人的用意不难理解。他是在暗示钱谦益，现在确实存在着一个机会，而成败的关键则操在周延儒的手中。钱谦益如果想获得重新起用，对于这位周相公的要求是不能不认真加以考虑的。不过，钱谦益却明白，周延儒现在之所以愿意捐弃前嫌，并非由于此公有什么恢宏大度，实在是由于他的这一次东山再起，全赖朝廷中东林、复社一派的人，暗中给他帮了忙、出了力的缘故。

第三封副启，钱谦益看过的次数最多，也看得最仔细。他不必再看，信中的字句也还记得清清楚楚。

在这封副启中，友人代周延儒向钱谦益提出一项政治交易——周延儒愿意在钱谦益复官起用的事情上帮忙；不过，作为回报，钱谦益必须设法运用自己在东林党人和复社成员当中的强大影响，停止对一个名叫阮大铖的人的激烈攻击，并且不再在政治上与之为难。信的最后几句是这样写的：

> 阮圆海虽名在逆案，第念彼尚无大过。今闻复社诸生，日夕汹汹，必欲置之死地而后快。圆海惶惶不可终日，情殊可悯。语云：君子不念旧恶。足下又何惜反掌之易，不放彼一线生路耶？

信中的这个"圆海"，就是阮大铖的别号。此人在天启皇帝朱由校在位时，做过光禄寺丞，因为阿附大宦官魏忠贤的"阉党"，参与迫害反对宦官专政、主张开明政治的东林党人。所以到了崇祯皇帝朱由检即位，严厉究治魏忠贤，阉党之徒纷纷遭到斥逐，阮大铖也名列"逆案"，被革去官职，灰溜溜地跑回家乡怀宁。后来家乡闹农民暴动，安身不住，他只好又跑到当时称为"留都"的南京去当寓公。可是此人不甘寂寞，仗着有的是钱，在南京库司坊内建了一座雕梁画栋的"石巢园"，天天在那里大摆筵席，轻歌艳舞，招揽宾客，还组织了一个名叫"中江社"的小集团。他眼见明王朝内忧外患日益严重，急需懂得军事的人才支撑危局，于是也装模作样地说剑谈兵，吹得天花乱坠，希图博得"知兵"的名声，东山再起。没料到这一来，可就激怒了聚集在南京城里的一批"复社"的士人。

复社是继东林党之后出现的又一个江南士大夫以文会友的团体，成立于崇祯五年，由太仓人张溥、张采合并江南若干文社组成。复社名义上是"兴复古学，将使异日者务为有用"，实际上是继承东林党的开放言路、改良政治的主张。复社中的不少骨干成员，就是东林党人的子弟，他们与东林党人士互相呼应，在江南一带造成了极大的政治势力。这些人气愤不过阮大铖的嚣张放肆，曾在崇祯十一年，由顾杲、吴应箕、陈贞慧、黄宗羲等一百四十人联名起草了一份《留都防乱公揭》，历数阮大铖的罪状，揭露其阴谋野心，满城张贴分派，鸣鼓而攻，弄得阮大铖在南京安身不住，只好逃到郊外的牛首山下躲起来。但他仍然不甘心，这一次，瞅准周延儒再度入阁拜相，花费应酬甚多，他一家伙就送了一万两银子。周老头儿受了这一份厚礼，当然不能不有所报答，于是也乘着钱谦益有求于他，提出了这样一桩政治交易。

钱谦益慢慢地把信叠整齐、折好，重新装回封套里。以他的老于官场世故，对于这一类的弄权纳贿、私相授受的勾当，早已熟悉得很，所以并不特别吃惊。不过，他仍然感到有点气愤：周老头儿这一次重新上台，明明是靠的东林的力量，谁知他却不知感恩，仍然向自己提出这样狠辣的条件。钱谦益深知此事非同小可，虽说他现在是东林党仅存的几个领袖之一，在士林中享有很高的声望，但是阮大铖是东林公敌、逆案罪人，要复社那一班士子放弃对他的攻击，让他能够东山再起，真是谈何容易！弄不好，自己就有可能身败名裂，连老本都会赔个精光。想到这里，钱谦益不禁烦躁起来。他站起身，背负着手，开始在屋里来回走动。

钱谦益是个瘦高个儿，黝黑的脸膛，高耸的鼻梁，一部威仪凛凛的花白胡子。他去年刚做过六十大寿，头发是全白了，而且左耳背得厉害，听人说话时，总是侧起脑袋。不过，他身子骨还相当硬朗，一双细眯眼睛也尖利有神。头戴方巾，脚下珠履，大概是为着显得年轻些，他穿了一身藕色莽绒阳明衣。

钱谦益在室中来回踱了一阵，突然站定，用洪亮的嗓门喊道："来人！"

仆人李宝应声出现在门口。

"你去，马上把陈在竹、钱养先两位老爷给我请来。"

"是！老爷。"因为怕主人听不清，李宝大声答应着，然后将一叠拜帖呈了上来。

钱谦益翻了翻，一共有五六份之多，看名字都不认识，估计是些慕名进谒的士子，便说道："我知道了。这会儿没工夫见他们，帖子留下，告诉他们过些日子再来吧。"

李宝答应了，又大声说："工部严老爷从姑苏来，说是专程来拜望老爷，现住在馆驿里，刚才派人来打听老爷什么时候得空，严老爷要亲自趋府拜候。"他不等钱谦益发问，又补充说："严老爷的拜帖刚才也呈给老爷了。"

钱谦益倒没留意有这样一份拜帖。他把那叠帖子重新翻了翻，果然找到了。他轻轻摇着拜帖，沉吟了一下，说道："你告诉来人回禀严老爷，就说不敢有劳严老爷车驾，明早我亲自上馆驿拜望他。"

李宝答应了，但仍旧不走。钱谦益皱着眉头问："还有什么？"

李宝又禀告说："崇明县盐户孙振南前两日派人送赆仪来，

布政张老爷也派来送礼的人,现还在客房里住着,等老爷示下。"

钱谦益一听,不觉生起气来:"混账东西,叫何总管打发他们就完了。这些小事也值得拿来禀告!"

等到李宝退出去之后,钱谦益转过脸来,眼光这才落到了儿子的身上。

钱孙爱斜靠在椅子上,呆呆地望着窗外尚未返青吐芽的小树林,脸上现出一派茫然的神气,对于父亲刚才的举动,根本就没有留意。

钱谦益默默地瞅着儿子。近半年来,因为筹划起用的事情——请托、应酬、措置款子、打听消息,花去他不少精力和时间;待到腾出身来,又忙着去陪伴新婚的如夫人柳如是,所以,他实在有好长时间没有仔细打量过儿子。现在,他发现儿子好像又消瘦了些,脸色更苍白了,身子还有点儿佝偻……一阵莫名的悲戚之感,忽然涌上了钱谦益的心头。他想到,自己今年已经六十一岁了,早年也生过三个儿子,但都没能养下来,好容易到了四十八岁那一年,才由朱氏替他生下这么一个儿子。常熟钱姓他们这一房,几代都是一子单传,看来轮到自己,也仍然改变不了这种命运。本来,只要有一个儿子,就可以不必再担忧将来祖宗祠墓无人祭扫,自己也不至于成为"若敖之馁鬼"。但是,还得想到,钱家眼下这偌大产业,将来就要全部压在儿子这一副又软又嫩的肩膀上,他——能承受得起么?这孩子自幼单弱多病,性情又怯懦,完全不像个"克绍箕裘"的人物……

钱谦益不禁暗暗叹了一口气,觉得"命运"这个东西真是难以捉摸。自己一生营营役役,机心用尽,总算弄到今天这样一个"东林领袖""文坛祭酒"的显赫地位;而且,把父祖辈传下来的一份家业,又扩大了好几倍,满以为上可无愧钱氏列宗之灵,下可振兴子孙于后世了。但是,命运给自己安排的继承人,却偏偏是这样一个角色。自己一生枉自逞强,到头来又安知不是为他人作嫁衣裳！一刹那间，他心灰意冷，感到从未有过的疲倦和衰弱。他摇摇头，竭力想摆脱这种不愉快的思绪，于是勉强打起精神，提高声音问道：

"你——来了么？很好。嗯，这会子你觉得身子好些了么？可吃的什么药？"

仿佛从遥远的思路上被呼唤回来似的，钱孙爱转过脸来，呆呆地望着父亲，好一会儿，才清醒过来。他站起身，重新向钱谦益行礼、请安。

"嗯，问你觉着身子可好，吃的什么药哩！"钱谦益发觉儿子显然没有听清他刚才说的话，于是又重复了一遍。

"孩儿觉……觉着好些了。不敢有劳爹爹挂心。孩儿这会子吃的是三清一气丸。"钱孙爱恭恭敬敬地回答。他一向很畏惧他的父亲。虽然父亲对儿子并不特别严厉，可是钱谦益那种旺盛的精力，那种咄咄逼人的气势，却使钱孙爱同他相对时，总受到莫名的威胁，有一种被压倒的感觉。

"什么丸？"钱谦益没有听清。

钱孙爱又重复一遍药丸的名字。

钱谦益皱着眉毛说："怎么取这么个刁钻古怪的名字！唔，你可要仔细着，有些个庸医没本事，专靠弄这些名堂骗人。银子花得不少，其实呢，全是白费！"

"这是喻先生开的方子。要是爹爹觉着不妥，回头孩儿就对他们说不吃了。"

"嗯，吃着吧，先吃着吧！真的不好，再换不迟。"停了停，他又补充说，"若是喻嘉言开的方子，怕倒是有效的。"

"是。"钱孙爱恭敬地应诺着。

这样说过之后，有好一阵，父子二人谁也没有再开口。钱孙爱低头站着，钱谦益又开始在屋子里走来走去。他瞥见家人李宝在窗外的走廊里朝这边张望，可是没有理他。

"你——今天见过你三娘么？"终于，钱谦益打破沉默，换了一个话题。

"孩儿每天都向娘请安的。"

"唔，很好，很好。"钱谦益心不在焉地点着头，管自考虑着。"可是——"他突然说，"你三娘不好，很不好！"他的语气有一点急促，同时迅速地看了儿子一眼。

钱孙爱低着头，没有吱声。

也许因为看不出儿子的表情反应，钱谦益有一点着急。他咳嗽一声，加重了语气："听说她这几天尽在闹，闹！闹得很不成话，还骂出许多极其难听的话。我真不明白她怎么会变成这种样子！我们这样的人家，岂能让她一个劲地胡闹，这成何体统！"

钱谦益一边说，一边目不转睛地盯着儿子，希望能看出他对这件事的态度。可是钱孙爱还是低着头，闭着嘴，身子又开始神经质地颤抖起来。

看见儿子这个样子，钱谦益有一点失望，也有点生气。但他仍旧隐忍着，又说道："我乃念你三娘服侍我许多年，又有抚育你长大成人这份功劳，本不想与她多计较，更不想为难她。只要她能安分克己，和衷御下，虚心敬诚，不惹是生非，让我这把老骨头安安稳稳再活上几年，我也就心满意足了。可是她却不识大体，不知通变——嗯，我听说这些年来，她背着我弄权揽财，徇私纳贿，跋扈凶悍，做了许多不好的事，大大辜负了我对她的信赖和厚望！今天又放肆到连我都敢骂，这还了得！"钱谦益把桌子一拍，生气地瞪着钱孙爱，"而你——你是她的儿子，年纪也不小了，怎么就不规劝于她！你平日读的圣贤训诲，都读到哪里去了？嗯？"

没想到父亲突然把怒火倾泻到自己的头上，钱孙爱吓得一抖，"扑通"跪在地上。

"爹、爹爹息怒，孩儿知、知罪了。"他惊惶地一瞥，不敢接触钱谦益严厉的目光。

"我膝下就只你这么一个孩儿,钱氏的家业将来就全靠你来承担。可是你如此不长进,教为父怎样放心得下!又何以告慰列祖列宗于九泉?"钱谦益怒气不息。

"启、启禀爹爹,孩儿其、其实也劝过三娘……"

"劝过她,你?那么——你是怎么说的?"

"孩儿请三娘不要再生气,不要骂……"

"唔,她呢?她可听从?"钱谦益的语气中不无期待。

钱孙爱苦恼地摇摇头。

钱谦益露出失望的神色。他又开始急速地走来走去,喃喃地说:"这个悍妇,这个悍妇!"他忽然停下来,望着钱孙爱,"所以,为父现在决定,把你三娘搬出半野堂,到城东旧宅去住些时候,让她闭门思过。什么时候改过了,什么时候再搬回来。你——可听明白了?"

钱孙爱大吃一惊,顿时觉得心里像钻进了一群耗子似的乱得很。好半天,他才嗫嚅地问:"那、那么孩儿?"

"你当然不必跟着你三娘!"

"可,可孩儿宁愿跟着三娘去的!"钱孙爱忽然伛下身去,哭起来。

"胡说!"钱谦益厉声呵斥道,"你年纪也不小了,该明白事理。你要跟她去,那么,我问你,你打算置为父和你母亲于何地?再者,"他停了停,稍稍缓和了口气,"你是钱家的唯一传人,也该跟在我身边经些历练才是。"

钱孙爱眼泪汪汪地瞧了父亲一眼,不敢再坚持了。其实,真的让他迁出半野堂,去终日陪伴他的那位恣睢暴戾的三娘,钱孙爱也是不愿意的。他只是觉得三娘很可怜,父亲也忒狠心。他张了张嘴,还想说几句什么,但一触到父亲冰冷的目光,所有的勇气便都消失了。他像泄了气的皮球似的伏在地上,哽咽着说:"但凭爹爹做主……"

"嗯,这就很好!"钱谦益满意地点点头,"这样才像我的儿子。识大体,知通变,不因私爱而惑其心志,很好。起来吧!"说着,他走前两步,把钱孙爱扶起来。

由于终于说出了几天来一直困扰着他的这个艰难的决定,钱谦益觉得有一种解脱般的轻松。特别是得到了儿子的理解,使他很高兴。由于某种说不清的、然而又是强有力的原因,他认为,在这种事情上,儿子的理解和支持,对于他来说是重要的。尽管钱孙爱站起来时,脸上分明地表露出痛苦的神情,眼睛还含着泪,可是钱谦益却装作没看见。现在,他觉得应当用什么方式抚慰一下儿子,兼以表示父亲的慈爱。他做了个手势,让儿子等着,然后,转过身向隔壁的一个房间走去。

这是一间很大的藏书室,堆满了各种各样的图书典籍,有装在书套中的,也有保存在木匣子里的。钱谦益曾经花了大半辈子光阴,不遗余力地搜求各种珍本和善本书籍。在这些藏书中,有不少属于宋版和元版的稀世珍品。对于这批财富,钱谦益一向十分自豪,极为宝爱,轻易不让人参观借阅。现在,他一边在排列得过于拥挤的书橱之间困难地转动着身子,一边想着:这房子太小,该建一座新的藏书楼了。他弯下身子,从专门收藏珍本和善本典籍的那几口书柜里,小心翼翼地搬出一套用楠木匣子装着的宋版《倚松老人集》,才走出几步,又折回去。他踌躇了一下,终于把这套宋版的放回原处,改换了一套元刻大字本的《韩诗外传》捧到外面来,又从紫檀木书案上拿起一只古玉簪瓶,一并放在儿子面前,说:"这是为父心爱的两件宝物,现在传授与你。今后,你须刻苦自励,潜心学问,虚怀敏求,慎终如始,将来'采芹''入泮',克绍箕裘,方不负为父的一番训育深心——听明白了么?"

看见儿子垂手聆诲,眉宇之间似乎有悚然之色,钱谦益暗暗感到满意。他相信,经过自己这一番恩威并施,钱孙爱内心纵有不满，也必然消解，而且会感奋努力，自强上进。他停了一下，终于说道：

"去吧！"

然而，当钱孙爱叩谢了父亲，费力地捧着那一部《韩诗外传》和那只古玉簪瓶，转过身慢慢走出去的时候，钱谦益目送着儿子那瘦削、佝偻的背影，心里不由得又一次涌起了先前那种忧心忡忡的感觉：将来，他当真能够"克绍箕裘"，光宗耀祖么？

……

"启禀老爷，钱、陈两位老爷已经来到，在外间等候多时了。"家人李宝的声音在他的耳边响起来。

钱谦益定了定神，立即想起眼前还有要紧得多、也棘手得多的事情，正亟待作出决断。于是，他把思绪从儿子身上收回来，虽然已经有点疲倦，但仍旧振作起精神，略为整理一下衣冠，说道：

"请！"

共议难题

客人们很快就出现了。

走在前面的是陈在竹。他身材矮胖，方脸，大嘴，小小的眼睛，淡淡的眉毛，无论什么时候都摆出一副乐呵呵的样子。在一般人眼里，他性情爽直，胸无城府，只有钱谦益等少数几个人才知道，此人其实计智深沉，精明强干，含而不露。他是钱谦益正室夫人陈氏的同胞兄弟，曾经替钱谦益办过几件极其棘手的大事，所以钱谦益对这位妻舅一向十分倚重。

走在后面的，是钱谦益的同族兄弟钱养先。他有着与钱谦益同样的黑脸膛和高鼻梁，只是更高更瘦，一双眸子滴溜溜地转个不停。早些年，他也常替钱谦益跑码头，近年因为犯了很重的风湿症，少出去走动了。现在，他扶着一根藜杖，一边走，一边习惯地用手背捶打着腰眼。

因为是至亲常客,钱谦益也不多礼,彼此揖了一揖,就分宾主坐下。老仆钱升奉上茶来,钱谦益知道陈在竹在品茶上十分讲究挑剔,问明是"毛尖",便摆摆手,吩咐换过三两银子一斤的"芥片"。陈在竹点着头,一边从钱升手里接过茶,一边笑嘻嘻地问:"钱升,你孩儿入了学,你如今便是秀才的老爹了。你不回家去享清福,还在这儿穷忙作甚?"

钱升正把一杯茶送到钱谦益手里,听了这话,就偏过平扁多皱的脸,不高兴地说:"舅老爷,旁人想赶我走还罢了,连你老也赶我?若早知到头来会这样子,当初我一准不叫他去读什么书!"

"咦,这可奇了!"钱养先插进来,"这可是你前世修得的福气,多少人都巴望不来哩,你倒不高兴!"

"是嘛,没准儿你那孩儿今年便考上个举人,明年再中个进士。到其时,你可就是老太爷了。只怕我们巴结都巴结不上哩!"陈在竹依旧笑嘻嘻的,也不知他是挖苦还是真心。

"由他举也罢,不举也罢,反正我老钱升还是老钱升,还是在这儿服侍老爷太太!"钱升涨红了脸,固执地说,随即转过身,噔噔噔地走出去了。

"嗬,好家伙!"陈在竹倒惊奇起来,"瞧样子他还真是王八吞秤砣——铁了心哩!"

钱谦益靠在椅子上,本来一直没吱声,这会儿抬了抬眼皮,发现陈在竹在瞅着他,便含糊地说:"自从去年,我替他孩儿落了籍之后,就没再拿他当奴仆看待。可他自小伺候我惯了,所以……"

"哎,似他这等忠心不贰的,如今世上是越来越少了。"钱养先显得颇有感慨,"倒是到处听说奴婢得势,便翻脸不认主子的,哪怕你于他恩义再重,也全不中用,甚至有恣意殴詈、操戈入室的。

所以嘛，这老钱升，你别说，还真算是难得喽！"

这样说过之后，两位客人便一齐沉默下来。因为他们知道，钱谦益急急忙忙地把他们呼唤来，决不会无缘无故，必定有什么要紧的事情。所以，现在他们都望着主人，等待他开口。

可是钱谦益尽自沉默着。因为一来，钱升和李宝还在进进出出地张罗茶点；二来，钱谦益觉得要谈的这件事，实在非同一般。尽管眼前这两个人都是追随自己多年的心腹，他也不打算立即和盘托出，但是该怎么向他们谈，谈到什么程度，他都未曾考虑清楚，所以始终还在迟疑。

看见主人的这副神气，陈在竹和钱养先知道他还需要时间考虑，也就不去催促他。钱养先拿起杯子，慢悠悠地呷了一口茶，忽然笑着说："方才，有个客人从姑苏来，说起一件时闻，倒是有些意思。"

陈在竹乐呵呵地瞅着他，蛮有兴趣地问："噢？愿闻其详。"

钱养先又呷了一口茶，看看钱谦益，又看看陈在竹："嗯，不知二位——可听说过陈圆圆？"

"怎么不知道！"陈在竹快活地眨巴着小眼睛，"陈圆圆么，姑苏城里烧得红半边天的小娘！色、艺、才，堪称三绝！前年在虎丘山塘，我还见过她一面。嘿，一出弋阳腔《红梅记》，演得是'如云出岫，如珠在盘，令人欲仙欲死'！……嗯，对了，这几句还是如皋冒辟疆的品评。听说，辟疆同圆圆已经有约，早晚要把她娶回去——冒辟疆，平心而论，也算得翩翩浊世佳公子，配圆圆嘛，倒是还配得起——可是，怎么了，她？"

钱养先把茶杯往几上一放，叹息说："闹出大乱子了！"

在一旁拈着胡子，似听非听的钱谦益，眼皮儿跳动了一下，转过脸来。

钱养先接着说："这——说来只怕也是一场冤孽。正因那陈圆圆自恃容华绝代，歌舞无双，架子拿得挺大，名头也愈来愈响，不料就犯上了煞星。这煞星不是别人,乃系当今国丈爷田弘遇。前些日子,田皇亲派人到姑苏采买女孩子,闻得圆圆之名,就指定要买她。吓得圆圆东躲西藏,多亏有几个相好的孤老,甘愿为她效力,鼓噪起好几百个闲汉泼皮,日日守护着圆圆,还揎拳捋袖,舞枪弄棒,要同田府的人厮拼。如今这事闹到苏州府里,那田府的门客天天上衙门逼着要人,把知府大人急得斗昏鸡似的,团团乱转。这事还不知如何了局哩!"

陈在竹把脑袋摇得像个拨浪鼓:"哎,哎!那田皇亲可是好斗的?他的女儿是皇上最宠爱的妃子。圆圆这一回,只怕是劫数难逃了。"

"这倒也难说。"钱养先眨眨眼睛,"想那陈圆圆既以色、艺、才自恃,只怕一入田府,便立蒙眷爱,宠夺专房,从此享不尽的荣华富贵。此番小劫,又安知非福?"

"可是那田弘遇是个粗蠢不过的俗物。"钱谦益忽然开口说,"纵然权倾朝野,富可敌国,其奈不解情趣何!只怕圆圆到底还是明珠暗投。"

他的口气透着烦恼,没有瞧客人,神情越来越阴暗。末了,他站起来,在屋子里转了一圈,意兴萧索地负手低吟道:

"侯门一入深如海,从此萧郎是路人……"

陈在竹眨巴着眼睛,忽然哈哈地笑起来:"罢罢罢,这可真是'多情却被无情恼'了,其实,'圆圆'也罢,'方方'也罢,萧郎也罢,冒辟疆也罢,我们又怎管得着人家被窝里的事情?来,还是喝茶正经。待会儿,我也有一件时闻,只怕姐夫更有兴趣哩!"

钱养先眼珠子一转,也说:"正是正是,还是喝茶,喝茶。"

在他们说话的当儿,钱升和李宝已经在八仙桌上摆出来一席茶点:两把宜兴砂壶,分别泡着重新换过的毛尖、芥片,三只极细的成窑杯子,在桌上摆成了品字形;当中是七八个小碟子——水饺、烧卖、馅儿饼、扁豆糕、蜜橙糕、韭盒、春卷摆了一桌。这时，钱谦益也回过神来，于是请两位客人入席，又对钱升和李宝说："你们到外间侍候着吧，有事我会叫你们。"

钱升、李宝退了出去。席上这三个人喝着茶，各自吃了一两件点心。钱养先催促说："竹翁，你到底又有什么好时闻？"

陈在竹嘴巴里正塞满了蜜橙糕儿。他啊啊呜呜地点着头，眨着眼，好容易把糕儿咽下去，又呷了一口茶，这才说道："不是大得不得了的事，不过，却也可骇可叹——我去岁在京里时听说，前年孟冬祭太庙，群臣先至殿门外候驾。其时殿门未开，忽闻内有异响，众人正惊疑间，只见殿门大开，十余位龙袍帝冕的伟丈夫，从内徐徐走出，转眼不见；再看殿门，又复紧闭如故。当时见者，俱惊骇不敢言。及至皇上驾到，行礼之时，忽然殿内怪风卷起，灯烛全灭。陪祭群臣，无不失色俯伏；皇上亦因此惊悸成疾，下体软麻，不能行立，治理百余日方痊愈。及至去岁周阁老再相，祭庙之日，却是天气晴和，亦无异象，闻得龙颜甚喜，对左右叹道，'周阁老毕竟是有福之人！'"

陈在竹说完，啜了一口茶，又夹了半块蜜糕放进嘴里嚼着，脸上仍旧乐呵呵的。他故意不加注解，知道钱谦益必定领会他的意思。

果然，钱谦益变得沉思起来。他转着手里的成窑杯子，仿佛在研究上面的纹理，好一会儿，终于慢慢地说："在竹说得不错，这一次，只怕非得打通周老头儿的关节，不过……"他沉吟起来，又顿住不说了。

"不过什么？"陈在竹含笑盯着他，"是不是周老头儿出下了难题儿？而这道难题儿，又与那个'裤子裆里'的老兄有点关系？"——因为阮大铖住在南京的库司坊内，当时痛恨他的人便取了个谐音，把他叫作"裤子裆里阮"。

听陈在竹一语点破底细，钱谦益不禁有点愕然。他迟疑地说："……嗯，在竹，你竟是都知道了？"

陈在竹哈哈一笑："我也是瞎猜！临离京时，贵友再三叮嘱我说：'周相公的意思是，希望东林方面不念旧怨，请牧翁千万玉成此事。'当时，我就猜到几分。现在阿兄这样一问，我竟是猜对了哩！"

钱谦益眨眨眼睛，叹了一口气："在竹真是奇才！有你们二位相助，我复何忧？不过，此事成功之望甚微，我看不提也罢。"

他顿了一下，看看陈在竹和钱养先，又缓缓说道："我知道老周一向对我疑忌甚深，现在他说愿意捐弃前嫌，汲引于我，只怕其实并无诚意。只是碍于他的这次复出，是靠了东林之力，不得不敷衍情面，却又故意提出这么一道难题，使我知难而退罢了！"他捋着垂到胸前的花白胡子，脸上现出嘲讽的神色，"我同这位周大相公打交道，也不自今日始，可以说是知己知彼喽！总而言之，只要他周延儒在朝廷一日，我钱某便安分守己管领山林一日就是。"

陈在竹和钱养先对望了一眼，不明白钱谦益何以忽然说起丧气话来，诚然，钱周之间，素来存在私怨。这种私怨，一直可以追溯到崇祯二年，当时东林党的一些重要人物如顾宪成、高攀龙、李三才、杨涟、左光斗、邹元标、黄尊素等人，已经在激烈的党争中相继死去，钱谦益作为幸存下来的有声望成员，便被推出来争夺内阁的职位。谁知遭到心怀嫉妒的礼部尚书温体仁和礼部右侍郎周延儒的敌视，他们二人联起手来，翻出天启元年钱谦益在浙江主持乡试时，被人指控与举子内外串通、纳贿舞弊的糊涂旧账，在皇帝面前参了一本。结果，钱谦益不但入阁拜相的好梦成空，连礼部右侍郎的乌纱帽也被革掉，一个跟头跌回老家常熟来。到如今，已经整整一十三年了。相反，在此期间，温体仁和周延儒却相继入阁，高居首辅。这些年来，他们对钱谦益一直非常注意，压制打击不遗余力，深恐他有复出的机会……这些情况，陈在竹和钱养先是知道的。不过，官场当中的关系本极复杂，敌我恩怨之间,原没有永久不变的格局。譬如周延儒过去同东林作对,这一次,却因东林的推荐而重新入阁。何况,钱谦益的克星温体仁,已于崇祯九年引疾辞职。如今朝廷上,起用钱谦益的呼声日益高涨。为什么事到临头,钱谦益反而变得如此消极犹疑,畏葸不前呢?这确实使两位心腹族人迷惑不解。特别是陈在竹,他满心以为自己这一次进京,虽然多花了些银子,但总算不辱使命,应当大大记上一功,现在被钱谦益兜头浇了一瓢冷水,心中颇不服气。他于是干咳了一声,清了清嗓子,说:

"姐夫所虑,莫非是复社那一班士子不易对付?那么,小弟已筹之熟矣。依小弟愚见,复社的那班书生真正恨阮圆海的,其实也就是那十个八个爱闹事的角儿。其余的人,有一多半是随大流、瞎起哄罢了。何况,据我所知,便是复社当中,不赞成将阮圆海逼得太甚的,也大有人在……"

"谁?"钱谦益问。

"广陵的郑超宗是一个,还有云间的李舒章、夏彝仲那一班人,为数并不少。"

钱谦益摇摇头:"嗯——说下去。"

"此外,我们常熟,复社中人也不少。只要姐夫一句话,谁敢不遵?"陈在竹急急补充一句,然后,把身子更倾向钱谦益,压低声音接着说,"现在已经知道,三月二十八那天,复社要在虎丘重开大会。这一次大会的主盟,刚好就是郑超宗和李舒章两个。我们何不借此机会,联络郑、李和上面那些人,嗯,自然还可以再多——只要我们派人去游说。到时,就在大会上,揭出值此国家多难之秋,亟宜消除朋党门户之见,和衷共济的大义,连带把阮圆海的事情提出来。只要多数人赞成,作出公议,上闻朝廷,那几个爱闹事的刺头儿再要强项,也无济于事了!"

陈在竹一口气说完,目不转睛地看着钱谦益。他由于心情紧张,连经常挂在脸上的乐呵呵表情也不见了。

有好一阵，钱谦益拈须不语，似乎在考虑，然而，终于还是摇摇头。他抬起眼睛，正要说话，忽然看见李宝站在窗外探头探脑，就顿住了。他生气地把桌子一拍，呵斥说："混账东西，你在那儿干什么？"

李宝连忙走进来，呈上一个拜帖。

钱谦益没好气地接过，瞥了瞥，正想朝李宝直掼过去，仿佛想起了什么，又朝帖子看了一眼，忽然微微变了脸色。他目光朝陈、钱二人一闪，慢慢把拜帖袖在手里，站起来，用漫不经心的口气说："二位请稍待，我出去片刻便来。"

陈在竹和钱养先目送着钱谦益匆匆走出的背影，有点莫名其妙，只好慢慢地喝着茶，一边谈些没关紧要的事情，一边等候。

谁知足足等了一个时辰，天都快要暗下来了，钱谦益还不回来。两人等得心烦意乱，坐立不安。好不容易才看见李宝匆匆走进来，说："启禀二位老爷，我家老爷说，他眼下有件要紧的事情绊住了，回不来送二位老爷。请二位老爷先回府去，我家老爷改日当面谢罪。"

陈在竹和钱养先听了，不禁面面相觑，虽然觉得颇为扫兴，但也无可奈何，只好怏怏地一齐起身，出门下楼而去。

春闺情浓

不知是由于钱孙爱的意外求见，还是别的缘故，柳如是终于在最后一刻里改变了主意，没再让红情把诗笺退给钱谦益。虽然她的怒气仍未平息，但是已经不再像先前那样大发雷霆。她站在大铜火盆前，目不转睛地朝毕剥作响的通红炭火瞅了很久。当她重新转过脸来的时候，那表情又变得安闲而自信了。

她在梳妆台前坐下来，让红情继续替她梳妆。现在，她似乎完全忘记了刚才发生的事，显得特别的愉快，她不停地同红情说着笑话儿,还教她念了两首诗。末了,她随手捡起刚才那张诗笺,把玩了一下,又微微一笑:"光顾着教你念诗,倒差点忘了老爷这两首诗。这是我在姑苏治病那阵子,他写了寄给我的。如今改了几个字,又巴巴地送来给我看。不过,这第一首,结句改作'待君佳句发芳丛',是点着要我酬他。我本来要动笔,这些日子正病着,想了几句,又搁下了。趁着如今有点兴头,不免要还了这笔债。嗯,这里不用你了,给我张罗纸墨去吧。"

说着,柳如是就从红情手中接过梳子,对着镜子自己妆扮起来。她依着当时流行的"雅装"式样,把头发像男子那样,直梳上去,挽成一个堕马髻,垂在后边,两旁插上一对金玉梅花,前面则用金绞丝、灯笼簪,再用两对西番莲花簪,分插两边。由于头发丰厚,又拿了两枝犀玉大簪,横贯在发股上,后面则用点翠卷荷一朵。妆戴好之后,她对着镜子想了想,又在鬓边再加插一朵巴掌大小的珠翠,最后,挑一串珠嵌金玉丁香耳坠戴上。对着镜子又端详了两三遍,她终于觉得满意了,才盈盈地站起来。

红情趁这会子,已经在长几上安排好了宣纸、湖笔,又用那一方有着七颗鸲鹆眼的端州老坑古砚,浓浓地磨了一砚香墨。柳如是径直走过去,拈起一支鸡狼小楷毛笔,在砚台上调弄了一会儿,又仔细拂去落在锦笺上的一点灰尘,略一沉吟,先写出诗的题目——

牧斋夫子见示献岁书怀之作,次韵奉答

她歪着头,端详一下自己瘦长遒劲的书法,觉得还满意,正打算把已经拟好腹稿的一篇七言律诗写上去。忽然,她感到起句中有一个字还欠工稳,于是停了笔,又沉吟起来。

她本以为要换一个字并不难,谁知一连想了七八个字,仍然觉得不妥,便有点焦躁。正思索间,听见有人"哧——"地一笑,她气恼地回头瞪了一眼,蓦地发现,原来是钱谦益老爷站在身后,正偷偷地瞧她写诗哩!

钱谦益抚摸着花白胡子,呵呵地笑着,催促说:"咦,写呀,写呀,我这儿正等着拜读哩!"

"你偷看人家,你坏,我不嘛!"柳如是扔下笔,像个小姑娘似的噘着唇儿,扭着身子。

"啊啊,啊啊,夫人生气了,这可不得了啦!"钱谦益故作惊慌地说,"哎,我这厢给夫人赔个礼,好不好?"他笑嘻嘻地说,果真作下揖去。

"不行!"柳如是鼓着腮帮子。

"那——就再添一个礼。"钱谦益说着,又作了一个揖。

"不行!"

"哈哈,莫非夫人要为夫三下其礼?那也未尝不可——"

"不,我要——罚你!"柳如是故意绷着脸儿。

"罚我?嘻嘻,好,好,我打断夫人的诗思,原该受罚!只不知夫人如何罚法?"钱谦益涎着脸,挨了过来。

"哼,我要,我要——对了,我要拔你一根胡子!"

钱谦益蓦地一惊,忙不迭地后退。他用袖子护着胡子,结结巴巴地说:"这,这可使不得!请夫人另出题目,另出题目!"

可是柳如是不由分说,她伶俐地赶上去,按住钱谦益,飞快伸出手,待到钱谦益再想躲闪时,一根长长的白胡子,已经拔了下来。

柳如是用两根纤美的手指,高高举着她的战利品,跳开去,兴高采烈地舞弄着,哈哈大笑。

钱谦益尴尬地眨着眼睛,无可奈何地退到靠墙的一张椅子上坐下来。这时,红情早已知趣地退了出去。钱谦益等柳如是闹够了,笑乏了,才招呼说:"如是,你且坐,我有话要跟你说。"

柳如是闭着眼睛,"嗳"的一声,倒在旁边的一张椅子里。

经过刚才这一闹,她已经有点气喘吁吁,胸脯起伏着,略觉苍白的脸颊上,升起了两朵娇艳的红晕,微闭的眼睑上粉光流动,越发显得俏丽迷人。钱谦益呆呆地瞅着她,一时忘记了说话。

"哎,你倒是快说呀!"柳如是催促说。

"啊,"钱谦益定了定神,又瞧了柳如是一眼,不知为什么,轻轻叹了一口气,说,"如是,你又该高兴了。我刚才已经对孙爱说,要把老三迁出半野堂,让她到城东旧宅子去住。往后,这儿再也没有人跟你捣乱了。"

柳如是的眉毛跳动了一下,张开眼睛说:"啊,这么说相公到底拿定主意了?"

钱谦益的脸色变得有点阴沉。他默默地点点头。

"嗯,你告诉了孙爱,他怎么样?"

钱谦益冷冷地说:"他还能怎样?莫说他还是个孩子,就是再长几岁,难道还敢违抗父命不成!"他停了停,又补充说:"起初嘛,自然是不愿意的,老三毕竟是他的生母。不过,后来经我一番开导,他倒也能体察为父的苦衷。"

柳如是轻轻地摇着头,仿佛在考虑什么。她忽然回过头来:"要是——要是我改变主意了呢?"

"嗯,你说什么?"钱谦益似乎没有听清,他把右边那只耳朵侧了过来。

"我说,我要是改变了主意!"柳如是提高声音。

钱谦益盯着柳如是,目光闪动。他忽然放声大笑起来,摇着头说:"罢了,夫人又来作弄我了!刚才,我已经领教过你的雅罚,这会儿,腮帮子还疼得慌哩!"

"不,"柳如是认真地说,"刚才我反复思量过了,决意暂且饶过那悍妇,让她留在府里再得意几天。"她站起来,在室内走了几步,"相公这一阵子正在筹划起用的事,妾身不想在这节骨眼儿上,招来外间的物议,耽误了相公的前程。"

钱谦益不再笑了。柳如是的这几句话，正说中了他心中的隐忧。他本是个功名事业心极重的人，早年也曾满怀匡济澄清的雄心大志，只是由于宦途坎坷，迭遭大挫，才变得消沉颓废起来，终日在秦楼楚馆中厮混，结果得了个"东林浪子"的外号。近几年，他因为年纪大了，再像当年那样，到风月场去打滚征逐，已经没有那份精力。对于他来说，最理想的，是有一位既年轻貌美，又多少有点学识才情的女人，整天在身边陪伴他，侍候他，让他可以惬意地消受晚年的"无双艳福"。所以，一年前，当柳如是女扮男装，方巾儒服，亲访半野堂，表示有意委身相嫁的时候，钱谦益的惊异和狂喜，是难以形容的。何况，柳如是的那一份仪容、那一份才智、那一份风情，又绝非寻常风尘女子所能企及。为着报答柳如是的情意，钱谦益决定置原配夫人陈氏于不顾，公然同柳如是举行正式的婚娶大礼；他还吩咐家人称呼柳如是为"夫人"，而不是按常礼称为"姨太"；至于他自己，则称柳如是作"河东君"。这种越轨的行为，引起了盛泽、常熟两地士绅们的大哗。结果去年六月，当钱谦益亲乘彩舟，大吹大擂，把柳如是接回半野堂时，便受到两地卫道之士们的围攻嘲骂，甚至赶着彩船掷砖头，飞瓦片，弄得狼狈不堪。虽说钱谦益毫不在乎，照旧喜滋滋作他的《催妆词》，不过近半年来，外界舆论却于他颇为不利，说他"亵渎朝廷之名器，伤败士大夫之体统"。倘若这一次因为驱逐朱氏，在缙绅中再度引起公愤，闹将起来，传到皇帝耳朵里去，那么，他辛辛苦苦地等待、钻营了十三年的东山再起的机会，就很可能化为泡影。此后，也许就未必再有此机缘了。这种情况，钱谦益事前并非没有考虑过。但是，眼前的这个美丽的女人，在他生活中已经变得如此重要，如此不可缺少，他不忍，也不敢拂逆她的意愿。何况，对于周延儒所提出的那个条件，他又疑惧重重，毫无把握。所以，犹豫再三，钱谦益还是横一横心，决定把朱姨太逐出府去。不过，当他这样做的时候，内心仍旧未能坦然无愧,因为朱姨太毕竟是他唯一的儿子的生母。刚才,他就是怀着这么一种苦恼的心情,把消息告知柳如是的。现在,忽然听见柳如是说出如此知心体贴、顾识大体的一句话,钱谦益不禁深为感动。他沉默了一会儿,点着头说:"你——过来。"

柳如是莫名其妙地走到他的跟前。钱谦益伸出一双多皱的、长着老人斑的大手,把柳如是纤弱温馨的小手握住,用深沉的声调说:"我很高兴!钱谦益得到你这样的闺中知己,不虚此生了!"

柳如是心中一动,这才恍然领悟钱谦益的心思。她勉强地笑着,眼圈儿却不由得红了,半晌,才慢悠悠地说:"只要相公永远记着今日这句话,我就是明儿死了,也是心甘情愿的!"

钱谦益点着头,叹息道:"你快别这么说。我知道,我已经是垂暮之年,可你往后的日子还长着呢。不过,你放心,我会安排得妥妥帖帖,决不会让你这一辈子受委屈的!"

柳如是瞪大眼睛,呆呆地望着钱谦益,忽然"哇"的一声,扑在他的怀里,哭了起来。钱谦益也颇觉恻然。他喃喃地劝慰着,可是柳如是反而哭得更伤心了。她其实是个极不幸的女子,多年的风尘沦落、青楼卖笑的生涯,使她早已看透了人世的丑恶、凶残、冷酷和欺诈。她十二岁那年,被卖到吴江县一个退职内阁大学士家去当婢女,不久就遭到男主人的蹂躏,成为那个行将就木的老头儿的玩物。两年后,因为受到其他姬妾的嫉妒,她几乎被谗害致死。主人把她卖到盛泽的归家院,给一个叫徐拂的名妓做养女,从此正式操起了卖笑生涯。她聪明美貌,很快就走红起来。为了保护自己,也为了报复,她开始变得又刁蛮又放肆,经常把那些色迷迷的狎客捉弄得团团乱转,哭笑不得。因了这股狂劲儿,她的名声反而更响了,所到之处,引得那些自命风流的公子名士趋之若鹜,为了获得她的一诗一画,不惜一掷多金。至于为着博取她的青睐而展开的角逐争夺,就更加激烈了。不过柳如是也知道,这种状况是不可能维持太久的,于是,便开始在那些慕名而来的客人当中，物色自己可以托付终身的人。几经挫折和痛苦之后，她选中了钱谦益。钱谦益有的是名望、金钱，而且盛传他很快就会被重新起用，入阁拜相。这对于饱尝卑贱的滋味，因而强烈渴望往上爬的柳如是来说，确是一个理想的从良对象。钱谦益是老了一点，但老年人听话，心眼儿不是那么活，而且懂得疼惜人……事实上，自从嫁到常熟来之后，这大半年，钱谦益对她百依百顺，宝贝得不得了。为着讨她的欢心，老头儿甚至一再牺牲自己的社会名誉而在所不惜。对此，柳如是是十分感激的。正为着不使老头儿过于为难，也为着自己的更高目标——当一个纵无其名也有其实的"阁老夫人"——不致成为泡影，她才断然决定暂时放弃把朱姨娘赶出府去的要求。现在，终于从老头儿口中，得到了这样一个郑重其事的许诺，她怎能不私心大慰。只是想到过去十几年中，自己所付出的种种辛酸的代价，她才又不禁百感交集，悲从中来……

　　柳如是的这种复杂心情，钱谦益自然是不会理解的。他只把柳如是的眼泪，当作感激自己的表示。于是他不胜爱怜地抚着柳如是的肩背。等她哭够了，才轻轻地把她扶起来，让她到紫檀木长几前坐下，又替她打开梳妆匣子。他一边看着柳如是重新化妆，一边用了快活的声调说："哈，我倒忘了告诉你一件稀奇事儿，还要借重你这位'女元龙①'替我出出主意——"他正想说下去，忽然看见红情擎着一盏斗色晶灯走进来，就住了口。

　　红情把灯放在案上，敛衽说："老爷、夫人，夜饭已经开上来了。请老爷、夫人过去用膳。"

　　柳如是望望窗外，天色果然不早了。她沉吟了一下，说："这会子，我觉得身子怪乏的，也没有胃口，懒得再走过去了。你侍候老爷去用膳吧，回头盛一碗粥，再把小菜也给我送来，就完了。"

―――――――

① 元龙：即陈登，三国时期曹操手下谋士。

钱谦益一听，连忙说："这么着，我也不过去了，你们索性全搬了过来，我就在这屋里同夫人一块儿吃。"

红情答应着，退了出去。

柳如是微微一笑，表示领会到钱谦益的体贴之意。她眼睛一转，提醒说："噢，相公刚才有什么稀奇的事儿要说？"

"哦，是这么回事——刚才，我在西院，正同在竹、养先商议周阁老那封信的事，忽然来了个求见的，我一瞧帖子，倒吃了一惊。你猜那人是谁？竟是阮圆海家的一个清客，叫臧亦嘉，余姚人，是个戏曲班子的教习，不知你可认识？几年前，我在南京见过他一面，差点儿忘记了。这一次，他奉了阮圆海之命，专程到常熟来，喏，给我带来这一封信。"钱谦益说着，从袖子里掏出来一封信，放在桌上，笑着说，"阮圆海在信里说什么他也是进士出身，素知忠君爱国的大义，他过去依附魏阉是不得已，也不曾反对东林，全是一篇鬼话！不过，最后那几句说得倒真切，竟是信誓旦旦，说是'所不改心以相事者，有如此水！'哈哈，这胡子急着重新出头，只怕快急疯了哩！"

柳如是看了一眼那封信，问："相公同陈家老爷他们商议得怎样了？"

像忽然咬着一只苦果子似的，钱谦益的表情变得懊丧起来。他紧皱着眉毛说："还没个头绪。在竹出了个主意，说是可以利用三月二十八复社在虎丘举行大会之机，联络一帮子人，在会上提出消除门户朋党之见，共扶社稷，并作出公议，上达朝廷。本来么，也不失为一策。只是这一次虎丘大会，两浙的士子估计会来得不少。浙西倒还罢了，浙东的慈溪、甬上那一帮书呆子，却是难轧得很。何况，你也知道，自从天启元年，我主试浙江，闹了那一场公案之后，浙人之于我，已势成水火，又怎能指望这一次他们肯同我联手呢？"钱谦益说完，又连连叹气。

柳如是已经梳妆完毕。她拿着一根玉簪，在案上轻轻地敲着，说:"阮圆海既然急急地派人送信来,此事看来不像是周相公有心推捣,只怕有几分真!陈家老爷的献策,也是可用的。至于浙人作对,嗯,确实是一道难题。不过……只要他们并非全都主张对阮圆海赶尽杀绝,事情就有可为……"

钱谦益心中一喜,连忙问:"呵,莫非夫人已有良策?"

柳如是摇摇头。她笑起来:"瞧相公的着急劲儿,只怕并不在阮圆海之下哩!我一个妇道人家,哪能有什么良策?不过闲着无事,我倒是可以替你想想。"

钱谦益被她打趣,毫不着恼。他喜滋滋地说:"我知道夫人不只是个'女元龙',还是个'女诸葛',必有奇计妙策,为我分忧!"

这时,红情和另外一个长得又瘦又小的十二岁丫环绿意,已经把晚膳搬进寝室里来。于是,他们中止了谈话,站起来,一齐朝饭桌走去。

第二章
冒公子求援尚书府，众社友纷争寒秀斋

拜访尚书

钱谦益与柳如是谈话一个月后的一天下午，在远离常熟数百里之外的南京城里，一乘两人抬的轿子，从秦淮河房转出来，匆匆过了贡院，顺着热闹繁华的街道，一直向西行去。

天气晴朗。温暖的阳光从蓝澄澄的天空中斜照下来，把左边一排房屋的阴影，投在宽敞的、青石板铺成的路面上，投在行人的头上、肩上；右边一排店铺的铺面，则沐浴在耀眼的阳光里。这些密密麻麻的店铺，房檐不高，门面挺宽，写着"绸绒老店""京式小刀""网巾发客""画脂杭粉名香官皂""川广杂货""西北两口皮货发售""东西两洋货物俱全""内廊乐贤堂名书发兑""万源号通商银铺"等类字样的招牌，琳琅满目。街道上，乘轿子的、跨驴的、步行的人，熙来攘往；来自四面八方的客商，麇集在官廊内，高声叫卖，讨价还价；门前挂着灯笼、供着时鲜花朵的茶社里，座无虚席，生意兴隆；酒楼上人声鼎沸，笙歌盈耳，随风飘散着咻咻的艳笑和酒肴诱人的浓香……虽然北有"建房"，南有"流寇"，国家的局面一天乱似一天；江南各府又连年遭灾，"哀鸿遍野""饿殍载道"一类的消息不断风闻；而且南京城里的米价，也涨到了三两六钱银子一石，为大明开国以来所仅见，但是，这一切似乎都未曾给这个江南最大的都会，投下一丝一毫的阴影。它依旧是那般容光焕发，巧笑迎人，金迷纸醉……

其实，令人不安的影子也不是没有——街上的流民乞丐明显

增多了,而且有越来越多的趋势;米铺里,因为无人食用,过去很少出售的大麦、荞麦,现在忽然成了热门货,五千钱一石,仍然供不应求;酒筵歌席之上,那些哗笑哄饮的豪客,会因突如其来的一声悲叹,而举座为之失欢;甚至那些并无事实根据的谣言,也不止一次地使城中的居民们惊慌失措起来……不过,这些看来都无伤大体。正如向巨大的生活旋涡投下了几片枯叶,虽然多少使人感到惨淡和萧瑟,但是随即就被吞没,被包容,成了这个都市光怪陆离的日常生活中必不可少的组成部分,一种很自然的色彩,不再引起人们的注目和惊诧了。是啊,天空这么晴朗,春光如此明媚,满城的柳树都开始吐芽了——这些被骚人墨客艳称为"白门①秀色"的柳树,有的已经十分古老,其中几株,也许还是太祖皇帝营建应天府城的时候种下的。经历了二百七十余年的漫长岁月,它们依然青青如昔。如果说大明的一统江山不迟不早,偏偏注定就在他们这一辈人的面前彻底坍塌,眼前这无限的繁华将连同这满城柳色一道灰飞烟灭,这是多么荒唐、愚蠢和不可思议!

是的,这也许就是崇祯十五年早春,南京城里大多数居民的心理。虽然有关"建虏"蹂躏京畿和"流寇"暴虐豫楚的消息不断传来,但在他们的感觉中,那毕竟是遥远的、隔膜的。而且,"建虏"一次一次地来,结果不是一次一次地又退走了吗?至于"流寇",更是时起时仆,只怕也成不了大气候。尤其重要的是,"建虏"也好,"流寇"也好,哪怕仅仅是他们的影子,都从未在南京城下出现过。这说明南京是可靠的、安全的,纵然真有危险,也还远得很……

然而,也并非一切的人都这样想。譬如说,正沿着繁华热闹的大街匆匆北行的轿子当中,这位默然端坐的青年公子,就完全

---

① 白门:古代南京的别称。

是另外一种心情。

他名叫冒襄，表字辟疆，是复社的一位重要成员。他出生于如皋县一个数代做官的人家，自幼饱读诗书，才情早发，加上祖辈、父辈在政界、文坛多年积累下来的基础以及各种联系，当他还很年轻的时候，就受到有影响的父执们的称誉和汲引，在同辈中崭露头角；加入复社之后，名气就更大了。他今年才三十一岁。如同那个时代绝大多数的读书人一样，冒襄也把科举入仕看作人生的根本出路。这些年来，他一直在应考乡试，但都没有取中，到如今，仍然是一名秀才。不过，无论是同辈还是长辈都毫不怀疑，他之平步青云、飞黄腾达，只是早晚的事。目前，他与桐城方以智、宜兴陈贞慧、商丘侯方域并称为"复社四公子"。

冒襄受着这些推崇赞誉，事实上他自己也颇为自信，不过他绝不是那种头脑容易糊涂的人。凭着这些年来他周游各地的所见所闻，以及与高官显宦们周旋交往所了解到的情况，他不仅十分清楚国家的局势已坏到什么样的程度，而且，他拿这些情况同历代王朝兴亡的历史对比印证，已经不怀疑，大明的江山正处于风雨飘摇的极险境地，随时都有覆没的可能。他根本不相信，在这场端倪已露的亡国大祸中，南京城会是一片能逃过劫难的"乐土"。别看它目前似乎还很安宁、可靠，一旦风暴来临，那将是一场席卷一切的惨变——"蔽日旌旗，连云樯橹，白骨纷如雪！"这已经是重复了多少次的历史图景。所以，当轿子走在从三山街到内桥这一段店铺更集中、气象更繁华的街市时，冒襄隔着帘子默默注视着摩肩接踵、嬉笑自若的来往行人，他的眉头不由得皱得更紧了。

不过最近冒襄心情阴郁的原因，还不仅仅在于此。发生在半年前的父亲调职襄阳的那件事，一直在深深困扰着他，使他感到屈辱、痛苦，却不知道怎样才能摆脱。冒襄的父亲冒起宗，本来在湖南担任衡永兵备使者，是个不大不小的三品官。去年秋天，冒起宗忽然接到命令，调他到湖北的军事重镇襄阳，担任总兵官左良玉部的监军。左良玉是临清人，出身行伍，早年在辽东对清军作战，以骁勇受东林党人侯恂提拔；后来在镇压农民军的战争中，以凶悍残暴著名，势力亦日渐增强。他自恃重兵在握，十分骄横跋扈，连朝廷的命令也不大服从。就在冒起宗接到调令之前几个月，襄阳城被张献忠的农民起义军攻破，督师杨嗣昌十万火急调左良玉驰援，可是左良玉为着保存实力，九调九不至，杨嗣昌绝望之余，畏罪自杀身死。现在朝廷竟派冒起宗去监督他。冒起宗明知左良玉决不会轻易就范，弄不好，自己随时随地都有性命之虞，但是格于上命，不敢违抗，只好匆匆赴任。消息传来，急坏了冒襄一家。尤其是冒襄的母亲，日夜哀哭，逼着儿子一定要设法营救。为了这件事，近半年来，冒襄到处奔走投诉，托人疏通说情，请求朝廷把冒起宗调离襄阳。到如今，凡是可能利用的关系，他几乎都跑遍了，银子也花了万把两万，可是事情却有如石沉大海，毫无下文……现在，冒襄又到南京来了。但是他实在不知道，这种请托求告，到底还有没有作用……

轿子轻微地震动一下，停下了。冒襄蓦地惊觉过来。他隔着帘子往外看去，映入眼中的是一道长长的幽静的街巷，一扇黑漆兽头衔环大门，门前踞着一对石狮子。一个年老的门公正坐在台阶前晒太阳。看见来了轿子，他就眯缝着昏花的老眼，偏过脸来。

在长班拿着拜帖上前通报的当儿，冒襄坐着没有动弹。这座年深日久，外观已经略微显得破旧的府第，近半年，他已经来过三次了。主人是个温厚长者，每一次都给予接待，而且答应帮忙。冒襄并不怀疑他的善意和许诺，不过，由于种种缘故，事情尚未办成。自己再三再四地上门催问，会不会使主人感到为难和不快？会不会出现在类似情况下常常会遇到的那种难堪的场面？这种顾虑，冒襄上轿之前就有过，此刻又重新变得浓重起来。他是一个自尊心很强的人，多年来生活上的顺境，使他习惯于别人的礼遇和褒扬,哪怕是一个轻视的眼色,一句暗示的讽辞,都会令他气恼、难受,心里老半天不舒坦……

"启禀少爷,主人有请!"长班的声音在耳边响起来。

冒襄怔了一下,才听清这句话。他松了一口气,点点头,等轿夫打起帘儿,就微微弓起腰,走下轿来。

他是一位异常俊美的儒生,中等身材,衣饰雅致,风度潇洒。他先站在轿旁,转动着一双黑白分明的眼睛,矜持而又冷淡地向周围打量了一下,这才不慌不忙地朝大门右侧那扇便门走去。

"我家老爷请相公书房相见。"已经在门前迎候的门丁行着礼说,随即引着冒襄,经过门厅,从天井里向右一拐,进了一道小门,沿着回廊曲曲折折地走了一阵,来到一处幽静的庭院。庭院里,是一明两暗的三开间书房;沿着墙根莳着些花木,西边角上还有一方水池,围着碧瓦栏杆,池中立着两片姿态奇古的石山,绿竹森然。冒襄无心细看,他匆忙地整理一下衣巾,等院子通报之后,就低着头,拱着手,放轻脚步,从院子揭起帘子的那扇门走了进去。

南京兵部尚书熊明遇,已经在屋里等着他了。

熊明遇是个须眉皓白的矮胖老头儿,圆圆的、常带微笑的脸上,有一种乐天知命的神气。他是万历二十九年的进士,做过几任京官,也不止一次遭到贬谪和罢免。大半生的宦海沉浮,已经磨掉了他的一切棱角。他最得意时曾做到北京的兵部尚书。十年前,崇祯帝嫌他办事糊涂,革了他的职,直到最近才重新起用,但也无非是让他到南京来坐冷板凳。南京在明代,曾经是开国初年的首都。直到永乐十九年,明成祖朱棣为了抵御北方蒙古族的进攻,才把首都迁到了北京。迁都后,南京原有的一套中央机构形式上仍然保留,称为"留都"。除了没有皇帝外,也同北京一样有皇宫,有吏、户、礼、兵、刑、工等六部,还有国子监等其他部门,不过,北京的六部有实权,所有的事情都集中在北京办;南京的这些官只是闲职,虽然地位很高,但是国家大事轮不到他们拿主意。他们多是一些政治失意,或者被认为年老无用的人。熊明遇也属于这一类。不过,这老头儿倒是个好好先生,同复社一班年轻士子也很谈得来。在冒襄请托的人当中,他是属于真心愿意帮忙的一个,所以冒襄这次到南京,首先就来拜访他。

冒襄撩起直裰的下摆,双膝跪倒,叩下头去:

"老伯在上,小侄给老伯请安!"

"啊啊,贤侄,何必多礼!"熊明遇满脸堆笑,趋前一步,把冒襄扶起来。两人重新作揖之后,熊明遇做了一个让座的手势,便移动着肥胖的身体,向朝南的一张铺着锦褥的紫檀木炕床走去。

冒襄有礼貌地挨延着。等熊明遇坐定之后,他先告了坐,这才在对面的一张硬木如意椅上坐下来。

以往,熊明遇这当儿就会立即开始寒暄。可是今天,不知什么缘故,直到家人送上茶来之后好一会儿,熊明遇仍然只管默默地、小口地呷着茶,甚至没有看客人一眼。冒襄心里又不安起来:莫非主人对自己的不断来访已经感到腻烦,甚至讨厌,只是格于情面,才不得不勉强接待,所以故意摆出这样的脸色,好让客人自觉难堪,知趣而退?顿时,屈辱羞惭的感觉涌上心头,冒襄的脸又红了。他暗暗打定主意:稍坐片刻,就起身告辞,并且绝口不提请托的事。他觉得,唯有这样,才能多少保持自己的尊严,也等于告诉主人,这只是一次纯粹出于礼貌的例行拜谒,客人本无他求,摆出拒人于千里之外的面孔,其实没有必要……

"哎,贤侄,这一向,你是怎么回事啊?"熊明遇开口了,语气是随便的、愉快的,"怎么许久都不来啦?还有定生、朝宗他们也不来,莫非讨厌我糟老头儿啰唆不成?"

"啊,不敢!只因小侄不来留都已有两月,以致久疏趋候,更兼百事缠身,音书亦稀,不知竟辱老伯挂望,不胜悚愧,尚祈恕罪!"冒襄拱着手回答。

熊明遇点点头:"这就是了。我说呢,我这老朽可没得罪你们复社,怎么一个一个都不见影儿了?抛撇得我老头儿好不冷清!"他继续用开玩笑的口吻说着,同时热切地瞅着冒襄,仿佛在抚慰他:别丧气,小老弟,我很喜欢你,你来了我真高兴!

"定生、朝宗他们也是前几日才回到南京来。还有,太冲也来了。"

"太冲?"熊明遇捋着白胡子,微微仰起脑袋,"莫非就是故世了的余姚黄公尊素的令郎,名叫宗羲的?嗯,知道,知道!"

"太冲兄虽身在江湖,却心忧国事,近日颇思将数年潜研默讨之所得,著为一论,上书朝廷。又欲于秉笔之前,与海内贤达,广为奉商。老先生泰山北斗,望重群伦,且久赞中枢,倘能于报最之余,赐以教言,尤为太冲所深望呢!"

"噢,不敢。倒是学生我甚欲一聆太冲兄之匡济宏谋。他既来了,就烦贤任务必请来一见。"

"老伯传唤,小侄想太冲必定是欣喜趋谒的。"冒襄又拱着手回答。

现在,他的心情渐渐松弛下来。"嗯,主人看来不像是讨厌我。"他想。于是对这位身为高官显宦,脾气却好得出奇的老世伯,忽然变得感激和亲近起来。

时局深忧

熊明遇眯缝着眼睛笑着,也在打量冒襄。这位年轻士子虽然来访的次数不多,给他的印象却很好。冒襄的俊美温文、谦恭儒雅,他有求于人时所表现出来的羞赧和不安,都令熊明遇感到满意,对他另眼相看。熊明遇同复社的士子们虽然时有接触,外间甚至把他说成是复社的后台之一,不过,老头儿对于这班年轻人那种锋芒毕露、激烈好名的行为举止和处事态度,却颇不以为然。特别是他们肆无忌惮地议论朝政,讥评人物,得罪的人越来越多。

熊明遇担心这样闹下去，总难免有一天要闯出祸来。他知道无法劝说他们，所以近一两年，已经采取了逐渐疏远的态度。他觉得在这一点上，冒襄与他的社友们不同，这个年轻人端庄稳重，沉得住气，也比较听话，正合于自己此时此地的心境。

熊明遇今年六十六岁了。十年前，当他从官宦生涯的高峰跌落下来的时候，他就已经明白，这一生的好运气，算是到此为止。他早就看出来，年轻的皇帝是一位独断多疑、刻薄寡恩的人。自己这种一团和气，事事想当老好人的性格，绝不会得到皇上的欢心。崇祯五年，他仅仅因为说错了几句话，触怒了皇帝，就被勒令"解任候勘"，最后落得个削职还乡。事隔多年，如今又被重新起用，熊明遇心里明白，无非是朝廷临时找不到更合适的人选，才让他出来顶替一下，别说想重新回到昔日的位置上去根本不可能，就是现在这张南京兵部尚书的冷板凳，也说不上能坐多久。好在他乐天知命，抱定做一天和尚撞一天钟的宗旨，日子过得倒也蛮惬意。不过，他却没有失掉保护自己的本能，同大多数正在地位和权势的斜坡上向下滑落的老官僚一样，他对于官场上的同僚们往往怀有一种隔阂和戒备的心理，就像一只行动迟缓但感觉仍然清醒的老猫，时刻都在提防着同类的鬼脸和算计。尽管有时候他的应酬也很忙，可是内心是孤独而寂寞的。在这种情况下，他喜欢同一些尚未涉足官场的年轻士子交往，找他们谈谈，听听他们对时局的看法，接受他们对自己的趋奉的敬意，这往往能使他获得一种快乐和满足。不过，话又说回来，他却不想因此惹来横祸，以致把身家性命都赔上去。他记住了十年前的教训：更谨慎一点做人没有坏处。所以，最近他对复社成员的接待，已经变得更有选择，说话也更加小心。复社的年轻头儿如陈贞慧、侯方域等人觉察到了这一点，渐渐便不来了。

刚才，冒襄跨进屋子的时候，熊明遇正苦苦思考着一个问题。这个问题是前几天去牛首山春游的路上，才在他的脑子里突然清晰、尖锐起来的。这个念头一经揭示，竟变得如此狂暴、可怕、无情，以至他几乎再也无法平静下来。他很想找一个人来商讨一下，但是问题的性质非比寻常，必须十分慎重。他打算找一个饱学卓识，具有政治头脑，而且是可靠的、与自己并无利害冲突的人。冒襄的突然来访，正合他的心意，这便是他特别高兴接待冒襄的原因。

"嗯，贤侄来往各地，最近，可听说什么新闻？"熊明遇换了一个话题，问。

"这……也并无特别新闻。老伯想亦知道，各地的灾情愈加重了。山东、河南不必说，此二地已成鬼蜮世界，到处以人肉为粮。听说虽至亲好友，亦不敢轻入人室。安分守己之家，老少男女，相让而食；强梁者，搏人而食；甚至有父杀其子而食……临清米价涨至二十四两银子一石；即如江南各府县，号称富庶之苏杭二州，去岁以来，亦饿死居民无数。每日移葬郊外者，络绎于道。杭州太守刘公是汴梁人，于是便有好事之徒，改古诗以为讽刺……"

"噢？怎么说？"

"这——也无非是些轻薄无根之语，徒逞口舌之快，安知不是有诬长上。"

"但说来听听不妨。"

"是！闻得是改的南宋林升'山外青山楼外楼'一诗，道是：'山不青山楼不楼，西湖歌舞一时休。暖风熏得死人臭，还把杭州送汴州！'"

熊明遇听了，点着头没有作声。这两年，江南各府灾情严重是事实。但他认为，主要原因还是天时不正造成的，况且各衙门正在设法赈济，然而，立即就出现这种意图煽惑的歌谣，把矛头指向了府尊，足见民心之可虑。这样一想，熊明遇的忧虑心情又增加了几分。

"还有,听说松山已经失陷了。"冒襄见熊明遇不表示态度,猜想是他对那首诗感到不悦,便换了话题。

"松山尚未失守。"熊明遇摇摇头,口气很肯定。他的消息自然是准确的。不过,虽则如此,熊明遇也并不认为松山能守得住。甚至毋宁说,近日来困扰着他的那个可怕的问题,多少正与松山的战局有关。他看了看冒襄,解释似的说:"洪经略尚在死守孤城,建虏以倾国之师,围攻数月,至今未能得逞。不过,"他皱起眉头,"倘使诸镇的援兵继续徘徊不进,松山的陷落,只怕也是迟早而已。"

冒襄对主人已经不再存有猜惧之心。听说松山并未陷落,他精神不禁为之一振。但主人接下去的话,又使他颇为泄气。有片刻,他很想说:"对于此等贪生畏死、误国误民之辈,朝廷就当严加惩处,以儆效尤!"可是话到嘴边又缩了回去。不错,要是在一年以前,他或许可以问心无愧地这样大声疾呼。可是如今,他替父亲奔走求告,请求调离剿"贼"的前线襄阳,在别人眼中,又何尝不是贪生怕死的行为呢!

"以往建虏数度入寇,蹂躏畿辅,而终于不敢久留,全仗山海关遏制其后。而松山、锦州乃是山海关之屏障,二城一旦不守,虏骑便可直逼关前,倘有不测,京师岌岌可危了!"熊明遇继续说。

"难道驰援诸镇当中,竟无一忠义敢死之人,肯奋然而前,直撄犬羊之锋,以解松山之危乎?"冒襄终于还是忍不住,忧形于色地问了一句。

熊明遇望了冒襄一眼,又没有作声。因为目前的事实就是如此,令他无从解说。此外,他还不完全同意冒襄的说法,似乎松山陷落之最终不可挽回,责任就在驰援诸镇。熊明遇明白,造成这场惨败的原因和背景要复杂得多。譬如说,当初如果不是皇上密诏洪承畴速战前进,以解锦州之围,兵部也不一再催战,而是坚持洪承畴最初采取的步步为营、以守为战的方略,形势可能就会大不相同。现在到了主力精兵全军覆没以后，再让驰援诸镇以羸弱之师，去进击建虏乘胜之众，正不啻驱群羊入于虎口，除了徒然送死之外，其实无济于事。不过，这已经关涉军事机密，而且直接触及皇上的个人威信，熊明遇觉得不便，也不敢同这位年轻士子深谈下去。所以，他只是含糊地摇摇头，就把话题从松山的战事移开了。

"建虏固然可虑，但本朝心腹之患，只怕实在流寇。"他慢吞吞地说，胖圆的脸上现出深深的忧虑神色。像当时相当一部分官僚士绅的看法那样，在熊明遇的心底里，其实觉得关外的清兵虽然可怕，至少还可以通过议和输款，求得一个时期的苟安。但是，面对变得越来越强大的农民起义军，他们却感到束手无策。不管是用"剿"还是用"抚"的办法，都已经越来越不奏效。农民军就像一股刚猛无情、飘忽不定的旋风，冲决一切，扫荡一切，正在从王朝大厦赖以矗立的最底一层，也是最根本的一层的基础上，不折不挠地破坏着、轰击着，使他们这些高高在上的老爷们也已经很分明地感到大地的剧烈震动，听到殿基塌陷、梁柱摧折的可怕声响，以致心惊肉跳，再也无法安枕。事实上，自上一年以来，位于河南的重镇开封，就一直受到以李自成为首的农民军的猛烈进攻，几乎失陷。现在李自成虽然暂时解围而去，但随时随地都可能卷土重来。至于以张献忠为首的另一支农民军，则同革里眼、左金王等部联合起来，正在凤阳府境内横冲直撞，摧州陷县，杀死守官。最近一次，竟攻下了离南京不远的盱眙。他们的图谋已经很清楚，就是准备打过江南来。现在熊明遇虽然一面全力防备，但另一面却不知道明早一觉醒来，周围的世界是否还会是今天这个样子。正是这样一种焦虑，近日来把熊明遇弄得不寒而栗，苦恼不堪。他犹疑了一下，终于压低声音问：

"贤侄，依你之见，大明中兴，尚有希望否？"

"哦，老伯是说——"

"嗯，嗯！"熊明遇不等冒襄说完，就急急忙忙地点着头，还做了一个手势，仿佛害怕他说出那个可怕的字眼似的。

冒襄沉吟了一下，谨慎地说："老伯所虑，小侄亦曾想来。只是浅陋之见，恐怕……"

"哎，贤侄只管直抒所见。"

"是！"冒襄应诺着。他低下头去，沉默了片刻，这才开口："小侄冒昧胡言，请老伯指教。时至今日，此事只怕已在两可之数！"他顿了顿，似乎要增加这句判断的分量，"其间大患，自然在于建房与流寇。建房自天启元年以来，以沈阳为巢穴，内修制度，外行侵伐，十余年间，已骎骎然雄有辽东以北广袤之地；且东降朝鲜，西收蒙古，羽翼之势已成。彼对我朝佯示就抚之意，实则鹰扬虎视，无日不图南进。天启七年至于今，已三度入寇，京畿以及燕、赵、齐、鲁之地，悉遭蹂躏，杀掠极惨。如今更举倾国之师，专攻松、锦，其意在夺取山海关甚明。山海关为京师门户，虎狼之心，意欲何为，实已昭然若揭！至于流寇，崇祯元年，贼众不过万数，地不出陕西一境，而且各股不相隶属；七年之后，已经居然拥众二三十万，扰地遍及秦、晋、川、楚，然官军尚能制之。尔后凶岁连年，饥民大起，兼之朝廷剿抚之策不定，遂致贼势蹶而复振，日渐坐大，竟成今日难以制御之局面。且闯、献二贼，尤为悍猾而强，狂悖之志，曾不下于建房，令人可惊可虑。况且——"冒襄说到这里，微微叹了一口气，"自古以来，未有国乱于内而能攘夷狄于外者。时至今日，国势之危殆，实为历代所罕见。朝廷倘不急图良策，中兴之业，只恐终难有望！"

冒襄说完了。他谦恭地垂下头，等待主人的指教。但是熊明遇却呆呆地坐着，老半天不作声。不错，这一番话的内容，他也曾经零零碎碎地想到过，可是此刻从这位年轻士子的口中，用如此清晰尖锐的语言说出来，仍然使他的内心受到很大震动。有片刻工夫，他的眼前仿佛出现一幅国破家亡的可怖图景：京师的城门纷纷失守，紫禁城里外燃起冲天大火，禁卫军和内侍作鸟兽散。皇上横刀殉国，百官或死或走或降。而他，熊明遇，自然也要一死以报国恩，这似乎是无可选择的。可是他还有一大群妻妾儿女，到时他也许不忍心让他们全都跟着自己去死，那么就会有人活下来，结果命运却极为悲惨……啊，他们将会怎样呢？被杀戮、拘系、蹂躏、凌辱，最后沦落街头，成了贱民、妓女、乞丐！这种可怕的悬想把熊明遇压得透不过气来，他动弹了一下，想摆脱这种重压，结果只是把身子缩作一团，瞪着惊恐的眼睛，喃喃地问："那么，那么贤侄有何救时良策？"

"啊，只怕说出来更不足污老伯清听了！"冒襄抬起头，看着主人，谦逊着说。他早已等着有此一问，以便把自己的政见向这位德高望重的前辈陈说出来。冒襄同熊明遇毕竟不一样，虽然他清楚地看到国势的危殆，敏锐地嗅到了亡国气息的临近。但是在他的年轻、强健的心里，却未始不觉得这也是一种机会，正好借以试一试自己的本领和力量，毕竟他还从未加以试验过！何况许久以来，冒襄就认为，国事之所以弄到这个糜烂的局面，主要还是由于主持朝廷大计的，大多是一些庸懦之材的缘故。所以，虽然多少觉察到主人的神气不对，但当他开始回答询问时，仍然情不自禁地用了一种几乎是兴奋的，而且多少有点卖弄的语气：

"以小侄愚见，当今之世，风俗陵夷，廉耻道丧，积弊之多，多于牛毛。若就其中一枝一节而改革，徒然虚费时日，而难见效用。实不若以天雄、大黄之猛剂，治其根本。根本一清，枝节便不难改治。所谓根本，无非是正风俗，严纪纲。风俗正，则积弊消；纪纲严，则君信立。积弊消，君信立，则民不易为乱。虽有少数不逞之徒，亦无所施其煽惑之技。如此，则国内可定。国内定，朝廷便可专力而东向，建虏虽强，不足虑也！虽然，此理说来极寻常容易，唯真正施行，又极不容易。其中用人一事，实为一切之关键。用不得其人，虽有良法美意，亦终因重重扞格，寸步难行。故朝廷倘欲求治图强，须得痛下决心，进君子，斥小人。知其为小人者，虽处庙堂之高，亦必斥而去之；知其为君子者，虽居江湖之远，亦必求而进之。务使举国上下，正气伸张，人才得用。如此，中兴可指日而待矣！"

冒襄越说越兴奋。他的声音高起来，双颊现出激动的红晕，眼睛也在炯炯发光，同刚才进来的时候相比，仿佛换了一个人。

熊明遇仍旧蜷曲着身子，一动不动地坐着，神情显得愁苦而呆滞，先前脸上那种乐天知命的神态，已经看不见了。他默默地听着冒襄的热烈陈说，高谈阔论，并未能够排除他心头的重压。诚然，这位年轻士子的见解不失为堂堂正理，但国家的局面已经到了这一步，要加以实行简直是不可能的。就拿用人一事来说，长期沿袭、继承下来的习惯，以及各种错综复杂的关系，恰似一棵百年老树，盘根错节，早已形成了异常顽固死硬的格局。要改变它，真是谈何容易！弄不好，改革者就会反招其祸。倘若用强力加以改变，只会加速这株老树的倾倒死亡。为今之计，唯有尽量不要触动它，至多也是剪除一些实在无法保留的枝丫，对于其余则尽可能维持、包容，以求得在狂风暴雨中能同命共济。这样，或许还能苟延残喘……不过，熊明遇最近越来越觉得自己是正在过去的人，思想、精力和记性都在一天天衰退。他对于自己的看法也没有那种自信了。"也许，我确实老迈无能了，这些年轻人才气纵横，说不定真有办法把国家从绝路中解救出来？瞧，他们一个个都很有一套，而且信心十足……"这样一想，他似乎产生了一线希望，于是打起精神，专注地侧着耳朵，期待冒襄说出更加具体的、切实可行的办法来。

可是，冒襄已经说完了。

"嗯，就是这些？"

"是的，小侄冒昧胡言，敬请老伯指教！"

"哦……贤侄所言，自是堂堂正理。不过——"熊明遇沉吟了一下,"老夫尚欲更有请教。譬如,目前饥民盈野,军饷不继,富室囤积居奇,奸人乘机煽惑,这些都适足资乱,未知计将安出?"

这几点,正是目前江南地区的突出问题,也是日夜困扰着熊明遇,使他大感头痛的问题。所以,他特意点出来,满怀期望地盯着冒襄,等待他回答。

"这……也并非没有办法。"这一次冒襄显然没有准备,他变得有点犹疑,脸也开始微微涨红起来。不过,只一瞬间他就恢复了自信,依然用坚定的口吻说:"不过,当今积弊,又何止此数端!小侄愚见,仍以为与其一枝一节求治,实不若治其根本。本正源清之后,旁枝末流之积淤污浊,便可一并荡涤而去。否则今日除之,明日复生,终难有效!"

熊明遇不作声了。他垂着眼睛,感到失望,"到底只是个书生,徒有空论!"他想。室中寂然半晌,熊明遇终于苦笑了一下,开口说道:"贤侄所言,不无道理,只是知易行难,古今如此,贤侄想亦深知。我是老朽无用了,今后祖宗二百七十年的基业,就寄托在尔等一辈的肩上。望尔等少年英俊,各展高才,同心戮力,匡扶社稷,克成中兴大业,上报君父之恩,下安黎民之望。如此,则天下幸甚,老夫幸甚了!"

冒襄连忙站起来,拱手当胸,恭恭敬敬地说:"老伯训诲,小侄谨志不忘!"

"嗯,坐、坐。"熊明遇随便做了一个手势。冒襄重新坐下之后,熊明遇沉默了片刻,才又开口说:"有一件事,差点儿忘记告诉贤侄——数日前,京里周阁老有信来,说是贤侄上呈朝廷的救父万言书,他已经知道了。令尊调离襄阳一事,已无干碍,邸报不日可下。"

冒襄的眼睛一下子睁大了。这消息来得太突然,完全出乎他的意料,以至一刹那间,他疑心自己听错了。他的呼吸急促起来,结结巴巴地问:"老伯是说,是说……"

"我给贤侄道喜呐!令尊调离襄阳,只是日内之事了。"

冒襄"啊"的一声站起来,激动地向前跨了两步,忽然又自觉失态似的站住了。他惭愧地微笑着,不胜感激地望着熊明遇,脸上现出兴奋、狂喜的神情。忽然,他跪倒地上,向主人叩下头去。

"哎,贤侄,不必如此,不必如此。"

可是冒襄仍旧叩了一个头,又一个头,直到自己认为叩够了,这才躬身站起。

熊明遇无可奈何地摇着脑袋,等到冒襄爬起来的时候,他也就跟着站了起来。

"有了消息,贤侄便该早点回家报个信,免得令堂倚闾挂望。"他信口提示着,接连打了两个呵欠,神情顿时变得委顿下来。虽然冒襄还在不断说着感激的话,可是熊明遇仿佛听见,又仿佛没有听见。他"嗯、嗯"地答应着,竭力地睁大眼睛。直到冒襄终于告辞出门,沿着花树掩映的回廊,走得看不见了,熊明遇还怔怔地站在阶前。"……嗯,应当叮嘱他,绝不能把这次谈话张扬出去,否则只怕彼此都不便……"他模模糊糊地想。

蓦地,熊明遇清醒过来。他定了定神,有片刻工夫,拿不准主意:该不该派人把冒襄追回来?可是随后就抛开了这个念头。因为先前压迫着他的心头的感觉,又重新出现了。在这种越来越巨大而且沉重的压力面前,其余的顾虑似乎都微不足道,无关紧要,甚至是没有意义的了。

"唉,怎么好,怎么好?"他喃喃自语,绝望地仰起脸,久久注视着不远的屋脊上,那一只突出在夕阳之中的、变得血一般鲜红的鸱吻。一会儿,太阳落下去了,鸱吻也恢复了原来灰暗的颜色。熊明遇颓然垂下白发稀疏的脑袋,慢腾腾步下台阶,开始绕着庭院漫无目的地徘徊起来。

喜获佳音

蜿蜒贯穿于东水关和西水关之间的十里秦淮,是南京城里最热闹繁华的一条河道,也是江南首屈一指的绮靡浮华、酒色征逐的销金窟。这里有着最豪华奢费的妓院、最舒适优雅的住宅、最富丽堂皇的酒楼和最出色的戏班子。虽然紧靠着秦淮河北岸,就是庄严肃穆的应天府学宫和科举的考场——贡院,可是,这丝毫也不影响秦淮河那花天酒地、纸醉金迷的气氛,而且不如说,正是亏了那一班饱读诗书而又自命风流的圣人之徒的热心参与,才使得这醉生梦死的十里秦淮,平添了许多特殊魅力和奇异的色彩。

的确,秦淮河也自有它的非凡之处,别的不说,光是那一弯碧滢滢的、闪烁着柔腻波光的流水,以及沿河两岸,那一幢挨着一幢的精致河房,就足以令人着迷了。这些河房,大都是有着短短的围墙的独家院落。里面的房舍,不论规模大小,全都装饰着雕栏画槛、珠帘琐窗。讲究一点的,还在院子里凿池植树,垒石栽花。每一所河房,都有一个带栏杆的露台,伸出水面,供人纳凉消夏,赏景观灯。河房的主人,有安享清福的名公巨卿,有不愁衣食的高人雅士,有艳名远播的当红妓女;但大多数河房,却是用来出租的。河房的主人经常变换,从在职官员、宫中太监到一般富户商人都有,他们看中秦淮河的优越环境,购置河房,出租牟利。虽然租金十分昂贵,但过往的公子王孙、富商豪客,仍然趋之若鹜。他们在这里会友、接客、谈生意、论诗文,自然,也还要纵酒、豪赌、狎妓、看戏,想出种种方法享乐,把著名的六朝金粉地最浮艳奢华的这一角,舞弄得更加花团锦簇,五光十色。

当冒襄在他下榻的桃叶河房前下了轿,兴冲冲地走进院子的时候,家人冒成——一个干净伶俐、体格健壮的中年汉子从屋子里匆匆迎出来,后面还跟着两个年轻的长班。

"大爷,你回来啦!"冒成和两个长班侧身站过一旁,拱着手问。

冒襄点点头:"嗯——拿二两银子打发轿班。赶快进来,我有事吩咐你。"他一边说,一边脚步不停往屋里走去。

一直走进起居室,冒襄才停住脚。他习惯地在花梨木炕床上坐下,立即又站了起来,漫无目的地转了一圈,瞅了瞅门外,焦躁地皱起眉头。当冒成轻快有力的脚步声在门外响起时,他就迅速地转过身去。

"嗯,可曾有客来访?"他照例地问。

"吴次尾、陈定生两位相公方才来过,等不及少爷,他们就说先去了,请大爷随后过去。"冒成垂着手说。

冒襄漫不经心地点点头——今天晚上,吴应箕、陈贞慧、侯方域、黄宗羲、梅朗中、张自烈等几位要好的社友事先约定,要在旧院名妓李十娘家的寒秀斋摆酒,替冒襄接风洗尘。刚才吴、陈二人来访,大约是想同他会齐了,一道前去。

"你记着,"他兴冲冲地说,"明儿一早——今晚怕来不及了——你到船行定一条船,赶在明天晚上,最迟后天一早,我们就回如皋去!"

"啊,回如皋?"

"对,事情有眉目了!"

"哦?"

"蠢材!"冒襄的眼睛闪着兴奋的光芒,"老爷调出襄阳的事,快要办成啦!"

"啊,朝廷开恩啦?"冒成惊喜地问。

"嗯……"

"哎呀,谢天谢地!"冒成把脑门一拍,由衷地欢呼起来。这个冒成,本是冒襄父亲跟前的一名仆童,姓张,由于为人乖觉,办事忠心,颇得主人钟爱,被收作心腹,并改姓冒。以往冒起宗到外地做官,总要带上他。三年前冒起宗看见儿子名气大了,经常要外出应酬交际，身边缺个得力的使唤，才让冒成跟了冒襄。这半年来，冒成为着老主人的事跟随冒襄四处奔走，着实出力不少。现在忽然听说事情真的办成了，他高兴得简直手足无措。

"哎，那——我们什么时候去接老爷？"他急不可待地问。

"这倒不用忙。不过，也快了！如今，我们要赶快回如皋去，向老夫人报信，免得她日夜盼望——啊，办成了，总算办成了，哈哈！"冒襄开怀地笑着，大步走向窗前，把临河的一扇窗子推开。微冷的、新鲜的气流立即倾泻进来。冒襄愉快地舒展了一下胳膊，用力做了几个深呼吸。"多奇怪！"他想，"这一次，我本没打算来南京，结果不知为什么，还是来了。若留在常州，就什么消息也得不到了！冥冥中像是有神灵指点似的！"

冒成正在拭着发潮的眼角，他低头想了一下，认真地说："必定是大爷一片孝心，感动神明了！便是小人向常也叨念：像老爷这般忠心为国，老太太这般乐善好施，加上大爷这般敬上惜下，真是一门忠孝。老天爷怎能不保佑？到底是今日应了！可知天道报应，原是分毫不爽的！"

冒襄慢慢地点着头，现出深思的神情。随即，他又笑起来："哎，你还呆着干什么？快，拿酒来啊！"

"酒？"

"嗯，就把那瓶'太禧白'拿来，我要喝一杯，你也喝！"

冒成很快就把酒拿来了。他替冒襄满满地斟了一杯，恭谨地说："大爷是该喝一杯庆贺这喜事。不过这等名贵的东西，小人福薄，却不敢生受。"

"怕什么！"冒襄一挥手，"让你喝你就喝！这大半年，你跟我东奔西走，也着实辛苦。如今事情办成了，也有你一份功劳！来，快喝！"

冒成被催逼不过，只好又斟了一杯——却只得七分满，先谢了赏，双手捧着，诚惶诚恐地喝干了。冒襄这才哈哈大笑，放他去了。

冒襄自己一连干了两杯，随后又把酒杯斟满。他端起酒，向着窗外，一手叉着腰，眯缝起眼睛，兴致勃勃地眺望起秦淮河上的灯火来……

冒成说得不错，冒襄确有一个为人所称羡的家庭。他的家有着高门甲第的豪华，却没有许多富贵之家的那种复杂龌龊的纠纷瓜葛。家中虽说仆妇成群，但真正的骨肉之亲，却只有六口：一位慈和温厚的母亲，一位安分守己的年轻庶母，加上贤淑淳良的妻子和一个才满三岁的儿子；此外，就是冒襄和父亲。父亲长年在外面做官，父子两人难得见面，即使见了面，彼此也情意相投，不存在隔阂。尤其难得的是，无论父亲还是母亲，对于冒襄的行动都很少干涉；对于他的花费挥霍也从不过问。与其说这是溺爱独生的儿子，毋宁说是完全信任他，尊重他。为了这个缘故，冒襄很爱重自己的家庭，特别是对双亲怀着深深的感激之情。他由衷地觉得，自己只有恭谨敬诚，恪尽孝道，才能报答父母的深恩于万一。所以，去年秋天，他接到父亲调职襄阳的消息后，虽然也为难和犹豫过，觉得自己作为复社的一位年轻领袖，平日与社友们悲歌慷慨，以天下为己任，如果为着将父亲调离"剿贼"的前线，自己公开出面奔走，会不会招致别人的讥笑和非议？对自己在社里的威信，会不会有什么影响？可是，当他一想到父母对自己恩义深重，就立即觉得责无旁贷了。"哎，无论如何，我不能眼看着父亲去送死！眼下旁人爱怎么想怎么说，一概随他去吧，反正，我总有办法向他们证明，冒襄绝非欺世盗名、贪生畏死的懦夫！"半年前，他就是抱着这样的想法，提起笔来，写了一封情辞哀切的万言书，书中力陈父亲秉性耿介刚直，不会与同僚合作，担任监军，不但于战局无益，反而可能把事情弄糟。他恳请朝廷哀怜自己作为独生儿子的悲苦心情，将冒起宗调任他职。这封书上呈朝廷之后，接下来冒襄就开始了紧张的活动——变卖家产、送礼打点、求人疏通……"哎,如今总算有了结果,母亲知道这个消息,不知该有多高兴呵!"冒襄望着暮色之中渐次闪现的越来越繁密的灯火,又感叹又喜欢,并且再一次微笑起来。他开始想象家里的人听到这个消息之后兴高采烈的情景……

这当儿,冒成已经把洗脸水端来了,一套出门赴会用的干净衣巾,也整整齐齐地摆在椅子上。他轻声呼唤:

"大爷……"

冒襄回过头来,随即想起今晚李十娘家的聚会,便点点头,爽快地放下酒杯,走过去。他先除去方巾,又把直裰脱下,都交给了冒成,然后双手捧起一掬水,俯下脸去,让散发着荼薇露清香的洁净的水同皮肤接触。顿时,一股说不出的舒爽愉快的感觉直透心脾,他不由得呻吟起来。冒成在旁边听见,倒吃了一惊,只当是水太热了。后来,看见小主人并无表示,才放下心来。

这样反复掬洗了几次之后,冒襄才绞干脸帕,不慌不忙地擦起脸来。他仔细地、使劲地擦着,这半年多来洗不净的仆仆风尘,以及脸上所蒙受的耻辱和羞惭之色,仿佛都要在这一番拭擦当中统统清除掉……

"嗯,吴次尾相公他们刚才来,还说些什么?"当脸洗得差不多的时候,冒襄忽然问。

"哦,也没说什么,就是请大爷早点过去,说有事商量。"冒成早有准备地回答。

冒襄明白朋友们所说的"事"是什么。他不再追问,开始在心里盘算起今晚同社友们的聚会来。今天是三月初七,还有大半个月,也就是三月二十八,复社要在苏州虎丘举行建社以来第四次大会。吴应箕已经事先通知他,今晚的聚会,就是要最后再商量一下这件事。冒襄本来是打算参加虎丘大会的,现在他得赶回如皋去,向母亲报告父亲的事情。一来一往,时间就来不及了。不过,冒襄觉得这也没有什么。因为虽说这是复社领袖张溥逝世之后的第一次全社大会,很可能要讨论推举继承人的问题,颇为重要,但是,前些时候社内各派展开激烈的角逐较量时,自己一直无暇参与,置身事外;而争夺的结果,这次大会的主盟一席,又被扬州地区的社长郑元勋和松江地区的社长李雯夺去,自己这一派人被完全排除在外,看来大势已去,再参加,也实在没有多大意思……他打算等一会儿见到吴应箕他们,把自己改变主意的事告诉一声就完了。

冒襄终于洗完了脸,丢下脸帕,容光焕发地直起身来。冒成已经捧着新衣巾在旁边伺候着。冒襄翻了翻,是一件百福流云满绣金的浅蓝直裰,一顶蓝色绣红花万字头巾。他觉得还过得去,便点点头,正想让冒成帮他穿上,忽然瞥见那伶俐汉子正眯缝着眼儿在笑。

"嗯,你笑什么?"冒襄一边戴着头巾,一边问,"莫非你瞧我刚才,有什么可笑之处不成?"

"啊啊,小人不敢!"冒成赶忙说,"小人刚才想起了一件事。"

"哦?"

"小人想,老爷这件事有了着落,大爷就能到姑苏去看陈姑娘了!"

冒襄正把一只胳膊伸进袖筒里,听了这话,不由得怔了一下,随即莞尔一笑,说:"该打的奴才,偏你有这许多闲嚼蛆!"

冒成说的这个陈姑娘,就是苏州红极一时的名妓陈圆圆,色、艺、才号称三绝。去年春天,冒襄到湖南去探望当时还在衡州做官的父亲,途经苏州时认识了她。两人一见钟情,并且有了密约。到秋天,冒襄从湖南护送母亲回来的时候,两人又在苏州再一次见面。当时陈圆圆刚刚躲过一次外戚豪家的逼抢,急于从良嫁人;冒襄对于陈圆圆的娟秀慧黠也颇为满意,终于答允娶她。但是恰好这时传来了冒起宗调职襄阳的消息,事情便拖了下来。这半年,冒襄忙着替父亲奔走,一直腾不出手来料理陈圆圆的事,而且也再没有工夫到苏州去过。虽然陈圆圆三番几次来信询问催促，但冒襄感到不能太过着急。根据这些年来同女人们打交道的经验，他对于自己有着十足的自信。他很了解自己高贵的家世、超群的才华，以及出众的仪容风度，每一样对于女人们都有着巨大的吸引力。在情场角逐之中，他从来都是一位稳操胜券的将军，只有他经常冷淡地拒绝那些为他如痴如狂的女子，而从来没有被任何一个女子拒绝过。即便是同陈圆圆互相玩弄感情游戏的过程中，他的这种信心也从来没有动摇。他不相信陈圆圆还会有什么变卦，以及发生投向别人怀抱那种事。不，他根本不相信！而且，他倒是有意把迎娶的事拖一拖，以免办得过于急迫匆忙，让陈圆圆顺当容易地达到目的，到头来，倒让她把自己看轻了。因此，当冒成提起这件事时，虽然有片刻工夫，他犹疑不决：是否真该先到苏州去看望一下陈圆圆？但最后还是打消了这个念头。"反正已经拖到了今日，再迟十天半月，也是一样的。"他想。

冒襄一声不响，穿戴停当，然后以坚定、清晰的口吻叮嘱冒成："别忘了明天一早雇船回如皋！"说完，便从桌子上拿起那柄李昭制竹骨、王孟仁画面的名贵折扇，用了一个潇洒优美的动作，轻轻一挥，迈着轻快的脚步，向外走去。

乞丐成灾

李十娘是秦淮河的一位名妓。她家的房子坐落在钞库街南，离冒襄下榻的河房，也就一里之遥。那一带，南京人叫作"旧院"，是秦楼楚馆萃集之所。南京城里最有身价的一群妓女，如李十娘、顾眉、李大娘、尹春、范钰、沙才、马娇、顾喜、崔科、葛嫩、李香等等，都在那儿比屋而居，以她们的芳名丽色，招引着四面八方的风流豪客。这会儿华灯初上，正进入了一天当中最热闹快活的时刻。柔靡妙曼的歌声、琴笛声随着温馨骀荡的春风远远近近地飘送过来,把来往行人的心头撩得痒酥酥的。

与三山街那边不同,这一带的店铺十有七八都是做的吃和玩的生意。一眼望去,酒楼连着酒楼,茶社挨着茶社,在雪亮的明角灯的映照下,一间间都座无虚席,人声鼎沸。那些遍布全街的大小赌场里,更是生意兴隆。人们不仅在这儿赌纸牌、赌骰子,还赌斗鸡、斗蟋蟀、斗鹌鹑;戏棚里锣鼓喧天,正搬演着一出又一出的新剧;妙曼柔媚的昆山腔,在这儿风靡一时。至于依赖这条街市谋生觅食的人,更是五花八门,从占卜相面的、抬轿撑船的、杂耍卖唱的、卖花送果的、修脚篦头的,到清客篾片、和尚道士、师姑卖婆、泼皮闲汉都有。他们一天到晚在街市上出没游转,一心指望在那些衣饰华丽、出手豪阔的客人身上碰碰运气,讨个彩头……

因为终于放下了心中一件大事,冒襄此刻感到多时未有过的轻松。他愉快地、不慌不忙地走着,觉得今天晚上这街市上的灯光分外明亮,人们的脸孔也变得分外亲切、可爱。如果不是一支押送礼品的队伍走过,引起了他的注意,他也许会这样一直走到寒秀斋。然而,他突然想起了一件事,于是停住脚,回头对跟随在后面的冒成说:

"我几乎忘了,熊老伯那儿,我今日去得匆忙,不曾备得礼品。如今事情办成了,这份礼是欠不得的。你赶快回去打点,宁可多花点银子,总要像样些——连夜给送过去。"

"是!"冒成答应着,又问,"现在就去么?"

"嗯!明儿我们要家去,该办的事情还不少。我这儿不过几步就到了,也不用你跟着。待会儿,你打发三儿,要不冒贵过来接我就完了!"

冒襄重新转过身来。他小心地靠了路边走,以防被身后不断喝道急奔而来的轿子碰着,脸上始终挂着和气的微笑。

然而,渐渐地,一阵嗡嗡的低语在他的身后响了起来,那是一种胆怯的、机械的乞求声。开始这声音很小,断断续续,随后就扩大起来，越来越响，终于成了一片不间断的喧嚷。冒襄吃惊地站住了，回过头去。

在他的身后，不知什么时候已经聚拢了一大群乞丐，全是些年纪幼小的孩童，大的不过十四五岁，最小的只有三四岁。在市肆的灯光下，看上去他们几乎都是一个模样：乱草一样的头发，污秽尖削的脸颊，呆滞的、没有神采的大眼睛。他们有的穿着褴褛不堪的衣衫，有的则赤裸着上身，露出了伶伶瘦骨。几个年纪更幼小的，干脆一丝不挂，在春夜的寒气中瑟瑟发抖。他们全都乞怜地望着冒襄，一个个伸出了黝黑纤瘦的手爪，幽灵似的在他跟前攒动着……

冒襄惊慌地后退一步，厌恶地皱起眉毛，随即又站住了。他想了想，脸色变得平和下来。他习惯地回顾一下，又把手伸进怀里，忽然怔住了。原来，为着省得麻烦操心，他身上从来不带银子，银子一向由冒成或是别的亲随收着，随时随地跟在他身边，替他支付打发。刚才冒成匆匆一走，冒襄此刻身上竟是连一个铜钱也没有。他摇摇头，无可奈何地转动着眼睛，向四面张望，希望能发现一个认识的人。然而，没有。他回过头来，朝那群正怀着不安和希望静静等待着的小乞丐瞅了一眼，忽然，他转过身，迅速地向就近一家酒肆走去。

"店家！"他向坐在柜台后面的一个白发老头儿拱拱手，"我想向宝号借十吊钱应用，权且以此为押，未知可否？"冒襄说着，把从手上褪下来的一枚精金镶翡翠指环，放在柜台上。

老头儿瞥了冒襄一眼，拿起指环，眯缝着眼睛反复审视了一阵，又抬头重新打量冒襄。终于，他堆起笑容："好说，好说，敢问尊客高姓大名？要这十吊钱可是急用？"

"小生如皋冒襄，借寓在下边不远河房里，今日因出门匆匆，身上不曾带得有银子，故此相烦老丈相帮。这十吊钱——"他指一指站在街中，正远远地朝这边观望的那群小乞丐，"也一并烦老丈替小生散给他们。明日小生来取回信物时,另有酬谢!"

"哦,冒相公原来欲行善举。小老自应效力,'酬谢'二字,如何敢当!"老头儿显出肃然起敬的样子。停了停,他看着冒襄,眨眨眼睛,多少有点尴尬地:"这指环,按理也不敢让相公留下,只是……"

冒襄微微一笑:"老丈肯允相帮,小生已感激不尽。指环一定留下,就请赶快施行吧!"

"这——小老就大胆从命了!"老头儿顿时高兴起来,他郑重收起指环,然后拿过纸笔,写了一张字据,双手交给冒襄,又亲自搬了一张椅子,请冒襄坐下,这才转过身,急急走进后面去了。

过了一会儿,两个年轻伙计走出来,搬了两张八仙桌,两张长凳,在店门外摆好,然后,同那掌柜老头儿一起,从后间将十吊钱扛了出来,堆在八仙桌上。

那群小乞丐早已等得万分焦急,瞧见这种架势,也不待招呼,立即"哄"的一声,拥上前来。两名年轻的店伙早已做好准备,他们站在八仙桌前,伸手一拦,把小乞丐们拦住了。

站在桌子后面的掌柜先不忙发放,他清了清嗓子,大声说道:"列位!请听小老一言:近来天时不正,水旱频繁,远近四乡,赤地千里,颗粒无收,饿殍载道,满目凄凉,消息交传,已非一日。虽有官府垂念哀怜,百计赈济,唯是饥民日众,杯水车薪,此亦有目共睹。今有如皋冒先生,文名素著,久孚乡望,且饥溺为怀,有口皆碑,偶来留都,目睹时艰,不忍坐视,慷慨解囊,以使嗷嗷待哺之辈,得以苟延残喘,实属功德无量!小老现今于此替冒先生发放,特此布知,所望四方仁人善士,能者效力,富者输财,挽救浩劫于万一……"

老头儿咬文嚼字,滔滔不绝地说了一大篇,一边说,一边还洋洋自得地摇头晃脑,也不管周围的人听得懂听不懂。冒襄不禁惊奇起来,心想:原来这老头儿是念过几天书的,却拿到这当口来卖弄，真是好笑！本来沽屠之辈中略通文墨的，如今也不算稀罕，只是他出口成文，得体堂皇，倒是难得。所以，当老头儿说完，拱着手作了半个罗圈揖，又转身朝冒襄深深一揖时，冒襄就赞许地笑着，做了一个请他发放的手势。

老头儿受了这鼓励，劲头儿越足。他回过头去，瞅着那群小乞丐，威严地说："现在开始放赈，每人一百文大钱，不许挤抢。谁要挤抢，不光没有，还要老大棒子打开去！"

老头儿这几句话果然有作用，本来做好了猛冲猛抢准备的小乞丐们，顿时变得服服帖帖。他们一个接一个地走上来领了钱，然后，又走到冒襄跟前，叩头称谢。

冒襄和气地点着头，或者做一个让他们起来的手势。他并非第一次做这种善事。三年前，他来南京应乡试时，就曾经在桃叶河房里临时收养过一批流落街头的弃儿，后来又捐了一笔银子，把他们送到寺院去安置。比起那一桩轰动一时的善举来，眼前这种小事实在不算什么。不过，他现在心情极好，"真是不巧，怎么偏偏身上忘了带钱，要不，还可以多放它几两银子的！"他想。于是，他开始盘算着，等父亲的事情一办成，他就派人上扬州，请一个班子，到如皋去唱几天戏，谢神还愿。到时，再像像样样地散它一笔赈……"嗯，虽说这半年来，奔走请托，家产已经变卖了不少，不过，这一笔开销，看来还是省不得的。"这样暗暗决定了之后，他就抬起头，心安理得地瞧酒店掌柜发放。不过，小乞丐实在太多，而且一个比一个肮脏、丑陋，令人瞧着很不舒服。渐渐地，冒襄厌倦起来，任凭他们叩头，懒得再答理。又坐了片刻，冒襄终于站起来，向老掌柜道了别，委托他把事情办完，然后，自己继续往前走去。

冒襄不慌不忙地走着，一边倾听身后伙计们唱筹发放的声音，同时，还感觉得到路人的指点和赞许的目光。他心头洋溢着一种做了善事之后的满足和快乐。这种感觉同先前喝下去的那两盅美酒交融起来，使冒襄的脑袋变得有点晕晕乎乎，脚步也有点轻飘飘的了。

当冒襄来到钞库街，兴冲冲地打算往旧院里走的时候，忽然大吃一惊——他发现，另外一群乞丐已经撵上了他。这一次不光是小孩，男女老少都有，而且来势汹汹。冒襄稍一停步，他们就马上围上来，大声地乞讨。一阵阵污浊难闻的臭气，从他们破烂的衣衫上散发出来，中人欲呕，冒襄急忙用衣袖掩住鼻子，赶紧往前走。

"那边、那边！"他挥着手说。

"没有了！""早派完啦！""哎，相公可怜见……""求您再行个好，求您啦！"他们七嘴八舌地说，紧追不舍。

冒襄想说："那我也没有办法啦！"可是，这时候他看见迎面也有几个影子，正向他逼近。他害怕起来，心里一急，猛地站住脚，大喝一声：

"站住！别过来！你们想干什么？啊？想干什么？"

那群乞丐被他这一喝，犹豫着站住了。

"堂堂留都之地，有官有法！莫非你们敢当街行抢不成？"冒襄瞪起眼睛，愤然质问。

乞丐们你看我，我看你，开始退缩了。有的人往后躲，有的人低下头，站在前面的几个，却"扑通"一声，跪了下来。

"请相公息怒，小人不敢冒犯相公，小人都是安分良民，只求相公垂怜开恩……"一个老头儿战战兢兢地叩着头。

"俺……俺们是安、安分良民，俺打河……河南来，那地方吃……吃吃吃人，俺怕，不不不……敢吃，俺可是安……安分良民……"一个高大的汉子结结巴巴地分辩，昏暗中看不清他的脸。

"相公老爷，您可怜可怜这没爹的孩子吧！"一个瘦小的妇人尖声叫着，举起了怀中哇哇大哭的孩子，"我们一家七口死了四个，我同他爹带着他好容易逃出来，他爹给人卖命保镖，上月一去就没回头,听说半道遇上响马,给杀了!哦……丢下我们娘俩,可怎么活哟!……"她痛苦地捶着自己的胸口,号啕大哭起来。

冒襄默默地听着这些凄惨的哭诉,心情变得沉重起来。他不由得叹了一口气,声音终于缓和下来:"我不怪罪你们,都起来吧。我不是不肯给你们,实在是出来得匆忙,身上未曾带得有,刚才……"他忽然停住不说了,摆一摆手,转身向外就走。

这一次,乞丐们没有再跟上来。冒襄暗暗松了一口气。但他仍然急急忙忙地走,不敢回头再看一眼。

"他说没有,怎么会没有?"

快要走进旧院后门的时候,冒襄听见背后远远传来这么一句。

"唉,算了!"一个苍老的声音,"给不给,还得凭人家喜欢。"

"可是他愣说没有!"一个年轻的声音不服气地反驳,"还唉声叹气,装得倒像!"

"是嘛!"另一个人提高了声音,仿佛故意要让冒襄听见,"他说没有钱,没有钱还能去逛窑子,找婊子?莫非这婊子的×肯白送给他不成?"

冒襄猛地站住了。有一忽儿,他几乎不敢相信自己的耳朵。随后,一股无名怒火从心底直冲上来。他恨不得立即走回去,把这些下贱的、根本不值得怜悯的臭叫花子狠狠教训一顿!然而,当他回过头去,接触到那些远远投来的怨毒的目光时,他忽然又感到畏缩、胆怯了。于是,他只好咬咬牙,强忍着满腔怒气,加快脚步,向旧院走去。

聚议社事

旧院的前门在武定桥,钞库街是后门。进了门楼,是一道清洁的石板长街,街头有水井,街道两旁排列着窗明几净的小店铺。这些店铺与外间不同,它不卖别的,专卖那些考究精美、香艳风流的玩意儿——名酒佳茶啦,饧糖小吃啦,箫管琴瑟啦,以及金玉首饰、香囊绣袜等等,价钱都挺贵,专做那些多情的妓女、摆阔的狎客们的生意。从店铺旁边那些小巷走进去,是一个接一个的院落,一扇挨一扇窄小的院门。这些带铜环的院门,通常总是半开半闭,虽然垂着一道珠帘,依然看得见里面青石铺地的小小天井,一明两暗的浅浅堂屋,鹦哥儿在架子上声声唤茶,叭儿狗在台阶前呜呜昵客……这便是妓家,南京城里最有名的一批小娘子,就在这儿比户而居。这些流落风尘的女孩子,年纪小的只有十五六岁,大的也只有二十四五岁。她们有不少人,从母亲那一代起,就已经操起了卖笑生涯,入了乐籍,到了做母亲的年老色衰,就由女儿撑起门户。当然,也有本是好人家的女儿,迫于家庭贫困,被卖到火坑里来的。这些女孩儿,从小就受到严格的训练,不仅一个个能歌善舞,晓笛知琴,而且大都粗通文墨。顶冒尖儿的几个,还博览书史,能写一手娟秀的蝇头小楷,作几首香艳清新的小诗,或者画几笔花卉翎毛。因了这个缘故,她们的身价,也就与一般妓女不同,不但追欢一夕索资甚巨,而且对于客人,她们也颇为挑剔。等闲俗客,别说是陪酒侍寝那种事,即便是求见一面,也往往很难。虽然如此,却自有那一群自命风流的公子王孙、富商豪客,不分日夜地到这儿来游转厮混,流连忘返,为博得美人的青睐,不惜一掷千金。所以,尽管院门之外饥民成市,噩讯纷传,院门内仍旧灯红酒绿,莺颠燕狂,一片无忧无虑的景象……

现在,冒襄已经走进了李十娘家的大门,并在鸨母引导下,穿过堂屋,向寒秀斋的后院走去。他硬是把自己的感情控制住了。因为很快就要同社友们相聚,他不想在他们面前显露出任何异常的神色。自尊心告诫他,这种莫名其妙的倒霉事,哪怕是被朋友们询问起来,也将是极不愉快,而且有损脸面的。不过,要做到这一点并不容易,受到侮辱,尤其是受到下贱的乞丐侮辱的痛苦和恼恨,还在咬啮着他的心。幸而鸨母在身边喋喋不休地说话,才多少分散了他的情绪。

李十娘的这个鸨母,是一个胖胖的、已经不年轻的小女人,圆鼓鼓的脸上涂着脂粉。她显然喝过酒,金鱼般突出的眼睛有点发红。她用一条小手帕半掩着嘴唇,时时回头斜瞅着冒襄,一刻不停地说着话。她告诉冒襄:吴次尾和陈定生两位相公已经来了,其余几位还没见影儿。她又说,今天打一大早起,就不歇地有人送帖子来,招十娘去陪酒,其中包括诚意伯刘大人、徽州盐商吴天行这样的大主顾,都一概回绝了,为了让十娘一心一意侍候复社的相公们。接着,她又说到常来旧院走动的那个吹笛子的张魁,因害白癜风,发了一脸。前两日在眉楼,有客人挂了个牌子在门上,写着"革出花面篦片一名",把张魁臊得什么似的,几天没见他露面,听说是躲起来了。然后,她又立刻说到,旧院门里的绸绒店,新来了十几匹西洋红夏布,薄得蝉翼儿似的,给十娘扯身夏裳正合适,只是价钱满贵,五百钱一尺……

冒襄用心地听着,不时回答一两句。穿过夜色朦胧的后院,来到一座长轩跟前,他步上台阶,立即就听见一个高亢的嗓音在说:

"若真有此事,我吴应箕同他势不两立!"接着"咣当"一响,像是茶杯重重放在桌子上的声音。

另一个人——大约是陈贞慧——像在劝解,但声音低沉,听不大清楚。

冒襄皱了皱眉头,心想:这位炮药性儿的老学长,不知又在发谁的脾气了。他先不忙进屋,转动着身子,把周围打量了一下。一年多没来,他发现轩前那一株枝丫虬结的老梅、两棵高大挺拔的梧桐树还是老样子,只有那十来竿翠竹似乎益发粗壮茂密了些。他记得李十娘对这些翠竹和梧桐爱惜得不得了,每天一早一晚,都要亲自指挥丫环汲来井水,细细地洗刷两次。现在虽然天色昏黑,但是借着从一字排开的冰裂式风窗里透出来的灯光,冒襄仍然可以看见光洁的树干上朦胧的反光……

"不会，哼，我看就是会！"长轩里的吴应箕又猛然叫起来。他显然还要说下去，但是，跟着走上台阶的鸨母已经尖着嗓子通报说：

"十娘，冒公子来啦，快迎接贵客！"

长轩内的谈话停止了，随即响起细碎的脚步声。暖帘一掀，先走出来一个垂髫的丫环。她向客人行了礼，转过身去，双手把帘子举起。过了一会儿，一位身材颀长的靓妆丽人姗姗地走了出来，后面跟着如护法韦驮般健硕魁梧的陈贞慧。

李十娘看见冒襄，就把双袖交叠在腰旁，侧着身子，轻启朱唇，用娇滴滴的嗓音说：

"公子万福！不知公子光降，请恕奴家失迎之罪！"

冒襄先朝陈贞慧点点头，然后借着帘子里透出的灯光，打量了一下李十娘。他发现以秀美白皙著称的这位当红名妓，自从前些日子传说她病了之后，更加出落得神气清朗、楚楚可怜，便微笑着称赞说：

"'独旷世而秀群'——多时不见，十娘益发标致了！"

说罢，转身正要同陈贞慧相见，忽然听见有人在台阶下笑着说：

"啊哟，冒公子这等夸奖十娘，连奴家听了都要眼红了！"

大家一怔，回过头去，只见两名丫环提着一双灯笼，正照着一位女郎登上台阶。那女郎头戴貂鼠暖耳，身穿银鼠皮袄，怀里还抱着一只乌云盖雪波斯猫，打扮得雍容华贵，完全是一副大家闺秀的派头。

冒襄认出这是眉楼的女主人顾眉——目前秦淮河上风头最健的一位名妓。她不仅艳名远播，能诗善画，而且交游广阔，靠山众多，同复社的一班人关系尤其拉得好。大约是陈贞慧送了帖子去，所以她这会儿便前来赴会。

冒襄正要答话，站在旁边的鸨母已经半真半假地抢先嚷起来："眉娘，你这是吃的哪门子醋哟！姐夫们夸你还夸得少么？如今冒公子才夸了十娘一句，你就想来抢她，我老婆子可不依！"

顾眉已经走上台阶。她笑吟吟地说："若是别人夸奖十娘，我也不管。只是冒公子这样说了，我可不饶她！"

李十娘显然十分清楚这种逗趣对于制造一种轻快放纵的气氛会有什么作用。她于是蹙起眉毛，叹一口气说："总是奴家命苦，好容易得了冒公子一句夸奖，又被眉娘听了去。若是不让与她，只怕从此一个劲儿地撵着，直到阎罗地府都脱不了身。罢罢罢，这句夸奖我也不敢要了，现在就让给眉娘吧！"

"这可使不得！"陈贞慧从旁接口说，一本正经地摇着大而圆的脑袋，"辟疆此赞，也恰如晋人月旦之评，一经品定，便不可移易。不过，眉娘也不须吃醋，小生这里有八字之评，单道眉娘的好处。但不是出自辟疆之口，不知眉娘……"

顾眉连忙说："能得陈公子一字品评，眉娘便已荣于华衮了！何况八字？"

陈贞慧微微一笑，说："我这八字也是出于《闲情赋》——'神仪妩媚，举止详妍。'不知尚差强人意否？"

大家都哄然叫好，倒把顾眉弄得忸怩起来。面对这种欢洽的气氛，冒襄感到又回到了一种熟悉的自由自在的环境里。他忘却了刚才在大街上所受到的困辱，把手中的折扇轻轻一扬，笑嘻嘻地斜睨着顾眉，吟哦道：

> 愿在衣而为领，
> 承华首之余芳。
> 悲罗襟之宵离，
> 怨秋夜之未央。
> 愿在裳而为带，

> 束窈窕之纤身。
> ……

然而，没等他念下去，吴应箕低沉缓慢的声音忽然在轩内响起来，使他不由自主顿住了。只听吴应箕吟道：

> 考所愿而必违，
> 徒契契以苦心。
> 拥劳情而罔诉，
> 步容与于南林。
> 栖木兰之遗露，
> 翳青松之余荫。
> 倘行行之有觌，
> 交欣惧于中襟。
> 竟寂寞而无见，
> 独悁想以空寻。
> ……

这一段也是《闲情赋》里的句子，可是经吴应箕的口念出来，却凄厉悠长，充满抑郁怨苦的意味，与眼前的快活气氛极不协调。大家你望我，我望你，都停止了打趣，现出惊疑不定的神色。只有陈贞慧显然知道是怎么一回事，他变得沉静下来，终于摆一摆手，招呼大家一道走进轩去。

这是一个长方形的敞轩，四面都是窗户，垂着梅花暖帘。当中一张楠木炕床，两旁摆着几椅，陈列着盆景瓶花。四个高脚的落地烛台上，八支明晃晃的红蜡烛在那里交映争辉。又黑又瘦的吴应箕正倒背着手站在窗前，听见脚步声，他停止了吟哦，慢慢地转过身来。

陈贞慧走进屋里之后，就把冒襄推在左首，同他行礼相见。冒襄再三推让，到底拗他不过，只得告了僭，作过揖。等吴应箕走过来时，冒襄就坚持站了右首，也行礼见过了。因为还有几位社友未到，还要行礼，所以暂时不宽外衣，只分别坐了下来。

这当儿鸨母已经退出去，丫环把茶端上来。李十娘亲手斟了四杯，分别奉给客人和顾眉。最后，她自己也斟了一杯，本来打算走上前去陪客人，后来看见坐在后面的顾眉朝她招手，又看见客人们暂时没有呼唤的表示，便退到顾眉身旁坐下，静静地嗑起瓜子儿来。

三位社友各自品着茶，好一会儿谁也没有开口说话。吴应箕闭起眼睛，仿佛在养神；陈贞慧则沉思地慢慢捋着那部漂亮的长胡子。至于冒襄，还在轩外的当儿，他就听见吴应箕发怒的声音，接着又听见他那显然是抒发忧思的悲吟，进轩后，更发现两位社友神色有点不太对头。他便断定发生了什么事情。不过，对方不说，他也不打算主动去问，"该告诉我，他们自然会告诉我的。"他想。

果然，陈贞慧终于停止了捋胡子，朝冒襄转过脸来。

"辟疆，你从如皋来，一路上，可听说什么新闻？"他问，饱满结实的宽脸上堆起亲切的笑容。

"哦……"一提起新闻，冒襄便首先想到他父亲已获朝廷批准调任的事，心里冲动了一下，想把它说出来，但是又觉得不必显得过于着忙，临时忍住了。他侧着头想了一下，微笑说："倒有一件——却是个笑话。小弟数日之前，在常州遇见汤允中，他说最近阮胡子被我们禁制得狠了，颇有改悔之意，已经不敢再同我们捣乱，还托人传话，说什么'有不改心相事者，有如此水！'我听他说得煞有介事，便问他哪里听来的。他说是在扬州时郑超宗亲口对他说的。我又好气又好笑，当场抢白他说，你也是个老复社了，怎么竟相信起这等没根没蒂的话来？漫道阮胡子决不会这等说，就算他真说了，莫非你就相信？你真是个糊涂虫！若是超宗告诉你,超宗更是糊涂虫!"

冒襄一边说,一边想起汤允中被他抢白时的那副尴尬相,就忍不住笑。他准备让陈、吴二人听了,也大笑一场。然而,出乎意料,陈贞慧听了之后,竟然一声不响;吴应箕却突然睁开眼睛,凝视着冒襄,"很好,很好!"他说,随即又把眼睛闭上了。

"嗯,辟疆,还有吗?"陈贞慧不动声色地问。

"这……后来,在来留都的船上,小弟遇到几个年轻士子,他们也在传说这件事,还拿来问我。小弟听得不耐烦,当场训诫了他们一通,叫他们不要乱传……"

"妙,益发妙了!"吴应箕又大声说道,这一次,他没有睁开眼睛。

冒襄莫名其妙地瞅着陈贞慧。后者却朝他做了一个"等一会儿再给你解释"的手势。

"那么,那几个年轻士子的消息,又是从何而来,你知道么?"他继续问。

"这——小弟倒没细问。只记得他们是从姑苏来的,还去过常熟,打算谒见钱牧斋。结果牧斋还真见了他们……对了,仿佛他们还去过扬州。"

"行了!"吴应箕一欠身站了起来,目光炯炯地,"不必再问了,如今已是清楚不过,追源肇始,就是他——郑、超、宗!"

斩钉截铁地下了这个判断之后,他就踱了开去。在此之前,他同陈贞慧显然有过争论,所以这会儿显出有点傲然自得的样子。

"可是,超宗这样做,究竟所为何来?"陈贞慧捋着胡子,沉思地问。

"所为何来?"吴应箕偏过那张长满刺猬似的胡子的瘦脸,尖刻地说,"就为的他心志不坚,见利忘义!发表《防乱公揭》那一回,让他具名,我瞧他就挨挨延延的不爽快;后来又听说他同那个造园子的计成搞得黏黏糊糊的。计成是什么人?阮胡子家的一名无耻清客！可超宗却巴巴地把计成请到扬州去，帮他造什么影园——我瞧，八成那时他们就勾搭上了！今日之事，可谓由来已久！"

陈贞慧摇摇头，显然并不满意这个解释。不过，他也没有立即反驳，却把脸转向冒襄：

"辟疆，是这么回事——今年三月二十八的虎丘大会，原本推定了是由郑超宗和李舒章两位主持，如今日期将届，小弟怕有变动，前几天路过扬州，特意上影园去访超宗，想打听备办得如何。那天，他正忙着指挥人抄写传单，见我就兴冲冲地一把扯住，拖到书房里，一五一十说了一大篇，无非是一切准备停当，要我放心之类。末了，还硬要留我吃饭。小弟见他一番盛情，也就没有推辞。不料，席间他却说出几句话来——"

说到这儿，陈贞慧就顿住了。他抬起头，看了看吴应箕，又漫不经意地扫了一眼正坐在靠后那一排椅子上的顾眉和李十娘。

"啊，超宗他说了些什么？"冒襄好奇地问，同时他已经多少猜到是怎么一回事。

可是陈贞慧仍不说话，他又捋起胡子来。机灵的顾眉似乎觉察到了。

"哎，侯相公他们怎么还不来？把人家的腰都坐酸了！"她忽然说，舒展了一下纤细的腰肢，把脸转向十娘，"姐姐，我进来时，瞧见你轩前那一株梅花，还开着几枝。这会儿月亮上来了，暗香疏影，想必清艳得很哩！你陪我去瞧瞧好么？"说着，也不待答应，她就一手抱起波斯猫，一手挽住十娘的胳膊，站起来，又回头朝陈贞慧嫣然一笑，做了个鬼脸，然后迈着婀娜的步子，双双走出门去。

陈贞慧目送着她俩的背影，微笑着摇摇头。当他转向冒襄，吴应箕已经冷冷地开口了：

"他要我们饶了阮胡子！"

冒襄一惊："啊，他、他真是这样说？"

"不，他还没有这样说。"陈贞慧连忙更正，"超宗也只是告诉我，阮胡子最近颇思改悔之类，同你在汤允中那儿听来的差不多。不过——"他转过脸，看了看门口，然后走到紧挨着冒襄身旁的一张椅子坐下，凑在他耳边低声说，"席间，他还说到'门户交争不已，终非社稷之福'，劝我们勿为已甚。还说，这并非他个人私见，吴中、云间诸君子，多有同感云云。"

说到这里，陈贞慧有意停顿了一下，仿佛要让冒襄品味清楚这些话所包含的意思，又像要观察一下他的反应。看到冒襄没有作声，他又接着说："若是果真如此，这事只怕会闹大。超宗背后，更有何人主使？他们意欲何为？此刻尚不清楚。不过瞧这来势，小弟估计三月二十八虎丘大会，必然有事！我们倘若不欲就范，须得做好应变的准备。子方、朝宗、太冲他们几个，是靠得住的。要先同他们商量，定出个对策来。不过在这儿不行。小弟之意是今晚早点散席，一起回到你下榻的河房去，从长计议，你意下如何？"

冒襄用心地听着，用手指轻轻敲打着方几，没有立即回答。现在他也感到问题严重——比他原来猜想的严重得多。"吴中、云间诸君子多有同感"，这个"多"究竟多到什么程度？会不会是郑超宗有意夸大其辞？嗯，看来不大可能。郑超宗是个精细小心的人，如果事情不是发展到相当程度，他已经感到有把握的话，绝不会贸然向陈贞慧作那样的试探。而且，瞧这阵势，郑超宗也只是个跑龙套的，他背后必定还有牵线的人。不过，最令人弄不明白的，是对方到底出于一种什么样的目的和打算，如此起劲地要为阮大铖开脱？因为对方应当很清楚，这样做，绝对不会得到他们这一群年轻领袖的同意。强行翻案的结果，很可能会导致社内的分裂。然而，令人困惑之处恰恰在这里：他们甚至不惜冒分裂的风险，也要干。这到底是为什么？难道⋯⋯冒襄心头忽然一动，脱口而出地问：

"主持今年大会的,还有一个是李舒章?"

"嗯。"陈贞慧点点头,"怎么——"

"今日之事,会不会与他们有关?"

"不会吧,舒章倒不像是那种人。"

"小弟是说,几社——"

冒襄刚把这两个字说出口,陈贞慧的目光忽然闪动起来。他回过头去,瞧了吴应箕一眼。后者的脸色陡然变了,他咬紧牙齿,重重地"哼"了一声。

虽然冒襄没有把话说完,但陈、吴两人都完全明白了他的意思。目前,复社虽说是全国最大的一个文社,但它最初并不是白手起家,而是合并了东南地区十多个小社组成的,其中包括江南的应社、松江的几社、中州的端社、莱阳的邑社、浙东的超社、浙西的庄社、黄州的质社等等。论名声之响、实力之强,除了应社之外,就要数松江府的几社。旧几社的一批人,以杜麟征、夏允彝、陈子龙这样一些有名望的人物为核心,在复社内自成派系,对社事常常保持着独立的见解。在复社的领袖张溥在世时,他们还有所节制;自从张溥于去年五月病逝之后,这种倾向就更加突出了。旧几社的一派人,对于老应社的骨干成员如孙淳、吴翩、吴应箕,以及陈贞慧、冒襄、侯方域这些新崛起的青年领袖,尤其不买账。这一次虎丘大会,就是由于他们的反对和阻挠,使吴应箕这一批人争不到主盟者的席位,而不得不让郑元勋——也就是郑超宗出来,同几社系的李雯共同担任主盟。吴应箕等人对此早已十分恼火,私下认为旧几社的那一派人这样做,最终目的是企图夺取复社的领导权。加上在对待阮大铖的问题上,几社那一派人又一向持有不同的见解。现在,会不会是他们从中捣鬼,想利用这件事来进一步打击吴应箕等人的威信?这种可能性确实不能排除。

"如果真是几社,"陈贞慧沉思地说,"那么,虎丘大会上一场剧斗,只怕就在所难免了。"

冒襄和吴应箕也意识到事态严重，他们各自皱着眉头，谁也没有作声。

"自然，这事还仅是猜测，未必便是如此。"陈贞慧继续说，慢慢地捋着长胡子。他抬起头望了望正在沉思默想的两位社友，忽然提高了声调，讥讽地说："不过，小弟以为他们最好不要出此下策，以免弄巧反拙，自取其败！"

"啊，定生兄是说——"冒襄迟疑地问。

陈贞慧哼了一声："想替阮胡子翻案，谈何容易！虎丘之上，他们不动则已，若敢动一动这个题目，我管教他这个所谓盟主，当场易人！"

吴应箕慢慢地点着头，坚决地说："宁为玉碎，不为瓦全！万一不行，小弟也决不容彼辈如愿！"

他这样说了之后，三个朋友有好一会儿都没有再说话。最后，陈贞慧抬起头来，勉强一笑："不过，小弟还是希望不致如此，以免社局伤残过甚。当然，也要做好准备，以防不测。所以，我们几个，还有子方他们，都一起到虎丘去，瞧瞧到底是怎么一回事。辟疆，你自然也是去的？"

"哦，小弟、小弟只怕去不成虎丘了。"冒襄忽然着忙起来，脸随即红了。

"怎么——"

"家父之事，今日刚得着信息。小弟打算明日赶回如皋，向家母禀告。"冒襄低着头说。于是，他把刚才拜访熊明遇的情形约略说了一遍。

"啊，原来令尊大人已获改调，可喜可贺！"陈贞慧拱着手微笑说。

吴应箕却没有作声。

"那么，"陈贞慧说，仍旧带着微笑，"既然令尊大人的事已见眉目，辟疆兄就更可放心去赴虎丘之会了。令堂大人处，就由贵价①回去报信,也是一样的。"

"定生兄有所不知,家母荏弱多病,为此事近半年来又忧伤殊甚,已数度卧床不起,至今汤药未断。且吾家除小弟之外,别无兄弟可奉菽水。弟此次出来,固是万不得已,其实心中日夜不安,如今得此消息,正恨不得身生双翼,飞归慈亲膝前。此外万事,都不是小弟所敢过问的。"

"孝者,人之天性。弟本来也不敢相强,只是眼前此事,关乎社事全局,而且迫在眉睫,弟才冒昧相劝。其实所耽搁者,不过一二十日,还望我兄三思!"

"这……小弟正恐耽搁,才决意不赴会的。"

在一旁瞧着两人对答的吴应箕,显然越来越不耐烦。他终于插进来说:

"辟疆,你别是有点怕吧?"

"啊,我怕?"

"嗯,我瞧你是害怕几社那帮子人,你还怕得罪阮胡子,怕得罪建虏、流寇!"吴应箕的话尖刻得像一把刀子。

冒襄的脸顿时涨得通红,随即冷笑着说:"次尾兄虽欲行激将之法,其奈小弟归家之志已决,非言语所能打动!"

"嘿嘿,又何须吴某来激将?辟疆兄近半年来之行事举止,外间早已啧有烦言。不过,也许辟疆兄充耳不闻罢了。"

"次尾兄!"陈贞慧显然看出势头不对,打算加以阻止。

"不,应当说!也免得辟疆兄他日怪我等知而不言,有失交友之道!有人说,沙场将士舍生忘死,浴血苦战,为大明力撑危局,身为'复社四公子'的冒先生却为其尊大人调离讨贼前线竭力奔走,公然向朝廷上救父万言书!又说,复社诸子平日倡言忠君爱国,恪尽臣责,以士林表率自命,不知冒先生之所为,是否堪称

---

① 贵价:旧时对对方仆从、来使的敬语。

表率?"吴应箕本来还想说下去,发现陈贞慧正拼命地朝他使眼色,才临时住了口。

冒襄像挨了一记闷棍似的呆住了。对于这一类的责难非议,他虽然已经多少估计到,但是,如今由吴应箕当面说出来,仍然使他受到猛烈冲击,感到羞愤难当。

陈贞慧连忙站起来,摇着手:"哎,没的事!别听次尾瞎说!"他转向吴应箕,继续使着眼色,"次尾,你哪儿听来这些混话?怎么我就没听到?——哎,算了,不谈这事!好端端的自家人,伤了和气,何苦来!"

第三章
顾眉娘妙曲钓金龟,阮大铖无聊排新剧

当街敲诈

当冒襄遭受乞丐的围困和奚落,好不容易逃进旧院的那个时刻,从大街的东头——利涉桥那边,大摇大摆地走下来四个衣冠楚楚的儒生。头里的一个,三十出头,身材高瘦,长方脸,浓眉毛,长鼻子,浑身透着精明强干的,是已故的著名东林党首领顾宪成的侄孙顾杲。同他并排走着的是一个英俊魁梧、神情骄傲的年轻人,名叫侯方域。他虽然才二十五岁,是"复社四公子"当中最年少的一个,但才华横溢,机敏狡黠,在伙伴们当中却是个出主意的角色。走在他们后面的,一个叫梅朗中,也生得身材高大,表情却开朗而活泼,平日着魔似的爱好着诗歌。另一个的年纪比其余的人都要大,名叫张自烈。他有一部乱蓬蓬的胡子和一张执拗冷峻的脸。

这四个人都是复社成员,冒襄的好友。今天晚上李十娘家的聚会,就是他们发起的。现在,他们一边走,一边谈论着一件什么事情。

"朝宗兄!"梅朗中从后面叫着侯方域的字,"你难道就当真不想想办法?"

"哼,我能想什么办法!"侯方域冷冷地说,并不回头,"岂不闻'天皇圣明,臣罪当……'"他没有说下去。

"可这分明是冤枉的呀!"梅朗中显得很着急,他跨上一步,

同侯方域并排着走,"令尊大人忠贞为国,声闻宇内,怎么会跟左良玉交关欺上?"

"啊?"侯方域偏过脸来,"朗三兄说是冤枉吗?这话小弟可不敢说哩!"他嘿嘿地冷笑起来。

"可是令尊大人身陷囹圄已经五载,朝宗兄总得设法营救才是,就像辟疆兄……"

梅朗中大约想举出冒襄为父亲奔走的事来规劝对方,可是马上就被侯方域打断了:

"辟疆?人家是个大孝子,我怎能比他!他为着父亲不去打仗,可以不顾一切。这点小弟自觉惭愧,还做不来。何况——"他顿了顿,语调变得有点酸溜溜,"家父虽说也是二三十年的老官场,可要我从家里拿出几万两银子替他奔走打点嘛,见笑得很,当真也拿不出!"

"这……万一令尊大人在狱中遭逢不测,朝宗兄又岂能自安?"梅朗中有点气急。他显然弄不懂对于父亲的性命安危,做儿子的怎能这样行若无事,置之不理?

侯方域的父亲,就是最初识拔左良玉的那个东林党人侯恂,他本是明朝的兵部侍郎,五年前,被内阁首辅温体仁排斥构陷,逮捕下狱,判成死罪。虽然不久温体仁就垮了台,但这件案子却一直搁着,既不平反也不执行。直到目前,侯恂还在北京坐牢。对此,很有几个朋友替侯方域着急,但他本人却反而好像不当一回事,仍旧一天到晚东游西荡,过他公子哥儿的风流快活日子。刚才,梅朗中又一次提起这件事,但侯方域的态度还是老样子,梅朗中不禁生气起来。

这时候,同他们并排着走,一直没有说话的顾杲开口了。

"朗三!"他把长鼻子转过来,微微一笑,"你又何必发急?依我看,朝宗是有道理的,这件事急不来,只有耐着性子等。况且,朝廷目前必不会有不利于朝宗尊大人之举,他虽身陷囹圄,其实安如泰山！"

"啊，何以见得？"

顾杲撇撇嘴："方今流寇横行，天下糜烂，朝廷所赖者，唯将帅耳。近十年来，老成可用之将，凋零几尽；唯左良玉一镇，强兵劲卒，岿然独存。彼虽骄悍难制，朝廷又安能舍之而不用？至于左镇对朝宗尊大人怀恩感激，逾于寻常，朝廷更早有所闻。所以起码，为羁縻左镇计，朝廷亦必不会有不测之举。而且——"他看了看侯方域，提高了嗓音，"小弟审时度势，朝宗尊大人之复出，已是必然之理，不出数月，当有好音！"

在这段时间里，侯方域一直不动声色地听着，直到顾杲说完了，他才仰起脸，微微眯缝着眼睛，神情显得十分得意。

"哦……"梅朗中如梦初醒。他眨眨眼睛，还打算问一句什么，跟在他们身后的张自烈忽然扯了扯他的衣袖："你们瞧，那边在做什么？"

大家停止了交谈，一齐抬头望去，只见离文德桥还有一箭之遥的市肆当中，停着两乘轿子，旁边围了一小堆人，一个愤怒的声音在叫：

"你得赔我，赔我！听见没有？"

"赔？叫你让道你不让，这怨谁？"一个冷冷的声音反驳说。

接着，几个人七嘴八舌地附和起来：

"谁叫你挡道？""是呀！""不摔你个跟头，够客气了！""赔？别想——"

"放屁！本相公为何得给你们让道？本相公走本相公的，你们走你们的，你们为何往本相公身上撞？你们为何不给本相公让道？"先前那个人怒气冲冲地说。听口气是一位儒生。

顾杲等四人怀疑地交换了一下眼色。

"是太冲！"顾杲果断地说。他立即加快脚步，赶上前去。其余几个一窝蜂似的跟在后头。

轿旁那几个仆役模样的汉子已经哇哇地乱叫起来：

"啊，瞧他说的！"

"茄子大个星宿，要我们给他让道？"

"笑话，没听说过！"

"咦，咦！可别小看这位相公，兴许人家还真不简单——没听说'猪圈里的黄牛'嘛！"

这时，周围已经聚拢了好些看客，听了这句促狭的调侃话，都哄笑起来。

那个儒生却不理会哄笑。他很着急地弯下腰，在一小堆东西里翻来拣去。

"哎，完啦，全完啦！"他用带哭的声音叫起来，"你们赔我书，赔我书，听见没有？"他跺着脚大嚷。原来那堆东西是书，不知为什么给乱扔在地上。

但那伙人看来是财势之家的仆役，趾高气扬惯了，又仗着人多势众，他们不再理会儒生。一个头戴瓦楞帽，身穿闪亮绸子衣服的瘦高汉子，像是个管事头儿，他挥了挥手，四个轿夫分别抬起两乘轿子，打算继续走路。那个儒生急了，只见他猛地跳起来，一下子蹿到轿子跟前，大声吼叫：

"站住！"

现在，借着夜市的灯光，顾杲他们已经看清楚，这位儒生果然不是别人，正是他们的社友黄宗羲。今晚的聚会，也有黄宗羲一份。

"嗯，是他！"顾杲迅速地回顾说。他顿时兴奋起来，领着大家兴冲冲地往前挤。

"堂堂留都之地，岂容尔等横行！不赔书，你休想走，有本事，从本相公身上踏过去！"黄宗羲又大叫起来。由于狂怒，他的眉毛现在倒竖着，瘦小的、讨人喜欢的脸扭歪了，常常微笑的嘴角现出两道凶狠的皱纹，一向温文沉静的眼睛里，放射出吓人的光芒,看样子,他当真打算拼命了。

已经起动的轿子,被迫重新停下来。那群仆役你看看我,我看看你,似乎给这个不顾死活的书呆子弄糊涂了,不知道该怎么办才好。

"哎,怎么回事啊?"坐在前头一乘轿子里的那个人,终于生气地发问了。接着窗帘子掀起,露出来一个中年贵公子的脸。

这是一张又大又白的脸。五官端正,甚至可以说清秀,只是每一样都过于小巧玲珑,同整张脸有点不大相配。下巴上挂着疏疏的几根黄胡子。

侯方域一瞧见这张脸,不由得微笑起来。他认识这个人,名叫徐青君,是本朝开国元勋魏国公徐达的后裔。徐达死后追封中山王,他的子孙后代都居住在南京聚宝门内大功坊侧的王府里,如今轮到徐青君的哥哥徐弘基袭封魏国公,兼任南京守备。徐青君闲着无事,仗着家里有财有势,一天到晚花天酒地,走马斗鸡,享乐挥霍。他家本来已经有一所很大的东花园,坐落在教坊旁边。他还嫌不够排场,在中山府附近又建了一座更加富丽堂皇的西园,在里面广蓄姬妾,过着穷奢极欲的生活。用侯方域的话来说,此人的银子多得简直令人"恼火"。所以,现在发现同黄宗羲吵架的主儿竟然是这位大阔佬,侯方域心里就立即打起主意来。他回头看了一眼顾杲,发现顾杲目光闪动,也在瞅着自己。于是,他闭了一下眼睛,点点头。等顾杲也照样做了一遍之后,他们就彼此会心地微笑起来。

这当儿,那管事头儿已经走到轿子旁边,对徐青君躬身行礼说:"启禀二爷,这人实在太不讲理!刚才他在前头走,小的们在后面几乎喊破喉咙,他硬是不让道。是小的怕碰翻了他,惊着二爷,好心伸手扯了他一把。谁想他反倒诬赖小人把他的什么书弄损了,缠着非赔他不可,故此吵闹起来。"

徐青君扫了一眼黄宗羲,和地上那一摊显然是从臭水沟里捞上来的书,不耐烦地说:"什么了不得的事!几本破书,值得多少银子?打发了不就完了,跟他歪缠什么!"

"是!"管事头儿答应着,搔搔脑袋,走回来说,"好吧,我们二爷……"

可是黄宗羲立即愤怒地打断了他的话:"谁要你的银子!我要的是书,书!你听懂了没有?"

"哦,书……那,那是什么样的书?"

"什么样的书!"黄宗羲悻悻地模仿着对方的口吻。由于刚才徐青君把他的宝贝轻蔑地称之为"几本破书",黄宗羲显然很不服气。他走回来,指着地上的书,生气地、故意让徐青君听见似的大声说:"你听着!就是这套宋版的《潜虚衍义》!宋版!你懂不懂?我足足在书坊里候了三年,好容易今天买到手,就被你这狗才弄到臭水沟里。你得赔我,赔我!"由于实在心疼,说到后来,他连声音也变了。

管事头儿似懂非懂地眨着眼睛,无可奈何地走回轿子旁边,启禀说:"二爷,他说……"

"混账!不管他,走!"轿子里蓦地大嚷起来。显然,徐青君的公子爷脾气也发作了。

几个仆役巴不得有这句话,连忙指挥轿夫抬起轿子。

站在场外的侯方域一瞧机不可失,他立即捅了顾杲一下,等顾杲猛地蹿出去后,他也跟着跳了出去。梅朗中和张自烈见状,迟疑了一下,也随后走了出来。

正处在危急绝望境地的黄宗羲,突然看见来了救兵,喜出望外,他连招呼都忘了打,连连点着头,用紧张、发抖的声音说:

"你们来得好……他们欺、欺负人!"

"啊?谁如斯大胆,欺负到我复社头上来啦?"顾杲首先大声喝叫。他心思机敏,看见徐府那几个恶仆正在作势猛冲过来,如果不立即把他们吓止住,局面将会无法控制。所以一开口,他就首先把"复社"的名头亮了出来。

别看复社只是以文会友、切磋学问的一个文社,它的成员也多是一些没有功名的读书人,可是它人数众多,背后又有着一班主张开明政治的官僚撑腰;加上近十年来,通过科举考试进入仕途,跻身于各级大小衙门的复社成员,正越来越多,在朝廷和地方已经暗暗形成了一股不可忽视的势力。这批人大胆议论朝政,褒贬人物,强调君子、小人之别,对社会舆论有着很大的左右力量。而一般的官宦人家,则认为它的子弟只要加入了复社,就等于拿到了入仕做官的保票,不惜竭力扶持、巴结。所以在江南地区,特别是南京城里,提起复社,几乎是无人不知;各级官府衙门,对复社也优礼有加,轻易不敢得罪。如今顾杲一上场就先亮出招牌,凭借的正是这样一种背景。

这一手也当真奏效,那个管事头儿愕然地站住了,其余几个奴仆见状,迟迟疑疑地都停了下来。

"哦,原来是复社的相公,小人失敬了!"管事头儿呆呆地打量他们一阵,终于不自然地咳嗽一声,堆起了笑容,"不知几位相公有何吩咐?"他拱着手问。

"谁是你们的主人?请他出来!"顾杲又大喝一声。看见对方已被吓住,他暗暗放了心。他不想同这些人多费唇舌。很明白,要实现他同侯方域那个心照不宣的打算,必须直接同徐青君本人交涉才行。

"哦,是,是,呃……不过,相公们如有吩咐,对小人说——嗯,也是一样的。"管事头儿的态度更加恭谨。不过,瞧得出来,他是捉摸对方来意不善,怕出意外,打算挡驾。

顾杲勃然大怒,"胡说!"他厉声呵斥说,"少啰唆,去!"

"嘻嘻,谅你这小老儿有多少斤两,能代替你们徐二爷?"侯方域在旁边嘻嘻哈哈地帮腔,"快,去吧,就说复社的顾杲、黄宗羲、张自烈、梅朗中,还有区区——侯方域在此,恭请徐二公子出来，有话要说！"

侯方域这几句话轻轻巧巧一说出口，周围看热闹的人登时骚动起来。这几个名字都是复社当中响当当的角色——崇祯十一年，复社诸生发表《留都防乱公揭》，声讨阮大铖，署名的共有一百四十人。头一名就是顾杲，第二名是黄宗羲。张自烈、梅朗中也在其内，这件事当时轰动了南京城，不少人记忆犹新。现在，听说眼前这几位儒生，就是当日那些风云人物，都不由得指指点点，低声议论起来。

那个管事头儿似乎也明白对方来头不小，不敢再怠慢拖延。他慌慌张张地走回轿子跟前，照实向徐青君禀告了一遍。然后，他就退开一步，低头垂手，恭候主人出来。

如今，围观的人越来越多。大家知道今晚准有好戏可瞧，都怀着极大兴趣，目不转睛地一齐盯着徐青君的那乘轿子，屏气静息地候着这位花花太岁出场。

谁知大家伸长脖子等了好一会儿，那乘轿子的帘儿仍旧静静地垂着，纹丝不动。别说看不见徐青君的身影出现，甚至连他的声息都听不到。

那管事头儿感到莫名其妙。他望了望绷着脸的顾杲，只好硬着头皮又上前低声禀告一遍。

"不，我不出去！我不要见他们！"轿子里冷不丁尖声大叫起来。

人们吓了一跳，怔住了。当听明白那是徐青君恐惧气急的声音时，便迸发出一阵哄笑。

顾杲同侯方域交换了一下眼色。等周围的目光开始集中到他们身上的时候，他就从长鼻子里冷笑一声，双手交叉在胸前，抬头望着天空，不紧不慢地说："好吧，徐二公子既然不肯赏脸，我们就恭候到底。反正，今儿这事不分辨个水落石出，徐二公子休想离开此地。"

"要是他徐二爷敢派人回去搬兵,我们复社同人,也自有办法对付——子方兄,你说是吗?"侯方域笑眯眯地对顾杲说。其实,他是担心对方会来这一手,因此预先提出警告,使之不敢妄动。

"哎,要是徐二公子逃回家去,关上大门不出来,那可怎么办哪?"事先得到侯方域示意的梅朗中,装出一副天真无邪的样子问。

张自烈老气横秋地沉着嗓子:"哼,除非他一辈子不出门,否则,我们总有法子找到他。"

听着社友们一唱一和,夹在他们当中的黄宗羲仿佛忘记了他的那套宝贝书《潜虚衍义》。他睁大眼睛看看这个,瞅瞅那个,露出又惊奇又好玩的神情。

"胡说!叫他们走!我不见他们,我为什么要见他们?"轿子里的徐青君,忽然又大发脾气地叫起来——这是管事头儿见这样泡下去不是了局,又一次劝说主人出来。他却不知道,徐青君深知这班士子厉害,怕得要死,哪里敢出面相见?

然而,这样一来,复社方面的几个人也没有了主意。大家不约而同地把目光集中到侯方域身上。

侯方域依旧纹丝不动地站着,嘴边挂着微笑,显得满有把握。大家见他这样子,只好重新回过头去,继续僵持着。

时间一点一点地过去,周围的看客开始感到不耐烦。有人大声地打呵欠,有些开始走散。终于,侯方域似乎也有点沉不住气了。他向前跨出一步,清清嗓子,正要说话。

就在这时,从事情发生以来,一直没有任何动静的另一乘轿子里,忽然走出来一个人。他大约六十岁不到,中等身材,头戴方巾,有一张质朴的脸,头发胡子都斑白了。他匆匆走向前一乘轿子,隔着帘子同里面的徐青君低声交谈了片刻,然后快步走上前来。

"诸位先生,"他拱着手说,"在下计成有礼了!"说着,深深作下揖去。

顾杲等人本来已经灰心失望，不知如何收场，忽然出现了转机，不禁喜出望外，于是纷纷谦让起来，各自还了礼。

"方才诸位先生要见青君兄，只因青君兄身体欠安，无法下轿相见，不胜愧歉，尚祈诸位先生见谅。"计成说着，又作了一揖。

这一次，顾杲等人交换了一下眼色，都没有作声。

计成接着又说："青君兄的家仆冒犯了黄先生，还损坏了黄先生的宝籍，青君兄心中十分不安，特请小弟代向黄先生谢罪！"说完了，他朝黄宗羲又是一揖。

顾杲见他左一揖右一揖，没完没了，心里又不耐烦起来。没等黄宗羲作出表示，他就冷笑一声，说："嘿，难道徐公子打算这样就完了么？"

"哦，不，不！"计成急急忙忙地笑着，"青君兄情愿赔偿黄先生的宝籍。只是宝籍已然破损，原物奉还，急切恐难做到。青君兄意欲加倍偿还所值，请黄先生赐示数目，青君兄无不乐从。"

顾、侯二人捣了大半天的鬼，目的正是要等着这句话。至于这句话是由徐青君本人说出来还是由他的代表说出来，他们倒不在乎。何况，计成事先曾同徐青君商量过，这句话无疑也是姓徐的意思。因此顾杲一听，脸色便缓和下来。可是侯方域却皱起眉毛，现出为难的神色。他回过头，用犹豫的口气问："太冲，你可都听见了？按说呢，此书实在得来不易，我见犹痛！此议碍难应允。不过，看来事出无意，对方如今确有为难之处，这位计先生又一片好意……唉，你就瞧着办吧！"说着，暗中扯了扯顾杲的衣袖。

顾杲正听得发呆。他猛地回过神来，急急忙忙地说：

"正是正是，我看也只好如此。只是——太冲，可不能太轻饶他！"

梅朗中本是个性情随和的人，他见顾、侯二人都转了口风，也就随口帮腔说："太冲，事到如今，只有自认晦气，图个善休，不吃亏,也就算了。"

张自烈却没有作声。他显然已经心里有数,正大睁着一双固执的眼睛,在等着看下文。

听见社友们都在纷纷劝说自己,黄宗羲那张瘦小清秀的脸蓦地红了。他低下头去,皱着眉毛想了半天,终于,无可奈何地点了点头。

侯方域一见黄宗羲同意,他立即朝顾杲使个眼色,两个人便一齐走开去,凑着脑袋喊喊喳喳地商量起来。

黄宗羲抬起头,迷惑地瞧了一眼两个朋友的背影,仿佛奇怪他们还要捣什么鬼。看来,这会儿他已经想通了,脸色渐渐平和下来。他犹疑地瞧着计成,终于走上前去,拱拱手说:"多承计先生周全此事。非是在下有意如此,实在是此书得来不易,一旦失之,实在痛心。适才冒犯车驾,不胜抱歉。"

计成恭谨地笑着,恳切地说:"黄先生言重了!彼此都是读书人,谁不知善本难得!只怪手下人太过孟浪,令人思之扼腕!"

黄宗羲被对方的话又撩动了痛楚,他长长叹了一口气:"不瞒先生说,为此书在下足足候了三年。价钱呢,倒不算太贵,十六两银子……"

话还没有说完,侯方域已经走过来。顾杲却在远处叫:"太冲,你过来!"

黄宗羲朝计成匆匆点一点头,转身向顾杲走去。

侯方域不知道听见黄宗羲刚才的话没有,他若无其事地对计成说:"计先生,劳烦你了!按说呢,区区一套书,本来也所值无多,唯是这套《潜虚衍义》是极难得的珍本,太冲兄为它足足耗了三年心血,被贵价毁了,实在无法甘心!本拟定要原书索还,如今碍着计先生金面,忍痛允许以值代书。然而,也不能过于草草。"说到这里,他停下来,不慌不忙地伸出一个手指头,斜睨着计成说:"这百金之数,只怕比较相宜。"

计成本来一直赔笑听着,这时脸色蓦地变了。他愕然地抬起头:"啊,怎——怎么要这许多?"

"怎么是'许多'?"侯方域顿时沉下脸,"这套《潜虚衍义》,据我们所知,极可能就是嘉靖四十一年从严东楼府中查抄出来的那一套,只怕已是海内孤本。百金之值,还是低的呢!"

"可是适才黄先生说,他买下时才花了十六两银子!"计成忍不住争辩说。

侯方域冷冷地道:"买下时是买下时,现在是现在。要是徐二公子以为不值百金之价,也可以,就请再寻一套同样的来赔与黄先生;或者——"他挖苦地微微一笑,"计先生家中藏有此书,愿意拿出来代徐公子赔偿,也极表欢迎!"

计成倒抽一口凉气。以自己数十年闯荡江湖的经历,他明白这回碰上了"硬头船"——眼前这个人,绝不是言辞所能打动的。他略一沉吟,终于苦笑着说:"此事在下也无能做主。请侯先生稍待,在下回明青君兄,却来作复。"

说完,他垂头丧气地转过身,朝轿子走去。

这时,黄宗羲同顾杲匆匆走了过来。黄宗羲大约已经从顾杲口中听说了他们所开的价钱,而且两人之间有过争论,所以此刻的脸色都显得很不好看。当黄宗羲问明侯朝宗已经把索价报给了对方,就顿时气火起来。

"不行,不行!书是我的,你们不能这样做!"他大声地说。

侯方域怔了一下。他迅速地瞥了瞥周围的观众,脸上随即露出习见的轻松愉快的笑容:"太冲兄……"

"算了!"黄宗羲粗暴地打断了他的话,"你们,你们这是要陷我于不义!"他咬着牙说。

侯方域那张英俊、白皙的脸刷地红了。他的眉毛倒竖起来,眼睛也瞪圆了。一句激烈的话显然已经冲到嘴边,然而不知为什么,却没有说出来。终于,他冷笑一声,转过脸去。

"太冲,"一个老气横秋的声音忽然响起来,那是张自烈,他已经好久没有说话,"你先别急,朝宗不过是替你讨了个价,还不知对方怎样还价哩。你要不愿意,待会儿还可以变嘛!"

这句话倒也在理,说得大家都沉默下来,一齐朝对面望去。

这当儿,计成显然已经同徐青君说妥了。只见他不慌不忙地重新走回来,微笑着对大家拱拱手说:"上复诸位先生,这百两之数,青君兄已然认可,并无异议。多劳诸位合力排难解纷之美意,青君兄命在下代他向诸位先生谨表谢忱!青君兄还说,宝籍既是孤本,百两之数,只怕委实有屈黄先生,青君兄愿再加五十两,实赔一百五十两!"

计成这话一说出口,全场顿时轰动起来,有人大声叫好,有人疑心自己是不是听错了,一时间议论纷纷,都说徐二公子果然富可敌国,这一手露得着实漂亮,既大方,又够面子。自然,也有人替黄宗羲他们担心:哎,这一来他们可怎么下台啊!

复社的几个人你看我,我看你,都不由得呆住了。他们完全没料到对方会答允得如此爽快,他们还准备讨价还价。然而,眼前的对手却比他们所估计的厉害得多!他不只赔得起,而且还甩得起——你们不是要敲他一百两吗?他甩给你一百五十两!不错,这一回银子是到手了,而且还多出了一半,可是脸面却要他妈的丢尽了!侯朝宗呀侯朝宗,你这才叫弄巧反拙呢!赶明儿传开去,我们复社还拿什么脸去见人?

"哦,这是一百五十两银票,敬请黄相公笑纳!"

计成恭谨的声音在一片喧闹中响起来。原来,那个管事头儿已经即时写好银票,送了过来。

复社的几个人顿时变得有点不知所措。黄宗羲显得更加狼狈,他恨恨地瞪了侯方域一眼,赌气地背过脸去。

周围的人又重新静下来。大家都饶有兴味地注视着,想看看复社的人到底敢不敢接受这张如此烫手的银票。

这时，只见一直在转着眼珠子的侯方域，忽然哈哈大笑起来。他上前一步，一手接过那张银票。

"多谢，多谢！"他拱着手对计成说，"不想徐二公子果然是位快人，侯某至为佩服！不过——"他转向围观的人群，提高了嗓门，"倘若有哪一位认为，今晚我等数人在此之所为，乃是觊觎徐公子的钱财，那又未免太小看我复社了！现今，侯某在此郑重声言：这一百五十两纹银，除开其中十六两仍扣除偿还黄太冲先生之书值外，其余一百三十四两，我们分文不取，全部用来赈济饥民！明朝一等兑换到现款，立即交托施粥厂发放！"

侯方域本来就善于辞令，而且声音洪亮，这一番堂堂正正的话，通过他的嘴巴一板一眼，抑扬顿挫地说出来，不但清楚地送进了每一个人的耳鼓，而且扣动着他们的心弦。全场静了一下，忽然震天价响地喝起彩来：

"好啊！"

"真没想到！"

"太妙了！"

"复社就是好样的！"

……

人们用惊喜、钦佩、赞美的语言由衷地欢呼着。这欢呼声远远胜过了刚才计成宣布徐青君的答复时所引起的骚动。它此伏彼起，经久不息，从市肆升腾起来，在秦淮河上空盘旋、回荡，然后远远地飘散开去……

顾杲、梅朗中、张自烈这才松了一口气，暗自叫声"惭愧！"至于黄宗羲，虽然余气未消，但对于侯方域的应变本领也不由得暗暗点头。忽然，他想起了徐青君，连忙转动着眼睛，想寻找刚才那两乘轿子和那一群仆人。可是他再也找不到了——不知什么时候，徐青君一行已经悄悄溜跑了……

文酒风流

冒襄因为不肯到苏州去参加虎丘大会，同吴应箕发生了争执，陈贞慧夹在当中，左右劝解。正在不可开交的时候，顾杲、侯方域等人闹闹嚷嚷的声音已经来到了门外。陈贞慧朝冒、吴二人做了个手势，意思是："你们别吵了，别吵了啊！"然后，他转过身，匆匆迎出门去。

"姗姗来迟，该当何罪？"

刚走到门口，顾杲已经一步跨了进来，陈贞慧就站住脚，拱着手含笑问。

"哈哈，你们瞧！这话向来只有我们问定生，今儿破题儿第一遭，给他占了个先，就这么神气了！"顾杲兴冲冲地叫。

"啊，定生兄，你不知道，我们干了一件何等痛快的事！"跟着走进来的黄宗羲急匆匆地说。他的眼睛闪闪发光，热切地瞅着陈贞慧。要不是侯方域随后就走了进来的话，他必定会马上就把刚才发生的一切告诉陈贞慧。

侯方域拦住了黄宗羲。

"失期当死，请贬为庶人！"他昂然地说，朝陈贞慧一拱手，然后，像变戏法似的，从袖子里掏出那张一百五十两的银票，双手捧着，高举过头："望乞哂纳！"

陈贞慧微微一笑。这微笑显示着他对于伙伴们这种煞有介事的表演是多么熟悉，而且料定这一次也并无特异之处。他随手接过银票，扫了一眼，蓦地，微笑消失了。他走到灯前，将银票反复地看了几遍，抬起头，怀疑地问："嗯，这是怎么回事？"

顾杲等人交换了一下眼色，对那张银票所引起的效果显然颇为满意。

同张自烈一起走进来的顾眉，露出莫名其妙的神气。她好奇地凑近陈贞慧身旁,歪着头儿看了一眼,目光随即闪动起来。她用袖子掩着嘴儿一笑,瞅瞅侯方域,又瞅瞅顾杲,好像催促说:"是呀,这可是怎么回事呢?"

"君试思之!"顾杲洋洋得意地卖着关子。

"我如何猜得着!"陈贞慧双手一摊,"终不成是他送你的吧?"

"当然——非也!"

"那么,"陈贞慧苦笑着,"是你们敲诈来的?"

顾杲瞧了瞧侯方域,然后摇晃着脑袋,像吟诵诗书似的:"哎——思过——半矣!"

陈贞慧吃了一惊:"什么?你们这是——真的?"他的语气急促起来,"这、这,我不是早就劝你们,别干这种事!怎么现在又——"

这时候,吴应箕在冒襄身边待不住,他沉着脸走上来,拿过银票看了看,冷冷地说:"原来是此公!为富不仁,取不伤廉,我看无须紧张!"

"定生兄,此事并非尽如你之所料呢!"黄宗羲连忙插嘴说。刚才,他因别人利用他来敲诈徐青君大为恼火;现在,他又急急忙忙替他们分辩了。于是,他连说带比画,把刚才路上发生的事情一五一十地陈述了一遍。

陈贞慧用心地听完之后,想了想,终于无可奈何地点点头,说:"若是如此,总算还无伤大体。只是这一百五十两银子,除扣下书款外,须得尽数拿去放赈才好。"

黄宗羲毫不犹疑地说:"这个自然!"

陈贞慧不放心,又问:"朝宗兄也是此意?"

侯方域笑了一笑:"我么?这一百三十四两足色纹银,小弟之意,是交给眉楼主人,再邀上十娘、赛赛几个,把张燕筑、吴章甫、盛仲文也叫来,与诸公共谋一夕之欢——岂不比拿去放什么劳什子的赈,痛快得多!"

听他这样一说，不但陈贞慧皱起了眉头，连黄宗羲也变了脸色，倒是顾杲收起了开玩笑的神情，他说：

"定生兄，你莫听朝宗混说，我们本来就说定了拿去放赈的。不信，你问朗三！"

梅朗中一进屋，就同李十娘站在一旁，悄悄地咬耳朵，听了这话，他高声答应说："正是正是，放赈放赈！"

陈贞慧的脸色这才舒展开来。他叹了一口气，说："非是小弟胆小怕事，有道是树大招风——近数年来，我社声誉日隆，拥护者固然甚多，侧目者亦复不少。更有无耻小人，从中播弄，图谋倾覆社局。向者周之夔、陆文声之事，便是显证。幸赖皇上圣明，未容此辈如意。唯是其心不死，仍时刻窥我错失，思欲一逞。故此我等总要检点行止，勿要授人以柄才好。何况——"他似乎想继续说下去，临时又忍耐住了，只是轻轻摆了一下手。

于是，大家重新行过礼，然后脱去外衣，随意地坐了下来，一边喝茶，一边闲聊。冒襄今晚是主要的客人，所以大家都照例同他寒暄几句。他虽然窝着满肚子委屈，也只好强打精神应酬，不过神色之间，总透着不大自然。幸而后到的几个人随即忙于同顾眉、李十娘打趣说笑，没有觉察。至于黄宗羲，当他发觉吴应箕在场之后，就时时瞅着他，露出亲切的、急于要同他说话的神气。所以，黄宗羲现在便迅速走到吴应箕跟前，并且立即同他谈起来：

"啊，次尾兄！可记得去岁在杭州，我们曾论及田制之事么？"他兴冲冲地说，不待吴应箕答话，马上就接下去，"数月来，小弟思之再三，如欲匡时除弊，唯一之法，便是恢复先王井田之制！"

"哦？"

"小弟以为，当今钱粮匮乏，国用不足，其源盖出于田制之弊！田制之弊，则在贵戚官绅仗势侵夺民业，遂致官庄之田日广，而小民之田日缩。即以苏州一府而论，几乎至于无地而非官田，民田仅占十五分之一。现今国家困于战乱，用度浩大，赋税日增；

而富豪之家，不肯加额，结果便一并征之于小民百姓。小民不堪重负，唯有弃田逃亡。于是乎，不只国家之赋税，年年大量缺额，无法完成；而且逃亡之民，饿死沟壑者有之，倡乱造反者有之，尽成祸乱之源。时至今日，此事已几至积重难返，倘不急图改革，只怕局面一溃，就无可收拾了！"

吴应箕此刻显然没有心思讨论这类问题，他含糊地点着头："嗯，你是说，恢复井田制……？"

"啊，你听我说呀！"黄宗羲兴奋地叫，全然没有觉察对方的情绪。他深深吸了一口气，开始从井田制的历史和作用说起，然后将它同目前的田制进行比较。他自信地、匆忙地说着，显然打算把几个月来，他对这个问题的研究结果，一股脑儿都摆出来。他并不考虑急急忙忙这样做到底有多大必要，也不考虑在这样一种场合谈论这么严肃的问题是否适宜。他只是觉得这个问题很重要，而自己经过艰苦的努力，为解决这个问题所设想的一套，看来是可行的。他急不可待地要把它说出来，因为它作为一种成熟了的思想，在他的心中已经憋了好些时候了。正如一个足了月的婴儿，要挣脱母体，以大哭大叫向周围宣告他的诞生一样。而婴儿的呱呱坠地是从不理会场合和旁人态度的……

然而，黄宗羲并没有能把他的见解陈述完毕。一个十三四岁，长得挺秀气的丫环从屏门后面转了出来。

"各位相公、阿娘，请到花厅入席。"她行着礼说。

黄宗羲怔了一下，犹疑不决地瞧瞧神思不属的吴应箕，终于无可奈何地挥一挥手，闭上了嘴巴，同大家一齐起身，朝后面走去。

花厅的面积不大，同样布置得异常雅洁，当中已经拼起了一张大圆桌，桌上的青花细瓷食具，在灯烛的辉映下熠熠生光。李十娘的鸨母，正领着两个丫环张罗着，看见客人们进来了，她们就一齐上前，敛衽为礼。

客人们走到桌前，就站住了。陈贞慧上前一步，开始给大家定座。因为是相知雅集，也不必弄那些开桌送酒的虚套，只请冒襄坐了首席，依次是吴应箕、张自烈、顾杲、黄宗羲、梅朗中、侯方域。陈贞慧自己坐了下首的主位。李十娘和顾眉，就分坐在冒襄两旁。

鸨母等客人坐定之后，吩咐两个丫环几句，就退了出去。李十娘和顾眉从座位上盈盈站起来，开始给客人斟酒。

"眉娘！"侯方域转脸瞅着顾眉，用了一种愉快的、轻松的声调说，"今儿晚上，我只当你不会来了呢！"

侯方域同顾眉，不久前很要好过一阵子，可是今晚进门以来，他一个劲儿只同李十娘周旋亲热，对于顾眉，却明显地有意回避和冷淡，正式冲着顾眉说话，这还是第一句。

"为什么？"顾眉问，没有停止斟酒，也没有回过头来。

"嘻，还装糊涂呐！自然是龚孝升啰！"

"啐，没有的事！"顾眉红了脸。

侯方域冷笑一声："没有的事？这事瞒得了别人，须瞒不过我侯方域！"

顾眉不响了。

"什么？孝升？""孝升怎么了？""朝宗，怎么回事啊？"大家好奇地追问。

侯方域拿起筷子，从盘子里拣了一颗鸽蛋，放进嘴里慢慢嚼着，一边瞅着顾眉，装出一副欲言又止的神气。

顾眉忽然朝侯方域转过脸来，用她那双又大又深沉的眼睛凝视着他，长长的睫毛微微颤动着。一会儿，她眯缝起眼睛："你敢！"她吓唬说，"看老娘不老大耳刮子扇你！"

大家不由得一怔，随即"哄"地笑了。这笑声是欣赏顾眉的大胆放肆，出语惊人。事实上，善于恰到好处地撒野、放泼，正是顾眉显得与众不同的迷人之处。

侯方域却没有笑。在受到顾眉蕴含深意的凝视当儿，他的表情不由自主地变了。一丝自知理亏的愧色，从他那白净的、骄傲的脸上闪现出来。他的嘴角牵动一下，竭力要做出一个微笑，结果却违反本意地避开了顾眉的眼睛。

"十娘准知道，问她好了！"正当大家有点纳闷，梅朗中忽然冒冒失失地说。自从进门之后，他的眼睛大部分时间都围着十娘转。他柔声地问："十娘，告诉我，唔？"

李十娘脸一红："奴家、奴家怎么晓得？只怕、只怕侯相公说着玩儿，也未可知……"她讷讷地说，向梅朗中投去责备的一瞥，低下头去。"你真笨，怎么当众问我？眉娘姐姐不肯说的事，我敢揭破她么？"她仿佛这样说。

"嗯，我知道！"一个低沉的嗓音从李十娘身旁响起来，那是张自烈。他的脾气有点孤僻，进门以来几乎没有说过一句话。他这会儿突然开口，大家都感到意外，不约而同地望着他。就连顾眉也收起了放荡不羁的劲儿，疑惑地睁大了眼睛。

张自烈却没有立即说下去，他举起酒杯，呷了一大口酒，不知为什么意态有点萧索。"这是孝升亲口告诉我的。"这样说了一句之后，他又住口不说了，神情却变得越来越颓唐。

"酒！"他指了指杯子。

大家目不转睛地瞧着他，感到惊疑不定。梅朗中慌里慌张地端起酒壶，给他斟酒。

这时，只听张自烈呻吟似的吟诵起来："舞榭歌台，风流总被雨打风吹去……"

这样吟诵之后，他就一手抓起酒杯，猛地喝下去，随即瞪着眼睛，把正在发怔的朋友们一个接一个地扫视一遍。

"怎么，啊，不明白？"他突然没头没脑地问，一副怒气冲冲的样子。

"啊，莫非眉娘要归龚孝升了？"梅朗中冲口而出地问。他平日嗜诗如命，当然知道张自烈刚才所诵的，是南宋词人辛稼轩的名作《永遇乐》中的几句。

张自烈点点头，长叹一声，说："孝升同眉娘已有百年好合之约，花烛迎娶，只是年内之事了！"

其余的人本来也隐隐猜到是这么回事，但张自烈正式把它说出来之后，大家仍然忍不住"啊"了一声，随即不知为什么，也像刚才张自烈那样，一个个变得沉默起来。

"孝升"是合肥才子龚鼎孳的字。他在江南文坛中，也是个知名人物，更兼年少得志，八年前就中了进士，在湖北蕲水做了几年县太爷，如今被召往北京，准备另有任用。人人都说他来日方长，前程无量。顾眉急于选婿从良，她跟侯方域的交情本来不错，但侯方域的态度忽冷忽热，令她无法把握。最近龚鼎孳途经南京，有人便从中撮合，果然一说便成。这在顾眉私心中，是颇为满意的。刚才她阻止侯方域说出来，无非是她还打算向他私下有所解释。到了张自烈说话的当儿，顾眉知道事情藏不住，已经准备着大家起哄，并且想好了一番应付的话。谁知，出乎她的意料，筵席上到头来却是一片静默——陈贞慧和侯方域微微低着头，仿佛在沉思；顾杲吃惊地张大了嘴巴；冒襄和吴应箕各怀心事地皱起了眉毛；张自烈一个劲儿地喝酒；梅朗中的眼光仍不住往李十娘身上溜；后者却垂着头，仿佛在黯然自伤。只有黄宗羲泰然自若，摆出一副事不关己的神气……

顾眉忍不住了。

"哎，怎么啦？莫非这有什么不好？"她诧异地问。

大家如梦初醒地动了动身子，互相交换了一下眼色。

"哦，好极好极！"侯方域首先打着哈哈说，"孝升一代才人，英姿秀发，得眉娘入辅中馈，正所谓鱼水相得。他日龙云俱化，只怕要羡煞我辈了！"

"那你们怎么一个个都板着脸儿，倒像奴家做了什么错事似的？"

"这——"侯方域不自然地笑了笑,"我想大家是有点舍不得你之故吧!"

"啐……"顾眉绯红了脸,"侯相公又开玩笑了!"

"不,朝宗说的是实话!"顾杲一本正经地插嘴说。然后,像征询意见似的望了望在座的人。大家都不自然地点了点头。李十娘的眼圈儿已经开始发红,显出随时要哭的样子。

顾眉瞧瞧这个,瞧瞧那个,不禁呆住了。

"嗯,你不妨想想,要是今后筵席上少了眉娘,我们会快活么?"侯方域说。这一次,他的语气十分真诚。

"唉,想到今后再也吃不着眉楼的蒸鳗和爆蟹,我现在就难受极了!"梅朗中可怜巴巴地说。

顾杲沉思着点点头:"要是南曲没有了眉楼,只怕就不再成其为南曲了!"

这几句话,正说中了在座的人此时此刻的心情,大家又沉默下来。

渐渐地,响起了轻微的啜泣声。那是李十娘。她掩着脸,背过身子去,瘦削的双肩,在沉香色妆花绒女衣下面可怜地抖动着。接着,顾眉的眼圈儿也红了,她从身边取出一方手帕,开始抹眼泪。梅朗中不安地转动着高大的身躯,瞧瞧这个,又瞧瞧那个,不停地眨巴着眼睛,嘴巴一扁一扁的。忽然,他"哇"的一声,伏在桌上,号啕大哭起来。

其余的人默默地瞧着,一个个脸上现出凄惨的神色,谁也没开口去劝止他们。

就在这当儿,一个愤怒的、着急的嗓音忽然传遍了整张桌子:"诸君今晚来此,莫非就是为的效'新亭之哭'么?"

大家回过头去,只见黄宗羲一张瘦小的脸涨得通红,神情显得异常激动。他大声地说:"辛稼轩生当宋室南渡之际,其时偏安日久,主上昏庸,文恬武嬉。忠义之士,空怀报国之志,请缨无路，故发此悲愤之声。然而，即令在彼时，辛稼轩亦不过栏杆拍遍，壮怀激烈，未尝一做儿女之态！今我大明祖宗二百七十年基业，仁德广被，恩泽深厚。虽有建房、流寇交相为患，终未能动摇我天下一统。而况当今圣上，宵衣旰食，励精图治，此正仁人志士用命之秋也！何以诸君不图壮举，反咨嗟掩泣，若不胜情者！岂不怕失笑古人于地下乎？"

这一顿数落激昂慷慨，义正词严，把大家说得你望我，我望你，倒有点不好意思起来。梅朗中赶紧停止号泣，擦干眼泪。

这时候，陈贞慧站了起来。他说："太冲责备得对！我们快别再效儿女之态了！眉娘天人之姿，偶谪风尘。今日得此归宿，正是可喜可贺。来，我们贺她一杯！"

他说着，拿起了酒杯。大家也纷纷举杯。顾眉显然十分感动。她又是笑又是抹眼泪，给大家一连灌了三杯，鲜润娇美的脸上，顿时升起了两朵红云，越发显得美艳绝伦。座上倒有一大半的人，都情不自禁地被她吸引住了。大家嘴上不说，心里都暗暗妒羡：龚孝升当真是艳福不浅呢！

陈贞慧等李十娘替大家重新斟过酒之后，接着又说："今夕之会，还有一事值得庆贺——"他把眼睛转向开席以来，一直显得闷闷不乐的冒襄，用严肃、庄重的声调说，"适才辟疆从熊大司马的府上来，得知消息，他尊大人调职改任之事，已蒙当道允准，邸报不日可下。诸位，夫孝悌者，乃君子立身之本。辟疆近半年来，为其尊大人之事，含悲奔走，不遗余力，孝义之声，竦动朝堂。此正是我复社君子之本色。可敬可颂。然而，适才听次尾说，竟有若干社外小人，借此为题，妄加攻讦，以图达彼危倾我社之目的，可谓蚍蜉撼树，不知自量！凡我同仁立身于世一日，断不容彼辈猖狂！未审诸位以弟之言为然否？"

陈贞慧的话音刚落，座上立即有几个人大声叫嚷起来：

"当然！""他们休想得逞！""辟疆恪尽孝道，堪为同人表率，岂容鼠辈污蔑！""辟疆，小弟敬你一杯！""对，对！辟疆兄，我们都支持你！"

在吵嚷声中，陈贞慧把眼光转向吴应箕，显然希望他能有所表示，以消除他与冒襄之间的芥蒂。可是吴应箕一言不发，固执地扭过脸去……

这时候，冒襄站了起来。他谁也不看，沉着嗓子说："多承诸位仁兄维护，冒襄不胜感激。是非自有公论，小弟在此也无须多言。来日方长，小弟总有机会向世人证明，冒襄绝非欺世盗名、贪生畏死的懦夫！"

几句话，说得斩钉截铁。大家都哄然叫好。在闹哄哄当中，彼此干了一杯，筵席上的气氛终于变得热烈起来。

眉娘妙曲

这当儿，一个丫环来上菜，这是一盘白汁鱼块，热气腾腾地散发着诱人的香味。大家举箸，各自尝了一口，都纷纷点头，说这鱼肉的滋味真是鲜极了。梅朗中更是赞不绝口。他笑眯眯地问："十娘，这是什么鱼？难为你家厨子烧得这么香！我怎么从不曾尝过这等美味？"

李十娘抿着嘴儿微微一笑，说："你猜！"

梅朗中又拣了一箸鱼，放进嘴里，闭上眼睛品味了半天，然后睁开眼睛，摇摇头说："嗯，猜不出，猜不出，各种各样的鱼我吃过不少，从没有这种味儿的！"说着，他又拣起一块，打算再度品尝。

"朗三！你这样狂呔不止，还要命不？"顾杲大惊小怪地叫起来，"你知道么，这是河豚！"

梅朗中已经把鱼肉放进口里，一边说："为什么不？这好吃嘛……"蓦地，他全身一抖，停止了咀嚼，瞪大了眼睛："你说什么?"

"这是——河豚!"

梅朗中"啊"了一声,连忙把嘴巴里的鱼肉吐出来,颤着声儿问:"这是,这是那种有毒的河豚?"

"废话!天下哪有无毒的河豚——哼,你吃了这许多,这回非中毒不可!"

"啊,可是你,你们……"梅朗中的脸色开始发青,舌头也有点不听使唤了。

"别怕,奴家的河豚毒不死人的。"李十娘微笑着说。

但梅朗中没有听见,他呆呆地坐着,脸上现出古怪的表情。忽然,他用手捂住嘴巴,飞快地站起来,跌跌撞撞地朝外奔去。门外立刻就响起了"啊、啊"的呕吐声。

在座的人都忍不住大笑起来。两个丫环忍住笑,连忙奔出去伺候他,李十娘也站起来帮忙,又是送水漱口,又是递手帕揩脸,来来回回地忙了一阵,梅朗中这才由丫环搀扶着,面色苍白地慢慢走回来。

"朗三,亏你还是个诗翁!岂不闻东坡诗云:竹外桃花三两枝,春江水暖鸭先知。蒌蒿满地芦芽短,正是河豚欲上时——何等闲适风雅!像你方才这样狂呕滥吐,岂止大煞风景,若是东坡地下有知,简直会勃然大怒,把你逐出门墙哩!"侯方域一边说,一边向大家递着眼色。

梅朗中苦着脸道:"河豚我是发誓不吃的。况且,我只学唐诗,不学宋诗,苏东坡也无奈我何!"

大家又笑起来。等笑声停止之后,陈贞慧捋着胡子问:

"十娘,我于这河豚亦向来颇有戒心。因闻此物味美而有剧毒,食之不慎,便有性命之虞,所以东坡又有'拼死吃河豚'之说。不知以何法处置,方能稳妥?倒要领教!"

李十娘还没开口,顾眉在旁边已经"哧——"地笑出声来,她说：

"陈相公，怎么连你也真信了顾相公那句话？——这哪里是河豚肉，这是鱼罢啦！"

陈贞慧"噢"了一声，露出半信半疑的神气。

李十娘连忙说："这真是鱼。苏东坡诗里说，'粉红石首应无价，雪白河豚不药人。'便是此鱼了。"说着，又瞧瞧大家，抿着嘴儿微笑说，"诸位相公难道竟不知仪征的'假河豚'么？"

在座的人中，除了顾杲、侯方域早就知道这不是河豚之外，其余几个也有瞧出不大像的，只是看见顾、侯两个煞有介事地吓唬梅朗中，反弄得糊涂起来，直到这时，才恍然大悟。

陈贞慧偶一回头，瞥见站在一旁侍候的两个小丫环正用袖子掩着嘴儿在笑，就问："咦，你们两个笑什么？"

两个丫环对望了一眼，其中穿葱绿袄儿的那一个歪着脑袋笑说：

"河豚的眼有毒，吃时须先去眼。这鱼有眼，显见就不是河豚。当初梅相公若是晓得有这分别，也就不会……"她抿嘴一笑，没有说下去。

黄宗羲把桌子一拍，高声说："也就不会平白无故地大吐一场了！"

大家怔了一下，随即又笑起来。梅朗中起先还生气地噘着嘴巴，可是到底撑不住，也就跟着笑了。

黄宗羲却没有笑。他感叹地说："皆因平日不食河豚，便不知其无目的，遂致一旦鱼目当前，竟茫然不识。朱子所言：格物致知。今夕之宴，我于此解又得一证！"

"说起朱子，我又要骂艾千子了！"沉默了许久的张自烈忽然说，"千子口口声声标榜什么'以欧曾之笔墨，诠程朱之名理'。他全不知程朱的名理，必要身体力行，心有所得，才发而为言。像千子这等不行不思，终日以扯前人讲章为事，又有何名理可言！"

黄宗羲瞧了张自烈一眼，点头说："很是很是！即便是欧曾之笔墨，也全仗一点真情，喷薄而出，所以波澜开合，汪洋恣肆。千子竟欲以之纳入八股成法之中，讲什么承题、束股，还有什么文章可观呢！"

艾千子，就是艾南英。他是当时的一位八股文名家，门下弟子不少，在士林中颇有影响。艾南英论文的观点，同复社的人一向处于对立的地位，经常辩论争吵，有一两次还动了武。张自烈、吴应箕对艾南英攻击尤其激烈。所以一谈起此人，吴应箕也来了劲。他插进来说：

"自然时文也未可一概非之。前辈如杨复所等，亦间有发明之见，而千子竟批驳不遗余力。其实近溪、复所之学，艾千子又何曾梦见！"

三个人于是你一言我一语地指摘起艾南英来。顾杲听得不耐烦，瞅个空儿截住他们说：

"哎，够了够了！这些东西拿到书坊去再说。喝了半天酒，行个令如何？"

梅朗中拍着手说："正是正是，就由子方兄出令！"

顾杲想了一下，正要出令，忽然侯方域把酒杯一放，说："慢着！"他站起身，去长几上拿过来一面琵琶，微有醉意地敲着铜板蒙面道：

"眉娘词曲，妙绝南中，自今以后，只怕就专让龚孝升一人独听，我辈无分领受了。今夕良辰，已是千金一刻，又安可轻易放过？如今就请眉娘倾喉一吐，令吾辈一畅耳福，然则他日回思，尚差可自慰也！"

大家一听，都纷纷说好。

顾眉笑着说："侯相公这话，可羞得奴家脸都没处搁了！要说词曲妙绝南中，谁不知第一就数寒秀斋的李十娘！现放着十娘在眼前不请，却偏要拿奴家出丑。奴家纵然不怕出丑，可是若教外人听见，难保不笑话相公所命失人呢！"

"哈哈，你别推托！十娘自然是要唱的，可是今晚头一个偏要点你。皆因你是将'失'之'人'，故须先有'所命'。莫非眉娘如今有了孝升，就把我们这些平日的相好都看轻了么？"侯方域的语气又变得颇为尖酸。

顾眉的脸似乎红了一下，却没有着恼。她挺直身子，坦然说："好，那么奴家就唱。不过，可有一件，唱过之后，请容奴家就此告退，先家去一步。"

"啊，不行！""眉娘怎能这就走？""不能放她走！"几个声音抢着说。

侯方域斜着眼睛，冷冷地问："为什么？"

顾眉微微一笑，却不回答。

侯方域的眼睛睁圆了，看样子马上就要发作。这时，陈贞慧说话了：

"行啊，君子不强人所难。眉娘今晚既然有事，陪了我们大半天，已是很难得了。唱完曲子，就让她先回去吧。"

由于陈贞慧这样说了，侯方域大约也就觉得不好再发作。他没有好气地把琵琶往顾眉手里一塞，沉着脸回到自己的位子上坐下来。

顾眉始终微笑着。等伺候的丫环把一张方凳端来之后，她就抱着琵琶盈盈坐下来，不慌不忙地把银甲套在手指上，先在弦上熟练地弹出几个音，又把弦柱调弄了一下，校准音调，这才摆好姿势，侧着头儿默了默神，随即十根手指徐徐摆动，弹出一段过门，接着就曼声唱起来。她唱的是汤显祖的名剧《牡丹亭》里《惊梦》一折——

　　〔绕地游〕梦回莺转，乱煞年光遍。人立小庭深院。
　　注尽沉烟，抛残绣线，恁今春关情似去年。

〔步步娇〕袅晴丝吹来闲庭院，摇漾春如线，没揣的菱花，偷人半面，迤逗的彩云偏。步香闺怎把全身现？

〔醉扶归〕你道翠生生出落的裙衫儿茜，艳晶晶花簪八宝瑱。可知我常一生儿爱好是天然。恰三春好处无人见。不提防沉鱼落雁鸟惊喧。则怕的羞花闭月花愁颤……

从听说顾眉要唱《惊梦》开始，客人当中那几个通晓音律的行家像冒襄、顾杲、梅朗中等，就顿时来了精神。因为大名鼎鼎的汤显祖，平生写戏专门讲究"意趣神色""以意为先"，对于宫调音韵，却并不怎么注重。他的这本《牡丹亭》，虽然文辞极为精美，其实却相当难唱；而能够演唱，又不用增改字眼来迁就音乐的，就更加不易。这一层，无形中已经成为衡量演唱者本领的一个尺度。所以，他们都十分留神倾听顾眉吐出的每一个字，看她有没有改动曲文。然而，没有。看来顾眉的本领确实不凡，哪怕是再拗口的字眼，她都能巧妙处理，使它变得流畅宛转，不着痕迹，甚至更有韵味。如今，她已经唱到最吃紧的一段——

〔皂罗袍〕原来姹紫嫣红开遍，似这般都付与断井颓垣。良辰美景奈何天，赏心乐事谁家院？朝飞暮卷，云霞翠轩，雨丝风片，烟波画船。锦屏人忒看得这韶光贱……

〔小桃红〕则为你如花美眷，似水流年，是答儿闲寻遍，在幽闺自怜。转过这芍药栏前，紧靠着湖山石边。和你把领扣松，衣带宽，袖梢儿揾着牙儿苫也，则待你忍耐温存一晌眠。是那处曾相见，相看俨然，早难道这好处相逢无一言。

〔绵搭絮〕雨香云片，才到梦儿边，无奈高堂，唤醒纱窗睡不便，泼新鲜，冷汗粘煎，闪的俺心悠步觛，意软囊偏，不争多费尽神情，坐起谁欢则待去眠。
〔尾声〕因春心游赏倦，也不索香重绣被眠。（天啊！）有心情那梦儿还去不远……

顾眉一点也不费劲地唱着。美妙的歌声从她那小巧玲珑的嘴里不断地倾吐出来，在琵琶的伴奏下，像一串大大小小、晶莹圆润的珠子在花厅里游走、流动、磕碰着，然后又化成一道道清澈的溪流，一条条飘拂的彩带，一群群飞舞的蝴蝶，在听众的身旁耳畔缭绕，盘旋，摇曳……使人恍如置身于一个春风拂面、繁花似锦的园林，看到一位美丽纯真的少女，在热烈地倾诉着她对爱情的渴望和追求……

终于，顾眉唱完了，但是大家静默着，仿佛还神游在歌声所幻化出来的温馨境界之中。陈贞慧首先喝起彩来，大家这才纷纷回过神，兴奋而热烈地称赞眉娘唱得实在太妙了。

顾眉把拨子插回原处，又脱下银甲，把它连同琵琶一道，交给身旁的丫环，然后略略整理了一下衣衫；这才说道："多谢各位相公，有污清听了。"又向李十娘说："愚姐技尽于此，待会妹妹登场，我可就立时相形见绌了。幸亏我这就要走，倒免得到时自惭形秽呢！"说着，她双手接过梅朗中递来的一杯茶，道了谢，一饮而尽。然后，向在座客人深深地福了一福，说："奴家就此告退，怠慢之罪，尚祈列位相公宽恕！"

顾眉说完，从丫环手里接过那只乌云覆雪波斯猫，抱在怀里，轻轻抚着，却没有立即就走。她瞅着侯方域，仿佛打算说句什么。但是侯方域故意转过脸去。她只好叹了一口气，对冒襄说："冒相公，奴家大胆，请相公相送几步，不知可使得么？"

因为刚才当众表明了心迹，而且得到了社友们的理解和支持，冒襄的心情已经舒畅了许多。听见顾眉提出这样的要求，他便笑着站起来："啊，能陪伴眉娘，小生正是求之不得！"说着，他就跟在顾眉后面,出了厅门,由一名丫环提灯照路,穿过长轩,走到院子里去。

顾眉走到水池旁边,就站住了。

"冒相公,你当真不肯到姑苏去么?"她问,偏过身来。

冒襄一怔:"啊,你怎么——"

"奴家听到了,偷听到的!"顾眉微笑着说,卖弄风情地眯起了眼睛。不过,她立即又改变了神情。

"嗯,相公还是尽快赶到姑苏去为好!"她说,严肃地望着冒襄的眼睛。

"啊,为什么?"

"卞赛赛刚从姑苏来,她告诉我,田皇亲派人到姑苏采买女孩子,点着名儿要圆圆。吓得圆圆东躲西藏,幸得有几个相好的孤老,拼死护着她,买动了一班'撞六市①'日夜轮番守卫,喊打喊杀地要同田皇亲的人放对。这件事如今已经闹到府衙里,是凶是吉,还不晓呢!"

"你,你说什么?"冒襄的眼睛一下子睁得老大,他失态地一把抓住顾眉的胳膊。

顾眉没有动弹,她斜睨着冒襄:"奴家劝相公赶快到姑苏去,越快越好。迟了,还能不能见着圆圆,可就难说了——哎,你揪得奴家真紧!"

冒襄"啊"的一声,松开了顾眉的胳臂:"那——圆圆如今在哪儿?她、她还好吧?"

"哎,赛赛说她来的时候,圆圆还没被弄走。不过又过了几日,事情闹成怎么个样子,就不晓得了。而且,赛赛就对奴家说了这些,再多奴家也不知道。总之,相公赶快到姑苏去就对了!"

冒襄显然被这突如其来的消息震呆了。他甚至忘了向顾眉道

---

① 撞六市:旧指恶少合伙诈骗劫掠,横行霸道。

谢,不由自主地退后几步,靠在水池的石栏上,两眼直瞪瞪地望着前面,一言不发。

顾眉站在旁边,怜悯地瞧了他一会儿,终于,她轻轻叹了一口气,悄悄地移动着脚步,沿着鹅卵石小径向外走去。开始她还不时回顾一下,后来越走越快,不一会儿,就消失在花木繁密的阴影里了。

又过了一会,冒襄才惊醒过来。他茫然地四面望望,发现顾眉已经离去。突然,像被人击了一掌似的,他猛地跳起来,飞快地奔上长轩。可是,当他听见花厅里传来社友们的喧哗和哄笑声时,脚步就缓慢了下来。终于,他停住脚步,低头沉思了片刻,这才没精打采地一步一步朝花厅走去。

闯席求援

阮大铖的私邸石巢园,坐落在城南库司坊里。当街一个派头十足的大门楼,进门是宽敞的天井,高大的厅堂。厅堂后面回廊曲折,门户重重。据说八年前,阮大铖从安徽老家逃难到南京来时,为兴建这所府第,很花了些银子,所以园内不仅恢宏幽深,而且雕栏画槛,绣户绮窗,样样都极备精巧,什么桃花坞啦,芸香小筑啦,枫叶亭啦,梅屋啦,各有各的名目和特色。阮大铖有了这座华美舒适的园林,再加上他家里一流的烹饪、一流的戏班子,便千方百计诱引各方面的人士来歌舞宴饮、说剑谈兵,着实热闹风光了几年。后来受了复社诸生的猛烈抨击,来石巢园的客人因此大减。阮大铖虽然十分恼恨,却也无可奈何。他闲极无聊,只好把心思都用在写作戏本上,什么《桃花笑》《井中盟》《牟尼合》《双金榜》之类的,这几年倒真的弄成了好几个。虽然无非是好看热闹,文辞华美,却因颇能迎合时尚,南京城里的各大戏班都竞相传抄搬演。阮大铖因此又洋洋得意起来,傲然对人说:"复社那伙人合力排揎我，真是蠢得很！其实论学识论才情，我阮大铖哪里就比不上他钱牧斋、周仲驭？他们若肯尊我一声'前辈'，复社的局面，只怕还远不止今日的规模身价哩！"

不过，大话虽然好说，阮大铖面对着这一群激烈而又固执的书呆子，却实在毫无办法，所以如今除了写戏订曲之外，他的另一件可干的事情，就是躲在家里侍弄园子。他有的是精力，也有的是银子，石巢园就此一年到头不得安生，总得由着主人那刁钻古怪的脑瓜子转出点新花样来——今天这儿砌一道短墙，明天那儿改建一座凉亭，要不就是把新采购来的大理名种山茶一口气种它二三十株。可是，过不了十天半月，短墙、凉亭、山茶又忽然失踪，原来的地方说不定已经是石山耸峙、清溪蜿蜒了……

这一次，当徐青君和计成二人，逃脱了黄宗羲、侯方域等人的困阻，气急败坏地闯进石巢园，并由一名家童提着灯笼引路，沿着回廊曲径，向花厅走去的时候，徐青君就发觉，好几种布置都不同了。一道执圭式的院门也变成了月洞式，害得他有一两次疑心走错了路。要是在往常，走在旁边的计成必定会技痒起来，忍不住指手画脚说这一处改好了，那一处却弄巧反拙，等等。不过，此刻计成却知趣地沉默着，徐青君更是压根儿全无鉴赏的心思。

今天晚上，徐青君算是倒了八辈子霉，天晓得是触犯了哪一路邪神，让他一出门就撞上了复社那一伙瘟生！眼睁睁被敲去了一百五十两银子不算，还被他们当众戏弄侮辱了一场。徐青君不心疼银子，他平日到旧院里去马马虎虎泡上一天，所费的也不止这个数目。他是气恼丢了面子——堂堂中山王府的二公子，在小民百姓面前遭受如此折辱，这口气，徐青君觉得无论如何也咽不下去！不错，他的哥哥魏国公徐宏基，现任南京守备，兵权在握，按理应当可以替弟弟出这口气。不过，徐青君知道这位哥哥官儿虽大，胆儿却小，估计他未必就肯出头去惹复社，说不定，还会被他埋怨一顿。刚才，徐青君在轿子里左思右想，气闷得慌，最后忽然想到阮大铖。他素知阮大铖同东林、复社积怨甚深，平日私下里提起复社那伙书生，阮大铖总是气得扯着大胡子发狠。何况此人狡狯机智，一肚子鬼心思，必然乐于替自己出主意报仇。这样一想，徐青君就当即吩咐改道往库司坊来。不料刚才到了门前，门公却告诉他，主人临时出门了。徐青君好不失望。后来，听说阮大铖的同年好友马士英也来了，现正在花厅候茶。徐青君想，先听听马士英的主意也好，便带着计成进来了。

徐青君同计成到了花厅，却不见马士英的影子。一个仆人回话说："马老爷到咏怀堂看排戏去了。"徐青君便不停留，带着计成又赶到咏怀堂来。

咏怀堂内灯火通明。一群小女孩儿正聚在大堂中央的红氍毹上，有的坐在一旁弹琴吹笛，有的正在走场唱曲。戏曲教习臧亦嘉，亲自掌着鼓板。他大约有四十多岁，长得苍白清秀，下巴没有蓄胡子。他全神贯注地掌握着排练，每当发现有人奏错了音调，或是唱错了板眼的时候，他就吃疼似的眯起一只眼睛，同时更加用力地敲击鼓板，仿佛要以此提醒出错的人注意。

不过，徐青君并没有留意这些。他一眼看见马士英正坐在上头的一张花梨木攒牙子翘头案后面，一边看戏，一边自斟自饮，他就气咻咻地叫起来："啊，瑶老！岂有此理，气死人了！"

红氍毹上的演出被扰乱了。伶人们一个个停止了动作，惊疑不定地转过头来。

马士英错愕了一下，看清是徐青君之后，他的神色就恢复了平静。"哦，青君兄。"他淡淡地说，扶着桌子，缓缓地站立起来。

马士英是个蓄着山羊胡子的干瘦老头儿，靠六十岁的样子，大脑门、尖下颏，当中一个骨棱棱的鼻子，表情阴沉而冷峻，经常紧抿的嘴角儿，有一道刚愎暴戾的皱纹。他是万历四十七年的进士，曾任右佥都御史，巡抚宣府。崇祯五年因私自盗用公库的钱钞，贿赂权贵，被人参劾，得了死罪，全靠阮大铖为他花了重金打通关节，才改为"免死谪戍"。期满后，他就跑到南京来当寓公。马士英同阮大铖本有"同年"之谊，又多亏阮大铖拼力相救，再加上两人都丢了官，同病相怜，所以一拍即合，很快成了死党，一天到晚凑在一块喝酒行乐，咒地怨天。自然，他们暗地里也没有放松向朝中的当权者积极活动，指望有朝一日重新复官，东山再起……

"瑶老，给小弟出个主意，小弟要狠狠地教训复社那班瘟生！"徐青君走到马士英跟前，拱着手又叫。

马士英疑惑地瞅了他一眼，还了一揖，接着又同计成行过礼。他没有说话，朝旁边的一张空着的平头案做了个让座的手势，自己就在原来的位置上坐了下来。

徐青君不由自主地坐到椅子上，计成也随后坐下了。旁边伺候的小仆童立即端上来几样精美小吃，摆上酒盅，又替他们斟酒。

徐青君抓起筷子，随即又把它扔到桌子上。

"瑶老——"他急切地把脸转向马士英。

马士英抬起一只手，做了个"等一等"的手势，然后，用平静的声调对堂下说："接着演！"

于是中断了的乐曲又重新开始演奏。红氍毹上的旦角也款摆着腰肢，走着台步，咿咿呀呀地唱起来。马士英这才偏过脸，不慌不忙地问："唔，青君兄方才是说——"

徐青君眨眨眼睛，对于马士英的傲慢与冷漠颇为不快，但是却不得不放低了声音。

"瑶老，小弟给复社的人欺负了！"他恨恨地说，于是把刚才路上发生的事一五一十说了一遍。不过，他隐瞒了其中两点：一是不说被诈去的一百五十两银子里，有五十两是自己为着炫耀富有，压倒对方，主动加上去的；二是不说侯方域等人已当众宣布，要把这项银子拿去赈济饥民。

马士英一边看演出，一边心不在焉地听着。但是不久他就转过脸来，眼睛也渐渐睁圆了。终于，他把桌子一拍，怒声说：

"岂有此理！堂堂留都之地，岂容他们如此胡闹！"

"小弟倒不是心疼银子！"徐青君愤愤地说，"只是他们欺人太甚！这口气，小弟怎样也咽不下去！"

本来已经恢复排演的那一班伶人，被马士英一声怒喝，吓了一跳，莫名其妙地又停下了。后来弄明白老爷们的火气并不是冲着他们来的，也没有让他们停演的意思，才犹犹疑疑地又接着演下去。不过经这两番干扰，他们一个个都显得心神不安，接二连三地错步、唱走板，弄得臧亦嘉一个劲儿地皱眉头、叹气。

"哼，如此胁迫敲诈，与当街行抢何异！"马士英怒气不息。

"对，对，他们就是当街行抢、抢我的！"徐青君憋着嗓子叫。看见这个冰冷阴沉的老头儿居然动了真怒，他喜出望外，回头同计成交换了一个眼色，然后，把身子倾向马士英，热切地瞅着对方的脸孔，期待他说出不寻常的话来。

可是，马士英说了那两句话之后，就靠在椅背上，垂下眼皮，一动不动，也不再说话。

徐青君眼巴巴地等了好一会儿，渐渐有点不耐烦，正想催问。忽然，马士英又开口了。

"嗯，前几年，"他缓缓地说，没有抬起眼睛，"记得有个叫徐怀丹的，作了一篇声讨复社的檄文，其中列举该社十大罪，道是僭拟天王、妄称先圣、煽聚朋党、妒贤树权、招集匪人、伤风败俗、谤讪横议、污坏品行……嗯，还有、还有……"

"还有'窃位失节''招寇致灾'！"计成提醒说。这篇檄文，当时南京城里城外到处张贴，辗转传抄的也不少，颇轰动了一阵子，计成也曾读过，所以记得。

"嗯！"马士英点点头，依旧耷拉着眼皮，"当时读后，我便觉得他言之过甚，并不足信，复社那班士子再不怎样，好歹也是些读书人，这圣人之言、纲常之教是自幼习熟的，其中不少还是官宦子弟，诗礼传家。污秽之行，容或有之，若说全体如此，而且意在谋逆，却令人觉得兹事太奇，难以置信……"

马士英说到这里就顿住了，仿佛在思索。徐青君却听得糊涂起来，连忙说："啊，瑶老——"

可是马士英立即挥手止住了他。

"即以第一罪而论，所谓'僭拟天王'，我以为就必无此事！"他断然地说，睁开了眼睛，"徐怀丹檄文列此为首罪，其所据者，乃系张溥表字天如——'天如'者，'如天'也，岂非自比天王？其实大谬不然，大谬不然！'天如'者，不过取广大普遍之义，虽不免乖张狂妄，却未至于自比天王，若'天如'便是自比天王，那么足下字'青君'，岂非自比东帝？足下果然肯应承么？可见，徐怀丹此条，显属捕风捉影、罗织构陷！所列首罪即已如此，其余亦不问可知。所以，该檄文纯属一派胡言，毫无道理，全不足信！"

马士英斩钉截铁地连续下了这三个四字评语之后，就闭紧嘴巴，不开腔了。

徐青君同计成你看看我，我看看你，都被马士英这一席话弄懵了。他们真不明白，马士英方才明明是痛骂复社"无异当街行抢"，何以说着说着，倒全力替复社打抱不平起来？

计成摇摇脑袋，试探地说："瑶老，依小弟之见，徐怀丹檄文自有不尽翔实之处，不过似乎也并非全无可采……"

"不！"马士英的口气异常坚决，大有不容置辩之概，"大丈夫立身行事，须出以公心。似这等心怀私怨，深文周纳，指鹿为马，欲图一逞，乃是狗彘之行，绝无半点可取！"

徐青君目瞪口呆。他的脸色渐渐变得难看起来，终于悻悻然问："照瑶老这等说，复社那班人倒当真是正人君子了？"

马士英摇摇头："这又不然。适才听青君兄说，他们聚众勒索，当街行抢，实在已经形同匪类，哪里有半点君子、正人气味？此事而可为，又何事而不可为！说他们僭拟天王、妄称先圣、煽聚朋党、妒贤树权等等，只怕也是不假。"

他忽然又指斥起复社来，徐青君和计成却愈加摸不着头脑。

可是马士英根本没有注意他们的迷惑表情。"复社并未骂我，我与他们并无旧怨，"他淡淡地说，顿了一下，"我说他们'僭拟天王'，所据也并非'天如'二字，乃是依据其本心。他们既敢于当街行抢，可见已具贼性。但凡一个人有了贼心，那么一切贼言贼行，皆可由此发生，故此僭拟天王、妄称先圣、煽聚朋党等等，也就不足为奇了。先朝阳明先生说：'诛心中贼。'便是此意！"

直到这会儿，计成才多少有点听明白了。他不禁微笑起来："这马老儿原来刚愎自负得紧，他刚才极力贬斥徐怀丹的檄文，原来是为着显示自己的公正与高明哩！"

徐青君显然还不明白。他不放心地追问："这么说，复社到底并非君子了？"

马士英冷冷地瞧了他一眼，"当然不是君子！"他说。仿佛因为徐青君仍未领会他的谈话要旨，感到颇不耐烦，他提高了声音："他们是君子之贼，嗯，君子之贼！"

徐青君这一下懂了。他松了一口气，顿时高兴起来，连连点着头，拿起酒杯："对、对，君子之贼，君子之贼！哈哈，瑶老，不瞒您说，刚才小弟听您一路说下来，心里还真犯疑，怎么瑶老维护起复社那帮小子来了？没想到最后却藏着这么一篇高论！"

计成也拿起酒杯："瑶老方才力斥徐怀丹之非，乃是辨本追源，区分公私邪正。这叫作不因持论偶同而恕其心，只此一点，旁人便万万不能及！"

听了这两个人的恭维话，马士英却没有任何高兴的表示。大约他认为自己所说的，乃是导人向善的普通正理；对于普通的道理，是无须加以恭维的。

"瑶老，青君兄今日受此凌辱，你看这事该怎么办？"大家各自饮过一杯酒之后，计成这样问。

马士英的目光，这时已经回到了堂下的演出上。他没有立即开口。直到计成疑心他没听见，打算重复一遍时，马士英才反问："青君兄有何打算？"

"打算么……"徐青君转了一下眼珠子，"哼，小弟、小弟要诛他这心中之贼！"

"噢？"马士英偏过脸来，瞅着徐青君，"倒要领教！"

"这个，这个……"徐青君顿时结巴起来。他刚才只是灵机一动，顺着马士英的话茬儿混说，其实对那一句话的含义不甚了了。他着忙起来，一边支吾着，一边暗中去扯计成的袖子。

计成咳嗽一声，朝马士英拱着手说："瑶老，诛心中贼，乃是正人心、淳风俗之大计，非一时一日所能奏效。适才青君兄说这话的意思，也是就长远之计而言。至于目前嘛，但能对复社之徒小施惩戒，以雪心头之愤，也就足矣。此事还望瑶老指教哩！"

徐青君连忙说："正是正是，此等不逞之徒，非得痛加惩戒不可！"

马士英长长地"哦"了一声，似乎颇为失望。他淡淡地说："惩戒之道，却非我所长。待会儿圆老回来，二位自去请教于他好了！"

书房奥妙

马士英的话音刚落，忽然大堂门口有人高声大叫起来：

"哎，不对，不对，不是这样！"

大家一怔，回头望去，原来阮大铖不迟不早，恰巧在这当儿回来了。

阮大铖是个中等身材的胖子，今年也有五十五六岁了，扫帚眉、圆鼻头、大嘴巴，一双乌溜溜的眼睛挺有神采，下巴上挂着那部有名的大胡子。他虽然腆着一个大肚子，走起路来却像一阵风。现在他急步地朝大堂中央走来，脸上显出气急败坏的样子。

徐青君和计成站起身,打算同他招呼。可是阮大铖没有瞧见。他走到那群正在演戏的伶人跟前,就站住了。

"咄!停下,停下!"他大声叫。

伶人们立即顺从地停下了。

"你们——"阮大铖的眼睛发怒地圆睁着,胡子一翘一翘地在喘气,"你们这算是演戏?啊!你们这是成心糟蹋我的戏本!"他跺着脚嚷。

伶人们惶恐地动弹了一下身子,一个个都自知有罪地低下头去,不敢接触他霍霍的目光。

"你——"阮大铖指着那个唱小旦的女孩儿说,"'日正长时春梦短,燕交飞处柳烟低',这两句宾白你是怎么念的?"随即他自己憋着嗓子,模仿那小旦的声调念了一遍,故意把其中的缺点加以夸张、突出,使之听起来显得异常古怪刺耳。那小旦顿时面红耳赤,战战兢兢地跪下去。

徐青君和计成都撑不住,笑了起来。

阮大铖却绷着脸,"还有你!"他指着另一个唱旦角的少女,"'曳金铃,绣幕风儿紧,看花影,在纱窗映'这几句,唱得就像猫儿叫!啊——"说着,他也用稀奇古怪的调门儿学她唱了一遍。那旦角面色煞白,极力忍着涌到眼眶来的泪水,也双膝跪倒在地上。

这时候臧亦嘉放下鼓板,走过来拱着手说:"东翁……"

阮大铖猛地回过头:"啊,原来你还在这儿!我只当你也学苏昆生的样,跟东林、复社跑了呢!原来你没有跑,很好很好!那么请问,这个班子你是怎么带的?啊!"

阮大铖家的这个戏班子,原先是由一个名叫苏昆生的老头儿调教的。苏昆生是个老戏行,教戏很有一套,阮大铖对他好生优礼。谁知到了崇祯十一年,复社诸生发表《留都防乱公揭》,苏昆生读后,大受震动,当即提出辞职。阮大铖千方百计挽留不住,才改聘臧亦嘉来当教习。这件事,阮大铖一直引为平生恨事,轻易不愿提起。今天他当着许多人的面突然又说起来,臧亦嘉就明白,主人实在是气愤到了极处,才这样急不择言。

"说啊,这个班子你是怎么带的?"阮大铖又大声质问。

臧亦嘉的喉头动了几下,张了张嘴,却没有说出话来。他心里感到很为难:今天这出《燕子笺》演得十分糟糕,这点他当然知道。但是这不能全怪这群小孩子,甚至也不能全怪自己指导不力——座上的几位客人,根本不是在看戏,他们高谈阔论,大嚷大叫,演员和乐工的心思全给扰乱了,就是自己,也集中不起精神来。加上又是刚刚开排的戏,唱、念、做、打全都不熟,结果就弄得一团糟。然而,臧亦嘉十分明白,在这种场合下是不能申辩的,指摘客人的不是,尤其绝对不行。他犹疑了一下,只好拱着手说:

"东翁责备的是,门下管教不严,有辱东翁委托之殷,今后定当改过,尚祈恕罪!"

阮大铖目不转睛地瞪着臧亦嘉。他的嘴巴还在翕张着,可是渐渐地,表情起了变化,绷得很紧的脸开始松弛,凶猛的目光变得阴沉起来。一种心有未甘,但又无可奈何的神情从他的脸上呈现出来。他向四面环顾一下,忽然转过身,朝马士英走去。

"啊哈,瑶老,你来了!"他拱着手说,又轻快地转向徐青君和计成,"青君兄,无否兄,你们也来了!是同瑶老一块来的,还是你们先到?"

"是瑶老先到,我们随后才来。"计成回着礼说。

"啊,好、好!"阮大铖点着头,显得很高兴的样子,"好、好!"他反复地说,重新转向臧亦嘉:

"哎,老臧,你可别多心!你教导有方,尽职尽责,我平日都是深知的!只是刚才,刚才——哎,不说它了。总之你我莫逆之交,纵有言语冲撞了你,也请休怪!今儿你们辛苦了半天,想都困乏了,所以唱着唱着就懈怠起来也未可知。今儿就到此为止,你带她们下去好好歇息。回头我叫赵管家称二十四两银子过去，明儿再放一天假，让大伙儿透透气，乐一乐。你臧老爸也歇一歇，来陪我喝酒！"

臧亦嘉恭恭敬敬地答应着，又向客人们一一行礼告辞，领着女孩儿们下去了。

"啊，圆老！几天不见，原来你又有新作！我们瞧了半天，只觉得好，却不曾问得是何名目，倒要请教！"徐青君笑嘻嘻地恭维说。

阮大铖脸一红，一本正经地说："哦，这个戏的名字叫《燕子笺》——青君兄，你这话可是取笑小弟了。刚才这样子，你还夸演得好？错位、走板不算，就拿刚才演到的这出'闺痊'来说，一开头就全不对劲儿！那梅香一出场，开口念一段宾白，'日正长时春梦短，燕交飞处柳烟低'——明明是一派大清晨晓日初升的景象嘛。那梅香是站在闺楼上，本该一边念白，右手撩开帘子，左手这么轻轻一指，一个眼色儿，嘴角儿这么微微一笑：哟，太阳出来了！"阮大铖一边说，一边学着小姑娘的姿态，扭扭捏捏地扮演着，居然惟妙惟肖。"可是方才那唱小旦的，偏生把下颏儿仰得老高，那不成了日上三竿了么？刚才我骂她，也是这个缘故！唉，青君兄，亏你还说好，羞煞我阮胡子！"他说罢，把脑袋摇得像个拨浪鼓似的。

计成忍住笑，说："那小旦演得果然不到火候。不过我们只觉得戏文好、曲词美，倒把那做工不足遮掩过了。"其实，计成也同徐青君一样，刚才根本没有留心看戏。

阮大铖这一下却高兴起来。他眉开眼笑地说："无否兄，你这话可是搔着我老阮的痒处了。不瞒列位说，这《燕子笺》，乃是我平生第一部得意之作。虽不敢自夸能追步汤若士的《玉茗堂四梦》，但同什么《贞文记》《绿牡丹》之类相比，自问还高一筹！"

"圆老，先别顾谈戏了。青君兄还有事要同你商量呢！"马士英站在一旁,看见阮大铖一谈起戏来就像着了魔似的,手舞足蹈,心中颇不耐烦,就截住他说。

阮大铖"哦"了一声,询问地望着徐青君。

徐青君被提醒,脸色顿时沮丧下来。于是,他把被复社诸生欺凌的事,又向阮大铖说了一遍。

阮大铖哼哼哈哈地听完之后,仰起脸,朝大堂楹柱上挂着的一盏八角宫灯愣了会儿神,随即回过头来说:"这里不是谈话之所,且到弟的书房里去,坐下细说如何?"

大家都没有异议,于是由小厮提灯引路,一同离开咏怀堂,沿着曲折的回廊走去。

阮大铖的书房设在一个独立的小小庭院里,是一明一暗的两间平房,外面照例是花草木石,室内却布置得出奇的简朴。特别是里面一间,只有数架图书,一张长榻,几把椅子;书案上除了笔墨纸砚之外,并无任何珍奇玩好之类的摆设。墙壁上也只是正中一面挂了一幅《百子山樵笠屐图》,画中的阮大铖头戴斗笠,脚蹬木屐,一副世外闲人的神气。只是两旁的对联却与这画并不相称。那联语是:

有官万事足
无子一身轻

下署:百子山樵并书崇祯十年元月吉日

徐青君是头一次走进阮大铖的书房。他满心以为石巢园到处都是珠帘绣幌,陈设精奇,这书房想必也是极其华美讲究。万没料到竟是如此简朴,甚至寒碜,脸上不禁露出惊讶的神色。

阮大铖一直在留意他的反应,这时看见不出自己的所料,就得意地微微一笑。等大家坐定,仆人重新奉上茶来之后,阮大铖这才不慌不忙地开口说:

"青君兄想必以我这书室简陋过甚为怪了？这里头却有一个道理——前几年，我被复社那伙人逼逐，只有躲到牛首山祖堂寺去住。当时所居僧房，十分简陋，也只这么一所斗室，而且只有两椅一桌，连门也不敢多出。不过说来也怪，偏是这样的陋室中，我反而万虑俱洗，胸无杂念。每夕三更之后，灯前独坐，便飘飘然神游于别样境界，握笔展纸之际，竟是文思喷涌，如有神助，数月之内，一口气写出了《桃花笑》《井中盟》《双金榜》，你道奇也不奇？"

计成"啊"了一声，脱口说道："莫非这书房竟是依照祖堂寺的模样布置的？"

阮大铖点点头："不错。由此我悟出一个道理，以往我之所以文思不振，皆因眼前的锦绣珠翠太盛，窒碍了心头空灵之气。故此回来后，我便命人把一应多余陈设尽行撤去，单留下这几样东西。尔后，哈哈，果然就大不相同！便是这部《燕子笺》，也只费了两个月的工夫，便写出来了。"

徐青君听得张大了嘴巴，连正题都忘记了。他怎么也想象不到，这书房的布置原来有如此奥妙。

马士英冷笑一声，说："那么圆老倒是该多谢复社才是了！"

阮大铖拍着又肥又圆的膝盖，一本正经地点着头说："正是正是，他们虽然对我不够客气，可是我现在却不恼他们。要没有他们那一次捣乱，我这四五本传奇，只怕真还未必写得出。说起来，他们可算是我咏怀堂的功臣哩！"

徐青君错愕了一下，随即放心地微笑起来。他想起了方才同马士英谈话的时候，开始也是这样的。"这些老奸巨猾的老家伙，总爱故弄玄虚！"他想，于是用了狡黠的口气问："圆老，你当真不恨复社？你？"

"当真不恨，当真不恨！青君兄，我劝你也别恨。他们这些人性子是激烈了点，可也不见得便是歹人。譬如他们刚才敲了你一百五十两银子，无非见你有的是钱，同你开个小小的玩笑，其实也不是装进自己的腰包。他们不是转眼就拿去赈济饥民了么！"

"啊，你，你怎么都知道？"

"我什么都知道，什么都知道。我刚才出门，满街的人都在说这件事。赈是他们放的，银子却是你徐二公子的，这谁都知道。没有你徐二公子，他们想放赈也放不成。所以真正做善事的其实是你！他们本想敲诈你，却反而促成了你这桩善举。这也正像我写传奇一样，你又何必恼他！"

徐青君"哼"了一声。"圆老，你这不是在打哈哈吧？"他斜瞅着阮大铖问。

"打哈哈？"阮大铖故作惊讶地说，"不，绝对不是！为什么要打哈哈？我顶顶讨厌打哈哈了！"

徐青君这才真正愣住了。他大惑不解地瞧瞧阮大铖，又瞧瞧马士英。后者此刻端坐在椅子上，默默地捋着山羊胡子，正在闭目养神，摆出一副绝不介入的神气。

"可是我非报此仇不可！"徐青君突然跳起来高叫。

"啊，青君兄一定要报此仇？"

"当然要报！"徐青君那苍白的胖脸竟也被愤怒逼出两片潮红来，他吵架似的说，"我是小人量窄！可没有你圆老的君子大度！也不像你圆老这样、这样——"他噎住了，一下子找不到合适的词句，急得眼珠子乱转，像是要抓住能帮助他说下去的倚仗似的。忽然，他的眼光落在正墙的对联上：

"这样，这样'有官万事足'！"

阮大铖的脸刷地红了，就像被人无意中戳破了心事似的。可是只一忽儿，他就恢复了常态："哎，青君兄一定要报仇？这很好，很好！我不反对，更不阻拦，令兄魏国公是留都守备大人，有他，青君兄这仇一定是报得成的！"

徐青君冷笑一声："这个么，倒不劳圆老指教，小弟自有计较——好，就此告辞！"

徐青君说着，朝马士英和阮大铖拱一拱手，然后把袖子一拂，气哼哼地领着计成往外就走。

"哎呀，青君兄这就要走？不再坐会儿，喝杯酒再去？那，既然如此，就不敢强留了。哎，这边走，这边……"阮大铖唠唠叨叨地说着，一路送了出去。

过了片刻，阮大铖擦着汗，重新走了回来。

"哎，可把这个花花太岁打发走了！"他说，一屁股坐到椅子上。

"嗯，你就真的一个主意都不肯替他出？"马士英问。

"咦！"阮大铖抬起头，一拍膝盖，"我怎能给他出主意？我现在讨好复社还怕来不及，若是给他出主意，万一传出去，那班书呆子还放得过我？现在我就希望这花花太岁出去嚷嚷，说我拒绝了他，这才好哩！"

马士英摇摇头："他虽是个浮薄纨绔，到底同我们结交了一场。你这样半句好话不说，就轰跑了他，也忒薄情了些。"

阮大铖满不在乎地说："你只管放心！我包管不出三天，他还得乖乖儿到石巢园来找我们。我瞅准了，他要玩得痛快，他离不了我们！"

"可是他心里必定把我们看作无义小人了！"马士英皱着眉毛。

阮大铖"哼"了一声，生气地嚷："由他去，由他去！小人就小人！都到这种地步了，再硬充什么王八伪君子，我阮大铖就只有一辈子蹲在南京城里当寓公！"

马士英冷冷地说："我担心你到底是水中捞月一场空——复社那伙人，你以为他们当真会放过你？"

阮大铖怔了一下，随即摇着头，用恶毒、得意的声调说："这你就不知道了！刚才，你知道我去做什么？去会一个人。你猜得出这人是谁？哈哈，不是别个，乃是堂堂东林巨魁、君子们的头儿——钱牧斋的堂兄弟钱养先!"

阮大铖说完这句话,故意停了一下。看见马士英不由自主地收起不以为然的表情,正留神地瞅着自己,阮大铖更加得意:"钱养先替钱牧斋传话给我,说他已将我诚心相结之意,周知各方,并征得多数人士同意,准备在三月二十八虎丘大会上正式作出公议,让我静候好音哩!哈哈,怎么样,君子们来投降了,没有想到吧?"阮大铖说着,开怀大笑起来。得意的响亮的笑声冲出窗外,吵醒了树上栖息的鸟雀,使它们扑扇着翅膀,啪啪地惊飞起来……

阮大铖笑过一通之后,回头看看马士英,见他仍旧皱着眉毛,现出将信将疑的神气,就站起来,拍拍他的肩膀说:

"瑶老,此事假不了!钱牧斋自从崇祯二年丢了官,整整十三年不能起用,他的心里,只怕比我们还着急呢!有这样一个机会,他怎肯白白放过!我料定,他拼老命也非要把这件事办成不可!你只管放心好喽!"说罢,他兴冲冲地转过肥胖的身躯,望着墙上那副对联,拈着大胡子,摇头晃脑地吟诵道:

"'有官万事足,无子一身轻'!阮大铖呀阮大铖,你天生奇才,学兼文武,胸罗万卷,满腹经纶,老天爷又怎会让你永远闲却这副好身手?这一天,不是终于来了么!"

第四章
遇淫威宛娘惊虎口，激义愤书生斥牙行

寺内搜人

钱谦益和柳如是到苏州已经两天了。他们没有进城，下榻在阊门外彩云里已故徐太仆家的东园。徐太仆名时泰，万历年间进士。他家是三吴数一数二的巨富，在苏州拥有的园林房产不下七八处之多，这东园是徐太仆暮年静养之所，虽然不甚宽敞，却颇为清静幽雅。钱谦益深喜它境界不俗，出入苏州时，每每在这儿落脚。

由于事先约定要到苏州来聚齐的陈在竹和钱养先一直不见踪影，钱谦益对于这半个月来，他们二人在外间活动的情形至今摸不清底细。眼看已经是三月二十三，再过五天，就是虎丘大会。虽然这两位心腹族人的办事本领都是可以信赖的，但是这一次的使命非比寻常，而且时间紧迫，因此钱谦益始终暗暗悬着一份心，生怕会出什么娄子。

钱谦益的担心，说来也并非多余。一个多月前，他得到内阁首辅周延儒传来的信息，讽示他运用自身在士林当中的威望和影响，设法促使东林、复社方面停止对阮大铖的激烈抨击，改而采取比较宽容的态度，以此作为他钱谦益复官起用的一种交换条件。当时，钱谦益就颇为犹豫，而且对于周延儒的刁难要挟深为气愤。不过，他苦苦等待、钻营了十三年之后，终于出现这么一个转机，却又无论如何都舍不得轻易放弃掉。他隐隐预感到，这是他的最后机会，如果加以拒绝，他也许将会抱憾终生，死不瞑目。因此，

踌躇再三，钱谦益还是横下了心，决定冒险尝试一下。

经过同陈在竹、钱养先，自然还有柳如是，反复磋商研究，钱谦益同意了一个在他看来比较可行的计划。这个计划是这样的：按照他们的估计，替阮大铖开脱的主要阻力，当然是来自复社。不过在复社当中，真正坚决强硬反对阮大铖的，除了少数像吴应箕这样的激烈分子之外，还有就是陈贞慧、黄宗羲、顾杲、侯方域这批东林党人的后代，他们的父祖辈在魏忠贤专权的时代，曾受到严酷的迫害，对于阉党有不共戴天的仇恨，让他们捐弃旧怨，宽恕阮大铖，看来是办不到的。不过，在整个复社当中，以上两类人毕竟是少数，多数的成员，与阮大铖其实没有什么了不得的仇怨，无非瞧着现时在士林当中，骂阉党、斥小人是件时髦的事儿，于是也跟着瞎闹腾，希望借此出出风头，博得个"君子"的美名。近几年来，事实上已经有一些人对这种没完没了的"门户之争"颇感厌倦，流露过和衷共济的想法。如果设法联络第三种人，再通过他们说服第二种人，那么就能够把相当大的一批人争取过来。此外，看来同样重要的是：目前复社的成员虽然人人都以"清流"自居，以"君子"自命，实际上其中却分门立派，各有各的小圈子，利益、打算都不相同。过去已经是面和心不和，自从复社的创始人张溥于去年逝世之后，各派之间的明争暗斗，更加日甚一日。如果能巧妙利用他们的矛盾，使之尖锐激烈起来，那么到时又可以争取到一批人。只要把大多数人拉到自己这一边，剩下的少数人士纵然强项顽固，也无济于事了。

基于这样的分析和估计，他们决定首先从两个方面来实施他们的计划：一方面，派钱养先带着几名族中心腹子弟，到扬州去找郑元勋。因为郑元勋曾经向钱养先表露过对于目前这样压制阮大铖有不同看法，加上他又是本届复社大会主持者之一，只要说动他，再通过他去联络说服其余的人，事情就会顺当得多。鉴于平日郑元勋对钱谦益奉若神明，巴结得不得了，估计钱养先此行问题不大。另一方面，则是派出陈在竹，也带着几个得力的子弟，到松江一带去活动，散布吴应箕、陈贞慧等人对旧几社一派人极端不满，认为他们成心拆台，搅乱社局，以便取而代之，因此准备在虎丘大会上同他们摊牌算账的谣言，从而煽动旧几社一派人的愤怒，使之在未来的斗争中即使不倒过来，至少也保持中立。当以上两个方面都办成之后，接下来，就在虎丘大会上，由郑元勋发难，钱家的族人弟子群起响应，提出宽宥阮大铖的主张，并且凭仗多数作出公议，布示四方，上达朝廷。只要能做到这一步，事情就算成功了。最后，根据柳如是的建议，在整个计划进行的过程中，钱谦益都避免直接出面，只在幕后调度指挥。这样，万一事情失败，也不至于严重损害钱谦益的声誉和地位。

这个计划，陈在竹和柳如是都觉得比较切实稳妥，钱养先尤其乐观，认为已是万无一失。受了他们的鼓舞，钱谦益的劲头也来了。事实上，一旦摆脱了开始那种犹豫消极的状态之后，他所表现出来的巨大热情和过人精力，使手下的人都为之惊讶。为了推动计划的实施，近一个月，钱谦益已经全力以赴地行动起来。他先修了一封措辞得体而又意思明确的信，托人送往北京，向周延儒表示态度；同时，又再拿出几千两银子作为活动费用，交给陈在竹和钱养先带上，命他们立即分头出发。这之后，他就开始利用他在士林中的崇高声望，一改近几年懒于见客的习惯，对于来访的人士，不论贵贱高低、熟与不熟，一律给予接见，优礼相待；对于他们的请托要求，也尽可能给予满足或帮助，使这些人一个个都受宠若惊、大为感动；受到恩惠的，对他更是满怀感激。消息一传开，又招引来更多的拜访者。以至到后来，半野堂前竟弄得一天到晚轿马不断，城里城外的客店都住满了等待接见的人。钱谦益也不辞劳苦，一边服着参汤，一边抖擞精神接客。在这期间，他自然也想方设法散布例如"虏寇交煎，国事日危，亟宜平息党争，和衷共济"一类的论调，只是回避不提阮大铖这一点。这样一直忙了将近一个月，眼看同陈在竹、钱养先约定的会合日期已到，他才带着柳如是匆匆赶到苏州来。然而，令人不解的是，几天过去了，陈、钱二人却没有一个回来复命，钱谦益就有点担心了。他不由得开始想，自己是不是把事情估计得太简单？事实上吴应箕、陈贞慧那一帮子人数虽少，在复社当中的影响力仍然相当大。加上阮大铖是钦定逆案中的成员，是狗彘不如的阉党儿子，这种观念十多年来已经在人们的头脑里生了根，一旦要加以改变，绝不是件容易的事。何况，士林当中的情况相当复杂，人人都熟读诗书，脑瓜都会绕弯子，要完全骗过他们并不容易。不错，他们之间确有纠纷，而且相当尖锐。善于利用这些纠纷，固然有可能达到目的；但是反过来，也会恰恰因为这些莫名其妙的纠纷，使再好的计划也葬送掉……

不过，钱谦益内心虽然烦躁，表面上却依然保持从容镇定。他对于下人的态度，甚至比往常更温和一些。今天早上起来，丫环红情失手打破了一只细瓷盅子，把刚炖好的参汤洒了一地毯。要是在平时，钱谦益难免会皱起眉毛申斥两句。可是今天，他只是淡淡地叫她收拾干净，就完了。钱谦益这种"不示人以迹"的处事涵养，自然瞒不过他的那位绝顶聪明的如夫人。只是，即使柳如是，这会儿也在暗暗着急，想不出用什么话来安慰他。而且她还不愿多问，生怕加深了钱谦益的忧虑。所以此刻，当两人在挹峰轩中摆开棋局对弈，钱谦益接连下错了数子之后，柳如是便含笑推开棋枰，说：

"这天气怪困人的，我也没劲儿再下了，想去歇会儿。相公在园子里窝了两天，想必也闷得慌哩，何不到外面散散心？"

钱谦益本来就没有心思下棋，听见柳如是这样建议，他点点头，站起来，等红情服侍他换过衣服之后，便携了一支藜杖，叫了一名小厮跟着，慢慢地走出外面去。

钱谦益来到大门口，就站住了。他扬起脸，朝彩云里南头眺望了一阵，直到断定无论是陈在竹还是钱养先的影子，都不会很快出现之后，才失望地转过身，信步向西园行去。

西园也是徐府的产业，跟东园隔着一截街道。徐太仆死后不久，他的儿子把西园东面的一片住宅舍做了佛寺，取名戒幢寺。寺内的住持茂林法师，是一位有道高僧。钱谦益因为常在东园落脚，也就认识了茂林，平日谈经论禅，彼此颇为投契。现在钱谦益想找个人解解闷，便自然想到了他。

正是春天进香的季节，街道上，来来往往净是从四乡赶来进香的客人，有男有女，有老有少，或者乘轿，或者步行，不少人还背着包袱、挑着箩担，在又窄又长的街道上挨着、挤着，那些低矮浅窄的茶馆，生意清淡的香烛店，像着了魔似的，一下子紧张忙碌起来，出现了前所未有的活气。显然，尽管四乡都在闹饥荒，米价腾踊，人心惶惶，但是人们奉祀神灵之心，却丝毫不敢懈怠。他们宁可把裤腰带勒得更紧一点，也要设法拿出尽可能多的香烛和捐赠，再加上更虔诚的祷告和许愿，希望求得神明的垂悯，保佑自己及亲人的福禄康宁……

钱谦益夹在香客当中，来到悬着"戒幢律院"横匾的山门前。他稍稍停留了一下，将门外那些摆卖香烛元宝、胭脂簪珥、牙尺剪刀以至经典木鱼的大小摊档浏览了一遍，发现并无看得上眼的货色之后，才慢慢地踱着方步，走进寺中。

戒幢寺的规模不算太小，一共三进，两边还有别院。寺前的部分本是门厅，现在改成了四天王殿；寺后是藏经阁和僧舍。居中一进的大雄宝殿，是大厅改建的，顶上加了一重飞檐，殿前筑起了露台，气象颇为宏伟。不过这样一来，两侧的厢房便显得低矮局促，不大相称。以往钱谦益也曾一再向茂林住持指出这个毛病，不过茂林听了，总是合十低眉，念一声"阿弥陀佛"，说："罪过罪过，前次改建大殿，所费之资已抵百户中人之产，贫衲为此事至今不安，怎敢再生妄念！"现在，钱谦益发现两厢的景状依然如故。在殿前的空地上，分男女两边，密密麻麻地坐满了香客；露台上设着一架高脚香炉，炉上香烟袅袅，身躯瘦小而面目慈和的茂林法师身披袈裟，端坐于蒲团之上，正在向善男信女们宣讲佛法。

钱谦益因为耳背，开始听不清茂林说什么，后来走得近了，才听出是在述说《大庄严论经》当中的《尸毗王舍身饲鹰》的故事。故事的大意是说：古时有个尸毗王，精勤苦行，一心向佛。佛祖为了考察他心志是否坚牢，乃命天神毗首羯摩化作鸽子，他自己化作老鹰。鸽子躲到尸毗王的腋下。老鹰赶来索取，尸毗王不允，宁愿割自己身上的肉来换取鸽子的性命。老鹰同意了，但要求割下的肉须同鸽子重量相等。尸毗王命人拿来一杆秤，一边放鸽子，一边割自己的肉。谁知身上的肉一一割尽，仍然未抵鸽子的重量。尸毗王最后举身上秤，表示愿意把整个身子舍献出去。这时大地震动，诸天唱叹，佛祖显形，微笑嘉慰。尸毗王心志愈坚，合十作偈说：

> 我割身肉时，心不存苦乐，
> 无瞋亦无忧，无有不喜心。
> 此事若实者，身当复如故。
> 速成菩提道，救于苍生苦。
> ……

钱谦益无聊地站了片刻，估计这种讲经不会很快就完。他一心惦记着家里，只怕在他出来这会儿，陈在竹或者钱养先已经回来了，于是便悄悄转过身，打算退出去。这时候，一个长得斯文秀气的中年僧人，穿过人丛，走到了他的跟前。

"不知檀越光临敝寺，有失远迎，望祈恕罪！"那位僧人打着问讯说。

钱谦益"噢"了一声,连忙还礼。他认得这位僧人法名观照,是寺里的知客僧。"不敢,学生偶因小事来苏,下榻东园,闲着无事,前来走走。既是贵寺佛事正忙,学生就不打扰了。"

"檀越千祈留步。敝寺住持长老吩咐,请檀越方丈奉茶,他即刻便来。"知客僧恭敬地挽留。

钱谦益迟疑了一下,觉得不好推托,只得点点头,由知客僧在前引导着,朝方丈室走去。

还没走出大院,突然"哄"的一声,山门外骚动起来,一群香客神色惊惶地从四天王殿奔进了大院。接着,外面一个声音高叫:"前门、后门都把住了!休得放走一个!"

钱谦益微微一怔,不由自主停住了脚步。院子里听讲的香客,还有露台上的茂林法师和执事僧人不知道发生了什么事,都纷纷回头朝山门望去。

一会儿,只见堆挤在四天王殿前的香客们忙不迭地向两旁闪开,五六个头戴红黑两色帽子的衙役气势汹汹地走了进来。走在最后的,是个四十来岁的圆脸汉子。他头戴瓦楞帽,身穿鹦哥绿夹绸长袍,脚下三丝官履,一时倒瞧不出他是什么身份。

圆脸汉子来到院子里,就站住了。他叉开两腿,倒背着手,阴沉地转动着小眼睛,朝在场的人们来回扫视了几遍,最后目光停在露台上。

"谁是本寺住持?请出来说话!"他大咧咧地说,声音尖锐刺耳。

知客僧观照离开钱谦益,他快步走到那汉子跟前,打着问讯说:

"檀越光临敝寺,不知有何赐教?"

圆脸汉子翻了他一眼:"你就是住持?"

"不敢,小僧是本寺知客。"

"叫你们住持说话!"

"是！——不敢动问檀越高姓大名，以便小僧通报。"

圆脸汉子"哼"了一声，正想说话，一个衙役忽然走过来，指着大殿说："金爷，那妮子像是躲进里面去了！"

姓金的圆脸汉子眉毛一耸，喝叫："快搜！"

几个衙役立即朝大雄宝殿奔去。两廊上的香客，稍微躲闪得慢一些的，都被他们撞得东倒西歪。本来坐在院子里静静听讲的香客，吓得"哄"地站立起来，互相招呼着，拥挤着，都想找个安生的地方躲避。院子里顿时乱了套。

姓金的汉子蓦地大喝一声："不准乱跑！谁跑就锁谁！"

站在他附近的香客呆了一下，犹豫着站住了。其余的人没有听见，依旧乱钻乱躲。钱谦益给人挤在栏杆旁边，靠了小厮的大声吆喝和竭力保护，才没有被挤着。他进又不是，退又不是，心中好生懊恼："早知会碰上这种倒霉事，我便不来了！"他想。同时暗暗纳闷："这个姓金的不知什么底细，竟然如此骄横，连衙役都听他指派。他们到庙里来不知要搜拿什么人？"

这时候，只见露台上的茂林长老站了起来。他回头朝侍立在身后的几个僧人吩咐了几句。那几个僧人立即分头走下来，开始极力安抚香客，维持秩序。

茂林长老眼见院子里慢慢平静下来，才不慌不忙地步下台阶。他先来到钱谦益跟前，同他行礼相见。略事寒暄之后，茂林便摆摆手，命手下的僧人先把钱谦益送到方丈室奉茶，免得在这儿被人挤着了。钱谦益心里有事，本来无意久留，又碰上这么件意外的是非，更加扫兴，只想快点离开。不过，一来他不想太拂主人之意；二来，觉得在这种情况下，自己一走了之，似乎也不怎么好。于是，他只得点点头，心里却越来越别扭，觉得来苏州这两天，净碰上些倒霉的事，仿佛预兆着此行并不吉利似的。

"喂，你们往哪儿走？"姓金的汉子蓦地吆喝起来。这时，钱谦益正没精打采地跟着一名僧人，打算朝方丈室走去。

"我说了,谁也不许乱跑,你聋了吗?"姓金的汉子看见钱谦益没有停步,他猛地蹦过来,气势汹汹地企图阻拦。

钱谦益站住了。一股无名怒火猛地升腾起来,但他仍然极力克制着。他缓缓回过头来,冷冷地瞧着姓金的汉子,一言不发。

"哦,这位是常熟的钱牧斋檀越。"茂林长老连忙跟过来介绍说。也许因为看见姓金的来头不小,而且蛮得可以,生怕钱谦益会吃眼前亏,茂林的语气有点急促。

"钱檀越早年官居礼部右堂,又是东林领袖、文坛宗主,京里也是大大有名的!"茂林很快地补充说。他情急之际,不知不觉地用了一种夸耀的口吻,说过之后,才似乎颇以这种"面谀"为可羞,自己反而脸红了。

钱谦益尖利地瞥了茂林一眼。"你是什么人?"他问姓金的汉子,口气依然十分平静。

听说钱谦益曾经官居礼部右堂,那姓金的汉子似乎呆了一呆,但是刚才他的横蛮劲头使得太满,众目睽睽之下很难兜得转来。他瞪了几次眼睛,又使劲地咽了一口唾沫,才勉强地拱一拱手说:"原来是钱老爷,在下金三,是京里国丈府里派来姑苏公干的,适才不知老爷,多有冲撞,休怪!"

金三报出来历,茂林等僧人听起来还不怎样,站在四周静待发落的香客都不约而同打了个寒噤。有人"啊"地叫出声来,立即又惊恐地窒住了。院子里刹那间更加寂静,微风吹拂树木和鸟儿啁啾的声音听来格外分明。

钱谦益顿时醒悟了:"怪不得他如此骄横,还能动用衙役,原来背后是这样一座大靠山!"钱谦益早就听说,国丈田弘遇最近派人到苏州来采买女孩子,名是采买,实际上只要是看上了的,就连逼带抢,也不管对方愿意不愿意。所以近两个月来,弄得姑苏城里,市井骚然,人心惶惶。大凡长得好看一些的女孩儿,都设法躲藏起来。那些艳名久著的妓女,就更不用说了。本来,田弘遇贵为国丈,富可敌国,对于流落青楼的女子来说,未始不是一个归宿之所。不过,一来田弘遇府内姬妾众多,而且还在不断增加,别说打算宠夺专房,就是要站稳脚跟也很不容易。二来,田弘遇还有一桩怪脾气,每逢有新人入府,开始他总是优礼迎娶,赐给珠冠蟒服,位列姬妾;但是三四天后,就立即贬为婢仆,呼来喝去,动不动就鞭笞毒打。去年,红极一时的秦淮名妓杨宛叔,被田弘遇抢回去之后,就吃尽了苦头。消息传来,把她的姐妹们都吓坏了。所以今年听说田国丈又派人来物色美女,平日稍有一点艳名的,都躲的躲、藏的藏,生怕跳出火坑之后,却掉进了地狱。眼前这个姓金的,八成就是干的这种勾当。只是,采买女孩子,怎么跑到寺院里来了呢?瞧他们刚才的架势,像是要搜寻什么人似的,莫非那女孩子竟逃进这儿来了?

"嗯,你来这儿做什么?"钱谦益仍然不动声色地问。弄清了金三是田弘遇手下的一名家仆,钱谦益反而放下心来。他同田弘遇多少还有一点交情,去年田弘遇奉旨到南海进香回来,路经南京时,两人还见过一面。当时钱谦益曾应田弘遇之请,写了一首诗送他。要在平时,冲着这份交情,钱谦益对这个金三自然会改容相见;可是此刻,不知为什么,他却涌起了一股要狠狠教训一下这个狂妄之徒的欲望,这种欲望又因为意识到它的愉快后果而变得强烈起来了。

"这,好教钱老爷得知,在下前两天走失了一个人口,嗯,是个女孩儿。有人看见她逃进寺里来,所以进来寻她。"

"什么样的女孩儿?叫什么名字?"

"她叫董白,又叫董小宛,也就十七八岁,鹅蛋脸,大眼睛,一笑俩酒窝,身量嘛,不高也不矮……"金三用手比画着说。

钱谦益不由得"噢"了一声。他不仅听说过这个女孩儿,而且还见过她,认识她。董小宛也是秦淮河的一位名妓,不仅美貌出众,而且心思明敏,琴棋书画固然不在话下,她还学得一手出色的刺绣，唱得一口呱呱叫的曲儿，就是人冷傲点儿，顶不爱凑热闹，人们都说她不像个旧院姐儿，倒像个隐居山林的女高士。

"嗯，找到了吗——这个董小宛？"

金三还没有来得及开口，进入大殿搜寻的那几个衙役匆匆走了出来，像是回答钱谦益的问话似的说："启禀金爷，没有找到。"

"啊，怎么找不到！"金三发急说，登时拉下脸来。

衙役们你看我，我看你，都没有吱声。

"再给我搜！"金三跺着脚叫。

"是，金爷！"衙役们答应着，迟迟疑疑地走开去。

站在前面的香客不由自主地后退了一下，后面的人跟着骚动起来，随即又怕冷似的挤到一块。

"人这么多，仔细瞧瞧，看看有没有躲在人堆里。还有，那些和尚的房间，都给我里里外外搜一遍！"金三发狠地命令着。

听说要搜查住房，在场的僧人都变了脸色，不约而同地望着茂林长老。

茂林的神色有点尴尬。他显然觉得对方并无官府凭信，便要搜查僧房，实在欺人太甚，但是如果不让搜查，又仿佛寺里真的藏着什么女孩儿似的，传扬开去，更加不得了。他犹豫了半晌，终于叹了一口气，说："搜吧，还是搜个清楚的好！"

如果金三不下令搜查僧房，或者虽然下令搜查僧房，但茂林长老不是这样回答的话，钱谦益也许就会对这件事罢手不管了。因为，最初他虽然打算教训金三，后来转念一想，迫在眉睫的那件大事还没有着落，实在没有必要去争这份闲气。他还想到田弘遇是当今皇上的老丈人，他的女儿田贵妃是皇上最宠爱的一个妃子。父女二人都是炙手可热的人物。将来自己入京复官之后，许多事情只怕还得仰仗于他，也实在不便得罪。但是，眼前这个姓金的家伙却不见好就收，似乎根本不把自己放在眼内；而茂林长老遭此凌辱，也丝毫没有向自己求援的表示，仿佛看透了自己并无能力保护他似的。这就使钱谦益感到了一种被人藐视的痛苦，而这种痛苦又由于近两天来的等待、烦恼和失望而变得难以忍受。"哈哈，瞧吧，钱谦益！在别人眼中，你已经成了这样一个无足轻重的废物了！"他恶毒、快意地对自己说。同时感到这些天来——不，这十多年来所积存下来的苦恼、怨毒和愤懑开始在胸膛里翻涌，他极力试图压抑它，却反而使它急剧地膨胀起来。

"慢着！"他费力地喊，声音是喑哑的、微弱的。

金三回头看着他，安抚地微微一笑。钱谦益却觉得，这微笑仿佛在说："老头儿，你就呆着吧！没你的事，你也拦阻不住咱！"

"站住！"钱谦益蓦地怒叫起来，声音大得连自己也有点吃惊，"不许你们胡作非为！"

全场的人，包括金三在内，都愕然呆住了。

"不许你们胡作非为，听见没有？"钱谦益跺着脚又叫。

"钱老爷，是这样的——"金三被钱谦益的气势所震慑，他的口气不由自主地软下来，"我们走失人口……"

"胡说！这戒幢寺是清净佛地，这位茂林长老是有道高僧，怎么会收藏你的女孩儿？"钱谦益瞪起眼睛。

"可是……"

钱谦益做了个"不要听"的手势："要搜查寺院，得有吴县、苏州的牌票！你有吗？要不——"他转向那几个衙役，厉声地说，"莫非你们身上带得有？"

那几个衙役是苏州府派出来协助金三办事的，事先并没有估计到要来搜查戒幢寺，当然也就没有什么牌票。他们一下子被问住了，张了张嘴，却说不出话来。其中也有认得钱谦益的，知道他同知府大人素有交情，在他的跟前，知府大人还得自称一声晚辈，这会儿见钱谦益发了怒，就更不敢应嘴了。

金三却似乎颇不服气，他挺一挺脖子，争辩说："钱老爷，我们可是给国丈爷办事。这个女孩儿，是国丈爷点着名儿要的，如今走失了，国丈爷责备下来，在下可是吃罪不起！"

钱谦益冷笑一声："国丈大人么，我也认识，去年他奉旨往南海进香回来，我还跟他见过一面。承他告诉我，他这次赴南海，是代皇上去给观音大士上香，祈求神明保佑贵妃娘娘玉体安康、早生贵子。观音大士当夜已经托梦国丈大人，谕示允可。但是现在——"钱谦益把脸孔一板，声色俱厉地说，"寺里正在进香，你却带了这些人前来骚扰滋事，大闹佛地，万一神明责怪下来，收回许诺，致使贵妃娘娘哪怕有一点儿差池不测，这个罪，你难道吃得起吗！"

这一番申斥，果然把金三吓住了。他望着钱谦益，现出畏怯的、惊恐的神色。终于，他低下头去，额角冒出点点细汗珠子，然而，很快地他又抬起头来：

"钱老爷，您老能担保那个女孩儿必定不在寺里？"

"我——担保！"钱谦益把藜杖朝地上一顿，断然地说。可是，随即他就有点后悔了。因为他知道，倘若这姓金的在别处也找不着董小宛的话，那么回到京里向田弘遇复命时，必定会把找不到董小宛的原因说成是他钱牧斋横加阻挠。如此一来，骄横跋扈的田弘遇就会迁怒到自己的头上，往后的种种是非风波，都可能由此而生。经过刚才的一通发泄，钱谦益现在逐渐冷静下来，开始考虑自己这样做是否值得了。

金三却分明松了一口气："好，有钱老爷担保，在下就放心了！"他爽快地说，随即满脸堆笑地拱着手，"钱老爷，在下金三，您老什么时候进京，派人呼唤一声，在下便立即过来侍候您老人家——刚才的事儿，请您老千万包涵着点，金三有天大的胆，也不敢骚扰进香，触怒神明！您老不信？这可是真的！将来国丈大人跟前，还仰仗您老多多周全哩！哈哈！真的，您老大人别生小人气……"

他啰啰唆唆地说着，看见钱谦益呆呆地一言不发，他就立即闭了嘴，回头招呼衙役，迅速地退出去了。

周围默默地瞧着的香客们，直到这会儿，悬在半空的一颗心才算着了地。他们开始嗡嗡地交谈着，移动着脚步，叹息、摇头，同时纷纷向钱谦益投来感激和敬重的目光。

茂林长老合十低眉，念一声"阿弥陀佛"，然后走上来，朝钱谦益深深打了一个问讯：

"多承檀越庇护敝寺，贫僧感激不尽！此处非说话之所，请入方丈奉茶。"

钱谦益没有作声。不知为什么，现在他忽然觉得，茂林那恭敬虔诚的声音里，似乎有一种乖巧的、愚弄的意味。他不由得投去冷冷的一瞥，随即摇摇手，领着小厮一言不发地朝山门外走去。

私藏小宛

"相公，你可回来了！再不回来，我可要着人去寻你了呢！"

当钱谦益回到东园，穿过楠木厅，走进他下榻的院落时，柳如是微笑着迎出来这样说。

"唔，有什么事么？"钱谦益步入起居室，把藜杖交给红情，漫不经心地问。

"自然有事，一件不大不小的事呢！"柳如是轻快地走上来，一边帮他脱下外衣，一边说。

"什么事？"钱谦益仍旧沉着脸。

"你猜？"柳如是偏着头儿说，虽然她已经看出钱谦益心绪不佳，却依然想用这种方法逗他高兴。

"嗯，要不是挺要紧的，回头再说吧。"钱谦益的声调里透着烦躁。他离开柳如是，脚步有点蹒跚地朝小书斋走去。

柳如是呆了一下，把外衣交给红情，连忙跟上来："怎么，哪儿不舒服？"她关切地问，伸手去探钱谦益的额角。

钱谦益摇摇头："不是，我只觉得，嗯，有点乏了。"他说，慢慢走到一张罗汉榻前，坐了下来。

柳如是顿时忙碌起来。她敏捷地移过一床被褥，让钱谦益靠上，又弯腰替他脱去鞋子，把他的两条腿搬到榻上，然后回头叫："红情，沏杯茶来！"

钱谦益点点头，闭上了眼睛。他感觉到柳如是温暖柔软的手在他的前额、脸颊和心窝不停地探测着，抚摸着。这是一种亲切的、怜惜的、令人心神宁帖的接触。钱谦益渐渐觉得轻松了一点。又过了一会儿，他勉强睁开眼睛：

"你要说什么事？"

柳如是摇摇头。她从红情手里接过香茶，送到钱谦益唇边："没什么打紧的事，回头再说吧！"

钱谦益费劲地支撑起身子，红情连忙走过来帮助他。钱谦益呷了两口茶，摇摇头，表示不要了，随即又躺下去。

"那么，你们不必在这儿侍候了，我要静静躺会儿。"他说，重新闭上眼睛。

柳如是服侍他睡好，盖上被褥，又留神观察了片刻，估计确实不是病，这才直起腰来，把茶杯移放到钱谦益伸手够得着的地方，然后领着红情悄悄地退了出去。

钱谦益一动不动地躺着，他确实感到累了，不过头脑却十分清醒。他心情阴郁地回想着戒幢寺所经历的一幕，并且再一次想到：田弘遇这人实在不好惹，他仗着女儿得宠，一贯骄横弄权、贪赃枉法，不少朝中大臣都得仰仗他的鼻息。论威势，他还在周皇后的父亲周奎之上。倘若他因此怀恨在心，有意跟自己为难，那么今后到了京里，自己的日子就会十分难过，弄不好还会有不测之祸。他越想越懊恼。为了摆脱这种困扰，他只好转而集中精神考虑起这一次的行动计划来。他隐约觉得一切都没有经过认真的推敲掂量，就匆忙草率地作出了决定，其实很不可靠。不过，到底怎么个不可靠,他此刻又说不上来。

房间里很寂静,静得连一点声音都没有。钱谦益虽然闭着眼睛,却分明感觉到窗上的湘妃竹帘子怎样一动不动地垂挂着,淡淡的帘影又怎样投在窗前的紫檀灵芝纹画案上。那案上压着一幅柳如是尚未完成的画——《耦耕堂读书图》。

耦耕堂是钱谦益在常熟城北郊的别墅拂水山庄里的一所山堂,取《论语》里"长沮、桀溺耦而耕"的句意,作为堂名。当年钱谦益眼见复官无望,便构筑耦耕堂,打算约他的老朋友程松圆来一起归隐读书。谁知程松圆到底没有来成,就病逝了。钱谦益此刻忽然想起来这件事,心中的感慨油然而生:是啊,人生但能饮酒读书,优游卒岁,也就大可满足了。终日栖栖遑遑,奔走钻营,空劳心力,实在是何苦来!接着,他又觉得其实连读书也是多余。像程松圆那样,读书一生,胸罗万卷,到头来仍不免于黄土白骨,与草木同朽!干脆如老子、庄子所主张的那样:绝圣弃智、浑沌无知、物我齐一,才是真正的彻底。

这样一想,钱谦益数日来的奔竞之心陡然大减,似乎这一次的图谋成功与否,都没有什么值得介怀了。不错,一切都是虚幻,什么富贵荣华、封妻荫子,无非是昙花一现,转眼成空!人生不过百年,实在不必为此自缚自苦,一切都听其自然好了。于是,他的情绪渐渐松弛下来,胸口也不再那么堵得慌。他的脑子渐渐变得迷糊,开始沉沉睡去……

蓦地,他惊醒过来。他听见了一种细小的嗡嗡声,那是一只黄色的蜜蜂,不知什么时候闯到屋子里来,却找不到飞出去的路。它焦急地、不停地嗡嗡叫着,在屋子里打转,一会儿飞近卧榻,一会儿又飞开去。起初钱谦益还隐忍着,可是那蜂儿飞来飞去,末后竟然飞到他的鼻子尖上来,而且久久地盘旋着,不肯离开。它仿佛把钱谦益的胡子认作了草丛,而把他的两个鼻孔认作了蜂巢似的,大有在此落脚之意。钱谦益心里一急,猛地跳起来,大叫:

"红情，红情！"

"哎，来啦！"红情慌里慌张地奔了进来。

"蜜蜂，打，打！"钱谦益气急败坏地说。

红情怔了一下，才明白过来，脸上现出"原来是这么个事，好把我吓一大跳"的神气。

"打，快打呀！"钱谦益嚷着。

"哟，原来是只蜂儿。老爷，不用打，待婢子放它出去得啦！"红情说着，走过去，打算把帘子掀开。但是钱谦益冒火了：

"混账东西，叫你打你就打！"

"是！"红情不敢再争辩。她从书架旁抽出一支蝇拂，来回赶了一阵，终于把蜜蜂拂落在地上。

钱谦益走近去，看见那只受伤的蜜蜂还在扑扇着翅膀，试图挣扎着飞起来，他就提起脚，使劲一踏，把它踏扁。

"可恶的东西！"他恨恨地说。

红情的眉毛颤抖了一下，现出不忍的神情。她默默地蹲下去，用指头把死去的蜜蜂拈起来。

"老爷还有什么吩咐？"她垂着头问。

钱谦益迟疑了一下，问："柳夫人呢？"

"夫人陪董姑娘去了。"

"董姑娘？哪个董姑娘？"

红情摇摇头："婢子不知道，婢子只听夫人叫她'小宛''小宛'的。"

钱谦益蓦地一惊："什么，董小宛！你是说董小宛？"

见主人的神情不善，红情害怕起来，点点头，立即又摇摇头。

"她——什么时候来的？"钱谦益厉声追问，把红情吓得倒退一步。

"就在老爷刚才出门的时候。"

钱谦益愣了一下，猛地把桌子一拍，大声吼叫："把夫人请来！"

"是!"红情连忙答应。

"让她自己一个人来!"钱谦益接着又说。

等红情飞快地退出去后,钱谦益一屁股坐到椅子上。他万万没有料到,那个累得他在戒幢寺里招惹了一场是非的董小宛,不曾藏在僧房里,却居然躲到自己的住处来了。而这么一件大事,柳如是事先没得到他的首肯,事后也不向他禀告,就自作主张把人收留下来。"太放肆了,进门不过半年,她就敢这样干,往后还了得?"钱谦益怒气冲冲地想。他决定狠狠教训柳如是一顿,让她懂得作为钱家的一名姬妾,应当怎样恪遵闺范:"倘若不严加训责,今天她敢背着我藏个女人,明天难保她就不会藏个男的!"当门外响起柳如是的脚步声时,钱谦益心中的愤怒也上升到了顶点。

柳如是进来了。

显然,她已经从红情那里得知钱谦益大发雷霆的消息,所以走得有点急,不过,神态却十分镇定。

钱谦益陡然回过头来,一句粗暴的话已经冲上嘴边。然而,当他接触到柳如是那坦然、镇定的眼神时,不知什么缘故,他的勇气消失了,一刹那间变得目瞪口呆,不知怎样措辞才好。

柳如是也没有说话,只是用那一双即便在严肃的时候,也显得妩媚动人的细长眼睛,静静地望着对方。

这样相持了一会儿,钱谦益终于移开了视线,咳嗽一声,用不大自然的语调问:"听说,董小宛到这儿来了,可有此事?"

柳如是点一点头:"是的,我正想告知相公这事。"

"怎么来的——她?"

"她说,有恶人追她,慌不择路,误打误撞逃进来的。"

"噢,是什么人追她?"

"听说是京里田皇亲手下的人,来姑苏买女孩儿的。"

"嗯,田皇亲可是个不好惹的刺头儿啊!"

"……"

"你想，这样合适么？——我是说收留她。"

"好歹我们也是手帕姐妹，相与一场，如今她有难，不好撒手不管。"

"可是，你总该先问问我！"

"那时节，正赶上相公出门了。情势又紧迫，才先让她进来了。随后相公回来，本想告知，又碰上相公身子不适，就没敢……"

"胡说！"钱谦益猛地站起身，铁青着脸吼叫起来。他忍耐了许久，但是自己说一句，柳如是辩解一句，丝毫没有知错认错的意思。而且说到后来，反而像是错在他这个一家之主不该出门，回来后又不该推说身子累乏，不询问清楚。一股受到冒犯的怒火陡地升腾起来，他终于爆发了：

"你说的没有半句是实话！净拿些花言巧语来文饰狡辩！我们来姑苏不过两天，董小宛怎么知道来这儿找你？就算她是误打误撞，门公又怎么会让她进来？还有，我刚才是身子不适，可是这么大一件事，你就该立即告诉我，而你却乐得装聋作哑，一声不吭。你到底想做什么？你，你眼中还有我这一家之主没有？"钱谦益一边吼叫，一边呼哧呼哧地喘气，黝黑的脸变得更黑，怒火从他的眼睛里可怕地喷射着。他的胡子向两旁张开，露出一排残缺不全的门牙。

柳如是呆住了。她没有料到钱谦益会生这么大的气。自从她进门以来半年多，钱谦益对她总是低声软语，曲意迁就，千方百计讨她的欢心。可是这一次却突然翻了脸，而且激烈之状非同一般。不错，刚才她是隐瞒了一点实情：董小宛本来并不知道她住在这儿。只为这东园的门公，是董小宛的同乡近戚。小宛逃来找他庇护，恰好柳如是碰上了。一时动了昔日之情，才把小宛招进白石小筑里来。不过，眼下钱谦益正在气头上，柳如是担心这样解释，会更加火上添油，所以只好不作声。但她依然不太明白，何以为着这么点事,钱谦益竟至于大动肝火。这可完全不像他平日的处事风度。

"哼!"钱谦益冷笑着说,"你敢情是怕我知道之后,会把她撵出去吧?那么,我现在明白告诉你,我确实不许她留在这儿。你告诉她,让她快点走!"

"啊,为什么?"

"不为什么。总之,她必须赶快离开此地,越快越好!"

"可是,外面有人要抢她……"

"这我不管!"

柳如是的眉毛抖动了一下,看来也有点着恼了。可是,随即她就放弃了这种念头。她走上前去,开始迷人地笑着,扯着钱谦益的衣袖,摇摆着身子,用撒娇的口吻说:"我要你管,我要留下她,我要嘛!"

"不行!"钱谦益的口气斩钉截铁。

柳如是一怔,脸蛋涨得通红。她负气地摔开钱谦益的袖子:"我偏不去说,要去,你自己去!"

钱谦益瞧着柳如是,胡子动了动,想说句什么,可是他终于一跺脚,向外面叫:"红情,红情!"

柳如是急了,她慌忙赶上去,拦住钱谦益:"可是你让她到哪儿去?她刚刚死了亲娘,如今,她自己又病得腻腻歪歪的!"柳如是的口气简直是在哀求了。

钱谦益转动了一下眼睛,对于这个消息似乎感到意外。他停止了呼唤,转过身,慢慢地踱到画案前,对那幅尚未完成的《耦耕堂读书图》默默地瞧了片刻,然后没有瞧柳如是,也没有抬起头,用一种低沉而缓慢的声音说:

"你要我怜悯她,那么有谁来怜悯我呢?……唉,你——还是让她走吧!"

柳如是睁大眼睛听着,似乎有点明白了。她静默下来,呆呆地坐到椅子上，不再提出异议。只是，她的鼻翼在翕动，愈来愈急促。终于，她背过身去，轻轻地抽泣起来……

痛失善本

"哼，只要有我黄宗羲在，断不容那伙败类的奸谋得逞，这是毫无疑问的！"黄宗羲抿紧了稍稍向前突出的嘴唇，坚决地想。这时，他正走在苏州城西阊门内的大街上。他走得那样急，以致胳肢窝下夹着一个青布包袱、正从身后替他打着油纸伞的书童黄安都有点跟他不上。

绵密的春雨在无声地飘洒着，雨水浇湿了石子铺砌的路面，浇湿了街道两旁店铺的黑瓦顶，也浇湿了街上来来往往的油纸伞、斗笠和轿顶，给本来就显得闷闷不乐的行人脸孔，蒙上了一层灰暗的色彩。这一场春雨，按说来得正是时候，要在以往，它多少能给忧惧不安的人心注入一些温暖和希望。可是如今不行了。如今的苏州，这个江南首屈一指的商埠、丝织业的中心、大明帝国空前繁华的一个象征，经过多年来沉重的战费负担的消耗，以及去年夏秋之间那一场横扫三吴地区的大旱和蝗灾的袭击，终于彻底地衰落了，几乎成了一个乞丐塞途、饿殍载道的鬼蜮世界。仅仅在大半年前，那遍布全城的机房里，提花织机还一天到晚地轧轧作响，如今已经难得听到了。那纵横交错的水巷，昔日还飘荡着美妙的吴侬软语和琵琶，如今已经被穷饿无计的呻吟愁叹和失去亲人的哀哀痛哭所代替。至于最热闹繁华的阊门一带，由于商船往来稀少，店铺纷纷闲歇。以往那种百货充盈、游人熙攘的景象也已经荡然无存，只剩下少数的店铺还勉强支撑着门面，那景况也相当惨淡可怜了。只是由于最难熬的春荒已经过去，四乡涌来的饥民开始逐渐离开，加上盛传复社的相公们又要来参加虎丘大会，这对于正在饥寒中苦苦挣扎的市井小民来说，无论如何总是个碰运气、谋活路的机会，于是他们拼着一口气，又想方设法地积极活动起来，才使得萧条冷落的市面，多少恢复了一点活气。

不过，此刻黄宗羲却没有心思理会这些，因为最近以来复社内部所发生的事态是如此地严重，简直把他的全部思想都占据了。他是三月初七那天夜里，同朋友们结束了在李十娘家的饮宴，回到冒襄下榻的河房之后，才第一次听说有人试图替阮大铖翻案的。当时，他是那样的吃惊和愤怒。他不仅完全同意社友们认为这桩阴谋的主角是几社的分析，而且拍案而起，主张立即前往松江，向几社之徒大兴问罪之师。只是由于陈贞慧力主持重，再三劝说，他才勉强忍了下来。按照陈贞慧的计划，他们当然决不放过几社那伙败类。但是，考虑到自从前些日子，在争当大会主盟的角逐中失败以来，自己这一派人的影响力已大为削弱，加上另一个主盟者郑元勋看来又已经同几社的人穿上了连裆裤，光凭自己这么几个人，到时也许控制不了局势。为稳妥起见，还必须去请一两位德高望重的东林元老出来压阵。这一点，黄宗羲也是同意的。然而，在讨论到究竟请谁出面的时候，他却同大家发生了争执。他提出钱谦益就住在常熟，与苏州近在咫尺，不妨请他出面；但是多数人不赞成，而主张到金坛去请周镳、周钟兄弟。本来，周氏兄弟都是士林中声誉卓著的人物，又是坚决的反阮派，请他们出面也未尝不可；但是吴应箕等人却因此而排斥钱谦益，把他说成似乎是不可信赖的。这一点，却大大激怒了黄宗羲。他不能容忍任何人藐视和诋毁钱谦益，尤其不相信吴应箕所说的钱谦益似乎也主张宽纵阉党的传闻，因此当场就同他们争吵起来。偏偏对方人多，特别是侯方域和顾杲，说话又尖又损，黄宗羲只有一张嘴巴，争他们不过。他一怒之下，便声言不同他们一道上虎丘。后来，亏得陈贞慧、梅朗中、张自烈几个竭力劝解，又同意黄宗羲上常熟去把钱谦益也请来，才把这场风波好歹平息下去。

现在，陈贞慧和顾杲到金坛去了，冒襄经过大家劝说，也同意参加大会，但又说有事要办，必须先上常州，独自走了。剩下黄宗羲跟着吴应箕、侯方域、梅朗中、张自烈几个，提前到了苏州，住进皋桥往东不远、一位名叫钱禧的社友家里，打算一边观察动静，一边预做准备。不过，黄宗羲仍然一心想着到常熟去访钱谦益，而且由于想到很快就会同这位老世伯相见，他的心情甚至变得更热切了。

说到黄宗羲同钱谦益的关系，确实与一般人不同。这不仅因为黄宗羲的父亲黄尊素与钱谦益当年同属东林，两家本来就有交情；而且还由于黄尊素被阉党迫害致死后，钱谦益对这位故人之子，多年来一直十分关怀照顾。他看见黄宗羲生活拮据，常常给予资助不必说，还特意把黄宗羲请到常熟家里去住下，将全部藏书向他敞开，让他潜心攻读，同他一道讨论切磋。钱谦益的文章学问，黄宗羲自然是十分敬佩；而黄宗羲的好学深思，见解不凡，也常常使钱谦益大为惊异，于是又不遗余力地向别人推奖揄扬。因为这些缘故，黄宗羲对这位老世伯一直十分感激，把钱谦益当作前辈知己。虽然他早就拜了著名大儒刘宗周为师，但比较起来，博学多才、思想灵活、不拘一格的钱谦益却另有一种特殊的吸引力，使黄宗羲不由自主地对他怀有一种亲近的依恋之情。事实上，在黄宗羲看来，钱谦益作为当年身受迫害的东林元老，无论是就对阉党的仇恨而言，还是就目前在士林中的威望影响而言，周镳、周钟兄弟都无法与之相比。任凭几社那伙人再嚣张跋扈、再善于蛊惑人心，到时只要钱谦益出面说上一句话，他们的阴谋就一定不能得逞。这一点，恐怕周氏兄弟还未必能做到。

"哦，无论如何，我得赶紧到常熟去，越快越好！"他在心里这样催促自己，不由自主地兴奋起来，脚步也迈得更快了。

这样一直走到吴趋坊。这一带是书坊萃集的地方，大大小小的铺子很是不少。过去黄宗羲到苏州，总要上这儿来转一转，所以并不生疏。不过，现在黄宗羲到这儿来，却不是为了买书，相反是打算把手头一套宋版《潜虚衍义》设法抵押出去。因为他已经有两年多没见钱谦益了，这一次上常熟，不管怎么说，总得办点礼物。但眼下他已经是囊空如洗，别说办礼，几乎连回家的旅费都颇费踌躇。照理说，他也不该弄到这样子，仅仅半个月前，身上还带着五六十两银子。谁知碰上了陈贞慧、吴应箕这伙朋友，三天两日不是饮酒，就是访妓。虽说自有冒襄、陈贞慧这些阔气的公子哥儿做东，可自己也不好意思天天白吃，偶尔也要还上一席两席。这么一松手，转眼工夫就把钱花个精光。自然，他还有一班朋友，但为着请钱谦益出面的事，刚刚同他大吵了一场，现在又低声下气地伸手借钱，黄宗羲无论如何也放不下这个面子。想来想去，最后才想到这部《潜虚衍义》上。这部书半个月前闹了一场风波。后来黄宗羲到底舍不得，把它送到裱褙店去，经过那里的老师傅仔细地漂洗、修补，重新装裱，居然奇迹般地大体恢复了原貌。这是目前黄宗羲手头唯一还值点钱的东西，他虽然十二分舍不得，也只好狠狠心暂时押出去。这件事，本来派黄安办就成，可是黄安来了一趟，回去说书坊的老板们刁滑得紧，明明值十六两银子的书，他们竟然只肯出三两四两，最通融的一个也只出到七两。黄宗羲又气又急，把书童骂了一顿，说他不中用，连这点小事都办不好。但骂归骂，到头来，却还得亲自出马。

"无论如何，这套书是十六两买来的，我就得押回十六两！"黄宗羲执拗地想，挥手赶开几个围上来讨钱的小乞丐，又侧身让过了一队扛着棺材号哭而过的送丧行列，这才踏进大来堂书坊的门槛。

这所大来堂，据黄安说，就是愿意出七两银子的那家书坊，瞧门面倒也平常，外面竖着"古今名书发兑"的木招牌，当门一个小小的柜台，四面靠墙壁排列着书架，上面堆满了各种书籍，此外就是一张小方桌和几张椅子、凳子之类，那是供顾客歇脚的。不过，此刻里面却看不见一个顾客，只有一个伙计模样的后生正伏在柜台上打盹。

黄安合上油纸伞,在门槛外甩了几下积在上面的雨水,顺手把它倚在门边上,就走过去摇醒那伙计,说明来意。谁知不巧,书坊老板不在家。问去了哪里,那伙计也说不清;让他派人去找,又诸多推搪地不愿意。最后,黄宗羲听得心头火起,干脆叫黄安别理会他,管自移了一张椅子在门边坐下,并命黄安把那套《潜虚衍义》拿过来,一边作最后的摩挲赏玩,一边等候坊主回来。

淅沥的春雨还在不停地下。雨水在门槛外积聚起来,又缓慢地向更低洼的地方流去。这雨已经下了整整一天,街道上的泥尘污垢被洗得差不多了。如今这一小片流动的积雨看上去是清澈和干净的。它被屋檐上不停落下的水滴溅击着,勾画出一长串奇妙的图案。

黄宗羲把《潜虚衍义》从楠木匣子里取了出来。这书共有四册,一色灰蓝色的书衣,有点发黄的宋笺藏经纸书签上,印着书的名称,看上去十分古雅。翻开里页,可以发现这书不仅纸幅版框特别高大,而且字体也挺大,一个个方正工整,刀法圆润,更兼纸色墨汁,粲然夺目,一望而知是宋代浙版书中的精品。美中不足的是,个别书页上,如今留下了一些无法漂洗干净的污痕。这污痕使黄宗羲感到心疼和愤恨,同时又使他对这书更多了一分抱愧和爱惜之情……终于,他长长地叹了一口气,把书合起来,不看了。"虽然不得不暂时把它抵押出去,但是为了答谢钱老伯,也为了不让替阮胡子翻案的阴谋得逞,这是应当的,值得的!"他一边把书重新放回楠木匣子里,一边这样说服自己,又用青布包袱重新把书裹好,搁在膝盖上,抬起头,开始向街上张望。

这条吴趋坊,紧连着阊门大街,虽然也是个人烟稠密、店铺众多的去处,可是街道却挺窄,对面屋子里的情形,可以看得很清楚。书坊的正对面是一爿不小的布店,左侧是间药材铺子,右侧是卖杂货的,再旁边还有几间书坊和别的店铺。这会儿,雨下得小了些，街上的行人渐渐多了起来。黄宗羲看见：两乘轿子踏着水花过去了；一个瞎眼的老头捐着一把胡琴，由一名十三四岁的小姑娘引路，从小巷里慢慢转了出来；三个小孩冒着雨，蹲在房檐下的积水边，在放一只木制的小船；于是又招来一个瓦刀脸的闲汉，指手画脚地从旁充当指导，并以他的油腔滑调，逗引得正倚在就近门边的一个浓妆艳抹的大嘴女人，吃吃地笑个不住。此外，那些肩挑手提，匆匆而过的行人也自然不少。"嗯，书坊老板这会儿也该回来了吧？"黄宗羲想，不由得睁大眼睛，用热切的目光迎着每一个走近来的可疑者，并不时抬起头，向更远的地方眺望。

正当他盼得有点心焦的时候，忽然，街道上响起了一阵杂沓的脚步声，一个衙门公差，手里扬着一张公文模样的纸片，大摇大摆地走过来。在他的身后，还跟着一群各执扁担的挑夫。他们来到书坊正对面的布店前，就站住了。只见那公差走进店去，大声地说了几句什么，随即走出来，朝那群挑夫做了个手势，说：

"快，进去搬！"

挑夫们挤拥了一下，正要往里走，这时，店主人——一个胖胖的中年男子气急败坏地奔了出来，朝那公差一个劲地行着礼说："头翁息怒，头翁息怒！请听小可一言，此次承值，非是小店有意拖延，实因遭遇荒年凶岁，亏损甚大。这百匹之数，小店已是多方筹措，百计张罗，还望头翁宽限数日，一定如数送到府衙，感激不尽！"

那公差冷笑一声，说："李老爸，你这话说了也只好当放屁！你要我宽限你，大老爷却不宽限我！你须也知道，这次可是京里周国舅爷着人来姑苏买货，限令今日取齐，便是大老爷也只有顺着他！"

李老板哭丧着脸道："皆因机房歇业，货源不继，自从传闻周国舅来苏办货，绸缎之价，一夜暴长，竟高出往时一倍有余。

小店大亏之后，本微力薄，实在是……"

那公差无动于衷地说："你本微也罢，本厚也罢，今番该你承值，便是倾家荡产，也得如数办齐！"李老板急了，结结巴巴分辩说："可是、可是府里分明出过告示，立了碑文，说一应上司按临时之府县公务，照依时价平卖，再不用铺行承值的呀！"

那公差怔了一下，顿时变了脸，大吼一声："这个，你跟大老爷说去，我管不着！"说完，一挥手，吆喝那群挑夫："给我搬！"

在他们对答的当儿，黄宗羲一直在目不转睛地注视着。这时他有点明白了：看来，是苏州府责令这布店代购百匹绸缎，可是这布店却因折了本，无力张罗。所以如今官府便派人上门，强行收缴。本来，朝廷过去是有所谓"铺户当行买办"之制，规定各行铺户必须轮流义务当差，替官府采办货物。办货的钱表面上由官府发给，但实际上，却往往并不给足，到底给多少，那就得看当官各人的品性而定，其间伸缩性很大。不足的部分，照例就由各行当值的铺户自己补足。铺户们畏惧官府的势力，只有忍痛认赔。这个制度实行多年，把铺户们逼迫得叫苦连天。有办法的富商，就设法投靠官府，逃避差役；没有办法的中小商人，往往被弄到倾家荡产，甚至还有卖儿卖女、投河上吊的。铺户们不堪重负，联合起来实行罢市的事件也屡有发生。后来朝廷看见积弊实在太多，不得不作一些变通，改"当行买办"为"招商买办"和"佥商买办"，还立了碑文。但是看来，此项弊政并未真正革除，只要下面喜欢，照样还这么干。

这当儿，街道上已经围起了一些看热闹的人，把黄宗羲的视线挡住了。他不由得站起来，伸长脖子从人们的头上望过去。他看见那些挑夫在公差的指挥下，正不停地从布店里把一匹一匹的绫罗绸缎搬出来，准备挑走。那个李老板失魂落魄地站在一旁，浑身上下不停地发抖。黄宗羲心中很是不忍，他想了想，回过头，吩咐正站在一旁看得发呆的书童说：

"黄安，你去，请那位头翁过来，就说本相公请他说话。"

"头翁？哪位头翁？"黄安有点莫名其妙。

"喏！"黄宗羲一指那个公差。

黄安眨巴了一下眼睛，显然有点不乐意："大爷，你又想管……"他噘起嘴巴说。

"叫你去你就去！"

黄安没有办法，只好跨出门，分开围观的人，走前去同那公差说了几句，然后带着他走回书坊来。

那公差是个黑脸汉子，长着一部络腮胡子和两道几乎连到一起的眉毛。黄宗羲迎上前，拱一拱手，正要说话，随即发现门外那些看热闹的人，已经纷纷转过身来，好奇地瞅着他们。于是，他便把手中的那套《潜虚衍义》往椅子上一放，做了个相让的手势，说："头翁，请借一步说话。"

那公差睁着眼睛，把他打量了一下，疑疑惑惑地跟着。一直走到距门口最远的那排书架前，黄宗羲才回过头来，瞧着公差的眼睛，恳切地说："头翁，小生有一句话，不知当说不当说？我瞧这布店生意萧条，情形困窘，倒不像是故意拖延，头翁何不与人方便，就宽限他几日呢！"

那公差见他是个秀才，起先不知道有什么事，倒有几分恭谨之色，听他这么一说，顿时冷下脸来，摇一摇头，说："先生有所不知，非是在下不肯通融，皆因此事系府里大老爷亲责下来，要克期办妥，在下也是身不由己！"

"这'当行买办'，朝廷不是明令裁革了么，怎么如今又在实行？"

公差瞥了他一眼，满不在乎地说："裁革归裁革，但这些事儿，也只能瞧着办罢咧！譬如今番京里周国舅派人来办货，一封书送到大老爷手里，大老爷还能不用心打点么？这笔钱，公库里开销不了，大老爷又不能自己掏腰包，也只有分摊给各行铺户了。"

黄宗羲厌恶地皱紧了眉头："可是这些铺户已是患难余生，朝不保夕，还要如此摊派，岂不是要他们的命么？"

公差呵呵地笑起来："先生也忒老实些！别瞧这些铺户专会装穷叫苦，其实哪一个屋角床底，不埋着一万两万的？你不下狠劲儿挤，就别指望他拿出来！这事我经历多了，放心，他们完不了，远着呢！"

"非也！"黄宗羲被公差昧着良心的胡说激怒了，"眼下分明是寇虏交煎，天灾频仍，民生忧悴，百业不振。铺户行商，破产者不知凡几！幸能保存者，亦是苦苦支撑，辗转挣扎。须知商贾之业，亦是民生所系，不可或缺，为政者应当爱惜，振拔之，方是正理！像这等鞭扑敲剥，锱铢不遗，试问百姓尚有何生理，国家尚有何生理？"

他越说越激昂，用力地做着手势。可是那公差显然有大半听不懂，而且不明白黄宗羲为什么会突然如此激动。他大约只觉得这个秀才呆气十足，根本不值得同他纠缠下去，便转过身，做出要离开的样子。然而，没等他迈开腿，就见挤在门外瞧热闹的那些人骚动了一下，一个十一二岁的小男孩跌跌撞撞地奔了进来，一把揪住公差的衣裳，用带哭的声音嚷：

"这是我家的东西！你为什么抢我家的东西？你还我，还我！听见了没有？"

他一边嚷，一边使劲往公差身上撞。

那公差猝不及防，倒闹了个手足无措。当弄清是怎么一回事之后，他就暴怒起来，一巴掌把那孩子扇到一边去，骂道："小杂种，连你也来寻老子开心！"他还想举脚踢去，临时瞥见黄宗羲愤然的目光，才勉强把已经抬起的一只脚收回来，朝地上狠狠地吐了一口唾沫，大踏步向外走去。

黄宗羲扶住被推倒在自己身上的孩子，睁圆了眼睛，打算大声喝住公差，同他评理。就在这时，黄安惊慌的声音蓦地响起来：

"啊呀，大爷，你的书呢？"

黄宗羲心中一跳，回过头去："什么？"

"书，书，那部书！"

黄宗羲"啊"了一声，连忙奔到他原来坐的那张椅子跟前。顿时，他像吃了一记闷棍似的呆住了——椅子上空空如也，刚才被他随手放在上面的那套《潜虚衍义》已经不翼而飞了。

胁迫出头

"超宗兄，不知养先可曾向你言及？学生此次不自量力，意欲替阮圆海向江南诸君子缓颊疏通，实在是欲借此事为契机，了结我朝二十余年的一场公案，消解相仇不已的门户之争。唯是人情陷溺已久，一旦更变，实非容易，稍有差池，便会反招其乱。所谓'治丝愈棼①'，不可不慎！故学生不得已，才出此下策。这也是为天下安危着想。倘若有人因此不谅学生，学生亦唯有甘心受之而已！"

钱谦益说这一番话的时候，正是黄宗羲在书坊失窃的第二天上午。他坐在徐氏东园楠木厅当中的一张紫檀木扶手椅上，用两根指头不慌不忙地转动着腕上的一串念珠，时不时朝坐在对面的客人瞟上一眼。

由于陈在竹和钱养先终于在昨天同时回到了苏州，大半个月来混沌难测的局面顿时明朗起来。钱谦益现在了解到：两位心腹族人这一次分头执行使命，总的来说是意外的顺利。钱养先方面，已经通过扬州的郑元勋，联系了一二十位在社内有一定地位和影响的人物，他们都答应在虎丘大会上，对于停止攻击和压制阮大

---

① 治丝愈棼：整理丝不找头绪，越理越乱。喻做事没有条理。

铖的建议给予支持，并设法对他们的学生和好友做说服疏通的工作。至于陈在竹到松江一带散布流言蜚语的结果，也已经促使旧几社那帮子人个个怒气冲天，摩拳擦掌，发誓要同吴应箕、陈贞慧等人大干一场。钱养先还呈上阮大铖的一封亲笔密信，信中除了极力吹捧钱谦益，称他是宰辅长材，众望久归，入阁拜相，是势所必然之外，还再一次表明自己决意洗心革面、投靠东林的"耿耿孤衷"。这一切，都使钱谦益感到满意和放心，很大程度驱散了这些天来一直笼罩在他眼前的愁云疑雾。他又重新变得自信、沉着、精力充沛了。

按照原定计划，在整个行动中，钱谦益都不直接出面，只在幕后指挥，以避免承担万一失败的后果。因此第二步，就必须物色一个能够代替钱谦益在大会上支撑场面、操纵局势的人物。这个人物也已经初步确定，就是眼前这位客人——扬州大名士郑元勋。他是复社在扬州地区的社长，又是本次虎丘大会的两位主盟者之一。何况现在，他实际上已经成了本计划的积极追随者。由他来充当这一角色，正是再合适不过。虽说在钱谦益看来，此人略嫌魄力不足，不过到时有陈在竹、钱养先等人从旁协助，估计问题不大。前一段，钱谦益出于谨慎的考虑，没让钱养先过早地向对方透露，而打算亲自来做这件工作。

现在郑元勋正带着敬畏的神情，专心地在听钱谦益说话。他是一个开始发胖的中年人，有着亮晶晶的脑门和一张圆滑随和的脸。他听得那么留神，以至整个肥大的身躯都紧张地向前倾着，大张着胡须稀少的嘴巴，再加上一双睁得滚圆的小眼睛，使他看上去很像一只受惊的鹅。这种姿态，引得坐在旁边的陈在竹朝钱养先直递眼色；而坐在另一边的钱曾——一个面孔苍白、神情阴鸷的青年儒生，他是钱谦益的族孙和晚年的得意弟子——却侧目而视，满脸瞧不起的样子。

当钱谦益故意顿住话头，等待客人反应的时候，郑元勋立刻站起来，拱着手说："老先生苦心孤诣以谋社稷之安，耿耿丹衷，天日可表！便是晚生也一向以门户之争为忧，只苦于人微力薄，无济于事。今得老先生奋袂前导，晚生不胜忻鼓舞，感佩无已！老先生以为晚生尚有可用之处，虽赴汤蹈火，亦不敢辞！"

钱谦益微微一笑，腕上的念珠转得更轻快："超宗兄言重了！学生素闻兄襟怀旷达，见识高远，料知不只必能谅我，而且必能慰我。适才之言，足见肝胆！学生得到超宗兄这么一位良朋，可真是喜欢得很哪！"

"老先生如此嘉奖，令晚生羞惭欲死。老先生泰山北斗，望重群伦，晚生无任钦仰。唯是远处广陵，未得侍奉左右，时时亲炙，常以为恨！"受宠若惊的郑元勋赶紧又说。

钱谦益点点头，捋了一阵胡子，忽然微微仰起脸，朗声吟道：

月华蘸露扶仙掌，
粉汗更衣染御香。
……
金罍玉瓒须携醉，
任是蜂狂总未知！

他侧过脸，斜瞅着郑元勋："嗯，学生记得两年前，超宗兄送来的那些《黄牡丹诗》中，好像有这么几句？"

"啊，老先生还记得？"郑元勋的脑门发亮了。提起两年前的《黄牡丹诗》，那可是郑元勋平生第一件得意的豪举。当时，在扬州他家的影园内，开了一株极罕见的黄牡丹，一丛五朵，朵朵大如海碗，复瓣繁蕊，奇丽异常，见者无不啧啧称羡。郑元勋一时动兴，决定大摆筵席，招请四方名士，饮宴赏花，拈韵赋诗。并事先宣布：夺魁者以金杯一双为酬。到时果然宾客云集，着实热闹风光了一场。那批诗，后来就送到常熟，请钱谦益评定。结果广东举人黎遂球所作的十首七律名列第一。这件事,当时轰动远近,传为雅谈。而影园主人郑元勋的大名,也因此不胫而走,传遍了大江南北……

"那一次,全仗老先生俯允主持,遂使荒园雅集,顿增光仪。岂唯黎美周因之声价十倍,便是晚辈也叨光不浅哩!"郑元勋感激地说。

"区区微劳,何足挂齿!"钱谦益摆摆手,示意客人重新坐下。停了一停,他忽然微笑说,"倒是今日之事,学生却要仰仗超宗兄的大力哩!"

"岂敢,但请老先生主持大局,晚生愿供驱策!"

"不,"钱谦益摇摇头,"学生确实要仰仗吾兄!此次学生来姑苏,尚有其他要事,三月二十八,是无法分身赴会了。不过,有兄为我主持一切,学生甚为放心!"

郑元勋仿佛没有听清:"老先生是说、是说,要晚生主……主……"

"不错!"钱谦益的口气很郑重,他停止了转动念珠,"一客不烦二主。此次大会,兄已执其牛耳,就请一并代学生主持此事,正是两全其美。"

郑元勋大吃一惊地噎住了。一种错愕、胆怯、怀疑的神情从他那滚圆的脸上显露出来。他嗫嚅地说:"多、多谢老先生见爱,只怕晚生驽钝下材,难、难以当、当此重任。"

"兄何必过谦!学生既以此为大事,自不欲见其功败垂成。若非深知我兄足副此任,学生也不会贸然相托。况且在竹、养先,还有遵王——"他指一指那位名叫钱曾的青年儒生,"到时都要上虎丘去,他们自会全力襄助足下。"

"只是,只是晚生确实自问无能当此重托,还请前辈另委贤能,晚生愿竭尽绵薄,促其成功。"郑元勋极力推托,由于惊惶,也由于着急,额上冒出了星星汗珠子。

钱谦益沉下了脸:"啊,莫非超宗兄竟如此见弃?老夫废置多年,昏庸老迈,自知不足以动兄台之心,难道兄台也不以社稷苍生为念?"

郑元勋的眉毛抖动了一下,飞快地瞥了一眼钱谦益:"啊,不敢,不是的……"他畏惧地说。

"那么——"

"呃、呃,实、实在……晚生实在是自知无能,难、难当此重托……"郑元勋掏出一条汗巾,擦着脑门上的汗,抱愧地低下头去。

看见对方如此推托,钱谦益很不高兴。他是这样看的:郑元勋之所以对开脱阮大铖一事表现得颇为热心,无非是想巴结讨好他钱谦益,指望钱谦益将来复职升迁时,能够提携他一把。不错,对在这件事上出过力的人,钱谦益自然不会忘记。不过,既然如此,那就得服从指派,舍得付出代价。这也如同合伙做生意一样,本钱下得愈多的,到头来分得的一份红利才会愈大。然而眼前这位郑大名士,却刁滑得紧,既想图大利,又怕亏本钱。"哼,亏你开头说得好听,一见了真章儿就忙着往后躲。莫非指望我钱某人自个儿拿这把老骨头去拼,好让你们跟着捡现成不成?"钱谦益越想越恼火,他一声不响地站起来,沉着脸,气呼呼地走进屏门后面去了。

这一着显然大出郑元勋的意料。他吃惊地站起身,双手做出挽留的姿势,可是又不敢叫出声来,只是用惶急的眼光,求援似的瞧着在座的三位钱氏族人。

但是这会儿,那三位族人却变得像泥胎木偶似的,全都脸色阴沉地坐着,一声不响。

郑元勋不由得怔住了。渐渐地,他那张滚圆的脸孔由红转白、由白转青。他动了动嘴巴,想说句什么,到底没有说出来,只是呆呆地坐了下去。

看见他这个样子,钱氏三位族人互相递着眼色,又故意挨延了一阵，钱养先才站起来。

"哎，超宗兄，你这是怎么啦?"他走过去，拍着郑元勋的肩膀，"在扬州，我们不是谈得好好儿的？——这次大会，你是主盟，由你出面主持，正是顺理成章，谁也替代不了的！"

陈在竹依旧是那副乐呵呵的样子："莫急莫急，我算准超宗兄必定应允，只是他还得想想。这么件大事，难怪他要慎重。换了是我，也一样的！"他一边说，一边朝钱曾使着眼色，"遵王兄，你说是么？"

后者却鄙夷地"哼"了一声，算作回答。

听着这三位族人一唱一和，郑元勋的眉头皱得越来越紧。他显然明白，要是坚持不肯应承的话，将会带来什么后果。但是如果应承……

"超宗兄，你到底意下如何？"钱养先催问了。

郑元勋蓦地抬起头，意外地发现，钱谦益不知什么时候又走了出来，正站在屏门边上，一声不响地朝外注视。他刚刚进去时那种凌厉的、愤怒的神气已经看不见了，代之以焦急、担忧和期待的神情，甚至整个人也一下子显出了老态——微弓着腰，吃力地向前倾侧着右耳朵……

"这个，这个……"郑元勋支吾地说。

"唉，莫非真的就是这等为难么？"陈在竹悲天悯人的声音响起来。

"哼，我平生最恨的，就是那种忘恩负义之辈！"一直阴沉着脸的钱曾突然开口了，"这种人，有求于人时就急巴巴地找上门来，反过来让他帮点忙，就半天也放不出一个屁！"

郑元勋拿着汗巾的手抖了一下，停住了。他抬头望了望，希望钱谦益对于手下人这种粗暴无礼的言辞有所干预。然而，令他失望的是，此刻的钱谦益不知是受到钱曾那句话的挑动，还是别有想法，他仍然保持着刚才的站立姿势，但是眼睛里却分明地闪烁着刻毒和冰冷的光芒……

郑元勋心头一震,惶恐地低下头去。半晌,他终于咬咬牙,说:"好吧,既蒙老先生见爱,晚生从命就是!"

牙行凶焰

《潜虚衍义》的失窃,使黄宗羲懊恼得要死。要不是想到自己多少也有一点责任,他简直就会把黄安捆起来,狠狠揍上一顿。如今他已经落得书财两空,走投无路。不过,他仍然不打算转而向朋友们求助,也不肯放弃给钱谦益送一份礼物的计划。"无论如何,我绝不改变,绝不!"他想。昨天夜里,他倒背着手,在屋子里走过来,走过去,苦苦思索了大半晚,终于又想出了一个办法。今天一早起来,他先把黄安反锁在屋子里,声明中午不给饭吃,要书童"枵腹思过"。然后自己就独自出门,打算到阊门外的浙东会馆去碰碰运气。

雨住了小半天,可是堆积着的云朵阴沉沉的,总不肯散。黄宗羲夹把油纸伞,穿过行人不多的大街,出了阊门,走到了一座石砌的拱桥上。这座横跨在护城河上的石桥,有着巨大的拱形环洞,哪怕是载重一二千石的粮船,都可以在它下面畅通无阻地来往。桥的右侧不远,是一个大码头,从那里有水路可以直通大运河。要是在以往,这一带总是泊满了大大小小的商船,熙攘繁忙的景象赛过庙会。可是如今却零落得很了。黄宗羲在桥上停了停,随即记起,这桥上本来躺着一个面目黄肿的女孩,约摸有四五岁,身上一丝不挂,蓬头垢面,肮脏不堪,也不知是谁家丢弃的。前两天黄宗羲经过这里时曾看见过她,如今却不在了。"大概总算碰上好心人,给收留去了吧!"他想,打算继续走路。可是忽然,他又看见了那女孩,原来不知什么时候已经被人移到桥头树下的垃圾堆里。她一动不动地仰面躺着,也不知是死是活,肚子胀得发亮,四肢却似乎开始腐烂,正在往外淌着脓水,一大群金头苍蝇嗡嗡嘤嘤地绕着她打转……黄宗羲心头一震,感到喉头作呕。他连忙别转脸,三步并作两步走下桥头,径直向左走去。

"唉,苍生涂炭,至于此极!可是几社那伙人却不思同命共济,救民于水火之中,反而想方设法去替阮胡子翻案,真是可恶可恨!而定生他们现放着近在咫尺的钱牧斋不去请,却宁可绕道金坛去求周仲驭,也是毫无道理!"他愤愤地想,要办成眼前这桩事的决心更大了。

浙东会馆坐落在南濠,离桥头并不远。当黄宗羲来到那三扇装饰着砖雕的门前,向门公说明有事来访的时候,大门里忽然响起了急促的脚步声。接着,奔出来三个怒气冲天的汉子。为首一个,头戴瓦楞帽,身穿酱色绒衫的,一出门口就站住了。他回过头,指着里面破口大骂说:

"什么狗屁会馆?才钻出裤裆几天?你识得大爷,大爷还不识得你哩!告诉你,大爷这里可是有苏州府发下的牙帖!你胆敢违抗,自有官府同你区处!"

他接着又骂了一些粗鄙难听的话。看见会馆内始终静悄悄的,没有人出来招架,才气昂昂地领着手下人走了。

黄宗羲暗暗纳罕,不知道发生了什么事情,但估计不外是生意上的争执,也就不再理会。等会馆的掌事人迎出来,他就堆起笑容,上前相见。

会馆的掌事人姓毕,名石湖,是位谦和中透着精明的中年商人。他见黄宗羲既是位在学的相公,又是浙东同乡,便分外殷勤恭敬。他把客人迎到堂上,重新行礼。等黄宗羲在上首的交椅坐定之后,他不敢也坐椅子,扯了张四开光坐墩在下面相陪。

黄宗羲虽然心里有事,但同对方毕竟素不相识,不好意思马上开口,只得一边品着茶,一边先同他天南地北地闲聊,无非是商货行情、家乡近况之类。谈了一阵,毕石湖忽然问:

"先生是余姚世家，不知已故的黄太仆公讳尊素的，同先生怎生称呼？"

"不敢，便是家父。"黄宗羲拱着手回答。

毕石湖"啊"了一声，连忙站起来："原来先生便是黄公子，小老竟然不知，失敬高贤了！"说着，就要跪拜下去。

黄宗羲慌忙起身扶住，说："老爹且坐，何须如此！"

可是，毕石湖执意要行礼，双方争持了一会儿，黄宗羲到底拗不过，只得受了他半礼。

"公子，非是小老定要多礼。"等重新坐定之后，毕石湖才解释地说，"小老虽是一介行商，也颇知忠义之理。当年魏阉当国，矿监、税吏横行州县，我工商之民饱受敲剥，惨苦难言，奄奄气尽。是东林诸公不忍坐视，仗义执言，触怒魏阉奸贼，不幸竟以身殉！此等大恩大德，凡我商人之有心肝者，又岂敢一日忘怀！又如公子，当年袱被赴京讼冤，于公堂上，为父报仇，手出铁锥，当场击毙阉党爪牙二人，重伤二人。此等大孝大勇，谁人不知，谁个不赞！今日得仰台颜，实是小老三生之幸！"

"啊，老爹言重了，小生愧不敢当！"黄宗羲连忙拱着手，谦逊地说。虽然如此，看到父辈们的业绩，至今仍受到人们的由衷景仰，这毕竟是值得欣慰和骄傲的。他不由得兴奋起来，呷了一口茶，把杯子往方几上一放，说，"老爹，说到工商之民，小生却有一私见：历来为政者俱视工商为末业，而视农为本。时至今日，此说仍牢不可破。遂致禁制之，摧抑之，视为正理。其实，世上若无工匠，这一应民生日用之物，从何而来？世上若无商贾，这一应货物，又安能转运流通？可知农是本，工商又何尝不是本？"

"啊，先生是说——工商皆本？"毕石湖似乎有点意外。看见黄宗羲肯定地点点头，他就变得沉默起来，捋着胡子，半晌，才感叹地说："不瞒先生，此疑窦存于小老心中，亦已多年，唯是无此自信。今日得先生一语道破，真乃茅塞顿开，心目一豁！"

他抬起头,感激而又恳切地说,"公子高才卓识,他日定能飞腾宦海,出秉大政。如此,便是我辈之福了!今日难得公子屈尊下顾,小老无以表敬,意欲略备菲酌,敬奉三杯,祝公子福寿无量!"

"哎,不必了!小生尚有要务在身,即刻便要去了!"由于忽然想起此来的目的,黄宗羲连忙摆着手说。昨天夜里,他苦苦想到的那个办法,就是打算到这儿来,凭借同乡的关系,设法向商人们通融一笔钱,同时修一封书,说明情况,让对方带回余姚,由家里代为偿还。这么一个变通之策,看来是理应行得通的。他停了一下,正打算提出来,偶一回头,忽然瞥见屏风旁边,有一双混浊而又呆滞的眼睛,正直勾勾地望着自己。那双眼睛嵌在一张青灰色的、油晃晃的脸上。这没有戴帽子、光着一头蓬蓬乱发的人,仿佛在等待机会,看见黄宗羲发现了他,就兴奋起来,扭动着脸孔,先做出一个讨好的笑容,然后弯着腰,缩着肩膀,很快地走出来。

"嘻嘻,大人,你来啦?嘻嘻,小人请大人的安!"他莫名其妙地称呼说,跪下去,"咚咚"地叩了几个头,然后低着头,急急地又问,"嘻嘻,大人,阊门内牙行的汪大元,不知你老可认得?大人若是认得,求大人去说说他,叫他将小人那批海货,早早销发了。求求你,大人,小人求你啦!"说完,他又趴在地上,"咚咚"地叩起头来。他叩得那么使劲,很快,额上就碰出一块紫色的淤血。他却仿佛一点也不觉得痛,仍旧不停地叩下去。

"哎,黄相公不必理他!"大约看见客人被这突如其来的纠缠弄得愕然失色,毕石湖连忙解释说,"他是个疯子!"又回头呵斥道,"马小舍,你怎么又糊涂啦?谁让你跑出来的?回去,快回去!"

但是马小舍却不肯走,仍然一个劲地苦苦哀求,说他是借了高利贷来经商的,家里的老母妻儿都在盼着他早早卖了货物回去。求"大人"无论如何一定要帮他的忙。毕石湖几次喝他不住,还是会馆里的两个小厮闻声出来,才把他半劝半拖地弄进去了。

黄宗羲沉思地目送着。毕石湖显然颇为不安，一再道歉。黄宗羲摇摇头，表示不介意。

"嗯，方才听这位马……马兄的口气，像也是位客商，不知怎地弄得如此模样？"他转过脸来，瞅着主人问。

毕石湖摇摇头，叹了一口气："这事说来，也是我们行商的一大苦处。别瞧我们无非载货扬帆，将本图利，自在得很。其实一买一卖，俱受制于牙行。不经牙行，便不能购货，亦不得发卖。那牙行主人，仗着有官府牙帖，坐收厚利不算，还恣意欺侮我们外来行商。大凡商货初到，他也照例宰鸡开宴，召妓演戏，殷勤招待。及至商货入了他仓里，他便任意把持，私行取用自不必说，还每每压住商货，不与你觅主批卖。弄得我们客商，常有坐守数月一年，货物仍未能脱手的。相公试想，我们做行商的，哪一个不把性命全押在这行情涨落上？被他这样一压，好端端的热货，便成了冷货。这不是要了命么！"

"噢？商货跌价，牙行又有何好处？"

"自然也无好处，只是他一味招揽，自己做不来，又不许我们自行批卖。到了货贱时，他便愈加压住不发，却照旧向我们收取仓租牙用。我们这些客商，财雄势大的也有，总是小本经纪为多，哪里受得起他这等簸弄！刚才这个马小舍，便是被他压了九个月，其间催问了无数次，反遭他奚落抢白，一时想不开，便发起疯癫来。如今一见生人，就以为是官府衙门来的。唉，瞧他那样子也着实可怜！"

黄宗羲平日，对于牙行凭借官府势力欺压客商的劣迹，亦时有所闻。不过，像这样把客商逼疯的，却是头一遭听说。他沉默了一阵，皱着眉毛问：

"这位马兄既遭此不幸，何以不早日将他送回家乡将息料理？也免得他家人悬望。"

毕石湖点点头："黄相公所言甚是，便是小老也意欲尽早送他归去。只是眼下尚有用得着他处，所以才留下再住数日。"

"啊，一个疯癫之人，尚有何用处？"

毕石湖没有立即回答。他那谦恭随和的脸变得有点阴沉，一双眼睛却异样地亮起来。他瞧了瞧黄宗羲，从紧抿着的嘴唇里吐出三个字：

"打官司！"

"噢？"

"马小舍被他们逼成疯癫，这事我们浙东客商都气愤不过，俱说如今不比往日，既已立了馆，就不能再受他欺压。决意联起手来，同他斗一斗。定要牙行为这事向我会馆赔礼认错；马小舍一应商货损失、汤药使费，得由牙行赔偿；今后我浙东商货到行，均须及时批卖，不得任意稽延。否则，今后一应货物，会馆俱自行觅主发卖，再不经他牙行！"

"这——固然甚好，只是那牙行怕未必便肯？"

"他自然不肯。刚才，还来了三个人上门吵闹。不过，我们已经算计定了，拼着花他一笔银子，把本地几个有力的乡绅请出来主持公道；何况，官府庇护牙行，也不外得了他的使费，只要肯花银子，不难买他一个秉公而断！"

黄宗羲想了一下，点点头说："牙行欺人太甚，不妨与他斗一斗！"他抬起头，奋然道，"小生不才，亦愿为乡里略尽绵薄。在下如今便要到常熟去谒见钱牧斋老先生。钱老先生德高望重，在此间极有力量，若得他一纸关照，不愁官府不秉公审处。这一封书，小生自问还求得来！"

毕石湖一听，喜出望外，连忙站起来，深深作下揖去，说："若得黄相公援手，正是小人们之大幸！只是劳动不当。"又问，"黄相公所言的这位钱老先生，不知可是曾任礼部右堂的钱大人么？"

"正是。"

"哦！那么，好教相公得知，钱大人眼下不在常熟，他已来姑苏。昨日,小人亦央人引见,前往叩拜,只是钱大人事忙……"

"你说什么?"黄宗羲的眼睛顿时睁大了,"牧老已来姑苏?他、他现在何处?"

"就下榻在离此不远的徐氏东园。"

黄宗羲"啊"了一声,顿时笑逐颜开。他站起来,向主人深深一揖,说:"既然如此,小生这便告辞。不过,尚有一事相求……"

他正想把借钱的事提出来,然而,就在这时,只听大门外蓦地响起一阵呼喊,接着,两个仆人跌跌撞撞地奔了进来,一见毕石湖,就惊慌地说:"老、老爹,不好了,打、打进来了!"

黄宗羲和毕石湖都吓了一跳,同时问:"谁打来了?"

"牙、牙行的人!"

话音刚落,就听外面乒乒乓乓地乱打乱砸起来,几个声音在狂叫:

"踏平了他!"

"叫他神气!"

"砸、砸!狠砸!"

黄宗羲毫无思想准备,不禁惊得倒退几步,愕然地朝外张望。倒是毕石湖显得比较镇定,他皱起眉毛,果断地一挥手:"关上二门!"随即冲上前去,同仆人们一齐动手,把沉重的二门用力关上。当他们刚刚上好门闩,进攻者已经在外面把门扇撞得"咚咚"直响了。

这当儿,住在会馆里的其他客商听见响动,都纷纷从各个角落里奔出来,有的人手里还拿着随手抓到的扁担和棍棒。大堂上下,转眼间聚起了几十人。当弄清发生了什么事之后,一个个都现出吃惊、愤怒的神色。忍不住的,就破口大骂起来。更有人主张出去同对方拼个你死我活。

正当他们议论纷纷,门扇却猛烈地震动起来。大约进攻者搬来了大圆木,正在从外面撞击。大家吃了一惊,连忙再加了一道门闩,又把大堂上那些紫檀木桌椅搬来,一股脑儿把门顶住。做完这一切之后,毕石湖朝震动不已的门扇瞅了一会儿,然后做手势让大家静下来,他提高嗓门叫道:

"喂!外面的,住手,住手!我们有话要说!"

一连叫了几声,外面却根本不理,相反,撞击得更加疯狂了。幸而这门扇本来就是专为防盗而设,用的是两整块花梨木合成,外裹铁皮,十分坚厚,加上有三道门闩和许多桌椅抵住,一时还不致被攻破。但时间长了,就很难说。大家都感到事态严重,一齐望着毕石湖,等他拿主意。

毕石湖也显得有点紧张,他挥挥手,领着大家退进三门,又合力筑起一道防线,这才说:

"方才,弟已经着人火速去报官。只是,官府何时才派人来,肯不肯派人来,都无从预知。如今之计,要么死守,要么退走。打算不同,处置也不同,事不宜迟,望列位从速决断!"

他的话刚说完,好几个声音同时叫起来:

"许多商货都在馆里,怎么不守?守!一定要守!"

然而也有相当一部分人没有作声,脸上露出畏惧的神色。

毕石湖扫了他们一眼,冷冷地说:"要守,就大家一块守。走一半,留一半,那就别指望守得住。大家瞧着办吧!"

听他这样一说,大家你瞧我,我瞧你,开始嗡嗡议论起来,各摆各的理由,一时间谁也说服不了谁。就在这时,只听外面"哗啦"一声巨响,接着便是进攻者们的狂呼乱叫,显然,二门已被突破了!

一刹那间,三门内的人们像是遭了雷击似的,一个个都停止了争论,在原地呆立不动。

就在这一片死寂当中,忽然,人丛中响起了笑声。那是一阵欢乐的、怪诞的、使人听了毛骨悚然的笑声!接着,一个头发披散的人钻了出来,大声欢呼说:"好了,好了!我的商货回来了!

听,大箱子,好大的箱子!哎,你们别摔、别摔,摔坏了我要你赔!"说着,跌跌撞撞地奔过去,开始很着急地把堵在门上的桌椅杂物又推又拉,要把门打开。

大家吃了一惊,当看清那是疯癫了的马小舍时,几个人就连忙奔过去,横拖倒拽地把他弄到一边去。可是马小舍不肯,又是叫又是哭,又是苦苦哀求,那凄厉的声音在庭院上空久久回荡,听得人们都惨然地低下头去……

这时,自从二门被攻破之后,停止了片刻的打砸声忽然又在门外爆发了。大家都吃惊地抬起头来。一个年轻的商人显然悲愤已极,他一拳擂在门扇格上,厉声大叫:

"牙行的狗杂种,实在欺人太甚!若是这一次再轻饶了他,往后我们浙东人就别想在这一方立足了!守,非守不可!"

说着,他一手抄起棍棒,大步走到毕石湖身旁,气冲冲地瞪着大家。人们到了这时,也已再不迟疑,纷纷拿起自卫家伙。

毕石湖看见这种情形,就点点头,说:"既然大家情愿死守,那么好,听我号令——"他刚要说下去,忽然想起了什么,临时又做了一个"等一等"的手势。然后,快步走到正站在一旁沉思地注视着三门的黄宗羲跟前,说:

"黄相公,我们这些人,身家性命都系于这一场争斗,已决意死守。相公是局外人,犯不着同我们一道冒这风险,本馆有一道侧门,与隔壁全晋会馆相通,请相公过去暂避。如何?"看见黄宗羲一声不响地摇摇头,毕石湖迟疑了一下,又说:"相公倾诚相助,本馆十分感激。只是相公是万金之躯,若有什么差池,在下实在担待不起。情事已急,相公若有意援手,出去之后,请速往官府,促他派人前来弹压,小可便毕生感戴大德了!"

可是,黄宗羲仍然摇摇头,他缓缓举起手,指着三门,从牙缝里挤出一句话:"把这门——开了!"

"啊?"

"哼，什么牙行！本相公倒要会一会他们！快——开了！"

心怀鬼胎

钱谦益默默地瞧着已有几分酒意的钱养先一个劲儿扯着郑元勋碰杯，暗自在心里盘算："如今总算已经万事俱备，只等着大会来开锣了！如果一切顺利，作出公议，应当连夜派人进京，把消息报知周延儒。这样，到五月底，最迟六月中，老周守信的话，就该有所动作。算他再不起劲，也不能拖过今年。否则，我照样有办法把阮胡子再打下去，让他吃不了兜着走！嗯，么说，就是今年，今年我就出山了！哈哈！"一想到自己苦苦熬了十三年之后，终于又能重立朝班，扬眉吐气，钱谦益心里充满了难以形容的喜悦。他放松身体，靠在椅背上，微微眯起眼睛，开始历历如绘地想象一旦九重诏下，朝野如何额手称庆，亲友们如何奔走相告，门生故旧如何络绎来贺。然后，就是隆重的送别，旅途的应酬，到京之后同僚的迎接，皇上的赐见，出席喜气洋洋的接风酒宴和参与朝房密殿里的各种军机大事……不过，有一件事，他此刻还拿不定主意，就是到时把全家都带进京去呢，还是轻装简从？如果不带家眷，那么把柳如是丢在常熟，却是难以放心得下；但如果让她以"夫人"的名分跟着自己进京，又难免会招来物议……

"启禀老爷，余姚黄太冲先生求见……"一个熟悉的声音在耳畔响起。

钱谦益抬了抬眼皮，发现李宝站在花厅的门口，"嗯，他说什么？谁来求见？"他迟钝地想。蓦地，他回过神来，心中一惊。

"啊，来、来了、来了多少人？"他失态地站起来问。

"回老爷，只是黄相公一位，并无别人。"李宝回答，有点奇怪地瞧了主人一眼，随即把拜帖递过来。

"什么？"钱谦益急躁地侧着耳朵。

李宝把刚才的话又大声重复了一遍。

"哼,传个话都不清楚,嗡嗡嗡就像蚊子叫!"钱谦益悻悻地呵斥说。弄清楚并不是吴应箕、陈贞慧全伙上门来,他松了一口气,这才瞧一瞧拜帖。的确,如果在这个时候走漏了风声,被对方找上门来同自己吵闹,那可是大大的不妙。不过,虽然如此,钱谦益仍旧怀疑黄宗羲是被对手们派来刺探动静的。他离开座位,一声不响地在室内来回走了片刻,立住脚,瞅了瞅已经停止了谈话、正在一齐望着他的几个心腹,用犹疑不决的口气说:"请黄相公外堂奉茶,我随后便来。"

等李宝答应着退出去之后,钱谦益又皱着眉头,寻思了一下,这才吩咐陈在竹等陪着客人,他自己出了门,慢慢向楠木厅行去。

"……嗯,他若不是来刺探我的便罢,他若真的为此而来,我就干脆给他个矢口否认,看他能奈我何!哼哼,对了,我正愁不清楚他们的动静,趁此机会倒可以反过来摸摸底细哩!"当钱谦益隔着楠木厅的窗棂,望见黄宗羲那熟悉的背影时,他终于暗暗拿定了主意。

钱谦益的这种想法,黄宗羲自然是不知道的。他刚刚在浙东会馆里碰上一场争斗,激于义愤,打算冒险去见那伙暴徒,面斥其非,被会馆的人竭力劝住。幸而,在最后一刻里,官府总算派来了衙役,才把暴行制止下来。不过,经过这一场破坏,会馆损失惨重,人心惶惶。黄宗羲犹豫了又犹豫,到底不好意思再开口借钱,只得匆匆告辞,赶到徐氏东园来。好在如今不是上常熟去,算不上专程拜谒,即使不送礼,也勉强说得过去。虽然如此,黄宗羲到底心中不安,总觉得有点对不起这位老世伯似的。

现在,黄宗羲听见了一种熟悉的脚步声。那是他在常熟半野堂读书期间听惯了的、沉稳而又略带几分拖沓的脚步声。他的心跳动了一下,迅速地转过身去。一刹那间,一种热烈的、狂喜的表情,从他那张清秀的小脸显现出来。他用闪闪发光的眼睛瞅着钱谦益,仿佛要拥抱他似的,急切地向前迎了两步,随即弯下膝盖,拜倒在地上。

"哎呀,贤侄!不必多礼,不必多礼!"钱谦益满面春风地迎上前,紧紧抓住黄宗羲的胳膊,用一种亲昵的、不拘形迹的动作,把他扶了起来。

"小侄不知世伯也在姑苏,拜望来迟,望祈恕罪!"黄宗羲拱着手说。他的小脸因为喜欢而发红,目不转睛地瞅着钱谦益。

钱谦益也在微笑着,不住地打量着眼前的世侄,发现黄宗羲除了脸上多了几分风尘之色外,体魄依旧是那般挺拔、健壮。发达的肌肉,从蓝布直裰的胸前、肩头凸现出来。一双秀气的眼睛里,仍旧闪烁着纯真、智慧的光芒。不知什么缘故,每当看到黄宗羲,钱谦益总是不由自主地在心里拿他同自己的儿子孙爱相比,并且油然涌起感叹:我的儿子要是像他,该有多好!那样我就心满意足,把一切事业都托付给他,再用不着以垂老之身,还为着一顶劳什子乌纱而栖栖遑遑、虚耗心力了。何况,他对我实际上又是这般亲近、依恋……此刻,这种感情又一次在钱谦益心中涌现了,而且比以往更加强烈,使他暂时忘记了从花厅出来一路上的种种疑虑和盘算,只感到由衷的喜悦,仿佛感情当中长期遭受簸弄、伤害的一角,忽然得着了抚慰似的。

"老伯,小侄此次出来,到处听闻老伯行将起复,入赞中枢,真乃令人惊喜不胜哩!"当最初一阵热烈的寒暄过去之后,黄宗羲在椅子上坐下,端起一杯茶,立刻又放下来,兴奋地说。

"噢?"钱谦益不在意地应了一声,仍旧不住眼地打量黄宗羲,并未从刚才的状态中摆脱出来。

"只是周阁老为人贪婪忮刻,未必有此胸襟!倘若又旁生枝节,从中作梗,实在不可不防!"

钱谦益迷惑地望着黄宗羲热切的脸容和圆睁的眼睛,好一会儿弄不明白对方在说什么。蓦地,他清醒过来,随即想起黄宗羲此次来访，可能是奉吴应箕、陈贞慧他们的指派，向自己刺探消息的。这位年轻有为的世侄，其实是窥伺在旁的危险对手。缠绕在钱谦益心头的绵绵情意立时烟消云散了。他警觉起来，沉默了一会，拿起了几上的茶杯，淡淡地问："嗯，怎么？"

黄宗羲本能地也端起茶杯，但又一次放下了："周阁老对老伯嫉忌甚深！"他急急地说，向前挪了挪身子，"这些年，他与温体仁交相排斥老伯，天下共知，不必复论。此公无才无德，秉政多年，唯知阿迎上意，未见有尺寸建树；且广纳苞苴，贪赃受贿，较之温体仁，尤为放肆无耻。此次东林诸君子合力举之出山，小侄窃以为失计！虽然如此，此公却未必感恩知报。何况老伯一旦复出，必以斡旋运会、矫正人心为己任，宏谟一展，益见其庸陋，彼又安能甘心乎！"

钱谦益斜睨着黄宗羲，眼睛里怀疑和戒备之意越来越重。黄宗羲一坐下就大谈周延儒，而且没有一句好评，正刺中了他心中的隐私。"莫非他们真的知道了，却派他来警告于我？"他想。可是，瞧黄宗羲的神气又不大像。于是，他不动声色，照旧淡淡地说：

"老夫起复之说，近来传闻确是不少。唯是凿空之言，均无实据。其实，老夫如今年逾花甲，但得优游林下，于愿已足，这'兼济'二字，倒也无复萦怀了！"

"啊，老伯安能作如此想！方今天下扰攘，社稷危殆，正是仁人志士用命之秋。老伯雄才峻望，四海共瞻。凡我君子，谁不倾耳侧足以望老伯出秉大政。倘若以小人之故，甘心独善，其如苍生何！"

钱谦益没有回答。黄宗羲这一番话令他颇为感动。他现在已经看出来，这位世侄一片至诚，胸无城府，绝不是为着刺探消息而来的。"可是，他又哪里晓得，我岂是真心的甘于老死山林？相反，眼下正为复出的事殚精竭虑、寝食不安呢！"他望着黄宗羲，默默地想，忽然冒出一个希望：要是这位世侄能站到自己一边，支持自己，那该多好！他是东林的遗孤，又是《留都防乱公揭》的发起人。到时，他如果能够出面表示宽宥阮大铖，那效用自然非比寻常。不过，这办得到么？

"唉，皇上英明天纵，唯于用人一端，却令人百思不得其解！"黄宗羲并不理会钱谦益的沉默，管自愤愤地低声说，"今上并非不知东林为君子，却以有一二非君子之人混杂其间，而事事猜疑提防；也并非不知攻东林者为小人，却以其可以牵制东林而不惜重用之。遂致十余年间，君子尽去而小人独存。如此下去，只怕大明真要亡呢！"

钱谦益怔怔地眨着眼睛，似乎没有听清。当他终于弄明白之后，不禁大吃一惊：这世侄竟敢放肆到攻讦起皇上来，这还了得！万一给厂卫的人侦知，便是破家灭门之祸呀！他不胜张皇地向四边望了望，压低嗓门训斥道：

"贤侄，你怎地如此荒唐！这种话也能说的么？亏你还是个圣贤之徒、忠良之后，怎地说出这种反贼流寇一般的悖语狂言来！你莫是不要命了！"钱谦益越说越严厉，他当真动了气：这群书呆子怎地如此不知死活，平日讥评大臣、议论朝政倒还罢了，竟放肆到指摘皇上的不是！这种念头，顶多只能悄悄地想一下——那也是有罪的，他却公然无忌地说出口来！钱谦益觉得黄宗羲的这种情绪十分危险，很想狠狠地呵斥他一顿，教他知道即使在自己面前，说话也应当有分寸。可是，当他看见黄宗羲低着头闷声不响时，口气不知为什么却软下来："嗯，这话悖谬之极！不过，你在这里说说还不打紧，若到外面去，千万不能！可记住了？"他犹豫了一下，慰解似的说，"只要有我东林、复社诸君子在，嗯，大明亡不了！"

"可是，江南的社局，是越来越不成话了！"黄宗羲爆发似的抬起头来，满脸是苦恼的神情，"沽名钓誉者有之，争权夺利者有之，同类相残者有之，简直是一塌糊涂！"他的胸膛急剧地起伏着，终于，仿佛抵受不住内心的压力似的，猛地站起身，来回走了几步，突然回过头来，"听说，还有想替阮大铖翻案开脱的！"

钱谦益正想着如何开导黄宗羲，听了这话，心头一震。虽然他刚才还打算把对方拉到自己这边来，可是猝不及防地听到这么一句，仍然像被击中了要害似的，一下子目瞪口呆，不知道该怎么回答。

幸而黄宗羲并未察觉。他忧心忡忡地紧抿了一会嘴唇，然后长长地吐了一口气，开始把三月初七那天晚上，他同吴应箕、陈贞慧等人如何在李十娘家聚会，后来又如何回到冒襄下榻的河房里商议，大家听到消息后如何愤慨，如何认定是旧几社那帮人捣的鬼，以及大家准备在虎丘大会上同旧几社的人大干一场，现在陈贞慧和顾杲已经到金坛去请周镳、周钟兄弟相助等等，原原本本地向钱谦益述说了一遍。末了，他说道：

"郑超宗和几社那帮人竟敢替阮胡子翻案，我黄宗羲第一个放他们不过！但听说社内有不少人还附和其说，不以为非，不以为耻！真不知他们当初入社，所为何来？竟然糊涂若此！"

钱谦益小心翼翼地皱着眉毛，竭力不让自己流露出任何异常的神色。他侧着耳朵，注意地捕捉着黄宗羲说出的每一个字眼，终于，他暗暗吁了一口气——无论如何，对手们当真完全不知底细，岂止不知，还错把旧几社的人当成了攻击的目标，准备大闹一场。啊哈，这正是自己求之不得的一种局面！想到曾经被他估计得极为困难的这件事，竟然进展如此顺利，一切都像有神明在冥冥中扶助似的！钱谦益不觉大为宽慰，但同时又多少有点遗憾。因为他看得出来，黄宗羲也如同吴应箕、陈贞慧一样，是绝不会在这件事情上妥协的。指望他站过来支持自己，更绝无可能。想到刚才见面之初，自己对于这位世侄所产生的那种不能自抑的感情，钱谦益的内心不禁漾起一丝苦笑。

"不知老伯亦曾听闻此事否？"

黄宗羲的声音在耳边响起。钱谦益一怔，回过神来。他本能地打算加以否认，可是不知为什么，话到嘴边却说不出来，只是在喉咙里"咕噜"了一声。

"哦，原来老伯已有所闻！"

"不！"钱谦益慌忙说。他犹疑了一下，又补充道："我对此事一无所知！"

这样说了之后，他就把眼睛移开，以免接触对方的真诚的视线。

"原来如此！不过，替阮大铖翻案之事已无可疑。虎丘之上，一场内讧只怕势在难免了！"黄宗羲烦恼地说，"次尾、定生他们都说旧几社那伙人久有独揽大权把持社局之心，小侄本来也不甚相信。不过，看到此次他们如此妄为，分明是存心挑起大纷争，却又令人不得不信！"于是，他又把自从复社领袖张溥死后，旧几社一派人如何妄自尊大，不把吴应箕、陈贞慧等人放在眼里；这一次虎丘大会他们又如何故意拆台，使吴应箕等人当不成主盟；吴应箕等人又如何气愤等等告诉了钱谦益。

钱谦益听完之后，却没有作声。不错，要是早半天工夫听见这个消息，或者这个消息是由别人的口中说出来，钱谦益必然会大慰胸怀。可是，此时此刻，从黄宗羲口中又一次听见这种忧心忡忡的投诉，以及看见他满怀希冀的焦急眼神，钱谦益的心中却有一种空虚茫然之感。

"老伯，小侄此来，意欲有一事相恳，未知老伯能答允否？"

"哦，贤侄只管直说。"钱谦益的态度显得格外和蔼。

"小侄想请老伯亲赴虎丘，平息此番内讧！"

钱谦益蓦地一惊，他失态地站起来，慌乱地说："这，这怎么行？不行！"

黄宗羲奇怪地瞧着钱谦益："小侄看来，到了这一步，除非有德高望重如老伯者出面，已是无人能排解此事。"

钱谦益情急地盯了黄宗羲一眼，使劲地摇头。

"啊，莫非小侄此议有何不妥之处？"

钱谦益又摇一摇头，神情却越来越尴尬和难看了。

"那么，莫非老伯忍心眼见复社毁于一旦不成？"黄宗羲的语气里流露出明显的失望。他显然无法理解，像钱谦益这样一位他素所景仰的东林前辈，何以对于这样一件关系复社存亡的大事，竟然会无动于衷？

"贤侄，是定生、次尾他们让你来的吧？"钱谦益注视了黄宗羲片刻之后，突然冷冷地问。

黄宗羲一怔，摇摇头："不是。次尾他们并不知道老伯来了姑苏。小侄到这儿来，事先也不曾告诉他们。"

钱谦益笑了："贤侄又何必瞒我，此等大事，次尾、定生着你来问我，原也应该！"

"老伯说得是。不过，小侄此来确实不曾告诉他们。"黄宗羲回答得很认真。

钱谦益不言语了，可是冰冷的目光仍旧在黄宗羲的脸上停留了好一会儿。直到断定对方并非说谎之后，他才重新堆出微笑，走过来，拉住黄宗羲的手，用亲昵、诚恳的口吻说："贤侄，不是老夫存心推托。你也知道，老夫以病废之身，待罪山林，虽然深自韬晦，亦难免为朝中小人所侧目。去岁蔡奕琛行贿事发，不肯入狱，竟诬告老夫教唆复社构陷于他。幸赖天子圣明，置之不问。此次若公然出面干预社事，岂非适足授彼以柄？老夫一身不足惜，只怕于社事不唯无补，抑更有害呢！虎丘之会，既然定生已赴金坛请仲驭、介生他们来，纵有大事，他们尽能应付裕如，贤侄倒也不必担忧。"停了停，他斜觑着黄宗羲，又意味深长地补充说，"眼下四海汹汹，人情昏乱，谣言蜂起，往往真假难辨。贤侄须得自有主张，心明力定，勿为他人所蛊惑左右，这也是要紧的！"

第五章
争名位兄弟阋墙，辩正邪师生反目

圆圆被骗

一连两天的阴雨，使从四面八方聚集到苏州来的复社社友们颇为扫兴。他们大部分时间都被困守在各自的客房里，喝闷了酒，睡厌了觉，各种话题也都谈完了，只好百无聊赖地望着灰蒙蒙的天空皱眉头。有人甚至断言，这次虎丘盛会必定被这鬼天气弄得黯然失色，兴味索然。可是，到了三月二十八这一天，一抹明亮的曙色出乎意料地从天东头冒了出来，接着，沉默了多日的鸟雀也开始吱吱喳喳地啼鸣着，扑棱棱地上下飞蹿。虽然天幕上还浮荡着薄雾，原野上也依旧水气迷蒙，但是曙色深处，一朵嫣红的朝霞蓦地绽开了。它犹如从天孙①的织机上飞出的锦缎，不断地涌现着、堆积着，把璀璨的光华投向高天，投向大地，投向炊烟四起的城市。于是，返青的小树林啦，正在开耕的田野啦，城头上的雉堞啦，屋脊上的瓦顶啦，都一齐闪出五彩的光晕。微冷的空气中，有一股清爽的、令人心神愉快的意味。

从大清早起，阊门外码头、接官亭、钓桥一带，就聚拢了各式各样的大小船只。因为几天来，复社的相公们又要大会虎丘的消息，已经传遍了七里山塘，所以船户们都纷纷赶来抢一份生意。其中有一篙一橹的"七里乱"②，有双橹的快船，还有重檐走舻、

---

① 天孙：即织女星。
② 七里乱：一种只可坐三四人的"小快船"，常为人短途交通所雇乘。

富丽堂皇的沙飞船，一只一只都拾掇得雅致整洁，船身漆着彩纹图案，讲究的还在窗户上嵌上蠡壳，在舱里陈设着香鼎瓶花。掌篙摇橹的，大都是些中青年的船娘。她们的发髻梳得油光水滑，脸上薄薄地施着脂粉，鬓边插着珠翠，雪白的手腕上还戴着明晃晃的镯子，娉娉婷婷地站立在船头上。每当岸上来了客人，她们就七嘴八舌地用苏白招呼起来：

"几位公子阿要上虎丘去白相？介末请坐我的船去好哉，船上有茶喝，有点心吃，交关之舒服稳当，保管公子们满意，好？"

"两位大爷来啊来到苏州哉，我的船又快又稳，上虎丘白相最便当，还有这位大爷，也一起来哉，勿要看介只船小，再坐几个人也勿要紧格！"

"介搭去虎丘，坐船最舒服哉，如果这几位通通要去，我划船相送，价钿一定便宜，好？"

一般外地初来的客人，见了这样如花似玉的船娘，听了这甜美动听的柔声软语，都会顿时心平气和，觉得很难拒绝。老实一点的甚至连价钱也不好意思同她们争论，身不由己地就跨上船去。于是长篙一点，柔橹轻摇，一只画船就离开了码头，欸乃声声，沿着七里山塘，向虎丘荡去了……

当载着复社士子的船只三三两两离开码头的时候，冒襄也乘船到了苏州。同他一块赶来的还有他的朋友——金沙人张明弼。他们没有进城，也没有立即前往虎丘，而是沿着运河一直往南，朝着胥门外的横塘驶去。

冒襄大半个月前离开南京，到常州后，接连收到北京两位熟人的来信，都证实了冒起宗即将调离襄阳的消息。这使他进一步感到宽慰，也使他终于回心转意，修了一封家书，派人先送回如皋，向母亲禀明一切；自己则买舟南下，到苏州来赴复社大会，顺便探望陈圆圆。恰巧在半路上，遇见了正到处寻访他的张明弼。

张明弼是个年近花甲的老头儿，五年前中了进士之后，被派到粤东揭阳去当县太爷,最近因为得罪了上司,又被贬回浙江按察司当个管文书的小官。他觉得没有意思,便借口回家探亲,告了个长假,到处游山玩水,寻朋访友。他同冒襄,还有陈梁、刘履丁、吕兆龙几个,十年前曾在秦淮河的眉楼上义结金兰,立誓以心相许。论起他同冒襄的交情,较之吴应箕、陈贞慧等人更为密切。这一次,张明弼是受了陈圆圆之托,来找冒襄告急的。据他说,由于苏州府出动衙役,那些雇来守护陈圆圆的"撞六市"被捉去了好些人,眼看坚持不住,半个月前,只好又把陈圆圆转移到横塘藏起来……冒襄听了这个消息,起初还摆出满不在乎的样子。直到读了陈圆圆捎来的信中,有"君倘不来,恐成永诀"的话,他才有点着紧起来,听凭张明弼吩咐船家昼夜兼程,总算在今天一早赶到这里。

横塘是个不大的圩镇,离胥门也就六七里的水程。由于靠着运河,往日倒也颇为兴旺;如今却同苏州一样,萧条冷落得很了。冒襄在码头上了岸,吩咐冒成和长班留在船上等候,然后由张明弼引路,沿着狭长的小巷弯弯曲曲地走了一阵,来到了一个小小的门楼前。张明弼上前敲门,半天,才有一个老门公出来开门。张明弼早已不耐烦,扯住冒襄就往里走,一边兴冲冲地叫:

"圆圆,圆圆!看我把谁给带来了!"

冒襄跟在后面,想到马上就要同陈圆圆相见,心情也很有点激动:"嗯,大半年不见,又经历了这一番颠沛惊恐,她不知怎样了?还是娇艳如昔么?哎,只怕不免憔悴瘦损了吧?"他想,一边四面张望着,希望尽快见到那张熟悉的、可爱的脸蛋。

张明弼叫了一阵,屋子里静悄悄的,没有任何动静。就连平日的使唤丫环,也不见一个露面。

张明弼同冒襄交换了一个莫名其妙的眼色,直着脖子又叫:"圆圆,圆圆!"

"两位相公不用叫了,屋子里没人。"一个苍老的声音从背后响起,原来那个老门公已经跟了进来。

"啊,没人?上哪儿去啦?"

老门公没有马上回答。他眯缝眼睛打量着冒襄:"敢是小人眼拙,这位相公却似不曾来过?"

"这便是如皋冒辟疆相公!"张明弼说,"今日特地从常州赶来瞧圆姐儿的。门公,你快快把她找回来,我们还有要紧的事哩!"

门公的眼睛一下子睁大了,"啊,你就是那个冒、冒相公?"他神色紧张地问。

冒襄莫名其妙地点点头。

"那么,那么圆姐儿当真不是相公接走的?"

冒襄越加摸不着头脑:"你说什么?我接走圆圆?哪有此事!"

门公直着眼睛瞧了冒襄半晌,喃喃地说:"哎,糟了,糟了,果然不错,上了当了!"

冒襄和张明弼吃了一惊。

"喂,到底是怎么回事?"张明弼生气地追问。

"这件事,小的也只知个大概——哎,两位相公请坐,待小的禀来。"看见两位客人急躁地摇摇头,门公就叹了一口气,说起来:

"小的听说,这是去年惹下的祸。去年,田皇亲派人来苏州,点着名儿要买圆姐儿,谁知弄了个假的回去,惹得田皇亲大发脾气。故此这一次追得真紧,圆姐儿接连换了好几个地方,都没能躲开他们。凭着几位相熟的相公相帮,买动一班'撞六市',同他们放对……"

张明弼不耐烦地打断他:"这些我们都知道了。你只挑要紧的说——后来怎样了?"

"哎,是——后来,后来就躲到这里。那一天,也是这个时辰,小的正在门房里打盹儿,冷不丁有人'咚咚咚'打门,小的爬起来开门一看,原来是镇上的船户陆小四,后面还跟着个长大汉子。小的问他来作甚？陆小四说：'如皋冒相公来了，正在码头上的船里，吩咐请圆姐儿即刻过去相见。'又指着那汉子说这就是冒相公的长班，来接圆姐儿的，轿子就在门外。小的平日每常听说，圆姐儿一心一意就是盼的冒相公来，便给他报了。翠影丫头即时出来，把长班叫了进去，说是圆姐儿要问他。小人站在门影里同陆小四正说话哩，就见圆姐儿穿戴整齐，张皇失落地走出来，上了轿，随那长班去了。当时大伙儿都喜欢，说：这下可好了，圆姐儿有救了。谁知呀，圆姐儿这一去，直到天晚也不见回来。大伙儿都有点纳闷，又猜道冒相公带了圆姐儿到哪儿白相。过了四五日，还不见音信。大伙这才着紧起来，四下打听，都不得信儿，去找陆小四，也不知他躲到哪儿去了。后来影影绰绰传出言语来，说圆姐儿早被田皇亲的人弄回家里去了，也不知是真是假。今日见了相公，才知圆姐儿真的给骗去了！唉，听说田皇亲性子暴戾非常，圆姐儿这一去，不知是好是歹呢！"

老门公一边说，一边直摇脑袋。冒襄和张明弼却像当头挨了一棒似的，被这突如其来的消息弄得目瞪口呆。

"啊，你……你这话可是当真？"张明弼好容易才挣出一句。

"小人怎敢欺蒙相公！圆姐儿，多好的一位姑娘，最是怜贫惜老。便是小人，平日一吊半吊的，也没少受她的恩惠。可是这世道，偏不让好人安生……"门公伤感地摇着头，抖抖索索地拉起袖子去抹眼睛。

张明弼问不下去了。他眨巴了一会儿眼睛，只好回头征询地望着冒襄："辟疆，这事你看……"

冒襄冷冷地问："这事——出了有多久啦？"

"啊，今日是二十八，圆姐儿走的那天，我记得是十八，嗯，回相公，有十天了。"

冒襄哼了一声，走开去，很快又走回来，坐到椅子上。他紧皱着眉毛，一声不响，脸孔渐渐变得通红。终于，他站起来，咬着牙说：

"她、她怎么这样蠢！简直糊涂透顶！这样就上当了！我派人来接她上船？笑话，那时我还在常州，怎么可能，怎么会！真是昏了头，轻轻易易就被骗走了！"

他双手叉在腰间，迈出两步，忽然又停住，冷笑地说："既然我到了码头，怎么会不上岸，怎么会不进来？却派人来接她？这不明摆着是假的，是圈套嘛！可她竟然就相信了！我叫她安心等我，等我，偏不听，自作聪明！现在行啦，一了百了啦！我们还来这儿做什么？昼夜兼程，可是人去楼空了！好吧，我的话你不听，那就算了，我也管不了啦！你自作自受吧！"

冒襄怒气冲冲地叫着，使劲一脚，踢翻了一张挡道的小凳子，开始在堂屋里走来走去。他那白净俊美的脸变得铁青，看上去十分凶狠可怕。老门公被这意外的反应吓住了，不知所措地望着张明弼。后者倒还镇定，他默默地等待着，直到冒襄发泄得差不多了，才劝慰地说：

"辟疆……"

"算了，"冒襄猛地挥了一下手，"没什么意思了，走吧！"说完，他就管自转过身，大步向外走去。

"啊，公子……"

当冒襄跨出堂屋时，听见一个细小的声音在招呼他。

冒襄愤怒地回顾一下，忽然怔住了——门边上，站着一个十四五岁，长得挺秀气的女孩儿，正红着脸，胆怯地、焦急地望着他。冒襄认得，她就是陈圆圆的贴身丫环翠影。

"唔，是你！"冒襄板着脸说，脚步不由自主地停了停。当他打算继续朝外走时，张明弼从里面跟了出来。

"是你，翠影！你还没走？"张明弼惊奇地叫，"哎，你快给我们说说，圆圆是怎样给骗走的！"他回头向冒襄，"辟疆，你何必忙着就走，再问清楚点不迟啊！"

说着，他抓住冒襄的胳膊，把他拖回堂屋里，一边招呼翠影：
"进来说话，进来说话！"

翠影所说的情况，同门公也大同小异，只是补充了一些细节——那天听说冒襄来了，陈圆圆高兴得又是哭，又是笑，立即就把来人叫来询问，问冒公子身子可好？老爷的事办得怎样了？怎么不派冒成来接？来人说：公子身子挺好，冒成却病得厉害，公子已经让他回如皋去了。老爷的事还没个头绪，眼下公子正急着去见一位世伯，不下船了。请圆姐过去相见，有要紧的话说。当时翠影多少有点疑心，劝圆圆仔细提防些。但陈圆圆说，公子正忙着老爷的事，不能下船只怕也是真的。现在公子派人来接，又说有要紧的话同我商量，去迟了他会生气。所以立时装扮起来，跟来人去了，谁知果真就着了圈套……

翠影最后说："冒公子，适才婢子在门外听你说话，像是很生我家阿娘的气，这可是错怪阿娘啦！多半年来，别人不知，我翠影可最清楚，阿娘哪一天不把公子叨念上几十遍！为了一心一意等公子，她客也不接了，好衣裳也不穿了，三天两头就上江神庙去烧香，求神保佑冒郎身心安泰，老爷早日高迁。可是、可是公子也忒狠心，这多半年，也不给阿娘来个信儿，害得阿娘她背地里不知流了多少泪。婢子就是不解，公子再忙，写几个字的空儿总还是有的呀！"

冒襄起初一直绷着脸，可是听着听着，他的神情不由得变了。这时他猛一慌神，结结巴巴地说：

"我，我……"

"冒公子，你很怪阿娘糊涂，怎么中了田府的奸计，其实，阿娘不是糊涂，她是真怕你哟！"

"啊，怕我？"

翠影叹了一口气："阿娘常说，她实在配不起公子。她老怕公子变心。她还说，公子与众不同，是个心比天高的人，对公子表面上不能百依百顺，要不就会给公子瞧不起。所以她平日拿架子，使小性儿，都是一心为的拴住公子的心。可是，每闹一回别扭，她心里就直哆嗦，生怕当真把公子给惹恼了。待到这大半年，公子无音无讯的，她就真的害怕了。所以听说公子派人来接，她再不敢怠慢，即时便去了。谁知偏偏中了奸计！公子，阿娘若不是那样怕你，她也不会……"翠影说到这里，忍不住用双手掩着脸，哀哀痛哭起来。

冒襄呆住了。他万万没有想到，这个令他如此气恼，又如此抛撇不开的陈圆圆，竟是这样一个女人……刹那间，他感到心中一片纷乱，茫然地倒退几步，跌坐在椅子上，懊恨地低下头去。

追问实情

尽管早就到了该出门的时候，郑元勋在他下榻的半塘姜氏别业里，还迟迟地不想动身。他已经换好了衣裳，却长久地站在堂屋中央，怔怔地瞧着被早晨的太阳照得闪闪发亮的乌木门槛，觉得那仿佛是横在脚下的一把剑——也许自己一抬脚就能跨过去，也许反被突然跃起的剑刃割伤足踝……

由于答允在虎丘大会上充当钱谦益的代理人，两天来郑元勋都处于后悔、不安和苦思焦虑之中。如果说，最初他作为一名附和者，还没充分认识到这件事的复杂性和危险性的话，那么现在就完全不同了。他越想越觉得困难很多、风险极大，万一办不成，到头来身败名裂，被士林唾弃的厄运就会无情地落到自己的头上。每当想到自己的半世清名，想到半年来自己暗地里苦心经营的一切，很可能会因此被一股脑儿葬送，郑元勋就心惊肉跳，无论如何也平静不下来。

郑元勋十年前就当上了复社在扬州地区的社长。复社的领袖张溥在世的时候，他一直是兢兢业业，勤于职守，丝毫不敢存有非分之想。他只求能保住已有的地位，作为将来的晋身之阶，就心满意足了。谁知天有不测风云，半年前，年纪还不到四十岁的张溥突然病逝。副手张采的魄力、才智都远逊张溥，加上他入仕做官之后，很为朝廷注目，不便公开参预社事。这样，由谁来接替张溥的位置，就成为全社面临的最大难题。而社内各派系的角逐争夺，也就由此而激烈展开。其中，风头最健、名声最响的，自然要数吴应箕、陈贞慧这一派——吴应箕是复社资格最老的学长之一，陈贞慧则是"四公子"之首。他们以东林党人、前礼部主事周镳为后台，在社内一呼百诺，颐指气使，谁都得让着他们三分。对于领袖的金交椅，他们自然不肯放过，而且志在必得。然而，这一派人言行偏激，目空一切，却也招致社内许多人的不满；尤其是旧几社那一批人，对于吴、陈派的飞扬跋扈早就看不顺眼，于是挺身而出，处处同他们作对。旧几社一派人实力也不小，但成员都是松江一带的士子，难免心存地域之见。他们反对吴、陈，固然能争取其他地区一些社友的同情和支持，但想夺取领袖全社的位置，就不是那么轻而易举了。这两派势均力敌，谁也压倒不了谁。正是面对这样一种形势，一个前所未有的念头，在郑元勋的心中悄悄萌动了。起初，它很小，只是不显眼地冒出一点尖角儿，然而，它是那么可喜，那么逗人，于是，就一天天地生长起来。不过，郑元勋仍然把它保护得很小心、很隐蔽，甚至他的一些最亲近的人，也全不知道。当然，这并不妨碍郑元勋开始积极活动。他本来就有平和、公允、踏实、稳重的好名声。从此，他愈加显得虚怀若谷，礼贤下士，竭力同吴、陈派和几社都保持良好的关系。与此同时，他不放过一切机会，在社友面前表示继承西张夫子[①]的遗志使之发扬光大的决心，以及对社内纷争之局的忧虑和痛心。然后，他就滔滔不绝地大谈重振社局的方针措施——第一、第二、

[①] 西张夫子：复社士子对张溥的尊称。

第三……郑元勋很明白,要实现登上领袖宝座的目标,光靠这些还不够,还必须有强大的后台,于是,他又找上了钱谦益……

这些活动是有成效的,这次虎丘大会,他就被推举为两个主盟者之一。这种全社大会,是社内的一种盛典,建社十余年间,总共也才举行过四次。它具有检阅本社力量、决定重大事情,以及扩大声势影响的作用。大江南北,多少士子都以能躬逢盛会为莫大荣耀。至于大会主盟一席,其尊隆程度就更不用说。事实上,过去几次大会,主盟者不是张溥就是张采。所以,这一次谁能当上主盟,可以说,算是半个屁股坐上了领袖的宝座。正因如此,吴、陈派同旧几社一派明争暗斗,异常激烈。郑元勋照例摆出一副不偏不倚的姿态,一方面极力稳住吴应箕、陈贞慧等人,另一方面又同几社一派暗中交易。公举的结果,决定由他同旧几社的李雯双双出任主盟。吴、陈派大为愤怒,扬言要抵制这次大会。郑元勋连忙苦苦相劝,又表示情愿把主盟一席让给他们。吴、陈派目标不在郑元勋,自然不肯,可是这样一来,也就暂时不好意思闹下去了。郑元勋稳定了局面,便开始兴冲冲地着手筹备开会的事宜。就在这时,钱养先忽然来到扬州,向他转达了钱谦益要替阮大铖开脱的意思,郑元勋觉得正好乘此机会,进一步巴结讨好这位东林领袖,作为日后的有力靠山,所以立即爽快地答应了。没想到,到头来钱谦益竟毫不客气地把一切责任、风险都推到他的头上……

"哎,我为什么要答允他?我真不该答允他!"郑元勋在心里气急败坏地叫。然而,与此同时,他又分明听见发自心中的另一个冷冷的声音:"你不答应,又会怎样?只要钱谦益在士林中随随便便说上几句不支持的拆台话,你的那一点本钱,也同样赔不起哟!"

郑元勋感到绝望了。现在,他觉得在这个世界上做人真是很难。他的目光不由自主又回到适才那柄"利剑"——门槛上,那"剑身"的光芒似乎更加刺眼了,简直是在朝他嘿嘿冷笑。郑元勋把心一横,抬脚向外迈去。就在这时,他看见身材瘦小的老仆殷报手里扬着一张拜帖,匆匆走了过来。

"禀老爷,周老爷,还有几位相公来拜。"

郑元勋只好把迈出去的一只脚又收回来。他没精打采地接过拜帖,问:"哪个周老爷……"突然,像被人卡住了脖子似的,噎住了,只见拜帖赫然写着:

眷侍生周镳
眷社弟周钟、陈贞慧、顾杲顿首同拜

郑元勋怔怔地瞪着帖子,仿佛不认识这几个字似的。接着,他的双手开始微微发起抖来,脑门变得更亮了,后来,竟冒出了星星点点的汗珠子。

"老爷……"一个苍老的声音在身边响起。郑元勋猛一回头,只见殷报正关切地瞧着自己。这个老仆人,跟随郑元勋已有二十余年,一贯忠心耿耿,办事勤快,而且最能体察主人的意思,所以郑元勋待他也特别优礼,轻易不斥责一句。可是,不知为什么,此刻殷报那关切的眼神,那催促的语气,以及那等待回话的姿态,都叫郑元勋感到刺眼,可恶,不是味儿。

"催什么,混账东西!"他爆发似的吼道。可是,话一出口,他就自觉失言,立即顿住了。

殷报却不惊慌。他恭顺地低下头,打眼角斜瞟着主人:"老爷若是不想见客,小的便去回答他们,就说老爷已经……"他故意把"出门"二字说得含糊不清,但相信主人自能领会。

郑超宗目光一闪,但很快又摇摇头。他沉吟了一下,挺直身子,板起脸孔教训说:"我分明在此,岂可谎称不在?这不是骗人么!我每常不是教你,待人接物,这诚、真二字是顶要紧的!此种伎俩对待寻常之客，尚且不可，何况这几位都是我的知交密友，正巴不得他们常来见面亲近哩！"

说着，他就整一整衣巾，撇下被教训得发怔的殷报，管自摇摇摆摆地向外走去。

郑元勋刚刚迎出门外，客人们所乘坐的轿子也正好到了。轿帘开处，从第一乘轿子里走下来的是周镳。他大约五十的年纪，身材瘦小，有着一个硕大饱满的前额，和一张狭小而冷峻的脸，这张脸被一部浓密的络腮胡子遮去了一半，剩下的地方就更小了。在这有限的地方，却安放着一个大得异常的圆鼻子，两道同样浓密的、向前耸出的眉毛，一双瞳仁黑中带绿的眼睛，永远躲藏在眉毛下，咄咄逼人地向外扫视。他是崇祯元年进士，官至南京礼部主事，由于上疏弹劾宦官，触怒皇帝，被削职为民。他在士林中声望很高，对阮大铖一向深恶痛绝，崇祯十一年复社诸生起草《留都防乱公揭》，据说实际上是他出的主意。他头戴四角方巾，穿一领花绒直裰，身体似乎并不好，一下轿子就频频咳嗽，把苍白的、没有血色的脸挣得通红。

紧接着的一乘轿子里走出了复社的元老周钟，他是周镳的堂弟，模样儿却与堂兄没有任何相似之处——甚至正相反。他的脸膛很宽，呈椭圆形，鼻子和眼睛却细长小巧，再配上疏朗的胡子，秀气的眉毛，往往使人误认为他是一位温文儒雅的人。其实不然。据说有一次，他在酒筵上碰见了阮大铖，一言不合，他发起怒来，竟把整桌酒席掀翻在地，摔得稀烂，然后拂袖而去。在这一点上，他显出了与周镳有着相似的性格。不过，这兄弟俩平日的关系并不怎么融洽。两家门下的弟子对立尤其严重，经常互相攻击，争吵不休。这一次周钟本不肯来，是陈贞慧一再上门请求，动之以大义，才说服了他一起前来。

周镳一见郑元勋，略拱一拱手，劈头就说："我知道你很忙。我也很忙。但有几句话，一定要说，说完就走，决不碍你的事！"

说着，他也不等郑元勋答话，回头瞧了瞧，看见陈贞慧和顾杲也都下了轿子，便说一声："请啊！"带头向大门内走去。

郑元勋很清楚这位周老爷子的脾气，不敢阻拦。他匆匆向其余几个人拱拱手，便转过身，竭力赶上周镳的步伐，在前面毕恭毕敬地引着路，来到了大堂之上。

当大家重新行过礼，分宾主坐下之后，客人们各自啜着茶，没有立即开口说话。周钟等三人显然是等着周镳，而后者却慢慢地抚弄着络腮胡子，从眉毛底下直瞅着郑元勋，仿佛要在开口之前，把对方看个透似的。

终于，周镳把手中的杯子一放。

"听说，阁下荣膺本次大会主盟，真乃可喜可贺啊！"他一本正经地说，听语气，瞧不出他到底是真心道贺，还是故意挖苦。

郑元勋的目光闪动了一下，谦恭地说："啊，这个——实非晚生所愿，只为社友如此推举，迫于无奈……"

"嗯，阁下自问德才胆识，足膺此任么？"周镳却毫不客气，单刀直入地问。

"晚生自知德薄能鲜，难膺此重寄！"

"不错，学生也有同感！"周镳严肃地点点头，"阁下能出此言，殊不失有自知之明！"他抬起头，仰望着房顶上的大梁，忽然叹了一口气，"大厦将倾，一木已是难支，何况所举之材，又非栋梁乎？复社诸生，何以糊涂若此！"

郑元勋被弄得哭笑不得。本来，从接到拜帖的一刻起，他就估计对方来意不善，所以抱定一个以柔制刚的宗旨，一味地谦恭忍让。谁知道，这位老先生却你谦虚一句，他就实认一句，一点面子都不给。郑元勋的涵养功夫哪怕再好，也不能不有点着恼了。

"哦，晚生自知材非栋梁，只足败事，所以曾恳请次尾、定生二兄，情愿将主盟一席，让与他们。"郑元勋冷冷地说，心想：你心下所想，无非是这么一句话，我干脆替你说出来，看你又怎么样！反正主盟一席，乃是全社公举的，终不成凭我这句话你就能抢了去！"

然而，出乎他的意料，只见周镳摇摇头，"这是不行的！"他断然地说，"虽说次尾、定生充任此席，较之阁下似更胜一筹，然而阁下乃公众所举，次尾、定生决无私相取代之理！"

"莫非仲老意欲再行公举，让晚生名正言顺地让贤？那也并无不可！"

周镳似乎并未觉察对方的尖锐语气，摆摆手："非也，我等意欲助兄一臂之力。"他看了看郑元勋，见他露出惊愕和怀疑的神色，又补充说，"我们不仅不扯你下来，还要把你捧上去，齐心合力扶持你，让你做一个名副其实的复社盟主，你看如何？"

郑元勋忽然笑了："多承仲老错爱。只是晚生却不敢领教。"

"啊，何以故？"

"仲老试想，那社内盟主一席，何等重要，倘若选非其人，岂唯危及社局，抑更干系社稷之未来，须得极其慎重。晚生虽则愚钝，尚有自知之明。此次虎丘之会，滥充一日主盟，或者尚差可胜任，若论那社内盟主，却绝非晚生所敢希冀呢！"

"嗯，这话不为无理。不过，阁下能有自知之明，便是最大之美德。今后只要大家齐心扶助，这社事一层倒也不必过虑。"

"晚生当真不敢应承！"

看见郑元勋如此坚拒，周镳反而有点着急起来。他沉下脸："啊，莫非阁下重一身之得失，竟过于天下之安危么？"

然而，郑元勋似乎拿定了主意。听了这句责备，他眼皮儿也不眨一下。相反，周镳越是着急，他越是摆出一副谦恭、惶恐的模样，说什么也不肯答应。倒把那位盛气凌人的周老爷子摆布得恼也不是，哭也不能，僵在那里直翻白眼。

"超宗兄，"看见这种情形，陈贞慧出来打圆场了，"此事关系我社之兴衰，大明之国运，至为重大。若所举非人，后果不堪设想！仲老之议，事前曾经弟等反复参详，一致公认我兄最为合适。我兄才具，较之西张夫子或有不及，但与弟等相比，又胜之远矣！还望勉为其难，勿再推却为幸！"

可是郑元勋仍旧一个劲儿地往后躲，口中逊谢不已。陈贞慧见说他不动，只好朝周钟、顾杲丢了个眼色。于是，那两个也一齐开口相劝。他们都猜想郑元勋拒不应承的原因，是被周镳开头那一番话逼住了，下不来台，倒也着实说了许多恭维推许的话。

就在他们你一言我一语，忙着给主人搬梯子下台的当儿，郑元勋却一直在暗中察言观色。他绝不是傻瓜，也不是那种心气浮躁的人，周镳的盛气凌人固然使他恼火，但更重要的是今天这事来得太突然，太轻易，使他本能地产生了警惕：他既工于心计，自然也时刻提防别人的圈套，特别是此刻他正心怀鬼胎，"啊，我怕就怕他们同我作对为难！要是他们真肯撑我的腰，社内盟主这把交椅，我自然就能稳坐无疑，也用不着再去讨好钱牧斋，替他当箭靶儿，冒身败名裂的风险了。可是，只怕他们未必有此气量。他们八成是已经听到了点风声，生怕有人要借大会替阮圆海开脱，却设了这个圈套来稳住我，一旦事过境迁，再来个翻脸不认账。哼，我又岂会上当！"

这样一想，他就更加咬定牙关，决不应承。瞧他这个样子，客人们都有点束手无策了。周钟首先不耐烦起来，他皱着眉毛，冷冷地说：

"超宗兄，你既一定不肯，也由你！可有一件，听说有人想乘今日社内大会之机，替阮胡子开脱翻案，这是断然不可的！阁下身为大会主盟，这一关可得把稳了！"

"哼，岂止断然不可，有哪个乌龟王八蛋敢这样干，超宗兄就该鸣鼓而攻，把他扫地出门！"顾杲也跳了起来。

郑元勋哆嗦了一下，畏怯地抬起眼睛。虽然他已经多少估计到对方是为此而来，可是一旦证实，他仍旧感到心头震动。

"啊,为阮、阮圆海开脱?谁?不、不会吧!"他结结巴巴地问。

"超宗兄,"陈贞慧不动声色地插了进来,"眼下这消息已传遍了江南,难道兄竟会不知道?"

"哦?小弟实在……"郑元勋本能地想推脱,忽然又顿住了。因为他想起,一个月前,钱养先到扬州转达了钱谦益的意思后,为着制造舆论,他也曾亲口对一些来访者散布过类似的言论,其中好像就包括陈贞慧!

"嗯,难道超宗兄实在不知道?"周钟不动声色地问。

"不,不不,小弟也是听人说……"

"听人说?谁?"

"这——"

"是啊,你到底是听谁说的?"早已停止了翻白眼的周镳也开口了。郑元勋过分惊慌的反应,显然引起了他的怀疑。

郑元勋不说话,额上却渐渐冒出汗来。本来,以他的聪明才智,要是换了往常,他会很容易掩饰过去。然而,眼下的情况,却使他十分为难。本来,如果只有钱谦益那一方来拉拢他,郑元勋为着实现自己的图谋,也许就只有硬着头皮跟他走到底;谁知忽然又来了周镳这一群人,他们手里拿着的,正是郑元勋朝思暮想的那把复社盟主的金交椅,这就使郑元勋变得有点眼花缭乱,心旌摇摇。他自然十分清楚,跟着钱谦益走要冒极大的风险,而投靠周镳却安全可靠得多。但是他又担心周镳他们此议并非出于真心,生怕落入圈套,所以一直故作盘旋,不肯立即应允。不过,要他断然回绝这一桩唾手可得的好买卖,郑元勋还真舍不得。正因为这一连串的考虑,把郑元勋弄得心忙意乱,左右为难。平日的机智灵巧,这会儿竟一点儿也用不上了。

"超宗兄!"看见他默默不语,顾杲脸色阴沉地说,"弟等可是诚心诚意奉足下为主盟,但愿足下也能诚心诚意地对待弟等,否则的话——"

他"哼"了一声,没有说下去。但郑元勋自然明白其中的威胁意味。这些人的厉害,他是深知的,要是惹恼了他们,今后的日子就休想过得安生,就算有钱谦益的支持,自己也未必就坐得稳那把金交椅。可是,若把真相说出来,他们真能谅解自己么?

"莫非超宗兄尚疑心弟等的诚意不成?"像是窥破了郑元勋的心思似的,陈贞慧忽然站起来说,"那么贞慧愿在此表明心迹!"

说罢,他就走到桌子旁,从笔筒里抽出一管笔,双手握住,举到胸前,神情严肃地说:"贞慧若口是心非,当如此管!"双手一使劲,把笔管"啪"地折成两段,丢在桌子上,拍了拍手,说:"仁兄可以相信了吧?"

郑元勋错愕了一下,呆呆地望着桌上那两截笔管。他的眼神渐渐变了,一种果决的光芒从他那双充满疑虑的小眼睛里闪现出来。终于,他点了点头,平静地说:

"好吧,那么小弟就说……"

挑拨人心

复社大会的会场,就设在虎丘半山的千人石上。

那是一块绿树环抱的天然巨岩,北广南尖,略呈倒三角形。岩面平坦开阔,坐得下上千的人,所以叫千人石。石的北面是生公讲台——说是讲台,其实只是山崖上的一块平地,梁代高僧生公曾在台上宣扬佛法,信徒们列坐于千人石上听讲。据说这位生公道行着实高深,连冥顽的石头也被他的讲经感化,竟然点头皈依。这一块点头石,现在就立在讲台东侧的白莲池内。暮春方届,还看不到一个花骨朵,只有满池的荷叶在微风中摇摆着,迎着朝阳,一一举起了圆圆的、半透明的绿盖。

在讲台西侧,紧贴千人石,是一道又高又厚的砖墙。当中一个月洞门,门内奇岩耸峙。下俯深潭,那是剑池——当年吴王阖间埋剑的处所。走近一瞧，黑幽幽的潭水隐藏在石壁和灌木的阴影之中，很有几分幽邃，几分神秘。而这儿那儿，波光间或一闪，冷森森，颤巍巍，又使人疑心那是远古倔强的剑魂，不耐禁锢的寂寞，正在潭底挣扎跃动，说不定什么时候便会风雷交迸，破水击空而去……

千人石南端的尖角上，是一道宽阔而平缓的登山石磴，连接山下的断梁殿和头山门。这石磴到了千人石便分成左右两股，右边一股上通云岩禅寺和虎丘塔，左边则可以直抵剑池和第三泉。

也不知从哪个年代起，这地方就成为四方游人憩息宴饮的场所。每逢花朝月夕，从云岩禅寺到断梁殿，总是士女如云，联袂接席，挨挤不开。以往复社有两次大会，都把会场设在这里。方圆数亩的千人石上，如今已经铺开了一排一排的垫席，每张垫席当中，是一个竹制的八角形大食盒，周围摆着壶盏食具。垫席之间的通道上，每隔十来步，就立着一个大肚子酒坛，上面贴着标志酒名的红纸签。阵阵醉人的酒香，正透过启开了的泥封四散飘溢开来。会场正面的边上，一字排开了五张紫檀木八仙桌。那是贵宾席，每桌六把圈椅，桌上也是碗盏俱全，只是不设食盒。会场的两侧，还临时搭起了两个"诗棚"，棚内陈列着些古董字画，并备有纸砚笔墨，专供有诗瘾的社友兴之所至，即席挥毫。站在石磴的口子上望，整个会场的布置称得上简朴无华。那些个灯笼、彩球之类的玩意儿，一概摒弃不用，唯一的装饰是一幅宽一丈、长二丈的白色布幔，从一根斜贯而出的树丫上悬挂下来，上书"复社大会"四个黑色大字，远看近观，都十分庄严醒目。

时候已经不早，会场上东一堆西一群地聚满了等待开席的士子，他们有的围住了远道而来的社友，热心地打听战局新闻；有的挤在诗棚前，命题赋诗，津津有味地品评优劣；还有不少人眼见一时半刻还开不成会，便三五成群地四散开去，或访僧房，或寻古迹，或攀高阁，或俯清流。在这方圆不过二十丈的小山丘上，一下子聚起了这许多方巾儒服的斯文相公，一个个看上去都从容自信，气宇轩昂，早把那些从城里和四乡赶来进香的小民百姓唬得躲藏不迭，只远远地站着，探头探脑地朝这边观看。

当冒襄迈着轻快的步伐，登上最后一级石磴，出现在会场上时，气喘吁吁的张明弼几乎赶他不上。

"喂，快点快点！区区几级石磴，你就成了喘月的吴牛啦！"冒襄回头嘲笑地说，脚步不停，表情兴奋而活泼。

张明弼绝望地挥了一下手，低低咕噜了一声，紧赶几步，走到冒襄身旁。

"冒先生、张先生，您二位可到啦！"几名知客立即迎上来，分外热情地招呼：

"一路上辛苦了吧！"

"难得二位先生光临，真是不胜荣幸呢！"

"这边请，请！"

冒襄照旧愉快地微笑着，脚步不停地往前走。一名知客连忙抢上一步，把他们引到贵宾席前。

"哎呀，辟疆、公亮，可把你们给盼来了！刚才我还嘀咕，生怕你们不来呢！"正在来宾中间周旋应酬的李雯，连忙迎上来，满脸堆笑地拱着手说。他是个白面长须、身材魁伟的中年人，举止谈吐颇有长者风度。这次大会，他也是主盟者之一。

"本社大会，弟岂敢自外！何况又是二位社兄主盟，弟等更断无不来之理！"冒襄大声地说。

"呵，呵！"李雯连忙摇着双手，"社兄这等说，可是羞煞小弟了！这'主盟'二字，再也休提！倒是这次大会，若非列位社兄鼎力提携，只怕定要落空呢！"

"舒章兄何必太谦！荒年凶岁，难为二位主盟居然把这千人之会张罗起来，单只这点魄力，小弟便佩服得五体投地！"

"惭愧惭愧，我们也是穷九牛二虎之力，欲罢不能！简陋之处，列位社兄倒是不要见怪才好！——对了，定生、次尾他们，怎么不见？"

"噢，要来的，要来的。如此盛会，他们岂肯错过！"

……

彼此一一寒暄行礼后，那些先到的名流——书画名家查伊璜、合肥才子龚鼎孳、选文名家陈名夏，以及杭州登楼社的严氏兄弟、陆氏兄弟，还有别的名流，都纷纷围拢上来，于是大家又继续招呼、行礼、寒暄……

张明弼照例地应酬着，一边忧心忡忡地留神着冒襄。见他越来越兴奋，高声地说着，无缘无故地发出笑声，并且一再打断别人的谈话，张明弼就更加担心了。他正犹豫着要不要过去关照一下的时候，冒襄忽然朝他转过脸来：

"喂，公亮，郑超宗大盟主迟迟不来'亮相'，这儿闹哄哄的，讨厌得很，我们不如到上边走走好了！"

他这样大声说完，就毫不客气地把正在同他说话的一位名流撇在一边，走过来，硬拖着张明弼向白莲池走去。

张明弼身不由己地跟着他，小声地埋怨说："辟疆，这怎么可以——人家正跟你说话哩！"

"哼，管他哩！俗不可耐，连文章都未做通的一个腐儒，却自命什么大名士，我瞧着他那模样就讨厌！"

"嗳，我说辟疆，你也须放宽点心肠才好，事已如此，要善自珍重。"

"嗯，这是什么意思？"冒襄的眉毛竖了起来。

"我是说，圆圆……"

"我不想说圆圆！"冒襄猛地甩脱张明弼的手，怒冲冲地向前走出几步，又回过头，瞪着眼睛，"也不许你提她！"

张明弼噎住了。他皱起眉毛，望着冒襄迅速走去的背影，终于叹了一口气，闷闷不乐地跟了过去。

冒襄和张明弼的背影刚刚消失，吴应箕、黄宗羲、侯方域、梅朗中、张自烈几个，也来到虎丘。他们本来打算一早就到场，以便观察动静，并监视几社那伙人。但是，由于一直不见陈贞慧、顾杲前来会合，也闹不清他们去金坛请周镳、周钟出面的事结果怎样。大家怕万一情况有变化，联系不上，只得继续待在钱禧家里等候。一直等到心急火燎，叹气不止的时候，才得着陈贞慧派人来传话，说周氏兄弟已经请到，但目前有急事，必须赶到半塘去，不进城了，让他们几个先上虎丘。大家听了，虽然有点纳闷，但已经没有工夫深究，赶紧出门。不过，晚来了这么小半天，虎丘上，社友已经到得差不多了，只是由于主盟者郑元勋还不见到场，才耽搁着未曾开席。

吴应箕眼见时间紧迫，可是对会场上的情况还一点都不摸底。事先只估计杜麟征和夏允彝远在北京，陈子龙现在浙江推官任上，大约都不会前来参加大会。但目前千人石上，除了李雯之外，几社其余的几个头面人物也一个都瞧不见。吴应箕不由得心里着急起来。等照例的寒暄客套一结束，他就朝同来的伙伴们使个眼色。侯方域等人立即会意地分散开，走到人丛中去了解情况。

如今，侯方域、梅朗中、张自烈几个都走开了，吴应箕则要留下来监视贵宾席的动静。黄宗羲四面张望一下，也登上左边的石阶，朝三泉亭那边走去。

由于钱谦益到底不肯出面干预今天的大会，这使黄宗羲十分失望，也十分扫兴。本来，他满心以为，像这么一件关系到国家安危、社局兴衰的大事，钱谦益作为东林元老，一定会拍案而起，挺身而出，而且相信只要他一出面，就定能制止这桩卑鄙阴谋。当初，正是基于这样的估计，黄宗羲才那么坚决地主张去请钱谦益，并不惜同吴应箕、侯方域等人大吵了一场。谁知结果却事与愿违。朋友们知道后虽然没说什么，可是黄宗羲却自觉脸上无光。特别是当他试图挽回一下面子，而详细地向大家转述钱谦益不能出面的"理由"时,侯方域那种微微冷笑的表情,更是深深刺痛了黄宗羲。"哼,你们只管笑吧!到时候,我会让你们大吃一惊的!"他气恼之余,这样暗暗地想。

现在,黄宗羲独自走在用砖块砌成的路径上,微皱着眉毛,紧抿着嘴巴。由于意识到这场生死攸关的大较量,只能靠自己和同伴们承当起来,他的心情反而不像前一阵子那样焦虑和烦躁。"是的,他们竟敢拿阮胡子来做题目,真可谓利令智昏!阮胡子是什么东西?一名死有余辜的阉党余孽,一个十恶不赦的卑鄙小人!何况上有钦定的铁案,下有士林的清议,我就不信,在今日的大会上,真会有多少人敢公然附和他们的主张!其实,也不须牧老出面,定生他们去请周仲驭,更是多余的。到时只要我振臂一呼,把是非利害当众一摆,再搬出四年前的《留都防乱公揭》来,声讨他们背盟毁约之罪,就保管能把绝大多数社友争取到我们一边来。这是毫无疑问的!"这样自信地想着,黄宗羲感到浑身充满了力量。他开始想象几社的败类们受到自己严辞痛斥时,那种沮丧惶恐、目瞪口呆的模样,不由得露出快意的、胜利的微笑,脚步也更加轻快有力了。

这样一直走到三泉亭,忽然听见有人高声招呼:

"太冲,太冲!"

他抬头一看,发现亭子里聚着几个儒生,都是从杭州赶来参加大会的同乡。招呼他的那一位叫郑铉,其余几个也都认识。

黄宗羲正要了解一下情况,便欣然走过去,彼此在亭子里行礼、寒暄,然后分别在栏杆榻板上坐了下来。

"列位社兄先我而至,不知可听到些新闻么?"黄宗羲环顾大家,微笑地问。

"啊哈,我们能有什么新闻?"一个名叫严津的儒生抢着回答,"新闻就是我们这次都做了傻子!巴巴地一早就赶来,腿也站酸了,眼也望穿了,却还老是不开席。"

"还有，我们一到姑苏，就到处打听你，也不知你躲到哪儿去了，害得我们满城地好找！"他的哥哥严灏也半开玩笑半认真地插了进来，"哼，就凭这个，待会儿非得先罚你三杯不可！"

"对，对，要罚，一定要罚！"好几个人欢声应和。

黄宗羲不在意地摆一摆手："你们——难道什么也没听说？"他又一次问。

严津迷惑地摇着头："没有呀！"随即眼珠子一转，"咦，太冲，莫非你听到了什么不成？"

黄宗羲点点头："听说这次大会，要作出公议，宽宥阮圆海。兄等难道不知道？"

"阮圆海？"严津莫名其妙地问，"哪个阮圆海？"

"莫非是阮胡子？"另一个人问。

"什么，宽宥阮胡子？""他是什么人！""这是怎么回事？"好几个声音同时响起来。

"此事已千真万确！"黄宗羲做了个断然的手势，"而且此项奸谋的祸首就是松江几社那伙败类！"

大家"啊"了一声，不知是吃惊还是不懂，都望着黄宗羲发呆。

"幸而此事被我们及早觉察，已经做好准备。"黄宗羲轻快地站起来，胸有成竹地说，"只要我同盟君子，心明力定，不为所惑，鸣鼓而攻，彼奸谋就必定无法得逞！"

"可是，太冲，这到底是怎么回事啊？"越听越糊涂的郑铉问。他长得又矮又胖，下巴却挂着长到腰际的胡子。

想必其他人也有同感，都不由得点点头。

"哎，你们听我说呀！"黄宗羲兴冲冲地摆一摆手。由于碰上了这批朋友，而且感到完全有把握说服他们，使他们在未来的较量中站到自己的一边，现在黄宗羲夺取胜利的信心甚至更足了。"事情是这样的——"他说。于是，他从大半个月前在秦淮河李十娘家的那一场聚会追溯起，把陈贞慧如何在郑元勋那里听到了消息，他们如何分析研究，得出主谋者就是几社的结论，又如何准备反击，以挫败这个阴谋等等，向大家说了一遍。为了证明推断无误，他特别列举了几社的头头夏允彝的老师张贤登当年如何同东林人士为敌，这些年来几社之徒对社事如何消极敷衍，同大家如何离心离德；张溥死后，他们又如何一反旧态，积极活动，企图篡夺社内大权的种种"劣迹"。末了，他兴奋地环顾着大家："列位，几社之徒虽则猖獗，但终敌不过我同人君子的浩然正气。弟已料定他们必败无疑！但一场剧斗，恐亦难免。小弟不才，已决意奋然前驱，直撄其锋！不知列位社兄届时亦能投袂而起，助我一臂之力乎？"

在黄宗羲热烈陈说的当儿，朋友们始终静静地听着。这自然是由于他们很想弄清这个消息到底是怎么一回事。不过，当黄宗羲说完之后，他们却你望望我，我瞅瞅你，好大一会儿，没有人作声。

"哎，列位，怎么样啊？"黄宗羲忍不住了。

"太冲，"严灏拈着稀疏的黄胡子，迟疑地说，"这事……只怕还须持重为好。"

"怎么？"

"请恕小弟孤陋寡闻，适才听兄说了，方知这阮圆海乃是钦定逆案中人。既然如此，又有谁敢为他翻案？只怕几社他们也是胡乱说笑而已，次尾、定生他们却拿来当真，硬要争这一口气，又何苦来？"

"太冲，"郑铉也接了上来，"小弟早欲劝兄，此类无谓之争，竟是躲开为是。弟见你跟着定生、次尾他们，一天到晚争来吵去，劳心竭力，不知到底有何得益？不如赶早撒开，一心一意把几篇时艺琢磨精熟通透，倒是正经！"

"乖乖，若是当真闹将起来，可不得了！"严津吃惊地笑道。也许想象到一旦纷争大起之后那种不可开交的情景，他兴奋得直眨眼睛,"热闹,嘻嘻,有趣!"他神往地说。

"你就知道瞎起哄!"严灏瞪了弟弟一眼,又劝解黄宗羲,"太冲,同社之内,以和为贵。几社他们纵有不是,要么忍让着点,要么私下说他几句就完了,又何必在今日大动干戈?一则扫了大家之兴,二则传出去,也难免外人笑话。"

"嗯,依弟之见,此事莫非竟是阮圆海造作谣言,意欲蛊惑人心,扰乱我社局么?"一个名叫江浩的黑瘦儒生忽然说。他为人一向沉默寡言,直到这会儿才开口。

"哎,这怎么会!"黄宗羲气急地分辩说,"此事出于郑超宗之口,怎么会是阮圆海之谣言?非是弟等好斗乐争,实因此事关乎社局兴衰,家国存亡,断难坐视。如今奸谋已生,逆象已见,绝非口舌所能挽回。若不痛加惩戒,清扫门庭,则社事更不堪问!列位若不视小弟为狂悖无知之人,还望明鉴此理,同生义愤,存此一段公论,以寒天下乱臣贼子之胆!则社稷幸甚,复社幸甚!"说着,向大家深深一揖。

这么一来,朋友们都不作声了,但仍然露出为难的神气,没有立即表示态度。

看见这种情形,黄宗羲有点着急,也有点失望。他正考虑到底怎样才能说服他们,忽然,传来一阵急促的脚步声,梅朗中气喘吁吁地奔进亭子来。他来不及同大家见礼,就冲着黄宗羲嚷:"太冲,原来你躲在这儿,却教我好找!"

黄宗羲见他气急败坏的样子,忙问:"朗三,怎么了?"

梅朗中摇着头:"不得了,不得了,厉害,厉害!"

"到底是什么事?"黄宗羲发急地问。

"谣言,谣言太厉害了!"梅朗中又是伸舌头,又是挤眼睛。

听清是谣言,黄宗羲才放下心来,"你听到什么?"他皱着眉毛问。

"嗨,可多啦!"梅朗中把胳臂往空中一画,"喏,说是皇上因妖氛日亟，求才心切，曾下旨吏部，命于逆案中择其罪轻者予以甄别，还特地提及阮圆海和冯琢庵，说是俱属有才可用之人。所以无论我辈宽贷与否，这胡子总归是要起用的了！另外又说，西张夫子在世时，其实也早有宽宥阮胡子之想，曾私下与东林诸前辈会商过数次，可惜未及作出公议，便撒手先逝。所以我辈这次公议宽宥阮某，其实也是秉承西张夫子的遗愿哩！"

"啊，西张夫子生前已有此意？这，这可是真的？"严津吃惊地问。

"啊哈，连老严也相信了，你看，厉害不？"梅朗中得意地说，"告诉你，这是谣言，谣言！懂么？"

"还有什么？"黄宗羲气哼哼地问。这些离奇的谣言，其卑鄙无耻的程度远远地超出了他的想象，这使他大为愤怒，也大为吃惊。

"哦，还有人说，前些日子阮胡子曾向吴次尾、陈定生二兄当面哭求，发誓从此洗心革面，投靠我社。吴、陈二兄见他一片至诚，已然认可……对了，甚至说阮胡子已加盟我复社了！"

梅朗中说到最后这一句，先自撑不住笑起来。就连其余的人也都纷纷摇头，认为这未免太不可信了。

可是黄宗羲没有笑，他气得脸色铁青，胸口在急剧地一起一伏。蓦地，他大吼一声：

"朗三，我们走！"

梅朗中正同大家嘻嘻哈哈地取笑这些谣言的荒诞不经，被他一喝，迷惑地问："走？上哪儿去？"

"找几社的败类算账去！"

梅朗中吃了一惊："什么，算账，眼下便去？"

"怎么，你难道不敢？"

"哎，敢……"

"那么走啊！"

"可是，可是……"

"没有什么可是，说干脆点，你去不去？"黄宗羲不耐烦地瞪大了眼睛。

梅朗中显然不愿意马上就去。但在黄宗羲咄咄逼人的目光下，他却不敢说出来，只是畏怯地问："就、就光我们两个去？"

黄宗羲沉默了一下。他当然希望眼前这帮人都跟着去，至少能壮一壮声势。然而，令他失望的是，那几个朋友在一旁依旧装聋作哑，毫无表示，有一两个还悄悄地往后躲。"哼，亏他们还自命是复社君子，事到临头就是这样！"他冷冷地想，随即抬起头，傲然地说道：

"两个人又怎样？两个人照样对付得了他们！莫非还怕那伙丑类不成？"

梅朗中趁这当儿也镇定下来。"还是等定生和仲老他们来了再说。要不，也该先告知次尾、朝宗他们。"他说着，挺直了高大的身躯。

黄宗羲冒火了，"用不着管他们，用不着！你听见了没有？"他跺着脚说。

但是梅朗中相当固执："不告知他们，我是不能去的。"

黄宗羲不再说话了。他狠狠地横了梅朗中一眼，扭头就走。刚刚走下亭子，他又突然折回来，一直走到梅朗中跟前，咬着牙，一字一句地说：

"你听着，从而今起，我们绝——交！"

他重新转过身，头也不回地往亭子外去了。

梅朗中显然没料到老朋友会来这一手，他不胜震惊地瞪视着黄宗羲的背影，随后又求援地望望周围的人。当确信没有人能够搭救他时，他就猛地跳起来，发出一声哀叫，气急败坏地追了出去……

僧房戏谑

张明弼尾随着冒襄的背影，离开白莲池，过了养鹤涧，走到了东塔院。这儿离开千人石比较远，游人稀少。张明弼沿着幽静的长廊往前走，正考虑着怎样劝说冒襄。忽然，"哄"的一声，从一所僧房里传出一阵嬉笑，随即又响起了"啪、啪"的拍桌子声。正伏在窗棂上朝里面窥看的冒襄，听见张明弼的脚步声，就做了个制止的手势，又招招手，让他过去。

张明弼莫名其妙，放轻脚步走到窗棂下。冒襄按了按他的脑袋，让他把耳朵贴在窗上，只听见一个怯怯的声音在里面说："啊，那么，可是，可是光着身子的么？"

另一个愉快的声音："那还用问！你也不想想，这种时候，谁肯穿着衣裳？喂，你肯么？"

又是一阵哄笑，听声音，少说也有七八个人。

张明弼愈加摸不着头脑。这时，冒襄又碰了碰他，指着窗纸上的一个小洞让他看。

张明弼把眼睛凑上去，这下看清了：原来房间当中放着一张八仙桌，四个士子正围在一起打纸牌，当他们用巴掌使劲把牌拍到桌子上时，就发出"啪、啪"的声响。另外还有两个站在旁边观战，其中正在指手画脚地说话的，是个细高挑的儒生，长得相当秀气，一双水汪汪的眼睛，一只高而直的鼻子，再加上两片薄薄的嘴唇，一举手一顾盼都透着一股风流潇洒的劲儿。张明弼认得他名叫余怀，表字淡心，是个有名的浪荡角色。

只听余怀又笑吟吟地说："话说密之和克咸两个，把姜如须吓了个够，这才把刀一掷，大笑道，'三郎郎当！三郎郎当！……'"

张明弼心中一动，顿时记起一件事：那是好几年前，莱婆人姜垓在秦淮河旧院，迷上了李十娘，躲在寒秀斋里整整一个月不出来。桐城社友方以智和妹夫孙临两人当时也在南京，知道这事，便有心同他开个玩笑。他们两人都学过一点飞檐走壁的本领。一天夜里，他们翻墙进了李十娘家，装作江洋大盗的模样，手执钢刀，直奔卧房，一路喊杀连天，吓得姜垓从被窝里直滚出来，跪在地上哀叫："大王饶命，莫伤十娘！"还一个劲儿地叩头。方、孙二人把姜垓捉弄够了，这才露出真面目，哈哈大笑。当晚四人摆酒畅饮，尽欢而散。余怀现在讲的，大约便是那件事。

张明弼看了一阵，正想伸直身子，忽然"咣当"一声，冒襄猛地推开虚掩着的门，一步跨了进去。

"哈哈，好啊！肃穆名刹，清净佛地，我道是谁如此大胆，敢躲在这里大讲什么光身子不光身子的！原来是你们这伙圣人之徒！"他虚张声势地大叫。

房间里的人愕了一下，随即欢呼起来：

"辟疆，原来是你！啊，公亮兄也来了！"

"快来，就等着你们呢！"

"啊哈，你们怎么知道我们在这里？"

"这边坐，这边！"

冒襄微微笑着，昂着头，作了个罗圈揖，然后从身边取出一个荷包，朝桌上一摔，兴冲冲地说："怎么停啦？来，打它十局！"

"不成啦！"

"怎么？"

"我们都输得荷包见底啦！"

"啊？赢家呢？谁是赢家？"

有人一指，"是淡心，还有密之！"

"什么？密之也来啦？在哪儿？"因为看不见人，冒襄转动着脑袋寻找着。

"嗯，是哪儿来的野小子啊，又吵又嚷的，搅得人睡不安生！"一个含混不清的嗓音从人们的背后响起。接着，吱扭吱扭的床榻响,有人翻身爬起来。人们向两旁让开了,露出来一张年轻人的瘦长脸。这是一张结实红润、轮廓分明的脸,粗黑剑挺的眉毛下面,嵌着一双钻石般的黑眼睛,再加上壮硕的鼻子,端正的大嘴,使这张脸显得开朗、聪明,生气勃勃;而此刻它却滑稽地耷拉着,一副没精打采的样子。这就是复社四公子之一,大名鼎鼎的方以智。两年前,他中了进士,官授翰林院编修,一直在北京供职,这会儿不知为什么又跑回江南来,还这等装神弄鬼的模样。

方以智又哼哼唧唧了一阵,然后抬了抬眼皮:"啊,辟疆、公亮,是你们哪!"他说着,打了个哈欠:"嗯,刚才,你说什么来着?"

冒襄十分熟悉对方的脾气,他把桌子一拍:"叫你来斗纸牌!你不是大赢家嘛!"

方以智摇摇头:"纸牌,我是不想赌了。要赌,就赌这个——"

他说着,不慌不忙地坐起来,伸手在袖筒里掏了一会儿,摸出一根长长的、小拇指粗细的银管,管的一端打成个小漏斗状,向上翘起,管身上挂着个绣荷包。方以智像变戏法似的,从荷包里拈出一撮金黄色的细丝,填在小漏斗内。他把银管的另一头含在嘴里,又掏出火石,敲着了纸媒,把火凑在小漏斗上,点燃了里面的黄色细丝,小心翼翼地吸了一口。

大家目不转睛地瞧着,不知道他在捣什么鬼。突然,方以智把嘴一张,一股白烟直喷出来,顿时,整个房间里充满了一种刺鼻的恶浊的气味。站在前面的几个人冷不防被这气味一熏,立即咳嗽起来。

方以智似乎因为终于完成了这番困难而危险的表演而松了一口气。他哈哈笑着,跳起来,摇晃着脑袋,一副得意洋洋的样子。

"密、密之兄,请问此为何物?"一个士子结结巴巴地问。

"哼,这叫金丝烟。闽人叫它淡肉果,北人又叫淡巴菰,又叫想不归。小吸可以驱温发散,多吸则会醉人,久服则肺焦,无药可救,吐黄水而死——怎么样?你要试一试?"他把银管朝那士子嘴边一送，吓得那人忙不迭地后退。

"啊，此乃朝廷明令严禁之物，有吸之者，杀无赦哩！"有人惴惴不安地说。

方以智冷笑一声："若是朝廷不禁，人人均能吸之，那还有何兴味？这也如同闭门读禁书，唯其有此胆量，才算得上我辈中人！嗯，谁敢一试？"

"好，我来试一试！"余怀显然被方以智的话激起了好胜心，首先站了出来。

于是，他在方以智的帮助下，按照刚才的方法，吸了一口，立刻被呛得喉头又痛又痒，咳嗽得眼泪都流了出来。

方以智摇头说："谁让你不要命地狠吸！须是如我方才的样子，轻吸慢嘘，不唯安然无恙，且觉余味无穷哩！"

由于余怀带了头，其余的人也不甘示弱，纷纷抢着要试。不大一会儿，室内便弄得烟雾弥漫，咳声不止。

方以智忙了一阵，忽然回头看见冒襄一动不动地坐着，正在那里嘿嘿冷笑。

"咦，辟疆，你也来一口如何？"方以智问。

冒襄摇摇头："一口我是不吸的，要吸，就来打个赌！"

"哦？"

"这东西，不是能吸得人醉么？现在我要同你比拼，一人一口轮流地吸，看谁先醉倒——你敢不敢？"

"这个……"

"你敢不敢？"冒襄站起来，挑战地叫。他兴奋地抓起装钱的荷包，又重重地摔到桌上。

"哎，辟疆！"张明弼着急地问，"你吸过这、这烟？"

冒襄摇摇头："没有！"

"那、那可使不得！你没听密之说，此物简直就是毒药一类，不但能醉人，而且能置人于死呢！"张明弼说，一边拼命朝方以智使眼色。

"不错,"方以智犹豫地说,"此物并非善类,不赌也罢。"

"啊,原来你怕醉,怕死!"冒襄逼视着对方,狠狠地挖苦说。突然,他仰头狂笑起来,"可是我不怕!有什么可怕!国家到了这种地步,还有什么希望!说不定哪一天就大祸临头,大家都得完蛋!可是,偏有那等公卿大臣,皇亲国戚,还不知死活,拼命刮民财、买婊子,买不成就抢!无耻,卑鄙,不要脸!哼,还有那些个装得挺像的东林领袖,文坛祭酒,为着讨一顶劳什子乌纱,竟暗地里捣鬼,要替阮胡子翻案开脱,别以为我不知道!"

他又是笑又是叫,用力拍着桌子,泪水糊了一脸,把在场的人都吓怔住了。

只有张明弼十分着急,他显然想劝止,但又不知怎么劝才好。

"哎,辟疆,你说话可得有点证据才行,可不能由着性儿乱说呀!"他跺着脚说。

"什么,没证据?"冒襄瞪着红得可怕的眼睛,把手探进怀里,抽出来一封信,"啪"地甩在桌上。

"这就是证据,顾玉书从京里寄来的,钱牧斋致书周阁老,要替阮胡子开脱!"

"啊……?"

这消息如此惊人,犹如晴天霹雳,在场的人全都震动了。大家瞧着那封信,有片刻工夫,谁也不敢去碰。

终于,方以智徐徐拿起信件,抽出来看了一遍:"嗯,顾玉书在周阁老的幕中掌管文书,他的话自然是靠得住的。"他神情严肃地皱着眉说:"辟疆,你打算如何处置?"

"我本想告知次尾、定生他们,他们都说要来虎丘,事先约得明明白白的,鬼知道为什么还不来!"

方以智还想问什么,就在这时,门外响起了杂沓的脚步声,郑元勋由一个小和尚领着,急急闯了进来。

"啊，原来兄等在这儿，叫小弟好找！"郑元勋气喘吁吁地擦着脑门上的汗，显然没有觉察到室内的气氛不对。他朝大家草草拱一拱手，立即转向冒襄：

"辟疆兄，定生让弟告知兄，他们不来虎丘了。他们现在要上徐氏东园去访钱牧斋，请兄去聚齐，次尾、朝宗他们都去。"

"啊，为何？他们为何不来？"余怀抢先问。

郑元勋的脸微微一红，躲闪地说："这……定生只让弟把这话转知辟疆，别的，小弟可就不知道了。"

大家见他这样子，愈加感到意外，也有点紧张，都不约而同地把目光集中到冒襄身上。

冒襄气哼哼地把头一摆，说："他们既然不来，我也不想去了！"他瞧了瞧方以智，"密之，要不，你替我把这信带给他们。"

方以智神情专注地皱着眉，似乎在沉思。终于，他点了点头。

上门算账

黄宗羲下决心立即找几社的人算账。他一连打听了好几处，问明几社的那伙头头，如今都齐集在千顷云阁上，就领着愁眉苦脸的梅朗中，越过剑池，绕到虎丘塔后面来。

虎丘的前坡比较平缓，后坡却相当陡峭。一道崖壁，平地拔起数丈，千顷云阁，就建在朝西的山崖上。从那里可以远眺天池山的苍然秀色。因为苏东坡有"云水丽千顷"的诗句，就拿来做了阁子的名称。那上面有一个茶社，是本山寺僧开设的，角落里一个小小的柜台，后面坐着一个老和尚，外加一名俗家汉子。炉上烹着上好的三泉水，十来张方桌，错落地摆开在楼面上，桌子上还供着时鲜花朵。平日游人不多时，来这里品茶凭眺，倒也颇为清雅。

当他们快步登上阁楼时，却意外地发现，上面的气氛异乎寻常。一大群儒生，少说也有一二十人，团团围住了当中的一张桌子，一个个神色庄重，静静地伫立着，似乎在等待什么。站在靠前的两个，却是头发蓬乱，衣衫不整，光着脑袋，连头巾也没戴，瞧模样就像跟人家厮打过似的。在桌子后面，坐着几社的两位元老——一位是身材高大的周立勋，他左手抓住椅子的扶手，右手的胳膊肘抵住桌面，揪着胡子在指头上慢慢地缠绕着，一言不发，脸色阴沉得可怕。另一位名叫彭宾，生得短小精悍，也是紧绷着脸，毫无表情。

黄宗羲闹不清发生了什么事，倒迟疑了一下。只见周立勋的目光冷冷地朝他一闪，立刻又回到原来的目标上去，显然不打算搭理；其余的人还有好几个是认识的，也全都对他不瞅不睬。黄宗羲不由得生气起来。"我还没开口，你们倒先摆出这副嘴脸，却想吓唬谁！"他想，挺一挺脖子，正要发问，忽然，"砰"的一响，周立勋一巴掌击在桌子上。

"来而不往非礼也！好，找他们去！"

那群士子显然就等着这么一句，顿时骚动起来，好几个高声在叫：

"对，找他们算账去！"

"非要他们赔礼认错不可！"

"给他们点厉害，看下次还敢不！"

"要他们把侯朝宗那坏小子交出来！"

"对，侯朝宗，一定要交出侯朝宗！"

黄宗羲吃了一惊：朝宗？为什么要找朝宗？莫非朝宗他们已经先动手了？他心里一急，猛地大叫：

"站住，别走！"

已经移动脚步的人群又站住了，纷纷回过头，疑惑地打量着这两位不速之客。

"请问列位，意欲何往？"黄宗羲向前跨出一步，紧盯着周立勋问。

后者"哼"了一声，却不回答。

黄宗羲的眼睛睁圆了，一句激烈的话也涌到了嘴边。

"哎，太冲，是这么回事！"一个尖尖的嗓音慌忙插了进来，接着，人丛中走出一个高颧骨、尖下颏的中年儒生。黄宗羲认得，这是常熟人顾苓。从前黄宗羲在钱谦益家读书时，见他常来走动，而且知道他颇受钱谦益信用。按说此人并不属于几社一派，不知为什么此刻却同他们混在一起。

"太冲兄，是这么回事——"顾苓重复地说，显得有点迫不及待。然而，站在他旁边的一位几社的年轻头头，名叫赵人孩的，一扬袖子，把他给拦住了。

"太冲，此事与你无关。"赵人孩淡淡地说，扁圆的脸上现出傲慢的神情，"你——不知道也罢。"

"什么，与我无关？"黄宗羲冷笑一声，"你们——"

"听我说啊！"赵人孩不慌不忙地整理着袖子，语调里透着怜悯，"本来么，告诉兄也无妨，只是，兄知道了并无好处……"

"啊，为什么？"

赵人孩微微叹息："这件事说出来，只怕会令兄失望，令兄为难的哟！"

"不，你说，你说！"黄宗羲被对方猫儿玩弄老鼠般的态度激怒了，一张小脸涨得通红。

"那么，兄必定要知道？"赵人孩凝视着他，眼神渐渐变得冷峻起来，"你不怕把自己置于可悲、可笑之境地——当着这许多社友的面？"

"啊？"

赵人孩把声音放得更低，但仍然让周围的人听得清楚："你——也不怕吴次尾、陈定生二位那些个不可告人的卑污之行公之于众？"

黄宗羲心中一凛："什么？次尾、定生的卑污之行？他、他们会有什么卑污之行？"他惊疑地想，不由得回头望了一眼，却发现被胁逼而来的梅朗中也在神色慌张地望着他。

"怎么样，不想知道了吧？啊！"赵人孩得意地问，扬声大笑起来。

"不，"黄宗羲固执地说，"我要知道！"

赵人孩把脸一沉："哼，你不配！"他猛地转过身去，一摆头，"列位社兄，走！"等大家开始移动脚步的时候，他又回过头，朝黄宗羲鄙夷地冷笑一声，然后向楼梯扬长走去。

就在这个时候，令人吃惊的事情发生了。只见黄宗羲突然蹦起来，冲到赵人孩背后，粗暴地把他的身子扳过来，用双手抓住他的衣襟。

"告诉我，我要你告诉我！"他狂怒地叫，使劲摇撼着对方。他的脸歪扭着，两眼发出吓人的光芒。在秦淮河畔受到徐青君侮辱时曾经显示过的那种拼命的劲头儿，又一次在他身上显现出来。

在场的人全都惊呆了。赵人孩更是狼狈不堪，他试图反抗，可是黄宗羲自幼练过拳棒的双臂是那样强健有力，使他根本无法挣脱，只能惊恐地叫："啊，你做什么？做什么？"

"太冲兄，不要无礼！"周立勋终于说话了，语气是烦躁的。他朝顾杲做了个手势，"云美兄，你告诉他吧！"

这时，梅朗中同其他几个几社的士子已经清醒过来。他们连忙拥上去，又是拉又是劝，好容易才把赵人孩解救下来。只见他已经吓得面色发白，浑身直打哆嗦。黄宗羲却仍旧红着脸，激怒地嚷："你说，我要你说！"

"哎，太冲，我跟你说！"顾杲慌忙走上前来，"是这么回事，方才，这两位社兄——"他指了指那两个衣冠不整的儒生，"在后山走，迎面碰见侯朝宗领着一帮人，起初也没怎么在意，后来见他们指手画脚，留神一听，原来是在骂人，什么'狗杂种'啦，'王八蛋'啦,还一个劲地朝地上吐唾沫。两位社兄不禁有气,问他为何如此。谁知他们反而骂得更凶,连几社的几位老学长,还有杜老、夏老,全给骂了进去。哎,其辞之荒谬难听,实有不便复述者!总之,逼得两位社兄忍无可忍,上前去同他论理。他们仗着人多势众,一齐按住两位社兄,把头巾、直裰都剥了去。是小弟同几位社友路见不平,好歹将他们搭救下来,否则,还不知道会遭到何等折辱哩!"

顾苓指手画脚,绘声绘色,一口气地说下来,一边摇着脑袋,现出很不以为然的样子。

"所以、所以列位……如今要去找朝宗问罪?"梅朗中讷讷地问。显然,连他也觉得这件事未免做得太过分,以至很难替侯方域辩护。

"不错!"顾苓停止了摇头,义形于色地说,"朝宗如此胡闹,休说松江社友气愤填膺,便是小弟见了,也难以心服!"说完,却不无担心地溜了黄宗羲一眼。

"这……"梅朗中搔搔后脑勺,瞅着那两个衣冠不整的受辱者,"不知列位打算如何了结此事?"

"起码——"大约是看见黄宗羲低头不语,顾苓神气起来,"要他认错赔礼,偿还损失。还要他立下保状,声明以后永不重犯!"他回头问周立勋和彭宾,"勋老、燕老,是这样么?"

"可是,这是你们自己惹出来的!"黄宗羲蓦地抬起头,爆发地说,"你们——为什么要替阮胡子翻案?为什么?你说!"他大声地问,眼睛里忽然迸出了泪水,"你们凭什么敢这么干?莫非你们不知道阮胡子是什么人?莫非你们忘了《留都防乱公揭》?忘了阉党乱政的奇祸惨变?也忘了东林列位先贤的一腔热血为何而洒?你们到底还算不算复社,算不算君子?!"

大家眼见风波平息,正打算动身下楼,冷不防他又莫名其妙地大吵大嚷起来,都不禁愕然止步,面面相觑。

"太冲,你是说谁要替阮圆海翻案?"周立勋皱起眉毛问。

"你们,就是你们!"黄宗羲一把擦去流到颊上来的眼泪,咬牙切齿地说,"你们为着把持社局,排除异己,不惜借阮胡子的事挑动纷争,以为别人不知道?"

周立勋眨眨眼睛,似乎没听明白他的话。站在旁边的彭宾却显然机灵得多,他"呵呵"地笑起来:"太冲兄,这阮胡子该不该宽宥,可当别论。不过,阁下说此事乃我几社挑起,却是大错特错了!"

这时赵人孩已经从刚才那一阵子狼狈惊恐中恢复过来,他蓦地扯着嗓子嚷叫:

"对,告诉他!把吴次尾、陈定生那档子臭事给他抖明白!"

"竹翁,请你来说吧!"彭宾轻快地向着人丛背后招呼说。

直到这时,人们才发现除顾苓之外,在他们背后,原来还站着另一个不是几社的人。而当这位衣饰讲究、有着一个方形脑袋和一双小眼睛的老头儿不慌不忙地走到前面来时,黄宗羲不禁一怔,因为他忽然认出,这个一直躲在人丛中不露面的人,竟然是钱谦益的妻舅陈在竹。"啊,他到这儿来做什么?谁让他来的?"黄宗羲迷惑地紧盯着,又回头望一眼站在旁边的顾苓,忽然产生了一种不祥的预感,仿佛有什么可怕的事情将要发生似的。

陈在竹也不说废话,只朝他点点头,清一清喉咙,就一本正经地说起来。据他说,早在周延儒复出那阵子,阮大铖就找到吴应箕和陈贞慧二人,哭求宽恕。当时,吴、陈二人见他一片至诚,已是首肯,随后便到扬州去同郑元勋商量。郑元勋知道复社领袖张溥生前已有此意,也觉人才难得,便同意了。其后又普遍征求社内外的意见,绝大多数人都表示赞成。谁知吴、陈二人另有打算,想乘机敲诈阮大铖,开口就是一万两银子。阮大铖因为周延儒复出时,已送了一万两,此时再拿不出,请求削减些。吴、陈二人见他不爽快,顿时就翻了脸,要将这事作罢。是郑元勋看不过眼,好意相劝。吴、陈二人恼羞成怒,索性一不做,二不休,把这赃反栽在郑元勋身上;又恨几社平日不买他们的账,干脆连几社也牵连进来……末了,陈在竹摇晃着脑袋,感慨系之地说:"谁想得到,堂堂吴次尾、陈定生为了一万两银子,竟会做出这种事!据说,如今他们在那里虚张声势,要同超宗、几社厮拼,用意仍是想逼阮圆海就范罢了!"

这个消息实在太惊人,黄宗羲和梅朗中固然听得目瞪口呆,在场的那些几社士子,更是一片哗然:

"好哇,原来如此!"

"真亏他们平日装得挺像!"

"啊哈,原来是个伪君子!"

"对,伪君子,伪君子!"

人们大声地叫嚷着,讥笑着,咒骂着,闹哄哄地吵成一片。

陈在竹却不动声色。他瞅了瞅黄宗羲,见他仰着脸,眼睛睁得老大,对于周围的喧闹仿佛充耳不闻,就凑上去,叹了一口气,同情地低声说:"太冲,这事牧老也知道了,所以……"

"啊,不!"黄宗羲像给火烫了一下似的,跳开去,"我什么都不相信,不!"他直着脖子大叫,奔到周立勋和彭宾跟前,气急败坏地指着他们,"分明是你们要替阮胡子翻案!是你们,你们赖不掉!"他竭尽全力地喊,为的是压倒周围的一片使他感到气愤、屈辱和恐惧的喧嚣。

"是你们!"他又大叫一声,却意外地发现,他的声音变得那样洪亮、清楚,而且孤单。原来,周围的喧闹在一刹那间全都消失得无影无踪了。

他迷惑地回过头去。顿时,他也变成了哑子。不知什么时候,吴应箕领着张自烈、侯方域,还有方以智已经来到了阁楼上。

"太冲,你说错了,不是他们。"吴应箕望着他,平静地说。

揭破阴私

柳如是站在起居室的门前，隔着帘子，心烦意乱地朝外面张望。她的眼皮儿因为不安而频频跳动，柳叶样的长眉也皱得越来越紧。当她一次又一次屏住气，尽量支起耳朵，却仍然听不到楠木厅那边的任何动静，就不由得焦躁起来了。

谁能料到会发生这种事——就在钱谦益向陈在竹、钱养先二人布置好一切，把他们打发走了之后，周镳、周钟兄弟，还有陈贞慧和顾杲突然登门拜访。他们为什么而来？何以不迟不早，偏挑这么个节骨眼来？这些，柳如是还不太清楚。不过，凭着直觉，她立即预感到有点不祥。特别是随后钱谦益派人来传话，要她立即通知负责联络的钱曾，把陈在竹、钱养先二人截回来，暂且按兵不动。柳如是就更认定自己的担心绝不是多余的了。

不过，尽管如此，柳如是却没有按照老头儿的吩咐去办。虽然她明知钱曾正守候在揖峰轩内，但还是决定再等一等，看一看。她深知这一次图谋的成败，不仅关系到老头儿能否复出起用，而且也关系到自己后半辈子的荣华富贵。机不可失，时不再来。

地毯上的帘影一点一点地向门外移去，柳如是的忧虑也越来越深。她已经毫不怀疑周镳等人此来，必然与阮大铖的事有关；她只是考虑他们对这件事到底知道了多少，是否全都摸了底去？现在柳如是最担心的是钱谦益胆子太小，被人一吓唬就慌了神。这半年来，她已经摸透了老头儿的脾性，每做一件事，总是瞻前顾后，畏首畏尾，明明心里这么想，做出来却往往是另一回事。这也皆因他平日名声太大，顾虑便不能不多。如果这一次也轻率罢手，让花了许多银子、心血经营的这件事功亏一篑，那就太不值得了。

终于，柳如是觉得，应当设法干预一下楠木厅那边的谈话，给钱谦益打打气，至少也应当提醒他注意。只是，由谁去做这件事呢？自己固然不便抛头露面，但陈在竹和钱养先又上虎丘去了，唯一的就剩下守在揖峰轩里的钱曾。虽说柳如是对于这位"侄孙"一向没有好感，但这会儿却计较不了许多。"嗯，他既是老头儿的学生，又是复社中人，瞧他那副狠巴巴、阴沉沉的嘴脸，肚子里的鬼点子想必不少；何况是个年轻后辈，捅点娄子也不要紧，由他去唱这出戏，倒合适不过。"柳如是沉吟一下，回头吩咐红情到揖峰轩去，把钱曾请过来。然后，她就隔着帘子，用一种信赖的，甚至是亲切的态度同他商量起来……

当钱曾离开东厢的起居室，来到楠木厅的院门时，他受到了一点阻拦，因为钱谦益吩咐李宝守在门外，不准放人进来。可是钱曾用那双能把人看得发毛的眼睛朝李宝一瞪，鼻子里轻蔑地"哼"了一声，就把李宝吓退了。他登上厅堂的台阶，听见顾杲的声音在说：

"君子、小人不两立！老伯坚谓并无此事，最好！唯是适才听老伯言语之意，似乎深以所谓'门户交争'为忧，小侄却不敢苟同！"

钱谦益沉默着，似乎在等待对方说下去。忽然瞧见钱曾闯进来，他的脸上露出惊愕、迷惑和生气的神情。

钱曾不理会老师的目光，他双手交拱在胸前，昂然地说："闻知周老前辈和列位社兄光临，特来拜望！"

客人们全都认识钱曾，虽然对他的突然出现感到意外，但也只好停止谈话，一齐起身答礼。

钱曾大步走向周镳，朝他深深一揖。周镳料想他照例要行跪见之礼，连忙说："贤契请起，不必多礼！"一边笑吟吟地弯腰伸出手，准备搀扶。

谁知钱曾立刻直起腰来，居高临下地瞧着周镳，鼻孔里轻蔑地一笑，转身离开了他，走到钱谦益跟前，深深一揖，然后撩起衣裾,后退一步,恭恭敬敬地双膝跪倒,大声说:"弟子曾——参见夫子!"

周镳显然没有防备这一招,他目瞪口呆地僵在那里,好一会儿才讪讪地直起身来,一张瘦脸早已气得通红。

钱曾若无其事地站起来之后,转过身,眯缝着眼睛,把向他怒目而视的客人们挨个儿审视了一遍,然后走向朝东的一排椅子,挨着顾杲坐了下来。

在来客当中,要数周钟顶不喜欢钱曾。看见他闯进来,周钟已经老大不乐意。随后又见他单单向周镳行礼,虽然是存心作弄,但是对自己却干脆毫不理睬,仿佛没有瞧见一般,周钟心中更为恼火。只是碍着钱谦益的面子,不便当场发作。按他的脾气,本应立即拂袖而出,但考虑到刚才追问了钱谦益半天,始终问不出个结果,所以只好忍着一口气,朝钱谦益拱手说道:

"牧老,我们还是接着谈,如何?"

钱谦益没有立即回答。他正在琢磨着钱曾突然闯席的用意。他明白钱曾决不会无故而来,很可能是受了柳如是的指派,来协助自己对付这批不速之客的。事实上,刚才自己猝不及防,被对方一下子提出阮大铖的事情,弄得慌了神,差点儿露出马脚。后来见他们并无多少根据,也未提及郑元勋,才定下心来,一口否认有这么回事。可是对方仍旧纠缠不休,一个劲儿寻根问底,逼得自己左右躲闪,正有点儿招架不住。钱曾这么一闯,确实替自己暂时解了围,缓了一口气。此刻,必须抓住这个机会,赶快脱身,否则拖下去,再陷重围就难办了……这样想定之后,他就站起来,拱着手说:

"列位若为阮圆海的传闻而来,那么谦益所知者已全部奉告。所谓谦益主谋云云,纯属无稽之谈。言尽于此,未知列位可以放心否?"

"这——不瞒牧老说,实在是超宗兄如此这般告知弟等,是以未敢放心哩!"周钟突然说道。本来,为着保护郑元勋,他们一直避免说出消息的来源。但是看见钱谦益分明想溜,周钟心里一急,便顾不得许多了。

这一招果然见效,钱谦益的身子微微一震,脸刷地红了。他望了周钟一眼,立刻又移开视线。

"嗯,你说什么?"他哑着嗓子问。

"此事是郑超宗亲口说的!"周钟紧盯着钱谦益,又重复了一遍。

钱谦益的脸色开始变成灰白,身体也摇晃起来。他用力抓住椅靠,背过身去,半晌,才嘟嘟哝哝地说:"简直……乱……七八糟!"

客人们互相交换了一个郑重的眼色。陈贞慧很快地站起身,说道:

"牧老……"

然而,就在这时候,朝东一排椅子的末座上,突然响起一阵尖利的笑声。那笑声是如此难听、刺耳,大家倏然回过头去,只见钱曾坐在那里。他已经不笑了。可是那尖锐的、金属般的音响还在人们耳边嗡嗡了好一会儿才消失。

"诸位今日来此,就是为的这件事么?"钱曾抬头望着屋梁,大大咧咧地问。见客人们都沉默着,没有回答,他又说:

"数百里的奔走驰驱,不惮烦的明察暗访,诸君也可谓栖栖遑遑,用心良苦了。只是,如许心思,却未必用得妥当啊!"

"噢,遵王兄如此相责,小弟鲁钝,不识其义,倒要领教!"陈贞慧客气地拱着手问。他看见刚才周钟一点出消息的来源,钱谦益立即慌了手脚,心里知道已经打中了要害。他再不怕钱某人逃到天上去。同时,又发现钱曾突然闯进来,与这件事显然有关;而且这个阴阳怪气的家伙,言语之间似乎并不打算否认实有此事,于是陈贞慧立即决定抓住他作为突破口,彻底挫败对方的阴谋。

这样一种形势，钱谦益同样觉察到了。刚才钱曾一开口，说出那句无异于不打自招的话，钱谦益心里就暗暗叫苦。按照他冷静下来后的想法，这件事当时并无外人在场，而且从派钱养先到扬州去的时候起，一直注意不留下任何物证。他大可以矢口否认，甚至可以倒打一耙，说郑元勋出于想当复社领袖的野心，企图拉自己做靠山，自己没有答允，郑元勋怀恨在心，所以造谣报复。这样，虽然事情只好作罢，但至少可以确保自己的名声。现在，倘若给钱曾冒冒失失地捅出来，岂不是两头都输个精光？他心里又惊又急，恨不得立即制止钱曾的胡说，可是周镳、周钟和顾杲等人都在一旁虎视眈眈，只要自己举动稍有不慎，就会弄巧反拙。为此，钱谦益不能不十分小心。所以他虽然焦躁万分，也只好眼睁睁地望着钱曾，急切之间，不敢轻举妄动。

至于钱曾，在周钟说出郑元勋来的一刹那间，也颇为震动，而且立即考虑了多种抉择。他绝不是一个愚蠢鲁莽的人，未始不知道一旦直接承认了这件事，会产生什么样的后果。但是他也有他的想法。他认为，老师年逾花甲，余下的机会已经不多了，也许这是最后一次；如果轻易放弃掉，恐怕就未必再有机会，无论对老师、对自己来说，都将是难以补偿的损失。既然现在到了这一步，不如干脆大家摊开来讲个明白，从此放开手脚大干，比之目前这样偷偷摸摸、畏首畏尾反倒强得多。事实上，如今的复社同以往已大不相同，周镳等人未必就能一手遮天。凭着钱谦益的声望和影响，事情不见得毫无希望……这样打定主意之后，钱曾就不理会老师的焦急目光，不慌不忙转过脸，朝四个客人扫了一眼，问：

"眼下建虏猖獗，流寇纵横，国维不张，妖氛日亟。未知诸君子将何以自处？"

对方一开口，就搬出安邦定国、立身济世的大题目，倒也出乎陈贞慧的意料。他想了一下，小心答道："当此国事蜩螗之秋，凡我君子，自当同心戮力，共扶社稷，以图再造中兴。唯此之故，纵使破家灭身，肝脑涂地，亦在所不惜！"

"说得好！只是诸君又将有何宏谟大略以济之乎？"

"宏谟大略，何敢自矜？唯是圣人有云，'悠悠万事，唯此为大：克己复礼'。克己复礼之第一要务，亦唯亲君子，远小人而已矣！"

钱曾微微一笑："定生兄此言，固不失为堂堂正论，只是总觉空泛了些。所谓'大而无当'！以之拿去试策论，课生徒，或许还有点用处；若想以此去抵挡建虏的铁骑、流寇的大刀，小弟担心，却是全不济事！"

陈贞慧的脸陡地涨红了，眼睛也瞪起来，对方的傲慢不逊使他十分恼火。事实上他还从未碰见过敢于用这种可恶的态度向他说话的人。不过，他还是竭力管住自己，冷冷地说：

"如此说来，遵王兄必定另有安邦定国之仙方奇术了？小弟倒要领教！"

"不敢！"钱曾脸上的微笑早已消失得无影无踪，"适才定生兄说过'同心戮力，共扶社稷'八字，弟以为此意不错，却可惜只说得一半，故仍不免空泛无用，若再添八字，凑成四句，便可差强人意了！"

"敢问是哪八个字？"

"弟这八字便是'消除党见，唯才是用'！"

"啊！'消除党见，唯才是用，同心戮力，共扶社稷'？"

"不错！"

"所以阮圆海之禁……"

"应当解除！"

"何时为好？"

"越快越好。"

"就趁今日的虎丘大会……"

"也未尝不可！"

"唔……"

"嗯?"

突然,陈贞慧放声大笑起来,这是一种终于发现了底细的、压抑已久、至此才得以尽情发泄的大笑。坐在各自的位置上,一直注视着这场谈话的周镳、周钟和顾杲也齐声发出了讽刺的冷笑。只有钱谦益面色苍白,全身因为愤怒而簌簌发抖。他猛地站起来,一拂袖子,打算离开大厅,却被周氏兄弟双双拦住了。

"牧老,何必着急,令高足的高论,很有点'滋味'嘛!"周钟挖苦地说。

周镳却大惑不解:"这些话他怎么敢说出来?亏他还是复社中人……"

"哼,这小畜生如此放肆狂妄,一派胡言,把我平日的训诲,全不放在心上,简直气死我了!"钱谦益眼看走不脱,只好装出悻悻然的样子,无可奈何地又坐了下来。

这时,只见钱曾傲然站着,嘴角挂着惯常的冷笑,似乎丝毫也没被对手们的笑声所吓住。直到笑声完全平息下来,他才不慌不忙地问:

"定生兄以为阮圆海是何等样人?"

这回,陈贞慧可不再让他神气了。他把脸一沉,反问:"阁下以为他是何等样人?"

"两榜进士,学兼文武,工书史,知兵略,诗词曲赋,样样皆精。早年虽曾失足,近年却并无大过。小弟以为,此等人虽非安邦定国之大材,若论筹边制寇,却也是不可多得之选哩!"

陈贞慧见钱曾仍旧不思收敛,居然荒唐到替阮大铖摆起好来,不由得气往上冲。他厉声说:"非也!阮胡子乃系阉党余孽,乱臣贼子!他奸险狡诈,卑鄙无耻,当年编造《百官图》,谄事魏阉;又复勾结杨维垣,诬陷东林。此天下共知,人神同愤。名列逆案之后,仍不肯敛迹思过,愈肆凶恶,广设爪牙,暗结余党,散布谣言，交关权贵，日夜图谋翻案起用。徒以上赖天子圣明，宸衷英断，下有我仁人君子抨击禁制，彼奸谋方始不售，此实国家之福。阁下名列复社，竟置我同人大义于不顾，出此狂悖叛逆之言，今后尚思立于君子之林么！"

陈贞慧越说声音越大，怒火在他胸中燃烧，热血在他周身沸腾。他深深感到情况的严重和责任的重大。正是这一点，使他的整个姿态充溢着一种大义凛然、悲壮动人之气，以致钱曾也不敢再摆出那种傲慢不逊的样子了。

"倘若定生兄仍一味坚持门户之见，那么小弟只好不说了！"

钱曾摊开双手，做出无可奈何的样子。

"不！"陈贞慧斩钉截铁地说，"这绝非门户之见！此乃小人、君子之分，不得混同！若夫唐之牛李、宋之蜀洛，异在议论，而非流品，可谓之门户之争；至于汉之党人、宦官，今之东林、复社同魏阉及其余孽，均异在流品，势无两立之理！阁下以为阮圆海有才可用，殊不知此种人一旦得势，定必为祸家国，残害忠良。这也是流品使然，无可改易！何况此辈小人，从来只问利害，不思恩义。纵然你今日宽纵于他，又安知异日他不会恩将仇报？到其时身陷囹圄，人头落地，只怕悔之晚矣！"

陈贞慧用力一挥手，结束了谈话。有好一阵子，大厅里变得一片静默。陈贞慧最后这一番分析，不但使周镳、周钟和顾杲他们暗暗点头，同时也向钱谦益师徒指出了一个他们事先不曾预见到的危险，促使他们不得不有所考虑。然而，也只不过一忽儿，钱谦益抬起头来。他瞧瞧陈贞慧，又瞧瞧座上的其他客人，仿佛下了决心似的，把双手拱在胸前，说："列位君子，适才定生兄一番高论，可谓义正词严，令人闻之气旺！凡我同人，均应如此。遵王之论，显属荒诞不经，不须复言！"说到这里，他向钱曾一瞪眼睛："畜生，还不赶快给我下去！"

钱曾猛地抬起头，张了张嘴巴，似乎还想说什么。可是在老师凌厉的目光逼视下,他终于咬咬牙,站起来,朝客人作了一揖,一声不响地走了出去。

钱谦益这才回过头来,重新堆起笑脸:"列位先生都是同道中人,关起门来无话不可谈,只是别拿到外面去乱说就对了。在此,谦益有一管见,意欲请教诸位先生,不知可否?"

他的态度显得特别谦恭,足以使客人们冷静下来,而且无法加以拒绝。

"啊,牧老,你又何必过谦?但有指教,弟等无不洗耳恭听。"周镳说。

"当今寇氛披猖,天下鱼烂。社稷危倾,已是间不容发!所望者,天子圣明,仁人用命,或许尚能有救。我东林、复社诸君子,胸怀忠义,以手援天下为己任。唯是志固甚高,力尚嫌薄,今社外之人,又以门墙严峻、党同伐异而疑我、非我、妒我、远我。此类人绝非阉党余孽,却为数不少。设若不能收彼辈之心,感悦来附,则同心戮力,共扶社稷,到底只是一句空话而已!"

"啊,那么牧老又有何高见呢?"周镳问。由于钱谦益指出复社高自标榜,唯我独尊,无容人之量,遂致外人侧目,众心不附,确实打中了目前社局的要害,所以客人们都想听听他到底有什么办法解决这个颇伤脑筋的问题。

看见对手们显出留神倾听的样子,钱谦益暗暗满意。他把态度放得更谦恭,口气更加诚恳:"谦益之见,列位未必赞同,此亦无妨,只要彼此心存一个为公之念,其余一切,尽可畅所欲言,坦诚相见。"他把"为公"二字说得特别重,还故意停顿了一下,以便加深对方的印象,然后,才接着说,"社外人士疑我之心,由来已久,非旦夕之间、片言只语所能消除。而国事如此,又断不容我有许多时日,从容解说。以谦益陋见,唯有以非常耸动之举,令彼惊骇震动,见我诚意,始能收事半功倍之效……"

钱谦益说到这里,又看了看客人们,见他们全都默默无言,似在沉思，也猜不透心中在打什么主意。于是，他鼓起勇气，一口气把最后的话说完："昔日汉高祖咬牙封雍齿，诸将反侧之心，遂得以安。今阮圆海一介小人，品格鄙劣，天下共知。唯其如此，倘若我辈稍示宽纵，则反响必大，朝野耸动，以为我辈于阮圆海尚能如此，其余流辈，自不必问矣。如此，则门户之说，不攻自破。门户之说一破，则可以同心戮力，匡扶社稷，建虏流寇，不足虑也！取治取乱，实在我辈一念之间，还望诸位君子三思焉！"

钱谦益刚把话说完，周镳等人还未答话，忽然李宝扬着一张拜帖匆匆走上台阶，站在门外探头探脑。钱谦益正急于听取客人的反应，对于有人在这个节骨眼上来打扰，很不高兴。他朝李宝做了个挡驾的手势，然后回过头，拱着手，征询地盯住了周镳。

可是周镳却不说话，只是用他那双黑中带绿的眼睛，在眉毛底下古怪地望着钱谦益。其余的客人，也全是一声不响。

钱谦益被周镳瞧得有点不自在，为了掩饰，他竭力装出一副坦然的样子。这时，周钟首先说话了：

"哈哈，姜到底是老的辣！牧老，你这番话，可是比令高足中听多了！"

"啊，介生兄的意思是……"

周钟挥一挥手："可惜立论虽则有别，宗旨却是一个——替阮胡子开脱！既然如此，尽可直说，又何须辛辛苦苦绕这么个大圈子？学生倒为牧老不值呢！"

"岂止不值，简直欺人太甚！"一直坐着没有开过口的顾杲，突然愤愤地迸出一句。

钱谦益目光一闪，脸上掠过一丝愠色，但立即又忍耐住了。他拱拱手："列位请勿误会谦益之意……"

然而，没等他说完，周镳突然站起来，一声不响地朝他一揖，转身向外走去。

钱谦益怔了一下，连忙起身，紧赶几步，在门前拦住了他："哎，仲老,有话尽可商量,何必如此!"

周镳仍旧一声不响,向左一拐,想躲开阻拦,可是钱谦益也跟着向左;周镳又折向右,钱谦益也跟着向右。周镳没有办法了,他跺跺脚,很着急地说:

"牧老,你我道不同不相为谋,还是各自躲开为妙。莫非还要我在此跟你撕破脸皮吵一架不成?"

"仲老不要误会,谦益如此主张,也是为的社稷安危设想,不当之处,尽可批驳。总之谦益自问并无私心,耿耿此衷,天日可鉴……"

钱谦益这话刚一说完,蓦地台阶下有人高声说道:

"只怕未必!"

大家愕然回过头,只见方以智笑吟吟地大踏步走了进来,气急败坏的李宝拼命想阻拦,却怎么也拦他不住。方以智后面,还跟着吴应箕、侯方域、张自烈、梅朗中,只是看不见冒襄和黄宗羲。

方以智走上台阶,笑嘻嘻地朝钱谦益深深一揖,立刻指着李宝告起状来:

"牧老,你这贵价好不怠懒!晚生等有天大的一桩紧急事儿求见,他却死活不放我们进来,分明想诈骗晚生的钱财!你想晚生在盛泽归家院住了半个月,几乎连这身衣裳都给鸨儿剥了去,哪有银子与他。若非晚生斗胆硬闯,岂不误了大事!"

钱谦益一见这个阵势,早已慌了手脚,哪里还有闲心听他打趣。他迟迟疑疑地问:

"贤契过访,不知有何见教老夫?"

"哦,晚生因受辟疆兄之托,要将一封极其紧急之书信呈交周仲老,是以冒昧登门,还祈牧老见谅!"

方以智说罢,在身上前后左右地摸索了一阵,最后才从怀里掏出信来,双手呈给周镳。

周镳不知就里,疑疑惑惑地接过,打开一看,顿时变了脸色。

他狠狠地横了钱谦益一眼,"哼"了一声,把信递给了他。

钱谦益心内有鬼,看见周镳神情不善,不禁恐慌起来。他连忙接过信,看见上面写着:

> 眷社弟顾麟生顿首拜。去岁匆匆进京,未能面别,心常耿耿。复以关河辽阔,通问维艰,遐念昔游,曷胜怅惘。弟近于周阁老幕中,暂掌文牍,营营役役,乏善可陈。唯日前偶见吾乡钱牧斋来书,言及彼已决意向东南诸君子疏通,谋为阮圆海缓颊,中并有"阁下含弘光大,致精识微,目今起废为朝政第一"等语。弟始而讶,继而愤,又继而忧,以为天启之祸,行将复见于今日。故不避利害,驰函奉达,亟望我社同人,急图对策,必不令此奸谋得售而后已……

钱谦益看信的当儿,陈贞慧走到梅朗中身边,悄悄地问:"太冲呢,他怎么不见来?"

"太冲看了此信之后,刺激极深,独自奔下虎丘,不知去向……"梅朗中也悄悄地回答。蓦地,他惊慌地叫起来:"不好,牧老要倒,快扶住他!"

第六章
痴情女梦迷病榻，失意人夜访半塘

噩梦惊魂

自从被钱谦益撵出东园，冒险回到半塘家中之后，董小宛的病，又加重了几分。

她是在给她娘送葬那天染的风寒，后来一直不大见好。不过前些日子还能勉强挣扎着东躲西藏，这两天她却躺在床上，几乎再没有起来过，一切都由唯一的丫环寿儿给她料理打点。她那丰润漂亮的鹅蛋脸明显地变长了，鲜艳的、小小的嘴唇也失去了光泽。她睁着一双有着长长睫毛的大眼睛，好半天好半天地瞅着屋梁上的燕子巢，不动，也不说话。害得寿儿瞧着瞧着，不由自主就惊慌起来。

在追欢卖笑的风月场中，董小宛是属于那一类为数不多的女子——她自幼沦落风尘，却例外地不曾染上太多的青楼习气。有人曾经挖苦说，这是读书把她读呆了。这话说来也有几分真。她的娘姓陈，本是个贫家女子，卖入青楼当了妓女之后，深感不谙文墨，十分吃亏。任凭你模样儿再俏，对客人再殷勤卖力，终难攀得上第一流名妓的地位。所以，小宛七八岁起，娘就下决心给她延师授课。小宛生性聪慧，记性儿又好，到了十六七岁上，那些四书五经、诗词歌赋、女训女诫、食谱茶经之类，当真给她熟读了不少。更有一桩，她不光是读，对书中那些圣人之言、闺阃之训还深信不疑，以为那便是天地间的至理。她既自伤沦落，命薄如纸，对于那些古哲先贤、名媛淑女就愈加心生向往，倾慕不已，久而久之，言行举止之间，便不知不觉地学起样来。譬如卖笑人家求之不得的是门庭若市，客似云来；她却偏偏喜欢清静闲适。青楼姐妹们为着成名走红，谁都争着往通都大邑里跑；她却偏偏向往隐居山林。至于碰上男男女女挤坐在一块，又弹又唱，又笑又闹，她就更是愁眉苦脸，打心眼里感到厌烦。这股子清高脾气，同她的身份地位本来很不相称，注定她非倒霉碰壁不可。只是世上有的事情却不能以常理测度，秦淮河上偏有那么一批自命风雅的公子名士，每日家在旧院里鬼混流连，征歌逐色，受着那一个个热得像火盆儿、暖袄儿一般的娘们儿的奉承巴结，都腻烦了。一见了这位空谷幽兰般的董大姑娘，都稀罕得不得了。何况，小宛毕竟也是一位色艺双绝的美人儿。所以，她愈是摆出一副清高冷淡的模样，他们愈是一窝蜂地捧她的场。因了这缘故，董小宛的名声反而不胫而走，一天天地叫响起来，在狎客们的口碑当中，成了与顾眉、李十娘这样一些红角儿享有同等身价的尤物。

不过，这种令多少同行姐妹嫉妒艳羡的成功，并未能改变董小宛的心意。不如说，她因此更加讨厌这种卑贱、屈辱的卖笑生涯。至少是为着暂时摆脱它，她终于打点行李，离开了秦淮河，搬到苏州城外的半塘来住。三年前，她又随着她娘，到西湖、黄山、白岳一带去漫游，直到前不久，才回到苏州来。谁知就在归途上，娘忽然染上重病，一连请了几个大夫诊治，却全无起色，好容易挨到半塘家中，就死了。小宛悲痛过度，身子便有些不妥，初时还硬挺着办完丧事，不料随后就碰上田国丈派人来苏州采买女孩儿，并且点着名儿要买她，吓得她拖着有病的身子四处逃难。这两天，外间的风声倒是平静了些，听说田府的人已经回京去了。

现在，董小宛斜靠在她的闺房里的一张雕漆八步床上，刚刚吃过药，正闭着眼睛歇劲儿。这间闺房，位于院子当中的一幢二层小楼上，楼下是用竹篱笆围成的院子，满院的梅树，以及几幢模仿乡间茅屋式样建筑的厅堂馆舍，七里山塘就在门前蜿蜒流过。

自从黄山归来之后，董小宛便闭门谢客，加上前一阵子又忙于逃难，这宅子一直不曾认真收拾布置。院子里固然杂草丛生，落叶满径，即便是闺房，也处处显出凌乱和不经意。那架大红绸帐，只放下了一半，另一半还挂在钩子上；床靠的一边，随手搭着脱下来的一条裙子；那些平日安放小摆设的地方，至今还让它空着；两幅字画已经长了霉点，却依旧挂在墙上；窗前的镜台蒙上了一层灰尘，周围还堆满了各式各样的药瓶药罐，有的打开了盖子，却忘记随手扣上。也许是因为这个缘故，在这里嗅不到通常名妓闺房里的那种令人骨酥意荡的幽香，有的只是刺鼻的药饵气味。由于寿儿明显地在设法偷懒，尽管天色已经不早，窗际那一方薄暮晴空正在逐渐黑下去，房间里还迟迟未曾上灯。

不过，这一切，董小宛都没有心思再理会了。经历了十多天的悲伤、疾病和惊吓的折磨，她现在是那样的虚弱，以致周围的一切，在她的感觉之中，都变得那样遥远、隔膜、无关紧要。甚至连身体和四肢，也由于它们的麻木和沉重，仿佛不再属于自己。唯独心还在跳动，肺叶还在呼吸，脑子也仍旧在活动，这些是她还能清晰地感知到的。不过，就连这些部分，似乎也正在衰竭下去……

"哦，莫非我快要死了么？"董小宛冷漠地想，同时有一点惊奇，这一天会来得这么快。"十九岁就死，这是什么意思？"她费劲地思索，可是脑子里却一片茫然。她实在太虚弱了，思路无论如何也集中不起来。而且她愈是努力，它们就愈加变得飘忽不定，终于只剩下一些迷离难辨的迹辙，几乎看都看不清了……

现在，董小宛觉得自己正独自一人，沿着一条难以辨认的小路往前走。这条小路仿佛是悬在空中的一根飘摇不定的带子，周围是黑沉沉的无底深渊，只要稍不留神，就会掉下去摔得粉身碎骨。她心里非常害怕，双腿也在簌簌发抖，可是却不能不往前走。因为她听见有一个亲切的、温柔的声音在不停地呼唤她。她走啊，走啊，也记不清走了多久，只是觉得很累，两条腿也越来越沉重。"啊，看来我是走不到那里的了！得歇一歇，回家……"刚动了这样的念头，她就发现自己已经站在一堵黑沉沉的墙壁跟前，墙上没有门，却有一个小圆洞。她凑近一瞧，看见里面当中放着一张床，一个同自己长得一模一样的女孩子，赤身露体地躺在上面；周围站着一群长得人不像人、野兽不像野兽的东西，正贪婪地盯着那女孩子雪白的身体；一个面目狰狞的、屠夫样的人，把那女孩儿的肉一片一片地割下来，抛给他们。旁边还站着一个中年女人——董小宛认得那是她死去的娘，高高地卷起袖子，手里拿着一把尖刀在等着，把每一个抢到肉的人不人、兽不兽的东西夹脖子揪住，然后用干净利落而又冷酷无情的动作，把他的皮整张地剥下来，剩下那具血淋淋的躯体，就随手往地下一丢，让他们在那儿哀号、狂笑、跳闹、痛哭……董小宛瞧得毛骨悚然，双腿发软，正想离开墙洞，不料给屋子里的人发现了。那群被剥了皮的东西立即一个个从墙缝里钻出来，围着她欢呼大笑，硬要把她拖进屋子里去。董小宛吓坏了，连忙用力一挣，转身就逃。不知怎么一来，就骑上了一匹毛驴。这毛驴长着两道白眉毛，下巴上还拖着一把胡子。它撒开四蹄，跑得风驰电掣一般。董小宛害怕起来，也不知这驴子要把她带到哪里去，只好死死抓住缰绳，闭上眼睛。跑着跑着，突然驴子猛地一掀，把她抛出好远。等她爬起来，驴子不见了，眼前却出现了一座高山。她仔细一看，原来不是高山，而是无数死人堆在一起。那些尸体一具具都断头折臂，血肉模糊，惨不忍睹。一群顶盔贯甲的人还在上面挥舞刀枪，苦苦厮拼，时不时发出一两声疯狂的怒吼和惨厉的呼喊。突然，刀光一闪，一颗脑袋飞上了半空，随即疾速向山下飞来。董小宛正想躲避，谁知那颗脑袋突然变大了无数倍，龇牙咧嘴地向她砸来。董小宛心口一凉，闭着眼睛等死。然而，就在这时，她听见了先前那个召唤她的声音。它变得更加温柔、亲切，而且越来越近，使董小宛觉得无论如何也要瞧一瞧他再死。于是她又睁开了眼睛，却意外地发现，那个可怕的脑袋已经不见了，那座用尸体垒成的高山和在山上恶斗的人也不见了。如今，她已置身于春光明媚、鲜花盛开的原野上，黄莺在耳边娇柔地啼啭，蝴蝶在周遭翩翩飞舞。一个身穿白夹春衫、姿容绝世的美少年正在朝她走过来。"哦，我已找了你很久了！"他用美妙悦耳的声音说，伸出手，把她轻轻地扶起来。"我们现在回家去吧。我要用最华美的屋子安顿你，用最漂亮的衣裳打扮你，用最精致的食物供养你，我再不同你分离，再不让你受苦了！"他娓娓地说，不胜爱怜地瞅着她。董小宛顿时感到心头宁帖了，泪水涌上了眼眶。她想告诉他，她并不需要这些。只要他肯让她跟在身边，做一名卑微的奴仆，她就心满意足了。她还想告诉他，她是那样爱慕他。为了他，她可以去死……可是，她说不出来，因为她的喉头哽咽得厉害。她只是信赖地依偎着他，寸步不离地跟着他走……

　　然而，渐渐地，远处响起了呜呜的风声。那美少年站住了，抬头望了望天空，笑着说："这风来得正好，我们可以早些到家了。"话刚说完，原野上已经天昏地暗，飞沙走石，那少年"呼"的一声，被风刮上了天空。董小宛猝不及防，慌乱中用手一抓，扯住了那少年的一根衣带，也被带上了空中。但是，衣带那样柔弱，它显然承受不住董小宛身体的重量，转眼之间，就被拉得又细又长，最后竟成了一根绷得紧紧的细丝。董小宛万分焦急，低头一望，只见下面阴风阵阵，惨雾沉沉，什么花啦、草啦、黄莺啦、蝴蝶啦，全都无影无踪。那些半人半兽、被剥了皮的"东西"，那些在尸山上恶战的甲士，以及那个硕大无朋的脑袋，又重新出现，并且张牙舞爪地向她扑来。董小宛害怕极了，竭力抓紧那根细丝。谁知这么一用劲，细丝"噗"地断了，董小宛立即高速向下堕去。她绝望地悲呼："冒郎救我！"全力向上一挺，蓦地惊醒过来，原来是做了一个梦。只觉得浑身冷汗淋漓，一件里衣已经湿透了……

说也奇怪，现在董小宛觉得心里清爽了许多，身子虽然像是加倍的疲倦，却不似先前的麻木沉重了。她睁大眼睛望着绸帐的方顶，默默地回想着适才的梦境，一颗心还在扑通扑通地直跳。"啊，那美少年我分明认识，那就是他，是他！他说找了我很久，这是真的吗？三年前，他确实同方公子来访过我几回，却只见到一面。记得那一天我碰上闹酒，正在里间睡着，还是娘把我推起来，扶出去见他的……可是，那以后他再没有来过。后来就传说他同陈圆圆相好得不得了。不过，听说圆圆这一次到底给田皇亲抢去了。那么，他如今又在哪里？他还记得我吗，他会来吗？嗯，会来吗……"

她这样暗暗叨念着。忽然，说也奇怪，她分明听见了，从很远很远的地方，传来一种有节奏的"吱扭——吱扭——"的声响，那是一支船橹在摇动。她不能说出这船是什么样子，但是分明感觉到，它是冲自己而来的。现在，她还听见了船上有人在说话，其中一个嗓音就是在梦中呼唤过她的那个亲切、温柔的声音。

"小贱种，你反了天了！竟敢管起大爷的事。看我不打死你！"一声男人的怒骂蓦地从天井里响起。萦绕在董小宛耳边的幻觉一下子被驱散了，而代之以乒乒乓乓的竹棒击地声、追打声、哭叫声。接着，楼梯咚咚一阵乱响，寿儿——一个长着一张猫儿脸的十四岁小丫环，头发披散，跌跌撞撞地冲进闺房来，一下子扑到董小宛的床沿，跪在地上直叫："娘快救我，老爹要打死我！"

董小宛还未开口，她爹董子将已经手执竹棒，气势汹汹抢了进来。他有五十出头，一个在青楼妓馆混了几十年的老篾片，长得又高又瘦，皱皱巴巴的脸上，透出一种灰不灰、蓝不蓝的所谓"晦气"。他这辈子除了会打一手十番鼓，外加逢迎拍马，再没有别的能耐。相反，游手好闲、吃喝玩乐那一套，却学得精熟。现在，他光着微秃的脑袋，没有戴头巾，正瞪着一双大而混浊的眼睛，狂怒地龇着牙，像是要把寿儿一口吃下去似的。吓得寿儿浑身哆嗦，连滚带爬地藏到床后。

"爹——"董小宛蹙着眉毛，有气无力地叫，声音里透着烦躁。这位亲爹的脾性，她是清楚的。过去，靠着小宛母女俩，他倒不愁没钱花。可是自从陈氏死后，小宛又因病闭门谢客，家中的用度，就渐渐紧张起来。这位董大爷却嗜好难改，仍旧三天两日摊着巴掌向女儿讨钱。给得少了，他就偷着拿家里的东西出去变卖。这事小宛也听寿儿唠叨过许多回，碍着是亲爹，也不好怎么说他。偏偏寿儿这丫头躲懒归躲懒，性子却颇为耿直。她看小宛不管，有时就忍不住当面数落董子将几句，惹得老董大为光火，又跳又骂，这种事也非止一回。适才，想必寿儿又刺中了董子将什么痛处，竟然一路追打进来。

董子将听见小宛的叫声，怔了一下，随后他仍然冲上来，挥棒朝寿儿打去。寿儿慌乱中举手挡架，竹棒"啪"地打在她的手指上。寿儿哀叫一声，护着痛弯下身去，朝床底下一钻，躲在角落里再也不敢出来。董子将还不解恨，他一面用竹棒朝床下乱捅乱戳，一面恶狠狠地喝叫：

"畜生！奴才！你妈妈的出来不出来？赶快出来！出来！"

董小宛被他们闹得头昏眼花，心中又急又气。她用尽全力，一连挣扎了好几次，才坐起了身子。她喘着气，抖抖索索地指着门说：

"你、你们出、出去！都出去！"

说完，她又挣扎着打算站起来，但她的两条腿颤抖得那样厉害，实在站立不稳，只好又坐了回去。不过这一来，总算引起了她爹的注意。董子将斜着眼睛瞅了女儿一会，终于把竹棒扔在地上，气哼哼地转身走出了屋子。

躲在床下的寿儿，一直听着老董下了楼，脚步声消失了，才轻手轻脚地钻出来。她侧着耳朵又听了听，断定董子将已经走远了，才长长吁了一口气，一边拍打着头上、身上的灰尘，一边嘟嘟哝哝地说："自己为老不尊，不要脸，还不许人家说……"她回过头，蓦地发现董小宛正扶着床靠坐着，一动不动地闭着眼睛，就连忙走近去，讨好地问：

"娘，你怎么啦？你身子不好，这么坐着怎吃得消？快躺下吧！"

董小宛摇摇头，仍旧一动不动地坐着。过了一会儿，她突然睁开眼睛，一边示意寿儿不要说话，一边支起耳朵，神情显得越来越专注和深沉，像是极力倾听什么声音，又像神游在某一个遥远的地方。

寿儿被弄得莫名其妙，又不敢打扰她，只好呆呆地望着。

终于，董小宛的睫毛颤动了一下，恢复了常态。

"哦，我有点饿了，想吃粥。"她说，疲乏地抓住床靠，把头抵在立柱上。

寿儿的眼睛睁圆了："娘是说，饿、饿了？啊，娘身子大好啦？"

董小宛点点头，又摇摇头："我只要半碗，两根水菜……嗯，吃完了，你替我梳梳头，我捉摸，这头有两天没梳了吧？一定难看死啦！"

寿儿又惊又笑："娘，你今儿个怎么啦？娘，婢子这就给你弄去！"

"还有，这屋子也该收拾一下。"董小宛继续吩咐，闭上了眼睛，"我觉着，今晚，说不定有人要来……"

不速之客

"虽然辜负了一个女子，但父亲总算平安脱离险地。看来，这没有什么可遗憾的！"冒襄默默地想，"我不能为着一个风尘女子而丢开父亲不顾，这是无疑的。即使再从头经历一次，我的选择，也只能是如此！"

　　这是虎丘大会结束后的当晚，也即是董小宛向寿儿说她感到肚子饿的同一个时刻，冒襄正乘着一只小船，沿七里山塘，缓缓地向桐桥圩的方向摇来。张明弼照例陪在朋友的身边。不过，他们没有交谈，各自默默地坐在船舱里，已经有好长一段时间了。

　　晚春的夕阳，完全没入了地平线，周遭的暮色变得越来越浓；沿河两岸，亮起了星星点点的灯火；反映着最后一抹青灰色天光的河水，悄没声息地从船舷下流过。从后梢传来了轻柔而有节奏的橹声……

　　由于觉悟到存在着那样强有力的"理由"，冒襄在失去陈圆圆后的情绪混乱当中，开始重新找到了立足之点。他逐渐平静下来，甚至似乎有一种解脱般的轻松之感了。

　　说起来，冒襄还是在去年他到湖南去探望当时还在衡州做官的父亲途中，才同陈圆圆认识的。那时正是早春，夹岸的柳树刚刚有一点绿影儿，梅花却开得正好。他从同船的一位姓许的父执辈口中，头一遭听到陈圆圆的"芳名"，并且被这位父执的热烈推崇所打动，特意在杭州停留了几天，两人一道去寻访陈圆圆。徒劳往返了好几次，最后，才总算把她请来了。冒襄清楚地记得，那天陈圆圆穿了一袭长过膝盖的暗青色茧绸女衣，下衬八幅白地绣青花湘裙。当她从帘子后面款款地走上红氍毹来的时候，笑涡在她的腮边忽闪着，她像是无意，又像是有意地朝冒襄瞟了一眼，随即含羞地旋过脸去，侧转腰肢，回顾了一下拖在身后的裙裾。那美妙优雅的姿态，真像在烟雾缭绕当中一只翩然起舞的青凤。当时，冒襄虽然意识到其他人的在场，脸上依然保持着惯常那骄矜的微笑，可是内心深处，却分明地震颤了一下，被这女子不寻常的魅力所打动，不由自主地用眼睛去追随她那妙曼的姿影。

　　从这一刻开始，他俩的感情就飞速地交流起来。在陈圆圆出人意料地用当时已经不流行的弋阳腔，演出《红梅记》一剧的时候,冒襄怀着少有的兴趣和热情,自始至终关注着台上的演出;而陈圆圆也把含情脉脉的目光,频频投向他的座上。冒襄还记得,当演出的间歇,陈圆圆擎着玉壶,向座上的客人劝酒,却没有首先走向他时,他心里是多么地失望和不快;而后来,当陈圆圆在他身边明显地停留得最久,同他悄声低语时又挨得那么近,以至他可以清楚地看到她那蝉翼样的鬓影在轻轻颤动,嗅得着她那小嘴所发出的唇脂的馨香。这时候,他又是多么地得意和愉快——啊,直到现在回想起来,那仍然是令人心荡神飞,如醉如痴的奇妙境界!是冒襄多年来出入风月场所从未经验过的……

事实上,从那时起,冒襄就觉得离不开她了。待到酒阑人散,他立即提出了留宿的邀请。陈圆圆似乎有点为难,但还是应允了。直到天快亮时,她才登舟回去。当时,他是那样的难分难舍。而她反倒有点淡淡的,只告诉他打算到光福山去寻梅赏雪,如果他也去,可以有半月的盘桓。当时他考虑行程紧迫,无法久留,踌躇再三,只好约定到桂子飘香时节,与她在姑苏再见。

冒襄直到现在还记得,在那历时半年的往返旅途中,他对她的思念是怎样的强烈,怎样唯恐不能再见到她。他历历在目地回味着那一个短暂良夜的旖旎风情——那摇曳的灯影、低垂的罗帐、火热的眼神、潮湿的鬓发以及胳臂上疯狂的齿痕……这一切,都在时时刻刻挑动着他的情欲,使他在同别的女人在一起时味如嚼蜡。而且,也许因为这缘故,他还平生第一次不无妒意地想到,他离开期间,其他狎客将会代替自己的位置,而陈圆圆也会照样同他们厮混,一如那天晚上她对待自己一样……

不过,尽管如此,当半年之后,他护送母亲回来,路经苏州,陈圆圆出乎意料地表示她要嫁给他,从此完全、永远属于他的时候,冒襄却感到十分惊讶和突然,觉得这种要求未免过于天真,而且轻率得有点不知自量。因为在他看来,寻欢作乐是一回事,承担家庭义务又是另一回事;而且,就凭着那短短一夜的交情,对方也没有权利提出这种要求。所以他当即拒绝了她。然而，陈圆圆却不是那种容易摆脱的女人。她用不着苦苦哀求，她有的是聪明的手段。到了后半夜，再次领略到她的全部魔力的冒襄，就主动回心转意了。虽然，他提出了一个条件，必须等他把营救父亲的事情办妥之后，才从长计议这件事。

后来，冒襄就全副心神投入到营救父亲的事情当中去了。大半年来，没完没了地奔走、投诉、请托，加上还要不断劝解日夜忧伤的母亲，冒襄简直把陈圆圆完全抛在脑后。此外，他还多少有点儿后悔：不该这么容易就答应了她。所以有时候，他尽管也会忽然想到陈圆圆，想到是否该去看望她，可是出于一种多少感到丢了面子，因而想挽回一下的心理，他终于又打消了这种念头。半年来，他甚至连信都没有给她写过一封。谁知道，由于这一念之差，结果就永远失去了她……

"哎，这样的结果是好，还是不好？好，还是不好呢？"冒襄不由得反复自问。可是越问，心中越乱。他一阵烦躁，猛地站起身子。就在这时，他看见了一片繁密的灯火、一座拱形的石桥，以及桥头耸立的石塔。桐桥圩到了。

"辟疆，你做什么？"被冒襄的突然举动吓了一跳的张明弼问。

冒襄定了定神，清醒过来。为了掩饰自己的失态，他随手指着岸边一个带小楼的院落说："哦，那幢小楼临水而筑，亭亭如画，唯是灯火俱无，不知是何人所居？"

张明弼顺着他的手势望去，"噢"了一声，说："那不就是董小宛的家嘛，你怎么就忘了？前几年，我还陪你来过的！"他仔细看看，又说，"楼上影影绰绰的像是有灯火，嗯，她必定还在。"

听说是董小宛的家，冒襄倒愣住了。他朝那阁楼上依稀的灯火注视了一会儿，忽然回头向后梢叫道：

"船家，靠岸，我们要下船。"

"啊，做什么？"张明弼问。

"上去看看!"

"只是,只是听说小宛刚死了娘,她自己又病得很重,一直闭门谢客。瞧这灯火零落的样子,想必还不曾好,又何苦去打扰她!"

可是冒襄不理会张明弼的劝阻,他紧盯着越来越近的河岸,显出迫不及待的样子。船家一放下跳板,他就抢先一步跨上去,很快地上了岸。等无可奈何的张明弼从后面跟上来时,他已经站在竹篱笆前,开始打门了。

冒襄先轻轻地敲了几下,见里面全无应声,下手就重起来。可是敲了一阵,仍然毫无动静。张明弼说:

"辟疆,敢情他们都睡死了。算啦,我们还是回船吧!"

可是冒襄十分固执,他一声不响,捏起拳头,在门上咚咚咚地猛擂起来。

终于,门内传来了细碎的脚步声,接着响起了一个女孩儿清亮的嗓音:

"门公,是谁在打门呢?"

"莫理他!反正姐儿不见客,让他敲不应,自己去了算!"一个苍老的声音瓮声瓮气地回答,听来很近,就在门房内。

"那也得瞧瞧是谁啊!刚才老爹又出去了,若是他回来,叫门不应,又该骂人了。"

"不是,老爹他会喊我。只怕是东家的张小四,要不就是隔壁的王婆,又来借钱借米的。准没好事儿,不用理他!"

冒襄在外面听见,又好笑又好气。他又打了两下门,高声说:

"我们是如皋冒襄、金沙张明弼,特来拜望宛娘,快快开门!"

这一次总算有了反应,只听那女孩儿在门里"嗳"了一声,但是又不来开门,却埋怨门公说:"瞧你,估错了吧,是客人哩!快起来开门!"

冒襄同张明弼对瞧了一下,嘴上不说,心中都想:这鬼丫头也真够促狭，你自己来开一下不就完了，偏要支使门公！"

门房里的床"吱扭吱扭"地响了一阵，大约是门公爬起来，只听他不满地咕哝了一句什么，估计是说那丫头不替他开门。果然，那丫头立即唱歌似的反驳说：

"这是你的事情，编排是该你干！我又没吃你的一份粮，凭啥要替你动手？"

……

终于，门"咿呀"一声打开了，露出了门公年老的、骨骼粗大的脸和矮小结实的身躯。

冒襄早就一百个不耐烦，见门一开，立即径直往里走。那门公想拦阻，但又不敢，只好求援地望着寿儿。

寿儿却不慌不忙。她迎着客人先道了个万福，仍旧用唱歌一般的嗓门说："两位姐夫，远来辛苦了，请到堂上奉茶。待婢子通报去来。"

冒襄摇摇头："我们不吃茶，到楼上看看你娘就走。"

"多谢两位姐夫美意。"寿儿说，忽然露出戚然的样子，"只是我家阿娘病重，只怕、只怕不能见客。"

"啊，宛娘病得很重么？"张明弼问。

"嗯，重！重得简直不能再重。连人，她都快认不得了。"寿儿的声音甚至有点呜咽。

张明弼默默地点着头，望了一眼冒襄，意思是：怎么样？还要上去么？

冒襄没有作声，但显然也有点动摇了。他抬起头，犹豫不决地望着阁楼上昏暗的灯光。

寿儿闪动着一双黑眼珠子，在他俩身上溜了几下，忽然抿着嘴儿问：

"这位姐夫，可是如皋冒公子？"

"啊，正是小生。"

"若是如皋冒公子,我家阿娘倒必定是认得的。"

"……?"

"适才阿娘吩咐说,若是等闲俗客,一概不见。若是冒公子,你可得千万好好儿请上来。"

"啊!她怎么知道我要来?"

"这个么,婢子可就不知道啦!"寿儿狡狯地说,不待冒襄再问,她就转过身去,当先引路。冒襄同张明弼交换了一个莫名其妙的眼色,满腹狐疑地跟在后面。

倾诉悲喜

由于吃了半碗粥,许多天来,董小宛第一次感到多少有了点精神。她让寿儿替她梳了头,把乱糟糟的屋子收拾了一下。出于一种奇怪的预感,她还吩咐寿儿:要是如皋冒相公来访,马上告诉她。不过,随后她就意识到这种念头是多么可笑可怜了。哎,世上哪有这样好的事?你想着一个人,他就会立刻来到你的身边?何况人家是家财万贯的翩翩公子。纵然没有陈圆圆,也会有别的女人。就凭三年前那匆匆一面,能指望人家记得住你?怕早就把你忘个一干二净啦!再说,梦里不是已经把这事指点得明明白白了么?就别再费这份心思啦!这样一想,董小宛又觉得自己完全没指望了。从今以后,她就像那荒原旷野上随风飘转的一株蓬草,孤苦伶仃,无依无靠……终于,她把脑袋深深地埋在被窝里,压抑地、凄苦地哭起来。

渐渐地,她听见有人走上楼来了。不是一个人,是好几个。陌生的、粗重的男人脚步声从过道里一路响过来,在门外停了一下,然后跨进屋来。

"谁?"董小宛问,竭力止住抽泣。

"哦,三年前,在此楼下曲栏杆畔,曾有幸与小娘子醉中一晤的那个人，今日特来拜候，不知小娘子可记得否？"一个优雅清亮的声音说。

有片刻工夫，董小宛弄不明白，为什么一听到这声音，自己的心像是突然停止了跳动，仿佛凝住了似的。"啊，他说什么？他说什么呀？这是什么意思？"她艰难地思索。蓦地，她的心狂跳起来，血液一下子冲上脑门和双颊：啊，是他，是他，是他来了！她在心里大叫，感到一阵晕眩。但是，她没有立刻转过身子。她不敢，也没有力量那样做。谁知道呢？也许稍一动弹，一切便都化为乌有了！

"小生是如皋冒襄。这位是金沙张公亮。"大概是听不见董小宛答应，冒襄只好自我介绍了。

董小宛仍旧小心翼翼地保持着原来的姿势，但是泪水已经涌上了眼眶。

"奴家……不敢忘记公子……"她颤着声儿回答，觉得冒襄已经走近床头。她不由得缩紧了身子，仿佛怕触着什么容易破碎的东西似的，一边哽咽地说："……三年前，有劳公子几番临顾，仅得匆匆一晤，但阿娘背后说起公子，总是称赞不绝于口，说她见的人不少，从未有像公子这般人品的。娘还因奴家未能与公子多盘桓些日子，深为惋惜……如今阿娘死了，看见公子，奴家就想起阿娘。她的话，就像昨天对奴家说的一样……"

董小宛说到伤心动情之处，终于转过身子，撩开罗帐。于是，她看见了冒襄的脸。

这确实是一张俊美得令人惊叹的脸。如果说，早在三年前，它就给董小宛留下了鲜明美好的印象的话，那么，经过岁月的冲刷，它的许多细节部分在记忆中已经变得模糊之后，董小宛此刻重新面对它，却不禁怅然若失。因为她发现，自己三年来对于这张脸的一切想象和补充，竟然是如此蹩脚、平庸、俗气。而它其实是那样的空灵微妙，出人意料，而又完美无缺。它的美，绝不是用"弯曲秀长的眉毛、顾盼含情的眼睛、笔直高耸的鼻梁,以及线条优美的口辅"这样一些似是而非的描写所能表达的。它的非凡之处,首先在于那种天生的高贵气质,那种被传统的道德文化高度地充实和细致琢磨过的内在情感,以及充分意识到自己的身份和力量的雍容气派。当这一切,同俊美的外貌充分地糅合在一起,并且在一颦一笑当中自然而然地显露出来的时候,确实具有一种勾魂摄魄般的魅力。董小宛觉得自己的心跳得那样厉害,简直快要从胸膛里蹦出来似的,她赶紧垂下头去,不敢再看。

冒襄也在注视董小宛。三年不见,他发现记忆当中的那个娇痴懒慢、醉态可掬的女孩子,已经成熟为一个清丽绝俗的少女。也许因为正在生病的缘故,她看上去瘦了一些,却比当年更美了。她的肤色变得更白净,相形之下,头发和眉毛显得更黑。配上梦幻似的妩媚而忧郁的眼睛,小巧玲珑的鼻子和嘴唇,使她足以置身于秦淮河畔最顶尖儿的一批名妓当中,而毫不逊色。但这不是主要的。主要的是,在这张脸上显示出一种与她的绝大多数同行姐妹不同的驯良神情,一种过于端庄娴静的气息。冒襄此刻还说不上对这种气息喜欢还是不喜欢。只是不知什么缘故,他忽然想到了陈圆圆,想起了她那恶作剧的眼神,那令人哭笑不得的任性,以及层出不穷的花样,并不由自主地为这突然闪现的记忆而微笑了……

"哦,张老爷、冒公子,二位请坐……"董小宛的声音在耳边响起。冒襄蓦地惊醒过来,他回顾了一下,发现张明弼已经在靠墙的一张椅子坐下,也就走过去,在旁边坐了下来。

这当儿,寿儿已经端上茶来,并且换过了两盏明亮的斗色晶灯。于是三个人便一边喝着茶,一边交谈。冒襄和张明弼详细地询问了小宛母亲陈氏的死,着实咨嗟感叹了一番;接着又问到董小宛的病,对她已见好转感到宽慰;随后,冒襄又约略地谈了一下别后的情形,谈到大半年来,怎样为着父亲的事四方奔走,现在有了结果。但是，他连一个字也没有提到陈圆圆。这并不是怕给董小宛知道，会引起猜疑和嫉妒。事实上，他对董小宛毫无别的想法。他今晚到这儿来，无非是满心的苦闷无聊打发不掉，想借此散散心而已。但是，他却不想提起陈圆圆，因为那毕竟是一件不痛快的、有损脸面的事……

不过，冒襄的这种心理，连他的好友张明弼也暂时捉摸不透。在这一阵子交谈中，张明弼很少开口。他一直在观察冒襄的言语、举动，猜测他的朋友如此坚执地要来拜访董小宛，到底有什么目的。当发现董小宛对冒襄流露出明显的、异乎寻常的依恋之情，而冒襄对于同陈圆圆的那段关系又讳莫如深时，张明弼就认定，冒襄已经把物色如夫人的目标，转移到董小宛身上来。他本来就一直为好朋友的痛苦忧郁而担心，同时，还为自己没能及时找到冒襄报信，致使陈圆圆被田弘遇抢去，多少感到有点内疚，但又苦于无法补救。现在发现了冒襄的这种"意向"，他不禁大为欣慰，于是决心要尽力促成它。因此，当谈话告一段落，张明弼就趁机站起来，拱着手说：

"我差点儿忘了，适才下船的时候，原不曾说清要不要船家等着。只怕他等得不耐烦，自己回去了。辟疆、宛娘，你们先谈着，我去吩咐一声就来！"

说完，也不等冒襄答应，他就叫寿儿提灯引路，匆匆出门，下楼去了。

"冒郎，你到这边来坐，这边暖和些。"当张明弼的脚步声在楼下消失了之后，董小宛忽然伸手拍了拍床沿，这样招呼说。正在为老朋友突然走开而感到疑惑的冒襄，怔了一下，茫然地回过头来。

"哎，来呀，把灯也拿过来，奴家有话要对你说哩！"董小宛娇嗔地催促着。

冒襄这一下听明白了。他目光灼灼地瞅了董小宛一会儿，微微一笑，站起来，先去桌上擎起一盏晶灯，把它放到董小宛床头一张方凳上。然后，侧身在床沿上坐下来，就势抓起董小宛的一只小手，把它放在嘴唇边轻吻着。

"唔，记得么？周清真的妙句：'弄粉调朱柔素手，问何时重握'……"

董小宛把手抽回来，"啊，不，奴家的手脏！"她急急地说。

可是冒襄又一次捉住了它，"管它呢，嗯，管它呢，只要我喜欢！"他任性地说，挨个儿吻着那细嫩圆润的指尖；随即伸出胳臂，把董小宛揽进怀里，用腮帮在那娇养的脸蛋上轻轻挨擦起来。他微眯着眼睛，陶醉于这种愉快的、令人意荡魂销的接触当中。

"可是，可是奴家真的有话要问你……"董小宛无可奈何地说，脸红了。

"你问嘛……"

"那你说，圆圆她当真被抢走了么？"

像冷不防被人刺了一下似的，冒襄的表情变了。他放开董小宛，愠恼地盯着她，一会儿，才把眼光移开。

"哼，不错，抢走啦！"他冷冷地说，"你问这做什么？"

董小宛似乎没有注意冒襄情绪的变化，她点点头，露出悲戚的神情："奴家也听说了，还有点不信。那么这是真的了——唉，陈家姐姐又漂亮，又能干，那份聪明伶俐更是万中无一。平日里姐妹行中理论到谁个将来最有出息，大家第一个就推她，却不道竟是这般命苦！"董小宛说着，声音哽咽了，泪水沿着脸颊流了下来。

冒襄没有作声。因为董小宛此时此刻突然提起这件事使他颇为恼火，而且他还有点怀疑她这样做的用意。哼，别看她假惺惺地故作悲态，说不定心中正幸灾乐祸，在变着法儿挖苦陈圆圆，以发泄她的妒火哩！风月场中，这样的娘们儿他见得多了。

渐渐，董小宛停止了流泪。她怔怔地望着床头的灯焰，半晌，低声地说：

"要是陈家姐姐不曾被抢，她同公子可是天生地设的一对。真的。只是，唉……"

冒襄忽然笑了。这嘴角上的笑容表示着他对这样的"表演"是多么熟悉，而且已经不想再"欣赏"下去了。他站起来，居高临下地望了望董小宛，说：

"你正病着，我本不该来打扰，又劳你陪了我这许久，实在过意不去。你歇着吧，回头我叫人封五十两银子过来，给你将养身子。过些日子我再来看你。"

"……公、公子要走……"董小宛颤着声儿问。由于惊愕和着急，脸孔一下子变得煞白。

"嗯，时候不早了。"

董小宛忽然露出惨然的神色，她拼命咬住嘴唇，垂下头去。

"请公子不要送银子过来。"她哑着嗓子说。

"啊！怎么？"

董小宛张了张嘴，只说出"奴家……"两个字，就哽咽住了。她拼命地摇一摇头，立刻用袖子使劲堵住嘴巴，眼泪却"吧嗒吧嗒"地掉下来。

看见她这个样子，冒襄倒奇怪起来。他犹疑了一下，重新坐下，稍稍缓和了口气，说："不是我不肯多留，实在是派到襄阳去向家大人报告喜讯的人，明朝一早就要出发，我得赶回下处向他交代许多事。今日，我是偶然路过这里，听说你病着，就进来看望一下。现在见你好了点，就放心了。这点银子，无非是我们相识一场，聊表心意，你就收下吧！"

也许这温言解释发生了作用，董小宛很快地平静下来。她低着头，拭着泪，驯顺地听完冒襄的话，然后说道：

"适才奴家出语不逊，请公子休怪。不是奴家不晓事，要苦留公子。实在是奴家自从娘死之后，十有八日，寝食俱废，一天到晚昏昏沉沉，净做些颠三倒四的噩梦。有时梦见自己已经死了，每一次都是公子忽然来到，才救了我。今天公子真的来了，奴家一见，便觉得心情宁帖，精神爽旺。如此看来，公子实在是奴家的救命恩人。所以，银子奴家是决计不能收的。便是公子强要奴家收下，奴家也会一生一世不得安心的。公子若是可怜奴家，就请再稍坐片刻，待奴家举酒，为公子恭祝福寿双全。能这样，奴家明儿就是死了，也于心无憾了！"

冒襄当初看见董小宛眼泪汪汪的样子，满以为她必然照例要撒娇撒痴，又哭又闹。刚才他之所以缓和了态度，无非是以退为进；他说那一番话，也多半是随口敷衍。他已经准备着，倘若对方还要纠缠不休，他便抽身就走，毫不客气了。可是，没想到董小宛竟是一哄便听，温驯老实得出奇。接着，又听她说出那样一篇情真意切的话，更是大出冒襄的意料，反而使他不知如何应付才是了。

"只是、只是张兄正在船上等着我，去迟了怕不好……"冒襄犹犹豫豫地说。

"这个么，公子倒不必挂心！"寿儿那唱歌似的嗓音忽然在门帘外接口说，"张老爷临出门时曾吩咐婢子，说今儿是初三，星朗风清，他要沿河闲步，观赏夜景，半时一刻不会回船，他请公子在这楼上多坐些时，不必急着就走！"

由于寿儿这样说，冒襄也就无法再推托。他只好听凭董小宛吩咐寿儿置酒备肴，暂时留下来不走了。

苦留后约

直到三更以后，冒襄才从董小宛的闺房告辞出来。酒席之上，他被董小宛不断地殷勤相劝，着实喝了不少。不过，他还能保持头脑的清醒，没有忘记张明弼还在船上等他，也没有忘记明天一早要办的事。所以,尽管董小宛一再挽留他住下,他都坚决谢绝了。董小宛不敢过分勉强,只好起身送他下楼。当董小宛奇迹般地不用别人搀扶就站立起来,并且步履如常地走出闺房时,冒襄还没怎样在意,站在旁边瞧着的寿儿,却惊奇得瞪大了眼睛。

灿烂的银河已经移到中天,朦胧的银辉洒满了整个院子。湿润的、微冷的风,从七里山塘上吹来。在房顶的茅草上、在花树的梢头和草丛里,露珠儿在闪烁。四邻早已灯火全无,一片沉寂。偶尔,从远处的深巷里,传来一两声狗儿低沉的吠叫……

董小宛到了楼下,在屋檐前站了一站,等寿儿赶上来,把披风披在她的身上,她就陪着冒襄,缓缓地向大门走去。

"公子此去,不知何时才能再来?"不声不响地走了十来步之后,董小宛终于打破了沉默。

冒襄有点醉了。他乜斜着眼睛,微笑说:"人生何处不相逢。要来也容易,只要我想得起,就……来了;若是……我想不起,也不打紧……你托人来——说,提醒我……哈哈,不就来了?"

"只怕,只怕奴家托人去说,公子也不肯来呢!"董小宛的声音透着幽怨。

"不……不会的。只要你,托人来说……要不,你,到如皋,来找我,呃,也行!"

"到如皋?那——老爷、老太太不会骂你?还有少奶奶……"

"啊哈,这个,你就不知道了。爹妈最宠我,从、从来不拂我的意。少奶奶么,最是贤惠不过了,她还劝、劝我讨、讨小哩!"

"啊,公子这话当真?"

"谁、谁骗你!骗你,我、我就不是冒襄!"

这话刚说出口,门楼下的阴影里忽然有人拍着手笑道:"好呀,辟疆已经有约,宛娘还不赶快道谢!"

随着话音,两个人走到星光下来,却是张明弼和冒成。冒襄一见就站住了,指着张明弼大声大气地问:

"好你个张公亮，刚才躲到哪、哪儿去了？这会子却又钻、钻出来！"

"唉呀，辟疆，你还说哩。你赖在宛娘房里老是不出来，害我等得好苦。三番两次差冒成来打听，好容易才打听到这会儿散席了，我才巴巴地赶来接你。你一声儿不谢倒还罢了，反来埋怨我，这真是从何说起哟！"张明弼摆出一副委屈的样子，随即自己又笑起来。他转向董小宛说：

"宛娘，你身子瞧着像是大好了，恭喜恭喜！辟疆我们接走就行了。夜寒露重，你就不要远送了！"他瞧了瞧冒襄，又走上前来，向董小宛咬耳朵说："你放心，明儿，我一定让他再来！"

董小宛本来打算把冒襄一直送到河边上。听张明弼这样说，她就没有再坚持。不过，她仍旧一手扶着寿儿的肩膀，站在门前，默默地目送着张明弼和冒成一边一个，搀扶着醉态可掬的冒襄，由门公提着灯笼引路，朝岸边泊着的小船走去。直到人影都看不清了，小船也离开了河岸，舱里的灯火颤动着，消失在迷茫的夜色深处，这才慢慢地走回院子来。

董小宛刚走进堂屋，她爹董子将就像从地里冒出来似的，出现在她的面前。

"阿囡，你可大好了？真叫爹高兴呀！"董子将笑嘻嘻地迎上来说，瘦刮刮的脸上现出多时不见的兴奋神情。

"爹还没睡？是的，孩儿觉着这会儿好多啦，有劳爹爹挂心。"董小宛疲乏地微笑着，行了一个礼，走向楼梯。

"呃，爹一心记挂着你的身子，哪儿睡得着哇！"董子将讨好地说，跟了过来，"呃，这么说，冒公子走啦？"

"嗯！"董小宛漫声应答着。强自支撑了大半宿，这会儿，她实在已经筋疲力尽，要不是寿儿搀扶着，她也许就爬不上楼梯了。可是，她的精神仍然很兴奋。忽然，她停住脚步，回头问：

"爹，你说，冒郎他怎么样？"

"啊，啊，好，很好，好呀！如皋首屈一指的大富翁，有财有势，花起银子来像撒灰似的，从来不皱眉头！你不见他前时在南京，偌大一所桃叶河房，他一个人就全包下来，在那里天天摆酒宴客，哪一顿不招待个一百几十人的！唉，说起他家的银子来，真是拔根汗毛也比我们的大腿粗——海着咧！"

"爹！我不是说这个，我是说人！"

"人？嘿，人也好！小白脸，美男子，风流倜傥，人称'东海秀影'。听说多少女儿家都为他神魂颠倒，说是'宁为冒郎妾，不做富家妇'！嘿，阿囡，不是爹夸你，今晚他竟肯亲自来访，可见你福缘不浅哩！"

听爹这样一说，董小宛的心里也自甜滋滋的。她一转身，也不用寿儿搀扶，噔噔噔地独自上了楼。董子将一见，连忙紧赶几步，把寿儿揉到一边，抢先跟进闺房去，气得寿儿冲着他背后直做鬼脸。

董子将踏入闺房，看见董小宛已经坐在梳妆台前，正对着镜子怔怔地瞧。她一只手搭在腮边，轻轻地抚摸着，嘴角荡漾着微笑。董子将蹑手蹑脚地走近去，在离女儿三尺远近的地方站住，轻轻地叫唤：

"阿囡，阿囡！"

见女儿没有反应，董子将只好干咳一声，提高声音叫："阿囡！"

董小宛愣了一下神，蓦地回头，脸上闪过一丝惊讶的神色，然后，立即就绽开笑脸。

"爹！"她做出撒娇的样子，欢快地叫，站起来，扯着董子将的袖子，把他拉到椅子旁边，"爹，你坐嘛，坐呀！"等董子将坐下之后，她也紧挨着他坐下来，用手指替他拈去粘在袖子上的一丝蛛网，说："爹，女儿病了这许多天，劳你们操心不少，如今大好了，你可高兴？"

董子将神气起来。他皱着眉，正儿八经地点着头："嗯，阿囡，你这些天可把爹吓坏了！也怪，怎么不迟不早，姓冒的那小子一到，你就好了？哼，倒像害的是相思病似的！"

董小宛脸一红，娇嗔地背过身子不依说："爹，瞧你胡说些什么呀！"

"哦哦，胡说，是胡说，不说了，不说了！"董子将连忙改口，随即凑过来，压低声音问，"那么，你莫骗爹，他到底给了多少？"

"什么给了多少？"

"咦，你别装糊涂呀，当然是……"董子将把拇指和食指圈起来，做了个表示银子的手势。

"没有。"董小宛摇摇头。

"阿囡，你莫骗爹。爹知道你今儿个赚了不少，你这是拼着命儿挣的，多了爹也不要你的。这十两八两的零头，就算给爹买盅酒喝吧！"

"爹——真的没有嘛！"

"笑话！有道是'窑门半爿开，有×无钱莫进来！'他不带个百儿八十的，敢进我董家门？阿囡，快给我！"

董小宛摇摇头。

"哎，阿囡，我知你要攒体己。实话说吧，若不是爹近来手气背，一连两天输得摸大门弗着，也不会巴巴地赶着屁股来向你讨。响午我到半塘寺去求了根签，说我今夜准定翻本，你可不能见死不救！好，十两不行，那就五两怎么样？五两！"

"……"

"妈的，这样的女儿！那就三两，总行了吧？"

"……"

"啊，二两……"

"一两也没有。"董小宛终于说道，口气很平静，"冒公子是要给我些钱将息身子，可孩儿没有要他的。"

董子将迷惑地瞅着女儿，仿佛不明白她说什么。到后来，他眨眨眼睛，嘻嘻地笑起来："阿囡，你别吓唬爹。爹胆子很小，不禁吓，一吓就吓坏了！"

"孩儿不是吓爹，这是真的。"

董子将的脸色忽然变成死灰，他斜着眼睛，丧魂失魄地在原地转了一个圈子。当目光重新落在女儿身上时，他的脸就由于失望和怨恨而变得狠巴巴的了。

"混账！"他咆哮起来，随手抓起一把茶壶，"啪"地摔碎在地上，"你、你鬼迷心窍！连自己是什么货色，都忘得一干二净了！你以为你是太太小姐，闲得发慌，找个小白脸来偷情吗？我们是做现钱买卖。一文钱，一文货！你这是卖的哪门子的春风人情！给钱也不要，不要钱你喝西北风去！"

董子将越骂越上劲，又拿起桌上还没来得及收拾的酒杯、汤匙，一只一只地往地上狠摔。顿时碎瓷片和残酒、汁水溅满了一地。寿儿在门外看见，又急又气，但是不敢走过来，只好拼命地朝董小宛使眼色。

董小宛一动不动地站着，紧抿着嘴唇，根本没有留意寿儿的招呼。她的脸色变得越来越苍白，忧郁地望着暴跳如雷的爹，脸上流露出一种绝望的、坚决的神情。等董子将把两个酒杯、两只汤匙全摔完了，又拿起饭碗要摔的时候，她忽然冷冷地说：

"你摔吧，全摔完了也没什么。反正，我明儿也要走了！"

"什么？你要干什么？"董子将的手一下子停在半空，瞪着眼睛问。

"明儿冒公子来时，我要跟他去，再不回来了！"

"啊，胡说，不行！"董子将大叫一声，一下子蹦到女儿跟前，气急败坏地挥舞着手中的碗，"我不准你走，不准！听见没有？你是我养大的！我是你的爹！你得养我、侍奉我，给我挣钱、挣钱！谁都休想把你带走！休想……"

可是，任凭他怎么叫骂、蹦跳、哀求，董小宛却再也不开口了。

矢志相从

虽然董小宛拿定主意要跟冒襄走,可是冒襄却丝毫没有这种意思。夜来的一段邂逅,在他来说,无非是一时无聊,逢场作戏,绝没想到要承担什么责任。次日醒来,他已经把昨夜醉中的那一番戏言忘个干净。等赴襄阳向父亲报信的家人一走,他也收拾行装,准备返回如皋。只是挡不住张明弼再三提醒督促,冒成也在一旁帮腔,他才勉强命船家把船绕到半塘来,向董小宛辞行。

船刚靠岸,董小宛就匆匆迎出门来。显然,她早就在妆楼上守候着了。她今天特意打扮了一番,乌云般的头发梳得整整齐齐,到顶上用金环束住,向后挽成一个坠马髻。鬓边插了一组经过精心选择的珠翠首饰。病后苍白的脸色,被敷得很匀净的脂粉巧妙地补救过来了;淡淡地描出的眉毛,则相得益彰地衬托出她那双妩媚的眼睛。她穿了一袭桃红色薄绒女衣,紫色衬里,下面是八幅白地紫花滚边湘裙。在等待船上放下跳板的时候,她略带不安地站在岸边,紧闭着嘴唇,没有望冒襄,神情显得有点严肃。寿儿拎着一小捆行李跟在她的身后。

"唔,她的确是别具风致,非寻常女子可比!只是,她为什么要带行李来?这是什么意思?"冒襄疑惑地想,一边走到船旁,伸出手去,把董小宛搀上船来。

"二位相公真是信人!深蒙一再垂顾,教奴家不知如何答谢才好!"董小宛在船头站定之后,就敛着衣襟,侧着身子,深深地行着礼说。

"岂敢,岂敢!只为小生在姑苏的事情已经办毕,要返回如皋去了,特来向小娘子辞行。"冒襄随口回答,一边仍旧怀疑地打量着对方。

"啊,公子就要回去了?"

"正是。"

"不知何时启程?"

"即刻便要启程。"

"张老爷也一起去么?"

"科考之期将届,小生尚要赴海陵就试。张兄意欲偕小生到如皋盘桓数天,便回金坛去了。"

"如此,奴家有一事相恳,不知公子能俯允否?"

"啊,请讲不妨!"

一直到说这句话的时候,冒襄的脸上始终带着和蔼的微笑,但是,心里却越来越警惕。以他多年来出入风月场所的经验,他十分清楚同这一类"名妓"交往,要提防些什么。别看她们一副楚楚可怜的模样,却都不是寻常之辈。她们都有相当的身价,有很广的社会联系,有她们的崇拜者和捧场者。同她们打交道时必须小心,既不可过于古板迂执、傲慢无礼,也不可轻易地允诺什么。这两方面如果有哪一方面处置失当,传扬开去,都会为名士圈子里的同人笑话,有损名声。现在冒襄凭着董小宛今天的打扮,还带着行李,已经估计到她是有准备而来。联系昨天晚上她对自己苦苦相留的态度,他就多少猜测到对方的用意了,"哼,莫非你指望我就这样把你带走?可没那么容易!"他冷冷地想,同时考虑着她一旦提出这样的要求,将如何拒绝。

"二位相公屡顾之恩,奴家愧无以报。如不嫌弃,宁愿随船相送一程!"董小宛说,又一次恭恭敬敬地行下礼去。

如果董小宛一开口就提出要委身相嫁,那么冒襄自然很容易加以拒绝,可是她现在只要求"随船相送一程";如果她提出是专门为了送冒襄,那么冒襄也还可以设法推却,可是她一开口就点明是送的"二位相公",这就把张明弼也包了进来;而刚才冒襄又亲口说过,张明弼打算同自己一道回如皋去,这就更加使冒襄不便自作主张了。

"嗯，公亮兄，你看……"当冒襄终于发觉这个请求无法立即加以回绝之后，他只好回过头去，先征求张明弼的意见了。

"啊，便是冒兄与小生也以来去匆匆，未能与宛娘多盘桓些时日为憾。如此甚妙，只是偏劳宛娘，却是不当！"张明弼兴冲冲地说。

冒襄本来指望张明弼能帮他一把，所以事先不住使眼色。谁知这位把兄一心想当撮合山，却装作看不见。他不但自己表示同意，还把冒襄也说成早有此心。冒襄不好立即否认，唯有苦笑。

"这么说，冒公子也不见弃了？"董小宛问，目不转睛地望着冒襄。

冒襄迟疑了一下，终于说："多蒙宛娘错爱，小生不胜感激。不过此事尚须从长计议。这儿风大，请——"说着，他就彬彬有礼地侧过身子，伸出手去，把董小宛搀进前舱的小厅里。

冒襄乘坐的这条船，是三吴地区常见的那种"浪船"。这种船不论大小，都装配有厅、房、门、窗，布置得颇为雅洁。船桅上虽然挂着风帆，却只是巴掌大的一块小席，全不管用。它航行时主要靠船尾的一支大橹，由两三个精壮汉子合力摇动，或者靠人上岸拉纤前进。更有一样，乘船时人和物都必须保持两边平衡，不能有超过一石的偏重，否则船身就会倾斜，所以又叫"天平船"。这种船一般只在方圆七百里的水道内航行，偶尔也冒险过次把长江，至于沿江而行，那就得改乘大江船了。

当冒襄把张明弼和董小宛让进前舱的小厅里坐定之后，有好一会儿，他望着窗外的景色，没有立即开口。他并非傻子，自然不至于看不出董小宛所说的"相送一程"，无非是一种借口，一旦让她随船之后，下一步，她就会提出更高的要求，例如要他娶她之类。而这是绝不可能的。不要说现在他正急于回家去安慰母亲，还要应付迫在眉睫的科考，还有八月的乡试，根本没有心思来考虑处理这种事。而且，即使他真的要纳妾，董小宛也不是他心目中的理想人选。这个风尘女子身上所表现出来的过于温驯端庄的气质,那种一心向慕做一个贤妻良母的古怪念头,都使冒襄不喜欢。虽然未至于讨厌她,但他认为,那样的角色,有他的妻子来充当就足够了。他心目中的如夫人,除了美貌和技艺之外,还应当会撒娇撒痴,会使小性儿,会嫉妒、恶作剧,会把人捉弄得啼笑皆非、心痒难熬——总而言之,应当有那么一点"坏",才够味儿,就像陈圆圆那样……

一想到陈圆圆,冒襄的心又隐隐作痛起来:"哦,她是出类拔萃的、罕有的、宝贵的!这样的女子,一辈子最多只能遇到一个!她已经几乎永远属于我,却让我把她丢失了!但毫无疑问,她是无法代替的!"

冒襄猛一抬头,发现有两双眼睛正关切地期待地望住自己——那是董小宛和张明弼。他一下子清醒过来,定了定神,垂下眼睛说道:

"宛娘,你的一番盛意,小生已是心领。只是你病体初愈,第一要紧的是将身子养好,这车舟劳顿,却是不宜。往后日子正长,相见机会还很多,何必拘执于眼前?依小生之见,这相送一程,不如就免了吧!"

"可是,可是,奴家自己觉着精神健旺,已是大好了!"董小宛急急地说。

"今日是大好了,可是路上一劳累,又安知不会反复?还是以静养为宜。"

"啊,奴家卧病十有八日,药石无灵;得公子昨夜枉顾,顿觉身心俱泰,霍然而愈。此皆公子洪福相庇之故。奴家、奴家只恐一旦离了公子,'二竖①'重来,那时,便是想再求公子相救,已是不能了。还望公子怜奴危病之苦,准许随船盘桓几时,奴家

---

① 二竖,指病魔,出自《左传·成公十年》。

毕生铭感公子大德大恩！"

冒襄听她这样说，呵呵地笑起来："宛娘也太言重了。哪里就有如此神妙之理！你无非是就医多时，药力到了，你自己虽然未觉，其实病已见愈。却撞着我来访，便把医师之功错算到小生身上。昨夜即便小生不来，你也一样会好的。"停了停，他又接着说，"不瞒小娘子说，非是小生执意不允，皆因眼下科考之期已届，小生此去，是日夜兼程，一天也耽搁不得。万一小娘子的贵恙在船上反复起来，到那时停船料理又不是，不停船料理又不是，却怎生区处？"

"啊，若是果真如此，奴家必当自行离船，决不敢耽搁公子们一日行程！"董小宛回答得很坚决。

冒襄漫不经心地摇摇头："这话现时好说，到时我们又岂能……"他忽然看见董小宛神色惨然，眼圈红红的，嘴唇也在可怜地抖动着，马上就要哭出来的样子，就顿住不说了。

"辟疆！"坐在旁边许久没有说话的张明弼终于开口了，"宛娘既是一片至诚，你又何苦执意相拒？我瞧她今日身子确是大好了，陆路奔波怕还不行，船是尽可坐得的。倘若你还不放心，那么到时有什么事，都包在愚兄身上便是！"

冒襄对于这位把兄不同他商量，就自作主张一个劲儿地煽风牵线，本来就十分不满。适才张明弼又不理会他的暗示，一口答允让董小宛随船送行，更使冒襄恼火。这两口气还未出，现在听他又来讨好卖乖，便把脸一沉，回过头，紧盯着张明弼问："这么说，公亮兄是不打算随弟回如皋去啰？"

这次他们结伴去如皋，本是张明弼的主意，其中包含着他作为冒襄的盟兄，专诚前往拜谒冒母，向她表示敬意和慰问这样一种用意。现在冒襄忽然提出这样的问题来，张明弼就知道冒襄生气了。他历来有点怕这位才貌出众的兄弟，总是顺着他，不敢违拗他的意思。见他发了怒，张明弼只好讪讪地住了嘴。

一度重新燃烧起希望的董小宛,现在似乎完全绝望了。她不再说话,眼圈又开始发红。她垂下头去,久久地盯着自己的裙裾,可是到底没有哭出来。

看见她这个样子,冒襄倒也有点不忍。他站起来,走近董小宛的身边,柔声地劝解说:"非是小生薄情,其实行程紧迫,这也是为小娘子着想,没有办法的事。你好好儿回去吧,可别想不开。秋后我说不定还要来,到时一定多盘桓些时日,好不好?"

在冒襄说话的当儿,董小宛似乎也拿定了主意。她仰起脸,严肃地瞧着冒襄,眼睛里现出果决的神情。等他说完之后,她也站起来,说:

"既然公子实在为难,奴家也不敢相强。只是奴家已决意离开此地,不再回来。如今既有此便船,奴家这就向船家说,情愿租借那烟篷底下一席之地,附搭而行。奴家既不敢相送公子,路上奴家是死是活,公子亦一概不必理会。"

董小宛说完,朝冒襄和张明弼深深行了一个礼,就转过身,朝舱外走去。

这一着大出冒襄的意料,他没想到董小宛的意志竟如此坚决。自然,他可以吩咐船家,不准她附搭,但那样做不但显得太绝情,而且同一个风尘弱女这样相斗,也未免过于小气,有失自己的身份。那么听凭董小宛住到烟篷底下呢?更加不行。因为她并非一名普通的妓女,在江南的名士圈子中,她早就艳名远播,无人不晓。若是传扬开去,董小宛在冒襄的船上竟然遭受如此虐待,势必引起舆论哗然,自己也难免为人们所笑骂……

这样一想,冒襄反而着忙起来。他张嘴想喊,又觉得不太妥当,于是只好朝正在一旁紧盯着他的张明弼做了个手势,意思是请他快点把董小宛招呼回来。

不一会儿,董小宛跟着张明弼重新走了进来。她低着头站在冒襄跟前,默不作声。冒襄板着脸把她上上下下打量了一阵,终于无可奈何地问：

"嗯，你是说只要随船送我们一程？"

董小宛点了点头。

"就送一程，没有别的了？"

董小宛犹豫了一下，想说什么，但终于仍旧点点头。

"好吧，那么你就留下。到下一站，你可一定得回来！"

冒襄说完，就朝舱外叫："冒成！"

冒成应声出现在舱口。

"你去——把这位小娘子的行李搬进来。然后吩咐船家马上开船！"

"是！"冒成答应着，但是身子却没有动弹。

"去呀！呆着做什么？"

"是——呃，启禀大爷，刚才外面来了个人，他说他是小娘子的爹……"冒成垂着手说。

"唔？"冒襄的目光顿时闪动起来。他怀疑地瞧了董小宛一眼，问冒成，"他来做什么？"

"他说、呃、他说……"

"快说啊！"

"是！他说，这位小娘子是他一手养大的，大爷不能就这样把她带走了，他求大爷念他年老孤贫，好歹赏他几个钱。"

这要求来得如此突然、意外，有半响工夫，舱里变得一片静默：冒襄双眉紧皱，一言不发；张明弼微低着头，在慢慢地捋他的胡子；董小宛则显出一副又急又气的样子。她大睁着一双惊惶的眼睛，瞧瞧这个，又瞧瞧那个，当发现似乎谁都不打算听她的解释时，她的表情就由情急变成绝望了。

终于，冒襄慢慢地抬起了头，冰冷的目光笔直地射向冒成，后者哆嗦一下，赶紧低下头去。

"胡说！"冒襄蓦地叫起来，"宛娘不过是跟船送我们一程，一两日内就要回来。什么'把她带走了'？他说这话想敲诈谁！以为本公子会吃这一套？笑话！告诉他，钱，有！可就是不给他，半个子儿也不给！让他赶快走，别耽误了开船！"

说完，冒襄就转过身，狠狠地盯了董小宛一眼，快步走进与小厅相连的卧室里，"砰"地关上了门。

第七章
钱谦益心灰意冷，柳如是妇唱夫随

舌剑唇枪

虎丘大会之后的第三天，即农历三月三十日夜里很晚的时候，钱谦益和柳如是乘船回到了常熟。随他们一道回来的还有陈在竹等三位族人，以及一群男女仆役。当由灯笼、伞盖、大轿、小轿和各式箱笼行李组成的这支队伍浩浩荡荡进入半野堂时，钱府上下都从睡梦中惊醒，忙碌起来。从大门、二门、大堂、二堂一直到内宅偏院，灯光接二连三地亮了。几个执事头儿几乎是同时出现在门厅里，神色惊惶的仆人来回奔跑，两顶专供宅内行走的肩舆已经抬出轿厅来准备着。一个睡眼惺忪的年轻门班糊里糊涂地走错了方向，被班头夹脖子揪住，用力一搡，跌跌撞撞奔回队列里。

钱谦益在轿厅下了四人抬大轿。他显得憔悴而疲惫，黝黑的脸明显变瘦了，头发胡子也似乎白了不少。在等候其余几个人下轿的当儿，他闭着眼睛，一动不动地站着。几名执事头儿的殷勤问候，也没能使他打起精神。直到陈在竹等人默默地走过来，征询地望着他时，钱谦益才勉强睁开眼睛，摆摆手："嗯，你们都回去吧！"说完，他就转过身，同柳如是各自上了一顶肩舆，由两名小厮提着灯笼在前头照路，慢慢地向内宅行去。

今夜没有月亮，几颗闪烁的星星，只眨了眨眼，就隐没在薄翳中了。宅院里一片幽暗，远近疏落的灯火在夜气中颤动着，更鲜明地凸现出来；肩舆两旁，廊柱、栏杆，以及栏杆外花树的影子不断闪过；大门那边的人声渐远渐小，听不见了，耳畔只剩下训练有素的轿夫们又轻又匀的脚步声……

也许是回到了家的缘故,钱谦益觉得紧张的心情开始松弛下来。虽然肢体加倍的倦怠,但这些天来拚命撕扯着他的神经的那只利爪,终于松开了。他仰靠在椅上,默默地瞅着长廊外的那一道黑糊糊的、城垛似的高大院墙,忽然感到:天地固然很大,但是一个人只需要有一角之地,就完全可以躲开扰攘的人世,自得其乐地生活下去。而自己的这个家是安全的、可靠的。在这坚固高大的院墙之内,绝对不会有自己的地位和权威遭到蔑视那种情形发生。这就够了,至于院墙外面的风风雨雨,大可置之不理。"哼,让他们爱怎样拨弄就怎样拨弄好了!所谓名声,所谓威望,无非是博取高位的一种本钱。如果做不到这一点,还有什么用!"他冷淡地想,开始觉得近两三天来,自己为此而惊慌失措,寝食不安,实在没有必要。接着,他又想到,这一次无疑十分倒霉而且扫兴,但同天启元年主试浙江,被人告发纳贿舞弊,以及前几年本乡奸民张汉儒上京诬告自己那两桩事比较起来,毕竟幸运得多。那两次都被弄得锒铛入狱,几乎性命不保;这一次大不了复官不成,白赔几千两银子,外加被人指责非议一阵子,如此而已。"哎,'唾面自干,韬晦待时',古人尚且难免,又何况我钱谦益!"这样暗暗说了一句之后,他似乎终于找到一条自我解脱的退路,不再像原先那样烦恼。本来,他还打算广派人员,四出打探士林当中对于这件事的反应,如今也觉得派不派都无所谓了……

第二天早上,钱谦益在我闻室里一直睡到辰时。

在外面的起居室里,柳如是踮着脚走来走去,显得心神不定。她早就起来了,梳洗之后,到毗邻供奉观音大士的龛堂里上过香,又袖着手儿瞧了一会红情、绿意两个丫环浇花。她本想等钱谦益起来一起用早点,后来等不及,只得先用了。用完早点,钱谦益仍旧酣睡不醒,她便研墨展纸,临了几行宋徽宗的《女史帖》,终于觉得全无兴致,又丢下了。

"莫非这件事就这样完了?"她想,"这么快,这么容易!……老头儿其实也太胆小了,被人一吓唬就慌了神!本来应该破釜沉舟试一试的,他却不敢。结果功败垂成,多少心思全白费了……今后怎么办?莫非当真要老娘陪他这样过一辈子不成?莫非这一辈子再没有出头露脸之日了?哼,不行,当初老娘嫁他可不是为的这个!……但是,那又怎么样呢?有什么办法?有什么——哎,到底是怎么回事!这死老儿怎么还不爬起来?"

柳如是转过身,犹豫了一下,正要朝寝室走去。这时,红情的声音在院子里响起来:

"啊,老夫人来了!婢子给老夫人请安!给少爷请安!老夫人请屋里坐,老爷这会儿还睡着未醒呢!"

柳如是怔了一下,站住了。只见门帘掀起,钱谦益的元配夫人陈氏,在一群丫环仆妇的簇拥下,走进起居室来。

陈氏是一位面目慈和的老妇人,头发已经微微见白,圆圆的、平扁的脸上,嵌着一对杏核眼,眼皮像是老睡不醒似的耷拉着,再加上扁扁的小鼻子和两片厚嘴唇,使人觉得这张脸即使在年轻的时候也不漂亮。但出身名门,自幼深受诗书礼教的熏陶却使她的言行举止之间,自有一种大家闺秀的雍容气派。这一点,恰恰无论是朱姨娘还是柳如是都无法仿效的。她今天穿了一身茶褐色绣蓝花茧绸女衣,梳着一个老式的圆髻,髻上插着几支珠翠。由于满脸细碎的皱纹已无法掩盖,她干脆只薄薄地涂了一层脂粉。陈夫人高大肥胖,与柳如是的矮小灵活恰好是鲜明的对照。

同陈夫人一道进来的,还有少爷钱孙爱、大丫环月容和两个有身份的老妈子。

"姐姐来啦,姐姐请坐!"当柳如是看见已经躲不开时,她只好迎上前去,行着礼说。本来,按照规矩,当姨太太的应当每天早上到上房去给太太请安。可是柳如是嫁进来时,是坐的八人抬的花轿,举行过大吹大擂的婚娶典礼,加上钱谦益又吩咐家人称她作柳夫人。论身份地位，她都不能算姨太太。算什么，谁也说不清。不过以柳如是的性子，她就认为，第一，按年岁大小，称陈夫人一声"姐姐"就足够了，没有必要像其他姬妾婢仆那样，称之为"老夫人"；第二，那些每日请安、逢节磕头之类的玩意儿，自己就更加无须沾边。为了这个缘故，不少亲友以至婢仆私下里都为陈夫人愤愤不平。倒是陈夫人逆来顺受，安之若素，从未提出过抗议。所以大半年来，彼此还能相安无事。

"那么，老爷还没起来么？"陈夫人由月容扶着，在起居室正当中的一张椅子坐下之后，抬起眼睛，安详地望着柳如是，问。

"哦，还没哩！"柳如是细眯着眼睛，迎着对方的目光，用同样不慌不忙的口吻回答。以往，她同陈夫人相对时，不知为什么，总是不由自主地有点紧张和慌乱，仿佛做了什么亏心事似的。这使她事后回想起来，十分气恼。现在她决心改变这种状况。

"哎，你也坐啊！"陈夫人温和地说，又朝站在身旁的钱孙爱点点头，"孙爱，你也坐下。"

钱孙爱很快就坐下了。他还是那样苍白、瘦弱。从一进门起，他就目不转睛地瞅着柳如是，眼里闪出狂喜的光，时时露出要同她说话的样子。

柳如是却没有坐。按照钱府的家规，在正室夫人面前，姨太太只能坐凳子，而不能坐椅子。凳子比椅子要矮一截，这无非是维护上下尊卑传统之意。如今柳如是自然用不着去坐凳子，但是陈夫人招呼她坐下时，只是以"你"相称，却撩起了柳如是心中的愤慨。她早就发现，尽管自己口口声声称陈夫人作"姐姐"，对方也不曾就此提出过异议，可是这个老太婆却始终不肯回称自己一声"妹妹"。这常常使柳如是尖锐地、屈辱地想到：对方实际上仍然不肯承认彼此的平等地位，哪怕她嘴巴上并不这样说……

"咦，怎么不坐？坐啊！"陈夫人催促说，她对于柳如是的踌踌显然有点奇怪。

"是呀！柳太太，太太让你坐哩！"钱孙爱也热心地帮腔。

"哼，再不坐，她就会当我不敢呢！"柳如是想，只好憋着一口气，在陈夫人右边的一张椅子上坐下来。

这之后，为着保持一种起码的家庭气氛，她们开始谈起天气、柳如是这次随钱谦益到苏州去的见闻、车舟的劳顿，以及家中的一些琐事等等。陈夫人的脸上始终挂着蔼然的微笑，她耐心地听着，从不打断柳如是的述说。柳如是则显得过分的兴奋和快活，她用苛刻的、批评的口吻谈到她所见到的一切，不断地在谈话中引进各种各样深奥的典故和古人的名言，她还常常无缘无故地发笑，随后就突然停下来。

"昨天晚上老爷很晚才睡么？"陈夫人不动声色地问，回头瞧了瞧寝室的门。

柳如是斜了陈夫人一眼。"她为什么总是摆出这副样子？好像这府第里唯有她才是名正言顺的主子似的！"柳如是愤愤地想。为了表示对这种可恨的"尊严"的鄙视，她故意歇了一会儿，才慢条斯理地回答："昨天么，老爷一回府就睡下了。嗯，他呀，就是这么个怪脾气，要么不睡，要么一睡就睡个没完！我劝过他多少回，这样不好，会伤身子的哟！当时，他还真听了。可过得十天半月，又忘啦！"她顿了顿，瞟着陈夫人，"老爷这脾气，姐姐还能不知道？"

"是这样的么？我当真还不知道哩！"陈夫人老实地回答。

"啊哟，姐姐这话可是在骂我了！"柳如是大惊小怪地嚷起来，"姐姐怎会不知道？若是姐姐说不知道，就是骂我随口喷蛆了！"

陈夫人怔了一下，随即微微一笑："怎么会？这些年，都是你们服侍老爷。他的脾性儿怎样，自然该是你们比我知道多些。"

柳如是不作声了。她眨眨眼睛，感到有点失望："哦，她为什么不生气？我明明在挖苦她，难道她听不出来？不，她是打心底里瞧不起我！对啦，她是大家小姐，我不过是下贱的娼妇。她想必觉着，连同我生气也有失她的金贵身份！"这样一想，柳如是仿佛给人兜头浇了一瓢冷水似的，呆住了。她茫然若失地瞅着陈夫人，渐渐现出一种绝望的、怨毒的神情。

"老爷暂且不醒也好，有一桩事，我原要先与你商量的。"陈夫人说，仿佛没有留意柳如是的神情。

"……"

"是这么回事，三姨太她有过错，得罪了你，我已经教训过她了。闻得老爷也很生气，要将她赶出去，让她到城东老屋去住。这原也应该。只是乃念她服侍老爷十几年，又有生养孙爱这份功劳。常言道，不看僧面看佛面。我想向你讨个情，饶恕了她这一次，下次再犯，加倍责罚，我也决不维护于她。你瞧，这样成不成？"

陈夫人垂下眼睛，缓缓地说着。以她的身份，用这样的口吻向柳如是说话，在旁人看来实在是低声下气得过分。站在旁边的大丫环月容和两个老妈子惊异地瞧着她，又望望柳如是，脸上都现出愤愤不平的神色。

柳如是自然不会看不见这一点。本来，这件事她已经答应钱谦益暂且作罢，不过怕朱姨太知道后，愈加神气起来，才一直故意拖着，不给她说清楚。至于陈夫人，她从娘家回来时，钱谦益同柳如是已经上了苏州，自然也不知道。如今她显然是听了朱姨太的投诉，出面来说情的。不过，老太婆的这种态度和口气，却使柳如是十分恼火。"哼，你这是故意让我难堪、出丑、下不来台！我可不是傻瓜！"她想。于是冷笑一声，说："姐姐这话，我可是万万不敢承当！我是什么人？怎敢如此大胆，起意要把三姨太撵出府去？纵然这大半年，我在老爷身边的时候多些，但老爷的事情，我是一星半点也不敢过问。三姨太骂我、咒我，背地里阴损我，我心里不痛快，辩驳几句也是有的。可是大婆小婆拌嘴斗气的事，哪户人家少得了？吵过就算了，我可没往心里去。我也不知老爷要把三姨太赶出府去是何用意，眼见老爷火气大了，吓得想问也没敢问。如今姐姐不知受了哪些个黑心瞎眼的丫头妈子撺掇，突然来向我讨情，真叫我吃惊不小！瞧这样子，我岂非成了那轻贱狂妄、没教没养的人了？姐姐你心里有气，骂我、打我都行，可千万别提这讨情的事！"

这一番话带枪夹棒，既尖酸又决绝，听得陈夫人面上红一阵、白一阵，怔在那里，没有了主意。就连站在她身后的两个老妈子也面面相觑，倒抽一口凉气。最后，还是大丫环月容乖觉些，她悄悄扯了扯孙爱的衣袖，又努努嘴，意思是要他出面去说。

钱孙爱自从见了柳如是，就时时想同她说话，只是插不上嘴。被月容提醒，他就忙不迭地跳起来，走到柳如是跟前，恭恭敬敬地行了一个礼，说："孩儿给柳太太请安。许久不见柳太太，柳太太可好？"

柳如是瞥了他一眼，淡淡地问："嗯，少爷有什么事吗？"

钱孙爱兴冲冲地说："哦，没……没什么，孩儿只是许久不见柳太太，心中想念得很。前些日子听说柳太太身子欠安，孩儿一直担心着，如今见柳太太好好儿的，孩儿就放心了！"

钱孙爱这话说来谦卑有礼，一片真诚，倒使柳如是有点意外。她凝视着他，忽然微微一笑："嗯，你口口声声喊我做太太，就不怕你三娘打烂你的小屁股？"

"怕什么！"孙爱脸红了一下，随即理直气壮地说，"这是爹吩咐的，你是太太，我自然该这样叫，没错！"

柳如是点点头，笑得更加柔和："你不是再不进我这门了么？怎么今天又来啦？"

"不，那是三娘不许我来，其实孩儿很想来。今天是太太带我来，她、她就拦不住啦！"

"嗯，要是没人带，你就不敢来了？"

钱孙爱犹豫了一下，他显然还没考虑过这个问题。但是，当看见柳如是微眯的眼睛现出轻蔑的神情时,他就情急起来:"不,我敢,谁说不敢?只要我喜欢,哼,谁也管不着我!"

"这样说,你是喜欢我啰?"

"是……孩儿、孩儿,喜欢……"兴奋得满脸通红的钱孙爱结结巴巴地说。

"那么,"柳如是歪着头,高高地挺起胸脯,并且风骚地摇摆着腰肢,"你说说,喜欢我哪儿?唔?"

"这个……孩儿,不,不知道……孩儿只是觉得……喜欢……"钱孙爱羞涩地瞧了柳如是一眼,低下头去。可是,他立刻又抬起头来,狂热地盯着柳如是看。

在同孙爱说话的当儿,柳如是一直暗暗注视着陈夫人的反应。当她发现这位自命高贵、循规蹈矩的可恶的老太婆,被自己的行为吓得目瞪口呆,不由自主地浑身发抖时,她尝到了一种报复的、恶意的快感。

"那么,好吧。难得你有这份孝心。我回头要好好打赏你!"柳如是终于结束道。她已经把陈夫人狠狠地捉弄了一番,并且亲眼看见了对方的恐怖和慌乱,也就不想再理会钱孙爱了。

钱孙爱却不明白这一点,而且他又一次受到月容的催促。

"娘,不要,孩儿不……什么打赏,不要!孩儿只要你……一件事,答应我。"他语无伦次地说。

"哎,什么事?"

"孩儿……呃,你若是真疼孩儿的话,求你向爹说,别把三娘赶出去。"

柳如是怔了一下,顿时沉下了脸:"你这孩子真不懂事,刚才我不是说了吗,这不关我的事!"

"哦,关的,关的,我知道关的!我要你答应我!"钱孙爱一把揪住柳如是的衣袖,扭着身子,撒起娇来。

柳如是有点恼火了。她心想:"亏你这涎脸的孱头刚才嘴巴子比糖还甜,老娘还当你真的向着我。原来你们都串通好了,来做戏给我看。哼,老娘岂是受人耍的角色。你便求到塌天,也休想我松口!"拿定主意,她就用力把袖子一挣,说:"你歪缠什么!看把衣裳弄皱了,快快松手!"

"不嘛,我要你答应我!"钱孙爱一边说,一边把袖子攥得更紧。

柳如是当真生气了,她瞪起眼睛,喝道:"混账东西,你松手不松手?"

钱孙爱犹疑了一下,但是柳如是先前的亲昵态度显然给他造成了错觉。他不但不松手,反而大胆地把柳如是的胳膊抱住。

"我不嘛,我……"

然而,怒不可遏的柳如是不等他说下去,便扬起右手,"啪"地扇了他一记耳光。

这一下,钱孙爱立即松了手。他后退两步,呆呆地望着柳如是,脸上现出茫然、惊诧的神情,渐渐这神情变成恐怖。蓦地,他尖叫一声,转过身去,发疯似的推开赶过来保护他的月容以及另外两个老妈子,飞奔出了门。两个老妈子连声叫唤着,也慌里慌张地奔了出去。

这当儿,陈夫人早已站了起来。她气得浑身直打哆嗦,指着柳如是,一迭声地说:"你、你、你你……"却什么也说不出来。

柳如是也满脸通红,她悻悻地理着衣袖,激怒地叫:"你们自己没脸面,却使出这等下作的诡计,支派个孩子来上阵,让他挨打。这可是你们自招,怨不得谁!"

陈夫人显然完全不会对付这种无法无天的侍妾。她不知怎么办才好,半晌,才喘着气说:"好,我、我找相公去!"

"不用找了。我都听见了!"一个低沉的嗓音说。大家蓦然回过头去。不知什么时候,钱谦益已经披着一件长袍,脸色阴沉地站在寝室的门口。

"古语说,'国必自伐,然后人伐之'。家亦如此,必先自败,然后人败之！"他怒声说，走出起居室来，"同是一个家中的人，尚且不能和睦相处，偏要争斗不休。你们说，这样怎能抵挡外人的侵侮和欺凌，怎能应付非常之变？你们纵然不用为这种事操心，可是我要！你们还让不让我有片刻的安宁？啊！"他发火地吼叫起来，严厉地瞪着陈夫人。直到后者满心委屈地低下头去，掩着面孔倒在椅子里，他才转眼看看柳如是，发现她咬着唇儿，还在皱眉瞪眼地生气，就放缓和了声调，说："现在，可不是争闲气、泄小忿的时候，须得和衷共济，以渡难关——今天这事，我看就算了。朱姨娘嘛，还让她留在府里，可不准她再闹！至于孙爱，年纪不小了，该懂点事了。连他也跟着混闹，成什么话！嗯，回头叫他来见我！"

访友消愁

"不知老师枉顾，请恕弟子失迎之罪！"罢官在家的前户科给事中瞿式耜，身穿礼服迎出大门外来，拱着手说。他那高大健壮的身躯微弓着，浓眉下面一双精光闪烁的眼睛专注地望着阶下，长方形的脸上现出恭敬严肃的神情。

这是钱谦益回到常熟之后半个月的一天下午，偏西的太阳从幽静狭长的巷子上空照下来，把高大漂亮的瞿府门楼的影子，清晰地勾画在大门对面的白粉影壁上，那影壁盖着讲究的瓦顶，还有雕砖镶边。

刚刚从四人抬大轿里走下来的钱谦益，听见这熟悉的招呼，抬起了头发花白的脑袋，黝黑的脸上露出亲昵的，几乎是讨好的笑容。

"哎，太亲翁，何必客气！"他大声说，迎上去，同趋步下阶的主人行礼相见，"说真的，一路上我还叨念着，怕你出门了呢！"

"没有——二冯兄弟，还有云美、子长他们都来了，正在卿云阁里看字画呢!"

"噢,他们都来了么?"

"要是老师有事……"

"没事、没事!我也是随便走走。嗯,听说你新近收到一幅赵子昂,我正想瞧瞧!"

"是,请——"

"请!"

这样说完之后,两人便并肩朝宅子里走去。

在常熟城里,瞿式耜可算是同钱谦益关系顶深的一个人。他不仅是钱氏早年的学生,而且他的孙女儿又许给了钱孙爱。论学业渊源,他该称钱谦益作老师;论姻亲关系,钱谦益却得反过来尊他一声"太亲翁"。不单如此,他们还曾一起在朝共事,一起在崇祯二年被温体仁排挤罢官;十多年间,他们同样一直在家赋闲,得不到起用。前几年,有个叫张汉儒的本地帮闲,秉承温体仁的意旨,入京告发钱谦益在家贪肆不法,把瞿式耜也告了进去,结果师生二人又同时被捉拿进京,下狱问罪。幸而温体仁很快就倒了台,他们才逃过危难。因了这种种缘故,二人的关系,就确实非比一般。不过,瞿式耜生性耿直,对钱谦益是恭敬而不阿谀。所以有些见不得人的事,钱谦益也避免找他商议。不过,既然落到了目前这种倒霉的境地,瞿家却又成了钱谦益寻求慰藉的理想去处了。

当钱谦益在瞿式耜的陪同下步入卿云阁时,先到的几位本地名流或坐或站,正在那里指手画脚地品评字画。看见钱谦益进来,大家便住了口,一齐迎上来同他相见。这些名流,平时也都是钱府的常客,彼此熟悉得很。可是此刻钱谦益见到他们,却不由自主感到有点心虚。"嗯,不知他们可已听说那桩倒霉事?"他想,脸上尽力装出从容镇定的样子,暗地里却十分注意每个人的神情。直到发现大家都没有异常的表示时,他才稍稍放下心来。"毕竟是交往多年，所以……"于是，他开始分外热情地同大家行礼、寒暄，侧着耳朵倾听每一个人所说的每一句话，然后，带着亲切的微笑，回答哪怕是最微不足道的问题……

"啊，牧老，你来，你来瞧这画！他们说是宋徽宗，怎么会是宋徽宗！"一个兴冲冲的声音蓦地叫起来。那是一位名叫冯班的本地名士。他长着一个可笑的红鼻子，和一双狂热的、醉醺醺的眼睛。秃而亮的脑门上歪扣着一顶半新不旧的方巾，下面露出乱蓬蓬的头发，直裰的胸前尽是星星点点的油污酒迹。不过，别看他外表邋里邋遢，却写得一手好诗，对书法也颇有研究，在江南文坛上薄有名气，与他哥哥冯舒并称"常熟二冯"。

"咦，牧老，你快过来瞧啊！"冯班又叫，不管钱谦益正同别人说话。

"定远，你总是火烧眉毛似的！"钱谦益微笑着责备说，离开了交谈者，走到挂在墙上的一幅绢本宋画跟前。

这是一幅《芙蓉锦鸡图》：一枝盛开的木芙蓉自画的左上方斜伸下来，枝上伫立着一只羽毛璀璨的锦鸡。它的重量把花枝压得微微弯垂。一丛萧疏的秋菊安排在画的左下方，右上角则对称地翩飞着一双彩蝶。蝴蝶下面用瘦金书题着一首五言绝句：

秋劲拒霜盛，峨冠锦羽鸡。
已知全五德，安逸胜凫鹥。

右下方靠边署着：宣和殿御制并书

钱谦益漫不经心地望着画幅。这幅画他在瞿式耜家里已经看过多次，而且反复讨论过它的真伪。要在以往，他会立即说出自己的意见。不过此刻出于一种周到的考虑，他却想给冯班一点面子。

"定远，你说这画不是徽宗御笔，所据何来？"他侧过头问。

"咦,牧老你瞧那首题诗,第一句,'秋劲拒霜盛'的'盛'字,显系'威'字之误!此处下一'盛'字,不唯平仄欠工,而且不通!须是'威'字方诗意畅达,而且谐韵。岂有堂堂御笔,而荒谬不经若此!必系赝品而又出于极端下流无知者之手无疑!"

冯班说"盛"字是误字,钱谦益倒不曾注意到。他走上前去再仔细瞧一下那首题画诗,随即微笑起来。但他也不立刻说破,反而点点头:"定远的话不错,这画或许并非道君皇帝真迹。"

"喂,怎么样?怎么样?啊?"一直瞪大眼睛等他回答的冯班,兴奋地跳起来,胜利地大叫。

"可是……""不过……"好几个声音同时表示不服气。

钱谦益摆摆手,让他们安静下来。

"我说这画并非道君真迹,是说可能如此。皆因宋时画院中,确有画师曾为道君代笔,所谓'供御画'便是。不过,倘若此画果属此类,则题诗内断不致出现误字。即使当时确有误题,亦必不敢以之进呈天子,更不敢任其流传,而必当即时毁去。"说到这里,他稍稍停顿了一下,望望大家,才又接着说,"其实,'拒霜',乃木芙蓉之别称。'拒霜盛',是谓此花盛开。故'盛'字并无不通。若改作'威'字,反而不妥了……"

这样一说,持不同看法的几个人都频频点头。冯班却像被人掐住了喉颈的公鸡似的伸着脖子,瞪着眼睛,再也神气不起来。

"不过世上之事,阴差阳错,未可以常理度之者正复不少,所以亦不能以此论定。"钱谦益瞧了一眼冯班,又补充说,"但我观此画布局严谨,宾主分明,疏密有致,色泽鲜妍,渲染精妙。即便是左下角上那丛不惹眼的小菊,亦摇曳多姿,刻意求工,故此画纵非道君御笔,亦当系北宋院画之精品——鄙人浅见如此,未知诸位以为如何?"

这一席议论,说得大家都点头称是。只有冯班仍不服气,他咕咕哝哝地说:"我瞧那锦鸡就画得差劲儿,怪模怪样的,活像只断头鸡!"

这当儿,瞿式耜已经命人把《芙蓉锦鸡图》收起,亲自从箱子里挑了一幅,交给小厮挂上,一面对钱谦益说:"老师,这便是学生新近购得的那一幅赵子昂的《双马涉溪图》了。"

钱谦益一听,顿时来了精神。他忘了答瞿式耜的话,瞪大眼睛,全神贯注地瞧着墙上。只见画轴在小厮手里缓缓转动着,首先露出一个仰着的马头,那用简练遒劲而又富于变化的线条勾勒出的马头,筋肉毕现,鼻孔张开,眼睛里闪射着桀骜不驯的光芒,端的是神采焕发,顾盼惊人。然后是健壮的脖颈、飞扬的鬃毛……第二匹马出现了,那是一匹花骢马。它正低着头,顽强地向前行进,下面,是八条强有力的腿,或屈或伸,在一道宽阔湍急的溪涧上蹴踏起飞溅的水花……

全场人都被这幅杰作的不寻常魅力吸引住了,静静地观赏着,谁都没有说话。钱谦益更是如醉如痴。他一会儿退得远远地拈着胡子,眯起眼睛欣赏全貌,一会儿又走上前去,几乎把鼻尖贴着画面作细部的观摩,许久,才连连点头,叹道:"神品,神品!"

"若是老师喜爱,学生就此相赠。"瞿式耜说。

钱谦益蓦地一惊,忙不迭地回头瞧着主人,结结巴巴地问:"你说、你说……"

"学生想将此画送给老师!"

"啊,这、这、这如何使得!太亲翁莫要作耍,不……这,我……"

瞿式耜摆一摆手,淡然说:"区区一画,何足挂齿!"说着,回头吩咐小厮,"把这画收拾好了,待会儿,给钱老爷送过去!"

钱谦益不再推辞了,但是嘴里仍然喃喃地说道:"罪过、罪过!"同时,斜起眼睛瞧着两个小厮把画收起来,装进一只长形的黄杨木盒子里,另外放到一张单独的桌子上,这才放了心似的,回过头去,向主人深深地作揖称谢。其他客人见了,也围上来,带着羡慕的神情，纷纷向钱谦益道贺。

这时，一个声音蓦地叫起来："啊哟，不得了！臭！臭不可闻！混账，收起！听见没有？快收起！"

大家吃惊地回过头去，发现冯班站在一幅刚刚挂起来的书法跟前，用袖子拼命地捂着鼻子，另一只手气急败坏地挥舞着，又跳又叫。大家好奇地走前一看，原来挂出来的是一幅宋代黄庭坚的自书诗《登快阁》。那书法苍劲瘦硬，笔笔有力举千钧之势，一望而知是幅精品。大家正有点摸不着头脑，只见冯班像是再也忍受不了，他从人丛中一下子冲了出去，远远地站着，兀自掩鼻挥手，呜呜不休。

众人又惊奇又好笑。顾苓忍不住高声问："定远兄，你这是怎么了，莫非这又是那下流无知之徒弄出的赝品？"

冯班远远地摇着头，但又不肯把衣袖从鼻子上放下来。大家只听见他咿咿唔唔地说着，却听不清他说什么。这时，他的哥哥冯舒说话了。

"小弟已知定远之意——"他慢吞吞地说，"只是，他持论太偏，见解虽奇，却有失忠恕温厚之道。他一生志业，只怕就吃亏在这一点上！"说到这里，他十分惋惜地叹了一口气，却停住了。这个冯舒，长得又高又瘦，性格同他的弟弟恰恰相反，说话行事总是慢条斯理，往往绕了半天圈子，还到不了点子上。大家都深知他的脾气，明白催他也没用，都静静地等他说下去。

"他还嗜酒如命，这就更不好了。"冯舒又说，仰起头，瞧着屋梁，"比如去岁科考，他醉酒迟到，还侮辱宗师，结果，考了个六等……"

听见他这样慢条斯理地揭着弟弟的短处，大家都暗暗好笑。冯班远远听着，眼睛瞪圆了，他忽然把袖子放下来，大声说："不用你说！我说！"

冯舒顿住了，他把目光从屋梁转移到弟弟身上，"你说，自然我就不用说了。"他同意道,于是,重新退到一旁,不再开口了。

"列位,小弟平生论诗,第一等讨厌的,便是那劳什子江西派!"冯班气呼呼地说,"江西之体,大抵有如农夫之指掌、驴夫之脚跟,本臭硬可憎,却自夸什么'强健'!又如老僧婺女之床席,奇臭恼人,却自夸什么'孤高'!再如老姬之教新妇、塾师之训弟子,语言面目,无不可厌,却自考什么'我正经'!这个姓黄的老家伙,乃是江西派第一个奇臭可憎之人。不意今日觌面相逢,却不是老大的晦气!"冯班说完,又把鼻子掩上了。

大家忍不住笑起来。孙永祚打趣说:"想不到天不怕地不怕的冯定远,却被江西派吓得只差没跳墙而走!"

冯班摇头说:"冒犯了天地,不过粉身碎骨而已;碰上江西派,却教人如堕粪窖,五脏翻腾,求生不得,求死不能!这黄老头儿万一有再起之日,我必远避,否则别寻生计,永不作有韵之语!"

瞿式耜微笑说:"既然定远兄如此说,这幅字竟是再也挂不得了,快快收起!"

待到小厮把字幅取下,重新收藏好,冯班才走回来,叹着气说:"经此番浊臭一冲,必损我三日诗思!"

在这番闹腾的当儿,钱谦益一直没有插话。因为他的整个心思,都关注在那幅赵子昂的《双马涉溪图》上了。从冯班逃开去的一刻起,他就退坐在一张花梨木圈椅上,脸上虽然也跟着大家一起微笑,眼梢却不住地往搁着画匣的方向瞄,恨不得立即就把那幅现在已经属于他的宝贝抱回家去,关起门来细细地重新欣赏。只是考虑到礼貌,他才勉强忍住了。好容易挨到关于黄庭坚和江西诗派的这场风波告一段落,他就站起来,准备告辞。然而,这时候,瞿府的一名家人扬着拜帖,走进来禀告说:

"许大相公求见,说有要事马上面陈钱老爷!"

这位许大相公,名叫许隽,是本县的一名老秀才。因为会写几句诗,尤其善于把眼前的事物七拼八凑地弄进诗句中,造成一种离奇滑稽意味，使人读来，往往忍俊不禁，所以钱谦益平日同他也时有来往。如今听说他巴巴地追踪到瞿府来，说有什么要事相告，倒教钱谦益吃了一惊。他回头望了望大家，只好暂时打消告辞的念头，重新坐下来。

许隽很快就出现了。他头发花白，戴着一顶旧毡帽，一身玄色布直裰洗得发白，右边袖子的手肘处还打了个大补丁，脚下一双旧黑布鞋有好几处都脱了线，露出白袜子。不过，他的表情却十分神气，红扑扑的一张脸，宽颧骨、狮子鼻，走路时微昂着头，大摇大摆，显出目空一切的样子。

"哦！牧老，你原来躲在这儿快活，却叫我好找！"许隽气咻咻地叫，同大家行过礼，然后一屁股坐在椅子上。

"茶！"他大声说，不客气地瞅瞅瞿式耜。

瞿式耜朝小厮做了个手势，茶端来了。许隽接过，一口喝干，用袖子擦擦胡子，这才像喘过了一口气。

"牧老，这江南的士习，是越来越不成话了！"他说。

"啊，怎么？"

"他们造作谣言，无事生非，由来已久，这也罢了。可是，这一回竟造到你老哥头上，你说可气不可气！哼，还亏他们是复社！"

听了这话，大家都不由得"啊"了一声。钱谦益的脸却一下子红了，他动了动嘴巴，想说句什么，可是终于没有勇气说出口。

"前几日，弟上姑苏去了一趟，"许隽接着说，显然没有发现钱谦益的神情异常，"那一天，闲着无事，便到书坊走走，想拣两本新选的墨卷，却碰到两个方巾朋友在那里闲讲。弟起始也没在意，后来听他提到牧老，便留了心。谁知不听犹可，一听，真差点没给他气死！——那个不知是姓方还是姓汪的小畜生，竟造出一段漫天撒谎的奇闻来，说牧老如何同京里周阁老串通，想替阮圆海翻案开脱，怎样给周仲驭、陈定生识破，上门问罪。说得活龙活现，煞有介事。是弟气不过，上前同他争辩，说：'牧老是我的老友，我们天天在一块儿，怎么就没听说这事？你们快快闭嘴，没的在此污人清白！'谁知那两个小畜生笑嘻嘻地说：'若要人不知，除非己莫为！如今这事江南各府县都传遍了！可不是我们随口乱道！'他们、他们还说：'钱牧老怕是想入阁想疯了，所以做出这等事来！'牧老，你说，这可气人不气人！"

许隽这么没遮没拦地一口气说下来，客人当中像冯氏兄弟这些不知情的，都惊愕地张大了嘴巴，仿佛听到了什么海外奇谈。至于瞿式耜、顾苓、孙永祚等人，或者是参与其事，或者多少听到点风声，只是碍于情面，在钱谦益面前装作一无所知，这时都不禁变了脸色，担心地窥伺着钱老头儿的神情，估计他立即就会暴跳起来，大发雷霆。

然而，出乎意料，钱谦益却没有这样。他只是呆呆地望着许隽，眼睛露出绝望的、黯然的神情，脸色也变得越来越苍白。终于，他低下头去，喃喃地说："不，不是这样，不是这样！"

"当然不是！"被这个惊人的消息唬住了的冯班，忽然跳起来，高声大叫，"他们凭什么这样诬赖人，可恶！牧老，不要怕，有我冯班在，决不容那伙无耻之徒胡作非为！"他奔向许隽，"伯彦兄，你说，那两个混账畜生是谁，我明儿就上姑苏去找他算账！我要……"

他还要说下去，可是瞿式耜做了个手势，把他拦住了。瞿式耜走到钱谦益跟前，沉默了一下，说："至人之虑，自非群愚所能省知。老师德高望重，难免为居心叵测之徒侧目，是以蛾眉招谤，古今同慨。然而亦无非蚍蜉撼树，适足见其不自量而已！何况如今国事蜩螗，已不堪问！不出数年，当有大变。老师正无须与彼辈争一日之短长。依学生之见，不如暂且仍作东山高卧，静以观变。直待九重诏下，登车揽辔，拯社稷、济苍生，犹未为晚！"

接着，顾苓、孙永祚也走过来，竭力劝慰。钱谦益的心情这才慢慢舒展了一点。他叹了一口气，说："我已是垂暮之年，什么拯社稷、济苍生，此生是不敢企望了！但求能优游林下，读书养性，清清静静地过上几年，也就心满意足了。只是，唉……"

"哦，说到读书养性，牧老的拂水山庄，那可是第一等的！"顾苓连忙凑趣说，"都道'徐家戏子瞿家园'，乃系我常熟二美，可是学生总觉着，拂水山庄只需稍加修葺，只怕未必便让稼老专美呢！"

瞿式耜也说："我那个破园子算什么！不过枉得虚名罢咧！被人一个劲儿地起哄，也真想花点工夫把它修一修。前些日子我已经着人到留都去请计无否来帮我踏勘，若是老师想修拂水山庄，到时便让他一块儿瞧瞧！"

钱谦益抬头瞧瞧瞿式耜，又瞧瞧顾苓，却没有作声。他适才那番"读书养性"的话，本来是聊以解嘲的敷衍话，现在被他们煞有介事地一说，倒提醒了他，觉得这也不失为忘却眼前处境的一种办法。他若有所悟地捋着胡子，终于，缓缓地点了点头。

家仆之累

"老爹，老爷现在书房里，命你去见他。"李宝走进账房间来说。

被称作老爹的那个人——钱府的大管家何思虞从账本上抬起头来，用躲藏在白眉毛底下的一双锐利的眼睛瞧着来人："嗯，什么事？"

李宝摇摇头，赔着笑脸说："只是请老爹即刻过去。"

"好。"何思虞说，重新低下头去。"你瞧好了——"他伸出一只干枯弯曲的、戴着嵌绿玉金指环的手，指着账本，对鼻梁上架着玳瑁眼镜的账房先生说，"这些，还有这些，你都好生再盘一下。怎么会只剩这一点儿？亏得太多了，这样不成！懂吗？好，回头我再来。"

说完，他就直起身子，疑惑地瞅了一眼还在等候他的李宝，向外走去。李宝连忙跟着他。

　　"老爹，老爹！"

　　"啊？"何思虞没有回头。

　　"我那——"李宝急急赶上来，"我那五两银子，老爹跟邹老爹说了么？"

　　"还没哩！"

　　"可是、可是听说就这几日，船便出海了呀！"

　　"慌什么，还没定呢！再说，你那几两银子，邹老爹未必就瞧得上眼！"

　　"怎么？"

　　"你也不想想，他现赁着二三十号海鳅船，哪一次出海，不是三万五万的生意。区区五两银子，在你自以为老大一笔帮衬，但到他手里，不算你一股吧，不行；算你一股吧，他还真嫌零碎费事！"

　　"可是……"

　　"算了！你想发外洋财，过几年再说。那五两银子，回头你来拿回去！"何思虞断然地说。

　　这之后，两人都没有再说话。走了一段路，何思虞斜眼瞅了瞅李宝，见他耷拉着脑袋，噘着嘴巴，一副不乐意的样子，便微微一笑："小伙子，你想混几两银子讨媳妇儿，何必非得往通番贸易上打主意？那可是风险买卖，我是为你好，怕你赔不起哟！你如今既进了这钱府的大门，又承老爷看得起，让你早晚跟着他，这便是你这辈子的财气到了！今后只要你乖觉些，我自会把些门道来慢慢点拨你！"

　　李宝抬起头，呆呆地瞧着眯着眼睛、在他旁边傲然而行的瘦小老头儿。渐渐地，他脸上的神情发生了变化，一丝希冀的、贪婪的光芒在他眼睛里闪动起来。突然，他大步跨到何思虞的跟前，

"扑通"跪下去。

"老爹在上,今后老爹便是我的干爹!李宝如若负心背义,天地不容!"

何思虞左右瞧了一下,连忙把李宝扯起来,"傻小子,谁让你在半路上来这一套!"他低声责备说。于是,两人继续往前走。

"嗯,这样吧,"何思虞沉默了一阵子,终于说道,"眼下有一桩现成的买卖,不过,做得成做不成,就瞧你的本事了。"

"啊,干爹请讲!"李宝惊喜地睁大眼睛。

"我问你,老爷跟前,你说话能到什么地步?"

"这个……"

"好,这我不管。我只告诉你,现在下房里,正锁着两个人,一个是金花桥头的机户王之善,一个是小东门外竹木行的张胜。王之善六年前借去银子五十两,到今年连本带利该还一百九十两;张胜五年前借银三十两,到今年该还一百零二两。但二人至今分文未还。前两日我说起,老爷很生气,命人把他们叫来,责骂了一顿,关在下房里,说是一日不还清,就一日不放人。昨天这两家央人来向我求情,说是情愿各出五两银子赎人。现在,你如能说通老爷放了他们,这十两银子,我分文不取,全数归你。如何?"

"啊!"李宝的眼睛蓦地发亮了,可是随即又担心地咕噜,"只是,只是不知老爷答应不答应。"

"我不是说了吗,那就看你的本事啰!"何思虞冷冷地说。这之后,他就闭上嘴巴,再也不谈它了。

……

当何思虞登上荣木楼,踏入匪斋的时候,钱谦益正站在书房中央,望着墙上的《耦耕堂读书图》出神。那是不久前柳如是在苏州画的一幅画,虽不甚工,却颇饶淡远之致。钱谦益为着讨柳如是的欢心,特意命人精工装裱后,拿来挂在书房里。

听见何思虞的脚步声,钱谦益很快地转过身来。他点点头,算是回答对方的行礼，随即在一张椅子上坐下来。

"嗯，我让你带我的信去见何先生，这事办了么？"

"禀老爷，已经去过。"何思虞恭敬地回答，从袖子里摸出一封信来，双手呈上，"这是何相公的复信，请老爷过目。"

"唔，可是你亲自去的？——他可应允？"钱谦益一边拆信，一边问。

"是小人亲自去的。只是何相公一味推却，说他才疏学浅，万万不能与黄陶庵先生相比，生怕教不好，耽误了少爷的前程。"

钱谦益草草看了一下信，把它扔在一边："哼，我岂不知黄陶庵无人能及。只是他已辞馆而去，我再三苦留，却留他不住，又有什么办法？总不能让少爷天天这么荒废着！你——明儿再去一趟，替我反复道达恳聘之意，请何先生务必应允。"

"是！"

"嗯，你坐！"钱谦益摆了摆手。但是，等何思虞告了坐，用半个屁股在一张凳子上就座了之后，他并没有立即说话，却转过脸去，又对墙上那幅《耦耕堂读书图》出起神来。

"你说，这拂水山庄，若是重加修葺，所费须得几何？"他沉思地问。

"啊，老爷想重修拂水山庄？"

"嗯，"钱谦益点点头，"我打算把它下点功夫修修好，待弄得像个样子之后，就搬到那边去，关起门来，清清静静读几年书。"他瞧了瞧何思虞，见对方露出疑惑的神情，就提高了声音，像是解释又像是训斥似的说，"息影田园，读书养性，乃是我的素志！好多年前，我就与程松圆订下此约，无奈杂务纷扰，未能如愿。如今松老已经作古，这归隐读书之约，我却不曾暂忘。"

"是！"何思虞拱手应诺着，迟疑一下，问，"只不知老爷之意，是小修？中修？还是大修？"

"不修则已，要修就得像样点——便是大修，如何？"

"这，只怕须得六七千金之数。"

钱谦益仰起头来，考虑了一会儿，斜睨着何思虞："当真要这么多？"

何思虞的表情严肃得不能再严肃："禀老爷，这还是往少里估的，老爷不信……"

"好，六七千就六七千！"钱谦益下决心地说，"回头，你先找人通盘算一算，拟出个大概单子。待过几天我亲自踏勘之后再定。"

"是。不过……"

"什么？"

"六七千两银子数目非小，眼下家中的账面已经很紧，只怕……"

"又是拿不出来！是不是？"钱谦益不耐烦地打断他，"不就是修个园子这么点事，偏你有许多推搪！"他生气地说。

"小人不敢，小人只求老爷赐示良策。"

钱谦益冷笑说："我有什么良策？良策该由你们去想！"说完，他随手拿起案头的一本书，打算就此结束这番谈话。

何思虞本能地站起来，却拖延着不走。他低头站了片刻，为难地说："启禀老爷，非是小人……这几年家中的情形，老爷是知道的……"

钱谦益睁大眼睛瞧了他一会，突然把手中的书重重一放，霍地站起来，怒声说："我知道！我还知道这几年你着实捞了一把！"

这句话果然见效。何思虞哆嗦一下，畏缩地抬起眼睛。

"有没有？你说！有没有？嗯？"钱谦益厉声追问。

何思虞"扑通"一下跪在地上，叩下头去："求老爷息怒，小人知错了，小人不该顶撞老爷，小人该死！小人该死！"

钱谦益一声不响。直到何思虞快要把脑门碰破了，他才悻悻地说："去吧！园子的事，过几天我可得问你！"

何思虞得了这一句话，才如获大赦地爬起来，却不敢抬头，道了谢之后，就连忙退了出去。

钱谦益重新拿起书本，举到眼前，随即又放下了。他倒背着手，开始在室内徘徊起来，心里很不愉快。近几年，由于吃了一场大官司，加上为着迎娶柳如是、谋划起用、陈夫人许愿重修佛寺等等，着实花了不少银子，这一点他是知道的。另一方面，去年江南一场大旱，弄到赤地千里，饿殍载道，手中白白捏着几千亩良田，租子却全收不上来；加上各地兵荒马乱，道路不通，虽有七八间商号，也是连年亏损，难以支撑；特别是去年与人搭伙出海贸易遇上风暴，一下子漂没了三艘满载货物的双桅大船，其中一艘又恰恰是自己占的大股……这一切，他也是知道的。可是若说他大半辈子辛辛苦苦积攒起来的这一份家产，几年工夫就亏空到连六七千两银子都拿不出来的地步，他还真有点不怎么信。前些日子，他也曾亲自查看过账本。账面上倒写得清清楚楚，瞧不出什么破绽。不过，他知道，像何思虞这种老奸巨猾的家奴，作弊营私的办法多得很，而且上下左右都是暗中串通好了的，一切漏洞都堵得严严实实。他们早已形成了一个看不见的网，要冲开缺口固然很难，甚至想抛开它也不行，因为这样一来，情况只会更糟。那些堆积如山、永远也处理不了的难题，立即就会像冰雹一般地倾泻到你这个当主子的头上，弄到你手忙脚乱，寸步难行，结果只会加速家业的败亡。所以，过去钱谦益眼见他手下的豪仆们一个个都置田买屋，鲜衣怒马，暴发起来，明知此中有鬼，也唯有抱着"水至清则无鱼，人至察则无徒"的宗旨，采取睁一只眼闭一只眼的态度。有时某个豪仆在外面作恶犯法，被官府拘去，他还得写帖子、递保状，凭着自己的面子交情，把他设法赎出来……不过，现在发现这些狡猾凶悍的家伙，只管自己发财，大有置他这个主子于不顾，听凭其败落之势，钱谦益不禁又惊又怒，觉得这种状况，再也不能任其发展下去了。

"不过,那又该怎么办呢?这伙鬼东西,可是难轧得很!弄不好,就会未见其利,先见其害……"他想,猛一抬头,发现不知什么时候,李宝已经走了进来,正毕恭毕敬地垂手站在一旁,目不转睛地瞧着自己,露出有话要说的样子。

也许是这个贴身仆人恭谨侍立的姿态,也许是他那年轻的富有生气的样子,使得钱谦益的心忽然动了一下。他记起来,李宝是半年前才进府当差的。当时也曾问过,他家里是慧日寺前开绸绒店的。因为被徐孝廉家的绸绒店欺凌,几乎无法立足,所以情愿循常例缴纳八十两"献身银",让儿子到钱府来充当奴仆,以求得庇护。这李宝小时也读过几年书,能写会算。钱谦益因为老仆钱升的儿子考中了秀才,不便长留府内,又见李宝为人老实勤快,就让他跟了自己。现在钱谦益正因家中的悍仆难以驾驭而烦恼,骤然看见李宝,倒生出一个念头来,觉得这小伙子不失为一个可造之材。若加以培养,历练几年,说不定会成为自己得力的臂膀。他又仔细瞧了瞧年轻的仆人,发现他还是一个长得满俊的小伙子,唇红齿白,眉眼鲜明,身材健壮,衣服帽子也干净整洁。钱谦益心中愈加喜欢,紧绷的脸随之松弛下来,和蔼地问:

"你——有什么事吗?"

李宝畏缩了一下,脸红了。他的嘴巴动了动,却没有说出话来。

"说嘛!"

李宝的脸更红了。他讷讷地说:"小人、小人想求老爷一件事。"

"嗯?"

"下房里现关着两个人,小人想求……求老爷放了。"

"啊,为什么?"

"那、那两个人与小人原有些认得。他家里人来寻小人说,所以、所以……"

钱谦益一声不响地盯着李宝,面容渐渐又变得严厉起来。这种求情放人的事他见得多了。他根本不相信这类事情会是白做的，对方必定已经许给李宝多少钱。"没用，一切都是白费心机，谁都不能相信！刚才，我还那样满心满意想提挈他，真是走了眼！"他阴郁地想。

"老爷……"李宝又说。但是，现在他那恭谨的姿态、那俊俏的外表，在钱谦益眼中已经变得那样可憎可厌，就连他恳求的声音也充满着捉弄的意味了。

"胡说！"钱谦益蓦地吼叫起来，"那两个家伙是欠债不还的无赖泼皮！我不拿帖子把他们送官，已经够便宜了！放人？休想！"

说完，他就把袖子一拂，怒气冲冲地走出门去，把吓得不知所措的李宝丢在书房里。

收服李宝

就在钱谦益决定重修拂水山庄之后半个月，一个名叫惠香的年轻女子来到常熟半野堂。她是盛泽归家院一名颇有名气的歌妓，当年同柳如是的交情很不错，这次路过苏州，便特意来拜访老朋友。

为了接待这位昔年的手帕姐妹，柳如是着实忙碌了一番。她把惠香安排在西院一幢最好的房子里住下，又亲自指挥一群丫环、老妈子给惠香布置房间，帐褥摆设都是最新的最好的，还让人到匪斋去向钱谦益讨了那个西洋自鸣钟来摆上。那钟是精铜造的，大小不过一寸多，镶在一个雕成贝多罗花式样的紫檀座上，每隔一个时辰，就会自动报响一次，是钱谦益花了重金向西洋商人购来的。当这钟摆出来时，把惠香吓了一跳，说什么也不肯留下。

"姐姐，我怕丢失了，没得赔哟！"惠香说。

"怕什么，我这院子四面八方都有人守着呢，谁敢来偷！要不，我再派绿意和两个老妈子来专门给你守着,夜里就睡在这钟旁边,白天也让你有多把人手使唤。妹妹,说真的,你带的那老妈子,又老又聋,快不中用了,真不知你怎么就受得了?"

"姐姐,你如今阔气了,同旧时不同了!"惠香说。

"笑话罢咧!讲阔气,可轮不着我们。虽说十万八万的,即时也还拿得出,再多就不成啦!嗯,妹妹,你尝尝这荷叶蒸卷,还是热的。你也知道我这肚子常闹病,吃不得半点冷食。前些时碰上寒食,举不得火。老头儿就吩咐头天夜里把吃的预先弄好了,盛在盒子里,裹上几层棉絮,由两个老妈子坐在暖窖里,轮流这么抱在怀里焐着,等第二天我吃时还是暖的!"

"啊,钱老爷待姐姐真是好!"

"妹妹,嫁人吧!姐姐劝你,还是挑个老的好!姐姐什么滋味都尝过了,比过了。什么宋辕文、陈卧子,到头来还是觉着这个钱老头儿会疼惜人!你别笑,这可是真的!哦,对了,你来得正好。明儿老头儿说要同我到拂水山庄去游玩,你自然也去!他是想连带把山庄踏勘一下,说是想好好修一修,从此同我读书偕隐,白头终老⋯⋯"

"姐姐真是好福气!"

"福气个啥呀!我才不乐意呢!一辈子窝在这穷乡下,有什么味道?其实哩,老头儿也不是那等没志气的人,他是一时不顺心,才生出这等高蹈出世的念头⋯⋯"

说到这里,柳如是就站起来,对望着她发呆的惠香说:"时候不早了,我还得回去上香。妹妹你先歇着,明儿你要是起得早,就过我闻室来找我!"她行出几步,又走回来,伸出指尖儿轻轻拧了拧惠香的脸蛋,"告诉你,我那鬼老头儿别看他今年六十一了,可是人老心不老,明儿你若是把他勾引上了,我可不饶你!"说完,"扑哧"一笑,款摆着腰肢,当真走了。

第二天,惠香起了个早。梳洗完毕,就由绿意引路,到我闻室去。

柳如是看来起床还不久，正坐在妆台前，手里玩弄着一把梳子，由红情替她梳妆，一边同一个年轻俊俏的男仆说话。那仆人低着头，红着脸，站在离妆台远远的一个角落里，显得很局促不安的样子。

只听柳如是说："李宝，我问你，昨儿一整夜，老爷当真都是在书房里过的？"

李宝低低地回答了一声："是！"惠香因为站得近，听见了。柳如是却听不清，她回过头来，看见了惠香，就招呼说："妹妹，你来啦，先坐着，我这就来！"又唤李宝，"浑小子，我听不清，你站过来些说，我吃不了你！"

李宝勉强向前移动了两寸，又提高嗓门说："启禀夫人，老爷昨夜是睡在书房里。"

"嗯，你不是骗我？"

"小的不敢欺骗夫人。"

"哼，不敢？那怎么有人告诉我，他昨夜出门了，是到城南秦寡妇家去了？"

"啊？没、没有呀！昨儿小的一直侍候在老爷身边，不曾离开半步。"

"真的？"

"是真的，小的不敢欺骗夫人。"

"好，我暂且信了你，过后若是我查访出来你说假话骗老娘，仔细你的皮！"

"小的不敢！"

这之后，柳如是没有再说话，可也没有让李宝走。直到红情替她梳完头，把最后一支珠翠插好之后，她就轻盈地站起来，先朝惠香点点头，然后走到李宝跟前，瞅着他问："前儿，你挨老爷骂啦？"

李宝怔了一下,不由自主抬起头。可是一接触到柳如是那似笑非笑的目光,他又慌忙低下头去。

"是。"他红着脸低声说。

"为了十两银子,求老爷放人,他不答应,是不是?"

"啊,夫人都、都知道!"李宝的脸孔顿时变得煞白。由于害怕,他的额上开始冒汗,身子也在微微发抖。

"我什么不知道!"柳如是傲然说,眼睛并没有离开年轻的仆人,"哼,没出息的东西,老爷不答应,为什么不来找我?"

"啊!"李宝惊愕地抬起头,显然不敢相信自己的耳朵。

"你要早跟我说了,人早放了,你也不用挨骂。十两银子嘛,也到手了。"柳如是慢条斯理地说,又瞟了李宝一眼,"这么着吧,我看你可怜巴巴的,就帮你这一回。不过,往后你可得听话,乖乖儿的,多孝顺着我点,知道啦?"

"这、小……"李宝被这出乎意料的结局弄得不知所措。终于,他"扑通"跪在地上,叩着头说,"多谢夫人恩典。小的誓当感激图报,没齿不忘!"

柳如是摆摆手说:"好啦,你去吧!"然后,她就转过身,堆起笑脸,对惠香说:"妹妹,让你久等了。非是姐姐有心怠慢你,让你坐冷板凳,实在是偌大个家,事无巨细都得我管,而且还不能出错!上上下下都瞪大眼睛瞧着你哟!你不曾当管家婆,这份难处你是不知道的——好啦,时候也不早啦,用过早点,我们就过去。你难得来一趟,今儿我们可要玩个痛快!"

交易不成

李宝没有欺骗柳如是,前一天夜里,钱谦益确实是在书房里过的。当天傍晚,瞿式耜摆酒给从南京赶来帮他修园子的计成接风,把钱谦益请去作陪。待到酒阑人散,回到府来已经很晚,他便没有再过我闻室来,就近在匪斋歇下了。从计成的口中,他了解到,阮大铖听说虎丘大会那桩图谋,由于周镳、周钟兄弟出面干预,已告失败,十分伤心,捶胸顿足地痛哭了一场;后来就致书周延儒,请求起用马士英来代替自己。据说此事已有眉目,马瑶草不日便会东山再起云云。听到这个消息,钱谦益心里很有点酸溜溜的。"啊,马瑶草到底又上去了!可是我钱某人呢?难道真的注定就这样一沉到底?难道真的应了几年前周延儒说的那句挖苦话——'钱牧斋只堪领袖山林'?嗯,如今只怕连山林领袖都当不成了。近一个月来,到半野堂来登门求见的士子比过去已经明显地减少了……"这样一想,钱谦益就变得垂头丧气,只剩下苦笑。虽然他仍旧同计成约定,趁第二天他们全家要上拂水山庄去游玩,先过来替他瞧瞧该如何规划,可是已经兴致大减。回到匪斋之后,他思前想后,在床上折腾了大半夜,今早起来,勉强打起精神,正打算走过我闻室来瞧瞧柳如是,却碰上何思虞带了个人来,说是要"献产",临时又耽搁住了。

现在,钱谦益坐在花厅里,正心不在焉地听来人介绍情况。那人看上去有三十岁出头,露骨鼻、瓦刀脸,一双眼珠子滴溜溜地转个不停。他自称姓徐,名正,家住徐镇小油坊。据他说,他家有良田四十顷、庄园一所、牛二十头、织机九部,还有其他一些财产。因哥哥去世,家中人丁稀少,同族中人乘此机会,图谋篡夺。他自度人孤势单,难以抗拒,现在情愿将财产献给钱谦益,以换取保护。同时,希望钱谦益能荐举他到衙门内做事……来人轻快地说着,那声音听来就像一只旋转着的陀螺,中间还不时夹杂着低低的、谄媚的笑声。钱谦益默默地瞅着他,心里越来越不感兴趣。虽说在现时,这种通过"献产"来换取豪势之家的赏赐和荐举,早已不是什么新鲜的事儿,事实上,他过去也接受过多宗。何况目前家中亏空,正急需得到几笔"横财"来补充,这个徐正所报的数目虽不算太大,可是三四千两银子总是有的,能够拿到手，重修山庄的开支，便能解决大部分。这在他来说，本来正是求之不得。不过，钱谦益也知道，这种事情，比较麻烦费事。因为其中关系复杂，内幕很多，往往远不是投献人所说的那样简单。从徐正刚才的话来推测，显然那些财产本来是属于他哥哥的。如今哥哥死了，这徐正便趁他嫂子孤儿寡妇，没有主意，怂恿她献产。甚至是他背着嫂子，私自前来投献也未可知。钱谦益当然不必理会这一点，但那样一来，势必会在他们徐家的族人当中引起轩然大波。派人查收时，一场流血械斗固然不可避免，还会惊动官府。虽说这一点钱谦益也不怕。不过倘若闹得沸沸扬扬，远近皆知，那就不妙了。因为目前自己正大受士林非议，处境已很难堪；倘若再加上这么一桩，只怕更加吃不消。所以，直到徐正说完了好一阵子，他仍然沉着脸，没有表示态度。

看见主人不说话，站在一旁的何思虞不禁着急起来。自从前些天受到钱谦益严厉申斥之后，何思虞一直惴惴不安。他自天启二年起，一直担任钱府的大总管。十多年来，贪污受贿，巧取豪夺，积下的私产少说也有二三万。他自以为手段高明，神不知，鬼不觉，没想到却被钱谦益一句话就戳穿了。这使他大为恐慌，生怕主人乘机报复，或者把他一脚踢开。所以这几天他费尽心思，到处奔走，好容易才找到徐正这个门道，满以为可以平息一下钱谦益的不满和怒气，兼以显示自己的忠心能干。现在看见钱谦益迟迟不作声，脸上也没有高兴的表示，他就有点沉不住气了。犹豫了一下，他终于问：

"老爷，您看……"

"没有什么好看的，不行！"钱谦益断然地说，站起来，尖利地瞧了何思虞一眼，径直往外走去。

何思虞错愕了一下，本能地打算拦阻，可是随即就清醒过来。他默默地瞅着钱谦益的背影，眼里现出一丝怨恨的神色。然后，他回过头来，对怔在一旁的徐正冷冷地说：

"徐二秀,你哪天都不挑,偏挑今天来,八成是碰上鬼了!另找主儿吧!"

遁迹园林

拂水山庄坐落在常熟城的西北郊,正当虞山南麓与尚湖之间,从钱府出门不远,便有水路可通。虽说头两天已经做好郊游的准备,钱家的眷属人丁仍然拖延至辰时才正式出门。钱府是数代单传,人口本来不多,但临时来了几个客人,再加上一大群奴婢,数目也就相当可观。现在,全部人员分乘四艘大船,第一艘坐的是钱谦益、计成、顾苓、孙永祚,以及新聘的塾师何云;陈夫人、钱孙爱、朱姨娘和老尼姑解空坐了第二艘;柳如是本来也要坐第二艘,但因为要陪惠香,而且用她的话来说,也是乐得清静宽敞,所以甘心委屈一下,带着红情、绿意和几名老妈子坐了第三艘;第四艘是载运用具杂物的船。至于其余男女仆役,则按照不同的身份职责,分别安排在各条船上侍候。

当船队荡开碧绿的河水,一只接一只地向着城外缓缓摇去时,"十里青山半在城"的秀丽景色,就在人们的眼前展开了:苍翠的虞山,像一道长长的屏风,横架在城墙之上。城内这边,是鳞鳞万瓦,袅袅炊烟,以及纵横的街道,络绎的行人,看上去,就像镂刻在屏风上的一幅活动图画。待到航船出了城外,景色就更加令人着迷:一片肥沃而平坦的原野,从山脚下延伸开去,巨大的、半月形的尚湖,在远处闪闪发光。而在这样的背景当中,则是棋盘似的青青稻田,间杂着一丛一丛的绿树、一个一个的村庄;牛羊在河岸上踯躅,白云在蓝天上浮荡……这一片得天独厚的土地,活力确实惊人。仅仅是去年,它还曾遭受到大旱和蝗灾的严重袭击,但是入春以来,几场透雨,几度熏风,它又出人意料地迅速复苏过来,并且急急忙忙地重新展现出秀丽的姿容。如果两岸的田舍不是那样的低矮破败，在田间劳作的农夫不是那样衣衫褴褛、形容憔悴，它给人的印象，必然还会更加美好一点。幸而，钱府船上的男女主人们，并没有因此影响了游兴。他们根本没有留意到这些，依旧在那里兴致勃勃地指点观赏，坦然地、尽情地享受着这块属于他们的土地的殷勤奉献……

在钱府的船上，如今最兴奋的，要数计成。这不仅是由于他那双经验丰富的敏锐眼睛，立即就发现这片负山面湖的地带，实在是修建大型园林的理想处所，而且还因为他现在很穷，很需要通过承办一两项大型工程来积攒一笔钱。事实上，作为一位造诣很高的叠山师，数十年来，他受聘于豪门富户，负责建造的园林不少。像武进吴元的独乐园、扬州郑元勋的影园、仪征汪机的寤园等，都是他的得意杰作。不过，他虽然因此而名声大噪，却并未因此富有起来。譬如，他早就希望能够买一块地，替自己精心构筑一个小小的园林，作为暮年的归宿，可就是一直拿不出这笔款子。他也认识不少有钱的主顾，同其中一些人还颇有交情，但是谁都不曾认真关心过他的这个愿望。倒不完全是他们不够慷慨，而是他们或许根本就没有想到计成真有这种想头，他也应当有自己的园子，虽然一般来说，他只能算是一个穷人。计成是懂规矩的，他只好继续把愿望悄悄藏在心里。不过最近，也许是已经年逾花甲的缘故，这个愿望渐渐变得越来越强烈和迫切了。"无论如何，我得设法攒一笔钱，自己修个园子，哪怕很小一个园子也罢！"他想。恰好这时候，瞿式耜派人送来了请他修葺园子的聘书。计成十分高兴，立即赶到常熟来。接着他又听说钱谦益也想请他负责改建拂水山庄，更是喜出望外。他素仰钱谦益大名，觉得这于自己是一种难得的荣耀，"只不知他肯出多少价钱？他无疑是很有钱的！当然，我不应当一下子就想到这个，特别是对这样一位大名鼎鼎的人物，不应该！可是……"一路上，计成被这种念头弄得十分兴奋，又有点不安。他殷勤地同大家周旋，同时偷偷窥伺主人的神情。当他发现主人对自己十分尊重、十分信赖时，这种不安又转化为惭愧和感激了。

终于，船队靠了码头。山庄的总管钱斗——一个衣着华丽的圆脸胖老头儿已经领着两名执事人员在岸上候着。于是钱谦益上了四人抬大轿，其余女眷和客人则改乘小轿，由一名头戴毡笠、身穿红背心的伞夫扛着一把黄色的轻绫大伞，在前头开路，其余的仆人就挑的挑、提的提，络绎跟在后面。

现在，队伍在稻秧摇曳的田野中缓缓穿行。因为早就过了清明踏青的时节，所以这条路上的行人并不多。偶尔有几个挑担提篮的农夫农妇，见了这支浩浩荡荡的队伍，早就吓得闪避一旁；只有一两个不懂事的小牧童，被队伍的仪仗排场所吸引，抛开牛儿，远远地奔过来，咬着手指，瞪大眼睛，好奇地站在路旁观看。

走完了田野，队伍爬上了一道傍溪而筑的土堤。这溪从北边虞山脚下蜿蜒而来，到脚下拐了个弯，径直向西流去。溪的这边是杨柳和桃树，溪的那边是茂密的翠竹。计成根据经验，知道翠竹之内，应当就是山庄了。果然，不久轿队就在一处酒肆前停了下来。钱谦益同男客们都下了轿子。至于陈夫人和柳如是等女眷，不便同男客们混在一起游览，没有停轿，一直朝山庄大门那边去了。

计成站在轿前，抬头打量了一下，只见迎面是一幢三开间的平房。房檐下伸出一根长竿，上面飘着一面青色的酒旗。平房里安着一个柜台、十来副桌椅。不多的几个游客正在那里喝酒。平房后面，耸立着一幢两层的红色小楼。楼上悬着一个黑漆横匾，上面写着"花信楼"三个金色大字，在两旁翠竹垂杨和远处虞山的映衬下，倒也颇饶画意。

"计先生，这道长堤名唤'月堤烟柳'，这楼名唤'酒楼花信'，乃系敝庄八景中之二景。是学生闲时胡乱想出来的名目，却是可笑得很了！"钱谦益走过来，用了一种听起来像是随随便便的口吻介绍说。

计成喝了一声彩,来不及说话,顾苓已经在旁边插口说:"计先生,你不知,牧老所题这山庄八景,可谓景景精切,不可移易!除眼前此二景外,尚有'秋原耦耕''梅圃溪堂''锦峰清晓''香山晚翠''春流观瀑'和'水阁云岚'。山庄胜境,竟是给他这三十二字,轻轻道尽了呢!"

孙永祚也点着头说:"不错,牧老还替这八景一一写得有诗,俱是高华俊爽的传世之作。我记得题这'酒楼花信'的一首是'花压高楼酒泛卮⋯⋯'"

他本想念下去,可是看见大家已经移动脚步,只好临时闭了嘴,跟着大家朝酒肆走去。

原来,这酒肆后面紧挨着溪涧,从上面的一道石板桥走过去,进了东角门,里面是一个花木扶疏的小庭院,这才是花信楼的真正所在。

由于刚才这楼的外观给计成的印象颇好,所以此刻他特别留神察看。他发现这庭院的布局却很是一般,无非是方池石山、合抱小廊。当中是楼,楼旁一树梨花,高达四丈。虽然花期将过,雪白的、带五瓣的花朵仍然密密层层缀满枝头,几乎遮住了半爿楼宇。计成心想:"这梨花倒是难得!只是院墙太低,又没有遮拦,酒肆里的声音全跑进来了。若是把院墙加高一尺,溪边再植上几排翠竹,这样外边的声音还能听见,却已变得依稀隐约,那意趣便大不相同了!"不过,出于谨慎,他决定暂时不指出来。"虽然主人有意让我主持改建山庄,但是当着这许多人,指摘原筑之非,总是有损他的脸面的。"他对自己说。

这当儿,大家已经登上花信楼的二楼,跨进一间朝西的厅房里。

"哎,一登上这楼,便教人又想起牧老那首诗,真是绝妙好辞——'花压高楼酒泛卮,登楼⋯⋯'"孙永祚又吟诵起来。显然,他对于刚才未能把这诗念完,一直有点不甘心。

可是钱谦益又一次打断了他。

"计先生,你瞧敝庄这格局规模,该当如何改作才是?"他兴冲冲地走向窗前,问。

计成朝孙永祚抱歉地点点头,然后走到窗前,向外望去,发现这山庄范围着实不小。它紧挨着虞山脚下,门前隔着一片平坦的田野,不远就是烟波浩渺的尚湖。一道回环的溪水把方圆数十亩的山庄围绕起来。庄上照例种着些古松、银杏、梧桐、桂花、垂杨一类的树木。那些楼堂馆榭就掩映在林木之中。虽说离得远,细微之处瞧不太清楚,可是,以计成老练的眼光,仍然立即发现,这山庄初创时显然比较草率,后来虽经改造,却缺乏通盘的规划,而且是分几次施工,所以布局上问题不少。他沉吟了一下,拱着手说:"宝庄负山面湖,风景奇秀,且深得自然天成之趣,就形势气象而言,似犹在松江横云山别墅之上。唯是改作之事,学生不才,非经实地踏勘之后,却未敢妄言。"

钱谦益注意地听着,又深深地瞧了计成一眼,似乎明白了叠山师的细微用心。他点点头,不再追问。于是大家顺着计成的话头,谈论了一阵在山林地建园的种种优点,把横云山别墅同拂水山庄比较了一番,又到北厅去瞧了瞧利用拂水岩作借景的情形,就一起动身下楼。

楼下庭院的左侧,有一道贝叶式的角门。出了角门,是两条分岔的石子路,一条往北,一条往西,各自蜿蜒于花木丛中。钱谦益主张先去瞧拂水岩,于是大家便取道往北,慢慢行去。

现在,月堤上的人声已经听不见。四下里静悄悄的,只有微风吹动树木,发出沙沙的声响。一群灰色的麻雀,正栖息在长廊的栏杆上,发现有人走近,便匆匆飞进蔷薇丛中,不见了。隔着溪涧,传来了牛的鸣叫声……因为这山庄属于钱府私有,普通百姓未经许可是不能进来的。平日钱谦益不来时,偌大一座山庄就闲闲着,只有钱斗领着二三十个奴仆负责收拾照料。前两天,听说主人要来,才特意又打扫了一遍,并且把各处门户都开了锁。计成跟着大家看了几处亭台轩榭,其中有他认为还可以的。不过,他自始至终都避免公开提出批评,相反还挑了一两处有特色的处所,着实称赞了一番。他的这种谦和态度,显然博得了主人很大的好感。

"牧老,此廊甚是不俗,与适才团桂阁那段复廊相较,却又别饶意趣哩!"计成说。这时,他们正从梅圃溪堂里转出来,走在一道长廊上。这长廊先斜向左,接着又斜向右,然后又斜向左,成"之"字形走向。廊外的景物则随着每个转折而不断变换,时而花木丛集,时而碧水远山,时而又奇石耸峙、楼阁玲珑……

"啊,计先生称许此廊?"钱谦益似乎有点意外。

"不错!你瞧它随形而弯,依势而曲,或蟠山腰,或萦水际,穿花渡涧,蜿蜒不已,令游者目不暇给,兴味无限。可谓深得造园三昧!"

钱谦益眯缝着眼睛听着。末了,他微微一笑:"说来却是笑话一件,这廊是我让他们改的。原来不是这样子,原来是笔直的——曲尺形。可是前些日子有个年友来,他说曲尺形是古制,如此一改,便全无古意了。"

"古之曲廊,确是曲尺形。"计成认真地说,"唯是曲尺形典重则有余,灵变则不足,施之于殿堂尚可,若家居之园,实不若'之'字形为佳。譬如仪征寤园的'篆云廊',便是取的此种式样,识者无不称之!"

"正是,正是!"钱谦益连连点头,兴奋起来,"寤园我尚未曾有缘一游,不过经先生如此一说,学生我已是疑虑全消了!"

这样说完之后,有一会儿,钱谦益停住脚步,一言不发地瞧着计成,目光闪动着,像是在考虑什么。

这时,站在一旁很久没有说话的孙永祚忽然环顾了一下,随即紧张地盯住站在他对面的塾师何云："士龙兄,你可曾拜读过牧老的《酒楼花信》?确是高华俊爽,令人心折!"

"哦,莫非就是子长兄适才没念完的那一首?"有着一个大得出奇的鼻子和一部乱蓬蓬的黄胡子的何云,微笑着问。

"不错,你听我念完,诗是这样的——"孙永祚急急地说,随即大声吟诵起来:

花压高楼酒泛卮,登楼共赋艳阳诗。
人间容易催花信,天上分明挂酒旗。
中酒心情寒食后,看花伴侣好春时。
秾桃正倚新杨柳,横笛朱栏莫放吹。

他念完了,又由衷地赞美了一句:"好诗,真是好诗!"这才如释重负地退到一边去,同时偷偷地注意着钱谦益的反应。当发现老师不仅没有表示高兴,反而皱起眉头时,他就露出困惑的神情。

"计先生,"钱谦益终于开口了,"学生有一事意欲与先生商量,不知当否?"

"啊,牧老只管吩咐!"

"先生的大作《园冶》一书,学生前时也曾拜读……"

"啊,那是晚生胡乱涂鸦,不意竟污清盼,尚希牧老指谬!"计成连忙拱手回答,脸不由得红了。因为那部书,虽然是他平生建造园林的经验心得的结晶,却是阮大铖出钱替他刻印的,上面还有阮氏的序言。他曾经因为这缘故在士林中颇受诟骂,现在钱谦益忽然提起这本书,计成便不禁惊疑起来了。

"我记得先生于书末'自识'中,曾有'唯闻时事纷纷,隐心皆然,愧买山无力,甘做桃源溪口人'之叹。不知这'买山'之愿,如今已了却否?"

计成又是一惊！他没有想到钱谦益读书如此细心，而且记性又如此之好。不错，他确实在跋语中写过这么几句。那是他刚完成书稿，一时感触，随手写下的。如今十年过去了，他的这部书也早已传遍了大江南北，可是从来没有人留意到他的这个卑微的愿望，更别说帮助他实现了。"那么，他为什么要问这个？他想做什么？……啊，莫非，莫非……"计成的心忽然一动，随即猛烈地跳动起来，"啊，不是，不是的，不会！"他在心中大声地否定说，竭力使自己镇静下来。然而，他的情绪被震荡得那样厉害，以致无法马上回答主人的问话。

钱谦益瞧了他一眼，又说："学生如今却有个冒昧之请，意欲就在本庄侧畔划出数亩之地，请先生自建一园，移居其中，以便日夕过从，请教造园叠山之学问，不知先生意下如何？"

钱谦益说这话时，虽然声音不高，而且显得有点踌躇，可是在计成耳朵里听来，却无异是仙乐齐鸣。他的脸顿时变得煞白，直愣愣地瞧着钱谦益，几乎不敢相信自己的耳朵。

"啊，莫非先生不允？"钱谦益似乎有点失望。

"啊！不……"计成用微弱的声音说，觉得泪水马上就要涌上眼睛。他想大声表示答应，又想扑倒在对方的脚下，但是又觉得出于礼貌，应当先辞谢几句。正在拿不定主意，忽然，传来了急促的脚步声，李宝神色紧张地出现在长廊里。在他的后面，还跟着两名轿夫，扛着一顶肩舆。

长廊里的气氛一下子被扰乱了。钱谦益和客人们都诧异地回过头去。

李宝奔到离大家还有几步远时，就站住了。他行过礼，瞧了瞧客人们，犹豫了一下，径直走到钱谦益身边，低声说了几句。只见钱谦益的眉毛皱了起来，神情也变得十分古怪。他抬头瞧了大家一眼，想了想，终于无可奈何地说：

"耦耕堂那边有点小事，须得学生去料理。烦三位先陪计先生游着，学生转身便来。"

他走向肩舆，行了几步，又走回来，对计成说："计先生，适才之事，回头再议，尚祈应允！"说完，这才拱一拱手，上了肩舆，匆匆去了。

计成眼泪汪汪地张了张嘴，很想高声告诉他，自己已是十二分的同意，可是到底没有说出来。"啊，等他回来再说吧，反正也不忙着这半晌一刻，是的！……"他唏嘘地想，颤巍巍地走前几步，以无限崇敬、感激的心情，拱手目送着钱谦益的背影，直到肩舆在花树丛中拐了个弯，看不见了，才默默地转过身来。

借诗励志

钱谦益之所以中断游园，匆匆赶往耦耕堂来，是因为听李宝禀告说：柳如是同朱姨太又争吵起来了，闹得不可开交。陈夫人气得差点没昏过去，正在那里哭泣垂泪哩！这教钱谦益又是吃惊又是生气。本来，他以为经过前些日子那一番调停，她们总该会体谅一下自己的处境和难处，稍稍变得互相忍让一点。可是没想到，才安静不几天，又闹将起来，甚至连这么个日子也不让自己安生地过。"啊，这些女人！"他恼火地想，同时又担心：这会儿她们不知闹得怎样了？若是互相厮打起来，柳如是只怕要吃亏。她是那般娇小荏弱，而朱姨娘却身强力壮！随后他又想到：周围还有许多人劝架，也许不至于闹到这种地步，"不过，也难说，如是的性子烈得很，倒不如当初下决心把老三送到城东旧宅去的好……"一路上，钱谦益就是这么胡思乱想，直到他所乘坐的肩舆来到耦耕堂。

大堂内静悄悄的，一点声音都没有。钱谦益撩开轿帘向外望了望，"嗯，莫非她们吵完了？"他想，随即下了轿子，走上大堂来。

可是出乎意料，大堂内竟是空空如也，不但陈夫人、柳如是和朱姨娘不在,就连钱孙爱和随身侍候的婢仆们也全都无影无踪。钱谦益不由得奇怪起来,正想回头询问李宝,忽然听见一个熟悉的嗓音说:

"妹妹,不错吧,我说准是他哩!"

随着话音,只见东边旁间的门帘掀开,柳如是款款地走了出来,后面还跟着一个年轻女子,那是她的手帕姐妹——惠香。

"啊哟!老爷可来啦!"柳如是笑吟吟地迎上来,行着礼说。

"你——"钱谦益怀疑地打量着她。他本想问:你们怎么又吵起来了?但发现柳如是不像是刚吵过架的样子,所以临时又改了口,"你们——原来在这儿!"

"我们一直守在这儿,不敢离开半步,专等老爷来哩!"柳如是歪着头儿说,又回顾惠香,"妹妹,你说是不是?"

"哦……"钱谦益瞅了瞅惠香。还在第一次看见惠香时,他就觉得她同柳如是有几分相像,也是细长的眼睛,淡淡的眉毛,只是左眉梢上多了一颗黑痣。现在他又发现她比柳如是更年轻娇嫩,也更文静,正在含羞带笑地躲避着他的视线……"那么——夫人和孙爱他们呢?"钱谦益神思不属地问。

"他们?"柳如是撇撇嘴,"谁知道!兴许是等老爷不来,腻烦了,全都到外头摘花斗草,耍子去啦!"

"你们没有——"钱谦益不无留恋地从惠香的身上移开眼睛,"没有吵架?"

"吵架?"柳如是显得十分惊奇,"吵什么架?今儿我们可是一直有说有笑,亲热得紧哩!"顿了顿,她又斜睨着钱谦益,微微冷笑,"再说,我这位妹子来了,她长得又漂亮,又水灵,我生怕有人对她起了什么坏心眼,光是寸步不离地守着她都忙不过来,哪有工夫同人吵架!"

钱谦益错愕了一下,随即掩饰地哈哈一笑,转过身去,大声叫:"李宝!"

李宝其实就站在他身后，马上答应。

钱谦益沉下了脸："你——刚才胡说些什么？谎报情由，诓骗于我，是何道理？嗯？！"

李宝显然早就预料到会出现这种局面。他立即双膝跪下，磕着头说："禀老爷，这不关小人的事。小人便有天大的胆子，也不敢诓骗老爷……"

"混蛋！你竟敢诋毁主母，戏弄老爷，无法无天，你该当何罪！"钱谦益的声音严厉起来。

李宝吓得浑身一抖，更加频繁地磕着头："老爷容禀，这不关小人的事，确实不关小人的事！"他反反复复地说，可是到底关谁的事，又不说出来。

这种态度，更加激怒了钱谦益。他"哼"了一声，正要说出更严厉可怕的话来。这时候，柳如是开口了：

"哎，相公！你这是生的哪门子的气哟！告诉你，这不关李宝的事，是我！是我叫他这样去说的！这可明白了吧？我见那几个糟老头儿无味得很，相公陪了他们大半天，我只怕你都腻烦了，所以才使这么个法儿把你接出来，散散心。再说，我的这位惠香妹妹，来了这么几天，你还不曾好好儿招呼过她哩。她是个厚道人，嘴上不说，可心里也难免埋怨你了——"她又一次回头瞅着惠香，诡谲地一笑，"妹妹，你说是么？"

钱谦益噎住了。虽然他也已经猜到这件事是出于柳如是的主使，但是一来，他对于这种过于放肆的玩笑颇不喜欢；二来，李宝这奴才一边倒的态度，也使他有一种被叛卖、被愚弄的感觉，所以就借着机会爆发出来。可是，现在听了柳如是这么俏声软语的一番解释，他那满腔怒火不知怎么一来，便忽然失去了适才的势头，再也旺不起来了。他瞧了瞧惠香，又瞧了瞧柳如是，终于说道：

"是你——"

"是我，是我，当然是我！"柳如是变得像个淘气的小姑娘，她走过来,挽住钱谦益的手,"老爷,你瞧——花柳争荣,山光如泼,如斯美景,你竟忍心撇下我们姐妹不管么?"

"可是还有客人在等——"

"这我不管!我只要你陪我!"柳如是跺着脚,撒起娇来。

钱谦益没有办法了。"好,好,我陪你们走走就是!"他说,回头瞅了瞅还跪在地上等候发落的李宝,喝道:"欠打的奴才!今儿若不是夫人讨情,非打折你的狗腿不可!你去,找到计先生他们,传我的话,就说我眼下一时还分身不开,请他们先慢慢游着,我随后便来!"

李宝连忙答应了,又叩头谢过,慢慢地站起来。这时,红情和绿意早已走出庭院来伺候,于是一行人便簇拥着,慢慢向外走去。

刚刚走到院门外,柳如是摸了摸发髻,忽然说:"啊哟,我的一支珠钗不在了,想是失落在里面了!"说着,便要回身进去寻找。

钱谦益说:"何必你亲自去?叫红情替你找就行了。"

柳如是摆摆手:"不行!她不知道!"便匆匆进去了。

钱谦益便不阻拦,趁等候的当儿,他的眼睛又在惠香的身上溜起来。

"小娘子此来,想是要多盘桓些时候了?"他问。

"啊,不,奴家打算明日便家去了。"惠香敛衽回答,向院门内溜了一眼。

"怎么?小娘子难得老远的来一趟,如何便说要去?一定要多住些日子才好!"

"多谢姐夫美意,奴家在府上已是打搅多日,心下甚觉不安!"

"小娘子哪里话来!如是适才还埋怨我不曾好好儿招呼客人,我是甘受此责!所以打算回头命人把含晖阁收拾一下,就请小娘子长住,也好日夕亲近哩!"

惠香分明吃了一惊，连忙说："这如何使得，奴家、奴家明日当真要家去了。"

钱谦益笑嘻嘻地说："小娘子走不得！便是你姐姐放你走，我也不……"话未说完，忽然看见柳如是从里面匆匆走出来，他便立刻住了嘴。

"嗯，你刚才说什么来着？"柳如是怀疑地瞧瞧他们，问。

"没有，没说什么！"钱谦益连忙说。

"没有？"柳如是一边往前走，一边表示不相信。

"哦，姐夫要留我多住几天，可是妹妹已是决意明儿便家去了！"惠香坦然说。

柳如是"哼"了一声，狠狠地盯了钱谦益一眼，吓得钱谦益连忙别转脸，一声儿也不敢出。

这之后，柳如是便故意不搭理他，只顾和惠香有说有笑。有时钱谦益厚着脸皮搭讪几句，也被她不是抢白，便是挖苦，弄得老大没趣。就这样，一直来到了秋水阁。

秋水阁筑在一个绿竹环抱的小岗阜上，高两层，四面都开着窗子，南窗正对尚湖，北窗则靠着虞山。阁内没有扶梯，但是左侧有一座带石磴的假山，与第二层连接。楼上当中一张罗汉榻，榻后立着一架屏风，上面酣墨淋漓，龙飞凤舞，却是祝枝山手书的南宋辛弃疾词《哨遍——题秋水观》，那词从第一句"蜗角斗争"起，到最后一句"清溪一曲而已"止，足足有二百零三字，把整片屏风填得密密麻麻，端的是飞腾磅礴，气势惊人。在榻的左右是二几四椅，四个角落里还各供着一架盆景。

天气晴朗，远处尚湖上来往的渔船和飞舞的白鸥历历可数。钱谦益等一行人从阁旁的假山登上二楼之后，照例先走到南窗前眺望了一会，又绕着阁巡行了一周，然后就随意坐了下来。

柳如是正坐在榻左侧的一张椅子上。她仰着头，老半天地瞧着屏风上那一首词，忽然"吃吃"地笑出声来。

钱谦益和惠香感到莫名其妙,一齐回头瞧着她。柳如是只是笑,却不说话。钱谦益忍不住了,赔笑地问:"夫人如此发笑,莫非辛稼轩此词,有何不妥?"

柳如是摇摇头。

"那么,必定是祝枝山这书法有可议之处了?"

柳如是又摇摇头。

"然则夫人何故发笑?"

"我笑把稼轩此词写在这屏风上,不甚切当!"

"啊,此阁为山庄最古之物。当初兴建时,曾祖父因慕辛稼轩之为人,以其瓢泉居第中有秋水观之筑,遂亦名此阁为'秋水',并请祝枝山题此词于屏上,却有何不当?"钱谦益的口气有一点急促,显然对于柳如是肆意指摘先人遗泽,颇为不悦。

柳如是却微微一笑:"当日如此安排,自无不妥。唯是就今日而言,却是未免失当了!"

"此话怎讲?"

"稼轩集中,佳作甚多,依妾之见,大可另选一阕,书于屏上,未必就不如此词切当哩!"

"请道其详!"

"譬如,他那首《水龙吟——登建康赏心亭》就脍炙人口,妾亦甚赏之!"柳如是说,顿了顿,忽然又皱起眉毛,"不过此词用典颇多,其中'求田问舍,怕应羞见,刘郎才气'几句,我就不知何解。"

钱谦益本来准备她提出什么稀奇古怪的说法来,听她这样一说,倒不由得笑起来:"夫人莫非是装糊涂?这几句有何难解!无非是说,那种留恋家室、热衷于经营安乐窝的行为,若与那英雄豪杰的胸襟抱负相比,恐怕是要自惭形秽的了。那几句话,出于《三国志·陈登传》,是刘备教训许汜的话——'君有国士之名,今天下大乱,帝王失所,望君忧国忘家,有救世之意;而君求田问舍,言无可采,是元龙所讳也,何缘与君语!如小人,欲卧百尺楼上,卧君于地,何但上下床之间耶!'"

柳如是不动声色地听着,等钱谦益背完了,她就站起来,拍着手笑道:"不错,不错!就把这几句写在屏风上,岂不切当之至!"

钱谦益怔了一下,随即"啊"的一声,也笑起来:"好哇,闹了半天,原来你是拐着弯儿骂我!"

"我岂敢骂相公!"柳如是的神情变得很严肃,"妾身是为相公担忧哟!"

钱谦益望了望柳如是,不再笑了。他静默了一下,迟疑地问:"你、你是说——"

柳如是点点头:"妾身见相公打姑苏回来之后,心也散了,神气也没有了,起用的事也不再提了,同往日像是换了一个人,一天到晚就叨念着修园子、修园子,仿佛天下再没有比这更要紧的事了。这样一蹶不振,怎不教人担忧!"她叹了一口气,看见钱谦益没吱声,接着又说,"如今天下大乱,国步维艰,虽未如汉季之甚,然而来日大难,实未可料。妾身虽系女流,也欲以国士期待相公,望君能忧国忘家,有救世之意!不想相公如今也竟学起许汜之流来,一心求田问舍,正应了刘玄德之所讥而不自知,岂不令妾身大失所望!"

钱谦益起初不以为然地听着,到后来,他的眼睛渐渐睁圆了,眉毛也竖了起来。一种愤急、气恼的神情从他那张黝黑的脸上呈现出来。他动了动嘴唇,显然想说几句激烈的话。可是,发现惠香正在一旁默默地注视着,他就放弃了这种打算,低下头去,半晌,才懊恼地说:"我又何尝甘心如此。不过事到如今,又有什么办法!"

这一次,柳如是没有马上回答。她不客气地瞧了瞧惠香,吩咐道:"红情、绿意,你们先陪惠姑娘到楼下去走走,我们随后就来!"

待惠香等人的脚步声在楼下消失了,她才回过头来,目光灼灼地瞅住钱谦益:"说真的,这一次,我看相公是太胆小!什么周仲驭、陈定生,不就是那几个人么!说他们有多大能耐,我还真不相信!你不见前些日子,陈、钱二位老爷到外面跑了那一阵,附和相公主张的人又何尝少了?此番之败,依妾之见,不败在周仲驭势力太强,而败在相公心志不坚,实行不力。而一败之后,又自甘退守,不图振作。如此谋事,只怕一百年也是枉然!"

"你不知道!"钱谦益也站了起来,烦躁地在阁子内走来走去,"姓周的对我嫉忌甚深,这一次他是故意指着火坑让我跳。就算真办成了,又安知他不会另生枝节!我想过了,与其让他拴着脖子当猴儿耍,倒不如在家管山管水图个清静!"

柳如是冷笑一声:"相公也忒眼浅!你不见崇祯元年至于今,才只十五年,宰辅已换了四十余人。凡领此衔者,多则一载,少则半月,便又去职。我就不信他周阁老能久占此位!相公若不预作绸缪,还埋头修这劳什子山庄,只怕到时又要坐失良机哩!"

钱谦益被她一言点醒,顿时不作声了。他呆了半晌,才喃喃地问:"嗯,那么,该怎么办?"

"依妾身之见,"柳如是胸有成竹地说,"眼下周仲驭之流正四处播扬虎丘之事,相公决不能坐视其猖獗,须得赶快派人出去,联络当初附和我们的人,力斥其非。如此,方不至于株守自困,受制于人!"

"对!"钱谦益兴奋地站起来,"夫人真不愧女中豪杰!好,我这就去回绝计无否,然后就……"

柳如是微微一笑:"相公不必去了。妾身早已命李宝把他们打发走了!"

钱谦益吃了一惊:"啊,你——什么时候,怎么我不知道?"

"就在刚才——我回身去寻珠钗的时候。"柳如是得意地说,"那时相公正在打我那惠香妹子的主意哩,哪里会知道!"

第八章
游金山泪承谑吻，走尸林悲动长吟

金山遇友

黄宗羲终于决定同方以智结伴北上，到京师去游历，并且就近在那里参加今年八月的乡试。三月底，他离开苏州上嘉兴去，找到正在那里访友的二弟黄宗炎，筹措了一笔旅费，并把老母和家事托付给宗炎和另一个弟弟宗会照料。随后，黄宗羲便带着书童黄安重新北上，计划在四月底赶到镇江，同约定在那里等候的方以智会合。黄宗羲这一次赴京应考的目的，固然是打算把他那个上书朝廷的计划付诸实施，而在此之前，还想亲眼瞧一瞧朝廷的情形，估计一下时局将会如何发展；但另一方面，经历了虎丘大会那一场风波之后，也使他决定暂时改换一下环境。

那件事，对黄宗羲的震动和刺激确实很大。他做梦也没想到，这桩卑鄙阴谋的策划者不是别人，恰恰就是自己一向崇敬和信赖的钱谦益！仅仅在事情大白的前一天，自己还不辞辛苦地跑去拜见他，恳求他出来主持大局。一想到自己是如此愚蠢幼稚，对方又是如此虚伪奸诈，黄宗羲的心里就充满了愤怒、痛苦和羞愧的感情："哼，仅仅为着复官起用，为着他自己的功名富贵，便置天下大义于不顾，干出这等寡廉鲜耻的事情来！还亏他是个东林耆宿，怎么配！怎么对得起以身殉志的东林列位先贤！这些年，我真是瞎了眼，错看了他，完完全全地错看了⋯⋯"近两个月来，黄宗羲一直被这种心情困扰着。他不止一次地想到，应当赶到常熟去，当面向钱谦益提出质问，并毫不客气地表明，如今自己是多么鄙视他！甚至要说的话，黄宗羲都准备好了。他一再兴奋地想象着他们一旦见面时的情景：自己如何声色俱厉，义正词严；对方则丧魂落魄，呆若木鸡……不过，说也奇怪，当他认真地考虑要采取行动时，心里又踌躇起来。他发现自己其实并不愿意看见钱谦益，甚至还有点怕看见他。"嗯，不，不是害怕，而是讨厌！对的，这样的人，如果出现在我的面前，我只怕会作呕的！"他这样自我解释说。所以，这一次，当他乘坐的天平船行经苏州时，也就没有绕道到常熟去，而是继续沿运河北上，径直前往镇江。

不过，说实在的，即使不是那样，黄宗羲此刻也没有心思再去理会钱谦益。因为一路之上，到处都在哄传着令人吃惊的关于时局的种种噩讯，把他的情绪弄得十分激动、紧张。这些消息照例分成两类：一类是关于"流寇"的。说是李自成数万大军围困明朝总兵左良玉于河南郾城，朝廷命陕西、三边总督汪乔年率兵驰援，结果在襄城兵败。李自成攻破城池，活捉了汪乔年，把他杀死在城外，左良玉则逃到湖广去了。如今李自成连陷西华、陈州、睢州、太康、宁陵、考城、归德之后，再次进围开封。与此同时，张献忠、革里眼、左金王等"贼"军则攻陷了安徽的含山、和州、庐州。南京为之震动，已宣布戒严云云。另一类是关于"建房"的。据说山海关外的松山城已于二月十九日最后失守，总督洪承畴死战力竭，被俘不屈，已经壮烈殉国；同时被害的还有巡抚邱民仰、总兵王廷臣、曹变蛟等。又说，位于松山附近的锦州也被清军攻陷，守将祖大寿率众投降。这一连串的噩耗，把黄宗羲惊得目瞪口呆。虽然这些年来，他听到的全是这一类的坏消息，几乎已经习以为常，而且像松山陷落这种结局，本来也是预计到了的。可是几件事合在一起，突然传进耳朵里，黄宗羲仍然感到异常震惊。特别是松山一战，实在关系重大。如今一败，山海关屏障尽失，形势便岌岌可危了。黄宗羲痛心焦虑之余，对洪承畴的壮烈殉国，又非常钦佩赞叹，觉得大丈夫立身处世，正当如此。他并不认识洪承畴,而且前些日子,他同朋友们谈到松山战事时,还激烈地攻击过洪承畴,说他这一次全军覆没,全在于指挥无能、畏敌如虎之故。可是那一切,如今似乎都不重要了。洪承畴的形象在黄宗羲的心目中忽然变得高大起来,并且被赋予不平凡的意义。"不管怎么说,作为社稷重臣,他是竭尽孤忠,完了大节!同他相比,钱牧斋真该愧死了!"他感慨地想,希望知道更多一些洪承畴就义的情形。可是打听的结果,说法却很不一致,有的说是死于城破后的巷战,有的说是被俘后绝食而死,还有的说他绝食未死,是后来自缢殉国的。"嗯,赶快到镇江去,那里来往的人多,一定能打听到!"这样拿定主意之后,黄宗羲觉得自己的心情仍然平静不下来,忠臣烈士们舍身报国的崇高行为久久激动着他,使他热血沸腾,心神震荡。"啊,我得赶快抓紧,而且,要更认真一些!"他想,于是立即吩咐黄安从行囊里拿出他的那一份上书的草稿。他靠坐在船舱前,定一定神,然后埋下头去,一字一句地推敲起来……

直到农历四月的最后一天,黄宗羲乘坐的船,才来到镇江城北的北固山下。因为事先同方以智约定的会合地点是金山寺,所以黄宗羲没有进城,吩咐船家径直往西,摇到金山去。

金山又名龙游山,是矗立在长江上的一座小岛,离城也有五六里远近,与焦山、北固山犄角相望。山上树木扶疏,雄伟壮观的金山寺从山下一直修到山顶,远远望去,只见一重一重的台阶,一段一段的院墙,一幢一幢的殿宇,一道一道的廊阁,向两旁迤逦延伸,把整座山层层包裹起来。飞檐和高阁上的彩绘,被上午的阳光照耀得闪闪发光。山顶上的慈寿塔,在晴空下巍然屹立,显得分外肃穆庄严。

"大爷,《白蛇传》说的'水漫金山',可就是这个金山?"黄安伸长了本来就细长的脖子,睁大一双圆鼓鼓的眼睛,盯着越来越近的金山,好奇地问。他是头一回上镇江来,对周围的一切都感到格外新鲜。

"不错,是这山。"黄宗羲点点头,同时对今天山上游人之多感到有点惊奇:嗯,瞧这密密麻麻的样子,只怕少说也有好几千人哩!他们都是做什么来了?

"那么,禅杖还在么?"黄安又问。

"什么禅杖?"

"自然是法海禅师的禅杖呀,会变金龙的!"

"蠢材,哪有什么变龙的禅杖!一个话本故事罢咧,你也当真了!"

黄安眨眨眼睛:"那么,韩蕲王①大破金兵——也是没有的了?"

"嗯,这却是有的。"

"那么黄天荡……"

"在那边。"黄宗羲朝西一指,"远着呢,你瞧不见。"

"哦——小人听说,本朝洪经略相公文武双全,也是韩蕲王一流的人物哩!"

黄宗羲"唔"了一声,没有马上回答,脸色变得阴沉起来,半响,才叹了一口气:"洪经略自是难得的帅才,可惜……"他正要说下去,忽然,天平船剧烈地摇晃起来,一艘涂饰得红红绿绿的大游船正挨着船舷驶过。船上坐着几个缙绅模样的男子,正围着一个浓妆艳抹的妖冶女人在吃酒打闹。江风拂处,传来一串吃吃的艳笑。黄宗羲不由得皱起眉头,重重"哼"了一声。

黄安兀自愣愣地目送着如飞而去的游船,只听船家在舱外大声说:"今儿是四月三十,这些人莫不是来瞧赛龙船的?"

端午节虽说是五月初五,可是这一带向来的习惯,龙船总是提前好几天就开始出动。"怪道今天山上游人如此之多!"黄宗羲恍然想道,这么一来,心里更感到不快:"屈原忠心为国,遭小

---

① 韩蕲王:指南宋抗金将领韩世忠。

人谗害,屡遭斥逐而矢志不渝!他忧伤宗国沦亡,悲愤自沉,欲以一死以励后人,高风亮节,千古共钦!不期今日,却反成了醉生梦死之辈寻欢作乐的题目,真是可恨可叹!"想到这里,他不由得又"哼"了一声。

这当儿,天平船已来到金山脚下。因为挤聚在码头上的船只很多,上岸时着实费了不少工夫。黄宗羲领着黄安,在人丛中挨挤着,进了山门,穿过天王殿,从大殿后绕过去,刚刚登上一道带石栏的台阶,就听见江面上响起了"咚咚锵!咚咚锵!"的鼓钹声。周围的游人"哄"的一声,都朝山上拥去。黄宗羲立脚不住,被一下子挤到角落里。回头一看,却不见了黄安。他急了,提高嗓门喊了几声,倒是有了答应。原来那小书童因为挑着担子,转身不灵,又一心想瞧赛龙船,反而被挤到了栏杆边上,主仆二人现在相距就七八步远。可是人群不知为什么又停住不动了。黄宗羲挤了几下,挤不过去,不禁情急起来,大声嚷道:"哎,你们堆在这儿做什么,快快让我过去!"近旁的几个人回头瞧了瞧,见他是个儒生,倒也稍稍向两旁让了让。可是一来游人实在太多,而且看来前头又给堵住了,无法动弹。也有些人见黄宗羲不过是个衣着朴素的穷秀才,没把他放在眼里,仍然挤着不动。黄宗羲哪有心思瞧什么赛龙船,他眼见自己过不去,黄安又出不来,心想:这一耽搁,不知要拖延多少时候!于是,又跺着脚叫嚷道:"你们听见没有?快快让我过去!听见没有?"

"哎,这位相公,非是小人存心不让,实在人太多……"站在跟前的一个店伙模样的小伙子被他迫急了,回过头来,委屈地说。

"嘻嘻,这龙船又不是他家的,人人都看得,凭什么要人家让道?莫非那船上坐的有他的干娘么?"一个油腔滑调的声音说,周围的人听了,倒有一半哄笑起来。

"尔等休得放肆!"一个深厚的声音制止说。那是位衣着华丽的中年儒生，长着一部浓密的大胡子，他回头对黄宗羲点点头："尊驾请勿焦躁，你我既置于此地，正所谓形格势禁，只有安心等候而已。"

黄宗羲仿佛没有听见，他睁大了眼睛，怒气冲冲地环视着众人，突然厉声叫道："大明的江山就要亡了！你们还这等安心么？"

这句话，犹如炸响了一记霹雳。人们哆嗦了一下，都惊悚地回过头来，呆呆地瞪着黄宗羲，一个个脸上都现出错愕、恐怖的神情。站在近旁的几个，更是不由自主地向两旁闪开，给他让出一条道来。黄宗羲紧咬着嘴唇，一声不响地走过去，扯住黄安，回头就走。这一次，没有任何阻碍，人们畏缩地退向两旁，呆若木鸡地目送着这个来历不明的、在此时此地向他们发出可怕预言的奇怪书生，摸不透这一主一仆究竟是疯子，还是秉承天帝意旨来向人间示警的神人。要不然，他怎敢在大庭广众之中说出这等不顾死活的话来呢？

黄宗羲挤出了重围之后，领着黄安又登上一重石阶，然后向右一拐，正打算绕过妙高台后面，径直上楞伽台去。忽然前面起了骚动，像刚才争看龙船那样，人们猛地向前挤拥了一下，随即又忙不迭地后退，照例又把黄宗羲挤在一边。黄安这一次倒有了经验，寸步不离地跟着主人。"哎，又是怎么回事？"黄宗羲气恼地想。这时候，人们继续向两旁后退，让出当中一条道来。与此同时，全场变得鸦雀无声，大家都伸长脖子，瞪大眼睛，仿佛着了魔似的，一动不动地瞧着正从妙高台那边走下来的一男一女。那个女郎约摸十八九岁，穿一袭薄如蝉翼的西洋红夏布短衫，退红衬里，皮肤白皙，体态轻盈。虽然她手里拿着一柄生绡白团扇，轻轻遮住了半张脸蛋，只露出一双略带几分忧郁的、梦幻似的大眼睛，可是一望而知，必定是位绝色丽人。不过，如果仅仅是她，也许还不至于引起这样的轰动，因为尤其令人惊叹的，是与她并肩同行的那个男子，竟然也是个美得令人目眩的人物。他儒生打扮，一身素白，手上摆弄着一柄折扇，俊美的脸上带着一种漠然的、懒洋洋的神情。他微微昂着头，在人们自动让出来的路上不慌不忙地走着，就像漫步在自己家中的庭院里那样自然。而对于周围投来的惊愕、叹赏、妒羡的目光根本不当一回事。显然，这一切对他来说早已习以为常，既不会使他不安，也不能令他产生任何兴奋了。

"啊，原来是他！他也来了镇江——只不知那女子是谁？是陈圆圆？不，一定不是。那么……"当黄宗羲认出这位风度翩翩的美男子便是一个月前在苏州分手的冒襄之后，心里本能地冲动了一下，打算走上前去同他相见。可是只一瞬间，这种冲动就消退了。与此同时，一种阴沉而有力的思想抓住了他："哼，国事败坏到如此地步，一面立志要拯救社稷苍生，一面却迷恋于醇酒妇人，这是荒唐的！以往我同他们混在一块的时候太多了，今后决不能再这样！"所以，尽管冒襄就在眼前经过，黄宗羲却别转了脸。等游人稍稍散开之后，他就领着黄安循路登山，径直找方以智去了。

各怀心事

黄宗羲的反感，冒襄无疑是不了解的。他甚至不知道黄宗羲站在人丛当中注视过他，因为他压根儿没有留意周围的人。他正一心一意在考虑：到底用什么办法，才能把身边这个董小宛打发走。

现在冒襄颇为后悔，当初他一时心软，竟答应让董小宛随船相送。他是这样想的：尽管董小宛的动机十分可疑，但只要自己把得稳，她到头来也只能是枉费心思而已。可是，随着旅程的推移，冒襄越来越意识到，这个想法过于简单了。因为董小宛显然不是那种容易摆脱的女子。这倒不在于她是多么地善于胡搅蛮缠；而是由于她的坚定和固执，以致在长达二十七天的旅途中，冒襄试图劝导她离船的一切努力都归于白费。她不仅像一个最温柔体贴的妻子、一名最驯良服从的奴仆那样侍候着冒襄，使他领略到包括在同陈圆圆一起时，都不曾有过的舒服和适意；而且，她还像一位最知心而多才多艺的腻友、一位最忠实而聪明的学生那样，同冒襄娓娓谈心，陪他弹琴、下棋、抹牌、度曲，怀着专注和崇敬的神情，聆听着冒襄的教诲，并时不时以一两句令人解颐的妙语来表示她的颖悟……恰恰是这样一些缘故，迅速消解了最初冒襄因她强行相送所引起的恼怒，使她在冒襄的感觉中不再是一个陌生、隔膜、居心叵测的风尘女子，而变得较为值得亲近和可以理解了。所以，每当她坚持着要再送一程时，冒襄竟然感到很难板得起脸孔、狠得下心肠。不过，这也就使他暗暗吃惊，觉得事情有点不妙，意识到有堕入对方设置的感情陷阱里去的危险。哪怕现在已经弄清楚，这是一个不含恶意的陷阱，但他仍然不愿意。"这是不可能的！无论如何，她比不上圆圆，比不上！况且，我既然失去了最好的，又岂能退而求其次，白白招人笑话！"他冷冷地想。所以，抵达镇江之后，冒襄就决定当机立断。今天一早，他特意带了董小宛来登金山，打算尽兴一游之后，就此把她打发走。谁知刚才在妙高台上，没等他提出来，董小宛就像猜测到他的心思似的，竟抢先指着大江发誓，说什么"妾此身有如江水东下，断不复返吴门！"他大吃一惊，当即板起脸孔，严词拒绝。随后，也不管小宛已是神色惨淡，仿佛马上要哭出来的样子，他立即就动身下山。不过，虽然已经把话说清楚，但董小宛是否就会听从，冒襄却仍旧有点吃不准。所以，一路上，他都在继续打主意。他已经下定决心，无论如何，这一次决不能让步了。

　　现在，他们已经走出了山门，站立在三间四柱石坊之下。时近晌午，江面上龙船的钲鼓声经过前一阵子的大敲大打之后，正沉寂下去。江岸上依旧人头攒拥，大约是在等候观看第二轮的比赛。今天游金山，本来张明弼也同他们一块儿来了，不过他知道冒襄有要紧的话要同小宛谈，船一靠岸，就借口去访本寺的住持，管自走了。这会儿，冒襄估计他可能已经回船了，便也朝码头走去。

"公子，"行出几步之后，默默地跟在身后的董小宛忽然叫住他，"龙船很快又赛起来了，我们顺着这岸边再走走，好？"她嫣然微笑着，要求说。

冒襄瞅了瞅她，倒感到有点意外。"嗯，莫非她到底想通了？"他想。本来无心再走，但对方既然提出来，冒襄也不想显得过于小气。而且，只要对方不提婚嫁的事，别的他倒无所谓。于是他点点头，还特意停了一下，等小宛走到同他并肩时，才一起沿着岸边的石堤，慢慢向前走去。亲随冒成和一名挑食担的仆人见主人不回船，也只好继续在后面跟着。

这当儿，"咚咚锵！咚咚锵！"的鼓钹声重新响起来。五艘龙船冲波激浪，出现在江面上。这些龙船，都安装着精工雕刻的龙头和龙尾，一条条昂首奋鬣，鳞甲鲜明。船上搭起了漂亮的彩篷，前后插着旗、幢①和绣伞之类，迎风飘扬。后梢的兵器架上，刀枪剑戟森然罗列。二十名精壮汉子，扎缚得紧凑威武，分两排坐在又狭又长的船舱里。每人手中都拿着一柄大桨，应和着本船的锣鼓点，齐起齐落，把船划得如脱缰的马，如离弦的箭。每一只船的龙头上，还头朝下、脚朝天地倒立着一个小伙子，龙尾下面还用绳索悬吊着一个八九岁的孩童，他们在龙船的高速前进中显得那样从容自若，不断做出种种惊险的姿势，使旁观的人叹赏之余，都禁不住为他们捏上一把汗。

不过，此刻沿堤岸一带的游人已经忘了瞧赛龙船，他们的目光都被缓缓而行的冒襄和董小宛吸引去了。这一对儿恍如天仙临凡般的仪容和风度，如此令人惊叹、着迷，以致无论他俩走到哪里，哪里的人们都像生怕亵渎了他们似的，纷纷自动让开。待到他们

---

① 幢：古代原指支撑帐幕、伞盖、旌旗的木杆，后借指帐幕、伞盖、旌旗。

走过之后,才又合拢来,远远地跟在后面瞧。而这一骚动,又招引了更多人的注意,情不自禁地参加进来。今天金山上的游客,少说也有好几千,到后来倒有一大半都在若即若离地跟着他们的身影移动……

"公子,但愿你能记得今天。"董小宛向身后的人群瞥了一眼,幽幽地说。

冒襄怔了一下,明白了她的意思。他微微一笑:"今天我们成了神仙眷侣啦,怎会不记得!"话刚出口,便觉得不妥,于是又改口说,"也难怪他们如此惊羡,须知'秦淮二董',原不是浪得虚名!"

董小宛摇摇头,叹了一口气:"虚名也罢,实名也罢,奴家此生只盼公子垂怜,便死也甘心了,谁知公子……"

冒襄发现她又来了,顿时冷下脸,默不作声。

董小宛从团扇的边上窥伺着他,"扑哧"一笑:"好了,奴家不说这个了,不说了!"她移开扇子,噘起嘴巴,轻声地、撒娇地说,"怎么哩,还不成么?"

冒襄"哼"了一声,半真半假地警告说:"你要再说那些个扫兴的话,我可就……"

董小宛连忙用扇子掩住他的嘴巴,"奴家知道,知道啦!"她挨近他,柔声地说。停了停,她又问:"大比之期将近,公子这一回去,只怕要到七八月才能再出来了?"

"嗯……"

董小宛眨眨眼睛,忽然笑道:"奴家可料准了,公子这一回,定能高中!"

"噢,何以见得?"

"这是神明告知奴的。"董小宛认真地说,"这些日子,奴家天天在神前烧香,默祝公子今科高中。昨儿夜里神明来托梦,说公子前身是杜牧之,一生风流倜傥,才华绝世,当年遭李德裕之忌,未能尽展襟抱。因此天帝垂怜，特遣公子重游人间，扶助大明真命天子，只应在今科了。"

冒襄瞅着她，现出半信半疑的神色，"嗯，岂有此理！"他说。

"啊呀，这可是千真万确。神明还对奴说，公子自降世以来，怜贫惜弱，广施仁义，又事亲尽孝，声闻朝野，天帝甚为嘉慰，已命增禄三秩。所以公子此去，岂止科甲连登，今后只怕还要入阁拜相呢！"

冒襄怔了片刻，随即呵呵笑起来："更属荒唐，更属荒唐！"他摇着头说。不过，虽然如此，心中也觉受用。他抬起头，张望了一下，看见那几只竞渡的龙船，此刻正聚集在离他们不远的江边上，一个劲儿地击鼓鸣钲，却不怎么前进。冒襄早就发现，从他俩出现在堤上的一刻起，这几只龙船就一直有意无意地跟随着，他们走到哪里，它们也跟到哪里。这时他兴头起来，回头大声吩咐冒成：

"你去——问问他们是些什么人，老跟着我们做什么？"

冒成答应了。他走到岸边，做了个有话要问的手势。那几只龙船立即停止击鼓鸣钲，等冒成大声传达了冒襄的询问之后，其中一只龙船就划了过来。从船上走下一个瘦高个儿的汉子，他来到离冒襄还有五六步远的地方，便跪倒在地，恭恭敬敬叩着头说：

"公子爷、奶奶在上，小人周阿六，给公子爷、奶奶请安！"

冒襄打量着这汉子，正觉得有点面善，冷不防听他这样称呼，倒愣了一下。

"罢了，起来吧！"冒襄摆摆手，然后又问，"我瞧你有点面善，莫非哪里见过？"

"启禀公子爷：旧年秋天，公子爷奉老夫人从衡州回来，便是小人撑的船。"周阿六低着头回答。

冒襄"哦"了一声，顿时记起来了，"不错不错！果然是你！"他高兴地说。那一次从湖南回来，正碰上大饥荒，盗贼蜂起，沿途风险还真不少。快走到苏州时,因为争航道,还同某太监的船冲突起来,双方干了一仗。当时虽说有兵卒护卫,但起航停泊等一应事宜,还真亏了周阿六小心安排维护,才得以平安到家。"哦,我记得你们总共有一二十人,他们可都好?"冒襄又问。

"托公子爷的福荫,他们都好。"周阿六说,又回头用手一指:"那不,都在船上哩!"

话音刚落,仿佛应和他的话似的,龙船上的鼓钲蓦地大敲大打起来。接着,全船的人放开喉咙,齐声高喊:

"恭祝公子爷阖府福泰安康!"

"哦,好,好!"冒襄点着头,高兴地说。他回头吩咐冒成:"你回船上去,封二十两银子,再把昨儿买的'兰花三白'也挑两坛子,就烦周六哥带回去给大伙儿助助兴。"

周阿六听了,连忙重新跪下,叩头谢过,又走到江边,向伙伴交代了几句,这才随冒成去了。

龙船上的人显然知道了冒襄有所赏赐,鼓钲敲打得更欢了;随即把船划离江岸,同其余那几只龙船重新合在一起,在江上排成一字形。船夫们以更加响亮的呐喊,再一次朝冒襄欢呼致敬之后,五名倒立在龙头的小伙子,和五名悬挂在龙尾上的孩童就卖劲地表演起来——拿大顶、竖蜻蜓、金鸡独立……一招比一招惊险,一式比一式美妙,直把金山上下的数千名游客看得神迷目夺,如醉如痴。冒襄显得十分兴奋,他兴致勃勃地欣赏着这场专门奉献给他的精彩表演,时时发出响亮的、愉快的笑声,仿佛已经把身边的董小宛完全忘记了……

天意成全

董小宛虽然竭力设法讨好冒襄,但冒襄不自觉的冷淡,却加深了她的绝望和痛苦。作为一个风尘女子,她十分明白命运赐给她的机会是不多的。当机会一旦出现，就必须竭尽全力死死抓住。否则，一纵即逝之后，很可能就会落得个抱恨终生。事实上，近些年来，不但田弘遇迫抢这样一些事使她历尽惊恐，而且，在平常与狎客们的接触中，她也听到了许许多多关于时局越来越坏的可怕新闻。在酒阑人散、寒灯独对的时候，她不止一次心惊肉跳地想到，一旦大祸临头，自己这么一个无依无靠的风尘弱女，怎么能应付？正是这种紧迫的危机感，使她觉得无论如何也不能放松眼前的机会。何况命运给她送来的，又正是她日夜想慕的冒襄！所以，近一个月来，为了获得这位贵公子的理解和怜悯，董小宛几乎运用了她的全部智慧。看来，这还是有效果的。冒襄的态度比起最初已经明显地变得热乎起来，他瞧她时，目光也亲切多了。有一次——那是在欢娱之后的枕上，他甚至抚摸着她的光胳臂，详细地询问起她的出身、家世，还问到历年来她所欠下的积债的数目，使她立即敏感地想到，他可能考虑替她赎身，顿时紧张得浑身颤抖，差点儿连话也说不出来。她没敢隐瞒，老实地告诉他，母亲在世时已欠下些债，后来母亲死时又借了一笔，加上父亲多嗜好、喜挥霍，一心把她当成摇钱树，平日里打着她的招牌到处借钱，如今算在一起，已欠下二三千两银子。冒襄听着，"噢"了一声，没有再说话。她还等着他再问别的，可是抬头一瞧，他已经呼呼地睡着了。从此以后，冒襄就再也没有提起这类的事，她也没敢再追问，可是心里却愈来愈焦急了。特别是船快到镇江时，她发现冒襄的神色愈来愈阴沉，说话也有点冷冰冰的。今天一早起来，他却忽然变得分外殷勤客气，并提出一定要来游金山。董小宛感到事情不妙，因此刚才在山顶上，她抢先指着大江发誓，表明决心要跟他回如皋。果然冒襄立即就变了脸，断然拒绝。他除了提出眼下忙着应付科试，以及要料理大半年来因替父亲奔走而荒废了的家务之外，还特别提到董小宛欠债很多，无法应付。她听了，犹如被兜头浇了一瓢冷水，浑身都凉了。不过，她也知道，对于冒襄这种公子哥儿,不能硬来,否则惹恼了他,随时都会翻脸不认人。所以,刚才她强作欢容,极力讨好。但看来作用不大,董小宛的心情就愈来愈痛苦和绝望了。

当他们看完龙船,回到天平船上的时候,张明弼已经在舱里等候着。同他在一起的,还有方以智、余怀,和一位名叫张岱的中年儒生,四个人正围在桌子旁抹纸牌。看见他俩进来,方以智说声"算我输了!"便把纸牌一放,首先站起身,拱着手迎上来,呵呵笑着说:"神仙眷侣回来了!恭喜,恭喜!"

冒襄尚未答话,余怀已在旁边抢着说:"今日这金山上的风光,硬是给辟疆和宛娘双双占尽了。明日传扬开去,不知要令多少名士美人羡杀、妒杀、愧杀哩!"

"岂止侈美一时?我敢断言,今日金山此段佳话,已是长存于天壤之间,可以不朽了!"张岱一本正经地说。他是个衣饰华贵的儒生,有着一张聪慧的、讨人喜欢的脸,和三绺梳理得一丝不苟的小胡子。

方以智说:"王睿冲云,'情之所钟,正在我辈'。原该如此!若是宗子兄此言果真应验,那么小弟这个媒人,却是功不可没呢!"

"哦,辟疆同宛娘相识,原来还是密之兄之介!"张岱瞪大眼睛问。

方以智神气地说:"不错!那是崇祯十二年,小弟应试南都,巧遇辟疆……"

张岱不等他说完,马上断然说:"那么密之兄也是不朽的了!"

"哎,那么小弟呢?"余怀插进来问。

张岱瞧了瞧他,正要开口,方以智已经抢着说:"淡心兄自然也是不朽的!不只淡心兄,便是宗子兄、公亮兄,还有冒成和方才来船上领赏银的周阿六,都已是名垂千古,欲'朽'不能了!"

大家"哦"了一声,都半信半疑地望着他。

方以智微微一笑:"诸位不妨想想,辟疆和宛娘既已不朽无疑,那么今后但凡有记载金山之游的,自不能不书及他们回船此节,若然书及回船,自不能不书及诸位,以及冒成、周阿六,故此辟疆和宛娘朽则已,若然不朽,我辈也无可奈何,唯有陪他一块儿不朽而已!"

大家听他说完,怔了一下,随即开怀大笑起来。余怀一跃而起,尖着嗓子大叫:"妈妈的!四大皆空,人身不过一具臭皮囊,名声也是骗人的玩意儿。我是只盼一死即朽,不留一丝一毫影迹在这世上!如今撞在辟疆网里,被他硬拖着朽不了,真是何等懊恼!不行不行,今儿非罚他们不可!"说着,他回头叫:"冒成,那些樱桃洗净没有?快快拿出来!"

只听冒成在后梢答应了一声,托出来一大盂樱桃,摆到桌子上。那樱桃少说也有五六斤,颗颗大如小枣,堆在宣瓷大盂里,一眼望去,红的血红,白的雪白,还衬着片片绿叶,十分鲜明可爱。冒成向冒襄禀告说:"这是周阿六特地送来的,说是请大爷、董姑娘和相公们尝个鲜。"冒襄点点头。本来,他有心向朋友们解释一下,他对董小宛并不存在他们所猜想的那种意思,可是一直插不上嘴,这时也就只好随着大家作过揖,先坐下来再说。

"淡心兄,你说要罚辟疆,不知怎生个罚法?"方以智不等大家坐定,就笑嘻嘻地问。

"我此罚却简单不过,题目就在这樱桃上!"余怀不慌不忙地说,向在座的人环顾了一眼,"自来这樱桃好有一比,比作美人香喷喷的朱唇;自来美人之唇也有一比,比作这红艳艳、甜滋滋的樱桃。此譬虽则来源甚古,却是妙到绝处,切到绝处。再过一万年,只怕也无以改易!不过譬喻归譬喻,究竟此二物之间,滋味有何不同,何者更胜,却从来未经人道过。今日适逢席上既有樱桃,又有美人,何不就罚辟疆当场反复尝试,作出品评,以解我辈之惑?"

这话刚说完,大家立即哄然叫好。小宛瞧了瞧冒襄,见他将着胡子,一声不响,知他必定不会答应,心里一阵刺痛,站起来就要走开。方以智等人只当她害羞逃席,连忙一窝蜂地追过去,把她拖了回来。

正在闹哄哄的当儿,忽然张明弼大声说:"诸位先别闹,且听听辟疆怎么说!"

大家果然静下来,一齐望住冒襄。只见冒襄淡淡一笑,说:"淡心此谑,倒还不俗。若然小弟拒不受罚,不只辜负了他一番巧思,更辜负了这一桌樱桃,未免可惜——也罢,小弟便尝试一遭,又有何妨!"

大家见他答应得爽快,都欢呼起来。董小宛呆住了。"啊,怎么……"她想,同时心中依稀闪过一个念头,但冒襄那冷冰冰的神情使她立即又把它否定了。

"哎,宛娘,快过去嘛,这有什么可害羞的!"余怀柔声催促说,一边同伙伴们交换着狡黠的眼色。

董小宛又瞧了瞧冒襄,只见他已经伸手从白瓷盂里拣起一桠带绿叶的樱桃,并用一个潇洒美妙的动作,扯了一颗放进嘴里,皱起眉毛斜睨着她,像是有点不耐烦的样子。

"无论如何,我得过去,对,我得过去!"她在心里说,不由自主地移动脚步,重新回到自己的位置上坐下来。

"好,现在开始!"她听见方以智恶作剧的声音。一刹那间,她无暇多想,匆忙中用了一个慌乱、笨拙的动作仰起了头。同时,觉得自己脸红了。"啊,我的样子这会儿一定很蠢,他一定更加不喜欢了!"她不知所措地想。可是情势已经不容她加以补救,第一记亲吻就落下来了。果然,熟悉的气息,熟悉的感觉,但是那意味却完全不同。它显得那样冷漠、勉强,只轻轻碰了一下,就逃也似的退了回去……

"好呀!"董小宛听见一声哄然的喝彩。

"喂,怎么样?什么滋味?"一个怪声怪调的嗓音问。还是那个余怀。

冒襄却没有回答。董小宛不敢睁开眼睛,她生怕一睁眼就会看见冒襄那张冷酷无情的脸孔。

很快地,第二记亲吻又来了。它比第一次更加冰冷、更加机械,而且有一种示威似的意味,仿佛在说:"嗯,你们瞧够了么?还想不想再瞧?想瞧我还可以再来!"董小宛的心一抖,随即因痛苦而紧缩了。尽管耳畔正在闹哄哄地回响着各种喝彩声和嬉笑声,可是她却感到泪水已经涌上了眼睛。当第三记、第四记亲吻来临时,它就顺着脸颊流淌下来了。

"啊,宛娘在哭哩!"一个声音忽然叫起来。霎时间,像听到一声命令似的,喧闹声戛然停止了。船舱里变得一片寂静。

"宛娘,你做什么?"方以智的声音问。

董小宛的泪眼闪动了一下,随即低下头去,没有回答。

"哎,这是怎么回事?啊!"方以智转向冒襄,后者扭过头去,也是不吭声。

"嗨!你们说话呀!"方以智发急了。

"是这么回事!"张明弼在一旁开腔了,"宛娘要随辟疆回如皋,辟疆没答应。"

"哦,此乃绝佳之事,怎能不允!"方以智说。

"这是不可以的!"冒襄冷冷地说,"天下事哪有如此容易!"

"有何难处?"方以智不客气地追问。

冒襄把曾经对董小宛说过的那些困难又复述了一遍,并补充说:"况且金陵落籍,亦费商量。"

方以智摇摇头:"此等事并非难至不可解。如今弟要知道的,乃是仁兄到底有无娶宛娘之意?"

这一问,确实问中了冒襄心中的要害。他觉得说有意也不是,说无意也不是,不由得支吾起来。

方以智却仿佛看透了冒襄的心思。他"哼"了一声,说:"宛娘是空谷幽兰,淤泥菡萏。坊曲中人,论色、艺,胜于她的会有;若论人品,她却是第一。当今天下扰攘,大乱未已,阁下不于彼辈中觅如君则已,若欲有所物色,而弃宛娘不取,只怕会追悔不及哩!"

冒襄不作声了。他平日虽然有"翩翩浊世佳公子"之誉,备受各方面的推崇和称赞,他自己更是高傲自负,可是唯独对于方以智,却是十分信服。因为方以智不仅在吃喝玩乐和恶作剧方面,是一名头等的好手,他能想出种种出人意表的新鲜点子,把每一次聚会弄得引人入胜,热闹非凡,而且他还博览群书,见解超卓,有着称得上当世第一流的学问。冒襄自觉比不上他。所以,现在听他正言厉色地这么一说,冒襄就不能不仔细考虑一下了。

"依我之见——"看见冒襄沉吟不语,张岱从旁插话了,"人决不如天决,现今放着有骰子在此,何妨让宛娘掷出彩来,看看天意如何,也免得辟疆兄多费踌躇。"

"不错,天决!天决!"余怀立即表示赞同。

在大家说话的当儿,董小宛一直默默地倾听着,身子不断微微打战。听见张岱这样建议,她就抬起头来,询问地望着方以智。看见方以智绷着脸,没有吭声,她也就不敢动弹。

"哎,宛娘,事到如今,你还忌讳什么!"余怀说,从桌上抓过骰子,塞在她的手里。

董小宛这才畏畏缩缩地站起来,用眼梢偷偷瞧了瞧正皱着眉毛呆坐在一旁的冒襄,然后赶快走到船窗前跪下,仰起脸,望着外面的天空,开始怀着深切的虔诚,喃喃地祝祷。她做得那样专注认真,以至满腔的悲苦和哀怨都被牵引起来,嘴唇在可怜地抖动着,泪水在眼眶里打转。一时间,周围的人都静静地望着,谁也不说话。终于,董小宛祷告完了。她站起来,用袖子揩了揩眼角,走到桌子跟前,双手捂住骰子,摇了又摇、摇了又摇。她的表情越来越紧张,眼睛睁得越来越大。突然,她像是横了心似的,双手一放,把骰子全投到桌面上。众人一看:其中三粒先掷出三个六点,第四粒滚动了几下,也停在六点上,还剩下一粒,却兀自滴溜溜地转个不停。大家都屏住气等着,终于"笃"的一声,骰子停下来,这粒骰子朝上的那一面,竟然也是六点!大家凑前去一瞧,都愣住了。

"全六!全六!天意,天意!"余怀首先大嚷起来。他奔到冒襄跟前:"怎么样,辟疆,这下你可没得说了吧!"

冒襄也被这种上天显示的"奇迹"弄得目瞪口呆。半晌,他才回过神来,沉吟地望着方以智,说:"好吧!如果当真是天意成全此事,弟也没有话说。只是眼下不能操之太急,宛娘仍请先回姑苏,到秋天弟再去接她一起赴留都就试。待到中与不中都有个结果之后,才有空暇料理此事。"

方以智点点头:"这样也好,大家可都听清了?我们都是证人,此事就这么定了。宛娘,你就先回姑苏等辟疆的消息吧!"

董小宛没有立即回答。不过,在她的脸上,悲戚的神情消失了。她严肃地抿着嘴唇,用那双大眼睛瞅了瞅方以智,又瞅了瞅冒襄,轻轻地点了一下头。

抱负不同

把冒襄和董小宛分别送走之后的第二天,方以智同黄宗羲一起动身到北京去。

他们搭乘江船过了长江,从锣鼓喧天、龙舟云集的瓜州渡口重新进入大运河,到扬州后,换了一只官船,取道高邮、淮阴,迤逦北上。

一年一度的梅雨季节已经到来。从扬州起航后,日日阴雨连绵,天空变得惨淡无光。两岸平坦的原野上,水气弥漫,远远望去,灰蒙蒙、白茫茫的一片。偶尔闪现出一个村落、几丛杂树的影子,也是那般的冷落、荒凉。低矮的船篷上,沙沙的雨点日夜响个不停。潮湿、发霉的气味从船舱的各个角落里散发出来,又一个劲儿往衣袖、领子里钻,使人浑身上下像是泡在无形的涎沫里似的,滑腻腻、黏糊糊,难受极了……

也许是受了这种讨厌天气的影响,两个朋友渐渐都变得有点闷闷不乐。本来,开头那七八天,两人还有说有笑,他们谈到了冒襄和董小宛的关系,谈到松山的失守和洪承畴的殉国,还谈到了复社内部的纠纷和面临的危机。不过,彼此的见解都不大一样。譬如:对冒、董的姻缘,方以智表现得颇为热心,黄宗羲却持冷淡甚至不以为然的态度;对于洪承畴之死,黄宗羲大表崇敬,方以智却认为松山之失,洪氏负有重责,他的死无非是逃避罪责而已;对于复社的前途,方以智认为人心已散,事不可为,黄宗羲却仍旧抱有很大的希望,认为经此一场波折,或者能使对立的各派消除误会,重新团结起来……就这样,谈来谈去,总是谈不大拢。最后,只好各自沉默下来,已经有好几天了。

现在,黄宗羲正靠在船篷上闷头看书。从另一个角落里,传来了金属轻轻碰击的声响——方以智在摆弄着一架不知从哪儿弄来的西洋千里镜。那是一尺来长的一柄金属圆筒,两头嵌有玻璃。昨天方以智把它一一拆开来,说是要研究一下它何以能将远处的物象移置眼前。他到底研究得怎样,黄宗羲也不大清楚。不过后来这千里镜却怎样也装不拢了。方以智虽然强作镇定,也已是额头见汗。昨儿半个夜晚,今儿一个早上,还没弄好,直到现在还与他的书童方理在那儿忙着。

"密之这人就是好奇太过!也不管懂不懂,拿过来就乱弄一气。瞧他那着急劲儿,这千里镜八成是不知向谁借来的,可是稀罕物儿。当真弄坏了,还不知怎么赔哩!"黄宗羲想,有心过去瞧一瞧,但转念一想,这玩意儿自己也不懂,过去也是白搭,便仍旧坐着没动。

然而，想重新安定下来却也不太容易。那些零件碰击的"笃笃"声，以及方以智主仆二人商量的零声碎语，不断地往耳朵里钻，而且变得越来越清晰、响亮，尽管黄宗羲努力收敛心神，他的视线仍旧有好几次在排得密密麻麻的仿宋字体中迷失了方位。最后，他忍不住了，转过脸去说：

"若弄不好，先放着，待到了京里，寻个待诏瞧瞧好啦！"

他这样说了，可是方以智也不知听见没有，他一不抬头，二不作声，只是把嘴唇抿得更紧，仍然在那里装了又拆，拆了又装。黄宗羲见说他不动，倒也没有办法，只好埋下头去，继续阅读；然而，终于又放下书本，站起身，慢慢地踱到方以智的旁边，开始打量着桌子上那一堆奇形怪状、神秘莫测的零件。"啊，若说这些东西搭配起来，便能将数十里外之景物移置目前，实在教人难以相信，然而却又千真万确。能发明此物之人，岂但技绝人寰，简直是巧夺天工哩！不道天下竟有心思灵通若此之人，实在匪夷所思！"他惊奇地想。他看了一会，不由自主就心痒起来，轻轻伸出手去，想拿起那片鸡蛋大的玻璃镜片，细细看一看。然而没等他触到镜片，就听方以智喝道："别动！"

黄宗羲的手一抖，讪讪地缩了回来。他瞧了瞧方以智，只见他正在全神贯注地研究一只铜环，把它翻过来倒过去地看了又看，比了又比，似乎根本没有留意黄宗羲在场，或者虽然留意了，却丝毫没有把他放在眼里似的。站在旁边伺候的书童方理，却幸灾乐祸地做着鬼脸。黄宗羲的脸蓦地涨红了，他把袖子一拂，气鼓鼓地走回他的位置去，一屁股坐下来，重新拿起书本。不过，即便是这样，方以智也仍旧没有来理会他。黄宗羲愈加气恼。"哼，好你个方密之，竟然如此傲慢可恶！我倒要看看你到底有多大能耐，能把这千里镜装好！"他愤愤地想。

谁知，像是回答他似的，就在这时，方以智蓦地发出一声欢呼："成了！"

接着,他立即动手,把桌上那堆零件一件接一件地装配起来。转眼工夫,一架伸缩自如,同原先一模一样的千里镜就擎在他的手里。他把它凑在眼睛上,试着瞧了几下,又奔到窗前,对着外面,调节好距离,从左到右,又从右到左地来回了望了一阵。终于感到满意了,他就把千里镜朝方理的手中一塞,倒背着手,哈哈大笑起来,一边笑,一边得意洋洋地在舱内走来走去。

"哈哈,我方某人到底还是行的!什么西洋奇器,不过如此!任他故神其技,我照样能无师自通!"他傲然地说,随即吩咐方理:"去,呈给黄相公鉴定鉴定!"又兴冲冲地对黄宗羲说:"太冲兄,经此一番,弟于此物不唯知其然,且更知其所以然了!他日倘有所需,弟照样能做出一个来!"

黄宗羲没料到方以智果然把千里镜装配成功,他有点意外,也有点佩服。虽然如此,对于方以智适才的傲慢无礼,他仍然感到恼火。所以,当方理把千里镜双手捧到他面前时,黄宗羲便气哼哼地背过脸去,不肯接受。

正在满心等待朋友赞扬的方以智,看见这情状,不禁愕然。方理走回去,凑在他的耳边咕哝了几句。方以智半信半疑地问:"我当真这等说?"看见方理肯定地点点头,他又回想了半天,这才恍然大悟地一拍脑袋:"啊,不错,我影影绰绰是说过这么句话。当时我眼看要弄通了,觉得身旁有人……原来是……哎,真该死!"他懊悔地跺一跺脚,连忙走过来,对黄宗羲又是打躬,又是道歉。

黄宗羲对这千里镜本来也产生了兴趣,只是被方以智一声断喝,扫了兴。现在见他一再赔礼,气也就消了。他一声不响地从方理手中接过千里镜,反复摆弄了一阵,又起身走到舱口去,学着方以智刚才的样子,对外面观测了半天,然后把千里镜交回方以智手里,淡淡地问:

"适才听兄自言,此镜可以仿制,莫非兄果已尽得其中奥妙了么?"

"这个自然——其实亦无大奥妙。"方以智连忙说,"弟已将此镜之构造绘成一图,只需觅良工数人,便可制作。"说着,他把黄宗羲引向他原来坐的地方,拿出一张纸来,铺在桌面上。黄宗羲看见上面写着"千里镜图说"五个篆体字,下面用毛笔描着一架千里镜,以及它的几个截面图形,还有各个零件的式样、尺寸、比例都注得清清楚楚。黄宗羲反复瞧了一阵,终于叹道:

"社兄真可谓聪明过人!我辈虽则也一样的读书,唯于此道,却是万万不及了!"

"啊哈,小弟不才,平生所自负者,也就是尚有此一点'聪明'!"方以智说。由于兴奋,他那张本来就红扑扑的脸孔,更加容光焕发了,"不过,西洋之学,只是详于'质测',若言及'通几',则往往疏拙浅陋。何况他那'质测',也并未完备。小弟之志,其实并不在此哩!"

黄宗羲瞧了他一眼,没有搭腔。

方以智却没有觉察自己的话又引起了朋友的不快,他依旧兴冲冲地问:"我辈生于当今之世,不知社兄以为是大幸耶?是大不幸耶?"

"哦,生当忧患丛集之世,恐怕只能说是不幸吧。"黄宗羲淡淡地说,管自走了开去。

方以智的眼神闪烁了一下,旋即暗淡下去。"小弟知社兄必定这般答我。"他点点头,叹了一口气,"便是弟亦每以辗转于这忧患之人生,延喘于这昏昧之乱世而咨嗟太息,竟至中夜难眠,悲愁泪下!"他声音低沉地说,神情抑郁地望着窗外的茫茫雨雾,以及那一队背着纤绳、在泥泞的岸边艰难前进的纤夫,许久没有说话。

黄宗羲本以为方以智接下来不知还会怎样自吹自擂,所以故意走开去表示不想听,没料到对方却发出这样凄苦低沉的叹息,反倒怔住了。

"然而，回心一想，又不尽然！"方以智忽然转过脸来，悲伤地、坚决地直视着黄宗羲的眼睛，"当今之世，无疑衰极乱极，病入膏肓，万难救治。但是，若以文明教化而论，却昌明鼎盛，远迈前代！推其故，实因已上承百代之智慧，积之蓄之，育之培之，乃能达此空前胜境。且更有西洋之学，入于中国，可与吾国之学相发明，遂使我辈生于今世，得以坐集千古之智，折中其间，成就一番空前之大学问、大见识，雄视一世，映照先后。如此说来，又是一大幸事了！"

"坐集千古之智，折中其间？"黄宗羲喃喃地重复说，疑惑地望着朋友，并没有立刻意识到这句话的全部分量。

"不错！"方以智坚决而自信地说，"以弟观之，历来所谓儒者，多有二病：一，穷理而不博学；二，闻道而不为善。无论拘守名教，以尊礼法，还是好作诡异言行，以超越礼法，二者都无非为着求名，故意束缚矫扭其真性。至于科举之士，一年到头只知弄八股，此外懵懵然一无所知。彼一心所望者，无非'利禄'二字，又安有心思博学深造？如今天下滔滔者，无非此辈！唯是学问二字，乃千秋之事，岂可无人任之？故弟于此立一大志愿：若得资财，当建草堂，养天下之贤才，删古今之书而统类之。举凡经解、性理、物理、文章、经济、小学、方技、律历、医药诸门学问，均审订真伪，发其精粹，清其条理，详其始末，编为百卷之书。不唯望其有用于当世，亦为千秋万代存一文明教化之真脉。如此，方不负此七尺昂藏，一身学识也！"

方以智越说越激动，洪亮的声音在船舱内嗡嗡回响。他不再看黄宗羲，并且开始威严地来回踱步。那睥睨一切的灼灼目光，那骄横而自尊的姿态，使他的形象在这一刻里变得那样不可一世，看上去，就像一位号令千军的统帅，或是一位君临万方的帝王。

黄宗羲睁大眼睛，仿佛不认识似的望着朋友。不过，使他感到惊愕的,与其说是方以智此时此刻所表现出来的非凡自负,不如说是这位才气过人的朋友所决心选择的那条道路——潜心著述,藏之名山,以待来者。不错,这是自古以来无数学者所共同走过的道路,本来无可非议。但是,黄宗羲一向认为,作为不幸而生于忧患时世的他们这一辈人,眼下却没有权利,也没有可能那样做。事实上,黄宗羲从来也没有忘记,自己是东林党人的儿子,是因为反抗魏忠贤阉党的暴政而被迫害致死的那批忠臣烈士的遗孤。他不只同阮大铖之流有着不共戴天之仇,而且强烈意识到自己所肩负的使命。随着年岁和见识增长,他越来越明确地认定:国家的局面之所以会衰败到今天的地步,根本原因就在于天启年间皇帝昏庸,重用阉党,使国家的正气受到了严重的摧残。他参加复社,积极为社事奔走,就是为了在士林当中重新树立起一股正气,并运用"清议"的力量,推动朝廷改良弊政,防止阉党篡权的局面再度发生。尽管近年来国家的局势每况愈下,毫无起色,但黄宗羲始终没有忘记先人的遗志,也没有失掉复兴大明的信心。这一次,他不远千里赶到北京去,就是为了亲自观察一下,尝试一下……"不,他是不对的!如今当务之急是'流寇',是'建虏'!在社稷苍生尚有一线生机之时,作为一个热血男儿,一个圣人之徒,如果不挺身而出,勇于承当救国拯民之责,那是可耻,是有损于为人品格的!"他不以为然地想。

黄宗羲抬起头,打算说出自己的看法,却看见方以智已经从行箧中拿出一部厚厚的书稿,兴冲冲地走到他跟前:

"这部《通雅》,是弟穷三冬之力写成的,自谓尚可一观,如今就请社兄指谬。"

黄宗羲瞧了瞧朋友,发现对方脸上,刚才那种不可一世的神气已经不见了,此刻正诚恳地望着自己。他犹疑了一下,只好把涌到嘴边的那些话暂且吞了回去,默默接过书稿,回到窗前的座位上,一页一页地浏览起来。

全家自尽

在运河航行了大半个月之后,他们乘坐的官船来到了徐州城下的黄河渡口。

这里离开梅雨地区已经很远,黄河上空,一碧如洗。几片轻絮般的白云,在遥远的天际缓缓浮动着。五月的夕阳毫无遮挡地把绚烂的余晖,尽情投向空旷宽阔的河面。混浊的、闪耀着金光的滚滚洪流喷着白沫,打着回旋,犹如成千上万匹暴烈的野马,从西边的地平线上汹涌而来,又一刻不停地向东面的大海奔腾而去。几张灰色和褐色的船帆,在浊流里艰难地颠簸着。小山般的浪头一个接着一个,永不疲倦地拍击着荒凉的、赤裸的河岸,发出沉雷一般的可怕声响。

当航船横渡黄河的时候,黄宗羲和方以智并肩地靠在窗前,纵目远眺,谁也没有说话。虽然他们都不是头一次行经这里,但眼前这气吞万里的磅礴气势,仍然那样深深地震撼着他们,使他们的胸怀一下子扩展开来,并且被大自然伟大的、原始的、神秘的魅力所吸引,所陶醉,以至忘却了交谈,忘却了思考,甚至连自己的躯体似乎也被这原始的伟力所分解,所消融,不复存在了……

渡过黄河之后,登岸是一个大驿站,名唤"柳泉驿"。因为天色已晚,主仆一行便在驿站歇下了。第二天起来,收拾停当,用过早饭,方以智便命方理去交涉车子。方理去了半天,却空手跟着驿丞走回来。那驿丞诉苦说:"车子倒有,却因本地连年遭灾,骡马不足;加上粮饷匮乏,站里的驿卒裁了又裁,减了又减,只剩下十来二十人,到昨夜为止,能派的都派出去了,还没回来。只好委屈大人再住一天,明儿再走。"

方以智皱起眉头,不愿意在这鬼地方白白耽搁一天。他问明驿站里还剩下两匹马,这个数凑一乘车子是不成,但倘若改为骑马,却还勉强凑合。于是,他同黄宗羲商量,决定不坐车子,就要了那两匹马。又同驿丞磨了半天,最后让他从站里那两个烧饭、挑水的老驿卒中,好歹抽出一个来跟着,便一齐动身出门,继续向北进发。

天色还早,四下里一片黑暗,只有闪烁的星星映在马眼上,反射出微弱的光芒。沙砾铺设的官道在脚下变得迷离一片,几乎难以辨认。拂晓前的风,从旷野上吹来,即使穿着风衣,戴着风帽,身上仍然感到凉飕飕的。这一带是南直隶①、山东、河南三省的交界,正当水陆交通的要冲,可是这些年来,由于饥民越来越多,其中铤而走险、落草当响马的为数不少。仅仅在去年,就有一个名叫李青山的强人,仿效《水浒传》中宋江的榜样,占住梁山泊,树起"替天行道"的旗号,经常攻陷州县,拦劫漕运粮船。投奔拥戴他的饥民很多,势力一直伸展到离这儿不远的韩庄,使南北交通几乎断绝。朝廷闻报,大为震动,急忙调派大批军队进行围剿,直到今年正月,才勉强把这场造反镇压下去。朝廷唯恐动乱再起,也曾下令对"就抚"的饥民加以赈济。但这几年,朝廷为着对付"流寇",在过去每年征收几百万两"辽饷"之外,又接连加派了三百三十余万两的"剿饷"和七百三十余万两的"练饷",眼下正恨不得把民间的每一滴脂膏都榨取出来,投入战场,哪有余钱去放赈?只好摊派给地方。而地方也正为应付"三饷",弄得焦头烂额,同样拿不出钱来。何况那些官府衙门,上上下下都在千方百计捞钱敛财,即使有那么一点赈额,经过他们的手七克八扣,留给饥民的,到底能有多少,也就可想而知。更别说饥民实在太多,已经到了远远超出人力所能救济的地步。所以目前这一带,尽管官军加强了巡逻和弹压,但路上并不太平。正是考虑到这种情况,

---

① 南直隶:明代称直隶于南京的地区为南直隶,相当于今江苏、安徽两省。

临出门时，方以智已经换上便服，还同黄宗羲各自挎了一柄宝剑，八名家丁和承差也各执刀棒，相随护卫，以防万一。

现在，黄宗羲在马上微微佝偻着身子，裹紧了风衣，在马蹄踩踏地面的单调而有节奏的声响里默默地想着心事，一边等待着第一抹曙色的出现。不过，由于黄安和方理在马后不停地同驿卒谈话，使他的思路时时被打乱，集中不到一个问题上。他一会儿想到离开余姚已经快三个月，家中的情形不知怎样，母亲好吗？看来应当修一封家书去问候一下了；一会儿又想到不久前同侯方域发生的一场口角，想到自己同这位社兄总是合不大来。记得自己曾在张自烈面前激烈地批评过侯方域一味花天酒地，而置父亲的生死于不顾。这个话，张自烈后来不知传达给侯方域没有？……过了一阵，他的思路又转到哲学问题上，想到"气"和"理"这两个概念，历来众说纷纭，莫衷一是，有一派人主张"理"在"气"先，另一派人又主张"气"在"理"先，可是在他看来，"理"和"气"本来是一个东西，并无区别，亦无所谓先后，人们硬要把它分开，实在毫无必要，也毫无道理……

然而，他渐渐觉得坐在鞍子上越来越不舒服。因为长久没有骑马，他已经大大生疏了。他不能让自己的身体自然地顺应着马儿走动时的起落颠簸，结果被马鞍子把股骨撞得生疼。"哎，看来我是越来越娇嫩了！"他想，"当年刘玄德因久不骑马，遂有功业未就而髀肉复生之叹，我如今的情形比他更糟！如此下去，怎么了得？"于是他把那些冥思遐想暂时抛开，一心一意练习起骑马来。他仔细分辨马的行走节奏，一边尽量放松身体去迎合它。开始他老是把握得不准，情况反而更糟，但他仍旧耐着性子坚持下去，慢慢就变得比较适应了。加上从前练习骑马时所学的那一套动作要领也重新被回忆起来，并且开始发挥作用，再走上十多里之后，他终于又熟练起来了。

这当儿，天已经破晓，一轮红日从右前方冉冉升起，照亮了雾气缭绕的广阔原野,给拖着长长的影子前进的旅人的脸上、身上,以及他们的行李、马匹上,抹上了一片淡淡的红晕。几只乌鸦呱呱地叫着,从路旁的树丫上飞了起来。黄宗羲为着试验一下自己的骑术到底恢复得怎样,就放松了缰绳,在马屁股上轻轻敲上一鞭,催着马越过方以智,顺着变得清晰起来的大路,向前慢跑起来。

这一次颇为顺利,黄宗羲按照回忆起来的要领,上身微微向前倾着,两腿用力夹紧马肚子,小心翼翼地控制着缰绳,居然跑得很平稳,转眼之间,已驰出三四里。他得意地勒住缰绳,回头望了望,看见方以智等人没有跟上来,便拨转马头,打算循原路驰回去迎他们。然而,就在这时,他听到了几声哭喊,声音尖锐而凄切,像是个女子,又像是孩子。听起来,人就藏在路旁不远的那片榆树林子里。黄宗羲勒住马,朝林子张望了一阵,却看不出什么名堂,但是,哭喊声又响起来。他皱起眉毛,想走过去瞧瞧是怎么回事,临时又想到:要是强盗在行劫,人多势众,自己对付不了,岂不更糟?迟疑了一下,他终于拨转马头,飞快地向原路奔去。

方以智正由仆人们簇拥着,缓缓地走过来。听了黄宗羲的报告,他回头问随行的那个老驿卒可知道出了什么事。老驿卒含含糊糊,也说不清楚。倒是黄安极力劝阻,说必定是响马在行劫无疑。方理也主张小心为妙。方以智瞧着黄宗羲,沉吟了一下,终于说:"走,瞧瞧去。"

大家跟着黄宗羲,来到距榆树林子还有百步之遥的地方,方以智挥挥手,叫大家停止前进。他勒住马,远远朝林子观望了一阵,然后拔出佩剑,吩咐大家准备好,这才命一个名叫孙福的年轻承差过去打探。

孙福提着枣木棍,轻手轻脚地踅进树林子,很快,又重新走出来。他脸色发白,气喘吁吁地奔到方以智马前,禀告说:"回、回老爷，里、里面全是死、死人！"

"响马呢?"方以智厉声追问。

"没、没有！"

"没有?"

"是、是没有。"孙福说，犹豫了一下，又补充说，"小人不曾看见。"

"那么死的都是些什么人？是怎么死的?"

"兴许是……是些饥民，小人没瞧清楚。哦，都是上吊死的！"

大家不禁"啊"了一声，这声音表示着吃惊，但随后，就放下心来。是的，眼前怕就怕遇上响马，弄清不是，便该谢天谢地。至于饥民自寻短见，反而用不着过于大惊小怪。这类事件近年来实在太多，已没有什么稀奇。而且作为过路人，也很难管得了，最多通知地方上一声，让他们派人来收尸就是了。所以，听孙福这样说了之后，方以智只是点点头，随即把剑收回匣里，准备继续赶路。

但黄宗羲还在沉吟着。

"里面——还有活着的么?"他问，向树林子瞧了一眼。

"没、没有。都死了。"孙福回答。

"可是，刚才我听见，有人在叫！"

"那——兴许当时有人还活着，后来就死了。"

"最好再细瞧一下，若是还有活着的……"

"啊，不错！"方以智表示同意，"孙福，你就再走一趟，若然还有活着的，就拿些干粮给他，再打发他点银子，叫他自寻活路——去吧！"

"是！"孙福应了，可是显然很不乐意，却又不敢违拗主人的意思，于是噘着嘴，去马背上取了一小袋干粮，慢吞吞地朝林子走去。

黄宗羲瞧着年轻承差的背影，脸上露出不满的神色。突然，他一俯身，跳下马来，把缰绳往黄安怀里一抛，大步赶上孙福，一把夺过对方手里的干粮，管自走向树林。孙福怔了一下，连忙跟了上去。

这片榆树林子不太大，弥漫着一股难闻的臭味。每棵树的树皮全都给饥民扒光吃掉了，只剩下赤裸裸的木质层，看上去，就像一具具被剥了皮的僵尸，张牙舞爪地挺立在那里，可怕极了，虽然已经是初夏天气，枝丫上也不见长出叶子来。只有成群的乌鸦"呱呱"地叫着，在树林子里乱飞乱窜。这些吃腐尸吃红了眼的畜生，一只只都长得又肥又大，而且不怕人。有好几次，要不是孙福及时挥舞棍棒，它们就会扑到头上来了。越往里走，那股臭味越大，地上的白骨也越多，东一堆西一堆抛得到处都是，稍不小心，就会碰到脚上。黄宗羲活了这么大年纪，还从来没有走进过这样阴惨可怖的树林子，从未置身于这种令人毛骨悚然的境地之中。虽然是大白天，心里也不由得直发毛。现在，他才明白，孙福为什么很不乐意再来一趟。不过，自己既然逞了强，已经不能后退，而且他也不想后退。所以尽管他已经想到，此举很可能是多余的，但仍旧掩着鼻子，硬着头皮往前闯。

终于，孙福站住了，他用棍棒指着前面的树上，低声说："喏，就在那儿！"

黄宗羲顺着他所指的方向抬头望去，果然看见树丫上挂着大大小小七八具尸体，有男有女，有老有少。一个个耷拉着舌头，全身僵直，显然已经死去多时。那些尸体的表情有的像在哭，有的像在笑，还有的眼睛睁得老大，龇牙咧嘴，形状十分可怖。黄宗羲不愿多看，他慢慢走过去，一面向四周打量着，看看有没有活的人还留在地上。可是，除了两捆破破烂烂的行李，和一些胡乱丢弃的粗碗破罐之外，再也看不见什么。"啊，都死了，一个也没留下！刚才还听见他们的叫声，要是我立时赶进来，也许他们就不用死了，然而……"他懊悔地想，不由得又抬头朝树上的尸体瞧了一眼，发现死者的衣衫虽然十分破烂肮脏，而且头发披散，没戴帽子，但从其中一两个人那宽大的袖子、长过膝盖的衣裙式样以及衣裳的质料来判断，显然不是普通的平民百姓，而应当是有一定身份的人家。这也没有什么可奇怪的，因为连年灾荒，再加上朝廷催索"三饷"逼得很紧，许多中产之家，也难以幸免于难。"嗯，看来他们有老有少，像是一家人。若在那太平时世，纵有天灾，也未至于流离道路，曝骨荒郊。可是，现在竟然弄到连这一类殷实本分的良民也走投无路，唯有以一死来求得解脱，就更别说那些贫苦无告的广大之众了……"这么一想，黄宗羲不禁垂头丧气，刚才急于救死扶伤的那一份热心也随之大减。所以，尽管孙福出于讨好他，建议再往林子深处找一找，他却摆摆手，悄然转过身，向外走去。

生灵涂炭

"似这等合家自尽的，还未算是最惨哩！"听完了黄宗羲的叙述之后，方以智说。这时，他们一行人已经重新上路，刚才那片榆树林子，也被他们撇下好远了。

"去年冬天，我从京里南下，途经此地，遇着一位社友，听他说起一事，委实骇人听闻！"方以智接着说，随即蹙起眉毛，就像通常人们说到一件极不愿意再提的揪心事那样，沉重地叹了一口气，"他是说去年秋冬——那时的情形比现今还要糟得多，满路都是饿死、冻死的人。剩下那些半死不活的，就像游魂似的一天到晚四处游荡，走到哪里都躲不开他们。啊，不知兄见过不曾？人到了那种境地，那眼神实在是可惊可畏！当他瞅着你时，不知怎地，便会闪出贪婪、狂乱的光芒，说不准什么时候，他们就会猛扑上来，把你拖去宰掉，吃了！其实，那时节到处都在吃人，什么易子而食、攫人而食，早已不算稀罕。竟有公然把妇人和孩童捆了,拿到市上出卖,专供人当猪羊一般屠宰,唤作'菜人'的。那位社友起初还不甚相信。有一遭,他随一个姓周的客商上景城,时近晌午,到一间酒店去打尖。店伙过来说:'肉刚卖完,请少待片刻。'那社友暗想:我这一路行来,连寻顿面食都甚难,如何此店却有肉?正疑惑间,只见有个小厮,带进来两名捆住双手的女子,一直入了后厨。那店伙便叫:'客官已等候许久,可先取一只蹄子来!'那社友吓了一跳,连忙跟进去看,就听一声惨叫,一个女子的膀子已被齐肩斩下,倒在地上挣命。另一个吓得面无人色,筛糠也似的发抖,见有人进来,便痛哭求救;地上那个却只求速死。那姓周的客商看得不忍,当场出钱把她们都赎下,眼见断了膀子的活不成,便夺过刀来,分心一刺,让她少受点儿罪;却把另一个带回家去,做了偏房。只这般,当时不知多少人称赞周客商积了阴德,必得好报。你瞧,这可不是惨绝人寰的妖变么!"

在方以智叙述这桩令人毛骨悚然的故事当儿,黄宗羲一直阴沉着脸,一声不吭。直到方以智说完之后好一会,他才突然抬起头,用愤怒的、咬牙切齿的声音质问:"地方上发生此等令人发指之暴行,官府竟然坐视不管么?"

"管?"方以智冷笑一声,"彼辈既不能感动老天爷抛下无数牛羊粟麦,以救民困,又不愿割自身之肉以疗民之饥,也唯有'不管'一法了!"

"我是说'三饷'!"黄宗羲争辩似的大声说,"若只蝗、旱一端,而无'三饷'之索,民生亦不致如此憔悴。天意不可测,天灾不可抗,诚难以此责备于人间之守、牧;'三饷'却是朝廷所命,莫非官府也不将灾情申报朝廷,乞请皇上减免么?"

"灾情怕是会申报的,至于乞请皇上减免'三饷',只怕再饿死一倍人,彼辈也未必有此胆量!"

"哼,恋位畏死,唯知阿从上意,国事之坏,就坏在此辈愚庸怯懦之官吏手中!"

方以智没有立即回答,他回头瞟着黄宗羲:"足下以为,即使有人胆敢乞请减免,皇上会恩准么?"

"生民涂炭,至于此极,皇上以天下之忧为忧,又岂会置之不理?"

"当今皇上腹心之忧,只在流寇、建虏。"方以智依旧不慌不忙,"时至今日,三军尚能用命,实赖有此'三饷'支撑,一旦不继,战局便有立变之虞!兄以为皇上肯怜此一方之民,而听任社稷倾覆么?"

"依兄之见,如若无关于社稷之存亡,则四方之劳扰,民生之憔悴,亦不过是疥癣小疾,不值一顾了?"

"不敢!弟所欲知者,是倘若令足下秉政,该当如何处置?"

黄宗羲不响了。因为他发现自己正面临一个事实:一方面对建虏、流寇作战,需要粮饷;另一方面广大民众在天灾和"三饷"的双重重压下,又已经到了无法支持的地步。要是放松征饷,本来已经焦头烂额的军队就更加不能坚持作战,就有亡国的危险。要是不顾人民死活继续强征滥索,就会要么像刚才榆树林子里发生的情况那样,把他们逼上死路;要么就会促使越来越多的人铤而走险,参加到"流寇"队伍中去,同样会加速国家的覆亡。国事之难办之处正在于此。这是一种毫无希望的局面。"哦,莫非大明当真除了亡国一途,竟是没有出路了么?"这个可怕的念头在黄宗羲脑中一闪,但他立刻又把它否定了。"不,不对,不至于!出路还是有的,有的!"他怒气冲冲地对自己说,随即想起了自己正在准备的那份上书。"无论如何,民为邦本。民不思乱,则祸源自消,国家可定。而安顿民众,眼下之第一要务,便是从速恢复井田之制。这一次,就看朝廷肯不肯采纳,能不能实行了……"

"太冲兄……"方以智平静的声音响起来。他显然想解释什么。

黄宗羲冷冷地望了他一眼。"国事如此,亏你还是个复社头儿,翰林院的编修，就这么沉得住气！"他想，突然在马屁股上加了一鞭，一声不响地向前奔去，把莫名其妙的方以智抛在后面。

晌午时分，他们一行人到了韩庄，打过尖，喂了马，稍事休息，又继续登程，打算在天黑之前，赶到陶庄。

现在已经渐渐深入山东境内，越往前走，周围的景象就越发荒芜、残破。虽然已是初夏，可是路旁的田野仍然大片大片地丢荒着，偶尔才看到几个衣不蔽体的农夫在低头干活。路旁的累累白骨，依旧无人收拾，东一堆、西一块，随处可见。有时出现一个村庄，也是房屋倾圮，人烟稀少。只有兀鹰在低空盘旋，野狗在街巷游荡。这些瘦骨嶙峋的野狗，显然是凭着凶狠和机灵，才得以在饥灾和战乱中保存了性命。它们一见来了行人，就迅速地退到一个随时可以逃跑的地方，然后狂吠起来。于是又惊动了在断壁颓垣之下藏身的乞丐，一个个露出须发蓬乱、面目浮肿的脑袋，远远朝这边张望……

方以智像是想起了什么，他用马鞭指着路旁的一个村子，回头问那个老驿卒："数月前，我行经此地，见这村子还好好儿的，为何竟变得如此破败不堪？"

那老驿卒瞎了一只眼，头发胡子都花白了，神情木讷，举止迟钝。听了方以智的问话，他毫无反应，直到方理替主人大声重复了一次，他才"啊"了一声，低着头禀告说："回大人的话，上月这村坊叫响马洗荡了！"

方以智吃了一惊："难道是李青山余党？"

"回大人的话，不是李青山，是九山王。"

"什么九山王？"

"就是抱犊崮①的九山王。"

方以智"哦"了一声，他记起来了：上次行经这里时曾听人

---

① 抱犊崮：名山，坐落于现临沂市与枣庄市交界处，属沂蒙山区。

说过，虽然梁山泊的贼首李青山已投降朝廷，被斩首正法，但在花盘山和抱犊崮一带，还有另一伙响马，为首的不逞之徒名唤王俊，自称九山王，手下也有数千人马，却拒不投降，凭借崇山密林和饥民的掩护，继续与官军周旋。想不到如今竟闹到这边来了。

"嗯，那九……那强盗，可是常来此处骚扰？"他问。

"啥？"老驿卒听不懂。

"大人问你，那伙强盗是不是常来这路上杀人抢东西！"

"噢，噢！回大人的话，也不常来，不过他说来就来，神出鬼没，俺也摸不清！"

方以智不由得皱起眉头，同黄宗羲交换了一个忧心忡忡的眼色。他正想再问，忽然前面传来一阵呐喊声。大家吃了一惊，抬头望去，只见从大路拐角上的树林子后面，一簇人马奔了出来，奔在前面的，是一群衣衫褴褛的人，后面还有手执刀枪的骑兵。大家被这突如其来的景象吓呆了。方以智叫了一声："糟糕，快跑！"就想拨转马头奔逃，却被老驿卒拦住了。

"大人莫慌，那是官军！"

"啊，官军？"大家再次回头望去，这才看清楚了：后面的那五个骑兵确实是官军打扮，奔在前头的那些人原来是用绳子反缚着串连在一起的。五个官军正嘻嘻哈哈地笑着，用鞭子驱赶他们向前奔跑。为了使这一长串男女老少都有、已经跑得精疲力竭的犯人不至于因快慢不一而互相牵扯跌倒，有一个官军还特意跑到前头，大声用口令控制着速度。然而，当他们快要奔到方以智他们站立的地方时，终于还是有人支持不住，猛地扑倒在地上。结果其余的人也被牵扯着，跌倒了一大片。那几个官军见了，顿时发起怒来，他们用最粗野下流的话叫骂着，鞭子唰唰地朝那些趴在地上的人劈头盖脸地抽去，于是又响起了一片呻吟和哭喊……

由于弄清了不是响马，方以智这会儿已经镇定下来。他皱起眉头，目不转睛地注视着眼前的情景，正考虑着怎样制止这种令人厌恶的暴行。

但是,黄宗羲显然忍耐不住了。他大喝一声:"住手!"随即催马向前,朝离得最近的一名官军迎上去。

那官军气势汹汹地举起鞭子,正要向一名在地上挣扎的妇女抽打,蓦地发现眼前多了一个怒目圆睁的书生,倒呆了一呆,鞭子也停在半空。

"你、你不能这样打人!知道吗?"黄宗羲指着那官军说。由于情急和气愤,他的声音有点发抖,"你是人,她也是人。你为何这等打她?你这样打她,是会把人打死的呀!你知不知道?"

那官军搞不清他是什么人,又被他不顾一切的样子吓住了,倒畏缩了一下,不知所措地回过头去,瞧着他的同伴,仿佛在问:这是怎么回事?他是什么人?为什么要这样?

其余几个官军也注意到了这边发生的事情,并且显然觉得他们这位同伴的狼狈模样很滑稽。他们互相递着眼色,嘻嘻哈哈地笑着,却不过来帮他解围。

"你们身为国家干城①,受国之恩,食民之饷,应须对敌如罴虎,对民如父兄才是。这些百姓已经受尽饥荒战乱之苦,憔悴不堪,纵然有罪,你们将他们捆缚押送也就是了,又何苦将他们如此戏弄,滥施箠楚?古语云,'人皆有恻隐之心'。莫非你们没有?"黄宗羲振振有词地继续申斥着。

"啊,放你娘的狗屁!"被同伴们的讥笑弄得羞怒交集的官军突然大吼一声。他想必已经清醒过来,发现黄宗羲不过是一个过路的普通书生,"老子不懂!快滚开,要不老子的鞭子可不认人!"

"什么?你敢!"黄宗羲被这种当众的侮辱气歪了脸。他愤怒地大叫着,不顾一切地向那官军逼近。

那官军吼叫了一声,猛地扬起鞭子。站在后面的方以智大吃

---

① 干城:盾牌和城墙,比喻捍卫国家的将士。

一惊,连忙高叫:"不得放肆!"几个仆人也一拥而上,要去救援。但是,已经来不及了。那鞭子夹着风声抽下来,眼看就要落在黄宗羲的头上。幸而他反应快,往旁边一闪,总算躲过了一击,可是头上的那顶方巾却让鞭梢打了下来,掉在尘埃里。

那官军仍不罢休,又一次举起鞭子。黄安、方理等一群仆人已经奔了过来,齐声叱喝着,护住了黄宗羲。

另外四个官军见了,互相使个眼色,也一齐拔出刀剑,各自从不同方向围拢来,一声不响地盯住了这伙多管闲事的旅客,大有一触即发之势。

这当儿,那群被押解的老百姓已经停止了哭喊,陆陆续续爬起来。他们像一群受惊的羔羊那样,紧紧挤在一起,呆呆地望着眼前这一幕,一个个脸上现出不安而又茫然的神情。

方以智凭着自己是朝廷命官,在事情发生以来,一直表现得十分镇定。可是,看见眼前这种凶险的情势,也不由得着忙起来。本来,为着旅途安全,他打算尽可能不暴露自己的身份,但事情到了这一步,也就顾不得了。于是,他回头对老驿卒说:

"你去告诉他们,就说本官在此,叫他们休得放肆!"

老驿卒眨了眨那只独眼,拱手领命,走上前去,拿出一面号牌让那些官军看了,然后说:"这位是京里的翰林方大人,你们快快回避,休要在此惹是生非,可听见了?"

那几个官军听他这样一说,似乎颇觉意外,一齐向方以智投来怀疑的目光,随后又低声商量起来。只听一个火暴暴的嗓门——那是刚才同黄宗羲冲突的那个军士,大声说:"什么鸟大人,我瞧就不像!"

方以智的脸刷地红了。他正要发作,但看见其他几个官军把那个人制止了,心想:"只要快点把他们打发掉便好,又何必与这等粗鄙小人计较!"于是,又忍住了。

这时,一个像是小头目的官军把骨棱棱的脸转向他,抱拳说:

"小军张吉,不知大人在此,冒犯车驾,祈请恕罪!"

其余四个官军也一齐抱拳欠身,却都不下马拜见。方以智心中更加不满:"这伙贱骨头,直恁无礼!"他恼怒地想,无可奈何,只好摆摆手,说:"嗯,去吧!"

几个官军正想走开,可是,已经重新戴好方巾的黄宗羲忽然叫道:"且慢!"他气冲冲地挤上前来,指着那群老百姓,质问张吉,"你说,他们所犯何罪?尔等竟如此折辱他们?"

张吉用冷冰冰的眼光瞧了他一会儿,忽然兜转马头,对同伴喊:"你们呆着干什么?走啊!"

等那群百姓被驱赶着重新上路之后,他才回过头来,嘲弄地说:"秀才想知道么?告诉你也无妨,他们是犯的——王法!"说完,双腿一夹,催着马,奔到那队"囚徒"行列旁边,"啪"的一鞭,把走在末尾的一个小伙子揍得打了个趔趄,随即同他的伙伴们一齐狂笑起来。

黄宗羲气得连眼眶都差点眦裂了,他一抖缰绳,打算猛冲上去,却被方以智拦住了。

"太冲,算了,何必同这些无赖之徒一般见识,有失我辈身份!"

"哼,莫非你当真以为这等不平之事,也是无关社稷的疥癣小疾么?"黄宗羲怒气冲天地质问。

方以智轻轻地摇着头,却不回答。直到走出好远一段路之后,他才仰起脸,神情抑郁地望着远处苍茫的暮色,曼声吟哦起来:

   欸斯世之难处兮,又奚之而可适?
   夜耿耿兮不鸣,睇东方兮何时明?
   独储与不寐兮,长太息兮人生!
   ……

低沉、凄苦的声音在这一小队默默前行的旅人身畔盘旋着、纠结着，然后随着晚风飘散开去，越飘越远，终于在空寂、荒凉的旷野上消失了。

京师见闻

六月初旬，黄宗羲和方以智一行，终于抵达北京，并在宣武门外的方以智居第住了下来。

还在抵京的前一天夜里，黄宗羲就病倒了。先是发热，然后开始打寒战，已是初伏天气，盖上三层棉被，他仍然冷得抖个不住。好容易寒战停止了，而体温却急剧上升，热得吓人，面孔烧得通红，一个劲儿地嚷头痛，接着又呕吐起来。黄安一瞧这情形，知道主人的疟疾又犯了。当时已是半夜，黄安不好去惊动方以智，而且估计叫醒他也没有什么用，只好自己小心服侍着。挨到天明，黄宗羲的热也退了，头也不疼了，只是全身感到极度疲倦。这时，方以智也起来了，听说这事，便连忙走过来探视。他先问了病情，接着又让黄宗羲捋起袖子来诊脉。也不知他是从哪儿学来的一套，诊脉时那三根手指头不是搭在病人的手腕上，而是按在手肘弯上。只见他眯缝着眼睛诊了一会儿，满有把握地说："不碍事，这病须得隔日方再复发，明儿到了京里，我就有办法了！"进入北直隶地面之后，他们已经改乘了一辆大骡车，见黄宗羲这样子，方以智便吩咐另雇了一辆小点的，铺上褥子，让黄宗羲睡在里面，一直赶进北京来。

现在，黄宗羲就躺在方以智寓宅的客房内。时近正午，四下里静悄悄的。方以智因为要上翰林院去报到销假，一清早就出门了。黄安正在院子里给他煎药。那药是方以智临出门时亲自送过来的，据说来历颇不寻常，是几年前一位法力高深的茅山术士送的。方以智一直珍藏着，不肯轻易示人，因为是黄宗羲，他才慨然转赠，还说一经服下，必奏奇效。黄宗羲正苦于这疟疾几年来不断延医诊治，总是断不了根，见方以智说得郑重，自是喜欢，当即命黄安拿去煎煮。又因为方以智说，这药熬的时间愈长，功效愈高，所以黄安直到这会儿还在院子里忙着。

黄宗羲急于尽快把病治好，眼下还有另一个缘故。他这次千里迢迢地到北京来就试，目的在于亲眼瞧一瞧朝廷的情形，估量一下国家的局势到底发展到什么地步，以便把他的那份上书作进一步的充实修改，并在适当的时候呈递上去。所以他希望能尽快到外面去走一走、瞧一瞧，走访一些前辈和朋友，打听些最新的消息。可是这病一犯，他至少有一二十天别指望出得了门。这怎不教黄宗羲又是着急，又是气恼！

诚然，在快到北京的路上，他从来往官员的口中，已经陆陆续续听到不少消息。例如河南的开封自从四月被李自成再度围攻以来，形势日见危急，朝廷已将侯方域的父亲——前兵部右侍郎侯恂释放出狱，任命他为督师，率左良玉军火速驰援；又说张献忠的农民军已经攻克庐州，知府郑履祥被杀，兵锋所向，无为、庐江岌岌可危；还有，像皇上最宠爱的田贵妃病势日见沉重，可能不久人世啦，朝廷近日有令严厉禁毁煽惑犯上作乱的妖书《水浒传》啦，以及一些官员的任免等等。不过，其中最使黄宗羲震动的消息，却是朝廷已经查明：洪承畴自松山陷落之后，其实并未战死，也没有就义殉国，而是被俘后苟且偷生，竟然投降了东房，如今在敌国很受礼遇。告知他这个消息的人还谈到，前些日子盛传洪承畴殉难时，皇上一度震悼异常，曾下旨隆重设祭，打算为他建祠立碑。钦天监还择定五月十一日上午巳时三刻由皇上亲临东郊致祭，文武百官一起陪祭。幸而及时查明了真相，才把一切停止下来。虽然皇上天心仁厚，对洪氏的家属未予追究，但如今北京城里的官民百姓，已是无人不对洪承畴恨之入骨，骂声载道……这消息来得如此突然，犹如当头一棒，把黄宗羲打蒙了，仿佛心里有什么宝贵的东西被人一下子拿掉了似的，只剩下一片空虚和茫然。而当这种感觉,同受到钱谦益欺骗的旧创伤重叠在一起时,黄宗羲的愤怒就因为失望、痛苦而变得不可抑制。"啊,为什么他们都是这般的虚伪、懦怯,而又无耻善变?这些身负重望的衮衮诸公们!"他向方以智激烈地喊叫,"为什么他们要骗人?一次又一次地骗?啊,为什么?为什么!"自此以后,一连几天,他都变得很少说话,更没有半点笑容,一天到晚只是默默地坐在车子里赶路,弄得方以智莫名其妙,问了几次,都问不出缘故,只好由他去了。

不过,黄宗羲最初那一两天的沉默,如果说是由于愤怒和痛苦的话,那么,当情绪渐渐变得平静之后,他就陷入了对事情的深入思考之中。他想得很多,很杂。他竭力想弄清像钱谦益和洪承畴这样被人们寄予厚望的人物,何以到头来竟会置青史上的荣辱毁誉于不顾,做出这等厚颜无耻的事情来?难道仅仅是由于一个是迷恋乌纱,一个是贪生怕死?黄宗羲觉得,倘若是一个对自己所从事的事业有着坚强信念的人,富贵荣华和身家性命往往不是最重要的,特别是到了像钱洪二人这样的年纪、经历和地位的人,他们考虑得更多的,应当是身后的名声、历史的评价。除非,他们对于自身所从事和维护的事业已经完全丧失了信心!"啊,难道在他们看来,东林的事业、大明的江山都已经变得如此的没有希望,以至根本不值得留恋、顾惜了吗?"这个念头在黄宗羲的心中一闪,仿佛长期以来,他艰难而坚定地扛着的那个沉重的、巨大的、无形的包袱碰上了刀刃,突然裂开,原来里面装的并非什么奇珍异宝,而是一堆毫无价值、谁也不要的破烂!黄宗羲被这意外的发现骇呆了。"啊,不,不是这样!这是荒谬的,可耻的,事情不致如此。等到了京里,就会弄清一切了!"他对自己说,尽快赶到北京的心情愈加迫切了。如今,倒是来到了,可是……

一股甜不甜、辣不辣的气味从窗上透进来,钻进了鼻孔。"嗯,那是什么?是腌菜?是煮豆子?哦,对了,是药,是黄安在煎药!"

黄宗羲一下子清醒过来。他稍稍抬起身子，鼓起劲，朝院子里叫：

"黄安！"

黄安答应着奔了进来。

"快，我要吃药！"

"回大爷，还未好呢，方大人吩咐……"

"少啰唆，快拿来！"黄宗羲不耐烦地一挥手，由于乏力，又躺下了。

黄安瞧瞧主人，犹犹豫豫地应了声："是！"走出去了，一会儿，把一碗药端了进来，嘟嘟囔囔地说，"方大人说，这药须得煎上三个时辰，如今才煎了两个时辰，怕还不成……"

黄宗羲不理他，重新支起身子，接过药尝了尝。药倒不苦，可是很烫口，只好暂时先放下。他正想重新躺回去，忽然院子里响起了一阵杂沓的脚步声，接着一个声音在叫：

"太冲，太冲，你在这儿吗？"

黄宗羲一怔，还没分辨出是谁，就见帘子掀起，三个儒生走进来。头里的一个，中等个儿，一张白净的长圆脸，眉毛胡子很黑，一双眸子闪闪发光。这是黄宗羲的好朋友陆符。跟在后面的是黄崇简，黝黑的圆脸，粗硬的络腮胡子，使他看上去不像一个文人，但从容不迫的举止，加上善良的细长眼睛，却足以改变他最初给人的印象。第三个是位清秀文弱的青年儒生，名叫冯道济。

"啊呀，原来是你们！"喜出望外的黄宗羲大叫一声，连忙挣扎起来，要下床同他们相见，却被陆符抢先一步，把他按住了。

"太冲，你身子欠安，不必起来，不必起来！"他说。

"那你们、你们怎么知道我在这儿？"黄宗羲在床上拱着手，结结巴巴地问，一边热切地瞅着这几位不速之客。

"自然是方密之！适才在魏家胡同吴骏公家里碰见他，说你在这儿，我们马上就赶来了。"陆符行着礼，高兴地说，"怎么，你这病——不碍事吧？"

黄宗羲摇摇头："不碍事,老毛病了——哎,快坐下啊!"等客人们坐下,他就迫不及待地问,"眼下京里的情形怎样?朝廷有何新闻,快说给我听听!"

陆符同其他两位交换了一个微笑的眼色,好像说："你们瞧,我没估错吧,太冲就是这么性急!"这当儿,黄安已经奉上茶来,陆符接过,揭开盖子,在杯沿上轻轻掠着杯里的水沫,思索了一下,说："怎么说呢?眼下好像还算平静,自松山、锦州失陷后,东虏除了把松山、塔山、杏山三城平毁外,尚未闻有其他动静。至于流贼方面,据塘报说,驰援开封的我军丁启睿、杨文岳和左良玉等部,共二十万人马已经到了朱仙镇,准备合击李自成;侯司徒亦已离京南下,前往督师……"

"洪亨九——当真降了东虏?"黄宗羲皱着眉毛,打断对方的话问。

"哦,这事已无可疑。据细作报回的消息,他不只投降,而且已经剃发改服,公然周旋于虏酋筵宴之上了!"

黄宗羲瞪大眼睛,只觉得一股厌恶、愤怒的情绪从心中喷涌出来,在身体内到处奔突冲击,却找不到宣泄的通道。终于,他一掌击在床上,叫道:"无耻!"

停了停,他又沉着嗓子问:"那么,洪逆在京的家眷,可处置了么?"

"这个么,皇上宽仁,对其家眷却未予追究。"

"不施惩处,何能以儆效尤!"

"听说,"坐在旁边一直未曾说话的那位名叫冯道济的年轻儒生插嘴说,"皇上之所以不办洪氏家眷,用意甚深,实欲借此羁縻洪亨九之心,使他知恩感戴,学那前秦王猛的榜样,令东虏不与我朝为仇。"

"哼,洪亨九是什么人?能与王猛相比?"黄宗羲怒声说,"指望他能阻遏东虏南进之心,简直是妄想!"

这话显然说得过于尖锐激烈，而且有直斥皇上之嫌。座上的客人你望我，我望你，都没有作声。过了片刻，陆符站起来，掀起门帘朝外面张望了一下，才走回来，凑近黄宗羲低声说："京师不比外地，耳目甚近。兄说话须仔细些，若是给厂卫的人侦知，多有不便。"

黄宗羲见陆符神情郑重，知道不是在开玩笑。他自然明白厂卫的厉害，可是此刻他心头长期积郁着的那团苦恼的东西跃动得那样猛烈，以致他感到无法管束自己。要不是这当儿黄安插进来打岔，也许他还会说出更激烈的话来。

"大爷，药凉了。"黄安说。

黄宗羲瞧了仆人一眼，又瞧了瞧炕桌上那碗已经不冒热气的药，把涌上喉头的一句话又强咽了下去。然后，仿佛唯恐它重新冒上来似的，他用了一个迅速的动作，端起那碗药，一仰脖子，"咕嘟咕嘟"地灌了下去，这才颓然地放下碗，沉重地喘了一口气。

"太冲，你吃的什么药？"一直注视着黄宗羲举动的陆符问，显然想把话题引开。

黄宗羲摇摇头："是方密之送来的，也不知是什么药。"

"方大人说，这药可灵了，一剂就能断根！是一位茅山仙长送的。"黄安兴奋地补充说。

陆符似乎吃了一惊。他连忙问："什么，你是吃的方密之的药？"看见黄宗羲主仆都肯定地点点头，他就"嗐"的一声猛地站起来说："糟糕，你们可上了当了！"

这一次，轮到其他的人吃惊了。大家呆呆地瞪着他，不明白他这话是什么意思。

陆符长叹了一口气，说："方密之这人才学过人，自不待言，只有一样不好，就是太好奇。越是稀奇古怪的事物，他越是弄得入迷。平日他收罗了一大堆乱七八糟的偏方奇药，也不知道灵不灵，就悄悄儿往人身上试。去年我得了腰痛症，他知道了就跑来看我,还给我带来了一把陈年草根,也说是得自什么崆峒山高僧,一服便愈。当时我信以为真,还着实谢了他一番。谁知一服下去,登时头晕目眩,耳鸣不已。后来幸得吴骏公请来沈太医,调理了整整一个月,才好了。这次他给你的什么茅山秘药,只怕也是那一路货色哩!"

黄宗羲听了,也不由得紧张起来。他轻轻摇了摇头,觉察不出晕眩,也没有耳鸣的现象,便迟迟疑疑地说:"嗯,这一次也许不至于……"一句话没说完,就觉得胃部突然翻滚了一下,喉头像被什么堵住了似的,直发闷,便连忙顿住不说了。

"岂有此理!"黄崇简一脸不以为然的神色,"你怎么不找方密之算账?"

陆符苦笑着把双手一摊:"怎么算哟!过后他知道坏事了,又跑来找我,一个劲儿地打躬作揖赔不是,还说不能让我白试了,一定要给我补偿。他也真舍得,即时把腰间佩的一把嵌了七颗珍珠的祖传宝剑解下来,硬是送了我……"

大家不由得"啊"了一声,显然对这个结局颇感意外,不由得露出了微笑。

黄宗羲却一点儿也笑不出来,因为现在他的胃部翻滚得越来越厉害,尽管他拼命抑制,却无济于事。他只好一手捂住嘴巴,一手向黄安挥舞示意。黄安吃了一惊,连忙奔向唾盂。就在这时,方以智兴冲冲的声音在门外响起来:

"太冲,吃药了么?可好些了?"

可是黄宗羲已经无法回答了。他猛地扑向床沿,俯身在唾盂上,开始大声地、猛烈地呕吐起来……

第九章
惜遗才深忧重虑，应乡试意马心猿

苦候情郎

随着秋天乡试的日期愈来愈逼近，董小宛的心情也变得愈来愈焦急不安。

两个月前，在金山脚下的船上，多亏了方以智等人的热心撮合和督促，冒襄终于在最后一刻里回心转意，答允了董小宛的婚嫁要求。他还当着众人的面同董小宛约定，到秋天便来苏州接她，然后两人一起到南京去参加乡试；待考试有了结果之后，再来商办迎娶的事。现在五月早过，六月也结束了，七月已经过去了十天，可是冒襄仍旧音影全无……

董小宛是五月底回到苏州半塘的。一到家，她就申明两条：一、从此洗净铅华，不再接客，一心一意等待冒襄来接她；二、从当日起，她不再吃荤食，实行斋戒诵经，祈祷菩萨的保佑。本来，董子将自女儿走后，被债主一天到晚上门追逼，弄得焦头烂额，走投无路，忽见董小宛去而复回，不禁喜出望外。这一回他有了经验，知道事情到了这一步，硬拦是拦不住的，弄不好，还会落得个人财两空。所以他一反旧态，开始竭力讨好女儿，对董小宛申明的两条不但没有反对，而且自告奋勇，不辞辛苦地到如皋跑了一趟，求见冒襄，当面禀告这件事。结果，据他说，冒襄表示信守前约，立秋后便来接董小宛上南京，还打赏了董子将十两银子。董小宛得到这个消息，心志更加坚定，每日在观音娘娘跟前上香祷告，也更加勤快虔诚。不过，时至今日，冒襄还不来接她，甚至连信也没有一封，董小宛就开始觉得事情有点不对劲了……

董小宛刚刚吃过晚饭，照例又倚在闺房的小窗前，打起帘子，朝楼前不远的山塘河眺望。

火红的夕阳，已经落到了柳林后面，天色渐渐暗下来，几只回巢的鸟儿在水边匆匆飞过，河面上，除了三四只小划子外，暂时还看不见其他船只。眼下已是夏秋之交，天气本来就够热，加上这会儿连一丝风也没有，院子里的树木都静静地垂下枝叶，只有成群的知了，在看不见的地方，一齐发出震耳欲聋的鸣叫，更增加了人心上的烦闷。董小宛不停地打着蒲扇，身上脸上仍旧一个劲儿地淌汗。但她忍耐着，没有离开窗户。因为三个月前，冒襄到半塘来访她的时候，也是在傍晚。她觉得，这一次说不定他也会在这个时候来到。何况天气这样燠热，假若冒襄今天已经到了苏州城，也很有可能要待到傍晚凉快些再动身来访她。"哦，虽说他本来用不着拐到苏州去，可以径直从浒关到半塘来。不过谁知道呢？冒郎不比别人，需要应酬的朋友、处置的事情很多……"一想到冒襄也许到了苏州，却不急着首先来找自己，董小宛禁不住有点埋怨："哎，他是多么不懂得人家的心啊！"不过，随后她便责备起自己来："你算个什么人？冒公子他答应娶你，肯这样远道迢迢来接你，就是天大的情分啦！别要不知足，只要他来了，迟一点早一点你可千万不能计较！"这样数落了自己之后，董小宛觉得心情平静了许多。她不再胡思乱想，睁大眼睛，热切而专注地向远处眺望，等待着航船的出现。

终于，在通往苏州那边的河面上，几点明亮的灯火闪烁着，从沉沉的暮霭里浮现出来。接着，出现了一艘船的轮廓。董小宛顿时紧张起来。她忘了打扇，全神贯注地盯着，一边在心里默默地祝祷。只见那船越驶越近，轮廓也越来越清楚，那是一只"七里舢"，船舱里坐着的，依稀是个方巾儒服的文士。"啊，那是他吗？是他吗？"董小宛惊惶地想，心里"扑通扑通"直跳，随后，一下子又像停止了似的，因为那只船已经驶近离院门不远的那个码头。董小宛觉得，它立即就要靠岸，她日夜思念的冒郎马上就要从放下的跳板上走下来了！

但是，那只船并没有靠岸，它在船尾那支轻快地摇动着的大橹催动下，拖着一条发亮的水线，不慌不忙地驶过去了。"不，不是的。"董小宛喃喃地对自己说，眼睛没有离开那只船。她还怀着一丝希望：谁知道呢？也许真的是他，只是由于船家一时疏神，走过了头还没觉察，马上就会转回来的……然而，那只"七里舡"并没掉转头来，它越去越远，终于消失在黄昏的薄暗里了。

董小宛失望地回过头来，"嗯，眼下时候还早，冒郎未必就能赶到。上一次，他也是齐黑以后才来的。"这样安慰自己之后，她感到站得有点累了，就去搬来一把椅子，在窗前坐下，一边打着扇子，一边继续守候。

天色越来越暗，树上的知了也叫得愈来愈起劲，周遭的热浪紧紧地围裹上来，把人闷得连气也有点透不过了。可是董小宛下定决心无论如何要坚持下去，她的一双眼睛也始终没有离开山塘河面。这样又过了半个时辰，正当她觉得愈来愈闷热难受，快要支持不住的时候，脸上忽然像给一根鹅毛轻轻拂了一下，感到一丝凉意，接着又是第二下、第三下……说也奇怪，周遭的热浪仿佛遇到了什么难以对付的敌手似的，悄悄地、分明地退下去了。渐渐地，那鹅毛样的清爽感觉变得清晰起来，有力起来。董小宛的一缕鬓发开始摇摆。接着，她发觉衣衫也在飘动……蓦地，一道曲折的闪电划破了沉沉的夜幕，原来天空中不知什么时候已经乌云密布。这时，树上的知了早已停止了鸣叫，潮湿的空气到处弥漫，看来，一场大雨就要来临了。

董小宛长长地舒了一口气，正打算闭起眼睛歇息一下，忽然又想到：啊，要是下起大雨，冒郎不知道还能不能动身前来？一旦意识到这场雨对于她来说，很可能不是好事而是坏事，董小宛顿时又紧张起来,恨不得立即把眼前的凉爽赶跑,把刚才的闷热重新召唤回来。

"娘,陈小官又来了,你见他不见?"丫环寿儿不知什么时候走了进来,摆出一副公事公办的神气问。

董小宛错愕了一下,随即皱起了眉毛:"什么见不见?我不是早说了,他若再来,你只管替我赶走就是!"

"可是……"

"我不听,不听!让他走,快走!"董小宛厌恶地捂着耳朵叫嚷。

"是!"寿儿答应了一句,却仍旧挨延着。这时,董子将的喝骂声在楼下响起来:

"好呵,原来又是你这个臭叫花子!你来干什么?啊,你来干什么?"

只听对方含糊地应了一句什么。紧接着"啪"的一响,然后就是陈小官的惊叫:

"啊,你打人,你为什么打人?"

"老子就打你这个臭叫花,怎么样?你走不走?不走老子还打!"董子将得意地说,不难想象出他那副狞笑的模样。

寿儿瞧了董小宛一眼,连忙三步并作两步地走了出去,接着又"咚咚咚"地下了楼。

"哎,你还呆着干什么?走,快走呀!"只听她催促说。

好一阵没动静。然后,才听见陈小官说:"好,我走,我这就走——不过,你们可别得意过头了,小爷当初可是花过大钱的!如今把我榨干了,你们就翻脸不认人,只想挑那高枝儿攀。也不想想,人家姓冒的会要你?要你罢啦!哼,就摆出这么副面孔来了!"

他一边愤愤地说,一边走出后门去了。

董小宛侧耳听着,轻轻舒了一口气,重新在窗前坐下来。这个陈小官,说来可真是个轻贱骨头。他本是铜桥圩一户殷实人家的独生子，今年也才二十二三岁，天生的不喜读书，只爱游荡玩耍。早年他爹在世，总还有个人管着；后来他爹一死，他娘又只知溺爱儿子，这陈小官就愈加放纵起来。不知怎地，几年前，他竟迷上了董小宛。初时也只是来喝杯茶，求幅画儿，偶尔也留宿一晚半晚。那时小宛的娘还在，见他舍得出银子，倒也以礼相待。谁知，他竟因此生出了妄念，想把董小宛娶回家去。其实小宛哪会看得上他？便是平日陪茶侍寝，也是被娘逼得紧了，没奈何敷衍他一下。但是陈小官却不知趣，一心以为是银子花得未足，从此便加倍挥霍起来。今儿二十、三十，明儿五十、一百。小宛的娘是个惯家子，见钱就收，还时时拿些暖心的话来笼络他，弄得陈小官愈加死心塌地，不到两年工夫，竟把好端端一份家业荡个精光。小宛娘眼见他已经穷态毕露，仍旧天天上门来纠缠，赶又赶不走，便干脆带了董小宛去跑黄山、白岳，一走就是两年，为的是让他死了这条心。今年初，董小宛回到半塘之后，听说陈小官已经连祖屋都变卖了，亲戚朋友谁也不肯收留他，只好带着老母住进了养济院，其实同乞丐差不多了。谁知，陈小官一听说董小宛回到了半塘，竟又巴巴地找上门来。起初，董小宛一时心软，也周济过他一两半两。谁知他就想差了念头，以为董小宛对他依旧有情，还疯疯癫癫地逢人就说，他好比唐人小说中的那个落难的荥阳公子，董小宛就是那个多情多义的妓女李娃，他们不久就会共谐琴瑟之好了。此后，他就不歇地上门。董小宛见不是头，叫她爹和寿儿下狠劲儿赶了他好几次，还吓唬要把他缚去见官，陈小官才来得少了些，不过，仍常常会冷不丁从后门踅进来，伸着巴掌讨钱。董小宛早就吩咐过，碰上这种情况，寿儿就该毫不犹疑地把他轰走。可是这个鬼丫头也不知得了他什么好处，仍旧一次一次地替他上来通报。

董小宛摇摇头，竭力摆脱这种烦心的干扰。她又把目光投向山塘河，"哎，莫非今天又是空等？"她不安地想，同时开始在心里计算着：今天已是七月初十，距八月初十的考期只剩下一个月了，除掉路上花去的时间，到南京也就只有两三天的宽余；还有许多事情要安排准备，两三天的时间是最起码的了。那么，就是说，除非冒郎临时决定不去应考——这是不可能的——否则，他必须最迟在这一两天内来到苏州。这一两天内他要是不来，就不用指望他会来了！这样一想，董小宛心里顿时凉了半截。"啊，难道真像陈小官所说的，他是在骗我？"这个念头一出现，她不由得呆住了。的确，这是她从来没有想到过的。说也奇怪，在苦苦追求冒襄的几个月当中，她尽管想得不少，想到过他会冷淡她、讥笑她、拒绝她，甚至骂她、打她，可偏偏不曾想到过他会欺骗她。即使是现在，她也仍然不大相信他会这样做。然而这个想法一旦产生了，要摆脱它却不太容易。

"哼，你只不过是个风尘女子，人家可是个贵家公子爷。他欺骗你一下有什么奇怪！这样的事情古往今来难道还少吗？"她听见心里有一个声音这样说。

"啊，不，不会的，冒郎可不是这样的人！"另一个声音急急忙忙争辩。

"你说他不是这样的人，凭什么？你究竟知道他多少？"头一个声音质问道。

"凭我的心！凭我同他一个月的朝夕相处。我知道他不会这样做，我相信他！"另一个声音自信地回答。

头一个声音："纵然他本无心骗你，可是你把他逼得太紧了，他没有办法，扯个谎，哄哄你，好把你打发走，也是有的。"

另一个声音："可是、可是当时有许多人在场，大家都是听见的呀！"

头一个声音："听见又怎样，这些事儿，在他们眼里，本来就是闹着玩，成了也就成了，若要反悔，也只是一句话！又不是明媒正娶，莫非你还能到衙门去告他？"

另一个声音:"冒郎若真的这样对待我,可是太狠心了……"

头一个声音:"哼,你现在才知道?公子哥儿没有一个是靠得住的,还是早早绝了这份痴心妄想吧!"

……

就这样,两个声音越往下争论,董小宛的心就越往下沉。她瞪大眼睛,失魂落魄地坐着,甚至雷声夹杂着闪电不断在窗前隆隆滚过,倾盆的暴雨开始在屋外咆哮翻腾,她都完全没有觉察到……

然而,就在这个时候,江面上隐隐约约传来了一阵笛子的吹奏声。宛转、悠扬的旋律穿越重重雨幕,飞进窗子里来。那是一曲古谱的《梅花三弄》。吹笛子的人显然是个高手,只听他不慌不忙地吹着,并没有故意提高调门,可是无论是雷的轰鸣,还是雨的喧阗,都始终不能把他的笛声掩盖住。相反,当你留神去倾听时,就会被那美妙的旋律所吸引,不由自主地让你的心去追随它,以至忘却了其他声响的存在。起初,董小宛呆呆地听着,渐渐,她的眼睛发亮了。

"啊,冒郎,冒郎!"

她尖声大叫,猛地跳起来,跌跌撞撞地向外奔去。刚奔到门口,就同一个人撞了个满怀,原来是丫环寿儿。寿儿想搀住她,可是董小宛粗暴地把她一把推开。

"啊,冒郎,冒郎!"她兴奋地、重复地嚷着,飞快地奔到楼下,连雨具也不去拿,光着脑袋冒着哗哗而下的大雨,穿过院子,一直向山塘河奔去。待到被女主人的举动吓了一跳的寿儿,撑着油纸伞赶出来时,董小宛已经被浇得浑身湿透,却仿佛毫无知觉,正在那里焦急地张望着,侧耳倾听着。

"娘,你、你这是做什么?"寿儿战战兢兢地问。

"吹笛子的人。"董小宛含糊地说了一句。

"吹笛子?谁在吹笛子?"寿儿莫名其妙。

董小宛没有回答。是啊，究竟是谁在吹笛子呢？刚才，她还以为是冒襄。可是，等她赶出来寻找时，码头上却空荡荡的，既没有船，也没有人，而且连笛声也忽然消失了……

董小宛失魂落魄地站着，呆呆地望着在潇潇暮雨的笼罩下，正变得愈来愈昏黑的河面，两腿一软，坐倒在泥地上。

放言无忌

董小宛的担心并非没有根据。冒襄确实临时改变了主意，没有依约到苏州去接她。他独自带了冒成和另外两个仆人早早到了南京。就在董小宛冒着倾盆大雨到山塘河畔去寻觅他的那个夜晚，冒襄正在秦淮河畔他下榻的桃叶河房里摆酒宴客。

他这次匆匆赶到南京来，与其说是为了准备应考的事宜，毋宁说是由于心绪不佳。说来也怪，尽管他父亲的事情算是彻底解决，朝廷已经下达调令，让冒起宗离开左良玉军，前往湖南宝庆上任。从此以后，他再也用不着风尘仆仆地到处奔走求告，去窥测权贵们的脸色。可是，这一切并没有使冒襄变得轻松起来。当最初那一阵激动和高兴过去之后，他又开始变得闷闷不乐。要说原因，也没有什么特别的原因。不是因为时局。虽然目前时局确实比较紧张，张献忠的农民军自从于五月攻克了庐州之后，又连陷无为、庐江，并在巢湖操演水师，大有进军江南之势。最近，监军太监卢九德命总兵官黄得功、刘良佐二军攻击，结果却在峡山一线战败。现在黄得功已退守定远。不过，冒襄估计明朝在长江一线还有重兵把守，农民军还不至于一下子就攻得过来。他也不是因为陈圆圆，那已经是过去的事了。况且他冒襄也不会把一个女子看得这样重。至于董小宛，在冒襄的心目中，分量就更轻了……总而言之，连他自己也说不清是什么缘故，他只是打心里觉得烦闷、无聊，对什么也提不起劲头来。尽管眼下他正以主人的身份坐在宴席前，却怀着一种冷淡的、甚至是反感的心情，默默地注视着兴高采烈的客人们在那里觥筹交错，高谈阔论。只是到了迫不得已的时候，他才偶尔加插一两句，或者做出一丝淡淡的微笑。

本来，冒襄也没有心思摆酒宴客，只是顾杲和梅朗中巴巴地找上门来，说是最近许多社友都陆续来到南京，平日难得一见，要叙一叙，乐一乐，并且说明要敲他的竹杠。冒襄不好推辞，虽说由于乡里灾荒，加上为了父亲的事使了不少钱，如今他手头已远不如前时宽裕，也只好硬着头皮，拿出百把两银子来，由着他们去弄。结果，今天晚间来的客人还真不少，除了梅、顾二人外，还有吴应箕、陈贞慧、余怀、张岱和冒襄的拜把兄弟陈梁、吕兆龙以及其他一些认识和不认识的社友，总共有二三十人之多；又把顾眉、李十娘请来侑酒，就在水阁里设了五席。冒襄、陈贞慧、梅朗中、余怀、张岱和李十娘共一席。席上，大家东拉西扯地说些新闻、趣事，由于冒襄始终表现出一种冷冷的神态，同席的人受到他的影响，气氛始终热不起来。相比之下，倒是其他几席又是猜枚，又是行令，大笑大叫，好不热闹。陈贞慧早就发现了这种情况，但是弄不明白冒襄为什么这样子，又不好问。余怀和张岱两个受不了这份冷清，借口敬酒，双双离开座位，走到旁的桌子去，赖在那儿久久不回来。这一下，席上的气氛更形冷落。末了，连梅朗中也有点坐不住，时时露出想要离开的样子。陈贞慧见状，只好一边用眼色止住梅朗中，一边起身去把余、张二人拖回来。但冒襄还是那副样子，毫不改变。陈贞慧一连几次投去询问的眼色，他都只当没看见。陈贞慧无可奈何，正想寻个题目，打破这种僵局，忽然听见有人大声说：

"你我也不用争，就请定生他们几位评一评！"

陈贞慧回头一看，方脸大眼的陈梁正扯着顾杲，步履蹒跚地走过来。两个人看来都喝得不少，陈梁从脸上一直红到了脖子，顾杲的脸却有点发青。他们各自一只手拿着酒杯,另一只手互相牵扯着,已是醉态可掬。

陈贞慧不由得一笑,问:"噢,你们要我做什么?拼酒我可不行!"

"不!"陈梁放开顾杲,摆了一下手,打了个酒嗝,"是这么回、回事!刚才我说,崇祯元年起,到今、今年为止,宰相一共已经换过四……四十三人,可他硬、硬说是四十四。小弟让他数,他又数——呃,数不出,小弟要、罚……他酒,他还不服气。定生,你、你来评评看,这酒该……不该罚?你说!"

陈贞慧"噢"了一声,笑着说:"这可让你问倒了,我还真没有细数过哩!"他回头问席上的人:"兄等有谁算过,到底是多少?"在座的几位听了,都面面相觑,又疑惑地摇摇头。陈贞慧只好转向其他桌子,大声问:"列位社兄!则良和子方适才问我,本朝十五年间,到底换过多少宰相?小弟蒙昧,无法回答,列位有谁知道的?"

其他几席的人听他这样一问,都停止了交谈;有些人不知就里,露出莫名其妙的神情。直到陈贞慧又重复了一遍,大家才窃窃私语起来。热心的,就开始计算。终于,有一个士子把桌子一拍,跳起来大声证实说:"是四十四人。"

陈贞慧回头一看,认得是冯班,便微笑起来,拱着手说:"啊哈!到底是定远兄记性好!敢问其详?"

冯班先不回答,端起酒杯,一饮而尽,又把方巾推到脑后,抓了抓乱蓬蓬的头发,这才屈着手指头计算道:"崇祯元年入相者有:施凤来、张瑞图、李国谱、来宗道、杨景辰、李标、刘鸿训、周登道、钱龙锡、韩爌;二年:成基命、孙承宗、周延儒、何如宠、钱象坤;三年:温体仁、吴宗达;五年:郑以伟、徐光启;六年:钱士升、王应熊、何吾驺;八年:文震孟、张至发;九年:林釬、孔贞运、贺逢圣、黄士俊;十年:刘宇亮、傅冠、薛国观;十一年:

杨嗣昌、程国祥、蔡国用、方逢年、范复粹；十二年：姚明恭、张四知、魏照乘；十三年：谢升、陈演；十五年：蒋德璟、黄景昉、吴甡。一共四十四人！"

陈贞慧见冯班一口气地背下来，倒也佩服他记性好，正想夸奖几句，从另一张桌子上有人不慌不忙地说："嗯，不对，还欠一个。"

陈贞慧循声看去，说话的那个人长得又高又瘦，坐在椅子上也比旁的人高出几乎一个头，原来是冯班的胞兄冯舒。

陈贞慧还来不及开口，就听冯班气呼呼地说："胡说！一个不欠，就是四十四人！"

"不对，是四十五人。"冯舒仍旧是那么慢条斯理。

"四十四！"

"四十五。"

"那好，你说，那一个是谁？你说！"

"你不妨再想想。"

"我想不出，我要你说！你说，听见没有？"冯班直着脖子嚷，眼睛瞪得像要从眶子里蹦出来，那个酒糟鼻子显得更红了，活像一只发怒的雄鸡。

冯舒却全不理会弟弟这一套。"要我告诉你，本来也未尝不可。"他慢吞吞地说，"但我的意思是要你自己先想一想，你却连想也不想，就来问我；那么我就得想一想，这样答应你好不好？自然，这是不好的。所以我就不能告诉你了。"

在座的客人们见他们兄弟这样抬杠，都忍不住笑。同时，也猜测起冯舒所说的那漏掉的一个是谁。有人说是黄立极，也有人说不是，甚至还有人对冯班已经数出来的人也提出异议。于是又各抒己见，互相争论，结果越算越糊涂。陈贞慧眼看争不出个结果，只好叹了一口气，苦笑着，对陈梁和顾杲拱手说："十五年间，宰相换了四十余人。此事实属亘古未有。我辈生于斯世，尚且闹不清楚，后世之人只怕就更糊涂了。"

话刚说完，就听吴应箕冷冷地说："十五年间四十余相，若所进者都是君子，所退者都是小人，原也无妨。奈何十五年中，却是小人日众而君子日稀！"

大家静了一下，仿佛在体味这话的内涵。忽然有人把桌子拍得"砰"的一响："不错！我瞧温体仁、杨嗣昌、薛国观这几个就是欺君误国的罪魁！"

"骂得好！还有王永光、蔡国用、谢升！"另一个大叫。

"钱士升呢？此公也不是好东西！"又一个深沉的声音响起来。

有人表示怀疑："钱士升尚非小人……"

可是他立即遭到好几个人的同声反驳：

"他起用唐世济！"

"他逼走文震孟！"

"他同温体仁朋比为奸！"

"他……"

"喂，诸位，当今这一位怎样？我是说'周'！"一个高亢的声音盖过全场。那是一个二十岁出头的士子，因为兴奋，他的那双年轻的眼睛闪闪发光。

大家忽然不作声了。因为周延儒目前正在朝中秉政，而近来对东林方面的人颇为优礼，多所起用。评判他不但不便，而且似乎有点困难……

"哼，这有什么？"在一片寂静中，吴应箕的声音像一柄刀子似的捅了出来，"'周'也者，昏懦贪婪，沽名钓誉！"

大家怔了一下，随即哄然地附和起来，其间还夹杂着欢呼。这欢呼表示着对吴应箕胆量的钦佩，以及他们从这种肆无忌惮的议论中所获得的快意和满足。

面对着这热烈、兴奋的场面，冒襄始终静静地坐着，一言不发。要是在以往，他必定早就参加进去，并且会设法以最激昂的情绪，最深刻的判断,以及最出人意料的妙语去耸动全场,赢得喝彩。可是如今,他觉得这一切都是那样平淡、乏味。"老是这么一套!啃来啃去就一块骨头,真是腻烦透了!"他默默地想,随手端起酒杯,却发觉已经喝干了。他正想伸手去取酒壶,旁边伸过来一只女人洁白柔软的手,轻轻把他按住了。冒襄回头一看,原来是李十娘。十娘文静地微笑着,起身端过酒壶,替他把酒斟满,一边低声地问:

"冒公子,听说你同小宛——可是真的吗?"

冒襄微微一怔,抬眼瞧瞧李十娘,发现她那双漂亮的细长眼睛正凝视着自己,他就移开了视线,含糊地应了一声。

"什么?"李十娘盯着他追问。

"嗯,还不定哩!"冒襄迫不得已,漫应了一句。之后,为了把话题引开,他抬头朝四面张望了一下,问:"你可知道,侯朝宗相公怎么没来?"

"哦,公子还不知道?这些天来,侯公子同香君打得火热,一天到晚躲在媚香楼里不出来。昨儿才听说他们游燕子矶去了,这会只怕还未回来哩!"

冒襄"噢"了一声,正想说:"我还以为他还在河南陪他尊大人哩,原来已经又藏进媚香楼去了!"忽然发现,李十娘不知怎地,眼皮儿发红了,脸上也现出黯然神情。他就临时住了口,同时觉得这种神情很熟悉,仿佛不久前在什么地方见过……蓦地,他想起来了,是董小宛!不错,在他同董小宛相处的那段日子里,她也常常流露出这样的神情。"这一次我没有依约去接她,不知道她会怎么样?恐怕她时至今日,仍然会在那栋小楼上盼望着,脸上也是这么一副神情吧?"他斜睨着李十娘,心里隐然漾起一丝不安。然而,没等这种感情扩大开来,就见仆人冒成匆匆走近他的身边,把一份朱红纸拜帖呈了上来。

冒襄心神恍惚地接过,打开一看,里面写着:

通家侍弟史可法顿首拜

　　冒襄吃了一惊，问："客人呢？"
　　当冒成回禀史可法的轿子马上要到时，他就着忙起来，站起身，凑在陈贞慧耳边嘱咐了几句，匆匆向外走去。

贵人援手

　　"史大人黉夜到访，不知有何要紧之事？他不是在扬州任上吗，怎么到了南京？又怎么知道我在这儿？"冒襄疑惑地想。这时，他已经把客人迎进河房的堂上，行过礼，分宾主坐了下来。
　　"弟因漕务来南都，已有七八日，明儿一早，便要回扬州去。适才在熊坛老府上，得知兄台已到了南京，特来拜候！"客人似乎猜出了他心中的疑问，一坐下，就微笑着解释说。
　　"啊！"冒襄连忙站起来，拱着手说，"老公祖言重了，晚生如何担当得起！"
　　"哎，坐下，坐下！你我之间，不必多礼！"史可法摆摆手。可是，等冒襄重新坐下之后，他却放下手中的茶杯，自己站了起来。
　　在灯光下看，这位素以精明干练著称的现任漕运总督兼凤阳、淮安、扬州巡抚是一个身材矮小的人。他面孔黧黑，举止利索，有一双精光闪烁的眼睛。据说他可以十天半月不睡觉地办公，实在累了，就用手中的笔杆抵住眉心，闭上眼睛养一会儿神。也许因为这个缘故，他今年才四十出头，前额上的头发却快掉光了，两鬓也已经一片斑白。现在，他头戴乌纱帽，身穿三品绯色圆领袍，袍背缀有一方显示品位的孔雀图案，束着一根金花腰带，脚下粉底皂靴。
　　史可法在堂内来回踱着，好一阵子还不开口说话。冒襄的目光追随着他,不知怎的,忽然有点不安。"嗯,他会不会为着父亲调职的事来责备我?"他想。随即忆起去年冬天,有一次,他上扬州去见史可法,想请他帮忙疏通,结果碰了一鼻子灰的事。现在这事到底办成了,他会怎么看,会不会不高兴?这样一想,冒襄就神经紧张起来,脊背也开始微微冒汗。

果然,史可法停止了踱步,转过身来。

"听说,令尊大人已调往宝庆,是么?"他问,语气是严厉的。

冒襄蓦地脸红了,"是的。"他轻声回答,避开了对方逼人的目光。

"这么说,到底让你办成了!"史可法说,像是在冷笑,又像在叹息。随后,他又踱起步来。

冒襄越加不安了。他已经看准,这位史世叔今晚来意不善,自己难免要挨他一顿数落,弄不好,还会挨骂。一想到自己堂堂"复社四公子"之一,如今却落得个被人责骂,而且似乎无法辩解的境地,他的自尊心就因痛苦而颤抖起来。"哼,你要骂就骂吧!反正,我就是这样!什么名声、地位,那些玩意儿,我早就腻烦了!"他自暴自弃地想,随即挑战似的抬起头,一言不发地盯着客人。

这当儿,史可法已经重新坐回椅子上。他用两根指头,轻轻敲打着扶手,终于开口了。

"时至今日,此事也不必再说了!"他慢吞吞地说,"虽则学生仍未敢苟同,唯是忠孝两全,自古为难,却也未可深责。弟如今所望者,是仁兄于尽孝之后,从此一心一意施展高才,忠心谋国,戮力王室,拯民水火,庶几不负男儿生于天地间之意!"

冒襄怔住了。本来,他正憋着一口气,等候挨对方的痛责,没想到史可法轻轻一句话,就把这件事放过了,而且对自己似乎仍然期望颇高。他不由得心头一热,冲口而出说:"晚生私意,也正是如此!"话刚出口,又觉得不够谦谨,就闭口不说了。

史可法却似乎并不介意。"如此很好!"他点点头说,停了停,又瞅着冒襄,微微一笑:"弟今晚匆匆而来,乃系有一事欲与我兄面商——"说着,他从袖子里掏出一封书信,递了过来。

冒襄连忙接过,只见封皮上还空着未写,也没有缄口。他疑疑惑惑地抽出信笺,展开一看,原来,是史可法写给本期南京乡试的主考官何瑞征的一封信,大意是说:彼此京华一别,已多年不见,十分想念,闻得老朋友这次主试南都,十分高兴,到时又可以把酒话旧了。接着,信中就向对方大力推荐冒襄,夸他年轻英俊,学富才高,是一个难得的栋梁之材,眼下国家多难,民生忧悴,正需要选拔像冒襄这样的人才出来报效社稷,共扶危局。末了,史可法希望主考大人阅卷之时,对冒襄的卷子能加以留意,倘有一点可用,尽量予以提携。

冒襄一边读信,心头一边怦怦直跳,浑身的血液也急剧地流动起来。待到把信读完,他已经激动得说不出话来了。他自然很明白,这封信的价值是多么宝贵;而一向以刚毅廉直出名的史可法,肯主动地替他写这样一封信又是多么地不容易!如果不是对自己确实特别的赏识,而且期望十分殷切,他根本不可能这样做。此刻,在冒襄的心里,半年前由于向对方请托父亲的事遭到拒绝的余怨,顿时烟消云散了,代之而来的是满腔的感激之情。他觉得心头发颤,泪水涌上了眼睛,只是用力咬住嘴唇,才勉强忍住了。

"以仁兄之卓荦高才,今科自能高中,原也无须弟多此一举。"史可法一边收回信件,一边说,"只是弟为朝廷求贤心切,生怕考官阅卷不细,以致埋没了仁兄的文章,使兄台为社稷效力之机又迟三年。是以不揣冒昧,出此下策,只怕我兄未免失笑了。今日特来奉商,仁兄倘以为可,此信不日便着人发出,如何?"

冒襄本来就感动万分,听了这番谦恭客气的话,再也忍不住。他猛地站起来,踉跄着走前几步,拜倒在地,哽咽说:

"晚生蒙老公祖俯赐栽植,没齿难忘!"

史可法连忙把他扶起来。"兄台何必如此!弟万不敢当!"他说,"仁兄既然应允,芜笺明日便可发出。"停了停,又叹一口气说:"国事蜩螗,已至于此!朝廷常叹老成凋谢,无材可用,却听凭许多英俊之才埋没草野,而不从速百计罗致振拔之。仍靠着三年一比,八股取士,从容矩步,不知祸之将至!到底这局面还容得几个三年?这八股文章又能出得几个济艰之才?啊,老天,老天!你庇佑我大明天下三百年,如今到底意欲何为啊!"

冒襄本来打算再说上几句感谢的话,可是见史可法说话时声色俱厉,情绪变得异常激动,他悲愤地仰望着堂外的沉沉夜空,眼睛里闪动着晶莹的泪光——显然不是客套的时候,冒襄只得屏住气不作声。而且,渐渐他的情绪也受到了对方的感染。"是啊,国事坏到了这种地步,恐怕已非少数人之力所能挽救。那么,即使这一次我考中了,又能得意多久呢?万一不幸亡国,这一切还有什么意义呢?"这样一想,冒襄就不禁呆住了,虽然随后他又安慰自己:"嗯,只怕还不至于此,还有一丝希望……"可是,刚才那份兴奋的心情却消失了。

这当儿,史可法已经重新控制住了自己的感情。

"啊哈!"他朝冒襄转过脸来,微微一笑,"时候已经不早,此事就这样办了。愿兄台善自珍重!"说着,就站了起来。

"啊,老公祖这就要走?"

史可法点点头:"自我师败于峡山后,献贼有进窥江南之意,眼下沿江防务甚急。凤阳总督高公、安庆巡抚郑公已被朝廷撤职逮问。凤督一职,由马瑶草代任。诏令是昨天到的,适才弟已看了邸报。"

"什么?马瑶草起用了?"冒襄吃了一惊。

史可法瞧了瞧冒襄,似乎对于他的反应感到奇怪。

"马瑶草虽然同阮圆海私交颇厚,"史可法沉默了一下之后,说,"但此人并非阉党,心术人品尚称端直,而且素有知兵之名。这次朝廷起用他,以弟之见,可谓得人。"

冒襄本想提醒史可法，对马士英须得提防着点。可是听史可法言下之意，对马士英似乎颇为推重。他摸不透史、马二人的关系到底如何，觉得不便贸然进言，便只好拱着手，唯唯应着，不再说什么了。

背信疑云

正当史可法向冒襄谈到马士英的时候，在城南库司坊石巢园的大厅内，阮大铖和他的客人们都在心急火燎地等待马士英的到来。

阮大铖也是昨天才得到消息。虽然早在四个月前，也就是钱谦益为他开脱那件事失败之后，阮大铖眼见自己一场好梦化为泡影，无法可想，只好咬咬牙，当时就写信给周延儒，请他设法先把马士英弄上去再说。周延儒欠着阮大铖一万两银子的人情，自然难以推却，何况马士英不是逆案中人，事情好办得多，所以爽快地答应了。不过，到底又拖了好几个月，才算把这事办成。昨天，当马士英派了一名管事人来告知这个消息的时候，阮大铖着实高兴得手舞足蹈，心想："哈哈，这回到底让我钻通了，只要老马能上去，不愁他将来不拉我一把！"不过，这么个大喜讯，马士英竟不亲自登门向自己报告，又使阮大铖有点意外，也有点不满。他问明来人，知道是军情紧急，朝廷诏令即刻起程赴任，马士英正忙得团团转，实在无法分身，于是便点点头，吩咐立即备轿，前往拜谒。谁知，当他兴冲冲地赶到马士英府上时，却扑了个空——马士英出门拜客去了。阮大铖可就有点着恼。他也不管什么礼貌不礼貌，当着马府家人的面，就唠唠叨叨地数落起来，说什么这可是件大事啦，马士英本该先来找他啦，不来找他也应当在家里等啦，他也是靠六十岁的人，让他这样来回扑空多不好啦；还有，他如今有许多顶顶要紧的话要向马士英交代，现在找不到人，可怎么办啦,如此等等。马府的人知道这胡子老爹的脾气,尤其知道他同大老爷的交情,所以只是一个劲儿地应着,并不回嘴。阮大铖发了一通牢骚,到底等马士英不着,只好又回来了。到家之后,他越想越不甘心,又生出个办法:命管家阮庆写下六七份请柬,分送给平日气味最相投、来往最密切的几个好友——中山王府的二公子徐青君、南昌建安王府镇国中尉朱统锁、罢职漕运总督田仰、前江宁知县杨文骢,以及一位姓王的总兵官,请他们前来饮宴。另外又写了一份给马士英,就用以上几个人,再加上他阮大铖的名义通知对方,说定于第二天,也就是今晚,在石巢园摆酒,给他饯行,请马士英务必赏光。请柬送出去之后,阮大铖心想:"看你马瑶草来不来?你若是乖乖儿前来便罢,若还推三阻四,我老阮可跟你没个完!"结果,这一次马士英答复得倒爽快,说他一定前来。阮大铖听了,这才稍稍消了一点气,同时,也就想好了一大通到时要对马士英说的话,其中包括一系列的要求和约定,准备都要在酒筵上提出来,并且当场取得对方的许诺和保证。鉴于马士英自昨日以来,这几下子的表现颇不漂亮,阮大铖已经警惕起来,觉得对他的这位"债户"不能放松,而要抓得很紧很紧。

现在,客人们早已到齐,最初那一阵子快活、热烈的寒暄和交谈也已经结束。大家默默地喝着茶,围着从旧院请来侑酒的两位秦淮名妓——马婉容和王小大,听她们轮流着唱小曲儿,也听得有点腻烦了。厨房的管事好几次出来打听什么时候才开席,可是,马士英仍旧不见踪影。

"哎,圆老,怎么回事?瑶老到底还来不来啊?"徐青君终于打了一个呵欠,问。他显然已经不耐烦了。

"哼,你问我,我又问谁去?请柬是昨夜送去的,今天一早又派人去问过他,都说要来,来!谁知道!"由于长久地扭转脑袋,眼巴巴地看着门外,阮大铖觉得脖子累得好酸。听了这话,他就回过头来,没有好气地回答。

"既是瑶老说过要来，那么他一定会来的，诸位不必担心！"有人很有把握地说。那是马士英的远房亲戚田仰，他身材矮小，肩膀很窄，瘦削衰老的脸上，却奇怪地长着两道漆黑的、年轻的眉毛。

"可现在都什么时候了呀！"徐青君不高兴地说。

"只怕，叫什么事情临时绊住了吧？"体格健壮、脸孔却很瘦的王总兵小心地说，"眼下军情很紧，听说献贼已经……"

"哼，事情再多，也该来了！"坐在对面的杨文骢打断他的话。杨文骢是马士英的妹夫，同田仰也算是亲戚。他有四十五六岁的样子，衣服穿得很华丽；小眼睛、细鼻子、淡眉毛，配着一张胖胖的圆脸，脾气一向挺温和。可是不知为什么，现在他却有点愤愤然："昨儿我巴巴地上门访了他两回，今儿一早访了他一回，都没见着——哪里就有这么多事了？今晚我们大家都在这里等他，他又不是不知道！"

"龙友兄，你说这话，可就太不体谅瑶老了！"田仰不以为然地微笑着。显然，同样作为亲戚，他所选择的立场同杨文骢恰恰相反，他决心充当马士英的坚定维护者，并且认为这样做是聪明的，"瑶老新膺重任，百事纷拿。他为人又最是认真严谨，事事都讲究亲力亲为，一时忙开了，对我们这些老友照应不到，也是有的。兄又何必耿耿于怀，责备于他？"

"我不是说我们！"杨文骢吵架似的说。由于被对方隐藏着圈套的话所激怒，他的圆脸涨得通红，"我是说圆老！他们二人的交情谁不知道？再者，这次他马瑶草东山再起，还不是全靠圆老帮的大忙！光冲着这情分，他就该哪儿不去，头一个先得来拜谢圆老！也用不着我们白白候上这大半晚，还不知道他来不来呢！"

"哈哈，不错！"正浑身散了架似的歪在椅子上、转动着一双小眼睛瞧着大家争论的朱统𨨏，突然蹦起来，"八成是马老头儿乌纱帽儿一戴，就把我们这伙老朋友给忘啦！"他喜气洋洋地叫，挥动着长长的胳臂。朱统𨨏是明朝的宗室，本来封在江西，不久前为着躲"流寇",搬到南京来住,他看中了石巢园有得吃,有得玩,主人又格外热情大方,便一头钻了进来,很快同阮大铖等人打得火热。若论长相,他那高高凸出的前额,以及相应地向前钩着的下巴颏,同老皇帝朱元璋还真有几分相似,说明他确实是一颗"龙种"。现在,他大步走到阮大铖跟前。

"我们同他交情浅,没说的。可是你呢?圆老,你不是常说,你同老马是二十年的过命交情么!怎么今天也叫他给甩啦!咦?啊!"他嘲弄地问,显得兴高采烈,随后就哈哈大笑起来。他笑得那样厉害,以至到后来不得不双手捂着肚子,倒在椅子上打滚,惹得周围的人不由得露出茫然的微笑。

阮大铖没有作声,可是他的脸色却分明变了。一种混杂着怀疑和怨恨的灰白色从他那张滚圆的胖脸上呈现出来,一双乌溜溜的眼睛也顿时失去了光彩。

"马瑶草不会弃我,不会!"他喃喃地说。

"不会?"朱统𨰝一翻身又站了起来,他显然还没有尽兴,"那么,你就等着吧!看老马今晚还来不来!别瞧他昨儿还糖豆儿似的黏着你,可今天不同喽,人家又上去喽!你对他还有什么用!不错,是你帮的大忙,可那又怎样呢?如今是他在上头你在下头,他愿不愿意帮回你,还不知道哩!再说你的事连周老头儿都帮不了,还能指望他马瑶草有办法?没准儿,还把你看成累赘咧!哈哈,这回呀,你老就认栽吧!"

"大恩不报,自古已然!"许久没有说话的徐青君忽然冒出一句,又打了一个呵欠,并且做出打算起身告辞的样子了。

阮大铖慢慢地抬起头,望望这个,又望望那个,仿佛问:会这样吗?真会这样吗?然而,大家还没来得及说话,他却猛然一跃而起。"不,不会的!不会!你们说,不会!是不是,说啊!"他厉声追问,恶狠狠地环顾着。大家被他这突如其来的举动吓慌了,都不由自主地后退了一下。

就在这时,像是回答他似的,大堂外响起了急促的脚步声。门公引着一名家仆打扮的人一步跨了进来。那人环顾了一下,认出阮大铖之后,就走过来,跪下禀告说:

"小人马六儿,是抚台马大人的长班。奉我家老爷之命,来见阮老爷——我家老爷说,承阮老爷和诸位老爷盛情相邀,本拟前来领教,唯是军务紧迫,即刻便要登程,实在无法停留。特命小人前来转知列位老爷,并致歉意!"

大家听了,顿时面面相觑,一句话都说不出来。过了一会,杨文骢定了定神,勉强问道:

"嗯,可有瑶老手启?"

"回大人,我家老爷说行色匆匆,就不写信了,让小人口头转达。"

"那么——瑶老可尚有其他话说?"

"回大人,没有了。"

杨文骢同其余的人交换了一个眼色,看见大家都不作声,他就朝马六儿摆摆手说:"嗯,知道了,你回去多多拜上马大人,就说我们这些知交好友恭祝他此行一帆风顺,马到功成。我们在此静候他的破贼捷报!"

马六儿叩了头,退出去了。杨文骢这才转过身来,却看见阮大铖失魂落魄地呆在椅子上,不动,也不说话。他沉吟了一下,打算走前去劝慰几句,到底迟了一步,阮大铖忽然狠狠地一扯胡子,用力跺着脚,呜呜大哭起来……

整装赴试

南京乡试的考场,坐落在城南淮清桥和武定桥之间的秦淮河西岸,离应天府学不远,与名妓聚居的旧院,也只是隔河相望。

这个可以容纳上万举子同时应试的江南第一大考场,规模与格局都与众不同。当门一片大空地，用木栅栏三面围了起来。栅栏的东西两侧，各有一个斗拱结构的辕门。从辕门走进去，是两座鼓楼，分立在坐北朝南的大门两旁。鼓楼后面是两座石牌坊，分别用朱漆在右边的牌坊上写着"明经取士"，在左边的牌坊上写着"为国求贤"。牌坊当中，是一座庄严肃穆的大门楼，上面悬着一块黑字横匾，工楷大书写着两个字"贡院"，下面并排横着三个门洞，这是考场的大门。进了大门，接着是仪门，这是举子们领取试卷的地方。仪门之后又是一道门，名叫"龙门"，顾名思义，自然是暗喻着连登金榜、飞黄腾达的意思。龙门内，平列着四道较小的门，却是取的《虞书》"辟四门"之义。走完这一道道门之后，就来到考场之内。一条宽阔的露天通道，从门边一直向内伸延。通道两旁，是八尺高的砖墙，墙上是一个个带栅栏的门，每个门的距离也是八尺左右。数以百计的这样的门，都按《千字文》的顺序一字一门地编着号。每号门内，是一条仅可容二人并肩通过的狭长小巷。那些有顶无门的小斗室，就一间接一间地排列在巷的一侧，每巷总有上百间之多，这就是"号舍"——举子们答卷和住宿的地方。

为着能够随时监视考场的情况，在露天通道当中，建有一座"明远楼"。楼高三层，飞檐轩窗，气象颇为雄伟。有了这座楼，再加上考场四角上的望楼，举子们在考试期间的一举一动，都逃不过监考人员的眼睛，企图作弊就不那么容易了。

如果说，这还不够保险的话，那么考场周围还另有防范的措施。首先是围墙，它不是一道，而是两道。内围墙高一丈，外围墙高一丈五尺，每一道的墙头，都布满了带尖刺的荆棘，它们把考场同外界严格地隔绝开来。其次，到了考试期间，还专门有差役兵丁在围墙之间来往巡逻。这样，即便有哪个作弊者铤而走险，竟然翻越棘墙，也必定会落入巡逻兵丁之手。

贡院的前半部分，也就是考场部分的情形，大体就是这样子。

至于试卷的誊抄、批改、推荐乃至录取，都在贡院的后半部分进行。那里面还有许多院落馆舍，戒备也更加森严。只靠着交卷的地点至公堂的东西两栅栏同前半部分发生关系，应试举子那是绝对禁止进入的。

乡试的试期，照例从八月初九日开始。按规定，每个举子必须考满三场——初九日为第一场正场，十二日为第二场正场，十五日为第三场正场。每场考试，都是提前一天点名，并发卷进场。所以，到了八月初八这一天，冒襄早上起来，梳洗完毕，就开始准备上考场去。

自从那一天夜里史可法来访，主动提出要替他向主考官说项疏通之后，冒襄对于这一次乡试，就变得重视起来了。本来，在过去整整一年中，由于烦心的事太多，他一直脱不出身来认真准备。这一次虽然循例到南京来，却多少抱着姑且碰一碰运气的想法。但是，如今他的想法不同了。他不仅下决心全力应考，而且志在必得。这倒不在于史可法的推荐，势必会有助于他的成功，而是史可法这一行动本身所体现出来的、对他异乎寻常的关怀和重视，促使他振作起来。

这位史大人，作为雄镇淮扬、声威素著的一位封疆大吏，向来是复社士子们推崇景仰的偶像。他早年家境清贫，曾受知于著名的东林党领袖左光斗。入仕后，以清廉正直、干练有为著称。他推诚御下，赏罚严明，能与部卒同甘共苦。每次出发作战，都是将士们先食，他自己后食；将士们先穿，他自己后穿，颇有古贤将之风，在腐败已极的明朝军队中，显得十分难能可贵。他的军队，也因此具有较强的战斗力，曾多次挫败农民军的进攻，为明朝把守住江南富庶之区。同时，作为漕运总督，他还大力整顿，锐意改革，使积弊很深、混乱已极的南北漕运大见起色，保证了江南地区的钱粮能源源不绝地运往京师。这一切，都使史可法在朝野人士、特别是复社士子当中备受赞誉，被看作是具有高尚的道德品质和杰出的政治军事才能的典范人物。如今，正是他，而不是别人对冒襄如此关怀和器重，为着使他能够尽快获得施展才干、为国效力的机会，竟不惜冒着可能招致非议的风险，毅然采取非常的行动，这确实使冒襄受宠若惊；而当他深入体味对方这一行动所包含的殷切期待时，又止不住热血沸腾、情怀激越。"这些年来，国家的局面越来越坏，朝廷中那些当权的大老们确实不行了！大明中兴的希望，如今已经落到了我们肩上！看来只有实行我们所主张的一套，才有可能把社稷从水深火热中解救出来。这些年，我们上去了一些人，但远远不够，还需要上去更多，才能真正掌握大局。史世叔无疑正是看到了这一点，才如此热心地提掖我。既然如此，我也应挺身而出，当仁不让！我为什么只想着碰运气？我冒襄岂是那等平庸之辈？不，我一定要中，一定能中！"

这样下了决心之后，他就变得空前热心起来，开始全力以赴地投入紧张的准备。他摒绝了一切交游，也不再去弄诗词歌赋，集中精力钻研揣摩八股文的写作。他把自己前几次乡试的试卷以及平日的习作又翻了出来，同那几部最著名的八股文选集，像钱禧、杨廷枢选的《同文录》、马世奇选的《澹宁居集》、艾南英选的《明文定》，以及一些有名的程墨、房稿的选本仔细对照参详，特别在如何题前盘旋、如何抉发题中神理、如何实力发挥等关键之处下功夫。这样弄了将近一个月，自觉眼光和手笔都有了突飞猛进，与一个月前大不相同。他得意之余，自负地想："哼，除非是试官瞎了眼。否则，以我今日这种文字去应考，再不中便是没有天理！史世叔要替我关说，自是一番好意。不过其实我文字火候已到，关说不关说，又是其次了！"

所以今天，他准备前往考场的时候，显得十分从容镇定，先换了衣服，又命冒成取出一顶新方巾来戴上；然后开始检点进场行李，不外是铜铫、号顶、门帘、火炉、烛台、烛剪、枕褥之类；

接着又察看了一下场食，看见三屉格考篮里，上层是米盐、酱醋、鸡蛋等食料，中层是些精巧点心和补品，像月饼、蜜橙糕、莲子、龙眼肉、人参之类，最下的一层放着笔墨、砚台、挖补刀、糨糊等，都已准备停当。他又坐下来吃了一盏茶，正要起身出门，临时记起还应当照例卜一卦，问个吉凶。于是先去重新盥了手，焚起一炷线香，然后把书案上一个小小的锦盒拿来，从里面抬出五十根蓍草，先抽出一根，再把其余的四十九根随手分作两部分，按四根一组来数数，数来数去，得了个"贲卦"。冒襄心想："贲者，文明之象也。"心里已有几分喜欢。再细看卦象，只见内外两爻，相对发动，似乎预兆着此去会一举两得。冒襄倒疑惑起来：这次考得再好，也只得一个举人，莫非还能考回两个举人来不成？想来想去，始终有点摸不着头脑。最后他想："无论如何，总不是个凶兆。"于是放下心来，起身出门。

桃叶河房离贡院并不太远，过了淮清桥，往南一拐就到了。这时，路上人员拥挤，都是赶赴考场的士子。有年轻英俊、步履矫捷的，也有老态龙钟、须发俱白的；有的穿得讲究华美，有的则衣衫破敝；有的空手而行，自有健仆替他扛箱提笼，有的自己携带行李，累得弯腰曲背、满头大汗。脸上的神气，也因人而异：那东张西望、表情紧张的，必定是初上举场的生员；那心事重重、低头走路的多半是久困场屋、累试不中的老秀才；至于那些从容镇定、神态昂然的举子，若不是自视甚高，以为稳操胜券，就是暗中打通了关节，已经胜利在握。冒襄就属于最后一种。由于冒成照例跟在后面替他扛行李，所以他十分轻松自在地走着，脸上挂着微笑，时不时朝路旁那些摆卖闱墨文集、各式文具以及古玩字画的摊子瞧上一眼。

当他快走到贡院的时候，背后忽然响起了急促的脚步声，还没来得及回头，一个人影就"呼"的一声，擦着他的肩膀冲了过去，要不是躲得快，就会被撞倒了。冒襄一瞧那高大的背影好熟悉，便扬声招呼道：

"朗三!"

那人停了一下，回过头来，果然是梅朗中。只见他方巾歪了，头发蓬松着，跑得满头大汗，上气不接下气。当认出是冒襄时，他便气急败坏地挥了一下手："哎，完啦，小弟要迟到……"说着，又领着仆人飞奔而去。

冒襄有点莫名其妙，但随即就醒悟过来。前几天，他上贡院看过贴出的告示，知道今年点名进场，头一批是点的太平府的生员，冒襄所属的扬州府排在最后。梅朗中那个县属于宁国府，记得也是比较靠前的，难怪他如此惶急。"朗三这家伙，总是这等冒冒失失!"冒襄皱着眉毛想，不由得微笑起来。

"老兄听说了么？今期乡试，谁该中式，那头十名的单子，都已在主考大人的夹袋里了!"忽然，他听见有人在身边这样说。

"啊，有这等事，那我们岂不是白考了么？"另一个人吃惊地问。

"白考倒不全是白考。只这头十名，阁下休去想它就是了。"头一个人冷冷地说。

冒襄心中一动，回过头去，发现说话的是一胖一瘦的两个举子。

"买一个举人，"胖举子眨着眼睛，"不知要多少银子？可惜我没门道，要不，拼着把那三间祖屋卖了，好歹也要捞他一个!"

"卖祖屋？"瘦举子鄙夷地说，"那济什么事!你想中举，倒不如把脸皮磨厚点，跑到太仓州去，在那个什么西张夫子大圣人张天如的灵前，恭恭敬敬叩上九个响头，再给那些个什么四配、十哲、十常侍、五狗之流的伪君子们响响地拍上一通马屁，甜甜地叫上几声干爸干爹，求他们让你加入复社，保管你不出三年，定能高中!"

"啊，莫非又是复社捣的鬼？"

"哼!"

"我找过他们，可是他们不要我。"胖举子怔了半晌，垂头丧气地说。

"他们不要，我还不稀罕呢！什么君子，狐群狗党罢咧！别看他们现在挺神气，总有一天……"瘦举子话没说完，忽然发现冒襄正有意无意地跟在后面，他就住了嘴，扯了胖举子一把，两人紧走几步，在人丛中一混，转眼就不见了。

听了这番刺耳的议论，冒襄不觉暗暗吃惊。如今世风日下，科场腐败，黑幕重重，早已怨声载道，他是知道的。加上这种八股文章其实又考不出什么真才实学，遂致许多贤能之士长期困于场屋，郁郁不得志。正是有感于此，复社同人才群集起来，试图扭转颓风，通过互相援引，使贤能之士得以扬眉吐气，发挥才干。经过整整十年的努力，总算陆续上去了一些人，但招致的非议和怨谤也着实不少。特别是那些社外的士子，更是疑神疑鬼，把复社看成是扰乱科场的魔头灾星，碰到什么劳什子事情，总要往复社身上猜、往复社身上推。这样一来，复社无形中反成了代人受过的众矢之的。"瞧吧，这才真叫一峰崛起，群山皆妒呢！"冒襄冷冷地想。同时，心里油然升起了一股傲气："哼，不错，我们复社的人就是要中，该中！你们越是不服气，我越要中给你们瞧瞧！无非就是这些八股时文，我不信就弄不过你们！"这样一想，他就抖擞精神，加快脚步，向贡院走去。

考场百态

"哎，辟疆，你可来了！累得我满场子地好找！"

冒襄刚刚走进贡院的辕门，余怀就兴冲冲地迎上来。

"哦，什么事？"冒襄边问，边打量着四周。他发现，尚未进场的举子还很不少，栅栏内外，依旧挤得满满的，少说也有二三千人，再加上他们的仆从，人数就更多了。一部分举子正拥挤在贡院的大门前听候点名,其余的则东一堆西一群地随意站着。有的正起劲地交谈,有的则抱着书本,还在那里临阵磨枪。各种形状、各种颜色的考篮和行李丢得满场子都是,耳畔回响着一片接连不断的、嗡嗡的说话声响。

"嗯,什么事?"冒襄把目光收回来,瞧着余怀,又问了一句。

余怀却不立即回答,他拉着冒襄离开人来人往的辕门,才神秘地低声说:"告诉兄,兄可不要心慌哟!——嗯?"

"到底什么事?"

"兄不妨猜猜——有一个人来了。"

"谁?"

余怀挤眉弄眼地:"你不妨猜猜嘛!"

"我没工夫猜!"

"那——"余怀无可奈何了,他瞅着冒襄,犹疑了一下,"好,告诉你吧,董双成——的仙驾到啦!"

冒襄吃了一惊:"什么?小宛她来了?"

"瞧嘛,我不是叫你不要慌……"

"谁叫她来的?她在哪儿?我怎么不知道?"

"你当然不会知道,人家对老兄可是体贴得很,怕扰乱你首场文思,一直留在三山门外的船上,没有进城哩!"

"那,你怎么知道?"

"自然是有人告知我啰!咦,辟疆,那天在金山下的船上,你不是当着大家的面说得好好的,要到姑苏去接她来南京就试,怎么到时又不去了!嗯,这可不大好哇!哈哈!"余怀嬉皮笑脸地说。

"这你不用管!"冒襄一挥手,烦恼地走开去,忽然又走回来,"你可知道,她来做什么?"

"来做什么?问得出奇!自然是要同老兄配洞房花烛耍子来啦!"余怀摊开双手,依旧笑嘻嘻地说,随即又摇头晃脑地吟诵起来,"哎,'洞房花烛夜,金榜题名时'!如此快事,真是几生修得!辟疆兄,小弟这厢恭喜了!"说着,他拱手当胸,深深地作下揖去。

冒襄面孔一红:"休要胡说!"

"什么?胡说?"余怀惊讶地说,"这消息可是千真万确。我好心好意来告诉兄,你不谢我倒也罢了,还……"说到这里,像突然想起什么,他回头瞧了瞧辕门旁那杆号旗,立刻叫起来,"不好,点到我们了!"说着,他就慌里慌张地丢下冒襄,一溜烟地跑了。

"这么说,她到底追到南京来了!我本来就担心她会这样,果不其然!现在该怎么办?怎么办?"当只剩下冒襄一个人时,他烦躁不安地想,并且背着手,徘徊起来。

说实在的,他没有依约到苏州去接董小宛,是有他的考虑的。虽然几个月前,在镇江金山脚下,他被董小宛苦苦缠着不放,再加上方以智、余怀等一班社友帮着起哄,在迫不得已的情况下,他勉强同意考虑娶董小宛,但是内心深处,却并不当真就这样定了。他回到如皋家中之后,冷静一想,就更加觉得别扭。在他看来,董小宛无论如何也比不上陈圆圆。仪容、风度姑且不论,光拿性格脾气来说,董小宛就远远缺乏陈圆圆那种魅力。陈圆圆,即使他们已经有了迎娶之约之后,冒襄仍然常常有一种担心,生怕她会突然改变了主意,弃他而去。虽然,正因为这缘故,他常常故意地冷淡她,但骨子里却在于更紧地维系住她!可是对董小宛,他却全然没有这种感觉。她太驯顺、太死心塌地了!诚然,她很爱慕他,这点是无可怀疑的。可是她太笨拙了,笨拙得令人腻味……如果说,陈圆圆像一匹美丽的、不羁的小马的话,那么董小宛就像一只羔羊。羔羊只会使人可怜,而美丽不羁的马却会挑动人征服她驾驭她的欲望。"我失去了圆圆,也不能娶小宛。我不能让人家笑话我无能!"于是冒襄便决定违背成约,不到苏州去接董小宛。因为他想到乡试期间,四面八方的社友都会聚集到南京来,如果董小宛在场,他们难免又会一窝蜂地起哄,把自己闹得更加无法下台……

"可是真糟糕,她竟然自己跑来了!哎,真是岂有此理!"冒襄又生气,又着急地想。不过,也只一会儿,他就不能再想下去了。因为一群同县的举子发现了他,都纷纷围上来向他招呼、问候,冒襄只好暂时把心事放下,同大家周旋起来。

一直到傍晚,才轮到点扬州府的举子进场。大家穿着又宽又大的白布直裰,在八月的酷暑骄阳下足足候了三个时辰,虽然打着伞,也已经一个个汗流浃背、头昏脑涨、疲惫不堪。谁都懒得再说话,只一个劲儿地叨念着快点进场。

自从冒襄来到之后,考场内已经发生了几起不大不小的事件。一件是贡院二门内搜检时,查出了两名夹带作弊的举子。其中一个事先请人写好了几百篇文章,各种题目都有,然后用蝇头小楷写在极薄的金箔纸上,卷折成很小的纸头,有的塞在笔管里,有的藏在镂空的砚台底下,显然打算到时拿出来照抄;另一个更巧妙,把事先准备好的文章用药汁写在青布衣袄上,外面抹上一层青泥,只要把泥一擦掉,字迹就立即显现出来。这两人的手段都不可谓不高,不知怎地,竟然给发现了,结果被剥掉衣帽,戴枷示众。这一下,可把场外的举子轰动了。那些身上不干净的害怕起来,登时就散掉了一二百人。第二件是天气太热,有五六个举子支持不住,当场中暑昏迷,被考场的军役抬出去救治了。还有一件,是不知哪来的一个狂士,喝得醉醺醺,跑进辕门来捣乱,又嚷又叫,还念着一支曲文:

读书人,最不济,
滥时文,烂如泥,
国家本为求才计,
谁知道变作了欺人技。

三句承题，两句破题，
摆尾摇头便道是圣门高弟，
可知道三通四史，是何等文章？
汉祖唐宗，是哪朝皇帝？
案上放高头讲章，店里卖新科利器。
读得来肩高背低，口角唏嘘，
甘蔗渣儿，嚼了又嚼，有何滋味？
辜负光阴，白日昏迷，
就教骗得高官，也是百姓朝廷的晦气！

他一边念，一边嘻嘻地笑，羞得那班举子脸上红一阵、白一阵。最后，大家心头火起，一拥而上，把他逮住，交给巡绰官拘押起来……

现在，冒襄终于听见站立在东门的提调官点到了自己的名字。他答应一声，回头从冒成手里接过考篮和铺卷，走进如皋县的行列里，直到点齐后，才在手执高脚点名牌的县差引导下，登上台阶，走进大门。这时，天已昏黑，大门内的院子两边，堆起了两垛芦柴，熊熊的火光一直亮到天上。冒襄放下行李，同其他举子一样，照例解开衣服，脱下鞋袜，用手提着，然后到二门的栅栏领取试卷。

"嗯，刚才搜出了两个身藏夹带的，这一回只怕连累我们都得受罪了。"他一边想，一边走进二门。果然发现里面的气氛不同往常，四个搜检官每人负责一个角落，正虎视眈眈地坐在椅子上。一见冒襄走进，就有两个衙役过来，将他解衣剥裤，翻笼倒篋地大搜特搜，不但文具全都经过敲打查验，夹被夹衣要拆开，就连糕饼饽饽也用刀切开来瞧一瞧。冒襄给折腾得满肚子火，但又不能发作，好不容易检毕放行，走进龙门。他看看试卷上的座位编号，正巧，就编在"地"字第一号。他知道那是龙门东侧第一个门，又名"东龙腮"的，也就不去看墙上所悬的"席舍图"，径直出了龙门,向右一拐,进了"地"字号门,在第一间号舍安顿下来。

原来这号舍宽才三尺,深也只有四尺,每个举子住一间。为了便于监视,故意建成有顶无门,也没有窗户,只有一个放油灯的小壁龛,两边墙上各有两行突出的砖托。至于桌子和床,其实只是两块可以合并的木板。要答卷时,把两板分开,在上下两层砖托上各放一块,就成了桌子和椅子。睡觉时,两块并排放在下面那两道砖托上,就成了床。因为地方很狭小,举子只好曲膝而卧,加上没有门,只能临时挂一张油帘,碰上刮风下雨,景况就十分狼狈了。就算不下雨,像现在这样炎天酷暑,也简直同坐在蒸笼里差不多。不过冒襄已经顾不上这些。他知道马上就要鸣炮封门,留给他作准备的时间已经不多。他赶紧到过道里向"号军"——一个负责料理举子起居饮食的老兵讨了一点水,泡起一杯茶,狼吞虎咽地塞了两件点心,就动手磨墨。这时候,号栅已经关上,四下里变得静悄悄的,再也看不见有举子在走动,就连监考人员那威严的咳嗽声和脚步声也暂时听不见了,整个考场呈现出一派严肃的、不安的气氛,就像是一个马上就要展开生死搏杀的战场。不过冒襄却相当镇定,他依旧动作轻快地磨着墨。已经是第四次参加乡试,对于这种气氛,他可以说是相当熟悉。诚然,前三次都是铩羽而归,但这一次毕竟不同,他经过近一个月的苦心钻研,自觉对于八股文的写作,已经取得了飞跃突破,眼界和手笔,都远非昔日可比。何况史可法又事先替他通了关节。除非老天爷故意捣蛋,否则断无不中之理。事实上,老天爷看来也是肯帮忙的,他不是已经在卦象里显示吉光了么……

"轰!轰!轰!"封门的号炮响了起来。冒襄的思绪跳动了一下,断了。他本能地把墨条放下,向外张望了一下,坐正身子,等候分发试题。可是,那轻快的思绪,仍然在他脑子里跃动。

"……如果这一次中了的话,那么明年就该到北京去参加会试。哼,我倒不怕会试!虽说会试中式要比乡试难得多,但好就好在考官的学识眼光也会高得多,相信他们更能识得我的文章!……若是会试、殿试也都中了,最好能争取进翰林院,像方密之那样,当个编修之类,干好了,就有机会入阁当值,参与机务,将来路子就会顺当得多。要不然,给外放到穷乡僻壤去,当个劳什子县太爷,那就毫无意思了!对,到时我一定要设法入翰林院!……"这样暗自决定了之后,他就开始想象自己一旦跻身于权力中心,将如何施展才干,取得皇上的信赖,然后大力整顿朝政,毫不留情地撤换那些昏庸无能之辈,把与自己志同道合的一批人提拔起来,安插到各个重要部门。然后通过他们,坚决贯彻自己的一套政治主张。这样,不出数年,就一定能把国家的局面彻底改变过来。到那时,流寇荡平,建虏扫灭,大明中兴,自己也将作为一代名臣而流芳青史……冒襄就这样沉浸在雄心勃勃的悬想里,脸上带着微笑。他想得那样兴奋,那样入迷,以至巡绰官把试题发到他手中时,都差点儿没反应过来。

试题一共二十三道,其中《四书》出三题,《五经》每经出四题。按照规定,除了《四书》那三题必须全做之外,《五经》的二十题,举子只需做自己所报考的那一经的四题便可。每题一文,合成"七艺"之数。要在不到两天的时间内做成七篇文章,而且要做得好,还要工楷誊正,实在是一桩极紧张极辛苦的差事,常常有不少举子无法终篇,或者因紧张过度而当场昏厥。

所以冒襄不敢再胡思乱想,他拿着题纸,首先很快地浏览了一遍。他知道,由于《四书》《五经》这几部古书的篇幅不多,字数有限,一般地抽取其中的句子来做题目,时间一长,就难免重复。所以如今的试官都是想方设法地变花样,或在每章每节内择取数句,或者把一章分成几节,或者从一节中截取一句,或者把几章几节连在一起,这样来出题目,使人无从预测。不过,举子也有相应的对付办法,那就是把习作的数量成倍地加大,把那几部经典割裂又割裂、拼凑又拼凑，预先做它几十题，乃至上百题文章，记牢、背熟。这样，往往总有那么一两题，甚或三四题给碰中。为了应付这次考试，冒襄事先也准备了一批文章。现在，他希望能在这二十三道试题里，发现有他做过的题目……然而，没有。甚至连最易碰巧的《五经》题目，也全是他未曾做过的。看来，他想的题太偏、太巧，而这一次，主考官却仿佛有意同举子们捉迷藏，出的题目偏偏全是比较普通的。

终于，冒襄呆住了。固然，他不至于因此就做不出文章来，但事先经过精心准备、反复推敲的那一批得意之作，如今竟连一篇都用不上。也就是说，七篇文章全都得重新构思、写作、修改、誊正。这样一来，能否真正充分发挥出自己的本事，可就有点难说了。"哦，我何以没想到这一层？何以一个劲儿去钻那些怪题、僻题？我本该想到，出了那些年的怪题、僻题之后，也许会倒过来一下，可是我竟失算了！"他懊悔地想，又看了一遍试题，不知是着急还是心慌，他忽然觉得：这些题目无疑都很平常，唯其如此，要翻出新意、显出本领，却又非常之难。这一次，他似乎注定是无法把它写好的了……

"嘿，我还满心想夺它个头名，谁知还没下笔就先栽了个跟头！这一个月来，我没日没夜，把心血全泡在这上面，若还只考得个四五十名以后，那还有什么意思？还有什么意思！"他在心里恼火地叫，一阵烦躁，猛地抬起头。就在这时，他看见一双眼睛。这是一双年老的、混浊的、丑陋的眼睛。它在一动不动地、怀疑地瞅着自己。冒襄不由得一惊！

瞅着冒襄的是个年老的号军。他之所以这样，大约是冒襄的举止神情引起了他的注意。老号军发现冒襄也在看他，就收回了目光，抬起头，向遥远而神秘的子夜星空望了一眼，走开去了。

"啊，他为什么这样？这是什么意思？"冒襄想，不由自主地把视线投向天幕。蓦地，他脑际灵光一闪，仿佛听见一个声音在说：

"天意！一切自有天意，你又何须自寻烦恼？"这声音是如此威严，如此仁慈。冒襄的心情忽然变得平静了。在他的眼前，仿佛呈现出一股无比伟大的、支配一切的、无法抗拒的力量，而人世间万事万物的生灭、兴衰、因果都早已由它作出了最合理最严格的安排，一个尘世的人，是无法加以窥度的。那么，又怎知这种安排就一定对自己不利呢……

他不再烦躁，轻轻拈起笔，饱蘸了墨，伏下身去，开始在试卷上一个字一个字地书写起来……

卖婆点拨

　　董小宛确实已经到了南京。她知道眼下正是考试最紧张的几天，怕扰乱了冒襄的心思，所以没有进城，还暂时留在三山门外的船上。

　　由于一直盼不到冒襄的音讯，在惶急无计的情况下，董小宛终于下决心到南京来寻他。而促成这个行动的，则是现在正同她在一起的这位姓陆的卖婆。

　　陆卖婆是个已届中年的小户妇女。鹅蛋脸，小尖鼻，细眉细眼，颇有几分姿色；加上生就一张巧嘴巴，能言会道，便不甘寂寞，单身匹马出来闯江湖。她专门出入大户人家，做那一类兑换金珠首饰、贩卖包帕花绒、篦头插带、牵线说媒的帮闲活计，混得久了，也就见多识广，胆大心雄。她住在姑苏半塘，离董小宛的家不过隔着十来间房子，平日常有来往。那天，陆卖婆接了几件首饰，想找主儿兑换，顺脚过来问一声，看见董小宛在独自流泪，问起情由，得知是这么回事，便竭力撺掇她到南京来找冒襄，还自告奋勇陪她一道来，只要董小宛肯担当她的一应花销脚仪就行。董小宛眼见等候无望，也曾动过这念头，只苦于自己孤身一人，她爹董子将又要守着家，分身不开，忽然听说陆卖婆答应相陪，自然十分感激。当下立刻打点行李,择日出门。一路上晓行夜宿,终于在八月初六这天,来到三山门外。

现在,她们在船上已经住了三天。陆卖婆从不曾来过南京,她这次自告奋勇陪董小宛,一半是出于情分,一半也是想乘机见见大世面。所以船到第二天,她便扯着董小宛上岸游逛。董小宛本没有这份心情,但拗陆卖婆不过,只好倒过来陪她。前天和昨天,她们已经游了莫愁湖和凤凰台,可是陆卖婆毫不满足,游兴越来越高。她不知听谁说,石城门内的关帝庙求签最灵验,今天又嚷着要去。董小宛实在有点厌烦了,便推辞不肯。不过,陆卖婆却不是那么轻易摆脱得了的。她心眼儿又多,嘴巴子又会说,何况有许多事情,董小宛还得靠着她。所以最后,董小宛依旧只好乖乖儿吩咐船家解缆向北,撑到石城门去。

"啧啧,瞧,这才是我的好妹子嘛!"陆卖婆顿时高兴得眉开眼笑,她把头探出舱外,朝船家一扬手,"喂,老大,怎么还呆着?快开船!你奶奶我今儿要上石城门去游耍,你若荡得快时,那两盅儿黄汤,少不了你!"说完,一扭身,又坐到董小宛身旁,拉着她的手:"好妹妹,你只管放心好了,有老姐姐在,你那宝贝冒公子他飞不上天去!"

"可是、可是他宁可自个儿来,也不去接我!"董小宛可怜巴巴地说。一提起冒襄,她的眼圈就红了,差点没掉下泪来。

"哎,我不是说了吗,他不来接你,兴许是给事情绊住了,分身不开,兴许是临时一忙,就忙忘了,兴许……"

"不!"董小宛悲戚地摇摇头,"他是成心这样子,我都想过了!"

"啊,怎么?"

"他若不是成心,就该给我捎个信。这两三个月,我不歇央人带信给他,叮嘱提醒这事。起初他还答应得好好的,可后来……"

"后来他就不答理了?"

董小宛点点头，随即又摇摇头："也不是全不理，就是……"

"答应得不那么爽利了，对不？"

"嗯……"

陆卖婆斜睨着董小宛，转了半天眼珠子，末了，"扑哧"一笑，安慰说："妹妹，瞧你急的！只要他不曾把口儿封死，事情就完不了！哪怕他封了口，我们也还有法子拆开它！你愁什么！"说着，她探身从矮几上抓了两把瓜子，塞了一把给董小宛，一边嗑着，一边说："好吧，如今你再把这事从头到尾给姐姐说上一遍！"

"姐姐不是都知道了么？"

"不成！前时你回我话的样儿，像煞那阔小姐偷汉，说一半，留一半，吞吞吐吐。今儿我要听个有根有蒂、有枝有叶，才好给你出主意！"陆卖婆随口吐掉一瓣瓜子壳，立即又拣了一颗瓜子搁在嘴里嗑着。

董小宛呆呆地瞅了陆卖婆一会儿，终于叹了一口气，低下头去，幽幽地说起来。她从三年前如何第一次认识冒襄起，说到今春的冒襄再度来访，她如何挽留他，后来又怎样随他到了镇江。冒襄开始怎样拒绝她，后来由于朋友们的督促他又怎样回心转意，这一次他又怎样突然反悔，背约不来……一五一十向陆卖婆和盘托出。她还特别谈到了冒襄同陈圆圆的关系，最后哽咽说："我知他心里想着陈姐姐。我自问万万不敢同陈家姐姐比，若是陈家姐姐还在，我也不敢存这份心思。只是现在……"说到这里，她再也忍不住了，用双手掩着脸，背过身去，失望地、凄苦地哭泣起来。

陆卖婆却没有劝止她，仍旧管自嗑着瓜子。待到把最后一颗嗑完了，她就站起身，用蒲扇兜着瓜子壳从船篷下往外一倒，又在船帮上扑打了两下，这才放下扇子，转过脸来，拍了拍董小宛的胳膊，说：

"好了好了，莫哭了，哭肿了眼睛，待会儿上岸怎么见人？

如今合计合计,怎样摆布你那心上的人儿是正经!——妹妹,不是姐姐要说你,这事弄成今天这局面,妹妹你也有不是哩!"

董小宛已经渐渐停止了哭泣,听了这句责备,她不由得抬起头,迷惑地瞅着陆卖婆。

"你那位什么陈家姐姐,我没见过。"陆卖婆继续说,"她到底怎么个天上有、地下无,妹妹到底比得上她比不上,我也不晓得。不过,这些年姐姐我在江湖上走动,绝色的美人儿也见过几个,未必妹妹就不如她们。若论文才品位,妹妹反觉高出一头。只一样,妹妹却差得太远。你降不住冒公子的心,原因只怕也就在这上头了!"

"哦?"

"妹妹,我问你,那些公子哥儿,有财有势,吃穿不愁,家里又都放着三妻四妾的,怎么还要出来找你们姐儿白相胡缠,你想过么?"

"这……"董小宛的脸红了一下,她想解释说,冒襄家里只有妻子,尚未讨妾,但是动了动嘴,却没有说出来。

陆卖婆也不理会她,只管自己说下去:"哼,无非是想换个口味儿罢咧!这也如同吃腻了山珍海味的人,便想尝尝山桃野杏,图个泼辣新鲜。对付这等主儿,你不放出那轻狂风骚的骚劲儿,把他撩拨得爱又不是,恨又不能,丢不开,放不下的,还能指望他死心塌地娶你?妹妹,你输就输在太文静服帖,一本正经呢!"

听了陆卖婆这番开导,董小宛才有点如梦初醒。本来作为自幼在妓院里长大,而且开门接客也有好几年的小娘,对于这个道理她也未尝不知。只是,秦淮河上的名妓,向来是讲究各人有各人的风度派头。像顾眉的雍容华贵、李十娘的柔弱妩媚、寇白门的风流放诞、李香君的机灵狡黠等等,而文静端庄、清高自命,则正是自己之所以显得与众不同的一种特色,曾经使许多风流狎客大为倾倒。她虽然不想故意做作,但总以为像冒襄这样见多识广的公子哥儿，尤其会喜欢这一套，却没想到……她不由得回想起与冒襄相处的那些情景，越想越觉得陆卖婆的话有理。她着急起来："啊，那、那该怎么办？"

"怎么办？"陆卖婆撇撇嘴，"拿出你的手段来啊，莫非还要姐姐教你？"看见董小宛面现难色，她就奇怪地皱起淡淡的眉毛，"怎么，连这都不会？你那死鬼老娘，当年可是远近闻名的骚姐儿哩！难道就不曾点拨你几下子？"

"哦，不——"董小宛慌乱地说，连脖子都羞红了。她怕陆卖婆再说下去，只好使劲点点头。

"嗯，这就对了！"陆卖婆神气地挥了挥手，"这是第一要紧的，若再见到冒公子时，你可得记住了！嗯，还有，你这冒公子必定是个名士头儿什么的啰？"

"姐姐怎么知道？"

"哼，什么瞒得过我！若他不是名士头儿，你这小妮子会这等恋着他？我瞧那冒公子虽则心气高傲，脸皮子却薄——你不见他在金山时明明回绝了你，后来叫他那帮子朋友一起哄，就顿时软了。嘿，如今这世道也越变越奇了！我在姑苏常听人说：要当大名士，光有文章还不够，连逛窑子也得格外知情识趣，才会受人抬举奉承！好嘛，他越是怕人起哄，你就越要把这事张扬开去！赶明儿你就回你的曲中去，寻着你那帮子什么手帕姐妹、干爹婶娘，逢人便说这事，闹它个满城风雨、人人皆知。只要四面八方这一哄起来，就不怕那冒公子不乖乖儿就范啦！"陆卖婆一口气地说完了，得意地瞅着董小宛，"妹妹，你瞧，姐姐这条计策如何？"

董小宛耷拉着脑袋，没有立即回答。她在心里掂量来掂量去，觉得这确也是一个办法。但她又担心，万一被冒襄发现了，会弄巧反拙。不过，如果不这么办，事情只怕就更加没有希望……她犹豫了又犹豫，最后轻声说：

"但凭姐姐做主。只是姐姐可千万别说是我……"

陆卖婆眼珠子一转,似乎明白了,她笑起来:"妹妹只管放心,一切都算在姐姐身上,妹妹只当不知道就是!"

武庙求签

"妹妹,我们姐俩好不容易来上一趟,待会儿,你可得在帝君跟前诚心诚意地求根签哩!我也要求一根。"陆卖婆掏出一把铜钱,把围拢上来的几个乞丐打发走,一边回头对董小宛说。

这时,她们已经来到关帝庙,正站在大殿的石阶前。这关帝庙就坐落在石城门内。石城门又叫汉西门,是南京西南面的一个主要城门,出门不远就是一个大船码头,来来往往的轿马行人很是不少,所以这关帝庙的香火也颇为兴盛。如今庙前的空地上,除了前来拜神的人们外,还摆起一个一个的茶档,以及出售香烛元宝的摊子,那些走索卖解的、占卜算命的、卖小吃的、拉皮条的,也混迹其中,招徕生意,显出一片熙熙攘攘的景象。

自从听了陆卖婆一番开导,董小宛如今觉得心里踏实了一点,情绪也开朗起来。她见陆卖婆兴头十足的样子,就说:"姐姐觉着这地方好么?可惜我们来迟了几天,若是赶上七月二十九的地藏胜会,那才热闹呢!"

"是么?好妹妹,你倒说给我听听哟!"

"嗯,若到这一天,南京人各家各户,都要在门前搭起两张桌子,点上两支通宵风烛,供上一座香斗,从大中桥到清凉山这七八里路上,就像游着一条银龙,一夜的亮,香烟不歇,大风也吹不熄。到其时,满城的人都出来烧香赶会,直闹到天亮哩!"

"哟!那一定交关好白相啰!"

"不过说来呢,也好笑。原来这地藏菩萨一年到头把眼闭着,只有这一夜才睁开眼。所以不知谁就想出这主意,让满城都摆开香花灯烛让他瞧见,哄得那菩萨只当一年到头都是如此,便欢喜这些人好善，乐意保佑人了。姐姐你瞧，这不可是使奸诓骗么？"

陆卖婆笑得眼睛只剩一道缝："我说么，如今人人都话我姑苏人么心术弗正、专会使奸，原来南京人胆子更大，连菩萨都敢骗！"

两人一边说着笑话儿，一边走到场子边上的小摊前，买了两扎线香，转身正要登上大殿，忽然发现不知什么时候，身后已经围了一群人，都是些油头粉面的年轻小伙子，也有一两个年纪较大的，一个个都打扮得花里胡哨。有的摇着折扇，有的托着鸟笼，正在那里指指点点、交头接耳，不时发出一阵轻薄的哄笑。

董小宛瞧出这是冲自己来的。凭着这些年的风尘阅历，她知道这伙人都是些浪荡无赖子弟，平日闲得发慌，经常成群结队到处转悠。碰上有些姿色的年轻妇女，便一窝蜂地追着不放，评头品足、疯言疯语，甚至调戏侮辱。她怕被他们一旦缠住，难以脱身，连忙扯了扯陆卖婆的衣袖。陆卖婆也是乖觉人，立即会意，便同董小宛一起转身，匆匆向大殿走去。刚行出几步，忽然有人迎面拦住去路，怪声怪气地叫：

"啊哟，好妹妹，哥哥到处寻你不着，原来妹妹到这儿耍子来了，怎么也不告诉哥哥一声？"

董小宛一看，原来那伙人当中的几个，已经站在阶前等着，说话的那人长得小眼睛、短眉毛，当中嵌着一个难看的蒜头鼻子，瞧模样不过十六七岁的年纪，却一脸的淫邪轻薄劲儿。董小宛一声不响，低着头往斜里走，想绕过他们。

可是那少年却不罢休，又一次跟过来，嬉皮笑脸地张开双手拦住说："哟，好妹妹，怎么，不理哥哥了？莫非生哥哥的气了？嘻嘻，别走嘛，哥哥给你赔个礼好不？"说着，当真作下揖去。但是，又不马上直起身来，却像发现了什么似的，斜瞅着董小宛的裙裾，笑嘻嘻地说："好妹妹，你这，嗯，你这脚儿真小，真好看！让哥哥仔细瞧瞧，好么？"

董小宛心中一跳，脸顿时红了。虽然她明知自己的脚藏在裙子里，对方不可能瞧见，但是仍然不由自主地往里挪了挪。周围的那些浪荡子弟早已大声喝彩起来：

"拿出来瞧瞧嘛，怕什么！"

"不过是瞧瞧，又不会把你瞧大了！"

"瞧这小姐的模样，她的脚，嘻嘻……"

"也难说，须得瞧过才知道！"

"对，瞧瞧！再不让瞧，我们可要动手啦！"

"……"

陆卖婆虽然见多识广，可是看见这种阵仗，心里也有点发毛。她一面用身子遮护着董小宛，一面用最粗鄙难听的话叫骂着。可是那伙浪荡子弟见她是个外地女人，加上那一口苏白，即便骂起人来也像唱歌儿似的，哪里会怕？还有些人见她徐娘半老，泼得有趣，趁她指手画脚，没遮没拦，倒先在她身上捡起便宜来……

在这当儿，董小宛反而显得比较镇定。作为一个青楼女子，她对于自己将会落到一个什么样的处境，倒不太担心。现在她一心考虑的是如何尽快摆脱这种下流的纠缠，以免传到冒襄的耳朵里，引起不必要的误会。因为她自从在金山下与冒襄有了成约之后，一直闭门谢客，并向冒襄一再表示洁身以待的决心。如果今天这事闹得不清不楚，被人加油添酱地传扬开去，只怕有点不妙。事实上，眼下冒襄对她已经三心二意，而且他俩这件事，背地里心怀嫉妒、伺机中伤的人只怕也不少……这样一想，董小宛就紧张起来，虽然眼前这伙人那副流氓无赖的样子使她感到害怕，可是也只好强自镇定，凑在陆卖婆的耳边说：

"姐姐，你叫他们别吵，我有话说！"

陆卖婆正招架不住，一听这话，连忙对那伙人大声说：

"你们弗要叫，我妹妹有话说哩！"

连叫了几声，那伙人才听清楚了。他们没想到董小宛如此大胆，还敢答话，倒有点意外，不由得静了下来。

董小宛侧着身子，先向众人深深道了个万福，然后说："众位哥哥……"

话刚出口，立即有人怪声喝起彩来：

"叫得结实！"

"这才对嘛，多热乎！"

"哎，好妹妹……"

可是更多的人却目不转睛地瞅着，等着她说下去。"嘘——听她说什么。"有人说道。

"今天承蒙众位哥哥抬举，到这儿捧奴家的场，奴家这厢谢过了！"董小宛说着，又行了一个礼。

这一次，却没有人再作声，他们显然感到情形有点不对劲，但是却不知道是怎么回事，这楚楚动人的小妞儿怎会这样说话？

"众位哥哥只怕还不认得奴家，"董小宛停了一下，又说，"奴家姓董，贱名白，草字小宛。早先也曾在秦淮河旧院里住过几年，后来去了姑苏。这一次是奉如皋冒辟疆相公邀约，到南京来访他的。如皋冒相公，众位哥哥想必也是认得的，他是'复社四公子'之一，同南京六部的大人们都是极相熟的……"

董小宛估计，那帮浪荡子弟还不知道她是什么人，只从衣着打扮不像缙绅之家的女眷这一点，把她误认作一般的小家碧玉，所以敢于大胆围着调戏。如今她说出自己的身份是个妓女，而且是复社大名士冒襄请来的，或许他们就会觉得相错了对象，扫兴而去。果然，听董小宛这样自我介绍之后，有不少人就露出了愕然和没趣的神色。只有最先向她调戏的那个蒜头鼻子的少年，却似乎仍不甘心，他阴阳怪气地说：

"噢，原来是大名鼎鼎的董小娘子，那就更好啰。难得今日有缘一见，就请到外间去陪我们喝酒吧！"

"多谢哥哥盛情！"董小宛连忙行礼说，"只是奴家难以从命。"

"怎么?"蒜头鼻少年顿时瞪起了眼睛,"莫非你以为小爷出不起价钱?告诉你,小爷有的是银子!你要多少,说吧!"

"哦,不是银子,是奴家今儿委实不得空。"

"什么得空不得空!不就是拜神烧香的事嘛!告诉你,今儿小爷这顿酒是吃定了。你不来也得来!"那少年蛮横得可以。

"对!叫你来就得来,别敬酒不吃吃罚酒!"他的一个同伙帮腔说。

"咦,瞧她架子还挺大的呢!""装模作样罢咧,哪有姐儿不爱钞的?""对,对,她们不就是干的收钱卖货的营生么!"另外几个也七嘴八舌地说。

"哈哈哈哈!"更多的人哄笑起来。

"嗳哟!你们这是做什么呀!"许久没有说话的陆卖婆突然挥舞着双手叫了起来,"人家又不是一定不肯随你们去,只是今儿不行罢咧!常言道,'头头不了账账不清',今儿是冒公子和复社的相公们早就请了的,自然得先轮到他们!你们硬要横插一杠子,窑子上也没这规矩!各位老爹少爷如果有心帮衬,赶明儿到秦淮河去!我们谢都来弗及呢,哪有把进门的买卖往外推的道理?只是今儿不行,冒公子和复社的相公们,这会儿正在石城门外的船上等着我们呢!啊哟!不同你们闲嚼蛆了,我们烧炷香就得回去,迟了,只怕要落一顿埋怨呢!"

陆卖婆一边说,一边扯着董小宛往殿上就走。

也不知到底是因为陆卖婆的一番话打了圆场,还是因为听说冒襄和复社的人就在外面的船上,给吓住了,这一次,那伙浪荡子弟却没有追上来。不过,当她们登上台阶,来到殿门外时,陆卖婆却发现董小宛低着头,两行泪水正顺着脸颊默默地流下来。那是痛苦的、屈辱的泪水。陆卖婆担心地回顾一下,半带劝解半带吓唬地说:

"妹妹,快别哭了。若是给那帮瘟星瞧见了,姐姐好歹糊起这张窗纸儿，说不定又给捅破啦！"说着，紧拽几步，把董小宛拖进了大殿。

这是一座歇山顶的殿堂，殿内九梁六柱，十分宽敞。当中供着一尊一丈来高的关圣帝君坐像，塑得赤面美髯，凤眼蚕眉，栩栩如生。他的两侧还各有一座较小的塑像，左侧是一位白面无须的青年将军，手里捧着一方印；右侧站着一位黑面虬髯的壮士，肩上扛着一柄大刀。那自然便是关平和周仓了。神前的香案上，照例陈列着各式供品，香烛围绕，烟雾腾腾。一些善男信女正俯伏在蒲团上顶礼膜拜。

当董小宛把三炷点燃了的线香在香炉上插好，双膝跪倒在蒲团上时，有片刻工夫，她抬起还残留着痛苦的眼睛，仰望着神龛里的那尊关圣帝君像。她觉得帝君的面容是如此威严，如此美丽，他的眼神又是如此智慧，如此慈祥。他仿佛在说："你前世作下了孽，所以今生合该遭受如此磨难。不过，只要你一心向道，乐善不渝，是可以赎清前愆，从苦海里获得超生的……"

董小宛的心忽然觉得平静了："是啊，我今生受苦受难，都是前世作孽的报应！但愿我的债已经偿清，从此脱离苦海，同冒郎白头偕老！"

于是，她合掌当胸，虔诚地祝祷了一会儿，叩下头去，然后站起身，把供桌前的一个签筒拿过来，开始使劲地摇着，一边继续默默祝祷。她不停地摇着，随着她的手势，竹签在签筒里发出悦耳的沙沙声响。渐渐地，董小宛的整个心灵也沉浸在这美妙而神秘的旋律里，仿佛已经同冒襄一起踏上了去如皋的归途。那沙沙的声响便是江水在船舷旁流过，是轿夫轻快的脚步，是冒郎在她耳边喁喁细语……

终于，签筒"笃"的一响，这是神明显灵的信号。董小宛反射似的睁开眼睛，果然，一根签已经脱筒而出，掉在地上。她赶紧弯腰把它捡起来，"啊，不知神明怎么说，不知他怎么说？"她匆遽地、惊惶地想,把签抓在手里,慌里慌张地站起来,到右首的柜台上,纳了一文钱,向庙祝取了签纸。可是她的手抖得那样厉害,以至无论如何也看不清楚写在签纸上的那几行字。她只好停下来喘一口气,待到稍稍平静一点时,才重新去读签文。这一回,她不仅看清了,而且像猛地挨了一记似的呆住了。签文上写着这样一首七言绝句:

忆昔兰房分半钗,
如今忽把信音乖。
痴心指望成连理,
到底谁知事不谐。

第十章
借戏班小计赚胡子，斥阉孽私语动侯生

用计撮合

乡试的第三场，即最后一场，按规定是八月十六日结束。但十五日是中秋佳节，贡院照例提前一天放牌，让已经交卷的举子先行出场。在第一批出来的举子当中，有吴应箕、陈贞慧、梅朗中、顾杲、侯方域、余怀、陈梁、吕兆龙、冯舒、冯班、张岱、孙永祚以及其他一些复社社友。冒襄也在其内。现在，他们兴冲冲地聚集在桃叶河房里，一边愉快地交谈着，一边准备摆酒赏月，唱戏谢神。

七天前，冒襄刚进考场时，虽然一度被意外的挫折困扰过，可是当那神秘的、来自上苍的启示使他平静下来之后，情况就改变了，握管下笔之际，竟是出奇的顺利，仿佛有神鬼相助似的，文思源源涌出。那七篇八股时文，当真做得理真法老、花团锦簇，连自己看着，也不由得惊异起来。第二、三场考的是论、判和时务策，情形也一样。而且每一场，都是才放头牌他就已经交卷出场。待回到河房，把试文逐篇默写出来交给几位相知的社友传阅，又博得大家的击节叹赏，同声推许，就连评点名家、爱挑眼的吴应箕读了之后，也点头不语。瞧着这种情形，冒襄表面虽然不露声色，依旧一副淡淡的神气，内心却十分得意，觉得这一次虽不敢说必能夺魁抢元，但入闱中式，恐怕是没有疑问了。

也许因为这个缘故，当董小宛在顾眉和李十娘的陪伴下，带着陆卖婆突然来到桃叶河房时，冒襄并没有表现出任何惊愕和不

快。相反，就在董小宛径直向他走来的一刹那，冒襄甚至露出了愉快的、抱歉的笑容。不过，董小宛显然没有领会这笑容的含义。她那严肃而苍白的脸孔，那双大睁着的惊惶的眼睛，以及变得僵硬了的身姿，说明了她内心的紧张不安；而那紧闭着的小嘴，那毫不迟疑的步态，又显示出她的勇气和决心。不过，最令冒襄感到惊异的，却是此刻董小宛整个姿态所显示出来的那种殉道者般的悲壮动人的意味，以致他忽然感到有一点畏怯，有一点慌张。虽然几句照例的应酬话已经溜到了嘴边，却像一下子给施了魔法似的，再也说不出来。

董小宛来到冒襄跟前，就站住了。她仰起头，睁大那双梦幻似的大眼睛，一言不发，只管呆呆地望着冒襄。她望得那样专注，那样长久，似乎忘记了她此刻在什么地方，也忘记了周围还有许多人在场……

终于，冒襄被她瞧得有点不自在。他转动了一下身子，发现社友们的目光都集中在他俩的身上，一个个都露出意味深长的微笑。冒襄的脸微微一红，正想打个哈哈，把这尴尬的场面掩饰过去，一个清脆悦耳的女人嗓音已经在人丛中嚷了起来：

"啊哟，大家快瞧瞧这两口儿！一个在如皋，一个在姑苏，千辛万苦地约定到南京来相会，可是见了面，光顾着你瞧我、我瞧你，一句话儿也不说！这是唱的哪一出子戏哟！"

那是顾眉。她一边说，一边摇摇摆摆地走了过来。顾眉和李十娘都是董小宛的手帕姐妹。前几天，董小宛带着陆卖婆到旧院去寻着她们，把她同冒襄的事原原本本地说了，恳求姐妹们帮忙。顾眉听了，满口应承，并对陆卖婆那个通过大肆张扬此事、造成舆论迫使冒襄就范的主意十分欣赏。她说："哼，你别说，这事还真得这么办才成！如今这世道，我们当婊子的要走红，自然得有他们名士捧场；可他那个大名士，若离了我们婊子，只怕也当不神气哩！"她果然说干就干，一面让董小宛搬进城里，就在眉楼住下，一面串连了一伙姐妹，逢人便说冒襄和董小宛的事，加油添醋，竭力张扬。结果，到如今，这事在名士圈子里已弄得人人皆知，不少人还答应了顾眉，要尽力设法促成这段姻缘。所以，此刻顾眉已是心中有数。不过，她也知道，这事到底成不成，最后还在于冒襄怎么拿主意。因此她一进来，就十分注意冒襄的表情反应。发现冒襄并无厌烦不快的表示，她就先松了一口气；接着又看见这一对儿傻怔怔地在那里四目交视，无语相看，顾眉差点儿没有笑出来。"哼，我还道这位冒大公子拿班作势的，有多难轧，敢情儿不过'银样镴枪头'！可笑我这位董家妹妹也忒多心胆小，一天到晚地担惊受怕。待我如今略施手段，把这门亲事给撮合了，看她拿什么谢我！"这么一想，她又笑吟吟地说：

"噢，敢情儿是怕我们听了去不成？好好好，我们这就走。若再碍着，还不知他们心里怎么咒死我们哩！"

顾眉说着，转身就向堂外走去。走了几步，回头看看，大家都还站着没动，她又叫："咦，怎么啦！你们倒是走呀！"

"你不说到哪儿，我们怎么走？"李十娘微笑着说，"莫非姐姐要去投秦淮河，我们也得跟着不成？"

"死丫头！这还用问？当然是上水阁去啊！"顾眉跺着脚说，随即眼珠子一溜，又嫣然笑道，"谁个听话，乖乖儿跟我去，我等会儿甜甜地唱支小曲儿给他听；谁还赖着不走，哼，我同冒公子、小宛，还有这位陆卖婆，可要拿扫帚夹屁股的赶啦！"

"噢，有小曲儿听，我当然去的！"站在近旁的顾杲首先蹦了起来，他扯着李十娘，笑嘻嘻地经过冒襄和董小宛跟前，做了个鬼脸，然后三步并作两步，走出堂屋。

于是，其余的人也纷纷笑着，向外走去。转眼工夫，堂屋里就只剩下冒、董二人。

当顾眉连哄带逼地往外赶人的当儿，冒襄一直没有动弹，也没有开口阻拦。他刚考完试，眼下那种如释重负的愉快感觉还没有消失,同时,对于自己背约不去苏州又多少有点不好意思,而董小宛这样不辞辛苦地巴巴赶来,又使他多少有点感动。说也奇怪,在见到董小宛之前,他丝毫也没有这种感觉,甚至对她这样苦缠不休感到恼火;可是,此刻,当董小宛就站在眼前,而且又是这么一副楚楚可怜的模样,冒襄就觉得,自己过去那样对她,是不是有点过分了?

"嗯,你——到底自己来了。"沉默了一阵,冒襄终于开口了。没等董小宛回答,他又急忙说,"这次我没到姑苏去接你,你一定怨我吧?其实,我倒一心想去,就是试期迫得太紧,没有办法。不过,我打算好,考完了还是要去——没想到你倒先来了,正好。只是难为你啦!"

"奴家不怨公子。公子忙着应考,这是要紧的大事,不去姑苏是应当的。如今奴家已见着公子,又听说公子考得很好,奴家心里只觉得喜欢。"董小宛低着头,轻声地说。

"啊,你也知道了?"

"这些天来,奴家夜夜对着月亮烧香叩头,求神保佑公子今科高中。刚才在眉楼听人说起,公子头场这几篇文章,好得什么似的,还未曾放榜,书坊已经着人来打探,要拿去翻刻印行。奴家便想,果是上天有灵,公子得中,奴家纵然半路上遭了不测,也……"说到最后这一句,董小宛的嘴唇忽然颤抖起来,声音也开始发哑,随即咽住了。

冒襄目不转睛地瞅着董小宛。他本以为,自己这次失约,难免会招来对方一把眼泪一把鼻涕的责备,至少也会埋怨几句,谁知董小宛不但一点责备的意思都没有,反而处处为他设想、开脱。他没想到对方会这样体谅自己、关怀自己,一时大为感动,情不自禁地伸出手去,把董小宛柔软洁白的小手轻轻握住,怜惜地说:

"这……可真是难为你啦!我没想到……真的。嗯,刚才你说什么——遭了不测?这可是怎么回事?"

"没……没什么。"

"不,你快说,我要你告诉我!"

"真的没什么。就是……我们来时,半路上遇到强盗了,要抢东西,还要……我们拼命地跑,好不容易躲进了芦苇荡,才没叫他们搜着。可是舵坏了,船开不动,又不敢上岸,怕再遇见强盗。船上的东西吃没了,只好挨饿,一直过了三天,船家才偷偷上岸,把舵修好。那会儿奴家一个心思就想,自己天生命苦,死了,也没有什么好恨的;又是死在来寻公子的路上,到底也算有福了。只是不明不白,临死也不能给公子捎个信,却是……怎么……也不甘心!"董小宛强挣着说完,再也忍不住了。她蓦地挣脱了冒襄的手,使劲掩着嘴巴,倒在椅子上,悲苦地、委屈地哭泣起来。

冒襄呆呆地站在原地,瞅着董小宛,没有动弹,也没开口劝解。不知为什么,他觉得心里有点乱,拿不准主意该怎么办和说一些什么话才好。不错,柔声软语地说上一些安慰劝解的话——自己虽然并不许诺什么,但听起来仍然亲切——这并不困难,而且过去他就曾不止一次地用这种办法来应付对方,每一次都十分灵验。可是时至今日,到底还该不该这样做呢?冒襄却感到有点犹豫了。他十分清楚,董小宛所需要的是真诚的许诺,而不是空泛的安慰。如果自己仍旧用那种办法,来敷衍这么一个对自己一片痴情的弱女子,那就未免太欺负她,而且不够光明正大。但是当真答应娶她呢?困难也确实不少。先别说自己是否当真喜欢她这一层,就拿替她还债和赎身这两件事来说,没有一两千两银子在手,只怕难以打发得清。而家中自从经过父亲那件事之后,景况已经大不如前。现在一下子要拿出两千两银子来讨妾,只怕父母也未必会同意。"哎,即便娶的是圆圆,事情也说不定办得成办不成,何况是她!"这样一想,冒襄又泄了气。他回头瞧了董小宛一眼,正想走过去胡乱劝解几句,冷不防顾眉带笑的嗓音在门外响了起来:

"怎么？还没说完么？唉呀，这可真是'剪不断、理还乱'哟！"

顾眉一边说，一边走了进来。蓦地看见冒襄正皱着眉毛站在堂屋中央，又瞧瞧董小宛，发现她正歪在椅子上哭泣，顾眉倒吓了一跳，忙问："怎么啦，怎么啦？刚才还好好儿的，怎么会闹成这模样？——哼，冒公子，八成是你瞧我这妹子脾气儿好，不知又怎地欺负她了吧？"

说着，她连忙走到董小宛身边："妹妹，不要哭。告诉我，冒公子他怎么欺负你？待姐姐跟他评理！"

董小宛本来已经哭得差不多了，只是希望冒襄能过来，向她说上几句温柔体贴的话，所以才拖着。她看见顾眉走进来，就连忙自己揩干眼泪，一边站起身，一边说："不是冒公子，是妹子自己要这样子。"

"这话可是真的？"

董小宛点点头。

顾眉这才松了一口气。她瞧瞧冒襄，又瞧瞧董小宛："那边都备办妥了，大家都等着你们入席呢！若没什么，就过去吧！"看见冒、董二人没有反对的表示，她就对董小宛说："妹妹，瞧你，这模样怎么去见人！快，隔壁屋里有妆奁，你去匀匀脸再来，我们等你！"

董小宛答应着，顺从地走进隔壁去了。趁这当儿，顾眉把冒襄扯到一边，悄悄儿问：

"嗯，怎么样，公子拿定主意没有？"

冒襄瞧了她一眼，知道骗她不过，只好老实地摇摇头。

顾眉本来眯缝着眼，嘴角漾着笑影，一见他这样，眼睛顿时睁圆了，"怎么，到这会儿你还想着陈圆圆？"她生气地说，"你说，我这妹妹哪里比不上圆圆？圆圆她会这等死心塌地待你？她肯这等不要命地来寻你？她肯为你去死也心甘情愿？"

冒襄没有吱声。顾眉所说的这些，他也曾想过，他也觉得在这个方面，陈圆圆确实比不上董小宛。但他现在所考虑的，并不是这个。

"你少扯圆圆的事！"他不高兴地说，"我是说的落籍、还债！"

"噢，敢情是为的这事发愁呀！"顾眉一听，倒高兴起来，"这有什么难，大不了就是那么一两千两银子么！你堂堂冒公子，还怕拿不出？"

"哼！你哪里晓得！"冒襄冷笑说，"一年前你说这话还差不多，可现在——"他闭住嘴巴，摇摇头。

"这……"顾眉眨巴着杏子样的大眼睛，似乎有点为难了，她不由得沉吟起来。然而，当目光重新落到冒襄的身上时，她就露出了微笑：

"冒公子，你真是聪明一世，糊涂一时！亏你平日里自尊自重，挺有主张的，事到临头，却又把自个儿的分量给忘了！"

"……"

顾眉撇撇嘴："若是那些个阿猫阿狗之流的无名小辈，奴家也没办法。可像您老这样大名鼎鼎的复社公子，说句笑话——就拿这名字上当铺儿去，也能当它个千儿八百呢！还用得着为银子发愁？"

"……"

"你不信？"顾眉的眼睛变得闪闪发光，"你俩这事如今在秦淮河上已是人人皆知，你若是把它认实了，赶明儿我们就索性把它再闹腾开去，闹它个江南轰动，万口争传，越轰烈越好！到那时——瞧吧，自然会有人愿当那黄衫客、古押衙①，替你掏腰包儿！你信不信？"

停了停，她见冒襄沉着脸，没吱声，摸不透他的心思，于是

---

① 黄衫客、古押衙：两者在此均指设计救人者。

又掩着嘴儿,"扑哧"一笑:"公子可别着恼,奴家是跟你说笑话儿!不过,说真的,如今好名之徒多得很,他瞧你俩名士美人,这段风流佳话,若然成了,人人羡煞自不必说,没准儿还能流传千古!只要花上那千把两银子,就能攀上个黄衫、押衙的美名,他只怕还觉着很划得来哩!"

也不知冒襄到底是在听,还是没有听,他一动不动地站着,慢慢地捋着那乌黑漂亮的胡子,仍旧没有说话。

馋猫借戏

阮大铖愁眉苦脸地坐在石巢园的书房里,望着墙上那幅《百子山樵笠屐图》发呆。这幅画是十年前,他从怀宁家乡搬到南京来住下不久,花了二十两银子,央一位写真名手画的。画中那个头戴青箬笠、身披绿蓑衣的大胡子中年人,就是阮大铖本人。当时画成之后,不少人看过,都说十足就像阮大铖的模样,岂止像而已,简直是"形神兼备,气韵生动"!阮大铖听了,十分高兴,特地派人拿去精工装裱好,把它挂在书房正当中的墙上。每逢有新来的客人参观到这里,他就特意指点给客人看,同时喋喋不休地说起自己如何"少负向、禽之志",一心向慕山林,如今遭到罢官斥逐,倒成全了自己的"初志",实在是一件大幸事!然后,他就用乌溜溜的眼睛斜睨着对方,神秘地压低声音问:"听说朝廷不久就要开放党禁,平反起用一批人,真担心我到时又悠闲不成了!嗯,你可有什么消息吗?"不过,这只是起始几年才这样,到后来,时光一年一年地过去,开放党禁却毫无影迹,阮大铖就不由得焦急起来,渐渐怀疑当初挂这样一幅画是否明智;如果一开始就把画中那个自己画成头戴乌纱帽、身穿圆领绯袍的话,会不会好一点?不过,他也没有马上把画收起来,而是作为补救措施,在画的两旁挂起了一副对联,写上"有官万事足,无子一身轻"两句话。意思是：儿子可以没有，官不可不做。希望老天爷根据他前世的表现来安排今生的命运时，能尊重他的这一选择。然而，几年又过去了，儿子固然照旧的养不下来，复官起用的活动也一再受挫，毫无希望。这就不由得阮大铖不感到既焦急、又沮丧。虽然上个月初，他的生死之交马士英在自己的全力帮助下，终于获得起用，出任凤阳巡抚。可是再好的朋友也只是朋友，朋友有官做毕竟不同于自己有官做。这里头的含义、作用、滋味都大不相同。何况马士英又走得那么匆忙，连见上一面都办不到。到底他现在怎么想，会不会一朝得志，就翻脸不认人？这些此刻都闹不清楚。尽管这一个多月来，阮大铖已经接连派人送去两封信追问，但结果，要不是回禀说潜山一带兵荒马乱，道路不通，信无法送到，就是说马士英忙于指挥作战，行踪不定，根本见不着他，所以一直没有回音。这就更使阮大铖惊疑之余，又添了几分气闷……

已是傍晚时分，天色开始暗下来，咏怀堂那边静悄悄的，既听不见锣鼓响，也听不见唱曲子的声音。要在平日，戏班教习臧亦嘉常常这会儿还领着那班伶人在排戏。可今日是中秋节，夜里还要张罗演出，所以早早就叫了歇。本来，平常愁闷涌上来时，只要听听唱曲，看看排戏，阮大铖的情绪就会渐渐又变得兴奋起来，并且情不自禁地沉浸在其中，暂时忘却周围的一切。可是偏偏碰上这莫名其妙的中秋节，可教阮大铖此刻内心的一份冷清和懊丧怎生排遣？

"啊，这全是复社那伙恶人闹的！是他们，全是他们！"阮大铖猛地跳起来，"呸！混账！猪！王八蛋！"他双手攥紧拳头，恶狠狠地骂出声来。骂过之后，感到还不解恨，于是又大声地使劲骂了一遍，这才觉得胸中的闷气稍稍排除了一些，不再像先前那样堵得慌。然后，他重新回到书案前坐了下来，抽笔展纸，开始给马士英写第三封信。

在信中，他也像前两次那样，首先大大恭维了马士英一番，说他是个"王佐之才"，更兼兵机谙熟，调度如神，此次拥"熊罴之士"，旌旗西指，定能一鼓破贼，克奏殊勋。然后，就用了整整两页信笺，逐一回顾了彼此的交情，用谦逊然而却是明白的口吻，提醒对方不要忘了自己给予的两次巨大帮助。在信的最后一段，他是这样写的：

我公行前，曾命专人驰告，反复周详。足见关怀旧雨，情谊殷拳。分虽隔夫云泥，情不忘于沉滏，是用感激，聊申芜函，倘于为国宣劳之余，时怀俯赐栽植之意，俾效驰驱，则大铖有生之日，皆图报之年也！

写完之后，阮大铖自己又摇头晃脑地大声吟诵了一遍，自觉音节铿锵、情深辞切。到后来，他自己竟先感动起来，泪水在眼眶里直打转转，"啊啊，这样的文字，这样的才华！若是马瑶草还有点良心，就无论如何也该设法拉我一把！"他唏嘘地想着，慢慢擦去眼泪，又把信折好，装进已经写好的封套里。做完这一切之后，他站起身，一边考虑着该派谁去送信合适，一边转过脸来。就在这时，他看见院公站在门口。

"禀老爷，有一位张相公来拜。"院公行着礼说。

"哦？"这个时候还有人来访，使阮大铖感到有点意外。而且他记不起相熟的人中，有哪一个姓张的。不过，他还是把帖子接了过来，只见上面写着：

眷晚生张岱顿首拜

"嗯，张岱？这名字倒像听过，他是什么人呢？"阮大铖侧着脑袋，竭力回想着，却怎么也回想不起来。最后，只好摇摇头，吩咐门公："外堂有请。"说完，他走进里间，换过衣服，慢腾腾地跟了过来。

阮大铖来到外堂，就放轻了脚步。他且不进门，先趴在窗棂上偷眼一瞧，看见里面站着一个方巾道袍的中年儒生，正倒背着一只手，在逗弄架子上那只白毛黑嘴的鹦哥儿。自从复社发表《留都防乱公揭》以来，同阮大铖交往的士子已经很少，现在瞧这儒生的背影并不熟悉，阮大铖愈加犯疑。他本想再瞧清楚一点，又怕被对方发觉，只好轻轻咳嗽一声，跨进大堂。

张岱听见响动，回头望了望，顿时展开了笑脸：

"圆老，你这鹦哥儿，甚有意思呢！"他喜孜孜地说。

"啊呀，原来是张兄！"阮大铖亲热地招呼。瞧清楚张岱的脸后，他觉得似乎有点面善，却想不起曾在哪儿见过。但对方一点都不客气拘束，阮大铖也就不好意思显出自己健忘，只好跟着装出一副熟稔的样子，"啊啊呀呀"地应酬着，分宾主坐下，一边希望从言谈中弄清对方的来历。

"啊，圆老，瞧见你这鹦哥儿，晚生就想起我家的'宁了'来了！"张岱一边接过小厮奉上来的茶，一边兴致勃勃地说，"'宁了'——圆老想必不曾听说过吧？难怪。此乃我家二十年前所珍养的一只异鸟。身小如鸽，黑翎如八哥，能作人言。其时晚生年纪尚幼，听见祖母唤婢妾，它便传呼道：'某丫头，太太叫！'有客来，又叫：'太太，客来了，看茶！'其音朗朗，绝不含糊。后来，家中来了个新娘子，爱睡懒觉。那鸟每天清晨便叫唤：'新娘子，天明了，起来吧！太太叫，快起来！'不起，它就骂：'新娘子，臭淫妇，浪蹄子！'那新娘子恨这鸟入骨，有一回，偷偷在饲粮里掺了药，把这鸟毒死了！"

张岱说着，语调低沉下去，神气之间，大有不胜惋悼之意。阮大铖却莫名其妙，不知道他喋喋不休地说这些不相干的事情做什么。只听张岱又说：

"世间之异物，也着实不少。譬如晚生外祖家那头白骡，取名'雪精'的，也妙不可言。此骡四蹄都白，日行二百里，唯服晚生一人驱策。旁人想骑它,必定又踢又咬。最奇的,是此骡之尿,可治噎嗝之疾,比仙丹还灵……"

正说着,只见小厮捧出一个托盘来,上面盛着三碟点心:一碟月饼,一碟山楂糖,还有一碟是带骨鲍螺。张岱的眼睛顿时亮了,他忘了说话,直勾勾地盯着,喉核儿一下一下地动,分明是在咽馋涎。等点心一摆到方几上,他就老实不客气地抓起筷子,先夹了一块月饼送进嘴里,嚼了几下,"咕嗞"一声吞了下去。他点点头,又去夹带骨鲍螺。

阮大铖冷眼瞅着。现在他已经断定,此人纵然见过,也无非一面之交。根据他的经验,这种不速之客,越是一坐下来就东拉西扯地胡诌,越是有所谋而来。像混几两银子使啦,骗顿酒饭吃啦,诸如此类,因为不好意思立即提出,就没话找话。别看这个姓张的穿得还蛮光鲜,可是如今肚子饿得咕咕响,外头还硬撑着穿绸着缎的穷酸有的是!这样一想,阮大铖原先的敬畏之意就顿时大减,打心里生出一种轻蔑之情。不过,他倒不打算把张岱轰走,因为此人好歹也算个秀才,如今穷极来投,不妨趁此收为己用。可是张岱接下来说的那句话,却又使阮大铖动了气。

在这当儿,张岱已经一连吃了两只带骨鲍螺。只见他皱起眉头,摇头叹气说:"到底不是出于姑苏过小拙之手的,滋味便差得太远!"

阮大铖斜眼瞧着张岱那副馋猫似的模样儿,心想:"哼,我好意款待你,你白吃了不算,还拿腔作势地不领情,却想吓唬谁来!"于是,他翻了翻白眼,挖苦地说:"姑苏过小拙家的带骨鲍螺,学生也曾尝来,同是乳酪所制,却难得美味如斯,不知以何法为之,方能至此?仁兄既是食家,必知其妙,可以见告么?"

张岱摇摇头,一本正经地说:"此点在晚生亦是老大疑问。因晚生家中养有乳牛一头,也喜自制乳酪,曾试以种种办法,始终有所未及。也曾叩问过小拙,唯是他吞吞吐吐,只拿些虚文支应。后来晚生急了，拿出十两银子朝桌上一掷，才买下他一句话，说是要用蔗浆霜掺和。唯是回家一试，依旧不成。听说，他制酪时甚是诡秘，锁入密室，还用纸封门，虽父子亦不轻传。"

阮大铖见他说得煞有介事，倒也有点意外，只好随口说道："原来仁兄精于易牙之道，难怪寒舍这寻常之物，难入法眼了！"

"啊，不敢！"张岱似乎被搔着痒处，顿时变得眉飞色舞，"晚生平生无他嗜好，于各地特产却搜求不遗余力。如北京之苹婆果、黄鼠马牙松、山东之羊肚菜、秋白梨、文官果、甜子、福建之福橘、福橘饼、牛皮糖、红腐乳、江西之青根、丰城脯、山西之天花菜、苏州之带骨鲍螺、山楂丁、山楂糕、松子糖、白圆、橄榄脯、嘉兴之马交鱼脯、陶庄黄雀、南京之套樱桃、桃门枣、地栗团、莴笋团、山楂糖、杭州之……"

他一口气地数下来，把阮大铖听得目瞪口呆，其中有许多名目阮大铖不但没有见过，甚至没有听说过。他蓦地想起：曾经听人说，复社有个张宗子，是天字第一号的馋嘴之徒，莫非便是此人？

"啊，请恕学生健忘，"阮大铖连忙打断张岱的话，问，"不知仁兄的雅篆，可是叫宗子的么？"

张岱怔了一下，说："不敢，正是晚生。"

他说话的声音不大，态度也很温和。可是阮大铖的脸色立即变了。他飞快地朝门外溜了一眼，当看清没有别的陌生人时，就沉下了脸。

"你——来做什么？"他恶狠狠地问。

"圆老不必吃惊！"张岱连忙说，"晚生此来别无他意，只是奉了吴次尾、陈定生二位社兄之命，来向圆老借戏而已。"

"什么？"

"借戏！就是……"看见对方似乎仍不明白，张岱就扬起袖子，扭转腰身，做了一个舞台动作，"哎，这个！"

"啊，借戏？"阮大铖陡地睁大了乌溜溜的眼睛，"你们——向我？"

"对！对！只因眼下秋试已毕，适逢中秋佳节，敝社诸同人宴集于桃叶河房之内，言及圆老近有《燕子笺》新剧，无不渴欲一睹为快。因命晚生前来，与圆老面商，欲借贵家班前去搬演一夕……"张岱毕恭毕敬地拱着手。看见阮大铖摇着头，慢慢地揉搓着大胡子，一声不响，他就露出焦急、恳求的神色，把刚刚说过的话，又一字不漏地重复了一遍，然后深深作下揖去："不情之请，尚祈俯允！"

当众允诺

"定生，你说，阮胡子他肯借戏给我们么？"侯方域扭过头来，怀疑地问。

陈贞慧微微一笑，显得胸有成竹："若是别人去借呢，兴许当场闹翻也难说。如今宗子肯去，我瞧准成。他惯会认低服小，又是那一副无可无不可的脾气，这一层，你我都不及他！"

"可你瞧，月亮都升起来了！"侯方域不耐烦地说。

陈贞慧回头望去，东窗外，沉沉的夜色已变得有点透明，青苍色的雾霭浮荡着。远处的城墙上，那星星点点、因戒严而增设的灯笼和火把暗淡了下去，一轮银盘样的满月正从女墙上露出头来，几片薄薄的云彩，边缘上镶着银白色的光辉，冉冉地浮动着……

陈贞慧的目光不无忧虑地在城墙上停留了一下，随即回过头来："别急别急，我算准了。阮胡子听说是我们借戏，别说一晚，便是十晚，他也会满口应承哩！快去想你的诗吧，看轮到你了！"

"这有何难，我早就有了！"侯方域说着，踱了开去。

他一直走到水阁上首，那里并排摆着三张八仙桌、几副笔墨砚纸,许多人围在那里。有的正皱着眉头默想出神,有的在胸有成竹地执笔挥写,还有的则咿咿唔唔地吟哦推敲……这也是顾眉出的主意,要大家都来给董小宛写诗捧场。那已经写好的一二十首诗,就一张接一张地贴在墙上,供大家浏览品评。这当中,顶活跃的要数梅朗中和冯班。他们如鱼得水似的在人缝中钻来钻去,两双闪闪发光、因兴奋而变得出奇相似的眼睛,前后左右地忙个不停,一会儿对这首诗称赞几句,一会儿又对另一首诗大摇其头,再一转身又热心地替别人推敲斟酌起句子来,甚至干脆一把夺过笔,把人家的稿子改得一塌糊涂。

"嗯,这首诗好!好就好在纯乎唐音,绝无半点江西派臭脚丫子气!"冯班站在一首诗前,大声称赞说。

梅朗中撇撇嘴:"纯乎唐音,谈何容易!只这'雄浑高华'四字,今人便是学足一生,此境也永不能到。何况此诗虽刻意求工,终伤绮靡,结句更已近隐僻。老兄如此推许,只怕有些儿走眼哩!"

"什么,我老冯也会走眼?"冯班顿时瞪大了眼睛,"此诗决无绮靡、隐僻之处,即便是绮靡、隐僻,也不定就不是唐音!我问你,温飞卿绮靡不绮靡?李义山隐僻不隐僻,是不是唐音?"

"那是晚唐,而非盛唐!"

"啊,盛唐是唐,晚唐难道就不是唐?"

"虽则是唐,唯是唐音却应以盛唐为正格!"

"既然是唐,便是唐音!"

"终非正格!"

"也是唐音!"

他们你一言我一语,面红耳赤,各不相让,越争越激烈,弄得大家头昏脑涨,只好都停下来,怔怔地瞧着他们。顾眉见了,不禁大皱眉头。她看见侯方域走近,就连忙朝他打眼色。

侯方域却装作没看见。不过,他也知道梅朗中是有名的"诗痴",而冯班却是天字第一号的"诗狂"。这两个宝贝凑在一块,如果无人制止，只怕吵到天亮也停不下来，于是便分开人丛，走过去，先瞧一瞧那首引起争论的诗。原来是一首七绝：

温柔婉丽复冰清，
水入山塘便有情。
微雨凭君舟上望，
小帘人影正盈盈。

下面的落款是"金沙吕兆龙"。

侯方域心想："这诗小有情致，却非唐音，但并不见得绮靡、隐僻。可笑他们却乱争一气。这一痴一狂，只怕已是入魔了！"于是，他大声说："你们都不要争！等我写出一首来，也让你们瞧瞧是唐音不是唐音！"

说完，他就大步走近桌子，拿起一支兼毫湖笔，把已经酝酿好的一首诗，龙飞凤舞地写了出来：

水阁金荷斗日晞，
双凫惊起隔花闻。
北涛南走三千里，
不解飘零哪识君。

侯方域刚刚抛下笔，站在旁边瞧着的社友们已经哄然叫起好来。侯方域笑了一笑，回头瞅着两个争吵的人，意思是说："怎么样啊，这可是唐音！"

两个争吵者也显然被这诗的不同凡响吸引住了。冯班一声不响，狂热的脸上现出茫然若失的神情；梅朗中则用贪婪的目光死盯着诗笺，"啊，朝宗，真有你的！"他嫉妒地喃喃说。

这当儿，几个社友已经把坐在一边的冒襄和董小宛拖了过来。

"辟疆,你快来瞧——'北涛南走三千里,不解飘零哪识君!'朝宗这诗,可是把你俩一笔儿写出来了哩!"一个社友兴冲冲地叫。

"是啊,宛娘若不因飘零,便不会识得辟疆;但既识了辟疆,从此便不必飘零了!妙!"另一个摇头晃脑地说。

"可别放过了'不解'二字!"有人高声指出,"唯宛娘深解飘零之苦,是以对辟疆一往情深!若不解飘零之苦,哪得如此情深?而情既愈深,则自必愈欲早脱飘零之苦。区区二字,已把宛娘的心事和盘托出,这便是'诗眼'了!"

"辟疆,莫要辜负了宛娘生死相随之志啊!"几个声音同时敦促说。

"我们写了这许多诗,如今也该辟疆来和一首了!"又一个声音提议。

"对,对!"大家同声附和。

冒襄没有立即作声。自从同董小宛来到水阁之后,他一直很少说话。虽然顾眉那一番话,确实给他指出了一个可行的办法,来解决由于经济拮据所面临的困难,可是他仍然拿不定主意是否这样做,尤其拿不定主意娶不娶董小宛。然而,当他来到水阁之后,眼前的气氛却使他吃惊。社友们上自吴应箕、陈贞慧,下至一般同人,都异口同声地推许董小宛,夸奖她不仅色艺无双,而且品格超群,是风尘中一位极难得的奇女子。他们尤其对董小宛不避艰险,千辛万苦地到南京来寻冒襄这一行动赞不绝口,认为能获得这样一位女子的心,是冒襄的莫大福气。接着,大家就一窝蜂地题诗赠句替董小宛捧场,鼓励她不怕挫折,追求到底。这一切,都使冒襄感到有点意外。他原以为,在名士圈子中,董小宛的身价,无论如何也比不上陈圆圆。他既然失去了陈圆圆,如果退而求其次,娶董小宛的话,难免会为人所笑。但现在看起来,情况并非如他所料的那样。经过了这次反复和波折之后,冒襄也渐渐看清了,董小宛有不少好的品质,恰恰是陈圆圆所欠缺的。而且,事情已经到了这一步,看来如果自己仍执意不允,就显得太过褊狭和无情,不仅多少有点对不起董小宛,而且还会大大地扫了社友们的兴。万一董小宛伤心绝望之余,干出诸如自寻短见一类的傻事来——这是很可能的——那么就很难得到社会上的谅解,自己的声誉也势必会受到影响。这样一想,冒襄就感到一种压力。这是一种柔软的、然而坚韧的压力,就像一张网,而自己则成了网中的一条鱼。他似乎能够逃脱,但事实上却没法逃脱……

"哎,冒公子,你倒是快写呀!我们都等着瞧哩!"一个女人清脆的嗓音在耳边响起。冒襄一回头,发现顾眉那双带笑的、大有深意的眼睛,正在很近的地方紧盯着他。

"嗯,一切都是命中注定!"冒襄觉得心里有一个声音这样说。于是,他点点头,拿起笔,沉吟片刻,慢慢地在诗笺上写出了这样几句:

> 白门柳色向江分,
> 一棹烟波溅练裙。
> 莫道啼鹃啼不歇,
> 皋云犹得似巫云。

他一边在写,梅朗中就在一边大声地读出来,所以不仅站在旁边的人瞧得清楚,站得稍远的人也都听到了。冒襄刚写完,大家就不约而同地欢呼起来:

"好了好了,辟疆已经答应了!"

"'皋云犹得似巫云!'就是说,今后辟疆和宛娘的巫山阳台之会,要移到如皋去了。好句,妙句!"

"喂,这'皋云'可有出典?"

"老兄何其健忘——'飞云冉冉蘅皋暮',便是贺方回《青玉案》里的一句。辟疆移用于此,他又家在如皋,正是一语双关哩!"

"哎,可惜今日不曾请得柳麻子来!"

"怎么?"

"他惯喜说什么时事书。今日这'众名士大宴秦淮河,冒公子新题巫山咏'便是绝好的一个关目了。"

"那么,其中自然非说到老兄不可啰?"

"老兄何必取笑。你倒说说,这秦淮河上若然少了我辈,又安得有如许风流!"

"哈哈哈哈!"

"快,快拿酒来!"一个洪亮的声音盖过了愉快的逗乐,那是冒襄的拜盟兄弟陈梁。很快地,酒拿来了。乱纷纷当中,冒襄只觉得陈梁把一只酒杯塞在自己的手里,另一个人端着酒壶把它斟满。

"你们两个先饮个交杯儿!咦,小宛,快过来啊,还害羞什么!"那是顾眉得意的嗓音。

直到这时,冒襄才忽然想起:"是啊,我怎么忘了小宛?现在,她自然该高兴了,只不知是什么模样?"他不禁用眼睛寻找着,随即发现董小宛就站在他左边不远的地方,手里也端着一杯酒。不过,出乎冒襄的意料,她并不是在笑,也没有显得怎么激动。她平静地站着,目不转睛地瞅着冒襄,那澄澈的、略带忧伤的大眼睛仿佛在问:"你这一次是真心的么?不会再变了么?可是,我却有点担心,真的,担心……"

借戏骂奸

陈贞慧的估计不错,在酒宴快要开始的时候,张岱终于带着阮大铖家的戏班子和全副行头回到了桃叶河房。他一边用手帕拭着额上的汗,一边兴冲冲地向陈贞慧报告他如何在阮大铖家吃了月饼、带骨鲍螺和山楂糖,如何大谈各地土特产,把阮大铖听得一怔一怔的。当他提出借戏时，阮大铖如何吃惊，不敢相信，后来又怎样高兴得眉开眼笑，手舞足蹈。

"啊哟，定生，你要是亲眼看见老阮那巴结劲儿才好哩！又打拱又作揖，就差没摇尾巴罢咧。他一直把我送出大门外，还拉着手，再三嘱我有空常去玩儿，亲热得什么似的！"

陈贞慧笑了笑，说："辛苦你了，宗子，快坐下歇歇，喝杯茶！"

他们说话的当儿，其余的社友在一旁听着，脸上都露出惊讶、困惑的神情。他们大多数人事先并不知情，这时都弄不明白，陈贞慧怎么会想出这样的怪念头？为什么放着许多戏班子不请，偏偏去借阮胡子的家班？他们还担心这样做会不会引起外间的误会？会不会给阮胡子乘机拣便宜？诸如此类。但是也有人说："久闻阮家班训练严格，演技出色，看一看也无妨！"对于这些议论，陈贞慧一概不回答，他只摆摆手，让大家少安毋躁，开桌入席。随后就打发那个捧着戏单候的花衣末角下去，马上排演起来。

中秋的圆月，已经升上东天。冉冉飘动着的几朵浮云，不知什么时候已经消散了。清明的月色从天幕上倾泻下来，照亮了香风十里的秦淮河；两岸河房临水的露台上，坐满了饮酒赏月的人们，快活的笑声、细碎的谈话声和悠扬的乐曲声在夜风中回荡着；河道上，张灯结彩的游船来来往往，每当柔橹摇过，灯光和月色的倒影就像蛇一般在碧滢滢的水面蜿蜒跃动起来……尽管江北一带的战事还处于胶着的状态，南京城也尚未解除戒严，可是耽于逸乐的人们，仍旧不愿放弃这一年一度的好时光，何况又是象征团圆的中秋节。人们嘴上不说，心里不免都在想："团圆，团圆，还有几年团圆的日子可过呢？还是过得一次，就算一次吧！"

因为照例要谢神，水阁上首，已经供起了两架纸马——一幅是文昌帝君像，另一幅是关圣帝君像。大家一齐起身，由吴应箕领头，排了班，在神像面前叩过头，祭献了一番，然后各自入席，照例先点了四出单折的短戏演着，待献上汤来之后，才正式上演

《燕子笺》。

现在,开场的锣鼓已经打响。前排席位上,同陈梁、吕兆龙坐在一起的冒襄也停止了交谈,准备看戏。对于陈贞慧今晚的安排,冒襄虽然也感到疑惑,不过他早就听说,这《燕子笺》是阮大铖苦心经营的一本新剧,看过的人都赞不绝口,所以倒有心见识一下。

锣鼓越敲越上劲,门上帘子一动,走出来一个青衣小帽的副末。他摇摇摆摆地走到台前,开口唱起了一首〔西江月〕:

老卸名缰拘管,闲充词苑平章。春来秋去酒樽香。烂醉莫愁湖上。燕尾双乂如剪,莺歌全副偷簧。晓风残月按新腔,依旧是张绪当年景况。

这支上场小曲,照例是编剧人用以说明本剧的缘起、意图。冒襄听了,心想:"虽然'老卸名缰拘管'一句,显属说谎,其余八句也处处文饰标榜自己,总算他还不敢过于放肆。"于是,接着听下去,曲调已变成了〔汉宫春〕:

扶风才子,嫖姚后裔,霍姓都梁。挈友长安取应,为试期尚远,追欢笑,暂过平康。丹青笔,听莺扑蝶,小像写云娘。不料朱门有女,与青楼一样,窈窕相当。把春容笺咏,燕子衔将。被同侪计构,更名姓,决策勤王。二美并,麒麟高阁,走马状元郎。

按照写戏惯例,这第二首曲属于"家门",具有提要全剧内容的作用。冒襄听了,便知道这戏大抵是写两个长得一模一样的女子,一个是青楼妓女,一个是官家小姐,由于燕子衔笺牵合,共同爱上了一个名叫霍都梁的书生。却被他的朋友——一个小人从中破坏，几经波折，最后由于书生勤王有功，又高中状元，结果一男二女，团圆结合，皆大欢喜。

"嗯，就关目来看——"冒襄又想，"倒还罢了。只是阮圆海此人，心术极是不端，每于戏文之内，暗藏讥诋攻讦之语，发泄其私愤。向者《春灯谜》《牟尼合》诸剧，便是显证。却是不可不防！"由于对董小宛那件事最后表明了态度，这一年多来，使冒襄困扰不安的各种个人私事，至此算是都理出了眉目。他于是又稍稍有心思来关注一下社里的事务了。他估计，陈贞慧今晚之所以特地去借这本《燕子笺》来演，十之八九也是想瞧瞧阮大铖有没有在戏中捣鬼。为着不要等到别人发现了纰漏，自己仍旧糊里糊涂，茫无所知，冒襄便摒除杂念，集中精神看起戏来。

冒襄的这种想法，坐在另一张桌子旁的陈贞慧自然是不了解的。如果知道了，他就会告诉冒襄，今天晚上他这样做，用意还要更深一些。自从发生了钱谦益企图替阮大铖开脱事件之后，陈贞慧内心的震动很大。一方面，他更加清楚地认识到，由于东林、复社的坚决斗争，阮大铖之流的阉党余孽，近几年来虽然似乎已经老实得多，不敢再嚣张妄为，但是，事实证明，他们始终没有死心，还在暗中积极活动，妄图死灰复燃。另一方面，像钱谦益这样的东林领袖，竟然不惜自毁名节，勾结朝中权贵，干出这等出卖东林、复社的无耻勾当，这也使陈贞慧于震惊之余，产生了一种深切的忧虑，一种危机感。因为很清楚，像这么一件冒天下之大不韪的勾当，如果不是已经得到社内相当一部分人士的默许和支持，钱谦益是绝不敢贸然从事的。现在，这个阴谋虽然已经被揭露和制止了，但它所造成的恶劣影响，它对社内人心所起的冲击和瓦解作用，却是不容低估的。如果不急图振拔，后果将不堪设想。正是基于这样一种担心，几个月来，陈贞慧已经同吴应箕、张自烈、侯方域、梅朗中等人分头出发，走访各地社友，做了不少坚定人心、激励斗志的工作。上个月，陈贞慧还专程到松江走了一趟，找到了几社的领袖陈子龙、周立勋、徐孚远、李雯、彭宾等人，推心置腹地谈了几次，消除了彼此间的不少隔阂和误会。今天晚上，他特地派张岱去借阮大铖的家班到桃叶河房来演《燕子笺》，也是出于同样的考虑。刚才，他已经同吴应箕、侯方域、梅朗中、顾杲等人暗中合计好，准备借此机会狠狠揭露阮大铖一下，给社内同人敲响警钟，并激励大家的斗志。陈贞慧本来也想把这个计划告诉冒襄，但见冒襄被董小宛缠住不放，弄得昏头转向，六神无主，只好作罢。现在，因为还不到发难的时候，陈贞慧也不着急，一心一意先看戏。他发现，这本《燕子笺》虽然不外是才子佳人，小人拨弄，几经波折，终获团圆一类的套套，但编排布局却较一般传奇来得曲折复杂，遣词造句也务求绮丽华美，还运用了"飞燕"一类新奇别致的道具，再加上阮大铖的家班确实训练有素，演技不同凡响，所以依旧颇能吸引观众。董小宛、顾眉和李十娘几个，竟看得目不转睛，如痴如醉。其余的人，也都忘记了喝酒吃菜，静静地停杯观看。

现在，戏已经演到《写笺》一折。只见台上那个尚书小姐郦飞云，借故把丫环支使开去之后，便独自对那幅画着一双亲密情侣的画儿，偷偷地看一回又猜一回、猜一回又看一回，终于春情难禁、神魂颠倒地唱起来：

〔四季花〕画里遇神仙，见眉棱上，腮窝畔，风韵翩翩。天然，春罗衫子红杏鞓香肩，那人偎半边。两回眸，情万千，蝶飞锦翅，莺啼翠烟，游丝小挂双凤钿，光景在眼前。（那些要）阳台云现，纵山远水远人远，画便非远。

〔浣溪沙〕麟髓调，霜毫展。方才点笔题笺。这巢间小燕忒习钻，蓦忽地衔去飞半天。天天未必行方便，便落在泥边水边。（那些）御沟红叶荡春烟，（只落得）

飞絮浮萍一样牵。

〔㭊子花〕二三春月日长天，往常时兀自淹煎，那禁闲事恁般牵挽，画中人几时相见？待见，才能说与般般……

这几支曲子，不但文辞华美，而且情意缠绵。加上那个扮演郦飞云的旦角，又天然生就一副好嗓子，她用流丽悠远的昆山腔这么轻挑慢吐地唱出来，当真是千娇百媚，令听众意荡魂销。直到她把最后一个字唱完了好一会儿，大家还静静地侧着耳，追寻品味着那仿佛还在耳畔梁间萦绕摇曳的袅袅余音……

"好！"顾杲首先回过神，大声喝彩说。然后，他把长鼻子转向陈贞慧，交换了一个眼色，又怪声怪气地接着称赞："好一个'画中人几时相见？待见，才能说与般般'！如此妙句，真亏他想得出来！"

"不错，"显然早有准备的梅朗中接口说，"此出直唱到这一句，那无情中之情，方始尽出。想不到可憎可厌的阮胡子，倒是一名绘风绘月的能手！"

"朗三此誉，何其太低。"侯方域一本正经地眨着眼睛，"似他这等文藻、这等才情，又岂止'能手'而已！"

"噢，倒要请教。"梅朗中装出惊讶天真的样子。

"弟瞧此戏，非但结构奇妙，词采华赡，格局谨饬，且宾白、科诨，无不生动自然，曲曲传神，足与曲文相得益彰。时下词曲家竞喜以临川、吴江高自标榜。吴江一派且不论，若临川一派，其真能窥玉茗堂之精奥而传者，依弟之见，只怕除了这阮圆海，已无第二人了！"

"朝宗言之有理。"陈贞慧微笑地加了进来，"据弟所知，阮圆海不只词曲精妙，便是文章诗赋，也是极好的。"

"我见过他万历四十四年会试那几篇制艺，"吴应箕瓮声瓮气地说,"也算得理真法老,字字痛切。"

"喂,喂!"顾杲兴奋起来,大声说,"弟有八字之评,专道阮圆海的才情——'文章宗匠,艺苑班头'。列位以为如何?"

陈贞慧点点头:"也还相称。不过,若再添八字,凑成四句,便更觉妥帖。"

"噢?"

"我这八字便是:'若主骚坛,可执牛耳。'"

"啊,'文章宗匠,艺苑班头;若主骚坛,可执牛耳'——不高?"

"不高!"

"当得起?"

"当得起!"

"啊,啊,啊!哈哈哈!"他们齐声大笑起来,把戏台上那个书生霍都梁吓了一跳,差点儿没唱岔了喉。其他社友更是莫名其妙,都回过头来怔怔地瞧着他们。

"嗯,若是当真让阮圆海出来主骚坛,执牛耳,列位社兄捉摸他敢呢?不敢?"待大家笑得差不多时,陈贞慧捋着胡子,考究地问。

顾杲的目光一闪,顿时收敛起笑容:"我瞧他不敢!"

"怎么?"

"哼,他叛卖东林,投靠魏阉,认贼作父,残害忠良,那一档子猪狗不如的臭事、脏事,谁个不知,谁个不晓!除非是那不辨香臭的昏虫、屎里觅道的什么'前辈''元老',谁又会买他的账!"顾杲的声音越来越高。

"对,对!"梅朗中也跳起来,"他乖乖儿做个缩头乌龟,老老实实躲在龟窝里过日子便罢,若敢不知好歹,抛头露脸,瞧我老梅不把他那狗贼胡子捋个精光才怪哩!"他装出一副凶猛的样子,还做了一个拔胡子的手势。

"朗三兄果然勇气可嘉。"侯方域慢悠悠地转动着一只杯子,

"只是你以为阮圆海必不敢出来,那又未免小觑于他了。你不见他去年刚刚才花了一万两银子,想打通周阁老的关节,让钱牧斋替他开脱翻案?又不见上个月,他到底还是把马瑶草活动了上去?慢说是'主骚坛、执牛耳',只怕他还要入阁拜相呢!"

"朝宗,你未免言之过甚了吧?"许久没有说话的冒襄,忽然插嘴说。自从侯方域等人一唱一和地称赞《燕子笺》的时候起,冒襄就一直在揣摩他们这样做的用意。他十分了解这几个朋友的品性,知道他们无非是故弄玄虚,真章儿还在后头。到了他们突然反过来痛骂阮大铖,冒襄就明白了:"哼,敢情儿你们是借阮胡子来做下酒物,寻开心啊!"但他们竟把这事瞒着自己,却使冒襄有点着恼。这时,《拾笺》一折又已经演完。冒襄趁锣鼓声停下来的当儿,又说:"马瑶草不是逆案中人,自然起复,但未必阮圆海也能起复,老兄又何必危言耸听,杞人忧天!"

"不错!"冯舒慢条斯理的声音从左边的角落里传来,"便是钱牧老替阮圆海开脱之事,也只是传闻而已,未必便有真凭实据。"

"嘿嘿,"侯方域轻蔑地一笑,没有转过脸去,"已苍兄,你是钱牧老的高足,他有无此事,你尽可去叩问于他,小弟在此恕不多言。"说完,他又斜睨着冒襄,"辟疆兄以为小弟是危言耸听么?小弟却担心老兄近日做了桃源中人,便忘却了世事哟!"

冒襄被当面揶揄,脸顿时红了。陈贞慧见他瞪大眼睛,像要发作,便连忙站起来说:"大家不要斗嘴——辟疆、已苍,二位莫误解弟等之意。阮圆海这次力举马瑶草,实指望他日马瑶草得志,能带挈于他。这自然未必能得逞,唯是这胡子贼心不死,于此可见。此事本不可怕,倒是近年来,我同人君子,见国事日亟,忧心如焚,无暇内顾,遂对阮圆海渐生姑息宽贷之意,此诚一可惊可畏之变。是以贞慧于此,不得不披肝沥胆,大声疾呼!"

说到这里,他停了一下,目光灼灼地扫过全场,仿佛要用这种办法,把话送进每一个人心里去。看到大家都屏息听着,一个

个脸上都现出严肃的神情,他才接着说下去:

"今晚弟特地烦宗子兄去借了这本《燕子笺》来演,便是让列位亲眼见识,阮圆海实为一有才之小人。若容此种狡狯有智之奸徒死灰复燃,必定危倾家国,祸延社局。凡我同人,务必同仇敌忾,打击之、禁制之,绝不能容他有出头之日!列位或尚不知,这狡险之徒直至近日,仍在蠢动钻营,欲图一逞。此事说来虽不值一哂,唯其用心却极险极毒———朝宗兄,你且把那件事也对社友们说说!"

侯方域沉着脸,摇摇头,显然对于冒襄适才说他"危言耸听"仍余气未消。梅朗中在一旁看见,便自告奋勇地站起来:"让小弟替朝宗说好了。事情是这样——开试之前几日,朝宗正在媚香楼同香君饮酒,有位王将军也在座。他与朝宗本属世交,因罢职在此闲居,便常来走动。朝宗知他家境亦非富裕,却见他出手甚是豪阔,本已有点疑心,只是不好问得。偏是香君那妮子乖觉,却将这事来提醒朝宗。朝宗便认真起来,逼着姓王的定要追根究底。那姓王的吃问不过,才屏去从人,说出底蕴。原来他是受了阮圆海之托,来求朝宗向社里说情疏通,将他开脱。那每日使用的银两,都是老阮的开支。朝宗这才恍然,当时再不理他。姓王的没奈何,只得灰溜溜地跑了。诸位请看,这狗贼胡子到底可恶不可恶、可恨不可恨呢?"

梅朗中的话音刚落,余怀就蹦了起来:"蠢,蠢!蠢透了!"他大叫。

"淡心兄,你说谁蠢?"顾杲问。

"当然是阮胡子啊!他以为花几两臭银子,就能把我们买了,真是天字第一号的蠢材!"

"他能写出这《燕子笺》,倒也不是蠢材。"陈梁讥讽地说,"不过利令智昏,那是确定无疑的了!"

"对,他是昏了头!""白日做梦!""这胡子如此可恶,果然轻饶他不得!"好几个声音同时叫起来。

"对,对,饶他不得!"更多的人附和说。

可是,那几个同钱谦益关系较深的人,像冯氏兄弟、孙永祚、顾苓等人,仍旧一声不响。

这时候,侯方域慢慢地站了起来,他完全收起了惯常的那种傲慢不逊的神情,低着头,沉默了一下,才说:"适才朗三所言,尚有可补充之处——当时香君见王将军说出底蕴,曾私下对小弟说:她自少便因阿娘得识定生兄,深敬其高义,又闻次尾兄亦铮铮之士,嘱小弟决不可因阮圆海负此二位至交好友。又说:'以公子之世望,怎能替他阉党儿子办事?公子读书万卷,见解可别连我们区区女流还不如!'"侯方域用深沉、感动的声音说着,抬起头,望着大家,"小弟在此转述此语,不独是此语曾令小弟深为感佩,也是想教列位社兄知道,青楼之中,尚有此等人物!"

同刚才梅朗中说话时的情形不同,这一次侯方域说完了好一阵子,大家仍旧静静地坐着,没有作声,一个个脸上现出沉思,甚至惭愧的神情。

"香君此语,可以不朽了!"不知是谁,忽然赞叹地说了一句。

"今夕得闻此语,自此之后,我再不敢看轻旧院人物了!"另一个说。

"香君此语,只怕有些人不便与闻呢!"

"哦,怎么?"

"他们枉自饱读诗书,自夸圣贤高弟,却全无骨气,若闻知此语,岂非活活愧死?"

"我们且休说别人!"冯班忽然气冲冲地站起来,吵架似的说,"我们如今不也在快快活活地瞧阮大铖的《燕子笺》么?这会儿戏也停了,我们也不用再看了,竟是散了吧!"说着,就要往外走。

大家经他这样一提醒,才发觉,戏不知什么时候已经停了下来。

"哎，定远兄，何必要走！"陈贞慧连忙起身挽留。眼见今晚的安排已经完全达到预期的目的，而且由于侯方域最后这一下即兴陈述，把大家深深地打动，这使陈贞慧尤其满意。

"社友们难得聚首一趟，何不就拿阮圆海这戏做下酒之物，该赞则赞，该骂则骂，谋彻夜之欢呢！"他竭力劝说着，又回头大声问台上："咦，怎么都停下了？快快演起来！"

"定远兄，不要走！""急什么？""等会儿还要同你唱和一番哩！"许多人也帮着挽留冯班。

可是，冯班尚未挽留住，却连冯舒、孙永祚、顾苓等人也一齐起身要走。大家知道他们都是钱门弟子，对于今晚这样处处拿钱谦益作话柄，自然老大不舒服，即使再挽留，只怕也是白费劲，所以便不再勉强，让他们走了。

在大家乱纷纷地送冯班等人出门的时候，冒襄却坐着没动。刚才侯方域转述李香君的那一番话，使他既意外又吃惊。他不只见过李香君，而且还相当熟识——一个身材矮小、肤色白净的小女孩儿，外号"香扇坠"。平时也无非觉着她人还机灵，小嘴巴子叽叽呱呱的，挺会捉弄人，却想不到她能说出这等深明大义的话来。"怪道朝宗如此迷恋于她，原来竟是一位奇女子！"冒襄肃然起敬地想。他忽然觉得，自己理想中的女子，要么是陈圆圆那样的，不然，至少也应当像李香君这一类，但是偏偏碰上了董小宛，她与上面这两种类型全无一点相近……想到这里，冒襄不由得朝董小宛那边望了望，却意外地发现，原来董小宛也在含情脉脉地望着他。"哼，她就会这个！仿佛除此之外，她再也没有什么事情好干似的！"冒襄恼火地想，随即别转脸，整个晚上，再也不去瞧她了……

第十一章
乱象纷呈上书碰壁，奇器迭出传教有方

满腔赤诚

来到北京之后的最初一个月里，黄宗羲是在异常兴奋、忙碌和期待的状态中度过的。

虽然十五年前——那时他还是一个十七岁的少年，曾经为着申雪父亲的冤案来过北京一次，但事后这座城市在他脑子里留下的印象却是如此零碎、模糊，除了宏伟壮观的紫禁城、森严肃杀的刑部衙门、怪模怪样的四合院之外，似乎就只有在大街上悠然蹒跚的骆驼，和又甜又酸的冰糖葫芦了。但是，这一次却完全不同。从他进入北京的那一天起，他就立刻感受到这个全国最大的城市——政治和经济中心的那种非凡格局和气派，它那君临一切的气息。特别是疟疾过去之后，他开始出门四处走动，这种感觉就更加强烈了。

是的，在这里居住着至高无上的皇帝，拥有着令人生畏的生杀予夺的大权，聚集着来自全国各地最优秀的人物，可以最快地了解到关于时局的重要消息，准确地把握朝廷决策的脉搏；自然，也存在着实现自己的主张和理想的最大机会……正是这一切，强烈地打动了黄宗羲的心，使他情不自禁地被吸引、被征服，陷入了一种陶醉狂喜、忘乎所以的状态之中。

由于三月松山失陷、洪承畴降敌的余震逐渐过去，从那时以来，关外的清兵一直未见有进一步的行动；而南方的农民军，又似乎始终被遏制在河南、湖广一带，尚不能对京师构成威胁，所

以近几个月来，北京的局面暂时还保持着相对平静。黄宗羲在方以智、陆符、黄崇简等一班朋友的陪伴下，先后瞻仰了紫禁城，逛了棋盘街、东西四牌楼、城隍庙、灯市口等有名的热闹繁华去处；游览了包括什刹海、文丞相祠、首善书院等一些名胜古迹；还特地到城墙上去，站在一尊尊巨型铁炮和堆积如山的灰瓶和滚木当中，向守城的将官详细询问以往清军三度入寇、逼近京畿的战斗情形。不过，在这期间，他更忙碌而频繁的，是去拜访一些在京做官的前辈和朋友，向他们打听消息，交换关于时局的意见，并且出人意料地成了一位"乐观派"，经常以他热烈的言谈和高昂的情绪使大家感到惊讶。

"列位，"他不止一次这样说，"小弟在江南时，曾道听途说京里之种种情形，俱是摇头叹息者多，而鼓舞欢忻者少。听来听去，亦以为国事真不可为矣！然而此次北来，方知以往所闻，未免言过其实。诚然，国步维艰，于今为极！但尚未至于无望。其最要者，今上天聪明敏，宵旰忧勤，励精图治之志，困而愈坚，此其一；朝中君子仁人，鼎力扶持，直言谋国，正气未堕，此其二；更兼我朝三百年恩泽在民，感激图报之心，处处可见。譬如前时洪亨九降于建虏，消息传来，京中之民怒不可遏，不待上命，便将其祭棚一夜拆平；更有人以狗屎涂抹洪逆之门，戟指痛骂，使其家人震慑不敢出。这便是民气！荡寇平虏赖此，家国中兴赖此！弟所以知大明还是有望的！"

当然，黄宗羲的议论并不仅仅停留于此，他常常紧接着就指出目前政治、经济、军事乃至文化教育方面的各种弊端，并且兴奋而自信地提出一系列的改革主张：第一、第二、第三……不过，当他这样说的时候，人们的反应大都比较冷淡，或者拈须微笑，或者沉默不语，再不然就干脆摇头表示反对，同意并支持他的人却少而又少。看到这种情形，黄宗羲有点意外，也有点扫兴。"嗯，也许我不会说话，他们没听明白我的意思。确实，我的这些主张绝不是三言两语能说清楚的!"他想,于是又恢复了自信,开始着手把他的那份上书的初稿重新加以修改、补充,尽量使之更加明确完善,切实可行,准备一旦有机会就呈送上去,让朝廷加以考虑和采纳。

当然,在这段时间里,黄宗羲还继续不断听到有关时局和朝廷的各种各样的新闻。比如他听说,最近皇上见国事日坏,忧心如焚,越来越迷信上神佛,每日子时亲自上城南的佛阁拈香诵经不算,还招来一批道士,加以优礼供奉,让他们装神弄鬼。好几位言官都曾上疏切谏,以为非治国之道,可皇上就是不听。又如,黄宗羲还听说,辅臣贺逢圣,最近已被批准告老还乡。在临走前那几天,每次见到皇上,他都放声痛哭,叩头不止。问他为什么这样,他又不肯说。大家都感到十分奇怪。再如,还听说,最近皇上不知听了谁的谗言,认为这一次推举内阁大臣时有徇私作弊的行为,十分震怒,当即把吏部尚书李日宣等六人逮捕下狱。现在这六人已经流放的流放,罢官的罢官,就连刑部侍郎惠世扬也以执法不严获罪,被撤了职。当然,还有别的一些新闻,像皇上最宠爱的田妃病得越来越重啦,马士英被起用为凤阳总督啦,朝廷调派援救开封的各路大军已经云集朱仙镇,结果不知会怎样啦,如此等等。对于这些事件和消息,黄宗羲也照例发表过一些直言不讳的看法。不过,由于他正一心一意埋头修改那份陈述政见的上书,对于这类无关宏旨的消息也就不想分心去探究了。

这样,一直到了七月。一天上午,黄宗羲正在宣武门外方以智的寓宅里给朋友陆符写信,准备告诉对方,自己暂时不打算搬到万驸马的北湖园去住。这件事陆符虽然已经提出过好多次了,但黄宗羲是这样考虑的:北湖园在城的尽西头,那里确实比较清静,适宜专心温书应考;可是离开城中心太远,消息不大灵通,有什么事要找个人商量也不容易。而黄宗羲目前修改给朝廷的上书,却必须随时了解时局的最新动向,并不时要向有关的人请教切磋。再三考虑之后,他还是决定谢绝陆符的邀请。

不过,结果他却未能把这封信写完。因为刑部左侍郎徐石麒忽然派了个承差来传话,让黄宗羲立刻上他那儿去一趟。徐石麒是黄宗羲父亲的门生。天启年间,黄尊素因触怒魏忠贤,被捕下狱。当时徐石麒任工部营缮主事,曾经极力奔走,设法营救,结果也被牵连罢官。直到魏忠贤垮台后,才重新被起用。他曾经在南京任职多年,对黄家始终十分关怀照顾,并且坚持把整整比他小了三十二岁的黄宗羲当作小弟弟看待。因为这个缘故,黄宗羲以往到南京,总要去拜望他。这一次来北京也不例外。不过,徐石麒的脾气有点古怪,一张铁青色的方脸,很少笑容,有时同客人面对面地坐着,老半天也不说一句话,也闹不清他到底想什么。所以黄宗羲轻易不去打扰他。现在忽然听见传唤,黄宗羲不敢怠慢,连忙放下笔,换了衣服,跟着刑部衙门的承差出门上马,向宣武门内行去。

正是接近入秋时节,天气不凉不热,抬头望去,晴空一碧如洗,阳光耀眼。这一带是中下级官员聚居的地方,一幢接一幢的四合院,大门一律开在东南角上,门内是带雕饰的影壁。房屋虽不甚宏丽,总算还比较整齐。这一带还是有名的花市,特别是上、下斜街,常年靠种植花木出售为生的居民,很是不少。现在透过竹篱笆,可以看见一行一行排列得很整齐的花盆和苗圃,种满了各种各样应时的花木。其中有黄色六瓣、花朵大如碗口的秋葵,有小巧玲珑、黄色的花瓣上带赤紫色斑点的小种万寿菊,有青色、紫色和红色的蓝菊,有娇艳可爱的木莲,有朱红色的、蓬勃烂漫的草本夹竹桃,还有秋海棠、璎珞鸡冠,以及其他一些叫不出名字的花木,都在秋阳下静静地开放着。几只白色的小蝴蝶,正绕着花丛上下飞舞。时不时,可以看见一个年老的花匠,或者带着孩子的妇人在花丛中忙碌着,听见马蹄声,他们就不慌不忙地直起腰来……

"凉飑乱翻千簇艳，初阳静映一篱秋！"黄宗羲愉快地瞅着街旁的景致，心里油然冒出这样两句诗。随即又想："啊，这样烂漫多彩的秋色，这样平静悠闲的岁月，又怎能想象可以听凭流寇和建房来把它毁掉！"于是，他又一次想到他的那一份上书，"我得尽快把它修改出来，无论如何，我也要试一试！也许皇上果真会采纳呢？"他暗暗想着，又兴奋起来，紧一紧缰绳，加快速度，向前行去。

当头棒喝

位于刑部街的徐石麒衙门，今天气氛有点不寻常，大门外，排列着好几柄官扇，七八匹鞍鞯鲜明的骏马歇在墙影下，一群皂隶打扮的人正站在一旁静静地守候着。显然，衙门里来了什么重要官员，而且不止一个。"嗯，不知谁来了？瞧样子不像是请客宴会，那么，为何偏挑这个时候召我来呢？"黄宗羲疑惑地想，在门前勒住马，跳下地来。

"启禀相公，我家老爷眼下有客，吩咐说，黄相公来时，请先到私衙小花厅奉茶。"那个承差到门上问明情况之后，走回来这样说。

黄宗羲点点头，知道这几个客人只是碰巧来到，与自己无关。于是把缰绳抛给承差，自己跟着迎出来的院公往私衙里走。他早就听人说，徐石麒自任刑部侍郎以来，因为执法严猛，守正不阿，眼下颇受皇上信用。刚才他在路上忽然想到，正好趁此机会把自己准备上书朝廷的事同徐石麒商量，如果可能，干脆就托他代为呈递。现在，黄宗羲被这种念头弄得愈来愈兴奋，虽然他明知不能马上见到徐石麒，却仍旧一边走，一边睁大眼睛朝里张望，希望能意外地发现主人的身影。

果然，事有凑巧，刚进二门，就听见了说话的声音，三位纱帽青袍的官员正从大堂上走下来。在他们的后面,是身材高大的徐石麒。他头戴乌纱,身穿绯色三品补服,看样子正往外送客。

黄宗羲犹豫了一下,拿不准主意是否上前相见,随即发现徐石麒冷冷地朝他一瞥,并无任何表示。黄宗羲便不敢孟浪,连忙闪过一旁,让他们过去。

那几位客人并没有注意黄宗羲。他们管自走着,显得心事重重,而且神情沮丧,似乎碰了什么钉子。快要走出二门时,其中一个长着一只骨棱棱的鼻子和两撇八字胡的官员忽然回头说:

"此事干系重大,还望徐大人三思!"

但是徐石麒一声不响,那张青灰色的长方脸板得紧紧的,仿佛根本没有听见这句话。那官员眨眨眼睛,脸上闪过一丝怨恨的神色,但终于无可奈何地垂下头,快快地走出去了。

黄宗羲目送着他们的背影,心中有点纳闷。不过他也明白,以自己目前的身份地位,朝廷里的事情还轮不到他来操心究问。于是,他不再理会,依旧脚步轻快地往里走,一边考虑着如何把自己的打算向主人提出。

黄宗羲刚刚在小花厅坐下,徐石麒就跟着走进来了。看样子,他还在为刚才那一幕内容不详,但显然并不愉快的会见而生气。任凭黄宗羲站起来行礼、问候,他却沉着脸,一声不响,只略拱一拱手,就示意黄宗羲坐下,自己也在一张花梨木六方扶手椅上坐了下来。

"嗯,不知把我唤来,有什么事?"黄宗羲想。看见主人尽自皱着眉,不开口,他不禁有点奇怪,也有点不安,想开口动问,临时又忍住了,只是热切地睁大眼睛,微微向前倾着身子,现出探询的、洗耳恭听的神情。

终于,徐石麒慢吞吞地开口了。

"这些日子,贤弟都在做些什么啊?"他问,语气是淡淡的,脸上没有一丝表情。

"哦，有劳兄长垂问，"黄宗羲赶紧拱着手回答，"小弟这些日子——也没干什么。刚到时病了几天，后来好了，便在城里到处瞧了瞧，顺便走访几个朋友。另外就是准备应考的事。还有、还有……"

"嗯，你的应酬好像也不少，我听说了。"徐石麒提醒道，同时，仿佛不想过早暴露这句提示的锋芒似的，他垂下了眼睛。

黄宗羲本想接下去就谈到他的那份上书，忽然对方冒出来这么一句，倒把他噎住了。

"是的，他们都来邀请小弟，盛情难却，所以……"他迟疑了一下，老实承认说，同时心里想："莫非兄长对我多所应酬不以为然？这可是误解！"他正想作些解释，可是徐石麒已经抛开了这个话题。

"那么，准备得怎样了啊？"他依旧不动声色地问。

"啊，兄长是说……"

"自然是乡试！"

"这个……小弟尚在准备之中。"

"如何准备，可以见告否？"

"也……也就是照常准备罢了，其实，没有什么……"黄宗羲含糊地回答，忽然脸红了。事实上，这大半个月来，他几乎把应试抛到了脑后，"反正还有一两个月，过些日子再说吧！"他想，刚才他提到正在准备，无非是随口说说，没想到会被认真追问起来。

徐石麒尖利地瞅了他一眼："贤弟觉着，今科可有把握必中？"

"啊，小弟岂敢！"

"然则是否望其能中？"

"这个——自然……"

"既然望中，而又无必中之把握，"徐石麒的语气变得严厉起来，"却日日忙于应酬，沉酣宴席。这样子，可合适么？"

黄宗羲错愕一下，顿时羞得满脸通红："兄长责备得是，不过……"

但是徐石麒做了个不容他置辩的手势："我本不想责备于你！"他气呼呼地说，"可听说这些日子你在外面任性胡闹，很不像话。念及老师在世时对我恩深义重，却又不能不说！"

"啊，请兄长只管教训，小弟无不凛遵！"黄宗羲连忙站起来，毕恭毕敬地拱着手，同时心里暗暗吃惊，不知道自己犯了什么错，使得对方大动肝火。

徐石麒却没有立即说下去。他似乎在极力压制自己的怒气，过了一会，才冷冷地问："我听说，这些日子，你在外面全不知收敛，说出许多没遮没拦的话，甚至出言不逊，非及皇上，可有此事？嗯？"

黄宗羲本来正在垂首聆训，听了这话，不由得抬起头，迷惑地望了望主人。他没想到对方是为的这个事而生气，相反，他还满心指望能得到对方的支持和帮助哩！事实上，黄宗羲一向认为：开放言路，把判断朝政是非得失的权利扩大到广大有识之士当中，使人们能对国家大事直言不讳地提出意见，这对于集思广益，补偏救弊，以振兴国家来说，是十分重要的一环。最近以来，他对时局是发表过一些见解，但他自问没有一丝一毫出于私心，全是为的社稷安危、家国存亡着想，而且他记得似乎也没有非议过皇上。何况即便是皇上的意见，也未必一点都不错；直言敢谏，也正是臣子应尽的职责。为什么徐石麒却把这种事看得如此严重，大动肝火？黄宗羲对此颇感意外，并且有点失望，不由得呆住了。

看见黄宗羲默不作声，徐石麒又激动起来。他站起身，向前走出两步，忽然转过身来，压低声音训斥说："这里是京师重地，辇毂之下，可不是江南，懂吗？在江南，任凭你们放言高论，胡说一气，也没人管你。可这儿是京师！一言一行，都须小心谨慎，循规蹈矩！可你——"他提高了声音，"已经年过而立，还是如此不知天高地厚，率性胡来。万一遭逢不测，叫我如何维护于你？又如何对得起地下的恩师？"

"兄长责备得是。不过，小弟之议论，自以为光明正大，并无不可告人之处。"黄宗羲沉静地回答。现在，他已经从最初的惊愕中恢复过来，并且准备有所申述了。

"你——"被对方的执迷不悟大大激怒了的徐石麒睁圆了眼睛。他的嘴巴抖动着，显然打算给予更严厉的申斥，但临时又改变了主意，只从袖筒抽出来一份手折，扔到桌子上。

"你自己看吧！"他冷冷地说，随即叉着腰，气哼哼背过身去，似乎打算再也不理会这件事了。

黄宗羲疑惑地瞅了瞅主人的背影，慢慢地捡起那份手折，打开来瞄了一眼。忽然，他心头一震，忙不迭地把手折举到眼前，一行一行地看下去。终于，他大吃一惊地呆住了。原来，这些天来，他在社交场合所说的每一句涉及时局的话，都被一字不漏地记录在这份手折里！

蓦地，一个狰狞可畏的名字闪过黄宗羲的脑际："啊，东厂！毫无疑问，这是东厂的缉事人干的！要不，就是锦衣卫。可是这份机密的手折怎么又会到了兄长的手里呢？"黄宗羲震悚之余，又感到疑惑不解。他不由得抬起头，却发现，徐石麒也正好回过头来。

徐石麒严厉地瞅着他："哼，看清楚了吧？要不是行人司的熊鱼山大人同锦衣卫的骆指挥有同乡之谊，知道这事，替你说情，把折子压下来，这会儿，只怕你早已身陷囹圄了！"

"……"

"熊大人今早特地把这折子拿来给愚兄，嘱我转知贤弟，今后务须检点言行，切不可率情任性，自干法网。熊大人还说，贤弟若再蹈覆辙，他就爱莫能助了！"也许因为看见黄宗羲低头不语，到后来，徐石麒稍稍缓和了语气。

"可是，小弟自问立心纯正，所言所行，无一不是为的社稷苍生着想，小弟实不知何罪之有！"黄宗羲抬起头，迎着徐石麒的目光，眼睛里充满苦恼的神色。

"胡说！你刚来一月，能知道多少京中情形、朝廷底细，便高谈阔论，肆口诋讥？"

"这个，小弟确实不知！"黄宗羲突然爆发似的高声说，"但小弟却知道，若是人人重足而立，侧目而视，钳口不言，离亡国便不远了！"

徐石麒没提防他会这样，反而吓了一跳。他本能地向窗外张望了一下，随即回过头来。

"好啊，照阁下这么说，今日之事，倒是愚兄不是了？"他恼羞成怒地问，一张青灰色的脸气成深紫，"好，既然如此，老夫不管就是！"他朝门外一指，"阁下请便吧！"

黄宗羲愣了一下，脸色不由得变了。他默默地瞅着徐石麒，神情显得愈来愈倔强、固执。终于，他慢慢地跪下去，趴在地上叩了一个头，然后站起来，一声不响地向外走去。

徐石麒倒抽一口凉气，目瞪口呆地瞧着黄宗羲跨出门槛，走下台阶。突然，他使劲地一跺脚，气急败坏地大嚷：

"站住，给我回来！"

危机四伏

当黄宗羲最后离开刑部衙门的时候，已经是下午。

不知是终于明白这位小弟并不是可以简单地压服的呢，还是被他那一腔凛凛正气所感动，徐石麒从盛怒地要把黄宗羲轰走，到最终又收回成命，态度发生了很大的变化。他不仅把黄宗羲留了下来，而且怀着对这位小弟的新的了解和爱重，同他谈得很多，很深入。他列举了种种事实，说明朝廷的黑暗和腐败，以及处身在这样一个环境当中，应当怎样小心谨慎，绝不可任性胡来。为着说服黄宗羲，徐石麒甚至把朝廷最近发生的一件尚未完全公开的大事，也同他谈了。据说事情是这样的：原来，自从松山失守之后，皇上十分恐慌，一心设法同清军媾和，但又担心群臣知道，会起来反对阻挠，所以私下同兵部尚书陈新甲商量，决定背着外廷，派遣兵部员外郎马绍愉一行四人为使节，携带敕书到沈阳去同清方秘密交涉。这件事本来做得极为机密，一丝风儿也不透。不过，大约皇上也知道陈新甲的嘴巴不大牢靠，所以曾经反复叮嘱他绝对不能向外泄露。谁知陈新甲仍旧忍不住，把这件事悄悄告诉了当时奉命赴陕西对"流寇"作战的总督傅宗龙，傅宗龙临行前又告诉了内阁大学士谢升，谢升又向外廷的言官作了透露。消息就此传开了。起初言官们还半信半疑，于是一窝蜂地弹劾谢升，说他造谣惑众，用意却在试探皇上的态度。皇上查知是陈新甲露的底，心中自然恼火，但还是宽容了他，只把谢升罢官了事。不料偏偏事有凑巧，就在前几天，马绍愉把一份关于和谈情况的秘密报告送给陈新甲。陈新甲看过之后，随手放在书案上就离开了。他的家童误以为是日常战报，竟冒冒失失拿去给外面传抄。于是一下子真相大白，满朝哗然。皇上正为清军方面提出的苛刻条款而苦恼踌躇，冷不防外廷闹将起来，不禁又惊又气，一查泄密的原因，顿时火冒三丈，震怒异常，立即下严旨切责陈新甲，今天又把陈新甲逮捕入狱。看样子，大有要把他置于死地之意。黄宗羲进府时所碰见的那三位官员，就是陈新甲平日的好友，特地来向徐石麒求情，请他帮忙设法从轻发落的。

说完这件事，徐石麒捋着胡子，沉重地喘了一口气："按说呢，陈某身为大司马，执掌兵部数年间，无尺寸之功，反使边关重镇四座、内地重镇七十二座，分别沦于建虏、流寇之手，藩王七人遭杀戮，可谓罪有应得。唯是议和之事，显系奉皇上之旨，不过如今败露，他纵欲申辩，又有何用？便是愚兄审理，也唯有判他一个'蔽主专擅,私款辱国'而已!所以贤弟口口声声说为臣之道,在于直言不讳,又岂知审时度势,尤为重要!陈新甲不识时务,事发之后,他不深自引罪,还直陈其功,这就无异是拿皇上的过失来张扬,所以非死不可了!此事近在眼前,贤弟难道还不该深省么?"

不知道是因为这件新闻太令人震惊,还是徐石麒的劝说起了作用,自此之后,黄宗羲没有再坚持原来的见解。他顺从地留在徐府吃了午饭,等新的一批说情者一到,他就辞了出来。

现在,黄宗羲骑着马,独自走在归途上。刚才在徐石麒衙里听到的那件新闻,在他心里所引起的吃惊和震动一直没有消失,毋宁说,使他的心情变得更加混乱了。因为朝廷和清军秘密议和的消息,尽管已经风传了好些日子,但是黄宗羲却一直希望这不是真的。事实上,黄宗羲也如同当时相当一部分朝野人士那样,认为山海关外的辽东以及奴儿干地区,本来就是大明疆土的一部分,如今在那里大胆妄为地建国称帝的女真族人,本来是明朝的臣民,他们对明朝的无情进逼,是一种犯上作乱的叛逆行为,对他们决不能饶恕,更不能承认他们的政权。而一旦同他们和谈,就无异于把他们置于同明朝平等的地位,这是万万不可以的。所以朝廷上下,一向以和谈为耻辱。加上崇祯皇帝又是一个极要面子的人,也十分忌讳和谈。不过如今的问题在于,恰恰就是皇帝本人,竟然也暗中派人向建虏输款。在黄宗羲看来,这实在是一个极其不祥之兆。"啊,难道局面已经到了这样严重的地步,连皇上也觉得除了输款,再没有别的办法了么?"黄宗羲惶惑地想。这种突然暴露的内幕,仿佛一下子清除了这些天来在黄宗羲眼前的许多迷离恍惚的遮蔽物,使他比任何时候都更加清晰地看到:那道日夜危及大明政权生存的可怕裂缝,到底有多深。这一发现,同自己竟然成了锦衣卫鹰犬们侦查搏击的对象那件事交缠在一起,黄宗羲的心情就变得更加阴暗了。

如今，他已经出了宣武门，本该一直朝南，回方以智的住宅。但他坐在马背上只顾想心事，竟不知不觉走差了方向，直到马儿在一堵坍塌了的破墙面前停住不走，才猛然惊醒过来。

"啊，我怎么会走到这里？这是什么地方？"他茫然四顾，发觉自己不知什么时候，已经走在一片废墟之间。前面的去路被瓦砾堵死，两旁是接连不断的颓垣败壁，丛生的野草灌木，还有满地的破砖碎瓦，却难得看见有梁柱和门窗。大约这片废墟已经存在多年，可利用的木料都早已被人取走了。如今，在断墙残壁之间，横七竖八地搭起了一些低矮肮脏的窝棚，还开出了几畦菜地。自然，也住了不少居民。不过，看来他们都是一些来自城郊的流民，无处栖身，迫不得已才麇集到这片废墟上，所以景况特别可怜。此刻，黄宗羲竟看不见一个衣着哪怕稍为光鲜一点的人。不论是挑担的、提篮的、徒手的，还是蹲在墙基上捉虱子聊天的，全都穿得那样破烂肮脏，而且大多数神情麻木、心事重重。即使偶尔响起一两声嬉笑，也都摆脱不掉绝望、凄凉的意味，只有那些个衣不蔽体的野孩子，似乎比较容易忘却人世的辛酸。他们成群结队地在风沙飞旋的瓦砾上撒欢，忽然又厮打起来，发出了响亮的、粗野的喧闹……

"啊，原来京城里还有这么一个地方，我却从来不知道。"黄宗羲惊奇地想，一边打量着周围的情景，发现不远的路旁，有一个小小的茶寮，几个人正坐在里面喝茶。他想了一下，便驱马过去，跳下地来，对那个卖茶的中年汉子拱一拱手，问：

"请教大哥，这儿是什么地方，怎么会成了这样子，敢是遭了兵火么？"

那卖茶汉子长得腰粗体壮，神气粗豪。他打量了一下黄宗羲，却先不回答，伸出毛茸茸的左手，拿起一个粗瓷大碗，右手提起茶罐子，哗哗地满满斟了一碗茶，往黄宗羲面前一放，说：

"秀才，你问的可是件了不得的大事儿，少说也该值他娘的三两银子！你若要我答你，须得喝了我这碗茶！"

黄宗羲怔了一下，疑疑惑惑地问："不知大哥这茶……"

那汉子哈哈大笑起来："秀才放心！我纵然想诈你三两银子，你也未必拿得出；就算拿得出，你也未必肯！告诉你，我这茶只要一文大钱！"

黄宗羲这才放下心来。他伸手在袖筒里摸索一会，掏出一个铜钱，放在桌上，又拱着手说："不敢请教大哥……"

那汉子拿起铜钱，瞄了一眼，又放在手里掂了掂，撇着嘴冷笑说："如今这种'崇祯通宝'又轻又薄，只怕丢到水里都浮得起，有个屁用，只配给小孩玩儿罢啦！"说完，他伸出头去，扯着嗓门吆喝了一声，把铜钱朝街心抛去。那群正在戏耍追逐的野孩子顿时一拥而上，喧呼争夺起来。

黄宗羲脸红了一下，感到有点不好意思，只好又把手伸到袖筒里，想挑个好点的钱给他。那卖茶汉子见了，却摇摇手说："行啦，你秀才就别摸了！如今京城里，也就剩下这种'鹅眼钱'啦！只怕你摸穿了袖子，还是一样！"

"哎，我说郝大哥，你别瞧不起这'鹅眼钱'！赶明年，怕就要使到铁钱、铅钱啦！到时你再想找它，还没有哩！"一个上了年纪的茶客沙哑着嗓子插嘴说，他有一个又红又大的酒糟鼻子，头上扣一顶满是破洞的旧毡帽，下面露出乱蓬蓬的白发。

"怎么没有？"一个瘦瘦的、长得蛮俊的后生笑嘻嘻地接上来，"兴许到时这种崇祯鬼子钱统统都要废了，另造一种又亮又大的新钱呢！"

"嗯，要真这样，那敢情好！"老茶客眯缝着眼睛说，溜了黄宗羲一眼。

听着这两人一对一答，黄宗羲似懂非懂："嗯，要把这些钱都废了，另造新钱，这是什么意思？"他想，不过，随后又自己笑起来，"瞧你！无非是市井愚民几句闲扯淡，你倒认真起来了。"

"秀才,你不是要问这地方怎么会成了这样子么?告诉你,这是天启六年那一场大地震弄的。打这儿一直往北,到刑部街,周围十多里地,都是这样。你只怕是头回到这鬼地方来,所以不知。"那个叫郝大哥的卖茶汉子瞅着他,瓮声瓮气地说。

黄宗羲"哦"了一声,忽然想起来了:天启六年,也就是他父亲被魏忠贤迫害,死于狱中的第二年,听说北京发生了一场奇特的大震灾,毁坏房屋无数,还震死了不少人。当时都传说是上天示警……

"这个——在下也曾闻说。不过,都整整十六年了,怎么还是这样子?"他半信半疑地问,一边回头去看那片废墟。

郝大哥呵呵笑起来:"秀才,你可问得真逗!怎么还是老样子?它不是这样子,还能怎么个样子?莫非你还想皇帝老儿大发慈悲,把'三饷'全免了,好让大伙儿把房子建起来不成?"

黄宗羲怔了一下,脸顿时沉了下来:"不错,这话也许是事实,可是此人说到皇上的那种口吻神情,却大是不敬!"黄宗羲觉得有必要告诫对方几句。但是接下来听到的话,却更使他吃惊。

这是那个俊俏后生。他笑嘻嘻地瞅着黄宗羲:"要它不是这个样子也不难,不过,那可得等到——"说着,他憋起嗓子,用河南小调唱起来,"吃他娘,穿他娘……"

他本想唱下去,那个郝大哥回头狠狠地盯了他一眼,他就临时停住了。

然而,黄宗羲已经听懂了。还在江南时,他就听说,李自成为着煽惑群众,收买民心,不久前曾造了几句民谣,道是:"吃他娘,穿他娘,闯王来了不纳粮!"现在这青年唱的,不就是那支民谣吗?蓦地,一个可怕的念头在黄宗羲心中一闪:"啊,他们是流贼的细作!"他的脸色不由得变了,一刹那间,吃惊得连心脏也仿佛停止了跳动,随后又差点儿要拔腿飞奔,但是理智告诫他:千万不能有任何异常的表示!要不,在这个地方,他们随时都能把你杀了！于是，为了掩饰自己的慌乱，也为了镇定一下，他端起那一碗本来嫌脏、不打算喝的茶，咕嘧咕嘧地灌了下去，放下碗，抹抹嘴，偷窥了一下对方的神色。随即装出微笑，道过谢，转身离开茶寮。由于心慌，他上马时很费了点事，好不容易爬上马背，又不敢立即奔逃，慢慢地走出几十步远，估计那伙人再也赶不上了，这才在马屁股上使劲抽了一鞭，纵辔狂奔起来。"常听人说，流贼细作已经遍布京师，我还不信，不想今日当面碰上了！"黄宗羲心忙意乱地想，不断加鞭，等马儿一直跑出了废墟，进入上斜街时，他才渐渐收紧了辔头。

不知是当年受震较轻呢，还是由于靠近大街，恢复得较快，这一带的房屋虽然也十分简陋，总算还像个样子，路上的行人也较多，整个气氛已不似先前那样荒凉诡秘。黄宗羲惊魂稍定，松了一口气，但随后又感到十分气愤："真是岂有此理！京师重地，怎么连流贼的细作混了进来都没人管？那些厂卫的缉事人都是干什么的？为什么不赶紧来个全城大搜查，把这些家伙统统抓起来，该关的关，该杀的杀！照这样子闹下去，万一流寇真的打进来，怎么得了！"

他越想越感到情况严重，觉得有必要马上向巡捕营报告，让他们派人先把茶寮里的那几个人抓起来。"对，可别叫他们跑了！"黄宗羲想，顿时亢奋起来。可是，巡捕营在哪里呢？他焦急地四处张望，想找个路人询问一下。没等他拿定主意，在街道的另一头，远远响起了一阵尖锐的呼啸。那是一种凄厉的、惊骇的声浪，仿佛是屠夫追逐着牛羊，又像是烈风摧折着树木。那呼啸越来越近，越来越响，渐渐变成了路人走避的脚步声，店铺关门的乒乓声，爹娘和儿女的呼唤声，以及东西被碰翻、打破的声音……黄宗羲被这突如其来的混乱景象弄糊涂了。他本能地打算跟着躲避。忽然，一切声音都停止了，路上的行人也全不见了。他正在不知所措，渐渐地又有了响动。不过，那是急骤的马蹄声，错杂而单调,一队人马风驰电掣般奔了过来。马上的甲士,个个衣履鲜明,神情冷傲,对于他们出现所引起的惊慌和混乱仿佛早已习以为常,不屑一顾。他们在离黄宗羲还有十来步远的地方突然停住,随即跳下马来。

黄宗羲定神一看:"咦,这不就是锦衣卫的缇骑吗?好了,这下可不用到处找了!"黄宗羲想,连忙驱马上前,打算向他们报告刚才遇到的情况。

缇骑们却根本没有注意他。他们一下马,就向路旁的一个带篱笆的院子走去。头里的一个一抬腿,"砰"地踹开了院门,其余的人跟着冲了进去。紧接着,屋子里就传出了喝骂声、哭喊声和乒乒乓乓摔家伙的声响。一个女人带哭的嗓音尖叫:

"天哪!我们可是本分人家,怎么敢去做强盗哇……"

黄宗羲吃了一惊:"怎么,莫非这里也藏着流贼奸细不成?"他连忙走过去,隔着篱笆往里瞧去,顿时呆住了。原来,这是一个靠种花出卖为生的人家。黄宗羲还记得很清楚,今天上午,他上徐石麒的衙门,行经这里时,还曾经怀着平静而愉快的心情,眺望过园子里的烂漫秋色,对那些五彩缤纷的秋葵、蓝菊、草本夹竹桃、海棠和璎珞鸡冠表示过由衷的喜悦。可是,如今这些花木正遭受着最无情的摧残,两个顶盔贯甲、全副武装的缇骑,正在不声不响地以最冷静而干脆的动作,对花园进行着彻底的破坏。他们用利斧砍倒花木,用铁锤砸毁假山,还用沉重的战靴在苗圃上践踏过去……

黄宗羲被眼前的情景弄糊涂了。他直瞪瞪地望着那些断头折臂的花木,那些五颜六色、狼藉满地的花朵。其中,在一株被齐腰砍断的秋葵的光秆上,伏着一只白色的小蝴蝶,大约它在这一场突然降临的灾难中躲避不及,受了伤,飞不起来了。现在,它正抖颤着翅膀,在葵秆上艰难地爬行着,在它的身子后面,还拖着一条黏糊糊的"肠子"……黄宗羲瞅着瞅着,渐渐眼前的景象变了，仿佛此刻在他面前的不是花园子，而是阴森可怖的诏狱。那些被砍倒在地的也不是花木，而是被锦衣卫拘拿入狱的东林党人。其中有杨涟、左光斗、魏大中、周朝瑞、顾大章、袁化中、周顺昌、高攀龙以及自己的父亲黄尊素，而且似乎连他——黄宗羲本人也在内……他们有的断颈，有的折臂，有的拖出肠子在挣命。地上那些五颜六色的东西，就是他们流出的脓和血……蓦地，黄宗羲发出一声低沉而钝浊的呼叫，用双手掩着脸孔，回头便走。他跌跌撞撞地奔到马前，爬了上去，挥动马鞭，直到跑回方以智的住宅，他都没有回头再看一眼。

第二天一早，黄宗羲就吩咐黄安收拾行李，跟着陆符搬到城西的万驸马北湖园里去了。

共赏秋菊

崇祯十五年九月下旬，也就是距黄宗羲搬走之后两个多月，方以智收到在丰台做官的一位同年送来的十几盆名种菊花。他赏玩之余，一时兴动，便备下酒席，写了帖子，邀请平日要好的两位同僚——詹事府谕德吴伟业和兵科给事中龚鼎孳过来饮酒赏花。吴、龚二位都是老复社成员，吴伟业还是复社领袖张溥的得意学生。三人在江南时，就已经彼此认识。不过，后来方以智到了京里，同吴伟业相处的时间久些，关系也比较密切。至于龚鼎孳，因为一直在湖北做官，不久前才调到北京来任职，过去方以智同他虽然有过联系，但是相知不深。而且对于这位合肥才子，方以智还说不上太喜欢，总觉得他过于八面玲珑，多少有点装腔作势的味道。不过，方以智也不是那种心地浅狭的人，他看见对方经常上门，对自己颇为尊重，再加上吴伟业当面背后都一直在说龚鼎孳的好话，于是对这位新朋友也就渐渐热乎起来。

如今，方以智同两位客人坐在书房的明间里。那十几盆名种菊花就分成两排，陈列在台阶下。其中有什么"醉杨妃""银鹤翎""鸡冠紫""留仙绉""霓裳羽衣"等等，名色不同，姿态各异，正在晴和的九月阳光下，舒展着五彩缤纷的花瓣。阵阵清香，随着清爽的秋风飘到筵席上来。三位朋友已经着意观赏赞叹过一回，还分韵赋了几首诗，如今一边坐着闲谈，一边继续饮酒赏花。龚鼎孳是个爱说话的人，更兼交游广阔，消息灵通，所以照例大部分时间，都是他和方以智高谈阔论。吴伟业则在一旁静静地听着，很少插嘴，清秀的脸上始终带着温雅的微笑。

现在，他们已经转移了好几个话题，因为是随意而谈，所以也没有什么次序，一会儿谈起七月中田贵妃的病逝和她妹子入宫顶替，一会儿又扯到抄手胡同华家的专煮猪头肉，扯到不久前南京皇宫所发生的一桩离奇的失宝案，然后又回到北京，说最近有人在田弘遇府上见到了陈圆圆，比在江南时仿佛清瘦了些，却是更美艳了。接着，他们就把陈圆圆同董小宛比较了一番。龚鼎孳认为董小宛无论如何比不上陈圆圆，冒襄皆因平日过于自负，这次落得了哑巴吃黄连，也怨不得谁；方以智却不同意，认为董小宛也许色艺稍逊，难得的却是人品端庄，没有陈圆圆那么多风尘气味。最后，照例是吴伟业出来打圆场，说陈董二人各有千秋，也正如眼前这菊花——"醉杨妃"和"银鹤翎"，观赏者可以各有偏爱，其实却未易轩轾，才把这场争论平息下来。这之后，他们就把话题转到战局方面，从不久前朝廷派出的援军在朱仙镇遭到惨败，谈到河南开封已经危在旦夕，又谈到兵部的昏庸无能。末了，话题回到眼下轰动朝野的那件大新闻——兵部尚书陈新甲一案上来。

"说来可笑之至！"方以智说，"陈老头儿自从在狱中上疏，乞求宽宥，被皇上驳回之后，如今又里外上下地一个劲儿送礼请托，昨儿竟送到我这儿来了！"

"那么，方兄必定是拒之门外无疑啰！"龚鼎孳微笑地问，白皙的脸上现出凑趣的神情。

方以智摇摇头："小弟是照收不误！"

"哦？"

"龚兄奇怪么？"方以智瞅了他一眼，一本正经地说，"据小弟看，陈老头儿今番自取其败，只怕是神仙下凡也救他不得了——只是可惜这一百两银子！他既然着人巴巴地送上门来，小弟若不受他，自必会有旁人承受。与其让别人承受，何如由小弟承受？譬如今日，小弟欲请二位老兄来此饮酒赏花，这银子便正好充作酒资，比之让那些俗物得了，拿去求田问舍，放债积谷，岂不胜似多多！何况，陈老头儿平素贪婪得紧，这银子本非光明正大之财，就算白送一点给我们，他也没有什么可埋怨的！"

龚鼎孳眨巴着眼睛，似乎一下子没听明白，随后就大笑起来。"好，好！密之，亏你做了几年京官，原来一点儿没变，还是江南名士的本色！佩服，佩服！"说着，举起酒杯，同方以智对饮了一杯，又回过头，打算敦促吴伟业，却发现这位吴大诗人皱着眉毛，一脸不忍的神色。

"咦，骏公，怎么了，你？"龚鼎孳奇怪地问。

吴伟业轻轻叹了一口气："陈大司马虽然有罪，却其实未至于死，你们又何必……"

"啊哈，这一回，只怕他是死定了！"龚鼎孳笑嘻嘻地说。

"倘若他果真已是难逃一死，"吴伟业温和地责备说，"你们就更加不该如此。"

龚鼎孳怔了一下，随即睁大了眼睛："喂喂，这一次可是他咎由自取，怨不得我们！"

"可是……"

"可是什么？"龚鼎孳立即反问，他显然感到方以智的在场，而吴伟业的责备是冲着他们两个人来的，"可是我们不该幸灾乐祸，落井下石是不是？不过，只怕你可怜他，到头来他却未必感恩戴德，还要反咬你一口！"他尖刻地说。

"其实、其实，他也没怎么得罪我们。"吴伟业红着脸分辩。

"没得罪我们？那么，'二十四气'之说是谁捣鬼？主使者又是何人？哼，你别看他面子上同我们敷衍，骨子里邪门着哩！我就从来不信他！"

龚鼎孳所说的这个"二十四气"之说，是指不久前，有人因周延儒再度出任内阁首辅后，起用了不少东林人士，心怀忌恨，于是编造了一个"二十四气"的假案，把包括吴伟业在内的二十四位官员罗织进去，指为私党，说得煞有介事，还到处散播。结果弄得皇上也知道了，降下旨来，命百官有则改之，无则加勉；其中还特别严词责备了言官们一顿，弄得人心惶惶。这件事，至今也闹不清是谁捣的鬼。不过龚鼎孳本人是言官，职责又是监察兵部，加上前一阵子言官们对兵部的攻击尤其猛烈，所以他便疑心是陈新甲在暗中报复，其实未必有根据……

吴伟业不响了。他显然不善于争论，而且害怕争论。看见对方来势汹汹，他就气馁了。

"好，我们不谈这个，不谈了。"他委屈地、无可奈何地说，懊丧地低下头去，"其实，唉……"

龚鼎孳眼珠子一转，也立即表示同意："对，算了，不谈，不谈！"他哈哈大笑起来，"喝酒，喝酒！"

在他们争论的当儿，方以智始终没有插话。吴伟业的责备，使他多少有点扫兴。固然，对于陈新甲，方以智没有丝毫好感，但是朝廷上无休无止的党争，说实在的也使他越来越厌倦了。不错，穷凶极恶的魏忠贤阉党，虽说早在十多年前就被打了下去，其后继起与东林为敌的前内阁首辅温体仁、薛国观等人也相继因罪垮台。周延儒复出之后，不少受排挤打击的东林旧臣都获得起用。但目前朝廷之上，各个山头派系的斗争，仍旧异常复杂激烈。就拿陈新甲来说，他虽然不属于温薛一党，但也并不买东林这边的账，而是凭借皇上的宠信，一直在自拉山头，竭力扩充本身的势力。更兼他身为兵部尚书，却指挥无能，丧师失地，又背着朝廷暗中向清军求和。这些，都引起东林方面的强烈不满，早就想把他轰下台，只是由于皇上一味回护，才无可奈何。现在好不容易来了机会，当然不肯放过。刑部左侍郎徐石麒之所以坚决主张惩办陈新甲，与此可以说不无关系。不过，方以智也明白，战局到了目前这一步，其实是由来已久、积重难返，绝不是陈新甲一人所能扭转的。陈老头儿固然不是安邦定国之才，可是换一个人，难道就有办法么？这样一想，方以智对于当前这一场党争到底有什么意义，就不能不感到怀疑。刚才，他颇有点玩世不恭，内心其实是苦闷的。正因如此，他现在完全能够理解吴伟业的心情。他不但不打算附和龚鼎孳，去讥笑这位好好先生的善良和软弱，相反有心替他打打圆场，说上几句慰解的话。

但是，他没来得及这样做。因为长班孙福匆匆走了进来，呈上一份拜帖，并禀告说："兵部左堂冯爷的轿子快到门外了！"三位朋友一听，不由得你望我，我望你，都颇感意外。

"莫非是为的陈新甲？"龚鼎孳冒出一句。

方以智沉吟了一下，吩咐："外堂奉茶！"随即放下杯子，站起来，走进里间换过公服。又朝吴、龚二人做了个"稍待"的手势，匆匆地迎了出去。

这位来访的"兵部冯爷"，就是兵部左侍郎冯元飙。他是天启二年的进士，做过几任京官，也外放过许多次，仅仅三个月前，还在南京任通政使。他为人喜智术，有权谋，早年曾上疏弹劾周延儒，攻击不遗余力；这一次进京后，看见周延儒有改弦更张之意，他也就一反旧态，同周延儒密切交往，关系拉得很好。冯元飙目前是东林派中坚之一，而且一向以复社的后台自任。所以他突然来访，并没有使方以智感到惊疑不安。相反，当老头儿那又矮又胖的身躯和那张生动的、乐呵呵的圆脸映入眼帘时，方以智内心的愉快、亲近的感觉便油然而生了。

"哈哈,学生还愁着吃闭门羹哩!如此秋光,兄翁不去登高、赏菊、饮酒,原来还有耐性守在家里!"冯元飙一见方以智,就兴冲冲地拱着手说。

"弢老来得正巧!"方以智一边还礼,一边笑着说,"饮酒、赏菊,却不须远求,眼下舍间便有,就请进去共饮三杯如何?"

"噢?"

"只因一位年友日前送来十几盆菊花,晚生见它尚属不俗,今日便备了几杯薄酒,邀骏公、孝升两位过来赏玩,如今他二人就在书房里。"

"原来如此!有此雅事,兄翁如何便忘了学生?厚彼薄此,该罚,该罚!"冯元飙摇晃着脑袋,又哈哈笑起来,满庭院都响彻了他洪亮的嗓音。

"晚生甘愿受罚三大杯!"方以智爽快地说,随即在通往书房的侧门前停下来,"那么,请弢老这就过去?"

冯元飙眼珠子一转:"嗯,你说孝升也在里面?"

"是的。"

"噢,那就罢了,那就罢了!"冯元飙忙不迭地说,拉着方以智往前走,又回过头来,狡黠地眨眨眼睛,"学生现今叨掌兵部,他是本科言官,在这当口上,还是扯开些为好!"

方以智"哦"了一声。他当然明白,龚鼎孳作为兵科给事中,职责就是对兵部衙门实行稽查,将其办事的情况、好坏得失,随时向皇上报告。双方的关系向来是既尖锐对立,又时有勾结,颇为微妙。如今陈新甲一案尚未了结,冯元飙作为他的副手暂掌兵部,对于龚鼎孳自然不便过从太密,以免招来闲话。不过,既然此刻是在自己的家里,而且彼此其实又早就是同一个圈子里的人,方以智就觉得冯元飙似乎小心得过分了。

冯元飙大概从眼神里瞧出他的心思,又哈哈笑起来:"兄翁,学生我是同你说笑话儿,其实哪有工夫饮酒赏菊!我这就要上周阁老那儿,经过这里,顺脚进来瞧瞧你,马上就要走的!"

这当儿,他们已经来到堂上,于是重新行礼见过,分宾主坐了下来。

"兄翁,这些天,可见到太冲么?"冯元飙一边接过小厮奉上来的一杯茶,一边言归正传地问。

"哦,前日他曾同恺章、道济二兄过访舍下,约晚生明日到天主堂去访汤若望,并说不日便返江南去了。"方以智回答,一边想起对方是浙东慈溪人,同黄宗羲也算得上同乡。

"嗯,听说,他今科又未考中?"

"是的。"

"今年是朱锐锦主考,私下走他关节的人听说多得很嘛,太冲怎么也不托人去说说?"冯元飙的表情很认真。他收起了笑容。

方以智苦笑一下:"太冲的脾气犟得很,他哪里肯做这种事。"

冯元飙摇摇头:"他这人就吃亏在什么都太认真!其实八股到了今日,哪里还考得出什么真才实学?不过是虚应故事罢咧!他这一认真,自己落第不算,朝廷也少了个可用之才。如今反让那些竞进无耻之徒占了便宜去,可谓不值!"

"弢老所见甚是。便是晚生也曾这等劝他来,唯是太冲不肯听从,也真教人无可奈何。"

方以智这样说了之后,好大一会儿,主客二人都没有再说话。冯元飙慢慢地捋着他那几根稀疏的黄胡子,仰着下巴颏儿,像在考虑什么。

"听说,太冲打算上书朝廷,可有此事?"终于,他又问。

"哦,弢老也知道了?"

"弟是听小儿辈闲谈言及,却未得其详。"

"这个,晚生倒曾看过。大抵太冲的意思,是国事至此,非急谋改革,不足以图存。而改革之急务,在于压抑豪强兼并,恢复井田之制,即:平均全国之田,按户授给,每户五十亩。剩余者,始由富民占有。此外,更须免除繁苛赋役。古时之田,不许买卖,国家十一而税;后世之田,准许买卖,则更可放宽,比如三十而税一。若谓当今战祸未息,为助饷计,赋税难以骤减,亦须严限于十五税一之内。如此,则富者不困,而贫者亦能稍稍安居。乱源一去,贼自易平,贼平国定,则建虏亦无能为矣!"

方以智说到这里,偷眼瞧了瞧客人,发现冯元飙皱着眉,抿着嘴,样子像是要笑,又像是要哭,便赶紧接着说:"太冲亦知当今南北交煎,天下糜烂,此议无法骤行。故拟议先于江南数省试行之。该处虽亦艰困日甚,所幸尚未经兵燹,或者较易收效也……"

他本来还要说下去,见冯元飙做了个制止的手势,便顿住了。

冯元飙摇摇头:"纯属空论!莫说朝廷必不采纳,即使采纳,照他这一套去弄,只怕江南就先自大乱起来——不过,有这么一份东西,总比没有的强。明儿,兄翁就让太冲拿来,告诉他,别忙着走了,由学生替他转给周阁老。老头儿也未必有工夫看,无非做个由头,学生再从旁撺掇,让他把太冲留下,分派个差事干干,总还是可以的!"说着,站起身来。

"哦,彀老,陈新甲之事,眼下不知怎样了?"方以智一边往外送客,一边问。

"听说皇上还有点踌躇,到底是他亲手晋拔起来的人嘛!老陈在狱中好像也听到点风声,正在到处送礼,托人说情。他的那些党羽也四出运动。学生已经对徐大人说了,此人不除,岂止国无宁日,亦终是我东林之患!——嗯,在这节骨眼上,朝廷公论还是顶要紧的。兄翁在内廷走动,也须警醒着点,该说的还是得说!"

方以智点点头,走了几步,忽然笑着说:"老陈一去,大司马一职,只怕就非老先生莫属了!"

冯元飙停了一下脚步,回过头来,眨眨眼睛:"噢,兄翁这样以为么?这是别人说的,还是兄翁自己这么想?"他随即继续往前走,一边摇着白发皤然的脑袋,叹息说:"若然果真如此,那恰是我所最最不愿的!试问十余年间,但凡坐上这把交椅的,哪一个有好下场!"

西洋教士

第二天,黄宗羲依约来到了。同他一起来的还有冯道济和他堂兄冯恺章。至于陆符,因为这一次乡试,他暗中买通了主考官的关节,果然高中举人。这几天又是拜房师①,又是会同年,正忙得不亦乐乎,所以没有同来。

方以智把他们接进堂屋之后,先不忙出门,却把昨天冯元飙的那番意思向黄宗羲说了。谁知黄宗羲听后,脸上毫无喜色,只淡淡地说:

"斃老盛情,小弟感激心领。只是小弟归意已决,上书之事,也作罢论了。"

方以智怔了一下,还没有开口,坐在旁边的冯道济迫不及待地插了进来:

"哎,太冲兄,回江南有什么好?家父既肯开这个口,料想必定是有把握的。好不容易到京师来一趟,你就干脆住下,等三年后,再考他个头名!"

冯恺章也说:"不错,这一回没考中,不怨天,不怨地,更不是自家文章不好,就怨朱锐锦那老昏虫公行贿卖,暗通关节!如今外面骂声载道,听说有人在贡院门上贴出一副对子,道是,'不用孔子,不用孟子,只取公子;不要古文,不要今文,只取真纹!'话虽说得忒过分些,我们不也算公子?不是照样没考中?不过,

---

① 房师:明清两代,举人、贡士对荐举自己试卷的同考官的尊称。

这等老昏虫还是该骂骂他才解气!"

可是黄宗羲只是坚决地摇摇头,却不作声。

"太冲兄,莫非你听说是周阁老,所以……"方以智瞅着他问。

"噢,若是为的周阁老,太冲兄尽可放心!"冯道济又一次插了进来,"周阁老以往曾同我东林为难,这是不错的。不过他这次复出,却大异于前,对我东林倒甚是优礼。听家父说,上月有一次,他在御前讲读,皇上拿了一个奏本问:'张溥、张采是何等人?'周阁老当即答道:'读书的好秀才!'皇上又问:'张溥已死,张采小官,科道官如何说他好?'周阁老答说:'他胸中颇有学问,文章也好。科道官做秀才时,见过他的文章,今以用之而未尽其才,所以可惜。'皇上说:'也不免偏激!'周阁老说:'张溥、黄道周皆有些偏,只是会读书,所以人人惜他。'——你瞧,他维护复社也算尽心尽意了!"

冯恺章也说:"听说,幼老①这次得以复官,也全仗周阁老在皇上面前一席话哩!"

这些消息,黄宗羲大约是第一次知道。他仰起脸,呆呆地听着,神情变得柔和了一点;可是只一忽儿,又复归于冷淡,依旧摇摇头。

方以智很清楚黄宗羲的执拗脾气,知道一时也劝他不转,便站起来,说:"此事慢慢商量。时候不早,只怕汤若望等得久了,我们这就去吧。"

于是,四个人一齐出门,各自上马,穿过金井胡同,沿着上斜街,向东行去。

天主堂位于宣武门内东面城墙下的一个角落里,是万历年间神宗皇帝特许意大利籍耶稣会教士利玛窦兴建的。以后,就一直成为西方传教士们聚居并进行传教活动的场所。那是一座有着半圆形屋顶的罗马式建筑,当中一扇带石阶的门,四面开着许多窗子,周围装饰着许多稀奇古怪的花纹图案。天主堂旁边另建有宅

---

① 幼老:指黄道周,字幼平。当时因罪罢官。

邸,供教士们居住。当方以智等四人在院门外下马,通报之后,汤若望很快就出现了。

这是一位身材高大的德意志人,有着虬结的胡须和高高隆起的鼻子。突出的眉骨之下深藏着一双古怪的、碧荧荧的眼睛。不过,他那头金黄色鬈发,却按中国式样直梳上去,并且也像中国儒生那样,戴了一顶方巾,身上穿一件白色的布直裰。他曾经在北京专门学习,又在中国住了十多年,其间还到西安去传过教,一口中国话说得十分流利。

一见方以智,汤若望就大声欢呼起来:"啊,方先生,幸会,幸会,小弟已经恭候多时了!"又转向其余三人:"不敢动问这三位先生高姓大名?"等方以智介绍之后,汤若望又连说几声"久仰、幸会!"然后,他就按照中国的方式同大家一一作揖寒暄。

"道末兄,这位黄先生和两位冯先生今日一则是久慕尊颜,特来拜望;二则是意欲瞻仰贵教的宝刹,并一聆汤兄雅言。"方以智说。

"啊,不敢当,不敢当!倒是小弟亟望列位先生不吝赐教!"汤若望谦逊说,又殷勤地问,"不先过舍下奉茶么?"

方以智回头望了望,看见三位朋友都露出疑虑的神色,就说:"不必了,先瞻仰宝刹吧!"

"好的,那么,请!"

等大家移动脚步,汤若望在旁边陪着,一起穿过院子,步上台阶,进入天主堂内。

在这小半天里,黄宗羲很少说话。刚才,在方以智家里,他拒绝了冯元飙的建议和大家的劝说。这件事,至今还影响着他的情绪。是的,此时此刻,他不希望也不需要别人来怜悯他,哪怕是冯元飙这样的东林前辈。虽然自己这一次到北京来,可以说事事失意,一败涂地,乘兴而来,扫兴而归。但越是这样,他越觉得接受别人的任何怜悯和恩赐,即便对方出于真心诚意,对自己来说，也是一种羞辱，是没有骨气的表现。"哼，我自然还要来北京，可那得等考中之后，理直气壮，堂堂正正地来。眼下何必赖着不走，让人笑话！"他想。可是这种话，当时不便马上说出口，他本想等上路之后，再慢慢向方以智解释。谁知方以智仿佛有意作弄他，偏偏绝口不再提这件事，一路上只顾同冯氏兄弟有说有笑，弄得黄宗羲愈加气闷。

不过此刻，他的这种烦恼暂时被对于天主堂的好奇心所取代了。他发现，这幢按照西洋式样设计建造的大堂又狭又长，顶上装着天花板，看不见屋梁，两边排列着带雕饰的窗，正当中是一个用香灯和帐幔装饰起来的神龛，供着一幅耶稣的油画像。画中的那个耶稣，长得高鼻梁，大耳朵，须发蓬松，容貌清癯，头顶上有一轮"圣光"。他左手捧着浑天图，右手雄辩地向前方伸出，嘴巴微微张开，仿佛在热烈地讲述着什么伟大的真知灼见。

黄宗羲头一次看见耶稣的肖像。不过使他惊异的，不是这位西方救世主那种咄咄逼人的姿态，而是西洋绘画的准确和逼真。他有好一阵子目瞪口呆，疑心那不是绘画，而是一尊彩塑。接着，他情不自禁地走近去，细细观看。"啊，原来世上竟有这等神奇的写真妙技！可知世界之大，确实未可管窥蠡测！"他叹服地想。

这当儿，汤若望已经在一旁热心地布起道来。他从亚当和夏娃如何偷吃了伊甸园的禁果，由此繁衍出了有罪的人类说起，一直说到耶稣降生，布道救人，如何被钉死在十字架上，死后三日又如何复活升天等等。说得绘声绘色，煞有介事。方以智大约早已听过，虽然没有打断他，嘴角上却挂着一丝不以为然的微笑。冯氏兄弟则听得津津有味，不时要求对方讲得详细一些。至于黄宗羲，他是本朝大儒刘宗周的学生，历来主张"气外无物"，包括天地鬼神在内。他对于汤若望这套说法，当然不相信。"这不过也如佛氏之有释伽，道教之有李老君一般，未必无其人，却是故神其说。其实所谓主宰者，纯是一团虚灵之气，草木之荣枯，寒暑之运行，地理之刚柔，象纬之顺逆，人物之生死，俱由这气自为主宰。鬼神之说，俱属其次！"他想，一边跟着大家，步入右侧的一间圣母堂内。

圣母堂的布置同正堂差不多，里面也供着一幅画像，上面画着圣母玛利亚——一位童贞女，怀里抱着一个婴儿。据说那就是刚刚诞生的耶稣。黄宗羲照例转了一圈，心想："童女无夫而孕之说，中国也有，不过却是周厉王误失龙漦，童女践之而有孕，结果生下了个亡国的褒姒！中外传闻，竟是如此之异，亦可谓一奇了。只不知这位汤先生闻知，作何感想？"

参观完天主堂，汤若望又一再邀大家到宅邸里去用茶，二冯兄弟同传教士已经混熟，一口答应。黄宗羲踌躇了一下，也表示同意。于是大家又跟着汤若望往回走。

"太冲，你觉得如何？"方以智忽然凑上来悄声问。

黄宗羲瞥了他一眼，顿时想起一路上被对方故意冷落的那一场哑巴气。他有心回敬一下，急切间却想不出该说句什么才解气，只好沉着脸，一声不吭。

方以智显然心里有数，他狡狯地眨着眼睛，笑嘻嘻地说："这——其实不算什么。待会儿，更有匪夷所思的呢！"

说话的当儿，已经进了宅邸的大门，从影壁转西，经前院进入二门，穿过方砖铺地的后院，来到北边正房的起居室里。

"弟是单身，没有家小。所以凡有客来，弟都请进这儿来坐。"汤若望解释说，随即请大家坐下。一个年轻仆人奉上茶来。黄宗羲看他也就二十多岁，青衣小帽，眉目清秀，分明是个中国人，胸前却悬着一个小小的十字架，同汤若望胸前所悬的一模一样。"瞧样子他是已入了教的。闻得已故徐阁老[①]、李之藻等人，均曾入其教，公行弥撒之礼，不知确否？"他想问，又觉得唐突，只好忍住了。

---

① 徐阁老：指崇祯初年内阁大学士徐光君。

这时，冯氏兄弟已经被屋子里的几件新奇别致的摆设吸引住了，那是摆在墙边的一架风琴、炕桌上一个香盒大小的自鸣钟、方几上的一台显微镜和竖在墙角的一支滑膛枪。冯氏兄弟仿佛成了走进玩具店的孩童，不停地转动着闪闪发光的眼睛，脸上露出惊讶、狂喜的神情。等主人放下茶杯，微笑着发出邀请，他们立即站起来，一个奔向风琴，一个奔向滑膛枪，并且同时地提出一连串夹杂着惊叹的问题，弄得汤若望穷于应付，不知该回答哪一个好。正在不可开交，忽然传来了一阵悠扬的音乐，那乐声有点像鸟鸣，但鸟声没有它悦耳动听；像乐器齐奏，但周围又看不见乐队。而且那旋律有点奇特，全然不像中国的音乐。大家正在纳闷，就看见那个年轻仆人双手捧着一个闪闪发光的鸟笼，从隔壁慢慢走出来，小心翼翼地把它挂在门旁的一只铁钩子上。

大家仍旧呆呆地站着，显然不相信耳畔的这种美妙的乐声，同笼子里的这只小鸟有什么关系。

"噢，列位先生，这是一只会唱赞美诗的鸟儿，请过来欣赏它的歌唱。它在赞美全知全能的天父和基督哩！"汤若望伸出一只手，用感动的、热烈的声音说。

大家疑疑惑惑地围上去，仔细一看，发现不只笼子是用金属细丝编成的，连笼子里的那只小鸟也是金属制作的。它虽然张着嘴巴，站在那里，却一动也不会动。大家正猜不透这假鸟怎么会发出声音来，音乐声忽然终止了。那个年轻仆人立即从怀里摸出一把式样特别的钥匙，插进笼子底座的一个小孔里，旋转了几下，音乐声重新响起来。

"啊，汤先生，贵邦之制作，可谓巧夺天工，令人耳目全新！只不知如此奇技，系何人所授？"冯道济又惊又喜地问，他显然已经佩服得五体投地。

"冯先生下问，小弟正欲奉告。"汤若望举起一根指头，庄严地回答，"这启迪我们以无穷智慧者，并非血肉之躯的凡夫俗子，乃系慈悲万能的上帝！是上帝教导我们一切，还谕示我们不应将此智慧据为私有，要传授给居处于世界之上、哪怕最遥远地域的人民！"

"那么，汤先生远涉重洋，长驱万里，来游中国，其意也在此啰？"冯恺章问，肃然地望着主人。

汤若望点点头，把炯炯的目光转向他："正是。皆因我辈俱系天生之罪人，我们的灵魂都沾满邪恶与不洁。唯有慈悲万能之上帝能够拯救我们！"

在他们对答的当儿，黄宗羲在一旁默默地听着。他见汤若望一本正经、咄咄逼人的样子，心想："仁义之性，与生俱来。天下之理皆非心外之物。要拯救自己，也唯有反求本心，努力内省——'致良知'而已矣，又何必求助什么上帝！"不过，虽然这样，汤若望作为一位"夷狄僧侣"，为着传播和实行自己所崇信的"道"，不惜背井离乡，变俗易服，来做一名异国的臣民，时至今日，仍然保持着饱满充沛的热情，这一点，却使黄宗羲惊异之余，心中不无触动。"要是换了我，处于他的地位，能够这样做么？"他暗中问自己，随即又吃了一惊，"哎，我为什么要这么想？为什么会这样想？"他隐隐约约感到，自己正接近一种可怕的、危险的想法。他不敢，也不愿意再深究下去了。

"哎，道末兄，这些话，还是留待你做弥撒的时候去说吧！"大约是瞧见黄宗羲的神色有点不对头，方以智从旁插进来说，"这位黄先生是位嗜书如命的人，阁下还是把那些奇书秘籍拿出来，让我们见识见识！"

汤若望正说到兴头上，忽然被打断，不免有点扫兴。他张了张嘴，似乎打算分辩，终于失望地摆一摆手，说："请稍候！"然后悻悻然走进隔壁的房间，一会儿，同那年轻仆人各自抱了一大摞书出来，都堆在桌上，说："请吧！"

黄宗羲听说有书可观，精神为之一振。他连忙走过去，先翻看一下书目。他发现这些书,绝大多数都是自己所不知道,或者仅仅听说过名字,却没有机会读到的。其中有徐光启与教士利玛窦合译的《几何原本》、李之藻译的《圜容较义》、徐光启的《测量法义》——这后两种是谈几何原理的实际应用的书,还有汤若望本人著的介绍西洋光学的《远镜说》,教士熊三拔著的专论水力机械的《泰西水法》,至于王征与教士邓玉函合译的《远西奇器图说》则是介绍物理学中重心、比重、杠杆、滑轮原理及简单机械构造的书。此外,还有介绍世界五大洲之说的《万国舆图》、介绍世界地理知识的《职方外纪》,以及介绍西洋天文学的《浑盖通宪图说》等等。黄宗羲越翻越兴奋。虽然有许多书他根本看不懂,但正因为这样,却激起了他越来越强的求知欲望,激起了他要把它们读懂、钻通的热情。"哎,这些都是经世致用之学!学者所须知。与那些个风琴、雀笼音乐真是不可同日而语!"他兴奋地想。随即,也不管还有其他人在场,先挑了一本比较容易读的《职方外纪》,退回椅子上埋头翻阅起来……

这一天,由于黄宗羲的坚持,他们在汤若望的宅邸里一直逗留到下午很迟的时候才告辞出来。汤若望留他们用了午饭,出门时,又殷勤地一直把他们送到路口,才挥手告别。

在夕阳映照的归途上,方以智拍马走到显得既疲倦、又兴奋的黄宗羲身旁,悄悄地问:

"如今,你不急着走了吧?这位老汤还精通火器制造,朝廷近日颇有用他督造火炮之议,听说他还有一部《火攻挈要》,更是当今一大奇书。哼,就为的读一读它,你也值得留下来!"

谒见首辅

由于方以智和冯氏兄弟一再劝说,黄宗羲终于同意把那份上书交给冯元飙转呈周延儒。

半个月之后,他得到通知,说周延儒已经看到他的上书,并决定接见他。于是,黄宗羲在十月初八日下午申牌①时分,依约来到周延儒的府邸。

如果在三个月前,黄宗羲得知他的上书受到这位当朝首辅如此重视,那么,尽管他对周延儒的为人有种种不满,也必然会大为兴奋,十分感激。不过,时至今日,情况已经不同了。他这一次从同意呈递,到依约来见,与其说是出于对自己那份上书依然抱有热情和信心,不如说主要还是出于对冯元飚的尊重,以及不想过于拂逆朋友们的一番盛意。事实上,自从七月的那一次,徐石麒把他找去谈话之后,黄宗羲的心情就改变了。他再也无法像先前那样盲目乐观和自我陶醉。而当他一旦用变得清醒了的目光环顾四周时,这个庄严肃穆的帝王之都那黑暗、腐败、病态、没落的一面,就立即清楚地显现出来。他发现,在这里居住着至高无上的皇帝,但是这位皇帝正处于内外交困、焦头烂额的境地,而且变得越来越刚愎自用,喜怒无常;在这里拥有着令人生畏的生杀予夺的大权,但这个大权却操纵在东厂和锦衣卫这样一些阴森可怕的衙门手里,被用来对付忠心谋国的人士和广大无辜的百姓;在这里聚集着来自各地的优秀人才,但这些人目前正卷入你死我活的党派之争,互相指责掣肘,以致少数有为之士也无法施展才干;这里还可以迅速听到有关时局的最新消息,把握朝廷决策的脉搏,但是这些消息却一个比一个倒霉,一个比一个更令人灰心丧气;至于朝廷的所谓决策,更是完全陷于仓皇应付,挖肉补疮,一片混乱……再加上这一次乡试,公行贿卖、徇私作弊的情况,比以往任何一次都要严重得多,而朝廷对此竟然毫无办法,听之任之。这更使得黄宗羲愤慨之余,感到深深的绝望。所以,直到

---

① 申牌:下午三时至五时。

此刻，当他越过一队又一队的轿车马匹，来到首辅官邸的大门前时，从表情到内心，都始终是冷淡而又迟疑的。

"哎，太冲，你到底来了！小弟足足候了你半个时辰哩！"一个喜孜孜的声音大声招呼说。

黄宗羲抬头一看，认出是周延儒的幕客顾麟生。

顾麟生是常熟人，今年也就三十出头，长得眉目挺拔，精明强干。他本是复社成员，因为他父亲顾大章是周延儒的老师，所以这一次周延儒复出，就把他聘作幕僚，参与机密之事，颇为信用。上一次就是他看到周延儒的来往书信，知道钱谦益密谋为阮大铖翻案开脱，写信告诉了冒襄，才把那件事彻底揭穿。黄宗羲同顾麟生本来就认识，而且交情不错，这次到北京后也互访过几次。他知道黄宗羲今天要来，所以先到门上来守候。

顾麟生这一出现，黄宗羲还不觉得怎样，周围那些先到的人却顿时骚动起来。他们都是为着各种各样的公事或私事来求见周延儒的。有的手本已经递进去好久了，始终不见答复，眼见时候不早，正在着急，好不容易盼出来个人，当然不肯放过，纷纷围上来，七嘴八舌地打听消息。

顾麟生显然十分熟悉这种场面。他板着脸，挥挥手，说声："周相公接客未完，请列位安心守候！"然后，挽着黄宗羲的胳膊，头也不回地往里走。

碰了这个钉子，多数人都泄了气，只有一个胖胖的、留着一把长胡子的绅士仍旧不甘心，他紧赶几步，在大门前赶上了顾麟生。

"顾先生，小弟并非求见周相公，乃是来访董先生的。相烦转知一声，不胜感激！"胖绅士赔着笑脸，乞求地说。

顾麟生回顾一下："哦，阁下要访董先生？"他问，停住了脚步。

"正是正是！"胖绅士连忙拱着手说，"小弟近刻得新书两部，意欲送上一部请董先生过目，另有一部——若顾先生不弃，就敬请先生指教!"

"这个……"

"尚希哂纳!"

在他们对答的当儿,黄宗羲只是冷冷地听着。他早就听说,周延儒有一个心腹幕客,名叫董廷献,为人狡狯贪婪,借着主人的权势,卖官鬻爵,贪赃受贿,早已秽声载道。这位胖绅士要找的,大约就是此人。至于所谓"送书",无非是行贿的隐语,这些书后面,照例都附得有金子、银子,叫作"书帕"。这胖绅士不知急于谋求什么,如今竟打算连顾麟生也一并讨好拉拢。"哼,我倒要瞧瞧玉书怎么办!"黄宗羲想。

"好吧,我给尊驾转知董先生就是!"顾麟生回答得十分干脆,拉着黄宗羲继续往里走。

"啊,那么这书?"

"先寄在门房里,待会儿我来取!"顾麟生说,没有回头。

"玉书,"沉默着走了十来步之后,黄宗羲终于忍不住问,"这多半年来,你都是这样子的么?"

"什么?"

"自然是'书帕',还有……"

顾麟生"噢"了一声,满不在乎地说:"这算个什么?你不见姓董的,那才叫会家子哩!不管是谁,想谋个总兵、巡抚什么的,都得巴巴地先来拜他。要不,就休想办成!这些年,他可是捞得够肥了。别瞧那几本破书,只怕他未必就能看得上眼!"

"不过,这怎么可以……"

顾麟生"嘻嘻"地笑起来:"若说不可以,也真不可以。但要那样子,除非你不来这官场上混!如今的风气,人家倒不恨你要钱,却恨你不要他的钱。你一不要钱,得罪的人可就多了!"

"啊,怎么?"

"你要了钱,把事给办成了,他到地方上去,就能五倍十倍地捞回来，何乐而不为？你若不要钱，他的事办不成，岂非绝了财路，又怎能不恨你！"

黄宗羲不由得"哼"了一声，心想："国先自伐，然后人伐之！政事之坏，就坏在这伙无孔不入的蛀虫身上！连顾玉书这样的人，初涉官场，便立时为习气所染，亦可见颓风之溺人，何等可骇可惊！"虽然他明知根由不在顾麟生身上，而且即使顾麟生洁身自好，也还有其他的人，他们比顾麟生恐怕更贪婪十倍，像董廷献之流那样。但是，黄宗羲仍然觉得有必要劝谏一下朋友，提醒他不要忘了做一个正人君子的准则。"嗯，等见过周阁老之后，我得好好说一说他！"他严厉地想。

这当儿，他们已经从前院东边的一道侧门走进了别院。当他们从一间花厅的门外经过时，黄宗羲看见三四个纱帽补服的官员正在那里默默对坐，像在等待着什么。顾麟生附在耳边告诉黄宗羲：陈新甲一案，由于主持审理的刑部左侍郎徐石麒坚持要按失误军机、私款辱国的死罪来论处，判定当斩，举朝为之震动。据说眼下皇上还在犹疑。花厅内的这几个官员，就是来求周延儒设法营救的。黄宗羲早就在徐石麒那里听说过陈新甲的案情，觉得此人确实罪大恶极，死有余辜；而且对于朝廷上至今仍有一部分大臣在替陈新甲辩护说情，极力开脱，心中颇为不满。他望了一眼顾麟生，淡淡地问：

"周相公可肯援手？"

顾麟生微微一笑："援手是要援手的。不过周相公侍候皇上多年，皇上的脾气心思他比谁都摸得透……"他四面望望，忽然凑上来，压低嗓音说，"皇上其实杀心已决，只是他不想做丑人，所以……"

黄宗羲听他说得厉害，倒吃了一惊，连忙使个眼色制止他。顾麟生吐一吐舌头，马上住了口。

这之后，两位朋友便不约而同地沉默下来。又走过几道门，来到一所小斋前，顾麟生让黄宗羲在门外稍等，独自走进去。一会儿，他重新走出来，说：

"相公有请！"然后又咬着耳朵叮嘱说，"今日早晨，相公最心爱的一只波斯猫儿难产死了，直到这会儿还很不开心，外面丢着一大堆客人，他都不想见。是我再三替你说了情他才勉强肯了。待会儿，他说什么，你都听着，千万不要辩驳，可记住了？只要他肯把你留下，往后一切都好办，有我呢！"

这时黄宗羲也多少有点紧张。毕竟，这是他头一遭来谒见这位当朝首辅。"嗯，不知道他是什么样儿？脾气怎么样？我该怎样对待他？"他匆忙地想。对于顾麟生的叮嘱，他听了进去，却来不及反应过来，只是机械地点着头，随着顾麟生步上台阶，进了小斋。

这是一间小小的、布置得异常雅洁的书斋。骤眼望去，斋内的一切，都以小巧别致为特色——小巧的屏风，小巧的桌椅，小巧的卧榻。当中一张古制的狭边书几，上面陈设有笔砚、香盒、熏炉之类，也无一不是小巧玲珑，式样别致。四面的墙壁看不见一幅字画，却有一个小小的佛橱，里面供着一尊镏金小佛。因为已是十月之交，天气渐凉，椅子上都垫上了古锦褥，小榻上铺了一张斑斓的虎皮。

黄宗羲没有心思观察斋内的布置，他睁大眼睛，四处张望，希望能尽快见到主人。这时，响起了官靴踩地的橐橐声响，身穿一品补服、头戴纱帽的周延儒从屏风后面慢慢走了出来。他是个中等身材的人，虽然上了年纪，而且似乎有点闷闷不乐，却依然颇有风度，一张肌理细腻的长圆脸，再加上细长的眉眼，笔直的鼻梁，使人不难想到，这位当朝首辅年轻时必定是一个美男子。即使是现在，那梳理得一丝不苟的花白胡子，那始终不见发胖的腰身，也还处处显露出优雅。当然，作为身负重任的大臣，他同时又是自信而从容的。要在平时，他的目光想必坚定有神，但不知为什么此刻却毫无光彩,向前突出的下巴两旁,也现出两道深沟,使整张脸显得忧郁失神,缺乏它所应有的威严和气派。

黄宗羲愕然地望着这张脸,有片刻工夫,不大相信这就是周延儒。说来也好笑,大约是出于一种反感的心理,过去他一直把这位首辅想象成为一个瘦小阴鸷的人,一双蛇样的眼睛里永远闪动着贪婪和猜忌的光芒……不过,他很快就清醒过来,因为顾麟生已经开始介绍。于是黄宗羲松了一口气,怀着对周延儒的新鲜的,甚至有点可亲的印象,上前拜见,并在主人的搀扶下站起身,重新叙过礼,分宾主坐了下来。

"嗯,也许他并不如我想象的那样贪鄙忮刻?他既然两度入相,这后一次,还是东林方面给出的力,想必自有其过人之处。比如我的那一份上书,送上来才半个月,他就不仅看了,而且还立即予以接见,只这一点,就不容易!"黄宗羲一边继续打量主人,一边想。他的心情渐渐变得开朗了一些,觉得说不定周延儒当真对他的那个改革计划感到兴趣。他甚至开始考虑,要是对方询问起来,将如何对答。

"玉书兄,待会儿烦你替我翻检一下,把古人的咏猫诗找那么一二十首出来。我想瞧瞧他们是怎么写的。"宾主寒暄了几句之后,周延儒忽然回过头,对顾麟生这样说。

"是!"后者拱着手答应。

"什么?咏猫诗?他要咏猫诗做什么?"黄宗羲迷惑地想,目光不由得投向那张狭边书几。他刚才曾注意到,那上面的笔砚尚未收起,笺纸上还依稀有书写过的痕迹。蓦地,他记起顾麟生的那一番叮嘱,心想:"对了,听玉书说这位周相公死了一只什么波斯猫,伤心得很,这会儿想必正打算写诗哭它哩!"

由于忽然发现,直到此刻,周延儒虽然似乎是在和颜悦色地接待自己,其实他一心惦念着的,却是那心爱的玩物,黄宗羲不由得愕住了。随后,一股受到侮辱的感觉从心底里渐渐冒出来。

他那瘦小的脸孔由于恼怒而涨红了。

"哎，太冲兄，你不知道，玉老此猫乃是去年粤督沈公从濠镜屿波斯商人处购得，专程送到京里来。本是一对，通体纯白，无一杂毛，缱绻依人，甚是可爱。那雌猫尤为奇物，左右两眼，颜色不同，一金一银，顾盼莹然，见者无不称异。不料今早竟死于难产，着实教人痛惜呢！"大概看见黄宗羲神情不对，顾麟生连忙解释说，一边朝他直使眼色。

黄宗羲却只装没有瞧见。他朝主人拱一拱手，直冲冲地问："老师相，半月前晚生托请发老转呈的那一封上书，不知已蒙钧鉴否？"

"哦，兄台的上书么？冯少司马已经转到了。"周延儒点点头，奇怪地瞧了客人一眼。

"不知已蒙钧鉴否？"黄宗羲又问。

"这个……嗯，学生我也曾拜读……其中见解，大体是不错的，不过……"周延儒含糊地说。

但黄宗羲毫不放松："尚祈明教！"他又一次拱着手。

周延儒显然觉察到对方态度的咄咄逼人，而且对这种谈话的方式感到不快。为了使对方明白这一点，他挥了挥手，用变得威严的口吻说："这个，以后再说吧！"

这样断然地把问题了结之后，他就立即把交谈转到了其他方面。他开始问黄宗羲最近读些什么书，问他有没有见过钱谦益，还问到江南的灾情，而不管是在询问，还是在听的时候，他都始终保持着一种淡漠的、莫测高深的神情，而且常常是不等黄宗羲说完，他就提出另一个问题来打断他。这就造成了一种印象，似乎黄宗羲所说的那些情况都是他早已掌握、毫无价值的，而他这样问，仅仅是出于一种礼貌而已。

起初，黄宗羲还十分认真地回答主人的问话。但是很快地，他就变得兴趣索然，而且越来越清晰地意识到，自己在对方眼里，其实是多么卑微和幼稚。他开始脸红心跳，局促不安，回答问题也一次比一次简短,最后只剩下"是"和"不是"。

看见这种情形,坐在一旁的顾麟生暗暗着急。他接连朝黄宗羲使了几次眼色,但黄宗羲固执地低着头,只装没瞧见。顾麟生没有办法,正想开口替他打几句圆场,忽然回廊里响起了脚步声,接着,长得又干又瘦的老幕客董廷献出现在门口。顾麟生只好临时咽住了。

董廷献先向斋内张望了一下,然后耸着肩,弓着腰,迈着轻而急的步子,走到周延儒身边,俯下头去,低声说了几句什么。

只见周延儒面无表情地听完,摆了摆手说:"让他们先等着,就说我这会儿还没工夫见他们。"

"是!"董廷献恭顺地应诺着,却不退下。他用眼梢斜了斜黄宗羲,稍稍提高声音:"不过听说徐大人已经入奏,就怕圣旨随时会下……"

周延儒横了他一眼,不耐烦地说:"慌什么?没见我这会儿有客人吗!"然后,他便不理会幕客,重新转向黄宗羲,堆起笑容问:"刚才,我们说到哪儿了?——对,听说钱牧斋到盛泽迎亲时,给人赶着飞瓦片,这可是怎么回事?"

"阁老大人既有要务,晚生就此告退了。"已经变得垂头丧气的黄宗羲,连忙站起来说。

"噢,兄台这就要走?"周延儒的表情有一点惊讶,也有一点惋惜,但是并不挽留,跟着站起来送客。直到走出门口时,他才眯起眼睛,欣赏地望着对面墙头上正在秋风夕阳里忽闪着的几根枯草,用漫不经心的口吻说:

"学生之意,是想奉屈兄台到阁里来,协理文牍之事——自然,这事也不急,先生回去权衡轻重之后,若肯俯就,便通知玉书,让他告诉我。"

第十二章
施援手三招制恶，谈时局一夜惊魂

勾引道姑

自从三月底回到家中之后，整整半年里，钱谦益的足迹再没有离开过常熟。

由于同周延儒之间的那桩秘密交易全盘失败，他对于起用的事已经心灰意冷；何况外间的舆论，对他又颇为不利，就更使他疑神疑鬼，轻易不想出门。

他也曾打算，干脆把拂水山庄着意改建一番，从此隐居养老，也就算了。偏偏柳如是竭力阻拦，坚决反对，结果只好作罢。

不过，说也奇怪，由于不再胡思乱想，钱谦益反而能专下心来过日子。他鉴于家里近几年亏空越来越大，下决心整顿财务；又自觉年纪大了，精神不济，便把这事同柳如是商量。柳如是也不推辞，把家里的财权一手揽了过去。别瞧她是个风尘弱质，女流之辈，行事处置，真还有点魄力。她用恩威并施的手法，先把一批地位较低但能干可用的管事人员收作心腹，让他们反过来监视何思虞、邹志之类的大管家；接着又制定出一套严格的财务制度，随时随地检查、督促；还杀鸡儆猴地狠狠处置了几个桀骜刁顽的豪奴。就这样，不到两个月，她居然把原来混乱不堪、漏洞百出的账房整治得井井有条，使那些心怀不轨的人至少暂时不敢轻举妄动。至于朱姨太，因为眼见大势已去，加上在整肃财务的当儿，有好几件案子本来都牵连到她，柳如是却宽大为怀，不予深究，这使朱氏惊愧之余，不由得对柳如是顿生感激之意，渐渐反倒设法巴结起她来。看到这种情形,钱谦益心中十分欣慰,对柳如是也更加宠信。他既不用操这份心,便集中精力去做他的学问。他把自己早年所写的诗词文章,重新认认真真地修改润色了一次,分门别类地编排起来,分为一百一十卷,定名为《初学集》,准备一旦弄到款子,就拿去刻印出版;另外,又动手将佛教的有名经典《楞严经》详加注疏;闲下来时,就同柳如是写诗唱和,或是下棋作画,翻书赌茶,日子倒也过得优游自在。

这样,一直到了农历十月。

这天上午,钱谦益照例在匪斋里注释他的《楞严经》。当注到"于时世尊顶放百宝无畏光明,光中生出千叶宝莲,有佛化身,结跏趺坐"这几句时,心中油然涌起一阵感触:"是啊,佛家言一叶宝莲便是一世界,千叶宝莲便是千世界。而大千世界中的一切,都如梦幻泡影。人生在世,唯其能作如是观,便可少却无限烦恼!"正呆呆地想着,忽然,李宝送进来一批信札。钱谦益放下笔,随手捡起一封,见是苏州寄来的最新塘报抄件,就先丢下不看。因为近几年来,时局越来越坏,塘报上难得有什么令人鼓舞的消息——不外是哪个城镇又被"流贼"攻陷了,哪个官员又战死或者被杀了,以及损失了多少人马等等。不看还好,越看越令人灰心丧气,老半天都舒坦不过来。虽然如此,钱谦益到底又忍不住,迟疑了一下,依旧把塘抄捡了起来,带着厌恶、冷淡的神情拆开,瞄了一眼。忽然,他的眼睛睁大了——塘抄上面,赫然写着一行大字:

潜山我师大捷

"什么?大捷!"他心头一喜,连忙看下去。消息的内容是这样:据凤阳总督行辕"加急飞递"送到的战报称,新任总督马士英率属下总兵官黄得功、刘良佐二军,于长江以北凤阳、庐州、安庆一线,与张献忠、左金王、革里眼等农民军相持两月,乘敌方并力进攻桐城之际,分进合击,转战十余日,已于九月二十四日大破张献忠于潜山县境,击毙闯世王、马武、三鹞子、王兴国等。目前,张献忠率其余部退走湖北蕲水,革、左残兵亦向北逃散,已不能再对江南构成威胁。历时一载的南京紧张状态亦因此宣告解除。

"啊,总算把张献忠赶跑了,谢天谢地!"钱谦益心中一阵兴奋,不由自主地站起身子,把塘抄仔细地又从头到尾看了一遍。直到证实没有理解错之后,他才如释重负地透了一口气,重新坐了下来。的确,自从今春以来,张献忠会合革里眼贺一龙、左金王贺锦两支农民军,连陷长江北岸的含山、和州、无为、庐江等地,并在巢湖操练水军,大有进兵江南之势,而明朝官兵屡战屡败,抵敌不住的时候,钱谦益实在很担心过一阵子。虽然他知道明朝在南京外围,还驻有重兵防卫,农民军未必就能攻得进来,但是战局如果发展到那一步,毕竟就很危险了。如今偌大一个中国,除了一些边远的地区,就只剩下江南这一小片尚可称作"乐土"。万一被那些杀人不眨眼的"流贼"攻了进来,像自己这种家大业大的官绅人家,别说安居乐业,只怕连可以逃跑活命的地方都没有。所以,前一阵子,钱谦益虽然煞有介事地在整顿财务,著书立说,内心却曾不止一次阴沉地想到:这其实是白费心机,说不定哪一天"流寇"一来,一切便都完蛋了账!甚至两个月前,他听到朝廷起用马士英,代替已经逮捕下狱的高斗光任凤阳总督时,也并不感到有任何值得乐观之处。然而,出乎意料,马士英刚一出马,就大破张献忠于潜山。"嘿,瞧不出马瑶草还真有点本事,竟然一战成功!"钱谦益惊奇地想,同时,心里不期然地涌起一股酸溜溜的感觉:"是啊,这一下马瑶草该得意洋洋了!如今打个胜仗不容易,何况又是大胜。就凭这一仗,马瑶草这把凤督交椅不只算是坐稳了,没准儿还会升迁哩!"不过,也只是一会儿,随后他就想到,这其实也没有什么好羡慕的,十余年来,凭借剿"寇"有功而爬上高位的幸运儿固然也有一些,但更多得多的,却是在空前残酷激烈、没完没了的战斗中送了命。而那些侥幸爬上去的人,也并没能得意多久,便又一个一个地跌落下来,不是毙命于"流寇"的枪炮之下,就是因逃脱不了最终的惨败,而被震怒的朝廷逮捕入狱,纵然不死,也已是饱受凌辱。如今马士英虽然打了个胜仗,又怎知他日后不会因此而倒霉获罪,甚至不得好死呢?"哎,任他大千世界,苦乐人生,俱如梦幻泡影!"这样默默地叨念了两遍之后,钱谦益又变得心平气和,于是把塘抄抛开,伸手去拿另外一封信……

这一天,钱谦益在匪斋里一直工作到下午。当他把本日所做的疏稿检点一下,发现已经积有三千字之多,这才舒展一下身体,站起来,一边用手轻轻捶打着发酸的腰部,一边怀着愉快而充实的心情,慢慢下了楼,走过我闻室来。

我闻室里静悄悄的。由于柳如是身体本来就不大好,加上前些日子操持家政,过于劳累,结果病倒了。近一个月来,一直卧床不起。当钱谦益放轻脚步,走进庭院时,看见堂屋门帘一掀,红情从里面送出一位道姑来。那道姑有三十二三年纪,头戴一顶鱼鱿冠儿,脸上薄施脂粉,身上的杏色道袍纤尘不染,一条黑丝绦带,紧紧束住依然窈窕的腰身。她手里拿着一柄拂尘,虽无十分颜色,却也自饶风韵。钱谦益认得她叫潘灵飞,一年前才从别处云游来此,专门出入大户人家,讲经论道。刚好碰上南门外修静观的老道姑死了,她也不知使了什么法儿,就顶替做了住持。钱谦益平日见她眼波流荡,言语巧俏,有心勾搭她,只是未得机缘。

潘道姑一见钱谦益,就含笑站住,行着礼招呼说:"钱老爷……"

钱谦益知道她是来看望柳如是的病的,连忙满面春风地迎上去,彬彬有礼地客套了一番,这才目不转睛地瞅着潘道姑问:

"仙长瞧贱内这病……"

"老爷放心,夫人这委厥寒热之症,皆因以往疏于护理,身底子已是偏弱,加以近日又操劳过甚——不过也无妨,只需将息几时，再由小道传授她些导引之法，便可无碍了。"

钱谦益"噢"了一声，笑嘻嘻地说："久闻得'导引神气，以养形魂，延年之道，驻形之术'。原来仙长深通此术。可知贱内毕竟有福，所以得遇高人！"

说完，他向我闻室那边看了一眼，又左右望了望，发现红情还站在一旁伺候着，就侧转身，做出送客的姿态。等潘灵飞走出七八步，估计红情听不见了，他才凑近去，悄声说：

"怪道仙长雪肤花貌，原来深谙驻颜之术。几时一并收我做个弟子，也好日夕领教！"

潘灵飞的眼睛闪烁了一下，乖巧地躲开身子，却用眼梢瞟着钱谦益，轻声说："我这导引之术，须是人定[①]之后，三更之时，来我观里，于密室之中，方可传授。只怕老爷未必有这份诚心？"

钱谦益一听，半个身子都酥麻了。他连忙赌咒说："但得仙长垂怜，小生便是死了也甘心！"又结结巴巴地问，"那么，那么就是今夕？"

潘灵飞却只是微笑，并不回答。待到走出月洞门，她才转过身来，像是有意，又像无意地把手中的拂尘朝钱谦益轻轻一点，瞅了他一眼，随即飘然向外走去。害得钱谦益伸长脖子，睁大眼睛，目送着她的背影，好半天，才擦一擦鼻子，喜孜孜地回过头来。

抱病理财

当钱谦益匆匆穿过庭院，向寝室走去时，忽然想到，刚才自己那些举动，会不会被柳如是在屋子里看见了？于是，就怀了一份小心，放轻脚步，先隔着门帘偷瞧了一下。他发现柳如是依旧躺在床上，却把一张书案移到床头，案上堆满了一厚本一厚本的

---

① 人定：指夜里的 21~23 时。

账册,她自己怀里也抱着一本,正在那里静静地翻阅,对于刚才屋子外发生的事似乎毫无知觉。钱谦益放下心来,正要撩开帘子走进去,忽然听见"啪"的一声,账本合上了,柳如是恨恨地骂:"都是蠢货!没有一个争气的!"

钱谦益吓了一跳,本能地停住脚步。急切之间他闹不清这话是冲谁说的,迟疑了一下,只好硬着头皮往里走,一边小心翼翼地问:

"哎呀,你这是怎么了,好端端的又生谁的气?噢,还把这些破账册都搬来了!你身子不好,该好好歇着才对,又弄这些劳什子做什么?"他一边责备地摇着头,一边偷眼打量对方的神色。

"哼,不管,不管行吗?都快气死人了!"柳如是圆睁着眼睛,怒声地说。

"哎,到底是怎么回事?"

"怎么回事!前一回派出去的那四个人,原来都回来了,都不敢来见我。今日一查这账,才知道他们全都把本钱消折了!每人一百两银子出去,弄几个月,只剩得个三五十两回来,有两个还说留在行里,不曾结得账,只怕连这个数也不够!你说气死人不气死人!哼,亏他们临去时赌咒发誓地说得好听,如今折了我的银子不算,连我这脸也给丢尽了!"

钱谦益慢慢地捋着胡子。当弄清柳如是的火气不是冲自己而来,他就放了心。他知道柳如是自从接管了家中的财权之后,急于有所建树,前几个月亲自挑选了四个她认为得力可靠的家人,各带银两,分别到山东、浙江和福建去经商,满指望能大大赚几注彩头,一来填补家中的亏空,二来也显示她理财有方。谁知竟折本而回,也难怪她又急又气。不过,钱谦益这会儿却没有心思来管这种事,因为同潘道姑今晚的私会又开始来挑动他的思绪,使他不由自主地露出了微笑。

"哎,你倒是说话啊!"柳如是生气地嚷。

钱谦益错愕了一下,"哦,算了!"他摆一摆手,"如今时局不靖,生意难做,也未可全怪他们。何况这几个人,又不是惯做生意——自然,你亲自挑选的人,必定是得力可靠的。如今乡下有几个庄子,庄头都老了,我久想换下来,不如就委了这几个人去,却是正好。"

柳如是冷冷地说:"这几年不是水就是旱,光守着那几亩田,能有几多入息?而且也太慢!如今想快赚大赚,还得靠经商这条路!"

钱谦益摇摇头:"你别小看那几千亩田!说到底,那才是根本。有了它,吃喝穿用全有了。只要守得住,便是一辈子不出去,也冻不着,饿不死。出外经商不是不好,到底是没准头的事儿,若赚得到时便好,万一消折起来,倾家荡产也只是一年半载的工夫!如今都说徽州人善会经商,出了几个大富翁,便人人眼红起来,都要学他的样。不知徽州地方,向来山多田少,地又瘦瘠,不宜稻粱。为求活命,不得已才出外经商。由此暴富的也有,但本钱蚀尽,漂泊而死的又岂在少数?我们现守着六七千亩田,经不经商本属其次,又何必把这事看得太重呢?"

可是柳如是十分固执:"不管怎么说,我那几个人是决计不去做庄头的!"

钱谦益瞧了她一眼,无可奈何地说:"那么,你还打算让他们出去?"

柳如是点点头,沉思地说:"不过,这一回我不是让他们走内地……哼,我要打发他们出海!"她说,蓦地抬起头,目光闪闪地瞅住钱谦益。见他没有作声,她就用了突然兴奋起来的大声说:"听我说呀!如今内地是兵荒马乱,生意难做,可是海外不打仗,也没闹饥荒,正好做生意!顶多就是风波凶险一点。可是我派人分几起出去,这趟不着那趟着,只要有一起人回来,就不蚀本;两起回来,就是一倍的赚头!要是运气好,弄到些犀角、象牙、苏木、胡椒，或者别的什么稀罕宝贝回来，还怕不奇货可居！这样一年别说去三回，就是两回吧，已经非同小可。再营运数年，哼，我担保还你钱牧斋老爷一个货真价实的常熟首富，你信也不信？"

柳如是越说，越被这个突然闪现的诱人计划所激动。她一挺腰坐了起来，苍白的脸上现出两片红晕。仿佛她已经把一根魔力无穷的网绳攥在手里，只要轻轻扯动一下，大批的财富就会源源而来似的……

钱谦益见她这样子，却不由得暗暗摇头。出海贸易，那自然是最能获利的买卖。以往钱谦益也一直在做，还一度拥有过十多艘大海鳅船。可是后来几次出海遇上了风暴，那些船沉的沉、毁的毁，损失了大半，剩下几艘，前几年因为吃官司，急着要银子用，都卖掉了。以现在的经济状况，想重新去造船，真是谈何容易！而自己没有船，想要出海经商，就只能去搭伙。这样就得受船主和主商的剥削和控制，更别说还得缴纳很重的引税和水陆两饷了。而且弄不好，随时都会给人扣上"结盗""通番"的罪名，上一次，本县奸民张汉儒向朝廷诬告他，就是把这当成一条罪状，使他受了许久的追查。钱谦益是栽过跟头的人，实在再也没有柳如是那种雄心勃勃的劲头。不过，他也不想立即扫她的兴，只好含糊其词地说：

"嗯，这也是个好主意……不过，再从长计议吧！"这样说完之后，为着转移话题，他就从袖子里把那份塘抄掏出来，"我倒差点忘了，这儿还有个好消息哩！"

"怎么？真的把流贼打跑啦！"柳如是接过塘抄一看，顿时欢快地叫起来，"这下可教人放心啦！你别说，前些时风声紧张那阵子，可把我担心死了，夜里翻来覆去净做些噩梦，真可怕！"

"哼，这回呀，马瑶草可是得意喽！"钱谦益冷冷地说，在一张椅子上坐了下来。

柳如是怔了怔，随即眼波一转，似乎明白了。她沉默下来，半响，问："这马大人，不知相公可认识？"

钱谦益依旧沉着脸："倒不曾见面，不过我知道他，他也知道我。天启时，我曾在徐元叹那里见过他给元叹集子写的一篇序，文章是会做的。"

"嗯，这马大人倒是一位不可小看的人物哩！"

"……"

柳如是微微一笑："相公，说句你不爱听的话，妾觉着前些年，你未免把复社那伙书生瞧得太重。其实他们一无权，二无兵，光凭两片嘴皮子整天穷嚷嚷，到底成不了什么大事！"

柳如是说到这里，故意顿住了。钱谦益的眼睛却渐渐亮了起来：

"你是说，我应当下点功夫去联络马瑶草？"

"相公说呢？"

"唔，有道理，很有道理！"钱谦益把膝盖一拍，站了起来，"其实又何止马瑶草！如今天下方乱，真正有力量的还是那等手握兵权的将帅……对，这主意好！"他连连点着头，倒背着手，兴冲冲地在室内踱了几步，忽然又站住，"只是，我与马瑶草素无交往，这'联络'二字，却又从何措手？"

柳如是叹了一口气："我的相公，你平日的聪明机警到哪儿去了？这眼前不就是绝好的一个题目么——潜山大捷！"

钱谦益不说话了。他捋着胡子，斜瞅着柳如是，仿佛在考虑什么，然后慢慢地踱开去，绕了一个圈子，又一个圈子……最后，他在书案前停了下来，随手拿起笔，蘸了蘸墨，在一张锦笺上很快地书写起来。

"嗯，你听啊——"他说，放下笔，兴冲冲地拿起锦笺，"《鹅行——闻潜山战胜而作》，这是题。下面是诗：

> 督师堂堂马伏波[①],
> 花马刘亲斫阵多。
> 三年笛里无梅落,
> 万国霜前有雁过。
> 捷书到门才一瞥,
> 老夫失喜两足蹩。
> 惊呼病妇笑欲喳,
> 炉头松醪酒新蒸!

"唔,就先把这诗给马瑶草寄去,算是祝捷。你看如何?"钱谦益说着,得意地把诗笺递给柳如是。

"嗯,把马大人比作东汉马援,仿佛高了些儿。不过既想哄他高兴,也只能如此。"柳如是一边看诗,一边说,"那么这花马刘想必是刘良佐了?何以相公独点出他来,而不及黄得功?"

钱谦益笑了一笑:"夫人果然心细!我自然有意如此。须知自崇祯五年,山东莱登巡抚谢琏陷于贼之后,一直废而不设,到去年才重新增置。莱登二州与辽东隔海相望,位置异常重要,我对此职瞩望已久,唯是苦于缺乏有力者推荐。这花马刘乃系前漕运总督朱大典之旧部,当年平定莱登一役,花马刘战功卓著。我若有朝一日出抚莱登,对此种人物自不能不加以留意。"

柳如是点点头:"那么,这'病妇'自然是说我了。相公送诗给马瑶草,却把妾扯进去做什么?"

"啊,这个?"钱谦益凑过来,笑着说,"那是要让马瑶草知道,我这河东君柳夫人,乃是一位身在病榻,而心忧天下的奇女子呀!"

"啐,我可不稀罕!"柳如是撇撇嘴,随即佯嗔地板着脸儿说,

---

① 马伏波:真名马援,东汉开国功臣之一,因功累官伏波将军。

"相公须得另外谢我!"

"行啊,请夫人只管道来!"

"真的么?你说这话可不许反悔——我要的是,你答应我派人出海经商!"

钱谦益的笑容僵住了。他本能地打算反对,可是一接触到柳如是变得冰冷起来的目光,他就决定妥协了。

"噢,可以可以!只要夫人喜欢。就是别太操劳,千万保重身子,才是顶要紧的!"说完他眼珠子一转,又赔笑说,"我还得赶紧写封信给马瑶草,连这诗一道寄去。另外,左良玉那里,我也想给他去封信。那么,今儿晚上我就歇在书房那边,不来陪夫人了?"

码头绑架

不知道是潘道姑的导引之术不灵,还是为着张罗派人出海的事操心太过,到十一月,柳如是的病不但没有丝毫起色,反而有加重的趋势,这使钱谦益不由得着忙起来。他虽然背着柳如是又勾搭上了潘道姑,但那不过是兴之所至,偶一为之——潘灵飞在钱谦益生活中的位置,当然绝对无法同柳如是相比。他眼看继续留在常熟就无法使柳如是安下心来静养,加上他本人自从觉悟到应当改变目标,设法去联系那些手握兵权的将帅之后,也有心出外走一走,所以,到了十一月中旬,钱谦益就带着柳如是,还有顾苓、何云、钱曾等几个心腹门客,乘船到了苏州,依旧下榻在阊门外的徐氏东园里。

本来,钱谦益以为,经过这半年来闭门不出,虎丘大会的那一场风波应当已经过去,自己又可以恢复正常活动了。然而,来到苏州之后,他才发现,士林当中,对自己持抵制态度的仍旧不少。他们不但不像过去那样争着来谒见这位"东林前辈",甚至钱谦益主动去拜访,有几次竟然吃了闭门羹。这使他颇为懊丧。幸而并不是所有人都这样子,何况钱谦益如今也不把士林的作用看得那样重要,所以,他一方面延请名医替柳如是治病,另一方面继续同那些气味相投的人来往。日子倒也不难打发。

这一天,钱谦益打听到吴江县的大名医郑钦谕到了苏州,现住在虎丘。郑钦谕是名门后裔,医术得自祖传,名为"带下医"。到了郑钦谕之手,他又把这门医术加以深入研究,发扬光大,如今在江南地区声誉很高,许多名公巨卿都争着延请他。此外,这郑钦谕还精研程朱理学,能诗会文,豪爽好客,又是个大名士。过去,钱谦益同他也有数面之缘;这一次听说他来了,自然十分高兴,本打算先去拜访,然后请他过来瞧瞧柳如是的病。但柳如是在徐氏东园里窝了许多天,早已闷得慌,听说上虎丘,就坚持要跟去。钱谦益拗她不过,只好吩咐收拾一只大船,又招呼顾苓、何云、钱曾三个也跟着,一齐在山塘河码头下了船,慢慢向虎丘摇去。

如今,柳如是被安顿在内舱里,由红情、绿意两个丫环伺候着。钱谦益同三位门客坐在前舱,一边品茶闲谈,一边眺望着两岸的景色。

已经是初冬时节,本来碧绿清澈的河水,开始有点发蓝,而且明显地浅落了。晴爽的天空却变得愈加高朗。随着寒霜不断施展威力,两岸树木的叶子纷纷掉落。西风掠过光秃的枝丫,发出呼呼的声响。幸而这儿那儿的堤坝上、码头旁,或是人家屋宇的背后,会冷不防冒出一株两株枫树,却依然殷红如火,好歹给这个萧瑟寂寥的天地,增添了一点色彩。

不过,即使如此,船舱内的客人也很快就厌倦起来。他们开始把更多的时间用在谈话上。他们谈到了前些时候的潜山大捷,还谈到了张献忠一度退往湖北蕲水之后,最近又重新袭破太湖、黄梅二县,大有卷土重来之势。接着,他们又谈到了河南的重镇开封,被李自成的农民军重重围困数月之后,明朝援军于九月中掘开黄河堤坝,打算用水灌淹农民军;农民军也掘堤反灌,结果碰上倾盆大雨,河水暴涨。一日之内,朱家寨口和马家口同时溃决,洪水从开封北门涌入,穿东南门出,城中近百万户人家都被洪水席卷而去,只有周王府一家以及巡抚以下官民不到二万人侥幸逃脱,农民军也被卷走了一万余人,据说已经拔营而去。当大家谈到这一场骇人听闻的空前惨祸时,都感到垂头丧气,叹息再三。接下来,他们又谈到了陈新甲一案,没想到皇上的态度如此坚决,周延儒、谢升等阁臣交章求情,都毫无结果,最后还是用的押赴市曹,当众斩首的方式处决。大家虽然认为陈新甲死有余辜,但对于皇上的刻薄寡恩,也不禁摇头咋舌;只是随后谈到兵部尚书一职,已任命漕运侍郎张国维继任,而张国维又是钱谦益的门生,大家才又多少变得活跃起来……

在这阵子谈话当中,钱谦益绝大部分时间只是默默地听着,很少插话。不知为什么,近些日子来,他每逢听到这一类消息,心情总是变得很恶劣。而这种"恶劣",又不像过去那样,仅仅是对于明朝的前途、自身的命运感到担心和焦急而已。相反,这方面的担心,如今他倒是减轻了些,却增加了几许怨恨、几分冷嘲。他隐隐约约觉得,目前这种政治格局如果照旧不变地维持下去,他这一辈子恐怕再也难得有出头之日;只有出现大的变动,甚至当真闹出一场大乱子,他才有可能在权力的重新结构和利益的重新分配当中,扭转自己目前倒霉已极的处境。正是基于这样一种日益清晰起来的想法,如今钱谦益对于北京那个朝廷的命运,已经不再看得那样生死攸关,似乎没有它的存在就不行。"哼,如果它注定要完蛋的话,那么就让它完蛋吧!它完蛋之后,我们还可以凭借南京为中心,在江南富庶之地重新建立起一个朝廷,再度开创大明的中兴!"他内心深处曾经不止一次这样冷冷地想。而且事实上,据他所知,这种准备北方一旦陷落,便在江南谋求建立偏安之局的想法,也并不仅仅属于他钱某一个人。像南京兵部尚书熊明遇、南京都察院右都御史李邦华,以及福建帮官僚首领黄道周等人,都有这种想法。只不过彼此所抱的目的不尽相同,暂时还心照不宣罢了。所以,当钱谦益看见眼前这几位门生,还糊里糊涂地一心指望北方战局能够好转,指望北京朝廷能有什么非凡的作为,他就不禁在心里发出冷笑,有心想点醒他们一下,又觉得还不到时候,只好依旧沉默着,无聊地把脸转向窗外。

开始,他这样做只是为了消遣。然而,渐渐地他的目光就变得专注起来。因为他发现如今岸上的情况有点异常,一群人,少说也有三五十个,正聚在前边一个码头上,乱哄哄地谈论着什么,一边谈,一边回头张望。远处的河堤上还不断有人奔来。

"嗯,莫非出了什么事?"钱谦益想,目不转睛地瞧着越来越近的码头。忽然,站在高处的几个人齐声高叫:

"来哉!来哉!"

那群人顿时紧张起来,纷纷四散分开。有的人还抄起棍棒,一副如临大敌的样子。其中一个人——青衣小帽,长得浓眉大眼,敏捷地跳到水边的石阶上,大声招呼:"船,快,摆过来!"

现在,钱谦益的船已经撑到与码头平行的地方。顾苓等人也发现了岸上的情形,都停止了交谈,一齐望着舱外。

这当儿,只见两个汉子扛着一顶轿子奔到了码头。刚刚停下,旁边的人就拥上去,七手八脚地把一个女子从轿子里推了出来。那女子被绳子捆住了手脚,嘴巴也塞了布团,只是没有蒙脸。钱谦益骤眼一看,觉得有点面善,正疑惑间,隔壁内舱里的柳如是忽然惊叫起来:

"啊,小宛!"

钱谦益吃了一惊,仔细一看,果然像是董小宛。只见她被那些人从码头上扛下来,很快地塞进了一只小船里。那船显然是预先准备好的,待到那个粗眉大眼的汉子也登上去之后,艄公就立刻挥动长篙,迅速掉转船头,随即驾起大橹,飞快地向阊门那边摇去……

这一切,都发生在很短的时间里,没等钱谦益和他的学生们清醒过来,那只劫持者的小船已经驶出好远,岸上那群人也一声呼哨,纷纷走散,转眼都不见了。

"老爷,柳夫人请老爷派人上岸去,打听一下是怎么一回事。"红情的声音从背后响起。

钱谦益怔了一下,回过头来。他犹疑地瞧着丫环,却没有马上表态。因为一来,他不想多管闲事——他自己的事情就够多的了。二来,他还听人说过,董小宛打算嫁给冒襄。这使他想起大半年前的虎丘大会,最后就是由于冒襄拿出了周延儒的幕客顾麟生的那封信,才把自己弄得当场出丑,一败涂地。为此,钱谦益至今仍耿耿于怀,恼恨不已。不过,他还想到:董小宛同柳如是过去是手帕姐妹,上一次她遭到田弘遇的迫抢,躲进了徐氏东园,自己由于心情不好,硬是赶走了她。为这事柳如是一直不开心。这一次如果又拒绝……

"牧老,此处离董小宛的家已是不远,不如就让晚生上岸打听一下,如何?"也许是看见老师还在踌躇,顾苓便自告奋勇地说。

钱谦益又沉吟了一下,终于点点头:"嗯,也好,如此就烦云美辛苦一趟。"

于是,等船靠半塘,顾苓就独自上了岸。过了约摸半个时辰,他把事情打听清楚回来了。原来是这样:十天前,冒襄的一位拜把子兄弟名叫刘履丁的,受冒襄的委托,带着七百两银子和几斤人参,从润州来到姑苏,准备替董小宛还债、落籍。起初,刘履丁把事情看得很容易,待到把债主找来一谈,才知道这个"黄衫客""古押衙"并不好当。那群债主全是些地头蛇,又凶又刁。他们认定冒襄是个大阔佬,存心要狠狠敲他一笔。双方谈判了好几天，连个还债的方案都没谈成。刘履丁不禁焦躁起来，仗着自己是个官儿，就拍起桌子吓唬他们。这一下可就坏了事。那群债主显然早有准备，立即一哄而散，而且临走时连董小宛也绑架了去，大约打算把她藏起来做人质。刚才钱谦益他们瞧见的那一幕，就是这么回事。

大家听了，这才恍然。钱谦益拈着胡子，慢吞吞地说："噢，想不到冒辟疆还真的肯娶董小宛。不过，他既有心娶她，就该让刘渔仲把银子带够，也用不着闹得这样人仰马翻！"

顾苓摇摇头："我瞧辟疆其实也是半心半意，无非是被他那伙朋友逼狠了，有点无可奈何。听说，他这次一个子儿也没有出。那几斤人参，是刘大人从京里带来的；那七百两银子，是一位姓陈什么的大将军替他掏的腰包！"

钱谦益又"噢"了一声，却转口问："听说刘渔仲在粤西的郁林做知州，怎么会到了这里？"

"哦，他三年前就因母亲辞世，回到漳州家中守制，今已满服，正在待缺候补，所以有空出来走动——对了，刚才他在董家，正一筹莫展，见了我，高兴得什么似的，还一个劲地问起老师。看样子，像是想求老师出面替他斡旋似的。"

钱谦益瞧了他一眼，皱着眉毛问："你可曾告诉他我在这里？"

"没有。学生未知老师的意思，自然不会贸然告知他。"

"哼，我看他是活该！"没等钱谦益再开口，钱曾突然进出来这么一句，随即又闭嘴不说了。

"哦，却是何故？"坐在他旁边的何云偏过脸，故作不解地问。

"士龙兄——"看见钱曾咬着牙不吭声，乖巧的顾苓插了进来，"那还用问？要是他姓冒的不活该，可就轮到我们活该了！"他一边说，一边用眼睛去溜钱谦益。

何云却拿起杯子，呷了一口茶，说道："过去的事，已经过去了！

有道是'破甑不顾[1]'——倒也不必再耿耿于怀,有伤和气!"

他这么一说,钱谦益和顾苓虽然都感到意外,但还没有什么表示,钱曾的脸色却陡然变了。他慢慢回过头,用那双能把人看得心里发毛的眼睛盯了何云一会儿,末了,"嘿嘿"地冷笑起来:"好吧,你就拍姓冒的马屁去吧,可我没忘记自己是钱门弟子!"

何云毫不着恼。他依旧不慌不忙:"话不是这等说。所谓'冤家宜解不宜结'么!何况同是清流中人,能解,还是设法解了的好。今日这番巧遇,据我瞧,倒不失为一个机会……再说,辟疆同宛娘的事,如今已是尽人皆知,八方瞩目,若因惧惮债主气焰之故,而终竟不成,也怕见得我们江南名士,未免过于无能哩!"

何云一边说,一边意味深长地注视着钱谦益,显然是暗示老师应该考虑出面干预这件事,以便通过笼络冒襄,进一步同陈贞慧那一伙人讲和。不过,看见钱谦益冷着脸不吱声,何云也就摸不透老师的想法。他正打算作进一步的劝说,忽然看见红情正从里面走出来,只好临时又顿住了。

"老爷,柳夫人请老爷内舱说话。"红情垂着手说。

钱谦益抬起头,瞧了丫环一眼,又瞧了瞧言犹未尽的何云,现出怫然不悦的神色,随即站起身,朝大家拱一拱手,向内舱走去。

好事多磨

吴江县的县城又名松陵镇,从苏州往南,要走上好几十里的水程。那地方紧挨着大运河,人烟稠密,商业兴盛,店铺子不少。董小宛被债主们绑架之后,秘密送到这里,囚禁在一座宅院内。这宅院又大又深,外人很难找得到她,何况周围还有人严密把守。

---

[1] 破甑不顾:意指犯错之后不必介意,应从中吸取教训,防止下一次犯错。出自《后汉书》。

不过，债主们也没有再特别为难董小宛，一到就替她松了绑，又派了一个叫田婆的老妇人来侍候她，每天照常供她吃喝，只是不许她擅自下楼。

债主们这样做的用意，董小宛自然是懂得的。所以，从被关进来的那天起，她就望眼欲穿地盼望着外面的消息。她估计，刘履丁既然受了冒襄和朋友们委托，照理不会因此就罢手不管，应当还会再来。然而，三天过去了，五天过去了，今天已经是第八天，刘履丁仍旧杳无音讯。董小宛就不由得着急起来了。

虽然，她一再说服自己：刘履丁纵然再来，也不能这么快。他也许还要回如皋去找冒襄商议，筹措款子，再赶回来，最快也得一个月才行。如今自己落到这个地步，只有耐心守候。但是，焦急和担心仍然越来越强烈地煎熬着她。特别是想到三个月前，她在南京关帝庙求过的那根签——"忆昔兰房分半钗，如今忽把信音乖。痴心指望成连理，到底谁知事不谐！"董小宛就更加感到心惊肉跳，坐卧不安了。

她是在南京乡试放榜之后，被冒襄又一次赶回苏州来的。本来，八月十五中秋节那一天，在桃叶河房里，冒襄已经当众题诗，正式许诺要娶她。当时,董小宛以为事情从此会顺利一些了。"哦，谢天谢地，那根签到底不灵！"她欣喜之余，曾经这么想。谁知仅仅过了两天，还没等她高兴过来，新的打击又接二连三地来了。首先是八月十七那天，冒襄突然不辞而别，连话都没留下一句。董小宛又惊又急，连忙雇船，拼命追赶，一直到仪征才赶上了。虽然最后弄清楚，那是冒襄的父亲冒起宗决定弃官不做，返回家乡，途经这里，派人把儿子召去见面。但已经把董小宛差点吓掉了魂……此后大半个月里，董小宛再不敢离开冒襄一步，就跟着他留在銮江上等候放榜。她想起陆卖婆的开导，有意改变以往过于文静端庄的态度，稍稍放出些狡狯轻狂的手段来对付冒襄。特别是在一次宴会上，她表现得那样泼辣，那样刁蛮，把座上的客人支派得团团转；还接二连三地大杯拼酒，一下子就压倒了所有的歌姬。这一手果然有效，她发现冒襄惊奇得睁大了眼睛，仿佛发现了什么稀罕事物似的，从此对她明显亲热起来……

谁知这一次仍然好景不长，到了九月初七，突然晴天一记霹雳——南京贡院放榜，冒襄的名字竟然落到了副榜上。副榜是正榜之外的附加名额，属于安慰性质。纵然被录取，也不能算作举人，下科仍须再考。与正榜相差甚远。董小宛至今还清楚记得，那天，冒襄正和汪汝为等一班朋友，在銮江口的梅花亭子上饮宴，一边等候发榜的消息。当时，大家都说冒襄必中无疑，冒襄自己也显得很有把握，谈笑风生。甚至当报录人举着报帖，一路嚷着"恭喜高中"，奔上亭子来时，冒襄仍旧自信地微笑着。然而一刹那间，他的脸色变了，愕然地瞅着报帖，仿佛不认识上面的字似的。随后，他的脸就涨红起来，渐渐又转为煞白，由于肌肉在发抖，他那张俊美的脸扭曲了，变得十分难看和怕人。末了，他猛地一拂袖子，扭头就朝亭子外走去。他走得那样快，当董小宛慌里慌张地跟着赶到江边时，冒襄已经吩咐开船。见了董小宛，他那铁青地板着的脸孔，就露出了憎厌冷酷的神情。只是亏了随后赶到的冒成不由分说，一下子就把她扶上了船，冒襄才没来得及说什么。可是，此后一路上，他都阴沉着脸一声不响，也不再搭理董小宛。看到这种情形，董小宛自然不敢再惹他生气，她想："无论如何，他肯让我跟着他，这就够了！"

然而，她未免想得太顺当。当船到了如皋城郊的朴巢时，冒襄的逐客令就下来了。理由除了还债、落籍的老问题之外，又加上父亲刚从外地归来，未曾禀告；以及他自己考试失意，无心顾及其他等等。总而言之，要董小宛仍旧回苏州去等着。董小宛好不容易才争取到这一步，眼看就要进城，怎肯轻易返回？何况她还担心一拖下去，说不定冒襄又会变卦，所以放声痛哭，表示绝不离开。然而，冒襄的意志是不可改变的，一切眼泪、哀求都打动不了他的心。到头来，董小宛仍旧只有服从。

那时候，她是多么伤心哟！当船儿撑离码头，冒襄由一群仆从簇拥着，站在岸上，纯粹出于敷衍地朝她扬一扬手，就匆匆背转脸去，董小宛的心像被刀子扎一样，痛苦得几乎想往水里一跳，就此死掉算了。只是想到冒襄还没有彻底回绝她，似乎还存在一线希望；而负责护送她的冒成，又在一旁竭力慰解，她才勉强抑制住悲痛。随后，她就拿定了主意：从这一天开始，她身上的一套衣裳不再更换，要是到了冬天冒襄仍不来迎娶，她宁可冻死！她让冒成这样转告冒襄，也当真这样做了。回到半塘之后，她就天天守候着，一直挨到十月底，眼看冬天已经过去三分之一，冒襄那边仍旧全无消息。董小宛几乎已经绝望了。就在这时候，刘履丁忽然来到了半塘。他不仅带来了冒襄的问候，而且带来一大笔钱……如今董小宛已经记不清，一刹那间，她说了些什么，做了些什么。她只记得自己像是昏过去了，随后，又醒转来。此后一连好几天，她都像是生活在梦中似的——她笑，她哭，她收拾东西。她逢人便告诉冒襄已经派人来接她了。随后，就……

"啊，莫非，莫非我真的是在做梦吗？"董小宛想，心里一急，猛地站了起来，"不，不会，不是的！冒公子是托了人来要接我去，他还带了银子、人参，这是千真万确的。不，这不会是梦！"她在心里大喊。然而，当她向周围环顾的时候，又渐渐迷惑起来。"可是，如果不是梦，我怎么会到了这里？周围为什么一个人都没有？连田婆也不见了？这是什么地方？这到底是什么地方！"她着急地、出声地问，慌里慌张地奔向窗户。然而，在那里等着她的，只是一角幽暗的天空，一钩昏黄的淡月，和一片荒烟迷漫的废园，树木黑糊糊的影子在淡蓝色的烟雾中若隐若现。鸱枭一类的夜鸟不时发出几声怪叫，听来像是鬼魂痛哭，又像妖魔在狂笑，却依旧看不见一个人影。董小宛更加惊慌起来。她愈来愈担心这真是一个梦。如果真的是梦，那么醒来之后，就一切都没有了，没有刘履丁，没有冒襄的信，也没有替她还债落籍的事。她还得像几个月来那样，苦苦地守下去，守下去。"啊，不，不能！"她迷乱地想。现在，她觉得最重要的，就是要尽快弄清：这不是梦！她连忙捋起衣袖，把胳臂凑在嘴上，使劲地咬了一口。顿时，感到了一阵尖锐的刺痛，被咬的地方出现了两排深深的齿印，随后就渗出殷红的血来。她还不放心，又接连咬了两口，都感到疼痛，这才变得清醒了一点。"哦，不是梦，真的不是梦！"她喃喃地说，一边轻轻地抚摸着被咬过的地方，一边在椅子上坐了下来。

然而，这种平静并没有持续多久。渐渐地，她又想起了那根要命的签。不错，就算不是梦，就算一切都是真的，刘履丁是真的，还债落籍也是真的，可是，为什么结果仍旧这样倒霉呢……难道、难道真的像那根签所说的，"到底谁知事不谐"么？这样一想，董小宛又开始不安起来。是的，在过去，她一直以为，事情这样艰难的根源，就在于冒襄的高傲和薄情。所以她才决计用柔情蜜意去感化他、维系他，利用社会舆论去督促他，试图迫使他就范。大半年来，她可以说是费尽了心机，竭尽了气力。好不容易，冒襄总算答应了，甚至不管怎么说，他真的派人来办理迎娶的事了。然而，到头来仍旧办不成！这就不能不使董小宛怀疑：她是不是想错了？以往她屡受挫折，也许并不在于冒襄本人，而是冒犯了另外一种神秘的、命运的力量。过去冒襄的种种冷漠、狠心、不近人情，其实都是这种可怕力量所作出的安排，是想让她知难而退。她却毫不觉悟，一个劲儿地苦苦追求。因此，那种神秘的力量才在这最后一刻里再次发出警告……

董小宛被这新的、可怕的发现骇呆了。虽然，在过去，她也曾模模糊糊地想到过这个问题，但从来没有现在这样清晰而深入。一刹那间，她心里凉了半截，"啊，要真是命中注定，刘大人就算回来，又有什么用？而且，说不定他根本就不会再回来了！"她绝望地想，挣扎了一下，试图站起来，却出乎意料地感到那样疲倦、无力。终于，她颓然地靠在椅子上，用双手掩住脸孔……

现在，她觉得眼前一片黑暗，仿佛又回到了大半年前那个梦境当中：那位答应要带她回家的美少年，也就是冒襄，正在向天空飞去，而她只抓住了他的一根衣带，那衣带被坠得又长又细，成了一根细丝。最后，细丝断了，她急速地向下掉落。下面是一个无底的深渊，一群似人非人的妖怪，正在那里等候着，马上就要猛扑过来，把她剥光、撕碎、吃掉……

"啊哟，这可是怎么啦？哭什么哩？"一个尖尖的女人嗓音大惊小怪地问。原来，田婆回来了。这个老太婆，长得又干又瘦，有一双人称为"绿豆眼"的小眼睛，和一张向前啄出的、鸟喙似的嘴巴。她本是个插带婆①，因常到这所宅院来走动，便被临时指派来服侍兼监视董小宛。她显然十分乐意这个差事，把董小宛管得死死的，不但不准她下楼一步，甚至董小宛站在窗前多瞧上一会，她都要干涉。至于平时拿班作势，冷言冷语就更不必说了。说是让她来服侍董小宛，倒差点儿没让小宛反过来服侍她。刚才，她不知跑到哪儿去了，而且喝了酒，这会儿红着脸走上楼来，却现出一副少见的兴冲冲的样子。

"莫哭莫哭，我说姐儿，你的造化到了！快，去换身衣裳，装扮装扮，跟我走！"田婆说着，伸手推了推董小宛。

董小宛只顾默默垂泪，没听清，也没搭理。直到"跟我走"三个字钻进了耳朵，她才蓦地一怔，抬起头来。

"快去梳头换衣裳，跟我走呀！"田婆又催促说。

"啊，上哪儿去？"

"你别问，去了你就知道了！"

"不，我不去！"董小宛忽然害怕起来。

"咦，这倒奇了！不叫你出去，你天天嚷着要出去，如今让

---

① 插带婆：指梳妆女工。

你出去，你倒不肯了？"

"不，我不去，我不去！"董小宛站起身来，倒退一步，身子紧贴着桌子，惊恐地睁大眼睛，仿佛唯恐田婆硬把她拖出去似的。

田婆疑惑地瞅着她，随即绿豆眼一转，有点明白了。她说："哼，敢情是怕那边把你甩了，这边留着你没用，才让你出去吧？告诉你，不是，是来了客人！"

"啊，莫非，莫非冒郎他……"

田婆撇撇嘴："客人嘛，倒是有好几位，有没有姓冒的，我可不知道。"

董小宛怔怔地瞅着田婆，她的神情渐渐起了变化，一种兴奋的、狂喜的光芒从她的眼睛里闪现出来。

"是的，是的，一定是他！"她尖声叫道，猛地离开了桌子，"冒郎来了，冒郎接我来了！啊，这可好了——不灵！那根签到底不灵！"她一边嚷，一边慌里慌张地朝楼梯奔去，却被田婆一把揪了回来。

"你做什么？快让我走，我要见冒郎！"董小宛生气地说。

田婆冷冷地道："瞧你这身打扮，能去见客人么？"

董小宛错愕了一下，低头瞧了瞧自己身上，虽然自从刘履丁来到半塘后，经过劝说，她已经重新开始替换衣裳。可是这几天，由于愁苦和绝望的情绪越来越重，她一直无心修饰打扮，这会儿确实不成样子，难以见人。

"啊，不错，可不能让冒郎瞧见我这模样！"她想。于是，连忙转过身，迅速地向妆奁匣子走去……

酒席圈套

一顿饭工夫之后，打扮得整整齐齐的董小宛由田婆提着灯笼引路，喜孜孜地出了院门，沿着一条花树掩映的小径往前走。

"嗯，不知到底是刘大人来，还是冒郎也来了？田婆说有好几位客人，或许真有冒郎在内也未可知。不过，若说是刘大人回如皋去把冒郎请来，又绝不能这么快；想必是冒郎自刘大人走后，放心不下，随后亲自赶来。这么说，冒郎对我确是一片真心，从前他那样子，看来确是有为难之处，迫不得已。我竟是错怪他了！"这么一想，董小宛感到又喜欢，又惭愧，觉得自己以往徒然对冒襄一片痴情，其实却并不真正了解他，尤其不懂得体谅他。相反，由于自己的固执任性，给对方添了许多烦恼。"哦，从今以后，我一定不再这样，我一定要更加体贴他，顺从他。为着他，让我干什么都行，哪怕是死！"她偷偷用手帕拭着涌到眼角来的泪水，感激地暗暗发誓说。

这当儿，她们已经走完曲曲折折的回廊和石径，来到一处单门独户的小小院落里。董小宛不认得路，糊里糊涂地只跟着田婆走。如今她觉得这地方同囚禁她的那个地方一样，也颇为偏僻隐秘，离正院好像也很远。不同的是它并不荒凉，院子里的花木池石都布置得错落有致。一幢三开间的小平房，掩藏在浓密的树影里；低垂着的窗幔透出灯光，传来了叮叮咚咚的音乐声，那是一面琵琶在弹奏……

"原来冒郎不是在大堂上，却在这个地方候我。"董小宛想，跟着田婆匆匆踏上台阶，走进堂屋去。

这堂屋不大，当中一架曲屏，前面一张圆桌，桌上酒肴杂陈，三个衣饰华丽的人围坐在桌旁饮酒，下首坐着一个浓妆艳抹的瞎先生，怀抱着一面琵琶，正在那里边弹边唱。看见董小宛和田婆跨进门槛，酒席上的一个人"啊"了一声，站起身来，其余两人也一齐抬起了头。

也许因为太兴奋，加上从幽暗的院子忽然来到灯火明亮的屋子里。有片刻工夫，董小宛虽然觉得冒襄就在座位上，却分不清楚究竟是哪一个。她竭力睁大眼睛，把席上的三个人看了一遍，又看一遍，依然无法确定。她十分着急，正想开口叫唤。蓦地，她清醒过来，席上的三个人中，并没有冒襄。除了那个长着一把大胡子的胖老头是这所宅子的主人，她被关进来时见过一面之外，其余两个她都不认识。

"啊，冒郎呢？他在哪儿？他到哪里去了？"董小宛想，焦急地转动眼睛寻找着，却看不见。

这时，那个叫张员外的主人说话了：

"呵呵，难得小娘子光降草筵，幸之何如！快请入席！"

"可是冒公子呢？"董小宛迫不及待地问。

张员外一怔："冒公子？哪个冒公子？"

"就是，就是如皋的冒公子，托刘大人替奴家还债的。他不是来了么，奴家要见他。"也许是忽然意识到自己的举止过于冲动，有失礼仪，董小宛脸红了。她低下头去，行着礼轻声地说。

张员外却越加摸不着头脑："什么，冒先生来了么？怎么我不知道？"

这时，田婆在一旁插嘴了："嗳，哪有什么冒公子！都是这妞儿自己想出来的。小妇人早先领了员外之命，去叫她来侑酒助兴。她就自作多情，以为什么冒公子到了，这不是笑死人了么！"

张员外这才恍然省悟。他点点头："田婆说得不错。冒先生尚未有消息，更不曾光临寒舍。在下今晚请小娘子来，是因为这两位知交——"他指着坐在上首的一位白面长须的中年绅士，介绍说："这位是海盐冯江老。"又指了另一位高颧骨、尖下巴的青年人，"这位是毗陵杨世兄——久慕芳名，渴欲一晤。还望小娘子赏光，入席共饮三杯，一申积悃，请！"张员外说着，作了一揖。他这样彬彬有礼，显然是因为董小宛虽然身遭囚禁，毕竟是一位江南名妓，而且很可能不久要成为复社头领冒襄的姬妾，不便过于得罪的缘故。

这时，冯江老也站了起来，拱着手说："在下久闻小娘子芳名，如雷在耳。只恨僻处海盐,未能一睹仙颜。今夕一见,方知盛名之下,绝无虚誉。就请入席如何?"

可是尽管他们婉言温语,又捧又哄,董小宛却似乎既没有看见,也没有听见。她失魂落魄地站着,脸色变得越来越苍白,嘴巴也闭得越来越紧了。

座上三个男人交换了一下眼色。张员外摸着络腮胡子,忽然哈哈一笑:"我知道小娘子的意思了。莫非你怕今晚同我们饮酒,万一传到冒先生的耳朵里,多有不便么?只管放心!这两位是我极信赖的知交,这位瞽先生——"他指了指那个弹琵琶的盲女,"又是长住我家的。其余也都是我的心腹,我包管不会传出去!何况,小娘子进府多日,在下尚未好生款待。如今就请宽心入席,尽此一夕之欢好了!"

在他说话的当儿,董小宛似乎终于从最初的打击中恢复过来。她慢慢地抬起头,绝望地瞅着张员外。终于,仿佛下了决心似的,等对方说完,她就行了一个礼,平静地说:"多谢员外美意,奴家虽是风尘陋质,却也知道为人须讲信义。妾身已许冒郎,便须矢志相守,虽暗室亦不敢有欺。今日之事,请恕奴家难以从命!"

张员外愕然地望着神色严肃的董小宛,不由得脸红了。"哼,要是冒先生经此挫折,便弃你而去,从此不来了呢!"他恼羞成怒地问。

董小宛呆了一下,惨然道:"若是冒郎果真见弃,奴家只有死而已!"没等把话说完,泪水已经涌了出来。她用袖子掩着脸,急急向门外走去。

"慢着!"张员外大喝一声。等董小宛站住之后,他却不立即说话,沉吟着在室内走了两步,这才转过身来,傲然地说:"你——听着!你历来欠我的债,连本带利,合共纹银一百二十八两。只要你今晚肯留下来,陪我们喝一夜的酒,这账就算一笔勾销,怎么样?嗯?"

张员外这话刚说出口,田婆已经在一旁叫起来:

"哎呀!这真是从何说起哟!陪一夜的酒,就是一百几十两的银子!天下哪有这样便宜的买卖?我说姐儿,你真是不知几生修得的福气,遇上了员外这样的大善人、活菩萨!像他这样轻轻易易就把这老大一笔账给你勾销了,我瞧着都心疼!咦,你还拖延什么?快应承呀!还要叩头谢恩。唉呀,唉呀,一百二十八两哟!我瞧着都心疼!"

田婆一边嚷嚷,一边手舞足蹈,急得什么似的,也闹不清她是为董小宛着急呢,还是为张员外心疼,还是为自己没碰上这好运道而不平?

这一次,董小宛没有立即回答。要在往日,这区区一百多两银子,她自然未必放在心上,可是现在她已经变得很穷,更主要的,这一次刘履丁之所以没能把事办成,不就是因为手头的银子不够,无法应付债主们的敲诈吗?如今只要自己答应陪酒一夕,就能省掉一大笔钱,事情也许就会好办得多,自己也能早日脱离苦海,同冒襄从此永远厮守了。相反,要是放弃这个机会,万一冒襄当真筹措不到款子,不得不停止迎娶,那么自己活着的唯一希望,就会被彻底葬送,落得个抱恨终天⋯⋯但是,她又想到,自己已经明明白白向冒襄保证过,绝对不再接客,洁身相守,又怎能自毁誓约,做出这种对不起冒襄,有损他名声的事来呢?正是这样两种念头,在董小宛的心中激烈地争斗着,使她一时之间无法作出抉择。她好几次想横一横心,冲出门去,却到底拿不出勇气来⋯⋯

"嗯,怎么样啊?"张员外不耐烦地催问了。

"算了,就破例这一次吧,就一次!要知道,这笔钱有多重要啊!"董小宛心忙意乱地想,转过身来。

然而,就在此时,她忽然听见了一声叹息。这叹息很轻、很柔,就像微风飘过,几乎令人觉察不出。但董小宛觉察到了,不仅觉察到，而且分明地感觉得出其中所包含的惋惜和失望。她不由得一怔，回过头去，却意外地发现，那位怀抱着琵琶的瞎先生正把脸朝着她。这位靠卖唱为生的盲女，有着一张善良而忧郁的圆脸，要是不瞎的话，她很可能还是一位相当俊俏的姑娘。现在她的一双眼睛却显得死气沉沉，毫无光彩。不过，虽然如此，她却似乎凭着敏锐的感觉，知道周围所发生的事情，而且洞察到董小宛的内心活动。正当董小宛打算迈出很可能是错误的一步时，她就发出了劝阻的信息。

董小宛站住了，她目不转睛地瞅着瞎先生那张善良而忧郁的脸。瞎先生似乎立即感知到了。她的嘴角轻轻一动，朝董小宛做出一个充满抚慰意味的微笑，仿佛在说："你何必着急呢？我算准了，你的冒郎不会抛掉你，他一定会来接你的！"

董小宛的心忽然宁帖了。她定了定神，回头朝张员外和那两个客人瞧了一眼。"啊，不，他们是在骗我，他们想必是算准了：我不敢让冒郎知道这件事，那么，到时他们就可以赖账了！"她想，开始变得清醒起来。

她不再犹疑，默默地行了一个礼，又朝瞎先生感激地、轻轻地点一点头，然后转过身，向门外走去。尽管田婆气急败坏地提着灯笼从后面呼唤着赶来，她也没有放慢脚步。

辣手制恶

"渔仲兄，现时会作诗的女子中，这黄皆令——阁下以为如何？"钱谦益把玩着手中的一把诗扇，微笑着问，同时，漫不经心地朝正聚在码头上等候的那群债主瞥上一眼。

这是他在赴虎丘途中，偶然碰上董小宛被劫持之后第九天的上午。由于柳如是的再三要求和督促，钱谦益终于接受了何云的建议，决定插手过问冒襄和董小宛的事。他们找到刘履丁，问明情况之后,已于昨天派人通知债主方面,让他们立即把董小宛送来。今天一早,钱谦益就约齐刘履丁,还有一班门客,分乘三只大船,浩浩荡荡来到了半塘董小宛的家门外,在码头上停泊下来,只等董小宛一送到,就开始处理债务。

"啊,秀水黄氏二女,皆德、皆令俱有才名。书、画且不论,这诗毕竟是好的。"刘履丁回答,同时瞧了瞧钱谦益。他显然有点不解:岸上的债主们纷纷云集,一场大争执已经迫在眉睫,怎么这位钱牧老还有闲心谈诗论文!刘履丁吃过债主们的苦头,知道这伙地头蛇的厉害。九天前,谈判决裂之后,他也曾想过回如皋去向冒襄求援,但一来当初自己夸下了海口,有些不好意思;二来也有点不甘心就此认输。加上考虑到一来一往,费时太久,所以才决定留下来,就地想办法。此后一连许多天,他四处奔走请托,哪知一听说是这么一件事,谁都摇头摆手,表示难轧得很,惹不起。刘履丁这才着急起来,颇悔当初自己过于孟浪。正在彷徨无计,忽然听说钱谦益愿意出面承担,干预这件事,刘履丁真是喜出望外。他知道钱谦益久住家乡,名高望重,同各方面都有联系,在这一带很有势力。他肯出面,局面自然大不相同。不过,刘履丁仍然担心,事情未必就能顺利解决。事实上,他本人也并非那种无能之辈,在郁林知州任上时,素有精明干练之称;可是碰上眼前这伙人多势众的地头蛇,竟然处处形格势禁,施展不开。这些人,不少都是惯打官司的老手,不只不怕见官,而且还能言善辩。上一次,刘履丁就领教过一个姓郝的讼师,那条三寸不烂之舌,真是波澜翻飞,能把死的说活,活的说死。刘履丁口才本来不错,也被他弄得张口结舌,穷于应付。所以这一次钱谦益到底能有多大把握,刘履丁始终暗暗悬着一份心。此刻见他临阵之际,仍旧兴致勃勃地谈诗论文,一副漫不经心的样子,刘履丁的疑虑就更重了。

"那么渔仲兄以为,这皆德、皆令两姐妹,是姐胜于妹呢,抑或妹胜于姐？"钱谦益接着又问。

刘履丁怔了一下，老实地回答："皆德自嫁贵阳朱太守之后，深自韬晦，其诗遂少流传于世；而皆令身为杨氏之妇，仍时时乘舆四出，奔走于权势之门，名声亦因之而大噪。不过以晚生愚见，皆令未免有风尘之态，不若皆德冰雪聪明也！"

钱谦益瞧着手中的诗扇，微笑地听着，没有立即接口。过了一会，他才把诗扇递给刘履丁，说："你瞧瞧，这也是皆令的诗，可有风尘之态？"

等刘履丁把扇子接过去，他就仰起头，捋着胡子，津津有味地吟诵起来："'灯明惟我影，林寒鸟稀鸣。窗中人息机，风雪初有声……'这种诗，其声凄清，其韵寂寥，有如霜林落叶，午夜梵钟，何尝有半点风尘之态！贱内河东君曾说：'皆令之诗近于僧。'可谓确评！至于姚叔祥之辈，集古今名媛淑女，比拟皆令，全不识其神情气理，安可谓知诗，又安可谓知皆令！"说到这里，他瞧了瞧刘履丁，见对方低着头不吱声，钱谦益意识到自己只顾说得痛快，对刘履丁却未免有点不客气，就闭嘴不说了。

刘履丁这时也意识到过于认真会有损彼此合作的气氛，为着掩饰这种尴尬的场面，他笑了一下，接着对方的话茬儿说："能诗会文之女子，虽说历代都有，唯是数量之多，却无过于本朝。尤其近数十年间，名门淑女不必论，便是青楼脂粉、商妇贫婆，竟然也拥鼻呻唔，讲什么'蜂腰''鹤膝'、平仄、拗救，而且颇不乏出类拔萃之辈，这也可算是一大异事了！"

钱谦益点点头："这也皆因本朝文运昌明盛极之故。所以许多聪明尤物，便乘时而生。也不必远说，譬如辟疆兄的这位未来如君，便是不可多得的一位奇女子哩！"

刘履丁正为今天这事担忧，见对方提起董小宛，便连忙接口说："不错，否则，以辟疆那心高气傲的性儿，又岂会轻易许诺于她？只是，那帮债主着实贪婪险狠，简直可恶之极，只怕未必便肯轻易就范。"

钱谦益摇摇头,不在意地说:"兄台尽管放心,此事包在学生身上。辟疆兄是我平日极爱重的一个人,论才华学问,当今世上能与他颉颃的,也就是那么屈指可数的三数子而已!所以,学生这次不只必定要为他玉成此事,而且,到时还要在虎丘大排宴席,遍邀四方名士,为小宛把盏钱行哩!"

"啊,劳烦牧老如此费心,何以克当!晚生先此代辟疆向牧老谢过了!"喜出望外的刘履丁连忙站起来,拱着手说。

钱谦益微微一笑:"区区微劳,何足挂齿?到时渔仲兄若是也去如皋,学生倒想烦你代我向辟疆兄致意哩!"

"这个自然,一定转达!"

这之后,刘履丁重新坐下来,两人又谈了些其他的事。终于,船身微微晃动了一下,只见顾苓兴冲冲地走进舱来说:

"牧老,宛娘的船到了!"

钱谦益"噢"了一声,回头朝刘履丁做了个谦让的手势,说:"请!"

于是两人站起来,走出舱门。

这时,岸上聚的人更多了,少说也有三五百,其中一部分是债主,以及他们的仆从打手之类,也有不少是赶来瞧热闹的人。看见钱谦益和刘履丁出现在船头上,本来正东一群西一伙凑在一块闹闹嚷嚷、指指点点的人们顿时静了下来,一齐回过头来,伸长脖子朝这边观望。

刘履丁到底放心不下,迫不及待地用眼睛寻找着。他发现载着董小宛的那只小快船已经靠了岸,却泊得很远,离自己这只船最少也有三四丈。两个仆妇模样的女人正在搀扶着董小宛下船,岸边还有五六个壮汉各执棍棒准备着。等董小宛一踏上码头,他们就立即把她严密护卫起来,完全是一派如临大敌的架势。显然,如果债主们的要求得不到满足,他们随时随地都会把董小宛重新劫走。

这时,钱谦益也已看清了形势,却不动声色,只是侧过头,向身边的顾苓低声问:"嗯,都准备好了么?"得到了肯定的回答,他就点点头,对刘履丁说:

"渔仲兄,且回舱中宽坐,看学生发落。请!"

等刘履丁移动脚步之后,他回头叮嘱顾苓:"一切听我号令行事,不可孟浪!"说完,这才不慌不忙地走回舱里。

刘履丁和钱谦益刚刚在各自的位子上坐下,就听见顾苓在外面大声叫道:

"岸上的人等听着:今日虞山钱牧斋老先生来到这里,是专门为的排解董家同各位的债务纠葛。钱老先生声望久著,信誉昭然,诸位想已知晓,不须在下多说。承他应允主持此事,实乃乡邦之福。各位尽可放心,保管人人满意,各得其所!如今,先请董姑娘上船说话。"

顾苓的话音刚落,就听岸上"哄"的一声骚动起来,几个声音同时高叫:

"不行,不能把人给他!"

"不把债还清,我们决不放人!"

"我们又不是三岁孩儿,谁会上当!"

刘履丁在舱里听见,心想:"光凭一句话就想让他们把小宛交出来,只怕未免把对手想得太驯良了!"

他瞧了瞧钱谦益,却发现老头儿神气安闲地捋着胡子,似乎一点也不紧张。等顾苓在外面同债主们又交涉了一阵,仍旧没有效果,钱谦益才回过头,对侍立在身边的李宝低声吩咐了一句什么。李宝答应着走出舱外。于是,只听顾苓不再坚持,却又大声说:

"列位必定要先清偿欠债,也可以。那么如今这里有三只船,为快当起见,决定同时清偿——二十两以下的,可以到左首这只船,由钱遵王先生发放;二十两到六十两的,可以到右首这只船,由何士龙先生发放；六十两以上的，请上在下这只船，由钱老先生亲自发放。请啊！"

听顾苓这样说，刘履丁又不禁暗暗摇头："这样处置无非是想分其势力，各个击破，设想虽妙，只怕对方仍未必肯就范。"

果然，没等他想下去，岸上又早已嚷成一片。一会儿，只见顾苓气咻咻地一步跨进来，说："牧老，他们还是不肯，说什么也要先应承一律按原定本息发放，方肯上船，怎生处置？"

本来，按原定本息发放，似乎也很合理，但这些放债的富人，大多是乘人之危，大肆敲诈，不少利率当时就定得过高，加上拖欠了许多年，利上滚利，竟有超过本钱好几十倍的。如果按这样偿还，刘履丁带来的那几百两银子和几斤人参，绝对不够应付。现在钱谦益既然不打算代冒襄掏腰包，唯一的办法，就是说服对方压减利息。但是看来债主们认定冒襄是个大阔佬，决不肯放过这个大捞一把的机会。上一次，刘履丁就是这样谈崩的。现在他眼看钱谦益听了顾苓的报告之后，沉吟不语，就不由得着急起来，斜倾着身子说道：

"据晚生所知，这伙人中有个姓郝的，是个积年讼棍，一切坏主意全是出在他身上。此人伶牙俐齿，凶险狡诈，极难对付。"

钱谦益点点头，却没有答话。他又沉吟了一下，才对顾苓说："嗯，好吧，让他们推出两个人来，上船议事！"

顾苓应诺着，到外面去传达了钱谦益的话。这一次，债主们没有再吵闹。过了一会，只听顾苓的声音说：

"噢，是你们二位哪，请！"

随着话音，船身摇晃起来，接着鱼贯走进来两个人。头里一个是五十开外的胖绅士，长着一把大胡子和一双金鱼样的鼓眼睛，正是负责囚禁董小宛的那位张员外；另外那一位儒生打扮，方脸大耳，显得精明强干的，也恰好就是那个姓郝的讼师了。

"学生张秀，拜见两位大人！"张员外似乎有点怕钱谦益，畏畏缩缩地拱着手说。

那个姓郝的讼师却显得沉着机警。他一进舱，就目光闪闪地打量着周围的情形。等张秀说完了，他才彬彬有礼地一揖，说："在下郝思平，见过二位大人。"

钱谦益没有马上说话，默默地瞅着对方，把他们挨个儿掂量一番之后，他才满脸堆笑地站起来。

"哦，原来是二位先生，久仰！"他回着礼说，又回头瞅着刘履丁，"这二位，不知渔仲兄可曾会过？"

这两个人正是上一次代表债主方面出面谈判的头儿，又凶又刁，刘履丁一见他们就头皮发麻。他红着脸，悻悻地说："怎么，张员外、郝讼师，又是你们二位，好啊，哼！"说着，一拂袖子，气呼呼地管自坐回椅子上。

钱谦益微微一笑，他既已弄清来人的身份，心里也就有数。于是不再客套，指一指椅子，让张、郝二人坐下，他自己也重新坐了下来。

"二位先生，适才学生听说列位东翁定要按原定本息发放，以冒辟疆先生之财力，实在难以办到，还望列位东翁压减一二才好！"钱谦益单刀直入地说，他知道对方必然不会答应，所以也不想多绕弯子。

果然，早有准备的张秀马上拱着手说："哦，难得二位大人屈尊赏光，出面主持这事，实乃吾辈之福。适才压减息金之议，本当承命，唯是各券所定息金，俱系双方当时讲妥，两相情愿，更无异辞。时至今日，却要压减，只怕人情惊诧，徒滋纷扰，未易实行。"

"嗯，向来国家律例：私放钱债，每月取利并不得超过三分。如今我瞧这债目，不少竟高至四五分的；且更有将利做本，转算几年，便借一取百，未免太过！若不压减，又怎么成！"钱谦益板着脸说。

按照明朝的律例,确有月利限于三分,违者笞四十;并有不准以利滚利,违者以坐赃论罪,杖一百等条目。但实际上早已成为一纸空文,很少有放债者会去遵从。除非某个官吏出于这样那样的原因,想惩治一下放债者,才会偶尔把它抬出来。现在张秀听钱谦益这样说,一时弄不清他的真正意图。不过张秀知道这位钱老头儿可不是刘履丁,他在本地很有势力,同官府也勾结得很紧,若惹得他认真起来,真要这样干也不是不可能,所以一下子给唬住了,讷讷地不敢回答。

钱谦益看见三言两语就把对手给吓住,心中暗暗高兴。他正想进一步劝说,忽然,坐在张秀旁边的那个讼师郝思平哈哈一笑,开口了:

"钱老先生所见甚是!就债目而观之,息金果然定得高了些,理应压减才是。岂止应当压减,其实放债这事,每每足以助长豪强之家兼并之权,挫损小民生存之气,积弊颇多,简直就该严令禁止!"他一本正经地说,瞅了瞅座上的两位主人,发现他们都露出留神倾听的神气,就得意地微微一笑,接着说,"不过,话又得说回来,此事其实又是禁不得的,何故?因富者乃系贫者之母,贫者一旦有事,必要求助于富者;而富者则凭借日积月累,方能有所盈余。这一贫一富,也正如人之左右手,右不富,则无力助左。若禁绝放债,使富者不富,则犹如砍去右手,举国俱成废人矣!何况,国家之法,本在利民。如今凶岁连年,兵戈未已,穷民愈多而富民愈少;借债者愈多,而放债者愈少。若仍拘执于三分之薄利,势必令放债之家心灰意馁,将钱钞另谋出路。如此,富者或无大碍,而贫者从此告贷无门,生计俱绝矣!此压减息金之大害也,还望老先生三思!"

郝思平这么滔滔不绝地一口气说下来,连钱谦益听了,都不由得暗暗点头,心想:"刘渔仲说此人巧舌如簧,不易对付,如今果然!"事实上,钱谦益又何尝真心维护三分利息的律例?他自己在常熟放债，也同样是实行高利息、利滚利的一套。不过，此刻他既要替冒襄主持还债，自然就顾不上许多了。现在，他看得更加清楚：张秀好对付，难轧的是郝思平这个讼棍，不尽快把此人制住，事情就无法进行。于是他瞅着郝思平，不动声色地问：

"郝先生果然辩才不凡，想必是位'状元'啰？"

他这样问，是因为苏州一带，打官司的风气十分盛行，讼师也最多，内中也分别等级，最高级的称作"状元"，最低的称作"大麦"。这伙人最喜招揽是非，操纵官司，从中发财。

郝思平怔了一下，拱着手说："不敢。"

"那么，董家欠下郝先生多少本息？"

"哦，董家与在下并无债务瓜葛。"

"然则阁下今日来此作甚？"

"这——是他们请在下来协理此事，所以……"郝思平似乎意识到对方口气不善，变得有点紧张，不像刚才那样神气活现了。

这时，钱谦益可就不容对方躲闪了。"胡说！"他猛地一拍桌子，黝黑的脸上顿时像罩了一层严霜，"你与董家既无债务瓜葛，便该回避远引，如今却硬来从中插手，百计煽惑，兴风作浪，竟至劫人做质，以图要挟，胡作非为，至于此极！分明是个刁顽不逞之奸徒。若不严惩，王法何在！"他回头叫："来人哪！"

话音刚落，只听通往内舱的门里暴雷也似的应了一声，随即门帘掀起，四个衙役打扮的汉子如狼似虎地扑了出来，手中铁链一抖，把郝思平的脖子套住了。

这一手来得如此意外，不但张、郝二人猝不及防，就连刘履丁也惊讶得张大了嘴巴，半天合不拢。

钱谦益斜了一眼张秀，发现那大胖胡子脸色大变，浑身筛糠也似的抖个不住，便"噢"了一声，换过一副和颜悦色的脸孔，对他说："学生知此事全是这姓郝的奸徒从中捣鬼，与尊驾无干。不过，尊驾若仍扣住人质不放，却也难免担着干系。如今就请去吩咐贵价,把人质送上船来,慢慢再谈不迟。"

张秀本来十分害怕,听说与他无干,心中顿时宽了一半,哪里还敢违拗,连忙走出舱外,大声招呼手下那几个仆人,把董小宛送上船来。

正聚在岸上等候消息的那群债主只听见船里大呼小叫,却弄不清发生了什么事情,忽然看见要放人质,有几个机灵的便大声鼓噪起来,表示不同意。但是负责看守董小宛的那几个汉子,是张秀的家仆,自然服从主人。他们反而大声叱喝着,用棍棒挡开那些拥过来试图制止的债主,把董小宛送上了船。

这当儿,钱谦益已吩咐衙役把恨得咬牙切齿的郝思平暂且押到后舱看管起来。看见董小宛走进船舱,他就喜孜孜地站起来。董小宛这一次绝处逢生,自然感激得热泪交流,呜咽着跪拜下去。钱谦益把她扶起来,着实抚慰了一番,然后吩咐跟上船来的董子将和寿儿,把她扶到内舱去歇息。

当做完这一切之后,他才回过头来,瞧了瞧张秀。发现那大胖胡子正愁眉苦脸地呆在一旁,钱谦益便同刘履丁交换了一个眼色,微微一笑,对张秀说:

"张兄不必过虑,钱某不才,尚能分清是非好歹。那姓郝的怙恶不悛,自应惩处;至于张兄,若不嫌弃钱某,倒想借重大力呢!"

张秀眼见郝思平被锁去,人质又被迫送回,今日已是一败涂地,心中正在七上八下,不知钱谦益下一步会怎样处置自己,忽然听见对方说出这么句话,他不由得一怔,疑惑地抬起头来。

"嗯,请坐着说话。"钱谦益指一指椅子,随即自己也坐了下来。

"弟素知张兄乃信诚君子,凡事都易商量。"钱谦益一本正经地说,目不转睛地瞅着张秀,"只是岸上那些人良莠不齐,其中难免杂有一二刁顽之徒。弟诚恐待会儿发放交割之时,此辈又来吵闹放泼,令人不欢。故此想请张兄届时在此作陪,助我督促弹压。以张兄在彼辈中之威望,此事当不难办到,不知能应允否?"

张秀本来正睁着一双金鱼般的鼓眼睛，疑惑地瞅着钱谦益。听了这话，他的脸色变了，猛地站起来，气急败坏地摇着手说："啊，这个、这个……"他分明想拒绝，但在对方目光的逼视下，却始终不敢说出口。

　　坐在一旁的刘履丁，这时对于钱谦益的手腕和魄力已是由衷地信服。他看见张秀狼狈万状，倒也不想迫之太甚，便劝阻地说了一声："牧老——"但是，钱谦益伸出一只手把他挡住了，同时斜眼看了看站在旁边的顾苓。

　　顾苓会意，走过来笑吟吟地说："张兄何必见外？此事我们已合计好了。若然张兄应允时，阁下名下的这一百二十八两的本息，便仍按原券所定，照发不误。而且事完之后，另有酬劳。如此安排，不知尊驾意下如何？"停了停，他又凑上去，咬着耳朵补充说，"这事只有此间局内数人知晓，决不会传到外间去！"

　　张秀听说他那份债券可按原定本息发放，眼睛先是一亮，随即又收敛起来。他没有说话，低下头，沉默了许久，终于，轻轻地点了一点头。

　　一直紧盯着对方的钱谦益，目光闪动起来，黝黑的脸上掠过一丝胜利的微笑，马上又变得异常兴奋。他敏捷地站起身，得意洋洋地望了刘履丁一眼，然后脸向着舱门外，用威严的大声说：

　　"来人哪！吩咐下去，开始发放！"

警报频传

　　崇祯十五年闰十一月，黄宗羲回到了扬州。因为临离京时，方以智有一封信托他带给冒襄，所以黄宗羲没有立即过江，而是带着黄安，沿运盐河买舟东下，先到如皋去。他抵达冒家时，已是闰十一月十五日，冒襄听说他来访，十分高兴，立即把他迎进府里，两人各自谈了些别后的情况，其中自然也包括这次乡试的失意。不过大家都不愿多揭这块伤疤,互相安慰了几句,就把话题转到了别的方面,像南北的战局啦,冒襄和社友们在南京作弄痛骂阮大铖啦,黄宗羲来回途中的见闻啦,京里的新闻啦,如此等等。随后,黄宗羲就交出了方以智的信。

这封信其实也没有什么特别要紧的事,只不过方以智当日在镇江金山下同冒襄分手之后,一直记挂着董小宛的事,特意来信追问督促一下。冒襄自从上月底托刘履丁到苏州去处理这事,至今一直得不到音讯,也不知办得成办不成,正在心神不定,看了这封信只有暗暗苦笑。黄宗羲本想问一问信中说什么,但瞧见冒襄神色不佳,像是有什么心事,看完信后一言不发地折好,放进袖子里,也没有告诉他的意思,他也就不好问了。

到了傍晚,黄宗羲正在客房里看黄安收拾东西,冒襄忽然又走进来,说他的父亲冒起宗知道黄宗羲来了,很想见一见。今晚就在拙存堂摆酒,请黄宗羲过去见面。黄宗羲自然不能推辞,吩咐了黄安几句,便跟着冒襄走过拙存堂来。

冒家是如皋县的首富,除了城中的这一座大宅第外,城内城外的园林别墅还有好几处,其中最优美讲究的要算位于城东北的那座水绘园。前些年,黄宗羲曾经在园里住过几天,发现确实是因势出奇,极尽工巧。至今黄宗羲还记得那些林林总总的名目,什么妙隐香林、壹默斋、枕烟亭、寒碧堂、洗钵池、雨香庵、水明楼、小浯溪、鹤屿、小三吾、目鱼基、波烟玉亭、湘中阁、悬溜山房、因树楼、涩浪波、镜阁、碧落庐等等。当时黄宗羲就住在水明楼上。那楼由前轩、中轩、阁楼组成,其间用长廊连接,廊前、轩侧点缀着竹树和假山,非常别致;楼前就是洗钵池。那几晚正好有月亮。楼前伫望,但见滢滢的碧水荡漾着清冷的银辉,把庭院映照得明亮而迷蒙。当时,黄宗羲不由自主地念出了杜甫"五更山吐月,残夜水明楼"的名句,并为眼前的良辰美景所深深陶醉了……"哦,今日也正好是十五,水明楼前的月色想必依旧美好吧?

可是当此疮痍满目、大厦将倾的时候,这良辰美景到底还能维持多久呢?"这突然涌起的思绪,使黄宗羲的心紧缩了一下,随即又变得沉甸甸的,脚步也迟缓起来,连冒襄同他说话,都懒得搭理了。

他们到了拙存堂,已经有两三个清客先在那里等候。彼此见过,谈了几句闲话,冒起宗就出来了。这位弃官归里的宪副大人,身材不高,两鬓已微微见白,穿着打扮一丝不苟。他的脸称得上富态而秀气,现在却显得有点憔悴。他由两个丫环搀扶着,从屏风后面慢慢地走出来,看见客人,他的一双细长的眼睛就在疏朗的眉毛下眯缝起来,露出蔼然的微笑。

黄宗羲一见,连忙趋步向前,口称"世叔",跪拜下去。

冒起宗弯腰扶起,拉着黄宗羲的手,把他细细端详了一阵,又亲切地询问了他家中的一切情形。听说黄宗羲的母亲健康在家,四个弟弟宗炎、宗会、宗辕、宗彝都已成家立业,他就点点头,感慨地说:"十余年间,宦途奔波,碌碌风尘,所历所闻,无一可喜。所幸者,便是故人之子,俱已长大成器。纵使来日大难,亦继起有人。老迈无能如我辈,可以从此息肩了!"

冒起宗一番话说下去,已是神色黯然。冒襄见了,连忙走前去劝慰说:"爹爹,何须说这些?太冲兄远道而来,京里新闻,所知甚多,适才孩儿还来不及打听。如今就请入席,请太冲细细道来。"

这样说完之后,他就请黄宗羲和清客们先行,他亲自搀扶冒起宗,同大家一起步入西厅。

这西厅不大,紧挨着正堂隔壁,当中已经摆起了一席,顶上一盏六角形宫灯,四面还点着明晃晃的红烛。冒襄代表主人,奉筋送酒,客人们照例又是行礼,又是谦让,挨延了一阵,这才分宾主各自就座。

于是,大家一边饮酒,一边叙谈。冒起宗问起北边的情形,黄宗羲便把京中政局混乱、厂卫横行、朋党倾轧、民不聊生,以及皇上暗中同建虏议和，陈新甲因泄密下狱处死等情形约略说了一遍。大家着实咨嗟叹息了一番。黄宗羲急于了解南方的战局，他知道冒起宗不久前曾在湖北一带对农民军作战，必然十分熟悉那边的情形，于是，等有关北京的话题稍为停顿下来，他就迫不及待地问：

"小侄在京里时，常闻议论，说建虏固然可虑，而大明之心腹大患，实在流寇。前时听说开封之役，贼与官兵决河互灌，死者不下数十万，遂令数百载名城，一朝残破，心甚震悚。及至归抵扬州，复闻陕督孙公近有柿园之败，南阳为贼所屠。中原糜烂，一至于此！不敢请教老叔，这流贼所凭者何，竟能如此猖獗！莫非已是无法制御了么？"

有好一阵子，冒起宗都没有回答。他把弄着手中的酒杯，眼睛直愣愣地瞅着某个无形的东西，神情变得越来越忧郁，终于，叹了一口气，说："这事说来只怕也是天降妖变，惩此下民。以往我亦是耳闻其状，未得亲见。直至去秋调职襄阳，日夕往来战阵之间，始稍知其详。大抵此寇横行肆虐二十余载，旋仆旋兴，久不能荡平者，富室暴殄，天灾盛行，固然是其根本；不过贼之魁首，实亦有非常过人之处。即以李自成而论，我曾询及贼之降将射塌天李万庆等辈，俱谓其不好酒色，不贪金帛，布衣粗食与部下共之，坚而能忍，有容人之量，士卒乐为之死，故于众贼之中，势力日强，又造'三年免征，一民不杀'之语，四处播煽，愚民不察，风靡而从……"

"啊，'三年不征，一民不杀'，不知此贼果能实行否？"黄宗羲脱口而出地问，显然被关于李自成其人的这种闻所未闻的描述吸引，并感到惊异了。

冒起宗瞧了他一眼，似乎对他提出这个问题感到有点意外。

"世侄以为他能实行否？"他反问。沉默了一下，看见黄宗羲没有反应，他又缓缓地说："去冬襄城之破，闯贼怒贡生李永祺迎陕督汪公拒守，大捕城中士子一百九十人，削鼻断足，并尽屠永祺之族，彼又安能不杀！"

"哎，太冲世兄！"一个姓吕的老清客看见冒起宗似乎有点不高兴，赶紧帮腔说，"杀人放火，乃贼之本性；他若能不杀，这贼岂不就做不成了么？"说出这句自以为得意的"妙语"之后，他就捋着山羊胡子，嘿嘿地笑起来。

黄宗羲没有理他，眨了眨眼睛，又问："不过，适才世叔说，那李闯'三年不征，一民不杀'之语一出，四方愚民竟风附影从。若彼嗜杀如故，又安能至此？"

冒起宗想不到黄宗羲会这样问，一下子倒被弄得张口结舌，不知怎样回答。加上他还不了解黄宗羲这种凡有疑问非要寻根究底不可的脾气，只当对方同情流寇，有意顶撞自己，于是把酒杯轻轻一放，脸色也跟着沉了下来。

坐在下首的冒襄却十分熟悉他的这位社友，看见父亲的神情不善，连忙插进来说："太冲兄，怪不得人人都说你是个打破沙锅的性儿，什么都要问到底。不过，似这等显而易见之理，你怎么还想不透？"

"哦，小弟确实弄不明白。"黄宗羲老实地回答。

"此理至简单：闯贼之意，无非是归附者可以不杀罢了。我听说，闯贼每攻一城，束手迎降者不杀不焚，守一日者杀十之三，守二日者杀十之七，守三日则一城尽屠之。愚民畏死，所以便闻风归附了！"冒襄一边说，一边朝冒起宗使眼色。

黄宗羲这才恍然大悟。他点着头，朝冒襄拱一拱手说："原来如此，承教了！"

这一下，倒引得冒起宗和清客们微笑起来。

于是，接下去冒起宗又说了一些同农民军作战的情况，并在黄宗羲的追问下，特别解释了农民军的"三堵墙"阵法，和"放迸"攻城法。据他说，所谓"三堵墙"，就是临阵时，以三万骑兵做前锋，分成三队，前队若擅自溃逃，后队就可杀之；若久战不胜，则诈败散开，让敌人追进来，由步兵三万，各挺长枪拒敌，骑兵再突然回头夹击，十分厉害。至于"放进法"，就是攻城时候，不采用传统的架设云梯的办法，而是在城墙下挖洞，放置火药罐，把城炸开。没有火药时，就把洞口加深加大，大至可以容纳上百人；每隔三五步留一土柱支撑，待洞挖成后，就用粗绳拴住土柱，外面用几千人扯住绳子，只听惊天动地一声呐喊，立时柱折城崩。这个办法也相当厉害，李自成曾用它攻陷了无数城池。

冒起宗语调低沉地说着，其余的人都停了杯箸，静静地听，一个个脸上都现出悚然惊惧的神色。他们虽然不曾亲身经历这种境地，但是不难想象当时惊心动魄的惨酷情景；同时，不由自主地想到，有朝一日这种奇祸巨变降临到自己头上来时，将会是怎样一种可怕的结局，而事实上，这并不是不可能的……

终于，冒起宗不说了。他望了望大家，勉强地一笑，补充说："虽然国家不幸，生此妖孽，不过扰攘至今，此妖恐亦气数已尽，不久便当败灭了！"

说到这里，他停顿了一下。可是刚才大家的情绪被压迫得那样厉害，并没有因为这句话而立即解脱出来。冒起宗看见大家只是投来惊疑不定的目光，都没有作声，便举起酒杯，呷了一口酒，神情严肃地说，"这事该算得已故陕督汪公的一件大功！据说，闯贼之祖墓，在米脂县万山中，其墓穴为异人点定，当年曾置铁灯一盏于墓室之内，并造语说：'铁灯不灭，李氏当兴。'汪公侦知后，申报朝廷，于是派人入山，百计查明墓址，掘开之后，果见灯火尚明，于是立时扑灭；又在其先祖骸骨脑后，发现一小洞，大如铜钱，有赤蛇一尾，盘曲其中，长约三四寸，有角，见日而飞，高达丈余，以口迎日色，吞吐六七次，然后返伏穴中。于是一并杀死。汪公命将此蛇腊制后，连同闯贼先祖之颅骨一道函封，送呈朝廷。你想，闯贼之能横行天下，实全仗此一灯一蛇护佑，如今已是蛇死灯灭,他还能长久作恶么?"

冒起宗这话一说出来,在座的人都不禁"啊"了一声,随即又不响了,仿佛在默默品味这个消息所包含的不寻常意义。渐渐,大家的脸色变得开朗起来,有的人甚至露出了微笑。终于,那个姓吕的清客首先站起来,兴冲冲地举起酒杯,尖声说:

"好!这叫作天亡逆贼,物极必反。大明中兴有望了!来,为东翁这非常喜讯浮一大白!"

"对,对!"其余的人也凑兴地举起了酒杯。

唯独黄宗羲坐着不动。他低着头,眉毛皱得紧紧的,一言不发,对于周围发生的情形,似乎根本听不见,也看不见。

"嗳,太冲,快来呀!"冒襄催促说。

黄宗羲仍然毫无反应。

冒襄同大家交换了一个莫名其妙的眼色,正想再催促,突然,黄宗羲抬起了头。

"可是,这难道是真的么?"他问,满脸都是苦恼的神色,"这样,李自成果真就会败亡了么?不急图改革,进贤用能,兴利除弊,救灾赈民,消弭祸源,光是毁掉一个李自成的祖墓,又有什么用?啊,又有什么用?"他的声音高亢起来,怒气冲冲地瞪着大家,眼睛却开始发红,并且冒出了泪水。

在场的人全都愣住了。冒襄瞧了瞧默然放下酒杯、慢慢踱开去的父亲,又转向黄宗羲,想劝解几句,急切间却不知道说什么好。正在犹豫的时候,忽然看见冒成的脑袋出现在窗棂上,朝他直打手势。冒襄只好暂且放下黄宗羲,向冒起宗禀告了一声,匆匆走出外间来。

"少爷,来了!"冒成一见他,就迎上来紧张地说。

"什么来了?"

"咦,刘大人呀!"

冒襄心中猛地一跳:"什么?刘大人来了?在哪里?"他急

忙问。

"就在东厅里。小的见少爷正陪着老爷,不知好不好通报,所以……"

冒襄已经没有心思听他解释。他连忙迈开大步,迅速地向东厅走去。

刘履丁果然正在那里。也许因为这一个多月来着实辛苦,加上车舟劳顿,灯光下,他显得疲惫而憔悴,不过,表情仍旧是兴奋的。一见冒襄,他就兴冲冲地迎上来。

"幸不辱命,报喜来迟,尚祈恕罪!"他作着长揖说。

"嗯,她呢?"冒襄匆匆还过礼,问。

"别急嘛,莫非弟还能把她带到这儿来不成?我们的船到了码头,就派人向兄报信儿,却寻兄不着。阿嫂听说了,便即时派了丫环老妈,打了灯笼,抬了轿子来接,这会儿想已安顿好了——辟疆,不是愚兄夸奖,像阿嫂这等贤慧的,真是难得呢!"

"哦!"冒襄这才松了一口气。他定了定神,重新向刘履丁行礼道谢。

刘履丁摇摇头:"你可别谢我!应该好好谢钱牧斋才是。这一次,不是他热心出面主持,这事只怕还真的办不成。"

"啊,怎么?"

"一言难尽,你先看看信吧!"刘履丁说着,从怀里掏出一封信,"这是钱牧老托我捎给兄的。"

冒襄疑疑惑惑地拆开信,只见上面写着:

> 眷侍生钱谦益顿首拜。双成得脱尘网,仍是青鸟窗前物也。渔仲放手做古押衙,仆何敢贪天功。他时汤饼筵前,幸勿以生客见拒,何如?嘉贶种种,敢不拜命!花露海错,错列优昙阁中。焚香酌酒,亦岁晚一段清福也……

"那份谢礼是我临时命人采办，用你的名义送他的。"刘履丁解释说，随即将这一次在苏州的一番周折大概说了一遍。看见冒襄默不作声，像在思考什么，他又微微叹了一口气，补充说：

"是啊，这件喜事来得有点不是时候，正碰上建虏大举入寇，不知要乱到什么地步呢！"

冒襄没有作声，似乎还沉浸在自己的思绪里。蓦地，他回过神来：

"啊，什么，你说什么？"

"建虏已于上月初六分道大举入塞，京师戒严。朝廷下诏征诸镇率兵入援。塘报已于半月前到了。如今外间传说纷纷，道是长城已经失守，建虏分东西两路长驱直入，前锋已进抵蓟州了——怎么，兄还不知道？"

冒襄大吃一惊，像晴空炸响一个霹雳似的呆住了。过了好一会儿，他才摇摇头，倒退一步，颓然坐在椅子上；随即，又猛地站起身，也不招呼刘履丁，管自跌跌撞撞地向西厅奔去。

1981年5月～1983年5月初稿
1983年12月改毕
1994年10月修订
2011年7月再修订

（增订本）

白门柳

第二部 秋露危城

刘斯奋 著

中国青年出版社

图书在版编目（CIP）数据

白门柳/刘斯奋著 . — 增订本 . — 北京：中国青年出版社，2022.3（2024.2重印）
ISBN 978-7-5153-6555-8

Ⅰ . ①白… Ⅱ . ①刘… Ⅲ . ①长篇历史小说 – 中国 – 当代
Ⅳ . ① I247.5

中国版本图书馆 CIP 数据核字（2022）第 005400 号

白门柳（增订本）

作　　者：刘斯奋

责任编辑：侯群雄
书籍设计：刘红刚　李平
出版发行：中国青年出版社
社　　址：北京市东城区东四十二条 21 号
网　　址：www.cyp.com.cn
编辑中心：010-57350401
营销中心：010-57350370
经　　销：新华书店
印　　刷：三河市君旺印务有限公司
规　　格：880×1230mm　1/32
印　　张：54.875
字　　数：1376 千字
版　　次：2022 年 3 月北京第 1 版
印　　次：2024 年 2 月河北第 3 次印刷
定　　价：118.00 元（全三部）

本图书如有印装质量问题，请凭购书发票与质检部联系调换
联系电话：010-57350337

角声满天秋色里,塞上燕脂凝夜紫。
——李贺《雁门太守行》

其亡其亡,系于苞桑。
——《易·否·九五爻辞》

主要人物表

黄宗羲	字太冲，明末诸生，复社成员
陈贞慧	字定生，明末诸生，复社四公子之一
冒襄	字辟疆，明末诸生，复社四公子之一
方以智	字密之，翰林院编修，复社四公子之一
侯方域	字朝宗，明末诸生，复社四公子之一
吴应箕	字次尾，明末诸生，复社成员
顾杲	字子方，明末诸生，复社成员
余怀	字淡心，明末诸生，复社成员
梅朗中	字朗三，明末诸生，复社成员
张自烈	字尔公，明末诸生，复社成员
左国棅	字硕人，明末诸生，复社成员
沈士柱	字昆铜，明末诸生，复社成员
郑元勋	字超宗，明末进士，复社扬州地区前社长
黄宗会	字泽望，明末选贡，黄宗羲之弟
史可法	字道邻，东林派大臣，官至东阁大学士、兵部尚书、都察院左都御史、总督淮扬军务
刘宗周	字念台，号蕺山，东林派大臣，官至都察院左都御史
钱谦益	字受之，号牧斋，东林派大臣，官至礼部尚书
吕大器	字俨若，东林派大臣，时任兵部右侍郎，后改任吏部左侍郎
高弘图	字研文，户部尚书，官至东阁大学士
黄澍	字仲霖，东林派官员，湖广巡按
周镳	字仲驭，东林派官员，曾任礼部主事，复社元老
雷縯祚	字介公，东林派官员，曾任武德道兵备佥事
朱由崧	明朝第十八代皇帝，年号弘光
韩赞周	司礼监掌印太监
马士英	字瑶草，庐凤总督，官至内阁首辅

阮大铖　字集之，号圆海，阉党余孽，官至兵部尚书
杨文骢　字龙友，官至兵部员外郎，马士英妹夫
刘泽清　字鹤洲，淮安总兵官，封东平伯
刘孔和　淮安副总兵官，刘泽清之叔父
朱统锎　王室子弟，马、阮党羽
徐青君　中山王徐达后裔，魏国公徐弘基之弟
柳如是　名是，号河东君，明末盛泽名妓，钱谦益之宠妾
董小宛　名白，明末秦淮名妓，冒襄之宠妾
惠　香　明末盛泽名妓，柳如是之密友
李十娘　名湘真，明末秦淮名妓
卞赛赛　名赛，明末秦淮名妓
马　氏　冒襄之母
苏　氏　冒襄之妻
顾　苓　字云美，明末诸生，钱谦益之学生
孙永祚　字字长，明末诸生，钱谦益之学生
蔡益所　书坊老板
柳敬亭　外号柳麻子，明末著名说书艺人

刘宗周

古寺谈经夜正襟,强藩刀客不相侵。
浙东义旅如云合,门下原多报国心。

注:本书插图为刘斯奋所绘,题诗为徐续所作。

黄宗羲

黄竹滩头望故庐,东南兵革剩唏嘘。
君权长是苍生害,地解天崩且著书。

阮大铖

石巢深处似幽囚,檀板歌残十七秋。
冠带昨蒙新主赐,誓兴刑狱报清流。

马士英

拒北防江事本虚,权臣心术果何如?
危朝忠鲠诛锄尽,闲写秋风斗蟀书。

史可法

白门一去尚低徊,坐失纶扉究可哀。
此日淮扬非乐土,幕中愁对故人来。

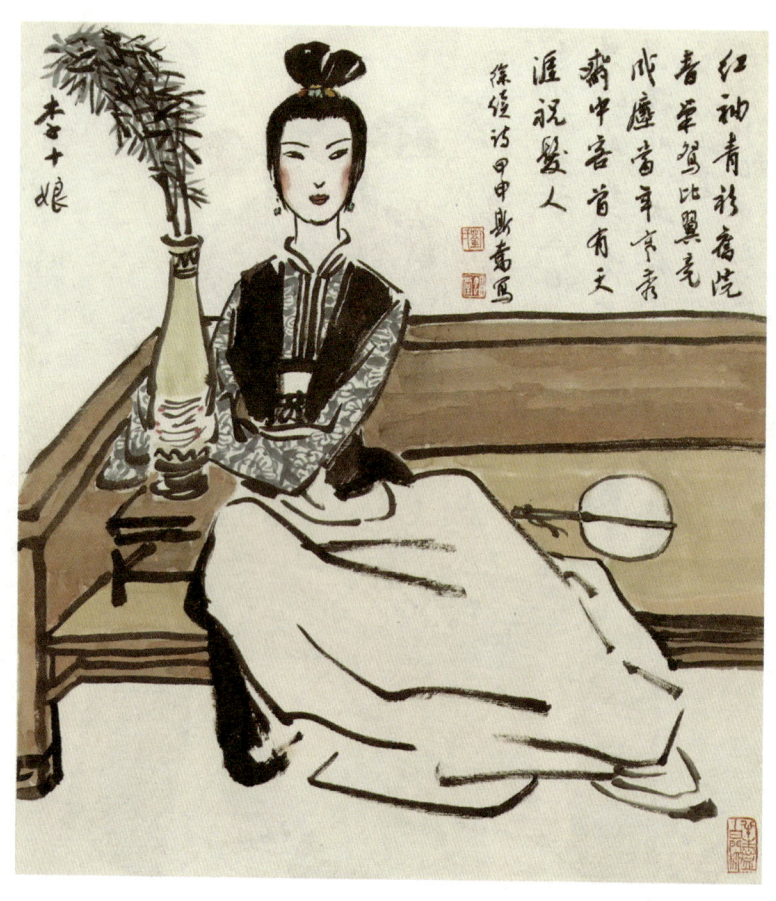

李十娘

红袖青衫旧院春,巢鸳比翼竟成尘。
当年寒秀斋中客,曾有天涯祝发人。

杨文骢

佛言物性本圆融,落落襟怀一笑中。
忽向姑苏投袂起,杀官缚虎亦英雄。

目录

001 | 第一章
风云突变崇祯殉国，危亡紧迫斗室密谋

042 | 第二章
举家避乱初尝苦困，决策立君激辩亲疏

091 | 第三章
争入幕复社破局，背前盟奸佞欺心

139 | 第四章
方以智乞食投留都，小福王进城登大宝

186 | 第五章
弄兵柄马瑶草窃位，尽愚忠史可法出都

231 | 第六章
复冠带小人得志，解困厄社友同仇

284 | 第七章
钱谦益牵驴博笑，刘宗周遇盗论心

| 327 | 第八章
软硬兼施清廷通牒，骄横不法镇将逞凶

| 375 | 第九章
戏女客柳如是恃贵，兴党狱周仲驭蒙冤

| 423 | 第十章
感身世枯梅悲白雪，醉太平暖阁赏奇珍

| 469 | 第十一章
辨太子朝野恶斗，清君侧内外崩摧

| 522 | 第十二章
柳如是投水明志，钱谦益降清献城

第一章
风云突变崇祯殉国，危亡紧迫斗室密谋

三弟中选

回到余姚县通德乡黄竹浦之后，黄宗羲在家中寂寞而烦闷地过了一年多。

虽然崇祯十五年底，他自北京南归的途中，曾经听到清兵又一次大举入塞的消息，并为此很惊愤忧急了一阵，但过后风声渐渐又缓和了下来。听说清军到底未敢过于深入，只在京畿以及河南、山东等地杀掠蹂躏了数月，便重新退出了关外。至于曾经在中原和湖广一带闹得天翻地覆的"流寇"——农民起义军，自去年秋天起，也先后回师西向，分别进入了陕西和四川。这一切，都使黄宗羲多少感到松了一口气，姑且安下心来，重新回到简朴而平静的乡居生活中去。

眼下已经到了崇祯十七年三月下旬。一连几天，黄宗羲都领着家丁，在离黄竹浦五里外的化安山一带，向佃户挨家挨户催收历年拖欠的租子。虽说眼下才是春夏之交，下乡催租主要是为着加强督责，本不指望能有太多的收获；不过，辛辛苦苦在山野间转了几天，不知费了多少唇舌，到头来仍旧收不满十石麦子，黄宗羲不由得大大懊恼起来。随行的管家黄登——一个黑胖汉子，咬定小麦刚刚上场，佃户们其实是有的，只不过装穷罢了，还举出以往收租的经验来证明。这更使黄宗羲越想越觉得受了愚弄和欺骗。"哼，这些可恶的东西，我好心好意把田佃给他们种，他

们却全不知感恩！"他恼火地想。有一阵子，他甚至打算倒回去，找佃户们质问，要他们立即把租子交出来！但是，当想到这就要重新面对那些木讷粗鄙的脸孔，要再一次听取那些令人心烦的诉说恳求——哪怕明知是假装的也罢，黄宗羲又不禁犹豫了，"啊，我又何必同他们纠缠不清？要是他们再不交，我就干脆把田收回来，另外租给别人去种！"这样决定之后，仿佛重新得着倚仗似的，他的心情才渐渐平静下来。

这一天，快到晌午，他们才回到黄竹浦。刚进村，就得到一个意外的消息：他的三弟黄宗会在本省学政主持的一次考试中，以"品学兼优，年富力强，累试优等"，被录取为"选贡生"。按照科举制度，选贡也同举人、进士一样，算作"正途出身"，今后用不着再参加乡试和会试，而只要在接下来的"廷试"当中合格，就会被正式授予官职。由于这喜讯来得过于突然，以致最初一刻，黄宗羲还不太相信。当终于弄明白这已千真万确，此刻家里正焦急地等着他回去时，他才又惊又喜地"啊"了一声，连忙分开围上来打听消息的仆从们，也顾不上春天的村路泥泞不堪，管自用双手撩起直裰的下摆，一脚浅一脚深地朝村东的方向走去。

"啊，这么说，三弟当真中选了，真的中选了！这多么好，多么不容易！哼，说我们兄弟有才无命，徒享虚名，看今后谁还敢！哎，母亲不知道有多高兴啊！"黄宗羲加快脚步往前赶，一边兴奋地、匆忙地想。经历了这些年的挫折和困守之后，他当然十分清楚，弟弟这一次成功意味着什么——不错，眼下的成功只是弟弟的，同自己的前程，可以说没有太大的关系。但重要的是亡父当年建树的功名和家业，终于有了重振的希望；母亲那颗饱经忧患的心，也终于稍稍得到安慰。而这正是肩负着长子责任的黄宗羲，长期以来，特别是近一年多来暗暗为之焦虑的。"不过，我却回来迟了，母亲最初的那一下子高兴，我已经见不着了！多少年来，我连做梦都在盼着这一刻，谁知事到临头，竟错过了。

我本不该自告奋勇去收什么租子,哎,真的不该!"黄宗羲懊悔地、惋惜地想,一口气爬完了那道沿坡而筑的石板台阶,越过一字并排的四棵合抱柳树和八根彩漆剥落的旗杆,从悬着"风宪"二字牌匾的门楼下穿过,走进被称作"太仆公府"的家。

黄宗羲一踏入院子,就发现家里的气氛完全变了样。这一片已经传了好几代人的、有着宽大的青石板天井和众多砖木结构房舍的老屋,在他几天前离开的时候,还是那样灰暗单调、没精打采,甚至破败寒碜。可是如今,一切都变了:炸得遍地都是深红的炮仗纸屑,代替了天井里终年摊晒的柴草;那些红灿灿的、还残存着火药气味的碎纸片儿,使宅子平添了不少喜气。灰泥剥落的正堂和两边的楼宇,也被悬挂在瓦檐下的吉庆彩球映衬得面目一新。穿上了新衣裳的孩子们在满天井追逐嬉戏。仆人们一个个变得精神抖擞,喜气洋洋。看见大爷回来了,坐在门楼下的几个就惊喜地站起来,殷勤而热烈地向他问候。

"哎,三爷呢?"黄宗羲迫不及待地问,一边睁大眼睛打量着变得生疏了的家。

"噢,那不是!"年老的仆人用手一指。

黄宗羲转过头去,果然,他那位出色的弟弟正拱着手,把一位客人从正堂里送出来。今天,黄宗会穿了一件簇新的五福捧寿纹蓝绸大襟袍,头上方巾,脚下丝履,打扮得从来没有过的整齐漂亮;那张清秀、敏感,经常是表情傲慢的脸上,显露着童稚般天真快乐的神情。他没有看见哥哥,因为客人——一位同村的小个子秀才,正拉住他的衣袖,再三地嘱咐什么,黄宗会显得很耐心,也很留神,不住地点着头,随后就转过脸来。一刹那间,他的眼睛亮了。一种难以形容的狂喜,使他的脸孔颤抖起来,刚刚叫出一声"大哥!"就被夺眶而出的泪水咽住了。突然,他摆脱了客人,用了一个冲动的、不顾一切的姿势,前倾着身子奔出几步,一下子跪倒在黄宗羲跟前。

"大哥,你……两日不回,可是盼煞小弟了!"他呜咽着,大声说,"宗会能有今日,皆是大哥所赐,宗会没齿不忘。"说罢,咚咚地叩下头去。

当第一眼看见弟弟的时候,黄宗羲就趋步上前,想过去同他相见。但是十二岁的大儿子百药和十岁的二儿子正谊已经发现了他,大声欢呼着奔过来。黄宗羲躲避不及,只好先伸出双臂,把吊到脖子上来的正谊搂在怀里;待到黄宗会向他奔来,他想上前搀扶,却腾不出手。他无可奈何地瞧着俯伏在地的弟弟,瞧着那一身簇新的、使弟弟仿佛换了一个人似的漂亮衣巾,心头不由得一热,眼睛随之湿润了。事实上,由于父亲去世得早,宗会和二弟宗炎的学业,都是他手把手地教导出来的。他不仅是他们的兄长,而且是他们名副其实的老师。如今,弟弟没有辜负自己多年的苦心教诲,终于一举成功,这实在使黄宗羲不能不感到极大的欣慰,以至于热血沸腾。他终于摆脱了怀里的正谊,也一下子跪倒在地上,伸出双手紧紧扶着弟弟,连声说道:"三弟,不必如此,不必如此!"话没说完,喉头已经哽住了。他不得不停顿一下,等情绪稍稍平复,才重新微笑着,不胜友爱地瞅着弟弟,用亲热的、快活的口吻说:"三弟,你今日高中,为兄好生欢畅。只是贺喜来迟,反令家中伫望,心下甚觉抱歉!"

"可这是不该的!"泪眼汪汪的黄宗会使劲摇着头,"大哥的道德文章,胜于劣弟十倍,理当率先高中。谁料老天弄人,竟让劣弟担此僭越之名,连日思念及此,宗会便觉惶恐难安!"

"啊,休要如此想!"黄宗羲连忙制止说,紧紧地握着弟弟的胳臂,"为兄近年耽于嬉游,学殖荒落,不似你等潜心帷下,精勤猛进,早已后来居上。如今先我着鞭,乃是理所当然。为兄可是心悦诚服,喜欢得紧哪!"

在最初听到消息的一刹那,黄宗羲于欣喜之余,确实曾经闪过一丝失望甚至委屈的情绪。只是他马上就为这种感情羞愧了。

"嗯，这是不对的、可鄙的！"他责备自己说。现在弟弟的坦诚表白，使他想起了当初有过的那种情绪。

"嗯，你万万不可作如此想！"他坚决地、有点生气地重复说，随即避开了对方的眼睛。

但是，黄宗会却显然把过去那些年中哥哥的苦心培养看得很重，总觉得自己的成功使哥哥受到了损害。他大约很想加以补救，又不知道该怎么办。现在哥哥的祝贺和慰解固然使他感动万分，但也使他觉得更加难为情。忽然，他挣脱黄宗羲的把握，用袖子掩着面孔，放声大哭起来。

黄宗羲默默地望着弟弟。这一次，他没有马上劝止。的确，由于年岁渐长，加上各人的性格、志趣和行事不尽相同，这几年，兄弟们之间已经不像少年时代那样亲密无间。更兼各自成家之后，仍然聚居在一个大院里，姑嫂妯娌之间便难免发生种种摩擦和计较。这又或多或少影响着各自的丈夫。因此，平日里兄弟们为了某件小事意见相左，甚至大起争执的情形也时有发生。这使黄宗羲颇为痛心，也颇为失望。"啊，要是这样过不下去，那么就分开好了，是的，干脆分家！"气恼之余，他不止一次冒出这样的念头。只是想到母亲还健在，恐怕伤了老人家的心，才极力忍住，没有提出来，但内心的危机感却愈来愈重了。如今，黄宗会这么感情冲动地放声一哭，有如打开了一道锈锢渐厚的闸门，使黄宗羲在倾泻而出的感情潮水当中，重新看清了弟弟的内心。"是的，这几年也许是我想得不对，错怪了他，错怪了他们！其实他们一个一个都很好，都没变。他们都是我的亲弟弟，这是最要紧的。过去我为什么要气量浅窄地同他们计较？可鄙可羞！今后我再也不这样了，再也不了！"他惭愧地、坚决地责备着自己，抬起头来，发现周围已经聚拢了一群人，多数是些闻声而来的丫环仆役，四弟宗辕和五弟宗彝也在其中。他们正一声不响地、感动地望着黄宗会和自己。于是，他抓住弟弟的胳臂，用了一个有力的动作，扶着黄宗会站了起来。

"哎，快别哭了，当着下人的面，传出去，让人笑话！"他附在弟弟的耳边，低声告诫说；随即转过身，怀着前所未有的轻快心情，同大家招呼起来……

赴府谢师

三爷的荣膺贡选，给全家带来了喜悦和希望，但也带来了新的烦恼和困扰。因为按照惯例，接下来，黄宗会就得上省城杭州去答拜主持这一次考试的宗师，还得准备到北京去应廷试。这两件事都得花费银子。通德乡黄氏他们这一房，即便是父亲黄尊素在京里做官时，也并不富裕；近十多年来，更是每况愈下，经常为了不大的一点事就得举债，且别说眼下要同时应付两摊子的开支。当然，三爷的功名是万万耽误不得的。经过一番东挪西借，并毅然卖掉了一部分田产，总算凑起了七八十两银子。于是，到了四月十五这一日，新选贡生黄宗会便拜别了母亲姚夫人，在喜气洋洋的乡亲们相送下，来到村外的渡口，然后由黄宗羲亲自陪同，乘上了一只乌篷船，取道姚江，向省城进发。

从黄竹浦到省会杭州，路途虽然不算太远，但也有二百多里的水程。其间要经过余姚、上虞、萧山三个县，当中还有一个府城绍兴。即使路上不停留，也得走上三四天。如今，乌篷船已经驶出名叫蓝溪的小支流，来到姚江之上，视野也变得开阔起来。平缓的、碧绿澄澈的水面，在白云浮荡的晴空下，跳动着万点阳光，有似一匹闪烁轻柔的素练，迎着船头飘曳而至，把低矮的篷舱映照得通明透亮。河岸两旁，则是兽脊似的连绵远山，映衬着一堤婆娑的翠柳。浓密的柳荫下，时不时有三五成群的牛羊蹀躞而过。如果碰上一个村庄、一个墟市，照例又随风传来声声人语。也许是隔着一片水面的缘故，那变得细碎了的乡音听上去是那样悦耳，那样柔媚……

在消息闭塞的穷乡僻壤中蛰居了许久之后,能借此机会探访一些朋友,打听一下时局的近况,以及再度过上几天热闹的都市生活,黄宗羲的心中,洋溢着一种多时未有的愉快。"是的,这一年多,国家的局势似乎平稳了下来,我们家里,也终于有人出头了。莫非这运行于冥冥之中的天道,正处于物极必反的变换之中?如果真是这样,那么我还是要致力于用世的。无论如何,这积弊如山、把国家闹到民穷财尽的朝政,是到了非痛加改革不可的时候了!时势的转换,说不定倒是一个付之实行的契机?"这么想着,黄宗羲就重新萌生出一种希冀,一种冲动,于是进而想到:明年又是大比之年,如果国家的局势当真能够稳定下来,自己也能够继弟弟之后,顺利通过乡试和会试的话,那么也许还为时未晚,还可以切切实实做一些事情。"当然,从而今起,我可得收敛心神,把那些制艺时文再下功夫钻上一钻。虽然枯燥乏味得很,但为了用世,也只得忍耐一下。幸好还有一年,只要肯下功夫,不信就钻不通它!熬过了这一关,事情就好办得多了!"这么暗暗拿定主意,黄宗羲的心情愈加开朗起来。他一边倚在船舷上,信目浏览着岸上迤逦而过的景物,一边不自觉地轻轻用指头击打着船板,哼起一支流行的散曲——

> 只见那流水外,两三家,
> 遮新绿,洒残花。
> 一阵阵柳绵儿,
> 春思满天涯。
> 俺独立斜阳之下,
> 猛销魂,
> 小桥西去路儿斜……

这首调寄《采茶歌》的曲子名叫《送春》，出于松江一位散曲名家施绍莘之手。由于曲词俱美，在江南一带传唱颇广。不过，黄宗羲本不善于唱歌，平时更是绝少开腔，这会儿因一时高兴，才随口哼上几句。结果，唱跑了调儿不必说，有些句子还忘记了，只好哼哼唧唧地含糊过去。这么下来，顶好的一支曲子，给他唱得怪里怪气，充满了"嗯嗯啊啊"之类的拖腔，坐在船头甲板上的书童黄安听了，掩着嘴直笑。黄宗羲却毫不理会，只管自得其乐地哼了一遍又一遍。直到偶然回过头去，视线落在弟弟黄宗会身上，他才停下来。

"嗯，你在做什么？"由于发现那位新选贡生正盘腿坐在船板上，低着头，聚精会神地检点着带来的银子，黄宗羲疑惑地问。

黄宗会抬起眼睛，敏感白净的脸上现出苦笑，没有作声。

"莫非短了数不成？"由于这些银子得来不易，黄宗羲不由得探过身去。

黄宗会摇摇头："短倒不短，就是……"他没有说下去，只是默默拨弄着那一小堆形状不一的银子。

黄宗羲瞧了瞧弟弟，有点明白了。他摆一摆手，安慰说："论理呢，你这次要办的不是小事，一点钱不花是不成，可怎么打点，也只能'看菜下箸，量体裁衣'。京师那种地方，你要放开手脚，就算带上个万儿八千，也未必够花；但手头捏得紧点儿，有这么七八十两，也尽可对付得过了。况且从留都进京的官船，几乎日日都有，为兄已经想过了，打算托那边的朋友，寻上一位相熟的官员，捎带你一路，便连脚程钱也省却了。到京之后的食宿，也可以托人照应。哎，只管放心，这些事包在为兄身上就是。"

"可就怕如今京师里，光凭这个办不成事。"黄宗会闷闷不乐地皱着眉毛，"听人说，那里上下左右全是衙门，连打个喷嚏都会碰上关节，都得打点。况且，那送银子的花样也有讲究，不能照直送，嫌瞧着不雅气。眼下顶时兴是送'文房四宝'，送'书'。

不打开看不知道,原来那砚台是金子铸的,笔管是银子打的,那些书,一函一函全有'书帕',也是非金即银……"

黄宗羲紧皱眉毛听着。"行了!"他厌恶地打断说,"该理会的你不去打听,不该理会的你倒打听得挺仔细。照你这等说,朝廷里岂不是全成烂泥污了?那么国家还有什么指望?我们还应什么考,出什么仕?干脆趁早卷铺盖回家,岂不更好?"

停了停,看见弟弟低着头不作声,他又解释说:"自然,公行贿赂、贪赃枉法不是没有,可是像我们这样的人,又岂能随波逐流,任其摆布?须知我辈不出仕则已,若然出仕,便当以振衰起溺为己任,以更新弊政为职志,方不致辱没了家风!你不见我前年进京,就只带了三十两银子,住了四个月,一份礼没送,不也照样对付下来了?"

做弟弟的垂着眼睛,揉捏着手中的一块碎银,半晌,才讷讷地说:"二哥说,大哥前年那一遭没考中,不是文章不如人,就在舍不得花钱打通关节。他叫弟这一次不可吝惜……"

前年进京时,黄宗羲之所以处处节省,一来是不肯服"财可通神"那个邪,二来也是考虑到家境困窘,必须尽量减少开支。没想到自己一番苦心,到头来竟成了弟弟们私下讥议的话柄!顿时,一股怒气从他的心底里冒了上来,眼睛也随之睁圆了。

"胡说!"他呵斥道,"不吝惜银子?说得阔气!莫非你们还藏着万贯家财不成?那就只管花去好了,我决不拦着!可是你们有吗?啊?有吗?"

自从父亲死后,黄宗羲一直担负着教育弟弟们的责任。久而久之,就形成了一种"积威"。所以,看见长兄发了火,黄宗会不敢再犟嘴了。他垂头丧气地把摊开的银子重新收拾好,然后躲到一边去,拿出一部《明文定》,管自低头用起功来。

黄宗羲却余气未消。无疑,他平生最不能容忍的,就是委屈从俗,毫无骨气,为着达到某个目的,便不惜与邪恶同流合污。

正因如此，前年在北京时，他才那么坚决地拒绝周延儒的荐举，毅然南归。虽然许多亲友都觉得他过于意气用事，甚至认为他"傻"，但他却毫不后悔。过后不久，周延儒在清兵入塞期间，就因谎报军情，畏敌避战，加上贪赃枉法的劣迹败露，被震怒的皇帝下狱赐死，还抄了家。此事证明黄宗羲确有先见之明。然而，时至今日，由自己一手教育成长的两个弟弟，一心只想着博取功名，竟连立身做人的准则都抛到了脑后，这确实使黄宗羲大为光火。不过，弟弟的那些话，又使他重新想起朝政的黑暗腐败已经到了多么深重的地步；而自己刚才猜想，改革的契机可能已经到来，是否过于乐观了？这积重难返的局面，难道真的还有改变的希望吗？正是这种突然涌现的疑问，败坏了黄宗羲那一度颇为勃发的兴致，使他感到气闷、恼火，而又茫然。"不，即便如此，事情还是有希望的，既然朝廷有力量把局势稳定下来，就证明国运未终，元气尚在，只要当道诸君子同心协力，一步一步做去，总有办法把朝政引回到正轨上来！"他固执地、竭力地为自己鼓劲。同时，为了证明自己这种判断是有道理的，他开始回想弟弟刚才的说法是何等的混账和荒谬，并打算给予更严厉的训斥。

然而，当他回过头去，却意外地发现，黄宗会也从书本上抬起了眼睛，眼神显得那样胆怯、可怜，充满着讨饶的意味。依稀就像当年，黄宗会还是一个孱弱的少年时，因为做错了事，被大哥叫到跟前的那种模样……

一丝温软的感觉，有如轻风拂过琴弦，使黄宗羲的心分明动了一下，不由自主地哽咽住了。有片刻工夫，他皱起眉毛，咬紧了嘴唇，试图抗拒这不合时宜的干扰。然而，到底没能办到。"哼，冲着眼下是在船上，免得让船家听了去，姑且先记着账。待上了岸，再同你说个清楚！"他悻悻地想，随即背过身去，沉着脸，在船篷边上坐了下来。

惊闻国变

坐落在姚江中游的绍兴府城，称得上是一座风貌独特的城市。它扼控着省会杭州与浙东地区的交通，城中水网纵横，几乎每一条街道，都有内河与之并连，船只进出十分方便。又因为本地盛产名茶和佳酿，所以茶馆和酒店，又成了城中随处可见的消遣去处。一年四季，生意都是那么兴隆……眼下，明朝前都察院左都御史刘宗周，就在城中罢职闲居。他是一位老东林派人士，又是朝野闻名的大学者，为人端方正直，刚毅敢言。长期以来，他受到朝中权贵的嫉恨，又屡屡触犯皇帝，因而被一再罢官削职。但是，这反而极大地增加了刘宗周的声望。至于他所创立的"蕺山学派"，在学林中更是备受尊敬，享有很高的声誉。

黄宗羲的父亲黄尊素，生前同刘宗周是情谊深密的朋友。后来，黄宗羲便正式拜在这位父执的门下，成为蕺山学派的一名入室弟子。不久前黄宗羲的次女又许配给了刘宗周的长孙刘茂林，两家更成了姻亲。由于有着这样的关系，当船经绍兴时，黄氏兄弟便照例稍作停留，一起前去拜谒这位老前辈。

黄宗羲同弟弟在内河的一个码头上了岸，穿过被露水打湿了的一片石板铺砌的场子，来到立着一对石狮子的刘府大门前。这当儿，天才刚刚亮，街道上还是空荡荡的，只有不多的几个行人，在熹微的晨光中彳亍而行。兄弟俩自觉来得太早，不好立即上前打门，于是先在外面徘徊了一阵，估计老师应当起来了，才让黄安拿了拜帖，到门上叫人通报。

看见亲家大爷来到，门公自然不敢怠慢。他殷勤地请客人到门厅里坐下，然后拿着帖子急急走了进去。片刻之后，他就走回来说：

"我家老爷有请大爷、三爷！"

黄宗羲点点头，同弟弟一齐起身，按照门公的提示，径直向刘宗周的起居室走去。

自从回到黄竹浦隐居之后，黄宗羲已经有一年多没有上绍兴来谒见老师。重新走在熟悉的、花木扶疏的廊庑下，他心中的那一份急迫和喜悦，就更加强烈了。"是的，这一年多，我太疏懒了，对老师太不尊敬了，竟然连过年过节都没来，真是说不过去！照道理，再怎么着，也不该这样。虽然老师向来不计较这些，可是……"他一边走，一边感到既兴奋又惭愧，有一阵子，甚至把默默跟在后面的弟弟也忘却了。直到一步跨入起居室里，随即照例恭敬地站住，却不提防碰到了黄宗会的身上，他才蓦然醒悟过来。

由于发生了碰撞，黄宗羲本能地回顾了一下，与此同时，却听见弟弟诧异地轻声说：

"咦，怎么了？"

黄宗羲机械地旋过脸去，这才看清楚，屋子里坐着一位身材颇像老师的人，但并不是刘宗周，而是老师的儿子刘汋。作为儿女亲家，由刘汋先行出面接待自己，本来也很平常。然而，正如弟弟所诧异的，刘汋此刻的神情却显得有点反常：他穿着出门拜客的大衣服，失魂落魄地坐在椅子上，清癯方正的脸孔，显得异常苍白。他用一只胳臂撑着膝盖，五根指头无意识地紧紧攥着一柄折扇，对于黄氏兄弟的出现似乎毫无知觉。在他旁边，还坐着两位相熟的儒生，一位名叫陈刚，另一位叫王毓芝。他们都是刘宗周的女婿，不知为什么也一大早就来到岳父家里。而且，这两人也都神气惊恐，噤若寒蝉，对于来客完全没有表现出应有的礼貌和热情。

"嗯，难道发生了什么事？"黄宗羲疑惑地想，随即上前一步，同弟弟一齐行着礼说：

"亲家翁，二位兄台，久违了！"

刘汋仍旧没有反应。这位以蕺山学派的当然继承人自居的亲家翁，显然受到某种极度惊吓。他那本来是稳重自信的目光，变得空洞而茫然，似乎呆呆地望着前方的一件什么东西，其实什么也没有看。他的全副心神正浮游在某种可怕的境界当中，表情呆滞，半张着嘴巴，却什么也说不出来。

黄宗羲愈加惊疑。他估计必定是出了什么不幸的事。"可到底是什么事呢？"一刹那间，他心中闪过好些不祥的猜测："是老师？是师母？还是其他家人？"但看来都不像，因为适才一路进来，并不见有任何异样的气氛。他正打算动问，忽然，刘汋开口了：

"兄等可知道？"他喃喃地说着，没有移动眼睛，"京师——被流贼攻破了。皇上已经在万岁山自尽。大明——完了。这一下，真是完了！"

黄宗羲疑惑地望着刘汋，有片刻工夫，不明白对方在说什么。然而，随后就觉得，有一个沉重得可怕的东西把他的心狠狠撞击了一下，使他蓦地一震。

"什……什么？"他声音喑哑地问，喉咙一下子干燥得厉害，眼睛也因极度惊悸而瞪圆了。

"皇上、京师，全完了！"刘汋不胜悲愤地咬着牙，一字一顿地说，随即低下头去，痛苦地闭上了眼睛。

黄宗羲觉得头上的屋顶旋转起来，脚下的地板仿佛也在来回晃动。他本能地全力稳住身子，强撑着问："这、这消息从何而来？会不会是谣传？"

刘汋摇摇头："昨夜四更，府尊王公派人来叫门，知会全城缙绅即刻到衙门里聚齐，于密室之内，传看了省里发来的十万火急文书，说闯贼于二月中自陕西倾巢东下，连陷太原、大同、宣府。至三月中，居庸守将献关降贼，昌平亦告失守。闯贼遂于三月十七日，以数十万兵马围攻京师。三月十九日，城中内奸开门迎降。圣上和母后不肯陷于贼手，先后壮烈殉国。文武百官十之八九,俱已成阶下之囚——如今留都已在商议另立新君了!"

刘汋用沉痛的声调说着,始终没有睁开眼睛。他的神情愈来愈悲愤,愈来愈惨戚。当说到皇上殉国时,他的声音哽咽了,泪水从眼缝中汩汩涌出,顺着清癯的、已经不年轻的脸颊不断流下来。

黄宗羲却像给人扼住了喉咙似的,身子开始觳觫。的确,这一场塌天大祸来得太突然、太冷酷无情,简直使他无法接受,甚至无法相信这是真的。现在,他仿佛掉进了万丈冰窟,只感到一阵一阵锥心刺骨的寒意,连全身的血液也像被冻结了似的。有片刻工夫,他完全失却了思考的能力,只觉得心中一片茫然……

"那、那如今该、该怎么办?"半晌,一个发抖的声音在身边问。那是他的弟弟黄宗会。

这无疑是一个很现实的问题。但此时此际,显然谁也无法回答。所以,正如死水潭中冒起来了一个气泡,只发出一声孤单的轻响之后,周遭又重新归于死寂。

这种状态持续了多久,沉浸在空前的震骇和悲悼之中的人们,似乎谁都没有留意。然而,渐渐地,依稀又有了声音。那是一阵发自心肺的喘息。起初,它只是微微抽响着,接着就越来越沉重,越来越急促,终于化作一阵悲痛欲绝的长嚎。黄宗羲惶然回过头去,当发现这夹杂着"嘭嘭"撞击声的痛哭,是来自起居室东边的书房里时,他吃惊地叫了一声:"老师!"立即三步并作两步,奔了过去。

刘宗周果然在书房里。只是这位平日举止庄重、衣履修洁的一代大儒改变得非常厉害。他把帽子掀掉了,一任满头稀疏的白发蓬乱地纷披着。衣裾下露出一双黑脏的大脚板,布鞋和袜子都不知甩到哪儿去了。极度的悲痛,使他那张布满皱纹的方脸变得浮肿而且潮红,不断涌出的眼泪鼻涕,糊住了胡子和脸颊。他颤抖着跪伏在方砖地上,把年老的、巨大的头颅朝着正北的方向磕下去，磕下去，同时发出撕心裂肺的呼喊：
"圣上呀！崇祯主子呀！大行皇帝呀！怎么就撒手归天了！孤臣刘宗周，无德无能，远在边方，不能为圣上分忧，致有今日。真是罪该万死！罪该万死呀……"

有一阵子，黄宗羲被老师那几乎认不出来的模样吓怔住了，只管满怀凄惶地望着。然而，当刘汋、陈刚、王毓芝，还有黄宗会，全都哭喊着跪了下去时，一股突然爆发的巨大悲痛，便像铺天盖地的潮水似的，整个儿淹没了他，使他不由自主地伏倒在地上，同大家一道，放声痛哭起来……

犯颜苦谏

呼天抢地的号啕，整整持续了半个时辰。直到阁府的家人纷纷从各处赶来，老半天地围在书房门口，惶恐不安地朝屋子张望，大家才渐渐止住了悲泣。但是，猛烈的发泄过去之后，随之而来的精疲力竭，使大家连回到椅子上去的劲头都没有了，一个个依旧坐在方砖地上，大瞪着又红又肿的眼睛发呆。

黄宗羲也同大家一样。而且，直到这会儿，他才得以稍稍抑制着内心的悲痛，把眼前这场奇祸剧变的含义，重新估量一番。诚然，近几年来，他也深深意识到危机的严重，而且不止一次作出过大祸必将临头的预测，但内心深处，又始终怀着一丝希冀，觉得也许不至于真会落得那样的结局。事实上，直到昨天，在行经姚江的船上，他还幻想过局势也许正在好转，并对改革朝政萌生出新的热情和期望。谁知转眼之间，一切希冀、计划全都被击得粉碎了！啊，今后将会怎样呢？据说留都正在商议另立新君，那么就是打算仿效历史上东晋和南宋的样子，力保江南的半壁江山。但是，被天灾和人祸折腾了这么些年之后，江南真的守得住吗？万一守不住，莫非就只有俯首帖耳，任凭那伙下贱的、粗鄙的、无法无天的"反贼流寇"来宰割践踏？或者像战国时那位齐人鲁仲连所说的，去蹈东海而死？……黄宗羲不敢想下去了。他只感到由衷的恐惧和怨恨。这是一种发现自己即将遭到剥夺——包括许多世代以来一直属于他们这一群人的地位、特权、财产，以及事业、理想乃至生命，总而言之，一切的一切，都将遭到无情剥夺的恐惧和怨恨。"啊，瞧吧，早就对你们说过，必须痛下决心，革除积弊，刷新朝政，可你们就是不听，总以为可以抱残守缺地混下去。到底怎样呢？大祸临头了，一切都完蛋了！痛哭也罢，追悔也罢，究竟还有什么用！"悲愤之余，他绝望地、阴郁地想。这时，聚在门外的人群正在散去，坐在身旁的几位也陆续站了起来，分明又发生了什么事，他却根本不想理会……

"大哥，大哥！"一个声音在急切地呼唤，那是黄宗会。

"嗯，他在做什么？还有什么可叫唤的？"黄宗羲冷漠地、迟钝地环顾了一下四周，发现刘宗周——还有他的儿子、女婿们都不在了。门外的甬道里，传来了他们杂沓远去的脚步声。

"大哥，快去瞧瞧吧，说是外头来了好多人，要见老师！"黄宗会神色紧张地催促说。

黄宗羲怔了一下，随即一跃而起。由于意识到可能要出乱子，他刹那间又紧张起来，甚至顾不上拍打一下袍服上的尘土，便三步并作两步，跨出门槛，急急跟了上去。

当他们赶到大门时，发现门厅里的气氛果然不同寻常，许多身穿黑色衣裤的仆人，正手执棍棒，如临大敌地守在那里，有的在激动不安地交头接耳，有的则挤在侧门上探头探脑地向外张望。黄宗羲在门厅里没有看到老师，猜想刘宗周已经到了门外，便分开挡道的仆人，跟着走到外面去。

凭借传进宅子里的嘈杂声浪，黄宗羲虽然已经推测到，聚集在门外的人必定不少，但是，当他把目光投向刘府门前那一片宽阔的场子时，仍旧吃了一惊。只见黑压压、密重重的人群，竟然从大门前一直推拥到内河边上，场子上容纳不下，又向两旁的街道迤逦延伸过去。看样子，少说也有五六百人，正在那里神情激烈地闹闹嚷嚷，有的还扬起胳臂，使劲挥舞着拳头。"啊，这些人想做什么？怎么都聚到这儿来了？"黄宗羲惊疑地想，"莫不是意欲乘变倡乱？还是……"

"乾坤摧折，至于此极！如何应变，恳请先生速示明训，俾使我辈得以遵行，不胜泣血企望之至！"一个高亢的声音在人丛中响起。

黄宗羲连忙望去，发现说话的是面对刘宗周站着的一位中年儒生，再打量一下旁边的几个，也全是缙绅打扮的人物。"哦，若是这些人领的头，倒不像是乘变倡乱。"他想，"只是刚才那人说什么——请老师'速示明训'？不错，他们无疑也已经得知噩耗。那么，想必是震恐异常，不知所为，所以聚集到这儿来，希望老师给他们拿主意。"这么猜测着，黄宗羲才稍稍放下心；随即想到，就连自己，其实也还来不及向老师请示如何应变。这在眼下，无疑是极关重要的。于是，他一边用袖子擦着额上的汗，一边转过脸去，开始同众人一道，期待地望着老师。

刘宗周挺直地站着，没有立即说话。看来，这位悲痛的老人已经从先前的狂乱中摆脱出来。脸色虽然异样的苍白，额上还带着一块磕头碰出的青瘀血印，但神情却十分坚毅镇定。他已经重新戴上帽子，须发也略为整理过一下，不似先前那样蓬乱。不过，从他那有如石像般凝然屹立的姿态，以及深邃而坚执的目光中，黄宗羲却隐约感到了某种不祥的意味。眼下黄宗羲还说不上那意味是什么，只是心中不由自主又微微发起抖来……

终于，刘宗周开口了，语调是沉重而缓慢的：

"列位父老昆仲，宗周忝为人臣，待罪乡里，既不能勠力图君，贻误社稷至于如此，又不能身先讨贼，力挽狂澜以报国恩，尚有何颜苟存于世上？当自断此头，以谢先帝！今后之事，实非宗周所能知，深愧有负列位之厚望。唯愿君等慎持节志，各守所学，切勿屈身事贼，则宗周于九泉之下，亦当感铭大德！"说着，他交拱着双手，转动身子，向全场毕恭毕敬地作了一揖。

在总宪大人说话的当儿，全场的人都屏住了气息，竖起了耳朵。但是，刘宗周这个决绝的，然而又是消极的告白，却令他们于耸然动容之余，分明感到有点失望，以至过了片刻，场子上仍旧一片寂然，没有任何反应。

黄宗羲的脑袋却"嗡"地一响，被老师的决定惊住了。刚才他已经隐隐预感到，老师会说出异乎寻常的话来；却万万没有想到，老师竟然打算以死殉国！本来，作为身受国恩的一位大臣，面对眼前这种奇祸巨变，毅然结束自己的性命，未尝不是取义成仁的一种办法。但是，即使在刚才最为悲观绝望的一刻里，黄宗羲对这件事的考虑也仍旧宽广得多。可以说，完全没有想到马上就死。所以老师的决定，确实使他大吃一惊。情急之下，他顾不得有那么多人在场，猛地挤上前去，厉声说：

"哎，老师此言差矣！"

在绍兴府，刘宗周一向被士民们看作是道德和学问的崇高象征，他的一言一行，都受到虔敬的尊重。怀疑其正确似乎是不可想象的，更别说当众提出指责了。所以，冷不防听到这一声断喝，全场的人都为之愕然，站在刘宗周身边的刘汋、陈刚和王毓芝几个人的脸上，更是变了颜色。

然而，黄宗羲的心情却恰恰相反。因为他很明白：以老师的身份和地位，一旦当众表明了殉国的决心，那是必定要履行的。要让他改变主意，唯一的办法，就是当场出面诤谏，剀切地说明不该那样做的道理，或许还有希望。否则，待到众人散去，消息传开，事情就将变得不可挽回了。所以，甚至不等刘宗周有所反应，他又大声质问说：

"老师身负天下苍生之厚望，莫非以为一死便可以塞责么？"

就为臣之道而论，刘宗周的决定虽然不免消极，但毕竟不失为忠贞壮烈之举。如今黄宗羲不仅公然反对，还直斥之为"逃避责任"，这实在狂妄轻率得有点过分。特别是出自一名本门弟子之口，在蕺山学派中，更是闻所未闻的事。所以，正红着眼睛，为岳父大人的决定而悲痛的陈刚，首先忍不住，厉声呵斥说：

"黄太冲，你身为刘门弟子，竟敢如此无礼，讥责先生，是何道理？"

"莫非你自恃在士林中薄有浮名，便敢藐视师长不成？从今以后，你尚欲自立于蕺山学派么！"二女婿王毓芝也从旁帮腔。与陈刚的干枯瘦削相比，王毓芝长得身高体壮。由于气愤，他的一双眼睛在紧皱的短眉毛下睁得滚圆。

黄宗羲没有理会他们。事实上，此刻他也异常激动。因为说心里话，老师的满腔忠愤之情，他何尝不能理解？而且，在北京陷落之后，江南这半壁江山能否保得住，其实连他也有所怀疑。如果保不住，到头来，包括他本人在内，恐怕都免不了以死相殉。不过，那毕竟只是最悲观的估计，至少目前江南尚未沦陷。如果不经过任何尝试和抗争，就轻易地付出生命，却是黄宗羲所不能赞同的。更何况，刘宗周还是他最崇敬、最热爱的老师。光凭这一点，黄宗羲也无论如何不能让他就这样去死。他出言尖刻，当众指责老师，完全是鉴于事态危急，迫不得已。"啊，但愿老师能明白我，能体察我的苦心！"他暗中祈求说，愈益迫切地注视着老人。然而，令他绝望的是，甚至到了这一步，刘宗周仍旧闭着眼，一动不动地站着，既不说话，脸上也没有任何表情。

黄宗羲的心紧缩起来。"啊，老师为什么要这样？他怎么能这样！难道他竟不明白，那个决定是不对的，应当放弃的吗！"他痛心疾首地自问，呼吸开始变得急促，胸脯也在剧烈起伏。如果不是意识到正处于无数目光包围之中，他很可能就会喊叫起来了。

"老师，"他极力控制住自己，目光灼灼地紧盯着老人那石刻般静止不动的脸，用更加剀切的口吻说："岂不闻大丈夫处世，论是非，不论利害；论顺逆，不论成败；论万世，不论一生。一死本不难，唯须死得其所，死得其时。今流贼以一干草寇，犯上作乱，荼毒天下，而竟得以窃踞神京，此实我朝三百年未有之名教祸变。是非之淆乱，顺逆之颠倒，莫此为甚！当此之际，先生又安能因一时之悲愤，而轻弃此有用之身。岂不畏百世之后，论者将谓先生重成、败、利、害，甚于是、非、顺、逆耶？"

这一番话，黄宗羲是怀着由衷的痛急，一字一句说出来的，出语虽然不及先前的凌厉惊人，但责备的意味更为深重激切，所以，连一直没有开口的刘汋，也有点沉不住气了。

"太冲兄，"他含着眼泪制止说，"先生乃当世衣冠伟人，四海共瞻，言动举止，无不巍然为天下式。当此奇祸惨变，如何因应，先生自有决断，即我辈为子为婿者，亦唯有含悲闻命，俯首受教，不敢存丝毫拂逆之想。兄今日当众犯颜而谏，自属好意，只是……"

他本来还要说下去。忽然，刘宗周举起一只手，把他止住了。接着，老人睁开了眼睛，凝视着黄宗羲，问：

"那么，依你之见？"

平静的口吻，不变的表情，使黄宗羲仍旧捉摸不透老师的心思。但对方终于开了口，毕竟是一种转机。于是，他再度激动起来，深深吸了一口气，亢声说：

"老师！闯逆披猖，倾陷神京，戕害主上，凡我大明臣子，无不心目俱裂，血泪交迸，恨不得生啖此贼，以泄不共戴天之愤！如今士民一闻噩耗，便齐集府前，足见人心未死，士气可用。以弟子之见，何不从速缟素发表，檄召四方，挥戈北指，复君父之仇，定社稷之难。此今日之事也！伏乞先生以天下苍生为己任，出当此责，则弟子幸甚，百姓幸甚，大明幸甚！"说罢，他把直裰的下摆猛地一撩，悲壮而又庄严地跪了下去。

在这一阵子对答当中，周围的人们始终静静地听着。黄宗羲的话，显然道出了他们的共同心愿。所以，话音刚落，站在前排的一群缙绅首先齐声附和说：

"太冲先生所言甚是，敬请先生出任此责！"说着，他们也纷纷跪到地上。

"对，对，我等都愿听先生吩咐！"更多的人哄然地表示着。随着此伏彼起的声浪，人们整片整片地弯下腰去。转眼之间，整个场子和两边的街道，便密密层层地跪了个满。

刘宗周没有立即答应。他慢慢地揉捏着垂到胸前的胡子，渐渐地，眼神变得果决、明亮起来。终于，他把手往下一放，用感激、洪亮的声音说：

"诸君以大义相责，令宗周甚为感愧！我身虽老，尚当先驱效死，定不负诸君之望！"

说完，他就转过身，大步走进门里去。过了片刻，当他重新走出来时，头上已经裹起了一块白布，肩上也多了一柄长矛。他对着大家把手一挥，大声说：

"列位，请随老夫一起去面谒府尊王公！"

"好啊，我们都去！我们都去！走啊！"人们狂热地欢呼起来。于是大家纷纷站起身，拥挤着，招呼着，吵嚷着，一窝蜂地跟在刘宗周后面，朝着知府衙门的方向，乱哄哄地走去。

"大哥，那么，弟进京应考的事，可怎么办？"走出一段路之后，黄宗羲听见一个惴惴不安的声音问。

他微微一怔，回过头去，这才发现，原来弟弟黄宗会一直跟在他的身后。在周围狂热的人流裹挟之下，这位新选贡生显得那样沮丧、惶惑，不知所措。他微弓着身子，惊诧地仰起了白净的、敏感的脸，看上去，就像一只被驱往屠场的绝望的羔羊……

黄宗羲"嗯"了一声，试图说上几句宽慰话。但是，迟疑了一下之后，一种冷酷的、阴暗的念头便扼住了他，那样有力，那样沉重。他于是重新扭过头去，死死地盯着前方，并且咬紧了牙齿……

前车之鉴

正当地方上的士民，因北京朝廷的覆灭而陷入悲痛和混乱之中的时候，在被称为"留都"的南京城里，却已经为救亡图存展开了紧张的活动。

局势是如此严峻而又紧迫地摆在面前：对于仍旧矢志效忠大明王朝的那批留守大臣来说，如果不希望重蹈北京的覆辙，如果不甘心自己及其所代表的一群人的身家性命，被这场滔天而至的狂暴洪水所彻底葬送，那就必须设法凭借江南这一片富庶的土地，迅速建立起一个新的、足以同强大的农民军抗衡的政权。而其中，最重要的，是尽快从朱姓的皇族系统中，物色并推举出一位合法的继承者，一位象征"正统"的新皇帝。

围绕解决这件头等大事的紧张活动，其实更早一些时候，就已经在具有决策权力的大臣圈子当中，秘密地酝酿和进行着了。譬如说，乘坐一顶四人抬的青缦官轿，由随从簇拥着，从大中桥喝道而来的这位神情严肃的大臣——南京兵部右侍郎吕大器，就是奔走得最积极的人物之一。这位四川籍的东林派官员，是个短小精悍的人。瘦削的、肌理紧凑的脸上，长着一双炯炯有神的大眼睛；敏感而多骨的鼻子，配上经常紧抿着的嘴唇，以及小铲子似的向前突出的下巴颏，使这张脸显得既精明强干，又执拗刚愎。他刚刚在顶头上司——南京兵部尚书史可法的府邸里，参加了一次小范围的秘密协商，同户部尚书高弘图、都察院右都御史张慎言、翰林院掌院詹事姜曰广等人，进行了一场艰难的、有时是情绪激动的辩论。因为记挂着有两位关系密切的友人正在家里等候消息，所以会议一散，他就匆匆赶了回来。

眼下，已经是四月下旬。天气变得相当暖和。锦缎似的阳光从白云浮荡的蓝天上飘洒下来，夹道的红花绿树，像在水中洗濯过一般耀眼、鲜明。号称六朝金粉地的南京城，几乎总是在这个时候开始它一年当中最欢乐迷人的游冶季节。要在往常，秦淮河上必定已经浮荡着许多游船画舫，清闲了一个冬春的茶社酒楼，也必定忙着重整旗鼓，精神抖擞地迎接来自四方八面的游客。可是如今，由于北京陷落、皇上殉国的惊人消息，已经开始像瘟疫似的在民间迅速流传，加上整座城市正处于紧急戒严的状态，情况就明显地变了样子。虽然店铺照旧开门营业，穷民百姓也照旧在为一天的衣食奔忙，可是，以往人们脸上那种嬉笑自若的表情消失了。一向热闹熙攘的大街，不知怎么一下就冷清了许多。即便是碧波十里的秦淮河，也失却了往日那种如火如荼的热闹和温馨。倒是一队又一队全副武装的官兵，不时在街道上巡逻而过，摆出如临大敌的样子，使市面人心，平添了一派紧张和惊恐。

吕大器在他的府邸前下了轿子，稍微站了一站，为的是整理一下弄乱了的衣袖。然后，他对闻声奔出来侍候的仆人们看也不看，就抿紧嘴唇，迈开急促而有力的步子，进了大门右侧的一道小门，径直朝宅内走去。

作为参与最高机密的一位大臣，吕大器目前所掌握的时局情报，较之一般官绅百姓，自然要来得具体而详细。譬如，关于最重要的崇祯皇帝的殉国，据确实的消息，是在三月十九日的清晨。当时北京的外城和内城，在一日之内相继被农民军攻陷。得知大势已去的崇祯皇帝，先把周皇后和袁贵妃召到乾清宫，用金杯置酒，与她们作最后诀别；又招呼太子和永、定二位王子来到御前，叮嘱了一番，命心腹太监王之心把他们从速护送出宫，到国舅周奎家中暂时躲避。这之后，外间的情势愈来愈紧迫，宫廷中的流血和死亡也开始了：首先是皇后在坤宁宫中自缢身死，接着是袁贵妃自杀未遂，被在旁监视的崇祯皇帝连砍数剑，终于得以殉节。

同时被皇帝杀死的，还有好几名曾蒙"恩幸"的妃子。不过，最悲惨的还是年仅十五岁的长公主。大约皇帝担心城破之后，她会遭受"流贼"凌辱，所以特地着人召来，抚视了半天，长叹说："你为何生在我家？"末了，一咬牙，挥剑砍去。公主本能地用手挡格。结果，"咔嚓"一声，半截手臂给削了下来，人也当场昏死过去。看见这样子，皇帝也手软了，抛下宝剑，掉头而去。就在次日五鼓时分，这位穷途末路、心力交瘁的万乘之尊，就带着秉笔太监王承恩，仓皇出了神武门，来到万岁山东麓，先摘去皇冠，把头发拆散下来，覆盖着脸面，然后用一根白绫带，在一棵古槐树下结束了年轻而尊贵的生命……对于暂时还秘而不宣，但已经被反复查证了的这一惨变，吕大器感到心痛欲裂，须发俱竖；与此同时，在江南尽快拥立新君的决心，也因之变得更加确定和急切了……

吕大器来到花厅，前礼部右侍郎钱谦益和兵备佥事雷缜祚，早就在那里等候着。看见主人回来了，两位客人立即迎出门外，一边拱着手招呼着，一边现出急切的探询神情。

吕大器不说话，只做出相让的手势，引着客人转过一道回廊，进了一个花树掩映的月洞门，来到他自己那间幽静隐僻的书房里，才站住脚步，重新同客人行礼相见。

这是由一明一暗两间小室套连起来的精致书房。外面的明间布置着桌、椅、屏、几，外带盆景和瓶花，主要是供日常休息，偶尔也用来接待相知的密友。现在，吕大器领着客人走进了里面一间。这靠墙三面都立着紫檀木书橱的里间，比外间稍小，迎面横放着一张长方形的平头书案，上面摆着文房四宝；旁边一个巨大的宣窑敛口白瓷缸，插放着好些长短不一的卷轴；在书案右前方的空间里，还摆着一张制作精巧的小方桌、三把竹制的椅子，桌上摊着一方棋枰。钱、雷二人看见主人选择在这里进行谈话，都预感到发生了不同寻常的事态，不由得对望了一眼，顿时紧张起来。

"俨老,今日会议,不知结果如何?"待小厮奉上茶来,又迅速地退出之后,生得浓眉大眼,有着一部虬结大胡子的雷缜祚试探地问。他是安庆府太湖人,一向在山东任职,曾以守城有功和敢于弹劾上官受到崇祯皇帝的赏识和接见。一年前因为母亲亡故,他照例辞职回家守制,不久前来到南京。吕大器看中他敢说敢为,又是坚定的东林派,便将他拉进自己的圈子里来,帮着办点机密的事务。

听见他发问,吕大器只顾皱着眉毛,凝神地小口呷着茶,没有立即回答。又过了片刻,他才把杯子朝桌上一放,长吁了一口气,说:"难!若还是这等前怕狼后怕虎的,弟只有撒手不管了!"

雷缜祚微微一怔:"啊,俨老何出此言?"

吕大器双手一摊:"一个福王,一个潞王,已经闹得不可开交。谁知今日会议,高研文又抬出个桂王来!"

高研文,就是户部尚书高弘图。在南京的留守大臣中,高弘图一向以方正稳健著称。不过,此刻雷缜祚却有点莫名其妙:

"什么,桂王?何以又想到要拥立桂王?"

"哼,还不是斤斤于那个'亲疏伦序'!总担心决策立'潞',会背上偏私之嫌,为物论所非。其实,欲成大功于乱世者,只问成败利钝而已,哪里还能有如许顾忌!"吕大器不以为然地说,恼怒地抿紧了嘴唇。

雷缜祚"哦"了一声,眨眨眼睛,暂时不说话了。的确,决定由谁来当皇帝,这将直接关系到新政权的前途和命运,事情极其重大,半点儿也疏忽不得。可是如何解决好"亲疏伦序"的争执,又是目前令人颇为头痛的一个问题。本来,刚刚"龙驭宾天"的崇祯皇帝还留下三个儿子——太子慈烺、定王慈炯和永王慈炤。他们当中只要有一个在,事情本来也就不难解决。可是时至今日,除了听说他们在京师失陷时已经微服出走,可能尚在人间之外,始终没有南来的音信。是否后来又遇难身亡,也不得而知。在这种情况下，按照传统礼制，只能在最接近的旁系皇族中挑选继承人。那么就应当轮到崇祯皇帝的堂兄弟、目前已经逃难南来的福王朱由崧来做皇帝。然而，对于吕大器等东林派大臣来说，这当中却有一个解不开的结。因为这位福王的父亲——老福王朱常洵，乃是郑贵妃所生，那郑贵妃当年仗着神宗皇帝的宠爱，曾经企图把皇长子排挤掉，而把自己的亲生儿子，也就是老福王立为太子。这个阴谋被挫败后，到了皇长子继承帝位时，她又百般要挟，企图得到皇太后的封号，以便把持朝政。只是由于朝廷中的正统派大臣（包括后来的东林党人在内）又一次作了坚决的抗争，她的图谋才没有得逞。这件事，同当时发生在宫廷之内的几桩疑案纠缠在一起，曾经演变成你死我活的党争。在天启年间，魏忠贤阉党就是利用这些事件，把东林人士整得死去活来。好容易熬到崇祯皇帝登极，冤狱才得到平反昭雪。因此，这一次拥立新君，如果让小福王当上皇帝，那么他会不会站在阉党的立场上，再一次拿东林党人开刀？这是不能不防备的。正是出于这种顾虑，吕大器，还有姜曰广、张慎言等大臣才又提出改而拥立潞王朱常淓的主张。朱常淓是神宗皇帝的侄儿，长期受封在外，无论同郑贵妃还是同阉党都素无瓜葛。而且此人脾气随和，经常念经拜佛，外号"潞佛子"。应当说这是一位理想的人选。但论世系，他是已故崇祯皇帝的远房叔父，较之堂兄弟的小福王，要疏上好几层。如果弃"亲"而立"疏"，礼制上可是有点交代不过去。所以即使是在东林派内部，意见也未能统一。大约有鉴于此，高弘图才又提出第三种选择——桂王朱常瀛……

"桂王是神宗皇帝第五子，"雷縯祚沉吟地说，"与福藩是次子嫡孙相比，虽然仍旧疏了一层，但较之潞藩却又亲多了。而且要紧的是他并非郑贵妃所出，立他自然也无不可。唯是社稷遭此大变，亟宜早立新君，以定人心。桂藩远在广西，这一来一往，只怕时日太费。"

吕大器苦笑说："方才，姜居之也是这等说，现放着潞、福二王就在淮安，若舍近而求远，一旦被奸人抢先迎立，居为奇货，我辈只怕满盘皆输！"

雷縯祚点点头："据小弟所得密报，福藩此番南来，一心觊觎大位。近日因传闻留都颇属意于潞藩，他唯恐不得立，已暗中派人向江北诸镇将游说，以图后盾之助，不可不防！"

所谓江北镇将，就是指目前驻扎在江淮一线的几位总兵官——黄得功、刘良佐、高杰和刘泽清。这伙人一向拥兵自重，跋扈骄横，对朝廷的命令采取爱听不听的态度。如果他们当真联合起来，拥立福王，那确实不好对付。所以吕大器听了，吃惊得一下子从椅子上站了起来。

"什么，江北四镇意欲拥立福王？"

"自然，他们也未敢轻举妄动，尚在观望之中。但我等若仍举棋不定，难免迟则生变！"

吕大器呆住了。半响，他把桌子一拍，怒气冲天地咬着牙："什么'立君以亲'是祖宗家法，不能改易！已经到了火烧眉毛的当口，还是这等迁怯任事，只有一块儿完蛋了账！"

说完，他倒背着手，气急败坏地踱起步来……

密谋拥潞

在吕、雷二人对答的当儿，钱谦益静静地坐在一旁，始终没有插口。

半个月前，他还在家乡常熟，是接到知交好友吕大器的密信，让他火速前来共襄大计之后，才匆匆赶到南京的。虽然近两年来，他一直暗中认定：除非发生一场足以改变整个朝廷格局的大乱子，否则自己今生恐怕很难再有出头的希望。但是，读了密信，钱谦益仍旧被其中所透露的噩耗骇得面无人色，浑身发抖，老半天呆坐着，像丢了魂魄似的不知如何是好。末了，还是他的那位聪明果决的如夫人柳如是竭力撺掇，主张不管如何，也该先上留都看看情形再说，他才连夜乘船赶来了。由于吕大器的援引，他很快就卷入到拥立新皇帝的密谋之中。无疑，钱谦益自有他的老辣不凡之处。正当多数人都觉得，福王的继承资格似乎是无可争议的时候，是他首先洞察到事情的要害，提出改而拥立潞王；并以透辟的分析，促使吕大器、姜曰广、张慎言等人接受了他的主张。对此，钱谦益一直颇为得意，觉得十五年的赋闲生活，并没有消磨掉自己的才略和胆识，在衮衮同僚中，自己依然是出类拔萃的。"好吧，既然你们肯遵信我，我也拿出真本事来，助你们一臂之力就是！"正是这种复苏的豪情，使他暂且把复官的考虑放在一边，开始一心一意为拥立潞王而策划奔走。当然，他又是富于阅历，老谋深算的。刚才他不动声色，是为着把主意琢磨得更周全、更稳妥一些。现在，他终于抬起头来。

"设若砭守'立君以亲'的祖宗家法，"他慢吞吞地说，"那么桂藩与潞藩不过是五十步与百步之差，二人俱无越福藩而代之理。高公此议虽新，恐亦徒滋纷扰，而不能杜塞拥'福'者哓哓之口！"

实情确是这样，那些坚守"祖宗家法"的卫道之士，是要求不折不扣地按老规章办事，绝不会因为桂王比潞王亲了一层就肯罢休；相反，还有可能因为拥"潞"派的退却而受到鼓舞，闹得更凶。吕大器无疑也想到了这一层，所以他烦恼地挥了一下手：

"欲以拥'桂'来谋妥协，自然是一厢情愿之想！唯是福藩得至近至亲之利，眼下拥戴他的人不少。便是史大司马也未敢轻下决断，却怎生是好？"

钱谦益目光尖利地瞧了瞧主人。他自然知道，在"少不越长，疏不越亲"的伦常准则经过长期的灌输、实行，已经成为人们心目中凛不可犯的"天条"之后，要加以改变是极其困难的，更何况如今情势紧迫，已经根本没有时间去慢慢说服。所以，钱谦益才想到，必须采取非常的手段，来剥夺福王的候选人资格，至少，也要使他陷入极其被动的狼狈境地，这样才能促使舆论变得有利于潞王。至于如何做到这一点，钱谦益也有了初步的设想。不过，由于事情非比寻常，在正式端出来之前，他打算再摸一摸吕大器的决心和胆量。

"依弟之见，事到如今，已是有进无退。"他故作沉吟地说，"列位明公只需心坚力定，绝不退让，又何愁拥潞之议不行！"

吕大器摇摇头，苦笑一声："老兄，莫非你这些年优游林下，便忘却此间是怎样的情形？须知此间名为'留都'，其实无非是个大养济院。这六部四院衙门里，能办事的，打破锣儿也找不出几个；起哄挑眼的，吆喝一声就能凑起一大帮。芝麻点小事，也会给你闹个满城风雨，众议沸腾。若是京师，还有皇上管着，在留都就只好敬鬼神而远之！以往熊坛老任本兵，一味柔仁为事，遂至益发放纵。史公自去岁接任，专全力于整饬军旅，以备非常之变；对此辈亦只得恭谦礼让，委曲求安。即以此番拥立而观，史、姜诸公不过微露潞藩可立之意，即时责让交至，汹汹崩屋！更别说还有那等勋臣贵戚、豪帅大珰，缄口侧目，窥伺于旁，其意难测——老兄，你以为这局残棋是好下的么！"

吕大器以一个心烦的手势，结束了诉苦。钱谦益点着头，捋着胡子，始终装作用心倾听的样子。其实，这些情形他又何尝不清楚？不过，他正是要让对方充分意识到事情的难办，按照正常的做法根本行不通，这样，自己接下来所提出的那条计策，才会更易于为对方接受。

"那么，史公之意？"他又问。

"史公嘛，看来也十分踌躇。今日他说，若再想不出一统众议的善策，只好退而求其次，勉从推戴桂藩之议了。"

"啊，不知史公所谓'善策'者，何所指而云然？"听说史可法也有转向拥立桂王的意思,钱谦益倒有点紧张起来,连忙追问。

吕大器摇摇头:"这个,史公倒不曾细说。"

停顿了一下之后,这位在其前半辈子的政治生涯中,曾经以勇气和胆略让凶悍的敌人和暴躁的皇帝同样震惊过的小个子大臣,双眉紧皱,咬着牙说:"哼,时至今日,还管他什么善策不善策,只须能把潞藩赶快推戴上去,我瞧都成!"

"什么?"钱谦益侧着耳朵问,担心自己没有听清。

"我说,但能把潞藩推戴上去,什么办法都成!"吕大器提高了嗓音。

"好!"钱谦益正是要等这一句话。他轻轻一拍桌子,随即又举起手朝吕大器虚按了一按,仿佛要凭借这个手势,把承诺坐实到对方身上似的,"既然俨老这等说了,那么,弟倒有个计较在此——"

"噢?"吕大器和雷缜祚的视线都被吸引了过来。

钱谦益先不往下说。他把右手的中指伸进杯子里,蘸了一点茶水,在棋枰上写出了一个"亲"字,接着又写出一个"贤"字,然后抬起眼睛,看见吕、雷二人都现出疑惑的神色,才不慌不忙地指着棋枰说:

"福藩所恃者,既然是一个'亲'字,那么,我辈何不揭出一个'贤'字来破他!"

"'贤'字?"雷缜祚仍旧不懂。

"嗯!论宗支,福藩在诸王之中虽属最亲最长,但到底并非太子。况且先帝又绝无遗命。设若他尚称贤明,立之固无不可;若他不贤不明,亦无非立不可之理!"

说到这里,钱谦益顿住了。他意味深长地瞧着两位同盟者,相信他们能领会自己的言下之意。果然,吕大器抿紧嘴唇,捋着胡子,似乎陷入了思索;但是雷缜祚却有点急于知道下文:

"那么福藩……"

钱谦益微微一笑，故意拖延着不作声。

"愿闻其详！"吕大器从紧抿的嘴唇里挤出一句，随即坐回椅子上。

钱谦益深深吸了一口气，目光异样地闪动起来。他前倾着身子，用压低了的、恶狠狠的声调说："福藩的劣迹不少——他不孝父母，虐待属官，不肯读书，而且贪婪好货，沉迷酒色。哼，既然有此多种劣迹，又怎能立他为君！"

这几句话所披露的机锋是如此凌厉，就像利剑猝然出鞘，刺得满室的空气"嗤嗤"作响。吕雷二人显然给吓住了，变得一片沉默，吕大器固然没有吭声，雷縯祚也失去了追问的勇气，只是惊诧地微微仰起胡须虬结的脸，一双大眼睛从浓眉下直愣愣地望着窗棂纸上的斑驳树影。

瞧着这种情形，钱谦益有一点迷惑，也有一点紧张。因为他刚才的那一套说法，拆穿了，就是主张通过罗织罪名，制造流言，来搞垮对手。他们三个人都很清楚，刚才列举的那些"劣迹"，其实并无充分根据。不错，福王此人平庸怯懦、没有才干是事实；行为不尽检点、犯点过失也不能说没有。譬如：传说他曾"偷"拿过老福王的一件什么宝物，说他这次逃难南来，把他母亲给逃丢了等等，但那其实都是一些说不清的事儿。若是吹毛求疵起来，他们那位"潞佛子"又何尝不能开出一张单子？不过，既然拥立谁来当皇帝，将直接关系着新朝廷的命运和大明中兴的前途，同时也关系到东林派本身的利害安危，那么钱谦益就认为，别说是仅仅让福王受点子委屈，背上个不好的名声，就算更加伤天害理的勾当，也只有硬着头皮去干！这也可以说是古往今来成大事者的一条通则。不过，一贯以正人君子自命的吕大器和雷縯祚，是不是也这样认为呢？钱谦益却有点儿拿不准⋯⋯

"哼，真是欲加之罪，何患无辞！"吕大器终于一欠身站起来，硬邦邦地吐出一句，随即阴沉着脸，离开桌子，又开始在房间内踱起步来。

钱谦益吃了一惊!

"是啊,"雷缜祚呻吟似的附和说,"我辈本是清白正人,莫非竟要出此卑劣手段么?"

钱谦益的眼睛睁圆了。由于委屈和愤激,他的脸色变得十分难看。如果不是看见吕大器做了一个少安毋躁的手势,他就会立即争辩起来。

吕大器倒背着手,把嘴唇抿得更紧,相形之下,鼻子和下巴就显得更加突出。他一声不响地绕着屋子转了一圈,又一圈。

终于,吕大器站住了。

"牧老,"他偏过脸来,盯着重新产生了希望的钱谦益,冷冷地说,"你想清楚了不曾?这可是连身家性命都押上去的买卖!万一到头来这半壁江山依然落到福藩手里,只怕你我都死无葬身之地!"

钱谦益错愕了一下,脸色不由得变了。的确,这件事的潜在危险,尽管刚才他也朦朦胧胧地感觉到,但是远没有对方此刻所指出的尖锐和彻底。他不由自主恐慌起来。但是到了这一步,也只有破釜沉舟了。于是,他极力镇定自己,试图说上几句有信心的话。然而,他的内心颤抖得如此厉害,以至张了几次嘴,却一句也说不出来。

太子迷踪

虽然吕大器等人在全力以赴地为拥立潞王而密谋策划,但是在南京兵部尚书史可法那里,对于这件事却始终有点举棋不定。无疑,自从北京的朝廷覆灭之后,作为江南地区的最高军事长官,史可法无形中已经成为对重建朝廷负有全责的人物。但正因为这个缘故,他就不能像吕大器等人那样,采取一面倒的态度,而必须尽量摆平各方面的意见，以期未来的朝廷能够获得最广泛的拥戴和支持，从而造成一种和衷共济的局面。史可法认为，这样一种局面，对于维系人心，重振旗鼓，乃至造就国家的中兴，都是绝对必要的。所以，在拥"福"和拥"潞"两派主张严重对立、难以调和的情势下，高弘图提出改而拥立桂王，确实使史可法有所动心。但是，随后姜曰广指出桂王远在广西，在短期内难以抵达，又使他不能不加以考虑。正是由于左右为难，委决不下，所以，在会议散去之后，史可法就吩咐不久前才应他之聘参与兵部幕僚事务的陈贞慧发出请帖，邀请最近自北京潜逃回来的一些明朝官员，于次日上午到衙门里来见面，准备再仔细查问一下皇太子和永、定二位亲王的下落。因为只要把已故崇祯皇帝这三个儿子当中的任何一个找到，这一天大的难题就能迎刃而解了。

翌日，客人们陆续到齐。负责在花厅里伺候的仆役，巡回走动着，已经给客人的杯子里添注过三回茶水，主人却还一直没有露面。大家只有继续静静地坐着，耐心等候。

这八位客人，如果只从衣饰打扮来看，同一般缙绅并没有什么区别。但是，他们那惊魂未定的神态，那木讷痴呆的样子，以及其中一部分人脸上、手上那些无法遮掩的伤痕，都暗示着仅仅不久前，他们还在经受着某种可怕的折磨和极度的惊恐。事实上，北京是在被农民军重重围困的情况下，迅速陷落的。满朝文武大多来不及逃跑，就全部成了俘虏。这几个人，纯粹是由于各种偶然的机会，才得以侥幸逃出"魔掌"。从他们直到此时此刻还未能恢复常态的样子，仍旧不难想象出，那一场天崩地塌的噩梦，该是何等狰狞可怖。正是这一发现，使得陪同他们坐在一起的陈贞慧，止不住心中又一次微微发起抖来。

陈贞慧是得知北京失陷的噩耗之后，才从家乡宜兴匆匆赶到南京来的。以他平日的豪迈自负，本来并没有兴趣充当什么幕僚。但他又是一个极其聪明灵活的人，知道这种位置可以接触许多上层机密。而在目前这种非常时期，及时地、准确地掌握政局的动向，对他本人，以及他的复社伙伴来说，都至关重要。所以，他便毫不迟疑地找到史可法门上来。事实证明，这种做法是明智的。目前，陈贞慧对于南京所面临的形势，可以说已经基本上了如指掌，对于许多事情的体察，较之以往，也要深入得多，全面得多。然而，也许正因如此，他才彻底地觉悟到，在政治场中，各种关系的交错、利害的冲突、权力的倾轧，其复杂程度都远远超出他过去的想象，即便所面临的是有十足正当理由的事情，也绝不是光凭一厢情愿的热情能够办成的。更何况有些事情，还不能简单地以是非成败作为评判的标准。所以，如果说对于北京的那群文武朝臣，不久前他还怀着一种激愤的憎恶，认为他们一个个都负有罪责的话，那么眼下，面对着这些逃跑归来的人们，他倒觉得多少可以理解，甚至值得同情了。

"那么史大人……"也许久久不见主人露面，一位年纪较轻的候见者忍不住探问说。他的腿受了伤，走路不灵便，此刻正拄着一根拐杖。

"哦，史大人昨夜初更时分，便带了从人出府，到各处门上去巡视城防，一夜未归。不过，他已知列位大人今日辰刻见顾，这一阵子该回来了。请大人安心稍候。"陈贞慧回答。为了安抚众人，他再度举起茶杯，做了一个礼让的手势："列位大人，请用茶！"

"请……"客人们纷纷举起杯子，参差不齐地说。接着是啜茶声、衣袖的摆动声，以及杯子放回方几上的磕碰声。但也就是活跃了这么一下子，花厅里又回复到一片死寂，只听见被朝阳照亮的柳条窗槅外，微风吹动着庭院中的树木，发出沙沙的声响。

面对这种消沉郁闷的场面，陈贞慧本想主动挑起话头，使气氛活跃一下。但是，当视线落到那八位泥塑木雕一般的客人身上时，他的打算就被再度沉重起来的心情取代了。事实上，这些天，凭借从各种渠道陆续收集来的消息，陈贞慧已经了解到不少京师陷落后的情形。譬如：关于自缢殉国的皇上，听说由于很快就在万岁山上发现了遗体，李自成下令停止搜索，派人拆除宫里的一块门板，把遗体扛了下来；然后发给太监两贯钱，买来一副柳木棺材，并以土块当枕头，将遗体停放在东华门外的一个草棚下，算是让人"哭临"。结果，除了四名被指定看守的老太监和两名念经的和尚外，几乎没有几个官员敢去哭上一声，真是冷清之极，好不凄凉。至于下一步怎么样，是否会按礼节安葬，那就更难预料。不过可以肯定，万恶的"逆贼"们绝不会有好安排……

又如，那群未能及时逃出的文武百官，命运也异常可悲。由于李自成勒令在京的明朝旧臣必须在三天内去朝见他，结果大学士范景文、户部尚书倪元璐、左都御史李邦华等一批大臣和勋戚相继自杀殉国。但肯这样做的毕竟为数很少，绝大多数文武官员到了规定日期，都跟着内阁首辅魏藻德、成国公朱纯臣战战兢兢地到紫禁城去行叩见之礼。谁知趴在地上等了半天，李自成始终不露面。相反，那伙心怀怨毒的"贼"兵"贼"将，却开始对他们大肆侮辱戏弄，推打的推打，摘帽的摘帽，甚至把大腿架在他们的脖子上，又笑又闹，把大家弄得狼狈万分，但谁也不敢反抗。至于接下去他们的命运将会如何，就只有天晓得了……

当然，在那些来自逃出者的消息里，还免不了说到，一些觍颜求生的明朝官员，如何全无心肝地赶着崇祯皇帝的灵柩戟指唾骂，如何呼朋唤友地商量投靠"伪"朝，或者身穿青衣小帽，额上贴上一方写着"顺"字的黄纸片，眼巴巴地盼着录用等等。陈贞慧曾特别留意到，每当听到这一类报告，史可法总是面色惨白，圆睁着两眼，把一双拳头捏得咯咯作响，就连胡须和头发也仿佛因极度悲愤而倒竖起来，只是用了极大的自制力，他才没有让猛烈的情绪马上爆发。不过陈贞慧好几次碰见，这位平日严肃得令人生畏的大臣，事后总要走进设有崇祯皇帝牌位的灵堂里，匍匐在地,撕心裂肺地痛哭了一场又一场……

终于,过道里响起了一阵官靴踩地的橐橐声响,急促而有力。陈贞慧心中一宽:"好了,可回来了!"他一边回过头去,一边本能地站立起来。

果然,身材不高,但威仪凛凛的史可法很快就出现在客厅的门口。这位以干练精明、政绩卓异而备受推崇的原漕运总督,是在一年前接替年迈的熊明遇担任南京兵部尚书的。由于北京迅速陷落,留都南京在一夜之间成了明朝退守江南,进行负隅顽抗的主要支柱和希望。因此,作为目前尚能行使职权的最高军事长官,史可法自然地受到朝野的一致关注。可是个人声望的这种急剧上升,看来并没有使他感到丝毫的兴奋和得意;相反,只是迫使他变得更加辛苦和忙碌。由于又是一夜未睡,他那黧黑的脸膛,看上去更加黯淡。本来是精光闪烁的眼睛,布满了道道红丝。但他的步履依然那样有劲。他一走进来,就拱着手,向站起来准备行礼的客人们当胸一揖,也不回答那些照例的寒暄问候,只做了一个让座的手势,说声:"请!"然后回过头去,朝陈贞慧问:"请万大人巳时来衙复命的事,兄台吩咐下去了么?"得到肯定的回答之后,他就点点头,迅速坐到自己的位置上。

陈贞慧事前已经听史可法交代过,今天找这些人来,主要是为着打探皇太子和二位王子的下落。而这样做的目的,陈贞慧也十分清楚。本来,就内心而言,他对于史可法在拥立新君一事中举棋不定,多少有点焦急和不满。而且出于对福王的本能戒备,他也更倾向于拥立潞王。只是,如今的陈贞慧与过去已经不同。他既然愈来愈明白政治场中的事情,不是光凭个人的意气所能驾驭的,也就比较能体谅史可法的困难处境了。所以,尽管他估计,在局势如此混乱紧迫的情况下,要在很短的时间里找到太子或王子们,希望是极其微小的,但他仍旧抱着真诚的态度,积极协助史可法作最后的尝试。

现在，史可法已经把表示慰问的简短开场白讲完，又向新近才逃回来的三位官员，查问了两件他所关心的事情：一件，是关于崇祯皇帝的葬礼；另一件，是负责镇守山海关的明朝总兵官吴三桂，究竟有没有投降李自成。这后一件事，因为直接关系到能否把农民军牵制住，使之不能迅速挥兵南下，所以史可法一直极为关切，每次接见北边回来的人，他都要追问一番。不过，当发现这两件事都问不出什么要领之后，他就立即停止查问，把话头转到今天的正题上。

"诸位此次脱险归来，可曾听说太子及二位亲王的下落么？"他稍稍提高声音问，期待的目光来回扫视着在座的客人。

也许大家一下子未能反应过来，厅堂里出现片刻的宁静。

"太、太子……"有人迟疑地冒出半句，又顿住了。大家循声望去，认得这人名叫汪惟效，北京失陷前任工科给事中，有着一张仪表堂堂的脸，不过，此刻却显得畏缩而紧张。

"汪大人请讲！"史可法立即客气地追问。

"哦，不，学生不晓得，不晓得。"汪惟效连忙推却说，随即做着手势，"大家讲，大家讲！"

"汪大人有话，直说无妨！"史可法盯住他不放。

"不……不……"汪惟效显得更加慌张，几乎要把那张仪表堂堂的脸缩进脖子里。

史可法的脸绷紧了，眉毛也竖了起来，看样子打算发作，然而终于又转向其他人。

"那么——"他没有表情地问，"不知哪位大人得知太子的下落？也不必确实知道，道听途说也无妨。"

"哦，学生知道。"一个胖胖的、名叫曾五典的中年官员说，但马上又摇着手，"不是学生知道，是今日前来贵部时，汪大人对学生说的。"

"曾大人，学生可不曾说过什么！"汪惟效急忙否认。

曾五典瞧了他一眼:"汪大人何必过虑?史公适才已经说了,道听途说也无妨的。"说完,他又转向史可法,心情沉重地垂下头:"汪大人在京里时,曾听一内监说,太子及永、定二王已是不幸归天了!"

这消息如此突兀和惊人,不但史可法一听,急得猛地从座位上站了起来,就连陈贞慧也觉得心中一凉,仿佛浑身的血都停止了流动。

但是曾五典的说法立即受到了好几个人的驳斥。说也奇怪,别看这些人刚才还像泥胎木偶,可是一旦谈及他们的所历所闻,又表现得极其狂热和固执。

"非也!""此说不确!""太子非等闲之人,若为贼寇所害,京师必定广有传言,何以我等俱无所闻?"

"哎,据学生所知,太子及二位贤王不定已经脱身南来了呢!"一个老气横秋的声音不紧不慢地传了过来。

大家又是一惊,回头望去,发现说话的是工部主事蒋臣。这人长得又高又瘦,戴着一顶方巾,下面却奇怪地露出一圈寸许长的短发。原来他是剃光了头,装扮成和尚逃出来的,这会儿头发还没有长完全。

"嗯,请道其详!"重新坐到椅子上的史可法平静地说。也许经过刚才那一下失态,他已经意识到,在没有进一步查询清楚之前,对于这些消息还是保持冷静为宜。

"这个——"蒋臣转动了一下身子,随即用两只大手抓住椅子的扶梁,伸出了多筋的长脖子,神色郑重地说,"还是学生在临清坐船南下时,碰巧遇到的——前一日,学生在路上得遇内书堂的张太监,那时他已扮作了客商,一身青衣小帽。只因他与学生原是同里,故此认得。当下两人合雇了一辆车儿,走到临清换船。学生已到了船上,回身却见张太监直勾勾地望着先开的一只船。学生连唤几声,他才慢慢跟进舱来。问他做什么,他也不回答。

到了第二日,才悄悄告知学生,昨日他看见前头那只船上有个人,十足就像太子!"

听蒋臣说得真切,大家倒有几分相信了,于是纷纷可惜张太监当时为何不把船叫住,又埋怨蒋臣为何不赶紧追上去。蒋臣只好解释说,当时那只船先开了,他本不知道;张太监又不敢叫破,生怕会有不测。而等他们赶到下一站时,那只船却不见了……

陈贞慧听到这里,虽然也为如此重大的一件事竟然失之交臂,感到十分惋惜,不过到底发现了一条很有价值的线索,只要弄清太子确实已经南来,寻访其下落应当不会太困难。他兴奋起来,回头一望,却意外地发现史可法神情十分冷淡,正目不转睛地注视着坐在左首最上方的一位官员。陈贞慧记得那位官员来得最早,但一直静静地坐着,没有说话。此刻,他的嘴角微微露出冷笑,对蒋臣的话似乎很不以为然。

"绳海兄,敢问有以见教小弟否?"史可法忽然招呼说。那位官员名叫张伯鲸,绳海是他的表字。他本是北京的兵部左侍郎,听说是最早逃出的一个,因为先回了一趟家乡泰州,所以直到这会儿才来到南京。

听见史可法询问,张伯鲸收起哂笑,捋着胡子,沉默了一下。等大家重新安静下来,他才用不高,但十分清晰的声音说:

"列位适才所言,似都未得其实。据学生所知,太子及永、定二王,此刻既未曾遇害,亦未曾南来,而是尚在京师,在流贼手中!"

说出这几句之后,他似乎很明白必定引起大家的激动和疑问,所以先伸出一只手,示意众人少安毋躁,然后接着说下去:

"学生临出京前,曾藏匿于太监高起潜的外宅。这事是他亲口对学生说的——先帝当初曾遗命内监王之心、栗宗周、王之俊三人护太子及永、定二王出宫,往周皇亲府中求庇。其时天方破晓,太子叩门,无人答应,因贼已入城,情势危迫,只得分头藏匿。后来,王之心先死,贼寇搜索甚急,宗周、之俊二人惧祸,遂将太子及定王献出，唯永王不知所往。闻得闯贼尚未有加害之意，但亦不放行，已分送贼将刘宗敏、李牟处，严加监护。所以，谓太子已脱身南来，绝无可能！"

这么断然说了之后，停了停，看见大家都呆呆坐着，没有什么表示，他又补充说："长公主一臂为先帝所斫，伤势甚重，据闻闯贼亦交刘宗敏收治，幸得不死……"

这最后一个消息，颇出乎大家的意料：怎么，那些杀人不眨眼的反贼流寇，还肯花心思为长公主治伤？不过，随后显然觉得，这种念头表示出来是要触忌的，甚至连只在心里想着，也不甚相宜。于是有好一阵子，大家愈加变得目瞪口呆，默默无语。

史可法的脸色却蓦地变了，眉毛竖了起来，腮帮的肌肉由于一再咬紧牙齿而抽动着，嘴角两旁的立纹也变得既粗且深。

"那么，列位尚有什么要见告学生的？"他厉声问，"若是没有，那么今日之会，暂且至此，有劳列位！"

说着，也不待众人回答，他就一拱手，站了起来。

……

"岂有此理，那个张绳海，居然荒唐到替流贼卖起好来，真是糊涂之至！"片刻之后，史可法一边走回厅堂来，一边气呼呼地说。由于客人已经全部送走，他那压抑的怒气终于爆发了。

陈贞慧瞧了瞧主人，沉吟地劝解说："张大人之意，似乎也并非如此。他只是就其所知而言罢了……"

"兄台休要代他辩解！"史可法粗暴地一挥手，随即转过身，往椅子上一坐，怒气不息地说，"兄台想过么，长公主的臂伤是谁人所斫？是先帝！张绳海这等说，岂非让人以为先帝刻而忍，而流贼反宽而慈。这、这简直是胡说八道！"

陈贞慧不响了。以他的复社领袖身份，应聘到幕里来办事，在主人面前，自然有相当的进言资格。不过，他却不想滥用这一点。事实上，他早就发觉，自从得知北京陷落的噩耗之后，素以精明干练著称的史可法，脾气明显地变了，变得冷静、宽容少了一点，急躁、严刻多了一点，常常碰上个小事就毫无必要地发很大的火。陈贞慧也明白，这是由于心灵深受刺激，极为痛苦的缘故。说起来，京师是在三月十九日陷落的。而南京的文武大臣们却一直徘徊观望，拖到四月初一才决定誓师勤王，其情报之闭塞，行动之迟缓，都到了可笑的地步。而作为最高军事长官的史可法，在这件事上自然负有主要责任。虽然尚未有人公开就此提出责难，但明睿而又忠诚的史可法决不会不明白这一点，不可能不为自己在京师最危急、皇上最绝望的时刻竟然毫无行动，甚至不曾发出一兵一卒前往救援，而感到深深的自责，从此背上了强烈的罪孽感。正是这种内心的折磨，改变了他的性格。可是陈贞慧认为，事情既然到了这一步，如今江南地区的安危，以至大明王朝的存亡绝续，几乎都维系在史可法的身上，并迫切地等待他作出清醒的、正确的决策时，过深地沉溺于这种情绪不仅没有必要，而且还十分有害。他一直打算向对方恳切地进言一次，总是找不到适当的机会。这一次也同样。本来，他试图就张伯鲸这件事再说上几句，但话到嘴边，却变成了：

"哦，万大人已经来到。现正在签事房候见。"

"他——来干什么？"史可法绷着脸问，显然尚未从气恼中摆脱出来。

"这……不是大人传他来见的么？"陈贞慧微感错愕地说。

史可法不响了，但无疑醒悟过来，而且意识到刚才过于冲动。终于，他"嗯"了一声，站起来，向外走去。刚跨出门槛，又站住了。他迟疑了一下，转过身来吩咐说：

"烦兄台着人去问一下，适才那几个官员，他们逃难南来，可有什么困窘为难之处，能办的尽量替他们办一办！"

说完，这才迈开步子，向签事房匆匆走去。

第二章
举家避乱初尝苦困，决策立君激辩亲疏

仓皇出逃

陈贞慧所说的"万大人"，就是南京兵部职方司郎中万元吉。此人不久前奉派到江北的扬州去视察军情，于昨日回到了南京。史可法因为急于了解那边的情形，所以让陈贞慧连夜传催，要万元吉今天就来部复命。

说起来，这又是一件令南京的留守大臣们焦虑头痛的事。本来，北京陷落之后，面对农民军乘胜南下的威胁，已经足够令他们这帮孤臣孽子恸哭奔命，席不暇暖。谁知，一向被倚为江南屏障的淮扬地区，眼下又陷入了极大的混乱之中。这种混乱，如果是由于"奸民"乘变造反，倒还简单，无非严加镇压就成了。偏偏带头闹事的，却是负有保境安民责任的明朝军队本身，这就弄得大家唯有摇头叹气，一筹莫展。

当然，若说这种动乱同整个事变毫无关系，那也不确切。事实上，要不是两个月前，明军的精锐主力在潼关全线崩溃，那么一向在西北地区同农民军作战的总兵官高杰，就不会率领十余万残兵败将仓皇东窜，横冲直撞地进入江淮地区；同样，要不是北京的轰然陷落，驻守在山东的另一名总兵官刘泽清，也不敢擅自放弃防区，强行龟缩到淮河以南来"就食"。本来，为着抵御农民军的进攻，江淮一线确实需要重新调整军事部署，这共约二十万人的两支军队同时到来，未始不是一件好事。然而高杰和刘泽清二人却偏偏极其桀骜强横，他们手下的那批军队更是纪律

败坏，贪暴成性。一路上，他们就是凭借烧杀抢掠逃下来的；到了江淮地区，仍旧毫不收敛，到处打家劫舍，掳掠奸淫，把地方上闹得鸡飞狗跳，叫苦连天。在劝阻无效的情况下，各地官府迫于士民的强烈要求，只得纷纷起而自保，或者关闭城门，拒绝他们进入；或者在他们四出作恶时，合力加以剿杀。这么一来，双方的关系可就闹得异常紧张。现在，刘泽清的兵马正徘徊于天长、六合一带，意向难测；至于高杰，则看中了扬州地区的富庶繁华，已经悍然挥兵南下，企图霸占这片地盘……

史可法是在不断接到来自江北特别是扬州的大量告急文书之后，迫不得已派出万元吉前往视察的。现在，从汇报中，他得知目前双方仍旧僵持不下——高杰执意要进城驻扎，扬州官民则断然拒绝。经过万元吉的尽力调解，情况算是稍有缓和。虽然短期内难以达成妥协，但看来不至于急剧恶化。于是，史可法也就稍稍松了一口气，暂且把江北的事务放下，回过头去，继续为物色新皇帝和组建新朝廷苦心筹划去了。

作为身居高位，并对救亡图存的全局负有重责的一位大臣，史可法也许只能而且应当这样处置事情。不过说到居住在江北，生命财产正受到严重威胁的广大老百姓，情形可就完全是另一个样子。如果说，扬州城里的居民还能凭借高壁深池设法坚守的话，那么居住在县城和乡镇里的士民，便只有吓得魂飞魄散、乱作一团的份儿。特别是有点产业的大户人家，更是纷纷打点细软，举家出逃，争相到江南去躲避风头。就连与史可法颇有交谊的冒襄一家，眼下也正处于颠沛流离的艰难境遇之中。

冒襄和他的家人是四月二十三日离开如皋，沿着陆路向南逃难的。经过两天的跋涉，如今已经来到靖江县的长江边上。作为如皋县的首富，他们这一次举家出逃，人丁和行李的负担，较之一般难民自然要吃重得多；而且不用说，成为盗匪们的抢劫目标的可能性也更大。因此，为着保险起见，冒襄已经于昨天，把父亲和临盆在即的庶母刘氏,先行秘密送往江南。剩下母亲、妻儿、近百名男女仆人,以及大批箱笼行李,则分乘用重金雇来的十艘大船,由冒襄亲自掌管,准备于次日启程过江。

已是傍晚时分,苍茫的暮色,正从天东的大海那边升腾起来。但西方的地平线上,那一轮即将隐没的夕阳,还在散发着明亮而柔和的余晖。这一带,本是孤立于江心的一个沙洲,由于接近出海口,江面陡然开阔,水流也随之缓慢下来,久而久之,不断沉积的泥沙便使沙洲北面的航道变得越来越窄,越来越浅,渐渐同北岸连接起来。现在,沟洫纵横的洲渚上,已经垦出了一片一片的稻田,聚起了一个一个的村落。芒种已过,端午将临,在夕阳的映照下,稻田里的簇簇秧苗,仿佛展开了一片墨绿色的、闪着金光的地毯,显得那样宁静,那样旷远。每当江风吹来,秧苗就轻轻摆动着,把一层一层的轻浪,向天边远远地传送开去。这时,河汊上、田塍里的水面便荡漾起来,晚霞的倒影被搅乱了,于是又平添了几许变幻,几许缤纷……

这一路行来,虽然还算顺利,而且此刻周遭的景色,又令人颇为心旷神怡,但是冒襄却丝毫不敢大意。因为这些年走南闯北的经验告诉他,世道人心已经变得空前败坏,特别是在这种动乱的当口,对于他们大户人家来说,到处都隐伏着随时可能突发的仇恨和杀机,任何一点疏忽大意,都会招致飞来横祸。所以,用过晚膳之后,冒襄特地领着几个亲随,再一次四处巡视一遍,直到证实各条船上的情况并无异常,那临时雇来充当护卫的二百名本地村民,也都三五成群地分散在船队周围,老老实实地待着,他才重新走回来。虽然已经颇为疲倦,但当想到还不曾向母亲道晚安,他便又振作精神,挥退随从,独自走过中舱去。

冒襄的母亲马氏,是一位心地慈和、乐善好施,但又十分胆小的老妇人。长期的养尊处优,使她变得经不起任何风浪,一点点动静,就能把她吓得要死。两年前那一次,冒襄的父亲冒起宗奉调前往湖北襄阳，去做左良玉的监军。如果当时不是马夫人日夜哭泣，生怕丈夫就此断送了性命，冒襄也许就不会千方百计地奔走请托，乞求朝廷把父亲调离剿"贼"前线，他本人也不会因此招致舆论的非议。但作为儿子，冒襄当然不会因此责怪母亲。不过，这一次逃难，老太太是否受得起颠簸惊吓，会不会弄出什么病症来，可就成了冒襄最担心的事。所以一路之上，他哪怕再忙再累，每天总要上马夫人跟前探视上三四回，说上些宽慰的话，直到老太太安静下来，脸上重新有了笑影，他才放心离开……现在，冒襄已经踏入中舱，映入眼帘的景象使他不由得一怔。

炕床上，马夫人身上裹着一床被褥，蜷缩在角落里。她那张美丽的、有着端正鼻子和淡淡眉毛的椭圆脸，现出恐怖的神色，身子还在微微发抖。春花和春桃两个丫环，紧紧地护持在她的身边，春花手里还拿着一把剪刀什么的。在她们的紧张注视下，丫环春燕和春英则全身俯伏在炕前，把耳朵紧贴在舱板上，聚精会神地倾听着什么。

"母亲，这是……"冒襄莫名其妙地问。

马夫人惊慌地抬起头，瞥了儿子一眼，却不回答，只是焦急地追问伏在地上的丫环："怎么样，你们可听见了？"

"禀太太，婢子不、不曾听见。"长着一张胖圆脸的春燕抬起头来，迟迟疑疑地回答。

"怎么会听不见！'笃笃笃笃'，我刚刚听得一清二楚！"马夫人发急地坚持，"快点，再听听！"

春燕不敢违拗，重新把耳朵贴了下去。

"到底是怎么回事？"看见母亲张皇失态的样子，冒襄只得转向护卫在她身边的春桃。

"禀大爷，太太适才在炕上睡着，听见'笃笃笃笃'，怕是有歹人藏在下面，所以命婢子们察看。"

"什么，歹人？"冒襄吃了一惊。说实在话，在靖江一带，他们本来就人生地疏，加上这十只大船又是临时雇用的，虽然经由乡中的粮长作保介绍，毕竟摸不清底细。如果舱底下当真藏着人，那决不会是什么好事。所以，他顿时紧张起来，也顾不上主子的身份，连忙跨前一步，跪倒在舱板上，贴着耳朵，凝神倾听。

然而，听了好一会，除了身畔两个丫环的呼吸之声外，舱板下静悄悄的，没有任何响动。

"唔，莫非母亲听错了？要不，就是下面的歹人已经知觉，所以这会儿都蛰伏不动？"这么一转念，冒襄不禁愈加着慌。有片刻工夫，他直起了腰，却忘记站起来，只是紧咬着嘴唇，心急火燎地盘算该如何处置才好。

"啊，这么说，他们是早就串通好，来算计我们的，就连这船上的艄公，也都是贼伙！这可怎么办？说不定他们今晚就要动手。幸而发觉得早！但是他们到底有多少人，打算怎么干？——今番可真是倒了大霉！不成，我得赶紧去叫人，还不能打草惊蛇。但是……"

"听，又来了！笃笃笃笃，笃笃笃笃！"马夫人又惊叫起来。

冒襄错愕了一下，连忙重新伏下身去，竖起耳朵细听。可是，同刚才一样，仍旧听不到舱底下有任何声音。

"嗯，你们听到了么？"他问伏在旁边的春燕和春英。

"没有。""没有听见。"两个丫环摇摇头，轻声回答。

"啊，又来了，笃笃笃笃，笃笃笃笃！"马夫人又叫。

冒襄瞧了老太太一眼，不由得暗暗吁出一口气。他略一踌躇，迅速站起身，朝舱门外一指，对丫环们说：

"去，让外边马上把船婆叫来！"

春桃低头答应着，走了出去。不大一会，身强体壮，长着一双大脚的船婆匆匆来到中舱。

"不知太太、大爷呼唤，有何盼咐？"她行着礼问，黧黑而圆实的脸上赔着微笑。

"你把这个揭开,"冒襄指了指舱板,"我们要看看!"

船婆眨巴了一下眼睛,分明感到意外,但看见冒襄板着脸,她就没敢多问,答应一声,弯下腰去,熟练而迅速地揭起了舱板。

冒襄目不转睛地监视着,"唔,你下去给瞧瞧,看藏着什么东西没有?"

他命令说,随即朝身边的春燕做了个手势:"打灯给她!"

这么吩咐了之后,他就绕开舱洞,走到炕边,把马夫人轻轻扶起来,安慰地说:"母亲且过来瞧一瞧,下面确实并无歹人藏着。孩儿就睡在隔壁舱里,若真有什么,即时便会知觉。母亲只管放心安歇好了!"

马夫人起初还畏畏缩缩,经不住儿子再三劝说,终于挪近前来,朝炕前那个被灯光照亮的舱洞探出头去。直到看清楚里面确实空空荡荡的,除了刚才下去的那个船婆和两块压舱的大石之外,再没有什么东西,她才"嗳"的一声,透过气来,斜靠在春桃的身上,用手轻轻拍着心窝,衰弱地闭上了眼睛。

家眷之累

"是的,也许这一次,我们真该留在如皋,而不该出来逃什么难!"冒襄站在舱门口,默默地想。这当儿,他已经把总算安静下来的母亲,服侍到炕上睡下,并吩咐丫环小心伺候,自己退到外面来。

对于这一次举家出逃,就内心而言,冒襄并不是那么情愿的。相反,出自震惊于亡国大祸终于临头,除却拼死一争别无生路的强烈冲动,在得知北京失陷的噩耗之后,他首先想到的是:必须尽快前往南京,全力以赴投入重建王朝的紧迫行动之中。他估计,社友们此刻必定已经齐集南京,并且正盼望他前去。事实上,自从前年因为奔走父亲调职的事,受到舆论的非议以来,冒襄一直在暗中憋着一股劲,决心以令人折服的行动,来洗雪自己所蒙受的误解和羞辱。但是高杰举兵南下的消息,却打乱了他的计划。因为作为独生儿子,在这种情势下,他除了继续留在如皋,守护父母和家业之外,不可能有别的选择。本来,据他的估计,如皋僻处海边,高兵未必就真会骚扰到那边去,只要等上几天,风声一过,他仍旧可以走。谁知,母亲和妻子偏偏怕得要死,惶惶不可终日,加上左邻右舍的人家纷纷出逃,最后弄得连父亲也沉不住气。一家人才又极其匆忙地收拾行李,星夜逃了出来。"可是,这么一折腾,我就不知何时何日才去得成留都了!社友们在那边等不见,必定以为我冒襄当真是个胆小自私、言行不一的人了!虽说将来见面时,我还可以解释,但他们会相信吗?哎,会相信吗?"正是这种隐藏的焦躁,使冒襄一路上都感到心烦意乱,摆脱不开。特别是当他发现,离开如皋之后,偌大一家子人孤立无援地暴露在荒僻生疏的野地里,危险其实更大,他的心情,就变得更加懊恼和别扭了……

"大爷,奶奶在哭呢,请大爷过去瞧瞧吧!"一个女人的声音在旁边急切地说。

冒襄怔了一下,转过脸去——一张白色的、模糊不清的脸出现在黑暗中。根据声音,他辨出那是妻子的贴身老妈子冒贵媳妇。

"奶奶——怎么啦?"冒襄皱起眉毛,不悦地问。

"大爷,奶奶在哭呢!"老妈子闪着一双眼珠子,小心地重复说。

眼下,船上是这么安排的:马夫人住中舱,冒襄同侍妾董小宛住前舱,而奶奶带着两个儿子则在后舱就寝。晚饭之前,冒襄已经到后舱去探视过,这会儿本不准备再过去。但冒贵媳妇的报告使他到底放心不下,只好勉强转过身,再次走过后舱去。

老妈子自然不敢扯谎,奶奶苏氏——一位虽然长得不漂亮,但自有一股娴淑气质的大家女子,手里拿着一条手绢,正在那里默默地抹眼泪。她双腿并拢,靠坐在炕桌旁,一抹淡黄的灯光勾画出那微见发胖的身形。由于抽泣，她的双肩一下又一下地耸动着，投射在舱壁上的巨大影子也随之不安地上下摇晃。

看见丈夫走进来，苏氏似乎有点意外，随即急急地避开了冒襄的目光。

"你——这是怎么了？"冒襄走近去，疑惑地问，同时瞥了一眼已经在炕上熟睡的两个儿子。

苏氏摇摇头，使劲地咬住嘴唇，但泪水却冒出了眼眶。

"到底是怎么了？好端端的，哭什么？"冒襄稍稍提高了声音。

苏氏仍旧没有回答，却突然呜咽起来，似乎怕声音传到外面去，又赶紧用手绢捂嘴。

冒襄不由得皱了皱眉毛。这位苏奶奶，本来也称得上温良贤淑，安分随和，可有一样，就是秉性沉默，有什么事，总是自己藏在心里，轻易不肯吐露，甚至对丈夫也是如此，弄得冒襄常常一筹莫展。不过，正因为这样，冒襄反而有点担心起来。他望着哭个不停的妻子，正想耐下性子，继续追问，站在旁边的冒贵媳妇说话了。

"大爷，奶奶是不放心两位小少爷，所以伤心呢！"停了停，看见冒襄似乎没有听明白，她又补充说，"本来呢，要是昨儿个老爷动身时，让两位小少爷也跟了去，这会儿只怕都已平平安安到江南了！"

平日最摸得透苏氏心思的，大约就要数她的这位贴身老妈子。所以冒襄听她一说，便不再追问了。是的，考虑到目前江北一带，已是盗贼蜂起，为着安全起见，昨天冒襄好不容易才说服了父亲，让老人不随大队一起行动，而是打扮成普通百姓，由几个得力亲随护送，穿越靖江县城，从另一个地点先行秘密过江。当时，妻子曾经提出让两个儿子也一起走，但冒襄不想给父亲增加累赘，没有答应。不料直到这会儿，妻子仍在为那件事想不开。

"你今儿怎么了？"他不高兴地说，"不是告诉你吗，这一次是怕出事,才让父亲先走的。路上须得避开歹人耳目,怎么能带许多人?你不见,连老太太都留下了么!"

"可是……刘姨太……倒跟去了!"苏氏抽抽搭搭地说,有点愤愤不平。

这一次老父微服先行,把姨太太刘氏也带上了,确是不假。但那是考虑到刘姨太已经怀孕九个月,即将临产;而且据名医诊过脉,说她怀的很可能是个男胎。他父母到目前为止,还只有冒襄一个儿子,人丁未免太弱,所以不管是老爷还是老太太,对刘姨太这一次生育,都寄予了颇大的期望。冒襄自然懂得父母的心意,因此特地作出这样的安排。结果,父母都没有表示异议,而冒襄本人更自以为这是一种高尚的、合乎孝悌准则的做法。

"为何让刘姨太跟着去,这道理你莫非还不明白?她说不准哪时哪刻就要生了,万一受到惊吓,动了胎气,可不是闹着玩的!"

"可我们这两个,大的才只五岁,小的还未断奶,相公莫非就不管了?"由于担心两个宝贝儿子的命运,泪眼汪汪的苏氏破例地同丈夫争辩起来。

冒襄看了她一眼,不由得也冒火了。他呵斥说:"怎么不管了?莫非我丢下你们跑了不成?这两日,为着全家都能平安过江,我都做了些什么,你知道不知道?"

"不,妾不知道!"苏氏固执地呜咽说,"妾只知道,若然两个孩儿有个三长两短,妾也不想活了!"她一边说,一边把身子伏在炕桌上,悲苦地、绝望地号哭起来。

看着妻子不可理喻的样子,冒襄觉得脑袋一下子涨大了,浑身的血也翻腾起来。与此同时,这些天来一直在心中积聚、发酵的那股子懊恼,也变得无法控制。"好啊,我本来就说,不要逃,用不着逃的。可是你们偏不听,偏要逃。如今逃出来了,你们又是这样子!你们到底还要怎么样才成?莫非除了应付你们这些婆婆妈妈的事,我这一辈子,就再也没有别的好做了吗!"有片刻工夫，他在心中激怒地吼叫，只是由于尚未丧失的一点理智提醒他：眼下是在船上，母亲又在隔壁刚刚睡下，他才竭力克制住自己，没有当真吼出声来。但是，翻滚不息的怒气却逼使他不能不有所发泄。于是他猛地挥起巴掌，把炕边上的一个针黹簸箩"哗啦"一声，扇到了地上。

这么一来，睡在炕上的两个儿子被吵醒了。小的一个首先划动手脚，呜呜哇哇地啼叫起来。大的一个也拭擦着惺忪的睡眼，糊里糊涂地坐起了身子。苏氏顿时停止哭泣，匆匆站起来，在丫环的帮助下，先把小的一个抱在怀里，一边低声哄着，一边兀自用手绢拭擦着脸上的眼泪和鼻涕。旁边的冒贵媳妇也急忙过去帮忙，把大男孩重新按倒在枕头上，轻轻用手拍抚着。不过，男主人的发怒显然使老妈子很害怕，尽管她嘴里机械地喃喃着，像是在哼一首催眠的歌谣，却什么声音也没发出来，只是不歇地斜起眼角，惊恐不安地窥伺着。

看见妻子又抬起那张被泪水弄得一塌糊涂的粉脸，可怜巴巴地望着自己，冒襄稍稍冷静下来，但内心的苦恼和困惑，却变得更加混乱和沉重了。尽管他很想再激烈地发泄一通，以消解心中的窒闷，然而定一定神之后，竟不知道该做些什么。于是，他把袖子一拂，铁青着脸，跨过滚了个满地的线团、顶针和剪刀之类，大步向舱门外走去。

透露真情

正当冒襄为着安抚母亲、训责妻子而奔忙于中舱和后舱的时候，在他下榻的前舱里，侍妾董小宛正由丫环紫衣相帮着，悄悄地忙于烧水、洗盏和烹茶。

董小宛是前年底嫁进冒府来的。像一只漂泊无依的燕子，终于找到温暖的巢那样，这一年多，董小宛心中一直充溢着前所未有的宁帖、满足和幸福。她觉得，主宰命运的神明对她实在太仁慈了，不仅让她得到了一位令多少女子为之嫉羡的如意郎君，而且给她安排了这么一个高贵而宽厚的家庭。老爷和太太不必说，他们的好意常常使小宛感动得直想哭；就连那些个仆妇、丫环们，待她也十分友善。不过最难得的是奶奶苏氏，非但没有半点嫉妒之意，而且从一开始就由衷地欢迎她，真心地爱护她，完全像一位可敬可亲的大姐姐。这一切，都使董小宛仿佛进入了祥光照耀的天堂，愈加觉得以往那一段风尘岁月，简直是一场可怕的噩梦。的确，虽然只是短短的十多个月，但她同心爱的丈夫在一起，生活过得有多么舒坦和惬意呀——品茶、赏月、制香、插花、编书、写画、烹饪，凡是以往曾经梦想过，或是梦想不到的种种美妙境界，她几乎都经历到、享受到了。有时候，她简直禁不住问自己，这一切难道是真的吗？啊，是真的吗？自然，随后她又会热泪盈盈地暗自回答：如果是幻境的话，那么就求老天让我把这场梦做下去，永远也不醒转来。

然而，也许因为这一切太幸福、太完满了，结果，新的磨难又降临了。

最令她发愁的是：自从酝酿要举家逃难的那一天起，董小宛就发现，丈夫对她的态度开始有点变了。虽然每天晚上仍旧回来同她一起过，但烦躁、冷淡、易怒越来越明显地从他的言谈举止中表露出来。董小宛也知道，冒襄之所以这样子，主要还是外间出了大乱子，把他弄得十分紧张和劳碌的缘故。不过，她仍旧惴惴不安，生怕自己什么地方出了错，或者侍候不周，招致丈夫的恶感，甚至疏远。所以这些天，她一直想方设法迎合丈夫的喜好，力图让丈夫在自己身边，能过得顺心一些，舒服一些。今天，眼见冒襄又是一个劲儿地忙里忙外，直到天都黑齐了，仍旧歇不下来，她便想到应当"烹茶以待"，好让丈夫回来后，小尝数盏，消除一下疲劳。

现在，一坛子特意从家里带出来的上好甘泉已经提到舱中，用一个托盘盛着的两只尖脚宣德茶盏、一把小巧的紫砂茶壶，以及几样点茶用的果品——榛子、鸡豆和红枣，也连同茶洗一道，摆开在炕桌上。可是，董小宛却尽自踌躇着。直到铜铫里的水，在红泥火炉上发出嘘嘘的轻响，她仍旧下不了决心动手沏茶。

说来，也难怪她有点胆怯。因为作为顶会享受的一位富家公子，冒襄对于品茶之道，一向极其讲究挑剔。不仅选料要务求精美，茶具要极其雅洁，而且洗茶、候汤、烹沏等，都有一套严格的程序和法门，加上冒襄对自己的烹茶本领一向十分自负，轻易不肯让别人代劳，总觉经旁人的手所沏的茶，很少能令他满意，所以董小宛进门一年多，别的许多事她都能帮着或者代替丈夫做，唯独这沏茶，她一直没有参与的机会。今晚，她背着丈夫自行动手，能否获得首肯和喜欢，可是一点儿也吃不准。万一弄糟了，自己挨几句奚落不打紧，若是败坏了丈夫的兴致，那就有违自己的本意了。

"娘，怎么还不动手？瞧水都要开了！"一个轻柔的声音在耳畔催促说，那是丫环紫衣。

董小宛回顾了一下，发现那女孩儿正忽闪着一双明亮的眸子，关切地瞅着自己。这个紫衣，本是奶奶苏氏房里的一个管事的丫环，为人聪明伶俐。一年前，因为董小宛初来乍到，身边需要一个通晓上下细务的人辅助点拨，冒襄才点着名儿向苏氏要了她。难得紫衣过来之后，对新主人一样地尽心服侍。所以此刻蓦地一见，董小宛倒生出了一个主意。

"紫衣，你在相公身边服侍了好些年，相公的烹茶规矩，你必定是知道的了？"她问。

"这个么，婢子也不敢说知道。"紫衣谨慎地回答，"只是以往爷同奶奶在房里品茶，多半都是命婢子在旁侍候的。有一阵子，奶奶也想学着沏茶，便求爷教她。那时爷兴致也高，倒认认真真说过好几回。后来奶奶到底没学成,从此爷也绝口不说了。"

"当时相公怎么说,你可还记得?"

"这……婢子虽则也在旁边听着,只怨心思笨,怕记不全。"

"嗯,那么不须你说,只要你听听我说的,同相公当日说的,可是一样?"

紫衣点点头,又迟疑地问:"娘这是……"

"哎,你且用心听着呀!"董小宛兴冲冲地打断说,然后,就侧起脑袋,一边思索,一边说起来:"这烹沏之法,古今不尽相同,如宋朝盛行茶饼,如今已不时兴,所以也不必说它。今时烹茶,择品必须名贵,取水必须甘泉,这自然是第一要紧的。若这二者俱备,那就须看烹沏的功夫了。这烹沏之法,最考人的,一是候汤,二是洗茶。先说候汤,这沏茶之水,必须用活火先煎,待它沸后,再用缓火慢炙。所谓活火,便是见焰的炭火。煎水至有泡沫上翻叫作'一沸',见四周水泡不断翻起叫作'二沸',大翻大涌叫作'三沸'。'一沸'时水尚太嫩,'三沸'水又太老,都不合用,总以'二沸'前后为宜。"

说到这里,董小宛便停下来,瞧了瞧丫环。见紫衣点着头,没有异议,她才接着说下去:"再说洗茶之法,亦甚要紧,必须待沸水稍温之后,方能下茶,太沸则有损茶味。洗时以竹箸夹茶,放入缸中,反复荡涤,除去尘土及黄叶老梗。洗净后用手拧干,放入缸中盖好,少待片刻,然后打开,见叶已转青,香气透发,即用沸水泡沏。不过这当中,又有冬夏之分。夏日炎热,故须先注水后下叶;冬日天寒,则须先下叶后注水。皆因水之温热稍有不合,便会使茶味即时受损,所以最考功夫,万万不可大意!"

这么一口气说完了之后,董小宛反过来问:"我适才说的,与你向常听相公教奶奶的,可有不对之处?"

紫衣没有立即回答,她用一根指头点着腮帮子,仿佛还在心中仔细核对。终于,她抬起头,笑着说:"娘,真亏了你!平日里也没见爷向娘说，也没见娘问爷，怎么娘适才说的，同婢子前几年听爷说的，倒像是不差一分一毫！"

"嗯，你再仔细想想，可有漏掉的没有？"董小宛不放心地问。

紫衣摇摇头："若有别的，就是爷还对奶奶说了许多茶的来历、名目和烘焙的法儿。据婢子想，那些与沏茶怕不大相干。"

董小宛"嗯"了一声，"那么，我们试着沏上一壶，瞧瞧成不？"说着，她就按照刚才所说的程序和要领，动起手来。很快地，一壶茶沏出来了。这当儿，紫衣已经把茶盏洗涤干净，用布抹干，又拈起两粒榛子，放了进去。

"现在，你且尝尝，这一泡滋味如何？同相公平日沏的，可有两样？"

董小宛一边擎起砂壶，朝盏里注茶，一边说。

"啊，娘是说，让、让婢子尝？"吓了一跳的紫衣眨巴着眼睛问。

"不错。你以往长年跟着相公和奶奶，自然比我更知道他们的口味。就是这沏茶，你也比我见得多，尝得多——不要推让了，快尝尝吧！"董小宛催促说。

"这可使不得！婢子怎能让娘给婢子沏茶？再者，婢子又怎替得了爷的口味？"紫衣十分惶惑，始终不敢伸手去拿茶盏。

"哎，这里又没有外人，你我只当是姐妹罢咧，何必分什么尊卑！况且，你虽替不得相公的口味，但我只要你尝尝，这茶同相公向常沏的，可有两样？嗯，快点儿，相公不定就会回来了！"

看见董小宛态度十分真诚，紫衣不敢再推让了。她诚惶诚恐地捧起茶盏，凑在嘴边，呷了一小口。

"怎么样？"由于丫环好一阵子不说话，董小宛不禁紧张起来。

"婢子觉着，像是、像是有点儿不一样。"

"啊？"董小宛的眼睛蓦地睁大了。

"啊，婢子觉着，这茶入口又香又滑，比爷沏的，滋味像是更、更好……"

"什么,更好?这怎么会?"

"婢子不知,婢子只是这么、这么觉着。嗯,真的!"

董小宛不说话了。丫环的话,使她半信半疑,但接着就想到了:紫衣平日所喝到的,多半是主人喝剩下的残茶、冷茶,比之自己刚才精心烹沏的这头泡茶,滋味自然要差得远,难怪她有这种感觉。"这么说,刚才倒是白让她试了一回,其实当不得真的!"她暗自苦笑。不过,脸上却没有流露出来,只是摆一摆手说:

"罢了,好也罢,歹也罢,这壶茶我们留着自己喝。快快把水再煎起来,等相公回来再张罗,怕就来不及了!"

说着,她拿起另一把茶壶,重新动起手来。

"娘,"待到铜铫子里的水,在茶炉上再度发出轻响的时候,沉默了好大一会儿的紫衣忽然回过头来,用带哭的颤声说,"你待婢子这么好,可是、可是,婢子却对、对娘不起……"

董小宛不由得一怔:"你说什么?"她疑惑地问,停止了洗涤茶盏。

"是、是的!"紫衣使劲地点着头,"婢子向奶奶说过娘的好些坏话……"为了止住呜咽,她使劲地咬住嘴唇,低下头去,但马上又抬起来,痛苦地、眼泪汪汪地望着董小宛。

"向奶奶说我的坏话,你?为什么?"董小宛惊愕地问。

"这、这是——这是奶奶命婢子这么做的,她、她怕娘把爷带、带坏了!"紫衣吞吞吐吐地说,随即又赶紧摇着手,"不过,奶奶也是一番好心,她只是听婢子说,她自己可从来不曾说过娘不是!总之,总之婢子不说娘的坏话了,再也不说了!"由于内疚,也由于不知道这么说了之后,会有什么后果,她终于忍不住掩住面孔,出声地呜咽起来。

董小宛却像当头挨了一棒似的,呆住了。事实上,直到刚才,她还在为自己得到了这么一位如意郎君,这么一个高贵温厚的家庭,特别是遇到这么一位贤惠可亲的奶奶,感到无比的幸福。而自己进门这一年多,一直也是恪守闺范,敬上和下,一举一动都小心翼翼,唯恐做出与这个高贵家庭的身份不相称的举动来,更别说敢有半点带坏丈夫的邪念。然而,看来人家其实仍旧不相信,别看面子上亲亲热热,一团和气,就像不分彼此的一家人,但暗地里仍旧把自己看作是一名下贱的、不可信任的青楼女子!董小宛觉得仿佛从天堂般的美梦中惊醒过来似的,祥光照耀的景象模糊了,缭绕在眼前的,是一片雾样的茫然。

"橐、橐、橐",一阵有节奏的声音从船的尾部传了过来,船身也发生了轻微的摇晃。"那是什么?是脚步声,是相公——啊,相公回来了!"董小宛蓦地惊醒过来。与此同时,正跪在舱板上的紫衣那呜咽流泪的样子,映入了她的眼帘。董小宛一下子惶急起来,连忙一把扯起丫环,低声命令说:

"千万不能让相公瞧见了,知道吗?快去,把脸擦一擦!"她把丫环往角落里一推,随即转过身,挡住了灯光。

很快地,冒襄掀开门帘走了进来。他没有发觉舱里发生的事情,甚至也没有朝侍妾和丫环看,只有炕桌上摆开的茶具,稍稍引起他的注意。

"哼,什么时候了,你们还有闲心摆弄这个?"他皱着眉毛,没有好气地斥责说,"快点,都给我拿走!"

挥一挥手之后,他往炕上一坐,连直裰也不脱,就仰靠在枕衾上,精疲力竭地闭上眼睛。

渡江遇贼

位于长江南岸的泛湖洲,是聚居着百来户人家的一处大村落。那一带的田地,绝大部分都属于一位姓朱的员外。冒襄一家同朱家本是世交,多年以来一直保持着密切的来往。由于泛湖洲同靖江县的尽东头正好隔水相望,而且从那里到江阴县城也不太远,所以这一次逃难,冒襄便事先派人同朱家取得联系,准备把泛湖洲作为过江后的落脚点。

虽然母亲马夫人的过分惊惶,以及奶奶苏氏的不明事理,使冒襄本来就懊恼烦躁的心情,又平添了一重困扰,但到了第二天一早起来,他便把一切都抛到了脑后,开始抖擞精神,为起航过江而全力以赴忙碌起来。

也难怪冒襄不敢懈怠,因为尽管朱员外已经捎回口信,许诺在他们过江时,派出人丁到江边来接应,但这一带可不比上游的瓜州渡口,不仅江面开阔得多,来往的客船十分稀少,而且地段荒僻,官府的势力管束不到,向来是盗贼啸聚出没的处所。如果说,离家之后这两天,还算平安无事的话,那么却难保贼人不会把动手的地点,选择在大江之上;更别说江面上风高浪急,还得提防诸如覆舟翻船一类的事故了。正因为意识到这是整个行程中最为艰巨、充满风险的一关,而眼下除了寄望于神明护佑之外,可以说别无依仗,所以,当冒襄跨出前舱的时候,有片刻工夫,他的心情甚至变得更加危惧重重了。

现在,他已经来到船头的甲板之上。七八个管事头儿,在不久前升任为总管的老仆冒贵带领之下,已经在那里等候着。看见主人来了,他们都纷纷站起来,恭敬地行礼、请安。

冒襄点一点头,算是回答,随即转动着眼睛,向四面打量了一下。他发现,昨夜里紧挨着停靠在一起的十只大船,都安然无恙地排列着。船篷与船篷之间,已经活动着好些人影。更远一点,在烟波浩渺的江面上,昨宿的雾气正在散去,那起伏流淌的暗绿波纹,又在晨光中显现出来。而在水天相接的东尽头,初升的太阳刚刚离开水面,又匆匆躲进了横亘在它上方的灰色云层之中,只在云与水之间,留下了一道狭长的、蔷薇色的光带,使得这个初夏的早晨,显得有点晦暗阴沉。远处的村庄那边,喔喔的鸡鸣随着料峭的晨风,此伏彼起地吹送过来,更平添了一种凄清寥廓的意味……

"嗯,昨天夜里,可有什么事没有?"冒襄终于回过头来问。

"没有。""启禀大爷,没有什么事。"仆人们错杂地回答。

"真的没有?"冒襄重复地问了一句,不仅是出于不放心,也是为着提醒仆人们不可有松懈情绪。

"禀大爷,昨天跟着沈三过江去的人回来了。"一个名叫冒福的中年仆人说。

"噢,怎么样?"冒襄连忙追问。

"他说,车子已经雇到,今日准在江边守候,随时接应。"

考虑到今天过江什么意外的事故都可能发生,为着保险起见,冒襄在昨天特别作出上述的安排,为的是供行动不便的母亲、儿子和妻妾们到时用以代步。虽然有人认为,江那边已经有朱家的人接应,另行雇车未免多余,但冒襄却坚持这么做。"谁知道朱家人是不是一定会来,而且也不知道是否联络得上,还是稳妥一点为好!"他想。所以,听说事情办妥,他的心情也稍稍安定了一点,于是回过头去,望着冒贵,问:

"嗯,今日过江,什么时候才能开船?"

"禀大爷,小人已问过船家。船家说,今日是小潮,这会儿潮水已经上来了,须得赶早开船才好。"冒贵似乎早就等着这一问,马上垂着手回答。冒襄"噢"了一声,这才发觉,船身果然有点摇晃,像是已经浮了起来。他自然知道,这一带接近长江出海口,江水的消涨,受潮汐的影响很大,要是错过了时辰,船只不仅起不了锚,也靠不了岸。他不敢拖延,马上做了个手势,把仆人们招拢来,开始就过江的事宜作出布置,其中包括哪只船先开,哪只船后开,每只船之间的距离,必须始终保持着一丈左右,绝不能拉得太开,以便于互相策应。还有,在船只行进时,必须加强巡视戒备,包括对艄公的监视,严防发生变故;一旦发现情形有异,马上报告,并听他的号令行事,不得擅作主张等等。这么一一盼

咐了之后,看见仆人们全都屏息侧耳,现出懔然受命的神情,他才最后结束说:

"此番过江,非比平日,必须提起十二分精神,万万不可大意!若平安抵步,我自有打赏;若有闪失差池,我必定拿尔等是问,决不宽贷!"停了停,又问:"嗯,还有什么不明白的没有?若是没有,就各自回船,马上启程!"

待仆人们鱼贯退下甲板,冒襄略一沉吟,回头吩咐冒成:"你去,把香案给我摆起来——就摆在这儿!"

冒成起先迷惑地眨了眨眼,但旋即领悟了。他转身走进船舱去。过了片刻,便由一名小厮相帮着,把一张小几、一个香炉、一扎线香和一铜盆净水摆到甲板上。冒襄先盥了手,拿起一炷线香,点着了,向着上苍拜了几拜,毕恭毕敬地插到香炉上,然后双膝跪下,默默祝祷起来。内容自然离不开祈求神明怜悯,保佑他们一家平安过江。他满怀虔敬地、长久地反复祝祷着,直到觉得在冥冥之中俯视着人间的神祇,该已感知到他的卑微愿望,才怀着悲怆而又不安的心情,慢慢地站立起来。

这当儿,他所乘坐的船,已经尾随着第四只起锚的船,远远地驶离了停泊的江岸,在它的后面,还紧跟着五只大船。虽然此行要去的泛湖洲就在正对岸,但是由于江面开阔,水势浩大,船只照例不能直接过江,必须沿着岸边,溯流而上一二十里,然后掉转船头,顺着水势,横斜着渡过江去。现在,十艘大船,正扯起风帆,在艄公们的操纵下,不断地避开迎面而来的急流浅滩,缓缓向上游驶去。冒襄看见,昨晚临时雇来护船的二百名本地村民,按照他的要求,正继续在岸上随船护行,以备不测。但他丝毫不敢大意,只让冒成撤去香案,自己依旧站在船桅之下,留神地监视着四面的动静。

不过,他很快就觉得燠热起来,因为不知什么时候,太阳已经重新露出脸来。那一带低压在江面上的、落到了它的下方的云朵,也脱尽了原先的灰暗颜色,变得一片雪白。碧波横流的江面,愈益显得浩瀚开阔,隔岸的陆地,仿佛被一下子远远推了开去似的,只剩下一道若隐若现的灰绿色的虚线。此刻使冒襄感到不安的,倒不是彼岸的辽远,而是紧靠着北岸这一边迤逦而过的芦苇丛。这些茂密的、有着利剑似的狭长叶子的芦苇丛,从岸边一直扩展开来,迫使船队不得不偏离原先的航线,也隔断了船上同在岸上随行护卫的二百多名村民的联系。当它们在船舷边上沙沙掠过时,显得那样幽深神秘,难以窥测,使人不由得想到,里面说不定正隐伏着一帮歹人强盗,只待一声唿哨,就会猛扑出来……正是这种疑惧,把冒襄弄得心头发憷,忐忑不安,始终大瞪着眼睛,前前后后地监视着,即便是风吹苇响,或是一只水鸟受到惊扰,扑扇着翅膀飞窜开去,也能使他一下子变得紧张异常。

幸而,行出数里之后,这种状况结束了,并没有发生任何异常的事情。芦苇丛已经渐渐被抛到了身后。也就是在这时,冒襄才发觉,那伸出江岸的簇簇芦苇,在蓝天白云的映衬下,像用极洒脱的笔墨随意挥写出来似的,摇曳多姿,富于画意,令人赏心悦目。"不错,也许是我疑虑过甚。一来,像我们这样的积善人家,自有神明呵护;二来,冲着我们人多势众,盗贼也未必有这样大胆。"他不无留恋地目送着冉冉远去的芦苇丛,自我安慰地想。也许是稍稍放下心来的缘故,冒襄觉得有点站累了。他吩咐冒成留下继续监视,自己转过身,照例先上中舱和后舱去探视了母亲和妻儿,发现她们倒还安静,于是略略抚慰上几句——一切都会平安无事之类,便转回到前舱来。

"啊,相公回来啦?"显然早就等待着的董小宛一见,连忙迎上来,微笑地招呼说。

冒襄"嗯"了一声,径自走向炕边,一屁股坐了下来,同时,用手轻轻捶打着发酸的大腿。

董小宛马上跟上来,关切地问:"相公在外头忙了这半天,想必站累了？来，让妾给相公捶捶腿。"说着，就伸出手，打算把丈夫的双腿搬到炕上。

"不要！"冒襄拦住说。同时，觉得嗓门发干，便望着侍妾说："昨儿夜里，你们不是背着我沏茶来着？那么，就沏上一壶来尝尝好了！"

"啊，相公是说、是说让妾沏茶？"董小宛瞪大眼睛问，似乎有点不相信自己的耳朵。

冒襄点点头："不过要快点儿。再过半刻，就要转舵过江了！"

"哎，好的！"由于喜出望外，董小宛的脸上像是绽开了一朵花。她马上招呼紫衣，一起手忙脚乱地张罗着，又不无胆怯地说："就怕妾沏不好，相公喝着不中意。"

冒襄摆一摆手："也不指望你们能沏好，解渴就成！"说完，他一歪身，斜靠在板壁上，一边透过窗上的竹帘，望着缓缓移过的江岸，一边管自默默盘算起来。

他想到，一旦平安过江之后，第一步，自然是先同父亲取得联系，然后再看情形，找一个合适的处所，把家口安顿下来。为着免得往返奔波，最好能在朱员外家住下，要不然上江阴县城去也行。

看样子，这局势不会很快平静下来。既然已经逃出来了，就干脆在江南多待上一些日子——半个月，或者一个月。要是那样的话，他就可以抽出空儿上南京去一趟。不管怎么说，他实在不该去得太迟。趁着大事未定，哪怕先露个面也好。须知这一次，可是显示自己的报国赤诚，并在社友们中挣回面子的重要机会，再不能轻易错过了！这么一想，冒襄的全身，就再度翻涌起一股热流。他开始怀着强烈的渴望，悬想着一旦同社友们相见之后，自己将怎样毫不迟疑地投入救亡图存的奔走呼号之中，并以最坚定的主张，最果敢的行动，来使社友们为之感动钦佩，不得不对自己刮目相看。"是的，我一定要拿出本事和气概来，让他们知道，我冒襄到底是怎样一个人!"他自负地、悲壮地想。

然而,这种兴奋没能保持很久。因为接下来,他就想到:眼下自己一家正在逃难之中,即便在江南安顿了下来,也只是寄人篱下,不能作为长久之计。要是自己把年迈的双亲和娇弱的妻儿丢下,独个儿跑到南京去,短时期或者还可以,时间一长,恐怕就办不到。但南京的政局看来绝不是十天半月能定得下来的。那么到时岂不是又要重复两年前舍尽忠而求尽孝的一幕?无疑,依照古训,尽孝也未可厚非,但尝过受人讥议的滋味之后,冒襄更希望的却是有所作为,挣回面子。"如果又是虎头蛇尾,半途而废,去了又有什么用?"这么一想,冒襄就再度冷了下来,坐在那里,感到心烦意乱,连喉头的干渴,都暂时忘却了。

"相公,茶来了!"一个娇柔的声音在耳边响起。

冒襄猛地抬起头,发现董小宛已经双手捧着一杯刚沏好的茶,含笑地站在跟前。他微微一怔,随即醒悟过来,于是"嗯"了一声,伸手接过,凑在嘴边吹了吹热气,一小口一小口地呷了起来。

"相公,这茶,这茶还能喝么?"看见丈夫久久没有表示可否,董小宛大约有点沉不住气,试探地问。

"嗯,还好!"随口答了一句之后,冒襄便一仰脖子,把残余的茶全喝了下去。

在一旁侍候着的董小宛赶紧举起砂壶,把丈夫手中的茶盏沙沙地又注满了。也许丈夫刚才那一句认可,使她总算放下心来,所以这会儿便搭讪说:

"到了江南,相公便能瞅空儿上留都去一趟了。"

"唔——什么,你说什么?"由于冷不防被侍妾说中了心事,冒襄不由得抬起头来,疑惑地问。

"妾是说,待到了江南,相公就有空儿上留都了。"

"你——怎么知道?"

"哦,妾也不知道。"董小宛赶紧回答,"妾只是想,出了这样的大事,陈相公、吴相公他们,说不定正在留都盼着相公去见面呢!"

冒襄眨眨眼睛,这样一种猜想,居然也存在于侍妾的思虑之中,倒使他有点始料不及。不过,满心的烦躁也因之再度被撩起,他把茶盏往炕桌上一放,冷笑说:

"上留都,说得容易!就冲着你们这么一天到晚缠着扯着,我走得了吗!"停了停,又气哼哼地甩出一句:"反正,我冒襄这一辈子全为你们赔个精光就是了,还能有什么!"

"哦,可不是这样呢!"显得有些惊慌的董小宛分辩说,"据妾想来,这留都相公是必定要去的。只是,这一家子相公也未必放心得下。那么,何不一块儿都上留都去?"

"你说什么,一家子全都上留都?"

"不——哦,是的,妾想、妾想这地方上不乱便罢,要真乱起来,泛湖洲、江阴县只怕也未必就能太平无事……"

冒襄不说话了。的确,侍妾的建议,也许不无道理。就全家的安全而言,南京城无疑是更能提供保障的地方。虽说人口太多,那边不易安顿,但也可以考虑把大部分人留在附近县城,自己只带父母妻儿和少数仆人前往。这么办,虽然要多花一点银子,却能免除自己的后顾之忧,确实不失为两全其美的一个办法。这么想着,冒襄觉得郁结在心头的那股子愁云疑雾,开始消散了。他情不自禁地兴奋起来,一挺身离开了炕床。

"好,这主意好!"他重复说,开始在舱里来回走动,"不错,上留都,全家都去!"

这么表示了决心之后,他忽然记起了一件事,于是回过头,望着舱外说:"咦,该过江了吧?怎么还不转舵?"

话音刚落,甲板上就响起了一阵凌乱而急骤的脚步声,"咚咚"地奔到舱门前。接着,像晴空炸响了一个霹雳似的,帘子外传来了冒成惊惶的呼唤:

"大爷，大爷！不好了，贼船！艄公说，前面有贼船！"

"七不可立"

在钱谦益献计借助散布流言，来摧垮拥"福"派的当时，吕大器对于这种非常手段虽然不无顾虑，但审度再三之后，还是横下一条心，同意了老朋友的主张。于是，过了一天，关于福王有"不孝、虐下、干预有司、不读书、贪、淫和酗酒"等"七不可立"的说法，就通过各种渠道，在南京城的上层社会里传播开来。

正像一切流言的传播情形那样，这"七不可立"起初只是说法很唬人，其实并没有太充实的内容。可是这种缺陷照例由热心的传播者补救过来了——他们或者为着使自己的说法显得振振有词，或者为着满足听众的好奇心，总是自觉不自觉地添枝加叶，甚至无中生有，空穴来风。这么七传八传，"七不可立"就变得内容愈来愈"丰富"，情节愈来愈"严重"。而主张"立君以亲"的一派人尽管不相信、不同意，但是在来不及——事实上也不可能详细查证的情况下，陡然陷于混乱和狼狈的境地，无法进行有力的反击。于是，流言的攻势开始奏效了，福王的声誉迅速下降，拥戴潞王的舆论前所未有地高涨起来……

攻势开展的第三天，钱谦益在他下榻的吕大器府邸里，接到前复社扬州地区社长郑元勋的一封措辞谦恭的短柬，说他鉴于时局动荡，担心江北家人的安危，决定暂时离开南京，返回扬州去，并准于次日中午启程。信中还对自己未能向钱谦益当面告辞，再三表示歉意，希望得到"宽恕"。这位郑大名士，说起来，自从前年春天那次倒霉透顶的虎丘大会之后，钱谦益就再也没有见过他了。不过却听说，经历了那一场风波，郑元勋的运气反而意外地好起来。在当年秋天的乡试中，他一举中式；到了去年会试，又荣登金榜，高中了进士，真是一帆风顺，好不得意！然而，局势紧接着就动荡起来。摇摇欲坠的朝廷被"建虏"和"流寇"轮番进迫，弄得焦头烂额，穷于应付，根本腾不出心思来安排这伙新贵人的出路。郑元勋在北京守候到年残岁暮，始终没有接到吏部的授职通知，只好怏怏地卷起铺盖回到扬州，打算等过了年再说。谁知前些日子，他满怀希望赶来南京守候，得到的却是京师陷落的噩耗……

钱谦益冷冷地抛下短柬，把身体朝椅背上一靠，有一阵子拿不定主意：是否应该前去送行？说实在话，也许郑元勋对前年虎丘大会期间，始而答应协助钱谦益为阮大铖开脱，最后又向周镳、陈贞慧等人暗通消息的行径问心有愧，钱谦益发现近两年来，对方似乎总在设法躲着自己。甚至近半个月来，自己多次在南京的社交场合中露面，郑元勋不可能不知道，但始终没有登门拜访……

"嗯，他想必瞅准我一定不会去送行，所以才挑这最后的当口来卖乖。可是我偏偏去送，看他怎么样！其实，我才不是为的送他，我是要会一会那些来送行的人，听听他们对'七不可立'有何议论，这才是顶要紧的！"这么打定主意，到了第二天，钱谦益就吩咐备下一副酒馔，由一名长班挑了跟着，自己坐上轿子，带着李宝，不慌不忙地走出石城门外去。

石城门是南京西面一座主要城门，出门不远，就是外秦淮河。这里河道比较宽阔，水位也较深，过江的大船，都在此往来停泊，于是自然而然成了帆樯林立、房舍栉比的一个热闹码头。人们喜欢它位置适中，交通方便，进城出城都往往取道这里。近年来，由于江北地区不停地打仗，加上天灾频仍，无法安居，逼得老百姓纷纷逃难南来，这里便经常可以看到成群结队的难民，拖男带女，啼饥号寒，平添了一派凄惶惨戚的景象。不过，自从京师陷落的消息传来之后，南京方面为着防备变故，已经下令封锁江上交通，不许难民南来。所以平日纷纭熙攘的一个码头，这会儿反而空荡荡的，变得少有的空旷和安静。

由于郑元勋已经是两榜进士,所以今天的饯别仪式,也就相应地安排在高踞于码头中心的接官亭上进行。那是一座小型的城门式建筑,有着拱形的门洞和带飞檐的门楼。楼前还竖着一根旗杆。钱谦益绕过一片绿树丛,远远看见亭前停着好些轿马仪仗。大约今天到的人不少,加上门楼上不甚宽敞,那些已经行过礼的送行者,便三五成群地在亭子周围的空地上随意站着,一边嗡嗡地交谈,一边等候着分手时刻来临。

钱谦益本来无意同郑元勋见面,也就不急于上门楼去凑热闹。他远远地下了轿子,吩咐李宝不必前去通报,然后自己略一张望,就径直朝就近的一群正在交谈的送行者走去。

"嗯,痛切!这几句,说得痛切!"

行进中,钱谦益听见有好几个声音这样说。他定眼看去,发现人群中站着一位大鼻头的中年儒生,手里拿着一张纸,正在摇头晃脑地念得起劲。钱谦益的耳朵不太灵便,照例听不真切,直到走得近了,才听出那是一份公启之类的东西,不过已经快念完了,他只听见最末的一段——

"……公台乃社稷重臣,上以国事为忧,下则苍生在念。祈请倡言会议,定力主持,从速决策,以定国本,并安人心。临启悚切万状!"

钱谦益心想:"这是谁的公启?是给哪个人写的?'从速决策'——到底说的什么事?"正侧起耳朵,打算听听有没有下文,忽然旁边有人高声问:

"敢问兄台,这是何人的公启?"

"哦,兄台想是迟来,所以不知。此乃留都三位大臣——都察院张大人、翰林院姜大人和兵部右堂吕大人的联名公启。"

钱谦益一听,顿时明白了。就在决定发起流言攻势的当天,他同吕大器、雷縯祚经过仔细商量,觉得"七不可立"的说法固然颇有力量,但光凭一般人的口去散布,恐怕还不足以使人深信不疑。因此还应当设法动员几位德高望重的大臣出面支持此说，以提高它的权威性。吕大器当时答应这件事由他去办。也不知道他使了什么法儿，到了昨天，钱谦益听说张慎言和姜曰广已经同意与吕大器联名发表《致兵部史公及南中诸先生启》，公开支持"七不可立"之说。刚才那位大鼻头儒生念的看来就是这份东西了。

"既然连张、姜诸公都是这等说，那么'七不可立'之说，只怕真有其事了！"一个忧心忡忡的声音说。

"福藩有此劣迹，只怕难登大宝。留守诸公，亟应早下决断为是！"另一个人焦急地接了上来。

"是呀，不能再拖了！""迟则有变！""确实……"更多的声音表示附和与忧虑。

"哈，弟早说过的！"一个嗓音响亮地冒了出来，那是一位身材高大的中年儒生，有着一张细白热情的宽脸，"弟说过的，福藩断不可立。何以故？皆因先朝郑贵妃，交关佞臣，数度危倾光庙①，窥伺大位。与大行皇帝钦定之三罪案②均有牵染，向为朝野正人君子所不齿。倘若时至今日，我辈又拥立其裔孙，岂非自弃所守，徒为郑妃讪笑于地下乎？又何以绝觊觎者后来之心！如今好了，揭出'七不可立'，足见公理昭昭，这福藩是断不可立的！"

钱谦益认出这位眉飞色舞的书生是梅朗中，在复社当中属于陈贞慧那个圈子里的角色，无怪乎反"福"的态度如此坚决。不过这些暗盘子话，即便是圈子里的朋友，也只是关在房间里说而已，他却没遮没拦地当着大庭广众说出来，实在最容易被人抓住把柄——"这些自作聪明的书呆子，爱的就是卖弄，却不知只足败事！"钱谦益心想，不禁皱起眉毛。

---

① 光庙：指明光家朱常洛。
② 三罪案：指发生于明朝万历末年的"梃击""红丸""移宫"三个彼此相关的宫廷案件。

果然，站在旁边的一位年长的绅士立即被激怒了。

"胡说！"他吼着嗓子呵斥道，黄褐色的胖脸憋出两片暗红，一对纯白的八字胡子在厚嘴唇上一翘一翘的，"何以因福藩是郑贵妃的裔孙，便不当立？须知'疏不越亲，少不越长'，这是祖宗的家法！你懂不懂？家法！若谓郑贵妃当初意欲废长立幼是失德，那么如今以亲以长，俱应轮到福藩。我辈便该恭恭敬敬拥立他，方为公正无私，方为信守纲纪伦常。若然随心所欲，昨亦一是非，今亦一是非，那么普天下之人便不免要问：当初诸君子力拒郑贵妃，所为何来？今日立君，又所为何来？"

东林派人士反对由福王继位，同当年反对郑贵妃时所维护的准则恰好相反，所以老绅士这样说，确实抓住了事情的要害。他虽然没有直接揭破东林方面这么做，是出于一派的私利，但锋芒所指，仍旧是十分明显的。所以周围的人听了，都不禁沉吟不语。钱谦益更是自知理亏，有点局促不安。倒是梅朗中并不服气，昂然质问说：

"可是，'七不可立'呢，这又怎么说？莫非圣人说过，应当立君以贪、以淫、以不孝么！"

"哼，天地间的大义是什么？"褐脸绅士反问，傲慢地眯起眼睛，"不就是君君、臣臣、父父、子子？我辈圣人之徒生于世上，又所为何来？不就是固守、揄扬这纲常大义，使之充塞于天地间，长存于千万世么！所以，福藩纵然有七不可立、十不可立、一百一千不可立，只要于纲常之义当立，便是当立！纵使将来亡国、破家、灭身，亦无可抱憾！何以故？因这纲常大义，毕竟由我辈之苦守坚行，得以长存于天壤间了！反之，设若毁弃纲常，舍亲而立疏，则社稷邦国即使侥幸不亡，身家性命苟且得保，亦不过仅余躯壳，一具行尸走肉而已，又安知不为千秋万世所唾骂！"

褐脸绅士越说越激动。他那双老迈的眼睛可怕地怒睁着，两道雪白的八字胡也在厚嘴唇上掀动得愈来愈厉害。显然，他对自己所恪守的"天理"有着绝对的自信，并且准备不惜以身家性命来坚决捍卫。所以在他大声疾呼的当儿，自有一种发自内心的雄辩、崇高与悲壮的意味，不但使得周围的听众为之耸然动容，就连梅朗中也眨巴着眼睛，似乎不知说什么好了。

苦劝舍潞

面对这种情势，钱谦益不禁有点焦急。他十分明白：被老绅士振振有词地宣扬的这一套"道理"，尽管在有识之士看来，是多么的迂腐、荒唐，但在一般人心目中，它其实又是异常的正确。因此，如果光推出"七不可立"的说法，而不能从纲常大义的"道理"上压住对手，那么弃"福"立"潞"的主张，恐怕仍旧难以在多数人心中站住脚。他犹豫了一下，正打算亲自出面参与论辩，忽然，人群背后响起一个清亮的嗓音：

"此言差矣——哎，差矣！差矣！"

随着话音，接二连三地挤进来几个人。钱谦益本能地收住脚，定眼望去，忽然止不住有点心跳。因为走在头里的那位眉目清秀、举止潇洒的儒生，原来是复社的有名浪荡角色余怀，后面还跟着脸色晦暗的吴应箕和神情傲慢的侯方域，只是看不见陈贞慧。说起来，自从一年多前，钱谦益在冒襄和董小宛的那一桩风流公案中帮了忙，这伙人近来已经大大缓和了对他的攻讦。虽然如此，钱谦益仍旧有点怕同他们见面，唯恐对方冷不防又兜出自己为阮大铖开脱的旧事，令自己脸上无光。所以眼下一见是这几个人，他就不由自主悄悄往后躲，但又很想瞧瞧他们打算做什么，只得尽量地伸长脖子。这当儿，梅朗中也发现来了援兵。他马上走过去，同侯方域凑在一块，咬起耳朵来。吴应箕则睁着那双仿佛洞悉一切的眼睛，大模大样地站着，一声不响。只有余怀迈着轻捷而迅速的步子，一直走到褐脸的老绅士跟前。他先不说话，却现出好奇的样子，只管上上下下一个劲儿打量着，仿佛对方身上有什么特别出奇之处似的。直到老绅士被打量得很不自在，周围的人也莫名其妙时，他才拱一拱手，一本正经地说：

"不敢动问这位先生，可是新近从闯贼那边过来的么？"

老绅士显然不明白他这样问的用意，加上摸不清余怀的来历，于是犹犹豫豫地回礼说："先生何以有此一问？学生不是……"

"哎，一定是的，一定是的！"余怀显得十分有把握。他一边说，一边移动脚步，绕着对方前后左右地审视起来。

老绅士被激怒了。他跺一跺脚，提高了声音："学生已说过了——不是！"

余怀仿佛吃了一惊："啊，真个不是？那可就怪了！何以适才先生一番高论，在弟等听来，竟十足就像替闯贼来劝降一般？"

周围的人见他像发现什么怪物似的打量对方，起初只是又诧异又好笑，听他这么一问，都不禁愕住了。褐脸绅士却气得差点儿没跳起来。他的目光朝周围一闪，随即压住怒火，紧盯着余怀质问：

"学生与兄台素不相识，不知何故恶言相加？"

"岂敢！"余怀摇一摇头，随即展开手中的折扇，掩在胸前，不紧不慢地摇着，"不过，适才先生力倡'立君以昏'之说，并谓因此而亡国破家，亦不足恤。此非甘言巧辩，意欲为闯贼诱降于我，又是什么？"

老绅士眼珠子一转，似乎有点明白了。他把两片厚嘴唇一撇，冷笑说：

"原来先生弄此半天玄虚，无非欲与小弟辩难。只是'立君以亲'，乃祖宗之家法，伦常之至理，又与闯逆何干？何以倡言祖宗家法，伦常至理，便是甘言巧辩，为闯贼诱降？倒要请教！"

"不错，"余怀不慌不忙地说，"立君以亲，确是祖宗家法。唯是祖宗定此法时，正值天下承平，四海咸安，朝多英彦，野无弃民，夷狄有臣服之心，匹夫无桀骜之志。当其时也，人主可以垂拱无为而治。故诸君之立，唯亲唯长，而不必唯贤。此亦无非尚自然、息争竞之意。今则不同，天下大乱，四海腾波。国家危急存亡，已是间不容发。倘不速择贤者而立，以系民心，振士气，致令社稷崩摧，是为不忠；父母流离，是为不孝。不忠不孝，则足下所谓纲常大义，又何以得而存哉！况且，国危则立君以贤，本朝亦早有先例。岂不忆当年'土木之变'乎？"

余怀所说的"土木之变"，是指一百五十年前，英宗皇帝在位期间，北方的瓦剌族首领也先率军攻明，英宗御驾亲征，于土木堡兵败被俘。接着京师又被围困，兵部尚书于谦见形势危急，与群臣商议，毅然放弃年仅两岁的皇太子，改立英宗的弟弟郕王为帝，终于稳定了局势，挫败了也先的图谋，最后英宗也得到释放。这确实是本朝"危则立君以贤"的一个有力的例证。只是，英宗获释回京，当上了太上皇之后，却心怀不忿。八年后，他乘弟弟景帝病重，秘密联络了宦官和部分文武大臣，发动政变，夺取了宫门，径登奉天殿复位。于是景帝被废，于谦亦被冤杀。也就是说，结局并不完美。所以，钱谦益一面对余怀的善辩感到满意，一面又估计对方会利用这一点进行反驳。果然，只听一个尖尖的嗓门说：

"'土木之变'么，不错，那一次确是'立君以疏'。不过其后的'夺门之变'不也正是由此而来么？可见到底是祸乱之源！"

钱谦益一看，说话的不是老绅士，却是另一位中年的官员，那袭圆领青袍上，绣着一方七品的鸂鶒图案，大约是个御史或给事中之类的言官。

照理，他提出的这个诘问也不难对付，不过余怀似乎没有防备，急切地张了几次嘴巴，竟回答不上来。于是，钱谦益把视线转向侯方域，期待这位以辩才著称的复社公子，会出言相助。谁知侯方域仍旧只顾同梅朗中喊喊嚓嚓地说个不停，对于同伴的困

境似乎毫不在意。相反,是吴应箕咳嗽了一声,慢慢走到前面来:

"'夺门之变'并非立君以贤之过,实乃奸臣乱政所致。不过,这一层眼下不必深论。"他做了一个手势,把利刃似的目光扫向全场,然后又回到那位七品官的脸上,"学生于此只欲揭出一事:纵有'夺门之变',江山仍为朱姓所有,国祚绵延,至今不绝,于大局其实无伤。反之,当也先兵临城下之际,若非断然舍去亲而幼之太子,而立疏而贤之郕王,则人心惊骇,士气瓦解,我朝恐已为夷狄所乘矣!此立贤之得,天下共见。若论眼下亡国之祸,较之'土木之变'时,其深危又何止百倍?更须立君以贤,中兴方能有望!否则,中国一旦沦于流寇、建虏之手,彼禽兽虎狼之心,又安知仁义纲常为何事?更断不能以之教黎民、化天下。设若举国俱成禽兽虎狼,则君臣父子之大义,又将何所附丽?若无所附丽,则先生所谓'充塞天地,长存万世'云云,岂非空洞之谈?"

吴应箕是复社有名的台柱子,见解自然不凡。这番话由他从容不迫地说出来,确实鞭辟入里,既揭破了死守旧制、不知通变的迂腐谬妄,又指明了立君以贤对于应付剧变的必要和重要。周围的人固然听得连连点头,钱谦益更是大为叹赏。现在,他放心了:有这几个人在,料想褐脸老绅士那些人再也嚣张不起来。他本来有意上前同吴应箕等人见见面,联络一下感情,又觉得现在还不到时候。"哎,等我为东林把迎立这件大事办成了,他们自然会对我改容相见。到那时再说吧!"他想,于是悄悄转过身,从人丛里挤了出来。

此刻的场子上,还有另外几个谈话的圈子。钱谦益张望了一下,打算到另一个圈子去转上一转。然而,刚迈出几步,就听见迎面传来了杂沓的脚步声。他抬头一看,发现胖胖的郑元勋由几个人相跟着,正急匆匆地朝他走来。看样子,尽管钱谦益没有声张,但仍旧很快就被人发现,并且通知了郑元勋。

"哎呀,牧老,几时到的?晚生该死,竟坐不知,万祈恕罪!

如此劳动大驾，实在不敢当！"郑元勋显得颇为激动，深深行下礼去。

钱谦益却没有动弹。他打量了一下昔日的叛卖者，发现两年没见，郑元勋似乎更胖了些，但也老了些。当初亮晶晶的脑门上，出现了一道深深的皱纹，鬓边也生出了两小片白发。尤其是那双圆鼓鼓的眼睛，不知为什么显得有点忧郁失神。"嗯，不是听说这两年，他混得挺得意么，怎地反倒像丢了魂似的！"钱谦益想，随即"噢"了一声，礼敬如仪地拱着手，淡淡地说：

"学生与超宗兄一别二载，可谓念兹在兹，无日忘之。却不知何故，总是缘悭一面。今日得知大驾返扬，又怎肯失却机会！"

"啊，牧老言重了！"郑元勋红着脸说。他显然听出这句客套里的挖苦意味，并为往事感到羞愧。不过，随后他就抬起眼睛，诚恳地说："久违道范，元勋思念綦切，只是心怀忐忑，未敢惊动。今日幸蒙赐顾，晚生感荷无已。敢请牧老移驾到船上奉茶，待晚生别过这一干朋友，即来恭领训诲，不知牧老可容晚生有此之幸？"

这当儿，钱谦益已经转过身，管自同随对方前来的那几个人行礼相见。

听了这话，他装出很惶恐的样子，连连摇着手说："不敢，不敢，学生是何等样人，怎敢受此崇遇？不敢当，不敢当！"

"还望牧老千祈俯允！"郑元勋坚持着。

"哎，还是免了吧！"

钱谦益一再回绝，郑元勋却仍旧苦苦请求，大有非达到目的不可的模样。然而，愈是这样，钱谦益的心中就愈加冰冷。他料定，对方无非是想解释两年前那件事罢了。"哼，时至今日，又何必多此一举！要是心怀鬼胎，当初你就别那么做！"他恼恨地想，随即抬起眼睛，打算以更决绝的态度摆脱对方的纠缠。然而，当接触到郑元勋的目光时，他却诧异了。因为在这一刻里，对方的神情竟变得那样苦恼、绝望，简直就像要马上哭出来一样。

钱谦益心动了一下："唔，要不，就听一听他怎么说，然后再教训他一顿不迟！"于是，他板着脸，勉强地说："那么，好吧！"

扔下这一句之后，也不待对方再有所表示，他就朝其余的人拱一拱手，说声："失陪！"转过身，径自朝停泊在码头的一艘官船走去。待到喜出望外的郑元勋派出两名弟子赶上来引路时，他已经快要踏上跳板了……

小半天之后，郑元勋终于打发走了全部送行者，抹着额上的细汗珠子，匆匆走进前舱里来。发现钱谦益正倒背着手，站在窗前，他错愕了一下，连忙上前，殷勤地请客人上坐。钱谦益一抬手，拒绝了：

"超宗兄，学生眼下很忙，实在没有工夫坐谈。兄台有何见教，就请快讲。讲完了，学生便即刻离船，免得彼此耽误。"

"可是……"

"请讲！"

看见钱谦益冰冷绝情的样子，郑元勋噎住了。他那圆鼓鼓的胖脸变得呆滞而苍白，随后又化为深灰。终于，像下了决心似的，他撩起直裰的下摆，跪了下去。

"晚生有一事恳请。"他低着头说。

"……"

"求老先生以社稷存亡为重，以江南大局为重，舍弃迎立潞王之议！"

"什么？"钱谦益有点不相信自己的耳朵。

"恳请老先生舍弃立'潞'之议！"

钱谦益的面色变了。一股怒气从心底里直冒上来。他万万没有想到，这个昔日的叛卖者非但不是向自己乞求宽恕，反而试图对关乎他后半辈子功业的大事说三道四，妄加干预！不过，随即钱谦益就警惕地想到：这说不定是个圈套，目的在于诱使自己暴露这件事的内情，那是绝不可以的。于是，他尽力按捺着怒火，嘿嘿地笑起来：

"兄台弄错了吧！老夫不过一病废之人，只配待罪山林，又怎能干预迎立大计？兄台如欲有所建言，何不径向史大司马说去？也用不到学生在此间白候了这半天！"说完，他一拂袖子，打算抽身往舱外走。

可是，郑元勋突然激动起来。他膝行了两步，一把拽住钱谦益的衣裾，死死不放。

"牧老，"他呜咽说，"北方已经完了，江南也未必守得住。一旦贼兵南下，扬州必先受其锋。晚生今日一去，说不定就是永诀了。莫非竟不肯听此最后一言么！"

钱谦益本来打算扯回衣裾，听了这句话，心中微微一震，不由得又站住了。这当儿，郑元勋已经泪流满面，但仍旧强忍着悲咽，坚持说下去：

"前辈切勿误会，以为元勋硁守成法，不思通变。其实社稷残破至此，元勋亦深知立君以贤，方有复兴之望。唯是如今江南之局，内有各怀私利之勋臣、大珰，外有拥兵自雄之将帅。此数辈跋扈骄横，与我辈素不同心。即以史公之贤能，恐亦未必能制御之。是故迎立之事，必须慎之又慎。否则口实一成，祸乱随至。今福藩为神宗本支裔孙，名正言顺，倘使舍之而改求，岂非适足授人以柄？万一彼辈乘机煽惑，闹将起来，局面如何收拾？弄不好，更会兵戎相见。到其时，不待贼兵南下，江南恐先成血海！我辈亦因一念之误，而成千古罪人。晚生连日思念及此，忧心如焚，寝食难安，是以不得不沥血陈辞，万望前辈三思复三思！"

郑元勋说完，俯伏在地上，一边不断地叩头，一边放声大哭。他哭得那样凄楚、伤情，使人觉得，他的肝肠随时都会为之断绝似的……

钱谦益那扯着衣裾的手放松了。他皱着眉毛，咬紧牙齿，久久地站着，不动，也不说话。

举棋不定

"学生请二位来，是意欲有所请教：这'七不可立'的公启，弟已拜悉。唯是日前商议时，未闻此说，不知所据何来，可属实么？"

史可法说这番话，是在郑元勋与友人们道别的同一时刻。吕大器在家里接到史可法的传请，因为无法知会钱谦益，只好带着雷縯祚匆匆赶到兵部衙门，并在签事房里见到了主人。

"这个，是弟近日派人查访所得，绝非凿空之言！"吕大器拱着手，毫不迟疑地回答。这位小个子大臣秉性强悍，除非不曾拿定主意，否则，是绝不会再踌躇反顾的。事实上，为着免得再在道义的争论上花费时间，吕大器甚至决定，把事情的真相密守在最小的范围内。除了当初参预定计的三个人外，其余一概不予透露。所以，刚才他回答史可法的那句话，其实已经耍了一个花招，即故意避开是否"全部属实"的查询，而使用了"绝非凿空之言"这么一种比较含糊笼统的措辞，显然是打算为日后留下回旋余地。不过，史可法是十分机敏的一个人，要糊弄他并不容易。所以，坐在旁边的雷縯祚一边听着，一边目不转睛地盯着主人，生怕对方听出那句话的破绽。

"唔，愿闻其详！"史可法不动声色地追问。

吕大器捋着胡子，定了定神，开始一五一十地说起来。他先谈了一通福王的"不孝"，接着又说到"贪"——这也是同雷縯祚事先商量好的。因为福王在逃难时，走失了母亲，以及过去曾经偷拿老福王的宝物那两件事，虽然真相还不大清楚，但只要确有其事，对方就无法赖账。至于原因，是可以编造和发挥的。眼下，吕大器就是用这种办法，突出几件有比较明显依据的事实，详加叙述和渲染，其余则粗略地带过。在说明事情的起因和经过时，却极力朝坏的方面引申，从而得出福王品性顽劣，行为乖张，实不宜于奉为君主的结论来。吕大器并不特别善于辞令，但气质刚横，说话尖锐激烈，斩钉截铁，隐然有一种不容置疑的力量，使人听来，较之那种甘言巧辩，似乎更加具有说服力。

高亢、雄辩的话音在四壁间嗡嗡回响着。终于，吕大器把"七不可立"的依据罗列完了，签事房里复归于一片寂静。史可法只顾拈着胡须，老半天没有表示态度。

雷縯祚在旁边开始感到不安。事实上，在立"福"还是立"潞"的选择上，史可法始终有点举棋不定。这一层，他们是知道的。他们串通制造出"七不可立"之说，主要固然是为着对付拥"福"派，但也未尝没有试图促使史可法早下决断的用意。现在看见对方仍旧犹豫不决，雷縯祚可就有点沉不住气了。他同吕大器交换了一下眼色，随即转向主人，微微前倾着身子，打算开口试探。忽然，史可法像是拿定了主意似的，一挺身离开了座位，一声不响地走进里面的房间去。片刻之后，他又重新走回来，把一叠信柬递到吕、雷二人手中，说：

"这也是学生收到的，二位不妨看看。"

雷縯祚有点莫名其妙。他迟迟疑疑地接过、拆开，同吕大器你一封我一封地交换着看起来。这下子，他才明白了：这些信原来全是南京以及其他一些府县的官员和缙绅写来的。有些还是几个，甚至几十个人联合署的名。其中非东林派人士固然不少，但也有相当一部分是东林派官员，就连淮南巡抚路振飞、吏科给事中章正宸这样一些有影响的人物，都在信中力主拥立福王，认为"七不可立"之说是深文周纳，不足凭信。有不少信件甚至直斥散布流言的人居心叵测，干纪乱政。雷縯祚本来就有点心虚，看着看着，竟不由得脸发红、气加促，连双手也微微颤抖起来。

"那么，大人之意……"看来，还是吕大器比较沉得住气。他放下信柬，望着主人问。

史可法没有马上回答，他站立起来，倒背着手，来回走了一阵，

最后在椅子旁边站住,用一只手抓住靠背,抬起头,不无激动地说:

"可法身为大臣,受先帝知遇之恩,谬膺本兵之寄。当京师危急之时,竟未能倾江南之师,北上勤王,遂至有三月十九之变。误国之罪,万死难赎!所以稽迟至今,未曾早自引决,以谢天下者,实以江南乃社稷存亡所系,而新君未立,大局未定,遂不得不忍死须臾,欲与诸公共谋之……"

说了这么几句之后,有一阵子,史可法的情怀似乎激荡得厉害,以至声音也哽咽起来。他不得不停顿一下,极力控制住自己,然后才接着说下去:

"自古邦国危亡,立君必当以贤,中兴方始有望。今福王庸懦不学,即无此'七不可立',亦非相宜之选。而时论不察,嗷嗷然徒自缚于亲疏伦序之成说,殊失谋国之宏旨。盖家法之于社稷,犹毛之于皮。皮之不存,毛将焉附?是故可法愿以待死之身,与三五君子主持之。必待贤君立而江南定,然后自请率师北伐,誓灭狂寇,以复先帝之仇。可法虽粉身碎骨,固所求也!"

吕大器和雷缜祚自始至终紧张地倾听着。他们自然知道,尽管已经尽了很大的努力,但事情最终如何决策,仍然得由眼前这位最高军事长官来拿主意。所以,当史可法明确表示排除福王这一选择时,他们都如释重负地松了一口气,并且大大兴奋起来。不过,他们都是老于官场的人物,尽管心中高兴,面上却不露声色。特别是当看见史可法此刻的神情是那样悲愤和严厉,眼里还分明地闪动着泪光,为着表示对上司的尊重,他们也都一齐摆出沉重的表情。这样过了片刻,雷缜祚才抬起头,小心地提醒说:

"大人决策立贤,自是社稷之福,黎民之幸。纵有持之者,其实不足虑。唯独那几位手握兵权的总戎,如何以善法抚之,令彼同心拥戴,却须仔细参详。"

史可法点点头:"老先生此虑,学生亦曾想来。眼下江南诸镇将,武昌左良玉与我辈渊源较深,其附议当无可疑;郑芝龙远在浙闽,亦不足为虑。如今须留意者乃江北四镇。其中刘泽清日前托人来说,愿唯我留都诸君子之命是听。那就剩下高、刘、黄三镇。黄得功与刘良佐,俱听命于马督瑶草;只需马瑶草不持异议,此二镇亦可无虞。最后剩下高杰一镇,彼纵欲桀骜,料亦孤掌难鸣,再以善言抚之,当不敢复有异辞。"

这么分析了之后,停了停,他又补充说:"况且,以往之持我者,无非因潞藩伦序太疏。如今改立桂藩,亦可稍杜彼辈之口!"

雷缜祚起初只是一边听一边点头,对于最后这一句,并没有特别留心。

然而,他蓦地反应过来,不由得吃了一惊,连忙问:

"啊,大人是说、是说改立桂藩?"

"嗯,前者立'福'与立'潞',争持太烈,双方已势成水火。若遽尔立'潞',拥'福'者势必心怀惊惧,难以自安。此辈为数不少,设若不能释彼之危疑,将何以和衷共济?不能和衷共济,中兴之业,又安能有望?是故'福'固不宜立,然则'潞'亦不宜立。今桂藩素有贤声,且伦序较潞藩为近,与昔时两派俱无恩怨爱憎之嫌,立之最为妥当!"

史可法仍旧心平气和地分析着,雷缜祚却呆住了。说实在话,前一阵子他们竭尽全力排斥福王,就是为了尽快地把潞王拥立上去。现在闹了半天,结果又回到桂王身上。那么,看来事情仍旧得拖下来。在两派主张的对立已经到了如此尖锐激烈的情势下,这实在是十分危险的。所以,雷缜祚心中一急,忍不住争辩说:

"夜长难免梦多,舍近而求远,似不相宜。况且潞藩贤明当立,此议宣传已久,一旦改立桂藩,亦恐失江南君子之望!"

史可法尖利地看了他一眼,淡淡地说:"学生亦知难免有人失望。唯是身为大臣,谋国任事,终须以大局之利害安危为指归。设若因此招怨招怼,可法唯有以一身当之而已!"

"道老!"也许发现史可法的语气过于严刻,吕大器冷冷地接了上来,"介老之意,是诚恐改立桂藩,未必足以阻塞拥'福'者哓哓之口,而拥'潞'者又因失望而钳口不言。若闹成个'扁担没扎,两头打塌'之局,反而更难收拾!"

"那么,依少司马之见?"

"卑职何敢专擅,还请大司马卓裁!"

平日关系密切的两个人居然互相以对方的官职相称,不用说彼此都有点上火。史可法显然意识到了这一点。他斜起眼睛,默默地注视着紧抿着嘴唇,并且负气地扭过头去的副手。片刻之后,他终于垂下眼皮,用变得稍稍和解的口吻说:

"弟审度再三,以亲以贤,还是改立桂藩为宜。至于潞藩,可委之以'天下兵马大元帅'之职,让他统率三军——不过,这两件事眼下都不是就这么定了,还得待弟见过马瑶草,与他商议之后再说!"

满怀怨毒

史可法同吕、雷二人会面的第二天,在长江北岸的江浦镇,一座属于庐凤总督马士英所有的园子里,天刚蒙蒙亮,阮大铖就离开了寝室,踏着露水,来到主人下榻的一角庭院里。他提起靴尖,把蜷伏在廊柱下打盹的值夜仆人捅醒,说自己有极紧迫的事要同马士英面商,硬迫着对方立即给他入内通传。等睡得迷迷糊糊的年轻仆人搓着惺忪发涩的眼睛,撅着嘴,不情愿地走进屋子去之后,他就转过身,腆着大肚子,在院子里咯吱咯吱地踱起步来。

时候确实还很早,熹微的晨光刚刚在朝东的屋脊上抹上一层乳样的白色,满院子的花树山石还隐现在昨宿的雾气里。四下里静悄悄的,整座园子还在酣酣熟睡。不过阮大铖觉得已经睡得很够了。事实上,他从来用不着睡得很多。他有的是浑身使不完的精力。更何况,眼下又绝不是可以安心睡觉的时候!

阮大铖是五天前,得知马士英已经回到了江浦,才匆匆赶过江来的。虽然自从前年马士英被起用为庐凤巡抚之后,阮大铖因为有一段时间跟他联系不上,曾经感到又生气又沮丧,不过,后来马士英终于给他来了信,表示决不会忘记阮大铖的大恩大德,日后有机会,定当"涌泉以报"。到了去年,马士英来到南京,又特意上门拜望,再度表示信守前约,阮大铖这才消除了怨嫌,稍稍放下心来,继续咬紧牙关,苦苦等待,指望有朝一日,能够实现重立朝班的梦想。正因为这个缘故,十天前,当阮大铖听说京师已经陷落,留守南京的大臣和有名望的缙绅们,正在议论纷纷,准备迎立新皇帝的时候,他心里的那份焦急和紧张,真是非同小可。因为经过这许多年的反复琢磨,他早已一个心眼认定,当初千错万错,就错在让崇祯皇帝来继位,一手定下了那个可恶可恨的"逆案",自己才被一家伙打在浑水里,整整受了十七年的苦楚。如今好不容易熬到崇祯这个昏君"龙驭宾天",自尽了账。要是被抬出来顶替空缺的新皇帝,依旧采取同样的立场,那么阮胡子岂非竹篮子打水一场空,把这一辈子的老本赔个精打光?所以,他当时就恨不得立即找到马士英商量对付的办法,偏偏马士英远在凤阳,并非一朝一夕就能见到。正当他抓耳挠腮地发急,忽然又听说吕大器等人倡议迎立潞王,阮大铖更是大吃一惊。因为他曾经扳着指头细细地算过,除却太子和永、定二王由于老子没积德,活该无福继承皇位之外,按照立君以亲的规矩,就该轮到在洛阳大难不死的小福王来坐龙廷。冲着郑贵妃当年受东林伪君子们欺凌作践那段宿怨,这位小王爷能否为祖母报仇,把那个冤天下之大柱的"逆案"给翻过来,虽说还得走着瞧,但开放党禁、起用旧人应当是顺理成章的事。假如换了一个毫无关系的什么潞王,情形可就十分之难说。所以,在惶急无计的情况下,阮大铖只好赶紧修了一通书信,说明事态极为严重,敦促马士英火速南来,利用手中的兵权和目前的地位进行干预。否则这份拥戴新皇帝的功劳，势必被东林方面全部夺去，到头来马士英就会给挤到角落里，只剩下俯首帖耳，任人摆布的份儿。本来，阮大铖还打算请他的朋友、马士英的妹夫杨文骢连夜把信送到凤阳去。但杨文骢尚未动身，就得到马士英已经回到江浦的消息。阮大铖喜出望外，立即赶过江来相见，并且照例在马士英的别墅里住了下来。一连两天，他都缠着主人，要对方一定设法把福王拥上帝位。谁知马士英偏偏一味支吾，不肯明确表示态度。这可气坏了阮大铖。心想："好你个马瑶草贵州佬，直恁可恶！莫非你说过的话又想反悔不成？我老阮非跟你泡到底不可！"于是纠缠得更急了。昨天他赶着马士英"商谈"到深夜，今天一清早又精神抖擞地前来打门。

终于，年轻的仆人轻手轻脚走出来说："我家老爷请阮老爷隔壁书房小坐，我家老爷这便起来。"

阮大铖一听，也不等再请，立即迈开大步，径自咚咚咚地走进上首的那间屋子里，大咧咧地朝椅子上一坐，叫道：

"茶来！"

年轻的仆人正大张着嘴巴在打呵欠，听见吆喝，连忙把半截呵欠缩了回去，赔笑说："阮老爷，你瞧这天，才放亮呢。那烧火的想必未曾起身，何来的开水泡茶？只得请您老委屈片时，包涵则个！"

阮大铖翻了翻眼睛，无可奈何地道："那么，掌灯！"

"哦，这个却有！"仆人赶紧答应，匆匆走到屋角去，过了一会儿，果真点着了一盏"青绿铜荷一片檠"的书灯，送了过来。

现在，阮大铖往椅背上一靠，把胖大的身子躲进摇曳的灯影里，一边听着晨风拂动门帘的簌簌声响，一边继续琢磨起心事来。

他想到，这一次能否把福王拥立上去，实在是太重要了。不仅关系到他本人能否起用复出，而且还关系到他能否最终痛痛快快地报仇。阮大铖可是发了誓，一定要报仇的！这些年来，东林、复社那伙混蛋把他欺侮得够苦、够惨的了！生生地把他硬说成是祸胎、小人、坏胚、恶棍！不许他复官起用不算，还到处说他的坏话，败坏他的名声，讥笑他、攻击他、辱骂他，使他丢尽了老脸！其实，名列逆案的人有的是，凭什么他们就光冲着自己瞎嚷嚷？唯独要对自己这么赶尽杀绝？莫非别的逆案中人是小娘养的，他老阮竟是小娘的丫头养的不成？哼，别以为石巢园里的主儿是个软柿子，好捏！走着瞧吧，时辰一到，凡是挤捏过他的，一个一个他全都要报仇！说到做到，决不含糊！

阮大铖移动一下身体，使自己坐得更舒服一点，同时开始想象怎样向仇人们报复——杀死他们，一个不剩地把他们收拾干净，这是没有疑问的。可是也不能一概砍头了事，那样未免太没趣儿，也太便宜了他们——"咔嚓"一声，就完事了——不，要想法儿慢慢消遣他们。什么刁钻古怪的酷刑，哪门子有趣就挑哪门子——"一封书""鼠弹筝""拦马棍"一窝儿上！让他们求生不得，求死不能，要他们一个一个像狗似的跪在地上，向自己苦苦求饶，一声递一声地管自己叫爹爹、爷爷，然后才放他们一条死路！而且不能光让他们自个儿死了就算，还要闹个满门抄斩，株连九族、十族！让他们的妻妾儿女都去当婊子、龟儿、奴婢！就像当年成祖皇帝处置建文帝那帮子遗臣一样……

阮大铖愈想愈兴奋，那交叉搁在肚子上的十根手指头，不由自主地动弹起来，满腮的浓密胡子因为快乐而抖动，扫帚眉下的一双乌眼珠子也在灯影里闪闪发光。他仿佛看见周镳、雷縯祚、陈贞慧、吴应箕、顾杲、黄宗羲、冒襄、侯方域，还有吕大器、张慎言、姜曰广等人，甚至还包括眼下东林派的大头儿史可法在内，都满身血污，戴枷披锁，断腿折臂，在监牢里呼天抢地，哭爹喊娘……

"咔嚓！咔嚓！咔嚓！"嗯，那是什么声音？是狱卒过来了——啊，不是！阮大铖一下子惊醒过来，回头朝通往明间的门望去，只见刚才那个年轻仆人神色惊惶地奔进来，穿过明间，直向内室走去。过了一会，已经穿上公服的马士英就从屏风后面转了出来。

"哎，瑶老！"被痛快的幻想弄得很兴奋的阮大铖连忙站起来，"咣吱"一声带动了椅子，容光焕发地迎了出去。

谁知马士英摆一摆手："圆老，这会儿没工夫跟你谈，回头再说吧！"

"怎么？"

"史道邻来了！"

"什么，史道邻？"阮大铖的眼睛一下子瞪圆了，"他、他怎么这一大早就来了？"

马士英哼了一声："他就是这么个要命的劲儿！自己不睡觉，就以为别人也不用睡觉，不管白天、夜晚，想来就来！"

阮大铖觑了对方一眼，感到有点尴尬。因为马士英这句牢骚，分明也有冲着他而发的意思。他只好转移话题，追问：

"史道邻来做什么？"

"谁知道！八成是迎立的事！"马士英一边说，一边往外走。

阮大铖一听，顿时急了。他双手一拦，说："瑶老，这事非同小可，你可得与我说清楚了再去！"

马士英显然被纠缠得有点不耐烦。他皱着花白眉毛，一边继续往外走，一边说："圆老，你聪明一世，怎么倒糊涂起来了？正因此事非同小可，故不能草草决断。这两日，我不曾答允你，就是算定老史必定要来找我——且听一听他怎么说，再定不迟！"

"可是……"阮大铖仍旧不甘心地追上去。

马士英也急了。他猛然站住，跺着脚说："圆老，史道邻的轿子已经到门了！有什么话，回头再说成不成？"

说着，一拂袖子，头也不回地匆匆去了。剩下阮大铖目瞪口呆地站在那里，半晌，终于一屁股坐到走廊的栏杆上。

另谋援手

"咦,圆老,大清早的,你坐在这儿,所为何来呀?"

这是在马士英去了好大一会儿之后,他的妹夫——罢职知县杨文骢早上起来,到园子里散步,看见阮大铖坐在栏杆上发呆,便走近来,好奇地问。阮大铖阴沉着脸不作声。

这两天,杨文骢一直同他们泡在一起,自然清楚老朋友的烦恼。他那圆圆的脸上现出同情的微笑。也许是为着逗阮大铖喜欢,他用折扇指着四周,眯起小眼睛说:

"圆老,你瞧,马瑶草这园子修得着实不坏。小弟每次来此小住,总觉得身心俱泰,俗虑全消。你别说,刚刚我在双碧屿那边转了转,打回波桥上走过来,就这么几步光景,啊哈,居然又有诗了,正好向你老请教!"

说着,他仰起头来,打算高声吟哦一遍。然而,就在这时,一只鸟儿在看不见的绿叶丛中鸣叫起来。那是一只怀春的画眉。它用小小的、年轻的喉咙不停地啼唱着,热情地呼唤着。那美妙悦耳的歌声时而显得佻佻急切,时而显得哀愁宛转,时而又深挚绵长,充满了柔情蜜意。接着,另一只在远处应和起来,然后是第三只、第四只……杨文骢不由自主顿住了。他侧起耳朵,现出凝神品味的样子。过了一会,鸟声消失了,他才叹了一口气,不胜倾倒地说:"好一个'春林花多媚,春鸟意多哀'。晋人的境界,毕竟是高的!"说完,他斜眼瞅了瞅阮大铖,仿佛考虑他那首新作还念不念下去。不过,看见对方始终绷着脸,显得全无雅兴,他也就放弃了原先的打算,彬彬有礼地拱一拱手,转过身,继续散他的步。阮大铖却一伸手,把他扯住了。

"坐!"阮大铖不客气地朝身边的栏杆一指。杨文骢不由自主坐下了。

"你说，"阮大铖恶狠狠地问，"老马这两天老跟我下'闷棋'，到底是怎么回事？"

"哦，这、这小弟何从得知！"杨文骢连忙推搪。

"嗯，你是说不知道？"

"弟是真的不知道呀！"

"胡扯！"阮大铖发火了，"你是他的妹丈，他就相信你，私下里什么都跟你说，对我却守口如瓶。别以为我不知道！哼，你们瞒得过谁！"

"这……"

"是不是？你说，是不是？"阮大铖干脆大嚷起来。

"哎，别嚷，别嚷嘛！"杨文骢慌忙制止说。他眨了一会小眼睛，看见抵赖不过，只好妥协了："不错，马瑶草是对弟说过——其实他也不是不信你，就是怕老兄太爱嚷嚷，一点不合心意，马上又唠唠叨叨地埋怨他忘恩负义，过河拆桥，弄得他不知如何才好。"

阮大铖哼了一声，不服气地说："我要不是这等提醒他，他能记得住吗——不过，你且说下去！"

"据弟所知，老马之意，是此番拥立，事关重大，若一子着错，就会满盘皆输，到时不只帮不了你圆老，闹不好连他也会倒大霉。这次他南来，不即过江回府，却来这里权且住下，也是想瞧瞧史道邻如何动作。不过，东林方面抬出潞藩，显见是意欲夺取拥戴的首功。就冲着这来头，老马也决不能轻易答应。可说到拥立福藩，因有郑贵妃那一层关系，东林方面只怕也未必肯让步。如今又闹出个'七不可立'，就更加难办。所以瑶草想来想去，觉得事到如今，最合适的唯有广西的桂藩……"

"什么？"阮大铖猛地站起来，"桂藩！马瑶草想立桂藩！"他气急败坏地问，"可是桂藩与我老阮有何相干？立他有何好处？他与郑贵妃全无瓜葛，也不与先朝那些案子沾边，更没有被东林奸党排挤禁制的切肤之痛！他又怎晓得我老阮的苦处，怎会为我着想？起用我？倚重我？好啊，闹了半天，马瑶草要立的原来是桂藩！那么，我可要问一问他，心中到底还有我没有？他说过的话算不算数！"

阮大铖咬牙切齿，怨气冲天地数落着，挥舞着胳臂。由于发现自己正在被马士英暗中叛卖，他简直气得发疯。如果不是想到杨文骢是马士英的妹夫，他很可能连再难听的丑话、脏话都一块儿给骂出来。

"瞧，瞧，你又来了！"杨文骢无可奈何地说，"其实老马也不是不为你着想，他是……"

"不！"阮大铖一挥手，横蛮地吼道，"他马瑶草真个够朋友，就无论如何也得想法子把福藩拥戴上去！东林那伙人不是下死劲儿排挤福藩吗？那正好，我们就偏要拼死拥戴福藩。一旦福藩正了大位，自必对我们心怀感激，言听计从，对东林那伙人心怀怨愤，疾若寇仇！到那时，举江南之朝野，又何愁不是我辈的天下！如今舍福而立桂，闹得咸不咸、淡不淡、冷不冷、热不热的，又成得了什么大事！"

停了停，他又猛地一跺脚，重复地说："一定要立福藩！"

听了他这么一番连吵带嚷，杨文骢觉得似乎也有道理。他拈着胡子沉吟道："按说呢，立'福'也不是全无成算，其实拥戴的人也不少。别的不说，前两日我上司礼韩公那儿去，就听他说起，好些有力量的勋臣、科道，俱主此议……"于是，他扳着手指头，举出了现任南京守备的魏国公徐弘基、现任江防提督的诚意伯刘孔昭，以及吏科给事中李沾、河南道御史郭维经、山东道御史陈良弼等一串名字，末了，又说：

"闻得卢九德也从凤阳来了信，亦主拥立福藩。"

他说的这个韩公，是指南京的守备太监韩赞周；至于卢九德，则是目前正与马士英在凤阳共事的一位守备太监。这两人都是极

有权势的人物。阮大铖一听,眼睛顿时睁大了:

"你说什么,卢、卢九德也主立福藩?"

"是韩公这等告知弟的。他二人是极相知的朋友,自然不会有假。"

阮大铖不说话了。他倒背着一只手,另一只手挽着那绺有名的大胡子,慢慢地揉搓着。从他那两道时而明亮、时而阴沉的目光中,不难揣测,他内心正进行着某种新的谋划。

终于,他抬起头来:

"嗯,如今,我有点紧迫之事,须得即刻过江,回留都一趟。烦兄在这儿替我留神着,瞧瞧老马与史道邻谈出个什么结果,从速着人过江去告知我。可办得到么?"

杨文骢虽然有点莫名其妙,但仍旧点点头,然后又问:"等老马他们谈完了,兄再去不行么?"

阮大铖把手一摆:"来不及了!就这么办。这可是大事,千万记紧!"

说完,他就匆匆转过肥胖的身子,迈开大步,头也不回地转过长廊,很快消失在被早晨的阳光印上了许多树影的月洞门外。

杨文骢怔了半天,终于摇一摇头,慢慢地旋过脸,继续在翩飞着双双彩蝶的花木丛中悠然散起步来。

大半个时辰之后,已经结束了会谈的马士英回到内宅来了。杨文骢一见,立即迎上去问:"姐夫,史公去了么?今日谈得如何?"

"唔,已经谈妥了。可谓英雄所见略同!"马士英不无自傲地仰起尖下巴,山羊胡子下面露出一丝难得的笑容。

"噢,那么——"

"定策迎立桂藩!"马士英口吻坚定地回答。停一停,像想起了什么,又偏过脸来问:"圆老呢?让他快来!"

"啊？——哦，圆老、圆老已经走了！"正在发呆的杨文骢一下子回过神来，连忙回答。

马士英皱起眉毛，疑惑地问："怎么，走啦！他上哪儿去？什么时候？"

"走了已有大半个时辰，他说有紧迫的事，要回留都！"

第三章
争入幕复社破局，背前盟奸佞欺心

书坊豪言

坐落在三山街的蔡益所书坊，在南京的同业中虽然算不上生意顶大，名声顶响，但也门面宽敞，品类丰盈。在占满三面墙壁的高大书架上，举凡经史子集、闱墨房稿、戏本小说，乃至医书画谱、酒录茶经，可谓一应俱全。同许多书坊一样，它除了贩售之外，还兼营出版和编书。店内附设有刻字和印刷的工场，每年还要聘请若干名家到坊里来选批八股文集。难得的是店主蔡益所为人不俗，喜好结交学者名流，同样编一部书，他店里的食宿和酬金比别处都要优厚些。所以像吴应箕、张自烈这些有名的选家都成了本坊的老房客。凭着这层关系，他们的住处，也自然而然成了圈子里一帮子社友的聚会之所。

在史可法定策到广西去迎立桂王之后的第三天，陈贞慧应社友们的要求，来到蔡益所书坊参加一次小型的聚会。因为当天下午，史可法就要赶回江北的浦口去布置军务，陈贞慧也得随同前往，所以社友们都切望在他走之前，能了解一下政局进展的最新情况。另外，还有一个并非多余的原因，就是黄宗羲于昨天来到了南京，也急于要同陈贞慧见面。

现在，社友们已经齐集在吴应箕下榻的西厢房里。这是一间陈设简朴，但收拾得颇为洁净的屋子。里面照例有床，有榻，有书案和立柜，还有一张八仙桌和几把椅子。墙上没有字画，却显眼地挂着总是被吴应箕带在身边的一柄宝剑和一张古琴。如今，在一窗朝阳映照下，它们都在那里莹然生辉。隔着门上那面低垂的竹帘，可以望见东厢房那有点歪斜的黑瓦顶，以及天井里的盆景和翠竹。

黄宗羲因为是新到，所以在开头一阵子，照例成了社友们包围的对象。

大家听他谈起前一阵子的种种经历，都禁不住既感动，又愤慨。感动的是绍兴府的士民们，在得知北京失陷的噩耗后，居然纷纷自动齐集起来，在刘宗周的带领下，前往知府衙门，后来又到了省会杭州，泣血请愿，要求从军杀"贼"。这在江南各府县，还是头一次听说。而令人愤慨的是，无论是绍兴知府王郦，还是浙江巡抚黄鸣俊，对于士民的一片忠义之忱，竟然都置之不理，要么装聋作哑，要么则以守土待命为理由，干脆加以拒绝。结果，弄得刘宗周毫无办法，只好一面留下来继续催促，一面派黄宗羲前来留都，打探消息，向他报告。

"哼，这一次，弟算是把那伙地方大员的嘴脸看透了！"黄宗羲瞪着眼睛，余愤未消地说，"貌似高深，实则庸陋；貌似持重，实则懦怯！畏首畏尾，瞻前顾后，可他们就偏不怕国破家亡！"

"哎，那黄鸣俊虽不肯举兵北上，但应允率先举哀发丧，也算是难得了！"余怀摇摇头，声音里透着懊恼，"你不见留都？我辈花了如许力气，实指望能把潞藩拥立上去。不料闹了半天，到头来却弄成了上粤西去迎立桂藩。虽则适才定生兄说是迫不得已，但小弟想来想去，总觉得不值！"

"可不！"坐在他对面的侯方域立即附和，"若是潞藩得立，我东林、复社便是定策之功。何况他又是有名的'潞佛子'，到其时，江南怕不是我辈的天下！如今闹出个桂藩来，天晓得是个什么脾性儿！"

"不过，决策立'桂'，也还不错。只要不是福藩就好。前一阵子，那帮'乌鸦'们闹得如此厉害，弟真怕史道邻撑持不住……"

梅朗中小心地说。前几天,他在石城门外送别郑元勋时,曾参与过同拥"福"派的一场争论,对方的嚣张气焰,他想必记忆犹新。

侯方域却不以为然:"哼,这也是疑虑太过!"他撇着嘴说,"大义当前,哪里还顾及得许多。要说怕闹,难道立'桂',他们就不闹么?听说那个刘诚意,还有吏科的李沾,直到昨日,还在清议堂里嚷嚷,非要立'福'不可呢!"

他说的这个"刘诚意",就是指的现任江防提督的刘孔昭。此人是开国元勋刘基的后裔,袭封"诚意伯"的爵位。他一向骄横跋扈,专门同东林派人士作对,是阮大铖在南京的一座靠山。所以一提起他,大家顿时来了气。

"刘孔昭?他何德何能!无非是仗着祖宗的余荫,在那里耀武扬威。别看他眼下挺神气,以为南京就靠他提督操江。哼,流贼不来则罢,若真个攻来时,头一个献江乞降的,没准儿就是他!"这是一位新到的社友,名叫左国棅。他是已故著名东林领袖左光斗的儿子,平生最恨阉党。这种憎恨也推广到一切庇护阉党的人,所以立即带头发起攻击。

坐在他旁边的张自烈点点头,老声老气地说:"据弟所知,这荫爵其实也轮不到他。他父亲本是婢女所生,而且被逐出了家门。他其实是出婢之孙,却冒袭封爵。听说他伯父为这事一直闹着要打官司呢!"

"啊哈!弟只道古人有'而母婢也'之说,原来此公竟是'而祖母婢也',可谓超迈古人了。"有人从角落里抛出来一句,那是已经舒舒服服地摊开手脚,歪坐到罗汉榻上的促狭鬼余怀。

"哈哈哈哈!"大家都被这句刻薄的挖苦逗乐了,解气地哄笑起来。

"哼,还有徐、赵、汤那几个勋臣,我瞧都同刘孔昭一个鼻孔出气,全不是什么好东西!"笑声中,吴应箕冷峻的声音冒了出来。他没有笑,黝黑瘦削的脸上显得怒气冲冲。

于是,大家受了激发,又七嘴八舌地骂开了。

"不错,还有那一伙阉人大珰,这些日子也蠢蠢欲动,想在定策大事上插上一手,看来都没安好心!"

"哼,今后朝廷之上,万万容不得这帮昏浊小人来掺和,否则中兴断乎无望!"

"那当然。这帮人成事不足,败事有余!"

"喂,喂,列位,驱灭贼寇,光复神京,舍我东林、复社诸君子,试问尚有何人能当此大任?"

这最末一句豪迈的自夸,像朝闷烧着的炉膛里捅进一根拨火棒,把大家的情绪一下子拨弄得高涨起来。的确,经历和目睹了这些天南京所发生的种种变化,特别是围绕拥立新君这件大事所展开的激烈论辩和紧张较量,他们已经敏锐地意识到,北京的陷落固然是一场空前的大灾难,但是随着江南地区在政治上不可避免的崛起,又给他们创造了施展抱负的现实机会。如果说,在此之前,权力中心对于他们来说,毕竟还颇为遥远的话,那么眼下它却突然变得相当具体、实在,仿佛一伸手就能够触摸得到似的……所以,有片刻工夫,虽然谁也没有说话,但兴奋、自信,而又雄心勃勃的光芒,却从那一双双若有所思的眼睛里,分明地闪现出来。

倡议入幕

在这一阵子交谈当中,只有两个人没有开口说话,一个是顾杲,他始终保持着冷漠而阴郁的态度,另一个就是陈贞慧。不过,他的情形与顾杲不同。事实上,在向社友们透露史可法决策迎立桂王的时候,陈贞慧也曾经有过顾虑,生怕大家想不通,还准备为此做一番解释说服的工夫。后来,看见大家尽管也发发牢骚,毕竟还是接受了下来,而且似乎并没有影响热情和斗志,他才又放了心。只是，作为这帮子人的头儿，陈贞慧的考虑却更多一些，也更深一些。他明白，自己和朋友们尽管满怀报国效死的热忱和壮志，但到底都是一些尚未取得功名和官位的读书人，不可能直接参与朝廷的决策，甚至连执行的资格都没有。而在眼前的形势下，又不容许再按部就班地慢慢等待。因此，陈贞慧已经设想了一个计划，就是让社友们学自己的样子，在取得正式功名之前，先设法进入各个重要衙门充当幕僚，以便凭借当权人物的信用，谋求对政局发挥影响。由于圈子内的这些社友，都是士林中的知名人物，有些还是官家子弟，在陈贞慧看来，这是不难办到的。不过几天前，他把这个设想去同复社的元老人物——周镳商量，老头儿却没有吭声。而当陈贞慧进一步表示，愿意把这件事全面承当起来，只希望对方能凭借在官场中的老关系，给予帮助时，周镳也只淡淡地说："看看再说吧！"老头儿的这种态度，使陈贞慧多少有点失望，但并没有改变他的决心。今天，陈贞慧就是带着那一套设想，前来赴会的。他刚才没有马上提出来，是觉得慷慨激昂的情绪，对于下一步的商议很有好处，有意让大家发挥得更充分一点。不过，坐在一旁、始终冷冰冰一言不发的顾杲，却使陈贞慧有点担心。这些天来，顾杲的情绪一直很坏，显得比谁都绝望沮丧，而且任何劝解都听不进去，同以往那种乐观豪迈相比，像是完全换了一个人。为了防止他突然说出使大家扫兴的话，破坏了眼前的气氛，陈贞慧决定尽快把谈话引入既定的设想中去。他清一清嗓子，等大家安静下来之后，便开始说：

"列位社兄适才之言，令小弟甚为感奋！古人云：三军可以夺帅，而匹夫不可以夺志。但能存此一段志气，中兴大业，何忧不成！况且，眼下神京不幸陷于贼手，然而大江南北，大半仍属我大明之天下。就军力而言，留都守军及江北黄、高、二刘四总兵所辖者，当有三四十万之众，加上武昌左良玉的八十万大军，总数不下百一二十万。福建郑芝龙及两广、云、贵之兵,尚不在其内。只要朝野同心,匡扶社稷,定能光复神京,寸磔闯逆,以报先帝之仇!"

陈贞慧不愧是这帮子人的领袖,不仅考虑事情更加全面深入,而且掌握情况也比大家更加清楚。别看社友们刚才慷慨激昂地嚷得挺欢,对于许多事情其实都不甚了了。他们的热情与其说是建立在对形势的清醒估计上,不如说是建立在盲目的自信上。所以,忽然听说明朝方面居然还有这么庞大的兵力,反而吃了一惊。

"什么?光是江淮一线,就有一百多万!这可是真的?"

"那么,何以不赶快出师北伐,趁流贼立足未稳,夺回神京?"

"是呀,听说流贼之兵,不过三四十万。兵法有云:'倍则围之',我兵多于流贼何止两倍,大可将之重重围困,然后一鼓歼之!"

"咦,可不是'倍则围之',是'十则围之'!"

"'十则围之'……不,是'倍则围之'。弟记得的!"

"是'十则围之'!"

这争论的两位是梅朗中和余怀。吴应箕大约看见如不制止,他们便会争论个没完,于是把桌子一拍,不耐烦地说:"淡心说得对,是'十则围之'!不过,先别管这个了。眼下还轮不着我辈去领兵打仗,倒是商量一下,如何管领这留都的清议是正经!"说着,他转过长着刺猬般胡子的脸:

"定生,你且说下去!"

陈贞慧点点头,拿起茶杯,呷了一口,又继续说:"适才兄等曾言,时至今日,能砥柱中流,担当中兴大任者,舍我东林、复社而外,已无他人。此自是当然不易之理。唯是中兴之要务,当以何者为第一,兄等可曾思及么?"

"这——自然是拥立新君,再造朝廷。"看见一时间没有人作声,梅朗中憋不住冒出一句。

陈贞慧微微一笑："弟是说新君登极之后。"

"那就该出师北伐！"

"该举哀发丧！"

"该起用贤能！"

好几个声音抢着回答。

"不对！"有人忽然大声反驳。大家回头看去，发现原来是黄宗羲，也许因为初来乍到，对留都的情形还不太了解，所以这一阵子，他只是静静地坐着，没有插嘴；不过，此刻却分明地激动起来。

"不对！"他吵架似的重复说，"新君即位之后，第一等要务，乃在于痛下决断，力矫先朝积弊，博采良谟，颁行新政，以纾民困，固国本，如此，方能言图存，方可言中兴！"

陈贞慧的目光闪亮了一下，赞许地点点头："正是如此！唯是先朝之弊，积重已深，非以绝大之毅力心智，不能有济。如今虽有史、高、张、姜诸公，合力把持于上，恐犹未足当陈规腐说之扞格，须得我仁人君子，各展长才，群策群力，庶几能收拨乱反正之效。所以，时至今日，我辈若仍谨守既往，以主持清议为务，已不足以言应变，不足以言建功，必须更进一层，直预其事，方不致错失良机，空负此一腔忠贞热血！"

复社历来的行动方式是主持清议，量裁人物，除此之外，大家还从未想到过有别的干政办法。所以忽然听陈贞慧说还要"更进一层"，大家都不禁瞪大了眼睛，随即又你看我，我看你，现出迷惑的样子。

"只是，以我辈一介布衣，又何从直预其事？"有人迟迟疑疑地冒出一句。

"唔，兄且听弟说！"陈贞慧做了一个有力的手势，不由自主兴奋起来。他深深吸了一口气，打算说出自己的计划。然而，就在这时，一直沉默地坐在角落里的顾杲，忽然站起身，拱一拱手说：

"列位社兄且坐，小弟告退了！"

说完，也不待大家答应，他就转过身，头也不回地向门外走去。陈贞慧错愕了一下，连忙追问："哎，子方兄，你要上哪儿去？"

顾杲却不回答，转眼间已经走出门外。陈贞慧急了，匆匆站起身，三步并作两步地追了出去，跟着追出去的还有黄宗羲和梅朗中。

"子方、子方，别走啊！你这是做什么？"他们朝顾杲的背影一齐叫唤。

顾杲站住了。他回过头来，阴郁而冰冷地望着朋友，嘴唇翕动了一下，仿佛想说什么，但终于仍旧转过头，迈开大步，很快消失在通向书坊铺面的那扇门内。

陈贞慧同黄、梅二人交换了一个莫名其妙的眼色，拿不准是否要追他回来。黄宗羲因为同顾杲一向顶要好，自告奋勇地说：

"我去！"

随即，他就三步并作两步，匆匆跟了出去。

陈贞慧无可奈何地目送着，正打算同梅朗中返回西厢，忽然，传来了一个兴冲冲的声音：

"啊哈，小弟只道是谁，原来是二位社兄在此，幸会，幸会！"

随着话音，走过来一位衣饰考究的绅士。当那张胖胖的、长着一双小眼睛的圆盘脸映入眼帘时，陈贞慧不由得一怔，认出那人原来是马士英的妹夫——罢职知县杨文骢。

本来，论亲戚关系，杨文骢无疑属于马士英、阮大铖一派。但由于他为人随和，喜好结交，而且早年参加过复社，所以同陈贞慧他们也时有来往，遇到个什么消息也每每会透个风儿。譬如去年春天，驻扎在武昌的左良玉借口缺饷，曾一度打算拥兵东下，到江南来就食，把江南的臣民闹得很紧张。当时，阮大铖因为记着两年前托人说情，请求侯方域代他向复社疏通遭到拒绝的旧恨，竟乘机散布谣言，诬蔑侯方域是左良玉东下的主谋和内应，企图加以陷害。结果，是杨文骢得到消息，通知侯方域预先做好防备，阮大铖的阴谋才没有得逞。所以，对于这位好好先生，就连陈贞慧也不知拿他怎么办才对。倒是杨文骢本人，似乎丝毫也不为自己的立场感到为难；相反，觉得这种两边讨好的做人办法挺有味儿，并且打算继续做下去。现在，他一颠一颠地奔过来，朝陈贞慧和梅朗中挨个儿作着揖，喜滋滋地说：

"适才，小弟在外间，请蔡老爹给瞧瞧他新收到的几部宋版，见黄太冲、顾子方二位社兄匆匆走出。小弟喊也没喊住，顺脚进来瞧瞧，方知二位原来也在，甚是失敬！"又问，"几位是一道来的，还是偶遇？怎么这等巧？"

鉴于对方是那样一个人，陈、梅二人自然不肯以实情相告，于是各自还了礼，含糊地应了一声。

"二位社兄都是忙人，难得一见，令小弟思之若渴，今日得此巧遇，何妨就借蔡老爹的静室小坐，一抒积悃，如何？"杨文骢显然不知西厢里还藏着好些人，所以热情地提出邀请。

"多感杨兄盛情，只是弟等眼下尚有他事，无法久留，祈请见谅！"陈贞慧彬彬有礼地推辞着。

"真的，定生兄的贵乡来了个人，弟是特意来寻他回去的。"梅朗中帮着扯了一个谎。

杨文骢显然有点惋惜。他沉吟说："那么，明儿晚上，小弟在媚香楼定一席酒，请二位赏光过去，还请上子方、太冲二兄，共谋一醉，如何？"

"嘀嘀，眼下是什么时候，小弟岂有心思买醉寻欢！"陈贞慧不以为然地摇摇头。停了停，他又缓和地一笑，"仁兄厚意，贞慧心领，就此别过，改日再图答谢！"

说完，他拱一拱手，向梅朗中使个眼色，转身就走，却不回西厢，反向铺面那边走去。

杨文骢接连碰了两次钉子，却丝毫没有着恼。他大约只为这

一次讨好未能成功,感到颇为惋惜。他那一双小眼睛不停地眨巴着,目送着陈、梅二人的背影,突然瞳仁一亮,扬声招呼说:

"哎,二位社兄,请留步!"

等陈、梅二人迟疑着,转过脸来,他就赶紧迎上去,瞅着对方的眼睛,压低声音说:

"嗯,二位兄台可知道,这迎立桂王之事,只怕未必能成呢!"

看见陈、梅二人对望了一下,没有作声,他又急急地补充说:"日前史公和马瑶草虽然已经定策,唯是用心纵好,只怕远水难敌近火!"

"你、你说什么?"陈贞慧的眼睛不由得睁大了,脸上的淡漠表情消失得无影无踪。

"这……"杨文骢迟疑了一下,似乎一时拿不准主意,到底该不该说。

不过,讨好的愿望最终还是占了上风。他左右张望了一下,随即做了一个手势,把陈、梅二人引到竹树丛旁,这才神色郑重地说:"好教兄等得知,虽然史大司马已定策立'桂',迎驾使臣亦打点法物乘舆,不日前往广西。唯是操江刘诚意、司礼监韩赞周等勋臣大珰仍力主立'福',决计联络江北四镇共襄其事。日前,阮圆海已带着他们的书信过江,到凤阳去见守备太监卢九德商议。结果怎样,还不知晓呢!"

这消息实在过于骇人。陈贞慧情急之下,一把扯住对方的衣袖,紧张地问:"这、这事可是真的?"

杨文骢不高兴了。他鼓着腮帮子说:"小弟何曾诓骗兄来!"

陈贞慧自知失态。他松开对方的袖子,摆一摆手,表示不是这个意思,同时紧皱眉毛,思索起来。末了,他喃喃地问:

"那么,凤督马公之意如何?"

杨文骢摇摇头:"马瑶草尚未闻知此事。徒弟得知时,他已启程回任,离开留都了。"

分歧尖锐

"子方，子方！"黄宗羲一边招呼着，一边从后面赶了上来。

这当儿，顾杲已经离开了蔡益所书坊，在三山街上走出好远一段路了。

听见朋友叫唤，他没有回头，也没有停住脚步，相反，却咬紧牙关，走得更急。这种情形引起了街上行人的注意，纷纷向他们投来疑惑的目光。

"嗨，子方！"黄宗羲终于赶上了朋友，同他并肩走着，气喘吁吁地追问，"你这、这是做什么？"

顾杲仍旧一言不发，只管往前走。

黄宗羲急了，一把扯住对方的衣袖："兄到底意欲何往？不说明白，那就别走！"

顾杲转过长鼻子，冷冷地瞅着朋友，随即用了一个坚决的动作，把袖子挣脱，扭头又走。

"嘿，站下！"黄宗羲跺着脚大嚷，一张脸气得发白，"兄这样子不成！不该如此！知道么！"

然而，顾杲仿佛没有听见，他紧皱着墨黑的眉毛，咬紧嘴唇，像一匹性情固执的驴子，头也不回地向前走去。

黄宗羲不知所措地愣住了。诚然，从昨天彼此见面的一刻起，他就发现顾杲的情绪消沉得异常，尽管是久别重逢，顾杲却似乎连话都不太愿意同自己说，刚才在书坊里那大半天，对方的神情也丝毫未变。这都使黄宗羲感到纳闷不解。眼下，他自告奋勇前来追赶，以为凭着彼此的亲密交谊，至少能把朋友挽留住。谁知顾杲竟冰冷决绝到不近情理的地步，这就使黄宗羲开始感到不对头了。"嗯，莫非他因北都之变痛愤过度，打算去走那一条路？"这个不祥的猜测一闪现，黄宗羲顿时紧张起来。本来，他很想听听陈贞慧那个参预改革朝政的计划,这时也顾不得了,只慌忙迈开大步,迅速跟上去,并在一条街巷的入口处又一次赶上了朋友。

"好,兄若不愿明言,弟不追问便是。"他妥协说,"不过,弟也不回书坊了。在屋子里窝了半天,此刻就陪兄走走,散散心也好。"

说完,也不管对方同意与否,他只管紧紧相跟着,一起朝巷子深处走去。

南京虽说是江南地区首屈一指的大都会,而且有六朝金粉地之称,繁华奢侈的景况,甚至连京师也比它不上,但是真正说到热闹拥挤,其实也就是城里城外那一二十处主要的大街和市集。何况偌大一座城,只住着三四十万居民,比起别的城镇,自然算是多得不得了,其实到底并不过于稠密。所以一旦转入普通的街巷,整个气氛就冷清下来。只见一幢接一幢的木板平房,沿着巷子两侧向前延伸,上面覆盖着清一色的黑瓦顶。大多数人家的门前,都围着一道竹篱笆。里面的居民,照例是些寻常老百姓。境况稍好的,门面照例整齐些,大都会用红绿油漆装饰一下;那些家境贫寒的,房子也就难免东倒西歪,显得破败而灰暗了。

现在,两个朋友默默地走在狭长而寒伧的街巷里,谁也没有说话。就黄宗羲而言,并非不想开口,只因顾杲始终保持着阴郁的沉默,使他失去了交谈的对象。不过,越是这样,黄宗羲就越觉得,老朋友今天的情形相当反常,说不定当真会出事。虽然在绍兴那一次,他费了好大的劲,总算促使老师刘宗周放弃了殉国的念头,但在前来南京的途中,仍然不断听说有人因为悲痛过度而自寻短见。直到昨天,他还听说南京的兵备副使梁亭表,至今还在痛哭绝食,决心追随先帝于地下。本来,以顾杲平日的精明强干,应当不会轻易走上那条路。但北京的事变对人心的冲击实在太大,任何意外的情形都有可能发生。所以,见朋友始终不肯吐露口风,黄宗羲只有寸步不离地跟着,以防万一。

不过，渐渐地黄宗羲就疑惑起来。因为走着走着，他发觉不知怎么一来，街巷上的景况变得愈来愈眼熟。再走上一阵，他心中一动，蓦地明白，顾杲其实正在朝他们借寓的地方——周镳的宅子走去！

周镳的这所宅子，坐落在两条巷子的交接处，是一幢带院墙的庭院式住宅。周镳是金坛人，一应的产业全在那边。这宅子是最近来南京后才赁下的。他因为单身一人，只带着几个家丁，住不了许多地方，便把顾杲招进去住了东厢，待到昨天黄宗羲来到南京，他又腾出西厢的房子让他居住。这除了因为周镳对黄宗羲，也如同对顾杲一样，感情历来比较亲密之外，还因为他知道黄宗羲的家境不宽裕，这样子可以使黄宗羲省却一笔开支。

发现朋友哪儿也不去，却领着自己回到住处来，黄宗羲那颗悬着的心，总算稍稍放下了一点。"行，只要回到这里，事情就好办。我总有法子把你劝解过来，不再去胡思乱想！"看见顾杲进了门，径直朝东厢走去，他也跟了过去。

顾杲走进起居室，就站住了。

"顾长，顾长！"他大声叫唤。等又高又瘦的仆人应声奔进来，他就阴郁地望着对方的下巴，吩咐说："你去——即刻收拾行李，然后再去船行瞧瞧，看几时有船去无锡——快点！"

顾长显然毫无思想准备，但主人那冰冷的神情使他不敢多问，只眨眨眼睛，躬身答应说："是！"

黄宗羲却吃了一惊。

"怎么，兄这、这就要回无锡？"他忙不迭追问。

也就是到了这时，顾杲的神色才缓和下来。他把长鼻子转向朋友，平静地说："正是。眼下留都立君之局已定，弟再留无益，是以打算束装归里，以慰双亲悬念。只是与兄一别二载，今日幸得相会，弟却未能奉陪，甚觉歉疚，唯有在此谢过了！"说完，深深作了一揖。

黄宗羲迟迟疑疑地回着礼。"怎么，闹了半天，原来他反倒是打算撒手不管，一走了之？当此社稷危倾之际，身为仁人君子，又岂可畏死逃责，自弃所求？"他不以为然地想，口气随之变得严峻起来：

"子方，你说的可是实话？你当真要回无锡？"

"……"

"莫非兄以为，眼下没有别的事可做了？"

"别的？"顾杲望了望朋友，随即又移开了眼睛，神情显得有点激动，"时至今日，还有什么别的可做？"

"怎么会没有？"黄宗羲反驳说，"眼下神京不幸陷于贼手，可大江南北仍是我大明的天下，元气未竭，民心可用，兼以迎立之议已成，新君不日便可即位。此正是我志士仁人勠力同心，匡扶社稷，扫灭流寇，再整乾坤之时，又怎会无事可为？"

顾杲冷笑一声，恶意地说："兄以为，只需立了新君，江南就靠得住，大明就能中兴么？或者以为，只需我东林、复社勠力同心，就能扫灭流寇、光复神京？依弟看，这全是做梦！适才在书坊里，朝宗、淡心、次尾他们一个劲儿起哄，还有定生，说得煞有介事，其实统统是做梦！"

"啊，做梦？"

"哼，北都所以有今日之变，是因圣上昏庸么？是因百姓贪乱么？都不是！皆因我朝二百七十年间，种种弊端苛政，已至积重难返。非厉行改革，不足以图存。唯是先帝在位十七载，宵衣旰食，欲谋社稷之安，却独不以改革为急务，遂致国事大坏，终不可救。时至今日，诸君子纵有改弦更张之想，到底还有什么用！譬如广厦巨舟，当其飘摇风雨之际，不急图抢救，及至倾覆过半，裹伤逃死尚且不暇，复有何改革之可言？而不行改革，却谓恢复不远，中兴可期，岂非痴人说梦！"

"可是……"

"兄听我说！"顾杲粗暴地挥了一下手，"若问先帝励精图治，何以改革终不能行？此无他，皆因先帝虽知东林为君子，却因所依附者不纯为君子而疑之；虽知攻东林者为小人，却以其可以牵制东林而参用之，卒至君子尽去，而小人独存。是故迨及国变，终无改革之心，亦无主持之人，此君子、小人两立之大害也！若谓南都新立，未尝不是改弦易辙之机，唯是东林当道诸公，全不以先朝为鉴，竟慑于拥'福'派之气焰，改立桂藩，更将此举商之于马瑶草！马瑶草是什么东西？阮胡子的一个死党！十足的奸险小人！今后朝政，竟容此辈掺和，试问还有什么指望？又有什么可为！"

顾杲大声地、咬牙切齿地说着，神情是那样激愤，目光是那样痛苦。看来，他对于当前的局势确实已经根本绝望，他之决定归隐乡里，也是无法改变的了。

黄宗羲不由得沉默下来。不错，在得知朋友并非打算寻死，而是试图一走了之的当儿，他确实大为反感。然而，顾杲这一番尖锐得近乎刺耳的分析，却深深地震撼着他的心。事实上，老朋友的不少看法，包括其中说到的许多话，都是黄宗羲平日所想到并且经常提出来同对方讨论的。有一些，简直就是出于黄宗羲自己口中的原话。然而，最近这些天来，由于某种复杂的、混乱的、说不清的原因，他却一直有意无意地回避着，不愿意深入地去想它。如今，由朋友之口毫不容情地指出来，使他像被一下子扯掉了蒙在眼前的黑布，对时局再也无法不加以正视了。

"倘使兄必定要走，"终于，他沮丧地低声说，"那就走吧。趁早走了，或许还能免于到时玉石俱焚！"

顾杲正挑衅地盯着朋友，分明在心里憋足了劲，准备迎接必然爆发的激烈争论。听了这句话，他怔了一下，兴奋的神态消失了。他收回视线，默默转过身，在屋子里走了几步，随即站住，悻悻然问：

"既然如此，兄为何不走？"

黄宗羲苦笑了一下，摇摇头："弟不走。"

"为什么？"

"弟不能走。"

"有什么不能？"顾杲突然跺了一下脚，愤怒地大嚷起来，"啊，有什么不能？你说！用之则行，舍之则藏。既然我说什么他们都不当一回事，既然他们……"

"可贤契乃东林之后！"一个严厉的、略带沙哑的声音突然插了进来。

黄宗羲愕然回过头去，发现门槛外，站着一位脸孔瘦小，却须发蓬然的长者，正用那双黑中带绿的眼睛，从浓密的眉毛下直望着顾杲。原来，不知什么时候，周镳已经闻声来到了。

"当初，"周镳跨进门槛，继续说，"二位贤契之先人生逢朝政浊乱，纲纪倒置之世，为谋社稷之安，曾不惜以颈血一溅权奸，终致沉冤诏狱。幸赖大行皇帝英睿神武，诛戮客、魏，穷治阉党，为东林昭雪表旌，我辈君子方能有今日。目下国难方殷，君仇未复，莫非贤契竟忘却先人之志，意欲避艰逃责耶？"

在复社士子们的心目当中，周镳的话一向有着很重的分量，何况此刻他又是一副疾言厉色的神情，所以，不仅顾杲像是给人扼住了脖子似的，呆着脸噎住了，就连黄宗羲也讪讪地低下了头。

"学生还记得，"周镳收回责备的目光，口气也稍稍缓和下来，"戊辰那一年，贤契与太冲等一班东林子弟进京讼冤，聚哭于午门之外，声闻禁中。当时，先帝特遣内臣传谕曰：'此忠臣孝子之声也，朕心甚哀！'凡我君子，聆此纶音，莫有不感动悲怆，血沸胸臆者。愿君等铭记此语，纵有千难万险，也应苦节坚行，誓灭狂寇，以报先帝再造之隆恩！"

这么说完之后，大约认为已经足以使顾杲幡然醒悟，周镳就不再理会。

他把须发蓬然的脸转向黄宗羲,问:

"嗯,今日兄上书坊去,可见到陈定生?他对兄等说了些什么?"

黄宗羲正默默地注视着神情痛苦地抱着头,跌坐在椅子上的顾杲。

"啊,也、也没有说什么。"他回过头来慌忙回答。

"难道他没有说让你们都去当幕僚的事?"周镳紧盯不放,显得十分关切。

"当幕僚?没有呀!"黄宗羲迷惑地摇摇头,随即又"哦"了一声,说,"他是说过,让我们不只要管领清议,还要参预朝政,可如何参预,他尚未及说,小侄便随子方出来了,是以不曾听见。"

周镳点点头:"这便是了。他说参预朝政,无非是让你们都去当幕僚!昨日他把这事拿来问我,还要我相助于他。我见他兴冲冲的样子,便没有即时驳回。其实,我复社之所以有今日之声威,全凭以在野之身,在士林中主持清议,使当道有所忌惮。一旦都去当幕僚,便得听命于人,言行俱受所制,还主持得了什么清议?况且,幕僚也者,充其量不过是书办杂役的角色,又哪里轮得着你参预朝政!"

陈贞慧在提出参预朝政的设想时,由于曾经明确表示,目的在于影响当权者,以推动朝廷革除积弊,颁行新政,所以黄宗羲本觉得颇对自己的心思。如今听了周镳一通尖锐的指斥,他不由得沉吟起来。不过,改革朝政是黄宗羲多年来孜孜以求的主张,要是连尝试一下的机会都放弃,他还真有点舍不得。所以,迟疑了一下,他忍不住试探说:"以小侄之见,或许不妨试着当一阵子?若看着不成,再行辞出……"

谁知,不等他说完,周镳已经暴怒起来:"这是断乎不可的!"他蛮横地把手一挥,厉声说,"你以为陈定生真要改革朝政么!他是想当西张夫子!想把你们一个个全捏在手心里,听凭他摆布!

哼，我早就瞧出此人工于心计。不过，只要我周某活着一天，他就是枉费心机！"

说完，他怒气冲冲地往椅子上一坐，把黄宗羲和顾杲惊得像给施了定身法似的，呆呆地瞪视着，老半天也说不出话来。

互诉闺情

杨文骢在蔡益所书坊里所透露的消息，固然使陈贞慧和他的社友们感到紧张不安，但到了钱谦益那里，所引起的震惊就更加强烈。虽然，经过包括史可法在内的决策核心反复商议，认为卢九德充其量只是一名太监，江北四总兵作为武人，按制度也无权干预朝政。尽管他们手中有军队，但企图把持拥立新君这么一件大事，无论在朝还是在野，都缺乏必要的号召力。只要马士英回到凤阳后，能坚持南京方面的既定决策，估计那伙人到底闹不出什么大名堂。为了保险，史可法当即写了一封信，郑重重申福王有"七不可立"，敦促马士英信守前约，切勿动摇。此外，史可法还马上前往江北的浦口，整备军事，以防变故。不过，尽管如此，钱谦益仍旧忧心忡忡，一天到晚心惊肉跳，生怕当真出现什么事变。因为很清楚，那个"七不可立"的说法，是他首先提出来的，正如吕大器当初指出的：要是闹到末了，这皇帝的宝座仍旧由福王继承，那么，他钱谦益别说复职升官，只怕连脖子上这颗吃饭的家什，都得准备随时搬家。所以，此后一连几天，钱谦益可以说食不甘味，睡不安寝。而对于史可法坚持远道迢迢地去迎请桂王，不肯当机立断地把潞王立即接来南京，他更是怨恨得咬着牙，一次又一次地把方砖地跺得咚咚响。

眼下，已经到了四月二十七日。钱谦益用过早膳，照例离开下榻的小院，踱过吕大器的书房里去。他发现，老朋友已经穿好出门的大衣服，正由仆人相帮着，最后扶正头上那顶乌纱帽。看见钱谦益走进来，吕大器点点头，做了一个让座的手势。

"俨老，今日可有消息么？"发觉不是可以从容交谈的时候，钱谦益只拱一拱手，没有坐下来。

"没有。"吕大器摇摇头，"并无新消息。"

"弟不是说江北，是城里……"由于根据所得的情报，江北四镇的动向，同住在南京的诚意伯刘孔昭、司礼太监韩赞周等人颇有关系，钱谦益一直主张密切注意这些"内应"的动静。

"城里？城里也没——哦，适才魏国公府着人来，请弟过去议事。到时或者会有些消息也未可知。"

"议事？会不会是马瑶草——"钱谦益马上敏感起来。

吕大器望了他一眼："来人没说，只怕不会吧，马瑶草——他不是已经回复史道邻，说他信守前约么！"

"弟所虑者，正是此事！若他马瑶草真心守约，何以不堂堂正正地复书，只着来人带回口信？此中必定有诈！"

吕大器不说话了。这个问题，近两天来他们其实已经讨论过好几次，对于马士英这种违背常礼的做法，钱谦益坚持认为存在着重大疑点，说不定成心要把史可法那封重申福王"七不可立"的信函扣下来，作为将来的把柄，所以才故意拿一句口说无凭的"信守前约"来敷衍。这个判断如果属实，那么不用问，马士英必定已经背信弃义，彻底倒向了拥"福"派的一边。不过，对于这种揣测，吕大器却始终有所保留，认为以马士英平日的刚愎自负，大约还不至于如此。

"哼，这件事，都怪史道邻当初心志不坚，该断不断，才闹成这等太阿倒持的局面！"钱谦益愤愤地说。由于担忧，也由于怨恨，他的五官扭成了一团，变得十分难看。

吕大器无言地望着朋友。他显然不想再争论，所以，只淡淡地说："眼下江北尚未闻有异动之象，或者是我等过虑也未可知。何况——"他停了停，抿紧了嘴唇，使小铲子似的下巴显得更加强横突出,然后才接着说,"即使马瑶草当真背信弃义,意欲改立福藩,只需我留都诸君子合力把持,坚拒不纳,他也无法得逞!"

"怕就怕事到临头,诸公未必有胆魄与之相抗。"

"哼,兄只管瞧着好了!"吕大器捏紧了拳头,一双眼睛在耸拔的眉毛下闪射出坚定的光芒。随即,他拱一拱手,"时辰不早了,弟这便要过去。请兄自便,失陪了!"

说完,他略略提起官服的下摆,跨出门槛,径直向外走去。

钱谦益照例跟出院子,然后站住脚,目送着吕大器那瘦小倔强的背影匆匆远去,消失在交荫着芭蕉和玉兰的长廊深处,他才默默转过身来。由于得到了老朋友的坚定保证,现在,钱谦益稍稍宽心了一点。他仰起脸,瞅了瞅东边屋脊上的日影,随即记起柳如是说过,今天要出门访友。于是,他暂时把眼前的心事放下,离开月洞门,走回自己下榻的院子去。

柳如是是四天前,带着红情、绿意和几名男女仆人从常熟来到南京的。

事前她并没有征得丈夫的许可,直到见了面,才说因为在家里左思右想,放心不下,便自拿主意赶来了。钱谦益自然明白如夫人对他这次出山谋事的关切,只是,一来事情进展并不顺利,没有什么值得夸耀的成果;二来像这么一件关系社稷前途的头等大事,他也不愿意让侍妾来指手画脚。所以,尽管他装出高兴的样子,安排柳如是住下来,但有许多内情,就不是那么直截了当地对她说,更别说深入商量了。这种心思,自然瞒不过绝顶聪明的柳如是,她于是冷笑一声,不再追问,不过从此也就不肯安安分分地守在家里。一连两天,她都撇下老头儿,管自领着仆人跑到外头去,说是要烧香还愿,还要寻亲访友。

钱谦益刚刚踏进院门,就听见左侧的一个亭子里传来女人咪咪的笑声。

钱谦益知道,今天柳如是要上秦淮河房去。因她那顶要好的手帕姐妹惠香,半年前来了南京,一直租住在那里。听柳如是说,惠香昨天已经前来拜访过,并约好今天亲自过来接她上那边去。说起来,自从前年夏天在常熟有过几天相处之后,钱谦益就再没有见过惠香。不过这个年轻女子的娇嫩和妩媚,却仍旧在钱谦益的心里留存着颇为新鲜美好的印象。所以,这会儿听见那熟悉的笑声,他就不由自主转过身,穿过交荫的花树,径直朝亭子走去。

果然,惠香正坐在一个石磴上,同打扮得整整齐齐的柳如是在那里静静地下棋。蓦地看见钱谦益走进来,她就放下棋子,站起身子,把衣袖交叠在腰际的一侧,迎着他行礼说:

"姐夫……"

钱谦益眨眨眼睛,暂时顾不上回答,只急切地把对方打量了一下,同时,由于意识到柳如是的在场,又迅速地移开了眼睛,心里却有点纳闷:怎么,她就是惠香?何以看上去不大像?正想着,柳如是的嗓音已经轻飘飘地送了过来:

"相公,人家在给你行礼呢!"

钱谦益"哦"了一声,连忙抬起头,恰巧同惠香再次打了个照面。也就是在这时,他才看清了,眼前站着的,确实就是那个惠香,只不过两年没见,她明显地长大了,也成熟了许多。虽然依旧那么妩媚,却少了几分羞涩,多了几分老练。此刻,她正眯缝着那双酷肖柳如是的细长眼睛,亲切而坦然地瞅着自己。

"哎,小娘子不必多礼!"钱谦益做了一个手势,含糊地答了一句,同时止不住有点失望——仿佛他要寻找一个人,见到的却是另外一个人似的。于是,原先那股子热情,不知怎么一来就消失了。他踌躇了一下,转向柳如是,用纯粹是凑兴的口吻问:

"那么,你们这就要过去?"

柳如是正留意着丈夫的动静,嘴角始终挂着一丝讪笑。这时,她伸出一只手,让红情扶着,站起来。

"若是钱老爷嫌我们姐妹在这儿碍事,这就过去也未尝不可。"

她装出无所谓的样子说。

"哦，绝无此意！"钱谦益连忙说，"如若夫人不想出门，那就别去了，惠姑娘也别回去，留下来住两日，你们姐妹也好亲近亲近。"

柳如是撇撇嘴，哼了一声："让惠娘住下，相公说得忒轻巧！须知这儿是兵部衙门，不是半野堂！再说，人家惠娘早晚便是李给谏的人了，还肯来泡你这窝子浑水？"

"啊，李给谏？哪个李给谏？"

"这留都有几个李给谏？能让我这位妹妹瞧得上的，也就只有吏科那一位罢咧！"

她这么说，分明是指的吏科给事中李沾。此人在南京也算得上是个顶能活动的角色，而且前一阵子伙着刘孔昭等人，力主拥立福王，闹得挺欢。所以钱谦益听了，颇为意外，连忙转身对惠香说：

"原来小娘子要从良了，可喜可贺！"

惠香红着脸儿，忸怩地微笑说："还不定哩，钱老爷莫听姐姐起哄。"

"我可没起哄！"柳如是说，"李老爷已经答应替她落籍了。哼，人家李老爷可是聪明人，也不用求爹告娘，也不用赠诗送礼，就有本事让那等勋臣大珰、都督总戎，全都奉他为上宾，言听计从的。不似相公，枉自在官场混了大半辈子，到如今仍旧攀不上几个真正靠得住的，白费了浑身力气，还不知道人家买账呢，不买账！"

"你——"钱谦益的目光闪动了一下。受到侍妾这样的奚落，而且当着外人的面，他感到有点难堪，但又不便解释。特别是听说惠香将要嫁给李沾，而李沾又是拥"福"派的中坚分子，眼下局势正处于微妙难测的当口，任何大意和失言，都必须绝对避免，所以他只好仰起脸，打个哈哈：

"夫人真会说笑！"

然后,略一踌躇,他又做着手势,说:"嗯,你们接着下,接着下!眼下我尚有些杂务,须得即速料理,那么,暂且失陪了!"

说完,他就转过身,离开亭子,沿着洒满碎荫的砖砌小径,匆匆朝书房的方向走去。

"姐姐,"惠香一边重新在棋盘前坐下,一边微笑地说,"两三年不见,姐姐像是益发把姐夫摆布得顺溜服帖了!"

柳如是正用纤纤玉指拈起一枚棋子,在寻找落子的方位。她不在意地说:"是么,我怎么没觉出来?"

惠香嗤地一笑:"还说没觉出来呢!我瞧姐夫那张脸都快挂不住了,慌得我心里直扑腾,生怕他要当场发作。你们两口子拌嘴不打紧,可叫我这个外人怎么待下去?还成,姐夫的脾气硬是好得不得了,一声哈哈就打发过去了!"

柳如是把那枚白色的棋子"笃"地按到棋盘上,得意地哼了一声:"也就是这年把好点儿罢啦!起初他可不是这个样儿。记得那时节,他一点儿小事就直冲我嚷嚷,又吹胡子又瞪眼睛。你想姐姐何曾受过这份窝囊气?后来,着实让他吃了几回苦头,他才慢慢儿老实了!"

"哦?不知姐姐使了什么法儿,竟这般灵验?"

"什么法儿?不理他呀!我也不用同他吵,不用同他争,只需把他摆在一边,不同他说,不同他笑。夜里到了床上,他再怎么着,我偏不兜搭他,扯过被儿只管蒙头自睡。这么几天下来,他便得乖乖儿颠倒过来求我了!"

"这、不过……"

柳如是把手一挥:"你听我说哇——他低声下气求我吧,哼,还不成!我还必定让他光着身子,跪在床头,自个儿一根一根地拔胡子,一桩一桩地认不是!古人不是有'擢发难数'的话么,我就让他擢须自数!这么几回下来,老头儿就不敢再跟我犯横啦——哎,你别光顾着听,下子儿呀!"

惠香正在睁大眼睛发呆，被柳如是提醒，她"啊"了一声，慌里慌张地朝棋盘打量一下，把手中一枚黑子放到了格子上。

柳如是眼珠子一转，笑着说："啊哈，你这一着可下得不是地方！"她立即拈起一枚白棋，朝即将合围的一个缺口填上，"你可瞧清楚了，这一片，可全是我的啦！"

说着，她就喜滋滋地伸出手去，把已经被围死在中腹的十多枚黑子一一取了出来，放回惠香的盒子里去。

"对了，方才我还不曾把话说完呢！"发现惠香望着棋盘，一脸懊恼的样子，柳如是随即抚慰地引开话题，"我正想问问你，你那李老爷——对你可还好？"

惠香正低着头，满棋盘寻找反击的空隙，冷不防被问，她微微一怔，动了动嘴唇，似乎想说什么，结果只是垂下眼睛，粉嫩的两颊却随之涨红起来。

"咦，莫非他对妹妹不好？"柳如是疑惑地问。

惠香摇摇头，没有把目光从棋盘上移开。

这么一来，愈加引起了柳如是的好奇。她歪着头儿，斜瞅着女伴说："不是为姐的多嘴，依我瞧，妹妹也是白混了这些年纪！汉子么，不就是那么一回事儿？就瞧你自己有没有手段，把他的脾性儿拿捏得准不准。要不，哪有降他不住之理？就拿今儿个姐姐对你说的法儿，妹妹何妨也试一试，没准儿少则三个月，多则半载，你那李老爷也同我这老头儿一般，讨你的好儿都怕来不及哩！"

"讨好？"惠香冷笑着摇摇头，"妹子要真有姐姐那份大福气就好了！"

停了停，看见柳如是疑惑地睁着眼睛，她像是下了决心似的，用一个迅速的动作，把左边的衣袖一下子捋到肩头："哼，姐姐瞧瞧吧！"

"啊，这、这都是他掐出来的？"看见惠香那只雪白丰腴的美丽胳臂上，布满了青一块、紫一块的伤痕，柳如是吃了一惊。

"掐，还有咬。他就喜欢这样！你不肯吧，还不行。"

"那么说，妹子身上……"

"身上么，也一样。"惠香毫无表情地回答。仿佛她此刻展示的，是与自己毫不相干的肢体。

"可是，这怎么成！妹妹怎么就忍受得了他？"由于想到床笫之间的这种可怕虐待，今后还将伴随着惠香，没完没了地继续下去，柳如是忍不住喊叫起来。

惠香淡然一笑，把衣袖徐徐放下来："怎样才成，怎样不成，莫非还能由得着我们？姐姐难道没听说如今到处都乱糟糟的，连皇上在北京都叫流贼害死了，江南不定哪天也会乱起来。像我们这样的人，若不赶紧找上一个人家，到时开起仗来，可怎么办？李老爷好歹也是个官，我跟了他，将来就是要逃难，也有个依靠，总比做断线风筝强。再说，夜里他那样子，也是疼我惜我，除了这点子苦，别的他还真是没有什么难为我。"

柳如是眨眨眼睛，还想劝对方掂量得清楚些，才好拿主意，可是，惠香却突然兴奋起来：

"哎，管他呢！"她把手一挥，说，"好也罢，歹也罢，这辈子就是这样子。好在遇着了姐姐。姐姐待我这么好，但求菩萨保佑，让姐姐来生变作男身，妹子同姐姐恩恩爱爱过上一辈子，好不好来，快把这棋下完了吧！待会儿，姐姐还要跟我上河房去呢！"

柳如是望着情谊深密的女伴，觉得心中忽然变得有点乱，有好一阵子，竟不知再说什么才好。

刺探消息

"牧老枉顾，不知有何见教？"杨文骢扶着椅子的把手，微微前倾着身子，好奇而恭敬地瞅着客人，问。

这是吕大器到魏国公府议事的同一天上午，钱谦益离开了柳如是和惠香，回到书房里，左思右想，对当前的局势到底放心不下，为着提防直到出了意外，自己仍旧蒙在鼓里，于是又急匆匆地跑到外面来，打算探听一下动静。他估计，以杨文骢的特殊身份，应当多少会知道一点马士英的动向。加上这位好好先生又是八面讨好的脾气，相信也肯向自己有所透露。不过，当发现主人的厅堂里此刻还坐着一位比他先到的客人——南昌建安王府镇国中尉朱统𨰻，钱谦益就不禁踌躇起来了。

"噢，不敢！只因弟新近收了一件'礼器'，据说是商、周之物，未敢自信，特地拿过来，请龙老的法眼鉴定鉴定！"钱谦益把疑惑的目光，从朱统𨰻那傲慢不逊的翘下巴上收回来，捋了捋花白胡子，一本正经地回答。

"是么？"听说有古董鉴赏，好好先生的圆脸顿时现出惊喜的神色，"牧老所收的东西，自必是稀世奇珍。有缘一开眼界，已是极感盛情，'鉴定'二字，万不敢当！"一边说，一边已经迫不及待地转动着小眼睛，四下里寻找。

钱谦益微微一笑："龙老何必过谦？谁不知兄是此中行家。只怕芹曝之献，难免被兄哂笑呢！"说罢，向堂下招一招手，吩咐说："拿上来吧！"

李宝正在台阶下伺候着，这时答应一声，双手捧着一个青布包袱，走了过来。

"哎，那儿，就搁在那儿好了！"杨文骢指着东窗下的一张半桌，兴冲冲地同钱谦益一道站起来，又回头招呼朱统𨰻：

"大公子，不过来瞧瞧么？牧老说是'商器'呢！"

看见那位"龙孙"仍旧懒洋洋地歪在椅子上，一动不动，他也就不再勉强，径自走到半桌前，目光灼灼地盯着包袱，问："牧老，你这是什么器皿？"

"哈，龙老不妨猜一猜！"

"这，小弟如何猜得出！"杨文骢为难地打量着，"瞧样子，此物个头不小，只怕不会是爵、觯、角之属，那么大抵便是尊、罍、盉、斝，或者，竟是鼎、卣、敦、甗也未可知！"

钱谦益呵呵笑起来："龙老好眼力，此物果然就是一具铜甗！"

说着，做了一个手势，让李宝打开包袱，一个尺五见方的紫檀木匣便露了出来。盖子揭开，里面是厚厚的棉褥和碎锦。李宝先取出碎锦，然后才把那件铜甗小心翼翼地搬到桌上来。

这是一件造型奇特的古代礼器。它由紧密相连的上下两部分构成。上部的样子像一口圆形的甑，是用来蒸食物的，下部的样子像鬲，有着三只袋形的足，则是煮食物用的。两部分之间隔着一道可以启闭的活门，并留有让蒸气通过的十字穿孔。它属于古代的祭祀器皿之一。从那古朴的形制，斑斓的锈迹，一望而知必定是件千年古物无疑。

杨文骢的小眼睛顿时变大了，惊喜的光芒从一双瞳仁里热烈地闪射出来："啊，瞧，瞧！这个三足饕餮袋足！这些夔龙纹样！铸工多精细，多么沉着飞动！"他情不自禁发出呼叫，双手按住桌面，弯下腰去，侧转着脑袋，长久地、津津有味地鉴赏着，嘴巴不住地发出"啧啧"的声响，仿佛正在品尝着什么美味佳肴似的。末了，他兴奋起来，忍不住把铜甗整个儿抱在手里，翻过来倒过去地细细察看。他看得那么仔细，几乎连器皿上的一个砂眼都没有放过。

"有位年友说，瞧这铜色和形制，说不定是件周器。"钱谦益介绍说。

杨文骢摇摇头："不，是商器！"

"噢，商器？"钱谦益故作惊讶地睁大眼睛。他生怕对方不留神，把宝贝摔了，便顺势伸出手去，小心翼翼地抱回铜甗，重新放回桌面上。

"瞧这锈色！"杨文骢不舍地跟了过来，兴冲冲指点说，"纯青如翠，莹润如玉，非入土已千年者，绝不能到此地步。还有器内这铭文——'羊父辛'，乃是殷人当时以日为名的古风！不过，顶难得的是此物保存极之完好。瞧这关钮——"他拨弄了一下甗内一个连接活门的心形铜鐢，"还启闭自如。较之许多古物，不是朽烂败坏，就是零散残缺，也可算是罕见得很了！"

钱谦益摸着胡子，连连点着头，装出留神倾听的样子。现在，他暗暗感到满意：看来，把新近收到的这件古董搬来，作为联络感情的媒介，算是做对了。对方的兴致已经大为高涨。这样，下一步就可以在愉快的交谈中，不露痕迹地把话题扯到马士英最近的动向上去。心里这么盘算着，他就转过身，打算把主人先引回座位。

然而，就在这时，传来了刺耳的嗓音：

"嘻，什么'商器'，八成是假货！"

钱谦益怔了一下，回过头去，发现不知什么时候，那个朱统𨰻已经来到身旁，正倒背着手，瞅着半桌上的铜甗直撇嘴。

钱谦益本不认识朱统𨰻，刚才经主人介绍，他才知道这位鼓脑门、钩下巴，长相古怪的公子哥儿，原来是一位皇族子弟。钱谦益发现，朱统𨰻似乎早就知道他，而且不知为什么，对自己分明怀着某种敌意。钱谦益是饱经世故的人，懂得对这一类"龙子龙孙"，最好还是敬而远之，尽可能别跟他们纠缠。所以，听朱统𨰻这么说，他只是报以蔼然一笑，并不回答。

"分明是假的。我说就是假的！"朱统𨰻提高了嗓门，而且挑衅地眯起眼睛。

钱谦益暗暗吃惊，不知道对方为何如此咄咄逼人；于是，他愈加抱定不予招架的宗旨，彬彬有礼地赔了一笑，转过身，朝自己的座位走去。

谁知，那位花花太岁反而像是给激怒了。他大步跟了过来，往椅子上一坐，双手盘在胸前，盯着钱谦益，气哼哼地说：

"喂，听说你是什么东林领袖，文坛祭酒。不过本公子爷压根儿不买这本账！现今，你倒说一说，前一阵子，你们东林闹得挺欢，什么'舍亲立疏''七不可立'，到底所据何来，又是谁捣的鬼？啊？还有，你今日巴巴地跑来找龙老，什么鉴定古董，鬼才相信你有这份闲心。分明是眼见大事不好，意欲刺探消息。你老实说，是也不是？"

他气势汹汹地质问着，而且每一句话都戳在要害上，钱谦益被弄得目瞪口呆，一时间，竟不知如何应付才好。

朱统镢却越发上劲。他鄙夷地瞅着不知所措的对手，说话更加没有忌惮：

"哼，你们东林要舍亲立疏，包揽朝政，一手遮天，想得倒美！可惜忘了问我们肯不肯。告诉你，别以为凭着史道邻、姜居之、吕俨若几个，你们就能横行无忌，为所欲为。我们的人多的是，岂容你们爱怎办就怎办！你们既然不仁不义，想独霸独吞，全不把我们放在眼里；那么对不起，也休想我们会对你们客气！你只管等着瞧，到头来倒霉的是谁！"

钱谦益以往很少同这类人物打交道，尤其没有碰到过这种方式的谈话。他纵然有心反驳，到底还得顾及身份和利害，特别在眼下这种场合，不能像对方那样把什么都赤裸裸地亮出来。但朱统镢的穷追狠逼，却使他回答不是，不回答也不是，简直无法招架。于是，他只好不断回过头去，求援地望着杨文骢。

杨文骢显然也没料到那花花太岁会突然发难，一时间同样给闹蒙了，好半天才反应过来。无疑，这位公子爷的脾气，他到底熟悉得多，于是开口劝阻说："大公子，牧老是客人，不要如此！"

看见朱统镢把脖子一挺，像是表示不服，他又连忙抚慰说："自然，兄的话也不全错。只是拿来这当口上说，却不是时候。"

"怎么不是时候！圣驾都到仪征了，难道还不是时候？"

"这——也并非不是时候，唯是王舟虽则到了仪征，留都群公却尚未定议，大事也还不算得定下来，万一……"

"怎么不算定下来？有老马、老卢他们定策主持，有高、王、二刘诸总戎举兵护送，谁敢不听从？不听从就先把他们抓起来！"朱统鎙越加盛气凌人。

钱谦益起初只是呆呆听着，指望杨文骢帮他解脱困境。蓦地，他心中一动："什么？圣驾已经到了仪征？还有诸总戎举兵护送——这、这是什么意思？"他忘记了刚才的尴尬，连忙插进去问："龙老，方才你是说……"

杨文骢瞧了瞧客人，随即垂下眼皮："嗯，马瑶草在凤阳已同守备卢太监商定，奉福藩为三军之主，并移书留都群公，请立为君。眼下福藩舟抵仪征了。"

他这么解释的时候，神情显得有点惭愧和抱歉，声音也放得相当低。倒是听力不佳的钱谦益全神贯注，凭借对方的口形翕张，仍旧听清了说话的内容，并吃惊得一下子站了起来：

"什、什么……马瑶草当真要改立福藩！这、这怎么成？不成！"

杨文骢似乎已经料到会有这样的反应。他轻轻叹了一口气，没有说话。

朱统鎙却把身子往椅背上一靠，歪着脑袋，得意洋洋地说："怎么不成？莫非……"

"不！"钱谦益猛地一挥手，粗暴地打断说。由于气愤，也由于惶急，他的眼睛和鼻孔全都大张着，黝黑的脸膛憋成深紫，花白胡子在激烈地抖动着。他一边呼哧呼哧地喘着粗气，一边吵架似的吼叫：

"这是自食其言，背信弃义！是胡闹！须知立君大事，必当由群臣集议，公推拥戴，方为正则！似这等凭借武力，强行迎立，置祖宗家法于何地？还成何体统！况且眼下社稷危倾，强寇压境，更须力持安定，以备不虞。你们这等兴兵迫胁，倘使众人不服，闹将起来,被流寇乘虚南下,这一份罪责,又有谁承当得起?有谁承当得起!"

他怒气冲冲地质问,使劲地跺着脚。可是当吼叫了一阵,发现两位听众——杨文骢始终低着头,默不作声,而朱统镢则靠在椅子上,古怪的脸孔挂着冷笑,钱谦益就闭上嘴巴,呆立了一会,最后,失魂落魄地坐倒在椅上。

尴尬被逐

"不,不成!我得赶快回去,瞧瞧吕俨若他们今日集议,结果到底怎样!"茫然中,一个声音在钱谦益心中响起。于是,他挣扎着,打算站起身。就在这时,一名仆人匆匆走进来,低着头报告说:

"禀老爷,阮老爷来拜!"

"哪个阮老爷?"杨文骢似乎没有听明白。

"就是平日常来的那位胡子老爷!"

"什么?阮圆海!阮圆海回来了?"惊讶的杨文骢一下子离开了椅子,"他在哪里?快,快请!"

这么一来,钱谦益和朱统镢也着了忙,不约而同地站起身,跟着迎出门去。

刚跨出门槛,他们就看见,阮大铖正挺着那肥胖的身躯沿着回廊大步走过来。

"哎呀,圆老!你回来啦!什么时候到的?怎么弟等都不知道?"杨文骢连忙迎上前去,大声招呼着。

"哈哈,回来了,回来了!你当然不知道。我刚下的船,连家门也没进,就访你来了!哈哈哈哈!"阮大铖用响亮的、兴冲冲的声音回答着,老远就拱着手。他那肉乎乎的胖脸显得容光焕发,乌黑油亮的大胡子在肚皮上欢快地摆动着。他一阵风似的来到杨文骢跟前，一边行着礼，一边迫不及待地问：

"怎么样，老马决计拥立福藩的事，你们可都……"

"圆老，一切进屋再谈！"杨文骢拦住他，微笑着说。

"哦，对，对，进屋再谈，进屋再谈！"阮大铖马上表示同意，随即按照杨文骢的示意，转过身，同朱统𨰻行礼。然而，当看清第三个等着同他相见的原来是钱谦益，阮大铖的笑容一下子僵住了，接着，脸就拉了下来：

"噢，原来牧老也在，失瞻了！"

这么冷冷地招呼了一句之后，他就背过身，只顾同杨、朱二人继续大说大笑地寒暄着，摇摇摆摆地走进厅堂去。

对方这种有意的冷落，无疑使钱谦益颇为难堪。要在平时，他自必会立即辞出。可是眼下的情势却不同——阮大铖是从凤阳回来的。而且，作为马士英这次毁约背盟，悍然以武力拥立福王的主谋者，这个狡诈悍鸷的胡子，很可能就是跟随那些护送福王的军队一道回来的，他这么急急忙忙来访杨文骢，自然有许多机密紧急的事宜要向主人通传。而这些事宜，说不定每一件都攸关着他钱某人今后的命运和生死——"嗯，无论如何，我也该设法刺探一下。既然他们还不曾下逐客令，我又何必急着要走！"这么一想，他就不待对方招呼，径自跟在后面，重新走回厅堂里。

这时，阮大铖等人已经分宾主坐下，忽然看见钱谦益跟了进来，倒错愕了一下。不过，冲着钱谦益到底是一位有点身份的客人，他们大抵觉得也不便立即撵他走。相反，好好先生杨文骢还赶紧站起来，殷勤地招呼他坐下。只是这么一来，大家也就暂时变得没有话说，厅堂里出现了一阵子静默。钱谦益当然意识到这种场面对自己最不利。因为无话可说的下一步，照例应当是不相干的客人告退。所以，他决心赶紧把话头牵扯起来。

"圆老，多年不见，想不到兄不止风采如昔，而且气色似觉更胜，真乃可慰可喜呀！"他满脸堆笑地说。这句话，倒不全是胡乱恭维。事实上，刚才同阮大铖骤然相见，对方所表现出来的过人精力，确实让钱谦益暗暗惊异。

阮大铖却没有被这句恭维所打动。他低着脑袋，把大胡子搁在圆滚滚的肚皮上，眼皮儿也不动一动，只含糊地答应：

"嗯，嗯！"

"虽然与圆老久违，但大作《燕子笺》，弟却是早就拜观了的。真是清词丽句，妙想奇思，便是汤若士复生，弟以为也不过如此！"钱谦益换了一个话题。这次是冲着对方引以自豪的戏剧作品而言，他估计阮大铖应当会有所反应。

"嗯，嗯。"

"记得周阁老在世时，曾移书于弟，对圆老极为推许，且甚以未得其用为可惜，弟亦深然之！孰料未几周阁老即不幸辞世，良可慨叹。当时弟曾作诗挽他，不知圆老亦有作否？"钱谦益又说。他心想："前年为了帮你开脱恶名，我钱某也曾出过大力，并且招惹了一身是非。虽然事没办成，但那一番劳苦，你总不能不认账吧？"

谁知，阮大铖的回答，仍旧是那两个字：

"嗯，嗯。"

这么一来，钱谦益就给弄得束手无策，只好尴尬地坐在那里，一个劲儿地捋着花白胡子。

倒是主人杨文骢瞧着这情景，似乎有点过意不去，他开始出来打圆场，主动挑起各种话题，向大家说道：前一阵子，驻扎在南京城外的守军，由于粮饷拖欠太久，心怀怨望，加上奸人从中煽惑，有哗变闹事的迹象，形势颇为紧张。幸亏前几日从广东押解来的饷银到了，户部立即予以发放，才把局面稳定下来。他接着又说道：近日南京宫城里的太监传出一件怪事，说三月十九那天，乾清宫的地基发生塌陷，露出来一方石碑，上面凿着几个字，道是："一小又一了，目上一刀丁戊搅，平明骑马入宫门，散在皇极京城扰。"当时大家不解何意,现在才明白,那头两句指的正是"李自成"三字。此碑出现,实乃上天示警。随后,他又向大家说起:另一支"流寇"——张献忠所率的农民军,自今年正月经荆州十三隘口进入四川后,已经袭破夔州,准备进兵成都、重庆,看来,蜀中从此不得安宁了!末了,杨文骢还说到旧院的名妓顾眉,自从去年嫁给兵科给事中龚鼎孳后,便移居北京。这次同丈夫一道陷于贼手,不知生死如何,等等。钱谦益为着摆脱冷场的困境,自然竭力凑兴,不断地插话、微笑,表示叹息或惊奇。然而,这一招依然无效。相反,阮大铖显得愈加不耐烦。他先是装聋作哑,不参与谈话,接着就呵欠连连;最后,干脆斜着眼睛朝朱统𨨧直打暗号。

那位花花太岁会意了。只见他离开椅子,摇摇摆摆地走过来,往钱谦益身边一坐,伸手轻轻拍了拍老头儿的胳臂,咬着耳朵低声问:"您老今日来这儿,可是为的送古董让龙老鉴定?"

"哦,是,是的!"钱谦益连忙点点头。同时,对那公子哥儿的亲昵态度颇感意外。

"古董看过没有?"朱统𨨧仍旧小声问。

"看过了呀,刚才不是……"

"您老还带来什么别的没有?"

"别的?没有了。"

"既然刚才那件假玩意儿早已看过,阁下又没带来别的,那为何还赖着不走?"

"这……"

"嗯,要是您老还赖着不走,小爷我可得往外轰人啦!您瞧,这合适不合适?"

一直说到这儿,朱统𨨧始终是悄声细语,而且面带微笑,可是比起前一阵子那种大吼大叫来,却更加透着阴损狠辣,让人禁受不了。钱谦益像冷不防被针扎了一下似的,心中一抖,身不由己地离开了椅子。

"这，我……"

"噢！"朱统鏋马上跟着站起来，截住说，"您老是聪明人，想必不肯自讨没趣。那很好，彼此方便！"

说完，他回头招呼主人："龙老，您这位'贵客'可是要走了，赶快送送他！"

钱谦益狠狠盯了朱统鏋一眼，心中极其愤怒，但又不便否认，看见杨文骢已经信以为真地站起来，摆出一副恭谨相送的样子，他自觉无法再赖下去，只好不胜懊恨地拱一拱手，沉着脸，转身就走。

正在门外呆等的李宝见了，赶紧走过来，把那件已经收拾好的古董带上，三步并作两步追了出去……

"哈哈哈哈！"等钱谦益和杨文骢的背影沿着屋外的回廊，走得看不见了，朱统鏋收回鄙夷的目光，同阮大铖对望一下，一齐放声大笑。

"哎，好，好，大公子，真有你的！也没见你费什么劲儿，怎地就把那伪君子的头儿给乖乖打发走啦？"阮大铖乐呵呵地问。

朱统鏋大咧咧地一挥胳臂："容易！别瞧这些老伪君子又奸又滑，讨厌得很，却是死要面子。只须悄悄儿捅他一下，他就坐不住，吓得没命地跑啦！"

"噢，原来如此！"

两人说着，又开怀大笑起来。

"嗯，弟走了这些天，留都的情形如何？"当笑得差不多之后，阮大铖用乌溜溜的眼珠子瞅着对方，探究地问。

"没事！"朱统鏋挥一挥手，"自从史道邻同老马定议迎立桂藩之后，那伙书呆子便以为大局已定，又是忙着征发民夫修整宫室，又是派人持法物到广西去迎驾——都在做他们定策升官的清秋大梦呢！"

"那么史道邻——"

"老史早就过了江,听说回浦口整治兵马去了。"

"噢,老史不在留都?"

"不在!"

"好,好哇!"阮大铖顿时兴奋起来,"史道邻不在留都,我辈大事必成矣!"

"怎么?"

阮大铖正要回答,忽然看见杨文骢匆匆走回来,便临时顿住了。他做了个手势,招呼朱、杨二人回到椅子上坐下,然后把十根手指交叠在肚皮上,洋洋得意地说起来。

原来,事情的经过是这样的:自从得知马士英同史可法定议迎立桂王之后,阮大铖便立即带上南京江防提督诚意伯刘孔昭的亲笔信,抢先到了凤阳,果然发现守备太监卢九德正在愤愤不平。这个卢九德,小时候曾经服侍过光宗皇帝,号称"胎里红"。大约也就是在那个时候,他成了郑贵妃的一名心腹。虽然事隔多年,卢九德仍旧记着女主子的恩典。听说南京方面打算排斥福王,他便凭借自身的权势,暗地里把黄得功、高杰、刘良佐、刘泽清四总兵召到凤阳商议,打算有所行动。阮大铖的意外到来,使卢九德十分高兴,彼此一拍即合。经过一番密谋,他们认为马士英虽然同史可法定议拥立桂王,但那只是由于他还没有意识到,可以凭借武力强行拥立福王。而一旦成功,马士英就将成为大臣中无可争议的定策元勋,并可以最终取代史可法的地位。只要把这一层利害得失陈述清楚,是不难促使这位刚愎自负的老头儿倒过来的。事实证明,这个判断完全正确。当马士英回到凤阳,得知卢九德准备与江北四镇联盟拥立福王,先是十分吃惊,继而又表示生气;但经过阮大铖反复劝导,打消了他的顾虑,马老头儿也就横下一条心,同意加入拥"福"的阵营,并且俨然成为这一计划的领导者,积极行动起来……

"昨日夜间,"阮大铖最后得意洋洋地说,"马、卢二位及江北四总戎的联名公启已着人连夜送来留都,请守备韩公即速召集群臣公议,具启前往仪征迎接圣驾。弟只担心史道邻如果固执强项,东林那伙人自必也会跟着起哄。如今老史不在留都,真乃天助我辈,大事可成了!"

朱统镥"噢"了一声,说:"怪不得我早先去访刘诚意,他家里的人说他早早就出门,上魏国公府议事去了。想必议的就是这件事!"

"圆老,"杨文骢插了进来,圆圆的脸上露出忧虑的神色,"老马这样动刀动枪地干,弟总觉着是否太过了些。万一东林方面不肯就范,闹将起来,这局面怎么收拾?况且他们有左良玉撑腰,老左在武昌有七八十万兵马,若然也兴兵东下,与我相抗,可不是好玩的!"

"哈哈,龙老只管放心!"阮大铖不在乎地摇晃着脑袋,"这一层弟与老马他们早计议过了。别瞧那伙伪君子平日吵吵嚷嚷得挺凶,其实一个个全是硬不起来的鸟!装腔作势,捶胸顿足地嚎上几句是会的,若说招左兵东下——哼,谅他们也没有那个胆子!老兄就等着瞧吧,哈哈!"

说完,像忽然想起了什么事,又问:"咦,前几日有几位从北边逃下来的内监,是弟在淮安碰上的。弟让他们拿了我的信来见兄,可来了不曾?"

杨文骢点点头:"已经来了。弟按兄的嘱咐,先留他们在寒舍住下,如今都在东偏院里哩!"

"好,多谢,多谢!"阮大铖满意地拱一拱手,站起来,"那么,弟这就过去瞧一瞧。"等杨、朱二人跟着离开椅子,移动脚步之后,他又关心地问:"这几日,兄不曾薄待他们吧?唔,这是顶要紧的。须知这些人日后都要进宫里去服侍新君。你我将来的前程,一半就挂在他们那张嘴巴上!"

忍让求和

"太冲，太冲！"几声惶急的叫唤在天井里传来。

正在西厢里给刘宗周写信的黄宗羲不由得一怔。当听出那是顾杲，他就放下笔，疑疑惑惑地走到门口，掀开帘子向外张望。

"太冲，快来！"顾杲神色慌张地招着手，"不好了，仲老吐、吐血了！"

黄宗羲吃了一惊，连忙跨出门槛："啊，吐血——仲老？为什么？怎么会？"

顾杲顾不上回答，一转身，又匆匆奔回堂屋里。黄宗羲紧张起来，连忙快步跟了上去。

当他踏入堂屋，发现里面已经聚了好几个仆人，正七手八脚地帮着客人——前武德道佥事雷縯祚，把主人扶到椅子上。黄宗羲来不及再问，先奔上前去，果然看见周镳脸色苍白，紧闭着双眼，嘴角和胡须都沾上了殷红的鲜血，而且已经没有力气说话，只微微摇着手，似乎表示并不要紧，让大家不必惊慌。

"这到底是怎么回事？"待到与大家一道把周镳安顿到椅子上之后，黄宗羲趁着仆人们忙着替主人擦拭血迹、递茶送水的当儿，满腹狐疑地转过身来，望着顾杲问。

顾杲正吩咐一名仆人赶快去请医生，他回头看了看椅子上的病人，随即把朋友扯到一边，压低声音说：

"适才雷介公来，说刚刚从钱牧斋处得知，马瑶草已经背毁与史公的成约，内结刘孔昭、李沾，外连江北四镇，意欲以武力拥立福藩。留都群臣为势所挟，已于昨日在中山王府定议以福藩告庙[①]，并已前往仪征接驾了。仲老骤闻此事，急怒攻心，所以……"

---

① 告庙：到陈列着明朝历代皇帝牌位的太庙里去，举行祭告仪式。

"什么?"黄宗羲的眼睛蓦地睁圆了。他情急地一把揪住朋友的衣袖,"定议改立福藩!这、这可是真的?"

"此事已确定无疑!"一个低沉的嗓音传来。黄宗羲转过身去,发现雷缜祚那张胡须虬结的脸,正在两尺开外的地方对着他。

"是吕少司马亲口告知钱牧老的。"雷缜祚神情沮丧地说,"昨日中山王府的集议,显见是规布已定才召诸臣去的,由守备韩太监出头主持,徐魏国、刘诚意诸勋臣及吏科的李沾互相唱和,一到就开读马瑶草及卢九德的公启,然后不待群臣公议,就即时宣布以福藩告庙。当时吕少司马坚执不允,并与李沾相争于堂上。无奈群臣慑于马瑶草的军威,虑生内变,俱噤不敢言。吕少司马孤掌难鸣,最后不得已而从之。闻得钱牧老为这事极其愤慨,与吕公好吵了一场,并说日内便要整装回常熟去了!"

黄宗羲呆住了,局势竟然发生这样的突变,是他所万万没有料到的。事实上,刚才在西厢里写信时,他还给在杭州等候消息的老师描绘了一幅颇为乐观的前景,认为由于史可法等大臣的明智决策,留都的局面可望较快地稳定下来。如果新君即位后,能够与民更始,励精图治,事情看来还是有可为的。谁知,马士英之流竟出尔反尔,使出如此卑鄙横暴的手段……

"可是,可是,史道邻——莫非也随波逐流不成?"他心神激荡地颤声问。

"听说史道邻也是事后才得知此事。所以昨日连夜从浦口赶回留都。"雷缜祚说。

"哦,那么定生也回来了?"顾杲连忙问——几天前的那个上午,虽然周镳曾经令人吃惊地对陈贞慧大表不满,指责他怀有野心,不过,在这危急存亡的当口上,顾杲大约已经忘记了那件事。

雷缜祚摇摇头:"今日一早,弟便上兵部打探消息,也问及定生,说是还在浦口,未曾回来。"

"出了这等大事,他怎么不回来?"顾杲颇为着急。

雷缜祚苦笑了一下："只怕定生还未知此事哩！"

"事到如今，我们该怎么办？"黄宗羲咬着牙问。由于激愤，他那张小脸涨得通红。

没有人回答。显然，雷缜祚正是感到束手无策，才找到周镳这儿来的。

至于顾杲，这两天还未能从消沉绝望中彻底摆脱出来，就更拿不出什么主意。

"……史道邻，只有、去见史……史道邻！"一个低沉、微弱的声音传了过来，那是周镳。他已经睁开眼睛，并挣扎着试图坐正身子。

黄宗羲连忙走过去，扶住他，疑惑地问："去见史道邻？"

"嗯，快去，我也去！"

黄宗羲望了望委顿不堪的病人，摇摇头："先生如何去得？况且，医生就要来了——这样吧，由介老、子方二位同弟一起去，向史公泣血直陈，务请他设法主持。仲老就在家将息，等候音讯。"

"不错，仲老万万再动不得，不能去！"顾杲和雷缜祚也同声劝止。

周镳抬起须发蓬松的脑袋，虚弱地望着他们。突然，那一双隐藏在浓眉下的眼睛闪射出愤怒的光芒："别啰唆了，这是什么时候！我的病自己知道，快、快走！"

说着，他伸出双手，让仆人搀扶着，强挣着站立起来。

半个时辰之后，他们终于赶到了位于洪武门东侧的兵部衙门外。顾杲让大家先在外面等着，径自上前要求通传。谁知，门公回答说，史可法今日不得空，已经盼咐门上，不拘什么客人，一律谢绝不见。顾杲起初以为他嫌银子少，又添了几钱，但对方却死活不肯收，弄得顾杲毫无办法，只得懊丧地走回来。

黄宗羲一听，不禁急红了脸，气冲冲要上前吵闹。倒是周镳摇手，把他拦住了。

"史公既已得知此事，"他歪在轿座上，苦笑地说，"眼下想必正在筹思对策，倒是个进言之机。门公不给通传，我等可以寻别人——嗯，就寻杨遇蕃好了！"

杨遇蕃是史可法的一位亲信幕僚。他父亲曾任舒城县令，因抗御农民军，城破被杀，久久未获恤典。是史可法代他一再申报，才把事情办成。杨遇蕃为此十分感激，便投到史可法的幕中来效力，论资历和受信用的程度，他都比陈贞慧更深一层。如今经周镳提醒，顾杲便点点头，重新前去交涉。这一次，果然比较顺利。片刻之后，杨遇蕃匆匆出现了。他站在门前张望了一下，当发现周镳被黄宗羲和顾杲一边一个，几乎是架着走下轿来的时候，他那张舒朗秀气的脸孔就现出惊讶的神色，慌忙迎上前来，一边同大家行礼，一边关切地问：

"仲老，这是……"

周镳摇一摇头："没事，老毛病了！"停了停，等喘过一口气之后，他又抬起眼睛，瞅着幕僚："弟等有紧急之事，须即刻面陈史公，相烦通报一声！"因为他平日同杨遇蕃常有来往，所以也就不再讲究客套。

"杨兄，"看见对方面有难色，雷缜祚也插了进来，"弟等本也不敢劳烦大驾，只为贵门公不肯通传，而弟等欲面陈史公之事又甚急迫，是以不得已出此冒昧之举。"

"哦，介公兄何出此言！难得列位见顾，小弟不胜感幸！"杨遇蕃连忙谦逊地说，"只是眼下史公确实不得空，也曾盼咐谢客，所以门上适才也并非有意怠慢……"他沉吟了一下，"不如这样吧，先请列位进内奉茶，一俟史公了却公事，弟便即时通报，只是有劳列位守候，甚是不恭，不知列位……"

雷缜祚等人互相望了望，知道对方所说的确是实情，而且他肯这么办，已是十分之帮忙，说不定还担待着被史可法责备的干系，于是一齐拱手称谢说："如此，甚感美意！"

说完，黄宗羲便同顾杲扶起周镳，雷缜祚在旁边相帮着，随杨遇蕃进了侧门，朝私衙走去。

"弟等此来，是想探询一事——马瑶草勾联江北四镇，强行拥立福藩，大司马可已知道？"

等大家重新叙过礼，在小花厅内坐下之后，周镳乏力地靠在椅背上，开门见山地问。

"这个——"杨遇蕃收起客套的笑容，迟疑了一下，点点头，"史公已知道了。"

"那么，史公打算如何对付这个奸贼？"黄宗羲咬牙切齿地插了进来。

杨遇蕃瞧了客人一眼，对于这种过分激烈的言辞，似乎有点意外，也有点不安。他摇摇头，含糊地说："如何处置，这个，小弟却未曾得知。"

"不知？阁下怎么……咳，不知！"周镳焦急地说，随即猛烈咳嗽起来。

大家不由得转过脸，关切地望着他。

"弟因曾将马瑶草与四镇的联名公启送呈史公，是以得知此事。至于史公如何处置，确非小弟所敢与闻。"等周镳的咳嗽稍稍平复之后，杨遇蕃解释说。

"哼，兄是不肯说！"黄宗羲又一次插进来，停了停，他突然提高声音，怒冲冲地质问："兄以为弟等人微位卑，不足以与谋此事？"

杨遇蕃脸孔一红，显然有点着恼，但他还是忍住了，不急不躁地说："兄台言重了。弟岂敢藐视兄等？若说人微位卑，弟才是人微位卑。所以列位虽有以垂询，弟竟茫然不知所应，其实抱愧，尚祈见恕！"说着，举手当胸，作了一揖。

雷缜祚在旁边瞧着，知道再让黄宗羲说下去，只会把场面彻底弄僵，于是连忙拱着手，一边还礼，一边打着圆场说：

"杨兄,马瑶草出尔反尔,轻毁成议,强行改立,此事非同小可,实乃攸关江左之安危!是以太冲兄如此焦虑。弟等今日来谒,实欲向史大人奉陈所见,不料适逢史大人谢客,若非杨兄通融,弟等哪得从容入候?只是复劳杨兄在此相陪,令弟等十分不安!"

他这么说,一方面是告诫黄宗羲别忘了人家已经十分帮忙,不可率性胡来;另一方面也是意在打探史可法迟迟不能出见的原因。

果然,由于黄宗羲不再作声,杨遇蕃的气也就消了。他点点头,叹了一口气:"不瞒列位说,马瑶草此番突然变卦,事先全无征兆,显见是有谋而来。史公也觉甚为棘手。昨日大半夜,今日直到这时,都在同高大人、姜大人、张大人商议,至今未有结果。所以弟确实不知将如何应变……"

"听说,前些日子,史公曾致书马瑶草,力持福藩'七不可立',不知可有此事?"一直没有开口的顾杲问了一句。

杨遇蕃沉默了一下,轻轻点了点头。

"那么姓马的可有回书?"顾杲紧盯不放。

杨遇蕃摇摇头,苦笑说:"他只派人来口头回复,表示信守前约,还请史公不要听信谣言。所以史公一直很放心,谁知如今……"

大家"啊"了一声,脸色顿时变了。因为马士英这么做的险恶居心实在太明显,而一旦让他的阴谋得逞,南京的政局将会是一个什么样子,也已经不问可知。所以顾杲眼睛里那两星亮光闪烁了一下,顿时暗淡下去。

黄宗羲却把椅子的扶手一拍,猛地站起来:"那么,史公还有什么可犹豫的?莫非打算把江南拱手让给马瑶草不成!"

"是呀,不成,说什么也不成!"雷缜祚紧皱着眉毛,喃喃地说。

杨遇蕃也有点激动。他点点头,正要说话,忽然,厅外的过道里传来了橐橐的脚步声。紧接着,一个人跨了进来。

大家旋过脸去，不禁"啊"的一声，纷纷站了起来——原来，兵部尚书史可法意外地出现在他们眼前。

大约是连夜磋商那件非常事变的缘故，这会儿史可法的神情显得严峻而冰冷，本来就黑瘦的脸看上去更加瘦小了，一双眼睛却灼灼地放出光来。他显然没有估计到厅堂里的客人是周镳他们几位，而且他进来也不是为的见客，所以倒怔了一下；但随即就恢复了原来的神态，同大家一一行过礼，淡淡地寒暄了两句，便转向幕僚说：

"昨日回来时，学生曾托陈定生把每日的塘报汇齐，派人送过江来。先生若收到时，即速拿来给我！"

交代了之后，他朝大家点点头，又做了个"失陪"的手势，便转过身，打算离开。

好不容易才盼到主人露面，雷缜祚等人自然不肯放过，连忙一个劲儿朝杨遇蕃使眼色。后者会意，便拱着手说：

"大人，仲老、介老和子方、太冲几位是专程来访，有要事面禀大人，已经在此等候多时了！"

"哦？"史可法停住脚，侧过身来。

"大人！"雷缜祚本来要让周镳出面主持，但看见后者刚才这么一动弹，已是面色发白，有点支持不住，只得代他说了，"闻得马瑶草背信弃义，竟联络四镇，意欲以武力推戴福藩，不知大人如何处置？"他故意不提留都诸大臣已经商定到仪征接驾，无疑出于一种深刻的考虑。因为那一节史可法并未参与，完全有权要求诸大臣重新集议。如果遭到拒绝，作为最高军事长官，史可法就有充分的理由采取非常手段进行干预。这正是雷缜祚——也是周镳、黄宗羲、顾杲等人所希望的。不过，那已经是更深一步的话题，在尚未摸清主人的态度之前，还不能提出来讨论。

听说他们有要事禀告，史可法起初倒十分留神，及至弄清是为这件事而来，脸色便冷淡下来。他严厉地瞥了幕僚一眼，似乎责怪对方不该在这当口上,还牵扯这些人来打扰他。

"这个,嗯,也谈不上背信弃义吧。既有异议,大家商量着办就是了。"他含糊其词地说。

"怎么不是背信弃义!"看见史可法从一开始,对自己这些人来访就显得不太耐烦,而且态度敷衍,黄宗羲的自尊心早就有一种受到轻侮的感觉,于是直冲冲地插进去说,"半月前大人与他定策立桂,这事已是人人皆知。如今忽然变卦,悍然派兵拥福藩南来,分明是图谋不轨。若恃此而可得逞,纲纪何在,南都之威严何在!"

目前的局面确实是如此,所以一时间,史可法倒也哑口无言。但他似乎仍旧不想把事情闹得太张扬,所以迟疑了一下,又说:"福藩原本也在选内,而且以伦以序,诸藩之中,数他最亲最长,立他也无不可……"

这话一出口,不止黄宗羲,连雷縯祚、顾杲也都顿时大惊失色:"啊,莫非大人决意屈从马瑶草,改立福藩不成?"

史可法挥挥手,显得有点烦躁:"此事并非如列位设想那般简易。总之万事都须以社稷大局为重,从长计议!"

说着,他转身想走。就在这时,一直没有说话的周镳忽然离开了椅子,踉跄几步,"扑通"一声跪倒在地上,叩着头说:

"大人,且听、咳,且听学生,咳咳,一言!"

史可法连忙停住脚步:"哎,仲老快请起来!有话只管直说,学生必定恭听!"

周镳却无论如何不肯起来。而且不管史可法往哪边躲开,他都艰难地移动着身躯,把头朝着对方,一边喘息着,一边极力争辩说:"江左安危,大明中兴,全赖我君子合力护持;我君子能否尽力于朝,又全赖立君得贤。此事至大至重!今马瑶草奸邪成性,鹰狼为心,一旦得志,必尽逐我君子而后已。大人万不能因一念之犹豫,而任奸邪得逞,致使仁人君子报国之志,终成画饼之恨。望大人三思复三思!"

雷缜祚也激动地参加进来:"大人一身系天下之安危、中兴之成败,江南臣民无不仰大人如嵩岱,是故深为奸邪所忌,处心积虑以谋大人。大人日前斥福藩不立,已贻奸人以口实,今若复勉强立之,适足授彼以柄。是故祚等深为大人危之!大人纵不自惜,莫非大明之社稷、江南之百姓,亦不足惜么!"

史可法呆呆地望着他们,分明被这两番恳切的陈词打动了。半晌,他喃喃说:"二位之言,自是有理。只是,唉……"

"哦,莫非因马瑶草有江北四镇之助,致使大人踌躇为难么?"黄宗羲急急地问。由于这一阵子,史可法流露出了真情,他内心的不满也随之消解了,"其实,此又何足惧哉!只要大人授命,小生愿即刻西赴武昌,征左良玉之兵东下,看他四镇还敢猖狂否!"

"不错,"一直显得神态消沉的顾杲,也突然冲动起来,大声附和说,"左良玉心存忠义,深恶小人奸佞之所为,而素与我东林君子交好。为今之计,只有征他东下,方能阻禁马瑶草之奸谋!"

史可法起初没有听清他们说什么,还尽自沉吟着。然而,当终于醒悟过来之后,他分明吃了一惊:

"什么,你们说什么?征、征左兵东下?"

"事不宜迟,望大人当机立断!"黄宗羲和顾杲同声说,一齐跪了下去。

史可法没有立即说话,但表情明显地起了变化。一种不胜震惊、反感和气急的混合表情,分明地从他那张黑瘦的脸上呈现出来。

"胡说!"他勃然大怒地呵斥说,"尔等好大的胆子,怎敢出此狂悖祸国之议!你们莫非不知,眼下大乱方殷,人心浮荡,闯贼随时都会倾师南下,我辈如不同舟共济,先自闹将起来,局面将如何收拾?江南还要不要维持?中兴还要不要再造?哼,简直胡说八道不可,此议断乎不可!"

黄宗羲所提出的这个建议,其实是周镳的主意,雷缜祚也赞同。事实上,鉴于事态已经发展到这一步,在他们看来,搬出左良玉来吓唬马士英,是唯一能够挽回败局的办法。没想到,刚一提出,就招致史可法的严厉训斥。一时间倒把大家给镇住了。不过,雷缜祚似乎有点不甘心,他解释说:

"适才太冲之意,也并非要左兵当真东下,无非让他做此声势,令马瑶草等辈畏惧而已。"

"不成!断断不成!"史可法蛮横地把手一挥,看来不仅毫无商量余地,而且连听都不想再听。

"可是,倘使奸人借拥立之功,把持了朝政,莫非江南就不会乱么?莫非中兴就能有望么?"黄宗羲忍不住争辩说。

史可法看了他一眼,冷冷地说:"尔等所虑,亦是太过!彼辈纵欲把持朝政,哪里就这么容易了?只要我君子同心协力,公心谋国,彼辈又安能为所欲为!"

这么说完之后,他微微抬起头,把目光投向窗外那飘荡着朵朵白云的一角碧空,用沉思的、坚毅的口吻说:"可法立身处世,但问无愧于心。至于成败得失,唯有付之于天,非可法所能问,亦非可法所敢问!"

听着这种坚执异常的口气,大家知道再说也无用,不禁沮丧地沉默下来。唯独周镳不肯罢休,仍旧趴在地上,一边叩着头,一边绝望地叫:

"史公,史公,还望三思,三思啊!"

史可法的神情本来已经有点缓和,这时又一下子严峻得令人生畏。

"没有什么可三思的!"他厉声说,"君等此议悖谬已极。我史可法在此一日,断不许实行!左良玉若敢不遵约束,提兵东下,我必率先击讨之,死而后已!言尽于此,望诸君好自为之!"说完,猛地一拂袖子，转过身，大步向外走去。

　　雷缜祚、黄宗羲和顾呆了半晌，怀着绝望的心情你看看我，我看看你，最后一齐把目光集中到周镳身上——却吃惊地发现，周镳歪坐在地上，脸色变得一片死灰，十分难看。突然，他全身剧烈地震动起来，"哇"的一声，又吐出一摊子鲜血。

第四章
方以智乞食投留都，小福王进城登大宝

初担责任

董小宛坐在船舱里，膝盖上搁着一件尚未完成的针黹。她手中拈着一根拖着长线的针，一边在发髻上慢慢攒磨着，一边侧起耳朵，倾听着甲板上的响动。当辨认出并不是丈夫的脚步声，她就低下头去，继续摆弄手中的活计。

船身轻轻地晃动着。大约有云影不断飘过的缘故，铺洒在窗帘上的阳光时而一片通明，时而又阴暗下来。隔着帘子，听得见"扑通、扑通"的吊桶打水声和船家寻找泊位的吆喝声。这地方是丹阳城外的一个大码头，正当交通的要冲，不管是准备过江北上的船只，还是转陆路前往南京的旅人，大都会在这儿歇上一歇，所以码头旁、堤岸上，一天到晚都十分热闹拥挤。董小宛和她的家人们是昨天清晨赶到这里的。在此之前，他们寄居在下游不远的江阴县，并且打算上南京去避难。不过，前两天，留守如皋的仆人捎来音讯，说高杰的兵马毕竟没有骚扰到那一带，加上当地官府加强了弹压，一度乱了套的县城，已经渐渐恢复了秩序。好些避难出逃的缙绅大户，陆续返回城里。因此，经过商量，冒襄只好再次推迟前往南京的计划，遵照父亲之命，先把一家人护送回如皋。

说到这一次逃难，虽然才只八天，可是他们一家却不但艰苦颠簸，而且饱受惊恐。特别是在渡江时，由于遭到江洋大盗顾三麻子的包抄截劫，几乎陷入绝境。后来幸好碰上退潮，双方的船

只都搁了浅,他们一家八口才得以偷偷乘坐小船登岸,从陆路逃脱。但是到了泛湖洲的朱员外家之后,贼伙竟然又尾随而至,声言索求黄金千两,如不应允,便放火烧屋。吓得他们只好又连夜出逃,直到躲进了江阴县城之后,才稍稍安定下来。经历了这几番折腾,他们从家里带出来的行李财物,包括许多珍贵的字画和古玩,已经丧失了很大一部分,可以说损失惨重。唯一可宽慰的是一家老少平安无事,总算是不幸中的大幸。不过,吃了那一次苦头,他们就不敢再循原路返回,决定先上镇江去,打算从那里过江,取道扬州回家。只是不知什么缘故,船队在丹阳已经停留了整整一天一夜,仍旧没有启程的迹象。加上今天一清早,冒襄匆匆上了岸,说是去办什么事,久久不见回来,董小宛的一颗心,就不由得又悬起来了……

"橐、橐、橐",一阵熟悉的脚步声从甲板上传来——轻捷而沉着,董小宛心中微微一动,赶紧抬起头。

"哦,相公回来啦?"她放下手中的针黹,含笑站起来。

冒襄点点头:"嗯,我这就要走,进来拿点银子。"

董小宛微微一惊:"相公要走?上哪儿去?"

"包港。离这儿有六十里——镇江那边去不得了。听说包港能过江,我去看看。"

停了停,大约看见侍妾茫然的样子,他又不耐烦地说:"眼下扬州还被高杰的兵马围着,天天在那里打打杀杀,道路都给封堵住了,过不去——哎,你快把银子拿来吧!"

董小宛仍旧听不大明白:既然那边还是兵荒马乱,怎么丈夫又急着过江?但她不敢再问,赶紧答应一声,走向床头,从箱子里拿出一个沉甸甸的布口袋,提了过来。

"不光要碎银子,说不定去了就能雇到船,你把那些十两的也拿五锭来。"冒襄一边说,一边把布袋提到桌子上,开始从里面挑选银子。

说起来，这也是一件始料不及的事——自从逃离如皋之后，董小宛不知不觉就替家中管上了钱财。起初，是由于一路之上，少奶奶苏氏只管守着两个宝贝儿子，别的一概不闻不问；冒襄又有一大堆外间的事务要应付料理，实在忙不过来，不得已才让董小宛帮着支钱派物。大约看见侍妾倒也手脚麻利，细致清楚，冒襄便干脆把差事一股脑儿交给了她。董小宛自然明白责任重大，愈加尽心竭力，不敢有丝毫疏忽懈怠。现在，听见丈夫吩咐，她又连忙拿出五封银子。

"相公，这些是十两的。"她说。

"唔，放下吧。"冒襄并不回头，只顾自己忙着。

董小宛没有立即递上银子，却在暗暗打量丈夫。经历了近半个月的磨难操劳，她发现冒襄明显地脱了形——曾经是丰润俊美的脸庞，比离家前更形瘦削了，脖子也显得细长起来，甚至隔着衣衫，也看得出两边的肩胛骨在耸动……董小宛望着望着，心中不由得一酸，泪水随之流出了眼眶。她使劲咬住嘴唇，把银子放到桌子上。

"咦，你做什么？"大约发现封纸上的泪痕，冒襄侧过脸来，皱起眉毛问。

"没、没什么。"董小宛背过脸去，掩饰地说，同时急急用袖子去拭眼睛，"一点灰尘。"

"好端端的，哭什么？"冒襄一边说，一边继续收拾银子。

"没有呀！真的，只是灰尘。"

听她这么说，冒襄就不再问，管自把准备带走的银两归拢好，然后将冒成叫来，把要上包港去的事说了，让亲随马上去准备。交代完毕后，他才转过身来，重新打量侍妾。

这一阵子工夫，董小宛已经重新扑了脂粉，恢复了常态。看见冒襄布置停当，她就把一套干净衣巾双手捧了过来。

"相公，你瞧这一套可合适？"

这是一袭六成新的月白直裰和一顶黑色的方巾。因为丈夫身上带着银两，包港那边又人地生疏，小宛不想让他穿得过于考究，以免引起歹人的注意。冒襄无疑也领会到这一层，他点点头，说：

"好的，先放着，待会儿我再换。"停了停，他又望着侍妾那张略见清减的脸，"嗯，这些天，你也够辛苦的了！"

"哦，不！"董小宛马上摇摇头，同时疑惑地瞅着丈夫。

冒襄苦笑着点点头："我知道的。这十来日你守着这些银子，可没睡过一宿安稳觉，半夜里睡着睡着又爬起来，端着灯儿到后面清点——你也须仔细着，别累坏了身子！其实，刚进门不久，又是新手，这谁都知道。即使有时差出那么一两半两零头对不上，也就算了。大家也不会责怪你。或者你不想张扬，那就在我的账上销掉也成，何必一分一厘地这么翻来覆去地抠！"

董小宛顺从地听着。自从过江前的那天晚上，紫衣向她透露奶奶苏氏其实一直在暗中监视、防范她之后，董小宛确实很惊讶，加上冒襄又是那样一副冰冷严峻的样子，更使她提心吊胆，忐忑不安。然而，丈夫在这一刻里所表现出来的信赖和体贴，却有如一道绚烂的阳光，驱散了她心中的疑雾。

"哦，不是的！冒郎并没有嫌弃我，是我自己多心罢了！就连奶奶让紫衣看着我，其实也是为我好，怕我做出错事来。像我这样的人，能有今天的归宿，还有什么可计较、可抱怨呢！"她感愧地、自责地想，眼皮儿不由得又红了。可是，随即她就控制住了自己。

"啊哈！"她用快活起来的声调说，"相公别说，妾都细细算过了，这十来天经妾手进出的银两，当真是一分一厘都不差！"

冒襄微微一笑："不差自然是好！所以，你得预备着，待回到如皋，家里的这摊账，没准儿就要交给你来管。"

董小宛蓦地一怔："相公说什么？让、让妾来、来管……"

冒襄肯定地点点头："昨儿是老爷先提起这事，太太、少奶奶也说好，还问我的意思。"

听说是老爷的提议，董小宛倒有点明白了。还在冒襄决定把父亲和刘姨太从靖江先行送往江南那天夜里，冒起宗曾经临时提出，要带上一些散碎银子，以便路上随时应用。当时，冒襄因为毫无准备，急切间倒有点不知所措，结果，是董小宛把一口袋散碎银子提了出来，里面一小包一小包，全都已经用纸封好，而且一一标明了数目和重量。冒起宗见了，对董小宛的细心大为称赞。看来就是那件事，促成了老爷今天的想法。不过，尽管如此，董小宛仍旧大为焦急。

"啊！那、那相公应承啦？"她连忙追问。

"我说得同你商量。"

"不，不成！妾不成，真的！"董小宛忙不迭地摇着手，惶恐地说，"妾进门才一年多，年纪又轻，家里那些妈妈、老爹，谁都比妾懂事多，有面子，妾靠着相公撑腰，胡乱管上几天还成，长年累月的，妾可撑持不起！"

冒襄望了她一眼，说："正因那些人仗着辈分高，经事多，自以为有面子，嘴上不敢说，心里都不拿你当回事，故此才让你来管账。这就管着他们了，往后想不听你的也不成。这也是老爷、太太有心提挈你。况且，你也有这份能耐，就放开胆子去做吧！"

在主子们的决定里，原来还包藏着这么一层用意，无疑是董小宛所没有想到的。她不由得愣住了——很明显，在这种情况下，如果再推辞，那就不是谨慎自谦，而是不识抬举了。

"自然，"冒襄沉思着又说，"即使你将来管了账，也不可滥用权柄，作威作福，也不可察察为明，锱铢必较。总要以宽和为务，这也是我家立身处世之大则。须知目下世变方殷，人心惑乱。像我们这等人家，如若对手下奴仆御之不得法，一旦有事，那些家伙便会反戈相向。到时受祸之烈，便非同等闲。你不见这些年来豪奴乘时倡乱、荼毒主家之事，屡有所闻。有些主家，至有一门被戮，财物田舍被顷刻瓜分的。此事足为殷鉴，不可不慎——你，可要记住了！"

由于说到时局的糜烂和混乱，冒襄的脸上，又现出异样的烦躁。他开始紧皱眉毛，倒背着手，在狭小的舱房里走过来，走过去。

董小宛沉思地点着头，渐渐地，一种意识到自己的责任与义务的坚毅之情从她心底里升腾起来。终于，她抬起眼睛，望着丈夫，果敢地说：

"相公，老爷、太太和奶奶既然命妾管账，妾就小心尽力去做，必定不会给相公丢脸！"迟疑了一下，她把心一横，又说，"妾尚有一事禀明相公，请相公千祈应允。"

"什么事？"

"相公可还记得？那天夜里，贼人追到朱家，我们从后门逃出来的时节，相公一手搀扶着太太，一手搀着奶奶，已是十二分吃重。况且路又难走，可相公仍旧记挂着妾，怕妾赶不上，时时停下来等候。相公的情分妾万分感激，只是这么着是不该的！试想太太、奶奶是何等样人，妾又是何等样人。若因妾之故，致令太太、奶奶有半点差池，则不只妾之罪万死莫赎，相公亦难免落个不孝之名。故此相公真是爱妾，今后但求全力护持太太、奶奶，妾虽因此遭逢不幸，死于沟壑草莱之中，亦绝无半点怨恨！"

大约以为她要对管账的事提出什么条件，所以冒襄仍旧走来走去地听着，但不久就站住了。他望着侍妾，显得有点意外。随后，他轻轻地摇着头，似乎想有所解释，但终于只是叹了一口气，说：

"那一夜，你可是吃了不少苦！放心，经此一遭，我算是学乖了。再怎么着，也决不会闹到那种狼狈的地步——嗯，我还要上包港哩，时候不早了，帮我换衣裳吧！"

包港奇遇

　　包港说是港,其实只是一处濒江的村落。由于村子比较大,又是附近居民赶集的圩场,所以就有了点名气。这里的人家,绝大多数都以捕鱼和跑船为生。站在村前的滩场上一望,几排沿坡而筑的木房子,晾得到处都是的渔网,外加那一片烟波浩渺的江水,以及横七竖八地躺在倾斜的江岸上的、等待修理的几条破木船,就是映入眼帘的全部景致了。不过,由于扬州一带的道路不通,那些急于南下和北上的旅客,只好纷纷改道这里,于是整个圩子便失去了昔日的静穆安宁。加上眼下又是鲥鱼上网的季节——这种被江东人奉为席上珍馐的鲥鱼,有着平扁而秀美的外形,通体银白,肉质肥美而细滑,每当春末,它们便开始成群结队地从海里回游到江中来产卵,在夏初达到高潮。这时候,村民们便大忙特忙起来——这送上门来的两桩买卖凑在一起,平日不起眼的圩子,便忽然显出了少有的喧闹和兴旺⋯⋯

　　冒襄带着冒成和几名仆人乘船来到包港之后,照例拿了帖子和礼物去拜访当地的掌权头人,道达来意。那头人见他风度俊雅,谈吐斯文,倒也十分礼敬,答应尽力帮忙。双方谈妥了条件之后,冒襄便交纳了雇船的定金,并约定后日一早开船。那头人本来要置酒宴请,但冒襄一来急于赶回丹阳去报信,二来嫌那头人举止粗鄙、言语俗陋,没有兴趣与之周旋,所以婉言谢绝了,只命冒成和一名仆人留下守候,他自己带着其余的仆人即时告辞出门,准备回到船上去。

　　由于此行颇为顺利,冒襄总算是放下了一桩心事,情绪也变得轻松了一点。他沿着肮脏杂乱、浮荡着鱼腥气味的街道往前走,心里盘算着今后要做的事情。他想到,这一次逃难,行李财物损失了不少,不过,一家人好歹算是有惊无险地过来了。回到家中之后第一件事自然是重整家业。幸亏出来时已经考虑到路上或许会有闪失，因而把一部分浮财疏散到了乡下的田庄去，分几处秘密收藏，没有全部带在身上，所以还不至于彻底破产。待到善后的事务有了头绪之后，接下来，他还是得上留都去。事实上，经历了这样一次如此狼狈的逃难之后，冒襄对于使他白白浪费了许多心力的家务纷扰，已经感到越来越厌烦；而急于有所作为的愿望，变得更加强烈了。"幸好这一遭出来，总算没有耽搁得太久。眼下留都正商议另立新君，重建朝廷，那么，只要我尽快启程，一切大概还赶得及！"这么盘算停当之后，他心中才重新踏实起来，于是加快脚步，一直走到九曲河旁。

这条九曲河，是长江的一条小支流，从这里可以直通丹阳。冒襄来的时候，就是走的这条水路。眼下，他的船停靠在河边上。当冒襄走近去的时候，发现艄公——一个黝黑粗壮的汉子，精赤着上身站在船头上，正挥舞着肌肉虬突的胳臂，大声轰赶着站在岸边的一个乞丐。

"去，去，不行！不行！"

"还求阿哥方便则个！"

"咦，你这人怎地这等啰唆！告诉你，我这船是一位公子爷包下的。似你这等'大贵人'，也想与人家同船，也不撒泡尿照照自己，思量思量人家肯不肯？"

"阿哥也不须声张，小可不拘烟篷下、后梢头，能容身便可。"那乞丐仍旧不住恳求。

艄公眼睛一瞪，分明打算发作，但临时又改变了主意，嬉笑着说："这么着，倒也可以商量。只是你有银子么？冲着你'大贵人'的面子，便宜一点，只收一两！怎么样？"

"这……小可眼下没有。不过到了丹阳，就有办法了。到时一定如数奉还。"

"到丹阳就有？哼，到了丹阳，只怕你又要说，到留都就有了。你这号人,我见得多了,休想骗得过我!快走,快走——走!"由于看见雇主回来了,艄公越发威风起来。

冒襄瞥了一眼那个乞丐,发现他头发蓬乱,满脸尘垢,身上的窄袖短衫上净是破洞,而且肮脏不堪,一双破布鞋张着大口,露了乌黑的脚趾头。瞧样子,大抵是从江北什么地方逃下来的。"嗯,听他刚才求艄公时,那声口倒像是读过几天书的。"冒襄想。要在往常,他虽然不会答应让这么个臭烘烘的乞丐上船,却多半会命仆人打发几个钱,让对方自寻去处。不过,经历了这次逃难之后,冒襄的心肠已经硬了许多:"哼,讨,讨!都只管向我来讨!如今我家损失了许多财物,又向谁讨去!"他冷冰冰地想,于是沉着脸,径自走向船边。

然而,就在这时,他听见有人在背后招呼:

"辟疆兄!"

冒襄不由得一怔,转过脸去寻找,但是没有发现什么人。

"辟、辟疆兄!"那个声音又响起来了。这一次,冒襄弄清楚了:原来招呼他的不是别人,竟然是那个乞丐!

"你……你是?"冒襄惊疑地望着对方,同时,开始觉得有点面善……

"是小弟呀,辟疆,我是方以智!你不认得我了?"那乞丐大声说。

"啊,密之……是你?"冒襄下意识地喃喃说。由于眼前的方以智,同两年前在金山脚下的船上分手时,那位衣饰华丽、风度翩翩的方以智相差实在太大,以至对方报出名字之后,冒襄仍旧不敢上前,只是睁大了眼睛,上上下下打量着。

倒是方以智,因为绝处逢生,并遇到了关系非比寻常的朋友而兴奋莫名。刹那间,卑躬屈膝的表情和姿态不见了,他左臂一挥,把那根打狗棒往河当中远远抛了出去,又将挎在肩上的一只装着碗筷的破竹篮子"啪"地摔在地上,然后朝着天空,张开黝黑瘦长的双臂,再三地屈伸着,"哈哈哈哈"地纵声大笑起来。这笑声来得如此突兀,如此猛烈、疯狂,充满了辛酸与屈辱。它从喉管里艰难地、痉挛地一声接着一声呼啸而出,像狂暴的利爪揪扯着空气,使人听得毛骨悚然……

冒襄的心急剧地搏动起来。现在,他已经不再有丝毫怀疑,连忙趋前几步,伸出手去,紧紧抓住方以智的肩膀。然而,没等他说出话,方以智已经重重地跪倒在河岸上,伛下身去,掩着面孔,放声痛哭起来。

站在船上的艄公,显然没想到会出现这种场面。他目瞪口呆地站在那里,就像面对着一幕怪诞之极的戏法。直到冒襄把方以智搀扶起来,他才如梦初醒,慌里慌张扶正了跳板,把两位社友接上船去。

其实,别说艄公,即便是冒襄本人,在确信眼前就是老朋友之后,心中也仍旧惊疑不定——诚然,在此之前,他也曾一再地思念起在北京做官的方以智,并且十分担心对方的安危;但是,却万万没有想到会在这儿碰上朋友,更加从未设想过对方会变成这么一副模样。"啊,不用说,他是舍了命逃出来的,一路上必定吃了许多的苦!那么,北京如今怎么样了?别的朋友可还有逃出来的?还有流贼——流贼可会倾师南下,打到江东来吗?北边的情势是不是十分紧张?"这一下子涌到嘴边的各种问题,有一阵子,把冒襄弄得心神激荡,情难自禁。只是由于方以智那大笑大哭之后的委顿神态,以及那一身散发出阵阵秽气的褴褛衣衫,才使他尽量抑制住内心的急切,跟着朋友一起登上船头的甲板。

"那……那么,"他望着低垂着头、默不作声的朋友,迟疑地说,"我兄远来辛劳,敢请先行沐浴更衣,歇息片时,却再促膝细谈,如何?"

这当儿,方以智已经平静下来。他抬起眼睛,黑瘦的脸上现出一丝自嘲的苦笑,随即点点头。待到引路的仆人做出相请的手势,他就转过身,慢慢地向船尾走去。

"是的,他变得实在太厉害了!"目送着朋友那蓬头屈背的身影,冒襄不由得暗暗叹息,"当年复社四公子中,唯一就数他仕途得意,而且还点了翰林,令多少社友艳羡不已。谁知到头来,却落得冒死逃亡,乞食而归!那么,这世间的事,到底怎样才是福,怎样才是祸呢?"这么一想,冒襄就生出了一种茫然的感觉,心中的思绪也乱纷纷的,变得有点纠缠不清。不过,他没能继续往下想,因为仆人们已经开始请示该怎样接待客人。冒襄于是收敛起心神,逐一吩咐下去;然后,就径自回到船舱里,怀着烦乱、期待的心情,默默坐了下来。

惨说京城

小半个时辰之后,经过了一番彻底的洗涤,并且换上了一身干净衣巾的方以智,终于来到了船舱。在此之前,一小桌临时备办的酒馔,已经摆开在舱中的矮方桌上。冒襄马上迎上前去,同朋友重新行礼相见,然后分宾主坐了下来。

"我兄万里生还,真乃可喜可贺!"他举起酒杯,亲切地望着朋友说,"只是途中草草,无法即时设宴,为兄洗尘压惊。这一壶村酿,几味野蔬,不过聊供谈助而已,尚祈我兄勿嫌简亵为幸!"

方以智却没有答话。虽然才只小半天工夫,还不可能把近两个多月来备受惊恐、艰险和饥饿折磨所留下的痕迹,从他的身上消除掉,但总算稍稍恢复了本来的面目,与刚才那一阵子相比,已经判若两人了。只是,此刻他显然有点神思不属,只顾转着眼睛一个劲儿朝桌上的菜肴打量。冒襄微微一怔,随即恍然明白,于是马上拿起筷子,邀请说:

"荒村野店,也弄不出什么菜色,无非卤鸡熟肉,唯有这鲥鱼,还算是应景的——请!"

"啊,请!"这一次,方以智应得很快。不过,他没有动鲥鱼,却瞅准了那盘熟牛肉,用筷子挑了一块最大的,迅速地塞进嘴里,三嚼两嚼,就一挺脖子,吞了下去;接着,又毫不停留地往嘴巴里送进两块,伸手抓过酒杯,一仰脸,喝了个光。这之后,他似乎暂时忘记了身边还坐着朋友,只管手不停、口不停地吃了又吃,喝了又喝。直到第三杯酒下肚之后,他才抹一抹嘴唇,喘上一口气。然而,待一声长长的酒嗝响过,他又迫不及待地把筷子伸向了那碗卤鸡……

冒襄的情形自然大不相同。他平日对于鸡鸭鱼肉之类,本来就兴趣不大,这会儿也只是赶时新地动了几箸鲥鱼,就把筷子放下了。他开始目不转睛地望着朋友。在此之前,他也估计到,方以智当了这么些天乞丐,一定饥饿得很。但是朋友这种疯狂的、近乎粗鄙的吃相,仍然使他暗暗吃惊。直到此刻,他才更加深入而切近地意识到,在过去的那些日子里,作为一个侥幸生还的逃亡者,方以智从精神到肉体遭受到怎样可怕的磨难和摧残。"啊,我只道自己这一次逃难,已是艰险万分,谁知比起他来,又不知幸运多少倍了!"他心悸地想,以至有好一阵子,他尽管很想打听一下对方是怎样逃出贼手的,结果只是满怀同情地呆望着,一句话也问不出来。

"咦,兄吃呀,兄怎么不饮酒?"方以智从狼藉的杯盘上抬起头来,诧异地问。他的嘴巴塞满了食物,脸孔也因为喝酒喝得太急而越来越红,"来,干一杯。哈哈哈哈!"他举起酒杯,快活地说。

冒襄勉强一笑,摇摇手:"兄知道弟是不能饮的。"停了停,又瞅住对方,"京师的情形——嗯,怎么样?"

方以智已经用筷子又夹起一大块酱肉,正打算送进嘴巴里,听了这句询问,像给刺了一下,脸上愉快的表情消失了。他瞅了瞅停在嘴边的酱肉,似乎在考虑是否继续往里送,最后,还是慢慢地把它放回碗里。他撂下筷子,拿起酒杯,机械地举到唇边,但是也没有喝。在这当儿，他的表情变得迟钝起来，目光呆呆地注视着前面某个无形的东西，半晌，才牵动嘴角，做出一个痛苦的冷笑，说：

"还能怎么样？完了，全玩完了！"

"可是……"

"一言难尽！况且，弟自三月二十三于东华门哭祭先帝之后，即被流贼逮系，陷于狱中十有九日，外间情状，所知亦不多。"

"那——先帝已经安葬入土了么？"

方以智点点头："弟于狱中闻知，先帝及母后的灵柩是四月初三发引，送出德胜门外的。初四日即于西山皇陵下葬。只是抬柩者仅有二三十人。除贼兵数骑护送外，并无护灵官。文武百官，亦只准出拜，不令服丧。亦可谓极尽凄凉之况了！"

听说堂堂一代之君、大明王朝至高无上的象征、自己矢志效忠的圣明天子，竟受到卑贱的流贼如此凌辱和糟践，冒襄的心像受到猛烈的鞭笞似的，顿时剧痛起来。他圆睁着眼睛，又急又气地质问：

"为何不服丧？百官为何不敢服丧？流贼不准，不准就可以不服吗？食君之禄，忠君之事，既不能杀身以殉，莫非连起码一点臣节也都不要了吗！"

这一指责，大有把方以智包括进去之嫌，因此后者没有作声，过了一会，才低着头说：

"百官也未可一概深责，其实流贼准许出拜者，只是那等变节降贼之辈而已。多数人其时都被拘押在贼营中，拷掠追饷呢！"

"追饷？什么追饷？"

"无非是勒逼钱财罢了。贼自二十二日起，即满城搜捕士大夫，拘往营中，各令献金助饷。限内阁大臣各纳十万，部院、京堂、锦衣帅七万，科道及吏部郎官三万至五万，翰林一万，部曹小官亦各数千不等。至若勋臣贵戚，则无定数，务必穷其家财而后已……"

"啊,若然缴纳不出呢?"

"缴纳不出?"方以智惨苦地一笑,"贼为索饷,已预造夹棍无数。棍上俱有棱角,以铁钉相连。有支吾不应者,即刻施刑。凡被夹过,十之八九都胫折骨碎而死,即使侥幸不死,亦成一废人矣!其时上自贼之权将军刘宗敏,下至营弁狱卒,均可用刑。十余日间,咆哮惨号之声响彻街衢。据说受刑最重者,除英国公被夹死、周皇亲重伤之外,大臣如王都、李遇知、王正志,词臣则杨昌祚、林增志、卫胤文等,竟有被夹至三夹、四夹者,俱非死即残。弟因位卑官微,幸未被夹,但亦备受拷掠,其中苦况——"说到这里,他仿佛打了个寒噤,一下子咬紧了牙齿,不再往下说,却举起杯中的残酒,一仰脖子,灌了下去。

这一次,冒襄没有追问。由于朋友所披露的景况,是如此的阴惨可怖,而作为一名亡国之臣的屈辱遭遇,又是如此的超乎他的想象,冒襄的心也微微发起抖来。事实上,方以智所描述的北京的昨天,很可能就是南京的明天——要是江北守不住的话。那么,江南能够守得住吗?淮南能够守得住吗?如果说,在此之前,冒襄对这个问题还来不及仔细考虑的话,那么,此刻它却变得像一团迷雾似的,在他心中扩散开来。"啊,如果江南守不住,我这么匆匆赶去,岂不是自投罗网?当然,大丈夫以身许国,一死本不足惜,可是家里怎么办?父母都年迈了,妻儿又弱小,偏偏再没有别的兄弟可以代我承担照料他们的责任……"这个突然闪现的念头,像一只无情的利爪,把冒襄的喉头扼住了。他试图挣扎,却被扼得更紧。现在,他觉得,那只无情的利爪,正在使劲地把他往回扯,要把他重新拖回到两年前的那种被世人指责、讥笑的境地中去,而且,此后恐怕再也没有振作洗雪的机会……

"哎,算了,不再说了!"大约看见朋友发呆的样子,方以智嘴巴里吐出熏人的酒气,挥一挥手说。

"可是，"冒襄突然抬起头，怒气冲冲地瞪视着朋友，"这都是你们自招的！要不是你们这些京官老爷，一味贪恋禄位，邀宠自固，不能为社稷之安谋一长策，国家又何至于此？京师又何至于亡？你们又何至于落得如此地步？我们又何至于——"

他本来还要狠狠地发泄下去，可是，当目光接触到方以智那张在这一刻里变得异样衰老的脸、那一部多时未经修剪的乱蓬蓬的胡子，以及那一双呆滞失神的眼睛时，他就不由得噎住了；随后，心有不甘地哼了一声，懊丧地低下头去。

船舱里变得一片寂静，就连从船舷旁不断流过的河水，这会儿似乎也消失了汩汩的声响，只有那些还残留着剩酒剩菜的壶、盘、碗、盏，一动不动地在矮桌上发出冷冷的微光。几只觅食的苍蝇，嗡嗡嘤嘤地互相招呼着，忽而停下来，匆匆地舔取一点油腻，忽而又警觉地飞了开去，好歹给这沉滞僵冷的氛围增添了一点小小的生气。

"那么，兄下一步如何打算？"终于，冒襄皱着眉毛，低声问。

"上留都去，请求戴罪立功！"方以智毫不迟疑地回答，没有动弹身子。

"留都——哼，留都能守得住么！"

"守得住也罢，守不住也罢，都得守！"

"……"

"那么，兄有何打算？"方以智反问。这一次，他抬起了眼睛。

"弟么？弟——哼，自然也要上留都！"

"哦，既然如此，何不结伴同行？"

冒襄心动了一下，随却苦笑着摇摇头。看见朋友现出疑惑的样子，他便自嘲地说："弟哪里比得了兄——兄无一丝羁绊，而弟背上还驮着一家子人呢！不过，兄先去一步也好，若见着定生、朝宗他们，就告知一声，说弟这半个月都在举家逃难，这会儿回如皋去了。少则十日，多则半月，必定赶到！"

停了停,他又捏紧拳头,发誓似的重复说:"弟一定要去留都!"

公揭争名

明朝建国初年所修筑的宫城,位于南京城东部的正阳门内。那是由南北长五里、东西宽四里的高墙围绕起来的一片有着黄色琉璃瓦屋顶的建筑群。

宫城之内,以承天门为界,门以北是紫禁城。穿过端门、午门走进去,迎面依次矗立着"奉天""谨身""华盖"三座大殿。东西两侧还分别建有"文华殿"和"武英殿",以及"文楼"和"武楼"。这是皇帝接受百官朝觐和举行大典的地方。"三大殿"以北,一直到后宰门,属于"后廷"范围。那里面另有许多名称各异的宫殿,还有一座御花园。皇帝的日常生活起居都在那里。

除了紫禁城这一部分之外,在宫城的南面,一条宽广的御道从承天门外的五龙桥,笔直向着宫城的正门——洪武门伸展开去。御道的东侧,分布着除刑部之外的吏、户、礼、兵、工五部和宗人府,还有鸿胪寺、钦天监、太医院等;御道西面则是最高的军事机构——五军都督府,以及锦衣卫、通政司、太常寺等衙门的所在地。

这偌大一座宫城,作为至高无上的权威象征,在太祖皇帝定都于南京的当年,自然是庄严神圣,壮丽非凡的。然而,自从成祖皇帝迁都北京之后,经历了二百多年的闲置岁月,到如今,它早已萧条破败,完全不复昔年的气象了。由于极少有接待皇帝巡幸的机会,紫禁城里的宫殿大多荒废失修;就连那些一直有官员派驻的衙门,也是除了几个部的门堂还算整齐外,大多一任墙垣倾圮,无人过问;至于管理皇族事务的宗人府,自从由吏部接管了它的职权之后,更是倒塌到只剩下几根门柱了。

到了崇祯十七年的四月底,却忽然有了改变——一场全面的大清扫和一项初步的整修计划，在宫城里紧急地施行起来。接连几天，一队又一队的骡马大车从四面八方调集到这里，把满载的砖瓦木石运进宫里去，又把堆积如山的各种垃圾拖了出来。宫城的几个侧门，终日进出着成群结队的太监、军士和工匠。他们各自在领班的驱使下，汗流浃背地忙碌着，显出疲于奔命的样子，使古旧而沉寂的城区，平添了一派紧张和慌乱……

由于史可法等东林派大臣的妥协退让，拥立新君的大事就这样达成了最后的决议：

四月二十九日，礼部司务官带着南京百官联合签署的公启，受命前往仪征去迎请福王。

第二天，南京守备徐弘基以世袭魏国公的身份，率领勋臣们专程赶到江北的浦口去接驾，并把福王护送到燕子矶码头。

三十日，得到消息的南京诸大臣全体出动，前往燕子矶去晋见新主子，再一次表达了同心翊戴的诚意。经商定，福王准于翌日——也就是五月初一摆驾进城。

事情进行得很顺利。不过，鉴于眼下正处于国变的非常时期，为着防备不测，这些行动事前都没有向外公布。直到五月初一这一天，才由兵马司派出兵校，在福王进城所行经的路线上加强戒备，同时指示沿途的里长，让临街的店铺和住户在门前摆出香案，以备到时顶礼拜迎。

将近巳时，一切布置就绪。福王自三山门登岸后，要先到孝陵去拜谒行礼，暂时还不进城。所以坐镇在朝阳门的巡城御史郭维经，也尚未下令净街。那些挑担的、乘轿的、走路的人依旧来来往往。虽然直到此时，他们还不知将要发生什么事，但自从北京的噩耗传来后，就一直处于恐慌的等待之中的士民们，仍旧根据几天来宫城内外的一系列异常举措，猜测到一位新的皇上，就要君临这座昔日的首都了。他们自然不了解，这位新皇帝的产生，背地里经历了怎样紧张激烈的较量；他们甚至也不关心，是由这位王爷还是那位王爷来坐龙廷，对于他们到底有什么不同。他们只是根据世世代代传下来的规矩，认定这是一件至关重要的事情。就像不能设想光有一座庙宇，里面却没有菩萨一样，只要那大殿上的宝座不再空着，他们就觉得一切又有了庇佑和保障，重新变得心安理得，甚至有点喜气洋洋了。正是这一发现，使得正从兵部衙门里走出洪武门来的陈贞慧，一边打量着街上的情景，一边不由得暗暗苦笑。

陈贞慧是直到前天，才接到史可法的通知，从浦口赶回南京的。在此之前，他对于事变的发生还一无所知。当经历了最初的惊愕，以及明白局面已经不可挽回之后，他也如同他的社友们一样，感到异常的愤恨和沮丧。因为事情很明白，作为一旦确立便具有绝对权威的最高统治者，皇帝本人的品格和素质，他在感情上的亲疏偏向，都直接关系到朝廷的盛衰兴亡，同时也很大程度决定着在他手下当臣子的那些人的前途和命运。正因如此，前一阵子，陈贞慧和他的朋友们才那么坚决地排斥本来是名正言顺的福王，而拥护有贤明之声的潞王；后来潞王立不成，桂王也总算勉强可以接受。谁知到头来，仅仅由于马士英的突然变卦，东林方面就毫无反抗地彻底妥协，使前一个时期的努力化为泡影。"哦，难道他们不明白，今后有多少艰难和灾难，都将因此而起！"陈贞慧失望之余，痛心疾首地想。不过，他也明白，事情到了这一步，光愤慨不平是没有用的，眼下最紧迫的事情，是如何依据变化了的形势，迅速建立起一道新的防线，以阻止政局的进一步恶化。鉴于在前一个回合的较量中，东林派那些大臣们令人惊异地表现得顾虑重重、怯懦软弱，而且意见不一、各行其是，陈贞慧就愈加觉得，他的那个让社友们进入各个重要衙门充当幕僚的设想，是十分必要的。事实上，无论是就协调本派掌权人物之间的关系，以形成坚强有力、一致对外的抗争态势而言，还是就谋求对这些人物的想法和行动发挥影响，以达到推动改革朝政的目的而言，都少不得这样一条可靠的、能够相互支持的联系纽带。所以，他今天把社友们召集到正阳门外的畅好居酒楼上去会面，一方面固然是为着稳定军心，另一方面也是为着敦促社友们，尽快把他的那个设想付诸实行。

现在，陈贞慧已经来到畅好居。在正阳门一带，这也算得上顶大的一座酒楼。不过，像陈贞慧这种有身份的贵家子弟，平日总是习惯于到幽雅的园林或者自成一家的河房去聚会宴饮，而不愿意上酒楼来同平民百姓混在一起。今天之所以破例，是因为有好几位社友都想看一看福王入城的情景，才临时决定在这畅好居包下一间临街的单间，并定下一席酒菜，以便到时一边倾谈，一边就近观看。

"咦，朝宗，怎么今日如此早到？"当陈贞慧登上畅好居的二楼，踏入预先定下的单间时，发现侯方域已经在里面坐着，便颇感意外地拱着手，微笑着招呼说。

"哼，还说呢，要不是为了兄，弟又岂肯抢着来坐这冷板凳！"侯方域的口气里透着埋怨。

"噢？"

"快过来，快过来，先别忙行礼，坐！趁他们还未来，弟先给兄说个事。"侯方域做着手势，显得有点心急火燎。

"什么事，这么急？"陈贞慧一边坐下，一边好奇地问。

侯方域却不回答，他先走向门边，伸出脑袋四下望了望，然后走回来在陈贞慧身边一坐，气哼哼地低声说："兄可知道？周仲驭在背地里骂你哩！"

陈贞慧错愕了一下："骂我？周仲驭？他骂我什么？"

"哼，他骂你工于心计，想当西张夫子，说你前番主张让社友们都去当幕僚，是想把大家全捏在掌心里，还说只要他活着一天，兄就休想办得到！"

"啊，他、他说我让社友们去当幕僚，是想把大家捏在掌心里？"

陈贞慧吃惊地问,"可是那一日,我去访他,说起这事,他虽然不大起劲,可也没说不成呀!"

侯方域冷笑一声,鄙夷地说:"他是在耍你呢!周仲驭那个人,莫非你还不知道?面子上装得道貌岸然,浑浑噩噩,可骨子里邪乎着呢!他说你想把大家捏在手里,其实,我瞧是他想这么着才是真!你不见《留都防乱公揭》那一回,他是怎么做的?"

崇祯十一年,复社诸生联名发表《留都防乱公揭》,声讨阮大铖。那件事,在朝野中曾经轰动一时,复社也因之声威大振。本来,那份公揭是陈贞慧一手起草并改定的,可是不知怎么一来,就被传说成是出自周镳的手笔。对此,周镳一直没有予以澄清,实际上等于默认了下来。陈贞慧虽然感到奇怪,也有点不满,但碍着彼此的交情,却不好意思公开表示异议,只在私下里向侯方域发过几句牢骚。现在听对方提起,他心中不由得一动,问:

"对了,前些日子朗三、淡心都曾向我问及这事。我正纳闷怎么他们会知道,莫非是你说出去的?"

侯方域哼了一声:"我是为兄鸣不平!《留都防乱公揭》乃是我复社一大义举,必定流芳千古!这草拟主持之功,明明该当属兄,他周仲驭却公然攘为己有,此等欺世盗名的行径,岂是君子所当为!这口气,兄忍得下,弟却忍他不下!"

陈贞慧呆了半晌,末了,叹了一口气,说:"这就是了。他既意欲占夺此功,被你这么一说,岂有不恼羞成怒之理?而且,他必定以为是我暗中指使,所以我便活该挨骂了!"

侯方域把脖子一挺,气昂昂地说:"这事本来如此,又何必怕他!他要有胆量,就来与兄当面对质好了!"

陈贞慧翕动了一下嘴角,苦笑说:"他自然不会与我对质,甚至也不会提及此事。唯是这么一来,社里便从此多事了!"

"兄也是疑虑太过!"侯方域做了个不以为然的手势,"他周仲驭充其量不过是仗着入社早了几天,就在那里倚老卖老。说他有什么了不得的本事，我还真的没瞧出来！就算他手下有太冲、子方两个甘当走卒的，可我们这边除了你我二人之外，次尾、淡心、尔公、朗三那一帮子，弟都有法子把他们说过来，不信斗不过周仲驭！"

陈贞慧摇摇头："话不能这么说。社里的情形你不是不知道，经过这两年颠倒折腾，已是人心涣散，每况愈下，如今还硬撑着想做点事的，也就剩下这数得出的几个人罢咧！若还再斗下去，如何了得！不如干脆早点散伙，倒更清静省心！"

"那么周仲驭……"

"眼下他不就是骂我么？那就让他骂几句好了！至于其他，不妨瞧一瞧再说。反正……"

他本想说下去，楼梯那边忽然响起了咚咚的脚步声。接着，几个人交谈着来到门边。于是陈贞慧只好闭上嘴巴，满怀心事地站起来。

这一批到的是吴应箕、张自烈、梅朗中和余怀。此外还有一位昨天才从芜湖赶到的社友，名叫沈士柱。崇祯十一年复社发表《留都防乱公揭》那阵子，沈士柱也是一名顶活跃的角色。这两年，因为不常来南京走动，同大家会面的机会也少了许多。不过，这会儿凑在一块，彼此仍然十分亲热。陈贞慧事先不知道沈士柱也来了，照例关心地询问了一番对方的近况。沈士柱一一回答之后，反过来也问了问陈贞慧的情形。在陈贞慧回答的当儿，他开始转动细脖子上的大脑袋，四下里打量着，然后眨巴着一双黑亮的眼睛，问：

"咦，怎么不见太冲和子方二位？还有辟疆？"

"哦，太冲和子方会来的。"已经坐到椅子上闭目养神的吴应箕，破例地睁开眼睛，抢先回答，"至于辟疆么——"他冷笑了一声，没有往下说。

"噢——辟疆怎么了？"沈士柱忍不住追问。

"也没怎么了,大概还在如皋陪董小宛吟诗下棋吧!"这么淡淡地把话说完之后,吴应箕就重新闭上了眼睛。

"可是,大家都来了,他、他怎能不来?"由于对近两年社友们的情形不甚了了,沈士柱愈加茫然不解。

"有什么能不能的?"余怀打着呵欠接了上来,"谁爱来,谁不爱来,到如今,也只有凭各人的高兴罢咧!谁又管得了谁?哦,莫非兄以为这社局,还像西张夫子在世时那样子,一纸传单下去,大家便会连夜登程,络绎于道?哼,那等遮奢的光景早就不可复见了!所以辟疆不来,倒也不足为奇。岂不见多少该来的,不是都没来么!"

"话却不能这等说!"吴应箕又一次睁开了眼睛,黝黑的瘦脸上像挂了一层冰冷的秋霜,"别人不来可以,至于辟疆,我可不曾忘记两年前,他在寒秀斋说过的那些话。我倒要瞧瞧,他怎样证明,他不是贪生怕死的懦夫!"

吴应箕这么说,那些知道内情的社友自然明白是怎么一回事,沈士柱却愈加莫名其妙。他张开了嘴巴,正要追问,坐在旁边的梅朗中已经息事宁人地站了起来。

"算了算了,"他摇着手说,"那些旧事,又何必重提。再说,辟疆也不一定就是不来。这阵子,高杰的兵不是在扬州闹得挺凶么?怕是道路不通也未可知。"说完,大约生怕吴应箕还不罢休,他又急急转向沈士柱,"昆铜兄,你不是在苏州时遇见钱牧斋了么?他给你说的那些事,何不讲给大家听听!"

社友们本来就不大想参与议论冒襄,加上对于钱谦益的离开南京又一直颇为关心,所以顿时都来了兴趣。

起初,沈士柱还一个劲儿地追问:"哎,辟疆怎么了?这可是怎么一回事?"后来看见吴应箕闭上嘴巴,不再吭声,大家又纷纷向他打听钱谦益的情形,他才不大乐意地挥一挥手,鼓着腮帮子说:

"钱牧斋也没说什么,只是看样子像是很丧气。他把史大司马、吕少司马、户部高公、翰林院姜公全都骂了一通。还说从今以后,他决心归隐乡里,再不管留都的事了!"

"他骂史大司马、吕少司马他们——到底骂了些什么?"由于在前一阵子拥立新君的角逐中,钱谦益本是个通晓内情的角色,所以连陈贞慧也留了心。

"这个——无非是骂他们畏首畏尾,心志不坚,嘴里说得挺硬气,一见真章儿就全都往后躲,还说他们把他给卖了!"沈士柱随随便便地复述说,显然并不太了解这些话的确切含义。停了停,他又补充说:"哦,对了,钱牧斋还说了些顶古怪的话——他劝我干脆别来留都,还说什么做君子的人都成不了大事,只为他们太君子,所以一定斗不过小人。他还说,但凡做君子的都不会有好下场!"

"啊,他、他是这样说的?"陈贞慧惊愕地问。看见沈士柱肯定地点点头,他就沉默下来,随后又转脸望了望大家,却发现大家也同他一样,似乎被这句充满怨毒和不祥的预言愕住了,全都茫然坐着,一句话也说不出来……

执意参政

直到社友们实在等不及,决定开席的时候,黄宗羲、顾杲才带着左国棫匆匆赶到畅好居。他们之所以来得这么迟,是因为临出门时,被周镳召到上房去,耳提面命地切实训诫了一通。据老头儿估计,在今天这一次聚会中,陈贞慧必定会再度提出那个让社友们都去当幕僚的设想。他一口咬定,这是陈贞慧为着把持社局、自充盟主而耍弄的一套花招。因此要求黄宗羲和顾杲一定坚决抵制,并向社友们当场揭破其奸谋。为着坚定黄、顾二人的信念,周镳还列举了许多陈贞慧在社内结帮谋私的"证据",其中包括大肆吹捧拉拢资历既浅、品行又欠佳的侯方域，使之得以名列"复社四公子"，而把资历深得多的顾杲和黄宗羲排除在外。此外，周镳还特别提到前年的虎丘大会上，陈贞慧为着拉拢郑元勋，虽然明知对方同钱谦益有勾结，企图为阮大铖翻案，却故意放郑元勋一马，不仅不公开揭露其丑行，反而欺骗周镳，让周镳支持郑元勋继续充当大会的主盟。到了后来，又借口在冒襄同董小宛结合的事上，钱谦益曾经帮了忙，迫不及待地停止对钱某人的声讨。凡此种种，都证明陈贞慧是一个利欲熏心、工于权术，而毫无道德准则的人。如果让他的图谋得逞，真正坐上社中的第一把交椅，势必要把复社引到邪路上去。对于老头儿怒形于色的训诫，黄宗羲虽然听了进去，却尚未形成自己的明确判断。事实上，也许由于他本人从来没有萌生过领袖社坛的欲望，所以对陈贞慧以往的言行，也就缺乏周镳那样敏锐和强烈的感觉。他毋宁说更多是以是与非的观念来评判一切。只要陈贞慧的所作所为，没有明显偏离复社立社的宗旨，没有明显违背一位正人君子的大节操守，别的他倒不怎么注重和计较。当然，周镳是他平日顶信赖敬重的一位朋友，又是当年他加入复社的介绍人，老头儿所说的话，黄宗羲照例会认真考虑，至少准备要印证一下。现在，他就是怀着这样的想法，坐在席位之上，一边静静地听社友们谈话，一边等待着开口的机会。

黄宗羲的心思，坐在他对面的陈贞慧自然不会了解。无疑，自从得知周镳在背后骂他之后，陈贞慧一直感到既吃惊，又气愤。他是一个外表比较温厚，内心却相当高傲的人，他可以平等而谦和地同各种人交往，却不能容忍别人对他的任何凌辱和藐视，更别说像周镳这样的恶意攻讦了。"值此国家丧亡、社局解体的关头，你姓周的空为复社元老，拿不出任何扶危济困之方不说，如今我刚刚打算有所规划，以期扭转这一蹶不振的颓势，你马上就诸多猜忌，横加阻挠。哼，你以为如此一来，我就怕了你，从此俯首帖耳,不敢动弹,可就未免太轻看我陈贞慧了!"愤慨之余,他强硬地想。同时,鉴于黄宗羲和顾杲同周镳的深密关系,他马上就直觉地把他们二人看成是周镳埋在社中的两颗钉子,并估计今天的聚会必定有一场激烈的较量。说实在话,陈贞慧并不怎么把黄、顾二人放在眼里。他之所以沉默着,没有立即把自己的既定设想提出来,是因为这一会儿,社友们正围着新来的沈士柱谈得热闹,使他一时插不上口。

这个沈士柱,长得又矮又小,一身伶仃瘦骨,外带比麻秆儿粗不了多少的一双胳臂,以及两只小爪子似的拳头。然而,他却偏偏令人奇怪地以将才自许,一心向往着虎帐谈兵,跃马杀贼。就连平日的言谈,也经常大引兵书,把那些个《六韬》《尉缭子》《孙子兵法》囫囵吞枣地往里搬。为这缘故,往往招来朋友们的打趣,但他依然如故,毫不改变。此刻,他正同社友们在谈论福王继位的事。

"哎,这一次无非是东林诸公用兵不慎,误中奸人狡计,折了一阵。有道是胜败乃兵家常事,算不了什么!"沈士柱挥着手,满不在乎地说。

"算不了什么?你倒说得轻巧!须知这输的是生死攸关的一着!"梅朗中闷闷不乐地冒出一句。

"生死攸关——"沈士柱眨眨眼睛,"也可以这么说吧。唯是兵法有云:'投之亡地而后存,陷之死地而后生。'其所以然者,实全赖一股'胆气'!大抵两军相逢,唯勇者能胜。何况已处死地,退无可退,斗志自必更盛。譬如今日,我军折此一阵,似已陷于绝险之境,然而只需发扬蹈厉,鼓勇直前,又何愁不能力克强敌,转败为胜哉!"

"是呀,若是折此一阵,便自丧胆气,签订城下之盟,岂非被马老头儿笑话我东林、复社太过脓包?"大约看见沈士柱一味地口出大言,余怀一边向社友们狡黠地眨着眼,一边学着对方的口吻说，随后，又一本正经地转向沈士柱：

"那么，依兄之高见，不知计将安出？"

"计么，计就在眼前，只看列位及东林诸公胆气如何而已！"沈士柱显得胸有成竹。

"噢？"大家倒有点意外，不由自主停了杯箸，一齐期待地望着他。

沈士柱却拿起酒壶，且不说话，先挨个儿给大家的杯子斟满，然后，自己擎杯在手，神色庄严地说：

"弟此计如能施行，定教他奸邪破胆，志士扬眉，这留都朝局，依然是我东林、复社的天下。请列位满饮此杯，以壮胆色！"

"好，若昆铜兄果有奇计妙策，挽此既倒之狂澜，莫说是一杯，便是一百杯，弟也照饮不辞！"吴应箕首先举起酒杯。

"对，对，一定奉陪到底！"余怀、梅朗中也同声响应。

于是，在热闹起来的气氛里，大家都干了一杯。

"说起来，弟此计也并不繁难。"等大家放下酒杯之后，沈士柱转动着几乎立即就酡红起来的瘦脸，伸出两根爪子似的指头，兴冲冲地说，"无非是以毒攻毒而已！列位试想，那马老头儿何以敢冒天下之大不韪，背信弃义，公然与我东林为敌？无非是恃着背后有江北四镇的兵马给他撑腰。唯是他有兵，我辈何尝无兵？现放着左良玉八十万大军在武昌，只需请史公修书一封，再遣一能言善辩之士，携往左营，说彼兴师东下，亦不必真来留都，只需连营于湖口、彭泽之间，成虎视鲸吞之势，便足令马瑶草之流股栗心寒，如芒在背。如此，则留都之局，便不愁不入我之掌握矣！不知列位社兄以为如何？"

大家起初听他大言荦荦，还以为真的有什么了不得的奇计妙策，及至发现闹了半天，原来又是主张借助"左兵"，都不禁大失所望，于是摇头的摇头，摆手的摆手，纷纷发出了哂笑的嘘声，倒把满心想着赢得喝彩的沈士柱，弄得茫然不知所以。直到大家说明,这种"奇计"别人也早已想到,但遭到史可法的严厉拒绝,根本行不通,他才如梦初醒,红着脸,尴尬地坐了下去。

也就是到了这时,陈贞慧才决定把谈话引向正题。

"列位,"他捋着垂到腹部的漂亮胡子,不急不躁地说,"昆铜兄所言之策,虽然未便实行,唯是适才他力主不应自丧胆气,却是至理名言,令弟闻之,不觉气旺!"说了这几句之后,他故意停了停,把嘉许的目光投向沈士柱,看见后者现出意外和惭愧的神色,他才继续说下去:

"唯是如今福藩继位,已成定局。马瑶草之辈不惜以奸谋夺此拥戴之功,其意欲把持朝政,已是不言自明。我诸君子如不急谋制御之策,岂唯朝端可虑,中兴难致,又宁知不会复贾天启、崇祯之祸!"

他一开口就指出当前事态的严重性,特别是今后东林、复社所面临的危险,固然是为了使大家对己方目前的不利处境,有一种明晰的认识,同时也试图抓住"党祸"这个大家最敏感的问题,来调动情绪。果然,本来只是有点丧气的社友,顿时你看我,我看你,不由得变了神色。

"那、那该怎么办?"梅朗中结结巴巴地问。

陈贞慧淡淡一笑:"办法么,无非两条:一、立即散伙,各卷铺盖回家,学钱牧斋的样,从此息影田园,不问世事。如此,虽难免为世所讥,但当可免缧绁之灾,杀身之祸!"

在座的这帮子社友,一向以仁人自居,以国士自许,名誉对于他们来说,可以说比生命更重要。如今,突然听说让他们向马士英之流彻底认输,回到乡下去苟活偷生,这显然是绝对难以接受的,纵使个别人未必全无犹豫,但众目睽睽之下,也不肯表露出来。所以,沉默了片刻之后,梅朗中再一次问:

"那么,这第二条?"

"这第二条——"陈贞慧依旧不动声色地说,不过,目光却有意无意地在黄宗羲和顾杲脸上挨个儿逗留着,"第二条就是:坚持君子之节概,不因小人之奸而自堕报国之志,勠力同心,以为东林当道诸公羽翼之助,务期冲决奸人之网罗,开创大明中兴之业!"

"开创大明中兴之业,这是不消说的。"传来了张自烈老气横秋的声音,"唯是以往我复社操持清议,之所以令权奸畏惧,实因先帝乃英睿明敏之君,且乾纲独断,邪恶难以遁形之故。今马瑶草挟拥戴之功,必深蒙新君恩眷,区区清议,只怕未必能令彼就范吧?"

事前,陈贞慧虽然并未把自己的想法同张自烈商量,但对方这一问,却正是他需要的,于是,点一点头之后,他便从袖子里摸出来一份手折,说:

"尔公兄所虑甚是。时至今日,我复社除清议之外,尤须致力于朝政之兴革。天下鱼烂久矣,江南黎民之望新政,犹如大旱之望云霓。唯是小人但知营私,其虑必不及此。我东林值此朝廷新立之机,正应力主其事。语云:饥者易为食,渴者易为饮。此事实不难收效。一旦新政有成,民心感附,我东林何止本位得固,更能取信于新君,则奸邪纵欲危倾于我,又谈何容易!"

说着,他就把手中的折子递给大家传看,介绍说:"这是弟近日草拟的新政二十款,就中列具赦免新旧钱粮、广开贤路、奖励屯垦,以及规划战守诸事,请列位社兄见教!"

"那么,兄意欲何为?莫非打算上书朝廷么?"余怀一边把看过的折子传给身旁的黄宗羲,一边转过脸来问。显然觉得事关重要,他收起了惯常的嬉笑表情。

陈贞慧一边注意着正凑在一块看折子的黄宗羲和顾杲的反应,一边摇摇头,说:"非也,上书言事,只怕延宕时日,而且未必有效。弟之意,是列位倘若认可弟所列各款,则不妨分头晋见东林当道诸公,自请任为幕僚,即以此各款新政——自然尚可增删,恳请其采纳。弟估计,一俟迎立之事定,诸大臣必定会议朝政,届时,便可收事半功倍之效!"

现在,陈贞慧把他先前的那个设想,加上新的内容再度提了出来,并且准备着黄宗羲和顾杲会起而阻挠。"哼,你们如果想捣乱,那就来吧!我陈贞慧决不屈从于诬蔑和威吓,哪怕是周仲驭也罢!"

"啊,定生兄,弟还不曾告知兄哩,自从兄上回说过让大家去当幕僚,弟日前已经面谒吕少宗伯,在礼部谋到差事了!"一个兴冲冲的声音说,那是一直没有开口的左国棅,虽然他是同黄、顾二人一起到来的,但对于周镳持有异议似乎并不知情。

"还有尔公进了户部,朗三也进了都察院!"左国棅又指着张自烈和梅朗中介绍说。

"噢,这事当真?啊哈,好,太好了!"陈贞慧惊奇地问,不由得兴奋起来。他暂时顾不上黄宗羲和顾杲,开始饶有兴趣地询问起左国棅等人的近况来。

这时,坐在他身旁的侯方域,却似乎从黄、顾二人的沉默中获得了某种自信。他斜睨着黄宗羲,脸上露出鄙夷的冷笑,问:"咦,太冲兄何以默然不语?莫非对定生兄这折子,不以为然么?看来,必定另有得自秘传的高明之策啰。何不略加披露,令弟辈一开茅塞?"

"这……"黄宗羲看了对方一眼,随即低下头去,默默地喝了一口酒,老实地说,"弟也未有良策,不过……"

"噢!"侯方域马上截住说,"原来太冲兄竟也未有良策,却对定生兄的良策又不以为然,于是便不言不语,莫测高深。知兄者或能谅兄向来如此,不知者便会疑兄仗势骄人,不知自量!"

侯、黄二人关系一向欠佳,这在社友们是清楚的。但这几句平白无故的挖苦挑衅,仍然使大家为之愕然。黄宗羲更像给针扎了一下似的,猛然抬起头,一张小脸随即涨得通红,眼睛也瞪了起来。坐在他们之间的余怀一看势头不对,赶紧离开座位,张开双臂,试图制止马上就要发生的争吵。

"散开,统统散开!快,快点!"一声暴厉的斥喝忽然从窗外传来。

社友们又是一怔,闹不清发生了什么事。但接着,街上那闹哄哄的声音变得更大,还夹杂着响鞭的"啪啪"声、行人的奔走声。吴应箕把手一挥,哑着嗓子说:

"王驾。是王驾到了!"

大家"啊"了一声,顿时着忙起来,纷纷离开了座位,拥向临街的窗户。

福王入京

这当儿,街上的气氛已经完全变了样,早些时候还熙来攘往的行人,仿佛被突如其来的一阵狂风刮得一干二净。宽阔的、可以容得下五匹马从容地并排前进的街道两旁,如今布满了全副武装的军校。他们身上挎着腰刀,手中还拿着皮鞭,正虎视眈眈地环顾着。一位头戴乌纱、身穿圆领青袍的官员,正领着一群衙役,神色紧张地往来巡视。每当发现有不顺眼的地方,他就用手一指,让手下的衙役或军校迅速前去纠正。不用说,在这种空前严格的防范措施弹压下,绝大多数的居民都已经躲进自己的屋子里,不敢露面。即使是顶爱凑热闹的一些人,也只能规规矩矩地守在街口的木栅栏后面,探头探脑地往外张望。当然,还有一些得到特许的人家——主要是临街的住户,则忙着在门前设案焚香,看样子准备在福王銮驾经过时,跪拜行礼,以表达他们的拥戴之忱。

也许是受到眼前气氛的感染,集聚在酒楼内的社友们都沉默下来,各怀心事地望着窗外,等待即将出现的那令人沮丧而又无可抗拒的一幕。此刻,在他们当中,心情最为恶劣的要数黄宗羲。

这倒不是由于受到侯方域的无端奚落，因为眼下他的心思并不在那上面，甚至也不是由于福王的进城。事实上，在这一次拥立新君的较量中，东林派的失败固然使他颇为懊丧，但随后他又认为，当初东林派舍弃名正言顺的福王不立，硬要去拥戴潞王、桂王，使己方处于理不直、气不壮的地位，结果自乱了阵脚。若论失败的原因，恐怕主要还是在于只考虑自身的利害，而忽略了是非公论之故。前几天，他那么激切地跟着周镳等人去见史可法，与其说是坚持排斥福王，毋宁说是对马士英之流的卑劣手段感到愤慨。当发现事情无法挽回之后，他对于福王，倒宁可采取再等着瞧的态度。眼下，他感到心情恶劣，更主要的还是由于周镳同陈贞慧之间的明显不和。本来，就情谊的深密而言，他应当更加倾向周镳的一边，但到目前为止，从复社的一贯宗旨来再三衡量，他却始终看不出陈贞慧的作为有什么明显的出轨之处。因为无论是改革朝政还是制御奸邪，都同黄宗羲的一贯主张相吻合。至于说到让大家去充当幕僚，以便更切近地对东林派的当权人物施加影响，似乎也难以确定对方就是为着把持社局。正因为看不出事情有什么不对，却硬要让他加以抵制，甚至不惜与之公开对抗，这就使黄宗羲感到被置于失却了是非依据的境地，从而打心底觉得困惑、别扭、无所适从。

"嗯，来了！来了！"忽然有人激动地、小声地说。周围的社友也随之稍稍发生了小小骚动。黄宗羲怔了一下，向窗外望去，发现街道上依旧空荡荡的，但气氛却变得更加森严、肃杀，就连那些官员和差役也全都停止了走动，在街旁的屋檐下各自站好了位置，并且一律把脸孔朝着南面，目不转睛地屏息以待……

"来了？哦，是的，来了！"这么醒悟过来之后，黄宗羲也就赶紧收敛心神，朝人们张望的方向伸长了脖子，睁大了眼睛，并为迟迟不见进一步的动静而焦躁不安……

终于，一阵轻微的响动，有如秋雨洒落地面，打破了难耐的静寂——那是一阵马蹄声，自远而近，从南边一路传来。过了片刻，一组手执旗帜的戎装甲士出现了。他们奔驰得并不特别迅速，所以黄宗羲清楚地分辨出，先过去的是两名手执红色令旗的骑手。他们的露面，等于正式宣告：福王的车驾已经临近了。于是，一刹那间，街道上变得愈加肃静，反之，那嘚嘚的马蹄声，听上去却更加清脆有力，一下一下，仿佛全都敲在人们的心上。令旗过去之后，接着是四面清道旗，各由一名甲士擎着，并马而来。那四名旗手，显见是经过精心的挑选，一个个都长得身高体壮，威猛豪雄，就像从庙宇里搬来的四尊护法韦驮。这时，站在旁边的张自烈说话了：

"清道旗多至四面，这可是太子的仪制！"

"他虽然只是亲王身份，但既入朝监国，如此安排，也还不算僭越。"梅朗中表示着他的见解。

"咦，怎么是'入朝监国'？不是说要立为新君么？"沈士柱诧异地问。

"听说这是福藩之意。"陈贞慧回答，"其实，无非是自示谦抑，循例而行。登极为帝，不过是早晚之事。"

"清道旗过后，下面该轮到什么？"又一个人问，那是左国棅。答话的仍旧是张自烈："若按太子仪仗，便该是龙旗六面，然后是五色旗各一面，每色旗下有随旗军士六人。若按亲王仪仗，便只有方色旗、青色白泽旗各二面，随旗军士也少些。"

听他这么说了，大家便不再作声，继续凝神注视，想看看福王到底使用哪种身份的排场。

这当儿，刚刚寂静了一会的街道上，又重新响起了马蹄声，而且比先前要响得多，声势也大得多。这预示着大队人马已经来到。又过了片刻，一队旗手出现了。不过，在他们手中随风舒卷着的，并不是太子专用的六龙旗，但也不是亲王的用旗，而是按五行方阵式排列的黄、青、黑、赤、白五面旗子。每面旗下各自行进着六名弓弩手。他们身上的战衣也按本旗分为五色——这无疑是一种折中的做法，以表示福王的身份与太子尚有一定的差距。黄宗羲心想："太子及永、定二王至今存殁未卜，他自然不该以太子自居。不过，作出如此安排的必定是姜居之、张金铭等东林大臣，而绝不会是马瑶草之流。哼，不错，天地间总拗不过一个'理'字去。其实，只要我东林君子庄其言而正其行，自能巍然立于朝端，令权奸有所畏，又何必惴惴然以权术自谋！"正这么想着，忽然听见余怀失声说：

"怎么后面尽是兵马？那些引幡、戟氅、金瓜、节钺呢？"

黄宗羲连忙定眼望去。果然，在旗帜过去之后，本来照例轮到由校尉们执掌的各种名目繁多的器物。譬如，皇太子的仪仗，便应当有绎引幡一对，戟氅、戈氅、仪锽氅、羽葆幢各三对，青方伞一对，青小方扇和青花杂团扇各两对，此外还有班剑、吾杖、立瓜、卧瓜、仪刀、镫杖、骨朵、斧钺、响节、金节等等；亲王的仪仗虽然名目少些，但一样也有，即使由于出巡的目的不同，仪仗的繁简也不同，却总不至于全部取消。可是眼前络绎而过的，却除了戎装的甲士，还是戎装的甲士……

"嗯，大抵福藩此番逃难南来，一应仪仗俱已遗失，留都所存者又已朽败无用，仓促间无从置备，所以便如此从简了！"张自烈在旁边猜测说。

这话倒提醒了黄宗羲。于是他不再吭声，继续看下去。现在，文武大臣的队伍出现了。由于今天是为未来的皇帝护驾，所以他们一律乘着马，后面也不张伞盖，各人的面目都看得很清楚。不过，除了史可法之外，黄宗羲几乎都不认识。倒是陈贞慧当上兵部的幕僚后，经常出入各部院衙门，见多识广。这会儿他便向社友们逐一指点：谁是高弘图，谁是姜曰广，谁又是吕大器；甚至连魏国公徐宏基、诚意伯刘孔昭那几个对头，他都能辨认出来。一时间，他很自然就成了社友们包围的中心。只可惜窗户里的视角太窄，没等他们看清楚，队伍已经走过去了，倒惹得眼力历来欠佳的几位社友空自伸着脖子，紧盯着那些乌纱绯袍的背影，脸上一派茫然……

幸而，紧接在文武官员后面，八名身穿红绸轿衣的舆夫，已经合力扛着一乘步辇，缓缓走来。大家的注意力立即又被吸引了过去。因为谁都知道，步辇里面坐着的，就是今天的主角——那位曾经被他们激烈地攻击反对过，结果仍旧以胜利者的姿态，昂然君临留都的福王。

这是一乘亲王专用的巨型步辇，足有一丈多高、八尺多宽，共有四根轿辕，长的两根超过三丈，短的也有二丈多。大约是从宫城的库房里找出来，临时又翻修油漆了一遍，所以倒显得焕然一新。那些红髹立柱，那些云状的雕饰，那些钑花叶片，以及抹金铜宝珠辇顶和朱红色的遮帘，在五月的阳光照耀下熠熠生辉，炫人眼目。由于步辇的两扇门是紧闭着的，黄宗羲和他的社友们无法看见乘辇者是怎样一个模样。但是光凭这乘步辇的尊贵外观，以及它缓缓前行的威严气派，已经足以使他们强烈地感受到一种无形的压力，一种前途未卜的茫然。就连不久前，对眼前发生的事态还颇为泰然的黄宗羲，也忽然产生了深深的疑虑，在步辇徐徐通过的整个期间，他只是眼睁睁地注视着，一句话也说不出来。

终于，走在最后面的那名舆夫的红绸轿衣闪动了一下，消失了。接下来，又是大队的武装甲士。这预示着，进城的仪式已经进入尾声。也就是到了这会儿，社友们才似乎松了一口气，开始陆续转动着身子，低声交谈起来。黄宗羲一来不打算参加谈话，二来感到站得有点累了，便转过身，打算回到座位上去。就在这时，他感到衣袖被人扯了一下，回头一看，原来是顾杲。

"嗯，兄莫非还要待下去么？"顾杲神情冷漠地低声问，没有抬起眼睛。

黄宗羲微微一怔，随即就醒悟了。他回头望了一眼，发现社友们正把陈贞慧包围在当中，起劲地谈论着。他略一踌躇，终于点一点头："好，那么我们就走。"

说完，也不告辞，他就同顾杲一道，径自向门口走去。

旧院消息

福王进城之后的第五天，方以智终于到达南京。他并没有马上前往吏部报到，也没有忙着去寻找社友们，而是带着在丹阳时冒襄给他添置的随身行李，以及一名新雇的长班，首先前往秦淮河的旧院，去访旧日相好的名妓李十娘。

他这么做，是经过反复考虑的。说起来，在同冒襄相处的两天里，彼此虽然交谈了许多，但有一件事，他却始终不曾向朋友提起。事实上，在北京以及其后的一段充满着混乱、紧张和恐惧的日子里，即便是像方以智这样聪明机敏的人，也丧失了冷静思考的能力。那时候，他一门心思，就是想方设法从牢房中脱身，以便尽快逃出那个地狱般的城市——他既不愿意白白死去，更不愿意向"万恶"的"流贼"卖身投靠。所以，当"贼"廷颁下"伪诏"，宣布赦免包括他在内的一部分明朝旧官，并决定以原职录用时，方以智就要了一个花招，姑且装作接受，一旦获释出狱，他就立即设法逃走。在南来的一路之上，对于这种做法，他心中一直十分坦然，因为自己一没有到"伪"官署去报到，二没有正式上任，所以一切都不能算数。直到同冒襄见了面，促膝交谈时，他发现老朋友对传说中的明朝官员变节降贼，表现出极大的鄙视和愤慨，心中才第一次受到触动，隐隐意识到，那至少算不上一件光彩的事，因此，也就没有向冒襄说明。后来，愈行近南京，他愈加强烈地感觉到：江南一带的气氛，以及人们的情绪，同已经成为沦陷区的北方完全不同，可以说激烈得多，也苛刻得多。这更使方以智存了一份小心，担心自己的事情，万一在南京已经有所传闻，如果不弄清是否遭到歪曲，就贸然在大庭广众中露脸，说不定会招来意外的不愉快。因此，他拿定主意：一、先不上主管衙门去报到；二、也不直接去寻访陈贞慧等社友，而是先上有可能打听到点消息的秦淮河来。

现在，方以智乘坐的轿子，已经走在从桃叶河房到武定桥的街道上。这一带，本是南京城里顶有名气的吃喝玩乐的去处，要在平日，总是市声喧阗，游人如鲫，说不尽的风光热闹。可是眼下，由于一年一度的梅雨季节已经来临，阴沉沉、皱巴巴的天空从前天起就没有开朗过。那大一阵小一阵的长脚雨，也始终滴滴答答地下个不停。这雨虽说才开了个头，还不曾让人腻烦到仿佛连骨头也要长出霉来的程度，但已经足以使市面上陡然冷落下来。如今，街道上打着油纸伞、顶着竹笠，或者披着一块麻袋片儿的行人，自然也还不少，但多半是行色匆匆，难得有从容停歇的时候，更别说悠然自得地观街景、凑热闹了。即使是街道两旁的屋檐下，那平日吆喝得起劲的叫卖声，这会儿也泄了气，分明地沉寂下去。纵然有几个心性豪雄的角色，耐不住冷清，抖擞精神嚷嚷上几句，那声音也像马上给雨水浇瘪了似的，呜呜咽咽地散落在青石板路面上，再也蹦跶不起来……不过，虽然如此，人们的眼神和表情，看上去倒还安详镇定。除了眼下正当二十七天的国丧期间，人人身上都奉命穿上了素色的丧服之外，已经没有太分明的悲痛迹象。这自然是有关"流寇"倾师南下的传闻，到底没有被进一步证实，而且如今福王正式在南京"监国"，一个新朝廷也建立起来，于是他们渐渐又放了心，觉得重新有了倚靠和希望……

方以智在旧院的寒秀斋前下了轿子，由长随上前敲门，通报过姓名之后，李十娘的鸨母很快就出现了。如同旧院里的不少名妓之家那样，这位胖胖的、长着一双金鱼般突出的眼睛的小女人，实际上是十娘的亲生母亲。不过，无论是秉性还是长相，她同女儿都相去太远。如果不是她对十娘确是百依百顺，钟爱异常，外人也许就会更难相信这一点。今天,她同样穿着一袭素色的衣裙,但领头袖口有意无意地显露出内里的一层,却依然鲜艳花哨。此外,她脸上也照旧浓施粉黛,只是发髻上的金饰略见素减了一点。方以智的突然来访,显然使这位老于世故的鸨母颇为意外,甚至有点惊疑参半。不过,她仍旧显得十分高兴而且热情,一迭声地嚷着"稀客",又是呼唤丫环打伞,又是指挥仆人帮客人搬行李。然后,她就移动着小脚,一边照例嗔怪着方以智"薄情",怎么许久都不上门来,一边满面春风地把客人让进堂屋里。

这是一间小小的、收拾得异常雅洁的堂屋。方以智已经有两年多没来,但发现屋内的陈设并没有太大的改变——当中仍旧立着一架祁阳石座的山水屏风,屏前也依旧是两张方几,外带四张乌木嵌纹石的扶手椅。一对四开光的坐墩靠在墙边上。不过,窗上的湘妃帘像是换了新的,竹帘下增设了一张小壁桌,一个宣铜彝炉正在桌上袅袅地飘散着清爽宜人的香气。由于外面一直哗哗地下着雨,前檐下的那架鹦哥儿和蜷伏在门边的叭儿狗,都显得有点闷闷不乐,直到发现来了客人,它们才稍稍动弹一下身子,咕咕哼哼地发出几声敷衍的叫唤……

李十娘的鸨母显然很想打听方以智是怎样脱身归来的,但看见客人不愿多谈,也就识趣地住了口。她只告诉方以智,今天十分不巧,十娘同她的妹妹媚姐上石城门内的关帝庙烧香还愿去了,辰时出的门,这会儿还未返家,所以只好请方老爷包涵,多坐一会儿,到时一定罚十娘陪方老爷多喝几杯酒。方以智此来本不是为着寻欢买笑,自然也就无所谓。他一边捧着茶盅慢慢地喝着,一边向对方打听着南京近日的情形,像福王是哪一天进城的,前一阵子城里可有些什么传闻,最近从北边逃回来的人多不多,可知有些什么人,还有,旧院中相熟的那些人近来可还好么,等等。待鸨母一一回答了之后,他才偏起头,问:

"嗯,吴次尾和陈定生相公他们,近日想必常来院中走动?"

鸨母正从一只碟子里拣着瓜子儿,一颗接一颗地放在嘴边嗑着,听他这么问,就住了手,胖胖的圆脸上现出沮丧的神情。

"常来什么呀?"她说,声音里透着怨艾。

"怎么?"

"谁知道呢!其间贱妾也曾打发丫环,还央了张老爸、苏老爸去专程请过好多回,巴望他们就是来吃一盏茶,说会子话也好。谁知偏偏再也请不动,不是推说得空闲,就是推说没有心思。总之,也不知是院中哪个鬼丫头,开罪了复社的相公们,连累我们也糊里糊涂地白陪着受冷清!"

方以智微微一笑:"这倒未必。大抵是眼下遭逢国变,他们一来正忙,二来也当真提不起兴致,所以才会如此。不过,莫非连余相公也不来么?"

他问的余相公,就是余怀。三年前,余怀经十娘介绍,同她的妹妹李媚姐相识。两人一见倾心,好得不得了。余怀还不止一次地表示准备替媚姐赎身,娶回家去。这件事,圈子里不少朋友都知道,所以方以智才有此一问。

鸨母点点头:"就只余相公还来过几次,可也每每推说事忙,不似往时来得勤了,把媚姐那妮子抛撇得丢了魂儿似的,倒缠着余相公又哭又笑地闹了好几回!"

方以智"噢"了一声,问:"那么,余相公的住处,外婆必定知道了?"

"知道,只是不曾去过。听鸨儿说,小油坊巷尽东头右首倒数第三家便是。"

"既是这等,"方以智略一沉吟,用商量的口吻说,"下官此来,一则是顺道相访,二则也想会一会余相公。如今就烦外婆着人给他带个口信,说下官在此候他,请余相公前来相见,不知可使得么?"

"这——"鸨母的眼珠子转了一下,随即笑起来,"这不是极容易的事么！方老爷几时变得这等生分客气了？贱妾这就着鸨儿去报信！"

"不过，"方以智用手势止住她，"下官来此一事，请外婆吩咐鸨儿，只可对余相公一人说知，并转告余相公，也暂勿向旁人提及。嗯，劳动了！"

等鸨母答应着出了堂屋，方以智便站起身，倒背着手，在室内来回踱起步来。

珠花情重

沙、沙、沙，外面的雨还在不停地下。看势头，它已经比先前小了一点。但由于室内停止了谈话，那声响反而清晰起来。粗略一听，这雨声似乎十分单调、沉闷；然而细心领略，就会发觉其实不然。由于雨点时大时小，落下时所承受的风力忽强忽弱，加上最后溅击的物件和处所各不相同，其间便产生出异常繁复而且丰富的变化。方以智可以说深谙此中的妙趣。以往在公务和治学的余暇，碰上这种天气，品茗听雨便成了他的一宗赏心乐事。此刻，他也不由自主地侧起了耳朵。然而，只一忽儿，有关此次南归的种种考虑又重新占据了他的心思。他开始想到：也许一切都是自己的多虑。待到把余怀找来之后，问清情况，如果没有什么，接下来他就要去同朋友们相见，好好地叙上一叙。然后，再花上两三天的时间，把自己在北京陷落期间的所历所闻详细写出来，呈报给通政司。如果能顺利到达监国的手中，说不定还会受到召见。"对了，要是监国询问到今后我的任职打算，该怎么回答？莫非仍旧回翰林院？不，可别再回那种是非之地去！这些年那种门户争斗的苦头、闷棍，我算是领教够了！倒不如请缨从军，上阵杀贼。即便是马革裹尸，也比临深履薄地混日子来得痛快！嗯，如果北伐成功，神京光复，说不定我还能同失散的妻儿相见。"

由于想到了被自己抛弃在北京、生死未卜的家人，方以智的心又隐隐作痛起来。他还记得，在决意只身冒险出逃的那个晚上，妻拖着年纪尚幼的儿子，跪在自己的跟前，哭得那样伤心。开始，妻还苦苦哀求他留下来，不要抛弃他们母子。后来见他去志坚决，她就一把抓起桌上的利刀，使劲刺向胸口，哭着说要死在他的前头，免得将来受苦受辱。是他奋力把刀夺下来，再三劝解开导，并责成她无论如何也要活下去，把儿子抚养大，说不定将来还会有相见的一天……"如今，我总算活着回来了。可是他们呢？这一个月来，他们是怎么过的？要是没有发生意外，他们应当还活着。但流贼一旦发现我失踪，必定会上门追索，那么……"方以智不敢想下去了。他的心痛苦地紧缩起来，浑身的血液疯狂地奔突着，脑袋也在轰轰作响，而两条腿仿佛不再属于自己，只管机械地移动着，越来越快，越来越快……

"方老爷，方老爷！"一个女人兴冲冲的声音在耳边响起。方以智狂怒地回顾了一下，当看见一张涂着脂粉的胖脸，和一双金鱼样突出的眼睛时，一句严厉的呵斥就冲到嘴边："混账，你乱嚷什么！"然而，一刹那间，他醒悟过来，"嗯，这是鸨母，如今我是在寒秀斋，在她的家！"他想着，随即咬紧嘴唇，站住了。

"哎，方老爷，好了好了，十娘回来了！"鸨母眉开眼笑地报告说，显然并未觉察客人的神情异常，"贱妾本让她即刻来见方老爷，可那妮子偏说这会子见不得人，必定要进屋里换了衣裳再出来！"

"对了，还有一个李十娘！"方以智苦笑地想，"我既进了这门，岂有不被认作狎客之理？不管真也罢，假也罢，反正还得周旋一番！"于是，他慢慢抬起头，竭力把满心的惨苦情思压抑下去，一声不响地回到椅子旁边，坐了下来。

虽然两位名妓说是换件衣裳，但足足又过了小半个时辰，屏风后面才传来裙裾摆动的细碎声响。在刚才等候这一阵子，由于鸨母一直在旁边陪着说话，方以智的情绪总算渐渐又平复下来。他冷冷地朝屏风转过脸去，觉得眼前仿佛一亮，身材颀长的李十娘手中拿着一柄绿纱衬金滚边的白葵扇，姗姗地走了出来。后面跟着她的妹妹李媚姐。看来，她们不只是更衣，而且还沐浴了一遍，重新用脂粉匀过脸，描过眉，连头上的饰物也经过精心的选换，所以显得格外新鲜娇艳，容光照人。寒秀斋的这一双姐妹花，在秦淮河一带早就芳名远播，尤其是李十娘，同方以智可以说相当熟稔。以往，在方以智的眼中，这位柔弱善病的美人，并不见得比顾眉、沙才、葛嫩那样一些名妓更对他的胃口。然而，也许由于近两个月来，他一直处于极度的紧张、惊恐和狼狈的境地之中，所历所闻也全是战乱、刑狱、鲜血和死亡，旧日的生活，对他来说已经恍如隔世。现在一旦面对如此娇媚艳丽的女人，切近地感受到那围裹上来的温馨气息，有片刻工夫，他竟然觉得有点眼花缭乱，不由自主呆住了。

"方老爷万福……"两位名妓已经把双袖交叠在腰间，盈盈地行下礼去。

"哦，罢、罢了！"方以智蓦地回过神来，慌忙应道，于是站起身，还了一礼。

"方老爷几时到的？奴家姐妹竟坐不知，还望方老爷饶恕失迎怠慢之罪！"李十娘轻启朱唇，首先表示歉意。作为训练有素的旧院姐儿，她说起话来总是又软又慢，使人听着有一种说不出的舒服感觉。

方以智"嗯"了一声，没有回答；同时分明地感到，一种压抑已久的欲望正在心中苏醒，并且迅速地上升，使他变得有点意乱神迷，把持不定。

"啊，我这是怎么了？怎么会这样子？"他诧异地、生气地想。为了抗拒诱惑，他强迫自己把视线从两位名妓的脸上移开，以摆脱对方热切的目光。

"咦，方老爷怎么不说话，莫非当真生气了不成？"李媚姐腮边闪动着笑窝，也凑了上来。她的声音又清又脆，却同样的好听。

方以智瞥了她一眼："哼，要是她们知道我如今不只是个抛雏弃妇、前程未卜的逃官，而且是个靠朋友周济的穷光蛋，大概就不会是这副脸孔了！"

这个痛苦的念头一闪现，他顿时冷静下来，于是把身子往椅背一靠，淡淡地说：

"下官今日才到留都，本未敢即来相访，只为打探余淡心相公的行踪，才顺脚过来一问。二位小娘子又何罪之有？"

"啊哟！"两位女郎齐声叫唤起来，"方老爷这等说，便是不肯饶恕奴家姐妹了！"

方以智却不再答话，只一本正经地摇摇头。

"那么，"李十娘用白葵扇半掩着嘴儿，忽闪着一双细长的眼睛，微笑说，"方老爷可得把方才的话改一改才成，改作'专程来探望奴家姐妹，顺便打探余相公的行踪'，可使得？"

方以智皱了皱眉毛。他自然十分了解这种娇声软语的纠缠，无非是要制造一种骨酥意荡的气氛。而这样一种气氛，对于做成下一步的买卖，是必不可少的。眼下，他虽然无意于做买卖，但一来，此次上门是有求于对方，二来，也不想显得过于生硬古板，以至失却了昔日的气派和风度。于是他报以微微一笑，故意摇着头说：

"下官适才所言，乃是实情，如此一改，岂非成了说谎之人？呵呵，使不得，使不得！"

"那么，方老爷到底还是不肯饶恕奴家姐妹了！"媚姐嘟起小嘴，干脆撒起娇来。她比李十娘要年轻几岁，长着一双讨人喜欢的灵活眼睛，"妈妈，你瞧，这可怎么办哪！"她回过头去，向鸨母求救了。

这其实是一个信号，暗示着这一幕表演已经差不多，可以转入下一个场景了。鸨母自然心领神会，马上挥一挥手，说：

"哎，方老爷是同你们逗耍子呢！你们姐妹怎地就当真了？罢啦，这会儿天也不早了，你们嘴也斗够了，倒不如把酒席整治起来，你们好好儿陪方老爷饮上几杯是正经！"

从得知李十娘回来的一刻起，方以智就在暗中考虑，该怎样应付这种意料之中的为难场面。以自己昔日的高贵身份，主人这样安排是很自然的，而且换了等闲的俗客，还未必能受到这种接待。但如今的方以智却远远不能同过去相比。作为一个彻底破产的逃亡者，他甚至已经支付不起一席的酒资。眼下他身上的衣着还算光鲜，箱笼中也还藏着七八十两银子，但那全是得冒襄的馈赠，今后一段日子的生活开销，说不定就得靠着它。在这样的景况下，要像过去那样一掷千金地逞豪斗奢，方以智可是再也无此气概与胆魄。但是，公开地、坦然地承认这一点，对于他来说，似乎又是困难的、痛苦的，特别是在这种女人面前！因此，他暗中打定主意，要把一切有可能被对方借以勒索的安排，设法坚决地但又不失面子地推托掉。凭着多年来对风月场中各种门道的谙熟，方以智自信要做到这一点并不难。所以，一听鸨母说要设宴，他就立即点着头：

"应该，应该！下官与二位小娘子一别二载，今日幸得相逢，正须把酒共话，一申渴怀！"

说完，又皱起眉毛，装出为难的样子："只是下官今日才到留都，尚有许多俗务须得料理，只待会过余相公，便要告辞，如此说来，又未免仓促了些——这么着吧，二位小娘子的盛情，今日下官暂且记着，改日却来恭领，如何？"

"啊哟，这可不成！"鸨母故作惊怪地叫起来，"方老爷是多年相与的贵客，今日走了几千里路回到留都，头一个就来看望十娘。光只这天大的情面，就够十娘受用一辈子！若是连两盏薄酒都不吃，就放了方老爷去，纵然贱妾说使得，别人也说使不得！

将来这话传到外头,我婆子这张老脸往哪儿搁?"

李十娘的鸨母自然并非等闲之辈,这几句话说得既谦恭又漂亮,特别把外头的反应也拉出来给她助阵,倒一下子把方以智给噎住了,张了两次嘴巴,却说不出话来。

李媚姐在旁边看见,也乖巧地笑着帮腔:"方老爷好不容易才来一趟,莫非只喝一杯茶,就忍心抛下我们姐妹去了么?"

这一问倒提醒了方以智,他连忙抓住话茬儿说:"正是,下官今日来此,别的都不想,就只想一品寒秀斋的佳茗!至于饮宴——不瞒二位小娘子说,前些日子,下官在丹阳巧遇冒辟疆相公,还有一班熟朋友,天天缠着吃酒,腻得肚子怪不舒坦的,这会儿闻见酒味儿就反胃。下官也不忍心抛下二位小娘子就去,不过还是以品茗为宜,这摆宴就留待他日吧!"

停了停,看见三个女人你看我,我看你,都不说话,他又把手中的茶杯一举,故作豪迈地高声说:"况且,两三个人冷冷清清地喝酒,有什么兴味!二位小娘子如有兴致,改日待下官把陈相公、吴相公等一班朋友全请来,再邀上卞赛赛、李香君、张燕筑、盛仲文几个,就在河房之上,摆上个十席八席。到那时,再喝他个一醉方休,岂不更加痛快?哈哈哈哈!"

他刚才推三阻四地不肯摆席,显然引起了鸨母的怀疑,但接下来这么虚张声势地一诈唬,老鸨那张本来有点阴沉的圆脸,顿时又堆起了笑容。

"既是恁般,"她讨好地说,"那么,贱妾也不敢相强。只是,到那会子,方老爷可别忘了十娘、媚姐才好!"

"哦,不会,笃定不会!"方以智摇着手,爽快而又响亮地说。他本来就是个好奇乐观、爱闹爱玩的人,特别是在这种风月场中,一切都是逢场作戏,所以,他更加丝毫不觉得这么做有何不妥;相反,还为自己略施小计,就把这个不见银子不开眼的老鸨儿吓了回去,暗暗感到得意。"哼,我方某是何等样人,莫非还能在这种地方翻了船不成!"他自傲地想。正要再诈唬几句,使对方更加深信不疑,就在这时,一直没有开口的李十娘忽然转过脸,对鸨母说:

"娘,方老爷不是要寻余相公么,怎么鸨儿去了半天,还不见回来?"

这句话,自然是暗示鸨母没有必要再在这里待下去,以免妨碍她接待客人。鸨母马上领会了,连忙答应:

"那么,我这就瞧瞧去!"

说完,又殷勤地请方以智安坐,然后匆匆离开了堂屋。

"妹妹,"李十娘又望着身边的李媚姐,"余相公待会儿就要到,瞧你脸上这妆,都化开了,快去弄一弄吧,可别让余相公瞧见笑话!"

"噢,是么?"李媚姐微微一怔,似乎想说,刚上的妆,怎么就化了?但眼珠子一转,她有点明白了,便狡黠地一笑,说:"好的,这儿有姐姐陪着方老爷,妹妹也不怕失礼了!"

方以智目送着媚姐的背影,不禁有点纳闷,在姐儿陪客的当儿,鸨母应当离开,是很自然的事,可怎么连这一位也给支走了?"嗯,莫非因为我不肯摆宴,便故意降格以待不成?"他不悦地想。望着已经坐到凳子上的李十娘,眼神也随之冷了下来。十娘似乎猜到他的心思,连忙解释说:

"哦,她不过进去片刻,马上就出来的,还请方老爷海涵!"

"唔,有小娘子相陪,下官于愿已足,媚姐既然有事,倒也不必催她!"方以智故示大量。

"只是,奴家却有一事相求,望方老爷应允。"

"噢,不知小娘子有何见教?"发现对方神色异常,方以智不由得再度警惕起来。

李十娘先不回答,她伸手从袖子里掏出一条包成小包的汗巾,搁在并拢的膝盖上,解开结子,从里面拿出一朵珠花来。

"这个，不知方老爷可还认得？"她问，递了过来。

方以智望了她一眼，迟迟疑疑地接住，举在眼前端详了一下。他发现，这是一朵挺漂亮的珠花——在一枝小小的、金丝织就的带叶花托上，缀着五颗晶莹夺目的珍珠。当中一颗足有半粒花生米大，其余四颗的大小，也与黄豆不相上下。论价值估计足可抵五六十两银子。

"嗯，这是——"虽然觉得有点眼熟，但方以智却想不起在哪里见过，便抬起头，疑惑地瞅着对方。

"这是方老爷的东西呀！方老爷难道认不得了？"李十娘提醒说。

"啊，我的东西？"

"是的，是的，方老爷怎么忘了？五年前那一次，姜相公正住在这里，方老爷同孙相公忽然在夜里进来……"李十娘急切地说，椭圆形的粉脸随即涨得通红。

方以智眨眨眼睛，终于想起来了：当时，莱婆人姜垓迷上了李十娘，躲在寒秀斋整整一个月不出来。他同妹夫孙临想同姜垓开个玩笑，在半夜里翻墙进了李十娘家，装作江湖大盗的模样，手执钢刀，直奔卧房，一路喊杀连天，把姜垓吓得从被窝里滚了出来，跪在地上哀求饶命，还直叫："莫伤十娘！"后来，玩笑开够了，他们才哈哈大笑，露出真面目，于是当即摆酒畅饮，大醉而散，也就是在那一夜的酒席之上，他把这朵珠花送给了李十娘，说是给她压惊……

"都是过去的事了，还拿出来给我看什么？"由于愈是回忆起昔日的豪奢放纵，就愈加想到今日处境的可悲，方以智的脸色再度阴沉下来。

"奴想，奴想把它奉还老爷。"

"什么？"

"奴想老爷也许、也许会有用处。"

李十娘说话时声音很轻，而且显得畏畏缩缩。方以智却像猛然挨了一巴掌似的，血液一下子涌上脸孔，眼睛也因勃然大怒而睁圆了。他捏紧了手中的珠花，打算朝李十娘的脸上直掼过去。不过，当接触到对方那楚楚可怜的、充满祈求意味的目光时，他就临时改变了主意，哈哈大笑，说：

"怎么，你以为下官适才不肯设席，当真是开销不起？告诉你，下官没有那么穷，下官有的是银子！下官……"

"方老爷，你不要说了，不要说了！"李十娘激动地阻止说，眼睛里忽然充满了晶莹的泪水，"奴虽是烟花陋质，不谙世事，可也知道老爷这次天幸脱身回来，是何等不容易！必定受了多少罪，吃了多少苦！虽然老爷不说，可老爷的脸相模样，奴都瞧在眼里，痛在心上……这朵珠花，原是老爷赐给奴的。奴也知道，老爷决不肯再收回去，那么，只求老爷权且拿着，待会儿当着妈妈的面，再赐给奴一次——哦，说不定媚姐就要出来了，奴也不再说了，就当奴求老爷一次，请老爷千万应允！"她一边说，一边急急跪了下去。

在李十娘说话的初始，方以智还紧绷着脸，因为感到受了侮辱而怒火中烧，但渐渐他的火气低了下去。相反，这个风尘女子所表现出来的真情实意，却使他愈来愈诧异和惭愧。待到李十娘把话说完，他也禁不住心头发热，双眼微潮，赶紧跨前一步，把对方轻轻扶起来，低声说：

"好，下官应允就是。这地下潮着呢，快点起来吧！"

待到把李十娘安顿到凳子上之后，他又用一种深挚的、全新的目光打量着她，并且有心说上几句体己的话。然而，就在这时，隔着门外的雨幕，已经传来了余怀兴冲冲的呼唤：

"密之，密之！你在哪儿？"

于是，方以智只好暂时放开李十娘，把那朵珠花匆匆包好，塞进怀里，然后定一定神，转过身去……

第五章
弄兵柄马瑶草窃位，尽愚忠史可法出都

话不投机

　　黄宗羲和顾杲一筹莫展地对坐在西厢的起居室里，一边听着窗外哗哗的雨声，一边各自默默地想心事——黄宗羲照例皱着眉毛，紧抿着微微向前突出的嘴唇，瘦小的脸上现出聚精会神的模样；而坐在他对面的顾杲，则显得愈来愈烦躁不安。他把长鼻子转过来，转过去，时不时呼出一声发自心底的闷气。

　　两位朋友之所以落得这副模样，是由于五天前，在正阳门外的畅好居酒楼上，他们没有按照周镳的吩咐，公开地抵制陈贞慧那一套主张，相反，回来之后，还认为事情似乎不需要闹到那一步，建议周镳直接找陈贞慧面谈，以便消除彼此的歧见。结果，老头儿一听就大为恼火，声色俱厉地表示此事绝无商量的余地，然后一拂袖子，躲进了上房，从此不再露面。其后几天，黄、顾二人虽然数次三番前去探问，但都被仆人挡在门外，说主人"身体欠安"，不能见客，弄得他们只得怏怏地又退了回来。

　　本来，两位朋友未尝不知道周镳的脾气固执强硬，要说服他并不容易，更何况，老头儿作为久经磨炼、声誉素著的一位复社元老，平日深受社友们的尊敬与信赖。在一般情况下，黄、顾二人也不会轻易怀疑他的判断。但陈贞慧毕竟也是一位精明强干的社内领袖，而且彼此交往多年，在没有发现对方有明显的背叛行为之前，黄、顾二人感到实在难以理直气壮地撕破面子。尤其是黄宗羲，他一贯认为，救亡图存的唯一出路，就在于彻底革新朝政。而陈贞慧所设想的那一套，很可能是实现这种目标的一条捷径。所以，当得知社友们已经纷纷入幕，并且有声有色地干起来，他心中的紧迫感甚至变得更加强烈了。

没完没了的梅雨，还在紧一阵慢一阵地下着，把屋顶上的瓦片打得沙沙作响。窗外的天色始终是一派阴阴沉沉的模样，使人有点闹不清眼下到了什么时辰。一只不知名的飞虫大概是为着躲雨，冒冒失失地钻进屋子里来，却再也找不到飞出去的通道，于是一个劲儿往窗户上闯，每当它那飞快地扇动着的薄翅同糊窗纸接触时，便发出簌簌的轻响。

终于，顾杲似乎再也忍受不了沉默的煎熬。他一挺身站起，心烦意乱地说："罢了！反正坐在这儿磨时间也没用，弟回东厢去了！"

"别忙，"黄宗羲制止说，没有抬头，"你到底想明白了没有，仲老同定生闹到这个地步，是为的什么？"

"这——弟不是说了么，只怕八成就是为的《留都防乱公揭》那件事！"

"嗯，若是光为的这件事，你说，我们该回护谁？仲老，还是定生？"

近两天来，两位朋友一直在讨论探究周、陈二人反目的因由，不过，大都只是就事论事，还没有议过到底谁是谁非。现在黄宗羲这么一问，倒使顾杲沉吟起来。

"以往，只听说《公揭》是出自仲老的手笔，定生亦从无异议，可如今忽然又说是他草拟的，就连后来广征姓名、联署发表诸事，亦是他独力主持，仲老实未参与。兄到底相信谁？兄以为，仲老果真是那等盗名欺世、不顾廉耻之徒么？"

"弟不是说那个！弟是说，国事到了今日这种地步，是大明中兴为重，还是一己之名位为重？"

"兄是说……"

"依我看，定生的主张，姑勿论其本心如何，总不失为救弊补偏之一途。仲老实不应以细故而坚阻之。"

与黄宗羲相比，顾杲无疑对周镳抱有更深的崇信。前些日子，他对时局那样悲观绝望，几乎打算"袱被而归"，只凭周镳一句话，他就乖乖留了下来。这两天，他也仅仅是感到很难一下子同陈贞慧撕破脸皮，而从来没有怀疑周镳判断的正确性。此刻，黄宗羲提出这样的诘难，显然使顾杲感到颇为突兀。沉默了片刻之后，他踌躇地问：

"那么，兄打算……"

"既然就有补于中兴大计而言，定生的主张是对的，那就该找仲老说清楚！"

"可是，今日已是初五，仲老仍旧不肯见我们，如之奈何？"

黄宗羲一挺身，站起来说："起先我们没把此中是非琢磨透，光想着息事宁人，倒像是一味偏袒定生似的，难怪仲老大发脾气。如今琢磨清楚了，他又岂有深闭固拒之理！"

起初，顾杲仍旧颇为踌躇，但看见朋友已经大步跨出门外，他也就只好默默地跟了上去。

两位朋友的身影刚刚从西厢消失，大门那边又响起了脚步声。长着一脸络腮胡子的雷縯祚出现在雨幕中。他把左手揣在怀里，右手高高地兜起左边的袖子，仿佛在护着一件什么重要的东西，眉宇之间显出多时未有的兴奋。一踏上回廊，他就离开了替他打伞的仆人，三步并作两步地往里走，并在上房的门前赶上了黄宗羲和顾杲。

这时，黄、顾二人已经让仆人转达了求见周镳之意。因此，雷縯祚仅仅来得及同他们招呼了一声，门里就传出"有请"的呼唤，于是，三人便一齐转过身，相让着进入主人的寝室。

抱病未愈的周镳正斜靠在床上，由仆人服侍着，一口一口地喝着一碗正在冒着热气的药。当发现首先走进来的不是黄宗羲或顾杲，而是雷縯祚时，他那双隐藏在浓眉下的眼睛，闪过一丝意外的神色；但也没有起身相见，只对仆人摇摇手，示意把药拿开。

"嗯，介公兄冒雨见顾，不知有何见教？"大约发现雷縯祚脸上那掩藏不住的兴奋，同黄、顾二人各怀心事显然不同，所以，在照例地回答了对于自己健康情形的探询之后，周镳就把须发蓬然的脸转向前兵备佥事，用中气不足的声音问。

"哎，仲老，"早就有点迫不及待的雷縯祚马上放下茶杯，从袖筒里摸出一张折子，兴冲冲地说，"你瞧瞧，这是今日的邸抄，弟刚拿到的！"

等周镳接过去，他重新把茶杯拿在手里，不胜感慨地说：

"这几日，弟都以为没指望了，没想到，情形会是如此之好！你瞧这内阁名单，五人中我东林还是占了两个。听说会推时，朝中诸臣尚能秉公持正，监国也能顺从众意。结果史公以首选入阁。接着是高研文、马瑶草。后来监国以为太少，传命再推，遂又增加了姜居之、王觉斯二位。如此，史公便是首辅。高研文虽非东林，但为人方正持重，正可与史、姜二公互为呼应。王觉斯优柔寡断，虽非君子，但也非小人，算是得其中。这么算下来，内阁中只有一个马瑶草，而且还是'领庐、凤总督如故'——依旧让他留在江北督师，内阁里只是挂个空衔而已！哈哈，没想到此公机诈用尽，到头来却是竹篮子打水，枉费心思！"

起初，黄、顾二人不知道邸抄的内容，只能怔怔地望着，及至听雷縯祚一说，他们才"啊"的一声，眼睛不由得发亮了——的确，自从福王以"监国"的名义正式秉政以来，将实行怎样的国策，又将怎样对待曾经公开反对过他的东林派人士，一直是他们所关注和担心的问题，他们甚至做好了处境艰难的准备。然而，在至关重要的内阁成员的安排上，竟然出现如此有利于东林的结果，确实是他们连做梦都没有想到的。所以无论是黄宗羲还是顾杲，都顿时又惊又喜，一齐把目光转向周镳手中的那份邸抄，希望从中获得更确切的印证。

周镳已经抬起头来,发现两位社友的热切眼神,他便把折子往二人手中一递,回头向雷缜祚问:

"嗯,还有什么消息没有?"

"还有——对了,还听说昨日史公与留都文武大臣集议于清议堂,于复兴大计多所擘划,合共二三十款之多,弟亦未能尽知。不过听陈定生说,其中要者,如从速起用天下名流,以收国人之心;又拟请设江北四藩,为自守及进取之基,即令靖南伯黄得功、总兵高杰、刘泽清、刘良佐任之;另增设江防水师五万,置于九江、京口二镇,划地分守;又拟请定新税法,废除'练饷'及崇祯十二年以后一切杂派并各项钱粮。此外,还有请更定南都营制、招募义勇等等。据陈定生说,诸款新政倘使果然得行,朝廷当有一番新气象……"

雷缜祚滔滔不绝说着,周镳却沉着脸不作声。随后,他就闭上眼睛,像是在歇息,又像在思索,对所听到的消息始终不发表意见。这种情形一长久,连黄宗羲和顾杲也注意到了,不由得抬起头,疑惑地注视着。

终于,周镳睁开了眼睛。

"嗯,这几日,你们想得怎样了?可拿定主意了么?"他把脸朝着两位朋友,出其不意地问。

黄宗羲怔了一下,随即醒悟过来。他"哦"了一声,说:"学生已想过了。值此国势危殆之际,我社同人亟须勠力同心,共扶社稷。竟有人造作诸般流言,意欲倾陷先生,实属卑劣之极!"由于临时意识到,直截了当说出自己的想法,难免会再度激怒仍在病中的周镳,所以黄宗羲打算先有所表白,"不过,造此奸谋者究系陈定生,抑或另有其人,学生以为眼下尚难确定,是以打算再等一等,瞧一瞧再说。"

"有什么可等、可瞧的?这事除了他,还能有谁!"周镳皱着眉毛质问，对黄宗羲的回答显然很不满意。

"……"

"哼！"大约看见黄宗羲不作声，周镳又生气起来，用微哑然而严厉的声音说，"还有什么可瞧的？莫非你以为，史道邻当上了首辅，姜居之也入了阁，朝局就太平了么？他陈定生从此就真能攀龙附凤，平步青云了么？才没有那等好事！你也不想想，马瑶草这次花费如许机心，拥立福藩，所为何来？无非是意欲觊觎高位，把持国柄而已！如今却让他仍旧督师庐、凤，实则一无所得，他岂能甘心？东林诸公前番既不能阻他强行拥立，今时又岂能阻他再生事端？哼，我料定了，此事早则数日，迟则数旬，必有变故！"

"可是，这番任命是经监国亲准，方始颁布的呀！"由于周镳的分析过于武断骇人，雷缜祚忍不住争辩说。

"不错，"顾杲也小心地附和，"前次立君，他马瑶草还有遁词可假。如今他再生事端，便是违抗圣旨，史、姜诸公便可名正言顺地论劾他了！"

周镳冷笑一声："论劾有什么用？你们可别忘了，如今新君得立，他马瑶草可是挟着定策之功。况且，史道邻还有把柄抓在他手里！"说完，他又转向黄宗羲，紧盯着问：

"嗯，怎么样，兄还要再等、再瞧么？"

黄宗羲沉吟着，感到有点心乱。因为刚才他决意来说服周镳，就是基于认为陈贞慧的一套设想是有道理、行得通的。然而，如果当真发生周镳所预言的那种动荡，改革朝政的前景就会变得颇为可忧。"不过，史道邻等人应当知道此中利害，必会严加防范，再不容马瑶草轻易得手的！"这么安慰了自己之后，黄宗羲抬起头，平静地说：

"得不到确证之前，请恕学生未敢勉从。"

在等待回答的当儿，周镳一直显得期待颇殷。一刹那间，他的表情变了。

"好，好！"他冷笑着说，"那么你就等下去，瞧下去好了！"他断然抛开黄宗羲，转而瞧着顾杲：

"那么，子方兄呢？莫非也要等一等，瞧一瞧？"

"这……我……"大约没有准备，顾杲顿时结巴起来。

"你怎么了？说话呀！莫非在你们心中，我周某还不如一个陈定生不成？"周镳终于按捺不住，再度发火了。一双黑中带绿的眼睛，也闪射出怨恨的光来。

"哦，不！"顾杲慌忙说。随后，他斜起眼睛，瞥了瞥坐在一旁的黄宗羲。大约发现朋友正紧抿着嘴唇，丝毫没有妥协的表示，他就结结巴巴地说：

"学生、学生愿、愿唯先生……"

"什么？"周镳厉声追问。也许看见连顾杲也支支吾吾，他怒气更盛，接着就剧烈地咳嗽起来。

"学生愿唯先生之命是听！"慌了手脚的顾杲赶紧大声回答，并且趁着周镳的亲随忙着替主人捶背、送水的当儿，轻轻扯了扯黄宗羲的衣袖。

然而，黄宗羲却被激怒了。因为在他看来，周镳如此执拗地反对陈贞慧，主要是出于私人的恩怨。如果为着照顾交情去顺从对方，放弃改革朝政、实现中兴的大计，那显然是不可以的。顾杲明明知道这一点，却毫不抗争，还试图促使自己也跟着他盲从曲附，黄宗羲觉得，这就未免懦弱得过分了。

"嗯，太冲！"顾杲又低声敦促说。

黄宗羲猛地站起身，一句激烈的指责也冲到了嘴边。只是由于周镳那气喘吁吁的模样临时闯入了眼中，他才勉强忍住了。但是，继续在屋子里待下去，却使他感到气闷难当，于是他铁青着脸，猛然转过身，大步向外走去。

虽然吃了一惊的顾杲和雷缜祚在背后连声发出呼唤，他都再也没有回头。

成见难消

"什么,密之回来啦?"陈贞慧一把抓住余怀的胳臂,又惊又喜地问,"如今他在哪儿?什么时候回来的?"

这是在方以智回到南京之后第三天的上午,余怀到兵部衙门来找陈贞慧报信。没等进门,他就迫不及待地把消息向朋友说了,陈贞慧一听,竟在大街上忘情地叫出声来。

由于从昨天夜里起,本来起码要持续上大半个月的梅雨季节,出乎意料地提前结束了。阴云满布的天空,仿佛来了一把无形的扫帚,转眼之间就给打扫得干干净净。隐没了多日的太阳,重新露出脸来。如今迎着人们的眼睛,那积水未干的街道,那高墙后面的各种树木,以及房屋顶上的鸱吻和瓦顶,正在五月的晴空下一齐愉快地闪着光,树丛深处听得见有鹧鸪在叫。

"密之是初五到的。"余怀回答,"眼下暂且借寓在李十娘的寒秀斋里。弟见过他之后,便即时过来告知兄。可兄这贵衙的门槛也太高了!前日、昨日弟都来过,可门公硬说兄不在,死活不给通传,害得弟为这事差点儿没把两条腿跑断!"

"哦,这可真是太有劳兄了!"陈贞慧连忙拱手道歉,"不过,也别怪门公。这两日,弟确实不在衙里,一天到晚跟着史公满城地跑,又是拜客,又是上清议堂去会议。兄可知道,监国命内阁从速草拟新政哩!史公又是极认真的人,事事都要亲力亲为。所以跟着他,就别指望清闲得了!"陈贞慧嘴上诉着苦,可是看得出来,对于眼前这种际遇,他颇为满意与自得。

余怀眨眨眼睛,不无羡慕地说:"这一次,没想到史公还能当上了首辅。兄这个幕宾,可算是真的当着了!"

陈贞慧摇摇手,神情一变而为严肃:"像这种幕宾,好处是捞不着的,但得一申报效社稷的夙愿,也总算忙得其所就是——

咦，方密之是怎么逃回来的，兄可还没说哩！他是单身一人，还是连家眷也带回来了？"

余怀收回目光，苦笑一声，说："他么，是单身一人，家眷都丢在北京了！不过，这事说来话长，先找个处所，再坐下谈。"

"哦，好的，那么就请……哎，算了，我们不如这就去访密之，边走边谈，把朝宗也叫出来，一道去！"陈贞慧显得兴致勃勃，而且有点急不可待。

"什么，朝宗也在这里？怪不得这两日弟去找他，却颠倒找不着，连房东也不知他上哪儿去了，却原来——"

"啊哈！兄原来还不知，皆因都察院的副宪张大人新点了太宰，朝宗已夤缘进了吏部，如今也做起了幕宾。他倒干净，连行李也不搬就住了进去——这不，就在前头那个门，兄且稍候，待弟去叫他出来！"

说完，陈贞慧就紧赶几步，径自到吏部的门上去交涉。看来，这一带的衙门他已经走得相当熟稔，片刻之后，果然把侯方域带了回来。

"既然如此，那么我等如今便去访他好了！"大约陈贞慧已经把情况说了，所以侯方域一边同余怀行礼，一边首先表示同意。然后又转向陈贞慧："其实，兄即使不来，弟也要去找兄的。近日听到些动静，真是岂有此理！"

"噢，什么动静？"陈贞慧诧异地问。

侯方域把手一摆："也不是什么了不得的事。走吧，待会儿再说，如今且听听方密之是怎么逃回来的。可别说，只怕还真不容易哩——淡心，是么？"

余怀点点头。于是，三个朋友便转过身，沿着两边都是高大门墙的狭长而宁静的街道，并肩向南走去。一路上，余怀开始把三天前，他如何得到方以智捎来的信息，如何冒雨赶到寒秀斋，以及见到方以智后彼此交谈的情形，从头到尾向两位朋友叙述了一遍。当说到"流贼"入踞北京后，对殉国的崇祯帝后，以及明朝的文武百官所施加的种种侮辱，特别是禁止送葬、严刑追饷等种种"暴行"时，三位朋友都不禁怒火中烧，咬牙切齿；而当说到方以智弃妇抛儿，一路上历尽磨难，靠着行乞讨饭，才侥幸回到南京时，大家又免不了嗟讶感叹，无限同情。末了，当得知方以智在包港曾巧遇挈家逃难的冒襄，陈、侯二人都立即关切地追问起冒襄的近况和打算，并无可奈何地谈起：在社友当中，偏偏就数冒襄的婆婆妈妈事儿最多，不是纠缠于儿女私情，就是困扰于家庭杂务，老是撕扯不开。偏生也就是他才受得了，要换了别人只怕谁都吃不消……就这样，三位朋友走着谈着，不知不觉已经来到了大中桥。

位于皇城西南角外的大中桥，是沟通城东和城西的一个主要道口，热闹熙攘的景况可想而知。也许是久雨初晴的缘故，如今从桥上穿梭而过的轿马行人固然络绎不绝，就连前些日子一度销声匿迹的大小游艇，也重新纷纷出动，沿岸招徕生意，而且居然就有不少欣然登舟的士女游人。如果光瞧着他们那嬉笑自若、流连陶醉的样子，简直使人很难相信，仅仅在不久之前，他们还在经受着国破家亡的极度惊恐，而且直到目前为止，这座城市也仍然处于来自北方的巨大而可怕的威胁之中。

从大中桥到位于钞库街的旧院后门，还有不近的一段路。三位社友想尽快赶去，便在渡头临时雇了一只小船，吩咐艄公加把劲，快点摇到下游去。

"朝宗，如今该轮到你说了，到底出了什么岂有此理的事，可是社里的吗？"等大家在舱内坐定之后，陈贞慧换了话题，问道。以他目前在社内的处境和地位，对于侯方域见面时所提到的"动静"，显然比余怀更为敏感和关注。

侯方域点点头："叫兄猜着了，正是社里的——那位老儿又在捣鬼了！"

"噢?"

"不过,他没有亲自出马,却支派顾子方四出游说,无非一口咬定《留都防乱公揭》是出自他之手。还说此事早已尽人皆知,兄亦向无异议,如今忽造新说,乃系意欲混淆视听,夺功反诬,败坏他在社内的名声,以便取而代之。因此,他也绝不退让,定要与兄相争到底,并要社友们为他主持公道,如此等等。闻得这两日,顾子方把朗三、尔公、昆铜、硕人他们全都找遍了,只不知可曾找过淡心没有?"

余怀正在那里转着眼珠子,他乖巧地一笑,说:"大约他知道弟历来是不管闲事的,所以倒没来。"话虽然这么说,但对事态的发展显然也感到不安,所以他随即就转过脸去,窥伺着陈贞慧的反应。

陈贞慧却没有特别吃惊和激动。大抵是因为五月初一那天在畅好居酒楼上,侯方域已经对他说到过类似的事。他哼了一声,说:"此公也未免太心虚胆怯了!就算社内有此一说,草拟公揭的是我而不是他,莫非他就会因此立足不稳,我就能取而代之?他竟为此事与我大动干戈,岂非太无气量,适足以自曝其心中有鬼。"

"他本来就是心中有鬼!"侯方域鄙夷地说,"不过,如今他可是调兵遣将地打上门来了,兄打算何以应之?"

"何以应之?不管他!"陈贞慧断然把手一挥,"眼下社稷存亡,已是间不容发!有多少大事须得我辈全力以赴,哪里有闲工夫同他纠缠那个!"

"不管他?这可不行。除非兄即时向史公辞职,搬出兵部,并让弟等也全都不再当什么幕宾,或许还能讨得宽恕,否则兄今后休想安生太平!"

陈贞慧微微一怔:"不当幕宾?这与他又有何相干?"

"怎么没有?人家在官场可是广有联络,以往社里有事要办,大半离不了他。如今兄让社友们纷纷入幕,而且又欲总揽其事,岂非明摆着要敲掉人家混饭的家什？他又怎能与你善罢甘休！"

大约事前没想到这一层，陈贞慧一下子给说呆住了。渐渐地，一种混杂着冤苦、气急与愤激的表情，从他那张宽阔的脸上，愈来愈清晰地呈现出来。忽然，他把舱中的小桌子一拍，怒火中烧地大声说："眼下都到什么当口了，他还一门心思算计这个！他到底还有没有心肝，算不算君子！"

侯方域始终保持着平静。他淡然一笑，说："兄又何必动气，莫非在社里他周老头儿还能一手遮天不成？他要大动干戈，就动好了！我倒想瞧瞧，究竟谁斗得过谁？哼，他还敢咬定公揭是他草拟的呢，那么就让他把社友都召来，公开对质，到时只要吴次尾一出面作证，就立时管教他当场出丑！"

前些天，陈贞慧曾私下向侯方域透露过，当年他把公揭草拟出来之后，曾经交给吴应箕过目，并且是两人一起商量改定的。因此，侯方域大约觉得有恃无恐。

陈贞慧却把头一摇，悻悻地说："别指望次尾会出面作证！他是个天马行空的人，历来不管这种'俗事'！况且他同周仲驭又一向气味相投，号称莫逆，你让他作证，闹不好，他当场给你来个'不知道'，你反而下不了台！"

听他这么一说，侯方域也没有了主意。有片刻工夫，船舱里沉寂下来，只有后梢那"鸦扎"的橹声，随着船身的摆动，一声接一声地响得分明。而船舷旁那潺溪而过的流水，受着耀眼的阳光照射，向灰布篷顶勾画出无数闪烁跃动的虚幻波影，更增加了人心中的烦乱……

终于，陈贞慧抬起头来。看样子，他已经把情绪控制住了。

"既然如此，那么算了！他不就是生怕《留都防乱公揭》那份功劳，挂不到他头上吗？如今我就让给他！"看见侯方域嘴巴一动，现出气急的样子，他把手一摇，止住对方，然后五指收拢，捏成一个拳头，朝桌上重重一敲，斩钉截铁地说："可是，入幕的社友，一个也不能退出！这事不止关乎社局，抑且关乎国运，绝无退让的余地！"

侯方域眨眨眼睛，争辩地说："可是……"

"兄不必再说了！"陈贞慧不耐烦地打断他，"弟意已决，过几日，弟就约齐社友去面见仲驭，当场声明公揭是他草拟的，让他从此放心就是！"

说完，仿佛想起什么，他又转向余怀，郑重地叮嘱说："此事关涉重大，尚祈兄深秘之！"

史马易位

由于周镳竟然置改革朝政的大计于不顾，坚持排斥陈贞慧，黄宗羲同老头儿明显地疏远了。另外，在这件事情上，顾杲本来与他一样，并不认为周镳的做法是对的，仅仅碍于情面，便屈从对方的意志，也使黄宗羲十分反感，无形之中，两个朋友也变得隔膜起来。

这种局面维持了十天。黄宗羲固然没有到上房去过，周镳也似乎对他失去了兴趣，既不再召唤他，也不派仆人过来探视。倒是有几次，顾杲像是憋不住，迟迟疑疑地踅进西厢来，但看见黄宗羲紧绷着脸，对他不理不睬，也就把到了嘴边的话又缩了回去，转过身，径自为周镳分派的差事忙碌去了。面对这种别扭的局面，黄宗羲感到再也不能在宅子里住下去了。虽然周镳不曾下逐客令，但是黄宗羲却觉得，仅仅冲着耐心等待了这些天，对方仍旧毫无回心转意的表示，自己也应当断然迁出。"是的，道不同不相为谋，既然你们是这样的一种人，那么，我黄某即便再穷、手头再拮据，也决不再受你们的恩惠！不能让世人把我看成是一个没有骨气、降格以求的人！"这么下定决心之后，到了五月十六日，他便带着黄安早早出门，上三山街去，打算看看能否在书坊中找到可供借宿的处所。

主仆二人走出了曲折清静的小巷,来到车水马龙的三山街上。就在昨天,以监国名义执政的福王,在文武群臣的一再"劝进"下,已经结束了半个月的过渡期,在紫禁城内的武英殿上正式登基,成为明朝的第十八代皇帝,并宣布从明年开始,将年号改为"弘光"。这对于相隔二百二十余年之后,再度处在"辇毂之下"的南京臣民来说,自然又是一件众口哄传的大事。虽然隆重的登基大典已经举行过,而且由于二十七天的国丧期尚未结束,民间也不举行庆祝活动,但热烈和兴奋的迹象仍旧随处可见。譬如:与前一阵子相比,市面上显得更加熙攘繁忙了,人们的表情也变得更加镇定和自信。一度在大街小巷里日夜巡逻的武装官兵,已经明显地减少;而作为南京一景的流民和乞丐,在东躲西藏地蛰伏了一个多月之后,又开始成群结队地重新出动。不过,最吸引人们关注的,还是在各大城门以及主要街衢上贴出的"皇榜",那上面一共列出了二十五款新颁的"国政",其中包括大赦天下罪人,废除苛捐杂税,大力起用有用人才,给各级官员加官晋爵,以及奖励开荒、放宽贸易等等,看起来,确实让人感到新朝廷颇有一番与民更始、振作有为的劲头和气象。

"不错,这二十五款新政,同五月初一在畅好居酒楼上,陈定生给我们看过的那二十款新政的草稿,有好些都是大同小异的。这么说,他在史道邻那里果真是颇受信用,而且已经有声有色地施展起来了!"黄宗羲一边从围观皇榜的人丛中挤出来,一边兴奋而又不安地想。由于发现尽管在拥立新君的较量中遭到挫折,但以史可法为首的东林派人士仍旧牢牢地控制着局势,在重大的决策当中,并未受到异己势力的左右和干扰,黄宗羲对于陈贞慧的信服和对于周镳的不满,在这一刻里变得更加分明了。"哼,我早就料到,上一次拥立潞藩和桂藩,是理不直气不壮,史道邻也无可奈何。这一次他哪怕再笨,也不至于重蹈覆辙,再让马瑶草轻易得逞！周仲驭那种预测，不过是对陈定生心怀私怨，故作危言罢了！"

由于愈益坚信自己的抉择是正确的，现在，黄宗羲脚步轻快地往前走，心中洋溢着一种前所未有的兴奋和渴望。他想到：北京的不幸陷落固然是一场奇祸惨变，但长期以来，朝廷所形成的那一种因循苟且的死硬格局，也因此被彻底打破了。今后，南京的新朝廷在以史可法为首的东林派大臣主持下，沿着已经开始了的这条路子走下去，革除积弊，更新朝政，很可能就不再是一句空话，同时必定会更加获得江南士民的支持和拥戴。那么，重新开创大明中兴，也应当是可以实现的。"哎，真没想到，这些年来，我梦寐以求的一天，竟然会是这样子到来！"黄宗羲既欣幸又痛惜地想，"只是，我前一阵子被周仲驭拖着，老是犹豫不决，结果社友们都已经纷纷入幕为宾，我却远远落到了后头！不，一旦有了住处，我就去找陈定生！赶快去找陈定生……"

"大爷，瞧，书坊！"黄安的声音从身后传了过来。

黄宗羲怔了一下，顺着仆人的指点望去，发现前边不远，果然有一爿书坊。"嗯，虽说门面浅窄了些，但只要能住下就成。"他想，于是停下来，对仆人说：

"你去，到坊里问一问，看他们可要请人选批文章不要？若要时，就再问问他们批一部给多少银子，包不包食宿？问明白了，回来告诉我。"

说完，看见黄安眨巴着圆眼睛，现出胆怯的样子，他就把脚一跺，不耐烦地催促说："快去，去呀！"

等仆人犹犹疑疑地移动脚步，黄宗羲这才转过身，径自走到附近一间卖扇子的店铺跟前，一边倒背着手，装作浏览架子上的货色，一边等候仆人来回话。只不过，由于心情迫切，虽然店主人立即过来兜揽生意，并且殷勤地把那些本地产的、四川产的、广东产的扇子，一把接一把地摆到他的面前，黄宗羲却全无兴趣，只管不停地转过脸,一次又一次地朝书坊那边张望……

终于,黄安回来了。

"怎么样?"黄宗羲连忙抛下扇子,跟着仆人走出外面来,急急地问。

黄安摇摇头:"他们说不请。"

"不请?为什么?"

"那掌柜说他们坊中的选文,向例是包给什么恽相公、陆相公的。纵然这两位相公不来,也还有相熟的什么许相公、李相公等着,而且前几日已经来问过了。他们尚且轮不上,所以大爷就更加不用指望了。"

黄宗羲"嗯"了一声。满怀热望,却碰了个冷钉子,这使他多少有点失望,也有点不快——说实在的,他一向瞧不起八股文,平日里也是为着应考,才不得已跟着写一点。至于选批"程墨""房稿"一类的活计,虽然像吴应箕、张自烈等社友都做得挺起劲,并因此在士林中名声大起,黄宗羲却压根儿不感兴趣。这一次,要不是急于找到一个能解决食宿的新窝,他也未必会巴巴地主动上门。"哼,什么了不得的书坊,瞧那门浅户窄的样子,就不是个会发达的。不肯请,我还不想屈就呢!"他不服气地想,于是领着仆人继续往前打听。不过经此一遭,黄宗羲更加不想先行出面了,每一次,都照例支派黄安去打头阵,自己则在远处等着。然而,那些书坊像是串通好了似的,一连打听了五六家,得到的答复不是已经预约了人,就是存货尚多,今年不打算开选了。弄得黄宗羲又气又急,一个劲儿地责骂黄安没用,说带上这样的仆人出门,算是倒了八辈子的霉,连这么个事都办不好!最后,把黄安逼急了,苦着脸申辩说:

"大爷,你以为这差事是好做的么?人家见了小人这一身打扮,又不是本地口音,先自拉长了脸,爱理不理的,没准儿还以为小人是装着幌子骗饭吃的呢!大爷又不肯露脸,可叫小人怎么办？"

由于被戳中心病，黄宗羲的脸蓦地红了，"什么？"他怒声说，"我不肯出面？我是让你学会办事！好，我这就去说给你瞧，看他们可敢不理我！"

说完，他把心一横，咚咚咚地迈开大步，径直朝黄安最后打交道的那所书坊走去。

这是一所不大不小的书坊，规模和格局同吴应箕借寓的蔡益所书坊差不多，门上悬着一个"惠来堂"的牌子，柜台后面坐着一个店主模样的中年汉子，看见来了客人，他那张长着几茎黄胡子的胖脸上就堆起了殷勤的笑容，而且离开了椅子。

"啊，不知相公光临，失迎了！"他行着礼说，"请——请坐。"

等黄宗羲坐到椅子上之后，他又毕恭毕敬地问："不敢请教相公高姓？"

"嗯，小生姓黄，是浙江余姚人。不知店家怎生称呼？"

"不敢，小老贱姓张，排行第六，相公只叫张六便是。"

"原来是张老爸，幸会！"黄宗羲拱一拱手。

"啊，不敢，幸会幸会！"张六忙不迭再度行礼。随即，一边吩咐小厮"奉茶"，一边试探地问："不知黄相公光临，有何吩咐？小店虽则门面浅窄，不过也还藏得有几部好书。如果……"

黄宗羲把手一摆："小生今日来此，非为买书，乃是意欲请问，宝号可打算聘人选批制艺时文？小生愿主其事。"

那店主满心指望着能招揽到一宗买卖，听黄宗羲这么一说，胖脸上的笑容僵住了。这当儿，黄安已经跟了进来，也使他似乎记起了什么。于是，转了一下眼珠子之后，他便"哦"了一声，赔笑说：

"黄相公文名素著，小老心仪已久，今日肯惠然下顾，小店正是求之不得。唯是不巧得很，小店的选文，历来包与国子监的陈相公，除非陈相公有事不能来，否则小老实不敢背约另聘，现今陈相公已来小店开选，所以……"

一听对方又搬出这种理由，黄宗羲心中早已不耐烦。而且他还十分怀疑这些都是托词，未必实有其事。不过，为着不至于一下子把事情谈崩，他仍旧耐着性子，说：

"小生以往虽然不常在坊中走动，但留都的选家朋友，像贵池的吴次尾相公，江右的张尔公相公，与小生都是极相熟的。他们都知道小生，老爸不信，不妨向他们打听打听。"

为着谋求这么个小差事，竟不得不借助吴、张二人的名声来自高身价，黄宗羲再一次感到屈辱和可羞。

"噢，原来如此！"店主人扬起粗短的眉毛，惊奇地说，"吴相公和张相公在坊间可是大名鼎鼎，无人不识。相公与他们既是知交好友，那就一切都容易之极了！纵然小店本小力薄，既已请了陈相公，便实在不敢再有劳相公，不过相公只需寻着吴、张二位，别说是受聘于一家，便是受聘于十家，也只是一句话的面子罢了！哈哈！"

张六说的也许是实情，但在黄宗羲听来，却分明是在挖苦自己，这种感觉，又由于曾经对仆人夸口在先，而变得更加尖锐。

"胡说！"他一挺身站起来，怒冲冲地说，"我为何非得去找他们不可？我用不着去找他们！什么选家，了不得就是那么一回事。我黄宗羲自问绝不会输给他们！不信，你马上拿一部时文出来，我当场批给你看！你若挑得出纰漏，本相公马上就走；若是挑不出，你这坊里的选席，本相公就坐定了！啊？怎么样，你敢不敢？"

显然没有料到这位一心求职的书生还会这么大发脾气，张六一下子倒给吓住了，随后就妥协地摇着手，连声说：

"相公息怒，相公息怒！有话慢慢说，有话……"

"不，你拿出来，什么了不得的时文，你马上拿出来！"黄宗羲的声音提得更高，还激烈地做着手势，以至街上的行人也给惊动了，纷纷停下来，朝店里张望。

"哎，出了什么事？到底出了什么事？"一个急促的声音问。

"什么事，我让他——"黄宗羲大声回答，同时转过脸去。蓦地，他噎住了，因为他发现，发问的那个人，还有跟着他从书坊的里门走出来的几个儒生，不知为什么有点眼熟。

"哎呀，太冲兄，原来是你！"为首的那个高身量的儒生首先招呼说。

"……"

"弟是陈方策呀，兄莫非不认得了？"那人走前一步，热切地自我介绍说，一双剑眉下的眸子，在轮廓分明的脸上显得炯炯有神。

陈方策——南京国子监里的一名学生。此人平日于课业之余，还留心时事，喜好结交，遇事敢于出头，所以无形中便成了学生们的一个头儿。以往黄宗羲上国子监去访友，曾经与他见过，现在一经提醒，也就想起来了。

"不知适才仁兄何事动怒？莫非……"陈方策关心地问。

"这位黄、黄相公要……要见相公。"张六连忙顺水推舟地说，同时用袖子揩了揩额上渗出的汗珠子。

"要见小弟？"陈方策有点意外，但随即就似乎悟到了什么，马上拱着手，道歉说："请仁兄息怒。这事怪不得张老爸，是小弟让他不要放人进来的，若早知黄兄见顾，自然要当别论！"

说完，他就侧转身，做出相让的手势："那么，请！"

当认出对方是熟人之后，黄宗羲的火气已经失去了势头，同时意识到自己刚才有点过分。于是他皱起眉毛，默默地跟着陈方策往里走。

"……那么，贵社打算如何应变？"当他们走在天井里的时候，陈方策忽然转过脸来，神色郑重地问。

"应变？什么应变？"黄宗羲抬起眼睛，疑惑地问。

"就是史大人的事。"

"史大人——兄是说史道邻？他有什么事？"

"咦，兄不是为这事来找弟的么？"陈方策站住脚，颇感错愕。看见黄宗羲摇摇头，一派茫然的样子，他才"哎"的一声，苦笑着说："误会了，弟闹误会了！"

"可是……"

陈方策没有立即回答。他似乎拿不定主意，是否就在这里谈，但最后还是放弃了继续往里走的打算。

"原来兄还不知道，今日朝廷可是出了大事了！"这么说了一句之后，他那双炯炯有神的眼睛突然发红了，以致不得不停顿一下，直到把激动的情绪控制住之后，才一五一十地说起来。

原来事情是这样的：前些日子，一直留在凤阳等候朝廷任命的马士英，在接到关于内阁名单的邸报，以及着令他继续留在江北督师的诏书之后，极为不满。他立即采取行动，一方面唆使正在扬州一带闹事的高杰，把十余万人马拉到长江北岸，沿江扎营，制造紧张空气；另一方面，他自己则借口入朝觐见，来到南京，公开扬言：他在外督师多年，已经感到"疲倦"，决意回到朝廷来任职，不想再走了。面对这种公然的讹诈，史可法为着避免冲突，竟然再一次作出重大让步，向弘光皇帝提出请求，表示愿意自行到江北去督师，而让马士英代替他在朝廷中的位置。结果，当即得到皇帝的允准。今天，史可法已经正式搬出内阁，据说很快就要启程了。

"如此一来，"站在旁边的一位名叫卢谓的国子监生愤慨地插进来说，"岂不是成了秦桧在内、李纲在外之局。大明的中兴还有什么指望，江南还有什么指望！"

"前些日子，听说就连司礼监的韩太监也说：'史公安靖宁一，堪任居守；马瑶草宏才大略，堪任督师。'今上及诸臣俱以为然，是故才有前命。如今只为姓马的一句话，就遽变成议，岂非视国事为儿戏么！"另一位监生也帮腔说。

黄宗羲却像当头挨了一棒，被这突如其来的变故击呆了。是的，局面竟然变得这样快，这样容易！这是他做梦都想不到的。事实上，仅仅在小半天前，他对于当前的一切，还那样兴奋，那样激动；而对于未来，又是那样的雄心勃勃，满怀希望。可是转眼工夫，这一切就给无情地打碎了！眼下，黄宗羲的感觉，就像给人摘去了五脏六腑，胸腹间一下子变得空荡荡的。渐渐地，他又觉得像是落进了一个巨大的骗局之中，被那些高高在上的人冷酷而自私地耍弄了一番，然后如同一只渺小的虫豸似的，被毫不在意地抛到一边去。"啊，史道邻，又是史道邻！"在充满心头的一片混乱中，他分明听见一个怨愤激动的声音在高喊。虽然陈方策在旁边慷慨激昂地表示，为了阻止史可法离去，他们已经决意联络南京的缙绅及士子，联名上书，向朝廷拼死一争，但是黄宗羲根本没有听见，只猛地旋过身，昏头昏脑地向外走去。

学子请愿

史可法突然决定自请出守淮扬，使黄宗羲的满腔热望再度归于破灭，同时，也给复社的社友们造成极大的冲击。侯方域、梅朗中、张自烈、沈士柱、左国棅等人，由于在各部衙门里充当幕僚，甚至在更早一点的时候，就已经得到了消息。只是，当他们气急败坏地赶到兵部衙门，围着陈贞慧，询问该怎么办时，就连一向沉着稳重的这位头儿也忧心如焚，乱了方寸，末了，只表示要竭尽全力地进谏，以促使史可法改变主意。他还与社友们约定，于五月十七日——也就是黄宗羲同陈方策在书坊里谈话的第二天上午，到洪武门外的茶社去集中，看结果如何，再作计议。

现在，已经到了约定的时间。从辰刻开始，社友们就陆续来到茶社里，在靠窗的地方占了一张桌子，叫了两壶"毛尖"，几样果品，一边喝着，一边等候。由于估计到事情不会太顺利，他们还特地把吴应箕和余怀也招了来，以便到时一道参与计议。谁知大家心神不定地守候了大半个时辰，不但不见陈贞慧前来露面，就连自告奋勇前去催请的侯方域，也失去了踪影，社友们就不由得愈来愈焦急不安了。

"哎，到底是怎么回事？定生怎么还不来？"梅朗中一边伸着脖子朝窗外张望，一边神情懊丧地说，"莫非史道邻已经出都，把他也带走了不成？"

"这倒不至于，"张自烈摇摇头，"史公出都之时，须得向皇上公行陛辞之礼，百官也须齐集城外替他'郊饯'，岂有一声不响就走了之理！"

"哼，也难说。如今马瑶草已跑回留都，江北诸镇成了无头之蛇。若是流贼南下，军情紧急，史公便只有星夜赴任了！岂不闻兵法有云……"沈士柱提出他的见解，而且照例忘不了引用兵书，只是对于这种情况，兵书上到底有什么相应的说法，他却似乎一时想不起来，所以只管一个劲儿眨着眼睛，却没有了下文。

幸而左国棵接了上来："江北军情紧急，事先岂能全无声响？况且，定生即使跟着走了，又岂能不给我们留个口信？"

听他这么一问，沈士柱立即又神气起来："哎，老兄这就是外行了！"他把手一挥，说，"军机大事，岂能轻易泄露？岂不闻'形人而我无形'乎？即使是定生，到了此时此际，只怕也不敢给我们留什么口信哩！"

余怀摇摇头："弟倒是想着，这两日留都上下，众议沸腾，都是争的史公赴淮扬督师的事。说不定马瑶草之流怕史公逗留一久，难免夜长梦多，又弄个什么奸诈的法儿，从速把他悄悄儿打发了出都也未可知！"

冲着这一阵子，弘光皇帝对马士英明显偏护，余怀的顾虑自然不无道理。大家顿时又焦急起来。

"若、若是这等，我们岂不是白、白等一场？"梅朗中结结巴巴地问。

"是呀，"左国棅也接了上来，"既然如此，我们还坐在这儿干什么？"

"对，不等了！""算了，走吧，走！"更多的人哄然附和。

然而，没等他们站起来，就听见桌子被"砰"地拍了一下，接着，响起了吴应箕冷峻的声音：

"你们全都是瞎猜！瞎猜，懂吗？"他重复地呵斥说。到底为何是瞎猜，他似乎并不打算解释，但是那霍霍扫射着的目光，已经足以使社友们不由自主地安静下来，不再作声了。

"那么，"大家闷闷地喝了一会子茶之后，终于又有人开口了，那是安静不下来的沈士柱，"史公纵然此刻尚未离京，可毕竟是要离京的——要是朝廷不肯收回成命的话。那么到时定生可怎么办？是跟着史公一道走，还是留下来？要是他也走了，丢下我们怎么办？这幕僚还当下去不当下去？"

"哼，其实，就算定生留下不走，我们这份幕僚的差事，也已经没有什么意思了！"左国棅垂头丧气地说。

"噢？"

"你不想想，以往我留都是史公主持大计，定生又在他的幕中，凡事都领着头，我们才能互为呼应。如今换了马瑶草，定生自然不能再依附于他，一旦这幕中没有定生居中策应，我们留着又有什么用！"

的确，陈贞慧那个借助"入幕"来影响朝政的设想，是建立在东林派当权的基础上的。现在史可法一走，将来朝廷的大权，势必落到马士英之流的手中，那么"入幕"的办法还能不能起作用，确实值得怀疑。所以，听左国棅这么一说，大家那本来已经烦躁不安的心情，又增添了一重沮丧。

"次尾兄，旁观者清，兄倒说说，我们该怎么办？"由于这伙人中，目前只有吴应箕和余怀一直没有入幕为宾，梅朗中只好转向他求救了。

吴应箕却不说话，只是冷着脸，不住地捋着刺猬毛似的胡子，半晌，才闷声闷气地说：

"若是当不下去，那就不当！退出来，依旧做我们的旧行当——管领清议！"

"对！"沈士柱马上表示响应，"前几日顾子方就曾访过弟，也是说的这话，还说周仲驭料定，朝廷如此安置马瑶草，必生变故。弟当时还不信，如今果然被他料着了！"

"周仲驭当初就不以我们入幕为然，这不，全给他说中了！"左国棅也表示附和，"可是定生偏不听，结果闹成今日这种局面！"

当初商议入幕时，左国棅表现得十分起劲，入幕也几乎是最早的，如今他却把那些都忘了。也许正是这一点，引起了张自烈的反感，他把茶杯往桌上一放，说：

"兄也休要责怪定生！入幕为宾也没有什么不好，至少许多事情我们都能知道，不像以往那样，老给蒙在鼓里，即便定生当不成了，我们还可以当下去。史公走了，朝中也还有高公、姜公他们，马瑶草未必就能一手遮天，况且……"

他本来还要说下去，忽然窗外"哄"的一声，骚动起来，好几个声音在叫：

"咦，看，快看！""奇怪，那是什么人？""他们在做什么？"

大家不由得一怔，连忙转脸望去，发现不知为什么，街上的行人纷纷停住了脚步，正一边往两旁让开，一边朝南边伸长了脖子。大家不觉好奇起来，纷纷站起身，挤到窗前，这一下，才看明白了。原来，从街南的方向正走过来一队儒生，大约有二三十人之多，一个个神色凝重，步履庄严。为首的一个，手中捧着个黑漆盘子，盘子里盛着一份奏折之类的东西。在他们的后面，还吵吵嚷嚷地跟着好些市民模样的人，其中也有一些方巾儒服的士子。如果说，前头的儒生们都庄严地保持着沉默的话，那么，后面那些临时加入的却显得神情亢奋，一边挥舞着胳臂，一边大声诉说着。社友们隔着窗子，加上前面还有好些看热闹的路人挡着，一时也闹不清他们在说什么。直到队伍经过窗前时，才听见其中有人慷慨激昂地大声说：

"为何夺我史公？""还我史公！"

"咦，莫非他们是到通政司去，上书挽留史公不成？"由于这儿离洪武门内的部院衙门已经不远，所以余怀首先作出猜测。

"嗯，前头那些人，像都是国子监的生员。捧盘子的那个，名叫陈方策，是他们的一个头儿，平日也算得上敢说敢为！"有人介绍说，听声音像是张自烈。

"瞧这阵仗，响应他们的人还不少。说不定，他们这一闹，真能把史公留下来也未可知。"左国棅喃喃地说，似乎重新生出了希望。

然而，不知道是不以为然，还是别的缘故，他的说法没有引起社友们的应和，大家只默默地望着窗外的热烈情景，显出各怀心事的样子。

终于，梅朗中不自在地扭动了一下脖子，懊丧地说："这管领清议，本是我复社分内之事，谁知事到临头，反而让国子监的人占了先筹去！"

这随口而出的一句话，戳破了彼此试图隐瞒的心事，社友们你望望我，我望望你，脸色不由得变了。的确，作为复社的成员，大家一向引以为自豪的，是长期以来，无论在江南还是留都，他们都属于最敢出头说话，最具号召力，最有影响的一群，谁也不能相匹敌。可是，眼下的情形却是：国子监的太学生们已经行动起来，而自己一班人却依旧守在茶社里，毫无作为。正是这种反常的对比，使大家的自尊心仿佛受到了嘲笑和侮辱似的，这大半天里所积存的烦闷和焦躁，一下子膨胀起来，终于再度爆发了。

"算了！"沈士柱首先把桌子"砰"地一拍，大声说，"还等什么？干脆，我们也上通政司去！"

"对，走呀，走！"梅朗中和余怀也齐声附和。

这一次，连吴应箕也不再阻拦。于是大家纷纷转过身，络绎向外走去。剩下张自烈还在犹豫，但看见大家全都要走，也终于默默地跟在后面。

他们刚刚走出门外，忽然意外地看见，一早就去催请陈贞慧却久久不见回来的侯方域，正穿过拥挤的人群，急急地朝茶社走来。

"咦，兄等要往哪儿去？"侯方域一边擦着额上的汗，一边诧异地问。

沈士柱哼了一声，反问："这老半天的，你到底上哪儿去了？定生呢？"

侯方域摇摇头："他因有要紧的事，这会儿还来不了。"

"有要紧的事？那么我们——"

"哎，兄别急！"侯方域做了个阻止的手势，随即压低声音，神色严峻地说："定生因向史公进谏无效，决意另想办法。眼下，他已经求见姜阁老去了——哎，此处非说话之所，还是先返回里间去，再与兄等细谈！"

求助太监

侯方域没有说谎，陈贞慧确实是到了姜曰广的府上。作为把全部希望和心血都寄托在史可法身上的一位复社头儿，陈贞慧自然十分明白眼前事态的严重性，十分明白一旦让居心叵测的马士英取代了史可法的位置，朝廷将会变成怎样一种局面，自己又将落到怎样一种处境！他从姜曰广那里得知，要阻止马士英入朝掌政，办法只有两个，一是通过发动朝臣共同弹劾，把他攻倒。但鉴于马士英有定策拥立之功，颇得皇上信赖，至少在目前，这是办不到的。那么就剩下另一个办法，即尽一切可能把史可法挽留住，造成庐凤总督无人接任的局面，使马士英回不来。眼下姜曰广就是采取后一个办法。他凭借通政司和六科对皇帝的诏命有驳封和复奏之权，已经暗中通知通政司使刘士祯就史可法的新任命进行复奏，以拖延时间；同时支持国子监的太学生陈方策等人发动士民、上书反对，力图造成舆论声势，迫使皇帝收回成命。不过，仅仅这样做，姜曰广觉得还是没有成功的把握，因此又准备下了第三着棋——派人暗中同司礼监的韩赞周联络，设法取得位高权重的这位掌印太监的支持。

韩赞周本是南京的守备太监，由于在拥立新君期间，坚持主张由福王继位，所以事情成功之后，便被升任为司礼监的掌印太监。这一职务，不但握有统管全部宦官的大权，更重要的是还有代皇帝管理内外奏章和核准批复内容的职责，比起只管草拟圣旨的内阁阁员，实际上更有权势。不过，韩赞周的为人看来还算正派，也比较明白事理，对马士英那伙人也不是完全一边倒。明显的例子是，当初朝廷决定分工由史可法主持朝政，让马士英继任总督，就是韩赞周首先提出来的。现在事情发生了逆转，可以说连他也丢了面子。正因有这一层瓜葛，姜曰广才觉得不妨尝试利用一下。事实上，要是韩赞周肯在皇上跟前进言几句，成功的把握自然大得多。只是交结内监，在名声上却不那么光彩。姜曰广固然不肯亲自出面，即使是指派别的官员去办，也难免招人侧目。因此，陈贞慧的主动来访，正好提供了一个合适的人选。经过姜曰广面授机宜，现在，陈贞慧已经把使命接受了下来。因为事情必须在极秘密的状态下进行，不能向社友们透露，所以陈贞慧从姜曰广的府中告辞出来之后，就径自回到寓所里。直到天黑，他才独自出门，乘着夜色的掩护，来到位于西华门外的一条巷子里。事先，他已经打听清楚韩赞周私宅的方位，并且知道主人今晚要回来,所以还算顺利,把拜帖递进去不久,应门的小太监便传出话来,请他进去相见。

要说执行眼下这项秘密使命,陈贞慧的心中全无犹豫,那也不尽然。

正如当时许多以正人君子自居的士人一样,他对于太监,心里始终存有一种鄙视和厌恶的心理,总觉得同他们打交道,是有失身份,更别说干这种遮遮掩掩的"勾当"了。不过,陈贞慧又是一个讲求实际的人,他很明白在政治场中角逐,利害的取舍,较之道义的恪守往往更为重要。"嗯,为着社稷的存亡、中兴的成败,也为着我的一番心血不致半途而废,就姑且忍耐这一次吧!"他默默在心中说服着自己。当看见应门的小太监扬着拜帖走出来时,陈贞慧马上从怀里掏出一两银子,塞了过去,同时把帖子重新收回来,这才定一定神,举步向里走去。

按照朝廷的制度,太监作为皇帝的近侍,除了奉派到外地执行使命的之外,一般都必须住在宫城里。但一些有财有势的太监头儿,在外面都置有私人宅第。据说当年的阉党头子魏忠贤,在北京的私宅就极其奢华富丽,几乎同皇宫没有两样。韩赞周的这所宅子,当然远不能同魏忠贤的相比。不过,光是凭借廊檐下、厢房里的灯烛之光粗略地环顾一下,陈贞慧也已经感到这宅子不止高大,而且必定相当幽深,建筑和布置也相当考究。"哼,再怎么着,这些阉人宦竖,无非是皇上跟前的一名奴婢而已,居然也高堂华屋,比之士大夫之家有过之而无不及,也可谓僭妄之至了!"他不无反感地想。不过,由于会见临近,心情也本能地紧张起来。他开始更集中地关注于自己的使命,并且产生出一种新的不安和期待。

在堂屋里等候了片刻之后,随着一阵平稳从容的脚步声,韩赞周从屏风后面走了出来。陈贞慧以往没有见过这位掌印太监。如今在明亮的烛光下,他发现站在面前的是一位年近六旬的胖老头儿,梳理得纹丝不乱的鬓发已经明显地见白,光秃的下巴照例没有一根胡子,一张养尊处优的宽脸泛着红光,大而厚的嘴唇虽然照例地挂着微笑,但一双眯着的细长眼睛里,却分明地现出疑惑和探究的光。

由于感到自己的来意不是三言两语就能说清楚的,加上彼此素不相识,为着减少转述的麻烦,陈贞慧在同对方行礼相见之后,没有多作寒暄,便从怀里掏出事先准备好的一封密信,双手递了过去:

"这是姜阁老命学生转呈左右的,请韩公过目。"

"噢?"韩赞周略感诧异地望了客人一眼,随即接了过去,"嗯,先生请坐!"他一边相让着,一边在椅子上坐了下来,开始拆信。

这封密信,还在姜曰广家里时,陈贞慧就已经看过。他知道,出于谨慎,姜曰广的信写得很简略,只把事件提了一下,至于具体陈述和说服的差事,要由陈贞慧本人承当起来。所以,从一开始,陈贞慧就十分留神主人的神色反应,希望在开口之前,尽可能把对方的心思摸得透一点。不过,令他微感失望的是,虽然韩赞周显得十分认真,一封短短的信,举在眼前翻来覆去足足看了十遍八遍,可是脸上始终纹丝不动,连一点可以捕捉的痕迹都找不到。

终于,韩赞周慢慢地把信笺卷成一个小长条,沉思着伸向斗色晶灯的罩子顶端。等火苗冒出来之后,他便不断地转动着,让信笺烧得更透一些,然后才丢进方几旁边的痰盂里,但仍旧目不转睛地注视着。直到最后一点火光熄灭了,他才抬起头来,淡淡地说:

"嗯,此事怕不好办。"

"哦,姜阁老也正因此事棘手,才特地相烦韩公援手。"陈贞慧连忙拱着手,解释说。

韩赞周垂下眼睛,没有作声。

陈贞慧试探着又说:"姜阁老告知小生,当初以史公任首辅,以马公督师凤阳,乃是韩公首倡,朝野俱深赞得人,以为如此措置,不止江南可保,而且中兴有望,实为定国安邦之长策!"

"唔,这个倒是。"

"唯是未及半月,忽生此变,却是令人百思不得其解。盖史公安靖宁一,堪任居守;马公果敢能战,最宜督师。如今出史入马,只怕二公俱难展所长,一二大臣之出入本无足怪,其奈社稷安危何!"

韩赞周点点头:"这也是我当初说过的话。"

"所以,"看见对方应答得颇为爽快,陈贞慧热切起来,不由得提高了声音,"史公自请督师之消息一经传出,留都士民尽皆哗然,连日疏止此事者,数在非少,足见此举之失计,实乃有目共见。"

"这个,本监也已经知道了。"

"因此之故,姜阁老特命小生致意韩公,愿韩公以社稷为念,鼎力持正,维护当初之定议,以慰天下之望!"

谈话一直进行到这里,都颇为顺利。虽然韩赞周开始时推托了一下,但当陈贞慧始终抓住当初那种人事安排的倡议之功,给对方一连戴了几顶高帽子之后,却显然打动了韩赞周,使老太监的态度变得积极起来,答话的口气也越来越干脆。"哎,只要他能允诺在内廷策应,事情就有九分把握!想不到这位韩老头儿,倒是个正直之人!"陈贞慧想。经过这片刻的接触,他对于太监的成见,竟不由自主有了改变,甚至产生出一种亲近之感。

"姜阁老既然以公事相托,本监自然是要尽力的。"韩赞周慢吞吞地说,"不过,以目前的情势而论,史公却是以离开留都为好。"

"……?"

"是的,他还是以离开为好。"

"为……为什么?"由于韩赞周忽然转了口风,陈贞慧吃了一惊。

"史公这一次自请督师,先生可知是为的什么?"

"那、那是马公坚欲回朝,淮扬无人督师,所以史公才决意相让。"

韩赞周摇摇头:"先生只知其一,不知其二!"

"啊?"

韩赞周没有马上说下去。他似乎有一点踌躇。不过,既然姜曰广如此寄望于他,并且派来了秘密使者,他想必觉得应该多少有所回报。而且陈贞慧刚才那一番奉承,也显然博得老太监的好感,所以,他到底还是压低声音,说:

"马瑶草今番入觐,已将史道邻当日致书于他,力言皇上'七不可立'之事,密疏奏闻了!"

陈贞慧惊疑地睁大了眼睛,一时间室住了,同时分明觉得心中紧缩了一下,随即急剧地搐动起来。他脊背开始发凉,手心也在冒汗。"啊,原来如此!原来姓马的不仅背信弃义,还下了这一记辣手!怪不得史公这么急急忙忙,跟谁也不商量,就自请出都。原来他是吃了一记闷棍,有苦说不出!"陈贞慧恍然想道,心中一下子变得乱糟糟的。事实上,作为臣子,别的一切都不可怕,最可怕的是失去皇上的信任。没有皇帝的信任,哪怕你抱负再高,本事再强,也没有施展的可能。更何况,史可法当初那封"七不可立"的信,是直接攻击当今皇上的。那七条罪名,哪怕只有一条传到皇上的耳朵里,都足以使"龙颜"震怒,说不定还会招致杀身之祸。

"嗯,你们东林当初是打错了主意!"一个沉重而缓慢的声音响起。陈贞慧茫然抬起头,发现不知什么时候,韩赞周已经站起来,正慢慢地来回踱步。在烛光的映照下,他那巨大的影子也在忽前忽后地晃动着。"如今我才说吧,你们当初就不该放着今上不立,巴巴地打算去立什么潞王、桂王!须知祖宗之法,三百年来,俱在人心。你们东林仅以贵妃郑娘娘之故，便欲变乱祖宗之法，卒至进退失据，众心不附，至有今日之误！虽欲挽救，其奈马公之势已成，弄不好，朝廷之上，便有如水火相逼。唉，只怕从今而后，国家又要多事了！"

陈贞慧错愕地望着老太监。对方这么指责东林，使他感到既羞愧又气急。他打算分辩说："当初东林主张立君以贤，并不是因为郑贵妃的缘故，而是为社稷存亡、中兴成败着想。"但是，话到嘴边却说不出来，只喃喃地问：

"那么，那么真是没有办法了么？"

韩赞周摇摇头："过得几时，瞧情形如何，或许还能想点办法，把史公再召回来。眼下已是难以转圜了！"

"还望韩公设法周旋！"陈贞慧低着头，恳求说。以他的身份和性格，在受到对方指责后，还这样地求人，可以说是相当低声下气。事实上，以往他还从来没有这样做过。如果不是考虑到身负的使命实在过于重大，而眼前这个人，又是唯一可以起作用的关键人物，他早就拂袖而出了。

"不，这是办不到的！"韩赞周断然回答。

陈贞慧的脸孔涨红了。他紧皱着眉毛，有片刻工夫，几乎就要一挺身站起来。但是，他仍旧极力控制着自己，再一次恳求说："为社稷之故，尚祈韩公勉为其难！"

韩赞周望了他一眼，似乎被他的恳切求告所打动，但略一沉吟之后，仍旧摇摇头："这一次是史道邻自己执意要走，只怕朝廷也未必留得住他。"

"啊，要是史公答应不走呢？"由于发现对方的口气有所松动，陈贞慧重新生出了希望。

韩赞周没有立即回答。他倒背着手，慢慢走了开去，随即重新站住，侧过身来，点点头说：

"嗯，到那时，再瞧着办吧！"

布置拦街

由于韩赞周许下了诺言，陈贞慧于绝望之余，总算看到了一线生机。不过他也知道，仅仅靠自己去劝说，已经无法使史可法回心转意。何况时势紧迫，也不允许再从容论理。所以，在姜曰广的默许下，他决定采取更加激烈的行动。那就是，在史可法启程出都之日，鼓动士民们拦街阻留，以造成轰动朝野的影响，迫使朝廷收回成命。当陈贞慧拿着这个计划，把社友们召集到蔡益所书坊去商量时，除了黄宗羲、顾杲没有到会之外，其余的人全都摩拳擦掌，表示赞成。当然，要实行这个计划，也并不那么容易。首先，在史可法出都时，行辕所经之处，必定要"净街"，文武百官届时也要到城外去举行"郊饯"仪式。那种场合照例戒备森严，一般士民难以接近。另外，据初步估计，南京城中能够鼓动起来，参与这个行动的缙绅士子，恐怕不会太多。如果人数过少，譬如说，只有四五十人，那就难以造成轰动朝野的影响。为了解决这个难题，陈贞慧断然决定：采取出钱雇用的办法，把城里的市井游民收罗起来，让他们到时跟在后面，以壮声势；而在此之前，则让他们回去传播史可法即将陛辞出都的消息，鼓动士民前往观看。至于如何冲破军士的封锁，实行拦街阻留的行动，陈贞慧也一一作了布置。为了便于统一指挥，他还决定在朝阳门外的横街内，临时租用一幢房子，并让侯方域带着几个仆人，先搬进去住下，以掩人耳目。

这么商定了之后，在接下来的两天里，一切都按计划紧张地、秘密地进行着。其间，陈贞慧也曾到周镳家里，希望得到老头儿的支持，动员更多的人参与这一行动。结果，却遭到拒绝。不过尽管如此，已经行动起来的这帮子社友，也许由于意识到肩负的使命非同寻常和关系重大，都表现得前所未有的齐心和服从，这使陈贞慧颇为满意。"哼,没有你周仲驭的援手,我陈某未必就办不成事。我偏要闹出一场轰轰烈烈的给你瞧瞧!"他强硬地、自傲地想。所以,当他在兵部衙门打探到,国子监生们的上书已经失败,史可法定于五月二十日陛辞出都之后,便立即通知社友们按计划开始行动。他自己则于当天清晨,径直赶到朝阳门外去。

现在,陈贞慧已经踏入作为指挥所的那幢临时租赁的房子。应门的小厮一见,立即过来行礼,并且禀告说:"侯相公在东厢里睡着,尚未起床。"陈贞慧点点头,于是斜穿过天井,向东厢走去。他刚走到门前,忽然帘子一掀,一个丫环模样的小女孩儿用手背揉着眼睛,另一只手提着一只马桶,冒冒失失跨了出来,要不是陈贞慧躲得快,就给撞上了。那小丫环见险些儿冲犯了客人,慌得把半个呵欠堵在嘴里,忙不迭转过身,连招呼也不敢打,拎着马桶飞快往斜刺里去了。

"这是怎么回事?"陈贞慧皱起眉毛,问。

"哦,禀相公,侯相公昨夜着人上珠市招来一个姐儿,吃了半宿的酒,这会儿还未走呢!"应门的小厮垂着手回答。

陈贞慧怔了一下,随即"唔"了一声,不悦地想:"朝宗这人也真是的,都什么时候了,还这等模样!"不过也无可奈何。他只好摆一摆手,让小厮去催促侯方域起身,自己则退回来,上堂屋那边去等候。

为着避免引起里甲长和公差的注意,社友们事前曾商定,参与拦街行动的人员,今天只按预定地点分别集结待命,没有招呼和急事,一律不要上这儿来,所以眼下堂屋里空荡荡的,看不见一个人影,只有按平常式样摆设着的几张紫檀木方几和靠椅,在晨曦中发出朦胧的反光。由于时辰还早,估计社友们还未曾在指定地点聚齐,陈贞慧也不急于前去察看,便倒背着手,在屋子里独自踱起步来。

作为在复社年轻领袖中威信最高的一位,早在许多年以前,陈贞慧就抱着要做一番轰轰烈烈的事业的志向，只是由于仕运欠佳，屡试不第，才使他未能获得更充分的施展。不久前，北京的迅速陷落和南京作为新都的崛起，使陈贞慧敏锐地意识到，这是一场悲惨的祸变，但也是一个实现抱负的机会。他积极参与拥立新君的活动，毅然投到史可法的手下充任幕僚，以及鼓动社友们也这样做，可以说都围绕着这样一种期望和目的。没想到，当他经历了拥"潞"失败的挫折，顶住了来自周镳的反对和压力之后，又出现了史可法被迫自请离开朝廷的危机！这对于陈贞慧来说，确实是一个沉重的打击。因为很明白，史可法的离去，不仅使朝廷失去一根擎天巨柱，也使他在政治上失去一个有力的倚靠。他一手建立起来的，以幕僚的身份干政的新格局，也将归于瓦解。所以，陈贞慧才决定不惜一切代价，也要设法把史可法挽留下来。但是，这样做是否真有成功的把握？说实在话，连陈贞慧自己心中也没有底。"啊，要是闹不好，出了大乱子，可怎么办？固然，眼下不比天启年间魏忠贤篡政专权的时候，朝廷为着稳定民心，估计未必就敢把我们怎么样。但是堂堂留都，辇毂之下，法纪森严，只怕也不会轻易置之不问。万一群情激愤，伤及人命，就更加糟糕，起码也要将倡导者逮拿问罪，那么，头一个自然是我！"这么一想，陈贞慧的脊背就不由得起了一道寒意，心中也微微发起抖来……

"橐、橐、橐"，一阵脚步声从天井中传了过来，陈贞慧辨出那是侯方域。他转过脸去，等待着，但原来的思路依然在向前延伸。

"可是，国家已经到了这个地步，朝廷已经到了这个地步，我还有什么好怕的！如果不拼死把史公留下，让马瑶草入朝秉政，江南迟早都要亡于流贼之手！与其到时作为一个亡国难民，像卑贱的草芥一样默默无闻地给碾碎、埋没，倒不如眼下轰轰烈烈地干一场。即使为此而坐牢、殉身，还能博得个流芳后世，不枉此生！"

由于在成败得失之间权衡清楚了自己应处的位置，陈贞慧重新镇定下来，甚至变得更加坚执、雄强、义无反顾。于是，他迎着已经来到面前的侯方域，略一拱手，就当不知道对方夜来的行为似的，关注地问起头一天所交代的几件事，以及左邻右舍近日的动静。

"这两日弟一直小心在意，不露破绽，是以左邻右舍倒未见有何相疑之意。"侯方域回答说，"另外弟已使钱买通左近几条街的坊丁，让他们净街时休要锁上栅门，以便史公的行辕来时，我辈便可冲出阻拦。至于那等闲汉泼皮，昨日弟亦将他们的几个头儿召来，当面吩咐明白。他们俱已应承，今日必定各率徒众，前来助阵……"

"那么次尾、朗三他们的聚脚之处如何，可都查点过了么？"陈贞慧不放心地问。

"俱查点过了，并无变更。"

陈贞慧侧着头想了一想，觉得没有什么要问了，于是点点头说："如此甚好，那么兄就依旧留在此间，照应打点。弟这便过去，瞧瞧次尾他们的情形如何。"

当侯方域应诺着，陪着他走向门口时，他又回头叮嘱说："兄在此间，须严饬手下，不可胡乱走动，免得走漏风声。切切！"

节外生枝

朝阳门是南京城东面的主要城门。出了城往东，有官道通往句容、丹阳。官道两旁，鳞次栉比的房舍和店铺从城墙下伸展开去。这会儿天已经大亮，街道上变得热闹起来。那些赶着运往城中出售的柴挑子、菜担子络绎不绝。跑闲腿、寻活计的人们也开始出没转悠。一口猪被倒攒了四蹄，由两名精壮的汉子扛着，吭唷吭唷地走过去了；两辆满载木炭的牛车吱呀吱呀地慢腾腾往前赶，忽然被人叫住，于是临时停下来，开始讨价还价……

陈贞慧来到巷子的出口，先站住脚，朝西头那座高大雄伟的城门望了一望，发现那边景况如常，还没有什么特别的动静，便把视线移向街道上的行人。因为侯方域刚才说过，那些闲汉泼皮的头儿已经再度保证，要率领手下的徒众前来助阵，所以这会儿他想证实一下，那些人到底来了没有？不过，这其实又是很难识别的。虽然眼下确有一些闲汉模样的人在游逛，但陈贞慧却无从断定。"嗯，那几个头儿倒是颇讲信义的，既然收下了银子，大约不至于作假诓骗！"这么安慰了自己之后，他就收回视线，斜穿过大街，向对面的一条巷子走去。

这是一条竹器行业聚集的巷子。一眼望去，巷道旁、屋墙边，成捆成捆地排放着许多粗细不等的毛竹；一股竹行所特有的腥湿气味在空中浮荡。离巷口不远，有一个小小的茶社。那便是社友们预先包下的聚集之所。现在，陈贞慧已经踏进门里，同时听见梅朗中兴冲冲的声音在说：

"列位，那马瑶草本是先朝罪臣，直到两年前靠阮胡子花了银子，买通周延儒的门道，才得以复官起用。他何德何能，竟欲取我史公而代之，真乃狂妄之极。是可忍，孰不可忍？"

"不错！"另一个声音接了上来，那是参与上书朝廷的国子监学生卢谓，"这次今上承接大统，本系天命所归，非人力所能致。他马瑶草却贪天之功为己功，昂昂然以翊戴元勋自命，真不识人间有羞耻事！如今又……"

他正要说下去，忽然看见陈贞慧来到身边，就顿住了。

陈贞慧先朝梅、卢二人点点头，又四面打量了一下。他发现，不大的茶社内，挨挨挤挤，少说也坐了一二十人，都是些方巾儒服的缙绅士子，正一边喝茶，一边静静听梅、卢二人说话。看见陈贞慧来了，其中那些认识的便纷纷站起身，亲热地招呼起来。

陈贞慧客气地回着礼，并同尚未认识的那些人一一互通了姓名，照例说了"久仰"之类的话。接着，他向梅朗中问了一下情形，得知人已经到得差不多，而且大家情绪十分高昂，决心拼着身家性命不顾，也一定要把史可法挽留下来，陈贞慧心中十分感动。事实上，此时此刻，恐怕也只有他才深切知道，由于这种慨然许诺，大家将可能付出怎样的代价；而对于他来说，这种无私无畏的支持，又是多么的重要和宝贵。于是，他把双手交拱在胸前，激动地说：

"诸位先生今日毅然来集，共襄义举，足证人心未死，正气犹在，大明必不会亡！贞慧在此谢过了！"

说完，他深深行下礼去。这么表示了之后，他惦记着还有两处集合之所尚未察看，眼下时间紧迫，史可法说不定随时就要来，于是不敢久留，嘱咐大家耐心等着，何时行动，听候通知，便匆匆退出了门外。

小半刻之后，陈贞慧已经走在另一条巷子里。由于被大家的报国赤诚所感动，此刻他仍旧感到情怀激荡；同时，也多了一重责任感。"是的，这一次拦街阻留，一定要设法做到坚决、激切而又稳妥，尽量避免出大乱子。这样，将来朝廷即使要追究，也不至于酿成大狱，至少可以使多数的人得到保全！"他默默地自我告诫说。

然而，当踏入那所向一个大户人家临时借用的闲置宅院时，他却意外地发现，里面的秩序不知为什么显得有点混乱。人们三五成群地分散站着，正在议论纷纷，却看不见领头的吴应箕。陈贞慧正有点纳闷，忽然听见背后有人招呼说：

"定生兄！"

陈贞慧回头一看，原来是余怀从外面回来了。因为走得匆忙，他有点气咻咻的样子，那张聪明秀气的脸上，也现出少见的焦急神情。

"弟正要找兄呢！"余怀走到跟前，又说，"兄须制止次尾才成！"

"哦，怎么？"

余怀用袖子擦了擦额上的汗,喘了一口气,正要回答,这时,附近的几位士子已经围了上来,七嘴八舌地说:

"定生兄,这样子怎么成?"

"要这样子弄,弟辈可要退出了!"

"对,退出,退出!"

陈贞慧吃了一惊,忙问:"列位,到底是怎么一回事?"

"是这样……"大家又一窝蜂地嚷起来,由于又急又乱,反而听不清楚。末了,还是余怀挥一挥手,止住了大家,把事情说了一遍。原来,吴应箕虽然是这一组人的头儿,但今日却到得很迟。不仅如此,他还带来了七八个江湖豪客模样的人物,一个个身怀利器,神情粗野。吴应箕到了之后,就把大家召集到一起,又让那伙江湖客搬来两大捆木棍,要大家每人都领一根,并说今日之事可大可小,万一演成民变,大家有了木棍,就可以防身拒敌等等。这么一来,可把大家吓慌了。因为事前明明说好,到时只是拦街叩头,伏地请愿,没有说到要动武。余怀也从旁极力劝阻,无奈吴应箕却不肯听从。

"那——那么次尾现在何处?"由于被这种节外生枝的胡来弄得又惊又气,陈贞慧立即追问。

"在后边的天井里。"一个年轻的儒生回答。

"啊,他来了!"又一个人说。

陈贞慧回头一看,发现吴应箕正从堂屋旁边的小门里转出来,手里还拿着一根黑木棍子。陈贞慧马上分开众人,大步走上前去,二话不说,劈头就问:

"次尾,你怎能如此?事先不是说得明明白白的么,何以竟弄起这些家伙来了?"

吴应箕看了朋友一眼,自知理亏,板着脸孔不回答,过了一会儿,见陈贞慧紧盯着他不放,才瓮声瓮气地说:"弟是防患于未然!"

"防患于未然？照兄这样子胡来，只会自招其祸！不成不成！马上把这些家伙，还有那几个人，统统弄走！"

吴应箕不吭声，可是也不打算照办。他一动不动地站着，黑瘦的脸上现出倔强固执的神情。

陈贞慧的眼睛睁圆了，脸孔也变得铁青。他使劲一跺脚："好，好，既是这等，那就算了！今日这事，谁也别管——散伙！"

看见陈贞慧大动肝火，余怀不失时机地出面排解了。

"好了，好了，二位不必如此。定生兄请别生气，次尾兄也别执意。这事当初怎么定的，还是怎么办就是了！"说着，他朝陈贞慧使个眼色，随即走上前去，伸手把吴应箕手中的棍棒拿了过来。

这一次，吴应箕没有反抗，然而却绷着脸，把袖子一拂，径自迈开大步，向堂屋走去。

余怀也不阻拦，他提着棍子，朝陈贞慧眨眨眼睛，说："好了，不妨事了。兄如不得空，就请自便。这儿一切有弟呢！"

说完，他做了一个失陪的手势，转过身，匆匆跟进堂屋去。

谋划成空

"吴次尾这人枉自一把年纪，做起事来仍是这等不顾后路。若非我过去瞧一瞧，今日不知会闹出什么乱子来呢！"陈贞慧一边走出巷子，一边气恼地想。由于平日交谊顶深、见解顶投合的这位朋友，竟然事先不同自己商量，就采取如此鲁莽出格的行动，这确实使陈贞慧感到出乎意料。"嗯，以往他可不是这样子。以往他虽则也爱使点性子，但碰上要紧的事，还是同我商量的，也从不拆台。可是最近却有点变了。前一阵子，社友们都听从我的布置，纷纷入幕为宾，偏偏他拖着不入，还串同淡心也不入；现在又不遵约定，节外生枝。哎，他为什么会这样？莫非周仲驭私下里同他说过什么？不错，他同周仲驭关系本来不浅，据说早在立社之前就是老交情。前些日子，顾子方受姓周的指派，四出游说，显见是冲着我来的。那么会不会……"一想到周镳，陈贞慧禁不住又烦恼起来，先前那股子锐气，仿佛也失去了势头。只是想到行动已经迫在眉睫，以及自己所肩负的责任，他才咬紧牙齿，把心一横，大步向前走去。

来到巷口，外面的情况已经有了变化。一队身穿红袄战衣的武装军士，正在大街上噼噼啪啪地抽响鞭子，一个劲儿往两旁驱赶行人，并沿着大路布起了警戒线。城门那边，隐隐响起了开路的锣声。看来，那些准备替史可法饯行的文武官员，已经开始出动了。陈贞慧顿时紧张起来，连忙穿过拥挤的人流，打算赶到另一条巷子去，看看最后一处集结地点的情形。谁知，尚未进入巷子，他就被人迎面拦住了。

"哎，大爷原来在这里，可教小的好找！"

陈贞慧抬起眼睛，当看清那是自己的一名仆人之后，就皱起眉毛，问：

"嗯，什么事？"

"禀大爷，我们那儿来了一个甲头和两个做公的，正赶着侯相公一个劲儿盘根问底，侯相公都快同他们吵起来了。爷快回去瞧瞧吧！"仆人神色紧张地说。

陈贞慧心中一凛："什么，来了做公的？这是怎么回事？"他不及细想，连忙转过身，匆匆赶回侯方域留守的那所宅子去。

当他踏进院门，果然听见堂屋里传出争执的声音，其中最清晰的是侯方域那高亢的嗓门：

"你们是什么人，也配来问本公子？告诉你，本公子在城里住腻了，要来这里住上几天，图个快活清静，你们管得着吗？"

接着，是另一个人在说什么，但声音较低，听不清楚。

陈贞慧迟疑了一下，回头低声吩咐仆人："你去，告知各处，都准备好了,听我号令行事!"说完,他才加快脚步,向内走去。

堂屋里,映入眼中的景象是:侯方域傲气十足地歪在椅子上,高高曲起一条腿,踏住了跟前的小机子,一双眼睛微微上翻着,冷冷地盯住站在面前的两个公差和一个甲长模样的老头儿。后者则显得有点进退两难,正在互相交换着眼色。

由于摸不清这些不速之客的底细,而且看见侯方域似乎已经把对方镇住了,所以陈贞慧也就不急于加入。"嗯,倘若朝宗能把他们吓退,那就最好。对这些人大可不必花费唇舌。"他想,随即立住脚,摆出旁观的样子。这当儿,那位头儿模样的公差似乎下了决心。他摸一摸络腮胡子,咳嗽一声,仰起紫棠皮色的一张宽脸,开口说:

"不瞒相公,在下是因有人举发相公们今日来此,意欲聚众生事,故此特来询问一声。还望相公以实相告,否则弄出事来,彼此多有不便!"

"什么,聚众生事?哈哈,你瞧本公子是聚众生事之人么?胡闹,真是胡闹!去,去,别来搅扰本公子的清静!"侯方域挥着手说。

"只是,在下已经查知,现今几条巷子里,都聚得有人,这却为何?"那公差的口气变得强硬起来。

陈贞慧心中一震:"怎么,连这个他都知道了?"

一刹那间,侯方域似乎也有点慌乱。他本能地坐正了身子,但眼珠子一转,随即冷笑说:"既然有此怪事,尔等何不自去问他们,却来找本公子啰唆什么!"

看见侯方域耍赖的样子,三个来人都变了脸色。

那头儿冷笑一声,说:"好,既是这等,那么在下唯有禀知上官,却来区处!"

在这几句对答的当儿,陈贞慧眼见行藏败露,事情有功亏一篑的危险,已经飞快地在心中盘算了一通,然而,却想不出有什么化解的办法。蓦地听说对方准备向上司报告,他心中一急,顾不了许多,连忙张开双臂一拦,赔着笑脸说:"三位头翁,何必动气,有话不妨慢慢说,一切都好商量!"

那三个人无疑早已发现他进来,大约因为陈贞慧一直不曾开口,所以没有理会。这时,看见陈贞慧拱手为礼,他们也就各自还了一礼,问:

"这位相公……"

"哦,小生姓陈,家住宜兴,与这位侯相公来京游学。今日闻知阁部史大人陛辞出都,督师淮扬,因他乃是弟辈的世叔,故此特来送他一送。不想惊动列位,甚是失敬!"

那个头儿本来已经被侯方域所激怒,听陈贞慧这么彬彬有礼地一解释,似乎感到有点意外,神色随之缓和下来。不过,看来他仍旧心存疑惑,所以拱着手又问:

"原来如此,得罪了!只是二位相公来送史大人,为何要先赁下房屋,还招来许多人,聚在一处?却令在下不解。"

"头翁且听小生说!"陈贞慧马上回答。他眼见街上文武官员已经陆续齐集,史可法说不定随时都会到来,时间异常紧迫,不能再犹疑。于是,只好冒一次险了。

"头翁,不知依尊驾之见,史阁部是何等样人?"

"这——"那公差显然没有料到有此一问,他眨着浓眉下的一双眼睛,想了一下,才回答:"史大人自然是一位大忠臣!"

陈贞慧点点头,又问:"但是,如今有人意欲谋害于他,头翁以为该当如何?"

那公差吃了一惊:"什么,有人要谋、谋害史大人?"

"不错!半月前,史阁部还被皇上封为首辅,执掌朝政。可如今有人却施展奸谋,偏要把他逼出留都,让他到江北去督师。头翁试想,以往江南所以幸得保存,全赖史公居中调度。如今史公一去,朝廷便失却擎天之柱,万一流贼打来,岂止大明社稷有倾覆之灾，江南百姓亦将因此遭受无穷之祸。奸人之居心，是何等险恶！"

那公差头儿显然是头一次听到这种说法。他不禁惊呆了，半响，才喃喃地问："那么，二位相公打算……"

"老实告诉你吧！"一直没有说话的侯方域插了进来，"我们是打算等史公经过时，拦街恳请，求他不要离开留都，不要堕入奸人之计！"

"不错。所以，还望头翁周全则个！"

话说到了这一步，已经等于把计划向对方全盘托出。万一对方翻了脸，那就一切都完了。所以，陈贞慧和侯方域都十分紧张，一齐盯住公差头儿，等待回答。

那头儿起初还大瞪着眼睛，呆呆听着，到后来，脸色就变了。他望望陈、侯二人，又望望两个同伴，随即低下头去，一声不响。这种情形，更增加了陈贞慧的紧张。他暗暗打定主意：万一对方不答应，就命令手下的仆人把他们拘管起来，等事情完了再行释放。"无论如何，也要干到底！"他咬着牙，顽强地想。

终于，令人窒息的一刻过去了。

"二位所言，可是实话？"公差头儿抬起头，问。

"绝无虚言！"陈、侯二人不约而同地回答。

"好，在下虽则只是一介鄙夫，却也知朝廷须有忠臣扶持，国家方可太平安稳。列位相公意欲阻留史公，也是为江南的黎民百姓着想。那就只管施为，在下只当不知此事便了！"

陈、侯二人对望了一下，不觉长长吁了一口气，又变得无比兴奋。他们向公差头儿深深作了一揖，转身奔出厅堂，陈贞慧对守在院子里的仆人大声说：

"你们都随我来！"

一边说，一边大步向门外走去。然而，就在这时，随着一阵急促的脚步声，一个人旋风似的奔了进来。那是负责在皇城外头把风的左国棅。他一见陈贞慧，就懊恨地跺着脚，气喘吁吁地说：

"坏事了，坏事了！史道邻从正阳门出城去了！"

"你说什么？"大吃一惊的陈贞慧一把抓住他，厉声质问。

左国棅摇着头，哭丧着脸说："这街拦不成了。听说史道邻决意不受百官之饯，所以根本没打朝阳门这条道上来！"

第六章
复冠带小人得志，解困厄社友同仇

美色交易

紧挨着一面大鼓，戏曲教习臧亦嘉神色端庄地坐着。他左手摇着一副拍板，右手拿着一根小鼓棒，正在挥洒自如地指挥着环立在他身后的一群乐工，随着他那富有节奏感的动作，由筝、琵、箫、笛合奏出的昆腔旋律，有如行云流水一般，舒缓悠扬地飘散开来。应和着音乐，一位年轻俏美的小旦，正在大堂中央的红氍毹上，款摆着腰肢，咿咿呀呀地演唱着一段轻松活泼的戏文。

这是在阮大铖的府第——石巢园的咏怀堂里，身体肥胖的主人没精打采地坐在朝北的一张食案后面，表情呆滞，目光阴沉，连那部有名的大胡子，也一动不动地贴在肚皮上。仿佛仅仅是出于礼貌，他才不得不勉强坐在这里。相反，倒是他对面席上的两位客人——魏国公府的二公子徐青君，和逃难王孙朱统𨰝显得兴致颇好。他们各自占据着一张食案，又吃又喝，并且始终关注着红氍毹上的演出。尤其是朱统𨰝，那长相古怪的脸上浮现着居心叵测的微笑，一双眼睛紧紧盯着年轻活泼的小旦，每当听到妙曼撩人之处，便怪声怪气地独自喝起彩来。

的确，也难怪阮大铖提不起兴致。因为自从把弘光皇帝——也就是当初的福王，成功地扶上宝座的那一天起，他就日日夜夜地盼望着，该轮到他老阮堂而皇之地起用复出了。起初，他甚至雄心万丈地盘算过，作为拥立新君的有功之臣，自己这一次复出，可不能含含糊糊，听凭朝廷随便打发一顶乌纱帽儿，就算了事，而必须坚持两条：第一，要求朝廷完全彻底给他平反昭雪——不光是他一个人，还有当年被毫无道理地指为"阉党"的那一帮子难兄难弟，也应当昭雪；并向天下宣谕所谓"逆案"，其实是东林派一手制造的一桩天大的冤案，必须连根儿掀翻。第二，在被打成阉党时，阮大铖的官职是位居"从六品"的光禄寺丞。凭着他平白无故受了十七年的禁锢，吃尽了无官可做的苦头，加上又有眼下这一份大功劳，光给他官复原职可不成，必须加以擢升，而且还应当"破格"擢升！譬如兵部尚书一职，以他的精通军事，才兼文武，就完全可以胜任。纵使一时安排不了，起码也该把兵部左侍郎的交椅留给他。低于这个职务，他老阮可不干！当时，在阮大铖看来，上有弘光皇帝乾纲独断，下有马士英、刘孔昭等一班已经成了定策元勋的老朋友合力支持，再加上江北四总兵的武力策应，要办成这件事，简直不费吹灰之力。所以，有几天工夫，他还故作姿态，摆出一副不急不躁的高人风度，躲在家中赏花听戏，等候朝廷的使者上门礼请。谁知，两天过去了，三天过去了，不仅自己的门庭冷清如故，始终不曾响起钦使的官靴声，相反，还传来了朝廷决定由史可法入主内阁，而让马士英"领庐、凤总督如故"的消息。阮大铖这一份吃惊和气愤真是非同小可。他觉得弘光皇帝简直是个忘恩负义的大浑虫，而马士英也是个十足的低能之辈！幸而，正当他急得差点儿没去跳井的当儿，又传来了马士英已经星夜驰回南京，坚持要入朝执政，而史可法迫于无奈，只得自请赴扬州督师的喜讯，阮大铖又大大地兴奋起来，觉得这一次"笃定"可以如愿以偿了！然而，命运仿佛有意要捉弄他似的，史可法离开南京已经将近半个月，马士英入阁理事以来，朝廷也陆续起用了许多旧官，其中就包括马老头儿本人的亲戚田仰、越其杰等人。唯独他阮大铖的大名，却始终没有出现在邸报上！诚然，阮大铖也知道，还在朝臣会推内阁成员的当儿，他的生死之交诚意伯刘孔昭就曾经当众推举过他，结果被史可法、张慎言等人借口"逆案不得翻",给否决了。刘孔昭每逢提及此事,总是恨恨不已。可是,史可法不是给挤跑了么?马士英如今已经在内阁坐上了仅次于高弘图的第二把交椅,更重要的还有皇上暗地里给他撑腰,那么,为什么他还不赶紧拉扯老朋友一把,以报答当年荐举之恩?为什么每当阮大铖追问时,他总是支支吾吾的很不明白痛快?须知阮大铖这后半生的老本,已经全押在他马瑶草的身上,时至今日,那贵州佬却仍旧是这么一副没着没落的劲儿,可教阮大铖怎么放心得下,又怎么快活得起来?

大堂上的琴笛锣鼓还在热烈地喧响着,但是凭着训练有素的耳朵,阮大铖意识到这一出戏就要结束了。果然,那个名叫闵四官的小旦煞住尾腔,同一名末角一唱一和地念了四句下场诗,便款摆着腰身,以一串轻盈优美的碎步,踏着锣鼓点退下场去。接着,站在旁边侍候的几个小厮,却开始来来往往地忙碌起来。阮大铖定一定神,随即想起酒宴吃到这当口,该是到了更盏换席的时候了。虽然心中提不起兴致,但碍着客人在场,他也只得照例站起来,招呼徐青君和朱统锬,一起到外面的庭院去散步闲谈,好让仆人们去收拾打点。

夜色四合的庭院,情调与灯烛辉映的大堂自是不同。由于琴笛锣鼓停止了演奏,这会儿四下里显得分外宁静,黑魆魆的树木影子,以及树木后面的墙垣和高耸的屋脊,一动不动地立在微茫的星影下。由于自从五月初有过几天梅雨之后,已经整整一个月没再下雨,眼下净荡荡的天空显得特别高朗,横亘在天幕上的巨大银河,看上去也分外清晰、美丽和神秘。而隐藏在石阶下、草丛中的蟋蟀,本来此伏彼起地叫得正欢,忽然受到了人们脚步声的惊吓,便一齐停止了吟唱,直到过了好一会,才在看不见的远处,重新鸣响起来。

不过,眼下的三个人,看来谁都没有领略夜景的兴致。阮大铖固然满怀郁闷,朱统锬也仿佛有什么心事似的,一声不响。至

于徐青君,大约好不容易找到了说话的机会,就一个劲儿地喋喋不休:

"啊哈,圆老,差点儿忘了告诉你,今日早朝可是热闹极了,几乎弄出人命来,你说稀奇不稀奇?"

"……"

"哎,二位听弟说呀!"大约看见阮、朱二人没有反应,徐青君又急匆匆地嚷,"这是家兄告知弟的,说刘诚意因不忿张金铭把持吏部,专与我辈作对,遂于今日早朝将散时,约齐灵璧伯老汤、忻城伯老赵二位,于廷中当众大骂张金铭结党营私,排斥武臣,且定策拥立时原怀二心,阻挠迎请今上,实为祸国奸臣,不可不诛。骂得那姓张的目瞪口呆,不敢分辩。后来高阁老出面排解,今上亦传谕文武官应和衷相济,不可偏竞。众人以为事已平息。谁知刘诚意怒气难平,忽于袖中抽出小刀一柄,奋身向前,大呼要手刃奸臣,慌得那姓张的东躲西藏,一时朝班大乱,煞是好看……"

"那么,后来呢?"因为这个消息确实过于突兀,闻所未闻,阮大铖忍不住问。

徐青君摇摇头,不无遗憾地说:"后来,因韩太监出面阻止,那东林伪君子才保住了性命,可是也足够让他魂飞魄散了!"

刚才所说的这个被刘孔昭追杀的张金铭,就是吏部尚书张慎言。一提起此人,阮大铖立刻就想起前些日子,正是他伙同史可法一道,否决了刘孔昭推荐自己的提议,所以心中也自感到一种报复的痛快,于是颇感兴趣地问:

"那么马瑶草呢?当时他可说什么没有?"

"这……倒不曾听家兄说起。如今他身为阁臣,想必不便公然帮着刘诚意说话,免得人家说他偏袒。"

徐青君虽然只是就事论事,但这种说法无疑也可以用来解释阮大铖眼下的处境,所以怔了一下之后,阮大铖又不由得烦躁起来,低下头去,重重地哼了一声。

这时，朱统锁开口说话了。仿佛猜准了阮大铖的心思似的，他阴阳怪气地说："老马怕人说他偏袒？这也看看什么时候，对什么人罢咧！不错，对像刘诚意、阮圆老这些老朋友，他是不敢偏袒。你不见圆老空自有拥立今上的一份大功劳，直到如今还在家里坐冷板凳么！只是对东林那帮伪君子们，老马却像是唯恐人家说他不够偏袒似的——弟今日也听到一件大时闻，说是连钱牧斋那老不死，朝廷竟也诏令起复了，而且还加官晋爵，让他当上了礼部尚书！你道稀奇不稀奇，可气不可气？"

"什么，钱牧斋——他也起复了？"吃了一惊的阮大铖连忙追问，"他、他是怎么起复的？"

"听说是走的李沾的门道。自然，银子不用问是笃定花了的。另外，还听说钱牧斋的那个出了名的荡妾，同老李长包的一个婊子是什么手帕姐妹。这枕头上一用功夫，老李又焉有不乖乖儿答应之理！"

停了停，大约看见阮大铖不吭声，朱统锁又敲敲打打地说："圆老，你可得把自己的事儿放着紧点，须知老实人难免吃亏！别让人装在布袋里卖了都不知道！现明摆着他钱牧斋当初穷凶极恶，抗阻今上登极继位，尚且能起用加官；而定策有功如您老，却只为当年一笔糊涂账，就给硬生生地压着，不得翻身。纵然您老忍得下这口气，小弟也要打抱不平！"

"可是，马瑶草他一味推三阻四的，就是不肯替我出头，又有什么办法！"由于被眼前的一连串消息挑激得再也无法忍耐，阮大铖蓦地抬起头，怨气冲天地回答。

"马瑶草？"朱统锁一只手盘在胸前，用另一只手抠着腮帮，沉吟地说，"不错，这一阵子，他对朋友确实有点不够地道。不过，小弟却有办法让他清醒！"

"噢？"阮大铖不由得睁大了眼睛，"兄有办法？什么办法？"

朱统锁摇摇头，黑暗中看不清他脸上的表情，"天机不可泄露!"他卖着关子说,"不过,若是圆老肯把这事托付给小弟,那么小弟敢说,短则一天,长则三日,包管能让马瑶草乖乖就范,向朝廷力荐您老!"

"哦,这、这岂有不肯之理!"喜出望外的阮大铖连忙走近前去,"我兄仗义相助,小弟正是求之不得!这便将大事相托,劳动之处,先此致谢!"说着,深深地作下揖去。

"那么,不知促成此事,尚须何种使费,我兄只管明言,小弟必定尽力筹措!"当直起腰来之后,他又喜滋滋地问。

朱统镕"哦"了一声,似乎在转着眼珠子,随后,他就"嘿嘿"地笑起来,"小弟与圆老相与一场,向来不分彼此。纵有些许使费,就由小弟包下便了!"说着,大约看见阮大铖做出不肯的模样,他又把手一摆,说:"不过,圆老也深知,小弟向有'寡人之疾',若得一可心的疗疾之人,小弟便能精神壮旺,奔走谋事,无往而不利。是以在此有一不情之请,欲求圆老将闵四官见赐,不知可肯割爱么?"

阮大铖本来正满怀希望和感激地望着对方,蓦地听到这么个要求,他的笑容僵住了。闵四官,就是刚才在大堂内唱小旦的那个女孩儿。以往,阮大铖也不知道这位浪荡王孙迷上了她。直到半个月前,朱统镕托徐青君来转达求取之意,才把事情给挑明了。戏班子里的女孩子,都是阮大铖花银子采买来的,要送要留,本来只凭他一句话就能定夺。不过话又说回来,这戏班子可是阮大铖的心肝宝贝,这些年,就靠着它,才使阮大铖熬过了闲得发疯的寂寞时光,还在江南一带赢得了很大的声誉。何况,那个闵四官又是班里的一根台柱子,模样儿长得俊俏不必说,难得的是嗓子好,戏也演得十分出色。所以阮大铖当时不等徐青君说完,就一口回绝,认为朱统镕竟打起阮家班的主意来,胃口未免大得有点过分。自那之后,朱统镕仿佛知难而退,再也没有提起这事。没想到他并未死心,七弯八拐的,却钻到这个当口上来等着阮大铖!"哼,怪不得他今天这等热心,说到底,是为的这个!"由于被对方隐藏着的机巧所惹恼，阮大铖本能地冲动了一下，打算断然拒绝。但是，话到嘴边，忽然又想到，刚才朱统𨰥声言，有办法促使马士英在一两天内向朝廷推荐自己。这可是生死攸关的一件大事。如果因为一时的小忿而错失了机会，岂非大大不值？"嗯，为着能尽快复出，莫说是一个闵四官，就是把整个戏班子赔出去，只怕都得干！"他悻悻地想，于是抬起头，紧盯着朱统𨰥问：

"老兄真的把得稳，能说动老马即刻去办？"

"小弟几时诓骗过您老？如若不信，小弟可以在此赌誓，倘三日之内尚无荐举之报，甘受雷霆之殛！"朱统𨰥答应得异常干脆。

"好，老夫就答允兄台！"阮大铖断然把手一挥，又征询地问："那么，待戏演完了，弟便告知四官，让她收拾行装，明日着人给兄送过去。如何？"

"多谢，多谢！"显然没想到阮大铖答应得如此爽快，朱统𨰥不禁喜出望外。他一边行着礼，一边兴冲冲地说："不过，圆老的差事，可是万万耽搁不得的。趁眼下时辰尚早，待小弟这就上马瑶草那儿走一遭。所以这戏也别再看了。四官么，也不必再等明日，小弟这就带她走便了！"

"只是，好歹她也是我家班里养大的人，如今天幸得归兄台，老夫总要略办些妆奁才是！"

"噢，不用不用！"朱统𨰥使劲摇着手，显得迫不及待，"圆老把她送了我，便是天大的一份人情！还说什么妆奁的话？哎，免了，一概免了！"

闻讯狂喜

由于朱统𨰥坚持马上就带走闵四官，阮大铖虽然觉得未免过于仓促草率，可是也只好由他自便。于是，小半天之后，被主人突如其来的决定弄得糊里糊涂的闵四官，便给连哄带逼地塞进了小轿子。这时,徐青君也表示要走,阮大铖便跟着起身,把他们送出大门外去。

重新走在夜色朦胧的庭院里,已经稍稍平静了下来,现在,阮大铖冷眼望着步履轻快地走在前头的朱统𨪕,一种分明是受到要挟,因而不怎么痛快的感觉,开始在他心中荡漾起来。是的,如果不是自己陷于眼下这种"龙困浅水,虎落平阳"的倒霉境地,如果不是马士英畏首畏尾,说话不算数,他——堂堂两榜进士,廊庙长材,又何至于弄到要把自己的前程,搭帮到朱统𨪕这种白食王孙身上,更何至于任凭对方予取予求!的确,要是换在当年,恐怕只有朱统𨪕来进贡请托于他,而绝没有他阮大铖倒贴本钱的道理。

但现在的情形却是,他老阮恰恰连朱统𨪕都比不上!至少,朱统𨪕还敢自夸能说服马士英,而一向以马士英的生死之交自命的他,在老朋友那儿却只有碰钉子的份儿。"好吧,既然如此,我就明摆着给你敲诈一次又何妨!有道是大丈夫能屈能伸,为着明朝能吐气扬眉,报仇雪恨,眼下就是给你磕头下跪,我也照样肯干!岂不见当年韩信受辱胯下,伍子胥乞食吴市,到头来都成了大功!"

这么安慰了自己之后,阮大铖才又重新变得开朗起来,并且怀着新的、热切的期望,一直把客人们送到大门口。

"圆老请回,弟辈就此别过了!"朱统𨪕和徐青君一齐转过身来,拱着手说。

阮大铖点点头:"好,好,那么就恕不远送了!"停了停,他迟疑地望着心满意足的朱统𨪕,打算再叮嘱上几句,免得对方只顾沉迷于闵四官的美色,一转身就把自己的事给忘了。然而,还来不及开口,台阶下忽然传来了兴冲冲的呼唤:

"哎,圆老,圆老!有喜事,一件大喜事!"

阮大铖怔了一下,回过头去,这才发现,不知什么时候,一乘轿子已经来到门前。当凭借着门楼下灯笼的亮光，认出刚刚从轿子里钻出来的那位绅士，原来是马士英的妹夫杨文骢，他心中更是蓦地一动，本能地走前一步，随即又迟疑地站住了。

"啊，龙老……"他嘟哝说，分明觉得有什么话要问，但又讷讷地没有说出口。

徐青君已经接了上来："什么，有喜事？龙老，什么喜事？是不是圆老起复了？"

杨文骢含糊地应了一声，随即用双手提着直裰的下摆，三步并作两步奔上台阶。看见好好先生那激动和兴奋的样子，阮大铖的心不由得扑通扑通地狂跳起来。事实上，在众多的朋友当中，大约也只有这位好好先生，会对自己的起复感到如此振奋，并且不辞劳苦地赶来相告。

终于，杨文骢登上了台阶。这当儿，他那双闪闪发光的小眼睛变得更亮，充溢在圆脸上的狂喜也变得更热烈。他甚至忘了同大家行礼，就大声说：

"列位知道么？闯贼给打败了，逃出北京了！是吴三桂把他们打跑的！哈哈，神京光复了！大明中兴有望了，有望了！哈哈哈哈！"

如果杨文骢所说的不是这个,而是别的什么不相干的"喜讯",那么，满心以为起复有望的阮大铖，甚至还有徐青君，也许都会不免大失所望。然而，此刻出自好好先生之口的消息，却是大家连做梦都没有想到过的，就像一个多月前，大家连做梦都没有想到北京会陷落一样。所以有片刻工夫，阮大铖竟然暂时忘记了自己的事，只是呆呆地望着对方，有点不敢相信自己的耳朵。

"你说什么？给、给打跑了？谁、谁给打跑了？"徐青君结结巴巴地问。

"还有谁，当然是闯贼！"杨文骢的口气异常肯定，随即把手一挥，"哎，这儿不是说话之所，进去说，进去说！"

"圆老，小弟不进去了。"当阮大铖不由自主地转过身，打算随杨文骢向门里走去时，忽然听见朱统鐼在旁边说。

"咦，弟还不曾说完呢，兄怎么就要去了？这可是天大的喜事呀！"杨文骢奇怪地问。

朱统鐼做了个不以为意的手势："不就是闯贼给打跑了么！弟既已知道，也就成了。眼下弟还有事，非赶紧走不可，剩下的，有圆老和徐兄听着，就得了！"他一边说，一边朝阮大铖直打眼色儿。

阮大铖怔了一下，蓦地醒悟过来。

"哦，是的是的，"他连忙帮腔说，"大公子目下有要事，须得即速去办，就不必相强了！"为着避免好好先生再唠叨，他一边说，一边做出相让的手势，感兴趣地问："老兄适才说，流贼给打跑了，这可是怎么一回事？"

"哦，是这样的，"杨文骢点点头说。也许朱统鐼的匆匆离去，使他有点扫兴，好好先生稍稍平静了下来，"弟因闻得今日早朝文武交讧之事，适才特意去访刘诚意，意欲听实情到底如何。谁知到了刘府，赵忻城、汤灵璧、李都谏和田敝亲几个已经先在，却并非谈早朝之事，而是在说史道邻今日自江北加急递到一件塘报，内称五月二十七日得淮抚黄家瑞之报，及青州绅士的致书，俱谓自闯贼窃踞神京之后，山海关总兵吴三桂愤君父之仇不共戴天，坚拒闯贼诱降，且密与关外之清国联络，借得东兵，遂于四月十九日开关迎敌，与贼力战一日一夜，大破之。贼众横尸八十余里，所弃辎重不可胜计，仓皇逃返北京。闯贼心胆俱丧，且度我兵将至，势难据守，遂草草于二十九日僭称帝号，次日夜间，即焚烧宫殿，弃城鼠窜。如今吴三桂已光复神京，并会同东兵西向追剿。看来，闯贼经此惨败，已成惊弓之鸟，不日便可荡平了！"

在最初听说北京已经光复时，阮大铖还十分怀疑，如今见杨文骢说得有根有据，才有点相信了。至于徐青君，却已经"啊"

的一声,大大地兴奋起来。

"想当初,"他目光闪闪地说,又大又白的脸上显出惊奇的神色,"那闯贼何等猖狂,简直连江南也眼看要遭他毒手,没想到窃踞神京才只月余,便完蛋了账,这也可算奇之又奇了!"

杨文骢神气活现地挥一挥手:"这又何奇之有?神京是什么?是奉天承运皇帝的宸宫;那流寇是什么?不过是地里钻出来的一伙妖孽!他肆虐作恶,或可得逞于一时,若竟入踞神京,窥窃神器,那可是干犯了天条,必触天怒。所以上天便要即时命他败亡了!"

"只是,听说那闯贼极是狡悍,以往几番会剿,都未能将他斩草除根,卒至弄出三月十九之变。这一次不知他会不会卷土重来?"徐青君显然有点不放心。

"卷土重来?我看不会!"杨文骢显得颇有信心,"须知他猖獗了这许多年,好不容易才得以窃踞神京,若然还有卷土重来之力,起码也会负隅顽抗一阵子,用不到望风而逃了!"

徐青君点点头,忽然大发感慨地说:"想不到当初多少名臣猛将,都没能治住流寇,到头来,却让吴三桂做成了这件大功劳,奇怪,奇怪!"

杨文骢眨眨眼睛,对于花花公子竟说出这种"颇有见识"的话,显然有点意外。他"嗯"了一声,说:"若论吴三桂,这一次自然是立下了不世之功。不过,适才弟在刘诚意府中,众人还忆及一件异事——盖闯贼弃城出奔之日,是四月三十。该日正是留都群臣迎见今上于龙江关之时,日子如此相合,看来绝非碰巧。实因今上乃真命天子,自有神明呵佑,故一旦出继大统,流贼便立时根基崩解,无法立足了!"

"原来如此!可是当初东林、复社那伙伪君子却硬要拥立潞王,排拒今上。幸亏我辈不听他那一套,否则,岂非成了误国无君的大罪人!"

在徐、杨二人你一言我一语地说得起劲的当儿,走在旁边的阮大铖却没有再开口。无疑，得知李自成的农民军已经被赶出北京，他心中也颇为振奋。因为农民军在北京的强大存在，不仅对于江南的明朝政权，而且对于阮大铖本人的身家性命，都是极其严重的威胁。事实上，不管怎么说，流寇毕竟是流寇，那是一伙无法无天，也没有道理可讲的无知贱民。虽说真正到了走投无路时，阮大铖也会毫不犹豫向他们投降，凭着自己至今无职无官，说不定还会优先得到录用。不过，那可得重新花费许多力气，因为他与对方可以说全无关系，远不似眼下这边的朋友多，而且已经下了不少本钱。所以，农民军的失败，确实使他感到压在心中的一块巨石落了地，觉得身家性命又重新有了保障。也许正因如此，那种急于收回"本钱"，获得权势和地位的渴望，才愈加变得强烈起来。相形之下，眼下马士英那种磨磨蹭蹭，不痛不痒的态度，就使阮大铖更加感到难耐和愤慨了。

现在，主客三人已经来到大堂之上，并重新行过礼，分宾主坐了下来。

"今番闯贼败亡，固然是今上天命所归，"大约是受到杨文骢先前那番话的启发，因而想卖弄聪明，徐青君一边接过仆人奉上的一杯茶，一边兴冲冲地说，"但也是马阁老的福气好。这消息不迟不早，偏偏等到他同史道邻换定了交椅，才传到留都来。将来流寇扫灭了，这中兴名臣、太平宰相，怕不一股脑儿，全都叫老马给捞上了呢！"

本来，阮大铖还只是眯缝着眼睛，默默地瞅着高脚落地烛台上的那一朵跳动的火焰，摆出一人向隅的样子。但是，徐青君对马士英的热烈吹捧，却使他像给针扎了一下似的，不由得猛地回过头去，满怀怨毒地反驳说：

"什么中兴名臣、太平宰相！轮得着他吗？别白日做梦了！"

"噢？"杨、徐二人被这句话弄得一怔，不由自主地一齐望着他。

"你们也不想想，我辈今番将史道邻打发到淮扬去督师，本意是借闯贼来羁绊之，使他全力对外，不遑内顾，朝中东林亦因之失却支柱。然而如今闯贼一败，便不只不能羁绊他，反让他得以乘势出师北伐，只需追奔逐北一阵，便轻轻易易成就了大功。我辈岂非弄巧反拙！将来他得胜还朝，羽翼已成，我辈纵欲禁制他，恐怕已是不能了！"

听他这么一说，杨、徐二人不由得你看我、我看你，噎住了。半晌，杨文骢才挣出一句：

"他纵然出师有功，可是马瑶草居中调度……"

阮大铖冷笑一声："老兄赋闲数载，莫非连内阁中的规矩都忘了么？如今史道邻虽然出守，但按先入者为长之例，首辅一席，便轮到高研文。他虽不是东林，其实事事同东林一个鼻孔出气。小弟在此也不怕二位拿去说给马瑶草听——到时这居中调度之功，只怕还得先算到老高的账上！再说，阁中还有姜居之，这个又硬又臭的老不死，也要来分一份功。另外，吏部又掌在张金铭、吕俨若手里，将来叙功铨选，还不都由他东林去摆弄？指望他们能秉公持正，何异与虎谋皮！"

"可是，还有皇上，皇上可是我们的！"被刺激得又气又急的徐青君，扯着嗓子嚷起来。

阮大铖苦笑一下："老兄休提皇上。提起来，更是可虑可忧！你不见前番商议迎立那阵子，史道邻便极意寻觅太子。此番出守，又坚请皇上下谕，寻访太子。他何以如此着紧？无非意欲居为奇货，危倾今上。设若此番闯贼崩败，太子得脱罗网，被他史道邻访得，那么，哼哼……"

他没有说下去，但意思很清楚——因为福王虽然已经当上了皇帝，但毕竟具有权宜应变的性质。万一史可法在北伐途中找到了太子，那么福王的合法地位就会发生动摇，说不定到头来要让出帝位。如果发生那种情形，那么眼下这一伙人就不只没有什么拥立之功可以夸耀,说不定还会招致不测之祸。所以听到这里,杨、徐二人都有点坐不住了。

"那、那么依圆老之见,该、该当如何处置才是?"徐青君结结巴巴地问。

阮大铖瞥了他一眼,由于终于把这位不知天高地厚的花花公子教训得呆若木鸡,他心中感到一种恶意的畅快。而想到徐青君或者杨文骢,必定会把自己这一番高瞻远瞩而又鞭辟入里的见解,转达给马士英以及圈子里的其他人,并且必然会在他们当中引起震动和紧张,他心中的畅快就更加转变为得意了。"哼,想让我教你们怎么办么?可没那么容易!"他悻悻地想,随即把目光重新转回先前那朵跳动着的烛焰上去。过了半晌,才慢吞吞地说:

"办法么,不是没有。可阮某如今是在野之身。有道是不在其位,不谋其政,所以还是不说也罢!"

"不在其位,不谋其政?"杨文骢瞪大了眼睛,似乎有点惊奇。随后,他就摇着头,不满地责备说:"圆老,怎么你还说这个话!马瑶草不是已经上疏举荐了你么?虽说发回阁里票拟,还得等一两日,可也不能这等斤斤计较呀!"

杨文骢这样说,显然认为阮大铖已经知道这件事,但是阮大铖却一下子给弄蒙了:

"你、你说什么?马瑶草已经、已经举荐了我?"他错愕地问,怀疑自己大约听错了。

"咦,你还不知道?难道朱兄不曾告诉你?"杨文骢愈加惊奇。

"小朱?他、他……"

"哎,适才是我同他一起在马瑶草处得知此事。我因还要上刘诚意家,特地嘱咐小朱先行来告知兄。怎么,他居然给忘了?"由于没想到那逃难王孙竟然如此不堪托付,自然也由于生气,好好先生皱起了眉。

不过,当最初的惊愕过去之后,阮大铖已经觉悟到是怎么一回事:"怪不得那家伙敢朝我赌咒发誓,原来如此!"他本能地冲动了一下,打算把朱统镓的骗局告知对方,但汹涌而至的狂喜紧接着就把他高高托举了起来,以至只摆一摆手,就把那个念头赶得无影无踪了。

自行拟旨

杨文骢的消息是真实的,马士英的确已经上疏朝廷,推荐阮大铖"谙熟兵机",是一位"贤能之才",请求皇帝尽快予以起用。不过,由于又传来了农民军已经被打败,逃出了北京的喜讯,使朝野上下顿时沸腾起来。一连几天,兴奋的朝廷又是到太庙和社稷坛去祭告行礼,又是由弘光皇帝驾临午门城楼,以"露布"颁示四方。接下来,百官又纷纷上疏,有的建议立即派出使臣,到北京去慰劳立下了"不世奇勋"的吴三桂,给他加官晋爵;有的则主张朝廷赶快出师北伐,会同吴三桂夹击农民军,务期一鼓荡平;更有人迫不及待地提出,一定要设法生擒李自成、刘宗敏、牛金星等"贼首",献俘阙下,以便对这些"恶贯满盈"的强徒施以三千六百刀的活剐酷刑,来祭慰列祖和先帝的在天之灵……这么一弄下来,马士英的那份荐举阮大铖的上疏,就给压住了,直到六月过去了五天,仍旧未见皇帝把疏本发下内阁,让辅臣们斟酌意见。直把阮大铖急得茶饭无心,一天到晚伸长了脖子盼望,连肚皮也差点儿没瘦掉了一圈。

现在,已经到了六月初六。这几天,正轮到马士英在朝房里值宿。他早上起来,梳洗完毕,略略用了一些点心,便离开了寝室,信步走过阁里去。取名为"东阁"的这个内阁大臣们日常办公的处所,位于紫禁城午门内的东南角,环境十分清幽肃穆。从西边那道门走进去,过了一座小牌坊,上首是五间朝南的宽敞平房。堂屋里供着大成至圣先师孔子和他的四位得意学生——颜渊、子思、曾参、孟轲的牌位。牌位下面，分左右排列着阁臣们议事用的座椅和几桌。堂屋两边的四个套间，由每位阁臣各居一间，用以处理政务。在正房的东西两侧，分别是诰敕房和制敕房。那些负责缮写文书的中书舍人们，平日就集中在里面办公。诰敕房上还有小楼，阁里的一应图书典籍，都收藏在那里。

马士英来到阁里，照例先上堂屋向孔子的牌位行过礼。看见时间还早，他就仍旧走到院子里，开始倒背着手，独自散起步来。

四下里静悄悄的，除了首辅高弘图十天前奉旨到长江沿线处理漕务，尚未回京之外，其余两位次辅——姜曰广和王铎，此刻也还没有露面。只有一两个陪值的中书舍人和仆役的身影，在门旁屋角闪动了一下，又消失不见了。倒是栖宿在枝头树梢的鸟雀，大约忙于准备出巢觅食，正在吱吱喳喳地叫得挺欢。不过，马士英却毫无品赏的兴趣。这倒不光是由于他那份举荐阮大铖的上疏，一直迟迟不见发下来，而是因为前天夜里，本来在这当口上例应回避的阮大铖，终于忍不住，偷偷摸到他家里去，对今后的局势说了一通危言耸听的话，弄得马士英一连两天，都有点心绪不宁。无疑，阮大铖也提出了两条他自认为精明的对策：一是派人赶赴江北，暗中知会高杰、刘泽清等四总镇，让他们想方设法给史可法捣乱，使之左右掣肘，穷于应付，无法顺利部署北伐。而只要史可法不能出师，自然就无法骤建大功，也不易找到太子。二是在朝廷之内，还要尽快把内阁以及吏部抓过来。考虑到高弘图和姜曰广一时不易驱除，那就先攻吏部尚书张慎言和吏部左侍郎吕大器。把这二人收拾掉之后，再回过头来对付高、姜。阮大铖认为，由于兵部已经抓在马士英手里，倘若再把内阁和吏部拿过来，其余便不足为虑了。待到朝中大局已定，再另派一亲信得力的人，替下史可法，那时才出师北伐，便可万无一失。而将来再造中兴的美名也就理所当然地归到马士英的名下，荣华富贵，享受无穷！对于阮大铖的这一番策划，马士英当时没有明确表示态度，事后却一直在反复考虑。无疑，他也觉得，尽管史可法已经被迫离京，督师淮扬，但凭着对方的能力和在朝野中的崇高声望，对自己的地位始终是一个威胁。如果光从打击、禁制史可法着眼，那么阮大铖所建议的两点，确实不失为可行之策。不过，这么做的结果，延误了北伐的战机不必说，还势必会在朝中引起巨大的争斗。闹不好，还会造成分裂和内乱。在目前的情势下，这还是应当尽可能避免的。因为马士英心中明白，从前方报告来看，这一次之所以能获得如此辉煌的胜利，主要还不是吴三桂有多么了不起的本事，而是由于向关外借来了清兵，加上农民军将士在北京大发横财之后，斗志涣散的缘故。另外，据尚未公开的消息说，目前入踞北京的并不是吴三桂，而是清国的摄政王多尔衮。那么，清兵今后的意向如何？局势将会如何发展？这些都还琢磨不透。现在，在江南的新朝廷中，马士英已经成为无可争议的拥戴元勋，并且如愿以偿地回到留都来秉政。为巩固自身的权位计，他就不那么希望再发生激烈的动荡，而倾向于暂时保持相对的稳定了。

"嗯，冲着当初老阮帮过我的大忙，这一份人情债，我无论如何是躲不掉的。那么，就先把他的事办成再说。至于其他，倒不必忙着拿主意！"这么暗自决定了之后，马士英仿佛放下了一桩心事，随即停止了散步，匆匆走回自己的屋子里。

这是一间供做办公和值宿之用的屋子，当中照例用隔扇分开，外间摆设着办公用的案、椅和书架之类，内间则用来安置歇榻和日常的生活用具。为着突出为政清廉的美德，整个布置都以简朴为原则，摒绝一切奢华的摆设。现在，马士英在办公用的翘头书案前坐下来，一边接过仆役奉上来的一杯热茶，一边随手翻阅着昨夜刚刚处置完毕的几件公事。过了一会儿，他听见窗外起了响动，来来往往的脚步声、咳嗽声，和短暂的谈话声，变得越来越频繁。凭着声响，马士英知道姜曰广到了，王铎也到了。不过，他并不打算出去同他们见面。因为一来彼此并不是一个圈子里的人,没有什么闲话可说;二来,以马士英目前的地位,也自觉没有主动同对方客套的必要。于是,他依旧坐着,继续翻阅公事。渐渐,外面的声响稀疏下去,并且平息了。看来,人们已经各就各位,开始一天的办公。马士英停止了翻阅,把手中的公事归拢了一下,吩咐手下的仆役给制敕房送过去。然后,他把茶杯拿在手里,重新站了起来。

　　由于向朝廷荐举阮大铖的奏章迟迟不见发下来,现在马士英多少有点心神不定。事实上,前些日子他之所以一直没有采取行动,就是考虑这是一件相当棘手的事情。因为阮大铖与一般被革职罢官的"废员"不同,他是一个列入了"逆案"的人。而"逆案"又是已故崇祯皇帝"钦定"的。凭着这一条,东林方面便有足够强硬的理由加以反对;自己这一方,除了解释说当初搞错了,阮大铖是受了冤枉之外,很难拿出更有说服力的理由。偏偏阮大铖其实又并非那么干净,这就使事情变得颇为难办。如果说,在拥立福王的较量中,由于自己祭出了"祖宗家法"这个法宝,从而争取到了大多数官员——甚至包括东林方面某些人的支持,使史可法、姜曰广等人陷于被动和软弱的地位,终于大获全胜的话,那么,面对阮大铖这件难题,顺逆之势就刚好倒过来。闹不好,自己就会成为众矢之的。最明显的迹象是,前两天,当他私下里拿这件事去征询韩赞周时,那位在拥立福王期间,曾经坚决站在自己这边的太监头儿,竟然变得支支吾吾,不置可否。韩赞周如今被正式委任为司礼监的掌印太监,拥有代皇帝批阅奏章的极大权力。那么,会不会由于他的缘故,使皇帝也感到阮大铖的起用关涉颇大,因而对马士英的上疏来个"留中不发"?要是这样,事情可就更加不好办了。但如果拖下去,阮大铖势必认定自己不肯出力,愈加会像催命鬼似的上门纠缠,把自己闹得一天到晚不得安宁。正是这种左右为难的困扰,把马士英弄得心烦意躁,以至窗外的过道里分明响起了轻而急的脚步声,他都几乎没有觉察到……

然而，他终于站住了，而且迅速地转过身去，向着门口。这时，帘子已经被人掀开，露出了一个明亮的洞隙。接着，典籍官那张红堂堂的胖脸出现了。他手中捧着一个黄缎方匣，后面还跟着一名小太监。马士英不觉心神一振，知道奏章发下来了。但是，由于吃不准其中是否有自己那份上疏，又有点心慌。不过他仍旧定一定神，一声不响地等候着。

典籍官照例双手把方匣子放到马士英的书案上，然后行了一个礼，躬身退了出去。这时候，异常的情形出现了——跟在后面的那个小太监有意站着不动。直到典籍官的脚步声消失了之后，他才转动着脑袋，四下里瞅了瞅，看清屋子里没有别的人，他便走近来，小声对马士英说："田爷命小的拜上阁老大人，说那件事他已奏明万岁爷。万岁爷说：'既是当初冤枉定案的，与他开复便了！'田爷请阁老大人即速拟旨呈进，以便批发。"

小太监所说的"田爷"，就是太监田成。此人当初跟着福王逃难南来，算是"从龙"有功。福王当上了皇帝之后，对他也就颇为信用。又由于他在逃难期间，穷得要死，马士英、阮大铖瞅准了机会，很送了他一笔银子，所以此后彼此就拉得很紧。前两日，马士英在韩赞周那里碰了钉子之后，便改走田成的门道，请他在宫里相机配合。如今，听了小太监的传话，马士英心中悬着的那块石头，顿时放了下来。他连忙点点头，说：

"替我拜上田公，就说知道了。改日当面再谢他。本阁这便拟旨。"等小太监走了之后，马士英走到书案前，放下茶杯，动手揭去木匣的封皮，从里面的一叠奏本中，先拣出自己的那份上疏，发现已经被朱笔点了一个记号，他便重新坐下，往椅背上一靠，把上疏展开来，从头到尾又细看了一遍，觉得文从字顺，言简意赅。他略一思索，随即放下奏疏，拿过一张阁票，兴冲冲地掂起那支鸡狼小楷湖笔，在雕着盘花图案的砚台上饱蘸了墨，打算写出批准的意见。然而，心念忽然微微一动，觉得有点不妥，不由得停笔沉吟起来。

无疑，到了明代后期，内阁大学士的地位和权势较之前期，虽然已经大为提高，甚至被人们称为"当朝宰相"。但他们的职能，仍然只限于替皇帝草拟旨文，而无权对各部衙门直接发号施令。按照制度，凡属官员的升降任免事宜，都必须经由吏部去处理执行。而吏部目前掌握在东林派中坚张慎言和吕大器的手里。马士英想起用阮大铖，光是他们那一关就很难通过。唯一的办法只能请出皇帝的权威，硬压下去。本来，甚至连做到这一点也不容易。因为按照内阁办事的惯例，票拟的审定权集中在首辅身上，马士英作为次辅，只能参与意见，而高弘图的想法却不见得会同他一致。不过，事先马士英已经要了一个花招，他趁高弘图因公务离开了南京，由他代掌内阁的机会，突然奏请起用阮大铖。这样，他就能自行决定票拟的内容。不过，这个办法稳妥是稳妥了，却未免痕迹太露。特别是荐举、票拟都由他一手包揽，将来传扬出去，势必会受到抨击和非议，有损自己的"清名"。这却是马士英所不乐意见到的。"嗯，还是另找一个人来票拟，更顺理成章一些！"他想。可是，找谁呢？在内阁中排名最末的王铎，本来最为合适，但这个人虽然不是东林派，却出奇地胆小怕事，料想不肯冒这个风险。那么就剩下姜曰广。按说，作为目前东林派在朝中的魁首，姜曰广更加不会应允。不过马士英发现，自从自己进入内阁之后，对方倒是摆出一副合作的姿态，遇事也肯商量和通融，看来像是颇有和解之意。"嗯，要不然就找他！如果在这件事上他肯帮忙，以后我也尽量不同他们为难就是！"这么一想，马士英顿时来了精神。于是，他把那份上疏重新折好，装进一个封套里，又叫来一名亲信仆人，当面指示了一番，吩咐马上送到东头边上的屋子去，请姜曰广按照疏中的意向票拟。

当仆人的背影消失在门帘之外后，马士英一边倾听着那逐渐远去的脚步声,一边伸手把余下的奏章从黄缎匣子里拿出来,心中升起了一种自负的感觉:"哼,凭着拥立今上这份大功,再加上外有听命于我的江北诸镇,内有田成、李永芳一帮子得宠的太监做引线,内阁首辅的交椅迟早都得归我马某人来坐。这一层,满朝文武只怕谁都瞧得清楚。姜居之又不是傻瓜,岂敢不买我这个面子!"这之后,由于自觉首辅应有首辅的渊深涵养和雍容风度,不该也不必因区区一件事而分心过甚,他于是断然把注意力收回来,低下头,开始全神贯注地处理余下的公事。

然而,没等他审阅完一份奏章,就给再度响起的脚步声打断了。先前派去的那个仆人匆匆走了进来,向他双手呈上那份上疏。

"嗯,办妥了吗?"马士英问,目光依然在手头的公事上逗留着——那是湖广巡按黄澍要求入朝召对的奏本。由于黄澍目前正在左良玉那里担任监军,而左良玉的动向,一直是马士英所关注的,所以这份奏本引起了他的兴趣。

仆人摇摇头:"回禀老爷,姜大人不肯具票。"

"你说什么?"马士英蓦地一怔,抬起头来,"他不肯?"

仆人胆怯地点点头。

"那——那他怎么说?"

"禀老爷,小人不敢回话。"

"哼,照直讲来!"

"是。姜、姜大人说,回去上复马大人,敢是疯、疯了吧,没的却来坏人名节!你家大人常说他被人画成了大花脸,我却宁可弃官不做,也不能让人家指着脊梁骂我,唾我!"

马士英瞪大眼睛,愕住了。渐渐地,他那尖长的瘦脸因为羞恼而涨红,随后又变成铁青色。终于,他咬着牙,一声不响地拿过一张阁票,举笔在上面拟出了如下的一行字:

阮大铖是否知兵,着兵部召来,暂复冠带陛见,面陈方略定夺。

写完之后,他把笔一抛,吼叫道:"送进去,马上给我送进去!"然后,他就"哗啦"一声推开椅子,气急败坏地站了起来。

失节事露

坐落在水西门外的莫愁湖,是南京城有名的清幽美妙去处。它本是长江的一部分,由于江水西迁,附近的沙洲连接成为陆地,这里就出现了方圆数百亩的一片大湖。相传南齐时代的歌妓莫愁,曾经在这里居住过,湖也由此而得名。到了明朝初年,太祖皇帝朱元璋有一次同他的开国元勋——中山靖王徐达赌赛下棋,结果输掉了,于是把莫愁湖赏赐给了徐达。不过,也许由于徐家的产业太多之故,他的后人一直没有特别下功夫加以经营,所以如今除了湖畔的胜棋楼、郁金堂,和湖心小岛上的一座亭子之外,只有满湖的垂柳烟波,掩映于朝霞夕照、风片雨丝之中。然而,正因如此,反而使莫愁湖别具一派清丽脱俗的天然风韵……

六月初八日——也就是马士英悍然自行拟旨之后的第三天,周镳乘坐轿子,匆匆赶到了莫愁湖。他是应吴应箕之邀,前来参加复社社友们的一次小型聚会的。据吴应箕说,这次聚会一来是庆贺北京的光复,二来,还有重要的事宜商谈。到底是什么事宜,吴应箕在请柬中并未说明,不过,周镳却猜到了八九分。因为眼下社里的局面是明摆着的:由于拦街阻留史可法的计划落了空,陈贞慧原先那一套野心勃勃的设想,可以说已经彻底失败。那么,今后到底怎么办?是让社友们毫无作用地继续留在各个衙门里当幕僚,还是按照周镳当初的主张,老老实实回到主持清议上来?这是亟须与社友们集议清楚,并及早确定下来的一项大计。对此,周镳的主张十分明确而且一贯。何况有了前一阵子的教训,他自信在集议当中，必定能够压倒陈贞慧，把社友们重新争取到自己一边来。为了使事情更有把握，他还找到了一个得力的帮手，就是不久前才来到南京、目前正等候皇帝"召对"的湖广巡按黄澍。黄澍为人激烈好名，在复社士子当中颇有声望。这一次他从武昌来，仗着背后有左良玉撑腰，一心打算同马士英之流闹闹别扭。前两天，黄澍以老朋友的身份特意来访周镳，两人谈得十分投契。如果此人今天能够与会，周镳的声势自然更加不同。本来，黄澍已经同意出席，但不知为什么，今天周镳在家中足足候到巳时，仍旧不见对方前来会合。就连奉派前往催请的黄宗羲，也一去不回。周镳眼见时候不早，怕再拖下去，莫愁湖那边的聚会就要散了，不得已，只好匆匆起身，赶到水西门外来。

现在，周镳已经下了轿子，来到湖边的小码头上。因为今天的聚会约定是在湖心岛的亭子里举行，所以还得摆渡过去。然而不巧，小艇正停泊在对岸。直到周镳的仆人扬着手，一连吆喝了几声，它才缓缓地划过来。

"嗯，我已经派顾子方先走一步，去告知他们，那么总得等我来了，他们才能开席的……"周镳一边注视着逐渐移近的小艇，一边默默地想。然而不久，他就疑惑起来，他发现，除了荡桨的船娘外，那只艇上还坐着两个方巾儒服的文士，其中一个依稀就是顾杲，另一个因为背朝船头坐着，却认不出来。

"子方大抵是来迎我，那么另一个又是谁呢？"当看见顾杲已经向这边扬手招呼，但那个人仍旧一动不动地坐着，甚至连脸也不转过来一下，周镳不禁越加纳闷，"嗯，瞧身形不像是吴次尾，也不像是陈定生，那么……"

"哎，仲老来啦？黄大人呢？还有太冲——怎么不见？"顾杲站起来，迫不及待地问。这当儿，小船已经靠上了码头，他于是一步跨上岸来。

周镳摇摇头，没有答话，却依旧留意着那个分明有点眼熟的背影。也就是到了这时,那个人才慢慢站起身,并且向码头转过了脸。周镳眼皮微微一跳,蓦地认出:原来是不久前才从北京逃回来的翰林院编修方以智。

"哦,是他!原来今日也来了!"周镳恍然想道。还在半月前,他就得知方以智已经回到南京,但一直没有同对方见过面。其间,他也曾委托黄宗羲和顾杲上寒秀斋探访过,却说已经搬走了。到底搬到哪里去,就连李十娘也说不上来。所以,周镳倒没想到今天会在这里遇上他。

"嗯,看上去他真是苍老得多了!不过,他跟子方一道过来做什么?莫非特意来迎我不成?"这么一想,周镳不禁严肃起来,立即摆好姿势,准备同对方行礼相见。

然而,出乎意料,方以智虽然已经到了岸上,而且周镳分明就站在近前,他却像压根儿没看见、不认识似的,只管低着头,一声不响地擦肩而过,然后沿着绿杨掩映的堤岸,头也不回地向前走去,把周镳弄得目瞪口呆,老半天地望着他的背影,心中一派茫然。

"仲老,"顾杲凑了过来,低声说,"别管他了,让他自去吧。请,先上船去,晚生再向你说——大家都在那边等着呢!"

周镳疑惑地望了年轻的士子一眼,只好点一点头,伸出手去,在仆人的搀扶下,多少有点费劲地跨到艇上,在舱中坐了下来。

"嗯,方密之——到底怎么了?"待小艇在湖面上划出了几丈之后,周镳终于忍不住,怀疑地问。

"哦,是这样的——"仿佛从某种思虑中被唤醒,顾杲不自然地转动了一下脖子,有点沮丧地回答,"密之原来已经搬到天界寺去住。这事谁也没告诉,怪不得我们寻他不着。后来,是吴次尾打听到了,所以今日特地去把他邀了来。谁知适才在亭子里,张尔公说起,近日从北边逃回来的官员不少,据好几个人指证,说方密之在北京时曾失节降贼,被伪廷以原职擢用。其时密之尚未来到，朗三便说：'此事不妙，皆因密之名列复社四公子，久为小人权奸所侧目。如今他做出这等事，闹不好，怕会给小人用作把柄，危倾我社。'众人于密之降贼之事，本来尚在信疑之间，听朗三如此一说，倒担心起来。其时也未见定生有何主意，但等密之一到，他便同着次尾，把密之扯过一边，避开众人谈了老半天，也不知谈了些什么。待到晚生听见先生在这边呼唤，即速驾船相迎时，却见密之也不与众人道别，便匆匆跟着登船。适才，弟也试探过他，其奈他一言不发，是以始终未得其实。"

周镳默默地听着，这才明白过来。其实，在此之前，他也陆陆续续听到一些明朝京官投降"流贼"的消息，其中就包括他那位在翰林院任庶吉士的堂弟——也是复社知名人士的周钟。不过，他同周钟历来不和，近两年更是愈形对立，双方互相攻讦，势成水火。所以周镳对于堂弟的失节，并没有什么切肤之痛。相反，心中还有一种冷然的快意。不过，他却没有想到，方以智也做下了同样的可耻事情。"哼，这叫作自作孽，不可活。既然你们当初贪生怕死，那么今天这杯苦酒，你们就只有自己吞下去！"周镳冷冷地想。于是，他抬起头，望着逐渐移近的湖心亭，开始把心思重新转回到即将来临的聚会上，不打算再理会方以智的事了。

顾杲却显然有点不安，看见周镳不作声，他试探地说："仲老，瞧密之这模样，降贼之事，只怕并非空穴来风。万一奸人乘机煽惑，危倾我社，该当何以应之才是？"

"各人有各人的账！"周镳不以为意地摇摇头，"他方密之降贼，我们却没有降贼！有什么可煽惑的？终不成，还能把我们也当流寇逆臣给办了？"

"此言自是正理。"顾杲低着头，显得有点为难，"只是今番降贼的京官不少。方密之而外，听说尚有陈百史、龚孝升、钱与立、吕霖生等，俱曾名列我社。眼下小人得势，气焰正张。只怕同文之狱，'莫须有'亦可成谳。况且，听说连周介生也……"

像给针扎了一下似的，周镳的脸色蓦地变了。不错，如果顾杲只列举前面那些人，说不定周镳还能平心静气估量一下，但一提及"可恶"的堂弟周钟，他满心积怨顿时又给撩拨起来。"哼，这个顾子方！我还当他平日精明机变，可以做条臂膀。谁知见了真章儿，却畏首畏尾，全不中用！"他愠怒地想，于是把手一挥，粗暴地说：

"这会儿，不是还没见谁个在煽惑么？待煽将起来时，你再操心不迟！"

断然把对方堵回去之后，他就扭过头去，不再开口了。

惊悉惨祸

由于距离并不太远，小艇在荡漾着涟漪的碧波中穿行了一会儿，湖心岛就到了。那是一个被绿树和山石装点起来的幽静小岛。当中立着一个四方亭子，建成小轩的式样。一条石子路从岸边的码头蜿蜒伸展过去。时值盛夏，远远一望，赭色的轩窗下莳着数十株美人蕉，正开得如火如荼。那一簇簇、一棵棵朱红、深黄的花朵，在肥满而阔大的绿叶衬托下，迎着晌午的阳光，显得分外鲜丽悦目。不过，令周镳感到意外的是，小码头上此刻空荡荡、静悄悄的，竟然没有一个人在那里迎候。仿佛社友们压根儿不知道他到来似的。这种情形，顾杲也发现了。

"咦，这可是怎么——回事？我明明告诉他们，说仲老到了的呀！"他奇怪地说，同时向两旁转动着脑袋。

周镳没有吭声，等船一靠岸，他就依旧由仆人搀扶着，踏上了码头。

"哎，他们怎么一个都不见了？怎么都不出来？"顾杲愈加惊异而且不安，"不成，待晚生瞧瞧去！"

"不用！"周镳制止说，随即抬起眼睛，从浓眉底下朝亭子那边注视了一下。当猜测不出这种明显的"冷遇",是出于什么缘故之后,他就一声不响地迈开脚步,径直朝前走去。

的确,以周镳在社内的地位,加上近来他的身体一直欠佳,平日难得出席这种聚会。今天他应允下顾,一来是鉴于社内面临重大决策,二来也是给吴应箕一个面子。然而社友们明知自己到了,却不到码头上来迎接,这就使周镳意外之余,不禁起了疑心:"莫非他们今天请我来,并非要我主持大计?莫非陈定生受了那场挫折,还不死心,为着笼络人心,找回面子,他才串通吴次尾来设宴;又以为我必不会来,才装模作样地给我送帖子,如今我来了,他自必十分为难,因此挑动众人,来个拒不出迎,想把我挡回去?哼,要是这样子,我偏不回去,偏要与会,看你怎么办!"由于藏着这份猜疑,愈是接近亭子,周镳就愈加变得恼怒难忍了。

现在,周镳已经跨进了门槛,映入眼中的景象,使他不由得又是一怔。只见社友们错杂地坐着,既不曾入席饮酒,彼此也没有交谈,相反,仿佛受到某种无形的震撼似的,一个个全都显得痴呆木讷,魂不守舍,有的现出茫然的神色,有的一副凄然欲泪的模样,还有的则用双手抱着头,像是在抵受着什么可怕的痛苦似的。直到周镳在门边站住,顾杲也跟了进来,其中几个才"啊"的一声,匆忙站起身。即使如此,他们仍旧没有表现出应有的热情,只零零落落地发出几声简短的招呼,就无言地顿住了。

这种情形,更增加了周镳的疑心。他于是转动着脑袋,在人丛中寻找今天聚会的发起者吴应箕——自然还有陈贞慧。很快地,他就发现了:陈贞慧背朝门口坐着,正同侯方域凑在一起,也不知嘀咕什么;吴应箕则坐在另一个角落里,几个仆人聚在他身边,大约在听候盼咐。直到别的社友都快招呼完了,他们才转过脸来,做出起身相迎的样子。

周镳立即移开视线,"哼,你们不是指望我不进来么?我偏进来了,且看你们还要什么花招!"这么想着,他径自走向近旁的一张空椅子，大模大样地坐了下来。

"仲老知……知道么？郑超宗他、他死了！"静默中，一个呻吟般的声音从身后传来，那是梅朗中。

郑超宗，就是复社的扬州地区社长郑元勋。周镳记得，今年四月，迎立新君的争论正激烈的时候，郑元勋还在南京。后来听说他急于回扬州，等不及有结果，便先走了。当时吴应箕、侯方域等一班社友像是还到江边去送行。算起来，那才不过是一个多月前的事。现在忽然听说郑元勋死了，倒使周镳心中一愕，不由得转过头去，疑惑地望着梅朗中。

"你说什么？超、超宗他、他死了？"显然大吃一惊的顾杲一步跨了上来，瞪着眼睛追问。

梅朗中点点头，似乎想说得更详细一点，可是，扁了几次嘴巴，泪水却涌上了眼睛。突然，他重重地坐了下去，用袖子掩着脸，哀哀地哭泣起来。其余的人见了，也现出黯然的神色，有的甚至跟着掉下了眼泪。

"哎，你们先别哭呀！告诉我，超宗是怎么死的？在什么时候？"顾杲发急地喊。

"超宗是五月二十五被害的。"侯方域神情悲怆地走近来，同时，举起手中的一叠纸，"这是冒辟疆的信，适才方密之拿来的，兄自己看吧。"

顾杲忙不迭接过，举到眼前，急切地看了一遍，顿时变得面如土色。他接着又从头再看一遍，双手始终在微微发抖。末了，当别人让他把信转递给周镳时，他仿佛全无知觉，只双眼发直地坐了下去。

也就是到了这时，周镳才弄清楚事件发生的经过。

原来，还在总兵高杰率领十余万败兵试图进驻扬州，遭到扬州士民坚决拒绝那阵子，已经回到家中的郑元勋眼见争持下去会出大乱子，于是亲自前往高杰营中，晓以国难当头，应当同舟共济的大义。高杰听了，有所感悟，答应退兵五里，等待答复。不料事后又发生了城中的民军袭杀高兵游骑的事件，双方关系再度紧张。

郑元勋不得已，只好再请前蓟州总督王永吉前往解说。最后与高杰约定：双方各自从严约束部下，避免事态继续扩大。到了五月二十五日，扬州的巡抚和知府召集城中缙绅到城头上去议事，引来大批士民围观。郑元勋出面告诫众人说："高镇奉旨驻守扬州，不让他进城是没有道理的。日前我曾同高镇约定，入城后应立即安慰父老，秋毫不可有犯，高镇亦已答应。怎么你们又袭杀他的游骑？如不严惩肇事者，只怕会招来不测之祸！"众人不服，竞相列举高兵的种种暴行。郑元勋当即指出，其中有些暴行是杨诚干的，不能都算在高兵的账上。他所说的"杨诚"，是城中的一名营将。此人手下的标兵横行不法，也是事实。谁知众人把"杨诚"误听成"扬城"，顿时愤怒起来，大叫："姓郑的勾结高贼，所以昧着良心为他辩解。我们如不下手，势必尽被屠灭！"于是一拥而上，刀棒齐下，顿时把郑元勋杀死。郑的仆人殷报因救护主人，也同时被害。据说，主仆二人都被狂怒的士民分了尸。事后家人收拾遗骸，只捡到几片残缺不全的骨头⋯⋯

周镳慢慢地把信折好。弄清刚才社友们没到码头去迎接自己，并不是故意怠慢或另有居心，他心中的恼怒和猜疑也随之消解了。而且，郑元勋令人震惊的暴死，也使他不能无动于衷。他一边把信件交到吴应箕手中，一边皱着眉毛问：

"那么，兄等打算怎么办？"

"弟拟亲赴扬州，到超宗灵前叩奠，并慰抚其家人。至于今日，弟已命人在此设下灵位，仲老如以为可，就请率弟辈同行奠礼，以表怆悼之忱！"周镳点点头。虽然，在前年的虎丘大会上，郑元勋为谋夺社内领袖的地位，曾不惜向钱谦益卖身投靠，企图为阮大铖开脱，周镳对他至今仍耿耿于怀，但是，既然人已经死了，而且死得如此悲惨，冲着这一点，周镳也就决定不再表示异议。

"嗯，那么，就先行礼吧！"他说，随即站了起来。

在他们说话的当儿，吴应箕手下的仆人已经把郑元勋的灵位摆设停当。因为事起仓促，一切都只能因陋就简。眼下，是在亭子的北墙上临时贴了一张白纸，在上面写上"亡友郑进士元勋之位"的字样，前面摆上一张小方几，上面供起几样果品。碰巧随身带得有线香，于是也拿来焚上。又用海碗盛了一碗泥土，权充香炉。只是丧服急切问办不到，唯有将就些，临时凑起几条素色的汗巾，让各人缠在头上。然后，以周镳为首，大家排着队，一个接一个地在牌位前行礼、奠酒，祭拜了一番。其中有几个与郑元勋平时交情较深密的，像梅朗中、沈士柱、左国棅等，还止不住情怀凄怆，再一次流下泪来……

激辩遗书

祭奠结束之后，日头已经过了当午。黄宗羲却始终不曾露面，大家得知是请湖广巡按黄澍去了，都说应该再等一下，反而是周镳对黄宗羲的"失踪"感到有点恼火，主张马上开席。于是众人不再坚持，互相谦让了一下之后，便按照各人的身份和年龄，依次在已经摆开了一席酒的圆桌旁坐了下来。

也就是到了这时，周镳才完全看清楚，除了已经注意到的那些人之外，还有余怀和张自烈也来了，合共是九位社友，只是大家看来还沉浸在忧伤郁闷的情绪当中，尽管坐到筵席前已经有好一阵子，却只是默默地喝着酒，谁也没有开口。

不过，渐渐地，这种情形终于有了改变。起初是一些低沉的耳语在席间浮荡，不久，声音就变得响了些。虽然还算不上热烈，但已经不似先前的沉寂。大家从郑元勋的死谈到扬州的局势，谈到李自成在北京的突然失败，还谈到大批明朝旧官脱身南来，谈到方以智的失节，谈到冒襄至今还躲在家乡，实在没有道理，如此等等。周镳一直庄严地保持着自尊的姿态，就连饮酒吃菜也相当节制。至于交谈，除非有人直接动问，否则他绝不开口；而且即使开口，也回答得十分简略。这自然是由于他素来不喜欢说废话。此外还因为眼前这些人，大多数可以说都是他的后辈，如果随随便便地同他们在一起胡说八道，未免有失自己的身份。然而，冷不丁钻进耳朵里来的一句话，却引起了他的注意：

"哎，定生，闻得郑超宗尚有一封遗书，可是真的？"

周镳循声望去，发现说话的是沈士柱。而他的这个消息，显然得自于坐在旁边的侯方域。因为当大家都把好奇和疑惑的目光转向陈贞慧时，侯方域却把玩着手中的酒杯，显出早已知情的神气。

"这个——"陈贞慧的目光微微一闪，随即垂下眼皮，"有倒是有，不过……"

"咦，那兄怎么不拿出来让我们瞧瞧？""是呀，快拿出来！""原来还有遗书，都说了些什么？"好几个声音迫不及待地追问。

"哦，也没有说什么！"这么推搪了一句之后，陈贞慧似乎犹豫了一下，但仍旧摇摇头，"真的，没有什么可看的——以后再说吧！"

然而，侯方域却插话了："定生兄，超宗遗书里的那些话，可是对社务大计的建言，至关重要，何不就趁着今日社兄们都在，拿出来让大家瞧一瞧，也好商磋商磋！"

"噢，原来超宗还有所建言！到底说了些什么？"

"有道是旁观者清。超宗的建议，必定会有真知灼见！"

"哎，定生兄，快拿出来吧，我们都想知道！"

来自四面的催促声再度响起。这一次，陈贞慧显然没有办法再推托。他把手伸进怀里，掏出一封信来。

"哎，不必传看。干脆，兄念给我等听好了！"有人大声建议。

陈贞慧征询地环顾了一下。看见大家没有异议，他就点点头，解释说：

"这是超宗生前写给辟疆的一封书，未及寄出，就遇害了。他的家人赴如皋报丧时，拿去送给了辟疆，辟疆又转寄给方密之。弟也是适才才看到的。"

说完，他展开信笺，用不高但清晰的声音念了起来：

眷社弟郑元勋顿首拜：南都再建，国事累卵。弟身处草莽，而心怀冰炭，日夕以眼泪洗面，盖思先帝，忧危倾也。想兄百里之外，亦当与弟同况乎？近闻都中以拥立之争，相仇益甚，至有讹言横起，兵锋暗伏，波诡云谲，迭出层见。此又弟所至忧也。夫国步维艰，于此为极！纷纭万事，至巨至重者，莫过于救死图存。凡我君子仁人，岂无"覆卵"之忧？更有"同仇"之志！当此之时，门户之防，流品之别，实不妨暂置于其次，而应尽捐异同，专心忧国，大明方有生路，江南方有生路。此虽愚者亦当能省识。故以弟之见，新君既已登极，诸君子亦不必耿耿于往日之异议，而生离心之想。即以马辅士英而论，无论当初如何反复，而彼所操"伦序"之说，其实并无不当。况且彼势已成，诸君子若仍以积忿而排拒之，于国于社，俱恐非吉兆。是故弟忧心之余，每欲持此往说都中社友，又恐成见难破，废然而止……

听说郑元勋还遗下有书信，周镳起初并没有怎么重视，及至侯方域说到信中谈及社内大计时，他才留了神。不过，当陈贞慧用抑扬顿挫的声调，把信的内容当众宣读出来之后，周镳的眼睛就因为吃惊和愤怒而睁圆了。事实上，作为复社的一位有声望的元老，自从三年前，复社的领袖张溥暴病身亡那时起，周镳就把自己当作是社内的一位"护法尊者"。为着确保当年的立社宗旨和行动准则不致受到玷污和损害，他一直在用严厉的、往往是近乎苛刻的目光注视着社内的一切。对于没有征得他的同意，便自行爬上主盟地位的郑元勋、李雯等人，还有以陈贞慧为首的"复社四公子"，周镳毋宁说是猜疑多于信任的。果然，后来不久就发生了几社的离心离德，接着又发生了郑元勋向钱谦益卖身投靠，企图为阮大铖开脱的事。这就更使周镳增加了警惕。因此到了最近，陈贞慧借着南京朝廷建立之机，自作主张地提出让社友们放弃主持清议，转而设法进入各部衙门去充当幕僚时，周镳就坚决反对。没想到，当事实已经证明是他正确之后，陈贞慧不仅不老老实实认错，反而试图借郑元勋的名义，提出更加离经叛道的主张。周镳可就不由得火冒三丈，感到忍无可忍了。

"不要再念了！"他把手一挥，粗暴地打断说，"马瑶草是何等样人？一个背信弃义的小人头儿！十足的祸国权奸！郑超宗竟然让我辈与之和衷共济，实属悖谬之极！这等书信，不从速毁去，还公然拿到桌上来读，简直岂有此理！"

听着遗书中那番情辞剀切的规谏，座上的社友们倒有一多半陷入了沉思，冷不防被周镳这么痛加斥责，似乎又有点悚然惊觉，睁大眼睛坐着发怔。就连陈贞慧也沉默下来，停止了宣读。不过，侯方域的脸孔却唰地涨红了。但只一忽儿，他又恢复了常态。

"不错，"他冷笑说，"马瑶草确实是背信弃义的小人头儿，十恶不赦的祸国权奸，可是别忘了，他又是拥立今上的定策元勋，实权在握的当朝阁老！外有江北四镇与之遥相呼应，内有勋臣大珰与之同气相求。我辈不欲在留都安身立足便罢，如欲在此间立足，并有所作为，那么只怕绕不过马瑶草这座大冰山去！"

侯方域为人一向傲慢无礼，这一点周镳早已有感觉。而且他还知道此人年纪轻轻，肚子里的鬼点子却不少，一向帮着陈贞慧出主意，同自己暗中作对。所以，看见对方出言顶撞，周镳心中

的怒火更炽。只是由于顾及长辈的身份,他才没有马上发作,不过,仍旧哼了一声,沉下脸,教训说:

"我复社的立社宗旨,侯兄想必还不知道吧?须知这君子、小人之防,乃是第一要旨。凡入我社,均须严加恪守,方可为同志。否则,便是背叛门墙,必遭唾弃!定生兄当初引侯兄入社,想必未曾将此条规矩说知。不过嘛,也无妨,眼下侯兄仍可请他当面补说明白!"

要是换了别人,看见周镳拿出元老的身份,也许就不敢再逞强了。谁知侯方域却不吃这一套。他眯起眼睛,迎着周镳的目光,振振有词地说:

"彼一时也,此一时也。本社初立之时,列位所定之旨或许不错,唯是时至今日,若仍不思通变,便也似胶柱而鼓瑟,刻舟以求剑,徒贻有识者之讥而已!"

周镳错愕了一下,对方不仅公然顶撞自己,还胆敢对自己视若性命的复社宗旨肆意嘲讽,妄加指斥,这是他万万没有料到的。特别是侯方域那种傲慢不逊的神气,那种巧言诡辩的讥讽,都使周镳感到可恶之极。他所患的咯血病本来就极易动怒,这会儿更觉得火气在胸中翻滚,脑袋却变得昏昏沉沉。蓦地,他捏紧拳头,把桌子使劲一擂,咆哮起来:

"胡说!你算什么东西?敢同我顶嘴!"

看见周镳发了火,侯方域反而更加镇定。他轻蔑地"哼"了一声,仰起脸,冷冷地说:"不错,侯某确实不算什么东西,可总比那种冒他人之功为己功,欺世盗名的'东西'强些!"

停了停,大约看见周镳脸色突变,他又故作关心地说:"周老前辈贵体欠安,还望善自保重,不要一说话,就惹动肝火才好哇!"听见前一句阴损的挖苦,周镳已经身不由己地离开了椅子,"你——你——"地指着对方,直气得说不出话来;及至后一句话进入耳朵,却使他心头一凛,那股怒气随即反逼回来,顿时觉得天旋地转，站立不住，一跤跌回椅子上。

即便是这样，侯方域仍旧不肯放过他，继续在座位上笑嘻嘻地说："啊哟，仲老当真生气了！这可不干侯某的事。要是……"

他还想挖苦下去，倒是其他社友发现情形不对，"哄"的一声，纷纷站起来，一边阻止侯方域，一边急急地凑近周镳，关心地审视着，惊恐地询问着，席面上顿时乱成了一片。

"仲老，你觉着如何？可妨事么？"在一片夹杂着慰问、探询、埋怨和责备的闹哄哄中，吴应箕挤了进来，皱着眉毛，关切地问。看见周镳虽然闭着眼睛，却一再地摇着手，他才直起腰，做出禁止的手势，厉声说：

"列位且坐下，坐下！"

社友们停止了喧哗，纷纷转过脸来。吴应箕扬了扬手中的一张纸，说："这是黄太冲着人送来的，弟刚刚拿到——今日，朝廷出了一件非常之变！太冲自黄直指[①]处得知：阮圆海因马瑶草的举荐，已被诏令恢复冠带，并于今日早朝随班入宫陛见了！"

用沉重、愤怒的声音宣布了这个惊人的消息之后，吴应箕就回过头去，望了望始终面无表情地坐在席位上、一动不动的陈贞慧，然后又把霍霍的目光转向侯方域，严厉地说：

"朝宗，你今日闹得很不成话！很不成话！"

御前混斗

阮大铖被钦准"冠带陛见"的消息，不但使复社的士子们极为震动，而且在朝廷之上，也激起了轩然大波。仅仅在六月初八的当天，上疏弹劾这件事的朝臣，就有十三位之多。他们是：东阁大学士姜曰广，吏部侍郎吕大器，太仆寺少卿万元吉，应天府

---

① 直指：即御史。"黄直指"即黄澍。

丞兼御史郭维经、兵部职方司郎中尹民兴、户科给事中罗万象、兵科给事中陈子龙、御史陈良弼、王孙蕃、米寿图、周延泰、左光先，以及锦衣卫指挥怀远侯常延龄。对于一名罢职官员的召见，竟引发出如此集中、如此强烈的反对，这在弘光朝廷建立以来，是从未有过的。那些上疏，不仅对阮大铖进行了极猛烈的抨击，而且还把矛头直接指向了荐举人兼拟旨人马士英。看起来，经过一而再、再而三的退让、沉默之后，朝臣当中的正直之士对于马士英等人的所作所为，已经到了忍无可忍的地步。那积压已久的愤怒，终于猛烈地爆发了。这一次，他们抬出"先帝钦定逆案"，作为至圣至高的依据，不仅争取到了相当大一部分朝臣的支持，也使马士英及其盟友们很难与之论争。本来，马士英一直寄希望于弘光皇帝的"乾纲独断"。然而，偏偏这位已经坐上了龙椅，照理大可以行使其"绝对权威"的年轻皇帝，却似乎根本没有想到事情会闹成这个样子，竟给弄得茫然不知所措，而且分明畏缩起来。他既没有像马士英所希望的，"严旨切责"姜曰广等人的"党同伐异"，而且也绝口不再提起用阮大铖的事了。

　　落得这样一种收场，马士英自然十分懊丧，也十分恼火。无疑，在上疏举荐和悍然拟旨之前，他已经估计到事情难办，但是却没有想到抗议的势头会如此凶猛，人数会如此众多，由自己辛辛苦苦捧上宝座的弘光皇帝，又会如此的脓包，办不成事！不过，话又说回来，马士英可不是一个轻易服输的人，既然是决定了要做的事，哪怕是硬着头皮，他也要设法做到底。所以，在朝廷上的弹劾声浪来势最猛的当口，他确实咬紧牙关忍了一阵。但是到了六月二十日，当奉诏来到紫禁城内的文华殿，参与一次"召对"时，他又已经重新抖擞起精神，打算再度作出努力了。

　　现在，马士英已经在殿门内跪下，并照例用双手捧着笏板，把微秃的脑门，一次又一次地朝膝盖前那块方砖叩下去。同他并肩跪着一道叩头的，还有内阁首辅高弘图。而在上首，离他们几步远的地方,朝南摆着一张铺着黄缎子的雕龙靠椅。新即位的弘光皇帝朱由崧——一个长得又白又胖的年轻人,头戴一顶乌纱折上巾,身穿黄色盘领窄袖绣龙袍,由司礼太监韩赞周侍候着,正满怀心事地坐在龙椅上。

今天受到皇帝"召对"的官员,是湖广巡按、监左良玉军的黄澍。由于巡按作为中央监察机关——都察院的属官,是以"钦差"的身份奉派到各地去的,虽然论官阶只有七品,但在地方上却有着很大的权力,而且可以要求向皇帝面奏事宜。不过,这一类面奏具有个别反映情况的性质,所以照例安排在文华殿这一类"便殿"进行,文武百官也用不着参加。马士英和高弘图,是作为内阁的两位主要辅臣,被临时召来旁听的。眼下,在黄澍尚未露面之前,皇帝还打算对辅臣有所垂询。

马士英叩完了头,并遵照皇帝的示意,同高弘图一道站立起来。刚才,他们是低着头走进来的,紧接着就跪下去叩头行礼,因此直到这会儿,马士英才有机会稍稍抬起眼皮,窥视一下龙椅上的皇帝。他发现弘光皇帝正微低着头,一动不动地坐着,仿佛在沉思,一缕阳光从殿顶上的缝隙中斜透进来,照亮了他那个大鼻子,并在上唇投下了一小片阴影。也许是自己一手把他扶上宝座的缘故,每当看到这张迟疑、怯懦的脸,马士英总是情不自禁地涌起一种慈父般的骄傲之情,这种感情使他一方面觉得自己必须竭尽全力地扶持这个人,忠心耿耿地维护这个人的尊严和地位,而不允许任何人来损害、危及它;另一方面,他又把这个人看成是自己的私产,在对方身上所出现的任何冷淡表示和疏远意向,都使他感到愤急煎心,难以忍受。所以,当发现弘光皇帝沉着脸,显得心事重重的样子,马士英就不由得惊疑起来了。

静默了片刻之后,弘光皇帝抬起了头。

"高先生,"他望着高弘图,声调里带着一点苦涩,"先生的奏章朕已看过了。目今正值神京光复、闯贼败亡之时,朕正欲与先生共谋中兴，如何便轻言见弃的话？"

身材魁梧的高弘图，有着一双棱角分明的大眼，和一部雪白的胡子。他似乎预料到皇帝会有此一问，一张多皱的长方脸顿时涨红起来。他重新跪下去，双手把朝笏举在头顶上，操着山东口音大声说："启奏万岁，臣非敢轻率求去，唯是用人一事，臣谓可，勋臣谓不可，臣谓不可，勋臣坚谓可，是非淆乱，尺度全无，日前复有凌侮冢宰，公然逐杀于朝班之事，臣身为辅臣，不能以一法正之，又安可觍颜尸位，贻误家国！"

自从发生了阮大铖"冠带陛见"的风波以来，高弘图虽然碍于身份，没有马上出疏弹劾，但对于马士英利用他不在南京的机会，自行拟旨的做法，显然十分不满。这种情况，马士英是知道的。可是，却没有想到对方竟然会向皇帝提出辞职。刚才，高弘图只谈刘孔昭凌辱吏部尚书张慎言的事，而不提阮大铖，无非是照顾彼此的面子。但他特别点出"用人"的问题，所指仍旧十分明显。马士英不由得气急起来，打算出言争辩，但碍于眼下的场面，不便过于轻率浮躁，只好勉强忍住了。

弘光皇帝望了马士英一眼，神情显得有点尴尬。他迟迟疑疑地说："朕初御朝政，于廷制、用人诸事，俱未习熟。卿等所言，无一不从。先生勿疑有他！"

他避开刘孔昭那件事不答，却把责任全揽到自己身上，自然是不想加以追究。至于阮大铖那桩公案，他的回答也很含糊——"卿等所言，无一不从"，这句许诺固然是安慰高弘图，但又何尝不可以用在马士英身上？很明显，这当中分明还留着一条后路。所以马士英一听，便放下心来。"哼，皇上毕竟是我拥立的，岂有不向着我之理！"他想，山羊胡子底下，不禁隐现出得意的微笑。

高弘图显然也觉察到皇帝语意含糊，他毫不放松，接着又说："冢臣张慎言清正有品，于用人之事，秉公尽责，此朝野所共见。日前只为谏止起用阮大铖，不合勋臣之意，刘孔昭便恶语咆哮于前，复又操刀逐杀于后，朝廷体统，践踏无余。不加惩戒，何以立纲纪之威，何以解任事之危！况且，那阮大铖名列先朝逆案，并非寻常废员可比，仅凭一二人之荐，便骤尔起复，难免有骇四方之观听。冢臣主张持重，亦是理之固然。不意竟遭此凌侮，恐日后亦难为陛下恪尽其忠。"

看见高弘图坚持要惩办刘孔昭，马士英暗暗吃惊。他当然要维护刘孔昭。但是出了大闹朝班那件事之后，却很难拿得出维护的理由。于是，他决定从阮大铖的事入手，一方面扰乱对方的话题，另一方面也是反守为攻，以达到再度荐举阮大铖的目的。主意拿定之后，马士英就踏上一步，跪倒在地，大声说：

"启奏万岁，谓阮大铖当年阿附客、魏，其实并无证据。臣已查明，出入魏阉之门者，当时拜帖俱在，唯独无大铖之名。此事纯系东林罗织成案，使大铖蒙冤弃置十余年之久。臣之所以冒死举荐，实以大铖沉勇知兵，思欲为国家添一可用之才。今东林乃以旧怨阻挠之，臣心甚是不平！"

高弘图起初还碍着同僚的面子，一直避免提及马士英，冷不防见他从旁杀出来，倒错愕了一下。但当听完马士英的话后，这位秉性忠厚的大臣被激怒了，于是也伏地启奏说："臣非东林，亦不知大铖果否知兵。但先帝钦定逆案，大铖名列其上，却是绝无疑义。至谓事属冤屈，则绝非草草一语所能定夺。以臣之见，不如由圣上降旨，着九卿、科、道公议。若查明果系冤案，则大铖起用，亦自光明。"

这个建议自然颇有道理。加上弘光皇帝所担心的，显然是高弘图坚持惩办刘孔昭，现在听见这么说，便乐得退让一步。于是，他点点头，说："高先生所见甚是！"

这么一来，马士英却急了。他忍不住大声说："现今满朝臣工，大半俱属东林。若发下会议，大铖之冤如何得白？又如何得用？况臣特举大铖，纯属一片公心，又有何不光明之处？莫非臣受大铖之贿么？还望陛下宸衷英断！"

高弘图毫不退让。他反驳说："所谓光明，并非不受贿之谓。臣之意是一付廷议，国人皆曰贤，然后用之。如此，大铖日后也可永免受人讥议，有何不好？"

停了停，他又重新涨红了脸，说："若是大铖不经公议而起用，臣唯有自请罢斥，以谢天下！"

在他们争论不休的当儿，弘光皇帝大睁着一双小眼睛，望望这个，又望望那个，似乎失去了主见。加上他分明害怕高弘图一走，会引起大臣们纷纷辞官而去，所以听见高弘图忽然又提起这件事，他顿时皱起粗短的眉毛，急急地把手一摆，说：

"哎，二位先生所见不合，那么，以后再议吧！"这么中止了话题之后，似乎生怕二人还要争执下去，他迅速回过头，问站在旁边的司礼太监韩赞周说：

"那个黄、黄……黄什么的来了么？"

"启禀万岁，湖广巡按黄澍、承天守备太监何志孔正在朝房候旨。"韩赞周躬着身子回答。

"嗯，着他们进来吧——唉！"

既然皇帝这样吩咐了，加上高弘图已经躬身退到一旁，马士英虽然心有不甘，也只好闭上嘴巴，跟着站起来。

传旨的太监出去了小半天，黄澍在殿门外的丹墀出现了。他是一个行动敏捷的中年人，长得五官端正，甚至可以说颇为英俊，健挺的眉毛、飘逸的髯须，再加上炯炯有神的眼睛，使他浑身散发出一股精明强干的气息。在他的身后，跟着矮小肥胖的何志孔。两位陛见者先在丹墀上跪下，行了一拜三叩头的常朝礼。待听到进殿的宣召，他们才爬起来，双手捧着象牙朝笏，躬着身子，从左边的台阶快步登上来。一进入殿里，他们又重新跪下去行礼，

然后俯伏在地上，等候皇帝问话。由于刚才弘光皇帝为制止马、高相争而说的那句话，实际上等于把阮大铖起用的事搁置了

起来，这使马士英十分懊恼。因为经历了十几天前那一场轩然大波之后，他今天奉旨前来，就是一心打算再度作出努力，促使皇帝早下决断，让阮大铖尽快恢复官职。这既是为的了却那笔人情债，同时，他本人也希望在朝廷中多添一条臂膀。谁知闹了半天的结果，仍旧落得个搁置不问。这教马士英岂能甘心？别说在阮大铖面前无法交账，而且自己也会在朝廷上大丢其脸，今后还靠什么来立威扬名？但皇帝既然这么说了，自己也不便当面再争，唯有另行设法。但到底怎么办，一时也想不出好的主意。他本是个刚愎自用的人，遇到这种情况，心中更是只有一个劲儿地窝火，以至弘光皇帝同黄澍最初的那一阵对答，他并没有听进去多少，只是依稀听见皇帝问了一些武昌方面的情形，黄澍一一答了，除了要求朝廷发饷外，还竭力宣扬了一通左良玉的报国忠心。"哼，左良玉是什么东西，东林的一只看家恶狗！等着吧，别瞧他手下有八十万人马，我迟早总要把他给收拾了！"气恼之余，马士英模模糊糊地想。然而，就在这时，他的耳鼓响雷般地轰了一下，脑门上的筋脉也陡然绷紧了，因为他分明听见黄澍正在说：

"……奸臣马士英自任凤督至今，欺君误国，有十可斩之罪，微臣愿冒死奏闻！"

马士英心中有点惊疑，以为自己听错了。他转动眼睛，环顾了一下朝堂，却发现无论是皇帝、太监，还是高弘图，人人的神色都变得异常严峻和紧张，正目不转睛地盯着跪在地上的黄澍。

"卿且奏来！"弘光皇帝的声音在一片死样的寂静中响起。因为简短，听不出他的感情偏向。

"臣遵旨！"黄澍答应道，随即停顿了一下，像是在整理启奏的内容，又像在积聚力量。然后，他才朗声地、神情愤激地说起来：

"一、凤阳祖陵乃国家发祥之地，马士英身为凤督，却托词推诿，巧卸护卫之责。此为不忠，可斩。二、马士英于国难深重之际，居肥拥厚，却每于陛下御前叹苦嗟劳。此为骄矜，可斩。三、他奉命讨贼,却拥兵观望,以致贼势猖狂,不可收拾。此为误封疆,可斩。四、张贼献忠败于蕲、黄之后,贼兵部尚书周文江贿以重金,马士英即上疏朝廷,荐用为参将。此为通贼,可斩。五、他私铸闯贼银印一颗,诡言夺自贼手,以邀朝赏。此为欺君,可斩。六、陛下中兴,乃人归天与,而马士英贪为己功,目无朝廷,国人怒之若仇。此为失众亡等,可斩。七、他蔑侮前朝,矫诬先帝,特荐同心逆党阮大铖,意欲与之把持朝政。是为造叛,可斩。八、前方将士忠义自奋,人人愿报明主。皇上念军旅辛劳,破格奖赐。马士英扬言:'都是我在皇上面前奏的。'是为招摇骗诇,可斩。九、他不顾江防紧急,禁卫未整,却调拨兵马,为其防守私宅墓园。是为不道,可斩。十、马士英上得罪于三祖列宗,下得罪于兆民百姓,举国欲杀,犬彘不食。此为祸国元凶,可斩!"

黄澍侃侃地说着,神情显得越来越激愤。他显然抱着豁出命来干的决心,所以语气凌厉异常,措辞尖锐无比,绝不给马士英一丝一毫的面子,也不作任何迂回隐饰。说到动情之处,他甚至泪如雨下,泣不成声。

弘光皇帝始终静静地听着,一次也没有打断他,那张白胖的脸上流露出悚然震动的神色。待到黄澍的陈述告一段落的时候,这位在人们心目中,一直是马士英股掌之物的皇帝,竟然回过头,对站在旁边的高弘图说:

"黄澍之言有理,先生要记下了!"

说完,又朝跪在地上的黄澍点点头:"嗯,卿可上前来,说得仔细些!"

黄澍叩了一个头,用膝盖往前挪动了几步,又启奏说:"士英有此十大罪,实不可一日见容于尧舜之世。伏乞陛下大奋乾纲,下臣言于五府、六部、九卿、科道,公同参议。如臣有一言涉欺皇上,即将臣正法,以为嫉功害能、诬蔑大臣之戒!如臣言不谬,亦乞立诛士英,以为奸邪误国、大逆不忠者之戒!"

他的话刚说完，跪在后面的何志孔忽然大声附和说："马士英欺君弄权，朝野共见，黄澍所言句句属实，奴婢在此愿以性命作保……"

何志孔现任承天守备之职，但到底是内廷派出的太监。他这么公然附和，多少是超越了自身的职权范围。所以没等他说下去，站在御座旁边的司礼太监韩赞周立即呵斥说：

"御史言事是其职责，何志孔以内臣而操劾议，殊失国体。可速退下！"

不过，尽管如此，马士英也已经被眼前发生的事态弄蒙了。黄澍区区一个七品巡按，竟敢来朝堂之上大放厥词，穷凶极恶地攻击毁谤自己，这已经是十分奇怪。不过，也还可以理解为他仗着背后有左良玉撑腰，料定自己不敢为难于他，才装出这副不怕死的模样。那么，弘光皇帝的表现，却是无论如何也解释不通。他不是明明靠了自己的力量，才当上了皇帝的么？怎么竟然容忍黄澍来攻击自己？怎么不立即严加斥责，反而称为言之有理，还让高弘图记下来？莫非他真的打算采纳黄澍的主意，将自己斩首？莫非由于自己功高权重，使皇帝产生了猜忌和疑惧，所以暗中串通高弘图，安排下今日这一幕，故意让黄澍发难，来造成诛杀自己的口实？事实上，这并不是不可能的。因为功高震主而招致杀身之祸的元勋重臣，在历代各朝中真是不知凡几！本朝的太祖皇帝就曾经做过，后来的英宗皇帝也同样做过！这么一想，马士英就从心底里冒出瑟瑟的寒意，额角上冒出豆大的汗珠，两条腿随之发起抖来。他不由自主地"扑通"一声跪倒在地上，抖抖索索地说：

"微臣有罪，请陛下处分，请陛下处分！"

刚说了两句，忽然"啪"地一响，背后受到猛烈的一击，剧痛中听见一声高喊：

"愿与奸臣同死！"

原来,他正好跪在黄澍的前面。那个不顾死活的家伙竟然用象牙朝笏从背后狠命地打他。结果,他的帽子给打歪了,脊背痛得像要裂开似的。他害怕黄澍还要打,连忙拼命爬开去,一边大声号叫:

"陛下看啊,陛下看啊!"

然而,令马士英震惊的是,甚至到了这一步,皇帝仍旧没有什么表示,只是微微摇着头,过了好一会,才对黄澍说:

"嗯,卿先出去吧!"

僧院风波

黄澍和何志孔退出之后,会见随即就结束了。弘光皇帝临起驾前,给司礼太监韩赞周留下了一句话:"马阁老宜自退避!"本来,跪伏在地上的马士英还心存希冀,冷不防遭此"严遣",顿时变得面如死灰。回到东阁,他思前想后,自感到无法再在阁中赖下去,只好上疏称病,把行李用具全部搬出,灰溜溜地回到鸡鹅巷的私宅,听候皇上处置去了……

消息传出,南京的上层社会顿时轰动起来。人们万万没想到,看起来眷宠日隆、势焰熏天的马阁老,竟然被一个小小的七品巡按奋起一击,就从台上跌落下来;他们也没有想到,靠着马士英拥戴登上了宝座的弘光皇帝,会这样不顾私情,断然下手。一时间,整个朝廷的气氛倒转了过来。那些属于马士英一派的人,自然垂头丧气,私下里愤愤不平;而那些对马士英的所作所为含愤已久、心怀怨恨的人,则惊喜相告,感到大畅胸怀,纷纷称颂皇上圣明,中兴有望。至于湖广巡按黄澍,更成了人们纷纷谈论的一位了不起的人物。当然,对此感到不安,担心会闹出什么乱子来的人也不是没有,但是,在一片喜气洋洋的议论当中,他们的声音很快就给淹没了。

消息传出的第二天，黄宗羲独自雇了一匹毛驴，到聚宝门外的天界寺去寻访方以智。说起来，还在大半个月前，最初得知方以智逃回了南京那阵子，黄宗羲就一心想着要见一见这位旧相识了。只是由于方以智搬出寒秀斋后，去向不明，他不得已才又把心思压下来。到了六月初社友们聚会莫愁湖那一次，黄宗羲听说方以智也去露过面，偏偏自己又因为奉周镳之命去催请黄澍，到得迟了，结果仍旧没有见着。不过，随后就传出了方以智在北京时，曾经变节降贼的消息。这对于黄宗羲来说，无异当头挨了一棒，惊愕得老半天呆坐在椅子上，一句话也说不出来。事实上，作为老朋友，以往黄宗羲同方以智虽然相处得不算顶融洽，有时还会闹点小别扭，但是就内心而言，他对方以智的超群才华和非凡学识，其实是十分佩服的。而方以智作为名望素著的复社四公子之一，黄宗羲更是从不怀疑他的坚毅气节。然而，万万没想到，到了危难当头，对方竟然会做出那样可耻的事情来。"啊，欺骗，又是欺骗！钱牧斋、史道邻、陈定生，还有他！全是欺骗！他们为何要这样？为何会这样！"黄宗羲愤恨之余，用拳头擂着桌子，而且当场就要去找方以智，质问个明白。只是由于顾杲极力劝阻，认为对于为了活命不惜降志辱身的人，犯不着去与之论什么理，黄宗羲才勉强忍耐住了，但心情一直烦闷异常，总觉得有一个邪恶的声音，在耳朵旁边不断地朝他发出讪笑。所以，到了昨天，当马士英失宠下台的消息传来，黄宗羲于惊喜和振奋之余，就再也无法安静。他决定无论如何也要找到方以智，用不怕死的黄澍为榜样，狠狠教训对方一番，以发泄受骗的积愤。

现在，黄宗羲已经来到天界寺。南京这地方，夏天本来就是出名的热，何况正当盛暑骄阳的六月下旬，虽然戴着斗笠，骑着毛驴，但待黄宗羲来到山门时，也早已汗流浃背，燠闷难当。幸好天界寺作为南京著名的三大丛林之一，不只规模宏大，而且境界尤其清幽。寺院内，到处都是合抱的参天古木，仿佛平地张起了重重巨大的翠色帘幕。那些红墙黑瓦的殿堂、庵院，静静地掩映在浓荫绿影当中，让人一走进来，顿觉置身于别有天地的清凉世界，不但烦嚣和暑意为之一扫，而且身心感到分外宁帖，有一种俗虑全消的愉悦。

不过，眼下黄宗羲却没有这种感觉。因为马上就要同方以智见面，这使他既急切又紧张。"啊，听说他的模样变得厉害，不知到底是怎么个样子？我还能认得出吗？我到底是先同他以礼相见，然后再提出质问，还是一见面就迎头痛击？"由于发现，这些颇为重要的问题，在刚才前来的路上，竟然完全没有考虑到，更未曾做好准备，黄宗羲不禁有点慌乱，以至尽管他今天是头一次来，并不知道方以智的住处，但由于光顾着想心事，连设法询问一下也忘记了。

渐渐地，他却发现情形有点不对。起先，是好些寺内的僧人同他擦肩而过，一个个神色慌张，脚步匆忙；接着，又听见远远传来了喧闹的声音，其中不止一次依稀提到方以智的名字。黄宗羲心中一动，不由自主加快脚步，朝声音传来的方向走去。

也就是到了这会儿，他才发现，刚才这么乱走一气，已经来到寺院的尽西头，那里有一道月洞门，毗连着一个小小的庵堂。喧闹的声音就是从庵堂前的小院子里传出来的。当黄宗羲走进月洞门时，庭院里的情景使他又是一怔：只见一群方巾道袍的儒生和绅士，大约有十数人之多，正在那里吵吵嚷嚷。起初，黄宗羲以为是方以智的亲朋友好，结伴前来探访，但随即就发觉不对。因为那些人一个个都显得情绪激昂，气势汹汹，又是捋袖子，又是挥拳头，嘴里还不干不净地骂得顶凶：

"方以智，你这个昧心的贼！你到底出来不出来？"

"再不出来，我们可要砸门啦！"

"喂，你平日不是自命什么君子名士，趾高气扬，招摇过市的么，怎么今日做了缩头的乌龟啦！"

"呸，什么君子名士！不过是挂羊头卖狗肉的货色罢咧！这不，一见了真章儿，就全都露馅啦！"

"啊哈，老兄此言差矣！人家屈膝伪廷，北面事贼，以逆名扬于四方，逆迹闻于朝野，又怎么不是大大的名士？至于这君子嘛，他既蒙伪廷之选，有伪命之污，则只需在'君子'之上，再冠一'伪'字，便也实至名归，无妨照当不误了！"

"哈哈哈哈！"人们被这句刻毒的挖苦逗得哄然大笑起来。

黄宗羲在旁边听着，却感到有点不知所措。因为情形很清楚，眼前这伙素未谋面的儒生和绅士，是专为声讨、围攻方以智而来的。本来，这也并不奇怪。自从有关某些明朝官员，在北京陷落期间，曾变节降"贼"的消息传开以来，江南不少府县都自发举行集会，宣读檄文，痛加声讨。有些地方，甚至发生降"贼"官员的家宅，被愤怒的士民抄抢打砸的事件。其实，连黄宗羲本人，眼下也是为着当面质问方以智而来的。不过，话又说回来，在黄宗羲的心目中，那始终属于他同方以智之间——充其量也只是本社内部的事。他还从来没有设想过要让外人介入，更别说主动参与到外人的行动中去了。"嗯，瞧他们一口一个'伪君子'，对我东林、复社分明不怀好意。只不知是些什么人？怎么会找到这儿来？莫非背后有人指使？"这么一想，黄宗羲顿时警觉起来，于是暂且放弃寻访方以智的打算，依旧站在一旁，默默观察起来。

这当儿，由于方以智始终紧闭着门，不肯露面，那伙人已经越来越不耐烦。他们继续大声谩骂着，其中有一两个干脆走近前去，攥起拳头，朝门上"咚咚咚咚"地猛力擂打起来。

还在黄宗羲进来之前，院子里已经聚起了好些本寺的僧人，只是他们全都站得远远的，神色不安地默默看着，谁也不敢上前劝阻。也就是到了眼下，大约看见那伙人越闹越厉害，才有一个住持模样的老僧，匆匆地越众而出，双手合十说：

"诸位檀越，要见方檀越，尽可平心静气，请他出来，不必如此。"

小刹本是清净佛地,其实不宜喧哗,还望列位檀越周全。"

他说这话时态度十分恭谨,口气也很平和。谁知那伙人不但没有变得安静一点,反而纷纷怒声斥责起来:

"和尚,你知道么,我们今日来是要公讨附贼逆臣,不是什么方檀越!"

"清净佛地?亏你和尚还有脸说!这里住着乱臣贼子,分明是藏污纳垢之所,还有何清净可言!"

"你快点走得远远的,休来撩拨我们,否则,今日便把你这鸟寺拆了!"

"也不用拆,只需向应天府递上一状,告他窝藏贼党,包庇匪人,就够他吃不了兜着走!"

各式各样的呵斥、恐吓、谩骂劈头盖脸地飞过去,把那位住持长老轰得目瞪口呆,脸色发灰,眼看招架不住,只得连声念着"阿弥陀佛",垂头丧气地退了下来。

目睹这种情形,黄宗羲心中愈加吃惊,而且有点生气。因为不管怎么说,方以智除了是个有失节行为的京官之外,还是鼎鼎有名的"复社四公子"之一。冲着复社在江南的声威名望,对方要声讨方以智,事前起码也该给社里打个招呼,征得同意和谅解,才能进行。特别是今时不比往日,马士英已经下台,东林派在朝中眼看就要重新掌政,这伙人还敢如此妄为,要么就是背后确实有人操纵,故意前来寻衅;要么就是他们还不知道马士英已遭贬黜,所以胆敢不把东林、复社放在眼里。"哼,不管是哪一类,这伙人反正都不是什么好东西!"正这么想着,忽然,一个女子焦急的声音从身后传来:

"黄相公,这可怎么办?莫非让他们这么混闹下去么?"

黄宗羲微微一怔,回过头去,意外地发现说话的是旧院名妓李十娘,旁边还跟着一个小丫环。

大约看见黄宗羲大睁着眼睛,一脸疑惑地望着她,李十娘那张椭圆形的粉脸微微一红，随即急急解释说："奴是来寺里上香，知道方老爷住在这儿，顺脚过来瞧瞧他——哎，黄相公，这些人说方老爷投降流贼，他怎么会是那样的人？方老爷忠肝义胆，心比天高，何尝受得这等折辱？相公同方老爷向常是最好的，求相公快快搭救他才好！"

早些时候，方以智曾在寒秀斋落脚，这一点黄宗羲是知道的，而且曾经同顾杲去寻访过。不过，那时候他还不知道方以智失节的事，由于寻访不着，还颇为怅惘。现在看见李十娘，他又重新想起那件事。正因如此，方以智的怕死、堕落和不争气，在这一刻里，又重新变得分明起来，并且像利齿一般咬啮着他的心，使他感到痛苦和愤恨。

"黄相公，求你快快搭救方老爷吧！"李十娘又一次哀求说。由于惶急，泪水涌上了她那双好看的细长眼睛。

黄宗羲轻轻摇一摇头，默默地掉过脸去。

这当儿，那伙闹事的儒生愈加得意忘形起来。他们大声鼓噪着，使劲地跺着脚，一边更猛烈地擂着僧房的门。忽然，有人高叫一声："他再不开门，我们就砸，砸开它！"

"对，砸！砸开它！"更多的人哄然应和。于是，他们开始挤拥着，一窝蜂地向门前拥去。

然而，正当那奔得最快的一个，挥舞着拳头，打算向门扇砸去的时候，忽然，像是给施了定身法似的，一下子全停住了。就连那闹哄哄的声音，一刹那间也消失得无影无踪。寂静中，只听见一个冷冷的声音发出质问：

"你们——要做什么？啊！"

黄宗羲心中一动："啊，密之！密之到底出来了！"他本能地紧赶几步，绕到人群与僧房之间的旁边去，果然看见，方以智已经站在门外，偏西的夏日阳光从房檐上斜照下来，使他那张由于憔悴、苍老而变得生疏了的长方脸，和一双闪射着愤怒光芒的熟悉眼睛，显得格外轮廓分明。

"啊？你们要做什么！"方以智又厉声质问说，并且示威地向前跨了一步。

仿佛受到一股无形的压力似的，那群闹事者畏缩了一下，开始迟迟疑疑地向后移动。然而，也只一忽儿，他们就重新站住了。

"做什么？"一个高而尖的嗓门冷笑说。黄宗羲听出，那显然是个头儿，因为每一次起哄几乎都是这个嗓门领的头。"还用问么？你做下了什么，我们今日就是要来审问你这个什么！哼，背主降贼的屠头！"

"对，你既然认贼作父，还回来做什么？"

"你是怎么回来的？莫不是受了闯贼派遣，回来卧底的？"

"你是不是想学秦桧的样，卖我江南？"

人们一窝蜂地叫骂起来，而且重新向前逼近。

"胡说！我没有降贼，没有！"方以智狂怒地大吼起来，"这是诬蔑！是无中生有！我是清白的！知道吗？清白的！"

"清白？你畏死惜命，觍颜事贼，身污伪选，还敢自夸清白？"

"你自亏臣节，还上书朝廷，播乱是非，嫁祸他人，你还要脸不要脸？"

"这等无耻之徒，还同他闲讲什么？不给他一点厉害，他还道我辈怕了他！"

"对，打！打！打这个无耻之徒！"愤怒的人们齐声大嚷。

黄宗羲心中一紧："不好，密之要吃亏了！"这个念头刚动，就见人丛中蓦地飞起一道黑影，接着，"啪"地一响，方以智那张刚才还激愤地抖动着的脸，突然变得呆滞起来，一双眼睛也失去了灼灼的光芒，过了一会，一道殷红的、反射着阳光的鲜血，就从他的鼻孔缓缓流出，并且朝着下巴淌下去。

"打得好，打得好！再打，再打！"那伙闹事的儒生发出了欢呼。他们显然从这种惩罚中获得了快意的发泄，并且打算继续进行下去。

黄宗羲的眼睛睁圆了，浑身的血液也不可遏制地沸腾起来。一种连他自己也闹不清楚的气愤，强烈地震撼着他。他猛一跺脚，正要冲上前去维护方以智。然而，却迟了一步。随着一声凄厉的尖叫，一个女人跌跌撞撞地奔进了人丛。

"别打了，别打了！各位相公，求求你们，别再打了，求求你们啦！"她哭叫着，张开双臂，发疯似的护住方以智。

这一下变化来得如此突然，不但黄宗羲呆住了，就连那群闹事者也给弄得迷惑起来，把举着的拳头，迟迟疑疑地放了下来。

这个女人自然就是李十娘。只见她发髻也撞歪了，衣裳也掀乱了，泪水糊了一脸。但是，她却像毫无感觉，只顾"扑通"一声，跪倒在地上，一边叩着头，一边继续苦苦哀求。她哭得那样伤心，乞求得那样可怜，以至那伙闹事的儒生你看我，我看你，似乎没有了主意，院子里随即静了下来。然而，方以智却暴怒了。

"滚开！"他朝李十娘厉声喝叫，"你来做什么！谁让你来的？我的事，用不到你管！"

"方老爷，算了吧！不要同他们争了，你要吃亏的哟！"李十娘扭过身去，一边哭，一边乱摆着手，苦苦劝说。当发现方以智不理她，管自走上前来，她就张开双臂，一下子抱住了他的腿。

"贱婢，你要做什么！"恼恨已极的方以智咆哮起来，一抬腿，把李十娘撂在一边，随即伸出一只手，指着那伙儒生说："你们听着，我方以智一身清白，是不怕你们的。方才你们动手打人，我恕你们无知，姑且容让一次，若敢再来，我方某可要不客气了！"

在李十娘苦苦哀求的当儿，黄宗羲已经重新镇定下来。他料定，如果上前劝说，是很难有效的。但到底用什么办法才能把那伙人打发走？他又没有主意。忽然听见方以智这么说，他顿时心中一亮："对，这倒是个办法！"于是连忙四面一望，发现旁边不远的树桠上，横着一根晾衣裳的竹竿，便连忙奔过去，一伸手把它抽了下来，随即使劲在地上"啪"地敲了一下，大声喝叫：

"喂，你们这伙浑人听着！本相公已经看够多时。当此堂堂天子脚下，留都之地，你们竟敢青天白日，聚众滋事，喧哗佛刹，动手打人，到底眼中还有王法没有？莫非你们仗着人多，便可横行无忌么？哼，本相公偏不信这个邪！今日这个不平，是打抱定了！你们有本事的，只管使出来，本相公倒要领教领教！"

说完，也不等对方回答，他就欃着腰，把竹竿当作杆棒，踏着五行方位，抡、撩、挑、戳地比画了几招。早年，他在乡间本来练过枪棒，所以一套"五行棍法"使将起来，不只中规中矩，而且颇有点虎虎生风的模样。自从听见方以智威胁说要还手，那些闹事儒生已经显得有点迟疑，这会儿忽然又冒出来个打抱不平的，而且看见那根竹竿在黄宗羲手中忽左忽右，忽前忽后，舞得像风车儿似的，口中还不时发出骇人的"嘿！嘿！"声，知道对方不是虚声恫吓，一时都给镇住了，只管你看我，我看你，谁也不敢上前。

黄宗羲一边比画，一边在暗暗留意那伙人的动静。知道他们已经犯了怯，他决定再加一把劲，于是，瞅准地上的一块方砖，把竹竿抡得圆圆的，猛敲下去，只听"噗"的一声，二寸厚的一块方砖即时迸为两截。

那伙闹事的儒生本来已经心里发毛，这一下更是脸色大变。不待黄宗羲再行叫阵，他们便"哄"的一声，一齐转过身，向院门奔去。眨眼工夫，就走了个干净。

"多谢兄台援手，否则几为狂徒所困！"显然松了一口气的方以智走过来，拱着手，深深行下礼去。

黄宗羲定一定神。也就是到了这时，他才意识到，自己刚才的行为举动，同今天到这儿来的目的用意，可以说是南辕北辙。不过，已经到了这一步，再翻转面皮来斥责对方，一时间似乎也做不到；至于留下来与对方握手言欢，那可就更加不适宜。于是，他只得沉着脸，抛下竹竿，一声不响地向月洞门走去。

方以智分明错愕了一下，随即招呼道："太冲！"等黄宗羲迟疑地站住，他就快步跟上来，恳切地说："请兄到屋内小坐片刻，如何？"

黄宗羲冷冷地望了他一眼，正要说话，忽然，月洞门外响起了急促的脚步声。他刚刚来得及回过头去，顾杲已经一步跨了进来。

"哎，原来兄在这儿，让弟好找！"

"子方，有什么事？"看见对方满头大汗，气喘吁吁的样子，黄宗羲疑惑地问。

顾杲正要回答，忽然看见方以智站在旁边，另外，院子里还有李十娘和好些僧人，都正远远地站着朝这边看，他就一把扯住黄宗羲的衣袖，穿过月洞门，一起走到院子的外边去。

"罢了，罢了，这朝廷的事，只怕真是没有什么指望了！"当两人在一棵大树下站住之后，顾杲摇着头，擦着汗，不胜懊恼地说。

"到底是什么事？"

"什么事！马瑶草没有倒！他用银子买通了内监田成，让田成在皇上跟前力称他拥立有功。结果皇上又收回成命。马瑶草如今把东西都搬回内阁去了！"

"啊？"

"兄且莫吃惊，还有呢！皇上没让马瑶草倒台，却准了太宰张公、少宰吕公的辞呈，让他们一齐去了职！这一遭可真是输惨了！所以，仲老命弟来，请兄即速回去商议，拟委兄星夜前往杭州，敦请令师刘念台大人来京，出领总宪之任。并请念台大人凭借其声望，上疏力阻阮圆海复出。否则，张、吕二公一去，东林势力骤减，只怕彼辈更无所忌惮了！"

第七章
钱谦益牵驴博笑，刘宗周遇盗论心

喜获升迁

七月中旬，钱谦益终于决定离家启程，到南京去走马上任。本来，关于他的任命，早在一个月前就已经下达到常熟，钱谦益也很想尽快赴任。谁知十分不巧，就在这时候，柳如是却病倒了。请大夫诊过脉，说她是劳碌过度，导致两年前的委厥寒热之症复发，必须卧床静养，切忌车船颠簸。按说，钱谦益也未尝不可以自己先行一步，待柳如是痊愈康复之后，再把她接往南京不迟。就连柳如是在病榻上，也这样劝他。然而，钱谦益这一次搭通了李沾这条线，同柳如是通过惠香从旁说项，有很大的关系。为着酬报爱妾的功劳，他毅然决定：宁可推迟行期，也要留下来亲自照料柳如是；什么时候她病好了，两人就什么时候一起动身。结果，事情便这样拖了下来。

说起钱谦益这一次复出，简直是绝处逢生。本来，凭着他在拥立新君期间的所作所为，到了福王正式登基，他的一切幻想，便宣告彻底破灭，不仅复官起用绝对无望，闹不好，还可能有性命之忧。结果，是柳如是鼓励他振作起来，并且给他接上了李沾这条线。经过一番紧张而又秘密的活动——自然少不了大宗银子的开销，到头来，他不仅实现了多年以来重立朝班的梦想，而且还升了官，由礼部侍郎一跃而成为南京礼部尚书兼翰林院侍读学士，协理詹事府，位居正二品。钱谦益心中的这一份狂喜和感激，确实不是语言所能形容的。近一个月来，他一方面抖擞精神，应酬川流不息的贺客，一方面延请名医，替柳如是治病，关怀体贴，无微不至。经过一个月的精心调养，如今，柳如是的病体已经基本康复。一切要带往南京应用的行李物品，也备办打点停当。钱谦益问过卦、扶过乩，最后择定七月十五作为正式启程的吉日。

这样一个重要消息，在常熟城里自然是藏不住的。何况钱谦益也并不打算隐藏。所以，到了启程之日，在离半野堂不远的内河码头上，从卯时开始，就陆续聚起了一大群本地的贤达名流。其中大多数是与钱谦益素来交好的亲友，但也有不少泛泛之交。甚至连一些彼此存有宿怨、久已断绝来往的人也不甘落后。大抵他们认为，既然早在一个月前，他们已经上半野堂去，向主人恭敬而郑重地表示过祝贺，那么今天前来送行，也就理所当然地成了他们有权分享的一份荣耀。不过，在眼前这群身穿拜客的大礼服、手摇各式折扇的守候者当中，最受注目的却要数顾苓和孙永祚两位秀才，因为他们作为钱谦益的学生兼亲信，这一次也将跟随老师上南京去。凭着这种令人羡慕的"宠遇"，他们自然而然成了人们包围的对象。

"云美兄、子长兄，二位兄台今番得以追随牧老进京，真乃可喜可贺呀！"

"自从得知牧老钦点了大宗伯，弟便猜想，牧老不带门人进京则已，若然要带，云美、子长二兄必是首选，如今果不其然！"

"那还用说！有道是，知弟子者莫如师。何况顾、孙二位兄台的品格才具，在本邑早已有口皆碑，牧老又岂有不察之理！"

"哎，以牧老的雄才峻望，今番得蒙圣上宠召，只怕不出数月，便会大拜。到时二位兄台，就是半个阁老了！"

人们一窝蜂地奉承着、打趣着，顾苓和孙永祚则兴奋地红着脸，不停地拱着手作揖，一再表示惭愧和不敢当。由于孙永祚拙于辞令，顾苓便照例成了应付场面的主角。

"不瞒列位说，"他稍稍提高了嗓门，为的是使周围静下来，

"以弟等之驽钝下材，实不足以供家师驱策。此番追陪进京，无非聊充数目而已！倒是今上对家师的起复，眷注甚殷。一月之内，竟是两番下旨促行，是以家师势难推辞，只得匆匆就道了！"

"哦，怪不得前番之诏，是六月中就到了的。弟正猜测，何以迟迟不见牧老赴任？原来意欲推辞不就。若非今日闻教，弟又焉得其实！"一位青年士子不胜惊异地说。

"那是当然！"另一个中年绅士显出颇为知情的样子，"牧老生平最是淡泊，况且优游林下多年，一片胸襟，早已如闲云野鹤，旷洁孤高，岂有复蹈尘网之理？此番若非迫于钦命，只怕这琴川风月，虽万户侯牧老亦不相易呢！"

顾苓一本正经地点点头："正是如此！便是小弟，其时也深以为忧，日夕趋庭奉恳，祈请家师以天下苍生为念，悯社稷之珍悴，愤逆贼之披猖，暂且入赞中枢，为国宣劳，直待中兴告成、乾坤事了，再作五湖之泛不迟。虽则如此，家师毕竟又踌躇了许多日，方始有回心之意！"

"啊，如此说来，今日此行真是难为牧老了！"许多人异口同声地表示惊叹。接下来，为了对这种高尚的志趣表示钦佩和崇敬，大家便开始你一言我一语地赞美起钱谦益的"风骨"和"襟抱"来。

正当送行的宾客在码头上齐集等待的时候，钱谦益在半野堂内的绛云楼里，也已经穿戴停当，准备出门。只是由于柳如是领着几个贴身的丫环、妈妈，还在楼上的寝室里不知忙些什么，迟迟不见下来，他才仍旧坐在堂屋里耐心等候。

今天，钱谦益的心情，不用说比谁都更加快活兴奋。因为盼望已久的启程日子，终于来到了。近一个月来，虽然他表面上从容不迫，心里毕竟还是有点着急的。偏偏直到昨天，还下了一夜的雨，使钱谦益暗暗担心，今天码头上的饯别仪式，可能会减色不少。不过早上起来，却已是大放晴天，而且由于夜雨驱散了连日的积暑，空气也变得格外清新宜人。这种好兆头，使钱谦益觉着自己今番的复出，连老天爷也格外照顾帮忙。他的心情，便不由得愈加开朗愉快。眼下，一切都已经备办完毕，只等柳如是下楼出门。钱谦益坐在椅子上，有点无事可做，于是低下戴着崭新乌纱帽的脑袋，再一次欣赏起身上那一袭二品官服来。这是一件用纻丝精心缝制的漂亮官服。映照着从门窗外透进来的阳光，官服的绯红颜色显得分外鲜艳耀眼，就连料子上那精美的灵芝盘花暗纹，也清晰可辨。不过，最令钱谦益感到得意的，还是缀在前胸位置上那一方"补子"，如今上面用彩色丝线绣着一道翻腾的波浪和几朵冉冉的浮云，而在耸出于波浪的山石之上，则踞立着一只展翅欲飞的锦鸡。这是二品官阶的标志，权力和地位的象征。在钱谦益的眼中，这方图案显得如此华美珍贵，以至他不由得伸出手去，轻轻地抚摸着。的确，仅仅一个月前，它还是那样遥远、隔膜，可是此刻，竟然已经实实在在地紧贴在自己的胸前。这做梦也没有想到的变化，怎能不让钱谦益为之心头发颤、惊喜交集？而当想到为了这一天，十五年来自己花费了多少金钱、心思和精力，又遭受过多少挫折、屈辱和痛苦，这种惊喜就更化为无限的感慨："啊，我再也不能失去它了！不管怎么说，我决不能再失去它了！"他又悲又喜，脸上露出坚决的神情，随即站起身，开始大步地在屋子里走来走去。直到这种激动凝结成为一个坚定的信念，并被安置到了心底一个牢靠的位置上，他才渐渐平复下来。

现在，四下里十分安静，就连楼上寝室里的那群女人，也变得悄没声息。只有外面庭院的高树上，似乎偶尔掉下一片落叶，在石阶上发出铿然的轻响。"哎，这是怎么一回事，为什么她们还不下来？"钱谦益疑惑地想，不由得心急起来，转过身，打算到楼上去瞧个究竟。就在这时，门外的台阶响起了橐橐的脚步声，接着帘子一掀，现出了少爷钱孙爱那张血气不足的脸。钱谦益不知道儿子闯进来有什么事，倒怔了一下，但只好放弃原来的打算，重新转过身来。

钱孙爱没有立即进屋，他似乎被父亲眼下这全新的仪表穿戴弄迷糊了，只顾眨巴着一双小圆眼珠子，上上下下地打量着，瘦削的脸上现出既惊喜又敬畏的神情。直到钱谦益咳嗽着发出询问，他才如梦初醒地"哦"了一声，跨进门槛，快步趋前行下礼去。

"父亲安好……"

"嗯，有事么？"钱谦益问，习惯地皱起眉毛。

"不知父亲可已准备停当？若有须孩儿去办的事，尚祈吩咐。"钱孙爱仍旧弓着腰，恭敬地说。

钱谦益望了儿子一眼，感到有点意外：这个一向孱弱娇惯、浑不更事的少爷，什么时候学会了自己跑来讨事干？他先坐回椅子上，又指一指旁边的一张坐墩，示意儿子坐下，这才摇摇头，说："没有什么了，该办的都办妥了。"

"那么，"儿子一边坐下，一边又急急地说，"父亲这次进京赴任，想必须得好些日子才能回来，不知对孩儿尚有何训诲？"

钱谦益心中又是一动，"今儿个是怎么了？听他说话，还真像是转了性儿似的！"他奇怪地想，"莫非我这儿子真个长大了，变得懂事起来了？"心中这么疑惑着，他不由得抬起眼睛，仔细打量一下儿子。不错，此刻儿子的神态显得那样的专注、认真，与过去相比，分明少了几分稚弱，多了几分稳重。"嗯，也许我这一次起用和升迁，激发了他的向上之心，使他从中看到了榜样，所以……"这么一想，钱谦益心中，油然升起了一股前所未有的欣慰之情，神色也变得慈祥起来。

"适才——"他沉吟地捋了一下胡须，微笑着偏过头去问，"你进来时，我见你只管望着为父，迟迟不敢举步，却是为何？"

"这……孩儿见父亲今日的衣冠仪容异于往常，不禁肃然，是以迟疑。"

钱谦益点点头，感慨地说："你出生周岁之时，为父便因朝中权臣忌陷，卸任归里。这身衣冠，亦不复穿戴。难怪你乍见之下，反生讶异。唯是事隔十五载之后，为父即仍能重立朝班。此中缘故，你可知道么？"

"这个……孩儿不知道。"

"不知道——嗯，你不妨再想想！"

"……莫非、莫非是朝中有人得了银子，代父亲打通了关节？"钱孙爱试探地问。

没提防儿子会这样回答，而且显然说中了事情的底蕴，钱谦益一下子倒给噎住了。但随即他就变得庄重起来，断然摇摇头："非也！"

"……？"

"为父之所以历十五载而清名不堕，始终为朝野所瞩望，卒至有今日之复出，无他，全在乎于做人与学问二事上痛下功夫而已！嗯，一是做人，二是学问。有成于此二者，便能立乎不败之地！你如今已进了学，将来还要中举、成进士、步入仕途。唯是无论何时何地，均须牢记为父今日之训，即平日在家，亦应奉行唯谨，不可荒嬉懈怠，听明白了么？"

用郑重而又剀切的口气说完这番话之后，钱谦益就目不转睛地盯着儿子，等候回答。然而，他的期待并没有得到满足。因为一个女人带笑的声音，忽然在身后响起来：

"啊哟，什么做人呀、学问呀，相公教训得也太吓人了吧！"

钱谦益回头一看，原来柳如是正从屏风边上转了出来，后面跟着红情、绿意和两个妈妈。

因为今天要出远门，何况又是这么一种风光得意的当口，所以眼前的柳如是完全是一副盛妆的打扮：内里，穿了一件淡黄窄袖带赭色镶边的女衣，外套一袭橙红色的合领半袖背子，背子上是用七彩丝线绣成的缠枝花图案，腰间还束着一根带宫绦的赭褐色腰带，下衬长可及地的十幅月华裙。因为嫌发髻小，外面又加套了一个"双飞燕"式的假髻，沿着髻腰插了一溜顾盼莹然的金玉首饰。这一番刻意的修饰打扮，再配上已经调养得丰满起来的椭圆脸蛋和弯弯的眉毛、猩红的小嘴，使她在微微仰起头、不慌不忙地款步而出的时候，确实显得既雍容又华贵，以至连钱谦益都睁大了眼睛，暗暗惊异于这娇小玲珑的女人，已经把大家闺秀的派头学得如此味道十足。

柳如是无疑预料到丈夫会有什么反应，并为此十分得意。但她故意不看钱谦益，只朝着钱孙爱微笑着问：

"少爷，你怎么急急巴巴地跑进来，向你老子拍马卖乖？倒也难得！不过，我总疑心着，你本是个老实孩儿，几时学得这等嘴花捩撒的？想必是背后有哪个阴间钻出的秀才、爬坑缸弗上的虔婆老妈，在外头等得不耐，才捣鼓你来做催命鬼？"

钱谦益今天要进京赴任，无疑是家中的一件大事。按照礼节，作为正室夫人的陈氏，照例必须出来奉酒道别。柳如是也必须向陈夫人跪拜辞行。但是，由于前些日子，柳如是为了搜罗银子，替钱谦益谋求起用，坚持削减家中各人的开支用度，引起了陈夫人的不满。有一阵子两人闹得颇不愉快。所以，钱谦益暗中一直担着一份心，生怕柳如是到时不肯服这份低，闹得陈夫人下不了台。事实上，眼下钱谦益对于结发妻子虽说已经毫无情爱可言，但是作为缙绅之家，这起码的礼仪规制，他却觉得到底不能全然不讲，何况又是在这样的大喜日子里，更加要避免把场面搞得过于尴尬难堪。本来，他打算把这个想法向柳如是说一说，又怕适得其反，所以始终踌躇着。现在，冷不防听她这么追问钱孙爱，而且那口气分明透着鄙夷和怨毒，钱谦益不禁吃了一惊，赶忙朝儿子连连使眼色，只怕他说出可能会火上加油的话来。

钱孙爱却没有马上理解父亲的示意，而且显然缺乏随机应变的能力。他仿佛给吓住了似的，迟迟疑疑地张了几次嘴巴，却说不出话来，只是向父亲频频投去询问的目光。

这种情形当然逃不过柳如是的眼睛。只见她偏过脸来，目光陡然变得又冷又尖。她狠狠地盯着丈夫。直到钱谦益畏怯地低下了头，她才"哼"的一声，扭头朝门外走去。

钱谦益一见，愈加慌了手脚。他连忙撇下发呆的儿子，迅速跟上去，开始极力解释自己并没有作过任何暗示，刚才纯然是钱孙爱的误解；并再三劝说柳如是不要生气，要保重身体。柳如是却仿佛没有听见，只管紧绷着脸，一声不响地加快脚步。结果，两人就这样相跟着，一直走到外堂。

外堂的格局布置，在靠近与内宅相通的门里，照例设有一道起遮隔作用的屏风。当钱谦益跟着柳如是跨进门槛时，听见从屏风的另一边传来了谈话的声音。由于声音不高，加上钱谦益的耳朵不大灵便，所以一时也听不清谈话的内容。不过凭着那声调，他却分辨得出，一位是陈夫人，另一位则是他的门生兼亲家翁瞿式耜。"啊，原来瞿稼轩来了，怎么不见通传？想必是刚到！"钱谦益心忙意乱地想，随即不假思索，紧迈两步，抢先迎出大堂去。

果然，身穿拜客礼服的瞿式耜正坐在上首的一张椅子上，大约是听见脚步声，他已经停止了同陈夫人的谈话，转过头来。看见钱谦益，他就站起身，拱着手说：

"老师出门大喜！门下已在此恭候多时了！"

"噢，原来竟辱太亲翁亲临，学生竟坐不知，得罪，甚是得罪！"钱谦益连忙还礼道歉。在这种场合下，他已经暂时顾不上柳如是，只照例埋怨陈夫人："为何不早早报进来？"

"妾本来要报，"陈夫人解释说，"太亲翁一定不许，说等相公料理完毕，再见不迟。"

瞿式耜连忙证实说："正是如此。老师今日启程，百事纷拿，门下却是得闲无事，况且已蒙师母赐茶在此，便不欲过早惊扰老师了。"

钱谦益摇摇头："那也该即时通报才是！"不过，说完之后，他也就不再深究,而是做出让座的手势:"那么,请!"

"哦,"瞿式耜早有准备地推辞说,"时辰不早,外间已是宾客齐集。门下之所欲言者,俱已尽于昨日。老师不如早点出门,也免得宾客久候。"这自然是对的。但是,钱谦益仍旧故作沉吟,然后才点点头说:"嗯,也好!"

他这么表示了之后,按照礼仪,接下来就该由柳如是以侍妾的身份奉上酒来,由陈夫人给丈夫饯行。但冲着刚才她那股蛮劲儿,钱谦益已不敢指望柳如是肯这么做。本来,如果只是自己家里的人在场,马虎一下,也就算了。谁知偏偏来了个严肃认真的瞿式耜,过于草率迁就,不只陈夫人的脸上下不来,就连钱谦益本人,也很难在亲家翁面前交代得过去。所以,一时间他倒给闹得左右为难,口里一再说着"也好",却始终不敢转过脸去招呼侍妾,那情景显得颇为狼狈和尴尬。

"老爷、太太,酒来了!"一声柔美的招呼在耳边响起,钱谦益本能地转过脸去,忽然怔住了——只见柳如是双手捧着一个朱红的托盘,已经娉娉婷婷地来到跟前。托盘上,放着一把银壶、两只小酒杯。在一双白玉般的小手衬托下,那名贵的器皿显得格外生色。

钱谦益眨眨眼睛,有点疑心自己是不是看差了。然而,一点不假,眼前确实是柳如是。不同的是,方才那股子刁蛮狠戾的劲头此刻全不见了,她微微低下盛妆的发髻,从神情到姿态都变得那样端庄、柔顺。

陈夫人自然不了解丈夫和侍妾之间刚才那股子别扭。她只为丈夫即将远行而突然激动起来,双手颤抖着拿起酒壶,斟满了酒,捧着,微微红了双眼说:"愿相公此去一帆风顺,步步高升!平安……平安回来。"

钱谦益"哦"了一声,慌里慌张地接过,一饮而尽,随即回敬妻子一杯。待陈夫人为着掩饰眼泪,低头饮酒的当儿,他就喜滋滋地望着柳如是，打算用目光表达自己的感激。

柳如是却连眼皮儿也不朝他抬一抬。把托盘交给丫环之后，她就退后一步，对着陈夫人跪下，毕恭毕敬地拜了两拜，直到陈夫人红着脸上前搀扶，她才默默地重新站起来。

客途幽怨

"家饯"结束之后，柳如是带着仆人，乘坐轿子出门，先上船去了。剩下钱谦益，在瞿式耜和钱孙爱的陪同下，来到了宾客云集的码头。因为这一次，钱谦益是以礼部尚书的身份进京赴任，地位之高，可以说非比寻常，何况今日还有县尊大人亲自前来相送，那场面气氛，自然更要庄严隆重得多。守候已久的人们，经过轻微骚动之后，就按照各人身份的高低，自动在钱谦益行经的路途两旁占好了位置：县尊大人，还有城里的那些有名望的头面人物，照例站在最前排，后面依次是其他身份较低的宾客。一些仆役携带着装有酒馔的食盒，分散地在行列附近侍立着，随时听候呼唤。

由于整个仪式都被纳入了划一的轨道，所以饯别的过程就变得颇为顺利而且简单。无非是钱谦益一路走过来，依次地同所遇到的第一个站得最近的人行礼、寒暄。然后，就从仆人捧过来的托盘中拿起酒杯，各自象征性地沾一沾唇，便放回盘中，彼此再度双手一拱，送行者照例留在原地，钱谦益则继续向前走去……

确实，眼前的仪式可以说相当刻板、单调，而且显得庄重有余，热烈不足。不过，这并不等于说，钱谦益的内心也是同样的平淡。恰恰相反，此刻他正处于空前兴奋、自豪和踌躇满志的状态当中，丝毫也不觉得眼前这种刻板的程式有什么不合适。相反，正是这样一种气氛，才使他充分地感受到，如今自己的身份和地位是何等的显赫和尊崇。是的，他们这全体的人，终于在自己面前变得小心翼翼、恭敬唯谨，仔细揣摩自己的每一个举止动作，留神倾听自己的每一句言谈,把自己看成是能主宰他们命运的"神明"。这难道不就是自己十五年来,孜孜以求要恢复的一种形象吗!而当想到,在过去那些年中,由于自己失去了职位,曾经受了多少的白眼、挫折和辛酸,甚至连阿猫阿狗,都敢于指着自己的脊梁骂骂咧咧,钱谦益就更加为眼前的场面而感到快意和自傲了。所以,尽管气氛是如此沉闷,挨个儿地寒暄周旋又是如此费事,但是钱谦益却一点儿也不感到厌烦,还希望队伍更长一点,以便让他有足够的时间充分领略这种扬眉吐气的愉快……

然而,队伍终于到了尽头,这意味着,钱别的仪式即将结束,接下来就要登船启程。钱谦益把最后一杯酒放回托盘上,怀着意犹未尽的心情转过身来。这时,他发现送行的队列已经发生了变化,人们正纷纷围拢上来,准备向他作最后的道别。也许是由于前一阵子那种格局被打破了的缘故,人们此刻的言谈举止也变得活跃轻松起来。他们开始大声地呼唤着,快活地挤挨着。特别是刚才站在后面、轮不上同钱谦益寒暄交谈的那些人,更是一个劲儿地挤上来,试图同他相见。由于这一挤拥,场面就显得有点乱,钱谦益因为没有准备,一时间倒给闹得有点穷于应付。"哎,牧老!"随着一声高叫,人丛中猛地钻出一个人来,那是冯班。只见他帽子给挤歪了,身上却照旧穿着那件前襟上落满油迹的直裰,嘴巴里也照例喷出酒气。在他身后的是他的哥哥——又高又瘦的冯舒,旁边还跟着那长着一张红扑扑脸的老秀才许隽。

冯班一挤到钱谦益的跟前,就打着酒嗝,大声大气地说:"牧老,这可是怎么说?你老光顾着同前面的人亲热,对我们这伙穷秀才却不屑一顾,未免过于厚此薄彼!不成不成,你今日不饮干我这杯酒,可不许开船!"

说着,他向后面做了个手势,他的哥哥冯舒马上拿出一个酒杯,让旁边的许隽把酒斟上,然后交给冯班,由后者双手递了过来。

钱谦益皱了皱眉毛。如果说,这种大咧咧的口气,本是冯班的一贯作风,过去钱谦益同他交往,并不觉得有什么异常的话,那么,此刻听了,却有点不自在,甚至反感,仿佛自己的尊严受到冒犯似的。特别是当他把冯班这种过于随便的态度,同刚才那种庄严肃穆的气氛比较,心中的不悦,就更加增添了几分。所以,尽管冯班已经把酒递到脸前,他却依旧默然站着,既不说话,也不伸手去接。

"咦,牧老,喝呀!快喝!"冯班兴冲冲地大声催促。

"是呀,请牧老满饮此杯!""牧老不喝可不成!"冯舒和许隽也一齐帮腔。

钱谦益踌躇了一下,勉强接过酒杯,凑在唇边沾了沾,随即一声不响地交到许隽手里。冯班瞪大了眼睛,还打算不依。可是钱谦益却不再理他,管自转过身,同别的人周旋起来……

三天之后,钱谦益和柳如是所乘坐的官船,已经驶过了苏州,取道大运河迤逦北上。一路上,免不了还要时时停下来,同沿途各府县的官员会面应酬。出于对宽宏大量的皇帝怀着无限感激,钱谦益如今已经彻底改变了旧时的反"福"的立场。不管是在交换政见的官宴之上,还是在乘船赶路的闲谈当中,他都由衷地、热烈地歌颂新皇帝的圣明大度,赞扬当朝的大老们秉公谋国。甚至听到有人对马士英、刘孔昭等人排斥打击东林派人士的做法表示忧虑,他也一个劲儿摇着头,表示不以为然,然后,就开始宣扬大敌当前应当和衷共济的道理,并对明朝中兴的前途表示十分乐观。正是与前一阵子判若两人的这种态度,常常招致柳如是的挖苦和嘲笑。

"哟,听相公这会子说话,可不像是一位东林领袖,倒像是马家的门客似的!"她撇着嘴儿,鄙夷地说。

钱谦益一怔:"不像么?哼,不像就不像。其实当东林又有什么好处?白熬了十五年的冷板凳,没有一个肯出面替我说话不算,到头来还照样给他们卖了!反倒不及老马那伙人讲义气、够朋友!"

"既是恁般,当初你怎么那等出头露脸地给他们卖命?你要安安静静地袖手旁观,只怕早就开复了,也不用等到今日!"

"当初谁知道史道邻、姜居之、吕俨若他们这等脓包?我一心以为他们真是敢作敢当的好汉,所以才……"

"哼,总之你就是蠢、蠢!让人家当猴儿耍了都不知道!"

"是、是,我蠢、我蠢。嘻嘻,其实我也不是蠢,不过,论聪明能干,却是不及我那河东君夫人万分之一了!哈哈!"

"去,谁要你来卖乖,你以为这等,老娘就能忘了你在留都那阵子怎样对待我吗?哼,休想!"

"……"

以上这些话,自然都是两人私下在船舱里、枕头旁,半真半假地说着玩儿的。不过经历了这一次起死回生的波折,钱谦益对于这位如夫人的见识和手段,确实佩服得五体投地。一路之上,他更加百依百顺。无论柳如是提出什么要求,他都尽量设法给予满足;不管她怎样挖苦、取笑,他都赔着笑脸听着,绝不着恼。不过,尽管如此,钱谦益却隐隐觉得,柳如是心中始终存在着某种芥蒂,尚未彻底地真正快活起来。

这一天,航船已经过了常州,向着丹阳进发,钱谦益凭着船窗,看了半天岸上的风景,感到有点倦了,便和衣躺到床榻上,闭上眼睛,打算迷糊一阵子。正在蒙眬之际,忽然觉得有人使劲推他,接着又听见柳如是的声音在叫:

"起来,起来!"

钱谦益吓了一跳,连忙睁开眼睛,坐起来问:"什么事?"

"叫他们停船!"柳如是皱着眉毛说。

"停船?为什么?"

"老是这么窝着,烦死人了。我要上岸去走走!"

钱谦益眨眨眼睛,本想说:"好端端地坐在船上,又要上岸走什么？"但看见柳如是脸儿绷得紧紧的，一副焦躁不安的样子，他就不敢违拗，只好站起身，走到舱门前，把李宝叫来，吩咐他让船停下，就近挑个地方靠岸。等李宝答应着去了之后，钱谦益重新转过身来，打量着柳如是，试探地问：

"你——怎么了？是不是又生我的气啦？"

"没有！"

"那么——"

"你别管，不要管！好不好？"柳如是的神气愈加焦躁，并且扭过脸去。

钱谦益只好不再追问。等船靠了岸，放下跳板，夫妇两人就由已经伺候在船头的仆妇们搀扶着，走到岸上去。

这是一带行人寥落的土堤，堤旁的洼地上，虽然也种植着不少梅树，可眼下正是七月，所以也谈不上有什么景致可观。梅林之外，则是连绵无尽的稻田。在浮荡着片片白云的晴空下，那些已经开始分蘖拔节的晚糯秧苗，大约遭了虫灾，正在成片成片地枯萎、发黄，显出半死不活的样子，使人看了，更加难以开怀。柳如是在钱谦益和丫环、仆妇的陪伴下，闷声不响地到梅林里外去转了一圈，终于兴致索然地走了出来。但她仍旧不肯回船，管自衣袂飘飘地沿着堤岸信步向前走去，神情也显得愈来愈萧索、抑郁。

看见爱妾这样子，钱谦益心中更加纳闷。如果说，前一阵子，由于自己作为肩负着全家命运的主儿，正处于复官无望、前途未卜的绝境之中，柳如是心情恶劣还可以理解的话，那么眼下大事终于办成，夫妇二人正在春风得意的上任途中，钱谦益就实在猜不透爱妾还有什么可以发愁的。不过，他也知道这个聪明漂亮的女人脾气与众不同，可以说有点古怪，往往喜怒无常。

为了让她重新高兴起来，钱谦益只好一边四面张望，一边暗地里动脑筋。

"喂，你乱闯什么！没看见前面有老爷、太太在走路吗？"

一声呵斥蓦地传来。钱谦益回头望去,发现一个赶脚的老头儿,正牵着一头鞍鞯俱全的毛驴从后面赶了上来,却被自己手下的家丁拦住了。钱谦益心中一动,连忙把李宝叫过来,低声吩咐了一句。等李宝点点头,转身去同那个赶脚的老头交涉时,他就紧赶两步,走到柳如是身边,干笑了一声,说:

"夫人,你走了这一阵子,想必也乏了。赶巧,后面来了一头驴子。夫人何不就骑上它,也好散散心?"

柳如是起初似乎没有明白丈夫的意思,只是冷冷地回过头来。但是,当看见李宝已经把毛驴牵过来时,她就站住了。

"那么,就请夫人上坐,待下官替你牵辔执鞭!"钱谦益干脆讨好到底,说着,果然伸手抓过驴子的嚼头。

柳如是望了他一眼,没有作声,但也没有拒绝。于是,在李宝、红情等人的帮助下,她稳稳当当地坐上了驴背。

钱谦益顿时高兴起来。虽然感觉到仆从们都投来诧异的目光,他却毫不理会。等柳如是坐稳了之后,他就牵着毛驴,大步向前走去,一边走,一边回过头来,笑嘻嘻地说:

"咦,这会儿,夫人怀里就缺一面琵琶。要不,便是活脱一幅《昭君出塞图》哩!"

柳如是那澄澈如水的目光闪动了一下,依然没有说什么,但眉宇之间似乎稍稍舒展了一点。她回过头去,眯缝起眼睛,向梅林后面那一轮被晚霞笼罩着的苍茫落日,久久地凝望着,一任从田野上吹来的风,把她一双雪白的衣袖,吹得像鸟儿翅膀似的上下翻飞。

使臣北上

第二天早上,他们乘坐的航船到了丹阳。这是运河线上的一个重要的交通枢纽。往北不远,就是渡江的必经口岸——镇江府城。

从那里自然可以溯江而上，乘船直抵南京。但一般人都不走水路，而是在丹阳改乘车子。钱谦益也决定乘车。所以在馆驿住下之后，他就一边打发仆役去雇车辆，一边派顾苓上县衙打听，看看有什么过往的重要官员在城里停留，以便决定是否应当前去拜访。

小半天之后，顾苓回来了，说眼下有两位重要的官员歇在城中。一位是被起用为都察院左都御史的刘宗周，正住在城西的智善寺里；另一位是奉旨经理河北的兵部右侍郎兼都察院右佥都御史左懋第，现在另一处馆驿下榻。顾苓还打听到，左懋第此刻不在馆驿，据留守的人说，他上智善寺拜谒刘宗周去了。钱谦益心想：这两位官员都是自己的旧相识，何不乘此机会，把他俩一块儿都拜会了，同时也可以了解一下近日朝廷有什么新动静。于是他不再耽搁，回到屋子里，向柳如是说明原委，稍事打点，便带着李宝匆匆出门，乘坐轿子，立即启程。

来到智善寺，左懋第果然已经先在刘宗周那里。大约邸报上早已发表了消息的缘故，所以当他们得知钱谦益来拜，双双出迎时，只是连称"巧遇"，并没有表现出更多的惊讶。看见这种情形，钱谦益也就不作进一步的解释，只谦恭地同他们相让着，一起向屋内走去。

刘宗周所借寓的，是寺里的一所小小的别院。作为朝廷的首席监察大臣，刘宗周眼下同钱谦益一样，都是位居二品的高官。更兼他身为当代大儒，门生故吏满天下，在朝在野都具有很高的威望。就连马士英，也出于政治考虑，不得不几次三番地故作姿态，促请他入朝参政。然而，钱谦益发现，刘宗周眼下虽然终于决定走马上任，但那种近乎怪癖的简朴，却丝毫不见改变。他所借寓的这一角宅院，松阴蔽户，竹影满庭，非常清静幽雅。唯是堂屋里除却大抵本来就有的普通桌椅和屏风之外，再也看不见任何珍玩摆设。身边只有两名男仆在听候使唤，既不见丫环侍奉，也没有成群的弟子追随，看样子大约连眷属都未带。正是这种清俭克己的道德风范，使钱谦益不由自主产生了一种肃然敬畏的感觉。所以，趁着老仆奉上茶来的当儿，他又一次偷眼把这位昔日的同僚打量一下。他发现，年近七十的刘宗周，已经须发皓白。据说他平日经常从事灌园种菜一类的劳作，身体依然十分硬朗。他微微低着头，身穿一领半旧的二品补服，头戴乌纱帽，正挺直腰板端坐在椅子上。那张不苟言笑的方脸，加上一双隐藏在半垂的眼皮内的、光芒内敛的眼睛，使他看上去，总像是在注视着自己的内心。他本来就不易亲近，现在看来这种性格更加明显了，所以对他注视了片刻之后，钱谦益始终不敢贸然开口，于是把目光转移到坐在旁边的左懋第身上。

与刘宗周相比，左懋第的神情举止要灵活得多，也精明强干得多。这不仅是由于论年岁，他要年轻一大截，而且也因为他基本上是一位事务型的官员。不过，即使是左懋第，这会儿也显得庄严而沉默，两道粗而黑的眉毛在紫棠色的脸膛上方挤在一起，低低地压住了黑白分明的眼睛。钱谦益隐隐觉得，那眼神是沉重的、忧郁的，仿佛怀着无限的心事。

"左老先生，"为着打破已经持续了好一阵子的沉默，钱谦益放下手中的茶杯，含笑地问，"此番老先生身膺重寄，奉旨经理河北，不知有何宏谋伟略，可以得而闻乎？"

"哦——"仿佛从某种思虑中惊醒似的，左懋第那两道深锁的浓眉蓦地松开了。他迟疑了一下，随即拱着手，放低声音说："不瞒老先生，学生此次奉旨北上，经理河北是虚，实则是前往燕京，与建虏通款耳！"

"啊，老先生是说，前往……通款？"钱谦益侧着耳朵，觉得没有听明白。

左懋第点点头，"只因建虏应吴三桂之请，入关助剿已逾三月，今闻闯贼焚掠京师，狼狈而窜，而建虏不穷追贼寇，却遣兵进据河北、山东诸州县。朝廷虑有他变，故使学生赍金帛前往通款慰谕，以觇其志。同行者尚有左都督陈公弘范及原任蓟督王公永吉二位。明日便要启程过江了。"

钱谦益眨眨眼睛，仍然疑惑地望着对方。一个多月前，山海关总兵吴三桂向"建虏"，也就是关外的清国借得精兵，一举击溃李自成，收复了北京。当消息传到常熟时，钱谦益也同许多人一样，曾经狂喜了一阵子，以为皇天护佑，大明总算得救了。但是，刚才听左懋第说，清兵竟然有乘机赖在关内之意，这可是一个令人吃惊的动向。因为要是那样，就无异于赶跑了一只猛虎，却放进来一头暴狮。何况，以李自成之剽悍无匹，尚且不是清兵的敌手，如果清兵占住了北方之后，再进而挥师南下，岂不是更难以抵挡？这么一想，钱谦益就不由得紧张起来，连忙追问：

"难道当初吴三桂借兵于清时，全无定约，竟一任建虏入踞神京不成？"

"定约？"在此之前显然已经同左懋第有过谈论，但这一阵子却像一具石像似的默默端坐的刘宗周，突然插口说，"建虏是什么东西？一帮无父无君、不知礼义纲纪为何物，唯知择肥而噬的虎狼禽兽！彼辈又会管什么定约不定约！何况，吴三桂此次引建虏入关，无非是意欲自保其富贵，也未必与建虏有何定约。即以朝廷此次遣使通款而论，学生亦疑是徒劳往返而已！"

"念老所见，自是高瞻深瞩。不过吴三桂世受朝廷厚恩，且身膺先帝重托，莫非竟不思图报，甘心认虏作父么？"因为毕竟怀着一丝但愿不致如此的希冀，钱谦益忍不住争辩了一句。

"既然神京失陷之日，做狗彘之偷生，摇尾事贼者，就有张缙彦、魏藻德、陈演这样的重臣，复有周钟、陈名夏、龚鼎孳这样的名士，又安能以忠孝名节责望于一介武夫！"

近一个多月来，随着大批明朝官员逃回南方，北京失陷期间的许多情况也传播了开来。刚才刘宗周提到的那几个变节者的显例，钱谦益在旅途当中也已经听说，现在被对方这么举证，他不禁哑口无言。半晌，才又迟迟疑疑地问：

"左老先生此番出使，设若建虏有非分之求，朝廷将何以应之？"

左懋第沉默了一下，似乎在考虑这种机密该不该说，以及该说到什么程度。不过，钱、刘二人的声望和地位显然使他决定直言相告：

"朝廷之意，是建虏若坚议分地，则割关外之地与之。今后即以关为界。此举于先帝在位之时，自是下策；唯时至今日，已属上策。但只怕建虏未必首肯耳……"

听他这么说，钱谦益尚未来得及开口，刘宗周已经突然抬起眼睛，厉声说：

"他不首肯，莫非就将关内之地割给他么？然则华夷之防，更复何在？祖宗陵庙，将何以安？有主此议者，当斩也！"

左懋第连忙说："大人不必动怒。圣上之意，亦是如此。所以临行时，已面谕卑职，说金帛不妨优厚——彼助我剿贼有功，应输若干金，犒劳彼将士，复应若干金，俱可从宽允之。盖彼夷狄之辈，无非贪利，届时再喻之以我江南雄兵百万，已厉兵秣马，严阵以待，战必两伤；况且，若使流寇有喘息之机，一旦反噬，受祸当不止我朝。如此，或可令彼酋觉悟就范也。"

这话听来倒也颇有道理，但在座的三个人谁都明白，那毕竟只是一厢情愿之想。当然，左懋第看来是不愿意自己说破的。而刘宗周大抵也同钱谦益一样，想到左懋第这次出使，实在是责任很重而成功的把握很小，而且必定艰险重重。他们出于对这位勇敢无畏的同僚的尊敬和同情，也为着不挫伤他的锐气，所以都闭上嘴巴，不再对此事加以辩难。然而，尽管如此，对于未来前途的可怕悬想，仍旧愈来愈强烈地震撼着钱谦益的内心，以至他手中的那只搁在一只小碟子上的茶杯，竟由于发抖而"嘚嘚"地响动起来。

义利之辩

有关北方清军最新动向的消息,引起了钱谦益的深切忧虑。不过,他却不知道,就在隔壁僧院的一个八角亭子里,另一场关于时局的谈话,正在黄宗羲与来访的陈贞慧、侯方域之间进行着。

陈、侯二人是今天早上才从南京赶到丹阳的。本来,自从六月初那一次,在莫愁湖的聚会上,陈、侯二人因为郑元勋那封遗书,同周镳发生激烈争执以来,社内无形中已经陷于分裂。以吴应箕为首的一批社友,因愤于马士英悍然上疏荐举阮大铖,从而认定和衷共济的主张是根本行不通的,结果纷纷倒向了周镳的一边。只有陈贞慧和侯方域倾向于赞同郑元勋的建议,双双转到了姜曰广的门下,继续担任幕僚。此外,也有个别人如张自烈,感到夹在当中左右为难,干脆跑到扬州,投奔史可法效力去了。所以,近一个月来,社内的几帮子朋友,基本上处于各行其是的状态,就连日常的联系,也几乎中断了。

不过,到了最近,朝廷的局势却似乎正朝陈贞慧所预测的方向转化。据姜曰广透露,几天前,在阁臣们的一次闲谈当中,有人提及已故的复社领袖张溥。马士英出乎意料地接口说,他同张溥本是老朋友,当年张溥病故,他还亲自前往太仓州吊唁,并为之料理后事。高弘图听了,便告诉他,张溥当年的座师就是姜曰广。既然如此,你们二位又何必相仇不已?姜曰广明白高弘图的用意,于是当场表明心迹,并恳切地陈说了一番天下大义和千秋是非。马士英听着,老半天点头不语,事后就派他的亲戚越其杰出面,转达了和解的意愿。根据这种情形,姜、高二人认为,由于前一阵子,对方上疏举荐阮大铖一事遭到朝臣的强烈反对,甚至闹出几乎被黄澍参倒那一场风波,马士英大约也自觉脸上无光,颇为后悔。如果他真的愿意和解,那么从维护中兴大局出发,东林方面也应当稍示宽容，不要把他逼得太甚。因为江南政局的最大隐患，是以阮大铖为首的阉党余孽死灰复燃。而在目前的形势下，防止这种事态出现的最好办法，莫过于把马士英争取过来。因此，姜曰广特别嘱咐陈贞慧：要提醒社友们在近期内约束言行，尽量避免无谓地刺激对方。姜、高二人的这种部署，陈贞慧和侯方域无疑是赞同的。不过，当他们分头寻访吴应箕等社友陈说利害，提出告诫时，却得知一个消息，说是六月间，黄宗羲南下促请刘宗周进京赴任前夕，周镳曾经让他带去一份措辞激烈的疏稿，内容是揭发抨击马士英。其中还提出要让马士英立即离开朝廷，回到前方去督师。周镳的计划是先请刘宗周过目，如果同意，就由刘宗周以本人的名义上呈朝廷。对于这种做法，陈、侯二人十分担忧。因为很清楚，刘宗周一旦把奏疏上送，势必大大激怒马士英，使好不容易才出现的和解机会化为泡影。不过，他们也知道，找周镳商量是无济于事的，于是只好派人到丹阳守候。一旦得知刘宗周抵达，他们便立即赶来。考虑到同刘宗周并不熟悉，加上老人又是出名的一副刚方耿介的脾气，他们为着避免一下子谈僵了，无法转圜，便先找到黄宗羲，打算摸一摸底细再说。

现在，陈贞慧已经把事情的经过原委和利害得失详细述说了一遍。但是，黄宗羲却皱着眉毛，一声不响。看见他这样子，陈贞慧忍不住催促说：

"太冲，此事进止之间，关系至巨，还须从速禀明总宪大人，早作决断才是！"

"不错，"侯方域也从旁帮腔，"为政之道，可不比做学问。做学问，无非是口舌笔墨之争，故此只问是非便可，无须顾及其他。然而为政者，乃是势与力之争，除却是非之外，还须顾及利害，相机进止。否则，何止不能成事，且亦不能自保。自保尚且不能，则纵有济世之伟愿，匡国之宏图，亦不过纸上谈兵而已！"

"还有，"陈贞慧委婉地接上来，"拥立之际，当道诸君子对马瑶草多所姑息，弟亦深以为失策。唯是今日之事，却又不同。如今马瑶草因自知是非难违，公论难抗，不得已而求和于我。是故高、姜二阁老此番决策，所仗者实乃是非公议，并非只出于利害权衡呢！"

侯方域的目光微微一闪，随即会意地改口说："极是极是！如今马瑶草已是众叛亲离，千夫所指。我辈正可稍示宽容，令朝野公论更坚向于我。如此，便再不怕他马老头儿兴风作浪了！"

两人你一言我一语地开导着。然而，黄宗羲却尽自紧抿着嘴唇，毫无反应。一双眼睛，也径直盯着亭子外边。在晴明的上午阳光照耀下，矗立在亭栏旁的一座嶙峋山石，此刻显得格外凹凸分明。

陈贞慧不由得焦急起来。事实上，他也未尝不知道，就脾气执拗而言，黄宗羲并不比周镳更容易说服。不过，他同周镳之间，除了见解不合之外，还有着不易消除的名位冲突，以及其他误解，而同黄宗羲却没有这些。相反，说到彼此平日的交谊，他同黄宗羲也较之周镳要亲密得多。所以，陈贞慧估计，只要耐心加以诱导，是可以最终说服对方的。谁知，自己不辞辛苦地赶来，耗费了半天唇舌，对方却始终一言不发，陈贞慧就有点发急了。不过，他仍旧耐着性子，再一次催问：

"太冲，不知以兄之见……"

"兄瞧见不？"黄宗羲忽然用手一指，答非所问地说，"那是什么？"

陈贞慧疑惑地转脸望去："哦，兄是说那座——那座石山？"

"不错，可还有呢？那些！从石缝里长出来的。"

"石缝里长出来的？兄是说那些草？"

"正是。且稍待片刻——嗯，风来了。兄再瞧瞧，二者如今有何不同？"

"不同？"

"嗯！此二者，一则巍然不动，一则动摇不止。皆因物性不同，故其态各异。是以兄也不必多说了！"

陈贞慧起初还疑惑地望着朋友，但一旦领悟到对方那个比喻的含义时，他的宽脸就涨红了。

"太冲，"他愠怒地皱起眉毛，声音也急促起来，"你，还有周仲驭，对弟诸多猜疑，以为弟没能耐，不中用！这都成。以为弟不配管领社事，这也成！可眼下的事，关乎社稷的存亡，大明的兴衰，非同儿戏！绝不可任性而为！似你们这等不顾时势地蛮干，是会贻误大事的，知道么！"

黄宗羲本来一直紧盯着亭子外面的石山，这会儿他的眼睛慢慢转了过来，似乎想说什么，但终于只是鄙夷地冷笑一下，重新掉过头去。

这么一来，坐在旁边的侯方域也按捺不住了。他猛地站起来，倒竖起眉毛，大声说：

"黄太冲，老实说，若不是受姜阁老之托，我们今日也不会来相烦你！现在定生兄不过让你引见一下刘总宪，你不肯也就罢了，何以竟出语伤人！莫非以为只有你才高明，别人全是昏蛋？你倒说说，这些日子，你们做了哪些有补于朝政的事，却来讥讽挖苦定生！你知道不，这些月来，定生无时无刻不在为社稷安危苦思焦虑，一腔心血，全都倾注在国家中兴上，何曾为自己打算过！为着平息社争，连《留都防乱公揭》那份功劳，他都让给周仲驭了。可你们还不体谅他，还一个劲儿指责他，伙着周仲驭来排揎他！你们到底想要怎样？莫非……"

他还要质问下去，却被陈贞慧一伸手，拦住了。

这当儿，陈贞慧已经冷静下来。诚然，作为曾经广受拥戴的一位领袖，面对近一个月来，社友们的误解与孤立，陈贞慧的内心是难堪的、痛苦的。侯方域的仗义执言，可以说多少替他出了一口闷气。不过，陈贞慧却知道，侯、黄二人历来不和，加上侯方域的口气又过于凌厉，如果因此惹怒了黄宗羲，效果可能会适得其反。所以，看见侯方域停止了指责，他就直望着黄宗羲的眼睛，恳切地问：

"太冲，你我相识已非一朝一夕，以往你并非如此，为何如今对弟的成见，像是愈来愈深？莫非兄当真以为，弟已是转向背盟，甘心与阉党小人同流合污么？莫非弟在兄心目之中，真的就是那等朝秦暮楚、不足信赖之辈么？若是如此，请兄不妨明言，弟必定虚心聆教。如确有错失不当之处，弟亦愿当即改过。如属误会，也正好趁此机会，陈述清楚。兄以为如何？"

这样说了之后，看见黄宗羲皱着眉毛，紧抿着稍稍向前突出的嘴巴，一张小脸憋得越来越红，心中像在酝酿着某种激烈的变化，又像进行着某种艰难的抉择，陈贞慧于是把目光放得更柔和，口气也更恳切：

"兄还有什么为难之处不成？你我相知一场，莫非兄还不相信……"

"不，我相信过！"黄宗羲突然抬起头，爆发似的大声说。不知是激动，还是痛苦，他的双眼变得通红，并且迸出了泪花，"我相信过！"他重复地说，"我相信过钱牧斋，相信过吕俨若、姜居之，相信过史道邻，也相信过你，可结果又怎么样呢？钱牧斋不必说了，吕俨若和姜居之当初竭力鼓动我们拥戴潞藩，到头来却是他们自己先打退堂鼓！史道邻身为东林领袖，以本兵而膺首辅之寄，却不顾天下之责，朝局之重，迫不及待把内阁的位子，拱手让给马瑶草，自己跑到了扬州！至于兄，一个劲儿鼓动社友们入幕，说是可以就近干预朝政。到头来，却落得跟着史道邻、高研文、姜居之一道，被权奸小人玩于股掌之上，任其摆布，而不能以一法抗之。到如今，竟又生出和衷共济之议。兄也不想想，当初迎立之时，留都大政本在我掌握之中，尚不能与彼辈和衷共济；到如今太阿倒持，权柄在人之时，而欲与之和衷共济，岂非痴想！兄口口声声要弟相信兄，却为何不自问，兄果真能让弟相信么！"

黄宗羲激动地反驳着，怒气冲冲地指责着。最初迸出的泪花已经干掉了，一双眼睛却像要冒出火来似的，变得又炽热，又明亮。显然，经过这些日子的挫折与痛苦，他已经越来越坚决认定：对马士英之流，唯有拼死抗争，而绝没有妥协和解的余地。要使他改变想法，如果不是根本不可能的话，那么也绝非光凭几句言辞、一席谈话所能办得到的，恐怕还得拿出成功的例证来。然而，时至今日，不管是东林派大臣们的谋划，还是陈贞慧本人的设想，都确实没有成功可言。正是这一事实，使陈贞慧不禁有点茫然。以至有片刻工夫，他只是呆望着朋友，一句话也说不出来。

"还有，"黄宗羲接着又说，"兄等口口声声断言，为政之道，乃势力之争，故趋利避害，便当为立身处世之第一义，是非犹属其次。照此说来，岂非'利'之所在，虽大奸大恶，亦不妨为之；'害'之所存，虽大忠大善，亦不妨弃之。如此，试问尚有何忠奸邪正之分？尚有何君子小人之别？和光同尘，同流合污，而谓理之所在，势固宜然，中兴可期，盛世不远，岂非痴人说梦，复以骗人？二位仁兄身为复社领袖，而竟倡此邪说，试问尚有君子之气味否？"

"兄此语也未免强加于人！"陈贞慧尚未开口，侯方域已经傲然反驳说，"弟等何曾说过为政之道可以只顾利害，不问是非？唯'是非'亦有大小。目今至巨至重者，乃在于安社稷，致中兴，其他俱属次要。否则便是见小忘大，不知通变，必为识者后世之所讥！"

"不对！"黄宗羲把手一挥，激烈地说，"国家之所以至于今日，根由全在于小人持朝，祸民误国。又岂得视为小是小非？如不力排坚拒，到头来必重蹈前朝覆辙，成为千秋万世之罪人！"

陈贞慧在一旁默默听着，他觉得黄宗羲的说法中分明混淆了一些最重要的东西，正打算加入争论，侯方域已经冷笑一声站起来说：

"弟等此来是专诚谒见总宪大人。既然太冲兄的门槛是如此之高，那么，我们自行前往便了。"

说完，他转身招呼陈贞慧，打算离开亭子。就在这时，外面人影一动，黄安从山石后转了出来。

"大爷，亲家太老爷请大爷过去说话。"黄安走到台阶前，垂着手禀告说。

"什么事？"黄宗羲皱着眉毛问。

黄安摇摇头，"小人不知道。"

黄宗羲站起来。有片刻工夫，他望望侯方域，又望望陈贞慧，似乎还想争辩，不过，终于还是对客人说：

"二位也无须去见家师了。实言相告：那封奏疏，家师为着尽早呈达朝廷，已于昨日着人送往留都投递去了！"

刺客临门

"是的，看来君子立身处世，这利害之念确实不能轻启！"黄宗羲一边匆匆往回走，一边默默地想，"不见陈定生，以往领着我们主持清议，禁抑阉党，何等坚决，何等得力；一旦存了利害之心，便锋芒尽失，锐气全无。如今弄到连君子、小人之防也不要了，竟然一门心思去同马瑶草和衷共济，真可谓迷了心性，丧了根本！有道是君子之交，本以义合，亦以义分。要是他一意孤行地干下去，那么唯有分道扬镳，断绝交往而已！"心中这么想着，不过，多年的交谊，竟如此断送，黄宗羲却不免感到有点沮丧，不是滋味。为着抗拒这种软弱的、不应有的情绪，他干脆暂时抛开刚才的一切，加快脚步，一直走回刘宗周下榻的僧院里。

当黄宗羲踏进堂屋时，发现来访的客人左懋第，还有他刚才故意避而不见的钱谦益都已经告辞走了，只剩下刘宗周依旧坐在椅子上，正同本寺的知客僧慧深谈话。看见黄宗羲走进来，刘宗周就点一点头，指着慧深说：

"有一件事，和尚说必定要让你也知道，你就坐下听他说吧！"

"哎，黄檀越，是这么一件事——"长着一张胖圆脸的知客僧显得很紧张，没等黄宗羲完全坐下，就急急开口说，"方才，寺里来了三个进香的男子，一个四十上下，其余两个都是二十出头，操的是山东口音，衣着十分华丽，出手也颇大方，但身形雄壮，说话粗豪，不像是等闲百姓。烧完香后，小僧循例请他到方丈奉茶。不料闲谈当中，他们竟打探起总宪老爷来。小僧有些奇怪，问他如何得知老爷住在寺中？却又含糊不应。当时小僧见他言行诡秘，便将老爷的道德文章、名望节操尽力向他们宣说了一通；待他们出了寺门，又着一名小师弟暗中跟去窥察，回说他们在寺墙外四下环走张望，像是踏勘路径，半日方始离去。小僧因疑这三个是歹人，意欲对总宪老爷不利，是故即速前来告知。请黄檀越多加提防，切勿大意，实为小寺之幸！"在慧深开始述说的时候，黄宗羲还有点心不在焉，但不久，就专注起来。没等知客僧把话说完，他已经不由自主重新站起身子。确实，这件事看来十分蹊跷。虽然是否如知客僧所言还难以确定，但是眼下朝政混乱，两派相争日趋尖锐，刘宗周这次上任，作为东林方面所走出的一着重要棋子，必然会招致政敌们的仇视。何况在此之前，刘宗周还曾经用"草莽孤臣"的名义接二连三地上书，对朝廷的施政措施和腐败混乱予以直言不讳的批评。锋芒所及，"小人"方面的头面人物几乎无一幸免。这也势必引起他们的切齿忌恨。如果说，为着寻仇报复，剪除异己，他们不惜使出半路行刺的手段，也绝不是不可能的，特别是那些骄横跋扈到了极点的镇将们。

"嗯，操山东口音的，会不会是刘泽清手下的人？"因为想起不久前，刘宗周在上书中曾经痛责江北四镇残民有罪、守土无功，并要求皇帝下诏革除他们的爵位，黄宗羲不禁冲口而出说。

刘宗周的目光微微一闪,没有作声。

"老师,这事该当如何处置?"黄宗羲忍不住追问。由于事情如果是真的,情势就变得极其危迫,说不定刺客今晚就会前来,他的心情一下子变得既紧张又慌乱。

刘宗周仍然没有回答,却朝知客僧点点头,说:"多承和尚关照,甚感盛情。此事老夫自会处置。和尚如有他事尚须料理,就请自便。"

等慧深起身合十告辞之后,他才回过头来,反问学生:

"嗯,依你之见?"

"弟子拟请老师即速更换住所,饬令家丁严密防范,并着人到县衙去告知大尹,请他派兵前来保护。至于弟子,从而今起,寸步不离老师左右,刺客若敢来犯,弟子愿以一死当之!"

按照黄宗羲的想法,防备的上策,本应是立即收拾行装,连夜乘船,前往南京。因为一来,那毕竟是皇城重地,警戒森严,刘泽清之流纵然猖狂不法,也得顾忌刺客万一落网,审出幕后主使,这个行刺朝廷重臣的罪名,他们可是担待不起;二来一旦到了任所,衙门内差役众多,护卫的事情也比较好办。不过,黄宗羲也知道,直到目前为止,刘宗周对于是否真正进京上任,还一直踌躇未决。这一次他挡不住黄宗羲的再三苦求勉强启程北上,其实却一直认为,朝廷的政局到了这一步,已经不会有什么好的前途,倒不如保留一个不合作的在野之身,还可以利用自身的崇高声望,来影响朝野的舆论,牵制马士英等人的行动。所以,五天前到达丹阳之后,他就决定停下来,而派人把周镳起草、经他最后改定的那份抨击马士英的上书,先行送到南京,打算看看朝廷如何反应,再最后决定进止。现在,如果让他为着躲避刺客,匆匆进京,只怕他不会同意。但留在丹阳,是否能确保老师的安全,黄宗羲心中其实全无把握。

"唔,如果真是刘泽清派来的刺客,你以为会是些什么人?"

刘宗周站起来，捋着白胡子，来回踱了几步之后，侧过头来问。

"这——自然是些好勇斗狠、奸险狡诈的亡命之徒。"

"那么，你以为我换了一个住处，他们就访查不出来么？你以为县里那些衙役捕快，会是他们的对手么？你以为只要你寸步不离地守在我身边，他们就无法加害于我？嗯？"

刘宗周这些话虽然是一句一句说出，但这一连串的发问在黄宗羲听来，却像一块又一块石头击在心上，又增了几分紧张。

"这个、这个——设若老师有更其妥当之策，那自然更好，只不知……"

刘宗周摇摇头，说："既然防不胜防，依我之见，那就不如不防！"

黄宗羲不禁一惊："不防？可那、那……"

刘宗周摆一摆手，示意他不要着急，然后走向椅子，重新坐了下来，这才平静地说："适才慧深所言，只是猜想而已，即使真有其事，彼辈小人亦无非畏我入朝之后，必力持正议，断不容彼为所欲为，是以出此鼠子手段，以为如此便可以除却一劲敌。殊不知若我果真遇刺而死，纵然朝廷置之不问，天下人亦必知是何人所为。届时掀动公愤，力持正议者必定更众。如此，则马、阮辈去一劲敌，却树立千万劲敌，岂非大好之事？汝师老矣，一身又何足惜！倘能以一死而障此狂澜，实乃余生之所深愿！所以，以愚师之意，是不走、不避、不防，始为最上之策！"

刘宗周在说这一番话时，始终保持着平静从容的态度。但是黄宗羲的眼睛却由于情急而越睁越大，最后，他蓦地一惊，叫起来："啊，啊，那怎么成？不，不成！"

看见刘宗周不回答，只是蔼然地、深切地望着自己，他又踉跄着趋上前去，用带哭的声音嚷："如若一定要死，弟子宁可代老师去死！朝廷不能没有老师，天下苍生不能没有老师，蕺山学派也不能……"

他还没来得及说完，面前那袭绣着锦鸡图案的二品补服忽然晃动了一下，消失了。他定眼一看，发现刘宗周已经站起来，走进左边的书房里去了。

片刻之后，刘宗周重新走出来，手中多了一个厚厚的封套，他一直走到学生跟前，神情严肃地说："情势已迫，不须再议。为师今有一事交托：周仲驭让你送来的那份奏疏，已经送呈朝廷。这里还有一份，是为师另外草拟的。设若为师果真遇刺而死，你就立即前往留都，设法把它面呈皇上，作为愚师临终之谏！"

黄宗羲颤抖了一下，抬起头，还想争辩。但是看见老师紧绷着脸，雪白的眉毛纹丝不动地倒竖在灼人的眼睛上，神情显得异常严厉，他知道老师意志已决，再说也不管用，只好慢慢伸出手去，接过那封奏疏。但是，内心的痛苦和愤恨，使他再也无法控制自己的感情，终于"哇"的一声，扑倒在刘宗周的脚下，像一个孩子似的大哭起来。

居危若安

刘宗周确定了"不走、不避、不防"的对策，并决心不惜以一死来震惊朝野，但黄宗羲到底没有完全服从。他下定决心，无论如何也要克尽最大的努力，"就是死，我也要死在老师的前头，这是毫无疑问的。不这样，我就成了狗彘不如的懦夫了！"他坚决地、悲壮地想。本来，他打算把这件事告诉陈贞慧和侯方域。谁知，也闹不清那两位社友是因为听说周镳所草拟的上疏已经送走而感到灰心绝望，还是被黄宗羲那一番斥责所激怒，竟来个不辞而别。结果，黄宗羲只能单枪匹马地背着老师去自行准备。从当天起，他就带领现有的十名家丁，日夜不停地在宅院周围巡逻；另外，吩咐刘宗周的两名贴身仆人，寸步不离地守候在主人身边。一旦发生情况，就由黄宗羲本人率众拒敌，那两名贴身仆人立即背起刘宗周,觅路逃走,如果老师不肯,那就采取强迫的手段。"要是老师因此而怪罪我,就让他怪罪好了。不管怎么说,我决不能眼睁睁地瞧着恩师横遭杀戮,这是毫无疑问的!"他发誓似的对自己说。

眼下,已经到了第三天。在好不容易又熬过了一个紧张而漫长的白昼之后,几个仆人被轮换到厨下用膳去了,其余两名也在黄安的带领下到门外去继续巡逻。庭院里只剩下黄宗羲一个人。这当儿,夏日的晴空已经褪去了明亮的湛蓝,苍茫的暮色正从四厢的屋脊上升腾起来。墙头庭角的那些花树的影子变得愈来愈浓重而模糊。不过,无论是正屋还是厢房,都未曾上灯,只有一股红薯掺米饭的气味从后边的厨房里传了过来,在庭院中缓缓浮荡。这也是刘宗周的节俭家风。本来也不是当真维持不起,他却坚持在荒年凶岁当中,不允许家中的成员有超出一般民众的生活享受。然而,此刻这种气味使黄宗羲想起的,却是他远在浙东的那个家。在那座古老破旧的、由好些竹木结构的房子组成的太仆公府里,他的母亲和几房已经分了家的弟弟们,此刻想必也正各自围坐在自己的屋子里,一边有一搭没一搭地拉着家常,一边吃着红薯米饭,摇着尾巴的狗在桌下转来转去。他们的谈话常常会被孩子们的捣乱所打断。说不定,他们正在谈到远在异乡的自己。

"哎,即使他们不谈,妻和细姐也是一定会谈到的。虽然这次南归抽空回去了一趟,可时间到底太短,加上只顾着料理刚出生的小儿子,有许多该处置的家务都没有工夫过问。我走了之后,她们的生计说不定会比弟弟们更难一层。幸亏她们还能和睦相处,母亲也会特别照应他们,总算使我少担一份心……只是,只是,万一这一次我不幸而死于刺客之手,那可怎么办?"这个突然冒出来的问题,近两天,由于全副心思都扑在了设法保护老师的事上,黄宗羲确实还从未思考过;此刻他猛一慌神,不禁呆住了。不错,为了保护老师而不惜牺牲性命,这对于自己来说,无疑是义不容辞的责任。但是，自己死后，丢下妻妾和一大群年纪尚幼的孩子，他们将怎样生活？特别是细姐和刚刚出世的那个小儿子，又将会是什么命运？虽然，自己也是未满十六岁就成了孤儿，但那时四海之内，不管怎么样，还是大明的一统江山，还远远没有乱到现在这个程度，现在可是前途难卜，战祸随时随地都会蔓延到江南来……这么一想，黄宗羲的一颗心不由自主地紧缩起来，十根手指的骨节也给捏得咯咯作响。有片刻工夫，他甚至拿不准主意，自己是否真该那么不顾性命地去干……

"大爷，大爷！"一个急遽的声音从院门那边响起，黄宗羲茫然回过头去，发现书童黄安正神色惊惶地向他奔来。

"大爷，快、快去瞧，门上，在门上！"

直到目前为止，一切防范措施，都是背着刘宗周暗中布置的，所以黄宗羲立即把手一挥：

"混账东西，嚷什么！"他低声呵斥说，又迅速地回头望了望，发现老师那间已经亮起了灯的书房没有什么动静，他才做了一个手势，跟着书童走向院门。

"大爷，瞧，那是什么？"一到门外，黄安就回转身，指着门扇，紧张地小声说。

黄宗羲仔细一看，发现门扇的左上角，被人用白粉画了一个小圆圈。薄暗中，显得十分醒目。

"嗯，你们能断定，这是新画的么？以前没有？"黄宗羲紧盯着那个记号似的白圈，皱着眉问。

"回相公，这扇门小人白天曾仔细察看过，并不见有这圈记。"站在黄安后面的一个仆人肯定地说。

"这么说，"黄宗羲想，"刺客果然来了。这个暗记，分明是为着不致临时摸错了门，才留下的。那么，他们今晚就要动手了！"

由于忽然发觉，那个凶险的杀机已经无可回避地逼近到眼前，萦绕于黄宗羲心头的那些犹豫和软弱一下子消散了。他全身的血沸腾起来，精神也陡然为之一振。他正要下达全力戒备的命令，蓦地又想起一件事，于是朝黄安一指：

"快，你到后门去瞧瞧，可也有这种暗记？"

黄安答应了一声，消失在黑暗里。片刻之后，他又走回来，气喘吁吁地说："启、启禀大爷，那、那门上也有！"

黄宗羲"啊"的一声，呆住了。因为刚才他忽然想起，前日慧深所发现的那伙可疑香客，总共是三个人。那么说不定今晚的刺客也是这个数目，甚至更多。如果对方是从一个方向进袭，自己率领众家丁拼死抵御，或者还能赢得一点时间，好让守在刘宗周身边的仆人把老师背走；要是敌人分头进袭，可就有点防不胜防。现在黄安报告后门也有白圈标记，说明刺客果然是采取分头逼进的做法。"哎，这可怎么办？我怎么这等糊涂，早先竟没有想到这一层！"黄宗羲在心里懊悔地、惶急地大嚷。可是危险迫在眉睫，要重新布置已经办不到。"为今之计，我只有紧紧守在老师身边，把防卫的圈子缩到最小最小，才能做到不管敌人从哪一个方向来，我都能立即发现。事到如今，只有这样了！"这么匆忙地拿定了主意，他就压低声音，对黄安说：

"你马上去，吩咐他们各自找地方隐伏，严密监视四周动静，刺客一到，立即杀出，不得有违！"

说完，他就把手一挥，返回院子里，急步向刘宗周的书房奔去。

当他跨进门槛，忽然又想到，自己这么气急败坏地闯进去，必然会引起老师的注意。他固然不想让老师知道自己已在暗中布置，而且也不想过早惊动老师，以免招致干预，妨碍既定计划的实行，于是，便努力收摄心神，放慢脚步，但一双眼睛仍旧忍不住惊疑地向四周打量，生怕刺客已经潜入屋子里来。

刘宗周端坐在书案前，聚精会神地看书，一盏陶制的宣窑书灯，照亮了他那须发皓白的头脸。听见脚步声，刘宗周微感意外地抬起头。当看清是黄宗羲，他就放下手中的书卷，现出询问的神情。

"哦,不知老师在看书,弟子多有打扰!"黄宗羲行着礼,告罪说。

"没有,我也是闲着无事,随便翻翻。嗯,你坐!"刘宗周指一指书案对面的坐墩。

黄宗羲犹疑了一下。他本想紧挨着老师坐,以便于就近保护,但又觉得那样形迹太露,而且不合礼仪。于是只好把那张坐墩稍稍向前挪了挪,使之更靠近书案一些,才微微前倾着身子,坐了下来。

"这一日都不见你进来走动,莫非是在用功?不知在读什么书?"刘宗周望着学生,问,端正的方脸上现出熟悉的蔼然笑容。

黄宗羲虽然已经坐下,眼睛仍在警觉地四处打量,对于老师的话,他只含糊地应了一声,却疑惑地问:"咦,他们两个呢?"

刘宗周已经重新把脑袋凑到书本上,这时抬了一下头:"谁?"当弄明白黄宗羲是指的跟在自己身边的两个亲随,他就不在意地说:"我见他们在这儿闲着无事,打发他们替我把前两日借的几部佛典,送过寺院那边的藏经阁去还掉。"

黄宗羲吃了一惊,猛地站起身,气急地嚷:"那,那怎么成!"

"嗯,你说什么?"大约正急于查阅某个内容,这一次刘宗周没有从书本上抬起头。

黄宗羲定一定神,察觉到了自己的失态。他本想立即去把那两个仆人找回来,但又担心刺客说不定已经伏在暗处,自己一走,立即就会施暴行凶,只好慢慢坐下来,掩饰地说:

"弟、弟子是说,他们都走了去,老师身边连一个侍候的人都没有,怎么成?"一边说,一边暗暗把笼在袖子里的一柄利剑褪出来,横放在大腿上。

"哦嗬?这你倒不必担心。"刘宗周摆一摆手,"嗯,不必担心……"

为什么不必担心他没有说下去,却用五根手指头按住书本,抬起头,冲着黄宗羲微微一笑,说:

"唔,还记得么?前几日你曾问我,阳明先生'心外无物,心外无事,心外无理,心外无义,心外无善'一语,当作何解?当时我未作答,是意欲细加推究,以免草草言之,反滋纷扰。如今,总算理出点眉目来了。我这就说给你听!"

刘宗周所说的这位"阳明先生",就是明朝正德、嘉靖年间的大儒王守仁。他所创立的"心学",是当时的一大学派,影响深广,门徒众多,衣钵相传不绝。刘宗周的学问,在师承上也属于"王学"一派。刚才他说到的那段话,是王守仁所提出的一个著名的论点,见于文集中的《与王纯甫书》。黄宗羲作为刘宗周的学生,平日对"王学"自然深入研究,如今老师表示要给他解答,若在平时,他一定会欣喜异常。但此时此地,却令他有点不知所措。

"啊,多谢老师……"他神思不属地说,同时在书案下偷偷握紧了搁在大腿上的剑。

"阳明所谓'心'者,"刘宗周慢悠悠地说,垂下眼睛,仿佛要把注意力更集中于自己的思想,"那是个笼统的说法。若分别而言,则此'心'实由天下、国、家、身、心、意、知、物八目合成。八目中亦自有精粗之分。意、知、物为其精,天下、国、家与身,为其粗。若单言心,则心亦一物而已。"

王守仁所说的"心",纯粹是指人的主观意念而言。而把宇宙万物,都说成是由心而生,一旦人的主观意念消失,宇宙万物也不复存在。现在刘宗周虽然也沿用"心"这个词,以表示对宗师的尊重,但是他把"心"解释为包括本心和外物在内的宇宙整体,而把主观意念的那种"心",只看作是其中的一个组成部分,实际上已经远远离开了王守仁的原意。而这个问题,正是黄宗羲所急于印证的。所以有片刻工夫,他竟然忘记了处境的险恶,睁大眼睛呆呆地望着老师,等待对方说下去。

"为师这么说，你必定要问，阳明分明说心外无物，而我则说心亦一物，那么心与物何者为主，何者为从？嗯，心，其实本无形体，以意为其形体；意亦无形体，以知为其形体；知亦无形体，以物为其形体。而物，本无所作用，以知为作用；知无所作用，以意为作用；意无所作用，以心为作用。这便是'体用一原'，这便是'显微无间'！"

这又是一个对王守仁学说进行大胆修正的观点。因为按照王守仁的主张，"心"是宇宙的本体，即使万物都不存在了，作为主观意念的"心"仍旧存在，而且可以重新生出万物。现在刘宗周把"心"说成是最终依赖物来显现的东西，这实际上否定了心能产生一切、代替一切，也就等于否定了"心外无物"之说。刘宗周虽然是阳明学派在当代的一位大师，他自己也以王学的传人自居，但是他从不墨守成说，敢于坚持独立思考，提出不同于前人包括宗师在内的新见解。这可以说是作为学生的黄宗羲多年来感受最深、得益最大的。此刻，黄宗羲于领悟之余，又一次强烈感受到了这一点。他不由得激动起来，正想把前些日子自己对这个问题的思考告诉老师，可是，这时候门外传来了轻轻的脚步声。他心中猛地一跳，本能地攥紧了剑柄，回过头去。

进来的是被刘宗周派去送还佛经的那两个贴身仆人。他们在进来之前，显然已经从黄安那里得知发生了异常情况，所以当看见黄宗羲投去询问的目光时，他们都会意地摇摇头，表示还没有什么动静。

黄宗羲这才稍稍松了一口气。不过他还是不敢大意，趁着两个仆人在屋里守护着，他就站起来，借口如厕，到外间四处巡视了一遍。直到确实没有发现可疑迹象，他才重新回到屋子里。

"那么，"他一边在自己的位子上坐下来，一边有点迫不及待地问，"弟子适才听老师教诲，'心本无体，以物为体'。然则此'物'，即'理'乎，抑'气'乎？"

他这里所说的"理"和"气",是除王守仁所主张的"心"之外,历来学者所提出的关于宇宙本体的两种答案。例如曾经盛极一时的程朱理学,就主张把"理"奉为天地之本、万物之源。于是,被标榜为"天理"的纲常礼教,就成为至高无上、永恒不变、必须绝对服从的根本准则。但是这种说法,也如同王阳明主张只要守住"心",就能够长治久安一样,都无法解释明朝二百七十多年来,虽然千方百计强化君主之权,向士夫民众极力灌输纲纪伦常之教,到头来,仍旧避免不了衰亡崩溃这一无情的现实。而这,正是黄宗羲所深深困惑,感到苦恼不堪的。如果说,两天前他在陈贞慧、侯方域面前之所以显得那样愤激,多少是受到这种心情驱使的话,那么此刻,由于被老师充满精深哲理的思维所吸引,黄宗羲就产生了试图在更高的层次上,为自己的疑问寻找依据的愿望了。

刘宗周却沉默着,他显然也觉察到,要回答这个问题,必须对他师承的那个学派作更无情的突破。这无疑是为难的,甚至是痛苦的。然而,他仍旧抬起头,目光炯炯地望着学生,断然说:

"盈天地间一气而已矣!有气才有数,有数才有象,有象才有名,有名才有物,有物才有性,有性才有理,故理是后起的东西。而说理者每每把它说成是在气之先,以为理生气。其实他那个理是什么东西,竟能生气么!"

"啊,既然如此,何以先儒却要说,'气由理生'呢?"

"嗯,有此气才有此理,无此气,则理何所附丽?只不过,这理一出,便至尊无上,往往反而主宰了气,于是看起来便像是气由理出似的,其实并非真的能生气!"

刘宗周的这番见解,使黄宗羲大为兴奋起来。以此推论,黄宗羲所主张的改革朝政,他对现有的君臣关系、为君为臣之道的某些质疑,都可以由"气"的变化中找到最终的依据。这么想着,黄宗羲已经完全沉浸在艰深而重要的哲学思辨当中,感到趣味无穷,以至忘记了周围的一切。

"啊,那么照此看来,理、气这名称,是由人自造出来的。其实只是一物——就其浮沉升降而言,便是气,就其浮沉升降而不失准则而言,便是理,可对么?"

刚才刘宗周还只是就"气"和"理"两者谁主谁从的问题进行了阐述。现在黄宗羲干脆指出"理"不是独立于"气"之外的东西,只是"气"在运行变化时所表现出来的一种特质。这确实比老师又进了一步,而且解释得更清楚。所以刘宗周错愕了一下,随即把书案一拍,大声说:

"不错,说得好,就是这样,就是这样!"他随即把长满如银须发的脑袋一仰,开怀大笑起来。

就在这时,房顶的屋瓦分明地"咔嚓"响了一下。黄宗羲心中一凛,叫声"不好!"猛地跳起来,扑向桌上的书灯,一下子把火吹灭。屋子里顿时漆黑一片。黄宗羲随即伸手把刘宗周往旁边一拉,挺起宝剑,用自己的身体紧紧护住老师。

这几下动作极其迅速,只一瞬间,声响便完全消失,屋子里变得一片死寂。只有庭院中的唧唧虫鸣更清晰地传进窗子里来。

这样过了小片刻——在黄宗羲感觉中却像不知熬了多长的时间——只听一个枭鸟般的嗓门在屋顶上咯咯地笑着,说:

"三哥,你今儿个怎么啦?这手碎瓦功可亮得不是地方哪!"

"秦贤弟,"一个快活的声音接了上来,"三哥的心思你没摸透,他八成是瞧这老官儿呆得可以,杀了还真有几分可惜,有心放他多活几年。可要是屁也不放一个就走,也显得咱兄弟们太无能。所以才给他打个招呼。要不,三哥这么俊的功夫,还能在这上头出娄子?"

听着这番对答,黄宗羲有点似懂非懂。他生怕这是刺客在耍花招,所以仍旧紧紧护着老师,丝毫也不敢懈怠。同时支起耳朵,想弄清那位"三哥",此刻处在什么方位。

然而，那位"三哥"始终没有作声。在一片时断时续的虫鸣中，黄宗羲只依稀分辨出，仿佛有一阵轻风在屋瓦上飘然拂过。接下来，便一切复归于寂然。

直候到天亮，刺客都没有露面。

下车伊始

七月的最后一天，钱谦益同柳如是终于抵达南京。当他们行经太祖皇帝朱元璋的陵墓——孝陵入口处的下马牌坊时，钱谦益特意命随从停下车子，摆下酒馔，然后自己肃整衣冠，向着郁然苍翠的独龙阜跪下来，含着眼泪，毕恭毕敬地遥祭了一番，这才怀着凄惶而又窃幸的心情，重新登车上路，一直赶进朝阳门来。

在丹阳停留期间，钱谦益从刘宗周、左懋第的口中得知，自从李自成所率领的大顺农民军被打垮之后，北京已经落到了关外清国的手中。到目前为止，清国不仅没有把旧京交还给明朝之意，反而派兵占据河北、山东的要冲地带。他们的目的到底何在，眼下还不大清楚。但事情决不会顺利了结，却是可以肯定的。正是这种不安的预感，使钱谦益的情绪多少受到了抑制，不再像刚出发的时候那样兴高采烈、意气风发了。

现在，他们的车子正沿着朝阳门内那道高峻的红色宫墙往南走，打算先到东城的馆驿安顿下来，然后再就近上吏部衙门去报到。时隔三个月，并且是经历了绝境逢生的波折之后，重新来到这里，钱谦益的心中，自然兴发起许多感慨。不过，出于对自身今后从政前途的关切，此刻他更留心的，却是城里的情景和气氛。他发现，与四月底他离开时那种惊惶惨淡、大难临头的气氛相比，如今城里已经很大程度安定下来。而且，大约由于不久前又传来了"流贼"已经逃出北京的"喜讯"，街道上，无论是店铺还是行人，都显出一种大大松了一口气的模样。虽然这一带毗邻庄严肃穆的宫城，就热闹繁华而言无法与三山街那边相比，但自有一种不慌不忙、怡然自得的气派。如果说有什么使人感到不大协调的话，那就是一辆接一辆满载砖木沙石的大车，上面插着皇宫专用的黄色小旗，正大摇大摆地喝道而来，阵风吹过，扬起了漫天灰土。此外，街道上还多了不少服饰华丽、手摇大扇的外乡人，后面大都跟有挑着礼担的家丁，正三五成群地东张西望、招摇过市，或者操着乡音很重的"官话"，向路人大声打听某个官员的住宅，使市面上平添了一种乱糟糟的气氛。

来到馆驿，奉命提前赶到京里来安排一切的顾苓和孙永祚已经得到报告，预先在那里守候着了。他们把钱谦益和柳如是接进馆驿里，先到大厅上歇息，一边谈些京中近日的情形，一边等候家人往住所里卸运行李。顾、孙二人谈到，在北京殉国的崇祯皇帝和皇后的谥号已经正式颁布，分别谥作"思宗烈皇帝"和"孝节皇后"；又谈到自从吏部尚书张慎言和吏部左侍郎吕大器被迫双双去职之后，大约为着平息东林方面的不满，弘光皇帝决定让曾任北京刑部左侍郎的徐石麒继任。现在徐已到京就职。但诚意伯刘孔昭、抚宁侯朱国弼紧接着就上条陈，竟要求今后吏部用人，必须同他们勋臣商量才能决定。顾、孙二人还谈到：根据从江北报来的消息，史可法自从出任淮扬总督以来，经过努力调解，总算促使四镇停止了捣乱，各自进入防区。如今史可法已经在扬州正式建立了督师机构，还创设了"礼贤馆"广招四方智谋之士，并上疏朝廷推行保举之法，准予破格擢用人才。看来，江北的局面算是基本稳定下来。不过，朝廷里最近又有人指责史可法用人太滥，像在北京沦陷时，曾经降"贼"、不久前才逃回南方来的庶吉士吴尔壎，竟然也被接纳进了"礼贤馆"。

听说对江南的安全至关重要的淮扬防区已经大体稳定下来，钱谦益倒是稍稍放了心。至于史可法怎么用人，他可不想多管。目前他更关心的是朝廷中对立两派的近况。因为前一次，他憋足了劲拥立潞王，结果吃了大亏。如今费了九牛二虎之力，才得以重立朝班，他可不愿意再蹈覆辙。而想避免这一点，正确地决定今后的立场，便成了必须慎重考虑的问题。所以，等顾、孙二人的介绍告一段落之后，他就迫不及待地侧起耳朵问：

"闻得前一阵子因马瑶草疏荐阮圆海，朝端几成水火，不知近况如何？"

"这……"刚才一直充当主要汇报者的顾苓，望了望坐在旁边的孙永祚，看见后者不像是有话要说的样子，他就迟迟疑疑地回答："弟子也曾问过几个人，都说是前一阵子马瑶草因大受攻讦，亦自气沮，近日更不闻他再提此事，想来已是知难而退了。"

钱谦益点点头，觉得如果真是这样，那就最好。自从上一次吃了同盟者们的大亏，钱谦益已经心灰意冷，绝不愿意再为他们去挺身而出，冲锋陷阵。但是如果两派因为阮大铖的事而愈争愈烈，终至势不两立的话，自己也不免左右为难；即使决心保持中立，也会招致两边的猜疑和攻击，就更别说他还想设法同马士英他们和解了。现在这件事没有再提，正是钱谦益求之不得的。他不觉高兴起来，抬起头，正要说出自己的看法，却瞥见李宝拿着一张拜帖，匆匆奔上台阶，弓着腰说：

"禀老爷，太宰徐老爷来拜！"

"太宰"，是吏部尚书的别称。钱谦益一听徐石麒到了，连忙顿住话头，一摆手："快请！"

说完，他迅速站起来，走回自己下榻的屋子里，换过公服，匆匆迎出大门外。等徐石麒走出轿子，彼此行礼见过，他就做出相让的手势，把客人殷勤地迎进大堂。

徐石麒与钱谦益早在天启年间就已经认识，又同属东林一派。崇祯十五年底，当清兵再度入塞，北京形势紧张时，崇祯皇帝在便殿召见当时还是刑部左侍郎的徐石麒，出乎意料地问到了钱谦益的情况。事后，徐石麒曾派人专程赶到常熟，把消息密告给钱谦益,使钱谦益很兴奋了一阵,但后来这事便没有了下文。不久,徐石麒也被罢了官,两人也没有再通音问。如今重新见了面,钱谦益自然十分高兴。不过,徐石麒的心情似乎并不好,那张青灰色的方脸始终阴沉沉的,偶尔露出点笑容,也显得颇为勉强。看来,如果不是出于礼节的需要,他就未必会急着前来拜会。也许因为这个缘故,他只是简单地问了一下钱谦益路上可还顺利,这次来京,有什么困难需要他帮助解决,并说已经将钱谦益抵京的消息知会了礼部,一待那边把房子收拾停当,就可以搬过去住。把这些说完之后,徐石麒就拱着手,起身告辞。

"啊,宝老这就要走?"钱谦益有点意外。

"牧老远来劳顿,正宜歇息,且敝衙门公务冗繁,弟是以不敢久留,改日再登门拜谒。"

钱谦益颇觉遗憾,因为他本来还想打听更多一些朝廷的情形,但他也知道馆驿里人多耳杂,不是谈话之所,于是便不再坚留,依旧殷勤地把对方送出大门外,等徐石麒上轿走了,他才转身走回来。

刚刚回到自己下榻的屋子,他就看见李宝手里又拿着一叠拜帖,站在那里等着。

"嗯,这是哪儿来的?"发现拜帖上都是些不认识的名字,钱谦益奇怪地问。

"哎,老师,"伺候在一旁的孙永祚急急忙忙接了上来,"这都是些来京候捐的士子,久仰老师盛德,特来叩见。"

钱谦益瞪了学生一眼,自己刚刚下车,连气还没有歇过来,孙永祚就把这一大堆不相干的名帖塞了来,使他颇为不快。不过他仍旧压住火气,冷冷地问:"我这不是才到吗,怎么他们就知道了?"

"这,他们从邸抄上得知老师起复的消息,便天天到馆驿来守候,所以……"

"哎，老师。"大约看见钱谦益的神情变得越来越不高兴，站在旁边的顾苓连忙插进来。他先请钱谦益在椅子上坐下，然后才弯着腰，压低声音说："老师想必还未知，只因南都原有的宫阙衙署，自成祖定鼎燕京之后，废置失修，已大半破败倾圮。眼下今上新立，百废待兴，其奈部库钱粮枯竭，迫不得已开此事例，准天下士子纳贡。其上者如府部首领、郎官之衔，须纳四五千金方准授给。次者如翰林待诏、府尹县令，亦二三千金始得授给。虽则如此，纳捐者仍如蚁附膻，蜂拥而至，各寻门径，争攘不已。以老师之盛名，今又出掌贡举，自然难怪彼辈引颈翘企，争欲一拜颜色了！"

这么解释完之后，他又凑近来，把声音压得更低："他们自然不会空手而至，如老师肯见他们，其余弟子自会相机料理。"

钱谦益一直垂着眼皮，慢慢地捋着胡子。这会儿他的目光微微一闪。的确，这一次他凭借柳如是牵线，终于得到起用，然而却几乎把家中的底子都掏空了，确实急需填补。如今碰上这么一份差事，无疑是个大捞一把的绝好机会，不应放过。只是这些人如此迫不及待，竟把"生意"做到馆驿里来，却未免过于明目张胆。万一传扬出去，可是大大不妥。于是，他继续捋着胡子，不紧不慢地说：

"这阵子我哪有工夫见他们！要不，就让他们把帖子留下。至于其他事嘛——嗯，由你们瞧着办便了！"

说着，一阵疲乏之感袭上身来。他不由自主地打了一个呵欠，随即想起柳如是，便按住椅子的扶手，站了起来。

第八章
软硬兼施清廷通牒，骄横不法镇将逞凶

将骄兵惰

冒襄跟着淮扬总督史可法的行辕，在淮河一线巡视，已经有好些天了。他是从如皋动身前往南京，途经扬州时，应史可法之邀，随同前来的。虽然两个多月前，他在长江边上的包港，同逃难南来的方以智意外相遇时，就说过要上南京去，但是回到家中之后，又有大量善后事宜需要处置，根本无法脱身，结果便拖了下来。后来，随着李自成的大顺农民军在北方全线溃败、仓皇西撤的消息传来，江南形势重新趋于稳定；加上方以智从南京写来了书信，对那里的朝局和社局作了颇为恶劣的描述，冒襄也就把先前的心思放淡了。不过，朝廷最近却颁布了一项诏令，征召各府县在过去的乡试中曾经名登副榜的贡生，前往留都报到，准备量才授职。不少亲友都劝他应征，他的父亲冒起宗也有这个意思，冒襄不好过于拂逆他们的心意，加上他自己毕竟也想去露一露脸，便匆匆收拾行装，带着董小宛离家启程。

他们是八月初一到的扬州。在史可法的幕府里，冒襄意外地碰见了张自烈。从朋友的口中，冒襄进一步了解到近几个月来朝廷当中两派纷争的许多情况。据张自烈说，刘宗周那封上疏的后果非常糟糕，以至马士英切齿大骂，发誓与东林方面较量到底。

"这其实都是周仲驭、黄太冲他们闹的！"张自烈叹息地说，"局面已经到了这一步，他们还不顾利害，一意孤行，听说定生也曾一再劝说，他们只是不听。只怕兄去了，也未必能有作为！"

听了这些介绍，冒襄那本来还有点起劲的心情，重新冷了下来。不过，既然出来了，总不能中途又退回去。正好这时候史可法决定上淮河一线去巡视，邀请他同行，冒襄便不推辞，临时把董小宛安置在扬州一位熟人家里，自己带着冒成跟随总督行辕一道北上。

现在，他们离开扬州已经很远。一路上，有张自烈和其他一些幕僚做伴，冒襄倒不寂寞。加上史可法时常停下船只，亲自到岸上的营寨村镇去听取当地官民的报告，也使冒襄获得不少了解实情的机会，接触到许多过去所不知道的情况。例如，过去他只听说，高杰、刘泽清、刘良佐、黄得功等人在淮扬一带争夺地盘，闹得地方上人心震恐、鸡犬不宁，现在他才知道，民众受害的程度，比他想象的要严重得多。官兵们经过的地方，常常整个村子、整个圩镇都给抢掠一空，有的则干脆烧为焦土。一般的老百姓，顶幸运的是预先逃匿到野外，否则被残杀、被殴辱、被强奸，便成了他们或她们最普通的命运。至于事后，那些逃匿者回到家里，看见一切都已荡然，无以为生，因而被迫再度逃亡，或者饿死、自杀的也不在少数。直到如今，侥幸活下来的百姓，每当向史可法诉说起当时的种种惨况，依然哭声震天、痛不欲生。虽然如此，却很少有人要求大老爷替他们申冤做主。大约他们都清楚，即便是大老爷，对于那些残暴凶横的官兵只怕也无可奈何，说了也不会管用。面对这种情况，冒襄的心里，像塞进了一团沉重的铅块，一阵一阵地往下坠。再譬如，以往他只听说，四镇当中除了黄得功比较能约束部下之外，其余几支军队都是纪律松弛、作风腐败。这一次，他跟着史可法出其不意地查访了运河沿岸几处军营，才发现里面军容不整、兵械残破不必说，而且还严重地缺员。号称拥兵千人的一个军营，点起数来只有三四百名，却令人惊异地养了一大群妻妾和奴仆。不仅军官有，连士兵也有。那自然是掳掠而来的。这些人的日常生计，照例就靠冒领的那一部分缺额的粮饷来维持。有好几次，冒襄都碰见营里的官兵们正在酗酒、赌博、调情、斗殴。与其说是军营，不如说像个贼窝，甚至连贼窝都不如，只同一伙随便凑合的流氓乞丐相差无几。冒襄发现，每当看见这种情景，史可法那张刚毅黧黑的脸就变得愈加阴沉，一双眼睛也在紧皱的眉毛下发出霍霍的光芒。不过，他始终没有开口斥责，只是咬紧牙关，掉转头，咚咚咚咚地大步向外走去。

八月初十日，他们一行人来到了淮安府城。预先得到通知的东平伯刘泽清和淮扬巡抚田仰、副总兵刘孔和等一群文武官员，已经在城外的接官亭守候着了。这个刘泽清，半年前还依附东林，以清流派为标榜，自从发生了北都之变后，他就坚决倒向了马士英一边。听张自烈说，前些日子，他甚至当着姜曰广的面破口大骂，狂言要杀尽东林——分明是一个十足的奸恶之徒。至于田仰，则是马士英的亲戚兼心腹。如果说，对于这两个人，冒襄本来就不抱好感的话，那么经过这几天沿途考察，他的憎恶就更增加了十分。所以，当史可法把他连同别的幕僚一道，介绍给主人时，冒襄只板着面孔淡淡地一揖，就走了开去，根本不同他们寒暄周旋，待到上马入城时，也故意落在最后。他暗暗打定主意，在未来的场合中，除非迫不得已，绝不同那两个家伙打交道。"哼，反正我什么都不是，即便史公也怪我不得！"他冷冷地想。

现在，他们已经行进在淮安府城的中心大街上。淮安是运河边上的重镇，正当黄河与淮河交汇的要冲，经济上和军事上的地位都十分重要。本来，这一带的防务是由东林派官员路振飞负责。今年三四月间，当北方警报频传，高杰、刘泽清的败兵到处肆虐那阵子，路振飞率督军民悉心守护，确保了淮南一带的安全，颇受士民拥戴；谁知，却因此遭到马士英的猜忌，不久就被排斥去职，而由田仰取代了他的位置。到如今，再加上一个刘泽清，这淮安府实际上已经成了马士英在江北的重要势力据点。自然，对于史可法的莅临，刘泽清等人也还得保持表面上的礼节。所以，城中照例先净了街，队伍仪仗所到之处，行人都给赶进了两旁的小巷或者房子里去。通衢之上变得一片静肃，只剩下马蹄和战靴行进时所发出的庄严而杂沓的声响。然而，渐渐地，有一处景象引起了冒襄的注意：街道两旁，那鳞次栉比、望衡对宇的房舍，不知怎么一来，忽然中断了。长达半里的地段间，整片整片的房子都给拆平。在腾出来的广阔空地上，堆满了砖、瓦、木、石，以及成堆的沙土。一座宫苑式的建筑，正在拔地而起。虽然只是初具形态，但那宏大的规模、奢华的气派已经分明可见。在同史可法相处的这些天，冒襄常常听对方谈及北伐的计划，并且认为皇上最好能御驾亲征，以激励军民的士气，所以他估计，那可能是在建造供皇上驻跸的行宫。"不过，眼下新遭国变，府库匮乏，即使是皇上暂时驻跸，其实也不须大兴土木，作此无谓的靡费！"冒襄暗暗地想，于是回过头去，打算向同行的本地官员探问个究竟。就在这时，走在他旁边的张自烈已经先发问道：

"请问足下，那里所建的，是什么处所？"

"不敢，"同他们并马走着的一位窄脑门、尖下颏的中级官员拱一拱手，低声回答，"那是本镇刘大人新建的府第。"

"什么？"分明吃了一惊的张自烈失声说，"瞧这派势，便是皇上的行宫也不过如此，怎么……"

"先生低声！"那位官员连忙制止，随即殷勤地介绍说，"先生莫非不知？刘大人如今已是伯爵之尊，又蒙圣上俾以重寄，长驻此土，自不能草草塞责。营建府邸，正足见心志之坚呢！"

听着这一番无耻的遁词，冒襄心中勃然大怒，正想插上去说："匈奴未灭，无以家为。当此乾坤颠覆，大敌当前之时，为将者即卧薪尝胆，犹惧不济，而竟大兴土木，壮丽垺于王居，又岂能不令人诧怪！"但是，对方不待冒襄开口，已经絮絮叨叨地向张自烈称道起刘泽清的"贞风德政"来。冒襄明白，对于这种诣佞之徒再说也是白费，于是把涌到嘴边的话强自忍住，心中的愤懑却更添加了十分。

微服求救

到达主人为他们安排的下榻馆舍之后，接下来，照例是由史可法接见当地的文武官员。冒襄因为无须在场，便拉了张自烈在馆舍里随便闲走，一边同对方交换进城后的观感，一边愤愤地议论刘泽清的骄僭无状。由于越说越反感，到了傍晚，当包括张自烈在内的一群幕僚都跟着史可法前往府衙大堂，出席当地为他们举行的接风宴会时，冒襄便推说身体不适，不去参加。待到大家都走了之后，他命冒成弄来一壶酒，几样小菜，独自坐在小方桌前，一边闷闷地自斟自饮，一边默默地想起心事来。

如果说，三个多月前，冒襄曾经是那么急于前往南京的话，那么，此刻他却想到，自己这一次出来应征，真可以说是无谓得很。诚然，去同社友们见上一面，多少有助于平息他们的不满和非议，可那到底又有什么意义呢？虽说留都如今已经建立起一个新朝廷，有了一个新皇帝，但是国家的权柄和军队，却把持在马士英、刘泽清这样一些权奸小人手里，有志之士又能有什么施展的机会，大明又有什么中兴的希望？他又想到，自从史可法被迫到淮扬督师以来，据说光是为了调停桀骜不驯的四镇总兵，就费了九牛二虎之力。其间，曾经被高杰软禁在僧寺中达一个多月之久，完全失去了自由。最后好不容易才说服了高杰，并调解了高杰同扬州官民之间的纠纷。从表面看，如今四镇总算接受了朝廷的命令，各自进入指定的防地。但这些武人向来拥兵自重，唯利是趋，万一局势再度有变，又安知他们是否真靠得住？至少，从今天看到的刘泽清在城里大修府第那件事，就不难明了他们到底把国家拨给的军饷用在哪里，他们一心追求的又是什么。而史可法还不辞劳苦地到处奔走，设法安抚他们，为他们请饷，指望这些人能为国效命，真是可哀可叹！接着冒襄又想到，这一次来扬州，最痛心的是，已经再也见不到郑元勋。无论如何，郑元勋可算得上是一位能干的人才。前些年自己放赈救灾那阵子，就曾经得到他的有力协助。如果郑元勋没有惨死于乱民之手，凭着他在扬州的名望，或许对史可法会有一些帮助……末了，冒襄还忽然想到陈圆圆。自从两年前，陈圆圆被国丈田弘遇强抢到北京去之后，冒襄就再也没有听到她的消息。事实上，他也不想打听。直到这一次，他才从张自烈口中得知，后来田弘遇又把陈圆圆送给了吴三桂。据说吴三桂对她极为宠爱。但是在三月十九日之变中，由于她留住在北京，结果竟落入了"流贼"的权将军刘宗敏之手。听说吴三桂闻报，愤怒异常，这一次毅然举兵讨"贼"，与此可以说不无关系。冒襄感到奇怪的是，在自己听到这个消息的当时，心中竟是那样平静、淡漠，就像在听一桩遥远的、与自己毫不相干的传闻似的。只是到了此刻，夜深人静、孤灯独对，那些淡忘已久的昔日情事，才又一幕一幕地重新呈现在眼前。他的心，也隐隐感到了一种被咬啮般的痛楚。

"大爷……"一声熟悉的、踌躇的轻唤自门边传来。冒襄本能地转过脸去，看见冒成正站在那里，昏黄的灯光照亮了他那张欲言又止的、恭谨的脸。

"大爷，门外来了一个客人，求见史大老爷。"仆人垂着手，迟迟疑疑地说，"把门的军校因史大老爷不在，不放他进来。但他说有极紧急的要事，非得见到不可，宁愿在此守候史大老爷回来。军校不敢做主，央小人来禀知大爷，请大爷示下。"说完，觑了觑主人，又赶紧补充说："小人也说大爷眼下身子欠安，不能烦扰——要，要不，小人这就回复他，把那人打发走便了？"

冒襄默默地望着仆人。他还被那种软弱的、绵绵的情思缠绕着，没能立即作出反应，过了片刻，才随口问道：

"嗯，是什么人？可有拜帖？"

"禀大爷，他未带拜帖，也不肯报姓名。"

如果是正常的求见，在目前这种情况下，冒襄确实不打算理会。可是仆人的回禀，却使他有点惊疑："莫非来人真有机密事宜要见史公不成？倘若如此，可不能误了大事！"这么一想，他就警觉起来，吩咐说：

"好吧，命军校在他身上搜一搜，若没有什么时，就带他来见我！"

也许还要经门卫搜检的缘故，冒襄等了一会，仍未见客人进来。他感到不耐烦，便站起来，走出天井去。就在这时，远处的月洞门那边响起了脚步声，一个身材高瘦的男子跟在冒成身后出现了。昏暗中看不清他的脸，只从那一身青衣小帽，判断出大约是个平民。

"嗯，你是……"等来人走到跟前，做出行礼的姿势时，冒襄打量着，问。同时疑惑地觉得，对方那一张眉毛稀疏的青白脸，有点眼熟，仿佛在哪儿见过似的。

那人没有立即回答，也在上下打量着冒襄。廊灯下，他的神情显得有点紧张，一双小而亮的眼睛，正闪动着警觉的光芒。

"你到底是何人，因何事求见史公？"冒襄又一次问，略觉不快地皱起眉毛。

"敢问，兄台莫非是如皋冒辟疆先生？"那人的声音里透着一丝惊喜。

"……？"

"下官刘孔和，先生莫非不认得了？"

刘孔和——淮安府的副总兵官。今天下午随史可法进城那阵子，冒襄在迎接的文武官员中曾经同他照过面。现在一经提醒，他就想起来了。但堂堂的一位高级将官，竟是眼前这么副打扮，神情又如此诡秘，却把他吓了一跳。

"刘某虽身在军伍，也久闻先生盛名，请受学生一礼！"

按照当时重文轻武的礼制,即使一名普通秀才,也有资格同总兵官分庭抗礼,所以刘孔和这种举动也不算过分。冒襄连忙答了一拱,随即做出手势,打算把对方让到外间花厅上相见。

但是刘孔和站着不动。他左右望了望,压低声音说:"学生此来是有要事面禀阁部大人。阁部大人赴宴未回,本拟守候,不意得晤先生,实乃天幸。唯是外间非谈话之所,不知可否借尊寝小坐?"

认出对方的身份之后,冒襄倒是放了心,见他说得郑重,便点点头,把对方让进起居室里,重新行礼坐下,一面吩咐冒成奉茶,一面望着客人,关注地问:

"不知将军有何见教?"

还在前来淮安的路上,冒襄就听人介绍过,刘孔和是崇祯年间礼部尚书兼东阁大学士刘鸿训的儿子。刘鸿训当年曾奉诏主持审定魏忠贤"逆案",凭着耿耿正气,排除各种阻力,把包括阮大铖在内的一大批阉党分子分别立案定罪,在朝野中赢得很高声誉。后来,刘鸿训因为诤谏朝政,冒犯了龙颜,被论罪谪戍,死在边关。由于这一层关系,冒襄对于刘孔和也自然而然产生了亲近之情。不过,使他感到意外的是,刘孔和听他这么一问,那双小眼睛里忽然冒出了晶亮的泪水,没等流下来,他就用了一个匆遽的动作,一下子跪倒在地上。

"刘某此来,是欲求史大人和先生搭救性命。先生千祈应允!"他用凄悲的腔调呜咽说,咚咚叩下头去。

冒襄大吃一惊,本能地跳起来,双手拦住他:"将军不必如此,不必如此!"一边说,一边把对方重新搀回椅子上,"尊驾有事,但说不妨。若非冒襄力所不逮者,自当承命。"

停了停,等刘孔和的情绪稍见平复之后,他又怀疑地问:"听将军适才所言,像是有人意欲加害于足下,不知所指何人?"

刘孔和没有抬头,但脸容却显得愈来愈冤苦、悲愤。半晌,他才咬着牙,吐出三个字:"刘、泽、清!"

"什么?刘——是、是他?"冒襄更加愕然。他本想问:"刘泽清不是你的本家侄儿么,怎么会加害于你?"但是,看见对方咬牙切齿的样子,又住了口。

"论辈分——"仿佛意识到他的疑问,刘孔和接着说,"他本是学生的侄儿。早年先父在日,他常在我家奉承,是学生将他带入行伍的。谁知他地位渐崇,却以怨报德,反过来处处抑勒学生,颐指气使,已非一日,学生也不与他计较。前些日子,他拿来一首自作的诗,问学生好不好。是学生一时托大,调侃了一句:'不作更好。'他即时变了脸。当下虽无别话,过了几日,却命学生带本部两千人马出巡河上。学生明知他挟嫌报复,也唯有姑且远身避祸。前几日,他忽然命学生回来,指定除却二百亲兵外,不许多带一兵一卒。今日参见阁部大人时,他又说明日要在东校场阅武,并当场指学生为阵前指挥。此命事前实未有片言向学生提及,因此愈知他不怀好意。明日校场之上,他必借机寻仇,置学生于死地。学生惶急无计,不得已前来求见,祈请阁部大人及先生为学生调解此事,再造之德,誓不敢忘!"

冒襄仔细地听完对方的急切求诉,这才稍稍明白过来。不过,刘泽清为人再凶暴,若是仅仅为了一句调侃的话,就起杀机,而且要杀的是身为副总兵的叔叔,却未免令人有点难以置信。何况,据刘孔和说,刘泽清打算在明日阅兵期间动手,但到时不是有史可法在场么?纵然刘泽清要报复杀人,也不至于愚蠢到挑这么个场合下手。因为一旦给识破,他可是脱不了干系。冒襄觉得,这刘孔和八成是给侄儿平日的淫威吓坏了,所以弄得杯弓蛇影,惴惴自危。于是他微微一笑,说:

"东平伯纵然不怿于尊驾,则出尊驾于河防,已是报却此事。明日阅兵,众目睽睽,恐不至于再生枝节吧!"

"啊,不。先生有所不知,东平伯其人气量极窄,睚眦必报,而且狠辣凶暴，实非常理可以测度。前者他在山东，因给谏韩公曾向朝廷参劾他不法，他便趁韩公催饷，路经东昌时，派兵将之劫杀。另外——"刘孔和停顿了一下，担心地望望窗外，压低声音说，"仆昨日才从东平伯幕中的一位相知处听闻，只因刘总宪曾上疏朝廷，指斥东平伯等镇将以家属寄居江南，意在便于临阵脱逃，罪皆可斩。东平伯恨之入骨。这次刘总宪进京赴任，他竟派刺客前往丹阳，欲谋加害……"

"什么？他、他竟敢谋刺刘总宪！"冒襄不禁失声问。虽然据张自烈说，刘宗周已经到了南京，但这个消息仍旧使冒襄大为震愕。

"幸赖皇天护佑正人，他未能得逞。所遣刺客亦不知去向，但已足见其凶横之甚！"刘孔和急切地补充说，"即以今夕而论，他宴请史公，群僚俱得出席作陪，唯独不知会仆赴会，其意亦是陷学生于怠慢无礼，借以挑激史公之怒，为明日加害学生预设地步。先生若不援手，孔和定无生理！"

如果说，对于刘孔和的苦苦求救，冒襄刚才还觉得是疑惧过度，不以为然的话，那么此刻就有几分相信了。他沉吟地望着对方那张神情惨苦、被跳跃的烛焰照得忽明忽暗的脸，终于毅然说："既然如此，待史公回来，小生便将此隐情代足下转告。明日阅武，亦请史公留意，不容彼人借端生事便了！"

清廷通牒

"嗯，竟有这等事？不，不可信，不可信！"张自烈嘴巴里散发出酒气，摇着头，连声说道。这当儿府衙那边的宴会已经结束，张自烈同幕僚们一道，跟着史可法回到了馆驿里。

自从刘孔和告辞走了之后，冒襄又把事情仔细思考了一遍。虽然他答应了对方的请求，但这毕竟不是一件小事。自己贸然向史可法提出，万一失实，不只会给史可法增添无谓的烦扰，而且也显得自己太过轻信浮躁，没有分辨力。"虽然照例应当转告，但也要把握得稳妥些才成，可不能在那群幕僚面前闹出笑话！"他想。所以，当张自烈回来之后，冒襄就把朋友招进寝室里，打算征求一下对方的意见。

"那刘孔和同东平伯乃是叔侄之亲，不过因细故失欢，又何至于害及性命！"张自烈一边打着酒嗝，一边说出不可信的理由。

"此一层，弟原也是这等想，唯是……"

"何况，"张自烈一摇手，"这种谁也说不清的家事，你我外人，又何必管他那么多！"这么说了之后，他就闭上眼睛，露出酒后思睡的倦态。冒襄摇摇头："话可不能这等说，刘孔和大小也是一位副总戎，若以细故见害，王法何存？军心何安？况且刘孔和的尊大人当年手定逆案，大有功于社稷，我东林之家均受其惠。他后人有厄，我辈又岂能袖手不管！"

张自烈睁开眼睛，疑惑地望了朋友一会，随即又重新闭上："只凭刘孔和一面之词，我们就替他出面，只怕史公闻知，也会怪我等浑不懂事！"

这一点，正是冒襄所顾虑的。但既然应承了刘孔和，他也不想轻易食言，于是迟疑着又说："虽是一面之词，但按之于东平伯平日之为人，似也并非无据。譬如这一次刘总宪赴京上任，他竟敢遣人行刺，便可证一斑！"

"谋刺之事，"张自烈摇摇头，"弟不曾听说，只怕也是刘孔和自造的危言！"停了停，发现冒襄不搭腔，他又补充说："东平伯如今可是马瑶草的一名死党。即便我辈不去撩拨他，他已是处处同史公掣肘为难；若因刘孔和之故给他抓住话柄，今后这淮东门户，只怕麻烦更甚。以弟之见，还应谨慎从事！"

确实，以刘泽清目前的军事实力，加上有马士英在朝廷里做后台，只怕即使是史可法，也难以对他实行有效的约束；相反，还要尽可能优容,以借助他来拱卫江淮地区,乃至推行北伐的大计。在这种情况下,贸然去插手他们叔侄间的私怨,无疑很不明智。"嗯,为大局安危计,也许我不把这件事告知史公,也就算了?然而,要是刘孔和当真遭遇厄运,又怎么办?况且,我已经答应了他……"这么考虑着,冒襄就感到了一种选择的痛苦,一种迫使他从固有信念偏离开去的无情压力。他憎恨这种压力,试图加以抗拒,然而……

第二天,冒襄很早就醒了。由于躺在床上,就止不住净想着昨夜的事,他干脆爬起来,披上衣服,走到窗前,由冒成侍候着,开始洗漱、梳头、穿戴。他一件接一件地,不慌不忙地进行着。这当儿,天已经放亮,几缕柔媚的阳光透过敞开的窗棂射进室内来,照亮了面前的板壁,也带进来早晨特有的清爽宜人气息。这富有生机的气息,驱散了冒襄夜来的烦恼,使他的心情变得开朗起来。"哎,我又何必庸人自扰!至少刘孔和昨夜来过这件事,还是应该告知史公。如何处置,史公自会拿主意。当然,也许一切都是过虑,其实什么事都不会发生——瞧,今日的天气有多么好!"然而,他却没能把这种愉快的心情保持下去,因为门外响起了急促的脚步声。接着门帘一掀,露出了张自烈的脸:

"辟疆,起来了么?"他问,"嗯,好。快过花厅去,史公有要事商议!"

"什么事?"冒襄疑惑地问。

张自烈摇摇头:"听说北边有什么消息,弟也未得其详!"

所谓"北边"的消息,自从农民军向西撤退之后,就是指的清国方面。由于清军入踞北京已经三月有余,不但没有同江南的弘光朝廷联系,商谈交接事宜,反而派兵进占河北、山东的重要关隘。到底他们的目的何在,下一步有什么图谋,近日来已经愈来愈受到人们的关注。就在半个月前,明朝派出以左懋第为首的使团,曾取道这儿,北上交涉。"莫非他们有什么消息捎回来不成?"

冒襄想，于是不敢拖延，连忙从冒成手中接过一把扇子，跟着张自烈匆匆往外走去。

来到花厅，史可法已经同应廷吉、阎尔梅、何亮工、杨遇蕃等几位幕僚在等候着了。由于心里怀着一份疑惑，加上始终记挂着昨夜刘孔和来访那桩事情，冒襄一边同大家行礼、就座，一边不由自主地留意着史可法的神情。他发现，督师大人今天的脸孔，比离开扬州以来任何时候都要严峻，黑白间杂的眉毛紧皱着，一双因长期睡眠不足而布满红丝的眼睛，仿佛在凝聚着某种浓重的思虑，黧黑的脸色在晨光中显得有点灰白，本来就高耸的颧骨则更形凸出。他没有再对冒襄的病表示关心，等大家一坐定，就马上开口了：

"列位先生，"他说，照例不带半句废话，"建虏派人致书来了，昨夜扬州加急递到的，来头非小，是由摄政王多尔衮署衔。其中真意何在，如何复他，请列位先生过目之后，有以见教。"说完，便从八仙桌上拿起一个小型的卷轴，递给了坐在旁边的阎尔梅。

在山海关外壮大起来的建州女真族人，自万历年间建立起后金政权以来，便不断对明朝进行军事侵扰。到了崇祯九年，他们把国号改定为"清"之后，更进一步增长了扩充疆土的野心。经过两年前那一场松山战役，清国已经基本上取得了山海关以外的整个东北地区。不过雄才大略的清太宗皇太极，在崇祯十六年最后一次进入长城之后，不久便死去。由于他生前没有指定继承人，经过一番争夺，结果由睿亲王多尔衮拥立清太宗的第三子福临即位，改元"顺治"。那福临今年才只七岁，一切大权其实都操在摄政王多尔衮手中。如今清国方面的来书由他署名，可见性质的重要。至于眼下，史可法不顾很快就要前往校场阅武，急急地把幕僚们找来商量，无疑也是因为这个缘故。所以冒襄听了，心情顿时紧张起来，连忙站起身，凑在阎尔梅的身后观看，发现来信是用汉文写的，誊录在卷轴上。只见上面写着：

清摄政王致书于史老先生文几：予向在沈阳，即知燕京物望，咸推司马。后入关破贼，得与都人士相接，识介弟于清班。曾托其手泐平安，拳致衷曲，未审何时得达？

冒襄心想：这几句开场白，虽属照例的客套，却是下笔不俗，言简意赅，不知出自何人手笔？不过，其中提及对方早些日子曾让已经投降清国的史可程——也就是史可法之弟来书致意一事，据幕僚们说，史可法读信后勃然大怒，当场把信撕毁，北指大骂，发誓与史可程断绝兄弟之情。如今多尔衮又拾起这个话头，未免可笑！于是他接着看下去：

比闻道路纷纷，多谓金陵自立者。夫君父之仇，不共戴天。《春秋》之义：有贼不讨，则故君不得书"葬"，新君不得书"即位"。所以防乱臣贼子，法至严也！

对方笔锋一转，立即抬出中国的传统礼制，指斥明朝在江南建立政权不合规矩，虽然是强词夺理，但气势凌厉，分明有从根本上否认弘光朝廷之意。冒襄心里不禁一凛。

闯贼李自成称兵犯阙，荼毒君亲，中国臣民不闻加一矢，平西王吴三桂界在东陲，独效包胥之哭。朝廷感其忠义，念累世之夙好，弃近日之小嫌，爰整貔貅，驱除枭獍。入京之日，首崇怀宗帝后谥号，卜葬山陵，悉如典礼；亲郡王将军以下一仍故封，不加改削；勋戚文武诸臣咸在朝列，恩礼有加。耕市不惊，秋毫无扰。方拟秋高气爽，遣将西征，传檄江南，连兵河朔，陈师鞠旅，勠力同心，报乃君国之仇，彰我朝廷之德。岂意南州诸君子苟安旦夕，弗审事几，聊慕虚名，顿忘实害，子甚惑之！

冒襄心想："说当闯贼犯阙之日，中国臣民不加一矢，未免贬抑太过。唯是闯贼是吴三桂向他们借了兵来打跑的，倒是实情，难以驳他，且看他怎么说？"

我国家之抚定燕京，乃得之于闯贼，非取自于明国也。贼毁明朝之庙主，辱及先人，我国家不惮征战之劳，悉索敝赋，代为雪耻。孝子仁人，当如何感恩图报？兹乃乘逆贼稽诛，王师暂息，遂欲雄踞江南，坐享渔人之利，揆诸情理，岂可谓平！将以为天堑不能飞渡，投鞭不足断流邪？夫闯贼但为明崇耳，未尝得罪于我国家也。徒以薄海同仇，特申大义。今若拥号称尊，便是天有二日，俨为敌国。予将简西行之锐，转旆东征，且拟释彼重诛，命为前导。夫以中华全力，受困潢池，而欲以江左一隅兼支大国，胜负之数无待蓍龟矣！

本来，在信的开头，对方还摆出一副仗义兼爱的面孔，甜言蜜语地表示要帮助明朝讨"贼"报仇；然而，到这里便终于露出了凶暴的本相，竟然狂妄地要求江南朝廷不得"拥号称尊"，否则将被视为敌对行动，威胁要"转旆东征"，甚至扬言将联合农民军一起打过江南来。这就毫不掩饰地表明，对方此次入关，完全是醉翁之意不在酒，目的在于彻底取代明朝的统治！如果说，在此之前，冒襄也同其他人一样，对于清兵的意图还有点摸不透的话，那么此刻就再也无可怀疑了。他睁大眼睛，怀着惊恐和愤慨，把这段话又看了一遍，越看越感到浑身发热，再也抵受不住，一挺腰，直起身来。

"嗯,看完了么?"史可法迎着他的目光问。

"没、没有……"

史可法把手一摆:"看下去,看完了再说!"

冒襄迟疑一下,只好重新弯下腰去。不过,下面的部分其实已经用不着细看了。对方无非试图用高官厚禄对以史可法为首的江南人士进行利诱,信誓旦旦地表示,只要后者促使弘光皇帝"削号归藩",便会获得"列爵分土""带砺山河"的厚遇;如若不然,大兵一到,便会招致"无穷之祸"等等。

终于,信看完了。有好一阵子,花厅里变得一片静默,谁也没有说话。

显然,大家被这封倨傲要挟、出言不逊的来信深深震动了,都感到事态严重。

史可法捋着胡子,始终静静地坐着。他似乎预料到会有这样的反应,因此并不急于催促大家发表意见,而宁可让大家深入地体味信中的严重含义,以便拿出更准确、更有价值的意见来。

"竟敢要今上削号归藩,真是狂悖之极!"应廷吉终于睁大三角形的小眼睛,怒形于色地冒出一句。

"他说什么——'兵行在即,可西可东,南国安危,在此一举。'分明是恃势讹诈,是可忍,孰不可忍!"杨遇蕃也愤愤地接了上来。

"哼,打跑了一狼,却迎来一虎,吴三桂当初借兵驱贼,怎么就没虑及这一层!"一位身材瘦长的幕僚不胜懊悔地摇着脑袋,那是已故阁臣何如宠的孙子何亮工。

阎尔梅长叹一声:"流寇也不只是'狼'而已!设若吴平西不向建虏借兵,待彼立足一定,只怕来势更凶!"

大家又不作声了。因为事实正是这样,农民军作为他们不共戴天的死敌,如果说,当崇祯皇帝在位时,倾举国之兵尚且无法抵挡,那么到了只剩下江南一隅之地,恐怕更难与之抗衡。所以,清国的军队一举打垮了农民军,对于他们来说,确实有一种起死回生之感。他们也并非没有想到，出兵相助自然不会是无偿的。如果对方所提出的是子女玉帛一类的要求，他们自然乐于考虑，还会由衷地表示谢意。问题是清方如今竟要求江南放弃政权，投降归顺，这就未免要价过高了！

"哼，"一直没有开口的张自烈忽然站起来，铁青着脸说，"逆贼之亡，实在于彼恶贯满盈，天人共愤，且我江南亿兆军民，同仇敌忾，严阵以待，有以牵制之，令彼不敢并力东向，岂是全由建虏之力！如今此酋居功狂悖，出此谬妄之求，是视我江南为可欺也。如今之计，亦唯有决一死战而已！"

"对，决一死战！"应廷吉也强硬起来。

"对，对！"好几个人同声附和。

但是冒襄却一声不响。无疑，不管是基于天朝上国的高度自尊，还是"华夷之防"的强固观念，都促使他也同大家一样，对于"化外小邦"清国的狂妄要求，感到极其愤慨，恨不得以最无情的痛击，把对方一举扫灭。但是，双方的强弱之势逆转到目前这一步，他又知道，那其实是做不到的。"决一死战"的结果，只能导致东南半壁陷入无穷的祸乱。而冒襄的家乡如皋，如今正处于长江北岸的"前线"，到时就会成为最先也是最严重的受害者。在苟安的局面尚能维持的情况下，这是冒襄所不能接受的。"哼，张尔公的老家远在江西，他自然不难意气昂昂地侈言开战！"他冷冷地、不无反感地想。可是，这么一种理由目前却很难说得出口。所以，尽管心中不同意，他也只能尽自沉默着，不表示态度。

"辟疆兄，依你之见？"一个沉稳的声音从主位上传来，冒襄蓦然抬头，发现史可法正目不转睛地注视着自己。

"哦……"由于缺乏准备，冒襄一刹那间有点狼狈。他极力镇定自己，踌躇了一下，开始字斟句酌地说："依晚生之见，似这等谬妄之求，建虏未必不知断难为我所准。他故高其价，只怕用意仍在多得输币与割地。倘如此，便当即速复书，严斥彼之狂悖。

至于其他，倒不妨示以宽仁，稍餍其欲，恩威并用，或可……"

"哎，此言差矣！"不待他说完，张自烈已经厉声接上来，"建房二十年间，处心积虑，其志岂是区区子女玉帛所能餍足者！至于割地，现今河北、山东已入其手，又何烦复求于我？欲以一纸和书而令彼裹足回心，岂非妄想！"

冒襄的脸孔唰地涨红了。自然，他也知道，自己的说法只是一种软弱的愿望，其实不足以服人。正因如此，出自老朋友之口的尖锐反驳，就更加令他难堪。有好一阵子，他睁圆了俊美的眼睛，又气又急地盯着张自烈。如果不是史可法及时加以阻止，他很可能就会同对方争吵起来。

史可法显然注意到了这种情绪。他做了一个不要激动的手势，然后，慢慢地捋着胡子，半晌，才说："书也要复，战也要备。能和最好，实在不能和，亦只有决一死战而已！"停了停，又心情沉重地叹了一口气："说到战，淮扬之兵虽然强弱参差，尚堪一用。弟所忧者，倒是朝中的门户之争，水火日亟。国事之坏，只怕实在于彼——哎，时候不早了，先去阅武吧，此事回头再议！"

校场演兵

为总督大人莅临视察而预备的军事操演，按命令安排在淮安府城东门外的校场上举行。那是容得下好几千兵马盘旋驰骋的一个大土场子。从很久远的年代起，这一带就被派作军事用场，本来是疏松柔软的土地，已经在无数马蹄和战靴的踩踏下变得坚硬异常，而且布满了大大小小的坑坑坎坎和纵横交错的辙迹。一眼望去，空荡荡的场子袒露在光天化日之下，就像一个苦役囚徒那负罪的、鞭痕累累的胸膛。的确，这是一片已经变得麻木而冷酷的土地，在这儿固然看不到翻滚的稻浪，也没有绿树和红花，甚至连卑贱而倔强的野草，都难以生长，因为没容它们冒出头来，那暴烈的、散发着死亡气息的旋风就会呼啸而至，把它们连根拔起、撕碎，彻底吞没……

从拂晓时分起，由明朝驻淮安总兵官东平伯刘泽清属下的庞大军队中选拔出来的精锐之师，就开始源源进入接受检阅的阵地。夜色笼罩的寂静郊野上，隐隐传来了唰唰的脚步声、咴咴的马嘶声，以及一两声特别高亢的口令。起初，这些声音都显得遥远而模糊，不过渐渐就变得接近起来，清晰起来，于是又分辨得出兵器的碰响和炮车的轰隆。这时，军队出现了，那是几股徐徐蠕动着的暗流，正在朦胧缭绕的宿雾中，从不同的方向汇集过来。他们有时仿佛在交叉着前进，有时又乱纷纷地纠结在一起，有时走着走着，仿佛迷失了方向似的，又莫名其妙地倒退了回去。但这一切也许只是错觉，因为他们仍旧不慌不忙地继续行进，而且终于接二连三地在各自的阵地上停顿下来。这时候，淮安府城东门那高耸的城楼已经被第一抹朝霞所照亮。虽然城墙下面依旧幽暗，从阵地上不时传来下级军官的粗野叱喝，也依然显得隐秘而模糊；但是这儿那儿，间或一闪，却分明是盔甲或枪尖受了晨曦的感应，而迸射出了反光。

为了显示主人的排场和对贵宾的尊敬，校场北面那一座朝南而建的阅武厅已经粉饰一新，当中摆上了三张铺着虎皮的浑银交椅。那座高高的将台，照例矗立在厅外的左侧。一根直指云天的巨型旗杆顶上，迎着晨风猎猎地飘舞着一面"帅"字大旗。直到天已大亮，淮安府的主要文武官员和地方名流才陆续来到。于是阅武厅周围，就成了纱帽、方巾和各式官服道袍的萃集之地。他们对于能够躬逢今日的盛典想必都感到十分荣耀和兴奋，一边快活地寒暄着，一边伸长了脖颈，向着被初升的朝阳涂成金黄色的官道上张望，等候着贵宾的出现。

不过，当跟着史可法的随从队伍进入校场的时候，冒襄对于上述种种情形，并没有太留心，甚至被引导到阅武厅上一个属于他的位置站好之后，他的整个心思也仍旧被多尔衮的那封来信盘踞着。诚然，刚才他对于张自烈那个"决一死战"的轻率主张十分反感，而希望尽可能谋和；但是，要说这种主张必定行得通，却连他自己也不敢相信。如果建虏坚持原来的狂妄要求，那么剩下的选择确乎只有"决一死战"。然而，从建虏入关，一仗就把李自成打得大败而逃来看，其兵力之强显然还在农民军之上。如果说，明朝的军队连农民军都对付不了，又怎能抵挡得住建虏的进攻？要是抵挡不住的话，那么结果……冒襄不敢想下去了。现在，他只是感到极其恐惧，因为他分明看到，冥冥中的那个主宰，给他所安排的命运，还不仅仅是家乡受到战祸的摧残，而很可能会是历史上那些末代王朝的臣民们所能遇到的最坏命运——沦为"夷蛮异族"征服下的贱民！"啊！不，绝不！"他在心里又恨又怕地叫，"与其那样，还不如拼个一死！纵然建虏兵力雄强，我朝凭借江淮天险，或者还能像宋室当年那样，求得江左半壁的偏安！"想到宋室的偏安，他眼前仿佛出现了一线光明，看见了一线希望。"嗯，偏安自然不是什么光彩的事情，而且也不是长久之计。但眼前第一步，恐怕也只能作这种指望；至于其他，唯有留待以后再说了！"他烦躁地、惭愧地想。当然，即便是偏安，也必须具备许多条件。其中顶重要的，还得看军队能否奋勇作战。而眼下刘泽清这支军队，扼守着南北交通的咽喉，可以说是责任至关重大……这么一想，刘泽清——甚至还有田仰，在冒襄心目中的地位就忽然变得举足轻重，使他不由自主地收敛起先前那种指责、蔑视他们的傲气，相反，还生出了一种新的、迫切的期望。待到被站在旁边的张自烈无意地碰了一下，他才蓦地惊觉起来，赶紧收敛心神，睁大了眼睛，向阅武厅下眺望。

这时，太阳已经高高升了起来，校场之上，暂时还是空荡荡的，看不见一兵一卒。只是在西边的地平线上，依稀飘动着好些旗帜的影子，也弄不清到底有多少兵马。倒是阅武厅的周围，那些负责保卫的将校出奇的多，起码也有两三百名，一个个顶盔掼甲，严阵以待。冒襄发现，史可法在刘泽清、田仰的陪同下，已经在正当中的交椅上就座。身材瘦小的田仰正拱着手，微躬着腰，向史可法解释着什么。刘泽清则不动声色地坐着，微微仰起面白唇红的俊美脸孔，显得阴冷而自负。在他们的两旁，按左文右武的习惯站立着两排身份较高的官员，照例全都垂手屏息，摆出一派恭谨肃穆的样子。

"嗯，时候已经不早，怎么还不开始？"冒襄有点迫不及待地想。同时，注意到三位戎装的军官，从"帅"字旗旁的将台上走下来，匆匆越过阅武厅前的小片空地，沿着左侧的台阶登上厅来。当他们经过跟前的时候，冒襄不由得一怔，认出为首的那位又高又瘦的将官，就是昨天晚上来求他搭救的副总兵刘孔和。"噢，指挥今日操演的果真是他！可我尚未把他的嘱托禀知史公呢！"冒襄猛然省悟地想。虽说他已经愈来愈认定，昨夜对方的投诉显见是杯弓蛇影，惊疑过度；但自己既然答应了，却没有及时转告，毕竟是一种失信。然而，到了眼下这种场合，再想补救已经来不及。"其实，也不可能发生他说的那种事，即使真的发生了，史公也自会出面干预，到那时我再代他说明好了！"这么自我宽慰之后，冒襄就稍稍安下心来。不过，他的视线仍旧追随着刘孔和。直到后者向史可法行过礼，得到开始操演的钧旨，并领着两个副手匆匆回到将台上去，他才重新收回目光。

这时，人人都知道阅武马上就要开始，顿时紧张起来。大厅上下变得鸦雀无声，只有各式大小旗帜，在秋风中舒卷着，发出猎猎的声响。突然，仿佛响起了一阵沉雷，将台两边的三十六面大鼓一齐擂动起来。咚咚的鼓声雄壮地、猛烈地轰鸣着，犹如冲决了堤防的惊涛，一阵高似一阵。初起时，它与一般的鼓声并没有什么不同，但数挝之后，那种威严、自尊，充分意识到自身的地位和作用的气派就呈现了出来。由于无须取悦听众，它的节奏简练明确,质朴无华;但正因如此,却反而具有一种令人慑服的威力,一种撼人心魄的效果,当擂击到酣烈之际,连天地都仿佛震动起来。

第一通鼓声停息之后,紧接着,呜呜的画角吹响了。嘹亮的、威武的角声犹如一条夭矫腾跃的蛟龙,在校场上空盘旋着、翱翔着,借着秋风吹送,远远地飘散开去,使人们的心灵在受到鼓声的约束和震慑之后,又陡然生出一股勇敢豪迈之情。

激扬士气的鼓声和角声反复响了三遍,一声锣响,将台上的黄旗降了下来,竖起了一面净平旗。这是准备出动的信号。冒襄同阅武厅上的其他观众,不约而同地把目光集中投向西边的地平线。待到净平旗变成了红旗,鼓声重新响起来,那乌云般聚拥在远处的军队仿佛仍在踟蹰着,迟迟不肯行动,但其实行动已经开始,只是由于距离得远,看上去似乎前进得很缓慢,而且有点呆笨;但不久就明显地加快了速度,渐渐地,马蹄声和脚步声变得宏大起来,战士们的身影也分得清了。走在前面的是马队,正以十骑一排的队形,向前急速推进,战马驰经之处,扬起了阵阵烟尘。

冒襄有生以来,还是头一次参加这么大规模的阅兵,他不由自主地兴奋起来,心中也因为紧张而微微发抖。他捏紧了手中的扇子,目不转睛地盯着越来越近的马队。这时,走在前头的几排骑兵已经驰到阅武厅前,那些顶盔掼甲、勇猛矫健的骑手们熟练地驾驭着战马,使它们始终保持着适当的距离。他们一会儿控缰小跑,一会儿纵辔疾驰,步法纹丝不乱。而随着他们的动作,红缨、铁甲,以及战马那光滑的皮毛,在阳光下汇成了一片闪烁不定的惊湍急流,令人眼花缭乱,目不暇接。冒襄以全副心神注视着,不禁又惊又喜。

然而,没容他仔细叹赏,由钢铁和肌肉组成的这股死亡旋风,已经从阅武厅前呼啸而过,转眼之间就冲出了视野之外。冒襄正有点惋惜,后面的队伍已经源源而至,手执大刀的盾牌手,以及弓箭手、长枪手，各按一定的队形，迈着整齐而勇武的步伐，向前推进。他们的人数更多，估计有五千人左右，行进时所扬起的尘头也更大，颇有点排山倒海的气势。冒襄心想："与沿途见到的那些疲兵惰卒相比，这支兵马自是不同，倒是犹堪一战！"他不由得转过头去，偷偷地望了望史可法，却发现总督大人端坐在那里，黑瘦的脸上没有显露出任何表情。倒是坐在他旁边的刘泽清眯着眼睛，不断地捋着胡子，线条优美的嘴角上挂着洋洋自得的微笑。

这时，进入校场的兵马越来越多，本来已经通过阅武厅前向东驰去的骑兵和一部分步兵，已经掉头回来，重新进入校场。他们在将台上那面红旗的指挥下，开始互相穿插地奔走起来。起初，冒襄只觉得他们乱纷纷的，不成个样子，然而，片刻之后，情形就变了。校场之上再也不是杂乱无章，全部军马已经排列成五个整齐划一的方阵。这时，将台上黄旗举起，鼓声又隆隆地响起来，全体将士蓦地放开喉咙，发出一阵惊天动地的呐喊。接着，一声锣响，黄旗换成了白旗，校场上顿时又变得鸦雀无声。

"嗯，这就要操演阵法了。"冒襄听见旁边有人低声说。果然，不大一会，只见负责指挥的刘孔和又匆匆来到阅武厅，将一本阵图双手呈给了史可法，然后转身退下。在这当间，冒襄不由自主地又一次用目光追随着他，同时暗暗摇头："阅武到这会儿，不是好好的什么事也没有么？其实今日刘泽清一心要在史公跟前挣面子，又怎会另生事端？可笑此公却疑神疑鬼，真是庸人自扰！"正这么想着，忽然张自烈在旁边用手肘碰碰他，低声说：

"瞧，要变长蛇阵呢！"

冒襄怔了一下，顺着朋友的指示望去，果然看见将台上竖起了一个牌子，上面写着六个大字：方阵变长蛇阵。这时，红旗再度举起，校场上的兵马又在战鼓的助威下，迅速奔走起来。转眼之间，五个方形的阵式已经变成了五列长蛇状的纵队。冒襄虽然曾经从书中看到过，这长蛇阵的特点是"击其首则尾应，击其尾则首应，击其中则首尾皆应"，但是从来没有亲眼看过操演。现在发现这一变不仅迅速，而且整齐有序，不觉暗暗叫了一声：
"好！"

打这时开始，足足有一个时辰，都是操演阵法，鼓声时起时伏，阵法也一变再变，时而二龙阵，时而太极阵，时而连环阵，一连变了十几种式样。冒襄大开眼界，兴致也越来越高。如果说，在演习开始之初，他由于初次经历这种场面，有点紧张不安的话，那么此刻他已经完全沉浸在一种新鲜的、强健的、令人心怀开豁的愉快感受里。他暂时忘却了先前的那种忧烦，打心底里生出了一股豪迈奋发之情来。

大开杀戒

终于，阵法操演完了。按照预先安排的项目，还有一场实战演习。趁着大队人马退场的当儿，冒襄怀着兴奋而又满足的心情，回过头去，悄悄地问站在旁边的阎尔梅："兄以为如何？此等军马，尚可一战否？"

阎尔梅拈着山羊胡子，淡淡一笑，也低声说："依弟观之，有四字之评：'虚夸不实！'"

冒襄眨了眨眼睛，忍不住争辩说："弟看了这半天，只觉得他阵法整齐，变化迅捷，连变十余阵，并不见有松懈之处，何谓'虚夸不实'？"

阎尔梅轻轻地摆摆手："嗯，此处非议论之所，待回去后再谈，兄且看下去——瞧，场上在立营呢！"

冒襄迟疑了一下，只好回过头去。顿时，又被眼前的景象吸引住了——在已经腾空了的场子上，数百名军卒正在来往奔忙着。他们抬来了许多木栅、鹿角之类，把校场当中围起来，使之成为一个带辕门的临时营寨。然后,又在营中张搭起十来座帐篷,还竖起了一面中军大旗,俨然就是行军作战时的样子。当一切都架设完毕之后,就由一位参将模样的军官,率领那数百军卒,进驻到营帐之内。负责指挥调度这一新演习项目的,仍然是副总兵刘孔和,别看他昨天晚上在冒襄面前,表现得那样懦弱卑怯,现在作为指挥官,他却十分在行。也没见他怎样奔忙,一切便已安排就绪。他照例上来向史可法作了请示,就回到将台上去,挥动红旗。冒襄好奇地注视着,直到一声号炮响过之后,他还有点摸不着头脑。忽然,阎尔梅扯了他一下,说:

"快,瞧那边!"

冒襄顺着他的指点望去,发现西边的地平线上,出现了几个迅速移动的黑点。片刻之后,那些黑点变大了,原来是五骑探卒。他们一直奔到营寨前,翻身下马,急急奔入辕门。紧接着,营内就擂起鼓来。那几个千总、把总之类的下级军官,本来正在营中指挥军队操练,这时便立即向中军帐集中。过了片刻,他们各自手持令箭走出来,开始集合兵马,高声传达主将的命令。大意是据探马报告,有敌兵百余骑前来偷袭,离此只有数里之遥,各营军卒立即分头行动,于营外设伏,待"敌人"一到,奋勇杀出,聚而歼之,不得有误等等。那些军卒听了,齐声应命,然后就在军官们的指挥下,在营地外面各找地方埋伏起来。

这种演习,比之刚才的操演阵法,形式又自不同,而且分明更有趣味。冒襄的兴趣又被引动,一边目不转睛地注视着,一边想:"那来袭的'敌军',自然是由本军的兵马装扮的,其结果也必定是一鼓被擒,献俘帐下。不过,双方总得相持格斗一番,估计倒也新鲜激烈。"正这么想着,远处已经尘头大起。尘影中,一队骑兵——大约有百来人左右,正在衔枚疾进。他们一不摇旗,二不呐喊,只听见马蹄蹴踏地面,发出急雨般的声响。很快地,这支人马已经奔到近前。冒襄发现,大约是为了易于识别的缘故,这些人全都没有戴头盔，光着脑袋，头发一律束在天灵盖上，看上去，倒真有点像那些以"椎髻"为标记的夷狄之人。按照冒襄的估计，他们一定会直扑那座已经有准备的空营，然后"我方"便伏兵齐出，展开厮杀。然而，不知是他估计错了，还是别的缘故，只见那百余"敌军"进入校场之后，并不向营寨进击，却突然掉转了方向，朝阅武厅直扑过来，眨眼工夫，已经迫近那批负责保卫的将校跟前！

这一突如其来的行动完全出乎意料，把冒襄吓了一跳，其余的人似乎也惊住了。不过，没等他们反应过来，就听见一个响亮的声音大喝道：

"好家伙，果然是要谋反！左右，还不赶快动手？"

冒襄觉得那个声音有点熟。他刚刚看清说话的就是刘泽清，阅武厅下已经响起一阵怒雷似的呐喊。只见那群负责护卫的将校各举刀枪，猛扑向前，对谋反者们展开全力攻击。这时候，又一个奇怪的现象发生了：那些谋反者原本显得来势汹汹，似乎打算杀上阅武厅来。不知怎么一下子，忽然变得毫无斗志。他们甚至连抵抗一下的能力都没有，只是惊惶地喊叫着，纷纷掉转马头，夺路而走。然而，已经迟了。显然早有准备、人数比他们多上好几倍的伏兵已经从四面扑来，把他们团团围住。紧接着，那些大刀长矛就开始在阳光下无情地闪动起来，只见谋反者们一个接一个地狂呼着倒下去，鲜血像喷泉一样到处飞溅。冒襄怀着极其恐怖的心情发现，其中有相当一部分谋反者，是在自动抛弃了武器、跪在地上乞求投降的情况下，被毫不容情地立即杀死的。这使他感到震惊，也感到迷惑。因为看起来，布置这场镇压的人，似乎并不需要留下活口，也不打算从这些谋反者身上，追查什么线索似的。终于，屠杀结束了。这是一场绝对的胜利。那一百多名没有戴头盔的谋反者，已经完全、彻底地被解决，只剩下横七竖八地躺在血泊中的残肢碎体，而镇压者方面却几乎无一伤亡。至于聚集在阅武厅上的那些观众和来宾，也许还没有从这场突如其来的屠杀中恢复过来，都呆若木鸡地瞪视着厅堂下的那个血肉狼藉的场面，一句话也说不出。有些人的身子还在微微发抖，怎么也停止不下来。

"嘿，刘孔和在哪里？刘孔和来见！"一个枭鸟般的声音在死寂中蓦地响起。大家畏缩了一下，转过头去，发现仍旧是刘泽清。只见他那张俊美白皙的脸上笼罩着一层青色的杀气，眼睛里闪射出阴冷可怖的光芒，两腮的筋肉随着牙齿的咬啮而上下抽动，看上去就像一匹准备择人而噬的恶狼。

很快地，刘孔和从台阶的顶端出现了。这位高瘦的，刚才还是全场瞩目的阅武总指挥，此刻整副神气全都变了。他像被人狠狠揍了一顿似的，脸色惨白，五官仿佛都移动了位置，几乎使人认不出来。他蹒跚地往前走着，浑身上下都在不停地发抖。

"左右，把他的盔剑去了，给我拿下！"不待刘孔和走到跟前，刘泽清又大声下令。

两个侍从武官答应了一声，立即走上前去执行命令。于是刘孔和便如同囚犯一般，光着脑袋被押到刘泽清面前，跪了下去。

"刘孔和，你身为大将，世受朝廷厚恩，怎敢背主投敌，意欲行刺阁部大人？快讲！"

"禀大人，卑职并无背主投敌之事，更无行刺阁部大人之心，请阁部大人和大人明鉴！"也许是意识到自己的性命，已经处于极度的危险之中，刘孔和的回答反倒异常坚决。

"没有？那么刚才之事，你怎么说？那二百人，全是你的亲兵。他们不遵将令，直冲本厅，如若不是意在行刺，又是什么？啊！"

"这……卑职实不知情！"

"胡说！"刘泽清一拍交椅的扶手，"分明是你暗中指使，欲图一逞。若非本帅洞察尔奸，预做准备，只怕阁部大人已遭汝毒手。现今罪证俱在，还敢狡赖，军法难容！左右，与我推下去。斩讫报来！"

刚才，他声色俱厉地指斥刘孔和通敌谋反，在场的其他人由于不知就里，倒还只有呆呆地听着，现在忽然听说他要将刘孔和斩首，都不由得悚动起来。因为不管怎么说，刘孔和毕竟是一位高级将领，即使真的犯有死罪，也必须经过朝廷会审，才能决定如何处置，断断没有私下处斩之理。何况通敌谋反可不是一个普通的罪名，更需要彻底追查才成，这么草草定罪，于情于理都说不过去。不过，这当中最愤急的却要数冒襄。因为从最初的一阵子震惊中清醒过来之后，他很快就将眼前发生的一切，同昨天夜里刘孔和的投诉联系起来。他发现，所谓刘孔和意在行刺的说法，有几个明显的破绽。首先，在阅武厅周围有着重兵护卫的情况下，刘孔和竟打算以区区百余亲兵来实现图谋，未免轻率得令人难以置信。其次，从刚才那百余亲兵一旦遭到围歼，便完全丧失战斗力，只知夺路逃命的情形来看，也不像是有备而来，倒像是事先根本不知道会落到这种境地似的。第三，最可疑的是，既然刘泽清已经预先察知这一奸谋，做好了准备，那么为什么要把那一百多兵卒全部杀死，而不留一个活口来质证此事？所以，冒襄判断，这件惨案更有可能是刘泽清的阴谋，目的就是陷害他的亲叔父！想到昨天夜里，刘孔和曾经前来请求保护，自己也答应了他，但至今没有向史可法禀告，冒襄就不由得又惊又急，连毛发都要倒竖起来。如果不是面色铁青的张自烈在旁边制止，他说不定就会挺身而出，不顾一切地把事情的底蕴揭出来。

张自烈制止他，是因为史可法说话了。

"老先生，"史可法一边摇摇手，示意那两员将官先不要把刘孔和押下去，一边转过脸，向刘泽清问："刘孔和通敌谋反之说，除却刚才他纵兵乱阵，冲突本厅之外，不知可另有凭据？"

"回禀大人，刘孔和素怀异心，卑职早有所察，是以派他带领本部军马，巡行河上，另遣细作觇其行藏。日前细作回报，他过河之后,即与建虏暗中通款输诚,甘为内应。卑职犹未敢深信,特地调他回来,再细察之。不想果有今日之变!"刘泽清显然早有准备,所以回答得煞有介事,令人一时难以反驳。

史可法显然也感到了这一点。只见他换了一个方式问:"嗯,那细作现今何在,可否传来一见?"

"这个——刘孔和奉召回城后,他所部人马仍在河上,卑职恐其有变,未敢放心,已命细作即速回去监视,眼下无法传来。"不知是根本没有这个人,还是怕召来之后,被史可法问出破绽,刘泽清回答得很干脆。

不过,也许这正是史可法所需要的。因为只听他接着就说:"事关重大,尚需仔细查究。如今细作既未能即刻召回,依学生之见,不如将刘孔和暂交有司,严加监管,待查清之后,再行论处不迟!"

以史可法的身份地位,只是委婉地劝说,而不直接否定对方的处置,可以说是相当照顾对方的面子。然而刘泽清并不领情,他摇一摇头,横蛮地说:

"刘孔和身为大将,今日阅武,他实负全责,而竟有叛卒谋逆之事。如此失职大罪,即不问其通敌之状,亦当斩首示众,以正军法!"

虽然刘泽清已经晋封为东平伯,但论地位,仍旧远在史可法之下。他用这种态度说话,可谓十分狂悖无礼。所以周围的人听了,都不由得变了脸色,担心史可法会勃然大怒。然而,史可法不动声色,仍旧不慌不忙地说:

"噢,老先生说到刚才那件事么,学生正觉着其中疑问颇多。老先生说是刘孔和主使,倘能留得一两个活口,此事便不难水落石出。可惜百余人俱被杀尽,死无对证。将来此事报到朝廷,三法司追究起来,学生是当事人,只怕也难脱干系呢!"

这分明是警告对方,他那件勾当做得并不干净,如果一意孤行,到头来未必能讨得什么好处。果然,就像一个被点破了阴私

的人那样,刘泽清顿时红了脸,怒气冲冲地质问:

"听大人这么说,此事倒是卑职不是了?"

"哦,学生绝无此意!"史可法立即委婉地说,"学生是为老先生着想。须知我大明立朝三百年,祖宗法纪俱在。即处决一小民百姓,亦须经三推六问,交大理寺复核,由刑部奏报皇上定夺。何况刘孔和乃在职之副总兵官,而且罪涉通敌谋叛,更须经三法司与九卿会审,皇上裁准,方能定谳。如今老先生不循此途,草草将他正法,传扬开去,天下军民将视老先生为何许人?只怕知者或能谅老先生谋国情殷,不知者便将谓老先生干法乱纪,目无皇上,岂非不值?刘孔和如罪有应得,则迟早难逃国法,老先生又何必不释此一时之愤呢!"

这一番话并不凌厉,但是义正词严。刘泽清听完后,神色间虽然仍不驯服,却也无话可说了。

这时候,跪在前面的刘孔和似乎从史可法的话中得到鼓励,甚至可能认为这是冒襄事先通了声气的缘故,他突然抬起头,瞪大眼睛,高声呼叫:

"阁部大人,卑职实属冤枉!此事实在是刘大人挟嫌报复,欲置卑职于死地。求大人千万为卑职做主呀!"

他这话一喊出来,全场的人不禁为之愕然。刘泽清也顿时变了脸。只有站在旁边,一直紧张地注视着这一幕的冒襄心中一宽,暗想:"好,他终于说出来了,这事可以当面追问个水落石出了!"

然而,当他把目光投向史可法时,却发现,史可法起初似乎也怔了一下,现出疑惑的神色,但很快就把脸一沉,呵斥道:

"胡说!刘老先生是何等样人,岂能诬陷于你。你今日之事并未了结,待本督申报朝廷之后,自有三法司与你论处!"

说完,也不待刘孔和再行申辩,他就管自站起身来。

……

"史公,此事分明是刘泽清预设圈套,意在报复杀人。何以大人在校场时不乘势追询下去，也好挫一挫刘泽清之凶焰？"

当回到馆驿之后，冒襄把刘孔和昨夜来访以及自己对整件事的分析向史可法作了禀告之后，很不理解地问。

史可法点着头，苦笑了一下，叹息说："我岂不知刘泽清为人凶残阴狠，刘孔和连同他那百余亲兵是中计蒙冤！只是方今建房猖獗，大战早晚不可免，为社稷安危计，对这些镇将亦唯有尽量容忍。但望彼到时能为国效力。至于其他，已是计较不了许多了，唉！"

"那——那么刘孔和……"

"学生这就修疏，奏知朝廷，请锦衣卫从速提取刘孔和进京，或可帮他避过这场灾祸！"

然而，史可法估计错了。当他们离开淮安之后第三天的路上，就得到报告说，刘孔和到底还是被刘泽清残酷地杀害了。

中秋游船

直到八月十六日，也就是中秋节过后的第二天，冒襄和董小宛才抵达南京。

本来，他们打算赶在中秋节前到达。但是由于冒襄被史可法留下，参与起草给清国摄政王多尔衮的复信，所以在扬州又耽搁了两天。经反复商量，他们一致认为，清国方面提出的狂妄要求是绝对不能答应的，但考虑到即使谋和不成，也要设法尽量争取时间，以便做好应付战争的准备。因此在复信中如何做到不卑不亢，既表明态度，又避免不必要地刺激对方，确实需要在文字上动点脑筋。复信由那位名叫何亮工的幕僚负责起草，在修改、润色的过程中，张自烈和冒襄都参与了意见。信中的措辞，可以说是十二分之委婉。其中除了引用许多历史上的先例，说明弘光朝廷的建立完全合理合法，并没有违背纲纪礼制之外，特地用了很大的篇幅对清国方面慨然出兵，帮助明朝打垮"大逆不道"的农民军，表示由衷的感谢；并希望对方能继续帮忙，以便"合师进讨，问鼎秦中，共枭逆贼之头，以泄人天之愤"。至于对来信中所提出的强横的要挟，复信中只是说了这样一段话：

  昔契丹和宋，止岁输以金缯；回纥助唐，原不利其土地。况贵国笃念世好，兵以义动，万代瞻仰，在此一举。若乃乘我蒙难，弃好崇仇，规此幅员，为德不卒，是以义始而以利终，为贼人所窃笑也，贵国岂其然？

从而完全避开了"决一死战"的话头。本来，这种处理方式，冒襄应当是比较满意的。但是，他也很明白，指望和谈取得成功，归根结底，还得凭借自身具有令对方不敢小觑的实力。然而，经过这一次北上巡视，可以说，他比以往任何时候都更加看清了明朝军队的腐败和黑暗，因此这封复信，不仅没有使他生出任何信心和期望，相反，整个情绪变得更加灰暗和低沉了。

冒襄内心的这种苦闷，同他坐在一辆大车上的董小宛，无疑是不了解的。相反，由于相隔两年之后重游南京的缘故，一路之上，她显得颇为兴奋。这当中，自然也包括她意识到自己的身份已经不再是风尘女子，而是官宦人家的一名宠妾。所以兴奋之中，还多了几分得意，几分幸福。这种心情使她变得容光焕发，笑靥如花，而且对于沿途所见到的一切，她都表现出极大的兴趣和惊奇。

"啊哟，相公快看！这么多赶路的人，都挑着担子，挽着篮子，想必是过节走亲戚的吧？"

"咦，瞧那妇人的衣裳，多古怪！比甲不像比甲，半臂不像半臂——还有那小倌，胖胖乎乎的，真好玩儿！"

"啊哈，那是什么？一座亭子，里面站着个人——不，不是人，是块石碑！这么说，是孝陵，真的，孝陵到了！"

就这样，一路上，她的眼睛几乎没有离开过车窗。一会儿，她撒娇地靠在冒襄身上，一会儿，又把脸贴近窗帘往外张望，小嘴巴子也叽叽呱呱地说个没完，同她在如皋家中那种循规蹈矩的样子相比，简直像换了一个人。

冒襄默默地望着她，只偶尔回答一两句，心中却想："女人到底是女人，逃难那阵子，还只是三个月前的事呢，境况稍安宁一点，她又照样无忧无虑了！"不过，他也不去说破侍妾，"往后高兴的日子怕不会多了，只要她高兴得起来，就让她高兴好了！"他在心中苦笑。

过了晌午，车子才进入南京。冒成已经先到一步，替他们张罗好了下榻的处所——依旧是秦淮河畔的桃叶河房。不过这一次手头已经不像过去宽裕，没有全包下来，只赁了东边的一个小独院。待到安顿停当，稍事休息，天色也就暗下来。虽然迟到了一天，中秋已经错过，但八月十六是"送月"的日子，而且今晚不必躲在家里，所以气氛反而更加热闹，还在他们进城的时候，就看见大街小巷里，家家户户都在为过节继续张罗——摆神案、挂彩灯、送酒席、招亲友，熙攘的情景使人简直看不出这是一个正面临着巨大战祸威胁的城市。冒襄虽说兴致不高，但也不想冷冷清清地打发这个晚上，便命冒成到就近的那些熟朋友的寓所去报信，顺便约请他们前来一块儿赏月。谁知冒成去了半天，回来禀告说，那些朋友全都不在家，早早就出门了。冒襄颇为扫兴，看看天色已经全黑，就算再让仆人去找，恐怕也未必有结果。他沉吟了半晌，只好摆摆手，说：

"那就算了，摆饭吧！"

"相公，既是这等，我们何不去雇一只船，就到河里荡着，一边赏月，一边随意吃点什么，也胜似窝在这屋子里强呀！"大约发现丈夫不怎么快活，董小宛微笑着从旁建议说。

"……"

"兴许在河里，还能碰上相公的朋友哩！"

这倒提醒了冒襄。他回头望着冒成，意思是：怎么样，办得到么？

"禀大爷，"冒成马上回答，"小人也想着大爷和姨奶奶今晚要游河赏月，已经雇了一只船候着。大爷要时，小人这便去叫他们撑过来。"

像今晚这种月圆之夜，秦淮河上照例很难雇得到游船，但冒成总是把一切都预先估计到，并且安排得妥妥当当的。于是，冒襄也就不持异议。小半晌之后，他同董小宛已经登上一只陈设雅致的灯船，缓缓地摇到秦淮河中去了。

这会儿，正当月亮升起之前的片刻，沉沉的夜幕，似乎变得愈加幽暗，除了河房上的灯火，以及河面上那些大小游船所悬挂的灯笼，远远近近地颤动着、浮荡着之外，周遭的一切都显得模模糊糊。有时候，甚至分辨不出哪儿是水，哪儿是岸。人斜靠在船栏上，也仿佛漂浮在虚无缥缈的境界里，只听见船尾汩汩的桨声，轻一下，重一下，仿佛在催人进入梦乡……然而，过不了多久，白璧般的圆月就从东边的城墙上露出脸来。仿佛展开了一匹银光闪烁的素练似的，秦淮河一下子给照亮了。那星星点点的灯火顿时暗淡下去，周遭的景物却鲜明地凸显了出来——河房上的黑瓦顶、沿河两岸的树木、游船的甲板和顶篷，都被抹上了一层银色的薄霜，就连露台上、船舱里的人影也变得历历可辨。那些笙、箫、琴、鼓所奏出的声韵，顺着阵阵夜风吹送过来，显得悦耳而悠扬。

"相公，你可还记得，两年前的中秋夜么？"在默默地陶醉了好一会之后，董小宛忽然开口说。

"两年前？"冒襄疑惑地问，一边接过侍妾送到面前的一块月饼。

"哎，在桃叶河房。那时节，贡院刚散场——相公怎么记不得了?"董小宛的声音里透着娇嗔。

冒襄咬了一口月饼,慢慢地咀嚼着,终于"噢"的一声,想起来了:两年前的那个中秋节,他刚刚参加完三场乡试,同一伙社友在桃叶河房里饮酒赏月,小宛也在那个时候从姑苏赶到,结果,他在朋友们的合力促成下,答允了同小宛的婚事。

"那一天,还是眉娘姐姐领妾来寻相公的。"董小宛又递过来一片削好了的酥梨,看见丈夫摇摇头,就放下了,接着说:"过了年,眉娘姐姐就嫁给了龚老爷,跟着到北京去了,后来就断了音讯。如今北京闹出那场大乱子,还不知他们怎么样了呢!"

顾眉和龚鼎孳,在三月十九日那场剧变发生时,确实陷在北京,没能逃出来。不过冒襄在扬州时已经听说,龚鼎孳没有自尽殉国,而是很快就投降了"流寇",被李自成以原职录用。后来李自成战败,逃出了北京。不少陷"贼"的明朝官员都乘机逃回南方。但龚鼎孳始终没有回来,时至今日,大概又已经投降了清国。这个消息,冒襄一直没有对董小宛说。因为它使冒襄感到十分厌恶,并为曾经有过龚鼎孳这样的朋友而羞愧。现在,听董小宛这么一问,他又想起这件事,由这件事又联想到北方的严重威胁,于是,好不容易才提起的一点游赏的兴致,顿时又低落下来。他皱起眉毛,把手中吃剩的月饼往盘子里一放,一仰身子,挨着靠枕斜躺了下去。

董小宛没有觉察到丈夫心情的变化,也许觉察到了,却只当他是为朋友的命运而担心,所以仍旧管自絮絮叨叨地说:"不过,细想起来,龚老爷和眉娘姐姐都是绝顶聪明的人物,见识又高,为人又好,菩萨必定会保佑他们躲过大难。这会儿说不定正在哪个山里、庙里安安稳稳住着哩!待到他们回来的时节,妾一定得见上一见,好好儿谢谢她!说起来,自打那遭中秋节之后,就再也没见着她了,连音讯也不曾给她捎一个,不知她心里会怎么想着,必定会怪我……"

起初，冒襄只是闷声不响地听着，渐渐就不耐烦起来。他干脆把身子侧向右边，让脸朝着船栏外。就在这时，他听见一个粗声大气的嗓门在说：

"你们可是瞧准了，那伙伪君子就在那儿么？"

"禀老爷，小人们瞧得清清楚楚，不会有错！"

冒襄心中一动，觉得这头一个声音有点耳熟，连忙定眼望去，发现有一条船，正从旁边摇过，船上坐着几个人，其中一个是官绅打扮的胖子。灯光下，他的两道又浓又黑的扫帚眉毛，和胸前的一部大胡子显得十分触目。

"咦，那不是阮胡子么？怎么会碰上了他！"冒襄惊讶地想，打算看得清楚一点，那条船却像忙着赶到什么地方去似的，一下子就摇过去了。

"阮胡子——他刚才说什么来着？嗯，'伪君子在那里'……莫非、莫非是说的定生、次尾他们？"这么一想，冒襄顿时警觉起来。他坐起身子，略一思索，随即回头向后梢招呼说：

"船家，快点摇，跟上前头那只船——就是才驶过去的那只！快，跟住它，本相公有赏！"

说完，他朝董小宛摇摇手，要她先别问；然后，就把位置移到船舱口，睁大眼睛，开始牢牢监视着阮大铖那条船的去向。"听他们刚才说话的口气，像是要去寻定生他们似的。只是在眼下这种时候，却是为的什么？况且，他口口声声骂什么'伪君子'，显见没安好心。不成，既然被我撞上了，非得跟着去探个究竟不可！"这么拿定主意之后，他就不理会董小宛的惊疑神情，只管一个劲儿催促艄公赶上去。

这时，船已经来到学宫附近。冒襄发现，河道上渐渐变得热闹拥挤起来，去路常常被横斜而过的游船所阻断。如果不是艄公身手敏捷，很可能就追踪不下去了。"奇怪，怎么人人都像赶着朝这边挤似的？"冒襄一边打量着穿梭来往的船只，一边莫名其妙地想。这时候,他们已经来到有名的余家河房。那是秦淮河上最大的一所河房。每到大比之年,里面总是住满了应试的举子。这所河房不仅屋舍众多,庭院宽敞,而且临水的那两个露台也建得特别阔大,可以供好几十人同时站立。冒襄远远望见,那上面如今就聚满了人,多数是些方巾儒服的士子,看上去黑压压的一片,也分不清各人的相貌。不过,最引人注目的是两个露台之间的水面上,临时搭起了一个小平台,几个穿着戏服、挂着髯口的文武角色正在上面比比画画,走来走去。伴随着他们的动作,传来了阵阵锣声和鼓点,分明是在上演什么戏文。"怪不得招引来这么多游船!大抵又是哪个好事之徒想出的花样,只不知演的什么戏?"冒襄恍然想道,随即发现自己的船也正在靠上去,便高声制止艄公说:"不要过去,快走快走!"

"相公,那只船也过去了呢!"艄公说。

冒襄又是一怔:"怎么,原来阮胡子找的就是这里?这么说,上面站着的那些人,便是定生、次尾他们了?"

"啊呀,相公,你听,是演的《喜逢春》呢!"董小宛忽然惊喜地说。

《喜逢春》是十多年前南京城里一出颇为有名的戏。内容是写天启年间,魏忠贤专权乱政,残酷迫害与之坚决斗争的东林党人,最后恶贯满盈,终于被崇祯皇帝一举诛灭的那段历史。由于当时魏忠贤垮台未久,人人心中都怀着无比的仇恨,这出戏又写了不少真人真事,所以一上演便大受欢迎,很轰动了一阵子。不过,随着时间的推移,有了更多更新的剧本之后,这出戏已经有好些年没有被搬演了。如今,它又突然出现在戏台上,而且是在这么一种时候,这么一个地点,那就显然不是偶然的安排。"嗯,莫非这是冲着阉党余孽图谋翻案而发,所以阮胡子才那么气急败坏地赶来探看?"这么一琢磨,冒襄心中陡然涌起一股热气,连忙大声吩咐艄公:

"船家，摇前去，摇前去！"

"是——相公，不过，刚才那只船……"

"先别管他，靠岸，到露台上去！"

然而，露台前的游船实在太密集了。艄公费了好大的劲，也只能挤到离岸边还有二三丈远的地方，再也无法前进。不过，凭借着戏台上明亮的灯光，现在已经可以看清楚，在露台上坐着看戏的士人，依稀就是吴应箕、黄宗羲那一伙社友，旁边还围着好些人，或坐或站。冒襄正为今晚找不到社友们而感到扫兴，如今意外发现他们都在这里，不禁大为兴奋。加上他急于弄清眼前这种做法到底为的什么，所以同他们相见的愿望更加迫切了。可是，只差那么一截子距离，偏偏靠不了岸，弄得他又气又急，又无可奈何。

"大爷，这儿靠不上去，若要上岸，只有从外边绕过去。"冒成站在船头大声说。

冒襄回头望了望，发现他们这么一逗留，后面已经又摇来了好些船，把退路给堵住了。这会儿即使要绕出去，只怕也有困难。他正拿不定主意，忽然听见董小宛低声说：

"鬼卒在给魏忠贤用刑，下面要唱到'梁州第七'了！"

听她这么一说，冒襄便不由得留了心。果然，只听锣鼓铙钹咚咚锵锵地响了一阵，戏台上，那个被天帝封为涿州城隍的已故副都御史杨涟，便戟指着被鬼卒们按倒在地的魏忠贤，用高亢的弋阳腔唱起来：

〔梁州第七〕数着你，你如鬼魅，阴谋凶勇。待指着，你似虺蛇，毒计英锋。只见把，朝纲国计凭伊弄，与一个老虔婆结为死党，把一个美瑶姬送入幽宫。密秩茶伤残黎庶，张法网打尽臣工，邀封赏滥冒军功，欺君上诈逗鸠工。你私陈着卤簿乘舆，安享着祝厘私颂。漫说什么国老元公,你只道富贵无穷,百年眷宠,怎知水消雾散须臾梦!逃不得幽冥报、司寇法,落得荣华一旦空,今日价碎首难容!

这是一段有名的唱词,当年被人们争相传唱,流播很广。冒襄也早就耳熟能详,用不着等那位扮演杨涟的小生唱出,他已经知道下面的句子。不过,当这段唱词传入耳朵里时,他却蓦地吃了一惊。因为那声音忽然变得像打雷似的,增强了好几十倍,在露台上轰响起来。原来,那些围聚着看戏的士子,不知出于何人指挥,竟然一齐放开喉咙,参加了进来:

〔四块玉〕你你你,私自与阉竖通,自恃着皇恩重,镇日价把唇锋舌剑搅椒宫,圣明君却把红裙奉,那里管国母危,那里管把宫妃送,今日价,千般巧计总成空!
……

〔哭皇天〕你你你,枉自把科名中,甘做阉竖门下的儿童。拨置他把中宫握定兵粮柄,搬弄得将荩臣送入棘林中。做成三窟,待将终身常供,骤跻着三台八座,九列清班,司空要地,司马要封,怎掩得臭名见,骂不穷,只落得孤身先雉径,今日价幽报难蒙!

前一段唱,是骂那个同魏忠贤狼狈为奸的天启皇帝的乳母客氏;后一段唱,是骂为虎作伥的魏阉心腹崔呈秀。那唱词本身就写得激昂慷慨,痛快淋漓,如今再经由好几百人的嗓门,一齐回肠荡气地唱出来,更有似群狮夜吼,风雷怒迸,气势着实惊人。随着旋律的倾泻,那歌声也像汹涌而至的江潮,一浪高似一浪,在秦淮河上翻滚盘旋,久久不绝。不论是唱的人还是听的人,都显然被这充满正气的歌声所震撼,不由自主地热血沸腾,情怀激荡。所以，一曲方终，原来坐在露台上看戏的几个人，便不约而同地跳起来。其中一个张开双臂，抬头向着茫茫夜空，扯着嗓子凄厉地嘶叫：

"大行皇帝，大行皇帝！陛下的在天之灵听得见么！陛下当年钦定的逆案，如今有人竟敢图谋掀翻！快快显降威灵，诛戮这伙奸邪！"

冒襄刚刚看清，这是已故东林领袖左光斗的儿子左国棅；站在旁边的顾杲、余怀、沈士柱等人已经跟着大嚷起来：

"他们专擅欺君，闭塞言路，引用私党，排斥忠良，把国事搅得一塌糊涂，若再不施以惩戒，则大明中兴之业，便要葬送于他们之手了！"

"他们还卖官鬻爵，公行贿赂，假名国用，大肆搜刮，闹得民怨载道，闾左骚然。如不惩治，国法何存！"

就这样，他们一个接一个地站起来，咬牙切齿地声讨马士英、阮大铖等人的罪状，虽然没有公开指名道姓，但听的人显然大都心中有数。这时，戏台上的演出早已停下来。有一阵子，台上台下变得一片静默，连呼吸也仿佛停止了。只有已经升上了中天的明月，在船舷旁边的水面上投下一轮白璧般的倒影。

冒襄也同大家一样，静静地听着。不过，也许前些日子他不在南京，对朝廷所发生的事缺乏切肤之感；相反，此刻像噩梦一般盘踞于他心胸的，却是来自清国的那封充满无耻讹诈和横暴威胁的书信，是刘泽清之流的凶残和腐败，是史可法的苦撑危局，心力交瘁。"是的，都到什么当口上了，留都里还是这等各逞意气，争斗不休，到底有多大好处？又顶得甚用！"这么一想，冒襄的心情顿时烦乱起来，同社友们会面的愿望也不再那么急切。虽然董小宛建议：不如扬声招呼，也好让露台上的社友们知道，他却尽自踌躇着，末了，终于摇一摇头，吩咐艄公掉转船，觅路退出。小半天之后，他们已经走在返回桃叶河房的水路上了。

演剧惩奸

冒襄来而复去，聚集在露台上的社友们自然不会知道。而且，他们此刻的心情也同冒襄大不一样。特别是黄宗羲，作为今晚这次行动的头儿，他是那样的义愤填膺，只懊恨拿不出更有力的手段去抨击马士英、阮大铖这些无耻小人。

黄宗羲是本月初跟随刘宗周来到南京的。虽说在丹阳期间，刘泽清所派出的刺客到底没敢加害刘宗周，但是这一事件给予他的刺激依然极其强烈。为着排除异己，政敌们竟然不惜使用如此卑劣狠毒的手段，来对付刘宗周这样德高望重的老臣，这是黄宗羲所万万没有料到的。他由此也更加痛切地看清，他所憎恶的小人们，到底怀着怎样一副蛇蝎心肠。如果不把他们彻底铲除，不仅明朝的中兴绝不可能，而且会给江南的万民百姓带来无穷的灾祸。所以，那紧张的一夜过去之后，他就同老师再度商量，把准备送呈朝廷的第二份奏稿，又仔细修改了一遍，使其中的主张更明确，言辞更剀切；待到抵达南京，就由刘宗周立即奏明皇上。本来，黄宗羲估计，以老师在朝野间的威望和影响，这份奏疏尽管不能一下子参倒马士英，至少也会引起皇帝的重视，有所警醒。然而，他又一次想错了。虽然马士英仿照受到黄澍攻击时的故伎，装模作样地又来一番"乞罢"，结果，皇上却迫不及待地"温旨慰留"，连丝毫考虑犹豫都没有。马士英得了这道护身符，有恃无恐，立即布置反攻。他故意避开刘宗周，而让无赖王孙朱统𨫏出头，对姜曰广发起弹劾，除了捏造出一堆诸如任用私人、图谋篡逆、庇护降贼等莫须有的罪名外，还极其恶毒地诬指姜曰广"纳贿"和"奸媳"。

这份弹章一经传开，举朝为之哗然。给事中熊汝霖、总督袁继咸都上疏替姜曰广辩诬，首辅高弘图更拟旨主张追究朱统𨫏诽谤大臣之罪。谁知弘光皇帝不但不主持公道，反而把高弘图召到便殿，当面呵斥说："统镴与朕是一家子，有什么可追究的！"结果，高弘图和姜曰广给逼得没办法，只好一齐提出辞职，以示抗议。弘光皇帝虽然表面上不同意，但很快又通过加赐头衔的方式，封马士英为"太子太师"，而只封高弘图为"太子少师"。这实际上把两人的地位倒转过来，为马士英取代内阁首辅的交椅预作准备。

这一连串消息传来，黄宗羲简直给气呆了。"啊，怎么会这样？怎么能这样！纵然他身为君主，视天下为一己之产业，而不为天下万民着想，那也应该明白，若果朝廷之上完全不讲公道，不顾起码是非，私恩滥行，公义沦丧，他那个产业又怎能保得住！难道只要他高兴，天下之大，都得充作他们私相馈赠的礼品；亿万人的身家性命，都活该被他们随意断送么！"他痛苦地、激愤地在心里大叫。然而，痛愤归痛愤，现实就是这么无情地摆在面前。而且，仗着有皇帝的支持，马士英等人看来将永远立于不败之地。

"不，绝不行！只要我黄宗羲还有一口气在，就要同他们斗下去，不许他们为所欲为！"他咬牙切齿地发誓说。于是，他立即同周镳、顾杲、吴应箕商量，决定借今晚的机会，再来一个秦淮大会，向马士英、阮大铖之流还以颜色，至少要让对方懂得：留都里还有强大的"清议"存在，他们纵然可以一手遮天，却休想逃脱公论的谴责。

现在，一切都按照预定的计划进行着，除了陈贞慧、侯方域二人因为对这么做持有异议，没有到会外，其余的社友在周镳、雷缜祚的主持下，齐心合力，把大会办得很有声色。人们的情绪已经被激动起来。估计到了明天，今晚发生的一切就会传遍京城，其影响绝不会在崇祯十一年的《留都防乱公揭》之下。"哼，叫你们知道我复社的厉害！"黄宗羲一边想象着马士英、阮大铖之流得知消息后的狼狈样子，一边快意而骄傲地想。

现在，最起劲、最热烈的高潮已经过去，戏台上的《喜逢春》也演到了尾声。围聚在露台前的游船渐渐稀疏起来。只有中天上的圆月，益发显得明亮皎洁，它所投下的倒影，在变得空旷起来的河面上晃动着，幻出无数变化不定的光斑。

黄宗羲觉得还未曾尽兴，他怀着多少有点惋惜的心情，把目光投向还散泊在附近的二三十只游船，希望它们至少再多停留一会儿。当他的视线掠过其中较大的一只船时，发现有一个缙绅模样、胸前垂着一把大胡子的人，正站在舱前的甲板上，扶着船篷，探头探脑地朝这边张望。"嗯，这人想必是才来到的，所以……"他不在意地想，一边继续移动视线。然而，不知为什么，他心中忽然一动，不由自主地回眼再望了望。"什么，阮胡子？"他顿时一怔，疑心自己看错了，连忙用手擦了擦眼睛，再仔细打量，一点不错，那人正是阮大铖！"好啊，这狗贼胡子胆大包天，竟敢跑来暗中窥伺，看我不给点厉害他尝尝才怪！"他本想站起来，扬声喝骂，随即又改变了主意，侧过头，先把他的发现告诉身边的顾杲。

"怎么样，我们把他臭骂一顿，嗯？"他小声地问，眼睛始终没有离开那条大船。

这时，顾杲也认出了阮大铖。他眼珠子一转，用同样的小声说："先别惊动他，跟我来！"说完，又转过身去，朝旁边的余怀、左国棅和沈士柱嘀咕了几句。于是，几个人悄悄地站起身，挨个儿挤出人丛，来到了露台边上。那儿本来就系着三只空船，顾杲做了一个手势，让黄宗羲同沈士柱上了其中一只，他自己上了另一只，剩下一只则分派给余怀和左国棅。到了这会儿，黄宗羲已经明白了顾杲的用意。他顿时变得既紧张又兴奋，没等招呼，就抢先吩咐艄公：

"快，撑到那边去，那边！"

然后，他就睁大眼睛，竭力搜寻消失在别的游船后面的那只大船,心里叨念着:"哎,可别让他跑了!可别让他跑了!"

不大一会儿,那只船重新在月光下显露出来。阮大铖还没有察觉已经被人盯上,兀自扶着船篷,一个劲儿朝露台上张望。面对着这个奸恶小人,仇恨的怒火从黄宗羲的心底熊熊燃烧起来。他捏紧了拳头,牙齿咬得咯咯响。

等双方的距离缩短到只有一丈开外时,他蓦地发出一声雷鸣般的断喝:

"呔,狗贼胡子,你来做什么?"

一连喝叫了两声,阮大铖才回过头来。起初,他还懵懵懂懂,然而,转瞬之间,那双长在扫帚眉下的眼珠子,就因惊恐而睁圆了,全身分明颤抖了一下,本能地往后退去。如果不是站在旁边的一个随从及时扶了一把,说不定他就掉进水里了。不过,由于这么一倾侧,船身失去了平衡,剧烈地摇晃起来。船上的人没有准备,顿时闹得东倒西歪,立脚不住。幸亏艄公是把好手,一边极力扳住橹,一边大声叱喝众人沉住气,不要乱动,这才好歹把船稳下来。尽管如此,船上的人也已经狼狈不堪,阮大铖更是慌得趴在船头上,连帽子也歪在一边,直到船身完全平稳了,才敢稍稍抬起头来。

这当儿,顾杲和余怀那两只船也靠了上来,与黄宗羲一道,从三个方向把阮大铖的船围在当中。看见那大胖胡子惊慌狼狈的样子,他们一齐开怀大笑起来。

阮大铖起初大约也没有看见顾杲、余怀他们,待到发现自己有陷入包围的危险时,他那双贼忒忒的眼珠子迅速地转动了一下。没等仆人过来搀扶,他已经先吩咐了一句什么。接着,他那只船就掉转头,往斜刺里直摇过去,打算夺路而走。

顾杲和余怀早有防备,两只船马上夹击过来,把他的去路挡住了。

阮大铖一声不响,把手一挥,他那只船便迅速后退,摇向另一个空当。黄宗羲和沈士柱正守在附近,马上迎上前。但是只有一只船，而且比对方的要小，很难拦挡得住。正在着忙的当儿，幸而另外几位社友也驾着船赶到了，双方几经碰撞，终于把阮大铖硬是堵了回去。

这时，赶来助阵的船越来越多，加上看热闹的船只，已经形成了一个严密的包围圈。阮大铖左冲右突硬闯了几次，都没能闯出去。急得他瞪着惊恐的眼睛，扯着嗓子大嚷：

"你、你们要做什么？啊，要做什么？"

"做什么？哈哈，这话该我们问你才对！"大概看见阮大铖已经无法逃脱，顾杲就不着急了。他站在船头，微微抬起长鼻子，慢条斯理地说："你倒说说，你来做什么？"

"我，我来饮酒、赏月，难道不成么？这秦淮河又不是你们买下的，人人都来得！"也许想着如今不同以往，身后有马士英那座大靠山，阮大铖依然口气很硬。

"饮酒、赏月，怎么钻到我们这儿来了？"一个轻快的嗓音接了下来，那是余怀，"也不思量你那一身臭味儿，直会把人生生熏死！"

"咦，莫非你想来看戏？"沈士柱兴冲冲的声音从黄宗羲背后响起，"可巧，这儿正在演《喜逢春》，你那阉贼干老子、干娘，还有那帮子阉兄阉弟，全都出场了。你自必十分想念他们，打算来同他们叙叙旧，磕上几个响头儿，喊上几声爹爹妈妈吧？那倒是该当，该当！"

"哈哈哈哈！"听了这几句俏皮的挖苦，周围的人都齐声哄笑起来，笑声中又夹杂着叱骂：

"哼，只可惜他们一个一个，到头来全都给先帝治了罪，上吊的上吊，杀头的杀头，呜呼哀哉了！"

"狗贼胡子，你可仔细着，你若然贼心不死，还想学他们的样，也照样逃不了现世报的下场！"

在人们的笑骂声中，有一阵子，阮大铖显得又气又急，眨巴着惊惶的眼睛,不知如何是好。然而,渐渐地他似乎镇定下来,眼神也由惶急变为凶恶。蓦地,他把头一仰,嘿嘿地冷笑起来。

"呔,狗贼胡子,你笑什么!"有人怒声质问。

"笑什么?"阮大铖陡然把脸一沉,恶狠狠地咆哮说,"我笑你们别太得意了!什么'逆案'!全是你们东林挟嫌报复,假公济私弄出来的糊涂账!你们以为定了就完了吗?不,该翻的还得翻过去!《三朝要典》要重修,当年欠下的债全得算清楚!哼,你们等着瞧吧!"

在这种势头当中,他居然还如此强横死硬,气焰嚣张,这是大家所没有料到的,所以一下子倒噎住了。其中,最气急的要数黄宗羲。由于不善辞令,那些刻薄挖苦的话尤其非他所长,所以在社友们你一言我一语地戏弄阮大铖时,他始终插不上口;但是,急于投身进去的愿望却越来越强烈。事实上,多年来他一直把阮大铖看作不共戴天的仇人,而像今晚这样面对面交锋,还是头一次。他很想痛痛快快地骂上几句,以解一解心头的积愤,但又总想不出那些足以轰动全场的俏皮话,这使他很懊恼,暗恨自己嘴巴太笨。现在,看见阮大铖居然大放厥词,公开叫嚣要重修《三朝要典》,掀翻逆案,而大家仿佛被他的气焰所镇住,变得一片静默,黄宗羲心中的怒火就变得无法抑制了。一种非要压倒对方不可的本能使他发出一声怒吼:

"打!打死这个狗贼胡子!"

一边说,一边就把不知什么时候抓在手中的、连他也不知道是什么的一件东西,猛地向阮大铖扔过去。

这个激烈的举动,使正在不知如何出气的社友们怔了一下,随即醒悟过来。

"对,打,打死这个狗贼胡子!"

"宰了他!"

"拔光他的胡子!"

"淹死他！"

各种叫骂声从四面八方响起，迅速汇成了一片越来越大的怒吼。与此同时，各种随手可以抓到的物件——月饼、酒杯、瓜皮、水果等等，像冰雹一样向阮大铖的船上飞去。这一下，阮大铖当真慌了手脚。他再也顾不上保持尊严体面，哇哇地惊叫着，连滚带爬地钻进船舱里。只苦了他的那些仆从，顾得上保护主人，便顾不上躲避袭击，倒是结结实实地吃了不少苦头。

这么闹动起来，水面上的情形可就变得相当混乱。只见阮大铖那只船左摇右晃着，随时都有翻沉的可能。但是谁也没有想到要制止——事实上也很难制止，因为处在狂热之中的人们一心只想着要出气，要报仇。任何一个试图阻挡他们的人，都很可能被视为叛徒或胆小鬼，而遭到与阮大铖同样的命运。

然而，意外的情形还是出现了。一只船忽然摇进了核心，船头上站着两个人，其中一个摇着手高喊：

"诸位停手，诸位停手，且听仲老一言！"

起初，大家没有理会，但当看清那个满脸胡子的人是雷縯祚，站在他旁边的则是周镳时，就迟迟疑疑歇了手，瞪大眼睛注视着，不知道他们要说什么。

雷縯祚继续摇着手。直到全场基本上平静下来之后，他才转过头，说：

"仲老，请！"

周镳先沉默了一下，仿佛在积蓄劲头，然后才竭力提高嗓门，用劝止的口气说："今晚，列位秦淮大会，实乃怀忠报国，志在防乱。是以言由义慨，行与愤俱。大行皇帝在天之灵有知，亦当鉴慰！唯是……"

刚说到这里，一阵突如其来的猛烈咳嗽妨碍了他。他不得不停下来，捂着嘴，喘着气，亲随也从旁给他捶背，待到好不容易止住咳嗽，但人却似乎变得劳累不堪。末了，他做了一个手势，示意雷缜祚代他说下去。

"哦，仲老之意，"雷缜祚连忙接过话头，"是阮某这等小人，虽则可恶，亦复可鄙。今晚列位社兄小施惩戒，令彼知惧足矣。若然他仍不思改悔，国法公理俱在，自有与他区处之所，是故倒也无须争一刻之快，不如暂且到此为止。列位以为如何？"

大约因为这是周镳的意思，大家听了，虽然都不作声，但也没有坚持不肯。看见这样子，雷缜祚就转过身，对战战兢兢地爬起来的阮大铖挥一挥手，严厉地说："尊驾今后应深自收敛，闭门思过。如仍不安本分，抛头露脸，下次再犯众怒，便恕难宽宥了！"

阮大铖起初还在发呆，似乎不敢相信会放他走。当终于弄明白雷缜祚的意思之后，他连连拱着手说：

"承教，承教！"

说完，便连忙吩咐开船，在人们让出来的一条狭窄的水路中急急通过，抱头鼠窜而去了。

第九章
戏女客柳如是恃贵，兴党狱周仲驭蒙冤

祸起萧墙

"哈哈哈哈！"一阵开怀大笑，在黄宗羲和他的朋友们当中爆发开来。欢乐的声浪充溢了西厢房，穿透门窗宣泄出去，在天井当中久久回荡。这是秦淮大会之后的第五天下午，社友们聚集在吴应箕借寓的蔡益所书坊里，重新谈起八月十六晚上发生的一幕，仍然情绪热烈，兴奋异常。

"哈，瞧阮胡子当时那个亡魂丧胆的样儿，活脱就像一只老乌龟！"

"要是仲老来迟一阵子，保准他就得滚下河里去喝小娘们的洗脚水哩！"

"对，偏生周、雷二公心软，倒便宜了他！"

"不过，这一次也算让他再度领教我复社的厉害了！"

"嘿，太冲那一声'打'，喊得好！要不然，那狗贼胡子还不知死活地充'硬头船'呢！"

"对，对，这番大捷，太冲应记上一功！"

社友们一个劲地夸奖，倒把黄宗羲弄得不好意思起来。为着转移目标，他笑着摇摇头，随即改换话题问：

"不过，此次只能算是小施惩戒。既然开了头，便不能就此罢手。列位以为我辈该当如何施为，再鼓余勇，缚此穷寇？"

这个问题，大家显然还来不及考虑，不由得静下来，你看我，我看你，最后，重新把目光集中到黄宗羲身上。

"那么，太冲，你以为该当如何？"沈士柱问。

黄宗羲没有立即回答。这下一步的打算，他其实也未曾想清楚。本来，他准备先同周镳商量一下，但为着照顾老师，如今他已经搬到都察院去同刘宗周住在一起。八月十六那天同大家分手时，已是半夜，至今还来不及去访周镳。不过，他也不想显得毫无主见。因为这一次他回到南京，社内的情形已经发生了比较大的变化。主要是自从出了阮大铖获准恢复冠带，入朝陛见，以及张慎言、吕大器被迫辞官而去等重大事件之后，那种认为必须同马士英等人和衷共济才能保全大局的主张，正在他们这个圈子里，遭到越来越多人的怀疑和抛弃。相反，黄宗羲由于一直坚持"君子小人不两立"，并坚决拒绝陈贞慧所宣扬的"利害"之说，显得心明力定，加上周镳有意扶持，他在社内的地位也就日形重要。特别是这一次，他把刘宗周接到了南京。这位总宪大人，就其在朝野当中的声望和影响而言，显然还在高弘图、姜曰广之上。尤其是对于马士英之流，刘宗周的态度也比高、姜等人要强硬得多，无所畏惧得多。这就很自然地被处于愤慨和绝望之中的社友们看成是救星，是唯一可以寄托希望的人物。在这种情况下，作为刘宗周一位关系密切的得意学生，黄宗羲也更加受到社友们的热切包围，以至无形中已经取代了陈贞慧的位置。

对于这种变化，黄宗羲倒也受之坦然，当仁不让。这倒不是他热衷于充当什么领袖。他只是觉得，复社的社局，再这样下去，实在是不成了。像以夏允彝、陈子龙为首的旧几社那一派人，由于门派、政见不同，加上前年虎丘大会那一场风波，已经更加离心离德，就不必再说。倒是自己这一派，例如冒襄，一直躲在如皋家里不出来；方以智则由于降贼失节的嫌疑，弄得极之狼狈，已经无法出门；陈贞慧又是那么一种情形；至于侯方域，由于一向站在陈贞慧一边，近来社内人心出现转向，使他感到十分恼火，对社务也摆出一副不屑、不理的样子。所谓"复社四公子",到头来,竟然闹成这等虎头蛇尾的局面。如果不想让复社就这样垮下去,总得有人出来撑起局面。本来吴应箕在社内资格既老,地位也高,偏偏却是天生一副孤傲不群的秉性,社友们都有点怕他,他也懒得管别人。正是有鉴于这种群龙无首的状况,黄宗羲才毅然决定把社务的担子挑起来。也是到了真正承当起责任的时候,他才体会到事情的难办。别的不说,光是为着维系各方面,做到经常保持着渠道的畅通,就花费了他大量的时间和精力。何况又是处在这样一种艰难的时势,每把一个设想变为行动,都要付出极大的努力。不过,他有一个脾气,就是无论什么事情,不干则已,一干就要干出个样子来。所以近一个月来,他倒确实在全力以赴。五天前那个秦淮大会,就是他想出的主意,并得到周镳和社友们的赞同和支持。直到此刻,黄宗羲还在为那天的举动颇为得意。"前年中秋,听说定生、次尾他们也曾在这里闹过一场'借戏骂奸',但阮胡子本人没有在场,到底隔了一层。看来论痛快,论声威,还得数五天前这一场!"这么一想,他不禁兴奋起来,目光闪闪地环顾着在座的吴应箕、梅朗中、余怀、左国棅、沈士柱,以及八月十六那天没有赴会,但今天却偏偏一早就跑到书坊来的侯方域,断然说:

"别看权奸小人势可障天,在朝廷之上趾高气扬,凌压僚众,但对这'清议',却也畏惧得紧。十六日之事,可证一斑!既然如此,那就正好,我们何不针锋相对,把留都的清议尽量闹动起来,让人人指着他们的脊梁骨骂,叫他日夜不得安生!所以,依小弟之见,竟是即速联络缙绅中的怀忠愤乱之家,各自上戏行去招班设台,把十六日这出《喜逢春》一齐搬演起来,来他个满城争骂魏阉奸贼,人人皆知逆案难翻!另外,再凑上几副骂贼联、几首斥奸诗,派人悄悄儿写到马、阮狗贼的家门上,让他再吓个半死。列位以为如何?"

"唔，前些年阮胡子写了几出戏，便自夸什么'户户争歌《燕子笺》'，如今我们来个满城争唱《喜逢春》，倒正好扇他一个耳刮子！此计不错！"吴应箕首先瓮声瓮气地赞成。

"还有《冰山记》《鸣冤记》《清凉扇》都可以唱。不过，就怕那些缙绅之家不敢。"左国棅兴冲冲地提出疑问。

"有什么不敢？这戏骂的是魏阉，那是大行皇帝手定的逆案，莫非还算犯法不成！"沈士柱显得颇有信心。

"就算他们不敢，就我们这些人，每人雇上一台，也有十台八台了！"余怀也表示附和。

梅朗中提出另一个疑问："演戏倒还罢了，只是把对联和诗写到狗贼权奸的家门上去，设若被他侦知，乘机反诬，只怕……"

这种担心立即遭到左国棅的反驳："对联和诗人人都作得，只要手脚做得干净，无凭无据，他也不能把我辈怎样！"

吴应箕哼了一声，冷冷地说："他要抓把柄，《留都防乱公揭》就是逃不掉的把柄，多一个少一个，还在乎什么！"

黄宗羲听着，暗暗点头。他正想进一步参与意见，忽然看见坐在一张方几旁的侯方域，脸上正挂着不以为然的冷笑，便临时改口问：

"朝宗兄之见如何？"

"哦，太冲先生问我么？没有，没有，很好，很好！"

嘴上这么说，但整个表情却明白地表示着他话里另外有话。这一点，就连余怀、沈士柱等人也看出来了，于是一齐追着问：

"哎，朝宗，你总爱这么打哑谜似的，倒是说清楚啊！"

"好，怎么不好？如若列位先生还怕留都的天下不够乱，还怕马瑶草、阮圆海狠不起心拿我辈来试刀子，这么办就很好！"侯方域一边说，一边慢条斯理地摆弄着扇子。

"啊，这话怎讲？"

侯方域没有正面回答，他把摊开的扇子重新合上，望着黄宗羲说：

"适才太冲先生说，权奸狗贼所惧者，唯'清议'而已！弟倒想问一问，时至今日，这'清议'二字，到底还值多少银子？"

在社友当中，虽然绝大多数人都支持黄宗羲出来主持社务，唯独侯方域对此一直不服气，平日或明或暗地抬杠、出难题、说怪话，早已不是一次两次。这种情形，黄宗羲是明白的。按照他平日的性子，早就会扯破脸皮同对方吵闹。但由于想到自己所处的地位已经不同，如果表现得气量过于狭窄，不仅会遭社友们笑话，还会令他们失望，所以总是尽量克制。现在看见侯方域这神气，明摆着又是存心挑衅，他就不马上回答，沉默了一会儿，才小心地反问：

"那么，依侯兄之见，又值多少银子？"

"我么，哼，我以为一钱不值！"这么傲慢而又刻薄地说了一句之后，侯方域就回过头，望着其他人，"适才太冲先生侈言'清议'之效，以为凭此施为，便可振朝纲，安社稷。唯是在弟看来，所谓'清议'云者，乍听之，似有雷霆之声；实按之，并无雷霆之威，不过是浮声虚响，徒逞片时口舌之快，又何曾真的掀翻几个权奸，吓退几许丑类！时至今日，太冲先生仍不思通变，唯知开口'清议'，闭口'清议'，以为如此，便可安身立命，岂非可笑之至！"

黄宗羲起初还极力忍耐着，但侯方域如此轻蔑地贬斥清议，却深深地刺伤了他。因为在他看来，天地间最有力量的无疑是是非，是公理。无论是权势也罢，武力也罢，都只有循公理、是非而行，才能立于不败之地。否则，纵使能得逞于一时，终究无法长久立足。而"清议"，则是维护公理是非的重要而有力的手段。作为以天下为己任的有识之士，在这方面可以说负有不可推卸的责任。而且越是处境艰难，就越要坚持这种手段。

"我复社自西张夫子立社以来，便是以'清议'为本务。朝野之人，亦皆以此寄望于我。而我社亦因此方有今日之名声。足下名列复社，却如此贬斥清议，莫非不怕自外于社友们么？"

他这么说，是提出警告：对方的论调完全违背了复社的宗旨，已经超出了彼此应当遵循的规范。

谁知侯方域听了，竟立即站起来，毫不在乎地说："并非小弟要自外于列位社友，而是黄先生当此朝政浊乱、社局倾危之时，唯知以空谈说食为事，却不能以一法振救之，弟实在无法容忍。现在黄先生又以此相挟，弟唯有从此告辞，另谋报国之门而已！"

黄、侯二人历来不和，口角摩擦时有发生，如果不是过于激烈，社友们照例采取默默听着、谁也不帮的态度。所以这一次也是同样。直到侯方域说出这么一句话，他们才感到事情严重，于是纷纷起身挽留、相劝，屋子里顿时闹哄起来。

黄宗羲没有作声。如果说，自从自己负责起社务以来，由于考虑到侯方域毕竟是社内一位有影响的成员，因而对他的不合作甚至挑衅尽可能采取容忍态度的话，那么今天对方不仅在社友面前诋毁自己，而且公开表示决裂，这就使黄宗羲感到再也按捺不住。"哼，你不过是因为父亲投降了闯贼，怕被朝廷牵连治罪，想一走了之，又怕被人说你胆小，于是便故意同我翻脸，却瞒得了谁！"他想。于是摆一摆手，等大家稍稍静下来之后，他就盯住对方，冷冷地问：

"那么，足下想必是要到左营去啰？"

侯方域先是一怔。当意识到这话里所包含的讥讽之意时，他那张白净俊美的脸就唰地红了：

"阁下想得太远了吧！淮扬便是报国之区，何必左营！"说完，他就悻悻地转过身，大步向门外走去。

其余的社友着忙起来，立即拥上前去，试图阻止。就在这时，一个人从门外一步跨了进来，差点儿同侯方域撞个满怀。

大家一看，当认出闯进来的是周镳的一名仆人，名叫周顺的，都不禁有点意外。

"嗯，你来做什么？"看见周顺跑得脸白气促的样子，顾杲疑惑地问。

"是呀，瞧你张皇失落的，莫非仲老的病又犯了不成？"梅朗中也接了上来。

然而，周顺显然尚未喘过气来，只是一个劲儿地摇着手。等大家疑惑地静下来之后，他才"哎"的一声，气急败坏地说：

"不，不好了，我家老爷给抓、抓走了！"

"你、你说什么？"吃了一惊的黄宗羲怀疑自己没有听对，连忙走上前来追问。

"我家老爷——给校尉抓去了，还有雷老爷！两人都给抓去了！"

这消息来得如此意外、突然，像晴空炸响了一个霹雳，把在场的社友全给震呆了。

"周顺，你、你这话可是真的？别、别是闹错了吧？"半响，黄宗羲声音颤抖地问，同时，感到心中有一样东西正在发出碎裂的声响。

周顺摇摇头："今早雷老爷来访我家老爷。我家老爷命小人去三山街的济众堂抓药。待小人抓了药，回到门首，却见成群的校尉在把着门，里面乒乒乓乓的，像在抄检。小人不敢造次，闪在人家的屋檐下，候了片刻，就见我家老爷和雷老爷一同被押了出来，两人手上都上了铐子，被几位尉爷挟上了马，一路往北去了。"

黄宗羲睁大眼睛听着，急切的目光渐渐变得僵直。"这么说，是真的了？"他失魂落魄地想，同时觉得头顶轰轰作响。忽然，周围的事物仿佛旋转起来，脚下也有点发沉，他拼命一伸手，抓住了站在旁边的顾杲，才算勉强站稳了。

精心准备

　　自从得知冒襄和董小宛也到了南京，柳如是就一直期待着他们前来拜访。道理很简单：冒、董二人当初最终能够结成姻眷，应当说是靠她同钱谦益从中帮了大忙。事后冒襄虽然送过一份谢礼，还寄来了致意问候的信，但始终欠着当面答拜这一道礼节。过去两家各居一地，往来不易，倒还罢了。如今既然都到了南京，对方再不上门，可就没有道理。更何况，冒襄这一次来南京，是以贡生的身份应征候选，而钱谦益作为礼部尚书，所管的正是这一摊子事。因此，柳如是认为，无论是冲着私交还是公谊，冒、董二人都应该尽快上门拜谒。

　　不过，话是这么说，到底又等了好几天，才接到冒襄送来的帖子，说是希望钱谦益能够于八月二十五日在私邸里接待他们。柳如是虽然觉得对方未免拖拉了一点，但仍旧以少有的热心，积极准备起来。她提早三天，领着男女仆人把新近才拨归他们居住的官邸，里里外外地巡视了一遍。把厅、堂、居室、后花园，以及各处廊厩那些破了、旧了的地方，一一指出来，限期雇工修缮完好，一时修不好的，也要设法遮盖起来，不许露出痕迹。接着，她又把各种陈设——包括家具、字画、盆景、古玩之类，重新作了调整，该换掉的换掉，该补上的补上。末了，她还很花了一番工夫收拾后花园，不仅指挥仆人把花木修剪整齐，彻底把地面清扫干净，还特地把那口半涸的水池重新灌满清水，把歪了角的石莲柱栏杆扶正。即使这样，柳如是还不满意，又派人去买来一双仙鹤、十来双鸳鸯，和近百尾各色金鱼，分别放养到草地上、水池中。看见侍妾这么煞有介事地忙个不了，钱谦益不免奇怪，私下问她说：

　　"冒辟疆和董小宛虽说不比寻常俗客，可也算不得什么贵人，就值得夫人这样子张罗？"

"哼,"柳如是仰起下巴颏儿,傲然回答,"若单只为的他们,妾自然不用张罗。可我不是为的他们!"

"噢,莫非夫人还打算请别人?"

"别人么,也要请。像惠香妹妹啦、黄皆令啦,还有卞赛赛,到时都要来。"

钱谦益望了侍妾一眼,迟疑地:"这个——自然也无不可,彼此原是相熟的。不过……"

"哎,你真笨!"柳如是伸出一根纤长白嫩的指头,娇嗔地戳了一下丈夫的额角,"用不着为他们张罗,难道还不许为尚书老爷、尚书夫人自个儿张罗不成?"

"原来如此……"

"怎么样,该不该张罗?你说,该不该张罗?"

"哦,该,该,自然应该!哈哈哈哈!那么,就偏劳夫人了。到时,下官一定过来给夫人把盏!"

这么表示了领悟和凑兴之后,钱谦益就依旧去忙他的公事,任凭柳如是自行布置,不再过问了。

眼下,已经到了八月二十五,柳如是早早起来,梳洗穿戴完毕,用过点心,便叮嘱钱谦益早些儿到前边去等候客人,若是来了男客,就由老头儿在外边招呼着,要是女眷,就送进里间来。然后,她就领着红情、绿意和两个妈妈,匆匆离开起居室,走出庭院去。

今天天气很好,虽说时近深秋,蔚蓝无云的天宇上,太阳依旧温煦地照临着,把西厢房的屋脊映衬得鲜亮耀眼。徐徐的晨风吹到身上来,没有一丝寒意,只使人觉得分外的舒爽。唯一显示着节序转换的,是庭院里那两株高大的梧桐树,一夜之间叶子又掉落了不少。这会儿,一个年老的女仆正佝着瘦小的身躯,在那里低头打扫着。当她手中的竹扫帚在青石板地面上划过,就发出唰唰的声响。

柳如是领着丫环、妈妈四处走了走,证实一切都按她的吩咐布置停当，就连宴饮时要用的杯盘碗盏，也已经搬到了后花园里的八角亭子上，她才放下心来，重新回到后堂里。发现钱谦益已经离开了，她便在椅子上坐下，随手接过绿意奉上来的一盏香茶，一边听着秋风簌簌地摇着窗帘，一边默默盘算着即将到来的会见。

正如她向丈夫表明的，对于今天的聚会，柳如是的确寄托了颇为热切的期望。这也并不奇怪，自从来到南京之后，近一个月来，柳如是虽然已经实实在在领略到了"尚书夫人"的滋味——日夕相对的是地位尊贵、神采焕发的丈夫；家里接待的，也净是些纱帽补服、神情谦恭的当朝显贵；当她跟随丈夫出门时，轿前马后的仪仗随从是那样的威风八面；而早朝时节，从紫禁城里传出的钟鼓之声又是那样切近可闻……不过，畅快得意之余，柳如是又觉得不满足，总像还缺少一点什么似的。

这么心神不定了好几天之后，她终于弄明白，由于终日锁闭在深宅大院里，至今为止，她的得意还只是独个儿的，除了丈夫之外，再没有别人来同她分享，更别说为她助兴了。对于柳如是来说，这就未免显着有点冷清，美中不足。为了改变这种状况，她开始计划举行一次以自己为主角的聚会。她也知道，达官贵人们的家眷，除非彼此沾亲带故，否则是轻易不会上门的。而且按照柳如是以往的经验，那些太太、奶奶们，仗着名分正、门楣高，十之八九都爱摆臭架子，同自己未必合得来。与其白贴了银子去请她们，到头来还落个不痛快，倒不如请上一班相熟的姐妹，开开心心地乐它一场。当然，如果来客光是卞赛赛这样的旧院姐儿，或者像黄皆令这样寄食权门的女清客，也撑不起台子，必定还要找上一两个有点儿身份的。所以董小宛的到来，正合了她的心意。因为不管怎么说，董小宛如今已是冒襄的一位"宝眷"，而冒襄作为复社的"四公子"之一，在江南的上流社会则是无人不晓。有了这两口子，再加上后来听说好好先生杨文骢的爱妾马婉容也是秦淮名妓出身，柳如是已经逼着老头儿去信，把他们也请来。此外还有密友惠香,也是一位未来的官眷。这些人凑合在一起,今天的聚会,便不至于太委屈自己。不过,眼见日头已经爬上了帘钩子,外间还静悄悄的动静全无,柳如是就不由得心急起来了。

"哎,到底是怎么一回事,连影儿都不见一个来?"她想,随即把茶盏往小几上一放,站起来,打算派红情到前边去打听一下。就在这时,门外的过道里传来了细碎的脚步声,柳如是便又停住了。

"啊哟,我们只道来迟了,原来竟是最早!"一个熟悉的嗓音笑着说,随即帘子一掀,露出惠香那张薄施脂粉的年轻的脸。在她身后,还跟着一位同样年轻的丽人,那是秦淮名妓卞赛赛。

发现来客不是董小宛,柳如是微微有点失望。因为作为今天专程前来答拜的主要客人,柳如是觉得董小宛应当早点儿上门才是。不过,她仍旧立即堆出满脸笑容,把惠香和卞赛赛迎进屋子里。

"说真格儿的,你们这会儿来,倒正好!"等彼此行过礼,分宾主坐下,红情奉上茶来,柳如是一边向客人让着,一边笑着说,"要早来半刻,只怕愚姐还不得空儿陪你们呢!"

"哦,怎么?"

"还不是你姐夫!昨儿他花了半宿工夫,起草了一篇条陈,说是怕其中有粗疏欠妥之处,硬逼着我帮他过目斟酌。你想我一个女流,何曾就敢过问朝廷的大事?说不干呢,老头儿还顶认真。没奈何,只得赶着妹妹们未到的工夫,字斟句酌地替他推敲了一遍。这不,刚刚他才着人进来拿了去,带累我这会子脑门还疼得慌!"

惠香眨眨眼睛:"啊哟,姐姐可真能!竟有这份大才,怪不得人人都说,可惜姐姐不是男子,要不,去应科举,不夺个状元、探花回来才怪!"

柳如是放下茶杯,掏出汗巾抹一抹嘴唇,摇着手说:"笑话罢咧,愚姐可没有那么大的想头!如今我只烦着,老头儿不做官倒好,我还能省点心,多陪着妹妹们快活耍子。他做了官,好,公事也忙了,应酬也多了,便连累愚姐也不得清闲!"

"这也是姐姐真有这份能耐,姐夫才离不了姐姐呀!"惠香微笑说,"要不,当初他怎么谁都不挑,偏相中了姐姐?八成,他那时就思量着,没有姐姐这样的人儿做帮手,这大宗伯、阁老什么的,只怕还真个做不顺溜呢!"

柳如是明白对方是暗示她在钱谦益这一次起用当中的作用,自然也包括惠香的一份功劳。不过当着卞赛赛的面,这种事却不便挑明。于是她一边朝惠香使眼色,一边说:"这都是打趣的话儿,我们自家姐妹说笑不妨,待会儿婉容、小宛来了,可别再提起,免得传出去,招人笑话!"

结束了最初的说笑之后,接下来话题就转到了最近京城里发生的一些新闻。惠香谈起,早些年,在江南鼎鼎有名的那位翰林老爷周钟,前几天被朝廷派人从嘉兴捉拿到留都来了。听说他在北京时降了贼,所以囚车进城时,看热闹的人都指着他直骂。按说,这周钟倒也罪有应得,只是他的堂兄,也是大名士的周镳,也被牵连下了狱,却未免冤枉。她接着又谈到,前些日子,在南京城的大街小巷,一夜之间贴出了无数空头揭帖,听说是骂总宪大人刘宗周的,简直把他说成是十恶不赦的大坏蛋,好多人都看到了,只不知是什么人干的。随后,她还说到,寒秀斋的李十娘,最近恋上了从北边逃回来的翰林公方以智,一心想嫁给他。偏偏方翰林不领情,一家伙搬到城外的天界寺去了。十娘还不死心,三天两头就往寺里跑。其实,像方老爷那样心比天高的人,哪里会看得上十娘?到头来只怕是竹篮子打水——一场空罢了!柳如是知道惠香的消息,无非是一半得自街谈巷议,一半得自李沾的枕头边。为着显示自己比对方更能,她干脆向女友透露了两件宫中秘闻:一件是皇上最近迷上了看戏,经常秘密征召大臣家中的戏班子入宫演出,中意的便厚加赏赐,留下再演;另一件是皇上在后廷里，新近挂出了一副对子，道是："万事不如杯在手，一年几见月当头。"是皇上特地命阁臣王铎书写的。听说皇上对王阁老的书法颇为赞赏，认为沉着飞动，胜过前朝董其昌……

这么谈了一阵，柳如是忽然发现，直到此刻，坐在旁边的卞赛赛始终静静地听着，几乎还一言未发，便顺口问她：

"赛赛，小宛那妮子来留都，闻得也有好些天了。你们想必见过。到底怎样了——她如今？"

"哦，妹子还不曾见过董姐姐呢！"卞赛赛忽闪了一下那双明如秋水的美丽眼睛，有点不好意思地回答。

"咦，这是怎么说？"柳如是诧异地扬起眉毛，"我只道愚姐不曾去访她，是住进了这所宅子，便身不由己。妹妹是自由身，怎么也不访她一访？"

两年前，卞赛赛同董小宛都住在苏州半塘。当时，柳如是正为朱姨太的事同钱谦益赌气，借口治病，跑到了苏州，她们两人常常结伴前去望看。柳如是因此知道她俩的交情。

卞赛赛却没有立即回答。她低下头，红着脸，挨延了半天，才轻轻吐出两个字："不便。"

"不便？"柳如是愈加莫名其妙。不过，随后她仿佛有点明白了，于是摇摇头，说："你也忒小心眼！纵然她嫁了冒辟疆，左右不过是副贡生的名下，又算怎生高不可攀了？譬如愚姐，不照样同妹妹有来有往？终不成因荣华富贵，便忘却了贫贱之交！"

"不过，"惠香抚理着比甲的前襟，微笑着接上来，"也是姐姐这等念旧罢了。换了别人，想头只怕又自不同。莫说是赛赛，便是姐姐今日专诚款待她，也不知她是真想来呢，真不想来！"

"啊，这倒不会！"卞赛赛赶紧说，"小宛姐姐不是那样的人。是妹子自己……"

虽然如此，柳如是却已经被提醒。她望了望门口，发现那横斜在地上的帘影，与先前相比，果然又缩短了许多。"嗯，这两口子也真是的,怎么就挨延到这地步!"她不快地想,于是回头吩咐红情:"你去,到老爷那边瞧瞧,客人来了不曾?"

说完,她就站起来,对惠、卞二人说:"算了,我们也别在这儿呆等了,先上园子里去吧!"

苦遭戏弄

客人姗姗来迟,使女主人很不高兴。然而柳如是不知道,还在桃叶河房里等候出门的董小宛,此刻更是心急如焚,坐立不安。

说来也真不凑巧,今天早上,正当她同丈夫打扮穿戴停当,准备上路的时候,偏偏碰上了陈贞慧和侯方域突然来访!当时董小宛见时辰还早,加上陈、侯二人都不是寻常客人,便懂事地退进内室去,安心等候。"今日是有约在先,冒郎自然懂得该怎么做,不会让客人耽搁得太久的。"她一边走向妆台,一边安慰自己说。她对着镜子,把脸上的化妆,再次细细端详了一番,对不尽满意之处,重新作了修整,然后拿起一本《香奁集》,耐着性子读了一二十首。结果,却看见紫衣走进来报告说,少爷同客人一道出门去了,上哪儿去,也不知道。董小宛才感到事情有点不妙。

说实在话,今天前去拜见钱谦益和柳如是,就董小宛而言,是盼望已久的一件大事。因为她不会忘记,这两位都是自己的大恩人。当初她在苏州半塘,被凶横的债主们绑架,闹得受冒襄之托前去迎娶她的刘履丁也束手无策。如果不是钱、柳二人慨然出面,替她调停,她同冒襄的这段姻缘,只怕就会最终化为泡影。更令董小宛感动的是,事后钱、柳二人还特地在虎丘的楼船上摆下宴席,并请来一班当地的名流,替她风风光光地把酒饯行。所以,对于两位恩人,董小宛内心的一份感激,确实是难以名状的。这一次来到南京,听说钱、柳二人也在,她真是又惊又喜,马上催着丈夫带她前去拜见。"是的,这一辈子,也许我都无法报答了。

但多向恩人请上几次安,叩上几个头,总是办得到的!"激动之余,她含着眼泪,不止一次叨念说。现在,这一天总算盼来了,谁知到了出门的一刻,却碰上了意外的耽搁,这怎不叫董小宛又担心,又着急?

然而,着急归着急,她却足足在河房里等了一个多时辰,才盼到冒襄回来。董小宛本想问问是什么事耽搁了这许久,但看见丈夫沉着脸,显得心事重重,她就到底没敢开口,只是赶紧招呼冒成和紫衣,带上礼物,跟着丈夫出门。在午时又过了一半的当儿,匆匆来到位于洪武门内的钱谦益官邸里。现在,代主人出来迎接的顾苓、孙永祚已经相让着,把他们引到花厅。看见钱谦益身穿公服,正站在滴水檐前等着,冒襄立即趋步上前,一边行着礼,一边说:"小侄因临时为他事所阻,拜谒来迟,有劳老伯伫候,万分不安,敬祈恕罪!"

"噢,贤侄何出此言?今日之会,乃是相知叙旧,本不须拘礼。贤侄自应了却正事,再来不迟!"钱谦益摆出宽宏大度的样子,微笑着说,"何况又有龙老在此,使学生得聆快谈高论,竟全不觉日影之移呢!"

"还望老伯宽恕!"冒襄再一次表示道歉,然后,又同杨文骢行礼见过,这才招呼董小宛上来,拜见主人。

董小宛早已准备着。她立即移动脚步,走到钱谦益跟前,双膝跪下,毕恭毕敬地叩下头去。

钱谦益"呵呵"地谦逊着,连声吩咐不必多礼。待董小宛拜完四拜,请过安,重新站起来,他就转向冒襄,微笑说:

"贱内河东君许久不见宛娘,思念得紧,适才已着人出来打听过几次。不如这就让宛娘进去,先见上一见,也免得她悬望。"

"哦,理当如此。便是小侄,也正欲着她前去拜见!"冒襄立即表示同意。

董小宛自然巴不得这句话。于是,趁着钱谦益往内宅传话的当儿,她赶紧朝杨文骢,还有顾苓、孙永祚一一行过礼。等一位妈妈从屏风后转出来,她就立即带上紫衣,相跟着,向内宅走去。

"啊,要见到如是姐姐了,马上要见到她了!这可多么好,多么难得!"她兴奋地、心忙意乱地想,"快两年没见,不知姐姐可好?无疑,钱老爷如今终于起用,当上了大宗伯,她总算扬眉吐气了!这是好人终归有好报,神明护佑着呢!哎,高兴,我真替她高兴!只是今天我却来迟了,让主人久等了。这可不好,真的不好!幸亏钱老爷并不责怪,要不……"

董小宛一边想,一边匆匆向前走。她走得那样快,想得那样专注,以至根本没有留意那位姓李的妈妈领着她走过了几道门,转了几个弯,也没有分神去打量周遭的景物房舍。直到眼前蓦地一亮,发现已经置身于一片宽敞的花园里,她才回过神来。

这正是柳如是花了不少心思收拾布置的那个后花园。时近深秋,园子里的花草树木,虽说已经不似春夏时节那样缤纷繁茂,但由于天气尚暖,加上还有好些高松古柏在那里撑着场面,所以看上去依然郁郁葱葱。何况,在那错落耸峙的山石旁,以及栏边、水畔,主人还特意添置了一盆一盆的菊花,那些黄白各异,姿态杂出的花朵,正迎着晴和的阳光粲然怒放,更使满园子平添了一派别样的生机。不过,即便是这些,董小宛眼下也无心观赏。她跟着引路的李妈,沿着蜿蜒曲折的砖嵌小路走了一阵,来到一个绿树荫蔽的小土坡前,忽然听见,上面隐隐传来了清脆的笑声。"啊,如是姐姐!这么说,如是姐姐就在上面了!"董小宛顿时兴奋起来,不待李妈带领,她就沿着石阶拾级而上,并且一直朝着刚才传出笑声的方向——一座八角亭子走去。

这是一座挺宽敞的亭子,黑褐色的立柱,朱红色的雕栏,当中一张圆石桌,外带几个可供歇息的石坐墩。如今,桌面上零乱地摆满了杯、盘、碗、盏,以及许多吃剩了的水果、点心、瓜子之类,地上还遗落下一条茜纱汗巾。然而,奇怪的是座位上空荡荡的,不仅没有柳如是和她的女客们,就连侍候的丫环,也全都不见了。只有几只麻雀,在碗盘之间跳跃着,匆忙而又警觉地啄取着无人看管的食物,一旦发现董小宛走近,它们就发出一声短促的啁啾,扑扇着翅膀,飞上绿树枝头去了。"咦,刚才我分明听见她们在说话的呀,怎么转眼就不见了?"董小宛迷惑地想,不由得转动身子,向四下里寻找。

这时,李妈已经跟了过来,看见这种情景,也怔住了:"莫非——莫非我家太太和客人坐腻烦了,都到园子里散心耍子去了不成?"她猜测说。

"可是,我们一路上来,怎么没碰着?"紫衣在旁边提出疑问。

"哦,姑娘有所不知,这亭子后面还有一条路,我家太太想必从那儿下去了。"

董小宛连忙说:"那么,就烦妈妈领路,我们去寻她们便了。"

等李妈移动脚步,她便同紫衣照旧跟着,绕过亭子,从那另一道石阶下了土坡,开始沿着花园里的路径,四处寻找起来。

也就是到了这时,董小宛才发现,这花园虽不算顶大,布局却颇为别致。特别是靠东这一边,回廊套着回廊,假山叠着假山,加上树木墙篱的遮隔,人走进里面,十步八步之外,往往就不见踪影,所以寻找起来,还挺不容易。她跟着李妈转了好一阵子,始终没有发现柳如是的去向;后来碰上了一个小丫环,告诉她们,柳太太领着客人到惜羽轩瞧丹鹤去了。她们才急急赶了过去。

来到惜羽轩,却又没有见着。据养鹤的女仆说,柳太太离开已经有一阵子,影绰绰听得,说是去观鱼什么的。李妈一听,不敢耽搁,赶紧领着董小宛往回走,半路上向左一拐,过了一道石砌的板桥,又折向左首,从一道复廊转过去,这才看见一小爿平地上,嵌着一方碧绿的水池,四面围着石莲柱栏杆。水池里,一群金鱼正在悠闲地游来游去。在正午阳光的照射下,它们那朱红色的鳞片显得分外鲜艳悦目。然而,令董小宛失望的是,即使在这里，也仍旧没有柳如是等人的踪影。这当儿，她额上已经冒出了点点汗珠，两条腿也又酸又软。加上从早上至此，几个时辰未曾进食，肚子也有点咕咕作响。看见水池旁边设有石凳，她就走过去，一屁股坐了下来。刚刚抹了一把汗，她忽然又想到：自己今天已经来迟了，如果不赶快找到主人，岂非更加于礼有失？"哎，别忘了，如是姐姐是你的大恩人，怎能累一点就生出怠慢之心！"这种自责一闪现，她顿时鼓起了劲，重新站起身，招呼李妈和紫衣，打算继续上别处寻找。

"哎，好了好了，可算找着了！"李妈忽然叫起来。由于高兴，她那双眯着的老眼里闪出异样的光彩，满脸皱纹都随之抖动起来。

董小宛迅速回过头去，紧迫的心情一下子变得松弛了。因为她看见卞赛赛、惠香、马婉容，还有一位不认识的中年妇女，正从池子对面的一座小轩里走出来。

"自然，如是姐姐是同她们在一起的，那么，我就要见到她了！"惊喜之余，董小宛不由得睁大眼睛，竭力在人丛中寻找，同时兴冲冲迎上去，招呼说：

"几位姐姐，原来你们在这儿，却教妹子……"

"嘘——"对面几个女人摇着手，一齐制止她，脸上的神色显得既郑重，又神秘。

董小宛微微一怔，不由自主咽住了。

"怎么？"她走近去，疑惑地低声询问。

"如是姐姐适才多饮了几杯酒，困了。这会儿正在轩里睡着呢！"惠香说，表情有点淡淡的。

"那么，妹子进去瞧瞧她。"

惠香斜瞥着她："你今儿是头等贵客，要瞧，谁还敢拦你？只管请便就是。不过，我可要失陪了。"

"姐姐们要上哪儿去？"

"上哪儿去？上哪儿都成啊！再说，我们一大早就来了，这半天一直陪着如是姐姐，如今，贵客临门了，我们也该让出位子才是呀！"

听出惠香话中有刺，董小宛不由得微微红了脸，但仍旧决心尽快见到柳如是。她把袖子交叠在腰间，同大家一一行过礼，并且弄清楚那位虽然长得不好看，但眉目之间自有一股清朗之气的中年妇人，原来是颇有名气的女诗人黄皆令之后，她就转过身，匆匆地朝小轩走去。

"哎，小宛！"才走出七八步，忽然听见卞赛赛在后面叫唤，董小宛不知道有什么事，便停住脚，转过脸去。

"小宛，"卞赛赛走近来，把小嘴凑在朋友的耳朵边，压低声音说，"你今日来得太迟，如是姐姐很不高兴。适才在亭子里，她明知你来了，却故意带我们走开，让你好找。待会儿见了她，你可得留点神，嗯！明白啦？"这么叮嘱之后，卞赛赛才离开她，跟着惠香那一帮子，匆匆去了。

董小宛却如梦初醒似的发了呆。"啊，原来是这样……不错，今天确实是我不对，难怪如是姐姐生气。这可怎么办？该怎样向她解释才是？就说家里临时来了客人，冒郎陪着出去了，但不是明明有约在先么？不，不成，无论如何，我也不能把不是派给冒郎！但如果不这么办，又怎么说得清？若直认作是我挨延之故，岂不更加惹如是姐姐生气？事情岂不更糟？"董小宛越想，越感到惊惶和焦急，慌里慌张迈开步子，继续向小轩走去。

命名为"思霞馆"的小轩里静悄悄的，一点响动都没有。看样子，柳如是果真是睡下了。董小宛隔着门帘听了听，到底不敢贸然往里闯，只好退回来。这当儿，领路的李妈已经被惠香她们故意带走了，四下里竟连一个可以打听的人都看不见。董小宛没有办法，只得朝紫衣做了个示意的手势，随即在石阶前坐了下来。她暗自希望等柳如是的丫环出来询问时，再请她们设法通报。所以，尽管心情异样地着急，肚子里，饥饿的感觉也越来越分明，她仍旧坚持着耐心等候。然而，等着等着，就发觉情形有点不对。起初，有好长一段时间，帘子里静悄悄的，全无响动。后来，终于传出了细碎的脚步声——分明不止一次有人从门前经过，但不知为什么，始终不见出来询问。董小宛又渴又饿，已经感到难以忍受，加上怕再耽搁下去，柳如是的不满恐怕会更甚。"嗯，莫非里面的人看见我们坐在台阶上，以为是家中的丫环仆妇，所以没在意？"这么一想，董小宛赶紧站立起来，待帘子里再一次有人影经过时，她就轻轻叫唤：

"姐姐，姐姐！"

帘子里的人影停住了，却没有立即答应，似乎在考虑什么；隔了一会儿，才轻轻掀开帘子，闪身走了出来。原来是柳如是的贴身丫环红情。

还在苏州时，董小宛就认识红情，这会儿自然如逢救星。她连忙点头招呼，又赔笑问："姐姐，你家太太——"

红情马上摇摇手，止住她，悄声说："哎，太太在里屋睡着呢！"

"可是……"

"太太吩咐，她要歇午，任凭谁来，都不许惊动她。"

董小宛怔了一下："那——不知到什么时候，你家太太才能起来？"

"哦，我家太太也睡不长。"红情淡淡地回答，"要在平日，这会儿也该起来了。只是今儿她喝了两杯酒，怕得晚起一点。嗯，再过半个时辰，总成了吧！"

逆案顺案

正当董小宛在柳如是那里陷入困境的时候，冒襄也怀着烦躁而又踌躇的心情，同钱谦益、杨文骢周旋着。不过，他的处境要好得多——董小宛至今还在忍饥受渴，而外间的花厅里，三张酒肴丰盛的食案已经按品字形的格局摆开，宾主之间，也到了酒过三巡的当口了。

对于今日的约会，冒襄本来并没有什么特别的目的，无非是董小宛在耳边念叨得多了，加上他自己也觉得不如早点还却这笔人情债，才决定登门拜谒。然而，今天早上，正当他准备动身的时候，却碰上陈贞慧和侯方域意外来访，并告诉他周镳和雷缜祚被捕入狱的消息。据说，周镳是由于堂弟周钟在北京时投降了流贼，给李自成写过《劝进表》，因此罪当"连坐"；而雷缜祚则是在南都议立新君期间，曾倡言福王"七不可立"，被认为罪大难容，必须追究。对于周、雷二人，陈贞慧和侯方域虽然没有好评，认为他们为着把持社局，不惜以种种卑劣手段排斥陈贞慧的正确主张，留都的局面闹到今天这种地步，他们其实也有责任。不过，逮捕周、雷，显然是马士英之流图谋彻底搞垮东林、复社的第一步。其真正目的，在于借此为由牵连一大批正人君子。如不及时制止，更大规模的迫害只怕就会接踵而至。所以，无论是为了东林、复社，还是为了江南大局，陈、侯二人认为，都必须尽快设法营救周镳和雷缜祚。对于这个变故，冒襄先是大吃一惊，接着也紧张起来。听说周、雷是给锦衣卫捕去的，他便想起父亲过去的一位门客，名叫郑廷奇的，如今在锦衣卫任校尉班头，于是马上同陈、侯二人出门，前去拜访，请郑廷奇暗中关照，尽可能少让周、雷吃苦头。随后，他们在商量中又想到，次辅王铎为人恭顺随和，无党无派，目前颇得皇帝宠信。如果肯出面说话，事情说不定有转圜的希望。不过，复社诸生与王铎没有什么来往，倒是听说钱谦益同他气味颇为相投。所以，趁着冒襄今日正要前去拜谒，请钱老头儿从中斡旋的差事，便也由冒襄包了下来。陈贞慧和侯方域则又匆匆寻访别的关系去了……

现在，冒襄就是怀着这一份心事，坐在宴席之前。以钱谦益同东林的关系，冒襄本来也不难于开口。谁知，席上偏偏还有一位杨文骢。众所周知,此人乃是马士英的妹夫,虽说平日为人不算太坏,但像眼下这么重大的一桩机密,冒襄就不得不加意提防。为了不走漏风声,弄巧反拙,所以直到此刻,尽管心中颇不耐烦,他仍旧只能装作没事的人一样,默默地听钱谦益和杨文骢海阔天空地闲聊。

"哎,牧老,"杨文骢眯缝着小眼睛,兴冲冲地问,"自从闯贼逃出北京,许多当初陷于贼手的旧友,都已相率南还,唯独龚孝升至今未有音讯,不知牧老可有消息么?"

钱谦益摇摇头:"没有。不过,其实又何止龚孝升,像陈百史、曹秋岳那些人不是也无消息么?哼,这些人机灵得很!他们既然曾经降贼,想必知道南来也难逃公论,只怕索性远飏深匿,或者竟学洪亨九、冯琢庵的样,改事东虏也未可知。这种人,又想他做什么!"

"弟本来也不想他,只是听人说,他变节降贼后,有人曾问他何以如此,他竟说:'我本欲殉节,其奈小妾不肯何!'所以弟倒想问一问他是否果真如此。"

钱谦益哼了一声:"他的如君,不就是旧院的顾眉么?若是别人,弟倒不敢妄测,若是眉娘,却决然不会!八成倒是龚孝升自己贪生畏死,无以自解,却推到妾妇身上!"

"噢?不知何所据而云然?"杨文骢好奇地睁大眼睛。

钱谦益没有马上回答。他微笑地拈着胡子,瞧瞧杨文骢,又瞧瞧冒襄,现出欲言又止的样子。末了,他说:

"此事不足为外人道。不过两位都不是外人,所以弟也无妨说说,聊当席上的谈资——说来这还是崇祯七八年间的事。其时眉娘年方十七八。一日,余中丞将她召至家中侑酒。适逢黄石斋在座。诸客见石斋平日言谈动静,俱严守礼法,便暗中相约,要试他一试,于是合力将他灌醉,扶入密室之中,又命眉娘尽弛亵衣,与之共卧榻上……"

"啊，是尽弛亵衣？"杨文骢笑嘻嘻地问，他显然来了劲，一双小眼睛也怪样地闪烁起来。

钱谦益一本正经地"嗯"了一声，接着又说："其后，诸客便反锁门户，以待消息。据说，夜半时，眉娘见石斋酒醒，便昵近之。谁知石斋只摇摇手，便转侧向内，酣然睡去。眉娘推他不醒，只得作罢。及至到了四更时分，石斋已醒，转面向外。这一次眉娘却佯装熟睡，复以体肤偎傍之。谁知石斋仍一无所动。未几，又复酣睡如初。直至翌晨，眉娘披衣而出，具言夜来情状，诸客方始叹服石斋之定力。"

说到这里，钱谦益就停住了，伸手去拿案上的酒杯。正听得入神的杨文骢怔了一下，迟疑地问：

"哎，只这件事，又何以见得眉娘必不会阻拦龚孝升殉节？"

钱谦益呷了一口酒，抹了抹胡子，这才微微一笑说："可是，眉娘当时还说了一句话，端的是奇极，峻极！她向诸客说：'公等为名士，赋诗饮酒，可谓极尽人间快活；唯是将来为圣为佛，成忠成孝的，却是黄公！'试想，她以一介北里烟花，而能明辨此理。当闯贼入京时，龚孝升倘若真个决意殉节，她又岂会力持不许之理！"

钱、杨二人谈得津津有味，冒襄在旁边听着，却感到越来越没有意思。这种对某人何以失节的探究，如果说，早在北京失陷的消息传来之初，他还会有点好奇的话，那么，如今却不同了。是的，那时他于震惊和悲愤之余，一心只想立即赶到南京来，投入救亡图存的抗争中去。就连举家逃难那十天半月里，他都感到焦急难耐，气闷异常。现在，他终于如愿以偿了。可是结果又怎么样呢？且别说跟随史可法北上巡视期间，那些令人发指的所见所闻；就拿南京城里的情形来说，竟依旧是一派歌舞升平、醉生梦死的景象。如果说，也有什么紧张气氛的话，就是朝中两派的斗争正在愈演愈烈，大有决心拼个你死我活的势头。"啊，难道是我离开得太久，对社局生出了隔膜之故？"冒襄不安地、烦闷地想，"可是，以建房给史公的那封狂妄傲慢的来书而观，他们的虎狼之心，实在已昭然若揭，就是打算入主中国，逼我江南臣服于他。对于这种不知礼义忠信为何物的化外夷狄，莫非朝廷还以为可以高枕无忧，而不须急谋应付之策么？莫非当朝的大老们，包括皇上，还以为可以就这么混下去，斗下去，而根本不知道，一旦建房打过来，大家全都得完蛋？"正是这种巨大的恐惧，使冒襄感到深深的忧虑和苦恼。而当看到钱、杨二人还在那里嬉笑自若地高谈阔论，这种内心的困扰就转化为强烈的不满，乃至恼恨了。

"龙老，"他突然问道，由于在今天的场合里，不便向主人发泄，他就转向了杨文骢，"目今朝廷新立，天子圣明，正是才高捷足者先登之时，何以龙老这番起复，止得一部曹之职，未免过屈，令人好生不解！"

杨文骢是两个月前，以兵部主事起用的。官居正六品，比起他的亲戚——总督漕运的凤淮巡抚田仰来，可是低了一大截。此刻，他正同钱谦益谈得高兴，冷不防听冒襄这么询问，倒怔了一下，回头疑惑地望着，没有回答。

冒襄接着又说："有道是，朝中有人好做官。现今令亲马瑶草贵为当国，位极人臣。有这么一座大靠山，龙老之擢升，不过易如反掌，何以竟延宕至今？"

"嗯，此事弟也甚觉不解。以龙老之高才，正应大用才是！"钱谦益也一本正经地接上来。他显然没有听出冒襄的讥讽之意。

杨文骢眨眨小眼睛："这个……"

"莫非，"发现什么时候左右逢源的好好先生红了脸，冒襄感到一种恶意的愉快，"莫非马阁老不以龙老与我东林复社来往为然，所以不肯援手？倘如此，往后牧老与晚生倒该避嫌才是了，哈哈！"

杨文骢摇摇头："不是。"停了停，又吞吞吐吐地说："不瞒二位，弟之员外郎之任，日内便要发表了。"

员外郎是正五品，在部中已列入重要官员一级。所以钱谦益马上改容拱手，恭贺说："噢，如此可喜之事，龙老何不早说？也好让弟等高兴高兴呀！"

杨文骢苦笑一下："不过，弟已向部里呈文，坚请外放了！"

"哦？"正准备举酒相敬的钱谦益停止了动作，惊讶地问，"如何放着舒舒服服的京官不做，兄竟坚请外放？"

冒襄也冷笑着接上来："是呀，虽说京师险地，为官不易，不过有马阁老给龙老撑腰，这京师岂止不险，直是无波之银汉，入阁之坦途呢！"

这一次，挖苦的口气更加明显，连钱谦益也为之一怔。但杨文骢却没有着恼。他红着脸，低声说："正因有他在，所以弟才坚请外放。"

"什、什么？"莫名其妙的钱谦益显然疑心自己没听清，侧着耳朵追问。

杨文骢却没有再回答。他举起酒杯，凑到唇边，随即又放下了。一种忧郁、苦闷、颓唐的神色越来越分明地从他的圆脸上显现出来。末了，他苦笑一下，说："兄等以为，国事闹到眼下这种地步，当真还有可为么？"

"……"

"莫非，兄等还瞧不出来，朝廷的局面，照这等弄下去，这江南半壁，迟早都要玩完么？"

平日看似无忧无愁的好好先生，突然说出如此深切不祥的预言，确实令人意外。冒襄心中微微一震，不由得收起鄙夷的神情，迟疑地问："可是……"

"老实告知兄等吧！"杨文骢粗暴而又苦恼地一摆手，"阮圆海因东林诸公坚持'逆案'，力拒他起用，近日已说动马瑶草，以修'顺案'相抗。他以周介生降贼为由，将周仲驭牵连收捕，不过是发端而已，大狱还在后头！"

因为李自成在西安称王时，国号"大顺"，所以"顺案"，自然就是指的要查处北京陷落时，明朝官员中的投降变节行为。而在这类官员中，属于东林、复社的人为数不少。马、阮等人准备由此下手，居心是一目了然的，如果说，在此之前，冒襄所听到的只是陈贞慧的猜测的话，那么，此刻从杨文骢口中所得到的，却是无可怀疑的实证。以至一刹那间，犹如席上炸响了一个霹雳似的，把他震得目瞪口呆，一句话也说不出来。

杨文骢却似乎并没有注意听者的反应。看来，在他心里早已积存了许多想法和苦闷，只是以往一直没有机会发泄，现在一旦说开了头，他就不想半途停住。

"非是弟要责难兄等，"他两眼盯着手中的酒杯，苦恼地说，"此事闹到今日这地步，东林、复社的举措也有欠妥之处。阮圆海自崇祯元年获罪废置之后，百无聊赖。其处心积虑所谋者，不过一官。东林方面倘能稍假宽容，放他一马，未必不能用其所长。然而却禁制打击不遗余力，令彼怨毒日深，结果，唉……"

要在以往，听见对方这样议论，冒襄就会勃然变色，加以反驳。然而，不知为什么，此刻他却头一次感到有点茫然。"也许，当初我们确实不够老练，把事情想得过于简单。要是做得更聪明、机巧一些，也许就能避免今天的局面。但是……"

正这么沉吟着，坐在旁边的钱谦益已经垂下眼睛，捋着胡子，用酸溜溜的声调说：

"龙老此责，自是谠言正论，实足振聋发聩。唯是天下滔滔，能作如是观者，能有几人？便是小弟，当年只因……哎，那些事，不说也罢，不说也罢！"

冒襄怔了一下，随即也就明白，这话所指的正是两年前，钱谦益本人试图利用虎丘大会，替阮大铖开脱那件事。而他所责备的"滔滔者"，无疑也包括冒襄本人在内。不过，眼下冒襄已经没有心思争论，只瞥了主人一眼，他就转向杨文骢，脱口问道：

"那么，依龙老之见，此事当如何处置，诸君子方能免于'白马之祸'？"

杨文骢摇摇头："事到如今，只怕已不易措手。"停了停，又沉思地说：

"唔，倘能救得周仲驭、雷介公，便能使阮圆海失却口实，此祸或许能解。至少，也能缓阻其谋……不过，也难！"

"啊，莫非马瑶草之意已决？"冒襄紧张起来。由于杨文骢所指出的解救关键，同陈贞慧的见解完全一致，使他对好好先生顿时增添了信任感。

"马瑶草倒不足深虑。他为人虽则刚愎，却与东林诸君子并无刻骨之怨，而且立心疏阔，据弟所知，倒无兴大狱之心。唯是阮圆海曾有恩于他，是以不得不百计报之……嗯，为今之计，倘能请出皇上，降旨干预，此事或有可为。"

冒襄心中一动，连忙追问："请出皇上——却不知何人堪当此托？"

杨文骢拈了一会儿胡须，随即抬起头，小眼睛里射出果决的光芒，一字一顿地说："王觉斯！"

王觉斯，就是内阁次辅王铎。对方的提议，竟然又一次同陈贞慧等人不谋而合！冒襄错愕之余，不由得激动起来。因为连身为马士英妹夫的杨文骢，也能如此仗义为怀，真心实意为东林、复社方面出主意，这是冒襄所始料不及的。"既然已经说到这个地步，看来我也无须再躲闪了。干脆，趁此机会把事情摊开来，谈妥它！"

于是，他兴冲冲地转过脸来，打算征求钱谦益的意见，并请对方凭借交情，出面说服王铎，然而，出乎意料的是，钱谦益却低着头，只顾喝酒，对杨文骢的建议似乎没有听见，并且分明在回避着冒襄投去的目光……

乱局追源

南京的各部衙门,全都集中在皇城的正门两侧,唯独刑部却设在太平门外的玄武湖畔。那是被众多的树木环抱起来的一大片房舍,除了办事、审讯的衙门之外,拘押犯罪官员们的监狱,也设在那里。这种黑森森的牢狱,全都有着高高的围墙,墙头上布满了防止犯人逃跑的蒺藜。从顶端雕刻着狴犴图形的券门走进去,里面是一片空地。右边上首,立着一座三面敞开的厅堂,堂内设着公案。横梁上还悬着一块镌有"青天白日"字样的牌匾。那是提审犯人的地方。穿过空地,还有一道式样相同的二门。两面又重又厚的铁皮门扇,平常总是紧紧关闭着,还上了一把大铁锁,只在门扇上开了一个小圆窗。圆窗里照例就是关押犯人的牢房。一间一间,都由粗大的木栅隔开,里面又黑又潮,还散发出阵阵臭气。环境的恶劣是不问可知的。更何况作为犯人,还随时随地要受到狱卒的监视和凌辱。

由于黄宗羲的门路远不及陈贞慧的多,所以直到周镳、雷缜祚从锦衣卫掌管的中城监狱,转移到刑部属下的"天牢"来关押之后,他们才得到确切的消息,于是立即偕同吴应箕,还有方以智前去探视。这时距事件的发生,已经过去整整四天了。

现在,三位社友骑着驴子,来到了太平门外。周镳的仆人周顺挎着一篮子食品和几件衣物,在后面相跟着。一路之上,大家很少交谈。就黄宗羲和吴应箕而言,是因为接连几天,他们和社友们一道商议应变之策,已经连争带吵地弄得精疲力竭,这会儿都不想再开口。至于方以智,今天是因为来访吴应箕,临时碰上,才要求跟着前来的。在此之前,他一直躲在天界寺,没有再参与社事,对许多情形都不甚了了。加上他"失节降贼"的那笔疑账,朝廷至今还挂着，未曾给他撤销，也使他始终直不起腰板。如今看见黄、吴二人冷着脸，他也不由得沉默下来。

自然，不说话并不等于无忧无虑。就拿黄宗羲来说，此刻心中那一份愤激和痛恨，恐怕只有他自己才能真正了解。事实上，在社友当中，要数他与周镳的关系最深，也最密切。尽管有一阵子，由于他的自以为是和不听指派，顾杲似乎跑到了他的前头去，但自从老头儿最终决定把他推出来，扶上了一社之首的位置之后，双方的关系，就被赋予了与众不同的色彩。黄宗羲于感动之余，心中每每激荡起一种"士为知己者死"的庄严、慷慨之情。所以，一旦得知周镳在中秋之夕解救了阮大铖之后，反而横遭逮捕，黄宗羲的愤慨和憎恨，就不光限于马士英和阮大铖这些卑劣小人。连弘光皇帝，也因为照准了马士英的捕人请求，受到黄宗羲的强烈"腹诽"："哼，用不着征询朝臣的公论，也全不理会谁是谁非，只凭马老贼一纸诬告，就滥用君威，把堂堂士林领袖，当作可以任意作践的奴婢。这是什么治国之道！圣人的经典里，又有哪一篇哪一句说过，为人君者可以如此率性胡为！"然而，愤恨归愤恨，横蛮无理的现实，又是如此牢不可破地摆在眼前。所以，当一连几天，与社友们反复商议，都找不到营救周、雷二人的可行办法时，黄宗羲胸中的那股子随时都可能爆炸的愤恨，就因为绝望和压抑，而化为极度的冰冷和沉默。即便是此刻，他与社友们走在探视周、雷二人的路上，这种情绪依然没有改变。

不过，渐渐地，吴应箕同方以智的交谈从背后传了过来。起初，话音不高，而且时断时续，在三匹驴子的嘚嘚蹄声中，显得有点零碎模糊。后来，随着谈话者提高了嗓门，就变得清晰起来。

"圣人云，'道不行，乘桴浮于海'！"一个冷峻的声音说，那是吴应箕，"既然皇上执意要把大明的江山送给马老贼做人情，我辈自然犯不着替他白赔上性命！不过，弟眼下还不到逃的时候。一者，周、雷二位陷在狱中，弟不能撒手不管；再者，他们虽则逮了周、雷二公，谅他还未敢即时对我辈下手。"

黄宗羲心中微微一动："逃？他们怎么已经想到要逃？"由于没有想到这种念头会出自一贯以强硬著称的吴应箕之口，黄宗羲感到颇为突兀。

"何以见得他们不敢下手？"方以智问。听口气，显得心事重重。

"他们此番收捕雷介公，用的是迎立时他曾倡言今上不孝的罪名；捕周仲驭，是以其族弟周介生降贼为由，而株连之。此二者，自是项庄舞剑，意在沛公。然而马瑶草如今手握国柄，亦欲尸位自固，骤兴大狱，必使江南震动，朝野离心。何况左良玉雄踞武昌上游，彼亦不能不心存忌惮。所以，只须我辈应对得法，至少眼前尚不至于有缧绁之忧！"

吴应箕的这番分析，倒有一定的道理，表明他刚才说眼下还不打算逃走，并非假话。特别是同样的分析，应该也能说服有类似念头的其他社友。

黄宗羲默默听着，心中稍感宽慰。"嗯，马瑶草既然有此忌惮，周、雷二人想来也暂不至于危及性命。那么，我们还可以继续设法救他们！"他想。然而，接下来听到的谈话，使他不由得又支起了耳朵。

"兄可认得徐泽商么？"吴应箕换了一个话题问。

金坛人徐时霖，字泽商，是周镳门下的大弟子，虽然这一次没有跟随老师到南京来，但社友中不少人都认识他。果然，只听方以智回答：

"认得。"

"周仲驭今番被逮，追究根由，其实是他弄出来的！"

"什么？这、这怎么会？"方以智分明大感意外。

"仲驭被逮，全因周介生牵连。唯是降贼而南归者，比比皆是，何以独将介生治罪？无非说他曾向闯逆上表劝进，中有'比尧舜而多武功，方汤武而无惭德'等大逆不道之语。据其族人昨日来京申白,此语实乃徐泽商所生造,欲以此诬陷介生。谁知正贻马、阮以口实,祸延乃师!"

"啊,竟有此等事!只是徐泽商身为君子门下,何以竟出此卑污手段,倾陷介生?"大约由于在北京期间,与周钟有着相似经历的缘故,方以智对这个消息显得特别吃惊。

吴应箕没有立即回答,似乎也为社内出了这种自相残害的丑闻而深感厌恨。驴蹄的嘚嘚声在寂静中响了好一会儿,他才瓮声瓮气地说:"仲驭和介生,本来俱不失为社内贤才,其奈以睚眦失欢,各不相下,竟至势同水火。倘若仅止于自守门户,断绝往来,倒还罢了,偏偏又各逞意气,放纵门下,终致有今日之奇祸,亦可谓社局之一大诡变!"

"君子之争,自古难免。"方以智表示同意,"如宋时王荆公、司马文正、苏文忠,俱属此类。唯是君子自有君子立身之则。争固争矣,而决不能自堕于窃小鼠辈。徐泽商身为周仲驭首徒,其行卑劣如此,足见心术不正。细论起来,仲驭只怕也难卸暗于知人之责呢!"

吴应箕哼了一声,烦躁地说:"事到如今,周氏昆仲倒也无须深论了。唯是此事出自社内,传扬出去,只怕难免时论之讥,连累我辈俱脸上无光!"

在吴、方二人你一言我一语地对这件事表示厌恨时,黄宗羲心中却越来越不以为然。无疑,对于徐泽商的乱来一气,以及由此产生的恶劣后果,黄宗羲也异常恼火。但是,作为周镳的忠实盟友,他却认为,这一事件之所以会发生,责任全在于周钟平日凭借官势,对周镳及其弟子做得太过分、太绝情的缘故。况且,徐泽商的做法,周镳事前并不知情。现在他已经身陷囹圄,吴、方二人还要加以讥议,黄宗羲就觉得他们未免过于刻薄寡情了。如果说,在此之前,他因满腔愤恨无处发泄,感到苦恼之极的话,那么,此刻这种愤恨就急剧膨胀起来。

"哼，你们说的，都是没用的废话！"他突然勒住驴子，回过头，吵架似的大声说，"周氏族人之言，分明意在自脱干系，未必可信。就算此事果系徐泽商所为，又与周仲驭何涉？莫非你们以为，没有徐泽商，马老贼便会放过周仲驭么？仲驭被逮，在于力持清议，正气凛然，群小是以衔之刺骨，必欲除之而后快！纵然没有徐泽商，彼辈也必会别寻借口，加害于他！如今兄等不责马老贼，不责昏君，而苛责以一肩而任天下兴亡之周仲驭，试问是非何在？公理何在！"

他厉声地、怒气冲天地质问着，一张小脸也因五官的扩张而变了形。吴应箕和方以智显然没有料到黄宗羲会有这样的反应，有一阵子，竟给突如其来的指斥弄得目瞪口呆、不知所措。当终于明白过来之后，他们便互相望了一眼，沉默下来，不再说话了。

乔装探狱

关押周镳、雷缜祚的监狱，坐落在一片小土坡后面。那里环境荒僻，戒备森严。三位社友来到土坡边上，就下了驴子。吴应箕把一小包银子交给周顺，又低声吩咐了几句。等周顺向监狱走去，他就朝黄、方二人做了个稍候的手势，径自走到一棵秃了顶的大树下，把双手叉在腰间，向四下里眺望。这时，天已近午。被一层薄翳蒙住了的秋日阳光，透过交织在头顶上的枯枝，在地上勾画出许多模糊凌乱的影子。四下里静悄悄的，静得令人心头发紧。由于自五月初以来，滴雨未下，以致八月未过，满坡的野草就像进入了深冬时节似的，整片地衰萎了。如今，那根根灰褐色的枯梗，迎着从玄武湖那边吹来的干风，瑟瑟地抖动着，看上去，就像长在病牛背上那稀稀落落的寒毛。

"次尾兄，既然周介生向闯贼上表劝进之事，乃徐泽商生造之辞，那么总须向朝廷力陈缘由，分剖明白才是！"方以智跟了过去，沉思地建议说。吴应箕哼了一声："分剖明白？谈何容易！就连兄这等并无实据之事，都至今不让说清楚，又何况周介生？"

"那、那么仲驭岂非不能救了？"

"能不能救，也只有走着瞧罢了！"吴应箕心烦地说。顿了顿，又斜着眼睛，冷冷地望着方以智："夜长梦多，待会儿见得着周仲驭便罢，见不着时，兄也不必理会了！"

说完，看见方以智低着头不吱声，他就背转身，随手扯下一根枯树枝，在手中噼噼啪啪地拗折着，不再开口了。

小半晌之后，周顺走了回来，后面还跟着一个狱卒模样的精瘦汉子。那人显然认识吴应箕，因为一双倒吊在八字眉下的细长眼睛，老远就发了亮，而且三步并作两步奔过来，一下子跪倒在吴应箕跟前。

"恩公在上，多时不见，好教小人思念得苦！小人给恩公请安！"说着，毕恭毕敬地叩下头去。

"嗯，怎么样？"等狱卒站起来，向方、黄二人也行过礼之后，吴应箕开门见山地问。

那狱卒应了一声，转动脑袋，朝四下里看了看，这才凑近来，压低声音说："恩公要见这两位朋友，昨日张团头已经亲来传话与小人。非是小人啰唆，皆因上头有交代，说这两人是朝廷要犯，着令别关一处，不许与其他人犯相混。外人探视，亦一概不准。小人受恩公大德，便是舍却性命，也难相报。唯是监内其余兄弟，怕担干系，因此为难……"

"这两人我今日一定要见！"吴应箕打断他，斩钉截铁地说，"你替我设法，须多少使费，只管拿去！"说着，他伸手从食篮里摸出一包银两，抛了过去。

那狱卒"哦、哦"地乱摇着手，接住银子，马上双手送了回来："恩公莫要错会小人之意。小人再不识好歹，也不敢要恩公的钱钞！监里兄弟虽则为难，碍着小人薄面，毕竟是肯了。却有一件计较在此：恐防进去的人多，被稽查撞见，三位相公只好进去一位，且须换过这身衣裳。也知十二分亵渎恩公，其奈实迫处此，万祈恩公恕罪，通融则个！"

说完，他就把随身携来的一个包袱打开，里面原来是一套狱卒的衣裤，外带一顶红黑帽子。

三个朋友见他说得恳切，不由得面面相觑。无疑，在此之前，吴应箕已经估计到此行不会太顺利，所以才特地通过他在三教九流中的朋友，来打通关节。没想到仍旧只能办到这么个地步。虽说马士英打算最终如何处置周、雷二人，目前还不大清楚，但光凭这种戒备森严的架势，已不难明白事情绝不会轻易了结。所以黄宗羲首先紧张起来，抢着说：

"既然如此，烦二位社兄在此等候，待弟去去便来。"

说着，就要去捡地上的衣裤，却被吴应箕一伸手，拦住了。

"阿七，"他回头向狱卒说，"若是三人一道进去不便，那就替换着，分三趟进去，可使得？"

"这个……"阿七眨眨眼睛，现出为难的样子，"若是恩公早到一个时辰，这等变通本来也使得。只是今日这事，里面的兄弟是觑着本官不在监里，担着干系应承下的。这会儿本官只怕就会回来，若给撞见……"

"好，那就罢了！"吴应箕断然一挥手说。但是，他也不让黄宗羲去拿地上的衣裤，却朝方以智做了一个手势："密之，你去！"

"啊，弟、弟去？"方以智显然感到意外。

"怎么让他去？该去的是我！让我去！"同样感到意外的黄宗羲，忍不住挺身争辩。

吴应箕却不回答，只管朝方以智摆手："密之，快点！你不是要见周仲驭么？快去呀！"

"这……"方以智望望地上那一套狱卒衣裤，又望望茫然不知所措的黄宗羲，仍旧迟疑着。

吴应箕生起气来:"还磨蹭什么?你到底去不去?说呀,去不去?"他大声催促说。

"好,那么弟就去!"这么决然答应了之后,方以智就不理会黄宗羲,管自快手快脚地脱下直裰,换上那一身黑色衣裤,然后跟着阿七,匆匆朝监狱走去,转眼就消失在土坡后面。

也就是到了这时,黄宗羲才清醒过来,并因吴应箕横蛮无理的安排,而变得怒不可遏。

"你、你这是搞什么鬼名堂?"他咬牙切齿地质问,只是由于最后一点理智的约束,才没有在这种地方大嚷起来,"你凭什么不让我去?却让他去!他算什么?啊?他算什么!一个被马老贼的淫威吓得躲在天界寺,动都不敢动,什么都不做的懦夫!他凭什么先进去?你说,凭什么!"

吴应箕一声不响,只冷冷地望他一眼,转身走了开去。

像给反扇了一巴掌似的,黄宗羲不由得一呆。但随即,那燃烧着的怒火就更加狂暴地喷发起来。他猛地向前冲了两步,打算揪住对方的衣衫,追问个明白,然而刹那间,又改变了主意。

"好,好!既然如此,那你们就自己摆弄去吧!我什么都不管了,散伙!"

说完,他转过身,咚咚咚咚地向驴子走去。

"站住!"走出四五步之后,忽然从身后传来了吴应箕冷冷的声音,接着,听见对方向自己走过来。黄宗羲略一迟疑,气哼哼地站住了。

"好,现在我来告诉你。"当两人重新面对面的时候,吴应箕阴沉地盯着他,说,"你知道么,方密之是冒着绝大危险来的——因他前些日子撰了一部《忠逆定案》,将陷贼时的见闻经历,详列其中,被巡城御史王孙蕃在坊间搜得,说他私撰伪书,扰乱是非,因此请旨将他逮问。密之今日接到陈卧子的密告,本拟即刻出逃,因得知周仲驭被逮,生死未卜,才决意冒死同来,意在一诀。你说,该不该先让他去见?"

　　黄宗羲睁大眼睛,惊疑地听着,心中不由得再度紧缩起来。他万万没想到,营救周镳、雷缜祚的事情还全无眉目,忽然,又捅出方以智的娄子!他更没想到,即使在这种情势下,方以智还坚持前来探视周镳他们。有一阵子,他觉得应当说上几句关注的话,但终于又放弃了这种打算,只咬紧嘴唇,颓然垂下头去。

朝房灯影

　　由于对两年前虎丘大会期间所受的围攻和挫辱,还记忆犹新,钱谦益确实没有出手援救周镳的热情和兴趣。更何况,这样做还有可能触怒马士英那一伙人。在苦苦等待、钻营了十五年之后,才得以重立朝班,钱谦益可是绝不肯再拿这顶乌纱帽儿去冒险,哪怕仅仅让他向王铎私下疏通也罢!

　　不过,话又说回来,据杨文骢在席间透露的消息,周、雷二人这一次被捕,只是一个发端,接下来,马、阮等人就要借口追究所谓"顺案",对东林派大张挞伐,企图运用株连的手段一网打尽。这个说法如果属实,那么他钱某人能否逃过劫数,可就十分难说。事实上,尽管两年前,他为了替阮大铖开脱,蒙受了那样大的委屈,但看来对方压根儿不买账。相反,由于自己在拥立新君期间,曾经过分卖力地充当了东林派的谋士,落在对方手中的把柄,绝不会比雷缜祚少。只要对方搬出任何一件来,自己都会吃不了兜着走,甚至走不了,最终落个坐牢、杀头的下场。这么一掂量,钱谦益不由得大为恐慌,同时感到一种走投无路的痛苦:"啊,我为何总是这样倒霉!假如当初我不自居什么东林,压根儿不同那些光会瞎嚷嚷的书呆子绑在一块,而是像王觉斯那样,岂不安稳舒心!"不过懊悔归懊悔,玉石俱焚的恐惧,又迫使他无法置身事外。所以,筵席上他支吾其词,不肯对冒襄作出许诺；但过后，经过反复权衡，却终于打算先向王铎试探一下。

眼下已经到了九月初六，这一天是皇帝"临门决事"的日子。钱谦益估计到时必定能见到王铎，所以四更起身后，梳洗穿戴完毕，就匆匆打点起身，来到紫禁城的端门外等候。谁知等了半天，多数官员都已陆续来到，唯独不见王铎；一打听，才知道今天轮到王铎在午门内的朝房里值宿，散朝之前，恐怕是见不着了。钱谦益颇为失望，却无可奈何，只得耐下性子，等五凤楼的第一通鼓声响过后，便随着百官一起进入端门，来到靠东的一排朝房里。

自从五月以来，江南绝大部分地区都久旱不雨，天气也热得反常，但毕竟到了日短夜长的时节。靠五更的光景，四下里还是黑沉沉的，朝房里都点着灯烛。在官员们走动、行礼、让座的当儿，满屋子便显得人影幢幢。这种朝房，照例都按衙门来分派。里面的座位，也按品级大小排列，不过，有些官员为着找相熟的人交谈，也往往临时互相串门，制度上并不十分严格。现在，钱谦益怀着不安的心情，坐到了自己常坐的椅子上，一边惦挂着向王铎疏通的事，一边默默地听本部的官员们闲谈。

"列位听说了么？"一个沙哑的嗓音说，"近日城中出了一件怪异之事，许多内监，忽然抬了小轿，领着一帮棍徒，穿街过巷地搜查。但凡有女之家，都命唤出审视，一经相中，便用黄纸贴了额，即时抬去。闹得闾井骚然，地方俱不敢问，只猜道是选宫嫔。唯是圣旨未下，中使便私自搜采，殊非法纪。"

"不错，"另一个也接了上来，"这事学生也听说了。以往历朝选宫嫔，必巡司州县，限数额、定年岁，由地方开报。而今未见官示，便率督棍徒，擅入民家，不拘长幼，说声抬，便抬去。甚至言称，长者选侍宫闱，幼者教司戏曲，分明是借端诈骗！这成何体统！"

说话的是本部的两位主事。大约皇帝选妃择嫔一类的差事，按规定属于礼部的职责范围，因此他们对于所发生的情况十分关注,而且有点愤愤然。不过,对于下属的牢骚,钱谦益照例只是听着,并不表示态度。因为沉着稳重,莫测高深,乃是身为长官的应具涵养。而且,这一类骚扰民家的事情,该由巡城御史去纠察,用不着他来管。何况,他目前虽然挂着个礼部尚书的头衔,但实际职务是翰林院的侍读学士,既然主事们反映的不法行为,已经涉及皇帝的家务,他就更加以不插手为妙。眼下,钱谦益倒是忽然想起了另一种奇怪的情形,那就是刚才在端门外等候时,王铎固然没等着,但阁臣中也只到了马士英一人。高弘图和姜曰广似乎都没有露面。"嗯,姜居之受了朱统镢的严劾,注籍杜门倒还可说,何以连高研文也不来?"他想,随即抬起头,正想向大家询问一下,忽然午门上的第二通鼓声"咚咚"地响了起来。他只好临时住了口,等鼓声响过之后,才重新问道:

"列位,今日可曾见到高阁老么?适才学生特地留了心,始终未见。不知他来了不曾?"

"哦,钱大人原来不知,高阁老亦已引疾杜门了!"一个熟悉的昆山口音回答,那是一直主管着部里事权的另一位尚书顾锡畴。大约看见钱谦益有点发呆,他将了将下巴上的一绺黄胡子,接着又说:

"高公因愤于姜阁老横遭恶诋,屡次拟旨,力主究治诬告之人,俱遭驳回。不得已,唯有引疾求退了。"

生得身材肥胖,有着一张富态的方脸的顾锡畴,早年也曾受过阉党的迫害,在朝中被归入东林一派。事实上,他对于马士英上台后的所作所为,也确实十分不满。只不过顾锡畴平日说话过于随便,常常不大理会场合。大抵他认为钱谦益是同派中人,所以更加没有顾忌,常常当着钱谦益的面指责马士英,弄得钱谦益一边听,一边暗暗发憷,但又不便加以制止,只好设法躲着,尽可能避免同他纠缠。偏偏顾锡畴不明白,只要一碰上钱谦益,就同他谈马士英,而且总是牢骚满腹。现在,他也不理会钱谦益的故意沉默，管自长叹一声，说：

"看来，高、姜二公只怕也是不久于位了！要是这等，我也干脆跟了他们去！免得留在这里受马瑶草的窝囊气！只是方今国势之危，已是危如累卵——闯贼挟重赀而归川陕，东虏盗义名而取燕鲁。胡马南嘶，贼氛东犯，可谓刻刻堪忧！而正人零落，一如敝屣之弃；人情泄沓，无异升平之时。这真如日前陈卧子所言，何异乎'清歌漏舟之中，痛饮焚屋之下'，诚不知其所终矣！"

这些话，要在私下里说说，钱谦益也许还能保持沉默，甚至附和几句。如今当着许多下属的面，他就有点坐不住了。但他也知道顾锡畴对头上那顶乌纱已经毫无留恋，想加以制止是办不到的。但继续沉默，似乎也不合适，于是，他只好赶紧把话题引开：

"哎，说到东虏、流贼，以弟之见，流贼远走川陕，显见气数已尽，恐怕势难复振；至于东虏，自然野心方炽，不过，所幸尚有吴平西制其侧。彼虽以大言诈我，怕亦未敢妄动。"

顾锡畴眨眨眼睛，对于话题的转移似乎有点意外，但随即他就摇摇头，说："吴三桂么？哼，早于六月底，山东便有塘报，说他以'清国平西王'之衔，牌行临、德一带，要该地官民'仰体大清安民德意'，不许抗拒。上月他又兵临庆都，树出'大清国顺治元年'旗号，逼人削发。他尚有心于本朝乎？"

"可是，前几日朝廷不是还赠其亡父吴襄为'辽国公'，并着光禄寺沈廷扬仍按原议，从速海运十万石漕米，以饷吴平西的兵，不许稽迟逗留么？"有人不解地插进来问。

这一次，顾锡畴没有回答。大抵他觉得朝廷这种一厢情愿的做法，尽管十分可笑可悲，但对皇上的决定公开非议，毕竟是不合适的。钱谦益在旁边瞧着，暗暗松了一口气。他正想代朝廷解释几句，午门上的第三通鼓声又响了。接着，传来了"当——当——当——"的钟声，迟缓而庄严。这是百官开始入朝陛见的信号。于是，钱谦益也就放弃说下去的打算，同大家一道站了起来。

直谏被斥

"这么说，皇上执意不肯惩处朱统𨰥，那就是明摆着要逼姜居之和高硏文去职了！"钱谦益一边向前走，一边心神不安地想。这时，他已经跟着文官的队列从东掖门进入了紫禁城，并沿着规定的路线，缓缓向奉天门走去。在与他遥遥相对的另一边，则行进着从西掖门入朝的武官队列。

眼下，天色已经开始放亮，周遭的景物渐次变得清晰起来。黄色的琉璃瓦顶、红色的宫墙，以及汉白玉石雕砌的丹墀、御道和拱跨在内金水河上的五龙桥，都一齐在宿雾渐消的天穹底下，显现出各自的姿采。由于自四月底以来，皇城里一直在大兴土木，进行翻修，原来凋敝残破的这座"帝王之居"，已经很大程度恢复了旧观，重新呈现出昔日庄严宏伟的气象。

不过，钱谦益根本没有注意这些。因为关于高、姜二人的可能去职及其后果，有如摆脱不掉的梦魇，正越来越骇人地占满了他的心胸。"啊，眼下朝中尚能与马瑶草抗衡的，就只剩下高硏文和姜居之二位阁臣了，要是连他们也立脚不住，还有谁能阻止马、阮的大肆报复？王觉斯当然不能指望，刘念台出任总宪未及一月，就受到明枪暗箭的围攻，只怕也难以长久。剩下史道邻远在扬州，不仅鞭长莫及，而且连请求入朝奏对也不获批准。那么，今后看来就只有任凭马、阮为所欲为了！逆案重翻、阉党复振的局面，看来也是不可避免的了！"一想到自己将要重新落到天启年间那种恐怖境地，而且以自己如今在东林派中的触目地位，下场可能比上一次更加可怕和悲惨，钱谦益就不由得寒毛直竖，打心里往外发起抖来。

就这样，钱谦益被噩梦般的悬想缠绕着，精神恍惚地来到奉天门的丹墀上，由于魂不守舍，在排班时几乎出了错。亏得顾锡畴在旁边轻轻扯了一把,他才蓦然清醒,慌里慌张地在自己的位置上站定了。

这当儿,一个肥胖的太监已经摇摇摆摆地走到丹墀的边上,举起手中的一柄金漆龙头黄丝净鞭,"啪——啪——啪——"地一连抽了三下。响亮而清脆的鞭声,沿着广阔的矩形庭院远远传送开去,碰到宫墙,又呼啸着反射回来,使人们的心神为之一凛!于是,大家本能地屏住气息,一齐向奉天门举起朝笏,微微躬下身子,静候皇帝的驾临。

在紫禁城里,被称为"门"的这座建筑,自然要比它的主体——奉天、谨身、华盖三大殿的规模狭小许多,但它照样有着重檐的琉璃瓦顶、长长的白石丹墀和宽大的门厅。所以除了隆重的大典之外,日常朝会一般都安排在这里举行。现在,钱谦益就怀着忐忑不安的心情,从低压的眉毛底下,默默窥视着门内的动静。由于先前那种恐惧又开始来烦扰他的心,有片刻工夫,他忽然很想瞧瞧马士英有什么表情。但是马士英站在队列的最前头,而且背朝着这边,使他无法看见。随后他又想望一望马士英的得力帮手——性情凶横的诚意伯刘孔昭,于是把眼睛溜向站在西边的一排队伍。可惜,没等他从那一长列头戴朝冠,前襟的补子上绣着狮、虎、熊、彪一类图案的武臣中找到那个煞星,门厅里就响起了脚步声,由翰林、中书、科、道官各四员担任的"导驾",一步一步地倒退着,从漆雕盘龙屏风后转了出来。接着,一群身穿玉色妆花过肩蟒衣的太监,簇拥着一顶棕轿,迈着庄严的步子缓缓出现了。坐在棕轿上的弘光皇帝,今天戴了一顶翼善冠,身穿盘领窄袖黄龙袍。他那张又白又胖的、年轻的脸孔,显得闷闷不乐,一双小圆眼睛也凝聚着迟滞、茫然的光芒。起初,这副神色曾经使钱谦益感到宽心。因为与已故的崇祯皇帝相比,这位新主子显然不属于那种精明、苛刻、睚眦必报的人,这一点,对自己日后的处境,可以说十分重要。然而渐渐地,他又担心起来,因为新皇帝缺乏主见，而且分明一味倚赖马士英，这就使得后者的权力，无形中大大膨胀起来。钱谦益也听人说过，起初皇帝还不是这样子，有一次甚至试图罢斥马士英，后来，大抵是受了身边那些亲信太监的包围摆布，结果干脆什么也不管，只顾躲在后宫中同妃嫔们饮酒、看戏，变着法儿取乐。那意气看来是愈来愈消沉了。

"入班行礼！"一声洪亮的胪唱蓦地响起，吃了一惊的钱谦益微一抬头，发现皇帝已经坐到了御座上。他连忙收敛心神，斜盯着站在皇帝旁边的一个校尉手中的小羊角灯，同百官一起，按灯的起落升降，行起了三拜一叩首的常朝礼。

"有事出班早奏，无事卷帘退朝！"等大家礼毕站起，重新站好了班之后，鸿胪官又一次高声传唱说。

话音刚落，从文官的班中马上走出工部侍郎高倬，接着又走出工部尚书何应瑞和工科给事中李清。这三位主管财政的官员全是向皇帝叫穷的。因为本月十三日，弘光皇帝在河南逃难期间失散了的母亲——也就是当今太后，终于被人访到，并送来了南京。这自然是大喜事。于是照例得按最高规格来布置她居住的"西宫"，还得准备赏赐用的金银珠宝。两项开销一算下来，需要好几十万两银子。目前国库已经十分拮据，光是各地的军饷，就欠了上千万；加上江南遭遇百年未有的大旱，不少河流湖泊都干得见了底，明年的财政已经肯定没有改善的指望，只会更糟。所以三位工部官员恳请皇帝节省，收回成命。但是这个请求没有得到准许。三位官员只好挂着一脸的苦相，垂头丧气地退了回来。

接着是顾锡畴根据礼部的职责，请求为北京殉难诸臣赐谥。因为随着失陷在北京的明朝官员纷纷逃回，关于三月十九日之变后，诸臣不屈殉难的情况已经大体调查清楚，计有文臣二十一人、勋臣二人、戚臣一人。为了表彰他们的气节，理应赐予美谥，由其家乡分别举行祭葬仪式。为此，礼部已经开具名单，送呈皇帝审批，因为未见下文，所以顾锡畴再次提出来。这件事，得到了肯定的答复。据皇帝说，名单已经过目，不久就发回礼部。于是顾锡畴满意地退回班里。

接下来，还有几位官员启奏了一些别的事。其中包括太监带领棍徒，满城搜选淑女那桩"可议之举"。钱谦益由于或则已经听说，或则与己关系不大，也就没有留心去听，只默默地继续掂量起姜曰广、高弘图可能去职的后果。"嗯，不成，回头我得去见一见他们，劝他们无论如何一定得留下！"他想。因为像高、姜二人这种辞职，估计皇帝照例会"温旨慰留"，他们只要肯顺水推舟，继续留任也没有什么不合情理。"不过，为保险计，皇上这边最好也使点劲，促一促？"这么想着，钱谦益就抬起头，打算出班奏上一本。然而，尚未移动脚步，一道森然的目光已经直刺过来——那是他刚才没找着的诚意伯刘孔昭，正从对面的武官队列里，恶狠狠地朝他盯着。钱谦益心中蓦地一震，连忙自动地收回目光，恭顺地低下头去。

这时，一位纱帽青袍的官员已经大步走了出去，跪在皇帝面前，朗声说：

"微臣袁彭年启奏陛下：日前镇国中尉朱统𬬭疏劾辅臣姜曰广谋逆七大罪，俱属有名无据，捕风捉影，理应严谴。且祖宗之制，中尉有所奏请，必须先具启呈亲王参详可否，然后给批赍奏。若谓朱统𬬭现于吏部候选，则应与外吏等同，一应奏章，须从通政司封进。今他另委私径，直达御前，干纪乱制，望圣上严加禁戢！"

袁彭年刚刚说完，另一位官员也奋然出班，伏地启奏说：

"袁彭年所奏，臣以为甚是。朱统𬬭特参姜曰广，污及家庭暧昧，含血喷人，不顾拔舌。如此不驳，朝廷设立言官何用？臣愿冒死以请！"

钱谦益刚刚看清那个人是吏科给事中熊汝霖，并为他的奏辞比袁彭年更激烈而感到又惊又喜时，通政司使刘士祯深沉而愤慨的声音紧接着又响起来：

"陛下，据微臣所知，辅臣姜曰广劲骨戆性，守正不阿。居乡之期，皆有公论。朱统锲是何人物，竟敢扬波喷血，掩耳盗铃，飞章越奏，不由职司。此真奸险之尤，岂可害于圣世！"

这三位朝臣在同一时间里，对诬告者朱统锲——自然也包括他背后的马士英等人，发起连珠炮似的攻击，确实造成了一种颇为强大的声势，使满朝文武都为之耸然动容。钱谦益更是暗自宽慰。"嗯，这一次即使办不了朱统锲，姜、高二位大约总要给留下来了！"他想，胆子随即壮起来。于是转过脸去，报复地望了站在对面的刘孔昭一眼。然而，出乎意料，刘孔昭眯缝着眼睛站着，脸上挂着微微的冷笑，对于袁彭年等人的抗辩，似乎毫不在意。钱谦益不禁又是一惊！

这时，丹墀上出现了暂时的宁静。没有人再出来加入驳奏。大概觉得前面三位朝臣的火力声势已经不小，再多的人加入，就会造成围攻胁迫圣驾之嫌。所以大家只是一齐注视着御座上的皇帝，等候圣裁。

还在三位朝臣启奏的当儿，弘光皇帝就频频把视线转向站在他右边的亲信太监田成、李永芳，仿佛在征询他们的意见。这会儿，他一声不响，白胖的脸上依然是一派厌倦和茫然的神色。直到大家等得有点心焦时，他才转动一下粗短的脖子，闷闷不乐地开口说：

"朕自有决断，卿等不须多言！"

皇帝的旨意，是最高也是最后的决定。要在平日，大家也就只好缄口不言了。不过，看来今天至少有一部分朝臣，意识到事态严重，如不拼死力争，今后的朝局，将会变得不堪设想。所以，丹墀上只沉默了一忽儿，从文臣班里，又走出了一位官员。那是兵科给事中陈子龙。这位前几社领袖，有着英俊的仪表和高高的身材。论渊源，他是姜曰广的门生，自然有心维护座师。但他的父亲与马士英又是同一榜的进士，冲着这份"同年之谊"，马士英对他也颇为优礼。前一阵子，马士英一度表示愿意同东林方面和解，其中与陈子龙的大力斡旋，可以说很有关系。大概正因如此，他才敢于在马士英显然已经把皇帝掌握在手中的情势下，仍旧挺身而出。

"陛下，"他跪伏在丹墀上，用恳切的声音说，"据微臣所知，朱统𨰻诬诋姜曰广，其疏实出于阮大铖之手。大铖蒙圣上垂悯，得复冠带之后，仍不自足，更四出煽惑，必欲谋翻先帝钦定之逆案。他以曰广持正不阿，峻阻之，遂抱恨于心，出此奸邪手段。统𨰻年幼无知，误为所用。愿陛下恕统𨰻而斥大铖，以息廷竞，安人心！"

陈子龙这个建议，可以说颇为聪明。因为前些日子，高弘图也曾力主惩办朱统𨰻，结果反被皇帝以朱统𨰻是皇族中人为由，加以呵责，现在陈子龙绕开朱统𨰻而端出阮大铖，不仅保全了皇帝的骨肉情面，而且抓住了事件的要害。所以钱谦益在一旁听了，不禁暗暗点头。

"嗯，说此事乃阮大铖主使，所据何来？"弘光皇帝问。由于在朝臣们的猛烈攻击当中，陈子龙出头为朱统𨰻开脱，这显然博得了他的好感。

"这个——启奏陛下，礼部本官钱谦益可以为证。"

在弘光皇帝发问的当儿，钱谦益从那分明缓和下来的口气中，捉摸事情可能会有转机，正侧着脑袋等着听下文，冷不防钻进耳朵的竟是这么一句指证，他不禁大吃一惊。不错，昨天下午，在陈子龙来访他的时候，钱谦益出于对朝局和前途的担忧，确曾把前两天杨文骢透露的消息，告诉了陈子龙，但是却万万没有想到，对方会在这个当口上把自己给兜了出来！钱谦益心中这一急，差点儿要直钻进地里去。然而，眼下的情势却不容他再拖延，因为弘光皇帝已经把询问的目光径直向他投来。于是，他只好慌里慌张地向前跨出两步，俯伏在地，用朝笏遮挡住脸孔，战战兢兢地说：

"启奏陛下……"

"嗯,陈子龙称卿可作证,此话当真?"大约听不见下文,弘光皇帝发出询问。

"这个……微臣……这个……"钱谦益一边支吾着,一边愈加惶急,只觉得心中像打翻了七八个酱缸似的,搅和得一塌糊涂,因为若是承认了,最后追出消息来自杨文骢倒不打紧,那好好先生是马士英的妹夫,大不了给大舅子埋怨一顿就完了,但自己可就因此把马士英、阮大铖得罪到了底,光凭自己以往那档子烂污,今后只怕对方爱怎么作践就怎么作践。"不,决不能这么办!"他想,于是咬一咬牙,抬起头说:

"启奏陛下,陈子龙所言,恐怕得自误传,微臣于此事实一无所知!"

说完,他立即低下头,重新用笏板挡住脸,为的是避开来自各方的种种目光。

丹墀上再度出现片刻的宁静。随后,钱谦益看见眼前有朝衣闪动了一下,一位纱帽绯袍的大臣在他前头跪了下来。

"陛下,微臣有一言启奏:适才二臣所云,一指曰有,一辩曰无。此事亦不必深论。唯是据臣所知,朝议纷纷,相哄不已者,实因阮大铖之故。大铖或非无才,其奈心术不端。臣深恐其一经见用,便党邪而害正。其才适足以坏人心,乱纲纪,不可不慎!"

起初,钱谦益闹不清这人是谁,但一听那浓重的绍兴口音,就顿时明白了:这位大臣正是当今大儒、左都御史刘宗周。由于对方轻轻一句话,就把自己同陈子龙之间的尴尬场面遮掩过去,这使钱谦益暗暗松了一口气。而且,由德高望重的刘宗周出面评论阮大铖,那分量较之陈子龙又自不同。所以,在未得到皇帝的许可之前,他虽然不敢就此站起来,但是却不由自主侧起耳朵,等着听下文。

片刻之后,弘光皇帝说话了,口气是迟疑的:"谓统镦之疏,系大铖主使，却又无实证，则心术不端之说，何从谈起？哎，此事无须再论了，卿等起来吧！"

"启奏陛下：谓大铖心术不端，非臣妄测之词！"刘宗周低着头，顽强地争辩说，"其阿附逆党，便是显证。况且，大铖当年因争入吏垣而不得，竟迁怒于给事中魏大中，后更借魏逆忠贤之手，陷大中于诏狱，摧残至死。蛇蝎为心，莫此为甚！是故大铖之用黜，所关风纪甚大。臣忝居纠察之职，实不能付之默默。伏乞陛下圣衷明鉴！"

天启朝的吏科给事中魏大中，是著名的东林党人之一。当年他被阉党严刑拷掠，死况极惨。不少人都确信此事与阮大铖从中唆使有很大关系，但由于阮大铖行事刁猾异常，总是设法把证据灭掉，所以一直无法完全确认。刘宗周如今以监察大臣的身份，向皇帝正式提出指证，事先自必会经过严格核实。因此不但钱谦益听了精神为之一振，就连两旁的文武大臣，也全都睁大了眼睛。有片刻工夫，丹墀之上，愈加变得鸦雀无声，都在等着皇帝的反应，也在等着刘宗周说出更加确凿的证据来。

起初，弘光皇帝似乎也有点迟疑，但当把征询的目光再度转向身边的太监时，他那张白皙的、因酒色过度而显得精神不足的胖脸就改变了表情。

"又是魏大中！"他厌烦地说，"翻来覆去都论过多少回了！其实，全是些扯不清的糊涂账！哎，先生也不必再说了，起来，起来吧！"

如果说，皇帝刚才阻止刘宗周说下去，还可以理解为试图避免争论的话，那么，这一次却分明暴露出，他是在身边太监的唆使下，有意地袒护阮大铖！所以正斜着眼睛凝神窥视着的钱谦益错愕了一下，顿时冀望全消。他本能地动了一下身子，打算站起来，只是临时发觉刘宗周仍旧固执地跪伏不动，才又迟迟疑疑地停住了。

只见刘宗周那年迈的背影突然抖动起来,有片刻工夫,高大的身躯似乎佝得更低。钱谦益跪在背后,无法看清他的表情,但从那不停地起伏着的双肩,以及变得粗重起来的呼吸,仍然不难想象这位以刚直执拗著称的老臣,此刻内心正经受着怎样强烈的痛苦。钱谦益担心地窥视着,预感着不寻常的事态将要发生,心中不由得微微发起抖来。

果然,刘宗周一挺腰,直起了身子,接着,用了一个毅然的动作,一下子把乌纱帽摘了下来,露出戴着网巾的满头白发。

"陛下,"他用沉痛的、由于激动而发抖的声调说,"非是微臣偏固,实因大铖的进退,关系江左之兴亡……"

然而这一次,刘宗周甚至没有机会说下去。因为弘光皇帝几乎立即就站起来,沉下脸,很不客气地申斥说:

"大铖进退,关系江左兴亡,是否确论?年来国家破坏,是谁所致?而独责大铖一人,岂非胡说!"

说完,便一拂袖子,气哼哼地朝屏风边上走去,弄得满朝文武大臣悚然失色地僵在丹墀之上。

两天以后,皇帝的决定下达了。邸报上赫然宣布:姜曰广的辞呈已蒙"钦准"。与此同时,却发布了另一项任命:

奉旨:"阮大铖前时陛见,奏对明爽,才略可用。朕览群臣所进逆案,大铖并无赞导实迹。时事多艰,须人干济。着添注兵部右侍郎办事。群臣不得从前把持渎扰。钦此!"

第十章
感身世枯梅悲白雪，醉太平暖阁赏奇珍

结伴入都

崇祯十七年十二月下旬的一天，在扬州总督行辕担任幕僚的张自烈，轻装简从，回到了南京。同他一起进城的还有黄宗羲的弟弟黄宗会。他们是在孝陵前停歇瞻拜时，碰巧遇上的。虽然黄宗会不是复社的成员，平时也很少到外面来走动，但过去上南京参加乡试期间，与张自烈有过交往，所以彼此一旦认出之后，就照例结伴同行。不过，说到此来的目的，两人却各不相同。张自烈是因为老母在江西家中病重，必须赶回去探视。这一次他绕道南京，是为着把史可法的一封信转交冒襄，同时也想同久别的社友们见上一见，事毕之后，便要继续南下。至于黄宗会，却同前一阵子冒襄一样，也得到了朝廷召贡生赴京候选的消息，打算前来再碰一下运气，看看能否获得一官半职；另外，也顺便探望一下离家又已经半年的兄长。

眼下，将近残腊年关，从这个月起，持续了半年多赤日当空热得反常的苦旱天气，一下子冷了下来。半个月来，天空中变得彤云密布，朔风怒号，接着又下起了纷纷扬扬的鹅毛大雪。这两天雪住了，那凛冽的寒气却更加逼人。张、黄二人裹着风衣，戴着风帽，各自骑着一头毛驴，从朝阳门进城，一路踏雪行来，直到近午时分，才来到三山街上。算起来，自七月底到扬州之后，张自烈就没再回来过；至于黄宗会，与南京更是暌违了已有两年多。不过，当他们怀着多少有点好奇的心情，打量着街道上的

情景时，却发现眼前的南京，同他们原先的想象大不相同。它固然没有来自穷乡僻壤的黄宗会所设想的那种气派一新的崇高与庄严，但也没有张自烈在噩讯频传、一日数惊的淮扬前线时所估计的那种紧张和惶乱。与两人过去的印象相比，南京似乎并没有多少明显的变化。无疑，由于天气寒冷，地面上、瓦垄间都铺满了皑皑的积雪。路上的行人也因为穿上了厚厚的冬衣，显得臃肿而迟钝。秦淮河上，那浮荡着脂香的碧波明显浅落了，来来往往的游艇，也骤然减少了许多，但是，随着持续一个月的灯节已经开始，如今家家户户的门楣上，都点缀着各式各样五彩缤纷的大小花灯，光从那如珠、如鸟、如兽、如台、如莲花、如宝树的奇巧形制来看，就不难想象一旦到了夜间，当它们全都大放光明时，那景象该是何等的美妙迷人。再加上眼下正纷纷进出于各式店铺商廊，为采办年货而奔忙的人们，使这个江南的最大都会，依然呈现出一派太平时世的节庆气氛。看来，南京确实就是南京。这块六朝金粉之地，似乎自有它任何意志都无法改变的格局，任何事变都难以惊醒的酣梦。如果说有什么不同的话，就是身穿各色官服，神气活现地招摇过市的文武官员，分明地增加了许多。以致张自烈和黄宗会被喝道而来的轿马仪仗，一次又一次迫得临时勒住驴子，避到一旁，待到这些红红紫紫的队伍过去之后，才能重新赶路。

如今，他们已经来到蔡益所书坊。因为张自烈同坊主蔡益所是老相识，而且在离开南京之前，一直同吴应箕住在这里，所以张自烈首先想到上这儿来，看看吴应箕还在不在，顺便打听一下其他社友的去向和住处有什么改变。

"啊，这莫不是张相公！请，快请进来！"当他们把驴子交给挑行李的长班，掀开门上那一块厚厚的布帘时，张自烈听见蔡益所惊喜的声音说。只是刚从亮处走进来，有片刻，他竟无法从室内那四五个坐着的身影中认出书坊老板。

"张相公几时回来的？哎，天寒地冻，快，进来暖和暖和！"

蔡益所的声音继续说。随着话音,一个矮胖身影来到跟前,"那么,这位相公是……"

"这是黄太冲先生的介弟,泽望先生。"张自烈一边介绍说,一边接住对方递过来的一只手炉。这时,书坊老板那张笑口常开的圆脸,在他眼前变得清晰起来,接着他又看清了正迟疑地站起来的几位坐客的模样。

"哦,原来是泽望先生!幸会,幸会!"蔡益所连忙亲热地招呼。

也就是到了这时,张自烈才愈益分明地感到,前一阵子在室外有多么寒冷。所以,在随后行礼、就座的当儿,他都忘了对答,只管把冻得发硬的双手,轮着地放到手炉的铜网罩上,急切地感受着炉里散发出来的热气。随后,他把手炉转交给坐在旁边的黄宗会,又从小厮手中接过一杯热茶,呷了一口,这才点点头,说:

"小生和黄先生今日才到留都,路过宝坊,一则是来探望老爹,二则是想问一问,吴次尾相公是否仍寓于此?"

"哦,自相公去扬州后,吴相公在敝坊住了月余,其后便也搬走了,闻得现今同余淡心相公同住一处。"蔡益所回答。停了停,大约看见张自烈沉吟不语,他就殷勤邀请说:"敝坊的西厢,自吴相公搬去后,至今仍空着。二位如不嫌简陋,便请仍住敝坊,如何?"

张自烈摇摇头:"多感老爹盛情,再计议吧。只不知……"他本想问下去,忽然瞥见屋子里几位面生的客人,便临时住了口。

乖觉的蔡益所马上会意。他回过头去,对那几个人说:"列位,那个事,今日且商议到此,回头再谈,如何?"

那几个人互相望了望,大约也知道在这种场合下,无法再谈下去,待到为首的一位员外模样的中年人应诺了之后,便一齐起身,道过扰,揭开帘子,鱼贯地走了出去。

"原来老爹有事商谈,小生不知,却是多有渎扰了!"等主人送完客,转过身来,张自烈照例表示歉意。

蔡益所摆一摆手："不妨事。他也是走投无路，才来寻着小老帮手。其实那种事，小老又有何能耐！"

"哦，不知何事？"大约发现那个员外模样的中年人显得愁眉苦脸，心事重重，黄宗会在旁边忍不住问了一句。

蔡益所叹了一口气："按说呢，这本该是件喜事，偏生又闹得家家担忧，户户害怕，这可真又教人不知怎么说才好。"

"到底何事？"

"还不是万岁爷要选娘娘妃嫔的事。这会子已经平静了许多。早些日子，满城中那些有点头脸的人家，大凡有女儿的，都像遭了疯魔，一齐赶着出嫁，生怕迟了，被内监一张黄纸抬了去。有的本未有人家，她父母也不经媒人，竟自行连夜说合，第二朝便吹吹打打送过门去。这还不过可笑而已。闻得方士营有个杨寡妇，她女儿因害怕入宫，竟自刎而死。做娘的亦同日自尽。此事传出，更是家家恐慌，至有派出家人，见有年轻男子，便当街拦住，扯入家中，拜堂成亲。适才那个李员外，膝下共有三个女儿，大姐二姐都已出阁，因这最小的一个品貌双全，平日最得父母爱惜，一心给她寻个好人家，故此不肯苟且。谁知数日前被内监得知，上门坐索，违抗不得，只有任他抬了去。这几日她娘因思女心切，终日痛哭，茶饭不进，把李员外急得没法儿，四出请托，意欲央人疏通，放回女儿。他也不知听谁说，小老因贩书之故，进过钱大宗伯府中，今日便来求小老。其实小老不过一市井小民，有几多斤两？哪里就帮得了他！"

张自烈点点头。还在扬州的时候，他就已经从邸报上得知皇上下旨，要在民间挑选淑女，以充实宫闱的消息。不过诏令规定在江南各府县挑选，扬州没有被波及，所以当时他看过也就算了。如今听蔡益所一口气说下来，才知道这件事还真把民间闹得乱成一团。不过，在以往历朝，类似的事多有发生，已不算稀奇。因为能够被选中，当上皇后贵妃的，固然是无上荣耀，但有这种幸运的毕竟只是两三家，更多的少女到时就会成为普通宫嫔，在与世隔绝的深宫中，寂寞凄凉地度过一生。正是这种命运，使许多为女儿着想的人家都不寒而栗，于是就演出了上述可笑亦复可怜的一幕。这件事毕竟是礼制所需要的，似乎很难加以太多的指责。张自烈听了之后，尽管心中也自叹息，嘴上倒不打算作什么表示。然而，坐在一旁的黄宗会却似乎忍不住了。

"小弟自杭州来时，"他说，"一路上风传汹汹，都在说的这事，并说那些内监到了地方，便作威作福，逼令官府挨户严访淑女。富室之家有隐匿者，邻人俱应连坐。有的府县竟因此闹到枷锁络绎于道，牢狱为之人满。那些内监乘机勒索钱财，任意指人隐匿，有女之家为着免祸，除却献女之外，更须输财，竟有因此倾家破产者。如此胡为，国法何在！"

他越说声音越高，白净的脸孔上现出了红晕。显然这件事对他刺激颇大，以至一旦提起，他就忍不住内心的愤懑。

张自烈望了他一眼，心想："这个黄老三，别看他平时文绉绉的，像个爱红脸的姑娘家，发起脾气来，同他的长兄可是一模一样！只是留都是天子脚下，不比他们在黄竹浦，可以由着性儿乱说，嗯，回头我可得提醒他！"这么想着，他就没有搭腔，却回过头去，开始向蔡益所询问起吴应箕、黄宗羲和其他一些社友的近况，以及周镳、雷缜祚的情形。然而，蔡益所知道的也不多，只能说出吴应箕等人都在南京，不过似乎都挺忙，只有黄宗羲还常常上书坊来打个转儿。至于周、雷二人，则听说还关在牢里，如此而已。张自烈见打听不到更多消息，便回过头去，望着黄宗会问：

"嗯，那么我们这就告辞吧？"

他说着就放下茶杯，站起来，对主人拱拱手，说："多感老爸赐茶，时辰不早了，小生这就别过，改日再来奉扰！"

蔡益所连忙说："张相公哪里话来，难得二位相公赐顾，何必急急就去？不如留下用过膳——或者，竟是先在敝坊住下，明日再去寻访令友不迟！"

张自烈摇摇头："多谢盛情。这位黄相公为访兄长而来，小生须陪他尽快找到才成！"

他一边说，一边就同黄宗会各自披上风衣，系好风帽，然后转身走向门边。就在这时，街道上忽然响起杂沓的脚步声，仿佛有许多人在奔跑，好几个声音在喊：

"快去看，快去看，出人了，要出人了！"

所谓"出人"，就是对囚犯执行处决。张自烈吃了一惊，正闹不清是怎么回事，就见门帘一掀，书坊的伙计——一个愣头愣脑的十七岁小伙子，裹着一团寒气跨了进来。他红着脸，大睁着闪闪发光的眼睛，兴奋地喊：

"老爸，快去看，要出人了，就在十字街口上！"

"嗯，出的什么人？"蔡益所皱着眉毛问。

"不晓得，闻得是个秀才，总之是犯了什么法吧！哎，要看可得快去，人犯押到了，围了好多人，迟了就进不去了！"那伙计急急地说。他大约很想去看，但得不到主人许可之前，又不敢擅自行动，所以只侧着身子，现出迫不及待的样子。

如果是等闲犯人，张自烈也没有心思理会。听说是名秀才，他便不由得留了心，连忙追问：

"是个什么样的秀才，叫什么名字？"

停了停，看见无论是伙计还是蔡益所，都摇头表示不知道，他就回过头，对黄宗会说："那么，我们去瞧瞧，如何？"

"啊，兄是说，去瞧……瞧杀头？"黄宗会显然有点胆怯。

"他说是个秀才，那么总得瞧瞧去，只怕是……"张自烈本想说，"只怕是认得的也未可知。"但碍着蔡益所主仆在场，便没有说出口。

"可是，眼下时辰不早了。"黄宗会推搪说，"小弟之意，不如先寻着兄长，再作区处。"

刚才谈及选淑女时，他还表现得那样愤慨激烈，如今一下子又如此胆小怯懦。张自烈见了，不禁暗暗摇头："还说要赴部候选呢！连杀个犯人都不敢看，到时让你真当上个县太爷什么的，可怎么断案！"不过，彼此算不上深交，也就不便勉强，于是只好说：

"既是这等，就请兄台在此小候，待弟出去看看便回。"

黄宗会没作声，又像是不情愿的样子，他见张自烈已经移动脚步，便才迟迟疑疑地相跟着。待到蔡益所指挥仆人关好店门，从后面赶上来，他们已经快要走到十字街口了。

这时，离行刑的午时三刻大约还有一点时候。不过，十字街口上已经密密麻麻地聚满了看热闹的人，其中大多数是青衣小帽的市井平民，也有一些方巾袍服的缙绅儒士。他们的表情神态也各不相同，有的兴奋热烈，有的惊惶错愕，还有的似乎愤慨不平，不过更普遍的则是显得麻木而茫然。张自烈领着黄宗会在人群里挤了一会，就发觉挤不动了。他只好停下来，但由于对即将问斩的那个秀才到底是什么人，所犯的是什么罪，仍旧一无所知，所以心中颇为焦灼。环顾一下，当发现身后站着一个高身量的中年绅士，他就偏过身子，低声请教说：

"先生可知，今日这罪囚究系何人，因何要将他问斩？"

那绅士有着一张山羊样的狭脸，下巴上挂着一绺短而尖的胡子。他斜了张自烈一眼，用沙哑的嗓音说："先生莫不见'罪由牌'上写着么？这狂生好大的胆子，竟敢上书朝廷，百般毁骂马阁老和刘诚意二位大人。试想马、刘二大人忠心为国，今上倚之为干城，我江南亦全赖他们二位鼎力撑持，方得保全。可恨那狂生竟与反贼流寇同一腹心，妄图蚍蜉撼树。所以皇上震怒异常，下旨将他正法。可谓大快人心！"

"啊，那、那么不知他姓甚名谁？"由于弄清即将被杀的这位儒生，罪由是上书弹劾马士英和刘孔昭，张自烈立即联想到吴应箕、黄宗羲等社友，不由得猛然紧张起来。

"嗯，听说他叫什么何——何，对，叫何光显！"

何光显，这个名字张自烈倒没有听说过。"哎，那是什么人呢？"他疑惑地想。由于弄清并不是平素相熟的那些社友，他总算稍稍放下心来。然而，站在旁边的黄宗会却似乎吃了一惊。

"啊，是何、何光显？"他转过身来问。

张自烈未及回答，那个羊脸绅士却敏感起来："不错，正是此人！"他肯定地说，同时尖利地瞥了黄宗会一眼："先生莫非认得他？"

"不，不，小生不、不认得！"黄宗会结结巴巴地否定，并且脸红了。

他随即低下头，转过身去，不再开口。然而，张自烈却感觉得出，对方紧挨着自己的那个肩膀，正在怕冷似的微微发抖。

"嗯，这么说，泽望是认得这何光显的？"张自烈暗自思忖，"只不知他们交情如何？回头我倒须仔细问他一问。这何光显以一介布衣，敢于挺身而出，上书痛劾马、刘二权奸，可知是位血性男儿！不想竟落得如此下场，实在可悲可愤！看来，如今马、刘之辈在朝廷中擅作威福，已经到了顺昌逆亡的地步。那么，次尾、太冲他们这些日子在留都，只怕更加难处了……"

正这么想着，忽然周围的人"哄"的一声，骚动起来，纷纷伸长了脖子，一个劲儿朝东边的十字街口张望。接着，一个又粗又响的嗓门远远传了过来：

"午时三刻到！"

这是开刀问斩的时辰。虽然张自烈不是头一次经历这种场面，但此情此景，却使他止不住心头猛然一震，随即就紧缩起来。有片刻工夫，他仿佛喘不过气似的，只觉得太阳穴突突乱跳，脑袋里也在嗡嗡作响。虽然由于前面还站着许多人，使他根本看不见刑场上发生的情景，但是，当案孔目高声宣读完罪由牌，掌刑官发出"斩讫报来"的命令，以及最后，那高高举起的"法刀"在半空中冷然一闪，他的心也随之陡然沉到了底，意识到一切就此完结了……

"哎，黄相公，黄相公！"一个急切的声音在身边响起，那是书坊老板蔡益所。

"什么黄相公？他明明姓何……"张自烈迷迷糊糊地想，整副心神还沉浸在强烈的震动里。蓦地，他清醒过来，连忙回过头去，这才吃惊地发现：黄宗会正失魂落魄地站着，眼睛直勾勾地望着前面，不动，也不说话。那张清秀、敏感的脸孔，白得就像一张纸。

严兄训弟

"尔公！哎，泽望！你们——怎么一块儿来？这么巧！怎么找到这儿来的？"顾杲一步跨出门外来，又惊又喜地说。大概事先毫无准备，而又急于出来迎客，他的帽子戴歪了，一只手还在忙着扣上腋下的扣子。

这当儿，张自烈和黄宗会已经离开三山街的刑场，来到顾杲和黄宗羲租住的宅子。

"兄这儿可不好找，弟等几经周折，问了又问，还生怕摸错了门！"张自烈微笑着诉苦说。

"哎，真难为二位了！快，且入内说话，外边冷得很！"顾杲连忙拱手表示歉意，随即又做出相让的手势。等张、黄二人移动脚步，他便在旁边紧跟着，一起走进门里。

"这屋子可是隘迫得很，"顾杲一边走，一边说，"本来，弟与太冲同住在周仲驭家，这尔公兄也知道。后来刘念台大人来了，太冲便搬了过去，弟却没有动。后来仲驭被逮，屋子也给封了，弟便只得搬到总宪衙中，仍与太冲同住。念台大人致仕后，吏部徐大人便叫我们到他衙中去住。谁知一个月不到,徐大人也乞休而去,便只得搬到这里来。本来,弟也说这屋子太小,不如另觅一间宽敞些的,可是太冲一定不肯,没奈何,弟只有陪着他。"

自从三个月前,阮大铖由皇帝以"中旨"①起用之后,刘宗周、高弘图、徐石麒等几位元老重臣,出于对这项任命的强烈不满,同时也由于接二连三地受到马、阮党羽们穷凶极恶的攻击,而皇帝却始终不加制止,结果都已经继姜曰广之后,于九月一个月内,陆续辞去职务,离开了南京。这在当时,是震动朝野的一个大新闻。张自烈虽然远在扬州,也已经早就知道了;当时还同其他幕僚一道,在史可法面前着实痛愤慨叹了一番。所以这会儿听顾杲重新提起,他并不感到突然和吃惊。倒是一向干脆利落的这位顾大公子,在说到搬家的事时那种琐碎啰唆的口吻,却使张自烈听来感到有点异于往常。他不由得重新端详了对方一下,发现半年不见,顾杲明显地变得苍老了。就连那只有名的长鼻子,也失却了昔日的神气和风采。虽然他正在兴冲冲地说着,但整个姿态都显出一种狼狈、落魄的样子。而且不知为什么,他学会了干笑,仿佛随时打算掩饰什么尴尬的事情似的。"哦,莫非留都的政局,已经使社友们变成这种样子了吗?"张自烈默默地想。在三山街刑场时所感受到的那种强烈的压抑,在这一刻里变得更沉重了。

这当儿,他们已经穿过天井,来到正屋里。

这确实是一幢很小的宅子,没有厢房,只有迎面一明两暗的三个开间。左右两边住人,当中一间就兼用作客厅和起居室。里面的陈设也十分简陋,除了地上一个炭炉烧得正旺之外,只有一桌四椅,当中连屏风也没有,再加上墙上随处可见的屋漏痕和油漆剥落的板障,看上去,同市井中那些贫窭之家,简直毫无两样。"唔,这大抵又是黄太冲的怪脾气,顾子方倒不至于如此吝惜!"

---

① 中旨:指不经正常办事程序,由皇帝直接下达的主意。

张自烈想。于是，趁着彼此重新行礼、就座的当儿，问：

"太冲兄呢，怎么不见？"

"哦，今日不巧，太冲一早便上太平门外，到刑部狱中探视仲驭、介公去了，尚未回来。所以泽望兄只有安心稍待了！"这么解释了之后，顾杲就又干笑一声，一边接过小厮奉上的一杯茶，一边转向张自烈，问：

"那么，兄从扬州来，不知那边的情形如何？哎，对了，朝宗去了扬州之后，怎么样？可还好么？"

张自烈本想进一步打听南京的情形，听见对方先发问，他就点点头，说："朝宗自到扬州后，甚得史公器重，上月特命他去监兴平伯的军。"

自从八月里那一次，侯方域同黄宗羲闹翻，声言要离开南京之后，虽然经陈贞慧和别的社友极力挽留，他又留了下来，但到了九月初，得知阮大铖终于正式起用，侯方域就坚决地去了扬州，投入史可法的幕中。在他走后一个月，淮南总兵刘泽清便上奏朝廷，说侯方域的父亲侯恂在北京失陷期间，曾被李自成以原职录用，要求下令缉捕他们父子。此后，一直再没有侯方域的消息。为此，社友们都颇为关心。现在听说他做了高杰的监军，顾杲顿时来了兴趣：

"噢，原来如此！那么，北边的情形到底怎样？兄且说说！"

张自烈把手中的茶杯凑在嘴边，呷了一口，同时稍稍整理一下思路，然后苦笑说："难，很难！"

"哦？"

"说来也一言难尽。总之，将骄兵惰，军饷奇缺，权臣掣肘，独木难支。此十六字庶几可以尽之！"

"这——不是听说史公已出师北征了么？"顾杲睁大眼睛问。

早在两个多月前，南京就传开消息说：史可法自五月底出任淮扬总督后，经过五个月的整顿军备，调停四镇，遂于十月十四日派高杰拔队先行，他自己也接着进驻清江浦，并将长江以北划分为几个防区——长江上游属左良玉，天灵洲而下到仪征、三岔河属黄得功，三岔河以北到高邮界属高杰，淮安向北到清江浦属刘泽清。由于自王家界到宿迁一段最关重要，他留给自己。另外，自宿迁到骆马湖，则由总河军门王永吉扼守——摆出了全面北进的态势。当时在留都上层社会中，很引起了一阵兴奋，认为只要"王师"一动，河北、山东一带的民众便会起而响应，从而掀起强大的攻势，不仅河南可以确保，大明中兴也有了指望。就连顾杲等社友，也在失望沮丧中生出了希望。不过后来传出的消息就不多了，大家才又稍稍冷了下来。现在听张自烈这么一说，顾杲就感到愕然了。

"兄等有所不知，史公如此布置，名为北征，实则是北事日急，不得不以攻为守！"张自烈继续苦笑着说，同时做了个示意对方不要急着提问的手势，"皆因建酋已于十月初一日入踞北京，公然称帝，且行牌到济宁，称其摄政王发兵四十万南下，前锋已抵沂濮之间，史公度和议势难有成，不得已始尽起诸镇之兵，渡河而守。上月中，更闻虏廷发兵三路，一经山东，一经徐州，一经河南，兵势之锐，前所未有。宿迁要地，已一度失陷，其危可知！江北万一不守，江南便前景堪虞了！"

来自前方的战报，照例是送交兵部处理。由于目前兵部已被马、阮二人彻底把持，对外极力封锁消息，即便是消息向来比较灵通的社友，如顾杲等人，也难以打探到。所以听张自烈这么一说，顾杲顿时脸色大变，呆呆地坐在椅子上，一句话也说不出来。

张自烈叹了一口气："北兵虽强，若然诸镇能并力同心，悉听史公调度，未必就无制胜之机。唯是此辈又骄纵贪横，各不相容。二刘不必说了，此二人唯马瑶草之命是听，专以掣肘史公为务。即以高杰而论，诸镇中数他最知忠义，史公亦甚倚重之。唯是连他也与黄得功相仇不已。九月间一次，他竟派兵于邗关外五十里之土桥伏击得功，毙其坐马，俘其随从，仅得功单骑走脱，旋又兴兵互斗。若非史公全力调解，几成大乱……"

张自烈心情沉重地说着，同时，听见外面的门"咣当"响了一下，接着，脚步声一路响了过来。"嗯，莫非是太冲回来了？"他想，于是住了口，回过头去。这时，坐在旁边的黄宗会大约也听到了，他急急地离开椅子，走到门边，揭开暖帘，随即叫了一声"大哥！"就一步跨了出去。"这么说，真是太冲！"张自烈想，也跟着站了起来。

"哎，兄不用忙！"顾杲在身后阻止说，看见张自烈疑惑地转过脸，他就凑近来，压低声音说："太冲对他介弟此次来京求官，甚不以为然，况且近来他心情又极之恶劣……"

话没说完，就听见黄宗羲冷冷的声音在外面响起来："你到底不听我的话，还是来了！你来做什么？来这里做什么？"

没有听见回答，大约是黄宗会自知理亏，不敢应嘴。

"哎，太冲，尔公也来了！快进来相见！"顾杲隔着帘子往外喊，显然是想阻止黄宗羲进一步发火。

果然，外面的训斥停止了，但是却没有回应。过了片刻，才看见门帘一掀，黄宗羲跨了进来。他的那位弟弟红着脸，畏畏缩缩地跟在后面。

"太冲！"张自烈连忙迎上去，拱着手，亲热地招呼，"兄回来了？听子方说，兄上太平门外探望仲驭和介公，不知见着了不曾？他们二位可好？"

黄宗羲显得十分冷淡。他沉着脸，拱一拱手，直到顾杲也提出询问，他才默默地摇了摇头。

"怎么，还是没见着！这、这是什么道理？岂有此理！"顾杲一下子激动起来，跺着脚叫道。也就是到了这时，他才摆脱了前一阵子那种古怪的拘谨，重新显露出过去的样子。

"哦，莫非狱卒不许探视？"张自烈疑惑地问。

"可不,自从最初方密之进去见过一面,后来大抵给上头得知,严责下来,此后便再不得见。这几个月,我等都轮番去过,太冲更是不知去了多少次,始终被拒在门外。莫说周、雷二公俱未定谳,便是定谳的死囚,也没有不许见之理。这马、阮两个奸贼,做得也真是太绝了!"

顾杲咬牙切齿地骂着。不过,使张自烈感到意外的是,对此理应最为愤恨的黄宗羲,不知为什么,却显得颇为漠然。他默默地站了片刻,看见黄安领着黄宗会那个长班,已经把行李卷搬进他住的东间,并且重新走了出来,他就拱一拱手,说:

"兄且坐,弟失陪了!"

然后,领着黄宗会,一起走进卧室里去。

"哦,兄坐!"大约看见张自烈发呆的样子,已经重新平静下来的顾杲做了一个手势。等朋友坐下,他又回到椅子上,前倾着身子,低声说:"兄休惊疑,眼下留都这局面,也难怪他如此——哎,这事回头再对兄说!"

这么解释了之后,他就坐正了身子,提高声音问:

"那么,兄此次回留都,不知有何公干?能多住些日子吧?"

"哦,不!"张自烈摇着手回答,"弟因母亲久病,几度来书催归,是以向史公告准了假,意欲回去探视。此次来留都,一则是顺路看望兄等,二则是史公有一封书在此,一俟交与辟疆,弟便启程,实不能久留。"

顾杲沉吟了一下,说:"既是这等,弟亦不敢相强。不过今日赶了半日的路,兄想必也倦了。天气又冷,不如今夜权且在此歇了,明日弟陪兄一齐去访辟疆,如何?哎,对了,午时已过,兄可用过膳不曾?"

张自烈点点头:"弟与泽望已在路上吃过。倒是弟归心似箭,最好明日便能启程,若是明日再访辟疆,只怕……"

他本想说下去,忽然听到东间里传出黄宗羲兄弟争执的声音,就临时顿住了。只听黄宗会说：

"小弟自接大哥之书后，便说既是这等，就不来也罢。唯是母亲之意，仍命弟前来，并说钱大宗伯是世交，请大哥求托于他，或能相帮也未可知。"

黄宗羲的声音："母亲又怎知钱牧斋做了大宗伯？还不是你们兄弟怂恿！慢说钱牧斋我是不去求的，即便去求他，也未必有什么结果。须知如今这乌纱不是文章换得到的。人家要的是银子！现今朝廷已开下单子，一个武英殿中书九百两，一个文华殿中书须一千五百两，内阁中书两千两。只要肯纳银，哪怕你目不识丁，也照样能入学选贡，再不济，也可以混个把总、游击！你既然拿不出银子，只好自认倒霉！"

"可是，朝廷不是下过旨，让贡生来京候选么？"

"哼，那是什么时候的话？如今又是什么时候！告诉你，如今是'中书随地有，都督满街走。监纪多如羊，职方贱如狗。荫起千年尘，拔贡一呈首。扫尽江南钱，填塞马家口！'只听这首民谣，你就该知道是怎么一回事了！"

黄宗羲的声音越说越高，使坐在外间的两个朋友既不能交谈，又不便干预他们兄弟间的私事。所以顾杲望了望张自烈，建议说：

"眼下时候尚早，如兄急于访辟疆，不如弟这就陪兄去？"

张自烈自然没有异议。于是，等顾杲走进西间去，添加了御寒的袍服之后，两人也不惊动黄氏兄弟，只悄悄揭开门帘，走出门外去。

放荡颓唐

张自烈和黄宗会进城时所雇的两匹驴子，早已经打发走了。顾杲命仆人就近另雇了两匹，与朋友分别跨上，沿着狭窄的街巷，迤逦行去。路上，顾杲把近半年来南京发生的种种事情大略地向朋友说了。其中还谈到前几天出的一件怪事——据说水西门外来了一个法名"大悲"的和尚，自称是先帝崇祯的第三子定王，因国变出家为僧，辗转南来，一时哄动了市井。朝廷得报后，已派出中军都督蔡忠将他带走了。如果真是定王，倒是一件大幸事。总算皇天有灵，为先帝存此一点骨肉。只是这大悲何以拖到今日才来留都，而且身边无一随从，又令人不能无疑。

张自烈默默地听着。如果说，半年前他离开南京时，还只是觉得朝廷中因两派交争，把主要精力给牵扯住了，缺乏中兴进取的雄心和锐气的话，那么这一次回来，他就发觉，情况的恶化程度，比他在扬州时根据传闻所想象的，要严重得多。事实上，由于马、阮之流的奸佞得势，正人君子纷纷遭到斥逐，南京已经成了一个邪气熏天、沉渣翻涌的黑暗渊薮。指望它能有什么真正的作为固然不可能，而改变这种现状，恐怕也是难之又难。当想到，背靠着这样一个朝廷的史可法，如今还在江北拼命奔忙，苦苦撑持，期望能开创出一个中兴的局面来，张自烈的心中就止不住又悲又愤，有一种想放声痛哭的感觉。正因为整个身心都陷于大祸临头、回天无力的绝望之中，以至一路之上，他尽管没有停止同顾杲交谈，但心境却变得愈来愈暗淡和悲凉了。

终于，他们来到了冒襄赁居的桃叶河房，却发现门户紧闭。据住在隔壁院落里的一位绅士说，冒襄带着女眷和仆人，早早就出门了。刚才也有一位姓陈的相公来访过，因寻不着，便留下话说，要上丁家河房去寻一寻，万一冒先生回来，就请告知他等着，那边寻不到时，姓陈的相公还会折回来。

顾、张二人听了，便不停留，立即重新跨上驴子，赶往丁家河房去。

在南京的河房中，位于青溪、笛步之间的丁家河房，算得上是顶大顶有名的一所。那里不仅环境幽雅，布局精巧，而且还有一间顶漂亮的临河水榭，夏秋之际，十分适宜于纳凉凭眺，雅集宴饮。不过，最奢华的还是那里有一座暖阁，下面设有可以生火取暖的地窖，阁外绕以白梅翠竹，碰上隆冬时节，则可以在那里赏雪消寒。因此，不少过往的名公巨卿、豪士高人，都喜欢在那里下榻。复社的社友们兴头来时，也每每上那儿去聚会。

当张、顾二人来到丁家河房，下了驴子，叩开那道虚掩着的黑漆门扇时，发现门厅里围着七八个仆役模样的汉子，或蹲或站，正一窝儿聚在那里饮酒赌钱。看见客人进来，他们便住了手，纷纷回过身，笑脸相迎。顾杲认出其中几个正是梅朗中、余怀、吴应箕等人的亲随，便问他们的主人现在哪里。当得知都在暖阁，他就摆摆手，领着张自烈径自往里走。

想到不仅可以马上把史可法的信交给冒襄，而且还能见到其他社友，张自烈暂时抛开前一阵子那些沉重的思虑，极力振作起精神来。他一边打量着许久没来，眼下由于铺满了积雪，而变得面貌一新的庭院，一边默默设想着即将到来的热烈会见。"是的，他们必定要问我江北的情形。也许我不该像刚才那样，说得过于阴郁绝望？至少，不该一见面就让大家扫兴！"正这么想着，忽然觉得袖子被扯了一下。

"瞧，那是谁？"顾杲指着前边说。

张自烈抬头一看，发现一个书生打扮的人，正慢腾腾地从暖阁的台阶走下来。张自烈目力倒还不错，一眼就认出那是沈士柱，他正要扬声招呼，顾杲却一把将他按住，说：

"别忙，瞧他要做什么？"

正这么说着，就看见沈士柱在台阶下站住了。他老半天低着头，不再移动脚步。正当张自烈感到莫名其妙之际，他忽然抬起头，环顾了一下，不知为什么，却没有发现张、顾二人。然后，他就一转身，歪歪斜斜地向旁边走出几步，一下子抱住屋旁的一棵桧树，又一动不动了。过了片刻，才看见他的身子奇怪地扭动着，像是在翻掀衣服。接着，就传来了水流溅落雪地的"嘘嘘"声。"哦，原来他是喝醉了酒,出来小解。只是一个读书人,不去寻茅厕,光天化日之下,就这么尿起来,未免有失斯文!"张自烈恍然想道,正感到又好笑又无奈,却听见顾杲在旁边不满地说:

"哼,真是越来越不像话了!再这么下去,不如干脆散伙回家是正经!"

说完,也不待张自烈发问,他就径自大步向暖阁走去。

没等他踏上台阶,就见暖帘一掀,同样喝得满脸通红的左国棅没戴帽子,光着脑袋,身上只穿一件缎面直裰,一头撞了出来,一个劲儿地嚷:"热死了!热死了!"一边叫,一边动手去拉直裰的前襟。紧跟在他后面的,是旧院的名妓王小大,她手里拿着一件皮裘,着急地说:

"左公子,左公子,脱不得!外间冰冷冰冷的,仔细冻着。快把这个穿上!"

可是,左国棅却一把推开她,大着舌头,结结巴巴地说:"不、不、不穿!外边凉、凉、凉快!嘻嘻,脱、脱完了才、才好!来,你、你也脱!哈哈!"

说着,他真的动手去扯王小大的衣裳。急得王小大一边挣扎,一边求援地叫:"顾公子,顾公子,你瞧他!快帮帮我!"

这当儿,顾杲已经登上台阶。他挺身拦在两人中间,生气地制止说:"硕人,别胡闹了!进去,快进去!"

一边说,一边就把还打算不依的左国棅硬推进暖阁里。

看见这种情景,张自烈不禁暗暗纳闷,心想:"以往常同他们一道饮酒,也有放纵笑闹的时候,却从来不致如此。到底是怎么一回事?"不过,看见顾杲似乎并不以为怪,况且一时也来不及询问,于是只好跟着,从掀起的暖帘下跨了进去。

张自烈也曾不止一次到过丁家河房,但都在夏秋季节,只听说这暖阁构造特别,虽时值严冬,也能使人恍如置身初夏间,却从未亲自领略过。然而,眼下使他感到惊异的,并不是那发自地下的融融暖意,而是呈现在眼前的情景:当中一张大圆桌,照例杯盘狼藉不必说,而且席位之上,倒有大半都空着。那些社友,以及临时召来侑酒的旧院小娘们,或者歪在榻上呼呼大睡,或者弯着腰在狂吐不止,或者用筷子乱敲着盘子在那里唱小曲儿,至于梅朗中和秦淮名妓刘元,则干脆把地毯当作床褥,东一个西一个地躺在那里,衣衫上、发髻上,斑斑点点的尽是吐出来的东西。满屋子不单乱七八糟,而且散发着熏人欲呕的酒臭。只有卞赛赛和李香还清醒,正在那里指挥丫环传巾递水地忙着。而圆桌边上,吴应箕还铁青着脸,在同善打十番鼓的盛仲文划拳斗酒,狂饮不休。对于顾杲和张自烈到来,起初他们谁也没有在意。末了,还是李香和卞赛赛发现了,首先惊喜地发出招呼。那些个还有几分清醒的社友这才眨巴着眼睛,扭过头来,蓦地响起乱七八糟的一阵叫嚷:

"哎,尔公,你怎么一声不响就回来了?"

"来得正好!快,同我们饮个痛快!"

"咦,快告诉我们,扬州那边——怎样了?"

"先别管扬州!尔公的酒量可是呱呱叫的,先让他同次尾拼一拼再说!"

"对,拼倒次尾!一定要拼倒次尾!"

"哈哈哈哈!"

这么闹哄哄地嚷着,余怀和左国棅,再加上刚刚解完手进来的沈士柱,就一齐围上来,又是递杯子,又是拿酒壶,当真逼着张自烈同吴应箕即时比试。

顾杲见势头不对,连忙张开双手,挺身拦在张自烈跟前,说:"不成不成!今日尔公刚到留都。只因史阁部有一封书,托他交与辟疆,所以才马不停蹄赶来——咦,辟疆呢,他来了不曾?"

顾杲一边问,一边转动着眼睛,满屋子寻找。

"辟疆没来!"

"他怎么会来？如今人家可是给如夫人管得严严的，寸步也不放松呢！"

"哎，你们今日横竖找不到他了。还是饮！"

"对，饮，饮！"

看见社友们盛情坚请，张自烈觉得久别重逢，不好太拂大家的意，已经打算去接酒杯。谁知顾杲十分固执，他断然挡开众人的手，说：

"不成就是不成！今日这酒，我们决不能饮。要饮，改日再约！"

看见他这样子，劝酒的人都有点扫兴。沈士柱更是当即沉下脸，愠怒地问："啊，今日这酒，何以不能饮？小弟倒要请教！"

顾杲哼了一声，说："瞧瞧你们如今都成了什么样子！简直乌烟瘴气，丑态百出！你们到底还是不是复社，像不像君子？"

"什么，我们不像君子！"好胜的沈士柱气得差点跳起来，"我们怎么不像君子？今日怎么啦？不就是社友们凑在一块喝喝酒么！又犯什么禁了？难道非得像你那样，光躲在家里，却拿不出一点办法来，才叫君子？"

"对、对呀，你要真是好、好样儿的，就拿、拿出个办法来！"左国棅也在一旁大着舌头帮腔。刚才他在门外受到顾杲的呵斥，想必这会儿还不服气。

看见他们较上了劲，其余的人都自觉没趣地退了开去。顾杲却已经气得面色发青。

"胡说！"他大声吼道，"拿不出办法，你怎么知道我拿不出办法？就算拿不出办法，莫非就该颓唐放浪，自甘下流，为权奸小人所笑么！"

"嗯，那么，兄到底有何办法，不妨说出来听听。"一个冷静的声音在桌子边上响起，那是吴应箕。他的话照例不多，却总能抓住要害。

"这，我——"顾杲大约没有防备，一下子给弄得张口结舌。

随后，他分明把这个诘问理解为吴应箕也帮着抢白自己，于是，那只长鼻子开始由青变红，眉毛也竖了起来。张自烈眼看一场更大的争吵就要爆发，十分着急，正要上前劝解，忽然，听见李香的声音惊喜地说：

"啊，陈公子！陈公子来了！"

张自烈心中一动，连忙回过头去。果然，陈贞慧正从帘子外面走进来。时隔半年，张自烈发现，这位一向以沉着干练著称的老朋友，外表倒没有太多的改变，魁梧的身躯依然那样健挺，长着一部漂亮胡子的方脸也依旧那样饱满结实。虽然近几个月来，他一直处于孤立的地位，以致同屋子里的社友们之间，显然存在着某种隔阂，不像以往那样亲密无间，但正因如此，又使他在眼前的一片颓唐绝望的气氛之中，显出了一种非凡的尊严和气度。所以有一阵子，屋子里变得一片寂静，谁也没有开口说话。

陈贞慧走到顾杲与吴应箕当中，就站住了。

"弟本无意前来搅扰列位社兄的清兴，"他没有表情地说，"只是适才偶自蔡益所处，得知尔公兄已回留都，又闻知兄等在此聚会，料想或能见到尔公，是以贸然闯席。尚祈列位见恕！"说完，也不理会大家是否回礼，便转向张自烈，客气地说：

"尔公兄，远来辛苦！想兄也是刚到？唯是弟有数事，急欲请兄赐教。敢烦兄随弟出去，小语片时，绝不耽误兄等之雅会。不知可否？"

张自烈连忙说："弟也正欲访兄，有以面陈，如此最好！"

说完，便向大家拱一拱手，说声："恕罪！"然后跟着陈贞慧转过身，向外走去。

"定生兄，你别走，别走啊！"蓦地有人大喊起来，那是睡在地上的梅朗中——不知什么时候，他已经坐起身子，现出又着急又可怜的样子。

"定生兄，不管怎么说，仲驭、介公也是东林、复社中人，与我辈相交一场,莫非兄竟忍心瞧着他们死于奸邪之手,不设法相救么!"梅朗中又哀求地说。

陈贞慧站住了。他侧过身子,望着可怜巴巴的梅朗中,现出欲言又止的样子。

"是呀,陈公子,何必急着要走?"

"留下来吧,难得今日这么碰巧!"

"瞧,大伙儿全都盼着呢!"

好几个声音七嘴八舌地挽留,那是李香、卞赛赛和王小大她们。

陈贞慧苦笑一下:"事已至此,只怕弟亦无能为力。不过,列位社兄以为弟坐视奸邪逞恶,不救仲驭、介公,则未免把弟看差了。有许多事,日后自见分晓。弟亦不拟多言。弟于此只有一语相劝:子方适才责备得好,兄等今后应自爱自强,不可再像今日这样子。至于周、雷二位之事,弟当尽力奔走,决不会有负故交!"

在梅朗中和李香姐妹们竭力挽留陈贞慧时,其余的社友还显得有点迟疑,但一旦听见他作出这样的许诺,大家的眼睛都顿时一亮,现出期待的神色。

"既然如此,"吴应箕说,"兄何不就给大家说明了。如有弟等能相帮之处,也可稍分兄独自奔走之劳。"

陈贞慧摇摇头:"此事不须帮手。成与不成,弟亦未敢断言。无非姑且一试而已!"

停了停,看见大家都沉默不语,他就回过头,对张自烈说:"弟欲向兄探听者,实乃淮扬一带近日的情形,以及史公北征之举而已。既然如此,兄不如就在此间谈谈,也好让大家一并听听。"

还在扬州时,张自烈就听侯方域怨气冲天地谈到过社内交讧的情形。如今眼见这一阵子,双方像是又趋向于冰释前嫌,重新靠拢到一块,他心中也自欣慰,于是点点头,坐下来,同时愈加拿定主意:尽量不让大家感到过于丧气。因此,在接下来的介绍中,他有意突出史可法忠心为国,坚韧不拔,排除万难,力图恢复的事迹;其中,特别着重谈到兴平伯高杰受到史可法的教导感化后,如何萌发了忠义之心,立誓竭诚报国。十月间那一次是他率先挥军,北渡淮河。当时尽管发生了狂风吹折大纛①,以及红夷大炮无故自裂的"不吉之兆",但高杰仍毅然不顾,克期登舟。另外,本月初七,已经逃往陕西的李自成,突然又率残部进犯禹门、襄城等处。各镇都拥兵不进,只有高杰服从命令,亲领精兵一万驰援,稳住了局势,如此等等,使社友们听着听着,也情不自禁地为之感奋起来。

冷面铁心

难怪张自烈在桃叶河房寻访不着冒襄,因为这天一清早,冒襄就带着董小宛从通济门出了城,到神乐观去观赏梅花。

在南京,神乐观算得上是又一个有名的游玩去处。它坐落在大礼坛的西南侧。朝廷举行祀神典礼时所用的乐器,平日就贮存在观内。那地方有着连绵的林带,高耸的古木,衬托着红墙蓝瓦的宫观,景色颇为幽雅肃穆。特别是观旁的一大片梅林,每到冬春之交,亿万繁花斗寒竞放,一眼望去,有如铺云堆絮,打老远就嗅得着那随风飘来的沁鼻幽香。这时候,南京城里的士民们也纷纷出动,携酒结伴地前去游玩观赏。不过,今天冒襄之所以决定携带董小宛出来,并不是真的有什么游赏的兴致,只是由于窝在河房里,感到百无聊赖,对于接客访友,又颇为厌烦,这才干脆躲到外面来。的确,他来到南京虽然才只半年,但当初急切地希望投身国难,以期一展抱负的那股子热情,已经彻底熄灭了。如果说,在刚到南京的那阵子,他还只是为来自北方清军的威胁

---

① 大纛:古代军队里的大旗。

日益严重,朝廷却醉心内争、全无危机之感而吃惊失望的话,那么随着近几个月来,朝廷中的正人君子纷纷被罢斥,相反,以马士英为首的那帮狐群狗党,却纷纷攀龙附凤,占据了几乎所有的要津,冒襄内心的绝望,也上升到了顶点。事实上,如今吏部的大权,已经落到了阉党余孽张捷的手里,不仅一大批当年名列逆案的旧人,都陆续受到起用,昂然进入朝廷,就连已经死去的阉党分子如霍维华、刘廷远、杨所修、徐大化等,也都一一予以追赠官爵,赐祭赐恤。这还不算,最近阮大铖等人更变本加厉,奏请朝廷,要求把已经被崇祯皇帝下令焚毁的、那部阉党当年用以迫害东林人士的罪案书——《三朝要典》,重新加以刊布,"以明是非"。照这种势头来看,马、阮等人确实像陈贞慧所估计的,并不仅仅满足于把周镳、雷縯祚逮捕入狱,而是企图把正人君子一网打尽。到头来,像已经去职的张慎言、姜曰广、吕大器、刘宗周、徐石麒、顾锡畴,以及还在职的史可法、钱谦益等东林派头面人物固然难以幸免,就连包括自己在内的复社社友们,恐怕也难逃劫数!当想到自己很可能不待国破家亡,就先成为党祸的殉葬品,冒襄内心的痛恨和绝望,确实不是言语所能形容的。但是他也不肯就此离开。因为陈贞慧、吴应箕,以及其他一大帮子社友,都还留着没走。经历了两年前为父亲调职而奔走的那场风波之后,这一次冒襄已经下定决心,再也不能让别人把自己看成是贪生怕死的懦夫。"是的,即使要走,我也只能是最后一个!"他咬紧牙关想。

　　冒襄的这种痛苦,董小宛无疑是不清楚的,因为这一类心事,冒襄向来对她守口如瓶。董小宛只能根据丈夫郁郁寡欢的神态,以及变得愈来愈烦躁易怒的脾气中,猜想他必定是碰上了什么不顺心的事。为着安慰丈夫,她唯有更加体贴、更加顺从,哪怕受到冒襄蛮横无理的呵斥和指责,她也默默忍受着,绝不火上加油。"是的,只要他骂过我之后,心情能变得好过一点!"她忧心忡忡地祝祷着。所以,当今天冒襄突然提出,要到神乐观去看梅花,董小宛当真又惊又喜,马上就打扮穿戴起来,让紫衣、冒成和一名挑食盒的长班跟着,偕同丈夫匆匆出门。

现在,一行人已经出了通济门,经过象房、玄真观、山川坛。一路之上,董小宛不住地隔着轿帘往外张望。这地方,早些年她住在秦淮河的旧院里时,也来过好几次。她发现,同以往那种熙熙攘攘的景况相比,今年路上的游人明显地少得多。有时轿子走上小半天,才碰上几个,而且大多是彳亍而行,全然没有那种兴致勃勃的模样。不过,这并不影响董小宛的情绪。

"哎,人少些反倒好。梅花这等高雅,本来就该清清静静地观赏。而且顶要紧的,是冒郎今天有了兴致!"待到轿子终于轻轻震动一下,停住了的时候,董小宛甚至变得有点急不可待了。

然而,当她从紫衣揭起的轿帘下,躬身走出去,却发现眼前还不是神乐观,而是距神乐观还有半里之遥的一个供人歇息的亭子。她正有点疑惑,就见冒成走近来,解释说:

"眼下已交午刻,大爷说不如就近用过点心,再去不迟。"

董小宛"噢"了一声,心想:"梅林中不也有亭子么,何必挑这么个瞧不见梅花的地方?"乖觉的冒成仿佛猜到她的心思,又赔笑说:

"小的也曾劝大爷不如到梅林里再说,可大爷嫌那边人来人往,不得清静,所以……"

既然丈夫这么决定,小宛也就不再表示异议。于是,片刻之后,二人便在临时铺上了垫子的石磴上坐了下来。接着,冒成和紫衣又张罗着,生起一只小炭炉子,把点心和酒一一温过,摆到了石桌上。也就是到了这时,董小宛才感到肚子当真有点儿饿,看见丈夫已经默默地吃喝开了,她也跟着拿起筷子,拣了一块扁豆糕放在嘴里,慢慢地嚼着。

本来,这亭子距梅林已经很近,只是当中隔了一个小土坡,坡上丛生的灌木把视线挡住了。董小宛一向非常喜欢梅花。当年她在苏州半塘的旧居里，就种满梅花。嫁给冒襄之后，她特地住到香俪园别墅去，也是看中了那里的梅树特别多，花开得特别盛。以往每逢含苞的时节，她总要亲自到梅林中去观察挑选，将选定的花枝预加修剪，使它们的姿态更趋优美，待到花开时就折来供在瓶里。记得去年她还约了丈夫一块儿去做，当时冒襄对她的眼力和技巧颇为称赏。不过，眼下瞧着冒襄只顾默默地吃喝，对赏花的事似乎一点也不着紧，董小宛就又有点担心起来了。

"去，去，快走开！没有！别来这儿讨！"冒成呵斥的声音忽然从亭子外传来。董小宛回过头去，发现不知什么时候，亭子外来了一群乞丐。人数倒不多，也就七八个左右，男女老幼都有，看上去，像是祖孙三代的一家子。他们一个个面黄肌瘦，衣衫褴褛，虽然是冰雪严寒的天气，他们身上至多也是比平时多披了一条麻袋片，有一两个，干脆用草绳把破被盖捆在身上。脚下更是有鞋无袜，露出两截冻得发紫的细腿肚子，甚至还有光着脚站在雪地里的。他们举着手中的空瓦钵头，在那里瑟瑟发抖，虽然受到冒成的呵斥，却不但赖着不走，反而发出更大的乞讨声，分明希望让亭子里的两位身穿华贵皮裘的主人听见。

前些年，董小宛来往于江南各府县，对于乞丐可以说早已司空见惯，直到嫁进了冒家的深院大宅之后，才见得少了。不过，只要一出门，还是随处都会碰着。对于这些乞丐，不多少打发一点什么，是很难撵得动他们的。何况，冒襄又向来乐善好施，前些年在家乡为赈济饥民，他曾经不辞劳苦地大力奔走，甚至毅然变卖家财，受到各方的交口赞誉。所以，看见冒成呵斥无效，董小宛就回过头，指着桌上那碟子才动了几箸的扁豆糕，对侍立在一旁的紫衣说：

"嗯，这些，横竖我们也不吃了，拿去赏了他们，让他们快走吧！"

紫衣答应一声，走近来，正要伸手去端。忽然，冒襄在一旁冷冷地说：

"别动！谁说我不吃了？我还要吃！"

说着，他伸出筷子，把糕子翻来覆去地挑了半天，最后拣了一颗豆子，搁到嘴里。

"哦，那就别拿那个。"董小宛连忙说，随即打量了一下桌子，"嗯，就拿这碟馅儿饼，要不，把葱儿饼端去也行，这葱儿饼味道不好……"

"哪来这股子啰唆！叫你别动，你就别动！听见吗！"冒襄提高了嗓门。听声音，分明是冒火了。

董小宛错愕了一下，疑惑地瞧瞧丈夫。然而，只一瞬间，冒襄又恢复了常态，甚至显得颇为愉快悠闲。他仿佛压根儿没瞧见那群讨饭的乞丐，自顾仰起脸，打量着亭子外面的树木，像是在寻找什么。发现一根枯枝上正歇着几只乌鸦，他就噘起嘴唇，发出逗引的声音，随即一扬手，把筷子上的那颗豆子高高抛出去，让那些乌鸦下来啄食。看见没有反应，他又十分热心地抛出第二颗、第三颗……

董小宛在一旁瞧着，愈加惊疑不定。但是，凭着女人特有的细心，她隐隐觉察到，丈夫这种悠然自得的外表背后，分明蕴含着某种冷酷、反常的东西。在这种情形下，任何冒失的发问，都可能招来适得其反的后果。所以，尽管心中惊疑，她也只有赔着笑脸，不敢再提打发乞丐的事。

大约以为亭子里的施主没有瞧见他们，或者以为刚才的乞求还不够恳切，那群乞丐踌躇了片刻，忽然一拥而上，奔到亭子外的石阶前跪下，开始大声乞讨，把一只只又破又脏的空钵，一直伸到亭子里来。几个饿急了的孩子，则干脆扑向雪地，一个劲儿地翻寻着冒襄刚才抛出去逗引乌鸦的那些豆子。每找到一颗，那孩子就忙不迭地连雪一起塞进嘴里。于是又引起别的孩子前去争抢,以至发出阵阵烦人的哭闹。

冒襄的目光闪动了一下,脸色陡然变了。他把桌子一拍,猛地站起来,厉声喝叫:

"混账东西,你们想做什么?啊,到底想做什么!"

"求大爷、奶奶行行好,施舍小人们一口吃的!"

"大爷、奶奶可怜见,小人一家已经两日没有东西下肚了!"

"非是小人们要来骚扰大爷、奶奶,只因小人们从一早讨到如今,连一点都讨不到哇!"

"那桌上不是有吃剩的么,多少施舍一点吧,小人给大爷磕头了!"

乞丐们七嘴八舌地苦苦哀告着,叩着头。冒襄起初还虎着脸,显出又气又恨的样子。但不知怎么一来,他似乎不生气了,却嘿嘿地冷笑着,从桌子上拿起那碟子赤豆糕,突然使劲一抡胳臂,朝亭子旁边的一道水沟扔去。

这个举动来得如此乖戾突兀,不仅乞丐们傻了眼,就连董小宛和仆人们也愕住了。大家目瞪口呆地瞧着那些糕点在半空中同碟子分离开来,画出几道弧线,啪嗒、啪嗒地先后掉进干涸的、长满荆棘的深沟里。

至于冒襄,他分明从这种举动中获得某种报复般的快感,只见他双手继续挥舞着,把桌上的点心一碟接一碟地往深沟里扔,转眼工夫,就扔个一干二净,待到深沟里最后一声"啪嗒"响过,他就把手一摆,大声说:

"走,看梅花去!"

说完,也不理会那些被他的举动吓呆了的乞丐,以及变得不知所措的董小宛和仆人们,径自离开桌子,迈开大步,向亭子外走去。

泪洒残梅

"啊,冒郎今儿是怎么了?他为什么要这样子?怎么会这样子?"董小宛一边带着紫衣急急向前赶,一边望着丈夫的背影,心忙意乱地想,"冒郎可从来不是这样子,在南京、在乡里,谁都夸他最是怜贫惜弱,怎么今天要将那些乞丐如此戏弄?啊,莫非他病了?或者冲犯了哪路邪神,给迷了本性?"这么一想,董小宛不禁愈加着忙。她顾不上一双小脚走在凹凸不平的泥路上十分困难,只一边叫着:"冒郎,等妾一等!"一边让紫衣扶着,使劲往前赶。

刚刚转过小树林,冒襄却站住了。甚至直到董小宛走近身旁,他都像是毫无知觉。

"相公,你、你可是累了?还是身子不舒坦?"董小宛慌里慌张地问。

冒襄没有回答,只管目光发直地盯着前面。忽然,他又抬腿向前走去。

"哎,相公,你不要这样!你不能……"董小宛急急跟上去,颤着声儿说。

"嗯,死了,全都死了!在劫难逃,果然如此!"冒襄大瞪着干涩的、像是要冒出血来的眼睛,四下里张望着,绝望地喃喃说。

"死了?"董小宛吓了一跳,"什么死了?"

冒襄用手一指:"梅树,这些梅树!"

董小宛茫然环顾着,什么都没有看明白。然而,她终于清醒过来,这才发现,他们原来已经置身于梅林里。一眼望去,那一棵挨一棵的梅树,依旧挺立在霜天之下,但仔细瞧瞧,就会发现,本该是傲雪凌霜、繁花遍布的枝头,此刻竟然全都光秃秃的,既看不见一朵花,也看不见一星蓓蕾,就连那横斜逸出的枝桠,也显得死气沉沉，没有丝毫的活气。如果说，董小宛今天到这儿来，一心是为着寻访美妙的瑶池仙境的话，那么，此刻展现在眼前的，却活脱是一片坟场，那满雪地矗立着的，全是干枯僵直的尸体！董小宛越看越恐怖，浑身的寒毛都竖了起来。

"啊！相公，这、这是怎么回事？"她战战兢兢地问，不由自主地往丈夫身边靠了靠。

"大旱，枯死的！"冒襄声调低沉地回答，"哪怕它们旷洁孤高，不惧霜欺雪压，仍旧逃脱不了玉石俱焚的天降大祸！"停了停，又喃喃重复说：

"是的，逃脱不了，谁也逃脱不了！"

董小宛眨眨眼睛，觉得丈夫的话有点古怪，不大好懂。不过，弄清丈夫不是有病，她总算稍稍放下心来。为着安慰丈夫，也为着安慰自己，她开始带头向梅林深处走去，并且不停地环顾着，寻找着，希望发现还有活下来的幸存者。然而，没有。除了透过枝桠，发现不远的一座亭子当中，依稀有几个人正围坐着，在那里喝酒猜枚之外，偌大一座梅林，似乎再没有别的生命。但董小宛不死心，仍旧不停地走着、找着……忽然，她那由于长久地寻觅，已经有点疲劳的目光，被什么东西分明地碰触了一下。在满眼死亡、惨怖、僵冷的氛围中，那感觉显得异乎寻常地柔婉、温润和新鲜。她心中一颤，连忙转回头去寻找。然而，除了有如荆棘鹿角一般纵横交错的枯枝之外，她什么也看不见。"啊，莫非我看差了不成？"她疑惑地想，正感到泄气的时候，突然，眼前一亮。

"啊，花、花，这儿有花！"她惊喜地叫起来，连忙领着冒襄走过去。果然，在一小片低洼的雪地上，矗立着一株特别粗大茁壮的梅树。它那繁密的枝桠有如虬结的龙蛇，向四面八方舒展着。而粗糙的、被烈日严霜刻满累累瘢痕的躯干，则像一段黝黑的铁桩，深深埋在泥土里。但是它也没能逃过干旱的浩劫，绝大部分的枝桠，也同别的梅树一样，已经完全枯萎掉，成为一堆只有焚烧价值的柴火。就连它的表皮，也在烈日的长久烤炙中纷纷爆裂剥落，露出失却了生机的枯木，以致骤然望去，它同周围那些已经曝骨郊野，只待人们前来砍伐、拖走的伙伴并没有什么两样。然而，就是这样一株梅树，竟然奇迹般地从根旁衍生出来一枝小小的枝桠。上面，开出了三朵雪白的小花！无疑，它们都很娇弱，而且显得养分不足。大约为着尽量利用母体中仅余的一息生命，它们紧紧地挤聚在一起，一齐仰起了憔悴的小脸，在周遭严寒的包围中，看上去，就像闪现在广袤、寂寥的天地之间一个凄然的微笑。正是这最后一种感觉，使董小宛的心仿佛给针刺了一下似的，先前那种意外的喜悦消失了。她失魂落魄地望着这三朵悲惨的小花，一步一步走上前去，在它们跟前蹲了下来，伸出手，轻轻地碰触着。渐渐地，一种无比难过、连自己也说不清楚的凄凉感觉从心底升起，并且开始愈来愈强烈地压迫着她。董小宛两眼一热，再也忍不住，呜呜咽咽地掉下泪来……

"娘，别哭啦，瞧，爷要回去了！"片刻之后，紫衣在旁边催促说。

董小宛泪眼模糊地回过头去，果然发现冒襄已经转过身，正低着头，慢慢地朝原路走去。她连忙掏出手绢，揩干眼泪，紧赶几步，跟上了丈夫。

"相公，"沉默着走了一阵之后，董小宛抬起头，怯怯地问，"将来这儿的梅树想必都得砍掉再种。刚才那一株，不知还能留下来么？"

冒襄的目光微微一闪，没有立即回答。他沉思着，走出十来步之后，才说："谁知道。或许能留下，或许留不下，这得靠它自己！"停了停，又自言自语地说："是的，得靠自己！"

这么说完之后，他就不再开口。主仆三人相跟着，在小树林边上，同守候在那里的冒成和长班会合了之后，便一起回到亭子去，打算从那儿上轿乘驴，返回城里。

他们走近亭子,发现几个轿夫正站在水沟旁,伸长了脖子朝沟里张望。

旁边还站着两个衣衫破烂的女人和几个孩子。董小宛一眼认出,她们就是刚才那帮乞丐中的几个。

"怎么,他们还没有走?"她奇怪地想,忍不住走出两步。然而,当她向沟里望去,却不由得轻轻"啊"了一声。原来,在那道干涸的、长着许多荆棘和蒺藜的水沟里,正聚着几个人——不用问,就是先前那几个男乞丐,他们有的弯着腰,有的趴在雪地上,正凭借手中的打狗棒,或临时捡来的枯树枝,竭力地探着、捅着,试图把掉落在荆棘丛中的那些食物拨弄出来。也不知他们拨弄到手有多少,只见那些破衣衫似乎被棘刺挂得更破了,脸上、手上也被划出了道道血痕。但他们仿佛毫无知觉,仍旧狂热地、不屈不挠地呼叫着,探寻着。董小宛被眼前这幅悲惨景象惊住了。她的心不由得紧缩起来。"啊,冒郎刚才其实又何必那样作弄他们!"她不忍地想,随即回头望了望,发现冒襄正站在亭子旁边,似乎在听冒成解释什么。她于是迟迟疑疑地走过去,祈求地望着丈夫,轻声说:

"相公,他们在捡呢!要不,就让冒成打发他们几个钱,也省得……"

冒襄默默听着,虽然仍旧沉着脸,但也没有表示反对。看见这样子,董小宛的胆子稍稍壮了一点。她向冒成使了个眼色,示意对方去打发乞丐,自己则伸出手,体贴地、轻轻地搀着冒襄,一起向驴子走去。

"哎,辟疆先生,请留步,请留步!"一声急遽的呼唤,忽然从背后远远传来。当董小宛本能地用扇子遮住脸,微微侧过头去时,发现从梅林那边,一个儒生打扮的人,双手提着直裰的下摆,正顺着白雪覆盖的道路咯吱咯吱地奔过来,看见冒襄已经闻声停下,他就更加起劲地迈动双腿,并且老远就拱着手,做出笑脸。

大约发现有女眷，待走到离冒襄五六尺远的地方，他就止住脚步，深深作下揖去。

"久慕先生尊颜，不意今日在此相值，幸之何如！"他微微喘着气，说。

"不敢！"冒襄恭谨地回了一礼，然后望着对方，迟疑地问："请恕小弟眼拙，不知先生……"

"哦，小弟苏文卿，怀宁人氏，眼下正在京候选。"那儒生连忙自我介绍。

"原来是苏先生，失敬了！"冒襄点点头，"不知苏兄有何见教？"

"不敢！弟今日因陪着几个朋友，来此踏雪赏梅，不期得接芝宇，实属三生有幸。目下梅林内的亭子里备下了薄酒，敢请先生过去，同饮三杯，一申积悃，未知意下如何？"

冒襄今日出来，身边虽然带着个董小宛，但如果愿意，也可以让冒成先送侍妾回去。只是，他显然毫无结交应酬的兴趣。

"多感先生盛情，"他拱着手推辞说，"唯是草草之际，遽尔相扰，却于礼未当，不如期诸他日吧！"

"哎，兄台与小弟虽是初会，唯是今日梅亭之内，却有兄台的旧识在座哩！"大约看见冒襄的口气很坚决，而且显然无意逗留，苏文卿连忙补充说。

"哦，不知是哪位旧识？"本来已经打算转过身去的冒襄，又停了下来。

苏文卿却没有回答。他把手伸进袖子里，掏摸了一会儿，最后取出一份名帖，双手递了过来。

董小宛一直在旁边瞧着，她自然不乐意冒襄撇下自己去赴会。看见丈夫回绝了对方，正自暗暗宽慰，忽然听说是什么"旧识"，她不禁又担忧起来。看见丈夫接过名帖，她便急切地注视着。然而，使她感到诧异的是，在未曾拿到名帖之前，冒襄只不过是表情冷淡而已，当他的视线一旦落到帖子上，脸色却蓦地变了。

"什么？是阮圆海！"他猛然抬起头，厉声地问。

"哦，哦，冒先生请勿焦躁，且听小弟一言！"苏文卿连忙摇着手，说，"请兄台到梅亭一叙，正是阮圆老的意思。阮大人说，以往先生同他虽有些芥蒂，但他却宁可不咎既往，与先生杯酒言欢，一洗旧怨。阮大人还说，复社之中虽大半系心怀逆志的不逞之徒，不日便当奏明朝廷，从严论处。唯是先生与他们尚非同类。况且阮大人甚爱先生之才，只要先生肯递一个门生帖子，阮大人便定必向朝廷力荐，委以大任，决不食言……"

苏文卿滔滔不绝地说着，起初还保持着礼仪和分寸，但渐渐就变得眉飞色舞、手足浮动起来。显然，在他看来，如今已经大权在握、炙手可热的阮大铖，对冒襄竟然如此格外垂青，所提的条件又是如此微不足道，处于穷途末路的冒襄必定会又惊又喜，感激涕零，马上俯首从命。事实上，在开始的一阵子，冒襄的确睁大了眼睛，一张白净俊美的脸孔也涨得通红，看上去异常激动。但不久之后，他就平静下来，嘴角甚至现出了微微笑意。他一声不响地等着苏文卿说完了，才摇着手中那份名帖，说：

"请苏先生上复阮大人，就说冒某甚感他的美意。只是，倘若他以为如今跻身高位，便可以颐指气使，为所欲为，摧残天下的公论正气，而又奴役之，却是白日做梦！"

这么斩钉截铁地回答之后，他就噘起嘴唇，"噗"一声，把一口唾沫吐在由阮大铖具名的那份帖子上，随即朝苏文卿那张吓黄了的脸前一送。

"阮大人不是想要冒某的门生帖子么？抱歉之至，没有。不过口说无凭，只怕阁下也难以复命。那么，就把这个给他拿回去好了！"

说完，也不等对方接过，他就把帖子朝雪地上一扔，转过身，平静地对董小宛说："嗯，我们这就回去吧！"

珍宝满堂

"什么？冒辟疆那小子竟敢如此无礼！"听完了苏文卿的回复之后，阮大铖把桌子一拍，霍地站起身来。没提防动作太猛，他那部大胡子带动了跟前的酒杯碗筷，顿时歪的歪，倒的倒，碰出一阵乒乒乓乓的乱响。但是火冒三丈的阮大铖却不管这些，他用两条粗壮的大腿使劲往后一撞，推开了椅子。

"啊，气死我了，真是气死我了！"他又大叫一声，同时挥舞着那只多肉的、长着许多长黑寒毛的拳头。在亭子周围那些密集交错的梅树枯枝映衬下，他那急速地来回移动的肥胖身躯，配上一双凶光四射的眼睛，看上去，就像一只急于冲出笼栅，去择人而噬的猛虎。

"哎，阮老爷，那冒辟疆不过是一介狂生，虽说今日做得忒过分些，可您老大人有大量，又何必为他生气哟！"坐在桌子旁边的顾喜娇声地劝解说，一边做出媚人的笑脸。这个秦淮名妓分明知道，在这种满座客人都被吓得不敢作声的场合，正是她们女人显示本领的时候。

"是呀，阮老爷眼下正富贵无量，可千万要保重才好！为了区区一个冒辟疆，气坏了身子，犯得着吗！"另一个名妓马嬿也不甘落后，转动着一双顾盼多情的眼睛，柔声软语地接了上来。

大约看见女人们开了口，而阮大铖也没有迁怒于她们的迹象，陪席的几个客人也都纷纷开口相劝：

"圆老，难得您老今日想出这个极奇极新的主意，邀门生等来此临白雪而赏枯梅，可别让那种事来败了圆老这一空万古的雅兴！"

"对，'不恨古人吾不见，恨古人不见吾狂耳！'还是饮我们的酒！"

"哎，依小弟看，复社那伙书呆子一个个全是疯子！若与疯子计较，岂非降低了我辈的身份？"又一个尖尖的声音说。

"对，对，疯子，疯子！哈哈哈哈！"坐客们哄笑起来，一半是凑趣，一半是担心。

"不！"阮大铖忽然停下来，咬牙切齿地说，"我非同他们计较不可！这些年，他们下死劲儿挤我、骂我、糟蹋我，要不是我老阮命大，怕不早就叫他们踏成齑粉！如今他们的小命儿全捏在我手里，还敢如此骄狂不逊，不痛施惩戒，他们还当我老阮是好欺负的！"

停了停，他又环顾着在座的人，阴恻恻地说："嘿嘿，你们等着瞧吧，眼下就有一桩妙到绝处的买卖，够他们吃不了，兜着走！"

说完，他把手一摆："这酒也不饮了。走，回城去！"

小半天之后，阮大铖一行已经回到城里。他把几个客人和两个名妓打发走，然后乘着轿子直奔西华门的马士英新府邸。当他由仆人领着，来到被大铜火盆中的熊熊炭火映烘得一室生春的后堂时，发现马士英正同他的儿子——现在已经当上了禁军提督的马锡，以及亲信王重在那里欣赏新近得到的几件摆设。那老头儿今天穿了一袭阳明衣，外罩一件貂皮背心，头上戴着网巾，显得轻松而悠闲。看见阮大铖走进来，他只敷衍地拱拱手，便依旧弯下腰去，凑在那些古董器玩跟前，津津有味地继续指点议论。这些日子，阮大铖虽然愈来愈趾高气扬，把满朝文武都不大放在眼里，但在马士英跟前，毕竟不敢过于放肆。当发现不可能立即开始谈正事，他就暂且把满肚子话忍住，走上前去，瞧了瞧陈列在堂屋中央的几件摆设。作为精于此道的行家，阮大铖一眼就看出，那几件东西虽然不全是古物，但都非同寻常。譬如那架玛瑙围屏，足有六尺高、八尺宽，共分三截，每一截的屏面，都用金银丝编织而成。这倒还罢了，令人吃惊的是，上面那些花朵图案的用料，竟然不是珍珠，就是宝石。那些珍珠起码有上百颗之多，大的可比猫儿眼，小的也不亚于樱桃核。至于宝石，更是惊人，什么祖母绿、鸡血红、满天星、一锭金、玛瑙黄，真是应有尽有。光这一座围屏，价值已经难以估计。另外还有一柄拂尘，髯长三尺，色泽纯紫，拂柄由整段水晶雕成，柄端连着一个红玉环扣。虽然只是静静摆在那里，却已经显得粲然夺目，品格非凡。阮大铖心中一动，忍不住拿起来，仔细端详，又轻轻摇了几摇，顿时光彩闪动，毕剥有声。他正在惊疑，忽然听见有人在身后低声说：

"圆老可得当心点儿，别摇得太响了。须知此物之声甚异，鸡犬牛马闻之，无不惊逸；若垂之潭中，则鳞介之属，俱俯伏而至呢！"

阮大铖回头一看，原来是马士英那个面白唇红的心腹王重。他于是问道："莫非这便是古书上所载的，能令蚊蚋畏避的龙髯紫拂么？"

王重点点头："正是龙髯紫拂。此物原为洞庭道士镇观之宝，唐时流入宫中，后遂失其所在。不意千年之后，复现于人间。近被外官某觅得，特地拿来献给瑶老，我辈才得睹此旷世奇珍，也算福缘非浅了！"

阮大铖自复出以来，收到巴结者送来的礼物虽然也不少，但能与马士英相比的，可以说还没有一件，所以艳羡之余，心中又不免有点酸溜溜。于是，他一声不响地放下拂尘，径直走向主人身边。这时，一双垂髻的丫环正分两边站着，小心翼翼地在马士英面前张开了一块五彩氍毹。阮大铖照例凑过去，打量了一下。他发现这张氍毹无疑也气质名贵，色彩典雅，而且每一方寸之间，都极精细地绣满了列国山川和歌舞伎乐的图案。不过，除此之外，倒没有什么特异之处。"嗯，看样子像是外夷贡物。只是眼下这类东西甚多，倒也不算稀奇！"这么想着，阮大铖打算直起腰来。忽然，那两个丫环不知是没提稳还是故意，把手中的氍毹轻轻抖动了一下。顿时,奇迹发生了:只见眼前闪闪烁烁地现出无数蜂蝶燕雀,一只只各具姿态,栩栩如生,正在氍毹上跳跃飞舞。阮大铖吃了一惊,连忙凑近去,想瞧个仔细。这当儿,氍毹已经复归静止,那些蜂蝶燕雀也一齐消失不见。直到两个丫环再次抖动氍毹,它们才重新闪现出来。

"哎,老师相,"被眼前的奇观迷住了的阮大铖,直到丫环奉命收起氍毹,他才意犹未尽地直起腰来,赞叹说,"卑职今日此来,得见如许奇宝,竟是大开眼界了!"

马士英却没有立即回答。他先让马锡扶着,回到当中那张蒙了虎皮的太师椅上坐下,然后做了个手势,等阮大铖和王重就座了之后,他才捋一捋胡子,淡淡地说:

"说来讨厌之极。这些东西,都是他们趁学生不在时,硬送进来的。儿辈们推也推不去,只好让他们放着,我一直懒得看,也不知是什么物件。今日得空,才搬出来瞧瞧,却原来全是些用不着的东西,真是可笑!"

阮大铖眨眨眼睛。他当然十分清楚这位马老头儿的脾气。尽管从来没有听说过他拒绝过什么馈赠,但每逢谈及这件事,他总是显得很不高兴,仿佛受了天大委屈似的。于是,便微笑说:

"这也皆因老师相道光德誉,天下景仰。他们怀恩感激,不能言宣,所以才因物寄意,聊表敬爱之忱而已!"

马士英哼了一声:"什么敬爱之忱!无非是他们头上戴着乌纱,却总嫌太小,指望我提挈他们。哼,有些人就是永不知足,升了还要升,升了还要升!也不问问自己做得来做不来!一时顾及不到,或者擢拔得慢点儿,他们就怨天尤人,以为关节打点不够,变着法儿找些乱七八糟的东西给我塞进来。不收呢,就说你不给面子;收下呢,你就算欠着人情,将来得想法儿还他。他们也不想想,江南就是这么大一块地方,里外就是这么几把交椅。近半年为着筹饷,不得已开了捐例,冗员散职陡增于往时何止数倍。从留都到各府县，哪个衙门不塞了个满之又满，还有什么美缺安放得下他们！如此下去，只怕非得连我这把首辅交椅也腾出来，他们才算舒心！"

马士英越说声调越高，那部山羊胡子在下巴上一掀一掀的，显得十分生气。

阮大铖深知老头儿向来刚愎自用。当上了首辅之后，这种脾性更是日形强固，只要骂上劲来，半天也不会住口。所以，他一边附和地点着头，一边朝坐在末位的马锡直使眼色。

马锡会意了。等做老子的骂声稍一停顿，他立刻插上去说："父亲，据孩儿所知，这几样东西也不全是那些人送来的哩！譬如这张新罗所贡的氍毹，乃是上月父亲在小雪节'打将军'时，从安远侯那儿赢来的。父亲莫非忘记了？"

所谓"打将军"，就是一年一度蟋蟀大会战的总决赛。那是盛行于上流社会的娱乐之一。从每年秋季开始，那些王公、贵胄、达官、巨贾，就从各地大量选购蟋蟀，少则百余盆，多则数百盆。一到白露节，就设局开盆约斗。事先要发请柬，定日期，到时还要选定裁判。这些斗赛，照例都具有赌博性质，因此还得有人专司称量参赛蟋蟀的体重，以及记录账目，场面十分隆重热烈。此后整整两个多月内，那些养蟀之家可谓全力以赴，如痴如狂，没有一天不设局相斗。直到小雪节，大部分蟋蟀已经斗败，剩下少数优胜者，就举行"打将军"。届时仪式更加隆重，不仅要将房屋收拾整洁，还要安设虫王的牌位。由参赛蟋蟀的主人先行焚香顶礼，才开始正式放虫角斗。最后的优胜者便获得大王称号，并被奉上神位，接受人们的供奉。它的主人则大摆宴席，与全体参赛者开怀痛饮，尽欢而散。马士英平生最大的嗜好就是斗蟋蟀。每逢重要的比赛，哪怕公事再忙，他宁可搁着不办，也决不肯错过。今年，他的运气特别好。那头得自山东的"赛赤兔"，在大战中力挫群雄，并在"打将军"中一举击败了安远侯柳祚昌的"黑地雷",荣登"大王"的宝座。为此,老头儿极其自豪。此后半个月里,每逢说起这件事,他那张总是绷得紧紧的脸上,都会情不自禁地露出得意的微笑。所以,眼下被儿子这么一提醒,他就"嗯"了一声,停止了指责,点点头说:

"不错,那张甑甀确是例外。按说呢,安远侯那匹'黑地雷'已经连胜七阵,连卢太监那匹号称无敌的'小吴钩'也败在它嘴下,自非等闲之辈。老柳也自夸今年的王座非他莫属。可惜时运差了点儿,碰上我那匹'赛赤兔',正好是他的克星,只得铩羽而归了!"

"哎,瑶老,"唇红齿白的王重接了上来,"闻得安远侯的蟋蟀是喂了药的,故此临战之际,格外凶悍持久。"

马士英鄙夷地一笑:"喂药之法,古已有之,不足为奇。唯是此中大有考究。喂之不得其理,反会损伤蟋蟀之内气。譬如这次'打将军',我见他放出那匹'黑地雷'来,其势虽甚猛恶,唯是色泽亮而无芒,且急于寻斗,便知中了药毒,必难持久。果然三十回合之后,已露疲态,勉强撑持到五十二回合,便被我的'赛赤兔'将它裂额剖腹,毙于当场!"

阮大铖于公务余暇,一心沉迷的是度曲排戏,对于斗蟋蟀的兴趣倒不太大,如今听马士英津津乐道,便随口凑兴说:

"原来斗蟀之事,竟有如许窍妙。目今坊间论及此道的书也有不少,唯是似老师相这等精深之论,卑职却是闻所未闻,见所未见!"

"哎,圆老有所不知,"王重得意地插进来说,"瑶老正有慨于坊间那些斗蟀之书,大半俱是一知半解之论,实未足以传此技之真,更遑论穷此道之妙了!是以瑶老近日已将其平生所历之数千百战,一一默忆条理,穷其真谛,且仿《孙子兵法》之体例,撮为《蟀论》十三篇,以便传之后世呢!"

"噢?"阮大铖马上装出大感兴趣的样子,"原来老师相于当国之暇，尚有著述之兴。如此旷世奇书，不知可许卑职有先睹之快否？"

马士英摆摆手："什么旷世奇书，不过是游戏文章，聊以遣情而已！"

说着，便回过头，吩咐马锡："既然如此，你就去我书房里，把桌上的稿子拿来，请圆老指谬便了！"

马锡应诺着，走了出去。过了片刻，果然捧着一叠已经装订成册的手稿，回到后堂来。阮大铖马上站起身，双手接过，然后坐在椅子上，一页一页浏览起来。他发现，里面无非是说些对蟋蟀该如何挑选、饲养、择盆、训练，开斗时又如何准备、布置、用计之类。他一边胡乱翻看着，一边在心中暗暗骂道："这个老家伙，身为首辅，现放着多少大事不赶快料理，却有心思来著作这种无聊透顶的东西！"不过，嘴巴上却不住"好，好！""妙，妙！"地称赞着，还特意挑了一两处，大加发挥，说什么天地万物，虽然形态不同，巨细各异，其实却同归于一理。所以马士英此书，写的虽是斗蟋蟀，其中意旨却广大深微，使人可以悟到"诚意、正心、修身、齐家、治国、平天下"的大道理，一旦问世，必定大有益于世道人心等等，使马士英听着，连连捋着山羊胡子，现出傲然自得的微笑。

闻警嗤笑

主客正说得高兴，忽然门外响起"橐橐"的官靴声，接着走进来两位客人。长得高而瘦的一位是兵部职方郎中刘泌，另一位身材中等，面白无须，名叫杨士聪。这两人都是马士英的心腹，经常在府中出入。大约他们打听清楚主人没有别的事，便不用通传，径自进来。

"老师相，刘、杨二位想是有事而来，卑职不如暂且告退，改日再来陪老师相说话！"看见马士英只欠了欠身子,示意客人坐下,便不再理会,而刘泌却显得有点急于开口的样子,阮大铖就拱着手,故作姿态地说。

"哦,不必！"对刚才的谈话显然意犹未尽的马士英摆摆手,然后转向刘泌,皱着眉毛问："嗯,可有事吗？"

"启禀老师相,是史道邻自江北加急递到的塘报。卑职刚刚录到一份,先来报与老师相知道。"刘泌说着,从袖子里掏出一份手折。

马士英依旧沉着脸,没有说看,也没有说不看。这样过了片刻,他才勉强地说："那么,你就念念吧——嗯,也不须全念,挑要紧的说说就成了。"

刘泌答应一声："是！"便展开手折,飞快地溜了几眼,然后说："史道邻在塘报里称,据高杰自徐州飞报,近日河南抚镇接踵告警,一夕数至,谓开封北岸上下游俱有北兵,问渡甚急。看来,建虏之欲进窥我江南,已势无可疑。史道邻又谓：十四日于鹤镇得谍报,宿迁已为北兵攻陷。彼遂急赴白洋河,令总兵刘肇基、李栖凤驰援宿迁。十八日黎明,我师渡河。北兵夏固山不战而退,我军遂收复宿迁。至十二月六日,固山复围邳州,顿军于城之北。刘、李二部再往援之,顿军于城西南,相持半月,北兵见无隙可乘,徐徐引去,始解邳州之围……"

塘报中提到的宿迁和邳州,是位于徐州以东、黄河北岸两个极其重要的军事重镇,扼守着南下淮扬地区的交通咽喉,一旦失陷,江南的门户便为之洞开,清兵便可沿运河南下,直趋扬州,严重威胁南京的安全。所以就连阮大铖听了,也不禁紧张起来。其余的人像马锡、王重,以及显然事先并未知情的那位杨士聪,脸上都变了颜色,一齐把目光投向马士英。然而,出乎大家的意料,只见老头儿把头一仰,哈哈大笑起来。

"啊,老师相,"显然被当朝首辅的举动弄糊涂了的杨士聪,拱着手,小心地问,"北兵南犯,邳、宿失陷,虽则幸而复完,毕竟干系非小。不知老师相何故哂笑?"

这时,马士英已经不笑了。"足下莫非以为,真有这等事么?"他淡淡地问。

"这……"杨士聪迟疑地说,"若然无病,又何故作此呻吟?"

马士英冷笑一声,鄙夷地说:"无病便不会呻吟?你可知道,这恰是史道邻精明狡狯之处!眼下年关到了,他手下那群将校属吏,照例须得叙功行赏;今年被他耗费的钱粮,也照例应该向工部销算,若不寻个题目,虚张声势一番,这两笔数目他可怎么打发?"

停了停,他又说:"其实,北兵虽然顿兵河北,唯是流贼余众尚在陕豫一带蠢蠢思动。肘腋之患未清,他又岂敢南下?况且我朝国势强盛,兵力百倍于前,北兵又何足惧哉!如今只怕有人谎报军情,摇动人心,唯恐天下不乱而已!"

在座的几个人,起初还瞪大眼睛,忧心忡忡地听着,直到这时,才如梦初醒,悬在心中的那块石头,也分明落了地,于是重新显出轻松的神情,开始你一言我一语地指斥史可法虚张声势和称赞马士英料事如神。唯独阮大铖坐在一旁,却没有作声。无疑,对于史可法,他绝无好感。但他同样很了解,像史可法这种呆气十足的东林头儿,把虚名看得比性命都重,因此倒是不太敢撒谎的。所以,阮大铖毋宁相信清兵压境的报告会有几分属实。不过,眼下他一心盘算的,却不是江南将来的命运如何,而是担心万一清兵来得太快,南京一旦乱起来,把东林、复社那帮人全吓跑了,他可就再也报不成仇。须知这份刻骨的仇怨,阮大铖已经憋了整整十七年,哪怕明日就会洪水滔天,大家都得完蛋,只要今天有一口气在,他还是要大报特报!"嗯,瞧眼下这情势,还真得赶快动手才成!"他想。于是,也不待座上的话音停歇,他就猛地站起来,义形于色地大声说:

"史道邻虚报军情,危言耸听,岂止单单是为叙功销饷!依卑职之见,他竟是倚敌自重,危耸人心,其志难测!老师相正应奏明圣上,将其逮问,一如先朝袁崇焕之例,庶几可以弥大患于先机。否则,江南安危,实在未知之数!"

在座的客人刚才同声指责史可法,无非是为的讨好马士英,冷不防听阮大铖说出如此激烈的主张,倒大吃一惊,一时目瞪口呆地望着,不明白是怎么回事。

这一次,倒是马士英显得比较清醒。在阮大铖大放厥词的一刹那,他的目光里虽然也闪过一丝惊疑,但随后就镇静下来,捋着胡子,不以为然地说:

"少司马此议,又未免过虑了。老史对学生回朝秉政,始终未尽心服,遂至辅督之间,难以推心置腹,以谋国是。此点学生亦所素知,并常以为憾。不过,说他已萌异志,则起码至今尚无形迹。何况有江北四镇在,他又安能有所作为!"

"可是,"阮大铖争辩说,"四镇中之高杰,已是反戈相向,甘为老史卖命,前些日子还公然上疏,对老师相出言不逊。他一介武人,若非老史背后唆使。又岂敢如此猖狂!"

的确,自从高杰明显地改变了原先的态度,成为了史可法在军事上的得力支柱之后,确实使马士英感到十分头痛,却又无可奈何。他沉默了一阵之后,仍旧摇摇头,故作大度地说:

"高英吾想参倒我,不过是蚍蜉撼树而已!只要他——还有老史,尚能为我把守门户?我倒也不同他们多所计较!"

看见马士英这副样子,阮大铖知道再说也没有用。而且他首先提出史可法,无非是做个由头,本来就没打算真能办到。所以,这会儿他立即见风转舵,装出无可奈何的样子:

"老师相既然自有明断,卑职亦不敢复有异言。唯是不防外,却须防内。日前在水西门外拿到的那个妖僧大悲,经下有司勘问,已供出是潞王之弟。此番来留都,是意欲前往钱谦益、申绍芳家联络；并狂言潞王贤明，应立为天子，欲逼今上让位，实属谋逆无疑！又从该僧袖中，搜得名帖一份，上有'十八罗汉''五十三参''七十二菩萨'诸名目，一一附以朝野臣工姓名，恐俱系参预此奸谋之人。卑职已抄录一纸在此，请老师相过目！"说着，从怀里摸出一份手折，双手呈了过去。

这一着，应当说才是阮大铖今天到这里来，所要达到的目的。早在十天前，得知捉到一个冒称是定王——崇祯皇帝第三子的和尚之后，阮大铖就立即同他的死党张孙振密谋，要借这件事兴起大狱，把凡是与他们作对过的那些人一网打尽。为此，他们连夜开列出一批名单，买通看守大悲的狱卒，要他在提审之前暗中塞进大悲的袖子里，以便作为"罪证"。在这份一百四十多人的长长名单中，从史可法、高弘图、姜曰广、张慎言、徐石麒、吕大器、刘宗周起，一直到周镳、雷缤祚、陈贞慧、吴应箕、黄宗羲、顾杲、冒襄、侯方域等人，全都包括在内。现在，只等马士英一点头，阮大铖就会毫不手软地大干起来。所以，他一边紧盯着马士英的表情变化，一边感到既紧张又兴奋。有片刻工夫，阮大铖甚至恨不得一步跨前去，撬开老头儿的嘴巴，即时从里面挖出一个"好"字来。

终于，马士英看完了。他把名单重新叠好，在手掌中轻轻敲击着，然后站起来，面无表情地说：

"据有司报称：会讯时那大悲状类疯癫，先言是定王，又自称齐王；再讯，则说是潞王之弟，受封郡公；而后又供言是齐之庶子诈冒者。昨日又说实是僧大悲之行童，曾从其师往来于钱谦益、申绍芳之家。语言反复，全无伦次，俱难置信……"

阮大铖本来满怀希望，一听对方的口气，不由着急起来，插嘴说：

"这——"

"嗯，你听我说！"马士英抬手止住他，口吻变得坚决起来，"据此名单，牵涉者竟至一百数十人之多，况且俱系海内人望。眼下朝中初定，外敌未去，骤兴大狱，必致人心惊怖，变乱复生，亦不相宜。这事还是先放着，看看再说吧！"

第十一章
辨太子朝野恶斗，清君侧内外崩摧

太子传闻

由于马士英没有同意阮大铖的大规模报复计划，最后只是请旨将那个名叫"大悲"的和尚砍头了事；就连受到该案牵连的钱谦益、申绍芳两位大臣，也只让他们上疏自陈，说明缘由，便没再深究；所以，弘光元年的正月和二月，南京城里的政局大体还算平静。在这期间，阮大铖的官位又由兵部添注右侍郎一跃而成为兵部尚书；同时，实际上等于为阉党全面翻案的所谓重修《三朝要典》，则正在加紧酝酿。一大批名列逆案的旧人也复职的复职，提升的提升，真是弹冠相庆，好不热闹！相反，在这场较量中被打得七零八落、一败涂地的东林派人士，对此已经毫无反击的能力，只能装聋作哑、听之任之了。

南京城里的局面虽然比较平稳，但在江北的前线，却发生了一件重大的变故——在军事上唯一坚定支持史可法的兴平伯高杰，竟于一月十一日，被与他有灭门血恨、一直伺机报仇的部将许定国诱进睢州城，一举袭杀，从而爆发了一场大乱。睢州城内外的老百姓，几乎全部成了这场兵变的牺牲品。而许定国本人则逃往北方，投降了清朝。史可法在白洋河得知噩耗，痛急攻心，星夜驰往徐州处置，好不容易才安抚了高杰的余众。不料，与高杰素来不和的靖南侯黄得功，又擅离防区，回师南下，企图占夺原属高杰的驻地扬州。史可法迫不得已，又急急赶回扬州，再三责以大义，才平息了又一场可能发生的内部残杀。然而这么一来，明朝刚刚在黄河北岸建立起来的防线便归于解体。史可法所苦心经营的那套以攻为守的方略,实际上已经完全失败……

对于这一攸关全局的事变,弘光皇帝和马士英照例不当一回事。马士英甚至还为史可法失去高杰这根支柱而私心庆幸。既然连地位最高的这两个人都安之若素,南京城里那些不明真相的臣民百姓,自然就更加没有理由感到担心了。

也许因为这个缘故,所以三月初五这一天,当陈贞慧应社友们之约,前往位于桃叶渡旁的长吟阁,去探访一位名叫柳敬亭的说书名家时,他所听到的只是另一种街谈巷议。

"喂,老兄,弟适才听到一件大时闻,说大行皇帝的太子,已经到了留都了!"

"原来兄才知道,弟昨日就闻得了。还听说太子如今住在石城门内的兴善寺,文武百官都排着队去拜见,轿马仪仗把寺门都塞满了,百姓去瞧的人也不少。"

"原来如此!只不知太子为何到这会儿才来?会不会像前次大悲和尚那样,又是假冒的!"

"哪来这么多假冒!你不见文武百官都去拜见了么?太子这会儿才来,总是北边到处在打仗,道路不通,辗转来迟之故吧!"

"好了好了,太子终于脱难南来,总算上苍有灵,为大行皇帝存此一支圣脉!"

"闻得今上得报,龙心甚喜。如今满城都说,今上要认太子为己子,说不定还要让位于他呢!"

"啊,竟有如此喜事!不如我等也去瞧瞧,万一得仰天颜,也是今生的造化!"

……

听着这些议论,陈贞慧并不感到惊讶。因为继两个月前大悲和尚之后,又一次关于崇祯皇帝的圣裔南来的这个传闻,对他来说,已经不是新闻。他所了解到的情形,比起刚才那些街谈巷议，还要更多一些，也更准确一些。譬如，这位"太子"其实并不是刚刚从北方南来，而是早已经到了杭州，最近才由皇上派出内监接来南京的。又如，眼下太子已经不在兴善寺，而是第二天夜里就被接进宫中去了。所以那些还想到石城门去拜谒的人，肯定要扑空。当然，陈贞慧也无意去纠正他们，相反，倒是这些过早，也过于热烈地流传开来的议论，使他有点心神不定，而且暗暗担忧。因为事情很明白：眼下朝廷的情形已经够混乱，够复杂的了。上一次，当大悲和尚出现时，大家也纷纷哄传那是崇祯皇帝的第三子定王，很振奋高兴了一阵，结果，却被朝廷宣布是假冒的。大悲本人因此丢了脑袋不算，还差点酿成大狱。姑勿论此案真相如何，但有一点是明白无疑的：阉党余孽们正在处心积虑地图谋报复。他们不仅不会容忍任何不利于他们的事态发生，而且还会乘机反扑，倒打一耙。何况，这一次传说来的是"太子"，在帝位的继承权上，有着弘光皇帝所无法抗衡的法定资格，更兼当年那个"逆案"，又是他的父亲崇祯皇帝手定的，如果闹不好，局面就会更加混乱，对立双方的争斗可能会更加激烈。本来，陈贞慧也渴望着朝局能有一个大变化，然而时至今日，还得想到整个江南所面临的形势，想到来自北方清军的严重威胁。从不断传来的消息中不难看出，一场空前巨大、惨烈、攸关生死的搏斗已经迫在眉睫。在这种情况下，如果内部乱了起来，到底会出现怎样的后果，是好事还是坏事？正是这种隐忧，使陈贞慧一连两天，都陷入了反复的、忐忑不安的思虑之中，甚至直到此刻，仍旧拿不准该怎么看待。

现在，陈贞慧已经来到长吟阁。算起来，自从两年前柳敬亭离开了南京之后，陈贞慧就一直没有上这所鼎鼎有名的说书场子来过。而且，不光是他，大约许许多多过去对这个地方着了迷的听众，也不再来了。说来也奇怪，别看柳敬亭是个长得又黑又丑的糟老头儿，外带一脸大麻子，看上去土头土脑，其貌不扬，可是，只要他往讲台上一坐，惊堂木一拍，那股子生龙活虎的劲头，那穷形极态的叙说本领，以及那轰动四座的如珠妙语，就使他仿佛完全换了一个人。凡是听过柳敬亭说书的人，几乎没有不被他那神奇变幻的三寸舌头，和一双小而有神，永远闪烁着狡黠、活泼光芒的眼睛所征服。以至不仅一般的市民百姓为之如痴如狂，就连那些达官贵人、美人名士，也不惜降贵纡尊，一再登门，或者重金礼请，奉为上客。因为这个缘故，柳敬亭在很久以前，就名声大噪，成了江南艺坛的一位领袖。不过，更加令人惊异的是，两年前，柳敬亭忽然到了武昌，而且不知怎么一来，就成了已经晋封为"宁南侯"的左良玉的一位幕僚。眼下，正当朝廷的局面颇为微妙的时候，他又忽然回到了南京。这就不能不引起复社社友们的极大兴趣。事实上，去年五月间，当弘光皇帝的登极诏书下达到武昌时，据说左良玉曾一度拒不接受，后经江湖总督袁继咸再三说服，才勉强奉诏。因此，社友们私下里，一直把左良玉看成是东林派在军事上的可靠倚仗；而柳敬亭的出现，则自然而然被看成是继黄澍之后，又一个联络感情和传递消息的特殊人物。

当陈贞慧踏入长吟阁的大门，并在小厮的引导下，穿过摆着一圈一圈长凳和一个讲书坛的前堂屋，来到天井里的时候，发现顾杲、梅朗中、余怀、左国棅、沈士柱等几个社友，还有黄宗羲的弟弟黄宗会，正围坐在一株老桑树下的石桌旁，同柳敬亭在高谈阔论。看见陈贞慧走进来，他们便止住话头，一齐站起来，同他行礼相见。

由于几年没有见到柳敬亭，在寒暄作揖的当儿，陈贞慧不由得把这位江湖奇人多打量了几眼。他发现，同过去相比，柳敬亭并没有多大改变，依旧是不亢不卑笑眯眯的一副神情，依旧是半文半野的一身穿戴，仿佛他根本没有离开过留都，也没有过任何不寻常的奇遇似的。"听说他这一次回来，连马士英之流对他也不敢怠慢，特地派人前来相请，还口口声声尊称他作'柳将军'。

没想到还是这么一副宠辱不惊的神气,却也难得。"陈贞慧不禁暗暗赞赏,听见余怀催促他坐下,便在一个空着的石磴上坐了下来。

"哎,柳老爸,"余怀转过脸去,笑嘻嘻地瞅着主人,"适才你还未曾作答哩——只听说老爸你当上了左宁南的'入幕之宾',但不知入的是'外幕'还是'内幕'?"

柳敬亭的目光在眼皮缝里闪烁了一下,随即笑得比余怀更开心:"不瞒列位说,本来呢,小老儿既入了幕,倒也有心不管他'外幕''内幕',都一股脑儿包下来。无奈主人家偏偏嫌我这一脸大黑麻子不顺眼,死活不肯请我进那又香艳又销魂的'内幕'中去,故而只得在'外幕'将就了!"

"啊呀,"余怀大惊小怪地叫起来,"像老爸这么一位无人不爱的绝色美人儿,那老左竟然仅仅置之'外幕',也可谓有眼无珠了!"

柳敬亭点点头,一本正经地说:"不错不错,我老柳若是到了罗刹国,确是绝色的美人儿,而且不止是绝色美人儿,还必定是大富翁呢!"

"啊,何以必定是大富翁?"梅朗中不解地问。

"啊哈,到其时,在下这张老脸皮可就值钱啰!列位只怕都得拼着命儿求我出卖呢。冲着老交情,老柳也会便宜一点。一颗黑麻子么,不多不少,就卖它七十两银子!在下这脸上的货色,少说也有上千,那就是一万两的进项,笃定跑不掉的!嘿嘿,岂非稳稳当当就当上了富家翁?"

大家每一次来,都要胡搅蛮缠地同他寻开心,这已经成为一种习惯;而柳敬亭肚皮里的新点子层出不穷,总不会让大家失望。这一次也不例外,没等他说完,已经有人忍俊不禁,等他话音一落,大家便哄然大笑起来。

陈贞慧却没有笑。他还记得,仅仅两个多月前,在丁家河房的暖阁里,社友们是怎样一副借酒浇愁的颓唐模样。其实,就在三天前,那种情形也还没有改变。可是,眼下的气氛却已经截然不同,大家都显出多时不见的轻松愉快,仿佛一天的愁云都消散了似的。不用说,这是由于得知太子已经来到南京,预感朝局可能出现转机的缘故。然而,当真会出现转机么?至少陈贞慧本人对此并不乐观。"哼,须知眼下可不比议立新君那阵子,马瑶草也并非史道邻!若以为太子一到,他们就会乖乖就范,江南也不会闹成今天的局面了!"他苦笑地想。为着不让这种情绪过分地困扰自己,于是,等社友们的笑声一停,他就望着柳敬亭,问:

"闻得老爸近年西游武昌,为左宁南延入幕中,不知可有此事?"

听他这么询问,社友们先是微微一怔,随即忍不住又笑起来。

梅朗中扯了他的袖子一下,说:"定生,你怎么了?大家不正在说这事吗?"

柳敬亭本来也在微笑,看见陈贞慧一本正经地望着自己,便收敛起笑容,点点头说:"小老到了武昌是不假,不过也说不上入幕不入幕,无非是主人家看上了麻子这两片嘴皮子,让在下闲时替他解解闷儿罢了!"

"那么,依老爸巨眼之见,左宁南是何等人物?确如外间所传,是一位颇知忠义的非常之人么?"

"这个——小老在彼处住了将近三载,情形自然也知道些儿。不过,却非一言所能尽述……"柳敬亭一边回答,一边眯起眼睛,慢慢地捋着颏下的几茎白胡子,仿佛在回忆着这几年的经历,"嗯,若是说到老汉当初奉故人杜将军之命,去见左宁南说项,消解二人的芥蒂纷争,那倒是绝佳的一段关目,亦可窥见宁南侯之为人……"

"噢,那么……"

柳敬亭点着头:"说来,那还是前年夏间的事……"

他尚未接上第二句，一直在旁边转着眼珠子的余怀忽然跳起来，"咦，慢着慢着！"他兴冲冲地制止说，"方才老爸说了，这是绝佳的一段关目，何不就请他干脆登台开讲，令我等一饱耳福？"

大家一听，都哄然叫好。柳敬亭眨眨眼睛，似乎也被这个建议弄得技痒起来。他微微一笑："也罢，那么在下就献丑一回。请！"

他说着，站了起来，喜出望外的社友们连忙一窝蜂地相跟着。只有陈贞慧被这突如其来的起哄弄得有点发呆，觉得与自己打算进行严肃交谈的本意颇相径庭。但看见社友们又说又笑的样子，他知道阻拦也无济于事，只好默默地站起来，跟着大家，一起向前堂屋走去。

开场说书

长吟阁前堂屋的格局，同一般书场也差不了许多：中央照例立着一个讲书台，台上设有一桌一椅，桌上别无长物，只有醒木一方，折扇一把。那是说书人的全部道具。在台子的四周，围着一溜儿一溜儿的长凳，其中最靠里的一排，还摆了好几把带靠背的椅子，算作"上座"，专门用来招待有脸面或肯出钱的客人。本来，要是正式开讲，门外还该悬出一块"书招"，上面横写着说书人的姓名，下面直书"开讲书词"四个大字。不过，眼下既是朋友间的聚会，为了杜绝闲人骚扰，连讲堂的门也关上了，自然用不着再挂牌子。

"嗯，兄知道么？"当社友们在椅子上各自就座的时候，陈贞慧听见梅朗中在他身旁悄悄说，"次尾、太冲和辟疆，这会儿正在楼上的阁子里呢！"

陈贞慧"哦"了一声。他本来就发现吴应箕等人不在场，感到有点纳闷，于是随口问："他们在做什么？"

"做什么？兄今日来迟了，所以还不知道！"梅朗中的声音透着兴奋,"皆因太子到了留都,闻得马、阮和小人们十分惊恐。看样子朝局将有大变。所以适才社友们商量了半天,以为如此良机,决不可错过。为防马、阮二贼从中把持,不认太子,已决意派人分头出都报信,周知四方,由沈昆铜、左硕人随柳老爸赴武昌,与左良玉、黄澍联络;由余淡心及弟赴福建,与郑芝龙联络;至于扬州一路,因冒辟疆久有归志,且与史道邻相熟,便由他顺路联络。剩下吴次尾、黄太冲、顾子方——自然还有兄,则留在此间,居中调度。适才商议时,辟疆也来迟了。故此次尾和太冲这会儿正与他补说这事哩!"

陈贞慧起初一边听,一边还用眼睛打量着准备登场的柳敬亭,但很快他就转过头来,并且被社友们的计划弄怔住了。对于太子来到了留都一事,刚才他也一直在考虑,并为可能产生的后果而心神不定;没想到,社友们如此迅速就作出了决定。"嗯,这么办,或许也是一法。虽然成不成还可以商议……"他沉吟地想,正打算向梅朗中问得详细一点,忽然听见讲台上醒木"啪"地一响,随即传来了柳敬亭开讲的声音。他怔了一下,只得暂且止住话头,回过头去。

这时,柳敬亭已经稳稳当当地坐到了自己的位子上。只见他拱着手,说:"列位,此番开讲不免把在下牵将入内,虽则言之有据,未敢虚夸,也难免自吹自擂之嫌。列位只当这书中的柳麻子,是另外一人便了!"

这么交代了之后,他才把手中的醒木再度一拍,朗声念道:

凶狂贼焰陷神京,四海何人致太平?撑起东南天半壁,忠肝义胆赖干城!

列位,话说本朝自太祖皇帝定鼎开国,于今二百七十余年。上赖列代天子圣明,下赖贤臣良将辅助,国祚延绵,四海咸安。其间虽有那奸邪祸国,草寇倡乱,毕竟是鬼火萤光，难成气候。不意到了天启年间，天降凶灾，饥民盈野，遂有一干妖孽，乘时而兴。十余年间，竟闹乱了大半个中国。朝廷发出精兵良将，东征西剿，无奈天未厌乱，班师无期，空令生民涂炭，壮士低眉，良可慨叹！

　　如今却说南直隶地面，有一古镇，名唤潜山，又称皖城，地当湖广、江西、南直隶三省要冲，位置非同小可。那守城的将军姓杜，双名宏域，生得黄面虎须，手使一杆烂银点钢枪，乃系一位久经沙场的宿将。他奉命来守皖城，心知责任重大，不敢怠慢，日夜督率将士，悉心防守，倒也平安无事。看看到了崇祯十六年秋七月，忽一日，杜将军正在帐中点卯，接得上司发来加急军书一封，即时拆开细看。谁知不看犹自可，一看之下，倒吃了一惊！列位，你道为何？原来军书上写得分明，道是朝廷有旨，着宁南伯左良玉移驻武昌。大军不日即到皖城会集，然后取道南下。试想那左宁南与流贼周旋十余载，愈战愈强，朝廷倚之为长城。他麾下的兵将何止六七十万！却有一样，兵一多就难免良莠不齐，鱼龙混杂。将帅管束不到处，骚扰地方之事，亦常有发生。此亦不必为讳。偏生那杜将军却是慈悲心肠，暗想：“这皖城不过弹丸之地，被这数十万大军横扫过来，若无越轨之行犹自可，如果撒起野来，他却是老左的人马，到时我处置不是，不处置又不是，却怎生是好……"

　　柳敬亭果然不愧是当代说书名家，这一段临时开讲的"时事书"，虽然只是顺口道来，全无蓝本做依据，却已见得开篇不凡，悬念迭出，而且干净利落，毫不啰唆。席上的几位社友一下子就被吸引住了，全都静息侧耳地倾听着。要在平时，陈贞慧自然也不会放过这桩赏心乐事。然而此刻，梅朗中所透露的那个计划，却不断来扰乱他的心思，使他无论如何也集中不起精神听说书。的确，如果说，在最初得知这个计划的一刹那，他也曾怦然心动过的话，那么，当冷静下来，对计划进行全面、深入思考的时候，疑虑也就产生了。因为很清楚，社友们出外联络的目的，无非是想说动左良玉、郑芝龙等人支持太子，以造成声势，胁逼马、阮等人就范。这较之只靠清议舆论来与对手抗争，无疑要有力得多。事实上，当初马、阮等人拥立福王，靠的也就是这种手段。如今以其人之道还治其人之身，本来也不为过。然而，目前的局势同一年前却不尽相同。如今福王已经正式当上了皇帝，按照先朝的惯例，这叫作"名分已定"，除非他本人愿意，否则就没有理由要求他"还政"于太子。而这一点如果做不到的话，那么马、阮的地位就仍旧安然无恙，小人把持朝政的局面也依旧无法改变。闹不好，还可能因此结怨于弘光皇帝。东林、复社就将陷于更加险恶的境地。这无疑是十分愚蠢的。反之，如果要避免这种前景，那么唯一的办法，只有以武力逼使弘光皇帝退位还政。且不说左良玉、郑芝龙等人未必会答应这么做，即使他们当真肯出兵，也正如柳敬亭所说的，那样一支风纪败坏的军队，一旦倾师而至，必将会给留都造成极大的混乱和恐慌，沿途的老百姓又将遭受可怕的劫难。"不，这是不成的！无论如何不能这么办！"陈贞慧断然想道。于是，他便转而考虑该怎么样说服社友。但是两个月前，他曾在丁家河房的暖阁里，当众表示要设法搭救周镳、雷縯祚，但事后却一直未能拿出办法来，这招致他在社友当中的威信进一步下跌，到如今他的话也不那么管用了。最切近的例证就是，今天大家作出如此重大的决定，事先却根本不同他商量。正是这种遭到轻视和抛弃的痛苦，深深地刺伤了陈贞慧的心，以致有好一阵子，他虽然坐在场子里，却只模模糊糊地听见，柳敬亭在台上似乎把左良玉的出身和发迹经历交代了一通，后来又讲到杜宏域因为什么事，同左良玉产生了矛盾，不知"计将安出"……忽然，耳畔"砰"的一声震响，那是柳敬亭在击拍醒木，陈贞慧才猛然惊醒过来。

这时候，柳敬亭已经说到杜宏域把自己请到皖城，让他去见左良玉，设法排解两家的误解和积怨。大约是情节已经进入高潮，只见老头儿精神愈加焕发，声音愈加响亮，一双小眼睛也霍霍地放出光芒。

列位，你道那柳生登门求见之意，左宁南岂有不知之理？只见他读罢杜将军荐举之信，哈哈一笑，吩咐中军道："着他来见！"——咦，他说"着他来见"，连个"请"字儿也不下，自然是存着个轻蔑之意。不过，若是就这等让柳生轻轻易易进了帐，倒又是麻子天大的造化了！这是闲话，表过不提。却说那中军应了一声："是！"刚欲退出，上面忽然又道："且住！"他就连忙立住不敢动。只见那宁南伯把杜将军的信举到眼前，又看了一遍，沉思良久，冷然说道："哼，此人不过区区一老优，竟敢凭三寸不烂之舌，来见本帅做说客，胆子可谓不小。本帅倒要瞧瞧他是真能还是假能！中军，传令升帐！长刀手门前伺候！"列位，这宁南伯在里面吩咐，柳生在辕门外如何得知？他正与几位陪着来的杜将军门客，在那里眼巴巴地等候传见呢！蓦地听得营内"咚咚"地擂起鼓来，倒吓了一跳，正自惊疑，就听"唰唰唰"的脚步声响，一队熊腰虎背的军士从帐后转将出来，在辕门两边齐齐站定，一直排到中军帐前。又听见一声响亮，数十柄长刀朝天一举，冷森森地在头上架好了一道铁弄堂。门外的几个人，一心是来做客，怎料到他会摆出这种阵仗？几个门客先已慌做一堆，柳生心中也自发毛,暗想:"这老左如此气势汹汹,我这番进去,只怕凶多吉少。"但转念又想:"我受故人之托,来此替他排纷解难,若连老左的面也没见到,就给吓了回去,岂不是太脓包?罢罢罢,我麻子颈上这七斤半,就卖与朋友又何妨!"这么打定主意,顿时气儿也粗了,腰儿也硬了,于是一挺身,昂着头,噔噔噔噔,就往里面闯。同时就听"唰唰唰唰",头发、胡须撒灰儿地往下掉——什么呀!原来头上那排长刀锋利无比,也不用给它碰着,就这么走过去,那柳生的须发梢儿,已经全给"招呼"下来啦。柳生心想:"得,只怕没等走完这趟铁弄堂,我就先成了麻子和尚了!"当下也不理会,只顾咬着牙,一个劲儿走过去。蓦地,眼前一亮,哟,铁弄堂走完了!只见中军大帐之内,黑压压地站着两排戎装的战将,一个个披甲挂剑,威风凛凛,杀气腾腾。当中一把虎皮浑银交椅,上面高高坐着一位身经百战的老元戎。

这正是:

才离鬼门关,又登阎王殿。

毕竟柳生性命如何,能否完成故人之托?且听下回分解……

这一段书,确实说得绘声绘色,精彩绝伦,就连陈贞慧也暂时忘却了烦恼,不由自主地被吸引住了。直到柳敬亭放下醒木,站起身子,拱着手,连说:"献丑,献丑!"他还呆呆地坐着,等着听下文。

可是,柳敬亭已经走下讲台来了。

"哎,老爸,这、这就完了?那怎么行!"沈士柱首先表示不依。

"还有下回呢?几时才讲下回?"梅朗中睁大眼睛问。

"敬老,何必让弟等吊着胃口,你就干脆说完了吧!"余怀赔着笑脸请求说。为着讨好对方,连称呼也升了格。

"是呀,说完了吧!说完了吧!"左国棅和黄宗会也同声要求。

柳敬亭微微一笑:"非是在下要吊诸位的胃口,瞧——是诸位的贵友下楼来了!"

大家怔了一下,顺着他的手势回过头去,果然看见吴应箕、黄宗羲和冒襄正从最靠里的楼梯那边走过来。不知为什么,走在前头的冒襄红着脸,有点气急败坏的样子,而跟在后面的吴、黄二人则毫无表情,像是很不开心。

"定生兄!"冒襄一直走到陈贞慧跟前,抗议般地大声说:"你们这样子弄,是不成的!弟不赞成,也不去扬州!现今先说清楚了,兄等看着办吧!"

说完,他一拱手,说声:"告辞!"随即转过身,大步向门外走去。

陈贞慧冷不防吃了一记闷棍,感到莫名其妙。但随即就醒悟到:冒襄大约把自己当成社友们那个计划的主谋了。他于是连忙招呼:

"哎,辟疆,慢走,且听弟说——"

他本来想追上去,却被吴应箕一抬手,拦住了。

"随他去吧!"吴应箕冷冷地说,"反正史道邻那里,我们本来就不指望能有什么用,他不肯去,就算了!"

"可是,"陈贞慧争辩说,"辟疆刚才说,他不赞成此事,以弟之见,这事也……"

"兄别再说了!"吴应箕断然截住他,"此事已经公决,兄赞同也罢,不赞同也罢,都得这么办!绝不改易!"

"哼,兄言而无信!"黄宗羲也冷冷地插了进来,"前番说要救仲驭、介公,我们都信了你,结果全不是那么一回事!如今我们想出了解救之法,你又来阻挠。莫非兄竟欲挟嫌报复,必待置仲老于死地而后快不成?"

像当胸挨了一拳头似的,陈贞慧被这意想不到的指责震呆了。随即,一股受到侮辱的愤怒从心底里直冒上来。他几乎忍不住要放声吼叫,把对方狠狠教训一顿。然而,当他的目光落到其他社友身上时,发现他们全都沉默着,对黄宗羲的蛮横指责丝毫也没有不以为然的表示。陈贞慧也就明白,一切辩解、争论都已经无济于事。他的心中仿佛给塞进了一块铅锭似的,变得既沉重又冰凉。终于,他咬住嘴唇,低着头越过众人,慢慢地向外走去。

后宫淫毒

正当复社的社友们因太子的意外出现而重新生出希望,并决心抓住时机大干一场的时候,钱谦益却兴冲冲地准备在私邸里接待阮大铖。

说来,这也是钱谦益的运气。自从姜曰广、刘宗周等一批东林派大臣被迫去职之后,钱谦益就开始终日提心吊胆,生怕不定哪一天,同样的打击就会无情地降临到自己的头上。苦守苦熬了十多年,好不容易才重新过上位高权重的日子,他可绝对不想学那些老盟友的样,再回到乡间去"管领"什么"山林"!更别说他已经到了六十多岁的一大把年纪,什么名声,什么清议,他算是全都看透了,无非是些自欺欺人的废话!眼下顶要紧的是保住这一份已经到手的荣华富贵,千万别再让它轻易地失掉!因此,近半年来,他一直想方设法讨好昔日的对头们。在给皇帝的上疏中,他一方面竭力吹捧马士英功劳卓著,说是在以往列朝掌兵的文臣中,几乎无人能够与之相比;另一方面又以东林旧人的身份,公开出面为阮大铖洗雪,把阮大铖说成是个"慷慨恢垒奇男子",当年被打入"逆案",实属天大的冤枉。然而,尽管如此,马、阮之流却不买他的账,前些日子在大悲和尚一案中,阮大铖竟想置他于死地,这怎不令钱谦益心惊胆战,寝食难安!幸而,正当他几乎绝望的时候,忽然传出崇祯皇帝的太子朱慈烺来到南京的消息,这才使他错愕之余,又重新生出了希望。无疑,与复社的那班士子不同,钱谦益并没有把这件事的作用估计得过高。事实上,他精研历史,清楚地知道,在朝廷的大局牢牢控制在弘光皇帝和马、阮等人手中的情势下,即使太子到来,也已经无法加以改变。他只是试图利用马、阮二人被眼前的事态弄得有点紧张的机会,来达到软化对方的目的。他的估计的确没有错,两天前,当他派人到石巢园去送上柬帖,正式邀请阮大铖到他家来做客时,对方果然一改旧态,欣然应允。这使钱谦益兴奋之余,不由得颇为得意:"哼,任你奸狡骄横,还是逃不出我钱某的算度之中!"

现在,一切都张罗停当,只等客人明天上午前来赴宴。但是,由于临时又出了一个意外的情况,使钱谦益颇费踌躇,不得已,只好离开书斋,走过上房去,找柳如是商量。

钱谦益到了上房,却发现柳如是不在。小丫环禀告说:太太同卞姑娘赏花去了。于是钱谦益便不停留,又匆匆赶到后花园去。

礼部衙门的这个后花园,本来就种着两种花,一种是梅花,一种是樱桃花。自从他们搬进来之后,柳如是虽然添种了一些其他品种,但到底改变不了原来的格局。去年大旱,柳如是生怕那些花给枯死了,特别指定专人每天挑水浇灌,才都活了下来。钱谦益走进园门,径直向右走,转过一道复廊,就看见那片靠墙的小土坡上,迎春怒放的樱桃花有似屯云堆雪一般,从一丈多高的树顶上纷披下来,几乎把地面都盖住了。而且不止一株,因此那气势更加烂漫壮观。不过,钱谦益却无心赏花,发现眼前不见侍妾和女客的踪影,他就纳闷起来,迟迟疑疑地走近前去。

原来,柳如是和卞赛赛都走进如同雪屋一般的花丛里去了。直到钱谦益分开花枝,才看见她们正坐在树下的石凳上,起劲地说着什么。发现丈夫走进来,柳如是点着头,冷笑说:

"正好,这可是来了个父母官了。我们且向他讨个明白!"

"噢，夫人又怎么啦？要问下官什么？"看见柳如是神色不对，钱谦益照例赔了小心。

"怎么？干干净净的一个小女孩儿，前日还会走会笑的，硬是给召进里面去，昨天一早却叫人去收尸，这是什么道理？"

"哎，你说什么呀，下官没听懂呢！"钱谦益疑惑地侧着耳朵。

"还不懂？下边黏糊糊的全是血，硬是给糟践死的！那女孩儿才十三岁不到，你说可怜不可怜？"

"可是，可是夫人到底是说谁呀？"

"除了老神仙，还能有谁！"

钱谦益不说话了。因为"老神仙"，就是南京市井最近流传开来的、对弘光皇帝的"隐称"。事实上，有关这位皇帝荒淫失德的传言，近几个月来正变得越来越多。除了说他在宫中只管饮酒看戏，不问政事之外，还说他迷恋男女二色，宠信苏州医生郑三山，命内官四出搜购蟾酥，以合媚药，使城中的蛤蟆价钱为之暴涨。宫中还有一个名叫张执中的小太监，据说便是皇帝的男宠。此人极其倨傲，马士英有事求见他，能获得赐茶一杯，便觉十分荣耀。如此等等，也不知是真是假。至于淫死童女的事，钱谦益倒是头一回听说，于是，便用半告诫半打听的口吻说：

"嗯，这种事可不能乱传！你是听谁说的？"

"那女孩儿就是赛赛家的怜怜，还能是假的不成？"

钱谦益不由得望了望卞赛赛，这才发现，那位秦淮名妓的眼睛红红的，神色颇为悲伤。于是，他只好宽解地说：

"纵然真有此事，大抵也是偶然误伤……"

"哼，才不是呢！"柳如是立即打断他，"听赛赛说，元旦那天，旧院已经抬回来两个，那死法也是一模一样。昨儿教坊司又来要人。如此看来，倒像是没个了局了！"也许是由于心情激动，她的一双眼睛在花树的阴影里显得闪闪发光。

钱谦益没有吭声，心想：女人到底是女人，一点子小事就大惊小怪地唠叨个没完。其实,如今天下大乱,被杀死、饿死、吃掉的人又何止千万!区区几个小女孩儿,又算得了什么?何况,她们还是因供奉皇上而死,做臣子的就更加不该说三道四。不过,眼下他另外有事,不想同她们多作纠缠,便望着柳如是说:

"嗯,你们赏完花了么?我有一件事要与你商量,就回去吧!"

卞赛赛在旁边一听,立即站起来,告辞说:"时辰不早了,奴该家去了。这就别过,改日再来陪姐夫、姐姐叙谈!"

说完,她行了一个礼,转身就走。待到柳如是赶到花丛外,大声招呼她留下来,吃过饭再去时,卞赛赛已经转过复墙。她那一角月白裙裾在墙脚下最后闪动了一下,就消失不见了。

"好教夫人得知,阮圆海已经答允明日前来赴宴了!"等柳如是重新走回来,钱谦益迎着她,不无得意地说。

"噢,是么?"柳如是似乎有点意外,随即又撇撇嘴:"妾早就说了,那胡子拿班作势,无非想我们给他一点面子。这不,一张柬帖送去,他便乐颠颠地来了!"

"哎,这也不容易。为夫前些日子也请过几次,他总是推三阻四的不领情!"

柳如是横了丈夫一眼:"这个,相公可没对我说过!"

"这……也只是口头相请,既然他不肯,也就无须对夫人说了吧!"

"幸亏不说!要说了,今儿这份帖子没准儿我还不让发呢!"

"噢,怎么?"

"怎么?他再大不了,也就是个兵部尚书。难道相公的官儿就比他低了?请他,是给他面子。他不来,我还不请呢!凭什么三番四次求他!"

"话不是这等说。我不是告诉你了?如今的朝局不比往常,他靠着马瑶草撑腰,加上那一帮子死党至交,在朝中作威作福,专以排击正人为务,如果不同他拉扯着点,万一……"

"哼,我瞧相公别的都好,就是做人欠点脊梁!那些人,你越兜搭他,他就越以为你当真怕了他,十二片篷扯足[①]!你不理他,他反要来巴结你!这种事,我还不知道?"

看见侍妾越说越上劲,钱谦益只好不作声了。现在,他心里颇为后悔,不该一开始就撩起侍妾这股子傲气。事实上,在乡间困守那阵子,柳如是倒是颇知进退,甚至还能委曲求全。可是自从跟随自己到南京来上任之后,这半年来,她变得越来越骄横自负,目空一切,一点子气也受不了,还逼着钱谦益也同她一样。当然,这也难怪,柳如是在苦熬苦挣了许多年之后,好不容易才有了扬眉吐气的机会,难免会得意忘形一点儿,可是——

"哎,下官还有一事要与夫人商量呢!"当发现已经难以再拐弯儿之后,钱谦益只好干脆直说了。

"……"

"为夫在帖子里约定阮圆海明日前来。谁知十分不巧,适才接得司礼监的会文,知照我明日赴宫中去选淑女,生怕回来迟了,让他久等,却是不宜。虽有云美、子长陪着,毕竟二人面子薄了些儿。故此想烦夫人代我招呼一阵子,如何?"

"代相公招呼他?让我?凭什么?"柳如是竖起了眉毛。

"这……本来也不敢劳动夫人,只因日前为夫与阮圆海闲谈时,他曾夸赞夫人是当今巾帼才人,闺中名士,言下甚是仰慕,所以……"由于看见柳如是的眉毛越竖越高,眼睛越瞪越圆,钱谦益心虚起来,没敢接着往下说。谁知,柳如是却"嘿嘿"地笑了。"相公敢是疯了不成?"她说,"妾如今可是相公的妻室,堂堂尚书夫人。莫非外人夸了几句,相公就打算让妾抛头露面不成?"

钱谦益起初生怕侍妾大发脾气,如今见她脸色颇为缓和,倒有点出乎意料。他忽然灵机一动,干脆撒起谎来:"若是别人夸

[①] 十二片篷扯足:喻指得势。

奖夫人，为夫也不敢贸然相托。只是这阮圆海名声虽则不佳，实在也算得一代才人。夫人想必也读过他写的那几本戏——《牟尼合》《双金榜》，还有《燕子笺》，在江南可谓一时纸贵，处处争演。他平日也自负得紧。没想到，连他也如此推许夫人，说曾读过夫人的几首诗，端的是骨秀神清，虽李义山亦不遑多让！还说本朝能诗的闺阁也有几个，却要推夫人第一！没想到那胡子，竟是夫人的诗文知己哩！"

这一次，柳如是却没有作声。她慢慢地走开去，随手折了一小枝樱桃花，放在鼻子下边嗅着，又斜瞅着丈夫，说："只怕相公如此热心，说到底，还是指望妾替你笼络住他，好教头上这顶乌纱戴得牢点儿吧？"

"这……自然……不过……"钱谦益不由得支吾起来。

柳如是"哼"的一声，把手中的花枝一抛，沉下脸说："相公若以为凭着这一篇鬼话，就能哄得我出去陪他，也未免把本夫人看得太好耍了！告诉你，不成！"

提心吊胆

由于柳如是拒绝出面作陪，钱谦益只好把代他接待客人的差事，交给了顾苓和孙永祚两个学生。但这么一来，却把他害苦了。因为他生怕自己没有在家恭候，会引起恣睢暴戾的阮大铖不满，以为自己有意怠慢。所以，在上东华门去会选淑女的半天中，他一直提心吊胆，神思不属。虽然那些用装饰着红绸和金彩的轿子载来的、早已等候在厢房里的淑女们，一个一个地被唤到堂上来，他眼前却始终模模糊糊的，集中不起精神去看。在评议期间，他也任凭田成和李永芳两个太监去决定，自己极少发表意见，以图尽量缩短会选的时间。谁知那两个太监偏偏十分挑剔，本来已经选中了一位姓黄的富家女子，却临时又旁生枝节，指名要一位姓马的中书舍人把女儿送来看看,说是久闻那女孩儿色艺双绝,这次竟不送来候选,实在太不应该。结果,送来之后,发现那女孩儿歪着脖颈,一副萎靡不振的样子,就像一只断了尾巴的牺鸡。两个太监没有办法,只得当场退回。不过,这么往来一折腾,当钱谦益急急赶回府邸时,天已近午,阮大铖那副轿马仪仗,早就停歇在大门外的墙阴下了。

"糟糕,今日我实在耽搁得太久,他一定等得不耐烦了!"当向门公问清客人来了已经足有半个时辰,钱谦益心中愈加着忙,"哎,要是他翻起脸来,可怎么好,怎么好?"他气急败坏地想,眼前仿佛出现了阮大铖那张怒火中烧的脸,扫帚眉下的一双眼睛正凶光四射,堆在又圆又大的肚子上的那部大胡子,也因呼吸急促而起伏不停。"只是,他为何没有拂袖而去?莫非决心等我回来,好当面给我一顿难堪?哎,要是这样,我唯有再三赔礼认错,请他息怒宽恕而已!"

就这样,他心急火燎地往里走,一直来到了正堂。当他抬起微微发软的腿,踏上台阶的时候,忽然听见里面传出了洪亮的笑声。

接着,阮大铖大声大气地说:

"妙,妙!真是妙极了!哈哈哈哈!"

钱谦益不由得一怔,下意识地放慢了脚步,先微微低了头,从被丫环掀开的帘缝当中往里觑了一眼。这下子,他的惊讶更甚——原来,在厅里陪客的,除了顾苓和孙永祚之外,还有他的那位河东君夫人柳如是,这会儿她竟然一派盛妆打扮,仪态雍容地端坐在右首一张紫檀扶手椅上!大约正因为有她出面作陪,所以阮大铖才不但没有因主人的迟归而发火,反而笑得颇为开心。

"谢天谢地,她到底回心转意了!这一下可是救了我的命!"心中感到一宽的钱谦益,不由得长长吐了一口气,百忙中举起袖子擦一擦额上的汗,这才一步跨进了门槛。

"哦，相公回来了！"显然一直在留心着门外动静的柳如是含笑说，随即伸出一只手，由红情搀扶着，盈盈地站了起来。

阮大铖的反应却分明慢了一点。有片刻工夫，他的一双乌溜溜的眼珠子还在女主人身上疑惑地逗留着，然后，才蓦地转过脸来。

"啊哈，牧老！"他略带匆忙地站起来，同时出乎意料地展开了讨好的笑脸，"贵衙的公事这么快就完了么？可选出来了不曾？"

"不完弟也得来啊！圆老今日辱临寒舍，这可比什么都要紧！只是毕竟归迟，未及恭候，殊为失礼。还望圆老恕罪！"钱谦益一边同对方行着礼，一边表示歉意。

"哦哦，哪里哪里！弟也是刚来，蒙嫂夫人不以鄙吝见外，披帷出款，实令弟受宠若惊呢！"阮大铖显得颇为兴奋，与钱谦益以往见他时那副倨傲冷淡的神态相比，简直判若两人。

钱谦益不由得望了望站在一旁的柳如是，心想："不知她怎么又改了主意？又不知她用了什么法儿，竟把这个魔头摆布得如此驯服？"不过这么一来，他也就完全放下了心，于是先把客人让到椅子上坐下，然后为着不让气氛冷下去，便照例马上同对方交谈起来。起初，无非是些较为轻松的寒暄。钱谦益自然小心地避开往事，只挑眼前的一些时闻来说，像紫禁城里的翻新改建已经进入尾声，估计再有十天八天，就会完成。听说为这事皇上很高兴，大约到时会照例给臣下们叙功加恩。又谈到这次朝廷颁旨各衙门改铸新印，去掉原有的"南京"二字，这就更加名正言顺了。想不到礼部右侍郎管绍宁丢失了官印，反而促成了这么一件事。随后又谈到本月十九日是崇祯皇帝殉国一周年的忌辰，皇上最近已经降旨下来，命百官届时于太平门外设坛遥祭。如此等等……直到柳如是的声音在旁边响起，他们才停了下来。

"酒席已备办停当。请二位大人这就过西厅入席，如何？"

钱、阮二人当然没有异议，于是一齐起身，顾苓和孙永祚在后面跟着,走过西厅去。

西厅里,已经摆开了五张长方形的食案,四周的墙边照例陈设着古玩、瓶花和字画。因为今天是阮大铖头一次屈尊驾临,钱谦益有意在礼仪上安排得隆重一些,一应碗盏都先不上桌,席位上也暂不设椅子。直到客人和主人都走进屋子之后,一名衣衫整洁的丫环才奉上来一个托盘,上面放着一只雕花金碗和一壶酒。钱谦益先将酒在金碗里斟满,双手捧着,向阮大铖深深鞠了一躬,然后走到院子里,朝着南方弯下腰去,把酒恭恭敬敬地酹在地上。回到屋子里之后,他又亲自在托盘里换上另一只碗,向客人再次鞠躬,然后两人一起走向正当中那一张食案前。钱谦益从仆人端来的托盘里,把那只碗连同一只衬碟、一双筷子双手捧起,小心翼翼地为客人摆到桌子上。当他做着这一切的时候,另一个仆人已经端来一把椅子,在旁边等着。钱谦益于是用手轻轻扶着,把它引到食案后摆好,然后又象征性地用袖子掸一掸上面的灰尘。这才走回屋子当中,再次向客人行礼。并请对方入座。

看见钱谦益如此郑重其事,阮大铖也就不好过于随便。所以,等钱谦益替以名流身份作陪的顾苓和孙永祚安了席之后,他也走下来,从仆人的托盘里拿起酒杯,放到背向厅门的那两张并排的食案上,以同样的方式,替钱谦益和柳如是摆好了碗筷和椅子,然后又拱着手,照例同大家谦让着,这才回到主位上坐了下来。接着,两位陪客和钱谦益夫妇也陆续就了座。在这种繁琐的"送酒定席"仪式严肃地进行着的当儿,大家彼此很少交谈,只听见碗盏碰击的轻微声响。先前在正堂上交谈时那种愉快融洽的气氛,无形中就被打断了。待到仆人们把菜肴端上来,主客间敬让着饮过第一杯酒之后,彼此反而像是又生出了许多隔阂似的,虽然钱谦益一再地变换话题,阮大铖都只管哼哼哈哈,爱理不理,席面上因此一直快活不起来。

面对这种场面,钱谦益不由得暗暗着急。因为这一次他煞费苦心地把阮大铖请来赴宴，目的就在于消除旧嫌，并且建立起新的、至少是比较融洽的友好关系。今天的机会可谓不可多得，稍纵即逝。为了尽快扭转席上的沉闷气氛，他只好频频把目光投向坐在西首的顾苓，希望这位善于辞令的学生能助上一臂之力。

然而，顾苓似乎也有点束手无策。只是迫于老师一再示意，他才举起酒杯，迟迟疑疑地对客人说：

"闻得月前圆老奉旨出巡江上，多所展布建树。朝野交传，无不额手称庆。尤其是圆老那篇陛辞之疏，端的慷慨淋漓，读之令人气旺！"

自从阮大铖出任兵部添注右侍郎以后，弘光皇帝便把监督沿江防务的重任交给他，并授予他事无巨细均许纠弹的大权。结果，听说他在巡视期间，一切军事都不过问，专干结党营私、敲诈勒索的勾当。凡有想求他免予弹劾的，或是想求他举荐得用的，一律都得送礼。还传说仓场侍郎贺世俦辞职归家途中，竟被他暗中派人在长江里拦截，把财物搜劫一空。这些情形，南京城中早已传得沸沸扬扬，阮大铖想必也有所闻。眼下顾苓当面提起对方巡江的事，钱谦益反而紧张起来，生怕阮大铖误认为是暗含讥刺。

果然，阮大铖的脸色一下子阴沉下来。他盯住顾苓，阴恻恻地问：

"噢，那份陛辞之疏么？弟倒记不真切了，不知云美兄以为哪几句最好？"

"通篇皆好！"顾苓立即竖起大拇指说，"不过晚生最记得的，却是'臣白发渐生，丹心未死，一饭之德，少不负人。况君父有再造之恩，踵顶难酬之遇，倘犬马不伸其报，即豺狼岂食其余！此臣受命之秋，即以"鞠躬尽瘁，死而后已"八字，与二三同志共济之臣交勉，而矢之天日者也'！只此数语，便可抵一篇《出师表》，足与诸葛武侯并存不朽了！"

在阮大铖提出反询的当初，显然也心存猜疑。不料顾苓竟一字不漏地把原文背诵了出来，倒出乎阮大铖的意料。只见他那对黑眼珠子转动了一下，终于摆摆手，傲然说："诸葛武侯固是一代名臣，唯是有才无命，驱驰一生，三分天下只有其一，终未能一伸复兴汉室之志。方之今日，只怕又终逊一筹了！"

"哎，晚生还拜读过圆老论'恢复''防江'那二疏，也是极出色的文字哩！"大约看见顾苓带了头，孙永祚也冒冒失失地接口说。然而，他却没想到，那两份疏奏，是阮大铖为去年六月初八奉旨冠带陛见而准备的。刚一发表，就招来东林方面连篇累牍的猛烈攻击，现在前事重提，显然又触动了阮大铖的旧疮疤，以致他那张刚刚有了点笑影的脸，顿时又沉了下来。

一字之师

客人阴晴不定的脸色，使钱谦益愈加着急，他正打算把话题引开，忽然听见柳如是在旁边笑着说：

"哎，二位兄台一个劲儿争着夸圆老的文章，殊不知圆老的文章早已有口皆碑。倒是圆老的《燕子笺》，那才更是好得不得了。不过若论尽善尽美，则似乎尚有可斟酌之处呢！"

《燕子笺》乃是阮大铖平生最得意的一个戏本。如果说，对于先前所说的那些奏疏，阮大铖无疑也颇为自负的话，那么《燕子笺》却是他自以为足以睥睨今古的一大杰作，是他的命根子。现在柳如是竟指摘它尚未尽善尽美，这简直无异于公然去捋对方的"虎须"！所以钱谦益和顾、孙二人听了，都不由得大吃一惊，阮大铖也陡然变了脸色。

"噢，原来嫂夫人意欲有以匡谬，倒要请教！"经过了半晌难堪的沉默，他终于哑着嗓子说。

"不敢！"柳如是举起酒杯，微笑始终没有从她的嘴角消失，"请圆老满饮此杯，晚生再略陈浅见，如何？"

作为一名妾妇竟然对客人自称"晚生",这使钱谦益又是一怔。不过,随后他就想到,柳如是素来就以须眉自视,当年初到常熟来求见自己,就曾装扮成方巾儒服的文士。现在她故伎重演,显然是试图出奇制胜。不过,以阮大铖的骄横阴鸷,是否会赏识这一套?如果弄巧反拙,后果可能会更糟。然而,情势却不容他多想,阮大铖已经开口了。

"哦,这倒不急。待兄台赐教之后,再共浮此大白不迟!"他说。听口气,倒像是多少缓和了下来,况且,反过来称柳如是为"兄台",也似乎承认了彼此平等论文的地位。不过,他坚持把饮酒放在听完意见之后,又显然暗藏着反击的机锋。

"好!"柳如是爽快地放下酒杯,"那么晚生就大胆直陈,如有失敬不当之处,还望圆老海涵。晚生因深爱圆老的《燕子笺》,熟读之余,曾逐字逐句反复咀嚼吟咏,直觉如品琼醪,如餐瑶屑,余香满口。虽欲改易一句,竟也为难。唯是《写笺》一出,写那郦小姐因裱画人偶然差错,得睹霍生所绘云娘小像,情难自禁,题下《醉桃源》一词。其中数字,晚生以为尚欠工稳。"

"噢?"

"譬如首二句:'风吹雨过百花残,香闺春梦寒。'虽然雅丽有致,终觉平熟了些,不如改作'没来由巧事相关',更能紧扣当前;'香闺'二字,亦不妨改作'琐窗'较胜。又如第四句'丹青放眼看','放眼'二字,与闺中观画之情状未谐,不若改作'误认',更能道出颠倒之情。换头二句:'扬翠袖,伴红衫',略嫌太露,不似大家小姐口吻,若易作'绿云鬟,茜红衫',便有含而不露之致。晚生妄意如此,不知圆老以为如何?"

柳如是说完了,西厅里一片寂静。钱谦益——自然还有顾苓和孙永祚,都紧张地注视着屏风前那张食案;而坐在食案后面的阮大铖则紧皱着扫帚眉,右手搁在胸前,慢慢地揉搓着那部有名的大胡子,一言不发。紧张不安的场面持续了好一阵,阮大铖忽然偏过脸，斜瞅着柳如是，问：

"嗯，请兄台再说一遍！"

柳如是毫不犹豫地把刚才的见解又复述了一遍。

阮大铖仰起脸，用手指在食案上轻轻敲击着，按照柳如是修改后的字句，自言自语吟哦起来：

　　没来由巧事相关，琐窗春梦寒。
　　起来无力倚栏杆，丹青误认看。
　　绿云鬟，茜红衫，莺娇蝶也憨。
　　几时相会在巫山，庞儿画一般。

这么反复地吟哦了几遍之后，他那两道扫帚眉渐渐松开了。一抹若有所悟的光亮，使他的脸变得开朗起来。终于，他把食案一拍，兴奋地大声说：

"好，改得好，改得好！哈哈哈哈！"

一边说，他一边就站起来，交拱着双手，朝柳如是深深一揖："柳兄真乃学生一字之师，承教了！"然后，他也不待柳如是起身答礼，便回头吩咐侍候在身边的仆童："快去，把礼物拿来！"

那仆童答应着，匆匆走了出去，片刻之后，把一个红缎包袱小心翼翼地提了进来。这当儿，两名丫环早就把一张小方桌摆到屋子当中，阮家的那个仆童先把包袱放到方桌上，等主人挥手示意，他就动手把它解开。周围的人——自然也包括钱谦益在内，全都好奇地注视着，直到那块覆盖在上面的红绸给揭掉，露出了礼物，大家才情不自禁地"啊"的一声，呆住了。出现在眼前的，竟是一顶金光灿烂的珠冠！

这是一顶极其漂亮的珠冠——帽胎用金丝编就，衬着皂色薄纱。表面用金箔和翡翠镶嵌成牡丹花和云朵的形状，冠上栖息着四只珍珠缀就的翟鸟，各朝不同的方向引颈展翅，作势欲飞。周围衬托着八朵金宝钿花，另外还插着两根翟头钗，每根钗的翟嘴中都衔着一串长可及肩的珠花。下面则分左右垂着四片舌形的"博鬓"。一眼望去，确实是堂皇华贵，气派非凡。以钱谦益的内行眼光判断，少说也值一千两银子。显然，就凭这件礼物，已经足以证明客人今天前来，确实怀有修好的诚意。所以，他满胸的疑云顿时消散了，兴奋得简直有点不知所措。以至在柳如是再三表示推辞的当儿，他始终处于恍恍惚惚的状态。直到阮大铖断然把手一挥，坚持要女主人收下，并且转过身，向座位走去时，钱谦益才蓦地清醒过来。

"哎，圆老如此厚意，夫人应当奉酒致谢才是！"他慌慌张张地说。

柳如是似乎有点迟疑。但望了丈夫一眼之后，她就坦然地走上前去，从仆人手中接过酒壶，把阮大铖的酒杯斟满，双手擎起来，笑眯眯地说：

"承蒙圆老厚赐，晚生实在受之有愧。谨敬奉此杯，恭祝圆老福寿无量！"

"呵，呵，不敢当，不敢当！"阮大铖忙不迭起身，双手接过酒，仰起脖子，一饮而尽，随即哈哈大笑起来。

经过这一番曲折，席面上的气氛，明显地变得活跃而且融洽。钱谦益也怀着前所未有的轻松心情，同客人快活地交谈起来。虽然无非照例是些官场升降、诗文得失这类的话头，但在钱谦益的感觉中，却愈来愈惊喜地发现，阮大铖对自己正变得颇为亲热，似乎不再有什么拘束和隔阂。这样谈了一会儿，阮大铖忽然把话题一转，说：

"牧老，谈了半日，弟倒忘却告知兄，那杭州来的太子，其实是假冒的！"

"啊，圆老是说，那太子是、是……"正举着酒杯往嘴边送的钱谦益吃了一惊，连忙停住，结结巴巴地问。

"哼,是假的!现经查实,原来是已故驸马王昺的侄孙,名唤王之明,家破南奔,途中碰见高梦箕的家丁穆虎,教他诈称太子。因他当年曾侍卫东宫,所以识得大内路径,又因见过方拱乾给太子讲经,故此一见即能呼其名。可笑卢九德、方拱乾不辨真伪,遽尔下拜。我辈几乎被他骗了!"

"可是……"

"其实,"阮大铖做了一个断然的手势,"此事可疑之处本来甚多——既为东宫,得脱虎口,何以不向官府自明身份,而远走绍兴,隐匿至今?此其一;太子为人端庄凝重,此人机变百出,此其二;公主现在周皇亲之家,他却说已死,此其三;另外,前时左懋第来书,曾言及北都亦有伪太子事。可见太子纵不见害于贼,亦已见害于清,怎会时至今日,又冒出个太子来!"

看见阮大铖强横专断的样子,钱谦益只好不作声了。事实上,虽然太子是真是假,目前还难以确认,但是北京失陷至今,不过一年,好些当年曾在宫禁中侍奉过太子的讲官和太监都还活着,而且逃回了南京。纵然有人试图假冒,又谈何容易?何况自三月初一以来,百官已经奉弘光皇帝之旨,在午门外会审过两次,那些曾见过太子的人当中,断言不是的自然也有,但认为是真的或者保持沉默的却并不在少数。在这种情况下,就急急忙忙指为假冒,无论如何也是过分轻率。虽然从一开始,钱谦益就预料到这件事前景莫测,但阮大铖及其同伙竟迫不及待地企图把当事人置于死地,而毫不顾及万一真的是太子,那将是怎样伤天害理!钱谦益暗中愤愤不平,但仍勉强忍住,没有公开表示异议。

谁知,阮大铖接下来的话,更使他瞠目结舌。

"太子之为假冒,已是不争之实!如今要严究者,是校尉搜穆虎之身时,得高梦箕之侄高成家书,内有'二月三日往闽、楚'等语,显见此事与郑芝龙、左良玉有关涉。另外,又侦知高梦箕曾为史道邻搜购硝石、硫黄,则老史恐亦难脱干系。牧老蒙今上再造之隆恩，身膺大宗伯之厚寄，于此不可不察，还应奋袂而前，痛加纠击才是！"

这番话的意思很明白，就是要求钱谦益在太子一案中，不仅必须旗帜鲜明地站在他们那一边，而且还要充当马前卒，对史可法、左良玉、郑芝龙等人下毒手！直到这当口上，钱谦益才有点如梦初醒：原来，这才是阮大铖今天肯降贵纡尊光临这里的目的，也是刚才自己喜气洋洋地接受了那顶珠冠之后，所必须付出的代价！一种从来没有过的、仿佛整个灵魂都要被人攫去的感觉，一下子扼住了钱谦益。他只感到脊背寒气直冒，喉头又干又涩，身不由己地往后退去，结果只是给椅靠上那凹凸不平的雕饰，把身子硌得生疼。他本能地离开椅靠，却又碰上了迎面而来的两道利剑似的凶猛目光。

"嗯，牧老莫非有些为难么？"阮大铖咄咄逼人地问。

"哦，非也！"钱谦益连忙否认。随即，他低下头去，一方面是为着掩饰内心的惶窘，一方面是试图寻到一种既能把眼前的场面敷衍过去，又能避免明确承当责任的答辞。然而，却找不到。于是，他只能一个劲儿地说着：

"非也，非也……"

幸而，就在这时，厅堂内忽然响起了脚步声。钱谦益微一抬头，发现阮大铖的那个仆童，正匆匆走进来，一直走到阮大铖身边，向主人附耳低言了几句。阮大铖忽然着忙起来，立即站起身，朝钱谦益拱一拱手，说：

"十分不巧，弟因有要事，即刻便要告退，适才所谈之事，改日再领教！"

说完，也不待主人回答，就匆匆往外走去。待钱谦益赶忙跟上去送客时，阮大铖已经跨出门槛，把肥胖的影子，投在被西斜的阳光所照亮的石子路上了……

"哎，今日多亏了夫人，才把那个凶凶霸霸的胡子给降住了。

要不，这一席酒，还不知怎生喝下来呢！"

当钱谦益终于送走了客人，怀着好歹松了一口气的心情，重新走回来的时候，发现柳如是还若有所思地站在西厅前的院子里，他便凑上前去，讨好地感谢说。

柳如是慢慢旋过脸来，望了他一眼，淡淡地说："今儿个，也多亏了相公，才让妾亲眼瞧见，相公带挈妾当的这个尚书夫人，到底是多么光彩的一回事！"

说完，她蓦地转过身，头也不回地向内宅走去，把钱谦益弄得一派茫然，目瞪口呆地怔在院子里。

刑讯逼供

阮大铖之所以不等散席就匆匆辞出，是因为得到报告：在兵部衙门的柱子上，被人贴出了一副"恶毒"地辱骂他的对联。手下的官员不敢随便撕毁，眼下只是将对联临时封住，等候他回去处置。阮大铖一听，当真是又吃惊又光火，因为他万万没想到，在他已经跻身高位、权倾朝野的今天，竟然还有人敢如此大胆，公然来捋他的"虎须"！不过，他随即就想到，这种事不迟不早，出现在他正打算深究穷追假太子案的当口，分明是那些隐藏的同案者不甘束手待毙，试图挑起更大的事端，把局面搅乱。"哼，凭着这点子舞文弄墨的屁大本事，以为就能把我老阮吓倒，真是白日做梦！"他冷笑地想。话虽是这么说，心中到底有点不踏实，自然也不便向钱谦益当面说明，于是他只得中断宴饮，赶回去看个究竟。

现在，他已经来到兵部衙门。阮大铖一下轿子，就直奔大门。果然，在靠西边的两根立柱上，并排糊着两张长条形的红纸，从一丈多高的地方，一直封到柱础。几名神色紧张的衙役，正如临大敌地守在旁边，红纸底下，大约就是那副可恶的对联了。

"嗯，上面写的什么？"阮大铖一边走向柱子，一边气哼哼地问。闻声赶出来的门官畏缩了一下："卑职不、不敢说。"

"揭开来！"

"是！"

门官答应着，三步并作两步，走上前去，指挥衙役，把外面那层红纸揭下来。这一下，阮大铖看清了，原来是一副白纸对联，上面用浓墨赫然写着两行斗大的字：

闯贼无门，匹马横行天下
元凶有耳，一兀直犯神京

当联语映入眼中的最初一刻，阮大铖还感到有点迷惑，因为从字面看，上联似乎是骂的"流寇"——闯王李自成，下联则是以南宋时金国元帅兀术领兵南侵，来比喻清兵的南下，与阮大铖本人并无关涉。不过，再一琢磨，他就醒悟了：这其实是一副拆字联——"闯贼无门"，剩下便是个"马"字；"元凶有耳"，则分明是一个"阮"字。锋芒所指，正是马士英和他阮大铖！本来，在看到联语之前，阮大铖还能保持镇定，然而此刻，却像给人狠狠唾了一口唾沫似的，心中那股无名怒火，扑腾腾地直蹿上来，把他的脑子冲得轰轰作响，并且从眼耳口鼻一齐往外冒。

"啊，撕掉，马上给我撕掉！"他挥舞起两只拳头，可怕地咆哮起来。在旁边提心吊胆地伺候着的门官浑身一抖，连忙答应一声，同衙役们一道，七手八脚地用刀削，用枪撩，转眼之间，就把那副对联撕个粉碎精光。"你们一个个全是饭桶！"阮大铖怒气不息，恶狠狠地环顾着垂手待命的衙役们，破口大骂，"都该捆起来送到应天府去打三百板子！"

然而，骂归骂，当想到对头们竟有本事在光天化日之下，把如此显眼的一副对子贴到自己的大门上而不被发觉，他心里又不禁有点发毛。"嗯,万一他们要来取我的脑袋,岂非也一样容易?"这么一想,阮大铖的骂声顿时低了下去。他不由自主地向四周的屋顶、檐下打量,恐怕那个作案的歹徒还没有离去,正躲在暗处伺机行刺。

"大老爷……"一个畏怯的声音在身旁响起。阮大铖猛一回头,发现门官已经走回来,正现出欲言又止的样子。

阮大铖没有搭腔,但也没有走开。看见这种样子,门官赶紧禀告说:

"马、马阁老的家人刚来,说有事求、求见老爷。"

"嗯,人呢?"这一下子,阮大铖倒认了真。

"小人叩见老爷,我家老爷请阮老爷即刻过去。"一个伶俐的嗓门在身后答应说。

阮大铖旋过身去,这才发现马士英的亲随马六儿就站在身后。

"哦,"阮大铖点点头,随即又问,"你可知道,让我过去有何事体?"

马六儿望了门官一眼,摇摇头。等阮大铖挥退后者,他才压低声音说:

"好教老爷知道,我家的大门也给人贴了一副对子哩!"

"噢?上面写的什么?"吃了一惊的阮大铖连忙追问。

"这——小人可不敢说!"

"但说无妨!"

马六儿毕竟是主人的贴身家奴,胆子也大一些。他迟疑了一下,说:"那么,老爷听了可别生气——那对子写的是:两朝丞相,此牛彼马,同为畜道;二党元魁,出刘入阮,岂是仙踪。"

阮大铖眨眨眼睛。上联中的这个"牛",分明是指的李自成大顺朝的丞相牛金星;而下联的这个"刘",则是指东林党领袖、去年十月被马士英排斥出朝廷的都察院左都御史刘宗周。不过,那副对联公然把马士英骂作"畜生",可是比自己门上这一副更加凶恶狠辣。"噢,原来马瑶草并不比我便宜,也给结结实实地'孝敬'了一副!"阮大铖这么一想,反而镇定了:"好嘛,前些日子我就说要借大悲那秃驴的案子,来个一网打尽。偏生马老头儿推三阻四地不答应,如今人家可是把口痰唾到脸上来了,看你还能装什么笑面菩萨!"由于想到出了眼下这种事,倒可以成为实行大规模报复的有力借口,阮大铖不禁拈着大胡子,打心里"嘿嘿"地发出狞笑。他朝马六儿一挥手,说:

"好,这就上你家老爷府上去!"

从兵部衙门到西华门并不远,小半天之后,阮大铖已经来到蹲着两只石狮子的马士英府邸前。他发现大门外的立柱旁,几个仆人还提着水桶,举着竹帚,在忙着洗刷那副对子留下的痕迹。阮大铖也不理会,由马六儿引路,穿廊过户地径直往西偏院走去。

自从得知太子要来南京之后,马士英便谎称有病,向皇帝告了假,一直躲在家中"休养"。这也是他同阮大铖等一伙心腹密商之后,所采取的一种应付策略。因为他们估计"太子"一到,朝廷照例必须审查其身份的真伪,马士英作为首辅,到时就免不了会被指定主持这件工作。虽然出于切身利害的打算,他们一伙早就心照不宣地达成默契:绝不容许在这个时候再冒出个什么"太子",来危及乃至改变目前朝廷的已成格局。不过,事态的发展有时又不是他们绝对控制得了的。万一真太子的身份被最终证实,那么作为会审主持人的马士英,就会因持否定态度而陷于被动,闹不好还会受到追究,乃至塌台。因此,为保险计,马士英决定自称有病,退居幕后,把主持审查的差事推给次辅王铎;而由阮大铖同已经升任都察院左都御史的李沾、御史张孙振三个死党从中把持,将审理的动向随时向他密报。这么办,能证明太子是假的固然最好,万一失败,马士英也没有责任。而只要保住马士英,朝廷就依旧是他们的天下。从目前的情形看,事态的发展对他们是颇为有利的。虽然存在着不少互相矛盾的疑点,还不能确认太子是假冒,但至少也证明不了是真的。只要做到这一点,对他们来说,也就够了。按照阮大铖的计划,下一步就该追出有牵连的幕后人物。如今,又发生了对联的事件,正好全都煮到一锅里去!所以,当阮大铖兴冲冲地登上马士英的藏书楼,跨进起居室里,发现里面除了主人之外,李沾和张孙振两位也意外地在场,他的心情甚至变得更加迫不及待了。

"哎,瑶老,学生因偶有应酬,竟至来迟,尚祈恕罪!"他拱着手说,不待回答,便转身对李、张二人,随口招呼说:"二位老兄也在这里,巧极,巧极!"说着,又回过身来,急匆匆地问:

"瑶老今日见召,不知有何见教?"

在阮大铖复出受阻,郁郁不得志的那几个月里,每一次上马士英家来,他都是缩头缩脑,小心谨慎,口口声声称老朋友为"老师相",而自称"门生"。但是自从当上了兵部尚书之后,渐渐故态复萌,把态度、称呼又全部改过来不算,还有意无意地卖弄起手段。譬如几个月前,由于徐石麒自请去职,吏部尚书一时出缺,马士英本来打算起用钱谦益的门生——性情随和的张国维,但阮大铖却主张任命他的逆案旧友张捷。马士英还踌躇未决,忽然圣旨传出:张捷出任吏部尚书。使马士英大吃一惊。从那以后,虽然出于利害关系,许多事情他仍旧离不开阮大铖,但相处之际,便往往故意不那么给对方面子。现在,看见阮大铖一副风风火火的样子,马士英只摆一摆手,不冷不热地说:

"嗯,坐下谈!"

阮大铖眨眨眼睛,只好坐到椅子上,但是却有点不甘心。等仆人奉上茶来,他一边接过,一边说:"瑶老,非是弟着急,皆因目下城中之奸宄刁民,借假太子一案,欲谋不轨,甚是猖獗,竟将辱骂瑶老与小弟之语,公然榜书于府门,实在……"

"嗯,眼下先不谈那个!"马士英做了个淡然的手势,把他的半截话堵了回去,然后转向李沾和张孙振,问:"二位今日奉旨再讯假太子王之明，不知结果如何？"

自从"太子"来到南京之后，已经一共会审过三次。这第三次会审安排在大理寺内部进行，是今天上午的事。马士英大约还未了解到具体情形，所以以有此一问。

"这个，学生正欲禀知老师相，"作为主审人的李沾拱着手回答说，"今日奉旨会审，三法司、锦衣卫及众御史均到堂，学生及张大人即以'闽、楚'之语穷究之。唯是王之明、高梦箕及穆虎均甚刁顽，抵死不供。穆虎且谓该家书系奉高成之命，带交其叔高梦箕，并不知书中所写何字。高梦箕则谓因穆虎甫抵京，即被执，实未见家书，故亦不解所云'闽、楚'为何意。因此只得暂且罢审，意欲待高成逮至，再行勘问。"

"李总宪今日已是把三人都动了刑——穆虎用夹棍，高梦箕用板，王之明用拶①。叵奈这三个狡悍之徒俱坚不吐实。那假太子王之明更是大呼先帝。职等因堂上尚坐着许多外人，不好十分加刑，所以……"张孙振补充说。那张长着一只长鼻子和一张大嘴巴的马脸上，现出犹有余憾的神情。

"哼，二位的胆子也忒小些，若是让弟去审，莫道是他呼叫先帝，便是呼叫太祖皇帝，也休想弟会放了他！"在一旁听着的阮大铖，忍不住气哼哼地插嘴说。

"不！"马士英摇摇头，断然说。随即站起来，捋着山羊胡子，在室内走了几步，旋又站住，把脸朝着正疑惑地望着他的三个同党："既然他们坚不肯承，那就不必再问了！"

停了停，看见同党们愕然的样子，他又补充说："此案之所以一审再审，无非因其关乎先帝血胤之绝续、今上名位之安危，事属重大，不得不尔。如今既已勘明太子为假冒，便应及早了结。再拖下去，反会徒滋纷扰，授人以柄，着实不宜！"

---

① 夹棍、板、拶（zǎn）：均为古代的酷刑。

听他说得如此坚决，李沾和张孙振倒还没有什么表示，阮大铖却气急起来。因为他看得很清楚，尽管马士英对东林、复社并没有什么好感，但与自己毕竟不同。马士英没有吃过自己那样多的苦头，因此复仇之心自然就不那么迫切。更何况马老头儿目前已经大权在握，富贵已极，可谓志得意满，也不希望自找麻烦。事实上，目前史可法、左良玉和驻扎在福建的总兵官郑芝龙都拥兵在外，对东林、复社之徒如果搞得太过分，难免会招致他们的反对和干预，这无疑是马士英所不愿意的。所以，阮大铖才另谋变计，试图利用马士英对太子出现的恐慌心理，说服老头儿对政敌们痛下杀手。本来，马士英也已经同意，谁知才过了几天工夫，老头儿又打起退堂鼓。这就难怪阮大铖既吃惊又着急了。

"啊，瑶老，那太子系王之明假冒，已经具供在案，朝野皆知，又何惧乎授人以柄？"他睁大了眼睛问。

马士英看了他一眼，一声不响地走向书案，拿起一叠手折，往阮大铖脸前一送："朝野皆知？哼，你来看吧！"

阮大铖疑疑惑惑地接过，很快地翻看了一下，发现是几份上疏的抄本，其中不仅有与左良玉关系密切的川湖总督何腾蛟、江湖总督袁继咸和左良玉本人的，甚至还有江北四镇中的靖南侯黄得功、广昌伯刘良佐的奏疏，内容全是为假太子辩护的。阮大铖不由得着忙起来。他先拿起黄得功的疏文，看见上面写着：

……东宫未必假冒，不知何人逢迎，定为奸伪。先帝之子，即陛下之子也。不明不白，付之刑狱，将人臣之义谓何？恐诸臣诣徇者多，抗颜者少，即明白识认，亦谁敢出头取祸乎？……

阮大铖看了，不禁又惊又气。这时，李沾和张孙振也有点坐不住，从旁边伸过头来。阮大铖便把这份疏文递给他们，再看左良玉的：

> ……东宫之来，吴三桂实有符验。满朝诸臣，但知逢君，罔识大体。前者李贼逆乱，尚锡王爵，何至一家视同仇敌？明知穷究并无别情，必欲展转株求，使皇上忘屋乌之德，臣下绝委裘之义，普天同怨。皇上独与二三奸臣保守天下，无是理也……

至于何腾蛟与袁继咸，则分析得更具体。何腾蛟在疏中说：

> 太子到南，何人奏闻？何人物色至京？马士英何以独知其伪？既是王昺之孙，何人举发？内官公侯，多北来之人，何无一人确认，而泛然自供？梦箕前后二疏，何以不发抄传？明旨愈宣，则臣下愈惑。此事关天下万世是非，不可不慎！

袁继咸则说：

> 太子居移气，养移体，必非外间儿童所能假袭。王昺原系富族，高阳未闻屠害，何事只身流转到南？既走绍兴，于朝廷有何关系，遣人踪迹召来？望陛下勿信偏词……

阮大铖越往下看，心中的怒火就越往上冒。本来，他已经坐了下去，这时又猛地跳起来，挥着拳头吼叫：

"哼，这些人远在湖广、江北，并未见到太子，便一口咬定是真，是何道理？分明是先有勾连，图谋篡位无疑！穆虎那封信，非穷究到底不可！"

李沾也表示怀疑："假太子到京至今，不过二十日，二审距今，更只十日，何以左良玉等辈在武昌便已知闻？"

"他在京中安着坐探呢！"张孙振在旁边冷笑说，"往日京中那个讲史的柳麻子，失踪已有两三年，闻得到了武昌，做了左良玉的幕客，深得老左宠信。本月初他忽然又回到京里来，日日四出访友，出入于官员之宅。他本有名声，又是从左营来，人人都奉承他。审假太子的消息，必定是这麻子派人报给武昌的！依学生之见，说不定穆虎投书之事，便与他有牵连。若要穷究，竟该连他一并拿了，必得其实！"

马士英"哼"了一声："穷究自然不难。唯是他便真个供出，又如何？莫非诸公敢上武昌去，把左良玉捉拿归案不成？若不敢去，便是有法不行，岂非自曝朝廷懦弱无能？"

马士英这种分析，确实是说中了关键。左良玉一向拥兵自重，不把朝廷的号令放在眼里。即便是严苛刚暴的崇祯皇帝，生前对他也不得不加以容忍，眼下就更别说了。所以，其余三个人听了，一时都哑口无言。

"那么，你堂堂瑶老，莫非就甘心受制于这等目无朝廷的强徒了么！"

半晌，感到绝望的阮大铖咬牙切齿地问。

"不！"马士英挺起胸，一边倨傲地走来走去，一边说，"对付这等愚妄武夫，只可智取，不可力敌！"

"哦？"三个同党不约而同地来了精神。

"对付左良玉，我已定下三条计策在此。一、裁其粮饷，以摇动其军心；二、命黄得功移师板子矶，以防其东下；三、优礼柳麻子，以羁縻其志。待其反又不敢，守又不能，军心离散，自行瓦解，然后遣一使臣，诱之入朝。彼一旦人我掌握，到那时——哼哼！"

看见马士英强横而又自信的样子，三个同党不由得你望我、我望你。

"要是左良玉走投无路,当真举兵东下呢?"李沾忍不住问,"黄得功数万之兵,能挡得住他么?"

"要是黄得功挡不住,就将四镇之兵全调过去!我就不信姓左的真有多大的能耐!"

"把四镇调过去?那么倘若北兵乘势南下,却怎生区处?"

马士英的目光在白眉毛下闪烁了一下。显然,他事先并没有深入去考虑事情的后果。他的那三条策略,多半是建立在认定左良玉不敢造反的估计之上的。所以李、张二人的连续诘问,把他弄得颇为困窘,也颇为恼火。以至有片刻工夫,他紧闭着嘴巴,使嘴角上那两道刚愎的皱纹显得更深。随后,他突然把脖子一挺,暴躁地吼叫道:

"怕什么!北兵要来就来!我江南宁可亡于清,也决不亡于左!"

这石破天惊的声言是如此骇人,三个同党呆若木鸡似的望着这位当朝首辅,一时间再也说不出话来。

左镇兴兵

左良玉等人为太子辩护的奏疏,无疑使马士英及其党羽感到既恐慌又恼火。但是,对留守南京的复社社友们来说,却犹如苦旱焦渴之际,听到了预兆风雨来临的雷声一般,感到前所未有的兴奋和快慰。虽然由于路途遥远,他们还没有接到分赴武昌、厦门的沈士柱、左国棅和余怀、梅朗中等人的来信,但吴应箕、黄宗羲和顾杲经过商量,仍旧决定,立即在南京城里加以响应。所以,这些天他们一方面四出游说,举出种种疑点来反驳马、阮等人宣称太子是假冒的说法;另一方面,则拟出一批声讨、抨击马、阮等人弄权祸国的诗文,抄成无头揭帖,派人到城中到处张贴。事实上,自从吴应箕请来了身怀绝技的江湖朋友帮忙,把声讨的对联公然贴到了阮大铖和马士英的大门上之后,在南京城中已经激起了很大的反响。不少人拍手称快之余,纷纷自动起而仿效。所以从三月二十日到月底,不到十天工夫,城中就到处流传着诗歌、对联和民谣。有一首民谣唱道:

　　金刀莫试割,长弓早上弦。
　　求田方得禄,买马即为官!

这是分别讥刺诚意伯刘孔昭,得宠太监张执中、田成,以及马士英的。为"假太子"申辩鸣冤的诗歌也被公然贴到了皇城的城墙上——

　　百神护跸贼中来,会见前星闭复开。
　　海上扶苏原未死,狱中病已又奚猜?
　　安危定自关宗社,忠义何曾到鼎台。
　　烈烈大行何处遇,普天空向棘闱哀!

至于对马士英和阮大铖的攻击,则变得更加公开而激烈,除了继续把马士英比作李自成的丞相牛金星之外,还把阮大铖比作已经投降清朝的阉党余孽冯铨——

　　闯用牛,明用马,两般禽兽;
　　清用铨,明用铖,一块金钱。

这种内外呼应的抨击浪潮,看来还真的颇为见效。朝廷中,对于太子一案的审理,实际上已经停顿下来;一度气势汹汹要追究主使者的威胁,也偃旗息鼓,不了了之。不仅如此,就连周镳、雷縯祚二人，虽然仍旧关着，但已经有好长一段时间不闻不问，甚至传说有可能会被释放。正是政局的这种转机，使黄宗羲于欣喜之余，终于改变初衷，决定腾出时间，认真料理一下弟弟应征候选的事情。

说起黄宗会上南京来，已经足有三个多月，当初由于他不听劝阻，硬是前来应征求官，使心情本来就极其恶劣的黄宗羲十分恼火。迫于母亲之命，黄宗羲不好立即把弟弟打发回去，但实际上却很不起劲。三个月来，他只是在元旦期间借拜年的机会，领着黄宗会到几位父执辈的家中转了转。自然，答应帮忙的热心人不是没有。不过，几个月过去了，事情却始终没有下文。其间，黄宗会没断过叨咕和咕哝，但黄宗羲却再也不肯带他登门催问。有时黄宗会咕哝得多了，黄宗羲还发起脾气，把弟弟好一顿呵斥。

这一次黄宗羲倒是认了真。因为一来，他的心情变好了。二来，兄弟俩一起住在米珠薪桂的南京城里，开销太大，时间一久，就有点支应不过来；如果能早早给弟弟觅个一官半职，也免得他老赖在京里不肯走。但是，当兄弟二人挨家挨户地到许诺帮忙的人家去走了一圈之后，却颇为失望。其中除了一两家因主人外出，没能见到外，其余的不是感叹世风败坏，办事很难，就是推说已经托人疏通，尚未有回音。甚至还有说许久不见他们兄弟上门，以为黄宗会已经得官而去，所以便没有再去操办。如此等等，弄得黄氏兄弟面面相觑，哭笑不得。这么一来，反而激起了黄宗羲的执拗脾性。"哼，原来全是些靠不住的说嘴郎中！既然如此，我偏要办出个眉目来，给你们瞧一瞧！"他负气地想。因此，当兄弟俩在一位户科给事中的家里白坐了半天，扫兴而出的时候，黄宗羲便毅然回过头，对弟弟说：

"走，我们这就上礼部衙门，访钱牧斋去！"

"啊，兄是说，去访钱、钱牧斋？"本来已经垂头丧气的黄宗会，一下子睁大了眼睛。

黄宗羲肯定地点点头："不错，就是去访他！"

黄宗会眨眨眼睛，显然有点犯糊涂：以往他一再要求去见这位最有能力帮自己的忙、与亡父的交情也颇深的礼部尚书，大哥总是坚决反对，还声色俱厉地训斥自己，何以这会儿他又忽然改变了主意？不过，这本是求之而不得的事，黄宗会也不再多问，弟兄俩相跟着，匆匆赶往位于洪武门内的部院衙门去。

当他们来到礼部衙门，才发现钱谦益不在，说是被皇帝召进宫中议事去了。幸而他的两个学生——顾苓和孙永祚都在。他们喜出望外地迎出来，把客人接进花厅里用茶；又告诉黄氏兄弟，钱谦益进宫议事已有大半天，这会儿快要回来了，请客人一定留下等候。黄宗羲同顾、孙二人本是老相识，只是发生了三年前虎丘大会那场风波之后，彼此见面的机会才少了。不过，一旦面对面地坐下来之后，昔日的情谊便使他们很快无拘无束地交谈起来。

"哎，太冲兄，"顾苓兴冲冲地问，"前些日子，有人在阮胡子和马瑶草的大门上，各贴了一副对联，这可是你们干的？"

"噢，兄凭什么说是我们干的？"黄宗羲谨慎地反问。

"猜呀！弟一听这联语，就猜着了！这留都之内，除了兄等，谁人能有此胆魄！骂得好，骂得痛快！这两个老贼，就该有人去刮一刮他们的丑脸皮！"顾苓由衷地赞美着。

"不错，"孙永祚也接了上来，"还有前日那首诗，更是沉痛迫烈，感人甚深！弟还记得——"于是他一字不差地把出现在皇城城墙上的、为"太子"鸣冤的那首诗背诵了一遍，然后说："那等全无心肝，硬说太子是假的趋炎附势之徒，读了此诗，不知可也愧疚汗颜否？"

"怎么会愧疚汗颜？"顾苓鄙夷地撇撇嘴，"就说阮胡子吧，前些日子他来赴宴，弟故意举出他那篇《巡江陛辞疏》，挖苦他自夸'鞠躬尽瘁，死而后已'，竟欲比拟诸葛武侯，可谓不知人间有羞耻事！谁知那胡子听了，不唯不觉，反而大言诸葛武侯亦不算什么，真没的生生让弟气破肚皮！"

孙永祚点点头："亏得柳夫人也不怕他着恼，当场指正他那本《燕子笺》的种种疵病，令他欲辩无词，才折了他的骄矜之气！"

顾、孙二人你一言我一语只顾说得热闹，在一旁的黄宗羲已经不耐烦起来。他之所以终于改变初衷，决定上这儿来，除了想办成弟弟的事外，还有很重要一个原因，就是元旦前夕，他在秦淮河亭里躲避一场突如其来的狂风暴雪，遇到了钱谦益的门生兼亲家翁瞿式耜。瞿式耜是继钱谦益之后，于八月被起用为应天府丞的。当黄宗羲遇见他时，瞿式耜已经改任都察院左佥都御史，正准备奉命去巡抚广西。过去黄宗羲在常熟钱谦益家中读书期间，与瞿式耜也常有来往，而且颇为投契。所以深谈之下，瞿式耜便邀黄宗羲不如干脆离开权奸当道的南京，随他南下到广西去。黄宗羲当时考虑到手头的一摊子社务无人交托，加上营救周镳的事一直未有眉目，所以谢绝了。不过，瞿式耜在谈话中，还说到钱谦益并不像外间传说的那样糟糕，他之所以讨好马、阮等人，目的实在于为东林固守最后一席之地，免得朝廷出了什么危迫的事，东林方面连个通消息的人都没有。因此，复社的士子不仅不该孤立攻击钱谦益，相反应当在道义上给予必要的支援，使他在政敌环伺的险恶境地中能坚持下去。对于这一告诫，黄宗羲当时没有吱声，事后却反复考虑了很久。也许是经历了近一年来大悲大愤的连番挫折的缘故，黄宗羲也开始意识到，同阴险毒辣的对手较量，光凭血气之勇是远远不够的，真的还必须讲究一下谋略，多安几个心眼。譬如这一次，如果不是及早定策让沈士柱、余怀等人分赴湖北和福建报信游说，只怕就不能如此有效地把马、阮等人禁制住。同样，对于钱谦益，如果他确实还没有彻底倒向马、阮一边，似乎也不妨稍假辞色，加以笼络……正是基于这种新的想法，今天，他才决定带弟弟上钱谦益的家里来，打算亲眼观察一下情形。只是，听了顾、孙二人这一阵子的谈话，黄宗羲心中顿时又生出一股反感。"哼，原来钱牧斋把阮胡子巴巴地请到家里来，奉为上宾不算，还公然让侍妾出席作陪！拍马屁拍到这样的地步，哪里仅仅是虚与周旋，简直连脸皮都不要了！"这样一想，他就觉得颇为后悔。如果不是考虑到好不容易来了，总得把情形了解得更彻底一点，也许他就会拂袖而去。不过尽管如此，心中却无法恢复平静，止不住老是想着那件事，对于眼前的谈话，也变得有点心不在焉。他只模模糊糊地听见，主客间的话题已经改变了。黄宗会似乎向顾、孙二人谈到了来南京的目的，诉了一通碰壁之苦，并请对方帮忙。顾、孙二人则满口答应。这使黄宗会大为感激，连声称谢。"不错，我今天来，原来还打算替泽望办成候选的事，"黄宗羲心想，"但是，待会儿如果证实钱牧斋已经一心投靠权奸阉党，那么我是无论如何也不会开这个口，也不会领这份情的！"他正想着，就听见一阵迟缓而微带拖沓的脚步声，从花厅外的石子路上一路响过来……

进来的是钱谦益。他大约已经得到黄宗羲兄弟来访的报告，所以没有回到书房，而是穿着朝服径直走到花厅来。他没有上前同黄氏兄弟相见，甚至没有看客人，那双本来就不小的眼睛，异样地睁得更大，黝黑的瘦脸也由于惊恐而有点变形，身子则在微微发抖。跨进门槛之后，他就呆呆地站住，用喃喃的却相当清晰的声音说：

"出了大事了！左良玉——兴兵作反了！"

"老师说、说什么？"在一片静默中，响起了顾苓的嗓音。

"左良玉在武昌举兵了，说是要'清君侧'！还发了檄文，自称奉太子密诏，指马瑶草和阮圆海为奸臣，要入朝诛之。前锋已抵九江。江督袁继咸连疏告急，以兵少不敢堵截。今日皇上已经下旨，急召史道邻督江北诸军渡江入援，并饬令九卿六部十三道合疏声讨。如今外间传言纷纷，人心惑乱，只怕会生大变！"

直到这时，顾、孙二人才听明白了老师的话，顿时紧张起来，齐声询问：

"啊，那、那可怎么办？"

钱谦益皱起眉毛，倒背着手，来回走了两步，心烦意乱地说："本来呢，左良玉的疏奏倒写得明白，他此番兴兵，意在清君侧，并非真个作反。只是如今北兵势如破竹，已陷颍川、太和，并自归德兼程南下。归德至象山八百里，无一兵防堵。扬、泗、邳、徐，势如鼎沸。日前朝廷已命史道邻驰扼徐、泗，若为防左之故，拔营而东，则徐、泗必不能守。徐、泗一失，北兵便可直趋扬州，南都岌岌可危了！"

停了停，他又摇一摇头，说："哎，左兵此来，实在不是时候！"

"那么，"顾苓眨眨眼睛，迟疑地说，"既然左良玉并非欲与今上为难，何不奏明皇上，令史道邻仍坚守徐、泗，以防北兵？"

钱谦益摇摇头，苦笑地说："今日廷议时，姚思孝、乔可聘、成友谦几个扬州籍官员，都以为左兵稍缓，而北兵甚急，恳请勿撤江北之兵。皇上当时也谕曰：'着刘良佐还兵，留江北防守。'唯是马瑶草当廷戟指怒骂姚思孝等，说他们是东林，借口防江，欲纵左兵入犯。并谓北兵至，犹可议款；若左良玉至，他与今上必死，而我辈俱得高官。因此誓不许遣刘良佐复归江北。皇上见他如此，亦无可奈何！"

黄宗羲一直在旁边听着，没有插话。听说左良玉悍然起兵，他也感到极其意外和吃惊。因为按照他们原先的设想，只是要通过制造内外夹攻的强大舆论压力，来迫使马士英之流就范，而完全没有想到过要真刀真枪地大打出手。尤其是，国势发展到这一步，来自北方清军的威胁实在不能无视。

"啊，像前几天那样子，不是很好么？光凭那些个为太子争辩的奏疏，就已经把马、阮之流吓住了。为什么不等一等、瞧一瞧再说，为什么这么急于兴兵？"有片刻工夫，黄宗羲忧心忡忡地想。不过，当钱谦益接着说到：马士英在朝堂之上，竟悍然声称"宁可让清兵南下,也决不让左良玉东进"时,黄宗羲像给烙铁烫了一下似的,心中猛一抽搐,顿时愤怒起来。

"哼,不让左良玉东进!说得轻巧,好像是他真有多大能耐似的!"他咬牙切齿地插口道,"还说宁可让清兵南下,真是丧心病狂,于此为极!依我瞧,左良玉这次清君侧,还真清得正是时候,若仍容此等权奸把持朝政,蒙蔽主上,残害忠良,这江南半壁,迟早会被他拿去卖给建虏无疑!"

停了停,看见屋子里的人们——包括钱谦益在内,全都默默无言,似乎并不怎么同意他的说法,他又半是争辩,半是安抚地说:"左良玉的部众良莠不齐,军纪未尽如人意是不假。唯是左宁南为人心存忠义,能识大体。听说前几年他奉旨进驻武昌,途经皖城时,守将杜宏域亦曾颇以地方为虑,后来,凭着柳麻子一席话,他便慨然允诺杜宏域助他纠察。如今留都乃社稷重地,国家存亡所系,左宁南又岂会不知?他自必能严束部众,不准他们一如平日之散漫恣肆,可无疑也!"

说完,发现大家仍旧一声不响,顾苓和孙永祚还互相交换着眼色,现出苦笑的神情,黄宗羲就焦躁起来。同时,心中陡然生出了一股豪迈之气。

"到时,"他激昂地说,"如若左宁南未能察此,或有疏于制御之处,晚生愿孤身前往虎帐,犯威直谏,虽因此触彼之怒,锋刃加体,也在所不辞!"

这一次,钱谦益终于说话了:

"贤侄之豪情胆气,自是可嘉。"他微低着头,慢吞吞地说,显然是在斟酌字句,"矢忠报国之志,老夫也深知。唯是左宁南之部众,大半本属盗贼。此辈纯由利合,亦以利驱,何曾有忠义之心,更遑论自律之意。以往左宁南每每姑息之,非不欲从严,实出于不得已。若谓贤侄到时亲往谏说,便能令彼从善如流,只怕……"

"为什么不能!"黄宗羲反驳说,由于被自己刚才所闪现的设想所鼓舞,他甚至变得更加自信、兴奋、跃跃欲试,并且开始历历在目地想象出,到了那种情势和场合,自己将怎样以远远超过柳敬亭的深刻、雄辩、无可辩驳的进言,使那位手握八十万大军、赫赫有名的统帅为之折服、感佩,终于像一位大智大勇的英雄豪杰所必然会做的那样,慨然答允自己的请求。

"为什么不能!"他傲慢地重复说,"左宁南并非懦夫、乡愿,他忠肝义胆,连马瑶草、阮圆海之辈,他都敢与之相抗,又岂会连约束部众的胆魄都没有?如今,就怕自许为圣人门下者,却忘了立身之本,一心只想巴结阿附狗贼权奸,到头来,连一介武夫都不如而已!"

说完,看见钱谦益皱着眉,一声不响,他就拱一拱手,说声"告辞!"

然后一拂袖子,大步向外走去。当不知所措的黄宗会呼唤着,慌里慌张地赶上去时,他已经出了大门,走在排列着一对又一对石狮子的官街上了。

大捕党人

由于朝廷极力封锁消息,南京城里的一般老百姓,虽然还不知道左良玉举兵这回事,但圈子内的社友们,通过黄宗羲的透露,很快就全都知道了。在接下来的几天中,他们怀着兴奋的,但又忐忑不安的心情,分头四出打听局势的最新进展。当然,收集到的情报多数是零碎的、杂乱的,甚至往往互相矛盾。例如,一会儿传说左良玉已经攻陷了九江,并且接连攻破湖口、建德、彭泽、东流等县;一会儿又传说左军在攻陷九江后发生了分裂,以原"流寇"过天星惠登相为总兵的那部分军队,突然撤退,不知所往;一会儿传说驻节九江的湖江总督袁继咸也一同起兵,配合左良玉的行动；一会儿又传说袁继咸并未参与，而是亲到左营，力劝左良玉不要前进，驻军候旨，但左良玉不听，仍旧进兵，结果攻破九江，并大肆烧杀抢掠；再一会儿又传说，左良玉本已答应不攻破城池，但部下不听命令，擅自行动，结果才造成九江的浩劫；甚至还有传说左良玉在九江时已经病死，如今领兵的其实是他的儿子左梦庚，如此等等，一时也分不出孰真孰假。只有一点可以断定：就是左家军看来确实是越来越逼近南京。因为朝廷已经放弃黄淮一线的设防，急调靖南侯黄得功、广昌伯刘良佐，以及东平伯刘泽清火速率兵入援，以抵御左军。接着又命阮大铖会同应天、安徽巡抚朱大典巡防南京上游的江面。与此同时，南京实行全城戒严，并派遣各武职勋臣分守南京外城的十三道门户。正是这最后一种情形，使社友们预感到那场盼望已久的暴风雨正在迫近，心中既紧张又兴奋。为了避免招来不必要的麻烦，他们在公众场合虽然不敢表露什么，但私下里凑在一起，话题总是离不开这件大事。特别是后来又读到暗中传抄的左良玉檄文，其中除了历数马、阮的奸状外，还特别把逮捕迫害周镳、雷縯祚列为他们的重要罪行之一，就更使社友们把左良玉看作是能扭转乾坤的大救星，巴不得他早日打到南京来。

　　当然，社友中也有人对这件事不以为然。冒襄就是其中一个。如果说，还在吴应箕、黄宗羲决定派人分赴湖北、福建报信游说时，他就强烈地表示反对的话，那么，眼下的变故，更使他震愕之余，有一种大祸临头的危惧。不过，事情到了这一步，他知道反对也罢，赞成也罢，都已经没有什么用。所以，虽然他还不打算离开南京，但愈加没有兴趣同社友们混在一块了。这一天，已经是四月初八。整整一个上午，冒襄都在城里奔波，为的是求人帮忙，以便让手下的仆人能通过已经戒严的城门，把一宗等着急用的银子，给正在海宁县任上的父亲送去。在那些相熟的官员家中，彼此照例也谈到目前的局势，其中惶恐不安者有之，劝冒襄设法早点离开这是非之地,别再跟社友们瞎闹腾者有之。结果一连几家地走下来,虽说总算把事情办妥,但冒襄的心中却丝毫没有轻松之感,相反,变得更加烦闷了。

直到午刻已过,冒襄才领着一名长班沿着从竹桥至柏村桥的河畔匆匆往回走。眼下已是初夏时节,从昨天起,天空中就灰蒙蒙的,阴云密布,日色无光,却偏偏一直下不出雨来。那情形,也恰像眼前南京所面临的局面,显得混沌难测。冒襄坐在驴背上,仰望着时而昏暗、时而转亮的天空,忽然想起元代诗人萨都剌那首《金陵怀古》词:"蔽日旌旗,连云樯橹,白骨纷如雪!""啊,重复了多少遍的这幅可怕图景,当真还要再度来临么?这一切难道当真要由我们这一辈人亲身来经历?"冒襄不由得打了一个寒噤。他不敢想下去了,只是给驴子加了一鞭,一直朝桃叶河房走去。

回到桃叶河房,冒襄把缰绳交给长班之后,便匆匆往里走。他穿过门楼,看见几个人——都是本河房里的住客,正聚在堂屋前的天井里,起劲地交谈着。发现冒襄走进来,便一齐住了口。这几个住客,论身份也是缙绅文士之类,但冒襄嫌他们言谈无味,见识粗浅,平时也不大来往。此刻见他们鬼鬼祟祟的样子,他愈发连招呼也懒得打,管自低着头,朝自己租住的东边那个小院落走去。

"冒先生回来了,可曾见到适才大中桥行刑之事?"

冒襄回顾了一下,发现主动发出招呼的那个房客正眯缝着眼,现出一副关注的样子。他只得略为停步,点一点头,然后淡然回答:"不曾见到,不知所杀的是什么人?"

"哎呀,原来冒兄尚不知道!今日受刑的,乃是贵社的周钟和武愫、光时亨三人!"

冒襄本来并不打算停留,忽然听说被杀的竟是这三个熟人,心中蓦地一震,抬起头,满怀惊疑地望着对方。

"闻得临刑前,他们在刑部俱受过杖,已不能行走,是用土箕抬着来的。"那人摇着头，现出悲天悯人的样子，目光却闪烁不定，分明想看到冒襄的惊恐和狼狈。

"按说呢，"另一个房客也敲敲打打地接了上来，"像周介生这等人，不仅失身降贼，还公然向闯逆上《劝进表》《急下江南策》，实在是丧心病狂，罪大恶极，一死不足以赎之！只是他一向以名士班头自命，却落得如此下场，却也令人可诧可叹！"

"同是降贼，弟适才见那光时亨与武愫倒还像知罪的样子，唯独这周钟最是可恶，一路上撞天价地叫屈，说什么'青天白日之下，竟有如此之事'，又说'杀了我，天下便得太平么！'真可谓至死还想瞒天骗人！"这插嘴的第三位，却显得余忿未消。

冒襄始终没有答话。无疑，由于被杀的这三个人，特别是周镳的堂弟周钟，作为复社当中有影响的领袖之一，很久以来就遭到阮大铖的切齿仇恨。权奸们必欲置之死地而后快，是意料之中的。但是在正月间，东林、复社方面已经走通了次辅王铎的门道，请得圣旨，对从贼诸臣一案，准予停刑。当时大家都松了一口气。谁知，才过了三个月不到，忽然又开杀戒，这却是冒襄所估计不到的。无疑，对于周钟等人的降贼失节，冒襄也很恼火，觉得他玷污了复社的名声。但一位平日十分熟悉的朋友，落得如此悲惨的下场，这件事，仍然使他受到很大的震动，以至呆呆地望着眼前的三个人，一句话也说不出来。半晌，他才低下头，默默转过身，向下榻的院落走去。

"眼下才交四月，并非秋决之时，更兼左良玉之兵正沿江东下，何以朝廷不迟不早，偏要挑这节骨眼上来行刑？看来必定是马、阮二贼所为！但他们为何如此有恃无恐？莫非他们认定，左良玉打不过来？还是他们预感末日将临，决意先行杀人报复？嗯，要是这样的话，我辈只怕也难以幸免于祸！"这么一想，冒襄的一颗心不由得"扑通扑通"地狂跳起来，浑身的筋脉也突然抽紧了。尽管云端里传来了夹杂着闪电的隆隆雷声，豆大的雨滴也打到了脸上,他却丝毫也没有觉察到。"可是,事到如今,即使要逃,只怕也来不及!况且内外城门全戒了严,又怎能出得去?不错,时局到了这一步,眼见是一点指望都没有了,既然迟早都是个死,那么他们要杀,就让他们来杀好了!说不定如此一来,我就不用亲身经历那尸横遍野、血流成河的惨变,不用受那一份国破家亡的熬煎!反正家中的小弟已经出生,父母膝下也不至于没有奉养之人了!"这么绝望地横下一条心,冒襄反而平静下来,并且生出一种一了百了般的解脱之感。这当儿,雨点已经变得密集起来。于是,他紧迈几步,一脚跨进种植着芭蕉和栀子花的庭院里。

"啊,好了,大爷回来了!"一个熟悉的声音传来。冒襄抬头一看,发现仆人冒成手里撑着一把油纸伞,正从西屋里急步向他迎来,忠厚的脸上,现出如释重负的神情。

"大爷,"大约看见冒襄只点点头,打算向里间走去,冒成连忙跟上来,一边举着伞替他挡雨,一边急急禀告说,"郑爷来了,说有要事要与爷说,已在西厢等候多时了!"

冒襄微微一怔:"郑爷?哪个郑爷?"

"就是镇抚司的郑爷。"

冒成所说的"郑爷",就是冒襄家中旧日的清客郑廷奇,如今在南京的镇抚司当了一名校尉班首,专掌逮捕犯人的职责。去年八月,周镳、雷缜祚被捕入狱的消息传出之后,冒襄还曾经领着陈贞慧和侯方域去访过郑廷奇,请他设法关照。后来由于周、雷二人移交刑部大牢关押,冒襄也就没有再同郑廷奇联系。现在忽然听说对方来访,而且不惜坚坐等候,冒襄就不由得疑惑起来,连忙转过身,匆匆朝西屋走去。

果然,当他撩起门帘,跨进门槛时,发现郑廷奇已经站起来,做出行礼的样子。不过,使冒襄更加惊疑的是,今天郑廷奇青衣小帽,打扮成平民的样子,虽然还是那张黄黑的宽脸,还是那部浓密的胡子和那双小而亮的眼睛,但冒襄一看之下,竟差点儿没认出来。

"哎,世兄!"郑廷奇不待冒襄发问,就匆匆作了一揖,走近来,用压低的、紧张的声音说,"弟今日来,是有一极急迫之事相告:马阁老及阮大司马因左兵东下,十分震怒;又因左良玉在檄文中,提及周仲驭、雷介公二位下狱之事,遂认定此变系因他二人而起,并疑及复社诸生意欲为左兵内应,故此今日已先请旨将周介生三人问斩正法,并将周仲驭、雷介公同时赐死于狱中。如今又行驾帖至都察院,要将世兄及黄太冲、顾子方、吴次尾、陈定生等诸位兄台收捕下狱。弟今早自院中一位书办朋友处得知此事,且谓掌院邹大人批云:准于明日行文到司。如今情势已是极急,世兄应从速离京远避,迟则祸将不测!"

冒襄没有想到事情会来得这么迅猛。特别是听说周镳、雷缜祚已经被赐死狱中,更如同晴空响起了一记霹雳,把他一下子震呆了。"啊,这么说,周、雷二公果然也给他们害死了!可是,周仲驭是去年八月被逮的,说他联结左兵,有什么证据?马老贼怎敢这样无法无天,不经三司勘问,就胡乱定谳杀人?还要来收捕我们!我们到底有什么罪?难道就为的我们出了《留都防乱公揭》,就为的我们不买阮胡子的账,就为的我们要为太子鸣冤申辩?可这算什么罪?即便是次尾、太冲他们曾派人到武昌、福建去报信,也从来没打算要让左良玉兴兵。这一层我一清二楚!他们身为大臣,为报私怨,想杀就杀,想抓就抓!这朝廷到底还有王法没有?还讲道理不讲!"

冒襄在心里激愤地大叫。原先那种绝望的预感,已经不可抗拒地直逼到眼前,他心中的傲气与怒火,也不可抑制地爆发了!

"不,我不走!我为何要走?我为何要怕他们?他们要逮我,就来逮好了!无非是一死!国家的局面到了这一步,反正迟早大家都得完蛋,还有什么好怕的?不,我不走,不走了!"

看见冒襄冲动已极的样子,郑廷奇也显得有点黯然。他低下

头去,在透窗而入的哗哗雨声中想了一会,又相劝说:

"一死固不足惧,唯是大丈夫当死得其所。其实如今报国之地甚多,譬如史公在扬州广揽人才,世兄何不就到那里去,一展才志,岂不较之留在此间白送性命强得多!"

郑廷奇在冒襄家中做过清客,对这位世兄的脾气显然颇为了解。所以他说话时并不激昂,相反显得十分沉着、冷静。果然,冒襄被他这么一点醒,顿时不说话了。事实上,他本不是个鲁莽的人。虽然满腔的悲愤与绝望,使他决心以一死来与强权相抗,但当发现还存在着更有价值的选择时,他就变得清醒了。

"可是,晚弟还得去告知黄太冲、顾子方他们才成。要么,大家一齐都走,决不能晚弟一人独走,而让他们陷于罗网!"沉吟了片刻之后,冒襄迟疑地说。

郑廷奇松了一口气。他立即从腰间拿出一支令箭,说:"事不宜迟,世兄既决定离京,切不可迟于今夕。虽然内外城俱已戒严,但持此箭便可通行。至于黄太冲相公他们,不劳世兄去告知,包在弟身上便了!"

第十二章
柳如是投水明志，钱谦益降清献城

苦撑危局

茫茫大雨笼罩着长江北岸的扬州府城……

这是入春以来下得最久、来势最猛的一场大雨。从四月十一日开始，到如今已经整整下了三天三夜。其间除了有过几次短暂的间歇之外，夹杂着隆隆雷声和霍霍闪电的瓢泼大雨，以一种近乎疯狂的气势席卷着天空和大地。白天，败絮似的乌云被强劲的东南风揉搓着，撕扯着，紧贴着城墙的雉堞急驰而过。天穹之下，终日飞扬着千万根银光闪闪的雨箭，使饱经天灾人祸、已经变得百孔千疮的古老城池，弥漫着不祥而怪戾的杀伐之气。到了夜晚，箭镞似的雨点暂时隐没不见了，但是因黑暗和寂静，变得格外分明起来的电闪、雷鸣和有如怒涛般汹涌的风雨声，又使人们常常从睡梦中惊醒，疑心清兵已经神不知鬼不觉地兵临城下，正在发动猛烈的攻击。于是大家又怀着满心的恐惧，侧着耳朵听了又听，再也无法安枕……

自从十天前，传说左良玉从武昌起兵东下，威胁南京，而史可法则奉旨把防守黄淮一线的主力，抽调到长江上游的庐州、安庆一带去参加堵截以来，关于清兵乘机南下的各种可怕流言，在扬州城中就再也没有平息过，一会儿说黄淮边上的重镇徐州已经失守，一会儿说另一重镇盱眙的守将已经开城迎降，一会儿又说驰援泗州的军队全军覆没，连浮桥镇也被攻陷。直到今天，史可法的行辕回到了扬州，正式宣布左良玉在九江时其实已经病死，由他的儿子左梦庚继领的军队，已经被黄得功打得大败，逃过了江北，才使紧张的人心稍稍感到宽慰。但马上又传出消息说：当初杀害高杰的叛将许定国，在投降了清朝之后，正在率兵南下，马上就要来到扬州。许定国还扬言要杀尽驻扎在城里的高杰遗眷和旧部，以图斩草除根，永绝后患；还说这个消息是出自史可法之口。于是满城的人们顿时又惊惶起来……

对于这样的传闻，并不是人人都相信。住在提督府衙门中的侯方域，今天下午从总督行辕那里得到证实，史可法没有说过类似的话。这种传说纯属谣言。当然，侯方域也并不因此感到宽心。去年九月间，由于同黄宗羲等人彻底闹翻，加上父亲侯恂曾变节降"贼"，受到朝廷的明令追究，他自觉在南京无法立足，因而跑到扬州来，不久便被史可法派到高杰军中效力。近半年来，他一直随着军队在江北到处迁徙，并一度回到了他的家乡——黄河边上的商丘县。直到高杰被害之后，他才又跟着高杰的外甥——现在已经被任命为提督的李本深回到了扬州。淮南一带的战局，到了怎样一种危急状况，侯方域心中可以说一清二楚。据他所知，扬州城中关于北兵南下的种种传闻，其实大半都是真的，甚至连史可法这一次匆匆赶回来，也是眼看前方已经抵挡不住清军的南下，迫不得已才把防线收缩到扬州，打算据城死守。然而，扬州能守得住么？如果守不住，到时自己就会陪着落得个玉石俱焚！正是这种迫近眼前的可怕图景，使侯方域感到心头发惴，不寒而栗，以致在被窝里一个劲儿地辗转反侧，直到户外打过三更，仍旧无法入睡。

这些年，由于酒色过度的缘故，侯方域自觉身体状况是越来越坏了。加上近几个月来四处奔波，一直处于异常的紧张劳碌之中，他觉得自己已经快要支持不住，随时随地都会倒下去。也许因为如此，他的心境也变得空前的阴郁和沮丧。如果说，早些年，凭借陈贞慧的大力援引，他一跃而成为复社的一位年轻领袖，也曾颇为顾盼自雄,一心期待着在风云际会之中施展才干,轰轰烈烈做一番事业;那么,到了北京失陷,南京的东林派在拥立新君的角逐中一败涂地,皇帝的宝座落到了福王手里之后,侯方域就意识到,明朝再也没有复兴的希望了。仅仅是出于对农民军的仇恨和对清国异族的恐惧,也出于不想在社友们面前显得胆怯平庸,他才仍旧留在南京,但内心却无时不在估量着时势,以便随时作出对策。正因如此,他曾经大力支持陈贞慧那个和衷共济的主张,希望至少能使江南谋得苟安,并防止马士英等人进一步得势。谁知事与愿违,由于东林方面的大臣们各行其是,加上周镳在复社内部拉一派打一派,结果把自己一方弄得溃不成军,连身家性命都给政敌捏在手里。侯方域绝望之余,才断然决定出走。然而,近半年来,在前线的所见所闻,又使他陷入了更深的绝望之中。

"啊,也许我应当走了,应当尽快离开这条即将沉没的破船,逃到一个远离尘世,没有烦恼和苦难的地方去,把身子调养好,然后做一个与世无争的闲适之人,岂不更为安乐?"这个念头的闪过,使侯方域的眼前仿佛出现了一线光明,一线可以走出死亡和黑暗的生机。然而,只一忽儿,这线光明又熄灭了。"局面到了这一步,我又能逃到哪儿去呢?家乡早已成了一片废墟,而且还在不停地打仗,肯定是回不去了。那么就逃往南边?逃到浙江、江西,或者岭南去?可是南京守不住,浙江就能守得住么?至于江西、岭南,举目无亲,又能投靠谁?何况,如今史公和他的属僚,还有集贤馆的幕僚们,都决定死守扬州,我又怎能独自逃走?他们得知后会怎样说我,世人又将会怎样说我?不,不能走,也不该走!然而……"

就这样,侯方域左思右想,反来复去委决不下,同时感到愈来愈衰弱、疲倦,也不知什么时候,终于沉沉睡去。然而,只睡了一忽儿,他蓦地又惊醒了,同时听见一阵闹哄哄的声音,人在喊叫,马在嘶鸣,还夹杂着乱纷纷的脚步声和刀枪碰击的声响,而且一切听来都很近，仿佛就在院墙之外的街巷里。侯方域起初还怔怔忡忡的，不知发生了什么事。随后，一个念头在心中猛地闪过："不好，北兵进城了！"他顿时浑身紧张起来，慌里慌张翻身下床，甚至忘了穿鞋子，光着脚就朝门口冲去，打算到外面去找个地方躲起来。谁知，他正要跨出门槛，却被迎面而来的人猛地撞了一下，一屁股摔在地上。"啊，完了，这一次我必死无疑了！"混乱中他绝望地想，但求生的本能却促使他竭力挣扎着，试图向旁边爬去，以便躲开可能砍来的刀剑之类。然而，就在这时，他听见一个熟悉的声音吃惊地说：

"哎呀，原来是爷！"

随着话音，一双有力的胳臂已经托住了他的身体。他不由自主地站了起来。凭借窗户外的朦胧晨光，侯方域才认出撞倒他的原来是手下的一名亲随。

"小人该死，冲犯了爷，求爷饶恕！"亲随低着头，告罪说。

侯方域心神不定，顾不上责骂仆人，只急不可待地问："哎，出了什么事？外间吵什么？"

"小人正要来禀告爷：提督衙门在集合兵马，还带着许多家眷和箱笼行李，像是要出城的样子，所以吵闹。"

提督衙门，如今正住着高杰的外甥李本深，以及高杰的遗孀邢夫人。高杰一家本是"流寇"出身，自从归顺朝廷之后，由于对李自成、张献忠作战颇肯卖力，受到朝廷的优礼。高杰死后，颇有计智的邢夫人曾经提出，要求让她的儿子认史可法为义父，显见是希望借以获得庇护。结果史可法没有答应，只让从北京逃回来的太监高起潜认了高杰的儿子为义子。但高氏一家看来并不满意，也不太放心。所以这一次城中传出许定国再度前来寻仇，打算对高家斩尽杀绝的消息之后，李本深显得十分紧张，似乎担心朝廷会借刀杀人。本来，史可法已经再三向他说明，这事纯属谣传。没想到仍然发生眼下的变故。不过，弄清不是清兵进城，侯方域总算稍稍放下心来。他估计，高氏部众大约打算逃离扬州，以避免杀身之祸。不过，防守扬州的兵力本来就相当薄弱，如果高家军的大队人马再一走，形势将会更加岌岌可危。作为奉派到高家军中去效力的一名幕僚，侯方域很明白，自己负有替史可法协调和监视对方的双重使命。于是，他在亲随的帮助下，赶快穿好衣帽鞋袜，匆匆赶出门去，打算即使阻止不住高家军的行动，至少也尽快弄清情形，向史可法报告。

这当儿，天已经愈来愈亮。空中仍旧阴云密布，雨却止住了。接连多日的暴雨，使街道上满是积水和泥泞。在泥和水之上，如今又丢弃着好些帽子、扁担、旧衣裳、破鞋子之类的杂物。大约是高氏族人们在忙乱中偶然失落，或随手抛弃的。这些触目可见的遗物使街道益发显得凌乱不堪，有一种争相逃命的意味。侯方域已经没有心思顾及这些，因为在周围那一条条街巷深处，传来了阵阵叱喝声、詈骂声和哀求哭喊声。一匹又一匹的骡马，正被三五成群的官兵驱赶着，牵扯着，从巷子里走到大街上来，又络绎地向东城门的方向赶去。这些骡马，显见是从附近的居民家中临时强抢而来的。因为在后面，还紧迫不舍地跟着不少老百姓，正苦苦哀求官兵把牲口还给他们，但回答他们的却是凶狠的喝骂和刀背枪杆的无情毒打。那些抢掠的士兵也显得十分紧张而仓皇，一旦摆脱纠缠，便逃也似的把骡马向东赶去。侯方域跟出大街，来到河沿上，随即发现，高家军不但抢掠骡马，还大肆抢掠河上的船只。他们挥舞刀枪，奔进舱去，把一切他们认为不相干的人统统赶下船，然后用刀枪逼着艄公，喝令把船只向东水关撑去。从一路上的混乱情形来看，这种暴虐的行动显然正波及很大一片城区。但奇怪的是，始终看不见有弹压地方的官员或军队出来干预。"哎，莫非史公还不知道？莫非史公就这样撒手不管，任凭他们把军队带走？那么今后扬州的防务怎么办？沿江的防务怎么办？"侯方域感到既焦急又不解，同时加快脚步，想跟到东城门去看个究竟。

这当儿，按时辰天早该大亮，但屯积在城市上空的乌云始终凝聚不散。四下里依旧阴沉沉的，只有城东的天幕下方，展现出一片比较明亮的光带，那些正在蜂拥前进的将士们的头盔和身形，以及各种骡马的影子，在这片光亮的衬托下，历历可辨。侯方域往前走着走着，感到周围的脚步声、喘息声变得愈来愈密集而纷乱，身体也不时受到人或骡马的粗暴碰撞。他不由自主停了一下，发现自己已经置身于呼啸前行的浩浩人流中，而且随时随地都有被裹挟而去的危险。

"哎，爷，前边乱得很，去不得了，快回去吧！"一个慌急的声音在背后呼唤，那是他的亲随。

这话提醒了侯方域。他心中一凛："啊，我真糊涂！怎么跟着跑来了？看样子他们是打算夺门而出，万一守城的不放行，双方砍杀起来，岂不糟糕！"这样一想，他顿时失去了继续前进的勇气。但是多少还萦绕在心头的一丝职责感，又使他不愿意立即退走，于是左右打量了一下，发现在不远的街道旁，有一条小巷子。大约是高家军的士兵们曾经到里面去抢掠过骡马，巷口那道夜里照例锁闭着的栅门，已经被砸开。眼下里面空荡荡的，看不见一个人影。侯方域马上带领亲随，一边躲避着狂奔而来的乱兵，一边退进巷里去。

刚刚在栅门后边站定，他们就听见，离巷子不远的城门那边，忽然响起一声惊天动地的呐喊。那是一种因行动受到阻拦而感到愤怒的、充满血腥意味的疯狂喊杀声，其中还夹杂着阵阵垂死的哀号。与此同时，栅门之外，那些从大街西头陆续跟上来的高家军将士，在惶惑地停止了一下之后，也突然激动起来，一齐举起了手中的枪、矛、刀、斧，"嗬！嗬！嗬！嗬"地吼叫着，以更坚决的挺进姿态，去声援前方的伙伴。看见这情景，站立在栅门后面的侯方域一下子紧张起来，双手死死抓住木栅，一颗心也在胸膛里"扑通扑通"地狂跳不止。"完了，完了，这么攻杀起来，城中只怕要大乱！不，再不能留下去了，得走，我得快走！"心里这么叨念着，两条腿却像生了根似的，只管一个劲儿在原地簌簌发抖，怎样也抬不起来。他不禁又是惊惶又是着急。然而，愈是这样，他愈是迈不动腿，以致到后来，竟挣出了一身冷汗。

这当儿，大街上的情形又发生了变化。高家军的将士们虽然还在不停吼叫着，但是却明显地加快了前进的速度。看来，东门那边的暂短争持，已经以守卫者的被杀和逃散而获得解决。城门终于被打开。到了这一步，已经再也没有什么力量能够阻止这支主力军队临阵脱逃了。

小半个时辰之后，挤拥在街道上的军队，以及被他们抢来的骡马渐渐稀疏起来。随着最后一阵战靴和马蹄的蹴踏声远去，乃至消失之后，大街上变得死一样的寂静。只有东天上那一片已经扩大开来的光影，颓然照临着这劫后的城市，在满街的积水和泥泞上，投下了一片令人心悸的苍白。

也就是到了这时，侯方域才感到两条腿重新变得听从使唤。他默默地离开栅门，怀着前所未有的绝望和混乱不堪的心情，走出大街，冒着迎面而来的料峭晨风，蜷缩着身子，一步一步走回寓所去。

矢志殉国

高家军在东城斩关夺门，蜂拥而出。冒襄却带着董小宛和仆人，乘船来到了扬州。不过，航船是从南水关进的城，所以侯方域所经历的惊心动魄一幕，他们并没有碰上。当冒襄吩咐在码头上泊住船，让董小宛和仆人们小心留守，自己带着冒成前往总督行辕，打算去谒见史可法的时候，事变已经过去，扬州城里也基本上恢复了平静。

这一次，由于接受了郑廷奇的敦促，在极匆忙的情况下逃离南京，冒襄算是躲过了马、阮的魔掌。当途经镇江时，又传来了左良玉兵败九江的消息，从而使江南因内乱而自行崩溃的危机，多少得到缓解。诚然，对于朝廷政局的改善，冒襄已经不抱任何幻想，但他仍旧希望，随着东线危机的解除，史可法至少能够回过身来，全力挡住清兵的南进。事实上，扬州能否坚守，除了直接决定着江南的命运之外，也将密切关系到家乡如皋的安危，使他不能不特别关注。

现在，冒襄由冒成替他撑着油纸伞，冒着又密集起来的黄梅雨，匆匆地走在行人寥落的扬州街道上。他发现，与去年八月从如皋前往南京途经此地时相比，城中的景象已经变得愈加荒凉破败。如果说，作为曾经是繁奢竞逐的一座城市，半年前扬州还多少保留着旧日的风貌的话，那么，眼下这座城市已经完全处于兵临城下的紧张氛围之中，从城头、城门直到城内，到处都布满了手执刀枪的士兵。就连在靠近城门的那些平民家里，也不断有兵丁进进出出。特别显眼的是在高耸的城墙上，正蹲踞着一尊一尊的铁炮，炮口一律向着城外。不过，由于城头的宽度不够，为着安置这些庞然巨物，只好临时架起一块一块平伸出城垛之外的大木板。这么一来，就使得墙根下的居民住宅，终日处于泰山压顶般的威胁之下，显得岌岌可危。也许正是这种情景，使冒襄那颗本来就相当混乱的心，愈益紧张起来；尽快见到史可法的愿望，也更加迫切了。

主仆二人来到了总督行辕。冒成上前，请门公把拜帖传递进去。过了片刻，一位方巾儒服的幕僚出现了。冒襄虽然马上觉得对方的脸面和身形很熟悉，却仍旧怔了一下，才突然认出，原来是老朋友侯方域。"啊，怎么几个月不见，朝宗变得这么厉害？黑、瘦倒还罢了，可他怎么会如此衰颓，仿佛一下子老了十岁似的！"冒襄正想着，侯方域已经迎上前来。

"哎，朝宗，原来是你！何以如此之巧！"

意外地碰到老朋友，使冒襄多少有点兴奋。因为有些疑问他也许不便向史可法提出，但在侯方域面前，却可以不必避忌。

然而，侯方域却显得心事重重。他没有回应冒襄关于"巧遇"的惊喜，甚至连礼节性的微笑也没有，只点点头，回了一揖，便说：

"史公眼下正处置公事，未能即刻见兄，命弟请兄先到西厅奉茶。"

冒襄眨眨眼睛，对于老朋友的冷淡感到颇为意外，也有点不习惯，但只好顺从着，疑疑惑惑地向里走去。

"嗯，兄此次来扬，是意欲从军，抑或只是顺路返乡？"等冒襄在西厅的椅子上坐下，仆人奉上茶来之后，侯方域默默地呷着茶，过了片刻，才抬起头，审究似的盯着朋友问。

冒襄没有立即开口。倒不是由于对方前一阵子的态度，使他感到不快，经过一年多来种种的风险与挫折，他当年那股子傲气，已经消磨掉了许多，不再过于计较这一类事情了。不过，说到此来的目的，他却有点拿不定主意。无疑，自从决定离开南京，摆在他面前的选择，正如侯方域所说的，只有两种：要么返回家中，从此不问世事；要么就是投到史可法的幕中，从军抗清。本来，清军兵临城下已经迫在眉睫，无论是从保卫江南还是保卫家乡来权衡，都只有拼死抗争才有出路。但是扬州当真能守得住么？如果守不住，自己恐怕也难免一死以殉。国势到了这一种地步，本来死也没有什么可怕；况且因抗敌尽忠而死，也算死得其所。只是父亲还在浙江海宁县任上，而老母妻儿则被丢在如皋家中。那么，似乎还应当先把家眷送到父亲那儿去再说。不过这么一来一往，时间就恐怕有点来不及……

"依兄之见，弟当留还是当走？"由于感到一时难以决断，冒襄终于只好反过来征求朋友的意见了。

侯方域的目光闪动了一下，随即垂下眼皮："这个么——各有利弊,全在兄如何拿主意罢了。"他模棱两可地回答。

"可是……"

"留下,自能壮烈报国,流芳青史,但必死无疑。走呢,虽有贪生畏死之讥,却或许能苟全性命于乱世。"

冒襄微一错愕,脸唰地红了。这不仅因为朋友的话,正戳中了他的心事;还因为对方这样说时,口气中那种分明的讥讽意味。然而,接下来听到的话,又使他大吃一惊。

"不过,"侯方域忽然左右望了一下,随即压低了声音,目光也变得有点恶狠狠,"像这么一个朝廷,这么一帮当道的狐群狗党,莫非兄以为,我辈还值得为之尽什么忠,殉什么节么!"

"那么……"

"哼,听说左兵东下时,马瑶草曾说什么'宁亡于清,不亡于左',那就让他亡好了!说不定他们完蛋了,我辈还能活得痛快些!"

冒襄瞪大眼睛,望着咬牙切齿的朋友,不由得呆住了。但渐渐地,一股反感开始从心底里冒上来。因为从朋友那句貌似激昂决绝的话里,他隐隐感到了一种可骇的、卑劣的意向。

"啊,兄是说……"

"不!"侯方域粗暴地把手一挥,挺身离开了椅子,"我什么也没有说,也不想说!"他猛地走开去,仿佛想摆脱某种无形的、令他感到烦躁和恐惧的纠缠。然而,只过了一会儿,他又转过身,重新走回来,吵架似的大声说:

"兄倒说一说,局面到了这一步,还有什么指望?左良玉死了,左兵败了,左梦庚率残兵逃到了江北,投降北兵去了。徐州早已失陷,前几日盱眙降了,昨日泗州也降了。淮扬已是屏障尽失。今晨五鼓,李本深又率城中高营兵马斩关而出。剩下一点残兵,这城还怎么守?北兵一到,只能束手待毙而已!为何会弄到这样子?是史公无能么?不是!是淮扬的兵全不中用么?也不是!就为的马、阮狗贼明知大祸临头，还从中作梗。史公几番疏请入朝，意欲面陈大计，俱遭峻拒，还疑他欲与左兵呼应。史公连檄河防诸路兵马增援扬州，亦被马、阮暗中阻挠，皆不听命。这不是明摆着要把史公往死里迫么！这等朝廷，这等权奸，凭什么还要为他尽忠，给他拼命！老实说与兄知，只有傻子才留下来，弟可是决定走了，今日就走！"

侯方域怒气冲冲地申诉着，大声地吼叫着。显然，这种苦恼和愤慨在他心中已经积存了许久，以致一旦得着发泄的机会，便再也管不住自己，就连此刻是在什么地点，应当掌握什么分寸，他全都顾不上了。

"况且——"他又高声说，大约还意犹未尽，然而，一种本能的感应使他回顾了一下。一刹那间，他噎住了。因为不知什么时候，史可法结束了签事房那边的公事，已经来到了门槛之外。

史可法无疑听到了侯方域最后那番话，却显得出乎意外的平静。他跨进门槛之后，既没有动气，也没有焦急，只对幕僚点一点头，淡淡地说：

"兄台数月前来时，学生就说过，此地乃死所而非乐土，唯不惜性命者可以处之。其时兄未肯信，坚要留下。如今兄已知学生所言不妄，意欲离去，那就去吧！"

这么表示了许可之后，他就不再理会侯方域，把瘦得只剩一把骨头的黧黑脸孔转向冒襄，用变得稍为亲切的口吻说：

"早知兄台光临，学生适因公务所阻，未及出迎，甚是得罪！"停了停，大约看见冒襄呆呆地站着，一言不发，他又微微一笑，说："兄台此番想是自留都归里？旅途匆遽之际，仍不忘分心枉顾，学生甚感盛情！"

看见史可法——自己素所敬仰的这位父执，因极度的劳苦而愈加形销骨立；想到对方一片孤忠，苦撑危局，却被昏君和权奸弄于股掌之上的可悲遭际，冒襄感到心头一阵发颤，泪水在眼眶

里打转。此刻又听到这样亲切的询问,他再也忍不住心头的激动,急速地趋前两步,一下子跪倒在地上,哽咽地大声说:

"小侄此来,意欲投奔大人,效力麾下,请大人千祈准允,俾使冒襄一申素志,以报知遇之恩!"

听他这样说,史可法似乎有点意外,然而,很快就坚决地摇摇头:"兄台报国之心,学生甚为感佩。唯是事已至此,非人力所能回。贤侄实不必作无谓之勾留,以致玉石俱焚!"

一边说,他一边伸出手去,打算把冒襄扶起来。

但冒襄却坚持着,不肯站起身:"扬城万一不守,敝邑何能独完?小侄即偷生归里,亦复何用?是以愿留此地,与扬城军民共竭微力,虽肝脑涂地,亦不敢辞!望大人明鉴此衷,小侄不胜感铭!"

史可法沉默了一下,对冒襄的决心似乎有点感动,但也似乎是在考虑说服的办法。

"嗯,兄台请先起来,且听学生一言!"他说。

但冒襄却因感觉到处境的绝望而变得愈加固执:"请大人准允小侄之请,否则小侄绝不起来!"

史可法不说话了。他站立了片刻之后,突然走开去。

"啊,胡说!"他猛然停住,使劲一跺脚,转过身来,怒声呵斥说,"我这儿要的是兵,是将!要你一个书生何用?况且,你父母年迈在堂,弱弟尚在襁褓之中,眼下大乱在即,你一死了之,容易得很,抛下他们让谁人去照顾?你留在此地,不唯丝毫无助于城守,反会使我更多一重牵挂。不成!此事我绝不准允!快走,快走!"

这么坚决而又严厉地表示了之后,大约看见冒襄直起身子,呆呆地仰着脸,现出悲痛而又茫然的神情,他就举起了用布包裹着中指的右手,再一次缓和了口气,语重心长地说:

"目下扬城之势,已是危如累卵。北兵旦夕可至。学生适才已血书寸纸，促请兵部从速遣兵来援，但只怕亦未必有用。学生已决意与扬城共存亡。盖此身当去岁三月十九之变，已罪无可赦。所以忍死至今者，无非欲为大明社稷谋一丝生机，一旦事定，学生便当自裁以谢先帝。今因无德无能，以致国事一误再误，纵然拼却一死，亦无以赎史某之罪，唯是扬州一失，留都恐怕难保，江南从此多难矣！今所坚信者，乃'楚虽三户，亡秦必楚'。望兄等今后毋忘社稷，善藏其锋。待义军四起之时，再尽忠报国，灭此强虏。则可法虽处九泉之下，亦当感激不尽！"

说完，深深地行了一礼，也不待冒襄回答，就转过身，大步向外走去。

冒襄呆呆地听着，知道史可法意志坚决，难以改变，可是翻腾在他心中的那股悲痛却愈来愈强烈。终于，他猛地扑倒在地上，放声痛哭起来……

痛斥君权

"哎，都过午了，怎么还不见送饭来？"饥肠辘辘的顾杲扶着牢房的木栅栏，一边向外间张望，一边烦躁地说。

他的疑问没有得到应答。因为同他关在一起的黄宗羲，从两天前起就变得十分沉默，似乎对什么都失去了关心的兴趣。至于陈贞慧，则向狱卒要来了纸笔，一天到晚埋头于写他的《过江七事》，打算把近一年多来，在留都的所历所闻整理记录下来。听见顾杲说话，他只是抬了抬头，便重新把注意力集中到写作上去。

今天已经是四月二十六日，三位社友在这所兵马司属下的东城监狱，已经蹲了整整半个月。他们是在冒襄出逃的第二天先后被捕，关进来的。起初，他们猜测吴应箕和冒襄恐怕也在劫难逃，只苦于得不到消息。直到几天后，校尉班首郑廷奇私下前来探视，他们才得知冒、吴二人已经逃脱，还知道大收捕的前一天，郑廷奇曾经前去通知他们，谁知他们三人全都不在家，到了第二天再上门，已经迟了一步。得知这一情形，陈贞慧和黄宗羲倒还没有什么，唯独顾杲懊恨异常，一天到晚长吁短叹。加上半个月来，他们一直被不明不白地关着，既不见提审，也没有释放的迹象，这就使顾杲更加难以忍耐，心情也愈来愈恶劣。这会儿，大概看见两位社友都无动于衷，他又焦躁起来，转过身，怒声质问：

"就是要死，也该有一顿送终饭！似这等不理不睬的，算什么！"

说完，他使劲击拍着木栅，扯开嗓门，"喂——喂——喂——"地吆喝起来。

即便如此，外间仍旧没有任何反应，倒是隔壁牢房里的囚犯们被惊动了，传来了不安的声响。

看见朋友这样子，陈贞慧终于放下笔，走前去挽住顾杲的胳臂，劝慰说："子方，不须如此，外间想必是给什么事耽搁了，过一会儿就会送来的。来，且坐下，弟有话与兄说。"

顾杲起先还不肯依从，但拗不过陈贞慧一再相劝，只好跟着回到土炕上，哭丧着脸坐了下来。

这是一个低矮而窳败的土炕，铺着一张满是裂口和破洞的草垫，由于用了不知多少年，垫上的草茬已经发黑、朽烂，用手轻轻一碰，就会纷纷断落。倒是土炕的边沿，被一起又一起的犯人磨蹭了多年之后，变得黑硬油亮，就像一段疙疙瘩瘩的木橡子。在土炕的背后和左右两边，是三面没有粉饰的砖墙，上面尽是斑斑点点的秽迹，还有一些用指甲或瓦片刻出来的歪歪扭扭的字，有的是一首诗，有的是几句话，内容多半离不开蒙冤受屈嗟叹，以及对家中亲人的思念。大约语意过于悲凄，令后来者不忍卒读，其中不少又被刮去、划掉，变得有点扑朔迷离、难以辨认。

现在，陈贞慧的目光就在这样一堵墙壁上逗留着。不过，他并不是为着辨认上面的字迹，而是在考虑怎样慰解顾杲。

自从左良玉兴兵东下的消息传开之后，陈贞慧已经估计过它可能带来的种种后果，其中也包括眼下这种后果，并且考虑过是否应该及早抽身，远走避祸。不过，他又想到万一左良玉"清君侧"成功，朝廷的权柄重新回到东林派的手里，到时候自己就会因为"临阵脱逃"，而被看作胆小怕事，心志不坚。纵然不至于被完全排斥，恐怕也难以在新格局中昂然立足。这对于一心期待能跻身于政治核心以施展抱负的陈贞慧来说，将是痛苦的、无法接受的。就因这么一犹疑，结果落到了今天的境地。不过，也许对于好坏两种后果，事先都有准备的缘故，他倒能比较平静地对待命运的严酷安排。事实上，由于各种原因，在政治场中抗争失败，而惨遭迫害，终至于一死以殉的仁人志士，古往今来，可以说不知凡几。其中也包括天启年间的东林先辈们。而他们的英名，也因此长留千古。这对于把自己的一生志业，同兼济天下紧密联结在一起的人来说，应当是没有什么可怨恨的。正因为彻悟到这一点，对于顾杲的焦躁烦乱，陈贞慧反而能够以一种包容的，乃至悲悯的胸怀来对待，并总是尽可能地加以宽解。

"子方，你且把心放宽一些！"沉吟了片刻之后，他用安慰的口吻说，"据弟想来，这事或许不如兄所想的那等严重。岂不见我们进来已经半月，尚不见提堂审问，想必彼辈手中并无凭据。若是如此，国法俱在，他们也不能随意定谳！"

停了停，看见顾杲闷声不响，依旧一副愁眉苦脸的神情，他又说："况且，这一次权奸仗势，滥捕无辜，人心必不直彼之所为。前日黄安来说，泽望兄正在外间四处奔走投诉，此事已经惊动朝端，迟早必定有人出头为我辈说话。马瑶草纵然横恶，格于公论，大约也未敢遽下杀手。兼之左良玉兵败后，事势已经渐见平息，只待再拖得几时，待案子冷了，托人从容分说，未必便无解脱之望！"

顾杲神情呆滞地摇摇头，绝望地说："左兵若是真个来到倒好，偏偏又败了！把我辈抛闪到这种地步，还有什么指望！周、雷二公都被害了，狗贼权奸又怎会放过我们！"停了停，他突然抬起头，圆睁着双眼，怒气冲冲地大声说："要死就快点死，我顾某不怕！可这天天关着，不明不白地挨命，没个了局，兄挨得下去，我可挨不下去——挨不下去！知道么！"

"兄放心，"陈贞慧同情地凝视着朋友，轻轻摇着头，"弟不会让兄等这么挨下去的。说起来，连累兄等陷于今日之困厄，其责实在弟。是故一俟将《过江七事》草成，弟便另拟一状，将当初发表《留都防乱公揭》之经过底蕴，以及虎丘之争、借戏骂座诸事，一一全盘写出，说明俱系我一人之谋划，与兄等其实毫无关涉。并正告阮圆海，如欲报仇，弟愿以一身当之，不得株及他人。如此，则此狱当可早日了结，兄等亦可望早脱罗网了！"

陈贞慧这番话，是用沉着而坚定的口吻说出来的。事实上，他也决心这样做。但是，顾杲却一下子愕住了。他长久地、不认识似的直瞪着朋友。渐渐地，一种混杂着激动、悔恨和痛苦的表情，从他那张长着一只长鼻子的脸上呈现出来，一双眼睛也开始发红，而且湿润了。忽然，他离开了土炕，向前踉跄了一步，猛地扑倒在陈贞慧的脚下，呜咽地大声说：

"不，不，兄不能那样做！兄没有错，是弟等错了！弟等当初千不该，万不该，不该不听兄的忠言，结果弄到今日的局面！弟而今才明白，兄是对的！是对的！弟决不能反让兄自任其咎！不成，不成，真的！"

看顾杲泪流满面、悔恨已极的样子，陈贞慧心头一热，眼睛也不由得潮湿了。事实上，在过去大半年间，经受了社友们越来越严重的误解、指责和排斥孤立之后，终于听到了发自肺腑的认错和忏悔，对于陈贞慧来说，实在再没有什么比这更值得欣慰和激动的了。他连忙站起来，伸出双臂，一边使劲地把顾杲扶起来，一边打算以更恳切的剖白来回报对方。然而，就在这时，身后传来了黄宗羲冷冷的声音：

"哼，我们有什么错？我们一点儿错也没有！要说有错，就错在当初史道邻、吕俨若、张金铭、姜居之、高研文，不该一个个全都走掉了，把朝廷拱手让给马老贼！"

对于史可法当初自请督师扬州，黄宗羲一直心怀不满。这一点，陈贞慧是知道的。但是吕大器、张慎言以及姜曰广、高弘图等人的辞官而去，却是由于马士英及其党羽对他们一再攻击，而弘光皇帝不仅不加制止，反而有意偏袒攻击者，使他们感到在朝廷中再待下去，已经没有可能，迫不得已才辞职的。现在，黄宗羲连他们也一并加以指责，可就使陈贞慧感到有点意外。

他回过头去，疑惑地望着独自坐在角落里的黄宗羲，没有马上答话。

"到底，"黄宗羲抬起头，气哼哼地质问，"君子出仕于朝，是为天下，还是为君主？是为万民，还是为一姓？啊？兄说，说呀！"

陈贞慧知道对方脾气偏激，见解常常与众不同，而且那些怪想法大都钻得很深，不是一下子就能猜得透。迟疑了一下之后，他小心地回答："'天子受命于天，天下受命于天子'。为君主即是为天下。此乃古今通理，似不必复有疑义。"

黄宗羲哼了一声："古今之通理？这不过是汉儒借以献媚于君主的游辞而已！后世又复张扬之，崇奉之，遂令世人以为理本如此。殊不知，为臣之理，绝不如是！"

"噢，那么兄以为……"

"上古之世，君主所以立，实因天下有公利须兴，公害须除，于是推一首倡之人，出任其劳。当其时，天下为主，君实为客。又因天下之大，非一人所能治理，而须分治于群工，于是复有人臣之设。故君与臣，名虽异而实相同——无非为天下万民分任其劳而已！明乎此，则身为人臣者，其进退出处，当以天下万民之休咎祸福为归依，而不应以君主之亲疏好恶而取舍。若吕、张、姜、高诸公，仅以见疏于今上，便意不自安，草草告归，弃天下万民之责而不顾，此亦与史道邻自请出守淮扬，同为不明君臣之义！"

在当时，君权之重已达到登峰造极的地步。早在明朝开国初年，太祖皇帝为了"收天下之权以归一人"，废除了沿袭一千多年的丞相制和沿袭了七百多年的三省制，将相权并入君权，撤销了行省，设立各自直接受朝廷统辖的"三司"，废除大都督府，分设五军都督府，与兵部分掌兵权；此外，还有"不衷古制"的廷杖制度和锦衣卫的设立。这一切，都将君权扩展到了极点。明太祖还因为孟子说过"民为贵，社稷次之，君为轻"，以及"君以臣为草芥，则臣以君为寇仇"一类的话，而极为恼火，下诏将孟子的牌位逐出孔庙，并将《孟子》一书删去三分之一。经过这一系列严厉的措施，君主具有神圣不可侵犯的绝对权威，已经成为人们心目中根深蒂固的观念。现在，黄宗羲重新对君主的独尊地位表示非议，竟认为臣子应当具有独立于君主之外的意志，这确实是惊世骇俗之谈。所以陈贞慧于错愕之余，竟忘记了对答，只是满心疑惧地茫然望着朋友。

黄宗羲却分明被这一刻里所呈现的思路所吸引，他变得兴奋起来，眼睛也开始闪闪发光。

"不错，"他一挺身站起来，挥着手大声说，"君臣之义，其暗昧不明亦可谓久矣！近世之人，俱以为臣为君而设，并为君而治天下万民。一朝出仕，便唯人主知遇之恩是荷，于是奔走服役，以奴仆婢妾自处而不疑。其实大谬不然！须知世上之所以有君、臣之名目，乃在于有天下万民之故。若我无天下万民之责，则君与我有何相干？而就担当天下之责而言，君臣之分，无非师友而已！万历初，神宗皇帝待张江陵之礼稍优，其实较之古之师傅，尚未及百之一，论者便骇然以为江陵无人臣之体。其实江陵之辈，正在不能以师傅自待，而听指使于宦官宫妾。世人反不责此，岂非昏昧之甚！"起初，陈贞慧只是惊愕地听着，但看见朋友越说越没遮拦，越说越不成体统，而且显然完全忘记了此刻正身在狱中，他不禁担心起来，连声阻止说：

"太冲，别说了，你别再说了！"

然而，毫无作用。只见黄宗羲那一张小脸因为激动而涨得通红，目光也变得愈加尖刻而执着。显然，他正处于一种自己所认定的真理光华的笼罩当中，并且狂热地试图把握它，发挥它，让它去照亮周遭的黑暗。在这种情势下，即使把利刃架在脖子上，恐怕也不能制止他的演说——

"况且，天下之治乱，不在一姓之兴亡，而在万民之忧乐。譬如桀纣败亡，天下始得以为治；秦政、蒙古之兴，只足以肇天下之乱。而小儒规规焉，以为君臣之义无所逃于天地之间。至桀纣之暴，犹谓汤武不当诛之，而妄传伯夷、叔齐无稽之事。其视天下万民崩摧之血肉，直与泥沙草芥无异。兄等试想，天地之大，兆人万姓，岂能为一人一姓所独私？所以武王乃真圣人，孟子之言乃圣人之真言。后世君主，竟有废孟子而不立者，实在是没有道理的事！"

陈贞慧目瞪口呆地望着大放厥词的朋友，心里愈来愈惊骇。"啊，'天下之治乱，不在一姓之兴亡'。照他这么说，岂不是连眼下大明能否复兴，也是无关紧要的么！照这么说，倘能致万民于安乐，不管是流寇、建虏，或是别的什么人，都无妨公然拥戴之、事奉之？这、这是何等大逆不道的话！"现在，陈贞慧觉得黄宗羲的思想十分危险，也十分可怕。"哎，他怎么生出这种无父无君的念头来？他怎么会变成这样子？看来，皆因他平日太好胡思乱想，加之眼下又是这样一种处境，所以便走入了魔道而不知！"这么一想，陈贞慧就变得严肃起来。他不再吃惊，而是觉得有责任对朋友严加纠斥，以防有朝一日，对方会做出像洪承畴、吴三桂，或者周钟、方以智那样可耻的失节事情来。

当陈贞慧抬起头，却发现黄宗羲已经自动停止了演说。仿佛从某种迷乱的状态中突然惊醒似的，他望望陈贞慧，又望望顾杲。看见两位朋友全都神色阴沉地瞅着他，对于他刚才所宣说的一套，丝毫没有兴奋或赞同的表示，黄宗羲那张瘦小的、尚未褪尽兴奋红晕的脸孔，就现出疑惑、惶恐的表情。有片刻工夫，他迟疑地张了几下嘴巴，似乎想解释什么，但终于只是咬紧了嘴唇，像一头准备抵角的公牛似的低下头去，倔强地皱起了眉毛。

兵临城下

扬州——扼守江北门户的重镇，终于被挥戈南进的清军攻陷了。那是一场兵力悬殊，然而又惨酷异常的攻守战。史可法在以血书向朝廷求援毫无结果而手下的将领却接连率部叛逃的绝境中，仍旧督率仅余的四千兵卒苦守孤城，使敌人遭受了严重的损失。最后，清军是踩踏着城下堆积如山的尸体，才得以登上城头的。早已怀着必死之志的史可法见大势已去，当即拔刀自刎，被部下拼命救下之后，很快又落入了清军之手。他在敌人面前坚贞不屈，拒绝劝降，结果壮烈殉国。接着，清军就向全城的百姓开始了疯狂的大屠杀，从四月二十五日起至五月五日止，一连十天，扬州城内血流成河，尸横遍地，到处震响着征服者血腥的狂笑和老百姓凄厉的哀号。最后，数十万生灵被消灭了。扬州这座以繁华奢靡和多灾多难同样著称的历史名城，转瞬间变成了一片废墟。

当扬州陷入重围、危在旦夕的当儿，南京的朝廷却依旧陶醉在因左良玉兵败而如释重负的轻松气氛中。马士英、阮大铖及其同党们更是忙于发布左良玉的罪状，公开加以声讨；相反，对于即将临头的亡国大祸，却懵然不知。直至城陷之后的第二天，镇江龙潭驿的探马向朝廷飞报：江面上出现了清军的木筏，并发炮轰塌了镇江城的四个墙垛的时候，刚愎自用的马士英还拒不相信，竟下令将信使捆起来，重加责打，作为对谎报军情者的惩戒。

然而，这种自造的太平假相，毕竟经不起接二连三的警报打击。到了五月初六日，被屠城的欢乐大大鼓舞了士气的清军主力，终于推进到了瓜州渡口，沿长江北岸排开了阵势，并且利用大批伪装的灯船向南岸开始了试探性攻击。这时候，弘光朝廷才从太平酣梦中惊醒过来，上上下下陷入了空前的惊恐和混乱之中。就连马士英也无法故作镇定。他赶紧把效忠于他的三千贵州籍子弟兵调进城中，让他们驻扎在鸡鸣山，以防不测；同时，还专门调来二百名亲兵，替他日夜守护府邸。直到感觉自己的安全有了保障之后，他才发出传单，召集百官于第二天——也就是五月初七日齐集清议堂举行会议，商量应变之策。

现在，已经到了约定日期，接到传单的大臣们也都陆续抵达，一共是十六位。除了马士英，次辅王铎、蔡奕琛，兵部尚书阮大铖，礼部尚书钱谦益，都察院左都御史李沾和其他一些重要官员之外，目前正负责着南京防务的忻城伯赵之龙也被特别请来参加。这些人，按照各自地位的高低，端坐在被排列成凹字形的一圈椅子上，在听了马士英简单的开场白，以及阮大铖、赵之龙二人分别就清军动向和南京布防情况的介绍之后，有好一阵子，清议堂内变得一片肃静，谁也没有开口，只有窗外哗哗地响个不停的雨声从堂门外、窗牖间，夹着凉风阵阵传送进来，使人们的身上、心上平添了几许寒意。

面对着这种情形，坐在左边第三张椅子上的钱谦益感到越来越沉不住气。事实上，尽管在宦海中沉浮了数十年，经历了不知多少风险和挫折，但是目前所面临的这种局面，却是他一生中从来没有遇到过的。无疑，一年前已经发生过北京陷落的剧变，可那到底是远在数千里外的事。他于惊痛之余，私下里还不免有点儿侥幸，甚至幻想。然而这一次却不同了，局势的发展，把他一下子推到了生死存亡的紧急关头，并强迫他作出抉择。由于局势的转折来得太快、太突然，他还来不及进行深入的考虑。但凭着数十年的从政经验，他分明意识到：任何一步错误的决定，都不仅可能给江南朝廷带来毁灭性的后果，而且自己的一生，也将从此断送。正是这种感觉，使钱谦益的心情变得乱糟糟的。他很想表达一点什么想法，但动了几次嘴巴，才颓丧地发现，其实自己什么想法也提不出来。于是，他只好极力掩饰住心中的焦急和慌乱，把目光一会儿停留在这一个与会者脸上，一会儿又转移到另一个与会者脸上。

现在，钱谦益把目光投向了坐在主位上的马士英。从这位内阁首辅出现在大堂之后的一刻起，钱谦益已经无数次地窥伺过那张带着一把山羊胡子的瘦脸，以及那双经常是隐藏在低垂的眼皮底下的、令人捉摸不透的眼睛。事实上，自从当上了首辅之后，马士英的表情和举动，已经变得越来越倨傲自负、高深莫测了。这自然是因为充分意识到自己所处的地位，以及所掌握的权力的缘故。不过，局势到了目前这一步，尽管马士英表面上仍旧一如既往，不动声色，但钱谦益却猜测得到，对方此刻心中所考虑的，不外乎也就是三种选择：抗战、投降，或者逃走。这其实也是钱谦益自己所面临的选择。然而无论哪一种选择，前景似乎都不见得美妙。刚才钱谦益之所以欲言又止，原因也在于此。那么，马士英到底准备采取哪一种对策呢？这是钱谦益所急于知道的。但是令他失望的是，尽管他的目光在对方脸上探究了足有一盏茶的工夫，马士英鼻翼旁边那两道刚愎的皱褶仍旧纹丝不动，甚至连眼皮也没有抬一抬。于是，钱谦益只好把视线转移到坐在旁边的阮大铖的脸上了。

前一阵子，左良玉起兵"清君侧"的消息传来之后，有好几天，阮大铖变得又凶又蛮，就像一只被迫到死角上的野兽，经常在大庭广众之中说着说着，就大瞪着眼睛，莫名其妙地咆哮起来，那神情，简直像是要吃人，弄得同僚们见了他就躲着走。接下来，阮大铖更干脆自告奋勇，同刘孔昭一道领兵西上，参与抵御左良玉的战事，直到左兵被击溃，他才得意洋洋地还朝奏捷，但是凶横的气焰却并未因之收敛。就在几天前，他还上疏弘光皇帝，强硬主张追究当初没有遵旨发表文告，对左良玉表示声讨的那些部、院衙门，其中也包括礼部在内，使钱谦益着实惴惴了几天。因此，直到此刻，钱谦益虽然偷偷地瞟着对方，心中仍旧不无怯意。不过，眼前的阮大铖却显得似乎有点颓丧。他微微昂起头，两道扫帚眉耷拉着，一双乌溜溜的眼珠子也失却了平日的神采，变得有点呆滞和茫然。看来，就连这个满肚子鬼主意的胡子，也感到末日来临，束手无策。不过，也可能只是为这一天来得太早，使他未能彻底完成复仇计划而懊丧罢了。这后一种猜测使钱谦益打了一个寒噤，不由自主地把视线逃也似的溜了开去。

接着，一张轮廓分明的长脸映入了钱谦益的眼中——白里泛青的皮色，一支骨棱棱的鼻子和两片薄嘴唇，使这张脸显得冷酷无情。不过，最引人注目的是那一双眼睛，眼眶特别大，与瞳仁相比，眼白又显得太多，以致几乎任何时候都显得异样地傲慢不逊。这是忻城伯赵之龙，目前正主管着南京城的防务。如果说，在座的其余十五位大臣，此刻都分明心事重重，有点六神无主的话，那么只有他显得最为从容镇定，似乎早已胸有成竹，就差等待合适的时机，把自己的主张说出来而已。事实上，赵之龙已经有点不耐烦。他不停地看看这个，看看那个，现出急于开口的样子。

"啊，不知老先生有何明见？"当两人的视线碰在一起时，钱谦益冲口而出地问。这句话来得如此突然，甚至说出去之后，连他本人都觉得意外，并为自己的冒失而有点后悔。

然而，大堂之上已经持续了许久的沉默，毕竟因此被打破了。赵之龙固然正等待着这一问，而在座的其他大臣，也全都受到吸引，纷纷向他们转过脸来。

赵之龙却没有立即说话，出于礼仪习惯，他先把目光投向马士英，显然在等待后者的许可。然而，甚至到了这时，马士英仍旧一动不动地坐着，既没有改变姿势，也没有表示可否。这种神气，把赵之龙弄得有点迷惑，也有点不安。但急于表达见解的欲望看来最终占了上风，所以沉默了一下之后，他还是转向钱谦益，点一点头，回答说：

"老先生既然下问，学生我亦不妨直陈鄙见。时至今日，北兵倾师南下，已是势不可止。设若江防能守得住，留都尚有一线生机，万一不守……"

"啊，该当如何？"看见赵之龙故作停顿，好几个声音紧张地追问。赵之龙紧皱眉毛，从牙缝中挤出一句："亦唯有设法通款而已！"

"通款"，一般是指的交涉、求和。但在目前的情势下，谁都明白，这不过是一种委婉的说法，真的意思就是投降！所以钱谦益听了，心中蓦地一震。无疑，这也是他早已设想过的一种选择。但在清兵还只是到达江北的情势下，贸然提出投降，却似乎还为时过早。因为这毕竟是一种最可耻可羞，因而也是最迫不得已的选择。何况眼下赵之龙正担负着保卫南京城的重任，这话竟首先出自他的口，实在是极之不祥。钱谦益本能地冲动了一下，打算加以反对和诘责。然而，话到嘴边，又顿住了。因为他忽然发现，在赵之龙提出这个主张之后，大堂上又变得一片静默，固然没有人表示反对，甚至连愤然作色的也没有，仿佛大家都在认真地考虑这种主张，一部分人甚至似乎表示默许。"哎，如果到头来他们全都附议'通款'，那么我首先表示异议，将来传扬出去，岂非大大不利？"钱谦益打了一个寒噤，暗骂自己糊涂；于是赶紧屏息低头，摆出同大多数人一致的神气。

然而，大堂上渐渐地又有了响动，声音不高，而且有点含混，不大清晰。那是一部分人开始交头接耳。钱谦益自然极想捕捉到一些谈话的内容，却苦于听力不佳，尽管一再地侧起脑袋，耳畔仍旧只是嗡嗡嘤嘤的一片，不甚了了。这使他好不心焦。偏偏坐在右侧的阮大铖和坐在左侧的李沾全都正襟危坐，不声不响，更把他弄得毫无办法。幸而，这种状况没有持续太久。

终于，有人正式发问了。那是左副都御史杨维垣。

"请问老先生，目下京营之兵，共有多少？"

"尚有约二十万之众。"赵之龙回答。

"哦，京营二十万，俱是劲旅精兵。背城借一，尚堪一战。况且北兵远来疲敝，我兵以逸待劳，兼之留都城池坚牢，绝不在北京之下，未必便不能固守。只需稍假时日，待四方勤王之兵至，纵使不能一鼓破敌，亦当能驱之使去，又何必仓促言款？"

赵之龙的目光冷冷地闪动一下，面无表情地说："若谓京营是劲旅精兵，则江北四镇又何尝是疲兵弱卒？况且数目更倍于京营，尚且不能保有淮扬。如今欲以区区二十万人，御北兵乘胜之众，岂非妄想！"

大约赵之龙的口吻有点不客气，身体肥胖的杨维垣那张扁平脸涨红了，声音也高了起来：

"留都乃太祖皇帝定鼎之地，江南民心，赖此而系。我辈臣子，世受大明厚恩，若不战而降，试问将有何面目以对太祖皇帝在天之灵！"

这个杨维垣，也如同阮大铖一样，在天启年间曾经阿附魏忠贤，被列名逆案。这次重新获得起用后，便死心塌地跟着马士英、阮大铖，专门以弹劾排斥东林人士为务，干了不少坏事，很为东林、复社方面所憎恶。所以，这一次他竟然如此慷慨激昂地反对投降，倒使钱谦益感到十分意外；同时也就猜测：莫非这就是马士英、阮大铖的意思？他不由得转过脸去，再一次打量那两个人的神色。然而，使他感到迷惑不解的是，无论是马士英还是阮大铖，仍旧是老样子，根本看不出有什么赞同或否定的表示。

这时候，倒是左都御史唐济世、兵部右侍郎李乔、詹事府詹事陈于鼎等人纷纷参与进来，你一言我一语地开始劝说杨维垣：

"老先生不必如此，赵老先生不过是出此一议，款与不款，尚可从长计议！"

"留都乃太祖皇帝陵寝所在，一旦开战，势必震惊梓宫，不可不虑！"

"留都数十万生灵俱系于我辈一念之间。唯有审时度势，谨慎从事，方可免于涂炭！"

大约看见杨维垣的脸越涨越红，马上就要再度发作，同他颇有交情的御史张孙振出面排解了：

"哎，时危势迫，相争无益。我等还是且听阁老大人如何处置吧！"

听他这么一说，大家果然停止了争论，一齐把目光集中到马士英的脸上，等待他决断。

马士英却依旧一动不动地坐着，对张孙振的话仿佛听见，又仿佛没有听见。直到大家等得有点心焦，打算开口催问的时候，他才终于抬起眼皮，缓缓地说：

"嗯，事关至巨，待学生奏明皇上，再行定夺吧！"只吐出这么简短的一句，他就扶着椅子的扶手，站了起来，向大家拱一拱手，头也不回地向大堂的门外走去。

夫妇反目

虽然马士英表示要去征求皇帝的意旨，但清议堂的会议结束之后，又过了整整两天，事情却始终没有下文。相反，在这两天中，从东线上传来的消息变得越来越骇人——一会儿传说清兵正在渡江，镇江一带发生了激战；一会儿又传说镇守镇江的总兵官郑鸿逵，已经带领麾下的福建兵弃城而逃，另一位总兵官黄斌卿则干脆连军队也不要，只带着几名随从乘船潜逃。到了五月九日，形势变得更加可怕，说是清军的大批人马已经渡过长江，从镇江直扑丹阳。常州、镇江二府巡按杨文骢无法抵敌，已经带领残兵逃往苏州。消息传开，整座南京城都陷入了空前的恐慌之中。大街小巷里，人人都怀着大难临头的惊怖，议论纷纷。与此同时，一股大逃亡的风潮，也在急剧的酝酿和发生之中。全城上下，从官员、缙绅到富商、小民，纷纷收拾家当，互相串连，打算出城避难。每当一户人家已经顺利逃出的消息传开，便使十家、二十家，乃至上百家受到诱发，掀起更大的逃亡浪潮……

大约是为了安定人心，弘光皇帝在五月初十日下达两道圣旨：一、缙绅家眷一律不许出城；二、召集梨园子弟入宫演剧。但是，与此同时，还有第三道圣旨，就是前些日子所选定的四名淑女——目前都安置在经厂里——也命令放还母家。正是这第三道圣旨，引起了钱谦益的警觉。因为这四名淑女，是一个月前由钱谦益奏明弘光皇帝，由皇帝御驾亲临元晖殿，对来自南直隶和浙江的一百二十名候选者一一过目，最后从中挑选出来的。不久前，太监李永芳曾奏催为举行大婚措办银两，皇帝还下旨："着该部火速挪借。"其中光是未来皇后的珠冠、礼冠、常冠三项开支，就花了四万两银子。那一阵子，正碰上左良玉起兵，风声很紧，但筹备大婚的事一直没有停止。可眼下，忽然传旨将淑女放回家去，事情看来就决不是那么简单。"啊，莫非皇上已经灰心绝望，决定仿效大行皇帝的榜样，一死以殉社稷？"这个念头一闪现，钱谦益顿时变得十分紧张，有片刻工夫，他再也坐不住，身不由己地离开了椅子，开始倒背着手，在书房里急促地徘徊起来。

的确，早在三天前的清议堂会议上，钱谦益已经估计到，摆在南京朝廷面前只有三种选择——抗战、投降、逃走。但对于其中各自的含义和后果，当时他还来不及深入思索。甚至在赵之龙提出投降的主张之后，钱谦益仍旧没有认真琢磨。可是眼下不同了，弘光皇帝一直没有对投降的主张表示支持，但也没有全力备战；从直至今天，仍旧召集戏班子入宫演戏的举动来看，似乎也不大像要弃城出逃。那么说不定就是打算一死殉国。如果真的出现这种事态，钱谦益作为大臣，照理也应当跟着殉节。这样做，自然不失壮烈忠勇，而且必定会赢得世人的称颂。但自己是钱氏本支的唯一传人，家中还有一份产业，身边还有一位如花似玉的爱妾柳如是。这些都使钱谦益不能断然舍弃。何况潜心苦学了大半辈子，积下了一身学识，还未能得到充分发挥。特别是自己平生有一个最大的宿愿：打算编著一部明朝的历史。为此他已经收集了大量资料，自信一旦编成，定能留名千古。如果在这当口死掉了，实在是难以瞑目。嗯，如非万不得已，看来最好能够不死！那么逃走呢？譬如说躲藏起来，待机而动；或者从此归隐田园，不问世事。看来，那也不是办法。别说自己身为大臣，当皇帝还守在京城时，不能私自逃走。即使真的逃了出去，待到清朝取得南京，进而举中国而有之的时候，自己其实也无处可躲。何况以自己的身份名望，也一定会被千方百计搜寻出来。如果"死"和"走"都办不到的话，那么剩下的选择，似乎就只有投降。说到投降，在别人看来是否易于接受且不管，至于钱谦益，却分明感到一种出自本能的厌恶和恐惧。事实上，如果他仅仅是一个微不足道的人物，或者是一个不知礼义的武夫，那么投降是容易的。然而他偏偏不幸而成了一位朝野瞩目的元老重臣，一位文坛中享有盛名的领袖。一旦变节投降，他绝对逃不过苛刻的公论和无情的史笔。甚至千载之后，仍旧会受到后人的指责和唾骂。这正是钱谦益所担心、惧怕，无法坦然置之的。

　　他在窗前停了下来。外边虽然没再下雨，但仍旧阴霾密布。才交申时，天色已经一片昏黑。这种景况，从三天前起就是如此。加上大风一直刮个不停，使整个天空被翻滚而过的乌云遮盖着，一天到晚阴阴沉沉的，有时大白天也得点上灯烛。看起来，仿佛连上苍也为即将临头的亡国大祸，感到愁惨和恐慌。"啊，或者皇上并非打算殉国,而是准备投降呢?是的,这绝非不可能,甚至可以说,这才更符合他的秉性!其实,即使皇上与老马已经定策向清朝行'款',事情也必定是秘密进行,不会让我们知道。当然,要是皇上决定了,我们做臣子的就只有服从。即使后人要责怪,也责怪不到我的头上。因为并不是我愿意这么做!"由于忽然发现了一条摆脱困境的可能出路,钱谦益顿时觉得心定了一点,甚至有一种如释重负的宽慰。于是开始集中精神,沿着这条思路琢磨下去。他想到,虽然是跟着皇帝投降,但一旦投降了之后,便不可能再仰仗皇帝的庇护,必须自谋安身自保之道。这就得设法结纳征服者当中的有力人物。为此,送礼和花钱又是绝对少不了的。倒是自己去年为谋求复出起用,几乎把家中全部积蓄都掏空了。来到南京之后,虽然想方设法地搜刮,多少弄回了一点,毕竟为时尚短,所得有限。但也顾不得许多了。"哎,与其临渴而掘井,不如未雨而绸缪,还是及早打点为好!"

这么拿定主意,钱谦益就来了精神,回过头去,兴冲冲地叫:"李宝!"

等仆人应声出现,他就吩咐传话进去,让柳夫人赶紧把一应财物打点归拢一下,但不要装箱打包,待他回来,自有区处。李宝应诺退出之后,钱谦益也匆匆出门,会同太监田成、李永芳等人,前往经厂,把发放淑女的事办理完毕,然后立即赶回衙门,换过便服,就径直向内宅走去。

已是盛暑的天气,要在往年,早就热得令人坐卧不宁。这些天不是下雨就是刮风,反倒变得好过一些。然而,这小半天,外面的风住了,屋子里便陡然燠热起来。钱谦益满心想着,此刻柳如是必定正按照他的吩咐,在上房里忙得额角见汗。然而,当他踏进起居室时,却发现里面静悄悄的,连个人影也没有。他不禁微微一怔,赶紧走向右边的寝室,一把撩开帘子,这才看清了:原来他那位娇小玲珑的侍妾,只穿着一件极薄的、半透明的蕉布亵衣,半侧着身子,躺在垂着碧纱帐子的凉榻上。在旁边一盏斗色晶灯的映照下,丰润的肌体和大红抹胸隐约可见。她仿佛没有听见丈夫的脚步声,依然曲着一只雪藕般的美丽胳膊,用五根指甲上涂了蔻丹的手指,捏着一柄淡翠色的团扇,轻轻地盖住了脸庞,枕畔只露出一头乌云般的丰厚秀发。

也许被这蓦然映入眼中的美妙图景所打动,虽然瞥见丫环红情手里端着一只水盘,正从屏风后转出来,钱谦益却摇一摇手,示意她不要声张,然后放轻脚步,走近凉榻,目不转睛地欣赏着侍妾的睡态;一股比过去更加强烈的不胜爱怜的感觉从心底里升腾起来,顷刻间涨满了他的心胸。"啊,仅仅是为了她,我也不能就这样去死!"他不舍地、执着地想。这当儿,红情已经把一张坐墩移到榻旁,于是钱谦益也就先坐下来,然后伸出手去,在侍妾的胳膊上轻轻拍了拍,打算问一问,为什么还不动手打点财物。然而,柳如是仍旧一动不动,对丈夫的到来,似乎毫无知觉。

看见侍妾这样子,钱谦益心中不由得犯了疑,因为柳如是没有按照自己的吩咐去做,显见是事出有因。以她的秉性,绝不会在对自己说清楚之前,就安然睡去。因此,她此刻更有可能是在赌气。

"嗯,适才出什么事了么?"钱谦益皱起眉头,回头问红情。

"没、没出什么事呀!"大约看见主人神气不善,红情显得有点慌张。

"那么,有什么人来过没有?"

"人?哦,适才惠姑娘和卞姑娘来过,坐了不大一会,就去了。"

"嗯,她们说了些什么话?"

"哦,她们说、说、说鞑子兵要打来了,城里好多人都打算逃难,乱得很。"

"还有呢?"

"没、没有了!"

钱谦益不再问了。不错,近一个多月来,他确实对柳如是隐瞒了时局的许多变故,像左良玉兴兵东下、扬州失守,以及最近的清议堂会议等等,他都没有透露,为的是免得她担惊受怕。"嗯,她跟了我这些年,大约最得意也就是这一段日子了,那么就让她尽情快活几天吧!"忧急之余,他不止一次地想。没料到,一番良苦用心,却被惠香和卞赛赛一下子给揭破了。

"哎,你又何必生气?这不,我也正打算同你商量呢!"弄清了侍妾赌气的原因,钱谦益就把脸重新转向凉榻,连哄带解释地说,"外间的情形确实有点不好,北兵要打来也是真的。不过皇上还守在城里,马瑶草前日召集文武大臣到清议堂去会商,看样子要对北兵行款,若此举得成,今后这官还是有得做的,不过少不得又要有些花费。所以我才命李宝来传话,请夫人把手中的积蓄打点一下,也好心中有个数儿,不致到时手忙脚乱。"

尽管他这么解释了,柳如是依旧躺在那里,纹丝不动,就像压根儿没有听到。

看见侍妾执拗的样子,钱谦益不由得皱了皱眉毛,稍稍提高了声音,催促说:

"嗯,别尽躺着了,北兵不定早晚就到。快点起来一道打点。""打点什么呀,没有!"柳如是终于说话了。但隔着一柄团扇,暂时还看不清她的表情。

"怎么会没有?才只大半年间,太多自然说不上,但好歹总还有一点,我记得……"

"说没有,就是没有。谁还骗你不成!"

"没、没有?那——那怎么会?"

钱谦益眨眨眼睛,有一点气急。无疑,以柳如是心高气傲的脾性,对于自己有意向她隐瞒外间的局势,自然会大不高兴。可是,刚才自己不是都给她说清楚了么?眼下已经到了火烧眉毛的当口,她还只顾逞意气、闹别扭,这可就未免太过分。何况,别的钱谦益不知道，但前些日子不歇地接待前来走门道、求官职的贡生，各式礼物收下了不少，当时他都吩咐送到内宅去交柳如是打点收拾。谁知，如今侍妾竟一口推个干净！钱谦益有点着恼了。不过，当视线落到对方那袒露在亵衣下的光洁脊背，以及那深陷的、正美妙地扭转着的腰眼窝上时，他的心又不由得软了下来，于是撩起碧纱帐，坐到凉榻上，轻轻拍抚着侍妾，半劝半哄地说：

"哎，别耍孩子脾气了，快点起来，帮为夫打点一下，看看都有些什么东西。打点清楚了，心中也好踏实点儿呀！"

一边说着，他那只青筋暴露的、长着老人斑的右手，就一边顺着柳如是的腋窝伸过去。不料，却"啪"的一声，被柳如是狠狠打了回来。

"讨厌！我说了，没有，没有，没有！你听见没有？"她尖声地叫，使劲蹬着小脚儿。

钱谦益错愕了一下，那张黝黑的、长着一部花白胡子的脸顿时沉了下来："你说没有，那么，你说，东西和银子都到哪儿去了？说呀！"由于柳如是在这当口上所表现出来的刁蛮和任性，实在过于没有道理，钱谦益当真冒火了，语气也陡然凌厉起来。

然而，柳如是毫不示弱，她一翻身坐起来，脸蛋涨得通红，圆睁着两眼，激怒地嚷："到哪儿去了？告诉你，吃啦，花啦，被我偷啦，遭强盗抢啦！这成了吧！"

这又是钱谦益始料不及的回答。而且，这个娇小女人发起怒来的气焰是如此凶猛逼人，竟把钱谦益吓得一下子站离了凉榻，张皇失措地倒退两步。不过，当弄清对方显见是成心无理取闹时，他的怒火就被煽得更加炽旺，不可抑制了。

"好嘛，这里既然什么都没有，那么你就给我回常熟去，卖田，卖地，卖房子！也要把钱凑足，给我送来！"

"成啊，你要卖，只管卖好了！"柳如是也一下子跳到地上来，光着两只小脚，三步两步跨到花梨木书案前，伸手抓过一只古玉簪瓶,"啪"地摔在地上;又抓起一把鸡素茶壶,也使劲摔个粉碎;随即双手揪着亵衣的前襟,往两边"嗤"地一撕,高高挺着胸脯,眼睛里涌出泪水,悲怆地嚷:

"卖吧,都卖了吧!也不必回常熟,明日就唤人牙子来,把我也卖了去!你不就是想弄钱,再买一个官么?把我卖了,你就有钱去送给鞑子,也有官做了!你卖不卖?啊,你卖不卖!"

经过近四年的相处,钱谦益对如夫人的脾性,虽然已经摸清了不少,但仍旧万万想不到,她爆发起来,会是这种不顾死活的模样。他当真给吓住了,大瞪着惊惶的眼睛,不认识似的望着泪流满面的柳如是;随后就低下头,皱紧了眉毛,一声不响地坐回那张四开光的坐墩上。

鸡飞狗走

黄宗羲盘起双腿,一动不动地坐在自己的土炕上,背脊紧贴着墙壁,默默地望着牢房的木栅栏外那被一夜的狂风暴雨弄得积水横流的过道。他望得那样专注、那样长久,以至同牢的两位社友——陈贞慧和顾杲正在旁边不停地说话,也没能使他转移注意力。

其实,过道上也没有什么可看。那只是一条狭窄的、又破又烂的过道。五尺开外,就是黑森森的高峻狱墙。由于阳光终年照射不到,墙根下连杂草都不来落脚,只有一些耐阴的苔藓,在上面点缀出一些斑驳的暗绿色彩。过道的表面,布满了歪斜断裂的砖块,长年以来,已被踩踏得坑坑洼洼。不过此刻,这些砖块和坑坑洼洼都被淹没在混浊的积雨之下,使过道反而显得平整了。如果不是此刻水面上正漂浮着一只淹死了的老鼠,它甚至可能变得漂亮光鲜起来。然而,这只死老鼠破坏了一切。它使人感到恐怖和厌恶,并重新想起了污秽、黑暗和死亡。

现在，吸引了黄宗羲注意力的，就是这只死老鼠。这是一只巨大的、长满了粗硬黑毛的老鼠。它的身体已经异样地膨胀，肚皮也朝上翻了过来。背部和半个脑袋浸在水里，高竖着四条僵直的腿。长而尖的、长着几根胡须的嘴巴，狰狞地张开着，露出了一口尖利的牙齿。由于对这一类东西十分讨厌，过去黄宗羲从来没有如此仔细地注视过一只老鼠。即使碰上家人捕杀到，他也总是吩咐立即弄走，懒得去察看。但是，也许对死亡的威胁有了更切身的体会的缘故，这只殒命于对它们来说，算得上一场滔天洪水中的生物，却强烈地吸引了黄宗羲。"是的，听说这种东西刁钻异常，而且懂得水性，但竟也逃不脱这一场劫难！那么，它到底是怎么死的呢？是死于饥疲无力，死于外力的袭击，还是死于同类相残？看来已经无从知道。只有一点实实在在，就是它死了！不错，一切都逃不出一个死，不管善类也罢。鼠辈也罢，好死也罢，横死也罢，到了大限来临之际，谁也逃脱不掉！所以，这一次我即使死了，也没有什么，唯一不忿的是，竟然死在那些鼠辈之前，未能亲眼看见他们的下场！"想到这种"彻底"的"失败"，黄宗羲就感到无比的痛苦，内心仿佛被一只利爪使劲揪扯着似的，脑袋也轰轰作响。为了抵抗这种突如其来的激动，他开始愈加长久地盯着牢房外的那只死老鼠，并且把它想象成为马士英、阮大铖、刘孔昭、张捷、杨维垣、李沾、张孙振，以及其他一些"鼠辈"……

"是的，他们决不会得到好死，决不！"他反复地、模模糊糊地安慰自己说。正在神思恍惚之际，忽然发现，牢房外的那只死老鼠，竟然活动起来，四只毛茸茸的爪子动呀动的，一下子翻转身来，抬起丑陋的脑袋，一双眼睛也开始滴溜溜地转动着，发出贼忒忒的凶光。它先在水面上飞快地游动，显得傲慢而得意。当发现黄宗羲之后，它就发出一阵巨大的、尖利的狂叫，猛扑过来，把牢房的栅栏撞得砰砰作响。黄宗羲大吃一惊，赶紧跳起来。这时，栏栅已被那只变得无比巨大又无比狰狞的老鼠冲塌了，洪水随之涌了进来，眨眼之间就把黄宗羲逼进旋涡之中。黄宗羲立脚不住，只得随波逐流地漂浮，昏昏沉沉地来到一个孤岛，他奋力游过去，好不容易爬上了岸，同时听见一声凄惨的呼叫。他觉得声音很熟悉，便寻找过去，忽然发现岛上的树林里吊着几具尸体，依稀就是三年前，他同方以智上京途中遇到的那几具。他正想走开，忽然又听见婴儿的哭声，回头一看，原来是一个披头散发的女人，怀里抱着一个刚满周岁的婴儿。"咦，你怎么会在这里？"他认出那是他的侍妾周氏，不由得惊喜地问。可是周氏不说话，只是指着上面要他瞧。他扭过头去，看见的仍旧是那几具尸体。忽然，他辨认出，原来不是三年前遇到的那几具。上面吊着的，竟然是他的母亲姚夫人，以及他的弟弟、弟妇们。而且，他们也没有死，只是双手反剪着，给吊到了树上。他连忙爬到树上去，打算解救他们。谁知用来捆缚他的家人的不是绳子，而是一条条的活蛇。看见他爬上来，那些蛇一边更紧地收缩身子，一边向他抬起了三角形的脑袋，威胁地闪着赤红而分叉的信子。黄宗羲又惊又急。他不顾一切地抓住其中一条，使劲地拽，却反而被蛇缠住了胳臂。他只好撒手，谁知那条蛇却越缠越紧，还一个劲儿把他往回拖。黄宗羲奋力挣扎，正在危急之际，忽然听见一个声音在头顶上叫：

"太冲，太冲！你醒醒，快醒醒！"

他仰脸望去，意外地发现了陈贞慧的脸，还有顾杲、黄宗会，正在使劲拽他的胳膊——显然，刚才是做了一个梦。

"哎，太冲，快起来！情势变了，我们得赶紧走！"顾杲既紧张，又兴奋地说。

"北兵已经压境，皇上于昨夜二鼓出狩了。马瑶草、阮圆海今晨亦俱已逃出留都。"大约看见黄宗羲还在发呆，陈贞慧神色沉重地解释说。

黄宗羲仍旧没有听明白。他迟迟疑疑地问："这话可是真的？兄、兄等怎么知道？"

"大哥,满城都这等传说呢!"黄宗会接上来说,"所以小弟才即时赶来。适才路过西华门,看见宫门大开着,把门的兵都走了个空,好多人围在那里抄抢马阁老的家。还有到大内里去抢的,什么布匹、米豆、金银、珍宝,还有刀枪弓箭,一起一起地往外搬,也无人制止,全乱了套了!小弟到了监门,见无人把守,大着胆子走进来,才知道守监的全都走了,只剩下一个看守,是往日探监时认得的,也正待要走。他把锁匙朝小弟一丢,说:'放你家朋友一条生路,快走快走!'因此,弟才得以进来……"

黄宗会啰里啰唆地还打算说下去,顾杲却急不可耐地打断他说:"哎,有话出去再说,逃命要紧!快走!"说着,带头向外走去。

也就是到了此刻,黄宗羲才明白过来。"啊,这么说,当真完了,全完了!"有片刻工夫,他心里变得乱糟糟的。可是,情势已经不容他再细想。

于是他慌里慌张地跳下土炕,跂上鞋子,由黄宗会搀扶着,往外走去。

这时,其他几个牢房大约得到了陈贞慧传去的钥匙,也已经栅门大开,里面的犯人全都乱纷纷地往外走。黄宗羲紧紧跟着顾、陈二人,从积水的过道蹚过去。出了狱门,书童黄安和另一名长班,以及顾杲的仆人已经提着行李,在外面守候着,唯独陈贞慧的仆人尚未赶来。大家也顾不了许多,只管加快脚步,一窝蜂地向大街走去。果然,触目所见,已经是一片大难临头、鸡飞狗走的混乱景象,两旁的店铺,全都关门闭户,街道之上,往来着一起又一起神情紧张的居民,还夹杂着一队又一队满载着箱笼行李,匆匆而过的轿、车、骡、马。平日满城可见的巡逻兵校,这会儿全都销声匿迹。倒是各处街头巷口的木栅旁,出现好些联防自守的平民百姓,各执刀棒,摆出如临大敌的样子。

黄宗羲怀着紧张又慌乱的心情,东张西望地跟着大家往前走。

现在情况已经更清楚:随着朝廷的解体,城中的治安看来也陷于瘫痪的状态。在这种情势下，南京城已没有同强大的清军抗衡的力量。它的陷落已经不可避免。"啊，这一切难道是真的？来得这样快，这样突然！才只一年的工夫，江南又完了！啊，仅仅一年！这到底是为什么？怎么会这样子？今后该怎么办？啊，怎么办？！"黄宗羲一边浑身发抖地走着，一边反复地喃喃自问。越问，越觉得恐惧、冤苦、茫然。与此同时，两边的太阳穴却像擂动了十面大鼓，一个劲儿地轰轰作响。身子下面的两条腿，则仿佛失去了主宰，只管一个劲儿地往前迈，往前迈……直到和走在前头的人撞了一下，才本能地停住了脚步。

"事不宜迟，须得赶快出城！否则北兵一到，我辈俱成瓮中之鳖！"陈贞慧转过身来，果断地说。

"不错，眼下唯有逃走……"黄宗羲迟钝而绝望地想，蓦地，他清醒过来。

"不，弟要先上西华门瞧瞧去！"他冲口而出地说，同时感到自己的牙齿因极度愤恨而咯咯作响。

"怎么？"

"弘光逃了，马瑶草也逃了。听说百姓在抄抢姓马的家。这个权奸狗贼，终于也有今日！我得亲眼瞧一瞧！"

顾杲本来已经同意立即出城，被他一言提醒，顿时也激动起来："对，是得瞧瞧去！走！"

陈贞慧看来有点迟疑，但终于没有反对。黄宗会自然是听兄长的。于是一行人便沿着大街，匆匆向西走去。

这当儿，已经是晌午时分，街道上的情形更加混乱。那些肩挑手提、拖男带女的百姓愈来愈多，不断地从东、北两个方向拥来，自然都是打算逃往城外避难的，但也有不少又从南边倒回来，说是闻得北兵没有过江，甚至扬州也尚未失守，没有逃走的必要。于是使得打算出城的人们茫然不知所措，纷纷停下来，围着他们打听。自然，也有许多不相信的，依旧向前走去。然而，不久又传来一个消息，说马士英麾下的贵州兵，正在通济门外抢劫杀人。提督京营的赵之龙已经发出命令，要求居民协力擒剿。如今通济门已经关闭。那一带的大街小巷正在击鼓鸣金，喊打喊杀，去不得了。于是打算往南去的难民又纷纷折而向西。这一进一退，街道上就更加拥挤。黄宗羲等一行人只好侧着身子，在人丛中鱼贯穿行。好不容易来到宫城西侧的复呈桥附近，发现前面的人群愈形密集，而且多数都站着不动，正在那里一边交头接耳地议论着，一边伸长脖子朝西边的大路上张望，仿佛在等待什么。黄宗羲因为急于赶路，也不理会，率先挤过去。谁知，前头忽然"哄"的一声，人们纷纷向后倒退，反而把他们压了回来。接着，就听见好几个声音在叫：

"太子来了，太子来了！快快迎接太子！"

黄宗羲吃了一惊，连忙回头问："他们说什么？太子来了？"

看见跟在后面的陈贞慧肯定地点点头，他就"啊"的一声，顿时紧张起来。事实上，尽管前一阵子，朝廷再三颁示文告，列举种种理由，说明太子是王之明所假冒，但是黄宗羲却同当时大多数士民一样，认定太子是真的，只不过弘光皇帝和马、阮之流害怕危及自身的地位，才不顾事实，强行否认。对于这种丧心病狂的罪恶行径，黄宗羲心中始终怀着不忿。所以，一旦听说太子来了，他就止不住情怀激动，使劲挤上前去，希望看个究竟。

站在前面的人已经纷纷跪到地上，准备迎接。黄宗羲身不由己，也跪了下来，却仍旧直起身子，睁大眼睛，朝西张望。起初，他不知道太子是出于什么原因，以及由什么人送来，因而把排场设想得很大。所以，当他越过跪在前面的人群的头顶，看见有一群平民百姓——大约有一二百人，簇拥着一个骑马的年轻人，闹哄哄地走在人们让出来的街道当中时，他还觉得那群人应当赶紧回避，以免干犯了太子的车驾。然而，出乎意料，周围的人竟然一齐发出狂热的欢呼：

"万岁!"

"啊,莫非那就是太子?"黄宗羲惊异地想。不过,随即他就想起:"嗯,听说太子一直给关在中城的兵马司狱中。那么说,这一次他竟是被士民们抢出来的了?"由于发现近两个月来,他同社友们积极奔走,一心谋求的局面终于出现,黄宗羲不禁大为激动。因此,当太子进入了西华门,跪地迎接的士民也纷纷站起来,一窝蜂跟在后面的时候,他也不由自主地移动脚步,打算跟上前去。不料,却被人从后面一把拖住了。

"太冲,你要做什么?"陈贞慧望着他,问。

"弘光那昏君走了,如今该当太子即位。我辈正应前往拥戴,以定人心,御敌寇,卫留都,保江南!"黄宗羲大声回答。由于兴奋,他的一双眼睛闪闪发光。

"可是,眼下强寇压境,军心已乱,当道者又意向莫测,太子毕竟身份未明,仓促拥立,便能号召天下么?"陈贞慧冷静地表示异议。

"那么,当此国难临头之际,莫非我辈也学那昏君、权奸的样,抱头鼠窜不成!"黄宗羲激烈地大嚷。

陈贞慧摇摇头:"话不是这等说。我辈眼下只是一介布衣,尚未能过问大政。或留或走,于大局俱无甚大碍。我等被逮一月有余,令堂大人在家必已闻讯,日夜忧心。如今幸得脱死,正应先返家探视,以慰慈怀。设若留都得太子之立而定,我辈再来效力不迟。若然留都终竟不守……"

"那又如何?"

"那就凭借江南广大腹地,与虏周旋到底,决不做失节辱身之人!"

由于陈贞慧这最后一句话,是捏紧了拳头,从牙缝中挤出来的,一双眼睛也因此炯炯地发出坚毅的光芒,所以自有一种不可抗拒的凛然气概。顾杲沉思地点着头。于是,黄宗羲也不再坚持,转过身，同社友们一道，朝原路走回去。

一个时辰之后，他们已经出了南京，行进在归家的旅途上了。

决策迎降

虽然一部分士民狂热地要求拥立太子，但是，还留在城中的文武大臣们，对这件事却十分犹疑，谁都不敢出面承当责任。这除了因为太子的身份尚难以证实之外，还考虑到弘光皇帝虽然"出狩"，但还活着，万一去而复回，局面就会变得十分难办。当然，他们最担心的其实还是正在向南京日益逼近的清国大军。他们连弘光皇帝也一直拒不承认，并把讨伐"僭立"，作为兴兵南下的借口。如果在弘光皇帝逃走了之后，匆匆再立一个新君，就必然会被对方看作是一种挑衅，到头来恐怕连交涉投降都有困难。所以，到了五月十三日，当赵之龙在一次临时召集的会议上，指出了这个危险的时候，文武大臣们全都表示同意。于是，自那以后，各衙门张贴安民告示时，都只说守城，只字不提拥立新君的事。自然，也有那么几名秀才，还不知趣，冒冒失失地去见赵之龙，要求从速奉请太子即位。结果被赵之龙喝令当场拿下，推出斩首。这么一来，南京的投降，便成了定局。

对于这个决定，钱谦益不仅没有表示反对，还在十三日的会议上，毫不推辞地把起草降表的差事，承当下来。

眼下已经是五月十四日。昨天，他连家也未回，就在中军都督府里，连夜起草了一份降表。今天早上，又会同次辅王铎、蔡奕琛、左都御史李沾、唐济世等人，推敲斟酌了一番。改定之后，他们就立即交给京营提督赵之龙，请他派人出城，送往清军营中。接下来，几个人又商量了一通将来迎降时的做法。看见时已近午，钱谦益便干脆同大家一起，在中军都督府中用过膳，然后才匆匆赶回家里去。

才停了两天的雨,又纷纷扬扬地下起来。密集的雨点打得轿顶沙沙作响。这声音使钱谦益感到颇不舒服,仿佛有一个看不见的幽灵,固执地盘旋在他的头顶上,不断地向他诉说亡国的冤苦似的。为了摆脱这种令人心烦的感觉,他微微掀开了轿帘,去看外间的动静。他发现,洪武门外一带的大街上,肩挑手提,拖男带女的逃亡人流仍旧络绎不绝,其中也有官绅人家,但更多的是平民百姓。而街道旁那些大门紧闭的房舍,有不少已经贴出了黄纸,上面赫然写着"大清顺民"的字样。有些人家的门前,甚至摆出了拜迎的香案。钱谦益明白,那是赵之龙下了命令的缘故。不过由于为时尚早,那些香案上眼下还空无一物,也没有人看管。只有一阵一阵的飞雨,在上了黑漆的桌面上溅击出许多白色的水花……

回到衙门,出于一种周到的考虑,钱谦益首先看一看门上贴出了黄纸没有。发现门扇上空空如也,他就有点不悦。等轿子在轿厅里停下,他一步跨出去,对迎出来的顾苓劈头就问:

"嗯,怎么门上还不贴纸?"

"启禀老师,因老师出外未归,弟子尚有待示下,故未敢妄动。"

"等什么,快贴上!你不见满城都贴了么!"

这样说完之后,钱谦益就径直往里走去。顾苓紧跟上来,急急禀告说:

"老师,刑部高大人已经自尽。另外,吏部张大人昨夜也自尽于鸡鸣寺。适才这两家都着人前来报丧。如何复他,请老师示下。"

刑部高大人是指刑部尚书高倬,吏部张大人是指吏部尚书张捷。这两人平日都依附马士英,得任高官。其中张捷还是"逆案"中人,他的起用,则是钱谦益出面保荐的结果。当时,舆论对此很非议了一阵。没想到这两人如此忠烈,竟自杀殉国。钱谦益惊愕之余,颇受触动。

"自尽了么?嗯,死得好,死得好!"他喃喃地说,没停止脚步,也没有指示该怎样回复。

"禀老师,兵科的吴老爷求见,现在花厅里等候。"顾苓又说,同时把一份拜帖递了过来。

钱谦益倒没想到这会儿还有人来候见,于是停下来,接过帖子。看见上面写着"眷晚生吴适拜"的字样,他心想:"这吴适因为弹劾马瑶草的私党方国安,已于上月被蔡阁老论罪下狱,如何能来拜我?嗯,是了,眼下已是狱禁尽弛,他想必是逃出来的!"

一边想,他一边倒背着手,沉吟着,在原地转了一个圈子,随即站住,目光闪闪地望着学生说:

"哎,我这会儿不得空,不见了。你去对他说,此间已是留不得了,可速往浙中,择主拥戴,以图恢复,是为上策!"

说完,他就把拜帖交还顾苓,迅速转过身,向内宅走去。

钱谦益走进私衙。回廊外,成串的积雨顺着瓦檐流淌下来,看上去,就像挂了一道珠帘。透过"珠帘",可以看见湿漉漉的、飘满落叶的天井,和朦胧在雨幕中的堂屋。"不错,我没有劝他跟我一道投降,也不希望他投降!因为处在我的地位,投降是迫不得已,他的情形与我不同。要是我像他那样子,原是不会投降的。只不知他是否领会我的深意。哎,要不是眼下没空,或许我真该见他一见,把道理说得透彻一点,如今是办不到了!不过,回复了那几句话,有心的人自会仔细琢磨,并最终明白我的苦衷的!"这么想着,钱谦益心中似乎踏实了一点,甚至获得了某种安慰,于是加快脚步,一直走到上房里。

踏入起居室,映入眼中的情景却使他不由得一怔。平日放在里间的那些大箱子、小箱子,不知为什么都给搬了出来,整整齐齐地堆叠着,占了半爿屋子。当中的八仙桌和几张椅子,也摆了好些包袱。有的包扎好了,有的还摊开着,露出里面的金银器皿和首饰珍玩之类。丫环红情正在旁边守候着。

看见钱谦益走进来,她就低头垂手招呼说:
"啊,老爷回来啦?"
"这——这是做什么?"钱谦益疑惑地问。
红情摇摇头:"婢子不知。是夫人让搬出来的。"
"那么,夫人呢?"
"夫人——啊,夫人来了!"红情一边回答,一边朝寝室转过身子,并且恭顺地微微低下了头。

钱谦益回头一看,发现柳如是正从寝室里走出来。今天,她似乎特意修饰了一下,发髻的式样也变得与过去不同。过去,她大都把头发像男子似的直梳上去,到顶心用金银丝束住,梳成一个松鬈扁髻。要不,就是模仿汉代的"坠马髻",将头发向上卷起,挽成一个大髻,垂于脑后。可眼下,她却把头发向左右盘成圆形,留下两小绺遮住了额角,两鬓梳理得又匀薄,又轻盈,后面还拖出一根缎带。眉毛也不再是以往的远山式样,而是描成两道弯弯的新月眉。这么一改变,使她看上去显得更年轻,更娇嫩,平添了许多新鲜感。大约是看见丈夫疑惑的目光,柳如是走前来,淡淡一笑说:

"相公日前命妾打点贡礼,妾一直拖着,不曾动手。昨天趁相公不在,才发了心,命他们都抬出来,清点了一遍,妾也不知道该送什么才对。反正都在这儿了,相公就自己挑吧!"

钱谦益眨眨眼睛:"夫人是、是说……"

柳如是点点头:"这几日,妾身细细想过了,相公也有相公的难处。若妾硬顶着,反倒像是我要逼相公怎么样似的,何苦呢!那么,由着相公的心思去办就是!"

自从初十那天,夫妇二人为打点财物的事闹了一场大别扭之后,几天来,钱谦益虽然屡次三番地试图和解,柳如是的态度却依然如故,弄得钱谦益束手无策。事实上,对钱谦益来说,设法保存身家性命固然十分要紧,但同时他又不能少了柳如是这个女人。如果从此失去了柳如是的欢心,他即使活下来,日子也将过得了无意趣。眼下弘光皇帝已经出走,而向清军献城投降一事,在他们这伙大臣的主持下,也成了定局。但是,这件事到底该怎样向柳如是去说,才能让这个倔强的女人接受,这一点,甚至直到踏入起居室的一刻,钱谦益仍旧心中无数。所以,忽然听柳如是这么说,他的眼睛不由得睁大了,一阵意外的狂喜顷刻涨满了他的心胸,随即又扩展到全身。他"啊"的一声,一步跨前去,忘形地捉住了侍妾的手,兴奋地问:

"那么,夫人终于想明白了?好,好!夫人真不愧是我的知己!"

看见柳如是苦涩地一笑,没有作声,他就把她的手握得更紧,打算再说上一番感激的话。然而,就在这时,丫环绿意走进来传话说:

"提督京营的赵老爷派人来了,要见老爷。"

钱谦益微一错愕,随即知道是为的投降的事。他仍旧踌躇地望着柳如是,再三叮嘱她就在这里等着,然后才离开上房,匆匆迎出外堂去。

奋身投池

来人是赵之龙手下的一名亲信幕僚。据他说,目前局势进展很急,据派往城外同清军交涉联络的人回报,清军的意思是定于明天进城,不许再拖延。赵之龙已经答应,因此特来通知钱谦益,于明天一早到正阳门外去,同文武百官聚齐,前往郊外去迎接清军进城。那幕僚还说,目前清军的统帅是豫王多铎。我方使者到了那里之后,颇受礼遇,还获赐蟒衣满帽。钱谦益听了,愈加放下心来。送走了客人之后,他又回到内宅,同柳如是一起商量,并从收藏的玩物中,认真挑选了一批礼品,准备一旦需要,就给新主子送去。

忙完这一切之后，已经时近傍晚。夫妇两人用过膳，便回到寝室中。也许因为终于想通了的缘故，加上有意补偿一下近几天来对丈夫的冷落，柳如是一改旧态，表现得既温婉又顺从，甚至可以说相当体贴。至于钱谦益，因为总算放下了近十天来使他心力交瘁的一件大事，更有一种解脱般的轻松。所以，当两人怀着对对方更深的爱怜，度过了少有的甜美融洽的欢娱一刻之后，钱谦益很快就酣然睡去……

这一觉睡得少有的沉稳。当钱谦益醒来时，窗纸已经微微泛白。他习惯地伸手向身边摸了一下，却摸了个空，不禁有点奇怪，以为侍妾已经起床，到屏风后面净手去了，便轻轻地叫唤：

"夫人，夫人！"

连叫几声，没有回应。钱谦益愈加纳闷，翻身坐起来，四面张望了一下，只见寝室里空空的，只有一盏长明灯，在桌子上散发出昏黄的光。借着灯光，他发现柳如是放在床前的一双红绣鞋儿也不见了。

钱谦益开始觉得有点不对劲，于是大声呼唤："红情，红情！"

这一次有了动静，红情在外面答应一声，接着就披散着头发，掩着衣襟，从屏门后转了出来，睁大了惺忪的睡眼问：

"是、是老爷呼唤婢子么？"

"夫人呢？到哪儿去了？"

也许主人的声音显得凌厉异常，红情吓得浑身一抖，一边转动着脑袋，朝屋子里茫然打量，一边战战兢兢地说："婢、婢子睡、睡着了，不、不知道。"

"马上去找！多叫上几个人，分头找！"

这么厉声吩咐之后，钱谦益就一把掀开夹被，随手抓起一件袍子，披在身上，趿着鞋子，急急地走出外面去。

"哎，她到底上哪儿去了？这么一大早，她去做什么？她想做什么?"钱谦益一边东张西望地沿着回廊往前走,一边神思恍惚地想。同时,心中的疑虑越来越大。如果说,昨天柳如是所表现出的种种温顺和体贴,都使他十分欣慰的话,那么,此刻回想起来,感觉就有点变了。他觉得侍妾那种不寻常的表现,分明包含着某种决绝的、可怕的东西。"啊,她会不会……"这个念头一闪现,钱谦益感到心头仿佛被人狠狠擂了一拳,浑身的血液顿时狂奔乱窜起来。"啊,不,不能让她那样做!"他气急败坏地喊道,同时使劲地跺着脚,吼叫起来:

"来人!快来人哪!"

随着一阵乒乒乓乓的开门声,七八个发髻蓬松的女仆从各个方向奔了出来,在清晨的薄黯中一齐睁大惊惶的眼睛问:

"老爷,有、有何呼唤?"

"夫人不在了,快快去找!"

女仆们显然没有听明白,仍旧呆呆地站在原地。钱谦益顿时愤怒起来。

他挥起巴掌,"啪"地打了站得最近的一个仆人一记耳光,再一次吼叫:

"混账东西,叫你们马上给我去找夫人,夫人!听明白了没有?"

"啊,是,是,找夫人,找夫人!"女仆们连忙答应,迟迟疑疑地转过身去。就在这时,红情的身影出现在回廊上。

"禀、禀老爷,夫、夫人找、找到了!"

"啊,找到了!在哪里?"钱谦益连忙追问。

"在、在后花园的水、水池子边上。"

"为何不把她接回来?"

"夫人像、像、像是要……"

不等红情"要"出个所以然来,钱谦益已经明白了:事情真的就是自己所预感的那样!他顿时恐慌起来。虽然红情接着又补充禀告,她已经叮嘱绿意在那里看着柳如是,以防不测,但钱谦益已经无心理会,马上迈开大步,向红情所说的地点赶去。

这当儿,东天才只露出一抹微明。后园里花草木石,还隐藏在沉沉的宿雾中。雨已歇住了,就连沉默了多日的鸟雀,也开始发出了轻快的啼鸣。当钱谦益转过一段复廊,来到"思霞馆"之后,一眼就看见,在馆前的水池旁边,站立着一个熟悉的、俏生生的倩影。她穿了一身雪白的衣裙,正扶着栏杆,微微低着头,仿佛在凝神思索,又仿佛在打量池水的深浅。晨风吹动她的衣衫,整个身子都飘然欲举。看样子,她随时都会奋身一跃,从此香消玉殒……

钱谦益的心紧缩了。他不敢叫喊,恐怕惊动了她,即时发生不测。他蹬掉了鞋子,凭借宿雾的隐蔽,蹑手蹑脚地挨近前去。直到走得近了,才轻轻地叫唤:

"如是,如是!"

柳如是的肩背微微抖动了一下,迅速地转过身来。当看清丈夫正站在眼前,她就沉下了脸。

"相公还来做什么?"她冷冷地问。

"特请夫人回房。这儿风寒露重,站不得,会闹病的。"钱谦益装作不知道对方的意图,体贴地赔笑说。

柳如是摇摇头:"妾与相公尘缘已尽,今日该当永诀了。"

钱谦益的笑容僵住了。一刹那间,他喉头发紧,热泪盈盈。

"啊,永诀?为什么,为什么?"他用带哭的声音问。

柳如是苦笑了一下:"人各有志,不能勉强。相公欲当清国之臣,妾身却宁可做大明之鬼。所趋异途,所以唯有分手了。"

"这可不成,夫人不能抛下我!"钱谦益哀求地大声说,不由自主跪了下来,"我、我不能没有夫人!"

这时,红情、绿意和其他几个妈妈已经围了上来。看见主人这样子,她们也一齐跪下,帮着哀求:

"是呀，夫人不能走，夫人千万不能走！"

柳如是看看她们，又看看钱谦益，一言不发。随后，她就突然转过身，双手撑着栏杆，纵身向池水中跳去。

一刹那间，钱谦益感到天地仿佛倒转了过来，"完了！"他心中一凉，绝望地闭上眼睛。也就在此同时，红情和另一名眼疾手快的仆妇，惊呼着向前扑了过去，从不同的方向紧紧地抱住了柳如是的双腿。

柳如是奋力挣扎着，狂怒地尖叫着，又抓又踢，金钗掉了，发髻也纷披下来。

"你们这样，是没有用的。"她冷冷地说，"今日不成，我还有明日；明日不成，还有后日。"

看到红情等人把侍妾抱住，钱谦益的一颗心才又回到胸膛里，极度的惊悸使他的心灵受到强烈的震动。柳如是在生死荣辱的关头，表现得如此果敢坚决，是他所万万没有料到的。特别是论出身，她只是一名妓女，即使是嫁了自己，也不过是一名侍妾。对于国家社稷，她本来谈不上要负什么责任，却竟然把操守名节看得如此重要。而自己作为明朝的大臣，反而一门心思觍颜求活，这确实不能不令钱谦益感到十分惭愧。更兼联想到被目为"小人"的高倬、张捷，也居然能够首先自尽殉国，钱谦益内心的惭愧，就变得更加强烈了。

"夫人，"他慢慢站起来，走上前去，低着头说，"你的心意，为夫已经明了。其实当此国破家亡之际，为夫又何尝悭此一命？只是一死固然干净，其奈天下之事，尚须有人料理。据为夫预料，南都虽亡，但各地藩王俱在。今后义军四起，势在必然。我们又何不忍此须臾之死，以待有为呢！"

说完，他看看柳如是。见她没有什么表示，就又用庄严、激动的口气说："夫人如若未信，为夫可以指池为誓：今后若有昧心食言者，当如此水！"

虽然他这样说了，柳如是仍旧没有作声。不过，钱谦益对侍妾脾性十分了解，明白她实际上已经默许。他总算放下心来，暗暗嘘出一口气，随即想起：赵之龙昨午派来那位幕僚，曾经通知文武百官今天卯时到正阳门外会齐，以便举行迎降仪式，这会儿应该打点出门了。他犹疑了一下，回头招呼仆人，把自己刚才跑掉的一双鞋子给捡回来，慢慢地穿上；然后做了一个手势，示意女仆们把柳如是扶回上房去。

这一次，柳如是没有再抗拒。当红情伸出手去搀扶时，她默默地转过身，踏上了通向内宅的路径。

钱谦益目不转睛地望着。待到那一群女人转过复廊，消失不见了之后，他又在原地徘徊了一下，这才抖擞起精神，默默地跟在后面。

这时，虽说已经天亮，但密布的雨云却使天地仍旧笼罩在沉沉的阴影之中。向东望去，一股朝霞正缓慢地、滞涩地冒出来，在天地交接之处不断地堆积着，扩展着，看上去，就像一摊殷红的鲜血。

1986年1月～1988年5月初稿
1988年12月二稿
1989年2月改毕
1994年10月修订
2011年10月再修订

（增订本）

白门柳

第三部 鸡鸣风雨

刘斯奋 著

中国青年出版社

图书在版编目（CIP）数据

白门柳 / 刘斯奋著. — 增订本. — 北京：中国青年出版社，2022.3（2024.2 重印）
ISBN 978-7-5153-6555-8

Ⅰ. ①白… Ⅱ. ①刘… Ⅲ. ①长篇历史小说 – 中国 – 当代
Ⅳ. ① I247.5

中国版本图书馆 CIP 数据核字（2022）第 005400 号

白门柳（增订本）

作　　者：刘斯奋

责任编辑：侯群雄
书籍设计：刘红刚　李平
出版发行：中国青年出版社
社　　址：北京市东城区东四十二条 21 号
网　　址：www.cyp.com.cn
编辑中心：010-57350401
营销中心：010-57350370
经　　销：新华书店
印　　刷：三河市君旺印务有限公司
规　　格：880×1230mm　1/32
印　　张：54.875
字　　数：1376 千字
版　　次：2022 年 3 月北京第 1 版
印　　次：2024 年 2 月河北第 3 次印刷
定　　价：118.00 元（全三部）

本图书如有印装质量问题，请凭购书发票与质检部联系调换
联系电话：010-57350337

风雨凄凄,鸡鸣喈喈。

既见君子,云胡不夷!

风雨潇潇,鸡鸣胶胶。

既见君子,云胡不瘳!

风雨如晦,鸡鸣不已。

既见君子,云胡不喜!

——《诗·郑风·风雨》

主要人物表

黄宗羲　字太冲，明末复社诸生，后官授明鲁王政权职方郎中兼监察御史
黄宗会　字泽望，明末诸生，黄宗羲之三弟
孙嘉绩　字硕肤，明九江兵备佥事，后官至明鲁王政权兵部尚书兼东阁大学士，余姚义军督师
冒　襄　字辟疆，明末副贡生，复社四公子之一
董小宛　原秦淮名妓，冒襄之妾
冒起宗　明去职官员，冒襄之父
钱谦益　字受之，号牧斋，原明弘光政权礼部尚书，后一度官授清礼部右侍郎管秘书院事，兼《明史》副总裁
柳如是　原盛泽名妓，钱谦益之宠妾
钱孙爱　钱谦益之子
陈在竹　钱谦益妻弟
陈夫人　钱谦益之妻
钱　曾　字遵王，钱谦益侄孙
顾　杲　字子方，明末复社诸生
吴应箕　字次尾，明末复社诸生
余　怀　字淡心，明末复社诸生
沈士柱　字昆铜，明末复社诸生
柳敬亭　说书艺人，外号"柳麻子"
张维赤　字罗浮，明末诸生，冒襄之密友
张　岱　字宗子，明末诸生，官授鲁王政权职方主事
查继佐　字伊璜，明末举人，官授鲁王政权职方主事
查继坤　明末诸生，查继佐之兄
洪承畴　字亨九，降清明臣，官授兵部尚书兼都察院右副都御史、内院大学士、总督江南军务
黄　澍　字仲霖，降清明臣，洪承畴幕僚
龚鼎孳　字孝升，降清明臣，官授兵部给事中

顾　眉　原秦淮名妓，龚鼎孳宠妾

陈明夏　字百史，降清明臣，官授吏部左侍郎兼翰林院侍读学士

王　铎　字觉斯，降清明臣，原弘光政权东阁大学士

惠　香　盛泽名妓，柳如是之密友

李十娘　秦淮名妓

李媚姐　秦淮名妓，李十娘之妹

马士英　字瑶草，原明弘光政权内阁首辅

阮大铖　字集之，号圆海，原明弘光政权兵部尚书

谭　泰　清正黄旗都统，一等公

黄　安　黄宗羲之仆人

冒　成　冒襄之仆人

李　宝　钱谦益之仆人

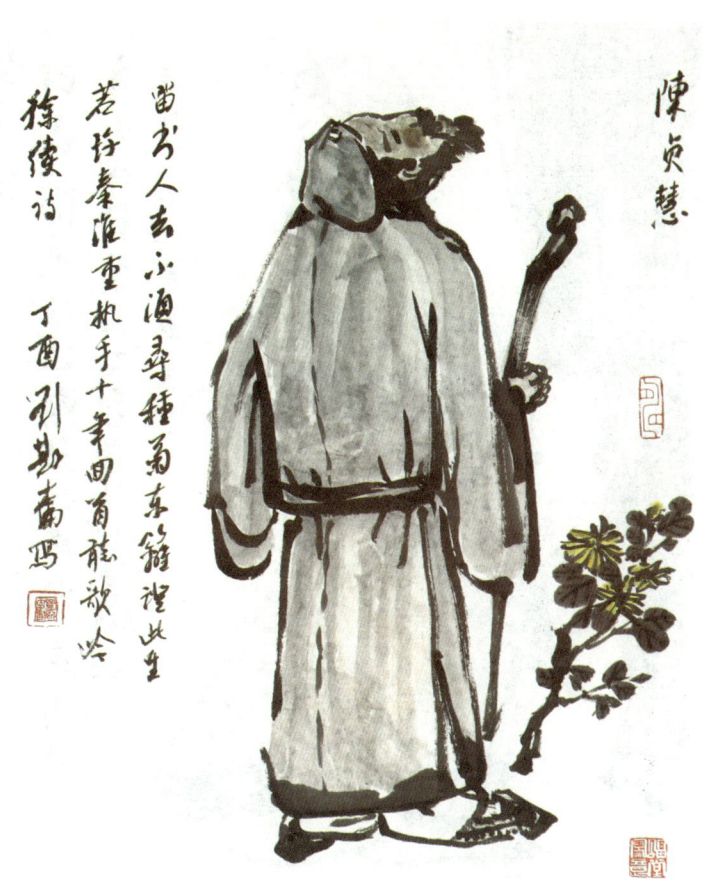

陈贞慧

留书人去不须寻,种菊东篱证此心。
若许秦淮重执手,十年回首听歌吟。

注:本书插图为刘斯奋所绘,题诗为徐续所作。

龚鼎孳

河房犹是泛涟漪,愁说眉楼异昔时。
旧国烟销仙侣在,画眉深浅竟谁知。

顾　眉

风月秦淮酒半醺，清歌惊梦遏行云。
佳人一去山河异，此曲他年可得闻。

柳敬亭

宁南部曲散如烟,魏国簪缨亦可怜。
扇影书坛桃叶渡,兴亡话尽野风前。

顾 杲

父老登陴战有声,江阴连月尚围城。
将雏挈妇持刀去,生死何劳问重轻。

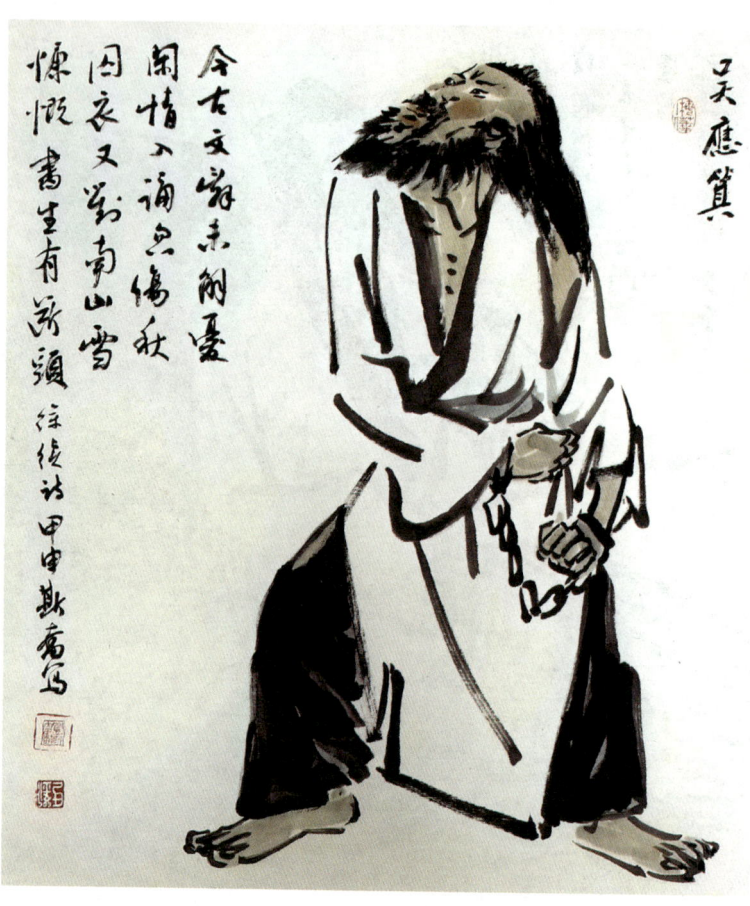

吴应箕

今古文辞未解忧,闲情入诵忽伤秋。
囚衣又对黄山雪,慷慨书生有断头。

余 怀

衣有缁尘剑有霜,离鸾别鹤两参商。
浙东战后家何在,拼却余生负媚娘。

河东君柳如是造像

辛酉初夏至丁丑春,予有长篇小说《白门柳》之作,写钱牧斋、河东君旧事。书成后,重拾绘事,曾尝试为之造像者再,未能称意。癸未岁得此,似觉尚可。姑存之。甲申新正斯奋并志于羊城蝠堂

裁红晕碧泪漫漫,南国春来正薄寒。此去柳花如梦里,向来烟月是愁端。画堂消息何人晓,翠帐容颜独自看。珍重君家兰桂室,东风取次一凭栏。右柳如是《春日我闻室呈牧翁》诗

目录

001　第一章
勾心斗角降臣媚新主，剃发改服严令出清廷

043　第二章
愤杀新官余姚举义，难挽乱局合家逃亡

095　第三章
钱塘迎敌锋芒初试，江阴死节浩气长存

142　第四章
马鞍山遇兵惨遭屠掠，留都女怀春难遣寂寥

192　第五章
钱谦益陛见北京城，洪承畴视察徽州府

239　第六章
苦催饷乡民匿迹，困穷途孝子伤情

283　第七章
官山阅兵残民以逞，书生拒降视死如归

328	第八章
	绮梦沉迷柳如是放志,繁华凋谢李十娘从良

366	第九章
	史馆孤灯《扬州十日》,孝陵残照悲泪千行

428	第十章
	鲁监国挥师西进,钱谦益失意南归

494	第十一章
	苦心谋划里应外合,全线崩溃豕突狼奔

550	尾声

556	附记

558	跋

564	附录一:破茧

601	附录二:"墓门深更阻侯门"析证

第一章
勾心斗角降臣媚新主，剃发改服严令出清廷

旧京新主

正阳门、崇文门和宣武门，是横贯在北京半腰当中的三座城门。从这三座门往北，属于"内城"范围；往南，则属于"外城"了。"内"与"外"虽然只是一字之差，但两片城区，却因此被划分出了两个不同的天地。内城，是成祖皇帝迁都北京时改建的。当时大明王朝的国势如日方东，光华灿烂。内城的建筑也因之显出一派泱泱溶溶、博大雄强的气象。红墙黄瓦、画栋雕梁的紫禁城不必说，就连遍布城中的坊巷胡同，也全都被收拾得纵横笔直，井井有条。虽然两百多年下来，人祸天灾，风吹雨打，许多建筑已日见破败，无复当年的旧观，但那种"笙歌归院落，灯火下楼台"的奢华架子还在；内城居住，也依然是上流社会人们无可争议的一份特权。

至于外城，情形就全然不同。毗连于内城南端的这片外郭城，比内城要晚竣工一百多年。当年的嘉靖皇帝，被不断越过长城南下侵扰的鞑靼骑兵弄得焦头烂额，寝食难安，终于下决心在京城外围再修筑一道城墙，使之成为阻挡强敌进攻的缓冲地带。修城的初衷本是如此，也就不难想见事情的进行是何等草率匆忙。事实上，这道外城墙只修完南端一段，就停顿了下来，而且整个布局从一开始就没有认真规划过，以致旁逸斜出的街巷，寒伧低矮的简陋平房，以及肮脏杂乱的墟场市集，就成了这一带历久不变的景观。无疑也因为这个缘故，除了在紧靠城门边上，偶然还会

有个把"淡泊之士"赁屋而居之外，一般来说，所谓"外城"，在北京上流人家心目中，压根儿就属于令人望而生厌的贫民窟。

不过，自从一年多前，由大清国摄政王多尔衮统率的八旗大军进驻北京以来，情形就发生了根本的变化。这些来自山海关外的进入者，衣冠之奇异自不待言，脑后还怵人地拖着一根老鼠尾巴似的长辫子。在入城之后的第二天，他们就下达了一道措辞强硬的命令，宣布自即日起，内城全部划归军队驻扎。原有的居民，不论是官员还是百姓，一律搬出外城去居住。敢有违抗者，以军法论处。

对于这样一道命令，在前朝崇祯乃至更早的那些皇帝在位时，或许还会有人敢于争谏，但是，自从经历了李自成攻陷北京的奇祸巨变，即便是过去最有头脸的那些人物，也因为大明王朝无可挽回的覆灭，变得终日惶惶然如丧家之犬。面对俨然以新主人自居的进入者，他们可是一点儿勇气也鼓不起来了。结果，经过十来天鸡飞狗走的混乱，原来居住在内城的人家，便像猛然刮来一阵狂风似的，一股脑儿搬到了外城，在穷街陋巷中挨挨挤挤地安顿下来。其中宣武门外一带，大约街巷房舍与别处相比，要稍为像样一点，于是又不约而同成了上流人家的会聚之所……

眼下，已经到了清朝顺治二年的六月，距当初那场大搬迁，已经过去了一年多。这天中午，曾经是明朝的兵科给事中，如今又成了清朝吏科给事中的龚鼎孳，刚刚到内城去拜会过一位满族的贵官，正乘着马往回走，打算赶在午饭前回到他在宣武门外的住处去。

"嗯，看起来，往后即使再有什么变动，大局也只能是如此了！"沿着曾经是店铺云集，顾客往来，但如今已经变得空旷冷清的宣武门内大街，龚鼎孳一边往前走，一边默默盘算着，"大兵已经攻下江南，留都已经开门迎降，就连史道邻、马瑶草拥立的那个弘光皇帝，听说也在芜湖被擒，正在押解来京。大明所剩下的一点气数,看来算是彻底穷尽。虽说平定四海,也还要一些时日,但这一统天下,恐怕已经非大清莫属了!"

由于局势的演变,同自己先前的估计完全一致,甚至推进得更快,龚鼎孳此刻不觉暗暗感到庆幸,有一种远离劫难的轻松。的确,像他这样在农民军攻入北京之后,曾经接受过"伪职"的明朝旧臣,如果当初像方以智等人那样,迫不及待地逃往江南的话,那么,纵使弘光朝廷宽大为怀,不予追究,到了这次清兵南下,也势必在劫难逃,吉凶未卜。现在由于自己坚决留下来不走,结果不但安安稳稳活着,而且还能照旧当京官。

"虽说在满洲鞑子手下做事,恐怕不会怎么痛快,但在前明时难道就痛快了?哼,不是一样如临深渊、如履薄冰地过日子!如今再怎么着,也总比以往焦头烂额地硬撑着那个破摊子强。况且,他满人以化外夷狄之邦,要入主中国,只怕到底还得依靠我们汉官才成!"

这么暗自掂量一番之后,龚鼎孳就愈加心安理得。他从马上直起身子,开始怀着一种彻底解脱的心情,打量起沿途的景物来。他发现,清朝大军进入北京这一年多,除了发生过强迫搬迁那件事之外,别的方面倒还算是相当克制。不但如此,当权者还采取了一些颇得人心的措施,譬如以隆重的礼仪改葬崇祯皇帝;对于明朝的旧官,只要愿意归顺,一律以原职录用;以及宣布革除前朝的苛政等等,因此北京的局面一直比较稳定。虽然在内城,由于到处驻扎着重兵,市面不免比较冷落,出入城门时盘查也颇为严格,但一旦到了外城,就依旧行人熙攘,车水马龙。在六月耀眼的阳光下,各行各业的人们显出一派随遇而安的"顺民"模样,照旧在为衣食而各自奔忙。"不错,时至今日,仍旧容许我汉家官民保留前朝衣冠,不必像他们那样剃发留辫,改穿马褂和开衩袍,这一层,无疑也是新朝善体民心之处!"望着满街上那些同自己一样,依旧把发髻藏在头巾或纱帽之下,身上的衣着也一如往日的行人，龚鼎孳于从容自在之余，又一次宽心地想，并且生出一种期望，觉得新朝果真能够心胸阔大，兼容并蓄，那么，以自己的精明干练，今后恐怕还大有施展的机会……

现在，他已经回到自己的家门前。位于宣武门外东侧一条胡同深处的这个新住处，是一年前大搬迁那阵子，他同爱妾顾眉一起选定的。房子虽然小了一点，难得的是环境颇为清静。当时好几户急着找房子的人家都看上了这里，争着要买。末了，龚鼎孳看见顾眉特别中意，狠狠心拿出高一倍的价钱，才把房子买到手。为这事，顾眉反而埋怨丈夫，认为前一阵子因为逃难，几乎弄得倾家荡产，手头已是相当拮据，实在没有必要花这种冤枉钱。不过埋怨归埋怨，对于丈夫的宠爱和体贴，顾眉其实还是十分喜欢。明显的证据是，一搬进来，她就指挥仆人，里里外外地忙得额头见汗。为着把这幢只有前后两进的小小四合院，收拾得整齐雅洁，不失身份，这位聪明能干的女人着实花了不少心思。"嘿，要是摸不透你的脾性儿，我龚某人也枉在风月场中混这么些年了！"当时龚鼎孳在一旁瞧着，苦笑地想。此刻，他在门前下了马，把缰绳交给承差之后，忽然想起这件事，嘴角不由得再度现出无奈的微笑。

"啊，老爷回来啦！"当他怀着轻快的心情，穿过前院，匆匆往里走的时候，丫环小凤迎上来，行着礼说。

"嗯，太太呢？"龚鼎孳顺口问道，没有停住脚步。

"回老爷的话，太太在西间屋里。王妈妈来了，太太正陪着说话呢！"

"王妈妈？哪个王妈妈？"

"就是熊老爷家的王妈妈，去年逃难时同我家做一路的。"

龚鼎孳"哦"的一声，也就想起来了——去年四月底，正当李自成的农民军在山海关被吴三桂引进清军击败，决定放弃北京，向西撤退那阵子，满城的居民人心惶惶，谣言四起。龚鼎孳见势头不妙,害怕"王师"一旦打回来,会对他们这些"失节事贼"的旧官严加追究,于是串连几位同病相怜的朋友,举家逃出城去躲风头。当时结伴同行的,就有吏部郎中熊文举一家。这个王妈妈,是熊府的一位有头脸的女管家。本来彼此也不相熟,只因路上种种劳苦波折,常需互相照应,一来二往,也就近乎起来。回城后,这王妈妈也常会找个空儿,过来串串门,却一向都是由顾眉接待。"噢,是她来了!那就别惊动太太,你来服侍我就得了!"由于心情颇好,龚鼎孳宽宏大量地摆摆手,然后径直走进上房的起居室里。

首鼠两端

龚鼎孳由小凤服侍着,刚刚换上家居的便服,顾眉就走进来了。曾经是秦淮河上风头最健的这位昔年名妓,自从三年前嫁给了龚鼎孳之后,就跟着丈夫住到北京来。虽然已经年近三十,但是岁月并没有在她身上留下任何痕迹。看上去,她仍旧那样风姿绰约,娇艳迷人。因为天气炎热,她只穿着一件薄薄的桃红女衣,下衬月白罗裙,脑后松松地绾了一个倭坠髻,益发显得珠圆玉润。自必得知丈夫已经回来,她才匆匆把客人送走的。一踏进起居室,她就放下怀里那只乌云覆雪波斯猫,走近来,从小凤手中接过绸子腰带,一边给丈夫系上,一边吩咐丫环说:

"这儿用不着你了,张罗开饭去吧!"

随后,又悄悄亲了一下丈夫,巧笑盈盈地问:"相公今日出门拜客,可还顺利?"

龚鼎孳"嗯"了一声:"没有什么不顺利的,不就是同满人打交道么,小菜一碟,顶好对付!"

"咦,不是说,这个叫济——济什么的贝勒凶霸得很,谁都怕去见他么?"

"叫济尔哈朗。哼,别人怕,我却不怕!你别瞧满洲鞑子一个个十二片篷扯足,傲气得很,其实也是欺软怕硬。只要你不怯他,他便颠倒过来礼敬你了!"

"哦,是吗,那——"

"待会儿再跟你说。先吃饭吧,我都快饿坏了!"这么把手一摆之后,龚鼎孳就径自走向饭桌,在椅子上坐了下来。

龚鼎孳不再谈下去,是因为他虽然说得挺硬气,实际上却并没有什么可夸耀的。那位济尔哈朗亲王的确没有为难他,但是让他在门房足足候了一个多时辰,到头来同他总共还谈不上五句话,就按照官场的礼仪端茶送客。如果不是在等候接见的当儿,从别的候见者口中,得知南京已经开门迎降的重要消息,他今天简直可以算是白出了一趟门。不过,这一类情况,龚鼎孳照例不会告诉侍妾。"横竖她知道了也没用,反倒生出许多啰唆!"他想。

现在,午饭已经摆到桌上。北京不比江南,加上眼下正当大乱初定、百物奇缺的时节,即便是龚鼎孳这样的人家,在吃喝上也只能从简。如今,饭桌上摆着的,无非是咸菜、小米粥就馒头,还有一小碟豆芽菜炒肉丝,已经算是难得的奢侈品。不过,龚鼎孳实在是饿了,也顾不上挑剔,抓过馒头就吃起来。正吃得香,忽然听见侍妾"扑哧"一笑。

龚鼎孳抬了一下眼睛:"嗯,你笑什么?"

"没什么,"顾眉摇摇头,腮边的笑涡忽闪着,"妾只是想起,刚才老是等不着相公回来,还只道那位什么贝勒留相公吃饭呢!"

龚鼎孳怔了一下,随即眼珠子一转,点点头,说:"嗯,他是要留饭,可我嫌那满洲菜,老大一股膻味儿,便坚辞了出来。"停了停,发现侍妾没吱声,他又皱起眉毛问:"怎么,你不信?"

"哦,信,信!"顾眉忙不迭回答,随即用筷子夹了一箸豆芽菜炒肉丝,一边送进丈夫碗里,一边笑着说,"既是这等,王妈妈来说的那个事,没准儿就好办了!"

龚鼎孳顿时停止了咀嚼。"王妈妈说的事？又有什么事？"他警惕地问。因为为着显示自己能耐，这个不甘寂寞的女人老爱招揽一些乱七八糟的事儿，堆给丈夫干，早已弄得龚鼎孳不胜其烦。

"是这么回事——"顾眉蹙起又弯又细的眉毛，叹了一口气，说，"刚才，熊老爷家的王妈妈来过，说起去年夏天在西城外逃难时，我们曾住过一阵子的那个金员外家，前些天让旗人把地给圈了去，还限令他们全家迁往三百里外的牧马堡去安置。若不去时，便连那边的地也一并勾销，让他们全家当叫花子去！你想那金员外七老八十的人，怎生受得了这晴天霹雳？急得当场中了风。他的家人走投无路，昨日便进城来寻熊府相帮说情。熊老爷本是个胆小的人，哪里敢出头？熊太太寻思无计，才又派王妈妈过来转托我们。相公，你瞧这事……"

"你是说西城外那个老金头？他的地不是明明自家在种着嘛！怎么会给圈去了？"

"真是给圈去了呀！王妈妈刚才说，昨儿他家一下子来了好几个金家的人，都在前院里，哀哀地哭得好不伤心！"

龚鼎孳"唔"了一声，不说话了。关于圈地的事，他是知道的。早在去年十二月，朝廷鉴于从关外不断涌来的大批旗人无法安置，曾下令将北京附近各州县因战乱被丢荒的无主农田，以及明朝的皇亲、驸马、贵族、太监过去所拥有的田产，全部没收，分配给本朝属下的王公、贵胄以及八旗兵丁使用。办法就是由主管的衙门按预先拟定的分配额度，发给长短不一的绳索，让旗人们到实地去丈量圈占，所以叫做"圈地"。不过，当时所颁布的命令说得很清楚，只是圈占那些无主之田。现在怎么连金员外家种着的田也给圈了去呢？看来，要么是执事衙门弄错了，要么就是下面的旗人不遵法度，趁势胡来。

"原来他家的地给圈了去。那——你可知道，是怎样给圈去的？"由于发现事情并非那么好弄，龚鼎孳的口气已经明显透着迟疑。

顾眉却似乎没有觉察,只管把她从王妈妈那里听到的一五一十地倒出来。不过,其实也没有太多新东西,无非是那些圈地的旗人如何凶横,金员外一家如何苦苦哀求,又怎样挨了打;末了,田地、房屋给圈了去不算,连牲口、农具,还有两名模样长得周正点儿的女仆,也让对方一齐霸占了,如此等等。龚鼎孳默默听着,心中越来越不起劲。不错,去年在西城外逃难时,自己一家确曾得到过金员外的照拂,但是眼下他碰到的这门子官司,却不是一件单个的事,而是关涉到旗人们进关后的生计,是朝廷一项重大决策。虽说像这样胡乱圈占,未必符合朝廷的初衷,但是,这朝廷毕竟是满人坐的天下,自己作为一名汉官,如果贸然出头说话,势必得罪旗人们不说,闹不好,还会落得个干扰朝廷大计的罪名。这可是万万不能做的!不过,他也知道,这位如夫人可不是那么好打发的。她会撒娇撒痴,会发怒放泼,还会……"哎,也罢,姑且敷衍着她好了,也省得她再啰唆!"这么打定主意,龚鼎孳就抬起头,一本正经地说:"这件事,你也招揽得太快了些,只怕十分难办。不过,在满人中我好歹还有几个说得来的,赶明儿去访访他们,看有办法没有——无论如何,让你有个交代就是了!"

"我也知道这事挺难,"看见丈夫应允出面,顾眉顿时眉开眼笑,"可金员外好歹同我们相与一场,如今有难来求,多少总得给他一个面子呀!"

说着,看见丈夫已经站起来,向寝室走去,她也就跟过来,并且赶先一步,走到床边,一边亲自动手替丈夫拂床安枕,一边又讨好地回头说:"告诉相公一件新鲜事儿——也是王妈妈刚才来说的,相公向常顶讨厌的那个孙之獬孙老爷,有人看见他这两日已经学满人的样儿,剃了发,留起了辫子,全家男女也都改作满人装扮,变得怪模怪样的,都快叫人认不出来了!"

这么一件新闻,在顾眉无非当个笑话儿说说,龚鼎孳起初也没有怎么在意。然而，他忽然心中一动。

"你说什么？孙之獬——剃发改服了？"由于意外，也由于吃惊，他的眼睛一下子睁得老大。

"是王妈妈说的，她家同孙家大门对着大门。她还亲眼看见了！"顾眉说，因为正顾着整理床铺，并没有发现丈夫的神情变化。

龚鼎孳却"啊"的一声，不由得呆住了。孙之獬，现任礼部右侍郎。此人在明朝天启年间卖身投靠阉党头子魏忠贤，因此，到了崇祯皇帝即位，便被列入"逆案"，落得个削职还乡；直到清兵入关后，他才赶来投诚，因为善于钻营，很快就爬上高位。龚鼎孳本是复社成员，彼此也就照例成了政敌，加上他对孙之獬的迅速升迁又颇为嫉妒，因此平日提起此人，总是没有什么好话。不过，龚鼎孳仍旧没有料到，在新朝已经允许汉族官民保留前朝的衣冠之后，孙之獬竟然还要自行剃发改装！

"妈的，这阉党狗贼！真不要脸！"由于被对方的卑鄙行径所激怒，龚鼎孳不禁破口骂了出来。的确，保留前朝的衣冠，这可是满城官民经过竭力抗拒，才争得的一种"权利"，也是人们在受了吴三桂的愚弄，被迫臣服于满洲"鞑子"的武力和强权之后，所剩下的最后一点"自慰"。也许是基于自幼秉承的某种根深蒂固的观念，就连对前朝并无太多留恋的龚鼎孳，内心也是这么认为的。如今孙之獬身为汉官，为着讨好满人，竟然做出如此卑劣的举动，这使龚鼎孳一听之下，确实不禁大为光火。

"相公，你这是——"转过身来的顾眉，发现丈夫正倒背着手，气急败坏地在屋子里走来走去，不禁一怔。

"这一次，总之都得被他弄死就是，都得被他弄死就是！"龚鼎孳管自咬牙切齿，并没有理会侍妾。

"弄死？谁被弄死了？"顾眉愈加莫名其妙。

"我是说姓孙的！是姓孙的要把我们都弄死！"

"姓孙的？哦，相公是说的刚才那个事呀！"顾眉这才恍然，随即撇着嘴儿，不在意地说，"他这么弄，也无非是想拍满人的马屁罢了，又何必……"

"你知道什么！"龚鼎孳烦躁地一挥手，"姓孙的这么一弄，朝廷自然就会认为他是死心塌地效忠满人，愈加对他另眼看待了！可剩下我们呢，怎么办？也跟着学他的样？但那么一来，我堂堂华夏之区，亿兆官民，岂非从此尽数沦为化外夷狄？这如何面对列祖列宗？又如何向子孙后世交代？但要是不跟他学，说不定就会被新朝看作不是真心归顺，甚至怀有二志，轻则受到猜忌，断送前程；重者还会招致不测之祸——哎，总而言之，这回全都被他弄死就是！"

有着瘦长身材和一张青白脸的龚鼎孳，本是一个精明强干的人，平日遇事颇沉得住气。因此，看见他这样子，顾眉也跟着紧张起来。

"那，那可怎么办？"

"不行！"龚鼎孳忽然站住脚，断然说道，"这姓孙的乃是阉党余孽，奸险小人，若然容他如此得逞，我辈正人君子在朝中哪里还有立足之地！"

"啊，那么……"

"总得想个法子治治他！"这么说完之后，龚鼎孳又重新在屋子里走动起来。

也就是到了这时，顾眉大约才真正弄明白了。她眯缝起眼睛，出了会子神，随即款款地走向方几，从上面拿起一盏茶，举在嘴边慢慢喝着。只见她神色变得愈来愈安闲，甚至还有几分自得。末了，她把茶盏往方几上"笃"地一放。

龚鼎孳不由得站住了，回头望着她。

顾眉回身在椅子上坐下，顺手拿起一柄绿纱团扇，扇了两下，这才似笑非笑地说："若是想不让那姓孙的得意，妾倒有个法儿，就不知相公敢不敢？"

"啊？你说，你说！"

"依我的性儿么——"顾眉瞅着丈夫，目光炯炯地说，"他孙家会剃发改装，莫非我龚家就不会剃发改装？"

"你说什么？我家也剃、剃发？"龚鼎孳不禁吃了一惊。

"嗯，"顾眉点点头，"有道是，毒蛇螫手，壮士断腕。不这样，又怎生斗得掉姓孙的风头？"

"可是……"

"听我说啊——相公试想，一旦姓孙的带了头，即使相公不肯学样，只怕也难保别人不学样。与其白让他们赶着趟儿，赚了好处去，倒不如由我们来拔个头筹！"

龚鼎孳起先还感到吃惊与气恼，这会儿心中又是一动，顿时把待要出口的责备又收回来。的确，刚才他光顾着对孙之獬的"叛卖"行径光火，却忘记了另外一个危险，这就是在向上爬的官场竞争中，由于未能及时抢占有利位置，结果被无情地挤到后面去的危险。对于至今还指望飞黄腾达的他来说，这无疑是要防备的……于是，他沉吟着转过身，坐到另一张椅子上，开始默默地抚起胡子来。

海棠树的绿影映在窗纱上。有片刻工夫，屋子里变得很静，只听见铜壶滴漏传来嘀嗒的声响。现在，龚鼎孳多少觉得，侍妾的这个建议，确实给他指出了出奇制胜的一着棋。在目前的情况下，这也许还是唯一可行的一着。但是，这么一来，就等于将自己摆到与孙之獬同样的位置上，势必会招致汉族官民的强烈反感。结果，也许在讨好新朝这一点上，能同孙之獬之流打个平局，但是，却会在朝廷内外，被绝大多数汉官所蔑视，并且失去他们的信任。在目前满人当权，自己唯有同汉官们抱成一团才能免受欺负的情况下，这无疑是划不来的。"不，这个风头可不能出！"他苦笑地想。

大约看见丈夫不说话，顾眉又开腔了，"不错，"她抚摸着团扇的边沿，慢悠悠地说，"当初你是跟我说过，若然新朝迫令剃发改服,你纵然舍不得我,当不了和尚,也必定要拖到无法再拖才说,总不能辱没了祖宗。可瞧眼下这情形,新朝到底容我们再拖多久,其实也难说得很。况且,这些日子我也想通了,不就是换个打扮么!以往我们在留都,光是这头头发,一年到头,就不知想着法儿变换多少回!"

这么说了之后,发现龚鼎孳管自抚着胡子,仍旧没有什么表示,她就眨眨眼睛,用忽然变得兴奋起来的声调说:"相公瞧着旗人的装束不顺眼么?妾倒觉得款式儿挺不错哩!"说着,她就丢下扇子,站起身,快步走向衣箱,先把身上的衣裳脱下,又从箱里拿出一套,管自穿着起来。

龚鼎孳呆呆地望着,不明白她要干什么。直到顾眉穿戴停当,重新把脸朝向他,龚鼎孳才看清楚。原来,那是一袭满洲式的高领白缎子长袍,外面罩了一件宝蓝色的琵琶襟马甲。那有着五颗大衣扣的马甲,镶着回波形的宽大边,上面还绣着花草图案。据说旗人的女衣历来尚窄,加上顾眉的身材本来就十分苗条,两相映衬,益发显得俏丽轻盈。倒把龚鼎孳看得张大了嘴巴,一句话也说不出来。

"这是前些日子我央人到内城去,请旗人裁缝做的,昨儿才送来。"顾眉得意地说,"如今是头发还不对。要是连发髻也学她们那样梳起来,才真好看呢!"说着,又上下打量丈夫,点着头儿说:"像相公这等身材,若穿起长袍马褂,只怕也满精神!"

龚鼎孳正目瞪口呆地瞧着像换了一个人似的侍妾,被她冷不丁这一说,倒错愕了一下。他不自然地干咳了一声,站起身,又开始在室内绕起圈子来。不过说也奇怪,经顾眉这么一起哄,他的心情已经不像先前那样激愤和紧张。"是的,到底怎么办,眼下也不必忙于决定,且看一看情形再说不迟……"

"哎,相公,拿定主意了么?"顾眉的声音在耳边响起。

龚鼎孳抬起头,发现侍妾拿着一面镜子,还在那里左照右照地摆弄个没完。他打了个哈哈，摆摆手说："真是妇人之见！天下的事，哪有如此简单容易？"停了停，又走前去，在侍妾的身上摸了一把，叮嘱说："你这身衣裳，在屋子里穿穿无妨，可别走到外面去，让左邻右舍瞧见了笑话！记住了？"

说完，他就转过身，把被教训得一怔一怔的顾眉撂在屋子里，径自向外走去。

野心勃勃

龚鼎孳刚刚走出起居室，就看见应门的小厮阿承——一个十五岁的矮胖少年，双手捧着一张拜帖，跌跌撞撞地飞跑进来。

这个阿承，同丫环小凤一样，也是龚鼎孳的家生孩儿，为人老实可靠，侍候主人也算忠心尽职，只有一样：做事有点冒失毛躁。龚鼎孳也曾训诫过他多次，可总不见大改。眼下看见他又是这个样子，龚鼎孳就不由得皱起眉毛，呵斥道：

"咄！跑什么？好好儿走着不成么！"

"哎，老、老爷，是陈老、老爷呢！"吓了一跳的阿承立即站住，结结巴巴地回答。

"什么'老老爷'！就是'老老老爷'也用不着这等亡魂丧胆的——没长进的东西！"龚鼎孳板着脸继续训斥，并朝劈手接过的拜帖瞥了一眼，忽然，心中一动，把帖子又举到眼前。

    眷社弟陈名夏顿首拜

"怎么是他来了？"他意外地想，不由自主停止了责骂，"哎，这么巧！我正打算去访他呢！如今正好——啊哈！"心里这么惊喜着，他就兴奋起来，连忙吩咐："快请！"看见阿承还站着发呆，他又使劲一跺脚，喝道：

"快呀!"

说完,他就转过身,返回屋里,一边吩咐顾眉赶快把满洲衣裳脱掉,以免不留神给人瞧见,招来闲话;一边自己换上见客的礼服,然后三步并作两步,兴冲冲地迎出大门去。

确实,也难怪龚鼎孳如此着忙,因为这个陈名夏,并非寻常客人,而是他的一位交情顶深的密友。二人早年同为复社成员,明朝崇祯年间又一起在北京做官,而且都是在兵科;李自成攻陷北京时,两人都曾经降"贼",并接受"伪"职,后来又一道投靠清朝。凭着这种同"病"相怜的经历,加上两人平日来往密切,关系可就确实不同一般。不过,陈名夏当年是以殿试一甲第三名的高名次考中进士的,官位一直比龚鼎孳高,眼下已经官至清朝的吏部左侍郎兼翰林院的侍读学士,位居正二品。而陈名夏本人也确实精明强干,勇于任事。因此,龚鼎孳对于这位老朋友一向十分敬服,遇到疑难的事总要同他商量,听取他的意见……

现在,龚鼎孳已经迎出大门口,陈名夏那张眉目耸拔、鼻翼两旁有着两道刚愎沟纹的尖长脸,以及胸前飘拂着的三绺髭须也映入了眼帘。

"啊哈,怎地如此之巧!弟正欲去访兄,兄却先见顾了!"龚鼎孳拱着手大声招呼着,兴冲冲地迎上前去。

陈名夏却没有什么表情,虽然也照例回了一礼,但是随即就把手一摆,说:"弟眼下尚有他事,没有工夫坐谈,且借一步,说几句话就走!"

"兄是说——不坐谈?"看见客人已经径自往里走,龚鼎孳连忙跟上去,惊讶地问。

"我这就要去面见谭泰——嗯,就在这儿说好了!"由于两人已经进了二门,来到前院的倒座①前,陈名夏随即站停下来。

---

① 倒座:四合院里跟正房相对的房屋,通常坐南朝北。

谭泰是满洲正黄旗人。早自清朝天聪年间起，他就追随皇太极东征西讨，由于战功卓著，一再被擢拔，成为全权掌管本旗的都统，后来又受封为一等公。目前此人与护军统领图赖、启心郎索尼一道，都是摄政王多尔衮的心腹亲信，在朝中可以说是炙手可热，权重一时。因此龚鼎孳一听，顾不上再往屋里让客，连忙站住脚，紧瞅着对方，压低声音问：

"谭泰？兄因何事要访他？"

这当儿，倒是陈名夏大约觉得站着谈话，确实不甚相宜。他是常来常往的，对龚鼎孳这屋子的情形很熟悉。朝倒座望了望，发现里面没有人，他便做了个手势，于是两人又走进屋里，分宾主坐下。陈名夏这才哼了一声，说道：

"弟去见他，是意欲谋个差事干干！"

虽然他这么表白了，但是龚鼎孳仍旧听不懂。不过他也不想在这位才高气傲的朋友面前显得像个蠢虫，于是便沉默着，不去追问。

果然，片刻之后，等不到反应的陈名夏终于自己又说下去："眼下，南都已经归命，各府县望风归降，看来江南一带，不必再加重兵，即可平定。据弟近日所得消息，朝廷之举措将有重大更变——欲行以'抚'代'剿'之策。届时，要将豫王召回京来，另外派员前往接任……"

所谓"剿"，就是凭借军事手段取胜，自然要靠武将主持；至于以劝降为主的"抚"，就必须起用文官了。不过，清朝一向崇尚武力，这大规模的变"剿"为"抚"，倒是前所未有的新鲜事。因此龚鼎孳迷惑了小片刻，脑子才转过弯来，于是试探地问：

"噢，兄是意欲取多铎而代之？"

"如何？"

"这个——召回多铎，以抚代剿，消息是否真确？"

"自然真确。日前摄政王已授意内院会议，参详可否。"

"……那么，兄以为此事有几分成算？"

"谋事在人，成事在天。若是可谋而不谋，成算何从谈起？"

"所以——"

"所以弟这就去见谭泰！"

龚鼎孳眨眨眼睛，不说话了。得知雄心勃勃的老朋友原来是在觊觎豫王多铎的位置，他多少觉得，对方的胃口似乎大了一点。因为江南与别处不同，乃是除北京之外，全国最为重要的一个地区。数百年来，那里都是朝廷赋税的最大来源，是国家财政的主要支柱，也是眼下新朝志在必得的一块宝地。不管抚也罢，剿也罢，要想出任江南地区的封疆大吏，能力和才干固然十分重要，但更重要的是得到满人朝廷的绝对信任才成。以陈名夏的身份和资历，能做得到么？如果明明做不到，却贸然去活动，闹不好，就会招致当权各方的反感和猜忌，岂非弄巧反拙？这样一想，龚鼎孳就觉得有点不妥。

他打算说出自己的看法，但是陈名夏已经站了起来。

"好，时辰不早，谭泰现住在内城，去迟了，怕出不了城。弟这就告辞！"

"那么，先去探探口风也好！"由于发现拦不住对方，龚鼎孳只好一边往外送客，一边这样说。走出几步之后，他忽然想起一件事，连忙问："不知兄可知道，闻得孙之獬为着献媚满人，竟然全家率先剃发改服，招摇过市。这事弄不好……"

陈名夏"嗯"了一声："这事我早知道了！"

"那么？"

"他要剃，就让他剃去！谅他也翻不起大浪！"

"可是，万一朝廷……"

陈名夏把手一摆，成算在胸地说："这一层，无须担心！哼，剃发改服，谈何容易！闹急了，是要出大乱子的！朝廷又岂会不知！"

龚鼎孳心中一懔,关注地问:"兄是说,出——出大乱子?"

陈名夏没有回答,似乎有意让朋友自己去琢磨。不过,当走出几步之后,龚鼎孳仍旧没有醒悟的表示,他就"哼"了一声,教训地说:"我朝这番入主中国,自是应天顺人,故此兵锋所到,势如破竹。唯是前明享国三百载,在缙绅百姓中之根基实在不可小觑。彼虽格于时势,暂且归顺于我,心中未必帖服。所以隐而未发者,非不欲发也,是未得其便而已!若我朝挟雷霆之势,恩威并用,震慑之、怀柔之,或可将彼敌意渐渐消弭于无形;如操之过急,必定激出大变!何况冠裳发髻,传自祖宗,譬如人之头脸体肤,骤然夺之剥之,而欲其不怒不反,又何可得乎?"

"这——我兄所言,自然极是,但不知朝廷也省识此理否?"

"摄政王英睿明敏,自应省识。纵然他一时想不到,范宪斗、洪亨九他们也会提醒于他!"

这么说着,两人已经来到大门之外。龚鼎孳虽然意犹未尽,也只好拱一拱手,站停下来,目送着老朋友由一班承差的服侍着,骑上那匹口外枣骝马,径自朝内城的方向行去……

在龚鼎孳看来,陈名夏的这一次来访,未免过于短暂而且匆忙;但是,对于此刻正骑着马急于前往内城去的陈名夏来说,却认为这样已经足够了。事实上,像谋求出任江南招抚这样的事,在没有办出眉目之前,应该尽可能少声张,以免招来意外的阻力。如果不是冲着彼此的交情非比寻常,他甚至也不会特地上龚鼎孳的家去。刚才,龚鼎孳虽然没有说更多的话,但陈名夏看得出来:老朋友对这件事是心存疑虑的。正因如此,他才不再同对方谈下去,省得空费口舌和时间。说实在话,眼前这个机会,陈名夏可是认准了,绝不会放过的!而且,他已经把事情的成败得失反反复复揣摩过。无疑,要办成这件事确实不容易,但倘若办成了,他在朝野中的地位和名望,就会空前地跃升。作为对自己的才略颇为自负,因而野心勃勃的一个人,这些年来,陈名夏一直在暗暗纵观天下大势。他早就断定明朝的覆亡已经不可避免，所以在农民军攻入北京时，便迅速投降了李自成，希望能开创一番功业。谁知李自成太过脓包，转眼工夫就垮了台。他乘乱逃回南方后，经过长达一年的观察和考虑，最后又辗转北上，毅然投向清朝。他是这样估计的：在明朝和农民军相继崩败，并且显然缺乏回天之力的情况下，昔日的"东房"——清朝入主中国已经不可避免。在这种"天命难违"的"大势"面前，试图以武力抗拒固然是徒劳的，一死了之和隐遁深山也未免过于消极；称得上大智大勇的做法应该是设法参与到新政权当中去，通过取得权势和地位，去影响乃至左右国家的未来大政，这样来达到施展抱负和拯救天下苍生的目的。无疑，这是一种并不舒服，而且困难重重的选择；但他看准了一点，就是清朝从关外带来的人马有限，其中官吏尤其严重短缺，要想统治中国，必须大量起用和依靠汉官，特别是有才干、有经验的汉官。而这，就是他认为有把握取得成功的依据，也是眼下他敢于谋求取代多铎的原因——"哼，若是行剿，你们自然用不着我；可是行抚，像我陈某这样熟悉江南的情形，与那边广有关系的二品大员，你又哪里找去！"当行近棋盘街东侧的谭泰府第时，陈名夏的内心甚至变得更加强横和自信了……

　　现在，陈名夏已经在谭泰的府前下了马，看见赶在头里的承差已经把拜帖递了进去，主人却还没有露面，他就转动着身子，四下里张望了一下。坐落在正阳门和大清门（过去叫大明门）之间的这条棋盘街，是东西城来往的要冲，街的北面、大清门的两侧，就是六部衙门的所在地。在前明时代，这一带属于有名的"前朝市"，平日商贾云集，百货荟萃，热闹非凡。不过，随着八旗大军进驻，居民被迁走，时至今日，那种光景已经完全消失不见了。无疑，眼下街道上倒也并不冷清，各种各样的马匹啦、骆驼啦，自然还有许多满族打扮的八旗男女，在那里来来往往。由于朝廷一直在鼓励关外的旗民向关内迁移，近日举家迁来的正愈来愈多。大约一时来不及安置，于是大街两旁又公然冒出了不少大大小小的帐篷，有的还连带着牛羊和猪狗。帐篷与帐篷之间，大人在忙碌，小孩在捣乱，临时搭起的炉灶上烟火弥漫，使这个庄严的帝皇之都，平添了几许令人哭笑不得的"塞外风情"……这一带，陈名夏虽然算得上是常来常往，但是每当面对这种情景，他的心中仍旧止不住涌起一种别扭、反感，以至羞耻的情绪。"我堂堂中国，文明礼仪之邦，莫非今后就是奉这样的人为主子么？"惘然若失之余，他不止一次苦笑地想。

不过这一次他没能长久地想下去，因为谭府的门公已经重新走出来，正同承差在说什么，于是他本能地整一整衣冠，等待进门。

承差却仍旧在那里同门公说着。这使陈名夏颇不耐烦，觉得这个奴才办事实在啰唆！所以，当承差终于转身走回来时，他就照例沉下了脸。

"启禀大老爷，谭泰大人说、说不见……"承差跪地打着"千"，结结巴巴地说，一张滚圆脸也现出惶恐的样子。

陈名夏不由得一怔："不见？莫非——主人不在？"

"回老爷：他在。"

"那么——"

"听门公说，"承差低着头禀告，"他家大人闻得大老爷相访，原本是欢喜要见的，谁知后来又问门公：大老爷剃了头发不曾？门公回说不曾，他就改口说不见了！"停了停，大约因为陈名夏没有作声，他就小心地朝主人一瞥，补充说："听门公说，他家主人今儿一早就招了好些客人，正在花厅吃酒，都吃醉了，故此……"

陈名夏仍旧不说话。说起这个谭泰，陈名夏与他原本也谈不上有什么深交，无非是瞧着这位贵为正黄旗都统的满大爷也有难得之处，为人颇重交情，讲义气，加上颇受摄政王宠信，因此才设法交结。倒是谭泰不知为什么，对陈名夏一直另眼相看，有意亲近。这么一来二往，彼此的关系才热乎起来。可是今天，对方竟然凭借这种蛮不讲理的"理由",对自己来个闭门不纳,虽然也许是由于喝酒喝昏了头,也使陈名夏觉得像给扇了一记耳光似的,不由得羞恼难忍。

"听门公说,礼部右堂的孙侍郎孙老爷,已经合家剃发改装,所以……"承差的声音在耳边再度响起。

陈名夏正灰溜溜地想象着作为满洲主子的谭泰及其伙伴,在酒后所显露狂傲本相,冷不防听见这话,像被针扎了一下似的,不禁勃然大怒。他瞪起眼睛,厉声呵斥说:"混账!少给我提孙之獬!"

说完,把袖子一摔,气急败坏地向枣骝马走去。

朝房风波

同陈名夏见面的第二天,龚鼎孳循例到朝中去轮值。在北京,自从正式成为清朝的京城之后,朝廷的一应设置制度,大体上仍沿袭明朝的一套,因此龚鼎孳日常办公的处所,也仍旧是老地方——午门外的朝房。那是靠墙而筑的两排长长的平房,分左右连接在午门和端门之间。礼、兵、刑、吏、户、工等六科的给事中们,就在这里分门别户地办理日常的公事。

虽然对于爱妾的建议,龚鼎孳一度颇为动心,但陈名夏的那一番分析,又使他打消了立即剃发改装的念头。说心里话,对于"鞑子"们那种发式穿戴,龚鼎孳实在没有丝毫好感。能够保持现在这身衣冠,他绝不会另作他想。不过,正如顾眉所指出的,在孙之獬带了头之后,这还做得到么?虽然陈名夏说得那么有把握,但毕竟只是他个人的估计,包括摄政王在内的满族大臣们未必就是这样想。要是反正到头来都得剃的话,那就确实不如抢在头里。然而,当想到真的要走上那一步,他内心又仍旧有一种本能的抗拒……

现在，龚鼎孳已经来到皇城之内，并且习惯地向着朝房走去。位于端门与午门之间的这片空地，方圆虽然并不小，但四面都是高峻的宫墙，两座门的顶上还耸立着巨大的门楼，因此不但不显得空旷，相反还有一种深谷般的感觉。龚鼎孳每逢走在这里，都会不由自主地觉得自己其实是何等卑微，而高踞于万民头上的那位神圣的主宰者又是多么威严、可畏。此刻，他从剃发留辫、一个个像凶神恶煞似的满洲卫士身旁经过，默默地仰望着天幕下那座巨兽似的五凤楼，心中不由得又一次悚然而动："哎，但愿摄政王能明察人心，谨慎从事，这便不只是我辈之福，也是天下百姓之福！"这么暗暗祝祷了两遍，他才定一定神，加快脚步，走进日常当值的那间朝房里。

眼下，全国的政局还十分动荡，许多地方都还在打仗，因此朝里的公事其实相当繁忙。龚鼎孳在值房中稍事歇息，就上内院的红本房去领回来一摞子"题本"。其中有两件还有"朱笔"所加的记号，表示比较重要：一件是吏部关于一批地方官员的委任名单。由于前方的军事正在顺利推进，急需大批官员充实各州县的大小衙门，所以这件公事批得很快，只一天工夫，就下来了。这在前明时是不可想象的。至于另一件，则是来自江南的豫王多铎的奏章，内容是请示如何处置南京那批弘光政权的投降官员，所附的名单里赫然就有钱谦益、王铎等人的名字。如今题本的正面用满汉两种文字批着"着即来京陛见，量才擢用"的朱红色字样。"啊，原来连钱牧斋也投降了！还要来京陛见。嗯，他来了倒好，我正愁着东林方面在京里势单力薄，若得他带上一帮子人来助阵，就不怕孙之獬嚣张了！"正这么想着，门外忽然响起了脚步声，龚鼎孳抬头一看，发现有个矮胖的人影在门外张望了一下，随即一步跨了进来。

"孝升兄，"他称呼着龚鼎孳的字，"就你一个人在么？"

对方这样问，是因为按照新朝满汉对等的规定，每班轮值，除了一名汉官之外，还必须有一位满官在场。

"哦，还没见人呢！看样子，今日八成又不来了！"当认出来人是兵科的给事中许作梅之后，龚鼎孳摆了一下手，不在意地回答。

"哼，偏生老兄好运气！不像敝科，天天被人像防贼似的盯着，连大气儿也不能透，真倒霉！"

这个河南人许作梅，是个有名的炮筒子。虽然一样是当降官，偏他的牢骚特别多，而且动不动就发泄出来。总算朝廷相当优容，至今没有见罪，不过仍旧常常让人替他捏上一把汗。因此，发现他又来了，龚鼎孳就不搭腔，也不停下手中的公事。

被冷落在一旁，许作梅分明有点尴尬，但仍旧不愿意离开。他凑近来，瞄着案上的公文，半讥讽半搭讪地说："大热天的，什么了不得的事儿，值得你大才子不要命地干？"

"是江南来的奏本，钱牧斋、王觉斯都要来京陛见。"龚鼎孳不得已敷衍他一句。

"是么？"许作梅顿时来了精神，"啊哈，原来又来了一帮子入伙的！这下可更加热闹了！"

停了一下，看见龚鼎孳没再搭茬儿，他就管自说下去。"钱牧斋么，倒是旧识，不过也已经多年不见。闻得他在乡下窝了许多年，好不容易才挣回一顶乌纱。谁知一年工夫，就又玩完，也真够倒运的了！"停了停，又转着眼睛，嬉笑地说，"不知他们剃发改服了不曾？若然已经'满汉一体'，孙之獬倒不怕孤单了！"

龚鼎孳本来已经不打算搭理他，忽然听他提到孙之獬，心中一动，忍不住抬起头，问："孙某人的事——许兄也知道了？"

许作梅眨眨眼睛，对他的追问似乎感到意外，不过，随即就呵呵笑起来，把手一摆，说："老兄何其闭塞！有道是，恶事传千里。那獬獬崽子的丑态，这满朝汉官中，不知道的，恐怕没有几个了！"

在朝房这种庄严肃穆之地，许作梅居然高声笑出来，未免过于放肆。因此龚鼎孳吃了一惊，连忙站起身，匆匆走向门口，向外张望了一会，直到证实并未惊动其他朝房，才又走回来，告诫说："兄且低声些儿！"随即做了个相让的手势，"嗯，兄且坐！"

待许作梅在一张椅子上坐下，他才压低声音问："那么，不知兄等打算怎么办？"

"什么怎么办？"

"自然是对姓孙的事。"

"哼，他得意不了，到时有他好瞧的！"

"噢？"龚鼎孳顿时精神一振，"原来有此快事！不知可以见告一二否？"

"这个么……"许作梅眼珠子一转，忽然变得小心起来，"眼下还不到说的时候，总之，兄等着瞧好戏就是了！"

看见那矮胖子说完，就站起身，打算离开，龚鼎孳反倒着了忙。他一边竭力挽留着，一边张开双臂，想拦住对方。谁知许作梅是个拗相公，刚才想挤他走，他硬是不走，这会儿想请他多待一会儿，他却死活也不肯干，相持急了，竟跺着脚直嚷嚷："这是怎么说？敞科可不比老兄这里，一天到晚有坐探盯着，哪有工夫闲讲！"龚鼎孳眼看留不住，只得让他去了。

"嗯，他说有好戏瞧，不知到底是什么好戏？"龚鼎孳一边走回书案，一边满腹狐疑地想，"孙之獬拼命讨好满人，满人自然是满意的。只要朝廷给姓孙的撑腰，许作梅那伙人，又能拿姓孙的怎么样？莫非还敢把他揍一顿不成？不过，话又说回来，这许呆子虽呆，要是没有几分成算，只怕他也不敢吹这等大气。那么，除非就是他得着什么消息……嗯，莫非果真正如老陈所说的，摄政王深知此事闹不好，会激出变故，因此并不赞许孙之獬的所为，甚至认为他是卖乖取宠，不由正道？"

这么猜测着，龚鼎孳顿时宽心了许多。"只不过，许呆子为何死活不肯把实情告诉我？我自问同大伙儿一向抱得蛮紧的……

啊,莫非阿眉私下里做满洲衣装那件事,已经传了出去?刚才许呆子颠颠儿地跑进来,其实是在警告于我?哎,这可真是冤哉枉也……"

正自暗暗苦笑着,忽然,门外传来了喧闹声,其中还夹杂着怒骂。龚鼎孳怔忡了一下,不知道发生了什么事情,连忙走到门口,向外一看,这才发现:一位长着一部大胡子的汉族官员——龚鼎孳认得那是工科的给事中杜立德,正苦着脸,狼狈不堪地站在过道里,几个脑后拖着长辫子的满族官员气势汹汹地围着他,其中一个正在指手画脚地用女真话叽里呱啦地说着,像在向他的同伴指控杜立德的不是。稍远处,还站着好几个汉族的官员,却只是交头接耳,都不敢走近去。龚鼎孳因为听不懂女真话,始终闹不清出了什么事。正好有一个通事从门前经过,他便连忙叫住,问:

"那边到底……"

那通事眨眨眼睛,用手半掩住嘴巴,悄声说:"满大爷发个脾气是常事儿,大人您就甭管了!"说罢,摇摇头,一溜烟走掉了。

自从大清朝定鼎北京之后,朝廷为着笼络汉族的降官,虽然定下了各衙门中满汉官员名额各半,遇事共同协商的大准则,但是不少满族官员或多或少地都难免以征服者自居,每每不大把汉员放在眼里,甚至呼来喝去,颐指气使。加上彼此语言又不通,误会和摩擦更是时有发生。眼下杜立德遇上的麻烦,大约也属于这一类。

"妈拉巴子!"一声凶暴的叱骂传来,龚鼎孳悚然回过头去,发现其中一个满官已经举起拳头,向杜立德作势要打。倒是他的同伴把他拦住了。但是杜立德已经吓得面无人色,竟"扑通"一下,给对方跪了下去。

"糟糕!他这一跪,可是把咱汉员的脸面给丢尽了!"龚鼎孳听见背后有人低声说。凭着那河南口音,他认出正是矮胖子许作梅。

"哎，得想个法儿，把他解救下来才成！"另一个人焦急地说。

又一个呻吟般的声音接上来："救？老兄敢过去么？小弟可没这个胆子！"

要是换了别的时候，或者不是发现许作梅就在身后，这种事龚鼎孳是绝不会去管的。可是，觉得自己正被汉官们视为异己分子，因而急于有所表白的心理，却使他仿佛受了鬼使神差似的，竟不由自主跨了出去。

"哼，阿眉不就是一时贪玩，扯了身满装么！你们这伙'乌鸦'就大惊小怪的，支派许胖子鬼头鬼脑地来给我下药！原来全是见不得真章的'银样镴枪头'！现在看我把老杜解救下来，也让你们活活愧死！"他一边向前走，一边悻悻地、示威地想，同时，感觉得出站在旁边的那些汉族官员也在跟着他向前移动。

然而，这种勇气也只维持了几步路。因为龚鼎孳忽然发现，有几道利剑似的目光正霍霍地直刺过来，使他不由得打了个寒战。而当看清那几个满官已经有意无意地挡在杜立德的身前，正对他虎视眈眈，龚鼎孳的一颗心就开始"怦怦"地乱跳起来，"糟糕，怎么会这样子？我可不是想同他打架，我也不会打架，他们难道看不出来？我不过是想好言相劝，请他们放过老杜罢了，怎么……"

从龚鼎孳原先站立的地方，到发生纠纷的处所，只不过相隔几个朝房。随着双方的距离愈来愈近，龚鼎孳的脚步也变得愈来愈慢，连眼睛也不知道该往哪里瞧。"哎，怎么办？怎么办？是过去，还是不过去？"他心忙意乱地想，感到最后一点勇气都消失殆尽。但是，来自身后的汉官们的声息又使他难以退却。

"不，傻瓜，别去触这个霉头！"一声发自心底的叱喝使他猛然止步。如今，龚鼎孳已经多少清醒过来："是的，我真糊涂，什么事儿不好逞能，偏来找满人干仗！"不过，已经到了这当口，返身折回反而会露出马脚。忙乱中他左右一瞄，发现紧靠左边就是一间朝房的门口，"对，躲进去！就像我根本不是冲着他们来似的！"

他想，于是，立即装出没事儿的样子，朝满官们讨好地微微一笑。

然而，就在他打算转过身去的时候，一个熟悉的声音忽然从满官们的身后传来：

"哎，起来，快起来！你跪在这儿做什么？"

龚鼎孳错愕了一下，连忙循声望去，这才发现：不知什么时候，许作梅已经绕到前头，此刻正出现在杜立德身边，打算把后者搀扶起来。

那几个满官显然也没提防这一手，"忽啦"一下，全都回过身去。

"嗯，这回只怕胖子要倒霉了！"由于意识到即将发生的冲突已经转移到许作梅身上，龚鼎孳也就不忙着往屋子里躲了。不过，出于对事情的关切，他仍旧缩着脖子，心情紧张地望着，等待着那可怕的爆发。

然而，使他——恐怕也包括全场人大感意外的是，许作梅扶起杜立德之后，固然明智地没有再多嘴，而那几个满官似乎也觉得不便做得太过分，只斜着眼睛瞧着，竟然没有阻止。

看起来颇为险恶的一场风波，就这样结束了，没有演变成更大的冲突。在一旁紧张围观的人们，分明大大松了一口气。等脸色苍白的杜立德跟随着许作梅迅速离开之后，大家也互相交换着眼色，各怀心事地默默散去。

最后，变得空旷起来的场子上只剩下龚鼎孳。"哎，其实就差那么一步，早知如此，我就走到底了！"他茫然若失地站着，兀自呆呆地想。

另寻门道

虽然三天前，在谭泰那里吃了闭门羹，但是陈名夏并没有放弃谋求到江南去接替豫亲王多铎的计划。当然，他也就暂时不再找谭泰，而是改走内院大学士洪承畴的门道。这位洪承畴，本是明朝的太子太保、挂兵部尚书衔的蓟辽总督，曾经以擅长对农民军作战，劳绩显著而名动朝野，深受崇祯皇帝的倚重。三年前，他在山海关外的松山、锦州一线对清朝作战，结果失败被俘。当时，人们纷纷料定他必定会一死殉国，谁知他却最终选择了变节投降。这一远近哄传的事变，曾经对明朝造成很大冲击。也许因为这个缘故，自然也由于他的名望与才干，洪承畴在清廷同样很受礼遇和器重，经常参与军机大事的决策，并成为一个在摄政王多尔衮跟前颇能说话的人物。很显然，如果得到此人的支持和推荐，陈名夏的图谋同样也有实现的希望。不过，陈名夏之所以决定改走洪承畴的门道，还有另外的原因，这就是对于孙之獬擅自剃发改装一事，尽管他在龚鼎孳面前曾经嗤之以鼻，不以为意，但到了后来求见谭泰，主人拒绝接见他的所谓"理由"，竟然不是别的，恰恰就是认为他没有学孙之獬的样，也来个剃发改装！这就使陈名夏错愕之余，不得不反过来捉摸一下是否上头真有这种意思。不过，即便如此，他仍旧坚持认为：彻底抛开"华夷之辨"的成见，光是为大清王朝着想，这件事也是万万实行不得的。因此，他今天来谒见洪承畴，还存着一个向这位权势人物进言的打算……

现在，随着一阵沉稳的脚步声从花厅外的过道传来，洪承畴那熟悉的身影终于映入了陈名夏的眼帘。

以干练持重著称的这位高官，是一个五十开外、身材瘦削的人。他有着南方人特有的高颧骨和凹陷的眼眶。整张脸称不上俊美，却自有一股儒雅智睿之气。配搭得最奇特的是眼睛和眉毛：他的眉毛又粗又黑，像扫帚似的横拖着，一双眼睛却又细又小，而且老像睁不开来的样子。这就使人一方面觉得他应该是一个秉权敢杀、颇有机谋的人；另一方面，又常常会暗自怀疑这种判断的准确性。当然，这也许只是因为赫赫有名的前封疆大吏正害着很重的眼疾之故。洪承畴是清朝入关前就归降的，因此已经剃去头发，蓄起辫子，衣冠穿戴也一如满官的式样。

"老先生枉顾，不知有何见教？"

当结束了照例的行礼客套，彼此分宾主坐下来之后，洪承畴一边从俗称为"马蹄袖"的窄袖筒里掏出一条手帕，一边探询地望着客人，用闽南口音颇重的官话问。

"哦，不敢！"陈名夏连忙拱着手，恭敬地说，随即注意到对方已经举起手帕去揩那双发红的眼睛，便关切地问："大人这贵恙，不知……"

"哦，不妨事！"洪承畴把手一摆，"芥癣小疾，已经延医诊视，过些日子就会好的！"这么回答了之后，他就闭上了嘴巴，显然不想为这个问题多费口舌。

陈名夏觉察到对方的忌讳，但仍旧说了一句："还望多多保重！"随即微低了头，不去看对方的眼睛，说："学生深知大人百事纷拿，若无要紧之事，实不敢遽尔登门——只因目有一事，关乎国家大计，学生已思之数日，虽有肤见，却未敢自信，且因事涉机密，不便商诸他人。踌躇再三，唯有来见大人讨教，尚祈详加指引为幸！"

"噢？"大约陈名夏这几句话说得颇为郑重，洪承畴的神情变得专注起来，"不知老先生欲以见教者，是何等之事？"

陈名夏再度拱一拱手，说了声"不敢"，然后才前倾着身子，说："近日学生所苦思焦虑者，乃是这江南局面，今后该如何收拾，方为上策。盖自我朝定鼎北京之后，兵威所至，流贼崩败散亡于西陲，已是鬼火萤光，难成气候；南京抗命年余，亦终于投降归顺。天下归一，短则半载，长则一年，必定可成。日后便该偃武修文，筹谋兴复重建之举，以开圣朝万世之伟业。唯是国家久经战乱，残破殊甚，虽有宏图大计，其奈国库空虚，民不堪命，只怕也难望早奏肤功！"

说了这几句之后，他故意停顿了一下。发现洪承畴低垂着眼睛听着，没有什么表示，他才清一清喉咙，接着说下去：

"如今江南地广千里，得天独厚，市井繁华，物产丰盛，以往天下赋税三之一，俱由此出。且十余年来，未遭流贼蹂躏，元气尚得以保存。纵因前朝之'三饷'，困役多年，景况已大不如前，但较之别处，又强似多多。此一方之地，实乃财政之源泉，繁华之渊薮，处置得法与否，于国家未来得失甚大，不可不慎重斟酌！"

陈名夏明知以摄政王多尔衮为首的决策圈子当中，已经在酝酿对江南变剿为抚，但是他的这番陈述却是从今后复兴经济、重建国家的长远需要着眼，而不是只局限于眼前一时一地的战局变化消长，确实显得目光远大，见识不凡，而且避免了事先已经知情的嫌疑。这经过深思熟虑的一着，看来颇为奏效。因为洪承畴本来又开始用帕子去拭擦眼睛，听了这番话，他那浑浊无神的目光居然闪动了一下，随即发出询问：

"嗯，依老先生之见？"

陈名夏始终保持着庄重的神色。但看见对方分明已经动了心，他心中却不免暗暗得意。为着使事情更加水到渠成，他决定干脆卖一个关子，于是再度拱手当胸，微低着头，用深沉而又谦恭的口吻说：

"如何处置，事关至巨，学生人微言轻，实未敢妄作建言！"

洪承畴"唔"了一声，随即摇摇头，不以为然地说："老先生这就过虑了！有道是，食君之禄，忠君之事。但凡是出自公心，有利国家，又有何言不可直陈！而况如今天子圣明，摄政王虚怀若谷，正是我臣子竭诚报国之时！老先生既有良谟在胸，自当不吝赐教才是！"

这几句话说得剀切明正，倒使陈名夏不便再耍小花招。不过他仍旧挨延了一下，才捋着胡子，慢吞吞地说："以学生愚陋之见，江南之于国家，譬如仓廪库藏之于人家，纵有二三强徒鼠窃窜踞其中，若非迫不得已，必先尽力设法抚而出之，诱而缚之，而无遽尔举火焚仓，纵兵毁库，自败其财之理！如今南都归命，江南可谓大局已定，正应变'剿'为'抚'，力避焚杀破毁，保此库藏，以利国家振兴富强之大计！"

他绕了半天弯子之后，终于直接点出"变剿为抚"。可以说，陈名夏已经把试探的触角，伸进了决策圈子目前还不打算公开的机密当中。这确实多少要冒一点风险。因为他既有意毛遂自荐，又想装作对此毫不知情，而希望主人主动提出，这满腹的心计只要有一着的火候拿捏得不准，就有可能弄巧反拙——特别是在彼此没有太深交情的人之间，风险更大……

果然，这一次洪承畴没有立即作出反应。只见他微低着泛着油光的头，拈着花白胡子，老半天没有吱声。

看见这样子，陈名夏有一点着急，也有一点心虚。因为他知道洪承畴是个机警敏锐的人，要加以糊弄并不容易。何况深受摄政王宠信的这位权臣，为人虽说还算通达随和，而且颇为尊重爱惜人才，但如果一旦把谁憎恶上了，也会变得铁面无情。因此，在等候对方说话的片刻工夫里，陈名夏竟被弄得心情紧张，目不转睛地盯着，连大气也不敢透。

终于，洪承畴抬起头来：

"江南乃前明发祥之地，更兼历三百年之经营培植，其势力可谓树大根深。如今纵然主干已倒，但枝蔓尚在，而且盘根错节。虽欲行'抚'，只怕亦非易事吧？"

他这样说，只是就事论事，对于高层中的决策依然守口如瓶，但是起码没有对客人的用心表露出怀疑，而且显然愿意探讨下去。因此陈名夏一听，顿时大大松了一口气，于是挺直身子，颇为自信地说：

"大人所虑，自是不差。唯是前明自天启、崇祯以来，天下大乱，兵饷之费，大半倚靠江南，几至竭泽而渔，民众厌恨已久。更兼福藩僭号一载，朝政浊乱又远过启、祯，直是天怒人怨，千夫所指。到如今，民心实已丧失无余。这番豫王南下，各府县望风归降，便是一大明证。自然，其间还会有若干冥顽之徒，心怀不轨，意欲煽惑民众，造叛生事。不过我大清天与人归，大势已成，只须抚之得法，指日敉平当非难事！"

"噢，不知这'抚之得法'，何所指而云然？"

"不敢！以学生浅见：欲得天下，必须先得民心，此乃千古不易之理。这行抚之法，自当以应顺民心为第一要义。譬如闻得豫王入驻南京之后，严饬部伍，不扰民众，又亲赴孝陵致祭，并于扬州梅花岭为史道邻立祠。其尤可道者，乃是与民约法，不剃发，不改服，令民众十分感悦，踊跃归附，俱是显例！况且……"

陈名夏得意之余，只顾顺着自己的思路侃侃而谈，却忘了主人是剃了发的，直到目光无意中落到对方的光头上，心中才蓦然一动，顿住了。

倒是洪承畴似乎不以为忤，依旧拈着胡须："嗯，说下去！"

陈名夏定一定神，心中仍旧有一点犹豫。不过，就孙之獬剃发一事，向这位得宠的汉官头儿进言，本来就是他此来的目的之一。因此，片刻之后，他终于把心一横，继续说下去：

"况且事有大有小，有缓有急。我朝入主中土，至大至急之事，实无过于抚定四海，浑一天下，开创万世皇基。凡有利于此事者，俱应顺之从之；凡不利于此事者，俱应缓之止之。若论剃发改服，关乎齐一国俗，亦属大事，唯是与抚定四海相较，则实非当务之急。况且沿袭已久之俗，骤然改易之，必致民心惊怖，甚或萌生离异之心。此实为乱臣贼子所求之不得而闻之窃喜者也！若因此不急之务，授彼以柄，为彼所乘，酿成祸变，则学生诚恐百姓万民，又要再遭无限涂炭，天下太平，不知又会迟却几多年矣！"

陈名夏越说越激昂，声音也不自觉地高了起来。因为他坚信，这是出于对新朝的一片耿耿忠心，而且事实必将证明他的判断是正确的，因此即使触犯一点时忌也在所不惜。不过，洪承畴的脸色却分明变得有点阴沉，等客人的话音一落，他的目光就尖利地一闪，问：

"朝廷意欲剃发改服——老先生此言所据何来？"

"这个——学生并无根据，只是忧心国是，故发此言。"陈名夏坦然表白说，"不过，也并非全无缘故——"于是，他把孙之獬行径，以及去见谭泰被拒之门外的事说了一遍，末了，又说："今上天聪明敏，摄政王英睿远瞩，必定早已俯察此理。那么学生不过是杞人忧天而已！"

洪承畴不作声了。他又开始用帕子去拭眼睛。直到陈名夏忍耐不住，打算开口追问时，他才停住手，漫不经心地说："倘若学生所记不差，老先生的贵乡像是溧阳？"

陈名夏怔了一下："哦，是，是的。"

"那里距洮湖——像是不远了吧？"

陈名夏眨眨眼睛，对主人忽然改变话题，感到迷惑不解，但仍旧只好回答："大人所记不差。敝乡正当洮湖之南，也就数里之遥！"

"如此正巧，学生有一疑问，存之胸中已经多年，都未能解。老先生的贵乡恰在洮湖之南，必能明以教我！"这样说了之后，洪承畴也不等客人回答，径自说下去："学生于髫龄①入塾之年，即已闻知太湖三万六千顷，其名别称'五湖'。唯是这'五湖'何所指，诸书说法却各不相同。譬如《义兴记》说太湖、射湖、贵湖、阳湖，以及贵乡的洮湖为五湖；韦昭则称洮湖、胥湖、蠡湖、滆湖、太湖为五湖；《水经》又以长荡、太湖、射湖、贵湖、滆湖为五湖。此外还有《图经》和《史记》，说法均各不相同，令人如堕五里雾中，茫然无所适从。老先生世居该地，必有明见，以解学生之惑！"

---

① 髫龄：指幼年。

由询问陈名夏的故乡，引申到考证五湖名称的来历，可以说是越扯越远了。显然，无论出于什么原因，洪承畴也是在有意回避早先那个话题。这使陈名夏感到颇为失望，也有点不满，但是实现目的的强烈愿望，又迫使他只能尽量控制自己的情绪，回答说：

"大人饱学卓识，于书无所不窥，令人心折。说到五湖，确实历来众说纷纭，莫衷一是。其实敝乡一带湖泊甚多，何者为五湖，实难一一确指。倒不如依了张勃《吴录》所说：因其周行五百里，故名五湖。反可省却考证争执之烦！"用这么一个笼而统之的说法敷衍了对方之后，他就立即把话题一转，重新回到江南的局势和对策上去：

"不过，以学生所见，目今之难，尚不在考证五湖之名，而在于对此一方之民如何安抚得法，令彼知朝廷之深恩厚德，感戴归心，永不生异想，然后……"

他本想继续说下去，以便把自己的一套施政设想向这位位高权重的内院大学士摆出来，争取对方的理解和支持。然而，洪承畴甚至不让他有这样的机会，竟毫不在意地打断说："老先生所言差矣！岂有周行五百里便称五湖？须知五百与五，乃是百倍之差——可谓不通之极！以学生揣测，五湖者，莫非以其派通五道之故？譬如三国时虞翻就曾说：太湖东通长洲松江，南通安吉雪溪，西通宜兴荆溪，北通晋陵滆湖，西南通嘉兴韭溪——不多不少，恰成五字之数！啊哈，如何？纵观诸说，此说当为确解无疑！"

洪承畴兴致勃勃地说着，有一阵子，甚至连眼睛也忘了拭擦。但是，被堵在椅子上成为听众的陈名夏，心中却越来越不是滋味。事实上，他本是一个相当强傲自负的人，今天因为有求而来，才不得不对洪承畴低三下四地一再赔小心。可是对方竟然根本不把他的建议当回事，一味地装傻卖痴，陈名夏可就忍不住心头火起；到后来，这种怒火又由于发现对方分明是在愚弄自己，而变得无法自制了。

"中堂大人!"等洪承畴的话音一落,他就一挺身站起来,气哼哼地说,"学生今日来此,是欲与大人共商国家大计,而并非探究方舆之学。如若大人以为学生不足以共语,尽可明言,也省得虚耗时间!"

看见他这样子,洪承畴也就停止了说话,但是似乎并不生气,只是静静地看着他,随后,就伸出手去,端起了方几上的一盏茶。

"送——客——喽——!"站在门外的仆役曼声吆喝起来。

陈名夏倒是已经多少料到了这一着,不过仍旧觉得脸孔变得热辣辣的。他怒火中烧地瞪大眼睛,打算狠狠指责对方一顿。只是临时想到对方职位比自己高,权势比自己大,好歹还得给日后相见留点余地,他才只好咬咬牙,把一口恶气强自咽了回去;到末了,双手一拱,说声:"告辞!"然后转过身,怀着既恼恨又沮丧的心情,咚咚咚咚地大步向外走去。

狼狈就范

发生在朝房的那场风波,虽然并不算大,但由于惊动了朝廷,使那几个骄横跋扈得过了分的满官,事后受到"严旨切责",所以仍旧在积怨已久的汉官中引起了轰动和兴奋。

龚鼎孳在当时是首先站出来的,这一点,使他受到人们的交口称赞。至于许作梅凭着其果敢沉着,使满官们目瞪口呆、铩羽而退的"业绩",更被加油添醋,传为一时的美谈。而由此激励起来的那股子盛气,又使得孙之獬主动剃发的行径,愈加受到猛烈的攻击。被认为是诡诈取宠,无耻之尤。加上随后从龚鼎孳口中传出消息,说前两天陈名夏曾经为这事去谒见过洪承畴,力陈其严重后果,谁知洪承畴却顾左右而言他,不置可否。于是大家又进而怀疑:由于孙之獬的缘故,已在决策圈子当中触发了类似考虑，只是由于尚未最后作出决定，洪承畴才不便过早表明态度。这可就使汉官们气愤之余，又多了一份紧张不安。因为他们当中的绝大多数人，也如同陈名夏一样，深知这件事非同小可，闹不好，势必会出大乱子。在天下尚未平定，清朝的统治远未巩固的当儿，这样做实在是十分愚蠢的。虽说他们都是汉官，但既然投降了清朝，就一心希望新朝能迅速一统天下，皇基永固，他们也因此荣华共享，世泽绵延；而决不愿意局面再出现无谓的反复，甚至发生明朝的势力卷土重来那种事。因此，为了阻止可能出现的错误决策，防患于未然，汉官中的一些中坚分子经过反复商议，最后决定把孙之獬拿到大庭广众之中，狠狠惩戒一番，一来是以儆效尤，二来也是含蓄地向摄政王和满族王公们表达汉官们的态度。至于负责具体实施的官员，也已经确定，他们是刑科给事中庄宪祖、御史王守履、罗国士、邓孚槐，此外还有许作梅和龚鼎孳。

说到龚鼎孳，近两天来可以说特别兴奋和活跃，这自然是由于他出乎意外地受到了舆论的赞扬。事实上，后来他又反复想了一下，终于觉得还是同汉官们这边靠得紧些，更加合算。因为一来，彼此的关系渊源比满人要深密得多；二来，从那几个满官受到"严旨切责"可以看出，如今虽说是满人坐天下，但是朝廷想长治久安，就不能过于得罪汉官，而要尽可能加以笼络。因此，与其做满人的尾巴，还不如做汉官的头儿，更能在朝中显出自己的分量。正是基于这种盘算，当终于从许作梅的口中，探知部分汉官们惩治孙之獬的计划之后，他便立即参加进去，并且成为其中的中坚分子。"姓孙的又不是满人，我何惧之有！"这一回，他信心十足地想。

眼下，他们已经拟定了一个计划，这就是在今天上朝时，趁着百官齐集，先在午门外对孙之獬发起围攻，使他大出其丑；接下来，到了进抵皇极门排班时，则由他们带头发起抵制，不许孙之獬进入汉班。由于姓孙的不是满人，估计也不能进入满班。这样就弄得他无班可入，狼狈万分。最后，由负责监纠朝仪的御史王守履弹劾他乱班失仪，请皇帝降旨论罪。对于这么个计划，他们自认为是巧妙之极，估计即使不能把孙之獬置于死地，起码也会跌他个鼻青脸肿，有几年翻不了身。不过，为着保险起见，同时也考虑到一旦到了朝房，人多眼杂，不便凑在一块商量，因此又决定大家先到龚鼎孳家里聚齐，然后一道上朝去。

现在，几位同谋者都已经陆续来到。龚鼎孳看看眼下才是四更天气，时间尚早，便在前院西侧的倒座里点起一盏斗色晶灯，又命仆人沏上一壶酽茶，端来几样早点，却无非是烧饼、馒头，让大家边吃边谈。

"哎，诸位听说了么？"有着一张惊鸟般脸孔的罗国士一坐下，就急急地说，"近日朝廷因江南已经归顺，流贼巨魁李自成、刘宗敏亦于湖广一带相继败死，其余各省，再不必多费刀兵，因此决意变'剿'为'抚'。不过这江南一地，为国家钱粮所系，责任至重。非极精明干练之员，难以担当。闻得有人举荐陈百史，诸王、内院中也颇有认可的，如今就等摄政王酌定了！"

陈百史，就是陈名夏。由于他不只精明能干，而且敢于直言强谏，不畏权势，是汉官中的台柱子之一，因此，听说有可能派他出抚江南，生就一副浓眉大眼的庄宪祖首先点点头，说："陈百史么，自然是相宜之选。他嘴上又来得，手段也使得，更兼是溧阳人，江南那边的关系多得很！这行'抚'嘛，可不比打仗，靠的是不战而屈人之兵，没有交往和情分又怎能承当！"

"还有，他尚未剃发改装，这也是顶要紧的！"正在忙于吃点心的邓孚槐附和了一句。

谁知许作梅却摇摇头，皱着粗短的眉毛说："就因为尚未剃发改装之故，弟只怕他到底去不成！"

"噢？"

"诚如罗兄所言，江南为国家钱粮所系，责任至重。唯其如此，能当此选之人，精明干练固属要紧，而尤其要紧者，乃是必须深得朝廷信赖。老陈至今尚未剃发,已是输却一筹;闻得日前他还去面谒洪亨九,公然亟论剃发之不可,尤属失策——嗯,以弟观之,此事只怕悬乎!"

"不错,"王守履从旁接口说,"变剿为抚之议,弟也听说了。不过,这内定出任之人,闻得不是别人,倒正是洪亨九!"

清朝入关前就已经投降的洪承畴,不用说是早就剃发改装了的。与陈名夏一样,他也是南方人,但论资历、论经验、论在官场中的关系和影响,却比陈名夏强出不只一头。尤其重要的是他还深得摄政王多尔衮的信任。因此听王守履这么一说,大家顿时哑口无言。不过尽管如此,庄宪祖似乎心有不甘,片刻之后,仍旧摇头说:

"洪亨九自然无人能比。不过可惜他是剃了发的,将来与江南父老相见,恐怕毕竟隔着一层!"

许作梅哼了一声:"与江南父老隔着一层有什么?要紧的是不要与朝廷隔着一层!"

"咦,话可不能这等说。不剃发,也不就是与朝廷隔着一层呀!"

"你瞧着好了,到头来,只怕连那狗贼猢狲都能捞到外放的肥缺;至于你我嘛,这事却想也休想!"

"可是……"

庄、许二人言来语去地争执起来。龚鼎孳在旁边听着,心中却有点不是滋味。事实上,关于朝廷打算对江南变剿为抚的消息,他早就听陈名夏说过了。而且作为密友,他还知道陈名夏在洪承畴那里碰了钉子之后,并没有就此罢休,还在积极活动。刚才罗国士说到陈名夏也在被举荐之列,就是近几天努力的结果。龚鼎孳自然希望老朋友能够出掌江南的抚政,以便日后提携自己。不过,许作梅所说的与朝廷隔一层不隔一层的话,却触动了他的心思。的确,坚持不剃发改服,无论从国家大计还是个人感情来说,固然都有十足的理由,但是如果从陈名夏——当然也包括自己的前程来掂量,这样做是否算得上明智呢?正是曾经被顾眉提醒过,此刻又重新冒出来这个疑问,扰乱了龚鼎孳的心思,以致有片刻工夫,连同僚们的争论,在他感觉中也变得模模糊糊的了。

"哎,时候不早了,还是回到正题吧!今日之事,诸位瞧瞧还有什么疏漏不足,须得及早补救之处?"罗国士那尖尖的嗓音刺进耳鼓。

龚鼎孳怔忡了一下,回过神来,发现大家已经静下来,正在你瞧我,我瞧你。不过,像再也想不出有什么要谈似的,谁也不开口。

终于,许作梅做了个断然的手势:"不必再谈了!总而言之,今日这事,已是有进无退。是成是败,都计较不了许多了!"

"对!"王守履也奋然而起,"狗贼猖狂之所为,实属祸国殃民!我辈即使冒着个得罪议处,也要并力阻遏之!"

"对,对!""不错!"好几个声音哄然附和。

"不过,弟瞧此事,也未必真如许兄所虑那等凶险。"庄宪祖淡淡地说,随即停顿了一下,等大家的目光都转向他,才又接着说下去:"列位试想,豫王在江南明令禁止臣民剃发,此事必定先经奏明,摄政王认可,才敢实行之。那么孙之獬之所为,其实乃是公然违旨!说不定经我们这么一弄,朝廷当真来个杀一儆百也未可知哩!"

邓孚槐一拍桌子,冷笑说:"他何止一人违旨,他是全家违旨,该当满门论罪才是!"

"对,对!满门论罪!满门论罪!"大家交口应和。于是气氛顿时又热烈起来。

龚鼎孳转动着脑袋瞧瞧这个,又瞧瞧那个。作为一名后来才加入的同谋者,如果说,他的心情更像是入股下注,因而也更加关心行情涨落的话,那么,刚才庄宪祖提到豫王在江南的做法,使他品味之余,又转而觉得这件事还是颇有把握。他不由得也兴奋起来,"哗啦"一下推开椅子,站起来,说:"好,既然如此,那么就不如早点上朝去,先把那狗贼狲狲盯住,免得让他躲过了。"

大家都没有异议,于是纷纷站起身,打算出门。

就在这时,一个纤小的人影出现在门口,"老爷,老爷!"她连声叫唤。

龚鼎孳回头一看,发现是丫环小凤,就"嗯"了一声:"什么事?"

"太太请老爷进去,说有话同老爷说。"小凤走近来,行着礼禀告道。

"都要出门了,还有什么要说?"龚鼎孳皱起眉毛,不耐烦地问,眼睛注视着已经络绎走出的客人们。

小凤摇摇头:"婢子不知道。"

龚鼎孳沉吟了一下,记起昨儿夜里他一时高兴,曾经向顾眉谈及今天的计划。当时顾眉颇不以为然,还啰啰唆唆说了许多。眼下她要说的,想来无非仍旧是那些话。于是他摆摆手说:"眼下哪里还有工夫进去!你回去告诉太太,就说她要说的我都知道了,请她在家里安心等着,静候我的好音!"说完,便转过身,大步跟上客人,匆匆向外走去。

小凤自然不敢阻拦。她怔怔地靠在门旁,睁大眼睛,瞅着主人的背影。

直到那橐橐的官靴声消失在垂花门的拐角处,接着,院墙外传来了人马起动的声响,她才转过身,慢慢走回上房去。

"噢,他是这样说的么?"听了小凤的回禀之后,顾眉扬了一下眉毛,说。这当儿,她已在寝室里梳洗完毕,正把最后一支凤钗,簪在发髻上。

"禀夫人,老爷是这么说的。"小凤胆怯地回答,显然唯恐女主人责怪她办事不力。

"嗯,把扇子给我。"顾眉说着,不由自主打了个呵欠,随即用手掩住嘴巴。

小凤赶紧把扇子捧到她的面前,赔着小心说:"眼下,天才放亮呢!要不,太太就再睡会儿?"

昨天夜里,由于得知丈夫及其同党们那个惩治孙之獬的计划,顾眉确实一宿没有睡好。总觉得事情不大对劲,在枕上翻来覆去地净想着,直到三更过后才蒙眬睡去;所以这会儿脑袋还真有点发沉。不过她仍旧摇摇头,强打精神说:"你去,瞧瞧他们都起来了不曾?叫他们该干什么的都干起来。老爷都上朝了,还睡懒觉可不成!"

等丫环答应着出去了之后,她就依旧坐在床边,一边抚弄着那只乌云盖雪波斯猫,一边瞅着妆台上的灯焰,默默地想起心事来……

作为经历了小半辈子卖笑生涯,并且曾经大红大紫过的名妓,顾眉从来都是一个讲求实际的女人。正因为如此,她才在身价还处在顶峰的当儿,毅然决定嫁给龚鼎孳,从而使她在这次国破家亡的巨变中,总算还得到一个依靠;也正因为如此,她才不在意丈夫把当初没有自尽殉国的责任,一股脑儿推到她的身上。多年来与各种人物打交道的经验告诉她,要活下去,而且要活得比别人好,就得应顺时世,及时变换立脚点。就拿眼下来说,既然北京是由满人占着,而且看样子还会长久占下去,那么,丈夫和他的同僚们作为已经归顺大清朝的臣子,就该安分守己地姑且过下去,至少表面上要尽可能装得忠顺一点,把新主子哄得高高兴兴的。这样对双方都有好处。

"新朝认识我们才几天工夫?彼此熟悉还没熟悉过来呢!就是要闹别扭,也不该挑的这时候呀!"昨天晚上,她也曾这样劝说丈夫。可是丈夫一个劲儿说她是妇人之见,还说今天这事是件大事儿,可不能拿当年她在秦淮河混的那一套来对付。"谁晓得呢,也许是他对吧?毕竟……他们是当大老爷的……嗯,见多……

识广……"这么想着,渐渐地,顾眉开始觉得思路模糊起来,眼皮儿也愈来愈沉,终于一歪身,靠在枕上沉沉睡去……

这一觉不知睡了多久。她只觉得忽然被惊醒了,睁开眼睛一看,白晃晃的阳光照得满屋子堂堂的亮,与此同时,外面的院子里传来了异样的响动,有人声,也有急促的脚步声。她一翻身坐了起来,正在怔忡之间,就见小凤跌跌撞撞奔进来,面无人色地指着门外说:

"太、太、太太,不、不好了,老、老爷他、他他他……"

顾眉起初还有点发呆,不明白丫环为何如此惊惶,随即蓦地想起丈夫今早上朝的事,连忙跳起来问:"老爷,老爷怎么啦?"

可是小凤却像给吓得说不出来似的,只指着门外,结结巴巴地说:"也、也没什么,就是,就是……"

顾眉火了。她瞪起眼睛,正想厉声呵斥,就听见急骤的脚步声已经来到门外,忽然,门帘一掀,竟猛地钻进来一个剃发留辫的满人!

顾眉这一惊非同一般,她本能地往后一躲,迅速扯起褥子,掩住几乎袒露的胸脯,同时发出一声恐惧的尖叫。

倒是那满人没有迫近来。只见他"噔噔噔"走向椅子,一屁股坐下,低着头,沉声说道:"慌什么,是我!"

顾眉定一定神,才发觉对方十分眼熟,眨眨眼睛,仔细再瞧,忽然心中一亮,止不住仰起脖子,哈哈大笑起来。

"相……嗳哟,相公!"她倒在床上,一边指着对方,一边笑出了泪水,"你、你,嗳哟!怎么会变成这个样子?"

确实,进来的这个人正是龚鼎孳。只不过,如今他的脑壳四周被剃得光光的,后面则梳起了一条老鼠尾巴似的长辫子。那模样,同满人已经没有什么两样了!

在最初的惊笑过去之后,顾眉才弄清楚:原来那天上朝之后,龚鼎孳等人的计划一直进行得很顺利,孙之獬确实被弄得无班可立,愧惧欲死。谁知,后来事情却发生了剧变。

当摄政王听了纠仪官的弹劾之后,不但没有责备孙之獬,反而代皇帝宣布了一道措辞严厉的圣旨,说是过去之所以不强令汉族官民剃发,是因为天下未定。现在南京已经归顺,江南不日便可平定,汉、满若再不归一,就成了两国之人。因此决定:自即日起,全体官民一律剃发改服。京城内外,直隶各省,限十天之内,尽行剃完。敢有规避,巧词争辩,绝不轻贷!龚鼎孳及其同党们看见这种势头,哪里还敢强项?只得同百官一道下跪叩头,齐呼遵旨。而且,到了散朝之后,他们越想越觉得心慌,为了表示知错即改,还赶紧相率到就近的剃头店去,即时把头发剃掉了才回家……

事情的经过就是如此——果然给顾眉说中了,汉官们空自意气昂昂地鼓噪了一场,所落得的,就是这么一个结果。

"我们横竖都已经走到这一步,"龚鼎孳最后摊开双手,无可奈何地说,"这头发剃与不剃,其实倒没有什么。只怕江南从此可就多灾多难了!将来这出任督抚的,不管是谁,面对一局乱棋,也是够他挠头的!"

第二章
愤杀新官余姚举义，难挽乱局合家逃亡

奋起反抗

清王朝的决策者在兵不血刃地占领南京后，被江南各府县出乎意料的迅速归顺所鼓舞，终于一反入关之初的容忍态度，悍然决定在势力所及的范围内严厉推行剃发改服的诏令。但是，正如陈名夏等人所忧心忡忡地预言的那样，这道蛮横无理的命令，果然成了引发大规模反抗的导火索。事实上，恰恰就是在清朝打算变剿为抚的江南地区，被弘光政权突如其来的崩溃弄得蒙头转向、不知所措的士民们，已经从最初的沉重打击中逐渐清醒过来，并在那些不甘屈服的前明缙绅暗中策划下，酝酿着反抗的行动。正当剃发风暴呼啸着向南推进的当儿，在浙江省的余姚县，一场杀官起义的事变也猝然爆发了……

黄宗羲是在通德乡黄竹浦的家中，得知县城已经起事的。一个多月前，他同陈贞慧、顾杲一道从南京的监狱逃出来，半路上，顾、陈二人先后分手而去，剩下他和黄宗会兄弟俩，还有书童黄安狼狈回到家乡。看见他死里逃生，平安回来，一家人自然十分高兴；但是，他们带回来有关清兵正在南下的消息，又使乡人们感到惊恐不安。大家几经商议，觉得结果将会怎样，虽然还不清楚，但是起码也要做好准备，以防万一。于是立即清点全村的丁壮，从中挑选出三百人，由黄宗羲自任头领，每天一早一晚，认认真真地操练起来。

过了大半个月，外面的风声愈来愈紧，忽而传说潞王已经投降,杭州已经失守;忽而又传说清兵正在沿钱塘江和大运河东下,浙东各府县望风归降,闹得人心震恐,开始设法躲的躲,逃的逃。黄宗羲虽然没有动,但是心中的那份混乱和恐惧,也是不可名状。"啊,完了!终于彻底地完了!这是注定了的,是我早就预料到的!"他一次又一次紧攥双拳,痛苦而又激动地想。虽然为了防备盗贼乘机捣乱,他仍然坚持操练乡勇,但对于大局的那一份绝望和阴冷,却变得越来越深重了。

这样一直挨到三天前,派往外间去打探消息的人忽然回来报告,说县城里发生了一件大事——在闰六月的初九日,曾任明朝九江兵备佥事的孙嘉绩和吏科给事中熊汝霖,已经把"鞑子"任命的知县王元如抓起来杀掉,并且重新打出了大明的旗号。如今正在招兵买马,修整城池,准备大干一场。四乡前去投军的人很多,把县城挤得水泄不通,热闹极了!黄宗羲乍听之下,虽然也本能地冲动了一下,但随后就阴郁地觉得,孙、熊二人的勇气固然可嘉,但事情到了这一步,可以说大势已去,很难有什么真的作为。更何况,经历了这些年目睹耳闻的种种奇祸巨变,他越来越痛切地感到:为了一家一姓的王朝私利,去白白葬送无数民众的身家性命,是根本没有道理的,而且是愚蠢的。"不错,既然这些朱姓藩王一个个都是扶不起来的天子,那又何必非得死死捧着他们,为他们效忠卖命不可!"他憎恶地、决绝地想。不过,尽管如此,几天下来之后,他却发觉,要对县城发生的事根本不闻不问,还真的不那么容易;强自压抑的结果,反而使自己变得越来越烦躁不安。因此,在村中的父老们一再催促下,加上母亲姚太夫人也主张不妨先去瞧一瞧情形,他终于还是带上三弟黄宗会,还有书童黄安,乘坐小船,前往县城去……

隶属于绍兴府的余姚,是个历史悠久的县份,它的得名甚至可以追溯到上古时代。近世由于人口繁衍,货殖日增,位于姚江北岸的老县城已经容纳不下,又在南岸新筑起半爿城池。久而久之，南城的居民比北城反而多出一倍有余。不过，县衙和多数公署仍旧集中在北城。眼下，大约县城起事的消息已经传开，从四乡赶去投军的、看热闹的人，很是不少。他们有的背着小包袱，有的手中拿着刀枪棍棒，有的有头儿领着，也有的只是临时搭伙，空手而来。瞧着河道里穿梭往来的船只，以及堤岸上络绎不绝的行人，黄宗羲多少有点意外，也有点心动。"嗯，看来民气像是还可一用。况且听说宁波、绍兴、金华、台州也都起事响应了，那么，或许还能与鞑子一拼？"他沉吟地想。但只是一忽儿，他又把这种冀望否定了："哼，要同鞑子相抗，不是光有人、有兵就成的，说到底，还得有一个新的朝政格局！否则，必定还会再蹈崇祯、弘光的覆辙！可是眼下，这做得到么？做得到么？"由于痛切地感到一切都已经太晚，以至任何试图挽回大局的努力，都只能是徒劳的挣扎，黄宗羲的心情甚至变得更加灰暗和绝望。如果不是担着一重弄清情形的嘱托，而且已经走到半路上，他很可能就会吩咐转船回去了。

将近晌午时分，他们终于来到县城，并且在横跨南北两城之间的通济桥附近上了岸。这一带正当水陆交通的要冲，平日往来进出的人本来就不少，眼下更是摩肩接踵，熙熙攘攘。在隔桥相望的齐政门和北固门的城头上，插满了各式各样的大小旗帜，那一个个锦绣的、墨写的"明"字在风中夺目地舒卷着。齐政门的雉堞上，还垂挂着一团累累赘赘的东西，那是几颗血淋淋的人头。人头的头发被捆扎在一起，其中有龇牙咧嘴的，有愁眉苦脸的，依旧各自保持着被砍下时的神情。不过，也许这些人都是罪有应得的缘故，人头丝毫没有影响两岸城墙下的热烈气氛。那一片黑压压、闹哄哄的人群不光有大人，而且有小孩；不光有男人，还有妇女，其中有的还穿着新衣裳，梳起油角髻，脸上涂得红红白白，在那里招摇过市。堤岸两边的路口上，分别用桌子和凳子垒起了几个台子，一伙扎缚得精干的汉子在上面各自"噹噹"地敲着锣，扯着喉咙吼叫：

"保大明啰——来投军啰——杀鞑子啰——"

喊声中，那些卖小吃、卖杂货的纷纷出动，起劲地向人们兜揽生意。更有那一干耍枪棒卖草药的江湖客，也乘机摆开场子，在那里翻跟斗，舞钢叉，引来围观者的阵阵喝彩……

由于对时局越来越不抱期望，眼前的一切，并没能使黄宗羲变得兴奋起来。有好一阵子，他站在码头边上，尽自冷淡地，甚至反感地环顾着。倒是站在旁边的黄宗会，分明被周遭的热烈气氛所感染，大睁着眼睛，苍白敏感的脸上现出既惊奇又快活的神情，嘴巴还不停地喃喃着："喵，好呀，必定是四乡的人都来了！哎，竟有这么多，真想不到，会有这么多……"直到发现兄长已经移动脚步，走向设在城门边上的一个兵站，他才猛一惊神，忙不迭跟了上去。

那是一个露天而设的兵站，格局相当简陋，只是临时并排起几张方桌，上面摆着些笔墨簿册之类。不过几个执事人十分卖劲，一唱一和地接待着投军者。当得知眼前站着的就是黄宗羲兄弟，那些人顿时显出肃然起敬的神情，又是行礼，又是让座。黄宗羲无心周旋，只摆一摆手，接过一瓢水，随口问道："你们在这里立站几日了？投军的人可多？"

"好教相公得知，小可等在此立站已经三日了！"一个头儿模样的小老头仰起多皱的脸，神气地回答，"投军的人可真不少，一起一起的，几乎不曾断过！"

黄宗羲抹了抹胡子上的水珠，放下茶碗："总共收了多少人？"

"哎，不少不少！"老头儿翻动簿册，指点着说，"喏，到这会儿为止，已入册二千一百九十八人！"

黄宗羲心中核计了一下，不禁摇头，觉得招了三天的兵，才只这个数目，实在未免太少。不过，尚未来得及开口，旁边一个商贩模样的人已经吃惊地插了进来：

"怎么？才只这么一点子人！怎么打得过鞑子？"停了停，看见没有人接口，他又伸长胳臂比画着："闻得、闻得那鞑子一个个身高丈二，腰粗十围，行军走路时飞沙走石，唉，厉害得很哩！"

"你胡说什么！"人丛中传来一个冷冷的声音，那是一个矮小结实的青年儒生，"身高丈二，腰粗十围，谁又见过这样的人了？莫非你见过不成？嗯？要没见过，就别来这儿乱放屁！"把那个商贩噎得不敢应嘴之后，他又转向众人，眯缝着眼睛："其实，那鞑子么，也就是长相古怪点儿，别的倒也稀松平常得很！"

"长相古怪？怎么个怪法？"有人好奇地问。

"哼，他有一条老鼠尾巴！"

"老鼠尾巴？"

"还有两只猪蹄子！"

"啊，猪蹄子？"

"自然，也不是真的老鼠尾巴。皆因好端端的一头头发，他偏要整个儿全砍掉，却在光顶上留下一绺儿，编成一根又细又长的辫子。看上去，活脱就像一条老鼠尾巴！"

"这……那么、那么猪蹄子又是怎么回事？"

"他那两只袖管，又长又窄，还要在袖口上这么斜砍一刀，不妨想想，这像什么？"

听他这么一形容，人们都不禁张大嘴巴发了呆，显然都在想象着如此这般的"鞑子"，该是怎样一副鹘突难看的模样。

"娘希匹！竟有这样的打扮！"有人骂了一句。

"一条老鼠尾巴，外加两只猪蹄子，这岂不成了畜生！"

"这等打扮，真亏他们想得出！"

"咦，咦，"一个响亮的声音说，"这有什么奇怪，那鞑子本来就不是人嘛！"

这话无疑颇能满足天朝臣民们的优越感，大家先是一怔，随即就快意地哄笑起来——

"哈哈，不错，他们果然不是人！是畜生，是畜生！哈哈！"

不过，这种快意也只维持了一会儿。因为接着就有人惴惴不安地问："听说、听说鞑子近日在杭城贴出告示，着令全体百姓剃发改装，不知是真是假？"

"嗯，是有这话。"那个矮小结实的儒生回答。

"娘希匹！我们又不是鞑子，谁会鸟他？"一个粗犷的大嗓门震得人们的耳鼓嗡嗡作响。那是一个身材魁梧的大汉。他紧挨着桌子旁边站着，满脸鄙夷不屑的样子。

"那就砍你的头！闻得为这事杭城里已经杀了好些人。鞑子还在告示里写着：'留头不留发，留发不留头！'"

"什么？留……留什么？"有人没有听清。

"'留头不留发，留发不留头！'就是你想要脑袋，就得把头发剃掉；你若不肯剃掉头发，脑袋就得搬家！"

"啊！"这消息是如此凶暴、骇人，以致人们叫出一声之后，有片刻工夫，又变得鸦雀无声，一张张脸孔全都失了颜色。

在他们对答的当儿，黄宗羲一直自顾着喝水，没有参与。但当这话进入耳朵，他心中也是猛然一震，不由得抬起头来，惊疑参半地望着。

"哎，请问阿哥，"黄宗会在旁边很着急地插嘴说，"这话可是真的？不剃掉头发就要砍头——这、这是什么道理？我们又不是鞑子，怎么能同他们一样装扮！哎，这、这是什么道理嘛！"

"是呀，"那个小商贩模样的人从旁附和，"前些日子不是听说鞑子的那个什么贝勒，在杭城贴出告示，不许我汉人百姓剃发么？"

矮小结实的儒生冷笑一声："不许剃发？那是什么时候的事了！不错，他刚进城时是假惺惺地这等说，可如今全不认账了！老实告知列位，我汪某两日前才从杭城东门外经过，看见鞑子派出无数剃头担子，每副担子都有兵跟着，城里城外的到处捉人剃头。稍有违抗不肯的,便即时拿下砍了。那颗头还滴滴答答地淌血呢,他就拿来挂在担头的竹竿上示众!我遇上的那副剃头担,就挂着两颗!若不是我脚快,立时飞奔走脱,只怕也活不到今日了!"

这消息无疑更加令人毛骨悚然。大家不由自主地你看我,我看你。一种压抑的、不安的私语,开始在人丛中嗡嗡地回荡着,越来越急切,越来越嘈杂。小半天前那种嬉笑欢腾的情景,不知不觉间全变了。有的人甚至开始悄悄移动脚步,打算退出。兵站前的报名入册也停顿下来……

看见人们这样子,黄宗羲不由得愤急起来。因为事情很清楚,征服者这样做,就是要汉家民众一个个像骡马一样,全都打上他们清朝的标记,从此彻底忘掉自己的祖宗,放弃自己的习俗,俯首帖耳地永生永世当顺民。

"啊,这是连当初蒙古元朝也没敢做的!他们真是好大的胆子,好蛮横的气焰,这些可恶的鞑子!而眼前这些人,竟然如此孱头,被他一吓,即时就像丢了魂似的!这副样子,还起什么义,打什么仗!"这么想着,黄宗羲的胸膛就止不住猛烈起伏,呼吸也变得越来越急促。突然,他把茶碗往身旁的桌子"砰"地一放,声色俱厉地呵斥说:

"混账!你们这是怎么回事?啊!不就是鞑子手有刀,要逼我们剃头么!难道就值得怕成这样了!须知这儿是余姚,不是杭城!鞑子要剃我们的头,我们就乖乖给他剃么?我们如今手中也拿着刀,就不会先把他们的狗头剃下来么?啊!"

"说得好!"身材魁梧的汉子把醋钵大小的拳头使劲一挥,大吼说,"他狗杂种敢要老子剃发,老子就先把他的头给剃下来!"

"哼,还有他那对猪蹄子,也要割下来喂狗!"一直没有作声的黄安也跳起来,恶狠狠地从旁帮腔。

人们起初还在发呆,听他们这么一叫骂,才纷纷动弹着身子,回过神来，并且显然醒悟到：那场可怕的灾难既然已经逼到眼前，如果想避免，唯一的办法只有拿起手中的刀枪，与征服者拼命。而眼前这场起义，就是一个最现成的机会。于是，他们的表情开始改变。一股重新迸发的仇恨和愤怒像无形的波浪，在全场迅速扩展开来，汹涌起来。

"娘希匹，这狗鞑子占我地方，杀我人民不算，还要逼我们剃什么鸟头，老子非同他拼到底不可！"有人直着脖子大叫。

"这头一剃，我们还成什么样子？"

"两只猪蹄子，再加一条老鼠尾巴，岂不也同他们一样，成了畜生！"

"对，对！这头绝不能剃，死也不能剃！"

人们你一句，我一句地大声议论着，不停地吼叫着。忽然，那个身材魁梧的汉子大叫一声："你们都给我让开！"说着，"嗖"地从腰间拔出钢刀，等错愕的人们向两旁退去，他就使足全力，直砍下去，"咔嚓"一声，把身旁那张桌子的一角，当场剁了下来。

"哎哟，你、你这是……"兵站的老头儿吃了一惊，心疼地说。

那汉子却毫不理会，径自转过身，举起钢刀，环视着四周，恶狠狠地大叫说："众人都听好了，我茅瀚有言在先，我们这头头发，这身衣裳，可是祖宗传下来的东西，是万万改变不得的！若然改变了，就是叛祖灭宗，必遭天诛地灭！如今鞑子想逼我们背叛祖宗，我们唯有同他拼了！今后若有哪个昧心的软骨头、鼻涕虫，敢背叛祖宗，向狗鞑子学样，那就莫怪我茅瀚无情，眼前这张桌子，就是他的榜样！"

"这位茅大哥说得好！"那个矮小结实的儒生把拳头一挥，首先响应，"我汪涵虽然不才，但却知天地间第一逃不过的，便是忠孝二字！我汪某生为大明人，死也要做大明鬼。绝不向鞑子低头，绝不做辱没祖宗的事！"

"是呀，绝不做辱没祖宗的事！绝不做辱没祖宗的事！绝不做辱没祖宗的事！"狂怒的人们一齐放开喉咙，使出全身的力气吼叫起来。这一声高似一声的呐喊沿着河道远远传送开去，在耸出于两岸的城墙之间来回翻滚着、激荡着，有好一阵子，听上去，就像奔涌着一股经久不息的怒涛……

"哼，剃发改装！竟敢要我们剃发改装！"当领着弟弟和黄安从人丛中走出来的时候，黄宗羲一边听着身后传来的闹哄哄声响，一边余恨未消地想，"真亏他们想得出！须知再怎么着，我们也是上国臣民，不是他们虎狼禽兽！竟然要我们变成他们那个样子，哼，真是狂悖得可恶！既然到了这一步，确实唯有一死相拼……只是，话又说回来，将来的朝政如果没有一个新格局，拼得过鞑子么？拼得过么？"

这么暗自思忖着，黄宗羲就不由得沉吟起来，并且重新感到了一种犹豫，一种选择的为难。这时候，那两位汉子——汪涵和茅瀚从后面赶上来，着实说了好些感慕的话，但黄宗羲已经无心周旋，只问明对方的住处，约定前去拜访，便领着弟弟和黄安，继续往城里走去。

义营献策

坐落在姚江北岸的这半爿县城，由于是县衙和府署所在地的缘故，同作为商业区的南城不同，一向颇为宁静悠闲。不过，眼下也同城门外一样，整个气氛已经大为变样。一眼望去，家家的大门洞开着，神色紧张的居民们进进出出，有的在七手八脚地搬砖运石，忙着在巷口垒筑石墙；有的错杂地排站在井台前，一递一接地用木桶贮存救火的用水。满载滚木和灰瓶[①]的大车在街上

[①] 灰瓶：一种装有石灰的瓶，用以临阵击敌。是古代战具。

隆隆而过,穿着号衣的士兵在来回奔走。呼叫声、争执声、狗吠声响成一片,到处都是一派紧张忙碌的备战景象。

当黄氏兄弟来到已经成为义军临时指挥所的县衙前,把名帖递了进去之后,这次事变的首脑人物——孙嘉绩很快就迎了出来。

"啊哈,太冲、泽望,弟就知道贤昆仲必定会来的。如今果不其然!"他兴冲冲地拱着手说,狭长的脸上现出黄宗羲所熟悉的笑容。

因为是同乡,孙、黄两家彼此早就认识,平日也有交往。不过,在黄宗羲的印象中,无非觉得对方出身于高官显宦之家,加上少年得志,很早就进入官场,但是待人接物却颇为谦和正派,也有学问,如此而已。因此,这一次孙嘉绩竟然敢于在浙东首先起义,倒是出于黄宗羲意料之外——此刻,他发现对方眉宇间虽然多了一股勃勃英气,但比起上一次见面时却分明消瘦而且憔悴了。

"太冲兄……"大约看见客人在发呆,孙嘉绩再度拱着手说。

"啊!"黄宗羲猛然回过神来,连忙回礼,"弟等僻处乡里,久疏拜望,不意仁兄做出如此壮举!着实可敬可佩!"

"岂敢!"孙嘉绩立即摇摇手,"弟也是一时气盛,铤而走险——哦,还是先入内奉茶,再与兄细谈。请!"

这么说了之后,他就当先引路,领着黄宗羲向内走去。

这个县衙,黄宗羲过去也曾来过。当时尚属"太平"时世,门堂静肃,人影寥寥。如今大抵由于事变初定,要处置的事情还很多,所以骤然多了不少办事的人。尽管如此,大家仍旧显得各有所职,紧张而不忙乱,也没有人高声说话。

"嗯,孙硕肤果然不凡,光瞧这从容沉着的气度,就不是一般轻躁之徒所能做到的!"黄宗羲一边向前走,一边默默地想,对比自己年长七八岁的这位朋友,不由得增加了几分折服之情。

"此间之事,想来二位兄台已经知道了?"宾主三人来到签事房,重新行礼、坐下之后,孙嘉绩一边向客人让着茶,一边微笑地说。瞧他的意思，如果客人不再追问，他就不打算在这方面多费唇舌。

可是黄氏兄弟表示并不完全清楚。于是，孙嘉绩便把起义的经过大略介绍了一下。原来，杭州陷落之后不久，余姚的县令也弃官而逃，大权落到一个名叫王元如的教习手里。此人立即与杭州方面联络投降，并督率民夫日夜抢修道路，准备迎接清军。民夫们不堪奴役，鼓噪起来，把他揍了一顿。孙嘉绩和熊汝霖知道民心可用，于是率领一伙壮士，于闰六月初九日夜里攻入县衙，把王元如捉住，斩首示众，就此扯起了反清大旗。"当时，弟也是铤而走险，生怕闹不好，反而乱将起来，使百姓先受其害，那么弟便成了乡里罪人了！"孙嘉绩感叹地说，结束了介绍。

"这一层倒无须过虑，"黄宗羲断然一挥手，"终不成为了保住区区身家性命，就连华夷之防的大义也不顾了，俯首帖耳地任由鞑子宰割作践！"

"而且，"黄宗会也兴冲冲地插口说，"弟等方才一路行来，但见四乡从军者甚为踊跃，城中居民也在齐心备战。足见吾兄此举，乃是深得人心哩！"

孙嘉绩摇摇头，严肃地说："这岂是弟一人之能？实因大明三百年恩泽，尽在人心之故！"停了停，又微微一笑，说："弟这番能行此险局，得熊雨殷助力甚多。只是不巧，他前往台州迎接鲁王去了。不然，正好请他也来与二位相见——待过几天吧！"

熊雨殷，就是与孙嘉绩一同起事的史科给事中的熊汝霖，以往大家都是认识的。"啊，兄是说，去……去迎接鲁王？"黄宗羲疑惑地问，没想到事情进行得这样快。

孙嘉绩点点头："如今浙东各府都已经起兵响应，须得有一位宗室之亲的王者出来，才能名正言顺地号令四方。恰好鲁藩现在台州暂住，可谓天假其便！因此已同各方商定，恭迎鲁藩到绍兴行监国之权。因此，兄等来得好，届时一道前往便了！"

听说已经着手成立新政权，而且新主子照例又是朱姓王室的后裔，黄宗羲意外之余，心中本能地冒起一种反感与厌恶。他冲动了一下，想说出自己的想法，但话到嘴边，临时又变成了：

"那，不知王驾何时可达？"

"台州方面尚未有确信，总之不出这几日之内吧。再拖，只怕就难免生变。这一层，熊雨殷不会不知。"

"可是，"黄宗羲犹豫了一下，终于还是断然抬起眼睛，"这新君一立，便名分俱定，难以改变了！"

孙嘉绩微微一怔："兄是说——"

"去岁留都迎立之事，兄想亦知晓。若非东林诸君子心志不坚，屈从小人之议，误立庸而贪之福藩，以江南之人心物力，又何至于一岁而亡！"

"那么，以兄之见？"由于黄宗羲所指出的，确实是一个极其惨重的教训，孙嘉绩不由得专注起来。

黄宗羲没有立即回答，无疑，就内心深处而言，他已经认定以往那种君权至上，以皇帝一家一姓的利害，代替万民百姓的利害的政权格局，是导致天下大乱、民众涂炭的罪恶之源，不从根本上加以改变，就没有治世可言。

然而，若是要他明白说出怎么改变，所谓新的格局应该是怎么一个样子，他又不禁有点茫然。所以，沉默到后来，他只得退一步说：

"立君以贤，这是第一要紧的。如若急切之际，难以明察，则不妨暂缓。另外，以往朝政之所以流弊丛生，皆因君权太重之故。若要防止弊政，君权必须有制。譬如前代丞相之设，用意亦在此。如能恢复，或许不失为一法。"

孙嘉绩捋着胡子，沉吟说："丞相之设，是我朝太祖皇帝明旨废除的，遽尔恢复，只怕有骇观听，不易实行。而于暂缓称帝嘛……嗯，这个待与会盟诸公商议后，再相机而定罢！"

这么表示之后，他看来还想说下去，可是有两个手下人走进来，说有要事禀报，把话头打断了。

那两个人，一个是来请示如何安置愈来愈多的投军民众；另一个则是因为购置军装武器，开支很大，无法应付，前来讨钱的。这两件事都不是三言两语能打发，以致两位客人着实干坐了好一阵子。不过，黄宗羲对主人刚才那个表示，多少有点失望，因此也就沉默着。倒是黄宗会大约对于眼前的一切都觉得很新鲜，他颇感兴趣地注视着孙嘉绩的一举一动，待对方把那两个人打发走了之后，他就急急地问：

"哎，闻得我兄此番举义，四方响应者甚众。只不知尚有些什么知名人物？"

孙嘉绩大约已经说得唇干舌燥。他先端起茶杯，凑在嘴边喝了两口，这才抹一抹胡子，回答说："知名的人物么，倒有几个——"他扳着指头，数出一连串名字来。其中包括兵部尚书张国维、刑部员外郎钱肃乐、绍宁台道按察副使于颖、总兵官方国安、王之仁等等。黄宗会睁大眼睛听着，不住地点着头。每逢听到他所知道的名字，就点得更加起劲，还发出"噢、噢"的惊叹。黄宗羲虽然没有作声，但也在心中默默地核计着。他发现这些人虽然不全是东林派，但也都不属于阉党余孽。"嗯，照此看来，将来这新朝，若是诸君子合力护持，展布得法，说不定还有点希望！"他想，心情稍稍开朗了一点，于是抬起头，问：

"有将，有帅，还得有兵。这募兵之事，不知可还顺利？"

孙嘉绩望了他一眼，没有立即回答，却皱起了眉毛，半晌，才闷闷不乐地说："我浙东举义的消息，眼下已是传播远近，不日便会有大战。唯是这卫所之兵，大半俱属老弱不堪用。方、王二帅虽然号称拥兵十万，充其量不过五六万之众。实未足以抵建虏虎狼之师。不得已，弟才出此募兵之策。其奈小民乐生而畏死，行之甚难。兄别看城门外人山人海，其实是瞧热闹的多，真正投军的少。几天下来,才募到那么区区二千人——哎,总而言之,难哪!"

黄宗羲点点头:"弟却有个计较在此,保管不出三日,便可将十万之兵置之麾下!"

"噢?"孙嘉绩半信半疑地望着他。

"兄且听弟说——"黄宗羲做了一个手势,开始把今天他如何受乡人所托,前来打听消息,如何在城门外听到关于清军强令剃发的议论,人们如何感到吃惊、恐惧和愤怒,并且发誓要同鞑子拼个死活等等,一五一十说了一遍。末了,他捏起拳头,把握十足地说:"民心本来就深愤虏势之披猖,只因受祸未深,难免尚存希冀。如今这剃发令一出,恰如投烈火于干柴。我辈如今只须顺势给它煽上一煽,又何愁百姓于我,不赢粮而影从!"

孙嘉绩专注地听完之后,并没有立即作出表示。他紧抿着嘴唇,一下一下地抚着胡子,渐渐地,微眯着的眼睛开始闪出亮光,脸容也变得开朗起来。终于,他把椅子的扶手一拍,果断地说:"此议甚好!事不宜迟,我这就让他们派出差役,到四乡去宣说这事,务使人人皆知剃发之可丑,建虏之可恨!"说着,站了起来。

"……嗯,方才小弟打算说什么来着?"当他走近门边,向外叫了一声"来人"之后,重新转过身来,瞅着黄宗羲,思索地说,"哦,是了,兄此番既然决意出山,共赴国难,便不可无职无权。弟方才已经想过,打算向监国举荐,起码也应授个实职。只不知兄属意何种职事?"

直到目前为止,由于在科举场中屡次落第,黄宗羲还从来没有担任过任何官职,忽然听对方这么煞有介事地一问,意外之余,他反而不禁红了脸。

黄宗会却顿时喜形于色,他结结巴巴地插嘴说:"倘能如此,自然最好。只不知……"临时发现兄长严厉的眼色,又咽住了。

"依弟之意,"黄宗羲抬起头,平静地说,"是打算仿效当年李泌的故事,以布衣之身,尽忠家国。"

他说的李泌,是唐朝时的一位奇士,智慧早成,曾受到唐玄宗的赏识。安史之乱爆发后,李泌投奔唐肃宗,出谋划策,屡建奇功,但是始终不肯做官,坚持以朋友和客人的身份同皇帝交往,最后功成身退。他的事迹,史书传为美谈。但那毕竟是好几个朝代以前的古事,与今时今日的情形根本不能类比。因此,孙嘉绩的目光在眼皮内闪动了一下,分明觉得黄宗羲的念头未免过于古怪。

"这可不成!"他摇摇头,断然说道,"若无一官半职,有许多事,兄就无法参与。其实,以我兄的大才,早就该卓立朝班,为国分忧了,又何须迟至今日——"说到这里,门外已经有人闻声来到,他于是把手一摆,"哎,这事兄也不必理会了,待弟替兄处置就是!"

"可是,弟之意,仍以布衣之身效力为宜!"黄宗羲坚持说,也跟着站了起来。

孙嘉绩本来已经转过头去,听了这话,不由得一怔,随即转了回来,疑惑地看着黄宗羲,末了,终于点点头:"既是如此,那就从长计议罢。"

这么表示之后,他略一停顿,又补充说:"哦,弟几乎忘了,弟等今番决计举义,实因念台先生严命督促之故。闻得念台先生已为此绝食多日,性命可忧。如今虽已举义,唯弟与熊雨殷俱因万事纷集,一时无法抽身走报念台先生。不知兄能否代劳,往绍兴一趟,也免得他老人家挂念。"

念台先生,就是黄宗羲的老师刘宗周。自从得知潞王在杭州献城投降之后,刘宗周就开始绝食,打算一死殉国。这件事黄宗羲是知道的,还曾经不顾兵荒马乱,特地赶到绍兴去探望过。当时经过苦苦劝说,刘宗周已经有点回心转意。黄宗羲返回黄竹浦后,一直记挂着老师的安危,却苦于再没有消息。现在忽然听见

孙嘉绩提起这件事,他心中不由得一懔,眼睛也随之睁大了:

"什么?兄是说老师?他、他老人家怎么了?"

孙嘉绩苦笑了一下,说:"前些日子熊雨殷到绍兴探视念台先生时,先生曾说:'若要我进食,除非你等举义反清。'熊雨殷当即慨然应允。唯是回来之后,因一直未得时机,因此又拖了好几日。不知念台先生如今贵体如何,着实令人挂念!"

黄宗羲"啊"了一声,顿时急跳起来:"既是这等,弟这便前往绍兴,将兄等在此间之事,面禀家师便了!"

说完,也不待对方回答,便匆匆一揖,大步向外走去。倒是黄宗会似乎没有反应过来,还不知所措地站着。直到哥哥已经跨出门槛,他才"啊"的一声,连忙向主人拱拱手,慌里慌张地跟了上去。

惊闻噩耗

"……想不到余姚今番起义,还是老师促成的!哎,要早知道是这样,再怎么着,我也必定会尽快赶到县城来瞧瞧,不至于拖到今日!"黄宗羲一边加快脚步向城外走去,一边心忙意乱地想,"只是,又过了这些天,不知老师的情形怎样了?据孙硕肤说,他后来又依然不肯进食。那么,与上一次我见到他时相比,想必更要虚弱了。不过,既然眼下熊雨殷已经如约起义,而且听说绍兴也举兵响应了,那么老师想必也会回心转意,重新进食吧?无疑,经历了半个来月的折腾,元气固然免不了大受损伤,但大约还不至于有性命之忧。如今,怕就怕老师年事已高,万一……哎,上苍保佑,千万别要有什么不测才好!"

心中这么叨念着,等来到码头,他就当即决定:由黄宗会负责回村去向母亲和父老们报告县城的情形,他自己则带着黄安登上了一只乌篷船,立即启程,赶往绍兴去。

余姚虽说是绍兴府的属县，但距离府城也还有百余里的水程。黄宗羲自然十分焦急。有好一阵子，他坐在船头，尽自睁大眼睛，不断向着日落的方向眺望，并且一再催促船家使劲摇橹。无奈时日已晚，船经上虞县城时已是初更时分，只得就近胡乱泊了，翌晨再行赶路。结果，直到第二天的下午，乌篷船才抵达绍兴府城外。

作为浙东地区的大府，绍兴城正坐落于两个县份之间。西城，属于山阴县；东城，属于会稽县。刘宗周的府第，就在城东北的葺山脚下。不过，自从绍兴通判张愫跟着杭州的潞王向清军递了降表，并被任命为知府之后，刘宗周为着表示绝不做"鞑子"的顺民，早在大半个月前就拜辞了祖庙，搬到东郊外的水心庵去居住。因此，这一次黄宗羲本来也打算先不进城，但是临时被黄安提醒：如今绍兴也已经起义，老师会不会又搬回城里去？于是，当船抵东门外码头时，主仆二人便决定先上城门去打听一下。

绍兴的城门自然要比余姚的城门高得多。而且因为已经扯起义旗，门前的防卫也颇为森严。与余姚一样，城门边上也立了一个兵站。不过，也许因为交通要道是在城南，所以这里的热闹程度却远不如余姚。黄宗羲主仆二人迎着西坠的夕阳，来到城门口，向把门的军士说明身份和来意之后，一个门监模样的瘦脸汉子走了过来，把他们上下打量了一下，说：

"刘总宪么，嗯，已经迁回城里了。"

主仆二人对望了一眼，嘴上不说，心中都在想：幸亏多了这一问，要不可就要走上许多冤枉路了！于是谢过门监，打算转身进城。谁知却被叫住了。

"看样子，先生像是尚未得知，"那门监皱起眉头，表情变得十分沉重，"总宪大人——已于本月初八日殉国了！"

也许他说这话时声调低沉，起初，黄宗羲还听不大明白。然后，他全身突然猛烈一震，失态地一把揪住对方的衣袖："你说什么？老师、老师他……"

那门监紧抿着嘴唇,无言地点一点头。

黄宗羲"啊"的一声,身不由己倒退了两步,像遭了晴天霹雳似的一下子呆住了。但是,只一会儿,他又猛地回过神来。

"你胡说!这不是真的!不是!"他哑着嗓子说,恐惧地瞪着对方;与此同时,感到有一个无形的、可怕的东西,正在慢慢地膨胀,把他的脑子挤迫得仿佛要炸裂似的,只觉得眼前发黑,太阳穴也轰轰作响。

"不,这不是真的!你们说,快说啊!"他愤怒地、厉声地质问,为的是摆脱那种横暴的、可怕的压迫。

然而,除了阴郁的沉默之外,没有人接腔。

像被无情地掐住脖子似的,黄宗羲再度呆住了。"啊,怎、怎么会这样子?怎么会!"他茫然地、迟钝地想。现在,他只觉得脑子里被炸开了一个大洞,变得一片混沌,又一片空白。虽然模模糊糊觉得一些人开始围拢来,并且七嘴八舌地说话,但是他却根本不明白他们在说什么。"啊,不!我得马上到老师那里去,是的,到他那里去!"这么想着,他就慌忙转过身,也忘记了还可以继续坐船前往,径自迈开大步,朝刘宗周府第的方向,跌跌撞撞地奔去。

绍兴府地处水乡,城内河道纵横,桥梁众多。黄宗羲失魂落魄地时而沿着河东、时而沿着河西走着。他走得那样匆忙,那样慌乱,以至不止一次地碰在迎面而来的路人身上,但他却一点也没有觉察。直到走出了好远一段路,眼前的街道变得愈来愈熟悉,身上的衣服也全被汗水湿透之后,他才渐渐清醒过来。

对于眼前这个噩耗的真实性,黄宗羲已经不再怀疑。而且,经历了这些日子,他如今对于老师毅然绝食,打算一死以殉的心情,毋宁说还有了更深一层的理解。不错,老师不仅是久食明朝俸禄的高官,有责任尽忠保节,而且他还是一代大儒,一贯把坚守和维护圣人传下来的"道",使之发扬光大视为自己的天职,并且为此倾注了毕生的心血。可以说，在老师看来，这就是他的性命，是他活在这个世上的最大目的！但是，清兵的南下，却彻底打碎了这一切。这些来自关外的夷人，世世代代生活在荒原上，居无定所，不事耕种，只会放羊牧马，向来崇尚的是好勇斗狠，杀戮攻伐，根本不知道文明教化为何物。一旦由他们做了主子，中国将会变成一个什么样的野蛮世界，确实可想而知。与其眼睁睁看着被自己视为比性命还宝贵的东西毁于一旦，确实不如两眼一闭，以逃避那无法忍受的痛苦！其实，不要说老师，就是自己，如果那一天当真要到来，也是会一死以殉的。"不过话又说回来，如今总算已经起义了！而且，由于鞑子强迫人们剃发，势必会激起更大的反抗。只要我们华夏民众同心戮力，人人拿起刀枪同鞑子拼命，未必就不能杀出一条生路来！怎么老师连这几天都等不及呢？为什么他非得这么快就去了？"黄宗羲惊痛之余，在心里反复地、不解地问，愈问，愈觉得冤苦和惨伤。

现在，他已经从那道走熟了的里弄中通过，来到一个临河的场子跟前。当他习惯地朝刘宗周的府第走去时，忽然又站住了。他发现，映入眼帘的那座略显老旧、他已经来过不知多少次的府第，此刻竟变得如此异样和陌生——一对告示丧事的蓝字灯笼，悬挂在门楼下；两扇黑漆兽面衔环大门，则被糊上了白纸，上面写着"礼门"两个空心大字。大约吊唁的日子已过，夕阳映照的石阶前冷清清的，看不见一个人影，只有一根灵幡在晚风中来回晃动着。

黄宗羲睁大眼睛望着，一颗心顿时又抽紧了。"啊，老师！老师！"他从心底里发出刺痛的、悲怆的呼唤，同时觉得血液直冲脑门。突然，像受到一股无形推力似的，他跳起来，不顾一切地向前奔去。他奔跑得那样匆遽、慌忙，以至分明有人迎着他招呼，脚下还绊了一下，几乎跌倒，他都全不理会。直到越过门厅、轿厅，穿过天井，来到刘宗周的灵堂前，他才猛然停了下来。

这是平日用来接待宾客的那间正堂。眼下，它已经完全变了样：那些方几和扶手椅之类的家具陈设固然全都被暂时搬走，而且整个大堂都被一片素白围裹起来——白色的孝帷，白色的灵幡，白色的蜡烛，再加上守孝者身上的白衣白裤，以及头上缠着的白布，使整个厅堂乃至大宅，都呈现出一派庄严而又哀伤的气氛。由于天气炎热，刘宗周去世后第三天就"择单"入殓。如今，盛放遗体的那副楠木棺材，就停放在正当中的八仙桌前；桌上摆着几色"供饭"，后面的长几上，立着一个牌位，上面用工楷书写着"显考大明都察院左都御史刘公讳宗周之位"的字样。一盏"明灯"，在棺材下面发出荧荧的幽光……

黄宗羲目不转睛地瞧着，热泪不由自主地涌上了眼眶，只是用了极大的忍耐力，才没有让它流下来。

"亲家翁……"一声关切的呼唤从身后响起。

黄宗羲回顾了一下，发现不知什么时候，老师的长子刘汋已经来到身后，旁边还跟着从外面尾随而至的黄安和一些其他人。

"哎，大爷，还不曾备得白布呢，要不要……"黄安急巴巴地问，大约生怕主人就这样行礼，有失礼数。

黄宗羲没有搭理。过了半晌，他才强忍着悲痛，哑着嗓子问："老师去世——兄等为何不通知弟？"

"哦，家大人是初八辞世的，已经着人四出报丧。想是亲家翁这几日正在路途中，没能遇上。"刘汋哭丧着脸回答。

这么解释自然也有道理。不过，就黄宗羲来说，他唯一衷心敬爱、暗地里视之为慈父的老师，竟这么绝食而死，却使他震惊痛惜之余，多少认为家人们，包括刚刚闻声赶来的陈刚和王毓芝这些女婿兼弟子，并没有尽到劝说和挽留之责。"否则，又何至于此！"他悲伤地、不胜怨恨地想。

"那么，"他悻悻然问，"老师是怎样落到这一步的？"

"落到这一步？兄是说——"大约他的目光落到了大女婿王

毓芝那张瘦脸上,所以后者眨眨眼睛,迟疑地问。

"我是说,让他活活饿死,也没人理会!"

王毓芝微微一怔,对这种语气分明感觉到意外。但也只是一忽儿,他的脸色就平和下来,解释说:"自从潞王不听谏阻,向建房投降之后,老师殉国之意便决。他自临终前二十日便粒米不进,七日后更滴水不饮。从杭州归来途中,他还曾自沉于西洋港,幸被船家救起。弥留之际,他身子虽然已经十分衰弱,但神气甚为平静,说是终得归所,可以见先帝于地下而无愧了!"

站在旁边的二女婿陈刚,大约看见黄宗羲低着头不作声,也叹了一口气,插进来说:"本来,老师若是不死,留下来未必没有可为。当初也不是全无挽回余地,只是王玄趾在杭城柳桥自沉之前,曾上书请老师自裁,并有'无为王炎午所吊'的话,老师之意便不可挽回了。"

王玄趾,就是王毓芝的弟弟王毓蓍。此人虽然也同哥哥一道,拜刘宗周为师,但是平日却放荡不羁,纵情声色,素来为同学们所侧目非议;关于他首先从容赴死一事,黄宗羲也已经听说,并于意外之余,深感痛惜。不过,唯其如此,却更激起他对其余那些既不能像王毓蓍那样去死,又眼睁睁地任凭老师绝食死去的同窗们的不满。

"王玄趾又怎么样!"他蓦地抬起头,愤愤地说,"王玄趾再大不了也就是一个人,可其他的人呢,不是比他多得多么?莫非就当真没有说服老师的办法?还不如一个王玄趾!"

这样的质问未免太过凌厉,而且有把责任加在对方头上的意思。因此刘汋和陈刚固然为之愕然;至于王毓芝,则已经竖起粗短的眉毛。

"太冲!"他愤愤地说,"老师是众人的,可不是你一个人的!不要以为只有你一个人才懂得伤痛,别人全不伤痛!这二十日我们在老师跟前是怎么过的,你知道不知道?我们想了多少办法,又是怎么苦苦哀求的,你知道不知道?"

他停了停,似乎是等待回答,但也许只是为着压抑内心的气愤。终于,他把手一摆,冷笑着说:"要是兄还不知道,那就先打听清楚,再来指责不迟。"

在对方反驳的这一阵子,黄宗羲一直低着头,紧皱着眉毛不说话,一张小脸却愈来愈憋得通红。突然,他抬起头,使劲地擦了一把涌出眼眶的泪水,吵架似的大声说:"不知道!我都不知道!我只知道老师不在了!就是这样,就是这样……"他本来还想说下去,可是不知怎么一来,他的声音开始颤抖。他想站稳身子,可是两条腿也忽然变得软软的,全无力气。终于,他一下子跪倒在灵牌前,放声痛哭起来……

守灵之夜

在经过长时间的哭临,把内心的悲痛尽情宣泄了一通之后,为着补偿未能给老师送终的终生遗憾,黄宗羲决定:要在老师的灵前守上一夜。这个要求自然是合理的,因此刘府的家人稍作安排,并留下长孙刘茂林——也就是黄宗羲的未来女婿作陪之后,便陆续走散,各自为亟待张罗的事奔忙去了。

现在,短暂的黄昏终于过去。刘汋过来陪亲家翁用过晚饭,带上刘茂林去支应一些急事。灵堂里,最后只剩下黄宗羲一个人。

不过,这正是他所希望的,因为经历了刚才的一番震惊与悲痛之后,他确实需要独自静静地坐上一会儿,以便把这件事的含义,仔细思考一番了。

只是,要真正进入思考也不容易,眼下他的精神是既亢奋又疲劳。因此,当他呆呆地望着老师的牌位时,最初跃动于脑际的,只是一些过往的生活片断。他一会儿记起当年父亲被阉党迫害致死,自己还是一个十七岁的少年时,刘宗周怎样冒着被株连的风险，把他收入门下，并且从此成为他的保护人；一会儿，他又记起，在后来的那些岁月里，老师怎样怀着特殊的偏爱，对他的学业加以悉心指导，使他在众多的同学当中迅速崭露头角，成为蕺山学派的重要传人。随后他又记起，也就是在这座宅子里，当时北京陷落、崇祯皇帝殉国的消息刚刚传来，老师也是痛不欲生，是自己以大义苦苦劝谏，使老师重新振作起来；接下来，他又记起，那一次，在丹阳的佛寺里，因为得知有刺客来行刺，为着保护老师，他曾经绞尽了多少脑汁，经历了多少紧张和惊恐，而老师又是多么的不当一回事，还扯着他谈阳明心学。结果也怪，那伙刺客竟然到底没有露面……末了，他忽然想到钱谦益。论交谊和学业，钱谦益本来也算是黄宗羲的一位老师，可是直到刚才吃晚饭时，黄宗羲才从刘汋的口中得知：这一次清兵进军如此迅速，是因为拥有重兵坚城的南京，到头来竟然不战而降！而当时策划拱手献城的大臣当中，钱谦益是属于领头的角色。听说此公如今已经剃发改服，公然奔走效命于"虏酋"多铎的麾下了。"哼，想不到钱牧斋，竟然做出这种自败名节的千古丑事！还亏他是个东林元老，真是没的把人羞死！无疑，这些年他对于阉党小人一直首鼠两端，心志不坚，可以说端倪已露；但怎么也想不到，末了他放着多少路不走，偏要去学洪承畴、吴三桂，做那背祖欺宗、卖国求荣的贼！我算是完完全全地错看了他，错识了他！"想到局面本来未必没有可为，却仅仅由于错立了弘光皇帝那样一个昏君，便使朝中的正人君子不只回天乏术，还饱受打击、斥逐甚至杀害，而让攸关国家生死的大权，不是被马士英、阮大铖之流的奸党把持，就是落在钱谦益这种叛卖者手上，结果弄到一坏再坏，终至不可收拾，带累全体民众，包括自己这些人的性命、财产、事业乃至理想，也无辜地被硬拖着一块完蛋，黄宗羲就感到无比的冤枉、痛苦和愤恨，以至捏紧了双拳，牙齿也咬得咯咯作响。

"岳父大人，岳父大人！"连声的轻唤从耳畔传来，黄宗羲猛地抬起头,定一定神,这才看清了,原来刘茂林已经来到身边。

"岳父大人,家严命小婿来陪岳父大人守灵,尚祈准允!"刘茂林行着礼,毕恭毕敬地说。

"唔,是你父亲让你来的么?"

"禀大人,小婿原有此意,适才禀知家严,已蒙家严允可。"

黄宗羲做了个手势:"嗯,那么,坐下吧!"

刘茂林却没有立即坐下,他先向岳父表示感谢,然后弯下腰,把地上的蒲团移到下首的位置,这才坐下,但立即又拱着手,一双稚气未脱的小圆眼睛专注地瞅着岳父,现出毕恭毕敬的神情。

这个刘茂林,今年才只有十四岁,因为自幼秉承家训,又是家中唯一男孙的缘故,却已磨炼得举止言谈都恪守规范,一副少年老成的样子。这种印象,在黄宗羲初次见到他时,曾经感到暗暗好笑,但表面上也只有一本正经地同他应酬。后来彼此来往多了,才渐渐习以为常,不再觉得什么。然而,此时此刻,面对着女婿那恭谨的、彬彬有礼的姿态,黄宗羲却忽然感到一种强烈的触动。

"是的,如果就这样,任凭鞑子入踞了中国,那么即使他们这一辈的人还能记得祖宗之俗,圣人之教,到了再下一辈、几辈,只怕不只是头发衣冠,就连吃饭、说话、识字,乃至出入起居,婚丧嫁娶,全都会变得跟鞑子一个样!这么一来,我赤县神州,无限的田园锦绣、城市繁华岂非从此要沦为穹庐牧马的蛮荒之地;我汉家亿兆民众,岂非全都要变成茹毛饮血、不知仁义礼教为何物的畜生禽兽么!这么活着,同死掉又有什么两样?啊,同死掉又有什么两样!"

这么想着,黄宗羲就发觉,尽管仅仅在刚才,他还对以往那种君权至上的朝政格局感到切齿痛恨,对于是否投身到目前这场起义中到去,始终十分犹豫,但是,如果不想让被自己视若性命的华夏文明就此彻底毁掉,他除了奋起一拼,其实是没有别的路可选择的。这使他又一次感到痛苦——一种明明看不见事情有什么成功的可能，但仍旧不得不投身进去的痛苦。有片刻工夫，他感到既绝望又茫然，虽然觉察到黄安鬼头鬼脑地踅了进来，并且正在同刘茂林说话，却什么也听不见……

然而，他终于回过神来，并且听见黄安惴惴不安的声音在说："……可是兵太少，就怕打不过鞑子！"

"什么兵太少？"黄宗羲转过脸去，问。

"哦，禀大爷——"黄安连忙回答，"南门外来了好些兵马，说是从上虞来迎鲁王爷的，还听说余姚、宁波的兵也快到了！"

黄宗羲微微一怔："我昨天才从余姚来，怎么余姚的兵也快到了？"他想，不过，随后也就记起：孙嘉绩曾经说过，另一位起义头领熊汝霖早在几日前就到台州去迎接鲁王。那么看来必定是自己离开之后，孙嘉绩跟着就接到消息，也立即启程赶来。

"嗯，那么'打不过鞑子'又是怎么一回事？"他皱着眉毛又问。

"这个，这个，小人也是听外间的人说，只来了十船八船的兵，太少，只怕……"

停了停，看见黄宗羲没有吭声，他的胆子就大起来，开始指手画脚地说："哎，上虞那些兵，乱糟糟的，一下船就满码头地跑，还吵架、干仗，做头儿的喝叫也不听。小人瞧他们连号衣也没有，刀枪也是破破烂烂的。唉，这算什么兵！又怎么同鞑子打仗？"

黄安说的也许是实情。要同清军对抗，光靠临时招募的乡勇，的确不够，因此孙嘉绩他们已经派人联络驻扎在附近的方国安、王之仁两位明朝的总兵官加盟，并且听说已经答复同意，到时义军的实力就会大为增强。不过，黄安在说到乡勇时那种鄙薄轻蔑的口吻，却刺痛了黄宗羲。

"胡说！"他瞪起眼睛，发怒地呵斥说，"怎么不算兵？他们是来迎接鲁王爷的，又不来打仗，带许多兵做什么！说到号衣、刀枪，那是一时备办不及，有什么可笑的？告诉你，这鞑子今番是打定了！打得过打不过，都得打！滚！给我滚出去！滚！"

黄安刚才急巴巴地走进来，本是为着向主人报信，还满心以为会得到主人的嘉许，做梦也没有料到这马屁会拍到马腿上。他被这断喝吓得浑身一抖，脸上顿时失了色。待到第二声断喝下来，他就"忽啦"一下转过身，像兔子似的蹿过门槛，转眼就消失在庭院的暗夜里。

黄宗羲仍旧余怒未息，尽自咬着牙，皱着眉毛，一声不响。直到刘茂林从旁再三劝解，他才渐渐消了气。

"非是老夫爱使气发火，"他悻悻地解释说，"只是这狗才被惯坏了，故而如此大胆放肆，出言无状。不加训诫，如何了得！"

"大人说得甚是，"刘茂林连忙附和说，"圣人有云：唯女子与小人为难养也！这驾驭之法，自应以恩威并施为宜。"

停了停，看见黄宗羲没有别的话，他又小心地问："快交二更了，大人劳累了一日，要不，就靠着这柱子假寐片时，如何？"

黄宗羲摇摇头，说："我今夜不睡，你先睡好了。"

"小婿今夜也不打算睡，那么就陪着大人便了。"刘茂林马上表示说。

不过，这种翁婿默然相对的局面也只是维持了小半个时辰，渐渐地，坐在对面的刘茂林的脑袋就一次一次地往下沉，身子也开始东摇西倒地坐不住。终于，他往柱子上一靠，轻轻地打起鼻鼾来。

黄宗羲却仍旧没有睡意。他时而望望长几上老师的牌位，时而望望棺材底下那盏长明灯，也许是终于拿定了主意的缘故，现在他慢慢又觉得：尽管继续沿袭过去那种腐败已极的朝政格局，是很难有所作为的，但既然决定投入到起义中去，就总得设法促使当政者弃旧图新。那么，在未来的朝廷中，也许还是能够担任一官半职为好？因为正如孙嘉绩说的：若没有官职，有许多事情就无法参与。"可是，我已经一再表示，要仿效当年李泌的榜样，以布衣之身报效社稷。那么,怎好又改口?况且传出去,也会招人笑话!"这么一想,黄宗羲就不禁后悔起来,觉得自己又犯了意气用事的老毛病。无疑,也还存在着一种挽回的可能,那就是孙嘉绩坚执前议,再度提出来。但是由于当时自己把话说得太死,说不定对方觉得不好再勉强,就此作罢……这么心神不定地思忖着,渐渐地,黄宗羲感到了一种不知打哪儿来的瑟瑟寒意。开始,他还竭力抵御着。可是那股寒意却愈来愈凛冽,简直砭人肌骨。黄宗羲感到再也抵受不住,打算站立起来,却意外地发现,全身像给禁住了似的,一动也不能动。"啊,这是怎么一回事?"他想。正打算再努力一下,就在这时,灵堂里的灯烛一下子全都变得昏暗无光,只有安放在棺材下的那盏长明灯还在荧荧地亮着。与此同时,在亮光的周围出现了许多稀奇古怪的影子,像人,又像鬼魅,正在那里飞快地奔跑着,愈奔愈快,也愈变愈大,转眼之间,就占满了整个灵堂,并且发出凄厉的、震耳欲聋的尖叫!

"啊,莫非我今夜遇上鬼了?"黄宗羲想,同时极力睁大眼睛,想看个清楚。但是,不管他怎样努力,眼前的狰狞影像始终只是忽隐忽现,仿佛有意在作弄他。与此同时,身上那股寒气却把他愈缠愈紧,并且一直朝咽喉迫上来。他一再奋力挣扎,都毫无用处。渐渐地,他感到呼吸困难,神智也变得有点迷糊不清。"不……不能!我不能这样就去……"他绝望地、断断续续地想。就在即将丧失知觉之际,忽然,白光一闪,先前的景象和感觉全都消失了。一位须发皓白、道貌岸然的老者站在他的面前。黄宗羲喘过一口气,定神一看,发现竟然是他的老师刘宗周。"啊,老师不是入殓了么?怎么……"他来不及细想,连忙双膝跪倒,哽咽地说:"弟子来迟一步,不想老师已经撒手尘寰!今夕又蒙老师显灵相救,足见覆载情殷,令弟子永生难报!方今沧海横流,社屋为墟,天下之事,尚须老师复起,鼎力扶持,方能有济。如若神明有鉴,弟子誓愿以此微末之躯相赎!"

他说这几句话时，心情激动，全身发抖，当真出自至性。可是刘宗周却不说话，只是神情悲苦地摇着头。摇着摇着，不知怎么一来，他的脸就变了。黄宗羲仔细一看，发现眼前站着的原来不是刘宗周，而是身材高瘦、长着一部白花胡子的钱谦益！黄宗羲正惊疑不定，钱谦益忽然把头一抬，嘿嘿嘿嘿地怪笑起来。更奇怪的是，随着笑声，他头上的方巾开始像纸片似的，一片一片地掉落下来，接着是前额的头发，然后是身上的道袍，竟同样纷纷断裂、脱落，并且连同方巾的碎片一道，雪花似的旋转着，向四面八方迸射、飞散。黄宗羲不胜惊愕地瞧着眼前的怪异情景，忽然发觉那团"雪花"越旋越急，钱谦益身子也变得越来越小，眼看就要消失在白光之中。他不由自主地跳起来，打算追过去，却不提防脚下绊了一跤，整个身子直跌下去，他"啊呀"地叫了一声，猛地翻身坐起来，睁眼一看，才发现自己仍旧坐在蒲团上，灵台上那对白蜡烛已经烧剩下一小截，四壁白色孝帷正被晨风吹得微微晃动。透过仍旧浓黑如墨的庭院，声声更鼓正从大门外的巷子里传来，"咚、咚、咚、咚、咚"一共响了五下。

"啊，莫非我做了一场梦不成？"他想，同时清清楚楚地记得刚才的情景，"嗯，那是怎么一回事？影子、鬼怪，喘不过气来——预兆着什么？而且救我的明明是老师，怎么变成了可恶的钱牧斋？"正这么满腹狐疑地发怔，忽然，又听见云板声响，接着是开门声、人声、脚步声，有人一路走进来。

黄宗羲回过头去——只这小片刻，朦胧的曙色已经开始显现，他依稀辨认出，由门公领着走进来的，是个头戴瓦楞帽的承差。"怎么大清早的，公差就来上门？"黄宗羲愈加疑惑，几乎有点闹不清是否还在梦中。却见那承差一直走进灵堂来，对他行了一个礼，说："黄先生，余姚孙老爷已经到了绍兴，各位前来会盟的老爷也都到了。孙老爷命小人请先生即速到府衙去，商议迎接监国的事宜！"

起初，黄宗羲还在梦境与现实之间迷惘着，然而，终于一下子清醒过来，"请我到府衙去商议？"他意外地想，随后，觉得心中一动，夜来困扰着他的那种后悔和担心，忽然松弛了，消散了。他顿时兴奋起来，从蒲团上一跃而起，精神抖擞地说："好的，请上复孙公，我这就前往！"

勉强留守

正当浙东的举义士民为鲁王政权的建立而全力奔走的时候，在位于钱塘江出海口北岸、与绍兴隔水相望的海宁县，冒襄及其一家，却由于城中的混乱状况，陷于惶惶不可终日之中。

冒襄是在今年四月初，扬州陷落的前夕，偕同董小宛匆匆赶回如皋县家中，收拾行装，然后带着母亲和家人仓皇南来，同正在海宁监督漕运的父亲会合的。由于很快就传来了留都迎降的消息，结果全家便滞留了下来。起初，他们也曾考虑过是否继续往南逃难，但由于颇得众望的潞王近在杭州，估计凭借士民的拥戴，还能坚守一时；加上胆小体弱的母亲对于再度逃难奔波又惧怕得很，所以便决定等待一下，看看情形再说。谁知过不了几天，潞王已经开门迎降，杭州宣告陷落。紧接着，海宁县知县弃官而逃，城里就乱了起来……

按理说，县城里也不该这么快就乱。因为清兵正打算全力南进，暂时还顾不上僻处一隅的海宁，而城中的明朝官兵又一致决心坚守，加上有进士俞元良为首的一批乡绅全力支持，应该能够稳住局面，再不成，也起码还能维持一些日子。可是，那几位统兵的卫所千户却急于扩充兵员，筹集粮饷——本来，就备战御敌而言，这也没有错，但仓促决定、一哄而起的结果，事情就乱了套。那些官兵的纪律本来就不怎么样，新募的义兵又难免良莠不齐。于是沿门索饷，胡乱摊派的做法便大行其道。而且这些人还蛮横得很，对出不起钱，或钱出得不够的人家轻则臭骂毒打，重则拆房子抄家。至于乘机拉帮结党，一心报私仇、发横财的，就更别说了。上一个月，乡绅葛征奇在南门内的那座富丽堂皇的府第，就因为一点小争执，被一把大火烧个精光，也抢个精光。随后，西城门和衙前大街又在二十天内接连起火，烧毁数以千计的民房。这么一来，城中的殷实人家便大大恐慌起来，开始纷纷逃往乡下避难。冒襄一家自然也急得像热锅上的蚂蚁，仅仅由于冒襄本人反对，认为清兵近在杭州，随时都会来犯，到了乡下，安全更无保障，才又勉强拖延下来……

不过，挨到闰六月底，面对全家上下人心惶惶，一日数惊的困境，就连冒襄也开始有点动摇。所以这一天，他终于匆匆地赶到城南去访他的一位本地朋友——在学秀才张维赤，同对方商量能否在城外找一个偏僻安全些的处所，暂时把全家搬出去避一避风头。张维赤正在家中接待俞元良、查继佐等一班起义的缙绅，听了冒襄的想法，他满口答应，说他家在城西有一处取名"大白居"的别墅，有十几间房子，完全可以安顿得下冒襄一家人。不过，在座的那班缙绅却劝冒襄最好先别忙着出城，因为眼下城中虽然比较混乱，但他们正在商议设法整顿秩序，估计过几天情形就会好起来。大家还兴高采烈地告诉他一个令人振奋的消息，就是与海宁一江之隔的浙东各府县，近日全都竖起了抗清义旗，并且已经把正在台州避难的鲁王迎接到绍兴去监国。不仅如此，他们还接到通知，说绍兴方面准备派出原吏科给事中熊汝霖为使者，专程到海宁来联络，商谈合力抗清的事宜。看来，一番新局面就要出现；像冒襄这样大名鼎鼎的人才，今后必定还会大有作为。

听了大家的介绍和劝说，冒襄顿时又有点心动。因为就他本人而言，其实是很不愿意走上举家逃难那一步的。且别说一年前，他们为着躲避高杰在扬州的乱兵，也曾举家从如皋出逃，结果证明不仅毫无必要，而且还白白地备尝艰辛，迭遇凶险，损失惨重。

就拿眼下来说，国家亡破到这种地步，清兵的铁蹄已经踩到头上，如果不想被来自关外的这些野蛮人征服、奴役，唯一的办法，确实只有奋起抗争，同对方拼个你死我活！如果说，前些日子，凭着区区一个海宁，未免过于势单力弱，近乎螳臂挡车，以卵击石的话，那么眼下，整个浙东已经全都动起来，情势就大不相同了，实在可以与敌人拼一拼！而且只要上下齐心，运筹得当，复兴明朝未必就没有希望！既然如此，自己也就确实无妨暂时留下来不走。当然，冒襄也知道，这件事还得向父亲禀告，征得他老人家的同意才行。他担心光凭自己一个，说话不够有力，于是等聚会一散，便邀请张维赤同他一道回家，好把这些最新的情况向父亲当面再说一说……

现在，两位朋友由冒成等几个跟班护送着，正沿着几天前才遭过火灾的衙前大街匆匆往北走。在浙西地区，海宁虽然算不上是顶富庶的县份，但是正如它的名字所夸示的那样，一向是个既平静又安宁的地方。据说远自元代起，三四百年下来，这里的居民都没有遭过战祸的侵扰。就连本朝的太祖皇帝打天下，江南一带乱得一塌糊涂那阵子，海宁也奇迹般地躲过了劫难，因此一直被人们美称为"乐土"。然而，这一片"乐土"，如今已经完全失去了以往那种固有的宁静和安闲。大街上，车载肩挑，乱哄哄地往外逃难的人群不必说；而且街道两旁，那些不论门面大小，也不论经营什么生意，一律都拾掇得十分整洁雅致的店铺，也已经被这十来天的动乱破坏得荡然无存。代替它们的，是被烟火熏得焦黑的颓墙断壁，被烧成乌炭似的梁架和立柱，以及凌乱地抛散着的、毁坏得一塌糊涂的家具和杂物。那些一向与世无争，做梦也想不到会祸从天降的人们，如今已是无家可归。一家老少就在废墟中临时架起一些木板和草席之类，在里面权且栖身。虽说时值残夏，还未至于忍寒受冻，但瞧那景状也真够狼狈可怜……尽管前一阵子经过时，冒襄已经为这种情景而感到大为吃惊和痛心，眼下再度默默注视着，他仍旧不禁暗暗叹息不已。"是的，覆巢之下，安有完卵。鞑子还没有真正打过来呢，那些不逞之徒就已经闹得如此无法无天。若是鞑子真的来了，只怕更要乱上十倍、百倍！到其时，哪里还会有逃秦的乐土？的确，逃难并非上策。男儿生当斯世，有本事的，还是应当登车揽辔，以澄清天下为已任！只有把鞑子彻底打跑，再造大明的中兴，百姓才有安乐可言，我辈才有安乐可言！"这么一想，冒襄的决心顿时变得更加坚定，脚步也迈得更快，尽管这当儿，街道上的景物已经变了一个样，耳畔又传来了官兵沿门索饷的粗暴呼喝声，他都没有心思理会了……

　　回到他们家赁住的宅子，踏入那道供平常出入的侧门时，冒襄发现里面的气氛有点异常。一群男女仆人，正神色惊慌地聚在仪门内，喊喊嚓嚓地交头接耳。看见少主人回来了，他们就像老鼠见了猫儿似的，一齐住了口，低下头，匆匆走散。这种情形，显然引起张维赤的注意，只见他皱起眉毛，疑惑地打量着；倒是冒襄已经司空见惯，不以为怪。他只问明父亲正在书房里，便摆一摆手，挥退跟在后面的冒成等人，领着张维赤，快步向内宅走去。

　　西斜的太阳已经落到了屋脊的后面，庭院里分明地暗了下来。两个朋友穿过一道又一道门，来到东偏院冒起宗的书房，忽然意外地看见，冒襄的母亲马夫人在奶奶苏氏和董小宛的搀扶下，正从里面走出来。老太太眼睛红红的，像是刚刚哭过的样子。冒襄怔了一下，连忙走前去，还来不及开口询问，就听见书房里发出呼唤。冒襄应了一声，只得停止询问，回头先请张维赤在门外稍待，又伸出手去，轻轻搀扶着马夫人，同女眷们一道转过身，朝里走去。

　　冒起宗已经从书案后面站起来，等待着了。

　　"嗯，怎么样？"他用目光迎着儿子，问。同时皱起眉毛，瞥了一眼迟迟疑疑地又跟进来的女人们。

　　"哦，启禀父亲，孩儿已经找着张罗浮，同他谈过了。"冒襄拱着手,毕恭毕敬地回答,"他说不碍事,他在城外有一处别业,名唤'大白居',房子虽说老旧了些,却还可以住得。我们若要时,随时都可以搬去……"

"闻得建虏要打过来了!你可听说这事?"冒起宗打断儿子的话,迫不及待地追问。

"建虏——要打过来?孩儿没、没听说呀!"冒襄愕然说,"这是……"

"哼,你还蒙在鼓里哩!闻得鞑子的前锋都过了赭山了!"

冒襄眨眨眼睛,分明被这个突如其来的消息弄糊涂了。不过,随后他就摇摇头,断然说道:"没有的事!孩儿刚刚还在张罗浮的家里,遇见了俞元良、查继佐那帮子人,还说了半天的话,怎么没见他们提起?"

"他们没提起?可是外间……"

"谣言,"冒襄再一次摇着头,口气更加肯定,"不用说,又是谣言!若真有此事,俞元良他们又安有不知之理!"

这么解释了之后,看见父亲仍旧有点半信半疑,他就侧转身子,朝门帘外做着手势说:"对了,刚才孩儿来不及禀告,张罗浮——也同孩儿一道来了!"

守在门外的张维赤,听着从书房里传出的对答,大约总算明白刚才经过门厅时,冒家的仆人们为什么那样惊恐不安。这当儿,看见门帘已经被冒襄掀开,他就连忙跨过门槛,一躬到地,朗声说:"晚生张维赤,特来向老伯请安!"

冒起宗正用眼睛示意女眷们避入里间,这时他"哦"了一声,用了一个匆忙的动作,离开书案。

"适才只顾打问外间消息,不意竟让贤契守候。真是失礼之至!失礼之至!"他回着礼,抱歉地连声说。

"罗浮兄还带来了消息,"等冒起宗同客人略作应酬,分宾主坐下之后,冒襄继续禀告,"说是浙东已经大举起事抗虏,还奉鲁王到绍兴监国哩!"随即转向客人,示意地点点头。张维赤自然会意,于是把他曾经向冒襄说到的消息,一五一十地又转述了一遍。末了,他说:"眼下情势如此,贵府到底走是不走,还请老伯参详决断!"

大约是浙东起义的消息使冒起宗心定了一点,不过,他也只是"唔"了一声,没有表示态度,却倒背着手,在堂内踱起步来。

看见冒起宗这样子,侍立在一旁的冒襄多少有点心急,但是却不敢打扰父亲的思考。至于张维赤,作为客人,在这种情况下更是只能静静地等着,不便贸然发表意见。

终于,冒起宗站住了。他转过脸来,轻轻地摇了摇头,说:"嗯,这城中,只怕久留不得!"

"……?"

"不只不可久留,而且须得快点离开,愈快愈好!"停了停,大约看见儿子失望地低下了头,而张维赤则睁大了眼睛,像是尚未明白,他就做了个手势,略显烦躁地说:"唉,这是明摆着的!时至今日,建房之所以迟迟不来进犯本县,并非畏我坚守,实因彼急欲南进,未暇东顾而已!如今浙东一旦举义,便是于建房侧腹,徒然树一劲敌,令彼无法长驱南下。如此,他便势必转旗回师,先来对付浙东。海宁与绍兴历来互为掎角,攻绍兴必先攻海宁。若然此料不差,那么不出十天半月,房骑便会兵临城下。到时再想走——哼,恐怕就走不脱了!"

担心浙东起义之后,必然招致清兵来犯,这自然是不错的。事实上,起义就是为了抗清,理所当然要准备开战,不管是清兵打过来,还是自己这一方打过去,总之都得打。在这种情况下,留在城里当然会有危险,甚至牺牲。不过,到了城外,同样很难说就没有危险,就不会牺牲。既然这样,那么,冒襄就认为还是应该留下来,而不必在敌我胜负未分之时,急于逃命……

"父亲所虑,自是不差。"他终于忍不住,微低着头,字斟句酌地说，"唯是天下糜烂，已到了这一步。与其束手待毙，任凭鞑子前来杀戮蹂躏，倒不如拼死相搏，或许尚有一线生机！"

"辟疆兄所言不错，"张维赤也从旁帮腔，"况且，建虏虽称善战，终究是蕞尔小邦，兵力有限，彼以区区数万之众，深入我江南，虽然来势汹汹，其实占地愈广，则其势愈分，必难持久。如今两浙义师一起，四方云合响应，虽百万之兵，亦唾手可得。如此，便是以二十——哎，就算以十制一吧，也足以置彼虏于死地了！"

大约冲着张维赤是客人，冒起宗起初还颇为留神地听着，但随后就摇起头来。末了，他苦笑一声，说："天下事，若是如此轻易，大明也不至于落到今日的地步了！如今两浙义师并举，在你们瞧着像是势大得很。但老夫却料定，只要还是这些官，还是这些将、这些兵，用不了多久，一样要落得个水尽鹅飞的收场！与其空教亿兆生灵再遭屠戮，还把自己也白搭上去，倒不如设法苟全性命于乱世，或许将来还能做点有益之事！"

"可是，要苟存性命，也唯有奋起一争，才能有望。我辈生为华夏之民，世受圣人教化，终不成也学钱牧斋的样，剃发留辫，认虏作父，向鞑子摇尾乞怜！"由于觉得父亲的意态未免过于消沉，冒襄的语气不觉有一点急促。

冒起宗微微一怔："钱牧斋——他已经投降了建虏？这消息可确实？"

"此事已无可疑。"张维赤又一次接上来，"听留都逃来的人说，当时城中兵民本来打算同鞑虏决一死战。是钱牧斋，还有赵忻城、王觉斯执意开门迎降，才让建虏兵不血刃，得了留都！"

冒起宗默默听着，却不再吭声，甚至没有任何表情，也不知道是因为这件事其实已经在他的意料之中，还是一向以正人君子自居的本派中人，竟然出了这样的败类，使他感到无话可说。只是，他又一次捋着胡子，在室内踱起步来。

……

"那么，依贤契之见？"终于，冒起宗重新站住，抬起头来问。

"依晚生之见，不如暂且留下来，瞧瞧情形再说！"也许因为重新生出希望，张维赤那双小眼睛闪出了光芒。

"唔……"

"举家出城，艰险重重，闻得府上去岁合家渡江时，几为大盗所劫，可证一斑。至于顾虑城中之祸乱，那么适才在晚生家，举义诸人亦议及此事。卫所姜千户经已决意全力弹压，将不法之徒处以重典；加之查伊璜明日即前往绍兴，面谒监国，请从速委任县尊。如此，城中混乱之状不日当可平复。前辈实不必急于出城！"

冒起宗老半天地拈着胡子，显然还有点踌躇，不过，当目光落到旁边那间躲着女眷的内室时，他的态度终于坚决了起来。

"嗯，既然如此，"他点点头，"那么就暂且不走。只是在乱状尚未平复之前，还须加意防范。近日这左邻右里，已经走了好几户，联防之制，已形存实亡。事不宜迟——"他转眼望着儿子，"你可从速去访一访那些未走之家，商议一个整饬之法，起码保住这几天不要出事。下一步如何，看情形再说吧！唉！"

在出言辩难的当儿，冒襄始终有点心怀惴惴，生怕招致父亲的反感和生气。直到听见父亲这样吩咐，他才"啊"的一声，如释重负，于是连忙恭顺地点着头，一一答应着。看见冒起宗微侧着头，闭起眼睛，露出疲倦的样子，他立即行下礼去，说："那么孩儿这就去商办此事！"说完，就回头用眼色朝张维赤示意。等后者向冒起宗道过别，他就领着朋友，转身向外走去。

"……相公，这、这城里必定守得住么？万一守不住，我们一家子全窝在这里，逃也逃不脱，可怎么办？"

"哼，天下哪有十足的事！都到这种地步了，只有尽力而为罢咧！你若害怕，就让家嫂陪着，搬到乡下去躲几天好了！"

当两位朋友离开书房时，他们最后听见惊恐不安的马夫人颤抖着嗓门，同冒起宗这样对答。

焦急等待

由于决定留下来不走，因此在接下来的一连几天里，冒襄便怀着对时局好转的希望和信心，一头扎进了为加强家宅联防的奔走张罗之中。

然而，尽管起义的首领们曾经许诺，城中的混乱局面会很快得到控制，冒襄也以此竭力向左邻右舍游说，鼓动大家留下来别走，可是几天过去了，那个许诺并没有实现，城里的无法无天行为非但不见收敛，反而有愈演愈烈的趋势。于是，一度被说服留下来的邻居们，又纷纷发生动摇，重新准备向外逃难。冒襄眼见局面难以控制，感到十分着急，也十分懊恼。由于人手愈来愈少，他只得大量派出自己的家丁去顶替；于是整副防守护卫的担子，也愈来愈重地压到了他一个人的肩上。

对于发生在外间的这些情形，作为侍妾，并且料理着丈夫日常起居的董小宛，多少是知道的。虽然冒襄很少向她说及外间的事情，她也不敢多问，但是，从丈夫那明显的消瘦下去的脸庞，从他变得愈来愈烦躁的脾气，董小宛都不难猜测到外间的事情是多么的不顺利。特别是当马夫人和苏少奶奶禁受不了日甚一日的惊扰，终于先行搬出城外的乡下去之后，冒襄每隔三五天，还得安排时间前去探视，以致除了操心城里的事之外，更多了一重远道奔波。对于这些，董小宛全都默默看在眼里，自然也疼在心上。她知道外间的事自己插不上手，便很想在家中的事务上尽自己的一份职责。然而，偏偏家里那些做主子的，似乎始终把她看成是下人，而下人们又把她看成是主子，不论是哪一拨子的事，都不来招揽她。这就弄得她无所依傍，仿佛被遗弃了似的。特别是当丈夫不在身边的时候，这种孤独的感觉就更加强烈了。

　　眼下，又到了傍晚时分。从董小宛日常起居的东厢房明间向外望出去，可以看到一道宽阔的、巨大的堆絮状云带，从西北边迤逦铺展过来，经过庭院的上空，又向东南的方向延伸而去。在夕阳的映照下，那火红的云带显得分外耀眼、鲜明，使整个天空仿佛要燃烧起来似的。不过，这瑰丽的景色却预兆着明天可能要下雨，起码也要刮风。

　　现在，董小宛就望着这片云，用一只手支着下巴，在默默想心事。不过，她想的不是明天的天气，而是想起自己嫁进冒家来，已经有两年半了。去年为着躲避高杰的乱兵，举家逃出如皋那一次，在几经艰险，抵达丹阳时，丈夫曾经亲口告诉她：老爷发现她料理银钱的出入时尽职尽责，清楚细心，十分赞赏，打算把家中的财务交给她来管理。当时她虽然受宠若惊，生怕承当不了，但是对于老爷的信赖，心中毋宁是十分感激的。因为她固然丝毫没有揽权弄柄之心，却十分渴望能够被这个家庭所接纳，成为与大家亲密无间的一分子，为维护这个家而竭尽心力。出自老爷之口的赞许和打算，无疑是一种认可的明白表示。谁知，回到如皋之后不久，她就跟着冒襄去了南京，一住就是大半年。接着就是清兵大举南下，她也就跟着家人匆匆逃到了这里。到如今，那件事似乎被压根儿遗忘了似的，再也没有人提起。对此，她倒是暗暗松了一口气，觉得自己确实还不到这个份儿上，勉强去承当，未必是一件好事。不过，不知道是自己多心还是别的缘故，她又觉得这一次回家之后，周围的气氛起了变化。老爷倒没有什么，对她依然和颜悦色；可是说到太太、奶奶，还有刘姨太，态度就变得淡淡的，不像过去那样亲热，虽然不至于难为她，但是有意无意地，却不再拿她当回事。这可就使董小宛感到颇为惶恐不安。特别是眼下这一次，太太、奶奶都带着儿孙搬到城外的大白居去了，就连刘姨太也没留下，可是却偏偏丢下了她。无疑，由于冒襄并没有走，她其实也不愿意抛下丈夫自己离开。不过，那些家长们在作出决定时，甚至连哪怕询问一下她的意向都没有，仿佛她连个数儿也算不上似的。这就更使董小宛敏感地觉得，自己其实并没有真正被这个尊贵的家庭所认可和接纳。近些天来，这种委屈和疑虑一直刺痛着她、困扰着她，此刻，它又一次冒了出来。"啊，我进门都两年多了，她们为什么还是这样子？我到底哪儿做错了，或者做得还不够？该怎么做才成？"她呆呆地仰望着那一片正在越来越暗淡下去的火烧云，苦恼地、绞尽脑汁地想，"其实，她们不知道，我是多么爱重这个家，多么爱重她们呀！只要她们真正把我当成至亲骨肉，即使吃再大的苦，受再大的累，我也不会有怨言！啊，要是做得到，我真想剖出心肝来给她们看！可是现在这样子，这般苦楚又能向谁说，又有谁能帮助我呢？哎，看起来，就唯有相公了。他是我最最亲近的人，我的苦楚，他好歹还知道一点。虽然我也知道，从起始到如今，他都从……从未当真把我放在心上。也不知他心里到底想什么？也许还在想着那个陈圆圆——不过，除了他，我实在再也没有人能指望、能倚靠了呀！那么，那么——啊，这天都黑了，怎么相公他还不见回来？"

由于忽然想到了丈夫，董小宛心中忐忑了一下，回过神来。的确，冒襄是今天一早出的门，说是到城外去探视马夫人和苏少奶奶。按理说，这会儿早就该回来了，因为在此之前，他也曾去探视过两次，每一次都是过了正午不久就回来。

"哦，不光他不见回来，连冒成他们也没有一个回来。那么会碰到什么事呢？是乡下发生了变故？还是他们半路碰上了杀人抢劫的强盗？要不就是生病了？伤着了？走错路了？"

一边这么不安地猜测着，她一边又极力安慰自己："嗯，不会的，不会这样！相公可不是那等遇事莽撞、没心没智的人。他自会随机应变，把一切都应付得好好的！"

然而，当目光落到变得幽暗一片的庭院时，她又禁不住心惊肉跳起来。

"要是没事，他怎么到这会儿还不回来？他不会不知道老爷、我，还有家里的人都在惦记着他呀！就算他有事回不来，也该打发个人回来说一声呀！啊，要是当、当真遭了祸事，他们此刻会怎么样呢？是身受重伤，还是在挨打受折磨，还是、还是已经不、不在了……"最后这个念头一闪，董小宛像当头挨了一棒，顿时呆住了。

"不，不成！不能这样！"她惊恐地想。的确，且别说她是那样深爱着丈夫，就拿她自个儿来说，眼下国破家亡，到处兵荒马乱，而她在这个家里唯一能够指望、能够倚靠的人，就只有丈夫了。万一冒襄有个三长两短，那么她今后……

"不，我要去，要去找他！"她不由得站起来，出声地说。

坐在旁边的紫衣分明吓了一跳，连忙放下手中一件准备折叠的衣裳，问："娘，娘要上哪儿去？"

"找相公，一定要找相公！"董小宛说着，抬腿就往外走。

紫衣赶紧跟上前来搀扶："可是，听说老爷已经派人去了！"

"不成！我得自己去！"

"可是……"

"你莫拦我！快叫轿子来，快去，去呀！"

发现董小宛神色惨厉，大睁着眼睛，身子也在微微发抖，显得激动异常，紫衣不敢违拗了，应了一声"是"，匆匆向外走去。

小半晌之后，董小宛乘上一顶小轿出门了。上房那边的冒起宗大约也正为这件事焦急，因此得知后并没有阻拦，只派人过来传话，让她多带仆从，小心护卫，以防不测。

现在，董小宛就在八名手执火把和刀棒的家丁簇拥下，沿着狭长的里弄，向大街的方向走去。位于城东的这条里弄，聚居着好些上流人家，平日在城中称得上有财有势。凭着这一点，如果大家齐心合力，联起手来的话，应该说是能够暂时自保的。可是如今，那些有钱和不太有钱的人家都几乎已经逃了个干净，使平日颇为兴旺气派的一条里弄，变得灯火寥落，声响全无，到处笼罩着阴惨惨、暗沉沉的恐怖气氛，简直同一片坟地差不了多少。直到董小宛的行列经过，杂沓的步履和晃动的火把，才将幽灵般守候在一扇扇紧闭的大门内的看屋人惊起，惴惴不安地把眼睛贴在门缝里，往外窥看……

由于亲眼看到宅子之外是怎样一种诡秘荒凉的情景，想到冒襄在这样一种环境中行走，该有多么危险莫测，董小宛此刻的心情甚至更焦灼了。虽然她只能坐在轿子里，但仍旧不断撩起帘子往外张望，希望尽快赶到前边去，把丈夫接回家里来。

然而走着走着，不知为什么轿子却停了下来。董小宛稍等了一会儿，仍旧不见起动，她把帘子再掀开一点，从站在前面的仆人头顶上望去，发现已经来到里弄口的木栅门前。门洞里，影影绰绰地聚了好些人，正在那里嗡嗡地交谈着。董小宛起初有点莫名其妙，随后心中一动：咦，莫不是相公回来了？顿时，她心中一宽，连忙扳着窗沿，睁大眼睛，伸长脖子张望着，希望尽快辨认出丈夫那熟悉的身影。

"姨奶奶……"一个苍老的声音在轿外响起。

董小宛回顾了一下，发现说话的是执事头儿冒贵。她连忙问道："为何不走了？是不是相公家来了？啊，相公呢？他在哪里？怎么我看不见？"一边问，一边重新伸长脖子，竭力寻找着。

"少爷还不曾回来。是外头乱得厉害，说是灶户①进城了，成群结伙的，到处杀人抢东西。"冒成哑着嗓子回答。黑暗中看不清他的表情。

"哦，那为什么还不走？快走呀，快去接少爷呀！"董小宛着急地催促说。

---

① 灶户：设灶煎盐的盐户，亦作制盐户的通称。

大约发现董小宛其实并没有听清他的话,冒贵干咳了一声,把灶户进城的事又重复了一遍,然后说:"少爷这会儿还不回来,想必在城外那边歇下了。现今外头乱成这样,姨奶奶也别出去,先回府里歇着,等明日再派人出城打探不迟。"

停了停,看见董小宛没有作声,他又说:"张乙、吴七都回来了。姨奶奶不信,只管问他们两个便知。"

张乙和吴七,就是先前派去迎接冒襄那批家人的班头,不知什么时候已经来到轿前。听冒贵这么说,他们便异口同声地帮腔道:"这是实情。姨奶奶万万出去不得!如若不然,有个差池闪失,小人们俱担待不起!"

董小宛仍旧不说话。不过,发现张乙、吴七和他们的手下人全都聚在这儿,她也就明白了:原来,这些人虽然奉命到大街上去探看和迎接主人,其实却十分胆小怕死,发现外间的情势不对,他们就马上退回里弄里来,还撺掇冒贵也不要去。"他们说相公在大白居那边歇下了,分明是托词搪塞!试问他们怎么知道?凭的什么?"董小宛又气又急地想。作为奴仆,对攸关主人生命安全的差使,竟然如此敷衍了事,这是以往从来没有过的。"啊,他们怎么敢!他们平日的忠心到哪里去了?"但是,以自己目前的地位和身份,她又感到很难拗得过这些有头有脸的老家人。因此,尽管心中气苦异常,到头来,她只能使劲地蹬了一下轿子的底板,用含泪的声音说:

"快走!"

"上、上哪儿?"一名轿夫迟疑地问。

"当然是上街上去,迎接相公!"

"哎,姨奶奶……"显然吃了一惊的冒贵连忙阻止。

"走呀,快走!"董小宛蓦地不顾一切地尖叫起来。那悲愤、凄厉而又固执的叫声撕破静夜的空气,迸射而出,使在场的人心头都不由得一震!这么一来,谁都不敢再阻拦。董小宛那顶轿子摇晃了一下，重新起动了。它在仆人们让出来的通道中悲壮地、坚执地前行着，看样子，哪怕外面是刀丛剑树，是流血死亡，也阻挡不了她去迎接冒襄的决心。

几个班头你望我，我望你，尽管并不那么心甘情愿，却仿佛被一股无形的压力逼迫着似的，终于无可奈何地跟上轿子，一起向外走去……

据理力争

半个时辰之后，他们终于把冒襄接回家里来。虽然外间的情形确实相当混乱，但总算双方都没有碰到什么意外的事情。至于冒襄为何回来得这么迟，也弄清了：原来是跟随马夫人和苏少奶奶的小儿子生了病。乡间没有大夫，只有一位略懂医道的村塾先生。虽然大家担心靠不住，但也只得将就让他瞧瞧。那塾师说是偶感风寒，不妨事的。就近抓了帖药，让小儿子服下了，不过冒襄到底不大放心，所以在大白居逗留到傍晚，看见孩子确实睡得安稳了些，可以交付得下，才又匆匆往回赶……实情虽是如此，但经历了这番奔波，冒襄也已是精疲力竭，面容憔悴，几乎连说话的劲头都没有了。看见这种情形，董小宛也不敢多说什么，待冒襄回禀了父亲之后，便服侍他早早睡下了；并且吩咐紫衣，如果不是特别紧急的事情，一律不准外间通传，必定要传，也得先告知她。

这么好歹过了一夜。第二天，冒襄照例一早又起了床，洗漱完毕，用过早点。要在往日，他必定又忙着到外间去了。可是不知为什么，今天他却显得有点懒懒的，尽自坐在椅子上发呆，迟迟没有动身。看见这样子，董小宛觉得说话的机会来了，于是拿起一把扇子，趁着送到丈夫手里的当儿，试探地问：

"相公，眼下城中这一场乱子，不知几时才能平息得了？"

冒襄牵动嘴角，勉强地苦笑了一下："哼，谁知道！反正，等着就是了！"

"那——往后这城里城外的，相公还得不歇地两头奔波了？"

"有什么法子，当然得去！"

董小宛的眼圈一下子红了："可是，可是，妾身害怕！"

"你怕——怕什么？"

"眼下这等兵荒马乱的，妾身怕相公城里城外的乱闯，万一碰上了杀人越货的强盗，那、那可就……"董小宛止不住哭泣起来。

冒襄望了她一眼，目光随即又回到原处。他好一阵子没有作声，最后，才说："不会的，我又不是孤身一人，还有冒成他们哩！"

"要、要是强盗人多势众，怎么办？"董小宛勉强止住悲泣，说。她本想告诉丈夫，那些仆人也未必靠得住，就像昨天夜里那样——但临时又改了口："况且，城里有歹人作乱，乡下也难保没有歹人作乱。把太太、奶奶和小少爷撂在那儿，也难保就十分安全。万一出了什么事，相公和老爷都不在身边，怎生是好？"

这话显然说中了冒襄这些天来的担忧。他的表情变得烦躁起来，两道黑亮的眉毛也凑到了一块，然而，却紧抿着嘴唇，没有吭声。

董小宛望了望丈夫，一颗心止不住扑通扑通地乱跳起来。她自然有自己的想法，但又拿不准家长们已经决定了的事，自己提出异议好不好。然而，眼看着丈夫一个人两边照应，疲于奔命，才几天工夫，脸上已经瘦下一圈去，董小宛就感到心如刀割；更别说冒襄这么没完没了地往返奔波，总难免会碰到一次半次意外——哪怕只碰上半次吧，就有可能什么都完了……

"那么，你说怎么办？"冒襄出乎意外地冒出一句，随即闭上眼睛，靠在椅背上。在窗外早晨阳光的映照下，他的侧影显得那样苍老、无神。

"妄想,妄想,"董小宛结结巴巴地说,有片刻,紧张得几乎连声音也发不出来。不过,她终于还是鼓起了勇气:

"要是守在这儿,难以照应,不如、不如相公和老爷都先到城外去,暂避一时,也是好的。"

这么说完之后,她就屏住呼吸,睁大眼睛,胆怯地等待着丈夫的反应。

"哦,他要是不高兴,不答应,那就当我没说吧。不过,我确实觉得这样合适!"她心忙意乱地想。

然而,冒襄却按照原来的姿势坐着,一动不动,仿佛根本没有听见侍妾说的话。过了一会,他才慢慢张开眼睛。

"什么?"他问,冰冷的目光直射过来,"你说什么?要走,嗯?"

一听丈夫的口气,董小宛的脑子里"嗡"的一下,"啊,他生气了,他不答应!"她后悔地想。慌乱中,她点了点头,又使劲地摇摇头。

"你说要走?"冒襄猛地站起来,高声地重复说,"鞑子还没来,这城还没丢,你就要我逃跑?去学那些没有骨气,胆小如鼠,一点点风吹草动就吓掉了魂的可怜虫那样,夹起尾巴逃走吗?去学为了活命,宁可剃发留辫的屠头那样,去给鞑子当顺民吗!哼,办不到!他们怕死,我冒襄可不怕死!我就是不走,就是要给他们看看,在这城里,还有不怕死的缙绅之家,还有一股宁折不弯的浩然正气!"

冒襄怒气冲天地咆哮着。他的眉毛倒竖起来,圆睁的两眼喷出灼人的火焰,俊美的、憔悴的脸孔变得十分可怕。他的声音愈来愈高,言辞也愈来愈偏执、激烈,而且有股子不顾一切的味道。显然,这些天来所受的种种刺激、打击、挫折,以及失望、愤懑、苦恼、辛劳,由于不断地积存,早已超过他内心所能承受和包容的限度,一旦得着机会,就变得无法控制,猛烈地倾泻出来……

董小宛吓坏了。她哀求说:"相公,相公,听我说……"

"我不要听！"冒襄粗暴地一挥手，随即，像发现了什么似的，目光霍霍地盯住了可怜的侍妾："好啊，闹了半天，原来连你也想逃走！哼，还亏你口口声声说，不管是生是死，都要跟着我，一生一世也不分离。原来全是假的，是骗人！那么好呀，你要走，你就自己走好了，回姑苏去，回秦淮河去！我冒某人绝不挽留！"

如果冒襄只是责怪侍妾不该胡思乱想，不该过问她不该过问的事，那么即使骂得再凶，董小宛都可以忍受，不会争辩。可是现在丈夫竟然怀疑到她的忠诚，这就使董小宛感到比杀了她还要难受，以至于那张秀美的脸蛋一下子涨得通红。

"不，不！不是这样！"她大声地、含着眼泪反驳说，"妾身只是为相公的安危担心而已！相公自然不是胆小怯懦的人。唯是打算以万金之体，与匪类相抗，妾身却未敢苟同。须知相公是家中唯一长男，上有老父老母，下有幼弟稚子，他们的安危全都系于相公一身。相公之责，可谓至重至大！若因争一时之忿而轻身蹈险，万一遭逢不测，这一堂长幼，将何所因依？祖宗香火，又凭谁承传？这'孝道'二字，更何从谈起？相公岂能不静心权衡，缜密三思！"

也许自两人相识结合以来，董小宛还从来不曾这样顶撞过丈夫，加上她最后这一番话，竟是如此义正词严，令人无从反驳，冒襄竟一下子噎住了。他仿佛不认识似的望着侍妾，然而，只一会儿，他的眼睛又眯缝起来，并且闪出恶意的光芒。

"你当真还想逃难？"他用故作平淡的口吻说，"你莫非忘记了，去年那一次逃难，是什么滋味？这一次，只会比那次更凶险。到时候，我要是照应不过来，只能先护着老爷、太太、奶奶、少爷他们，嗯，还有姨太太！就未必能顾得上你了——你难道就不害怕？"出自丈夫之口的这个警告，冷酷得就像一把尖刀。董小宛的脸色不由得变了。但是，略一沉默之后，她仍旧咬咬牙，惨然说："只要相公和老爷、太太、奶奶，还有小少爷们平安无事，妾就是死了也甘心情愿!"

冒襄一直紧盯着侍妾,显然在等着对方露怯。这时,他的目光抖动了一下,挑衅的锋芒消失了。他垂下眼睛,无言地转过身子,慢慢踱了开去……

"大爷,老爷着人传话,请大爷到后堂去见老爷。"丫环紫衣小心翼翼的声音在门边响起。

冒襄怔了一下,问:"什么事?"看见紫衣茫然地摇摇头,他就"嗯"了一声,随即回过头,望了望董小宛,但到底什么也没有说,就匆匆跨过门槛,沿着熟悉的回廊,向正院的后头走去。

再度出逃

"难道真的要弃时局的转变不顾,再度举家出逃?"一边越过一组一组手执刀棒,在各自的地段上巡逻放哨的家丁,冒襄一边继续着先前中断了的思路,"诚然,她说的也并非全无道理,起码在混乱的情形有所改善之前,似乎应当考虑是否该出城暂避一下。可是,已经苦苦坚持到现在,绍兴方面说不定这一两天就会有回音。万一我刚走,新县尊就来上任,岂非白颠簸一趟不说,还给张罗浮他们落下一个贪生怕死的笑柄?不,既然这么些天都熬下来了,那就干脆熬到底!生也罢,死也罢,就拼他这一回!做个有骨气、有胆魄的人!那么,就坚持不走……"

"哎呀,烧、烧起来了!"一声尖锐的惊叫蓦地响起来。

"哪儿?在哪儿?""喏,那边,那边!"几个人在墙头上嚷嚷说。正在廊庑下坐着的仆人"哄"的一声全跳起来,开始紧张地询问、叫喊、奔走,墙上墙下顿时乱成一片。

冒襄吃了一惊,有片刻工夫,不知道发生了什么事情。不过,当看见周围乱了套时,他就光火了,使劲把脚一跺,厉声说:"做什么?你们都做什么?啊!"这一声呵斥总算发生了作用,乱哄哄的仆人们顿时停止骚动。一个个呆着脸,不安地沉默着。

"启、启禀大爷,外头烧……烧起来了!"一个班头结结巴巴地报告。

"不就是烧么,又不曾烧到这边,就慌成这个模样!要是真有歹人打上门来,你们怎生对付!"冒襄继续厉声呵斥。

不过嘴上这么说,他心中其实也有点紧张,于是走向墙边,沿着架设在那里的一道梯子,攀上了用木板和立柱临时搭起来的一个哨位,朝哨丁指点的方向望去。果然,在城南的方向,有一片房屋正在焚烧,滚滚浓烟直冲天际,还带起许多灰烬似的东西,朝四下里飘舞翻飞。虽然距离相当远,看不到具体的情景,但也不难想见遭灾的人家是怎样一种悲惨可怕的模样。

"嗯,这已经是第三次了。不知是否又是歹徒放火,还是自家不慎失火?伤着人没有?哎,要是没有人去救,延烧起来可不是玩的!"冒襄一边目不转睛地瞧着,一边心情紧张地想。"莫不是'半梁山'和'赛少林'放对,弄出来的?昨日'半梁山'在那里贴出好些无头告示,声言要同'赛少林'厮拼,还当场杀翻两个人哩!"一名哨丁惴惴不安地从旁说道。

所谓"半梁山"和"赛少林",是城南两股义兵分别给自身取的名字。两股人马从一开始就各据一方,互不服气,经常斗殴生事,把老百姓弄得叫苦连天,在城中早就出了名。现在听哨丁一说,冒襄心中顿时生出一股愤慨。"哼,还亏那伙举义缙绅口口声声说要弹压,其实全是假话!像这种无法无天的乌合之众,又怎能与清兵对敌,又怎能指望他守得住海宁!"这么一想,他心里就变得乱糟糟的,没有心思再看,仍旧沿着梯子退下来,只嘱咐班头严密守护,防止奸人乘机骚扰,便转过身,匆匆向后堂走去。

冒起宗已经在等着他了。这几天,虽然冒襄极力把绝大部分的事务揽了过去,但焦虑和失眠,仍旧在老人身上留下了痕迹,使他完全失去了平日的从容气派,显得神情郁闷,心事重重。

当冒襄走进来时,冒起宗正倒背着手,微低着头,焦急不安地在后堂来回踱步。听见儿子的脚步声,他就立即站住,转过身来。"你来了。"他皱着眉毛说,示意儿子不必行礼,然后朝后门内侧一指,"门首的阿三领了个人进来,说了一件事,如今就在下房里,你先过去瞧瞧,回头我们再商议!"

"是!"冒襄答应着,随即想到应该把城南起火的事告知父亲,于是又拱着手说,"启禀……"

然而,冒起宗焦躁地一挥手:"其他的先别说了,你快过去瞧瞧!"

冒襄怔了一下,不明白父亲为何这么气急败坏。他不及再问,连忙跨出门槛,走向父亲所指示的那间供仆人休息的下房里。

"啊呀,大爷来了!"长得身材魁梧的阿三连忙从春凳上站起来,看见冒襄沉着脸,便不敢多话,回头一指,说:"喏,就是他!"

还在进门时,冒襄就发现屋子里坐着一个陌生人。此刻趁对方站起来的当儿,他借着从木格子窗外透进来的光线,看清那是个三十岁上下的汉子,中等个儿,扫帚眉,酒糟鼻,一双圆鼓鼓的金鱼眼,两片向外翻出的厚嘴唇,头上歪着一顶猪嘴头巾,一身半新不旧的玄色衣裤,敞着胸,腆着肚子,使人一望便知是个市井泼皮。

"到底是怎么一回事?"冒襄皱着眉毛问,随即在阿三端过来的一张椅子上坐了下来。

"快回大爷的话,问你呢!"阿三催促那个人。

"哦,是!"那人连忙答应,随即低下头,用袖子擦擦鼻子,停顿了一下,然后开口说:"小人许五汉,家住双忠庙,因得知一伙贼人要来打劫贵府,特地赶来报个信儿。"

冒襄正摇摇手,拒绝阿三奉来的一盏茶,冷不防听见这句话,心中猛然一震,"什么?你说什么?"他瞪大眼睛追问,同时不自觉地攥紧了椅子的扶手。许五汉把刚才的话又重复了一遍。

"哼，你敢是扯谎胡说——你怎么知道？"冒襄盯着对方，怀疑地问。

"小人不敢扯谎。小人若是扯谎，让舌头长个大疔疮，化脓，烂掉！"

许五汉赌咒说，又擦擦鼻子，"本来，小人也不知，是隔壁头的王阿毛如此这般告知小人的。"

"讲仔细一点！"

"是。昨儿夜里，小人已经睡下了。那王阿毛来打门，把小人吆喝起来。小人问他啥事体，他举着个瓶儿要借酒。小人见他已有五分醉意，便只推没有。他便骂小人不爽利，还说他即刻便要发大财，到时只怕小人得颠倒求他施舍哩！小人见他说得蹊跷，便扯他坐下，取出酒来，慢慢拿话套他。他起初还不肯说，后来挡不住小人几杯酒灌下去，到底吐了真言。他说城外有一帮新近搭伙的贼人，这两日正思量打劫大户，因知公子爷家是从如皋来的大财主，至今还留城中未走，便立心拿贵府发个利市，却怕不熟城中的路径。那贼伙中有人原是认得王阿毛的，便拉他来做眼线，应允事成之后，算他一份。那王阿毛本是个穷瘪了的，自是一口应承。眼下他们已经准备停当，早晚便要动手。小人见情势赶迫，昨夜一宿不曾合眼，今日一早便来禀知公子爷……"

如果说，刚才吃惊之余，冒襄还有点半信半疑的话，那么听了许五汉这一番述说，他就完全呆住了。因为对方所说的这个王阿毛，原是家中的一名小厮，两个月前，因犯偷盗和调戏丫环，被人告发，本应送官究治，后来是冒起宗念他故世的亲爹是家中的老仆，决定网开一面，逐出家门了事。这王阿毛自幼在府中长大，对内情自然十分熟悉。贼人找他做眼线，可以说毫不奇怪。另外，冒家同他既有这层关系，查问起来并不费难，要不是确有其事，许五汉也不敢胡乱攀扯上他……

"你——因何要将此事告知我们?"半晌,冒襄定一定神,问。

"哦,小人虽则也一般的爱钱,却还知好歹。那些个伤天害理的事,是万万做不得的!"许五汉忽然变得活泼起来,转动着金鱼眼睛,乖巧地回答,"别说上有神明,下有官府,都断断不容,就是贵府这样的人家,既敢留下来,岂能没有防范?那伙蟊贼若真的要来,不碰个头破血流,偷鸡不着蚀把米才怪!再说,闻得公子是个大善人,最是怜贫惜老,乐善好施。这远远近近,谁个不知,哪个不晓?只有那等狼心狗肺,昧了天良的,才会来打贵府的主意!小人可是……"

许五汉啰啰唆唆地说着,可是冒襄已经没有心思再听了。他摆一摆手,吩咐阿三:"行啦,你领他出去,再到账房支十两银子给他。就说是我说的!"说完,他又回头对许五汉点点头:"你这么着,很好,以后若还有什么信儿,就来告知我——嗯,去吧!"等喜出望外的许五汉趴在地上叩了头,兴冲冲地跟着阿三走了之后,冒襄就有气无力地往椅背上一靠,茫然发起呆来……

"嗯,都查问明白了么?"一个熟悉的声音问道。冒襄回头一看,原来是父亲走进来了。

冒起宗事先显然查问过许五汉,并且已经知道了一切。他拈着胡子,来回踱了几步,终于长叹一声,说:"看来,这城中确实无法安身了,不如还是先到城外去避一阵子吧!"

这当儿,冒襄已经照例站了起来。他没有马上回答,只是低着头,沉浸在自己的思绪里,半晌,才苦笑着说:"只是,孩儿总觉得太冤!"

"什么?太冤?"冒起宗显然莫名其妙。

冒襄点点头,哑着嗓门说:"都挨到这当口上了,说不定一两日内,绍兴就会派县尊来,我们却还得狼狈逃命——岂不太冤!"冒起宗不作声了。有好一阵子,他迟疑地望着紧咬着嘴唇、显得苦恼异常的儿子,似乎打算安慰上几句,但是,终于什么也没有说出来。

　　两天以后,他们父子终于带领全体仆从,押运着大批的箱笼行李,在严密防范的状态下离开了海宁县城,再度踏上了吉凶未卜的旅程。

第三章
钱塘迎敌锋芒初试，江阴死节浩气长存

初临战阵

由于得到地方民众和明军残部风涌云合般的响应，在闰六月中旬才建立起来的鲁王政权，到了八月初，已经集结起号称十万的庞大军队，势力范围也从浙东一隅，迅速扩展到浙西、江南的大片地区。尽管陆续加盟的这些府县，基本上还处于各自为战的状态，而军队中的相当一部分，也属于临时纠集起来的乡勇，但是已经形成了一种颇为浩大的声势。加上这时候，从更东面的福建又传来消息：明朝的另一位藩王——唐王朱聿键在黄道周、郑芝龙等人的拥戴下，也举义抗清，并且已经公然称帝，改元隆武。这就迫使志得意满的清朝浙江总督张存仁大吃一惊，连忙收缩军力，全力拱卫杭州城；同时飞报南京，请求紧急增援。

面对这种显而易见的有利形势和战机，鲁王朱以海听从大臣们的建议，在绍兴府城召开了御前会议，决定派武英殿大学士兼兵部尚书张国维担任督师，率领踞守在钱塘江一线的各路义军，分别向下游的西兴和上游的富阳两地集中，对杭州采取渡江夹击的态势。按照他们的设想，能一鼓作气收复杭州，自然最好；即使一时办不到，也要打上几个漂亮的胜仗，以便震慑敌人，鼓舞士气，巩固已经取得的地盘。

黄宗羲是八月初十日，在驻扎于萧山县瓜沥镇龙王堂的孙嘉绩军营中接到参战命令的。由于孙嘉绩的荐举，如今他已经被新政权任命为兵部职方司主事，并兼任余姚军的监军。来自上头的命令还规定他们,以及绍兴、慈溪、宁波等府县的义军,必须于十二日傍晚之前,把队伍转移到与杭州隔水相望的西兴渡口,同武宁侯王之仁所统率的正规水师会合,听候调遣。对于朝廷酝酿西向用兵,黄宗羲虽然事先已经有所风闻,但接到参战的命令,仍然感到大为振奋。这不仅是由于近日来,他越来越渴望投入战斗,更重要的是,从这一果敢的决策中,他感觉到了一种同心同德的决心,一种奋发进取的锐气,而这,正是那个短命的弘光朝廷所没有的。"不错,就冲着这一点,也值得轰轰烈烈投身进去,大干一场,哪怕因此血洒钱塘,粉身碎骨也罢!"当随着以都察院右佥都御史的身份,出任余姚义军督师的孙嘉绩,奔走忙碌于闹纷纷地集结的兵营之中时,他一再壮烈地、感奋地想。

现在,除了留下小量军力驻守原地,其余的人马,经过一天一夜溯江而上的航行,已经于十二日的正午,提前抵达西兴渡口,同王之仁接上了头,并在指定的地段驻扎下来。他们属下的这支队伍,也就是当初从余姚县带出来那四千之众。它与来自其他府县的五支义军一道,被统称为"六家军"。与方国安、王之仁等武将所统率的正规军队不同,这"六家军"绝大部分都是临时招募来的四乡农民,士气倒还高昂,但基本上没有经过军事的训练。对于如何列阵、如何行军、如何临敌、如何格斗,不少人一窍不通,必须一一从头教起。因此,自从一个多月前,从绍兴赶回家中禀明母亲,安顿家小,并把那三百乡勇带出来从军之后,黄宗羲一直守在营地中,协助孙嘉绩规划建制,训练士卒。不过,这方面他们其实也懂得不多。幸而有几位行伍出身的义士,其中包括黄宗羲在余姚县城外结识的那两个带头反剃发的汉子——汪涵和茅瀚,全力以赴地帮着日夜操练,才好歹把这群乌合之众渐渐调教得有点样子。这一次,因为是渡江作战,所以临出发时,他们已经按照命令,把能够征集到的大小船只,几乎全都带了出来,总共有七八十艘之多,如今就在江边上立起一个水寨;又因为船少人众，水寨安置不下，于是在距水寨一箭之遥的岸上，还另外立了一个旱寨①，用以屯驻其余的人马。因为是提早到达，据孙嘉绩估计，在命令所规定的傍晚之前，大约不会有什么军事行动，所以，眼看着各营已经安顿停当，黄宗羲便按照原定分工，离开中军大帐，回到水寨去约束部伍，等候下一步行动的命令。

由各种大小船只连接成的水寨，参差而又成片地浮泊在江面上，看上去，就像突出于岸边的黑色洲渚。黄宗羲时而凭借跳板，时而纵身跨越，从一条又一条的船上通过，边走边察看寨里的情形。发现将士们正靠在桅杆下、船篷旁，在那里啃干粮的啃干粮，摆弄武器的摆弄武器，没有什么异常的事态，他就径自回到辟作指挥所的一艘大江船舱中，由黄安——那书童如今已经成了亲兵头儿，官为"把总"——服侍着，先把身上沾满征尘和汗臭的衣裳脱下，换过，又在水盘中洗了一把脸，刚刚坐下，忽然想起一件事，于是便翻开随船带来的几本书，把夹在其中的一封信找了出来。

这是老朋友顾杲从无锡托人辗转捎来的一封信，送到他手中时，正碰上军队乱哄哄地开拔，来不及看，就随手夹进书中。说起顾杲，自从五月间逃出南京监狱，半路分手，各自回家之后，两人就失去了联系。尽管黄宗羲对这位生死之交十分想念，却苦于兵荒马乱，音信不通。冷不丁接到朋友的来信，黄宗羲当时的确喜出望外。"是的，我怎么把它忘了！"他一边拆着信，一边暗暗责备自己，正要抽出细看，忽然听见外面"咚咚咚！咚咚咚！"传来一阵擂鼓之声，猛烈而又急骤，听上去，像是来自大江之上。其间，还依稀夹杂着阵阵潮水般的呐喊。

黄宗羲不禁一怔，随即推开篷窗，向外望去，却被泊在旁边的船只挡住了视线，除了一小角江水，什么也看不见。这当儿，

---

① 旱寨：与"水寨"对应，即在旱地处所扎的寨。

那鼓声和呐喊声益发高亢起来。"怎么，难道已经打起来了？"他惊讶地想，连忙把信塞进怀里，离开篷窗，快步奔上甲板。这一下，总算看清了：原来，江面上果真出现了许多船只，其中有张着大帆的江船，也有较小的渔船，还有好些小划子。从船上插着的各色大小旗帜，以及晃动着的刀光人影来看，显然都不是普通船只，而是准备参战的水师。"那么，莫非已经开始渡江攻击了？何以我们没有接到命令，一点都不知道？"黄宗羲满心疑惑地扶着船头的绞盘，大睁着眼睛向大江上张望。

已是中午时分，蒙上了一层薄翳的秋阳，正在天顶上淡淡地照临着，萧飒的秋风拂过水寨林立着的樯桅，在烟波浩渺的钱塘江上，掀起了层层轻浪。现在，江面上的情形可以看得更清楚：那些随着鼓声出现的船只，少说也有三四十艘，就像一群猝然飞集的水鸟，错杂地散布在江面上。从来路判断，这些船只显然属于上游不远的王之仁军水寨，因为直到此刻，还不断有船只从那里驶出，参加到前面的行列中去。

"咚咚咚！咚咚咚！咚咚咚！"急骤的鼓声高一阵低一阵地响着。它贴着水面远远传送开去，碰到堤岸又反射回来，在广漠的江天上震响、回荡。随着鼓声，江面上聚集的船只越来越多，并且在几艘大船带领下，朝着对岸排出一字的队形。

"大人，快下令起锚吧！要不，功劳都被王兵抢去了！"一个急切的嗓门在身后响起。

黄宗羲回顾了一下，发现黄安正站在身后，圆圆的脸上现出紧张而又兴奋的神情。

黄宗羲摇摇头："我们尚未接到军令。"

"尚未接到军令？怎么他们又接到了呢——哎，瞧，上去了，上去了！"

黄宗羲定眼望去，发现王之仁军的战船，已经结集完毕，正在五只大船的率领下，缓缓向上游驶去。看样子，是准备凭借江水的冲力,斜刺着向对岸发起攻击。

"糟啦,再不开船,我们就赶不上了!"

"怎么偏偏我们接不到命令?"

"是不是给王兵扣起来了?"

焦急的、压抑的议论在周围响起,那是几个亲兵。

黄宗羲没有吭声。不管怎么说,不等命令擅自出击,在军事上是不允许的。尽管如此,他却不免也有点怀疑:会不会进攻的命令已经下达,只是出于某种尚未弄清的原因,没有送到自己这里?如果是那样,自己按兵不动,且别说争先立功的话,光是因此贻误了战机,就很不应该……然而,要是命令并未让自己参与行动,自己冒冒失失地出战,就会打乱整个部署,后果更加严重……

"嗯,你在这儿守着,没有本官之命,谁都不许动!"这么交代了一句,黄宗羲便匆匆转过身,撇下众人,向跳板走去。刚走出几步,远远看见孙嘉绩由几个亲兵簇拥着,正沿着跳板,急步朝这边奔来。

"快!快!赶快进兵!"显然也看见了黄宗羲,孙嘉绩隔着船挥手喊。

"怎么?"

"命令下来了,下来了!"

黄宗羲"啊"了一声,本能地立即转身往回走,才行出两步,又站住了。

"咦,怎么还站着?快、快啊!"已经走近来的孙嘉绩气喘吁吁地催促。

"不是让我们天黑之前赶到的么?怎么现在就下令进攻了?"

"不知道!哎,别管了,快,快!"孙嘉绩显得急不可耐。

黄宗羲不再问了。不过,当他奔向中军大船的船头,对已经闻声赶到的部将汪涵、茅瀚下达了进兵令之后,心中仍旧疑惑地想：如此说来，进攻计划无疑是改变了！然而，眼下才只自己一支军提前赶到，其余几支义军尚未抵达，督师行辕到底为何不到约定时间，就下令进攻？虽然这一次渡江作战主要是靠王之仁的正规水军，但是……

"咚！咚！咚！""咚！咚！咚！"急劲的鼓声蓦地在身旁震响起来，这是催促进军的信号。黄宗羲猛一抬头，发现只这一沉吟工夫，整个水寨已经全动了起来。义兵们纷纷从舱里涌出来，有的爬上船篷，有的奔向甲板，开始起锚的起锚，扯帆的扯帆。这些义兵，绝大多数都来自浙东水乡，骑马也许不大习惯，驾船却是家常便饭。只见没费多少劲，各船已经陆续准备就绪。然而，也只是做完这一步而已，到了接下来，照例应该启航出发时，不知为什么，那些义兵们像受到某种无形的禁制似的，动作忽然变得迟疑起来，开始你望我，我望你，互相等待着，谁都不肯首先把船撑出去。

"咚咚咚！咚咚咚！咚咚咚！"催促进军的鼓声益发擂得震天价响。

船队起了轻微的骚动。泊在最外边的两只船似乎抵御不住鼓声的压力，勉强向前划出了丈把二丈，但看见其余的船只没有跟上去，便又迟迟疑疑地退了回来。

"混账！开船！快开船！谁不开船我先杀了他！"传来了茅瀚的怒骂声。这位在余姚县城外带头反剃发的汉子显然急于响应鼓声，但是泊在前面的船只堵塞了他的去路。

黄宗羲睁大眼睛看着，有片刻工夫，闹不清为什么会出现这种情形。但随后，他浑身的血液就由于焦急，也由于气愤，蓦地沸腾起来。他把手中的令旗朝走近来的孙嘉绩一递，"锵啷"一声拔出佩剑，大步奔向船舷，腾身一跃，跳到刚刚又退回来的那艘船上。

"撑出去！马上给我撑出去！听见没有？"他扯着嗓门大嚷，

恶狠狠地挥舞着手中的佩剑。

"是、是，大、大人！"被上司的暴怒，也被寒光闪闪的剑锋吓了一大跳的几个士兵结结巴巴地答应着，慌忙摆动手中的长篙。

"你们——还有你们，都聋了吗？快动手！撑出去！"黄宗羲继续用佩剑向其余的人指吓着。看见事到临头，手下的兵校变得如此脓包，他当真怒火中烧。如果不是那些兵几乎立即就乖乖听命就范，他手中的剑很可能就会狠狠砍出。

"妈的，听见没有？快开船！""快，快！混蛋！""还呆着干什么？想找死吗？"无疑是受到黄宗羲的行动激励，附和的呵斥从四面八方一齐炸响。正在缩着脑袋发呆的各船的士兵们哆嗦了一下，仿佛忽然惊醒似的，开始不由自主地摆动长篙，抓住绞盘，虽然动作仍不免有些迟疑和机械，但总算纷纷重新行动起来。随着第一只船鼓勇离开了水寨，其余的船也开始挤碰着、避让着，缓缓向江中驶去⋯⋯

"是的，哪怕前途多么危险，手下多么迟疑，重要的是有人带头。只要敢于带头走出第一步，其余的人就好办了！"默默看着已经络绎驶出到大江之上，并且逐渐摆脱了刚才的迟疑和畏怯，变得紧张、勇敢起来的船队，黄宗羲暗暗松了一口气，不无憬悟地想。

现在，在震天的战鼓声中，余姚义军的船队也像王之仁军那样，开始转舵向南，溯流而上。这西兴渡口一带，作为连接浙东地区与杭州的交通要冲，本来总是水陆辐凑，商旅云集，热闹非凡。自从清兵南下，浙东起义以来，由于敌我双方一直处于剑拔弩张，一触即发的临战状态，那种熙熙攘攘的景象固然已经荡然无存，而且沿江两岸，还各自临时筑起好些防守用的木垒城寨。如今，在他们船行所经的敌方江畔，就显眼地立着一个。黄宗羲注意到，上面还随风飘扬着好些旗帜，看样子必定有清军把守。不用说，如果明军打算在这一带登陆作战，就必须突破这些城寨的拦截。

"是的,终于真的到了收复失地,还我河山的时刻了!要同鞑子兵刀对刀、枪对枪地干上一场了!我自然要狠狠地杀,要杀死他们很多人;而我们也会有许多人流血、被杀,说不定连我自己也在内,这是免不了的!既然如此,那就来吧!只要他们杀不死我,我就要杀死他们!把他们赶回关外去!这是一定的!"黄宗羲远远地盯着那个被阳光照得闪闪发亮的木城,发誓般地想。事实上,由于置身于率先出发的船里,自己作为勇敢无畏的表率,已经没有后退的余地,现在,黄宗羲甚至变得更加渴望尽快投入战斗。他紧攥着剑把,昂然挺立在船头上,一任强劲的江风撕扯着他的衣巾鬓发,心中翻滚着一股慷慨赴死的冷酷之情。同时,开始精神亢奋地设想着,到时候,他如何率领麾下的义军,在那里同清兵展开殊死的格斗,并以无比的英勇,杀得敌人落荒而逃……

"轰!轰轰!"几声沉闷爆炸传来,黄宗羲反射地回过头去,发现清军踞守的木城上方,冒出了几缕黑烟,紧接着,远处的江面上"扑通、扑通"地接连升起了三道水柱。

"嗯,是炮!鞑子兵开炮了!好嘛,想吓唬人吗?可我们不怕!你们就等着吧,待会儿有你们好受的!"由于终于切近地感知到敌人的存在,也由于不断飞来的炮弹意味着战斗已经开始,黄宗羲的情绪愈加兴奋和高昂。他看前面的王之仁军已经转舵向西,像是准备朝对岸发起攻击,于是一边大声告诫大家不要惊慌,一边挥动令旗,打算下令船队也跟着转舵。然而,就在这时,钱塘江的东边——也就是自己一方的营寨中,震天的鼓声忽然沉寂下去,接着,传出"喧喧喧!喧喧喧!"的锣声。

"怎么,要我们收兵?"黄宗羲惊讶地想,有片刻工夫,怀疑自己是否听错了。然而,没有错。"喧喧喧!喧喧喧!喧喧喧!"那锣声愈加响得急骤,分明是鸣金收兵的信号。而且不光自己的水寨在敲锣,连王之仁军那边的营寨也在呼应着大敲特敲。

"好不容易才把船队带到这里,还没有登岸,也没有同鞑子对上阵，怎么就要收兵了？"由于看见正在鼓勇前进的船队，顷刻之间，就像被一只无形的巨手扰乱了似的，陆陆续续停下来，开始各自在江中打转，黄宗羲错愕之余，不禁为之茫然。"嗯，莫非老孙他们看见敌人发炮，生怕我们要吃亏？但是，漫说那几炮连我们的汗毛都未曾碰着，就算当真被打中，折损了一两船人马，也得拼着命攻上去！怎能随随便便就收兵？如此一来，岂非前功尽弃？哼，这可是生死相搏，不是做儿戏！哪有如此指挥的道理？"他反感地、恼怒地想，本能地冲动了一下，打算不管它，然而……

"大人，王兵的船转舵了，您瞧我们……"有人在旁边请示，那是船上的把总。

"瞧什么！聋了吗？让你收兵就收兵！"这么爆发地呵斥了一句，为了避开满船将士投来的疑惑目光，黄宗羲径自转过身去，咬紧牙齿，愤愤地盯着依然把大锣敲得山响的己方营寨。

扰敌疑兵

突如其来的鸣金收兵，虽然使黄宗羲感到十分恼火，但回到水寨之后，事情也就弄清楚了：孙嘉绩他们之所以这样做，并不是由于看见清兵开炮，而是接到了从富阳总督行辕发来的紧急命令，要各营立即停止进兵，变攻为守，全力拱卫江防，不得擅自出击。

"听说，"把令旗连同安顿船只的职责交给身边的副将之后，孙嘉绩一边示意黄宗羲走进船舱，一边压低声音说："朝廷得到谍报，建虏新近派了洪亨九来江南总督军务。他闻知我兵要攻杭州，亲率援军自留都星夜南下，意欲全力与我相抗。监国唯恐有失，因此急诏富阳行辕暂停进兵，瞧瞧情形再说。"

"洪亨九——哪个洪亨九？"黄宗羲疑惑地问。

"还能有哪个洪亨九，不就是崇祯十五年兵败松山，被俘不死，最后投降了鞑子那个洪承畴——洪亨九！"孙嘉绩略显烦躁地说，"嗯，这逆贼不比别人，他曾身为我朝大司马，总督军务多年，久经阵战，对我兵情形知之甚详，实为一不可小觑之劲敌！"

黄宗羲"嗯"了一声，不说话了。他自然知道洪承畴，知道此人除了可恶、可恨、可鄙之外，的确还是一个十分厉害的对手。说起来，当洪承畴还是明朝的大臣时，因为同李自成、张献忠等"流寇"作战功劳卓著，声震朝野，以致黄宗羲也同许多士民一样，曾经热烈地崇拜、颂扬过他，对他寄予过无限的期望。"啊，叛国的奸贼，骗子！怕死鬼！怎么全是这些人？"由于憎恨，也由于忆及往事而羞愧，黄宗羲不由得捏紧了拳头。

"听说——"大约看见黄宗羲皱着眉头，没有吭声，孙嘉绩慢慢捋着胡子，又说，"朝廷在商议出师时，此事已在风传，因此当时也有人主张持重。末了，是张阁老力排众议，认为目前江南义军蜂起，南京四面受敌，自顾不暇，洪亨九未必腾得出手增援杭州，监国才作出决断。不料到头来……哎！"

黄宗羲瞥了同僚一眼。如果说，刚才鸣金收兵，是来自上头的命令，他虽然不以为然，但也不便发作的话，那么，孙嘉绩如今这副忧心忡忡的模样，就重新撩起他的反感。

"怕什么？"他负气地朝木床上一坐，"哗啦"一声提起佩剑，横放到膝上，"只要我浙东军民同仇敌忾，洪亨九又何足惧哉！"

孙嘉绩摇摇头："话不能这么说。这一次朝廷决意挥师西进，本是瞅准了我方势众，敌方势孤，正是用兵之良机。如今杭城之敌骤得强援，反观我兵除却镇东、武宁二侯属下，尚算是正规的卫所之兵外，其余大多是新募义卒，未经阵战。到时能否同他相抗，其实并无把握！"

"哼，事到如今，已是有进无退。有把握也罢，无把握也罢，亦唯有拼死一战而已！莫非就此罢休不成？"

孙嘉绩眨眨眼睛，似乎对黄宗羲的话感到意外。"这是不行的。"他严肃地说，"仗，只能有把握才打；若无把握，又岂能浪战！"

"这——凭我们这些兵，既然'攻'不是他的对手，莫非'守'就是他的对手？"

"守嘛，总比攻好办一点。何况北兵善骑马，却不善乘船。我兵凭借钱塘天险，以逸待劳，他未必就能攻得过来。"

停了停，看见黄宗羲不作声，他又告诫地说："眼下朝廷新立，此番西征，攸关开局，胜则可振士气、安民心，败则后果堪虞，不可不慎！"

孙嘉绩说的自然在理，加上总督行辕的命令又只能服从，黄宗羲纵然心中懊恨，也自知其实无可奈何。但是，继续留在船舱里，他又感到十分气闷，于是一挺身，站起来，径自离开船舱，重新走到甲板上去。

大江之上，不久前还是战船交驰，炮声震天，这会儿，由于对峙的双方各自偃旗息鼓，已经复归于平静与空旷。西斜的夕阳从薄翳中挣脱出来，在滔滔北去的波涛上抹得片片闪烁不定的浮光。水寨之内，炊烟四起。分明松弛下来的将士们三五成群地聚在一起，有的在赌钱，有的在聊天，显得懒散而快活……

"是的，绝好的一次战机，就这样白白失去了！"黄宗羲漫无目的地行出两步，懊丧地想，"那么，接下来会怎么样呢？像孙硕肤所说的，在江边守着，等洪承畴打过来？不，这次我师奉命前来，本是为着渡江破敌，一股锐气全贯注在这上头。忽然变攻为守，明摆着是畏敌避战，士气必定大受挫损。到时想守，也未必守得住。这是万万不行的！可是，那又怎么办呢？哎，怎么办呢……"这么烦恼着，忽然，一阵喧闹从邻船响起。黄宗羲回过头去，发现两个士兵，不知什么缘故在船中追打起来。一个在前面逃，一个在后面赶，引来其他看热闹的在一旁起哄。只见逃的那个身手灵捷，时而跃过堆放着的绳索，时而绕着桅杆转，甚至从一只船跳到另一只船上去。这样闪避了一阵,却挡不住追的那个身高腿长,眼看就要被追上。谁知,冷不丁冒出来个助阵的,从背后给了长腿汉子一拳,打得那汉子哇哇乱叫,回身又去追他,如此一来,倒把前头那个放过了……

"嗯,如果有人像这样,从后面拖住洪承畴,唔,也不必多久,有那么几日,让我兵渡过江去,打上一仗,就行了!只是,南京附近有什么人能帮上这一把呢?江阴?太湖?无锡……"黄宗羲一边注视着胡闹的士兵,一边机械地、模糊地想着,忽然,心中一动,连忙把手伸进怀中,掏出那封早些时候已经拆开,却来不及看的信,随即走到一边去,一页一页地读起来。顾杲从无锡寄来的这封长信,是大半个月前就发出的。也许由于路上辗转阻滞的缘故,直到近日才送到。信的开头,照例说些别后的情形,无非是清兵如何南下,城乡如何惊惶骚动,人们如何挈家逃难,与浙东的情形也大同小异。不过接下来,顾杲在信中专门介绍了距无锡北边不远的江阴县的情形,却引起了黄宗羲的关注。据说,该县的军民出于对"剃发令"的深恶痛绝,从闰六月起便杀官起事,占住了城池,清军曾多次疯狂进剿,都被他们奋勇击退,双方至今仍在对峙之中。但由于从南京前来助攻的清兵越来越多,江阴城外援不继,形势正在日趋恶化。顾杲是接到当地一位名叫黄毓祺的东林派人士的求援信之后,才决定立即同黄宗羲联络的。顾杲希望鲁王方面基于同仇敌忾的大义,迅速派兵,驰援江阴。顾杲在信中还表示:他已经做好准备,一旦得到同意发兵的回音,他就率领手下的数百壮士,在无锡迎候鲁王的军队,"负弩前驱,先期效死"……

"他指望我们这里能发兵救援,却不知道我也指望他们出兵相助呢!"把信仔细地从头又看了一遍之后,黄宗羲心中苦笑地想。尽管如此,江阴那边的激烈战事,却也证实了果真存在着他所设想的那种可能。"嗯,从子方信中说的情形看,请他们分兵牵制洪承畴,看来是办不到了。但江阴乃系南京门户,位置重要。如果由这边派出一支兵前去驰援,说不定就能迫使洪承畴回师自保?嗯,不错!这正合了兵书上的'围魏救赵'之法!"这么一转念,黄宗羲顿时心头大动,兴奋起来。他无心理会邻船上的情形已经起了变化——胡闹的士兵正受到军官的严厉申斥——匆匆转过身,向船舱走去,打算把想法向孙嘉绩提出。

然而,没等他走进舱门,耳朵边忽然传来一种奇特的声响,使他把已经伸向舱门的脚不由得又收回来……

的确,一点不错,他听见了鼓声!一个多时辰前曾经震响江天的那种催促进军的鼓声:"咚咚咚!咚咚咚!咚咚咚!"

"怎么?又进兵了?"黄宗羲这一次的惊异,比最初听到的那一次更甚,随即转过身,寻找鼓声传出的处所。

"怎么了?怎么了?为什么擂鼓?"随着船舱脚踏板一阵乱响,神色紧张的孙嘉绩一边登上甲板,一边大声询问。

"不知道。或许是总督行辕改了主意,还是进兵!"黄宗羲猜测着,眼睛没有离开上游那边的方向。

"可是——"

"嗯,听说江阴、无锡那边闹得正凶哩!八成是总督行辕又得了谍报,洪承畴到底还是给绊住了!所以就……"这么继续推测着,黄宗羲的思路开始变得活跃起来:的确,情势的变化,很可能就是自己所期望的那样,而且已经改变了高层的决策。这使他不由得精神大振:

"哈哈,好哇,姓洪的来不了,可就该我们打过去了!"

孙嘉绩摇摇头:"这也只是猜想而已,没有见到将令,难以作准。"

"那么他们呢?"黄宗羲朝鼓声震天的王之仁水寨一指,"又怎么说?自然是离得近些,先接得军令。马上也要下到我们这儿了!"这么说着,他就朝掌令官一挥手,大声说:"传令各船,击鼓!"

"慢着!"孙嘉绩分明吃了一惊。

"怎么?"

"别急,先等一等,待军令到了再说!"

"可是,王兵都开船了!还会有错?"

"嗯,等一等,等一等!"

到了这一步,孙嘉绩还在那里拘执成规,这使黄宗羲十分不满。他正想再度争辩,忽然传来掌令官急切的叫声:"二位大人,停了,鼓停了!"

黄宗羲怔了一下,旋过脸去。果然,不知什么时候,暮色笼罩的江面上已经变得一片寂静,王之仁水寨那边像忽然受到禁制似的,不再擂鼓了。

"咦,这是怎么一回事?"黄宗羲疑惑地想,不由得回头看看孙嘉绩,却发现后者一动不动地站着,依然望着王之仁水寨的方向。

"都堂大人——"

"嗯,等一等,等一等。"

黄宗羲感到莫名其妙,但看见对方凝神专注的样子,只好临时闭上嘴巴。这种情形一长久,连手下的将士们也注意到了,开始互相提示着,停止七嘴八舌的议论,向他们投来惊疑的目光。

这样又过了好大一会,忽然,孙嘉绩动弹了一下身子,提醒注意似的竖起一根指头。黄宗羲眨眨眼睛,正想开口询问,忽然又顿住了。因为他分明听见,一阵低沉的隆隆声正从远处,从王之仁水寨那边传来,像是夜潮拍岸,又像是急雨打篷,但一下子就高亢激越起来,依旧化作"咚咚咚!咚咚咚!咚咚咚!"的战鼓声。

"怎么,又擂起来了?"黄宗羲不禁愕然。然而,更使他惊愕的是,这一次孙嘉绩竟然一改先前的迟疑态度,断然朝掌令官一挥手,说:"传令各船,给我擂鼓!"停了停,又补充说,"只是,不许进兵!"

说完,转过身来,大约发现黄宗羲一脸惊诧茫然的样子,他这才微微一笑,说:"我兄看来还不知道那位武宁侯的脾气!他是不甘心让对岸的鞑子安稳睡觉,想用这个法子吓唬吓唬他们哩!既然如此,我们又何不助他一臂之力!哎,且进舱中去等着吧,没准儿,他们一听我们这边给他助威,还会再玩出些新花样来哩!"

孙嘉绩的估计果然不差。两位同僚回到船舱中坐下不久,外间便报告武宁侯的使者求见。不过,来的并不是一般的人,而是王之仁的儿子王鸣谦。当王之仁还是宁绍总兵官的时候,王鸣谦就同赋闲在家的孙嘉绩有来往,同黄宗羲也认识,因此倒不是生客。他命手下人把两坛绍兴好酒"女儿红"、一头剥洗干净的开膛肥猪抬到孙、黄二人面前,代表父亲向余姚义军"桴鼓相应"表示谢意;同时,还转达了一个信息,说是鉴于直到此刻,战争的态势还是我强于敌,王之仁认为:与其坐等洪承畴的援军压境,不如瞅准他尚未赶到的空当,以迅雷不及掩耳之势,攻过江去,打敌人一个下马威,从而收鼓舞士气之效,以利于将来的大战。这个建议,已经修成文书,连夜派人送往富阳,禀报总督行辕。如果被采纳,就会重新进兵。为此,特地知会余姚方面做好准备,以便到时联帆渡江,并肩破敌。

"哎,依老兄之见,总督行辕会听从他们的所请么?"当送走了王鸣谦,重新回到舱中坐下之后,黄宗羲不无心动地问。

孙嘉绩摇摇头:"要进攻,刚才就该攻过去了!既然退下来,又耽搁了这半日,谁知道洪亨九来了没有?冒冒失失攻过去,闹不好可是要吃大亏的,张阁老又岂肯孟浪!"

"那么,闻得江阴一带的士民反剃发,眼下正同鞑子大闹特闹,加上吴江缙绅吴日生也已经在太湖起兵,我们何不报请监国派出使者,着令他们急攻南京,迫洪亨九回师自保,我师便可趁机渡江!"由于想起顾杲的来信,黄宗羲忍不住把自己先前的设想提了出来。

孙嘉绩显然没有想到这一着。他拈着垂到胸前的胡子,老半天瞅着黄宗羲:"'围魏救赵'么……唔,自然也是一策。只是,眼下恐怕来不及,下一步倒是可以计议。"

"那么——"

"唔,光是学生一人力量还不够。眼下时辰不早了,先着人到下游瞧瞧,看绍兴、宁波、慈溪诸军都到了不曾?若是到了,明日就会齐章羽侯、钱虞孙、于颖长几位,再商议一下。如果他们都以为可,就来个联衔上书,看张阁老如何定夺。"

"哎,救兵如救火,又何必等到明朝?"看见自己的设想得到上司的赞同,黄宗羲顿时来了劲。

孙嘉绩莞尔一笑:"不是说下一步么?哪里就用得着急成这样了?你我都劳累了一天,还是先歇息吧!只是——"他侧着脑袋,听了听外间传来的那一阵阵怒涛急雨般的擂鼓声,"今夜想睡个安稳觉也难!"

江阴对峙

关于洪承畴正在率兵南下,驰援杭州的传言,使浙东的明军大为紧张,以至临时决定更改计划,停止进兵。然而真实的情况是:洪承畴并没有南下,他只是故意散布了那样一个谣言,目的正是为了阻吓试图渡江西进的浙东明军,以便争得时间。实际上,在这期间,他自己却轻装简从,悄悄赶往位于南京以东、战况更加棘手的江阴县城。

洪承畴是在六月中被正式任命为江南总督的。在此之前,他其实已经知道消息。那一天陈名夏来访,他因为不便明说,所以才顾左右而言他。不过,清廷最后也没有把全部权力都交给这位前明的降官,而是另外又委派了两位重要的人物:一位是新近才被封为平南大将军的多罗贝勒勒克德浑,另一位是战功赫赫的镶红旗都统叶臣。据解释:前者是王室成员,在满人中地位颇高,足以为洪承畴压住阵脚;后者老成持重,可以成为洪承畴的得力助手。当然,这只是一种表面说法,至于是否还有更深的考虑,却只有摄政王多尔衮自己才知道。不过这么一来,洪承畴无疑就感到多了一重压力。因此,一行人自闰六月中从北京出发,经过一个多月的长途跋涉,于八月初到达南京后,洪承畴就一面抓紧交割公事,并举行隆重的仪式,把回京复命的豫亲王多铎送走;一面则全力以赴地投入各种策划和部署,以图尽快扑灭正在遍地燃烧的反清烈火。

不过,要做到这一点并不容易。因为且不说在浙东举义的鲁王政权和在福建举义的唐王政权,经过近三个月的组建,已经初步稳定下来,并且凭借迅速扩大的政治军事影响,把势力扩展到自太湖以南,包括浙、闽、赣、湘、粤的广大地区,正越来越成为清朝进军的巨大障碍;即便是光就南京附近而言,东有江阴、嘉定,南有徽州,都在起劲地同清朝作对,曾经把多铎闹得顾此失彼,手忙脚乱。特别像江阴县这么的一个弹丸之地,自从闰六月初杀官反叛以来,清军方面已经先后投入了十多万兵马,全力围攻了两个多月,死伤了七八千将士,竟然至今未能攻陷。这种情形,可以说是清朝自入关以来,从没有遇到过的。战局的这种始料所不及的反复,虽然不至于使洪承畴惊慌失措,但是却令他感到颇为棘手。因为这一次清廷派他南来,本意是让他凭借既是汉官,又是南方人的身份,对江南地区实行变"剿"为"抚"的策略,以期达到尽可能不战而定的目的。如果下车伊始就大开杀戒,不仅会严重损害自己所希望树立的形象,而且也不利于今后招抚策略的推行。但是,发生在眼皮底下的这种无法无天的"叛乱",又使他不能装作视而不见,特别是江阴的战事,已经惊动北京朝廷,引起摄政王的关注。因此,别的地方洪承畴还可以暂时放一放,而令人头痛的江阴县，就成了他必须全力解决的重点。

现在，经过同勒克德浑、叶臣反复商议，洪承畴终于制定出一个"以剿促抚，先易后难"的用兵方案，并且立即开始行动。首先，他照例向四方、特别是那些正在兴兵作"乱"的地区发出招抚文告，大力宣扬"天命所归"的不可抗拒和大清朝的浩荡恩德；对于其中一些可以利用的旧关系，像在六安州商麻山一带结寨自守的原明朝兵部尚书张缙彦、在崇明岛拥兵观望的明朝总兵高进忠等人，他还特地写去了措辞恳切的亲笔信，力劝对方放弃反抗，及早归降，以便造福桑梓，永葆富贵；与此同时，又传檄各地，命令清军对反叛作乱者实行坚决无情的打击。他权衡了江阴与嘉定这两处相持得最激烈的战场，觉得相对来说，后者要比前者好解决一些，便请勒克德浑亲自率领大军，前往助战，打算先拿下嘉定再说。摆布完这两件当务之急的大事，接下来，洪承畴才回过头去，一边着手整顿南京城中的秩序，使居民逐步恢复正常的生活；一边加紧对已经投名归顺的前明旧官，进行核实和甄别，准备上报朝廷，量才录用。这样过了半个月，六安州的那边首先有了回音，张缙彦表示愿意率领辖下的四十余寨人马，归顺清朝；接着，嘉定又传来克敌破城的捷报。于是洪承畴就按照原定方案，请叶臣坐镇南京，自己带上一支亲兵，乘坐战船，沿着长江顺流而下，准备同已经回师北上的勒克德浑在江阴县会合，对仍旧在那里的负隅顽抗的明军发动总攻击。

现在，经过一天一夜的航行，洪承畴已经抵达江阴城外的江边码头。据前来迎接的将官报告：勒克德浑及其所统率的兵马，目前尚未赶到；今天，因为江阴城的东门外正在摆道场，准备为前些日子在攻城作战中阵亡的将士举行招魂法事，清军主将刘良佐一早就去了那里主持，所以没来得及通知他前来迎接。洪承畴听了，便摆一摆手，吩咐不必惊动刘良佐；同时决定自己也不到中军大帐去休息，而是在亲兵们的护卫下，立即跨上战马，由那位将官带路，穿过北门城郊，朝东门外的方向驰去。

坐落在长江边上的江阴县城，以东、南、西三面的地势最为开阔，但在刚才洪承畴登岸的地方，有一条联通无锡、太湖的河道，紧挨着西城墙的边上流过。据随行的将官介绍，主要的战斗都在东面和南面进行；至于这城北一面，由于离长江边近，地段比较狭窄，不利于兵马的进退驰突，所以多数时候，清军都不从这边进攻。不过尽管如此，当洪承畴沿着江岸策马而行，仍旧发现，所经之处除了清军和他们的帐篷外，当地的居民几乎已经逃跑一空。路旁的房舍不是被大火烧毁，就是遭到彻底破坏；断壁颓垣之间，临时支起了一个一个锻制炮弹和兵器的炉灶，炉膛内火光熊熊，一些上身赤裸、满面灰烟的汉子在那里叮叮当当地忙碌着。远处的开阔地那边，不久前大抵还是长满庄稼的农田，如今已经被军靴和战马踩踏得面目全非。那些折断的云梯、炸开的木炮、碎裂的灰瓶，以及各种破烂的旗帜和朽折的刀枪，到处支棱着、抛散着；其中还间杂着好些人和牲口的白骨，于是又引来成群的乌鸦，在周围盘旋起落，以它们刺耳的聒噪，打破着荒野的寂静……不过，出于对未来决战的关注，洪承畴却更留意观察那一道横亘在晴空下的灰色城墙。他发现，城楼边上随风飘着一杆"明"字大旗的江阴县城墙，其实也算不上怎么高峻。由于地处长江出海口，为着防备出没频繁的海盗，它比起别的内地县份无疑要坚牢一些，但是别说同南京，就是与高一级的州府，也无法相比。现在，城墙的表面布满了被炮弹砸出的坑坑洼洼，好些地方都残留着发生过惨烈战斗的焦煳痕迹，有一两处还程度不同地坍塌过，只是用土包和砖木临时填塞起来。至于城头上，排列着女墙①的地方，则静悄悄、冷清清的，既没有遭受围困的城市所常见的那种紧张气氛，也看不见搬运木石、发放武器之类的忙碌

---

① 女墙：指城墙上面呈凹凸形的小墙。

情景；直到他们一行兵马从城下驰过，雉堞后面才有几个人探出头来，向这边张望……

洪承畴一边策马前行，一边默默地察看着。虽然尚未开始新的一轮接战，但是凭着多年驰骋沙场的经验，他仍旧敏锐地觉察出：在清军那种可以想象得到的猛烈进攻下，经过长达七八十天的苦苦支撑，看起来，这江阴城依旧巍然不动，其实守城的军民已经疲惫不堪；加上内藏①耗尽，外无援兵，到如今，要攻陷它已经不是什么太困难的事。这一发现，使洪承畴稍感宽心，同时又不禁暗暗摇头。因为眼前的情景使他想起三年前，自己在山海关外的松山城，被清朝大军重重围困的往事。当时，他也如同城上这些人一样，抱着宁死不屈的决心，督率军民拼命坚守，吃尽了多少难以忍受的苦头，付出了多么惨酷的巨大牺牲，结果仍旧免不了城破被俘。如果不是大清朝的太宗皇帝胸襟博大、求贤若渴，自己只怕早就因一时的迷误，而毫无意义地命丧九泉了。"是的，前明的气数已尽，如今天命在清。一切抗拒都是愚蠢和徒劳的，只会白白伤残更多百姓的性命！为了使天下早日复归太平，苍生得脱苦海，唯一的办法，就是尽快结束这种无谓的顽抗！"这么想着，洪承畴心中的信念愈加变得坚定起来。虽然与此同时，他隐约听见城东的方向传来几声爆炸般的闷响，但仍旧两腿一夹，催动战马，更快地向前方驰去。

有着一片广阔郊野的东城，军事对峙气氛果然要严峻得多。虽然距离比较远，城头那边的情形还瞧不大清楚，但是光只城下的清军阵地，那声势就非同一般。只见黑压压的营帐，有似云屯浪叠，绕着城池一直伸展开去。营帐之上，迎着秋风，猎猎地飘扬着无数旌旗。一架一架攻城用的云梯、天梯、对楼、望车，像作势欲扑的怪兽，在如血的夕阳映照下，散发出森然杀气。不过，

---

① 内藏（cáng）：内库、仓库。

当洪承畴在随行将校的簇拥下，从西北角进入清军阵地时，却发现：不知什么缘故，阵地上显得有点乱哄哄的，马在嘶，人在喊，身穿号衣，手持刀枪的士兵们纷纷从各处营帐中奔出来，由军官们指挥着，正按各自的编队结集；整个营地上尘土飞扬，一门一门撤去炮衣的巨形铁炮，在手持弓箭和盾牌的士兵掩护下，正从各个隐蔽点推向阵地的前沿。而在当中的主驰道这边，则神色慌张地往回走着一群头缠白布的士兵。后面紧紧跟着七八个道士打扮的人，其中一个还显眼地披散着头发，手中倒提着一柄用来烧符施法的宝剑。"嗯，今天不是说设坛招魂么？怎么又准备攻城了？"洪承畴一边注视着周围的情形，一边纳闷地想；与此同时，听见前方传来了急骤的马蹄声。他抬头一看，发现一位戎装打扮的将军，正领着几个军官飞奔过来。他估计那是为迎接自己而来的，便控住缰绳，摆出等候的姿势。

"不知中堂大人驾到，职等有失远迎，不胜惶恐！因甲胄在身，不能为礼，万祈恕罪！"那几个人果然老远就滚鞍下马，急急地迎上前来，躬着身子大声说。

"嗯，你是——"

"末将总兵官刘良佐，参见中堂大人！"

洪承畴点一点头。他坐在马上，居高临下地打量一下身材高大的刘良佐——被弘光政权封为广昌伯的这位前明总兵官，过去因为一直驻守在江淮一带，所以洪承畴并不认识；只是听说清军南下时他不战而降，后来又充当清军的前导，在芜湖捉住了弘光帝，因此颇受睿亲王多铎的赏识，特地委以讨伐江阴的重任。只不过时至今日，他所统率的十万大军仍然给堵在城外，一筹莫展，这就使洪承畴对此人的能力多少有点怀疑了。

"嗯，这是……"洪承畴把目光从对方那张胡须虬结的瘦长脸上收回来，用马鞭指着周围，淡淡地问。

"哦，启禀中堂大人，这是准备攻城！"刘良佐回答。

"攻城？不是说今日此间正在设坛招魂么？"

"禀大人，大人所知甚确。适才职等确实在此间设坛，意欲替琦旺参领招魂超度。不料城中的逆民极其可恶，竟然中途发炮，击死我方行礼将士三人。是故我师人人愤怒，誓要即时踏平此城，报仇雪恨！"

洪承畴"唔"了一声，随之想起：还在城北的时候，他曾经听见东门这边传出几声闷响，原来果然是在发炮……不过，今天清军设坛，主要是为正黄旗参领琦旺打醮招魂，这一点，刚才在码头上接他的那个将官倒没说清楚。关于琦旺的阵亡，洪承畴在南京时就看到过塘报，记得是在本月的初六日，当时，清军对江阴城攻打了整整一天，死伤惨重，仍旧无法破城。琦旺身为副将，见状愤怒异常，于是不听劝阻，决定亲自上阵。他仗着勇健超群，穿上双重的铠甲，身上配备了双斧、双刀和弓箭，手持长枪，冒着雨点一般的箭石，沿着云梯登上城头。城中一边用棺材拼命抵御，一边举枪乱刺。但琦旺凭借重甲护体，奋勇冲杀，眼看就要得手，不料面部忽然接连中枪，结果一下子扑倒在棺材上。城中的人一拥而上，把他的首级砍下，悬在城楼上示众，只将半截尸体掷回城下。后来，清兵在阵前全体下跪，向着城上再三求拜，才要回了首级，使琦旺好歹得个全尸……

"中堂大人，请验看……"刘良佐的声音再度响起。洪承畴猛一抬头，发现不知什么时候，几个军校已经把一个巨型的牛皮口袋扛了过来。当他们解开捆着的绳索时，口袋里面赫然现出三具被火炮炸得血肉模糊的清兵尸体！

"是的，在两军对垒的战场上，碰到祭奠亡魂的时刻，如非确有必需，不管哪一方，照例都会自行约束，不去作无谓的袭扰。这也是仁义为本之意。如今这江阴城竟做出这等狂悖之举，看来因求生无望，遂致心志迷失，行为也近乎乖张谬妄了！"洪承畴默默地想，心中也不禁有点恼火。不过，尽管如此，出于某种说不清的,也许可以归之于个人私念的原因,他仍旧打算给对手一个机会。

"嗯,罢了!"他示意地摆一摆手。等尸体被很快地移走之后,他便指着仍在向前沿阵地运动的军队,对等候指示的刘良佐说:"你——传下令去,让他们都停下来,先不攻城!"

停了停,看见那总兵官睁大眼睛,一副错愕的样子,他又板起脸,训诫地说:"为将者,最忌的是逞一时之意气,鲁莽行事。这江阴城拒我两月有余,仍未能破者,并非将帅不敢战,三军不用命,以学生看来,只怕是未得其法之故!如今大将军已经回师北上,我等正应待他到来,重新计议,而不该再一味蛮攻,白让许多将士枉送了性命!"

这么说了之后,看见被教训得满脸惶恐的刘良佐悚然受命,洪承畴便翻身下马。等对方下达了紧急收兵的命令,他才满意地点一点头,随即向前走出几步,捋着颔下的三绺胡须,眯起眼睛,眺望着耸立在夕阳下的江阴东门城楼,不无自负地说:"况且,兵法有云:攻心为上,攻城为下。用兵之前,学生还想试一试,看看能否晓以利害,动以恩德,令彼回心就抚,开门出降——嗯,那就连这一仗也可以免掉了!"

变计攻城

由于洪承畴的断然制止,已经剑拔弩张、眼看就要猛烈爆发的一轮恶战,就像西边天上那片狰狞的晚霞一样,虽然张牙舞爪了一阵子,最后,仍旧只好暂时收敛起它咄咄迫人的光焰。

穹庐似的天空,渐渐幽暗下来,先是近处的草树,然后是远处的山丘,都次第消融在苍茫的暮色中。随着阵阵秋风加深着征人身上的寒意,充满了紧张和敌意的白天,终于被倦怠的、沉寂的无边黑夜所代替。不过,眼下正是八月十八日——中秋节才过去三天，因此，片刻之后，一轮略见清减，却依然明净的皓月就从大海那边、从东边的山脊上冉冉升起，开始把柔和的银辉洒向滚滚东流的大江，洒向变得空蒙起来的辽阔郊野；自然，也洒向处于重兵围困之中的江阴城，洒向城外密密层层、亮起了点点号灯的清军营垒……

现在，回到中军大帐中，略事梳洗，并且换上了一身便服的洪承畴，已经在仆人的服侍下，简单地用过晚膳。他回过头去，朝帐门外望了一眼，发现那条连通辕门的大路，已经铺满了溶溶的月色，但事先约好了饭后过来议事的刘良佐，还没有露面，于是便放下手中的茶杯，离开桌子，走到大帐的门前去。

虽然决定了在攻城之前，要对江阴作最后的招抚，但是洪承畴也知道，这绝不是一件容易的事。因为在此之前，刘良佐已经不止一次地尝试过，结果都遭到失败。不过，也许由于是以文官的身份跻身于行伍的缘故，自幼年起就深入脑际的圣人训诲，使洪承畴在采取行动之前，每每不能不有所掂量和权衡。如果说，当年他竭尽全力地同农民军作战，无情地甚至是残酷地镇压他们，是出于坚信不这样做，就不能使国家重新获得稳定，就会使全体黎民百姓陷于更深的灾难的话，那么眼下，面对江阴城的"乱民"，他的心情却要复杂一些。不错，站在清朝大臣的立场来看，这些人作为抗拒"天命"的反叛势力，是注定要被消灭的，不如此，国家就不能归于一统，社会也同样不能获致安定。但是，洪承畴毕竟又是明朝的旧臣，已故的崇祯皇帝当年对他可以说是宠信有加，恩遇隆渥。在松山一战中失败被俘后，洪承畴出于对自己生命和才能的顾惜，最终投降了清朝；后来又积极为新主子入主中国出谋划策，但也还可以解释成是为的"讨伐流贼，替故主报仇"，从而自己觉得心安理得。可是眼前的情形却不一样：死守江阴，拒不投降的是整整一城与他有着同一位"故主"的前朝"遗民"。而且相对于满人来说，彼此还是血缘更亲近的同胞。对着这两面道义的"明镜",始终以圣人之徒自命的洪承畴,即使表面上能够气定神闲地硬挺着,私底里仍旧不免有点自惭形秽,感到理直气壮不起来。正因受着这样的心理困扰,凭借"不流血"的招抚手段来达到目的,在洪承畴的掂量中,就成了一种无论是对新朝还是故国,都似乎比较交代得过去的选择。"是的,既然眼下还找不到破城的良策,那么与其一味蛮攻,弄得两败俱伤,倒不如先行招抚,看看对方作何反应再说!"倾听着从夜幕笼罩的清军营帐深处,远远传来一支芦笛呜呜咽咽的吹奏,洪承畴断然地想。随即看见,一个高大的人影正在月光下朝这边走来,他估计该是刘良佐,于是便转身走回大帐,在正当中那张铺着一张虎皮的太师椅上坐了下来。

果然,片刻之后,刘良佐那张剃去了半爿头发的瘦脸,就出现在大帐门口。也许由于还记着中堂大人今天下午那一番正言厉色的训诫,这位总兵官眼下一身公服,穿戴得整整齐齐,神色之间,也透着诚惶诚恐的样子。倒是洪承畴已经把白天的官架子完全收起,变得亲切而随和。他先让下属宽去外衣,又吩咐手下人"看座"。等刘良佐被这种意想不到的礼遇弄得受宠若惊,迟迟疑疑地坐了下去之后,他才眯起眼睛,微笑说:

"学生请将军前来,无非是随意叙谈——自然也不离这江阴城之事。将军与彼辈盘桓甚久,所知必定既多且详,当能有以见教?"

"啊,大人言重,卑职万不敢当!"刘良佐连忙打着拱说,"大人只管下问,卑职必定竭尽所知禀告!"

"那么,将军不妨从头说起!"

"是!"这么应了一声之后,大约为着收敛心神,刘良佐低下头去,沉默了一下,然后才一五一十地说起来。据他介绍,三个月前,江阴城本来已经被清军进占,局面也还算平稳,只是由于新任知县方时亨强力推行剃发令,才激起民众的愤怒,一呼百应地全体造起反来。他们拘杀了方时亨，并公推典史陈名遇为城主、阎应元为副手，发誓"头可断，发不可剃"，重新打出明朝的旗号，得到四乡的狂热响应，徽州商人程壁，把他的钱财十七余万两银子拿出来充饷，大商富户也慷慨解囊，结果，数日之内就会集起十几万人，使远近为之震动。起初清朝的常州知府派出三百兵丁前来镇压，才走到半路就被义军一举袭杀；再派来精锐的马步兵，也遭到狙击，损失惨重，结果只好飞报南京，请求增兵。谁知城中士民抱定了宁死不屈的决心，拼尽全力坚守，任凭清兵四面围困，一再增兵，并且千方百计发动强攻，却始终无法得手。于是，战事便一个月、两个月、三个月地拖了下来⋯⋯

洪承畴捋着胡子，半闭着眼睛听着。这些情形，还在南京时，他已经从塘报中大致知道，眼下之所以让对方亲口复述，是想从中得到一些新的、塘报所忽略的东西。因此，当发现刘良佐的追述比塘报还简略时，他就打断他，问：

"嗯，敌人能拒我至今日，这守城之术，可有什么过人之处？"

"这——据卑职侦查得知，此城共有四门，自反叛以来，即分堡而守，譬如东堡人即守东门，南堡人即守南门——各门皆用大木从里面塞断，不许出入。纵使城中之人，急切间亦不能开启，因此省却内顾之忧，专其全力以对外。至于城上，则以一人守一堞；临战之时，更添至两人，昼夜轮换。另外，又按十人一组，配小旗一面、火铳一支；百人一队，配大旗一面、红衣炮一门。据居民言称：当年曾化龙、张调鼎做兵备使时，为防流寇，曾大造军器故此城中所藏大炮、火药，及见血封喉弩甚多。彼遇攻城时，若见我兵以船、棺木或牛皮遮护而进，便以炮石及火弩火箭抵御；若用云梯、望车攻城，他便守住堞口，待我兵近前，即发铳轰击。有好几番，我兵已攻近城头，俱因他火器厉害，未能得手，反而折损了几员大将，士兵亦伤亡甚众；其间也曾试过从城下掘洞，放药炸城，又被他用长阶石从城头掷下，或将旗竿截成数段，钉上铁钉投下，令我兵难以停留，无功而返。而且城中有人善造兵器，时出新样，有一种火镞弩箭，势甚强猛，中人面目，号叫而死；又有一种木铳，形如银铛，内藏铁乌菱，从城上投下，火发铳裂，着人立毙，尤为厉害！"

刘良佐微低着头，如实地述说着。在摇晃的烛影下，他的表情显得有点颓丧。洪承畴虽然并未亲身经历前一阵子的战事，但以他的久历沙场，完全能够想象那种恶斗的艰苦与惨烈。他不禁沉默下来，片刻，才又问道：

"唔，这些——倒也罢了！不过，自闰六月至今，七十余日之内，敌人总有松懈之时，何以不乘隙而进，竟至师老无功？"

"啊，大人有所不知，他以十堞为一厂，分兵值守，就在城下烧煮食宿，日夜轮换；每逢城堞被炮轰塌，即时便修葺完好。闻得那陈明遇长居城上，与士卒共甘苦；阎应元更是日夜不寝，每夜巡城，见有睡觉者，即时喝起，以利箭穿耳示众，故此军令肃然。近半月，因我兵攻城日急，城中人心颇有动摇，他更下令，有言语含糊或作战不力者，立即杀死，并将尸首抛入火中——至今已杀却数百人，因此人人畏惧，只得并力死守……"

洪承畴一边听着，一边默默地捻着胡子。对方最后说到的这种情况，使他心中微微一动，本能地抬起眼睛。不过，当他打算说出自己的看法时，出于老成持重的习惯，临时又忍住了。

"好吧，"又询问了几个细节之后，他终于站起来，说，"暂且谈到这里。趁着今夜月色甚好，不如到外间去走一遭，看看城上的情形，再作计议！"

既然上司这么说了，刘良佐自然不会有异议。于是，稍作简单的准备——包括重新穿上护身甲胄，并披了一件斗篷，洪承畴就跨上战马，由总兵官陪同，在全副武装的亲兵们簇拥下，经过一座挨一座地排列着的清军营帐，出了辕门，来到阵地的前沿。他先朝黑沉沉地耸立着的江阴城东门注视了一会儿，随即拨转马头,向南行去。

已经是初更时分,升上了中天的圆月变得愈加皎洁、清明。从马背上望去,只见空旷的战场上笼罩着一片淡淡的银辉;路旁的石头、野草,以及沿着营垒而设的鹿角和栏栅,历历可辨。微冷的空气中,隐隐有一股焚烧木头的焦糊气味。而在远处,丘陵起伏的郊野那边,初升的雾气像一道白色的、曲折的溪流,缓缓地起伏飘泻着。无论是城上还是城下,都已经灯火全无,人声沉寂;只有他们这一行人的马蹄,在脚下发出杂沓的声响。

"嗯,听说前些日子你们曾致书城中,劝其归顺,可有此事?"洪承畴一边注视着远处的城墙,一边问身后的刘良佐。现在,他们一行人已经来到江阴城东南角。同北边相比,朝东这一面的城墙,长度似乎短得多,这一点,引起了洪承畴的注意。

"是的,卑职自闰六月围城后,即一而再、再而三致书城中,劝其降顺。直至八月十三,还遵照大人下达的钧旨,写了一封长信,射入城中,宣谕我大清的威德,并许他若害怕剃头,一时间也不必合城尽剃,只须竖出顺民旗,剃他几十个头,巡行城上一周,令城外望见,即行退兵……"

刘良佐说到这里,便顿住了。不过洪承畴并没有立即追问,因为就在这一刻里,他被呈现在眼前的一幅景象吸引住了:只见在黑色的天幕衬托下,那座被月色所照亮的江阴城,由于南北长、东西窄的形制,使它看上去,就像一只巨大的白色航船。东部是船头,西部是船尾,一南一北,是船的两舷……

"嗯,你说什么,只要他们剃十几个头——就退兵?"他终于回过头去,略带疑惑地问。

"禀大人,这个,无非是诱降之计。只要他一旦归顺我朝,这剃头,不过是早晚的事!"

"唔,那么,他可有回音?"

"禀大人,前几次,他虽不肯降,但还有回信;这一次,却并无回音。"

"怎么？并无回音！"

"是的。不过三日之后，八月十五中秋节那天，他们却在城头摆出筵席，相呼劝酒，又唱又跳，喝醉之后，就指着城下叫骂不休。今日又趁我设坛招魂之时，放炮击死我兵。瞧那狂乱颠倒的模样，像是全无求生之意似的！"

洪承畴微微一怔，这最新的情况，使他感到意外，随后又有点恼火。因为刘良佐在劝降书中所提出的条件，可以说已经宽得有点过分——只要对方剃上十几个头，做做样子，清军就退兵！虽说是为着诱降的权宜之计，但如果让朝廷知道，恐怕也会落个徇私枉法，对剃发令阳奉阴违的大罪名！即使由他洪某人亲自劝降，只怕也不敢把条件放宽到这种地步。可是这些江阴的逆民竟然仍旧拒不接受，看来，其死硬顽固确实到了不可救药的地步。

"既然如此，你何不趁他纵酒作乐，疏于防范之际，挥兵急进，攻他个措手不及？"沉吟片刻之后，他冷冷地问。

"这个——"刘良佐眨眨眼睛，小心地回答，"卑职一来见他士气正盛，二来适逢中秋节……"

洪承畴尖锐地看了下属一眼，现在，他终于弄明白江阴城久攻不下，原因就在于刘良佐优柔寡断，指挥无能。"什么中秋节，简直是胡扯！"他想，不过，却没有把不满流露出来，只是用马鞭指着城池，说，"此城东西狭，南北广，其形如舟。城东为船首，易守难攻。以往久攻不下，以学生之见，实因进击之方位不对。为今之计，应须移师于南北两侧，拦腰夹击，方能成功。又因北城逼近大江，防守较疏，攻城时，更应佯攻城南，而并全力于城北，如此，不出三日，此城必定可破！"

停了停，看见那总兵官仰着胡须虬结的脸孔，在那里发呆，他又轻描淡写地说："唔，如若以学生之言为是，那么就请将军连夜移师，攻他一个措手不及，如何？"

"啊！"仿佛从梦中惊醒似的，刘良佐耸动了一下身子，结结巴巴地问："大人适才、适才不是说，要、要先行招抚么？"

洪承畴抚着胡须，呵呵一笑，随即又把脸一沉，说："抚，是为的破城；战，也是为的破城。适才按兵不攻，是未得破城之策；如今既得破城之策，又安有拘守成议、贻误战机之理！"

说罢，他回鞭一指，断然下令说："马上回营，着大炮先轰城南，掩护大队向城北移师！"

冒死驰援

洪承畴下达命令之后小半个时辰，清军的红衣大炮便先在城南，然后又在城北，惊天动地般吼叫起来……

刚刚还是沉寂倦怠的秋夜，转眼之间就被激烈的冲突对抗所彻底打破。在长达数里的阵地上，熊熊的火光忽明忽灭地闪耀着；随着颗颗炮弹撕开夜气，呼啸着向城墙砸去，雨点一般的碎砖断石便猛地向四面八方迸射而出，又纷纷扬扬地掉落。翻卷的旋风，把滚滚尘土搅得漫天暴涨起来。尘影中，无数飞舞疾驰的弩箭、铁弹、剑影、刀光，交织成一片骇人的流星冷电，疯狂地、贪婪地追逐着人和马匹的躯体，使肌肉迸裂，使鲜血喷射而出。正从空中恬静地俯视着人世的明月，仿佛被这凌厉的杀气所惊吓，顿时变得暗淡无光。而人声——那时而尖锐，时而郁闷，夹杂着阵阵惨呼的人声，并没有被大炮的轰鸣所淹没，它在城头上顽强地、持久地迸发着，激荡着，盘旋着，并且像一堵看不见的屏障，使清军破城的渴望，一次又一次地受到无情的阻遏。

从睡梦中惊醒的江阴城，由于腹背受敌，很快就陷入穷于招架、岌岌可危的困境，但是并没有让洪承畴轻而易举地得手。这场殊死的决斗，看来注定还要以更大的流血和更多的死亡，惨烈地持续下去……

正当长江边上的攻守战趋于白热化的时候，在距江阴数十里外的西南方，那条连通无锡县的河道上，出现了五只带篷的大木船。它们首尾相衔，紧紧追随，犹如五条冲波激浪的大鱼，在水面上快速地行驶着。迷离的月色下，虽然看不清船上的情形，但从那黑压压地坐满了船头的人影，从他们既不点灯，也很少交谈的做法，却不难猜测，这绝不是一支寻常的船队。不错，这是来自无锡的义军。眼下他们正由顾杲率领着，准备前来支援江阴的抗清战事。

顾杲是四个月前，同黄宗羲、陈贞慧一道逃出南京监狱的。回到无锡家中之后不久，就传来了南京开门迎降的消息。作为血淋淋的党派恶斗中的幸免者，他对于弘光政权的这种结局，虽然早有预感，但是仍旧无法理解，这一切何以来得如此迅速？而对于一夜之间，就被迫成了"大清顺民"，他尤其感到无比愤恨、痛苦，不能接受！为着躲避战乱，他一度携带家眷到了郊外的鹅湖。在此期间，又传来了清朝强迫人们剃发留辫的消息，更使他那一份国破家亡的绝望，变得锥心刺骨，愤不欲生。后来听说江阴的士民在典史陈明遇、阎应元的领导下举义抗清，接着又听说浙东的明朝旧臣也起而拥立鲁王监国，并估计黄宗羲也在其中，他才又重新生出了希望。在此后的几个月里，他同朋友们一道四出奔走，竭力鼓动无锡的缙绅起而响应。为了支援艰苦抗敌的江阴，他甚至远走太湖，试图说服新近进驻那里的明朝将军黄蜚出兵，谁知费尽了唇舌，竟然全都没有效果。相反，清军很快就进占了无锡，并勒令当地的士绅前去报到投诚。顾杲作为众所瞩目的一位大名士，自然也不能例外。起初他还试图拖延逃避，后来，到了再也无法拖下去时，他只得毅然决定：把年迈的母亲托付给弟弟，自己带着妻儿，还有一批平日志同道合的密友和死士，总共一百二十余人，乘清军不防备，突然离开鹅湖，逃了出来……

已经是下半夜。鱼贯而行的五只航船上，除了替换着摇橹的艄公，已经看不见有身影活动。一路之上，始终伴随着他们的中秋圆月，也开始显出疲态，渐渐由皎洁变得昏黄，并且向西天悄然堕落。河岸两旁，丛生的芦苇正在扬花，一眼望去，白茫茫、冷瑟瑟，有如铺云堆雪，连绵不断。因为离江阴还远，那边的动静还传不到船上来。四下里一片静寂，只有潺湲的流水，在船舷旁发出汨汨的轻响。眼下，与顾杲同乘一船的还有他的三个儿子。透过朦胧的月色，可以看见他们都在舱中沉沉熟睡。至于身材娇小的妻，这几天为着打点出逃，大约已经忙得劳累不堪，此刻也蜷伏在舱板上，只是睡得不大安稳，在梦中还在喃喃地说着呓语……不过，顾杲却始终不让自己睡着。虽然已经十分疲倦，但他仍旧盘着双腿，一动不动地靠坐在船舱的当口上。朦胧的月色勾画出他微见佝偻的身影，使他的一双眼睛在幽暗中荧然发光。

说起来，也难怪顾杲不敢大意，因为他们这一次出逃，从一开始就担着被清兵发觉、追杀的风险，并且随时做好拼命的准备。不过，到目前为止，总算相当顺利，没有发生任何意外。据艄公刚才报告，前面不远就是沙山乡，也就是说，路程已经走了一多半，再往前四五十里，就到达此行的目的地——江阴县城。按照事先议定的计划，他们将要作为生力军，参加到城中的抗清战事中去。这除了因为江阴是目前他们唯一可以投靠的"大明净土"之外，还因为他们一直痛心疾首地认为，那些反抗剃发、视死如归的可敬士民，如果始终得不到同胞们哪怕一兵一卒的支援，实在是没有天理！不过，正如启程前许多劝阻者所警告的：要进入江阴城，首先就要通过清军的阵地。而目前围攻江阴城的清朝大军，据说已经多达十余万之众，而且还在继续增加。试图凭着这区区一百二十多人，前去增援，恐怕除了白白送死之外，不可能有别的结果。但是，顾杲仍旧决定这么做；不光是他，他的伙伴们也同样决定这么做。因为大家都明白，对于他们这样的人来说，事到如今，这已经是唯一的路。"是的，如果留在家中，剃了头去做鞑子的顺民,像狗一般摇尾乞怜地苟活于人世,那同死了又有什么分别?又如何对得起列祖列宗?与其那样,倒不如横下一条心,拼上一拼,或许还能闯出一条生路!就算不幸失败,战死在江阴,也博个忠勇壮烈,青史留名,不枉此生!"这么默默地想着,顾杲的一颗心,在这一刻里甚至变得更加强硬和冰冷了。

落到了河道左侧的圆月,越来越向西天倾斜,而且变得越来越朦胧昏暗。苇丛深处,一只不知名的水鸟被航船惊动,发出"磔——格,磔——格"的不安叫声。现在,顾杲感到坐得有点累了。他动弹着身子,试图舒展一下有点麻木的大腿,但思绪还在继续向前延伸着。他想到,这一次慷慨赴敌,最终能够凯旋,固然不必说了;倘若就此死去,那么留在家中的母亲、弟妹和别的亲人,还有那些平日要好的社友像黄宗羲、陈贞慧、吴应箕、方以智、冒襄、梅朗中、侯方域等等,今后恐怕就再也见不着了!而他,其实是多么想同旧友们再见上一面呀,特别是在眼下这种艰难竭蹶的时势!那么,如今他们都在做什么呢?是躲在家中?是逃进了深山?还是同自己一样,正走在慷慨赴敌的征途上?"嗯,不管怎样,他们是绝不会自堕节志,向鞑子俯首称臣的,我知道他们!如今四方义师风起云涌,眼下他们说不定都已经投笔从戎,在各地轰轰烈烈地干着,并且正在设法打听我的消息呢!"由于想到,自己眼下的行动并不是孤立无援的,顾杲的心情变得稍稍开朗一点。为着回报那一份既遥远又亲近的情谊,他眯缝着眼睛,紧盯着烟水苍茫的前方,开始设想自己这一百多人,一旦到了江阴城外,如何趁着夜深人静,清兵熟睡之际,神不知鬼不觉地从敌人疏于防范的地方接近城池……当他们这样做的时候,也可能被对方发觉,甚至发生战斗,但到时城里也派兵杀出,前来接应,结果,还是成功地得以进城……"是的,别看鞑子兵来势汹汹,一路上破州陷府,好像所向无敌,其实,眼下不也照样被江阴的士民硬是堵在城外,足有两个半月,一点便宜也讨不到么!而且他既然师老无功，就难免生出懈怠之心。只要我们设法进得了城，再坚守几时，待得各地的义军云合响应，局面未必就没有翻转过来的一天！"

这样暗暗鼓励着自己，顾杲那一直绷得很紧的思绪，渐渐松弛下来。他从远处收回目光，不由自主打了个长长的呵欠，虽然模模糊糊又想起，一旦拼杀起来，带在身边的妻儿始终是个拖累，或许到了前边，应该寻一户老实人家，把他们暂且寄住一时？可是，变得迟钝起来的脑子，已经不让他细想下去。他的眼皮越来越重，头也在胸前越垂越低，终于，歪靠在船篷上，蒙眬睡去……

这一觉似乎只睡了一会儿，但也似乎睡了很久。突然，顾杲一下子惊醒了。他睁眼一看，发现不知怎么一下子，周围的情景全变了样。只见火光闪耀，人影幢幢，耳朵边闹哄哄的，交混着一片乱七八糟的声响，而他所乘坐的船，则完全失去平衡，在身子下面剧烈地摇晃着。"这是怎么回事？"他怔怔地想，忽然觉得眼前黑影闪动，仿佛一支利箭带着劲风从面门掠过，"噗"地插入旁边的一个物体。顾杲悚然一惊，本能地抓起身下的钢刀，猛地跃起来；与此同时，就听见一声闷哼，一个躯体直挺挺地扑倒在跟前。

"怎么？到了江阴么？"他疑惑地自问，但马上就否定了这种判断，因为眼前的事变分明发生在船上。"那么，一定是鞑子的追兵杀上来了！"这么一转念，他顿时睡意全消，浑身的血液也由于意外和紧张，一下子沸腾起来。而怒气——一股发现敌人如此可恨，竟然当真对自己赶尽杀绝的怒气，扑腾腾地直往脑门上蹿。虽然发现水面上远远近近，散布着无数熊熊焚烧的火把，喊杀声响成一片，自己这方面的五只船，已经被为数众多的敌船所层层包围，但他仍旧怒喝一声，冲向船头，打算加入正在那里奋力抵敌的仆人当中去。

"大、大爷,不要!不要过来!"黑暗中,有人气喘吁吁地高喊。那是一个高个子仆人,他一边拼命地迎头一击,把跃过船来的一个敌人打进水里,一边焦急万分地转过脸来,"这儿危险!照看奶奶、少爷要紧!"

"是呀!是呀!看顾奶奶、少爷要紧!"好几个声音同时大叫。

顾杲心中一懔,不由得止住脚步:"可是……"

"快呀!"高个子仆人跺着脚又喊,"看,他们……"他分明想说:敌人从那边攻上来了!然而,话才说了一半,就像给掐住了脖子似的,突然中断了。只见他那高大的身躯一下子变得僵直,一只胳臂古怪地向前伸出,仿佛要抓住什么,随后,就沉重地倒了下去!

顾杲不禁失声惊叫,本能地想奔过去,忽然想起妻儿,连忙回头一看,发现两个敌兵,果然正试图从船舷跨过来。顾杲怒急攻心,发出一声悲愤的狂吼,挥起钢刀,猛扑上前。那两个人大约见他来势凶猛,这才迟疑着退了回去。

也就是到了这会儿,顾杲才真正意识到情势的危急和凶险,虽然心中又惊又怒,但是也不敢再大意。当看清船舱中的妻,抱着还在襁褓中的小儿子,正由其余两个儿子守护着,暂时还安全无恙,他便一边紧紧把着舱门,一边迅速地环顾着,试图弄清各条船上的战况,以便组织起有效的反击。但是,他几乎马上就感到绝望了。看来,由于事起意外,猝不及防,更由于敌人数量众多,自己这方面大约从一开始就陷于四面受敌、穷于招架的困境,眼下更是东闪西避,全乱了阵脚。顾杲惊恐地看着:在一片此起彼伏的惨叫声中,他的伙伴们接二连三地倒下去,而敌人正纷纷攻上甲板,并且已经起码占领了两只船……

"可是、可是他们既是兵,怎么不穿号衣,也不戴帽子?"紧盯着那些来势汹汹的进攻者,顾杲疑惑地想,"莫非、莫非他们不是鞑子?"心中这么一动,他又依稀辨认出,这些人当中,挥舞刀枪的固然也有不少，但多数人手中举着的，似乎只是锄头和木棍！这一发现，使顾杲又是吃惊，又是愤怒，不禁冲口而出，厉声喝问：

"喂，来人听着！尔等到底是何方人众？为何阻拦我们的去路？"

虽然他这样问了，处于剧斗中的人们，却分明没有听见。直到他又喝问了一声，才听见一个粗大的嗓门回答：

"顾三麻子！你好大胆，我这沙山地面，也是你来的么？识相的，乖乖给我滚回去！要不然，今晚管教你们这伙恶贼有来无回！"

"不错！你这麻子狗贼，把我们作践得也够惨了！今晚定叫你不得好死！"另一个愤愤的声音接了上来。

"大哥，同他啰唆什么，上吧！"

"对，上！快上！上啊！"好些人同声附和着，纷纷把武器再度挥舞起来。

顾三麻子——这一带著名的江洋大盗，为人心狠手辣，凶暴异常，经常率领徒众，横行于长江口一带，打家劫舍，杀人放火，早已恶名远播，被民众恨之入骨。这一点顾杲是早就知道的，可是万万没有想到，眼下，自己竟然被沙山的这些乡民，误认成是那个江洋大盗！"怪不得他们要截击我们，原来如此！"他想，于是走前一步，大声说：

"你们休要弄错了！我是顾——"

谁知，不等他把话说完，就听见斜刺里一声大喝："没错，老子就是要你这姓顾的狗命！"话音刚落，顾杲就觉得"噗"的一下，一支尖锐的、不知从哪里飞来的东西，猛然刺进了自己的胸膛。他微微一怔，本能地抓住那支东西，但是出于一种强烈的、急迫的愿望，他仍旧止不住把话说下去

"我——咳！不是，顾三麻子！我是无锡顾子方！是来——"

咳，咳，搭救你们，江阴的！你们，怎……"他还想说下去，但是，突然之间，他发现喉咙发不出声音，而胸膛像是给撕开了似的，剧烈的痛楚像一把尖刀，一直刺进他的心肺，使他根本喘不过气来。他试图挣扎，结果只换来全身迸裂一般的痛苦。终于，他放弃了反抗，慢慢地弯下腰去，跌倒在甲板上。在一片雾样的模糊中，他听见儿子的声音在哭喊："父亲！父亲！你们杀了我父亲！"

"嗯？杀了我？没有呀！"他奇怪地想，随即动弹了一下身子，为的是躺得更舒服一点，然后就疲倦地、宁帖地合上眼睛。于是，这个破碎而多难的人间一切，就从他的感觉里永远消失了……

顾杲被乡民误杀之后的第三天，也就是八月廿一日，江阴县城在清兵的猛攻下，也终于轰然陷落。付出了重大伤亡代价的征服者为了报复，决定屠城三日。因此而被残忍杀害的居民数以十万计。不过，洪承畴没有亲眼目睹这血肉横飞、天愁地惨的一幕，自然也未能阻止这种暴行。因为浙东的军情吃紧，迫使他早于一天前，把指挥权交给前来会师的平南大将军勒克德浑，自己匆匆赶回南京去了。

钱塘恶斗

对于顾杲之死和江阴城的终于陷落，远在数百里外的黄宗羲自然不会马上得到消息；而且，即使得到了，也已经无法分心理会。因为他自己正同样面临着一场前景未卜的生死搏斗。

说来令人懊恼，期待已久的这场战斗，到头来，竟然是由于清军的船队主动驶过江心，试图向明军水寨发动攻击而爆发的。本来，在此之前，黄宗羲、孙嘉绩曾经与其他几支义军的头儿联名提出过"围魏救赵"的建议；王之仁也主张及早挥兵渡江，但都被总督行辕斥为"浮躁轻率，全无实着"，给断然否定了。利用这个空当，杭州方面的清兵却调整部署，增强了防守的兵力；

并且从别的地方调来大批船只,也在对岸结成水寨,摆出严阵以待的架势。不只如此,到了八月十九日清晨,感到稳住了阵脚的清兵,大概从明军的临阵退缩中得到启示和鼓励,公然反守为攻,派出战船,凭借夜幕的掩护,神不知鬼不觉地渡过钱塘江,在曙色展现之际,突然出现在余姚义军的面前!

对于这种势态,要说鲁王军队方面一点准备都没有,那也不尽然。事实上,来自各府县的义军,在陆续抵达之后,已经根据兵力的多寡和位置的轻重缓急,分别在王之仁军的左右两翼结寨,布成互相呼应的阵势。其中绍兴、慈溪、宁波三家义军,被集中摆在王之仁军的左翼;而民军中人数最多、士气颇高的余姚军,则被单独安排在王军的右翼。各方的首领还商定:如果敌军前来进攻的话,估计在一般情况下不会直接向王之仁的主力军攻击,而是会首先攻击比较薄弱的两翼,那么无论哪一家军先迎敌,都要设法紧紧缠住它,等友军赶来,形成数面夹攻之势,最终聚而歼之。因此,发现敌军把攻击的矛头首先指向自己这一翼,黄宗羲起初感到有点意外,但是有过上一次挥兵渡江的经验,倒也不至于惊慌失措,相反,还陡然激起了一股跃跃欲试的勇猛之情。他立即一方面派人飞报旱寨的孙嘉绩,一面传令各船做好迎敌的准备,严阵以待,务必给敌人以迎头痛击。

现在,随着敌军船只越逼越近,前哨战眼看就要开始。黄宗羲站在指挥船上,感到既兴奋紧张,又不无懊恼。"哼,要是当初总督行辕当机立断,又何至于此!"他想,同时在心中盘算着:虽然右翼只有自家一军,不过,却与王之仁的主力军相距最近,只有十里之遥,而且互为掎角,随时都会得到有力的支援。"是的,这一回可是要来真的了!那就痛痛快快地杀他一场吧!别瞧鞑子的马队厉害,那是在陆上;到了水里,可不是我们的对手!这是一定的……只是,那边的怎么不动了?怎么不全都驶进来?"由于发现已经进入江湾的清兵的船队,忽然有一部分停了下来,不再前进，似乎也在提防在上游虎视眈眈的王之仁军，黄宗羲不由得焦急起来。因为他已经事先下令在水寨的前沿，布放了好些"水底鸣雷"和"混江龙"，正等着让万恶的"鞑子"尝一尝这些新式水雷的厉害！"要不，还是等他们一块儿来？"他犹豫地想。就在这时，前方忽然传来"轰隆！轰隆！"两声巨响，他还没弄清是怎么回事，就看见水寨前沿"扑通"一声，蹿起一股两丈来高的巨大水柱；接着左侧的一只大江船"哗啦"一响，好端端的篷顶上，顿时出现了小水缸口粗的一个大洞！黄宗羲吓了一跳，当意识到这是清军打来的炮弹，他就连忙朝抱头乱钻、挤作一团的士兵们高叫："勿要慌，勿要慌！"随即转向传令官："放水雷！传令火攻营，快放水雷！"说罢，他迅速跳下船篷，由亲兵们跟随着，接连地从好几只船上跨过，直向水寨的前沿奔去。

这时，敌船来势更清楚了。在浩渺的、被早晨的阳光照亮的江面上，那一张张灰褐色的巨大船帆参差地连接着，看上去，就像猛扑到眼前的一群凶恶的兀鹰。黄宗羲平生还是第一次面对这种情景，虽然极力镇定自己，一颗心却在胸膛里扑通扑通地狂跳不止。他紧挨着绞盘蹲下身子，使劲抓住佩剑，耳边分明感到四下里交响着炮弹落在水上、船上的"扑通"声、"砰嘭"声，却根本不敢去理会，只死死盯着预先施放了水雷的那个区域，焦急地在心暗暗催促："嗯，怎么还不爆炸？快点儿炸呀！炸呀！"然而，不知是火攻营没有看到令旗，还是别的缘故，水面上始终静静的，毫无动静。相反，走在头里的一只敌船，已经大摇大摆地进入水雷区，平安无事地行驶着，而且眼看着就要通过了……

"嘿，混蛋！到底是怎么回事？"由于愤急，也由于恐惧，一声怒吼冲上了黄宗羲的喉咙。

"哎，炸了！炸了！炸着了！"几声惊喜的呼叫在周围响起。黄宗羲连忙定眼看去，只见雷区内的水面，波浪突然激烈地翻滚起来。那只进入的敌船,刚才还趾高气扬地昂首直进,如今像受到某种无形的打击,一下子停顿下来,开始全身震动着,像个醉汉似的左摇右摆,再也保持不住平衡。船上的敌人早已乱作一团,哇哇地吵嚷着,争相跳水逃命……

"这么说,当真炸中了?"黄宗羲又惊又喜,目不转睛地盯着那只显然被炸穿了舱底的敌船。片刻之后,只见那只大江船的船头越翘越高,尾部开始下沉;终于,折断的桅杆连同巨大的船帆一道,猛烈地倾倒在江面上;巨大的浪头直立起来,又横扫开去,整个水寨都被颠簸得上下晃动。

黄宗羲忍不住猛跳起来,大叫一声:"好!"说实话,他只是听人介绍过,这些靠绳索牵引控制的新式水雷十分厉害,没想到一家伙就把敌人的战船给炸沉!现在,他觉得心里踏实了许多,定一定神,翻身奔回指挥船上。发现孙嘉绩也已经从旱寨赶到,他顾不上招呼,只胜利地挥舞了一下拳头,就兴冲冲地转向传令官:

"告诉他们,炸得好!哈哈,就这样炸!狠狠地炸他娘的!"

说罢,他才回过头,向孙嘉绩简单讲述一下刚才的情形,并请对方坐镇指挥,自己则重新回到前沿去……

接下来的攻防战,由于恼羞成怒的敌人开始全面猛攻,变得更加紧张而激烈。炮弹在头上呼啸,火箭在身旁乱窜,喊杀声有如潮水一般,一阵高似一阵。义军有一只船被轰折了桅杆,其余甲板和船舷中弹的也不少;有几只船还着了火,自然,因此也折损了一些人马。黄宗羲指挥着义军将士,一边尽力救护,一边奋勇应战,远的放雷,近的用火铳轰击,一次又一次地把敌人打了回去。只是,不知是由于火攻营的士兵们过于心急,还是别的缘故,放雷的时间、方位总是把握得不大准,不是放早了,就是放偏了。结果,虽然也重创了一只敌船,给其他几只造成程度不同的损伤,却再也没能将敌船炸沉。倒是敌军的船队几番吃亏之后,大约领教了水雷的厉害,心存忌惮,不敢过分进逼,一时间,战斗呈现出胶着的状态。

这种情形,使黄宗羲感到颇为焦躁,他恨不得立即把敌人彻底打垮,却不知道怎样才能做到这一点。趁着战斗的间歇,他奔回指挥船,发现这一阵子,孙嘉绩看来也并不比自己轻松,他头上乌纱帽歪了,眉毛和胡子满是汗水和污迹,正一边用袖子拭擦着,一边焦急地朝上游的方向眺望……

黄宗羲心中一动,顺着孙嘉绩的视线望去,这才注意到:虽然这边猛烈的战斗已经进行了好一阵,但上游那边王之仁军的水寨,却始终静悄悄的,旗不摇,鼓不响,仿佛压根儿不知道一般。"咦,武宁侯怎么了?怎么还没有动静?"他不由得叫出声来。

孙嘉绩瘦削的脸孔变得有点阴沉:"我已经留神他们半天了!早就派人知会过他们,刚才又派人去催战,可他们就是不动!"

黄宗羲眨眨眼睛,被这种变故骇住了。诱敌深入,然后两边合力夹击,本是事先商定的作战计划。如果到头来对方为着保存实力,竟然不肯出战,那么自己这一方岂不成了孤军作战?

"我瞧他们是想保存实力,便不惜毁弃成约,来个隔岸观火!"孙嘉绩终于说出自己的判断。

"可是、可是……"由于无论如何也设想不到,他们在生死存亡的关口上竟然这样子做,黄宗羲一时间简直找不出合适的话来表达自己的心情。

"不过,也许还不至于。"看见黄宗羲过于吃惊,孙嘉绩安抚地苦笑一下,"再看一看吧!不过,我们得心中有数,待会儿,打得过就打,打不过唯有撤!"

"撤?可是——"

"哼,能撤下来就该谢天谢地了,我担心连撤都来不及呢!哎,先别说了,鞑子又进攻了!"这么说着,孙嘉绩就大步越过他，向船头走去。黄宗羲犹豫了一下，只好满心惊疑地跟在后面。才平静了片刻的水上战场，果然又紧张起来。这一次，清军方面派出了七八只小船，上面装满茅草禾柴，其中大约还藏着火种火药，正由桨手们驾着，向这边直摇过来。瞧那势头，显然是企图利用小船轻便灵活，避开水雷，钻进义军的水寨来放火，造成混乱，好让后面的大队战船乘势跟进攻击。只见那些小船也确实快捷，它们冒着义军方面飞蝗一般的乱箭拦截，转眼之间，已经越过雷区，迫近水寨的前沿。

"二位大人，不可再等了，赶快开寨迎敌吧！"大约看见孙、黄二人一个还在拈须不语，一个站着发呆，奔近前来的副将茅瀚焦急地大声催促说。孙嘉绩扫了围上来等候命令的将官们一眼，仿佛下了决心似的："好，那就传令：开寨迎敌！茅瀚，本官命你为前锋，率领海鳅船十只，多带火箭火铳，反冲敌阵！其余各队，由汪涵、章钦臣、韩万象率领，分三路跟进，务要往来穿插，将敌船冲散，分别歼之！"

等各将领命而去之后，他才回过头，对黄宗羲说："既然如此，此间就由我指挥。你立即到旱寨去，召集人马，在下游三里处埋伏，待我将敌兵引上岸来，你便杀出接应，不可有误！"

停了停，他又低声补充说："王之仁那边眼见是靠不住了！只能靠我们自己——若然此计不售，兄就不必管我，立即带领剩余人马从陆路退回，向监国奏明原委，再图进取。可记住了？"

黄宗羲起先还眨着眼睛，有点听不明白。但随后他就像被火烫了一下似的，猛跳开去："啊，不，不！兄不能如此，不能如此！"他大声争辩说，"这水寨是归弟指挥的，弟还要指挥！即使死了，也甘心情愿！"

看见孙嘉绩摇着头，还要坚持的样子，他浑身的血液就急剧沸腾起来，使劲一挥胳膊，做出不要听的手势，管自提剑向船舷奔去。发现一只船正在旁边缓缓驶出，他立即奋力一跳，登上了那只船。任凭孙嘉绩在后边跺脚、怒骂，他都咬紧牙关，不再回头……

主力逞威

"这么说，王之仁父子竟然卖了我们！竟然一开仗就卖了我们！"黄宗羲一边跟在大队的战船后面，向敌人的阵地驶去，一边满怀痛恨地想，"亏他们那天夜里还假惺惺地抬猪抬酒给我们卖好！不错，这父子俩本来已经跟着潞藩投降了鞑子，后来见我浙东士民纷纷举义，才又跟着反正，实在是个首鼠两端的奸滑之徒！可是我竟然如此相信他们，倚重他们，真是瞎了眼！"不过，这种痛恨也只是持续了片刻，因为行进在头里的义军的战船，在合力掀翻了那几只小船之后，已经杀入敌阵。黄宗羲远远看见，乌云般结集在一起的敌军船队，起初还大咧咧地在那里耀武扬威，不知怎么一来，像被猛然咬了一口似的，吃疼般颤抖起来，随即迸发出一阵可怕的、闹哄哄的呼喊。虽然暂时弄不清发生这种情形的经过，却不难想象，义军那奋力一击必定是勇猛异常。黄宗羲记得，担任先锋、指挥那些船只的，正是带头反剃发的汉子茅瀚。他不由得激动起来，暂时忘记了王之仁，使劲挥舞起手中的宝剑，放开喉咙高呼："快，快！跟上去，跟上去！"才喊了两声，忽然发觉，敌军战船正从两翼包抄过来。他吃了一惊，连忙传令改变阵式，全力向外反插。这时，双方的战船已经交缠在一起，只见一转眼工夫，四下里已经全是腾升的烈焰、呛鼻的浓烟、耀眼的刀光、交驰的利箭，以及狂怒的呼喊、垂死的哀号、飞溅的鲜血，再加上帆樯的倒塌声、船帮的碰撞声、人或物体扑通扑通的落水声，场面显得异常惨烈，又异常混乱。也就是到了这时，黄宗羲才真正体验到所谓你死我活的搏杀到底有多么残酷、可怖！由于两边有船只保护，他暂时还能够避开搏杀，继续四下里观察战场上的情形。不过也许正因如此,他一颗心开始紧缩起来,两条腿也在微微发抖。前一阵子那股激昂和兴奋,不知怎么一来,忽然消失了。相反,一种隐藏着的、对于可能失败和死亡的担忧,却像山林沼泽中那种有毒的雾气似的,在心底升腾起来。"是的,这一次,我看来是逃不过去了!敌人这么多,王之仁那无耻狗贼又存心见死不救,其他几家义军相距更远,当中还隔着王之仁的水寨,他们只怕还不知道我们这边已经陷入绝境!虽然孙嘉绩说,要把鞑子引到岸上去,可是这做得到么?做得到么?要是做不到,那就只有死!是的,只有死!"这么痛苦地、无望地想着,怨恨着,然而说也奇怪,此时此刻,他却并不感到那是可怕的,相反,像是发现了某种遥远而神秘的光明似的,渐渐兴奋起来:"是的,既然要死,那就死好了!人生谁能逃过一死?迟死早死,都是一样的!而且早死未必就不如迟死!"于是,他忽然不再发抖了,而且凭空生出了一种强烈的冲动,把手中的佩剑朝靠得最近的一只敌船一指,蓦地大叫:"冲过去,冲过去!"当发现身边的把总似乎没有动静时,他就回过头,瞪起眼睛,恶狠狠地喝骂:"你们聋了吗?冲过去!听见没有?啊?"

"哦,是,是,冲过去,冲过去!"正在手足无措的把总一下子回过神来,连忙挥动令旗。这当儿,战场上的情势已经起了变化。敌军的船队似乎抵挡不住义军的勇猛冲击穿插,阵脚开始有点动摇。到了义军的后续船队奋勇跟进,各种火器有如急雨般喷射过去,船只接二连三地着火焚烧,敌人就更加变得慌乱迟疑,显得只有招架之功,而无还手之力。黄宗羲这时已经抢过一支带利刃的竹篙,握在手中。他眼看敌船临近,两个清兵正拿着刀,摆出迎战的架势,他就横过竹篙,尽力扫去,"扑通"一下,当场把其中一个打下水中。他稳住竹篙,正要反手扫向另一个,双方的船帮已经"轰"地碰在一起。那个长着一脸胡须的清兵乘机一手抓住竹篙,一手挥起钢刀,向黄宗羲直砍过来。黄宗羲向后急仰,那把刀闪着光在眼前掠过，没有砍着。黄宗羲瞅准空当，奋力把长篙一搅，对方立脚不稳，仰面一跤，跌倒在船舷上。到了这当口上，黄宗羲也红了眼，举起长篙照着那个兵的头上、身上拼命乱刺，只见篙尖起落之处，迅速涌出道道殷红的鲜血。那个兵还挣扎着，试图站起来。黄安从旁见了，连忙奔过来相帮，迎头加了一竹篙，将他重新打倒。

主仆二人正忙着，忽然后面惊叫起来："来了！来了！鞑子又来船了！"

黄宗羲抬头看去，不由得吃了一惊。他发现，在已经被打得七零八落的清军船队中间，不知什么时候，忽然加进了一支生力军，它们凭借船头包裹着一层坚甲，在战场上横冲直撞，大砍大杀，转眼之间，就把义军的船撞沉了好几只。经过先前那一阵子苦战，义军船队已经十分疲惫，这时都害怕起来，"哗啦"一下子，纷纷掉转船头，向四面夺路而逃。

"嗯，不错，是他们！就是他们！"由于认出，这支生力军，正是开战以来一直留在江心监视王之仁军水寨的那支清军船队，黄宗羲心中忽然有一种说不出的刺痛和愤慨。因为这就是说，王之仁为着保全自己，直到此刻，竟然还在上游袖手旁观，见死不救，甚至纵容敌人投入全部兵力来对付余姚义军！

"好哇，既然你们是这样一伙没有心肝的畜生，那我们也绝不依靠你们！我们余姚人不怕鞑子！我们余姚人不怕死！"由于极度的愤怒，也由于绝望，黄宗羲心中反而生出了一股强横无比的狠劲。他把手中的长篙一挥，厉声高叫："余姚人不怕鞑子！余姚人不怕死！跟我冲呀！"

"对，余姚人不怕鞑子！余姚人不怕死！冲呀！"站在周围的黄安等人也激动起来，一齐跟着放开喉咙大叫。

这狂热的高喊果然产生了作用，本来正在逃散的义军船队开始陆续停了下来，片刻之后，像是受到某种力量驱使似的，纷纷掉转船头，并且迸发出一声闹哄哄的吼叫："余姚人不怕鞑子！余姚人不怕死！冲呀！杀呀！"

随着这决死的喊声，一轮更加惨烈的搏斗又开始了。义军们被为乡邦、为荣誉而战的自豪感所激励，无不奋勇争先，以一当十，战斗得就像一群发狂的猛虎。他们的船碰不赢对方，就干脆用带钩的长篙把敌军的船钩住，跳到对方的船上去，用刀斧砍，用拳头擂，用牙齿咬，同敌人展开近身肉搏战，前面的人倒下，后面的人立即扑上。就这样，硬是把敌人的气焰一寸一寸地压了下去。只是这么一来，自己所付出的代价可就相当巨大。许多的船只在硬碰中被烈火吞噬，或者翻侧沉入江中。水面上漂满了折断的木板、撕裂的旗帜和死难者的尸体。黄宗羲本人在血战中也受了好几处伤，还差点被一根落下的船桅击中，幸亏黄安从旁救护，才化险为夷。那书童却因此挨了当头一记，当场晕死过去，直到此刻还躺在船篷下。当然，敌人——包括他们那支生力军，也被这种不要命的死缠烂斗弄得手忙脚乱。而且他们的兵将大多来自北方，本来就不习惯水上作战，特别在颠簸摇晃的船上展开近身肉搏，吃亏更大，转眼之间就死伤累累，甚至有整只船都被义军抢过去的。这么相持下来，虽然优势仍旧在清军方面，但要将义军彻底打垮，却也急切难以做到。于是战斗再一次拖了下来……

就在这时，意想不到的奇怪的事情出现了：正当清军的船队经过重新集结，再一次发起攻击，义军苦战之余，已经陷于左支右绌，穷于应付的境地时，突然，像平地卷起一阵狂飙，只见清军的船只剧烈地摆动起来，纷纷停止了进攻，慌乱地、困难地掉转身去，试图抵挡什么。但是，那股一时还闹不清楚的、夹杂着喊杀声的奇异力量是如此强大，以致转眼之间，清军的船就像一堆树叶似的，被冲得七零八落，狼狈地向四面逃散……

"啊，武宁侯军！是武宁侯军！"一个惊喜的声音叫起来。

"什么！是王之仁？"眼看获胜无望，正打算按照孙嘉绩所布置的计划向下游撤退的黄宗羲,心中咯噔一跳,连忙定眼看去:果然,在清军的船队逃散的地方,像从天而降似的,出现了四支军容严整、威风凛凛的船队。从船桅上的旗帜可以辨认出,正是上游的王之仁正规水军!只见它们并不立即追击敌人,而是径直驶向江心,先截断清军的退路,然后才不慌不忙地掉转头,开始向敌人发起攻击。

以逸击劳的战斗,而且对于进攻的方位、战术都早有谋算,那经过自然是痛快而且顺利的。虽然清军的战船竭力顽抗,但是由于刚才同余姚义军拼得太凶,已经元气大伤,他们在王之仁的水军不慌不忙而又冷酷无情的猛攻下,很快就只剩下挨打的份儿,随即分崩离析,溃不成军。尤其令人奇怪的是,就在这时,从钱塘江对岸——敌人的老营,忽然传来了"喳!喳!喳!喳!"的铜锣声,惊恐而急骤,像是发生了什么紧急的情况。这么一来,清军就显然更加无心恋战,只剩下逃命的念头了……

"我说呢,这可恶的王之仁怎么见死不救,原来如此!只是,等我们把老本都快拼光了,他们才来捡现成,也未免太乖巧了一点!"远远看着终于突破围困的清军残余船只,正在接二连三地向下游逃窜,黄宗羲宽慰之余,苦笑地想,随即筋疲力尽地一屁股坐倒在甲板上。

第四章
马鞍山遇兵惨遭屠掠，留都女怀春难遣寂寥

赴约遇险

从长江边上到钱塘江两岸，大半个江南地区都抗争蜂起，战火连天。但是，正在挈家逃难的冒襄，对此却无暇顾及。因为自从逃出兵匪横行、局势混乱的海宁县城之后，他和家人们一直在乡野间漂泊转徙，东躲西藏。

起初，他们只是迁移到友人张维赤在城郊的那所别墅——大白居住下，并没有走得太远，还想着一旦局面得到控制，就仍旧回到城里去。因为七月下旬，鲁王政权已经派来使者，正式任命俞元良为监军御史兼海宁知县，姜国臣为都督佥事；一度凶横跋扈的兵勇和盗贼也开始有所收敛。谁知到了八月初，情势突然又紧张起来，城里城外都在乱纷纷地传说：因为海宁不肯归顺，清朝的浙江总督张存仁从杭州派出了大兵，正气势汹汹地杀奔前来。于是冒襄一家顿时又陷入空前的惊恐之中。经过紧急商议，大家觉得西面的杭州固然去不得；北面的嘉兴听说已经被清兵进占，去了等于自投罗网，也不成；至于南面，出门不远就是钱塘江口，白浪滔滔，一望无际，雇船倒还可以设法，难办的是渡江时的安全。最后，冒襄父子只好决定连夜打点，带领全家向东逃难。

现在，他们一家上下数十口人，外带大批的箱笼行李，几经辗转跋涉，已经来到相邻的海盐县，并且在一处名叫惹山的偏僻村落暂时安顿下来。这个地方，说起来也是张维赤给他们安排的。它名为村落，其实是张维赤一位远亲的家族墓园。村中仅有的三

户居民是那位远亲的佃户，平日一边耕种，一边就替主人照料祖坟。由于按照礼制惯例，每年春秋两季都要祭祀祖先，碰上父母亡故还要守墓尽孝，所以墓园照例建有房舍，以备到时歇脚和住宿。要在平时，张维赤自然不会把老朋友安置到这里来，不过到了兵荒马乱的时世，这种地方又成了最"安全"的避难之所了。

冒襄是先把父亲送到这里来，然后才全家赶来会合的。那四五十口人，如今就分住在三栋平房里。他们做主子的，男女老幼合共八口，再加上几名贴身丫环，住了最大的一栋，其余的仆人则分别男女，挤住在另外两栋里。这墓园坐落在一片小山坡上，园中偃仰着几棵枝叶扶疏的长松和古柏，周围一望尽是苍苍的竹林，加上远离市廛，人迹罕至，环境倒也颇为隐秘清幽。只不过，自他们搬进来的那天起，没完没了的秋雨便滴滴答答地下着，总不见停。愁云密布的天空一天到晚阴沉沉的，几乎没有片刻开朗过；地面上的坑坑洼洼积满了水，泥土都软得像搁凉了的稠粥，被行人踩踏之后，便稀烂一片。举目望去，远山、近树，以及附近的竹篱茅舍都沉埋在迷漫的水气里，显出一副垂头丧气的样子；只有满坡的野草经了这意外的滋润，陡然暴长起来，青惨惨、碧萋萋，一直蔓延到门前屋后，使这本来就偏僻的墓园，更增添了几许幽冷，几许荒凉……

不过，眼下冒襄却没有心思理会这些，他甚至不能再同家人一道守在屋子里。因为就在刚才，张维赤托人捎来了口信，让他立即赶到十里外的澉浦镇去见面，说是有紧急的要事商量。自从大半个月前，在海宁分手之后，冒襄便同张维赤失去了联系。在此期间，不断传来令人惊恐的消息，说海宁已经被清兵攻陷，烧了好多房子，还死了好多人，其中包括鲁王政权所任命的知县俞元良一家，以及一批领头抵抗的缙绅。冒襄也不知是真是假，而且不知道留在海宁参加守城的张维赤是否也在内。虽然一再派人出外打听，却由于海宁那边道路不通，始终无法弄得十分确切。

这使他忧心如焚，天天如坐针毡，因为张维赤不仅是他的知交好友，而且还是他们一家逃难到这个异乡之后的主要倚靠，如果有个三长两短，他们今后的处境必定会困难得多。所以，得到张维赤的口信，冒襄当真是喜出望外。向父亲禀明原委之后，他就立即带领冒成和其他两名得力仆人，匆匆离开惹山，赶往澉浦镇去。

现在，一行人已经离开山野间的小径，踏上了南去的大路。位于县境南端的澉浦，是当地除了县城之外的唯一大镇，并且有港口可以出海，因此这条大路，平日总是车来马往，商贾和行人络绎不绝；不过，大约由于相邻的海宁正在打仗，加上秋雨连绵，眼下却明显地冷落了下来。偌大一条路上，竟然空荡荡的，看不见一个人影，只有一阵一阵的飞雨，在灌满泥浆的车辙和蹄迹上，溅击出无数的小点点。冒襄头上戴着斗笠，身上披了一件蓑衣，默默地坐在没有遮盖的竹篼里，心中也像眼前这天气，阴沉沉、湿漉漉的。他时而望一望灰蒙蒙的云影，时而望一望朦胧在雨幕中的远树遥山，虽然心中颇为焦急，恨不得即时就赶到澉浦，但是他也知道在这种鬼天气里赶路有多艰难，只好强自耐着性子，不去催促那两个艰难跋涉的轿夫了。

不过，走着走着，他又觉得情形似乎有点不对，因为如果真的像传说的那样，清兵在攻陷海宁之后，正向这边逼近，那么即使雨下得再大，老百姓惊骇之下，也必定会拖男带女，争相逃命。可是如今四下里却平静异常，没有半点兵荒马乱的迹象。"莫非是传闻不确，海宁并没有失陷，清兵也没有杀来？只是，如果用不着逃难，乡民为着生计，就该出来耕种做活才对，为何眼下路上、田里连个人影都看不见？"这么想着，冒襄就不由得起了疑心，开始睁大眼睛，远远近近地不停张望。

滴滴答答的秋雨，渐渐下得小了些。虽然铅灰色的云层，依然在头顶凝聚不散，天空已不似先前晦暗。只是由于失去了雨声的喧哗，周遭愈加显得空旷而寂静，寂静得令人心头发颤。

"咦，那是什么？"走在头里的一名仆人忽然向前面一指，说。

"什么？""哪儿？"其余几个立即凑了上去。看得出来，就连他们也觉得情形不对，因此变得颇为敏感。

坐在竹篼上的冒襄，还在那个仆人说话之前，已经透过雨幕，发现前边的路上横着一个黑乎乎的东西，只是由于距离还远，看不大真切。听仆人一指点，他就愈加留了神，同时开始依稀认出，那是一个人。

"啊，死人，是死人！"走在头里的那个仆人首先发出惊叫。

"什么？死人！"冒襄心中一紧，差点儿从竹篼上直站起来，忽然发现脚下摇晃，又连忙坐下。这当儿，轿夫已经加紧脚步，赶上前去，于是，冒襄也就怀着惊恐的心情，看清楚了那个僵硬地蜷伏在泥水中的死人。

这是一个体格强壮的男人。从那一身黑旧的短衫长裤看，像是个平民百姓，但也可能是有身份的富人为着逃难而改了装扮。背后的衣裳撕开了一个大口子，露出半个肩胛。他显见是被人用刀活活砍死的，因为肩胛上靠近脖颈的地方，横着一道又深又宽的伤口。只不过鲜血已经流干，并被雨水冲洗得一干二净。如今，惨白的肌肉可怕地翻开着，露出了被砍断的脊梁骨和因胀大而鼓出的、紫色的肺脏。他的脑袋不自然地扭歪着，两眼暴突，龇牙咧嘴，估计死时十分痛苦。

"嗯，他是怎么被杀死的呢？"冒襄一边跨出竹兜，一边心神震荡地想，眼睛没有离开那具尸体，"莫非是碰上强盗剪径？还是……"

"哎，哎，这儿还有！""哎呀，那儿，还有那儿，都是！全都是！"几个骇然的声音同时传来。

冒襄错愕一下，连忙跟过去。果然，在再往前去的大路上、沟洫中，甚至田地里，竟然东一具、西一双的，还躺倒着许许多多被杀者的尸体！

"啊，怪不得一路上净荡荡的连人影也看不见一个，原来出了这样可怕的事！"他目瞪口呆地望着满地死法各异的尸体，有的已经身首异处，有的身上还插着箭杆的。他恐怖地想："只是，从这死人之多，杀戮之惨来看，只怕不是本地匪盗所为，那么、那么莫非竟是清兵？"这么思忖着，冒襄心中猛然一动，顿时擂鼓似的大震起来。看见走在头里的两个仆人还大着胆子，往死人堆里钻，他就把脚一跺，哑着嗓子喝叫：

"混账，你们做什么？回来！赶快回来！"随即气急败坏地回头对冒成说："瞧这情势，鞑子兵必定已经到了溆浦！前面再去不得了，快，赶快回惹山！"

听主人这么说，仆人们"啊"的一声，这才陡然紧张起来。大家七手八脚地把冒襄扶上竹箯，也顾不上泥稀路烂，慌里慌张地转过身，急急朝来路走去。

然而，没走上几步，耳边就听见有一种奇怪的声音，远远传来。那是一阵强劲的呜呜声，像是号角，但又不是号角，听来尖锐而剽悍，充满肃杀之气。大家心中不由得猛地一抖，骇然止住了脚步。

"混账，停下做什么？走呀，快走！"冒襄把胳臂一挥，恶狠狠地呵斥说。

"大、大爷，去、去不得，你瞧——"一个仆人战战兢兢地指着稻田对面的村子说。

冒襄勃然大怒："什么去……"但话没说完，他也看见了：在村子朝北的一头，正络绎走出一队人马。虽然离得远，看不清他们的模样，但那奇异的衣装、闪亮的刀枪，以及驮在马背上的大包小捆、马后牵着的牛羊猪狗，仍旧依稀可辨……

"大爷，鞑子兵就要过来了，得赶紧躲一躲！"大约发现主人在发呆，冒成焦急地从旁催促说。

冒襄怔了一下，蓦地醒悟过来。"不错，清兵！这就是清兵！那么就是说，我得赶快逃！是的！"他想，慌里慌张地打算跨下竹篦,却不提防两腿忽地一软,几乎摔倒。多亏冒成和另一个仆人眼疾手快,一把扶住。主仆三人于是相拥着,弯下腰,跌跌撞撞地朝长在路旁土坡上的一片芦苇丛奔去。这是濒海地区常见的芦苇丛,由于受到咸气的滋润,长得又高又密。他们一行人冒着苇叶上乱泉一般的积雨,一个劲儿往里钻,浑身上下转眼间就湿了个透。大家刚刚把身子藏好,还来不及喘过一口气,就听见那像是号角又不是号角的声音,再度"呜——呜——"地响起来。从方向判断,还是来自刚才那个村子。大家正在惊疑之际,忽然,像是回应似的,从另一个方向也传来了同样的呜呜声;接着,第三个方向也加了进来。这样此伏彼起地响了一阵,才重新归于平静。躲在芦苇丛中的一伙人,虽然弄不清这几股声音的确切含义,但是无疑都猜到,这必定是清兵在互相联络;而且看来光是附近,就起码有三股兵马!因此大家你瞧我,我瞧你,脸上都不禁变了颜色。

至于冒襄,透过芦苇叶子的间隙,仰望着刚刚回荡过那股可怖声音的天空,震悚之余,心中更是十五个吊桶,七上八下。无疑,由于躲进芦苇丛,眼下算是暂时得了安全;但是,自己这一帮子人多招眼,清兵会不会已经发觉,打算过来搜查,刚才的声音就是在招呼同伴?要是那样,今天恐怕很难逃得过去!本来,自己活到如今这三十四岁年纪,名气也有了,钱财也有了,该享受的都享受到了,即使就此死去,也没有太多的遗憾;何况碰上这国破家亡的惨酷时世,活着也只是受苦受难!只是,自己死后,丢下男女老少一家子,可怎么办?而且,看这情势,清兵像是正在四处出动,那么会不会也到了惹山?父、母、妻、儿,还有董小宛,会不会已经落入鞑子的魔掌,此刻正在遭到野蛮的折磨、杀戮和蹂躏?这种突然袭来的强烈的忧惧,有片刻工夫,把冒襄弄得心惊肉跳,浑身的血液急剧地奔涌起来,呼吸也越来越急促。如果不是冒成从旁边伸出手来,轻轻按住他,他很可能就会直蹦起来了。

冒成按住他,是因为芦苇外有了声响。那是一阵马蹄声,由远而近,只是听上去并不杂乱,像是只有一人一马。虽然如此,冒襄仍旧立即紧张起来。他暂时把对于家人的担忧抛到一边,开始把身子紧贴在地上,屏住气息,竖起耳朵,全神贯注地倾听着外面的动静。

那一人一马显然是沿着大路而来的。只听蹄声踢踏,来势迅急,不过,待到接近他们隐藏的地方,就明显缓慢下来,最后,骑者分明勒紧缰绳,停住了。

"不好!莫非真是为我等而来不成?"冒襄竭力用耳朵捕捉着对方的动静,有片刻工夫,浑身的血液仿佛凝固了似的,连心也几乎停止了跳动。

外面的那个人——现在冒襄已经丝毫也不怀疑那是一个清兵——有好大一会儿,却变得没有什么动静。他似乎对自己所判定的方位没有把握,还在四下里打量寻找;但是也可能他已经知道芦苇丛中躲藏着好些人,正在考虑如何下手,才能把他们一下子全都逮住。正是这种已经迫近眼前,然而又蓄而未发的威胁,使冒襄的每一根神经都绷得紧紧的,一颗心随之狂跳起来……

但是那个兵仍旧没有动静。他似乎算定苇丛中这些"猎物"根本逃不脱,所以并不急于动手。

越是这样,冒襄在苇丛中就越加紧张。他大睁着眼睛,绝望而又恐怖地等待着,以至到后来,外间每一下轻微的响动——马蹄的倒踏、铁甲与兵器的偶尔碰击,传到他的耳中,都仿佛是一记响雷,震得他的心几乎要跳出腔子去。"哦,他为什么要这样?他想做什么?"冒襄惶惑不安地、痛苦地想。

"的得、的得",听声音,马蹄正径直向他走近,前面的芦苇也开始发出沙沙的声响。冒襄的寒毛忽啦一下全竖起来:"来了,他到底发现我了!这一次我看来要死了!"他本能地打算一跃而起,夺路而逃,但是,结果只是颓然埋下头去,咬紧牙齿,闭上眼睛,等待着那结束生命的无情一击……

然而,他没有等到。因为那马蹄声停顿了一下,又分明地向后退去。只不过,当骑者这样做的时候,还似乎挥舞了一下手中的大刀。因为几声凌厉的呼啸响过之后,紧接着,就雨点般地落下来好些芦苇的断茎、碎叶,和白色的缨子……

"蛮子们!快滚出来!统统给老爷滚出来!"一声狂暴的喝叫蓦地响起。这声音是如此突兀,它劈空而来,直透人们的耳鼓,使刚刚睁开眼睛的冒襄浑身一抖,几乎打算应声而起,只是及时清醒过来,才极力坚持住了。

"蛮子,滚出来!快点给老爷滚出来!"猛恶的嗓门再度发出喝叫,不过,这一次已经是在数十步之外。

到了它第三次响起时,就愈加去得远了……

"是的,现在才刚刚开始,"死亡的威胁终于过去,冒襄望着开始窃窃私语,商量怎样才能逃出去的仆人们,心中默默地想,"往后的日子还长,还要受多少苦痛,可教我怎么熬?"这么忖度着,冒襄就发现自己正在掉进一个无底的深渊之中,其中只有黑暗,没有光明,即使侥幸能活下来,伴随着他的,也将是除了苦难,还是苦难……渐渐地,他整个儿都被一种冰冷的、厌倦已极的浓雾包裹起来,以至有片刻工夫,在他的感觉中,什么惹山,什么家,似乎都是多余的了……

墓园惊魂

由于担心立即上路还会遇到清兵,他们一行人在芦苇丛中继续躲藏了很久,直到估计危险已经过去,才大着胆子启程,但也不敢再走原路,而是改变方向,从山野间绕道回去。这么下来,冤枉路还真的走了不少。结果,当他们冒着雨,精疲力竭地抵达惹山时,已经是上半夜。

虽说在芦苇丛中那惊魂初定的一刻,冒襄曾经身心交瘁,万念俱灰,觉得连回来似乎也是多余的,但是,一旦上路之后,他又不由自主地忧急起来,尤其是事先没有估计到路上会耽搁这么久,这使他懊悔不已,而且焦躁万分。因此,到了好不容易踏上熟悉的山路,并从竹林中穿过,马上就要进入墓园时,冒襄身子坐在竹筅上,那颗忐忑不安的心却早已飞进屋子里。"啊,他们此刻怎么样了呢?父亲、母亲可还好?清兵没有来过吧?嗯,为什么不点灯?是怕招惹外人,还是——哦,上苍保佑,一切都平安才好!"他抓紧扶手,目不转睛地盯着一片昏黑的墓园,心急如焚地想。

"大爷,到了!"冒成的声音在旁边响起。

冒襄怔忡一下,这才发觉竹筅已经停住。他连忙走下来。直到此刻,墓园里竟然没有一个巡夜的仆人出来招应,这使他多少有点纳闷,不过已经无心细想。他一把掀掉竹笠,三步并作两步,迅速向父母下榻的那间上房走去。

上房的门虚掩着。里面没有灯光,也没有声响。

"嗯,莫非睡下了不成?"冒襄想,轻轻把门推开,发现起居室里黑洞洞的,只依稀看得出几张桌椅的轮廓。无论是东间父母的卧室,还是西间丫环的睡房,全都隐藏在黑暗里。他迟疑了一下,随即跨过门槛,向东间走去,轻轻地叫:

"父亲,母亲,孩儿回来了!"

连叫了两声,却不见答应。他开始觉得不对,于是提高了嗓门:"父亲!母亲!"一边叫,一边走进去。里面的窗户大约全上了板,关死了,更加漆黑一片。冒襄心中着忙,等不及找火种,只顾伸出双手,向床上摸去。可是连摸了几处方向,都没摸对,屋子里也始终没有反应。他愈加心惊,正要转身再摸,不提防脚下被什么东西绊着了,一个踉跄直跌下去。这时,他已经不再怀疑,必定是发生了非常变故,迅速爬起来,直着嗓子大叫:"冒成!冒成!"

"哎,来了!来了!"随着光亮一闪,冒成拿着一根火把奔了进来。

"混账东西,老爷太太呢?到哪儿去了?"冒襄瞪着眼睛,厉声质问。凭借光亮,现在看得更清楚:屋子里显得有点凌乱,几口箱子打开着,里面的东西分明被翻过;桌子上的摆设也东倒西歪;床榻上空空的,一条被褥拖在地下,而最要紧的,冒起宗和夫人马氏确实不见了。

"聋了吗?我问你呢!老爷、太太哪儿去了?"由于仆人大睁着眼睛不回答,也由于刚才那一跤把膝盖磕得疼痛难忍,冒襄再次狂乱地怒声质问,却忘了对方其实同自己一样,也刚刚回到这里。

"啊,啊,老爷、老爷……"

不等冒成"啊"出个名堂来,外面又是一阵火光和脚步声,其余两个仆人也一脸惊惶地奔进来,紧张地说:"禀大爷,不好了,他们,这儿的人,全、全都不见了!"

"什么?全都不见了!这、这怎么会?"冒襄失色地问,下意识地停止了揉搓膝盖。看见仆人们呆若木鸡,谁也答不上来,他就猛然推开冒成,一跛一拐地向外冲去。

"这么说,鞑子一定来过了!这是一定的,要不然……可是,他们都到哪儿去了呢?这里没看见死了的人,那么是预先得到风声逃走了?是的,必定是等我回来等不及,只得先逃走了!但是,总不至于一个等候的人也不留下呀,起码,小宛她就不该不等我回来就走!但竟然连她也丢下我,自己走了!真是岂有此理!如今叫我上哪儿找他们去!"冒襄忍着疼痛,匆忙地察看着一间又一间空屋子,渐渐变得气急败坏,怒火上升,"……嗯,不过、不过会不会是给鞑子掳去了呢?"这个念头一闪现,像当头挨了一记似的,他顿时呆住了。的确,这不是不可能的,早一阵子清兵四出剽掠，多少村子都遭了殃，自己就亲眼见到过，难保他们不会也窜到这里来。那么，如今父亲、母亲、妻子、孩儿，尚在襁褓中的弟弟，嗯，还有小宛，他们都怎样了呢？是正在被打、被杀，被辱？是还活着，或是已经……一想到他们可能已经不在人世，冒襄的心，就像被一下子摘掉似的，全身的血液也顿时凝住了。他大瞪着眼睛，呆呆地站着，种种鲜血和死亡的恐怖情景开始在眼前交叠出现。突然，他的胸膛急剧起伏起来，一下子跳到回廊外面，向着还在下雨的夜空扯开喉咙，用带哭的嗓门狂叫：

"爹！娘！爹！娘！你们两老在哪儿？在哪儿呀！"

他伸出双臂，竭尽全力地喊了又喊，同时向四面转动着身子。然而，在弥漫于天地的无边的黑暗中，那悲怆的、撕心裂肺的声响显得那样孤单、微弱，几乎没有引起任何回响，就消失在茫茫雨幕之中……终于，冒襄彻底绝望了。他停止呼喊，只觉得热泪不断涌上来。他踉跄地走出几步，双手抱着头，绝望地、无力地跪倒在泥地上。

"在这儿，在这儿，我们在这儿呢！"一种奇怪的声音忽然传来。

冒襄错愕地猛然跳起，循声望去。借着天幕的微光，他依稀看见：远处的草丛中，忽啦一下站起来一帮子人；接着，从更远的竹树丛的阴影里，又走来另一批……这些散布在坟地里的幢幢影子出现得如此突然和意外，加上又是在凄风苦雨的暗夜里，以致有片刻工夫，冒襄只呆呆地瞪视着，几乎闹不清那是活人还是死者的冤魂。

然而，身旁的冒成等人已经大声欢叫起来。他也终于辨认出：那都是实实在在的活人！是他的父亲、母亲、弟弟、妻儿，还有董小宛以及男女仆人们，虽然一个个被雨水浇得就像落汤鸡似的，但确确实实全都在，既没有丢下他逃跑，也没被清兵掳去……也就是到了这一刻，冒襄那因为极度恐怖，几乎飞散的惊魂，才又重新回到腔子里。终于，他长长吁出一口气，瞅着陆陆续续走近来的家人们，一声不响地咬紧了嘴唇……

小半天之后，一家人重新回到屋子里，点灯、烧水、换衣裳，各自安顿下来。经历了这场虚惊，彼此免不了动问起别后各自的情况。从父亲的口中，冒襄才知道，在他离开之后的大半天里，墓园这边发生的事也不少。先是张维赤又派人送来急信，告知潋浦镇很快会被清军占领，他也已经逃离，叫冒襄不要再去。但那时冒襄已经上路了，家人们十分着急，立即派人去追，不知是冒襄他们走得太快，还是追错了方向，到底没有追着。张维赤的信中还说到，如今清兵游骑四出，说不定也转会到惹山来。他叮嘱冒家做好准备，小心提防；还说清兵是从海边的方向来，要逃只能走东北的方向，逃往秦山一带才比较安全。他也打算逃往那里，如果冒襄一家也决定去，到时彼此有可能会合。张维赤的信使走了之后，一家人因为担心冒襄，十分焦急，又怕他一旦回来寻找不着，因此也不敢离开。但是，周围的风声渐渐就紧张起来，起初是看守墓园的农户来报信，说鞑子兵正在向这边逼近；后来就接二连三地逃来了好些难民，全都神色惊恐，步履踉跄，一刻也不敢停留，就飞奔而去，把他们一家弄得心惊肉跳，紧张万分，本想立即跟着逃难，偏偏冒襄又迟迟不见踪影。最后没奈何，只得带着行李暂且躲到坟地里去，以防不测……

"还好，你总算回来了！"神情疲惫的冒起宗如释重负地说，"东西已经全都拾掇停当，即时便可上路。此刻时辰已晚，鞑子料想不会再来，明早启程也可。只是四下里这么一乱，须得提防土贼乘夜打劫才好！"

冒襄一直微低着头，留心听着。由于家人们平安无事，他的心情已经多少安定下来。听了父亲的吩咐，他就恭顺地应了一声："是！"随即关切地说："那么，就请父亲和母亲先安歇着。孩儿这便去打点防范，待到天一亮，便来请二位大人上路。"等冒起宗站起身，由丫环们搀扶着进了寝室之后，他也就离开上房，匆匆走出外面去。

凉气侵人的墓园里一片幽暗。经历了刚才那一场虚惊,眼下已经到了后半夜。下了一整天的雨,似乎终于停住了;月亮却依旧躲在厚厚的云朵背后,不肯露出脸来。屋脚下、草丛中,那些不知名的秋虫,大约预感到天要放晴,开始迟疑地、断续地吟唱起来。从远处——竹林子背后的池塘那边,传来了一群青蛙"咣咕、咣咕"的响亮叫声……

当眼睛习惯了黑暗之后,冒襄发现廊庑一带的屋檐下,或站或坐地挤聚着不少人,正在嗡嗡地交谈着,薄暗中,间或可以看见眼睛眨动的闪光。冒襄明白那是手下的仆人们,因为没有得着主人的吩咐,也不知道是否马上就要逃离这里,所以一直守候着。他记起了父亲的嘱咐,于是停住脚,把冒成等几个执事头儿招呼过来,命他们派出人丁,在墓园四周轮班巡值,严防歹人进入;其余的人则立即歇息,但只准和衣而卧,也不许解散行李,待到四更过后,便要全体起来,准备启程上路。布置完毕之后,他才回到东耳房去,虽然十分疲劳,而且董小宛已经重新摊开了枕席,但是他却不敢大意,也同大家一样,不脱衣服,只蹬掉鞋子,就躺了下来。

由于心中有事,有好一阵子他都没有睡着,待到好不容易有点迷糊,外面却传来了"汪、汪"的狗吠声。"嗯,都这么晚了,谁还会来呢?"他蒙眬地、费劲地想着,忽然惊醒过来,一骨碌翻身坐起,就听见杂沓的脚步声已经来到门外。

"大爷,大爷,张相公!张相公来了!"一个兴奋的嗓门报告说。

冒襄心中一动:"什么?张……难道是张罗浮不成?"他不及多想,连忙趿上鞋子,奔过去,把门打开。灯笼的亮光立即透进来。昏黄的光影下,张维赤那张熟悉的笑脸果然映入了眼帘!

"哎呀,你、你怎么来了?"冒襄一步跨出门外,双手抓住对方的胳臂,惊喜地问。

"弟是放心不下兄哟！"张维赤微笑着说。

"可是，这么晚了——哎，好，好！兄来得正好！"冒襄连连地说，看着老朋友那张因长途跋涉，显得疲惫不堪的脸，只觉得眼睛一热，泪水随之涌了上来。的确，作为流落到异地的外乡人，他们在这一带可以说人生地疏，举目无亲，特别是随着海宁陷落，清兵东进，他们一家人的处境已经变得前所未有地凶险，几乎每时每刻都可能有杀身之祸临头。虽然在家人面前，冒襄还极力保持着镇定，但是内心其实是十分紧张和惊恐的。特别是上有父母双亲，下有弱妻幼子和刚出生的弟弟，全都要靠他一个人照应，更使冒襄常常感到孤立无援，心力交瘁。现在张维赤的突然到来，对于他来说，实在无异于一个在泥淖中苦苦挣扎的人，忽然看到从岸上伸过来一只有力的臂膀似的。而当想到张维赤在这样一种时刻赶来，是冒着怎样的危险，一路上又经历了怎样的辛苦，冒襄就更加心头发热，感动万分。由于这种感激不是言辞所能表达的，因此他只好不再说话，只紧紧握着张维赤的手，把朋友引进旁边的一间屋子里。

这是一间供起居用的屋子，不过为着逃难，一应日常用品都已经收起，只剩下一张桌子和几把椅子。冒襄问明厨房里还有热水和饭菜，就吩咐立即送过来；然后，也顾不上按规矩应当退避等候，就一边请客人洗脸、用膳，一边急切地交谈起来。由于心情紧张，冒襄也没有心思详细打听海宁陷落的情形，话题很快就集中到这一次逃难上。据张维赤介绍：西边的杭州、海宁，直到海盐这一带，已经全部落入清兵之手，要逃，就只能逃到东边去。以冒家这样行李众多的大队人马，自然走水路比较安全便捷。但是惹山附近却没有水路直达，因此明天仍旧得走一段陆路，到牛桥圩去。他已经在那边准备了船只接应。不过，从这里到牛桥圩，当中必须穿越通往澉浦的大路，那里最有可能遇到清兵，也是最危险的地段。

"弟怕兄不知路上的情形，大意行去，万一迎头碰上，可就坏了！"已经洗完脸的张维赤，一边把肿胀的双脚浸进还冒着热气的水盆里，一边拿起碗筷，说，"因此想来想去，到底放心不下，便临时决意来一趟。幸好，兄等尚未离开，总算神灵护佑，没让弟白跑这一趟！"

在张维赤说话的当儿，冒襄一直默默地听着。随着最初那一阵子兴奋逐渐过去，也由于张维赤的到来，使他顿时感到有了依仗，他已经不似先前的紧张，相反，那种被压抑的疲惫之感，在这一刻里却变得空前强烈起来。他迟钝地，甚至冷淡地听着朋友的述说，心中越来越响地回荡着一个厌烦的声音："又是赶路、躲避、提防，可是我已经受够了！再也不想这样没完没了地拖下去了！赶快结束吧，是的！"因此，到了张维赤已经说完，屋子里静默了好一会儿，他仍旧没有吭声。

"那么，兄打算……"

"如果不逃，留下来，成不成？"冒襄盯着桌上的灯焰，哑着嗓子问。

"兄是说——不逃？"张维赤显然大感意外，他停止了咀嚼，转过脸来，一双小眼睛也睁圆了。

"是的，这偌大一个家，只有小弟一人，实在太难了！"

"可是……"

"不！"冒襄猛地回过头，粗暴地打断说，"弟真的支撑不来了！只怕逃出去，弄不好，反而更糟，干脆留下不走，说不定还能活下来！"

张维赤深切地望着朋友，似乎理解了冒襄的苦恼。他把碗筷放回桌上，沉默了片刻，终于缓缓地回答："不逃也成。只是想活下来，却有一样——"

"什么？"

"得把头发剃掉！"

"这……"

"得把头发剃掉!"张维赤加重了语气,"鞑子这番前来,所到之处,奸淫掳掠不必说,还逢人便勒逼剃发,凡有不遵者,即时杀死;凡见有不剃发者,一言不合,也即时杀死。除非是预先剃了发,他才当你已经归顺,手下也便留情些。"

冒襄睁着眼睛,起初,还试图争辩。但张了几次口,却发现,如果决定不走,而又想活下来的话,除了按照对方所指出的去做,确实别无选择……渐渐地,他目光中那一点子冀望的亮光重新归于暗淡,五根手指却捏成了拳头。终于,他使劲地在椅子的扶手上一擂,满心沮丧地低下头去……

艰难跋涉

由于张维赤所指出的那件事其实是做不到的,冒襄只好决定仍旧出逃。于是,两位朋友各自胡乱歇息了两个时辰,到五更时分,便把全家老幼尊卑五十余口人召唤起身,饱餐一顿,扎缚停当,然后由冒襄亲自督率一班得力的仆人,押着箱笼行李,在前头开路;冒起宗和女眷们则由竹笼抬着,走在中间;此外,还派出一帮精壮仆人,各执棍棒,负责殿后。一家子跟着张维赤,朝着东边的秦山方向,络绎上路。

持续多日的阴雨天气终于结束。一度是灰蒙蒙、暗沉沉的天幕上,纠结的浮云正在散去。在云彩腾出的空隙里,重新展露出湖水样的一片湛蓝。暌违已久的秋日朝阳,柔和地照临着,近处的草丛、绿树和远处的山坡、田野,全都湿漉漉地闪着光。虽然路上的积水和泥泞仍旧比比皆是,但已经不似早一阵子那样几乎无处落脚,好歹使仓皇出逃的人们减少了几许跋涉之苦。

不过,也只是行动起来轻便快当一点,至于说到人们的内心,却是从来没有过的紧张和慌乱。因为在此之前,他们虽然也曾不止一次地举家出逃，但一来，那毕竟是在"自家人"管辖的范围内，再怎么乱，总还有个倚靠，起码也有交道可打；二来，仗着偌大一个家，人多势众，一般贼伙也轻易不敢挑他们下手，因此担心归担心，对于前途和命运却还不至于毫无把握。可是眼下的情势完全不同，随着海宁和海盐相继陷落，明朝在这一带的势力可以说已经彻底被粉碎；如今，他们所面对的是过去根本不了解、不认识，可以说完全属于另一个"种类"的征服者。这些来自"化外"的衣冠怪异的"鞑子"，据说只会烧杀抢掠，压根儿不知仁义道德为何物。这就使得习惯依礼教立身处事的亡国之民们，尤其感到一种莫名的惊骇，一种失却一切凭借的恐慌。

现在，随着太阳逐渐升高，他们已经把惹山远远抛在身后，开始走在一片遭了水淹的稻田中。这是方圆挺大的一片稻田。它从北边铺展过来，一直向南面的海边延伸过去。九月暮秋，本是大豆成熟的时节，但田亩间空荡荡的，看不见一个收获的农夫，只有成群的鸟雀，在被水冲得七零八落的豆蔓上起落盘旋……由于张维赤曾经说过，这当中有一条通往澉浦的大路，最容易遇到清兵的游骑，因此从一开始，冒襄就十分紧张，一边警惕地留意着周围的动静，一边全力督促家人们紧紧跟上。偏偏遭了水淹的稻田，到处都稀烂一片，就连那些纵横交错的田塍也大都崩的崩、塌的塌，一脚踩下去，随时都会陷进泥水里。大家磕磕绊绊、连滚带爬不必说，有几次还散掉了行李，掀翻了竹箧，弄得手忙脚乱，狼狈不堪。不过，总算十分幸运，一路行来，别说清兵，就连逃难的人也碰不到一个。看来由于晚出逃了一天，他们反而得以躲过清军前锋的掩杀。结果，就这样，一家人不仅平安地走完了稻田，而且还顺利地穿越了那条通往澉浦的大路，在临近晌午的时分，来到长着许多毛竹的马鞍山脚下。

"谢天谢地！总算闯过来了！"冒襄暗想。因为据张维赤说，接下来，只要沿着这山的南麓再走出一里，就是港汊，他已经预先安排了船只在那里守候接应,所以冒襄确实感到松了一口气,不过他随后就想起:在这小半天里,自己全神贯注地监视四面的动静,几乎分不出心来照应父母和亲眷,也不知道两位老人家的情形怎样,有什么吩咐。于是,虽然昨日奔波了一天,夜里又只睡了两个时辰,到这会儿已经有点精疲力竭,但他仍旧用袖子揩着汗,竭力振作着转过身,用眼睛寻找着。当发现两位老人由女眷们簇拥着,已经在一丛毛竹的阴影里安顿下来,他就向张维赤做了个稍待的手势,匆匆走过去。

这当儿,跟在后面的家人们也已经陆续抵达,本来就不甚宽敞的山坡变得拥挤起来。冒襄侧着身子,从横七竖八的行李挑子中穿过去。当他快要走到父母歇脚的竹丛时,忽然听见一声惊惶的尖叫:

"哎,大爷快来,不好了!奶奶不好了!"

冒襄吃了一惊,连忙快步奔过去,分开慌乱地挤成一团的女眷们一看,不禁愕住了。他的妻子苏氏,出发时还好端端的,这会儿却双目紧闭,气息低微地倒在丫环紫衣的怀里。那张抹了好些灰土的脸孔,变得血色全无,前额上布满颗颗豆大的汗珠,嘴巴僵硬地半张着,分明已经昏厥过去。董小宛跪在她的跟前,正在用指甲使劲掐她的人中。

"啊,何以会如此?这是怎么回事?"冒襄忍不住厉声质问。

"日头太猛,奶奶身子本来就偏弱,这一路晒着走下来,便当不起。不碍事的。"董小宛回答,随即让紫衣把苏氏平放在地上,并且动手解开她的衣领扣子。

"嗯,你怎么知道?你懂得这个?"看见董小宛替苏氏把紧裹在身上的衣裳松开,又从发髻上抽出一根银簪子,继续朝人中刺去,然后又使劲去刺病人的双手,冒襄不由得怀疑地问。

"是呀,我瞧这样弄不成,不如赶紧找个大夫瞧瞧!"有人从旁附和,那是苏氏的贴身老妈子冒贵媳妇,女主人的出事想必使她想到自己的责任,这会子她显得特别紧张。

冒襄瞥了一眼老妈子那张神色惊恐的长脸,却没有作声。因为他想起:家中原来那几个清客中,本来也有精于医术的,但早已各散东西;眼下又是在野地里,前不着村,后不着店,又到哪儿去找大夫?

"妾身从前学过一点,试试看吧!"董小宛回答得很沉着,没有抬起头。

"哎,你就让她去弄好了!"冒起宗在一旁开口道,"她说得不错,你媳妇是中暑。我在医书中也看过……"

话没说完,就听好几个声音忽然欢叫起来:"啊,好了,好了,奶奶醒过来了!"

果然,刚才还毫无知觉地躺在地上的苏氏,已经张开了眼睛,嘴唇也在微微翕动。虽然还发不出声音,神志显然已经清醒。

冒襄这才松了一口气,正要直起身子,忽然听见一个发抖的声音从旁边传了过来:

"啊呀,不成啦,不成啦……我也……不成啦!"

冒襄连忙回过头去,发现那是他的母亲马夫人。为了在逃难中尽量不招人注意,平日仪容整洁的老太太眼下也同别的女眷一样,梳起了男人的发髻,穿上男人破旧的衣衫,脸上还抹上了好些灰土。她本来好好儿的盘腿坐在一块石头上,这会儿不知为什么变得眼神发直,身子也在左摇右晃,像是要倒下来的样子。冒襄大吃一惊,一个箭步抢上前去,同丫环们一道,合力把她扶住。看见老太太也像刚才苏氏一样,双目紧闭,浑身绵软,他不禁情急地大叫:"小宛!小宛!"

等董小宛赶过来,他就紧张地催促说:"快,太太也中暑了,你快给治治!"

董小宛瞧了瞧马夫人,却没有立即动手扎簪子。她先探了探老太太的前额,又用三根指头按住对方的手腕,号了会子脉,然后轻轻地叫:"太太,太太!"

看见马夫人没有反应,她把声音放得更柔:"太太,别怕,您睁开眼瞧瞧,我们都在这儿呢!"

说也奇怪,这一次,却有了动静。只见老太太的眼皮儿动呀动的,忽然睁开了。

"你、你们都在这?儿媳妇没事了么?啊,刚才,可把我吓坏了!"她虚弱地、可怜地望着大家说。

在一旁紧张地注视着的冒襄,这才醒悟:母亲其实不是中暑,只是胆小的老毛病发作。他直起腰来,定一定神,正打算温言安慰几句,忽然听见父亲在后面招呼说:"襄儿,你过来一下!"

"嗯,你——仔细想过没有,"等冒襄跟了过去,冒起宗一边瞥着正在传巾递水,七嘴八舌向马夫人和苏氏问候、讨好的女人们,一边皱着眉头问,"这番逃难你打算怎生了结?莫非你当真要领着全家投奔绍兴不成?"

绍兴,就是以鲁王为首的浙东抗清政权所在地,而且离此不远。冒襄确实想过只有逃到那里,才能获得安全。但他也知道,那就得设法渡过水深浪阔的钱塘江口,这一点,眼下还办不到。现在听父亲的口气中带着质问,倒使他有点摸不着头脑。

"依我看,哪儿也别去了!赶快设法回家最要紧,回如皋!"

冒襄眨眨眼睛。他想说:"如皋不是已经陷于敌手了么?怎么回去得了?除非剃了头了去当顺民!"可是当目光落到父亲那张衰老的、焦躁的脸上时,又临时顿住了。

冒起宗却像看透了儿子的心思。他断然挥了一下手,咬着牙说:"做顺民就做顺民!先保住这一家大小的性命再说!再这么在野地里拖下去,就算不被鞑子杀死,也要被累死、病死、吓死!"

"……"

"不错,"冒起宗稍稍放缓了声调,"今日直到这会儿,总算还没遇到什么大的凶险。可是还有明日、后日!就算这一关过了,还有下一关！江南这场大乱，如今才是刚刚开头，只怕往后还不知要拖上多久。这么没完没了地逃下去，终究不是个了局！"

停了停，看见冒襄低着头，始终不作声，他突然愤怒起来，使劲一跺脚："好，好，你就瞧着办吧！不过你可得想清楚了：我们死了容易，可留下你母亲、你才出世的小弟，还有你的妻妾儿女怎么办？总不能丢下她们就不管了！你、你就瞧着办吧！"这么说完之后，他就猛地转过身，抛开儿子，迅速地回到马夫人身边去。

听着父亲负气而去的脚步声，冒襄不由得慢慢地在原地蹲下来。不错，他没有爽快地表示同意，但并不等于他不知道这种逃难的艰辛和危险。事实上，还在昨天晚上，他就产生过留下来不走的念头，并且同张维赤讨论过这么做的可能性。他最终又否定了这种思路，是由于觉得不管怎么说，总不能剃头去做鞑子的顺民！但父亲此刻的主张，却头一次向冒襄揭示了一种在以往看来，似乎是不可设想的选择。"啊，莫非到头来，我当真要走上这一步么？"他迷惘地、心中发怵地想，"要是我当真这样做，当真剃了头发去做鞑子的顺民，社友们会怎么想，怎么说？我又将如何面对列祖列宗的在天之灵？还有，要是到头来，四方蜂起的义军把鞑子又打了出去，这江山依然是大明的天下，那又怎么办？哎，不，不成，无论如何也不能那样做！"

停了停，他又想："……可是，大明败亡到这一步，实在是黑暗腐败到了极点的缘故，要卷土重来，又谈何容易！而且，如果老是这么东躲西逃，恐怕等不到义军到来那一天，就会先遇上鞑子兵，那就只有引颈受戮！但正如父亲所说的，我们死了容易，丢下母亲和妻子孩儿们怎么办？固然，为了殉国尽节，也可以全家一齐都死；或者听天由命，丢下她们不管。这在自古以来的忠烈中，也是不乏前例的。不错，国破家亡到了这一步，还有什么指望？即使能够活下去，也已经人不像人，禽兽不像禽兽，又有什么生趣？不如干脆全家把眼睛一闭，什么也看不见，什么也不知道就算了！"这么一想，冒襄的心就硬了起来，甚至觉得能够痛痛快快地死去，倒不失为一种最简单便捷的解脱。然而，也只是一会儿，他又再度犹豫起来："但是，只怕父亲和母亲却未必肯这么做，那么，难道我就忍心抛下他们不成？"……就这样，冒襄被各种选择和掂量牵扯着、缠绕着，越想心中越乱，到后来，只觉得脑袋轰轰作响，眼前却一片茫然，以至周围分明发生了什么事，人们开始乱叫乱跑，他都没能立即反应过来……

惨遭屠掠

"不好了，鞑子来了！鞑子来了！快跑，快跑呀！"一声尖锐的惊呼传进耳朵。

冒襄心头忐忑了一下："什么？鞑子？"他疑惑地直起身子，向四下里看去，顿时，大吃一惊地呆住了。只见刚才还随意地散坐着的家人们，这会儿像一群受到突然袭击的鸡犬似的，正在哇哇地惊叫着，满山坡地狂奔乱窜。阳光下，几支利箭正闪着光，唰唰地从他们的头上飞过。接着，就响起了惊心动魄的马蹄声。冒襄怀着极大的恐惧看见：只一眨眼工夫，已经有好几个人中箭倒下。他猛然紧张起来，转身向父母和妻儿们奔去，同时大声叫喊——

"不要慌！到这边来！都到这边来！"

但是，没有作用。被死亡和鲜血吓破了胆的人们，仍旧发疯似的没命逃窜。这么一来，他们也就照例成了追赶和杀戮的对象。只见一群装束怪异的清军骑兵，大约也就七八个人，立即分散开来，开始像打猎似的，不慌不忙围裹上去，远者箭射，近者刀砍。他们的动作是那样熟练、利索。马蹄到处，只听见传来一阵阵垂死的惨叫，再也没有一个人能够站起来。看见这种情形，后面的人吓得"哄"的一声,又转头跑回来,并且显然已经失去再逃的勇气。发现主人一家子还聚在竹树丛下,他们就连滚带爬地纷纷向这边靠拢。很快地,竹丛周围就密密麻麻挤了个满。

在极度混乱的这片刻当中,冒襄的心中也是极其混乱。因为这一切来得实在太意外,太突然,以致事先连一点准备都没有,就一下子彻底陷入了绝境。"是的,看来命中注定这一关到底还是过不去!即使依了父亲方才所说的,剃了头发做顺民,只怕也来不及了!也许,这样了结倒更好!"他绝望地、浑身发抖地在心中说;同时,忽然想起了张维赤,"只是,老张本来是用不着陪我们一道遭此劫难的,然而他却自己找来了,实在是……"这么想着,他就感到异常不安,不由得转动着眼睛去寻找,然而,却没有找到,也不知这位古道热肠的朋友躲到了什么地方,还是已经死于刚才那一阵混乱之中。"哎,他对这一带的地势熟悉,但愿神明保佑,他能够逃得脱!"这么默默祝祷着,冒襄就听见错杂而猛烈的马蹄声,有如一阵狂风骤雨,从远处直卷过来。

这自然就是刚才那一伙清兵。只见他们像面对羊群的恶狼,傲慢而快意地驰骤着,待到接近时,忽然一扬手,把几个黑乎乎的东西直掷过来,"啪哒、啪哒"地跌落在人群跟前。冒襄定眼一看,心中顿时抽搐似的猛然揪紧了,浑身汗毛却直竖起来——原来那几个血淋淋的东西竟然是刚刚砍下来的人头!

"喂,你们都是些什么人?到这儿来做什么?"不等由那几颗人头所引起的骚动和惊恐平息下来,一声尖锐的喝问劈头响起。出乎意外,那话语居然明明白白,而且是江南口音。

冒襄看见势头凶险,已经招呼大家全体跪伏在地上,表示不再逃走。忽然听见这么一句喝问,他不由得一怔,循声望去,发现围拢过来的七八名清兵,一个个全都面孔黧黑,神气凶横,头上清一色的圆锥形凉帽,身穿白色号衣,腰挂弓箭,手中提着还在滴血的钢刀,一副杀气腾腾的样子。唯独问话这个人,虽然也一样的剃光了半爿脑壳,背后拖着发辫,但头上却戴着乌纱帽,身上穿一件阔袖圆领的明朝官袍,而且身材瘦小,白净的脸孔上有着江南人特有的细腻肌理。"嗯,这么说,他是本地人,做了顺民,又反过来替鞑子引路的。"冒襄暗想,同时想起了小半天前有过的那种念头,一下子倒呆住了。

"喂,聋了吗?问你们是什么人,到这儿来做什么?快讲!"那人再度发出喝问。

"哦……我等俱是良民,到这儿是、是逃难。"由于意识到那几个清兵正在一旁虎视眈眈,冒襄连忙收敛心神,用膝盖向前挪动了两步,拱着手回答。

"良民?若是良民,怎么还不剃发,还要出逃?分明意在规避!昨日不是告示过你们吗?我大清朝仁德广被,四方之民无须惊扰。只要贴出黄纸,守在家里,大兵过处,秋毫无犯!为何不遵号令,偏要出逃?"

"这……小、小民实不知情。"

那人回过头去,向身旁那个身高体壮、军官模样的清兵连比画带说地叽里咕噜了几句,像是翻译,然后又回头问:

"哼,适才你们见了大兵,不即时跪拜恭迎,反而四散逃窜,是否心怀鬼胎,恐怕败露行藏?快讲!"

"启禀大、大人……我们绝非心怀鬼胎,实因小民无知,畏惧兵威,所以……"

一直到这会儿,那个人说话时都是板着脸孔,声色俱厉,一副狐假虎威的样子。可是,这一次,他却摆一摆手,似乎不需要冒襄再说下去。然后,他就跳下马来。

"唔,尔等至今仍不剃发,按大清律令,便当一律就地正法!"他一边说,一边走近来,忽然压低了声音,急速地说:"但本官知尔等实乃良民百姓,必须听我吩咐,不得违抗,才可保得尔等性命。可听明白了?"

说完，不等冒襄回答，他便径自走向已经集中地堆放着的行李箱笼跟前，用马鞭在上面敲打着，说：

"这些东西，统统抬出来，打开！待大兵搜上一搜，看看有夹带兵器没有！"

本来，冒襄心中正七上八下，不知今日如何结局，忽然听见对方表示可以保他们一家性命，反而愕住了。他无暇思索，连忙回头吩咐家人："快，还呆着做什么？抬出去！快抬出去！"

仆人们起初还呆若木鸡，直到冒襄再次发出命令，才有几个胆子大一些的，畏畏缩缩地爬起来，把箱笼一个一个地抬到前面去。

那几个清兵显然正等着这一刻。他们心照不宣地对望了一下，随即把手中的刀插回鞘里，跳下马来，走近那些打开了的箱笼，却不耐烦细细搜捡，只是把它们一个接一个地提起来，使劲一翻，把里面的东西全部倒出来，然后开始手脚并用，把那些他们认为不值钱的衣裳、字画、古董之类，连摔带踢地抛到一边去，专挑金银首饰，成把成把地往怀里塞，往兜里装。冒襄一家本是如皋县的首富，平日积蓄自然不少。但经过接连不断的逃难，损失十分惨重。眼前这些可以说就是剩下的全部，一旦被掠走，今后的生计可以说就将变得全无着落。但是，在这种情势下，又有谁敢出面阻止？就连冒襄父子，此刻也只担心着东西太少，不能满足对方的欲壑，以致再生枝节。后来眼看着那几个清兵兴高采烈，气氛明显缓和下来，他们都暗暗祝祷上苍保佑，宁可让对方把东西全都拿走，只要剩下的这些人能平安无事地快点熬过这一关。

"大爷，那人在招呼呢！"默祷中，冒襄听见跪在旁边的冒成低声说。

他怔了一下，抬头望去，果然发现那个不知是降官还是通译的汉人，正在远处朝这边招手。冒襄不知道有什么事，眼看着那伙清兵还在箱笼堆中大翻大搜，本不敢轻举妄动，后来发现那人招呼得很急,他犹豫了一下,只得壮着胆子,爬起身,慢慢走过去。

"算尔等侥幸,这一关是打发过去了!"那人迎着他,压低声音说,"只是你们这些人中,女眷不少,已经落在他们眼里……"刚说了这两句,大约发现冒襄脸色突变,他马上做了个安抚的手势,"本官也知你们是体面的人家,最重名节门风。只是如若不献出几个,也难以过关。这样吧——他们一共八个,你就赶快挑选八名丫头,交出来,让他们带去。别的由本官替你去说。记住,此事切不可不从,否则惹怒了他们,撒起野来,结果更惨!"

冒襄本以为把财物尽数献出,好歹可以买得一条生路,没想到对方竟然又提出这样的要求,顿时像给人扼住了脖子似的,半晌说不出话来。不错,这一阵子,他一直暗暗为女眷们的安危忧心焦虑,但始终想不出能使她们免于荼毒的办法。他甚至想过万一清兵狗贼真的向妻妾和庶母等人下手,只有奋起一拼,即使死了,也比横遭凌辱强些。现在对方提出用丫环去顶替,不管怎么说,总算是一个不是办法的办法。但是这些丫环好歹也是人,也有父母兄弟。如果由自己亲手把她们送入虎口,他却感到不管是论人情还是论天理,都有点做不出来……

"相公,什么事?"一个关切的嗓音在身旁悄悄地响起。

冒襄怔忡了一下,回过头去,发现自己不知不觉又走回家人们当中来,而向他打听的则是董小宛。

"唔……"冒襄心中踌躇着,觉得这件事实在不应由女人们来掺和,但由于始终委决不下,只好附在侍妾耳边,把对方的要求说了。

出乎意外,董小宛却没有显出特别的吃惊,相反,还分明松了一口气。

她点点头,又问:"那么相公……"

冒襄没有吭声。

"情势急迫,只好如此了。终不成让做主子的遭殃!"侍妾的声音再度传来。

冒襄错愕地抬起头,发现董小宛的表情严酷得像一块寒冰,一双直视着他的眼睛却在炯炯发光。

"啊,不错!"他猛然醒悟,"若还优柔寡断,那么到头来,遭殃的就会是我们主子了!"顿时,冒襄的心肠硬了起来,但毕竟不想亲自出面做这件事,于是转过身,向冒成招一招手。等仆人跟着走到一边,他才低声地转述了一遍清兵的要求,末了,吩咐说:

"嗯,这事就交给你,你看着挑吧!"

冒成起初不知道是什么事,听完主人的吩咐之后,他的脸色蓦地变了:

"大、大爷,非、非是小人推搪,这件事,小人,做不来!"

"你说什么——做不来?"由于这样的回答出自冒成之口,在冒襄记忆之中还是第一次,他不禁为之愕然。

"是、是的,这事……小人,做……做不来。"冒成低着头重复地说,不敢正视主人的眼睛。

有片刻工夫,冒襄变得目瞪口呆。但是,他的火气渐渐升腾起来。"胡说!"他咬着牙,恶狠狠地低声呵斥说,"叫你做你就得做!莫非,你打算眼睁睁看着鞑子兵过来撒野不成?莫非你想让老爷、太太,还有我和奶奶都去死?啊?"

看见主人发了火,冒成不作声了,但是脸色却变得越来越苍白。终于,他声音低沉地应了一声:"是!"转过身,向人群走去。

点人开始了。

在眼前这种情势下,为着保存一家的性命,对方的任何要求尽管都唯有服从,但按照冒襄的想法,送出那么几个干杂活的粗笨丫环,好歹把危险对付过去,也就够了。他深知冒成办事精细,所以事前并没有特别交代。事实上,开始时被点到的也确实是那些人。但不知怎么一来,渐渐地,连董小宛房里紫衣,甚至马夫人房里春桃竟然也点到里面。冒襄在一旁看着,感到又吃惊又气急。他想上前制止,但是又怕惊动清兵,把事情弄得更糟,因此只能眼睁睁地看着。倒是那些丫环不知道是什么事,看见是冒成呼唤,都一个接一个顺从地走出来……终于,八个丫环凑足了。冒成重新走回来,垂着头,一声不响地站在主人跟前,大约是等候下一步吩咐。

冒襄正十分不满对方刚才的胡乱点名,看见如此一来,更无异于向大家表明,事情是出于自己的吩咐。因此,不待冒成开口,他就像给针扎了一下似的,猛然转过身子,恼怒已极地走了开去。

不过,那群清兵压根儿没有觉察到这种情形。他们已经事先得到那位降官的指点,这会儿,全都虎视眈眈地盯在那群丫环身上。正当在场的多数人都还弄不清是怎么一回事,他们就蓦地发出一阵淫邪的狂笑,向丫环们猛冲过去。

也就是到这会儿,那群可怜的丫环才如梦初醒,惊惶地尖叫着,向四面逃去。可是,已经迟了。她们那一双柔弱的小脚,又怎能跑得过如狼似虎的清兵?转眼之间,就一个一个落入了那些粗野的鞑子兵之手。尽管她们头发披散,又踢又咬,拼命挣扎,结果,还是被拖着、抱着,分别弄到了马上。其中有几个,在挣扎当中,衣裳被撕开、被扯脱,露出了雪白光洁的肉体,这更极大刺激起那些兵的兽欲,以至干脆就在马背上肆无忌惮地动起手来,抱住她们疯狂地又是捏又是啃。其中有一个——冒襄认得那是紫衣,大约因为反抗得激烈了点,竟被那个嗷嗷地怪叫着的清兵三下两下把身上的衣裳扒个精光,然后挥起蒲扇似的大手,左一巴掌、右一巴掌地在她脸上、身上狠揍起来。那种饿虎扑食羔羊,暴风摧折鲜花一般的情景是如此惊心动魄,悲惨可怜,以至在场的人们都纷纷低下头,不忍心再看……

"好吧,总算没事了!"在一片撕心裂肺的哭喊声中,一个声音如释重负地说。

冒襄扭头一看，原来是那个降官。他也已经坐到了马上，正用鞭子指着他们一家子："你们这些人，没有一个剃了发的！今日幸亏遇着我，要不然，休想指望过得了这一关去！你们记着，赶快把头剃了！否则，下一回只怕就没有这么好的运气了！"

说完，他加了一鞭，催动坐骑，追赶那伙清兵所抛下的一片飞扬的尘土去了。

留在原地的人们仿佛被这最后的咒语所禁住，全都呆若木鸡地望着。直到那急骤的蹄声消失了好一会，大家才开始你望望我，我望望你，迟迟疑疑地动弹着由于长久地跪伏变得酸软麻木的手脚，末了，好不容易才坐起了身子。但是也只是一忽儿，他们就纷纷重新仆倒在地上，撕扯着自己的衣衫和头发，失声痛哭起来……

这当儿，唯独董小宛与大家不同。她长久地站立着，望着那一片飞扬远去的尘土，并没有哭。只不过，那神情却像是一下子老了五岁似的。

怨愤难平

如果说，作为难民的冒襄一家，并未因为明朝鲁王政权在浙东地区的初战告捷，而免于颠沛和杀戮的话，那么，在昔日大明王朝的"留都"——南京城中，居民们对于外间发生的这一切，却甚至压根儿一无所知。这是因为，自从三个多月前，在以王铎、钱谦益、赵之龙等原弘光朝廷的文武大臣主持下，向清军献城投降以来，作为江南首屈一指的重镇，南京已经一变而成为清朝继续向南推进，以图最终在朱明王朝的废墟上确立其全面统治的大本营。尽管表面上，接替豫王多铎总督江南军务的洪承畴显得颇为宽大贤明，不但能约束部下，严禁骚扰民众，而且大力招降纳叛，对明朝的旧官废员多所起用，但骨子里其实防范很严。他把精锐之师集中驻扎在以旧皇城为中心的东城，并派重兵扼守住从通济门到金川门一线的要冲地段；对允许民众日常出入的其余各门，则严加盘查，一旦发现可疑人物，立即拘捕。因此，虽然周围不少地方已经因义师蜂起闹得沸沸扬扬，但南京城中的人们仍旧毫无反应。

当然，之所以如此，还因为作为大清朝在江南的首善之区，早在三个月前，南京城就完全、彻底地执行过剃发令。虽然在豫王多铎入城的当初，曾经明确表示过，除了军人之外，禁止官民剃发，但到了这时，也就顾不上信守诺言。于是，经过几天杀气腾腾的实施，自然免不了要陪上几条性命，南京就完全变了样。别看只不过是换个式样——满头头发按照满人"金钱鼠尾"的样式，被剃剩铜钱大小的一撮，然后梳成一根细长的辫子——但是已经足以使满城的男人们，像是一夜之间全都被强行阉割了似的，一个个变得忍辱含羞，气息萎靡。许多人因为自惭形秽，便尽可能躲在家里，避免出门；即使非得出门不可，也是屏息低头，匆匆而行，根本没有心思，也没有勇气去理会多余的事。无疑，因此而私心窃喜，甚至趾高气扬，以为从此做稳了顺民，前程有望的也不是没有，但毕竟为数不多，而且这种人一心指望的是清朝早早得胜，更加不会去打听和传播四乡民众起义的消息了……

正是这样一种绝望、压抑而又沉闷的局面，使已经离开礼部衙门，搬到城南的善和坊来居住的柳如是，变得愈来愈心情沮丧，烦躁不安。

柳如是是在一个多月前，匆忙搬出礼部衙门的。本来，自从清兵入城之后，那位豫王多铎对钱谦益他们这些降官，倒还算是相当优待，不但没有怎么为难，还允许他们暂时继续住在各自的衙门里。不过，对于这种"礼遇"，别人怎么想不知道，柳如是却觉得仿佛被关在囚牢里似的，一百个不自在，成天价吵着要搬家。只是由于钱谦益看见别人都没动，担心独自这么做，会引起清军方面的猜疑，再三劝说，才又勉强挨着。然而，待到八月初，洪承畴正式到任，而钱谦益也接到命令，让他和别的几位降官头儿，连同不久前在芜湖被追兵俘获的弘光帝一道，跟随回朝复命的多铎前往北京去"陛见"顺治皇帝，她便立即设法搬了出来……

现在，柳如是穿着一袭深红色的夹绸女衣，手里拿着一柄白纱团扇，皱着眉儿，咬着嘴唇，斜靠在庭院当中的一张铺着锦褥的竹制躺椅上。隔着小圆桌的另一边，则坐着她那位情谊深密的女友惠香。坐落在巷子尽头的这所宅子，本来属于一位官宦世家的子弟。弘光皇帝出逃那阵子，这户人也举家南下，离开了南京。柳如是是经人介绍，半租半借地住进来的。这宅子虽然比不上钱谦益在常熟的府第，但纵深三进，外带东西两个偏院，地方也自不小。由于担心战火会烧到乡下，钱谦益临走前已经把陈夫人、钱孙爱等一干至亲家眷搬到南京来；又担心尽是女人和孩子，无人撑持门户，把侄孙钱曾也召出来同住，以便就近帮忙照料。不过，柳如是独自占住了整一个东偏院，连吃饭起居也同陈夫人那边分开，因此平日倒是各不相扰。眼下，正交未时光景，四下里静悄悄的。秋日的阳光从枝叶繁密的木樨树顶上斜射下来，在她们的身上投下碧幽幽的影子。

"哎，我说姐姐，"也许是看见柳如是久久不说话，尽自在那里生闷气，惠香劝解地开口了，"人生一世，草木一秋。兵荒马乱到了这一步，也只有应顺时世，好歹对付着过下去罢咧！既然那些大老爷儿们眼睁睁看着鞑子打来，没有一个拿得出解救的办法，我们做女人的，又哪来的本事操这份心！莫非姐姐当真以为，我们比老爷儿们还强么？"

停了停，看见柳如是没有反应，她接着又说："按说呢，当初姐夫那样做，只怕也是出于无奈。'老神仙'和马阁老都逃了，鞑子兵已经打到朝阳门外，他要搭救这满城百姓的性命，也只有这一条路了。终不成也学扬州那样，让鞑子兵杀个尸横遍野、血流成河才算了局么!"

"哼,你们都得了性命,可这黑锅我们只怕八辈子都背不完了!"柳如是冷冷地说。

"哦,怎么?"

"怎么?你不见书场子里、戏台子上,那些献城投降、苟且偷生的角色,哪一个不是千秋万代被人指着鼻子、戳着脊梁骂个臭死的!"

惠香眨眨眼睛,觉得柳如是未免想得太宽太远,也太怪;而且,说到眼前还活生生的柳如是和钱谦益,将来会成为说书、演剧当中的人物角色,似乎也有点令人不可想象。不过,对这位手帕姐妹心高气傲的脾性儿,她已经十分熟悉,于是点着头儿,微笑说:"骂个臭死?那怎么会!如今满城的人提起姐夫和姐姐,只怕感恩戴德都来不及呢!"

"你别净挑中听的哄我!"柳如是厌恶地把手一挥,"这到底是怎么个光彩的事儿,我自己一清二楚!"

一连碰了两个钉子,惠香不再接口了。她眯缝起眼睛,望着女伴那越来越变得焦躁不安的神情,忽然"嗤"地一笑,说:"姐姐这些天独个儿守着深闺,想必寂寞得很。早知如此,当初不如跟了姐夫一道进京,岂不更好!"

这一次被清朝皇帝点名进京陛见的,随了弘光帝和钱谦益之外,还有前东阁大学士王铎、左都督陈洪范等几位降官,那些人全都带着家眷同行,一来是为的生活起居有人照料,二来也是向新主子表明举家投靠的诚意。钱谦益本来也很想把爱妾带上,是柳如是坚决不肯,才只好作罢。惠香自然知道这件事。但看见女友眼下这般模样,她就不免有点猜疑了。谁知,柳如是却"哼"了一声,说:

"寂寞?姐姐我要是真个熬不住这份寂寞,当初也就不会挑这门子亲了!你又不是不知道,一个糟老头儿,被窝里能有多大本事！"

这么鄙夷地否认了之后，大约看见惠香大睁着眼睛，还在等着听下文，她就把白纱扇子往桌上一搁，站起来，傲然说："事到如今，姐姐我也不怕实话告诉你，当初多少公子爷儿——一个个又有钱又俊俏，丢了魂儿似的围着我的裙脚儿转，姐姐我都不屑一顾，单单挑了他这么个半截子入土的糟老头儿，难道姐姐当真鬼迷心窍，生怕没人要没人疼？才不是呢！我是瞅准了他的名声地位，指望他能带我飞上高枝儿去，替手帕姐妹们争一口气，让那些把我们当成路边草、脚底泥，任意糟践的王八龟孙活活地愧死，气死！后来，嫁进了门，才知道他原来是个空心大老官，只中看，不中用。这倒也罢了，总算他对我言听计从，那么我就拼着费点心神，替他在后面扇扇风儿，扯扯线儿，又何妨！结果，你也知道的，好不容易，我帮他谋成了复官起用，还升了半品！着实让他如愿以偿，嗯，也出足了风头……"

说到这里，柳如是就停住了，半晌，叹了一口气，幽幽地说："那时节，不怕妹妹笑话，姐姐我也满以为自己从此尚书太太、诰命夫人，一步一步地做上去，总算不枉此生了！"

惠香一直静静地听着，这时目光闪动了一下，微笑说："其实，姐姐已经做成了……"

"你说什么？"柳如是像是忽然回过神来，疑心地问。

"我说，这尚书夫人，姐姐已经做成了！"

"狗屁！"柳如是的眉毛顿时倒竖起来，恼怒地把手一挥，"你听我说呀——不错，他官是做上去了，可是脊梁骨却全软掉了！你没瞧见他在马阁老、阮胡子面前那副卑躬屈膝的下作样儿，有多恶心，明摆着是用热脸一个劲儿去贴人家冷屁股！难道老娘辛辛苦苦地折腾了这些年，连老本都搭上去了，就是为的瞧他这副狗獾面孔？好，这还不算，如今又做出秦桧——不，连秦桧都不如的千古丑事来！你说，姐姐我如今岂不是赔个精打光！往后还落个被千人笑、万人骂！这日子还有什么奔头，有什么盼头！哼，陪他一块儿去给鞑子皇帝下跪叩头？亏他还敢指望！我宁可当初在池子里一头淹死了，也绝不跟他做那种丢人现眼的事！我当面给他说明白了，到今时今日，我还肯替他守在这里挨命，就是天大的情分！他要回来就回来；要不回来，老娘就回盛泽，依旧过我的风流快活日子去！"

这一次，柳如是越说声音越高，眼睛越睁越圆，脸蛋涨得通红。看来，钱谦益开门迎降这件事，确实令她失望已极，至今气愤难忍。末了，她一屁股坐回椅子上，抓起扇子，"噗哒、噗哒"地狠扇起来。

惠香茫然地望着她，始终不大明白女伴为何如此。她迟疑了一下，试探地说："姐夫那样子，或者确有不是。不过，依妹子看，他对姐姐可是一片真心……"

"真心有个屁用！"柳如是恶狠狠地说，"老娘才不稀罕呢！哼，比起来，我倒佩服妹妹撒脱，说完就完，那才叫干净！"

这些年来，惠香也一心指望从良，有一阵子，曾经同前明的吏科给事中，后来在弘光朝中做到都察院左都御史的李沾打得火热。那李沾也答应替她赎身脱籍，谁知到头来却翻脸不认账。为这事，惠香气苦得大病了一场，刚刚才见好，现在冷不防听对方提起，倒一下子红了脸。她勉强地笑着说：

"愚妹可没得罪姐姐，何苦又来揭我的伤疤！"

"不是揭伤疤！为姐说的是真话！你那个姓李的，本来就不是真心！又那等一天到晚地糟践你。你若真个跟了他，只怕不知哪一天就给他害死了！如今散了就好，起码还能多活些年！"

惠香没有再分辩，一双细长的眼睛却朝远处眯缝起来，只是，嘴角两旁的皱纹变得越来越深。许久，她才喃喃地说："姐姐适才说，要回去当婊子？这话说着玩儿倒是不妨，若然真的走回那一步，纵使别人不笑话，只怕今时的姐姐不比愚妹，再也受不得那个罪了！"

大约看见惠香说话时，神情是那样抑郁和迷惘，柳如是眨巴了一下眼睛，终于被噎住了。而且，经过刚才一通发泄，她心中积存的怨毒想必也排解了一点，因此脸色稍稍变得平和下来。有片刻工夫，她咬着手中的汗巾儿，不再吱声，末了，像是下了决心似的，站起来说："算了！不说这些劳什子事——哎，好久没有同你下棋了，趁今日有点兴致，下它一盘，如何？"

空闺落寞

情谊深密的两位女友在木樨的浓阴下摆开棋局，交谈也随即停止了。静悄悄、清爽爽的秋日庭院里，到后来只剩下棋子敲枰的"的笃"声响。看样子，如果没有别的事情打扰，她们便会这样消磨一个下午。然而，偏不凑巧，一盘棋尚未下完，外间就传进话来，说惠姑娘的鸨母派了人来，催得很急，要惠香立即回去。惠香眼见棋枰上就要做成一个大劫，冷不丁来了个搅局的，自然恼得直嚷不依。倒是柳如是知道彼此境遇不同，作为至今仍留在旧院的一位姐儿，惠香眼下还得凭借色相，千方百计觅食谋生，何况听说兜搭到的又是一个大主顾。因此，她爽快地把棋枰一推，站起来，准备送客。惠香仍旧犹豫着："可是姐姐……"

柳如是一摆手："你就别管我了，快走吧！赶明儿要没事，早点儿过来就是了！"

"那——小妹就先家去了？"惠香把手中的几枚白棋子放回盒子里，跟着站起来。看得出，她其实也有点着忙，朝柳如是只草草行了一礼，就匆匆转过身去。

倒是柳如是在原地好站了一会，直到目送着惠香从老银杏树边走过，出了月洞门，那角粉红裙裾最后闪动了一下，消失了，她才慢慢转过身来。

九月的秋阳还在西边的亭子顶上弄影——离天黑还远得很。

偌大一个东偏院，又剩下了柳如是一个人。无疑，院子里还有红情、绿意和别的丫环老妈，但是那些人只配打杂侍候，却不能平起平坐地同主人一道寻乐子、闲磕牙，更别说替柳如是排愁解闷了。本来，这种日长无事的辰光，以往柳如是也经历过，说到排遣的办法，也尽有，譬如读读书啦，写写字啦，再不然就学当年李清照的样儿，挑个字数顶少、顶难押的韵儿做几首诗。然而此刻，对那种种玩意儿，柳如是偏偏全都提不起兴致，才拿在手里，又抛下了。于是到头来，她只好依旧拎起那把白纱团扇，皱着眉儿，咬着嘴唇，坐在靠椅上老半天的独自发怔。

暗绿的浓阴在周遭幽幽地笼罩着，浓阴外阳光耀眼。两只白色的小蝴蝶翩翩地飞过来，忽上忽下地转了一个圈，又双双飞走了。庭院里弥漫着桂花的浓烈的芬芳……

说也奇怪，刚才，当惠香取笑她深闺独守，寂寞难熬的时候，柳如是还激烈地否认，可是此时此际，一股孤独冷清的滋味，却悠然漫涌上来，有片刻工夫，柳如是胸膛里感到空空落落的，浑身上下都不得劲儿。这种情形，是过去所从来没有过的。她不由得用双臂抱紧了自己，试图竭力抵御，结果，却咬着牙齿，霍地站立起来。

"哦，死老头儿，死老头儿，死老头儿！"

这么恨恨地一连咒骂了几声之后，心中才似乎好过了一点。她慢慢走回椅子，重新坐下。为着避免刚才的困扰再度袭来，她把桌上的一本书举到眼前，强迫自己看下去，但终于又放下了。

大约是为着不打扰女主人，这会儿，那些丫环、妈妈暂时都失去了踪影。四下里愈加显得静悄悄的，只有微风吹过，檐前的铁马发出"丁丁铃铃"的轻响……现在，柳如是微蹙着远山样的眉儿，歪在凉椅上，仰望着天上朵朵浮荡的白云，开始默默地想心事。她觉得，自己同钱谦益的缘分，恐怕确实已经到了尽头。虽然老头儿口口声声说，他之所以忍辱偷生，是为着等待时机，报效大明。可是凭他那个怯懦、窝囊的秉性,还指望他能干出什么真正硬气的事来!更何况,如今他又被一家伙弄进北京去软禁着,不知何年何月才能回来,如果自己不肯北上去迁就他,他又回不来。那么这后半辈子,看来就只有天各一方了。"哼,他们做男人的倒好,不拘到了哪儿,只要乐意,就能照样弄个女人来替他暖着被窝。可是我呢?虽然赌气嚷嚷要回盛泽去,其实到了靠三十的年纪,也是回不去的了!那么莫非只有从此空房独守,孤苦伶仃地一天天挨命?"

由于发现,自己这几年费了多少心思计谋,使出了无数手段,好不容易才把陈夫人、朱姨太这些厉害的对手一一打败,最终夺得了专房之宠,谁知才不过两年,自己竟然也落到与从前的对手同样的命运!柳如是的泪水不禁漫上了眼眶,心中的那一股子气愤和憎恨,也不可抑止地再度迸发了!

"红情,红情!"她一挺身坐起来,用扇子使劲敲着桌子,憋着嗓门狠叫。

"哎,来了!来了!"红情连声答应着,慌里慌张地从屋子里奔了出来。

"酒!把酒给我拿来!"

"是!"这么答应了之后,红情疑惑地偷看了女主人一眼,随即转过身,三步并作两步走回屋里,很快地,就把一壶酒,外带一只细瓷杯子,用托盘端了出来。

"夫人,还要点什么不?"红情一边朝杯子斟着酒,一边小心地赔笑问,"前日惠姑娘送来的一坛子酱肉,还不曾开封,正好用来下酒。"

"混账!不要!我要核桃仁,炒栗子!听见没有?快点拿来!"柳如是厉声呵斥道,随即抓起酒杯,一仰脖子,直灌下去。

这是一股馨香的、略带刺激的热流……柳如是分明觉得,它正沿着喉管缓缓地往下流着,流过心窝,流过肺腑,到了胃里;

片刻之后，便在胸廓间沛然扩散开来，浑身的血液也随之加速了流动，接着又涌上了脸颊……

说也奇怪，现在，柳如是觉得难耐的压迫松弛了，心中变得好过一些。她接着又喝下了第二杯、第三杯……而随着酒愈来愈施展出魔力，刚才那股子扑腾腾往上蹿的邪火，便渐渐失去了势头。待到钱谦益在脑子里的影像，被愈来愈远地推了开去之后，她终于平静下来，似乎一切都不那么重要了……不过，光喝闷酒仍旧不免无聊，于是她用筷子挑了一颗核桃仁，搁在嘴里慢慢嚼着，把先前抛下的那部《肉蒲团》又随手捡起来。

这部描写男女艳情的小说，是惠香给她带来的。刚才，大约由于心情恶劣，书中对于男女肉欲的那种露骨放肆、连篇累牍的描写，还使柳如是觉得毫无意思，甚至讨厌反感；可是眼下，凭借着酒的引导，她却不知不觉地读了进去。"哼，这写书人也真够赖皮的！"她一边嚼着核桃仁，一边撇着嘴儿想，"那些个什么《痴婆子传》《浪史》之类，我以往也看过好些，却都不及他会胡编。嗯，竟写到用狗的……难道真能成么？"心中这么鄙夷着，却被书中的描述所吸引，不由自主地往下追踪。而且随着情节的进展，她的兴趣也渐渐被激发起来。因为书中人物的行为开始变得愈来愈放纵而且疯狂。"哎，这未央生，也算得上个色中魔头了，竟把那些娘儿一个一个摆布得连命儿都不要！不过细想起来，只怕也是写书的人胡编罢了，世上哪里就真有这般手段的男人？起码我就没有遇到过！"这么不以为然地摇着头，她的眼睛就滑离了书本，一边顺从着那种醺醺然、飘飘然的感觉，不能自制地微笑着，一边历历在目地回想起：以往许多年，自己在风月场中所经历的那些妍媸异态、五光十色的床笫体验，那无疑要比眼前的《肉蒲团》所描述的，要远为真实、具体和生动，也更令她动心和陶醉。"啊哈，是的，若然有朝一日，我也动手写一本传奇，必定不会输给这个什么——什么'情隐先生'！"她自负地想，"哼，我也不像他这样，去胡编一窝子女人。我可要说一帮子男人，对，就说那许许多多的男人！别瞧他们一个一个像是多么的不同，其实呢，到了那当口，全是一个样！哎，那时节，我是多么年轻，多么快活呀！可如今一个也没有了，一个也没有了，这些男人！哎，真难受！怎么会这样子？为什么？哦，哪怕只有一个也好呀！如果眼下有一个，我一定会像宝贝似的把他抱在怀里，就这样……哎，亲他，咬他，要他！哦……哦……是的，我要他，一天到晚地要！哦……"

就这样，由于酒和书——还有层出迭现的回忆与幻梦，柳如是变得愈来愈情怀放纵，春心激荡。有一阵子，竟至于脸红耳赤，意乱神迷，把周围的一切都忘记了……

漫长而又难熬的下午终于给打发了过去。当柳如是合上书，怀着一种既满足又空虚的心情从庭院返回屋子里时，她的身体内分明地洋溢着某种异样的东西，那是一种焦灼的、模糊的，然而又是令人心中作痒的渴望……

傍晚的天色，像一张渐黑渐宽的幕布，在庭院上方铺展开来。不知不觉又到了掌灯时分。已经吩咐不必开饭的柳如是，虽然颇有醉意，但是仍旧记起一件事，就是今天还没有召李宝来，向他询问外间发生的事情。于是，便一边吩咐红情去传话，一边继续懒懒地歪在椅子上等候。

说起来，这也是柳如是新近定下的一条规矩：为了及时掌握城中的动向，以免发生了不测的变故，家中还不知道，她责成李宝每天派出手下人，到城中转悠，并把看到、听到的情形收集起来，向她报告。至于李宝，作为得力的亲信仆人，过去一直是跟在钱谦益身边的。这一次钱谦益北上，本来也打算带他一道走。是柳如是看中他听话好用，说服了丈夫，把他留下来。李宝为人也果然乖巧，对女主人的心思似乎摸得特别透。不论吩咐什么事，他总能办得妥妥帖帖的，因此颇得柳如是的欢心和倚重……

小半天之后，李宝已经奉召来到。他照例在起居室的门外停住，隔着帘子向柳如是请过安，然后垂手而立，等候女主人问话。

要在平时，这种问话都是在晚饭之前。那时天色还亮，隔着竹帘，柳如是在屋子里看得清仆人，李宝却看不见她。本来，这也是闺范防闲之意。可是今天天色已经擦黑，屋子里又点着灯，情形就倒转过来，变成外面看得里面，里面却瞧不见外面。这使柳如是颇不习惯，于是便招一招手，说道：

"哎，你站进来说！"

"这……禀夫人，小人不敢。"

"不敢？有什么不敢的！傻子，我看不见你！进来，进来吧！"

"可是，要是让老夫人知道，小人担待不起！"

"胡说！"柳如是生气了，眼睛也随之瞪起来。但是转念一想之后，她就情不自禁地露出了微笑，于是一边用纤长的手指轻轻抚摸着靠椅的扶手，一边柔声呼唤道："哎，你进来嘛，老夫人不会把你怎么样的，有我呢！"停了停，看见没有动静，她又催促说："咦，你倒是进来呀！莫非还怕我把你吃了不成？"

谁知，即便是这样招呼了，李宝仍旧不肯露面，只是一个劲儿地推搪说："不，不，小人不敢，小人不敢！"

如果说，柳如是刚才用了那种声气，多少有点一时放纵，同年轻的仆人逗着玩儿的话，那么眼下，隔着门帘的那个男人的嗓门，却刺激着柳如是的想象和欲望。因为李宝的矜持和推拒提醒了她：不错，这也是个男人！一个蛮伶俐俊俏的年轻男人。而且重要的是，他是实实在在的，与刚才那些白日梦不同，只要她伸一伸手，就可以真正获得所渴望的快乐和满足，而且是马上。"什么，老头儿知道了会怎样？去他的吧！一个糟老头儿，鼻涕虫，镶枪头，他凭什么还来管我——哦，只要我伸一伸手，就能够……这有多么好！"她心跳地想，同时，觉得有一条小小的爬虫在身体内越来越不安分地蠕动着……

"红情，"她断然向身边摆一摆手，"你到厨房去——嗯，昨儿那盘子肉太硬，让他们做烂点，给我把饭开出来！"

待丫环恭顺地应诺着离去之后，她便回过头来：

"哟，你怎么还不进来呀？莫非还要我站起身，把你拖进来么？"这再次的催促，已是用了撒娇的口吻。

"啊，不是！不要，夫人千万不要！"李宝马上阻止，听声音，像是十分惶恐。

"那么，你就自己进来，乖乖儿的，唔？"由于想起年轻的仆人平日乖觉顺从的模样，柳如是觉得眼下需要的，只是多给对方一点鼓励。

"……"

"来呀，快来呀！你！"

"……"

"哎，你怎么不说话？"

"禀夫人，小人在这里给夫人跪下了。"

"跪下？为什么？谁让你跪的？"由于意外，也由于莫名其妙，柳如是倒怔住了。

"小人求夫人一件事。"

"求我？"柳如是转动了一下眼珠子，嘴角再度浮起微笑。她眯起眼睛，幽幽地叹了一口气，说："哎，谁让我心肠太软呢，无论你要什么，我总会答应你的——嗯，你想……你想要什么？"

"小人求夫人——求夫人饶、饶了小人！"

"饶了你？哦，自然，无论你对我做什么，我都不会怪罪你的……"

"谢、谢夫人！那么，小人还是站在外、外间的好！"

李宝最后这句话虽然声音不高，而且有点结巴，可是，柳如是却像猛地踩空了一只脚似的，整个身子反射似的端坐起来，连酒也醒了一半。她疑惑地皱起眉毛，反复地咀嚼着仆人的话。渐渐地,她的那双妩媚眼睛由于失望和恼怒而睁圆了,有片刻工夫,变得面红耳赤,又气又羞。

门帘外的李宝,却似乎还担心女主人不明白。只听他嗫嚅着又说:"小人上、上有老母,下有……"

"滚!滚!"柳如是蓦地大吼起来,"你快点给我滚!"

停了停,发现帘外没有动静,她又咬着牙,一跃而起,冲向门边,恶狠狠地挥着拳头尖叫:"我让你滚!怎么还不滚?快滚!滚!"

待仆人惊惶的脚步声匆遽地消失之后,她觉得还不足以消解心中的狂怒和气恨,又一把抓起桌上的宣窑花瓶,抢着在泪水迸出眼眶之际,"砰"的一声,使劲把它在地上摔个粉碎。

旧好情痴

惠香起居接客的处所,坐落在武定桥的北侧。那是一所带天井的老旧河房,进门迎面是三间的平房,后面靠左竖起一幢小小的木楼,右边让出半爿小院。院中的芭蕉绿阴下,散置着几块湖石。临河的一面,照例伸出个露台。从格局看,这河房在构筑的当初,倒也不失为小巧别致;只是后来,大抵由于主人换了又换,房子却始终没有怎么修葺,再加前两年一直闲置着,到眼下已经是彩漆剥落,梁柱蛀蚀,有点东倒西歪的样子了。

惠香是在同李沾散伙之后,极匆忙地搬到这儿来的。当时清军兵临城下的消息已经传得沸沸扬扬,她也慌得六神无主,一心指望老相好前来接她。谁知左等右盼都没有消息,末了,却突然收到一封冷冰冰的短柬,其中也没有说明任何原因,只表示从今以后,断绝一切来往。惠香惊愕失色之余,几番托人追问,还亲自上门。李沾竟然一概拒绝不见。遭此无情打击,惠香气苦得痴呆终日,茶饭不思,随即病倒在床。她的鸨母眼见靠山已失,而且满城兵荒马乱，更生怕惠香这棵病得腻腻歪歪的"摇钱树"有个三长两短，便自作主张，连夜把原来那幢租金昂贵的河房退掉，搬到这所破房子来。惠香病好之后，对她娘的做法起初还不以为然，认为丢了她的份儿，后来得知即便是秦淮旧院里，那些往日顶叫红的姐儿，也一夜之间全变得门庭冷落，生意锐减，她才明白时确实不比往日，对于以后的日子如何撑持，自觉心中无数，只得姑且将就着住下来……

现在，惠香已经跟着狗儿回到河房，下了轿子。由于前一阵子报信的耽搁，她怕客人等得不耐烦已经走了，便先左右望了一望，发现离门边不远歇着一头鞍鞯俱全的驴子，一个小厮模样的后生正歪在墙边打盹，她才放下心来，于是一边往里走，一边对已经闻声迎出来的毛头丫环阿好问："嗯，客人呢？"

"哦，在后楼上坐着呢！娘快去吧！阿婆老等不见娘回来，都快急成斗昏鸡了！"阿好急急地回答，胖胖的圆脸上现出如获救星的神情。

"不就是来过一回的那个郑公子么！哪里值得这等着急了？"惠香不以为意地说。

"哎呀，"阿好把双手一摊，"娘去瞧瞧吧！来了半天了，却不言不语，像个泥菩萨似的，同他说话也不应，可也不走！阿婆说，她混了这一大把年纪，什么样儿的客人没见过？可侍候像郑公子这样的'呆鸟'，还是破题儿第一遭呢！"

听丫环这样说，惠香不再问了。提起这个"郑公子"，她眼前就浮现出一张羞怯的、白净的孩儿脸，和一双同样细白的、长得挺秀气的手。说来也怪，此人自称姓郑，问他的名字，却高低不肯说。而且言谈举止也与一般客人不同，上一回来坐了足有一个时辰，虽然也循例地开席摆酒，却丝毫没有轻佻浪荡的模样，甚至小指头也不敢动惠香一下，只是斯斯文文地坐着，专心而恭敬地听惠香说话，偶尔加插上一两句，却像个姑娘家似的，未开口就先自红了脸。最后，留下银子就走了，倒让惠香和她娘猜测了半天。现在，听说他又来了，而且依旧是这么傻呆呆的一副劲儿，惠香便不由得生出一份好奇，有心要摸清他的底细了。

"好了，好了，可回来了！"当惠香穿过堂屋，踏上后楼的扶梯时，她听见一个熟悉的嗓音在上面高兴地说。接着，是楼板吱扭吱扭地响，她娘那张浓施粉黛的瘦脸出现在扶梯的口上。为着竭力招徕顾客，也为着不显得太过寒酸丢份儿，自从搬到这所破房子里来之后，她娘倒是尽量把自己装扮得光鲜些、整齐些。不过，这反而使惠香更尖锐地意识到自己眼下的处境，并对李沚的薄情寡义感到锥心刺骨的怨恨。

不过，这种苦涩也只是翻涌了一下，因为她已经踏上最后一级楼梯，并且看见客人已经离开了椅子。于是她只好定一定神，旋即照例把双袖交叠在腰间，行着礼温歉说："原来是郑公子来了！贱妾不知，有失迎候，还请公子见恕！"

"啊，不、不敢！"那书生马上拱手当胸，"小娘子闻讯即回，小生已是受……受宠若惊了！"他结结巴巴地说，同时前倾着身子，半张着嘴巴，一双圆鼓鼓的眼睛现出期待已久的惊喜。等惠香款款地走前去，他就慌忙地倒退一步，给她让出道来。

惠香微微一笑："公子请坐！"

"啊，小娘子请坐！"

"公子请！"

"小娘子请！"

惠香不由得笑起来："郑公子，不如我们谁也别请了，竟是各坐各的好啦！"

那位书生本来还毕恭毕敬地拱着手，听了这话，倒怔了一下，随即恍然大悟："对，对，各坐各的，各坐各的！"说完，这才用袖子擦一擦汗，在椅子上坐了下来。

"郑公子，"在一旁瞧着的鸨母，也就到了这会儿，才分明松了一口气。待阿好重新奉上茶来，她就立即赔笑说，"寒舍还有些儿俗务，那么，就偏劳惠娘陪伴公子，贱妾先行告退了。"说着，行了一个礼，就忙不迭地下楼而去。

"哎，公子——"待到阿好也知趣地消失了踪影，小小阁楼重新变得宁静而幽秘，并且分明地嗅到了沉檀雅致的淡香之后，惠香忽闪着细长而妩媚的眼睛，从白纱宫扇的边上斜睨着对方，用埋怨的口吻说，"你也忒狠心！怎么上一回来过之后，这好长日子都不见影儿？可把奴家的脖子都盼长了！"

那书生正捧着茶盅子，低着头，用盖子在杯沿轻轻掠着水渍，听了这话便仰起脸，睁大眼睛，疑惑地说："好长的日子？小、小生不是前日才来过么？"

惠香用扇子掩着嘴儿，"扑哧"一笑，随即扳着纤长白嫩的手指头，一本正经地责备说："啊哟，还说不长呢！相公是前日未牌时分去的——未、申、酉、戌、亥……嗯，到而今，足足有二十五个时辰了呢！"

姓郑的书生眼睛睁得更大："二、二十五个时辰——也可以这么说吧。可是……"

"好吧，算啦！"惠香宽容大量地一扬扇子，"这一次奴家就先记着账！下一次再这么着可不成！"随即又斜睨着他，亲昵地轻声说："公子哪里会知道，人家是怎么想着你呐！"

"这——"那书生的脸顿时红起来，"多、多感小娘子厚、厚爱……不过……"

"不用说了，不用说了，知道，奴家都知道！"这么体贴地表示之后，惠香就站起来，歪着头儿，爱娇地问："那么，公子之意，是下棋呢，抑或听曲？"

"啊，不——"

"那么，莫非公子意欲吟诗、作画？"

"小娘子是说——作画？不，也不要！"

惠香转动了一下眼珠子，随即装作没有主意地问："那么，公子想要奴家怎生侍奉？"

"侍奉？啊，不，小生只想——只想小娘子……不知、不知……"那书生望着惠香，嗫嚅地说，脸孔涨得通红，一双眼睛却开始闪闪发光。

看见他这样子，惠香倒有几分明白了："原来是个浑不更事的急色儿！"她想，于是故意躲开对方的视线，"莫非公子是要奴家……"这么低着头说了半句，她就顿住了，飞快地抛出一个含情脉脉的眼风，随即侧转身子，含羞带笑地佯嗔说："哎，你……你真坏！"

"哎，不、不！小生并非此意！"看见惠香已经动手去解前襟的扣子，那书生分明吃了一惊，乱摇着双手，慌急地说。

惠香却不管他这一套。不错，这一向来家中生意清淡，好不容易来了个主顾，她自然很想全力以赴把他缠紧粘牢，以便狠狠刮上一笔。但是这么两次下来，她发现眼前这个郑某不只书呆子气十足，而且显然是个初出茅庐的"雏儿"，对风月场中的门槛全然不懂。以惠香的经验，在这种时候就必须采取主动，把对方搭进网里来了。

"哟，瞧你！还怕羞呢！真个小冤家！到了我这里，你要怎样就怎样，奴家都依从你，怕什么哟！"她半敞着衣襟，露出里面的大红抹胸，一边微笑着，一边端起杯子，款摆着身子走过去，一下子坐到了对方的大腿上，伸出雪白丰腴的胳臂，紧紧勾着对方的脖子，先在那张姑娘般白净的脸上亲了一下，然后用身子挨擦着他，从鼻子里撒着娇说："可怜见的，只要你喝上一口妾喝过的这杯香片茶，心儿就定啦！哎，喝嘛，我要你喝嘛！"

那个书生显然没提防她会来这一手，急切间倒给闹得手足无措；而且，他还分明不敢过于得罪惠香，结果被硬灌着，咽了一口。不过，尽管如此，他过后仍旧撑拒着，推开惠香，站了起来。

"请、请、请小娘子放、放自重些!"他喘着气,狼狈地说,随后又连连咳嗽起来。

"放自重些?"满心指望引鱼儿上钩的惠香,被这意外的拒绝弄得大为扫兴。她一边抖落着泼洒在袖子上的茶水,一边咬着牙,冷笑说:"公子这话也说得忒好笑!你倒说说,这儿是什么地方?你上这儿来,又是为的什么?啊?"

"小生皆因久慕小、小娘子芳名,特来拜望,别、别无他意……"姓郑的书生嗫嚅地说。

"哼,久慕芳名,特来拜望——本姑娘见的人也多了,有公子这等拜望的么?"

看见对方低着头不作声,她又把杯子往方几上一放,恨恨地催促:"咦,你说,说呀!"

那书生分明被追问得很不自在。有片刻工夫,他连连干咳着,像是要说话,结果却什么也没说出来。

倒是惠香,与对方其实并无情爱可言,刚才的种种亲密举止,无非是在做戏,因此尽管表示着气恼,但同时已经在迅速转着心思。不错,在此之前,她还只是觉得对方书呆子气十足,对风月场中的窍门全然不懂;但是眼下,凭着多年的风尘阅历,她就发现这位举止乖张的不速之客,来意似乎并非那么简单了。

"嗯,那么,公子今日见顾,莫非有什么为难之事,要奴家相帮的么?"半晌之后,她终于慢慢地把前襟的扣子扣上,望着对方,冷冷地问。

"啊,没、没有!"那书生连忙摇头,一张脸却立即红了起来。

"礼下于人,必有所求。公子两度赐顾,既不要妾抚琴献技,又不要妾侍奉枕席,那么自必就是来求妾办事了!我猜得可对?"

大约惠香说话时,闪闪的目光一直紧盯着对方,那书生慌乱地一瞥,便逃也似的移开了视线。

看见对方这样子,惠香愈加断定自己的猜想不错。只是这么一来,她也就不急于追问。"嗯,他既然是求我而来,那么他自己自然会说的。"她想。

沉檀若有若无的香气,从博山炉中缓缓地飘散开来。由于终止了谈话,有一阵子,阁楼里变得静悄悄的,只有明亮的夕晖,从西窗的帘缝透进来,投射到东边的板壁上,把满屋子的紫檀木家具和金玉摆设映照得熠熠生光。

"小生是……是为情而来!"终于,一个低沉而苦涩的声音在寂静中响起。

惠香怔了一下,当确认这个回答当真是出自姓郑的书生之口,她错愕之余,不由得一仰脖子,哈哈笑起来。

"你说——嗳哟,是为,嗳哟——为情而来!那么,你说,你为的是谁?自然,不是我,那么,莫非你是为阿好不成?不错,那丫头呆头呆脑的,与公子倒是天设地造的一对!"

听了这样的挖苦,那姓郑的书生却没有着恼,只是摇着头,说:"不,不是的。"

"那么,公子到底为何人而来?"

发现对方神情十分认真,惠香的口吻已经变得稍稍缓和。不过,那姓郑的书生仍旧又挨延了片刻,才轻轻地说:"小生此来,实在是为了阿隐!"

"阿隐?哪个阿隐?"惠香疑惑地问。

"阿隐就是阿隐。这世上还有几个阿隐?"姓郑的书生抬起头回答,他的眼睛闪出虹样的光芒,说到阿隐的名字时,声调里充溢着无限的爱恋之情。

惠香却闹不清楚阿隐是谁,仍然惊疑不定地望着对方。蓦地,她心中一跳,从椅上一下子站立起来。

"什么?你是说如是——柳如是!你是为她而来?"她吃惊地问。

"如是——是她后来改的名字。以前她可是叫阿隐!"

"哼,"由于意外,也由于某种出自本能的反感,惠香不由得沉下脸,"公子也忒大胆,竟敢把主意打到尚书府里去!莫非你不晓得,如是如今是什么身份么?"

"小生知道。可小生不怕。只要能再见上阿隐一面,小生便是即时死了,也甘心!"

惠香眨眨眼睛。对方在说出这几句话时,所表现出来的那种不顾一切的狂热和赤诚,使她再一次感到意外。

"公子到底是谁?怎么知道我能帮你?"沉默了片刻之后,她终于又问。

"小娘子不必多问。小生深知此事凶险,不欲连累小娘子。只求小娘子帮小生见上阿隐一面,定当厚报,绝不食言!"

"哼,你凭什么认定阿……阿隐肯见你?"

"就凭的这个!"姓郑的书生自信地说,随即从怀里掏出一个锦囊,轻轻抚摸了一下,然后双手递了过来。

这是一只十分精致的锦囊,上面用金银线织出并蒂莲花的图案。打开锦囊,里面是一小束漆黑发亮的头发,还有一方手帕,上面赫然有"生死不渝"的字样,而且分明像是刺血写成……

看清对方凭仗的是这样的"信物",惠香却不禁暗暗摇头。因为说穿了,这本是她们做妓女的笼络客人的一种手段,根本当不得真。就拿惠香自己来说,类似的信物就不知送出过多少。"可笑这个呆哥儿,却拿它当心肝宝贝似的藏着!"她想。看见对方一往情深的模样,她倒也不忍心说破,于是只好重新坐下,管自轻轻地摇着白纱宫扇。

"小生五载相思,身心俱瘁,此番是为性命而来,恳请小娘子千万搭救则个!"也许看见惠香不说话,姓郑的书生竟"扑通"一下,跪了下去。

惠香却仍旧沉默着。因为她很明白这是一件什么样的事情,会产生什么样的后果。虽然就她自己来说,落到了眼下这种穷困潦倒的境地，其实已经没有什么可顾忌、可害怕的，不过她仍旧决定把事情想得透一点。

"若是奴家替公子把这锦囊转给阿隐，"终于，她抬起头，目光灼灼地盯着对方，问，"公子怎生谢我？"

由于绝望，也由于苦恼，姓郑的书生本来已经变得垂头丧气，眼泪汪汪，听了这话，他眼睛蓦地一亮：

"啊，小娘子若、若是应允帮忙，小生愿以百、百金相酬！"

"那么，好，请公子三日之后，来听好音！"这么断然应允之后，惠香就一挺身，站立起来。

……

"哎，你当真替他去做这种事？"把感激涕零、因狂喜而变得有点不知所措的客人送走之后，鸨母一边转过身来，一边担心地问。

"当然做呀！为什么不？一百两银子的酬劳呢！"惠香把手一摆，回答得很干脆。

"这、这可是件风火事儿，万一捅出娄子来，可不是好玩的！"

"……"

"况且，柳夫人同你又是顶要好的，也不该这等指着火坑儿让她跳！"

惠香嘻嘻一笑："娘，你啥时节变得这等菩萨心肠，连白花花的银子都不想要了？"停了停，又说，"你放心，这事愿意不愿意，自有如是姐姐拿主意，轮不到我们替她担待！再说，她那钱老头儿也真没气性，对如是就那等死心塌地，也该当让他触点霉头才是！"

第五章
钱谦益陛见北京城，洪承畴视察徽州府

心乱如麻

　　经过近一个半月的长途跋涉，钱谦益偕同弘光朝的其他三位降官一道，终于到达已经成为清朝首都的北京，并且在宣武门外的一爿房子里临时住了下来。

　　他们这一次北行，就身份而言，无非是降官和俘虏，但由于跟随清朝大军一起行动，倒也旅途顺利，一路平安。加上多铎对他们一直颇为优礼，在起居饮食方面尽量给予照顾，也使降官们那半悬着的一份心思，暗自放下了不少。不过，尽管如此，钱谦益仍然感到情怀落寞，郁郁寡欢。无疑，他这次北行，并不是孤身一人，还带着老家人钱斗等几名得力仆从，然而不管是在行经大运河的船舱中，还是在沿官道颠簸北上的车子里，一个尖锐的感觉始终折磨着他，那就是柳如是不在身边。这种感觉之所以尖锐，与其说是眼看着别的降官有家眷随行，在旅途中照样得以享受"闺房之乐"，而自己却不能够，毋宁说是由于他感到，在爱妾坚持留在南京的任性和固执中，分明地隐含着一种鄙弃的意味、一种离心离德的倾向。这对于把后半生的乐趣，都拴在那个娇小女人身上的钱谦益来说，是无论如何也接受不了的。因此，愈往北行，他就愈加从心底里感到恐慌和空虚。"哎，这样的女人！我已经是连心肝都全掏给了她，可是到头来，让她哪怕稍稍迁就我一回，竟也不肯！"无可奈何之余，他不止一次懊恼地想。

　　的确，也难怪钱谦益感到委屈。昔日的种种恩情眷爱暂且不论，就拿清军进入南京之后的两个多月来说，作为主持迎降的大臣之一，他虽然不得不竭尽心智地与征服者应对周旋，把一些非做不可的事——诸如安顿兵马、介绍情况、清点府库、移交财产、安抚民众等等，照例办理完毕，但是，也就是仅此而已，他自问并没有再做什么卖主求荣、昧心背理的事。相反，在清兵进入南京的当天，他陪同征服者来到昔日的皇宫时，还止不住悲从中来，当众伏地大哭了一场；而当清军的统帅多铎向降官们征询进军的方略，他就极力主张以招抚为主，为的是避免江南的民众遭受无辜的杀戮……但是，即便如此，柳如是仍旧很不满意，平日冷嘲热讽不必说，待到他以年老迟暮之身，被迫长途跋涉，间关北上时，对方作为侍妾，竟置自身的义务于不顾，拿出这么一副铁石心肠，钱谦益就觉得未免过于薄情了……

不过，懊恼归懊恼，要是反过来问钱谦益：他对于自己参与献城投降，是否当真感到十分愧疚，并且决心信守对侍妾的承诺，一旦时机来临，就转而投身反清复明的行列？恐怕钱谦益也未必能够响亮地回答。诚然，当初柳如是不惜以一死来为明朝尽节，确实曾经使他大受震动；而且当事情平息之后，细细回想过去这一年多，自己面对国破家亡的非常祸变，苦心孤诣，殚精竭虑，无非想为大明的江南半壁谋求一份苟安；结果，在惊涛迭起的政争漩涡中饱受颠簸、忍辱负重不算，最后还在势成骑虎的情况下，落得一个带头变节、献城投降的千秋恶名。经历了这一遭连老本都赔个精光的买卖之后，钱谦益痛定思痛，对于利禄和功名确实已经心寒意冷，再也没有心思到征服者的朝廷中，希图什么荣华富贵；但是同样，要他回过头去，为复兴明朝卖命献身，说实在话，也提不起任何勇气和热情。因为以他的久历世故，心中十分明白：明朝之所以落到今天的结局，绝不是偶然的，实在由于自身的黑暗腐败，已经到了病入膏肓、无可救药的地步。在北京的崇祯朝廷和南京的弘光朝廷相继覆灭之后，要想卷土重来，再造中兴，真是谈何容易！在他看来，面对着清朝势如破竹的进军，明智的抉择，应当是竭尽全力在乱世中保住身家性命。这才是最要紧，也最实际的。至于柳如是那种行为和想法，无非是女人家不知变通，一时感情冲动。"待过些时候，大局定下来，她自然会回心转意的！"近一个多月来，他一直暗暗地想。到了这一次，接到顺治皇帝"着即来京陛见"的诏令，钱谦益固然是迫于无奈，勉强启程，但也丝毫没有抗拒和逃避的打算，只是抱着走一步算一步、随遇而安的态度。因此，当满载降官及其眷属的车队辚辚驶入重兵把守的朝阳门时，他充其量只是稍稍增加了一点紧张和戒备，除此之外，确实说不上有什么明确的打算和想头……

眼下，已经是来到北京的第十天。虽然七天前，已经被安排在例行的朝会时，跟在百官的班末，向大清皇帝行了陛见之礼，但是据负责与他们联络的吏部左侍郎陈名夏通知，接下来还有一次小范围的召见，日期尚未确定。于是他们只好仍旧耐心等着。也许由于住的是新地方，一清早，钱谦益照例就醒了，躺在床上再也睡不着，便干脆爬起来，由小厮服侍着，洗脸、漱口、穿衣、束带。当做完这一切之后，看见新近雇来的剃头匠阮良——一个身材瘦长的中年汉子，已经挟着一个箱子，微弓着腰站在门边，他于是点一点头，在紧靠东窗的长案前坐了下来。

看来，时辰确实还很早。虽然钱谦益暂时停止了思想，并且习惯地闭起眼睛，但仍旧听不见院墙外有行人活动的声息。只有剪刀和梳子被剃头匠摆弄着，在耳边发出轻轻的碰响。不过北方确实就是北方，何况已经到了十月初冬，清晨的气息更是寒意侵人。自然，使钱谦益最分明地感到这一点的，还是那爿变得光溜溜的头皮。提起来，这又是他的一块心病。那是三个多月前，清朝的剃发严令下达到了南京。当时城中的缙绅，包括降官们，因为豫王多铎不久前才明令禁止汉族官民擅自变异服饰，如今忽然又强令剃发，都感到既吃惊，又反感，纷纷来找钱谦益，请教对策。

钱谦益起初只是支支吾吾，因为在他看来，作为归顺之民，面对征服者的强权和意志，除了俯首听命之外，已经根本没有与之理论的余地。但是后来，有些人谈着谈着，竟愤激起来，甚至主张联合请愿，奋起抗命，这就使钱谦益不由得着了慌，因为这种事一旦传到多铎的耳朵里，说不定便会即时招来杀身之祸！但群情汹汹，要制止也不容易，他只得耍了一个花招——借口头皮作痒，回到里间去洗头，趁机干脆把头发剃掉，梳起辫子，然后出来与大家重新相见。这才把那批人弄得错愕失色，泄气而散。

　　头发是这么剃掉了。不过，要说钱谦益心中没有丝毫痛苦和羞惭，那也不是事实。因为就在清兵带着剃头匠，在大街通衢上杀气腾腾地催逼人们剃发那阵子，在南京城里，就接连发生了好几起宁可以自杀来抗拒的壮烈血案，其中有马纯仁那样年仅二十岁的缙绅，还有细柳街泥瓦匠那样的市井百姓，至于邻近州县的殉难者就更多。相比之下，钱谦益的贪生怕死在人们眼里显得尤其突出。虽然，作为人丁单弱的一家之主，他仍旧可以用肩上还承担着许多责任与义务，不能作无谓的牺牲来自我解嘲，但身边那位如夫人的鄙夷目光却不是那么好受的。再加上每天对镜的当儿，自己那副变得怪模怪样的尊容也确实使他感到厌恨和沮丧。"哎，清廷也不知怎么想的，就是为了安定民心，也不该这么做！本来，若能少恃杀戮，多施仁政，人情未必就不感服。如今硬要横插这一杠子，情势可就难料了！虽说清廷派洪亨九来代替多铎，显见是看中他是前明旧臣，与此间人士关系甚多，意欲借他施行招抚之策，但四方乱象已成，只怕洪亨九也未必能纵横如意！"由于自此之后，便不断传来地方上的民众因反抗剃发而起兵的消息，有一阵子，把钱谦益弄得既紧张又担心。无疑，他多少也希冀四下里这么一闹，说不定能迫使清廷收回成命，但是又害怕一旦局势出现反复，自己作为"逆迹昭著"的叛臣，会受到明朝势力的严厉惩处。不过眼下，大约因为已经置身于北京，切近地感受到大清王朝的强大声威的缘故,当这种疑虑再度涌上心头时,却变得淡漠和遥远了许多。"嗯,不管将来如何,眼下必须先躲过江南那边的劫难再说!从大清朝的情形来看,今后纵然不能一统天下,这江北半壁,大约是会坐得稳的。那么,也许还应当设法把家眷快点接过来?"

这么暗自琢磨着,钱谦益的心中似乎踏实了一点。于是,他睁开眼睛,默默打量着铜镜当中,自己那张既生疏又熟悉的脸,并且开始揣测,到了正式召见之日,以自己昔日的名声,以及迎降有"功",起码不至于太受冷遇,而且只要自己不推辞,还会被授予一定官职。要是那样,他就主动要求把修纂《明史》的职责承当下来。"是的,人生不过百年,与其再这么一天到晚担惊受怕,颠沛越趄,倒不如一门心思去设局修史,不问世事,岂不更好!这样,如是也不至于太怨怪我,我也算是为故国前朝尽了一份心力,即使在子孙后世面前,也交代得过去了……"

"老爷,头梳好了。不知可还有未妥之处?"阮良恭谨的声音在耳畔响起。

钱谦益怔忡了一下,回过神来。"好了么?嗯,就这样罢,成了!"说着,他就扶着桌子,站立起来。

"……把家眷搬来,别人倒好办,只是,如是她会肯么?"在屋子里转了一圈,回到桌子前站住,钱谦益接着又想。确实,他的那个计划即使再稳妥、再切实可行,如果柳如是不肯合作,一切都是空的。而从前些日子的情形来看,想要那位执拗任性的小女人同意搬到北京来,只怕比登天还难……这么一想,钱谦益的心中顿时又泄了气。他不由得烦恼起来,一把扯下脖子上的围布,扔给阮良,径自倒背着手,离开寝室,走出院子里去。

这座北京常见的四合院,大约是前朝一位什么小官员的私宅。华丽固然算不上,而且也不怎么宽敞,无非是北边一所三开间的上房,外带东西两个边厢。他们这一次进京,虽说是同弘光帝一道，但彼此的情形多少有所不同——弘光帝是逃跑被俘，他们是主动归降。也许因为这个缘故，自然也为着有所防范，在来京的一路上，他们君臣已经是被分隔开来，不能接触；到了北京之后，弘光帝一行人更是被立即带走，失去了踪影。不过，落到了这一步，钱谦益对于那位昔日的主子，纵然还怀有那么一点"知遇之情"，也已经无力顾及。如今，倒是由于一起被安置在这小小的四合院里，他却同前东阁大学士王铎成了朝夕过从、相濡以沫的密友。现在，钱谦益发现分派给王铎居住的正屋里，隐约传出了人声和响动。他估计对方已经起来，便踏着被露水打湿了的方砖地面，径直踱了过去。来到上房前，发现起居室的门半掩着，他正想伸手去敲，门却"呀"的一声，自动打开了，接着，就露出王铎硕大的身躯和那张熟悉的胖脸。

五个多月前，当弘光皇帝星夜出逃，马士英、阮大铖的宅第遭到愤怒的民众抄抢，南京城中秩序最为混乱那阵子，王铎作为内阁大臣，也成了泄愤的对象。他上街时，所乘坐的轿子被砸个稀烂不算，连本人也挨了好些拳脚；最要命的，是他引以自豪的一部漂亮的大胡子，竟给拔了个精光。因此时至今日，王铎下巴颏上还是稀稀落落的，胡子一直没长全。不过，幸亏老头儿生性通达，对所受的折辱和损失倒能泰然处之。现在，他一边往里让着钱谦益，一边略带意外地睁大眼睛，问：

"牧老，这么早？不知……"

钱谦益"嗯"了一声。刚才，他一时烦恼攻心，顺脚便走了过来，要说事，还真的说不上有什么要紧的事儿。不过，他仍旧继续往里走，直到进入临时充作会客室用的西次间，才停住脚步。

因为是上房，这里的居室比起钱谦益下榻的西厢要宽敞，但陈设却也大同小异，无非是炕、屏、桌、椅之类。不过，眼下使钱谦益感到意外的，却是满屋子龙飞凤舞、墨迹淋漓的书法新作，其中有条幅，有横披，还有整幅宣纸写成的大中堂，由于数量太多，墙上、桌椅上摆不下,干脆连地上也用上了。乍一看,简直成了一个乱七八糟的墨巢,使进来的人几乎连立脚的地方都没有。

"嗯,这些——全都是新近招揽的活计?"由于发现每幅字上都题了某某人"雅属"一类的上款,钱谦益随口问道。

"可不!"王铎做了一个无可奈何的手势,"全都是!人情难却,推也推不掉!"

"嚯,这么多!也真亏老兄对付得了!"钱谦益环顾四周,摇着头说。

王铎不在意地道:"应酬之作罢咧!不过,也有一两张写得好的。兄瞧这一张——"他在炕床上翻检了一下,抽出其中一张,不无得意地摆到朋友面前。

这是一幅草书作品。钱谦益发现上面题了一首五律,却是王铎本人的诗作:

> 夜雨朝来润,春江白渐通。
> 竹楼疑罨画,花石带洪蒙。
> 历历沙形阔,萧萧水气空。
> 观枰逾不倦,刻在野篝中。

作为当代的大家,王铎的书法一向以险峻沉雄、跌宕超逸而著称。如果说,这首诗算不上太出色的话,那么就书法而论,却有如瀑飞泉涌、汪洋恣肆,又似名将临敌,岳峙渊停,极尽似欹反正,浑然天成之妙。要在平时,钱谦益心折之余,自必击节称赏一番。不过眼下,引起他注意的,却是诗末所题的那一道上款:

恭呈和硕睿亲王殿下大雅览正

"和硕睿亲王——"钱谦益疑疑惑惑地想,随即猛然一惊,连忙指着问,"这位可是……"

王铎点点头:"正是当今摄政王。"

"怎么,难道他也……"

"哦,他自然不会认得弟。大抵不知是哪位旧识,向他说到在下,所以他昨日便派人前来索书。"王铎狡黠地眯起眼睛,一只手在下巴上摆弄着那几根稀落参差的胡子,笑嘻嘻地说,"好在是秀才人情纸半张!若是别的,弟还真是未必拿得出;至于弄这个么,我王某倒好有一比——就像贱内养孩子,'扑通、扑通',一个又一个,方便得很!"

钱谦益却没有笑,不过也就想起,昨天有一个官员急匆匆地来访王铎,当时由于自己与那人并不相识,不便过去凑兴,倒猜测了半天。原来却是为的这件事……

"那么今后,兄是打算长居此地了?"钱谦益终于又问。由于发现来到北京的短短半个月里,王铎凭着一手书法,竟然搭上了包括摄政王多尔衮在内的许多新朝显贵,一时间,倒使他说不上究竟应该羡慕,还是应该反感。

"咦,难道兄还打算回去不成?"王铎惊讶地反问,"江南眼下乱哄哄,还不定闹到什么地步。要是被搅和进去,弄不好,连命都搭上也未可知!唉,中国之大,眼下要想过上几天安稳日子,除了这儿,只怕再也找不到别的地方了!"看见钱谦益不作声,他左右张望了一下,又凑近来,压低声音说:"兄莫非以为,像你我这样的人,既然来了,还会再放我们回去么?"

钱谦益心中微微一懔,不由得噎住了。无疑,刚才自己也想到,应该暂时搬到北京来,只是由于估计柳如是不会同意,才不得已又丢下了。可是,如今经老朋友这么一提醒,他顿时又发了呆。因为从历代处置降臣的先例看,清廷完全有可能会这么做。"啊,虽说为了迁就她,我倒愿意乌纱不要,回江南去。但要是我给困在这儿,脱不了身,她又不肯来,那可怎么办?莫非从此就这么天各一方，不能相见？而且，北京凭着清廷有重兵拱卫，我在这里，倒还罢了，可是她们在江南，万一乱起来，怎么办？孙爱年纪尚小，而且生性怯弱，全不管用。其他亲友在生死相搏、自顾不暇之际，也难以指望。那么，到头来就很可能……"这么一想，钱谦益的心顿时抽紧了，血液一下冲上了脑门。有片刻工夫，他茫然地睁大眼睛，仿佛看见他在南京的那个家，在常熟的那个家，还有家中的无数藏书，正在被熊熊的大火所吞没；柳如是、钱孙爱以及其他家人，纷纷哭爹喊娘的仓皇逃命，一路上被大兵或盗贼追杀、掠夺、蹂躏……这种悬想所展示的情景是如此可怕，以至钱谦益失魂落魄地站着，止不住从心底里一阵一阵发抖。"哎，事到如今，该当怎么办？还能怎么办？！"他焦虑已极地仰起脸，望着屋梁，在心反复地、大声地自问，但是越问，越觉得绝望和茫然。终于，他双腿一软，也顾不得椅子上正堆满主人的书法大作，一屁股坐了下去。

情怀各异

　　对于柳如是以及家人们的强烈挂念和担心，使钱谦益的心绪，在这一刻里变得异乎寻常的混乱和沮丧。但是，在离他下榻的房子不远的宣武门外大街上，正骑着马并辔而行的两位官员——吏科给事中龚鼎孳和兵科给事中许作梅却是另外一种心情。

　　龚、许二人是特意来访钱谦益的。说起来，他们都是钱谦益的旧交，其中龚鼎孳的交情还更深密一些。照道理，他们应该来得更早一点才是。不过在此之前，由于考虑到钱谦益是那样一种身份，加上他们对朝廷的意向又不大摸底，怕会招来"勾结罪人"的嫌疑，所以一直不敢贸然来访。这两天，看见来自江南的这几位降官已经随班朝见过皇帝，尽管尚未授职，但以往那一笔旧账，算是正式勾销。于是龚、许二人也就放了心，决定前来拜望老朋友。

北京的十月，正是所谓"小春"时节。晴朗的天空上，一碧如洗，看不到一丝半缕的云翳。依然充沛却并不猛烈的阳光宜人地普照着。排成"一"字或"人"字的雁行，不断地从北方飞来，经过绿叶渐稀的树顶，又加劲地向南方飞去。习习的小西风，一阵一阵地吹送着，平添了几许萧瑟，几许轻寒。确实，如果不把目光投向满街上那被薙得锃光瓦亮的头皮、那支楞在脑后的细长辫子、那带檐边的黑色暖帽和漏斗形的白色凉帽，以及帽顶上那五颜六色的翎毛，那么，这古老的帝王之都，看上去仍旧像老样子那样寒来暑往，宁静安详，仿佛什么也没有发生，什么也没有改变一样。

不过，这并不等于说，人的心情也没有丝毫改变。事实上，尽管已经过去了好几个月，尽管大街小巷里的人们已经默默地屈从于征服者的强横意志，但是，面对迥异于往昔的街景，龚鼎孳和许作梅的心中仍然感到有点灰溜溜的，颇不是滋味。因为他们都还记得，四个多月前，当阉党余孽孙之獬率先剃发改装那阵子，他们出于反感和嫉恨，曾经联起手来，打算狠狠整治一下那个背祖欺宗的诡佞之徒。没有料到，紧接着清廷就颁下了剃发严令，使他们碰了一鼻子灰不算，还在极狼狈的情况下，被迫剃掉了头发，又改换了衣冠；相反，孙之獬则由于抢得了先机而官运亨通，青云直上，不久前，竟从礼部右侍郎一跃而成为领兵部尚书衔的江西招抚。两相比较，使他们心中那一口恶气，确实很难吞得下！无疑，作为明察大势、通晓时务的聪明人，他们如今都死心塌地归顺了大清朝，但暗地里始终认为，凭借武力杀伐入主中原的这帮新主子，毕竟是化外夷人，全不知诗书礼乐、仁义道德为何物，要长久统治中国，无论是能力还是经验，说实在话，都还不太够格。既然如此，就应当虚心向汉官们求教，尊重汉官，依靠汉官。像这样强行剃发改装，且不说是否违背民情，光是就大多数归顺的汉官而言，也难以心悦诚服，可以说是极其愚蠢无知之举！但是，在胳臂扭不过大腿的情况下，他们唯有暂时忍气吞声，偃旗息鼓；至于说到内心，一直是颇不服气的。最近，他们从南方送来的塘报中得知：江南的形势发生了剧变，出现了义军蜂起，反旗林立，清军的南进全面受阻的严重局面。其直接的导因，正是由于清廷悍然下令剃发改服之故。慑于决策者的威势，他们不敢公开指责什么，但暗中却不免幸灾乐祸，甚至自鸣得意。"好嘛，苦口婆心地教导你们、劝说你们，偏不听！偏要宠信那个狗贼猢狲！如今果然做弄出来了，看你如何收拾去！"私下里议论之余，他们不止一次"嘿嘿"地发出冷笑。当然，为着使这种恶意的畅快保持下去，一要不断有新的消息来补充；二还要有更多的同病相怜者来分享。如今几位江南的降官——特别是钱谦益这样的"圈子朋友"的到来，正好给他们提供了二者兼得的机会。而这，便是他们今天兴冲冲地登门造访的原因。

现在，龚、许二人已经来到钱谦益下榻的宅子前，下了马。虽然赶在头里的承差早就把拜帖交给门公，送了进去，但是主人尚未露面。趁在门外等候的当儿，许作梅走近龚鼎孳，低声说："闻得住在这里的并不止钱牧斋一个，还有王觉斯，待会儿是否都得见一见？"

龚鼎孳"嗯"了一声，沉吟说："这倒是个难题儿——王觉斯本是相熟的，不见似乎说不过去。只是此公是个糯米团子，顶不了什么用，有些事也不便让他与闻。今日能不同他照面最好，万一碰上了，你就设法把他引开。那个事，由我单独同钱牧斋说便了！"

"还有，待会儿见了面，只怕他会问及朝廷召他们这一帮子来京，将作何处置一类的事，我们谈还是不谈？"

"朝廷的打算眼下你我都还不大清楚，可不能乱捅娄子！他若问到，我们就先避开，看看那个事谈得如何再说。"

"可是——"许作梅还想说什么，但是被龚鼎孳摆一摆手，止住了。龚鼎孳止住同伴，是因为他看见一个身材高瘦、剃发留辫的人从门里走了出来，并且认出那就是钱谦益。

"呵呀，牧老！久违了！"龚鼎孳大声招呼着，满面春风地迎了上去。

"久违，久违——不知二位光降，请恕失迎之罪！"钱谦益拱着手，显得有点迟缓地回答。

"哎，岂敢！倒是得知牧老到京已经多日，只因俗务缠身，以致拜望来迟，还祈宽宥才是！"龚鼎孳兴冲冲地客套着，同时继续打量主人。他发现，与三年前相比，钱谦益分明老了一点，也瘦了一点，眉毛和胡子白了许多不必说，最显眼的是脸上那股子神气与以往大不相同，完全失去了在常熟半野堂时的从容和自信，变得举止拘谨，表情呆滞，一双眼睛也闪烁着疑惧的光芒……

"这位——牧老可还记得？"由于顾及到许作梅在场，龚鼎孳暂且把目光从主人身上收回来，回头介绍说。

"哦，这位、这位……"

"晚生许作梅，六年前在半野堂，曾有幸一聆牧老教诲……"

"哦，哦，原来是许兄！记得，记得！"

这么表示了对客人仍然颇有印象之后，钱谦益却没有进一步说明他"记得"什么，只侧转身子，做出相让的手势："请——"

"哎呀，牧老，江南一别，虽则不过二载，唯是陵谷沧桑，回首真如隔世。今日复得于此处相见，也可谓万千之幸了！"跟着主人往里走的龚鼎孳，一边打量着老朋友变得生疏而且显得满怀心事的侧影，一边感慨系之地说。

"是的。"

"牧老的贵体，想来还好？适才晚生乍见之下，觉得比之前时，着实清减了些。想必是这两年劳碌过甚所致？"

"这个……"

发现对方口气迟疑，龚鼎孳顿时醒悟过来，马上把手一摆：

"罢,罢！其实不必说也能想象得出！"停了停,又用一则慰解对方,一则自慰的口吻说："既然来到此地,从今以后,好歹算是有个安稳的归宿了！"

"嗯。"

这么对答着,三个人已经进了大门,穿过前院,进了垂花门,朝东边的厢房走去。

这所东厢房,大约是临时用来接待客人的。龚鼎孳临进屋之前,特意环顾了一下,发现钱谦益下榻的这幢房子虽然带有暂时安置性质,而且是与王铎共同居住。但前后两院,正房、厢房、耳房、倒座一应俱全。尤其值得羡慕的是,这宅子保养得颇好,可以说还相当新净光鲜。"嗯,要是我也能弄到这样一所房子就好了！"他想。因此,等进了屋,彼此重新行过礼,分宾主坐下之后,他便一边接过仆人奉上来的一盏茶,一边说："牧老,这华居虽则略小了些！不过,就眼下而论,朝廷如此安置,也算对您老甚为优厚了！"

"牧老或许不知——"大约看见钱谦益现出疑惑的神色,许作梅从旁解释说,"自从内城划归旗民居住之后,弟等如今都挤在外城,与市井之徒杂处而居,湫隘之极。譬如龚兄,他的华居只怕还没有牧老这房子的一半大哩！"

"我那处破房子就别说了！"龚鼎孳不胜厌恨地把手一摆,"那算什么房子,不过是个螺蛳壳！连转个身都得提防磕着鼻子！如今我是得知有客来访,心中就发怵！"

"要是兄也这等说,弟那住处就更见不得人了！"许作梅懊恼地皱起粗短的眉毛。停了停,也许因为龚鼎孳没有作声,他接着又说,"可是,偏生有人却住得比谁都风光排场,不见冯琢庵！"

"冯琢庵——哼,等着吧,有他好瞧的！"这样悻悻然扔出一句之后,龚鼎孳本来还意犹未尽,但是发现钱谦益低着头坐在那里,闷声不响,他也就临时把冒出嘴边的一句话咽了下去,哈哈

一笑,说:

"牧老,数年不见,一见就自顾着发牢骚,真是失敬之极!幸亏叨属知交,谅不为怪罢?"

他这么说了,谁知钱谦益却尽自低着光头皮,没有任何反应。直到龚鼎孳莫名其妙,向许作梅投去疑惑的目光时,他才如梦初醒地"哦"了一声,答非所问地说:"冯琢庵——他也要来么?"

龚、许二人听了,愈加面面相觑。不过,当龚鼎孳赔着耐心,向主人解释清楚,刚才他们只是提到姓冯的房子好,并不是说他也要来访之后,钱谦益总算变得专注起来,交谈也重新开始。只是由于已经两三年没见,而这两三年中整个时局发生了天翻地覆的变化,加上对彼此的情形和心思不摸底,所以有一阵子,谈话只是停留在温寒起居一类的例行问答上。然后才渐渐谈到别后的一些情形,像李自成的攻入北京,崇祯皇帝的自尽殉国,清兵的入关助"剿"以及后来的"天命所归",自然也谈到福王在南京的"僭立",马士英、阮大铖的乱政,左良玉的兴兵,清军的南下平"乱",以及钱谦益等人的这一次入京陛见……在这当间,虽然一直是龚、许二人说得多,钱谦益说得少,而且显得被动和迟钝,但是最初那一阵子的生疏和隔阂,总算消除了许多。这样谈了一阵,龚鼎孳才把话头一转,瞅着主人问:

"那么,江南近日的情形如何?弟等于此间一直甚为关注,唯是路途受阻,难得其详,不知可否见告一二?"

"江南近日——哦,没有什么……"钱谦益含糊地回答。

"咦,怎会没有什么?不是听说近日反了一大片,乱得很么?"已经好长时间没有机会插口的许作梅,忍不住追问。

"反……反了一大片?"钱谦益微一抬头,眼睛里闪出一丝疑惧的光,"这个,弟不曾听说。嗯,不会吧,闻得王师进兵神速,各处俱望风归降……"

"初时是望风归降,可是后来——"许作梅急煎煎地说,临时停了一下,看看龚鼎孳,然后压低了声音,"后来朝廷的剃发令一下,各地便闹将起来,可有此事?"

"闹么,嗯,江南归命未久,人心尚存疑惧,二三桀骜反侧之徒,想乘机闹一闹,或许也是有的。不过我朝兵威如此之盛,彼亦断乎难成气候,是以倒无须担心。"钱谦益摇摇头,眼皮又重新耷拉下来。

"牧老,"看见钱谦益始终含糊其词,而且显见是在成心敷衍,龚鼎孳只得插上去说,"自朝廷剃发令下,江南各府县颇有兴兵作乱者,此事已并非传闻。许兄现在兵垣,所见南来塘报中已不断道及。譬如江阴,听说就闹得挺凶,竟致王师围攻数月,至今未能剿平。实乃战局之一大激变!"

这种消息,至少在北京,还属于谈论的禁忌。龚鼎孳把它捅破,是试图造成一种坦诚相见的印象,好让对方解除疑虑。然而,尽管如此,钱谦益仍旧毫不动心。他没有看客人,低着头说:"二位,非是弟有意回避,皆因近数月来,一直待罪在家,不敢与闻外事,是以实在一无所知。"

以钱谦益的前辈身份,既然把话说到这种地步,龚、许二人虽然颇觉失望,也不便再纠缠下去。互相对望了一眼之后,龚鼎孳只好改换话题,问:

"那——那么留都的一班旧友,想必还好?"

"兄是说——"

"复社的那班同人,像吴次尾、陈定生、侯朝宗。"

"噢,兄是问的他们!前些时候,他们都在留都,有一阵子还闹得挺欢,后来就走的走、散的散,全不见了。眼下大抵都在家中呆着罢!"

"闹得挺欢?他们闹什么?"龚鼎孳感兴趣地问。

钱谦益苦笑了一声:"还能有什么?无非是主持清议、讥评朝政那档子事!"这之后,大约发现客人眨着眼睛,有点不得要领的样子，他才又补充说："说来话长。过些日子得空，学生再与兄等细说罢！"

"……"

由于主人显然没有交谈的兴致，才开了头的话题，再度中断了。这使龚鼎孳扫兴之余，不禁有点奇怪。在他看来，过去的一年多，钱谦益纵然经历了种种焦虑和惊恐，有过许多挫折乃至屈辱，但如今不是一切都完结了么？眼下对方作为归命之臣，已经被清廷特地接到北京。虽说这也许并非特别光彩的事情，但以清朝的强大声威，起码身家性命有了保障；若弄得好，再享荣华富贵也并非没有可能。在这种情况下，钱谦益应该放下心来，快活起来才是。不料仍旧是眼前这么一副魂不守舍的样子，龚鼎孳就觉得无法理解了。

龚鼎孳感到扫兴，坐在他旁边的许作梅就更加扫兴。本来，他同钱谦益谈不上有多深的交情，今天之所以跟着龚鼎孳前来，是出于一种期望。事实上，自从前些日子合谋整治孙之獬不成，反而给弄得狼狈异常之后，包括给事中庄宪祖、杜立德、御史李森先、王守履、罗国士等人在内的他们那一伙"圈子朋友"，一直忿恨难平，处心积虑图谋报复。最近，他们终于从弘文院大学士冯铨身上，找到了把柄。这个冯铨，就是他们刚才提到的"冯琢庵"，在明朝天启年间因为阿附魏忠贤阉党，被名列"逆案"，受到革去官职、永不叙用的惩处。清朝入主北京之后，他从老家涿州赶来投诚，很快就受到赏识和重用。与孙之獬一样，他也是最早带头剃发留辫的汉官之一，可以说从来就是个谄佞无耻之徒。因此，许作梅等人经过密商，决定从他入手，再次发难。首先凭借"言官"的身份，各自分头上疏，劾奏冯铨本是魏忠贤党羽，一贯贪赃枉法，最近又为其子冯源淮向已出任江西招抚的孙之獬行贿，得授中军之职。与此同时，还弹劾礼部侍郎李若琳也是冯铨的党羽，要求一并从严究治。这些奏章，如今都已经呈递朝廷，估计很快就会有下文。钱谦益作为硕果仅存的东林领袖，自然是一位强有力的证人。根据他们得到的消息，最近几天，皇上就要专门召见这批降官，到时万一摄政王问及当年阉党乱政的事，钱谦益能予以配合，对于拔除那些眼中钉，必定大有帮助。但是，瞧钱谦益眼下这副模样，似乎很难寄予期望……

由于一时想不出打破僵局的办法，龚、许二人都不由得沉默下来。只听见一阵一阵的秋风，把糊窗纸吹得簌簌作响。

"闻得龚兄的如君，眼下也在京里，不知可好？"冷场中，钱谦益忽然冒出一句。

龚鼎孳微微一怔："牧老是——是问阿眉？"看见主人点一点头，他就"哦"了一声，说："她是两年前随学生来京的，故此目今也在一处。她么，多承关注，'好'字说不上，托庇粗安就是。"

"嗯，她同贱内河东君，似是有一面之缘。"

龚鼎孳眨眨眼睛："河东……"他忽然醒悟过来，"哦，对，对！她们本是相熟的。听阿眉每每谈及，对柳夫人总是倾慕得很！"

钱谦益没有立即说话。他抬起头，呆呆地望着客人，半晌，才叹了一口气："可惜贱内没有同来，要不，她两人倒是个伴儿。"

"哦，原来嫂夫人不曾同来，却是何故？"龚鼎孳颇感意外。

钱谦益动了动嘴唇："这个——"然而，不知为什么，临时又住了口，只是重重地哼了一声，不胜懊丧地低下头去。

看见对方老是这个样子，龚鼎孳心中开始有点不悦。本来，在造访之前，他对钱谦益曾经怀着颇高的期待，但是彼此相见之后，他就发现几年不见，对方的变化很大。已经完全没有了当年图谋复出时的那种锐气和劲头，变得谨小慎微，迟疑怯懦，仿佛丢了魂儿似的。"嗯，要是硬把他拉进圈子来，只怕成事不足，败事有余！"他冷冷地想。

"牧老——"许作梅的声音在耳边响起。龚鼎孳一抬头，发现那炮筒子大约忍耐不住，已经离开了椅子，大瞪着眼睛，打算

要说什么。他连忙做了一个制止的手势,跟着站起来,说:

"牧老,今日重逢,甚是难得。只是我兄远来劳顿,坐谈多时,想必疲倦。目下弟等尚有杂务需办,就此告辞,改日再来聆教!"

魂不守舍

由于龚、许二人始终没有将此来的目的摊出来,钱谦益也就并不知道在这小半天里,客人们经历了怎样的希冀和失望。不过,即使龚、许二人把来意说明了,以钱谦益眼下一团乱麻的心情,也绝不会搅和到他们那档子官司里去。的确,也就是到了刚才与两位熟人相见应酬那一刻,他才前所未有地感到,自己其实是多么的年老和衰弱,而对于纷纭变幻的世事,又已经多么疲倦和厌烦。无疑,万恶的闯贼流寇是完蛋了,但明朝的象征——弘光政权也彻底完蛋了!剩下建虏,这个昔日的强敌、如今的征服者算是大获全胜。但是,这些化外夷狄果真能站得住么?就连龚鼎孳刚才也心情紧张地提到,那个蛮横无理的剃发令一下,江南即时反了一大片!而且估计不只江南,别的地区也肯定不会安生服帖。要是局面当真就这么反过来,像自己这样的人可怎么办?莫非跟着鞑子们逃回关外?就算一时反不过来,而是这么乱下去,乱上十年八年,或许更长,弄得有家难奔,有国难投,那也是糟糕透顶的事!且别说柳如是和孙爱他们能否侥幸保存,光是自己这一把年纪,就未必能熬得过去!要是熬不过去,这一辈子岂不是再也不能同他们相见?刚才,在与客人谈话那一阵子,钱谦益其实一直被这种可怕的思虑翻来覆去地缠绕着。如果说,早些时候他还曾经设想,要是清廷决定给他们授职,他就主动要求参与修撰《明史》的话;那么眼下,一个痛苦的声音却在他心中变得尖锐起来,急切起来:"哦!这一切,我已经受够了!我根本不该到这儿来!我得设法回到江南去!趁着战乱还未蔓延,道路还能通行,尽快赶回家里,是生是死都同如是在一起!同亲人们在一起!哼,清廷能放我走最好,要是不放,也得想办法,越早走越好!真的!"在客人走了之后,以及接下来的几天里,这样一种念头在他心中甚至变得更加执拗和强烈了。

现在,已经到了十月的初五日。还在前一天,来自江南的几位降官——王铎、陈洪范、张秉贞,以及钱谦益本人得到通知,让他们今天不要出门,就在寓所等候。这显然是皇帝将要接见的信号。本来,自从打定主意尽快返回江南后,钱谦益对于清廷那几石禄米,已经没有多大兴趣。不过他也知道,既然来到了北京,事情终归还得应付完毕。因此,虽然又是一夜的辗转反侧,没睡上多大一会,起床时感到头发沉,心发虚,但他仍然振作起精神,梳洗穿戴停当,慢慢走过上房去等候。

"哎,老兄可来了!"已经穿好朝服,正坐在西厢房起居室椅子上的王铎,一见钱谦益进来,立即站起身,一边拱着手同他行礼,一边如获大赦地说,"适才礼部来了个人,知会我等辰时三刻进宫见驾,还说待会儿吏部的陈侍郎要过来,带引我们前去。弟见老兄还没出来,所以一直守在这里不敢动。如今兄来得正好,且替弟顶着班儿,待我回上屋去,把几件活计打发完了便过来!"

起初听说吏部的人已经来过,钱谦益心中倒也忐忑了一下,后来得知是辰时三刻才入见,离眼下足有一个时辰,才又放下心来。他于是一边还着礼,一边奇怪地问:"活计?兄还要忙什么活计?"

王铎把双手一摊,苦着脸说:"还能有什么活计!不就是半张纸的秀才人情么!对了,隔壁老陈和老张两位,弟已经着人知会了,让他们到时都过这边来取①齐,一道进宫!"说着,便要转身离开。钱谦益挽留说:"都到这时候了,兄又何必如此着忙?不就是笔墨应酬的事儿么,拖他几日又有什么打紧了?"

---

① 取:通"聚"。

王铎摇摇头:"已经拖了两日,昨儿又派人来问,说是要迁新居,等着张挂哩——都是些满人,开罪不起!何况已经答应他,待会儿派人来取,没奈何,没奈何!"

听对方这样说,钱谦益也就不好再挽留。不过,目送着老朋友匆匆而去的肥胖背影,他心中却油然涌起一股怜悯和茫然,是啊,"都是些满人,开罪不起!"如果继续在这里待下去,今后这一类开罪不起的事情,只怕还有很多,王觉斯是如此,我又何尝不会如此……这样想着,他对于眼前的处境愈加感到厌烦和懊丧,以至在接下来的好长一段时间,在椅子上呆呆地坐着,什么也没做,什么也没想……

从屋顶上盘旋而下的寒风,把檐前的铁马吹得叮当作响,方砖地上的淡淡日影,一点一点地向门槛那边移去……终于,院子里响起了咔嚓咔嚓的脚步声。接着,传来了门公粗哑的嗓音:"启禀老爷,吏部陈老爷来拜!"

已经昏昏欲睡的钱谦益怔忡了一下,疑惑地抬起头。"来了哦,是的,也该来了!赶快,都完了罢!"这么想着,他就揉搓一下黏滞的双眼,离开椅子,跨出门槛,走到院子里。这当儿,王铎也已经听到传呼,从上房里走了出来。两人于是整肃衣冠,相跟着,一齐迎出大门外。

门公所报的"吏部陈老爷",就是吏部左侍郎陈名夏。按照朝廷的委派,这些日子,一直都是由他负责同来自江南的降官们联络,所以倒也不是初次光临。而且,同前几天来访的龚鼎孳一样,陈名夏早年在江南,也是复社的一位名流。钱谦益不只早就认识他,还同他有过密切的交往。若论旧日的情谊,比龚鼎孳还要深密一点。只不过,对于这位老朋友的光临,钱谦益眼下却没有多少热情。因为经过这些天的相处接触,他明显觉得,眼下的陈名夏已经不同以往。不错,最初见面时,碍于人多眼杂,加上王命在身,对方不便公然同自己攀交情、套近乎,倒也情有可原,难以深责。可是，在接下来的七八天里，彼此还见过好几次面，而且有的场合只有他们二人在场，陈名夏居然仍旧摆出一副公事公办的神气，板着脸，半句多余的话也不说，就像过去压根儿不认识似的，这就使钱谦益觉得未免有点反常和滑稽了。不过，他是个历经忧患、谙熟世情的人，对于这一类"蹊跷"事儿早就司空见惯，因此也并不怎么吃惊，更不至于愤愤不平，只是从此也就自觉地同对方扯开距离，免得自讨没趣。

现在，头戴红珊瑚顶子暖帽、身穿二品补服的陈名夏已经在门前下了马，并且挥退仆从，不慌不忙地走过来。钱谦益和王铎——还有从隔壁及时赶出来的陈洪范和张秉贞，立即一齐拱手当胸，参差地说："不知大人驾到，有失远迎，恕罪，请恕罪！"

"噢，不敢！"陈名夏回着礼，面无表情地说。看见几位主人已经躬着腰，做出相让的手势，他就照例略一谦逊，然后昂然踏上台阶，径直往里走去。

主人们互相挤拥了一下，随即众星捧月似的相跟着。这当中，又数住在隔壁的两位——弘光政权的左都督陈洪范和浙江巡抚张秉贞，显得分外起劲和热情。他们一左一右地伴随着陈名夏，并凭借这种有利的位置，喋喋不休地向贵客大献殷勤，无非是对陈名夏一再降贵纡尊亲临照拂表示受宠若惊、感激不尽，对陈名夏的大名和才华表示仰慕已久、倾倒备至，以及希望对方今后继续耳提面命、不吝赐教等等。大胖子王铎，论地位过去应当算是最高，这会儿反而被挤到后面，只能偶然急巴巴地帮上一句半句腔，神色之间，就未免有点尴尬和别扭。倒是钱谦益，由于心态不同，加上夜来失眠，一直有点萎靡不振，所以愈加懒得上去凑热闹，只是慢吞吞地跟在后头。待到了西厢房，大家再度行过礼，随即照例把客人拥上首座。不过接下来，由于王铎对刚才那一幕显然有气，执意要坐在下首，不肯按既定的官阶就座，于是其余的人便出现长时间的你推我让，最后，好不容易才陆续坐了下来。这当儿,发现陈名夏已经皱着眉毛,神色之间流露出明显的不耐烦,大家连忙静下来,一齐投去恭敬而期待的目光,等候指示。

"列位,"陈名夏清了清喉咙,冷冷地开口说,"有一件事学生早就想说——前明之所以败亡,繁文缛节,讲究过甚,是其中因由之一。譬如适才,从进门到就座,便行礼不断,推让不休,半天也坐不下来。此等虚夸迂缓之作风,如何临机决事,如何克敌制胜!如今到了本朝,列位这种旧习都得改一改,才能应合满洲风习,与同僚和谐共处。否则便会闹出许多误会不快来,弄不好,还会生出离心之想。这可是第一要紧的!"

中国本是礼仪之邦。明朝自太祖皇帝立国以来,便制定了一套严格的礼仪规范。二百多年推行下来,无论是官场还是民间,都早就习以为常。虽然后来越弄越繁复和讲究,但人们也并不认为有什么麻烦和不妥,反而觉得这样才完美周到,使礼仪的精深内蕴发挥得淋漓尽致,远迈前代。如今,忽然听见陈名夏对大家一向引以为荣的这套规范痛加贬斥,在座的几个人都不禁发了呆。不过,对方把这件事同是否能与满人和谐共处,以及对清朝是否忠诚连在一块,又使大家为之耸然动容,于是赶紧拱着手,诚惶诚恐地唯唯答应着,表示感激对方的教诲。只有钱谦益,因为听力一向欠佳,加上陈名夏说话时故意用了一种不肯费劲的鼻音,所以这小半天,他虽然睁着睡眠不足的眼睛,但在精神恍惚之际,对方的话,十句之中倒有五句没有听进去。直到发现屋子里出现静场,他才疑惑起来,却闹不清发生了什么事,于是只管跟着其他人,做出相同的表情和姿势。

"这是第一件。还有第二件,"陈名夏接着又说,"前明之亡,党同伐异,门户交讧,是又一大因由。此种官场陋习,为当今圣上以及摄政王所深恶痛绝。在此,学生也不妨告知列位:前些日子吏科给事中龚鼎孳、兵科给事中许作梅等十言官交章弹劾内院大学士冯铨、礼部侍郎李若琳、江西招抚孙之獬贪赃枉法一案,昨日已经摄政王传集各官,逐一究问,查明所劾各款竟无一属实。因而推断此事之根由在于前明之党争旧怨,沿袭至本朝。龚鼎孳、许作梅等人本该反坐论处,幸而摄政王开恩,只予以严旨切责,令其改过自新。不过其中御史李森先,因其弹章中措辞过激,仍着令革职,以示惩戒……"

陈名夏说到这里,便停住了。他先向在座的人扫视了一周,最后把目光停在钱谦益的脸上,淡淡地说:"诸位老先生都是前明过来的人,难免会与昔日的党社之争沾上点边。那么可就得警醒了,切勿再搅和进去才好!"

这一次,为着免得遗漏了什么重要信息,钱谦益倒侧着耳朵,集中精神听着。蓦地,他心中一懔,记起几天前龚鼎孳和许作梅曾经登门拜访,东拉西扯地坐谈了半天,却不知是否同这桩官司有关,更不知陈名夏此刻是否在说自己。这么想着,他就不由自主紧张起来,于是极力回想那一天的情形。他觉得当时自己把得挺稳,并没有同对方多谈,而对方似乎也没有提到弹劾之类的事。"可是刚才,陈名夏为什么把眼睛盯着我?而且他在提到龚鼎孳时,为什么竟直呼其名,那口气就像说到一个陌路人似的?要知道陈、龚二人其实也是关系密切的知交呀!莫非龚鼎孳也同我一样,对陈名夏的装腔作势、趾高气扬十分反感,两人已经闹翻了么……"

现在,钱谦益不再昏昏欲睡了。他大睁着眼睛,思绪渐渐变得清晰、敏锐起来,有许多问题,包括陈名夏对自己的可恶态度,都冒了出来,而且似乎都露出了解答的线索。"嗯,不对不对,前几天龚鼎孳来访时还提到陈名夏,并没有什么不满的言辞。那么,恐怕并没有闹翻。哼哼,要不就是正相反,只因陈、龚二人关系非比寻常,而龚鼎孳在这场官司中碰了个大钉子,已经被摄政王憎恶上了。陈名夏为了避免嫌疑,便装出一副毫不相干的样子……"这么想着,钱谦益心中一亮,顿时感到精神亢奋,"啊哈,不错，眼下陈名夏公开说到这件事，要大家引以为鉴，也并非是冲着我而来，而是有意借助这睽睽众目，做给朝廷看的！"

这么兴奋而又焦躁地寻根究底着，再加上摆脱不掉的困倦和虚弱，使钱谦益脑子变得紧绷绷又晕乎乎的，只觉得心中扑通扑通地直跳，耳朵里也开始嗡嗡作响。他忘却了周围的一切，眼前只剩下一根忽隐忽现、飘移不定的线。现在他就竭尽全力，沿着这根线追索下去。"是的是的是的！这个精明强干的家伙，他的一言一行，他故意同我拉开距离，他刚才说的那些话——尽管是用了那样一种傲慢不逊的口吻，都是分明在告诫大家，今后要在这块地方混下去，就得格外小心谨慎，彼此不要拉扯得太紧……只不过、只不过这种告诫，其实也算不得什么大逆不道，尽可以明明白白地说出来。哼，他却不肯那样做，偏要装得那等撇清，仿佛生怕给人逮住马脚似的，到底是为什么？对了对了对了！原来他一直对清廷隐瞒各种关系！哈哈，哈哈，哈哈！原来他是害怕！原来——咦，他害怕什么？莫非、莫非他另有图谋？莫非他想造反？莫非他同南边有关联？"这样一想，钱谦益就疑心顿起，觉得这表面平静稳固的京城里，简直杀机重重，凶险四伏。这种发现使他惊骇，更令他极度紧张。虽然与此同时，有一个声音一直在心中提醒他："这是没有的事。你太紧张，太疲劳，已经在胡思乱想了！"可是他仍然止不住脊背发凉，手心出汗，有片刻工夫，整个人竟像灵魂出窍了一般，以致接下来，尽管他模模糊糊地觉得，陈名夏又说了一些别的话，其他人还提了一些问题，但一点都装不进脑子里去……

"摄政王殿下钧旨到！"一个尖厉的嗓门蓦然呼叫起来。钱谦益心中擂鼓似的一震，惊恐地抬起头，发现不知什么时候，屋子里多了一个身材高大的官员。而其他的人，包括陈名夏在内，已经跪伏在地下，他本能地觉得事情严重，挣扎着想离开椅子，偏偏两条腿不听使唤，挣了两挣都没成功。他心里着急，提着气，狠命一使劲，总算滚到地上；接着，就听见那个官员高声说：

"摄政王千岁殿下口谕：今儿个我因身体不适，这江南降官就暂且不见了。改日再说。那王铎、钱谦益、陈洪范、张秉贞就着他留下，听候任用。"

就是这么几句，口谕便传达完了。不过，它来得如此突然，以至有片刻工夫，上房里变得一片静默。是的，大家今天本来都等着接见，可是这么一来，接见便宣告取消了；本来，今天大家还期待着授予官职，凭着这么一句"听候任用"，看来也就得拖下去，而且不知要拖多久。因此，当大家重新站起来之后，王铎、陈洪范、张秉贞三个都变得面面相觑，哑口无言。

只有钱谦益却感到心头一轻，觉得缠绕着他的那种种危惧、痛苦和幻想突然消失，周围的一切又变得明白和正常了。"是的，'听候任用'，就是暂时不任命。能够这样子，最好不过了！"他抹了一把额上的虚汗，扶住椅子的扶手，浑身虚脱一般地想。

巡视歙县

摄政王多尔衮之所以突然取消预定的接见，倒不是存心慢待冷落这批南明的降臣，而是由于江南战局意想不到的混乱和恶化，迫使他不得不临时决定召开紧急的御前会议，商量对策。事实上，自从六月初那道剃发令下达之后，竟然在民众当中引发如此广泛而激烈的反抗，是他们完全没有估计到的。起初，他们还试图凭借强大的武力，迅速把反抗镇压下去，结果五个月过去了，虽然像江阴和嘉定这样的地方，在费了九牛二虎之力、付出了很大的伤亡代价之后，总算相继攻陷，但是即使事后用了屠城那样残酷的手段，也未能起到杀鸡儆猴的作用。相反，各地反抗的势头愈演愈烈，不仅发生鲁王政权的军队在钱塘江上大败清兵这样闻所未闻的事件，而且以前明缙绅金声为首的另一支义军，也在徽州、宁国、池州、太平一带，凭借山林险阻同清军周旋，形成很大的声势。此外，尤其令多尔衮吃惊的是，自陕西流转南下的农民军，虽然在湖北九宫山被清军打散，其首领李自成、刘忠敏据报已经被乡民杀死，但是他们的余部不知出于怎样的想法，竟然改弦易辙，同过去的死对头——南明总督何腾蛟的军队联合起来，重新进入湖广，并且接二连三地摧州陷县，逼得当地的清朝官员向北京朝廷连连告急。正是这样一种形势，使多尔衮不由得着忙起来。经过同大臣们反复商议，他最后作出决定：抽调坐镇南京的平南大将军勒克德浑及其副将叶臣率兵驰援湖广，全力对付噩梦一般的农民军和南明军队的联合反攻；与此同时，责成洪承畴暂时转攻为守，回镇南京，全力稳住江南的局势再说。

　　清廷对局势的可能逆转感到严重关切，无疑是可以理解的。不过，多尔衮却不知道，就在他以顺治皇帝的名义下达的诏令，加急飞递送往南京的途中，江南的局势已经发生了新的变化。由于洪承畴等人的全力进剿，前一阵子在徽州一带活动得颇为"猖獗"的那支义军，已经于近日被彻底击溃，其首领金声、江天一、吴应箕等人均被抓获。目前，驻节于宁国府的洪承畴一方面派人向坐镇南京的勒克德浑报告，一方面率领手下的幕僚和将校，亲自赶往前线，视察"匪乱"平定后的情形。

　　说起来，这也是洪承畴的老练高明之处。本来，自从平定了嘉定、江阴的反抗之后，曾经有不少人主张挥兵南下，狠狠教训一下在浙东日益坐大、已经成为清军南进巨大障碍的鲁王政权。但是洪承畴权衡了局势之后，决定仍旧坚持"以剿促抚，先易后难"的既定方略，首先把打击的矛头指向正南方向、势力相对较弱的徽州义军。事实证明，这种决策是正确的，随着金声等人在短期内被打垮，南京彻底解除了来自侧翼的威胁；接下来，就可以放开手脚对付浙东这块比较难啃的大骨头。不过，尽管如此，洪承畴却不敢大意，因为以他多年的剿"寇"经验，知道只要老百姓的敌意一天不消除，叛乱随时随地都会再度发生。正因为这样，他才又决定亲自到徽州府城的所在地——歙县去走一趟。

现在，洪承畴一行人已经过了绩溪，走在通向徽州府城的路上。这一带以及与之毗连的宁国府，是个山岭众多的地区。西边的黄山和东边的天目山向这里连绵延伸，一路上苍崖叠嶂，险隘重重。而从绩溪到徽州府一线，则正处于这两座大山的夹峙之间。洪承畴特别注意到，这里的地势曲折盘旋，崖谷交错。一条名叫扬之水的溪流，从南向北蜿蜒流去。溪流两边，时而是小片的稻田，时而是高耸的峭壁，一个一个的村落，就散落于乱石丛莽之间。这一切，使这条通道变得就像受到严密保护的咽喉似的，不容易遭到攻击。前一阵子，如果不是清军用计骗开了绩溪城门，恐怕未必就能如此顺利地进入这里，更别说攻下徽州府城了。如今，虽然战事已经结束了好几天，但在初冬的阳光下，那些来不及收拾掩埋的战死者尸体，仍旧随处可见；拂面的寒风中，也不时夹杂着一股东西焚烧的焦煳的气味；至于路旁的村庄，那些焦黑的断壁颓垣之间，则会忽然呱呱地怪叫着，飞窜起成群的乌鸦，使人不难想象当时的战斗是何等的惨烈。正是这种情形，加上这一带易守难攻的天然形势，使骑在马上缓缓而行的洪承畴，一边四下里观察着，一边不由得再度默默盘算起来。

"黄老先生！"他回过头去，招呼走在稍后的一位随行幕僚。等那人应声跟了上来，他就用马鞭指着本应是车舟辐凑、商客往还，眼下却变得异样的空旷、寂静的河滩，问："此番得老先生之力，一鼓攻下贼巢。唯是学生尚有一虑，此地民风强悍，倘若驭之不得法，难保不会今日抚平，明日复叛。老先生是本乡人，不知有何善策，尚祈见教！"

跟上来的这位幕僚，就是曾经担任左良玉部监军的黄澍。仅仅一年多之前，他还凭借监察御史的身份，前往南京，向弘光皇帝请求奏对，在朝堂之上严辞弹劾并痛打马士英，受到当时朝野上下的热烈称颂。可是，到了左良玉起兵"清君侧"，结果在半途中病死之后，他就跟着左良玉的儿子左梦庚逃往江北，迅速投降了清朝。黄澍本是徽州人，与义军的首领金声一向颇为投契。这一次清军进攻徽州，他就奉洪承畴之命，带了几十人，利用老交情，诈称率兵来援，骗得金声开门接纳，结果同清兵里外合应，攻破了徽州府城。凭着这份不大不小的功劳，黄澍在新同僚当中也就顿时有了面子。昨天他受前军提督的委派，赶到设在宣城的总督行辕报捷时，洪承畴除了着实嘉勉了一番之外，还慨然决定亲自赶来徽州府城看一看。对于上司的这种"垂注"，黄澍自然十分兴奋，一路之上，不停地介绍前些日子由此进军的种种情况，极备殷勤。听见洪承畴呼唤，他连忙催马上前。当听清是这么一个问题之后，他就拱着手，不假思索地朗声回答说：

"中堂大人远虑！此地果然是民风强悍，更兼形势险要，易守难攻。不过经此一役，大人之神机妙算，我兵之无坚不克，已令彼刁顽不逞之徒，为之丧胆！今后只须镇之以重兵，威之以严刑，再广布细作，暗中侦查。若有敢再行倡乱者，一经察觉，即行锄灭，决不宽贷！如此，便可令愚民知所惧，而匪人亦无所施其煽惑之技。待假以时日，民心向定，此地便可望洗心归化。不知大人以为如何？"

洪承畴晃了晃鞭子，不紧不慢地说："镇之以重兵——谈何容易！目今江南初下，动乱未息，更兼两湖、福建、两广、云贵诸省尚有待平定，哪能空把一干重兵安置于此！"

黄澍眨眨眼睛，不由得收敛起先前那股子兴头。"或者，"走出几步之后，他又试探地说，"委一熟谙本地情形之干员，充任守牧，缘其情，因其势，以精诚导其向顺之心，以恩德消其桀逆之志，令彼感悦来附，似亦不失为一可行之策。"

"以学生之见，"大约发现洪承畴没有作声，从后面跟上来的另一位幕僚插嘴说，"何不毁其城，焚其居，迁其民，使不逞之徒无所凭依,则其乱自弭!"

洪承畴斜瞅了那人一眼,冷冷地说:"我兵乃是大清的仁义之师,可不是流寇!这一方之民,日后都是我大清的百姓。你把他们的房子烧光,把人都赶跑了,又让他们到哪里去谋生?设若谋生不成,岂非只有去投反贼流寇?嗯,为渊驱鱼,为丛驱雀,又何愚之甚也!"

等那个幕僚红着脸闭上嘴巴之后,他停了一下,又问黄澍:"那么,以老先生适才之议,何人堪任该责?"

"这个……"黄澍变得更加小心起来,"卑职心中尚无此等人选,还请中堂大人卓裁!"

"唔……"洪承畴望了望下属,随即回过头,不再谈下去了。

将近傍晚的时分,一行人才抵达徽州府城。在距城门尚有半里之遥的时候,他们就发现情况有点异常:成群结队的老百姓,不知出于什么原因,正拖男带女,肩箱提笼,散立在暮色苍茫的野地里,看上去一个个都显得垂头丧气,神情悲苦。起初,洪承畴等人以为他们是在逃难,但渐渐又觉得不大像。因为这些老百姓与其说是在逃,不如说是在等待,在观望,就那么三五成群地、迟迟疑疑地瑟缩在一起。越靠近城边,聚集的人就越多。一眼望去,黑压压、乱哄哄的。而且,从城门里还络绎不绝地有人走出来。当然,这些老百姓并不是自由自在地随意进出。在他们周围,布满了为数众多的清军兵校,一个个弓上弦,刀出鞘,杀气腾腾地监视着。稍有看不顺眼的,他们立即就冲过去,连骂带打地加以弹压。于是又响起了阵阵痛苦的呻吟……

"嗯,这是怎么回事?"洪承畴一边注视着眼前的情景,一边对闻讯赶来,正在跟前陆续翻身下马的将官们问。

"启禀中堂大人,这是在'清城'。"为首的一位将官躬着身子回答说。火光下,洪承畴认出那是负责指挥这一次进兵的前军提督张天禄。

这么禀告了之后，大约看见洪承畴拈须不语，张天禄又解释说："皆因这徽州府城池狭小，我兵军马众多，须得把这一千人众清出，方始安顿得下。"

洪承畴"嗯"了一声，再度把目光投向城门一带。他发现，这徽州府城，格局倒并不算小，起码照例比一般县城要大，城墙也高峻一些。由于徽州地区山岭众多，田少地瘦，很久以来，人们就习惯纷纷出外谋生，从中也很出了一批富商巨贾。因此，据说这徽州城中殷实之家很是不少。从城外的情形看，本来应该也有许多房子，却由于打仗的缘故，硬是给尽数拆平了。就连附近的树木，也被砍个精光，只剩下空荡荡、光秃秃的一片。那些被驱赶出来的老百姓，如今就麇集在毫无遮蔽的野地上。天色眼看就要暗下来，加上又已经是十月初冬，到了夜里，那寒冷和饥饿必定变得更加难熬。如今，从不断传来的声声哭喊，不难猜想已经开始有病弱妇孺不支昏厥，甚至当场倒毙。以洪承畴的老于行伍，自然知道，从休整将士、确保安全的军事需要来考虑，军队进驻城内，无疑是最稳妥的做法。至于把老百姓赶往城外，以便给军队腾出地方，这在战争中也很常见。事实上，去年多尔衮进入北京和今年多铎进入南京，都曾经这样做。更何况眼下这些，还是曾经反叛作乱的"刁民"！因此张天禄如此处置，应当说无可厚非。只不过……

"哦，列位劳苦了！"发现自己这么沉吟着，马前的那群将军大约躬身迎候得太久，已经开始有人试探着抬起头，或者悄悄转动身子，洪承畴于是收敛心神，做了一个手势，"请都免礼，且进帐里去说话。"

"启——启禀大人，卑职得知大人驾临，已命人将徽州府衙收拾停当。敢请大人屈尊暂驻。"身躯高大、长着一张胖圆脸和两道扫帚眉的张天禄连忙说。

洪承畴本来已经催动坐马，听他这么一说，又重新把缰绳勒住,摇一摇头:"本督眼下不进城。如城外未及立帐,就先上将军的帐里去便了!"

"这……"

"嗯,莫非将军的大帐,也已搬入城中了么?"

"啊!不曾。将士强半尚驻于城外,卑职安敢先自入城而居?"张天禄连忙回答。

洪承畴点点头:"唔,如此就好!那么,就烦将军为本官引路——去吧!"

张天禄似乎还想有所申说,但看见上司态度十分坚决,终于交拱着双手,应了一声"领命!"便转身急步向战马走去。

恩威并用

军队的营房临时驻扎在离城门东面不远的小岗阜上。来自总督行辕的客人们,由排成一字严阵的全副武装甲士保护着,绕过乱哄哄地挤聚在一起的老百姓,在暮色笼罩的野地上走了一阵,随后又从一座一座的帐篷当中通过,最后鱼贯进入了中军大帐。

这看来确实就是张天禄日常起居的大帐,而且张天禄本人也的确没有搬进城里去住。因为帐中的一切布置如常。大约没有料到上司会突然驾临,还显得有点凌乱。几个亲兵正在那里手忙脚乱地归拢收拾。这又使得在前面引路的张天禄感到颇为狼狈。他顺手抓起拦在脚下的一只酒坛,朝一名亲兵怀里一塞,挥手让他们赶快退下,然后毕恭毕敬地把洪承畴请上当中的虎皮交椅;接着,又回过头,把其他随行的官员们挨个儿引到主座的两旁。在这当儿,他手下的将校们也开始按照惯例,在大帐前排起班来。只是,也许由于缺乏统一指挥的缘故,本该是训练有素的这些将领们,竟然显得有点乱,有些人还糊里糊涂地站错了位置,经旁人纠正,才调整过来。这么磨蹭了一会儿,总算各就各位。于是,他们由张天禄领着，一齐躬身低头，朝上行起参见之礼。

洪承畴在虎皮交椅上挺直了身子。从抵达徽州城下这小半天里，他已经发现，由于战役刚刚结束，更由于打了胜仗，将士们还处于兴奋、放纵，甚至有点骄矜的状态。在这种时候，有必要给予适当的警醒和约束，特别是对于这批拥有指挥权的将领。否则一旦上行下效起来，种种军纪松弛和不遵号令的糟糕情形都会发生。这是洪承畴一直都在全力防止的。现在，他决定首先凭借郑重地、一丝不苟地执行礼仪制度，使这些赳赳武夫重新意识到上司权威的凛不可犯。于是，他开始变得正襟危坐，神态威严，不动声色地接受着部下们的报名行礼，即使碰上对方是平常很熟悉的人，也不作丝毫客气的表示。要是有人语音含混，听不清楚，他会皱起眉毛，示意重报一遍。而在这当间，他还把炯炯的目光不断投向每一个有松懈嫌疑的将领。这么一来，就自然而然地产生了一种无形的压力。大帐内外的气氛不知不觉变得凝重起来。感到惶恐不安的将官们陆续收敛起原先的散漫和不经意，一个个变得低头屏息，不敢喧哗。到后来，大帐前只剩下脚步的移动声、甲胄的碰擦声，以及挨个参谒的唱名声。待到最后一位将官参见完毕，躬身退回班里，全场竟变得一片静肃，只听见由军士们高擎着的火把在寒风中毕剥作响……

也就是到了这时，洪承畴才点一点头，紧绷的脸孔稍稍露出些许笑容，然后捋着垂到胸前的胡子，清一清喉咙，开口说：

"列位，此番会剿徽寇，上赖我大清皇上洪福齐天，下因诸路兵将奋勇用命，尤其是前军提督张天禄指挥得力，调度有方——嗯，还有黄澍自告奋勇，深入虎穴，以为内应，因此进军顺利，徽州一鼓而破，贼首金声等亦尽数就擒。此实乃我师继平定嘉定、江阴之后，又一大捷！可喜可贺！本督必定尽速修本，上呈朝廷，为列位申劳请功！在此，请先受本督一礼！"说完，他果真站起来，拱手如仪，向大家深深行下礼去。

面对上司的凛凛威仪,正重新觉悟到自身渺小的将官们,听见那一番嘉奖和许愿的话,本来已经深为感动,忽然又受到如此郑重的一礼,意外之余,更是不胜惶恐,于是不约而同地单膝跪下,热血沸腾地齐声说:

"谢中堂大人!职等愿效死力!"

"嗯,请起,请起!"洪承畴连连做着手势。等将官们重新站好之后,他就微笑着环顾了一下,随即放松身子,斜靠在椅子上,开始以一种亲切而不失认真的态度,询问起进兵破敌的情形。由于其中的详情已经由送去的塘报和特使黄澍专门作过介绍,因此,他只是就一些不够明白的地方提了几个问题。当获得满意的答复之后,他就把话题转到擒获的那几个义军首领——金声、江天一和吴应箕身上。得知这几个人颇为死硬顽固,至今仍旧没有愿意归降的表示,他点了一下头,便不再追问,却把眼睛转向脚边那盆熊熊燃烧着的通红炭火,老半天地沉默着。直到下属们因为长久的等候,开始纷纷投来疑惑的目光,他才抬起头,望着大家,缓缓地说:

"适才列位矢言愿效死力,令本督甚为感慰!今有一事,本督至今心下尚在踌躇,欲与列位商量,不知列位可愿一听么?"

这显然又是使将官们感到意外的一问。大帐内出现了片时的寂静,随即响起轰然的回答:"卑职愿唯大人钧旨是听!"

"唔,如此甚好。"洪承畴捋一捋胡子,随即坐正身子,"此事说大不大,说小也不小——适才本督在城外,看见许多百姓,拖儿带女,拥塞其间,情形惨苦。问知是我兵要入城驻扎,因城中狭小,安顿不下,故此只得将彼驱出。本督思量:这些百姓本是我大清子民,兵火之余,留得性命,景况已是甚为可怜,何况眼下天寒地冻,骤然将之驱至荒郊,无处栖身,许多人必定冻饿而死。我兵乃仁义之师,本为吊民伐罪而来,正应爱民如父子兄弟,方见本色。何不停止清城之举,放他还居旧处?倘能如此,这一方民众必定感我恩德，倾心归顺。异日我兵即使离去，此地亦永无复叛之忧——不知列位以为如何？"

洪承畴说这一番话时的口气是委婉的，而且带着一点商量的意味。因为他很清楚，眼下已经是初冬时节，天气日渐寒冷，将士们在野地里扎营，同样是一件苦事。何况他们经过连续半月的行军、作战，吃了不少苦头，好不容易才攻下徽州，照例应当休整几天，伙食和住宿也照例应当安排得好一点的。现在忽然作出这样的决定，难免会引起失望和不满。即使是将领们想得通，恐怕也不容易说服部下的士卒，更别说将领们也未必想得通了。不过，洪承畴认定：为了争取民心，消解敌意，确保徽州不再成为叛乱之源，这样处置是十分必要的。因此，虽然明知道事情有点难为将士们，但他仍旧决定提出来。

将领们起初大概以为总督大人要同他们商量行兵打仗的事情，所以答应得颇为痛快。待到得知是这么一回事，果然你看我，我看你，现出错愕与不解的神色，一时间，谁都没有吱声。大帐前出现难堪的寂静。

"嗯，怎么样？"洪承畴催问说。作为一军之主，他从不轻易提出自己的主张。但一旦提了出来，他也不会轻易退回去。

"大人既然有命，职等自当遵从！"张天禄终于首先表示服从。他本是明朝总兵官，降清前曾隶属于史可法麾下。对于洪承畴治军严格，显然早有所闻，因此不敢提出异议。

洪承畴点点头。身为这一次作战的前线总指挥，张天禄的态度自然是举足轻重的，而且对将领们会产生广泛的影响。他准备大大嘉许一番，然后就此把事情决定下来。谁知，就在这时，一名将官忽然越过同伴，大步走出来，拱手当胸，操着关外口音朗声说：

"中堂大人，末将想不明白：这徽州城里的，都是些山贼刁民，竟敢聚众作乱，抗犯我兵威，伤折我士卒，实属罪大恶极！不把他们尽数屠灭,已是十分便宜了他。为何还让他住在城中,却要我三军将士在城外受苦受冻?哪有这等道理!"

洪承畴皱一皱眉毛。凭借火把的光亮,他认得这个出言莽撞的将领是满军参统巴铎。此人原本隶属统领叶臣的镶红旗部,这一次进攻徽州之役,考虑到张天禄部的军力不足,才临时抽调他来援助作战。不料他竟自恃身份特殊,公然出头反对停止"清城"。这多少使洪承畴有点难堪。的确,如果换了是一名汉军将领,那么他完全可以用不着再讲什么道理,就将之严词斥退。如果对方还敢强项,还可以将他军法论处。但是,冲着巴铎是个满人,而且是叶臣的部下,洪承畴在作出反应之前,就确实不能不多一层掂量。何况,还应当估计到,虽然出头的是巴铎,但将领们当中,与他有着同样想法的恐怕为数不少,过于简单强横地硬压下去,也会使军心不服。对于掌兵者来说,这同样是需要避免的。因此,当最初那一下子恼火过去之后,洪承畴反而觉得不妨利用巴铎这个由头,把必须停止清城的道理向大家说得更透一点。只不过,以自己的总督之尊,去同一个参将论辩,却多少有失身份……

"哎,将军所言不差,"正当洪承畴沉吟不语之际,忽然有人从旁接口说,"此间民众前时果然曾抗犯我师。但念他多是无知百姓,受匪人煽惑,裹胁从贼。原非怙恶不悛之徒。如今既已降服,就是大清臣子。我师正应宽大为怀,不咎既往,而又善待之,让他们惭愧知耻,从此实心拥戴。如此,我兵虽忍一时之寒冻,却可永远免却征剿血战之劳,少失而大得,又何乐而不为呢!"

站出来说话的这个幕僚,就是黄澍。此人的确绝顶机灵。曾几何时,在前来府城的路上,他还口口声声把这里的民众称为"刁顽不逞之徒",如今,他已经准确地领会了上司的心思,并且在洪承畴感到踌躇的当儿,不失时机地挺身而出,为停止清城辩护。洪承畴虽然出于持重,没有立即表示赞许,但是却不由得暗暗点头。

只是,黄澍说得固然委婉动听,那巴铎却仿佛没有听见一样,依旧直挺挺地站着,连眼睛也不向他转过去。

黄澍眨眨眼睛,不知道这位身躯矮壮、长着一双小眼的满族将军为何如此。他一心要在洪承畴面前显示能干,于是又耐心地说:"莫非将军顾虑部下将士会有怨言么?其实,只须我辈亦坚守此间,与士卒同甘苦,再将寒衣粮草备足,每日照常操练起来,则不只怨言自息,且士卒会更生感奋求战之心。此古人驭兵之良法也!不知将军以为如何?"

谁知,巴铎仍旧一声不响。

这么一来,不只是黄澍,就连端坐在虎皮交椅上的洪承畴也奇怪起来。因为既然他不想降低身份同巴铎论辩,那么黄澍自动出面,同对方倒是合适的对手,并且也给做上司的保留了回旋的余地。不料巴铎竟一言不发,倒让人闹不清这个"鞑子"到底是自感理屈词穷,还是别的缘故。不过,只要他闭上嘴巴,事情就好办。于是洪承畴"嗯"了一声,威严地开口说:

"巴铎既无异词,可速退下!清城……"

话没说完,站在下面的巴铎忽然挺一挺脖子,说:"启禀大人,巴铎尚有话要说!"

洪承畴微微一怔,随即皱起眉毛:"嗯,适才黄澍对尔说话,尔一言不发。如今本督出令之时,尔又说有话,是何道理?"

"启禀大人,只因巴铎不要同他说话。"

"不要同他——黄澍?为什么?"

"皆因他是个奸诈之人,故此巴铎不要同他说话。"

"奸诈之人?何以见得?"

"他与这城中的守将,本是朋友,但是此番攻城,他却贪图立功受赏,把他的朋友骗了,卖了!这等下作行径,岂是男子汉大丈夫之所为!"

洪承畴又是一怔。此次攻城,黄澍确实是凭借同义军首领金声的旧交情,才得以进入城中,充当清兵的内应。而且,这还是洪承畴本人授意策划的。没想到,却被这个巴铎说成是出卖朋友,行为卑鄙。不过,就为人道德而言,要一下子驳倒对方,似乎也不容易。于是,沉默了片刻之后,他只得缓缓地说:"嗯,黄澍既已是我大清臣子,便自应忠于我大清。况且,兵者,诡道也。欺瞒用诈,俱在情理之中!"

"说他降了我大清,便理应如此,这话也中。但就须实心到底,不该这会儿又钻出来指手画脚,假惺惺地充好人——轮得着他吗!这等奸诈之人,只有你们汉人还会说他好;若是我们满人,哼!"

"嗯?"

"早就把他赶出旗下去,谁还会听他放狐狸屁!"

也就是听到这里,洪承畴才弄明白巴铎不搭理黄澍的原因。他不由得暗暗苦笑。因为,黄澍出来争辩的用意是什么且不说,就自己而言,确实是一方面觉得自己既然已经投降了清朝,并且总的来说,还颇得摄政王的信用,那就只有横下一条心,硬着头皮沿着这条路走下去;但另一方面,又不无反感地觉得这些来自关外的"夷狄",未经教化,只知一味恃强嗜杀,动不动就屠城灭邑,在攻下扬州时是如此,在攻下嘉定和江阴时也是如此,根本不懂得要一统天下,皇基永固,就要善于恩威并举,刚柔杂用,全力争取民众的诚心拥戴。而此中道理,在中国的圣贤经典中,是早就说得极其透彻明白的。正因如此,这一次他才不辞劳苦地赶到这里来,亲自视察监督善后事宜的处理,目的就是设法使徽州从此诚心归顺,不再作乱;同时,私下里也想尽可能减少战争对同胞的戕害和摧残,以求得心灵的一点的慰藉。然而,在新主子眼里,这是不是也有"奸诈"之嫌呢?却实在很难说。因为自己毕竟是个前明的降官,而且有对清朝作战的"劣迹";前一阵子又过于热心地建议皇上学汉文,读汉书,结果遭到摄政王冷淡的否定……正是这种突然涌起的疑惧,扰乱了洪承畴的安详和自信。有片刻工夫,他只管呆呆地坐着,一句话也说不出来。

"……凡有敢抗我大清的蛮子,都例该屠灭!前番嘉定、江阴之役,贝勒大人俱是如此处置。大人对他们又何必手软?"巴铎傲慢的声音再度在耳边响起。

像被猛然刺了一下似的,洪承畴清醒过来。一种受到侮辱——不仅仅是作为上司的尊严,而且还有自己所信奉的那一套"王道"的尊严,受到愚蠢无知的侮辱的感觉,使他勃然愤怒起来;同时也意识到周围还站着众多下属,全都默默地注视着这一幕,在等着瞧自己这位主帅如何决断。于是他咬一咬牙,猛然沉下脸,严厉地说:

"胡说!本督受命离京时,圣上曾经颁旨,明谕承畴此次下江南,务须尽力昭宣我大清德意,遵行近日朝廷恩赦诏款,使新附之民咸沾恩惠。万事俱以平定安集为先,以期人心向化,南服永靖。本督受国家隆恩,敢不尽心竭力!此事就这样定了。有再敢妄言抗命者,军法从事!"

停了停,看见将领们被自己的威势所震慑,包括巴铎在内,一时间全都低头屏息,不敢再吱声,他就把手一摆,断然说:

"立即传令三军,放还百姓,停止移营!"

扯谎脱身

由于洪承畴下达了强硬的命令,清军的清城行动不久就停止了。为着表示与将士们同甘共苦,自然也为了安全起见,洪承畴还决定,他本人也不进城里去住,而是同大家一样,就在山上的营寨下榻。接下来,他还特别交代张天禄马上起草告示,到城中去四处张贴,晓谕百姓照常生活,不用惊慌,只要诚心归顺,遵命剃发,不再作乱,身家性命就能得到保障。

这一着果然收到很好的效果。本来乱作一团的府城很快就平静下来,接着市面重新开始营业。过了两天,甚至还有人抬猪牵羊,到山上来犒劳"大兵"。洪承畴眼看自己所预期的局面正在出现,各营将士也凛遵军令,不敢下山骚扰民众,才终于放下心来,准备动身离开。恰好在这天近午,他收到从南京加急递到的一封文书,说是朝廷来了命令,内容十分重要,催他从速回去商议。洪承畴不敢怠慢,立即传令周知随行的官员和幕僚们打点行装,定于次日一早启程。

消息传开之后,军营中的反应倒是相当平静。因为谁都知道,总督大人这次到来,只是一种例行视察,本来就不会待得太久。更何况,就多数人而言,也不希望被来自上头的人整天盯着管着,就更别说伺候、陪同的种种麻烦了。不过,也并非没有例外,譬如说,正在自己的营帐中用午膳的黄澍,就被这个突如其来的消息弄得呆了半晌,终于把碗筷一放,心烦意乱地站起身来。

黄澍之所以这样子,是因为直到目前为止,他虽然被派到军中来效力,并且在平定徽州中立了功。但是始终还没有被正式授予官职。以他平生的自负才干,心高气傲,毅然决定走上投靠清朝这条路,自然不仅仅是为了活命。无疑,他也知道初来乍到,新主子对自己还不了解,照例要等些时日,因此才一直忍耐着。不过那一天,在前来府城的路上,洪承畴忽然问到谁适合担任徽州的未来知府,他当时出于谨慎,没有正面回答,但过后却越想越动心,觉得这个职位对自己正合适。因为自己就是徽州人,对本地的情形可以说非常熟悉,而且凭着自己的精明强干,也有把握把这一方民众管得服服帖帖。另外,他还认定,洪承畴当时那一问决非无缘无故,显然也多少包含有这种意向。正因如此,在抵达此地的当晚,他才甘冒可能得罪其他将领的风险,挺身而出为洪承畴停止移营的决定辩护。对此,洪承畴虽然没有什么特别的表示,但黄澍却知道必然会给上司留下深刻印象,因此一直暗暗期待着。谁知两天过去了,三天过去了,仍旧没有任何动静。

相反,却忽然传出洪承畴明天一早就要离开的消息。这就难怪黄澍错愕之余,不由得焦急起来……

"黄先生,中堂大人请先生过去,有事商议!"一个响亮的声音在耳畔响起。

黄澍怔了一下,回过头去,发现不知什么时候,营中的一名小校已经来到帐门外。

"中堂大人有请黄先生过去议事!"大约发现黄澍尽自睁大眼睛,没有任何表示,那名小校又重复通报一遍。

黄澍这才"啊"的一声,一颗心随之急促地跳动起来。"这么说,他终于还是想到我了!"他想,于是连忙说:"好的,学生这就前往!"

说完,也不等那名小校再有表示,他就大声吩咐随从备马,然后三步并作两步,走到屏风后面,迅速换上公服,还特意从镜子中检视一下那颗新剃的光头和那条新近才扎就的发辫,这才匆匆走出帐外去。

作为临时派到前军效力的一名降官,黄澍目前的住处是前锋营,与洪承畴下榻的中军大营,还相距着二里之遥。时当正午,崎岖的山路上空荡荡的。紧挨着路旁流过的溪水波光粼粼,在阳光下亮得刺眼。山崖之上,秋天的老叶经了风霜,红的血红,黄的金黄,显出一片斑驳的色彩。

距中军大营还有一箭之遥的时候,黄澍从马上远远望见,辕门前面左侧的空地上,或站或坐地围聚着一小队人。凭着他们身上穿着号衣,手中还拿着刀枪的样子,黄澍判断那大抵是一些兵,因此并没有怎么在意。直到在辕门前翻身下马,把缰绳扔给随从之后,他顺眼投去一瞥,才发现那一小队人并不全是拖辫提刀的清兵,其中还有汉人打扮的男子。只不过那几个人眼下都蓬头垢面,衣衫破烂,还被绳子五花大绑地捆着。"唔,原来又逮着了人犯!"黄澍心想,同时觉得那几个人有点面熟,不由得又瞧了一眼。这一下，他不仅瞧清楚了，而且像一个在暗处行走的偷儿，冷不防遇上捕快似的，吓得心中猛然一抖。因为他忽然认出，这几个囚犯不是别人，正是在这次战役中俘获的三位义军首领：其中身材微胖、表情沉静的长者就是前明御史金声；那又黑又瘦，长着一脸刺猬胡子的是复社头儿吴应箕；比这两人都年轻的那个儒生则是江天一！

"糟糕，怎么会在这里遇到他们！"黄澍一惊之下，本能地忽啦一下背过身去。不错，作为同乡，这几个人同他可以说都是老相识。特别是金声，同他更是一向情谊深密。本来，早在崇祯元年，金声就高中进士，官授御史，只因屡次力陈经国方略，都不被皇帝采纳，才坚决辞官归里。在居家期间，他联络黄澍等人积极训练乡勇，保境安民。崇祯十一年，马士英麾下的贵州兵路过徽州，烧杀抢掠，就曾遭到当地兵民的痛剿。因为这个缘故，到了福王在南京即位，起用旧官时，金声就没有应召，但一直十分关注朝中的政局，同黄澍的联系也一直没有中断。后来黄澍在朝堂之上，严劾痛打马士英，与金声的影响可以说不无关系。正因为有着这样不同寻常的交谊，这一次，黄澍才得以那么轻而易举地进入城中，充当清军的内应，一举攻破徽州。只是这么一来，黄澍在老朋友面前，就成了彻头彻尾的叛卖者和奸贼，已经连相见的余地都没有了。

"哎，无论如何，最好别让他们认出我！"黄澍心忙意乱地想，"最好别，是的！虽然他们不能把我怎么样，但是……"心中这么紧张着，他就缩起脑袋，横着身子，紧赶几步，逃也似的从辕门走了进去。直到越过好几座营帐，他才站住脚，回头望去，发现金声等人始终没有发出什么反应，似乎并没有认出是他。"嗯，也许我如今已经剃发改服，所以……"这么猜想着，黄澍才吁出一口气，定一定神，继续向里走去。

中军大帐里，洪承畴已经在等待着了。

说起来，黄澍倒不是第一次谒见洪承畴。只不过以治事勤谨著称的这位封疆大吏，几乎从不让自己闲着。黄澍每一次碰上他不是在处理公文，就是正在与有关僚属议事，或长或短总得候上一会儿。因此，像今天这样立即予以接见，就显得十分例外，同时也使黄澍敏感到事情的不寻常。他不由自主紧张起来，甚至忘却了刚才与金声等人的意外相遇，连忙趋步上前，毕恭毕敬地行起晋见之礼。

"嗯，先生请坐。"洪承畴点一点头，随即做出相让的手势。

"不知中堂大人呼唤学生，有何差遣？"由于招呼了那一句之后，洪承畴依旧尽自拈着胡须，老半天没有开口，已经用半个屁股坐到四开光坐墩上的黄澍，忍不住试探地问。

洪承畴"唔"了一声，终于抬起眼睛："先生是本地人？"

"是的，卑职的敝乡就是徽州府城。"黄澍拱着手回答，同时暗暗纳罕：上司何以明知故问？不过，对方一开口就问到籍贯，却正暗合了他的期待。因此他睁大了眼睛，热切地瞅着上司。

"记得在前来徽州的路上，"洪承畴接着又说，"先生曾经言及，对此地之民，应须'以精诚导其向善之心，以恩德消其桀逆之志'。学生深以为然。只不知这'导其向善'之要务，当以何者为先？"

黄澍眨眨眼睛，心跳变得愈加迅速起来。为着防止出错，他极力控制着自己，仔细地思索了一下，这才回答："这个——以卑职庸陋之见，当以收缙绅耆旧之心为先！"

"噢？愿闻其详！"

"大人明鉴：有道是'蛇无头不行'。此缙绅耆旧，乃是各方之头脑，或有势，或有财，或兼而有之，向为一方百姓所仰戴。彼辈若然生事，则一方不安；彼辈如能归顺，则一方俱可太平。"

洪承畴点点头："此言有理。不过先生以为，我兵今番这般处置，彼辈缙绅耆旧便会从此感激归心，不再生事了么？"

"这……"

"若是他不知感激,偏生还要抗命逞强,又当如何?自然,将他尽数拘拿,一刀杀却,也无不可。唯是如此一来,这一方百姓,必定因此而疑我、惧我、仇我,终难收平定安集之效!"

"大人所言极是!所以,这主持之官,须得深谙此地之民情,在缙绅当中广有联络,而且能低首下心,有宠辱不惊之定力,能忍气,能挨骂,方能言有成!"

黄澍这几句回答,说实在话,多少有点言不由衷。因为直到此刻为止,他暗中仍旧坚信,要治理好徽州,最好的办法就是镇之以重兵,威之以严刑。不过既然上一次他向洪承畴提出时,没有被采纳,此刻他也就不敢再提。"是的,只要能把徽州知府的乌纱弄到手,他爱听什么,我就挑什么给他说就是!"他想。

果然,洪承畴的脸上露出了笑容。"唔,好,很好!"这么表示了赞许之后,他便站起来,沉思着向前走出两步,随即旋过身,重新盯住下属:

"先生进来时,想必看见辕门外的那几个人?嗯,不错,就是金声、吴应箕、江天一。这三人领头为逆,啸聚山林,抗拒我师,实属罪不容诛。本督上体朝廷德意,念他本是乡绅老儒,只因不通世变,一片愚忠,遂致误入歧途,与巨寇大盗尚非同类,只要肯洗心归顺,无妨放他一条生路。因此这两日提审时,也曾反复告谕,促其自新。唯是这几个人性甚褊狭,执迷不悟,且出言狂悖,辱及本督。是以决定将其推出辕门,就地正法!"

说到这里,洪承畴停顿了一下,大约发现黄澍只是呆呆地听着,没有特别的反应,于是又接着说下去:"不过,本督转念思之,这三人死不足恤,唯是他这次造叛,愚民百姓从之者甚众。虽已失败被擒,而暗中怜之惜之者数在非少。遽尔杀却,颇不利于收拾人心。为早日抚定江南计,总以说之使降,方为上策。因思先生与彼既属故交,定必深知其性情心意,如能出面劝说,动之以情,晓之以理，或者能令彼幡然归顺，也未可知。不知先生意下如何？"

起初黄澍听说要将金声等三人就地正法，心中虽然也自震动，但毕竟事先已经估计到难免会有这一幕，因此也还并不感到特别意外。及至洪承畴话锋一转，竟然提出要他出面劝降，这才使黄澍大吃一惊，差点儿一耸身离座而起。总算他生性机警，急忙收敛心神，硬生生又坐住了。

"学生也知道先生颇有为难之处，"只听洪承畴又说，"是以未敢遽然相烦。唯是适才听先生一席教言，却令学生甚为感奋，以为凭先生宠辱不惊之定力，能忍气，能挨骂之诚心，此去劝降，或能有成！"

黄澍眨眨眼睛。也就是到了这时，他才明白，上司为何这么急急忙忙地把自己找来，又为何在开头时东拉西扯地说上那一大篇不着边际的话。而自己那几句言不由衷的回答，竟然成了对方决定让自己出面劝降的依据，尤其令他哭笑不得。说实在话，自从做出了充当内应那件事之后，黄澍就十分清楚，自己同昔日的好友已经成了不共戴天的仇人。由自己出面劝降，不仅绝对不会成功，而且势必招来一顿让自己狼狈不堪的臭骂。他实在不明白，洪承畴出于什么想法，非得千方百计劝金声等人投降不可。在这种事情上，肯投降的留下，不肯投降就杀掉，历来如此，又何必纠缠不休，自找麻烦？不过，黄澍也知道，既然上司已经表示了这样的想法，作为下属，贸然加以拒绝，显然是不行的，也是不智的。可是……

黄澍尽自沉吟不语，已经坐回到椅子上的洪承畴，却有点不耐烦起来。事实上，还在八月初来到江南上任的时候，他就定下一条规矩：凡是在作战中俘获的义军首领，都必须向设在南京的大本营申报，听候指示，各军不得擅自处置。这除了基于刚才他对黄澍所说的那些考虑之外，还因为暗地里他总觉得，作为曾经有着相同背景的过来人，反过来动手杀害昔日的同僚，毕竟是一件不怎么愉快和光彩的事。更何况,眼前的金声与他还有着"同年"之谊。相反,如果他们能幡然觉悟,弃旧图新,那么他们固然能保住性命,自己也能落个顾念旧情的好名声。只是偏偏金声等三人全都顽固不化,说话尖刻得像刀子似的,简直令人无法忍受。洪承畴记得,在前天上午那一次,提审金声时,对方竟然一上来就说:洪承畴在崇祯十五年松山失陷时,分明已经自尽殉国,如今又从哪儿冒出来个洪承畴?一定是假冒的!把他弄得哭笑不得。接着那金声又历数洪承畴在明朝时的种种功劳,大加赞扬,然后话锋一转,痛骂"假冒"的洪承畴为虎作伥,作恶多端,败坏洪家的名声,真是天理不容,绝没有好下场!直骂得他心头火起,差点儿没有下令割掉那家伙的舌头!到了下午提审吴应箕和江天一,洪承畴冲着那姓吴的是个复社头儿,对他和颜悦色,十分优礼,不仅吩咐除去镣铐,还让左右看座。谁知劝说了足有一个时辰,两个人却像聋子和哑巴似的,始终毫无反应,弄得自己一点办法也没有。正是面对这种困境,洪承畴才想到黄澍。虽然他也知道对于一个叛卖者来说,这多少有点强其所难,但是天底下的事情,有时候却未必是常理所能测度的。说不定看起来最不可能的,偏偏就会成功。这得看机缘,还得看办事人的本领。这个黄澍不是似乎挺有能耐的么?那么,既然已经没有其他办法可想,也就不妨让他出面试一试看,反正即使不成功也不会损失什么……只不过,自己说了半天,对方仍旧全无表示,洪承畴的眉头就不禁皱起来了。

这时,坐在下首的黄澍胡子一动,终于开口了。

"中堂大人有命,"他低下头,拱着手说,"学生自当竭诚效力。唯是有一事,学生为回护朋友计,踌躇再三,本不忍言,但既为大清之臣,为尽忠王事计,又不敢不言!"

"噢?"洪承畴见他说得郑重,倒不由得留了心。

黄澍又停了停,似乎仍有犹豫,然后才接下去:"据学生所知,金声当我大兵压境时,已虑及徽城未必能守,因此在周遭五百里之山洞中,均预藏了许多兵械火药,并与部下歃血盟誓,一旦徽城失陷,便退入山中,伺机再起。日前在城中,他曾对卑职言及,万一城破时走不脱,落入我兵之手,须是先誓死不降,然后才慢慢装作回心转意,使我喜其能降,不疑有诈。待疏于防范之际,他才以计脱身。学生曾问他如何用计,他说如放火烧营、杀官起事之类,不一而足,并谓只要一息尚存,绝不与我朝共戴天日。学生因当时尚在城中守候我兵,不便即时驳他,只能含糊以应……"

黄澍表情沉重地说着。洪承畴的眼睛却越睁越大。金声等人的这些图谋,使他感到意外,也感到恼火。他沉下脸问:"既有这等事,为何当初不报?"

黄澍的目光惊疑地一闪,随即"扑通"一声跪倒在地,磕着头说:"大人息怒。因学生知此事一经报出,金声必死无疑。学生为尽忠朝廷,入城为间,已蒙卖友之恶名,譬如日前为大人劝止移营入城之事,学生才一开口,便遭巴铎恶言丑诋。若金声再因我此言而死,学生此生恐怕再难安枕!因此意欲待其降后,再从旁劝说之,监视之,果有异动,便即时报告。学生自知私庇罪大!求大人怜此一念之愚,从宽处置!"

洪承畴不说话了。他慢慢捋着胡须,反复琢磨着黄澍的那些话,终于,沉吟地问:"那么,以先生之见,这三人竟是再留不得了?"

黄澍没有回答,只是一个劲儿地磕头。他磕得那么急速、长久,仿佛只能用这样的办法,来表达内心的矛盾和痛苦似的……

"无疑,这也只是黄澍一面之词,"洪承畴暗想,"而且疑点甚多,未必就可尽信。若然据此就把那三人即时杀却,终觉草率了些。只不过,我启程在即,哪有工夫再与他细细究问?"

这么盘算着,他就伸手从箭筒里拿出一根令箭,向一旁侍候的随从官说:

"传我号令,辕门外的三名贼首,暂且依前收押,随我一道解回南京,再行处置!"

等那个随从官领命而出之后,他才旋过脸,望着已经停止磕头的黄澍,淡淡地说:"学生本来打算,待了结此行之后,便申报朝廷,委先生做徽州知府。只是适才先生所说之事,关联甚大,未曾推究明白之前,此事却不宜先报。那就过得几时再说吧!"

第六章
苦催饷乡民匿迹，困穷途孝子伤情

回乡催饷

徽州的平定，无疑是洪承畴的又一个成功。不过，由于在湖南和湖北，发生了农民军的余部四五十万人，同明朝守军实现了军事联合那样的惊人事态，却使整个战局的重心，一下子向那边发生了倾斜。感到大为紧张的清朝摄政王多尔衮，固然决定从江南抽调军队，增援湖广；而坐镇南京的勒克德浑和叶臣，也因此变得迟疑观望，放松了对浙东一线的军事压力。面对这种情势，鲁王政权的督师张国维，决定抓住盘踞杭州的清军后援不继、攻守失据的机会，大举进击。就在洪承畴前往徽州府城视察的时候，钱塘江沿岸的各路明军，也按照总督行辕的命令，纷纷厉兵秣马，整装备船，并且从十月八日开始，全线出动，准备连战十日，给敌人以新一轮的沉重打击。于是，一度陷于沉滞胶着的两浙战场，顿时又变得烽烟四起……

不过，并不是所有的明朝军队都能立即开赴前线。譬如说，近两个月来一直随余姚义军驻扎在萧山县龙王堂的黄宗羲，眼下却不得不带领黄安等一队亲兵，连夜赶回通德乡黄竹浦去。

说起来，自从六月初率众从军之后，黄宗羲还是第一次回家。无疑，八月中那一仗是打胜了，而且由于余姚义军，还有后来参战的武宁侯王之仁的水师，从水上拖住了大部清兵，结果使驻节于富阳的督师张国维，得以指挥被封为镇东侯的另一位前总兵官方国安，从陆路乘虚进兵，一举攻下了东边的于潜县，进一步扩大了对杭州的包围。不过话又说回来，黄宗羲所属的余姚义军，由于被王之仁故意抛出去拼头阵，损失却过于惨重。事后清点人数，竟然牺牲了三百多人，其中光是由他带出来的黄竹浦子弟，就死了十七个，受伤的更多。虽说要打仗就难免会死人，但是一仗下来就死这么多，却使黄宗羲感到很难向村中的父老交代。特别当想到因此要面对孤儿寡妇的悲啼和泪眼，他就更增加了一分惶恐和胆怯。因此，战事结束后，他只是派手下的人回去报捷，并把死者运回家中安葬，自己却一直留在营中。"是的，等过些时候，这件事稍稍放淡了之后再说吧！"每逢接到家信，或是村中有人来，提及回家探视的话头，他总是闷闷不乐地想。

然而，这一次他却再也无法拖下去。因为近一个月来，军队的粮饷供应变得越来越紧张，特别是他们这些被称为"义兵"的队伍，已经到了难以维持的地步。无疑，仅靠浙东地区，供养十万军队，自然不能说很宽裕，不过只要合理分配，短期间内应该能够维持。但是，自从方国安、王之仁等人晋升为列侯之后，却借口他们统辖的官兵是正规军，是作战的主力，提出要同余姚、绍兴、宁波、慈溪等六家最先起义的地方民军分地分饷，实际上是要把朝廷正式征收到的六十余万钱粮全部霸占过去，而让各路义军自谋生计。其中方国安自恃重兵在握，作战有功，态度尤其强横跋扈，根本不把张国维、孙嘉绩等举义元勋们放在眼内。王之仁算是稍好一点，但利益所在，自然也处处附和方国安。偏偏鲁王对他们十分倚重，曲意回护。因此，尽管各路义军头领极力反对，结果还是这样定了下来。消息传开之后，义兵的军心顿时陷入一片混乱，纷纷议论着要卷铺盖回家。虽然孙嘉绩等人极力安抚，并一再以忠义激励将士，但由于缺衣少食的情形越来越严重，派回各乡筹饷的人又大都空手而归，近一个多月来，各营义兵已经散去了不少人。眼看开战在即，将士们的粮饷却全无着落，黄宗羲心急如焚之余，终于只好向孙嘉绩自告奋勇，赶回家去想办法。

"本来,三弟身为粮长,在家中是负责这件事的,鬼知道怎么连他也挨挨延延的不打紧!不错,村民们是不会痛痛快快拿出钱粮来的。可眼下不是刚刚打完场么,怎么就连这几十石谷子、百来套衣被都征集不起来?总是他们不肯尽心尽力的缘故!"想到方国安、王之仁等以"正兵"自居的将帅,本来就极其瞧不起自己这些义兵,如果这一次又因粮饷不继而无法参战,今后在朝中恐怕更加没有立足之地。正是怀着这样的愤懑,黄宗羲才决定亲自回家走一趟。

经过一天一夜的航行,现在,他们乘坐的乌篷船终于在一片萧萧暮雨中抵达黄竹浦。这一次回家,虽说多少有点迫不得已,但在船靠码头的时候,黄宗羲却忍不住站起身,扶着船篷,远远近近地睁大眼睛眺望。他发现,除了横跨在渡头上的那条竹子搭的桥,似乎变得益发歪斜之外,其余的一切,还是四个月前他离开时的老样子。紧傍着蓝溪向远处延伸的堤岸,依旧是连绵不断的森森毛竹;拱出于毛竹后面的化安山,依旧有如一只匍匐的巨兽。而反映着最后一抹天光的白亮的水田当中,黄竹浦村也依旧是阴阴沉沉的一片,难得透出一星半点灯火。大约已经吃过晚饭,到了关门上床的时候,薄黯的村路上静悄悄、空荡荡的,连人影也看不到一个。只有隐藏在暗处的狗儿,大约嗅到了码头这边随风传去的生人气息,开始发出迟疑的、不安的吠叫……

当黄安为着抢在头里向家中报信,踏着水花飞快地跑得没影之后,黄宗羲和其余几个亲兵也披上蓑衣,戴上竹笠,沿着泥泞不堪的村路向前走去。

"是的,我终于又活着回来了!这几个月经历了多少事,操了多少心,还同鞑子真真正正打了一仗,而且打胜了!这可是以前做梦都没有想到过的!"一边听着泥水在脚下吱咕吱咕地作响,黄宗羲一边默默地想,"只是,仗打完了两个月,我却一直拖着不回来,虽然事出有因,迫不得已,但母亲想必难免会怪我,妻和细姐也会怪我。无疑,前些日子宗辕、宗彝去看我,都说家中各人都还好,不必挂心。但是……"

停了停,他又想:"这一次我回来,其实也不能逗留太久。营中的将士正等着米下锅呢!一旦征集到粮饷,就得赶回去。这一仗无论如何我们都得参与,还要打出个名堂来!哼,我偏要让方国安、王之仁之流看个清楚,我们义兵可不是白吃饭的,而且比他们'正兵'还能……"

本来还要往下想,但狗儿们远远近近的吠叫,已经变得愈加猛烈起来,接着,村口那边出现了一点灯笼的亮光,旁边还影影绰绰有人在走动。黄宗羲眨眨眼睛,一颗心不由得急促地跳动起来。当瞧出那一群人显然是为迎接自己而来,他就顾不得道路泥泞,连忙迈开大步,急急赶了过去。

"哎呀!大哥,你、你怎么一声不响就回来了?"还隔着一丈开外的时候,对面的人影中就传来四弟宗辕惊喜的招呼。

"哦,我本没打算回来,是前天夜里临时才定的。"黄宗羲解释说,凭借来到跟前的灯笼亮光,微笑地打量着迎接者们那一张张熟悉的脸。他本来还想说明这次回来是为着催饷,但发现三弟宗会不在迎接的人们当中,临时又改口问:

"咦,泽望呢?"

"已经着人告知了他,不知怎地没有跟来。"一个瓮声瓮气的嗓音回答。那是二弟宗炎。

"那么,粮饷的事怎么样了?你们可办妥了么?"当最初的一阵子喜悦和问候过去之后,黄宗羲一边由大家簇拥着继续往村中走去,一边忍不住又问。

"前些日子见泽望白天黑夜地忙着哩,这两日倒不见他走动了,想是办妥了罢!"黄宗炎说。

"才不是哩!"五弟宗彝从旁插嘴,"小弟昨儿还听三哥发愁说，这粮饷总收不起来，不知怎样回复大哥才好。"

"你胡说什么！"大约看见黄宗羲陡然停住脚，瞪大了眼睛，四弟宗辕连忙安慰说，"虽说不容易，可也不是全收不起来，前几日，我就见好几个人拿了米粮衣被往祠堂里送！"

听着弟弟们这些互相矛盾的说法，黄宗羲愈加惊疑。"不成，得赶快找到泽望，问个明白！"他想，于是停止追问，加快脚步向家中走去。

不过，着急归着急，他却没能马上找到黄宗会。因为已经得到消息的家人们早就聚集在大门里外，伸长脖子等着。看见大爷回到了，他们就一窝蜂地迎上来，带着惊喜的神情，招呼、问候、叹息、七嘴八舌，热烈异常。面对这种情景，黄宗羲只得暂且把心事放下，不断地点着头，"哎哎啊啊"地回答着来自四面八方的招呼，一直走到大堂上。家人们众星拱月一般跟进来，把他围在当中，又是搬椅，又是端茶，还挨个儿上前行礼请安。这当中，最忙碌的要数大奶奶叶氏，她一改平日的端庄稳重，不停地笑着，抹着眼泪，又是督着儿女们给父亲行礼，又是催促侍妾周细姐到厨房去端水，末了，还亲自绞了一条热气腾腾的脸帕，送到丈夫面前。于是，趁着黄宗羲揩脸的当儿，大家开始向他提出各种各样的问题，像黄宗羲为什么直到现在才回来？这场仗还要打多久？狗鞑子是否很凶，很难看，会不会打到这边来？以及黄宗羲可曾见过监国的鲁王爷？他老人家长得什么模样？如此等等。瞧着那一张张熟悉的脸孔，听着那一声声熟悉的话音，一种久别重逢的亲情在黄宗羲的心中荡漾起来。他于是耐心地、尽可能详细地作了回答；这之后，才离开大堂，在弟弟们的陪同下，到上房去专门叩见母亲姚夫人。母子相见，自然免不了又是一番悲喜交集和互诉别后的情形。这么一耽搁，待到黄宗羲终于从上房里告退出来，并且决定不要别人跟随，独自前往西偏院去找黄宗会的时候，已经是一个多时辰以后了。

刚才还闹哄哄的堂屋变得空无一人。现在，黄宗羲微低着头，走在幽暗而又熟悉的石板弄堂上。他之所以宁可不回自己的屋子，也要先上西偏院去，是因为甚至就在刚才家人齐集那阵子，他的那位身负重责的弟弟仍旧不见踪影；不仅黄宗会本人不见影儿，连他的妻子儿女也全都没有露面。"简直是岂有此理！你以为这是闹着玩儿吗？这可是生死攸关的大事！不把征集粮饷的事给我说清楚，你今晚休想躲得过去！"由于与家人们相见的兴奋已经消退，先前的那种焦虑又重新迅速浮现，甚至变得更加尖锐起来。来到黄宗会的卧房门前，却发现里面黑沉沉的，声息全无。"嗯，这么快就睡下了？"黄宗羲疑惑地想，随即咳嗽一声——"泽望！泽望！"

停了停，见里面没有答应，他稍稍提高了嗓音，又叫：
"泽望！"
谁知仍旧没有答应。

这么一来，黄宗羲反倒犯了难。不管怎么说，如今已经到了初更时分。眼前这屋子里又黑灯瞎火的，既不知道黄宗会是否在里面，即使就在屋子里，那么他的妻子照例也应该会在里面。而照刚才的情形看，对方大概已经睡下，并且显然不想起来开门。那么自己作为兄长，却在外面叫唤个不停，虽然是为的正事，总有点不通人情之嫌。"嗯，眼下是晚了一点，也许，还是等明天再说？"他犹豫地想。但已经来到门前，加上确实急于知道粮饷筹办的情形，他又不愿意就此退回去……终于，他还是把心一横，再度提高了嗓门：
"泽望！"

这一次，好歹有了回应，却是黄宗会的妻子梁氏的声音："谁呀？"

"哦，是——是我。"黄宗羲连忙回答。同时气恼地觉得自己竟然有点心慌，仿佛真的做了什么错事似的。

"啊，是大伯呀，什么事？"

"我要寻泽望，他可在屋里？"

"你三弟他不在。"

"不在？他上哪儿去了？"

"不知道。他吃罢夜饭就出去了，到这会儿还没回来。"

"这——你这话可当真？我可是有要紧的事找他！"黄宗羲紧追了一句，同时打算着，一旦对方再次明确回答黄宗会不在，他就立即结束这种隔着一道黑乎乎门扇的、大伯与弟妇的别扭对话。

谁知，屋子里偏偏沉默下来，并且起了喊喊嚓嚓的响动，像是翻动身子，又像低声商量。

黄宗羲的耳朵不由得竖起来——虽然暗暗责备自己这样做是可鄙的、不应该的，但仍旧止不住重新生出希望，"是的，只要泽望肯出来，向我说清楚筹饷的事，别的我都不与他计较便了！"他惭愧地、宽宏大量地想。

终于，门扇里响起了回答，却仍旧是梁氏的声音：

"弟媳妇我可不敢诓骗大伯。大伯既有要紧的事，要不，等你三弟回来，弟媳妇我就即刻让他去见大伯，好么？"

黄宗羲不由得愣住了，半晌，终于自觉无法再问下去。然而，门扇内刚才的响动和犹豫，却使他认定黄宗会其实就在屋子里，只是执意躲着不肯出来罢了。有片刻工夫，他在黑暗中咬紧牙齿站着，一种受到侮慢和愚弄的怒气使他恨不得举起拳头，狠狠地向卧室的门擂去，喝令那位没用而又可恶的弟弟立即滚出来！只是临时想到自己是大伯身份，眼下又是在夜里，万一强行敲开了门，屋子里果真只有梁氏一个人，场面会变得十分尴尬，才又极力忍耐住了。

"哼，你躲得过今晚，莫非还能躲得过明日不成！我总有叫你说个明白的时候！"这么拿定主意，他才转过身，悻悻然走回自己居住的东偏院去。

接连扑空

　　黄宗羲这一次回家,同妻妾儿女们无疑是久别重逢,但由于焦虑着筹饷的事,却使他变得没有心情剪烛夜话,只在由她们服侍着吃饭、洗脚的当儿,简单询问了一下近况,就吹灯上床。第二天一清早,他又爬起来,走过西偏院去寻找弟弟。谁知仍旧没有找到。这一次,黄宗会真的不在屋子里。那位弟媳梁氏为夜来的事再三道歉,说丈夫确实不在,又说因为自己这几天正病着,早早就睡下了,所以没有到大堂上去迎接大伯,一边说一边把黄宗羲让进屋去,又是行礼又是奉茶,但是丈夫到底去了哪里,她却始终说不清,只是抱怨近半个月来,黄宗会常常整夜不回家,不是推说到祠堂去算账,就是推说到化安山那边去催租,也不知是真是假。那瘦小体弱的女人还一个劲儿求做大伯的帮她说一说丈夫。黄宗羲眼见问不出要领,只得转身走出。"可是,我到哪儿才能见着泽望呢?"他抬起头,望着被晨曦照亮的长长弄堂,沉吟地想,"嗯,听说征集到的粮饷都存在祠堂里,刚才三弟媳也说他夜里常常宿在那边。那么,就先上祠堂去看一看?"这么拿定主意,黄宗羲就回到正院,招呼黄安和几个亲兵跟着,一起出了家门,走到村子里去。

　　这当儿,天已经大亮。夜来的那一场不大不小的雨,已经歇住了。但是天色仍旧阴沉沉的,坑坑洼洼的村路也依旧一片泥泞。黄竹浦正处于姚江、蓝溪和剡水的交汇处,位置比较偏僻,名义上虽然隶属于濒海的府县,实际上海边离这里足有上百里。平常居民们除了种田之外,几乎再没有别的生计。加上田亩的分布不好,旱的苦旱,涝的苦涝,因此多数的人家都比较贫穷。偌大一个村子,竟然难得有几所瓦房,多数村民都是住在毛竹和稻草搭的屋子里。不过黄宗羲对这一切早就习以为常,再也不会引起任何特别的感觉了。眼下，如果说有什么使他不安的话，就是他忽然又想起了去年八月钱塘江上那一仗，村里死了许多人。不管怎么说，那都是自己一手带出去的子弟兵。况且才只过了两个月不到，要乡亲们忘记这件事恐怕很难。那么他们到底会对自己怎样？战死者的家人又会怎样？会原谅自己吗？还是……由于马上就要同他们相见，但自己却始终不知道怎样才能加以补救，抚慰对方的痛苦，黄宗羲的心中就不由得生出几许踌躇，脚步也慢了下来。

不过，渐渐地，他又感到情形有点不对。本来，这一阵子正是清早起来最忙碌的时节，要在平时，家家户户自必照例挑水的挑水，打扫的打扫；隔着竹篱笆就能听见鸡在鸣，猪在哼，狗在咬；那座座茅草盖的屋顶上，也会飘散出缕缕蓝色的炊烟。可是此刻，村路两旁的篱笆墙里，虽然还偶尔传出几声鸡鸣狗叫，却看不见其他的动静，尤其看不见有人在活动。而且这种情形不止一家，一连经过几户的门前，都是如此。

"咦，怪了，人呢？怎么都不见了？"黄安的声音在背后传来，显然，他也发现情形有点蹊跷。

黄宗羲没有答话，转身推开就近一户人家的柴门，发现院子里的确空空荡荡的，只有满地的积水和胡乱放置着的几个坛坛罐罐；一只垂头丧气的黑毛狗趴在屋檐下，见来了生人，它那双野性的眼睛便现出疑虑的神色，但是并不站立起来。黄宗羲略一迟疑，随即走近屋子，却看见门环上横插了半截竹棒。按照村中的习惯，这表示着主人全都离开了，没有人在家。

"这么早，难道就下田了不成？"黄宗羲疑惑地想，把耳朵凑近门缝听了听，只听见紧挨门边的墙角传出"咕咕"的声音，像是一只母鸡在抱窝，却听不见任何人声。他只得退回来，仍旧有点不甘心，又到屋后瞧了瞧，也看不见任何人。不过，他始终将信将疑，于是领着黄安等人出了院门，又走进隔壁一家。谁知情形同刚才那一家几乎一样，不多的几只鸡和猪全关在圈里，人却连影儿也看不到一个。这么一来，可就使黄宗羲不由得认了真，连忙重新走出门外，左右一看，这才发现，弯曲的村路上，目光所及，居然也是空荡荡的，只有一头肮脏的老母猪，拖着干瘪松弛的乳房，在泥水中蹒跚。他不及思索，立即再向对过的一户人家走去。然而，仿佛村民们全都串通好了似的，他仍旧没能看见一个人。而且这一家更绝，甚至看不见一只鸡、一头猪；举手在门扇上拍打了几下，也没有任何回应。

"啊，怎么一家一家的人全都不见影儿？就算下田，也不会连老人、孩童也都跟了去呀！"站在空荡荡的院子里，望着也是一脸茫然的亲兵们，黄宗羲不由得打了个寒噤——"莫非、莫非出了什么祸事，把村里的人全都吓跑了不成？"不过，他马上就把这种猜测否定了，因为他分明记得，刚才他从家门里出来的时候，还远远望见这边有人在走动。"那么，到底是怎么一回事呢？总不会是——哎，总不会是看见我来了，他们才故意走掉的吧？"

正这么惊疑揣测之际，忽然，像是回答他似的，耳朵边有了响动，那是一阵婴儿的啼哭声："呜哇——呜哇——呜哇——"高亢而猛烈。

黄宗羲反射地回过头去，这一次，差点没跳起来。因为他辨认出，这哭声不是来自别处，而恰恰出自那扇刚刚他还用力拍打过，却没有人答应的竹门内！

"啊，这么说，其实有人！"他想，马上趋步上前。虽然门扇被反扣着，他却再也不管那么多，拔掉上面的木插子，一脚跨了进去。果然，在靠东的一个开间里，主人家大大小小七八口人，原来一窝儿全躲在里面。听见黄宗羲主仆来势汹汹的脚步声，他们就一齐惊慌地转过脸来。

"你们——在做啥事体？为何打门都不答应？也不开门？啊？"黄宗羲厉声质问。由于莫名其妙地受到愚弄，他不禁大为光火。

"哦、哦，大相公息怒。阿拉不知……不是阿拉……"那一家人慌忙站起来，结结巴巴地说。

"还说不知？方才大爷几乎把门都打破了，你们难道听不见？你们聋了不成！"黄安吵架似的从旁帮腔。

"哦，不，不是不知，是——是……"

"是啥？"

"我奴也不知，是我奴那儿子吩咐我奴这等的。"其中一个满头白发老人低着头回答说。

"你的儿子？"黄宗羲疑惑地说，随即环视了一下，这才发现，这一家子当中，虽然男女老幼七八口都在，但是唯独没有那个外号"大头"的当家汉子。

"那，其奴到哪儿去了？"

"个格——阿拉不知道。天还没亮呢，其奴就走了，也没说去哪里。"

黄宗羲望了对方一眼，知道这个长着一张苦瓜脸的小老头儿不是扯谎。说起来，黄竹浦满村的人家绝大多数都姓黄，家家户户都沾亲带故。眼前这户人家与黄宗羲还是远房叔侄，为人一向老实本分。可是为什么刚才硬是躲在屋子里，装作没有人在家的样子，而且还说是那个"大头"吩咐的？这实在教人猜不透。

"那么，隔壁那几家呢？也是像你们一样么？"

"隔壁？我奴、我奴不知道。真、真的！"

黄宗羲不再问了。他又一次打量一下屋子，发现以往也常有来往的这户人家，在自己离开之后的半年工夫，似乎变了很多。他记得，这茅草房子是去年夏间才拆了重盖的，为的是替"大头"娶媳妇。碰上他刚刚从南京狱中逃得性命回来，还同家人一道前来道贺。那时屋子里添置了好些新家什，连被子也已换成新的。可是眼下，新家什全不见了。床上是一堆又黑又破的棉絮。大人和小孩身上也没有一件光鲜像样的衣裳，而且一个个看上去又黑又瘦，目光呆滞，没精打采，其中有一个一直躺在床上没起来，像是正在闹病……

"大相公，不是阿拉……实在是阿拉家时运不济，本来还有阿果，偏生八月打仗，又打殁了。故始……唉！"一个颤抖的女声断断续续地响起，正是床上躺着的那个病人。

黄宗羲微微一怔："阿果？"不过，随即他就想起了，在八月里战死的十七个同村义兵当中，这户人家的小儿子阿果确实就在其中。他还记得，那是刚满十七岁的一个小后生，平日寡言少语，遇事从不出头。因此连他在那一仗中到底是怎么死的，事后竟然没有人说得清……尽管如此，得知对方是战死者的家属，黄宗羲先前那股子愤慨，就顿时失却了势头，并从心底里生出歉疚和不安。他迟疑地望着那一张张悲苦的脸，有心说上几句安抚的话，但终于觉得其实于事无补，只得摆一摆手："嗯，我……昨儿夜里刚到家，今日只是出来瞧瞧大家，没有什么事，你们都歇着罢！"说罢，便招呼黄安等人，重新走出外面去。

"这一家原来是殁了亲人……那么其他人呢，难道也是如此？"站在泥泞的村路当中，望着前一阵子进去过的、至今仍旧静悄悄的那两幢茅舍，黄宗羲沉吟地想，待要过去问一问，又多少有点害怕碰上刚才那种情景，结果，只得无可奈何地扭过头，继续向前走去。

"哎，大、大相公！大相公！"当黄宗羲一行走出十来步之后，"大头"的阿爹忽然在后面呼唤着，急急赶了上来。

"哎，大相公！"他来到跟前，气喘吁吁地站停下来，伸出胳臂，指着村子背后的化安山，说："大相公，'大头'，还有他们，你到别处寻不到的，都在山神庙里躲着哩！"

大约发现黄宗羲大瞪着眼睛，半天还回不过神来，老头儿低下头去，嗫嚅说："他们，他们，是在躲大相公，还叫阿拉都躲起来，不要露面……"

黄宗羲本想问："'还有他们'是指的什么人？"听了这话，心中"咯噔"一下，顿时噎住了。

"嗯，你……你是说，他们在躲我？"他机械地、含糊地问，同时觉得，在此之前，他一直藏在心中、还残存着某种希冀的东西，终于发出破裂的声音。他张了张口，打算作出辩解，结果却咬紧了嘴唇，默默转过身去。

"……我说呢，就算死了人，也没有关起门来不见人的道理。原来是为的这个——不错，那一仗死伤的人是多了点。可难道是我想这么样的吗？我也指望一个人都不死，但办不到呀！当时，连我自己也是在拿性命往刀头上碰！结果他们仍旧不体谅，竟然全体躲起来不与我见面……"

"他们、他们怕你大相公回来要粮要饷……"正当黄宗羲在心中苦笑着，自怨自艾的时候，耳朵边忽然钻进来这么一句。

"哼，他说什么？既然如此，还有什么可说的？"黄宗羲软弱地、冷淡地想，并没有立即领会这句话的含义。然而，就像忽然被针刺了一下似的，他浑身一抖，迅速抬起头，但仍旧疑心自己听错了："是怕我回来要饷？他们？"

看见老头儿胆怯地，然而却是肯定地点点头，他才"啊"的一声，再度呆住了。不过，这种恍然大悟也只是片刻工夫。因为村民们这种做法的真正意图，是如此令人意外和震惊，以致相比起来，他先前那种唯恐得不到谅解的担心，不管被证明是有必要也罢，没有必要也罢，都变得无关紧要了。

"娘希匹！我说呢，老三何以死活不露面，也寻他不着，原来他是怕我问他要粮要饷！还伙着村里的人躲起来，不同我见面！"

由于从昨夜以来，一直困扰着他的那个谜团，忽然有了答案，而这个答案竟意味着自己此行很可能空手而返，意味着前方——接下来还有后方的巨大混乱、失败、流血和死亡，黄宗羲浑身的血液就因焦急和气愤而重新沸腾起来。虽然"大头"的阿爹那张没牙的扁嘴巴还在不停地张合着,像在诉说什么,但是他已经没有心思去听,只管猛然转过身,大叫一声"走!"领着仆从们,气急败坏地朝化安山的方向赶去。

交易怪圈

"大头"的阿爹所说的那座山神庙,坐落在化安山脚的小路旁。说是庙,其实只是普普通通的一幢泥砖砌墙的小瓦房。由于年久失修,从外观到内里都已经相当破旧。进去是一方高低不平的小小天井,低矮的堂屋正中设着香案,上面供着一坐落满灰尘的神像。两旁的帐幔长年累月地受着烟熏火燎,已经破烂变黑。右首的耳房早就塌掉,剩下左首的一间也是又狭又小,由于没有庙祝,加上平日除了村民上山打柴路过,进来歇一歇脚之外,也没有人居住,因此只用来胡乱堆放些柴草杂物。当黄宗羲领着黄安和另外两名亲兵走了整整五里路,来到庙前时,发现大门虚掩着,门前的泥地踩得稀烂一片,里面却静悄悄的。不过,黄安这回有了经验,也不等主人示意,一把推开门扇,就直闯进去。果然,从堂屋到天井,居然密密麻麻地满是人。也许是因为没有料到会被发现,也许是来了许久,该说的话都已经说完,因此一眼看去,他们各自蹲的蹲、坐的坐,全都闷声不响。甚至庙门这边传去了响动,他们还呆呆地坐着,没有几个人把脸转过来。

"好啊,找了大半天,原来你们全躲到这里乘风凉来了!"看见黄宗羲跨进大门之后,就一动不动地站着,也不说话,黄安首先大声发出叱喝。仿佛从梦中惊醒似的,村民们这才纷纷回过头来。当看清原来不是他们的同伴,而居然是黄宗羲及其随从,一阵惊慌的骚动就迅速传遍全场。不过,大约发现已经无法回避,他们不久又重新安静下来,像一堆木桩似的挤聚在一起。

"咦，你们怎么不说话？"黄安一边用目光在人群中寻找着，一边继续质问，当发现并没有三爷黄宗会的身影，他胆子就愈加大起来：

"莫非都吃了哑巴药不成？"

"……"

"噢，这就怪了，"黄安眯缝起眼睛，用挖苦的口气催促说，"你们既然有胆子躲在这里，怎么会没有胆子说话？"

"……"

"喂，喂，怎么？你们真的不开口？再不开口，我可要骂人啦！"

"……"

看见即使这样催迫，对方仍旧没有反应，黄安当真冒火了，他瞪大眼睛，使劲一跺脚："吓，娘希——"然而，没等完全骂出口，却被黄宗羲一伸手，拦住了。

黄宗羲拦住亲随，是因为经过长达五里路的跋涉，他的想法多少起了一些变化。无疑，村民们竟然串通起来抗拒纳饷，这使他极其恼火。特别是三弟黄宗会，作为身负重责的粮长，竟然也置大局于不顾，不仅不全力配合征集，反而也同村民们一样，想方设法躲着不同自己见面，尤其使他感到不可饶恕。因此在最初那一阵子，他简直咬牙切齿，恨不得即时飞到山神庙，逮住这些可恶的家伙臭骂一顿，然后逼着他们立即把粮饷如数交出来！只不过，当他一边赶路，一边把事情翻来覆去想了又想之后，渐渐又觉得，对方试图耍赖逃避，这一点固然无可怀疑，但如果据此认定他们是成心捣鬼拖延，又似乎不大说得通。因为眼下在前方等着粮饷的是本村的子弟兵，论情论理，他们总不至于任凭亲骨肉在前方挨饿受冻，都狠心不管。更何况前方又要开仗的消息，这些天已经在浙东各府县传得沸沸扬扬，就为着决不能让鞑子打过来这一点，人们恐怕也不至于糊涂到在这个节骨眼上来有意捣乱。就算村中的愚民们不懂，黄宗会也总不至于伙着他们这么干。

那么，就是说，他们或许确有十分为难之处，一时错打了主意也未可知？说实在话，黄竹浦的贫穷，在通德乡一带是出了名的，近大半年来为着打仗，从村里硬抽去了三四十名丁壮不算，还得倒过来贴钱贴米地养着，负担之吃重，可想而知……这么想着，黄宗羲就变得稍稍冷静一些，觉得事情也许并不是像自己原先认定的那么简单，有进一步究问清楚的必要……

"列位父老乡亲！"等黄安把那句骂人的话咽了回去，抓着脑袋退到一旁之后，他就交拱起双手，恳切而恭敬地朗声说："宗羲自六月离乡，率兵打鞑子，因战事繁忙，久疏存问。昨夜才得便返回，不知列位齐集于此，拜望来迟，甚是得罪！请受宗羲一礼！"

说完，躬着身子从左到右深深作了一揖。

在黄竹浦，入仕做官的人历来就不多，像黄宗羲这样算是父子两代都当官，而且在外间都享有声誉的，更是凤毛麟角。因此他们太仆公府家在村中一直很有威望。如果说，刚才村民们默不作声，主要是心中害怕，不知会受到怎样处置的话，那么现在看见大老爷居然不但不问罪，反而行起礼来，都感到既意外，又惶恐，不由自主地纷纷还礼，并且发出含混不清的谢罪声。

看见村民们终于有了回应，黄宗羲暗暗松了一口气。他想了想，接着又说："适才黄安这奴才不知高低，出言狂悖，多有冒犯，其实可恶！宗羲这就责令他向列位谢罪！"

他于是回头喝叫："可恶奴才，还不赶快跪下，向父老乡亲们叩头认罪？"

黄安先前那一阵子狐假虎威，本是自以为摸准了主人的心思，想卖个乖，没想到黄宗羲到头来是这么一种口气，倒呆住了。忽然听到还要他当场认错，一张脸顿时涨红得像熟透的柿子，但终究挡不住主人厉声催促，只得垂头丧气地跪下去，向着大伙咚咚地叩了几个响头。

这一下，更加出乎村民们的意外。大家你望望我，我望望你，先是有点不知所措，接着就不由自主地激动起来。到末了，尽管有些人仍旧心存疑虑，站着没动，但更多的人却"哄"的一声，纷纷走上前来，有的忙着扶起黄安，替他拍打身上的灰尘，有的则赔着笑脸向黄宗羲招呼、问候。场面上的气氛终于变得活跃起来……

"大相公，不是乡亲们有意躲着你，实在是没有办法呀！"待到最初的寒暄结束，黄宗羲在大家让出来的一角石阶上坐下之后，族长——一位长着三绺小胡子的干瘦老头儿用嘶哑的嗓门解释说，"你不知道，自打你走了之后这大半年，到我奴村里来要粮要饷的，可是几乎不曾间断过！你想我奴村不过巴掌大的一块地方，况且向来就是穷，能有多少粮饷可出？咳，光景实在是一日不如一日啦！"

"不错，"另一个人接上来，"大相公若是早上十天半月回来呢，乡里们拼着不吃不穿，也要把粮饷的事办妥！可眼下实在是难到了极处，刚刚才求爷爷告奶奶的，好不容易把一拨子瘟神打发走了，已经把家家户户的都折腾个衣裳见肉、锅底朝天啦！田里的庄稼又还没长起来，要我奴上哪里再张罗这一份粮饷去！"

黄宗羲眨眨眼睛，听得有点糊涂："嗯，你们是说，除了我们，还有别人也来收粮收饷？"

"啊呀，原来大相公还不知道！"好几个声音同时叫嚷起来，"多着呢！什么方侯爷大营的、王侯爷大营的，还有乡里的、县里的，一拨接一拨，都来要粮要饷！还要好鱼好肉款待，稍不如意就拳打脚踢鞭子抽，还要把人锁了送官府去，凶得很！"

黄宗羲不由得皱起眉毛："嗯，这——这可都是真的？"

"大相公，莫非我奴还敢骗你不成！这里的人，有多少挨过他们的骂，挨过他们的打，谁能数得清！"站在近旁的一个精瘦汉子愤愤地叫起来。黄宗羲认得，正是那个"大头"。只见他双手揪住衣衫的前襟,向两边"嗤"的一声撕开,露出胸膛,上面赫然横着一道紫红色的伤痕,"这是昨日他们才给留下的,大相公不信就看看吧!"

"是呀,还有我!""还有我们呢!"随着话音,好几个人挤到跟前,各自把受了伤的胳膊和腿伸了过来。

黄宗羲不由得愣住了。不错,自从鲁王政权在绍兴立朝之后,浙东义军一下子扩充到十万人,不管有仗打没仗打,这些兵都要吃要穿。而数额如此之大的粮饷开销怎样维持,一直是令朝廷十分头痛的难题。而因为争饷,各路兵马的头儿已经不止一次闹到鲁王御前。前些日子甚至发生过郑遵谦和方国安两家的亲兵在绍兴城中真刀真枪火拼起来的流血事件。但是,按照当初商定的做法,为了减少征发麻烦,各县乡勇的粮饷朝廷概不负责,一律由各自的家乡供给;而对于这些乡村,朝廷也不再另行摊派征收。现在,从乡亲们所说的情形看来,这种规定竟是从一开始就没有实行过,而是只要有权有兵,谁都可以乱征一气……

"都两个多月了,怎么我一点都不知道?"终于,他咬着牙,厌恶地问。

"大相公,"许久没有开口的族长咳嗽了一声,哑着嗓子说,"我们也曾商议过,该不该把这事告知你。后来大伙都说,你在前方舍生忘死地领兵打仗,操心的事儿已经够多,家里的事有阿拉担待就成了,何况如今到处都是这么着,就算告知了只怕也没用,还白白让你又多一重担心,因此就讲定谁也不许向你说,连三相公也是一样……"

"可是,你们早该告诉我!"黄宗羲用拳头在膝盖上使劲一擂,猛地站起来,"你们以为不告诉我,就是顾惜我吗?你们知不知道,你们若是早早告知我,我就会上奏朝廷,不许他们这等胡来,也不至于弄到今日这地步!可是你们却瞒得严严实实的,不让我知道,结果弄到家空物净,罗掘俱穷,连自己村中这几个子弟的粮饷都凑不起来！还像躲鬼似的躲我！你们以为躲得掉吗？啊，躲得掉吗？你们知不知道，杭州的鞑子正在调集船只，操练兵卒，早晚就要打过来，我们都得上前边去拼命！可是无粮无饷，这仗怎么打？你们说，这仗怎么打！"

他声色俱厉地申斥着，怒气冲冲地指责着，大瞪着眼睛，不断地挥舞胳臂。由于愤急，更由于意识到这一次催饷有可能落得空手而归，他的火气终于不可遏止地爆发了。

"你们——"他又叫了一声，打算把满心的积郁尽情发泄出来，然而一刹那间，不知为什么，他忽然感到从未有过的疲倦和衰弱，结果，只摆一摆手，就颓然地坐了下去。

……

"嗯，三相公呢？"半晌，他低声问，"他到哪儿去了？怎么我一直寻他不见？"

"哦，我奴不知道。三相公只让我奴守在这儿，其奴就带了两个人走了。"族长小心地回答说，"要不，我奴着人去寻？"

黄宗羲苦笑地摇摇头，"算了吧，事情已经明摆着就是这样，即使找到他，又有什么用？"他阴郁地、绝望地想。

由于停止了谈话，天井里静默下来。有片刻工夫，人们全都呆呆地或站或坐，耳朵边只听见苍蝇飞来飞去的嗡嗡声响……

这种情形到底持续了多久，笼罩在沉郁气氛之中的人们并没有特别注意。不过，庙门外终于传来了异样的响动，那是一阵杂沓的脚步声。接着，大门口出现了几个人影。走在头里的一个不是别人，竟然就是失踪多时的黄宗会！分明是急于赶路的缘故，他那张白皙敏感的脸涨得通红，而且一副气喘吁吁的模样。不过他的神情十分兴奋，眼睛也在放着光。一进门，他就大声喊道：

"成了，办成了，粮饷有着落了！有着落了！哈哈！"

这个宣布是如此令人意外，它有如一记响雷，把大家炸得全都跳起来。不过，也许弄不清是怎么回事，又只是呆呆地望着，全都一声不响。

"哎，三爷安好！"被冷落在一旁许久的黄安，急急插进来，"三爷可回来了！大爷找您找得真着急呢！不过，三爷刚才说办成了，到底怎么回事？莫非粮饷……"

黄宗会分明怔了一下，随即迅速转过脸来。当目光落到黄宗羲身上时，他就"啊呀"地叫出声来，连忙趋步上前，一躬到地，说："原来大哥也来了！有劳久候，实在不安！不过总算不辱所命！"

"三相公，你倒是快给大伙说说，到底怎么个办成了？"族长从旁催促说。

黄宗会直起身来，"咦，这还用说？当然是去买呀！"他兴冲冲地回答。

"买？上哪儿去买？你有钱买么？"黄宗羲冷冷地问。据他所知，眼下开战在即，粮食极其紧缺。各地为了征饷，正在拼命搜括，已经到了锱铢不遗的地步。说到买粮，少量或者还能买到，大批根本不可能，而且价钱恐怕极其昂贵，也轻易买不起。

"若是等闲处所，自然买不到。可是我昨日打听到一个门道，不只要买多少就有多少，而且价钱也还相宜！"黄宗会得意地卖着关子。

"竟有这等地方？在哪里？""怎么从没听说过？"好几个声音抢着问。

"你们当然没听说！这得动脑子呀！"黄宗会做了个傲然的手势，"不错，如今哪儿都缺粮，可有一种人，手里却捏着大把粮食！谁呢？不就是那些个征饷的人么！我就去找他们，一谈，嘿，成！还真卖给我了，哈哈！"

"哎，等等，等等，"听得发呆的族长连忙拦住他，"你是说，向征饷的公差手中买粮食？可那不是军饷么？他们卖给了你，那他们怎么向上头交账？"

"交账？"黄宗会鄙夷地说，"那还不容易！办法多着呢！征集不到啦,叫火烧啦,叫水淹啦,叫强盗抢啦!都成!哼,这一回我也瞧出点门道来了,这种买卖都是在粮饷还没上账时,暗地里做的。因此都得有熟人带路才成。冲着是见不得光的勾当,价钱才会比外面低一点。"

"那,这买粮的钱……"在一片心情复杂的静默中,有人怯怯地吐出一句。

"这买粮钱嘛,"黄宗会瞧了站在一旁的兄长一眼,说,"自然是由各家分摊。不过我家老太太说了,如今家家都很难,没人领个头也不成,昨儿她把自家的细软全拿出来,交我变卖了——自然是不够的。不过手中好歹有了几个钱,今日我才有胆子去办这买粮的事!"

在这一番问答的当儿,黄宗羲一直低着头,默默地听着,没有再插话。只不过越听,他心中就越觉得像是塞进了一团粗糙的、令人极端厌恶的乱麻,解不开,堵得慌。他试图极力理出个头绪,结果,反而使得这团乱麻可怕地翻腾起来,暴长起来,以致有片刻工夫,他的眼前变得黑暗一片。

两天之后,再也等不及的黄宗羲,终于只好带着用这种办法凑集起来的一点粮饷,也带着不知道下一次怎么办的沉重忧虑,匆匆离开黄竹浦,赶回前方去了。

穷困潦倒

黄宗羲为粮饷的事心急如焚,竭力奔走。而在江北海盐县境内逃难的冒襄一家,则已经结束了长达三个多月的奔波惊恐,重新回到了毗邻的海宁县城。

八月中那一次,他们离开海盐的惹山向东逃难,没料到在马鞍山下与清兵的游骑猝然相遇,结果,所携带的一切贵重的财物固然被抢个精光,还活活赔上了二十多条男女性命。如果不是好朋友张维赤在乘乱逃脱之后，仍旧带着船只冒险前来接应，他们一家人的处境恐怕还会更加不堪设想。

不过，尽管如此，他们也没有勇气继续逃下去了。待到船靠牛桥圩之后，一家之长冒起宗就断然决定：所有男丁立即剃掉头发，就近找一个村庄安顿下来，想方设法保住性命再说。对此，冒襄起初还不肯同意，觉得这么一来，一家人就等于从此与明朝断绝恩义，彻底沦为化外夷狄的顺民。可是挡不住父亲疾言厉色的一再催迫，母亲也在一旁抹着眼泪附和，他最终只得勉强表示服从。只不过，到了惊魂未定的家人们生怕再遇到清兵，等不及去请剃头匠，就立即自己动手，用刀割，用剪子剪，把从前额到脑后的一圈头发去掉时，冒襄终于止不住撕扯着身上的衣衫，捶胸顿足地放声痛哭起来。他哭得那样冤苦、猛烈和长久，以至眼泪哭干了，声音变嘶哑了，全身也因为剧烈震动而抽搐起来，末了，竟一下子昏厥过去，把家人们吓得手忙脚乱，围着他抢救了半天，才好歹救转过来。

当然，即便如此，事情也就成了定局。一家人在附近的荒村中暂且住下。在此后的一个多月中，战乱时起时伏，始终没有完全平息。有一两次，还传说鲁王军队打过江北来，一举攻占了澉浦镇，结果在村民中引起了新的不安和期待。不过，不知是传闻不确还是情况有变，鲁王的军队到底没有出现，相反，不久消息又沉寂下去。这样挨到了九月底，返回海宁老家打探消息的张维赤，再度派人捎来了信，说是清兵自从攻陷县城之后，只是烧杀抢掠了一通，便又撤回了杭州，没有留守。目前那边就靠地方士绅维持，局面还算平静，重要的是熟人多，遇事比较好办。如果他们愿意，不妨迁回去住。于是一家人商议之后，便决定收拾上路。

现在，他们已经回到海宁县城，并在原来租住的那条街上，找回两间还勉强可以栖身的破房子，好歹安顿下来。住回了城中，比在山野间餐风宿露自然要强一些，但是随身携带的财物已经丧失殆尽，他们其实已经沦落到一贫如洗的地步；加上遗留在旧日居所中的粗重家具，又在大乱中不是被烧光，就是被人搬了个精光，如今一家人只能睡在用破门板和砖块胡乱搭成的床上，吃的也是粗粝得难以下咽的食物——像玉米糊啦、糠菜饼啦，还得半饥半饱地省着吃。至于穿的和用的，更是只能因陋就简地胡乱凑合。昔日作为大户人家的种种考究和排场，可是连做梦都不敢去想了。

这一天，已经是十月初十。初冬时节，一早一晚照例变得相当寒冷。加上在这种动乱时世，百业俱废，每日里除了为着保住性命而苦抵苦熬，也没有更多的事情可做。因此冒襄早上醒来，便不立即起床，继续在睡暖了的破被窝里泡着。偏偏越躺肚子就越饿，接着肠子也开始不停蠕动，还发出咕咕的声响。他再也睡不着。眼见太阳已经爬上了东边的屋顶，把窗棂照得通明透亮，冒襄只得掀开被窝，翻身坐起来。发现董小宛不在屋子里，叫了两声，也不见答应，他就感到有点不悦，于是且不梳洗，只扯过一件袍子披在身上，踱到门边，撩起帘子，向外张望。

他们赖以栖身的这座宅子，还是当初举家南来时赁下的。虽然算不上豪华，规模也自不小。不过，自从三个月前他们逃离之后，在接下来那一场城破人亡的战乱中，这宅子显然遭过火灾，结果前面两进被烧个精光，只留下几堵焦煳的颓垣断壁和满地的残砖败瓦，还有一些被烧得面目全非的破坛烂罐。以至从如今居住的屋子，可以一直望到本应是大门外的街上的情景。冒襄环顾了一下，发现外边也没有董小宛的踪影，倒是天井西边的角落里，坐着家中的几位女眷——少奶奶苏氏、刘姨太，还有丫环春英，正围成一窝儿在做活计。他的两个儿子则在旁边嬉戏玩耍。早上的阳光照亮了她们的发髻和衣衫，也照亮了她们身旁堆成小山似的纸折的"金银元宝"。

冒襄不由得皱了皱眉头。他自然知道，制作供丧事用的"金银元宝",是好不容易才揽到的一桩活计。虽然报酬十分微薄,但好歹能够帮补一些家用。按理说,这种活儿也不该轮到苏氏和刘姨太这种身份的人动手。但是自从在马鞍山下遭了那一场劫难之后,因为再也养不起许多人口,绝大多数仆人已经自己走掉的自己走掉,不想走的也被陆续遣散。到如今,除了冒起宗和马夫人身边还留下一名春英使唤外,男仆就只剩下冒成一人。想到堂堂五品官员、号称如皋首富的冒家女眷,竟沦落到要替人做活,而且是这样一种活计的地步,冒襄心中就感到一种刺痛,一种说不出的羞耻。为了摆脱烦恼,他只好移开眼睛,提高嗓门又叫:

"小宛,小宛!"

"哎,来了,来了!"随着一声答应,董小宛从屋角转了出来。她双袖倒卷着,腰间系着一条旧围裙,手中提着一个冒出热气的铜壶。阳光下,那明显消瘦了的脸蛋显得有点灰白,但她仍旧眯起眼睛,微着笑问:

"啊,相公起来了?"

冒襄"唔"了一声,转身走回屋里。

董小宛连忙跟进来。她放下水壶,快步走近丈夫身边,先把披在他身上的袍子除下,然后拿起床上的夹衣和棉背心,逐一替他穿上。末了,又重新提起铜壶,开始往脸盆里兑热水……冒襄照例任凭侍妾在周围忙碌着,直到董小宛打算去绞脸帕时,他才一伸手,把她拦住了。

"我饿了,去把吃的拿来吧!"这么吩咐了之后,他就走近水盆,把讨厌地垂到胸前来的发辫甩到背后,然后捞起脸帕,三下两下地草草洗完了脸,随即在一张用木板和砖块临时搭成的"桌子"前坐了下来。

屋子里静悄悄的。一道阳光从窗户上方射进来,使四面光秃秃的墙壁浮泛着一层朦胧的光影。这屋子虽然逃过火烧的劫难,但是墙壁仍旧留下许多黑烟熏过的痕迹。不过,冒襄眼下却根本没有心思注意这些。他只觉得脑子里空空落落的,精神老是不能集中在一处,心中却一阵一阵地发慌。肚子里辘辘饥肠,也蠕动得越来越频繁;而在靠上一点的地方,大约是胃部,则开始隐隐作痛……

"……是的,这种鬼日子实在很难熬下去了!"冒襄用双手按肚子,沉思地想,"要吃没的吃,要穿没的穿。也许回如皋会好一点,那里毕竟是自己的家。不像这里,寄人篱下。那么,还是早点回去?可是……"

"相公,请用膳!"一声轻柔的呼唤在耳边响起。

冒襄怔了一下,发现董小宛已经把一双筷子和一碗冒着热气的糊状食物摆到自己面前。他"噢"了一声,立即拿起筷子,俯下身去,忽然,鼻孔里钻进一股熟悉的玉米气味,那是一股发了霉的、令人厌恶的气味。顿时,他的胃里酸水涌起,喉头止不住一阵作呕,差点没当场吐了起来。

"混账,怎么又是这些东西!"他把筷子猛地朝桌子一摔,回过头去,瞪起眼睛质问,"我不是说过吗,顿顿都是这种东西,是会把人吃死的!总要换一个口味。可你们就是不听!为什么不听?啊!"

事先显然估计到丈夫会有这种反应,董小宛没有惊慌,只是那张血气不足的脸蛋变得更加苍白。她低下头去,没有作声。

"你们为什么不听?啊!"冒襄又逼问了一句。

"……"

侍妾固执的沉默,更激起冒襄的怒火。他使劲一跺脚:"好啊,你不说!你是成心气我,害我!那么我也不吃,就这么饿着,饿死!看你怎么办!"说着,他就噔噔噔地走到床边,气呼呼地一屁股坐了下去。

董小宛那单弱的身子分明颤抖了一下。她抬起头,妩媚的大眼睛里闪过一丝焦灼的、绝望的神色。她动了动嘴唇,似乎打算有所分辩，但终于只是行了一个礼，轻声说："请相公息怒，是贱妾的不是，一时疏忽了。贱妾这就给相公换过。"

说完，便端起桌上那碗玉米糊，匆匆走了出去。

这一下，反倒出乎冒襄的意外。因为他尽管大发脾气，心中其实也明白：在目前的艰难时世，加上自己这种人丁孤弱的人家，除了靠友人周济之外，几乎别无生计。能够吃得上一口玉米糊，哪怕是发了霉的，也已经很不容易了。不过，这种"食物"又是如此难以下咽，加上天天如此，顿顿如此，实在使他有点熬不下去。刚才，他与其说是当真认定董小宛成心同他作对，不如说是拿侍妾出气。现在看见董小宛答应得如此爽快，倒出乎他的意料。

"嗯，莫非她还真的背着我，私下藏着什么好吃的东西不成？"望着侍妾背影消失的地方，他疑惑地想，嘴里随即涌出一股馋涎，腹中的饥火也越加炽旺，他不由自主地站起来，揭起门帘，跟了出去。

外面阳光灿烂。奶奶苏氏等三个女人大约贪图暖和，依旧围坐在西头的角落里埋头做活计。大约发觉这边的动静，刘姨太正抬起头来。冒襄心中微一迟疑，随即别转脸，装作没事的样子，慢慢踱向左侧，直到转过屋角，才重新迈开大步，急急跟过厨房去。

这宅子本来有一个很大的厨房，因为遭了火灾，已经彻底烧毁。现今的这个厨房，是用砖头就着破灶临时垒起来的，顶上也没有瓦桁，遇上刮风下雨就得转移到屋子里去生火做饭。由于家中人手少，冒成为着张罗一家人的生计，又得成天忙着往外跑，因此厨下的活儿就落到了董小宛身上。冒襄走近厨房，就再度放轻脚步，想瞧一下侍妾在搞什么鬼。然而，没等见着董小宛，就先听到一阵奇怪的呜呜声，其间还夹杂着呼哧呼哧的喘息。冒襄不由得一怔，举步跨进去，这一下，才看清了：原来侍妾披散了头发，站在灶边，一手拿着一把剪刀，一手掩着脸孔，正在嘤嘤啜泣。

"你、你做什么？"冒襄吓了一跳。

显然没有料到丈夫会随后跟进来，董小宛也是一惊，她忙不迭去擦脸上的泪水，掩饰地说："哦，没、没什么……"说着，打算把剪刀藏到身后。

冒襄脑袋"嗡"的一下，涨大起来。他不及思索，猛地蹿上前去，捉住对方的手，硬是把剪刀夺了下来。

"你、你居然想寻死？"他捏紧剪刀，瞪大眼睛，厉声质问。由于万万没有想到自己发了几句脾气，侍妾竟然就打算自寻短见，冒襄简直气得七窍生烟。

"哦，不，不是！不是的！"惊恐的董小宛摇着手，连声否认。

"那——你想做什么？"

"……"

"你说，说呀！"

董小宛哆嗦一下，抓起垂到腰际的头发，唯恐冒襄抢去似的握在手中，可是，仍旧不说话。

看见侍妾这样子，冒襄再度愤怒起来。他一抬脚，把挡在跟前的一张小凳子踢到一边："你不说？不说我也知道！你分明是觉着我还倒霉不够，还要再寻死给我看！哼，你好黑的心肠！"

"啊,不是，真的不是！"像挨了一刀子似的，董小宛尖叫起来；随即，又像害怕惊动了别人，一下子把嗓门压下来，急促地分辩说："贱妾、贱妾只是想把头发剪下来，给后对门的王卖婆换点米……"

"什么？换米？"

董小宛使劲地点点头："她向常老是夸贱妾的头发好，若是卖给做假髻的，定能卖个好价钱……"停了停，她看了看丈夫，又慌乱地解释说，"贱妾、贱妾也知道不好，这等做，下作，丢了份儿，家里的份儿，可是、可是……"她的声音颤抖起来，"我真……真是没有办法了呀！"说完，她就倒退一步，一手扶着灶台，一手掩着脸，软弱地、悲苦地呜呜哭泣起来。

冒襄大睁着眼睛听着，也就是到了这时，那只紧握着剪刀的手才放松开来。他悻悻地哼了一声,还想数落对方几句,但再度分明起来的饥饿感觉,又使他忽然变得连说话的劲头都没有了,只好跨出一步,一屁股坐到刚才那张小凳子上。

弄清只是虚惊一场,冒襄总算缓过了一口气,至于侍妾的哭泣,却已经没有心思再去理会。现在,他感到异常失望的是:原来对方并没有藏着什么好吃的东西!当然,为了让自己能吃上一口好点的,董小宛竟然不惜剪掉她平日钟爱异常的头发。就冲着这情分,他除了苦笑,已经无法再说什么。只是话又说回来,在这种兵荒马乱、剃发成风的时势,到底会有谁肯出钱出米,来换这种随处都可以捡到的、轻贱得连垃圾都不如的东西?更何况,就算有人肯要,以自己平生的慷慨豪奢、心高气傲,竟然走到让侍妾鬻发糊口的地步,也确实落魄得够可耻可羞!这么想着,冒襄的苦笑就化为透心的悲凉,有一种生不如死的绝望感觉。

倒是董小宛,这会儿已经平静下来。她大约把冒襄的沉默,当成是正在犹豫,于是一边揩去腮帮上的泪水,一边做出勉强的微笑,慰解地说:"相公,想起来,头发太长也不好,不只梳起来费时,而且做活也碍手碍脚的。依贱妾之见,还是干脆剪了它,也……也是一举两得。"

冒襄没有抬眼睛,只是摇摇头,哑着嗓子说:"好端端的头发,我们男人想留都留不住呢!你们做女人的,剪掉它做什么?嗯,一定不能剪,就让它留着吧。这玉米糊——"

他没有把话说完,只伸出手去,从灶台上端起那碗已经不冒热气的"食物",仰起脖子,咕噜咕噜地一口气喝了下去。

小道消息

"如果刚才那一碗是毒药,倒正好,此刻我已经两眼一闭,什么都看不见,也什么都不用管了!可惜偏偏只是比毒药还难喝的发霉玉米糊！结果死不了不算，还得继续靠它一顿一顿地塞肚子！哎，这种鬼日子，实在是叫人熬不下去了！真是熬不下去了！"冒襄一边把从胃里冒出来的酸水强自咽回去，一边默默地想。这当儿，他已经离开寓所，走在前往张维赤家的路上。因为愈来愈感到这样下去不是办法，他终于拿定主意去找老朋友，看看对方能否帮点忙。

由于刚才那阵子耽搁，已经到了晌午时分。虽然太阳在头顶和煦地照临着，但毕竟进入十月初冬，北风吹到身上，依旧有点冷飕飕的。冒襄微弓着身子，缩着脑袋，匆匆穿过因为战乱而变得一片破败的衙前大街，拐进一条狭长的巷子里。这是一条他经常来往的巷子。最初的一次，是刚刚来到海宁时，由张维赤领着他经过的。记得那时候，这巷子是那么清幽洁净，房舍是那么整齐考究，居民又是那么悠闲自足，以至使他惊异之余，不禁为之驻足神迷。可是仅仅过了半年，一切都全变了。整条巷子变得瓦砾遍地，垃圾成堆，野狗踯躅，苍蝇乱飞，简直成了一座废墟。由于大批居民都在战乱中出逃或死亡，到如今也只迁回来一小部分，结果许多房屋被弃置，其间还不止一次地遭到洗劫。因此不但屋中空空如也，而且不少门扇和窗棂都被拆掉、弄走，只留下一个个没有遮掩的大洞，看上去活像一具具僵死的怪物，向行人并排着张开了丑陋的大口。固然，也有那么三数家由于有人居住，门前也收拾得像样一些，但是仍旧躲不开终日浮荡在空气中的那股挥之不去的臭气……冒襄如果不是贪路近，是不会再打这儿过的。尽管如此，他也止不住一边用衣袖掩着鼻子，一边不断加快脚步。

然而，没等他走出巷子，忽然听见前面横街的方向，传来一股异样的声浪——像怒潮奔涌，又像急鼓齐擂，而且来势迅疾，转眼的工夫，就来到跟前！冒襄刚刚来得及抬起头，一匹没有辔头和鞍鞯的黄褐色战马"忽啦"一下，擦着他的身子直奔了过去，紧接着是第二匹、第三匹！总算冒襄躲得快，才没给碰倒。匆忙中他抬头一望，发现后面的马匹更多，各种毛色都有，在几名清兵打扮的军士驱赶下，挤着挨着，喷着响鼻，蜂拥而来。马蹄到处，巷子里的杂物和垃圾给踢得满地乱飞。冒襄见来势凶猛，连忙全身紧贴着墙壁，一动也不敢动。虽然如此，仍旧被飞溅起来的污泥和垃圾弄得几乎连眼睛也睁不开。

"哎，这马队一过，得小半天才完。你这客官，先进来躲会儿吧！"在一片震耳欲聋的马蹄声中，忽然有人大声招呼说。

冒襄回头一看，发现自己原来站在一户人家的门边，一个须发皆白的老头儿，正从半掩的门扇里朝他招手。老头儿的身后，还坐着一个妇人，正袒着胸脯给孩子喂奶。冒襄怔了一下，待要站着不动，但扑鼻而来的腥膻浊臭，熏得他实在有点透不过气来，加上那些烈马横冲直撞，情形也确实相当危险。略一迟疑之后，他终于向旁里跨出一步，把身子缩进门里。于是，他又发现里面原来还有一个瘦长汉子，正用竹篾在那里箍一只木桶。冒襄赔个小心，朝主人行过礼，就紧挨着门边站住，不再动了。

那家人刚才无非是出于好心，看见门已经掩上，也就不再理会，只顾继续谈他们的话。

"嗯，你听听，这马也真是多！你爹我在海宁活了一辈子，从没见过这么多的马！"那个老头儿说。

汉子哼了一声："这还不叫多呢！前些日子我打杭州城下过，嗬，满山遍野地放着，那才叫多呢！还支起一座一座大圆帐篷，猛一看，谁还认得是江南地面，倒像到了边关绝塞似的！"

老头儿点点头："这话在理。就拿城里说吧，自从八月底大兵班师回营之后，已经两个月不见马队过了。今日不知撞了什么邪，忽然又来了许多军马。从晨早到如今，已经数到第三拨了！"

汉子没有立即回答。他使劲把篾圈从桶底的一边套进去，又用斧头背敲打了几下，箍紧了，这才抬起头，说："撞什么邪？

八成是又要开仗了！昨日我听人说，鲁王爷在绍兴派出十路兵马，天天在钱塘江上擂鼓叫阵，要打过江来呢！"

"什么，又要开仗？这可是当真？"

"哼，瞧这鞑子的马队不歇地过，怕是假不了！"

老头儿眯缝着眼睛，还未接口，喂奶的妇人已经紧张起来。她一把抱起孩子，用前襟掩住胸脯，站了起来问："那、那会打到这儿来么？"

那汉子停住手，看了她一眼，又扭头看看冒襄，长长吐出一口气，说：

"谁知道！不过，这打仗嘛，好比吃肉，要吃就要挑肥的。杭城是大地方，鞑子的大军都在那边。不比我们这儿，自从八月里打了那一仗，城里的人死的死、逃的逃，到如今就剩下我们这些个'驴蹄筋'，捏在一起也榨不出几滴油来。依我看，鲁王爷要打也会先打杭城。我们这儿，哎，一时还轮不着呢！你说是么，老爹？"

老头儿点点头："嗯，这话在理！前些日子，这儿也没有大兵驻守。鲁王爷要打，早就该打过来了，也不用等到今日。"

这家人忧心忡忡地谈论着，站在门边的冒襄心中却扑通扑通地急跳起来。说实在话，尽管他为了一家人的活命，不得不剃掉了头发，但是内心深处，始终并不打算从此死心塌地投向清朝，去当那些化外夷狄的顺民。他知道浙东地区还在坚持抗清，总期待着寻找机会，逃到那边去。只是由于隔着一条大江，加上不知道义军那边的情形到底怎样，才又一直迟疑着。没想到，鲁王的军队竟然决定打过江来，而且一举派出十路兵马！那么就是说，义军在这半年中果然大有进展，并且已经强大得敢于全线出击。那他们的意图是什么呢？看来很可能打算一举收复杭州。如果是这样，海宁就一定会成为进攻的重点。因为这个地方根本不是那个汉子所说的那样无足轻重，恰恰相反，它距杭州不远，与义军占据的萧山县也只隔着一片特别狭窄的江面，三者互为掎角，历来是兵家必争之地……这么想着，冒襄浑身就不由得冒出汗来，有片刻工夫，只顾呆呆地站着，心中感到既激动，又纷乱。

"喂，客官，马都过完了，还呆着做啥哩？"一声呼唤在耳边响起，冒襄怔了一下，回过神来。果然，先前门外那股震耳欲聋的马蹄声已经听不见了，巷子又恢复一片沉寂。他回头望了望主人，有心打听更多一些开仗的消息，但随即又觉得对方见识浅陋，未必能得着要领，还不如赶快去问张维赤；于是便道过谢，转身出门，沿着狭长的街道，匆匆向前走去……

羞怒交集

到了张维赤的家，却发现大门紧闭。敲了好一阵，才有张家的一个仆人匆匆出来开门。看见是冒襄，那瘦长个子一边用湿布擦着肮脏的大手，一边赔笑说："主人不在家。"问去了哪里，也说不知道；但又不按以往那样，请客人进屋奉茶。冒襄不由得起了疑心，于是说声："那么，我就坐等你家主人回来便了！"也不待对方答应，就径自跨过门槛，走进天井里去。

与冒襄不同，张维赤世居海宁，虽然不是什么豪富，但城中的亲戚朋友多，过活的办法门路也比冒襄多得多。他的这所宅子并不大，但没有遭到火烧，从天井到里面的房舍都还相当完好。起初张维赤也曾邀冒襄一家搬过来住。冒襄不想过于麻烦朋友，执意不肯，才作罢了。不过，每逢遇上束手无策的难题，冒襄仍旧只得找上门来……

"先生，请进堂屋小坐，或者我家主人转脚便回。"大约发现客人走进天井，就站着不动，那仆人跟上来说。

"嗯，你家主人打算搬家么？"冒襄望着散乱地摊开在天井的箱笼杂物，好奇地问。那些箱笼有的已经关上，并用绳索捆扎结实；

有的则还打开着，露出里面的衣被杂物。三个丫环老妈模样的女人正在旁边忙着收拾。

"回先生，不是搬家。"仆人回答。

"不是搬家——那为的什么？莫非打算逃难？"

"先生是说逃……逃难？哦，这个，主人没有这等说。小人不知。"

对方这样回答，换了在平时，冒襄出于礼貌，就不会再问了。但眼下正关切着浙东义军的动向，他就破例地认真起来："不知？你们怎么会不知？"

"哎，我说相公！"一个女人的嗓音接上来，是那个长着一张圆盘脸的中年女仆，"主人怎么打算，小人们做下人的又怎生得知？八成呀，是主人瞧着今儿个天气好，故此吩咐小人们把箱笼搬出来晒晒日头也未可知！"

如果仅仅只是把衣被搬出来晾晒一下，做主人的是不会不说清楚的。可是这些仆人却一个个都推说不知，显见是成心欺瞒搪塞。而且，这个女人说话的口气，也分明透着某种鄙嫌不逊的意味。冒襄错愕了一下，不由得心里有气，于是瞪起眼睛，训斥说：

"混账的狗才！你们拿我冒某当什么人了？竟敢在此戏弄本相公？啊！"

那几个仆人自然认得他是主人的朋友，被他一喝，都不敢回嘴，但也只是呆着脸，管自去收拾地上的箱笼杂物。看见这样子，冒襄愈加焦躁，正要大声追问，忽然听见一个熟悉的声音在背后说：

"哎呀，原来是辟疆来了！失迎失迎！"

冒襄回过头去，发现是老朋友回来了。大约是赶路太急的缘故，张维赤微胖的脸孔涨得通红，剃光了的前额上还渗出星星点点的细汗珠子。

"咦，辟疆，怎么不进屋？进屋去坐呀！"张维赤热情地催请说，没发现天井里的气氛不对。"快，奉茶！"这么吩咐仆人一句之后，他就挽起冒襄的胳臂，把朋友引到堂屋里去。

"对了，还有什么吃的，也拿出来，"张维赤用袖子揩着额上的细汗珠子，从仆人手中接过茶，又吩咐说，"在外间跑了半天，我也饿了！"

等仆人答应着去了之后，张维赤这才转过脸来问："唔，那么，鲁王挥兵渡江的事，兄想必已经听说了？"

冒襄的目光还在追随着仆人的背影，"嗯，吃的东西？不知他能拿出什么来？"这么心动地猜想着，蓦地，回过神来，于是连忙点点头："嗯，弟适才听路人说，鲁王派出十路兵马打过江来。也不知真假，正要来请教兄。"

"这是真的。弟也是这两日才陆续听说，近几个月来，南边果然闹大了，在绍兴监国的鲁藩手下号称有十万大军，还有在福建称帝的唐王，也有许多兵马……"

说到这里，仆人的脚步声再度响起，食物端出来了，原来是热气腾腾的红薯米饭。不过，却只有一碗，筷箸也只有一双。

"咦，冒先生的呢？"张维赤诧异地问。

"回老爷，"那仆人一边把饭和筷箸放到张维赤的面前，一边恭顺地低着头回答，"适才小人叩问过冒先生，冒先生说他已经用过了！"

"噢，原来我兄已然用过了？"张维赤询问地转向冒襄。

起初，看见只端出来一碗一箸，冒襄也颇为疑惑，因为纵然只是红薯米饭，但那香喷喷的气味却令他立即馋涎直冒，饥肠作响，很想也能吃上一口。有片刻工夫，他还猜想着对方也许是分两次端出来，不料，钻进耳朵竟是仆人那么一句当面胡扯的话，他不禁为之愕然。不过，当接触到撒谎者那隐藏在眼皮底下的狡狯目光时，他心里忐忑了一下，多少有点醒悟了——记得刚才进门时，自己因为一时气恼，呵斥了他们两句，看来他们便记恨在心，却故意在这当口上来报复自己。"啊，这些可恶的狗才，竟敢如此！"他顿时面红耳赤，羞恼交集地想，"什么狗屁红薯米饭！要换了当年，便是山珍海错、龙肝凤髓，我冒襄又何尝眨过眼睛！如今不过是虎落平阳，便落得被这些狗东西来欺负！"然而，愤怒归愤怒，出于对脸面的顾惜，他却只有硬着头皮，点一点头，说：

"兄台请自便，小弟——嗯，已然在家中用过了！"

这么说了之后，为着不受那碗米饭的引诱，他就咬紧牙齿，别转脸，不去瞧张维赤；同时，也尽量不去想那些仆人得意的鬼脸。

幸而，张维赤也许确实是饿了，也许觉得在朋友面前独自进餐有失礼数，三下两下就把那碗饭扒完，随即重新端起茶杯——

"嗯，适才弟说到哪儿了？哦，对了——听说前时我们逃出海宁那阵子，鲁王的兵马从南边渡过钱塘，攻下了富阳、于潜，势力已经伸展到浙西。这一次他派出许多兵马，不用说，是意欲围攻杭州。如今钱塘江上，日日喊杀连天，正打得热闹呢！"

冒襄紧皱着眉毛，专注地听着，一颗心再度急跳起来。证实本以为毫无希望的局面，当真出现了转机，自己也有可能因此摆脱眼前的狼狈处境，重新回到"自己人"的营垒中去，他不禁大为兴奋。这种心情又由于刚才那个无端的折辱，而变得更为急切。如果不是在此之前已经多少有所听闻，说不定就会振臂而起。他正打算向对方打听得更详细一点，却听见张维赤说：

"鞑子近日派了兵来驻海宁，此间迟早又要开仗，住不得了。好在到如今也没剩下多少东西了，无非是些日常用物，胡乱归拢一下，就完了——哎，兄请用茶！"

冒襄本能地端起杯子，听了这话，顿时又停住了："兄是说，打算逃难？"他疑惑地问，随即想起进门时看见的那些箱笼行李。

"嗯，"张维赤点点头，"既然已经剃了发，就只能跟着鞑子跑了！要不然，等南兵打过来，可就活不成了！"

冒襄蓦地一惊："啊，活不成了？这话怎讲？"

"是的。"张维赤抬起头，苦笑了一下，"闻得南边认定，凡是剃了发的，就成了鞑子，一经捉到，统统杀却！前些日子南兵攻澉浦时，许多乡民都因此被杀死。当时弟的一位远亲，也被捉住，是混在死人堆里，才捡回性命的！"

"那么、那么南兵难道不知道他们剃发是被鞑子逼的么？"冒襄着急地追问，同时觉得自己的声音在微微发抖。

"那些乡民当时也是这等苦苦哀求他们。唯是南兵说，这发式衣冠，是祖宗传下来的，谁个剃了，就是背祖灭宗，成了与鞑子一样的虎狼禽兽，甚至连虎狼禽兽都不如，只是替虎狼引路食人的伥鬼。留着都是祸根，非杀尽不可！"

冒襄目瞪口呆地噎住了。说实在话，在被家人逼着剃去头发的当儿，他心中虽然也痛苦不堪，恨自己心肠太软，顾虑太多，既不能抛开一切，投奔义军，又不能横刀自裁，一死了之，结果落得个忍辱含羞，苟且偷生，但是却万万没有想到，如此一来，自己——还有家人们，在昔日的同胞眼中，竟成了虎狼禽兽，成了该死的伥鬼！

"可是，这分明是不对的，是胡闹！"他猛地站起来，气急败坏地反驳说，"民众明明是被迫的，我们都是被迫的！怎么就成了异类？我们不是异类！我们……"他本想大声申辩下去。然而，当目光落在张维赤那锃光瓦亮的脑壳和支楞在后面的辫子上时，他就不由自主地联想起自己那令人厌恶的可耻模样，嗓门也低了下来，并且闭口不说了；半晌，终于垂头丧气地坐回椅子上。

"闻得这些天南兵忙于轮番向杭城搦战，一时还顾不上海宁。"张维赤又说，"他一旦腾出手来，说不定立时就到。兄还须早自为计才好！"

"……"

"嗯，兄还是早自为计的好！"张维赤又重复了一句。

"那么，兄是何时得知此事的？"冒襄阴沉地反问，没有抬头。

"这——也就这两三日吧!"张维赤的口气有一点含糊,随即又解释说,"弟本欲早点知会兄,只因弄不清南兵到底来不来,所以……"

冒襄尖利地瞥了对方一眼,心中顿时涌起一股怨忿:"哼,原来他得知消息已经好些天,却只顾自己忙着张罗出城避祸,把我抛到了脑后。直到今日我巴巴地找来,才叫我早自为计!都到这种地步了,还能早什么?又有什么'计'可'为'?"

"哦,瞧我简直是忙昏了头!"大约看见冒襄沉着脸不说话,张维赤眨眨眼睛,显然记起了什么,说:"好些天不见,令尊、令堂的贵体想必都康健?"

冒襄没有马上吭声,直到张维赤被眼前的静场弄得有点莫名其妙,他才淡淡地说:"多承垂问,托庇粗安。"

"噢,这就好!这就好!"张维赤连连点着头,停了停,又提醒说,"不过,还须早自为计——海宁离江边太近,最好躲得远些,越远越好!"

无论是眼下在海宁,还是前些日子在海盐,冒襄一家都可以说是人生地疏,全靠张维赤安排照应,才勉强挨到今天。要是再度离开海宁,一家人可就变得前路茫茫,不知应该投奔何处。但这一次张维赤迟迟不向自己通报消息,刚才又是那样一种口气,看样子已经不打算继续给予安排……"哼,什么'早自为计'!无非是你想把我们一家当包袱甩掉,好自己逃命罢了!怪不得刚才那顿饭,你独自吃得那等舒心!"他恼恨之极地想。

杂沓的马蹄声,又从外边的街巷传了进来。由于两位朋友暂时停止了谈话,这急雨般的声音听上去是那样冷酷、无情,像一颗颗尖利的钉子,一直敲进人的心里……终于,冒襄一挺身站了起来,一声不响地朝门外走去。

"哎,辟疆,你要上哪儿?"大约看见他神气有点不对,张维赤奇怪地问。

这一次，冒襄倒主动站住了。他偏过身子，望着一脸茫然的朋友，淡淡地说："上哪儿去，兄这就无须管了。总而言之，今后弟也不会再来劳烦兄就是！"

说完，便转过身，大步向外走去，任凭张维赤在后面大声呼唤，再也没有回头。

破罐破摔

鲁王军队蛮横而残暴的报复行为使冒襄感到震惊和绝望。在城东他的家里，同样的消息也已经传开，并且在家人中引起巨大的恐慌。

消息是由冒成带回来的。目前家中唯一剩下来的这名男仆，几乎独力挑起了养活全家大小的担子。也真亏了他的耿耿忠心和特别能干，这个十口之家虽然生计艰难，尚不至于断炊绝粮。今天，冒成受雇到城外去替人打短工，听到鲁王的军队将要打过江来，并对剃发投清的士民横加诛杀的消息，十分紧张，立即赶回家中报信，正好冒襄外出不在，便报告了冒起宗。冒起宗目瞪口呆之余，让冒成马上到张维赤家去找冒襄。谁知冒成去了半天，却独自回来，说冒襄已经离开了张家，到底去了哪里，张维赤也不清楚。于是一家人便变得像热锅上的蚂蚁，愈加惶急起来。

现在，冒成已经再度出门，去继续寻找。马夫人、奶奶苏氏、刘姨太、董小宛，还有丫环春英，则齐集在冒起宗的屋子里，等候消息。已经过了晌午，桌子上，那一席几乎顿顿如此的午饭——发霉的玉米糊，也摆开了很久，可是大家全都愁眉苦脸，谁也没有心思去吃。这当中，照例又数马夫人最为惊恐紧张。老太太手中拿着一串念珠，盘腿坐在用破竹门搭成的坐榻上，一会儿闭着眼睛，嘴里念念有词；一会儿张开眼睛，问："襄儿……回来了么？怎么……还……不回来呀……"颤抖的声音，失神的目光，愈加把人们弄得意乱心烦。大家知道她的秉性，因此都不去阻止。但是时间一长，可就有点忍受不了。冒起宗首先跺一跺脚，发火说：

"够了！别颠来倒去地唠叨个没完了！听见没有？"

这声断喝似乎有效，马夫人果然停止了诵经，拿着念珠的手也垂了下来。然而，正当大家松了一口气时，老太太却再度睁开眼睛，固执地用颤悠悠的嗓音问："襄儿……回来了么？怎么……还……不回来……"

大家不由得倒吸一口凉气，同时，不无担心地把目光投向冒起宗。发现老爷那张方正秀气的脸蓦地涨红了，显然要发更大的脾气，奶奶苏氏连忙站起来劝解说：

"哎，老爷别生气。太太是心里着急罢咧！说来也真是的，竟有这种骇人的事，谁个心里不着急呢！偏偏相公又不见回来！桌上的饭都凉了。依媳妇之见，老爷、太太还是先吃饭吧！"

说着，她就挪动小脚，走向桌子，伸手摸了摸盛着玉米糊的碗，回头盼咐："小宛，这饭都凉得不能吃了，拿到厨下去热一热再端来！"

董小宛早在旁边准备着，连忙答应一声，上前去把玉米糊倒回瓦罐里，谁知，却听见马夫人有气无力地说："不要热。襄儿不回来，这饭我是不吃的！"

"别听她的！"大约看见董小宛讪讪地住了手，冒起宗冷冷地说，"为什么不热？热！她不吃，我要吃！"

老太太溜了丈夫一眼，嘴巴开始一扁一扁的，可怜巴巴地说："啊呀，你今儿个火气可真大！我知道，你是嫌我拖累你。不错，我胆小，我没用！你也不用发火，趁着又要逃难，你就把我丢下，让我死了好了！"说着，用袖子掩着面孔，呜呜地哭泣起来。

"你说什么？我嫌弃你？这挨得上吗！我是叫你不要唠叨个没完！南兵就要打来了，凡是剃了头的碰见都得死！你知道不知道？是我得死，不是你！知不知道？啊，已经够烦的了，可是你还要胡搅蛮缠!"冒起宗忍无可忍地吼叫起来。

两位老人家这么一吵不要紧,夹在中间的董小宛却被弄得进退两难。她站在桌边,去拿玉米糊又不是,不去拿又不是。正在狼狈之际,忽然听见有人说:"哎,你呆着做什么?不管现在老爷、太太吃还是不吃,这玉米糊都不能这么放着呀。你就先拿到厨下去热着好了!"

说话的是生得身材矮胖的刘姨太。因为替冒襄添了一个弟弟而显得颇为神气的这个女人,一边摆弄着刚满周岁的男婴,一边在转着眼珠子,已经有好一会儿了。

董小宛被她提醒,如同得救似的,连忙答应一声,把玉米糊一碗一碗地倒回瓦罐里,双手捧着,匆匆走出屋子去。

刘姨太斜眼目送着,等董小宛的背影消失了,她才回过头来,叹了一口气,说:"按说呢,我们这个家本来可是好端端的,别说老爷、太太从来都和和气气,就是我们这些人,何尝吵过架?可自从她进了门之后,祸事就接二连三的,没有断过!哎,也不知少爷当初是怎么打算的,什么正经人家的女儿不好娶,偏偏娶回这么个没根没蒂的货!"

停了停,看见屋子里的人全都转过脸来,现出疑惑的神情,她又接着说:"按说呢,她也是个苦命可怜的人儿,年纪轻轻就落到了那种地方。想来总是前世积下的罪孽,故此今生注定要吃苦受罪。只是,就怕她积孽太重,自己报偿不来,还要拖累旁边想搭救她的人也一齐倒霉受罪!"

这一回,大家自然都听明白了。奶奶苏氏望了望公公和婆婆。发现两位老人没有吭声,她就做出微笑,说:"姨太太这话也说得太唬人!依媳妇瞧,小宛这丫头倒还循规蹈矩,手脚也勤快。有她在相公身边,媳妇倒省了许多操心!"一边说,一边眼圈却红了。

刘姨太撇撇嘴:"我也是常常这等夸她——太太知道的。可就怕命太苦！再规矩勤快也是白搭。要不，怎么进门快三年了，至今肚子里连个影儿也没有？"

如皋冒氏中他们这一房，至今人丁单弱。这已经成为家人中的一块共同的心病。现在听刘姨太这么一说，大家顿时你望我，我望你，都不禁变了脸色。

"哎，想想嘛，有些事儿也真觉着蹊跷！"苏氏皱着眉毛，疑疑惑惑地说，"我家在如皋本来住得好端端的，自从小宛丫头进门后，才只一年，就又是逃难，又是遭抢，还死了那么多人，直落如今这种地步！而且还没有个完！莫非、莫非这当中真有什么古怪不成？"

"要……要是这等，"马夫人颤抖着嗓门接上来，"那么，前……回逃难，襄儿曾……说，将她抛下，是我同老爷不……不忍心，把她又带上了，结果，倒成……了祸根？"

她说的前回逃难，是今年六月举家离开海宁，决定向东逃往海盐时，冒襄感到孤身一个，既要照顾父母，又要照顾妻儿，实在力不从心，为了避免闪失，曾经提出把董小宛就地托付给朋友照料。这件事，当时大家都知道，后来因为到底没有这么做，也就丢开了。不过，此时此刻，听马夫人重新提到这件事，大家都不禁面面相觑。

倒是冒起宗现出不耐烦的神情。他摇一摇头，站起来说："岂有此理！国破家亡，颠沛流离，遭受屠戮之家又何止千万！怎能将根由归之于一个弱女子？哎，你们这些都是妇人之见！妇人之见！"

"啊呀，老爷，"刘姨太柔声地分辩说，"这种事可是有的呢！妾听人……"她本想说下去，可是站在门边的丫环春英忽然发出"嘘——"声，并且竖起一根指头，把她止住了。

片刻之后，随着一阵细碎的脚步声，只见董小宛重新出现在门口。她显然不知道刚才屋子里的议论，跨过门槛之后，就习惯地站到一旁，转动着眼睛，现出有所等待的神情。

"嗯，你怎么了，莫非打算出门？"由于注意到董小宛的头上，异样地用一块罗帕包住了发髻，冒起宗发出询问。

"哦，不是的。"董小宛赶紧回答。

"那么——"

"禀老爷、太太、奶奶，"董小宛上前一步，跪了下来，"婢子适才听说，鲁王爷的兵打过来，凡是遇见剃了发的，都不放过。婢子想，若是老爷和相公装上假发髻，就不怕了。可是急切之间，哪里去寻这做髻的头发？故此……"

"啊，你——就把头发剪下来了？"

董小宛轻轻地点一点头："刚才婢子在厨下，后对门的王卖婆过来说，眼下城里人人都抢着收罗头发做假髻，问婢子卖不卖，还说有人愿出好价钱。因此提醒了婢子——"她一边说，一边把藏在袖子里的一束头发拿了出来，捧在手里，微微红了脸，补充说："就不知合不合用……"

在董小宛回禀冒起宗的当儿，屋子里的女人们起初还冷着脸，摆出爱听不听的样子。但渐渐，她们就变得专注起来。不过，当碰到董小宛明亮的目光时，一个个又不由自主地即时移开了眼睛。

冒起宗看了她们一眼，沉吟着，随即以一种众人所少见的和颜悦色对董小宛说："难得你有这份孝心！只是好端端的发髻，你也不同我们商量，就剪了，未免太快了点儿。眼下到底怎么办，还没定呢，总得等襄儿——"他本要说下去，忽然，像遭到什么禁制似的，顿住了，一双眼睛却直愣愣地望着门口。

大家莫名其妙地回过头去，顿时，也像被扼住了喉头似的，变得目瞪口呆。不错，那是冒襄，是全家望眼欲穿地等待着的冒襄！然而，令她们大吃一惊的是，眼前的冒襄已经完全不是早先离开时的模样。他那白皙的脸孔变得异样的通红，辫子散掉了，头发纷披着，身子也在摇摇晃晃地站不稳。一股浓烈的酒气从他的身上弥漫开来，中人欲呕。

"哎，相公，你、你喝了酒？"苏氏战战兢兢地问，忙不迭迎上前，打算搀扶他。

但是冒襄粗暴地推开妻子。他一手撑住门框，慢慢转动着脸孔，醉眼迷离地环顾着。当目光落在一张空着的椅子上时，他就歪斜着身子，蹒跚地走过来，一屁股坐了下去。

"襄儿，你……怎么啦？"马夫人颤抖着嗓门问，随即由春英扶着，来到儿子跟前。

"嗯，问你呢——你到底做什么去了？"看见儿子低垂着头不回答，冒起宗也忍不住从旁催问。

"没……没做什……什么，孩儿只……只是喝……喝了一点！"冒襄打着酒嗝，并且伸出一根指头。

"嗯，只……喝了一点！"他醉态可掬地转向其他的人，争辩地又说。一向自律颇严、举止文雅的儿子，竟然变成如此模样，这是从来没有过的。冒起宗终于沉下了脸，不满地责备说："看看你成了个什么样子！南兵就要来了！全家人都等着你回来商量，可你却躲到外头去喝酒！"

冒襄本来已经闭上眼睛，听了这话，又重新睁开来，大着舌头说："南兵？啊，不错，南兵要打海宁，还、还要杀人。凡是剃了发的，都……都杀，咔嚓！哈哈！"

冒起宗的眼睛睁大了，眉毛也竖起来，但仍旧隐忍着："好，既然你也知道了，那么你说，如今该怎么办？"

"怎么办？"冒襄不在乎地把手一挥，"都……到这种地步了，又、又能怎么办？他要杀，就让……他杀好了！反正就是这一、一条命，迟早都保……不住的。早死了，早……干净！"

在兵临城下的凶险关头，儿子居然躲到外头去酗酒，让家人急得直跳脚，这已经使冒起宗恼火异常；现在冒襄不但喝得烂醉，而且还说出这种话来，更使做父亲的不由得勃然大怒。

"混账！"他猛地挥起手,"啪"地给了儿子一个耳光,咬牙切齿地呵斥说,"死了干净？你竟敢对我,对你的母亲、你的妻儿说这样的话！我们一次一次地派冒成去寻你,连饭也不吃,等你回来,担心出了什么事。你在外头吃饱了,喝足了,却回来对我们说这种话！你还有心肝没有？啊！"

在父亲的巴掌落下时,冒襄的脸孔分明抽搐了一下,僵住了。不过,由于这一记,他似乎终于清醒过来,有片刻工夫,大睁着眼睛,呆呆地坐着；渐渐地,泪水充满了眼眶。忽然,他使劲挣脱妻妾的护持,"扑通"一下跪了下去。

"你以为我没有想过么？"他用撕裂的嗓音号叫说,冤苦地用拳头捶着地面,"可是头发都剃掉了,还有什么办法？我早就说过的,不要剃,不能剃！可你们就是不听！偏要剃,现在结果怎样呢？南兵打来了,又要挑剃了头的杀！怎么办呢？莫非还要逃出去？可又逃到哪里？过去还有一个张维赤可靠,如今连张维赤也靠不住了！即使逃出去,也难保不会遇着南兵,就像前回遇着鞑子兵一样！不错,眼下城里许多人都忙着自做假髻,想糊弄过去。可是听说南兵也知道了,到时都要揭起头发验一验！到底是没有用的！总之,既然到了这一步,就听天由命吧！不要再逃了。就算你们要逃,我……也……不、不逃了……"

起初,他痛不欲生地哭叫着,发泄地撕扯着头发和衣衫,那样使劲,以至苏氏和董小宛在旁边拉也拉不住。可是到了后来,他的声音就小下去,而且断断续续,有点上气不接下气。到末了,他忽然倒在地上,全身蜷缩起来,牙齿也开始咯咯作响,并且不停地发出唔唔的声音。

看见这样子,在旁边侍候着的董小宛连忙推一推他："相公,相公！"叫了两声,见没有答应,又低头仔细一瞧,忽然,她全身一抖,惊慌地尖叫起来：

"哎呀,不成了！哎呀,相公要不成了！"

第七章

官山阅兵残民以逞，书生拒降视死如归

审出密信

鲁王的军队全线渡江的消息，使海宁的士民再度陷于惊恐与混乱。不过，战火最终并没有蔓延到那边去。真实的情况是：从十月初八到十五的八天内，战斗始终只局限在杭州南、东两翼的江边一带进行。而且东线的明军由于兵力不足，大多采取突袭游击的方式，虽然将士们作战英勇，也颇有斩获，但始终未能扩大战果。倒是南线战斗的规模比较大。特别是总兵官镇东侯方国安所部的主力明军，从富阳县沿江挺进，清兵抵挡不住，节节败退。明军一直推进到杭州城外十里的地方。清朝浙江总督张存仁闻报，亲自出城迎战，结果再次大败。方国安乘势挥兵掩杀，一直追到杭州城东南角的草桥门。如果不是碰上突如其来的一场大风雨，说不定就会攻进城里去。纵然如此，这样一次前所未有的大捷，已经足以使浙东官民众口哄传，极大地兴奋起来。于是，当"连战十日"的计划结束之后，鲁王便传下谕旨：定于十一月一日，在与杭州隔江相望的萧山县境内大阅兵马，以激励士气，显示军威。到时候，照例要论功行赏，对一大批将士加官晋爵；而作为这次阅兵的高潮，则是举行隆重的筑坛拜将仪式，任命众望所归的方国安为大将军，把各路军马统一交由他来统率。

今天，是十月三十日，已经收兵返回原驻地的各路军队，又纷纷按照命令重新开拔，向阅兵的地点——官山下集结。当然，也并非所有军队都来，而只是派出一部分训练有素的精锐之师。

即便如此，在通往官山的各条大路上，也已经一天到晚人喊马嘶，尘土飞扬。由号衣、刀枪和各式旗帜连缀而成的队伍，络绎不绝地蠕动着。显然是打了胜仗的缘故，这些队伍看上去全都精神抖擞，士气高昂，一边走，一边还扯开喉咙，用粗犷的嗓门唱起了歌：

弗见了情人心里酸！用心模拟一般般。闭了眼睛望空亲个嘴，接连叫句俏心肝！

别人笑我无老婆，你弗得知我破饭箩淘米外头多！好像深山里野鸡随路宿，老鸦鸟无窠别有窠！

瓜仁儿本不是稀奇货，汗巾儿包裹了送与我亲哥！一个个都在我舌尖上过，礼轻人意重，好物不须多。多拜上我亲哥也，休要忘了我！

正二更，做一个梦团圆得有兴！千般思，万般爱，搂抱着亲亲！猛然间惊醒了，教我神魂不定，梦中的人儿不见了，我还向梦中去寻！嘱咐我梦中的人儿也，千万在梦中等一等！

我做的梦儿倒也做得好笑，梦儿中梦见你与别人调，醒来时依旧在我怀中抱。也是我心儿里丢不下，待与你抱紧了睡一睡着，只莫要醒时在我身边也，梦儿里又去了！

他们自得其乐地吼叫着，吼完一支又一支，全不顾调门对不对，板儿准不准。前面吼声刚歇，后面又接上来，吼到肉麻撩人之处，还爆发出阵阵哄笑。

当然，也不是所有队伍都是如此。譬如说，来自驻扎在官山以北一线的绍兴、余姚、慈溪、宁波等府县的义军，情绪就远没有那么高涨。他们虽然也匆匆行进着，却明显地沉默得多，人数也少得多。说来也确实令人沮丧，自从朝廷决定实行"分地分饷"之后，作为临时招募而来的民军，他们便被挤对到只能靠"自行筹措"来维持的境地，结果粮饷的供应严重恶化，军心也迅速陷于混乱和瓦解。就在渡江作战的前夕，整营整营的士兵抛下武器，请求离开，留也留不住。到如今，本来多者上万、少者也有四五千人马的这六家明军，除了一两家情形稍好之外，其余的全都只剩下不足二千人，甚至更少。如果说，在"连战十日"期间，东面一线未能取得更大战果的话，相当重要的原因就在这里。他们的处境和遭遇既然如此，自然也就很难对眼前的阅兵感到兴奋，也很难活跃得起来。

不过，对于也属于其中一员的黄宗羲来说，眼前这一切，他却是看不到的。因为他压根儿就不在队伍里，而是留在龙王堂的营地，没有前来参加阅兵。

他之所以这样做，是因为自从半个月前返回黄竹浦催饷，耳闻目睹了村中的种种情形之后，心情一直十分恶劣。加上随之而来营中的士卒严重流失，以致在渡江作战时，余姚明军中他们所统领的一支，几乎无所作为，与八月间那一场仗相比，可谓判若两军。这使他沮丧无奈之余，愈加感到愤恨难平。如果不是想到大敌当前，除了拼力抗争，杀出一条生路，可以说别无选择，他很可能也会甩手不干了。尽管如此，到了得知还要举行什么阅兵，并且要拜方国安为大将军时，他就觉得一口恶气无论如何也咽不下去。"哼，姓方的是个什么东西！凭着手握重兵，把满朝文武全不放在眼内，专门排斥欺压我们民军，硬逼着朝廷'分地分饷'的就是他！到头来还要我黄某反过来急颠颠地赶去给他捧场凑兴，休想！"因此，到了商议前往参加阅兵的人选时，黄宗羲就向孙嘉绩说明心情，执意留了下来。

现在，孙嘉绩已经率领大队人马出发多时，黄宗羲把留守的士卒重新作了调整部署，又处理了一些杂务之后，本想坐下来，最后再校阅一次那部由他新编的《鲁监国元年大统历》，以便呈交朝廷颁布实行；但是因为心情烦躁，终于还是抛下笔，带上黄安等几名亲兵,离开住所,沿着营地慢慢走去。

已经是傍晚时分。薄翳浮荡的天空上,冬日的斜阳无力地照临着。从北岸吹来的风,紧一阵慢一阵地揪扯着人们的衣衫,也摇撼着远近灌木丛光秃的枯枝。因为这一带正在打仗,绝大多数居民都已经逃离,如今偌大一片河滩上,空荡荡的看不见人影。只有几只白色的沙鸥从钱塘江那边飞来,侧着身子匆匆掠过,一转身,又扑扇着修长的翅膀,消失在烟波浩渺的远处,使萧瑟寂寥的天地,好歹增添了一点活跃的声息……不过,黄宗羲并没有注意这些。他皱着眉毛,闷闷不乐地走着,同时想象着孙嘉绩率领队伍,经过大半天的跋涉,不久将要抵达指定的集结地,投入检阅前的准备。只不过,身为堂堂督师的孙嘉绩,手中只剩下那么一点点疲兵弱卒,一旦站在方国安、王之仁率领的正规军旁边,肯定会愈加见得寒伧、可怜、微不足道……"哼,孙硕肤他们也真够窝囊。这次浙东举义,明明是他们带头闹起来的,鲁监国也是他们一手定策迎立,可是全不知因势施为,改弦更张,仍旧一味因循旧习,唯监国一人的意旨是从,惴惴然以奴仆自处。怎么开导,他也不听。结果,让方国安、王之仁那帮将帅轻易把持了大权不算,连兵饷也全给对方霸占了去,自己分不到半点儿,到头来竟成了个光杆子督师!如此谋国,还有什么指望?"这么想着,黄宗羲的愤懑不由得又增加了几分,踩踏在沙地上的脚步也更加粗重了……

不过,他终于转过脸去。因为他听见,从右前方的河滩上,那一排接一排的窝棚当中,蓦地传来了一阵喧嚷。那些供士兵们住宿的窝棚,是用竹子和芦苇临时搭成的,过去因为兵多,偌大的河滩上曾经密密层层地搭了个满。到如今,不少已经被推倒、拆掉,变成了御寒的柴火,剩下的也成片成片空置着。这些窝棚,大都搭得相当简陋而且低矮。士卒们必须弯着身子才能钻进去。到了人一离开,那里很快就成了野狗的乐园。它们呼朋引类地钻进里面寻找食物，调情斗殴，拉屎拉尿，甚至生儿育女。害得士兵们经常要像狩猎一样，前攻后堵，下死劲往外轰赶。现在，黄宗羲发现，那里正聚集着一群士兵。他们手中拿着枪棒，散落地摆出围攻的阵势，在那里大呼小叫。看样子，必定又发现闯进了什么不速之客……

"哼，这才叫现眼报呢，一旦倒了霉，连野狗也来欺侮我们！"望着手忙脚乱的士兵，黄宗羲默默地想。忽然，他激动起来，伸手夺过亲兵拿着的一根长枪，转身向窝棚大步奔去。

"散开！都散开！到那边去，到后面去！"他一边高声叫着，一边朝那些士兵做着手势。"是的,我非要把那些可恶的东西逮住，狠狠揍一顿不可！"他恼恨地想。

"在哪儿？是这里吗？啊？"当冲到士兵们站立的地方，他瞪着眼睛追问。

"禀老爷，小人们也说不准。"一个长得矮墩墩的兵回答。

"那么你们……"

"小人们刚才走过这里，听见哗啦一响，又乒乓一声，便过来瞧瞧，却又不见影儿，八成是那畜生怕赶，藏起来了。"

黄宗羲打量了一下眼前的窝棚，发现它搭成长条样，左右各有一个门进出，便用长枪朝那几个士兵一指："你、你，还有你，到那边去！你和你，到后边，都把牢了！"说完，也不等回答，他就弯着腰，从右边的门钻了进去。

这是一间已经弃置了的窝棚。棚顶是用竹子支起来的，地下也铺着竹子，平日士兵们就并排地睡在上面。大约因为天冷，所有的窗洞都被封住，里面变得黑幽幽的，只有从门口的方向透进来一点光。黄宗羲依稀看见，棚子里乱堆着一些禾草，还有各种被丢弃的破坛烂布。地上东一摊西一团地布满了各种可疑的事物，一股浓烈的屎尿的臭味从脚下散发出来，直冲鼻孔。也就是到了此刻，黄宗羲才明白，那几个士兵为什么迟迟不进来搜查。不过，就此退出他也不甘心,于是侧起耳朵听了听,没觉出什么动静,便踮起足尖,小心翼翼地寻找着落脚之处,走过去,举起长枪,朝那些禾草猛然一戳,没有什么反应,又接连再戳了两下,仍旧没有动静。"嗯,刚才外面大叫大嚷的,那畜生自必已经走掉了!"他想,随即把枪杆向横里一搅,打算就此退出。谁知,就是这最后一下,禾草堆忽然发出一声尖叫,直滚出一团黑乎乎的东西来!

黄宗羲反而吓了一跳,忙不迭向后跃开。不过那东西显然更加害怕,它匍匐在地上,不停地蠕动着,像在叩着头,同时发出"军爷饶命!军爷饶命"的叫声——原来是一个人!

黄宗羲这才定下神来。"你是谁?"他用长枪逼住对方,厉声喝问。

"良民百姓!小人是良民百姓!"

"良民百姓?良民百姓怎么会钻了这里来?"

"走岔了路!小人是走岔了路!"那人继续叩头如捣蒜。

黄宗羲半信半疑,为了审个明白,便把长枪一摆,命令说:"走,到外头去!快点!"待那人畏畏缩缩地挪动身子,他又隔着棚壁高声说:"外边的听着!这里逮着个人,你们可都把住了!"

外面的士兵自然听到棚里的对答,因此齐声答应。果然,等那人一露头,他们就一拥上前,把他按住,送到尾随而出的黄宗羲面前。

也就是到了这时,黄宗羲才看清楚俘虏的模样。原来是个脸色蜡黄的中年人,脑门秃而亮,穿着一身黑色衣裤,还打了缚腿。显然是在窝棚里折腾了半天的缘故,他的瘦脸上满是污迹,头发胡子乱蓬蓬的,还沾着好些禾草。此刻,他那双小眼睛正从眉毛底下胆怯地窥伺着,仿佛想弄清自己的处境。

"嗯,你是何人?"把对方打量了一番之后,黄宗羲冷冷地再度发问。

那人连忙双膝跪下，结结巴巴地说："小人陈、陈九，西兴人氏，世代良民，今日本、本想去长山走亲戚，因走岔了路，遂致、遂致误闯大营，还望大老爷宽恕！"

"胡说！你不是良民，是鞑子的细作！"

"老爷息、息怒，小人不、不是细作，实在是良民百姓！"

"既是良民，为何不堂堂正正问路，却要躲进窝棚中？"

"小人见了、见了许多兵爷，心中害、害怕，故此……"

从被逮住起直到这一刻，那陈九始终缩作一团，一副可怜巴巴的样子。黄宗羲心想："瞧他老实巴交的，不大像是歹人，也许确实是误入营中？"于是又问了一些别的问题，看见对方都答得上来，他便终于缓和了口气，说：

"此处是军营，眼下在打仗，乱闯进来，捉到是要砍头的！知道吗？念你是初犯，今次姑且饶了，若然下次再提到，必定严惩不贷——可听明白了？嗯，去吧！"

陈九起初还有点发呆，当终于明白过来，就"啊"的一声，伏在地上，连连叩着头："多谢大老爷开恩饶命！多谢大老爷……"说着，爬起来，慌里慌张地转身就走。

"哼，本该搜一搜他身上才对！"黄安在一旁嘀咕说。

这话倒提醒了黄宗羲，他连忙说，"哦，不错！你们快叫住他，上去搜一搜！"

几个士兵答应一声，立即奔过去，重新把陈九喝住，围住他上下搜摸起来。出乎意外，这一搜摸，也如同刚才在窝棚里一样，居然就有收获——很快地，一封书信就交到了黄宗羲面前。

"怎么，当真还带着信？嗯，也不奇怪，既然出门一趟，自然……"

这么疑惑着，黄宗羲就接过信函，瞧了瞧封套。起初，他还不怎么在意，然而，当他的目光变得稍为专注时，却像被毒虫螫了一口似的，差点没跳起来。因为封套上赫然写着这样一行字：

孙督师硕肤大人亲启

而下面的落款则是：罪员马士英拜呈

"什么？马瑶草！居然是马瑶草！"他不胜惊愕地瞪大眼睛。早在清兵挥兵南渡长江、逼近南京时，身为内阁首辅的马士英就不战而逃，致使明朝在江南的防线顷刻瓦解。后来听说他逃到了杭州。但是到了住在杭州的潞王献城投降之后，就再也没有马士英的消息。有人传说他死了，也有人传说他投降了清朝。连月来因为戎马倥偬，黄宗羲也没有工夫再打听，唯有把一口恶气藏在心里。万万没有想到，这个十恶不赦的奸臣头子又重新冒了出来！

"好啊，原来你是给马瑶草送信的！"他逼视着被重新押回来的陈九，厉声质问。想到自己刚才几乎受骗上当，他简直气得七窍生烟。

在身份败露的一刻，那陈九虽然显得慌了手脚，但随后就镇定下来。他不再下跪，说话也不再结巴，而是抬起脸，直望着黄宗羲，面无表情地回答："不错，学生陈九如，是马阁老的旧识。今日受他之托，要将一封书信亲手交与孙大人。不料来迟一步，孙大人已经赴官山阅兵……"

"放屁！"黄宗羲勃然大怒，"什么马阁老？是马老贼！我问你，你既是要送书与孙大人，为何如此鬼鬼祟祟？马老贼在书中到底说些什么？啊！"

"这个——"陈九如淡淡一笑，"学生可就未得其详了。学生只知道，马阁老——还有阮圆海阮大人，现今都在镇东侯的营中。镇东侯对马、阮二老十分优礼，不日便要奏请鲁监国，下旨起用了！"

镇东侯，就是如今深受鲁王倚重，准备拜为大将军的总兵官方国安。听说马士英竟然躲进了方国安的营中，而且还有阮大铖，黄宗羲的脑袋"嗡"地一下涨大了，浑身的血也沸腾起来。一种噩梦重临的感觉攥紧了他。他瞧着手中的信函，恨不得立即撕开来，看看里面到底说些什么。但信是给孙嘉绩的，到底不能私自拆看，咬了几次牙之后，他只好猛一挥手，喝令士兵：

"你们给我把这狗贼拘管起来，无我之命，任何人都不得擅自释放！违者军法从事！"说完，就转过身，气急败坏地匆匆向自己的住处走去。

片刻之后，他已经和黄安分别骑上快马，加鞭奔驰在前往官山的路上了。

觅隙钻营

陈九如并没有扯谎，马士英和阮大铖的确跑到了方国安的营中，而且眼下还跟随他们的庇护者一道到了阅兵的地点——官山。只不过由于这二人的恶名实在过于昭著，随时随地都可能引发公愤，就连方国安也觉得在奏准鲁监国之前，不便贸然让他们公开露面，因此这两个人才不得不暂时躲在营帐中，等候消息。

其实，马士英和阮大铖并不是最近才跑来依附方国安的。早在杭州逗留的时候，他们就遇到了自池口率兵南逃的方国安，三人气味相投，一拍即合，本想转而捧出潞王来"监国"，以图再度把持政局。谁知不久潞王就决定献城投降，他们只好一齐逃过了钱塘江。在鲁王政权建立之后这四个多月里，马、阮二人一直躲在方国安的军营中，帮着出谋划策，前些日子那个"分地分饷"的蛮横要求，其实就是他们的主意，为的是打击和削弱地方义军的势力，好让像方国安这样的正规的军人把持军事大权。结果，这个目的达到了。如今方国安的地位急剧上升，成了鲁王政权中首屈一指的军事强人；而孙嘉绩、熊汝霖、郑遵谦、于颖等一批首倡举义的元老重臣，则由于军饷不继，部属的解体而日益失去影响力。局面摆布到这一步，马、阮二人也就认为他们重新出山是水到渠成的事，应该没有多大的问题。然而，方国安却至今仍旧只让他们待在营帐中，就未免令这对难兄难弟有点扫兴了。

现在，前来参加阅兵的各路兵马已经纷纷云集。即使隔着营帐，也可以听到外面远远传来潮水一般的声浪。那声浪乍一听只是纷纷攘攘的一片，而侧耳细听，就可以分辨出战马的驰骋、号角的长鸣、人群的呼喊，以及车轮的滚动。按照预定的计划，正式的阅兵要到明天辰时才开始，因此眼下这些声浪，只是军队进入各自营区时掀起的。但凭着来自四面八方的、直到入夜仍旧接连不断的人喊马嘶，却不难想象到：未来的阅兵规模必定相当盛大，而为方国安举行的筑坛拜将仪式，也将会十分隆重庄严。正是受到这种越来越浓烈的气氛刺激，阮大铖再也坐不住，一挺身，从临时充作凳子的一段木头上站了起来。

"哼，这老方也真是的！"他腆着依旧圆鼓鼓的大肚子，气呼呼地说，"我们挖空心思地给他出主意，帮他把兵权抓到手，到头来他却把我们关在这里，只顾自己去出风头，也不知到底捣的什么鬼！"

靠在矮桌边上的马士英，却已经没有昔日贵为首辅时的威严风度，相反显得有点颓唐。他擎着手中的半盏残酒，抬了抬眼皮："别急嘛，老方是讲交情的人，既然答应了我们，自然不会食言。你我还是耐心等待为是！"

"等，等，都等了快半年了！每回入朝，都说必定代我们启奏，可就是没有一次有下文！"

"嗯，他也自有他的难处。一个武人，本来就无权干预朝政。何况如今朝中那帮子掌权的，全都把我们看成十恶不赦的罪魁祸首，一个个像乌眼鸡似的盯着，稍一不慎，就会被他们一窝子扑上来活活啄死——唉，这事难哪！"

"可是，如今他们手下的兵不是已经让我们给搅散了么！没有兵，谁还怕他个鸟！哼，这些年我也算经历得多了，自己的事只有自己才真正着紧。当初在留都,要不是我下死劲儿催逼,你马瑶草只怕也未必那等上心,时至今日,我阮胡子只好依旧守在家中当寓公呢!"

马士英本来没精打采地坐着,听了这话,他的眼睛眨巴了一下,那张酡红的瘦脸随即涨成深紫,山羊胡子也翘了起来。蓦地,他把酒杯往桌上一放,怒声说:"我不上心?老实告诉你吧,我如今后悔就悔在当初太上心你,结果弄到千夫所指,恶名加身,落得如今这种境地!"

看见马士英发火,阮大铖也来了劲。他双手把大胡子一扯,恶狠狠地说:"好啊,你总算说出来了!怪不得自打杭州见面你就没有好脸色,原来是怪我败坏了你的锦绣前程!可是,这怪得我么?如果不是东林、复社那伙伪君子四处煽惑,左良玉会兴兵东犯么?如果不是史道邻那等脓包,一仗就把扬州丢了,鞑子会这么快就渡江么?我一直劝你尽早除掉那伙伪君子,除掉史道邻,可你就是支支吾吾地不肯动手,结果全都弄出来了。这又怨得了谁?嘿嘿,还想怪我?只好怨你自己罢了!"

马士英本来已经摆出争吵的架势,但被阮大铖这么一反驳,张开的嘴巴又合上了,鼻翼两旁的皱纹则变得更深。半晌,他咬着牙,悻悻地说:"哼,我马某人公忠谋国,问心无愧!要怨,就是怨你们——东林、复社不是好东西,可你也不是好东西!"

听他这么说,阮大铖反而呵呵笑起来:"好嘛,你说我老阮不是好东西,就算我不是好东西!可你公忠谋国的马大人,为何至今还跟我这个坏坏泡在一起?为何我鼓动老方他们分地分饷,你对我的坏主意也大点其头?啊?"

"哼,我是见兵多饷少,与其让那些乌合之众白白糟蹋了去,还不如集拢起来,正正经经养好几支精锐之兵!"

这种振振之词想必已经听过不止一次,因此阮大铖并无惊奇之色。他只是斜眼看着对方,冷冷地说:"噢,这么说,你老还以为真能打得过鞑子？这中兴之业，还真能有成？"

"为何不能？"马士英显得很傲慢，"若是新君能起用我马某，这一次我自有主张，绝不会再蹈留都的覆辙！"

阮大铖的目光闪动了一下，没有立即反驳。他直起身躯，捋了半天大胡子，末了，弯下腰来，压低声音说："可是，老兄想过没有？北朝已狼踞大半个中国，以区区两浙之地，实在不足以与之相抗。本来，唐藩在福建，闻得局面也闹得不小。若是浙、闽联手，或者尚有可为。可是看这数月来的势头，两地竟是各怀私愤，彼此不服，不翻脸成仇已属幸事；望他联手，只怕极难——哎，这局残棋明摆着只等洪亨九来收拾了！老兄还意欲有所为，不亦愚乎？"

阮大铖这样说，倒也不完全是危言耸听。因为实情确实如此——就在与浙东起义同一时候，在毗邻的福建，以前礼部尚书黄道周、福建巡抚张肯堂为首的一批官绅，联合总兵官郑芝龙、郑鸿逵，也树起了抗清的大旗。与浙东这边不同，他们抬出的是正在福建避难的唐王朱聿键，而且还不是让他"监国"，而是干脆登基称帝，改元"隆武"。这么一来，就比鲁王显得更加名正言顺。对此，浙东这边的君臣自然颇为不服气。所以到了隆武政权向江南、两粤等地颁布诏书，要求各路明军统一到他们麾下的时候，浙东这边一直不予理睬。合作的事情就这样拖了下来……

"哼，如今我倒想着，"静场中，阮大铖又捻着大黑胡子，"此地不留爷，自有留爷处！若然这一次还不许我入朝陛见，我就干脆跑到福州，投隆武去！"

马士英微微一怔："什么？投隆武？"

"为什么不行？人家隆武可是正了大位的天子！论名分，论声威，哪样不比区区监国强！何况又远在福建，鞑子要打，也没能那么快打到那边去。哈哈，不错，我们本该一早就投隆武的！"阮大铖开始重新兴奋起来。

"可是，"马士英被他说得有点动心，"现今黄道周、张肯堂正在那边把持朝政，只怕未必容得了我们？"

"哼，容不下容得下，还得试了才知道！况且，我这里还攒着一份大礼呢，只怕黄道周见了，即时垂涎三尺，跪地求我都来不及！"

"你是说——大礼？什么大礼？"

"对——哎，待会儿再对你说吧！"变得大为亢奋的阮大铖一摆手，"事不宜迟，如今我们就访他去！"

"访他？访谁？"马士英愈加摸不着头脑。

"访谁？自然是隆武的使臣呀——哦，原来你还不知道！前两日，福建那边派了兵科给事中刘中藻来绍兴，说要向鲁监国宣读隆武的诏书。监国推说要赴官山大阅，不得空，把他挡了回去。那刘中藻不死心，巴巴地又跟到这儿来，就住在后面山脚下的一座营帐里，也没人理他。如今我们正好趁着夜里去访他一访，搭上这根线儿，也好探一探福建那边的口气！"

马士英这才恍然。他犹豫地说："不过，老方再三叮嘱我们守在营中，不可露面……"

"呸！"阮大铖蛮横地把手一摆，"你听他的！只要我老阮愿意，爱上哪儿就哪儿！还能受他管着！"

说完，就转过身，雄赳赳地往外走去。看见他这样子，马士英尽管心神未定，也唯有身不由己地跟在后面。

卖身投靠

前一阵子他们在营帐里只顾着交谈，时辰不知不觉已经到了戌亥之交。何况又是十月的最后一天，在这种夜晚，月亮照例不会露出脸来。不过，当马、阮二人由仆从服侍着，披上斗篷，走出营帐外的时候，却发现无论是天幕上，还是山野间，都并不是漆黑的一片。由于北风吹散了浮荡的薄霭，巨大的银河，缀满夜空的繁星重新闪烁出泠泠的光芒。而从官山下远远地伸展开去的平缓坡地上,则由于大批军队的聚集,密密麻麻地亮起了无数的篝火。来自四面八方的这些军队,大约因为只停留一两个夜晚的缘故,都是轻装而来,没有携带营帐,即使有,也只是供高级将官们用的少数几个。结果,眼下绝大多数人都只能围着篝火露天而宿。不过,这次阅兵,来的人马看来还真不少。他们一营连着一营,迤逦地布满了方圆十里的山坡,以致马、阮二人由一名仆僮提着灯笼照路,前往刘中藻下榻的营帐时,不得不一次又一次地从人丛中穿越而过。

现在,马、阮二人就行走在满是士卒的山坡上。他们看见,经过了长途的行军,加上时辰不早,疲劳不堪的士兵们都已经互相挨挤着,进入了梦乡。只有由值夜的士卒守护着的熊熊篝火,依旧毕毕剥剥地燃烧着,隐约照出了他们横七竖八的睡相。有仰面朝天地躺着的,有蜷缩着身子的,有抱着别人的胳膊或大腿的,甚至还有互相搂抱在一起的。各种各样的鼾声,像拉响了无数大小不一的风箱,忽高忽低,此伏彼起。而在他们旁边,则是一架一架的刀枪,一堆一堆的盾牌,以及一尊一尊的铁炮。要是经过的是骑兵的营地,那么还会看见成群的战马,闻到阵阵扑鼻而来的马汗和马粪的气味……

当马、阮二人接连摸错了两座营帐,终于凭借方国安大营的号牌,找到架设在官山脚下的一处小小的营地时,刘中藻很快就出现了。来自福建的这位"钦差",原来是个一表人才的年轻人,有着南方人的清秀面孔和文雅举止。他自然听说过马、阮二人的"大名",对于他们的突然来访,则尤其感到意外。他恭敬地,然而又是不无戒心地把两位不速之客迎进帐中。待最初的寒暄过后,仆役奉上茶来,他就端起茶盅,赔着笑脸,小心地问:"不知两位前辈光降,有何见教?"

"哦——"自从进入营中,就一直东张西望的阮大铖,把目光从进出侍候的仆役身上收回来,一本正经地说:"不敢!学生同马兄今日应镇东侯之邀,来此观礼。适才自镇东侯处,得知老先生也在此间。因久慕大名,是以不揣冒昧,特来拜望!"

"啊,啊!"刘中藻连忙拱着手,"二位前辈言重了!学生后进晚辈,德才两疏,'大名'二字,如何生受得起!"

阮大铖微笑说:"老先生这就过谦了!老先生少年英俊,今番又是以钦差之身,间关入越,这浙东各府,早已众口喧传。便是老朽如学生,也日日如雷贯耳!哎,这'大名'二字,十足当之无愧!"

说着,又转向马士英:"瑶草兄,你说是么?"

马士英正听得发呆,冷不防被他一问,急切间不知如何措辞,只得含糊地说:"嗯,是,是的!"

这样一番多少有点浮夸的开场白,在马、阮二人,无非是例行的客套。倒是刘中藻,大约自从抵达浙东之后,一直备受冷落,可以说处境凄凉,忽然听到如此热烈的奉承,意外之余,顿时生出一股感激之情,漂亮然而晦气的脸孔也有了光彩。

阮大铖对此自然看在眼里,不过却故意不动声色。他愈加卖弄起那片如簧之舌,先同对方海阔天空地闲扯一通,话题却始终不离关怀对方和自我夸耀,像刘中藻的起居饮食如何,是否有人照应啦,来到浙东后都见过一些什么人啦,带的盘缠够不够用啦,以及自己同方国安很有交情,对方若有什么需求,尽管提出,他都可以帮忙等等。直到谈话变得越来越融洽、随便之后,他才把话锋一转,问:

"老先生此来,闻得是奉圣上之命,传谕我浙东。嗯,不知尚还顺利否?"

"啊,老前辈是说'圣上'……"

"自然是目今在福州登极,出继大统的圣上!"

"这个——多感前辈关注。学生正在等候监国召见。"

"嗯,老先生来此已有数日了吧?"

"学生是本月二十到的绍兴。"

"大凡圣旨到日,向例都是即时开读。老先生抵步已经十日,尚在等待。也太耽搁了些!"

"这个——闻得监国玉体欠安,眼下又在张罗大阅,故此……"

也许是涉及此行的使命,在这几句对答中,刘中藻的态度变得谨慎起来。然而,当接触到阮大铖那似笑非笑的眼神时,他就忽然红了脸,顿住不说了。

"呵,呵,"阮大铖连忙拱着手,"我老阮生就一副竹筒子肚肠,说话直来直去,多有得罪,休怪,休怪!"停了停,又望着马士英,故意叹了一口气,说:"国难当头,闽浙两地正该合为一体,联手抗敌,大明方有中兴之望!在此之时,实不应斤斤于名位之高下,而伤了自家人之和气!"

"学生之意,亦是如此。"显然被这几句话所打动,刘中藻忘了刚才的不悦,点着头说,"其奈——唉!"

"不过,学生倒有个计较在此,或可令此间上下,回心转意,俯首奉圣上为闽浙之主。"

刘中藻的眼睛变圆了,半信半疑地:"噢,愿闻明教!"

"以学生之见——"阮大铖竖起两根指头,随即又"哎"了一声,摇着手说,"此事非比寻常,还是不说也罢,不说也罢!"

"怎么?"

阮大铖没有立即回答。他做出为难的样子,挨延了半天,才长叹一声,说:"老先生有所不知,学生与瑶草兄俱是待罪之身,也如同老先生一般,至今仍未能获准面见监国。有道是不在其位,不谋其政,凡事还是少管为佳!"

刘中藻这才恍然。他拈着疏朗的胡子,沉吟说:"原来如此。只不知二位前辈打算如何?如若有意到福建去,以学生之微力,或者可以代二位向圣上奏闻。"

阮大铖捣了半天的鬼，就是要对方说出这句许诺。他立即站起来，双手一拱，喜滋滋地说："若得老先生援手，我二人感激不尽！"

停了停，他像想起了什么："至于这浙东之事嘛——"但又不是立即说下去，却走近刘中藻，附在对方耳边，嘁嘁嚓嚓地说了起来。倒把坐在一旁的马士英弄得莫名其妙，望着他们直发呆。

"啊，这、这可使得？"刘中藻刚听了几句，就分明吃了一惊，差点没有当场站起来。但是，当阮大铖继续说下去，他就不再作声了，只是用心地听着，不时地点点头。末了，他离开座椅，神情庄重地向阮大铖连连拱手，说："承教！承教！"

……

"嗯，你到底对他说了些什么？"当终于辞别了刘中藻，从营帐中走到外面来之后，马士英皱着眉毛，疑惑地问。

阮大铖嘿嘿一笑，得意地说："老兄忘了么？我说过手中攒着一份大礼。这大礼并非别的，乃是方国安和他手下的五万精兵！我告诉小刘，若然日后隆武爷看着浙东这边不顺眼，只要捎句话，我就替他来个釜底抽薪，说动老方，投奔福建！他得了这份大礼，又焉有不大喜过望之理！"

"可是，老方当真肯这等做么？"马士英怀疑地问。

"老兄，"阮大铖叹了一口气，"你几时变得这等书呆子气了？我辈不是一心要搭上福建这根线儿么？如今搭上了没有？搭上了。这不就成啦！至于到头来老方肯做不肯做，你我又何必太当真！"

拷问良知

马、阮二人一边交谈着，一边朝着来时的方向走去。渐渐地，他们的话音变得模糊起来，身影也越去越远，终于，没入了迷离的夜色之中，消失不见了。

现在，整片营地更深地坠入了沉沉的酣梦之中。随着远远近近的篝火一垛接一垛地暗淡下去，山野也不再像原先那样影像幢幢，而变得仿佛被一张无边的大氅遮蔽了似的，幽暗一片。只有天上银河依旧静静地横亘着，以它永恒的辉光呵护着疮痍满目、争战未已的人世，让它得以享受这难得的片刻安宁。不过，就连银河其实也在悄悄地向西移动着。倒是从钱塘江那边吹来的湿冷的风，渐渐加强了势头，它不停地吹拂着，带走了露宿者们的疲劳、汗臭和梦魇，也带走了篝火的最后一点余温。于是，士卒们把身子蜷缩得更紧，脑袋向胸前埋得更深，彼此的身体在不知不觉中也挤靠得更近。不过，他们的酣梦并没有因此受到惊扰，相反还以更加高昂、悲怆的鼾声来显示对于艰苦环境习以为常……

直到阅兵前夕之夜即将逝去，晶莹的露水开始在铁甲、炮身，以及战马的皮毛上闪出光来的时候，黄宗羲主仆才疲惫不堪地赶到官山下的这一片宿营地。

他们昨天傍晚从龙王堂出发，本来，也用不着耽搁到这会儿才抵达。可是由于路径不熟，加上天色已晚，探问不易，结果有两次都走到了歧路上。这么一来二去，时间可就花得大了。现在，心急火燎的黄宗羲一进入营区，就立即向巡值的士兵打听余姚义兵的驻地，然后直奔中军大帐。也亏他总算来得及时，因为孙嘉绩已经起床，而且穿戴停当，再迟片刻，就要动身离营，参加阅兵之前的朝会去了。

听说马士英竟然有什么书信给他，而且是用那样一种鬼鬼祟祟的方式送到龙王堂去的，孙嘉绩倒也大感意外。他立即接过，并且当着黄宗羲的面拆开。于是事情总算弄清楚了，果然，这是一封见不得人的信，而且最畏忌落到像黄宗羲这样的人手里。因为马士英在信中，不仅表示他已经到了方国安的营中，而且大言不惭地说自己报国之心未死，一腔热血尚在，目前已经上疏朝廷，要求重新起用。至于来信的目的，则是请孙嘉绩运用自身的影响力，设法帮他一把，起码，也不要同他作对。信合共起来有厚厚的一叠，除了正文之外，还有好几封副启。正文照例是些温凉起居的客套话，鬼话都在副启里。不过也无非是挖空心思为自己的罪恶辩解，说他本来一心想同东林和衷共济，共图中兴，无奈东林方面不体谅他的难处和苦衷，处处同他为难。虽然如此，他仍旧从顾全大局着想，对东林尽量忍让和维护，制止了好几次可能酿成的大狱。谁知东林、复社方面仍不罢休，竟然策动左良玉举兵东下，结果被清军乘虚而入，闹到南京不守，局面大坏。当然，为了博取孙嘉绩的同情和支持，马士英也承认了一点"失误"，就是错用了阮大铖。说阮大铖复出之后，一心只想着向东林、复社报复，心思全不在国事上，出了不少坏主意。但是马士英仍旧认为，当初东林方面对阮大铖逼得太狠，做得太绝，以至结怨过深，无法消解，实在并不明智。因此，也要负上一定责任，如此等等。而信的最后，是这样说的——

　　士英自知驽钝下材，难负大任。唯是伏枥老骥，尚堪为社稷驱驰。况值此乾坤倾覆，神州陆沉之际，亟应广开门户，以纳天下怀忠敢死之士，戮力同心，浙东方可图存，中兴方能有望。故知我公雄才远瞩，天下为心，江海为怀，当不致拒仆于千里之外也！

"嗯，兄以为如何？"看见黄宗羲看完信后，紧皱着眉毛，一声不响，孙嘉绩征询地问。

黄宗羲没有回答，也没有移动眼睛，只是反问："大人以为如何？"

孙嘉绩摇摇头："南都倾覆，马瑶草身为宰辅，实负有首责！一切文饰推诿，都不足减其罪于万一。如今此罪尚未追究，又岂有遽尔起复之理？此事拿到朝中，必定引动公愤，交章弹劾，监国亦不会准允。"

"……"

"好了,"大约看见黄宗羲仍旧不吭声,孙嘉绩一边把信收起,一边结束说,"此信他也是白写。我又岂能应允他?就此丢开罢!兄奔波了一夜,也够劳累的了,赶快歇一歇。眼看天就要亮了,弟这还得上朝议事呢!"说着就站起身来。

"可是,此事丢开就够了么?"黄宗羲忽然阴沉着脸扔出一句。

孙嘉绩不由得一怔:"兄是说……"

"以往不知马、阮二贼逃到何处,因此无法奈何他。现今他们既然伸出头来,就该上疏监国,将他们即时论罪处死!"

停了停,看见孙嘉绩没有作声,黄宗羲猛然回过头去,吵架似的大声说:"该不该?你说该不该?啊!"

孙嘉绩很清楚黄宗羲的家世和遭遇,因此并没有着恼,但却轻轻地摇着头,说:"马、阮二奸自是罪大恶极,死不足恤。唯是如今他们躲在方国安营中。兄不见他信中说,方国安意欲为之上疏举荐,可知对他二人庇护有加。而今姓方的乘战胜之功,军权在握,正深得监国倚重。我辈纵然欲将马、阮治罪,其奈有心无力何!"

这么说了之后,看见黄宗羲尽管一时无言以对,但仍旧咬牙顿足,一副悲愤难平的样子,他就迟疑了一下,压低声音说:"兄或许不知,眼下还有更棘手的事呢!唐王在福建称帝后,一直意欲以天子之尊诏令天下。近日他又派来使节,宣谕此意。唯是此间群臣,意向不一,有主张拒之者,亦有主张纳之者。闻得监国大是不悦,昨日已来官山,本拟亲临大阅,谁知到了夜里,忽然传旨,说要返回台州,连大阅及拜将之事,也不理会了。消息传出,弄得群臣相顾失色,不知所措,昨晚紧急聚议了半宿,好不容易才有了结果,要趁今早入奏。若然监国不肯回心,这局面还不知如何收拾呢!"

孙嘉绩所说的台州，就是鲁王当初南来避难的地方。浙东起义后，是张国维等一群缙绅赶到那里去，把他请出来监国的。现在他说要回台州，就等于表示从此甩手不干。这确实是非同小可的事情。因此，连黄宗羲听了，也不由得紧张起来：

"那、那群臣商议的结果如何？"

孙嘉绩神色变得有点无奈，说："事情闹到这一步，为浙东局面计，自然唯有回绝福建而已！"

"可如此一来，福建会不会同我们反目？若是因此闹到势成水火，恐怕……"

孙嘉绩烦躁地一摆手："即便如此，也只好见一步，行一步了！"这么说着，他就朝帐外侧起耳朵，并且一下子着忙起来，"哎，角声响了，弟得赶快上朝，再迟就会耽误了！"

说完，他匆匆拱一拱手，转身向帐门外走去，转眼之间，就消失在已经微微见白的宿雾之中了。

……

"大爷，不去歇会儿么？闻得要到辰时才正式操演，好歹还能睡上个把时辰呢！"黄安不知什么时候走了进来。大约看见主人还尽自皱着眉头，一动不动地站着，他就提醒说。

黄宗羲没有吭声，只是摆一摆手，然后越过仆人，径自走出帐外去。

余姚义军的这片宿营地，坐落在一片小山坡上。站在帐前，可以俯瞰整个阅兵场所。虽然正式操演要到辰时才开始，但是本来还在各自的阵地上酣酣熟睡的将士们，已经被刚才那一阵号角声所惊醒，纷纷从地上爬起来。于是，方圆十里的山坡上，又重新变得万头攒动，人喊马嘶。且别说位于远处的营地，由于昨宿的雾气尚未散尽，士卒们活动的情形还是依稀隐约，瞧不大清楚，就从黄宗羲站立的余姚义军的营地来看，也已经足够紧张忙碌。士兵们有急急整束衣装的，有站在山坡上沙沙撒尿的，有相帮着把睡歪了的发髻重新扎好的,有围着伙夫讨水要吃的,还有收拾刀枪的、摆弄盔甲的,给战马备鞍的,如此等等。随着他们的活动,各种各样的说话声、脚步声、器物的碰击声,闹哄哄地响成一片。由于还记挂着刚才同孙嘉绩的谈话,加上一夜未睡,眼前的一切,并没有使黄宗羲变得兴奋起来;相反,还使他觉得颇为心烦意躁。但回到营帐中去歇息,他又不愿意,于是,便离开营地,沿着山坡,顺脚走去。

"……是的,连马、阮这样的千夫所指的奸贼都不敢惩办,这朝廷还有什么正气可言?还有什么威仪可言?"他一边走,一边懊恨地想,"哼,还想同唐藩分庭抗礼,一争高下呢,就凭这份窝囊劲儿,就够令仁人志士裹足寒心,又怎能号召天下?说马、阮二人现在方国安营中,便难以办他,这也全是纵容太过的结果!以为如此,那伙恶棍就会死心塌地为我们打仗卖命。瞧着吧,总有一天要吃苦头的!说不定,这点子家当到头来就败在他们手里!"

这么悻悻地想着,黄宗羲的情绪就不由得再度阴暗起来,双脚也变得越来越没有劲头,最后干脆停下来,不再向前走了。

"呜——呜——呜——"悠长的号声又一次回响起来。黄宗羲抬头望去,发现官山已经近在眼前。大约阅兵和拜将要用,如今紧挨着山脚,高高筑起了一个巨型的土台。由于宿雾已经散去,可以清楚看见,台上还支起了布幔,摆上了座椅。左右两边,则插满许多大大小小的旗帜。一道宽阔的台阶从前沿斜着延伸到地面。在将坛的左前方,还矗立着一根巨型旗杆。一面帅字大旗正迎着晨风舒卷着,发出猎猎的声响……

"冤枉啊!冤枉啊!我们不是鞑子,我们都是良民百姓呀!"蓦地,一声哀叫传来。

黄宗羲微微一怔,回过头去,原来是几个披枷戴锁的囚犯,正被押解着,蹒跚地走来。

"是呀,我们都是良民百姓!是梅家坞的百姓!"其余的也齐声哭叫，听口音，果然像是本地人。

黄宗羲疑惑地注视着，闹不清是怎么一回事。倒是押送的士兵听见喊叫，就恶狠狠地呵斥说："闭嘴！什么良民？你们既然剃了头，就是鞑子！杀了是活该！"一边骂，一边倒转枪杆，劈头盖脑地乱打。然而，那些囚犯尽管被打得嗷嗷直叫，却始终不肯停止申辩，相反还呼喊得更凶：

"冤枉啊，实在是冤枉啊！"

"不是我们要剃发，是鞑子逼我们剃的呀！"

"我们是错了，知错了！饶了我们吧！"

"别拿我们祭旗，我们不要祭旗！我们不想死呀"

黄宗羲大睁着眼睛，终于有点明白了这几个剃光了脑壳，脑后却拖着一条难看的细长辫子的囚犯，原来是为阅兵时祭旗而准备的。可是他们却说自己不是鞑子，而是良民百姓。那么大约是由于他们前些日子害怕清兵杀头，因此剃去了头发，谁知这一次却碰上渡江作战的义军，被捉了回来……

"冤枉啊……"囚犯们又一次撕心裂肺地喊叫起来。然而，毕竟没有人理会。随着他们被押解着远去，那叫声也终于低下来，听不见了。

"嗯，这些乡野小民毕竟是我汉家百姓，他们剃发留辫，无非是胆小畏死，未必就当真实心从逆。如今却认定他们背祖欺宗，捉来便杀却，也忒过分了些！"望着囚犯们远去的背影，黄宗羲心中颇为不忍，觉得应当设法向监国进谏，制止这种做法。然而，当他转过身，目光投向正在漫山遍野地奔走结集的军队时，却听见另一个声音在心中反驳说："嗯，不对，正因乡野小民大多畏死，故此才须惧之以严刑。若是任其剃发改服，不加惩戒，其他愚民便会视我为柔仁可欺，纷纷效尤。不出一月，必定人心大变，不待东房渡江，浙东已非我所有矣！"

这话是如此强横有力，黄宗羲心中一懔，不由得呆住了。不错，为了一家一姓的存亡,而离散天下之子女,崩溃万民之血肉,是他所一贯深恶痛绝的;但眼下的情形却恰恰是,不管他是否情愿,都不得不竭尽全力地维持朱家王朝,而为了这个目的,就必须对一切背叛的行为严加惩处,哪怕对方本是无辜百姓,仅仅因为迫于清军的淫威,把头发剃去了也罢!

"啊,到底怎么了?这是怎么回事?怎么会变成这样?"他睁大眼睛,茫然自问,"莫非、莫非我当初参与进来,是决断错了么?但要是不参与进来,任凭鞑子入踞中土,又如何保有我华夏教化?而为着保有华夏教化,在目前的情势下,就唯有竭力维护朱姓朝廷;而这么一来,就不能容忍任何有损于它的行为。但是,这个朝廷其实又已经到了积重难返的地步,即使侥幸得以'中兴',充其量也不过是旧曲重弹,让百姓万民再遭一轮磨难……"

这么想着,再加上这些日子里的种种所见所历,黄宗羲就觉得,自己似乎正落在一个愚蠢、盲目、残忍,并无任何道义和崇高可言的漩涡之中,不管最后是成是败,也许结果都极其悲惨和荒谬,根本不是自己所一心期待的。他摇摇头,打算摆脱这种感觉,却反而被这种感觉更紧地抓住了。他不由得恐惧起来,试着逃开,却不知道该朝那个方向迈脚,慌乱之际,竟然双腿一软,浑身像散了架似的坐倒在地上。

轰!轰!轰!三声巨响从对面的山坡上传来。这是号炮。它向军容鼎盛地结集在山下的各支兵马宣告:阅兵仪式就要开始了……

枉费唇舌

黄宗羲在这一刻里的怀疑和恐惧,并没有妨碍大阅兵的顺利举行。正相反,在接下来的两个多时辰里,由上万精锐之师在官山下耀武扬威、往来驰骋所展现的壮观场面和勇猛声势,不仅使鲁王君臣看得如醉如痴，大为兴奋，就连钱塘江对岸的清军官兵，也因为从五云山顶远远看到了这一幕，而止不住摇头惊叹，啧啧称羡。当然，他们免不了照例把这种军情修成塘报，派人火速送往南京，向洪承畴报告。

现在，这件塘报已经静静地躺在总督行辕签事房的公案上。一方乌木镇纸压住了它的一角，而洪承畴本人，则倒背着手，站在东面的一扇敞开的窗户前。冬日的阳光从屋檐上斜照下来，透过梧桐树光秃的枝桠，洒落在窗沿上，并在他那剃光了的前额，以及沉思的脸孔上勾画出几道灰色的暗影。在平定了徽州的反抗之后，按照洪承畴的计划，本来接着就要集中全力打垮割据浙东的鲁王政权。但是，当他从徽州赶回南京之后不久，就接到朝廷的紧急命令，调派随同他一道南来的平南大将军勒克德浑和都统叶臣，立即率领所部的八旗兵开拔，全力驰援湖广，以对付那里的农民军和明军残部的联合反攻。说起来，尽管清朝入关之后，一路攻城占地，势如破竹，实际上所凭借的，只是区区十万的八旗军队。一年多来虽然陆续收编了一些归降明军残部，但要对付偌大一个中国战场，仍旧捉襟见肘，远远不够。因此，即使是江南这样重要的地区，当初投放的军队其实相当有限。如今再这么一分兵，力量更加不足。何况勒、叶二人离开后，江南的整副担子，顿时全压到了洪承畴的肩上，也使他感到有点顾此失彼，力不从心。正是这种软弱的地位，使洪承畴不得不谨慎起来，转而集中力量巩固已有的地盘，不再采取大规模的军事行动。

无疑，他也已经估计到，变攻为守的结果，不可避免地会引发抗清势力的乘机蠢动。但他也同样认准了：只要做到南京这个大本营，还有杭州这个扼控着浙、闽、赣地区的重镇确保不失，江南的局面就不至于发生大的动摇。不过，近一个月来，鲁王政权在钱塘江一线的反扑势头却不可轻视，不只前所未有地使清兵遭到重挫，还一直攻到杭州城外的草桥门！那么接下来，他们会不会发动更猛烈的攻势，甚至企图把清军一举逐出杭州呢？从近日对方又是阅兵、又是拜将的动向看，这是完全有可能的。"嗯，为着避免闪失，自然最好是尽快派兵增援杭州。但是眼下，就连南京本身也只有区区四千守兵，为着维持局面，这些天已是煞费苦心，尚且处处捉襟见肘，又哪里再抽得出兵来？"心中这么为难着，洪承畴就不由得烦躁起来，于是转身离开窗户，跨过门槛，走出庭院去。

这是一个位于二进的庭院，由于屋宇宽大，这庭院也相当阔大，一色的青石板铺地，西边墙角还砌着一口水井。一株高出屋脊的白皮松向四面八方伸展着枝桠。时节已是仲冬，那针状的叶丛虽然仍旧保持着苍翠，但也枯瘦零落了许多。大约被脚步声惊动，一只栖息在上面的喜鹊正扑扇着黑中间白的翅膀，飞了起来……

"是的，"洪承畴一边绕着庭院踱步，一边不无忧虑地想，"从近日的塘报来看，浙、闽这边且不说，江西、湖广那边的乱子分明是愈闹愈大了。何腾蛟、堵胤锡自收编了流贼郝摇旗、刘体纯、李锦、高一功所领的残兵之后，竟然号称拥众四十余万，而且还不算江西夏万亨、艾南英和万元吉、杨廷麟那两股乱兵。难怪朝廷十万火急地一再抽调各地之兵前往进剿。可是，如今张献忠还占据着四川，云、贵和两广尚未归顺，而且听说山东、陕西也在一个劲儿捣乱。这么四面八方一齐闹起来，光凭我朝从关外带来的区区十万八旗精兵，以及那些陆续收编的前明降卒，应付得了吗？当然，眼下还不至于即时便有逆转之虞，但若是耗日费时地长久拖下去，将来局面会变成什么样子，可就有点难说了……"

由于想到，清兵初下江南时，各府县眼见前明气数已尽，纷纷望风归降，如果能全力抓住时机，速战速决，事情就会好办得多；谁知忽然节外生枝，颁下了那样一道剃发令，结果闹成如今这个八面受敌的局面，洪承畴不由得从内心发出苦笑。为了摆脱困扰,他摇一摇头,干脆停止思索,转身走回签事房,在公案前坐下,把下面的一份公文拿了起来。

这是书吏房的幕僚草拟的一份给朝廷的揭帖,内容是关于上次平定徽州一役的详细情形,以及对所擒获的金声、江天一、吴应箕等"匪首"如何处置的请示。这件事是洪承畴本人吩咐办的。本来,自从把金声等人带回南京之后,他希望这三个人的态度会软化下来,同意投降,免遭杀身之祸。谁知他们在总督行辕旁边的馆驿里住了一个多月,受到种种照顾优待,却一直顽固异常,毫无回心转意的迹象;至于黄澍揭发他们暗藏兵械火器于山洞,图谋再起那桩事,也同样审问不出个究竟。眼看到了必须上报朝廷的期限,洪承畴于是只好决定不再等待。现在,他把草稿反复看了两遍,觉得文字也还清通,便提起笔,略加增删之后,打算在上面批上"呈"字,然而,心念微微一动,不觉又停笔沉吟起来。

"唔,也许还是最后再审一次?虽然这几个人死硬得很,未必就会顺从。可是要抚定江南,最终还是以收服人心为根本。更何况这战局,今后到底如何演变,也还难以逆料。那就更要多留活口,少开杀戒。这也是为日后预留地步之一法……"这么想着,洪承畴就把揭帖放下,拿过一张笺纸,写了几个字,然后吩咐在一旁伺候的中军官:"你即刻着人去隔壁馆驿,提取这三个人来见我!"

等中军官接过笺纸和一支令箭,应诺退出之后,他往椅背一靠,闭上眼睛,考虑到时这一场开审该如何着手。直到有了一个主意之后,他才重新伏回案上,亲自动手起草另一份机密奏章,向朝廷报告浙东义军近日的动向,并力陈南京和杭州兵力过于单薄,而且装备十分破旧,一旦有事,就会岌岌可危,请求朝廷尽快派兵增援。这样过了小半个时辰,只见那个中军官匆匆走进来,行着礼说:

"启禀中堂大人,三个人犯已经提到。如何处置,请大人示下。"

"传我的话——就说：请吴次尾先生大堂说话，其余二位且在花厅奉茶！"

这么吩咐之后，洪承畴照旧坐着不动。直到中军官再一次报告吴应箕已经被带到了大堂，他才放下毛笔，收好草稿，站起来，端正一下衣冠，慢慢向外走去。

在决定再审的这三个人中，洪承畴之所以首先选择吴应箕，并不是彼此有什么旧交情。相反，由于出仕得早，加上长期在北方做官，他过去并不认识吴应箕。不过，自从对方成了俘虏之后，彼此倒是接触过好几次。在洪承畴的印象中，此人不只傲慢偏激，言辞锋利，而且行为和想法都有点古怪，往往超越通常的路子和规矩。以洪承畴这些年东征西讨，与各种各样的人物都打过交道的经验，知道这一类人往往性格耿直，有真情血性，只要一旦觉得意气相投，就会不惜为朋友豁出命去干。至于想法超越常规，反而往往比那种死心眼的蠢材更易于拨弄，只要找到一条能够进入对方心思中去的路子。因此，在过去的审讯中，虽然重重地碰过钉子，甚至弄得下不了台，但是洪承畴仍旧决定首先选择这个人入手……

现在，洪承畴已经来到大堂，并且一眼就认出那个身穿直裰，束发簪髻，由一名狱吏监视着，正在屋子当中昂然而立的高身量男子就是吴应箕。虽然已经多时没有打交道，但这位前复社的头儿看上去并没有多大的改变，依旧是又黑又瘦的一张脸，依旧是刺猬似的一腮拉碴胡子。而且，与在徽州山村中逮到他时相比，像是还胖了些。显然，一个多月的囚禁生活，随时随地都有可能降临的死亡威胁，并没有妨碍他的吃喝睡眠。甚至此时此刻，置身于威严肃杀的总督行辕大堂之上，他也丝毫没有表现出任何局促不安；相反，就像在自己家里似的，神态安闲地站着。如果不是那双交叠在肚子下面的衣袖，露出来一段粗黑的铁链，简直没有人能看出他其实是一个囚犯。倒是站在旁边的那个身材矮胖的狱吏，显然被他那种放肆的态度吓慌了，眼见洪承畴已经从屏风后转了出来，吴应箕却反而傲慢地仰起脸孔，急得叫也不是，动手拉扯也不是，末了，只好自己迅速把袖子捋下，屈膝弯腰，向上司行起了"打千"之礼。

"罢了！"洪承畴摆一摆手，随即转向吴应箕，打算同对方行礼相见。

然而，对方身上那段锁链所发出的声响引起了他的注意。

"唔，我不是明明吩咐把吴先生'请'来此间说话的么！"他皱起眉毛，向那个狱吏说，"你们这是怎么请的？快点，马上给我把吴先生手上的东西拿掉！"

那个狱吏呆了一呆，连忙答应，随即从身上掏出一串钥匙，手忙脚乱地把锁链除了下来。

洪承畴这才重新堆起笑脸，对吴应箕拱一拱手。看见对方一动不动地站着，并没有还礼之意，他也不着恼，只点点头，径自走向自己的座椅，坐了下来。

"哦，先生请坐！"看见吴应箕仍旧站着不动，洪承畴蔼然地做着手势，又回头吩咐狱吏和那些跟进来伺候的随从，"嗯，你们可以退下了！我要同吴先生静静地说话。"

"不必了！"一直傲然站立着的吴应箕，忽然冷冷地开口说，"礼下于人，必有所求。我吴某一介死囚，连性命都在洪大人的掌握之中，又哪里值得如此礼遇？想来大人这些日子费尽心思，所欲求者，无非是吴某的名节。若是这等，奉劝还是早早断却痴念！皆因吴某平生，视名节更重于性命，是断断不会让大人得去的！"

这几句话说得尖刻决绝，不等谈话开始，就一下子把大门关死了。不过，洪承畴与对方不是第一次打交道，对于这种令人难堪的言辞已经见惯不怪。因此，他只是微笑着摇摇头，依旧把随从们打发了出去，然后才回过头来，平静地说："先生休要误会。学生今日请先生来，并非欲向先生索要什么名节，而是久慕先生学养渊深，见识超群，适值今日偶闲，意欲与先生品茗共话，切磋学问而已！"

洪承畴这样说，自然是预先考虑好的。鉴于目前对方仍旧十分顽固，他估计，如果继续直截了当地劝降，恐怕很难有什么效果。弄不好，还会一下子弄成僵局。因此决定绕一个弯子，借助读书人所感兴趣的"切磋学问"的方式，来消解对方的敌意。至于"切磋"的题目，他也想好了，并且觉得手中握有充分的根据，完全有信心折服对方。也许因为这缘故，在等待吴应箕作出反应的当儿，洪承畴甚至少有地生出了一种急迫之感。

谁知，吴应箕却一声不响，对于他的解释仿佛根本没有听见。

"嗯，学生今日请先生来，是意欲切磋学问！"洪承畴重复了一句，并且稍稍提高了嗓音。

吴应箕仍旧神色漠然地站着，没有任何反应。

洪承畴眨眨眼睛，感到有一点难堪。他沉吟了一下，决定先不理会对方的傲慢态度，于是伸出手去，从方几上端起茶盅，揭开盖子，一边在杯沿上掠着沫渍，一边微笑着说：

"嗯，洪某今日欲与先生切磋者，乃一至大至重之题目。岂止关乎学问，且尤关乎苍生关乎天下。闻得先生是复社领袖，平生以天下为己任，褒贬时政，量裁人物，直声播于朝野，必有真知灼见，可以教我！"

说了这几句开场白之后，他也不看对方，垂下眼睛，接着又说："学生所欲请教之事，说来惭愧，却是人人眼前都摆着的。这便是大明三百年基业，恩泽被于中国，仁德布于宇内，何以会亡？大清起于关外，人不过百万，地不过一隅，何以会兴？此中必有极精深不易之理。学生平日也曾反复思之，始终若明若暗，不能穷其究竟……"

提出这样一个题目，洪承畴自然同样有他的考虑。因为明之亡和清之兴，是把举国上下都卷进去的一场巨变，不管是谁，都无法回避。而对方作为一个以天下为己任的士人，对此中因果必然有所思考，而且还会思考得很多、很深入。但无论如何思考，都不能改变明朝衰亡、清朝勃兴这样一个事实。只要拿出强有力的证据，从道理上说明这种结果是必然的、无法改变和不可抗拒的，那么不言而喻，为明朝尽忠守节，就是一种不明事理的、没有前途的愚蠢行为。洪承畴觉得，这样来切入问题，较之浮浅地从生死荣辱来威胁利诱，更能动摇和摧毁对方的信念。至于他自称对这个问题仍若明若暗，无非是故作盘旋，诱使对方开口而已。

然而，仿佛看穿了这种花招似的，吴应箕仍旧沉默得像一块石头。如果说有什么变化，就是黝黑的脸上多了一丝揶揄的冷笑。

洪承畴不由得皱起了眉毛，觉得此人确实傲慢得可恶。但是，就此中断"切磋"，把对方轰出去，他又有点不甘心。迟疑了一下之后，他终于只好决定硬着头皮，自己先说。只是，由于弄不清对方的虚实，加上那种莫测高深的冷笑也使他感到不自在，因此说话的口气就不免变得有点踌躇，失去了先前的自信。

"据学生所知，"他试探地瞅住对方，选择着字眼，"此一题目虽则思之者不少，唯是往往就事论事，未穷底里。甚至有谓明室之亡，乃因流寇与我大清一里一外，两面夹击之故；又谓我大清朝此番入关，乃背信弃义，乘人之危云云，尤属谬妄！其实明亡清兴，譬犹日夜四季之消长，自有必然之理在焉……"

这么先端出论题之后，接下来，他就以自己分仕两朝，洞悉内情的见闻经历，列举出种种事实，说明明朝政权是怎样的极端黑暗和腐败，灭亡乃是必然之理。即使清朝不介入，这天下也不会再是明朝的天下，而势必会落入"流寇"之手。如此一来，广大缙绅之家就必定会受到无法无天的抢掠和报复，就像在无数地区发生过，最后又在北京城中发生过的那种情景一样。总而言之，是倾家荡产，死无葬身之地！那么与其如此，倒不如让清朝来入主中国。因为清朝毕竟打垮了万恶的"流寇"，为明朝的臣民报了不共戴天之仇。而且清主雄才大略，君臣上下一心，八旗兵骁勇善战，所向无敌。入主中国，可以说是天命所归。其实，清朝也没有别的过分要求，只要肯剃发归顺，就不仅可以保住昔日的地位和财产，还能乘时而起，风云际会，一展抱负。就像包括洪承畴本人在内的许多明朝旧官所正在做的那样……

洪承畴以一个饱经世故的长者姿态述说着，如果说，在开始时，还有点犹疑踌躇，字斟句酌的话，那么，后来就渐渐变得流畅起来。由于感到自己所说的都是无可辩驳的事实，不管是谁，只要肯用心去想一下，都会发觉其中所包含的见解又是多么的精辟有理，博大纯正，与人为善。他的语句甚至越来越雄辩，态度也越来越诚恳，而且具有一种布道者般的崇高意味……

"哈哈哈哈！"一阵大笑忽然响起，使沉浸在述说的兴奋中的洪承畴吓了一跳，反射似的定眼看去，这才发现，一直冰冷地沉默着吴应箕，不知什么时候已经坐到一张椅子上，而且发出了那一阵突如其来的笑声。

"那么，"只见吴应箕蓦地收敛起笑容，"照洪大人之意，大约已经认定，所谓明亡而清兴，乃是天经地义、不容抗拒之理了？唯是以吴某看来，却是未必！"

洪承畴看了对方一眼，没有立即说话。今天带到行辕来谈话的这几个人，都是死硬分子，绝不会轻易就范，这一点他是清楚的。但自己费了半天唇舌，只换回对方这么一声冷笑和一句反驳，却使他多少感到有点泄气。当然，对方从一言不发，到终于开口，又说明自己的一番话毕竟发生了效用……这么掂量了之后，他就把态度放得更加谦和，微微一笑，客气地问：

"噢？愿闻其详。"

这当儿，吴应箕的目光已经移到屋梁上。只见他的脸上现出深思的神色，自言自语说："大明已矣，虽有复兴者，或者也难；唯是清国之兴，却似筑沙成塔，垒冰为屋，终是枉然！"

"噢——此话怎讲？"

"怎讲么？"吴应箕把视线移回洪承畴的脸上，嘲讽地说，"须知中国之与夷狄相敌，有如人与虎狼相搏。虎狼或可食人于一时，却无法胜人于长久。此乃万古不易之理！否则，今日吴某也不会同洪大人在这高堂华屋之中，品茗焚香，'切磋学问'，而只能伏于荆榛草莽之中，作狐兔之嗥鸣了！"

把崛起于关外的清人，说成是凶恶的虎狼，算不得人类，这是坚持反清立场的中国士人们一种普遍的看法，也是他们目前借以号召民众的一种颇为有效的手段。无疑，那些来自蛮荒之地的征服者，未经中原教化，不善耕织，生计简朴，一味崇尚武力，不谙文治之道，固然是事实；但是，以洪承畴本人投降清朝之后这几年来的经历见闻来看，中低层的官员民众且不论，若是说到上层的王公贵胄，包括顺治皇帝和摄政王多尔衮在内，对于中国的文明教化其实是十分向慕，而且一直在努力学习的。洪承畴私下里觉得，只要他们愿意这样做，就不仅可以像历代的许多统治者那样，坐稳天下，而且中国传统的文明教化也得以保存不灭。而想做到这一点，就恰恰需要有大批汉官参与进去，共同设法去推动和促成……当然，这样一种设想，在实行时要极其谨慎小心，而且绝对不能明白说出来。因此，怎样把这种意思传达给吴应箕，倒使洪承畴感到颇费踌躇。

"先生此言差矣！"半响，他缓缓地说，"我朝入主中国之后，典章制度，一如前明，归顺汉官，俱得起用，而且开科取士，仍由四书五经。又岂得以虎狼视之！"

"岂得以虎狼视之？"吴应箕的眼睛顿时睁圆了。他霍地站起来，咬牙切齿地说："建房占我土地，掠我财货，焚我居屋，杀我人民，淫我妇女，逼我剃发，只江南一地，便有扬州十日、嘉定三屠、江阴之戮，百万生灵，尽遭灭绝，虽虎狼食人，亦不致如此之惨！你还要我以人类视之，真亏你说得出口！还有，你洪亨九生为汉裔,幼承名教,世受国恩,不思一死以报,却苟且偷生,认房作父,引狼入室,可谓不知人间有羞耻事!今日居然还在此惺惺作态,要与我吴某切磋什么学问。试问你配么?啊?"

这一顿臭骂,可谓狗血淋头,然而,却又都是事实,令洪承畴无从反驳。而且当初他在生死关头,出于对性命的眷恋,投降了清朝,虽然至今并不感到后悔,但心中到底有点自觉理亏气短,腰杆直不起来。不过,面对对方咄咄逼人的指责,完全不回答也不成,于是,他只好勉强地说:

"鼎革之际,战乱频仍,生灵涂炭,无代无之,这也是迫不得已之事。何况前明朝政浊乱,民心厌恨已久,大清以新朝气象,清扫浊秽,可谓应天顺人。之所以兵祸未已者,实因江南若干缙绅黎庶斤斤于剃发改服之事,作无谓之争。其实教化之存亡,在于典章制度、经籍文字、纲常礼乐,其余俱属旁枝末节。而彼数大宗者,我朝俱从善如流,一仍其旧,并无更改,此亦可见新主之见识胸襟也!凡有良知者,又安能不改容动心乎?"

吴应箕眼神凝注地站着,使洪承畴觉得对方正在琢磨自己的话。然而,只一瞬间,他的期待就再一次被猛然爆发的笑声所打破。

"哈哈哈哈!那就等他们都学会做人之后,洪大人再来对吴某说吧!不过,就怕虎狼终归是虎狼,到死也变不成人;反之,那引狼入室、为虎作伥之人,自己倒先变成了禽兽!哈哈哈哈!"这么笑骂着,吴应箕就转过身,大摇大摆地向外走去。

洪承畴没有动弹。有片刻工夫,他失望地望着对方高瘦的背影,心中滚动着那些石头似的话。"看来我是白操心,根本没有用!这种人偏激太甚,只会逞才使气,图一时之快,即使投降过来,恐怕也是成事不足,败事有余。那么,就成全他的名节好了!"他苦笑地想,随即向在堂外站立侍候的狱吏做了一个手势。等后者急步走进来之后,他就板着脸吩咐说:

"嗯,把他锁起来,打入死牢去!"

那个狱吏应了一声"喳",然后又请示说:"那么其余两个……"

洪承畴略一迟疑,随即使劲咽了一口唾液:"算了,统统押进牢去。本督这就上报朝廷!"说完,他就站起来,一甩袖子,头也不回地向后堂走去。

书场小聚

一场"切磋学问"闹成了这样的结果,吴应箕和金声、江天一等三人的命运,也就成了定局。不仅如此,洪承畴最后还以没有功名、不属于要犯为理由,把吴应箕的名字从揭帖里勾掉,不再上报朝廷,而是改为发回原籍,斩首示众。因此,吴应箕甚至要比其他二人更快地结束他那倔强的生命。

对于这样一件不大不小的事,在总督行辕的幕僚班子里,人们照例会议论上一阵子,然后就抛到一边,继续为各自的事情忙碌去了。不过,有一个人却例外,那就是黄澍。作为与这件事有密切关联的人,近一个多月来,黄澍对于金声等三个人的命运,一直异常关切。这不仅是由于那几个人都是被他出卖的老朋友,而且还因为在徽州时,为着逃避直接出面审讯,他胡诌了那样一个谎言。本来,他以为洪承畴一怒之下,会立即把金声等人处决掉。谁知洪承畴没那样做,反而把金声等人带回了南京。结果弄得黄澍大为紧张,整天提心吊胆,生怕那个谎话一旦被拆穿,自己会吃不了兜着走。现在,这种情形没有出现,相反,金声等三人的死罪已定,只等着处决。这确实使黄澍心中一块石头落了地,私下里感到说不出的轻松。不过话又说回来,在南京进行的这几次审讯里,洪承畴却没有再召他商量,也没有让他参加。对此,黄澍猜测是上司的有意关照,但同时又多少有点疑心:他的那个谎言其实已经被拆穿,只不过洪承畴老谋深算,暂时不声张罢了。

由于想到如果真是后一种情形，那么自己今后的前程，也许就会变得有点不妙，黄澍又开始忐忑不安起来。因为事实上，直到目前为止，洪承畴始终没有给他安排任何官职，他在行辕中仍然只是一名普通幕僚。

现在，黄澍就是怀着这种患得患失的心情，乘着一顶小轿，缓缓地走在南京城中的街道上。这是连接大中桥西南的一条通衢，名叫文思院街。仅仅半年前，这一带还是店铺林立，行人如鲫的热闹处所，可是到如今，由于大中桥以东的旧皇城区已经成为清兵驻扎的军营，就迅速变了样。虽然不少店铺仍旧在开门营业，顾客却大多数换成了身穿号衣的清兵。前一阵子，在勒德克浑和叶臣还坐镇南京的时候，前来光顾的兵尤其多，其中有不少还是满人。他们一边操着刚刚学到的几句汉话，一边做着手势，指这个，买那个，却是十有八九都不会讨价还价，加上前些日子他们一路南来，或多或少都发了横财，因此出手还颇为大方。结果那些大商小贩，只要敢大着胆子留下不走——自然还得加上嘴甜舌滑，都能连哄带骗地赚上一笔。不过，自从满洲兵开拔了以后，这种热闹景况也随之消失了。到如今，那些店铺虽然仍旧大开着门户，但生意已经清淡了许多，就连街道上的行人也明显稀落了下来。

不过，黄澍却并没有注意这些。因为他这次出来，并不是为着买东西，而是要到桃叶渡旁的长吟阁去，访他的老朋友柳敬亭。说起来，黄澍虽然早就知道"柳麻子"的大名，并且听过对方说书，但是两人密切来往，却是在左良玉镇守武昌那阵子。当时黄澍任左营的监军，而柳敬亭则被左良玉聘为幕僚。由于两人同东林、复社都有点关系，因此，在针对马士英、阮大铖的那一场恶斗中，彼此尤其意气相投，明里暗里没少使过劲。后来到了左良玉起兵"清君侧"，半路病死之后，他们便各奔东西。黄澍投降了清朝，而柳敬亭则回到了南京，依旧以说书为生。直到不久前，黄澍也来到南京，得知老朋友的消息，找到长吟阁，两人才又重新有了来往。只不过，近一个多月当中，却是黄澍有事没事都往这边跑，而柳敬亭至今还一次也没有回访。

现在，又已经来到长吟阁。黄澍凭着是熟客，一下轿子，也不待长随通报，就径自往里走。这个以说书场子闻名的长吟阁，在南京城里，可以说几乎无人不晓。要在以往，碰上柳敬亭开讲，不必说总是黑压压地挤满了听众，就连闭场休歇的时候，这里也成为人们消闲聚脚之所。不过，自从经历了半年前那场巨变之后，这所阁子也如同许多别的有名去处一样，明显地衰落了。不仅那种人头攒动、如醉如痴的景象已经荡然无存，就连门边那块公布开讲书目的招牌，也漆彩剥落，一副灰暗失神的样子。不过，黄澍已经来过好几次，对此不再感到诧异。他踏入门槛，发现书场子里空荡荡的，那摆成一圈一圈的长凳上，连个人影也没有，就回过头，对跟进来的长随说：

"你去寻个人问问，看柳老爸可在家？就说我来了！"

长随答应了一声，先把手中拎着的一壶酒和一包下酒物放在长凳上，正要转身去找人，就听见二进门里传来了脚步声，接着，一个十六七岁的小厮跨了进来。

"哦，原来是黄老爷！"那小厮连忙站定，行着礼说，"黄老爷可是要寻我家老爸？不巧，我家老爸出门了。"

黄澍一听，顿时皱起了眉毛："怎么，出门了？到哪儿去了？"

"好教黄老爷得知，也去不远。我家老爸说，半个时辰就回。到如今，去了已有一阵子了。"

"那好，我等他！"这么说了之后，黄澍就走向长凳，坐了下来。

"黄老爷不去阁子上坐么？"那小厮眨眨眼睛，讨好地问，"方才来了两个客人，也是要见我家老爸的，现正在阁子奉茶哩！"

"噢？"听说有人比自己先到，黄澍有点意外，"是什么样的客人？"

"一位余淡心相公，与我家老爸也是相熟的。还有一个和尚，却不曾见过。"

"余淡心！怎么，他也来了？"黄澍一下子站了起来。因为这个余怀，同他不只是旧相识，而且上一次他到长吟阁来访时，彼此还会过面。现在柳敬亭不在，碰上个熟人，正好免却等候的无聊。"好，我这就上去会他！"这么说了之后，也不等小厮答话，黄澍就径直向场子尽头的那道楼梯走去。

所谓阁子，是指书场顶上的一层屋子。黄澍已经不止一次上去过，知道它同样面向街道，但是比书场要小上一半。里面摆设着些桌椅古玩，还有一张卧榻，是柳敬亭平日接待客人的地方。现在，他登上阁子，发现有两个人在里面坐着，其中一个果然是余怀，于是大声地招呼说：

"啊哈，淡心兄！巧遇，巧遇！"

余怀想必也认出黄澍，连忙站起来，拱着手说："哎呀，黄大人……"

"淡心兄几时来的？怎地如此之巧？"黄澍走过去，一边还着礼，一边继续表示着惊喜，接着又转向那个身材瘦小的和尚，"这位师父是……"

"黄大人怎么不认得了？"余怀微笑说，"他是沈昆铜呀！"

沈昆铜，就是沈士柱。黄澍自然也是认识的。不过，他记忆中的沈士柱是儒生打扮，即使到如今剃了发，也不外就像自己和余怀这样。然而沈士柱竟然剃得一根头发也不剩，压根儿就成了一个和尚。这确实出乎黄澍的意外。

"噢，原来是昆铜兄！"他惊讶地说，随即也就认出来了：漆黑的眉毛，亮晶晶的眼睛，再配上一张清瘦的小脸，眼前这人确实就是沈士柱。至于对方把头发全部剃光的缘故，黄澍也猜到了。自从剃发令下来之后，一些人因为不愿意把束发改为留辫，但又无法继续保留前明的式样，于是干脆落发为僧，从此不问世事。对于这种行为，清廷倒还是容许的，因此黄澍也就不加避忌，照旧兴冲冲地同对方寒暄：

"不想别来才只年余，昆铜兄已成方外之人！只是未知祝发何方，法号怎生称呼？"

"不敢！"沈士柱合掌当胸，"贫僧贱号法明，是今年六月在杭州灵隐寺皈依我佛的。"

"恭喜恭喜！只不知我兄皈依佛门之后，那《六韬》《三略》，可还句句不离口么？"由于想起沈士柱平日说话，最喜欢囫囵吞枣地搬用兵书上的语句，黄澍继续打趣说。

"阿弥陀佛！"沈士柱连忙低眉垂目，"罪过罪过，法明以往种种，俱如昨日死，哪里还敢有一丝妄念萦于胸中。如今只觉四大皆空，才是无上之境！"

"哎，黄大人请坐！"余怀从旁插进来，做出相让的手势，"听柳老爹说，大人公务繁忙，今日怎么得空，来此间走动？"

黄澍一屁股坐到椅子上，说："忙是不假。不过那些事，就算再卖力地给他干，又有什么用？横竖我黄某充其量不过一个幕僚，既无权也无责。该出来散心，还是得出来散心！"

听他这样说，余怀同沈士柱对望了一眼，都没有作声。

黄澍看出两位朋友心存疑惑，不过，要把肚子里的牢骚一股脑儿端出来，毕竟又不合适，于是他只好把手一摆，故作放纵地说："哎，二位怎么还站着？来来来，弟今日特地带了酒和小菜来，本想与麻子把盏共话的，偏偏他不知跑到哪里去了。那么我们就先饮他三杯再说！"这么说了之后，也不等对方答应，就回头吩咐站在楼梯边上的长随：

"快，把东西都摆上来！"

那长随答应一声，走近前来，把提着的一壶酒，一个荷叶包放到桌上，并按照他的指点，先去橱里拿来三只杯子、三双竹筷，又替他们挨个儿斟上酒，然后把荷叶包打开，却是半只熟鹅，外带一堆五香豆子。

"来来来!"黄澍首先端起杯子,"弟与淡心兄虽然已经见过,但尚未曾共谋一醉,与昆铜兄却是劫后初逢,尤其难得!且满饮此杯,以表庆贺!"

说完,看见余怀也端起了杯子,他就转向沈士柱,却发现后者坐着没动,于是催促说:"哎,昆铜兄!"

"阿弥陀佛!"沈士柱再一次合掌当胸,"贫僧是戒了荤的!"

"那——就光喝酒好了。这酒却是素的!"

沈士柱仍旧摇摇头:"贫僧自入空门,已经连酒也一并戒了!"

黄澍不禁皱了皱眉毛,觉得有点扫兴。看见这样子,余怀连忙提议说:

"难得黄大人盛情,昆铜就以茶代酒好了!"

对此,沈士柱却没有拒绝,顺从地举起茶杯。于是黄澍也就点点头,不再勉强。席面上的气氛,这才变得融洽起来……

巷闻之谈

"哎,淡心兄,近日不知可有什么新鲜时闻?"当三杯酒下肚之后,黄澍把一片鹅肉夹进嘴里嚼着,笑嘻嘻地问。

余怀的目光闪动了一下,乖巧地说:"黄大人每日出入总督行辕,什么事不知道?还来问小弟!"

"弟不是说那种劳什子公事,而是说城中的里巷传闻。"

"这个么……"余怀朝嘴里丢了一颗豆子,随即微微一笑,"倒有一件。还是说的我辈的一位熟人。只是中冓之言,说出来恐怕难免可羞可叹呢!"

所谓"中冓之言",就是指的闺房丑事。黄澍一听,顿时来了劲,连忙追问:"此间又没有外人,说说又何妨!"

余怀仍旧踌躇着,不过,终于还是点点头:"也罢,这件事近日已经传得沸沸扬扬,说的却不是别人,而是钱牧斋家的那位大名鼎鼎的河东君!"

黄澍眨眨眼睛："河东君?"

"就是牧斋的如夫人柳如是。河东君是牧斋给她起的号。"

"原来如此!可是她怎么了——这柳如是?"

余怀摇摇头,说:"出了大丑事了!本来呢,这柳如是原是盛泽归家院的一位姐儿,早年弟也见过,论姿色不算绝顶,才情风调却是万中无一!她嫁给牧斋时才只二十五岁,而牧斋年已六十。老夫少妾,当时许多人都料定牧斋降不住她。后来也就果然听说牧斋对她畏惮得很。不过除此之外,倒还不曾传出别的事来。谁知这一次,牧斋被豫王带去了北京,她独自留在此间,立即就生出纰漏来了!"

说了这么几句之后,余怀就停了口,举起杯子,不料杯子是空的,于是他伸手去拿酒壶。黄澍急于听下文,连忙把酒壶抓过,一边亲自替他斟满,一边问:"生出纰漏来了?莫非竟是红杏出墙?"

余怀呷了一口酒,叹息说:"正是如此!闻得她搭上了个旧日的相好。日日朝来暮去,打得火热。起初还遮遮掩掩,怕人知道,后来竟是越来越大胆,连日间都不回避了。结果弄得街知巷闻,丑声四播,连带牧斋也遭人耻笑。幸好他远在北京,否则一张老脸真不知往哪儿搁呢!"

"这,她如此大胆,莫非家中的人也不管束她么?"黄澍不解地问。

"闻得她与正室不合,早已别居一院,与家中的人甚少往来。况且,她有牧斋宠着,家中的人即便想管,也管不了她。"

余怀这么说完之后,有片刻工夫,屋子里变得寂然无声。黄澍只顾捋着胡须,回味着刚才听到的秘闻;沈士柱则始终低着头,一声不响。看见这样子,余怀的眼珠子转动起来,瞅瞅沈士柱,又瞅瞅黄澍。末了,他哈哈一笑,说:

"罢了罢了！谁叫钱牧斋一世风流，临老还不收心？这也是自作自受！我辈听听就是了，为他费神设想，却是一百个犯不着！咦，黄大人，你日日在总督行辕走动，想必新闻更多，何不也说说给我们听！对了，闻得两浙和湖广近日闹得挺凶，何以大清朝不早早发兵，把它一鼓荡平？"

黄澍眨眨眼睛，还在想着：柳如是出了那样的丑事，如果钱谦益知道了，不知会怎样想，又会做出怎样的举动来？不过，他终于回过神来，并且弄明白了余怀的话，于是随口回答说："哼，一鼓荡平，谈何容易！兵呢？洪亨九有兵吗？别瞧他装模作样，从容淡定的样子，其实心里慌着呢！"

"噢，怎么？"

"他能不慌吗！偌大一座南京城，只有四千兵，而且还是不中用的降卒，衣甲刀枪都残缺不全。万一有人真的作起反来……"说到这里，他忽然意识到这些都是军事机密，泄漏不得，便顿住了。

余怀和沈士柱却像是并不怎么在意，看见黄澍闭上嘴巴，也没有继续追问。于是三个人继续一边喝酒，一边说些别的话，无非是前朝旧事，故人生死。在这当中，黄澍始终小心地回避开有关吴应箕的话题。他发现余、沈二人对于吴应箕在徽州被捕，并且同金声、江天一一道秘密押解到南京一事，似乎一无所知，因此就更加讳莫如深。这样谈了一阵，忽然听见楼下传来响动，接着，就听见柳敬亭熟悉的大嗓门在问：

"谁来了？余淡心相公么？还有谁？一个和尚？还有黄老爷？哪个黄老爷？是黄仲霖老爷么？"

阁子里的三个客人互相看了一眼，不由得现出惊喜的神色，余怀首先站起来，向楼梯走去。黄、沈二人也连忙离开椅子，跟在后面。

"哎呀，原来是你们三位！不知三位光降，有失恭候，麻子该打！该罚！"当他们从楼梯上鱼贯走下去的时候，柳敬亭急急迎上来，大声说。

"是该罚你！"余怀板着脸说，"老等你都不回来，真是可气可恨！幸而黄大人带来了好酒和好菜，本来是要等你回来共享的，现在我们把它全吃光了，让你没份，这才好歹消了一口恶气！"

"啊呀呀，淡心一向恨着麻子，倒也罢了，不想连仲霖兄也是如此？"柳敬亭故作吃惊地叫起来。

黄澍笑着摇摇手："别听淡心的。酒菜都还有，却说不上好。就等着你老爸回来呢！倒是正巧遇上淡心、昆铜二位，把酒共话，免却等候之苦是真！"

"嗯，这才像是实话！"柳敬亭点着头说，"果然如此，麻子之罪，好歹可以减却几分！"说完，他又转过身，特地走到沈士柱面前，"我说呢，怎么还来了个和尚？原来是昆铜兄！久违了，久违了啊！"

还在最初看见柳敬亭的一刻，沈士柱的眼睛就变得闪闪发亮。这时候，他连忙合掌当胸，向对方深深地行下礼去。

"那么，老爸，我们不如仍旧到阁上去，也好坐着说话。"看见寒暄已经差不多，黄澍于是建议说。

柳敬亭点点头："麻子来迟，正该洗盏更酌，稍补失礼之过！那么，请！"虽然这么说了，但是，当大家移动脚步，他却忽然回过身来，说：

"啊，几乎忘了，小老还带回一个朋友来！"说着，急急向门边走去。也就是到了这时，大家才发现，那里原来还坐着一个人，看上去身材硕大，分明是个胖子。不过，令人不解的是，柳敬亭称他作朋友，可是在刚才那一阵子里，他却尽自全身蜷缩，没精打采地坐着，始终不过来同大家行礼相见。

这当儿，柳敬亭已经走到他身边，开始同他说话，大约是邀他过来，但是声音很低，听不清楚。只见那个光着脑袋、辫发蓬松，而且衣衫破旧的人一个劲儿地摇头，像是不肯。这样说了一会,又见柳敬亭招呼小厮过去,吩咐了一句什么,那小厮答应着,走进里屋,片刻之后,重新出来,把一样东西交给柳敬亭,柳敬亭又转交给那个人。那人接过之后,便站起来,转过身,头也不回地出门去了。

瞧着这种情形,楼梯旁边的三位客人都不由得暗暗纳罕,等柳敬亭重新走回来,便一齐投去询问的眼神。

"列位认得那是谁人吗?"柳敬亭苦笑地问。看见大家都不作声,他才叹息地说,"知道么,他就是当年堂堂魏国公府的二公子,徐青君!"

"什么,他就是徐青君?"余怀首先失声叫起来。因为说起这位徐二爷,在南京城里可以说无人不晓,他的先祖是明朝开国功臣徐达。凭着这份福荫,他家在南京足足安享了二百八十多年的荣华富贵。直到不久前,徐青君的哥哥徐弘基还担任着明朝的南京守备,而这徐青君则无所事事,终日斗鸡走马,看戏游园,过着穷奢极侈的生活。用当日侯方域的话来说,就是此人的银子多得简直令人"恼火"。余怀还记得大约三年前,侯方域和顾杲等人因为黄宗羲的一部什么宋版书,曾经在大街上同徐青君发生过一场冲突,狠狠敲过他一笔银子……

柳敬亭点点头:"想当年,他富可敌国,园林房产多得数也数不清。可是到如今,一应产业俱遭官府抄没,旧日的姬妾仆从都作鸟兽散。他同妻儿只能住到养济院里。列位可知道他如今靠什么为生么?"

"……"

"说来可怜,他自出娘胎就是锦衣玉食,饭来张口,衣来伸手,自然什么营生都不会。结果到如今,只能凭着身躯肥胖,经得起打,因此便日日到衙门口守着,遇到有人犯事,要挨板子,他就出来顶替,好歹换得几个钱去买米,这才不致饿死。不过也真是破落到了家了!小老旧日因蒙他看得起,常常请到他府中去说堂会,所以彼此认得。适才行经上元县衙，见他站在门外，等候接活计，还遭到那一干闲汉泼皮的欺凌戏弄。小老一时看不过眼，才把他带了回来。方才本想请他过来与列位相见。他死活不肯，自然是如此落魄，羞于见人。没奈何，唯有给他点银子，让他去了。"

大家听了，这才恍然。不过，想到仅仅大半年前，徐青君还是何等富贵，何等尊荣！转眼之间，就落到替人挨板子糊口的地步。这种命运的剧变，较之一下子被杀身死，甚至还更惊心动魄。只是话又说回来，徐青君宁可用自己的皮肉躯体去挣钱，而不肯辱没祖宗，去做沿街讨饭的乞丐，似乎毕竟还算有点骨气……正是这种复杂而又强烈的感受，有片刻工夫，把大家的心情弄得既沉重，又混乱，以致重新登上楼梯时，全都呆呆的，一句话也说不出来……

第八章
绮梦沉迷柳如是放志，繁华凋谢李十娘从良

香闺情怨

在等候柳敬亭归来的酒席上，余怀向黄澍说到关于钱谦益家的那件丑闻，并不是空穴来风。近一个多月来，这件"丑闻"的女主角柳如是，确实正沉湎于与一位旧日情人的狂热恋情之中。

事情自然要追溯到九月里那一次，她的密友惠香，由于挡不住一百两银子酬劳的诱惑，最终答应了那位姓郑的书生的求托，替他暗中牵线，设法与柳如是再续前缘。起初，惠香对这事还有点拿不准，担心会遭到柳如是的拒绝和斥责，因此耍了一个花招，把这事只当作笑话儿说了。柳如是当时哼了一声，没有什么表示；谁知过了两天，却把惠香找去，直截了当地表示同意，并与惠香一起设计，把姓郑的书生装扮成结伴来访的堂客，用轿子秘密带进府中。于是，事情就变得急转直下，不可收拾……

到如今，这段私情已经持续了将近两个月。由于柳如是别居一院，与其他家人不怎么来往，有相当长一段时间，钱府之内除了红情、绿意等两三个贴身的丫环之外，谁也不知道发生了这件事。而红情等人既慑于女主人的厉害脾性，又深知这件事非同小可，加上连日来大则衣裳银子，小则簪珥钗钏，没少受到打赏，因此全都守口如瓶，不敢有半句泄露。于是乎，一对昔日的情人也就得以在整整一个半月当中，时而暮合朝分，时而连日厮守，把整副心身都沉浸在旧梦重温的欢乐里，几乎忘却了一切。

这件事之所以会如此迅速，一拍即合，就郑生而言，自然是

渴望补偿一笔朝思暮想的相思债；至于柳如是，则是自从四年多前嫁入钱府里来，除了因为身份和地位的改变，而感到颇为满足之外，说到身体和心灵，却是从过去的极度的饱和满足，一下子陷入前所未有的饥渴和空虚的状态。床笫之间的这种急剧变异，在过去，她还可以用"鱼与熊掌不可得兼"来安抚自己，压抑自己。可是到了前不久，钱谦益这个被她引以自傲的偶像和靠山轰然坍塌之后，那种"理由"就一下子转变为强烈的嘲讽，而潜藏于身体之内的饥渴，就因之急剧膨胀起来。本来，眼前的这位郑生，只是她当年许许多多的情人之一，而且还远不是令她最为倾心的一个。然而，此时此际，他却像从天而降的神仙似的，令她心神激荡，眼花缭乱，晕乎乎地着迷！当她目不转睛地瞅着他时，觉得他那张羞怯的、白净的孩儿脸竟是如此的年轻、漂亮，生气勃勃；当她把他搂在怀里时，她恨不得自己整个儿融化在他那纤长的、赤裸的躯体上。哦，这样一种极度兴奋、极度快活，仿佛灵魂都要悠悠忽忽地飘起来的感觉，是柳如是有生以来从没有体验过的！为着这种感觉能够永远伴随着她，她甚至宁可不顾一切，就这样爱下去，爱下去，爱下去！直到永远……

现在，这种感觉又一次来到柳如是的身上。她觉得，自己软酥酥地仰卧着的身体，正在受到不停的、有节奏的撞击，而随着这种撞击，身子下面的紫檀木大床，以及头上的纱帐、盖在身上的锦缎丝棉被也跟着来回颤动。由于天气寒冷，屋子里已经燃起了一盆取暖的炭火。凭借透进纱帐来的暗红亮光，柳如是看见那张熟悉的孩儿脸，正从很近的地方紧盯着她。一股男性的、散发着酒味的粗重气息，呼哧呼哧地直喷到她的脸上。于是，她渐渐激动起来，浑身的血液开始加速流动，周围的事物被越来越远地推了开去。有一阵子，她仿佛浮荡在缥缈的空中，接着，又像跌进了无底的深潭。熊熊的、蛇样的火焰从四面八方围裹上来，不停地烤炙着她、咬啮着她、逗弄着她，使她仿佛遭受电击似的，全身起了阵阵痉挛。她于是不能自已地颤栗着，以更加热烈地回应，紧紧地缠绕着对方，向着那令人心悸的峰巅不断冲刺、攀登……

这样一种状态究竟持续了多久，沉浸在极度欢娱之中的柳如是并没有留意，也不打算留意。随着情欲的腾升，她变得像一只凶猛的母兽，野性地嗥叫着，疯狂地撕咬着，全身心地沉浸在死去活来的搏斗中。直到忽然发现，对手的动作不再那么有力，节奏也明显地变得缓慢，她才怔了一下，停顿下来。

"唔，你怎么了？"她瞅着他，问。

"没……没什么……"郑生含糊地回答，重新抬起身躯，奋力向她进攻，一下，一下，又一下。然而情形丝毫没有起色，相反，柳如是觉得，对方正在迅速萎靡下去，并且与自己脱离开来……出现这种局面，她不禁颇为失望，也有点懊恼。又挨延了一会之后，她只好把对方推开，翻身坐起来。

"你今儿到底怎么了？"她扯过一件衣裳，披在身上，疑惑地问。

郑生低着头不作声。

"说呀，到底怎么了？哼，莫不是在外头又混上别的女人了？"

仿佛遭了针扎似的，郑生身子一抖，蓦地抬起头："啊，没有！没有！真的。"他惊慌地否认。

"没有？哼，鬼才相信呢！你们这些男人，全是吃在碗里，看着锅里，我见得多了！"柳如是咬着牙说，心中的火气开始上升。

"真是没有。"郑生坚持说，但是声音不高，而且沮丧地低下头去。

"那么，到底是为什么？"

"……"

"哎，怎么哑巴了？你倒是说话呀！"

虽然这样催促，但是郑生仍旧迟疑着，直到柳如是重新竖起眉毛，打算再度发作时，他才一脸苦恼地低声说：

"我们的事,自从被外间知、知道后,近日像是传、传得越来越凶了……"

"越来越凶?怎么个凶法?"

"昨儿,我在街上走,被两个不相识的人拦住,嬉皮笑脸地问了好半天,还说了好些难听的话。"

柳如是皱起眉毛:"嗯,就是这个?"

"不,回到寓所,又看见门上贴了一张纸,上面写着一首诗,也分明冲着我们来的。"

"诗呢?都说些什么?"

"我即时就扯了,没有带来。总之,无非是一些挖苦骂人的话,你不看也罢!"

柳如是盯了对方一阵,终于停止追问。她抱住双腿,把下巴抵在膝盖上,目光变得幽邃起来。不错,近日来,外间对他们的不轨行为已经有所觉察,并且正在喊喊嚓嚓,飞短流长。这一点她是知道的。其实,还在答允惠香之初,她就想到事情难免会有败露的一天。但当时她也横下了一条心:既然世事混乱到这样一种地步,钱谦益的骨头软到这个地步,自己今生今世,恐怕很难再有什么指望了。那么,与其半死不活地熬日子,倒不如抛开一切,痛痛快快地乐他一场。即使到头来落得个身败名裂,甚至把性命搭上去,也没有什么可怨恨的!只不过,没想到事情会败露得这么快,而且流传得这么广。拦街盘问、门上贴诗,这还是当着面的,那么背后的议论呢?不用问也可想而知!按说,这本是预料到了的,并没有什么。令人不甘心的只是,才过了两个月不到,这场好梦还刚刚开了个头……

"这么说,"她偏起脸,瞅住对方,冷冷地问,"你害怕啦?"

郑生苦涩地牵动了一下嘴唇,摇摇头。

"那么……?"

"我是怕连累了你……"

"怕连累我?"

"是的,这事是我挑惹起来的。自从五年前与你分手之后,我没日没夜地想着你,念着你,可以说是食不甘味,寝不安枕。只想着能见上你一面,就是死掉也甘心了!没想到,你不只让我见到了,还对我这么好,让我过上神仙眷侣一般的日子……我郑某不过一介凡夫俗子,得此不世奇遇,死又何憾!只是,你是天上的仙子,偶谪凡尘,已是十二分的委屈受辱,不该因我之故,再遭劫难。要不然,我郑某就是死了,九泉之下,也会因罪孽深重,无法心安的!"

柳如是呆呆地听着,目不转睛地瞅着帐子外那盆变得暗淡下来的炭火。末了,她幽幽地问:"我真有这么好?你真的就这么顾惜我?"

郑生点点头,苦恼地说:"这些天我一直想着,事到如今,如何才能不拖累你?倘若能够,哪怕天塌下来,即时就要粉身碎骨,我也甘愿独自扛着!唉,怕就怕……"

"就怕什么?"

"就怕、就怕悠悠天地,沉沉世网,到底、到底放不过一只失伴的孤鸯!"

这么哽咽着说完之后,郑生就倒在床上,用被子蒙住脸,呜呜地哭泣起来。

柳如是转过头去,无言地看了他一会,最后叹了一口气,伸手推推他:

"起来吧,起来吧!"说完,她就管自把搭在床靠上的大红兜肚、贴身小袄、丝棉锦袄、比甲、裙子拿过来,一件一件地穿上,又把睡乱了的头发拢拢好,用一条藕色丝巾临时扎住,然后撩开帐子,把绣花鞋儿套在脚上,站起来。她先朝大铜火盆走过去,拿起铁钳子拨弄了一下,又朝里面添了几块木炭,这才走到梳妆台前,坐了下来。

现在，火盆里的炭火重新散发出融融的暖意，屋子里也被映照得更亮堂了一些。但柳如是心中却愈来愈阴冷。她并不相信郑生刚才说的那一番信誓旦旦的话。以她自幼年起就在风月场中打滚的经历，已经非常了解男人们的脾性，那些逢场作戏的狎客不必说，即便所谓的"多情种子"，在没有得到你的时候，他们会不惜一切地巴结你，像狗似的跪倒在你的脚下；为了能钻进你的裙子里来，有时也会疯狂得连小命都不顾。但是一旦把你弄到手，获得餍足之后，在他们心目中，你的身价就会每况愈下。如果说，移情别恋是必然结局的话，那么在此之前，他们也不会再像最初那样，肯不顾一切地为你卖命献身了。眼前的这个郑生，要说他已经厌倦了自己，倒还不大像。但是他口口声声说就怕牵累她，又说只要她平安无事，他甘愿承当一切，柳如是就觉得未免有点惺惺作态，言不由衷了。因为这明明是两个人的事，除非不败露，否则谁也逃不了。对此，柳如是已经早就做好了准备，根本没有想过要让对方单独承担罪责……

"那么，你打算怎样？"听见郑生的脚步声正在向自己接近，柳如是凝视着眼前的铜镜，问。在炭火的微光映照下，镜中的面影显得昏暗而模糊。

"我、我不知道……"

"是真的不知道，还是假的不知道？"

"真、真的……"

"好，那么让我来替你说吧。趁着眼下还来得及，你最好即时与我一刀两断，回家收拾细软，从此远走高飞，躲到天涯海角去，让那些嫉妒你的、笑话你的人，或者要整治你、置你于死地的人再也找不到你，也见不到你。岂不就能平安无事了？"

"远走高飞？走得了吗！如今这留都四下里都有兵严严实实地把着，没有官府的关防，谁也别想出得了城。"

"哦，这倒也是。那么你也可以到外边去说，这事是我勾引你，把你骗进府里来,在酒中下了迷药,把你灌得烂醉,成其好事。然后又逼着你时时进来侍候我,不然我就去告官,说你潜入官宅,强奸官眷。你心中害怕,迫不得已,只好勉强敷衍。这也是脱身的又一妙计,怎么样?"

"啊,你、你、你怎么这等说!阿隐,莫非你还不相信我?"显然被这种可怕的"建议"吓了一跳,郑生忍不住叫起来。

柳如是冷笑一声,转过身去:"我不相信你?不,我很想相信你,可是,你的心已经变了!一点点风吹草动,就害怕了!想打退堂鼓了!可是你求阿惠来找我时,为什么就没想到会有这一天?到如今,即使我再相信你,又有什么用?怕连累我——说得多好听!只怕真正是怕连累你自己罢了!你说是不是?啊,是不是?哼,刚才我说的那些,不就是你心中所想,并且打算这么做的么?你又急什么!"

柳如是咬牙切齿地数落着,眼睛越睁越圆,言辞越来越尖刻。想到她为之献出了全副情意,甚至不惜冒天下之大不韪的这个男人,到头来依然如此不可靠,她禁不住怒火中烧,恨不得把他的肉咬下一块来。然而,这种状态并没有持续得太久,因为她发现,在她恶狠狠地发泄着内心的怨毒的当儿,郑生始终一言不发,只是仰起那张孩儿脸,呆呆地望着她,表情越来越惊诧,越来越畏怯。于是,她的火气也陡然低落下来,终于,摆一摆手,意倦神疲地说:

"嗯,算了,你走吧,快走吧,我再也不想看见你了!"

"可是,我不是这样的!不是的!"郑生忽然焦急起来,大声分辩说,"阿隐,你听我说……"

柳如是摇摇头:"不必再说了……"

"不,"郑生固执地坚持,"阿隐,你听我说……"

"不要说了,不要说了!我不要听,不要听!"烦躁已极的柳如是跺着脚,用双手捂住耳朵,尖声叫起来,"你走,你走,快走!"

像挨了重重一记似的,郑生再一次呆住了。渐渐地,一种混杂着冤屈和绝望的痛苦表情,使他的脸孔扭曲起来。他的嘴巴翕动着,似乎还想说什么,但终于只是喃喃地:"好的,我不说,我……走……"

柳如是没有回头,只是情怀惨戚地闭上眼睛。听着那一步远似一步的足音,她觉得自己的一颗心也在冷却、收缩、凝固,变得就像一块石头……然而,就在这时,意想不到的情形发生了。已经走到门口的郑生,忽然不顾一切地狂叫了一声:"可是,我要让你明白,我的心是不会变的!"

说完,他咚咚咚地奔回来,大口地喘着气,一把抢过妆台上的一根紫玉大簪,反手就向胸膛刺去。连刺了两下之后,大约发觉被衣裳挡着,他又改变方位,向咽喉、脸上乱扎……

柳如是猝不及防,大吃一惊,待到清醒过来,慌忙扑上去阻拦时,郑生的脸上、脖子上已经被簪子扎破了好几处,淌出殷红的鲜血来。

柳如是慌了手脚,一边高声叫着:"红情,红情!"一边试图用手去阻止鲜血流出。但是看来郑生的确下了狠劲,有一两处还真扎得颇深,鲜血从伤口里不断涌出,止也止不住,急得柳如是只好用力抱住他,用带哭的嗓门问:

"郑郎,郑郎,你为何如此?为何如此?"

郑生的身体因为疼痛而颤抖,但是分明感到很快活。他喘着气,吃力地微笑着,说:"阿隐,我只是想让你明白,我的心……不会变……"

"哦,我相信你,相信你!"大受感动的柳如是张开胳臂,更使劲地抱住他,"郑郎,你怎么不明白,我其实是多么舍不得你,怕你丢下我呀!哦……"

说着,她再也管不住自己,终于像一根小草似的贴在对方身上,悲苦地、忘情地哭泣起来……

商议捉奸

柳、郑二人的奸情,招来外间的议论纷纷是不假,但是,对这件丑事感到最难堪、最愤怒的,却要数钱府的家人们。

本来,早在四年前,当钱谦益决定以妻室之礼迎娶柳如是时,他们虽然不敢公开反对,背地里却极其反感,觉得以他们这样有头有脸的人家,竟被盛泽镇归家院的一个婊子硬挤进来,成为与正室陈夫人平起平坐的"柳夫人",简直是一种奇耻大辱。更何况,这柳如是又绝不是一个安分守己的角色,进门之后,那种风尘荡妇的下作根性丝毫未变,以为当上了主子,就可以为所欲为,不仅对全家上下颐指气使,还常常公然欺压到陈夫人的头上来。如果不是老爷瞎了眼,把她当成宝贝一般,百般纵容,全力呵护,他们早就会联起手来,把她轰出府去了。到如今,憋了好几年的恶气还未出,冷不防又冒出来这么一件羞辱家门的丑事,又怎不让他们——特别是几位做主子的感到气急败坏,咬牙切齿,怒火中烧?

"好!好!好!这才叫老天有眼,原形毕露!我早就说过的,这只骚狐狸,放着风流浪荡的婊子不做,使尽奸计给老爷灌迷汤,无非是看中了我家的地位钱财,日子一长,绝不肯安分守己,迟早都会闹出丑事来!瞧,这不是十十足足地应了!"

说话的是姨太太朱氏。身板壮实,长着一张圆盘脸的这位女人,是钱家唯一少爷的生母。仗着这份功劳,四年前,她曾经同柳如是有过一场沸反盈天的争斗,结果终于敌不过有老爷撑腰的对手,败下阵来。这些年,她慑于柳如是的权势气焰,不敢再兴波作浪,有时还得忍气吞声地巴结奉承对方;不过说到内心深处,却始终怀着一份怎样也消除不掉的怨毒。如今碰上了这么一个送上门来的机会,她自然不肯放过。因此,当今天,身为一家之主的陈夫人,对越传越难听的这件丑事再也无法装聋作哑,终于把平日关系密切的几位亲戚召来,打算商议对策时,朱氏就毫不犹豫地首先站出来发难了。

眼下,是在钱府正院的后堂。被陈夫人召来商议的,除了朱姨太和少爷钱孙爱之外,还有大丫环月容、侄孙少爷钱曾、心腹族人钱养先,以及陈夫人的亲弟弟陈在竹。这后三位当中,钱曾是作为家中的临时总管,一直住在府中的。其余两人则是因为常熟乡下兵荒马乱,无法安居,不久前一齐带着家人前来投靠,如今也住在府里。这些人都算得上近戚至亲,因此也用不着避嫌,此刻就分散地坐在后堂内的椅子上。已经是仲冬时节,加上从昨夜起,气温骤然下降了许多。天空阴沉沉的,彤云密布,像是要下雪的样子,使座上更增添了一种低沉懊丧的气氛。

"谁说不是呢,"钱养先接了上来。与三年前相比,他显得更黑更瘦,那被积年的风湿症折磨的腰也弯得更加厉害,"我瞧这件事啊,也实在太出格儿了!牧斋这等尽心尽意地待她,可她到头来,好,竟做出这种事来报答牧斋!这、这这这……哎!"

"她不要脸也就罢了,"大丫环月容蹙起弯弯的眉毛,"可是我们呢,我们可是正经人家,何曾出过这种丑事!好,如今全叫她把名声都糟践完了。这些天,外间说的才难听呢,听说还把这事编成了歌儿,满街地唱!害得下人们连出门,也被人赶着脚后跟取笑!"

在月容说话的当儿,坐在旁边的陈在竹眯缝着眼睛,闪烁的目光始终没有离开她那粉嫩的脸蛋和丰盈的身躯。这会儿,老头儿摇晃着圆中见方的大脑袋,一本正经地感叹说:"妖孽,这叫作妖孽!皆因遭逢大乱之世,故此便生出许多妖孽——李自成、张献忠是妖孽,马瑶草、阮圆海是妖孽,这个姓柳的贱人也是个十足的妖孽!"

"唉,家门不幸啊……"大约被弟弟的说法戳中了心病,愁眉苦脸的陈夫人呻吟起来。

"那、那该怎么办?"一个焦急的声音响起,那是钱孙爱。这位钱谦益家的唯一传人,如今已经长到十七岁,按照惯例,算得上是成人,然而遇到事情,却仍旧是一副毫无主见的模样。问了那一句之后,发现刚才还义愤填膺地指斥着这桩丑事的长辈们,不知为什么,全都变得一声不响,他就迟迟疑疑地把脑袋转向身旁的钱曾。

论辈分,钱曾比钱孙爱要低上一辈,但为人精明强干,敢作敢为。钱谦益临上京前,担心家中男丁太弱,一旦有事无法支持,因此特意把他从家乡请出来帮忙照应。不过此刻,连他也没有理会钱孙爱的目光,只顾面无表情地坐着,似乎在等待什么。

"母亲,您瞧这事……"钱孙爱只好向陈夫人求援了。

"嗯,不要急,听大家说。"

老太太这话表面是安抚儿子,但显然也有催促众人的意思,不料,大家仍旧不作声。这么又等了一会,终于,钱孙爱再度忍不住,眨巴着眼睛,试探地问:"那么,不如、不如等父亲回来,向他禀告了再说?"

他这样建议,一方面固然是感到事关重大,担心贸然处置,会受到父亲的责怪;另一方面,还因为就在昨天,钱谦益从北京托人捎回来一封信,里面除了谈到一些近况,像已经被新朝授予礼部侍郎之职,以及身体尚好之外,还透露出无法适应北方的气候饮食,更兼挂念家人,有辞官不做、告老还乡的打算。因此,说等父亲回来,似乎也并非不切实际之想。

谁知,他的建议一说出口,立即就遭到长辈们七嘴八舌的反对。

"这如何使得!老爷远在北京,就算即时起程,也须一两个月。岂能任由那奸夫淫妇继续放荡胡为,败坏我家名声!"

"何况,牧老只不过流露南归之意而已,能否成行,尚不得而知呢!"

"这桩子臭事,外间已经传得沸沸扬扬,再不当机立断,我钱家脸面何存!"

"即使老爷回来,这事也是一样的处置。莫非老爷还能放得过这对奸夫淫妇不成?"

被长辈们这么一起哄,钱孙爱只好再度闭上嘴巴。然而,奇怪的是,他一旦不作声,屋子里也随之静下来。那些长辈像是已经尽到责任似的,纷纷管自喝茶的喝茶,闭目养神的闭目养神,不再开口。就连对这事最着紧起劲的朱姨太,也只是偷眼看看这个,望望那个,现出欲言又止的神情。

面对这种情形,坐在末位上的钱曾似乎看穿了什么,多骨的瘦脸上露出了嘲讽的冷笑。但他也不去帮助迷惑不解的钱孙爱,只是片刻之后,突然站起身,管自向外走去。

"哎,阿曾,你上哪儿去?"陈夫人连忙追问。

钱曾转过身来:"孙儿杂务缠身。既然列位老辈尚需仔细参详,孙儿便去先行处置便了!"

"可是,你进来至今,尚未发一言,到底有何主意,也不妨说给我们听听嘛!"陈在竹狡狯地微笑说,目光再度朝月容一闪。

"舅老爷说得是,"月容立即卖乖地接上来,"平日就数你主意多,谁都知道的!"

钱曾瞥了他们一眼,冷冷地说:"既然列位老辈都不敢出主意,我阿曾就更加不敢有主意了!"

"哎,我们不是不敢出主意,"钱养先急急地分辩说,"我们是在想!"

"这种事儿,我们都没遇到过呢!刚才我想呀想呀,把头都想疼了,就是不知道怎么办才妥当!"这么表示了难办之后,月容随即回过头,娇声问:"舅老爷,你也是挺有主意的,或者想出来了也未可知?"

"哪里，哪里！"陈在竹乐呵呵地，"这件事还真不那么好弄，得仔细想想才成！"

"嘿嘿嘿嘿……"钱曾忽然把头一仰，笑了起来。那是他特有的笑声，尖锐而刺耳，使听的人全都感到头皮发麻，不由得皱起眉毛。

幸而，这种状态没有持续多久。像通常那样，钱曾突然又收住笑声，"不要再遮掩了！"他把脸一沉，说，"我替列位说了吧，不错，列位都恨不得即时处置那一双败坏家声的狗男女，但是又顾忌着我叔公对那贱人的宠爱非同一般，担心若是先禀明叔公，这事说不定会拖下去，处置不成；但若是果真拿出个狠辣主意，把这双狗男女往死里办了，又怕过后我叔公得知，万一不买账，追究起来，就要担上干系，闹不好，还会招怨招灾。因此谁都不敢做出头鸟，只想等着做应声虫。哼，既然如此，那就不如趁早撒手，只当不知、不理，岂不更好！"

这一番不客气的指摘，无疑揭破了在座绝大多数人的心理。因此有片刻工夫，大家脸上红一阵白一阵的，坐在那里发呆，一句话也答不上来。

看见这样子，钱曾冷笑一声，转身又要走。也就是到了这时，朱姨太才首先憋不住，叫了起来：

"我说，拿奸拿双！这两日，派人到东偏院暗地里伏着，等那对狗男女淫乱时，先把他们当场逮住再说！"

"对，先逮住再说！"月容表示附和。

"逮住之后怎么办？"钱孙爱问。

"把他们捆起来，再请出家法，审个水落石出！"钱养先似乎也来了劲。

朱姨太"哼"了一声："还用得着审么？我看逮住了就先打一顿，要打得狠，打死了就算！"

"嗯，在家里打死可不好办，我看还是送官究治，该杀该剐，自有王法处置。这样,即使姐夫回来,也无话可说。"说话的是陈在竹。与其他人相比,他毕竟老练得多。

"那——也成!不过送官之前,还是得先打一顿,不将他们打死就是了!"朱姨太仍旧坚持着,看来这是最能使她感到解恨的做法。

在他们七嘴八舌地出主意的当儿,陈夫人一直闭着眼睛,念念有词地数着手中的一串念珠,没有插嘴。直到周围的话音低下去,她才睁开眼睛,望着钱曾,问:"阿曾,你瞧,这样成么?"

刚才那一阵子,钱曾也同样不动声色地听着。这会儿,他嘲讽地一笑,说:"诸位总算拿出主意来了——捉奸和送官,嗯,还有打上一顿,这自然都是例应如此。不过,列位竟然想出这样的主意,难道就真的不怕我钱家的名声当真被败个干净,也不怕我叔公回来,即使不怪罪你们,也要当场气死么?"

他刚刚还指摘大家不敢出主意,现在忽然又反过来这样说,倒把大家弄得莫名所以,不由得望着他发怔。只有钱孙爱连连点着头,大表赞成:

"对,对,若是这样子弄,父亲知道了,必定要大发雷霆的!"

"那么——""可是——"好几个人忍不住叫起来。

钱曾做了个少安毋躁的手势:"我这等说,并非存心戏耍列位,只是提醒一事:这可行之法,须是既要断然处置,不可手软,又要使我钱家的名声不致败个精光,叔公那张老脸,也得以尽量保存——嗯,最好还要让他感激领情。"

"既要尽快处置这事,还能保住名声,让牧斋感激领情——这敢情是好,可哪能有此三全其美之策?"钱养先表示怀疑。

钱曾淡淡一笑:"办法自然是有的,不过有一样,我说出来之后,就得依我的去做,否则我就不说!"

"咦,既有良策,我们又岂有不依之理?""是呀,阿曾,你就快说了吧!""快说了吧,我们依你说的去做就是!"大家又一窝蜂地催促起来。钱曾却不为所动,用那双能把人看得心里发毛的眼睛,挨个儿瞅着那些长辈,直到他们全都作出明确的允诺之后,他才点点头:"好,我就说——这计策其实也很简单,就是不把那双狗男女放在一锅来煮!"

"不把他们放在一锅来煮?"

"不错,这件丑事是他们两个人一齐做出来的。但是为今之计,只能先把那个姓郑的奸夫抓起来,送官治罪——自然,先打上一顿也无不可。不过,最要紧的是把一应罪责全都推到他的身上,说是他勾结妖人,暗设奸局,假托神鬼,迷惑官眷,致使无知愚妇,误为所诱,实非自愿,请官府严办姓郑等一干奸人。至于姓柳的贱人嘛,哼,不妨先放着,等叔公回来,再由他自行处置不迟。这么着,我家的门声不致败坏得太甚,叔公也会感激我们替他保存了面子——嗯,列位老辈以为如何?"

刚才大家急于听他的计策,只好表示服从,待到听他这么一说,座上倒有一半的人没有吱声。因为说到底,他们先前尽管不敢带头出主意,但真正的眼中钉、肉中刺始终是柳如是。平日之所以一直拔她不动,就是由于有钱谦益护着;如今好容易有了机会,如果不即时逮住送官,仍旧把她留给老头儿处置,那么到头来大家能否如愿以偿,可就有点拿不准……

"不过,如果那贱人对簿公堂时,不依我们吩咐的去说呢?"月容首先提出怀疑。

"这还不容易!"钱曾淡淡地说,"到时拼着花几个钱,打通官府的关节,让她压根儿不用上公堂,不就成了!"

"可是,"朱姨太愤愤地说,"不把那贱人一块儿办了,我总觉着……"

然而,不等她说完,陈夫人缓慢然而清晰的声音已经传了过来:"嗯,分开两头处置,阿曾这个办法好,很好!"

由于老太太作出了决断,其他的人自然不好再表示反对,就连朱姨太也只得闭上嘴巴。于是大家便顺着这个路子，商谈起具体的做法，无非是如何捉奸、派谁负责、什么时候动手，以及捉到之后立即送官，还是先关起来等等。谈着谈着，忽然，钱养先回过头来问："只是，把姓郑的奸夫捉到后，该由谁出头向官府首告为好？"

"这还用问？"陈在竹笑眯眯地说，"罪关玷辱家声，败坏纲纪伦常的大事，自然该由本家的少主人出面首告！"

不知道是没听清还是别的缘故，钱孙爱起初还呆呆地坐着。直到大家把视线集中到他的身上，他才分明吃了一惊："怎么？由我首告？"

"自然该是少爷。老爷不在，少爷就是一家之主了！"月容从旁帮腔。

"啊，不，不不，不成，这事我做不来！真的！"钱孙爱顿时紧张起来，连忙推托。

这位少爷自幼秉性懦弱，未经世事，缺乏主见，大家是知道的，但是这件事又确实只有由他出头首告才成，别人都不合适。因此，看见他这样子，大家便一窝蜂地围着，你一言我一语劝说起来。可是钱孙爱固执得很，死活都不答应。结果，又招来大家更加热切的劝说……

这么闹哄哄地乱着，忽然响起一声大叫："孙爱！"尖锐而凌厉，犹如一记铙钹，震得人们的耳朵嗡嗡作响。大家吃了一惊，不由自主地停止说话，循声望去，这一下，更是发了呆，因为发出那一声尖叫的不是别人，竟是一向脾气随和、说话从不高声的陈夫人。只见老太太的眉毛倒竖着，大睁着那双小圆眼睛，脸孔涨得通红，神情显得从来没有过的激动。她的嘴唇颤抖着，分明打算说上一通什么。然而，待到被这意外的情景吓住了的钱孙爱，迟迟疑疑地站起来时，老太太张了几次嘴，却不知为什么，喉头像被哽住了似的，始终没有说出话来。片刻之后，她那双因为年老而显得松弛的眼眶开始发红，渐渐充满了泪水，接着，就顺着多皱的脸颊流了下来。

"少爷，你瞧老太太的样子！莫非还不肯答应么？"朱姨太带哭的声音从旁边响起。

看见陈夫人激动悲愤的模样，钱孙爱虽然很惶恐，但是内心分明还在矛盾着。有小半天，他紧抿着嘴唇，一只手神经质地揪扯着衣服的前襟。直到朱姨太忍不住，再一次开口催促，他才低下头，闷闷不乐地说："太太不要生气，孩儿答应出头首告就是！"

意外求见

自从经历了那个夜晚的争执波折之后，柳如是同郑生的感情反而又加深了一层。

说实在话，当初这段私情的发生，多少有点迫不及待、匆忙凑合的味道，双方固然如饥似渴地沉迷于感情的索取和餍足，但是对于彼此的想法心思，却都有点若明若暗，感到把握不定。没想到，到了事情终于败露的危急关头，双方竟然表现得如此情真意切，难舍难分。特别是郑生，大有连性命都不顾的气概。这就使无论哪一方都觉得，不能把这件事看成只是逢场作戏的苟合了。不过话又说回来，当情怀的这种袒露所带来的冲动和狂热过去之后，他们却发现：这其实丝毫也无助于他们摆脱困境。因为来自外界的指斥和愤怒是明摆着的，而且正在与日俱增。以维护纲纪伦常和道德风化为己任的这种舆论，绝对不会同情和宽恕任何与它的准则相悖的不轨行为，哪怕当事者自以为多么真诚、多么有理也罢！更何况，他们越是把这种感情看得认真，就越难以断然割舍，结果，只能使自己同那种可怕势力的对抗变得更加尖锐；到头来，会招致怎样严厉的惩罚，落得怎样悲惨的下场，也就可想而知。正是受到这种绝望之感的驱使，近几天来，柳如是变得有点不顾一切。她更加频繁地、肆无忌惮地同郑生幽会，床笫之间也表现得更加狂热和贪婪。这固然是为了抢在一切都化为乌有之前，竭尽可能地加以享受和挥霍；同时她还觉得，只有这样做，才能暂时摆脱内心的绝望和恐惧……

现在，又一个极度亢奋之后，继之以极度倦怠的夜晚过去了。早上，柳如是醒来，天已经大亮。不过窗户都垂挂着厚厚的暖帘，因此屋子里仍旧相当幽暗。柳如是伸手向旁边摸索了一下，发现郑生背转身子，还在沉沉熟睡，她就掀开被窝，打算起床；但刚刚支起身子，又觉得即使起来，其实也无事可做，于是又重新躺回去，却已经没有睡意。末了，她只好用一只手支住腮帮，默默地想起心事来。

由于把一切都置之度外，最近几天，柳如是一直形影不离地同郑生厮守在一起。如果说，在此之前，他们还免不了要躲躲闪闪，掩人耳目的话，那么眼下，起码在这个东偏院内，他们已经变得肆无忌惮，如同一对公开的夫妻。然而，不知什么缘故，就内心而言，柳如是并没有因此变得充实起来。相反，每当纵情地欢娱之后，她总是生出一种空虚之感，一种连自己也说不清的烦闷和不安。要说这是因为郑生没能使她得到满足，倒并不是事实；相反，自从柳如是流露了真情之后，郑生的自信、热烈和放纵常常使柳如是觉得几乎要融化在对方的怀抱里。要说由于过分的餍足，已经使她产生了厌倦，也同样不是；因为直到如今，柳如是仍旧不愿意让对方离开自己，哪怕只是暂时的也罢！那么，莫非是担心来自外界的可怕惩罚，即将降临到他们的头上？对于这种收场，柳如是早就横下一条心，觉得大不了就是一死，因此其实也并不怎么害怕。然而，尽管如此，她仍旧止不住心中的烦闷和不安，总觉得丢失了一些什么东西似的。特别在眼下，郑生在旁边沉睡不醒，她变得无事可做的时候，这种感觉就变得更加尖锐而强烈了……

屋子里很暗，也很静。除了郑生轻微的鼾声，几乎听不见一点声响。红情和绿意等人大约早就起来，但是没有女主人的呼唤，她们照例不敢进来打扰，甚至连做活也格外轻手轻脚，生怕惊动了主人。不过，即便如此，耽在被窝里的柳如是仍旧感觉得出：时辰已经不早，在帘幕背后的窗外，冬日的太阳就要爬上东边屋脊；而且，由于昨天又下了一场小雪，庭院里想必亮得耀眼。而在庭院的高墙外面，那狭长的、堆满积雪的里弄里，人们也早就开始活动。其中那些闲得发慌的，也许正在朝墙里这边指指点点，交头接耳，并且发出阵阵猥亵的笑声……随着这种景象在脑子里变得越来越活跃和鲜明，柳如是终于再也躺不住，一把掀掉被子，翻身坐了起来。

"红情，红情！"她提高嗓门叫唤，由于心中烦恼，并不理会郑生还在床上睡着。

"哎！"随着应声，红情掀开门帘走了进来。看见女主人正圆睁着眼睛，一脸焦躁的样子，她就连忙站定，行着礼说："太太早！太太起来了？睡得可好？"

这么请过安之后，她才重新快步走过来，开始熟练地服侍柳如是穿衣、裹脚、着鞋，然后又把女主人扶起来，走到床后的一只红漆马桶上坐下。当做着这一切的时候，那丫环一直微低着头，不敢正眼儿朝帐子里看。倒是睡在床上的郑生，已经被柳如是的叫唤声惊醒，怔怔忡忡地揉搓着眼睛，坐了起来。

"你要想睡，就睡好了。没有人叫你起来！"这么说了之后，柳如是就离开马桶，系好裙子，然后管自走向门边。这当儿，另一个丫环绿意已经端进来一脸盆热水。于是，她就由两个使女服侍着，盥洗起来。

"……哎，太太起来了么？"当她漱过口，向脸盆弯下腰去的时候，听见外间的起居室有人悄声地问。

"嘘……"

"那怎么办？报还是不报？"

"轻点声儿，现在……"

"可是……"

这对答虽然细碎而模糊，但是却使柳如是分心。她吩咐丫环："嗯，你们去瞧瞧，有什么事？"

红情答应着，走了出去。片刻之后，她神色异样地匆匆走回来，低声禀告说："回太太，是少爷来了，说有事要见太太。胡妈不敢做主，没让他进来，把他挡在偏门上了。胡妈如今自己过来请太太示下。"

已经俯身到水盆上洗脸的柳如是，听说是钱孙爱求见，也不由得一怔。因为这些天来，她料定正院那边将会有所举动，已经一直做着应变的打算：譬如说，如果陈夫人摆出元配夫人的身份，把自己召过去，当面提出质问，自己如何应对；又譬如，万一对方纠集人众，打上门来，企图捉奸的话，自己怎样一边挺身阻拦，一边保护郑生逃走，如此等等。然而，没想到憋足劲儿等了几天，等来的却是钱孙爱这么个角色……

"如果太太不想见，那么……"红情试探地说。

"不，"柳如是摇摇头，断然吩咐，"让他到花厅等着，我随后就来！"

等红情领命而去之后，她依旧不慌不忙地梳洗、穿戴。发现还赖在床上的郑生已经本能地紧张起来，她便安慰了几句，无非是不必惊慌，一切有她做主之类。末了，才命绿意相跟着，离开了寝室，慢慢地走过花厅去。

惊破迷梦

屋子外面果然阳光耀眼，一片素白。虽然时已近午，天气仍旧相当寒冷，好在没有风，因此还不算怎么凛冽逼人。在树木的枝桠间、路旁的草石中和房屋的瓦脊上，晶莹的积雪随处可见。大约因为怕冷，仆人们全都躲进了屋子，偌大的院子里，除了她和绿意之外，眼下看不见一个人影。倒是那些在窝里困守了一天的鸟雀，分明熬不住饥饿，纷纷飞出来觅食，庭院里响彻了它们吱吱喳喳的叫声。

凭着平日对钱孙爱的了解，柳如是并没有把这位不速之客放在眼里，不过，心中毕竟怀着一份警觉。因此，这会儿她也无心踏雪赏景，只裹紧了身上的皮裘，沿着由丫环们扫净了的砖砌小路，脚步不停地走着，不久就来到了花厅。

钱孙爱果然已经在等候着了。只是这位少爷没有坐在椅子上，也没有理会侍立在旁边的红情，却管自倒背着手，把那根垂在脑后的细长辫子握在掌心里，神色不安地来回走着。听见门口传来脚步声，他就像触电似的一抖，迅速转过身来。

"柳太太，您起来了？孩儿请柳太太的安！"他匆忙地行着礼说，同时，显然松了一口气。

柳如是瞧了他一眼，点点头："嗯，罢了！"随即由趋前侍候的红情搀扶着，径直走向方几前，坐到上首的一张椅子上。

钱孙爱却没有马上跟过来。他站在原地，睁大眼睛，一脸好奇地上下打量着，仿佛要从她的身上，发现什么特异反常之处似的。

柳如是起初还不以为意，但时间一长，也被他看得有点不自在，于是指一指对面的椅子，说："少爷请坐——找我有事吗？"

"哦，是，是的！"钱孙爱连忙回答，迅速走前两步，坐到椅子上，但随即又抬起头，仍旧直愣愣地朝她看。

柳如是有点着恼了。她用手拍拍方几，不耐烦地催促说："喂，我说少爷，你来了半天，魂不守舍的，到底想做什么呀！"

"哦！"像猛地惊醒似的，钱孙爱这才慌里慌张地站起来，刚刚张开嘴巴，忽然发现红情和绿意正在旁边侍候着，连忙又顿住了。

看见他藏头露尾的样子,柳如是不由得皱了皱眉毛,但仍旧摆一摆手,对两个丫环说:"嗯,你们先出去吧!"

钱孙爱连忙感谢地点点头,随即目不转睛地瞧着,直到红情和绿意的背影消失在门外,他才欠起身子,盯住柳如是,急切地低声说:"孩儿此来,是想、是想恳请柳太太同那人断绝来往!"

柳如是眼皮儿微微一跳。在此之前,她已经估计到对方八成是为郑生而来,但钱孙爱一开口,就直截了当地把事情挑明,并且提出"断绝来往"的尖锐要求,却仍然出乎她的意料。不过正因如此,反而撩起了她心中的傲气。"哼,正院那个老太婆想必是老得昏了头!既然有心来下战书、讲条款,就该挑个辈分高点的来。莫非以为,光凭这个半大不小的雏儿上阵,老娘就会乖乖儿就范不成?"她冷冷地想,于是仰着脸,故作惊讶地问:

"断绝来往?那人是谁?断绝什么来往?我听不懂呢!"

"柳太太不……不懂?"钱孙爱疑惑地说,"柳太太怎么会……会不懂?"

"不懂就是不懂!那人——那个人是谁呀?你倒说给我听听!"

"就是、就是那个姓、姓郑的!"

"姓郑的?这世上姓郑的多着呢!平日我倒是认识几个。不过你是说的谁呢?"

柳如是干脆来个压根儿不认账,这显然同样出乎钱孙爱的意外。何况,他本来就缺乏应变周旋的本领。因此一时间,只见他那张血气不足的脸红了又白,白了又红,呆在那里作声不得。不过,片刻之后,他仍旧抬起眼睛,诚恳地坚持说:"柳太太别说不知道。柳太太自然是知道的。要不然,为何眼下不只家里的人,而且满街的人都在说这件事呢!"

柳如是冷笑一声:"满街的人都说,你就相信啦?我说我不知道，你怎么就不相信？"

"不是孩儿不信，孩儿也一心指望没有这件事！可是家里的人都一口咬定说有，而且，而且还商议好了，今夜就过来捉、捉、捉奸。要是没捉到，最好，可是万一捉到了，那、那……"

一直到钱孙爱说出这话之前，柳如是都是对方说一句，她就抢白一句，这固然是因为心中窝火，同时，也是想刺激对方说出更多消息来。现在忽然听说正院那边今晚就要动手，她心中也为之一懔，立即想起还赖在被窝里尚未起床的郑生。不过，转动了一下眼珠子之后，她又恢复了原来的态度："哈哈，原来他们打算过来捉奸！好嘛，那就让他们来捉好了！只不过，既然如此，怎么还派你来给我报信？"

"不是他们派孩儿来，是孩儿自己偷着来的。"钱孙爱急忙表白。

"你自己偷着来的？我不信。我又没有给你什么好处，你为何这等向着我？再说了，我不是正被满街的人骂着吗？难道你就不怕被我牵连，就不怕挨骂？"

"这个——我不管！孩儿只是想着要这么做，因此就这么做。若是不这么做，孩儿心里就不得舒坦！就是这样！"

看见钱孙爱说话时涨红了脸，一副固执任性的样子，柳如是眨了眨眼睛，没有再说话。的确，这些年来，尽管正院那边的人全都把她看作是眼中钉、肉中刺，唯独钱孙爱对她一直比较友善。从他今天偷偷跑来报信，以及刚才的真诚态度来看，似乎没有理由怀疑他确实出于好意。这使柳如是有点感动，甚至有点惭愧。然而，这种心情也只是一忽儿，因为接下来她就意识到：曾经不知多少次考虑过的两种选择，又摆到了面前——这就是要么像钱孙爱所劝告的那样，立即把郑生打发走，从此断绝来往。这一点眼下还来得及。但这就等于重新回到过去那种半死不活的日子中去，在无聊和孤独中打发后半生的暗淡岁月。要么就是不顾一切，继续维持同郑生的关系，并且想方设法地同对手周旋，即使最终免不了事败身死，也算活了个轰轰烈烈，没有委屈自己。不过话又说回来，这前一种选择，如果愿意采取的话，她早就会去做，也用不着钱孙爱来报信了。事实上，起码到目前为止，她仍旧决定坚持后一种。而这，却是不能让钱孙爱知道的，哪怕他对自己并无恶意也罢。于是，为了稳住对方，她故作轻松地摇着头，说：

"啊哈，这么说，你还真孝顺我了？可是，告诉你，没有这事，就是没有！"说着，站了起来。

仿佛碰在一堵冰冷的厚墙上似的，钱孙爱露出绝望的神色，不说话了。然而，他刚刚沮丧地低下头去，突然又激动起来，竟跟跄着离开椅子，"扑通"一下跪倒在地上。

"柳太太，你不要再执迷不悟了！"他大声地，用带哭的声音说，"父亲就要回来了。你再不同那人断绝来往，到时可怎么办哪？"

柳如是本来已经迈开脚步，听了这话，疑疑惑惑地站住了。突然，她心中猛然一震，迅速转过身来：

"你说什么？老爷他、他要回来了？"

钱孙爱点点头，苦恼已极地说："父亲前两日托人从京中捎来家信，说他虽然已经得授礼部右堂之职，唯是他年事已高，不惯京中的起居饮食，更兼思家心切，已决意上疏告老，一待朝廷恩准，便要袱被南归了！"

"那、那么，信呢？"柳如是追问，觉得自己的声音有点发抖，而且不知怎么一来，喉咙变得又干又涩。

"父亲在信中也问到柳太太。可是他们说，出了那种事，这信就不必再让柳太太知道。今日，是孩儿把它带来了！"钱孙爱说着，揩去流到颊上来的泪水，然后抖抖索索地从袖管里把信掏了出来。钱孙爱所说的"他们"，自然就是指以陈夫人为首的正院那些人，不过柳如是已经没有心思计较了。她忙不迭把信接过、展开，低头看起来。钱谦益的信不太长，内容也基本上就是钱孙爱刚才说的那些,只是稍为详细,譬如说到他那个礼部侍郎的官职只是虚衔,实际是担任修撰《明史》的副总裁;又譬如说到目前已经有了自己的房子,用不着再同别人搭伙,生活起居算是正常了些,如此等等。此外,信中还问到家中各人的情形,其中自然少不了柳如是。不过,在问到别的人时,都是一些家常话,唯独在问到柳如是时,却是这样说的:

如是自迁出吏部内衙之后,想亦与家中一同居处。只不知新居园中池水,亦颇似思霞馆前之清澈可鉴否?

这几句话,在别人看来也许会觉得过于空泛,甚至奇怪钱老头儿对爱妾什么不好关注,偏偏只关注她新居的环境是否优美宜人?但是柳如是却明白,其中所包含的意思非比寻常。因为今年五月,当清军兵临南京城下,钱谦益同城中的文武官员决定献城投降那阵子,柳如是正住在吏部衙门内。她得知消息后,感到极其绝望,曾经独自跑到后花园思霞馆前的水池边,打算投水自尽,一死殉国。是钱谦益闻讯赶到,硬是把她制止住了。当时钱谦益曾经表示:投降只是迫不得已的权宜之计,待渡过这一关之后,接下来就会设法联络有志之士,为恢复明朝奔走效力。钱谦益怕柳如是不信,还当场指着池水发誓:"如有变心食言,当如此水!"因此,他如今在信中这么写,分明是向柳如是暗示:准备信守前约。那么他之所以决定辞官南归,看来也不是什么年老多病,不习惯北京的起居饮食,而是怀有更大的图谋……正是这一发现,使柳如是仿佛在昏沉的醉梦中,听到一记遥远而响亮的钟声那样,不由自主地呆住了。有片刻工夫,她紧紧地把信抓在手里,忘记了眼前的处境,忘记了钱孙爱,甚至忘记了郑生,只觉得一种失落已久的记忆又来到了心中。这记忆使她颤抖,使她痛苦,更使她怦然心动……

然而，仿佛一股回流驱散了刚刚聚合的满池浮萍，一个醉梦般的声音又从柳如是的心底冒了出来，开始向她喃喃地诉说青春的短暂和欢乐的可恋，提醒她一切都已经太迟，在做出那一件事之后，她再也不可能得到宽恕，尤其是钱谦益的宽恕！到了这一步，她已经没有任何指望，只有抓住最后的辰光疯狂地乐它一场，然后跃向那黑暗的、万劫不复的深渊……

"柳太太……"钱孙爱的声音在耳边响起。

柳如是打了一个寒噤，回过神来，发现那少年已经重新站起来，正在惊疑不定地望着她。她举起一只手，示意对方不要扰乱她的思索，然后转过身，走回自己的椅子去，缓缓地坐了下去。

曲终人散

钱谦益家闹得沸沸扬扬的"丑闻"，曾经使黄澍颇感兴趣。但是，这位清朝总督行辕的幕僚却不知道，在长吟阁的酒席上，他无意中谈到关于洪承畴目前的困境，同样引起了余怀、沈士柱和柳敬亭的极大关注。

人的志向往往就是这样不同，黄澍无疑已经死心塌地投靠清朝，可是作为曾经气味相投的朋友，余怀等人却正相反。面对国破家亡的深痛巨创和被迫剃发改服的奇耻大辱，他们表面上虽然逆来顺受，私下里却咬牙切齿，痛不欲生，并对明朝势力卷土重来怀着强烈的渴望。事实上，目前他们正与南京近郊的一支潜伏的反清力量有着秘密的联系。这支反清力量是由南京地区那些不甘屈服的人们结集而成的，从缙绅旧官到贩夫走卒都有。他们捧出前明的一位亲王作为号召，在城中和城外四乡已经发展到万把两万人。鉴于南京作为清朝控制江南地区的军事重镇，防范很严，眼下他们还只能以极其隐蔽的方式进行活动，但一直在积极筹谋，窥测局势，等待起事的时机。因此，忽然从黄澍的口中得知，由于大批军队的调离,清朝在南京原来只剩下四千兵马,而且装备残旧,根本不是原来想象的那样强大,这自然引起余怀等人的极大关注。尽管在酒席进行的当儿,为着避免引起黄澍的疑心,他们全都装作毫不在意,甚至也没有追问打听,但是到了聚会结束,黄澍离去之后,他们就立即对这个情报反复推敲,并且决定赶快向设在城外某个秘密地点的大本营报告。

现在,负责递送情报的沈士柱已经走了整整五天,余怀也早就回到离秦淮河不远的小油坊巷家中。作为福建莆田的书香望族,余怀是崇祯十五年才举家迁到南京来居住的。半年前,当弘光皇帝出逃,赵之龙、王铎、钱谦益等人决定献城投降那阵子,他知道大难临头,本想逃回福建去,只是由于家室人口的拖累,才没有走成,但内心的那一份愤恨和绝望,却不是言语所能形容的。后来眼见清军一步步加强控制,环境变得越来越严酷,他只得咬紧牙关,默默忍受。这样到了一个多月前,失去联系多时的沈士柱忽然一身和尚打扮,找到他家里来,向他谈到了外间的许多情形,包括唐王在福建称帝、鲁王在浙东监国的消息,还透露就在南京近郊,也有一支反清力量在暗中活动,如果他有意参加,沈士柱可以代他牵线。余怀又惊又喜,经过一番考虑之后,表示愿意。接着又得知柳敬亭也是志同道合者,于是三人便以到长吟阁听说书为掩护,经常来往,替义军做起搜集情报的活儿来……

已经是响午时分,一股烧咸菜的味儿透过门帘的缝隙,传进书房。本来,余怀一家在福建乡下颇有田产,靠着那边每年送来的租子,他们在南京的生活倒也并不匮乏。可是近半年来由于南边一直在打仗,道路不通,眼见已经到了腊月年关,仍旧不见家乡的人送钱来,而且连会不会送来,也都不清楚;再加上为着支援反清活动,平日大宗小宗,也把家里的积蓄开销了不少。因此近日来,他们已经不得不尽量减少开支,准备过节衣缩食的日子。不过,眼下余怀的心思却不在令人反胃的咸菜味儿上面,而是对于沈士柱至今还不见回来,越来越感到焦虑不安。因为近日来,大约鉴于城中兵力单薄,担心会出事,清军方面也显得颇为紧张,对出入城门的人盘查得很严,动不动就先抓起来再说;遇着稍有反抗的,甚至毫不容情地就地正法。沈士柱离开的时候,本来说好早则两日,迟则三天就会回来,可是眼下已经是第五日,仍旧不见踪影,那么会不会在路上出了事?万一被清兵捉了去,在严刑审讯之下,沈士柱能挺得住吗?万一挺不住,供出同谋者来,会不会把自己也……正是这种悬想和担心,把余怀弄得越来越心烦意躁,坐立不安,但是这种心情又是不能向家人说的,因此,他只有独自躲在书房里干着急……

"大爷,大爷!"一个熟悉的嗓音在门外叫唤,那是他的亲随阿为。

"什么事?"余怀停止了在室内的走动,不无警觉地问。

"大爷,这事、这事须得让小的进来说,方才妥当。"余怀眨眨眼睛,觉得阿为的声音有点异样,而且分明压低了嗓门。"莫非是沈昆铜?"他想,于是慌忙上前一步,揭开门上的暖帘,把裹着一团寒气的亲随放了进来。

"到底是什么事?"看见阿为站在门边,仍旧不说话,只是低着头,把双手凑在嘴边呵着,余怀忍不住厉声追问。

阿为这才擦一擦鼻子,吞吞吐吐地说:"禀大爷,十、十娘又着人来了,说是、说是请大爷今儿个无论如何也要过去一趟,她有要紧的事要对大爷说。"

余怀起先还怔忡着,一时回不过神来,不过,当终于醒悟之后,他就皱起眉毛,恼怒地瞪了对方一眼,扭头离开了门边。

"哼,捣了半天的鬼,你就是为的对我说这件事?"他悻悻地说。

阿为自知有罪地缩着脖子:"可、可是十娘……"

余怀不再吭声。他倒背着手,重新在屋子里来回走动了片刻,终于转过头来:"好吧,告诉来人,我这就去一趟。"

等阿为答应着，如释重负地快步离去之后，他又想了一下，这才回到日常起居的西厢房，重新换过衣服，因为天气寒冷，还穿上风衣，戴上风帽，然后跨上一头毛驴，由阿为相跟着，出了家门，沿着狭长的积雪街巷，缓缓向秦淮河的方向行去。

阿为所说的十娘，就是住在寒秀斋的旧院名妓李十娘。余怀过去同她的交情一直不错，尤其是十娘的妹妹李媚姐，有一阵子更是同余怀打得火热，好得不得了。不过自从清兵进城之后，由于心情恶劣，余怀已经有好几个月没再往那边走动了。十娘姐妹倒也识趣，相请过几次之后，看见余怀没有回应，也就不再来纠缠他。直到近几天，她们不知为什么忽然一改常态，接二连三地派人来请余怀过去，说是有事商量。偏偏这一阵子，余怀因为要等沈士柱的消息，抽身不开，结果拖了下来。也只是到了此刻，眼见沈士柱毫无音讯，而李十娘又催得很急，他这才决定暂且放下焦心的事，先上寒秀斋走一趟。

余怀的家离秦淮河不太远，出了小油坊巷，往右一拐，再往左一转，很快就到了。这一带，是余怀经常来往的地方。他自然记得很清楚，无论是河这边的贡院两侧，还是河那边的旧院沿岸，仅仅半年前，还是怎样一派热闹繁华的景象：鳞次栉比的店铺、争奇斗巧的河房、人声鼎沸的茶社、鼓乐喧阗的戏棚，一天到晚都吸引着来自四面八方的商客游人。夏秋两季不必说，那熙熙攘攘的情景，简直就像天天都在赛庙会；即便到了眼下这种岁暮年关，街道上也不会冷清下来。因为张挂彩灯、备办年货、酬神辞岁、贺节拜年就足够家家户户奔走忙碌到第二年的开春了。然而现在，这种花团锦簇般的繁华，就像一场被蓦然惊醒的酣梦，彻底地支离破碎了。虽然清军进城后，并没有烧杀抢掠，而且还一再晓谕居民不须惊慌，店铺照常营业，可是市面上仍旧迅速地冷落下来。当然，并不是说人们不必再为衣食生计奔忙，也不是说人们成心要冷落这片遐迩闻名的纸醉金迷之地，只不过，当年那种豪华竞逐的劲头，不知怎么一来就消失了。到如今，如果说，贡院这边还好歹有几家店铺食肆强撑着门面，来往的行人也多些的话，那么隔河相望的旧院一带，除了笙沉歌寂，里巷萧条之外，还变得垃圾遍地，杂草丛生，一派令人心悸的破败荒凉。余怀已经好几个月没有上旧院这边来，因此，当他从武定桥上通过，面对映入眼帘的情景，简直有点疑心走错了地方。"啊，怎么变成了这样子？怎么竟成了这种样子？"他睁大眼睛环顾着，吃惊地想。同时，忽然产生出一种担心，于是在驴子的屁股上敲了一鞭，径直向寒秀斋赶去。

大约已经预先得到鸨儿的回报，并且一直派人守望着，余怀刚刚在寒秀斋门前勒住缰绳，李十娘和她的妹妹媚姐就双双迎了出来。她们没有像往常那样摆出笑脸迎人的姿态，而是刚刚叫出一声："余公子！"就哽咽住了，紧接着，眼圈儿一齐红了起来。

"你们——这是做什么？出了什么事？"吃了一惊的余怀连忙翻身下了驴子，迎上前去问。

"没……没有什么。皆因多时不见公子，所以……"李十娘微微低下头，掩饰地说，随即侧着身子，做出相让的姿势，"请……请公子入内奉茶。"

余怀本来还想追问，但迟疑了一下之后，还是闭上嘴巴，迈开双脚，径直往里走去。

李十娘的这所寒秀斋，在旧院的名妓之家中，向来以别具一格著称。它没有任何珠宝金玉之类的豪奢摆设，却处处收拾得纤尘不染，精致异常，挑不出哪怕一星半点尘俗之气。特别是位于二进的敞轩前面，那一株姿态奇古的老梅，以及十来竿晶莹如玉的森森翠竹，更是把整个环境烘托得清幽潇洒，宁静宜人。过去，方以智、陈贞慧等一班圈子里社友聚会时，总爱挑这儿来落脚。余怀作为常客，对这里的一切尤其熟悉。然而眼下，当他按照习惯，穿过小小的堂屋，踏入二进的天井时，却吓了一跳。他发现一切全都变了样，虽然整个天井依旧打扫收拾得干净，但是却显得光秃秃、亮堂堂的。近午的阳光，没有遮拦地直照下来，那些过去总是优美地掩映在斑驳的绿影中的石山、护栏和蒲团草，赤裸裸地暴露在清冷刺眼的天光下，完全失去了昔日的风情韵致；而那曾经像夭矫的虬龙般蟠屈着一株老梅树的地方，则令人错愕地只剩下半截斧痕累累的树桩；至于一向受到李十娘百般爱护、每天一早一晚都要用清水洗刷的十来竿翠竹，也全都失去了踪影，同样只留下一排参差扎煞的竹根。不仅如此，从敞轩大开着的门望进去，里面竟然像是空荡荡的，过去那些古色古香的精巧摆设全没有了，而且连桌椅几榻似乎也全都搬了个空⋯⋯

"你、你们这是怎么了？"由于眼前的变化实在过于骇人，余怀忍不住猛地转过身，向着跟进来的十娘姐妹，瞪大眼睛追问，"莫非遭了什么祸事不成？"

也许早就估计到客人会有这样的反应，李十娘倒是显得很平静。"没有什么，都砍掉了，是奴家着人砍的。"她说。

"可是，因何缘故要砍掉它？"

"因为没有烧的，天气又太冷，总不成一家子活活冻死。"

"没有烧的，就去买啊！怎么能把它们砍了？"由于痛惜那些美丽的树木被毁灭，更由于没想到竟是出于如此用场，余怀不禁既吃惊，又生气。

"奴家初时也是去买，可后来眼看着钱快没有了，只好先顾着几张嘴再说。公子或许不知，眼下城中这米，可实在是太贵了！"

李十娘说这话时，虽然声音低沉，而且没有抬起眼睛，但是余怀却像冷不防挨了一棒似的，呆住了。不错，当十娘姐妹几次三番派人催请时，他也曾推测过对方的用意，但总是估计无非是因为自己多时不上门，媚姐想念心切而已，却万万没有想到才几个月工夫，这两位红极一时的名妓，已经穷困拮据到连锅都快揭不开的地步！那么她们之所以急如星火地催促自己过来，看来确实是出于迫不得已；相反，自己一拖再拖，倒显得过于冷漠薄情了……

"原来是这样！"他抬起头，不胜歉疚地望着对方，"我实在一点都不知道。可你们也该早点儿说明白，再怎么着，我也不至于眼睁睁看着不管，你们也不至于闹得如此狼狈！"

停了停，看见李十娘低下头，没有作声，他便把手一挥，爽快地说："这样吧，我马上让阿为回去，先送十两银子过来；至于其他，再从长计议！"

"多谢公子美意，"李十娘侧着身子，把双袖交叠在腰间，行着礼说，"只是奴家如今已经不需要银子了！"

"啊？不需要——为什么？"

"因为、因为奴家已经决意从良嫁人了！"

李十娘说这话时声音仍旧不高。可是余怀心中却不由得一抖，再度呆住了。不错，直到目前为止，他同对方虽然感情不错，却始终只限于文酒之交，并没有更深一层的瓜葛，因此对方最终选择怎样的归宿，对于他来说，本来谈不上有什么切肤之痛。不过，尽管如此，当想到曾经以她们的丽色和才情，为秦淮河增添了无限风姿和声价的这些女子，终于一个接一个地离去，余怀仍旧止不住心神激荡，有一种惘然若失之感。

"这——从良嫁人，自然是好。只不知能消受此无双艳福的夫婿是谁？"半晌，他才勉强地装出笑脸，问。

李十娘摇摇头："这一层，公子不问也罢！总之，他不是公子这样的人，而且，也——也不是公子的好友们那样的人。"

"噢，那么必定是个呱呱叫的大老官了！不过……"

"公子！"李十娘蓦地抬起头，一张苍白的长圆脸因为气急变得通红，"求求你别再问了！求求你，好吗？"

这么尖声地说了之后，她似乎自知失态，苦笑着转过身去，望着那株被砍去的老梅树所剩下的断根，低声说："请公子见恕，适才奴家冒犯了！其实，国破家亡，兵荒马乱，像奴家这样的人，还能指望有什么可心的归宿？"

她仍旧没有说那个准备娶她的是什么人，不过余怀已经明白，这必定是一桩极其无奈、很不匹配的婚嫁。于是他不再追问，不过内心深处，却分明感到一种尖锐的刺痛，一种眼见着自己所珍爱的美好事物归于毁灭，却没有能力加以保护和搭救的刺痛。也许因为这缘故，他忽然想起方以智，于是长长吁了一口气，说：

"要是找得着方密之就好了！他若是得知你落到这等田地，必定会娶了你去。只可惜他当日走得实在匆遽狼狈，闻得竟是一直南下，去了粤东。也不知是真是假，唉！"

李十娘抬起头，依然好看的嘴唇掀动了一下，做出一个凄然的微笑，说："公子不必安慰奴家了。奴家早就想过，就算方老爷还在留都，他也不会答应奴家跟他的。奴、奴家知道……自己的命，就是、就是这般的苦……"说着，她那颀长的身子就像风中的柳条那样可怜地抖动起来。尽管使劲用手帕掩住嘴巴，但是却怎样也管不住自己，末了，她一下子跌坐在身旁的石墩上，撕心裂肺地哭出了声……

狠心割舍

在余怀同李十娘谈话的当儿，媚姐一直默默地守在一旁。她是十娘的亲妹妹，今年才只十七岁，生得身长腰细，白净异常，再配上两道黛色的长眉，一双黑白分明的灵活眼睛，使她看上去，就像一位从图画里走下来的美人儿。如果说，余怀过去常到寒秀斋来走动，一半是喜欢这里环境清幽雅致的话，那么另一半原因，就是出于对媚姐的爱恋。李十娘也看出余怀的意思，曾经半认真、半开玩笑地提出，要为他俩做媒。后来余怀由于考试落第，有点心灰意冷，才拖了下来。也许因为有这一层不寻常的情分，从看见余怀到来的一刻起,媚姐的目光就没有离开过他,并且时时露出想同他说话的神情。这会儿看见十娘坐在那里伤心哭泣,余怀则站在一旁默默无语,媚姐就放轻脚步地走近来,伸手扯了扯余怀的衣袖。等余怀转过脸去,她先咧开丰润的小嘴,朝他做了一个讨好的媚笑,又伸出玉葱似的指尖儿,朝他招了招,然后转身走向天井的另一角。

看见她这样子,余怀不禁有点纳闷,虽然李十娘的悲泣还在揪扯着他的心,但仍旧不由自主地跟了过去。

媚姐却似乎已经有点迫不及待,一等他走近来,就急急地悄声问:"余公子,刚才姐姐说,方老爷就算在留都,也不会让她跟他去的。可怜姐姐真是太命苦了!那么,不知奴家若是情愿跟公子去,公子可肯收留奴家么?"

停了停,大约看见余怀眨巴着眼睛,像是没有明白她的意思,媚姐又急急解释说:"哦,是这样的——自打鞑子进城后,旧日的客人们全都散的散、跑的跑了。我们成日价伸长脖子等呀等的,总没个客人来上门,可真急人哪!有时,好容易盼来一个吧,公子知道的,姐姐又是那等心高冷傲的脾气,只要看不顺眼,就宁可把人家撇在一边坐冷板凳,也不肯委屈自己去奉承。这么几次下来,就更加没人上门啦!结果怎么办呢?只有坐吃山空了。家中的积蓄本来就不多,加上前些日子阿娘殁时,又开销了好些,到如今,能变卖的都变卖了。眼见已是走投无路,阿姐不得已,才走上从良这条路!可她又总是放心奴家不下,因此就想到公子——哦,不知、不知公子可肯让奴家跟了公子去?若是肯时,阿姐就放心了!奴家也必定循规蹈矩,一心一意侍奉公子,陪伴公子,再不会像向常那样净惹公子生气了!"

媚姐咭咭呱呱地一口气说完了,余怀却愈加只能一个劲儿地眨眼睛。因为说实在话,他今天到寒秀斋来,完全是由于被李十娘一再催请,感到有点人情难却,除此之外,可以说丝毫没有想到其他。现在媚姐忽然提出如此直白的要求,确实使他不知怎样回答才好。只是,话又说回来,眼前这个小姑娘是如此的纯真可爱,而且同他有过一段销魂蚀骨的亲密相处。如果说,近半年来,由于时局接二连三地发生剧变,加上几乎绝迹不到寒秀斋来,余怀已经多少把这段情缘放淡了的话,那么眼下,重新面对娇媚的昔日情人,听着她清脆甜美的话音,看着她焦急期待的眼神,许多旧日的情事又再度呈现在余怀的脑际,使他心头发软,情怀颤动,以至感到很难说出拒绝的话来……

"余公子!"一声急切的呼唤在耳边响起。余怀茫然回过头去,这才发现,本来一直坐在石墩上,为自己的不幸身世而悲泣的李十娘,不知什么时候已经揩干眼泪,走近前来。

"求、求您,"她极力平息着抽泣,用断续的声音说,"看着、媚姐同、公子昔日的、情分,你、你就答应了她吧!若然她、天幸有福,跟了公子,那么奴家此去,即便是死,也都无牵无挂了……"说着,止不住又流下泪来。

余怀默默地看看她,又看看媚姐,分明地感到一股热流——男性的热流开始在心中涌动起来,翻滚起来。"是的,当此乾坤倾覆,八方流离之际,我余某人生为男儿,即使再无德无能,莫非连一个乞求庇护的女子都不肯接纳么?更何况这个女子同自己还有过床笫之恩!"

这么想着,他就拿定了主意,于是抬起头,准备说出自己的许诺。然而,就在这时,从堂屋那边,忽然传来一阵急促的脚步声。接着,亲随阿为匆匆走了进来。发现主人同李十娘姐妹站在一起,他就远远地停住脚步,现出欲言又止的样子。

"什么事?"余怀望着仆人问。

阿为不安地扭动一下身子,却不回答。看见他这样子,余怀只好皱起眉毛,径直走过去。阿为这才慌忙凑上来,低声说:

"禀大爷,家中着人来找,说是沈相公回来了,眼下正在家中等着,请大爷即速回去!"

"你说什么?沈——他、他回来了?"吃了一惊的余怀差点儿没有跳起来。看见亲随肯定地点点头,他就"啊"的一声,倒退了两步,随即大大地兴奋起来。

"好,好,很好!"他攥紧拳头,连连地说。

"公子,是谁回来了呀?"被弄得莫名其妙的媚姐问。

"哦,没有什么,一个朋友。"余怀做了个手势,也就是到了这时,他才稍稍平静下来。不过,说来也怪,当他把目光再度投向两个女人身上时,心中蓦地一懔,先前那股子脉脉温情,仿佛碰到了一块突然冒出的巨大寒冰。

"糟糕,我怎么忘记了沈昆铜,忘记了城外的抗清义师,忘记了我正在做着性命攸关的勾当!须知那可不是闹着玩儿的事,只要稍有不慎,就是破家灭族的下场!在这种时候,又有什么余力再收留一个女子?只怕我今日收留了她,明日反而是害了她!"

这么想着,余怀就不由自主地生出了一种危惧之感,怜香惜玉之心顿时大减。他又一次抬起眼睛,发现李十娘姐妹似乎也觉察到情形有点不对,正在睁大眼睛,惊慌地、绝望地望着他……

"嗯,她们正在满怀希冀,指望我能接纳媚姐,也相信我会接纳媚姐。那么,也许我暂且缓一步再说,不必在这种时候说出拒绝的话来?总而言之,回头我多资助她们些银子,让她们自寻活路就是了!"他想。

不过,话虽这么说,当想到这一次见面之后,李十娘就要从良远嫁,今后恐怕不再会有重逢的机会;而媚姐就算得到自己的一些资助,也不可能维持多久;何况遭逢乱世,大难未已,面对茫茫来日,各人是好是歹,是死是生,实在谁也无法预料,余怀就止不住从心底里生出无限悲慨与苍凉。尽管他有心向对方多说上几句慰解的话,但迟疑了一下之后,竟不知说什么才好,结果,只好点点头,说:

"两位小娘子一番情意,余某十分感激。只是这事急切间也难以决断,待我仔细参详之后,再作回复——十分不巧,有个朋友来访,说有要事商量,现正在寒舍等着,小生只好这就别过,望二位切记小生之言:日后无论千难万难,都须善自珍重!善自珍重!"

说完,也不等对方回答,他就匆匆转过身,逃也似的离开天井,穿过堂屋,一直向门外走去。虽然在跨上驴背时,他分明听见屋子里传出呜呜的哭声,但是却不敢再回头看上一眼……

小半天之后,余怀回到了小油坊巷家中,沈士柱果然已经在等着他了。五天不见,从对方那疲倦的脸色中,余怀不难猜测这位虽然瘦小、却精力过人的朋友,必定是经历了许多劳碌奔波,甚至紧张惊险。只不过,沈士柱的神情却显得很兴奋。他告诉余怀,已经同城外的反清势力联系上了,并且把从黄澍那里得来的情报当面向王爷作了禀告。他之所以回来得这么迟,是因为等待大本营召集核心人物,商议对策。现在王爷的钧旨已经下来,就是准备派人前往南边,同浙东的鲁王政权联络,请他们趁南京的清军兵力空虚,尽快派兵北上,到时城中举义响应,进而实行里外夹击,一举夺回南京。至于南下联络的差事,大本营也已经决定,因为沈士柱、余怀和柳敬亭同黄澍有交情,可以利用与后者的关系弄到南下时沿途放行的关防,所以就交给他们三人负责。大本营还命令他们马上着手准备,一旦条件具备,就出发南下……

"啊哈,"沈士柱最后站起来说,"你猜猜,我这次回城之后,还去见了什么人?你一定猜不着!"

余怀迟疑地问:"你还——见了别的人?"

沈士柱点点头,得意地说:"告诉你吧,我还到了钱牧斋的府上,见到了他的那位河东君!"

余怀蓦地一惊,失声说:"什么,你还去见了柳如是?"

"一点不错!是她着人来寻我的——哎,你别把眼睛睁得那么大嘛!"沈士柱做了个安抚的手势,"不错,这些日子她是闹出了件丑闻。这老兄早就听说了。可是你却不晓得,钱牧斋临走时,曾经特地把我召去,当面向柳如是交代,若有什么大事,别人都不便商议的,可以找我。结果昨日,她果然派牧斋的那个亲随李宝把我找了去,告知我,说牧斋有信回来,表示了有意辞官南归;还说据她估计,老头儿这一次回来,并非打算从此归隐田园,而是十分怀念南边的朋友。她还问我有无这种门道,若有时,替她多联络着点呢!"

钱谦益同沈士柱关系一向十分深密,这一点,余怀是知道的。钱谦益当时参与献城迎降,多少有点出于迫不得已,事后一直感到颇为懊悔,这一点,余怀也已经听沈士柱多次谈起。不过,要说钱谦益准备辞官南归,并且有意投向反清营垒,余怀却觉得这个弯子未免转得太大,有点令人难以置信。更何况,这种说法又是出于柳如是之口,而柳如是刚刚还背着钱谦益,闹出了那样一桩辱没家门的丑事。

"哼,可别忘了,那姓柳的是个水性杨花、熬不得半天寂寞的娘们儿!她说的话,你就这等相信?"他不以为然地说。

沈士柱搔一搔锃光瓦亮的头皮,点点头:"这话自然也是。不过,听说自从得知牧斋打算南归,柳如是已经把那个面首打发走了。至于她的话是真是假,我们倒不妨先听着,且看下回分解——哎,对了,这次南下浙东联络,柳麻子也有一份。直到这会儿,他还不知道呢!趁着时辰还早,你我就去访他一趟,如何?"

第九章
史馆孤灯《扬州十日》，孝陵残照悲泪千行

血腥实录

对于柳如是所透露的信息，尽管余怀和沈士柱都感到半信半疑，但是，就远在北京的钱谦益而言，渴望返回江南的心情，却确实变得越来越迫切。

本来，抵达北京之后的三个多月里，清朝对他可以说还是相当的优礼，不仅按崇祯年间的品级授予官职，而且还同意他的请求，让他以副总裁的身份参与《明史》的修纂。至于生活起居，也尽量给予照顾。作为一名犯有"僭立"之罪，并且已经年过花甲的降官，这恐怕已经是能够期待的最好结局了，何况只要死心塌地、兢兢业业地做下去，后半生应该不难打发。事实上，一直心怀惴惴的钱谦益，起初也的确松了一口气，为新朝的"皇恩浩荡"而感激涕零。然而，人就是这么奇怪，当迫在眉睫的危机过去之后，那些因为受到压抑而退隐到内心深处的念头，往往会重新冒出来。渐渐地，钱谦益又开始感到日子过得并不那么舒坦。虽然《明史》的修纂还仅仅处于筹备阶段，事务并不繁忙，而在北京也并不缺乏诗酒往还的朋友，但他仍旧一天到晚感到心头空空落落的，始终快活不起来。

当然，要说原因，自然也有原因，譬如说，柳如是不在身边——这恐怕是最主要的。说实在话，虽然分手才只四个多月，但在钱谦益的感觉里，却像已经不知过了多少年。而北京与南京又偏偏远隔千里，书信往来快则一个半月，迟则要近两个月。因此到目

前为止，他同家人也还只通过两封信，而且第二封还没有得到回音。那么，他们眼下的情形如何，柳如是的情形如何，钱谦益都无从知道。其中，自然又以柳如是使钱谦益最为挂心。不错，这个小女人的任性、绝情，坚决不肯陪同自己北上，当初的确使钱谦益颇为恼火。但几个月下来，当他把事情思前想后地反复琢磨之后，渐渐又觉得对方的执拗似乎也可以理解。因为在弘光皇帝出逃，南京的留守大臣们决定开门迎降那阵子，柳如是本来已经横下一条心，打算一死殉国，是自己一再恳求，并指池水为誓，表示今后还会为恢复明朝奔走效力，才把她挽留下来。既然如此，那么就实在没有理由再让她陪着自己到北京来出丑受辱，自讨作践。正是由于理解了侍妾的志向和心情，钱谦益才终于打消了对她的恼恨和让她北上的指望，给家里写去了那样一封信。只不过，意思是传回去了，到底能否顺利脱身南归，怎样才能脱身南归，说实在话，钱谦益心中却是一点底儿也没有。正因如此，他的情绪近日来甚至变得更加低落了……

眼下，已经到了腊月的二十八日，离新年只剩下三天。钱谦益因为并无家眷在身边，所以也没有太多的事情可张罗，无非是打扫房屋、剃头，以及照例备办一些应节的物品。几个亲随仆人一动手，很快就掇弄妥当了。因此，这天下午，在翰林院国史馆里，虽然上头传下话来，可以提早散班，让大家回去料理过年的事宜，但是钱谦益却依旧在纂修房逗留着，继续翻阅堆放在那里的各种史料，并不急于离开。

他不想这么早就走，是因为即使回到宣武门外那个"家"里，其实也无事可做。加上在这种除夕将临的时候，眼看着邻居们一家子聚在一起，热热闹闹地准备过年，自己就更加显得孤单和冷清。倒不如干脆躲开世俗的喧嚣，看不见，听不着，心里反而好过一点。更何况，早在前明时便已经是"国史馆"的这个地方，经历二百七十多年的日积月累，内中所储藏的史料之丰富，品类之完备，记录之详细，实在远远超出钱谦益原先的想象。如果说，早在常熟赋闲在家时，他就曾经动过自行修撰《明史》的念头，并且为此搜罗了不少资料的话；那么直到进入了院中，他才目瞪口呆地发现，与这里的收藏相比，自己的那一点资料恐怕连九牛一毛都算不上，实在太微不足道。因此，眼下他迟迟不想离开，还因为彻底迷上了眼前的无价之宝，总想多翻翻多看看的缘故。

当然，在这些汗牛充栋的诏令、奏折、题本、文告、谱牒、祭文、阁票、邸报、塘报，各式档册以及起居注、时宪书，乃至青词、食谱、医案等等史料中，钱谦益最感兴趣的还是那些过去从未公开的秘密档案。特别是在整个明代，曾经发生了好几起朝野震动的大事，但是个中原委却是言人人殊，一直弄不清楚，钱谦益十分渴望能够从这些秘密档案中找出一点头绪来。譬如说，明朝开国之初，燕王朱棣——也就是后来的成祖皇帝从燕京起兵南下，攻入南京，从他的侄儿建文帝手中夺取帝位的所谓"靖难之役"，后来一直有传说建文帝并没有死，而是趁宫中起火时，从地道乘乱逃出去了。这些天钱谦益遍检当时的档案，并未发现有这种迹象的记载，因此大致可以断定民间的传言并不可信。又譬如，天启年间，那三件大案——梃击、红丸、移宫，曾经被魏忠贤阉党利用来残酷迫害东林党人，后来，崇祯皇帝即位时虽然已经予以平反，但有些因果关节仍旧含糊不清。钱谦益作为当事人之一，对此自然格外留心。这一次仔细搜捡下来，居然也大有所获……不过，馆里收藏的史料实在太多，而且由于年代久远，又未曾经过系统的整理，查找起来相当费时费力。此刻，钱谦益想弄清天启六年北京发生的那一场大爆震，到底是什么原因造成，结果，还没翻检完当时那些报告灾异损失的各种奏本，窗外的天色就明显地暗下来，提醒他时辰已经不早，该考虑回家了。

"可是，眼下酉时尚未到。总是北地冬日天黑得早的缘故。那么，或者再迟半个时辰才走，也还不迟？"钱谦益把手中的卷宗放回原处，转身望着窗棂外的薄暮晴空，踌躇地想，同时，听见门外的甬道传来轻而急的脚步声，接着，门"呀"的一响，被推开了，一位年轻的官员跨了进来。不过，那人显然没想到屋子里还有人，因此猛一看见薄黯中站着的钱谦益，倒吓了一跳。但随后他就"哦"了一声，连忙把手中的一个大包袱放到桌子上，倒退一步，行着礼说：

"卑职王求仁。因不知大人在此，多有冒犯，尚祈见恕！"

钱谦益已经认出对方是院里的一位编修官，于是摆摆手，说："罢了！学生不过为查阅档册，才在此勾留。嗯，何以兄台也迟迟不归？"

王求仁仍旧拱着手，恭敬地回答："禀大人，卑职今日例当在馆轮值。适才在值房接到门上呈进一批新收的杂档，怕有遗失，因此送进来放置。"

钱谦益点点头："既然如此，兄台请自便。"口里这样说，心中却不禁有点好奇："新收的杂档？不知有些什么东西？"因此，等年轻的编修官殷勤地替他点上灯，告了退，转身离开之后，他就走到八仙桌边，把那个大包袱拿过来，动手解开，发现里面有手卷，有书信，还有一些其他的文字，内容很杂，各不相同，而且未经整理。看样子，不知是哪个衙门收集到的，大概觉得有点史料价值，便转送到这里来。不过，其中倒是附了一份清单，上面一件一件全都开列了名目。钱谦益拿起来翻了翻，觉得都比较平常，正想丢下，忽然，像被什么触到似的，心中微微一动，于是把清单再度举到眼前。这下子，他的目光立时被攫住了，因为单子上写着这么一个题目：《扬州十日记》。

"什么？《扬州十日记》！竟然有这样的东西！"钱谦益惊讶地想。还在南京的时候，他就听说过：在扬州失陷，史可法殉国之后，豫王多铎为了报复死守孤城、拒不投降的扬州士民，曾经残酷地下令屠城十日。结果，惨死于清军刀下的无辜百姓不知有多少。消息传开，整个江南都为之震动。当初钱谦益与他的同僚们之所以决定献城投降，与害怕南京遭受同一命运，可以说不无关系。不过，由于紧接着他们一伙人就被置于清军的严密控制之下，后来就更是被带到北京来，因此对于屠城的具体情形，他至今仍然知道得很少。现在忽然发现眼前就有这样一份东西，确实令钱谦益意外之余，止不住心头急剧地跳动，以致伸出手去时，竟然一个劲儿簌簌发抖。

他终于控制住了自己，并从那堆杂档中找出了《扬州十日记》。原来，那是一篇誊录在普通笺纸上的文字，装订成薄薄的一册，从书脊看，应当有四五十页左右。可是大约因为保存不善，加上辗转流传的缘故，其中却残缺颇多，不是书页破损不全，就是整页整页地丢失。上面也找不到作者的名字。"嗯，写工倒还周正干净，看样子是个抄本。只不知原件在何方，而冒着大危险写这种文字的作者又是何人？"钱谦益想，双手不由得又抖起来，末了，只好把本子摊放在桌上，就着灯光逐页翻看。由于开头部分已经不翼而飞，因此他首先读到的，是这么一段文字：

……忽叩门声急，则邻人相约共迎王师，设案焚香，示不敢抗。予虽知事不济，然不能拂众议，姑应曰："唯唯。"于是改易服色，引领而待。良久不至。予复至后窗窥城上，则队伍稍疏，或行或止。俄见有妇女杂行，视其服色，皆扬俗。予始大骇，还语妇曰："兵入城，倘有不测，汝当自裁！"妇曰："诺。"因曰："前有金若干，付汝置之。我辈休想复生人世矣！"涕泣交下。尽出金付予。值乡人进，急呼曰："至矣，至矣！"予趋出，望北来数骑皆按辔徐行。遇迎王师者，即俯首，若有所语……迨稍近，始知为索金也。然意颇不奢，稍有所得，即置不问。或有不应，虽操刀相向，尚不及人……

钱谦益心想:"原来这个作者是住在城墙边上的,所以清军入城之初的情形,他瞧得很清楚。那么在前几页,想必还有城破时情形的记录,只可惜丢失了。"他不无遗憾地想,于是接着往下看——

次及予门。一骑独指予,呼后骑曰:"为我索此蓝衣者!"后骑方下马,而予已飞遁矣!后骑遂弃予,上马去。予心计曰:"我粗服类乡人,何独欲予?"已而,予弟适至,予兄亦至,因同谋曰:"此居左右皆富贾,彼亦以富贾视我,奈何?"遂急从僻径托伯兄率妇等,皆至仲兄宅。仲兄宅在何家坟后,肘腋皆贫人居也。予独留后以观动静。俄而伯兄忽至,曰:"中衢血溅矣!留此何为?"予遂奉先人神主,偕伯兄至仲兄宅。当时一兄、一弟、一嫂、一侄,又一妇、一子、二外姨、一内弟,同避仲兄家。天渐暮,敌兵杀人声已彻门外。因登屋暂避。雨尤甚,十数人共拥一毯,丝发皆湿。门外哀痛之声,竦耳摄魄。延至夜静,乃敢扳檐下屋,敲火炊食。城中四周火起,近者十余处,远者不计其数。赤光相映如雷电,辟卜声轰耳不绝。又隐隐闻击楚声,哀号断绝,惨不可状。饭熟,相顾惊怛不能下一箸,亦不能设一谋。予妇取前金碎之,析为四,兄弟各藏其一。髻发衣带内皆有。妇又觅破衲敝履为予易讫,遂张目待旦。是夜也,有鸟在空中如笙簧声,又如小儿呱泣声者,皆在人首不远。后询诸人,皆闻之。

廿六日,顷之,火势稍息,天渐明,复登高升屋躲避,已有数十人伏天沟内。忽东南一人,缘墙直上;一卒持刀随之,追蹑如飞,望见予众,遂舍所追而奔予。予惶迫,即下窜。兄继之,弟又继之,走百余步而后止。自此遂与妇子相失,不复知其生死矣!诸黠卒恐避匿者多,绐众人以安民符节,不诛。匿者竞出从之,共集至五六十人,妇女参半。兄谓予曰:"我落落四人,或遇悍卒,终不能免。不若投大群,势众则易避,即不幸,亦生死相聚,不恨也!"当是时方寸已乱,更不知何者为救生良策,共曰:"唯唯。"相与就之。领此者,三满卒也,遍索金帛。予兄弟皆罄尽,独予未搜。忽妇人中有呼予者,视之,乃余友朱书兄之二妾也。予急止之。二妾皆披发露肉,足深入泥中没胫。一妾犹抱一女。卒鞭而掷之泥中,旋即驱走。一卒提刀前导,一卒横槊后逐,一卒居中,或左或右,以防逃逸。数十人如驱犬羊,稍不前,即加捶挞,或即杀之。诸妇女长索系颈,累累如贯珠,一步一蹶,遍身泥土;满地皆婴儿,或衬马蹄,或藉人足,肝脑涂地,泣声盈野……

如果说,在读到开始一段时,钱谦益还觉得城破后,兵卒乘乱索取钱财,原属意料之中的事,因此并不感到吃惊的话,那么这一路读下来,他的心就渐渐收紧了,寒毛也随之竖起来。无疑,以他的熟读书史,加上近年来的目睹耳闻,对于战争祸乱当中人命的悲惨,可以说是很了解的;不过,眼前这些记载,由于它的具体和详细,仍旧使他心中大受震动,有一种透不过气来的感觉。不过,虽然如此,他却忍不住继续看下去——

行过一沟一鏧池,堆尸贮满,手足相枕,血入水碧结,化为五色,池为之平。至一宅,乃廷尉姚公永言居也。从其后门直入,屋宇深邃,处处皆有积尸,予意:此间是我死所矣!乃逶迤达前户,出街复至一宅,为西商乔承望之室,即三卒巢穴也。入门,已有一卒拘数美妇在内，简捡筐簏，彩缎如山，见三卒至，大笑，即驱予辈数十人至后厅，留诸妇女置旁室，中列二方几。三衣匠、一中年妇人制衣；妇扬人，浓抹丽妆，衣华饰，指挥言笑，欣然有得色。每遇好物，即向卒乞取，曲尽媚态，不以为耻。予恨不能夺卒之刀，断此淫孽。卒尝语人曰："我辈征高丽，掳妇女数万人，无一失节者，何堂堂中国，无耻至此？"呜呼，中国之所以亡也！

三卒随令诸妇尽解湿衣，自表至里，自顶至踵，并令制衣妇人相修短，量宽窄，易以鲜新。诸妇女因威逼不已，遂至裸体相向，隐私尽露，羞涩欲死之状，难以言喻。易衣毕，拥之饮酒，哗笑不已。一卒忽横刀跃起向后疾呼："蛮子来！蛮子来！"近前数人已被缚，吾伯兄在焉。仲兄曰："势已至此，夫复何言？"急持予手前，予弟亦随之。是时男子被执者共五十余人，提刀一呼，魂魄已飞，无一人不至前者。予随仲兄出厅，见外面杀人，众皆次第待命。予初念亦甘就缚，忽心动若有神助，潜身一遁，复至后厅，而五十余人不知也……

在战乱中，命运最悲惨的照例是妇女。她们不仅像男人那样难免一死，而且往往还要遭受各种凌辱、蹂躏。至于像文中所说的，这种成群结队地当着自己亲人的面，被征服者任意玩弄的情形，在钱谦益的记忆中，虽然并非绝无仅有，但仍旧使他止不住热血上涌，有一种不胜愤恨的感觉。不过，文中痛骂那个中年的制衣妇人，当同胞惨遭淫毒之际，竟然恬不知耻，竭力向清兵献媚取宠，又使他不无心虚地联想到，自己多少也属于此类……这两种感受混杂在一起，以致有片刻工夫，钱谦益心中变得颇为烦乱。为了摆脱困扰，他于是竭力收敛心神，继续看下去。谁知，刚刚读到"厅后宅西房"一句，后面又缺失了好几页。结果，作者逃离前厅之后，到底经历了一些什么凶险，又怎样脱身，变得都闹不清楚。而紧接下来的，已经是记载第二天，也就是廿七日的事。倒是看来作者又意外地找回了他的妻儿，使人多少松了一口气。

……问妇避所，引予委曲至一棺柩后，古瓦荒砖，久绝人迹。予蹲腐草中，置彭儿于柩上，覆以苇席，妇偻踞于前，我曲俯于后，扬首则顶露，展足则踵见，屏气灭息，拘手足为一裹。魂稍定而杀声逼至，刀环响处，怆呼乱起，齐声乞命者数十人或百余人。遇一卒至，南人不论多寡，皆垂首匍匐，引颈受刃，无一敢逃者。至于纷纷子女，百口交啼，哀鸣动地，更无论矣！日向午，杀掠愈甚，积尸愈多，耳所难闻，目不忍睹。妇乃悔畴昔之夜，误听予言未死也。然幸获至夕，予等逡巡走出，彭儿酣卧柩上，自朝至暮，不啼不言，亦不欲食，或渴欲饮，取片瓦掬沟水润之，稍惊则仍睡去。至是呼之醒，抱与俱去。洪妪亦至，知嫂又被劫去，吾侄在襁褓中竟失所在。呜呼痛哉！甫三日，而兄嫂弟侄已亡其四。茕茕孑遗者，予伯兄及予妇子四人耳！相与觅白中余米，不得，遂与伯兄忍饥达旦。是夜，予妇觅死，几毙，赖妪救得免。

廿八日，予谓伯兄曰："今日不卜谁存。吾兄幸无恙，乞与彭儿保其残喘。"兄垂泪慰勉，遂别逃他处。洪妪谓予妇曰："我昨匿破柜中，终日贴然。当与子易而避之。"妇坚不欲，仍至柜后偕予匿。未几，数卒入，破柜劫妪去，捶击百端，卒不供出一人。予甚德之。后仲兄产百金，予所留余金，并付妪，感此也。少间，兵来益多，及予避所者前后接踵，然或一至屋后，望见棺柩即去。忽有数十卒恫喝而来，其势甚猛，俄见一人至柩前，以长竿搦予。予惊而出,乃扬人之为彼向导者,面则熟而忘其姓。予向之乞怜。彼索金,授金,乃释予,犹曰:"便宜汝妇也!"出语卒曰:"姑舍是!"诸卒乃散去。喘惊未定,忽一红衣少年掺长刃直抵予所,大呼索予出,举锋相向。献以金。复索予妇,妇时孕九月矣,死伏地不起。予绐之曰:"妇孕多月,昨登屋堕下,孕因之坏,万不能坐,安能起来?"红衣者不信,因启腹视之,兼验以先涂之血裤,遂不顾。所掳一少妇、一幼女、一小儿。小儿呼母索食。卒怒一击,脑裂而死,复挟妇与女去。予谓此地人径已熟,不能存身,当易善地处之。而妇坚欲自尽,予亦惶迫无主,两人遂出,并缢于梁。忽项下两绳一时俱绝,并跌于地。未及起,而兵又……

读到这里,钱谦益发现下文的字迹变得模糊起来,而且由于书页破损,读来断断续续,经常无法连贯。他费了不少劲,也只能大概知道,下面说的是作者夫妻二人逃出后,先是躲在稻草堆里,后来又逃进粪窖中,吃了不知多少苦头。好容易熬到第五日,正冀望清兵封刀大赦,忽然又传出还要血洗全城的消息,于是残存的老百姓愈加惊惧,纷纷乘着黑夜拼死逃出城去,结果又有无数人命丧在城墙下。作者因为记挂着生死未卜的兄长,没有跟着逃,但遭遇也够悲惨。先是他的妻子被一个鹰头鼠目的清兵残酷毒打,几乎没命;接着他失散的兄长虽然拼着命找到他,但是又被追来的清兵当胸砍了一刀,连肺都露了出来……此外,文中还说到他们避难的何家坟被清兵放火焚烧,无数的草房即时化为灰烬,而惊惶走避的老百姓又惨遭清兵四面截杀,几乎无一幸免……终于,到了杀够了也抢够了的清兵收兵回营,那些无赖泼皮、强盗草寇又尾随出动,使劫后余生的百姓再一次遭受蹂躏……文中的内容大致就是如此。至于这一场惨绝人寰的屠杀的尾声,在保

存还算完好的最后两页里,是这样记述的:

　　初二日,传府道州县已置官,执安民牌遍谕百姓毋得惊惧;又谕各寺院僧人焚化积尸……查焚尸簿载其数,前后约八十万余。其落井投河,闭户自焚,及深入自缢者不与焉……初三日,出示放赈……初四日,天始霁,道路积尸,既经积雨暴涨,而皮表如蒙鼓,血肉内溃,秽臭逼人,复经日炙,其气愈甚。前后左右,处处焚灼,室中氤氲,结成如雾,腥闻百里。盖百万生灵,一朝横死,虽天地鬼神,不能不为之愁惨也!
　　……

密谋后路

　　钱谦益慢慢把本子合上,直起腰来。但是,心中所受到的震撼是如此强烈,以至有好大一会儿,他仍旧呆呆地站在桌旁,眼前不断浮现出本子里那些令人发指的可怖情景。而且,这种情景还渐渐从扬州扩展开去,扩展到江阴、嘉定、徽州、苏州,还有浙东、福建、江西、湖南等等,一切他所听说的,曾经或者正在陷于战乱的地方。"是的,他们竟然这样残杀民众,残杀已经俯首归顺的民众,几万、几十万地杀!简直把人命看得连猪狗牛羊都不如!莫非他们以为凭着这个就能得天下?就能长久地据有天下?哼,只怕未必!稽诸青史,靠嗜杀横暴而能长久者,还从来未有过!既然如此,那么如今我这样归顺他们,到头来,会落得什么结果,什么名声,恐怕实在难说得很……"这样想着,钱谦益对于自己继续待在北京,就愈加感到如陷囚笼,而对于回到江南去的渴望,也变得愈加迫切了。"可是,怎样才能脱身回去呢?鞑子朝廷会允许么?当然,我得先提出请求,但如果提出之后,他们不但不准许，还对我起了疑心，又怎么办？可是，如果不提出，却恐怕连脱身的机会都谈不上……"

由于发现，一旦走到目前这一步，竟变得连退路都没有，钱谦益不由得深深懊悔起来，觉得如果当初不是跟着投降，而是逃出去，也许还好一些？他一边在屋子里来回踱步，一边颠来倒去地想，越想，就越觉得悲苦、绝望和茫然。有片刻工夫，他甚至忘记了时辰，也忘记了自己是在什么地方……

"笃笃、笃笃！"两记敲击声从门扇那边传来。钱谦益怔了一下，站住了。

"谁呀？"他问。

"是我！老朋友——咦，怎么还不开门？莫非里面藏着个小娘不成！"一个带笑的嗓门说。

"嗯，是龚孝升！怎么他……"这么疑惑着，钱谦益就连忙走过去，把门打开。果然，喜滋滋的龚鼎孳就站在外面。

"哎，天都齐黑了，你老兄怎么还舍不得走？快走吧！"龚鼎孳招呼说，并没有进来的意思。

钱谦益迟疑地："兄怎么知道……"

龚鼎孳摆一摆手："弟适才在译馆那边督译几篇新年的贺表，刚刚才弄完，走过这里，听当值的说，老兄还在这儿翻故纸堆，不肯走。老兄也真是的，都什么时候了！纵然宝眷不在身边，可也不能像个没主的孤魂，净在外间逛荡呀！"停了停，看见钱谦益还在踌躇，他又催促说："快走，走吧！若是不想回家，就到寒舍去好了。别的不敢说，这好酒还藏着几瓶，足以共你老消此寒夜！"

还在钱谦益刚到北京的时候，身为兵科给事中的龚鼎孳，由于串同许作梅等几位御史弹劾曾经是阉党余孽的大学士冯铨，以及冤家对头孙之獬，结果遭到摄政王多尔衮的严厉训斥。事后，朝廷大概为着表示宽容，并没有给予处分，但是却把龚鼎孳的官职改为太常寺少卿，表面上似乎升了官，实则是调离了颇有权势的给事中衙门，而让他来坐提督译馆这张冷板凳，管管文书翻译。对此，龚鼎孳私下里自然一直颇有牢骚。不过译馆和国史馆都同属翰林院，却使得他同钱谦益的来往更加密切。因此，现在听他这样邀请，钱谦益也就不再推辞。片刻之后，他们就双双离开翰林院，由各自的亲随服侍着，跨上马，走在返回宣武门外的大街上了。

已经将近酉牌时分。没有月亮也没有星光的天空，看上去漆黑一片。加上又是残腊将尽，入夜之后，周遭的寒气变得更加迫人。偌大一条长街上，空荡荡、静悄悄的，难得看见一个人影。只有两旁的屋檐下，那接连不断的灯笼在寒风中微微摇晃着，发出暗红的光。倒是门扇里面似乎颇为热闹，除了呼奴唤婢，告娘喊子之声隐约可闻之外，还听得见猪在嚎，鸡在叫，嗅得着从里面传出的阵阵炸麻花、烙大饼的气味……

"牧老，"在马蹄错杂而又单调的踢踏声中，龚鼎孳首先打破了沉默，"你老到北京来，也将近三个月了吧？"

"嗯。"

"滋味如何？"

"还好，还好！"

"可是，像眼下这样子，把宝眷全留在南边，身边连个贴身的侍候人都没有，终究不是长久之计！"

"谁说不是呢！可是……唉！"

"咦，既然她们不肯来京，"龚鼎孳转过脸来，眨眨眼睛，"你老何不就近在京里找一个？这京城里好女孩儿有的是！昨日贱内还说起，近日不歇有人牙子找上门，托她帮忙找人家，闻得即使黄花闺女，价钱也……"

钱谦益"哦嗬"了一声，连忙摇头说："罪过罪过。学生垂老之人，哪里还敢作如此想！"

龚鼎孳"嘻嘻"地笑起来："老兄又何必过谦？想当初，我兄亲乘彩舟，迎娶柳如是时，何等勇锐，何等气魄！不过三四年罢了，哪里至于便如此衰颓？只怕所畏者，是狮吼起于河东吧？其实，北京与留都远隔千里，即使她吼得再骇人，老兄仍旧大可充耳不闻，管自消受此间的无双艳福！哈哈！"

"我兄休要取笑。"钱谦益回头望了一眼远远跟着的亲随，哑着嗓门说，"经此世变，学生虽然幸得保此衰朽之躯，唯是却已心如槁木，无复他求了！"

大约听他说得消沉，龚鼎孳倒怔了一下，疑惑地问："那么……"

"但能从此息影田园，不问世事，了此余生，于愿已足。就怕……唉！"

"什么？"

"就怕朝廷不会恩准！"

龚鼎孳望了望他，不说话了。身下马蹄的踢踏声又重新变得清晰起来。

这样默默走出一段路之后，龚鼎孳才偏过脸来，紧盯着钱谦益又问："你老是说，当真想辞官不做，回到南边去？"

"兄台并非外人，学生又何必相瞒！可就是……"

"得！"龚鼎孳马上做了个制止的手势，"这会儿不必细谈，待到了寒舍，再行商议！"

说完，他就在马屁股上敲了一鞭，当先加快速度，向宣武门行去。看见对方这样子，钱谦益反而有点莫名其妙，但也只好催动坐马，跟在后面……当他们回到位于一条胡同深处的龚鼎孳寓所，一直在守望着丈夫归来的顾眉，已经等得有点不耐烦了。而且，龚鼎孳还带回来个钱谦益，更是她事先没有料到的。不过，钱老头儿是多年的旧相识，近日更是常来走动，因此眼珠子一转之后，她仍旧立即展开了笑脸，一迭声地叫着"稀客"，殷勤地把客人迎进堂屋。

"眉娘适才的话，是怎么说的？须知我糟老头儿，可不是稀客啊！"已经卸去风衣和皮裘的钱谦益，一边在椅子上坐下，一边微笑地说。

"怎么不是稀客？"顾眉扬起弯弯的眉毛，"今儿是什么时候了？大年廿八！在这当口上，哪里还有人会上别家的门？"

钱谦益不由得一愣，脸上顿时感到热辣辣的，半晌，才勉强地重新笑着，说："眉娘这话，可更是明摆着骂我了！不错，老夫来得确实不是时候，若不是龚兄……"

顾眉刚才还板着脸儿，这会儿"扑哧"一笑，说："谁骂钱老爷了？妾可是在谢钱老爷呢！不错，在这种当口，等闲的亲友是不肯上门的；肯上门的，也只有那等情谊深密的心腹之交罢咧！"

早在秦淮河旧院时，顾眉就以出语惊人，而又善于巧妙转寰著称。这会儿她又故技重施，同样把人弄得一惊一乍。不过，当钱谦益省悟过来之后，就止不住同龚鼎孳一道哈哈笑起来。于是，刚进门时那几分难免的拘谨消散了，主客之间重又变得像平日一样融洽和轻松……

这之后，彼此又说了一些别的家常话，无非是打算如何过年，要拜会一些什么人之类，等丫环小凤指挥仆人把酒席整治妥当，三个人便一齐起身，相让着，分别宾主在桌子边上坐了下来。

"牧老，"龚鼎孳首先举起杯子，说："诚如眉娘适才所言，在这种当口，肯屈尊见顾的，也唯有情谊深密的心腹之交了！请满饮小弟此杯！"

钱谦益点点头，跟着举起杯子。他有心说上几句凑兴的话，可是不知为什么，忽然感到喉头有点堵，眼眶也跟着热起来。的确，在这种年残岁暮的寒夜里，客居独处的那一份无聊滋味，只有他自己最清楚。如果不是还有龚鼎孳这样热情好客的朋友，他真是不知如何打发才好。然而，当他极力地抑制内心的激动，试图开口说话时，喉头却愈加堵得厉害。结果，他只好再次点点头，一仰脖子，把酒干了下去。

"好！"龚鼎孳高兴地说，也跟着把手中的酒一饮而尽。等侍候在一旁的小凤把酒斟满，他又再度举杯在手，说："这第二杯，自然是要预贺牧老……"

"哦，不！"已经拿起酒杯的钱谦益连忙打断他，"这第二杯。自然该由老朽来说——恭祝贤伉俪两情和美，万事顺遂，荣华富贵，安享无穷！"

龚鼎孳眨眨眼睛，笑着说："多承牧老贵言！只是，这'两情和美'，却非小弟一人所敢应诺，须得问过眉娘才成！"他于是转向顾眉，涎着脸问：

"不知夫人可许下官领此洪福否？"

顾眉哼了一声，伸出一根玉葱般的指头，朝龚鼎孳前额戳了一下，说：

"你想领此洪福么，那就得瞧瞧你那野性儿收不收！若然你还像前时那等，跟着那班狐朋狗友四处胡混，看老娘饶得过你不！"

不知是顾眉的举动过于放肆，还是当真戳中了要害，龚鼎孳的笑容僵住了。只见他含糊地说了声："哪里哪里！"就唯恐顾眉再说似的，急急把酒举到唇边，一口喝了下去。

顾眉却不理会丈夫的尴尬，她做了个手势，让小凤把酒添上，然后慢悠悠地说："那么这第三杯——"

"哦，这第三杯，是预贺牧老得以如愿南归，与家人重新团聚的！"龚鼎孳蓦地抬起头，大声说。

他这话一出口，顾眉倒没有什么表示，钱谦益却吃了一惊：

"啊，兄台此话怎讲？"

"不错，"也许是为了摆脱刚才的尴尬，龚鼎孳干脆站起来，把酒杯抓在手里，拍着胸口说，"若是你老果真意欲辞官南返，弟等倒是愿助一臂之力！"

钱谦益咽了一口唾液："可是——"

"且别可是！小弟只欲知道，老兄南归之意是否已决？"

"在弟而言，自然心愿如此。唯是未知计将安出而已。"

这一次，龚鼎孳没有立即说话，他仰起脸，沉吟了片刻，随即一本正经地走到顾眉身边，向她附耳低言了片刻，像是解释什么。说也奇怪，只见刚才还把丈夫抢白得不敢应嘴的顾眉，居然顺从地站起来，招呼小凤说："行啦，时辰不早了。我们陪着喝酒，陪到这个份上，也算够疼他们的了！接下来就不管啦，让他们自己爱喝到什么时候，就喝到什么时候好了！"说完，把双袖交叠在腰间，向钱谦益盈盈地行了一个礼，果真转过身，带上丫环，款款地走出去了。

也就是直到这时，龚鼎孳才把椅子拉近钱谦益的身边，坐了下来，低声说："这出计倒并非难事。只是你老是此事的主儿，须得自行修本上奏。弟等才好从旁设法疏通，助你老成功！"

钱谦益望了望对方。无疑，这北京的日子，已是越来越难熬。一旦考虑成熟，他自然会修本上奏。而对方作为老朋友，对此表示关切，原也在情理之中。不过眼下龚鼎孳的热心，却显得有点过分，甚至比自己还迫不及待，这就使钱谦益产生了怀疑，觉得背后似乎还藏着什么东西。于是他变得小心起来，说：

"嗯，就怕万一朝廷不准，反而招致猜疑，今后这日子可就难过了……"

"哎，那怎么会！"龚鼎孳显得很有把握，"若是单凭小弟一人之力，或许不敢夸口，可是还有别的人一道助你，必定能成！"

"别的人——谁？"

"陈百史，还有——哎，你老先别管了！总之只管放心就是！"

陈百史——就是现任吏部左侍郎的陈名夏。如果他肯全力帮忙，事情的把握自然就大得多。因此钱谦益一听，心中顿时一阵惊喜，不过却也愈加怀疑。

"陈百史与学生并无深交，何以肯全力相帮？"他问。

这种没完没了的追问显然使龚鼎孳大感懊丧。只见他绝望地把双臂一张，仰瘫在椅子上，直喘大气。不过他终于还是重新坐起身子，瞥了一眼窗棂，又转脸盯着钱谦益，半晌，不无痛苦地把牙一咬，说："也罢，这事迟早也要让你老得知的，现在说了也无妨！"

即便如此，他仍旧先站起身，走向门边，揭开暖帘，探头往外看了看。当证实外面没有人之后，他才重新走回来，坐下，顺手拿起筷箸，却又把其中一根交到左手，轻轻地点笃着桌面，压低声音说：

"嗯，是这么回事——从近两个月来，各地送呈的塘报看，这战局似乎变得不太有利于朝廷。福建、浙江不必说，此二地自从六月起兵反叛之后，显见已是阻遏住了大兵南进之势。虽然半年前朝廷就派洪亨九赴江南招抚，但看来至今仍束手无策。而同样令朝廷头痛的是江西、湖广一带，因何腾蛟、堵胤锡收编了李闯的流贼余部，实力急剧增强，已成为朝廷的又一心腹之患，虽然贝勒勒克德浑和固山额真叶臣已奉命率满蒙旗兵前往进剿，但似乎成效不大。不仅如此，还有张献忠盘踞川陕，公然称帝，其势之强，不可小觑。而尤可虑者，据塘报近日说，兴兵造叛的还有山东、江苏、汉中、河北、天津等地，不一而足。前几日，还有传闻连京畿也有杀官起事的。哎，皆因朝廷坚行剃发之令，加上旗人所到之处，圈地不止，遂致激成此变！有道是得民心者得天下，若是朝廷不肯改弦易辙，如此下去，战局之变数将会怎样？一旦心怀不忿的各地士民继续起而效尤，这成败得失，实在有点难以逆料呀！"

龚鼎孳说话时虽然神色诡秘，但钱谦益却并不特别吃惊。因为这类传闻，近日来他也多多少少听到一些，而且知道在汉官圈子中颇引起了一些窃窃私语。事实上，在国史馆里读到《扬州十日记》时,钱谦益对于清朝统治的前景之所以颇感怀疑,可以说与这种传闻也不无关系……

"只是,话虽这等说,朝廷强兵劲卒,且久经阵战,锋锐无比,而各地叛旅虽多,却大都是乌合之众,只怕终非敌手吧?"

"哼,说到朝廷之兵,最强者自然首推八旗,可惜只有区区十万人马,其余俱属入关后陆续收编之前明旧部。那些拥兵自肥的武人,所重者无非利害二字。面子上是归顺了,实则首鼠两端,未必真的就那么可靠。一旦时势有变,又安知不会反戈相向?到那时——哎,可虑呀!"

钱谦益不说话了。半晌之后,他才又迟疑地问:"那么兄等打算……"

龚鼎孳把两根筷箸"嚓"地合在一起,朝桌上一放,冷冷地说:"人无远虑,必有近忧。为一干同侪日后之进退利害计,目前亟须有一名望与关系兼具之人,坐镇江南,以为我辈瞻顾四方,联络八面,疏通规布。以牧老之雄才峻望,又是极堪信赖的圈中人物,如能应允当此大任,实在是不须作第二人想!只不知意下如何?"

在此之前,钱谦益虽然已经估计到对方如此热心地表示要帮助自己,其中必有缘故;但是,当龚鼎孳把底细和盘托出之后,他仍然为之一惊!因为这种安排说穿了,就是让他充当龚鼎孳、陈名夏等人与南方的抗清势力联系,预留退路的秘密使节。其中的风险,不用问也可想而知!而且听刚才龚鼎孳的口气,参与密谋的还不止龚、陈二人。那么到底有多少人?还有些什么人?这些都不知道。不过人数一多,事情就往往容易败露,因此有片刻工夫,钱谦益本能地打算推辞,随即转念一想:对方之所以敢如此直截了当地向自己提出,自然是经过这几个月的交往,已经把自己的心思想法揣摩得一清二楚,料定自己不敢把事情兜出去……"嗯,我眼下最要紧的,就是尽快返回江南。既然他们能帮我,又何妨答应下来?至于其他,尽可以等回去之后,瞧瞧情形,再相机而行不迟!"

这么打定主意,钱谦益就抬起头,直望着对方的眼睛,说:"多蒙列位同侪不以老朽见弃,委以重任,自当尽力!只不知何时修书上奏,又如何施为,方为适宜?"

"好!"显然喜出望外的龚鼎孳霍地站起来,"牧老既肯应承,真乃我辈大幸!学生在此先行谢过!至于上奏之事,也不必太急,待弟与陈百史等商议之后,再行定夺便了!"

一出双簧

龚鼎孳果然说到做到。过了几天,钱谦益就得到他的通知,说已经同陈名夏商定,趁着新年的机会,由陈名夏领他去拜访正黄旗都统谭泰,请这位颇有权势的满族贵官帮忙。龚鼎孳还特别透露:谭泰同摄政王的关系非同一般,说话很有分量。只要他答应出面,事情就必定能办成。对此,钱谦益自然没有异议。于是到了第二日,也就是大年初三,他就按照事先约定的时辰,到指定的地点同陈名夏会齐,然后跟着后者,一道前往谭泰的府邸去。

虽然紫禁城已经换了主人,但毕竟又到了新春佳节,北京这个帝王之都自有别的地方无法比拟的排场和气概。且别说那满城的彩棚灯饰,那震耳欲聋的爆竹,那漫天飘舞的风筝,光是大街小巷中络绎来往的轿马仪仗,那新奇异样的马褂花翎,就足以令人感到即使是在普天同庆的节日里,北京城也自有一种高高在上的威严,一种君临万方的风范。不过,钱谦益眼下却没有心思领略这些。因为虽然他早就知道谭泰,而且在上朝时远远见过他,但是却从来没有同对方打过交道,登门拜访更是头一次。虽然有陈名夏领着,但他心里仍旧不免有点惴惴然,不知道会落得一个什么结果。

由于先行一步的承差已经把拜帖递了进去,当他们来到谭泰的府邸，一位管家模样的中年男子，已经在门前等候着了。看见陈、钱二人滚鞍下马，那人就连忙迎上来，行着礼，说：

"二位老爷新年大吉！不知二位老爷光降，有失远迎，千祈恕罪！我家老爷恭请二位老爷入内相见！"

"嗯？你家主人……"由于谭泰没有按照官场的礼节，亲自到门前迎接，陈名夏显然多少有点奇怪，于是趁着往里走的当儿，忍不住向对方探问。

"启禀老爷，我家主人正在花厅宴客，所以……"回答了这么半句之后，大约发现客人的脸色有点不对，那管家又赶忙赔着笑脸，"我家主人今儿个喝了不少，他吩咐小的敬请二位老爷过去，同饮三杯哩！"

陈名夏"噢"一声，没有再吱声。不过钱谦益却想起：刚才在门外，他看见有几匹鞍鞯鲜明的骏马歇在墙阴下，旁边还有几个仆役模样的汉子，在那里围作一堆儿赌钱。当时他就有几分猜疑，没想到果然有客先在。"不过，主人喝得再多，只要还能见客，就没有让客人自己往里走的道理！"他想。不过，冲着对方是满人，而且还是炙手可热的贵官，他却唯有暗暗苦笑；只是，心中那一份忐忑不安，就变得愈加强烈了。

现在，两人已经走在通往花厅的甬道上。钱谦益发现，这所宅子不只规模阔大，建筑也相当考究。他事先听陈名夏介绍过，这原是前明时内阁首辅周延儒的府第。崇祯十六年，周延儒因罪赐死之后，宅子便充了公。到了八旗大军进入北京，一切房产照例由新主子重行分配。本来，这宅子也轮不到谭泰入住。不过这位都统大人有的是敢争敢吵的蛮劲儿，也不见他走什么门道，咋咋呼呼就把宅子弄到了手。对于这种角色，钱谦益向来的宗旨是敬而远之。倒是陈名夏别具手眼，不只同对方混得很热乎，而且据说还成了莫逆之交。今天，他领钱谦益来找谭泰帮忙，凭借的就是这么一种关系……

当两位客人踏入筝琶箫鼓之声大作的花厅时,映入眼帘的果然是一幅闹哄哄的狂欢景象:屋子里的几桌和椅子,不知怎么一来都给搬走了。在空出的地方,排开了一溜的厚毯,那些杯、盘、碗、盏一股脑儿全摆在毯子上。先到的七八个人,包括主人在内,都在食具旁席地而坐。他们确实喝了不少酒,那一张张胖瘦不同的脸红的血红,青的铁青,不过,看上去还没有醉,只是显得神情亢奋,手足舞动,正在那里一边有节奏地摇晃着身子,一边扯开喉咙呜呜哇哇地唱歌。屏风边上,还站着几个乐师,在那里调弦弄管,给他们伴奏。那些头梳叉子髻,身穿旗装的满洲女子,则穿插于筵席之间张罗侍候。不过,最引人注目的还是筵席当中的一只大铁锅,锅盖已经被揭开,带着浓烈膻味的香气充溢大厅,锅里竟然热气腾腾地煮着一只头角峥嵘、未经肢解的肥羊!

发现陈、钱二人到来,正在用两把割肉尖刀互相击打着,同客人们一道高声唱歌的主人谭泰,眨眨眼睛,一下子从杯盏后面站起来。

"哈哈,"他挥一挥手,制止了其他人的喧闹,随即迈开罗圈腿,迎上来,朝陈名夏大声大气地说,"得知你老兄驾到,本来立即便要出门迎接的!可是这些弟兄们都说,老陈是个好蛮子,好兄弟!用不着那些狗屁礼节!我一想也是,就坐着没动啦!"说着,已经来到跟前,他又狡黠地眨眨眼睛,喷出酒气,瞅着客人问:"怎么,老兄不会见怪罢?"

"见怪?"陈名夏装作吃了一惊,"这话从何说起!有道是不拘俗套,只重真情,才是好汉子的本色!我陈名夏佩服老哥的,也就是这种真好汉,真本色!更何况又是如此热闹的一个聚会,若是老哥抛下这一干的好朋友,独独出去迎接我们,打断了大家的兴头,小弟那才要见怪呢!"

到目前为止,包括钱谦益在内的不少明朝旧官,虽然投降了清朝,但对于来自关外的这帮子"异类",总感到格格不入,对于他们"不尊礼教"的粗豪作风尤其受不了。可是陈名夏却显然不同，很能放下架子同对方打成一片，因此在满人中颇受欢迎。眼下也同样，他的这几句一说出来，立即博得全场的热烈应和：

"对，好汉本色！说得好！"

"陈官儿，就是好蛮子！好朋友！"

"哈哈，来得早不如来得巧！正赶上全羊开锅！"

"快入座！快，快！"

听着这些亲热的呼唤，谭泰呵呵大笑，一把抓住陈名夏的手："来来来，你老哥就坐在这儿得了！"说着，不由分说，就把陈名夏一直带到自己的座位旁边，硬按着坐了下去，又招呼钱谦益："钱大人，你也坐！"

这当儿，几位侍女已经在一旁准备着。等宾主互相说过祝贺新年的吉祥话之后，便一齐上前，七手八脚地给陈、钱二人张罗杯盘碗盏，又按照满人的习惯，先给他敬上一袋金丝烟，接着又端来腻滋滋的奶茶。这么张罗了一阵，谭泰摆一摆手，说："成了，你们都退下吧！"然后，他就端起大银酒壶，亲自在两只玉杯里斟满了酒，跪在席上，用托盘送了过来。

陈名夏——自然还有钱谦益，没想到他一下子又变得如此郑重，倒吃了一惊，连忙"噢、噢"地谦逊着，放下奶茶，也是双膝着地，毕恭毕敬地接过，举到唇边。尚未入喉，钱谦益已经感到酒烈刺鼻，但看见陈名夏一仰脖子，全喝了下去，他也只好硬着头皮，一口一口地勉强把酒喝光。

"好，好！再来，再来！""对，再来一杯！"几个声音同时哄叫起来。

钱谦益却已经感到像吞下一团火，胸腹间烧灼得难受。他睁大眼睛，呵出口中一股辣气，同时看见主人已经兴冲冲地再度把酒斟满，不禁慌了手脚。说实在话，他的酒量本来有限，刚才那一杯也是因为自己有求而来，生怕开罪主人，才舍着命儿奉陪。

现在对方一杯才了，又来一杯，叫他如何招架？幸而，陈名夏大约也知道来势不妙，只见他把酒接在手中，故作豪迈地说：

"列位，这入门三杯酒，自是非常的情分！不过有道是大雁不能离群，美酒不可独饮，如今大伙儿光瞧着我喝，未免太没意味！不如行个酒令，大伙儿一块喝，如何？"

"不成！"谭泰把大手一摆，首先表示反对，"今儿个这酒，你可别想跑掉！再说，你们那些蛮子酒令文绉绉的，听都听不懂，谁爱弄那种玩意儿！"

陈名夏微微一笑："不是行那个酒令。我今日要行的酒令容易得很，保管人人都会，而且人人高兴——我这令么，就是各人轮流说上一件事，必定要非同寻常，淋漓痛快，即使不惊天动地，也足以夸耀一生，称得上好男子、真好汉的奇事、快事、顶尖儿的事！谁个说出来，若博得满座都说一声'好'，便大家同贺他一杯；若说得不好的，便罚他自喝一杯。列位以为如何？"

说来也怪，座上的客人，刚才还满脸不依不饶的样子，听他这么一说，却仿佛立即来了精神，纷纷叫好，就连谭泰也摸着满腮的黄胡子，扁平而多骨的脸上现出微笑。

看见这种情形，钱谦益暗暗纳罕。不过随后他就醒悟了：这些赳赳武夫们生性就爱逞强斗胜。陈名夏提出的这个新鲜法儿，显然正合了他们的胃口。"嗯，看来老陈不只摸透了他们的脾性，而且还很会同他们打交道。"

他钦佩地想，对于此番求托，不由得增加了几许信心，于是定一定神，且看同伴怎样拨弄施为。

这当儿，陈名夏已经把酒杯放在席面上，朗声说："那么，小弟就先开个头，说得不好，还请列位包涵。小弟说的是：顺治元年四月，我朝摄政王奉天子之命，入关讨贼，阵旗开处，大破流寇于一片石，歼其精锐八十余万，令闯逆心胆俱丧，望风逃窜，终使明国君父之仇得报，而我朝一统大业得成。如此兵威，如此气概,放之往古,何曾得见!列位,这算不算得英雄本色?"

陈名夏首先举出山海关前那关键的一战,显然是经过掂量的。因为作为前明的降官,无论是故国还是自身,都已经没有什么可夸耀,唯独借助清朝之力,最终击溃了死对头农民军这一点,同他们还算沾上点边儿。而且,这也是他们为自己的失节行为解嘲的一种"道义"依据。所以钱谦益听了,不由得暗暗点头,觉得这例子双方都兼顾到,可谓举得颇为得体。果然,不出所料,在座的满族贵官们由于绝大多数都参加过那场战役,顿时被激发起一股豪迈之情。

"这自然是英雄本色!""啊哈,那一仗,可真是杀了个痛快!""以前没跟他们厮拼过,只道有多难啃,谁知一交手……呸!""说得好!""好!"七嘴八舌的喝彩和夸耀从酒席上哄然响起,于是大家一齐举起酒,直着脖子咕嘟咕嘟地灌了下去。

"这就轮到我来说了,对不对?"一个急不及待的声音在钱谦益右边响起,那是一位身材高大、有着一根花白发辫的武士,他的眉毛很粗,眼睛却很小,那张饱经风霜的扁圆脸被烈酒烧得通红。只见他把席面一拍,大声说:

"若论英雄,太祖皇帝、太宗皇帝都是天下无敌的大豪杰、大英雄!想当年,我们正黄旗在满洲,被叶赫、明狗欺负得有多惨!有多惨!若没有二位皇上领着我们打江山,我们哪能报得了世世代代的大仇大恨?哪能像现今这样吃好的、穿暖的,还能挺着肚子,扬眉吐气地在燕京走路,叫那些蛮子像狗似的全趴在我们脚下?哼哼,如今可好了,这关内多大多大的土地,多少多少的牛羊牲口,还有这无数男丁女口,全是我们的了!从今以后,我们八旗人家的福享不尽,钱花不完!哈哈,好哇,真好哇!哈哈,你们说,太祖皇帝、太宗皇帝是不是大豪杰、大英雄?"

他举出清朝两位立国者——努尔哈赤和皇太极,作为英雄豪杰的表率,自然是无可争议的。不过,这个老家伙口口声声把明朝臣民骂成是"狗",而且在说到中原的财富和人口时,那种暴发户式的狂喜和自夸,却使钱谦益听来十分刺耳,不是滋味。因此,当其余的人高呼着"万岁",热烈而又庄严地举酒干杯的时候,他却从心底里生出一种耻辱之感,觉得灰溜溜的,茫然若失,直到碰到陈名夏警告的目光时,他才蓦地一惊,忙不迭地跟着举起酒杯……

幸而,很快又有人兴高采烈地把令接了过去。那是一位名叫巴里坤的御前侍卫,有着白净俊美的脸孔和肌肉发达的脖颈……

"二位先皇岂止是大英雄,而且还是大圣人哩!"他抓住垂到胸前的辫子,使劲朝背后一甩,两眼放着光,从席子上一跃而起,"记得崇德六年那一次,我大兵围攻锦州,眼看就要攻下了,不料,明军从关内调来援兵,乖乖,一家伙来了十三万!太宗皇帝闻报,即时御驾亲征。当时两军各自在松山城外立营,尚未接战。皇上便笑着对臣下说:'只怕敌人得知朕来了,吓破了胆,会连夜逃掉。要不然,朕管教你等打一个从来没有过的大胜仗!就像猎狗赶兔子,弯腰捡泥沙一般,压根儿不用费劲!'说罢,皇上又用马鞭朝西一指,呵呵笑着说:'待到这一仗打完了,接下来,我大清就该到关内去坐江山,做主子了!'当时我在下面听着,还有点糊糊涂涂的不明白。后来,那一仗果然打得痛快极了!十三万明军被我们围在当中,前面打!后面打!左面打!右面打!还钻进里面去打!打得他们哭爹喊娘,丢盔弃甲,死伤无数。剩下的拼命逃向塔山,又被我兵从背后穷追猛打,都逃进海里,也不知淹死了多少!哎,总之,那一仗像是有老天爷保佑着似的,胜得可真神!后来,才过了两年多一点,我们大清果真就入关来坐江山了!列位,如若太宗皇帝不是圣人,又怎能得知过去未来,说会咋样,就是咋样呢!"

这个巴里坤,是太宗皇帝的御前侍卫,在松山一战中曾经护驾有功。他说的话,自然是靠得住的。因此,大家惊喜自豪之余,愈加生出一种无限崇敬之情,一个个的眼中都同巴里坤一样,放出异样的光来。

不过,在一旁呆呆听着的钱谦益,却始终摆脱不了先前那种灰溜溜的感觉。而且这些昔日的敌手们愈是说得兴高采烈、神气活现,这种感觉就愈是浓重。加上早上起来他没有吃东西,这会儿又一直空着肚子喝酒,那酒力的散发特别迅速。因此,虽然他极力装出微笑,跟着大家再度高呼"万岁",但是,变得不受管束的思绪却顽固地一再闪现出扬州十日的可怖情景,闪现出因为被迫剃发改服而情绪激动的南京士绅,闪现出柳如是含嗔带怒的脸容……

"哎,牧老,该轮到你了!"正在混沌蒙眬之际,一个熟悉的声音隐约传来。

钱谦益迟钝地抬起头,发现陈名夏那双经常是炯炯有神的眼睛,正在尖利地瞅着自己。他微微一怔,疑惑地环顾一下左右,这才多少意识到:原来酒令已经行到自己头上,大家正在等待他说出耸动四座的豪言壮语来。

"豪言壮语……哼,都到这地步了,还有什么豪言壮语?还有什么可说?"他懊丧地、苦笑地想,同时觉得,在再度围裹上来的一片昏热的、雾样的朦胧中,眼前的一切,包括陈名夏、谭泰以及其他人,变得那么遥远、虚幻,只有他——钱某人自己才是真实的,只有占满他心胸的巨大冤苦、沮丧和委屈才是真实的。这些日子来他一个劲儿地作假、掩饰、压抑,实在太难受了!为什么要那样?为什么不发泄一下,哪怕只是小小地发泄一下?这样一种念头,在酒意的作用下,变得越来越活跃而强烈,以至到末了,他竟然忍不住当真用袖子掩住脸,呜呜地哭泣起来。

这一下,显然大出人们的意外。刚才还是闹哄哄的花厅,顿时变得一片静默。的确,且别说眼下正是新年喜庆,按惯例都讲究图个吉利,就冲着刚才大家正高高兴兴地谈到太宗皇帝的勋业,钱谦益竟然哭了起来,实在是极之不敬,也极之不祥。因此,就连精明的陈名夏也被他吓怔住了,一张已见酡红的长圆脸不由得变了颜色。

"嗯,这是怎么回事啊?"谭泰终于发问了,声音是冷冷的,而且显然隐藏着怒气。

钱谦益起初还昏昏沉沉,然而,周围的气氛终于使他怔了一下,抬起头来,同时意识到自己闯了大祸,顿时吓得酒也醒了一半。他连忙收住哭声,但是却不知如何是好,结果,只能惊慌失措地坐着发呆。

"到底是怎么回事?"谭泰再度质问,声音也随之凌厉了起来。
"哦,小弟知道了!"不等钱谦益作出反应,陈名夏已经从旁插了进来,"钱大人必定是听了我们适才称颂太祖太宗皇帝的崇隆功业,景仰感慕,因知我大清入主中国,实乃应天顺人,必定皇基永固,祚享无穷。凡我臣子,俱应竭尽绵力,精忠报效才是。唯是钱大人却因年老多病之故,不得已而乞求归养。思及皇恩浩荡,竟未能仰答于万一。因此百感交集,悲从中来,遂致潸然泪下——嗯,钱大人,下官如此揣测该是不差吧?"

钱谦益起初还目瞪口呆,随即心中一动,猛然醒悟,于是连忙点着头,呜呜咽咽地说:"臣以待罪之身,幸蒙恩赦,复授显职,虽肝脑涂地,不足以言报。唯是老迈昏庸,力不从心,常恐贻误家国,所以……"说着,索性大哭起来。

两位同谋者这么一番情急智生的连解释带表演,果然大有效果。只见谭泰虽然仍旧皱着眉头,却不再发出质问。其余的人也显然松了一口气。

"唔,原来钱大人打算辞官不做,告老还乡?"谭泰淡淡地问。
"确有此意。"陈名夏连忙顺着竿儿往上爬,随即又叹了一口气,"说来老钱也着实可怜。他今年已是六十好几,身子向来就弱,近来更得了晕眩之症,头脑经常发昏,只能躺着,什么事儿也做不了。况且他命造不好，注定人丁不旺，生了几胎，都养不大，好容易熬到四五十岁，才得了个儿子，却又偏生体弱多病，而且秉性顽劣，害得老钱为他不知操了多少心，却始终不能改变。更有一样，他家中妻妾一向不和，成日价争斗不休，小则摔盘砸碗地吵闹，大则挥拳动棒地大打出手。老钱若是在家，好歹还能管着，像如今这样远在北京，可就鞭长莫及了！结果弄得他身在这里，心思却想着不知家里闹成什么样子。唉，别人也做人，却少有他做人做得这等艰难的！"

陈名夏那三寸不烂之舌果然厉害。不错，所谓头晕症其实是没有的，但只要钱谦益一口咬定，别人却很难查证真假；至于人丁单弱、妻妾不和，虽然不能说没有，但被他这样加油添酱地一渲染，钱谦益就变得可怜得不得了，简直成了天下最不幸的男人。果然，那班赳赳武夫听了，顿时大起同情之心，纷纷交头接耳，发出阵阵嗟讶叹息之声。

"既然如此，"谭泰说，口气明显地缓和下来，"那就告假回去，料理一下便了！"

"老钱本人也有此意，只是怕朝廷不会恩准……"

"有什么不准的！"谭泰断然把手一挥，"既是实情如此，那就先回去，把家务料理妥了，养好身子，再回来报效朝廷也还不迟！行了，不必再说了，这件事，算我老谭包了就是！"

说完，他就回头大声招呼那几个乐师："咦，怎么全停下了？快快给我吹奏起来！"然后，又把脸转向大家，拍一拍席面："你们也先别喝酒了。来，马上动手——分羊！"

拜谒孝陵

如果说，各地风起云涌的反抗浪潮所造成的声势，使得远在北京的前明降官也人心浮动，惴惴不安，甚至开始暗中设法经营后路的话，那么在江南地区，这种感受就更加直接而强烈。特别是以瑞昌王朱谊泐为首的南京近郊那股抗清势力，眼见别的地方早就扯起大旗，有声有色地干起来，自己却一直被迫处于潜伏状态，实在感到焦灼难耐。因此，到了清朝顺治三年，也就是鲁王监国元年的春节一过，他们就在正月十二日和十八日两次试图起事，攻打南京。谁知事机不密，被洪承畴发觉，预先调集兵马，作好布置，结果起义迅速归于失败，还折损了不少人马。这么一来，朱谊泐等人渴望与浙东义军取得联络的心情就更加迫切。结果，在他们再三催促下，余怀、沈士柱和柳敬亭终于决定启程南下，前往浙东。

不过，由于出了那样严重的事态，要取得总督衙门的关防文书就更加不容易。虽然他们有黄澍的关系可以利用，但是这种秘密图谋，却是绝对不能让对方知道的，因此很费了一点心计机巧。结果，当三位朋友好不容易先后混出了南京城，在郊外的一个秘密地点聚齐，动身上路时，已经是二月的末尾。

现在，他们一行三人装扮成客商的模样，各自跨着雇来的驴子，缓缓走在东去的官道上。那个驴夫和余怀的亲随阿为，就挑着行李，在后面相跟着。本来，从南京南下浙东，水陆两路都可以走，但是为着便捷起见，一般人都是先上东面的丹阳去，然后从那里乘船，循大运河而行。这一次，三个朋友也是一样。只不过，黄澍替他们弄到的关防，却仅限于在城郊之内通行，出了这个范围，就不再有效。因此他们今天也没有太多的路要赶，只须在天黑前到达灵谷寺，找间僧房歇下就成。至于下一步怎么办，还得等在那里接应的人替他们想办法。

头上的太阳从西边斜照下来，已经是下午时分。虽说在江南乃至全国，大规模的战乱还远没有结束，就连成了清军大本营的南京地区，也依然隐伏着随时可能爆发的危机，但毕竟到了春回大地的时节。去冬的积雪，早就消融得不见踪影；路旁成行的柳树，又吐出了丝丝新绿；变得湿润起来的风轻一阵紧一阵地吹到行人的身上来，却依然微有寒意。只不过，在紧挨着官道南边伸展出去的平整沃野上，已经有勤劳的农夫在开始车水和犁田。那油亮的、刚刚翻过的沃土引来成群的鸟雀，它们不停地盘旋起落，为争夺虫子和和残留的谷粒而发出吱吱喳喳的叫声……不过，这也只是一种景致，还有另一种情景，那就是正月里义军的两次起事，虽然已经被残酷地镇压下去，但是清军的搜捕行动尚未结束，因此眼下一路之上，仍旧不时可以看到一些蓬头垢面、断手伤足的起义者，少则三五人，多则十来人，一个个五花大绑，被清军押解着络绎而行。正是这后一种情形，使身负秘密使命的三位朋友既感到暗暗惊恐，又不免有点紧张，而回想起前一阵子等待义军攻城的那些日日夜夜，心中更多了几分痛惜，几分沉重，以致谁都没有心思观赏景致，也没有心思交谈，只是低着头，默默地行进着，直到抵达矗立在路旁的那座巨大孝陵牌坊前，才陆续停下来。

他们之所以于凶险四伏、行色匆匆之际，还要冒险赶到孝陵来，是因为这个地方，埋葬着明朝的开国之君太祖皇帝朱元璋和他的皇后马氏。二百多年来，它一直作为大明王朝赫赫功业的象征，在臣民心目中享有崇高的地位。如果说，时至今日，随着农民军的攻陷北京，大清国的入主中原，无比强盛的大明王朝已经成了一个支离破碎的旧梦的话，那么孝陵却仍旧以其不朽的光荣，时时牵扯着、温暖着孤臣孽子们的心，使他们壮怀激烈地想到，只要像祖先们那样勇猛无畏，不屈不挠，就一定能够创造出复兴大明的奇迹来。因此，还在筹划南下那阵子，三位朋友就已经商定，一旦到了城外，无论如何也要上孝陵去瞻仰朝拜，献上大明臣子的一片耿耿孤忠，同时祈求太祖皇帝的在天之灵保佑他们此行顺利平安，成功而归……

现在，他们已经离开了官道，从那个巨型的牌坊下穿过，来到镌刻着"诸司官员下马"六个大字的石碑旁。展现在眼前的是一条极其宽阔的神道，向着西北的方向笔直延伸，两旁是参天的古柏，合抱的长松，那郁郁苍苍的姿态，把神道的气氛烘托得异常庄严肃穆。而在数百步之外的远处，则矗立着一座红墙黄瓦的单檐歇山顶门楼，那自然就是陵墓的正门——大金门了。由于孝陵属于庄严神圣的皇家禁地，为了确保陵寝的绝对安宁，防止外来的纷扰破坏，陵园的边界上，不仅筑有一道蜿蜒四十余里的红色皇墙，使之与外界分隔开来，而且陵园之内，还长期设有重兵，加以严密防卫。要在过去，别说普通老百姓，就连余怀、沈士柱这类有点身份的缙绅，未经特别批准，也是不能进入的。至于到了眼下这种时世，情况是否已经改变，却不得而知。因此，当三位朋友在下马石碑前下了驴子，连同行李一道交由随行的阿为和驴夫看守，然后带上香烛供品，沿着神道向前走去时，都不由自主地感到有点紧张，也有点胆怯，虽然发现神道旁还另外立着两块石碑，一块是神烈山碑，另一块是崇祯年间立的禁约卧碑，但是都没有心思去细看了。

渐渐地，他们终于又觉得情形有点不对。因为照道理，像他们这样明目张胆地在神道上走，必然会引起守陵军校的注意，出来拦阻盘问。然而，已经走出了好远一段路，四下里始终静悄悄、空荡荡的，那些顶盔贯甲，手持刀枪的兵卒固然一个都没有露头，就连负责陵园日常杂务的差役也全都看不见。相反，却发现偌大一条神道上，东一摊、西一片的，净是泥污和积水，其中还夹杂着好些黄褐色的马粪。除此之外，就是去年秋天就留下的，一直没有人收拾清除的满地松果、柏籽和断枝败叶。

"嗯，从这一阵子的情形看，此间显见已是门禁尽弛，今非昔比了！唯是这神道乃是庄严肃穆之地，照理每日都应该有人打扫，保持干净整洁才是，如今竟然变得如此模样，再怎么说，这也是亵渎太过，不能容忍的！"

余怀一边选择着干净的地方落脚,一边为没有遭到盘查而感到稍稍松了一口气,但同时又颇为不满,于是忍不住转过头问:

"不是听说鞑子那个什么豫王进了留都后,曾经亲临此地,恭行祭拜么?怎么才只半年工夫,就成了这副样子?"

沈士柱哼了一声:"鞑子那等做,无非是装装样子,笼络留都的民心而已!他们若是真有这种恭敬之心,就该老老实实返回关外去。像现在这等作为,鬼才会信他!"

"据小老所知,"柳敬亭从后面接口说,"那豫王不久就借口裁汰朝阳、太平等门外七十二卫的守卒,把守孝陵的官兵、差役也一道裁汰了。到如今,这个地方其实已是无人过问!"

"可是,不是还有洪亨九么?莫非他也全无心肝,置先皇之陵寝于不闻不问么?"余怀依然感到不可理解。

"洪亨九?他哪里还有这个胆子!"沈士柱鄙夷地说,"他既已认虏作父,眼下最怕的,一是被鞑子干爹说他同大明旧情还在,藕断丝连;二是被太祖皇帝的在天之灵无时无刻地盯着,叫他寝食不安,惊悸而死!此刻他的心里,只怕是恨不得即时把孝陵平毁才好呢!"

余怀不再吱声了。想到堂堂一代开国之君的陵墓,竟受到如此糟践,而那些世受国恩,却变节投敌、为虎作伥的明朝旧臣,又是如此天良丧尽,他感到恼火异常的同时,心情变得愈加沉重。沈、柳二人想必也是如此。但这种思绪眼下却无从表达。于是,三个朋友就这么默默相跟着,一直走到大金门前。

还在老远的时候,他们就看见,有着三道高大门券的这座陵园的正门,那六爿嵌满铜钉的朱红色门扇全都紧闭着,不过他们却知道,在那些门扇上,照例开有供平常出入的小门。如今走到跟前,发现果然如此,在靠左边的那扇大门上,一道长方形的小门打开了一道缝。看见这种情形,三个朋友倒也不敢造次直入,于是举手向小门上敲了几下。起初,门里并没有什么反应,直到再次使劲去敲，才听见里面传出几声咳嗽，接着，门缝"呀"地变大了，露出来一个老头儿的瘦小身子。

"几位是……"那老头儿弓着背，用怀疑的目光上下打量着他们，问。门影里，他那多皱的脸孔浮泛着一种灰不灰蓝不蓝的色彩。

"哦，"余怀连忙拱手为礼，自我介绍说，"在下是过路的客商，久闻这孝陵的盛名，一直无缘拜谒，今日途经尊处，特地备下香烛供果前来，不知可能如愿否？"

那老头儿起先摸不清他们的身份，还带着几分惊疑，及至听余怀说出来意，那张多皱小脸就顿时沉下来，摇着头，冷冷地说："客官别是想差了吧？此地可是孝陵，不是秦淮河、莫愁湖！向例是不许闲人进入的。请回吧！"说完，就想转身关门。

"哎，老丈留步！"余怀伸手把门按住，再一次解释说，"我等都是本分的生意人，只想进去瞧一瞧，拜一拜，拜完便去，绝不损坏园里一根草，一块石！"

谁知那老头儿依旧摇头："休得啰唆，说了不成就是不成！"

"我等也知此乃皇家禁地，"沈士柱从旁接口说，"因此往日也不敢生此妄想。只是时至今日……还望通融则个！"

大约看见余怀碰了钉子，因此他说这话时，已经是用了恳求的口气。谁知那老头儿听了，反而一下子光火起来，"时至今日又怎么了？"他使劲一跺脚，怒气冲冲地瞪大眼睛，"不错，时至今日，大明是亡了！可这里还是太祖皇帝和马娘娘的梓宫！太祖皇帝，记得吗？就连大清朝的贝勒，也要上这儿来祭拜呢！告知你们，只要我这把老骨头还在，你们这些鸟人就休想踏进这大门一步！"说完，又想把门关上。

"哦哦，老丈且息怒！"看见势头不对，站在旁边的柳敬亭连忙跨进一脚，用身子抵住门，"哎，老丈且息怒！"待到在门里站稳之后，他又说了一句，粗短的眉毛下，几乎每颗麻子都闪动着讨人喜欢的微笑,"这位兄弟不是此意。他是说时至今日,这偌大留都,也只有此间还依旧是我大明的净土,即使能够进去站立片时,也是三生之幸了!自然,此事还须老丈应允。如能玉成此愿,在下三人俱是感激不尽!"

看见柳敬亭几乎是硬挤着踏进门里,余怀不禁有点担心,生怕会更加激怒老头儿。及至听他说出"大明净土"之类的"悖逆"言语来,更是不由得心中一紧,惊恐地想:"亏这麻子还是个老江湖,说话怎么如此没遮拦?"这当儿,由于门扇已经被推开,里面的情形多少可以窥见一点。余怀迅速地溜了一眼,发现幽暗的门洞里没有别的人,只在尽头之外的院子里,矗立着一座碑亭之类的宏伟建筑,在阳光的映照下,显得凹凸分明。

"哎,你这老儿怎地如此不讲理!"沈士柱在旁边蓦地大叫起来,"太祖皇帝是大家的,又不是你一个人的!我们拼着被鞑子兵抓去,辛辛苦苦赶来,诚心诚意要拜一拜他,你这老头儿凭什么死活把着门,凭什么不放我们进去?"

余怀吓了一跳,连忙转过脸来,发现老头儿的脸色果然变了。有片刻工夫,他没有吭声,但是那挨个儿向他们审视的眼神里,却分明隐藏着某种阴沉的、吉凶莫测的东西。

这么一来,三个朋友可就顿时变得有点心虚。因为刚才那些话,若是被对方抓住,拿去报告清兵,他们无疑会吃不了兜着走。余怀生性机警,看见势头不对,于是立即拱一拱手,说:

"既是老爸为难,在下等就不进去也罢!适才多有渎扰,冲撞之处,还望老爸千万包涵则个!"

说完,朝沈、柳二人使个眼色,转身就走。到了这一步,沈、柳二人大约也知道进园无望,虽然神色之间还有点怏怏的样子,但也只好跟在后面。

"嘿,站住!"等他们走出六七步之后,老头儿忽然在后面吆喝起来。

看见三个朋友本能地停住脚,他又大声招呼说:"回来!"

余怀望了望柳敬亭,打算用眼色制止,但是那麻子却断然转过身,大步走回去。看见他这样子,余、沈二人只好迟迟疑疑又跟了过去。

"不知老丈呼唤,有何见教?"柳敬亭恭谨地问。

老头儿却没有马上回答,似乎还在权衡掂量什么,但终于还是叹了一口气,摆摆手说:

"三位客官,都是小老性急,错怪了有心的好人!其实若是这等,就是放三位进去也无妨,只是今日……唉,算了,心到就成,三位还是请回吧!"

三位朋友起初听他言语恳切,意外之余,不禁重新生出希望,谁知最后得到的,却仍然是这么一句话,顿时又变得面面相觑。沈士柱转动了一下眼睛,随即上前一步,从怀中掏出几块碎银,说:"莫非园里还有别的人在,老丈不便做主?那么这点辛苦钱,实在不成敬意,就烦老丈帮忙打点一二。"

说着,递了过去。

不料,老头儿却猛地把他的手一推,生气地说:"小老绝非此意!"随后,眼睛竟然红起来,嘴巴也开始一扁一扁。末了,他别转脸去,嗓音有点发哑地说:"不瞒三位,若是平日,冲着三位的一番诚心,小老也就放三位进去了。唯是今日不成。皆因今日园中来了一伙满兵,由一个固山额真领着,要进园中打猎。小老本想阻拦不许,无奈上头管事的下令放行,只得让他进去了。那固山额真还留下话,要小老守着门,不得放外人进去。若有违拗,一律杀却,连小老也一并治罪。小老已经活够一把年纪,死了也不可惜。只怕把三位放了进去,被他看见,性命不保。因此,三位还是请回吧!"

老头儿神情悲戚地低声说着,眼泪随即流了下来。三个朋友却听得目瞪口呆。半晌,余怀才疑惑地问:"打猎?怎么园子里还能打猎？"

那老头儿点点头："这园中的地面原本极之广大，早在修筑时便植下十万松柏，还放养了数千头梅花鹿。两三百年下来，因料理不善，虽然已经远不足此数，但上千头总是有的。到了去年八月，不知怎么地被他得知，竟呼朋结伙地寻上门来，在园里设围放狗，走马射箭，大呼小叫，横冲直撞。射倒了鹿时，便在园中即时开剥烤煮，摆宴饮酒，不吃到天黑不散。他初时还闪闪缩缩，后来见无人敢管，便益发放肆，短则十天长则半月，就要来一次，到如今，园中的鹿儿已经被他杀死一百有余。长此下去，只怕一只都留不下……"

听老头儿这么解释，余怀和柳敬亭还来不及作出反应，沈士柱就已经浑身觳觫起来。只见他紧握双拳，瞪着眼睛问：

"出了这等无法无天之事，怎么无人敢管？啊，怎么无人敢管？"

老头儿看了他一眼，长叹一声："他们凶神恶煞的，一进门就把丑话说在头里：谁敢向上头报告，就杀谁全家！管事的都有家小在园里，哪个还敢老虎头上捋须？反而严令我们这些手下的人也不得声张。更兼那伙人来时，必定下令封门，外人也轻易觉察不出。还有一样，他们都是满人，纵使告到江宁府，只怕也无奈他何——唉，总是国家亡了，便合该拖累祖宗的陵墓也遭罪受辱吧！"

余怀和柳敬亭对望了一下，也就是到这时，他们才弄明白对方为何不让他进园，而园中又发生了一些什么事。的确，正如那老头儿所说的：这一切令人发指的罪行之所以发生，都是因为国家亡了的缘故。而要制止、惩罚这种罪行，唯一的办法，就是仿效当年太祖皇帝的榜样，以不屈不挠的决死抗争，把征服者驱逐出去！尽管两人都没有说话，但在凭借目光的交流，这样一种想法，彼此显然都已经领会，因此一刹那间，两个人的眼里都灼灼地放出光来。

"多感老丈指点!"余怀转过头去,拱手当胸,向老头儿行礼说,"既然如此,我等便不进去也罢。唯是今日既是专诚前来,总该瞻拜行礼,以表崇敬之忱才是。适才在下见那门券之内,碑亭之前,像是空寂无人,不知可否就在那里,陈列香烛果品,也不声张,一待礼成,即时退出,绝不再令老丈为难!"

"是的,绝不再令老丈为难!"沈、柳二人也一齐拱手恳求。

那老头儿起初还有点犹豫,但三位朋友发自内心的恳切与真诚显然打动了他。终于,他点点头,说:"既然如此,也罢,三位且随小老来。不过,必定只可在碑亭之前瞻拜,待小老替三位把风便了!"

三个朋友一听,顿时喜出望外,于是连声答应,跟着对方,穿过城门一般的长长门洞,进入陵园之内。

虽然他们早就听人赞叹过,这座孝陵背靠钟山,东抵灵谷寺,西接南京城垣,方圆极其广大。但是,也就是真正进入这里,三个朋友才充分领略到它的广博与恢宏。举目望去,只见岗峦连绵起伏,林木繁茂郁苍。宽阔的神道,从脚下继续延伸,过了碑亭,就折而向西。凭着在道旁两两相对而立,雕成狮、獬豸、骆驼、象、麒麟、马等形状的巨大石像生①,以及高耸的华表、宏丽的棂星门,他们可以辨别出,这神道原来异常漫长。它向西迤逦了一里之后,又折向北,然后再折向东北,最后才消失在一座小山之后。估计小山之后的那座有着高大明楼的圆穹形建筑,就是太祖皇帝和皇后马氏的陵墓了。三位朋友因为听说无法无天的清兵居然闯进这里来大肆围猎,所以都想亲眼证实一下。然而,也许是陵园实在太大,加上林木众多,岗阜起伏的缘故,急切间却没能发现。更何况,已经时近傍晚,西坠的夕阳,正把最后的余晖投向广阔无

---

① 石像生:指帝王陵墓前安放的石人、石兽等,又称"翁仲"。

垠的苍茫的大地,也投向大明王朝的这座开国之君的神圣陵园,使那默然肃立的十万株松柏,那玩珠峰、独龙阜和梅花山,那华表、棂星门和石像生,全都仿佛要燃烧起来似的,染上一层泛着红光的金黄色彩。这瑰丽而奇幻的色彩,吸引了他们的视线,使他们想起大明王朝曾经有过的显赫声威和辉煌岁月;同时也使他们想起,恍如眼前这凄美绝伦的夕阳一般,故国山河无可挽回的没落与沉沦。也许正是这样一种双重的感受牢牢地抓住了并肩而立的三位朋友,以至有好长一阵子,他们忘却了再去搜寻偷猎者,只是呆呆地凝望着,心中充满着惊骇与凄惶,一句话也说不出来……

不过,这种磐石般压到心上来的愁思,终于被打破了。因为那个老头儿已经发急地叫嚷起来。他们连忙转过身,走回碑亭,把随身带来的香烛果品摆开,然后肃整衣冠,对着眼前那座由成祖皇帝所立、高达二丈七尺的"太祖高皇帝神功圣德碑",默默地长久地祝祷着——对自己的被迫剃发表示悲苦的忏悔,对未来的行程寄予深切的期待,然后,按照三跪九叩的最高规制,一次又一次地行下礼去……

铤而走险

也许是向太祖皇帝的一番虔诚的祷告发生了效用,三个朋友离开了孝陵之后,于当晚赶到灵谷寺,刚刚在一间僧房住下,负责接应的人就找来了。他不仅带来了沿途通行的号牌,还通知他们,翌日在仙鹤门上当值的军校,就是义军的人。结果,待到出城的时候,竟是十分顺利。主仆四人在城外改雇了另一拨驴子,然后加紧赶路,经过一天半晓行夜宿的跋涉,终于在第二天的晌午,来到丹阳码头。

作为联结南京、江北和苏杭的交通枢纽,丹阳码头从来都是一个热闹繁忙的处所。无论是南来北往的商旅行客,还是因公转徙的官员、成批北运的漕粮，每每都要在这儿结集或停留。要在以往，这一带的河面上总是挨挤不开地停泊着各式船只，岸上也是车马云集，货物山积，鳞次栉比的客栈里住满了南腔北调的旅人。不过眼下，当三位朋友踏上码头时，却发现正如事前估计的那样，由于时局动荡，战乱未息，情形已经发生了很大的变化。放眼望去，河道上来来往往的船只明显地减少了，过去由于货仓里装不下，经常一直堆放到街道上来的货物，也消失了踪影。至于街道上招摇而过的官员，不用说早已不再是乌纱圆领的打扮，而是清一色的花翎暖帽、马褂和开叉袍了。不过，有一样却似乎比以往来得拥挤，那就是码头上的人们——站着的、坐着的、来回转悠的，竟然黑压压地布满了河沿。其中大多数是男人，也有一些上了年纪的妇女和小孩，从衣着打扮看，却贵贱不一，正一边用松江话、无锡话、苏州话或者别什么地方的话嗡嗡地交谈着，一边不断地朝江上眺望，仿佛在等待什么。看见这种情形，柳敬亭顿时皱起了眉毛，说：

"不好，得快点找船。瞧这阵仗，闹不好，说不定今日还走不了！"

余怀和沈士柱本来还好奇地东张西望，听他这一说，也不由得紧张起来。于是主仆四人立即加快脚步，朝岸边走去。

与河面上的空旷冷清相反，岸边倒是一溜儿停泊着不少船只，有大江船，也有天平船和小划子，参差地浮动着。他们一连询问了几只，果然发现不是早就坐满了搭客，就是已经有人定下了，全都雇不上。自然也有还未客满的，但三位朋友因为有事在身，不想同不相干的人混在一起，一心想单独雇一只船，加上阿为共有四个人，太大或太小的船都不合适，结果一路问下去，竟是接连扑空。大家这才当真着急起来，正打算走到更远一点的地方去打探，忽然听见背后一个尖脆的嗓音问：

"几位客官，可是要雇船？"

他们回头一看，发现说话的是一个小男孩，瞧模样也就八九岁。身上穿得腌腌臜臜的，黝黑的脸上净是污迹，脑袋上扣着一顶破毡帽，正睁着一双晶亮的眼睛，探询地瞅着他们。

三个朋友对望了一眼，不知道这个叫花子似的小家伙是什么来历。不过，余怀还是顺口回了一句："嗯，不错。你可知道哪儿有船？"

"有，"那男孩连忙点头，"包管客官满意！"

"那——船呢？在哪儿？"

"给我钱，我就带你们去！"小男孩伸出脏兮兮的小爪子。

"什么，给你钱？"阿为放下行李扁担，从旁接了上来，"哼，我早瞧出你是个小叫花，却想来骗钱！去去，一边儿去！没有！"

小男孩眨眨眼睛，镇定地反驳说："我不是小叫花，我是帮工，我们有船！"

"你有船，船呢？"

"给我钱，我带你们去！"

小家伙毫不松口。几个大人反而有点拿不定主意。终于，阿为摸出一文钱，放在对方的掌心里："好好，给你！"

谁知，那男孩却摇摇头。

阿为小心地瞧了瞧他，只好又添了一文。

小男孩仍旧摇头。

阿为火了："怎么？还摇头！你想要多少？"

"得按行规——十文！"男孩回答得很干脆。

"十文？"阿为气得跳起来，一把夺回那两文钱，"你这小王八蛋想诈谁！滚，快滚！"

这当儿，一直在旁边瞧着的柳敬亭开口了："嗯，十文就十文，给他吧！可是——"他斜眼瞅着男孩，"你可得给我们找到船。不许捣蛋！"

"哎，这个自然！"小男孩顿时高兴起来，他老练地把钱数了数,道过谢,往怀里一揣,用袖子擦了一把淌下来的鼻涕,随即转过身,连蹦带跳地带头走去。等主仆四人跟了上来,他又回头咭咭呱呱地说:"哎,这年头,出门在外不容易!特别这丹阳码头,船可不好找!几位客官下趟经过,若有为难,就找我'黑豆'好了,我天天守在这儿,一喊便来侍候几位!"

他小小年纪,竟然已是一派江湖口吻,几个大人听着,都觉得既惊奇又好笑,同时也颇为感慨。末了,余怀和气地问:"嗯,近日这码头,天天都是这么多人么?"

"什么?"小男孩似乎没有听明白。

"我是问你,搭船的人可是天天都这么多?"余怀说着,朝码头上聚着的人们一指。

小男孩"哦"了一声:"客官是说他们哪——他们可不是来乘船的,是来等船赎人的!"

"什么,等船赎人?赎什么人?"

"赎女人呗!他们家里的女人被鞑子兵抢去了。听说有好多好多,全要装上船,运到老远老远的北边去。这些人便天天在这儿候着,船一到,就上去认人。认出了,便拿银子来求鞑子开恩,让他把女人赎回去。"

起初听说什么"等船赎人",不只是余怀,其他三人也全都摸不着头脑。待到听小男孩这么一解释,大家才"啊"的一声,你看我,我看你,不由得怔住了。的确,清兵南下以来,他们由于一直住在秩序还算好的南京,对于各地战乱虽然时有所闻,但详情却始终不甚了了。现在忽然听说清军在各地烧杀奸淫不算,还要把大批抢掠来的妇女当作牲口一般装船北运,这确实令他们大为震惊。那么,这些妇女到了北方,命运将会怎样呢?不用说,必定会发入旗下,从此沦为供征服者驱使蹂躏的奴婢和贱民!这么一想,三位朋友就不由得咬紧了牙齿,从心底里生出无比的愤恨。

"那么，如果认出了人，赎回来的可多？"半晌，余怀皱着眉毛问。

"哼，我每日都去瞧，可热闹了！"小男孩得意地说，"不过认出的也不多。有时认出了，可大兵就是不让赎，还挨他骂挨他打的也有。不过有一遭，却是鞑子兵准赎，那个女人不肯跟她男人回去，说是那男人没用，养不活她，回去也得饿死，不如跟了大兵去。谁知那大兵听了，光火起来，反骂那妇人不义，拔出刀来，一刀把那妇人砍成两半，肠子流了一地——嘿，可吓人了！"

这又是主仆四人始料不及的一件事。那个女人不认丈夫诚然可恶可憎，但落得如此惨死毕竟又令人畅快不起来。于是三位朋友不说话了，跟着小男孩，从码头边上经过，一直走到位于江边的一幢茅草搭的小屋前。

看来小男孩已经轻车熟路，也不叩问，推门就进。回头发现客人们还在门口站着，他便招手说："进来，进来呀！"

三个朋友迟疑了一下，随即从那道窄窄的门鱼贯地走进屋子，发现里面空空的，只有一桌、一椅和几件简陋的坛坛罐罐。桌子后面坐着一个光着脑袋的中年汉子。看见来了客人，他就放下手中的酒壶，眯缝着眼睛抬起头来。

"嗯，要搭船？"他问，并不站起身。

"哦，是的，这几位客官雇不到船，所以黑豆我就把他们领到老爹您这儿来了。"小男孩恭敬地回答。

"几个人？"

"四个！"

"从哪儿来？"

"从……从……"小男孩结巴起来，回头望着客人。余怀于是回答说：

"江宁府。"

"上哪儿去？"

"姑苏。"

"可有关防？拿来看看！"

因为有事在身，三个朋友进门之后，就十分留神屋子里的情形，发现那汉子大模大样的，已经有点纳闷，随后听他说话的口气就像审问，愈加觉得不大对头。现在对方竟然提出要验查关防，大家顿时心中一懔，本能地向后移动脚步，只是临时意识到不妥，才又站住了。踌躇了一下之后，余怀只好硬着头皮上前一步，拱着手问：

"这位老爸，在下有礼，不知老爸怎生称呼？"

刚才说话那阵子，那汉子一直微低着头，没拿正眼瞧他们。这会儿他抬起头，睁着眼睛看了余怀一阵，突然从桌子下面拿出一顶带翎毛的凉帽，往头上一戴，说："我不是什么老爸，我是这码头的主管！"

停了停，大约发现客人愕然失色的样子，他就敲敲桌子，说："你们不是要坐兵船么？不验关防，怎么给你们坐？"

如果说，刚才对方提出要验关防，主仆四人也只是猝不及防，被弄得有点紧张而已，那么，眼下听他的口气，竟是打算安排客人坐什么"兵船"，主仆四人不禁大吃一惊。因为以他们目前身怀的使命，遇见清兵，实在是躲都怕躲不及，哪里敢自投虎口，去坐什么"兵船"？因此一下子，竟被弄得目瞪口呆，不知如何应付才是。

这么一来，可就轮到那汉子奇怪了："怎么？你们不知道？难道黑豆没有给你们说？"他回头叫："黑豆！黑豆！"可是没有人答应，原来就这小片刻工夫，黑豆已经溜掉了。

那汉子骂了一声，只好自己解释说："哎，坐兵船好！又便当又省心，一路上还有兵护着，盘查轮不到你，贼人也不敢打劫你！就算多花几个钱，也值得！"

"可是……"余怀好容易才挣出一句，他本想推辞说，还是打算坐民船。但接触到对方怀疑的眼神,不由得又缩了回去。

这时候,柳敬亭忽然开口了:"好,既然大老爷说了,有这许多好处,那么我等就坐兵船好了!"这么爽快地表示同意之后,他又赔笑问:"原来大兵的船也搭肯小民百姓,小老却是头一回得知!"

那主管做了个手势:"等闲自然不会做这种事!不过这兵船与别的不同,它本是奉命守在这运河上,专门往来护送民船的。横竖是顺路,便捎带也做趟把营生——哎,别废话了!可有关防?有就拿出来吧!"

"哦!"听得发呆的余怀这才猛然醒悟,连忙从身边拿出号牌,递了过去,"在下四人是替仙鹤门上的大兵采买货物的,因出来得匆忙,未及办得关防,有大兵发给的号牌在此,请大老爷验看!"

那主管接了过去,反复看了一阵,微微冷笑说:"这号牌做得也太蹩脚,八成是假的!不过,眼下也没工夫找人细验,算了,拿钱来吧!上姑苏去嘛,不多不少,每人三两银子,总共是十二两!"

主仆四人被他连哄带吓,早就弄得心惊肉跳,虽然明知是敲诈,却哪里还敢同他论价?即时如数奉上。那主管收了银子,便给他们写了一张船单,吩咐说:"码头上就是那两只兵船,出去一问就知。这船申牌启锚,每日就开一趟,到时候,全码头的船都一齐解缆起航,眼下还有个把时辰。嗯,你们去自行料理吧!"

渡口悲歌

"嘿,你为何答应他坐兵船?我们不能坐兵船!不该坐兵船!也不想坐兵船!"沈士柱终于打破沉默,气哼哼地质问说。这当儿,主仆四人已经离开了茅草房,走在通向江边的石板路上。

柳敬亭没有作声。余怀也满怀心事地紧抿着嘴巴。看见他们这样子，沈士柱愈加来了气。他使劲一跺脚，大声嚷嚷说："跟那些猪狗不如的东西混在一起，我想想都恶心！要坐，你们去坐，我可不坐！"说着，干脆赌气地站停下来。

其余三个人只好跟着停下。柳敬亭自然知道这指责是冲着他来的。不过，他却并不反驳，只是叹一口气，说："昆铜兄说得也对。按说呢，跟猪狗不如的鞑子混在一起，着实让人恶心。那么，那十二两银子不如就算送了那个王八主管，我们另外找船？"

这么提议了之后，大约看见两个朋友没有即时同意，但也没有表示反对，他又用漫不经心的口吻补充说："只不过，那王八刚才说了，我们那号牌可不够硬气，就怕到时再查验时，查出个三长两短，那可……"

在茅屋里那阵子，余怀迫于无奈，交纳了银子，但对于竟然去坐兵船，心中其实也是七上八下。因为除了厌恶同清兵混在一起之外，他还担心万一败露了形迹，连逃走的机会也没有。不过，现在听柳敬亭忽然说到号牌，他倒一下子怔住了，半响，迟迟疑疑地说："那号牌是地道的真货。这是交给我的那个人说的——唔，不过，坐上兵船，鞑子就不再验牌了么？"

柳敬亭苦笑一下："适才，那王八主管是这等说。是不是如此，自然还得坐过才知。不过如若另外雇船，却笃定还要查验，那是逃不掉的！"

停了停，他又狡狯地眨眨眼睛："其实呢，坐兵船似乎弄险，却最是安全。岂不闻兵家三十六计，便有'瞒天过海'一计！"

他这话固然是为着说服余怀，但看来也很清楚沈士柱平日以将才自许，一谈起兵法就眉飞色舞，因此故意扯上些搔痒处的话头。果然，沈士柱的神色变得专注起来，停止了吵闹，似乎在等着听下文。

柳敬亭微微一笑，又说："其实，我们这一次如果真个坐上兵船，又何止'瞒天过海'而已，竟是要'入虎穴而得虎子'呢！

不过,既然二位都不想坐,那就另外雇船也罢!"

"哎,怎生'入虎穴而得虎子'?老爸且说来听听!"沈士柱显然被吸引住了,急急地追问。

"这还不明白?"柳敬亭将折扇朝掌心一合,前倾着身子,低声说,"那船上鞑子兵一多,嘴巴必定也多;嘴巴一多,就难免不牢。到时凭麻子这三寸不烂之舌,与他们这么一胡诌瞎扯,他那些个军情兵机嘛……呵呵!"

大名鼎鼎的柳麻子,那张嘴巴的能耐,是谁都无法怀疑的。既然他这么说了,那么这一次乘坐兵船,就不是什么迫于无奈的事情,而简直成了刺探军情的一次不可多得的机会。因此,沈士柱呆呆地望着他,眼睛渐渐亮了起来。终于,他搔着光头,不好意思地傻笑说:"哎,老爸,你既有这等主意,怎么不早说?若是如此,莫说是区区兵船,就是鞑子皇帝的老巢,我沈某人也敢闯他一闯!"

说完,便把手一挥,转过身,兴冲冲地领头向江边走去。余怀望望柳敬亭,发现那麻子一副气定神闲的样子,于是他也就不再说话,只鱼贯地跟在后面。

这当儿,约摸已经到了未牌时分。大约因为起了风,刚才还一派晴明的天空,转眼间就蒙上了团团阴翳。森林般排列在运河边上的船桅,也纷纷左右摆动起来。主仆四人穿过依旧拥挤的人群,刚刚走到河堤上,忽然听见有人大声叫喊:

"哎,来了!来了!"

喊声刚落,整个码头"哄"的一声,人们一下子全站了起来。

"什么?来了?""在哪儿?怎么看不见?""哎,来了来了,在那儿呢!""啊,谢天谢地,可等来了!""哎,不知道可找得着人?"

随着这各种各样的话音从四面八方响起,整个码头像开了锅似的乱成一片。人们匆忙地奔走着,大声招呼着,在原地打着转,然后纷纷向河堤边上涌来。显然是等待得太久的缘故,他们一个个变得神情亢奋，激动异常，忘情地呼叫着，眼睛在闪闪发光。跑得最快的一批人刚刚在河堤边上站住脚，第二批人马上就接了上来，而且后面的人还更多，还想往前挤。如果不是码头上那些大小船只的艄公们，对此显然已有经验，早就拿出长篙，一边奋力拦挡着，一边大声喝止，说不定就会有人被挤到河里去了。不过尽管如此，余怀等主仆四人仍旧被这突如其来的骚动闹了个蒙头转向，甚至还没明白过来，就被团团挤在当中，变得进又不是，退又不能，一步也移动不了。

不过，这种情形却没有维持多久。因为忽然又有人喊了一声："妈的，船不是靠这儿，是靠那边，那边！"

大家转头望去，果然发现，黑压压地挤聚在下游的那些人头，正攒动着，向南边涌去。于是大家又蓦地发出一阵闹哄哄的乱叫和臭骂，你推我拥地纷纷跟了过去。转眼工夫，便走了个干净。原来的地方，依旧只剩下余怀等主仆四人。

"唉，瞧他们天天都是这样子，其实又有什么用？能认到赎回的，又能有几多？"一个苍老的声音在旁边说。

主仆四人回头一看，原来说话的是个老艄公。他站在一只天平船的船头，正把长篙放回船篷底下的支架上。

余怀犹豫了一下，随即拱拱手问："敢问老爹，闻得这些妇人，都是要运到北边去的。怎么又许她的家人来相认赎人？"

那艄公看了他们一眼，淡淡地说："这个么，本来也是不许认赎的。是百姓向官府哭泣求告得多了，才开准此例。只是偌大一个江南，兵荒马乱的，到底有几多人家有工夫到码头来日日候着？就是像这些有工夫来的，又怎能得知自家的妇人被弄到了哪个码头？不过是尽尽心意罢了！再说，这些妇人十之八九只怕都被大兵耍弄过了，就算赎了回去，也是……唉！"

三个朋友对望了一眼，不再问了。但是老艄公的这些话，仍旧使他们又一次感到深深的耻辱与刺痛。这样默默地站了片刻，终于，沈士柱抬起头，犹豫着提议说：

"眼下离开船还早，或许——我等也过去瞧瞧？"

余、柳二人都没有异议。大家便移动脚步，沿着河堤，慢慢地向前走去。

由于距离得远，刚才他们一直没有看清那些船怎样靠岸，因此也弄不清到底载来了多少妇女。此刻走得近了，他们才发现她们是分乘三只大艚船抵达的。人数还真不少，起码也有两三百，大多数已经上了岸，就一堆儿地站坐在河堤上；还有一些正在下船。她们大都发髻蓬松，不施粉黛，身上的衣裙也像是胡乱凑合，显得很不合体。其中东张西望的也有，但多数都是头颈低垂，一副含羞忍辱的样子。几个腰悬弓箭、提刀持枪的清兵在旁边虎视眈眈地看守着。至于河堤下面，则是人头攒动。那些准备认亲赎人的一边伸长脖子，睁大眼睛，心急火燎地朝堤上张望，一边直着嗓子叫唤：

"阿花！""阿囡！""小宝他娘！""嫂嫂！""阿妹！""新妇！""婶娘！""大福妈！""春丫头！"

随着这声声叫唤，堤上那些女人也骚动起来，她们同样伸长了脖子，大睁着惊慌的眼睛，并且开始互相推搡着，发出尖声的回应：

"哎！""我在这儿！""小宝！""大福！""姆妈！""官人！""我是阿囡！""我是常喜！""我是招弟！"

不过，叫唤归叫唤，而且有些听来像是接上了茬，但其实只是名字相同，很快又发现不是，结果有好一阵子，竟然没有一个相认上的。这么一来，人们似乎泄了气，不再向前挤，叫声也随之稀落了下来……然而，就在这时，忽然响起一声大叫："哎，这不就是春丫头吗！"接着，就看见一老一少两个男人，一边高叫着"春丫头！春丫头！"一边拼命往前挤。听见这叫唤，堤上那群女人当中，有一个少女也蓦地发出一声尖叫，跌跌撞撞地冲下来，到了堤下，大约被什么东西绊了一下，摔了一个跟头，但她一翻身又站起来，猛地向前奔去，终于一下子扑到已经来到跟前的亲人怀里，放声大哭起来……

"啊，认到了！认到了！"人们纷纷相告着，有惊喜的，有感叹的，自然也有嫉妒的。但同时，显然全都被这成功相认的一幕所鼓舞，于是再一次发出乱哄哄的呼叫，并且争先恐后地向前拥去。看见这种情景，河堤上的那群女人也激动起来，不顾一切地往堤下奔。守在旁边的那几个清兵显然早有经验，起初还连声喝叫，试图制止。但看见没有效果时，他们就自动退出人群，站到外围去，远远监视着。

这当儿，两边的人已经合到一起。于是丈夫寻妻子的，妻子寻丈夫的；父亲寻女儿的，女儿寻父亲的；还有侄儿寻姑姑，哥哥寻妹妹，外甥寻姨娘的。幸而寻到了，固然是喜极而泣；寻找不到的，也忍不住号啕大哭。于是一时间你也哭，我也哭，那牵衣顿足的号哭是如此悲苦，如此可怜和绝望，它震动着人们的耳鼓，揪扯着人们的心肺。到末了，就连那几个清兵也背过脸去……

"嗯，我等不如走吧！"余怀终于忍受不了，回头建议说。看见沈、柳二人都点点头，他就转过身，打算离开人群，然而一抬头，却发现一个年轻女子正站在旁边，大睁着一双惊慌的眼睛，不住地朝他们打量。看见他们转过脸来，她就颤抖了一下，嗫嚅地问："不敢动问客官，这位老爸可是、可是留都说大书的柳老爸？"

余怀微微一怔，没想到竟然还有来同柳敬亭相认的，再打量一下对方，却发现面生得很。但因为她问的不是自己，一时倒也不便回答，只好转眼去望柳敬亭。

柳敬亭倒很爽快，点点头，说："小老正是柳麻子。不知姑娘怎么认得在下？"

在等待回答的当儿，那女子脸孔煞白，显得很紧张。直到听见这句答应,她才如释重负地双腿一弯,跪倒在地上,叩着头禀告说:"婢子是如皋冒辟疆相公家的丫环,名唤紫衣。因柳老爸曾到我家来开讲书词,婢子当时在帘子里侍候大奶奶听书,故此认得老爸。"

三个朋友因为事出突然,又都不认得对方,因此都有点惊疑不定。现在得知原来是冒襄家的丫环,才"啊"的一声,明白过来。但是冒家的丫环竟然出现在被掳掠的妇女群中,又使他们意外之余,脑子里顿时闪出不祥的念头。

"啊,你既是辟疆家的丫环,却为何到了这里?"沈士柱连忙追问。

"婢子是被……是被抢来的。"

"那么,你家主人呢?"

"我家主人——婢子不……不知道。"

"不知道?莫非不在了?"由于吃惊,也由于紧张,三个朋友不约而同地瞪大了眼睛。

"哦,不,不,婢子被抢时,他们还在的。不过后来、后来就不知道了……"

这话无疑是实情,因此三个朋友互相对望了一眼之后,只好不再问了。但是,对于冒襄一家安危的关切,又使他们不甘心就此作罢。于是沉默了一下之后,他们依旧向紫衣详细问起冒襄一家逃难的情形。直到得知如果老朋友还活着,一是可能重新回到海宁,二是可能前往宜兴投奔陈贞慧,他们才稍稍放下心来。

"嗯,到了这一步,你如今作何打算?"柳敬亭从短眉毛底下瞅着丫环,问。

紫衣本来已经站了起来,听了这话,她的眼圈蓦地红了,并且汩汩地涌出泪水,但仍旧强自控制着。

"婢子总是前世……作孽,故此今……生得此报……应!"她呜咽地说,"既是命中如此,婢子也不……不敢怨恨。只是想到、想到在少爷、奶奶和宛娘身边时，没有尽心尽责侍候，心下、心下万分不安。老爸和两位相公都是我家大爷的朋友，若有便见到我家大爷时，请转告他，就说紫衣今生再也……不能侍候他老人家了，只盼来世做牛……做马，再……报答他的大恩大德……"说完，她再也管不住自己，终于跌坐在地上，哀哀地放声痛哭起来。

还在紫衣抽抽泣泣地说话的当儿，沈士柱脸上已经现出老大不忍的神情。这会儿发现余怀站在一旁，眉毛皱得紧紧的，他就伸手扯一扯朋友的衣袖，等余怀跟着走出几步，他就急急地说："她既是辟疆的丫环，如今落到如此田地，也着实可怜。我们不如花点银子，把她赎出来算了！"

余怀摇摇头："这事我也想过，但只怕不妥！"

沈士柱瞪起眼睛："有什么不妥？莫非我们竟忍心见死不救么！"

"兄别急啊！"余怀做着制止的手势，"你没听她方才说，同她一道被抢的，还有七个丫环么？即使后来走散了，也还有四个在这码头上。你总不能把她们全都赎下吧？再说，我们这一次南下，可是有重任在身，也不能带着一帮子丫环招摇过市。更别说到时候未必就见得着冒辟疆——哎，覆巢之下，安有完卵。事到如今，也唯有先顾着大事了！"

"那么——"

"唉，给她点银子，让她自寻活路吧！"

避而不见

柳敬亭估计得不错。主仆四人乘上兵船之后，果然一路顺利，再没有受到查检。不仅如此，由于船上那些兵校都是从前明的军队投降过来的本地人，柳敬亭稍稍施展一下说书的本领，就立即博得他们的热烈喝彩，并且从此缠着不放。结果一来二去，还真的从他们那里刺探到一些机密军情。其中最重要的一件，就是清朝鉴于江南的战局吃紧，已经任命多罗贝勒博洛为征南大将军，率兵南下，增援杭州，并向浙东和福建地区发动更猛烈的进攻。目前，清兵正在长江边上大事征集民船，准备供博洛到来使用。柳敬亭把这个情报告诉余、沈二人后，大家都紧张起来，觉得有必要尽快通知鲁王方面。不过，由于紫衣曾经说到，冒襄前一阵子就在海宁一带逃难，目前有可能前往宜兴去投奔陈贞慧，又使他们对老朋友的安危始终放心不下。加上余怀也很想探访阔别多时的陈贞慧，征求一下这位才略超群的兄长对时局的见解。结果三人商定：先由沈士柱和柳敬亭直接前往浙东去报信，而余怀则带着亲随阿为绕道宜兴一趟，再从那里赶到浙东去会合。

现在，余怀主仆已经按照计划，在常州登了岸，改乘一只小船，向宜兴进发。从丹阳往南的广大地区，历来都是水网交织、物产丰饶的鱼米之乡。而位于太湖和滆湖之间的宜兴县，也同样以盛产稻米、小麦、蚕桑和各种鱼虾蟹鳖著名。要在以往，到了这种开耕的季节，河汊上必定早已秧船来往，渔歌互答；两边的岸上，也必定是牛鸣人叫，忙碌着无数农夫的身影。可是，自从去年七月，明朝前职方主事吴日生在吴江起义，进占太湖之后，这一带便成了义兵和清军反复争夺的地盘。接连不断的残酷拼杀，弄得老百姓仓皇奔避，再也无法安居，或者身不由己地卷入战事，或者纷纷四散逃亡；本来是宁静平和的村庄，也因为一再遭到烧杀和劫掠，不少都成了废墟。以致到如今，当余怀主仆沿着滆湖边上一路南来，映入眼中的，只有一望无际的黄芦和苦竹，映带着成片成片被抛荒的田野。有时小船行上十里八里，也看不见一点人烟，只有乌黑耸立的断壁颓垣、倒塌的桥梁，以及不时贴着船舷流过的、泡得肿胀的可怕浮尸。其中有些尸首因为被砍去了脑袋，水从腔子里灌进去之后，就变得直立起来，于是那半截的无头身子就露在水面上，冉冉地漂浮过来，骤然一见，简直能把人当场吓昏。倒是那些野鸭、白鹭一类的水鸟，浑不晓得人世的苦难与凶险，依旧呱呱地叫着，成群结队地飞来飞去，好歹使这劫后的水乡，增添了几许令人心头发怵的生趣……

由于一直生活在南京，在此之前，余怀对于战乱的残酷和可怕，还没有太多深切的感受。也就是到了这时候，他才多少有点后悔这次本非绝对必要的旅行。但已经走到半途上，退回去又不甘心，只好硬着头皮往前闯。结果，经过了两天一夜惊魂不定的航行，主仆二人才总算在太阳落山的时分，抵达陈贞慧的家乡——亳村。

这是远离宜兴县城的一个小村，紧挨在相邻的溧阳县边沿。一路上，由于满眼所见的尽是战乱死亡的残破的景象，余怀一直暗暗担心着：要是陈贞慧也逃亡他乡的话，那么很可能就会白来一趟了。不过，进入县城以西之后，却发现情形渐渐有些改观。特别是亳村一带，凭着位置偏僻，看来反而得以躲开祸劫。虽说眼下离天黑还有好一阵子，田野上已经停止了劳作，看不见一个农夫，但土地已经犁开，秧田也一片嫩绿——开耕的景象仍旧随处可见。而在隐现于绿树丛中的一带草屋和瓦房的顶上，也照样升起了缕缕炊烟……这种情形，使余怀多少心定了一点。因此等乌篷船在村头靠岸时，他就迫不及待地站起来。

陈贞慧是个大名鼎鼎的人物，亳村中自然无人不晓。没有费什么劲，主仆二人就被热心的村民带领着，来到老朋友的家门前。

"嗯，自从去年四月在留都，他被马、阮二贼陷害，关进大牢里，我就见不到他了。后来只听说他同黄太冲、顾子方一道逃了出来，但也没能见着。那么经历了这大半年的奇祸巨变，他如今会是什么样子呢？从刚才那些村民的模样看来，这一带也没能躲过剃发之辱，那么他到底有什么打算？还有，辟疆一家是否当真投奔到了这里？"在那个热心的村民替他们入内通报时，余怀一边打量着眼前建筑得颇为考究的门楼，一边多少有点不安地想。不过，他很快就停止了思索,因为门内已经传出了急促的脚步声。于是,他迅速转过脸去,同时脑子里浮现出老朋友那高大的身躯和熟悉的圆盘脸,一颗心也因为激动而急跳起来。

然而,出来迎接他的却不是陈贞慧,而是一个身材瘦削的中年人。那人有着一个骨棱棱的鼻子和一双细长眼睛。他把余怀主仆打量了一下,行着礼说:"先生远来劳苦!有失迎迓,还望见恕——不敢请教先生高姓大名,有何贵干?"

"哦,学生姓余,名怀,是你家主人的朋友,今日特地从留都来访他,相烦通报一声。"余怀说着,把拜帖递了过去。

"原来是余先生,失瞻了!"那人看了看拜帖,随即沉吟地说,"只是我家四爷不在家中……"

余怀不由得一怔:"怎么?定生兄不在?那、那他到哪里去了?"

"哦,先生莫急。先生远来一趟不易,且请入内歇息、奉茶,如何?"

"可是——"

"请先生入内说话。"那人做出相让的手势。

余怀眨眨眼睛,只好停止追问,满腹狐疑地向屋里走去。

陈贞慧这个家,以往余怀还没有来过,只知道老朋友的已故父亲陈于庭,曾经做过明朝的都察院左都御史,是一位二品大员。因此他设想陈家也应该是高堂华屋,颇有气派。不过此刻,余怀却一点打量的心思都没有,因为他这一次冒着路途上的种种危险,老远地找到亳村来,唯一的目的就是为着同陈贞慧见上一面。不料陈贞慧却不在家!那么他去了哪里呢?如果竟然见不着,岂不是白白地辛苦奔波一趟!正是这种惊疑不定,弄得他心中七上八下,以至从穿过门厅、天井,直到踏入堂屋,他都没有什么感觉,直到听见身后发出呼唤,他才蓦地停下来。

那人先请余怀坐下用茶,又自我介绍说,他名叫陈之才,是府里的管家,有事尽管吩咐。然后就请余怀稍等,他自己拿着拜帖,匆匆走进屏风后面。约摸过了一盏茶的工夫,只见他重新走出来,行着礼说:

"适才,在下已经将先生到访之事禀告我家老夫人。老夫人说:只因我家四爷不在,无法接待先生。万分抱歉。老夫人说:余先生远来不易,就请在寒舍盘桓几日,歇好了脚再去。"

在望眼欲穿地等待陈之才出来的小半天里,余怀已经好几次站起来,又坐下去,根本静不下心来品茶。直到屏风后面再度传出脚步声,他才重新燃起一线希望。忽然听对方这么一说,他顿时像被扼住了咽喉似的,一句话也说不出来。半晌,只好有气无力地点点头,跌坐在椅子上。

"那么……"陈之才的声音在旁边响起。

"不,"余怀一耸身又站起来,不甘心地说,"你告诉我,定生兄如今在哪里,我要寻他去!"

"这……"

"你说,在哪里?定生兄到底在哪里?"

"先生还是请先在寒舍住下,洗脸、用膳,再从长计议……"

"不,余某此次来,就是为的与定生兄一晤。你不告诉我他现在何处,我主仆二人今日就守在这里,直到得知他的行踪为止!"

这么断然表示了之后,余怀就当真回到椅子上一坐,摆出一副不达目的绝不罢休的神气。

看见他竟使起蛮来,陈之才显然有点不知所措。半晌,只见他摇摇头,转身走了出去。

"哎,大爷,我们这样子,成么?"等陈之才的脚步消失之后,阿为凑近来,有点担心地悄声问。

余怀皱起眉头:"嗯,等着吧。不过,我刚才瞧出来了——既然陈定生不在,就该把行踪告诉我,可他却支支吾吾。这里头只怕另有文章!他这不是又出去了么?必定是去报告主人了,且看他回来怎么说！"

既然主人的主意是如此，阿为也就不再多嘴，依旧回到行李旁边守着。这么过了一会，只见陈之才再度出现了。不过这一次，他的身后还跟着两个仆人，分别端着托盘，盘里盛着饭和菜，还有一壶酒。走进大堂之后，陈之才就指挥仆人把饭菜摆到八仙桌上，并且把灯点上，然后转身赔笑说：

"先生赶了一天的路，到这会儿，就算不乏，也必定已经饿了。就请用膳，如何？"

余怀面无表情地摇摇头。

"那么这位阿哥……"陈之才转向阿为。

阿为同样不吭声。

陈之才看看他，又看看余怀，脸色突然变了。他张了张嘴，似乎想说什么，但终于一甩袖子，回身往外就走。那两个仆人虽然莫名其妙，不过看见头儿走了，也疑疑惑惑地跟了出去。

大堂里又重新只剩下主仆俩。外面的庭院上方，天空已经全部黑下来，八仙桌上的酒饭却不断地散发出诱人的香味。到了这种当口，主仆俩说肚子不饿是假的。不过，当想到饱受惊恐，辛辛苦苦地赶到这里来，如果竟落得个连陈贞慧的行踪都得不到，实在未免太倒霉，也太亏本，余怀就仍旧强忍着饥饿，坚持不去碰那些酒饭。

时间一点一点地过去，随着饭菜凉下来，那香味也变得不似先前的强烈和诱人。在这当间，余怀主仆隐约觉察到，有人不止一次地走近窗棂来窥看堂里的动静，于是他们愈加横下一条心，咬牙闭目，不动，也不说话……

终于，一阵急促的脚步声在屋外的过道响起。接着，陈之才一步跨了进来。他对于刚才客人在屋子里的情形似乎了如指掌，因此根本不去审视桌上的饭菜，而是一直走到余怀跟前，拱着手说："余先生，非是在下有意刁难。皆因我家四爷确实不在家里。

不过刚才经在下向我家主人反复禀告,已有转圜之机。请先生即速用膳,然后随在下出门。"

余怀起先听说事情有转圜之机,心中顿时为之一喜;接下来却听说还要出门,又颇为纳闷。不过,他知道对方这么安排,自有缘故,便不再追问,连忙道过谢,招呼阿为过来侍候,匆匆扒了两碗饭,连酒也没喝,便丢下筷子。又按照陈之才的意思,让亲随留下,自己单独跟着管家,离开堂屋,向大门走去。

陈府的两名仆人已经提着灯笼,在码头上守候着了。等余、陈二人上了小船,他们便拨起竹篙,沿着曲折的河道,一下又一下地,撑向着夜色迷茫的深处。

"哦,如皋的冒辟疆先生——也是定生兄的朋友,不知可也到了府上?"当小船行出一阵子之后,余怀忽然想起此行还有一个目的,于是连忙向陈之才打听。

"冒辟疆先生?"陈之才摇摇头,"不曾来过呀!莫非他也要来不成?""哦,不。"余怀说,稍微感到有点失望,不过随即暗想:"这么说来,辟疆也许还在海宁?"于是把这事放到一边。转口又问:"那么侯朝宗先生呢?闻得他与你家四爷是儿女亲家,嗯,他可来过?"

"侯姻三爷么,他却是来过的。记得去年六月,我家四爷刚从留都回来未久,他就来了。但那时到处传说大兵南下,人心乱得很,因此他住了几日,就急着回商丘去了。"

听说侯方域来过,余怀好歹放下了一桩心事:"这么说,原来扬州城破时他没有遇难,居然活着逃了出来,总算不幸中之万幸!"

心中这么想着,耳畔却听见陈之才解释似的说:"好教先生得知,不是我家四爷拿架子,推托先生。今日这事其实也是迫不得已——皆因我家四爷的名头太大,一天到晚都被人盯着。记得去年六月初,侯姻三爷还在的那阵子,杨龙友在姑苏杀官起事……"

"你说什么?"余怀心中一动,连忙回过头去,"哪个杨龙友?难道是杨文骢——杨龙友?"看见对方肯定地点点头,他就惊讶地追问:"杀官起事?杨龙友他杀官起事了?"

"嗯,闻得当时大清朝已委鸿胪寺卿黄家鼐、通判周荃和一姓吴的参将,来安抚姑苏,苏府陈太尊、长洲李县尊俱乘夜弃官遁去。众人以为大事已定。谁知自镇江逃来的杨龙友,串同都司朱国臣假称谢赏,率营兵到兵府道中,出其不意,拿下黄家鼐三个,还有随从二十余人,俱绑出葑门外,即时斩首,并重新树出大明旗号。闻得士民响应者很是不少。当时方密之老爷的妹夫孙克咸相公也在其中。杨龙友便派孙相公来亳村,邀我家四爷出山,说是共谋大事。因我家四爷坚不应承,他才无奈去了。也幸亏我家四爷有见识,若不然,必定被他连累完了呢!"

"噢,后来呢——这杨龙友?"

"后来么,过不了几日,就听说留都派来了大兵,他料知抵敌不住,便带兵逃往福建了!"

杨文骢,既是马士英的妹夫,但又同东林、复社方面有来往的这位好好先生,以往余怀和他的朋友们一向把他看成是个两头卖乖的滑头家伙,心中对他颇瞧不起,然而到头来,他竟然做出如此果敢的举动。这确实大出余怀的意外……

"哎,这只是一遭,"大约看见余怀不作声,陈之才接着又说,"后来大清朝的新抚院土公到任,也要征召我家四爷出去做事;接着太湖吴日生又派人上门请他加入义军,还说要向浙东的鲁监国保举他。弄得我家四爷左右为难,因此干脆躲起来,任他什么人来,都只推不在。适才我见先生是他的旧友,远来难得,特地着人拿了先生的帖子去告知,得他应允,才敢来与先生说。怠慢之罪,还望先生见恕才好!"

余怀"哦"了一声,也就直到这时,心中的疑团才算解开了,暗想:"原来如此!这么说,定生是决意置身事外,袖手旁观了。不过,以他平日的为人,却似不该如此。嗯,此中必定另有隐情,待见了面时,我要问他一问!"这么打定主意,他就不再向陈之才打听,只默默地浏览着远近纯净如画的夜色,倾听着两岸不时传来的夜鸟格磔的啼鸣。直到撑船的仆人说了一声"这便是了",他才转过头来。

不过,其实还没到达目的地,只是水路走完而已。一行人在一处低洼的地方登了岸,便由一名仆人提着灯笼在前头引路,沿着崎岖的山径继续往前走。直到进入了一个小树林,才发现黑暗中隐约有一点黄色的亮光。领路的仆人加快了脚步。大家又曲曲折折走了一阵,那亮光渐渐大起来,清晰起来了。终于可以辨认出,原来那是灯光,正从一间小土房子的窗户里透出来。

"啊,我马上就要同定生相见了!马上就要见着他了!"余怀想,心再一次急跳起来。同时,听见陈之才已经上前敲门。

陈之才敲了两下,门内却没有答应。他回头望了望余怀,又接着再敲。

谁知仍旧没有应声。他疑惑起来,用手推了推,发现门是虚掩着的,竟应手而开。于是他便一步跨了进去,同时叫唤着:"四爷,四爷!"不过,几乎是马上,他就转身探出头来,有点紧张地说:"咦,里面没有人,四爷不在!"

"你说什么?"余怀吃了一惊,连忙紧迈两步,跟进屋子里。

这是一间很小的土房子。进门的一间,刚刚放得下一桌一椅,而右侧的一间摆下一张床之后,也几乎连转身的地方也没有。可是,不管是外间还是里间,确实都没有陈贞慧,只有桌上的油灯,依稀照亮着四面粗糙的墙壁,也照亮着桌上散放的文房四宝。

"咦,这是什么?"陈之才忽然伸出手去,把一样东西从桌上拿了起来。

"余淡……"他出声地念道,随即"哦"了一声:"是信!是给余先生的信!"

"什么?给我的信?"余怀更加意外,连忙接过一看,果然,信封上写着"余淡心社兄亲启",正是他所熟悉的陈贞慧字体。那淋漓的墨迹还未曾干透,看来是才写下不久的。

"嗯,定生为何要给我留下信?他又到哪里去了呢?"这么疑疑惑惑地想着,余怀就不由自主地把信拆开,就着灯光看起来。信并不太长,但措辞却十分明确。大意是说:得知老朋友来访,感到十分高兴,本打算立即赶回村里相见。但后来想到目前的处境,又踌躇起来。因为经历了这场兴亡巨变,他已经看透人间的污秽浊乱,决心从此归隐田园,奉亲课子,再也不参与任何世事。但是却偏偏被名声牵累,仍旧不断有人找上门来,包括一些老朋友,或邀他从军,或劝他出仕,使他穷于应付,不胜其烦。现在余怀找来了,目的是什么呢?他估计也无非是上述两种。但无论是哪一种,都是他所不能答应的。那么与其空费唇舌,最后弄得不欢而散,倒不如暂退一步,为日后留下再聚的余地。因此考虑再三,还是决定临时走避,以不见面为好。也知道这样做很不礼貌,会令余怀十分失望,甚至大为生气。但希望老朋友能体察他的苦心,给予原谅。在信的最后,陈贞慧是这样写的——

贞慧不才,亦深知大义所在。虽力不能挥鲁戈以返日,惟夷齐首阳之章,靖节东篱之志,未敢或忘。风雨如斯,大难未已,他日执手,恐未可期。若天怜幽草,微命得全,则十年之后,如能待我于秦淮水阁,当有别一番感慨也!只此定约,兄无笑弟太痴耶?

余怀看着看着,一颗心不由得紧缩起来。还在前来的船上,他就已经从陈之才口中得知陈贞慧离家避客的原因,并对老朋友的冷漠和消极颇不以为然,还打算见面之后,好好劝他一劝。没想到，甚至在他来到门口之前的一刻，陈贞慧却临时决定干脆照面都不打，使他连说话的机会也没有！那么对方对时局估计的悲观，情怀的阴冷，态度的决绝，都显然远远超出了他的想象。但是，以陈贞慧的过人才智，高远见识，为什么竟然会这样呢？莫非他认定，目前正在江南乃至全国各地如火如荼地推进着的抗清复明大业，都是没有用处，不可能成功的么？正是这种揣测，有片刻工夫，使余怀的情绪受到猛烈冲击，以至于目瞪口呆，那拿着信的双手，却止不住簌簌发起抖来。

然而，他这么一抖动，出乎意外地，从信封里又抖出来一张纸条。陈之才眼明手快，马上从地上拾起来又交给他。余怀机械地接过，举到眼前，只见上面只写着两行字：

明室可仗者民心，而痼疾在穴斗；清国可恃者武功，而所难在文治。欲知天下大势，成败兴衰，当各视其兴利除病之效为如何耳！

余怀的心抖动了一下，隐约觉得陈贞慧的这句谶语似的话里，包含着某种复杂而又极重要的东西。但急切之间，却又琢磨不清。他迟疑了一下，慢慢把信折好，放入怀中。但是毕竟心有未甘，于是转过身，走出门外，用双手拢着嘴巴，向着浓黑如墨的暗夜，张开喉咙叫唤：

"定生兄——定生兄——定生兄——"

可是一连喊了七八声，陈贞慧始终既没有出现，也没有回应——看来真的已经断然离去了。当那声声呼唤没入丛林深处之后，传回耳中的，只有风吹草响，以及四下里响个不休的"咣咕咣咕"的蛙鸣……

终于，余怀失望地回过头，看看跟出来的陈之才，无可奈何地说："既然如此，那么，我们回去吧！"

第十章
鲁监国挥师西进，钱谦益失意南归

穴斗之忧

　　正当余怀等人间关南下的途中，浙东地区的战局也呈现出越演越烈的势头。

　　事情要追溯到去年十一月，自从鲁王在萧山县的官山脚下筑坛拜将，晋封镇东侯方国安为荆国公，并授予节制各营兵马的全权之后，一时士气大振，朝野上下纷纷摩拳擦掌，建议乘势挥兵渡江，一举攻下杭州。方国安本人更是跃跃欲试，打算有一番作为。因此到了十二月，当营中来了四个投诚的儒生，表示愿意给他们带路，从杭州城后西湖山中的小路实施偷袭时，方国安就大为高兴，深信不疑，立即率领主力精兵出发。谁知，在五云山的白塔岭下中了清军的埋伏，被一举歼灭了三千余人，还有五百多名将士成了俘虏，可谓损失惨重。接着，清朝的浙江总督张存仁抓住战机，乘胜出击，又一举攻下了于潜和昌化二城，杀死了方国安的侄儿、副总兵官方元章和都督张起芬，使鲁王政权再也无法从西侧对杭州构成威胁。经此一战，方国安元气大伤，只得踞守位于钱塘江心的七条沙一线，不敢再采取大的行动。

　　南线的战事陷于僵持状态，北东两线却又燃起了战火。首先是春节过后，一度溃不成军的长兴伯吴日生与总兵官周瑞又在太湖重整旗鼓。接着另一位总兵官茹文略也转战麻湖，最后由于援兵不继，才力尽身死。到了二月中，又有锦衣卫指挥使徐启睿率师渡江，与清兵展开激战，在重创敌人后失手被擒，壮烈捐躯。

当然，这些战斗的规模都不大，原因是方国安在南线惨败的消息传开后，不少明军将领慑于清兵的狡悍善战，一下子又变得畏葸胆怯起来，不敢再轻易出动。张存仁发现了这种情形，干脆不等博洛的援军抵达，便在西岸大事打造战船，操练水军，摆出一副反守为攻、随时都会挥师渡江的架势。于是惶恐不安的空气，便日甚一日地在明军的营地中弥漫开来……

面对这种颓势，为了重振士气，督师张国维征得鲁监国的同意，召集已经晋封为兴国公的王之仁，还有驻守小尾的义兴伯郑遵谦紧急商议，决定出动主力水师大举攻击，务求重创敌军，狠狠地打击一下张存仁的嚣张气焰。为了使将士们明白敌人其实并不可怕，张国维还一面严饬各路兵马坚守阵地，防备敌人突袭；一面则让他们派出代表，齐集西兴渡口观战，亲眼看一看王、郑二人怎样联手破敌。

现在，来自各路兵马的代表按照总督行辕的秘密知会，已经先后抵达西兴渡口。而鲁王也派出职方主事张岱作为朝廷的代表，前来观战。说起张岱，自从崇祯十五年秋天，因参加乡试前往南京，与复社社友们有过一段颇为快活的交往，还替他们出面，向阮大铖借演新剧《燕子笺》之后，就回到绍兴家中，没再出门。不过，眼下他却成了深受鲁监国信赖的一位红人。这不仅由于他家是绍兴城的高门望族，更因为他的已故父亲张汝霖曾在山东担任鲁王府的长史，双方交谊深密，所以这一次鲁王在绍兴监国，对他们家就特别垂注和优礼，不惜降贵纡尊，亲临张府饮宴叙旧，还给尚未有功名的张岱封了个正六品官，可谓恩遇隆渥。不过，倒是张岱本人对此并不怎么看重，更没有得意之色，待人接物，依旧是那一副无可无不可的派头。去年九月，他甚至一度辞去官职，到剡溪山中去隐居。直到不久前，鲁王委托方国安一再去信敦促，他不得已才又重新回到朝中任职。这一次，因为鲁王也很想了解前线的真实战况和结果，觉得张岱最为忠实可靠，所以便特地派他前来。

鉴于眼前这一仗事关重大,张国维早在前一天,就把总督行辕临时搬到了钱塘江边的木城中,以便就近指挥。因此各方的代表也被安排在那里一道观战。所谓木城,其实是用木桩、竹子和板块搭成的一座临时军营。不过它比一般军营要讲究和坚牢。临江的一面,矗立着一道用成排的巨型木桩筑成的高墙,顶部也像普通城墙一样,有女墙和走道,可以架设大炮,也可以登高观察敌情。眼下,战斗尚未打响,因此无论是张国维和他的僚属们,还是各方的观战代表,都还没有登上墙头,而是聚集在木城内等候。这种当口,可就使生性好动的张岱感到颇为气闷。他眼见中军大帐中,张国维还在一边听取有关敌情的各种报告,一边作最后的布置,忙碌得很,就悄悄地退了出来,在木城里东张西望地随意闲走。不过,木城里来往奔忙的人尽管很多,却没有一张脸孔是张岱熟悉的。结果,无聊地兜了一圈之后,他就干脆溜出城外,信步向江边走去。

还在进入木城之前,张岱就发现,西兴渡口一带作为王之仁水师的大本营,那规模和气象确实不比寻常。一眼望去,高耸的桅樯,招展的旗帜,交织的缆绳,在初升的太阳下,有如展开了一片茂密的、色彩缤纷的森林。而在"森林"之下,则是猛兽似的昂然排列着的无数战船,其中有九丈多长、一丈多宽的四百料巨型战座船和巡座船,也有体型稍小的各种型号的战船。此外,还有供不同需要使用的船只,像巡沙船、哨船、浮桥船和别的一些叫不出名字的船。它们都按大船居外、小船居内的方式,在江边连接成一个接一个的阵容严整的水寨。再加上无数爪牙似的森然罗列的镰钩、撩钩和刀枪戈矛,那架设在船头的一尊尊铁炮,以及船上忙碌备战的将士,在蜿蜒一二十里的江边上,构成了一道威严肃杀而又生气勃勃的风景,显得那样威武,那样雄强,那样神秘!即便是此刻,当张岱再一次走向它时,仍不由自主地被眼前的非凡气势所吸引，以至久久地打量着，从心底里激荡起一股豪迈的、紧张的、悲怆的诗情。"哦，多么好！多么难得！多么与众不同！"他摇着头，心头发软地惊叹说。然而不久，他就把目光收回来，并且转过头去。因为他听见，从左边的远处，传来了一阵迅疾的马蹄声——那是两乘人马，正沿着江滩并辔而来。起初，由于距离得远，张岱只能从一起一伏的乌纱帽和圆领袍，判断出其中一人是个官员。片刻之后，那两乘人马来得近了，于是他又依稀觉得，那官员看上去有点眼熟。"嗯，那是谁呢？"他疑惑地想，紧盯着愈来愈近的人马，末了，心中蓦然一动，脱口大叫起来：

"哎，太冲！"

来人果然就是黄宗羲。不过，大约他一心只顾着赶路，并没有听见。

直到张岱连叫了两声，他才疑惑地朝这边打量一下，随即用了一个匆忙的动作，使劲把马勒停下来。

"宗子兄，你怎么在这里？"他一边驾驭着还在打转的马，一边睁大眼睛，惊讶地问。

"怎么在这里？那么兄又怎么在这里？"张岱笑着大声反问。由于意外地遇到了熟人，而且还是气味相同的朋友，他不禁大为高兴。

"弟是奉命前来观战……"

"那么，难道只许兄奉命前来观战，就不许弟也奉命来观战么？"

"啊，原来兄也是……"黄宗羲一边说，一边跳下马来，"可是，不是说在木城里观战么？怎么兄……"

张岱挥一挥手："早着哩！还不定何时才开仗。故此弟便出来走走。"

"那么兄已报过名了？"

"报过了。还见了张阁老。不过他们眼下忙得很!"

"可弟还不曾报到呢!"黄宗羲说着,就想转身上马。

张岱却拦住他:"急什么!还有好些人没到呢!况且里面乱得很,进去也没人管你。还不如在这儿先歇口气,看看风景——你瞧,王之仁手下的这些战船,这些水寨,确实是强兵劲卒,非寻常可比!"

黄宗羲瞧了水寨一眼,"不成,弟还是先去报到!"说着,转过身去。张岱眨眨眼睛,感到有点惋惜。忽然,他心念一转,连忙又说:"可是,方密之近日有信来,莫非兄也不想知道么?"

这一问果然奏效。黄宗羲怔了一下,把已经踩上马蹬的脚又放下来,疑惑地问:"兄说什么?方密之有信来?"

张岱点点头:"这信已来了好些天,其中,还问到兄……"

"啊,那么信呢?"

"弟不知道兄也要来,故此不曾带在身上。"

"那——密之如今怎样了?他在信中怎么说?"这么追问了之后,看见张岱挨延着,一副欲言又止的样子,黄宗羲就把缰绳往马背上一抛,回头叫:"黄安,看着马!"然后跟着张岱,一边向前走,一边问:"嗯,密之到底怎么说?"

他们的共同朋友方以智,是前年八月,因为弘光朝廷要追究他在农民军攻陷北京时的所谓失节行为,而仓皇出逃的。从那以后,他就同朋友们失去联络,变得音讯全无。虽然大家十分挂念他,却苦于不知道他的行踪,连打听的办法也没有。因此,现在忽然听说他有信寄给张岱,黄宗羲自然大感关切,以至连上木城去投名报到也暂时顾不上了。张岱自然很知道这一点,因此,为着让对方多陪自己一会儿,他就故意向堤内走去,直到快要走到斜坡的底下,他才站住脚,神秘地说:

"嗯,兄知道么?方密之眼下已经到了粤东,正在南海县衙中依人为活呢!"

黄宗羲错愕了一下："什么？密之到了粤东？"

"哎，兄听我说啊！"张岱做了个安抚的手势，"密之在信中说，他自前年逃出留都后，先是来到浙南，在天台、雁荡山中住了一阵，随后转入福建，在太姥山下还遇到了同是避祸逃亡的陈百史，盘桓数日，又独自从福宁南下，冬天抵达广州。本想从此隐姓埋名，不料一日，在书肆中被一位姓姚的年友撞见认出。那年友正做着南海县令，便把密之接回衙中居住，待他甚是优礼。如今密之算是在那里安顿下来了！"

停了停，看见黄宗羲睁大眼睛，张着嘴巴，听得发呆，张岱又微微一笑，补充说："密之在信中还说，他的案子已得唐王颁旨昭雪，并且官复原职了哩！"

"啊，"黄宗羲这才一下子回过神来，忙问，"那么，密之可是打算赴任？"

张岱摇摇头："许多人都这等劝他，唯是方密之说，他全无此想——哎，也多亏他不去。要不，如今福建与我们浙东闹成这个样子，将来各为其主，彼此还不知怎样相见呢！"

他这样说，是因为去年十月，福建唐王的隆武政权派兵科给事中刘中藻携带诏书来到浙东，要求鲁王政权归入他们的统辖之下，结果遭到冷淡的接待，最后更被断然拒绝，致使双方的关系更加恶化。虽然在张国维等大臣的再三劝说下，鲁王于去年十二月勉强派都察院佥都御史柯夏卿、御史曹惟才为使节，带着书信到福建去谈判，得到隆武帝允许浙东保持现有政体不变，以及将来传位给鲁王的许诺，敌对情绪算是有所化解。但是在浙东政权内部，意见分歧仍旧很大。浙、闽双方的关系也仍旧十分冷淡，始终存在着重新恶化的危机。如果方以智当真投奔福建，去为隆武政权效力，说不定真有可能同浙东这边的朋友们反目成仇。

不过，黄宗羲眼下却显然没有心思探讨这个问题，"那么，还有吗？"他问，并且做出转身要走的样子。

"哦，自然还有！"张岱赶紧说。由于没想到拿出方以智这样的宝贝，也仍旧留不住对方，他不禁有点着忙，于是随口又说："嗯，兄以为、兄以为我们同福建闹成这个样子，是应该呢，还是不该？"

这一问，在张岱而言，无非是胡乱找个话题把对方绊住。但是，黄宗羲的神情却一下子变了，脚步也停了下来。不过，他也没有立即说话，沉思了片刻之后，才抬起头来，紧盯着张岱，反问："那么，兄以为是应该还是不该？"

"这个……这个……"由于没有准备，张岱变得支吾起来。

黄宗羲哼了一声，冷冷地说："大敌当前，合则两利，分则两伤。此中道理，虽愚者亦能省知。何况国事败坏到这种地步，浙、闽两地仍旧不思联手对敌，却为名分争斗不休，弄到势成水火，彼此像防贼似的防着，你说说看，这到底算什么？"

"那么……"

"哎，且听弟说！"黄宗羲急切地挥了一下手，与此同时，他的目光变得更加明亮，口气也更加坚定，"当此神州陆沉，社稷丘墟之时，天下万民所瞩望于我浙、闽者，是联袂同仇，尽速把鞑子打回关外去，拯天下于亡丧，解百姓于倒悬。此外万事，俱属其次！如若不然，那么试问，莫非一人之名分，较之天下之兴亡，万民之死活，还更要紧么？啊？还有——我朝三百年基业，之所以败亡至于如此，实在于君权太重，臣责不明；专任武将，轻弃文臣；科举取士，堵塞贤路；立法为一姓，而不为天下；以学校为养士之所，而不以之为育才之所。此数大端者，俱为取祸之根源，亡国之渊薮，而亟须改弦易辙，弃旧图新者。唯是我浙东立朝至于今，不唯不以崇祯、弘光为鉴，反而盲人瞎马，一仍旧例，不作一丝一毫之改革。试问这中兴之业，尚有何望？退一万步而言，纵使侥幸得成，也不过是苟延残喘，百姓又有何安乐可享？我辈又有何盛世可期？"

这么咬牙切齿地说出心中的积愤之后，黄宗羲就双手叉着腰，气哼哼地在江堤下走来走去。他没有看张岱,但是也没有离开的意思,看来当真把上木城去报到的事忘记了。

张岱却听得目瞪口呆。说实在话,直到刚才为止,他支支吾吾地同黄宗羲敷衍,目的也还只是逗对方说下去,以消磨时光,却没想到,竟然引出对方这么激烈的一番议论。他目不转睛地瞅着大放厥词的朋友,渐渐地也被激发起心中的思虑。等黄宗羲的话音一落,他就把手中握着的折扇一挥,大声响应说:

"说得痛切!故此弟观完此战,回去复命之后,就决意再度散发入山,从此撒手不管了!"

"啊?"

"老实告知兄吧!"张岱左右望了一下,发现江堤下空荡荡的,只有满坡的青草被阳光照得闪闪发亮,却没有一个人影,他就凑到黄宗羲跟前,压低声音说:"弟此次被方国安催得急了,不得已出山。记得是正月十一日,行到唐园岭下的韩水店,背疽发了,只得住下将息。谁知刚一合眼,就进来一个人。你道是谁?原来是祁世培!其实他已经死了,是去年六月鞑子召他去杭州投谒时,在绍兴投水死的。这我当时也知道——他一坐下,就问我为何出山。我说欲辅助鲁监国。他却摇摇头,说:'天下至此,已不可为矣!'说着就拉弟离座,说是让弟看天象。到了阶下,果然看见西南方向大星小星,坠落如雨,而且崩裂有声。祁世培又说:'天数如此,奈何奈何!'又劝我即速还山,如若不然,哪怕再有本事,最后也只有走他那条路!说完,就飘然而去。我听见街上的狗叫得很凶,猛然惊醒,才知道是做了一个梦!唯是那街上的狗吠依旧响个不停——嗯,兄说,怪也不怪?"

张岱绘声绘色地说着。黄宗羲却显然没有料到对方竟然还有这么一个不祥的怪梦,而且结论比自己更加悲观和消极,一时间反倒眨巴着眼睛,不知如何回答才是。

"哎,还有呢!"张岱做了个手势,正要继续说下去,忽然,江堤上传来了黄安焦急地呼喊：

"大爷，不好了！要开仗了！要开仗了！"

两个朋友不由得一怔，果然听见，江堤那一边已经响起了"咚咚咚！咚咚咚！咚咚咚！"的战鼓声。黄宗羲说声"不好"，首先猛地跳起来，向堤上奔去。张岱起初还在发呆，但随即也回过神来，连忙用双手提起官袍的下摆，慌里慌张地跟在后面。

水战破敌

到了江堤上，果然发现情势大变。刚才还井然有序地连接在江边的一个个水寨，有一部分已经分拆成一组一组的战船群。正由那些四百料、二百五十料和一百料的大中型主战船率领着，扯起风帆，陆续驶离江岸。而在更远的地方，那烟波浩渺的江面上，正卷起阵阵浓烟，传来了轰隆轰隆的爆炸声和隐约可闻的喊杀声。黄宗羲刚才本来已经来到木城门口，却被张岱拦了下来，以致一直未曾正式报到，因此眼下不免心忙意乱。他顾不上再看，甚至也顾不上黄安正牵着马，在旁边守候着，管自三步并作两步，迅速向木城的门口奔去。

木城的周围照例架设着成排的鹿角，只留着一条狭窄的通道。当黄宗羲气喘吁吁地奔近由木栅搭成的辕门时，发现那里站着一群顶盔贯甲、手执刀枪的士兵。看见有人到来，那些士兵就现出警觉的神情，并且举起刀枪横着一拦，把他拦住了。

"什么人？要干什么？"一个小校模样的发出询问，怀疑地打量着眼前的不速之客。

"本官是、是余姚军的，奉、奉命前来观战。有文、文书在此！"黄宗羲上气不接下气地回答，从怀里掏出文书，递了过去。

谁知，那个小校连接也不接，只摇摇头，说："上头有令，开战之后，若无许可，便不得再放人出入！"

黄宗羲一听，不由得急了，大声说："不是让我来观战么？怎么不许进去？不进去怎么观战？"

那小校面无表情地："大老爷要来观战，就该早来才是。到这会儿才来，上头有令，可怪不得小军。"

这话自然在理。加上黄宗羲本来就自知有错，因此一时间倒被弄得哑口无言。这当儿，只听江面上的战鼓声和喊杀声越发高昂起来。那怒涛似的声响显示着战斗已经进入了紧张激烈的当口。这使黄宗羲愈加心急火燎，不由得暗暗埋怨张岱，不该把自己平白耽误了许久。因此，虽然凭着急促的脚步声，知道张岱也来到了身后，但是他却赌气地不回过头去。

"既是如此，"停了停，黄宗羲只好又要求说，"那么可否派人禀报上头，就说下官因他事所阻，来迟了，请他放我进去？"

那小校摇摇头："他们都到木城上去了，眼下找不到。"

看对方毫无通融的余地，黄宗羲不由得泄了气。他正想转过身去，就听见蓦地响起一声怒叫："胡说！什么找不到？"接着，张岱一下子挤到前面来。只见一向快活随和的这位公子哥儿倒竖起疏朗的眉毛，圆瞪着的眼睛闪射出骇人的光芒，一张小脸憋成深紫，嘴唇上的两撇小胡子也翘了起来。

"什么找不到？"他又大叫一声，"告诉你们这些狗才！本老爷可是监国爷派来观战的！监国爷，知道么？便是张阁老见了我也要优礼三分！你们敢不让我进去？不让我进去就砍了你们的狗头！"

说完，他就回头向黄宗羲说声："我们走！"然后就噔噔噔地朝着那些明晃晃的刀枪直走过去。

那几个兵没料到这个官儿发起脾气来会如此厉害，加上又听说是监国爷派来的钦差，一时间倒被吓住了，看见张岱的身体已经直挨过来，只好连忙收回刀枪，乖乖地让开一条路，放他们进入木城。

黄宗羲这才松了一口气。急切间，他也来不及再对张岱说什么,只慌忙地沿着木梯,向墙头上赶去。

木城的墙头上,已经密密麻麻地站满了人。其中有张国维和他的幕僚们,也有各路义军的观战代表。他们全都把脸朝着喊杀连天的江面,在凝神观战。张岱刚才虽然在把门的士兵面前大耍威风,但对于迟到的过失想必也是有点心虚胆怯。黄宗羲就更是如此。因此两人不敢再声张,赶快在女墙边上找了个空当,安顿下来。

也就是到了这时,黄宗羲才完全看清楚江面上的战斗情景。

原来,这场水战的规模果然不小,极目望去,只见从南到北的一二十里江面上,东一堆西一群的散落着各种大小战船。骤眼一瞧,它们像是莫名其妙地挤聚在一起,但是仔细辨认,就可以发现其实正进行着激烈的搏斗。因为无数带着火头的飞箭正在船与船之间流星急雨般地穿梭着,有些船只已经在着火,滚滚黑烟正从船篷和帆樯间冒涌出来。至于另一些船则分明在互相猛力碰撞着,以致整个船身,连带船帆一道,都在剧烈地左右摇晃。而当船上的将士们发出怒雷似的呐喊,更加奋力地射出带火和不带火的利箭,更加狂乱地挥舞起手中的镰钩、撩钩和刀枪时,阳光下就不时迸射出耀眼的光芒……

由于在辕门受阻的心神还未平复,有好一阵子,黄宗羲只是茫然地眺望着,只觉得木城上的风很大,刮得近旁的旗帜呼啦啦地直响。而江面上则乱纷纷的一片,既闹不明白战斗是怎样开始的,也闹不明白如今进行到怎样的地步?眼前的战况到底是对敌人有利,还是对己方有利?甚至连哪只船是敌军,哪只船是自己人,他都有点闹不清楚。于是,他极力收敛心神,试着去辨认船上的旗帜。渐渐地,他才开始看明白:在那一个个犬牙交错般扭结在一起的战团当中,有的是自己一方的船正在围攻清军,有的则是自己一方的船在受到敌人的围攻。不过,由于双方正在相持中,而且场面相当混乱,因此一时还分不出明显的胜负。在站到女墙边上来这小半天里,黄宗羲只看见,一只清军的战船在焚烧中迅速下沉,船上的清兵停止了战斗，纷纷跳水逃命。但是没容他们游出多远，就被乘着快船赶过来的明军刀砍枪刺，尽数结果了性命……

"啊，打中了！又打中了！"一声沉闷的轰隆过后，站在女墙边上观战的人们当中，好几个兴奋的声音蓦地大叫起来。

黄宗羲连忙寻找着。果然，在正面不远的江面上，一艘插着清军旗帜的大型战船，仿佛被狠狠咬了一口似的，剧烈地颤抖着。随后，那张本来傲慢地高挂着的巨大船帆，就连同折断的桅杆一道，慢慢倒挂下来。接着整艘船也因为失去了控制，横着摆在水中，再也动弹不得。与此同时，船上的清兵变得像热锅上的蚂蚁，乱作一团……

"快揍它呀！快点冲上去，狠狠地揍它娘呀！"先前那几个声音又一次响起。

"对，快冲上去！""杀死他们！这可是机会！""可别让他们跑了！"更多的声音哄然附和。

大江中的明军战船，自然未必能听到这种呼喊，不过，却确实立即巧妙地转动着船帆，凭借风力迅速地赶了过来。他们显然都很有经验，并不立即冲近前去，只是远远围着，放箭的放箭，投掷火砖和烟球的投掷火砖和烟球，一时间，把清军的那艘船搅得毒烟迷漫，四面火起。结果很快地，船上那些完全丧失了抵抗能力的清兵，就落得与前面那些同伴一样的下场……

"嗯，看来王之仁的水师还真有点能耐，与去年八月由我们打头阵那一仗相比，他们可是干净利落多了！"远远看着水师的将士们像砍瓜切菜似的围歼敌人，黄宗羲感到既解恨又兴奋。说实在话，刚才他在张岱面前痛责鲁王政权的种种弊端，固然都是这些日子来，他经过反复思考所得出的痛切之论。但是其实他也知道，在大敌当前，图存成为压倒一切的目标的情势下，要把那些改革一下子全都付诸实行是不大可能的。但是起码，鲁王政权不该满足于偏安浙东一隅，更不该一味偏袒纵容方国安、王之仁这些拥兵自重、各怀私利的武人，使地方民军陷入粮尽饷绝的困境。本来，光靠区区浙东两府，无疑难以养活拥有十万之众的大军，但是只要下决心打出去，把地盘扩展到钱塘江北，乃至更广大的地区，粮饷就会容易筹措得多。然而，鲁王政权建立已经将近一年，方国安、王之仁这些平日把牛皮吹得顶响的正规军，却老是把进攻的矛头对准有重兵把守的杭州城，而全不考虑从海宁、海盐这些清军防守薄弱的地段出击，很明显是意在保存实力，根本不打算真正有所作为。在这种情况下，鲁王和张国维仍旧一门心思把希望寄托在他们身上，确实使黄宗羲感到死也不能理解。刚才，他心急火燎要进来观战，无非是因为使命在身；至于对这场战斗本身，可以说并无多少热情和兴趣。然而，眼前的事实却出乎他的意外，因为看起来，王之仁这支水师不仅训练有素，而且颇有战斗力。"嗯，在利之所在的事情上，王之仁不用说总是同方国安一个鼻孔出气。不过他为人心术还算端正，不像姓方的那样奸恶。所以……"他心神激荡地紧盯着向敌人作最后冲杀的明军战船，机械地、不安地想。

"啊，又来船了！又来船了！好多的船！"站在旁边的张岱忽然吃惊地叫起来。

黄宗羲错愕了一下，顺着他的指点望去，果然发现在上游的方向，不知什么时候，出现了一大群战船，少说也有五六十艘，正张着风帆，浩浩荡荡地向这边驶来。只是距离尚远，一时却分不出到底是敌人还是自己人。

不过，站在木城上观战的人们已经紧张地议论起来：

"从上游来的——莫非是方荆国的船？"

"我瞧不像！七条沙那一线也很吃紧，方荆国哪里分得出兵来兼顾下游！"

"弟听说，前些日子张存仁一直在杭州城郊强拆民房，收取木料，说是要打造战船。闹得鸡飞狗走，民怨沸腾。莫非就是造出了这些船?"

"不错,这事弟也听说了。若是如此,那么看来这才是鞑子的主力精兵!却候到此时方才出动。哎,只怕是来者不善,善者不来呢!"

"先别着慌,瞧清楚到底是谁家的船再说……"

听着这些议论,黄宗羲的心情不由得再度紧张起来。他目不转睛地盯着那批乌云似的猛扑过来的战船,同时,听见江面上蓦地响起一阵鼓噪。他转眼一望,发现原来扭作一团、正在苦苦厮杀的那些战船,不知为什么中断了恶斗,接二连三地分散开来。那些清军的战船,不管是正在围攻明军的,还是被明军的战船围攻的,都纷纷退出战团,向新出现的那批战船靠拢。而在这一合一分之间,那批新出现的战船已经冲进了战场,接着,无数利箭就像飞舞的蝗虫一般,向着明军的战船倾泻过去,其中,还夹杂着隆隆的炮火,滚滚的毒烟……

"啊,果然是鞑子的战船!"黄宗羲吃惊地想。现在,可以看得更清楚:不仅那些船的桅杆上分明地飘扬着清军的旗帜,而且一艘艘船的船身上,都刷着闪亮的桐油和彩漆,显见是才下水不久的新战船。

"嗯,我们、我们能打得过他们么?"张岱忧心忡忡的声音从旁边响起。

黄宗羲没有吱声。说实在话,虽然他对鲁王政权的现状十分不满,对整个战局也颇为悲观,但是如果说到任凭局面就这样垮下去,又是他所不愿意的。他目不转睛地看着正在迅速展开的新战斗,看着在敌人生力军的凶猛进攻下,明军的水师显得手忙脚乱,穷于招架,心扑通扑通地跳得厉害,手心里也紧张得捏出一把汗来。"哎,一定要顶住!无论如何也要顶住!不能垮下来!一定不能垮下来!"他在心中大声呼喊,同时听见周围的那些观战者也在发出阵阵惊呼和狂叫。

然而，没有用。看来由清一色的新战船组成的这支清军的生力军确实厉害。在短暂的相持中，明军的那些战船根本无法靠近对手，更阻挡不住对手的进攻。相反还不断地中箭起火，或者被对方撞沉。幸亏明军的那些船没有集中在一起，而是分散地同敌人用弓箭对射，因此并没有受到火势的牵连，而且被撞沉也就是那么一两只小船。不过尽管如此，那强弱之势也变得很明显。又相持了一阵，只见明军的战船终于抵敌不住，纷纷掉转船头，向下游逃去……

"糟糕！人家是新船，我们可是些旧船，怎么跑得过人家！"张岱在旁边又一次惊叫起来。可是，黄宗羲已经没有心思搭腔了。他只觉得心中的某个东西一下子破裂开来，浑身也顿时变得松软无力。他绝望而又痛苦地闭上眼睛，转过身，在女墙边上一下子蹲了下去。不过，也许是由于江面上的惨败是那样地令人揪心，木城上的绝大多数人、包括张岱都仍然被强烈地吸引着，以致谁都没有发现黄宗羲的举动，因此也没有人来过问他。

这样过了好一阵，张岱忽然"太冲！太冲"地叫起来，随即又弯腰凑近他，吃惊地问："咦，太冲，你怎么了？"大约看见黄宗羲摇摇头，他就兴奋地催促说："哎，起来，快起来！好戏！有好戏看了！"

黄宗羲起初还沉浸在绝望的思绪里，对于朋友的大喊大叫颇为厌烦。然而，他的心中蓦地一动："什么？有好戏看？"于是连忙一耸身站起来，睁大眼睛向江面上望去，顿时，被眼前意想不到的奇迹吓了一跳，不由得呆住了。

原来，就在这小半天工夫，江面上竟然又出现了大批战船——那一望而知是明军的战船。它们仿佛从天而降似的，出现在清军那批新战船的背后。而原先向下游败退的那些明军战船，似乎也回转身来，重新截住清军的战船，展开厮杀。从最新出现的那批明军战船的情形来看，这些船的两旁，显然全都蒙着厚厚的牛皮，那样子就像一个个大口袋。黄宗羲知道，这种装备，能够有效地抵御火器的攻击，但是对自身发射火器也有妨碍。事实上，这批战船看来也并不准备凭借火器进攻，只见它们一艘艘扯满了帆，正乘着强劲的东南风，向敌船直冲过去。而那批敌船，本来是正在追击败退的明军战船的，这会儿大约没有料到那些手下败将还会回身再战，已经停顿下来，并且显得有点不知所措。就趁着这一犹豫的工夫，从后面跟进的这批蒙着牛皮的明军战船，已经有如迅雷闪电一般猛扑过去，转眼之间就逼到敌船跟前！

接下来的战斗，可就确实干脆利落。只见明军的生力战船凭借船身的巨大和风力的强劲，开始在敌船堆中横冲直撞。它们一艘艘都有牛皮保护，敌人的火器根本攻不到它们身上。相反，它们却把敌船撞沉了一艘又一艘。一时间，江面上漂满了翻侧的船体、散了架的船帆，以及落水的清兵……

看见这种情形，观战的人们不由得热烈地欢呼起来。黄宗羲更是大大松了一口气，并且隐约感到，一种新的心情和想法正在胸膈间生长起来。他回头看看张岱，发现老朋友也在转头看他，眼睛里分明闪烁着揶揄的意味。这意味使黄宗羲想起了刚才那一下失态，于是不由得脸红了。

"哼，鞑子以为新船可恃，其实新船未经江水泡发，最易散架进水。哪里比得旧船禁撞！"尴尬中，旁边传来了这么一句。

这倒提醒了他，于是连忙接过话茬儿，搭讪地问："哎，宗子兄，你说，新船果然不比旧船禁撞么？"

军情紧急

钱塘江上的这一场水战，以清军的空前惨败而告终。王、郑联军不仅彻底摧毁了张存仁煞费苦心打造的新战船，而且几天之后，郑遵谦派人打扫战场时，光是从江中打捞起来的清兵铁甲，就多达八百余具。消息传开，鲁王政权顿时军心大振，惶恐不安的气氛为之一扫而空。不仅如此，一些人更劲头十足地提出：应该趁此机会，挥兵大举渡江，向西进取，能够迅速收复杭州最好，即使一时收复不了，也要打破目前株守自困的局面，设法把地盘拓展到江北，乃至更广大的地区去。

这样一种主张，在大捷的消息传开之初，还只是作为兴奋情绪的宣泄，在人们当中信口流传。后来，随着一些有身份的大臣加入议论，事情就变得认真起来。有一阵子，甚至传说鲁监国已经下令张国维召集群臣会议。于是，准备横下一条心，放开手脚大干一场的说法，便在朝野上下不胫而走，沸沸扬扬地传播开来。

面对这种情势，感到最兴奋的莫过于由本地民兵组成的那几家义军。因为在此之前，正如黄宗羲所耿耿于怀的那样，为着摆脱粮饷无着的困境，他们一直强烈地渴望打过江北去，只是苦于自身兵力单薄，无法单独采取行动。其间也曾不止一次向鲁监国提出建议，但全都石沉大海，没有下文。大家迫不得已，只好继续苦撑苦抵地熬着，不过景况可就越来越惨淡可怜。到如今，别的不说，光是各营的兵力，最多的也就勉强维持着一二百号人马，少的已经只剩下几十人。结果，像孙嘉绩、熊汝霖、于颖、章正宸这些堂堂"督师"，各人手下所能指挥调动的，充其量也只有区区一千几百残兵剩卒，可以说已经到了溃不成军的地步。因此忽然听说，朝廷终于决定出师西征，大家那一份意外和惊喜，就确实可想而知。尽管朝廷的命令尚未正式下达，他们已经纷纷奔走相告，摩拳擦掌，迫不及待地自行准备起来。

各家义军的情形是如此，唯独驻守在龙王堂的余姚义军却例外。这倒不是它的将士们不起劲，恰恰相反，他们也同各家义军一样，恨不得即时起兵，打过江北去。可是到了主帅孙嘉绩那里，却认为前不久，方国安在西线才遭到惨败，元气尚未恢复。现在仅凭东线的一场胜仗，就决定倾师而出，未免过于冒险，并无成功的把握；还是应当趁清军经此重挫，短时间内不敢再轻举妄动的机会，加紧操练士卒，整治军械，扩充兵马。待夏粮打下来之后，再行计议不迟。既然一军之主的想法是这样，各营自然也就变得像无头之蛇，行动不起来。

对此，余姚军的将领们自然颇为着急。其中，又数黄宗羲最为懊恼。因为说实在话，近半年来，他对于鲁王政权的种种决策和措施，的确越来越感到失望，甚至对于它能否维持下去，也颇为怀疑；不过，眼下这种想法已经有了很大的改变。王、郑联军大破清兵的辉煌战绩，使他再一次确信：清军并不是如人们所渲染夸张的那样强大，不可战胜。起码就水战来看，惯于扬帆行舟的南方军民，就明显比他们胜出一头。更为重要的是，他还亲眼看到了：鲁王的军队其实具备打大仗、打胜仗的实力，只要朝廷痛下决心，就完全有可能改变目前困守一隅的局面，把地盘拓展到浙东以外的更大地方去。因此连日来，黄宗羲也像许多人那样，雄心勃勃地参与乘胜西进的议论，并且成为这种主张的热烈鼓吹者。现在，眼看各家民军已经行动起来，积极投入准备，唯独余姚军却由于孙嘉绩反对，始终处于偃旗息鼓的状态，黄宗羲可就确实感到难以忍耐了。

说到孙嘉绩，也许是为人处世的宗旨和方式不同，近半年来，黄宗羲觉得与这位顶头上司越来越难以相处，彼此的见解主张也往往大相径庭。别的不说，就拿去年八月那一次，方国安、王之仁等人吵吵嚷嚷要求分地分饷，身为民军督师的孙嘉绩，却不凭借元老重臣的身份在朝廷之上拼死力争，结果弄到自己粮饷断绝，士卒散尽。这件事，就令黄宗羲极其不满。无论在公开场合，还是私人聚会，他都没少加非议。这种情形，孙嘉绩想必也有所听闻，因此对黄宗羲就渐渐疏远了，有许多事也不再同他商量。虽然平日见了面，彼此也还客客气气，可是除了公事之外，就没有更多的话可谈。黄宗羲自然感觉到这一点，但是出于一种强硬的心理，他却不打算主动去消除彼此的隔阂。"反正这事错不在我。你爱怎么办，就怎么办好了！"他不止一次冷冷地想。然而，到了如今这个节骨眼上，事情却明摆着：如果还让孙嘉绩一意孤行地拖下去，一旦出师的命令下达，余姚军就会因为准备不及而闹得手忙脚乱，如果仓猝投入战斗，还会吃大亏。因此，焦急与无奈之余，黄宗羲就终于觉得，必须当面向对方激切地争谏一次了。

"哼，这可是公事，关乎义军的生死，抗清的大业！我向他去说，是为了尽忠尽责，又不是认错乞怜，何必瞻前顾后，畏首畏尾！"这么拿定主意，他就不理会营帐外已经暮色四合，天眼看就要黑下来，仍旧立即带上黄安，匆匆离开自己日常驻守的世忠营，向孙嘉绩的大营赶去。

正当初夏时节，按照往年的习惯，梅雨天气应当已经来临，不过，也许季节推迟了的缘故，加上钱塘江口这一带，雨量向来偏少，所以连日来依旧天气晴朗。虽然如此，从天空中锦缎一般排布着，尚未褪尽的最后一抹余晖的火烧云来看，却难保明天不会有雨。"嗯，要是下起长命雨来，这操练士卒，整治军械，只怕还会生出许多麻烦耽搁！"这么一想，黄宗羲心中的焦虑，不由得又增添了几分，两条腿也迈动得更快了。

大营离世忠营虽然不算太远，但也有五里多路。当主仆二人赶到时，天已经完全黑下来。那错杂地散布在一片坡地上的窝棚，也亮起了星星点点的灯火。而从窝棚的背后，从隐现着一些模糊影子的幽秘空茫的远处，传来了江潮拍岸的低沉声响。在向辕门上的守兵出示了号牌，并说明来意之后，黄宗羲便按照规矩，站在原地，等候通传。

"嗯，不知道他可肯接见我？又不知他听了我的申说之后，可会听从？要是他连见也不肯见的话，那么我也不再在他麾下干了，明日干脆去投郑遵谦，或者章正宸去！当然，这样做就等于交谊断绝，但不如此又怎么办？除非……"他心神不定地想着，同时，感到一种为人下属的屈辱。为了摆脱困扰，他于是开始没有目的地走来走去，并且有意不看近旁的黑暗中，正忽闪着眼睛注视着他的黄安……

"黄大人，督师大人有请！"一个洪亮的嗓门响起。

黄宗羲的心蓦地一紧，当听清是什么一回事时，才又松弛下来，"唔，他既肯见我，那么……"于是连忙点点头，快步向营里走去。

孙嘉绩正在中军大帐里等候着他。

已经官至兵部右侍郎兼副都御史的这位首义元勋，去年闰六月，在余姚杀官起事时，那种沉着冷静、意态从容的风度曾经令黄宗羲大为倾倒。然而，不知什么缘故，一年工夫不到，他就整个儿变了，不只变得又黑又瘦，而且脾气也越来越急躁乖戾。才只四十岁出头的年纪，两鬓已经冒出一片白发，连背也变得微微弓着，直不起来。以往，黄宗羲总以为是事务繁杂，过于劳碌所致。但是眼下，当他照例向对方行过参见之礼，重新抬起头来，却发现孙嘉绩那深陷的眼窝和瘦削的双颊，在跳跃的烛影里显得那样衰颓、异样，以至他突然想到：对方说不定正患着病，这些日子，其实是硬撑着主持军务的……正是这种猜疑，使他的心蓦地一动，不由得呆住了。

"嗯，不知黄大人此来，有何见教？"孙嘉绩的声音从正当中那张虎皮交椅上传来，口气是淡淡的。

黄宗羲眨眨眼睛，醒悟过来。他冲动了一下，打算把事先准备好的一番激烈的言辞和盘端出。但是，当目光再一次落在对方那张瘦得落了形的脸上时，他不禁又犹豫了，急切间垂下眼睛，不知如何开口才合适。

"说嘛，说嘛，既然有话想说，就统统说出来好了！"孙嘉绩催促说，分明在冷笑。

"这个……自然……是的……"黄宗羲支支吾吾地说，同时感到有点狼狈。虽然他并不希望如此。

"哼，怎么不敢说了？"孙嘉绩那双深陷的眸子闪出鄙夷的光，"好，那就让我替你说了吧——不错，我孙某人不该答应方国安、王之仁他们分地分饷，把自己弄得连叫花子都不如！不该一味退让，把国柄拱手让给这些武人！更不该反对出师西征，断绝了义军的就食之路！你想说的无非就是这些吧，还有什么？"

停了停，大约看见黄宗羲低着头不吱声，分明表示默认，孙嘉绩就"忽啦"一下站起来，神情激动地说："可是，你们想过没有？我们的对头，可是久经征战的鞑子兵！要同他们开仗，光靠我们这些临时凑合的义兵，济得了事吗？浙东就是这巴掌大一片地方，两府粮饷加起来也就是那么五六十万，又怎样喂得饱十万大兵？既不能把大伙捆作一堆儿半死不活地拖着，也只有先把正兵喂饱再说。不管怎么样，打大仗、打硬仗还得靠他们！这话我也不是今日才说的，可你们就是不服气！有什么不服气的？前些天我特地让你去西兴观战，就是让你亲眼看一看。你都看见了吧？既然如此，你们还要……"孙嘉绩本来还要说下去，可是，他的身体显然十分虚弱，这片刻的激动已经累得他支持不住，于是只做了个手势，就坐回虎皮交椅上，一个劲儿地喘气。

黄宗羲默默地望着，对方刚才那一番话，他并不同意。他本想反驳说：方国安在东线才吃了个大败仗，而钱塘江上那场水战，郑遵谦手下的绍兴义军，功劳也并不小。不过，看见孙嘉绩喘作一团的样子，他只好继续保持沉默。

可是孙嘉绩却意犹未尽。显然，受到部属们的误解和非议，这股委屈和愤慨已经在他的心中积存了很久，因此，当气喘稍稍平复之后，他又直起身子，强挣着继续说：

"还有，眼下乃是危急存亡之秋，并非太平时势。鞑子兵就在对岸，每时每刻都会打过来。第一等大事就是把他们挡住。在这种时候，不依靠武人又能靠谁？可是要他们肯卖命，就得想法子哄他们,就得凡事忍让着点!你以为我愿意这样吗?迫不得已啊!不错,这些人都很蛮横,不讲道理,甚至无法无天!可是大明的江山眼下就靠他们撑着,又有什么办法?"

如果说,刚才孙嘉绩说到分地分饷的事,黄宗羲虽然不同意,但还可以保持沉默的话,那么,此刻对方竟然认为那些武人由于能打仗,就有权利主宰大局、为所欲为,却尖锐地刺痛了他。因为他当初之所以几经犹豫之后,终于决定投身到义军中来,就是担心中国昌明鼎盛的文明教化,会因这场亡国之祸而毁于一旦。而要避免这种可怕的结局,他认定,就必须大力革除积重难返的前朝弊政,其中,也包括武人拥兵横行这种令人厌恶的积弊。现在孙嘉绩却公然主张对武人只能纵容姑息,这是他所绝对无法同意的。因此,等孙嘉绩话音一落,他就忍不住睁大眼睛,反驳说:

"古来重武者,俱以君子为将。如汤之伐桀,伊尹为将;武之伐纣,太公为将。晋建六军,其为将者,皆出于六卿之列。所以如此,皆因诗书礼乐、纲常名教,乃是我华夏立国之根本,而素为君子所习知,所躬行。重君子,即重根本。根本固,则军兴国强可致,长治久安可期。而武夫无文,不知诗书礼乐之大义,往往只重眼前一己之利害得失,又安可以天下之重,托付于他?时之今日,国破家亡,天崩地解。这驱除鞑虏、再造乾坤之责,尤须君子仁人才足以当之。大人不以此而自任,却欲一心委之武人,事事仰仗之,百计忍让之,学生诚恐到头来,岂止缘木求鱼,直是饲狼养虎,不只徒劳无功,且更误国祸民而已!"

这话无疑说得过于激烈,以至孙嘉绩一下子给噎住了,但随即就勃然变色,说:"好,好,好,既然我们如今所作所为,都属误国祸民,那么你阁下想必有高明本事,制服这些武人了?那么就请快快说出来,也好让本督领教领教!"

黄宗羲没有立即回答。因为对方的激怒提醒了他:应当营造一个有利于交流的气氛。于是,等刚才那番话的凌厉锋芒稍稍消歇了之后，他才缓和了口气，说：

"学生又何来高明本事？其实，学生也深知大人对方、王等辈之所以一再忍让，也有不得已之处。不过，学生所不解者，是朝廷一味偏袒方、王的所谓'正兵'，而处处排斥我义兵。须知义军乃是我辈仁人君子亲手招募训练之兵。彼民众者，士农工商，各有所业，本无挥戈犯敌、血溅沙场之责。之所以应我君子之召，毅然来从，纯因不忍坐视建虏之披猖，华夷之失防，名教之灭绝。究其本心，若非有以天下为己任之耿耿血性，孰能如此？学生以为，较之恃武横行、食兵而肥者如方、王之流，我义军更堪信赖，更足倚仗！朝廷不惜之护之，反而视之为累赘，夺其粮饷，挫其锐志，任其溃散。处事如此糊涂颠倒，着实令人灰心！"

这番话，无疑说中了孙嘉绩的隐痛。只见他默然半晌，终于哼了一声，说："我又何尝不知义军才是靠得住的子弟兵？只是他们毕竟是临时招募之兵，未经多少阵战。虽则勇气有余，其奈力尚嫌薄，终非鞑子敌手。更兼眼下粮饷如此紧缺，故此，唉……"

黄宗羲摇一摇头："古来之军旅亦多矣！唯有知大义所在者，方可致成功，方可言长久。否则纵使强盛一时，也只是乌合之众，全不可恃！诸公惴惴于建虏强悍难敌，唯是据学生看来，他虽则来势汹汹，终究是虎狼异类，全不知文明教化、诗书礼乐为何物。彼所恃者，不过武力而已，纵然能得逞于一时，到底无法坐稳天下！只要……"

孙嘉绩苦笑一声，打断他说："这倒不见得！你没听说前些日子，鞑子行文各府县，也学我朝的样，公行乡试，开科取士么？闻得所出之题，也全取'四书''五经'。居然就有许多士子觍颜而出，争相应试，这也可谓名教之奇耻、士林之大辱了！"

停了停，他又深深叹了一口气，说："唉，鞑子虎狼猪狗一般的人，自然不识此中之大用。可洪亨九、冯铨庵之流却深明此理，如果让他们这样弄下去，这士民之心，实在可忧可虑呀！"

这一次，轮到黄宗羲不说话了。因为对方这一番忧心忡忡的话，确实提出了一个他所不曾想到过的问题：如果到头来，万一清朝当真接受了中国的一套文明教化，那么是否就真的能坐稳了天下呢？不过，这种疑问也只是闪现了一下，他很快又变得明确而坚定了：

"哼，洪亨九、冯琢庵所能教于建虏者，无非是三代以下的那一套成法旧章而已。唯是那一套成法旧章全为一家一姓之私利而设，尽失三代圣人之本意，其流弊之深巨，为祸之惨烈，已是灼然可见。建虏纵然能遵之行之，又岂能借此安天下，致太平？更遑论长治久安，开万世不衰之基业。只怕到头来，也照样弄得生民涂炭，四海怨腾，家亡国破，再蹈我朝之覆辙而已！"

他望了望上司，又睁大眼睛，奋然高声说："时至今日，拯天下，安社稷，复三代圣人之德意，令苍生百姓各得其私，各得其利，千秋拥戴，万邦咸与者，舍我仁人君子之外，已无他人！纵然时不我与，天不佑人，但也唯有奋起一搏，哪怕肝脑涂地，粉身碎骨，也要使天地间留此一段浩气，一身肝胆！"

这发自内心的誓言，说得如此的意气豪迈，充满自信与赤诚。以至孙嘉绩错愕之余，显然颇受触动。他没有再提出诘难，沉默了片刻之后，终于点点头，说："唔，这些日子你们一个劲儿起哄出兵，我没答应，是深知朝中之情形，我兵之实力，尚不足以行此大计！不过，如今看来，是不出兵也不行了！"

他说这话时声音不高，而且表情也很平淡，以至有片刻工夫，黄宗羲并没有反应过来。然而，他脑子里蓦地"嗡"的一响，吃惊得一下子站离凳子，不敢相信地问："怎么？大人决意出兵了？"

孙嘉绩苦笑着摇摇头："不是学生决意如此，而是鞑子的援兵到了！"

"什么？鞑子的援兵……到了？"

"昨日朝廷接得江北送来的情报，说是鞑子朝廷派来大兵，由一个叫博——博什么的，嗯，叫博洛的贝勒领着，正在兼程南下，来援杭州。今日监国召群臣会议，多数人都主张，与其继续株守江东，任其与张存仁从容会合，并力来攻，不如先发制人，抢在头里攻过江去，传檄太湖、常州，乃至留都各路义军，交相阻击，打乱他的阵脚，方为上策。监国已然认可，已经下旨张阁老主持此事，江防则转委余大司马担当了！"

黄宗羲睁大眼睛听着，这才恍然。一时间，满心的疑虑和别扭烟消云散了，他变得既兴奋又紧张，结结巴巴地问："那么，那么……"

这一次，孙嘉绩没有立即回答。他离开了虎皮交椅，两手叉腰，低着头在大帐中来回走了片刻，然后才站住脚，转过脸来说："要打过江去，一要有兵，二要有饷。这两件事，在我余姚军都是大难题——这样吧，明日一早，你们过来点卯时，一块儿仔细合计合计，看能拿出个什么办法来！"

意外重逢

第二天，当各营的头头们齐集大营时，孙嘉绩果然向大家宣布了朝廷决定出师西征的消息，并就余姚军自身的行动方略进行了商讨，最后确定了一个目标，就是集中目前有限的兵力，设法从清军防守薄弱的海宁、海盐一带发动进攻，通过牵制嘉兴、苏州等地的清兵，从侧面配合主力大军渡江西进。为了实施这个设想，孙嘉绩还决定把原来分属各营的士卒合并到一起，汰除病弱人员，实行重新整编，以便组建起一支比较精锐的军队；其次，则是加紧筹措粮饷。为了解决后面这个大难题，孙嘉绩和一些富有的头儿决定带头变卖自己的家产；其他将士也是有钱出钱，有力出力，务求尽快办出个眉目。除了这两件大事之外，自然还有加紧整治兵器、备办船只、操练士卒等等。

冷清沉寂多时的营地，终于活跃起来。不过，还有顶重要的一件事，孙嘉绩却有点拿不定主意，就是经过整编的这支军队，将来由谁来率领？因为孙嘉绩正式表明身上有病，背上长了个毒瘤子，只能留守大营，无法随军出征。因此必须在手下将校中间另选贤能。对此，倒是有两个人自告奋勇，一个是监察御史王正中。这位河北籍汉子不久前还是余姚县令，因为在任期间大力整顿治安，守土保民有功，最近被擢升现职，雄心正盛。另一个则是早就憋着一股气，要试一试身手的职方主事兼监察御史黄宗羲。孙嘉绩看见两个人都跃跃欲试，各不相让，就先不作决定。但是不知是出于心存偏袒，还是别的原因，他却派王正中单独率领一千兵，从钱塘江口实施偷渡，袭击海盐县南端的澉浦城，似乎有意让王正中显示一下能力。谁知王正中虽然一度攻进了澉浦，却因寡不敌众，损失了很多士卒，连副将韩万象也战死于城中，结果只得狼狈逃回。这么一来，率领余姚兵配合主力大军出征的重任，就反而无可争议地落到了黄宗羲身上。

现在，经过几天紧张的合并整编，一支三千人的精锐军队已经初步组建起来。随军粮草也在加紧备办中。这一天，因为火攻营事先曾经报告：要演试几件新近制成的火器，请黄宗羲邀集有关的将校前去观看。因此清早起来，梳洗穿戴完毕，黄宗羲就出营上马，由一队亲兵扛着旗帜在前头开路，向位于一座小岗阜下的火攻营缓缓行去。

今年的季节显然有点反常，虽然十天前，黄宗羲去见孙嘉绩之后的翌日，当真下了一场不小的雨，但接下来，又依旧天天艳阳高照，压根儿挨不着梅雨季节的边儿。不过这么一来，反而便利了军中各项准备事宜的进行。就拿眼下来说，在江堤下面的开阔地上，一队队士卒已经由军校们领着，迎着刚刚展现的朝霞，摆开架势认真操练。当他们使劲挥动手中的兵器时，就传来了阵阵喊杀声。这种情形，使黄宗羲感到颇为满意，同时也有点不安，因为不管怎么说,他还是头一次统率这么多兵马,承担如此重大的责任。虽然出于对偏安自守局面的深切忧虑,对方国安、王之仁等武人拥兵自肥的愤慨,以及强烈地意识到作为仁人君子的职责与使命,他毅然挺身而出,接受了下来,但是他果真承当得起么?今后的前途将会怎样?要知道,敌人已经援兵大至,未来的战斗一定会更加惨酷,闹不好,随时都有命丧沙场的可能。"但是,不这样就能活下来么?除非降志辱身,去当任凭鞑子驱使宰割的牛马!可是,那样活下来又有什么意思?同死了又有什么两样?大丈夫生于世间,如果不能一展抱负,扬眉吐气地活着,就宁可轰轰烈烈地死去!虽然家中还有老母在堂,儿女也还幼小,不过妻还在,弟弟们还在,也不用太挂心。况且,覆巢之下,安有完卵?普天之下,遭此荼毒的百姓又何止千万?也实在不应顾虑得太多了!"这么想着,黄宗羲的心就渐渐硬起来,重新把思虑集中到迫在眉睫的各种军务上,并且一直持续到抵达火攻营。

火攻营说是个军营,其实更像个大工场。里面的竹棚内,堆满了硫黄、硝石、乌炭和各种竹木材料,还有许多奇形怪状的铁器和工具。当黄宗羲走进木栅营门时,发现一些将官已经先到了,正一堆儿围着火攻营的头儿——章钦臣谈论得起劲。发现黄宗羲来到,章钦臣那多骨的瘦脸上就现出惊喜的神色,立即趋步过来,向他行起参见之礼。

黄宗羲同对方并不陌生。他知道这位能工巧匠本是绍兴人氏,后来移居余姚,同妻子金氏开了一间火药作坊,请了几个帮工,靠造些爆竹、烟花为生。去年六月,孙嘉绩举义反清时,他夫妻就双双到军前投名效力,从此改造供水陆两军使用的火器。也不知他哪里学来的一套手艺,那些普通玩意儿不必说,就连一些新式火器照样能造出来。虽然不是他自己的发明,却难得制作精良,势猛力大。去年八月在钱塘江上,黄宗羲就曾经用他制造的水雷,炸沉过清军的一只兵船。从此之后,两人也就时有来往。难得的是章钦臣虽然读书不多，却深明大义，聪敏过人，因此黄宗羲对他也颇为佩服，这一次出师，就特别向孙嘉绩提出，指定要让他随军。

"听说贤伉俪近日又造出了'万弹地雷炮'，今日我等可要一开眼界啰！"待到同其他几位将官行礼见过之后，黄宗羲重新转向那精瘦汉子，微笑地说。

"呵呵，见笑见笑！"章钦臣连忙摇着双手，惶恐地说，"此物其实早就有的。只是在下愚钝，直到如今才造得出来。实在算不得新东西！"

"不过我兵尚未有，而且我等都未曾见识过，也就算是新家伙了！"职方主事查继佐从旁接口说。他本是海宁人，是去年闰六月那一次，奉当地义军的委托，过江来面谒鲁王。他本来要回去复命，谁知海宁那边的起义很快就归于失败，只好留了下来，目前就在余姚军中效力。

"咦，莫非就是此物不成？"由于瞥见附近的一个草棚子内，摆着几个庞然巨物，一群士兵正在旁边忙着，黄宗羲便指着问。看见章钦臣点点头，他就带头走过去。其他人见了，也好奇地跟了上来。

原来，那是几个大瓦坛，多数的坛口已经被土紧紧封死。士兵们正朝剩下的两个瓦坛填装火药。在坛口的旁边，钻有一个小洞，从里面拖出一根引线，外面用竹筒套住，竹筒里还装着一个小钢轮，据章钦臣解释，那是用来发火的机关。

"老章，闻得这'万弹地雷炮'放将起来，飞沙走石,声闻数里,甚是厉害。不知可是？"说话的是王正中。虽然前些天，他因为进攻澉浦吃了败仗，结果只能屈居眼下这支新军的副将之职，但难得的是他毫不介怀，依旧劲头十足，而且甘心情愿地服从黄宗羲的指挥。

谁知章钦臣却摇摇头："此物说厉害，自然也厉害；说不厉害，其实也不厉害。"

"噢？此话怎讲？"大约看见大家都被这话弄得摸不着头脑，王正中忍不住又问。

"皆因埋设此雷时，须以鹅卵石堆砌其上，全仗火激雷发，乱石飞起以伤人。故而此雷虽药力极猛，唯是所埋之地，如寻不到许多卵石，威力便会大减，伤敌亦不多了！"

听他这么解释，大家才明白过来。查继佐转了一下眼睛，忽然说："哦，学生知道了，皆因海宁、海盐地面，卵石遍野，故此你才特造此雷！"

章钦臣没有回答，只是微笑点头。即便如此，大家却仍然想象得出：一旦义军拥有了这种威力巨大的地雷，将会怎样如虎添翼，给敌人以猛烈的打击，于是一个个脸上都现出兴奋的神情。

"好！"黄宗羲把拳头猛地一挥，大声说，"很好！有了此物，我兵又岂止水上不惧鞑子，便是陆上也不必惧他！"随即又问："别的呢？除了此物，可还有别的厉害家伙没有？"

章钦臣依旧只是微笑着，做了个相让的手势。于是大家便跟着他，开始一个工棚一个工棚地参观起来。也就是到了这时候，黄宗羲和他的将官们才真正见识到章钦臣的本领，那些火器不只名称奇诡，什么"一把莲"、"火蜂窠"、"神水喷筒"、"飞空砂筒""神机石榴炮"、"铁棒雷飞炮"、"水底龙王炮"、"子母雷""神火飞鸦""火龙出水"等等，不一而足，而且种类繁多，有靠燃烧杀敌的，有靠爆炸杀敌的，也有靠抛射杀敌的；有的用于陆上，也有的用于水中。特别令人惊奇的是那些火箭，制作之精巧，简直到了匪夷所思的地步，竟然可以根据不同需要采用不同品种，或者并联发射，或者飞翼发射，或者多级发射，甚至还可以多发齐射。大家一边看，一边听章钦臣介绍讲解，虽然还未开始演试，但已经一个个全都听得津津有味，不断发出由衷的惊叹。这当中，又数黄宗羲最为兴奋。因为身为主将，他比别的人更加了解军队的情形，深知由于费用奇缺,许多必要的兵械装备都无从置办,刀枪盔甲破旧残缺不必说,就连士兵的衣着,也全都只能补丁摞补丁地对付着穿。靠这样的家当,到了战场上,怎样同装备精良的清兵对抗,实在是一个很值得忧虑的问题。现在有了这批厉害的火器,情形可就大不相同。

"嗯,将来克敌制胜,看来还得多点儿靠它……"

心中这么想着,耳朵却听见有人高声报告,他转过头去,发现一名小校手里拿着一张拜帖,正站在跟前。

"我到了这儿,还有人追着来拜访?会是谁呢?"他疑惑地想,随即接过帖子,只见上面写着:

眷友弟张岱顿首拜

黄宗羲微微一怔:"张宗子?他怎找来了?"虽然如此,但冲着对方是熟朋友,又是鲁监国跟前的大红人,黄宗羲倒也不好怠慢,于是把帖子朝王正中手里一递,又请大家稍待,然后独自匆匆迎出营门去。

"哎,太冲!"黄宗羲刚刚看见营门外影绰绰有人站着,张岱的叫声就已经远远传来。

"这个张宗子,都已是五十出头的人了,还是这等纵情率性的脾气!"

黄宗羲无可奈何地想,只好加快脚步走过去。

"太冲,你瞧我把谁给你带来了?"待到黄宗羲走到跟前,张岱又兴冲冲地大叫。

黄宗羲不由得一怔,这才发现,张岱身后还跟着一胖一瘦的两个人,剃得半根头发都不剩的一对脑袋,在日影下泛着青光。那个矮胖老儿还长了一脸的黑麻子……

"哈,说,快说!这两位是谁?"张岱快活地催促说。

黄宗羲疑惑地眨着眼睛，蓦然，心中一动，失声地叫起来："怎么？昆铜！柳老爸！是你们！哎，你、你们怎么来了？"

"怎么来了？"张岱学着黄宗羲的腔调说，"来看你黄大人呀！哼，你可得好好谢我才成！要不是我，他们二位还不知道兄在这里，也不知道怎么来找呢！"

"是的，若不是宗子兄盛情引路，沈兄与小老还不知何处访兄呢！"柳敬亭微笑地证实。

不过，黄宗羲已经没有心思听了。他猛地趋前两步，一下子把沈士柱的双手抓在手里，随后又转向柳敬亭，忘情地大声说："哎，昆铜！柳老爸！可算见回你们了！你们是怎么来的？几时来的？这、这不是做梦吧？"

"不是做梦！不是！"沈士柱也激动地大声回答，同样紧紧地抓住黄宗羲，眼泪随之夺眶而出。的确，过去在复社里，沈士柱是属于同黄宗羲感情最好的朋友之一。但是自从清兵南下之后，战祸连绵，彼此天各一方，不知生死，虽然也曾苦苦思念，但是却连打听的办法也没有。现在忽然意外重逢，那一份百感交集的滋味，确实不是言语所能表达。

"莫哭，莫哭呀！"看见沈士柱挣脱自己的把握，掩着脸，嗷嗷地放声大哭，黄宗羲关切地劝止说。可是，才劝了两句，他也止不住情怀激荡，喉头哽塞，汩汩地流下泪来。

这最初的一幕，如果无人劝止，也许还会持续下去。不过，张岱终于开口了。于是大家才勉强控制住各自的感情，揩干眼泪，重新行礼相见。随后，黄宗羲就把客人让进营中的竹棚子里坐下，并吩咐小校奉上茶来。

在接下来的交谈中，自然首先要问到客人们此来的经历。原来，沈士柱和柳敬亭是从南京南下，投奔这里的。本来还有余怀同行，可是为着寻访冒襄，余怀半路去了宜兴。十天前，沈、柳二人来到钱塘江对岸，正碰上水上大战刚结束，清兵防范特别严。

他们用重金买通了一名当地渔夫，驾小船乘黑夜偷着过了江，上岸之后不久，就遇到义军的巡哨，几经辗转，才被送到绍兴。在等候鲁监国召见时，碰巧遇见张岱，交谈之下，得知黄宗羲在这里，因此今日匆匆赶来相见……

"这番出师西征，"张岱说，"就是因为他们二位路上刺探到消息，得知鞑子大队援军就要开到，特地不避艰险，日夜兼程赶来报告，监国才作此决断的。功劳可不少哩！"

"好，好！"黄宗羲连声说，感动地望着两位朋友那风尘仆仆、晒得黧黑的脸，以及那显然是为着掩饰身份的光头，心中又一次激荡起刚毅慷慨之情，觉得有这样一批忠心耿耿、生死与共的朋友，抗清事业应该大有希望。就算万一不幸，为此献上性命，也没有什么遗憾了！于是，他开始怀着对这种友情更深的爱恋，向对方急急地询问起旧日那班朋友的情形，问到顾杲，问到吴应箕，问到陈贞慧和侯方域，还问到张自烈和梅朗中。虽然有许多情况，沈、柳二人也并不清楚，但是哪怕只是零星消息，也足以使黄宗羲兴奋莫名……

"哎，有一件事，弟差点忘了！"正谈得高兴的沈士柱忽然压低声音说，"听说钱牧斋——打算辞掉鞑子的官不做，返回江南来呢！"

"兄是说钱牧斋？"黄宗羲有点疑心没听清。不过，看见对方点点头，他脸色就突然变了，"哼，他还有脸回来？他回来做什么！"

"哎，兄且听弟说啊！"沈士柱连忙摇着手说，随即把声音压得更低，"闻得钱牧斋当日献城，实在是因弘光已逃，赵之龙又不肯拒守，他为保存一城百姓的性命，不得已而为之。过后深自追悔，却因形格势禁，只得随例北上，其实无时不思脱身南归。而且，他临去时曾经同柳如是有约，誓言心在大明，一得机会，便要有以报之！"

这么说了之后，看见在座的人一时间都没有吱声，他又补充说："这事是柳如是亲口对弟说的。弟南来时，柳如是还嘱我要将此意奏知鲁监国呢！"

这又是一个始料不及的消息。不过尽管如此，黄宗羲却根本不相信钱谦益有这种胆量，更不相信此人会有什么真正的作为。他摇一摇头，气哼哼地说："这种话，也就先听着罢了！而且，只怕十之八九还是柳如是一厢情愿，钱牧斋未必就有这等心肝！好了，我们先别管他。且说说二位，既然难得到此，就别忙着走了，且住下来盘桓几日，也好畅叙畅叙！对了，还有余淡心，怎么还不见到？莫非被陈定生留在宜兴不成？"

"弟等此来，是受瑞昌王派遣，"柳敬亭沉吟地说，"现今既已奏明监国，就须及早赶回留都复命。就是淡心兄不知何故，至今仍不见来到，着实令人担心。"

"咦，要不，老爸先回留都复命，小弟留在此间等他？"沈士柱忽然睁大眼睛，提议说。

柳敬亭看了他一眼："可是，此间的事已经办完……"

"什么办完了？早着呢！"沈士柱兴冲冲地一挥手，站起来，"你不见这里正在厉兵秣马，就要打大仗了么？哈，若是太冲兄肯收下小弟，做个副将——不，先做个千总也成。到时候，小弟就这么骑在马上，长刀一挥，领着那一千雕面恶小儿，朝着鞑子狗贼冲啊，杀啊！嘿，又何其快哉！"他一边摇头晃脑地说，一边兴奋得眼睛闪闪发光，并且手舞足蹈起来。

看见他这样子，大家起初都有点发怔，但随后就想起了：这沈士柱尽管生得又瘦又小，即使把他提在手里，也就与提一只鸡差不了多少，但是却一向昂昂然以将才自许，一心向往虎帐谈兵，跃马杀贼，平日说话也是满口兵书上的术语，在朋友们当中每每引为笑谈。瞧他眼前这模样，自然是老毛病又发作了。因此，大家都不禁交换着眼色，露出会意的微笑。

"好呀，既然如此，那么昆铜兄就留下好了！"张岱做了个干脆的手势，"反正有太冲兄这位大帅在此，也不必发愁没兵给兄带！只不过，弟却要先行告退了！"说着，也站了起来。

黄宗羲正考虑怎样回答沈士柱，听了这句话，错愕了一下，连忙问："怎么，兄这就要走？"

张岱点点头："岂止是要离开此地。兄记得前些日子在西兴观战时，弟对兄说过的话么？弟此去是要披发入山，从此不问世事了！"

"什么？兄要披发入山，不问世事？"大吃一惊的黄宗羲瞪大眼睛问，"在这种当口上？"

张岱苦笑了一下，自嘲地说："弟不过一纨绔弟子，自知平生只会安享逸乐，学书不成，学剑不成，学节义不成，学文章不成，学仙、学佛、学农、学圃俱不成，不过是败家子，废物一个！留在朝中，不过虚耗俸禄，成事不足，败事有余。倒不如及早离去，于家于国，反而不无裨益！"

他这么毫不留情地诋毁着自己，分明经过长期深思熟虑，而且看来决心已定，并非三言两语所能挽回。因此，有片刻工夫，黄宗羲只张大了嘴巴，却一句话也说不出来。

"好了，时辰不早，就此别过！如若天不绝人，与诸兄还会有相见之日！"这么说完之后，张岱就拱一拱手，转过身，头也不回地向外走去。

……

"哎，他、他就这等走了？"半晌，沈士柱一脸迷惘地喃喃说。

"哼，他要走，就由他走好了！"多少感到受了一记意外袭击的黄宗羲，粗暴地把手一挥，把目光从张岱背影消失的地方收回来，随即想起了一件事，于是望着客人，用突然兴奋起来的大声说："嘿，别的事慢点再谈！今日此间要演试火器，二位如果有兴，就一同进去观看，如何？"

搜捕内应

浙东的鲁王政权忙于向江北进军，而坐镇南京的洪承畴却恰恰相反，他目前全力关注的，却是由征南大将军博洛率领的清朝援兵抵达杭州之后，能否迅速突破钱塘天堑，进而一举打垮鲁王政权。

说起来，这件事也确实不能不让洪承畴关注，因为自从去年闰六月，浙东军民起义抗清之后，到如今已经整整十一个月有余。在这将近一年的时间里，清军始终被阻遏在杭州以北，无法再向南推进。相反，明朝的残余势力，却在东面的福建、西面的安徽、江西和湖广卷土重来。他们凭借民众的支持，千方百计与清军为敌，正出现日益坐大之势。很显然，如果不趁这些势力还在各怀私利、互不买账的时候，尽快给予毁灭性的打击，待到他们一旦幡然觉悟，真正联起手来，事情就会变得极其棘手。而如果要给对手以致命的打击，那么浙东的鲁王政权无疑是最关键的突破口。因为浙东地区正处于这条抗清链环的咽喉部位，与东边的福建紧密相连。只要攻下了浙东，就能迅速进军福建。目前，在福州公然称帝的唐王朱聿键，已经隐然成了明朝残余势力的最高象征，一旦把他铲除掉，就能给各地的反叛者以沉重的心理打击，使之变成无头之蛇。那么接下来，就能对他们实行各个击破，事情也就会好办得多。

如果说，洪承畴对浙东战局感到关切，这是最直接的原因的话，那么，还有深一层的原因，那就是他奉多尔衮的委派，到江南来出任总督，也已经九个月了。在这期间，除了在八月里，终于攻下了顽固抵抗的江阴城，又在十月里，平定了徽州的叛乱之外，军事上并没有取得更大的成果。相反，到了今年的正月，还竟然发生了以前明瑞昌王朱谊泐为首的一股暗藏的反清势力，在城郊四乡纠集起两万余人，分三路进犯，试图里应外合，一举占领南京那样的惊人事件。幸亏洪承畴发现得及时，紧急调动兵马，做好准备，痛下杀手，才把它好歹镇压了下去，但是也已经吓出了一身冷汗。因此，如果再让局势这么拖下去，那么，被人指责自己无能还是小事，最可担心的，却是由此引起朝廷的猜疑，认为他洪某人对明朝余情未断，对抗清势力心慈手软，甚至怀疑他首鼠两端，心怀二志，别有所图。那就实在是冤枉之极了！事实上，这并不是不可能的，别看摄政王多尔衮眼下对他十分信用，但一旦起了疑心，大祸临头也是转眼之间的事。因为他毕竟是前明的一个降官，有过与大清朝为敌的昭著"劣迹"。更何况，由于他目前位高权重，朝廷中侧目而视的满汉官员，也大有人在……那么，这一次进兵到底能否一举打垮可恶的鲁王政权，从而显示自己的能耐，以及对大清的耿耿忠心呢？洪承畴心中却没有底。因此连日来，他只有密切注视着前线的动向，并吩咐手下人，一有杭州方面的塘报和消息，就立即向他报告。

　　如今，洪承畴手上就有这样一份报告。不过其中说的并不是清军的进兵情形，而是关于他的对手——浙东方面的动向。据说，鲁王政权得知清朝派出大军增援杭州之后，十分恐慌，最近匆忙委任张国维为统帅，打算主动挥师渡江，来个先发制人。但是，各路军马并不齐心。譬如方国安，虽然表面上也在进行准备，实际上只是应付敷衍。近半个月来，张国维曾经几次派出军队，对杭州实行试探性攻击，结果都因为方国安按兵不动，无功而返。另外，报告中还说到，不久前，福建的唐王政权派遣金都御史陆清源为使者，携带饷银十万，前往浙东，表示捐弃前嫌，诚心修好之意。方国安得知后，竟然派兵中途拦截，强行夺去银饷，还把陆清源囚禁起来。张国维为这事大为震惊，气得要命，但是却一点办法也没有……

　　洪承畴拿着塘报，把这些消息反复琢磨了许久。他自然知道方国安凭借手下那五万主力正规军,目前在鲁王政权中占据着怎样举足轻重的地位。如果此人真的像塘报中所说的这样子消极避战,横行霸道,无法无天,而鲁王政权对他又束手无策,只能听之任之的话,那么对手确实已经显露出败相,起码他们那个所谓"西征",就只是部分人的孤注一掷,看来成不了什么气候。一旦博洛的大军开到,与杭州的张存仁合起手来,发起强大的攻势,浙东的平定,应该说还是有相当成数的。于是,洪承畴稍稍放下心来,把报告放回案上,随手拿起下面一件。

这一件却是江宁府送来的密件,内容是关于审讯在押"逆犯"的。它立即又引起洪承畴的关注。自从发生了瑞昌王朱谊洐进攻南京的事件之后,连月来,经过对远近各村镇全力搜索追缉,已经陆续逮捕、处决了大批参与叛乱的不逞之徒。但是为首的那几个罪魁仍旧逃脱了。为此,洪承畴一直放心不下,总担心他们会卷土重来。他估计对方在城中必定还有暗藏的同伙,尚未彻底查清,因此下令江宁府对剩下的一批要犯务必严加审讯,力求追出线索来。现在,江宁府的这个密件,就是报告审讯的最新情形。据称:经过对那数百人犯逐一反复严刑拷问,并且诱之以利,晓之以理,终于有两名犯人先后供出:有一个和尚曾经几次到叛乱分子设在沧波门外的据点去过。此人法号"法明",生得身材瘦小,但是举止活泼,谈吐文雅。因为每次都是匆匆而来,匆匆而去,而且只与在逃匪首之一的朱君召联系,所以此外更多的情形那两个犯人都确实提供不出。

说了以上的情形之后,密件最后却附了这样一行字:

    职等经仔细按察,近已查明:所谓"法明"者,实即故明诸生沈士柱。沈字昆铜,芜湖人,系复社中坚。

"沈士柱?"洪承畴觉得这个名字颇为生疏。他捋着胡子,又极力回想了一下,仍然没有任何印象。"嗯,既然此人是复社中人,那么,听说黄澍当年与那伙人颇有来往,说不定会认识也未可知?"心里这么想着,洪承畴一抬头,却发现中军官出现在门口,现出欲言又止的样子。

"什么事?"他随口问。

"启禀大人,黄仲霖先生求见,说有事要面陈大人。"

黄仲霖——就是黄澍。洪承畴不由得一怔,心想:"噢,正想找他,他倒自己来了!"便把手中的密件放下,吩咐说:

"唔,请进来吧!"

片刻之后,随着回廊里一阵轻而急的官靴声响过,黄澍出现了。他一进门,就低着头,交拱双手,做出行礼的样子。

"哦,先生请坐,请!"洪承畴照例站起来,回着礼说。

黄澍抬起头,脸上闪过一丝犹豫的神色,但终于还是道了谢,坐到下首的一张花梨木靠椅上。

"不知先生见顾,有何赐教?"看见黄澍接过仆役端上来的茶之后,就尽自低着头,一声不响,已经坐到他对面的洪承畴忍不住探问。

"哦,不敢!"黄澍连忙把茶杯放到身旁的方几上,再度拱着手,说,

"学生所以贸然求见,是……呃,是意欲向大人道达告辞之意。"

洪承畴眨眨眼睛,有点没听明白:"什么?先生是说——告辞?"

"是的。"黄澍抱歉地低下头。片刻之后,大约看见洪承畴没有作声,他又解释说:"学生自归诚以来,深蒙大人不弃,派赴军旅效力于前,又相留幕中于后,如此大德,感荷无已。唯是学生自觉樗栎之材,难副重寄,深恐有负大人厚望。思之再三,与其尸位素餐,为同侪窃笑,倒不如自行告辞,也是保全脸面之一

法也！"说完，双手又是一拱。

洪承畴这才"哦"了一声，听清楚了。不错，自从平定徽州之后，考虑到黄澍所立的功劳，他曾经打算向朝廷举荐他为知府，后来担心徽州民心不服，才又作罢。结果直到如今，仍旧只能委屈对方暂时留在总督行辕中充当幕僚。本来，随着军事的进展，清朝所占领的地盘不断扩大，急待派出官吏去加以管理。来自满洲的官员极其有限，远远不能满足需要，这就必须大量起用投降的汉官。因此，洪承畴来到江南之后，经过仔细甄别，反复挑选，曾经拟定过一份一百四十九人的名单，并于去年底同江南省官员设置的方案一道，上报朝廷，请求予以录用。但不知什么缘故，至今未见批复。直到前些天，他才从一位自北京来的官员口中得知：以和硕郑亲王济尔哈朗为首的满族大臣，对于大量地任用汉员颇不以为然，认为会危及满员的地位和权力，一直在劝摄政王谨慎从事。这个济尔哈朗，是当今顺治皇帝的堂叔父和辅政亲王，地位仅次于摄政王多尔衮，在朝中很有权势。对于他的这种主张，摄政王是否采纳，虽然还不得而知，但是洪承畴却不能不有所警觉，因为他自己就是投降的汉官，目前又位高权重，早已为朝中的满族大臣所侧目。于是，他手头尽管已经又拟出了一份名单，黄澍也名列其内，但出于谨慎的考虑，只好暂且压下来。不过，他却没有想到黄澍已经等不及，竟然提出要"告辞"。"不错，如今一边是各地职位都大量空缺，急待派人填补，一边又白白让许多人才窝在这里得不到任命。长此下去，岂止地方上会平添无数乱子，而且还会挫折了才俊之士输诚报效之心！"暗中这么苦笑着，他就缓和了神色，恳切地问：

"先生此言，可是出自本意？学生也知以先生之大才，区区幕府实不足以供施展。唯是一应任命，俱需经朝廷钦定，非朝夕所能办妥。目下学生已为此事拟就奏疏，日内便要上报。兄台如无非走不可之故，何不再待一时，等有个结果再说呢？"

黄澍淡淡一笑，说："黄某虽然愚钝，大人殷殷垂注之心，又岂会不知？唯是正因如此，学生才不欲因一己之故，而令大人为难！"

"噢，此话怎讲？"

"记得大人履新之初，便布告四方，宣谕朝廷求贤德意。当时多少旧员闻知，俱各额手称庆，争相应召，驿路馆舍，一时为满。谁知抵达此间之后，引颈而待半载有余，却消息全无。近日方知，此非大人故意拖延，实是朝中有人对我汉员心存疑虑，不欲多用之故。故此许多人都觉心灰意冷，各萌退志。学生今日告辞，亦无非知难顺命而已！"

黄澍说这番话时，虽然语调有点酸溜溜的，但由于直接点出了事情的内幕，却使洪承畴不由得一怔。不过，出于维护朝廷威信的本能，他仍旧"噢"了一声，故作惊讶地问：

"朝廷不欲多用汉员？先生这消息从何而来？怕亦是二三候用之人，穷极无聊，才造出这种妄测之说来！据学生所知，实情绝非如此。今上及摄政王虚怀若谷，礼贤下士，并无满汉之分。所以迁延至今，实因人数太多，甄别考察，甚费时日。此外别无他故！"这么断然否定了那个传闻之后，为着安抚笼络对方，他接着又说："何况江南尚未平定，诸事纷拿，学生要倚仗先生之处甚多。譬如说，眼下就有一事，欲请先生为我参详！"

说着，他就站起身，从公案上取过江宁府的那份密报，递到黄澍手里。

起初，黄澍不知道是怎么一回事，只照例地跟着站起身，双手接了过去。然而，没等把密件看完，他就止不住失声叫起来：

"啊，怎、怎么会是他！"

"那么，先生想必认得此人？"洪承畴关注地问。

黄澍只含糊地"嗯"了一声，却没有说话。他神色紧张地把密件看完，这才像是缓过一口气，小心地说："学生认得。不过，那是早在弘光僭号之时——怎么，原来他就在城中？"

洪承畴摇摇头："时至今日，只怕已经逃掉了！嗯，这姓沈的，是怎样一个人？"

"这……学生虽则认得此人，却无非见过几面，并无深交。故此也所知不多。只是听说他虽然长不满五尺，却好作大言，平日满嘴兵书，在社友中引为笑谈。此外，嗯，此外学生也就别无所知了……"

"唔，"洪承畴沉思地走出两步，随即回过头来，又问，"据先生所知，这复社之中，像这沈士柱——还有去年那个吴应箕一类的人，会有多少？"

"大人是说……"

"这姓沈的在此间出入，分明已非一日。他在城里的复社中人里，会不会尚有其他同谋？"

"这……据学生所知，那复社别看他当年名气颇大，其实无非是一干士子借以求名进身之阶。其中鱼龙混杂，良莠不齐，即在当时，已是各怀私利，互相攻讦，争斗不已。及至今日，彼等眼见山河易主，天命在清，更是早已分道扬镳，作鸟兽之散。其中冥顽不灵如吴应箕、沈士柱那等叛逆固亦有之，唯是多数却同陈百史、龚孝升一样，已经剃发改服，归顺我朝。学生虽然不敢说这姓沈的在城中必无同谋，唯是以复社目前之情形而论，只怕已经成不了什么气候。"

洪承畴看了幕僚一眼，对于黄澍不正面回答自己的问题，多少感到有点奇怪。不过，他却不知道黄澍其实不仅认识沈士柱，而且前不久，还在柳敬亭那里同沈士柱见过面，谈过话，一道喝过酒；他也不知道就在叛乱平定之后不久的二月底，黄澍竟然利用职务之便，替沈士柱的密友柳敬亭、余怀等人开具过出城的关防！目前，这个胆大妄为的家伙尽管强作镇定地同自己周旋，其实心中紧张害怕得要死，一心只想着如何遮掩脱身。因此，虽然感到疑惑，但是洪承畴仍旧只是把幕僚的躲闪回避，理解为绕着弯子向自己含蓄进言，于是做了一个手势，说：

"学生也知正月平乱之后，城中的缙绅百姓意犹未安。再兴抄索，必令人情惊怖，实不相宜。唯是乱匪虽平，匪首却依旧在逃。如若不及时将城中奸宄肃清，一旦有事，便会成为祸根。到那时，就悔之晚矣！"

"啊，莫非、莫非乱匪还能卷土重来不成？"

"仅凭其强弩之末，自不足虑。唯是我师目今正倾全力以攻浙东。一旦陷巢毁穴，敌之残部若不东奔入闽，便将渡江北窜。若然与此间之余匪刁民会合，便难免死灰复燃，不可不防！"

听洪承畴这样忧心忡忡地分析之后，黄澍不说话了。他低下头，仿佛在有所掂量。忽然，他抬起眼睛，毅然说："大人深谋远虑，良有以也！既然如此，黄某愿竭微末之力，联络三五复社旧交可信之人，在城中暗查密访，务必查清一应与沈士柱暗通声气之人，却来复命！"

这自然是洪承畴所希望的。于是，他顿时高兴起来，微笑着问："先生能慨然请缨，洪某便高枕无忧了！只是，先生不再见弃了么？"

黄澍一本正经地点点头："无论到了何处何所，都是为大清尽忠！适才听大人说，平定浙闽，已是指日可待。那么，就等前方的捷报到了之后，再作计议，也还不迟。"

洪承畴捋了捋胡子，呵呵笑起来："平定了浙闽，可得要委任大批官员前去照管。到那时，先生只怕就更加走不了喽！"

脱身南归

洪承畴同黄澍在总督行辕中谈话。他们却不知道，决意辞官不做的钱谦益，经过一个半月水陆兼程的跋涉，已经回到南京。

他没有先行回家,而是一下船,就立即坐上轿子赶到总督行辕来,打算向洪承畴报到。

钱谦益这一次终于得偿所愿,自然离不开龚鼎孳、陈名夏等人的从旁助力。不过,由于首先打通了谭泰那层关节,后来的事情倒也颇为顺利。二月中送呈的求退上疏,三月初就得到恩准。钱谦益已是归心似箭,经过马不停蹄的匆忙准备——打点行装,谢恩陛辞,向上司和同僚们道别,出门拜客,接待来访,没完没了地出席各种送行的宴请,如此等等,到了三月十六日,总算打发完一切繁文缛节,登车就道。一路之上,他尽可能不作停留,一门心思地往南赶,出直隶、历山东、渡黄河、下扬州,终于在今天——也就是五月初三日的晌午时分,从长江进入秦淮河,远远地重新望见石城门那座巍峨的城楼。

虽然屈指算来,离开南京其实还不到一年,但是在钱谦益的感觉里,却像是落入了令人窒息的牢笼之中,不知过了多久。无疑,清朝并没有为难他,他在北京任职期间,虽然不能说受到重用,但起码上上下下对他颇为优礼。而且,与在明朝时做官那些年里,皇帝的喜怒无常,朝廷的党派倾轧相比,安全感甚至还更多一点。然而,尽管如此,钱谦益仍旧感到时时处处都很不自在。无论是例行的随班上朝,还是日常的官场交往,总觉得一切都物是人非,如同隔世,全不是那么一回事。所见到的,都不是他想见的人;所听到的,也都不是他想听到的事。但是置身在那样一个环境里,又不能不见,不能不听,不仅如此,他还得时时装出一副兴趣盎然、欢喜凑趣的样子。这可就使日子变得十分难过。更何况,柳如是和家人都不在身边,即使回到住所,也没有人可以倾诉,没有办法可以忘怀外间的种种别扭和不愉快,哪怕是暂时的也罢!正是由于感到在北京已经连一天也熬不下去,因此当龚鼎孳,还有后来的陈名夏表示愿意帮助他脱身南归时,他简直如获救星,不胜狂喜,从此三天两头就往龚鼎孳那里跑,打听进展的情形,焦急得如同热锅上的一只蚂蚁。不过,毕竟又过了整整三个月,事情才终于办妥。现在,他总算又活着回到江南来,重新见到故乡的湖山城郭了。"哦,不知如是怎么样?孙爱怎么样?家中各人怎么样?据说,他们早就搬出吏部衙门,住到外面去了。那么一切都还好吗?自然,他们已经知道我要回来,因为先行的人三天前就派出,他们应该得着音信了!哎,眼下一定都在心急如焚地等着我抵达吧?"当官船缓缓驶近石城门外的码头时,钱谦益也变得越来越心忙意乱,以致不等靠岸,就先自站立起来,伸长脖子一个劲儿地眺望……

出乎意外,率先下船的手下人到码头上转了半天,却回来禀告说:岸上来来往往的人尽管并不少,其中也有等候接人的。但是,却并没有来接他的人。这使钱谦益颇为纳闷,因为按理说,得知他远道归来,家中是必定会派出家人来接船的。即使钱孙爱、陈在竹他们有要紧的事来不了,起码李宝也一定会来。就算家中出了什么意外,或者已经搬回常熟乡下,还压根儿不知道这事,那么官府也该派出人来。因为他已经吩咐先行的人同时向官府报告。然而,那手下人却说已经同时寻找过,码头上也没有官府的人。"哎,莫非报信的人半路出了事,没有把信送到?眼下到处兵荒马乱,道路不靖,这自然也有可能……不过,会不会是别的缘故,譬如说,如是她趁我不在时,自作主张,暗中交通反清义旅,结果弄出了祸事来?或者龚孝升、陈百史他们托我回来之后,设法联络各方,预作规布那件事,已经被朝廷侦知,将对我有不利之举?"这么猜疑着,钱谦益就顿时变得紧张起来,脊背也冒出涔涔虚汗。有片刻工夫,他心惊胆战地朝岸上窥视着,甚至盘算是否干脆连岸也不上,立即设法逃走?不过,最后他还是放弃了这种打算,因为如果到了那一步,逃是逃不掉的。更何况事情未必真的就是所推测的那个样子。当然,如此一来,只怕就暂时不适宜只顾着往家里钻了。沉吟半晌之后,他终于决定先上总督行辕去,向洪承畴报到,一来显得他对履行手续的重视;二来,即使家中真的出了事,也可以表明他毫不知情……

现在,他已经把拜帖递了进去。由于从码头前来的一路上,除了出入城门的检查颇为严格,城内的大街小巷与一年前他离开时相比,那冷清的情状却依然如故之外,并没有发现任何特异的情形,钱谦益心中多少安定了一点。因此,等门官重新走出来,说道"大老爷有请"时,他就照例整肃一下衣冠,然后举步向里走去。

洪承畴驻节的这所衙门,就是旧时的都察院。里面门堂高大,气象森严。钱谦益记得,在弘光立朝的那一年间,最初在这里主政的是东林派的刘宗周,不久刘宗周被排斥去职,就换上了马、阮一派的李沾来把持监察大权。但不到半年,就闹到左良玉"清君侧",接着是清兵南下,弘光出逃,小朝廷顷刻土崩瓦解,大小臣工仓皇四散。到如今,不论是哪一派的人,都落得个亡国破家的收场……

心中正在暗自感慨着,钱谦益一抬头,却发现洪承畴已经站在签事房的台阶前。旁边还站着一个人,钱谦益觉得那张精明干练的脸看上去很眼熟,仔细一认,竟然是旧日的老相识黄澍!"啊,原来是他!怎么……"然而,没容他想下去,洪、黄二人已经拱着手,满脸堆笑地迎上前来。于是,钱谦益也连忙定一定神,躬身低头,与对方行礼相见。

"大半个月前,学生已于邸报中得知,牧老有归田之庆,是以日日引颈而望,不意直到今日,方始得接芝宇!哎,一路之上,可还顺利吧?"洪承畴一边往屋子里让客,一边眯缝着眼睛,微笑着客套说。

"哦,不敢!"钱谦益连忙拱一拱手,"托大人洪福之庇,谦益此行,尚算顺利!"

"那么,"等到了屋内,重新行过礼,彼此分宾主坐下之后,洪承畴接过差役奉上来的一盏茶，继续微笑地问："牧老是几时抵步的？"

"哦，学生是刚刚才下的船。"

"这么说，牧老竟是尚未归家？"

"学生一下船，就即时前来谒见大人，是以尚未及归家。"

听钱谦益这么说，洪承畴就偏过脸去，同黄澍交换了一个眼神，随即点点头，说："牧老千里南还，车舟劳顿，本应先回府上，歇息几日，也还不迟，又何必匆匆见过？"

"哦，"钱谦益拱着手说，"大人奉朝廷钦命，驻节江南，无论官民，俱归约束。学生从今而后，便是属下草民，自应从速报到！"

洪承畴摇摇头，说："牧老言重了——那么，不知今后有何打算？可有需学生相帮之处否？"

"甚感大人盛情！唯是谦益以老病之躯，得蒙圣上恩准，放归垄亩。今后但得苟延残喘，于愿已足。除此之外，已是无复他求了！"

交谈进行到这里，主客间的寒暄便算告一段落，同时，钱谦益也算是报过到了。于是接下来，话题很自然地转向了南北两地的新闻。不过，由于钱、洪二人过去并没有多少来往，充其量也只是场面上的泛泛之交。至于坐在一旁的黄澍，虽然算是老熟人，但在上司面前，他却只有帮腔赔笑的份儿。因此，整个谈话便始终只能停留于漫无边际的应酬，像京中熟人的情形，江南近日的战事，如此等等。倒是有一次，洪承畴关心地向客人打听起，他于去年底上送的那份江南省官职设置方案，以及那份请求起用的官员名单的消息。当得知就在钱谦益离京那阵子，朝廷终于正式批准，这位封疆大吏就顿时显得大为高兴，对客人也愈加客气和热情起来……

看见这种情形，一直心怀鬼胎的钱谦益也趁机向对方问起，前几日曾经派人先行报信的事。得到的回答是：除了在邸报上得知钱谦益辞官获准之外,后来并没有接到任何报告。"哦,这么说,送信人果然在路上出了事!所以……"他想。虽然这确实始料不及,但心中一块石头总算落了地,钱谦益于是随即想起:已经耽搁了老半天,应该赶快回家去了。这种念头一闪现,他就顿时变得有点迫不及待,因此,等交谈稍一出现间歇,就马上站起身,拱手表示告辞。

"牧老这就要走?"洪承畴似乎感到意外,不过,却也没有挽留,跟着站了起来。

"嗯,此次归来之后,牧老想必仍要回贵乡常熟居住?"送出两三步之后,洪承畴忽然沉吟地说,"不过,以学生之见,最好还是迟些时日。皆因那一带日内就要打大仗,贵乡说不定会被波及。还是待乱定之后,才作归计为宜!"

"啊,大人是说,敝乡也……"钱谦益吃了一惊。

"剿平浙闽,在此一战,兵锋所向,变化难测。如不波及贵乡,自然最好。但不怕一万,只怕万一。小心一点,总没有坏处!"

停了停,看见钱谦益沉思地点着头,没有作声,他像是想起了什么,又微微一笑,说:"牧老离家已久,自应作速回去探视。若无他事,就勿再上别处逗留了!"

这么说了之后,也不待钱谦益反应过来,他就回头对黄澍说:"学生尚有许多杂务亟待料理,就恕不远送了。敢请黄先生代劳,如何?"

黄澍自然满口答应。于是,等钱谦益与洪承畴在滴水檐前行礼作别之后,他就做出相让的手势,陪同客人向外走去。

"牧老,"当两人穿过天井,出了二堂之后,黄澍忽然回过头来,目光闪动地瞅着客人,压低了声音问,"可认得沈士柱沈昆铜?"

"兄是说沈昆铜?自然认得。"钱谦益点点头说,对于黄澍的诡秘神情,多少感到有点奇怪。

"交情如何?"

"交情么，他在复社中也算是个顶能活动的角色，以往倒是常来的——可是，他怎么了？"

"唔，若是他再来访牧老，牧老可得千万告知学生！"

"可是——"

黄澍先不回答。他左右张望了一下，见没有别的人，才压低声音，恶狠狠地说："他交通乱匪，密谋造叛，被人供出，眼下正在追捕他呢！"

钱谦益不禁大吃一惊，结结巴巴地问："这……这……"

"皆因他是复社。"黄澍没有理会对方的愕然，管自一脸懊丧地接着说，"南京城中凡是与他相识的，只怕都脱不了干系！哎，闹不好，这回你我都会被他害死！"

钱谦益愈加惊疑："那么……"

"为今之计，"黄澍捏紧了拳头，"一定要找到他！眼下，他想必是藏起来了。可是学生料定他藏不了多久，就还会出来。若是找到你老家里，你老千万不可声张，可先稳住他，然后着人来告知我，我自有处置之法！"

钱谦益眨眨眼睛："既然如此，那就不如即时将他缚了，送交官府，岂不干净？"

这个建议本来也顺理成章，但是黄澍却分明错愕了一下，随即摇摇头：

"哎，你老不知道，这事若能如此处置，倒好了！可其中邪乎着呢！"

停了停，看见钱谦益依旧一脸茫然，他就气急把手一挥，说："总而言之，这事洪亨九已经交付学生料理了！牧老千祈照着学生所言去做，方能万无一失，切记切记！"

这么说完之后，两人又继续往前走。直到出了大门，拱手作别时，黄澍才重新回复了常态。同时，像是想起了什么，又像是为着掩饰自己刚才那一阵子的焦虑失态，他也如同洪承畴那样，微微一笑,说:"牧老外出多时,家中之事,想来疏于料理,如今回来了,那就即速回去看视,也免得家人悬望!"

钱谦益心中不由得一动,疑惑地问:"我兄之意——"

黄澍却不再搭腔,只是毕恭毕敬地交拱着双手。于是,钱谦益只好满腹狐疑地转过身,向停在一旁的轿子走去。

惊悉家变

钱谦益刚刚走近轿子,忽然听见斜刺里传来急促而杂沓的脚步声。他本能地回去过头去,发现依然耀眼的夕阳光影里,一伙人——大约有四五个之多,向他直奔过来。他不由得吃了一惊,正不知道是怎么一回事,就听见走在头里的一个叫了一声:"父亲,您老人家可回来了!"钱谦益连忙定眼看去,这才辨认出:原来那是他的儿子孙爱,跟在后面的则是李宝和其他几个仆人!

钱孙爱奔到跟前,就"扑通"一声,双膝跪倒在地上,用带哭的声音又说:"不知父亲大人已经抵步,孩儿迎候来迟,不孝之罪,祈请宽恕!"说着,"咚咚"地叩下头去。

钱谦益瞪大眼睛望着儿子。有片刻工夫,他想张嘴说话,却发不出音来,想迅速走向前去,却迈不动腿,只觉得一股深长的热流汩汩地从心底里冒涌上来。接着,眼睛开始发涩,嘴唇也止不住微微发抖。的确,他这一次与家人分开,虽然才只一年不到,但对于家人的思念,却比以往任何一次离家都强烈得多,也难熬得多。而其中,最令他魂牵梦萦的,第一个不用说自然是柳如是,而第二个就轮到眼前这个宝贝独生儿子。刚才,他为着保险起见,不得不先行赶到总督行辕来报到,但是一路上最让他神思不定的,也仍旧是这两个人。现在忽然看见亲儿子就跪在自己的跟前,而且举动是那样恭敬有礼,情态是这样深切真诚,完全像是一个懂事的大人模样,钱谦益心中的一份激动、喜悦与感触,确实不是言语所能形容的。终于,他猛然走前两步,伸出双手,紧紧地抓住儿子的胳臂,同时,想说上一句高兴亲热的话,但是喉头像被堵住了似的,泪水却已经涌出了眼眶,并且热乎乎地顺着脸颊流淌下来……

"啊,父亲,你……莫非因孩儿迎候来迟,致令父亲生气了么?"钱孙爱一边站起来,一边惶恐地问。

"不,为父是……喜欢……"

"可是……"

钱谦益做了个"真的没有什么"的手势,随即放开儿子,虽然泪水还挂在脸上,但已经咧开嘴巴,蔼然地微笑起来。

这当儿,李宝,还有其他几个仆人全都围了上来,开始挨个儿地向老主人叩头、请安。于是钱谦益也就趁机揩干眼泪,点头答应着,同时照例说上一两句亲切的话。主仆之间这么乐呵呵地交谈了一阵,直到李宝提醒说:"时候不早了,该回家了!"大家才又殷勤服侍着,把钱谦益送上轿去。等钱孙爱也跨上驴子之后,一行人便沿着正阳门外大街,络绎地向位于城南的善和坊行去。

也许是终于见着了亲人,钱谦益如今的心情变得安定了许多,也欢快了许多。为着打发轿中枯坐的无聊,他稍稍撩起窗帘,信目浏览着迤逦而过的街景,同时又一次想起柳如是和其他家人,想起刚才由于只顾着回答儿子、后来还有李宝和仆人们的问候,竟来不及打听家中的情形。"嗯,横竖马上要到了,一切都会知道的,也差不了这一刻。况且,若是真有什么要紧的事,孙爱他们刚才不会不告诉我……"这么安慰着自己,他就坐正了身子,闭上眼睛,管自养起神来。

然而,当轿子轻微而有节奏地晃动了一阵之后,钱谦益的心思不由自主又活动起来。"嗯,不过,刚才在总督行辕时,洪亨九和黄仲霖都催促我快点儿回家探视,这本也平常,可是那神情却全都透着古怪,像在暗示什么似的。那么,莫非家中出了大事,大得连孙爱和李宝都不敢即时对我说?"这么一想,钱谦益顿时又睁开了眼睛,而且越想越觉得放心不下。终于,他忍不住掀开轿帘,朝正骑着驴子走在旁边的钱孙爱招一招手。等儿子凑近前来,他就紧盯着问:

"这些日子,家里各人——嗯,你母亲、柳太太,还有你三娘,可都还好?"

"父亲是说,家中各人?哦,都还好,都还好!"钱孙爱回答,停了停,又补充说:"托父亲大人的福,她们全都好好儿的,也没病也没痛。"

"不曾出什么事?"

"出事?出什么事?"

发现儿子瞪大了小圆眼睛,一副天真无邪的样子,钱谦益心中再度涌起一种软乎乎的爱怜之感,同时松了一口气,暗想:"原来没有什么事!这就怪了,洪亨九他们为什么……"心中这么想着,不提防口里却说了出来。钱孙爱听见了,便问:"父亲,什么'怪了'?"

"哦,没什么,没什么!"钱谦益摇一摇手,含糊地应付说,随即就把轿帘又放了下来,不再追问了。

"是的,是我太多心!洪亨九他们无非是见我远道归来,尚未归家,因此照例说上一句,本来别无用意,我却偏偏猜了半天,未免可笑!"这么想着,钱谦益就愈加放下心来,于是开始转而想象与柳如是和家人们相见的种种情状,并且把这种轻快的心情一直保持到进入家中的轿厅。

"啊,老爷回来啦!""老爷好!""老爷路上辛苦了!""老爷……"

刚刚从掀起的轿帘下走出去,钱谦益就听见各种各样的热烈问候从周围哄然响起。他抬头一看,发现眼前人头攒动,聚满了闻声而至的男女家人,从衣着打扮看,多数是些仆人,其中有认识的,也有不认识的,全都睁大了眼睛望着他。那一张张胖瘦不

一、美丑各异的脸上，现出或者欣喜或者敬畏的神情。而在他们的前面，最靠近轿门的地方，则站着陈在竹、钱养先和钱曾三位关系深密的亲戚。他们也同样显得十分兴奋，特别是方脸大嘴的陈在竹，更是眯缝着眼睛，一副乐呵呵的样子。看见钱谦益走出来，他们就一齐拱着手，按各自不同的身份称呼着，参差地说：

"……归来大喜！只因刚刚才得知消息，有失远迎，还望见恕！"

"呵呵，不敢劳动！不敢劳动！"钱谦益回着礼说，照例地堆起笑脸。

不过，也许是在此之前已经见到了钱孙爱，此刻他心中已经不像当初那样激动；何况周围又挤满了仆人，也不是从容说话的当口。因此，略一寒暄之后，钱谦益就转过身，从迎接者们让出的狭道中通过，向内宅走去。

"唔，这处宅子，自然是我走了之后，才搬进来的。如今看来，倒还不差……这么说，我总算到家了！马上就要见到如是了！大半年不见，不知她是瘦了？胖了？嗯，我没在身边，她该不会受委屈吧？"在穿过一重又一重的厅堂和天井，向里走去的时候，钱谦益一边随口与身旁的近亲至戚们交谈着，一边多少有点神思不属地想，同时，心中再度激动起来。还隔着老远，他就忍不住伸长脖子，朝天井里种着许多花木的后堂张望。

果然，后堂前早就守候着一群女眷。一见老爷出现，她们就发出一阵惊叹，纷纷迈动着小脚，迎了过来。走在前面的是陈夫人，后面还跟着朱姨太、月容和其他一些丫环老妈……

"老爷回来啦！老爷万福！一路上可还顺利？"陈夫人熟悉的嗓音在耳边响起。

正在人丛中寻找柳如是的钱谦益怔了一下，这才发现，妻子已经来到跟前，并且把双袖交叠在腰间，向自己行礼。他连忙"啊"了一声，回了一礼，又朝周围摇手示意，算是回答了其他女眷的拜见，然后才点点头说：

"托祖宗的福，总算回来了！一路上嘛，也还顺利。自然，能这么快就回来，也并非容易！不过一言难尽，待会儿再对你们说——嗯，本来我提早三天就着钱安回来报信的。怎么，他至今还没回到？"

看见陈夫人摇摇头，他就做了个懊丧的手势，说："那么，八成是半路上出事了！如今到处都在打仗，乱得很！不过，这也罢了——嗯，如是呢？她上哪儿去了？怎么不出来？"

"妾身已经着人过东偏院告知她了。"陈夫人淡淡地回答，"不知为何到这会儿还不出来。"

"那么，派人再去告知她，就说我已到家了！"这么疑惑地吩咐了之后，有一阵子，钱谦益很想径自前往东偏院，但到底碍着自己刚刚才进门，与妻子和亲戚们还没说上几句话，如果立即抽身就走，未免太不近人情，于是只好勉强忍耐着，暂且同大家一起走进后堂去。

因为预先知道一家之主的老爷要回来，后堂里已经做好了准备——茶沏好了，洗脸水也端了上来，方几上还摆着切开了的红瓤西瓜。于是，钱谦益便由丫环老妈们服侍着，脱去外衣，一边动手洗脸，一边继续交谈。话题自然离不开分别后各自的情形，以及钱谦益这一次得以"蒙恩放还"的经过。不过，由于钱谦益记挂着柳如是，多少有点心不在焉，因此谈话也就变得时断时续，始终热烈不起来。然而，令钱谦益意外的是，直到他洗完了脸，在椅子上坐下来，吃了一片西瓜之后，柳如是仍旧迟迟不见露面。这就使他再也坐不住，放下西瓜，在丫环递上来的巾帕上擦了擦手，站起来说：

"折腾了一天，这会儿我也乏了。今日就谈到此为止。剩下的，明日再谈！"

说完，也不等陈夫人答话，抬腿往外就走。然而，正当他准备跨出门槛时,身后却传来了陈在竹的呼唤:"哎,姐夫留步!"接着,那矮胖子急急地跟上来,问:"姐夫可是要上东偏院?"

看见钱谦益含糊地点点头,他就说声:"且稍待!"然后转过身,做了一个手势,说:"姐姐你留下,其余的人都散了吧!"

听小舅子出声挽留,钱谦益起初还不怎么在意,接下来却发现屋子里的人像是早有默契似的,一下子全都变得脸色凝重,鸦雀无声。而且,在迅速退出去时,一个个还低着头,分明在躲避着他的视线……钱谦益不禁奇怪起来,于是追问:

"嗯,到底是怎么一回事?"

陈在竹仍旧不回答,只是做出相让的手势,把钱谦益和陈夫人引向设在堂屋右侧的一架折叠式屏风。那后面已经安放着两把椅子。他先请二人坐下,然后才说:

"姐夫小坐片刻,静听小弟提审了这一个人之后,再行离去不迟!"

"提审?"钱谦益吃了一惊,"提审什么人?"

"噢,这人自然是姐夫认得的。而且即时便见分晓,绝不耽搁姐夫的工夫!"

这么安抚了钱谦益之后,那矮胖子便转过身,一边往外走,一边大声吩咐说:"来人哪!把那贱婢给我带进来!"

一直到这会儿为止,钱谦益都是被身不由己地摆布着,闹不清对方捣什么鬼。不过,刚才自己正打算上东偏院找柳如是,全家人就顿时变了脸色,以及陈在竹那种神情诡秘、言语闪烁的样子,却使他多少猜到事情与柳如是有关。他本想当场问个明白,但出于一种连自己也说不清楚的原因,又有点讷讷地问不出口来。现在忽然听说陈在竹吆喝要带什么"贱婢",钱谦益心中不由得"咯噔"一下:"啊,莫非是如是不成?"他紧张地想,待要问一问对面的陈夫人,却发现那老太太闭着眼睛,神情悲苦地端坐着,正在那里念念有词地数着手中的佛珠,像是在祷告什么。钱谦益迟疑了一下，只好又忍住了。

这当儿，屏风另一边已经起了声响，分明有人走进来。钱谦益连忙躬起身子，把眼睛凑在曲屏的折隙间往外窥看。他发现，陈在竹已经大大咧咧地坐到了正面那张罗汉榻上，摆出一副准备审问的样子；而刚刚被带进来的那个人，虽然果真是个女的，却并不是柳如是，而是她的贴身丫环绿意！钱谦益记得，这女孩儿身材瘦小，又长得高颧骨、厚嘴唇，一点也不好看，而且还有点笨头笨脑；不过有一样好处，就是服帖异常，任凭主人打骂，从无半点怨怼的神色。也许因为这个缘故，柳如是才又把她留在身边。现在，钱谦益看见绿意瑟瑟缩缩地站在陈在竹跟前，发髻蓬松，衣衫破旧，那模样比一年前更见猥琐了。"嗯，她从哪儿来？是从东偏院来吗？怎么会变成这样子？不过，听在竹刚才呼唤她的口气，又不像是从如是那里来，那么……"

正这么惊疑不定，就听见陈在竹蓦地大声喝叫说：

"贱婢，还不给我跪下！"

绿意"啊"了一声，顺从地跪下了。

"嗯，去年冬天，东偏院出的那档子臭事、丑事，你快快给我从实招来！"

"去……去年冬天的事？婢子不、不是都招了么？"绿意战战兢兢地说。

"再招一次！"

"婢子、婢子知道的，都招了！再没、没、没有别的了。"

"不是让你招别的，把你知道的，再说一遍！"

"哦，是……那、那是去年十月初八，惠姑娘同一个堂客来访柳太太，却是作怪，她们不在门厅下轿，那两乘轿子一直抬进院子东头的绿云轩去。柳太太也即时过去了，却又不让我们下人跟着。后来，后来惠姑娘就先走了，可是柳太太还陪着那个堂客，直陪了天黑，等那堂客乘着轿子走了，她才回到住处来……"

"嗯,那真是个堂客么?"

"后来我们才知道不是,当初都以为是的。"

"你们怎么知道不是?"

"只因后来、后来每隔三五日,他就要来一次。起初还有惠姑娘陪着,后来来惯了,他就自己来了。有几次我们打绿云轩的窗下走过,听见里面有男人的笑声……"

"哼,男人的笑声!而且还自己就来了。那么把门的老妈子难道看也不看,就放他进来?"

"这……婢子就不知道了。不过有一次,也就是过了大半个月,柳太太把红情、婢子,还有几个老妈叫来一处,当场赏了每人五两银子,说:'这些天院子里的事,你们想必也知道了。知道了也好,省得我操心。今日你们既受了我的银子,就都是同谋了!谁也不准往外说,谁说了我就打折她的狗腿!还叫她不得好死!'柳太太还说,她这么做,是早就同老爷说好了的。老爷也答应了。只是正院这边的人不知道罢了。因此叫我们不必害怕,天塌下来都有她扛着……"

绿意这一通招供,大约过去早就不止说过一次,因此这会儿复述起来,并没有什么踌躇和费难。然而,钱谦益听了,却像受到猛然一击似的,脑子里"嗡"的一震,心也随之紧缩起来。有片刻工夫,他变得目瞪口呆,不知所措,渐渐地,就觉得上下左右仿佛全着了火,直烤得他头发昏,脑发涨,浑身血液也开始狂奔乱窜。"啊,胡说!不会的,这不可能!"他在心中大叫。蓦地,他"哗啦"一声,把挡在眼前的屏风推到一边,大踏步奔出去,恶狠狠地指着跪在地上的绿意,厉声呵斥说:

"贱婢!你好大的狗胆,竟敢如此编派你的主母!你、你还想要命不要了!"

绿意正低着头回答问话,压根儿不知道屏风后面还藏着有人。冷不丁听见"砰"一声巨响,已经吓了一跳;忽然又看见从那边奔出来个人，而且还是老主人钱谦益！她那一份惊骇，更是大抵如同面对一只出柙的猛虎差不了多少，以至不等钱谦益奔到跟前，她已经发出一声恐怖的尖叫，当场昏了过去。

可是，气得发狂的钱谦益却根本看不见，他只觉得这瘦骨伶仃的丫环简直就是一只可怕的恶鬼，如果不全力把她禁制住，自己今后的一切希望、一切依靠就会给打个粉碎，连残渣儿也剩不下。因此，尽管绿意已经不省人事地躺在地上，但他仍旧抬起脚，拼命地在她身上乱踢，一边踢，一边恶狠狠地骂：

"狗东西，看你敢血口喷人，看你还敢血口喷人！"

"姐夫……"大约看见钱谦益再踢下去，说不定会弄出人命来，陈在竹终于开口劝止说，随即伸出手，半推半拖地把他拦挡到一边。他发现钱谦益尽管还在哧呼哧呼地喘气，但手脚总算停止了动作，便从袖子里掏出一份手折，缓缓地说："姐夫，这事不是绿意随口胡说，只怕是真的。那姓郑的奸夫，如今已被上元县差人捉了去，下在牢里。经严刑审问，他已是招了。这份东西，便是小弟托人抄录他的口供……"

经过刚才那一阵子狂怒的发泄，钱谦益如今总算稍稍变得清醒了一点。无疑，眼前这消息是如此的残酷、可怕，令他无论如何也难以接受，然而凭着恢复的理智，凭着对柳如是秉性的了解，他内心深处，毋宁说已经开始相信事情是真的。因此，虽然陈在竹把折子递了过来，他也本能地接在手里，但是一时之间，竟没有勇气再看，只觉得两条腿觳觫着，忽然变得力气全无，终于，一屁股坐到罗汉榻上。

宽恕爱妾

爱妾的背叛和不贞的消息，无疑使钱谦益受到强烈的冲击；而在一墙之隔的东偏院里，得知丈夫已经回来的柳如是，则横下了一条心，准备承受即将降临的最无情的报复。

不错，她同郑生的那档子事，早在好几个月前就已经完结了。这倒不是她主动决定这么做。虽然去年十一月，她从钱谦益的来信中得知，老头儿打算辞官南归，并且暗示要实践反清复明的诺言时，她也怦然心动过；并且很快就设法与沈士柱秘密接触，转达了丈夫这个意向。不过，同郑生的那一份情爱，又不是轻易能够割舍的，结果，毕竟又断断续续地维持了好些天，直到有一次郑生忽然失约不来，并且接着就变得杳无音信为止。起初柳如是不知道是怎么一回事，以为对方终于变了心，还着实气恨了一阵子。后来，是惠香派人捎来消息，说郑生已经被上元县的公差抓了去，罪名是"勾结妖人，暗设奸局，假托神鬼，诱污官眷"，如今已经下在狱中。柳如是这才如梦初醒，同时立即就猜到是正院里那帮子家人所为。她不禁又惊又恨，一次又一次把牙齿咬得咯咯作响。但事情到了这一步，尽管对郑生的命运日夜忧急，她却痛苦地感到无计可施；相反，就连她自己也只能硬着头皮等待着：同样的惩罚说不定什么时候就会落到头上。然而，出乎意外，一个月过去了，两个月过去了，惩罚却迟迟不见降临，郑生也没有判罪或释放的消息。在这期间发生唯一的一件事，就是正院那边把她手下的丫环老妈轮流着召过去问过一次话。最后还把绿意留下了，说是另有使唤，还说是陈夫人的意思。柳如是本打算不答应，后来觉得自己的把柄已经被对方攥在手里，加上对方人多势众，闹得太僵自己难免会吃亏，因此只好姑且同意。不过，她却猜想到：正院那帮子人之所以不敢对自己断然下手，十有八九是还没有把这事向钱谦益禀告，不知道老头儿的意思，怕闹不好会弄巧成拙，被老头儿怪罪。的确，落到如今这个地步，唯一能保护她的，恐怕就只有钱谦益了。但是，出了这样的事，受伤害最直接、最严重的，恰恰就是身为丈夫、把自己当成宝贝一般的这位老头儿，那么他还会宽恕自己、保护自己吗？柳如是实在不敢指望。相反，一想到他很快就要归来，她还从心里觉得害怕、理亏，有点不敢见他……近两三个月来，柳如是就是怀着这种心情熬过来的。说实在话，这种日子也着实不好过，可以说，比公开申明罪状，一家伙抓进牢里去还更难受。不错，这期间，柳如是也曾想过，要是在这个家里实在混不下去，大不了卷起铺盖，依旧回到盛泽归家院去当婊子，重操旧业。"哼，凭着老娘的手段，混口饭吃还不容易？我又怕谁来！说不定，还能再搭上个比老头儿还好的！"她傲然地想。不过，自夸归自夸，要是让她自动重新走上那一条路，她其实还真的下不了决心；结果到头来，仍旧只好姑且过一天算一天地熬着。现在，钱谦益终于回来了。那么他将怎样对待这件事？怎样处置自己？这些，柳如是都实在吃不准。因此，尽管正院那边几次三番地派人过来催促，说老爷已经进门，说老爷已经到了后堂，让她赶快过去拜见。可是柳如是却拿定了主意：就是不动身。"那帮子人自然不会放过我，必定会对老头儿加油添醋地揭发那档子事。既然如此，那就等老头儿听了，想想清楚之后，我再同他相见不迟。到其时，该怎么着就怎么着好了！"她自暴自弃地想。

　　偏西的日影一点一点地移动着，已经落到了窗外那丛肥大的芭蕉树下方。屋子里开始变得昏暗下来。柳如是默默计算着：老头儿是正晌午过了一点的时候进门的。纵使照例要与陈夫人等人相见，听他们告状，洗脸、歇脚，还有，就算他还饿着肚子，要吃饭，到这会儿，无论如何也该告一段落了。在这么长的时间里，他对于她所做的那档子事，也该考虑得有个结果，并且拿出决断来了。"哼，这样倒好，一了百了，总比半死不活地拖着强！这事我既然做出来了，我就敢承当，要杀要剐都任由你！就是别这么拖着！没劲儿！横竖老娘这辈子苦也吃过了，甜也吃过了，论风流快活，那些官家太太、公主王妃有谁比得上我？论风光体面，那些同行的手帕姐妹又有几个比得上我？够了！人活到这个份上，也算对得起自己了！那么就来吧，我才不怕呢——哎，可是怎么一点动静也没有？"

这样疑惑着，柳如是就不由得焦躁起来。她站起身，离开了椅子，开始一边在屋子里来回走动着，一边不停地向帘子外眺望。

然而，尽管如此，月洞门那边仍旧静悄悄的，既没有响起钱谦益的脚步声，也没有出现来自正院那边的其他人的身影。只有几只黄色和白色的小蝴蝶，不时从门帘外翩翩飞过，使这个黄昏的庭院，更增添了几许令人难耐的不安……

这种长久的等待，一直持续到天色齐黑，晚饭也吃过了。但是，钱谦益像是已经下决心就此与侍妾一刀两断似的，始终不来露面。有一阵子，感到又羞又恼的柳如是差点儿忍不住，打算派红情过去探听消息；后来，出于一种偏不低头服输的倔强心理，才又咬一咬牙，干脆早早就吩咐丫环放帐驱蚊，吹灯上床。

……

这一夜，由于天气炎热，加上心里有事，柳如是一直辗转反侧，没睡安稳。不过，到了第二天，她仍旧早早就醒过来，而且再也睡不着，只觉得脑袋昏昏沉沉的，身子也软绵绵一点劲儿也没有。虽然红情踮着脚儿走进来窥探过好几次，她也打算爬起来，但终于鼓不起勇气，便只好仍旧赖在床上。

现在，柳如是睁大眼睛，望着纱帐的方顶，脑子里变得空空荡荡的，什么事情都没有力气去想。她只觉得这一场戏就要结束了，什么丈夫，什么家庭，什么郑生，什么悲欢离合、妻争妾斗，还有，她费尽心思才挣到的今天这种身份地位，都将随着最后几声锣鼓，如同梦幻泡影一般悄然消失了。剩下的，只是一个空荡荡的戏台，而她自己也依旧是孑然一身。从今以后，她将会怎样呢？柳如是没有劲头去考虑，也不愿意去考虑。事实上，国家亡破到这种地步，到处乱到这种地步，这事也由不得她想怎么着就怎么着，充其量只能见一步行一步罢了。正是这种茫然的、近乎绝望的感觉,使柳如是在这一刻里变得从来没有过的软弱,以至不由自主地潸然流下泪来……

"踢哒——踢哒——"一阵脚步声从屋外的过道里传来,沉稳而又略带几分拖沓。柳如是心中微微一跳,顿时停止了流泪。"啊,这是谁来了?难道、难道是他?"她惊疑地想,却不敢相信,只是紧张地竖起了耳朵。

"踢哒——踢哒——"那熟悉的脚步声已经来到了门边。

"啊,是他!好嘛,你到底还是来了!"柳如是一骨碌从床上爬起来,萦绕在她心头的那股子绝望和软弱顿时消失得无影无踪,相反,本能地生出一股决心全力自卫,准备同对方拼命儿大闹一场的劲头。她咬紧了嘴唇,一动不动地端坐着,斜着眼睛,等待着丈夫那张凶恶的脸孔出现……

终于,门帘被掀开,钱谦益跨进门槛里来了。大约是头一回来到这屋子里,对室内的布局摆设一无所知,只见他转动着脑袋,左右张望了一下。不过,那表情却并不如柳如是所设想的凶恶横暴、气急败坏,相反,还显得有点慌里慌张。当发现柳如是正坐在床上,他那张年老的、黝黑的脸就现出惊喜的神情,并且快步走近前来,像怕吓着了她似的,激动地小声说:

"哎,如是!你原来在这儿!叫我好找!"

柳如是却没有吱声,也没有动弹。"嗯,他怎么会是这个样子?他怎么不生气?他本该恶狠狠、凶巴巴才对的呀!莫非他还不知道那件事?"她疑惑地想。

"为夫是昨儿午后到的家,"钱谦益又说,"本想即时过来看你。谁知一进门,各种劳什子事都堆了上来,一时分身不开;再加上一帮子同僚旧识得了信,早早就来家里等着相见,打探京里的消息。好不容易把他们打发完了,时辰已经很晚,我怕你已经歇下了,便没有过来。哎,你想必等得心焦了吧?啊?"

"哼,不错,"柳如是想,"他进门已经整整半天加一宿。正院那帮子人,哪有还不向他揭发那件事之理!而且,以老头儿以往那种黏糊劲儿,又哪会不急巴巴地往我这儿钻?什么分身不开,时辰已晚,分明是一派鬼话!他必定已经知道那件事,才狠下心不过来的。如今想了一夜,又改了主意。鬼知道他心里打的什么算盘!"于是,她顿时警觉起来,脸孔也愈加变得冷冰冰的了。

钱谦益却已经坐到了床边上。"怎么?你莫非生为夫的气了?好了好了,快别生气了!为夫报到来迟,冷落了我的心肝宝贝,自知实在不该。在此谢过!还不成么?"说着,伸出胳臂,来搂柳如是。

可是柳如是却一闪身,避开了他。

"哎,莫要这样。你可知道,见不到你都快整整一年了!可把为夫想死了!"钱谦益可怜巴巴地说,挨过来,再一次伸出了胳臂。

这一次,柳如是没有动弹。她感到自己已经被丈夫揽进怀中,感到丈夫的手正隔着薄薄的衣衫,在自己的身体上下亲热地移动着。接着,一股气息——老年人特有的气息很近地喷到她的脸上来。这气息使她想到了郑生,想到那完全不同的、年轻的气息……突然,她用了一个连自己也意想不到的、断然的动作,使劲推开了丈夫。

"啊,你、你为何……"钱谦益愕然地问。

柳如是厌恶地皱着眉毛,没有好气地问:"你且说明白,正院那帮子人——向你说过那件事了么?"

"那件事?什么事?"

柳如是不吱声,只是咬住了嘴唇。

钱谦益眨眨眼睛,忽然醒悟过来似的哈哈一笑:"哦,你是说那件事呀!不错,他们是说过。可是为夫不信!"

"你不信?为什么?"

"不为什么,就是不信!噢,为这事,我昨儿夜里还特地写了一首诗呢!"

这么说了之后,钱谦益就急忙把手伸进怀里,摸索了一下,随即掏出一张折着的纸来:"你瞧!"

这一下,可就轮到柳如是有点意外。她疑惑地瞅了丈夫一眼,接过纸片,打开一看,发现里面果然写着一首七言律诗——

> 水击风抟山外山,前期语尽一杯间。
> 五更噩梦飞金镜,千叠愁心锁玉关。
> 人以苍蝇污白璧,天教市虎试朱颜。
> 衣朱曳绮留都女,羞杀当年翟茀班。

柳如是默默地诵读了两遍,发现这诗虽然照例用了好些典故,但其中的意思却是很清楚——头两句是追述去年八月老头儿被召北上前夕,与她那一席信誓旦旦的谈话;三四两句是分写彼此别后的思念之苦;五句和六句笔锋一转,直写眼前这件事,竟痛斥那些告发者是恶意污蔑她清白的"苍蝇",是"三人市虎"式的诬陷!至于最后两句,更是夸奖她当初坚持留在南京,不肯跟随北上,如此气节,足以使其他降官如王铎等人的妻妾们羞杀,愧杀……

柳如是不由得怔住了。说实在话,自从她与郑生的那件事败露以来,她就无数次地揣测过一旦被钱谦益得知后,自己将会遭到怎样的报复,落得怎样的下场。而且,随着郑生被官府拘拿和下狱,随着正院那边公然将自己手下的丫环老妈叫过去问话,她已经越来越感到那种山雨欲来的无情压力,预感到最后,将会是一记泰山压顶般的致命打击。无疑,她还依然怀着一线冀望,就是钱谦益能看在昔日的情分上,网开一面。即便如此,她所期望的最好结果,也只是老头儿把她痛责一顿之后,姑且允许她留下来。但从此以后,她已经无法像过去那样再备受宠爱,更不能在家中颐指气使，为所欲为……然而，使她愕然的是，老头儿竟然压根儿不相信有那回事！不但嘴里说不相信，还专门写出诗来为她洗刷解脱！这到底是因为他过分地相信了自己的忠贞不贰，还是明明戴了绿帽子，还硬装糊涂？如果是前者，那么其实还完不了，因为总有真相大白的时候；如果是后者，那么这老头儿就未免太过脓包，连一点男人大丈夫的气性也没有，愈加令人感到恶心，即便她得以借此逃脱惩罚也罢……

"哎，我来给你说——"大约看见柳如是久久地盯着诗笺一言不发，钱谦益以为她没看明白，便兴冲冲地指点着解释说，"这'山外山'，是用的古乐府'藁砧今何在？山外复有山'之典，暗藏一个'出'字，指我去年离家北上；这'飞金镜'，却不只是'何当大刀头，破镜飞上天'之意，还暗含乐昌公主'破镜重圆'一重用意！还有，这'锁玉关'，是用的李太白……"

"可是，那件事是真有的！"感到心烦意乱的柳如是终于忍耐不住，高声地叫出来。停了停，看见钱谦益睁大了眼睛，一脸惊愕的样子，她又使劲地点点头，"我不骗你，是真有的！"

"可是……"

"妈的！"柳如是猛然把手一挥，恶狠狠地打断他说，"别再'可是可是'了，好不好？总之，老娘全都承认，我守不住空房，趁你不在，偷了汉子！负了你的情，丢了你的脸！就是这样！你爱怎么办，就怎么办好了！"

这几句话，柳如是是拼着落个鱼死网破，不顾一切地吼出来的。也许由于过于使劲，说完之后，她还久久地心怀激荡，身子止不住微微发抖。不错，话既然说到这种程度，也就再也没有退路了。"可是，我宁可这样子！就算是死，老娘也要死个轰轰烈烈！"这么想着，柳如是反而兴奋起来，感到血液涌上了脸孔，快意在心头跃动。她挑衅地紧盯着丈夫，等待着那山崩地裂的猛烈爆发。

然而，出乎意外的是，钱谦益的脸孔虽然分明抖动了一下，但是并没有任何激烈的反应。他甚至也不说话，只是低下头去，呆呆地坐着，表情却变得越来越暗淡、阴郁。末了，他长长地叹了一口气，哑着嗓子说：

"我又怎么会责怪你？我又凭什么责怪你？说到负情，说到不贞，头一个该责怪的，其实是我啊！当此国破君亡之际，我身为大明重臣，不能力挽狂澜，奋身尽节；相反还写降表、献城池，向鞑子卑躬屈膝，极尽献媚卖身之能事！比起这千秋骂名来，你那点子事，又算得了什么！至少，你当初还当真打算投湖自尽，后来又不肯随我觍颜北上，就只这两件，你就比我清白得多啊！我写那首诗，是真心的。过去了的事，就让它……过去了吧，今后……就别再提了……"

这一次，柳如是当真呆住了。不错，刚才她横下一条心，给丈夫来个直认不讳，固然是不愿意继续遮遮掩掩、心怀鬼胎地过日子；但同时，其实也是不想把丈夫当作傻瓜似的耍弄，毕竟这些年来，他对她只有恩义，而没有仇怨！然而万万没想到，到头来却引出对方一番如此深切伤情的忏悔，而且，现在可以看得很清楚：对方其实并不是故意装傻，而只是比她想得更透辟，更彻底，因而对这种事也就变得能够宽大和包容……这一省悟，使她心中的那股子强悍的劲儿，不知怎么一来，就失去了势头，相反，还多少感到有点儿惭愧。她不认识似的打量着丈夫，发现一年不见，老头儿明显地苍老了，头发几乎已经完全变白，脸上的皱纹也更深了。这是因为各种各样的事情把他压得太重？还是因为苦苦思念她的缘故？不过无论如何，正如他反复说过的那样，在往后的岁月里，除了她之外，只怕不能再指望谁能给他带来生趣，带来快活了……这么忧郁地想着，柳如是心中不由得一软，蓦地张开双臂，"嘤"的一声扑进丈夫怀里，感动地、悔恨地呜呜哭起来。

钱谦益也已经老泪横流。他紧紧抱住她，习惯地轻轻地拍抚着，并且不停地亲着她的鬓发。就这样，不知过了多久，两人才终于互相放开对方。经过这番多少是重新熟悉的温存，柳如是的情绪终于平复下来。由于消除了一块长久的、致命的心病，更由于对丈夫的内心有了更深一重的认识，她变得轻松异常，于是敏捷地站起来，笑盈盈地问：

"相公这次回来，有何打算？"

"河东君夫人要为夫怎么样，为夫就怎么样！"钱谦益一本正经地说。

柳如是撒娇地用食指勾了一下丈夫的高鼻子，随即点着腮帮，思索地走出两步，忽然又旋过身来，挑战地瞅着对方，说："你起过誓的，回来之后，就要联络同志，为恢复大明奔走！"

钱谦益毫不犹豫地点点头："行啊！只要夫人有命，为夫就义无反顾奔走便是！"

"那好！"柳如是警觉地左右望了一下，随即迅速坐到丈夫身边，向他咬着耳朵说，"告诉你，去年底，接到你那封信之后，本夫人已经着人把沈昆铜沈相公找来，告知他相公就要辞官南归，还转达了相公有意同南边相结之意。沈相公当时答应代为牵合。只不过，后来就再也没见到他了……"

钱谦益起初还颔首听着。忽然，像被针扎了一下似的，他浑身一抖，转过脸来，吃惊地问："什么？你、你告知了沈昆铜？"

看见柳如是肯定地点点头，他就猛地站起来，瞪大眼睛，说："糟糕！这回只怕要糟糕！"

第十一章
苦心谋划里应外合，全线崩溃豕突狼奔

献曲酬宾

在黄宗羲的营地里，沈士柱和柳敬亭担心地谈到余怀的姗姗来迟。其实他们却不知道，余怀已经来到钱塘江的对岸。只不过他没有过江，而是又去了海宁，并且几经打听，终于找到了冒襄的住所。直到沈、柳二人见到黄宗羲之后的第四天下午，他还在海宁城中冒家那所被烧掉了半边的宅子里，同冒襄父子饮酒叙谈。

余怀是六天前来到海宁的。由于在宜兴没找到冒襄，陈贞慧又始终避而不见，他只得带着仆人阿为怏怏上路，但毕竟心有不甘，于是在取道苏州南下，到达钱塘江边上时，又临时决定再前往海宁寻访一下。他估计以冒氏父子的身份和名气，起码在那些缙绅之家当中，总会有人知道。结果一打听，还真的打听到了。当他风尘仆仆地出现在冒襄面前时，两个朋友自不免有一番非同寻常的喜悦与唏嘘。曾经富甲一方、生活极尽豪奢的冒家，竟然转眼之间就落到罗掘俱穷、衣食无着的赤贫境地，又令余怀大为惊愕，握腕慨叹。他立即拿出随身携带的银两，给冒襄一家购买粮食、置办衣被，以及支付其他用度，然后就在冒家暂且住了下来。虽然，他也想到这次南来的使命，并且想到沈士柱和柳敬亭会因他迟迟不到而担心，但又觉得那件事沈、柳二人应该已经办妥，自己迟去早去，其实关系都不大，加上好不容易与冒襄见上一面，也实在舍不得匆匆离开。结果这么一犹豫，五六天转眼就过去了。这天午后，他想来想去，觉得无论如何也得打点上路，因此，特地命阿为到街上去弄回一壶酒，几样小菜，在东厢一间被火烧剩下半爿的空屋子摆开，又把冒氏父子请过来，打算就在席间说明道别之意。谁知三杯酒下肚，主人谈兴越来越高，余怀不忍心打破席上的快活气氛，只好把心思暂时藏在肚子里，等待席散时再说。

现在，主客三人就围坐在八仙桌旁边。冒起宗照例被奉上了主位，余怀和冒襄则分别在两边相陪。虽说时节已是初夏，白天正变得越来越长，但毕竟黄昏将近，朝西的窗棂外，火红的夕阳正在庭院中的绿树丛中弄影，使屋子里闪动着片片明亮的余晖。辫发花白的冒起宗因为多喝了两杯，已经颇有酒意，话也分外地多起来。

"哎，贤侄，"他把身体倾向余怀，眯起眼睛，神情亢奋地笑着说，"你是好人，大好人！这话，我可不是随便说的，不信你问问襄儿！嗯，我冒起宗不是爱说奉承话的人！贤侄你真是好人，天大的好人！咦，这话我可不是随便说的呀！不信你问问襄儿嘛！襄儿你说是不是？这就对了——前些天，嘿嘿，也不怕贤侄笑话，我家都快要揭不开锅喽！你想想，十三口人呢，襄儿又大病了数月，就靠冒成一个人张罗，容易么？不容易！你说是不是？所以，也真难为他了！他也是好人，忠仆一个！但独力难支啊！所以，日子过得——嘻嘻，真是很难哪，很难！谁知偏巧，贤侄就来了，千里迢迢的，还慷慨解囊！这就很难得了，很难得呀，所以，我说你是好人！"

这么表示了之后，他就举起酒杯，一仰脖子，灌了下去，然后把杯子往桌上一放，睁大发红的眼睛，指着冒襄，问："你说，他是不是好人？快说！"看见冒襄点点头，他才得胜地仰起脸，哈哈笑起来。

老人的夸奖无疑是出自真心。但坐在旁边的余怀听了，却十分惶恐和尴尬。因为他这次解囊相助，完全是基于朋友之间的情谊，以及对冒襄以往慷慨相待的回报，根本没有要对方的感激图报的想法；更何况，同样意思的话，老人刚刚才说过一次，自己已经再三表示不敢当，谁知对方仍旧说了又说，这就使他有点坐不住了。其实不光是他，连坐在对面的冒襄，看来也觉得父亲谦卑得有点过分，因此举起酒杯，似乎想说句什么，谁知冒起宗却摇一摇手，把他挡了回去。

"你别插嘴！我还没说完呢！"老人朝儿子一瞪眼睛，然后把酡红的脸转向余怀，嘻开嘴巴，用近乎谄媚口吻又说："贤侄是好人，是大好人！千里迢迢，居……居然找到我们这个破家来了，还解囊相……相助，难得啊难得！我家共有十……十三口人呢！就靠冒成一个，独木难支啊！你是解了我家的大……大难。贤侄真是救命恩人，我是感激……哎，还是请受老夫一礼吧！"说着，摇摇晃晃地真要站起来。

发现冒起宗翻来覆去地就说一个事儿，余怀明白老人是醉了，但又无法制止，只好苦笑着，向坐在对面的冒襄连连拱手，表示万分愧歉。冷不防看见冒起宗还要起身行礼，他不禁大吃一惊，忙不迭站起来，把老人轻轻按回椅子里，随即一手抓起桌上的酒杯，一手撩起衣服的下摆，抢先跪倒在地上，大声说：

"老伯在上，小侄此次冒昧登门拜谒，承蒙不以鄙吝见外，扫屋拂席，使小侄得以日夕亲近，连日来更殷勤垂问，相待如家人，实在令小侄感激无已，谨此敬老伯一杯！"

说着，也不等对方回答，他就把酒举到唇边，咕咕嘟嘟地喝了下去，然后站起来，重新坐下，抹一抹髭须，立即指着冒襄又说："哎，适才听老伯说，辟疆兄去年曾大病一场。不过据小侄如今看他，却与昔日并无大异，精神反觉更清朗些。这也皆因积善之家，所以神明福佑了！"

前几天，他从冒襄口中得知，老朋友那一场病历时数月，异常凶险，把一家人弄得日夜忧急。他故意提起件事，是想转移老人的注意。

果然,本来还在手足浮动,想与余怀争持的冒起宗,听他这么一说,就停止了动作,迟迟疑疑地回顾一下儿子,睁大眼睛说:"你是说他呀!可不是,那一场大……大病,真病得不轻!又是打、打、打摆子,又是下痢,若不然,就一味昏睡不醒。为着给他抓药,家中什么能当的,能卖的,全……全都当了,卖了!可是呀,还不够!没办法,只能,胡乱抓些草药,呃,对付着。记得冬至——呃,是冬至吗?对,那一日最、最吓人,整一夜都……都背过气去了,人事也不知,推也推不醒。我们以为,他——哎,挨不过去了,总算天亮时,又……又醒了过来。这不,也就是过了立春,呃,才算慢慢儿好起来了!"

冒起宗说的这些情形,余怀其实已经听冒襄说过。为着逗引老人更远地离开刚才那个令人尴尬的话题,他仍旧装作很用心听的样子。而且,等老人话音一停,他紧接着又说:"辟疆兄这一场大病,可是让老伯操心不小!"

"嗯……"冒起宗摇摇手,打了个酒嗝,大着舌头说,"说……说操心,最辛苦的不是我,是他房中那……那个小的。哎,小宛——小宛那丫头,真是说不得!日夜陪伴,喂汤喂药……还有那份尽心竭力噢,我们瞧着都心疼!襄儿冷时,她就抱着他;襄儿热时……就替他拭汗打扇;襄儿要起来呢,她搀扶着;要躺下,哎,她就让他枕在身上。因怕襄儿夜里发……发作不知道,她总不敢熟睡。就连襄儿的粪便,她……她都不放过,要亲眼瞧瞧——嗯,看它是好是歹哩!偏……偏偏襄儿病中失性,脾气十分暴躁,动不动就骂人,有时还打。她却全……全都承受着,从……从来没有一声儿不耐烦。哎,襄儿能熬、熬过这一大劫,她的功……功劳,着实不小呢!"

老人这一次所说的,已经是房帏之内的情形,而且有些事,还未必合适让外人知道。大约因为这个缘故,所以余怀倒没有听冒襄提及。他瞥了瞥坐在一旁的朋友,发现冒襄果然低着头,一声不响,也不知高兴还是不高兴。余怀是聪明人,略一迟疑,便识趣地站起来,拱着手说:"老伯、辟疆兄,时辰不早了,今日叙谈,十分尽兴!不如就此散席。小侄还要打点行装,以便明日启程上路呢!"

"怎么,兄明日便要走?"冒襄蓦地抬起头,疑惑地问。

余怀点点头:"皆因小弟此次南来,是要往嘉兴办货。若再不动身,只怕就赶不及了。况且,家中之人见弟迟迟不回,也会焦急悬望!"

关于此行所负的秘密使命,余怀出于小心,并没有向对方透露。因此听他这么说,冒襄虽然一时间没再吭声,但片刻之后,依旧犹豫地挽留说:"难得一聚,兄就多住两日再去,如何?"

余怀苦笑了一下:"便是小弟也恨不得与兄长相厮守,唯是时穷世乱,谋生非易,虽有此心,其可得乎?"

"可是……"

"哎,襄……襄儿!"冒起宗含混的声音从旁边传来。

两个朋友回头望去,发现只这一会儿,老人已经歪靠在椅靠上,闭着眼睛,一副醉态毕露、力倦神疲的样子。

"哦,孩儿在!不知父亲有何吩咐?"冒襄连忙问。

冒起宗用手指着门外:"嗯,你去——叫小宛来!"

"叫小宛来?做什么?"

"让你去叫,你就去叫嘛!"冒起宗不耐烦地说,没有睁开眼睛。

冒襄动了动嘴,似乎还想问个明白,但当目光落到父亲那张衰老颓唐的醉脸上时,他便转过身,走了出去。

"嗯,贤侄,你坐!"似乎已经沉入梦乡的冒起宗,居然又扔出一句。

余怀本来已经准备跟着离开,听他这么吩咐,感到有点莫名其妙,但也只好答应一声,迟迟疑疑地坐回椅子上。

由于停止了谈话，屋子里静了下来。随着窗外的夕阳收敛起最后的余晖，浊雾样的薄黯开始在眼前浮荡。如今冒家能够使唤的，只剩下一个老仆冒成，因此眼看天就要完全黑下来，仍旧没有人进来点灯。倒是余怀的亲随阿为大约想着主人还在屋子里，走进来张望了一下，发现还没有散席，就去找来一盏破油灯放到桌子上点上。他问明主人并无其他吩咐，便又退了出去。

现在，凭借着那一小朵孤单地摇曳着的灯焰，余怀看见冒起宗仰靠在椅背上，一动也不动。昏黄的光影里，那根耷拉在胸前的花白的发辫显得特别触目。"嗯，老伯让辟疆叫董小宛来，不知有什么事？"他想，"不过这一次逃难，董小宛想必吃了不少的苦，那黑瘦憔悴的样子，与三年前相比，简直像老了十岁。那天乍一见，我还差点没认出她来呢！自然，话又说回来，她归了辟疆，总算得遂所愿，比起十娘和媚姐他们，还是幸运得多！可是，就只怕她命中福分不足，我看她……"

正这么胡思乱想着，耳畔传来了脚步声。他抬头望去，发现黑乎乎的门洞外出现了两个人影。接着，冒襄和董小宛一前一后，跨进灯影里来。

"老爷万福！老爷呼唤媳妇，不知有何吩咐？"大约看见有客人在场，董小宛一进门就微微低下头，径直走向冒起宗，把双袖交叠在腰间，行着礼问。

冒起宗却闭着眼睛，没有反应。直到董小宛又问了一句，他才"啊"的一声，抬起眼皮。当看清董小宛已经站在跟前，他就咧开嘴巴一笑，点点头，随即重新把眼睛合上，摆了一下手，说：

"嗯，你来了，很好！余……余先生说，他要走了。他是个好……好人，大好人！救了我们全家！你……你就唱……唱支小曲儿，给他送……送行吧！"

"啊，老伯是说，给我送行？"余怀不由得一怔。

"唔，是给你唱！"冒起宗说得很肯定。

"这个……恐怕……但是……"

"启禀父亲大人,"不等余怀结巴出个所以然来,站在一边的冒襄却出乎意外地上前一步,低着头禀告说,"小宛近日身子不大好,又许久不曾唱了,只怕、只怕唱不好……"

"唱得好!"冒起宗不耐烦地打断他说,"前些日子,我听见她在屋子里唱,给你解闷儿,就唱得顶好的嘛!"

"可是,这几日她确实病了,在发热,没有再唱了。"冒襄坚持说。

当董小宛还是秦淮河的一位名妓时,就以色艺双绝而名声远播。余怀也曾在各种场合里,不止一次听过她演唱,并留下很深印象。后来,她嫁给了冒襄,这种机会便不再有了。现在,能够再度领略董小宛的美妙歌喉,余怀自然十分高兴。刚才他支支吾吾,无非是觉得主人过于情重,自己有点生受不起。不过,现在听冒襄这样一说,他就顿时不安起来,连忙从旁帮腔:

"哦,既然病着,就不要勉强了!"

"你别听他的!"冒起宗粗暴地打断说,随即睁开眼睛,气愤地瞪着儿子:"什么病了,不能唱。分明是有意推搪!余先生远道迢迢,又上宜兴,又来这里,就是为的来看望我们,这容易吗?还解囊相助,搭救了我们全家,这容易吗?你不念这份情,我可念这份情!如今他要走了,还不知哪年哪月才能再见。我家败落到这个样子,别的也拿不出来答谢人家,不就是唱支小曲儿吗?可你、你还推三阻四地不买账!"

老人越说嗓门越响。他的一双醉眼发出恼恨的光,疏朗的眉毛竖了起来,胸前一起一伏的,呼哧呼哧地直喘气。看见父亲这样子,冒襄分明畏缩了一下,但仍旧顽强地争辩说:

"可是小宛她……"

"啊,你们唱不唱?唱不唱?"老人蓦地高叫起来,同时暴怒地用手"哗啦"一拨,桌上的杯碗顿时左摇右晃,倒了一片。

"哦哦，媳妇唱！媳妇唱！媳妇这就唱！"站在一旁的董小宛吓得浑身一抖，连声表示说。她立即走到丈夫身边，急切地低声说了一句什么，然后把他拉到一旁，搬过一张椅子，按着他坐下来。看见冒起宗已经再度露出不耐烦的神色，她又匆匆走到余怀跟前，深深地行了一个礼，说："余先生请坐，待贱妾献上一曲，代我家老爷、相公为余先生送行。唱得不好之处，还请包涵则个！"

在冒襄父子大起争执的当儿，余怀也感到不知所措。他自然理解冒襄回护爱妾的心情，但是如果全力帮着朋友说话，又怕会挫伤老人的一番好意，因此一时间不知如何劝解才是。眼下，看见董小宛挡不住冒起宗的催逼，终于准备开始给自己演唱，他就顿时再度不安起来，本能地打算推辞。但当接触到对方的视线时，他却意外地发现，在昏黄的灯影下，董小宛那闪动的眼神显得那样焦急、可怜，充满着祈求的意味……于是，他心中不由得一动，只好把到了嘴边的话又收回去，迟迟疑疑地还了一礼，又望了望皱着眉头一声不响的冒襄，心神不定地坐回椅子上。

现在，屋子里再度静了下来。已经走到八仙桌旁的董小宛，紧闭着嘴儿，默默地挽起袖子，拿起一根竹筷，双腿并拢地站着，摆出习惯的姿势。不过，她并没有马上开始演唱，而是微微蹙着眉毛，凝视着桌上那一朵跳动的灯焰，仿佛在收敛心神，又像在暗自选择唱段。末了，只见她手腕一动，用竹筷在桌面上轻轻敲出节拍，先哼出一段音乐的过门，然后轻启朱唇，曼声地唱起来——

〔高阳台〕凛凛严寒，漫漫肃气，依稀晓色将开。宿水餐风，去客尘埃。思今念往心自骇，受这苦谁想谁猜？望家乡，水远山遥，雾锁云埋。

〔山坡羊〕翠巍巍云山一带，碧澄澄寒波几派，深密密烟林数簇，滴溜溜黄叶都飘败。一阵两阵风，三五声过雁哀。伤心对景愁无奈。回首家乡，珠泪满腮。情怀，急煎煎闷似海；形骸，骨岩岩瘦似柴。

〔念佛子〕穷秀才，夫和妇，为士马逃难登途，望壮士略放一路。捉住！枉自说闲言语。买路钱留下金珠，稍迟延，便教你……

这是南戏《拜月亭》中的一节，是主角蒋世隆与王瑞兰夫妻逃难，途中遇盗时所唱。也许去年董小宛跟着冒家逃难时，有过类似的遭遇，这会儿心有所感，便自然而然地想到了这节曲文。不过，在给余怀送行时的当口上，却唱什么"遇盗"一类的话头，未免有点不吉利。因此，不等她唱出最后那"身丧须臾"四个字，冒起宗已经摇着头，大声打断说：

"嗯，不好，不好！这曲子不好，另挑一个好的唱！"

董小宛本来正沉浸在曲词所展现的情景里，加上这么接连三支曲子唱下来，早已经止不住情怀惨戚，泪光闪闪。冷不防听见公公一声断喝，她才蓦地惊觉过来，连忙揩着泪眼，抱歉地赔笑说："哦哦，公公说得是，这曲子是不好，奴家另唱一个别的，另唱一个别的！"

倒是余怀，在董小宛开始演唱时，虽然还有点心神不定，但两三句曲词送入耳中之后，他的情绪就仿佛受到一只无形的手安抚似的，渐渐松弛下来，并且不由自主地被对方那如怨如慕、如泣如诉的曼妙歌声所吸引，而随着曲牌的转换，更被其中所传达的离乱情怀深深地打动。加上屋子里的光景又是一灯如豆，人影幢幢，也为这一段绝唱平添了无限凄惶紧迫的气氛。因此，当听说董小宛要另唱别的，他反而感到有点意外，正打算表示用不着，照这么唱下去就极妙！但是一抬头，却碰上了冒襄冷冷的目光，仿佛在质问："哼，你还没听够么？你到底还想听多久？"

余怀不禁微微一怔，随即霍然醒悟，马上说："哦，多谢赐曲！

本欲领教,唯是时辰着实不早了,小生还要收拾打点,那就留诸他日吧!"

说着,他就对冒襄告罪地拱一拱手,首先站立起来。

触动真情

"相公,时辰不早了。你喝了半天的酒,想必也倦了。洗过脸,就早些儿歇息吧!"董小宛端来一铜盆热水,赔着笑脸说。这当儿,东厢那所破屋子里的酒席已经结束,夫妇二人也回到他们日常就寝的西厢房里。

冒襄没有吱声。

"哎,今日可把妾身吓坏了。"董小宛一边把脸盆放到矮凳上,一边管自唠唠叨叨地又说,"从来没有见过老爷这样子,喝了那么多酒,还生那么大的气儿。"

冒襄径自在一张椅子上坐下,依旧闷声不响。

董小宛看看他,随即走向用门板搭成的卧榻,拿过一把破扇子,一边开始拂床安枕,一边又说:"余先生明儿就要走了,眼下兵荒马乱的,他打老远来一趟不容易,相公可要送他一送?不过,相公的病刚好,走远了却不相宜,要不就让冒成代相公送一程好了!"

这么说了之后,发现冒襄始终不搭腔,她就走过来,忽闪着大眼睛,瞅着丈夫,关切地问:"相公,怎么不说话?莫非身子不清爽?"说着,便伸出手,去探冒襄的前额。

"不是!"冒襄一摇头躲开了她。

"那么……"

冒襄瞥了她一眼,又把目光移回原来的地方,冷冷地说:"你不是没唱够,还想唱么?那么你就唱去呀!要是觉着在这儿不尽兴,你就回秦淮河去好了!在那里,你爱怎么唱就怎么唱!便是唱到天亮也没有人会拦你！"

董小宛眨眨眼睛，似乎没有反应过来："相公，你、你说什么？"

"我说，你要是觉着在这儿还唱不够，就回你的秦淮河去好了！"冒襄提高了声音。

起初，董小宛还故作惊讶地望着丈夫。但当发现这种办法根本不足以缓解冒襄那凌厉的锋芒时，她的眼神就变得暗淡了，终于，无言地低下头，慢慢地走开去。不过，片刻之后，她又毅然转过身来，重新装出笑脸："哦，原来相公还为这事生气呀？其实，妾身又何尝想唱。可是老爷……"

"你别往老爷身上推！"冒襄一挺身站起来，爆发地说，"老爷他是喝醉了酒！可是你也喝醉了么？你一没喝，二没醉，可是一听说要唱曲，你就乐颠颠地没把魂儿也丢了！又是唱又是哭，唱了一曲还不够，还想唱第二曲！我问你，你现在是什么人？还是秦淮河上卖唱的婊子吗？啊？说呀！你莫非还是秦淮河的婊子不成？啊！"

冒襄咬牙切齿地质问着，申斥着，显然，要不是多少还顾忌着被上房的父母和下屋的客人听见，他的声音还会更大一点。但无论如何，让侍妾上场，给客人唱曲助兴这件事，深深地伤害了他的自尊心。如果说，刚才逼于老父的严命，他只得屈从的话，那么此刻，他就忍不住把满心的怒火，都倾泻在可恶的、不要脸的侍妾身上。

董小宛的笑容僵住了。一种混杂着绝望、委屈和痛苦的表情，从她那张变得越来越惨白的脸上呈现出来。末了，她呆呆地退到床边，颓然坐了下去。

"哼，你要真是个卖唱的婊子，倒也省心，那你就唱好了，与我冒襄无干！可要是那等，你当初就别嫁进我冒家来呀！既然死乞白赖地嫁进来，那你即使是硬装，也得装出与这个家相配的格份儿来！要知道，纵然你不要脸，可我冒襄还要脸！"

冒襄越骂越上劲。可是董小宛分明已经很有经验,始终不回嘴。只是当丈夫不知不觉地又提高了嗓门时,她才担心地偷偷望着窗外。

这多少提醒了冒襄,虽然心有不甘,却不得不放低了声音。然而,由此却想到了家里的其他人,他又悻悻然说:"你进门都三年多了,家里却有人总拿你当婊子看。你觉着委屈,委屈得要死!可你怎么不想想,要人家不再那等看你,你自己就得做出个样子来呀!像今晚这事,我已经再三替你拦着,可你就是懵懵然一点儿不醒悟,还像得了天大抬举似的唱了还想唱。这叫什么?这叫做生性下贱,烂泥糊不上壁!"

这最后两句话,冒襄是咬着牙说出来的,就像刀子似的又锋利又冰冷,简直可以置人于死地。然而,董小宛却忽然抬了抬头,眼睛里闪出一丝意外的神色。但碰到丈夫那吓人的目光,她又自知有罪地赶紧垂下脖颈。

也就是到了这会儿,冒襄的怒火才算好歹平息了一点。虽然嘴巴还在翕张着,一些凌厉的语句还在喉头翻滚,但当目光落在董小宛那逆来顺受的姿态、那尖削憔悴的脸庞上时,他终于迟疑了一下,把到了嘴边的话又咽了下去。末了,他转过身,一边走向搁在矮凳上的脸盆,一边气哼哼地说:"今晚这事,冲着是父亲的主意,总算还情有可恕。不过,今后你可得给我留神着点!若是再这么自甘下贱,我可不会像今日这等轻饶你了!"

这么最后警告了侍妾之后,他就俯下身去,开始动手盥洗。

谁知,董小宛却忽然抬起头,眼睛闪着泪光,神情激动地微笑说:"相公,你怎么不骂了?你再骂呀,妾身喜欢听呢!"

冒襄不由得一怔,从脸盆上抬起头来:"你喜欢——我骂你?"

"是的!"

"为什么?"

"因为、因为相公再也不将妾身当婊子看了!妾身真是好喜欢,好喜欢!"董小宛真诚地说。灯光下,她的脸容显得异样的明朗、舒畅和安详。

本来,看见侍妾挨了训斥之后,居然还笑,冒襄已经恼火地竖起了眉毛。蓦地,听对方说出这么一句,他心头不由得一颤,喧住了。半晌,他慢慢地直起腰,觉得一股热流从胸膈间冒了起来。那是一股遥远的、辛酸的热流。良久,他转过身,默默地、深长地望着侍妾,末了,叹了一口气。

"啊,相公不要这等难过!"董小宛激动地急急说,"我自跟了相公之后,安生的日子虽然不长,但那一份可心,那一份甘甜,妾身一生一世都会记在心里!"

冒襄抬起头,望着桌上的油灯,喃喃地说:"啊,你还记得?"

"记得,记得!"董小宛使劲地点着头,"妾还记得,那年刘渔仲大人受钱大宗伯之托,送我到如皋时,妾身在船中等了许久,却迟迟不见相公来接,心中十分惊疑。后来忽然来了一班丫环老妈,把我簇拥上岸,更觉害怕。后来到了一处单门独院的住所,看见里面帏帐灯火器具饮食,样样齐全,问起因由,原来是奶奶着人安置,心中一块石头这才登时落了地,知道妾身真真遇着好人家了!"

冒襄点点头:"那天是因为父亲在花厅设宴,招待黄太冲,我当时还没将娶你的事禀明父亲,故此一时抽身不开——不过,你来了之后,记得足有一个月,你一不弹,二不唱,三不施粉描眉,一天到晚只管绣花念佛,活脱就像个小尼姑子!"

"啊,那时妾身的心里,就如一下子脱出万顷火云,落到了清凉界中。一想起向时那五载风尘岁月,就像一场地狱噩梦,心里直哆嗦!"

看见一旦提起过去那种从事卖笑生涯的岁月,侍妾仍旧是一脸惶怖的样子,冒襄就走过去,在她身边坐下来,安慰地握住她的两只小手,说:"后来就好了!记得那天把你正式带进府里叩见父母，两位老人家一见就十分喜欢，都说，没想到襄儿娶回这么个可人儿！不过，也难得你居然就懂得许多，知书识礼，绣花念经也还罢了，你居然还会品香制香、莳花种草、烹调美食，而且样样都出手不俗，别饶新意。记得你那年弄的秋海棠露，就是一绝！别人都说这秋海棠又名断肠草，不能食用，谁知你做出来让大家一尝，味道竟是比那些梅花、野蔷薇、玫瑰、桂花、菊花制的露都要好出许多！还有那些桃膏瓜膏、火肉凤鱼、醉蚶醉蛤、烘兔酥鸡，全都是一时美味！唉，可惜如今又哪儿去寻这些东西呢！"

"啊，会有的，会有的！只要相公喜欢，妾就必定想法替相公弄出几样来！"

冒襄苦笑着摇摇头："你可千万别去弄，我是说说玩儿罢了！你为了我，已经受了许多的苦，瞧你这双手，都磨出茧来了！还有你这身子，也真是瘦得多了。听说我闹病那阵子，你每日把好吃的都留给我，自己只吃一顿糠菜，还得张罗许多家务事。唉，实在太难为你了！"

董小宛痴痴地望丈夫，突然张开双臂，使劲把他抱住，哭了起来，一边哭，一边说："相公，相公！妾身真是太、太疼惜你了！你知道么？为了你，妾身就是即时死了，也是心甘情愿的！"

冒襄也已经动情地把侍妾揽进怀里，听了这话，顿时眉头一皱，不高兴地说："你胡说什么？什么死不死的！别说那些不吉利的话！"

"可是……可是，"董小宛流着泪说，"妾身十岁时，我娘听说石城门外的江神庙有个瞎先生算命很灵，就带我去让他算。那瞎先生当时就说，我的命煞重身轻，又多刑冲破败，怕年寿不长……"

听侍妾说得认真，冒襄倒呆了一呆，但随即摇摇头，抚摸着她细密柔软的秀发，断然说："那些走江湖的，十有八九都是靠吓唬糊弄人骗饭吃，你能信他！哎，时辰不早了，赶快洗一洗，上床睡吧!"

由于丈夫这样说了,董小宛也就似乎得着倚仗似的,脸上重新绽开了笑靥。她笑得那样开朗、宁帖和长久,是嫁进家门三年多来,从未有过的。

小半天之后,随着破宅子中这最后一盏油灯的熄灭,整个院子也进入了沉沉的梦乡。只有变得繁密起来的唧唧虫声,像奏响了一支夏夜的乐曲,它们热烈地、不疲倦地演奏着,给人们的梦境,注入几许甜蜜,几许安详……

这乱离时世中的一夜,如果不再发生别的事情,也许好歹就这么过去了。然而,冷不丁地,街上的狗忽然汪汪地吠叫起来,一两只,三四只,越来越多,越吠越凶。接着,是奔跑的脚步声,嘭嘭的打门声,惶急的喊叫声。人们开始从睡梦中惊醒,纷纷披衣起床。于是,刚刚还是鼻息沉沉的残破小城,像是被某种强力猛地撞了一下似的,顿时骚动起来……

冒襄和董小宛因为睡得太沉,直到冒成敲着西厢的门叫唤,才蓦然惊醒。当他们匆忙穿上衣裳,开门走出时,发现冒起宗、马太太、奶奶苏氏、刘姨太,还有余怀主仆,都已经齐集在天井里,像热锅上的蚂蚁似的急成一团。

"什么事?出了什么事?"冒襄一边紧张地问,一边胡乱地系着腰带。

"大爷,鲁王爷的兵过江了!"冒成回答。

冒襄心中一愣,顿时想起去年十月,也曾为这种消息虚惊过一场,于是皱着眉头问:"鲁王爷的兵?会不会像上回那样,又是谣言?"

冒成摇摇头:"这回可是真的了!刚才听外边的人说,是一伙打夜鱼的看见的,江南开来好多的船,火把红彤彤的一大片,把半条江都映亮了!"

"要是这等,今番恐怕是死定了!死定了!"冒起宗喃喃地说。

由于酒意已经过去,他也恢复了平日的端庄与沉静。

"哦,那、那可怎么办哪!""老爷,你可得想个办法呀!"女人们一齐惊慌地尖叫说,并且急得哭了起来。

"襄儿,你瞧这事……"老人望着儿子问。

冒襄没有立即回答。因为事出突然,他心中一时也乱得很。加上这当儿,透过倒塌了的大堂和大门,可以看见街上已经乱成一片。那些准备逃难的人已经开始把家当往外搬。这种情形使大家更加焦急,也使冒襄心中七上八下,不知道该怎么办才好。

"老爷、相公,"看见大家一时没有主意,董小宛从旁试探地说,"要不,还是先上大白居去躲一躲?那里毕竟偏僻些。南兵一时到不了那里。"

大白居,是冒襄的朋友张维赤的别业。去年六月,他们全家逃离海宁之前,曾经把女眷们送到那里去住过一阵子。不过,自从上一次传说鲁王的兵打来时,冒襄同张维赤闹翻了之后,彼此就没再来往,现在又逃到那里去,对方到底肯不肯收留,却有点吃不准。因此,冒襄没有吱声。

"老爷、大爷,姨奶奶说得不错,"冒成接了上来,"今日小的在街上遇见张相公,他还问住小的,打听老爷和大爷如今怎么样了,问了许多,很关切似的,临去时还说有事就找他!"

冒襄瞧了瞧父亲,对这个消息感到有点意外,也有点感动和宽慰。不过,情势却不容他多想,倒是如果张维赤真有这句话,那么上大白居去,当然不失为一个可行的选择。于是他"嗯"了一声,打算把自己的想法说出来。然而站在旁边一直没有开口的余怀忽然问:

"鲁王的兵打过江来,无非是要收复大明故土。我们又不是鞑子,何必如此惊慌走避?"

冒襄微微一怔,随即醒悟过来,于是苦笑说:"兄新近到此,故此有所不知——皆因听说鲁王的兵所到之处,凡见有剃了发的,便俱认作是鞑子,不问青红皂白,一律杀却。是故百姓迫于无奈,只得纷纷走避。兄明日上路,也须仔细留神才好!"

听他这么说,余怀分明也大感错愕。不过,略一沉吟之后,他就毅然说道:"既然如此,那么弟就暂且留下不走!而且府上各人也不必走,一切有弟担待!"

"啊,怎么?"

余怀没有即时回答。他左右望了望,随即做了个手势,把冒氏父子请到一边,这才压低声音说:"实言相告,小侄此次南来,办货是假,受留都义军之托,同浙东联络是真。与小侄一道南来的,其实还有沈昆铜和柳麻子。因小侄要寻访辟疆,他二人便先行过江,这会儿想必已经面谒过鲁监国。这番南兵兴师前来,说不定就是他们促成的!"

这么说了之后,他停顿一下。看见冒氏父子目瞪口呆,一时惊讶得说不出话来,他又做了个手势,断然说:"总而言之,大家都不必走了。有小侄在,绝不会让府上各位吃亏就是!"

谣言造乱

鲁王军队大举渡江的消息,使余怀临时又留了下来。但是他却不知道,他那两位失去联络的朋友——沈士柱和柳敬亭其实也已经到了海宁,同他们在一起的,还有鲁王政权的职方主事查继佐。目前,他们就住在位于城东的查氏家族的大宅里。另外,余怀当然更加不会知道,昨天夜里,使全城居民大为恐慌的所谓鲁王军队已经渡江的消息,其实并无其事,只是他的朋友们为了制造混乱,故意散布的谣言而已。

沈士柱等三人是受黄宗羲的委派,于三天前秘密潜入城中的。在与海宁隔江相望的浙东地区,自从鲁王政权终于决心出师西征以来,不仅地方民军,而且连方国安、王之仁的正规军也都正式投入准备。经过督师张国维的积极推动，各项事宜已经大体就绪。加上鲁王本人终于意识到，地方义军也是一股不可忽视的力量，最近特意把孙嘉绩和熊汝霖这两位最先举义抗清的元老，擢升为兵部尚书兼东阁大学士，这更大大鼓舞了义军将士们的士气。结果，在朝廷正式批准余姚军的用兵方略之后，又有三股义兵自愿加入黄宗羲的麾下来，他们是太仆寺卿陈潜夫、浙西佥都御史朱大定和兵部主事吴乃武。这些人手下的兵虽然都不多，但仍然进一步增强了黄宗羲的实力和声势。面对日益高昂起来的士气，孙嘉绩指示黄宗羲尽快挥兵渡江，争取打响西征的第一仗。按照原定的计划，余姚军将首先抢占钱塘江对岸的小镇谭山，然后向东攻取海宁和海盐，再转趋太湖，与当地的义军会合，进而向北拓展地盘。黄宗羲分析了所掌握的情报，估计占领谭山不会有困难。但是海宁城中，清朝最近却派了一个名叫张尧扬的来任知县。此人手下有千把乡兵，而且同杭州方面保持着联络，一旦情况紧急，就请清兵前来救援。因此到时恐怕要费一点力气。为着确保能够顺利破城，黄宗羲与副手王正中反复商议，决定秘密派遣出身海宁望族的查继佐先行潜回城中，凭借在当地的关系和影响，设法联络有志之士，充当内应，到时配合义军攻城。另外，黄宗羲又想到沈士柱和柳敬亭一直想到海宁去，寻访余怀和冒襄的下落，而且他们握有在南京弄到的清军号牌，进出海宁应该不成问题，于是便请两人也一道同行，从旁协助查继佐。

现在，他们一行三人，凭借查继佐的哥哥查继坤的接应和帮助，不仅顺利地在查家大宅潜伏下来，而且还大体摸清楚了城中的情形。原来，坐落于钱塘江出海口的这个县城，经历了去年闰六月和八月两度起义，又两度失败之后，固然已是疮痍满目，残破不堪，但是，自从清朝委派的知县张尧扬到任之后，经过一番整顿，一些制度已经恢复起来，无法无天的行为受到遏制，曾经是乘乱而起、自行组合的乡勇，也按分保团练的办法加以整编。

此外，张尧扬还得到杭州清军的支援，弄来了一批刀枪火器，把他手下的人马装备起来。各个城门的防务，除了分派专人负责之外，每门最近还配备了弓箭手、长枪手、短枪手、防牌手、铳手，以及一批丁壮民夫，协同拒守。至于临战时的方略，张尧扬也作了布置，规定六个城门除了南东二门和大小北门关闭不开之外，西门和小东门只开半扇，以便观察敌情。一旦敌人杀到，如果对方势大，就闭门死守；如果对方来人不多，就大开城门，挥兵主动出击，以期制敌于先机，如此等等。

由于发现海宁这块骨头并不是那么好啃，查继佐这两天在设法摸清城中底细的同时，一直在他哥哥的帮助下，加紧秘密联络有志之士，力图在短期内结集起一支可以充当内应的力量。他了解到：在东面不远的袁花镇，目前活动着一支抗清武装，领头的名叫凌君甫，手下有好几百人马，经常出没在河汊芦荡之中，与张尧扬为敌。只要派人去联络，估计会乐于听命。查继佐把这种情形向沈、柳二人一说，大家都觉得如果得到这伙人相助，事情就会好办得多。但是怎样才能把这支人马弄进城里，又不引起张尧扬的警觉，却是一个难题。后来，是沈士柱提出，不妨在城中散布鲁王军队大举渡江的谣言，造成人心混乱，然后让凌君甫他们的人马装扮成四乡民众，借口要求避难，成批混入城中。他怕大家有疑虑，还特地引用兵书中"托或有之事，为莫稽之词，以恐之使惊，诱之使趋"的话，来加以证明。查氏兄弟觉得这个主意不错，于是便布置手下的心腹，在昨天夜里分别出动，依计而行。果然谣言一旦放出去，很快就一传十，十传百，整座海宁城都惊慌失措地骚动起来……消息传回查家大宅，大家自然十分高兴。其中，又数沈士柱最为兴奋。事实上，尽管多年来他一直着迷地钻研兵法，不少名篇都能背诵如流，但说到真正付诸实行，这还是第一次，而且没想到立即就大见效用。到了第二天下午，他终于憋不住，兴冲冲地拉着柳敬亭来找查氏兄弟，要求出门去瞧一瞧情形。查氏兄弟自然也极其关注情势的进展,特别是城中虽说已经乱起来,但是接下来,凌君甫及其手下的人,能否利用这种混乱状态顺利混入城里来?以及这些桀骜不驯的强梁之辈,尽管已经答应前来相助,会不会又临时变卦?这些还全都拿不准。不过,他们已经不断派出家中的仆人到外面去探视,就连同凌君甫联络的事,也已经作了安排。因此,听说沈士柱打算亲自出门,查继佐反倒捋着胡子,沉吟起来:

"昆铜兄要出去瞧瞧,本来也无妨,唯是敝邑可不比留都,巴掌大的一块地方,区区的七八千的居民,那些脸孔,十有七八纵使叫不出也认得出。更兼眼下又是争战非常之时,那等做公的对面生人最是留意。即便是小弟,因久出初归,也不敢轻易抛头露面。何况二位兄台本是外地人,只怕不甚稳便!"

沈士柱摇摇头,傲然地说:"不打紧,小弟已然落发出家,身上牒谱俱全,况且带得有鞑子的号牌,料那些做公的也不敢奈我何!"

"那么柳老爸也一道去么?"

"老爸他也有号牌在身,自然去得!"

"可是柳老爸这尊容,最易记认,万一……"

"那么,"沈士柱立即改口说,"老爸就留在宅中,让小弟独自走一遭便了!"

"噢,"柳敬亭笑嘻嘻地说,"沈相公想卖脱小老,这可使不得!小老与沈相公结伴南来,自问事事向前,不敢躲懒。这番也定不落后!"

看见沈、柳二人全都执意要去,查继佐一时没有了主意。他转向站在一旁边的查继坤,征询地问:"大哥,你瞧这事……"

查继坤点点头,说:"这样吧,既然二位要去,那么学生这里派出几个精壮的手下,在左近暗地追随护卫,一旦有事,也有个照应。"

这样安排，自然可以让人放心一点。于是查继佐便支开身边的仆人，对两人详细交代了一番，告诉他们按照约定，凌君甫的那些人马将要从小东门进入，并且以臂上缠有草绳为记；然后，又再三叮嘱他们一定要事事小心，这才请查继坤引路，避开众人耳目，从西侧的一道小门把他们送出去。

位于城中东北部的查家，离小东门并不算太远。当沈、柳二人沿着狭长的街巷向前走去时，发现太阳已经偏向了西边。街巷两边的高低院墙、那大小不一的门扇，以及门扇顶上的黑瓦顶，全都反射着明晃晃的光。一路上，不断有人进进出出地从家里往外搬东西，看那紧张匆忙的神色，不用问，必定是受到夜来那个谣言惊吓，打算出城避难的。这一次，两个朋友虽然照例结伴出来，但就柳敬亭而言，与其说是急于看看外间的情形，不如说主要是不放心沈士柱。说实在话，以他这些年走南闯北，见多识广，对于眼前这种事已经不再会感到特别好奇。如果真要拿主意，他倒是同意在这种时候，尽可能不露面为好。但是，瞧着沈士柱那种兴奋得抓耳挠腮、坐立不安的样子，他又知道，就算硬是拦着不让出来，沈士柱恐怕也会偷偷往外跑。为着免得万一出了事，连个照应报信的人也没有，他才决定干脆陪同出来走一趟。不过眼下，看见沈士柱像丢了魂儿似的两眼闪闪发光，转动着光秃的小脑袋，四下里打量，嘴里还不停地喃喃说："啊，果然动起来了，都动起来了！这就好，这可好了！"柳敬亭就不禁暗暗摇头，伸手扯了对方一把，悄声警告说："老兄说话可得留点神，仔细让做公的听了去！"

"啊，对对！"猛然醒悟过来的沈士柱，连忙点着头，乖觉地说，"得留点神！得留点神！"这之后，两人便不再说话，相跟着加快脚步，朝着通往小东门的大路赶去。

小东门的正名叫宣德门。出门不远，就是供军队操演的校场。一条泥沙铺设的大路，从那里一直延伸到城内。由于兵马长年累月地奔驰踩踏,路面已经破烂不堪,而且尽是坑坑洼洼。虽然还在巷子里时,柳敬亭就听见外面老远地传来闹哄哄的声浪,但当走出巷口一瞧,他却仍然不由得为之一怔。只见大路上黑压压的,拥挤着无数逃难的百姓,有挑着担子的,有驾着独轮车的,有赶着驴马的,但更多的则是背着各式各样的包袱,正拖男带女、扶老携幼地从四面八方乱纷纷地涌来,又向着城门的方向赶去。他们脸上的表情是那样惊慌失措,悲苦凄惶,完全是一副被吓破了胆的样子。很显然,如同刚才巷子里的那些居民一样,他们也压根儿不知道夜来那个消息,只是有人故意散布的谣言,而且,都很害怕鲁王的军队一旦打过来,会对他们这些"大清顺民"施以无情的报复;但是,他们似乎又并不相信清朝的官府当真能够保护他们,结果只好像一群没有主宰的惊弓之鸟似的,一有风吹草动,就争相逃命。随着他们蹒跚而行的脚步,大路上扬起了漫天的尘土,灰蒙蒙一片,使太阳都为之暗淡了下来……

"嗯,老兄那条计策果然使得,竟是把全海宁城都闹动了呢!"发现情形果然不出所料,甚至比预想的还更混乱,柳敬亭不由得回过头来,低声称赞说。

"可是、可是怎么会这样子?这么多人,这么乱……"沈士柱瞪大眼睛,不知所措地问。看来,眼前这来势汹汹、惊恐万状的景象,把他好吓了一跳。

柳敬亭斜觑了他一眼:"咦,人越多,越乱,才好呢!不乱,外边的人怎么进得来?"

沈士柱却摇摇头,喃喃地说:"不对,不是这样子,不该这样子……"

"不该这样子?"柳敬亭感到莫名其妙,"那该是什么样子?"沈士柱却没有回答,只是像受到某种无形禁制似的发了呆。这样站立了片刻,待到人数众多的一群百姓乱哄哄地拥了过来,他就魂不守舍地随着人流向前走去。柳敬亭看见了,只好紧赶几步,跟在后面。

两人脚步不停地走了一阵。这当儿，由于蜂拥而来的百姓越来越多，情形也变得更加混乱。有因为抢道而发生争吵的，有因为走丢了亲人而又哭又喊的，有因为突然发病而昏倒在地的，还有财物被窃的、行李散架的、把要紧的东西忘在家中要回去取的……有两个汉子，不知为什么争执起来，其中一个被另一个猛然一推，向后噔噔噔地倒退了六七步，撞歪了一架独轮车，还带翻了一挑担子，把那些坛坛罐罐摔了一地，弄得哭骂声四起，周围的人乱作一团。还有一个瘸腿的老头儿，发辫披散着，气喘吁吁地追赶一只逃脱了捆绑的鸭子，忽然脚下绊着了什么，一跤跌倒，待到挣扎起来，已经是满脸鲜血，但是却顾不得疼痛，仍旧瞪大惶急的眼睛，在人丛中寻找那只不知去向的鸭子。不过，最可怜的还是那些有身份人家的妇女，她们那一双小脚即使在平时也是步履维艰，哪里经得起在这坑坑洼洼的路上奔命？一路上竟是几步一跌，连滚带爬，弄得哭爹喊娘，狼狈万分……这样一些情形，柳敬亭自然都看在眼里，不过，前些年，他跟随左良玉的军队行动，比这混乱十倍，也残酷十倍的场面都见识过许多，因此，虽然心中也自叹息，但是已经没有什么更惊骇的感觉。倒是沈士柱，却像抵受不住，怕冷似的缩着身子，脸色变得越来越苍白，步子也迈得越来越缓慢。柳敬亭不由得奇怪起来，心想，"前一阵子，他不是还生怕城中乱不起来么！怎么事到临头，却变成这副模样？"于是挨近前去，低声问："嗯，你怎么了？"

沈士柱摇摇头，哭丧着脸说："没有什么。不过，这种事，我就只做这一回，以后再也不做了！"

柳敬亭微微一怔："再也不做了？到底是怎么回事？"

"不为什么，总之我下一回绝不再当什么卧底内应就是！"沈士柱坚持说。停了停，大约看见同伴仍旧皱着眉，一脸的疑惑不解，他才又向周围扫了一眼，局促不安地解释说，"连累他们这样子，我可是没有想到……"

柳敬亭眨眨眼睛,这才明白过来。的确,眼前百姓的惊骇慌乱程度,那种惨苦可怜的样子,是他们制造谣言之初,所没有想到的。不过,为着早日收复此城,使他们不再受亡国之辱,这恐怕也是迫不得已的事。他沉吟了一下,慢慢地说:"今日这事,其实……"

"今日这事也得有人做,是不是?"沈士柱蓦地停下来,气急地打断说,"那就让愿意做的人去做好了!反正我是不会再做的!"停了停,又咬着牙添了一句:"这——这不是我沈某平生的夙志!"

"平生的夙志?"柳敬亭觉得有点听不懂。

"不错!"沈士柱把脖子一挺,吵架似的大声说。然而,就在这时,身旁蜂拥而过的难民们似乎使他意识到什么,于是,目光中那股挑战的锋芒抖动了一下,消失了。有片刻工夫,他咬紧嘴唇,低下头,默默转过身去;末了,终于摆一摆手,用懊丧的、几乎是带哭的声音说:"哎,你是不会懂得的!谁也不会懂得!没有人能懂得!哎,还是走吧!"

柳敬亭满腹狐疑地瞧着。不过,他随即也就醒悟过来,对方所说的"夙志",看来没有别的,无非还是那个"虎帐谈兵,跃马杀贼"奇怪的念头。

"可是,就眼下这一点子凄惨景象你都受不了,还说什么与敌人刀对刀、枪对枪地厮拼!"柳敬亭苦笑地想。看见沈士柱已经径自向前走去。他于是只好摇摇头,依旧跟在后面。

孤胆夺门

小半天之后,他们已经来到射圃亭附近,只要再向前走出不远,过了兵马司,就是小东门。无疑是因为这个缘故,这一带更显得拥挤不堪。那些打算出城避难的老百姓,已经黑压压地把前面全塞满了,后面却仍旧不断有人拥过来。本来就不甚宽阔的路面,简直被塞得水泄不通,因此行进的速度也顿时慢了下来。按照原来的约定,凌君甫的人马是要趁城中的百姓出城逃难时,装扮成四乡的百姓,混进城里来。现在城内挤塞成这个样子,别说进城,就连出城,看来都不容易。因此,柳敬亭首先着急起来。他四下里一望,发现射圃亭的地势较高,估计从那里可以更清楚地观察城门方向的动静。于是,他便把沈士柱一扯,侧着身子,嘴里一个劲儿赔着小心,慢慢地在人丛中穿行着,向射圃亭靠过去。然而,没等他们达到目的,忽然四下里"哄"的一声,人们仿佛受到极大推力似的,一下子合拢过来,把他们挤在当中,虽然就差那么四五步,可就是再也动弹不了。任凭柳敬亭再三请求,但是大约人人都急于赶到城门去,硬是挤住了,谁也不肯相让。"哎,列位快点走啊!怎么都不动了?"柳敬亭焦急地催促说。

"不是大家不想动,是官府在前头把着门,不准放人出去。"一个清亮的声音从土丘之上传来。听说是这么一回事,柳敬亭起初也只是忙于暗自盘算,并且感到惊疑不定。但随后,他心中蓦然一动,觉得那声音很熟,抬头望去,却意外地发现,那人也在目不转睛地注视着他。

"哎,老爸,昆铜!怎么是你们!"那人抢先大叫。

这一下,柳敬亭也突然认出了,那个人不是别个,竟然是失散多时的余怀!而站在他旁边的,则是他的仆人阿为。

这做梦都没有想到的重逢,使双方都大为激动,顿时惊喜得又叫又喊,手舞足蹈。于是,由余怀主仆相帮着,好歹说动了旁边的人,彼此几经挪移,最后柳敬亭和沈士柱也勉勉强强挤上了亭子。

"哎,你们是怎么找到这儿来的?"因为周围实在太拥挤,彼此紧紧握了一下手后,余怀便迫不及待地问。

这倒使柳敬亭有点难于回答。因为一来周围黑压压的全是人,二来这事也不是三言两语所能说清楚的。他只好使了个眼色,说:"老衲与这位师弟是受寺中派遣,到城中来采办米粮的,不承想却得遇相公,也可算天缘巧合了!"

余怀是个机灵人,听他这么说,无疑已经会意。只见他点点头,转口又问:"两位师父想是打算出城?"

"皆因事已办妥,寺中又急着等老衲回去,是以不欲在城中久待。唯是看这情形,却是欲出不能,不知何故?"柳敬亭继续在暗示对方。

"哦,师父想亦听说,昨夜城中纷传南兵渡江,所以百姓恐惧,争欲出城躲避。唯是县尊张公适才着人宣谕,说是已经查明并无此事,纯系谣言,并下令关闭城门,不许百姓出入,以免为敌人所乘。师父今日恐怕难以……"

他正要说下去,不料就在这时,周围又是"哄"的一声,随即就惊慌地骚动起来。只见本来拥挤在前面的那些百姓,像受到某种无形的压迫似的,纷纷向后倒退,那些一时倒退不及的,就被挤压得跌倒在地上。于是有的人干脆转过身来就跑。但是后面的人却尚未反应过来,依旧往前拥。两下里这么一冲撞,整个场面可就顿时变得大乱特乱,无数的人被撞倒,被人从头上身上踏过去。那刚刚踩踏了别人的,转眼之间又被别人踩在脚下。一时间惊叫声、哭喊声、呻吟声、垂死的挣扎声,此伏彼起,震耳欲聋。柳敬亭等四人凭着亭子护栏的阻隔,而且又在土丘上,一时间还未受到波及,不过面对到处乱窜的百姓,情形也相当危险。本来,沈、柳二人临出门时,查氏兄弟曾经表示会派人暗中保护,但这会儿竟是一个也没有出现。相反,他们却远远地看见,一伙身穿号衣的兵丁,正骑着马,从城门那边如狼似虎地冲过来,见人就用鞭子抽,用刀背打。不用问,刚才那一场造成许多人死伤的大乱,就是这伙恶棍强行驱赶的结果。尽管如此,却仍旧有不少老百姓,像吓昏了头的牛羊,逃着躲着,糊里糊涂地又继续向城门拥去。

"嗯，如果那张尧扬不准百姓出城，那么自然也就不准外面的百姓进城。这么一来，凌君甫和他的手下也就全被挡在城外，这却怎生是好？"望着由于老百姓被驱散，因而变得空旷起来的街道，以及街上的那死去的、受伤的难民，听着死伤者亲属那些呼天抢地的哭喊，柳敬亭悚然震惊之余，焦急地想。的确，虽然他闯荡江湖大半辈子，可以说见多识广，但急切间也感到束手无策。他只好回过头去，打算同朋友们商量。然而，就在这时，站在旁边的沈士柱忽然说了一声："你们让开，等我出去！"接着，就看见他朝大家把头点了一点，然后毅然转过身，出了亭子，大步向城门的方向走去。

"哎，昆铜，你去做什么？"不知底细的余怀高声追问。

可是沈士柱不再回答，甚至连头也不回。

"喂，可知道他要做什么？"余怀莫名其妙地转向柳敬亭。

但是柳敬亭也无法回答。他只能对余怀做了个手势："施主且在此稍待，等老衲跟去看一看。"

"那么，不如我们一齐都去！"余怀说。

柳敬亭自然没有异议。于是，主仆三人就迈开脚步，急急忙忙跟了上去。也就是到了这时，柳敬亭才把此次潜入城中的原委，以及今天出来的目的，向余怀简略地说了一下。而余怀也把已经找到冒襄的事说了。不过，也许由于这么一分神，当他们重新伸长脖子向前面寻找时，沈士柱却已经走得没了影。两个朋友连忙加快脚步，越过那些尸体和受伤者，一直赶到小东门，才远远看见那里还滞留着一批逃难的百姓，同时听见沈士柱正在大声叫喊："你们这班狗才，怎敢不放老爷出去？你们都睁大狗眼瞧清楚了，老爷拿着的可是江宁巡抚衙门发的号牌！"两个朋友不由得一怔。"怎么？昆铜他当真要出城？"余怀疑惑地问。柳敬亭摇摇头。他当然已经醒悟沈士柱嚷着要出城，是想迫守兵打开城门，好让城外的凌君甫及其手下乘机混进来。但是，这做得到么？纵然沈士柱正凭借清军的号牌吓唬对方,但那些守兵是否肯就范?从如今城中防范得很紧的情形看,即使当真打开了门,凌君甫那些人能否就混得进来?正是这一连串的疑虑,加上对沈士柱这种冒险行为的担心,弄得柳敬亭紧张异常,不由自主地慢慢走过去,想瞧个究竟。

"你们都不要过来,过来都是死!"沈士柱又蓦地大叫起来。

柳敬亭心中一懔。虽然这话很可能是冲着那些守兵说的,但他却分明听出沈士柱其实是在警告自己和余怀。

"喂,你们开不开门?开不开?快开!误了老爷的大事,管教你们一个个都蹲大牢去!"沈士柱又再度催促说。

直到这会儿,也许是因为离得远的缘故,柳敬亭等人都只听见沈士柱在大叫大嚷,而听不见守兵的声音。但其实,守兵们私下里显然也在商量如何打发这位棘手的不速之客。因为,片刻之后,只见那两扇厚重的城门咣啷砰嘭地响了几下,终于慢慢地被推开了一道缝,露出外面的一线蓝天。

"好!真亏了他的胆量,竟然硬是把门给吓唬开了!"柳敬亭不胜惊喜地想,愈加全神贯注地盯着。现在,他变得那样紧张,一颗心简直提到了喉咙里,连气都有点透不过来。

"吊桥呢?不放下吊桥,老爷怎么过去?"依旧是沈士柱大大咧咧的嗓门。既然决定放他出城,这个要求自然是无法拒绝的。果然,只听一个火爆爆的声音高叫:"外面、里面都把好了!除了这人之外,不得再放一个闲人出入!"随着他的话音,城头上吱吱溜溜地响了一阵,接着便是吊桥"砰"地放下的声响。然而,这之后,有好一阵子,城门里却不再有动静,也不知道沈士柱到底出了城没有。站在远处的三位朋友不由得着急起来。大家你望我我望你,拿不定主意是否该过去看一看。就在这时,忽然听见城门那边一个声音怒叫说:"咦,快出去呀!你怎么还不走?"

"急什么?你这城门开得太小,老爷我走不惯!"沈士柱说。

他每次开口总是放大喉咙,分明是想让柳敬亭等人听见。

"怎么走不惯?你知道如今是什么时候!太尊大老爷有令,要严守城门,不得随意放人出入。放你出去,已是天大的情面!你还要在此啰唆?"

"嘻,你鸡零狗碎一点的人儿,还想走多大的门?"

"混账!你敢取笑老爷?"

"啊,你动手打人?"

"打你又怎么样!老爷还要打!你这混账!混账!"

柳敬亭等人虽然看不清楚城门那边的动静,但估计沈士柱当真动了手。至于他这样做的目的,显然是想造成混乱,好让凌君甫那伙人进来。的确,城门毕竟已经打开,吊桥也放了下来,城外的人要冲进来,这当儿正是机会。然而不知什么缘故,城外始终一片沉寂,没有任何动静;相反,沈士柱却因为这大打出手的一闹,处境变得十分危险。柳敬亭当然意识到这一点,急得差点儿没跳起来。不过,总算他在江湖行走多年,经验老到,百忙中定一定神,发现城门周围还逗留着好些逃难的百姓,正在疑疑惑惑地观望,于是连忙回头,向正在不知所措的余怀主仆说:

"事情要糟!快把他解救下来再说!"说完,蓦地张开喉咙大叫:"城门开了!南兵要打过来了,要活命的快逃啊!"

"快逃啊!快逃啊!"余怀主仆也一齐高叫。

就在这时,一个奇怪的情形出现了——他们身后,不知什么时候忽然来了七八个仆人模样的汉子。听见他们叫喊,那些人竟然也跟着大喊起来。

柳敬亭错愕了一下,随即猛然醒悟,他们就是查氏兄弟派来保护他和沈士柱的!于是,他立即朝他们做了个手势,当先向城门奔去。那些人见了,果然也继续呼喊着,同余怀主仆一起跟了过来。

这一喊一奔还真的大有作用,只见周围那些正在观望的百姓,本能地怔了一下，然后仿佛受到一股无形的力量推动似的，纷纷向城门涌来……

"不准出城！不准出城！谁敢不遵，这个奸民就是榜样！"一声凶暴的吼叫从城门那边响起。柳敬亭等人定眼看去，发现随着吼声，从那群守兵背后转出一个门官模样的汉子。他手里握着一把钢刀，凶神恶煞地当中一站。直到人们迟迟疑疑又停住了脚步，他才傲然地回头喝叫："给我拖出来！"于是，只见两个守门兵将一个穿着黑布直裰的人抓住双脚，倒拖出来，随即使劲往众人面前一抛。那个人似乎已经毫无知觉，落在地上之后，借着去势滚了几下，便一动也不动了。

从守门官发出吼叫的一刹那，柳敬亭心中就猛地一凉，意识到沈士柱可能已经遭到毒手。但残存的一丝希冀促使他仍旧往前冲。及至对方抛出一个人来，他不用看也明白就是沈士柱，只是不知道同伴到底仍然活着还是已经死去。现在，他终于看清楚了：他的同伴像一堆破布似的蜷伏着，那瘦小的身子已经变得毫无生气。衣衫下面露出一只爪子似的小手，却依然死死抓着那块只剩下半截的号牌。而那颗刮光了的、额上被烙上六个圆点的脑袋，则不自然地歪扭着，一双大瞪着的眼睛茫然地望着天空，仿佛在问："我怎么这样就死了？我可不想这样子死。我还要跃马疆场，横刀血战，马革裹尸而还，让三军同声一哭呢……"

柳敬亭的心像被刀一寸寸地碎割着。他想放声大哭，却没有眼泪。终于，他双腿无力地弯曲着，在同伴的遗体面前跪了下去……

听潮励志

虽然柳敬亭等人到底没能与城外的凌君甫及其手下人联络上，但是由黄宗羲、王正中所率领的三千义军，却比原定计划提前了两天,也就是于五月十八日分乘六十余艘战船出发,顺利渡过钱塘江,抢占了海宁县城以东四十里的一个小市集——谭山铺。

他们之所以要提前行动,一来是各路兵马齐集之后,粮草消耗相应大增,供应十分紧张,提早一天出发,就能够早一天摆脱困境,利用江北的广袤之地去开辟新粮源;二来,是南边一线传来消息,说清朝的征南大将军博洛所率的援军已经抵达杭州,正在向富阳县一带的钱塘江边集结,对驻扎在七条沙的方国安部摆出悍然进逼态势,看样子,大有把鲁王政权的这支主力正规军一举击垮的企图。因此,张国维和孙嘉绩等人愈加急于从东线先发制人,把战场引到江北去,以打乱敌方的计划。

现在,黄宗羲和他的三千将士已经成功登岸,并且在谭山铺一带驻扎下来。正如事先派人侦察过的那样,这里正当海宁、海盐两县的接合部,位置比较偏僻,清军无力顾及,因此他们并没有遇到任何抵抗。至于谭山铺里的居民,大约看见江对岸突然驶来许多兵船,也早就吓得躲的躲、逃的逃。结果,黄宗羲上岸之后,领着手下的将官们在市集里外转了一圈,最后竟然只找到一个老疯子和一只又瘦又癞的野狗;此外,就是三四十间东倒西歪的草房、两扇搬不动的石磨,以及一些来不及带走或者不打算带走的坛坛罐罐。这种情形,虽然已在意料之中,但黄宗羲仍然感到颇为失望和不安。因为在他的意识中,自己所统率的可是大明的军队,是为了解救这里的汉家百姓而来的,对方应该欢欣鼓舞,"箪食壶浆以迎王师"才对。不过,他也明白,由于前一阵子明军渡江作战时,凡是遇见剃了发的,都认作是背叛了祖宗,横加杀戮,因此弄得老百姓人心惶惶,走避唯恐不及。于是他立即命人向附近各路口贴出告示,宣谕鲁监国最近的旨意:百姓凡是剃了头的,只要按从前的习惯,重新戴上网巾①,就算表示弃清归明,改恶从

---

① 网巾:一种用以固定发髻的、类似头套的网状织物。

善，就能得到"王师"的宽恕。与此同时，他还传令各营：严禁私自四出打粮，一切由中军大帐统一筹措，违者军法从事。下达完这两道命令，他眼见天色已近傍晚，而且经过大半天的行船，风浪颠簸，将士们都显得颇为疲倦，于是又下了第三道命令，吩咐各营就近择地驻扎，埋锅做饭，洗涮休息；但是必须向各处路口派出巡哨，严加警戒，以防不测。

经过一番马嘶人喊的紧张和忙碌，如今，那三千将士已经分别进入自己的营地，陆续安顿下来。随着缕缕炊烟从各处军帐间升起，海宁方向的西边天末，夏日的夕阳也渐渐落入丛生的树木背后。但是天空却依然明亮，近处的谭山和远处的大尖山、小尖山，沐浴在一片紫黛色的霞影之中，显得圣洁而柔媚。这一带离钱塘江的出海口已经很近，受潮汐的影响，一天之中江水的涨落很大。久而久之，沿着江岸就出现了一大片一大片的浅滩。为了抵御潮汐对堤岸的猛烈冲刷，减少水土的流失，这里的老百姓自古以来都不断在浅滩上广种杂草和灌木，并且筑起一道一道阶梯状的防波堤。被称为"草塘"的这些防波堤从东边江口外的乍浦所，经过海盐、海宁，一直延伸到杭州城下，长达八百余里。它与著名的钱塘江潮一道，成为这一带的一大风景。不过，对于黄宗羲来说，这一切都已经并不新鲜。因此，他与王正中等几位主要将领简单地啃了几口干粮之后，就只顾动身到各处阵地去巡视。直到证实各营将士已经遵照命令分为三股，右依谭山，左凭大江，中踞大路，互为掎角地驻扎下来，而那六十余艘大小航船，也已经井然有序地在江边排成了一个水寨，并同陆上的军队保持着密切的联络，他才稍稍放下心来，于是向王正中等人嘱咐了一番，责成他们管好各自的队伍，发现异常情况，立即报告。然后，他就带上黄安，径自赶回已经成为临时指挥所的市集中去。

黄宗羲之所以匆匆赶回来，是因为记挂着他的弟弟黄宗会。说起来，这事也令他始料不及。今天从龙王堂出发渡江时，黄宗会竟然不顾劝阻，也硬跟着乘船到了江北。本来，这位三弟只是奉族长和母亲姚夫人之命，来给黄宗羲和黄竹浦的子弟们送行。与他一道前来的，还有二弟宗炎、四弟宗辕和别的一些父老乡亲。他们给黄宗羲带来了衣物和一些用品，更带来了姚夫人、叶氏和周细姐的殷殷嘱咐，虽然无非是保重身子、强饭加餐、添衣盖被，以及早日得胜归来一类的话，但是黄宗羲仍然掂量得出，这些简短而寻常的嘱咐当中所包含的深切的情怀，想象得出母亲和妻妾们说话时的悲啼和泪眼，以致有一阵子，他心中也变得热烘烘、乱糟糟的。不过，戎马倥偬的昂奋气氛，出发在即的紧张和忙乱，却不容他多想，甚至不容他说上更多的话。结果，当时除了一一应诺，以及几句对前途表示乐观的抚慰外，他竟然再也没有机会与对方从容叙谈。直到正式拔营出发那一天，孙嘉绩、熊汝霖等一班官员齐集码头，替出征的将士隆重地誓师饯行之后，彼此才又得以匆匆话别。谁知，就在船队起锚的一刻，已经跟到船上的黄宗会出乎意料地提出：要独自再送黄宗羲一程，直到抵达江北为止。对于这个要求，黄宗羲当时就表示不同意。但是黄宗会极其固执，劝说也罢，呵斥也罢，就是不肯下船。其余两个弟弟和乡亲们也一齐帮着他说话。最后，黄宗羲没有办法，只好勉强应允，但是当场说定：一旦到了江北，黄宗会就得马上掉头返回，不许再借故逗留。现在，既然军队已经成功登陆，并且顺利驻扎了下来，黄宗羲自然就想到，必须赶快把弟弟送走了……"是的，我本该在龙王堂就把他赶下船才对！竟然让他跟了来，现在又得派船往回送，真是没事找事。何况还是刀兵相拼的当口，简直胡闹！"一边往回走，黄宗羲一边恼火地想。不过尽管如此，到了这一步，却仍旧只有抽调船只和士兵，去办这件差事，而且还不能有差池。"要不，母亲那里可是交代不了。几个兄弟之中，平日就数宗会最得她宠爱……"念头这么一转，黄宗羲反而有点担心起来，于是暂时忘记了生气，开始暗暗考虑该派哪只船，以及由谁护送才稳妥。

"哎，大哥！"一个声音熟悉的呼唤远远传来。黄宗羲抬头一看，发现那位任性的弟弟已经在住所前守候着。暮色四合的薄黯中，他那身白色的直裰被晚风吹得飘拂不定。

"啊，大哥回来了！"大约没有得到黄宗羲的答应，黄宗会又快步迎上前来，急煎煎地问："那边的事都安排妥了么？劣弟打算这就回去，只不知有没有过江的船？"

黄宗羲看了弟弟一眼，心想："早先不让他来，他偏闹着死活要来，如今我还没开口让他走，他就又急着要走了！"由于更多了一分不悦，他便故意不回答对方的问题，只是淡淡地问：

"嗯，你坐了这一天的船，不觉得累乏么？"

"啊，刚才趁大哥不在时，小弟已经歇过了！"

"唔，饭呢？"

"也吃过了！"

"可是，人家水寨那边才刚刚把船泊定，还没吃饭呢，哪里有力气即时又开船送你！算了，迟个把时辰再说。现今你且随我在近处走走，我还有话要吩咐你！"

这么说了之后，黄宗羲也不等弟弟答应，就管自迈开脚步，顺着右首的一条街道，向前走去。看见哥哥这样子，黄宗会分明错愕了一下，但是却不敢违拗，乖乖地跟在后面。

这当儿，随着最后一抹霞光隐去，天完全黑了下来。不过，月亮已经在东边悄然升起。那是一轮十八夜的海月，虽然略见瘦减，但是桂树和玉兔的影像依然清晰可辨。它把银色的辉光从茅屋顶上铺泻下来，洒落在兄弟二人的头上、肩上，也照亮了他们身旁的一溜板壁，使狭窄而幽暗的街道浮荡着一片朦胧的光影。在茅屋背后，那看不见的远处，传来了江潮拍岸的低沉声响。

"大哥，"大约发现已经走出了十来步，黄宗羲却一直沉默着不开口，已经同他并排走着的黄宗会忍不住试探地问，"这一遭分手之后，不知何日才能重新相见？"

黄宗羲"哼"了一声，目不转睛地盯着街道的远处，冷冷地回答："这一遭分手之后，只怕就未必能重新相见了！"

"大哥说什么——不能、不能重新相见了？"黄宗会显然吃了一惊。

"……"

"为什么？为什么不能重新相见了？"黄宗会着急地追问，声音里透着惊骇。黄宗羲看了他一眼："征战场上，性命相搏，到头来是生是死，谁又能说得准？能活着下来，自是天大之幸；至于殒身丧命，也实在寻常得很！"

"可是，可是在龙王堂誓师那会儿，孙督师不是说，三月间，我师已经大破鞑子于江上，此番乘胜西征，必能追奔逐北，早奏凯旋么？"

黄宗羲摇摇头，苦笑说："必能早奏凯旋？我可不敢作如此之想！实话告知你吧，这次朝廷说是要出师西征，可是方国安、王之仁二人俱徘徊观望，不肯用命。孙、张二公眼见鞑子的援兵已至，不得已，才饬令为兄先行渡江，意在鼓勇一击，以激励其他各军。为兄此行之成败，固然牵扯甚大，唯是孤军犯敌，那凶险又何尝小了！"

"啊！"黄宗会顿时惊得站停下来，睁大眼睛，颤抖着嗓门说，"原、原来鞑子的援兵已至！那、那岂不是明摆着送死么，大哥为何还应承他？"

黄宗羲没有立即答话。不过，对方在这一刻里所表现出来的紧张和关切，却使他心中分明地动了一下，与此同时，一种遥远的、模糊的东西开始在记忆中苏醒。那是一种根植于血缘的、柔软而温馨的感觉，就像一棵树上的两片叶子，出自同一个母体，受着同样的哺育和滋养，许多年来一直相依为命，一起成长。从来没有想过会有永远分离的一天。然而，眼下却正如弟弟所惊骇地道破的那样,这一次分手之后,彼此还能够再见么?还能像过去一样,尽管也常有各自奔忙的时候,但到头来,仍旧又走到一起来么?黄宗羲实在有点拿不准。事实上,这一次出征可以说是成败未卜,每前行一步都充满风险和杀机,随时随地有丢掉性命的可能……

"嗯,倒也不能这等说。"为了摆脱这种不合时宜的软弱情绪,他开始字斟句酌地辩解说,"鞑子的援兵眼下齐集富阳。我们这是绕出其侧,避其锋芒,攻其不意。赶明儿一旦拿下海宁,便北上嘉兴,直趋太湖。此数地俱为鞑子力所不逮之处。倘使顺利,便可联络当地义师,闹他个天翻地覆,令洪承畴、张存仁顾此失彼,博洛如芒在背。到那时,孙、张二公再乘机挥师西进。那么,便不只浙东之危可解,就连杭州——哼,说不定也能一举收复呢!"

停了停,看见弟弟只是呆呆地听着,没有回应,他又奋然一挥胳臂,大声说:"嘿,国家亡破到这一步,天下糜烂到这一步,死又算得了什么!终不成为着活命,就连我华夏的诗书礼乐、文明教化都宁可不要了?须知我们可是圣人之徒,不是无知村夫,不能忘却天下之责!只要死得其所,死得壮烈,我看就比觍颜苟活,任凭鞑子凌辱糟践强似万倍!"

这么情怀激荡地说着,他觉得浑身的脉管都在贲然扩张,血液随之沸腾起来,于是,也不等黄宗会回答,就径自扭过头,噔噔噔地向前走去,直到出了市集,来到一块开阔地上,才重新放慢脚步。

谭山铺的规模其实很小,街道纵横相加起来,也不过三四十间铺位。市集之外,是连绵起伏的郊野,外带一片倾斜的防波"草塘"。这当儿,月亮已经升上了半天,并且褪尽了前时那一层薄翳,变得愈加清晰而明朗。它静静地高悬着,把大地山河全都笼罩在溶溶漾漾的银色辉光里。远处的大小尖山固然已经变得模糊而缥缈,就连近处的谭山和山脚下的军营,也只剩下黑乎乎的一片暗影。四下里莽莽苍苍,混混茫茫。只是这儿那儿,间或闪现出一两星火光，传来了几声含混的话语，才使人觉察到，这周遭并不是空明荒寂一片……

"大哥，"从后面跟了上来的黄宗会，心事重重地低声说，"大哥决意舍身报国之志，令劣弟甚为感佩。我圣人之徒生于斯世，自是正该如此。只不过，说到'死得其所'，却尚有可斟酌之处。"

"噢？且道其详！"黄宗羲问，没有回头；同时，倾听着江堤外那变得宏大起来的潮水声。

"冲锋陷阵，血战沙场，本是武人之事，实非我辈所长。适才听大哥说，此番出师，方、王二帅俱按兵不动，而让大哥挺身犯险，孤军渡江，这岂非弃长用短，强人所难？更何况大哥博识精思，本非寻常儒士可比，更兼多年求索，于学问已臻大成之境，未来更是无可限量！若因此遭逢不测，固然可当'壮烈'二字，却实在难以称之为'得所'！"

黄宗会说这番话时，显得有点畏缩。不过，同样的问题黄宗羲其实也曾经反复思考过，那就是他曾经对孙嘉绩说过的，鉴于方国安、王之仁等武人嚣张跋扈目光浅狭，他要用实际榜样证明由仁人君子统领的、通晓礼义的军队，更有眼界胆色，也更能打胜仗！但是，话又说回来，正如弟弟所提醒的：在方、王的主力军意存观望的情况下，自己凭着三千孤军，渡江犯险，真有获胜的把握么？万一就此死去，到底是值得还是不值得？正是这种突然冒出的疑虑，扰乱了他的心思，以致过了半晌，他不由自主地低声问："那么，依你之见？"

也许发现哥哥口气有点松动，黄宗会的胆子变得大起来，结结巴巴地说："若是、若是并无必胜之把握，那就不如退回江南——或者，或者干脆撒开手，回家！"

起初，黄宗羲还耽搁在自己的思绪里，对弟弟的话没有怎么在意。然而，随后他就吃了一惊："你说什么？退兵？回家？"他瞪大眼睛问，同时，因为发觉弟弟在那番貌似为自己着想的话里，竟然藏着这么一个龌龊的主意而大为生气，于是使劲一跺脚，怒声呵斥说："真亏你想得出！告诉你，这是办不到的！既然走到了这一步，为兄已是义无反顾，纵然粉身碎骨，肝脑涂地，也唯有拼死向前而已！"

"大哥，"黄宗会看来也急了，争辩说，"你难道不想想，家中还有母亲，还有大嫂、细姐和百家、正谊、大困、二困他们一窝子人！你不顾惜自己，可抛下了他们，今后怎么办？"

"哼，我要是死了，不是还有你们吗！往后，他们就托付给你，还有晦木了！"黄宗羲回答得很干脆。

"可是，我担当不起！担当不了！"黄宗会猛地一挥胳臂，吵架般地大叫起来，"如今家里这等穷，乡下这等穷，还不停地打仗！我本来就没有本事，平日连自己家中那几口子都照应不过来，又怎么有力气再照应大嫂和侄儿们？你、你这不是分明要我的命吗？你倒好，一家伙战死沙场，轰轰烈烈，名垂青史了！可留下我们还得活下去的怎么办？你说怎么办！"

黄宗会怒气冲冲地叫嚷着，激动地做着手势，眼睛在薄黯中闪闪发光。看来，兄长这种断然的、蛮横的托付，不仅使他感到痛苦，也使他感到十分惊恐和紧张。说到后来，他似乎终于支持不住，一屁股跌坐在路旁的一块石头上，用双手掩住脸孔，呜呜地哭泣起来……

这一次，黄宗羲默默地望着，没有立即说话。事实上，弟弟的指责虽然尖刻、激烈，而且似乎还十分小气和薄情，不识大体，但是他心中却很明白，正因为对方一旦接受了自己的托付，就一定会拼着命也要承担到底，所以才在这一刻里，表现得如此紧张和惊恐。相反，自己不顾对方是否承当得了，就一股脑儿把偌大一个包袱硬推给对方，是不是有点过于自私了？正是这种反躬自问，使他感到有点不安，也有点愧歉。略一迟疑之后，他终于走上前去，伸手拍了拍黄宗会的肩膀，和解地说："别再哭了！适才是为兄不是，不该那等说话，你且起来，快起来！"这么催促着，他侧起耳朵倾听了一下，又说，"听，今儿是十八大潮，这会儿怕是潮水上来了！"

对于大哥的话，黄宗会一向是顺从惯了的。这一次也不例外，虽然他没有吱声，但是却用鼻子咝咝吸着气，拭擦着眼睛，站了起来。

这当儿，耳畔的潮水声变得更加巨大，它有如沉雷一般轰隆隆地响着，一阵接一阵地从江面上传来。当兄弟俩走上堤岸的高处，放眼望去时，果然发现，早一阵子他们离开时还是夕阳斜照、细浪逶迤的江面，这会儿完全变了样。在反常地提早而至的海潮压迫下，它正在整个儿不安地翻腾着。本来是露出水面的大片"草塘"，已经消失不见。江面却变得更加浩瀚和开阔。起伏不已的波涛，有如千百条身披银甲的蛟龙，在江中盘旋出没，咆哮搏斗，激溅起高达数丈的无数水花。而在水天相接的远处，那汹涌的潮头，一道接着一道，在月光的映照下连绵而至，远远看去，仿佛在一匹巨大的墨绿色缎子上，滚动着一串串闪闪发光的珍珠，渐行渐近，那潮头就幻化成了无数奔驰的战马，冲锋的甲士，翻卷的旌旗，月光之下，呈现出一片浩浩荡荡的素白。这情景使人想到圣洁，想到丧礼，想到视死如归的哀兵……也许正因这个缘故，在堤岸上，除了黄氏兄弟之外，这小半天里虽然已经又聚起了许多闻声而至的观潮将士，但是大家似乎全都被眼前这震荡古今、充满悲愤和不平意味的壮伟场景禁制住了，以至于惊愕地伫望着，不动，也不说话。

"这潮上来了，恐怕得有个把两个时辰才平定得了。今儿怕是来不及了，你就明早才回去吧！"在震耳欲聋的潮声稍歇的当间，黄宗羲回头对弟弟大声说，"不过，我却要告诉你，我是不会就此罢休的。须知为兄作此决断，不惜殉之以身者，并非只是为的报大明，更是为的报天下，为士大夫立一榜样……"他本想说下去，

但是一阵怒雷般的潮声已经铺天盖地压了过来。他只好闭上了嘴巴,直到潮声稍弱之后,才又继续说:

"是的,要立一榜样!皆因国家丧亡至此,天下丧亡至此,全由士大夫因循故习,不思变革进取之故,要拯救之,振拔之,就须得打胜这一遭生死存亡之役,成大功,立大名,然后因势利导,雷厉风行,革故鼎新。只要为兄一息尚存,定要坚行到底,绝无……"话没说完,又被轰轰而至的潮声冲断了。黄宗羲皱一皱眉毛,干脆把嘴巴凑在弟弟耳朵边,用尽力气高喊:"哎,立——一——榜——样——!你可明白?"黄宗会回过头来,敏感而苍白的脸上现出憬然觉悟的神情,眼睛闪着泪光。他没有回答,只是伸出手来,同哥哥紧紧相握着。

冒险坚守

黄宗羲和他的三千义军在谭山登陆的消息,只过了一天,就在海宁、海盐一带迅速传扬开来,并且使两县的官吏们大为震恐。他们一方面紧闭城门,全力防备;一方面派人火速前往杭州,向清朝的浙江总督张存仁告急。结果,到了第三天,一支为数千人左右的清军援兵,就赶到海宁。他们并没有主动向义军发动进攻,只在迫近谭山十里的大尖山脚扎下营寨,摆出一副可攻可守、后发制人的架势。这么一来,就迫使黄宗羲不得不谨慎从事。因为这一次出师,是西征的第一仗,关系到整个军事计划的开局,他深感责任重大;而以自己麾下这三千新练之众,去攻击敌人一千久经战阵之兵,确实还很难说有必胜的把握。结果,经过与王正中等人反复研究,他最后决定:立即派人返回龙王堂驻地,向孙嘉绩报告,并建议孙嘉绩同驻扎在小尾渡口的绍兴义军联络,请对方的主帅义兴伯郑遵谦发兵,从杭州和海宁之间登陆,以切断清军援兵的退路,配合他们的进攻。谁知,使者派出之后,三天过去了，五天过去了，孙嘉绩那边却一直没有回音，于是，战事就在焦虑不安中拖了下来……

为了确保首战必胜，黄宗羲这样做，固然有他充分的道理，然而他却不知道，战事这一拖延，可就使目前正潜伏在海宁城内，准备接应攻城的查继佐、柳敬亭等人的处境变得颇为困难。而且，由于无法与城内取得联系，黄宗羲甚至也不知道，在这些潜伏者当中，如今沈士柱已经不幸牺牲，相反，却增加了余怀和张维赤，此外，还有他无论如何也想不到的老朋友冒襄。

的确，说到冒襄终于决定加入这个圈子里来，恐怕连他自己也有点始料不及。因为且别说作为难民，一家子老的老、小的小，眼下就全指靠他来苦苦支撑。无论父母也好，妻子也好，都绝不会同意他参与这种可能招致杀身之祸的密谋；就是他本人，经历了这一年的颠沛流离，苦头吃尽，也已经锐气全无，一心想着能把家人平安带回如皋，从此隐居乡下，打发余生，也算于愿已足了。只是到了得知不辞数百里冒险奔波，终于重新找到他的余怀，原来是身负秘密使命的义军中人，接着又得知沈士柱、柳敬亭也受浙东义军的派遣，跟着查继佐来到了海宁，他的心思才有了改变。从这些旧友的口中，冒襄了解到许多过去不知道、或者知道得不多的情形，譬如说，鲁王的军队已经扩充到十万之众，不仅有张国维、朱大典、孙嘉绩等正派人士同心秉政，而且有方国安、王之仁这样经验丰富的将领辅佐，一年来曾经屡次大败清兵，成功地巩固了浙东的地盘，目前已经决定出师北伐，很快就要打过江来；又譬如，除了浙东闹得轰轰烈烈之外，唐王也于一年之前在福建登基称帝，改元隆武，颇得各地义军拥戴。还有，江西、湖南，乃至南京外围等地的抗清斗争也如火如荼、方兴未艾等等。如果说，在此之前，冒襄为一家子的活命而苦苦挣扎，就像陷入了一场苦恼已极，但又摆脱不掉的梦魇的话，那么这些最新的消息，这种始料不及的局面，却有如一道耀眼的光华，使他蓦然惊醒，看到一片海阔天空、波翻云涌的景象，以至目夺神迷，情不自禁地激动起来。特别是得知，瘦小文弱的好友沈士柱，竟然为了闯开城门壮烈而死，而另一位好友黄宗羲则成了义军的一员将领，正准备率师渡江，冒襄心中那一份震动和惭愧，更不是言语所能形容的。加上余怀等人再一动员，他就横下一条心，毅然答应下来。不过，为着免得家人得知后惊慌哭闹，他并没有声张，就连父亲也没有禀告。这在他的生平，还是第一次。也许因为这个缘故，他到底又忍不住悄悄向董小宛作了透露。出乎意外的是，侍妾对他的决定竟然十分理解和支持，而且表示会替他保密。这使冒襄多少感到宽慰，于是便积极投入查继佐等人的策划圈子中来……

眼下，已经到了五月二十八日。这一天下午，参与密谋的一班朋友，又聚集到查家大宅的一所密室里，商量接应义军攻城的事宜。这间密室，位于后花园的一所佛堂后面，前面一进供着佛像，当中隔着一个用鹅卵石铺砌的天井，被一棵枝叶繁茂的枇杷树密密地遮住了半边。佛堂周围环绕着一片种满荷花的水池，只有一道小桥与外面相通，环境确实颇为隐秘。圈子里的这班朋友，已经不是第一次在这里举行密谈。不过，就在刚才，他们从神情严峻的查继佐口中得知，由于发生了非常的变故，接应义军的计划正面临暴露的危险，弄得大家十分紧张，一时间谁也不说话，屋子里才出现了暂时的寂静。

查继佐说到的这桩变故，确实不由得大家不紧张。本来，由于沈士柱之死，以及凌君甫没有如约入城，使凭借组织暴动，用强力夺取城门的图谋归于失败之后，他们已经转而分头出动，利用各种关系，对守军实行秘密渗透，试图神不知鬼不觉地将城门控制在手中，以便时机一到，就接应义军进城。当然，这也并不容易，特别是出了沈士柱试图诈开城门那样的异常事件，县令张尧扬已经空前地警觉起来。在接下来的一连好几天里，他都派出差役在城中大肆搜查，声言要挖出同党。幸亏柳敬亭和余怀当时走避得快，加上查氏家族在海宁树大根深，广有势力，才好歹把这阵风波抗了过去。不过如此一来，要派人渗透到守城的军士里去，也就困难了许多，而且要冒很大的风险。后来，仍旧是查继佐凭借家族的关系，在守军中加紧物色、策反和收买，才陆续争取到一些人。同时，由于城中兵员不足，张尧扬不得不向各保甲征用民夫，协助防守。这也给查继佐提供了从中安插心腹的机会。到如今，海宁城的六道城门当中，起码在东门和南门，都安插了他们自己的人。特别是南门，由于成功地策反了守军的一位姓周的队长，更有希望成为将来配合义军破城的一个主要的口子。然而没想到，自从黄宗羲率军在谭山登陆的消息传来之后，县令张尧扬十分紧张。为了加强对各门的控制，他最近又派出手下的一些得力的属吏前去监管。负责南门的，是一个姓何的师爷。此人生得又干又瘦，平日总是一副阴不阴、阳不阳的神气，而且颇工心计，诡诈百端。他似乎已经嗅出一点气味，对门上的一动一静盯得更紧，昨天还突然把姓周的队长和一个民夫带回县衙去，盘问了半天，后来放回了姓周的队长，却把那个民夫留下了。而那个民夫恰好就是查继佐安插的一个得力的亲信。那么，是不是姓周的队长把他供出来的？如果是的话，那个亲信一旦受到严刑审讯，会不会把查氏兄弟也供了出来？这些，眼下还一点都摸不准。虽然查氏兄弟已经派人带了银两到衙门去托关系，打探消息，但是也只得知那个亲信目前被拘禁在牢里，并未提审，也未动刑。至于下一步如何处置，却不清楚。这么一来，可就不由得查氏兄弟不大为紧张，因此急忙把大家召来，商议对付的办法……"哎，事到如今，就瞧贵价扛得住扛不住了！"在一片紧张的思虑中，张维赤终于打破了沉默，"若是扛不住大刑威逼，供将出来，大家都是个死！"这无疑也是在座的人所想到的。因此大家交换了一个忧心忡忡的眼色，都没有作声。

"不是并未提审么！也许不至于？"有人不无希冀地说，那是余怀。

柳敬亭叹了一口气："都关进牢里了，还指望能囫囵出来么？这一遭，只怕他不死也得掉一层皮！"

"那——"余怀眨眨眼睛，"能不能想法子把他搭救出来？"

"是呀，拼着花点银子！"张维赤也从旁帮腔。

查继坤瞅了他们一眼，随即摇摇头："能搭救，学生与舍弟早就搭救了！里面的人说，这个人是何师爷指着严加看管的，除非是县尊大老爷，否则谁也不敢卖放！"

"那到底该怎么办？终不成坐在这儿等死啊！"张维赤不由得发急了。谁也没有回答。密室里再度归于沉寂。从窗外飘进来的荷花清香变得分明起来；在看不见的树丛深处，悠长而聒耳的知了声响得人心烦。

面对这种情形，坐在一旁的冒襄虽然没有吭声，但心中也是七上八下。不错，在决定参加进来的时候，他就知道这件事非同小可，要冒极大的风险，弄不好，还会把性命都搭上去。不过却万万没有想到，事情会来得这样快，这样突然。"啊，怎么会这样子？"他想，"怎么早不出事，迟不出事，我才加进来没几天，就出这样的事？哎，连人都给拿去了，这个娄子只怕捅得不小！一旦露了馅，这牵连可就大了，只怕在座这些人一个也逃不掉！他们倒好，总算起过义，打过仗，起码也痛痛快快地同鞑子较过劲儿！可是我呢，还几乎什么事也不曾做。要是就这样把命赔了去，岂非太不值得！况且，丢下家里一大摊人，又怎么办……"心中这么忐忑着，就听见余怀把茶杯"咣当"一放，气急败坏地说："黄太冲他们也真要命！明明占住谭山都有十日了，却磨磨蹭蹭地老是不进兵！这么拖下去，他赔得起，我们可赔不起！"

"黄太冲也不是不想进兵。"查继坤解释说，"不是鞑子从杭城派了援兵来么？只怕他们正在筹谋破敌之策。嗯，此一战非同小可，着实孟浪不得。

"可眼下我们该怎么办哪？"张维赤睁大眼睛问，"要是没法子，那就不如暂且分头逃散，也比坐在这儿束手待毙强！"

"逃么，怕是逃不掉的。"有人慢吞吞地说，那是柳敬亭，"若然那个队长真的捅出点什么，这宅子的四下里，只怕早被做公的全把住了！"

查继坤却摇摇头："这倒不至于。在请列位来时，学生已经着人四面察看过，并无异常。这会儿也一直有人监视着，并不见有报告进来。"

"哦，对了，还可以逃。"冒襄又想，"既然如此，那就还得赶快！不过，就怕这四面城门全都把得严严实实的，出得了这宅子，也逃不脱官府的手心——当然，还可以设法躲起来，凭着他们查家在城中的势力，给我们找个安稳的地方总不难，就不知他们……"

"如今事情之难办，"一直静静地听着的查继佐终于开口了，"就在于还闹不清是怎么一回事。就连那个队长是否捅出了什么，眼下也不好说。因此不能轻举妄动，操之过急，以免打草惊蛇，前功尽废！但是不作未雨绸缪也不成。因此，今日急急请列位来，是想让列位周知此事，心中有数。不过——"他停顿了一下，抬起眼睛，"淡心兄说得也对，与其大伙儿都窝在这儿束手就擒，那么列位确实不如即速离去，各自寻个安全之处躲起来，先避过这风头再说！"

"我等走了，那么贤昆仲怎么办？"余怀问。

"黄太冲他们说不定早晚就会攻过来，接应的事总得有人料理，这儿全走空了也不成。何况也未必有事，即使果真有事，那么生死祸福，就由我兄弟当之便了！"

余怀愣了一下神，随即摇摇头："那么我也不走了！有福同享，有祸同当，我看谁也不能走！"

"是呀，谁也不许走！"张维赤也在一旁帮腔。

冒襄本来已经重新生出希望，听他们这么一说，心中顿时又是一沉：

"啊，谁也不许走？"他想，"这可怎么办？莫非当真留下来等死？不错，像眼下这样子，如果当真死了，倒也不失为忠勇和壮烈。以后人们如果修史，就会论定我冒襄是死于王事，而不是白死于沟壑！何况，黄太冲的兵都已经到了谭山，说不定不等张尧扬下杀手，这局面就会翻过来——那么，就留下来不走？只是，只是……哎，算了！其实即使不死，侥幸逃脱，又怎么样呢？我充其量只能回到那个破家里，继续对着那一帮子人，天天愁衣愁食，担惊受怕，苦抵穷熬，没完没了！这种虫豸蝼蚁一般的卑贱生涯，同死到底又差得了多少？只怕连死都不如……"一想到从前那种生活，冒襄心中顿时生出一种强烈的反感、厌恶与恐惧。于是相比之下，他便反而觉得，留下不走，未必就不是一种可以考虑的选择。"说实在的，我被家人们拖累得也太久了，招来的误解和指责也太多了，无论如何，我总算对得起他们了！这一次，就让我由着自己的性子拿一回主意，像个热血男儿那样，轰轰烈烈干一回，死一回吧！不错，我说过的，我总要向世人证明，我冒襄绝不比别人差，绝不是个贪生怕死的懦夫！"念头这么一转，说也奇怪，前一阵子总是缠绕着他的那种难以割舍的情怀，顿时就淡漠了许多，相反，他从心底里激荡起一股慷慨决绝之情，并且开始感到一种前所未有的兴奋……

"唔，倒也不必全都不走，"柳敬亭的声音再度传来，"依小老之见，冒相公与张相公不妨先走。老汉与余相公留下，瞧瞧情形再说。"

"啊，何以让弟先走？"张维赤似乎感到不解。

柳敬亭没有回答，只是用隐藏在眼皮下的小眼睛瞅着查氏兄弟。查继佐显然已经明白。他点点头，说："柳老爸说得不错。二位仁兄本与此事无涉，是被弟等强邀进来的，只得数日相与，正不必无辜受此牵连。何况二位俱有家室在此，辟疆兄更是全家唯一支撑，必须及早脱身才是！"

听他这么一说，查继坤和余怀都连连点头。余怀更是走到冒襄跟前，作了一揖，抱歉地说："因弟之故，累兄受此牵连，实在不该。还望我兄见恕！"

冒襄眨眨眼睛，有片刻工夫，觉得闹不明白他们的意思。不过随后，他就感到有点气愤和着急。而这种气愤和着急，又因为意识到对方的这种安排，其实是等于将他从眼前这个决死报国的圈子中排除出去，让他重新回到那种可怜的、虫豸蝼蚁一般的生活之中而迅速变得强烈起来，尖锐起来。

"不！我不走！"他猛地站起身，吵架般地大声说，"我是不会走的！要走，你们走好了！"说完，唯恐对方再来纠缠，他迅速向斜刺里走出几步，远远地躲到一边去。大家交换了一个疑惑的眼色，对这种激烈的反应显然感到意外；不过，随后就围上来，开始七嘴八舌地竭力劝说。可是冒襄却咬定牙关，死活也不答应。这么一来，倒把朋友们弄得唇焦舌燥，以至一筹莫展……

风雨鸡鸣

正在不可开交的当儿，忽然，门外响起了脚步声，查府的管家匆匆走了进来。他先向室内打量一下，随即径直走向查继坤，附在耳边低声说了几句。只见后者目光一闪，抽身离开了众人，低着头，在室内踱了几步，然后转过身来，干咳了一声，提高了嗓门说："列位，列位！且听小弟一言！"

等大家陆续把目光集中过去，他才脸色凝重地接着说："好教列位得知，刚刚外堂上报，来了个做公的，说是县尊大老爷请弟即时过县衙去，有要事商量。"停了停，又补充说："嗯，他还说：不许稽迟。"

起初，屋子里的人们不知道他要说什么，有的还在低声交谈。

但是随后，说话声就猝然中止。人们仿佛受到意外袭击似的，你望我，我望你，脸色不由得变了。张尧扬迟不传唤，早不传唤，偏偏在这个时候来传唤查继坤到县衙去，而且口气又是如此强硬，不用问，十之八九必定同被拘去的那个心腹亲信有关！那么，到底是否那个亲信已经招供？还是……

"大哥，"在一片噩梦临头的紧张沉默中，查继佐望着兄长，犹豫地说，"怕是来者不善。要不，竟是干脆回他一个不在家中，先拖上一阵再说？"

"是呀，不能去！""只怕是会无好会！"其余的人也齐声劝阻。余怀更是情绪激动，他一挥拳头，大声说：

"妈的，他张尧扬凭什么召兄去？偏不去！他要抓，就让他来抓好了！"

可是查继坤却举起一只手，制止大家喧闹。只见他那两道疏朗的眉毛纠结在一起，紧闭着嘴唇，一动不动地站着。这样令人难熬地过了片刻，他终于摇摇头，苦笑说："他派人相请，那么起码还留着余地。若然不去，反令他增疑。罢了，拼着身家性命不要，这一次哪怕是刀丛剑树，也只得闯他一闯！"

这样说了之后，也不等大家再有表示，他就转脸望着查继佐，平静而又郑重地说："如果有事，愚兄俱一人当之！万一问及贤弟，只推概不知情，绝不可自承参与。此间之事及家中细务，就烦贤弟相机处置！唯是凡事仍须镇静，不可误了大计！"

说完，他就举手向查继佐及众人一拱，又走到冒襄跟前，恳切地说："事急矣！听弟之言，快走，快走！"然后，就毅然转过身，义无反顾地向外走去。

大家起初还想阻拦，但看见查继坤意志坚决，只好一齐跟到门边，心情复杂地目送着。直到查继坤的背影过了小桥，消失在假山后面，才各怀心事地转过身来。

这当儿，心情最为复杂的显然要数查继佐。不过他却还能保持着镇定,看见大家沉默不语,就摆一摆手,说:"事到如今,只有等着瞧了。不过,有我一个在这儿已经足够。趁公差还没上门抓人,辟疆,还有你们——哎,快走吧!"

"可是,小弟是不会走的!"冒襄猛地把胳臂一挥,由于意识到结局终于临近,更由于可以痛痛快快地由着自己的性儿做一回主,他浑身的血液急剧地沸腾起来,眼睛也变得闪闪发光,"张尧扬要抓要杀,就让他来好了!我冒襄不怕!"

"我也不怕,我也不走!"张维赤显然不甘落后。

余怀点点头:"对,我们谁也别走!要死就一道死!"

冒襄看了看他们,心中不禁涌起一股热烘烘的感觉。那是一种睽违多时的感觉,依稀像是又回到了当年,他在秦淮河大排筵席,与社友们于酒酣耳热之际,放言高论,褒贬时政,量裁人物。尽管可能招致当朝大老们的愤怒和迫害,但他们却毫不畏惧,只觉得彼此心意相通,热血奔涌,浑身充满了一种惺惺相惜的满足之感……

"那么,柳老爸呢?"由于发现柳敬亭没有吭声,查继佐转过脸去问。柳敬亭笑了一笑,说:"这些天,小老在贵府里好吃好喝,住得舒舒服服的。莫非查二爷嫌麻子肚量太大,把贵府给吃穷了,想往外赶不成?"

"好!"余怀一跃而起,把大拇指一伸,"山崩于前而不改当行本色。柳老爸就是好样儿的!"

看见老朋友又恢复当年狂放不羁样子,冒襄愈加情怀亢奋。他把手中的折扇一合,站起来,不客气地指着柳敬亭说:"既然如此,那么干脆你老爸就施展妙技,给大伙儿开讲一场,也省得我们干坐着,等得心焦!如何?"

"啊,不错!""正是!"张维赤和余怀也直着嗓门大叫。

柳敬亭依旧笑得很安静:"开讲不妨。横竖麻子的肚皮里有的是存货。有一日好等,老汉就给列位说上一日;有十日好等,老汉就给列位说上十日！不过，眼下却且不忙开讲，待小老先向列位献上一曲。只不知列位可肯赐教？"

余怀一听，顿时瞪大了眼睛："噢，学生只听说柳麻子说书，天下无双！却不知道你老原来还会唱曲？"

冒襄却已经有点迫不及待："好哇，有此新鲜事儿，我等自然是非领教不可的了！"

"可是，你们全无必要跟着我一道在这儿等死！"查继佐突然使劲一跺脚，爆发地吼叫起来，"全无必要！懂吗？"

柳敬亭的目光朝他一闪，随即，像没有听见似的，依旧向余、冒二人点点头，说："小老所献此曲，原是古调，须得以琴伴奏才成。小老不恭，已经看见此间便有。"说着，他就站起身，走向摆在屋角的一张琴案，先用手指拨弄了一下，然后回身向主人行了一礼，不慌不忙地坐到那一张幽幽地闪着光的古琴跟前。看见他这样子，屋子里的人都不由得静了下来。因为柳敬亭弹琴唱曲，他们全都没有听到过，都多少有点好奇。就连查继佐，到了这会儿也只能脸色阴沉地望着，没再阻拦。

这当儿，柳敬亭已经老练地调正了弦柱，校准了音色，随即轻轻弹出几个音阶。只这么一出手，在座的行家像余怀和冒襄，就立即发觉老头儿果然身手不凡，不仅辨音准确，而且力道沉雄。不过，更出乎大家意外的是，几乎在那十根手指落下的一刻起，琴弦就在极富变化的勾、挑、按、捺当中，猛烈地跳动起来，紧接着，高亢而急骤的旋律，有如翻卷的波涛，奔腾的战马，倏然而起，汹涌而至，使人们的心头为之一震。

激切的琴声铮铮地持续着，把听众的情绪急剧地推向一个又一个波峰，推向一座又一座崖巅，随后，就收敛起它的逼人声势，一转而变得萧萧索索、纷纷扬扬，人们的心也仿佛重回到平地上，眼前展开了一片白茅满目的旷野，天低云暗，四顾无人，只闻虎啸狐鸣之声……大家正感到惊疑不定，忽然，柳敬亭把头一仰，扯开苍凉粗犷的嗓门，亢声唱了起来：

> 风雨凄凄，鸡鸣喈喈。既见君子，云胡不夷！
> 风雨潇潇，鸡鸣胶胶。既见君子，云胡不瘳！
> 风雨如晦，鸡鸣不已。既见君子，云胡不喜！

在座的都是熟读诗书的文士，自然立即听出这几句歌词出自《诗经》中的《郑风》，原题就叫《风雨》。本是抒发一位女子在风雨交加、心情郁闷的日子里，忽然遇见意中人归来的欣喜心情。但是，眼下被柳敬亭配上悲壮的音乐，再用粗犷的歌喉唱出来，那意味就完全变了。的确，眼下正当国破家亡，大难未已，又何尝不是一片风雨交加、天地变色的景象？所幸全国各地尚有一批不甘屈服的仁人志士在坚持反抗，也正如寂寥的旷野中，依旧啼响着声声高亢的鸡鸣。而他们这些君子，为着同一种信念和追求，在经历了种种磨难之后，终于又重新走到一起来了。这难道不是十分值得庆幸吗？且不论将来是成是败，是生是死，光是能得到这一份情谊，就已经是人生最大快慰了！正是受到这种憬悟的感召，在座的朋友们听着听着，都情不自禁地生出了强烈的冲动，心中充满了无可名状的感激与挚爱。到后来，一个个变得神态庄严，热泪盈眶。就连查继佐，似乎也暂时不再去想哥哥的安危，面容明显地变得开朗和果决起来……也许是受到这种情绪的主宰，在接下来的时间里，大家不再像前一阵子那样气急败坏，而是本着求仁得仁的坦荡情怀，把生死安危置之度外，重新变得有说有笑，并且认真地商量起接应义军的事情来。

这样大约过了大半个时辰，忽然，外面传来了"轰"的一响，遥远而隐约。随后，又接连响了两声。这一次，清楚了一点，却依然在远处，像是就在南城那边。在座的朋友们不由得一怔，都专注地侧起了耳朵。

"轰！轰轰！"又是几声闷响传来。这一回可以听得很清楚，方向确实就在南边的城上。

"炮声！是炮声，开炮了！"余怀首先站起来，神情严肃地说。

其他人却依然坐着没动："是炮声？""没错吧？""莫非、莫非是我兵攻城？"口中这么疑惑地询问着，但是，眼睛却渐渐发亮了，终于，大家"哄"的一声，猛地跳起来。

"不错，是打炮！""是攻城！""哎呀，黄太冲总算打过来了！"

五六张嘴一齐大叫，由于意外，更由于唯一可以指望的救星突然降临，大家简直有点惊喜欲狂。其中，又以冒襄最为激动。他冲着查继佐大声问："那，我们该怎么办？"

后者果断地一挥手："走，出门看看去！"说完，抬腿往外就走。其余的人连忙一窝蜂地跟着，一起走出密室，离开佛堂，来到后花园里。

这当儿，已经时近傍晚，西坠的夕阳隐没到屋脊背后，在紧贴树梢的天空上，升起了一片巨大的、连绵不断的云朵。那灰黑色的、参差堆积的云朵，在夕阳余晖的映照下，边缘被镶嵌上一道血样的亮红，显得凝重、狰狞，而又瑰丽。不过，这景象并没有引起朋友们的注意。因为此刻占满大家心思的，是院墙外面的声音变得更加清晰。除了不断传来的炮声之外，还有街巷里鼎沸的人声、狗吠声，乱哄哄地响成一片。大家的心情更加兴奋和紧张，几乎是小跑着向大门外奔去。

然而，没等他们走到大门，就看见查家的几个仆人慌里慌张地奔来。

"咄！站住！跑什么？"查继佐迎着他们喝问。那几个仆人立即停下了。"到底出了什么事？"查继佐又问。

"回二爷的话，外面乱哄哄的。说是、说是大兵把南兵打败了，正在一路追杀过来哩！"

"什么？"

"哦哦,也有的在说,是南兵打过来了,正在南门外攻、攻城!"

"混账!到底是南兵打败了,还是南兵打过来了?"

"回二爷,这、这小人也说不清。"

在查继佐主仆对答的当儿,其他人也跟着停了下来。听仆人这样说,余怀首先表示不以为然:"什么南兵打败了,我瞧不会!眼下南兵正在谭山,若是打败了,就该退往海盐,要不就退过江去,怎么会反而往这边跑?"

"对,必定是南兵来攻城!"张维赤也附和说。

"哎,还是赶快出去瞧瞧吧!"已经急不可待的冒襄大声催促说。随即,也不等大家答应,他就当先向外奔去。

大门外果然一片喧嚣。暮色苍茫中,只见惊慌失措的居民纷纷从家中走出来。有的人已经开始往外搬东西,更多的人则东一群、西一堆地围在一起,一边闹哄哄地议论着,一边伸长脖子,向城南的方向张望。而轰轰的炮声,还轻一下重一下地从远处不断传来……由于心中着急,几位朋友二话没说,就立即分头到人丛中打听消息。然而,正如刚才那个仆人所说的那样,果然言人人殊,莫衷一是。大家眼见情势紧急,不由得焦躁起来,略一商量之后,决定干脆赶到城南去看一看。于是查继佐便吩咐手下的仆人在前头开路,大家一齐动身。谁知,没等他们迈开腿,挤拥在前面的仆人忽然叫起来:"啊呀,大爷!大爷回来了!"大家不由得又是一怔,正要开口询问,就看见仆人们已经自动向两旁分开。接着,查继坤那熟悉的身影就出现在夜色四合的薄曛里。只见他走得颇为匆忙,而且步履还有点踉跄。当发现弟弟和其他同谋者全都站在门外,他没有说话,只是做了个手势,让大家跟着,一直走回大门里。

"大哥,你……"看见查继坤在天井里站定之后,就低下头,老半天不吭声,感到惊疑不定的查继佐忍不住催问。

查继坤这才缓缓抬起头,忽闪的目光在黑暗中颤抖着,声调里带着哭腔，说："完……完了，我兵已经失败，败得很惨！这回可是全都完了！"

"什么？我兵失败了？""不会吧？""可是——"好几个声音吃惊地插了进来。

查继坤用袖子擦了一把鼻子，仿佛在极力稳定情绪，随后举起一只手：

"哎，列位且听弟说——刚才，张尧扬把我召去，原来并非别的事，也并非光是召弟一人。他把城中的缙绅之家都召去了。据他说：适才接到杭州发来知会，只因昨日江潮忽然失期不至，江水浅落倍于平时。北兵探知，遂乘机于七条沙驱马涉水，大举过江。方国安得报惊慌万状，当即拔营先逃。随后，江上列营也闻风溃散，争相向东逃窜。眼下，北兵正沿钱江东下，追剿败兵。因此张尧扬传谕城中缙绅之家不须惊慌，要合力助他安抚百姓，紧守城池，还要帮助北兵截击溃逃的南兵——总之，这下子是完了！全都完了！"查继坤声调低沉地说着，泪水随之从眼眶中汨汨涌出，并且顺着瘦小的脸颊不断地流淌下来。

可是，周围的朋友却被他所说的消息彻底惊呆了。的确，这个天塌一般的噩耗来得太突然，也太可怕。偌大一场起义，在浙东已经坚持了整整一年，直到前几天，还是好端端的，正准备大举出师西征，竟然一夜之间，就全线崩溃，使辛辛苦苦建立起来的基业归于毁灭！这实在令人难以置信。

"啊，不会的，不是的！怎么会这样子？不会！笃定不会！"余怀跳起来高叫。

"不错，"张维赤表示同意，"一定是张尧扬妖言欺人！"

"是的，会不会是靰子夸大其词？"冒襄也问，不过，口气已经有点迟疑。查继坤摇摇头，苦笑说："败兵的船只已经逃至海宁江面。刚才城上发炮，就是为的拦截他们。张尧扬还让我们到城头上瞧一瞧。弟因急着回来，才没有去。"

"那么,我们也瞧瞧去!"余怀激动地一抹眼泪,打算转身就走。但是却被柳敬亭一伸手,拦住了。

"哎,不要去了!"他沉静地说,随即转向查继佐,问:"事到如今,不知贤昆仲打算如何处置?"

查继佐也像刚才他哥哥那样,没有立即回答。凭借大堂里透出的灯光,可以看见他一动不动地伫立着,像在强忍着心中的悲痛,又像在紧张地思索。直到大家快要忍耐不住时,他才抬起头,长长地叹了一口气,说:"手下那个人已经放回来了。总算事机尚未败露,我等倒还好办。令人担心的却是黄太冲,他今番孤军深入,又没有人报信,只怕危险得很!"

夜色笼罩的钱塘江面上,风高浪急,星月无光。共有五六十艘的一支满载着士兵的船队,在极匆忙地砍断最后一根缆绳之后,就扯起鼓涨的船帆,接二连三地离开谭山江岸,奋力向着茫茫暗夜驶去。它们显得那样紧张、慌乱,以致完全失去了正常的队形,只顾争先恐后地逃命。而船上的将士们,则分明受到巨大的震动和惊吓,有好长一阵子,大多数人任凭浪涛的颠簸,竟然始终噤若寒蝉,一片静默。只有那一双双惊魂未定的眼睛,依稀隐约地在黑暗中闪着光。这就是黄宗羲和他部下的三千兵马,他们已经被迫彻底放弃一切行动计划,目前正打算撤退到正对岸的余姚地界去。

查继佐的估计不错,由于浙东明军突如其来的全线崩溃,当时还在谭山扎营的黄宗羲和他的将士们,确实一度处于极其危险的境地之中。不过,他们总算及时得到消息。正当江面上忽然出现许多仓皇逃窜的船只,大家都感到惊疑不定的时候,七天前,奉派前往龙王堂求援的陈潜夫也终于丧魂落魄地赶回来了,他除了带回那个晴天霹雳般的噩耗之外,还声泪俱下地告诉大家:这些天来,抱病在身的孙嘉绩一直都在同义兴伯郑遵谦加紧磋商,恳请对方从小尾渡口挥师渡江,以配合黄宗羲向海宁进攻。本来,郑遵谦已经同意，准备一两日内就出兵。谁知做梦也没想到，整个局面一下子就全垮了下来。孙嘉绩气急攻心，背疽当场迸发，全靠手下的亲兵把他背着，才逃离了龙王堂。临分手时他尽管气息微弱，但还忘不了叮嘱：一定要设法尽快通知黄宗羲！

尾声

陈潜夫是乘着一只小船,夹杂在众多溃逃的兵船当中,拼着命儿赶回来报信的。他还报告说,眼下无论是大江之上,还是浙东各府县,到处都乱成一片,各路军马只顾争相逃命,甚至互相残杀,已经谁也顾不上谁。眼下孙嘉绩去了哪里,固然无从打听,就连鲁监国的安危如何,也不得而知,有传说已经被方国安劫持过了江,也有传说正跟着张国维、朱大典、余煌等大臣逃往福建……

在听到这个消息之前,大家尽管已经多少感到情形有点不妙,但是却万万没有想到,局势竟然已经崩溃到这一步,以致"啊"的一声,全都焦雷击顶一般呆住了。其中,又数黄宗羲受到的冲击最强烈。一刹那间,他的脸可怕地扭歪了,嘴唇却颤抖起来,接着,像被某种无形的力量推搡着,噔噔噔一连倒退几步,最后茫然跌坐在一块石头上。直到王正中、章钦臣、朱大定、吴乃武等将领们从震骇中清醒过来,意识到自己这支孤军处境已经极其危迫,因而变得紧张异常,议论纷纷,黄宗羲仍旧呆呆地坐着,大瞪着失神的眼睛,不动,也不说话。

的确,也难怪黄宗羲这样子。因为这场大崩溃来得实在太突然,太令人难以置信,以致恍惚之间,他的整副神魂都脱出了躯壳,浑浑噩噩,像是飘浮在一场荒诞而又可怖的梦境之中。事实上,近七八天来,也许由于长久地等待,心情焦躁的缘故,黄宗羲经常被各种光怪陆离的梦境所缠绕。有时,他梦见自己挥军前进,一路上势如破竹,取海宁,破杭州,长驱北上,直取南京和北京,大旗指处,清军兵败如山倒,转眼之间,神州光复,大明中兴……有时,又梦见自己回到黄竹浦家中,与母亲、妻儿和兄弟们团聚在一起,依旧过着读书耕田、潜心著述的乡居生活,并常常为了某个问题,同来访的友人争得面红耳赤……还有一次,则梦见敌人前来袭击,自己仓促应战,忽然发现部下已经全部牺牲,自己也身负重伤,陷入了重围,最终被敌人乱刀杀死……那么,这一次是不是同样在做梦?只不过情境来得特别荒诞、特别逼真而已?

不过,他终于还是惊觉了过来。因为部下们开始围着他,焦急地请示应变的办法。同时,从各营也接二连三传来报告,说士卒们已经乱作一团,纷纷酝酿散伙逃命。面对这种急迫的情势,黄宗羲只好强自压下满心的惊疑和惨苦,收敛心神,一面听取部下的建议,一面考虑如何当机立断,应付危局。最后,他同意大多数人的意见:由于大局已经彻底崩溃,士气正面临全面瓦解,如果继续向海宁进攻,只能是白白送死;即使是继续待在谭山,也同样会被敌军轻而易举地合围聚歼。但是在弄清鲁王的去向之前,也不能乱逃一气。比较稳妥的做法是撤往江南,先回到家乡再说。本来,要安全撤退也并不容易。因为清军的一千援兵就在十里外的大尖山,随时都会乘机猛扑过来。不过,幸好他们还带着一个火攻营。黄宗羲于是一方面责成将领们全力稳定军心,一方面命令章钦臣立即带人前往五里之外,沿着敌人进攻的必经之路埋设万弹地雷炮;然后,又把营中最厉害的火器集中起来,组成殿后的防线,掩护各营登船。结果,在接二连三地遭到火器的猛烈阻击之后,清军的追兵还真被吓住了,不敢过分进逼。就这样,黄宗羲才好歹把三千人马尽数撤了下来……

如今,兵算是撤下来了,不过说到黄宗羲的脑子里,那种疑心是在经历一场噩梦的感觉,却始终没有完全消除。相反,由于最紧张混乱的时候已经过去,此时此刻,他独自扶着船桅,默默地望着夜幕笼罩的江面,倾听着浪头击拍船舷的哗哗声响,以及身畔将士们紧张不安的呼吸声,那种荒谬的、不真实的感觉又像混沌的浊雾一般,在他的脑际再度弥漫开来。

　　的确,他们这一次率先出兵,是经过千方百计的努力,克服了极大的困难,才争取得来的,而且已经成功地在谭山登陆。这些天来,尽管一直在等待龙王堂那边的消息,没有采取进一步的行动,但是,他们也没有就此闲着,而是尽力同四乡联络,争取当地百姓的支持。令人欣慰的是,这两天,挑羊担酒前来慰问的乡绅民众越来越多。因此黄宗羲已经同大家商定:如果陈潜夫还不回来,他们也不等了,尽快挥兵向海宁进攻,先打上一仗再说。谁知,转眼之间,就一切都化为泡影……"啊,这到底是怎么一回事?"黄宗羲茫然地、痛心疾首地想,"怎么一下子就弄成这样子?不错,方国安那伙武人靠不住,那是早就知道了的。但不是还有偌大的一道钱塘江天堑么,怎么会被清军一天之内就大举攻了过来?嗯,从春天起,浙东的雨水就一直偏少,进入五月之后,更是旱得厉害。这些都是事实。可是凭着海潮的顶托,也不至于浅落到策马可渡呀!莫非上游竟是断流了么?哎,怎么这么巧?怎么不迟不早,偏偏要在这个当口上断流?莫非连老天爷也在故意帮着建虏,来灭亡大明么!"这么懊恨地推究着,黄宗羲的脊背忽然泛起了一道寒意。不错,如果冥冥中真是这样注定了的话,那么他们这些仁人君子苦心孤诣地为恢复明朝、再造中兴而竭力奔走,甚至不惜破家灭身;而万千民众为了保存祖辈相传的礼教风俗不致毁于一旦,为了不被虎狼禽兽征服奴役而进行的拼死抗争,到头来岂不是都是徒劳白费的吗?既然如此,那么还千辛万苦,死缠烂斗地硬撑着做什么?倒不如即时跳进江中,一死了之,更叫痛快干净!心中这么自暴自弃着,黄宗羲就陷入了一种从未有过的绝望和沮丧之中。他开始厌倦地想到:明朝已经腐朽到这种地步,其实一切都成了定局,已经很难加以改变了。而与运行于冥冥之中的天道相比,人其实是那样卑微,力量是那样有限,想要改变这种大势,确实很难很难,甚至是根本不可能的……

然而,他没能将这种阴沉的思绪继续下去。因为身后的将士们忽然发出一声呐喊,随即紧张地骚动起来。黄宗羲吃了一惊,连忙转过身去,黑暗中却看不出有什么异样。直到他竭力睁大眼睛,仔细辨认,才隐约地从那闪着白光的朦胧影像中,发现原来是两只挂着巨帆的船,正一先一后从上游直驶过来,而且眼看就要同他们的船队撞上了。本来,夜里行船,照例要挂上灯笼,好让别的船闪避。然而这两只船也如同他们的船队一样,仿佛要隐藏行踪似的,船上黑灯瞎火,而且来势又急又凶。正当其冲的那几只船总算闪避得及时,才好歹险险让过,没有闯出祸来。不过尽管如此,也已经把将士们吓得高叫起来:

"狗贼!想作死不成?""你们长的什么驴屄眼?敢闯老爷的船?""你们不要命就罢了,莫要带累乡邻吃麦粥!"

各种各样的怒骂从周围的船上响起。不过也在人有高叫:

"喂,你们是什么人?可是兴国公的兵?""哎,上游如今怎么样了?""你们要到哪儿去?"

但是那两只船一概不回答,只见在江波微光的映照下,那两张巨大的白帆在众人的眼前一晃而过,转眼就融入浓黑如墨的江天深处,消失不见了。

因为几乎发生了意外,黄宗羲那变得松弛倦怠的神经,一下子又绷紧了。他不由自主地继续大睁着眼睛,前后左右地转动脑袋,监视着船舷外的动静。他发现:航船看来正在行经江心的主要航道,因为从这个水域逃跑的船只显然特别多。这么一来,发生碰撞的危险也就相应地大为增加,实在丝毫大意不得。而且,事实也果然如此,在接下来的小半天里,他们又一连碰上两三起这种仓皇逃窜的兵船。有的,就像刚才那两只船一样,一声不响,只顾逃命;但也有的分明吓破了胆,一发现有船挡在前面,就不管三七二十一，又是放火箭，又是喷毒烟，倒把黄宗羲他们的船队闹了个手忙脚乱，差点没有当场着火烧起来……

不过，随着南岸越来越近，这种情形终于不再出现。相反，拥挤在船舱里、甲板上的士兵们，也许由于即将重新踏上家乡的土地，而感到松了一口气，交谈也开始活跃起来：

"啊，总算又活着回到家了！"

"是的，快到家了。"

"咳，这是怎么弄的？说败——就全败了？真邪门！"

"早知是白折腾一趟，当初还不如不去的好！"

"唉，能回来就好！正赶上稻子熟了。再过几日，就该开镰收割了。"

"是啊，还有十日吧，该收割了！"

"可是鞑子已经打过来了。这稻子只怕收不成呢！"

"那就糟了！若是收不成，全家吃什么？"

"哼，你光想着吃！怎么不想想，鞑子这一回，可是要剃你的头了！"

"啊，要剃头？那——那不是成了畜生禽兽么？还不如死了的好！"

"要死还不容易！可还有家里的一窝子人呢！丢下他们可怎么办？"

"这……唉！"

不知是这个问题过于艰深，还是别的缘故，士兵们的对答终于低沉下去，重新静默了。一直在旁边听着的黄宗羲，却感到心窝像被一只厚硕的、粗糙有力的手无意中揉捏了一下似的，那正在凉冷下去的血，一下子又重新涌动起来，沸腾起来。"啊，我刚才是怎么了？怎么会那样想？竟然打算就此认输——难道认了输就逃得过去吗？他们说得对，其实即使是死了也逃不过去！何况还有家里人，其他人呢？是的，绝不能就这样认输！如果连我们这样的人也认输了,那么这天下公理就更加连最后的支撑也没有了。绝不能认输!这是无疑的!"他咬紧牙齿,发誓一般地想。尽管如此,他却感觉得出,内心深处始终有一个地方正在破裂,在往外冒血,使他有一种痛不欲生的感觉。他说不出这种感觉是因为什么——是悲愤?是憎恨?是绝望?是冤苦?似乎都有一点,却又不完全是。不过有一点是清楚的,那就是他知道他的路并没有走完。不管前面等着他的是成是败,是利是害,是生是死,只要有一口气在,他还得走下去……

"太冲,快到岸了!眼下这军心已散,上岸之后怕会有变故,怎么办?"一个熟悉的嗓音在旁边低声说,那是他的副手王正中。

"愿去则去,愿留则留。"

"那么兄台你呢?"

"上四明山!"

"上四明山?难道兄不回家看看?也免得令堂大人担忧挂望!"

黄宗羲咬紧了嘴唇,没有回答。不过,这么强自抑制了片刻之后,他心中终于一酸,泠泠地流下泪来。

这当儿,堤岸上那闪烁于篱落之间的灯火,已经依稀可辨了。

附记

鲁王政权在浙东失败后，福建的隆武政权亦于同年八月失败，唐王朱聿键被执死。其余部并入鲁王属下，在东南沿海及台湾继续坚持抗清，达十七年之久，直到清康熙三年（1664年）七月才最后失败。在此期间，广东、广西、云南、贵州以及全国各地的抗清斗争继续风起云涌，波澜更为壮阔，直到康熙中期才渐告平息。

本书主要角色的后话：

黄宗羲——浙东失守后，仍旧坚持继续抗清，直到清朝顺治十年（1653年）才基本停止活动，转向著书立说，对皇权专制制度进行系统批判，终于成为我国伟大的启蒙思想家和学问家。

冒襄——从海宁返回家乡如皋后，即息影田园，但仍多次被反清活动牵连，均侥幸得到解脱，最后以明朝遗民终其一生。

董小宛——随冒襄返回如皋后，继续过着穷困的生活，五年半后因劳累过度，死于疟疾（热病），年仅二十七岁。冒襄著有《影梅庵忆语》，深致伤悼。

钱谦益——据陈寅恪先生考证，此老因深悔迎降失节，南归后即转而从事反清复明的秘密活动，奔走颇力，其间被两度牵连入狱，赖柳如是全力护持营救，终于得脱。年八十二始卒。

柳如是——积极辅助钱谦益从事反清复明活动，多所谋划。钱谦益死后，因侄孙钱曾嗾使族人迫债，谋夺家产，愤不受辱，悬梁自尽。死时四十六岁。

马士英——浙东兵败后，逃往福建，旋即遁入寺庙，削发为僧,被清军捕获杀死。

阮大铖——浙东兵败后,即投降于博洛麾下,跟随清军进攻福建,半途中风,死于仙霞岭。

洪承畴——继续总督江南军务至顺治五年(1648年),恳请卸任获准,返回北京。五年后,因全国各地抗清形势高涨,再度奉命南下,在平定两湖、两广及云、贵等地中劳绩卓著。顺治十八年(1661年)退职。死于康熙四年(1665年),清朝赐谥"文襄"。但到了乾隆年间,仍旧与钱谦益等人一道,被列入《贰臣传》。

跋

一

　　校改完最后一个字，对着即将送出的稿子，终于长长地舒出一口气。

　　因为这意味着，长达十六个年头的一段创作旅程，总算有始有终地结束了。这十六年——从三十七岁到五十三岁，应该属于人的一生中精力最旺盛，也许还是创造力最强的一段岁月。在我而言，虽然不能说全部，但起码大部分都交付给这部长篇历史小说——《白门柳》三部曲的创作了。在眼下这一刻，三月的和风不凉不热地吹拂到身上来，蒙上一层薄翳的淡淡阳光，在阳台外的绿树丛中弄影，我在电脑前坐下，准备写这篇《跋》的时候，首先涌上心来的是一种深切的庆幸——庆幸生逢一个太平的时世，使我在如此长跨度的岁月里，得以始终保有着一个虽有间歇，却基本上持续不断的创作环境，一种从容沉着的著述心态。而对于文艺创作，尤其是多卷本长篇创作来说，应当是十分必要的这种环境和心态，远的不说，起码自鸦片战争以来的一百五十多年间，恐怕还没过。虽然未经一一细考，不过我总想，那样一种动荡时世，必定使得好些具备这种能力、才华和抱负的作者，因此无法施展，终至赍志以没，抱憾终天。

　　不知道是否由于我的小说竟不自量力地也试图跻身于多卷本之列，而打算再现的那一段历史，恰恰又是一段充满着动荡、战乱、苦难和死亡的可怕历史，因而此刻我的这种感慨就特别强烈一些？

二

我的小说所试图再现的那段历史，确实属于中国封建时代的一个"天崩地解"的乱世。它正值明清两个朝代更迭的当口，阶级矛盾、民族矛盾、统治集团内部的矛盾都空前地激化，再加上新旧观念的对立和激荡，不同文化的冲突与融合，交织成一幅色彩斑斓、惊心动魄的图景。其中邪恶与正义、征服与反抗、卑鄙与崇高、腐朽与新生、绝望与追求、野心与情欲，把这一时期种种色色的人性，展现得极其充分，又异常彻底。应当说，这样一个时代，远不能只由一部作品来表现，也绝不是一部作品所能包容得了的。因此，我所选择的，也仅仅是其中一个横切面。即从当时的知识分子，也就是所谓"士"的阶层来楔入，试图通过他们在这一时期所走过的坎坷曲折的道路，从一个侧面记录历史的一些足印，揭示某种发展线索。我是这样考虑的：就17世纪中叶那一场使中国社会付出了惨重代价的巨变而论，如果说，也曾产生过某种质的意义上的历史进步的话，那么恐怕既不是爱新觉罗氏的入主中国，也不是功败垂成的农民起义，而是在"士"的这一阶层中，催生出了以黄宗羲、顾炎武、王夫之为代表的我国早期的民主思想。这种思想，不仅在当时是一种划时代的飞跃，而且它对皇权专制制度的无情的、系统的批判，在被清朝统治者摧残、禁锢了二百多年之后，仍旧以鸦片战争为契机，最终破关而出，而为康有为、梁启超的变法，乃至孙中山、章太炎等人的革命提供了宝贵的精神支援。一部作品，如果打算去寻找和表现那些代表积极方面的、能够体现人类理想和社会进步的事物的话，那么在我看来，这似乎是一种合适的选择。

三

当然，小说毕竟是小说，光决定了立意还仅仅是有了一个出发点，要形象地加以表现，还必须有情节和人物。《白门柳》三部曲长达一百三十万字，其实只写了三年间的事情——明朝覆亡前夕的崇祯十五年三月到当年的十二月；李自成农民军攻入北京之后，南明弘光政权在南京建立及其崩溃的崇祯十七年四月到次年的五月；以及同年六月到次年的五月，南明鲁王政权在浙东建立到全线溃败。我之所以把时空跨度作如此的紧缩，固然是由于这三年当中，社会的变动极其急剧，对立的各方短兵相接，矛盾冲突异常尖锐激烈，十分符合艺术创作必须高度集中的要求；同时也因为与之相关的主要人物的性格、行为、思想和面目，在此期间也暴露得最为充分而彻底，不但可以追溯其来龙，而且能够预兆其去脉。就完成人物的塑造而言，已经具备了足够的运作空间。

此外，小说写到的有名有姓的人物虽然上百，这些人物在书中所占的位置轻重各不相同，但贯串全书始终的核心人物其实只是五位——钱谦益和柳如是、冒襄和董小宛，以及黄宗羲。五位人物当中，钱、冒、黄分别属于"士"这一阶层里三种不同的类型，各有其普遍的代表性；柳、董则分属"名妓"这一特殊社会群体中的两种性格、追求各异的女性。当然，作为这群人的对立面，小说还以相当篇幅写到权奸马士英、阮大铖，以及降清明臣洪承畴，他们应该也属于第一层次的重要的人物。

四

随着近年来历史小说创作的繁荣，什么是历史小说的话题也再度引起人们的兴趣。但是这其实是一个相当复杂难有定论的问题。由于不同的作者对这一概念的内涵和外延的理解不同，特别是所持的哲学、历史观念各异，因此甚至连展开对话恐怕也有困难。当然，其实也不必着急，大可以继续各自实践，让读者和时间来进行验证。

不过，就我本人而言，却有自己所遵循的准则。在众多的"主义"和品类中，我更倾心于现实主义的创作样式。也许这是因为我更愿意让自己的作品承当起传播历史的媒介作用，更希望让读者能够通过我的作品去多少了解人类前行的艰苦而壮丽的历程，去多少感受到其中所蕴含的文化之美。而要做到这一点，我的办法就是尽可能忠实地去再现历史，哪怕这是永远也不可能真正实现的主观愿望。为此，我在创作中，始终遵循严格的考证，大至主要的历史事件，小至人物性格言行，都力求书必有据。就连一些具体情节，也是在确实于史无稽，而艺术处理上又十分需要的情况下，才凭借虚构的手段。也许有人会认为这种"带着镣铐的跳舞"未免过于自讨苦吃。但是我却觉得这正是弥补生活体验欠缺的最好办法。而且，只要善于挖掘和挪展，它较之向壁虚构更能收事半功倍之效。

当然，强调尽可能忠实地去再现历史，如果理解为仅仅是指的忠实地、形象地再现历史的事件和人物，我觉得，那还是远远不够的。事实上，作为社会生活的形象反映的文学作品，与以记录和解释进程为目的的教科书相比，与以普及历史知识为任务的通俗读物相比，应当具备大得多的容量，为读者提供远较事件（或人物）的运动过程丰富得多的东西。据我的理解，这些东西就是当时社会生活各个方面当中，那些貌似琐细、却具有认识价值和审美价值的表现形式。如果把一部成功之作比喻为一架春意盎然的繁花，那么人物塑造的部分自然属于主体——花朵，而基本的历史事件恐怕算是起支撑作用的架子。只有经过作者以独特的审美眼光和敏锐的思想触角加以筛选和探究过的社会生活诸形态，才是扶持着花朵使之仪态万方的绿叶繁枝。这是作者显示其思想素养和艺术创造力的又一重要方面，也是使作品显得内涵丰厚、婀娜多姿的有效手段。因此，我在创作中，不仅十分注意历史事件本身的表现，而且尤其注意事件以外的历史生活的表现；不仅致力研究历史事件档案中记载了的东西，同时也力图旁及历史事件档案中所"没有"记载的东西。尽可能把目光放得广一些，笔势放得开一些，举凡当时社会生活的各个方面——政治、经济、军事、文化，包括哲学、宗教、体育、建筑、习俗、礼仪、烹饪、科技、教育、法制、灾异等等，我都视为使作品的"枝叶"变得丰满繁茂的重要材料，并把它们充分调动起来为创作服务，当然，这绝不等于实行知识展览和材料拼凑。我的追求始终是：设法做到在上述平凡的社会生活诸形态中，发现具有美学价值的那种"不平凡"，也就是"道人人心中所有，写人人笔下所无"，并使之有机地糅合在艺术的总体描写之中。不过，追求是一回事，能否做到又是另一回事。这就只能留待读者去评判了。

五

小说创作，基本上是一种个体劳动。短篇如此，长篇也是如此。而长篇创作，特别是多卷本的创作，由于耗费时间的漫长和遭遇险阻的众多，尤其属于一种"孤独"的"长征"。在这个旅程中，来自各方面的支持、爱护和鼓励，对于作者来说，无疑是至为重要和十分宝贵的。时至今日，回过头去，我深深感到在以往十六年的漫长岁月中，如果没有许多前辈、上级和朋友们的支持和帮助——他们或者为我提供了必不可少的创作条件，或者为编审书稿付出了心血，或者通过各种方式使作者那经常陷于艰辛而疲惫的心灵受到抚慰和温暖，获得克服困难的力量，坚定前行的信心——那么这部小说是肯定无法得以最后完成的。值此机会，我谨向真诚地关怀过这部书的陈越平、林江、黄浩、于幼军；邢富沅、宋文郁、陈浩增、李硕儒、孙雁行、蔚江、骆军、黄秋耘、刘斯翰、饶芃子、蔡葵、黄树森、章明、黄伟宗、陈辽、陈永正、高风、谷守女、陈国凯、徐俊西、李树政、林墉、林雨纯、林建法、陈志红、程文超、王晓吟、陈锦荣、张维、徐南铁以及其他未能一一具列的人士，表示由衷的谢意！

最后，我还要特别深切地感谢我的妻子叶红。是她在漫长的岁月中，作出了忘我的牺牲和奉献，我才得以在这个南国的美好春日里，终于如释重负地写下以上的话。

刘斯奋

1997年3月13日于广州梅花村

附录一：破茧

一

哎，到底是什么地方？什么事情呢？黄宗羲睁大眼睛，望着周遭昏沉沉的夜，又一次问自己。

但心中仍旧一片茫然。

眼下，他正走在一条说不清方向的路上，周遭氤氲着灰蓝色的冷雾，雾气中，若隐若现地浮现出各种影像，时而像灯火闪烁的村庄，时而像流淌发亮的河流，时而又像鬼火荧荧的墓地⋯⋯是的，他必须尽快赶到一个地方去，因为有一件性命攸关的事等着他去办。但那是一个什么地方？要办的是什么事？偏偏绞尽脑汁也想不起来，这使黄宗羲十分着急和气闷。不过，掉头回去是不行的，因为分明已经走出了好远，就连停下来歇会儿，似乎也不能够。于是他只好心慌意乱地继续往前赶。

然而，远远地起了风声，接着又是脚步声——许多的黑影，从后面赶上来，渐渐同他走在了一起。

这么晚了，居然还有许多赶路的人？他疑惑地想，朦胧中看不清对方的脸。但是出于直觉，他却感到这些人同自己似乎是一伙的，因为黑暗中闪闪的目光是那样熟悉，深沉的气息是那样亲切。他甚至觉得能叫出每一个人的名字，说出他们的身世。不过，那些人却像根本不认识他，管自一阵风似的走得飞快，眨眼工夫，就把他甩在后面。他不由得着忙起来。一种难以割舍的依恋使他竭力迈动双腿，想跟上去，但不管如何加劲，就是办不到。眼看着一行人越去越远，他忽然感到心如刀割，痛不欲生，猛地站停下来，有片刻工夫，恨不得一头撞死！

"大哥！"一个缥缈的声音在喊。

黄宗羲心头一跳，循声望去，发现灰蓝的冷雾之中，出现了一片血色的光芒。血光之中，矗立着一座城楼。一个孤零零的身影正攀在细长的旗杆上，使劲向他招手。啊！他顿时想起来了：这就是他要去的地方！而他急急赶来的原因，就是为了这个人——他的二弟黄宗炎！黄宗炎犯了死罪，官府今天就要把他押出城外处决，自己赶来是为了营救他。

"可是，可是他趴在旗杆上做什么？莫非他逃出来了？"黄宗羲惊疑地想，连忙拔腿奔过去。

然而，没等他奔到城下，那片血光却忽然活动起来，狰狞起来。转眼之间，竟变成一群猛虎，张牙舞爪地向城楼扑去。他大吃一惊，奋力一跃，居然就跳到其中一只的背上。他死命揪住猛虎的两只耳朵，想把它按在地上。谁知老虎力大无比，只摇一摇身子，他就像一片树叶似的飘上半空。与此同时，其余的猛虎已经把黄宗炎压在利爪下，只一口，就把他弟弟的脑袋咬了下来。黄宗羲又惊又痛，忍不住大声惨呼：

"宗炎！宗炎！"

"老爷，老爷！你醒醒！你做什么？你快醒醒！"一个声音在呼唤。

"做什么！宗炎死了！他死了！"黄宗羲狂乱地哭叫，因为他觉得有人拦住他，使他不能扑向虎口。

"做什么……"他又一次怒叫。然而，一刹那间，恐怖的情景消失了，映入眼中的，是一张女人白白的脸。那是他的妻叶氏。

"老爷，你别是做梦了吧？"薄暗中，头发披散的叶氏一边揉着眼睛，一边关切地问。

"宗炎，还是死了。到底没能救下来……"他喘着气说，随即发觉自己正躺在家中的床上。

"老爷是说——二叔？他死……哎，怎么会？昨儿夜里不是还上我家来过嘛！"

"他来过？"黄宗羲怔忡地喃喃道，颓然闭上眼睛，"唔，唔，对，对的！做梦了。我是做梦了！"

"那么——"妻关切地问。

黄宗羲摇摇头，"没事！没事！"随即翻身坐了起来，扯过一件长衫，披在身上。

"不用管我，你睡吧！睡吧！"这样吩咐了之后，他就掀开被子，默了会儿神，随即趿上布鞋，走出院子去。

已经是半夜，院子里一片沉寂。清明的月色从高天倾泻下来，照亮了枇杷树的树顶，又在地上洒下斑斑驳驳的影子。虽然时节已近初夏，但从化安山那边吹来的风，仍旧有点凉意。黄宗羲把长衫裹紧，开始绕着院子踱步。

是的，最近以来，黄宗羲一直被颠三倒四的噩梦缠绕。而且很怪，都是一些年代久远的往事。譬如刚才那个梦，本是十六年前，二弟黄宗炎因为参与南明鲁王政权的抗清军事，失败被擒，定成死罪。是他与几位密友设计，买通行刑者，趁黑夜混乱，用死囚掉包顶替，好歹把人救了出来。时至今日，黄宗炎仍旧活着，兄弟间还时常见面。谁知到了梦中，却变成了那样一种可怕的结果……

"不错，宗炎是活下来了。可是从后面跟上来的那伙人，却实实在在地死了！那么，那群猛虎吃的其实是他们，只不过在梦中，我把他们同宗炎混在一起罢了！"这样想着，黄宗羲的心中就起了一种隐痛——梦中的那伙人，他分明认得，就是前明崇祯年间"复社"的社友们。二十多年前在留都南京，黄宗羲曾经同他们一起议论时局，褒贬人物，为改革朝政奔走呼号，还联名起草《留都防乱公揭》，声讨阉党余孽阮大铖。以致到了清兵南下，明朝残余势力在南京组建弘光朝廷时，他们便遭到马士英、阮大铖等权奸的无情报复，被关进大牢，几乎没命。不久，弘光政权崩溃，他们中的好些人，包括黄宗羲在内，又追随鲁王朱以海在浙东地区起兵，继续抗清。后来，随着清军的步步进逼，那些人都先后殉难。有的还死得十分壮烈。倒是黄宗羲侥幸活了下来，不过也历尽艰险，九死一生。时至今日，浙东地区的反抗已经彻底失败，黄宗羲也早就返回乡里，息影田园，但深埋在心中的那道伤口看来始终未能平复……

"哦，莫非他们是来提醒我的么？"黄宗羲仰望着天上的明月，阴郁地想，"要不然，为什么这些天不断梦见他们，梦见这些旧事？不错，比起他们，我竟然不知羞耻地多活了整整十三年。也许，他们在那边等我，已经等得不耐烦了！"

四下里一片寂静，院落里乱堆着的柴草，枇杷树下石垒矮墙，和墙外那一畦爬满蔓子的南瓜地，全都像抹上一层白霜，一动不动地沉浸在空茫的月色里。从远处的水塘那边，传来了青蛙"咣咕，咣咕"的叫声。

"死，我黄宗羲从来就不怕！"绕着院子转了一圈之后，他攥紧拳头，争辩地想，"但为了前明，值得吗？黑暗到了极点，也腐朽到了极点的一个朝廷，甚至到了苟延残喘时，还一门心思为着姓朱的一家私利，全不管百姓万民肝脑涂地，血肉崩摧！这样的朝廷，如果不亡，真是没有天理！时至今日，我还熬苦受穷地守着节，就算十二分对得起它了，还要为它而死，值得吗？"这么冷冷地想着，他就断然转过身，返回寝室去。

二

由于抛开了一桩心事，躺回床上之后，黄宗羲居然一觉睡到天亮。不过醒来之后，夜里的那个梦，却仍旧清清楚楚留在记忆里，挥之不去。这使他颇为气闷。因此，到了下午，当朋友姜希辙来拜访时，他就忍不住向对方说了。

"被吃掉的不是宗炎,而是沈昆铜、吴次尾、顾子方他们,这也不消说了。可是他们分明已经死去多年,怎么还不放过我?"他苦笑着说。

长着一张胖圆脸和两绺小胡子的姜希辙,是黄宗羲多年的朋友。他当然清楚黄宗羲所说的那几个人是怎么一回事,同时也十分清楚老朋友目前的处境。事实上,尽管黄宗羲背着一笔"附逆谋反"的"旧账",新朝却宽大为怀,不咎既往,一再请他到官府报到备案,以便遴选任职。黄宗羲却固执地坚持遗民的立场,拒绝同新朝合作。对于朋友的这种态度,姜希辙心中是不以为然的。这不仅是因为他自己早已归顺大清朝,并曾任职都给事中,前几年才辞官归里,目前仍旧以"奉天督学"的头衔吃着俸禄;他不赞成黄宗羲的态度,还因为他觉得清朝一统天下大局已定,任何反抗和不合作都是徒劳无益的。既然根本不能指望明朝还能卷土重来,那就不如转过头来,替自己和子孙后代多考虑一下,似乎更实际一些。不过,姜希辙深知老朋友的执拗脾气,从来不敢明白说出自己的想法。这一次也同样。因此,沉吟了片刻之后,他才小心地回答:

"沈昆铜、吴次尾他们自是忠烈之士。兄与他们相知既深,历久难忘,以至形诸梦寐,也是情理之中的事。"

"可是,他们却视我如同陌路,管自扬长而去。看来在他们眼中,我是贪生怕死之人,不配与他们为伍了!"黄宗羲叹息道。

"岂有此理!兄为前明尽忠尽责,出生入死,这谁不知道!如果沈昆铜他们地下有知,只怕敬佩都来不及!怎会不认你?总是兄平日思虑太过,自责太深,才有这种虚假之梦。"

"也许弟错就错在活得这么长。如果当时就死了,就用不着今天这么活受罪!"

"咦,兄怎么这等说?不错,眼下的处境是艰难一点,但兄也不能颓唐到如此地步呀!"

"兄不知道！弟想过了，我活得越长，就越会成为全家之累、子孙之累！"

姜希辙不说话了。无疑，老朋友这句自责显然太重了点。不过，他也知道，由于拒绝接受朝廷的征召，也不准许儿孙们参加科举考试。黄宗羲一家如今没有一个人有功名，甚至连秀才的名分也没有，这就无法享受朝廷的俸禄和各种优惠待遇。他们家本来就人多田少，每年收成连糊口都不太够，平日只能靠黄宗羲到有钱人家去教点书、替人写些墓志铭之类的文章来贴补家用。那景况的确窘困得可以。正因如此，这些年，姜希辙明里暗里都不断设法给老朋友以资助。但他也知道，这总不是长久之计，而且也不可能真正解除黄宗羲内心的痛苦。因此他一直在为朋友谋划一条能兼顾两者的出路，并且已经初步有了主意，这便是他今天前来拜访的原因。

"嗯，听说兄这些日子一直忙着编一部大书？不知编的什么书？"他绕着圈子问。

黄宗羲摆了一下手，"不过是把《宋文鉴》未收之作汇编一下，算不得什么大书。弟反正无事可做，不为无聊之事，何以遣有涯之生？"

姜希辙摇摇头："我兄荦荦大才，可以施展发挥之所甚多。又何必说出这等丧气的话？弟倒有一个计较在此，兄想必还记得证人书院吧？"

证人书院，那是黄宗羲和姜希辙的共同老师刘宗周在世时，于绍兴府城创立的。刘宗周作为蕺山学派的创始人，在朝在野都享有盛名。当时四方求学者闻风而至，书院也因此盛极一时。不过后来遭遇改朝换代，战乱频仍；加上刘宗周自尽殉国，证人书院也就因无人主持，完全停止了活动。这种情形，黄宗羲当然是知道的。现在听姜希辙忽然提起，一时之间，他似乎有点摸不着头脑。

"嗯，兄是说……"

"弟有一宏愿在此，"姜希辙兴奋起来，目光闪闪地说，"联络我蕺山学派传人，重开证人书院。就请我兄出山，主持讲席！"

"兄是说，重开证人书院？"黄宗羲感到颇出意外。

"对呀！"姜希辙大声说，同时做出少安毋躁的手势，"你我本是蕺山传人。尤其是兄，与先师家本有姻亲之谊。先师在世之日，对我兄一向期许甚殷，只因遭逢鼎革，书院才不得已中辍。惟是蕺山之学，岂可从此断绝？所幸延至今日，我辈尚在，老兄尚在，所谓存亡续绝，舍我其谁也！"

黄宗羲本来尚在疑惑之中，听姜希辙这么一说，似乎也有点动心。他捋着稀朗的花白胡子，沉吟道："重开书院，此事非小。况且书院荒废多年，修葺之工，只怕亦所费不菲。以兄之力……"

姜希辙把手一摆："这一层兄尽可放心！以弟在各方之人脉，筹集当不太难。届时官府亦会襄此盛举。何况而今天下承平，四海一家，圣明天子正思偃武修文，此乃我辈效命之时也！所谓机不可失，时不再来，我兄不出更待何日？"

他只顾说得高兴，却没有注意到，先前一阵子，黄宗羲的脸上还现出了几分向往的神色，只一转眼工夫，竟乌云密布，沉了下来。

"嗯，是官府让你来做说客的吧？"他冷冷地问，口气尖锐得像一把锥子。

姜希辙不禁一怔，连忙摇头："没、没有呀！"

"没有？都说得这等明白了，还说没有？"

"哦？哦！弟刚才那等说，也只是就情势而言罢了。至于重开书院，那全是弟一人之意，头一个就来访兄商量，此外并未与第三人说及。"姜希辙坦然解释说。

可是黄宗羲并不相信："你何必掩饰！我黄某又不是三岁孩童，什么事没见过！"这么说了之后，他突然愤怒起来，瞪大眼睛，指着姜希辙，"你们这些人，生怕我这辈子吃的苦头还不够，还一天到晚变着法儿算计我，想糟践我！是不是？你说，是也不是？"

看见对方忽然大动肝火，姜希辙倒闹个不知所措："不是，不是，绝不是如此！"他一边极力否认，一边举起一只手："哎，兄台如果不信，弟可以对天发誓，此事确确实实是出于一片至诚，绝无半点虚假愚弄之心！"

停了停，又哀告似的重复说："绝无半点虚假愚弄之心！"

也许姜希辙气急败坏的样子产生了效果，黄宗羲不响了。片刻之后，他才缓和了口气说："有也罢，没有也罢，反正弟之身世已经如此，是不能变心改节，违背初衷的！兄之提议，是为弟设想。只是正如兄适才所言，要做成此事，还须仰仗权势之家，官府亦有意参与。如此一来，将弟置于何地？嗯，还是算了吧！"

"可是，充其量不过是开讲书院，传道解惑而已，又并非出仕为官。于众，可以承传复兴我蕺山之学；于己，对家计也不无小补……"

黄宗羲仍旧摇头："弟现今在吕留良家叨掌教席，家计还能勉强应付得来。多承我兄照拂，弟于此再次谢过！"说完，他就背过身去，对着墙壁，用低沉而坚定的声音吟哦道："死犹未肯输心去，贫亦其能奈我何！"

看见朋友这样子，姜希辙知道再说也没有用，只好懊丧地住了口。又挨延了片刻，他便起身告辞，出门登轿而去。

三

断然拒绝姜希辙，这在黄宗羲是无可犹豫的。不过事情过后，他的内心也并不就那么平静。

事实上，自从五年前，得知明朝最后一股残余势力退守到云南、贵州的边陲后，已经彻底败亡，为首的永历帝朱由榔也被吴三桂擒获，并就地处死。黄宗羲对时局就彻底失去兴趣，更加坚决地转向钻研学问，编书著述，以打发余生。然而，日子却并不那么容易打发。因为只要还打算活下去，就得吃饭穿衣，还得应付种种生活开销。这就难免有支应不过去的时候。

总算还有一批热心的朋友，时不时前来存问慰解，并慷慨相助。其中就包括姜希辙这样已经改事新朝，并取得一官半职的旧朋友……

"嗯，安身立脚不能动摇。凡是有官府参与的事，我黄宗羲决不沾边，这是无疑的！但是，这次轰跑了姜希辙，今后还能指望得到他的帮助么？如果他沮丧之余，从此不再管我，可怎么办？"心中这样沉吟着，黄宗羲就又一次想到吕留良。事实上，目前他生活的另一个依靠，就是刚才向姜希辙说到的，这些年他一直受吕留良的聘请，为吕家的子弟执教。而且，按照通常习惯，开春之后就该前去开馆了。前一阵子，由于自己一直心情不佳，就拖了下来。如今时节已近初夏，再拖着不去，说不定对方就会另请别人了。这样一想，黄宗羲就顿时着忙起来，于是转身吩咐家人收拾行李，并于两天之后，带上老仆黄安，乘船离家，赶往江北的崇德县去。

位于杭州、嘉兴两府交界的崇德县，就坐落在大运河的边上，本是一个人烟稠密、水运繁忙、商贾云集的地方。早些年浙东战乱频仍，这里也一度大受波及，破坏颇为严重。近几年，随着反清主力被消灭，算是安定下来。逃散的居民也陆续返回，开始恢复生计。虽说如此，那景况仍旧相当寥落冷清，黄宗羲一向也没有心思理会。这一次，当主仆二人坐了四五天的船，照例从城西的码头上岸时，不知为什么，黄宗羲忽然动了心思，停下脚步，回头向河道望过去。他发现，就这一冬春的光景，运河上竟然像被施了魔法似的，一下子热闹起来。各式各样的船只，有运货的，有搭客的，还有满载着砖沙木石的，正在初夏的阳光下往来穿梭，显出一派紧张繁忙的样子。隔河相望的东西码头上，堆放着不少货物。一大群挑夫模样的汉子，有的把发辫盘在头顶，有的绕在脖子上,正在监工的指挥下,把货物分别往船上搬。而更远处,在新秧簇簇的水田那边,传来了吹吹打打的声音,那是一支迎亲的队伍正从田埂上缓缓经过。这景象是如此熟悉,又是如此新鲜,黄宗羲呆呆地望着,心中忽然变得软乎乎的,有一种说不清的、想哭的感觉。

"太平了!"忽然,一个声音在说。黄宗羲吓了一跳,怔忡之间闹不清楚这声音发自何处。

不过,当弄清楚是出于黄安之口,他就顿时沉下了脸:

"嗯,你说什么?"

"哦、哦,小人、小人说这里像是、像是又太平了⋯⋯"黄安眨巴着眼睛,嗫嚅道。

"哼,太平?这么容易吗?就凭这样子也算太平?也能太平?别做梦了!"这么气冲冲地申斥了仆人之后,他就断然转过身,向码头外走去。

然而,走出一段路之后,黄安的那句话却像小爪子似的来挠他的心:"难道这天下,真的会从此回复太平么?"但他立即又把它挡开了,"哼,你怎么也与那蠢物一般见识!天下事会这么容易吗?小民百姓为了生计,自然稍觉安全就得出来奔走觅食,就要嫁娶做寿,有钱人家也会乘机享乐。这并不稀奇。只要来一点风吹草动,立即又鸡飞狗跳,逃个精光了!"

虽然这么否定了,但那只爪子却颇为固执,走着走着,又重新挠起来:"不过、不过如果清朝真的坐稳了天下,世道从此走向太平呢?到了那时候,又该怎么办?"这样暗中自问,黄宗羲眼前就出现了某团说不清的、乱麻似的东西。这东西使他心烦,还使他有点厌恶。于是,他只好强自收敛心神,不再去想它了。

到了吕留良家的友芳园,却发现情形有点异常。虽然黄宗羲是常客,用不着通传,门公就让他进去了。但是从大门到宅内,凡是碰见的人都显得心事重重,见来了客人,也没有几个露出迎接的笑脸。还有的则在交头接耳,看见他们主仆走过来,便临时住了口。黄宗羲暗暗纳闷,又不便询问打听,只好径直回到自己惯常下榻的梅花阁里。

"嗯,到底出了什么事呢?"黄宗羲一边看着黄安放下行李,转身去找管事的开门,一边疑惑地想。说起这位朋友兼东家,今年也就三十六、七岁,无论是年纪、学问还是资历,本来都应该算是晚辈。不过黄宗羲出于给对方面子,从一开始交往,就执意要与他平辈相称。

到如今,也有六七年的光景了。吕留良虽然年轻,但早年也曾同父兄辈一道,为反清复明积极奔走。他家族中也有成员因此殉难,吕留良本人还受过伤。不过,十三年前回到家乡之后不久,他就改名"光纶"。参加清朝的科举考试,结果中了秀才。吕留良家底本来就殷实,加上他聪明过人,又很肯下功夫读书,对编辑和注释八股文尤其在行,靠着这些,日子过得颇为宽裕。因此三年前,当黄宗羲在余姚的家因一场大火烧个精光,无处安身时,他二话没说,就把黄宗羲一家接到崇德来,前后住了一年多;同时又请黄宗羲担任他家子弟的教师,酬金另付……对于这后一种关照,说实在话,黄宗羲起初颇为踌躇,觉得以自己的家世和学问,恐怕还不至于要如此"屈就"。不过一来当时全家正寄人篱下,不好落主人的面子;二来,更主要的是挡不住每月十两银子"束修"的诱惑,才接受了下来。总算在其后的日子里,吕家上下、包括那十来个毛头小子,对他这位先生相当敬重,关照有加,黄宗羲才又安下心来,而且渐渐习惯了这种生涯。以至眼下,发觉吕家像是出了什么事,他马上联想到的,居然是自己的这份差事会不会受到波及……

终于,过道里响起脚步声。黄安带着管事的回来了。不过,后面还跟着一个人,正是长有一张结实的长脸,及三绺浓密黑胡子的吕留良。

"啊呀，太冲兄，怎么大驾这就到了！"吕留良老远就大声发出招呼，"弟这两天正念叨着，怕老兄忘了去年之约呢！哈哈！"

黄宗羲"噢、噢"地答应着，迎上去同对方相见，不过心中却愈加纳闷："他为何如此兴奋？莫非是出了喜事不成？不过，从他们家人刚才的神情看，又不像！那么……"

"哎，兄来得正好！"吕留良一边跨进阁门，一边继续大声说，"告知兄一件痛快之事——从今日起，弟不再是什么大清秀才了！弟把那个劳什子功名彻底还给他们了！哈哈！"

黄宗羲被弄得丈二和尚摸不着头脑："啊，兄是说……"

吕留良一屁股坐到椅子上，又大声说："怎么，兄没听明白？哎，弟不是秀才了，没有功名了！弟如今又是清白之身了！"

黄宗羲仍旧迷惑地眨着眼睛：对方已经做了许多年秀才，好端端的，怎么忽然就没有功名了呢？

大约终于醒悟过来，吕留良这才摆一摆手，解释说："哦，只因今岁的科考，弟没有去。所以已被依例革掉了功名！"

按照科举制度，在学的生员在参加三年一次的乡试之前，必须先接受各省学政的考核，以检查学业的进退，规定颇为严格。无故缺席，是很严重的事情。主考官可以根据情节做出处理。这一点，黄宗羲当然是知道的。加上他也多少了解他吕留良平日的想法，听对方这么一说，就有点明白了。

"那么，兄是故意不去的？"他问，不知为什么，感到喉咙有点干涩。

"对呀！弟已经想清楚了，当初年轻，一时糊涂，竟然一头栽进他的网里，弟这些年浸淫程、朱，愈加认定天下之理，都绕不过君臣大义去。我吕某生为大明之臣，死为大明之鬼，又岂可屈节事仇，做那蝇营狗苟之事？故此，今年便给他来个拂袖而去！哈哈，痛快，痛快！"

拒绝与新朝合作，这也是黄宗羲的一贯立场。而在此之前，吕留良言谈之间，对清朝的指斥非议虽然不断，但黄宗羲多少觉得他口不对心。现在对方终于见诸行动，而且决心和胆子还真的不算小，意外之余，他一时间反倒说不出话来。

"咦，都正午了。兄远道而来，想必未曾吃饭？正好弟也还未吃。此间的事，有黄安就成了。不如随弟过去，饮他三杯，为兄洗尘。"吕留良热情地发出邀请，站了起来。

这自然是无须客套的。因此，点一点头之后，黄宗羲便跟着朋友离开下榻的屋子，走过正院的西厅去。

四

二人刚刚进入正院，就看见大门外拥进来许多男人和女人。其中有黄宗羲认识的，也有不认识的，瞧他们熟不拘礼的模样，大抵都是吕家的亲戚或朋友。发现了吕留良，他们立即一窝蜂地围上来，七嘴八舌地争相询问——

"哎，他五叔，听说今年科考，闹出事来了？"

"是呀，到底出了什么事？"

"哎，外头传得可凶了！都说五舅父没去应考，得罪宗师了！"

"五姨父为何不去应考？"

"是呀，为何不去呢？"

"哎，哎，你们先别起哄呀！且听五叔怎么说！"

对于这种场面。吕留良似乎早有准备。只见他镇静地站着，脸上始终带着微笑，等那帮亲戚稍稍安静下来之后，他回头对黄宗羲说："请兄先到西厅去，弟这便过来。"然后，摆一摆手，"列位且随我来！"随即带头向正中的客厅走去。

黄宗羲无奈地目送着。不过如此一来，他倒得以静下心，把整个事情仔细思考一下——当然，吕留良这一次行动，可以简单明白地理解为：他对于过去参加清朝科举这种失节行为感到后悔，试图以此洗雪表白自己，以便复归明朝遗民的行列。如果真是这样,未必不是一件好事。因为一来,可以为处境日益困难的遗民营垒注入新的力量;而且以吕留良在士林中的影响,还可以起到鼓舞士气、稳定人心的作用。二来,吕留良以这种方式与清朝脱离关系,官府纵然不悦,也拿不到他更大的把柄,不至于危及性命财产;那么,自己的这份教馆先生的活计也应当还能保持。此外,还有并非不重要的一点——今后黄宗羲本人投靠吕家谋生,就可以更加心安理得,那些偏执激烈的遗民们也无法再说三道四。"嗯,我当时一口拒绝了姜希辙,坚持要到吕家来,竟是来对了!"心里这么掂量着,他的心情顿时轻快起来,于是转过身,径自向西厅走去。

吕家的这座西厅,倒也布置得朴实无华。无非是屏、桌、几、椅,外加两架盆景而已。由于主人准备吃饭,一张小八仙桌移到了中央,杯碟碗筷已经摆上,两个丫环正在垂手恭候。看见黄宗羲,她们便迎上来,微笑着道过万福,便请客人坐下奉茶。

作为常客,黄宗羲认得这两个丫环,胖的叫连云,瘦小些的叫映雪。当然,这都是后来改的名字。那个连云,说起来还是黄宗羲的一个朋友的远房亲戚,本名叫阿花,只因战乱,父母双亡,才被卖到吕家来的。由于还要等候,所以黄宗羲点点头,便随意坐了下来。他慢慢呷着茶,又环顾了一下,发现对面的墙上,新挂出了一副对联,上面用飞动苍劲的行书写着:囊无半卷书,惟有虞廷十六字;目空天下士,只让尼山一个人。下署:吕留良自题。

这对联照例吸引了黄宗羲的目光。他一边小口地呷着茶,一边在心里琢磨那些字句:其中上联的用典出于《书经·大禹谟》,意思是要用中庸之道来收拾混乱了的人心,倒也没有什么。惟独这下联口气大得吓人——"只让尼山一个人",意思就是:几千年来的人物,除了孔夫子,就再也没有能让他吕留良放在眼里的了!甚至也可以理解为:孔夫子之后,如果要排位子,恐怕就该排到他吕某人了!

黄宗羲不禁摇头："这个吕留良，平日里自视甚高，经常说出些大言不惭的话，我只当他年轻气盛，少不更事，也就罢了。想不到如今竟说出这种话来，还公然形诸笔墨！那就不只是狂，简直是妄了！什么'目空天下士'，孔圣人之下，别的不说，就一个孟夫子，我们后世的人便永远也休想超得过去！还有千百年间，才能、学问、成就比你吕留良高十倍、百倍的人多得很！试问你凭什么目空他们？就连我黄宗羲，眼下算是倒霉透顶，倒霉到要投靠你吕家来教馆，但说到眼界、经历和学问，你吕留良只怕也还差得远！"他一边暗中腹诽着，一边转头向那两个丫环问道："嗯，这副对联，是什么时候挂上去的？"

"好教先生得知，这副对联，是前两日我家五爷吩咐挂上的。"连云回答。

黄宗羲点点头：两日前——也就是说，已经出了不应科考这件事。但这联语中，却看不出半点怀念故国、追悔失节之意——"哼，如果他真的是希望得到遗民谅解，重归反清营垒的话，这一层意思是必须表明的，起码也应有所暗示。可是竟然完全没有！那么，他一心所想的，就只是下半联的那个'抱负'：想做先圣之后第一人……"

这么猛一醒悟，没提防茶水便进错了喉咙，黄宗羲顿时剧烈咳嗽起来。吓得那两个丫环又是递巾，又是捶背，闹了个手忙脚乱。

"我说呢，"好容易止住咳嗽之后，黄宗羲把手巾交还连云，接着又想，"都什么时候了，他吕留良既然变节多年，怎么还有那么多故国之思，气节之想？须知就连我黄某人，也已经不因他吕留良，还有姜希辙改事清朝，就不与他们来往了呀！哼，气节，气节，他们不守节，照样过得风光体面；我们是够死心塌地了，可是到头来，却得靠他们过活！要说像他吕留良这样聪明绝顶的人，还想向我们这些'蠢人'学样，怎么会！哎，亏我刚才还那等老实，竟满心相信了他！真是蠢，蠢，蠢透了！"

由于恍然醒悟吕留良这番如此动作,原来是在做戏,是想借此耸动世俗,抬高自己的身价,黄宗羲心中倒隐隐生出了一种不安。因为吕留良虽然自夸"目空天下士",其实他所承袭的,不过是宋朝程颢、程颐兄弟和朱熹那一套学说。这套学说主张宇宙中,有一种先于天地万物而存在的、亘古不变的所谓"天理";同时认为人间的君臣之义,就是这种绝对不变的"天理"的最高体现,是不能怀疑,也不能更改的。然而,恰恰就是这种学说,与黄宗羲一贯所秉承的王阳明"心学"是对立的。"心学"主张"心即理",主张以人的本心、良知作为判断是非的标准。这个学派无疑也维护伦理纲常,但是却反对一味盲从,尤其反对存在什么绝对的"天理"。这种思想到了刘宗周开创的蕺山学派,更有了进一步强化。眼下,黄宗羲虽然穷困潦倒,蕺山学派也空前衰落,但他内心深处,仍旧坚信只有"心学"才是当今唯一值得推崇的学问,对于蕺山学派的重振复兴也始终怀着殷切的期望。甚至可以说,他之所以苦抵穷熬地苟活到今日,不肯一死了之,很重要的一个原因,就是认定自己在这件事上肩负着责任。现在,吕留良居然自命为孔子之后第一人,试图用"理学"来统率一切。黄宗羲就本能地觉得,深藏在自己生命中的某种重要的东西受到了威胁,心里颇不是滋味。

"嗯,他也许确有这种野心,但真要办得到,又谈何容易!须知程、朱那个'天理'到了如今,已经成了说不清楚的糊涂账!试问他吕留良又拿什么去鼓动人心,开宗立派?到头来,恐怕也是白折腾一场而已!"这么自我开解着,他就将目光从那副对联上移开,仍旧慢慢喝着茶,不时同两个丫环交谈几句。这样一直等到吕留良走进来。

五

吕留良自然并不了解这小半天里,黄宗羲的心思经历了怎样的波折。他依旧兴致颇高，先一再道歉，又让黄宗羲在上首坐下，然后吩咐丫环把两人的酒杯斟满，待到三杯下肚，彼此交换了别后的情形之后，不出所料，吕留良把话锋一转，谈起他归隐之后的宏图大计。他说今后准备开创一个"石门学派"，上承程朱理学的余绪而又推进发展之，全力用纲常名教来淳风俗、正人心，并广收弟子，身体力行，以期对天下大乱引起的道德沦丧有所扶持匡正。他认定，纲常名教的根本就是君臣父子之义，是丝毫移动不得的天理。而现在很多人忘却这个根本，以致纲纪淆乱，华夷不分，背弃旧主，投靠新君。实在令人痛心疾首！他认为一定要把纲纪伦常这一关抓得很紧很严，不许有半点怀疑放松的余地，这样才把道德打造成极强大的力量，去团结人心，抵御外来的压迫和诱惑。

他滔滔不绝地说了又说，黄宗羲知道一搭嘴就必然话不投机，所以只是听，很少开口；不过，内心的紧迫感却变得分明起来，因为他发现，吕留良不只野心勃勃，而且还制订了一套颇为周详的计划，至于响应追随他的人，起码在江北一带，为数并不少——"嗯，看来他已经实实在在地做起来了，那么，我蕺山学派呢，怎么办？如果再不未雨绸缪。一旦被他先成了气候，把人心蒙蔽住，我蕺山之学将来想打开局面，恐怕就会困难得多了！但偏偏这些年蕺山的弟子死的死，散的散，可以说已经溃不成军！就连我黄某人，竟然也鬼使神差地成了他吕家门下的寄食清客！哎，将来说起来，只怕也可算是蕺山门下的奇耻大辱了！"心里这么苦笑着，但当着吕留良的面，却又不便表现出来，于是他只好一边哼哼哈哈地同对方周旋，一边在心中继续盘算。

这一席酒，倒也吃得平平静静，没有发生争执冲突。到了快散席时，已经颇有酒意的吕留良，忽然指着两个丫环说："兄在寒舍屈就西席，已经快三年了罢？弟瞧兄身边就只一个老黄安，里里外外也忙不过来，早就有心给兄配个知冷知热的人。这两个丫头，虽然不是什么丽色。不过人还老实，样子也算周正。今儿就让兄台挑一个过去，也好日夕侍候。不知兄可看得上眼么？"

这一着完全出乎黄宗羲的意外，以至最初那一下子，他还以为对方是在开玩笑。当终于弄明白吕留良是认真的，他不由得怔住了。不错，这些年，自己长期孤身在外，日常生活中有许多事，确实不是黄安所能包揽得了的。身边多一个人侍候，自然求之不得。要在往日，他也许会欣然接纳。不过，自从发现对方野心不小，他就本能地多了一个心眼，甚至想到，这也许是吕留良的一种手段，目的是笼络他，软化他，使他今后即使不肯充当助力，至少也不成为阻力……他向那两个丫环又瞧了一眼，发现连云那胖丫头已经羞得背过身去，瘦小一点的映雪反倒面无表情地照旧站着，一副听天由命的样子。

"嗯，不成！我堂堂黄宗羲，到了这把年纪，又岂会贪图女色，往你的圈套里钻！"这么暗自拿定主意，他就哈哈一笑，大声说："老兄如此错爱，真是折杀黄某了！说实在的，两位姑娘都很好，只不过弟这些年出门在外，已经独自过惯了，不想身边再多个累赘。我看此事就免议了吧！"

吕留良没有立即说话。他拿起酒杯又喝了一口，然后用发红的眼睛盯着年长的朋友，不大痛快道："嗯，老兄别是疑心她们'有毒'吧？这就多心了！"随后，看见黄宗羲睁大眼睛，打算争辩的样子，他就妥协地摇摇手，"好了好了，这事算弟今晚没说，再商量，再商量！来，喝酒，喝酒！"

酒桌之上，由于着实喝了不少，待到散席，回到下榻的西院，黄宗羲倒头便睡。一觉醒来，已经是傍晚时分。他睁开眼睛，对着闪动着片片夕阳的帐顶定了会子神，就依稀听见隔壁有人在说话。一个是黄安，另一个却是女子的声音。他心中一动，止不住大声叫唤：

"黄安！黄安！"

只听一阵脚步声,仆人那饱经风霜的脸孔出现在门口。

"大爷,您睡醒了?"

"嗯,你在同谁说话?"

"禀大爷,是连云姑娘来了!"

黄宗羲不由得一骨碌坐起来:"连云?她来做什么?"

"她、她把行李都提过来了!说是、说是——"

"什么?"大吃一惊的黄宗羲连忙扯过衣裳,急急穿上,然后三步并作两步,走出卧室,果然发现那胖丫环正低头站在起居室的中央,脚下放着一小捆的行李。听见黄宗羲的脚步声,她迅速抬头看了一眼,又羞赧地垂下眼睛。

"你——怎么来了?你来做什么?"黄宗羲问。

"禀先生,是五爷命婢子过来的,五爷说,从今以后,婢子就是先生身边的人了。"连云低着头,小声回答。

"啊,胡说!谁答应你过来了?我不是说了吗,这事免议!怎么还硬把你塞过来?"大为光火的黄宗羲忍不住喊叫起来。

"你——"他本来想立即把连云轰回去,忽然发现,那胖丫头已经吓得脸孔煞白,大睁着惊惶的眼睛,像是要哭的样子,这才临时又忍住了。

"嗯,你先坐下。"他示意道,又回头吩咐黄安:"给她倒杯茶!"

连云双手接住杯子,仍旧站着,小口地喝着茶。黄宗羲见她重新平静了,就坐下来,缓和了口气问:"唔,我问你,让你过来时,你家五爷除了你刚才说的,还交代你什么话?"

连云摇摇头:"回禀先生,没有了!"

"怎么会没有?送出个人,也不算是件小事,他到底是怎么打算的?"

"这事最初也不是五爷的主意,而是五奶奶先想到的。说先生身边没人服侍,怪冷清的,不如在我们当中给先生挑一个。起初五爷也没在意,后来奶奶说得多了,五爷才认真起来。"

看见连云老实巴交的样子，黄宗羲心想，"如此说来，莫非是我多心了？"于是又问："当初你家五爷让我挑，我并未答应。为何现今却指定你过来？"

"后来五奶奶问我和映雪，谁愿意过来？当时映雪没吱声，婢子就说愿意。奶奶就让婢子过来了。"

原来还有这一层经过，倒是出乎黄宗羲的意外。他看着连云，说："我可不比你家五爷，我家很穷。你跟着我，难道不怕受穷？"

"婢子不怕。婢子只要能跟着先生，这辈子就心足了！"

黄宗羲不禁诧异："跟着我就心足了？为什么？"

连云摇摇头："婢子不知道。婢子只是这么觉着。"

黄宗羲不说话了。他站起来，重新绕着起居室踱步——连云天真无邪的表白，固然令他不无触动，但吕留良的过分热心，仍然使他感到颇为可疑。"哎，不管怎么说，既然在今后的日子里，彼此的交道还不知道会打成什么样子，那么从今天起，除了教馆的酬劳之外，任何小恩小惠，我黄宗羲概不接受，免得到时撕扯不清！"这么一想，他反而冷静下来，于是停下脚步，对正在不安地等待着的连云说：

"先这么着吧，即使我答应你跟随我，这事也不能过于草率，总得多少备点礼物，明明白白地接你过来。像现在这样子，偷偷摸摸似的，传出去，招人闲话，对你也不好。嗯，你且先回去，到明日，我自会对你家五爷说！"

这么敷衍了连云之后，他就吩咐黄安："你把连云姑娘送回去，马上！"说完，他就转过身，匆匆走进卧室去，并且"吱呀"一声，从里面关上了门。

六

"是的，瞧这情势，我今后在吕家，就很难指望再有安生的日子过了!"黄宗羲默默地想。

眼下,已经是第二天早上,黄宗羲起床之后,照例走出院子去散步。

这座友芳园,本是吕家的一所别墅,顾名思义,园子里除了亭台楼阁、奇石清池之外,还种满了各种各样的花草树木,一年四季,这里几乎都是鸟噪绿荫,香盈曲径,环境十分优雅。

黄宗羲下榻的地方,坐落在一片梅林之中,更是园中第一清幽的处所。这些年,吕留良经常同黄宗羲一道,在这里与一班相知的朋友诗酒唱酬,谈文论道,度过了许多快活的时光。

"……嗯,这种日子再好,"黄宗羲打量着周围熟悉的景物,苦笑地想,"其实也不过是寄人篱下,伴食帮闲,没有什么好留恋的!不过,要是横一横心,现在就离开吕家,那么教馆先生这条生计也就断了!虽然他家的子侄,未必是读书做学问的材料,但每月十两银子的束修,毕竟是不少的一笔数目。一旦没有了,还真的不知道怎样才能找回来……"

这样一想,黄宗羲就顿时有点泄气——的确,眼下世道艰难,愿意相帮并且有能力相帮的朋友其实并不多。这些年来,也就是这一个吕留良;还有另一个,就是姜希辙。说到姜希辙,与黄宗羲倒是同门学友,前几日,还来邀黄宗羲重开证人书院。今后如果要重振蕺山学派,姜希辙无疑会是一个得力的帮手。可是黄宗羲当时却偏偏拒绝了他——"嗯,莫非又回过头去找他?但是那么一来,我岂不是要自行放弃坚守多年的节志,转而同清朝的官府打交道么?虽然正如姜希辙所说,这只不过传道解惑,又不是出仕为官。但这些年来,光是同姜希辙,还有吕留良这些有清朝背景的人来往,在遗民圈子里,已经招来不少闲话和非议;如果直接同官府扯上关系,怕要被他们的唾沫淹死!"

由于发现一旦接受姜希辙的建议,势必会在道义上遭受遗民的攻击,直接损害自己坚守多年的声誉,实在不可掉以轻心。因此走出几步之后,黄宗羲只好回过头来又想:"吕留良倒是复归了遗民的圈子,那么,就不管三七二十一,继续在这儿熬下去?只是,吕留良已经明摆着要开宗立派,接下来,就要大兴程、朱那一套伪学谬说,我总不能装聋作哑,视而不见。而且,眼看着他那个什么石门之学一天天张狂起来,我作为蕺山之学的破落弟子,又有何颜面再在他们中间厮混?那么,还是去找姜希辙?可是……"

这样左思右想,有一阵子,黄宗羲觉得自己仿佛变成了一只蛹子,正置身于一个巨大的茧中,周围是柔软但坚韧异常的茧丝,他想奋力挣脱,却始终难以挣脱。

不过,他未能继续想下去,因为黄安走来禀报说:吴之振先生来了,正在屋子里等他。黄宗羲起初还在发怔,不过终于回过神来,点点头,跟着仆人往回走。

"哎,兄台消息为何如此之灵?"当吴之振那张清癯秀气的脸映入眼中时,黄宗羲拱着手,颇感意外地招呼说,"弟昨日才到,兄今日就知道了?"

吴之振站起来,微笑着回礼:"弟不是今日才知道,而是前几日就听说了!兄可知道?弟刚到贵乡府上探访回来,还见到了姜希辙!"

听说对方竟然刚刚上自己的家去过,是从那边得知消息后才尾随而来,黄宗羲更加意外。因为吴之振其实是崇德这边的人,平日就住在城里,也是个书香之家。他本是吕留良的好友兼儿女亲家,因为黄宗羲到吕家来教馆,彼此一来二去就熟悉要好起来。

"啊,这远道迢迢的,却让兄扑一个空!罪过,罪过!不知有什么要紧的事么?"一边请对方上坐,奉茶,黄宗羲一边好奇地问。

吴之振做了个手势:"自然有事!不过且等一下。姜希辙有一封信,要弟带来给兄,先把差事了结再说!"说着,他从怀里掏出信，递了过来。

听说姜希辙还有信给自己，黄宗羲愈加意外。"莫非还是证人书院？"他想，连忙接过，打开一看，发现信倒不长，其中也没有再提证人书院的事，而是说，自从他们的共同老师刘宗周绝食殉国后，由于战乱不止，其生前的大量著作一直散乱地存放着，无人整理编辑，更别说付梓出版了。如果再拖下去，就有散失的危险。对他们这些同门弟子来说，这将是一种罪过。因此，他打算在近期内把这件事启动起来，经费他可以负责，但主持审校编辑的重任却非黄宗羲莫属。因此他希望朋友不要再在吕家那个教馆里虚耗生命，从速回来共襄此举……

黄宗羲把信拿在手里时，反复地看了又看，心跳随之加速起来。姜希辙所提出的，无疑是一件义不容辞的大事；也是蕺山学派重振旗鼓，使"心学"发扬光大所绝对必须的，其作用和影响绝不在重开证人书院之下，而且这种事情不必惊动官府，也使黄宗羲少了一重顾虑——"可是，我的生计呢？怎么安排？信中一句都没有提及。要知道，老师一生著作不少，而且生前未经整理编辑和审定，现在由我们这些弟子来做这件事，绝非轻而易举，更不是短时间所能完成的。而我还得吃饭，还得养家，这事怎么办？哼，姜希辙一家伙就把偌大一件事推到我的头上，却全不为我设想，这算什么？"

"嗯，兄刚才说还有事。到底什么事？"由于发现对姜希辙的提议不是一口就能应承的，黄宗羲终于把信收起来，抬头问吴之振。

"哦，就是'澹生堂'那批藏书，弟这次路经山阴，见到祁家的人，问到底要还是不要？说是如果再不去交钱提取，他们就另找买主了！"

黄宗羲怔了一下，随即想起来，去年冬天，他从绍兴的一位同门师弟口中得知，山阴县祁氏家族打算出卖家中'澹生堂'的藏书。黄宗羲早就知道这批藏书是祁氏几代人积累起来的,其中有许多十分珍贵的典籍,价值颇高。由于这一代的'澹生堂'主人祁彪佳,在清军南下时自杀殉节,他的两个儿子也遭到逮捕,一死一流放。这批藏书也就变得后继无人。现在既然祁家打算出卖,对于有此嗜好的人而言,可以说是难得的好机会。所以他赶紧把消息告诉吕留良和吴之振,极力劝说他们合力买下来。由于兴奋和冲动,他甚至提出以自己教馆所得的酬金入股。当时吕、吴二人都表示有意,并委托黄宗羲前去接洽,初步谈妥以三千两银子成交。但后来就一直没有再联系,事情便拖了下来。

"这个——买与不买还得你们两位拿主意。弟可是穷得不名一文,兄台是知道的。"黄宗羲脱口而出说。

"弟么?"吴之振微低着头,"即使要买,也出不起多少银两。那么,此事还得由老吕拿主意。他可有的是钱!"

既然吴之振也打起了退堂鼓,那么当然就只有去问吕留良了。于是两个朋友又闲谈了片刻,便一齐起身,走过正院去见这家的主人。

吕留良同样是早起的人,这会儿已经穿戴得整整齐齐,正在书房里低头读书。不过,今天他没有把辫子结起来,而是任凭满头黑发披散在背后,还戴了一顶风帽,把剃光了的头顶遮住,再配上刚刚修剪过的胡须,使他在这一刻看上去,像又回到了前明时代。不过,也许是对昨晚连云被拒那件事感到不悦,黄宗羲觉得,吕留良并没有像往常那样立即站起来,热情迎接;而是慢慢地转过脸,不认识似的打量了他一眼,这才离开椅子。

对于他们之间发生的事,吴之振自然是不知道的。等双方行过礼,分宾主坐下,仆人奉上茶来,他同主人略作寒暄之后,便把来意一五一十地说了。

吕留良没有立即回答。他皱着眉头,老半天地望着地下,像是也颇为犹豫。直到黄宗羲感到事情八成要作罢的时候,他才抬头瞅着黄宗羲问:"嗯,弟听说这'澹生堂'的主人,乃是蕺山先生的入室弟子。不知可是真的?"

黄宗羲点点:"岂止是先师的入室弟子,而且是得意门生,故此鼎革之际,他便追随先师,自尽殉节了!"

"既然是蕺山先生的得意弟子,那么,这'澹生堂'的所藏,便该由蕺山的门人收取下来才是呀!"

蕺山门人的藏书,应该由蕺山门下的人来收藏,这话自是正理。当初黄宗羲得知消息,也是首先想到这一点。可偏偏自己穷得要死,问了好些蕺山弟子,竟然没有一个愿意认购的。加上祁家如今破败得厉害,生活十分拮据,黄宗羲急于帮他们一把,不得已才找上吕留良。如今被对方一问,他不禁哑口无言。

"如果现在由我吕某人买下来,难道蕺山门人不怕脸上无光?"吕留良的口气变得颇为尖刻。

"你老兄现在买下,待到蕺山的门人筹到了钱,向老兄再买回来也可以吧?"半晌,黄宗羲才讪讪地挣出一句。

吕留良笑了一笑:"到那时,恐怕你们就别指望再能买回去喽!"

这句话无疑也是实情。但是黄宗羲却像被扇了一巴掌似的,脸孔即时涨红起来。他感到浑身的血液在翻滚,几乎要跳起来。总算临时想到自己目前的处境,加上发现吴之振在一旁焦急地使眼色,他才硬生生又坐住了。

吕留良却似乎没有留意他的表情,管自站起来,走向书桌,抽笔蘸墨,在一张纸上飞快地写了两行字,然后走回来,说:"身为君子,岂可言而无信?既已答应了祁家,怎能又反悔食言!这三千两银子,小弟不恭,就霸道一些,全额出了。不过仍旧算二位各占一份。至于如何分配,等书运到之后再说。倒是这些书的情形如何,我们谁都没见过。眼下就烦二位辛苦一趟,到山阴去查看明白,如果不误,就买下来好了!"

说完，吕留良就招呼管家进来，把手中的字条交给他，吩咐说："你陪二位先生过账房去，按上面的数目写一张银票，奉交二位先生带走！"

等黄、吴二人站起来，他才又看着黄宗羲，轻描淡写地说："小弟适才一句戏言，老兄万勿放在心上！须知蕺山之学与我石门之学虽说各有源头，其实殊途同归，都是为大明尽节，守住这华夷之防。老兄只要抬一抬腿，迈过来，我们便是一路了。这些书嘛，将来归谁，还不是都一样？"

停了停，看见黄宗羲低着头不吭声，他就微微一笑，回头对吴之振说："请二位先随管家过去，小弟就暂且失陪了！"

七

"咦，我二人今番去山阴，不过十天半月就回来，怎么兄把行李全都带上了？"吴之振好奇地问。

这当儿，他同黄宗羲已经坐上天平船，离开崇德码头，缓缓向西行去。

黄宗羲淡淡一笑："听说那些藏书数量颇大，十天半月只怕回不来！"

"可是，也用不着全带上呀！你瞧这些书，兄读得了吗？"停了停，看见黄宗羲没吭声，吴之振怀疑地问："嗯，兄别是打算不回来了吧？"

黄宗羲瞧了他一眼，随即又移开目光，依旧淡淡一笑："兄何以有此想？"

吴之振却目不转睛盯着他："那一日，吕留良说到'澹生堂'的这批书，理应由蕺山门下收回，我瞧兄当时的表情，就知道要出事了！还行，兄没有当场爆发。要不，这件买卖还未必做得成呢！"

黄宗羲摇摇头："这事也不该怪吕留良，要怪，其实该怪蕺山门下那帮弟子太窝囊,太不争气!"

吴之振点点头,沉思道:"这些年,蕺山之学确实消沉得厉害。自从蕺山先生辞世,证人书院停开,这二十年间,几乎变得无声无息。倒是程朱之学,经吕留良他们大力播扬,渐成显学,势头越来越盛。这也可以说是我两浙学风之一大变局了!"

"哼,程朱之学,是个什么东西!还值得大力播扬?"

"噢,兄这话怎么说?"

"如果它是好东西,宋就不会亡于蒙古,大明也不会亡于满清了!明明全是些破烂货色,也就只有那等迂腐小儒,或者欺世盗名之徒才会拿来当宝贝!"

这话说得未免过于尖刻凌厉,把吴之振吓了一跳。他结结巴巴地问:"兄这是在说、在说吕留良?"

"我用不着去说谁!兄瞧着谁像,就可以是谁!"

吴之振眨眨眼睛,试探地问:"程、朱力倡君臣父子之义,似乎也并非全是破烂?"

"力倡君臣父子之义并不错,但先要弄清这君臣父子之义,究竟为何物?上古三代之所以有君主之设,乃在于为天下兴利除弊,使百姓万民各得其所;而后世君主之立,则在于满足一家一姓之私欲!上古三代人臣之设,在于辅助君主以为百姓万民谋利;而后世人臣之设,则在于替君主充奴做婢,奔走服役,而视百姓万民之疾苦,全不关痛痒!如此治国,又安得不乱,安得不亡?而程、朱之流,居然认为君臣之义无所逃于天地之间!一旦做了臣子,即使是夏桀、商纣那样的暴君,也要从一而终,至死不渝。这岂非昏话!"

"可是前明并非夏桀、商纣……"

"虽然不是夏桀、商纣,那也只不过五十步与百步之比罢了!其实,亚圣孟子早已说过:民为贵,社稷次之,君为轻。又说:君视民如草芥,则民视君为寇仇!可是前明于立国之初,便把孟子的牌位逐出了文庙！可见其根本不知君臣之义为何物，终至有流寇之乱，满清之兴，社稷之亡，可谓咎由自取！"

下诏把孟子的牌位从文庙拿掉，同时制定一系列措施，把君权强化到前所未有的程度，这是明太祖朱元璋的决策，并被视为明朝至高无上的"家法"。现在黄宗羲公然把抨击的矛头对准太祖皇帝，作为一个遗民，实在是狂悖得过了分，以至吴之振不禁目瞪口呆，坐在那里，再也说不出话来了。

几天之后，天平船从杭州过了钱塘江，再折往东行，向绍兴府驶去。在上一次带着黄安行经这条运河时，黄宗羲只顾埋头读书，对船外的情形不大理会；这一次重经旧途，一来心境已经多少有所不同，二来和吴之振在一起，对沿途的情景也就留了心。他发现，由于靠近首府杭州，这一带乡村镇集的生活，甚至恢复得更快。虽然颓垣断壁还不时可见，但丢荒的田地，已经几乎全部种上了庄稼。各种满载着货物和人的骡马车船，络绎不绝。有时远远的，在那院墙之内，还隐约传来弦歌诵读之声。这一切，使黄宗羲再一次感到，一种社会复归太平的趋势正在显现。"是的，只要清廷不再一味尚武嗜杀，转而关注国计民生，重开太平并非全无可能。况且，如果不以一家一姓之兴亡为弃守，而以万民之忧乐为准则，那么这总比血流成河，尸积如山，没完没了的战乱强些！但是，清廷做得到么？他做得么？哼，只怕他未必做得到！鞑子就是鞑子，本性是改不了的！充其量，就是回到蒙古元朝时候的样子，以武力征伐为国本，视文明教化为毫末，又有什么可高兴的？"

这么想着，黄宗羲的一颗心又冷了下来，并把这种心情一直保持到抵达绍兴府城东北的戢山码头。

他们之所以不立即前往山阴县的祁家，而绕道到这里来，是因为吴之振临时提出，既然到了绍兴，何不顺路去瞧瞧当年的证人书院？这自然也是黄宗羲的心愿，于是两人便下了船，坐上雇来的竹篼，一路行去。

蕺山是鼎立于绍兴城内的三座小山之一，因山上盛产蕺草而得名。南面的山脚下有一所戒珠寺，据说本是晋代书圣王羲之的故居。证人书院就坐落在寺后的山腰上。黄宗羲的已故老师刘宗周，本来是在城西的白马山讲学，因为与另一位心学传人见解不合，才于前明崇祯四年把讲坛转移到这里，并正式取名为"证人书院"。不过，自从二十三年前刘宗周绝食殉国后，讲学也就随之停止。而黄宗羲这些年东奔西走，竟然也再没有来过。现在，他们乘坐竹篼沿着长满蕺草的山路高高低低地走了一阵，当绕过一片树丛，书院那个熟悉的、已经略显歪斜的黑瓦屋顶忽然映入眼帘时，黄宗羲的一颗心也随之急速地跳动起来："哦，一转眼，我已经二十多年没有再来过，不知里面荒芜成什么样子了？那些先贤像还在吗？老师当年的讲坛还在吗？讲堂外的那座石山，那一片竹林子还在吗？哎，可别被天灾人祸糟蹋了才好！"

心里这么念叨着，他就愈加变得有点迫不及待。不过，他却没有让脚夫把他一直抬到书院里。而是老远的，刚到沿坡而砌的石阶前，他就招呼吴之振一齐下了竹篼，然后肃整衣冠，交拱着双手，一步一步往上走。他觉得，只有这样才能表达自己对已故的老师、对蕺山学派的虔敬，以及自己作为不肖弟子的惭愧之情。

然而，渐渐地，他却觉得情形有点异常，他隐约听见从书院的门里，传来了阵阵嘈杂声响，像是有人在喧哗笑闹，其中还夹杂着锣鼓琴笛之声。他惊异起来，连忙三步并作两步走完石阶，急急跨进书院。

这么一来，他更加为之愕然。原来，院子里不只聚了许多人，而且还是些奇形怪状的人。其中平常打扮的固然有，但更有不少是用各式粉墨勾了脸，穿了一身红红绿绿戏装的，正在那里闹哄哄地说话，或者扯开嗓门咿咿呀呀地唱。当然更少不了那些摆琴弄笛的乐师们了。说起来，自从二十多年前清朝颁行剃发令之后，如今全体百姓都已经被迫改了装束。不过，大约是为了多少缓和一下汉族民众的积愤，清朝后来又颁布了所谓"十从十不从"的"恩准"，其中就包括"娼从优不从"。就是说，凡做娼妓的必须按规定改着清朝的装束，而在演剧的戏台上则允许仍旧保持明代的衣冠。因此眼下这些人当中，那些化了妆准备上场的，就公然宽袍大袖、纱帽圆领，摇摇摆摆地走来走去，使人猛一见，还以为回到了前明时代……

"咦，你们都是些什么人？在这是做什么？"黄宗羲惊愕之余，就近扯住一个人问。

那人也是化了妆的。只见他头戴方巾，脚下丝履，身穿直裰，活脱一副前朝书生的打扮。他转过用油彩勾了的脸，上下打量了黄宗羲一下，又看看他身旁的吴之振，见他们像是有些身份的人，便拱着手回答说："好教二位得知，我等俱是县中的喜好演剧之人，每逢四时佳日，俱相约齐集于此，登台献技，各展所长，自娱自乐，已是经常之事了。"

停了停，又斜眼瞅着他们，悄声说："不瞒二位，也就是到了这时，我等才能如此穿戴，官府亦不过问呢！"

对于这些人公然在他心目中的书院圣地聚集喧哗，黄宗羲心中无疑十分生气，但听到对方最后这一句，倒怔忪了一下，暗想："原来他们是借此寄托故国之思？这孤臣孽子之心，倒也可悯可敬！"心念这么一转之后，他又问："不过，你等可知这是什么地方？"

"自然知道，此地乃证人书院。是前朝大儒刘蕺山先生讲学之所。不过自从蕺山先生殉节，已经荒废二十余年了！"

"啊，你等还记得蕺山先生？"

"怎能不记得？先生乃一代大儒，气节学问闻于朝野，有幸同为乡里，我绍人无不以先生为荣！只可惜，自从先生殁后，这堂堂学院竟然后继无人，成了我辈聚会喧哗之所！莫非这蕺山之学，就此成为绝响了么？"

停了停，他忽然盯着黄、吴二人，怀疑地反问："不敢动问二位因何到此？莫非与蕺山先生有什么渊源么？"

黄宗羲正呆呆地站着，品味着对方的话。他猛然回过神来，当弄清对方的询问之后，他就摆一摆手，扯着吴之振，一声不响地转身向院子里走去。

"是的，老师虽然已经谢世二十多年，但看来这一方民众并未将他忘却，蕺山之学的名声也并未埋没。只是蕺山的弟子们自己无能，至今还意气消沉，不思振作罢了！"黄宗羲默默地想。这当儿，他和吴之振已经穿过人来人往的庭院，踏上当中那所讲堂的台阶。

这所讲堂是一座砖木结构的两层小楼。当年楼上摆设着圣人孔子的牌位，两旁是历代先贤的画像。黄宗羲清楚地记得，每次开讲，老师刘宗周必定领着弟子们到楼上盥手拈香，向先圣恭行叩拜之礼，然后才返回楼下正式开讲。这种讲学，照例预先发布消息，到时候四面八方的求学者便依时而至，常常把讲堂挤得满满的，场面十分庄重肃穆。刘宗周在明朝时最高曾官居二品，因为罕见的清廉正直，在朝野享有极高声望。这种作风同样贯彻到做学问上，就是强调目标纯正，思路严谨，界限分明，对于他认为是异端杂说的流派绝不妥协调和。他门下的弟子，可以说无不受到这种作风的严格规范，并由此形成蕺山学派的一大本色。黄宗羲作为刘宗周的得意门徒，当年被同学们视为蕺山衣钵的当然继承者之一，而他本人也一向以此自诩。不过，自从经历了改朝换代的巨变，这些年，为了在艰难的乱世中挣扎生存，他经常不得不顺应时势，尽可能灵活圆滑地同别人打交道。早年那种不管是做人还是做学问都绝不调和妥协的准则，可以说已经淡忘了许多，放弃了许多。也就是到了此时此刻，重新站在证人书院的屋檐下，望着当年的陈设已经荡然无存的破败讲堂，历历在目地回想起老师讲学的音容笑貌，黄宗羲的一颗心才又急剧地跳动起来，突然热血沸腾地觉得，自己实在是把老师的训诲忘记得太多，把复兴蕺山学派的重任抛撇得太长久了。

"啊，我是怎么了？怎么会变成这样子？瞻前顾后，畏首畏尾，只想着一己一家的得失，全不管还有天下的责任需要承当。如此下去，我还配当蕺山的弟子吗？还能在世上立足做人吗？不成！为了老师，为了心学的真脉得以在天地间代代承传，为了不让各种谬说异端泛滥成灾，一定要尽快重开证人书院！一定要尽快重振蕺山之学！这是毫无疑问的！哪怕因此招致别人的非议、误会和指责也罢！"他攥紧双拳，发誓一般对自己说。

"哎，这里乱糟糟的，什么都没有了，兄还要往里走么？"一个嗓音在旁边迟疑地问，那是显然颇为失望的吴之振。

黄宗羲已经迈开步子。他回头做了一个手势："当然还要走，看看它究竟破落到何种地步，心中也好有个数！"

八

祁氏"澹生堂"的藏书果然名不虚传。它是祁承𤊟、祁彪佳父子两代经过数十年精心搜罗，才逐步扩大到目前的规模。据说数量多达二十余万卷。这些书，本来分别藏在"澹生堂"和"八求楼"两个地方。但是自从出了二十年前那场"家难"，原来的房子充公的充公，变卖的变卖，这些藏书也因无处存放而几经辗转迁徙，其间恐怕已经陆续有所散失。剩下的，如今都堆放在会稽山中的化鹿庙里。不过，尽管如此，当黄宗羲和吴之振两人，跟着带路的书商赶到化鹿庙时，仍旧被藏书数量之巨所震惊。只见在庙后的那所三开间的屋子里，那些装满各种书籍的大木箱子，层层垒叠着，几乎贴着屋梁。初夏的阳光从窗格子外斜照进来，反映在书箱上，使那些铜饰和铁环发出古旧的、莹然的暗光。

不过，令黄宗羲肃然起敬的是，当他把占了一个小箱子的藏书目录搬出来，逐本翻看时，发现曾任明朝布政使右参政的祁承鄞，不仅致力于藏书，而且还颇爱著书，留下了《辽警》等17种遗著；而他的第四子、曾任苏松巡按的祁彪佳，则在所拥有大量的丛书之外，自行编成《远山堂杂汇》，其中包含比较罕见的图书三百余种之多。

"是的，这些都是二位前辈毕生精力所聚。作为后人，我们又岂能再任其散落亡失！"这样想着，在接下来的一连几天里，黄宗羲就和吴之振一道，全力以赴地投入到清点图书的忙碌之中。虽然这些年，为了读书和做学问，黄宗羲也曾跑遍许多著名的藏书楼，像常熟的绛云楼、宁波的天一阁、歙溪的丛桂堂等等。就连这澹生堂的藏书，他过去也曾翻阅过一些。但是，当把全部目录和原书逐一对照，他仍旧对于其中精品之多感到惊异。像宋刻的《礼记集说》、《东都事略》等等，都是难得一见的珍本。此外还有近百种经学著作和百多种野史杂记，其中不少都属于仅得一见的孤本。当然，也有一些是他看不上眼的，像各省省志和科举考试的范文注解一类的书，也装了满满两个大柜子。不过，最令黄宗羲扼腕叹息的是，目录上记有的宋元文集部分，竟然已经全部散失，一部都没有留下。这种情形令黄宗羲感到格外心疼，同时也就想到它们的主人祁彪佳，与自己同属蕺山门下的弟子，而且最早入仕为官，声名远播，不少同门弟子都把他奉为楷模。祁彪佳也确实没有辜负大家的期望，在蕺山先生绝食殉国后，他也跟着自尽，完成了一个明朝臣子的大节。谁知身后却如此不幸，不但家破人亡，就连他苦心经营了两代人的藏书竟然也保存不下来……

"嗯，吕留良是怎么说的？他说蕺山门下的藏书，理应由蕺山门下收回。又说，如果由他出钱收购，将来蕺山门下就别想再收回去了！啊，难道这些书，真的要经由我黄宗羲的手，让它再蒙受一次羞辱，落到吕留良这种野心勃勃的伪道学之手吗？如果是这样，我如何向蕺山门人交代？将来又有何面目到地下去同蕺山先生、同祁彪佳相见？"这个想法一出现，黄宗羲顿时感到浑身的血液再度翻涌起来，脑袋也开始轰轰作响——"还有，吕留良竟然说到，我想保住这些书，除非改换门庭，转而投靠于他。真是丧心病狂，岂有此理！凭着几个钱，就想把我买了，他怎么敢？"由于越想越愤慨，有一阵子，他几乎要掷书而起，骂出口来，只是用了极大的毅力，才咬紧牙关忍住了。

经过三天三夜的全力投入，黄、吴二人终于把全部藏书清点完毕。按照黄宗羲的意思，把其中最有价值的部分分别开来，包扎成十大捆，其余部分则另外装箱。待到双方把钱银交付清楚之后，他们就先行返回绍兴码头的客栈去，等候书商把书从山里运出来装船。

现在，两个朋友已经坐到临河客栈的窗户前，叫了一壶酒，两样小菜，一边慢慢地喝着，一边打量着窗外码头的动静。

这是府城里的内河码头。一道拱形的石桥，横跨在河面上。沿河两岸，排列着好些店铺。已经是黄昏薄暮时分，多数店铺已经关了门，只有几家茶社和饭馆还亮着灯火。码头边上一溜儿停泊着大大小小的船只，有几只还在忙着装卸货物，其中就包括黄宗羲他们的船。不过也只一会儿，押运的书商就上来禀告说，全部书都已上了船，并按他们的吩咐，那特别重要的十大捆书，都集中装在一只船上，明天一早便可开船启程。

吴之振点点头，打赏了书商，然后继续同黄宗羲喝酒闲谈。

"咦，今日莫非是十五？"望着对面屋脊上，刚刚从碧蓝的夜空中露出脸来的一轮圆月，吴之振不无惊喜地说。

黄宗羲点点头："不错，是十五。我们是初一动身出门的。我一路计算着，到今日正好十五日。"

"原来兄还计算着？"吴之振放下酒杯，转过脸来，"弟只是糊里糊涂地过了一天又一天。不过还好，这一路上平平安安的，总算不曾遇到什么风险阻滞的事。"停了停，又感慨地说，"乱了这么些年，总算是太平了！若是今后都能这样，我也不敢再有什么奢求了!"

黄宗羲淡淡地说:"就这样子,你就心安理得了?"

吴之振苦笑一声:"不心安理得又能怎么样?永历帝都已经龙驭宾天了,明室注定是恢复无望了!况且大清朝如今行事规章一切都依前明制度,不加改易。就连科举考试也全用《四书》《五经》,兄还想怎么样?除了这身衣冠,几乎全都不变,这很不容易呀!兄还想怎样?"

黄宗羲哼了一声:"我怕就怕这个全都不变!兄试想,即使退一万步,他们真的能把前明的一套——包括吕留良所吹嘘的那一套程朱之学学到手,暂时坐稳了天下,到头来,也无非是把明朝的败亡之路重走一趟,让百姓万民再受一番血肉崩摧、骨肉离散之苦而已!"

这话显然过于深奥,也过于遥远,以至吴之振怔了一会儿,才迟疑地望着他问:"兄既认为前明不足恋,却又不肯寄望于大清,那么到底打算怎么办?"

黄宗羲没有立即回答,他抬起头,把目光投向天上的圆月——这片刻工夫,它已经脱去露脸之初的朦胧,堂堂地放出银盘样的光华来——半晌,才喃喃地说:"天下之治乱,不在一姓之兴亡,而在万民之忧乐。为君为臣者,俱应穷究本心,参悟此一至理,才能有望开万世之太平!只是当此天崩地解之世,大夜弥天之时,能明此理者又有几人?故此我仁人君子所能做、所应须做的,就是守住本心,守住此理,去等待那光明复旦之世到来而已!"

"等待?兄以为,以我们这把年纪,能等得到么?或者,我们的子孙能等得到?"

"我是决然等不到了,儿孙辈也未必等得到。但怎知后世的人也一定等不到?嗯,万事总要有个起始,道理必须有人说破。如果上天有意降此大任于我,那么就借蕺山之学把它传下去好了!"

也许由于黄宗羲在说这番话时，显得异常的严肃和郑重，那凝望着圆月的眼睛，似乎还闪动着泪光，以至吴之振满心惊疑地看着朋友，一时间不敢动，也不敢说话。

不过，黄宗羲随后就恢复了常态，"唔，时候不早，这酒也喝得差不多了。去睡吧，明日还得赶路呢！"说着，也不等吴之振答应，就管自站了起来。

也许是由于喝了酒的缘故，吴之振一上床就睡着了，而且睡得很沉。可是黄宗羲却睡不着。

因为明天就要踏上归程，而他心中那个症结却仍旧没有解开——"莫非就这样把书押运回崇德去，让这批本该属于蕺山门人的遗产，从此落入吕留良之手么？要知道，重开证人书院，我可是铁定了心的；而他吕留良那个石门之学，却明摆着要同我蕺山之学做对头。那么，如果还顺顺当当地把这批书送到他手里，我岂不成了蕺山的罪人、士林的笑柄？嗯，不如就此与他来个割袍断义，撒手而去？今后别人说起，起码还可以保存清白。但是，丢下这些书怎么办？吴之振自然是会押回崇德去的。那么一来，仍旧是落到吕留良手里。虽然是他出的买书钱，可是冲着他立心要与我蕺山学派为敌，就不配得到这些书，压根儿不配！那么，我干脆把它带走？不，偷走！对了，就是偷走！让他竹篮打水一场空！哈哈！"

这个念头一闪现，黄宗羲顿时兴奋起来，同时觉得只有这样做，才能多少出一出这些天来——不，这几年来积郁于心的恶气，"哼，我黄宗羲是什么人？堂堂东林之后，蕺山传人，复社中坚，义军首领！这些年，白白被你吕留良这个后生小辈欺负着，在你面前忍气吞声，赔够笑脸不算，还要屈就什么劳什子教馆先生！老实说，就算把这些书全赔给我，也抵不了我受到的挫折和羞辱！你惊愕吗？气恨吗？破口大骂吗？我全不怕！我是为了蕺山学派的复兴，理直气壮，问心无愧！倒是书实在太多，如果全数拿走，万一惊动了吴之振,就不好办;而且吴之振与我交情总算不错,也得多少给他留点面子。那么,不如光把那十大捆最精华、最值钱的带走?对了,就把这十大捆带走!这样,回到余姚再找姜希辙交涉,万一他真的不肯管我的生计,就凭这十捆书,我也不会饿死了!"

这样拿定主意,黄宗羲就感到一种多时未有的、重新把握住自身命运的痛快。而当想到由于这一始料不及的行动,还能给狂妄的对手以无情一击,他的心情甚至变得更加舒畅了。于是,他扭头看了看正在旁边床上呼呼大睡的吴之振,小心地翻了一个身,继续想心事,渐渐地,终于朦胧睡去。睡梦中,他又一次觉得正置身于一个巨大的、黑洞洞的茧壳之中,不过他已经变成了一只蛾子,在那里使劲咬呀咬呀,终于把茧壳咬破了一个口子,并且看到亮光从外面透进来。他又惊又喜,正打算奋力飞出去,忽然就惊醒过来,却看见窗户原来已经微微发白,他怔忡了一下,打算闭上眼睛再睡一阵子,忽然想起夜来的那个决断,于是连忙轻手轻脚地爬起来,穿好衣服,悄悄到隔壁去叫醒黄安,迅速把行李收拾好,然后,吩咐正在打点开门的店家:"不要惊动吴先生。等吴先生起来才告诉他,黄先生已经先走一步,而且带走了十捆书。是些什么书,吴先生知道的;为什么带走,吴先生也知道的。"

这么说完,主仆二人就出了店门,迎着熹微的晨光,径直向码头走去。小半天之后,他们乘坐的船就出了城,行进在返回余姚老家的河道上了。

过了半年,浙东地区沸沸扬扬地传开了一件新闻:已经停办了二十三年的证人书院,在黄宗羲、姜希辙等蕺山门人的主持下,终于在绍兴府正式重开了。

附录二："墓门深更阻侯门"析证

明末清初复社文人冒辟疆（襄）尝撰《影梅庵忆语》，以追述其与江南名妓董小宛（白）之姻缘而受到长久关注。其中董小宛之死一节，《忆语》中固已直言之，而同时友人以诗或文记其事者甚夥，均未有持异说者。及至清末民初，乃有罗瘿公、陈石遗等，据吴梅村《清凉山赞佛诗》、《题冒辟疆名姬董白小像》（下简称《题董白小像》）、《古意》诸诗，牵合清初顺治皇帝出家（1659年），因逢所宠董鄂妃之丧（1660年），旋亦亡故（1661年）之事，遂指此董鄂妃即董小宛，谓小宛并未死，实系被强取入宫，并深获顺治爱宠。而冒辟疆逼于征服者之威，惧且祸及，不敢明言，遂伪言其死云云。因罗、陈俱为当时名士，此说一度播传甚广，更有以《红楼梦》之宝、黛姻缘附会其说者。直至后来孟森《董小宛考》长文出，以翔实之考证指董小宛病殁时二十八岁（1651年），顺治皇帝福临才只十四岁，年纪相差一倍，断无将小宛收充妃嫔之理，才将一度甚嚣尘上的流言平息下去。

然而，此事的考证也仍旧留有缺口，即吴梅村《题董白小像》组诗。其中第八首云：

> 江城细雨碧桃村，
> 寒食东风杜宇魂。
> 欲吊薛涛怜梦断，
> 墓门深更阻侯门。

引起关注的是后两句，意谓死者与活人固然已是墓门深隔，何况墓门之外还横阻着一扇王侯第宅之门。罗瘿公于《宾退随笔》中即据此质疑："若小宛真病殁，则侯门作何解耶？岂有人家姬人之墓，谓其深阻侯门者乎！"

的确，这两句诗是回避不得的。因为一、吴梅村写作态度严谨，向有"史诗"之誉。其次，他与冒辟疆为密友，洞悉冒董姻缘始末。诗中涉及情景纵属耳闻，但既获冒辟疆认可，则当系事实。因此，如果不将"欲吊薛涛怜梦断，墓门深更阻侯门"二句的所隐藏的本事弄清楚，使这两句诗获得令人信服的解释，罗瘿公等人所引发的这一桩公案，仍旧无法画上一个圆满的句号。

也许正因如此，在接下来的近一个世纪内，这两句诗便作为一桩悬案，吸引着研究者的目光，并引发出各种各样的推测与解释。归纳起来，大致有这么几类：

一、回避类。如孟森先生，他在《董小宛考》中，虽然引用了吴梅村《题董白小像》组诗中的两首（"乱梳云髻下妆楼"、"念家山破定风波"），并分别作了释证，但对第八首却完全回避不提。

二、猜测类。如陈寅恪先生。他在《柳如是别传》中，一方面认为孟森的论证是正确的，董小宛确实不是董鄂妃，但又认为"亦是被北兵劫去。冒氏之称其病死，乃讳饰之言欤？"这个猜测的依据是《影梅庵忆语》中冒辟疆对董小宛死前两个噩梦的追忆，以及同时人钱谦益的一首语意含混的七言律诗。但也仅仅是一种推测而已，因为始终找不到确凿的记载。相反，正如孟森所言：董死于顺治八年，"当是时，江南军事久平，亦无由再有乱离掠夺之事"。加上此年董已二十八岁，据当时社会的标准，已经步入中年，非复少艾，而且有病在身，也不应该再是"侯门"猎艳渔色的对象，更遑论入贡宫廷了。事实上，陈先生对此也仅止于猜测，同样并未直接对"墓门深更阻侯门"进行释证。

三、曲解类。如果说，孟、陈二先生作为在历史考据和古典诗词两个方面涵养甚深的前辈学者，对"墓门深更阻侯门"都采取慎重的态度的话，那么，在接下来为数众多的释证文章中，却直接大胆得多。诚然，作者们的热情和努力无可厚非，其奈所运用的方法却颇成问题，难以得出使人认同的结论。

例如，有一种观点是把"墓门"和"侯门"分拆开来，认为"墓门"是说的董小宛之死，而"侯门"则是说的冒辟疆早年的情人，当时已成为清朝平西王吴三桂宠妃陈圆圆的事。此说的问题在于：一、吴《题董白小像》八首，前七首全部都是咏董小宛的事，绝未涉及同时的任何其他女子，怎么会在全无铺垫或暗示的情况下，忽然在最后扯出个陈圆圆？这本身就不符合古体诗词的写作规则。二、这种解释还无视"深更阻"三个字的语法表述，把前后的递进式关系，扭曲为并列关系。三、此时董小宛虽然已死，但陈圆圆还活在人间，也没有将她拉进来一起接受"凭吊"之理。

又有一种观点则把"深更"，理解为"深更半夜"。认为"深更"实与诗的前句"梦""魂"联系，意为深更半夜时，冒辟疆于"魂"、"梦"中将董小宛葬身"墓门"，与当年陈圆圆被夺入"侯门"两事混而为一，对她们都离开了自己深感悲伤。这种说法同样难以成立。盖"深更"决不能理解为"深更半夜"。因为"深更半夜"的"更"为平声字，"更加"的"更"是仄声字。按照古体诗的格律，此句应为"平平仄仄仄平平"，又按一、三、五不论，二、四、六分明的定则，第四字"更"必须为仄声，因此只能是"更加""更复"之意。至于认为"阻"字，古作"疑"解，故诗意即"疑为"；因又"阻"字，古亦作"淹"解，故诗意即"淹入、埋入"云云。揆诸前贤之作，未见有如此运用者。吴梅村为清初大家，其诗作亦以典雅畅达为特色，舍此而旋折深求，实难称通允。

再有一种情形，是罗织拼凑材料进行论证。例如认为吴梅村《题董白小像》组诗中间其实还有两首，是因为怕触文网删去了。又说"所幸的是吴、冒不愿违背初衷，将被删的一首混编在紧邻的《古意》(之六)中(吴梅村亲手编次的诗集),使我们今天还可以看到一些真相。"并认为"珍珠十斛买琵琶,金谷堂深护绛纱。掌上珊瑚怜不得,却教移作上阳花。"就是说的董小宛。其实,认为《题董白小像》组诗中间还有两首,完全是想当然,毫无材料佐证。至于"珍珠"一诗,虽然是写被掳入宫的汉人姬妾的遭遇,但当时这种事情远非个别,明末清初作者多有以之入诗者。例如屈大均就有《大都宫词》组诗,其中写到:"佳丽征南国,中官锦字宣。紫宫双凤入,秘殿百花然。卓女方新寡,冯妃是小怜。更闻乔补阙,愁断绿珠篇。"可见被掳入宫的女子包括寡妇、王妃、宠妾等等,不一而足。只要细读吴梅村《古意》诗组,就不难明白,六首诗其实是分咏宫中各种身世遭遇不同的女子,与屈大均的《大都宫词》属于同一类型的作品。虽然未必没有一定的原型依据,但是着眼点却在于揭示一种共性的苦难,因此诗中并不提供独一性的细节(这一点,只要与《题董白小像》组诗对比便可了然),自然也就不能认定写的是董小宛。

那么,吴梅村这两句诗到底怎样理解呢?我以为,归根结底,还应该从当时的社会状况和冒辟疆本人的遭遇来寻索。

众所周知,十七世纪中叶清朝取代明朝,是关外的满族入主中原导致改朝换代的一次大变局。与历史上一切政权更迭一样,必然伴随一个利益重新分配的过程。就新立的清朝来说,为安顿进入关内的大量满族移民,当时所采取的一大措施就是"圈地",即圈占所谓无主之地,转由入关的满人拥有。这种使广大汉族民众深受掠夺之害的政策,虽然在顺治初年已宣告停止执行。但实际上仍在或明或暗地延续。而且尽管大规模的圈地停止,却并未能结束其他方式的巧取豪夺。而在这一场利益重新分配的变局当中,首当其冲的被剥夺者,必定是政治上的异己分子。这可以说是古今中外的通则。冒辟疆作为至死不肯改节仕清的明朝遗民,其命运遭遇可想而知。事实上,清兵平定全国后,入仕新朝的旧友陈名夏曾致信给他，透露当权人物曾夸他是"天际朱霞，人中白鹤"，表示要替他向新朝"特荐"。但冒辟疆以身罹痼疾为由，断然谢绝。康熙年间，清廷开"博学鸿儒科"，下诏征"山林隐逸"。冒辟疆也名列其中，但他仍旧坚辞不赴。这样一种"顽固"态度，加上他又是如皋县的曾经首富，于是注定他在新政权治下必定备受欺凌，不仅卷入"通敌"官司，更成为权势之家巧取豪夺的对象。由于这不是什么光彩的事情，所以在他的日常诗文中很少提及。直到行将就木之年，他才在一篇自述中沉痛地写道：

> 献岁八十。十年来火焚刃接，惨极古今！墓田丙舍，豪家尽踞，以致四世一家，不能团聚。两子謦竭，亦不能供犬马之养；乃鬻宅移居，陋巷独处，仍手不释卷，笑傲自娱。每夜灯下写蝇头小楷数千，朝易米酒。

在这里，"墓田丙舍，豪家尽踞"八个字十分值得注意。墓田，自然是指冒氏家族的墓地，所谓丙舍，则是指墓园中的房舍。董小宛死后葬于其旁的"影梅庵"，即属于此类建筑。正因为"墓田丙舍"，已经被"豪家尽踞"，才迫使冒氏族人中的许多后死者不能入葬旧日的墓园，而只能分葬各处，这才造成"四世一家，不能团聚"的情形。至于董小宛，则因为死得比较早，因此所葬之地还是在冒家原先的墓园之中，而且在早期也还是可以凭吊的。这有冒辟疆的朋友陈贞慧之子陈维崧于董死后八年的1659年，写有《春日巢民先生挐舟约同务旃诸子过朴巢并问影梅庵》一诗，题下自注："庵为董姬葬处"，中并有句云："有冢却愁人断肠"可证。然而，之后又过了五年，到了吴梅村写诗时，却是已经"墓门深更阻侯门"。为什么呢？如果联系冒辟疆自述"墓田丙舍，豪家尽踞"（这当然是一个渐进的过程）的背景，就不难醒悟：原来这时本属冒家产业的墓园，已经被势豪之家所霸占，划入其领地的范围。这样，董小宛的"墓门"之外，便又多了一重"侯门"，以至冒辟疆及其朋友们连进入凭吊的权利也被剥夺了。

这样来解释"欲吊薛涛怜梦断，墓门深更阻侯门"二句诗，既能够正面回应罗瘿公所提出"岂有人家姬人之墓，谓其深阻侯门者乎"的质疑，又不必节外生枝地作违反诗词创作规律的曲解；而且，还能更深切领会到这组诗所包含的沧桑之感，应该说是比较合理和确当的。

注：康熙三年（1664），吴梅村《致辟疆书》云："题董如嫂遗像短章，自谓不负尊委。"由此可知，《题冒辟疆名姬董白小像》八首，乃系吴受冒委托而作。其时小宛去世已十三载。陈维崧访影梅庵为1659年，五年后便变成"墓门深更阻侯门"。